U0601616

中國古典文學基本叢書

蘇軾文集

第一册

孔凡禮點校

圖書在版編目(CIP)數據

蘇軾文集/(宋)蘇軾撰;(明)茅維編;孔凡禮點校.—北京:中華書局,1986.3(2024.4 重印)
(中國古典文學基本叢書)
ISBN 978-7-101-00674-2

Ⅰ.蘇… Ⅱ.①蘇…②茅…③孔… Ⅲ.①古典散文-蘇軾(1037~1101)-作品集②韻文-蘇軾(1037~1101)-作品集 Ⅳ.I214.42

中國版本圖書館 CIP 數據核字(98)第 07124 號

責任編輯:劉尚榮
責任印製:陳麗娜

中國古典文學基本叢書
蘇 軾 文 集
(全六册)
孔凡禮 點校

*

中 華 書 局 出 版 發 行
(北京市豐臺區太平橋西里 38 號 100073)
http://www.zhbc.com.cn
E-mail:zhbc@zhbc.com.cn
大廠回族自治縣彩虹印刷有限公司印刷

*

850×1168 毫米 1/32 · 90¾印張 · 14 插頁 · 1808 千字
1986 年 3 月第 1 版 2024 年 4 月第 18 次印刷
印數:44501-48500 册 定價:318.00 元

ISBN 978-7-101-00674-2

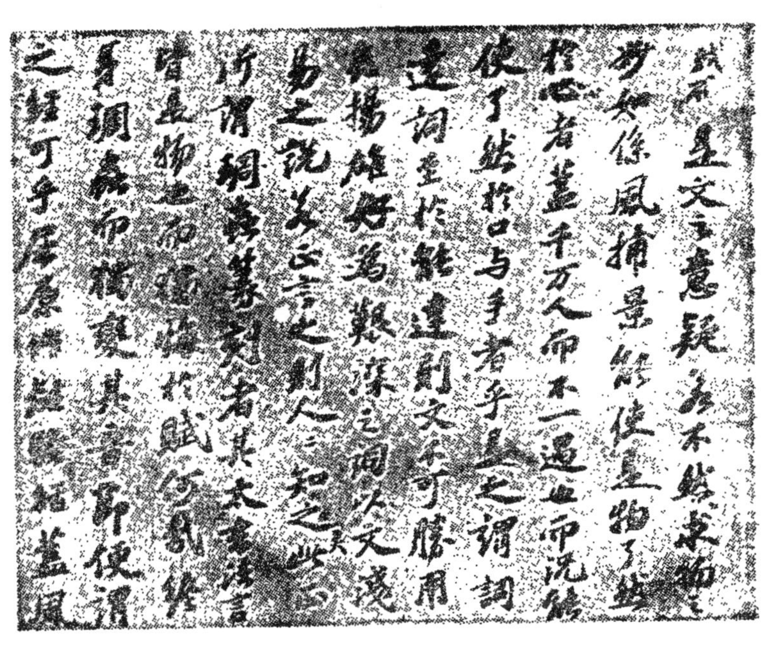

宋　蘇軾　答謝民師論文帖卷(部分)

東坡集卷第三十九

神道碑一首

司馬温公神道碑一首

上即位之三年朝廷清明百揆時敘民安其生風俗一變異時薄夫鄙人皆洗心易德務爲忠厚人人自重恥言人過中國無事四夷稽首請命惟西羌夏人叛服不常懷毒自疑數入爲寇上命諸將按兵不戰示以形勢不數月生致大首領鬼章青宜結闕下夏人十數萬寇涇原至鎮戎城下五日無所得一夕遁去而西羌兀征

宋刊大字本《東坡集》書影

東坡應詔集卷第二

策別六

臣聞為治有先後有本末嚮之所論者當今之所宜先而為治之大凡也若夫事之利害計之得失臣請得列而言之蓋其總四其別十七一曰課百官二曰安萬民三曰厚貨財四曰訓兵旅課百官者其別有六一曰厲法禁昔者聖人制為刑賞知天下之樂乎賞而畏乎刑也是故施其所樂者自下而上民有一介之善不終朝而賞隨之是以下之為善者足以知其無有不賞也施其所畏者自上而下公卿大臣有毫髮之罪不終朝而罰隨之是以上之為不善者亦足以知其無有不罰也詩曰剛亦不吐柔亦不茹夫天下之所謂權豪貴顯而難令者此乃聖人之所借以徇天下也舜誅四凶而天下服何也此四族者天下之大族也夫惟聖人為能擊天下之大族以服小民之心故其刑罰至於措而不用周之衰也商鞅韓非峻刑酷法以督責天下然其所以為得者用法始

宋刊《東坡應詔集》書影

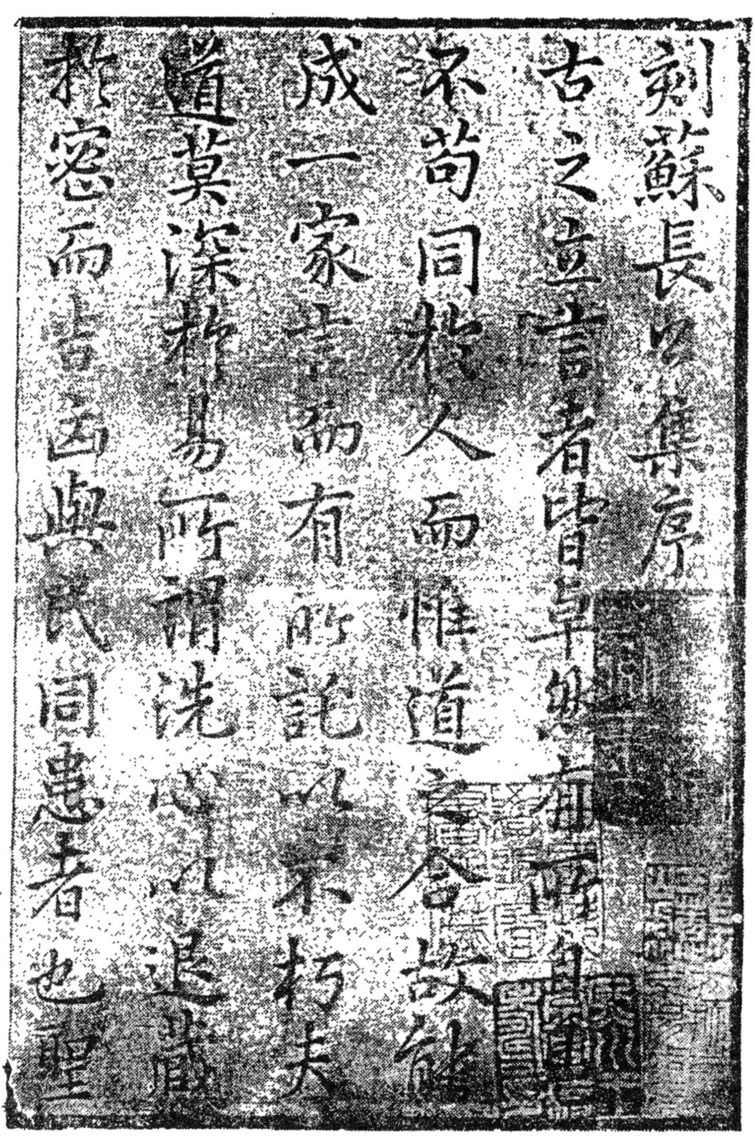

刻蘇長公集序

古之立言者皆卓然有所自見不苟同於人而惟道之合故能成一家言而有所託以不朽夫道莫深於易所謂洗心退藏於密而吉凶與民同患者也聖

明萬曆間茅維編《蘇文忠公全集》書影(底本)

點校説明

一、有宋一代，蘇軾的文章，以多種方式刊行。其中有詩文合刊本，如《東坡集》、《東坡後集》等；有選集，如《經進東坡文集事略》；有某一體裁作品的結集，如書簡；有某一時期作品的結集，如《應詔集》中的前五卷。第一次把蘇軾的文章單獨輯集在一起，是明末茅維的《蘇文忠公全集》。

二、茅氏原刊本問世之後，明清兩代以《東坡先生全集》爲名，多次印行。我們這次整理蘇軾文集，即以卷首冠以項煜序的《東坡先生全集》七十五卷本爲底本。

自明成化至清乾隆修《四庫全書》前這段期間，出現了幾種新編的《東坡全集》和具有全集規模的刊本。

其一：分集編輯本。這是指明成化四年(一四六八)程宗刻的《蘇文忠公全集》(通稱《七集》)。計包括《東坡集》四十卷、《東坡後集》二十卷、《奏議集》十五卷、《内制集》十卷另附《樂語》一卷)、《外制集》三卷、《應詔集》十卷、《續集》十二卷及《年譜》一卷，共一百十二卷。其前六集，乃據「宋時曹訓所刻舊本」刻(李紹序)。其《續集》，乃據明仁宗「所刻未完新本」刻。《續集》是新編的，收了和陶詩、書簡，還收了不少除和陶詩、書簡以外的詩文，其中大部分不見於《東坡集》、《東坡後集》，少量則與上二集有重複。其重出的詩文，大抵保留了原作面貌，有校勘意義。由於程宗依據的是「未完」本，蘇軾文章，仍有不少未收入者。明嘉靖十三年（一五三四），江西布政司重刻此本，亦題《蘇文忠公全集》。

其二：分類合編本。

一爲明刻一百一十四卷本《蘇文忠公集》。北京圖書館藏。該本卷一、卷二爲賦，卷三至卷三十一爲詩，其餘爲文。該本紕繆頗多。以詩而論，卷三收五古四十三首。其開章第一篇，爲《送宋構朝散知彭州迎侍二親》，令人不解。在這一卷中，《送楊孟容》、《送淵師歸徑山》凡兩出。以文而論，《孫武論》二篇，一列卷三十四經史論，一列卷三十五人物論；分類之中，有經史論，又有史論；又往往有「續添」，如《論武王》，不列入人物論，而列入史論「續添」；史論「續添」中，又有經論。《四庫全書總目提要》卷一百五十四《東坡全集》條斥之爲「編輯無法」。該本無序跋，似爲坊間書賈倉卒間所爲。

一爲清蔡士英刊本《東坡全集》一百十五卷本。《四庫全書》用以著録（以下簡稱庫本）。庫本卷一至卷三十二爲詩，係沿《七集》中《前集》、《後集》、《續集》之舊。自卷三十三爲文，文乃據「舊刻重訂」（《四庫全書總目提要》），分類編排較一百十四卷本合理。如「記」類，大體按時間順序。其失之大者有二。一在取材之不足。如：庫本卷七十八至八十五爲尺牘，其所據之本，爲《七集》中之《續集》。《續集》中之尺牘，一人多次出現，一次之中又不第先後，大抵是原始性質的資料彙編，保留了宋原刊本的本來面貌。其有力證據之一，是《永樂大典》卷一萬一千三百六十八簡字韻（中華書局影印本一百十五册）所引《蘇東坡集·書簡》，與《續集》中之尺牘，同出一源；其有力證據之二，是宋黄善夫家塾刊《王狀元集百家註分類東坡先生詩》卷二《次韻子由所居六詠》其四所引東坡尺牘，從題目到文字，皆與《大典》及《續集》相同（四部叢刊影印務本堂刊本《增刊校正王狀元集註分類東坡先生詩》，同黄本）。還有另一種經過整理的東坡尺牘，所收較庫本約多五百首。蔡士英或者因爲没有見到，没有採用。二在體例之不純。庫本卷一百一至卷一百五，據明萬曆趙開美刊本《東坡志林》（卽今通行的涵芬樓鉛印本），全録其文。《東坡志林》爲隨筆體文字，蘇軾此類文字尚多，不應獨取此。《東坡志林》卷五之論古十三首，已見《東坡後集》（《七集》中之《續集》重收）、《經進東坡文集事略》、《三蘇先生文粹》，應從後二書列入論類。庫本卷九十二評史類收《集由不可廢》等文四十五篇，原見《三蘇先生文粹》卷三十九至四十。其中《司馬相如之諂死而不已》、《西漢用刑輕重不同》二文，亦見《東坡志林》，其標題分别爲《臞仙帖》、《梁統議法》。庫本重出，顯得疏漏。蔡氏原本今雖未見，但依據蔡氏本著録的四庫全書《東坡全集》（卽庫本）尚在，可以覆按。

底本亦爲分類合編本。同以上二本相較，底本有其明顯的長處。

底本取材豐富。以尺牘而論，底本採用的是上面提到的經過整理的本子，約收尺牘一千三百首。此本以人爲緯，有多首尺牘者，則大體按寫作時間排列。北京圖書館所藏元刻本《東坡先生翰墨尺牘》殘卷，就屬於此類本子。底本所據之本，在明末流傳頗廣。明天啟元年（一六二一）徐象橒刻《蘇長公二妙集》，其尺牘部分，除個别文字外，與底本相同。早於《二妙集》者，尚有明萬曆三十六年（一六〇八）康丕揚刻本《重編東坡先生外集》；該書部分地收了東坡尺牘，其收入的部分，與底本的體例相同，排列也一樣。當同出於一源。

蘇軾大量題跋雜記一類的隨筆體文字，宋時，已收入《東坡手澤》中（《直齋書録解題》卷十七，參施元之、顧禧《注東坡先生詩》卷十一《寄黎眉州》註文），收入《大全集》中的《志林》、《雜説》（《直齋書録解題》卷十七，參朱翌《猗覺寮雜記》卷上）及《仇池筆記》、《蘇沈内翰良方》中，收入《詩話總龜》所引之《百斛明珠》、《東坡詩話》等書（約一百篇）及《苕溪漁隱叢話》之前、後集（約一百三十篇）中，收入《詩人玉屑》等書中，蘇軾同時代人和時代稍晚的人亦有不少引録。只有一小部分，收入《東坡集》和《東坡後集》。此類文字，很多或者具有比較高的文學價值，或者在其中就歷史上的、現實中的、以及其他領域的問題，提出自己的卓有見地的解釋和論斷，是蘇軾散文必要的和有機的組成部分。外集編者在這方面做了整理工作，其中「題跋一部，遊行、詩文、書畫各以類從，而盡去《志林》、《仇池筆記》之目」（焦竑：《外集序》）。幾乎就在同一個時候，底本編者也做了類似的工作，搜羅更較《外集》爲廣。這就是底本的卷六十六至卷七十三。其中卷六十六至卷七十一，毛晉刻入《津逮祕書》中，以《東坡題跋》行世。包括底本編者在内的整理工作，是有意義的。

南宋郎曄編註的《經進東坡文集事略》（以下簡稱郎本）及《七集》，是現在流傳較廣的兩種蘇文（後者還包括詩）刊本。底本同上二本比較，亦有其長處。

關於郎本。郎曄編註此書，在於呈進，依據的當是比較好的本子。如卷二的《菜羹賦》，文字卽勝現行各本。郎曄「箋疏之暇，兼事訂譌」（羅振常：《重校宋本郎註東坡文集序》），對傳寫的差訛，做了一些糾正。如卷一《後赤壁賦》校改「夢二道士」爲「夢一道士」，卷四十九《石鐘山記》校改「魏獻子」爲「魏莊子」。對於一般文字，郎氏也做了一番審定工作。除誤刊的以外，郎本不同於底本的文字，勝者略多。以此，受到人們的重視。

郎本不足之處，亦往往而在。其中最突出的，是刊刻的脱漏。如卷十一《正統辨論中》一文，在「一身之正是天下之私正也」句下，脱去「天下有君，是天下之公正也，吾無取乎私正也」十八字。在卷十九《策斷下》一文，竟有兩處脱文。一在「一失其法則不如無法之爲便也」句下，脱去「故夫各輔其性而安其生，則中國與胡本不能相犯，惟其不然，是故皆有以相制，胡人之不可從中國之法，猶中國之不可從胡人之無法也」五十五字。一在「皆以樽俎之間而制敵國之命」句下，脱去「此亦王者之心，期以紓天下之禍而已」十五字。此類例子，尚可舉出多處。在文字上，遜於底本的例子亦不乏。如卷五十一《放鶴亭記》「山人忻然而笑曰」，底本及七集「忻」均作「听」。按，「听」乃張口笑貌，「忻」就没有這種意味了。

關於《七集》。《七集》是現存最早的比較全的蘇軾詩文集合刊本。其《續集》中有幾處「續添」，説明成書顯得倉促。其書刊刻錯誤時有。用底本相校，後集卷三十三《張文定公墓誌銘》有「遣使於陝西河東京西四路」之句，底本「京西四路」作「京東西路」，查《宋史·張方平傳》，亦作「京東西路」，底本是；《奏議集》卷四《大雪論差役不便劄子》有「受息至深」之句，底本「息」作「恩」，「息」當爲誤刊。其脱漏處亦時有。再用底本校。如《外制集》卷上《新淮南轉運判官蔡濛可兩浙運判》一文，在「具官蔡濛」之後，脱去「吴越之人凋敝久矣」至「則民何賴焉」三十六字。此三十六字，賴底本得以保存。底本卷四十《賜新除依前光禄大夫刑部尚書蘇頌辭恩命不允詔》附有「蘇頌表」云云，《七集》無此附録。當然，《七集》也有勝過底本的地方。平情而論，二者互爲短長。

底本的分類，從大的方面説，是得體的。但個别類的篇目排列，却有可議之處。如「記」類，底本編者似在大類之下又分小類，然小類不易分明，且顯得瑣碎，就不如按寫作時間排列來得清楚，而這樣做是並不怎麼困難的。

底本的刊刻，有的地方不够精細，如「頴」往往誤成「穎」。個别地方有重收現象，如卷五十九《與鄭嘉會二首》，卽卷五十六《與鄭靖老四首》中之一、二首；卷六十八之《評詩人寫物》一文，卽卷六十《付子過二首》中之第一首；卷二十之《十二時中頌》卽卷二十二之《十二時中偈》。還偶有脱題、脱句現象。

根據上面的敍述，底本瑕瑜相較，瑜遠勝瑕。去瑕取瑜，我們應該對底本的編者的搜輯之功，作充分的肯定。《四庫提要》卷一百五十四甯取蔡士英刊本，而批評底本「漏略」，是很片面的。

三、校是我們整理工作的重要部分。就全部文集的校勘論，我們所用的校本有：

1 宋刊《東坡集》。殘存三十卷，其中有賦七篇及其他各體文十一卷。藏北京圖書館。每半葉十行，行十八字。簡稱集甲。

2 宋刊《東坡後集》。其文之殘存者，爲卷八、卷九、卷十，共三卷。每半葉十二行，行二十三字。藏北京圖書館。簡稱集乙。

3郎本。四部叢刊初編影印烏程張氏、南海潘氏合藏宋刊本，六十卷，共收文四百九十八篇。

4宋刊《應詔集》十卷。藏北京圖書館。十四行，每行二十五字。

5宋婺州東陽胡倉王宅桂堂刊《三蘇先生文粹》七十卷，其中卷十二至卷四十三爲蘇軾文，共收蘇軾文約二百八十篇。藏北京圖書館。簡稱《文粹》。

又，明刊《三蘇先生文粹》，欵式同宋本。簡稱明刊《文粹》。

6四部叢刊初編影印常熟瞿氏藏宋刊本《皇朝文鑑》，共收蘇軾文一百五十九篇。簡稱《文鑑》。

7《七集》。明成化四年程宗原刊本。

8明萬曆刊《重編東坡先生外集》。簡稱《外集》。

9明刻一百一十四卷本《蘇文忠公集》。該本賦的部分，有可取之處。

我們用作校勘的其他資料有：

1金石碑帖。

(1)宋搨西樓帖。一爲清宣統影印十卷本，一爲北京市文物商店所藏本。後者係文物商店秦同志所提供。

(2)北京北海公園閱古樓三希堂石刻。

(3)宋、明、清、民國金石碑帖專著的著録文字。其中有宋曾宏父《石刻鋪敍》、桑世昌《蘭亭考》、俞松《蘭亭續考》、岳珂《寶真齋法書贊》、明張丑《清河書畫舫》、汪珂玉《珊瑚網》、清吴升《大觀録》、卞永譽《式古堂書畫彙考》、孫承澤《庚子銷夏記》、倪濤《六藝之一録》、李佐賢《書畫鑑影》、翁方綱《粤東金石略》、陳焯《湘管齋寓賞續編》、陸心源《穰梨館過眼録》、民國石印《古今名人墨跡大觀》等。

（4）方志中石刻部分的著録文字。如《咸淳臨安志》。

2宋元人别集中徵引和附録的文字。其中有蘇轍《欒城集》、秦觀《淮海集》、陸游《劍南詩稿》、周必大《周益國文忠公集》、樓鑰《攻媿集》、元黄溍《金華黄先生文集》等。

3宋人詩文註中徵引和附録的文字。其中有施元之、顧禧《注東坡先生詩》（包括清馮應榴《蘇文忠詩合註》中轉引的施註）、題爲王十朋所編註的《增刊校正王狀元集註分類東坡先生詩》、郎本郎曄註文以及柳宗元《河東先生集》的註文和附録文字。

4宋王宗稷《東坡先生年譜》、傅藻《東坡紀年録》中徵引的文字。

5宋、元人的筆記中徵引的文字。其中有蘇籀《欒城先生遺言》、趙令畤《侯鯖録》、朱弁《曲洧舊聞》、何薳《春渚紀聞》、黄朝英《靖康緗素雜記》、洪邁《容齋隨筆》、邵博《邵氏聞見後録》、趙彦衛《雲麓漫鈔》、張世南《游宦紀聞》、費袞《梁谿漫志》以及元劉壎《隱居通議》等。

6近人、今人的蘇文校勘記。

（1）羅振常《經進東坡文集事略考異》，四卷，民國刊本。簡稱羅考。

（2）繆荃孫覆刻《東坡七集》的校勘記，簡稱繆校。

（3）一九五七年文學古籍刊行社出版的《經進東坡文集事略》龐石帚的校勘記，簡稱龐校。

7其他。如偶見於報刊的現代人考訂蘇文的成果（如一九八二年第五期《北京大學學報》關於《議學校貢舉狀》一文寫作時間的考訂文章）及有關資料（如《天下郡國利病書》）。

現存《永樂大典》的一些韻部，收有引自《蘇東坡大全集》、《蘇東坡集》各種體裁的文章約六十篇。《永樂大典》的這些文字，直接來源於宋本，可以看出宋本的原貌，有重要意義。上面提到的卷一萬一千三百六十八所引的《東坡書簡》，也屬於同一種情況。我們把它列爲重要參考校本。

四、就文集中的制、奏議、尺牘、題跋雜記這四部分和原屬單行本的個別篇——《莊子解》來説，又各自有其校本或參考校本。

關於制。我們參考了《宋大詔令集》，該書係解放後排印本。

關於奏議。我們參考了明刊本《歷代名臣奏議》、清刊本《續資治通鑑長編》。前者有舊式斷句。

關於尺牘。除《永樂大典》、《七集·續集》、《外集》有關尺牘部分外，我們以元刊本《東坡先生翰墨尺牘》爲校本。該本殘存二卷，藏北京圖書館。簡稱《翰墨》。

我們還參考以下各書。

1宋刊《聖宋名賢五百家播芳大全文粹》的有關部分。

2明天啓刊《蘇長公二妙集》。簡稱《二妙集》。

3明刊《補續全蜀藝文志》的有關部分。

4日本天明元年(一七八一)皇都書肆林權兵衛刻本《歐蘇手簡》。藏北京大學圖書館。

關於題跋雜記。我們參校的本子有:

1涵芬樓鉛印本《東坡志林》，五卷。即趙刻《志林》、中華書局一九八一年九月點校本《東坡志林》。

2明刻《稗海》本《東坡先生志林》。

3明抄《類說》本及涵芬樓鉛印本《仇池筆記》。分別稱《仇池筆記》、鉛印本《仇池筆記》。

4清鮑廷博《知不足齋叢書》本《蘇沈内翰良方》。簡稱《良方》。

5四部叢刊初編影印明刊本《詩話總龜》，簡稱《總龜》。

6海山仙館本《苕溪漁隱叢話》。簡稱《叢話》。

7毛晉汲古閣刊《東坡題跋》。

關於《莊子解》(即《廣成子解》)。《昭德先生郡齋讀書志·後志》卷二著録《東坡廣成子解》一卷，說明宋時已單行於世。清李調元重刊明范欽所刊《廣成子解》，收入《函海》中。《函海》本勝底本，今用作校本。

五、關於校勘記的撰寫。

凡屬下列情況之一者，寫入校勘記。

1底本文字的改動。包括誤文的訂正和意義較長的文字的選定。

2 底本衍文和脱文的删、補。

《永樂大典》有關外制引文各文篇末「可」字後，原有「特授依前官」、「依前官」云云字樣。「前官」之後，爲受制人新被任命的具體官職的文字。按，其具體官職名稱，已見題目。這些文字，實際上是例文，無庸贅述。七集中已無這些文字，説明删削已久。今録此等文字入校勘記中，以見宋時刊本的原貌，不補入正文。《宋大詔令集》所引蘇軾制文，也有類似情況，處理方法同上。

3 重要的異文。

其一，對理解發明文句有參考意義的異字、異詞。如卷一《赤壁賦》中的「盈虚者如彼」，真跡「彼」作「代」。

其二，人名和地名中的重要異字。關於寫作時間的異字。

其三，文字不同，各相連屬，而又有比較深刻意義的段落。如卷六十七《書柳子厚南澗詩》一文，自「柳子厚南遷後詩」以下二十五字，《詩話總龜》、《苕溪漁隱叢話》、《詩人玉屑》所引該篇文字，則爲「柳儀曹詩憂中有樂」云云三十九字。異文提出了不同於底本的對柳詩思想和藝術的精辟見解。

其四，題材相同、體裁相同、結構相同而文字差異較大，各相連屬，内容有所出入的個別不同短篇。如卷四十四《故贈太師追封温國公司馬光安葬祭文》一文，和西樓帖所引失題祭文（此文，洪邁《容齋隨筆·五筆》卷九《擒鬼章祝文》一則中亦引。洪氏云引自「成都石本法帖」，當卽西樓帖），就屬於此例。

上述不同的字、詞、段、篇，録入校勘記中。

4 無校本依據可以訂改的個别有可能是誤文（比較重要的）的志疑。

5 僞作和疑作的簡要交代。

6 少數不經見的文章的出處。

凡屬下列情況，均不寫入校勘記。

1 避諱字。如「惇」之諱「敦」、「完」之諱「全」、「桓」之諱「威」、「慎」之諱「謹」等。

2 一般異體字。如「悖」與「勃」；「瀆」與「黷」；「杯」與「盃」；「俯」與「俛」；「仙」與「僊」；「邪」與「耶」；「愧」與「媿」；「徘徊」與「裴回」；「茅」與「茆」；「彷彿」與「髣髴」、「仿佛」；「罪」與「辠」；「隄」與「堤」等。

3 明顯的誤刊字。如「己」刊成「已」、「巳」；「苻堅」之「苻」刊成「符」；「裸」刊成「祼」；「眯」刊成「眛」；「汩」刊成「汨」；「穀」刊成「榖」；「剌」刊成「刺」；「段」刊成「叚」；「撙」刊成「樽」。

4 奏議、尺牘、祭文開頭和結尾一般套語的有無（底本尺牘之見於西樓帖與三希堂石刻者，以上二者爲凖，訂訛補脱，以復原貌，不在此例）。

5 大體上不改變語意的文言虛字的有無。

6 以底本總目爲凖，各卷細目偶有脱去「一首」、「二首」字樣的情況。關於此類字樣的添補。

7 意思相近的異文。

8 校本中的錯誤。

校勘記注意着重考察名篇文字的異同。對於校本中的稀見本，予以更多的注意。

校勘記每篇自爲起訖，順序編號，集中於每篇之末。引用校本中屬於多卷的，標明卷次。有多條校勘記的，則只在第一次出現時標出卷次。

蘇軾的題跋雜記，如前所述，宋時即以多種名稱刊行，到了後代，又經過輾轉傳刻，文字間的差異較大。蘇軾尺牘之大量傳世，或者由於其人品，或者由於其書法，初非有意於此。寫時行草不一，後代石刻者有之，刊刻者有之，文字間的差異亦較大。今於此二類文字，除誤、脱、衍的正、補、删外，一般不作改動。

六、關於《仇池筆記》。底本卷六十五《穆生去楚王戊》、《漢武帝巫蠱事》、《齊高帝欲等金土之價》三篇，既見《仇池筆記》，又見《三蘇先生文粹》，是宋人已經確定《仇池筆記》中的部分作品，是蘇軾所作。此外尚有多篇，既見《仇池筆記》，又爲《總龜》、《叢話》所引。亦有單見於《仇池筆記》者。《仇池筆記》即使不是蘇軾「手著」，也是「好事者集其雜帖爲之」（《四庫提要》卷一百二十《仇池筆記》條），其來源仍然是可靠的。今保留底本原貌。

七、關於個别僞作、疑作和重見的作品。

蘇軾詩文集，宋時刊本，已「間有訛僞勦入者」，見《直齋書録解題》卷十七。底本自屬難免。如卷一之《颶風賦》、《思子臺賦》，焦竑謂爲蘇過所作，「人知其謬」（《外集序》）；卷十《講田友直字序》，一見

《豫章黄先生文集》卷十六；卷十一《睡鄉記》，一見《鷄肋集》卷三十一；卷十三《萬石君羅文傳》、《江瑶柱傳》、《黄甘陸吉傳》、《温陶君傳》，《避暑録話》謂乃他人所作，《葉嘉傳》，《捫蝨新話》謂爲陳元規作；卷二十《東交門箴》，一見《斜川集》卷六；卷二十四代滕達道二文，《揮麈録·後録》卷六謂乃王萃作；等等。今爲審慎計，於此類作品，皆保留原編次，說明於此。

卷七十三《王平甫夢靈芝宫》一文，《侯鯖録》謂爲曾子固所云，《總龜》謂爲蘇軾作。屬於有争議的作品。今於此等作品，亦保留原貌，加校記說明。

重見的作品，一般視其編排妥帖、文字完善與否，分别删、留。其中極個别作品，由於情況比較複雜，姑爲兩存。

八、關於底本總目。

1以底本總目與各卷細目相校，總目文字往往有省略處。其「制勅」類部份文章及「内制詔敕」、「内制勅書」、「内制口宣」、「内制批答」、「内制表本」、「内制國書」、「内制青詞」、「内制朱表」、「内制齋文」、「内制祝文」十類，經省略後，題面顯豁，便於翻尋。除此十類外，其他各類，皆以各卷細目爲準，對被省略的文字，一律補足。

2由兩個以上分題組成的文章，底本總目於總題之下，或列分題，或不列分題，標準不一。如卷二十二《自海南歸過清遠峽寶林寺敬贊禪月所畫十八大阿羅漢》、《水陸法像贊十六首》及卷三十八《贈司馬光三代制七首》、《贈封韓維三代制八首》，篇幅短小，可不列而列出；如卷四《論治道二首》，爲蘇軾重要文章，應列而未列。今分別情況，予以添補、保留或删去。

3 底本總目漏去的類別和題目，今均按各卷細目一一補齊。

九、底本卷七十四、七十五爲詞。以詞將另出專集，本集不收此二卷。

一〇、《蘇軾文集》是《蘇軾詩集》的姊妹篇。底本文字已見《詩集》者，保留題目，下註「已見詩集」（並註明卷次），不重出。

一一、關於標點和分段。

書名號。正文中的書名或篇名，不分全稱或簡稱，均加書名號。校勘記中的書名、篇名，亦加書名號。書名號用《　》表示。

引號。作者完整地引用經、史原文，加引號。作者引用經、史原文時，有所省略，亦於其起訖處加引號，中間不用省略號。作者用己意轉述前人文章大意，不加引號。特指引語、對話加引號。引號先單後雙，分別用「　」和『　』。

本書分段，視篇幅長短而定。長文和較長的文章分段，短文不分段。

孔凡禮一九八一年十二月初稿，

一九八三年十月修訂

蘇軾文集目録

第一卷

賦

第二卷

論

第三卷

第四卷

第五卷

第六卷

書義

孟子義

莊子解

第八卷

策

第九卷

第十卷

序

說

第十一卷

記

第十二卷

第十三卷

傳

第十四卷

墓誌銘

第十九卷

銘

贊

第二十二卷

偈

第二十三卷

表狀

第二十四卷

第二十五卷

奏議

第二十六卷

第二十七卷

第二十八卷

第二十九卷

第三十卷

第三十一卷

第三十二卷

第三十三卷

第三十七卷

第三十八卷

制勅

第三十九卷

第四十一卷

內制勑書

內制口宣

第四十二卷

內制口宣

第四十三卷

內制批答

內制表本

第四十四卷

內制青詞

內制朱表

內制疏文

內制齋文

内制祝文

第四十五卷

第四十六卷

啟

第四十七卷

啟

第四十八卷

書

第四十九卷

第五十卷

尺牘

第五十一卷

第五十二卷

第五十三卷

第五十四卷

第五十五卷

第五十六卷

第五十七卷

第五十八卷

第五十九卷

第六十卷

第六十一卷

與清隱老師二首……一八九五
與浴室用公一首……一八九六
與大别才老三首……一八九六
答龜山長老四首……一八九七
答清涼長老一首……一八九八
與僧隆賢二首……一八九八
代夫人與福應真大師一首……一八九八
捨幡帖一首……一八九九
付龔行信一首……一八九九

第六十二卷

青詞

醮上帝青詞三首……一九〇一
醮北嶽青詞……一九〇二
鳳翔醮土火星青詞……一九〇二
徐州祈雨青詞……一九〇三
諸宫觀等處祈雨青詞……一九〇四

疏文

南華寺六祖塔功德疏……一九〇四
代毛正仲軍衙廳成慶土道場疏……一九〇五
薦蘇子容功德疏……一九〇五
密州請皐長老疏……一九〇五
齊州請確長老疏……一九〇六
修通濟廟疏……一九〇六
修法雲寺浴室疏……一九〇六
杭州請圓照禪師疏……一九〇七
蘇州請通長老疏……一九〇七
散慶土道場疏……一九〇八
懺經疏……一九〇八
請淨慈法涌禪師入都疏……一九〇八
散淨獄道場疏……一九〇九
裝背羅漢薦歐陽婦疏……一九〇九
惠州薦朝雲疏……一九〇九

祝文

第六十三卷

祭文

第六十五卷

史評

第六十六卷

題跋雜文

第六十七卷

題跋詩詞

第六十八卷

題跋詩詞

第六十九卷

題跋書帖

第七十卷

題跋畫

題跋紙墨

題跋筆硯

第七十一卷

題跋琴棋雜器

題跋游行

第七十二卷

雜記人物

第七十三卷

雜記修煉

雜記醫藥

雜記草木飲食

蘇軾文集卷一

賦

灩澦堆賦并敍〔一〕

世以瞿塘峽口灩澦堆爲天下之至險，凡覆舟者，皆歸咎於此石。以余觀之，蓋有功於斯人者。夫蜀江會百水而至於夔，瀰漫浩汗，横放於大野，而峽之大小，曾不及其十一。苟先無以齟齬於其間，則江之遠來，奔騰迅快，盡鋭於瞿塘之口，則其嶮悍可畏，當不啻於今耳。因爲之賦，以待好事者試觀而思之。

天下之至信者，唯水而已。江河之大與海之深〔二〕，而可以意揣〔三〕。唯其不自爲形，而因物以賦形，是故千變萬化而有必然之理。掀騰勃怒，萬夫不敢前兮，宛然聽命，惟聖人之所使。余泊舟乎瞿塘之口，而觀乎灩澦之崔嵬，然後知其所以開峽而不去者，固有以也。蜀江遠來兮，浩漫漫之平沙。行千里而未嘗齟齬兮，其意驕逞而不可摧。忽峽口之逼窄兮，納萬頃於一盃。方其未知有峽也〔四〕，而戰乎灩澦之下，喧豗震掉，盡力以與石鬬，勃乎若萬騎之西來。忽孤城之當道，鉤援臨衝，畢至於其下兮，城堅而不可取。矢盡劍折兮，迤邐循城而東去。於是滔滔汩汩，相與入峽，安行而不敢怒。嗟夫，物固有以安而生變兮，亦有以用危而求安。得吾説而推之兮，亦足以知物理之固然。

〔一〕「并敍」二字，據集甲卷十九補。

〔二〕郎本卷一「深」後有「兮」字。

〔三〕郎本無「而」字。「揣」原作「拂」，今從集甲、郎本、《文鑑》卷五。

〔四〕郎本「有峽」作「其峽」。

屈原廟賦

浮扁舟以適楚兮，過屈原之遺宫。覽江上之重山兮，曰惟子之故鄉。伊昔放逐兮，渡江濤而南遷。去家千里兮，生無所歸而死無以爲墳。悲夫！人固有一死兮，處死之爲難。徘徊江上欲去而未決兮，俯千仞之驚湍。賦《懷沙》以自傷兮，嗟子獨何以爲心。忽終章之慘烈兮，逝將去此而沉吟。吾豈不能高舉而遠遊兮，又豈不能退默而深居？獨嗷嗷其怨慕兮，恐君臣之愈疏。生既不能力争而强諫兮，死猶冀其感發而改行。苟宗國之顛覆兮，吾亦獨何愛於久生。託江神以告寃兮，馮夷教之以上訴。歷九關而見帝兮，帝亦悲傷而不能救。懷瑾佩蘭而無所歸兮，獨惸惸乎中浦。峽山高兮崔嵬，故居廢兮行人哀。子孫散兮安在，況復見兮高臺。自子之逝今千載兮，世愈狹而難存。賢者畏譏而改度兮，隨俗變化斲方以爲圓。黽勉於亂世而不能去兮，又或爲之臣佐。變丹青於玉瑩兮，彼乃謂子爲非智。惟高節之不可以企及兮，宜夫人之不吾與。違國去俗死而不顧兮，豈不足以免於後世。嗚呼！君子之道，豈必全兮。全身遠害，亦或然兮。嗟子區區，獨爲其難兮。雖不適中，要以爲賢兮。夫我何悲，子所安兮。

昆陽城賦〔一〕

淡平野之靄靄，忽孤城之如塊。風吹沙以蒼莽，悵樓櫓之安在。横門豁以四達，故道宛其未改。彼野人之何知，方傴僂而畦菜。嗟夫，昆陽之戰，屠百萬於斯須，曠千古而一快。想尋、邑之來陣，兀若驅雲而擁海。猛士扶輪以蒙茸，虎豹雜沓而横潰。罄天下於一戰，謂此舉之不再。方其乞降而未獲，固已變色而驚悔。忽千騎之獨出，犯初鋒於未艾〔二〕。始憑軾而大笑，旋棄鼓而投械。紛紛籍籍死於溝壑者，不知其何人，或金章而玉佩。彼狂童之僭竊，蓋已旋踵而將敗。豈豪傑之能得，盡市井之無賴。貢符獻瑞一朝而成羣兮，紛就死之何怪。獨悲傷於嚴生，懷長才而自浼。豈不知其必喪，獨徘徊其安待。過故城而一弔，增志士之永慨。

〔一〕《讀畫齋叢書》本元劉壎《隱居通議》卷五録有此文全文，末句有註文，云：「嚴尤最曉兵法，爲莽謀主，昆陽之敗，乘輕騎，踐死人而逃。」當爲蘇軾自註。清陸心源《穰梨館過眼録》卷二亦録有此文全文，文末有「元豐二年九月廿五日書寄參寥子　眉山蘇軾」字。

〔二〕「於」原作「而」，今從集甲卷十九、郎本卷一、《隱居通議》卷五、《穰梨館過眼録》卷二。

後杞菊賦并敘

天隨生自言常食杞菊。及夏五月，枝葉老硬，氣味苦澀，猶食不已。因作賦以自廣。始余嘗疑之，以爲士不遇，窮約可也，至於飢餓嚼齧草木，則過矣。而余仕宦十有九年，家日益貧，衣食之奉，殆不如昔者。及移守膠西，意且一飽，而齋厨索然，不堪其憂。日與通守劉君廷式，循古城廢圃，求杞菊食之，捫腹而笑。然後知天隨生之言〔一〕，可信不繆。作《後杞菊賦》以自嘲，且解之云。

「吁嗟先生，誰使汝坐堂上稱太守？前賓客之造請，後掾屬之趨走。朝衙達午，夕坐過酉。曾盃酒之不設，攬草木以誑口。對案顰蹙，舉箸噎嘔。昔陰將軍設麥飯與葱葉，井丹推去而不嗅。怪先生之眷眷，豈故山之無有？」先生听然而笑曰：「人生一世，如屈伸肘。何者爲貧？何者爲富？何者爲美？何者爲陋？或糠覈而瓠肥〔二〕，或粱肉而墨瘦〔三〕。何侯方丈，庾郎三九。較豐約於夢寐，卒同歸於一朽。吾方以杞爲糧，以菊爲糗。春食苗，夏食葉，秋食花實而冬食根，庶幾乎西河、南陽之壽。」

〔一〕「生」原缺，據郎本卷一補。

〔二〕郎本「瓠」作「匏」。

〔三〕郎本「墨」作「黑」，羅考謂「墨」誤。案，「墨」可通。

服胡麻賦并敘

始余嘗服伏苓，久之良有益也。夢道士謂余：「伏苓燥，當雜胡麻食之。」夢中問道士：「何者爲胡麻？」道士言：「脂麻是也〔一〕。」既而讀《本草》，云：「胡麻，一名狗蝨，一名方莖，黑者爲巨勝。其油正可作食。」則胡麻之爲脂麻，信矣。又云：「性與伏苓相宜。」於是始異斯夢，方將以其說食之。而子由賦伏苓以示余。乃作《服胡麻賦》以答之。世間人聞服脂麻以致神仙，必大笑。求胡麻而不可得，則妄指山苗野草之實以當之〔二〕。此古所謂道在邇而求諸遠者歟？其詞曰：

我夢羽人，頎而長兮。惠而告我，藥之良兮。喬松千尺，老不僵兮。流膏入土，龜蛇藏兮。得而食之，壽莫量兮。於此有草，衆所嘗兮。狀如狗蝨，其莖方兮。夜炊晝曝，久乃臧兮。伏苓爲君，此其相兮。我興發書，若合符兮。乃瀹乃烝，甘且腴兮。補填骨髓，流髮膚兮。是身如雲，我何居兮。長生不死，道之餘兮。神藥如蓬，生爾廬兮。世人不信，空自劬兮。搜抉異物，出怪迂兮。槁死空山，固其所兮。至陽赫赫，發自坤兮。至陰肅肅，躋於乾兮。寂然反照，珠在淵兮。沃之不滅，又不燔兮。長虹流電，光燭天兮。嗟此區區，何與於其間兮。譬之膏油，火之所傳而已耶？

〔一〕「脂」原作「服」，據集甲卷十九、郎本卷一改。

〔二〕「妄指」原作「必求」，今從集甲、郎本。

赤壁賦〔一〕

壬戌之秋，七月既望，蘇子與客泛舟，遊於赤壁之下。清風徐來，水波不興。舉酒屬客，誦明月之詩，歌窈窕之章。少焉，月出於東山之上，徘徊於斗牛之間。白露横江，水光接天。縱一葦之所如，凌萬頃之茫然〔二〕。浩浩乎如憑虛御風〔三〕，而不知其所止，飄飄乎如遺世獨立，羽化而登仙。

於是飲酒樂甚，扣舷而歌之。歌曰：「桂棹兮蘭槳，擊空明兮泝流光。渺渺兮予懷，望美人兮天一方。」客有吹洞簫者，倚歌而和之，其聲嗚嗚然，如怨如慕，如泣如訴。餘音嫋嫋，不絕如縷。舞幽壑之潛蛟，泣孤舟之嫠婦。

蘇子愀然，正襟危坐，而問客曰：「何爲其然也？」客曰：「『月明星稀，烏鵲南飛。』此非曹孟德之詩乎？西望夏口，東望武昌。山川相繆，鬱乎蒼蒼。此非孟德之困於周郎者乎？方其破荆州，下江陵，順流而東也，舳艫千里，旌旗蔽空，釃酒臨江，横槊賦詩，固一世之雄也，而今安在哉？況吾與子漁樵於江渚之上，侶魚蝦而友麋鹿。駕一葉之扁舟，舉匏尊以相屬。寄蜉蝣於天地，渺滄海之一粟〔四〕。哀吾生之須臾，羨長江之無窮。挾飛仙以遨遊，抱明月而長終。知不可乎驟得，託遺響於悲風。」

蘇子曰：「客亦知夫水與月乎？逝者如斯，而未嘗往也。盈虛者如彼〔五〕，而卒莫消長也。蓋將自其變者而觀之，則天地曾不能以一瞬。自其不變者而觀之，則物與我皆無盡也，而又何羨乎？且夫天地之間，物各有主。苟非吾之所有，雖一毫而莫取。惟江上之清風，與山間之明月，耳得之而爲聲，目遇之而成色。取之無禁，用之不竭。是造物者之無盡藏也，而吾與子之所共食〔六〕。」客喜而笑，洗盞更酌〔七〕。肴核既盡，杯盤狼籍。相與枕藉乎舟中〔八〕，不知東方之既白。

〔一〕郎本卷一「赤」前有「前」字。

〔二〕三希堂石刻「凌」作「陵」。

〔三〕《文鑑》卷五「御」作「遇」。

〔四〕《文鑑》、三希堂石刻「滄」作「浮」。

〔五〕朱熹《朱子語類》卷一百三十謂「嘗見東坡手寫本」，「彼」作「代」。《書法》一九八一年第三期葉百豐《跋東坡書赤壁賦》，謂「月有盈虛圓缺，故曰『如代』，『代』謂更迭，義似更勝」。今仍作「彼」。以此上有「逝者如斯」句，「彼」與「斯」相對而言。

〔六〕「食」原作「適」，今從集甲卷十九、《文鑑》、三希堂石刻。《朱子語類》卷一百三十謂「嘗見東坡手寫本」，「食」即作「食」。又謂：「頃年蘇季真刻東坡文集，嘗見，問『食』字之義。答之曰：『如食邑之食，猶言享也。』」又，清李承淵《古文辭類纂》校勘記謂劉海峯先生「引明人婁子柔曰：佛經有『風爲耳之所食，色爲目之所食』語，東坡蓋用佛典云」。「食」又有作「樂」者，《朱子語類》及元李治《敬齋古今黈》卷八皆言及。《敬齋古今黈》云：「一本『食』作『樂』，當以『食』爲正。賦本韻語，此韻自以月、色、竭、食、藉、白爲協。若是『樂』字，則是取下『客喜而笑，洗盞更酌』爲協，不特文勢萎薾，而又段絡叢雜，東坡大筆，必不應爾。所謂『食』者，乃自己之真味，受用之正也，非他人之所與知者也。今蘇子有得乎此，其間至樂，蓋不可以容聲矣，又何必言樂而後始爲樂哉！《素問》云：『精食氣，形食味。』啓玄子爲之説曰：『氣化則精生，味和則形長。』又云：『壯火食氣，氣食少火。』啓玄子爲之説曰：『氣生壯火，故云壯火食氣，少火滋氣，故云氣食少火。』東坡賦意正與此同。」

〔七〕集甲「更」下原註：平。

〔八〕「藉」原作「籍」，據集甲、郎本、《文鑑》、三希堂石刻改。

後赤壁賦

是歲十月之望，步自雪堂，將歸于臨皐。二客從予，過黄泥之坂。霜露既降，木葉盡脱。人影在地，仰見明月。顧而樂之，行歌相答。已而歎曰：「有客無酒，有酒無肴，月白風清，如此良夜何？」客曰：「今者薄暮，舉網得魚，巨口細鱗，狀似松江之鱸〔一〕，顧安所得酒乎？」歸而謀諸婦。婦曰：「我有斗酒，藏之久矣，以待子不時之須。」於是攜酒與魚，復遊於赤壁之下。江流有聲，斷岸千尺。山高月小，水落石出。曾日月之幾何，而江山不可復識矣。予乃攝衣而上，履巉巖，披蒙茸。踞虎豹，登虬龍。攀栖鶻之危巢，俯馮夷之幽宫。蓋二客不能從焉。劃然長嘯，草木震動。山鳴谷應，風起水涌。予亦悄然而悲，肅然而恐，凛乎其不可久留也。反而登舟，放乎中流，聽其所止而休焉。時夜將半，四顧寂寥，適有孤鶴，横江東來，翅如車輪，玄裳縞衣，戛然長鳴，掠予舟而西也。須臾客去，予亦就睡，夢一道士〔二〕，羽衣翩躚〔三〕，過臨皐之下，揖予而言曰：「赤壁之游樂乎？」問其姓名，俛而不答。嗚呼噫嘻，我知之矣，疇昔之夜，飛鳴而過我者，非子也耶？道士顧笑，予亦驚悟。開户視之，不見其處。

〔一〕郎本卷一「鱸」作「鱠」，羅考謂誤。

〔二〕「一」原作「二」。據郎本、《文鑑》卷五改。郎本註文引《叢話》，謂此文「前後皆言孤鶴，則道士不應言二」，「二」疑爲傳寫之誤。《叢話》之語，見《後集》卷二十八。又，《朱子語類》卷一百三十疑「二」爲筆誤。

〔三〕集甲卷十九、郎本、《文鑑》「躚」作「仙」。

黠鼠賦

蘇子夜坐，有鼠方齧。拊床而止之，既止復作。使童子燭之，有橐中空。嘐嘐聱聱，聲在橐中。曰：「噫，此鼠之見閉而不得去者也。」發而視之，寂無所有。舉燭而索，中有死鼠。童子驚曰：「是方齧也，而遽死耶？向爲何聲，豈其鬼耶？」覆而出之，墮地乃走〔一〕。雖有敏者，莫措其手。蘇子歎曰：「異哉，是鼠之黠也。閉于橐中，橐堅而不可穴也。故不齧而齧，以聲致人；不死而死，以形求脱也〔二〕。吾聞有生，莫智於人。擾龍、伐蛟，登龜、狩麟。役萬物而君之，卒見使於一鼠。墮此蟲之計中，驚脱兔於處女。烏在其爲智也？」坐而假寐，私念其故。若有告余者曰：「汝惟多學而識之，望道而未見也。不一于汝，而二于物，故一鼠之齧而爲之變也。人能碎千金之璧，不能無失聲於破釜；能搏猛虎，不能無變色於蜂蠆。此不一之患也。言出於汝，而忘之耶？」余俛而笑，仰而覺。使童子執筆，記余之怍〔三〕。

〔一〕明刊一百十四卷本《蘇文忠公集》卷一「乃」作「而」。

〔二〕「脱」原作「説」，據集乙卷八、郎本改。

〔三〕「怍」原作「作」，今從《蘇文忠公集》。

秋陽賦

越王之孫，有賢公子，宅於不土之里，而詠無言之詩。以告東坡居士曰：「吾心皎然，如秋陽之明；

吾氣肅然，如秋陽之清；吾好善而欲成之，如秋陽之堅百穀；吾惡惡而欲刑之，如秋陽之隕羣木。夫是以樂而賦之。子以爲何如？」居士笑曰：「公子何自知秋陽哉？生於華屋之下，而長遊於朝廷之上，出擁大蓋，入侍幃幄，暑至於溫，寒至於涼而已矣。何自知秋陽哉？若予者，乃真知之。方夏潦之淫也，雲烝雨泄，雷電發越，江湖爲一，后土冒沒，舟行城郭，魚龍入室。菌衣生於用器，蛙蚓行於几席。夜違濕而五遷，晝燎衣而三易〔一〕。是猶未足病也。耕於三吳，有田一廛。禾已實而生耳，稻方秀而泥蟠。溝塍交通，牆壁頹穿。面垢落塈之塗，目泣濕薪之烟〔二〕。釜甑其空，四鄰悄然。鸛鶴鳴於戶庭，婦宵興而永歎。計有食其幾何〔三〕，矧無衣於窮年〔四〕。忽釜星之雜出，又燈花之雙懸。清風西來，鼓鐘其鏜。奴婢喜而告余，此雨止之祥也。蚤作而占之，則長庚澹澹其不芒矣〔五〕。浴於暘谷〔六〕，升於扶桑。曾未轉盼〔七〕，而倒景飛於屋梁矣。方是時也，如醉而醒，如瘖而鳴。如痿而起行，如還故鄉初見父兄。公子亦有此樂乎？」公子曰：「善哉！吾雖不身履，而可以意知也。」居士曰：「日行於天，南北異宜。赫然而炎非其虐，穆然而溫非其慈。且今之溫者，昔之炎者也。云何以夏爲盾而以冬爲衰乎？吾儕小人，輕慍易喜。彼冬夏之畏愛，乃羣狙之三四。自今知之，可以無惑。居不瑾戶〔八〕，出不仰笠〔九〕，暑不言病，以無忘秋陽之德。」公子拊掌，一笑而作。

〔一〕「晝」原作「畫」，據集乙卷八、郎本卷二改。

〔二〕郎本「泣」作「泫」。

〔三〕「有」原作「無」，今從明刊一百十四卷本《蘇文忠公集》卷一。

〔四〕「無」原作「有」，今從《蘇文忠公集》。
〔五〕下「澹」字，據郎本補。
〔六〕「暘」原作「昐」，據郎本、《文鑑》卷五改。
〔七〕「盼」原作「昐」，據郎本改。
〔八〕郎本「墐」作「障」。
〔九〕郎本「仰」作「御」。

洞庭春色賦并引

安定郡王以黄柑釀酒，名之曰洞庭春色。其猶子德麟得之以餉予。戲作賦曰〔一〕：

吾聞橘中之樂，不減商山。豈霜餘之不食，而四老人者遊戲於其間？悟此世之泡幻，藏千里於一斑〔二〕。舉棗葉之有餘，納芥子其何艱。宜賢王之達觀，寄逸想於人寰。嫋嫋兮秋風〔三〕，泛天宇兮清閑。吹洞庭之白浪，漲北渚之蒼灣。攜佳人而往游，勒霧鬢與風鬟〔四〕。命黄頭之千奴，卷震澤而與俱還。糅以二米之禾，藉以三脊之菅。忽雲烝而冰解，旋珠零而涕潸。翠勺銀罌，紫絡青綸。隨屬車之鴟夷，款木門之銅鐶。分帝觴之餘瀝，幸公子之破慳。我洗盞而起嘗，散腰足之痺頑。盡三江於一吸，吞魚龍之神姦。醉夢紛紜，始如髦蠻。鼓包山之桂楫〔五〕，扣林屋之瓊關。卧松風之瑟縮，揭春溜之淙潺。追范蠡於渺茫〔六〕，吊夫差之惸鰥。屬此觴於西子〔七〕，洗亡國之愁顔。驚羅襪之塵飛，失舞袖之弓彎。覺而賦之，以授公子曰：「嗚呼噫嘻，吾言夸矣，公子其爲我删之。」

〔一〕三希堂石刻無引文「安定郡王」云云三十字。

〔二〕郎本卷二、三希堂石刻「斑」作「班」。

〔三〕郎本、三希堂石刻「秋」作「春」。

〔四〕郎本、三希堂石刻「勒」作「勤」。

〔五〕「包」原作「巴」，今從郎本、三希堂石刻。郎註：「陶隱居《真誥》云：包山中有白芝，又有隱泉，正紫色。註云，此即林屋山也，在吴太湖中。」

〔六〕「追」原作「進」，今從集乙卷八、郎本、三希堂石刻。

〔七〕「觴」原作「觸」，據各本改。

中山松醪賦

始予宵濟於衡漳，車徒涉而夜號〔一〕。燧松明而識淺〔二〕，散星宿於亭皐。鬱風中之香霧，若訴予以不遭。豈千歲之妙質，而死斤斧於鴻毛。效區區之寸明，曾何異於束蒿。爛文章之糾纏〔三〕，驚節解而流膏。嗟構厦其已遠〔四〕，尚藥石而可曹〔五〕。收薄用於桑榆，製中山之松醪。救爾灰燼之中，免爾螢爝之勞。取通明於盤錯，出肪澤於烹熬〔六〕。與黍麥而皆熟，沸春聲之嘈嘈。味甘餘而小苦，歎幽姿之獨高。知甘酸之易壞，笑涼州之蒲萄。似玉池之生肥，非内府之烝羔。酌以癭藤之紋樽，薦以石蟹之霜螯。曾日飲之幾何，覺天刑之可逃。投拄杖而起行，罷兒童之抑搔。望西山之咫尺，欲褰裳以游遨。跨超峰之奔鹿，接挂壁之飛猱。遂從此而入海，渺翻天之雲濤。使夫嵇、阮之倫，與八仙之羣豪。或騎麟而翳鳳，爭榼挈而瓢操。顛倒白綸巾，淋漓宮錦袍。追東坡而不可及，歸餔歠其醨糟〔七〕。

漱松風於齒牙，猶足以賦《遠遊》而續《離騷》也。

〔一〕郎本卷二、三希堂石刻「車」作「軍」。三希堂石刻無「徒」字，疑偶脱。

〔二〕郎本、《文鑑》卷五、三希堂石刻「而識」作「以記」。

〔三〕「纆」原作「纏」，據集乙卷八、郎本、三希堂石刻改。

〔四〕「構」原作「搆」，今從三希堂石刻。

〔五〕郎本「而」作「之」。

〔六〕明刊一百十四卷本《蘇文忠公集》卷一「烹」作「煎」。

〔七〕三希堂石刻「歠」作「啜」。

沉香山子賦子由生日作

古者以芸爲香，以蘭爲芬。以鬱鬯爲裸，以脂蕭爲焚。以椒爲塗，以蕙爲薰。杜衡帶屈，菖蒲薦文。麝多忌而本羶，蘇合若薌而實葷〔一〕。嗟吾知之幾何，爲六入之所分〔二〕。方根塵之起滅，常顛倒其天君。每求似於髣髴，或鼻勞而妄聞。獨沉水爲近正，可以配薝蔔而並云。矧儋崖之異産，實超然而不羣。既金堅而玉潤，亦鶴骨而龍筋。惟膏液之内足，故把握而兼斤。顧占城之枯朽，宜爨釜而燎蚊。宛彼小山，巉然可欣。如太華之倚天，象小孤之插雲。往壽子之生朝，以寫我之老懃。子方面壁以終日，豈亦歸田而自耘。幸置此於几席，養幽芳於帨帉。無一往之發烈，有無窮之氤氳。蓋非獨以飲東坡之壽，亦所以食黎人之芹也。

〔一〕明刊一百十四卷本《蘇文忠公集》卷一「薌」作「香」。

〔二〕「六」原作「方」，據集乙卷八改。案，六入乃佛家語，謂眼、耳、鼻、舌、身、意六根及色、聲、香、味、觸、法六塵也。

酒子賦并引

南方釀酒，未大熟，取其膏液，謂之酒子〔一〕，率得十一。既熟，則反之醅中。而潮人王介石〔二〕，泉人許珏〔三〕，乃以是餉予。寧其醅之漓，以蕲予一醉。此意豈可忘哉，乃爲賦之。

米爲母，麴其父。烝羔豚，出髓乳。憐二子，自節口。餉滑甘，輔衰朽。先生醉，二子舞。歸瀹其糟飲其友。先生既醉而醒，醒而歌之曰：吾觀稺酒之初泫兮，若嬰兒之未孩。及其溢流而走空兮，又若時女之方笄。割玉脾於蠭室兮，氄雛鵝之毰毸。味盎盎其春融兮，氣凜冽而秋凄。自我皤腹之瓜罌兮，入我凹中之荷盃。暾朝霞於霜谷兮〔四〕，濛夜稻於露畦〔五〕。吾飲少而輒醉兮，與百榼其均齊。游物初而神凝兮，反實際而形開。顧無以酧二子之勤兮，出妙語爲瓊瑰。歸懷璧且握珠兮〔六〕，挾所有以傲厥妻。遂諷誦以忘食兮，殷空腸之轉雷。

〔一〕明刊一百十四卷本《蘇文忠公集》卷一「酒子」作「稺酒」。

〔二〕《蘇文忠公集》「王介石」作「王生」。

〔三〕《蘇文忠公集》「許玨」作「許生」。

〔四〕《蘇文忠公集》「霜」作「腸」。

〔五〕《蘇文忠公集》「露」作「霜」。

〔六〕《蘇文忠公集》「且」作「與」。

天慶觀乳泉賦

陰陽之相化，天一爲水。六者其壯，而一者其穉也〔一〕。夫物老死於坤，而萌芽於復。故水者，物之終始也。意水之在人寰也〔二〕，如山川之蓄雲，草木之含滋，漠然無形而爲往來之氣也。爲氣者水之生，而有形者其死也。死者鹹而生者甘，甘者能往能來，而鹹者一出而不復返，此陰陽之理也。吾何以知之？蓋嘗求之於身而得其說。凡水之在人者，爲汗、爲涕、爲洟、爲血、爲溲、爲淚、爲矢、爲涎、爲沫〔三〕，此數者，皆水之去人而外騖〔四〕，然後肇形於有物，皆鹹而不能返。故鹹者九而甘者一。一者何也？唯華池之真液，下涌於舌底，而上流於牙頰，甘而不壞，白而不濁，宜古之仙者以是爲金丹之祖，長生不死之藥也。今夫水之在天地之間者，下則爲江湖井泉，上則爲雨露霜雪，皆同一味之甘，是以變化往來，有逝而無竭。故海洲之泉必甘，而海雲之雨不鹹者，如涇渭之不相亂，河濟之不相涉也。若夫四海之水，與凡出鹽之泉，皆天地之死氣也。故能殺而不能生，能槁而不能浹也〔五〕，豈不然哉？吾謫居儋耳〔六〕，卜築城南，隣於司命之宮，百井皆鹹，而醪醴湩乳，獨發於宮中，給吾飲食酒茗之用，蓋沛然而無窮。吾嘗中夜而起，挈餅而東。有落月之相隨，無一人而我同。汲者未動，夜氣方歸。鏘瓊佩之落谷，灎玉池之生肥。吾三嘯而遄返，懼守神之訶譏。却五味以謝六塵，悟一真而失百非。信飛仙之有藥，中無主而何依。渺松喬之安在，猶想像於庶幾。

〔一〕「者」原缺，據明刊一百十四卷本《蘇文忠公集》卷一補。上句爲「六者其壯」，此乃對舉。

〔二〕「寰」原缺，據《蘇文忠公集》補。

〔三〕郎本卷二無「爲淚」二字。「爲矢」二字，據郎本補。

〔四〕「鶩」原作「鷔」，據集乙卷八改。龐校：「鶩。」

〔五〕「槁」原作「稿」，據郎本改。

〔六〕《蘇文忠公集》「謫」作「索」。

老饕賦

庖丁鼓刀，易牙烹熬。水欲新而釜欲潔，水惡陳江右久不改火，火色皆青。而薪惡勞。九蒸暴而日燥，百上下而湯鏖。嘗項上之一臠，嚼霜前之兩螯。爛櫻珠之煎蜜，滃杏酪之蒸羔。蛤半熟而含酒，蟹微生而帶糟。蓋聚物之夭美〔一〕，以養吾之老饕。婉彼姬姜，顔如李桃。彈湘妃之玉瑟，鼓帝子之雲璈。命仙人之萼緑華，舞古曲之鬱輪袍。引南海之玻瓈，酌涼州之蒲萄。願先生之耆壽〔二〕，分餘瀝於兩髦。候紅潮於玉頰，驚煖響於檀槽〔三〕。忽纍珠之妙唱，抽獨繭之長繅。閔手倦而少休，疑吻燥而當膏。倒一缸之雪乳，列百椀之瓊艘。各眼灧於秋水，咸骨醉於春醪。美人告去已而雲散，先生方兀然而禪逃。響松風於蟹眼，浮雪花於兔毫。先生一笑而起，渺海闊而天高。

〔一〕《外集》卷十一「天」作「大」。

〔二〕《外集》「者」作「萬」。

〔三〕《外集》「煖」下原校：一作「欻」。

菜羹賦并敍

東坡先生卜居南山之下，服食器用，稱家之有無。水陸之味，貧不能致，煮蔓菁、蘆菔、苦薺而食之。其法不用醯醬，而有自然之味。蓋易具而可常享〔一〕。乃爲之賦，辭曰：

嗟余生之褊迫，如脱兔其何因。殷詩腸之轉雷，聊禦餓而食陳。無芻豢以適口，荷鄰蔬之見分。汲幽泉以揉濯，摶露葉與瓊根〔二〕。爨鉶錡以膏油，泫融液而流津。湯濛濛如松風〔三〕，投糁豆而諧勻〔四〕。覆陶甌之穹崇，謝攪觸之煩勤〔五〕。屏醯醬之厚味，却椒桂之芳辛。水初耗而釜泣〔六〕，火增壯而力均〔七〕。滃嘈雜而麋潰〔八〕，信淨美而甘分。登盤盂而薦之，具匕箸而晨飧〔九〕。助生肥於玉池，與吾鼎其齊珍。鄙易牙之效技，超傅説而策勳〔一〇〕。沮彭尸之爽惑，調竈鬼之嫌嗔。嗟丘嫂其自隘，陋樂羊而匪人。先生心平而氣和，故雖老而體胖。計餘食之幾何，固無患於長貧〔一一〕。忘口腹之爲累，以不殺而成仁〔一二〕。竊比予於誰歟〔一三〕？葛天氏之遺民。

〔一〕「具」原缺，據郎本卷二補。

〔二〕郎本、《外集》卷十一「搏」作「持」。

〔三〕「湯濛濛」原作「適湯濛」，今從郎本、《外集》。

〔四〕郎本「諧」作「皆」。

〔五〕「謝攪」原作「罷攪」，據郎本改。《外集》「觸」作「觴」。

〔六〕原作「水耗初而釜治」，羅考謂不可通。今從郎本。

〔七〕郎本「均」作「勻」。

〔八〕郎本「嘈」作「漕」。「靡潰」原作「靡清」，今據郎本改。

〔九〕郎本「箸」作「筴」。

〔一〇〕郎本「傅說」作「伊傅」。

〔一一〕「計餘食之幾何，固無患於長貧」二句原缺，據郎本補。

〔一二〕「以」原作「似」，據郎本改。

〔一三〕「予」原作「子」，據郎本改。

颶風賦〔一〕并敍

《南越志》：熙安間多颶風。颶者，具四方之風也，嘗以五六月發。未至時，鷄犬爲之不鳴。又《嶺表録》云：秋夏間有暈如虹者，謂之颶母，必有飄風。

仲秋之夕，客有叩門指雲物而告予曰：「海氣甚惡，非祲非祥。斷霓飲海而北指，赤雲夾日而南翔。此颶之漸也，子盍備之？」語未卒，庭户肅然，槁葉蔌蔌。驚鳥疾呼，怖獸辟易。忽野馬之決驟，矯退飛之六鷁。襲土囊而暴怒，掠衆竅之叱吸。予乃入室而坐，斂衽變色。客曰：「未也，此颶之先驅爾。」少焉，排户破牖，殞瓦擗屋。礧擊巨石，揉拔喬木。勢翻渤澥，響振坤軸。疑屏翳之赫怒，執陽侯而將戮。鼓千尺之濤瀾〔二〕，襄百仞之陵谷〔三〕。吞泥沙於一卷，落崩崖於再觸。列萬馬而並騖，會千車而争逐〔四〕。虎豹讋駭，鯨鯢犇蹙。類鉅鹿之戰，殷聲呼之動地；似昆陽之役，舉百萬於一覆。予亦爲之股慄毛聳，索氣側足。夜拊榻而九徙，晝命龜而三卜。蓋三日而後息也。父老來唁，酒漿羅列，勞來僮僕，懼定而説。理草木之既偃，輯軒檻之已折。補茅屋之罅漏，塞牆垣之隤缺。已而山林寂然，海波不興，動者自止，鳴者自停。湛天宇之蒼蒼，流孤月之熒熒。忽悟且歎，莫知所營。嗚呼，小大出於相形，憂喜因於相遇〔五〕。昔之飄然者，若爲巨耶？吹萬不同，果足怖耶？蟻之緣也吹則墜，蚋之集也呵則舉。夫噓呵曾不能以振物，而施之二蟲則甚懼。鵬水擊而三千，摶扶摇而九萬〔六〕。彼視吾之惴慄，亦爾汝之相莞。均大塊之噫氣，奚巨細之足辨〔七〕？陋耳目之不廣，爲外物之所變。且夫萬象起滅，衆怪耀眩，求髣髴於過耳〔八〕，視空中之飛電。則向之所謂可懼者，實耶虚耶，惜吾知之晚也。

〔一〕《文鑑》卷十收此文，謂爲蘇過作。明焦竑《刻長公文集序》，亦謂爲蘇過作，見明萬曆刊《重編東坡先生外集》卷首。《文鑑》無序文「南越志」云云五十三字。

〔二〕「濤」原作「清」，今從《文鑑》。

〔三〕「褰」原作「翻」，今從《文鑑》。
〔四〕「會」原作「潰」，今從《文鑑》。
〔五〕《文鑑》「相」作「所」。
〔六〕「搏」原作「摶」，據《文鑑》改。
〔七〕「辨」原作「辯」，今從《文鑑》。
〔八〕《文鑑》「耳」作「目」。

酒隱賦〔一〕并敍

鳳山之陽，有逸人焉，以酒自晦。久之，士大夫知其名，謂之酒隱君，目其居曰酒隱堂，從而歌詠者不可勝紀。隱者患其名之著也，於是投迹仕途，即以混世，官於合肥郡之舒城。嘗與遊，因與作賦，歸書其堂云。

世事悠悠，浮雲聚漚。昔日濬壑，今爲崇丘。眇萬事於一瞬，孰能兼忘而獨遊？爰有達人，泛觀天地。不擇山林，而能避世。引壺觴以自娛，期隱身於一醉。且曰封侯萬里，賜璧一雙。從使秦帝，橫令楚王。飛鳥已盡，彎弓不藏。至於血刃膏鼎，家夷族亡。與夫洗耳潁尾，食薇首陽。抱信秋溺，徇名立殭。臧穀之異，尚同歸於亡羊。於是笑躡糟丘，揖精立粕。酣羲皇之真味，反太初之至樂。烹混沌以調羹，竭滄溟而反爵。邀同歸而無徒，每躊躇而自酌。若乃池邊倒載，甕下高眠。背後持鍤，杖頭掛錢。遇故人而腐脇，逢麴車而流涎。暫託物以排意，豈胸中而洞然。使其推虚破夢，則擾擾萬緒起矣，烏足以名世而稱賢者耶？

〔一〕《七集》無此文，見《外集》卷十一。文中「推虚」之「虚」原作「墟」，今從《外集》。

濁醪有妙理賦 神聖功用無捷於酒

酒勿嫌濁，人當取醇。失憂心於昨夢〔一〕，信妙理之疑神〔二〕。渾盎盎以無聲，始從味入；杳冥冥其似道，徑得天真。伊人之生，以酒爲命。常因既醉之適，方識此心之正。稻米無知，豈解窮理；麴蘖有毒，安能發性。乃知神物之自然，蓋與天工而相並。得時行道，我則師齊相之飲醇；遠害全身，我則學徐公之中聖。湛若秋露，穆如春風。疑宿雲之解駮，漏朝日之暾紅。初體粟之失去，旋眼花之掃空。酷愛孟生，知其中之有趣；猶嫌白老，不頌德而言功。兀爾坐忘，浩然天縱。如如不動而體無礙，了了常知而心不用。坐中客滿，惟憂百榼之空；身後名輕，但覺一盃之重。今夫明月之珠，不可以襦。夜光之璧，不可以餔。芻豢飽我而不我覺，布帛燠我而不我娛。惟此君獨遊萬物之表，蓋天下不可一日而無。在醉常醒，孰是狂人之藥；得意忘味，始知至道之腴。又何必一石亦醉，罔間州閭；五斗解酲，不問妻妾。結襪廷中，觀廷尉之度量；脱靴殿上，夸謫仙之敏捷。陽醉逿地，常陋王式之褊；烏歌仰天〔三〕，每譏楊惲之狹。我欲眠而君且去，有客何嫌；人皆勸而我不聞，其誰敢接。殊不知人之齊聖，匪昏之如。古者晤語，必旅之於。獨醒者，汨羅之道也；屢舞者，高陽之徒歟？惡蔣濟而射木人，又何狷淺；殺王敦而取金印，亦自狂疎。故我內全其天　外寓於酒。濁者以飲吾僕，清者以酌吾友。吾方耕於渺莽之野，而汲於清泠之淵〔四〕，以釀此醪，然後舉窪樽而屬予口〔五〕。

〔一〕郎本卷二「昨」作「卧」。

〔二〕郎本、《文鑑》卷十一「疑」作「凝」。本書卷六十七《書諸集改字》一文有「蜀本《莊子》」「乃疑於神」，今四方本作「凝」之語。

〔三〕「烏」原作「鳴」，據郎本改。

〔四〕「泠」原作「冷」，據集乙卷八、郎本改。

〔五〕「予」原作「無」，今從《文鑑》。

延和殿奏新樂賦成德之老來奏新樂

皇帝踐祚之三載也，治道旁達，王功告成。御延和之高拱，奏元祐之新聲。翕然便坐之前，初觀擊拊；允也德音之作，皆協和平〔一〕。自昔鍾律不調，工師失職。鄭衛之聲既盛，雅頌之音殆息。時有作者，僅存遺則。於魏則大樂令夔，在漢則河間王德。俾後世之有考，賴斯人之用力。時移事改，嗟制作之各殊；昔是今非，知高下之孰得？爰有耆德，適丁盛時。以謂樂之作也，臣嘗學之。顧近世之所用，校古人而失宜。峴下朴律，猶有太高之弊；瑗改照尺，不知同失於斯。是用稽《周官》之舊法而均其分寸，驗太府之見尺而審其毫釐。鑄器而成，庶幾改數以正度；具書以獻〔二〕，孰謂體知而無師〔三〕。時維帝俞，眷茲元老。雖退身而安逸，未忘心於論討。鏗然鐘磬之調適〔四〕，燦然筍簴之華好〔五〕。聊卽便安之所，奏黃鍾而歌大成；行詠文明之章，薦英祖而享神考。爾乃停法部之役〔六〕，而衆工莫與；肄太常之業〔七〕，而邇臣必陪。天聽聰明而下就〔八〕，時風和協以徐回。歌曲既登，將歎貫珠之美；韶音可合〔九〕，庶觀儀鳳之來。斯蓋世格文明〔一〇〕，俗躋仁壽〔一一〕。天地之和既應，金石之樂可奏。延英旁矚〔一二〕，念故老之不來；講武前臨，消群慝之交搆〔一三〕。然則律制既立，治功日新。號令皆發而中節，磬筦無聞於奪倫。上以導和氣於宮掖，下以胥悅豫於臣隣。以清濁任意而相議，何憂工玉；謂宮商各諧而自遂，無愧音臣〔一四〕。嗚呼，趙鐸固中於宮商，周尺仍分於清濁。道欲詳解，事資學博。儻非夔、曠之徒，孰能正一代之樂？

〔一〕「協」原作「效」，今從《外集》卷十一。

〔二〕「具」原作「其」，據《七集・續集》卷三改。

〔三〕《外集》「孰」作「敢」。

〔四〕《外集》「磬」作「鼓」。

〔五〕「筍簴」原作「虛業」，據《外集》改。案，《周禮・春官・典庸器》：「帥其屬而設筍簴。」「筍簴」，乃古代懸鐘磬之架。

〔六〕《外集》「役」作「伎」。

〔七〕《外集》「肄」作「隸」。

〔八〕《外集》「就」作「寵」。

〔九〕《外集》「韶」作「韻」。

〔一〇〕《外集》「文明」作「明昌」。

〔一一〕《外集》「仁」作「富」。

〔一二〕《外集》「延」作「邐」。

〔一三〕「搆」原作「構」，今從《外集》。

〔一四〕《外集》「音」作「晉」。

明君可與爲忠言賦明則知遠能受忠告〔一〕

臣不難諫，君先自明。智既審乎情僞，言可竭其忠誠。虛己以求，覽羣心於止水；昌言而告，恃至信於平衡。君子道大而不回，言出而爲則。事父能孝，故可以事君；謀身必忠，而況於謀國。然而言之雖易，聽之實難，論者雖切，聞者多惑。苟非開懷用善，若轉丸之易從；則投人以言，有按劍之莫測。國有大議，人方異詞。佞者莫能自直，昧者有所不知。雖有智者，孰令聽之？皎如日月之照臨，罔有道形之蔽；雖復藥石之瞑眩，曾何苦口之疑。蓋疑言不聽〔二〕，故確論必行；大功可成，故衆患自遠。上之人聞危言而不忌，下之士推赤心而無損。豈微忠之能致，有至明而爲本。是以伊尹醜有夏而歸亳，大賢固擇所從；百里愚於虞而智秦，一身非故相反。噫，言悅於目前者，不見跬步之外；論難於耳順者，有以百年而興。苟其聰明蔽於嗜好，智慮溺於愛憎，因其所喜而爲善，雖有願忠而孰能？心苟無邪，既坐瞻於百里；人思其效，將或錫之十朋。彼非謂之賢而欲違〔三〕，知其忠而莫受。目有眯則視白爲黑，心有蔽則以薄爲厚。遂使諛臣乘隙以彙進，智士知微而出走。仲尼不諫，懼將困於婦言〔四〕；叔孫詭辭，畏不免於虎口。故明主審遜志之非道，知拂心之謂忠。不求耳目之便，每要社稷之功。有漢宣之賢，充國得盡破羌之計；有魏明之察，許允獲伸選吏之公。大哉事君之難，非忠何報。雖曰伸於知己，而無自辱於善道。《詩》不云乎，哲人順德之行，可以受話言之告。

〔一〕「受」原作「順」，據《外集》卷十一改。本文有「受」韻，無「順」韻。

〔二〕《外集》「疑」作「窾」。

〔三〕《外集》「非」作「有」。

〔四〕「諫」，《外集》作「見」。「懼」原作「權」，據《七集·續集》卷三、《外集》改。

通其變使民不倦賦〔一〕通物之變民用無倦

物不可久，勢將自窮。欲民生而無倦，在世變以能通。器當極弊之時，因而改作；衆得日新之用，樂以移風。昔者世朴未分，民愚多屈，有大人卓爾以運智，使天下羣然而勝物。凡可養生之具，莫不便安；然亦有時而窮，使之弗鬱。下迄堯舜，上從軒羲。作網罟以絕禽獸之害，服牛馬以紓手足之疲。田焉而盡百穀之利，市焉而交四方之宜。神農既没，而舟楫以濟也；後聖有作，而弧矢以威之。至貴也，而衣裳之有法；至賤也，而臼杵之不遺。居穴告勞，易以屋廬之美；結繩既厭，改從書契之爲。如地也，草木之有盛衰；如天也，日星之有晦見。皆利也，孰識其所以爲利；皆變也，孰詰其所以制變？五材天生而並用，或革或因；百姓日用而不知，以歌以抃。豈不以俗狃其事，化難以神。疾從古之多弊，俾由吾而一新。觀《易》之卦，則聖人之時可以見；觀卦之象，則君子之動可以循。備物致功，蓋適推移之用；樂生興事，故無怠惰之民。及夫古帝既遥，後王繼踵。雖或不繇於聖作，而皆有適於民用。以瓦屋則無茅茨之敝漏，以騎戰則無車徒之錯綜〔二〕。更皮弁以圜法，周世所宜；易古篆以隸書，秦民咸共。乃知制器者皆出於先聖，泥古者蓋生於俗儒。昔之然今或以否，昔之有今或以無。將何以鼓舞民志，周流化區？王莽之復井田，世滋以惑；房琯之用車戰，衆病其拘。是知作法何常，視民所便。苟新令之可復，雖舊章而必擅。神而化之，使民宜之，夫何懈倦！

〔一〕本文及下二文《三法求民情賦》、《六事廉爲本賦》，皆見《外集》卷十一。

〔二〕《外集》「車」作「軍」。

三法求民情賦 王用三法斷民得中

民之枉直難其辯，王有刑罰從其公。用三法而下究，求與情而上通。司刺所專，精測淺深之量；人心易曉，斷依獄訟之中。民也性失而習姦邪，訟興而干獄犴。殘而肌膚，不足使之畏；酷而憲令，不足制其亂。故先王致忠義以核其實，悉聰明以神其斷。蓋一成不可變〔一〕，所以盡心於刑；此三法以求民情，孰有不平之歎？若夫老幼之類，蠢愚之人。或過失而冒罪，或遺忘而無倫。或頑而不識，或寃而未伸。一蹈禁網[二]，利口不能肆其辯；一定刑辟，士師不得私其仁。孰究枉弊，孰明僞真？刑宥舍以盡公[三]，與原其實；輕重中而制法，何濫於民。雖入鈞金，未可謂之堅；雖入束矢，孰可然其直？召伯之明，猶恐不能以意察；皋陶之賢，猶恐不能以情得。必也有秋官之聯，贊司寇之職。臣民以訊，讞國憲以何疑；寬恕其愆，斷人中而無惑。然則圜土之内，聽有獄正之良。棘木之下，議有九卿之詳。五辭以原其誠僞，五聲以觀其否臧。尚由哀矜而不喜，悼痛以如傷。三寬然後制邦辟，三舍然後施刑章。蓋念罰一非辜，則民情鬱而多怨；法一濫舉，則治道汨而不綱。故折獄致刑，本豐亨而御世；赦過宥罪，取解象以爲王。得非君示天下公，法與天下共？當赦則赦，姦不吾惠；可殺則殺，惡非汝縱。議獄緩死，以《中孚》之意；明罰勑法，以《噬嗑》之用。彼吕侯作訓，赦者止五刑之疑；而《王制》有言，本此聽庶人之訟。噫，刑德濟而陰陽合，生殺當而天地參。後世不此務，百姓無以堪。有苗之暴，以虐民者五；叔世之亂，以酷民者三。因嗟秦氏之峻刑，喪邦甚速；儻踵周家之故事，永世何慚。大哉！唐之與三覆其刑，漢之起三章而法。皆除三代之酷暴，率定一時之檢押。然其猶夷族之令而斷趾之刑，故不及前王之浹洽。

[一]此句與「此三法以求民情」句相對，「不」字前疑脱一「既」字。

[二]「蹈」原作「踏」，今從《外集》卷十一。

[三]「刑」原作「刺」，今從《外集》。案，本文有「三寬然後制邦辟，三舍然後施刑章」句，作「刑」是。

六事廉爲本賦 先聖之貴廉也如此

事有六者，本歸一焉。各以廉而爲首，蓋尚德以求全。官繼條分，雖等差而立制；吏功旌別，皆清慎以居先。器爾衆才，由吾先聖。人各有能，我官其任。人各有德，我目其行。是故分爲六事，悉本廉而作程；用啓庶官，俾厲節而爲政。善者善立事，能者能制宜。或靖恭而不懈，或正直而不隨。法則不失，辨別不疑。第其課兮，事區別矣；擧其要兮，廉一貫之。蔽吏治之否臧，必旌美效；爲民極之介潔，斯作丕基。所謂事者，各一人之攸能；所謂賢者，通衆賢之咸暨。擬之網罟，先綱而後目；況之布帛，先經而後緯。於冢宰處八法之末，厥執既分；在西京同大孝之科，於斯爲貴。乃知功廢於貪，行成於廉。苟務瀆貨，都忘厲厭。若是則善與能者爲汙而爲濫，恭且正者爲詖而爲憸。法焉不能守節，辨焉不能明賢〔一〕。故聖人惡彼敗官，雖百能而莫贖；上玆潔行，在六計以相兼。此蓋周公差次之，小宰分掌者。考課則以是黜陟，大比則以爲用捨。彼六條四曰潔，晉法有所虧焉；四善二爲清，唐制未之得也。曷曰獨摽玆道〔二〕，分貫其餘？始於善而迄辨，皆以廉而爲初。念厥德之至貴，故他功之莫如。譬夫五事冠於周家，聞之詩雅；九疇統之皇極，載自箕書。噫，績效皆煩，清名至美。故先責其立操，然後褒其善理。是以古者之治，必簡而明，其術由此。

〔一〕「明賢」原作「明嫌」，今從《外集》卷十一。案：上句爲「法焉不能守節」，「明賢」與「守節」對擧，作「賢」是。

〔二〕「摽」疑爲「標」之誤。案：作「摽」難通。

復改科賦

新天子兮，繼體承乾。老相國兮，更張孰先？憫科場之積弊，復詩賦以求賢。探經義之淵源，是非紛若；考辭章之聲律，去取昭然。原夫詩之作也，始於虞舜之朝；賦之興也，本自兩京之世。迤邐陳、齊之代，綿邈隋、唐之裔。故遒人徇路，爲察治之本；歷代用之，爲取士之制。追古不易，高風未替。祖宗百年而用此，號曰得人；朝廷一旦而革之，不勝其弊。謂專門足以造聖域，謂變古足以爲大儒。事吟哦者爲童子，爲彫篆者非壯夫。殊不知採摭英華也簇之如錦繡，較量輕量也等之如錙銖。韻韻合璧，聯聯貫珠。稽諸古其來尚矣，考諸舊不亦宜乎？特令可畏之後生，心潛六義；佇見大成之君子，名振三都。莫不吟詠五字之章，鋪陳八韻之旨。字應周天之日兮，運而無積；句合一歲之月兮，終而復始。過之者成疣贅之患，不及者貽缺折之毀。曲盡古人之意，乃全天下之美。遭逢日月，忻歡者諸子百家；抖擻歷圖，快活者九經三史。議夫賦曷可已，義何足非。彼文辭泛濫也，無所統紀；此聲律切當也，有所指歸。巧拙由一字之可見，美惡混千人而莫違。正方圓者必藉於繩墨，定隳括者必在於樞機。所以不用孔門，惜揚雄之未達；其逢漢帝，嘉司馬之知微。噫，昔元豐之《新經》未頒，臨川之《字說》不作。止戈爲武兮，曾試於京國。通天爲王兮，必舒於禁籥。孰不能成始成終，誰不道或詳或略。秋闈較藝，終期李廣之雙鵰；紫殿唱名，果中禰衡之一鶚。大凡法既久而必弊，士貽患而益深。謂罷於開封，則遠方之隘者，空自韞玉；取諸太學，則不肖之富者，私於懷金。雖負凌雲之志，未酬題柱之心。三舍既興，賄賂公行於庠序；一年爲限，孤寒半老於山林。自是憒愧者莫不顰眉，公正者爲之切齒。思罷者而未免，欲改之而未止。羽翼成商山之父，謳歌歸吾君之子。諫必行言必聽焉，此道飄飄而復起。

快哉此風賦并引

時與吴彦律、舒堯文、鄭彦能各賦兩韻，子瞻作第一第五〔一〕。

賢者之樂，快哉此風。雖庶民之不共，眷佳客以攸同。穆如其來，既偃小人之德；颯然而至，豈獨大王之雄。若夫鷁退宋都之上，雲飛泗水之湄。寥寥南郭，怒號於萬竅；颯颯東海，鼓舞於四維。固以陋晉人一吷之小，笑玉川兩腋之卑。野馬相吹，摶羽毛於汗漫〔二〕；應龍作處，作鱗甲以參差。

〔一〕「第一第五」下原有「韻占風字爲韻餘皆不録」十字，據《外集》卷十一删。

〔二〕「摶」原作「搏」，今從《外集》。

思子臺賦〔一〕并引

予先君宫師之友史君，諱經臣〔二〕，字彦輔，眉山人。與其弟沆子凝皆奇士〔三〕，博學能文，慕李文饒之爲人，而舉其議論〔四〕。彦輔舉賢良，不中第。子凝以進士得官，止著作佐郎。皆早死，且無子，有文數百篇〔五〕，皆亡之。予少時常見彦輔所作《思子臺賦》，上援秦皇，下逮晉惠，反復哀切，有補於世。蓋記其意而亡其辭，乃命過作補亡之篇，庶幾後之君子〔六〕，猶得見斯人胸懷之髣髴也〔七〕。

客有自蜀遊梁，傃關而東。覽河華之形勝兮，訪秦漢之遺宫。得巋然之頽基兮，並湖城之西墉。弔漢武之暴怒兮，悼戾園之憫凶。聞父老之哀歎兮，猶有歸來望思之遺恫。吁大臺之讒頰兮，實咀毒而銜鋒。敗趙國於俛仰兮〔八〕，又將覆劉氏之宗。問漢武之多忌兮〔九〕，謂左右之皆戎。殺陽石而未厭兮，又瘞禍於宮中。忸君王之好殺兮，視人命猶昆蟲。死者幾何人兮，豈問骨肉與王公。惑狂傅之淺謀兮，不忍忿忿而殺充。上曾不鑒予之無聊兮，實有冢心。負此名而欲亡兮，天下其孰吾容？

苟道死於泉鳩兮，冀稍久而自理。遘大患於倉猝兮，懷孤憤於永已。念君老而孰圖兮，嗟肉食其多鄙。獨三老與千秋兮，懷愛君之眷眷。犯雷霆之方怒兮，消積禍於一言。既沉冤之無告兮〔一〇〕，戮讒人其已晚。幸曾孫之無恙兮，或慰夫九原。雖築臺其何救兮，固知已矣之不諫。魂縈縈乎其歸來兮，蓋庶幾於復見也。

昔秦之亡也，禍始於扶蘇。眇斯、高之嬴豕兮，視其君猶乳虎。曾續息之未定兮，乃敢探其穴而啗其雛。在晉四世，有君不惠。孽婦晨雊，彊王定制。惟愍、懷之遭離兮，實追蹤於漢戾。顧孱后之何知兮，亦號呼於既逝。寫餘哀於江陵兮，發故臣之幽契。仍築臺以望思兮，蓋援武以自例。

嗚呼噫嘻，可弔而不可哂兮，亦各言其子也〔一一〕。彼茂陵之雄傑兮，係九戎而鞭百蠻。笑堯禹而陋湯武兮，蓋將與黄帝俱仙。及其失道於幾微兮，狐鬼生於左臂。如嬰兒之未孩兮，易耳目而不知。甘泉咫尺而不通兮，與式乾其何異。既上配於秦皇兮，又不比於晉惠。君子是以知狂聖之本同，而聰明之不可恃也。

覽觀古初，孰哲孰愚？皆知指笑乎前人，而莫知後之視予。方漢武之盛也，肯自比於驪山之朽骨，而況於金墉之獨夫乎？自今觀之，三后一律，皆以信讒而殺子，暱姦而敗國。吾築臺以寄哀，信同名而齊實。彼昏庸者固不足告也，吾將以爲明王之龜策。自建元以來，張湯、主父偃之流，與兩丞相、三長史之徒，皆以無罪而夷滅，一言以就誅。曾無興哀於既往，一洗其無辜。獨於據也悲歌慷慨，泣涕躊躇。嗚呼哀哉，莫有以楚靈王之言告者曰：「人之愛其子也，亦如予乎？」天道好還，以德爲符。惟孟德之鷙忍兮，亦嗜殺以爲娛。彼楊公之愛修兮，豈減吾之蒼舒？恨元化之不可作兮，然後知鼠輩之果無。同舐犢於晚歲兮，又何怨於老瞞。吾將以嗜殺爲戒也，故於末而并書。

〔一〕《外集》卷二十九有此文之引「予先君」云云，無賦。《文鑑》卷十收此文，謂爲蘇過作。今附存於此。

〔二〕《外集》「經」作「唐」。

〔三〕「凝」原空格，據《文鑑》、《七集·續集》卷三、《外集》補。

〔四〕《文鑑》、《外集》「舉」作「學」。

〔五〕「篇」原空格，據《文鑑》、《七集·續集》補。

〔六〕「後之」二字原缺，據《外集》補。

〔七〕「之」原缺，據《外集》補。

〔八〕「國」原空格，據《文鑑》、《七集·續集》補。

〔九〕「間」原作「閭」，據《文鑑》、《七集·續集》改。

〔一〇〕《文鑑》「既」作「洗」。

〔一一〕「言」原缺，據《文鑑》補。

蘇軾文集卷二

論

省試刑賞忠厚之至論

堯、舜、禹、湯、文、武、成、康之際，何其愛民之深，憂民之切，而待天下之以君子長者之道也〔一〕。有一善，從而賞之，又從而咏歌嗟嘆之，所以樂其始而勉其終。有一不善，從而罰之，又從而哀矜懲創之，所以棄其舊而開其新。故其吁俞之聲，歡休慘戚〔二〕，見於虞、夏、商、周之書。成、康既没，穆王立，而周道始衰。然猶命其臣吕侯，而告之以祥刑。其言憂而不傷，威而不怒，慈愛而能斷，惻然有哀憐無辜之心，故孔子猶取焉。

《傳》曰：「賞疑從與，所以廣恩也。罰疑從去，所以慎刑也。」當堯之時，皐陶爲士，將殺人，皐陶曰「殺之三」，堯曰「宥之三」，故天下畏皐陶執法之堅，而樂堯用刑之寬。四岳曰「鯀可用」，堯曰「不可，鯀方命圮族」，既而曰「試之」。何堯之不聽皐陶之殺人，而從四岳之用鯀也？然則聖人之意，蓋亦可見矣。

《書》曰：「罪疑惟輕，功疑惟重，與其殺不辜，寧失不經。」嗚呼，盡之矣。可以賞，可以無賞，賞之過乎仁。可以罰，可以無罰，罰之過乎義。過乎仁，不失爲君子；過乎義，則流而入於忍人。故仁可過也，義不可過也。古者賞不以爵祿，刑不以刀鋸。賞以爵祿，是賞之道，行於爵祿之所加，而不行於爵祿之所不加也。刑之以刀鋸，是刑之威，施於刀鋸之所及，而不施於刀鋸之所不及也。先王知天下之善不勝賞，而爵祿不足以勸也〔三〕；知天下之惡不勝刑，而刀鋸不足以裁也，是故疑則舉而歸之於仁，以君子長者之道待天下，使天下相率而歸於君子長者之道，故曰忠厚之至也。

《詩》曰：「君子如祉，亂庶遄已。君子如怒，亂庶遄沮。」夫君子之已亂，豈有異術哉？時其喜怒〔四〕，而無失乎仁而已矣。《春秋》之義，立法貴嚴，而責人貴寬。因其褒貶之義以制賞罰，亦忠厚之至也。

〔一〕「天下之」之「之」，據集甲卷二十一、郎本卷九補。
〔二〕郎本「休」作「忻」。
〔三〕集甲「勸」作「滿」。
〔四〕郎本「時」作「制」。

御試重巽以申命論〔一〕

昔聖人之始畫卦也〔二〕，皆有以配乎物者也。巽之配於風者，以其發而有所動也。配於木者，以其仁且順也。夫發而有所動者，不仁則不可以久，不順則不可以行，故發而仁，動而順，而巽之道備矣。聖人以爲不重，則不可以變，故因而重之，使之動而能變，變而不窮，故曰「重巽以申命」。言天子之號令如此而後可也。

天地之化育，有可以指而言者，有不可以求而得者[三]。今夫日，皆知其所以爲煖；雨，皆知其所以爲潤；雷霆，皆知其所以爲震；雪霜，皆知其所以爲殺。至於風，悠然布於天地之間，來不知其所自，去不知其所入，嘘而炎，吹而泠[四]，大而鼓乎大山喬嶽之上[五]，細而入乎竅空蔀屋之下[六]，發達萬物，而天下不以爲德，摧拔草木[七]，而天下不以爲怒，故曰天地之化育，有不可求而得者。此聖人之所法，以令天下之術也。

聖人在上，天下之民，各得其職。士者皆曰「吾學而仕」，農者皆曰「吾耕而食」，工者皆曰「吾作而用」，賈者皆曰「吾負而販」，不知聖人之制命令以鼓舞、通變其道，而使之安乎此也。聖人之在上也，天下可由而不可知，可言而不可議，蓋得乎巽之道也。易者，聖人之動，而卦者，動之時也。《蠱》之彖曰：「先甲三日，後甲三日。」而《巽》之九五亦曰：「先庚三日，後庚三日[八]。」而説者謂甲庚皆所以申命，而先後者，慎之至也[九]。聖人憫斯民之愚，而不忍使之遽陷于罪戾也，故先三日而令之，後三日而申之，不從而後誅，蓋其用心之慎也[一〇]。以至神之化令天下，使天下不測其端；以至詳之法曉天下，使天下明知其所避。天下不測其端，而明知其所避，故靡然相率而不敢議也[一一]。上令而下不議，下從而上不誅，順之至也。故曰重巽之道，上下順也[一二]。

[一]「以」原缺，據郎本卷九補。

[二]郎本「始畫卦」作「作易」。

[三]「得」下原有「之」字，據郎本删。羅考：「『之』字衍。蓋就上句『有可以指而言者』而言。」

〔四〕「泠」原作「冷」，今從集甲卷二十一。郎本「泠」作「肅」。

〔五〕「大」原作「太」，據集甲改。「大山喬嶽」與下句「竅空蔀屋」對舉。

〔六〕郎本「竅空」作「窾室」。

〔七〕郎本「敗」作「拔」。

〔八〕郎本「蠱之象曰……後庚三日」作「巽之象曰先庚三日後庚三日蠱之繇曰先甲三日後甲三日」。集甲、文粹卷十四同底本。

〔九〕郎本「慎之至也」作「叮嚀重複之意也」。

〔一〇〕郎本「用心之慎也」作「用心如此之謹也」。

〔一一〕郎本「相率」作「向風」。

〔一二〕「日」據郎本補。

學士院試孔子從先進論

君子之欲有爲於天下，莫重乎其始進也。始進以正，猶且以不正繼之，況以不正進者乎！古之人有欲以其君王者也，有欲以其君霸者也，有欲以强其國者也〔一〕，是三者其志不同，故其術有淺深，而其成功有巨細。雖其終身之所爲，不可逆知，而其大節必見於其始進之日。何者？其中素定也。未有進以强國而能霸者也，未有進以霸而能王者也。

伊尹之耕於有莘之野也，其心固曰使吾君爲堯舜之君，而吾民爲堯舜之民也。以伊尹爲以滋味説湯者，此戰國之策士，以己度伊尹也，君子疾之。管仲見桓公於纍囚之中，其所言者，固欲合諸侯攘夷狄也。管仲度桓公足以霸，度其身足以爲霸者之佐，是故上無侈說，下無卑論。古之人其自知明也如此。

商鞅之見孝公也，三説而後合。甚矣，鞅之懷詐挾術以欺其君也。彼豈不自知其不足以帝且王哉？顧其刑名慘刻之學，恐孝公之不能從，是故設爲高論以銜之。君既不能是矣，則舉其國惟吾之所欲爲。不然，豈其負帝王之畧，而每見輒變以徇人乎？商鞅之不終於秦也，是其進之不正也。

聖人則不然，其志愈大，故其道愈高，其道愈高，故其合愈難。聖人視天下之不治，如赤子之在水火也。其欲得君以行道，可謂急矣。然未嘗以難合之故而少貶焉者，知其始於少貶，而其漸必至陵遲而大壞也。故曰：「先進於禮樂，野人也；後進於禮樂，君子也。如用之，則吾從先進。」

孔子之世，其諸侯卿大夫，視先王之禮樂，猶方圓冰炭之不相入也。進而先之以禮樂，其不合必矣。是人也，以道言之，則聖人也〔二〕。以世言之，則野人也。若夫君子之急於有功者則不然，其未合也，先之以世俗之所好，而其既合也，則繼以先王之禮樂。其心則然，然其進不正，未有能繼以正者也。故孔子不從。而孟子亦曰：「枉尺直尋者，以利言也。如以利，則枉尋直尺而利，亦可爲歟？」君子之得其君也，既度其君，又度其身。君能之而我不能，不敢進也；我能之而君不能，不可爲也。不敢進而進，是易其君；不可爲而爲，是輕其身。是二人者，皆有罪焉。

故君子之始進也，曰：「君苟用我矣，我且爲是，君曰能之，則安受而不辭，君曰不能，天下其獨無人乎！」至於人君亦然，將用是人也，則告之以己所欲爲，要其能否而責成焉。其曰「姑用之而試觀之者」，皆過也。後之君子，其進也無所不至，惟恐其不合也，曰：「我將權以濟道。」既而道卒不行焉，則曰：「吾君不足以盡我也。」始不正其身，終以謗其君。是人也，自以爲君子，而孟子之所謂賊其君者也。

〔一〕「以」據郎本卷九補。

〔二〕「也」據郎本補。

學士院試春秋定天下之邪正論

爲《穀梁》者曰：「成天下之事業，定天下之邪正，莫善於《春秋》。」請因其説而極言之。夫《春秋》者，禮之見於事業者也。孔子論三代之盛，必歸於禮之大成，而其衰，必本於禮之漸廢。君臣、父子、上下，莫不由禮而定其位。至以爲有禮則生，無禮則死。故孔子自少至老，未嘗一日不學禮而不治其他。以之出入周旋，亂臣强君莫能加焉。知天下莫之能用也，退而治其紀綱條目，以遺後世之君子。則又以爲不得親見於行事，有其具而無其施設措置之方，於是因魯史記爲《春秋》，一斷於禮。凡《春秋》之所褒者，禮之所與也，其所貶者，禮之所否也。《記》曰：禮者，所以别嫌、明疑、定猶豫也。而《春秋》一取斷焉。故凡天下之邪正，君子之所疑而不能決者，皆至於《春秋》而定。非定於《春秋》，定於禮也。故太史公曰：「《春秋》者，禮義之大宗也。爲人君父而不知《春秋》者，前有讒而不見，後有賊而不知。爲人臣子而不知《春秋》者，守經事而不知其宜，遭變事而不知其權。夫禮義之失，至於君不君，臣不臣，父不父，子不子，其意皆以善爲之〔一〕，而不知其義，是以被之空言而不敢辭。」

夫邪正之不同也，不啻若黑白。使天下凡爲君子者皆如顏淵，凡爲小人者皆如桀跖，雖微《春秋》，天下其孰疑之？天下之所疑者，邪正之間也。其情則邪，而其迹若正者有之矣。其情以爲正，而不知其義以陷於邪者有之矣。此《春秋》之所以丁寧反覆於其間也。

宋襄公，疑於仁者也。晉荀息，疑於忠者也。襄公不修德，而疲弊其民以求諸侯，此其心豈湯武之心也哉？而獨至於戰〔二〕，則曰「不禽二毛，不鼓不成列」。非有仁者之素，而欲一旦竊取其名以欺後世，苟《春秋》不爲正之，則世之爲仁者，相率而爲僞也。故其書曰：「冬十一月乙巳朔，宋公及楚人戰于泓，宋師敗績。」《春秋》之書戰，未有若此其詳也。君子以爲其敗固宜，而無有隱諱不忍之辭焉。荀息之事君也，君存不能正其過〔三〕，沒又成其邪志而死焉。荀息而爲忠，則凡忠於盜賊、死於私暱者皆忠也，而可乎？故其書曰：「及其大夫荀息。」不然，則荀息、孔父之徒也，而可名哉！

〔一〕「善」上原有「爲」字，今據集甲卷二十一、郎本卷九删。

〔二〕「而」據郎本補。

〔三〕「過」原作「違」，今從郎本。

儒者可與守成論以下二首俱程試

聖人之於天下也，無意於取也。譬之江海，百谷赴焉；譬之麟鳳，鳥獸萃焉。雖欲辭之，豈可得哉？禹治洪水，排萬世之患，使溝壑之地，疏爲桑麻，魚鱉之民，化爲衣冠。契爲司徒，而五教行，棄爲后稷，而烝民粒〔一〕，世濟其德。至於湯武拯塗炭之民，而置之於仁壽之域，故天下相率而朝之。此三聖人者，蓋推之而不可去，逃之而不能免者也。於是益修其政，明其教，因其民不易其俗。以是得之，以是守之，傳數十世，而民不叛。豈有二道哉！

周室既衰，諸侯並起力征爭奪者，天下皆是也。德既無以相過，則智勝而已矣；智既無以相傾，則力奪而已矣。至秦之亂，則天下蕩然〔二〕，無復知有仁義矣。漢高帝以三尺劍，起布衣，五年而併天下。雖稍輔以仁義，然所用之人，常先於智勇，所行之策，常主於權謀。是以戰必勝，攻必取。天下既平，思所以享其成功，而安於無事，以爲子孫無窮之計，而武夫謀臣，舉非其人，莫與爲者。故陸賈譏之曰：「陛下以馬上得之，豈可以馬上治之！」叔孫通亦曰：「儒者難以進取，可與守成。」於是酌古今之宜，與禮樂之中〔三〕，取其簡而易知，近而易行者，以爲朝覲會同冠昏喪祭一代之法〔四〕。雖足以傳數百年，上下相安，然終不若三代聖人取守一道源深而流長也。

夫武夫謀臣，譬之藥石，可以伐病，而不可以養生。儒者譬之五穀，可以養生，而不可以伐病。宋襄公爭諸侯，不擒二毛，不鼓不成列，以敗於泓，身夷而國蹙。此以五穀伐病者也。秦始皇焚詩書，殺豪傑，東城臨洮，北築遼水，民不得休息，傳之二世，宗廟蕪滅。此以藥石養生者也。善夫賈生之論曰：「仁義不施，而攻守之勢異也〔五〕。」夫世俗不察，直以攻守爲二道。故具論三代以來所以取守之術，使知禹、湯、文、武之威德亦儒者之極功〔六〕，而陸賈、叔孫通之流，蓋儒術之粗也。

〔一〕「烝」原作「蒸」，今從《文粹》卷十三。

〔二〕「則」原缺，據郎本卷九、《七集·續集》卷八補。

〔三〕「與」原作「興」，今從郎本。

〔四〕「一代」二字原缺，據郎本、《七集·續集》補。

〔五〕「而」原缺，據郎本補。

〔六〕「禹湯文武」原作「文武禹湯」，今從《文粹》。郎本「威」作「盛」。

物不可以苟合論

昔者聖人之將欲有爲也〔一〕，其始必先有所甚難，而其終也至於久遠而不廢。其成之也難，故其敗之也不易。其得之也重，故其失之也不輕。其合之也遲，故其散之也不速。夫聖人之所爲詳於其始者，非爲其始之不足以成，而憂其終之易敗也。非爲其始之不足以得，而憂其終之易失也。非爲其始之不足以合，而憂其終之易散也。天下之事，如是足以成矣，如是足以得矣，如是足以合矣，而必曰未也，又從而節文之，綢繆委曲而爲之表飾，是以至于今不廢。及其後世，求速成之功，而倦於遲久，故其欲成也止於其足以成，欲得也止於其足以得，欲合也止於其足以合。而其甚者，又不能待其足。其始不詳，其終將不勝弊。嗚呼，此天下治亂、享國長短之所從出歟？聖人之始制爲君臣、父子、夫婦、朋友也，坐而治政，奔走而執事，此足以爲君臣矣。聖人懼其相易而至於相陵也〔二〕，於是爲之車服采章以別之，朝覲位著以嚴之。名非不相聞也，而見必以贄。心非不相信也，而出入必以籍〔三〕。此所以久而不相易也。杖屨以爲安，飲食以爲養，此足以爲父子矣。聖人懼其相褻而至於相怨也〔四〕，於是制爲朝夕問省之禮，左右佩服之飾。族居之爲歡，而異宫以爲别。合食之爲樂，而異膳以爲尊。此所以久而不相褻也。生以居於室，死以葬於野，此足以爲夫婦矣。聖人懼其相狎而至於相離也，於是先之以幣帛，重之以媒妁。不告於廟，而終身以爲妾。晝居於内，而君子問其疾。此所以久而不相狎也。安居以爲黨，急難以相救，此足以爲朋友矣。聖人懼其相瀆而至於相侮也，於是戒其羣居嬉遊之樂，而嚴其射享飲食之節。足非不能行也，而待擯相之詔禮。口非不能言也，而待紹介之傳命〔五〕。此所以久而不相瀆也。

天下之禍，莫大於苟可以爲而止。夫苟可以爲而止，則君臣之相陵，父子之相怨，夫婦之相離，朋友之相侮久矣。聖人憂焉，是故多爲之飾〔六〕。《易》曰：「藉用白茅，無咎。苟錯諸地而可矣，藉之用茅，何咎之有。」此古之聖人所以長有天下，而後世之所謂迂闊也。又曰：「嗑者，合也。物不可以苟合，故受之以賁。」盡矣。

〔一〕郎本卷九無「昔者」二字。
〔二〕《文粹》卷十三「陵」作「凌」。
〔三〕《文粹》無「出」字。
〔四〕郎本、《七集·續集》卷八「褻」作「襲」，下同。

〔五〕《文粹》「紹介」作「介紹」。

〔六〕《七集·續集》「飾」作「節」。

王者不治夷狄論〔一〕以下六首俱秘閣試

夷狄不可以中國之治治也。譬若禽獸然，求其大治，必至於大亂。先王知其然，是故以不治治之。治之以不治者，乃所以深治之也。《春秋》書「公會戎于潛」。何休曰：「王者不治夷狄。録戎來者不拒，去者不追也。」夫天下之至嚴，而用法之至詳者，莫過於《春秋》。

凡《春秋》之書公、書侯、書字、書名，其君得爲諸侯，其臣得爲大夫者，舉皆齊、晉也。不然，則齊、晉之與國也。其書州、書國、書氏、書人，其君不得爲諸侯，其臣不得爲大夫者，舉皆秦、楚也。不然，則秦、楚之與國也。夫齊、晉之君所以治其國家擁衛天子而愛養百姓者，豈能盡如古法哉，蓋亦出於詐力，而參之以仁義，是亦未能純爲中國也。秦、楚者，亦非獨貪冒無耻肆行而不顧也，蓋亦有秉道行義之君焉。是秦、楚亦未至於純爲夷狄也。齊、晉之君不能純爲中國，而《春秋》之所予者常嚮焉。有善則汲汲而書之，惟恐其不得聞於後世；有過則多方而開赦之，惟恐其不得爲君子。秦、楚之君，未至於純爲夷狄，而《春秋》之所不予者常在焉。有善則累而後進，有惡則畧而不録，以爲不足録也。是非獨私於齊、晉，而偏疾於秦、楚也。以見中國之不可以一日背，而夷狄之不可以一日嚮也。其不純者，足以寄其褒貶，則其純者可知矣。故曰：天下之至嚴，而用法之至詳者，莫如《春秋》。

夫戎者，豈特如秦、楚之流入於戎狄而已哉！然而《春秋》書之曰「公會戎于潛」，公無所貶而戎爲可會，是獨何歟？夫戎之不能以會禮會公亦明矣，此學者之所以深疑而求其説也〔二〕。故曰：王者不治夷狄，録戎來者不拒，去者不追也。

夫以戎狄之不可以化誨懷服也〔三〕，彼其不悍然執兵，以與我從事於邊鄙，則已幸矣，又況乎知有所謂會者，而欲行之，是豈不足以深嘉其意乎？不然，將深責其禮，彼將有所不堪，而發其憤怒〔四〕，則其禍大矣。仲尼深憂之，故因其來而書之以「會」，曰，若是足矣。是將以不治深治之也。由是觀之，《春秋》之疾戎狄者，非疾純戎狄者，疾夫以中國而流入於戎狄者也。

〔一〕此文及以下五文，集乙在卷十，爲《祕閣試論六首》；集乙每文開始有「論曰」二字，篇末有「謹論」二字。此文及以下五文，郎本在卷十，總題爲《程試論》。

〔二〕郎本「疑」作「研」。

〔三〕「狄」原缺，據郎本補。

〔四〕郎本「憤」作「暴」。

劉愷丁鴻孰賢論

君子之爲善，非特以適己自便而已。其取於人也，必度其人之可以與我也。其予人也，必度其人之可以受於我也。我可以取之，而其人不可以與我，君子不取。我可以予之，而其人不可受，君子不予。既爲己慮之，又爲人謀之〔一〕，取之必可予，予之必可受。若己爲君子，而使人爲小人，是亦去小人無幾耳。

東漢劉愷讓其弟封而詔聽之〔二〕。丁鴻亦以陽狂讓其弟，而其友人鮑駿責之以義，鴻乃就封。其始，自以爲義而行之，其終也，知其不義而復之。以其能復之，知其始之所行非詐也，此范氏之所以賢鴻而下愷也。其論稱太伯、伯夷未始有其讓也。故太伯稱至德，伯夷稱賢人。及後世徇其名而昧其致，於是詭激之行興矣。若劉愷之徒讓其弟，使弟受非服，而己受其名，不已過乎？丁鴻之心，主於忠愛，何其終悟而從義也。范氏之所賢者，固已得之矣，而其未盡者，請得畢其說。

夫先王之制，立長所以明宗，明宗所以防亂，非有意私其長而沮其少也。天子與諸侯皆有太祖，其有天下、有一國，皆受之太祖，而非己之所得專有也。天子不敢以其太祖之天下與人，諸侯不敢以其太祖之國與人，天下之通義也。夫劉愷、丁鴻之國，不知二子所自致耶，將亦受之其先祖耶？受之其先祖，而傳之於所不當立之人，雖其弟之親，與塗人均耳。夫吳太伯、伯夷，非所以爲法也，太伯將以成周之王業，而伯夷將以訓天下之讓，而爲是詭時特異之行，皆非所以爲法也。今劉愷舉國而讓其弟，非獨使弟受非服之爲過也，將以壞先王防亂之法，輕其先祖之國，而獨爲是非常之行，考之以禮，繩之以法，而愷之罪大矣。

然漢世士大夫多以此爲名者，安、順、桓、靈之世，士皆反道矯情，以盜一時之名。蓋其弊始於西漢之世。韋玄成以侯讓其兄，而爲世主所賢，天下高之，故漸以成俗。履常而蹈易者，世以爲無能而擯之。則丁鴻之復於中道，尤可以深嘉而屢歎也。

〔一〕郎本卷十「諜」作「諒」。

〔二〕「封」原作「荆」。龐校：「據《後漢書》及本書註，『劉愷之弟名憲，不名荆。『荆』當爲『封』之形近而致誤。」今據改。

禮義信足以成德論

有大人之事，有小人之事。愈大則身愈逸而責愈重，愈小則身愈勞而責愈輕。綦大而至天子，綦小而至農夫，各有其分，不可亂也。責重者不可以不逸，不逸，則無以任天下之重。責輕者不可以不勞，不勞，則無以逸夫責重者。二者譬如心之思慮於內，而手足之動作步趨於外也。是故不耕而食，不蠶而衣，君子不以爲愧者，所職大也。自堯舜以來，未之有改。

後世學衰而道弛〔一〕，諸子之智，不足以見其大，而竊見其小者之一偏，以爲有國者，皆當惡衣糲食，與農夫並耕而治，一人之身，而自爲百工。蓋孔子之時則有是説矣。夫樊遲親受業於聖人，而猶惑於是説，是以區區焉欲學稼於孔子。孔子知是説之將蔓延於天下也，故極言其大〔二〕，而深折其詞。以爲：「上好禮，則民莫敢不敬；上好義，則民莫敢不服；上好信，則民莫敢不用情。夫如是，則四方之民襁負其子而至矣，安用稼？」而解者以爲禮義與信足以成德。

夫樊遲之所爲汲汲於學稼者，何也？是非以穀食不足，而民有苟且之心以慢其上爲憂乎？是非以人君獨享其安榮而使民勞苦獨賢爲憂乎？是非以人君不身親之則空言不足勸課百姓爲憂乎？是三憂者，皆世俗之私憂過計也。

君子以禮治天下之分，使尊者習爲尊，卑者安爲卑〔三〕，則夫民之慢上者，非所憂也。君子以義處天下之宜，使祿之一國者，不自以爲多，抱關擊柝者，不自以爲寡，則夫民之勞苦獨賢者，又非所憂也。君子以信一天下之惑，使作於中者，必形於外，循其名者，必得其實，則夫空言不足以勸課者，又非所憂也。此三者足以成德矣。故曰三憂者，皆世俗之私憂過計也。

〔一〕集乙卷十及《七集·後集》卷十「弛」作「散」。

〔二〕「大」原作「失」，今從集乙、《文粹》卷十四。羅考謂作「大」誤。案：此以大小立論，作「大」通。

〔三〕此句「爲」字及上句「使尊者習爲尊」之「爲」字，郎本均作「於」字。

形勢不如德論

《傳》有之：「天時不如地利，地利不如人和。」此言形勢之不如德也。而吳起亦云：「在德不在險。」太史公以爲形勢雖强，要以仁義爲本。儒者之言兵，未嘗不以藉其口矣。請拾其遺説而備論之。

凡形勢之説有二，有以人爲形勢者，三代之封諸侯是也。天子之所以繫於天下者，至微且危也。相須而合〔一〕，合而不去，則爲君臣，其善可得而賞，其惡可得而罰，其穀米可得而食，其功力可得而役使。當此之時，君臣之勢甚固。及其一旦潰然而去，去而不返，則爲寇讎。强者起而見攻，智者起而見謀〔二〕，彷徨四顧〔三〕，而不知其所恃。當是時，君臣之勢甚危。先王知其固之不足恃，而危之不可以忽也，故大封諸侯，錯置親賢，以示天下形勢。劉頌所謂「善爲國者，任勢而不任人。郡縣之察，小政理而大勢危；諸侯爲邦，近多違而遠慮固」。此以人爲形勢者也。然周之衰也，諸侯肆行而莫之禁，自平王以下，其去亡無幾也，是則德衰而人之形勢不足以救也。

有以地爲形勢者〔四〕，秦、漢之建都是也。秦之取天下，非天下心服而臣之也。較之以富，搏之以力，而猶不服，又以詐囚其君，虜其將，然後僅得之。今之臣服而朝貢，皆昔之暴骨於原野之子孫也。則吾安得泰然而長有之！漢之取天下，雖不若秦之暴，然要之皆不本於仁義也〔五〕。當此之時，不大封諸侯，則無以答功臣之望，諸侯大而京師不安，則其勢不得不以關中之固而臨之，此雖堯、舜、湯、武，亦不能使其德一日而信於天下，荀卿所謂合其參者。此以地爲形勢者也。然及其衰也，皆以大臣專命，危自内起，而關中之形勢，曾不及施，此亦德衰而地之形勢不能救也。

夫三代、秦、漢之君，慮其後世而爲之備患者，不可謂不至矣，然至其亡也，常出於其所不慮。此豈形勢不如德之明效歟？《易》曰：「神而明之，存乎其人。」人存則德存，德存則無諸侯而安、無障塞而固矣。

〔一〕「相須」原作「懽然」，今從郎本卷十。

〔二〕郎本「見」作「危」。

〔三〕集乙卷十「四」作「回」。

〔四〕原無「有」字，據郎本補。羅考：此與上文「有以人爲形勢者」對舉。
〔五〕「之」原缺，據郎本補。

禮以養人爲本論

三代之衰，至于今且數千歲，豪傑有意之主，博學多識之臣，不可以勝數矣，然而禮廢樂墜，則相與咨嗟發憤而卒於無成者，何也？是非其才之不逮，學之不至，過於論之太詳，畏之太甚也？夫禮之初，緣諸人情〔一〕，因其所安者，而爲之節文，凡人情之所安而有節者，舉皆禮也，則是禮未始有定論也。然而不可以出於人情之所不安，則亦未始無定論也。執其無定以爲定論，則塗之人皆可以爲禮。

今儒者之論則不然，以爲禮者，聖人之所獨尊，而天下之事最難成者也。牽於繁文，而拘於小說，有毫毛之差，則終身以爲不可。論明堂者，惑於《考工》、《吕令》之說；議郊廟者，泥於鄭氏、王肅之學。紛紛交錯者，累歲而不決。或因而遂罷，未嘗有一人果斷而決行之。此皆論之太詳而畏之太甚之過也〔二〕。

夫禮之大意，存乎明天下之分，嚴君臣、篤父子、形孝弟而顯仁義也。今不幸去聖人遠，有如毫毛不合於三代之法〔三〕，固未害其爲明天下之分也，所以嚴君臣、篤父子、形孝弟而顯仁義者猶在也。今使禮廢而不修，則君臣不嚴，父子不篤，孝弟不形，義不顯，反不足重乎？

昔者西漢之書，始於仲舒，而至於劉向，悼禮樂之不興，故其言曰：「禮以養人爲本。如有過差，是過而養人也。刑罰之過，或至殺傷。今吏議法〔四〕，筆則筆，削則削，而至禮樂則不敢。是敢於殺人，而不敢於養人也。」而范曄以爲「樂非夔、襄而新音代作，律謝皐、蘇而制令亟易」〔五〕。而至於禮，獨何難歟？

夫法者〔六〕，末也。又加以慘毒繁難，而天下常以爲急。禮者，本也。又加以和平簡易，而天下常以爲緩。如此而不治，則又從而尤之曰，是法未至也，則因而急之。甚矣，人之惑也。平居治氣養生，宜故而納新，其行之甚易，其過也無大患，然皆難之而不爲。悍藥毒石，以搏去其疾，則皆爲之。此天下之公患也。嗚呼，王者得斯説而通之，禮樂之興，庶乎有日矣。

〔一〕「緣」原作「始」，據《文粹》卷十四改。案：「緣」上已有「初」字，作「始」複。

〔二〕郎本卷十「畏」作「議」。

〔三〕郎本「法」作「善」。

〔四〕《文粹》「今吏議法」作「然有司請定法令」。案：《漢書·禮樂志》作「今……有司請定法」。

〔五〕「制」原作「法」，據郎本改。案：《後漢書·曹褒傳》亦作「制」。

〔六〕《文粹》「法」作「刑」。

既醉備五福論

君子之所以大過人者，非以其智能知之，彊能行之也。以其功興而民勞〔一〕，與之同勞，功成而民樂，與之同樂，如是而已矣。富貴安逸者，天下之所同好也，然而君子獨享焉。享之而安，天下以爲當然者，何也？天下知其所以富貴安逸者，凡以庇覆我也。貧賤勞苦者，天下之所同惡也，而小人獨居焉。居之而安，天下以爲當然者，何也？天下知其所以貧賤勞苦者，凡以生全我也。夫然，故獨享天下之大利而不憂，使天下爲己勞苦而不怍，耳聽天下之備聲，目視天下之備色，而民猶以爲未也，相與禱祠而祈祝曰，使吾君長有吾國也，又相與詠歌而稱頌之，被於金石，溢於竹帛，使其萬世而不忘也。

嗚呼，彼君子者，獨何修而得此於民哉？豈非始之以至誠，中之以不欲速，而終之以不懈歟？視民如視其身，待其至愚者如其至賢者，是謂至誠。至誠無近效，要在於自信而不惑，是謂不欲速。不欲速則能久，久則功成，功成則易懈，君子濟之以恭，是謂不懈。行此三者，所以得之於民也。三代之盛，不能加毫末於此矣。

《既醉》者，成王之詩也。其序曰：「《既醉》，太平也，醉酒飽德，人有士君子之行焉。」而說者以爲是詩也，實具五福。其詩曰「君子萬年」，壽也；「介爾景福」，富也；「室家之壼」，康寧也；「高明有融」，攸好德也；「高明令終」〔二〕，考終命也。凡言此者，非美其有是五福也，美其全享是福，兼有是樂，而天下安之，以爲當然也。

夫詩者，不可以言語求而得，必將深觀其意焉。故其譏刺是人也，不言其所爲之惡，而言其爵位之尊、車服之美而民疾之，以見其不堪也。「君子偕老，副笄六珈」、「赫赫師尹，民具爾瞻」是也。其頌美是人也，不言其所爲之善，而言其冠佩之華、容貌之盛而民安之〔三〕，以見其無媿也。「緇衣之宜兮，敝，予又改爲兮」、「服其命服，朱芾斯皇」是也。故《既醉》者，非徒享是五福而已，必將有以致之。不然，民將盻盻焉疾視而不能平〔四〕，又安能獨樂乎？是以孟子言王道不言其他，而獨言民之聞其作樂見其田獵而欣欣者，此可謂知本矣。

〔一〕郎本卷十「勢」作「樂」。
〔二〕「明」原作「朗」，據集乙卷十、郎本、《七集·後集》卷十改。
〔三〕集乙「盛」作「美」。
〔四〕郎本「平」後有「治」字。

易論〔一〕

《易》者，卜筮之書也。挾策布卦，以分陰陽而明吉凶，此日者之事，而非聖人之道也。聖人之道，存乎其爻之辭，而不在其數。數非聖人之所盡心也。然《易》始於八卦，至於六十四，此其爲書，未離乎用數也。而世之人皆恥其言《易》之數，或者言而不得其要，紛紜迂闊而不可解，此高論之士所以不言歟？夫《易》本於卜筮，而聖人開言於其間，以盡天下之人情。使其爲數紛亂而不可考，則聖人豈肯以其有用之言而託之無用之數哉〔二〕！

今夫《易》之所謂九六者，老陰、老陽之數也。九爲老陽而七爲少陽，六爲老陰而八爲少陰。此四數者，天下莫知其所爲如此者也。或者以爲陽之數極於九，而其次極於七，故七爲少而九爲老。至於老陰，苟以爲以極者而言也，則老陰當十，而少陰當八。今少陰八而老陰反當其下之六，則又爲之說曰，陰不可以有加於陽，故抑而處之於下，使陰果不可以有加於陽也，而曷不曰老陰八而少陰六。且夫陰陽之數，此天地之所爲也，而聖人豈得與於其間而制其予奪哉。此其尤不可者也。夫陰陽之有老少，此未嘗見於他書也，而見於《易》。易之所以或爲老或爲少者，爲夫揲蓍之故也。

故夫說者宜於其揲蓍焉而求之。揲蓍之法，曰，掛一歸奇。三揲之餘而以四數之，得九而以爲老陽，得八而以爲少陰，得七而以爲少陽，得六而以爲老陰。然而陰陽之所以爲老少者，不在乎七八九六也，七八九六徒以爲識焉耳。

老者，陰陽之純也。少者，陰陽之雜而不純者也。陽數皆奇而陰數皆偶，故乾以一爲之爻，而坤以二天下之物，以少爲主。故乾之子皆二陰，而坤之女皆二陽。老陽老陰者，乾坤是也。少陰少陽者，乾坤之子是也。揲蓍者，其一揲也。少者五而多者九，其二其三少者四而多者八。多少者，奇偶之象也，一爻而三揲蓍，譬如一卦而三爻也。陰陽之老少，於卦見之於爻，而於爻見之於揲。使其果有取於七八九六，則夫此三揲者，區區焉分其多少而各爲處，果何以爲也？今夫三揲而皆少此，無以異於乾之三爻而皆奇也。三揲而皆多此，無以異於坤之三爻而皆偶也。三揲而少者一，此無以異於震坎艮之一奇而二偶也。三揲而多者一，此無以異於巽離兌之一偶而二奇也。若夫七八九六，此乃取以爲識，而非其義之所在，不可以彊爲之説也。

〔一〕自此以下五文，皆見明刊《文粹》卷十二。

〔二〕「則」原作「作」，今從《文粹》。

書論

愚讀《史記·商君列傳》，觀其改法易令，變更秦國之風俗，誅秦民之議令者以數千人，黥太子之師，殺太子之傅，而後法令大行，蓋未嘗不壯其勇而有決也。曰：嗟夫，世俗之人，不可以慮始而可樂成也。使天下之人，各陳其所知而守其所學，以議天子之事，則事將有格而不得成者。然及觀三代之書，至其將有以矯拂世俗之際，則其所以告諭天下者常丁寧激切，亹亹而不倦，務使天下盡知其君之心，而又從而折其不服之意，使天下皆信以爲如此而後從事。其言迴曲宛轉，譬如平人自相議論而詰其是非。愚始讀而疑之，以爲近於濡滯迂遠而無決，然其使天下樂從而無黽勉不得已之意，其事既發而無紛紜異同之論，此則王者之意也。故常以爲當堯舜之時，其君臣相得之心，歡然樂而無間，相與吁俞嗟嘆唯諾於朝廷之中，不啻若朋友之親。雖其有所相是非論辨以求曲直之際，當亦無足怪者。

及至湯武征伐之際，周旋反覆，自述其用兵之意，以明曉天下，此又其勢然也。惟其天下既安，君民之勢濶遠而不同，天下有所欲爲，而其匹夫匹婦私有異論於天下，以齟齬其上之畫策，令之而不肯聽。當此之時，刑驅而勢脅之，天下夫誰敢不聽從。而上之人，優游而徐譬之，使之信之而後從。此非王者之心，誰能處而待之而不倦歟？

蓋盤庚之遷，天下皆咨嗟而不悦，盤庚爲之稱其先王盛德明聖，而猶五遷以至于今，今不承于古，恐天之斷棄汝命，不救汝死。既又恐其不從也，則又曰，汝罔暨余同心，我先后將降爾罪，暨乃祖，先父亦將告我高后曰，作大戮于朕孫。蓋其所以開其不悟之心，而諭之以其所以當然者，如此其詳也。

若夫商君則不然，以爲要使汝獲其利，而何郵乎吾之所爲，故無所求於衆人之論，而亦無以告諭天下。然其事亦終於有成。是以後世之論，以爲三代之治柔懦不決。然此乃王霸之所以爲異也。夫三代之君，惟不忍鄙其民而欺之，故天下有故，而其議及於百姓，以觀其意之所嚮，及其不可聽也，則又反覆而諭之，以窮極其説，而服其不然之心，是以其民親而愛之。嗚呼，此王霸之所爲不同也哉。

詩論

自仲尼之亡，六經之道，遂散而不可解。蓋其患在於責其義之太深，而求其法之太切。夫六經之道，惟其近於人情，是以久傳而不廢。而世之迂學，乃皆曲爲之説，雖其義之不至於此者，必彊牽合以爲如此，故其論委曲而莫通也。

夫聖人之爲經，惟其《禮》與《春秋》合，然後無一言之虚而莫不可考，然猶未嘗不近于人情。至於《書》出於一時言語之間，而《易》之文爲卜筮而作，故時亦有所不可前定之説，此其於法度已不如《春秋》之嚴矣。而況《詩》者，天下之人，匹夫匹婦羈臣賤隸悲憂愉佚之所爲作也。夫天下之人，自傷其貧賤困苦之憂，而自述其豐美盛大之樂，上及於君臣、父子，天下興亡、治亂之迹，而下及於飲食、牀笫、昆蟲、草木之類，蓋其中無所不具，而尚何以繩墨法度區區而求諸其間哉！此亦足以見其志之無不通矣。夫聖人之於《詩》，以爲其終要入於仁義，而不責其一言之無當，是以其意可觀，而其言可通也。

今之《詩傳》曰「殷其雷，在南山之陽」、「出自北門，憂心殷殷」、「揚之水，白石鑿鑿」、「終朝采緑，不盈一掬」、「瞻彼洛矣，維水泱泱」，若此者，皆興也。而至於「關關雎鳩，在河之洲」、「南有樛木，葛藟纍之」、「南有喬木，不可休息」、「維鵲有巢，維鳩居之」、「喓喓草蟲，趯趯阜螽」，若此者，又皆興也。其意以爲興者，有所象乎天下之物，以自見其事。故凡《詩》之爲此事而作，其言有及於是物者，則必彊爲是物之説，以求合其事，蓋其爲學亦已勞矣。

且彼不知夫《詩》之體固有比矣，而皆合之以爲興。夫興之爲言，猶曰其意云爾。意有所觸乎當時，時已去而不可知，故其類可以意推，而不可以言解也。「殷其雷，在南山之陽」，此非有所取乎雷也，蓋必其當時之所見而有動乎其意，故後之人不可以求得其説，此其所以爲興也。嗟夫，天下之人，欲觀於《詩》，其必先知比、興。若夫「關關雎鳩，在河之洲」，是誠有取於其摯而有別，是以謂之比而非興也。

嗟夫，天下之人，欲觀於《詩》，其必先知夫興之不可與比同，而無彊爲之説，以求合其當時之事。則夫《詩》之意，庶乎可以意曉而無勞矣。

禮論

昔者商、周之際，何其爲禮之易也。其在宗廟朝廷之中，籩豆、簠簋、牛羊、酒醴之薦，交於堂上，而天子、諸侯、大夫、卿、士周旋揖讓獻酬百拜，樂作於下，禮行於上，雍容和穆，終日而不亂。夫古之人何其知禮而行之不勞也？當此之時，天下之人，惟其習慣而無疑，衣服、器皿、冠冕、佩玉，皆其所常用也，是以其人入於其間，耳目聰明，而手足無所忤，其身安於禮之曲折，而其心不亂，以能深思禮樂之意，故其廉耻退讓之節，睟然見於面而盎然發於其躬。夫是以能使天下觀其行事，而忘其暴戾鄙野之氣。

至於後世風俗變易，更數千年以至於今，天下之事已大異矣。然天下之人，尚皆記録三代禮樂之名，詳其節目，而習其俯仰，冠古之冠，服古之服，而御古之器皿，傴僂拳曲勞苦於宗廟朝廷之中，區區而莫得其紀，交錯紛亂而不中節，此無足怪也。其所用者，非其素所習也，而彊使焉。甚矣夫，後世之好古也。

昔者上古之世，蓋嘗有巢居穴處，汙樽抔飲，燔黍捭豚，蕢桴土鼓而以爲是，足以養生送死而無以加之者矣。及其後世，聖人以爲不足以大利於天下，是故易之以宫室，新之以籩豆鼎俎之器，以濟天下之所不足，而盡去太古之法。惟其祭祀以交於鬼神，乃始薦其血毛，豚解而腥之，體解而爛之，以爲是不忘本，而非以爲後世之禮不足用也。是以退而體其犬豕牛羊，實其簠簋籩豆鉶羹，以極今世之美，未聞其牽於上古之説，選愞而不決也。且方今之人，佩玉服黻冕而垂旒拱手而不知所爲，而天下之人，亦且見而笑之，是何所復望於其有以感發天下之心哉！且又有所大不安者，宗廟之祭，聖人所以追求先祖之神靈，庶幾得而享之，以安卹孝子之志者也。是以思其平生起居飲食之際，而設其器用，薦其酒食，皆從其生，以冀其來而安之。而後世宗廟之祭，皆用三代之器，則是先祖終莫得而安也。蓋三代之時，席地而食，是以其器用，各因其所便，而爲之高下大小之制。今世之禮，坐於牀，而食於牀上，是以其器不得不有所變。雖正使三代之聖人生於今而用之，亦將以爲便安。

故夫三代之視上古，猶今之視三代也。三代之器，不可復用矣，而其制禮之意，尚可依倣以爲法也。宗廟之祭，薦之以血毛，重之以體薦，有以存古之遺風矣。而其餘者，可以易三代之器，而用今世之所便，以從鬼神之所安。惟其春秋社稷釋奠釋菜，凡所以享古之鬼神者，則皆從其器，蓋周人之祭蜡與田祖也。吹葦籥，擊土鼓，此亦各從其所安耳。

嗟夫，天下之禮宏潤而難言，自非聖人而何以處此。故夫推之而不明，講之而不詳，則愚實有罪焉。唯其近於正而易行，庶幾天下之安而從之，是則有取焉耳。

春秋論

事有以拂乎吾心，則吾言忿然而不平，有以順適乎吾意，則吾言優柔而不怒。天下之人，其喜怒哀樂之情，可以一言而知也。喜之言，豈可以爲怒之言耶？此天下之人，皆能辨之。而至於聖人，其言丁寧反覆，布於方册者甚多，而其喜怒好惡之所在者，又甚明而易知也。

然天下之人，常患求而莫得其意之所主，此其故何也？天下之人，以爲聖人之文章，非復天下之言也，而求之太過。是以聖人之言，更爲深遠而不可曉。且天下何不以己推之也？將以喜夫其人，而加之以怒之之言，則天下且以爲病狂，而聖人豈有以異乎人哉？不知其好惡之情，而不求其言之喜怒，是所謂大惑也。

昔者仲尼删《詩》於衰周之末，上自商、周之盛王，至於幽、厲失道之際，而下訖於陳靈。自詩人以來，至於仲尼之世，蓋已數百餘年矣。愚嘗怪《大雅》、《小雅》之詩，當幽、厲之時，而稱道文、武、成、康之盛德，及其終篇，又不見幽、厲之暴虐，此誰知其爲幽、厲之詩而非文、武、成、康之詩者！蓋察其辭氣，有幽憂不樂之意，是以系之幽、厲而無疑也。

若夫春秋二百四十二年之間，天下之是非，雜然而觸乎其心，見惡而怒，見善而喜，則求其是非之際，又可以求諸其言之喜怒之間矣。今夫人之於事，有喜而言之者，有怒而言之者，有怨而言之者。喜而言之，則其言和而無傷。怒而言之，則其言厲而不温。怨而言之，則其言深而不洩。此其大凡也。《春秋》之於仲孫湫之來，曰「齊仲孫來」。於季友之歸，曰「季子來歸」。此所謂喜之之言也。於魯、鄭之易田，曰「鄭伯以璧假許田」。於晉文之召王，曰「天王狩于河陽」。此所謂怒之之言也。於叔牙之殺，曰「公子牙卒」。於慶父之奔，曰「公子慶父如齊」。此所謂怨之之言也。夫喜之而和，怒之而厲，怨之而深。此三者，無以加矣。

至於《公羊》、《穀梁》之傳則不然，日月土地，皆所以爲訓也。夫日月之不知，土地之不詳，何足以爲喜，而何足以爲怒，此喜怒之所不在也。《春秋》書曰「戎伐凡伯于楚丘」，而以爲「衛伐凡伯」，《春秋》書曰「齊仲孫來」，而以爲「吴仲孫」，甚而至於變人之國。此又喜怒之所不及也。愚故曰《春秋》者，亦人之言而已，而人之言，亦觀其辭氣之所嚮而已矣。

中庸論上〔一〕

甚矣，道之難明也。論其著者，鄙滯而不通；論其微者，汗漫而不可考〔二〕。其弊始於昔之儒者，求爲聖人之道而無所得，於是務爲不可知之文，庶幾乎後世之以我爲深知之也。後之儒者，見其難知，而不知其空虛無有，以爲將有所深造乎道者，而自耻其不能，則從而和之曰然。相欺以爲高，相習以爲深，而聖人之道，日以遠矣。

自子思作《中庸》，儒者皆祖之以爲性命之說。嗟夫，子思者，豈亦斯人之徒歟？蓋嘗試論之。夫《中庸》者，孔氏之遺書而不完者也。其要有三而已矣。三者是周公、孔子之所從以爲聖人，而其虛詞蔓延，是儒者之所以爲文也。是故去其虛詞，而取其三。其始論誠明之所入，其次論聖人之道所從始，推而至於其所終極，而其卒乃始内之於《中庸》。蓋以爲聖人之道，略見於此矣。

《記》曰：「自誠明謂之性，自明誠謂之教。誠則明矣，明則誠矣。」夫誠者，何也？樂之之謂也。樂之則自信，故曰誠。夫明者，何也？知之之謂也。知之則達，故曰明。夫惟聖人，知之者未至，而樂之者先入，先入者爲主，而待其餘，則是樂之者爲主也。若夫賢人，樂之者未至，而知之者先入，先入者爲主，而待其餘，則是知之者爲主也。樂之者爲主，是故有所不知，知之未嘗不行。知之者爲主，是故雖無所不知，而有所不能行。子曰：「知之者，不如好之者，好之者，不如樂之者。」知之者與樂之者，是賢人、聖人之辨也。好之者，是賢人之所由以求誠者也。君子之爲學，慎乎其始。何則？其所先入者，重也。知之多而未能樂焉，則是不如不知之愈也。人之好惡，莫如好色而惡臭，是人之性也。好善如好色，惡惡如惡臭，是聖人之誠也。故曰「自誠明謂之性」。

孔子蓋長而好學，適周觀禮，問於老聃、師襄之徒，而後明於禮樂，五十而後讀《易》。蓋亦有晚而後知者。然其所先得於聖人者，是樂之而已。孔子厄於陳、蔡之間，問於子路、子貢，二子不悅，而子貢又欲少貶焉。是二子者，非不知也，其所以樂之者未至也。且夫子路能死於衛，而不能不慍於陳、蔡，是豈其知之罪耶？故夫弟子之所爲從孔子游者，非專以求聞其所未聞，蓋將以求樂其所有也。明而不誠，雖挾其所有，假假乎不知所以安之，苟不知所以安之，則是可與居安，而未可與居憂患也。夫惟憂患之至，而後誠明之辨，乃可以見。由此觀之，君子安可以不誠哉！

〔一〕此文及下二文及卷四之《大臣論》二首，郎本在卷四，總題爲《進論》，係應制時所上進卷，《應詔集》在卷六。

〔二〕「而」原缺，據《應詔集》、郎本補。

中庸論中

君子之欲誠也，莫若以明。夫聖人之道，自本而觀之，則皆出於人情。不循其本，而逆觀之於其末，則以爲聖人有所勉强力行，而非人情之所樂者，夫如是，則雖欲誠之，其道無由。故曰「莫若以明」。使吾心曉然，知其當然，而求其樂。

今夫五常之教，惟禮爲若强人者。何則？人情莫不好逸豫而惡勞苦，今吾必也使之不敢箕踞，而磬折百拜以爲禮；人情莫不樂富貴而羞貧賤，今吾必也使之不敢自尊，而揖讓退抑以爲禮；用器之爲便，而祭器之爲貴；褻衣之爲便，而衮冕之爲貴；哀欲其速已，而伸之三年；樂欲其不已，而不得終日；此禮之所以爲强人而觀之於其末者之過也。盍亦反其本而思之？今吾以爲磬折不如立之安也，而將惟安之求，則立不如坐，坐不如箕踞，箕踞不如偃仆，偃仆而不已，則將裸袒而不顧，苟爲裸袒而不顧，則吾無乃亦將病之！夫豈獨吾病之，天下之匹夫匹婦，莫不病之也，苟爲病之，則是其勢將必至於磬折而百拜。由此言也，則是磬折而百拜者，生於不欲裸袒之間而已也。夫豈惟磬折百拜，將天子之所謂强人者，其皆必有所從生也。辨其所從生，而推之至於其所終極，是之謂明。

故《記》曰：「君子之道，費而隱。夫婦之愚，可以與知焉。及其至也，雖聖人有所不知焉。夫婦之不肖，可以能行焉。及其至也，雖聖人有所不能焉。」君子之道，推其所從生而言之，則其言約，約則明。推其逆而觀之，故其言費，費則隱。君子欲其不隱，是故起於夫婦之有餘，而推之至於聖人之所不及，舉天下之至易，而通之於至難，使天下之安其至難者，與其至易，無以異也。

孟子曰：「簞食豆羹得之則生，不得則死。呼爾而與之，行道之人弗受，蹴爾而與之，乞人不屑也。萬鍾則不辨禮義而受之，萬鍾於我何加焉。」向爲身死而不受，今爲朋友妻妾之奉而爲之，此之謂失其本心。且萬鍾之不受，是王公大人之所難，而以行道乞人之所不屑，而較其輕重，是何以異於匹夫匹婦之所能行，通而至於聖人之所不及？故凡爲此説者，皆以求安其至難，而務欲誠之者也。天下之人，莫不欲誠，而不得其說，故凡此者，誠之說也。

中庸論下

夫君子雖能樂之，而不知中庸，則其道必窮。《記》曰：「君子遵道而行，半途而廢，吾弗能已矣。」君子非其信道之不篤也，非其力行之不至也，得其偏而忘其中，不得終日安行乎通塗，夫雖欲不廢，其可得耶？《記》曰：「道之不行也，我知之矣，賢者過之，不肖者不及也。」以爲過者之難歟，復之中者之難歟？宜若過者之難也。然天下有能過而未有能中，則是復之中者之難也。

《記》曰：「天下國家可均也，爵祿可辭也，白刃可蹈也，中庸不可能也。」既不可過，又不可不及，如斯而已乎？曰：未也。孟子曰：「執中爲近之〔一〕。執中無權，猶執一也。」《書》曰：「不協于極，不罹于咎，皇則受之。」又曰：「會其有極，歸其有極。」而《記》曰：「君子之中庸也，君子而時中。」皇極者，有所不極，而會于極。時中者，有所不中，而歸于中。吾見中庸之至於此而尤難也，是故有小人之中庸焉〔二〕。有所不中，而歸於中，是道也，君子之所以爲時中，而小人之所以爲無忌憚。《記》曰：「小人之中庸也，小人而無忌憚也。」

嗟夫，道之難言也，有小人焉，因其近似而竊其名，聖人憂思恐懼，是故反覆而言之不厭。何則？是道也，固小人之所竊以自便者也。君子見危則能死，勉而不死，以求合於中庸。見利則能辭，勉而不辭，以求合於中庸。小人貪利而苟免，而亦欲以中庸之名私自便也。此孔子、孟子之所爲惡鄉原也。一鄉皆稱原人焉，無所往而不爲原人，同乎流俗，合乎汙世，曰：「古之人，行何爲踽踽涼涼，生斯世也，善斯可矣。」以古之人爲迂，而以今世之所善爲足以已矣，則是不亦近似於中庸耶？故曰：「惡紫，恐其亂朱也，惡莠，恐其亂苗也。」何則？惡其似也。

信矣中庸之難言也。君子之欲從事乎此，無循其迹而求其味，則幾矣。《記》曰：「人莫不飲食也，鮮能知味也。」

〔一〕「之」原缺，據郎本卷四補。案：此乃引《孟子》之語，查《孟子》，亦有「之」字。

〔二〕「故」原缺，據郎本補。

蘇軾文集卷三

論

論好德錫之福〔一〕

昔聖人既陳五常之道，而病天下不能萬世而常行也，故爲之大中之教曰：「賢者無所過，愚者無所不及。」是之謂皇極。極之於人也，猶方之有矩也，猶圓之有規也，皆有以繩乎物者也。聖人安焉而入乎其中，賢者俛而就之，愚者跂而及之。聖人以爲俛與跂者，皆非其自然，而猶有以强之者。故於皇極之中，又爲之言曰：「苟有過與不及，而要其終可以歸皇極之道者，是皇極而已矣。」故《洪範》曰：「凡厥庶民，有猷有爲有守，汝則念之，不協于極，不罹于咎，皇則受之。」又悲天下有爲善之心而不得爲善之利也，有求中之志而不知求中之道也，故又爲之言曰：「而康而色，曰予攸好德，汝則錫之福，時人斯其惟皇之極。」聖人之待天下如此其廣也，其誘天下之人，不忍使之至於罪戾，如此其勤且備也。天下未有好德之實，而自言曰「予攸好德」，聖人以爲是亦有好德之心矣，故受而爵禄之。天下之爲善而未協于中也，則受而教誨之。

又恐夫民之愚而不我從也，故遜其言卑其色以下之。如是而不從，然後知其終不可以教誨矣。故又爲之言曰：「凡厥正人，既富方穀，汝弗能使有好于而家，時人斯其辜，于其無好德〔二〕，汝雖錫之福，其作汝用咎。」且夫其始也，恐天下之人有可以至於皇極之道，而上之人不誘而教誨之也。故曰「予攸好德，汝則錫之福」。其終也，恐天下之以虚言而取其爵禄也。故曰「于其無好德，汝雖錫之福，其作汝用咎」。蓋聖人之用心，憂其始之不幸，而懼其終之至於僥倖也。故其言如此之詳備。

夫君子小人，不可以一道待也。故皇極之中，有待小人之道，不協于極，而猶受之。至於待君子之道，何其責之深也。曰：「無偏無黨，無反無側，無有作好，無有作惡，而後可以合於皇極。」然則先王御天下之術，蓋用此歟？

〔一〕明刊《文粹》本卷各篇，繫於「論」類，題皆無「論」字。

〔二〕「于」原作「予」，今從《七集・續集》卷八。下同。案：此乃引《書・洪範》之文，《書》作「于」。

論鄭伯克段于鄢 隱元年

《春秋》之所深譏、聖人之所哀傷而不忍言者三：晉趙鞅帥師納衛世子蒯聵于戚，齊國夏、衛石曼姑帥師圍戚，而父子之恩絶；公與夫人姜氏遂如齊，而夫婦之道喪；鄭伯克段于鄢，而兄弟之義亡。此三者，天下之大戚也。夫子傷之，而思其所以至此之由，故其言尤爲深且遠也。

且夫蒯聵之得罪於靈公，逐之可也，逐之而立其子，是召亂之道也。使輒上之不得從王父之言，下之不得從父之令者，靈公也。故書曰「晉趙鞅帥師納衛世子蒯聵于戚」。蒯聵之不去世子者，是靈公不得乎逐之之道。靈公何以不得乎逐之之道？逐之而立其子也。魯桓公千乘之君，而陷於一婦人之手，夫子以爲文姜之不足譏，而傷乎桓公制之不以漸也，故書曰「公與夫人姜氏遂如齊」，言其禍自公作也。段之禍生於愛。鄭莊公之愛其弟也，足以殺之耳。孟子曰：「舜封象於有庫，使之源源而來，不及以政。」孰知夫舜之愛其弟之深，而鄭莊公賊之也。當太叔之據京城，取廩延以爲己邑，雖舜復生，不能全兄弟之好，故書曰「鄭伯克段于鄢」，而不曰「鄭伯殺其弟段」。以爲當斯時，雖聖人亦殺之而已矣。夫婦、父子、兄弟之親，天下之至情也，而相殘之禍至如此，夫豈一日之故哉！

《穀梁》曰：「克，能也。能殺也。不言殺，見段之有徒衆也。段不稱弟，不稱公子，賤段而甚鄭伯也。于鄢，遠也。猶曰取之其母之懷中而殺之云爾。甚之也。然則爲鄭伯宜柰何，緩追逸賊，親親之道也。」嗚呼！以兄弟之親，至交兵而戰，固親親之道絕已久矣。雖緩追逸賊，而其存者幾何，故曰於斯時也，雖聖人亦殺之而已矣。然而聖人固不使至此也。《公羊傳》曰：「母欲立之，己殺之，如勿與而已矣。」而又區區於當國內外之言，是何思之不遠也。《左氏》以爲段不弟，故不稱弟，如二君故曰克，稱鄭伯譏失教，求聖人之意，若《左氏》可以有取焉。

論鄭伯以璧假許田 桓元年

鄭伯以璧假許田，先儒之論多矣，而未得其正也。先儒皆知夫《春秋》立法之嚴，而不知其甚寬且恕也；皆知其譏不義，而不知其譏不義之所由起也。

鄭伯以璧假許田者，譏隱而不譏桓也。始其謀以周公之許田而易泰山之祊者，誰也？受泰山之祊而入之者，誰也？隱既已與人謀而易之，又受泰山之祊而入之，然則爲桓公者，不亦難乎！夫子知桓公之無以辭於鄭也，故譏隱而不譏桓。何以言之？《隱・八年》書曰「鄭伯使宛來歸祊」；又曰「庚寅，我入祊」。入祊云者，見魯之果入泰山之祊也。則是隱公之罪既成而不可變矣。故《桓・元年》書曰「鄭伯以璧假許田」而已。夫許田之入鄭，猶祊之入魯也。書魯之入祊，而不書鄭之入許田，是不可以不求其説也。「鄭伯使宛來歸祊」、「庚寅我入祊」，見鄭之來歸，而魯之入之也。「鄭伯以璧假許田」者，見鄭之來請，不見魯之與之也。見鄭之來請而不見魯之與之者，見桓公之無以辭於鄭也。嗚呼，作而不義，使後世無以辭焉，則夫子之罪隱深矣。

夫善觀《春秋》者，觀其意之所嚮而得之，故雖夫子之復生，而無以易之也。《公羊》曰：「曷爲繫之許？近許也，諱取周田也。」《穀梁》曰：「假不言以，以，非假也。非假而曰假，諱易地也。」春秋之所爲諱者三，爲尊者諱敵，爲親者諱敗，爲賢者諱過。魯，親者也，非敗之爲諱，而取易之爲諱，是夫子之私魯也。

論取郜大鼎于宋桓二年

孔子何爲而作《春秋》哉？舉三代全盛之法，以治僥倖苟且之風，而歸之於至正而已矣。三代之盛時，天子秉至公之義，而制諸侯之予奪，故勇者無所加乎怯，弱者無所畏乎强，匹夫懷璧而千乘之君莫之敢取焉。此王道之所由興也。周衰，諸侯相并，而强有力者制其予奪，邾、莒、滕、薛之君，惴惴焉保其首領之不暇，而齊、晉、秦、楚有吞諸侯之心。孔子慨然歎曰：「久矣，諸侯之恣行也，後世將有王者作而不遇焉，命也。」故《春秋》之法，皆所以待後世王者之作而舉行之也。鍾鼎龜玉，天子之所以分諸侯，使諸侯相傳而世守也。

《桓·二年》：「取郜大鼎于宋。戊申，納于太廟。」且夫鼎也，不幸使齊挈而有之，是齊鼎也，是百傳而不易[一]，未可知也。仲尼曰不然。是鼎也，何爲而在魯之太廟？曰，取之宋。宋安得之？曰，取之郜。故書曰郜鼎。郜之得是鼎也，得之天子。宋以不義取之，而又以與魯也。後世有王者作，舉《春秋》之法而行之，魯將歸之宋，宋將歸之郜，而後已也。昔者子路問孔子所以爲政之先？子曰：「必也正名乎！」故《春秋》之法，尤謹於正名，至於一鼎之微而不敢忽焉，聖人之用意蓋深如此[二]。

夫以區區之魯無故而得器，是召天下之争也。楚王求鼎于周，王曰：「周不愛鼎，恐天下以器讐楚也。」鼎入宋而爲宋，入魯而爲魯，安知夫秦、晉、齊、楚之不動其心哉！故書曰郜鼎，明魯之不得有以塞天下之争也。《穀梁傳》曰：「納者，内弗受也。」以爲周公不受也。又曰：「號從中國，名從主人。」而《左氏》記臧哀伯之諫。愚於《公羊》有取焉[三]，曰：「器從名，地從主人。宋始以不義取之，故謂之郜鼎。至於地之與人則不然，俄而可以爲其有矣。」善乎斯言，吾有取之。

[一]明刊《文粹》卷十五「不」作「百」。

[二]「蓋深」原作「深蓋」，今從《七集·續集》卷八、明刊《文粹》。

〔三〕「於」原作「以」，今從《七集·續集》、明刊《文粹》。

論齊侯衛侯胥命于蒲桓三年

荀卿有言曰：「《春秋》善胥命。《詩》非屢盟，其心一也。」敢試論之。

謹按《桓·三年》書「齊侯、衛侯胥命于蒲」，説《春秋》者均曰近正。所謂近正者，以其近古之正也。古者相命而信，約言而退，未嘗有歃血之盟也。今二國之君，誠信協同，約言而會〔一〕，可謂近古之正者已。

何以言之？《春秋》之時，諸侯競鶩，争奪日尋，拂違王命，糜爛生聚，前日之和好，後日之戰攻，曾何正之尚也。觀二國之君胥命于蒲，自時厥後，不相侵伐，豈與夫前日之和好、後日之戰攻者班也。故聖人於《春秋》止一書胥命而已。荀卿謂之善者，取諸此也。

然則齊也，衛也，聖人果善之乎？曰，非善也，直譏爾。曷譏爾？譏其非正也。《周禮》大宗伯掌六禮以諸侯見王爲文〔二〕，乃有春朝、夏宗、秋覲、冬遇、時會、衆同之法，言諸侯非此六禮，罔得踰境而出矣。不識齊、衛之君，以春朝相命而出耶？以夏宗相命而出耶？或以秋覲相命而出耶？以冬遇相命而出耶？抑以時會相命而出耶〔三〕？衆同相命而出耶？非春朝、夏宗、秋覲、冬遇、時會、衆同而出，則私相爲會耳。私相爲會，匹夫之舉也。以匹夫之舉，而謂之正，其可得乎？宜乎聖人大一王之法而誅之也。然而聖人之意，豈獨誅齊、衛之君而已哉，所以正萬世也。荀卿不原聖人書經之法，而徒信傳者之說，以謂「《春秋》善胥命」，失之遠矣。且《春秋》二百四十二年間，諸侯之賢者，固亦鮮矣，奚待於齊、衛之君而善其胥命耶？信斯言也，則姦人得以勸也，未嘗聞聖人作《春秋》而勸姦人也。

〔一〕明刊《文粹》卷十五「而」作「爲」。

〔二〕「大」原作「太」，據《七集・續集》卷八改。

〔三〕「抑」原作「或」，今從明刊《文粹》。

論禘于太廟用致夫人僖八年

甚哉，去聖之久遠，三《傳》紛紛之不同，而莫或折之也。禘于太廟用致夫人。《左氏》曰：「禘而致哀姜，非禮也。凡夫人不薨于寢，不殯于廟，不赴于同，不祔于姑，則弗致也。」《公羊》曰：「夫人何以不氏，譏以妾爲妻也。蓋聘于楚而脅于齊，媵女之先至者也。」《穀梁》曰：「成風也。「言夫人而不言氏姓，非夫人也，立妾之詞，非正也。」

夫人之，我可以不夫人乎？夫人卒葬之，我可以不卒葬之乎？一則以宗廟臨之而後貶焉，一則以外之弗夫人而見正焉。三家之說，《左氏》疎矣。夫人與公，一體也。有曰公曰夫人既葬，公以謚配公，夫人以謚配氏，此其不易之例也。蓋有既葬稱謚，而不稱夫人者矣。天王使宰咺來歸惠公仲子之賵，秦人來歸僖公成風之襚，而未有不稱謚而稱夫人也。《公羊》之說，又非人情，無以信於後世。以齊楚之彊，齊能脅魯使以其媵女爲夫人，而楚乃肯安然使其女降爲妾哉？此甚可怪也。且夫成風之爲夫人，非正也。《春秋》以爲非正而不可以廢焉，故與之不足之文而已矣。方其存也，不可以不稱夫人而去其氏，及其没也，不可以不稱謚而去其夫人。皆所以示不足於成風也。况乎禘周公而「用致」焉〔一〕，則其罪固已不容於貶矣。故《公羊》曰：「用者不宜用者也，致者不宜致者也。禘用致夫人，非禮也。」

〔一〕明刊《文粹》卷十五「用致」作「致用」。

論閏月不告朔猶朝于廟文六年

《春秋》之文同，其所以爲文異者，君子觀其意之所在而已矣。先儒之「論閏月不告朔」者，牽乎「猶朝于廟」之説而莫能以自解也。《春秋》之所以書「猶」者二：曰如此而猶如此者，甚之之詞也。「辛巳有事于太廟，仲遂卒于垂，壬午猶繹」是也。曰不如此而猶如此者，幸之之詞也。「不郊猶三望閏月」、「不告朔猶朝于廟」是也。

夫子傷周道之殘缺，而禮樂文章之壞也。故區區焉掇拾其遺亡，以爲其全不可得而見矣，得見一二斯可矣。故書曰「猶朝于廟」者，傷其不告朔而幸其猶朝于廟也。夫子之時，告朔之禮亡矣，而有餼羊者存焉。夫子猶不忍去，以志周公之典，則其朝于廟者，乃不如餼羊之足存歟！《公羊傳》曰：「曷爲不言告朔？天無是月也。」《穀梁傳》曰：「閏月者，附月之餘日也。天子不以告朔而喪事不數也。」而皆曰「猶者，可以已也」。是以其幸之之詞而爲甚之之詞，宜其爲此異端之説也。且夫天子諸侯之所爲告朔聽政者，以爲天歟爲民歟？天無是月而民無是月歟？彼其孝子之心，不欲因閏月以廢喪紀，而人君乃欲假此以廢政事歟？

夫周禮樂之衰，豈一日之故，有人焉開其端而莫之禁，故其漸遂至於掃地而不可救。《文·十六年》：「夏六月，公四不視朔。」《公羊傳》曰：「公有疾也。何言乎公有疾不視朔？自是公無疾不視朔也。」故夫有疾而不視朔者，無疾而不視朔之原也。閏月而不告朔者，常月而不告朔之端也。聖人憂焉，故謹而書之，所以記禮之所由廢也。

《左氏傳》曰：「閏以正時，時以作事，事以厚生，生民之道於是乎在。不告閏朔，棄時政也，何以爲民？」而杜預以爲雖朝于廟，則如勿朝，以釋經之所書「猶」之意，是亦曲而不通矣。

論用郊成十七年

先儒之論，或曰魯郊僭也，《春秋》譏焉，非也。魯郊僭也，而《春秋》之所譏者，當其罪也。賜魯以天子之禮樂者，成王也。受天子之禮樂者，伯禽也。《春秋》之譏魯郊也，上則譏成王，次則譏伯禽。成王、伯禽不見於《春秋》，而夫子無所致其譏也。無所致其譏而不譏焉，《春秋》之所以求信於天下也。夫以魯而僭天子之郊，其罪惡如此之著也。夫子以爲無所致其譏而不譏焉，則其譏之者，固天下之所用而信之也。

郊之書於《春秋》者，其類有三。書卜郊不從乃免牲者，譏卜常祀而不譏郊也。鼷鼠食郊牛角，郊牛之口傷改卜牛者，譏養牲之不謹而不譏郊也。書四月、五月、九月郊者，譏郊之不時而不譏郊也。非卜常祀、非養牲之不謹、非郊之不時則不書，不書則不譏也。禘于太廟者，爲致夫人而書也。有事于太廟者，爲仲遂卒而書也。《春秋》之書郊者，猶此而已。故曰不譏郊也。

郊祀者，先王之大典，而夫子不得見之於周也。故因魯之所有天子之禮樂，而記郊之變焉耳。《成·十七年》："「九月辛丑，用郊。」《公羊傳》曰："「用者，不宜用者也，九月非所用郊也。」《穀梁傳》曰："「夏之始，猶可以承春。以秋之末，承春之始，蓋不可矣。」且夫郊未有至九月者也。曰「用」者，著其不時之甚也。杜預以爲用郊從史文，或說用然後郊者，皆無取焉。

論會于澶淵宋災故襄三十年

春秋之時，忠信之道缺，大國無厭而小國屢叛，朝戰而夕盟，朝盟而夕會，夫子蓋厭之矣。觀周之盛時，大宗伯所制朝覲、會同之禮，各有遠近之差，遠不至於疎而相忘，近不至於數而相瀆。春秋之際，何其亂也，故曰春秋之盟，無信盟也，春秋之會，無義會也。雖然，紛紛者，天下皆是也。夫子將譏之，而以爲不可以勝譏之也，故擇其甚者而譏焉。桓二年會于稷，以成宋亂。襄三十年會于澶淵，宋災故。皆以深譏而切責之也。

《春秋》之書會多矣，書其所會而不書其所以會。書其所以會，桓之稷、襄之澶淵而已矣。宋督之亂，諸侯將討之，桓公平之，不義孰甚焉？宋之災，諸侯之大夫會，以謀歸其財，既而無歸，不信孰甚焉？非不義不信之甚，《春秋》之譏不至於此也。《左氏》之論，得其正矣。

皆諸侯之大夫，而書曰某人某人會于澶淵，宋災故，尤之也。不書魯大夫，諱之也。且夫見鄰國之災，匍匐而救之者，仁人君子之心也。既言而忘之，既約而背之，委巷小人之事也。故書其始之爲君子仁人之心，而後可以見後之爲委巷小人之事。《春秋》之意，蓋明白如此。而《公羊傳》曰：「會未有言其所爲者，此言其所爲何？録伯姬也。」且《春秋》爲女子之不得其所而死，區區焉爲人之死録之，是何夫子之志不廣也！《穀梁》曰：「不言災故，則無以見其爲善；澶淵之會，中國不侵夷狄，夷狄不入中國，無侵伐八年，善之也，晉趙武、楚屈建之力也。」如《穀梁》之説，宋之盟可謂善矣，其不曰息兵故，何也？嗚呼！《左氏》得其正矣。

論黑肱以濫來奔昭三十一年

諸侯之義，守先君之封土，而不敢有失也，守天子之疆界，而不敢有過也。故夫以力而相奪，以兵而相侵者，《春秋》之所謂暴君也。侵之雖不以兵，奪之雖不以力，而得之不義者，《春秋》之所謂汙君也。鄭伯以璧假許田，晉侯使韓穿來言汶陽之田歸之于齊，此諸侯之以不義而取魯田者也。邾庶其以漆閭丘來奔，莒牟夷以防茲來奔，黑肱以濫來奔，此魯之以不義而取諸侯之田者也。諸侯以不義而取魯田，魯以不義而取諸侯之田，皆不容於《春秋》者也。

夫子之於庶其、牟夷、黑肱也責之薄，而於魯也罪之深。彼其竊邑叛君爲穿窬之事，市人屠沽且羞言之，而安足以重辱君子之譏哉？夫魯，周公之後，守天子之東藩，招聚小國叛亡之臣，與之爲盜竊之事，孔子悲傷而悼痛之，故於三叛之人，具文直書而無隱諱之詞，蓋其罪魯之深也。先儒之說，區區於叛人之過惡，其論固已狹矣。且夫《春秋》豈爲穿窬竊盜之人而作哉？使天下之諸侯，皆莫肯容夫如此之人，而穿窬盜竊之事，將不禁而自絕，此《春秋》之所以用意於其本也。《左氏》曰：「或求名而不得，或欲蓋而名彰。書齊豹盜，三叛人名。」而《公羊》之說，最爲疎謬，以爲叔術之後而通濫於天下，故不繫黑肱於邾。嗚呼，誰謂孔子而賢叔術耶？

蓋嘗論之。黑肱之不繫邾也，意其若欒盈之不繫于晉歟？欒盈既奔齊，而還入曲沃以叛，故書曰「欒盈入于晉」。黑肱或者既絕于邾，而歸竊其邑以叛歟？當時之簡牘既亡，其詳不可得而聞矣。然以類而求之，或亦然歟？《穀梁》曰：「不言邾，別乎邾也；不言濫子，非天子之所封也。」此尤迂濶而不可用矣。

論春秋變周之文何休解

三家之傳，迂誕奇怪之說，《公羊》爲多，而何休又從而附成之。後之言《春秋》者，黜周王魯之學與夫讖緯之書者，皆祖《公羊》。《公羊》無明文，何休因其近似而附成之。愚以爲何休，《公羊》之罪人也。凡所謂《春秋》變周之文從商之質者，皆出於何氏，愚未嘗觀焉。滕侯、薛侯來朝。齊侯使其弟年來聘。何休曰：質家親親。故先滕侯而加録齊侯之母弟。且夫親親者，周道也。先宗盟而後異姓者，周制也。鄭忽出奔衛。《公羊傳》曰：「忽何以名？春秋伯、子、男一也。詞無所貶。」何休曰：「商爵三等，春秋變周五等之爵而從焉。《記》曰：「諸侯失地名。」而文十二年郕伯來奔，《公羊》亦曰：「何以不名？兄弟詞也。」忽之出奔，其爲失國，豈不甚明，而《春秋》獨無貶焉。雖然，《公羊》何爲而爲此説也？《春秋》未踰年之君皆稱子，而忽獨不然，此《公羊》之所以爲此説也。且《春秋》之書，夫豈一槩。衛宣未葬，而嗣子稱侯以出會，書曰「及宋公衛侯燕人戰」。鄭忽外之無援，内之無黨，一夫作難，奔走無告，鄭人賤之，故赴以名，書曰「鄭忽出奔衛」。衛侯未踰年之君也，鄭忽亦未踰年之君也，因其自侯而侯之，因其自名而名之，皆所以變常而示譏也。且夫以例而求《春秋》者，乃愚儒之事也。孔子行夏之時，乘殷之輅，服周之冕，又曰「郁郁乎文哉，吾從周」。由此觀之，夫子皆有取於三代，而周居多焉。況乎採周公之集以作《春秋》，而曰變周之文者，吾不信也。

宋襄公論

魯僖公二十二年冬十一月一日〔一〕，己巳，朔，宋公及楚人戰于泓，宋師敗績。蘇子曰〔二〕：《春秋》書戰，未有若此之嚴而盡也。宋公〔三〕，天子之上公。宋，先代之後，于周爲客，天子有事膰焉，有喪拜焉，非列國諸侯之所敢敵也。而曰「及楚人戰于泓」。楚，夷狄之國，人微者之稱。以天子之上公，而當夷狄之微者，至於敗績，宋公之罪，蓋可見矣。而《公羊傳》以爲文王之戰不過此〔四〕，學者疑焉。故不可以不辯〔五〕。

宋襄公非獨行仁義而不終者也。以不仁之資，盜仁者之名爾。齊宣有牽牛而過堂下者，曰：「牛何之？」曰：「將以釁鐘。」王曰：「舍之，吾不忍其觳觫，若無罪而就死地。」夫舍一牛，於德未有所損益者，而孟子與之以王。所謂以不忍人之心，行不忍人之政，三代之所共也。而宋襄公執鄫子用於次睢之社，君子殺一牛猶不忍，而宋公戕一國君若犬豕然，此而忍爲之〔六〕，天下孰有不忍者耶！泓之役，身敗國衄，乃欲以不重傷、不禽二毛欺諸侯。人能紾其兄之臂以取食，而能忍饑於壺餐者，天下知其不情也。襄公能忍於鄫子，而不忍於重傷二毛，此豈可謂其情也哉？桓文之師，存亡繼絶，猶不齒於仲尼之門，況用人於夷鬼以求霸，而謂王者之師可乎？使鄫子有罪而討之，雖釁於諸侯而戮於社，天下不以爲過。若以喜怒興師，則秦穆公獲晉侯，且猶釋之，而況敢用諸淫昏之鬼乎？以愚觀之，宋襄公，王莽之流。襄公以諸侯爲可以名得，王莽以天下爲可以文取也。其得喪小大不同，其不能欺天下則同也。其不鼓不成列，不能損襄公之虐。其抱孺子而泣，不能蓋王莽之篡。使莽無成則宋襄公〔七〕。使襄公之得志，亦一莽也〔八〕。

古人有言：「圖王不成，其弊猶足以霸。」襄公行王者之師〔九〕，猶足以當桓公之師，一戰之餘，救死扶傷不暇。此獨妄庸耳。齊桓、晉文得管仲、子犯而興，襄公有一子魚不能用，豈可同日而語哉。自古失道之君，如是者多矣，死而論定。未有如宋襄公之欺於後世者也。

〔一〕「十一月」原作「十月」，據郎本卷十二改。案：此乃引《春秋》之文，原文作「十一月」。

〔二〕「蘇子曰」三字原缺，據郎本補。

〔三〕「宋」上原有「日」字，據郎本删。

〔四〕「公羊傳」原作「穀梁之傳」，據郎本、《文粹》卷二十改。「戰」原作「師」，《文粹》及郎本註文作「戰」，今從。「此」原作「是」，羅考謂《公羊傳》實作「此」，今從。

〔五〕「辯」原作「辨」，今從《七集·續集》卷八。

〔六〕「此」原缺，據郎本補。

〔七〕「公」原脫，據郎本、《文粹》補。

〔八〕「使襄公」三字原脫，據郎本補。

〔九〕「師」原作「事」，今從郎本、《七集·續集》。

秦始皇帝論〔一〕

昔者生民之初，不知所以養生之具，擊搏挽裂與禽獸爭一旦之命〔二〕，惴惴焉朝不謀夕，憂死之不給，是故巧詐不生，而民無知。然聖人惡其無別，而憂其無以生也，是以作爲器用、耒耜、弓矢、舟車、網罟之類，莫不備至，使民樂生便利，役御萬物而適其情，而民始有以極其口腹耳目之欲。器利用便而巧詐生，求得欲從而心志廣，聖人又憂其桀猾變詐而難治也，是故制禮以反其初。禮者，所以反本復始也。

聖人非不知箕踞而坐，不揖而食，便於人情，而適於四體之安也。將必使之習爲迂闊難行之節，寬衣博帶，佩玉履舄，所以回翔容與而不可以馳驟。上自朝廷，而下至於民，其所以視聽其耳目者，莫不近於迂闊。其衣以黼黻文章，其食以籩豆簠簋，其耕以井田，其進取選舉以學校，其治民以諸侯，嫁娶死喪莫不有法，嚴之以鬼神，而重之以四時，所以使民自尊而不輕爲姦。故曰：禮之近於人情者，非其至也。周公、孔子所以區區於升降揖讓之間，丁寧反覆而不敢失墜者，世俗之所謂迂闊，而不知夫聖人之權固在於此也。

自五帝三代相承而不敢破，至秦有天下，始皇帝以詐力而并諸侯，自以爲智術之有餘，而禹、湯、文、武之不知出此也。於是廢諸侯、破井田，凡所以治天下者，一切出於便利，而不耻於無禮，決壞聖人之藩牆，而以利器明示天下。故自秦以來，天下惟知所以求生避死之具，而以禮者爲無用贅疣之物〔三〕。何者？其意以爲生之無事乎禮也。苟生之無事乎禮，則凡可以得生者無所不爲矣〔四〕。嗚呼！此秦之禍，所以至今而未息歟。

昔者始有書契，以科斗爲文，而其後始有規矩摹畫之迹，蓋今所謂大小篆者。至秦而更以隸，其後日以變革，貴於速成，而從其易。又創爲紙以易簡策。是以天下簿書符檄，繁多委壓，而吏不能究，姦人有以措其手足。如使今世而尚用古之篆書簡策，則雖欲繁多，其勢無由。由此觀之，則凡所以便利天下者，是開詐僞之端也。嗟乎，秦既不可及矣，苟後之君子欲治天下，而惟便利之求〔五〕，則是引民而日趨於詐也，悲夫。

〔一〕此文及下文《漢高帝論》、《魏武帝論》、《伊尹論》、《周公論》，郎本在卷五，總題爲《進論》；《應詔集》在卷七。

〔二〕「搏」原作「摶」，據郎本、《文粹》卷二十改。

〔三〕「而」原缺，據郎本、《應詔集》補。

〔四〕「矣」原作「乎」，據郎本改。

〔五〕「便利」原作「利便」，據《文粹》改。案：以上用「便利」。

漢高帝論

有進説於君者，因其君之資而爲之説，則用力寡矣。人唯好善而求名，是故仁義可以誘而進，不義可以刼而退。若漢高帝起於草莽之中，徒手奮呼，而得天下，彼知天下之利害與兵之勝負而已，安知所謂仁義者哉？觀其天資，固亦有合於仁義者，而不喜仁義之説，此如小人終日爲不義，而至以不義説之，則亦怫然而怒。故當時之善説者，未嘗敢言仁義與三代禮樂之教，亦惟曰如此而爲利，如此而爲害，如此而可，如此而不可，然後高帝擇其利與可者而從之，蓋亦未嘗遲疑。

天下既平，以愛故欲易太子，大臣叔孫通、周昌之徒力争之，不能得，用留侯計僅得之。蓋讀其書至此，未嘗不太息以爲高帝最易曉者，苟有以當其心，彼無所不從，盍亦告之以吕后太子從帝起於布衣以至於定天下，天下望以爲君，雖不肖而大臣心欲之，如百歲後，誰肯北面事戚姬子乎？所謂愛之者，祇以禍之。嗟夫！無有以奚齊、卓子之所以死爲高帝言者歟？叔孫通之徒，不足以知天下之大計，獨有廢嫡立庶之説，而欲持此以却之，此固高帝之所輕爲也。人固有所不平，使如意爲天子，惠帝爲臣，絳灌之徒，圜視而起，如意安得而有之，孰與其全安而不失爲王之利也？如意之爲王，而不免於死，則亦高帝之過矣。不少抑遠之，以泄吕后不平之氣，而又厚封焉，其爲計不已疎乎？

或曰：呂后强悍，高帝恐其爲變，故欲立趙王。此又不然。自高帝之時而言之，計呂后之年，當死於惠帝之手。呂后雖悍，亦不忍奪之其子以與姪。惠帝既死，而呂后始有邪謀，此出於無聊耳，而高帝安得逆知之！

且夫事君者，不能使其心知其所以然而樂從吾説，而欲以勢奪之，亦已危矣。如留侯之計，高帝顧戚姬悲歌而不忍，特以其勢不得不從，是以猶欲區區爲趙王計，使周昌相之，此其心猶未悟，以爲一强項之周昌，足以抗呂氏而捍趙王，不知周昌激其怒，而速之死耳。古之善原人情而深識天下之勢者，無如高帝，然至此而惑，亦無有以告之者。悲夫！

魏武帝論

世之所謂智者〔一〕，知天下之利害，而審乎計之得失，如斯而已矣。此其爲智猶有所窮。唯見天下之利而爲之，唯其害而不爲，則是有時而窮焉，亦不能盡天下之利〔二〕。古之所謂大智者，知天下利害得失之計，而權之以人。是故有所犯天下之至危，而卒以成大功者，此以其人權之。輕敵者敗，重敵者無成功。何者？天下未嘗有百全之利也，舉事而待其百全，則必有所格，是故知吾之所以勝人，而人不知其所以勝我者，天下莫能敵之。

昔者晉荀息知虢公必不能用宫之奇〔三〕，齊鮑叔知魯君必不能用施伯，薛公知黥布必不出於上策〔四〕，此三者，皆危道也，而直犯之，彼不知用其所長，又不知出吾之所忌，是故可以冒害而就利。自三代之亡，天下以詐力相并，其道術政教無以相過，而能者得之。當漢氏之衰，豪傑並起而圖天下，二袁、董、吕，争爲强暴，而孫權、劉備，又已區區於一隅，其用兵制勝，固不足以敵曹氏，然天下終於分裂，訖魏之世，而不能一。

蓋嘗試論之。魏武長於料事，而不長於料人。是故有所重發而喪其功，有所輕爲而至於敗。劉備有蓋世之才，而無應卒之機。方其新破劉璋，蜀人未附，一日而四五驚，斬之不能禁。釋此時不取，而其後遂至於不敢加兵者終其身。孫權勇而有謀，此不可以聲勢恐喝取也。魏武不用中原之長，而與之争於舟楫之間，一日一夜，行三百里以争利。犯此二敗以攻孫權，是以喪師於赤壁，以成吴之强。且夫劉備可以急取，而不可以緩圖，方其危疑之間，卷甲而趨之，雖兵法之所忌，可以得志。孫權者，可以計取，而不可以勢破也，而欲以荆州新附之卒，乘勝而取之。彼非不知其難，特欲僥倖於權之不敢抗也。此用之於新造之蜀，乃可以逞。故夫魏武重發於劉備而喪其功，輕爲於孫權而至於敗。此不亦長於料事而不長於料人之過歟？

嗟夫，事之利害，計之得失，天下之能者舉知之，知之而不能權之以人[五]，則亦紛紛焉或勝或負，争爲雄强，而未見其能一也。

[一]「智」原作「知」，今從郎本卷五。案：以下有「古之所謂大智者」句，作「智」是。以下「此其爲智」之「智」，原亦作「知」，亦據郎本改。

[二]「亦」，《應詔集》卷六作「以」。

〔三〕「虢」原作「虞」，據郎本、《應詔集》改。

〔四〕郎本無「於」字。

〔五〕「知之」二字原缺，據郎本補。羅考：案文勢當有此二字。

伊尹論

辨天下之大事者，有天下之大節者也。立天下之大節者，狹天下者也。夫以天下之大而不足以動其心，則天下之大節有不足立，而大事有不足辨者矣。

今夫匹夫匹婦皆知潔廉忠信之爲美也，使其果潔廉而忠信，則其智慮未始不如王公大人之能也〔一〕，惟其所爭者，止於簞食豆羹，而簞食豆羹足以動其心，則宜其智慮之不出乎此也。簞食豆羹，非其道不取，則一鄉之人，莫敢以不正犯之矣。一鄉之人，莫敢以不正犯之，而不能辨一鄉之事者，未之有也。推此而上，其不取者愈大，則其所辨者愈遠矣。讓天下與讓簞食豆羹，無以異也。治天下與治一鄉，亦無以異也。然而不能者，有所蔽也。天下之富，是簞食豆羹之積也。天下之大，是一鄉之推也。非千金之子，不能運千金之資。販夫販婦得一金而不知其所措，非智不若，所居之卑也。

孟子曰：「伊尹耕於有莘之野，非其道也，非其義也，雖禄之天下，弗受也。」夫天下不能動其心，是故其才全。以其全才而制天下，是故臨大事而不亂。古之君子，必有高世之行，非苟求爲異而已。卿相之位，千金之富，有所不屑，將以自廣其心，使窮達利害不能爲之芥蔕，以全其才，而欲有所爲耳。後之君子，蓋亦嘗有其志矣，得失亂其中，而榮辱奪其外，是以役役至於老死而不暇，亦足悲矣。孔子敍書至於舜、禹、臯陶相讓之際，蓋未嘗不太息也。夫以朝廷之尊，而行匹夫之讓，孔子安取哉？取其不汲汲於富貴，有以大服天下之心焉耳。

夫太甲之廢，天下未嘗有是，而伊尹始行之，天下不以爲驚。以臣放君，天下不以爲僭。既放而復立，太甲不以爲專。何則？其素所不屑者，足以取信於天下也。彼其視天下眇然不足以動其心，而豈忍以廢放其君求利也哉？

後之君子，蹈常而習故，惴惴焉懼不免於天下，一爲希闊之行，則天下羣起而誚之。不知求其素，而以爲古今之變時有所不可者，亦已過矣夫。

〔一〕「智」原作「知」，今從郎本卷五。

周公論

論周公者多異説，何也？周公居禮之變，而處聖人之不幸，宜乎説者之異也。凡周公之所爲，亦不得已而已矣。若得已而不已，則周公安得而爲之？成王幼不能爲政，周公執其權，以王命賞罰天下，是周公不得已者，如此而已。

今儒者曰：周公踐天子之位，稱王而朝諸侯。則是豈不可以已耶？《書》曰：「周公位冢宰，正百工。羣叔流言。」又曰：「召公爲保，周公爲師，相成王，爲左右。召公不説。」又曰「周公曰」、「王若曰」，則是周公未嘗踐天子之位而稱王也。周公稱王，則成王宜何稱，將亦稱王耶，將不稱耶？不稱，則是廢也。稱王，則是二王也。而周公將何以安之〔一〕？孔子曰：「必也正名乎！」儒者之患，患在於名實之不正。故亦有以文王爲稱王者，是以聖人爲後世之僭君急於爲王者也〔二〕。天下雖亂，有王者在，而已自王，雖聖人不能以服天下。昔高帝擊滅項籍，統一四海，諸侯大臣，相率而帝之，然且辭以不德。惟陳勝、吳廣，乃嚻嚻乎急於自王。而謂文王亦爲之耶？武王伐商，師渡孟津，會於牧野，其所以稱先君之命命於諸侯者，蓋猶曰文考而已。至于武成，既以柴望告天，百工奔走，受命于周，而後其稱曰「我文考文王，克成厥勳」。由此觀之，則是武王不敢一日安尊其先君，而況於文王之自王乎？《詩》曰：「虞芮質厥成，文王蹶厥生。」是亦追稱而已矣。《史記》曰：「姬乎采芑，歸乎田成子。」夫田常之時，安知其爲成子而稱之！故凡以文王、周公爲稱王者，皆過也。是資後世之簒君而爲之藉也。

陳賈問於孟子曰：「周公使管叔監商，管叔以商叛〔三〕。知而使之，是不仁，不知是不智〔四〕。」孟子曰：「周公，弟也，管叔，兄也。周公之過，不亦宜乎！」從孟子之說，則是周公未免於有過也。夫管、蔡之叛，非逆也，是其智不足以深知周公而已矣。周公之誅，非疾之也，其勢不得不誅也。故管、蔡非所謂大惡也。兄弟之親，而非有大惡，則其道不得不封。管、蔡之封，武王之世也〔五〕。武王之世，未知有周公、成王之事。苟無周公、成王之事，則管、蔡何從而叛，周公何從而誅之。故曰：周公居禮之變，而處聖人之不幸也。

〔一〕「將」原缺，據郎本卷五補。

〔二〕「也」原作「耶」，今從郎本。羅考：作「耶」，語氣不合。

〔三〕郎本、《應詔集》卷六「叔」作「蔡」。案，此乃引《孟子》之文，《孟子》作「叔」。

〔四〕「不智」原作「不知」，據郎本、《應詔集》改。

〔五〕「武」上原有「在」，據郎本删。羅考：「也」字即有「在」義，「在」字當衍。

管仲論〔一〕

嘗讀《周官》、《司馬法》，得軍旅什伍之數。其後讀管夷吾書，又得《管子》所以變周之制。蓋王者之兵，出於不得已，而非以求勝敵也。故其爲法，要以不可敗而已。至於桓文，非決勝無以定霸，故其法在必勝。繁而曲者，所以爲不可敗也。簡而直者，所以爲必勝也。周之制，萬二千五百人而爲軍。萬之有二千，二千之有五百，其數奇而不齊，唯其奇而不齊，是以知其所以爲繁且曲也。

今夫天度三百六十，均之十二辰，辰得三十者，此其正也。五日四分之一者，此其奇也。使天度而無奇〔二〕，則千載之日，雖婦人孺子，皆可以坐而計。唯其奇而不齊，是故巧曆有所不能盡也。聖人知其然，故爲之章、會、統、元以盡其數，以極其變。《司馬法》曰：「五人爲伍，五伍爲兩〔三〕，萬二千五百人而爲隊〔四〕，二百五十，十取三焉而爲奇，其餘七以爲正，四奇四正，而八陣生焉。」夫以萬二千五百人而均之八陣之中，宜其有奇而不齊者，是以多爲之曲折，以盡其數，以極其變。鈎聯蟠踞〔五〕，各有條理。故三代之興，治其兵農軍賦，皆數十百年而後得志於天下。自周之亡，秦、漢陣法不復三代。其後諸葛孔明，獨識其遺制，以爲可用以取天下，然相持數歲，魏人不敢決戰，而孔明亦卒無尺寸之功。豈八陣者，先王所以爲不可敗，而非以逐利爭勝者耶！

若夫管仲之制其兵，可謂截然而易曉矣。三分其國，以爲三軍。五人爲軌，軌有長。十軌爲里，里有司。四里爲連，連有長。十連爲鄉，鄉有鄉良人。三鄉一帥〔六〕。萬人而爲一軍。公將其一，高子、國子將其二。三軍三萬人。如貫繩，如畫碁局，疎暢洞達，雖有智者無所施其巧。故其法令簡一，而民有餘力以致其死。

昔者嘗讀《左氏春秋》，以爲丘明最好兵法。蓋三代之制，至於列國猶有存者，以區區之鄭，而魚麗鵞鸛之陣，見於其書。及至管仲相桓公，南伐楚，北伐孤竹，九合諸侯，威震天下，而其軍壘陣法，不少槩見者，何哉？蓋管仲欲以歲月服天下，故變古司馬法而爲是簡畧速勝之兵，是以莫得而見其法也。其後吳、晉爭長於黃池，王孫雒教夫差以三萬人壓晉壘而陣，百人爲行，百行爲陣，陣皆徹行，無有隱蔽，援桴而鼓之，勇怯盡應，三軍皆譁，晉師大駭，卒以得志。

由此觀之，不簡而直，不可以決勝。深惟後世不達繁簡之宜〔七〕，以取敗亡。而三代什伍之數，與管子所以治齊之兵者，雖不可盡用；而其近於繁而曲者，以之固守，近於簡而直者，以之決戰，則庶乎其不可敗，而有所必勝矣。

〔一〕本文及本卷之《孫武論上》、《孫武論下》、《子思論》、《孟軻論》、郎本在卷六，總題爲《進論》；《應詔集》在卷八。

〔二〕「天」原作「其」，今從郎本、《應詔集》。

〔三〕《應詔集》「兩」作「隊」。

〔四〕《文粹》卷二十一「隊」作「軍」。案:《太平御覽》卷二九八引《通典》轉引《司馬法》,謂「五師爲軍,一萬二千五百人」。

〔五〕郎本《蟠踞》作「蟠屈」。

〔六〕「三」,原作「五」,龐校據《管子·小匡篇》改「五」爲「三」,今從。

〔七〕「達」原作「得」,今從郎本。

士變論〔一〕

料敵勢强弱,而知師之勝負,此將帥之能也。不求一時之功,愛君以德,而全其宗嗣,此社稷之臣也。鄢陵之役,楚晨壓晉師而陳。諸將請從之。范文子獨不欲戰,晉卒敗楚,楚子傷目,子反殞命。范文子疑若懦而無謀者矣。然不及一年,三郤誅,厲公弑,胥童死,欒書、中行偃幾不免於禍,晉國大亂。鄢陵之功,實使之然也。

有非常之人,然後有非常之功。非常之功,聖人所甚懼也。夜光之珠,明月之璧,無因而至前,匹夫猶或按劍,而況非常之功乎!故聖人必自反曰:此天之所以厚於我乎,抑天之禍余也?故雖有大功,而不忘戒懼。中常之主〔二〕,鋭於立事,忽於天戒,日尋干戈而殘民以逞,天欲全之,則必折其萌芽,挫其鋒芒,使其知所悔〔三〕。天欲亡之,以美利誘之以得志,使之有功以驕士,玩於寇讐,而侮其民人〔四〕,至於亡國殺身而不悟者,天絶之也。嗚呼,小民之家,一朝而獲千金,非有大福,必有大咎。何則?彼之所獲者，終日勤勞，不過數金耳。所得者微，故所用者狹〔五〕。無故而得千金，豈不驕其志而喪其所守哉。由是言之，有天下者〔六〕，得之艱難，則失之不易。得之既易，則失之亦然。漢高皇帝之得天下，親冒矢石與秦、楚爭，轉戰五年，未嘗得志。既定天下，復有平城之圍。故終其身不事遠略，民亦不勞。繼之文、景不言兵。唐太宗舉晉陽之師，破竇建德，虜王世充，所過者下，易於破竹。然天下始定，外攘四夷，伐高昌，破突厥，終其身師旅不解，幾至於亂者，以其親見取天下之易也。

故兵之勝負，不足以爲國之强弱，而足以爲治亂之兆〔七〕。蓋有戰勝而亡，有敗而興者矣。會稽之棲，而勾踐以霸。黄池之會，而夫差以亡。有以使之也夫。昔虢公敗戎于桑田〔八〕，晉卜偃知其必亡，曰：「是天奪之鑒而益其疾也。」晉果滅虢。此范文子所以不得不諫。諫而不納，而又有功，敢逃其死哉！使其不死，則厲公逞志，必先圖於范氏，趙盾之事可見矣。趙盾雖免於死，而不免於惡名，則范文子之智，過於趙宣子也遠矣。

〔一〕本文開始，郎本卷十三有「鄢陵之役楚晨壓晉師而陣諸將請從之范文子獨不欲戰晉卒敗楚楚子傷目子反殞命蘇子曰」三十八字。案：「鄢陵」云云，已見文中。

〔二〕「主」原作「人」，今從郎本。案：以下有「殘民以逞」句，作「主」是。

〔三〕「其知」原作「知其」，今從郎本。

〔四〕郎本「民人」作「人民」。

〔五〕「者」原缺，據郎本補。

〔六〕「有」原缺，據郎本補。

〔七〕郎本「不足以爲國之强弱而足以爲治亂之兆」作「足以爲國之强弱而國之强弱足以爲治亂之兆」。

〔八〕「昔」原作「晉」，今據郎本改。

孫武論上

古之善言兵者〔一〕，無出於孫子矣。利害之相權，奇正之相生，戰守攻圍之法，蓋以百數，雖欲加之而不知所以加之矣。然其所短者，智有餘而未知其所以用智，此豈非其所大闕歟？

夫兵無常形，而逆爲之形，勝無常處，而多爲之地。是以其説屢變而不同，縱横委曲，期於避害而就利，雜然舉之，而聽用者之自擇也。是故不難於用，而難於擇。擇之爲難者，何也？鋭於西而忘於東，見其利而不見其所窮，得其一説，而不知其又有一説也。此豈非用智之難歟？

夫智本非所以教人，以智而教人者，是君子之急於有功也。變詐汩其外〔二〕，而無守於其中，則是五尺童子皆欲爲之，使人勇而不自知，貪而不顧，以陷於難，則有之矣。深山大澤，有天地之寶，無意於寶者得之。操舟於河，舟之逆順，與水之曲折，忘於水者見之。是故惟天下之至廉爲能貪，惟天下之至静爲能勇，惟天下之至信爲能詐。何者？不役於利也。夫不役於利，則其見之也明。見之也明，則其發之也果。

古之善用兵者，見其害而後見其利，見其敗而後見其成。其心閑而無事，是以若此明也。不然，兵未交而先志於得，則將臨事而惑，雖有大利，尚安得而見之！若夫聖人則不然。居天下於貪，而自居於廉，故天下之貪者，皆可得而用。居天下於勇，而自居於靜，故天下之勇者，皆可得而役。居天下於詐，而自居於信，故天下之詐者，皆可得而使。天下之人欲有功於此，而即以此自居，則功不可得而成。是故君子居晦以御明，則明者畢見，居陰以御陽，則陽者畢赴。夫然後孫子之智，可得而用也。

《易》曰：「介於石，不終日。貞吉。」君子方其未發也，介然如石之堅，若將終身焉者；及其發也，不終日而作。故曰：不役於利，則其見之也明。見之也明，則其發之也果。今夫世俗之論則不然，曰：兵者，詭道也。非貪無以取，非勇無以得，非詐無以成。廉靜而信者，無用於兵者也。嗟夫，世俗之説行，則天下紛紛乎如鳥獸之相搏〔三〕，嬰兒之相擊，强者傷，弱者廢，而天下之亂何從而已乎！

〔一〕「善」原缺，據郎本卷六補。

〔二〕郎本「汩」作「滑」。

〔三〕「搏」原作「摶」，今據郎本、明刊《文粹》卷二十二改。

孫武論下

夫武，戰國之將也，知爲吴慮而已矣。是故以將用之則可，以君用之則不可。今其書十三篇，小至部曲營壘芻糧器械之間，而大不過於攻城拔國用間之際，蓋亦盡於此矣。天子之兵，天下之勢，武未及也。

其書曰：「將能而君不御者勝。」爲君而言者，有此而已。竊以爲天子之兵，莫大於御將。天下之勢，莫大於使天下樂戰而不好戰。夫天下之患，不在於寇賊，亦不在於敵國，患在於將帥之不力，而以寇賊敵國之勢內邀其君。是故將帥多，而敵國愈强，兵加，而寇賊愈堅。敵國愈强，而寇賊愈堅，則將帥之權愈重。將帥之權愈重，則爵賞不得不加。夫如此，則是盜賊爲君之患，而將帥利之；敵國爲君之讐，而將帥幸之。舉百倍之勢，而立毫芒之功，以藉其口〔一〕，而邀利於其上，如此而天下不亡者，特有所待耳。

昔唐之亂，始於明皇，自肅宗復兩京，而不能乘勝并力盡取河北之盜。德宗收潞博〔二〕，幾定魏地，而不能斬田悅於孤窮之中。至於憲宗，天下畧平矣，而其餘孽之存者，終不能盡去。夫唐之所以屢興而終莫之振者，何者？將帥之臣，養寇以自封也。故曰：天子之兵，莫大於御將。御將之術，開之以其所利，而授之以其所忌。如良醫之用藥，烏喙蝮蝎，皆得自効於前，而不敢肆其毒。何者？授之以其所畏也。憲宗將討劉闢，以爲非高崇文則莫可用，而劉澭者崇文之所忌也，故告之曰：「闢之不克，將澭實汝代。」是以崇文決戰，不旋踵擒劉闢，此天子御將之法也。

夫使天下樂戰而不好戰者，何也？天下不樂戰，則不可與從事於危；好戰，則不可與從事於安。昔秦人之法，使吏士自爲戰，戰勝而利歸於民，所得於敵者，卽以有之。使民之所以養生送死者，非殺敵無由取也。故其民以好戰并天下，而亦以亡。夫始皇雖已墮名城，殺豪傑，銷鋒鏑，而民之好戰之心，囂然其未已也，是故不可與休息而至於亡。若夫王者之兵〔三〕，要在於使之知愛其上而讐其敵，使之知其上之所以驅之於戰者，凡皆以爲我也。是以樂其戰而甘其死。至於其戰也，務勝敵而不務得財。其賞也，發公室而行之於廟，使其利不在於殺人。是故其民不志於好戰。夫然後可以作之於安居之中〔四〕，而休之於争奪之際。可與安，可與危，而不可與亂。此天下之勢也。

〔一〕「藉」原作「籍」，據郎本卷六改。
〔二〕郎本、《應詔集》卷八「潞」作「洛」。
〔三〕明刊《文粹》卷二十二「兵」作「民」。
〔四〕郎本「居」作「危」。

子思論

昔者夫子之文章，非有意於爲文，是以未嘗立論也。所可得而言者，唯其歸於至當，斯以爲聖人而已矣。

夫子之道，可由而不可知〔一〕，可言而不可議〔二〕。此其不争爲區區之論，以開是非之端，是以獨得不廢，以與天下後世爲仁義禮樂之主。夫子既没，諸子之欲爲書以傳於後世者，其意皆存乎爲文，汲汲乎惟恐其汩没而莫吾知也，是故皆喜立論。論立而争起。自孟子之後，至于荀卿、揚雄，皆務爲相攻之説，其餘不足數者紛紜於天下。

嗟夫，夫子之道，不幸而有老聃、莊周、楊朱、墨翟、田駢、慎到、申不害、韓非之徒，各持其私説以攻乎其外，天下方將惑之，而未知其所適從。奈何其弟子門人，又内自相攻而不決。千載之後，學者愈衆，而夫子之道益晦而不明者〔三〕，由此之故歟？

昔三子之争，起於孟子。孟子曰：「人之性善。」是以荀子曰：「人之性惡。」而揚子又曰：「人之性，善惡混。」孟子既已據其善，是故荀子不得不出於惡。人之性有善惡而已，二子既已據之〔四〕，是以揚子亦不得不出於善惡混也。爲論不求其精，而務以爲異於人，則紛紛之説，未可以知其所止。

且夫夫子未嘗言性也，蓋亦嘗言之矣，而未有必然之論也。孟子之所謂性善者，皆出於其師子思之書。子思之書，皆聖人之微言篤論，孟子得之而不善用之，能言其道而不知其所以爲言之名，舉天下之大，而必之以性善之論，昭昭乎自以爲的於天下，使天下之過者，莫不欲援弓而射之。故夫二子之爲異論者，皆孟子之過也。

若夫子思之論則不然，曰：「夫婦之愚，可以與知焉。及其至也，雖聖人亦有所不知焉。夫婦之不肖，可以能行焉。及其至也，雖聖人亦有所不能焉。」聖人之道，造端乎夫婦之所能行，而極乎聖人之所不能知。造端乎夫婦之所能行，是以天下無不可學。而極乎聖人之所不能知，是以學者不知其所窮。夫如是，則惻隱足以爲仁，而仁不止於惻隱。羞惡足以爲義，而義不止於羞惡。此不亦孟子之所以爲性善之論歟！子思論聖人之道出於天下之所能行。而孟子論天下之人皆可以行聖人之道。此無以異者。而子思取必於聖人之道，孟子取必於天下之人。故夫後世之異議皆出於孟子。而子思之論，天下同是而莫或非焉。然後知子思之善爲論也。

〔一〕郎本卷六「知」作「言」。
〔二〕郎本「言」作「知」。
〔三〕郎本「夫」前有「吾」字。
〔四〕「已」原作「以」，今從郎本。

孟子論〔一〕

昔者仲尼自衞反魯，網羅三代之舊聞，蓋經禮三百，曲禮三千，終年不能究其說。夫子謂子貢曰：「賜，爾以吾爲多學而識之者歟？非也，予一以貫之。」天下苦其難而莫之能用也，不知夫子之有以貫之也。是故堯、舜、禹、湯、文、武、周公之法度禮樂刑政，與當世之賢人君子百氏之書，百工之技藝，九州之内，四海之外，九夷八蠻之事，荒忽誕謾而不可考者，雜然皆列乎胸中，而有卓然不可亂者，此固有以一之也。是以博學而不亂，深思而不惑，非天下之至精，其孰能與於此？

蓋嘗求之於六經，至於《詩》與《春秋》之際，而後知聖人之道，始終本末，各有條理。夫王化之本，始於天下之易行。天下固知有父子也，父子不相賊，而足以爲孝矣。天下固知有兄弟也，兄弟不相奪，而足以爲悌矣。孝悌足而王道備，此固非有深遠而難見，勤苦而難行者也。故《詩》之爲教也，使人歌舞佚樂，無所不至，要在於不失正焉而已矣。雖然，聖人固有所甚畏也。一失容者，禮之所由廢也。一失言者，義之所由亡也。君臣之相攘，上下之相殘，天下大亂，未嘗不始於此道。是故《春秋》力爭於毫釐之間，而深明乎疑似之際，截然其有所必不可爲也。不觀於《詩》，無以見王道之易。不觀於《春秋》，無以知王政之難。

自孔子没，諸子各以所聞著書，而皆不得其源流，故其言無有統要，若孟子，可謂深於《詩》而長於《春秋》者矣。其道始於至粗，而極於至精。充乎天地，放乎四海，而毫釐有所必計。至寬而不可犯，至密而可樂者〔二〕，此其中必有所守，而後世或未之見也。

且孟子嘗有言矣：「人能充其無欲害人之心，而仁不可勝用也。人能充其無欲爲穿窬之心，而義不可勝用也。士未可以言而言，是以言餂之也。可以言而不言，是以不言餂之也。是皆穿窬之類也。」唯其不爲穿窬也，而義至於不可勝用。唯其未可以言而言、可以言而不言也，而其罪遂至於穿窬。故曰：其道始於至粗，而極於至精。充乎天地，放乎四海，而毫釐有所必計。嗚呼，此其所以爲孟子歟！後之觀孟子者，無觀之他，亦觀諸此而已矣。

〔一〕「子」原作「軻」，據郎本目録改。案：文中皆作「子」，未言「軻」。

〔二〕原校：「可樂者」三字一作「不可察」。郎本「可樂」作「不可察」。

蘇軾文集卷四

論

樂毅論[一]

自知其可以王而王者，三王也。自知其不可以王而霸者，五霸也。或者之論曰：「圖王不成，其弊猶可以霸。」嗚呼！使齊桓、晉文而行湯、武之事，將求亡之不暇，雖欲霸，可得乎？

夫王道者，不可以小用也。大用則王，小用則亡。昔者徐偃王、宋襄公嘗行仁義矣，然終以亡其身、喪其國者，何哉？其所施者，未足以充其所求也。故夫有可以得天下之道，而無取天下之心，乃可與言王矣[二]。范蠡、留侯，雖非湯、武之佐，然亦可謂剛毅果敢，卓然不惑，而能有所必爲者也。觀吳王困於姑蘇之上，而求哀請命於勾踐，勾踐欲赦之，彼范蠡者獨以爲不可，援桴進兵，卒刎其頸。項籍之解而東，高帝亦欲罷兵歸國，留侯諫曰：「此天亡也，急擊勿失。」此二人者，以爲區區之仁義，不足以易吾之大計也。

嗟夫！樂毅戰國之雄，未知大道，而竊嘗聞之，則足以亡其身而已矣。論者以爲燕惠王不肖，用反間，以騎劫代將，卒走樂生。此其所以無成者，出於不幸，而非用兵之罪。然當時使昭王尚在，反間不得行，樂毅終亦必敗。何者？燕之并齊，非秦、楚、三晉之利。今以百萬之師，攻兩城之殘寇，而數歲不決，師老於外，此必有乘其虛者矣。諸侯乘之於內，齊擊之於外。當此時，雖太公、穰苴不能無敗。然樂毅以百倍之衆，數歲而不能下兩城者，非其智力不足，蓋欲以仁義服齊之民，故不忍急攻而至於此也。夫以齊人苦湣王之暴，樂毅苟退而休兵，治其政令，寬其賦役，反其田里，安其老幼，使齊人無復鬭志，則田單者獨誰與戰哉！柰何以百萬之師，相持而不決，此固所以使齊人得徐而爲之謀也。

當戰國時，兵彊相吞者，豈獨在我，以燕、齊之衆壓其城，而急攻之，可滅此而後食，其誰曰不可。嗚呼！欲王則王，不王則審所處，無使兩失焉而爲天下笑也。

〔一〕自此文至《賈誼論》，郎本在卷七，總題爲《進論》；《應詔集》在卷九。

〔二〕郎本「與」作「以」。

荀卿論

嘗讀《孔子世家》，觀其言語文章，循循莫不有規矩，不敢放言高論，言必稱先王，然後知聖人憂天下之深也。茫乎不知其畔岸，而非遠也；浩乎不知其津涯，而非深也。其所言者，匹夫匹婦之所共知；而所行者，聖人有所不能盡也。嗚呼！是亦足矣。使後世有能盡吾說者，雖爲聖人無難，而不能者，不失爲寡過而已矣。

子路之勇，子貢之辯，冉有之智，此三者，皆天下之所謂難能而可貴者也。然三子者，每不爲夫子之所悦。顏淵默然不見其所能，若無以異於衆人者，而夫子亟稱之。且夫學聖人者，豈必其言之云爾哉？亦觀其意之所嚮而已。夫子以爲後世必有不能行其説者矣，必有竊其説而爲不義者矣。是故其言平易正直，而不敢爲非常可喜之論，要在於不可易也。

昔者常怪李斯事荀卿〔一〕，既而焚滅其書，大變古先聖王之法，於其師之道，不啻若寇讎。及今觀荀卿之書，然後知李斯之所以事秦者皆出於荀卿，而不足怪也。

荀卿者，喜爲異説而不讓，敢爲高論而不顧者也。其言愚人之所驚，小人之所喜也。子思、孟軻，世之所謂賢人君子也。荀卿獨曰：「亂天下者，子思、孟軻也。」天下之人，如此其衆也；仁人義士，如此其多也。荀卿獨曰：「人性惡。桀、紂，性也。堯、舜，僞也。」由是觀之，意其爲人必也剛愎不遜，而自許太過。彼李斯者，又特甚者耳。

今夫小人之爲不善，猶必有所顧忌，是以夏、商之亡，桀、紂之殘暴，而先王之法度、禮樂、刑政，猶未至於絶滅而不可考者，是桀、紂猶有所存而不敢盡廢也。彼李斯者，獨能奮而不顧，焚燒夫子之六經，烹滅三代之諸侯，破壞周公之井田，此亦必有所恃者矣。彼見其師歷詆天下之賢人，以自是其愚〔二〕，以爲古先聖王皆無足法者。不知荀卿特以快一時之論，而荀卿亦不知其禍之至於此也。其父殺人報仇，其子必且行劫。荀卿明王道，述禮樂，而李斯以其學亂天下，其高談異論有以激之也。孔、孟之論，未嘗異也，而天下卒無有及者。苟天下果無有及者，則尚安以求異爲哉！

〔一〕郎本卷七「常」作「嘗」。

〔二〕「以」原缺，據郎本補。

韓非論

聖人之所爲惡夫異端盡力而排之者，非異端之能亂天下，而天下之亂所由出也。昔周之衰，有老聃、莊周、列禦寇之徒，更爲虛無淡泊之言，而治其猖狂浮游之說，紛紜顛倒，而卒歸於無有。由其道者，蕩然莫得其當，是以忘乎富貴之樂，而齊乎死生之分，此不得志於天下，高世遠舉之人，所以放心而無憂。雖非聖人之道，而其用意，固亦無惡於天下。自老聃之死百餘年，有商鞅、韓非著書，言治天下無若刑名之賢〔一〕，及秦用之，終於勝、廣之亂，教化不足，而法有餘，秦以不祀，而天下被其毒。後世之學者，知申、韓之罪，而不知老聃、莊周之使然。

何者？仁義之道，起於夫婦、父子、兄弟相愛之間；而禮法刑政之原，出於君臣上下相忌之際。相愛則有所不忍，相忌則有所不敢。夫不敢與不忍之心合，而後聖人之道得存乎其中。今老聃、莊周論君臣、父子之間，汎汎乎若萍浮於江湖而適相值也〔二〕。夫是以父不足愛，而君不足忌。不忌其君，不愛其父，則仁不足以懷，義不足以勸，禮樂不足以化。此四者皆不足用，而欲置天下於無有。夫無有，豈誠足以治天下哉！商鞅、韓非求爲其說而不得，得其所以輕天下而齊萬物之術，是以敢爲殘忍而無疑。

今夫不忍殺人而不足以爲仁，而仁亦不足以治民；則是殺人不足以爲不仁，而不仁亦不足以亂天下。如此，則舉天下唯吾之所爲，刀鋸斧鉞，何施而不可。昔者夫子未嘗一日敢易其言。雖天下之小物，亦莫不有所畏。今其視天下眇然若不足爲者，此其所以輕殺人歟！

太史遷曰：「申子卑卑，施於名實。韓子引繩墨，切事情，明是非，其極慘礉少恩，皆原於道德之意。」嘗讀而思之[三]，事固有不相謀而相感者，莊、老之後，其禍爲申、韓。由三代之衰至于今，凡所以亂聖人之道者，其弊固已多矣，而未知其所終[四]，奈何其不爲之所也。

[一]「賢」原作「嚴」，今從《文粹》卷二十三、《應詔集》卷九。

[二]《應詔集》「浮」作「游」。

[三]《應詔集》「思」作「畏」。

[四]郎本卷七「而未」作「愚不」。

留侯論

古之所謂豪傑之士者，必有過人之節。人情有所不能忍者，匹夫見辱，拔劍而起，挺身而鬭，此不足爲勇也。天下有大勇者，卒然臨之而不驚，無故加之而不怒，此其所挾持者甚大，而其志甚遠也。夫子房受書於圯上之老人也，其事甚怪，然亦安知其非秦之世有隱君子者出而試之[一]？觀其所以微見其意者，皆聖賢相與警戒之義[二]。而世不察，以爲鬼物，亦已過矣。且其意不在書。

當韓之亡，秦之方盛也，以刀鋸鼎鑊待天下之士，其平居無罪夷滅者，不可勝數，雖有賁育，無所復施。夫持法太急者，其鋒不可犯，而其末可乘〔三〕。子房不忍忿忿之心，以匹夫之力，而逞於一擊之間。當此之時，子房之不死者，其間不能容髮，蓋亦已危矣。千金之子，不死於盜賊。何者？其身之可愛，而盜賊之不足以死也。子房以蓋世之才，不爲伊尹、太公之謀，而特出於荆軻、聶政之計，以僥倖於不死，此固圯上之老人所爲深惜者也〔四〕。是故倨傲鮮腆而深折之。彼其能有所忍也，然後可以就大事。故曰：孺子可教也。

楚莊王伐鄭，鄭伯肉袒牽羊以逆。莊王曰：「其君能下人，必能信用其民矣。」遂捨之。勾踐之困於會稽而歸，臣妾於吴者，三年而不倦。且夫有報人之志，而不能下人者，是匹夫之剛也。夫老人者，以爲子房才有餘，而憂其度量之不足，故深折其少年剛鋭之氣，使之忍小忿而就大謀。何則？非有平生之素〔五〕，卒然相遇於草野之間，而命以僕妾之役，油然而不怪者，此固秦皇之所不能驚，而項籍之所不能怒也。

觀夫高祖之所以勝，而項籍之所以敗者，在能忍與不能忍之間而已矣。項籍唯不能忍，是以百戰百勝而輕用其鋒。高祖忍之，養其全鋒而待其弊〔六〕。此子房教之也。當淮陰破齊而欲自王，高祖發怒，見於詞色。由此觀之，猶有剛强不忍之氣，非子房其誰全之。

太史公疑子房以爲魁梧奇偉，而其狀貌乃如婦人女子〔七〕，不稱其志氣。嗚呼〔八〕，此其所以爲子房歟！

〔一〕《文鑑》卷九十八「然亦安知其非」作「而愚以爲或者」。

〔二〕《文鑑》「義」作「心」。

〔三〕原作「而其勢未可乘」，今從郎本卷七。羅考：此句與上句「其鋒不可犯」，乃對舉而義相反；若作「其勢未可乘」，則句義重複。

〔四〕「固」原缺，據郎本補。

〔五〕「平生」原作「生平」，今從郎本。

〔六〕「弊」原作「斃」，據郎本、《應詔集》卷九、《文粹》卷二十二改。

〔七〕《應詔集》「女子」作「好女」。

〔八〕郎本、《文鑑》「嗚呼」作「而愚以爲」。

賈誼論

非才之難，所以自用者實難。惜乎賈生王者之佐，而不能自用其才也。夫君子之所取者遠，則必有所待；所就者大，則必有所忍。古之賢人，皆有可致之才，而卒不能行其萬一者，未必皆其時君之罪，或者其自取也。

愚觀賈生之論，如其所言，雖三代何以遠過。得君如漢文，猶且以不用死。然則是天下無堯舜，終不可以有所爲耶？仲尼聖人，歷試於天下，苟非大無道之國，皆欲勉强扶持，庶幾一日得行其道。將之荆，先之以子夏，申之以冉有〔一〕。君子之欲得其君，如此其勤也。孟子去齊，三宿而後出晝，猶曰「王其庶幾召我」。君子之不忍棄其君，如此其厚也。公孫丑問曰：「夫子何爲不豫？」孟子曰：「方今天下，捨我其誰哉，而吾何爲不豫？」君子之愛其身，如此其至也。夫如此而不用，然後知天下之果不足與有爲，而可以無憾矣。若賈生者，非漢文之不用生，生之不能用漢文也。

夫絳侯親握天子璽，而授之文帝，灌嬰連兵數十萬，以決劉、呂之雄雌。又皆高帝之舊將。此其君臣相得之分，豈特父子骨肉手足哉。賈生洛陽之少年，欲使其一朝之間，盡棄其舊而謀其新，亦已難矣。爲賈生者，上得其君，下得其大臣，如絳、灌之屬，優游浸漬而深交之，使天子不疑，大臣不忌，然後舉天下而唯吾之所欲爲，不過十年，可以得志。安有立談之間，而遽爲人痛哭哉？觀其過湘，爲賦以弔屈原，紆鬱憤悶，趯然有遠舉之志。其後卒以自傷哭泣，至於夭絕。是亦不善處窮者也。夫謀之一不見用，安知終不復用也。不知默默以待其變，而自殘至此。嗚呼，賈生志大而量小，才有餘而識不足也。

古之人有高世之才，必有遺俗之累，是故非聰明睿哲不惑之主，則不能全其用。古今稱苻堅得王猛於草茅之中，一朝盡斥去其舊臣，而與之謀。彼其匹夫畧有天下之半，其以此哉〔二〕。

愚深悲賈生之志，故備論之。亦使人君得如賈誼之臣，則知其有狷介之操，一不見用，則憂傷病沮，不能復振；而爲賈生者，亦慎其所發哉。

〔一〕「先之以子夏申之以冉有」原作「先之以冉有申之以子貢」，據《文粹》卷二十二改。羅考：今《檀弓》作「蓋先之以子夏申之以冉有」。

〔二〕「其」原缺，據郎本卷七補。

晁錯論〔一〕

天下之患，最不可爲者，名爲治平無事，而其實有不測之憂。坐觀其變，而不爲之所，則恐至於不可救。起而强爲之，則天下狃於治平之安，而不吾信。唯仁人君子豪傑之士，爲能出身爲天下犯大難，以求成大功。此固非勉强期月之間，而苟以求名者之所能也〔二〕。天下治平，無故而發大難之端，吾發之，吾能收之，然後有以辭於天下〔三〕。事至而循循焉欲去之，使他人任其責，則天下之禍，必集於我。

昔者晁錯盡忠爲漢，謀弱山東之諸侯。山東諸侯並起〔四〕，以誅錯爲名。而天子不察，以錯爲說。天下悲錯之以忠而受禍，而不知錯之有以取之也。

古之立大事者，不唯有超世之才，亦必有堅忍不拔之志。昔禹之治水，鑿龍門，決大河而放之海。方其功之未成也，蓋亦有潰冒衝突可畏之患，唯能前知其當然，事至不懼，而徐爲之所，是以得至於成功。

夫以七國之强而驟削之，其爲變豈足怪哉！錯不於此時捐其身，爲天下當大難之衝，而制吴楚之命，乃爲自全之計，欲使天子自將，而己居守。且夫發七國之難者，誰乎？己欲求其名，安所逃其患。以自將之至危，與居守之至安，己爲難首，擇其至安，而遺天子以其至危，此忠臣義士所以憤惋而不平者也。當此之時，雖無袁盎，錯亦不免於禍。何者？己欲居守，而使人主自將，以情而言，天子固已難之矣。而重違其議，是以袁盎之說，得行於其間。使吴、楚反，錯以身任其危，日夜淬礪，東向而待之，使不至於累其君，則天子將恃之以爲無恐，雖有百袁盎，可得而間哉。

嗟夫，世之君子，欲求非常之功，則無務爲自全之計。使錯自將而擊吴楚〔五〕，未必無功。唯其欲自固其身，而天子不悦，姦臣得以乘其隙。錯之所以自全者，乃其所以自禍歟！

〔一〕自此文至《韓愈論》共五文，郎本在卷八，總題爲《進論》，《應詔集》在卷十。

〔二〕郎本「能」作「爲」。

〔三〕「有以辭」原作「能免難」，今從郎本。

〔四〕「山東」二字原缺，據郎本補。

〔五〕郎本「擊」作「討」。

霍光論

古之人，惟漢武帝號知人。蓋其平生所用文武將帥、郡國邊鄙之臣，左右侍從、陰陽律曆博學之士，以至錢穀小吏、治刑獄、使絶域者，莫不獲盡其才，而各當其處。然此猶有所試〔一〕，其功效著見，天下之所共知而信者。至於霍光，先無尺寸之功，而才氣術數〔二〕，又非有以大過於羣臣。而武帝擢之於稠人之中，付以天下後世之事。而霍光又能忘身一心，以輔幼主。處於廢立之際，其舉措甚閑而不亂。此其故何也？

夫欲有所立於天下，擊搏進取以求非常之功者〔三〕，則必有卓然可見之才，而後可以有望於其成。

至於捍社稷〔四〕、託幼子，此其難者不在乎才，而在乎節，不在乎節，而在乎氣。天下固有能辨其事者矣，然才高而位重，則有僥倖之心，以一時之功，而易萬世之患，故曰「不在乎才，而在乎節」。古之人有失之者，司馬仲達是也。天下亦有忠義之士〔五〕，可託以死生之間，而不忍負者矣。然狷介廉潔，不爲不義，則輕死而無謀，能殺其身，而不能全其國，故曰「不在乎節，而在乎氣」。古之人有失之者，晉荀息是也。夫霍光者，才不足而節氣有餘〔六〕，此武帝之所爲取也。

《書》曰：「如有一介臣，斷斷兮，無他技。其心休休焉，其如有容。人之有技，若己有之。人之彥聖，其心好之，不啻若自其口出，是能容之〔七〕。以保我子孫黎民。」嗟夫，此霍光之謂歟！使霍光而有他技，則其心安能休休焉容天下之才，而樂天下之彥聖，不忌不克，若自己出哉！

才者，争之端也。夫惟聖人在上，驅天下之人各走其職，而争用其所長。苟以人臣之勢，而居於廊廟之上，以捍衛幼冲之君，而以其區區之才，與天下争能，則姦臣小人有以乘其隙而奪其權矣。霍光以匹夫之微而操生殺之柄，威蓋人主，而貴震於天下〔八〕。其所以歷事三主而終其身天下莫與争者，以其無他技，而武帝亦以此取之歟？

〔一〕「此」原缺，據郎本卷八補。

〔二〕「術數」，原作「數術」，今從郎本。

〔三〕「搏」原作「摶」，據各本改。

〔四〕郎本「捍」作「捐」。

〔五〕郎本「忠義之士」作「忠臣義士」。

〔六〕「節氣」原作「氣節」，今從郎本。案：以上有「不在乎節而在乎氣」句，先言節，次言氣。

〔七〕「是」原作「寔」，今從郎本。案：本集卷十八《趙康靖公神道碑》引文亦作「是」。

〔八〕郎本「震」作「寵」。

揚雄論

昔之爲性論者多矣，而不能定于一。始孟子以爲善，而荀子以爲惡，揚子以爲善惡混。而韓愈者又取夫三子之説，而折之以孔子之論，離性以爲三品，曰：「中人可以上下，而上智與下愚不移。」以爲三子者，皆出乎其中，而遺其上下。而天下之所是者，於愈之説爲多焉〔一〕。

嗟夫，是未知乎所謂性者，而以夫才者言之。夫性與才相近而不同，其別不啻若白黑之異也。聖人之所與小人共之，而皆不能逃焉，是真所謂性也。而其才固將有所不同。今夫木，得土而後生，雨露風氣之所養，暢然而遂茂者，是木之所同也〔二〕，性也。而至於堅者爲轂，柔者爲輪，大者爲楹，小者爲桷。桷之不可以爲楹，輪之不可以爲轂，是豈其性之罪耶？天下之言性者，皆雜乎才而言之，是以紛紛而不能一也。

孔子所謂中人可以上下，而上智與下愚不移者，是論其才也。而至於言性，則未嘗斷其善惡，曰「性相近也，習相遠也」而已。韓愈之説，則又有甚者，離性以爲情，而合才以爲性。是故其論終莫能通。彼以爲性者，果泊然而無爲耶，則不當復有善惡之說。苟性而有善惡也，則夫所謂情者，乃吾所謂性也。人生而莫不有饑寒之患，牝牡之欲，今告乎人曰：饑而食，渴而飲，男女之欲，不出於人之性也，可乎？是天下知其不可也。聖人無是，無由以爲聖；而小人無是，無由以爲惡。聖人以其喜怒哀懼愛惡欲七者御之，而之乎善；小人以是七者御之，而之乎惡。由此觀之，則夫善惡者，性之所能之，而非性之所能有也。且夫言性者，安以其善惡爲哉！雖然，揚雄之論，則固已近之。曰：「人之性善惡混。修其善則爲善人，修其惡則爲惡人。」此其所以爲異者，唯其不知性之不能以有夫善惡，而以爲善惡之皆出乎性也而已。

夫太古之初，本非有善惡之論，唯天下之所同安者，聖人指以爲善，而一人之所獨樂者，則名以爲惡。天下之人，固將卽其所樂而行之，孰知夫聖人唯其一人之獨樂不能勝天下之所同安，是以有善惡之辨。而諸子之意，將以善惡爲聖人之私說，不已疎乎！而韓愈又欲以書傳之所聞昔人之事迹〔三〕，而折夫三子之論，區區乎以后稷之岐嶷，文王之不勤，瞽、鯀、管、蔡之迹而明之！聖人之論性也，將以盡萬物之天理〔四〕，與衆人之所共知者，以折天下之疑。而韓愈欲以一人之才，定天下之性，且其言曰「今之言性者，皆雜乎佛、老」。愈之說，以爲性之無與乎情，而喜怒哀樂皆非性者，是愈流入於佛、老而不自知也。

〔一〕「爲」原缺，據郎本卷八補。

〔二〕「是」原缺，據郎本補。

〔三〕《文粹》卷二十三「昔」作「一」。
〔四〕「天」原缺，據郎本補。

諸葛亮論

取之以仁義，守之以仁義者，周也。取之以詐力，守之以詐力者，秦也。以秦之所以取取之，以周之所以守守之者，漢也。仁義詐力雜用以取天下者，此孔明之所以失也。

曹操因衰乘危，得逞其姦，孔明恥之，欲信大義於天下。當此時，曹公威震四海，東據許、兗，南牧荆、豫〔一〕，孔明之恃以勝之者，獨以其區區之忠信，有以激天下之心耳。夫天下廉隅節概慷慨死義之士，固非心服曹氏也，特以威劫而强臣之，聞孔明之風，宜其千里之外有響應者，如此則雖無措足之地，而天下固爲之用矣。且夫殺一不辜而得天下〔二〕，有所不爲，而後天下忠臣義士樂爲之死。劉表之喪，先主在荆州，孔明欲襲殺其孤，先主不忍也。其後劉璋以好逆之至蜀，不數月，扼其吭，拊其背，而奪之國。此其與曹操異者幾希矣。曹、劉之不敵，天下之所共知也〔三〕。言兵不若曹操之多，言地不若曹操之廣，言戰不若曹操之能，而有以一勝之者，區區之忠信也。孔明遷劉璋，既已失天下義士之望，乃始治兵振旅，爲仁義之師，東嚮長驅，而欲天下響應〔四〕，蓋亦難矣〔五〕。

曹操既死，子丕代立，當此之時，可以計破也。何者？操之臨終，召丕而屬之植，未嘗不以譚、尚爲戒也。而丕與植，終於相殘如此。此其父子兄弟且爲寇讎，而況能以得天下英雄之心哉〔六〕！此有可間之勢〔七〕，不過捐數十萬金，使其大臣骨肉內自相殘，然後舉兵而伐之，此高祖所以滅項籍也。孔明既不能全其信義，以服天下之心，又不能奮其智謀，以絕曹氏之手足，宜其屢戰而屢卻哉！

故夫敵有可間之勢而不間者，湯、武行之爲大義，非湯、武而行之爲失機。此仁人君子之大患也。呂溫以爲孔明承桓、靈之後，不可彊民以思漢，欲其播告天下之民，且曰「曹氏利汝吾事之，害汝吾誅之」。不知蜀之與魏，果有以大過之乎！苟無以大過之，而又決不能事魏，則天下安肯以空言竦動哉？嗚呼！此書生之論，可言而不可用也。

〔一〕「牧」原作「收」，今從《文粹》卷二十二。

〔二〕郎本卷八「辜」作「義」。

〔三〕「共」原缺，據郎本補。

〔四〕「響」原作「嚮」，據郎本改。

〔五〕《文粹》、《應詔集》卷十「亦」作「已」。

〔六〕《文粹》「得」作「待」。

〔七〕「有」原缺，據郎本補。

韓愈論

聖人之道，有趨其名而好之者，有安其實而樂之者。珠璣犀象，天下莫不好。奔走悉力，爭鬬奪取，其好之不可謂不至也。然不知其所以好之之實。至於粟米蔬肉，桑麻布帛，天下之人內之於口，而知其所以爲美，被之於身，而知其所以爲安，此非有所役乎其名也。

韓愈之於聖人之道，蓋亦知好其名矣，而未能樂其實。何者？其爲論甚高，其待孔子、孟軻甚尊，而拒楊、墨、佛、老甚嚴。此其用力，亦不可謂不至也。然其論至於理而不精，支離蕩佚，往往自叛其說而不知。

昔者宰我、子貢、有若更稱其師，以爲生民以來未有如夫子之盛，雖堯舜之賢，亦所不及。其尊道好學，亦已至矣。然而君子不以爲貴，曰：宰我、子貢、有若，智足以知聖人之汙而已矣。若夫顏淵，豈亦云爾哉！蓋亦曰「夫子循循焉善誘人」。由此觀之，聖人之道，果不在於張而大之也。韓愈者，知好其名，而未能樂其實者也。

愈之《原人》曰：「天者，日月星辰之主也。地者，山川草木之主也。人者，夷狄禽獸之主也。主而暴之，不得其爲主之道矣。是故聖人一視而同仁，篤近而舉遠。」夫聖人之所爲異乎墨者，以其有別焉耳。今愈之言曰「一視而同仁」，則是以待人之道待夷狄，待夷狄之道待禽獸也，而可乎？教之使有能，化之使有知，是待人之仁也。不薄其禮而致其情〔一〕，不責其去而厚其來，是待夷狄之仁也。殺之以時，而用之有節，是待禽獸之仁也。若之何其一之！儒墨之相戾，不啻若胡越。而其疑似之間，相去不能以髮。宜乎愈之以爲一也。孔子曰：「汎愛衆而親仁。」仁者之爲親，則是孔子不兼愛也。「祭如在，祭神如神在。」神不可知〔二〕，而祭者之心，以爲如其存焉，則是孔子不明鬼也。

儒者之患，患在於論性，以爲喜怒哀樂皆出於情，而非性之所有。夫有喜有怒，而後有仁義，有哀有樂，而後有禮樂。以爲仁義禮樂皆出於情而非性，則是相率而叛聖人之教也。老子曰：「能嬰兒乎？」喜怒哀樂，苟不出乎性而出乎情，則是相率而爲老子之「嬰兒」也。

儒者或曰老、《易》，夫《易》，豈老子之徒歟？而儒者至有以老子説《易》，則是離性以爲情者，其弊固至此也。嗟夫，君子之爲學，知其人之所長而不知其蔽，豈可謂善學耶？

〔一〕「不」原缺，據郎本卷八補。案：此文下句爲「不責其禮而厚其來」，乃對舉。

〔二〕郎本「不可知」作「無不在」。

思治論 嘉祐八年作

方今天下何病哉！其始不立，其卒不成，惟其不成，是以厭之而愈不立也。凡人之情，一舉而無功則疑，再則倦，三則去之矣。今世之士，所以相顧而莫肯爲者，非其無有忠義慷慨之志也，又非其才術謀慮不若人也，患在苦其難成而不復立。不知其所以不成者，罪在於不立也。苟立而成矣〔一〕。

今世有三患而終莫能去，其所從起者，則五六十年矣。自宮室禱祠之役興，錢幣茶鹽之法壞，加之以師旅，而天下常患無財。五六十年之間，下之所以游談聚議，而上之所以變政易令以求豐財者，不可勝數矣，而財終不可豐。自澶淵之役，北虜雖求和，而終不得其要領，其後重之以西羌之變，而邊陲不寧，二國益驕。以戰則不勝，以守則不固，而天下常患無兵。五六十年之間，下之所以游談聚議，而上之所以變政易令以求强兵者，不可勝數矣，而兵終不可强。自選舉之格嚴，而吏拘於法，不志於功名，考功課吏之法壞，而賢者無所勸，不肖者無所懼，而天下常患無吏。五六十年之間，下之所以游談聚議，而上之所以變政易令以求擇吏者，不可勝數矣，而吏終不可擇。財之不可豐，兵之不可强，吏之不可擇，是豈真不可耶？故曰：其始不立，其卒不成，惟其不成，是以厭之而愈不立也。

夫所貴於立者，以其規摹先定也。古之君子，先定其規摹，而後從事，故其應也有候，而其成也有形。衆人以爲是汗漫不可知，而君子以爲理之必然，如炊之無不熟，種之無不生也。是故其用力省而成功速。

昔者子太叔問政於子産。子産曰：「政如農功，日夜以思之，思其始而圖其終，朝夕而行之，行無越思，如農之有畔。」子産以爲不思而行，與凡行而出於思之外者，如農之無畔也，其始雖勤，而終必棄之。今夫富人之營宫室也，必先料其貲財之豐約，以制宫室之大小，既内決於心，然後擇工之良者而用一人焉，必告之曰：「吾將爲屋若干，度用材幾何？役夫幾人？幾日而成？土石材葦，吾於何取之？」其工之良者必告之曰：「某所有木，某所有石，用材役夫若干，某日而成。」主人率以聽焉。及期而成，既成而不失當〔二〕，則規摹之先定也。

今治天下則不然。百官有司，不知上之所欲爲也，而人各有心。好大者欲王，好權者欲霸，而媮者欲休息。文吏之所至，則治刑獄，而聚斂之臣，則以貨財爲急。民不知其所適從也。及其發一政，則曰：姑試行之而已，其濟與否，固未可知也。前之政未見其利害，而後之政復發矣。凡今之所謂新政者，聽其始之議論〔三〕，豈不甚美而可樂哉。然而布出於天下，而卒不知其所終。何則？其規摹不先定也。用捨係於好惡，而廢興決於衆寡。故萬全之利，以小不便而廢者有之矣；百世之患，以小利而不顧者有之矣。所用之人無常責，而所發之政無成效。此猶適千里不齎糧而假丐於塗人；治病不知其所當用之藥，而百藥皆試，以僥倖於一物之中〔四〕。欲三患之去，不可得也。

昔者太公治齊，周公治魯，至於數十世之後，子孫之强弱，風俗之好惡，皆可得而逆知之。何者？其所施專一，則其勢固有以使之也。管仲相桓公，自始爲政而至於霸，其所施設，皆有方法。及其成功，皆知其所以然。至今可覆也。咎犯之在晉，范蠡之在越，文公、勾踐嘗欲用其民，而二臣皆以爲未可，及其以爲可用也，則破楚滅吳，如寄諸其鄰而取之。此無他，見之明而策之熟也。

夫今之世，亦與明者熟策之而已。士爭言曰：如是而財可豐，如是而兵可强，如是而吏可擇。吾從其可行者而規摹之，發之以勇，守之以專，達之以强，日夜以求合於其所規摹之內，而無務出於其所規摹之外。其人專，其政一，然而不成者，未之有也。財之不豐，兵之不强，吏之不擇，此三者，存亡之所從出，而天下之大事也。夫以天下之大事，而有一人焉，獨擅而兼言之，則其所以治此三者之術，其得失固未可知也。雖不可知，而此三者決不可不治者可知也。

是故不可以無術。其術非難知而難聽，非難聽而難行，非難行而難收。孔子曰：「好謀而成。」使好謀而不成，不如無謀。蓋世有好劍者，聚天下之良金，鑄之三年而成，以爲吾劍天下莫敵也，劍成而狼戾缺折不可用〔五〕。何者？是知鑄而不知收也。今世之舉事者，雖其甚小，而欲成之者常不過數人，欲壞之者常不可勝數。可成之功常難形，若不可成之狀常先見。上之人方且眩瞀而不自信，又何暇及於收哉！

古之人，有犯其至難而圖其至遠者〔六〕，彼獨何術也。且非特聖人而已。商君之變秦法也，攖萬人之怒，排舉國之說，勢如此其逆也。蘇秦之爲從也，合天下之異以爲同，聯六姓之疎以爲親，計如此其迂也。淮陰侯請於高帝，求三萬人，願以北舉燕、趙，東擊齊，南絶楚之糧道，而西會於滎陽。耿弇亦言於世祖，欲先定漁陽，取涿郡，還收富平而東下齊，世祖以爲落落難合。此皆越人之都邑而謀人國，功如此其疎也。然而四子者行之若易然。出於其口，成於其手，以爲既已許吾君，則親挈而還之。今吾以自有之天下，而行吾所得爲之事，其事又非有所拂逆於天下之意也，非有所待於人而後具也，如有財而自用之，有子而自教之耳。然而政出於天下，有出而無成者，五六十年於此矣。是何也？意者知出而不知收歟？非不知收，意者汗漫而無所收歟？故爲之說曰：先定其規摹而後從事。先定者，可以謀人。不先定者，自謀常不給，而況於謀人乎！

且今之世俗，則有所可患者，士大夫所以信服於朝廷者不篤，而皆好議論以務非其上，使人眩於是非，而不知其所從。從之，則事舉無可爲者，不從，則其所行者常多故而易敗〔七〕。夫所以多故而易敗者，人各持其私意以賊之，議論勝於下，而幸其無功者衆也。富人之謀利也常獲，世以爲福，非也。彼富人者，信於人素深，而服於人素厚，所爲而莫或害之，所欲而莫或非之，事未成而衆已先成之矣。夫事之行也有勢，其成也有氣。富人者，乘其勢而襲其氣也。欲事之易成，則先治其所以信服天下者。

天下之事〔八〕，不可以力勝，力不可勝，則莫若從衆。從衆者，非從衆多之口，而從其所不言而同然者，是真從衆也。衆多之口非果衆也，特聞於吾耳而接於吾前，未有非其私説者也。於吾爲衆，於天下爲寡。彼衆之所不言而同然者，衆多之口，舉不樂也。以衆多之口所不樂，而棄衆之所不言而同然，則樂者寡而不樂者衆矣。古之人，常以從衆得天下之心，而世之君子，常以從衆失之。不知夫古之人，其所從者，非從其口，而從其所同然也。何以明之？世之所謂逆衆斂怨而不可行者，莫若減任子。然不顧而行之者，五六年矣，而天下未嘗有一言。何則？彼其口之所不樂，而心之所同然也。從其所同然而行之，若猶有言者，則可以勿卹矣。

故爲之説曰：發之以勇，守之以專，達之以强。苟知此三者，非獨爲吾國而已，雖北取契丹可也。

〔一〕集甲卷二十一、郎本卷十一「苟」作「今」。

〔二〕集甲「當」作「富」。

〔三〕「議論」原作「論議」，今從集甲、郎本。案：本文此以後用「議論」。

〔四〕「以僥倖」之「以」，原作「於」，據集甲、郎本、《文粹》卷十九改。

〔五〕集甲、《文粹》「狼」作「狠」。

〔六〕郎本「難」作「艱」，「至遠」無「至」字。

〔七〕郎本「其」作「有」。

〔八〕「事」原作「士」，今從郎本。

正統論三首〔一〕至和二年作

總論一

正統者，何耶？名耶，實耶？正統之説曰：「正者，所以正天下之不正也；統者，所以合天下之不一也。」不幸有天子之實，而無其位，有天子之名，而無其德，是二人者立於天下，天下何正何一，而正統之論決矣。正統之爲言，猶曰有天下云爾。人之得此名，而又有此實也，夫何議。

天下固有無其實而得其名者，聖人於此不得已焉，而不以實傷名。而名卒不能傷實，故名輕而實重。不以實傷名，故天下不爭。名輕而實重，故天下趨於實。

天下有不肖而曰吾賢者矣，未有賤而曰吾貴者也。天下之爭，自賢不肖始，聖人憂焉，不敢以亂貴賤，故天下知賢之不能奪貴。天下之貴者，聖人莫不貴之〔二〕，恃有賢不肖存焉。輕以與人貴，而重以與人賢。天下然後知貴之不如賢，知賢之不能奪貴，故不爭。知貴之不如賢，故趨於實。使天下不爭而趨於實，是亦足矣。正統者，名之所在焉而已。名之所在，而不能有益乎其人，而後名輕。名輕而後實重。吾欲重天下之實〔三〕，於是乎始輕〔四〕。

正統聽其自得者十，曰：堯、舜、夏、商、周、秦、漢、晉、隋、唐。予其可得者六以存教〔五〕，曰：魏、梁、後唐、晉、漢、周。使夫堯舜三代之所以爲賢於後世之君者，皆不在乎正統。故後世之君不以其道而得之者〔六〕，亦無以爲堯舜三代之比。於是乎實重。

〔一〕《集甲》卷二十一「正」前有「後」字。
〔二〕郎本卷十一、《文粹》卷十八「不」後有「從而」二字。
〔三〕郎本「吾」作「故」。
〔四〕郎本「始」作「名」。
〔五〕郎本、《文粹》「予」作「序」。
〔六〕「之」原缺，據郎本補。

辯論二

正統之論，起於歐陽子，而霸統之説，起於章子。二子之論，吾與歐陽子，故不得不與章子辨，以全歐陽子之説〔一〕。歐陽子之説全，而吾之説又因以明。章子之説曰：「進秦梁，得而未善也〔二〕。進魏，非也。」是章子未知夫名實之所在也。夫所謂正統者，猶曰有天下云爾，名耳〔三〕。正統者，果名也，又焉實之知！視天下之所同君而加之，又焉知其他！章子以爲，魏不能一天下，不當與之統。夫魏雖不能一天下，而天下亦無有如魏之强者，吴雖存，非兩立之勢，奈何不與之統。章子之不絶五代也，亦徒以爲天下無有與之敵者而已。今也絶魏〔四〕，魏安得無辭哉！正統者，惡夫天下之無君而作也。故天下雖不合於一，而未至乎兩立者，則君子不忍絶之於無君。且夫德同而力均，不臣焉可也。今以天下不幸而不合於一〔五〕，德既無以相過，而弱者又不肯臣乎强，於是焉而不與之統，亦見其重天下之不幸，而助夫不臣者也。

章子曰：「鄉人且耻與盜者偶，聖人豈得與篡君同名哉？」吾將曰：是鄉人與是爲盜者，民則皆民也，士則皆士也，大夫則皆大夫也，則亦與之皆坐乎？苟其勢不得不與之皆坐，則鄉人何耻耶？聖人得天下，篡君亦得天下，顧其勢不得不與之同名〔六〕，聖人何耻耶？吾將以聖人耻夫篡君，而篡君又焉能耻聖人哉！

章子曰：「君子大居正，而以不正人居之，是正不正之相去未能相遠也。」且章子之所謂正者，何也？以一身之正爲正耶，以天下有君爲正耶？一身之正，是天下之私正也。天下有君，是天下之公正也。吾無取乎私正也。天下無君，篡君出而制天下，湯武既没，吾安所取正哉。故篡君者，亦當時之正而已。

章子曰：「祖與孫雖百歲，而子五十，則子不得爲壽。漢與晉雖得天下，而魏不能一，則魏不得爲有統。」吾將曰：其兄四十而死，則其弟五十爲壽。弟爲壽乎其兄，魏爲有統乎當時而已。章子比之婦謂舅嬖妾爲姑。吾將曰舅則以爲妻，而婦獨柰何不以爲姑乎。以妾爲妻者，舅之過也。婦謂之姑，蓋非婦罪也。舉天下而授之魏、晉〔七〕，是亦漢、魏之過而已矣。與之統者，獨何罪乎。

雖然，歐陽子之論，猶有異乎吾説者。歐陽子之所與者，吾之所與也。歐陽子之所以與之者非吾之所以與之也〔八〕。歐陽子重與之，而吾輕與之。且其言曰：「秦、漢而下，正統屢絶，而得之者少。以其得之者少，故其爲名甚尊而重也。」嗚呼，吾不善夫少也。幸而得之者少，故有以尊重其名。不幸而皆得，歐陽子其敢有所不與耶？且其重之，則其施於篡君也，誠若過然，故章子有以啓其説。夫以文王而終身不得，以魏、晉、梁而得之，果其爲重也，則文王將有愧於魏、晉、梁焉。必也使夫正統者，不得爲聖人之盛節，則得之爲無益。得之爲無益，故雖舉而加之篡君，而不爲過。使夫文王之所不得，而魏、晉、梁之所得者，皆吾之所輕者也，然後魏、晉、梁無以愧文王，而文王亦無所愧於魏、晉、梁焉。

〔一〕集甲卷二十一無「之說」二字。
〔二〕「得」原作「失」，集甲同。羅考：案文理當作「得」，「郎」註引章子之言，亦作「得」，今改正。今從羅考。
〔三〕郎本卷十一無「名耳」二字。羅考謂「名耳」二字爲衍文。案，可通。
〔四〕郎本「絶魏」作「不統魏」。
〔五〕郎本「今以天下不幸」作「今也不幸」。
〔六〕《文粹》卷十八「同名」作「皆坐」。
〔七〕「授」原作「受」，羅考謂誤，今據郎本改。
〔八〕「者」字、「非吾之」之「之」字，原缺，據郎本、《文粹》分別補。

辯論三

始終得其正，天下合於一，是二者，必以其道得之耶，亦或不以其道得之耶？病乎或者之不以其道得之也，於是乎舉而歸之名。歐陽子曰皆正統，是以名言者也。章子曰正統，又曰霸統，是以實言者也。歐陽子以名言而純乎名。章子以實言而不盡乎實。

章子之意，以霸統重其實，而不知實之輕自霸統始。使天下之名皆不得過乎實者，固章子意也。

天下之名果不過乎實也〔一〕。則吾以章子爲過乎聖人。聖人不得已則不能以實傷名，而章子則能之。且吾豈不知居得其正之爲正，如魏受之於漢，晉受之於魏。不如至公大義之爲正也哉，蓋亦有不得已焉耳。如章子之説，吾將求其備。堯、舜以德，三代以德與功，漢、唐以功，秦、隋、後唐、晉、漢、周以力，晉、梁以弑。不言魏者，因章子之説而與之辨。以實言之，則德與功不如德，功不如德與功，力不如功，弑不如力，是堯、舜而下得統者，凡更四不如，而後至于晉、梁焉。而章子以爲天下之實，盡於其正統霸統之間矣。

歐陽子純乎名，故不知實之所止。章子雜乎實，故雖晉、梁弑君之罪，天下所不容之惡，而其實反不過乎霸。彼其初得正統之虛名，而不測其實罪之所至也。章子則告之曰：「爾，霸者也。」夫以弑君得天下而不失爲霸，則章子之説，固便乎簒者也。夫章子豈曰弑君者其實止乎霸也哉，蓋已舉其實而著之名〔二〕，雖欲復加之罪，而不可得也。

夫王者没而霸者有功於天下，吾以爲在漢、唐爲宜。必不得已而秦、隋、後唐、晉、漢、周得之，吾猶有憾焉，柰何其舉而加之弑君之人乎。嗚呼！吾不惜乎名而惜乎實也。霸之於王也，猶兄之於父也。聞天下之父嘗有曰堯者，而曰必堯而後父，少不若堯而降爲兄，則瞽、鯀懼至僕妾焉。天下將有降父而至於僕妾者，無怪也。從章子之説者，其弊固至乎此也。

故曰：莫若純乎名。純乎名，故晉、梁之得天下，其名曰正統，而其弑君之實，惟天下後世之所加，而吾不爲之齊量焉，於是乎晉、梁之惡不勝誅於天下，實於此反不重乎。章子曰：「堯、舜曰帝，三代曰王，夏曰氏，商、周曰人，古之人輕重其君有是也。」以爲其霸統之説。夫執聖人之一端以藉其口，夫何説而不可。吾亦將曰：孔子删書，而虞、夏、商、周皆曰書，湯武王、伯禽、秦穆公皆曰誓，以爲吾皆曰正統之説，其誰曰不可。聖人之於實也，不傷其名而後從之，帝亦天子也，王亦天子也，氏亦人也，人亦氏也，夫何名之傷。若章子之所謂霸統者，傷乎名而喪乎實者也。

〔一〕郎本卷十一無「也」字。

〔二〕郎本作「蓋取已舉其實者之名」。

大臣論上

以義正君而無害於國，可謂大臣矣。

天下不幸而無明君，使小人執其權，當此之時，天下之忠臣義士莫不欲奮臂而擊之。夫小人者，必先得於其君而自固於天下，是故法不可擊。擊之而不勝身死，其禍止於一身。擊之而勝，君臣不相安，天下必亡。是以《春秋》之法，不待君命而誅其側之惡人，謂之叛。晉趙鞅入于晉陽以叛是也。

世之君子，將有志於天下，欲扶其衰而救其危者，必先計其後而爲可居之功，其濟不濟則命也，是故功成而天下安之〔一〕。今夫小人，君不誅而吾誅之，則是侵君之權，而不可居之功也。夫既已侵君之權〔二〕，而能北面就人臣之位，使君不吾疑者，天下未嘗有也。國之有小人，猶人之有癭。人之癭〔三〕，必生於頸而附於咽，是以不可去。有賤丈夫者，不勝其忿而決去之，夫是以去疾而得死。漢之亡，唐之滅，由此之故也。自桓、靈之後，至於獻帝，天下之權，歸於内豎，賢人君子，進不容於朝，退不容於野，天下之怒，可謂極矣。當此之時，議者以爲天下之患獨在宦官，宦官去則天下無事，然竇武、何進之徒擊之不勝，止於身死，袁紹擊之而勝，漢遂以亡。唐之衰也，其迹亦大類此。自輔國、元振之後，天子之廢立，聽於宦官。當此之時，士大夫之論，亦惟宦官之爲去也。然而李訓、鄭注、元載之徒，擊之不勝，止於身死，至於崔昌遐擊之而勝，唐亦以亡。

方其未去也，是纍然者癭而已矣。及其既去，則潰裂四出，而繼之以死。何者？此侵君之權，而不可居之功也。且爲人臣而不顧其君，捐其身於一決，以快天下之望，亦已危矣。故其成則爲袁、爲崔，敗則爲何、竇，爲訓、注。然則忠臣義士，亦奚取於此哉？夫竇武、何進之亡，天下悲之，以爲不幸。然亦幸而不成，使其成也，二子者將何以居之。故曰：以義正君，而無害於國，可謂大臣矣。

〔一〕「功成」原作「成功」，今從郎本卷四、《文粹》卷十九、《應詔集》卷六。

〔二〕「已」原作「以」，據郎本改。

〔三〕郎本「人之」作「今夫」。

大臣論下

天下之權，在於小人，君子之欲擊之也，不亡其身，則亡其君。然則是小人者，終不可去乎？聞之曰：迫人者，其智淺；迫於人者，其智深。非才有不同，所居之勢然也。古之爲兵者，圍師勿遏，窮寇勿迫〔一〕，誠恐其知死而致力，則雖有衆無所用之。故曰：「同舟而遇風，則吳越可使相救如左右手〔二〕。」

小人之心，自知其負天下之怨，而君子之莫吾赦也，則將日夜爲計，以備一旦卒然不可測之患；今君子又從而疾惡之，是以其謀不得不深，其交不得不合。交合而謀深，則其致毒也忿戾而不可解。

故凡天下之患，起於小人，而成於君子之速之也。小人在内，君子在外。君子爲客，小人爲主。主未發而客先焉，則小人之詞直，而君子之勢近於不順。直則可以欺衆，而不順則難以令其下。故昔之舉事者，常以中道而衆散，以至於敗，則其理豈不甚明哉？

若夫智者則不然。内以自固其君子之交，而厚集其勢；外以陽浮而不逆於小人之意，以待其間。寬之使不吾疾，狃之使不吾慮，啖之以利，以昏其智，順適其意，以殺其怒。然後待其發而乘其隙，推其墜而挽其絶。故其用力也約，而無後患。莫爲之先〔三〕，故君不怒而勢不偪。如此者，功成而天下安之。

今夫小人急之則合，寬之則散，是從古以然也〔四〕。見利不能不争，見患不能不避，無信不能不相詐，無禮不能不相瀆，是故其交易間，其黨易破也。而君子不務寬之以待其變，而急之以合其交，亦已過矣。君子小人，雜居而未決，爲君子之計者，莫若深交而無爲。苟不能深交而無爲，則小人倒持其柄而乘吾隙。昔漢高之亡，以天下屬平、勃。及高后臨朝，擅王諸吕，廢黜劉氏。平日縱酒無一言〔五〕，及用陸賈計，以千金交歡絳侯，卒以此誅諸吕，定劉氏。使此二人者而不相能，則是將相相攻之不暇，而何暇及於劉、吕之存亡哉！

故其説曰：將相和調，則士豫附。士豫附，則天下雖有變而權不分。嗚呼，知此，其足以爲大臣矣夫！

〔一〕「迫」原作「追」，今從郎本卷四、《文粹》卷十九、《應詔集》卷六。案：此乃引《孫子》卷七《軍爭篇》之文，《孫子》作「迫」。

〔二〕「吴」原作「胡」。羅考：此用孫子語，作「胡」非。今從郎本。

〔三〕《應詔集》「莫」下有「不」字。

〔四〕羅考：「以」當作「已」。

〔五〕郎本「無一言」作「一旦」。

續歐陽子朋黨論〔一〕

歐陽子曰：「小人欲空人之國，必進朋黨之説。」嗚呼，國之將亡，此其徵歟？禍莫大於權之移人，而君莫危於國之有黨。有黨則必争，争則小人者必勝，而權之所歸也，君子安得不危哉〔二〕！何以言之？君子以道事君，人主必敬之而疎。小人唯予言而莫予違，人主必狎之而親。疎者易間，而親者難睽也。而君子者〔三〕，不得志則奉身而退，樂道不仕。小人者，不得志則徼倖復用，唯怨之報。此其所以必勝也。

蓋嘗論之。君子如嘉禾也〔四〕，封殖之甚難，而去之甚易。小人如惡草也，不種而生，去之復蕃。世未有小人不除而治者也，然去之爲最難。斥其一則援之者衆，盡其類則衆之致怨也深。小者復用而肆威，大者得志而竊國。善人爲之掃地，世主爲之屏息。譬斷蛇不死〔五〕，刺虎不斃，其傷人則愈多矣，齊田氏、魯季孫是已。齊、魯之執事，莫非田、季之黨也，歷數君不忘其誅，而卒之簡公弑，昭、哀失國。小人之黨，其不可除也如此。而漢黨錮之獄，唐白馬之禍，忠義之士〔六〕，斥死無餘。君子之黨，其易盡也如此。使世主知易盡者之可戒，而不可除者之可懼，則有瘳矣。

且夫君子者，世無若是之多也。小人者，亦無若是之衆也。凡才智之士，鋭於功名而嗜於進取者，隨所用耳。孔子曰："仁者安仁，智者利仁。"未必皆君子也。冉有從夫子則爲門人之選，從季氏則爲聚斂之臣。唐柳宗元、劉禹錫使不陷叔文之黨，其高才絶學，亦足以爲唐名臣矣。昔欒懷子得罪於晉，其黨皆出奔，樂王鮒謂范宣子曰："盍反州綽、邢蒯？勇士也。"宣子曰："彼欒氏之勇也。余何獲焉！"王鮒曰："子爲彼欒氏，乃亦子之勇也〔七〕。"嗚呼，宣子蚤從王鮒之言，豈獨獲二子之勇，且安有曲沃之變哉！

愚以謂治道去泰甚耳。苟黜其首惡而貸其餘，使才者不失富貴，不才者無所致憾〔八〕，將爲吾用之不暇，又何怨之報乎！人之所以爲盜者，衣食不足耳。農夫市人，焉保其不爲盜，而衣食既足，盜豈有不能返農夫市人也哉！故善除盜者，開其衣食之門，使復其業。善除小人者，誘以富貴之道，使隳其黨。以力取威勝者，蓋未嘗不反爲所噬也。

曹參之治齊曰："慎無擾獄市。"獄市，姦人之所容也。知此，亦庶幾於善治矣。姦固不可長，而亦不可不容也。若姦無所容，君子豈久安之道哉！牛、李之黨徧天下，而李德裕以一夫之力，欲窮其類而致之必死，此其所以不旋踵而罹仇人之禍也〔九〕。姦臣復熾，忠義益衰。以力取威勝者，果不可耶！愚是以續歐陽子之說，而爲君子小人之戒。

〔一〕郎本卷十一無「歐陽子」三字。
〔二〕「子」原缺，據《文鑑》卷九十八補。
〔三〕「者」原缺，據郎本補。案：以下有「小人者」云云。
〔四〕《文鑑》「禾」作「木」。
〔五〕郎本、《文鑑》「死」作「殊」。
〔六〕郎本「忠義之士」作「忠臣義士」。
〔七〕「亦」原缺，據郎本補。案：此乃引《左傳》之文，《左傳》有「亦」字。
〔八〕郎本「所」作「以」。
〔九〕「而」原缺，據《文鑑》補。

屈到嗜芰論〔一〕

屈到嗜芰，有疾，召其宗老而屬之，曰：「祭我必以芰。」及祥，宗老將薦芰，屈建命去之。君子曰：違而道〔二〕。唐柳宗元非之曰：「屈子以禮之末，忍絶其父將死之言。且《禮》有：『齋之日，思其所樂，思其所嗜。』子木去芰，安得爲道？」

甚矣，柳子之陋也。子木，楚卿之賢者也。夫豈不知爲人子之道，事死如事生，況於將死丁寧之言，棄而不用，人情之所忍乎！是必有大不忍於此者而奪其情也〔三〕。夫死生之際，聖人嚴之。薨於路寢，不死於婦人之手，至於結冠纓、啓手足之末，不敢不勉。其於死生之變亦重矣。父子平日之言，可以恩掩義。至於死生至嚴之際，豈容以私害公乎？

曾子有疾，稱君子之所貴乎道者三。孟僖子卒，使其子學禮於仲尼。管仲病，勸桓公去三豎。夫數君子之言，或主社稷，或勤於道德，或訓其子孫，雖所趣不同，然皆篤於大義，不私其躬也如是。今赫赫楚國，若敖氏之賢，聞於諸侯，身爲正卿，死不在民，而口腹是憂，其爲陋亦甚矣。使子木行之，國人誦之，太史書之，天下後世不知夫子之賢，而唯陋是聞，子木其忍爲此乎？故曰：是必有大不忍者而奪其情也。

然《禮》之所謂「思其所樂，思其所嗜」，此言人子追思之道也。曾皙嗜羊棗，而曾子不忍食。父没而不能讀父之書，母没而不能執母之器，皆人子之情自然也，豈待父母之命耶？今薦芰之事，若出於子則可，自其父命〔四〕，則爲陋耳。豈可以飲食之故而成父莫大之陋乎！

曾子寢疾，曾元難於易簀。曾子曰：「君子之愛人也以德，細人之愛人也以姑息。」若以柳子之言爲然，是曾元爲孝子，而曾子顧禮之末易簀於病革之中〔五〕，爲不仁之甚也。

中行偃死，視不可含，范宣子盥而撫之曰〔六〕：「事吴敢不如事主！」猶視。欒懷子曰：「主苟終，所不嗣事於齊者，有如河。」乃瞑。嗚呼，范宣子知事吴爲忠於主，而不知報齊以成夫子憂國之美，其爲忠則大矣。

古人以愛惡比之美疢藥石，曰：「石猶生我。疢之美者，其毒滋多。」由是觀之，柳子之愛屈到，是疢之美。子木之違父命，藥石也哉〔七〕。

〔一〕郎本卷十一題作《續楚語論》。
〔二〕「違」上原有「不」字，羅考謂衍。案：此乃引《禮記・祭義》之文，《禮記》無「不」字，今校删。
〔三〕郎本無「於此」二字。
〔四〕「命」原作「母」，今從郎本。案：以下有「成父莫大之陋」之文。
〔五〕郎本「曾」作「童」。
〔六〕「盟」原作「盟」。今從郎本。案：此乃引《左傳》之文，《左傳》作「盟」。又案：《文粹》卷十九亦作「盟」。
〔七〕《文粹》「藥」上有「爲」字。

上初即位論治道二首代呂申公

道德

人君以至誠爲道，以至仁爲德。守此二言，終身不易，堯舜之主也。至誠之外，更行他道，皆爲非道。至仁之外，更作他德，皆爲非德。

何謂至誠？上自大臣，下至小民，內自親戚，外至四夷，皆推赤心以待之，不可以絲毫僞也。如此，則四海之內，親之如父子，信之如心腹，未有父子相圖、心腹相欺者〔一〕，如此而天下之不治，未之有也。

絲毫之僞，一萌於心，如人有病，先見於脈，如人飲酒，先見於色。聲色動於幾微之間，而猜阻行於千里之外，强者爲敵，弱者爲怨，四海之內，如盜賊之憎主人，鳥獸之畏弋獵，則人主孤立而危亡至矣。何謂至仁？視臣如手足，視民如赤子，戢兵，省刑，時使，薄斂，行此六事而已矣。禍莫逆於好用兵，怨莫大於好起獄，災莫深於興土功，毒莫深於奪民利。此四者，陷民之坑穽，而伐國之斧鉞也。去此四者，行彼六者，而仁不可勝用矣。《傳》曰：「至誠如神。」又曰：「至仁無敵。」審能行之，當獲四種福。以人事言之，則主逸而國安；以天道言之，則享年永而卜世長。此必然之理，古今已試之效也。

去聖益遠，邪説滋熾，厭常道而求異術，文姦言以濟暴行。爲申、商之學者，則曰「人主不可以不學術數」；人主，天下之父也，爲人父而用術於其子，可乎？爲莊、老之學者，則曰「聖人不仁，以百姓爲芻狗」；欲窮兵黷武，則曰「吾以威四夷而安中國」；欲煩刑多殺，則曰「吾以禁姦慝而全善人」；欲虐使厚斂，則曰「吾以强兵革而誅暴亂，雖若不仁而卒歸於仁」。此皆亡國之言也，秦二世、王莽嘗用之矣，皆以經術附會其説。

《書》曰：「惟辟作福，惟辟作威。」此言威福不可移於臣下也。欲威福不移於臣下，則莫若捨己而從衆，衆之所是，我則與之，衆之所非，我則去之。夫衆未有不公，而人君者，天下公議之主也，如此，則威福將安歸乎〔二〕？今之説者則不然，曰，人主不可以不作威福，於是違衆而用己。己之耳目，終不能徧天下，要必資之於人，愛憎喜怒，各行其私，而浸潤膚受之説行矣。然後從而賞罰之，雖名爲人主之威福，而其實左右之私意也。姦人竊吾威福，而賣之於外，則權與人主侔矣。

《書》曰：「威克厥愛允濟，愛克厥威允罔功。」威者，畏威之謂也。愛者，懷私之謂也。管仲曰：「畏威如疾，民之上也。從懷如流，民之下也。畏威之心，勝於懷私，則事無不成。」今之説者則不然，曰：「人君當使威刑勝於惠愛。」如是則予不如奪，生不如殺，堯不如桀，而幽、厲、桓、靈之君長有天下。此不可不辨也。

刑政

《書》曰：「臨下以簡，御衆以寬。」此百世不易之道也。昔漢高帝約法三章，蕭何定律九篇而已。至於文、景，刑措不用。歷魏至晉，條目滋章，斷罪所用，至二萬六千二百七十二條〔三〕，而姦益不勝，民無所措手足。唐及五代止用律令，國初加以注疏，情文備矣。今《編敕》續降，動若牛毛，人之耳目所不能周，思慮所不能照，而法病矣。

臣愚謂當熟議而少寬之。人主前旒蔽明，黈纊塞聰〔四〕，耳目所及，尚不敢盡，而況察人於耳目之外乎。今御史六察，專務鈎考簿書，擿發細微〔五〕，自三公九卿，救過不暇。夫詳於小，必畧於大，其文密者，其實必疎。故近歲以來，水旱盜賊，四民流亡，邊鄙不寧，皆不以責宰相，而尚書諸曹，文牘繁重，窮日之力，書紙尾不暇，此皆苛察之過也。不可以不變。

《易》曰：「理財正辭，禁民爲非曰義。」先王之理財也，必繼之以正辭，其辭正則其取之也義。三代之君食租衣税而已，是以辭正而民服。自漢以來，鹽鐵酒茗之禁，稱貸榷易之利〔六〕，皆心知其非而冒行之，故辭曲而民爲盜。今欲嚴刑妄賞以去盜，不若捐利以予民，衣食足而盜賊自止。

夫興利以聚財者，人臣之利也，非社稷之福。省費以養財者，社稷之福也，非人臣之利。何以言之？民者國之本，而刑者民之賊。興利以聚財，必先煩刑以賊民，國本搖矣，而言利之臣，先受其賞。近歲宮室城池之役，南蠻、西夏之師，車服器械之資，畧計其費，不下五千萬緡，求其所補，卒亦安在？若以此積糧，則沿邊皆有九年之蓄，西夷北邊，望而不敢近矣。趙充國有言：「湟中穀斛八錢。吾謂糴三百萬斛，羌人不敢動矣。」不待煩刑賊民，而邊鄙以安。然爲人臣之計，則無功可賞。故凡人臣欲興利而不欲省費者，皆爲身謀，非爲社稷計也。人主不察，乃以社稷之深憂，而徇人臣之私計，豈不過甚矣哉。

〔一〕「腹」原作「眼」，今從《文鑑》卷五十五。下同。

〔二〕「則」原作「作」，據《文鑑》改。

〔三〕《文鑑》「二百」作「三百」。

〔四〕「塞聰」原作「塞耳」，今從《文鑑》。案：上句有「塞明」字，作「塞聰」爲是。

〔五〕「謫」原作「責」，今從《文鑑》。

〔六〕「稱貸」原作「貸□」，今從《文鑑》。

蘇軾文集卷五

論十三篇載志林〔一〕

論武王〔二〕

武王克殷，以殷遺民封紂子武庚祿父，使其弟管叔鮮、蔡叔度相祿父治殷。武王崩，祿父與管、蔡作亂，成王命周公誅之，而立微子於宋。

蘇子曰：武王，非聖人也。昔者孔子蓋罪湯、武。顧自以爲殷之子孫而周人也，故不敢，然數致意焉，曰：「大哉，巍巍乎舜禹也〔三〕。禹吾無間然。」其不足於湯、武也，亦明矣。曰：「武盡美矣，未盡善也。」又曰：「三分天下有其二，以服事殷，周之德，其可謂至德也已矣。」伯夷、叔齊之於武王也，蓋謂之弒君，至耻之不食其粟，而孔子予之。其罪武王也甚矣。此孔氏之家法也〔四〕。

世之君子，苟自孔氏，必守此法，國之存亡，民之死生，將於是乎在，其孰敢不嚴！而孟軻始亂之，曰：「吾聞武王誅獨夫紂，未聞弒君也。」自是學者，以湯、武爲聖人之正，若當然者，皆孔氏之罪人也。使當時有良史如董狐者，南巢之事，必以叛書，牧野之事，必以弒書。而湯、武仁人也，必將爲法受惡。周公作《無逸》曰：「殷王中宗、高宗及祖甲，及我周文王〔五〕，兹四人迪哲。」上不及湯，下不及武王，亦以是哉。文王之時，諸侯不求而自至，是以受命稱王，行天子之事。周之王不王，不計紂之存亡也。使文王在，必不伐紂，紂不見伐，而以考終，或死於亂，殷人立君以事周，命爲二王後以祀殷，君臣之道，豈不兩全也哉？武王觀兵於孟津而歸，紂若不改過，則殷人改立君，武王之待殷，亦若是而已矣。天下無王〔六〕，有聖人者出，而天下歸之，聖人所不得辭也〔七〕。而以兵取之，而放之，而殺之，可乎？漢末大亂，豪傑並起。荀文若，聖人之徒也，以爲非曹操莫與定海内，故起而佐之；所以與操謀者，皆王者之事也。文若豈教操反者哉，以仁義救天下，天下既平，神器自至，將不得已而受之，不至，不取也。此文王之道，文若之心也。及操謀九錫，則文若死之。故吾嘗以文若爲聖人之徒者〔八〕，以其才似張子房，而道似伯夷也。

殺其父，封其子，其子非人也，則可，使其子而果人也，則必死之。楚人將殺令尹子南，子南之子棄疾爲王馭士，王泣而告之。既殺子南，其徒曰：「行乎？」曰：「吾與殺吾父，行將焉入？」「然則臣王乎？」曰：「棄父事讎，吾弗忍也。」遂縊而死。武王親以黄鉞斬紂，使武庚受封而不叛，豈復人也哉？故武庚之必叛，不待智者而後知也。武王之封武庚，蓋亦不得已焉耳。

殷有天下六百年，賢聖之君六七作，紂雖無道，其故家遺俗未盡滅也〔九〕，三分天下有其二，殷不伐周，而周伐之，誅其君，夷其社稷，諸侯必有不悦者，故封武庚以慰之，此豈武王之意哉。故曰：武王非聖人也。

〔一〕郎本卷十二總題《論》下註：「自此以下十六篇，謂之志林，亦謂之海外論。」除本卷之十三篇外，其他三篇爲《宋襄公論》（見本集卷三）、《士燮論》（見本集卷三）及《論子胥》（原在本卷《論范蠡伍子胥大夫種》一文中）。百川學海本《志林》即此十三篇，無各篇之分題。趙刻《志林》十三篇，在卷五，以「論古」爲總題。《稗海》本《志林》無此十三篇。

〔二〕郎本作「武王論」，趙刻《志林》作「武王非聖人」。

〔三〕「舜禹」原作「堯舜」，今從郎本。下句爲「禹吾無間然」，作「舜禹」爲是。

〔四〕「孔氏」原作「孔子」，各本皆作「孔氏」，今從。

〔五〕「我」原作「武」，誤。據各本改。

〔六〕「王」原作「主」，郎本、《文粹》卷二十、百川本《志林》、《七集·後集》、趙刻《志林》皆作「王」，今從。

〔七〕趙刻《志林》「所」後有「以」字。

〔八〕郎本、百川本《志林》、《七集·後集》「嘗」作「常」。

〔九〕郎本、百川本《志林》、《七集·後集》、趙刻《志林》「俗」作「民」。

論養士〔一〕

春秋之末，至於戰國，諸侯卿相皆争養士。自謀夫説客〔二〕、談天雕龍、堅白同異之流，下至擊劍、扛鼎、雞鳴、狗盜之徒，莫不賓禮。靡衣玉食以館於上者，何可勝數。越王勾踐，有君子六千人。魏無忌、齊田文、趙勝、黄歇、呂不韋，皆有客三千人。而田文招致任俠姦人六萬家於薛。齊稷下談者亦千人。魏文侯、燕昭王、太子丹，皆致客無數。下至秦、漢之間，張耳、陳餘號多士，賓客厮養，皆天下豪俊。而田横亦有士五百人。其畧見於傳記者如此。度其餘當倍官吏而半農夫也。此皆姦民蠹國者〔三〕，民何以支，而國何以堪乎？

蘇子曰：此先王之所不能免也。國之有姦，猶鳥獸之有鷙猛，昆蟲之有毒螫也。區處條理，使各安其處，則有之矣，鋤而盡去之，則無是道也。吾考之世變，知六國之所以久存，而秦之所以速亡者，蓋出於此，不可以不察也。夫智、勇、辯、力此四者，皆天民之秀傑也。類不能惡衣食以養於人〔四〕，皆役人以自養者也。故先王分天下之富貴，與此四者共之。此四者不失職，則民靖矣。四者雖異，先王因俗設法，使出於一。三代以上，出於學。戰國至秦，出於客。漢以後，出於郡縣吏。魏、晉以來，出於九品中正。隋、唐至今，出於科舉。雖不盡然，取其多者論之。六國之君，虐用其民，不減始皇、二世，然當是時，百姓無一人叛者，以凡民之秀傑者，多以客養之〔五〕，不失職也。其力耕以奉上，皆椎魯無能爲者，雖欲怨叛，而莫爲之先，此其所以少安而不卽亡也。

始皇初欲逐客，用李斯之言而止。既并天下，則以客爲無用，於是任法而不任人，謂民可以恃法而治，謂吏不必才取，能守吾法而已。故墮名城，殺豪傑，民之秀異者散而歸田畝，向之食於四公子、呂不韋之徒者，皆安歸哉！不知其能槁項黄馘而老死於布褐乎？抑將輟耕歎息以俟時也？秦之亂，雖成於二世〔六〕，然使始皇知畏此四人者，有以處之，使不失職，秦之亡，不至若此之速也。縱百萬虎狼於山林而饑渴之，不知其將噬人，世以始皇爲智，吾不信也。

楚、漢之禍生民盡矣，豪傑宜無幾，而代相陳豨，從車千乘〔七〕，蕭、曹爲政，莫之禁也。至文、景、武帝之世，法令至密矣，然吴王濞、淮南、梁王、魏其、武安之流，皆争致賓客，世主不問也。豈懲秦之禍，以爲爵禄不能盡縻天下之士，故少寬之，使得或出於此也耶？

若夫先王之政，則不然，曰：「君子學道則愛人，小人學道則易使也。」嗚呼，此豈秦、漢之所及也哉！

〔一〕郎本卷十四作「六國論」，《文粹》卷二十一作「戰國任俠」，趙刻《志林》作「游士失職之禍」。

〔二〕郎本「夫」上有「其謀」二字。

〔三〕郎本「姦民蠹國」作「役人以自養」。

〔四〕「於」原缺，據《文鑑》卷九十八補。

〔五〕「多」原作「皆」，各本作「多」，今從。

〔六〕「雖」原缺，據各本補。

〔七〕郎本「從」前有「過代」二字。

論秦〔一〕

秦始皇十八年，取韓。二十二年，取魏。二十五年，取趙〔二〕，取楚。二十六年，取燕，取齊。初并天下。

蘇子曰：秦并天下，非有道也，特巧耳，非幸也。然吾以謂巧於取齊，而拙於取楚，其不敗於楚者幸也。嗚呼，秦之巧，亦創於智伯而已。魏、韓肘足接而智伯死。秦知創智伯，而諸侯終不知師魏、韓。秦并天下，不亦宜乎！

齊湣主死，法章立，君王后佐之，秦猶伐齊也。法章死，王建立六年而秦攻趙，齊、楚救之，趙乏食，請粟於齊，而齊不予，秦遂圍邯鄲，幾亡趙，趙雖未亡，而齊之亡形成矣，秦人知之，故不加兵於齊者四十餘年。夫以法章之才而秦伐之，建之不才而秦不伐，何也？太史公曰：「君王后事秦謹，故不被兵。」夫秦欲并天下耳，豈以謹故置齊也哉？吾故曰「巧於取齊」者，所以大慰齊之心，而解三晉之交也。

齊、秦不兩立，秦未嘗須臾忘齊也，而四十餘年不加兵者，豈其情乎！齊人不悟而與秦合，故秦得以其間取三晉。三晉亡，齊蓋岌岌矣。方是時，猶有楚與燕也。三國合，猶能以拒秦〔三〕。秦大出兵伐楚，伐燕，而齊不救，故二國亡，而齊亦虜不閱歲，如晉取虞、虢也，可不謂巧乎？二國既滅，齊乃發兵守西界，不通秦使。嗚呼，亦晚矣。秦初遣李信以二十萬人取楚，不克，乃使王翦以六十萬攻之，蓋空國而戰也。使齊有中主具臣，知亡之無日，而掃境以伐秦。以久安之齊，而入厭兵空虛之秦，覆秦如反掌也〔四〕。吾故曰「拙於取楚」。

然則奈何？曰：古之取國者必有數。如取齠齒也，必以漸，故齒脫而兒不知。今秦易楚，以爲是齠齒也可拔，遂抉其口，一拔而取之，兒必傷，吾指必嚙〔五〕。故秦之不亡，幸也，非數也。吳爲三軍，迭出以肄楚，三年而入郢。晉之平吳，隋之平陳，皆以是物也〔六〕。惟苻堅不然。使堅知出此，以百倍之衆，爲迭出之計，雖韓、白不能支，而況謝玄、牢之之流乎！吾以是知二秦之一律也。始皇幸勝而堅不幸耳。

〔一〕郎本卷十四作「始皇論上」，趙刻《志林》作「秦拙取楚」。

〔二〕「趙」原作「越」，各本皆作「趙」，今從。
〔三〕「能」原作「足」，今從郎本。
〔四〕郎本無「覆秦」二字。
〔五〕趙刻《志林》「必嚙」作「爲嚙」。
〔六〕「以」原缺，據郎本、趙刻《志林》補。

論魯隱公〔一〕

魯隱公元年：「不書卽位，攝也〔二〕。」歐陽子曰：「隱公非攝也，使隱而果攝也，則《春秋》不書爲公。《春秋》書爲公，則隱非攝無疑也。」

蘇子曰：非也〔三〕，《春秋》信史也〔四〕。隱攝而桓弑，著於史也詳矣。周公攝而克復子者也。以周公薨，故不稱王。隱公攝而不克復子者也。以魯公薨，故稱公。史有謚，國有廟，《春秋》獨得不稱公乎？

然則隱公之攝也，禮歟？曰：禮也。何自聞之？曰：聞之孔子。曾子問曰：「君薨而世子生〔五〕，如之何？」孔子曰：「卿、大夫、士從攝主，北面於西階南。」何謂攝主？曰：古者天子、諸侯、卿、大夫、士之世子未生〔六〕，而死，則其弟若兄弟之子次當立者爲攝主〔七〕。子生而女也，則攝主立；男也，則攝主退。此之謂攝主。古之人有爲之者，季康子是也。季桓子且死，命其臣正常曰：「南孺子之子男也，則以告而立之。女也，則肥也可。」桓子卒，康子卽位。既葬，康子在朝，南氏生男。正常載以如朝，告曰：「夫子有遺言。命其圉臣曰：『南氏生男，則以告於君與大夫而立之。』今生矣，男也，敢告。」康子請退。康子之謂攝主，古之道也。孔子行之。

自秦、漢以來，不修是禮〔八〕，而以母后攝。孔子曰：「惟女子與小人爲難養也。」使與聞外事且不可，曰「牝雞之晨，惟家之索」，而況可使攝位而臨天下乎？女子爲政而國安，惟齊之君王后，吾宋之曹、高、向也。蓋亦千一矣。自東漢馬、鄧，不能無譏。而漢呂后、魏胡武靈、唐武氏之流，蓋不勝其亂。王莽、楊堅遂因以易姓。由是觀之，豈若攝主之庶幾乎！使母后而可信也，則攝主何爲而不可信。若均之不可信，則攝主取之，猶吾先君之子孫也，不猶愈於異姓之取哉！

或曰：君薨，百官總己以聽於冢宰三年，安用攝主？曰：非此之謂也。嗣天子長矣，宅憂而未出令，則以禮從冢宰〔九〕。若太子未生，生而弱未能君也，則三代之禮，孔子之學，决不以天下付異姓，其付之攝主也，夫豈非禮，而周公行之歟？故隱公亦攝主也。

鄭玄，儒之陋者也。其傳攝主也，曰：「上卿代君聽政者也。」使子生而女，則上卿豈繼世者乎？蘇子曰：攝主，先王之令典，孔子之法言也，而世不知，習見母后之攝也，而以爲當然。故吾不可不論，以待後世之君子。

〔一〕郎本卷十二作「隱公論上」，趙刻《志林》作「攝主」。

〔二〕「也」下，原有「公子翬請殺桓公公曰爲其少故也吾將授之矣使營菟裘吾將老焉翬懼反譖公於桓而使賊弑公」三十九字，據趙刻《志林》删。趙刻《志林》校者謂此三十九字，與下文犯複，今從。

〔三〕郎本無「非也」二字。

〔四〕「信史也」原作「約之信史」，今從郎本、《文粹》、百川本《志林》、趙刻《志林》。

〔五〕《文粹》、趙刻《志林》「生」前有「未」字。

〔六〕原校：一本無「士」字。

〔七〕「次」原作「以」，今從郎本。

〔八〕「禮」後原有「也」字，羅考謂衍，今據郎本删。

〔九〕郎本「從」作「攝」，百川本《志林》、趙刻《志林》作「設」。

論魯隱公里克李斯鄭小同王允之〔一〕

公子翬請殺桓公以求太宰。隱公曰：「爲其少故也。吾將授之矣。使營菟裘，吾將老焉。」翬懼，反譖公於桓公而殺之。

蘇子曰：盜以兵擬人，人必殺之。夫豈獨其所擬，塗之人皆捕擊之矣。塗之人與盜非仇也，以爲不擊，則盜且并殺己也。隱公之智，曾不若塗之人，哀哉。隱公，惠公繼室之子也。其爲非嫡，與桓均耳，而長於桓。隱公追先君之志〔二〕，而授國焉，可不謂仁乎〔三〕？惜乎其不敏於智也。使隱公誅翬而讓桓，雖夷、齊何以尚茲。

驪姬欲殺申生而難里克，則施優來之〔四〕。二世欲殺扶蘇而難李斯，則趙高來之。此二人之智，若出一人，而受禍亦不少異。里克不免於惠公之誅，李斯不免於二世之戮〔五〕，皆無足哀者。吾獨表而出之，以爲世戒。君子之爲仁義也，非有計於利害。然君子之所爲[六]，義利常兼，而小人反是。李斯聽趙高之謀，非其本意，獨畏蒙氏之奪其位，故勉而聽高[七]。使斯聞高之言，即召百官、陳六師而斬之，其德於扶蘇，豈有既乎。何蒙氏之足憂。釋此不爲，而具五刑於市，非下愚而何。

嗚呼，亂臣賊子，猶蝮蛇也。其所螫草木，猶足以殺人，况其所噬齧者歟。鄭小同爲高貴鄉公侍中，嘗詣司馬師。師有密疏未屏也，如厠還，問小同：「見吾疏乎？」曰：「不見。」師曰：「寧我負卿，無卿負我。」遂酖之。王允之從王敦夜飲，辭醉先寢。敦與錢鳳謀逆，允之已醒，悉聞其言，慮敦疑己，遂大吐，衣面皆污。敦果照視之，見允之卧吐中，乃已。哀哉小同，殆哉岌岌乎允之也。孔子曰：「危邦不入，亂邦不居。」有以也夫。

吾讀史得魯隱公、晉里克、秦李斯、鄭小同、王允之五人，感其所遇禍福如此，故特書其事。後之君子，可以覽觀焉。

[一]郎本卷十二作「隱公論下」，趙刻《志林》作「隱公不幸」。「魯」原缺，據總目補。
[二]郎本「君」作「公」。
[三]「仁」後原有「人」字，據郎本删。
[四]羅考：從《國語》，「施優」當作「優施」。
[五]「戮」原作「虐」，今從趙刻《志林》。
[六]「之」原缺，據郎本補。

〔七〕趙刻《志林》「勉」作「俛」。

論管仲〔一〕

鄭太子華言於齊桓公，請去三族而以鄭爲内臣。公將許之。管仲不可。公曰：「諸侯有討於鄭，未捷，苟有釁，從之，不亦可乎？」管仲曰：「君若綏之以德，加之以訓辭，而率諸侯以討鄭，鄭將覆亡之不暇，豈敢不懼。若總其罪人以臨之，鄭有辭矣。」公辭子華，鄭伯乃受盟。

蘇子曰：大哉，管仲之相桓公也。辭子華之請，而不違曹沫之盟，皆盛德之事也。齊可以王矣。恨其不學道，不自誠意正身以刑其國〔二〕，使家有三歸之病，而國有六嬖之禍，故桓公不王。而孔子小之，然其予之也亦至矣。曰：「桓公九合諸侯，不以兵車，管仲之力也。如其仁，如其仁〔三〕。」曰「仲尼之徒，無道桓、文之事者」，孟子蓋過矣。吾讀《春秋》以下史，得七人焉，皆盛德之事，可以爲萬世法。又得八人焉，皆反是，可以爲萬世戒。故具論之。

太公之治齊也，舉賢而尚功。周公曰：「後世必有篡弒之臣。」天下誦之，齊其知之矣。田敬仲之始生也，周史筮之，其奔齊也，齊懿氏卜之，皆知其當有齊國〔四〕。篡弒之疑，蓋萃於敬仲矣。然桓公、管仲不以是廢之，乃欲以爲卿，非盛德能如此乎？故吾以謂楚成王知晉之必霸，而不殺重耳。漢高祖知東南之必亂，而不殺吴王濞。晉武帝聞齊王攸之言，而不殺劉元海。苻堅信王猛，而不殺慕容垂。唐明皇用張九齡，而不殺安禄山。皆盛德之事也。

而世之論者，則以謂此七人者，皆失於不殺以啓亂。吾以謂不然。七人者，皆自有以致敗亡，非不殺之過也。齊景公不繁刑重賦〔五〕，雖有田氏，齊不可取。楚成王不用子玉，雖有晉文公，兵不敗。漢景帝不害吴太子，不用晁錯，雖有吴王濞，無自發。晉武帝不立孝惠，雖有劉元海，不能亂。苻堅不貪江左，雖有慕容垂，不敢叛〔六〕。明皇不用李林甫、楊國忠，雖有安禄山，亦何能爲。秦之由余，漢之金日磾，唐之李光弼、渾瑊之流，皆蕃種也，何負於中國哉，而獨殺元海、禄山乎。且夫自今而言之，則元海、禄山，死有餘罪；自當時言之，則不免爲殺無罪。豈有天子殺無罪，而不得罪於天下者〔七〕。上失其道，塗之人皆敵國也。天下豪傑，其可勝既乎！

漢景帝以鞅鞅而殺周亞夫。曹操以名重而殺孔融。晉文帝以卧龍而殺嵇康。晉景帝亦以名重而殺夏侯玄。宋明帝以族大而殺王彧。齊後主以謡言而殺斛律光。唐太宗以讖而殺李君羨。武后亦以謡言而殺裴炎〔八〕。世皆以爲非也。此八人者，當時之慮，豈非憂國備亂〔九〕，與憂元海、禄山者同乎？久矣〔一〇〕，世之以成敗爲是非也。

故凡嗜殺人者，必以鄧侯不殺楚子爲口實。以鄧之微，無故殺大國之君，使楚人舉國而仇之〔一一〕，其亡不愈速乎！吾以謂爲天下如養生，憂國備亂如服藥。養生者，不過慎起居飲食、節聲色而已。節慎在未病之前，而服藥在已病之後。今吾憂寒疾而先服烏喙，憂熱疾而先服甘遂，則病未作而藥已殺人矣〔一二〕。彼八人者，皆未病而服藥者也。

〔一〕郎本卷十三作「管仲論」，趙刻《志林》作「七德八戒」。

〔二〕「身」原作「心」，今從百川本《志林》、趙刻《志林》。

〔三〕「如其仁」三字，據郎本、百川本《志林》補。案，此乃引《論語》之文，《論語》「如其仁」重叠。

〔四〕郎本「當」作「必」。

〔五〕「繁」原作「煩」，今從郎本。

〔六〕郎本、百川本《志林》「敢」作「能」。

〔七〕百川本《志林》無「下」字。原校：「一無『下』字。」

〔八〕郎本「謟」作「讒」。

〔九〕郎本「憂」作「愛」。

〔一〇〕郎本作「甚矣」。

〔一一〕「舉」原作「與」，據各本改。

〔一二〕「已」原缺，據郎本補。

論孔子〔一〕

魯定公十二年〔二〕，孔子言於公曰：「臣無藏甲，大夫無百雉之城。」使仲由爲季氏宰，將墮三都。於是叔孫氏先墮郈。季氏將墮費〔三〕，公山弗狃、叔孫輒率費人襲公，公與三子入於季氏之宮〔四〕。孔子命申句須、樂頎下伐之，費人北，二子奔齊。遂墮費。將墮成，公斂處父以成叛。公圍成，弗克。或曰：殆哉，孔子之爲政也，亦危而難成矣。孔融曰：「古者王畿千里，寰內不以封建諸侯。」曹操疑其論建漸廣，遂殺融。融特言之耳，安能爲哉。操以爲天子有千里之畿，將不利己，故殺之不旋踵。季氏親逐昭公，公死於外，從公者皆不敢入，雖子家羈亦亡，季氏之忌克忮害如此，雖地勢不及曹氏〔五〕，然君臣相猜，蓋不減操也。孔子安能以是時墮其名都，而出其藏甲也哉！考於《春秋》，方是時，三桓雖若不悦，然莫能違孔子也。以爲孔子用事於魯，得政與民，而三桓畏之歟？則季桓子之受女樂也，孔子能却之矣。彼婦之口，可以出走，是孔子畏季氏，季氏不畏孔子也。夫孔子盍姑修其政刑〔六〕，以俟三桓之隙也哉？

蘇子曰：此孔子之所以聖也。蓋田氏、六卿不服，則齊、晉無不亡之道。三桓不臣，則魯無可治之理。孔子之用於世，其政無急於此者矣。彼晏嬰者亦知之，曰：「田氏之僭，惟禮可以已之。在禮，家施不及國，大夫不收公利。」齊景公曰：「善哉。吾今而後知禮之可以爲國也。」嬰能知之，而莫能爲之。嬰非不賢也，其浩然之氣，以直養而無害，塞乎天地之間者，不及孔、孟也。孔子以羈旅之臣，得政朞月，而能舉治世之禮，以律亡國之臣，墮名都，出藏甲，而三桓不疑其害己，此必有不言而信，不怒而威者矣。孔子之聖，見於行事，至此爲無疑也。嬰之用於齊也，久於孔子，景公之信其臣也，愈於定公，而田氏之禍不少衰。吾是以知孔子之難也。孔子以哀公十六年卒，十四年，陳恒弑其君，孔子沐浴而朝，告於哀公，請討之。吾是以知孔子之欲治列國之君臣，使如《春秋》之法者，至於老且死而不忘也。

或曰：孔子知哀公與三子之必不從〔七〕，而以禮告也歟？曰：否。孔子實欲伐齊。孔子既告公。公曰：「魯爲齊弱久矣，子之伐之〔八〕，將若之何？」對曰：「陳恒弑其君，民之不與者半。以魯之衆，加齊之半，可克也。」此豈禮告而已哉！哀公患三桓之偪，嘗欲以越伐魯而去之〔九〕。夫以蠻夷伐國，民不與也，臯如、出公之事，斷可見矣。豈若從孔子而伐齊乎？若從孔子而伐齊，則凡所以勝齊之道，孔子任之有餘矣。既克田氏，則魯之公室自張，三桓不治而自服矣。此孔子之志也〔一〇〕。

〔一〕郎本卷十三作「孔子論」，趙刻《志林》作「論魯三桓」。
〔二〕「二」原作「三」，據郎本改。案，下文「仲由爲季氏宰」云云見《左傳》，《左傳》作十二年。
〔三〕「墮」原作「隳」，據郎本改。羅考：《左傳》實作「墮」，《國語》作「隳」。
〔四〕郎本「三」上有「二」字。《左傳》無「二」字，郎本蓋據《家語》。
〔五〕郎本「地」作「其」。
〔六〕郎本無「夫」字，百川本《志林》作「孔子蓋始修其政刑」。
〔七〕郎本「三」上有「二」字。
〔八〕《文粹》卷二十三「子」作「予」。
〔九〕《文粹》「嘗」作「常」。
〔一〇〕「志」原作「意」，據郎本、《文粹》、百川本《志林》改。

論周東遷〔一〕

太史公曰：學者皆稱周伐紂，居洛邑。其實不然。武王營之，成王使召公卜居之〔二〕，居九鼎焉。而周復都豐、鎬。至犬戎敗幽王，周乃東徙於洛。

蘇子曰：周之失計，未有如東遷之繆者也。自平王至於亡，非有大無道者也。頴王之神聖〔三〕，諸侯服享，然終以不振。則東遷之過也。昔武王克商，遷九鼎於洛邑，成王、周公復增營之。周公既沒，蓋君陳、畢公更居焉，以重王室而已。非有意於遷也。周公欲葬成周，而成王葬之畢，此豈有意於遷哉。

今夫富民之家，所以遺其子孫者，田宅而已，不幸而有敗，至於乞假以生可也，然終不敢議田宅。今平王舉文、武、成、康之業，而大棄之，此一敗而鬻田宅者也。夏、商之王，皆五六百年，其先王之德，無以過周，而後王之敗，亦不減周幽、厲，然至於桀、紂而後亡。其未亡也，天下宗之，不如東周之名存而實亡也〔四〕。是何也？則不鬻田宅之效也。

盤庚之遷也，復殷之舊也。古公遷於岐。方是時，周人如狄人也，逐水草而居，豈所難哉。衞文公東徙渡河，恃齊而存耳。齊遷臨淄，晉遷於絳、於新田，皆其盛時，非有所畏也。其餘避寇而遷都，未有不亡；雖不卽亡，未有能復振者也。

春秋之時，楚大饑，羣蠻叛之，申息之北門不啓，楚人謀徙於阪高。蔿賈曰：「不可。我能往，寇亦能往。」於是乎以秦人、巴人滅庸，而楚始大。蘇峻之亂，晉幾亡矣，宗廟宮室，盡爲灰燼。温嶠欲遷都豫章，三吴之豪欲遷會稽，將從之矣，獨王導不可，曰：「金陵，王者之都也。王者不以豐儉移都。若弘衞文大帛之冠，何適而不可，不然，雖樂土爲墟矣。且北寇方彊，一旦示弱，竄於蠻越，望實皆喪矣。」乃不果遷，而晉復安。賢哉導也，可謂能定大事矣。嗟夫，平王之初，周雖不如楚之强，顧不愈於東晉之微乎。使平王有一王導，定不遷之計，收豐鎬之遺民，而修文、武、成、康之政，以形勢臨東諸侯，齊、晉雖强，未敢貳也，而秦何自霸哉！

魏惠王畏秦，遷於大梁。楚昭王畏吳，遷於鄀。頃襄王畏秦，遷於陳。考烈王畏秦，遷於壽春。皆不復振，有亡徵焉。東漢之末，董卓劫帝遷於長安，漢遂以亡。近世李景遷於豫章亦亡。吾故曰：周之失計，未有如東遷之繆者也。

〔一〕郎本卷十二作「平王論」，趙刻《志林》作「周東遷失計」。
〔二〕「居之」二字原缺，據郎本補。案，此乃引《史記·周本紀》之文，《史記》有「居之」二字。
〔三〕「神聖」原作「神靈」，今從郎本、百川本《志林》。
〔四〕「之」原缺，據郎本補。

論范蠡〔一〕

越既滅吳，范蠡以爲勾踐爲人長頸鳥喙，可與共患難，不可與同安樂，乃以其私徒屬浮海而行。至齊，以書遺大夫種曰：「蜚鳥盡，良弓藏。狡兔死，走狗烹。子可以去矣。」

蘇子曰：范蠡獨知相其君而已，以吾相蠡，蠡亦鳥喙也。夫好貨，天下之賤士也〔二〕。以蠡之賢，豈聚斂積實者，何至耕於海濱，父子力作，以營千金，屢散而復積，此何爲者哉？豈非才有餘而道不足，故功成、名遂、身退，而心終不能自放者乎！使勾踐有大度，能始終用蠡，蠡亦非清淨無爲以老於越者也。吾故曰：蠡亦鳥喙者也。

魯仲連既退秦軍，平原君欲封連，以千金爲壽。連笑曰：「所貴於天下士者，爲人排難解紛而無所取也。卽有取，是商賈之事，連不忍爲也。」遂去，終身不復見。逃隱於海上，曰：「吾與其富貴而詘於人，寧貧賤而輕世肆志焉。」使范蠡之去如魯仲連〔三〕，則去聖人不遠矣。嗚呼，春秋以來用舍進退未有如范蠡之全者也，而不足於此，吾是以累歎而深悲焉。

〔一〕郎本卷十三作「范蠡論」。「蠡」後原有「伍子胥大夫種」六字，乃合二篇爲一篇。今據郎本、《文粹》卷二十一，分爲二篇。删「伍子胥大夫種」六字。百川本《志林》、《七集·後集》、趙刻《志林》皆合爲一篇。趙刻《志林》題作「論子胥種蠡」。

〔二〕「之」原缺，據郎本補。

〔三〕「仲」據郎本補。

論伍子胥〔一〕

楚平王既殺伍奢、伍尚，而伍子胥亡入吳，事吳王闔閭。及楚平王卒，子昭王立。後，子胥與孫武興兵及唐、蔡伐楚，夾漢水而陣，楚大敗。於是吳王乘勝而前，五戰遂至郢。楚昭王出亡。吳兵入郢。子胥求昭王，既不得，乃掘平王墓，出其屍，鞭之五百，以報父兄之讎〔二〕。

蘇子曰：子胥、種、蠡皆人傑，而揚雄曲士也，欲以區區之學，疵瑕此三人者。以三諫不去，鞭尸籍館，爲子胥之罪。以不強諫勾踐，而棲之會稽，爲種、蠡之過。雄聞古有三諫當去之説，卽欲以律天下士，豈不陋哉！

三諫而去，爲人臣交淺者言之，如宮之奇、洩冶乃可耳。至於子胥，吴之宗臣，與國存亡者也，去將安往哉？百諫不聽，繼之以死可也。孔子去魯，未嘗一諫，又安用三。父受誅〔三〕，子復讐，禮也。生則斬首，死則鞭屍，發其至痛，無所擇也。是以昔之君子，皆哀而恕之，雄獨非人子乎。至於籍館，闔閭與羣臣之罪，非子胥意也。勾踐困於會稽，乃能用二子。若先戰而彊諫以死之，則雄又當以子胥之罪罪之矣。此皆兒童之見，無足論者。不忍三子之見誣〔四〕，故爲一言。

〔一〕郎本卷十三作「論子胥」。今參郎本及本卷各文之題，題以「論伍子胥」。此文，原與上文《論范蠡》合爲一篇，今從郎本、《文粹》卷二十一分爲二篇。參《論范蠡》校勘記第一條。

〔二〕楚平王既殺伍奢伍尚云云九十九字，據郎本、《文粹》補。《文粹》「五百」作「三百」。羅考：東坡諸史論即所謂志林者，例先記所論之事，而後以「蘇子曰」斷之。若無此五行（案：指「楚平王既殺伍奢伍尚」云云九十九字），「蘇子曰」云云豈不突然而來！

〔三〕「父」後原有「不」字，據郎本删。

〔四〕郎本「三」作「二」。

論商鞅〔一〕

商鞅用於秦，變法定令，行之十年，秦民大悦，道不拾遺，山無盜賊，家給人足，民勇於公戰，怯於私鬭，秦人富彊，天子致胙於孝公，諸侯畢賀。

蘇子曰：此皆戰國之遊士邪説詭論，而司馬遷闇於大道，取以爲史。吾嘗以爲遷有大罪二〔二〕，其先黃老後六經，退處士進姦雄，蓋其小小者耳。所謂大罪二，則論商鞅、桑弘羊之功也。自漢以來，學者恥言商鞅、桑弘羊〔三〕，而世主獨甘心焉，皆陽諱其名，而陰用其實，甚者則名實皆宗之，庶幾其成功，此司馬遷之罪也。

秦固天下之彊國，而孝公亦有志之君也，修其政刑十年，不爲聲色畋游之所敗，雖微商鞅，有不富彊乎！秦之所以富彊者，孝公敦本力穡之効，非鞅流血刻骨之功也〔四〕。而秦之所以見疾於民，如豺虎毒藥，一夫作難，而子孫無遺種，則鞅實使之。至於桑弘羊，斗筲之才，穿窬之智，無足言者。而遷之言曰「不加賦而上用足〔五〕」。善乎，司馬光之言也，曰：「天下安有此理。天地所生財貨百物，止有此數，不在民則在官。譬如雨澤，夏澇則秋旱。不加賦而上用足，不過設法陰奪民利，其害甚於加賦也。」二子之名在天下，如蛆蠅糞穢也，言之則汙口舌，書之則汙簡牘。二子之術，用於世者，滅國殘民，覆族亡軀者，相踵也。而世主獨甘心焉，何哉？樂其言之便己也。

夫堯、舜、禹、湯〔六〕，世主之父師也。諫臣弼士〔七〕，世主之藥石也。恭敬慈儉，勤勞憂畏，世主之繩約也。今使世主日臨父師而親藥石，履繩約，非其所樂也。故爲商鞅、桑弘羊之術者，必先鄙堯笑舜而陋禹也。曰，所謂賢主者，專以天下適己而已。此世主所以人人甘心而不悟也。

世有食鍾乳、烏喙而縱酒色以求長年者〔八〕，蓋始於何晏。晏少而富貴，故服寒食散以濟其欲，無足怪者。彼之所爲，足以殺身滅族者，日相繼也，得死於服寒食散〔九〕，豈不幸哉。而吾獨何爲効之。世之服寒食散疽背嘔血者，相踵也，用商鞅、桑弘羊之術破國亡宗者〔一〇〕，皆是也。然而終不悟者，樂其言之美便，而忘其禍之慘烈也。

〔一〕郎本卷十四作「商鞅論」，趙刻《志林》作「司馬遷二大罪」。

〔二〕郎本無「嘗」字，百川本《志林》「嘗」作「常」。

〔三〕「桑」原缺，據郎本補。下一處同。

〔四〕「刻」原作「剥」，據郎本、《文粹》卷二十一、《文鑑》卷九十八改。

〔五〕郎本、《文鑑》「之言」作「稱之」。

〔六〕郎本無「湯」字。

〔七〕郎本「弼」作「拂」。

〔八〕「烏」原作「鳥」，誤，據郎本改。

〔九〕「服」原缺，據郎本、《文鑑》補。

〔一〇〕郎本「宗」作「家」。

論封建〔一〕

秦初并天下，丞相綰等言，燕、齊、荆地遠，不置王無以填之〔二〕，請立諸子。始皇下其議，羣臣皆以爲便。廷尉斯曰：「周文、武所封子弟同姓甚衆，然後屬疏遠，相攻擊如仇讐，諸侯更相誅伐，天子弗能禁止。今海内賴陛下神靈一統，皆爲郡縣，諸子功臣以公賦税重賞賜之〔三〕，甚足易制。天下無異意〔四〕，則安寧之術也。置諸侯不便。」始皇曰：「天下共苦戰鬭不休，以有侯王。賴宗廟〔五〕，天下初定，又復立國，是樹兵也〔六〕，而求其寧息，豈不難哉！廷尉議是。」分天下爲三十六郡，郡置守、尉、監。

蘇子曰：聖人不能爲時，亦不失時。時非聖人之所能爲也，能不失時而已。三代之興，諸侯無罪，不可奪削，因而君之，雖欲罷侯置守，可得乎？此所謂不能爲時者也。周衰，諸侯相并，齊、晉、秦、楚皆千餘里，其勢足以建侯樹屏，至於七國，皆稱王行天子之事，然終不封諸侯，不立彊家世卿者〔七〕，以魯三桓、晉六卿、齊田氏爲戒也。久矣，世之畏諸侯之禍也，非獨李斯、始皇知之。始皇既并天下，分郡邑，置守宰，理固當然，如冬裘夏葛，時之所宜，非人之私智獨見也，所謂不失時者。

而學士大夫多非之。漢高又欲立六國後，張子房以爲不可，世未有非之者。李斯之論，與子房何異。世特以成敗爲是非耳。高帝聞子房之言，吐哺罵酈生，知諸侯之不可復明矣。然卒王韓、彭、英、盧。豈獨高帝，子房亦與焉。故柳宗元曰：「封建非聖人意也，勢也。」

昔之論封建者，曹元首、陸機、劉頌及唐太宗時魏徵、李百藥、顏師古，其後則劉秩、杜佑、柳宗元。宗元之論出，而諸子之論廢矣。雖聖人復起，不能易也〔八〕。故吾取其説而附益之。曰：凡有血氣，必争，争必以利，利莫大於封建。封建者，争之端而亂之始也。自書契以來，臣弑其君，子弑其父，父子兄弟相賊殺，有不出於襲封而争位者乎！自三代聖人以禮樂教化天下，至刑措不用，然終不能已篡弑之禍。至漢以來〔九〕，君臣父子相賊虐者，皆諸侯王子孫。其餘卿士大夫不世襲者〔一〇〕，蓋未嘗有也。近世無復封建，則此禍幾絶。仁人君子，忍復開之歟！故吾以李斯、始皇之言，柳宗元之論，當爲萬世法也。

〔一〕郎本卷十四作「始皇論中」，趙刻《志林》作「秦廢封建」。

〔二〕「塡」原作「鎮」，今從郎本。此乃引《史記·秦始皇本紀》之文，《史記》作「塡」。百川本《志林》作「塡」。
〔三〕「以公」原作「供」，今從郎本。《史記》作「以公」。
〔四〕「異意」，郎本作「異議」。
〔五〕郎本「廟」後有「之靈」二字。
〔六〕郎本「樹」作「植」。
〔七〕郎本「卿」作「臣」。
〔八〕郎本「能」作「復」。
〔九〕郎本「至漢」作「秦漢」。
〔一〇〕「士」原缺，據郎本補。

論始皇漢宣李斯〔一〕

秦始皇時，趙高有罪，蒙毅按之當死，始皇赦而用之。長子扶蘇好直諫，上怒，使監蒙恬兵於上郡。始皇東游會稽，並海走瑯琊，少子胡亥、李斯、蒙毅、趙高從。道病，使蒙毅還禱山川，未及還，上崩。李斯、趙高矯詔立胡亥，殺扶蘇、蒙恬、蒙毅，卒以亡秦。

蘇子曰：始皇制天下輕重之勢，使內外相形，以禁奸備亂者〔二〕，可謂密矣。蒙恬將三十萬人，威震北方，扶蘇監其軍，而蒙毅侍帷幄爲謀臣〔三〕，雖有大姦賊，敢睥睨其間哉！不幸道病，禱祠山川，尚有人也，而遣蒙毅，故高、斯得成其謀。始皇之遺毅，毅見始皇病，太子未立，而去左右，皆不可以言智。然天之亡人國，其禍敗必出於智所不及。聖人爲天下，不恃智以防亂，恃吾無致亂之道耳。始皇致亂之道，在用趙高。夫閹尹之禍，如毒藥猛獸，未有不裂肝碎首者也〔四〕。自書契以來，惟東漢呂彊、後唐張承業二人，號稱良善〔五〕，豈可望一二於千萬，以徼必亡之禍哉〔六〕。然世主皆甘心而不悔，如漢桓、靈，唐肅、代，猶不足深怪。始皇、漢宣皆英主，亦湛於趙高、恭、顯之禍。彼自以爲聰明人傑也，奴僕薰腐之餘何能爲，及其亡國亂朝，乃與庸主不異。吾故表而出之，以戒後世人主如始皇、漢宣者。

或曰：李斯佐始皇定天下，不可謂不智。扶蘇親始皇子，秦人戴之久矣。陳勝假其名，猶足以亂天下，而蒙恬持重兵在外，使二人不卽受誅〔七〕，而復請之，則斯、高無遺類矣。以斯之智而不慮此，何哉？

蘇子曰〔八〕：嗚呼〔九〕，秦之失道，有自來矣，豈獨始皇之罪。自商鞅變法，以殊死爲輕典，以參夷爲常法，人臣狼顧脅息，以得死爲幸，何暇復請。方其法之行也，求無不獲，禁無不止，鞅自以爲軼堯舜而駕湯武矣。及其出亡而無所舍，然後知爲法之弊。夫豈獨鞅悔之，秦亦悔之矣。荆軻之變，持兵者熟視始皇環柱而走莫之救者，以秦法重故也。李斯之立胡亥，不復忌二人者，知法令之素行〔一〇〕，而臣子之不敢復請也。二人之不敢復請，亦知始皇之鷙悍而不可回也。豈料其僞也哉？周公曰：「平易近民，民必歸之。」孔子曰：「有一言而可以終身行之者〔一一〕，其恕矣乎？」夫以忠恕爲心，而以平易爲政，則上易知而下易達，雖有賣國之奸，無所投其隙，倉卒之變，無自發焉。然其令行禁止〔一二〕，蓋有不及商鞅者矣。而聖人終不以彼易此。鞅立信於徙木，立威於棄灰，刑其親戚師傅〔一三〕，積威信之極〔一四〕。以至始皇，秦人視其君如雷電鬼神，不可測也。古者，公族有罪，三宥然後寘刑〔一五〕。今至使人矯殺其太子而不忌〔一六〕，太子亦不敢請，則威信之過也。故夫以法毒天下者，未有不反中其身及其子孫者也。漢武、始皇，皆果於殺者也。故其子如扶蘇之仁，則寧死而不請，如戾太子之悍，則寧反而不訴。知訴之必不察也。戾太子豈欲反者哉，計出於無聊也。故爲二君之子者，有死與反而已〔一七〕。李斯之智，蓋足以知扶蘇之必不反也〔一八〕。吾又表而出之，以戒後世人主之果於殺者！

〔一〕郎本卷十四作「始皇論下」，趙刻《志林》作「趙高李斯」。

〔二〕「者」原缺，據郎本、百川本《志林》、趙刻《志林》補。

〔三〕趙刻《志林》「幄」作「帳」。

〔四〕趙刻《志林》「首」作「膽」。

〔五〕「稱」原缺，據郎本、百川本《志林》、趙刻《志林》補。

〔六〕郎本「徼」作「邀」，趙刻《志林》作「致」；《文粹》卷二十、《文鑑》卷九十八作「傲」，百川本《志林》同，趙刻《志林》校語謂「傲」誤。案：「傲」亦可通。

〔七〕「受」原作「就」，今從郎本、《文鑑》。

〔八〕郎本無「蘇子」二字。

〔九〕郎本無「嗚呼」二字。

〔一〇〕郎本、《文鑑》「法」作「威」。

〔一一〕「者」原缺，據郎本補。

〔一二〕「然」原缺，據郎本補。

〔一三〕郎本「刑」作「禍」。
〔一四〕郎本「極」作「劇」。
〔一五〕郎本、《文鑑》、百川本《志林》「寘」作「制」。
〔一六〕郎本無「其」字。
〔一七〕郎本「有」作「寧」。
〔一八〕《文鑑》「反」作「及此」。

論項羽范增〔一〕

漢用陳平計，間疎楚君臣，項羽疑范增與漢有私，稍奪其權〔二〕。增大怒曰：「天下事大定矣，君王自爲之。願賜骸骨歸卒伍。」歸未至彭城〔三〕，疽發背死。

蘇子曰：增之去善矣，不去，羽必殺增。獨恨其不早耳。然則當以何事去？增勸羽殺沛公，羽不聽，終以此失天下。當於是去耶〔四〕？曰：否。增之欲殺沛公，人臣之分也，羽之不殺，猶有君人之度也。增曷爲以此去哉！《易》曰：「知幾其神乎？」《詩》曰：「相彼雨雪，先集維霰。」增之去，當於羽殺卿子冠軍時也。

陳涉之得民也，以項燕、扶蘇〔五〕。項氏之興也，以立楚懷王孫心，而諸侯叛之也，以弑義帝〔六〕。且義帝之立，增爲謀主矣，義帝之存亡，豈獨爲楚之盛衰，亦增之所與同禍福也〔七〕。未有義帝亡而增獨能久存者也。羽之殺卿子冠軍也，是弑義帝之兆也。其弑義帝，則疑增之本也〔八〕。豈必待陳平哉。物必先腐也，而後蟲生之；人必先疑也，而後讒入之。陳平雖智，安能間無疑之主哉。

吾嘗論：義帝，天下之賢主也〔九〕。獨遣沛公入關，而不遣項羽，識卿子冠軍於稠人之中，而擢以爲上將，不賢而能如是乎？羽既矯殺卿子冠軍〔一〇〕，義帝必不能堪，非羽弑帝，則帝殺羽，不待智者而後知也。增始勸項梁立義帝，諸侯以此服從，中道而弑之，非增之意也。夫豈獨非其意，將必力争而不聽也。不用其言，而殺其所立，羽之疑增，必自是始矣。

方羽殺卿子冠軍，增與羽比肩而事義帝，君臣之分未定也。爲增計者，力能誅羽則誅之，不能則去之，豈不毅然大丈夫也哉？增年已七十，合則留，不合則去，不以此時明去就之分，而欲依羽以成功，陋矣。雖然，增，高帝之所畏也，增不去，項羽不亡。嗚呼，增亦人傑也哉！

〔一〕郎本卷十四作「范增論」，趙刻《志林》作「論范增」。羅考：「諸史論，諸本一題多作論數人。抑知論此人，未有不牽及他人者，其中要有賓主。如論范增，勢必涉及項羽。要之，增，主也；羽，賓也。論羽卽論增也。題只當作『范增論』，不當有『項羽』字。其餘諸篇，文中有一人，題中卽增一人，……不可從，當以此本爲正。」案，此卷各文之題，底本以《七集》中之《續集》爲本。《續集》當亦有據，今仍其舊。

〔二〕「稍」原缺，據郎本補。案，此乃引《史記·項羽本紀》之文，《史記》有「稍」字。

〔三〕「歸」原缺，據《文粹》卷二十二補。

〔四〕郎本「於」作「以」。

〔五〕郎本無「扶蘇」二字。

〔六〕郎本「弑」作「殺」，下同。

〔七〕趙刻《志林》「與」作「以」。

〔八〕百川本《志林》、趙刻《志林》「本」後有「心」字。

〔九〕《七集・續集》卷八無「天下之」三字。

〔一〇〕《七集・續集》無「矯」字。

蘇軾文集卷六

書義〔一〕

乃言底可績

巧言令色，帝之所畏也。故以言取人，自孔子不能無失。然聖賢之在下也，其道不効於民，其才不見於行事，非言無自出之。故以言取人者，聖人之所不能免也。納之以言，試之以功，自堯舜以來，未之有改也。堯將禪舜也，曰：「詢事考言，乃言底可績。」底之爲言極也。《易》曰：「窮理盡性，以至於命。」可謂極矣。君子之於事物也，原其始不要其終，知其一不知其二，見其偏不見其全〔二〕，則利害相奪，華實相亂，烏能得事之真、見物之情也哉！故言可聽而不可行，事可行而功不可成，功可成而民不可安，是功未始成也。舜、禹、皋陶之言，皆功成而民安之者也。嗚呼！極之爲至德也久矣。箕子謂之皇極，子思謂之中庸。極則非中也，中則非極也，此昧者之論也。故世俗之學，以中庸爲處可否之間，無過與不及之病而已，是近於鄉原也。若夫達者之論則不然。曰：「喜怒哀樂未發謂之中，發而皆中節謂之和，致中和，天地位焉，萬物育焉。」非舜、禹、皋陶之成功，其孰能與於此哉！故愚以謂窮理盡性，然後得事之真，見物之情。以之事天則天成，以之事地則地平，以之治人則人安。此舜、禹、皋陶之言，可以底績者也。

〔一〕明刊《文粹》卷十七作「尚書解」。

〔三〕明刊《文粹》「見」作「得」。

堲讒説殄行

《書》云：「朕堲讒説殄行。」傳曰：君子之所爲，爲可傳、爲可繼也。凡行之不可傳、繼者，皆殄行也。堯舜之所堲也。世衰道喪，士貴苟難而賤中庸，故邪慝者進焉。齊桓公欲用豎刁、易牙、開方三子。管仲曰：「三子者自刑以近君，去親殺子以求合，皆非人情，難近。」桓公不聽，卒以亂齊。齊桓，賢主也。管仲，信臣也。夫以賢主而不用信臣之言，豈非三子者似忠而難知也歟？甚矣，似之亂真也。故曰「惡紫」，謂其奪朱也〔一〕；「惡莠」，謂其亂苗也；「惡鄉原」，謂其亂德也。孟子憂之，故曰：「君子反經而已矣。」君子之所貴，必其可傳、可繼者也。是以謂之經。經者，常也。君子苟常之爲貴，則彼苟難殄行，無爲爲之矣。苟難者無所獲，殄行者無所利，則庶民並興，巧者不能獨進，拙者可以自効。吾虚心而察之，賢者可事，能者可使，而天下治矣。

〔一〕明刊《文粹》卷十七「謂」作「爲」。以下二分句同。

視遠惟明聽德惟聰

甚矣，耳目之爲天下禍福也。《洪範》五事，爲皇極之用，治亂之所由出，狂聖之所由分，風雨之所由作，五福六極之所由致。故顏淵問仁，孔子曰：「非禮勿視，非禮勿聽，非禮勿言，非禮勿動。」夫視聽期於聰明而已，何與於禮。非禮勿視，非禮勿聽，是禮也，何與於仁。曰：視聽不以禮，則聰明之害物也甚於聾瞽。何以言之？明之過也，則無所不視，掩人之私，求人之所不及；聰之過也，則無所不聽，浸潤之譖，膚受之愬或行焉。此其害，豈特聾瞽而已哉！故聖人一之於禮，君臣上下，各視其所當視，各聽其所當聽，而仁不可勝用也。太甲之復辟也，伊尹戒之曰：「視遠惟明，聽德惟聰。」何謂遠？何謂德？孔子曰：「文武之道，未墜於地。在人賢者識其大者，不賢者識其小者。」夫惟小之爲知，又烏能及遠哉。探夜光於東海者，不爲鯢桓而回網羅；求合抱於鄧林者，不以徑寸而枉斧斤。苟志於遠，必畧近矣。故子張問明，孔子既告之以明，又告之以遠。由此觀之，視不及遠者，不足爲明也。梁惠王問利於孟子〔一〕，孟子告以仁義。曰：「王何必曰『利』。」夫言利者，其言未必不中也，然君子不聽，曰「言利者，必小人也」。聽其言必行其事，行其事必近其人，小人日近，君子日疎，求國無危，不可得也。凡言苟出於利，雖中，小人也，況不中乎。苟出於德，雖失〔二〕，猶君子也，況不失乎。由此觀之，聽不主於德者，非聰也。

〔一〕明刊《文粹》卷十七「利」作「政」。

〔二〕「雖」原缺，據《外集》卷十四補。

終始惟一時乃日新

《易》曰：「天下之動，正夫一者也。」夫動者，不安者也。夫惟不安，故求安者而託焉。惟一者爲能安。天地惟能一，故萬物資生焉。日月惟能一，故天下資明焉。天一於覆，地一於載，日月一於照，聖人一於仁，非有二事也。晝夜之代謝，寒暑之往來，風雨之作止，未嘗一日不變也。變而不失其常，晦而不失其明，殺而不害其生，豈非所謂一者常存而不變故耶！聖人亦然。以一爲內，以變爲外。或曰：聖人固多變也歟？不知其一也，惟能一故能變。伊尹戒太甲曰：「今嗣王新服厥命，惟新厥德，終始惟一，時乃日新。」新與一，二者疑若相反然。請言其辨。物之無心者必一，水與鑑是也。水、鑑惟無心，故應萬物之變。物之有心者必二，目與手是也。目、手惟有心，故不自信而託於度量權衡。己且不自信，又安能應物無方日新其德也哉。齊人爲夾谷之會，曰：孔丘儒者也，可劫以兵。不知其戮齊優如殺犬豕。此豈有二道哉，一於仁而已矣。孟子曰：「天下定于一。孰能一之？曰：不嗜殺人者。」愚故曰聖人一於仁。

王省惟歲

論堯、舜之德者，必曰無爲。考之於經，質之於史，堯、舜之所爲，卓然有見於世者，蓋不可勝計也，其曰無爲，何哉？古人有言曰：「除日無歲。」又曰：「日一日勞考載曰功。」若堯、舜者，可謂功矣。歲者，月之積也。月者，日之積也。舉歲則兼月，舉月則兼日矣。日別而數之，則月不見，月別而數之，則歲不見。此豈日月之外，復有歲哉。日月之各一，人臣之勞也。歲之并考，人君之功也。故《書》曰：「王省惟歲，卿士惟月，師尹惟日。」此上下之分，煩簡之宜也。禹之平水土，稷爲之殖百穀，契爲之敷五教，伯夷爲之典三禮，皐陶爲之平五刑，羲和爲之歷日月。堯舜果何爲哉。今夫三百有六旬，分之以四時，配之以六甲，位之以十二子，散之以二十四氣，裂之以七十二候，晝不可以并夜，寒不可以兼暑，則氣果安在哉。惟其無在而不可名，寄之於人而已，不有此，所以爲王省之功也。日不立則月不建，月不建則歲不成，師尹不官，則卿士不治，卿士不治，則王功廢矣。故曰：「庶民惟星。」星者，日月之所舍，所因以爲寒暑風雨者也。民者，上之所託，所因以爲號令賞罰者也。日月不自爲風雨寒暑，因星而爲節；君不自爲號令賞罰，因民而爲節。上執其要，下治其詳，所謂歲月日時無易也。文王不兼庶獄，陳平不治錢穀，邴吉不問鬭傷，此所爲不易者也〔一〕。秦皇衡石程書，光武以吏事責三公，此易歲月而亂日時者也。治亂之效，亦可以槩見矣。

〔一〕明刊《文粹》卷十七「爲」作「謂」。

作周恭先作周孚先

周之將興，必有繼天之王，建都邑，立藩輔，以定天命而宅民心，爲子孫之師。亦必有命世之臣，考禮樂，修法令，以定國是而正風俗，爲卿大夫之宗。然後可以世世垂拱仰成，雖有中主弱輔，而不至於亂。故曰：「孺子來相宅，其大惇典商獻民，亂爲四方新辟，作周恭先。」「予旦以多才，越御事，篤前人成烈，答其師，作周孚先。」國之所恃者，法與人也。《詩》曰：「雖無老成人，尚有典刑。」故周公以謂惇典而用賢，可以定國，後之言恭者必稽焉。傅説有言：「事不師古，以克永世，匪説攸聞。」今不師古，後不師今。故周公以謂我當與卿大夫士篤前人成烈，以答衆心，則後之言信者必師焉。夫以成王之賢，周公之聖〔一〕，其所以爲後世先者，不過於恭與信而已。《詩》曰：「自古在昔，先民有作。温恭朝夕，執事有恪。」閔馬父曰：「古之稱恭者，曰自古，曰在昔，曰先民，其嚴如是。」愚以是知恭之大者，蓋堯之允恭，孔子之温恭，非獨恭世子之恭、楚共王之恭也。成王以是爲后世先也，不亦宜乎。「大有上吉。履信思乎順。又以尚賢也，是以自天祐之，吉無不利」。又曰：「自古皆有死，民無信不立。」信之爲德也，重於兵而急於食，周公以是爲后世先也，不亦宜乎！

〔一〕明刊《文粹》卷十七「聖」作「信」。

惟聖罔念作狂惟狂克念作聖

毫末之木，有合抱之資，濫觴之水，有稽天之勢〔一〕，不可謂無是理也。理固有是，而物未必然。此衆人之所以不信也。子思有言：「君子之道，始於夫婦之所能，其至也，雖聖人有不能。」故孟子曰：「人皆可以爲堯舜。」人之能爲堯舜，歷千載而無有，故孟子之言，世未必信也。衆人以迹求之，故未必信，君子以理推之，故知其有必然者矣。孔子曰：「惟上智與下愚不移。」而《書》曰：「惟聖罔念作狂，惟狂克念作聖。」此二言者，古今所不能一，而學者之所深疑也。請試論之。濫觴可以稽天，東海可以桑田，理有或然者。此狂聖念否之説也。江湖不可以徒涉，尺水不可以舟行，事有必然者。此愚智必然之辨也。夫言各有當也，達者不以失一害一，此之謂也。太甲既立，不明，伊尹放之。使太甲粗可以不亂者，伊尹不廢也。至於廢，則其狂也審矣。然卒於爲商宗。周公曰：「茲四人迪哲。」蓋太甲與文王均焉。明皇開元之治，至於刑措，與夫三代何遠。林甫之專，禄山之亂，民在塗炭，豈特狂者而已哉。由此觀之，聖狂之相去，殆不容髮矣。

〔一〕明刊《文粹》卷十七「稽」作「滔」，下同。

庶言同則繹

《書》曰：「出入自爾師虞，庶言同則繹。」虞之爲言度也，出納之際，庶言之所在也，必得我師焉〔一〕。夫言有同異，則聽者有所考：言其利也，必有爲利之道；言其害也，必有致害之理。反復論辯廷議〔二〕，而衆決之：長者必伸，短者必屈焉；真者必遂，僞者必窒焉。故邪正之相攻，是非之相稽，非君子之所患。君子之所患者〔三〕，庶言同而已。考同者莫若繹，古者謂紬繹，紬絲者必求其端，究其所終。《太甲》曰〔四〕：「有言逆於汝心，必求諸道。有言遜于汝志，必求諸非道。」《君陳》之所謂繹者，《太甲》之所謂求也。孫寶有言：「周公大聖，召公大賢，猶不相説，著於經典，兩不相損。」晉王導輔政，每與客言，舉坐稱善。而王述責之曰：「人非堯舜，安得每事盡善。」導亦斂衽謝之。古之君子，其畏同也如此。同而不繹，其患有不可勝言者矣。

〔一〕「焉」原作「言」，今從明刊《文粹》卷十七。

〔二〕「辯」原作「辨」，今從明刊《文粹》。

〔三〕「君子之所患」五字原缺，據明刊《文粹》補。

〔四〕「太甲」原作「説命」，據明刊《文粹》改。案，此處所引「有言逆於汝心」云云，《尚書》在《太甲》篇。下同。

唐虞稽古建官惟百夏商官倍亦克用乂

天下之事，古畧而今詳，天下之官，古寡而今衆。聖人非有意於其間，勢則然也。火化之始，燔黍捭豚，以爲靡矣。至周而醯醢之屬至百二十甕〔一〕。棟宇之始，茅茨采椽，以爲泰矣。至周九尺之室，山節藻棁。聖人隨世而爲之節文，豈得已哉。《周書》曰：「唐虞稽古，建官惟百，夏、商官倍，亦克用乂。」聖人不以官之衆寡論治亂者，以爲治亂在德，而不在官之衆寡也。《禮》曰：「夏后氏官五十，商二百，周三百。」與周官異，學者蓋不取焉。夫唐虞建官百，簡之至也。夏后氏安能減半而辦，此理之必不然也。孔安國曰：「禹、湯建官二百，不及唐虞之清要。」榮古而陋今，學者之病也。自夏、商觀之，則以官百爲清要。自唐虞而上雲鳥紀官之世而觀之，則官百爲陋矣。夫豈然哉。愚聞之叔向曰：「昔先王議事以制，不爲刑辟。」故子産鑄《刑書》，而叔向非之。夫子産之《刑書》，末世之先務也。然且得罪於叔向。是以知先王之法亦簡矣。先王任人而不任法，勞於擇人而佚於任使，故法可以簡。法可以簡，故官可以省，古人有言，省官不如省事，省事不如清心，至矣。

〔一〕「至」原缺，據明刊《文粹》卷十七補。

道有升降政由俗革

武王克商，武庚禄父不誅矣，而列爲諸侯。周公相成王，武庚禄父叛，殷之頑民，相率爲亂，不誅也，而遷之洛邑。武王、周公，其可謂至德也已矣。曰：「羣飲，汝勿佚，盡執拘以歸于周，予其殺。商之工臣，乃湎于酒，勿庸殺之，姑惟教之。」非至德能如是乎。是以商之臣子心服而日化，至康王之世三十餘年矣。世變風移，士君子出焉。故命畢公曰：「道有升降，政由俗革，不臧厥臧，民罔攸勸。」始則遷其頑者而教之，終則擇其善者而用之。周之於商人也，可謂無負矣。夫道何常之有，應物而已矣。物隆則與之偕升，物污則與之偕降。夫政何常之有，因俗而已矣。俗善則養之以寬，俗頑則齊之以猛。自堯、舜以來，未之有改也。故齊太公因俗設教，則三月而治。魯伯禽易俗變禮，則五月而定。三月之與五月，未足爲遲速也，而後世之盛衰出焉。以伯禽之賢，用周公之訓，而猶若是，苟不逮伯禽者，其變易之患可勝言哉！

論語義〔一〕

觀過斯知仁矣

孔子曰：「人之過也，各於其黨，觀過斯知仁矣。」自孔安國以下，解者未有得其本指者也。《禮》曰：「與仁同功，其仁未可知也。與仁同過，然後其仁可知也。」聞之於師曰：此《論語》之義疏也。請得以論其詳。人之難知也，江海不足以喻其深，山谷不足以配其險〔二〕，浮雲不足以比其變。揚雄有言：「有人則作之，無人則輟之。」夫苟見其作，而不見其輟，雖盜跖爲伯夷可也。然古有名知人者，其効如影響，其信如蓍龜，此何道也。故彼其觀人也，亦多術矣。委之以利，以觀其節，乘之以猝，以觀其量，伺之以獨，以觀其守，懼之以敵，以觀其氣。故晉文公以壺飧得趙衰，郭林宗以破甑得孟敏，是豈一道也哉。夫與仁同功而謂之仁，則公孫之布被與子路之緼袍何異，陳仲子之螬李與顏淵之簞瓢何辨。何則？功者人所趨也，過者人所避也。審其趨避而真僞見矣。古人有言曰：「鉏麑違命也，推其仁可以託國。」斯其爲觀過知仁也歟！

〔一〕明刊《文粹》卷十七「義」作「解」。

〔二〕《外集》卷十五「險」作「陰」。

君使臣以禮

君以利使臣，則其臣皆小人也。幸而得其人，亦不過健於才而薄於德者也。君以禮使臣，則其臣皆君子也。不幸而非其人，猶不失廉耻之士也。其臣皆君子，則事治而民安。士有廉耻，則臨難不失其守。小人反是。故先王謹於禮。禮以欽爲主，宜若近於弱；然而服暴者，莫若禮也。禮以文爲飾，宜若近於僞；然而得情者，莫若禮也。哀公問君使臣臣事君如之何？孔子曰：「君使臣以禮，臣事君以忠。」不有爵禄刑罰也乎，何爲其專以禮使臣也！以爵禄而至者，貪利之人也，利盡則逝矣。以刑罰而用者，畏威之人也，威之所不及，則解矣。故莫若以禮。禮者，君臣之大義也，無時而已也。漢高祖以神武取天下，其得人可謂至矣。然恣慢而侮人，洗足箕踞，溺冠跨項，可謂無禮矣。故陳平論其臣，皆嗜利無耻者，以是進取可也，至於守成，則殆矣。高帝晚節不用叔孫通、陸賈，其禍豈可勝言哉。吕后之世，平、勃背約，而王諸吕幾危劉氏，以廉耻不足故也。武帝踞厠而見衛青，不冠不見汲黯。青雖富貴，不改奴僕之姿，而黯社稷臣也，武帝能禮之而不能用，可以太息矣。

孟子義一篇〔二〕

以佚道使民以生道殺民

使民爲農。民曰：「是食我之道也。」使民爲兵。民曰：「是衛我之道也。」使民爲城郭溝池。民曰：「是域我之道也。」雖勞而不怨也。曰：「盤庚之民，何以怨？」「民可與樂成而不可與慮始，蓋終於不怨也。」《詩》曰：「晝爾于茅，宵爾索綯，亟其乘屋，其始播百穀。」可謂勞矣。然民豈不思之，曰：「上之人果誰爲也哉！」若夫田獵之娛〔三〕，宴好之奉，上之人所自爲爲之者，君子蓋不以勞民也。古者水衡少府，天子之私藏。大司農錢，不以給共養勞費，共養勞費一出少府，爲是也。孟子曰：「以佚道使民，勞而不怨，以生道殺民，雖死不怨殺者。」以佚道使民，可也，以生道殺民，君子蓋難言之。《易》曰：「古之聰明睿智神武而不殺。」季康子曰：「如殺無道，以就有道，何如？」孔子曰：「子爲政，焉用殺？」夫殺無道就有道，先王之所不免也，孔子諱之。然則殺者，君子之所難言也。

〔二〕明刊《文粹》卷十七作「孟子解」。

〔三〕「若夫」二字原缺，據明刊《文粹》補。

莊子解一篇

廣成子解〔一〕

黃帝立爲天子，十九年，令行天下，聞廣成子在於崆峒之山〔二〕，故往見之。曰：「我聞吾子達於至道。敢問至道之精〔三〕。吾欲取天地之精，以佐五穀，以養民人，吾又欲官陰陽，以遂羣生，爲之奈何？」

道固有是也。然自是爲之，則道不成〔四〕。

廣成子曰：「而所欲問者，物之質也，而所欲官者，物之殘也。

得道者不問，問道者未得也。得道者無物無我，未得者固將先我而後物。夫苟得道，則我有餘而物自足，豈固先之耶。今乃捨己而問物，惡其不情也。故曰「而所欲問者，物之質也，而所欲官者，物之殘也」。言其情在於欲己長生〔五〕，而外託於養民人、遂羣生也〔六〕。夫長生不死，豈非物之實，而所謂養民人、遂羣生，豈非道之餘乎？

「自而治天下也，雲氣不待族而雨，草木不待黃而落，日月之光，益以荒矣。

天作時雨，山川出雲〔七〕。雲行雨施，而山川不以爲勞者〔八〕，以其不得已而後雨，非雨之也〔九〕。春夏發生，秋冬黃落〔一〇〕，而草木不以爲病者，以其不得已而後落〔一一〕，非落之也。今雲不待族而雨，草木不待黃而落，雖天地之精，不能供此有心之耗，故荒亡之符〔一二〕，先見於日月，以一身占之，則耳目先病矣。

「而佞人之心，翦翦者，又奚足以語至道？」

真人之與佞人，猶穀之與稗也。所種者穀，雖瘠土墮農，不生稗也。所種者稗，雖美田疾耕，不生穀也。今始學道，而問已不情〔一三〕。佞僞之種，道何從生！

黃帝退，捐天下，築特室，席白茅，閒居三月，復往邀之。廣成子南首而臥，黃帝順下風，膝行而進，再拜稽首而問曰：「聞吾子達於至道，敢問治身奈何而可以長久？」

棄世獨居〔一四〕，則先物後己之心，無所復施，故其問也情〔一五〕。

廣成子蹶然而起曰：「善哉問乎！來，吾語汝至道。

廣成子至此，始以道語黃帝乎？曰：否。人如黃帝而不足以語道，則天下無足語者矣。吾觀廣成子之拒黃帝也，其語至道已悉矣。是以閒居三月而復往見，蹶然爲之變，其受道豈始於此乎？

「至道之精，窈窈冥冥，至道之極，昏昏默默。

窈窈冥冥者，其狀如登高望遠，察千里之毫末，如臨深俯幽，玩萬仞之藏寶也。昏昏默默者，其狀如枯木死灰，無可生可然之道也〔一六〕。曰：道止于此乎？曰：此窈冥昏默之狀〔一七〕，乃致道之方也。如指以爲道，則窈冥昏默者，可得謂之道乎〔一八〕？人能棄世獨居，體窈冥昏默之狀，以入於精極之淵，本有不得於道者也。學道者患其散且僞也，故窈窈冥冥者，所以致一也，昏昏默默者，所以全真也。

「無視無聽，抱神以靜，形將自正。必靜必清，無勞汝形，無搖汝精，乃可以長生。目無所見，耳無所聞，心無所知，汝神將守形，形乃長生。愼汝內，閉汝外，多知爲敗。

自此以上，皆真實語，廣成子提耳畫一以教人者。無視無聽，抱神以靜，則無爲也。心無所知，則無思也。必靜必清，無勞汝形，無搖汝精，則無欲也〔一九〕。三者具而形神一，形神一而長生矣。內不愼，外不閉，二者不去，而形神離矣。或曰：廣成子之於道，若是數數歟？曰：穀之不爲稗，在種者一粒耳，何數不數之有。然力耕疾耘，不可廢也。

「我爲汝遂於大明之上矣，至彼至陽之原也，爲汝入於窈冥之門矣，至彼至陰之原也。

窈冥昏默，長生之本。長生之本既立〔二〇〕，亦必有堅凝之者。二者如日月水火之用。所以修鍊變化〔二一〕，堅氣而凝物者也〔二二〕，蓋必有方矣。然皆必至其極〔二三〕，不極不化也〔二四〕。

「天地有官，陰陽有藏。

廣成子以窈冥昏默立長生之本〔二五〕，以無思無爲無慾去長生之害，又以至陰至陽堅凝之，吾事足於此矣。天地有官，自爲我治之，陰陽有藏，自爲我蓄之。爲之者在我，成之者在彼。

「愼守汝身，物將自壯。

言長生可必也，物豈有穉而不壯者哉。

「我守其一，以處其和。故我修身千二百歲矣，吾形未嘗衰。」黃帝再拜稽首曰：「廣成子之謂天矣。」

廣成子曰：「來，余語汝。彼其物無窮，而人皆以爲終，彼其物無測，而人皆以爲極。

物本無終極，其分也成也，其成也毁也。物未嘗有死，故長生者物之固然，非我獨能。我能守一而處和，故不見其分成與毁爾。

「得吾道者〔二六〕，上爲皇而下爲王。失吾道者，上見光而下見土。

皇者其精也〔二七〕，王者其粗也，生者明，死者幽，幽者不知明，明者不知幽。

「今夫百昌皆生於土，而反於土。故余將去汝，入無窮之門，以遊無極之野。

蓋將有以示化去世形解入土之意也歟？

「吾與日月參光，吾與天地爲常，當我緡乎，遠我昏乎，人其盡死而我獨存乎！」

南榮趎挾三人以見老子，老子訶之，則矍然自失，人我皆喪〔二八〕。夫挾人以往固非也，人我皆喪亦非也。故學道能盡死其人獨存其我者寡矣。可見、可言、可取、可去者，皆人也，非我也〔二九〕。不可見、不可言、不可取、不可去者，是真我也〔三〇〕。近是則智，遠是則愚，得是則得道矣。故人其盡死而我獨存者，此之謂也。古今語異〔三一〕，吾不知緡之所謂也。以文意求之，其猶曰明也歟〔三二〕？

〔一〕《函海》收本文，題亦作《廣成子解》，今用以校本文。以下簡稱《函》。

〔二〕《函》「山」作「上」。

〔三〕「敢問至道」四字原缺，據《函》補。

〔四〕《函》「道」作「殆」。

〔五〕「欲己」原作「己欲」，今從《函》。

〔六〕「民人」原作「人民」，今從《函》。下同。

〔七〕《函》「雲」作「雨」。

〔八〕「山川」原作「天下」，今從《函》。

〔九〕「非雨之」三字原缺，據《函》補。

〔一〇〕「黄」原作「隕」，據《函》改。案：以下有「草木不待黄而落」句。

〔一一〕「而草木不以爲病者以其不得已而後落」十六字原缺，據《函》補。

〔一二〕「故」原作「取」，據《函》改。

〔一三〕《函》「情」作「惰」，《外集》卷十五作「隋」。疑爲「惰」之誤。

〔一四〕「世」原作「物」，今從《函》。

〔一五〕《函》「也情」作「如此」。

〔一六〕「然」原作「殺」，今從《函》。

〔一七〕「此」原缺，據《函》補。

〔一八〕「可」原缺，據《函》補。

〔一九〕《函》「欲」作「慾」。
〔二〇〕「長生之本」四字原缺，據《函》補。
〔二一〕「鍊」原作「練」，今從《函》。
〔二二〕「者」原缺，據《函》補。
〔二三〕「必」原作「不」，今從《函》。
〔二四〕「不極」二字原缺，據《函》補。
〔二五〕「子」原缺，據《函》補。
〔二六〕《函》「得」作「志」。
〔二七〕「也」原缺，據《函》補。下句「王者其粗也」，原亦缺「也」字，亦據《函》補。
〔二八〕「人」原缺，據《函》補。案：下有「人我皆喪亦非也」句。
〔二九〕「非」原作「皆」，據《函》改。
〔三〇〕「是」原缺，據《函》補。
〔三一〕「語」原作「雖」，據《函》改。
〔三二〕「日明」原作「日月」，據《函》改。

三傳義南省説書十道[一]

問供養三德爲善昭十二年[二]

對。《易》者，聖人所以盡人情之變，而非所以求神於卜筮也。自孔子没，學者惑乎異端之説，而左丘明之論尤爲可怪，使夫伏羲、文王、孔子之所盡心焉者，流而入於卜筮之事[三]，甚可憫也。若夫季友、竪牛之事，若親見而指言之，固君子之所不取矣。雖然，南蒯之説，頗爲近正。其卦遇《坤》之《比》，而其繇曰「黄裳元吉」。「黄者，中之色也；裳者，下之飾也；元者，善之長也」。夫以中庸之道，守之以謙抑之心，而行之以體仁之德，以爲文王之兆，無以過此矣。雖然，君子視其人，觀其德，而吉凶生焉。故南蒯之筮也，遇《坤》之《比》，而不祥莫大焉。且夫負販之夫[四]，朝而作，暮而息，其望不過一金之儲。使之無故而得千金，則狂惑而喪志。夫以南蒯而得文王之兆，安得不狂惑而喪志哉。故曰：「供養三德爲善。」又曰：「參成可筮。」而南蒯無以當之[五]，所以使後世知夫卜筮之不可恃也。穆姜筮於東宫，遇《艮》之《八》。史曰：「是謂《艮》之《隨》。」其繇曰「元亨利貞」。而穆姜亦知其無以當之。故左氏之論《易》[六]，唯南蒯、穆姜之事爲近正。而其餘者，君子之所不取也。杜預之論得之矣，以爲《洪範》稽疑之説，通龜筮以同卿士之數。學者觀夫左氏之書，而正之以杜氏之説，庶乎其可也。謹對。

[一]郎本卷三總題爲《南省講三傳十事》，以下分題爲「左傳三事」、「公羊三事」、「穀梁四事」。

[二]「昭十二年」四字，據《文粹》卷十六補。自此以下十文，題下所註紀年，皆據《文粹》補。

〔三〕《文粹》「事」作「書」。

〔四〕郎本「夫」作「人」。

〔五〕「當」原作「勝」，今從《文粹》。

〔六〕《文粹》「易」作「卜筮」。

問小雅周之衰襄二十九年

對。《詩》之中，唯周最備，而周之興廢，於《詩》爲詳。蓋其道始於閨門父子之間，而施及乎君臣之際，以被冒乎天下者，存乎《二南》。后稷、公劉、文、武創業之艱難，而幽、厲失道之漸，存乎《二雅》。成王纂承文、武之烈，而禮樂文章之備，存乎《頌》。其愈衰愈削而至夷於諸侯者〔一〕，存乎《王·黍離》〔二〕。蓋周道之盛衰，可以備見於此矣。《小雅》者，言王政之小，而兼陳乎其盛衰之際者也。夫幽、厲雖失道〔三〕，文、武之業未墜，而宣王又從而中興之，故雖怨刺並興，而未列於《國風》者，以爲猶有王政存焉。故曰：《小雅》者，兼乎周之盛衰者也。昔之言者，皆得其偏，而未備也。季札觀周樂，歌《小雅》，曰：「思而不貳，怨而不言〔四〕，其周之衰乎？」《文中子》曰：「《小雅》烏乎衰？其周之盛乎！」札之所謂衰者，蓋其當時親見周道之衰〔五〕，而不覩乎文、武、成、康之盛也。文中子之所謂盛者，言文、武之餘烈，歷數百年而未忘，雖其子孫之微，而天下猶或宗周也。故曰：二子者，皆得其偏而未備也。太史公曰：「《國風》好色而不淫，《小雅》怨誹而不亂。」當周之衰，雖君子不能無怨，要在不至於亂而已。《文中子》以爲周之全盛，不已過乎。故通乎二子之説，而《小雅》之道備矣。謹對。

〔一〕「愈衰」二字原缺，據《文粹》卷十六補。

〔二〕「存」原作「在」，據郎本卷三改。羅考：上數句皆作「存」，此不當作「在」。

〔三〕原作「周雖衰」，今從《文粹》。

〔四〕「思而不貳怨而不言」八字原缺，據《文粹》補。

〔五〕「道」原缺，據《文粹》補。

問君子能補過昭七年

對。甚哉，聖人待天下之通且恕也。朝而爲盜跖，暮而爲伯夷，聖人不棄也。孟僖子之過也，其悔亦晚矣，雖然，聖人不棄也，曰：猶愈乎卒而不知悔者也。孟僖子之過，可悲也已。仲尼之少也賤，天下莫知其爲聖人。魯人曰：「此吾東家丘也。」又曰：「此鄹人之子也。」楚之子西，齊之晏嬰，皆當時之所謂賢人君子也，其言曰：「孔丘之道，迂闊而不可用。」況夫三桓之間，而孰知夫有僖子之賢哉！僖子之病也〔一〕，告其子曰：「孔丘，聖人之後也〔二〕。其先正考甫三命益恭〔三〕。而弗父何以有宋而授厲公〔四〕。華父督之亂無罪而絶於宋〔五〕。其後必有聖人。今孔丘博學而好禮，殆其是歟。爾必往師之以學禮。」嗚呼，孔子用於魯三月，而齊人畏其霸。以僖子之賢，而知夫子之爲聖人也，使之未亡而授之以政，則魯作東周矣，故曰孟僖子之過，可悲也已。雖然，夫子之道充乎天下者，自僖子始。敬叔學乎仲尼〔六〕，請於魯君而與之車，使適周而觀禮焉，而聖人之業，然後大備。僖子之功，雖不能用之於未亡之前，而猶能救之於已没之後。左丘明懼後世不知夫僖子之功也〔七〕，故丁寧而稱之，以爲補過之君子。昔仲虺言湯之德曰：「改過不吝。」夫以聖人而不稱其無過之爲能，而稱其改過之爲善〔八〕，然則補過者，聖人之徒歟？孟僖子者，聖人之徒也。謹對。

〔一〕「僖子之病也」，《文粹》卷十六作「僖子之如楚也病不能相禮」。
〔二〕《文粹》「也」後有「而滅於宋」四字。
〔三〕《文粹》無「先正考甫三命益恭」八字。
〔四〕「而弗父」，《文粹》無「而」字。
〔五〕《文粹》作「及正考父三命益恭」。
〔六〕「敬叔」原作「懿子」，據郎本卷三改。郎註引《家語·觀周篇》，謂「懿叔」恐傳寫之誤。
〔七〕《文粹》「夫僖子之功也」作「其功之如此」。
〔八〕「過」原缺，據《文粹》補。

問侵伐土地分民何以明正 僖四年

對。《三傳》侵伐之例，非正也。《左氏》有鍾鼓曰伐，無曰侵。《公羊》觕曰侵，精曰伐。《穀梁》包人民驅牛馬曰侵〔一〕，斬樹木壞宫室曰伐。愚以謂有隙曰侵，有辭曰伐。齊桓公侵蔡，隙也。蔡潰，遂伐楚，辭也。司馬九伐之法，負固不服則侵之，賊賢害民則伐之。然則負固不服者近乎隙，賊賢害民者近乎辭。周之衰也，諸侯相吞，而先王之疆理城郭蓋壞矣，故侵伐之間，夫子尤謹而書之。蓋古者有分土而無分民，諸侯之侵地者，猶不容於《春秋》，而況包人民驅牛馬哉！桓公侵蔡，不書所侵之地者，侵之無辭也。楚子入陳，鄉取一人，謂之夏州。《春秋》畧而不書，以謂驅民之非正也。嗚呼，春秋之際，非獨諸侯之相侵也，晉侯取天子之田〔二〕，而陽樊之人不服，愚又知春秋之不忍書乎此也。謹對。

〔一〕郎本卷三「包」作「苞」，下同。

〔二〕「天子」原作「汶陽」，郎本作「陽樊」。郎註引《左傳·僖公二十五年》事，謂「汶陽」疑傳寫之誤。今從《七集·續集》卷九。羅考：此次晉侯所取，不僅陽樊一地，《續集》作「天子之田」，義較該。

問魯猶三望 僖三十一年　宣三年　成七年

對。先儒論書「猶」之義〔一〕，可以已也。愚以爲不然。《春秋》之所以書「猶」者二，曰如此而猶如此者，甚之之辭也。「公子遂如齊，至黃乃復。辛巳，有事於太廟，仲遂卒於垂。壬午，猶繹，萬入去籥」是也。曰不如此而猶如此者，幸之之辭也。「閏月不告月〔二〕，猶朝於廟」、「不郊，猶三望」是也。夫子傷周道之衰，禮樂文章之壞，而莫或救之也。故區區焉掇拾其遺亡，以爲其全不可得而見矣，得見一二斯可矣，故「閏月不告月猶朝於廟」者，憫其不告月而幸其猶朝於廟也。「不郊猶三望」者，傷其不郊而幸其猶三望也。夫郊祀者，先王之大典，而夫子不得親見之於周也，故因魯之所行郊祀之禮而備言之耳〔三〕。《春秋》之書三望者，皆爲不郊而書也。或「卜郊，不從，乃免牲，猶三望」，或「郊牛之口傷，改卜牛，牛死。乃不郊，猶三望」，或「鼷鼠食郊牛角，改卜牛，鼷鼠又食其角，乃免牛。不郊，猶三望」〔四〕。《穀梁傳》曰：「乃者，亡乎人之辭也。猶者，可以已之辭也。」且夫魯雖不郊而猶有三望者存焉，此夫子之所以存周之遺典也。若曰可以已，則是周之遺典絶矣。或曰：魯郊，僭也。而夫子何存焉！曰：魯郊，僭也。而夫子不譏。夫子之所譏者，當其罪也。賜魯以天子之禮樂者，成王也。受天子之禮樂者，伯禽也。《春秋》而譏魯郊也，上則譏成王，次則譏伯禽。成王、伯禽不見於經，而夫子何譏焉。故曰「猶三望」者，所以存周之遺典也。范甯以三望爲海、岱、淮。《公羊》以爲太山、河、海。而杜預之説最備，曰：分野之星，及國中山川，皆因郊而望祭之。此説宜可用。謹對。

〔一〕「義」後原有「者」字，據郎本卷三刪。
〔二〕《文粹》卷十六作「閏月不告朔」，下同。
〔三〕「行」原作「得」，據郎本改。
〔四〕「或『鼷鼠食郊牛角』」云云二十四字，原缺，據《文粹》補。

問魯作丘甲 成元年

對。先王之爲天下也，不求民以其所不爲，不强民以其所不能，故其民優游而樂易。周之盛時，其所以賦取於民者，莫不有法，故民不告勞，而上不闕用。及其衰也，諸侯恣行，其所以賦取於民者，唯其所欲，而刑罰隨之，故其民至於窮而無告。夫民之爲農，而責之以工也，是猶居山者而責之以舟楫也。魯成公作丘甲，而《春秋》譏焉。《穀梁傳》曰：「古者農工各有職。甲，非人人之所能爲也。丘作甲，非正也。」而杜預以爲古者四丘爲甸，甸出長轂一乘，戎馬四匹，牛十二頭，甲士三人，步卒七十二人，而魯使丘出之也。夫四丘而後爲甸，魯雖重斂，安至於四倍而取之哉！哀公用田賦，曰二吾猶不足。而夫子譏其殘民之甚。未有四倍而取者也。且夫變古易常者，《春秋》之所譏也。故書作三軍、舍中軍、初稅畝、作丘甲、用田賦者，皆所以譏政令之所由變也。而《穀梁》、杜氏之說如此之相戾，安得不辨其失而歸之正哉！故愚曰《穀梁》之說是。謹對。

問雩月何以爲正

經之書雩者二十一，傳之發例者有三，其略見於僖十一年、成七年，其詳則見於定元年〔一〕。

對。雩者，先王所以存夫愛民之心而已也。天之應乎人君者，以其德，不以其言也。人君修其德，使之無愧乎其中，而又何禱也。雖然，當歲之旱也，聖王不忍安坐而視民之無告〔二〕，故爲之雩。雩者，先王之所以存夫愛人之心而已也。爲傳者不達乎此，而爲是非紛紛之論，亦可笑矣。《穀梁傳》曰：「月雩，正也。秋大雩，非正也。冬大雩，非正也。月雩之爲正，何也？其時窮，人力盡，是月不雨，則無及矣。雩之必待其時窮，人力盡，何也？雩者，爲旱請也。古人之重請。以爲非讓也。」嗚呼，爲民之父母，安視其急，而曰毛澤未盡，人力未竭，以行其區區之讓哉。愚以爲凡書雩者，記旱也。一月之旱，故雩書月。一時之旱，故雩書時。書雩之例，時、月而不日。唯昭公之末年，七月〔三〕，上辛，大雩。季辛，又雩。而昭公之雩，非旱雩也。《公羊》以爲又雩者，聚衆以逐季氏。然則旱雩之例，亦可見矣。《傳例》曰：「凡災異，歷日者月、歷月者時、歷時者加日。」又：「雩，記旱也。旱〔四〕，記災也。」故愚以此爲例。謹對。

〔一〕「經之書雩者二十一傳之發例者有三」云云三十四字，原缺，據《文粹》卷十六補。

〔二〕「王」原作「人」，今從《文粹》。

〔三〕「七月」原作「八月」，據郎本卷三改。羅考：《春秋》此事實在七月。

〔四〕「旱」原缺，據郎本補。

問大夫無遂事莊十九年　又僖三十年

對。《春秋》之書遂一也，而有善惡存焉，君子觀其當時之實而已矣。利害出於一時，而制之於千里之外，當此之時而不遂，君子以爲固。上之不足以利國，下之不足以利民，可以復命而後請，當此之時而遂，君子以爲專。專者，固所貶也，而固者，亦所譏也〔一〕。故曰：《春秋》之書遂一也，而有善惡存焉，君子觀其當時之實而已矣。公子結媵陳人之婦於鄄，遂及齊侯、宋公盟。《公羊傳》曰：「媵不書，此何以書？以其有遂事書。大夫無遂事，此其言遂何？大夫出疆，有可以安國家、利社稷，則專之可也。」公子遂如周〔二〕，遂如晉。《公羊》亦曰：「大夫無遂事。此其言遂何？公不得爲政也。」其書遂一也，而善惡如此之相遠〔三〕，豈可以不察其實哉。《春秋》者，後世所以學爲臣之法也。謂遂之不譏，則愚恐後之爲臣者，流而爲專。謂遂之皆譏，則愚恐後之爲臣者，執而爲固。故曰：觀乎當時之實而已矣。西漢之法，有矯詔之罪〔四〕，而當時之名臣，皆引此以爲據。若汲黯開倉以賑飢民，陳湯發兵以誅郅支，若此者，專之可也。不然，獲罪於《春秋》矣。謹對。

〔一〕《文鑑》卷一百十一「譏」作「議」。

〔二〕《文粹》卷十六「周」作「京師」。

〔三〕「遠」原作「遂」，誤刊，據郎本卷三改。

〔四〕《文粹》「詔」作「制」。

問定何以無正月定元年

對。始終授受之際，《春秋》之所甚謹也。無事而書首時，事在二月而書王二月，事在三月而書王三月者，例也。至於公之始年，雖有二月、三月之書，而又特書正月。隱元年：「春王正月；三月，公及邾儀父盟於蔑。」莊元年：「春王正月；三月，夫人孫於齊。」所以揭天子之正朔，而正諸侯之始也。《公羊傳》曰：「緣民臣之心，不可一日無君。緣始終之義，一年不二君。不可曠年無君。」故諸侯皆踰年即位而書正月。定公元年書曰：「王三月，晉人執宋仲幾於京師。」先儒疑焉，而未得其當也。嘗試論之。《春秋》十有二公，其得終始之正而備即位之禮者四，文公、成公、襄公、哀公也。攝而立，不得備即位之禮者一，隱公也。先君不以其道終，而已不得備即位之禮者六，桓公、莊公、閔公、僖公、宣公、昭公也。

先君不以其道終而又在外者二，莊公、定公也。在外踰年而後至者一，定公也。且夫先君雖在外不以其道終，然未嘗有踰年而後至者，則是二百四十二年未嘗一日無君，而定公之元年魯之統絶者自正月至於六月而後續也。正月者，正其君也。昭公未至，定公未立，季氏當國，而天子之正朔將誰正耶？此定之所以無正月也。《公羊傳》曰：「正月者，正卽位也。定無正月者，卽位後也。定、哀多微辭。」而何休以爲昭公出奔，國當絶，定公不得繼體奉正，故諱爲微詞。嗚呼，昭公絶而定公又不得立，是魯遂無君矣。《穀梁》以爲昭無正終，故定無正始。觀莊公元年書正，則不言而知其妄矣。謹對。

問初税畝宣十五年

對。古者公田曰藉，藉，借也〔一〕，言其借民力以治此也。《詩》曰：「雨我公田，遂及我私。」言民之必先公田也。《傳》曰：「私田稼不善，則非吏，公田稼不善，則非民。」言上之必卹私田也。民先其公，而上卹其私，故民不勞而上足用也〔二〕。宣公無恩信於民，民不肯盡力於公田，故按行擇其善畝而税之。《公羊傳》曰：「税畝者何？履畝而税也。」夫民不盡力於公田者，上之過也。宣公不責己悔過，而擇其善畝而税之〔三〕，宜其民之謗讟而災異之作也。税畝之明年冬，蝝生。《公羊傳》曰：「蝝生不書，此何以書？幸之也，猶曰受之云爾。上變古易常，應是而有天災，其諸則宜於此焉變矣。」何休以爲宣公懼災復古，故其後大有年。愚以爲非也。按《春秋》書「作三軍」，後又書「舍中軍」。書「躋僖公」，後又書「從祀先公」。事之復正，未嘗不書。宣公而果復古也，《春秋》當有不税畝之書。故何休之説，愚不信也。

謹對。

〔一〕「藉藉借也」兩「藉」字原作「籍」，今從郎本卷三。

〔二〕《文粹》卷十六「用」作「恩」。

〔三〕「而擇」之「而」原缺，據郎本補。

解一篇

易解十八變而成

四營爲一變，三變而一爻，六爻爲十八變也。三變之餘而四數之〔一〕，得九爲老陽，得六爲老陰，得七爲少陽，得八爲少陰。故曰乾之策二百一十有六〔二〕，坤之策百四十有四，取老而言也。凡九六爲老，七八爲少，其說未之聞也〔三〕。或曰：陽極於九，其次則七也。極者爲老，其次爲少，則陰當老於十而少於八也〔四〕。曰：陰不可加於陽，故十不用，十不用，猶當老於八而少於六也。則又曰：陽順而上，其成數極於九，陰逆而下，其成數極於六。自下而上〔五〕，陰陽均也，稺於子午，而壯於已亥，始於復姤〔六〕，而終於乾坤者，陰猶陽也，曷嘗有進陽而退陰與逆順之別乎？且夫自然而然者，天地且不能知，而聖人豈得與於其間而制其予奪哉！惟唐一行之學則不然。以爲《易》固言之矣，曰十有八變而成卦〔七〕，八卦而小成，則十有八變之間有八卦焉〔八〕，人莫之思也。變之初，有多少。其一變也，不五則九。其二與三也，不四則八。八與九爲多，五與四爲少。多少者，奇耦之象也。三變皆少，則乾之象也。乾所以爲老陽，而四數其餘得九，故以九名之。三變皆多，則坤之象也，坤所以爲老陰，而四數其餘得六，故以六名之。三變而少者一，則震坎艮之象也，震坎艮所以爲少陽，而四數其餘得七，故以七名之。三變而多者一，則巽離兑之象也，巽離兑所以爲少陰，而四數其餘得八，故以八名之。故七八九六者，因餘數以名陰陽，而陰陽之所以爲老少者，不在是而在乎三變之間，八卦之象也。此唐一行之學也。

〔一〕「而」原缺，據《外集》卷十八補。
〔二〕「曰」原缺，據《外集》補。
〔三〕《外集》「聞」作「詳」。
〔四〕「陰」原缺，據《外集》補。
〔五〕《外集》作「自上而下」。
〔六〕「姤」原作「垢」，據《外集》、《七集·續集》卷九改。
〔七〕「曰」原缺，據《外集》補。
〔八〕「十有八」之「有」，原缺，據《外集》補。

蘇軾文集卷七

邇英進讀

漢高祖赦季布唐屈突通不降高祖〔一〕

軾以謂漢高祖、唐高祖皆創業之賢君，季布、屈突通皆一時之烈丈夫。惟烈丈夫，故能以身殉主，有死無二。惟賢君，故能推至公之心不以私怨殺士。此可以爲萬世臣主之法〔二〕。

〔一〕郎本卷五十七作《季布屈突通》。

〔二〕郎本無「臣主」二字。

漢宣帝詰責杜延年治郡不進〔一〕

軾以謂古者賢君用人，無内外輕重之異，故雖杜延年名卿，不免出爲邊吏。治效不進〔二〕，則詰責之，既進，則褒賞之。所以歷試人才、考覈事功蓋如此。孝宣之治，優於孝文者以此也。馬周諫唐太宗，亦以爲言。治天下者，不可不知也。

〔一〕郎本卷五十七作「漢宣帝責杜延年」。

〔二〕郎本「效」作「郡」。

叔孫通不能致二生

軾以謂叔孫通制禮，雖不能如三代，然亦因時施宜，有補於世者。魯二生非之，其言未必皆當，通以謂不知時變，亦宜矣。然謹按揚子《法言》：昔齊魯有大臣，史失其名，或曰，如何其大也？曰，叔孫通欲制君臣之儀，聘先生於齊魯，所不能致者二人。由此觀之，大臣以道事君，不可則止，然後可以托六尺之孤，可以寄百里之命〔一〕。若與時上下，隨人俛仰，雖或適用於一時，何足謂之大臣爲社稷之衛哉！

〔一〕「可以」二字原缺，據郎本卷五十七補。

狄山論匈奴和親

軾謹按，漢制，博士秩皆六百石耳。然朝廷有大事，必與丞相御史九卿列侯同議可否。蓋親儒臣，尊經術，不以小臣而廢其言。故狄山得與張湯争議上前。此人臣之所甚難，而人主之所欲聞也。温顔以來之，虚懷以受之，猶恐不敢言，又況如武帝作色遷怒，致之於死乎？故湯之用事，至使盜賊半天下，而漢室幾亂，蓋起於狄山之不容也〔一〕。

〔一〕郎本卷五十七作「有以也夫」。

文宗訪鄭公後得魏謩

軾觀唐文宗覽貞觀事而思魏鄭公之後，亦有意於善治矣。雖然，唐室凌遲，未易興起，非高才偉人，無足以圖之。而信訓、注之狂謀，幾隕宗社。良可歎已。至於奬魏謩之極諫〔一〕，顧處於無過之地，亦賢君之用心也。

〔一〕郎本卷五十七「極」作「直」。

張九齡不肯用張守珪牛仙客

軾竊謂士大夫砥礪名節〔一〕，正色立朝，不務雷同以固祿位，非獨人臣之私義，乃天下國家所恃以安者也。若名節一衰，忠信不聞〔二〕，亂亡隨之，捷如影響。西漢之末，敢言者惟王章、朱雲二人，章死而雲廢，則公卿持祿保妻子如張禹、孔光之流耳〔三〕。故王莽以斗筲穿窬之才，盜取神器如反掌〔四〕。唐開元之末，大臣守正不回，惟張九齡一人。九齡既已忤旨罷相，明皇不復聞其過以致祿山之亂。治亂之機，可不慎哉！

〔一〕郎本卷五十七「竊」作「常」。

〔二〕郎本「信」作「言」。

〔三〕羅考：「則」上當有「餘」字。

〔四〕郎本「恣」作「盜」。

顏真卿守平原以抗安祿山〔一〕

軾以謂古者任人，無內外輕重之異，故雖漢宣之急賢，蕭望之之得君，猶更出治民，然後大用。非獨以歷試人材，亦所以維持四方，均內外之勢也。唐開元、天寶間，重內輕外，當時公卿名臣，非以罪責不出守郡，雖藩鎮帥守，自以爲不如寺監之僚佐，故郡縣多不得人。祿山之亂，河北二十四郡一朝降賊，獨有一顏真卿，而明皇初不識也。此重內輕外之弊，不可不爲鑒〔二〕。

〔一〕「安」原缺，據郎本卷五十七補。

〔二〕原作「可以爲鑒」，今從郎本。

漢武帝唐太宗優劣〔一〕

軾以謂古之賢君，知直臣之難得，忠言之難聞，故生盡其用，歿思其言，想見其人〔二〕，形於夢寐，亦可謂樂賢好德之主矣。漢武帝雄材大略，不減太宗。汲黯之賢，過虞世南。世南已死，太宗思之。汲黯尚存，武帝厭之。故太宗之治，幾至刑措，而武帝之政，盜賊半天下，由此也夫！

〔一〕郎本卷五十七作「唐太宗夢虞世南」。

〔二〕「人」原缺，據郎本補。

講筵進記

書韓維讀三朝寶訓

祕書監侍講傅堯俞始召赴資善堂，對邇英閣，堯俞致謝。上遣人宣召曰〔一〕：「卿以博學，參預講筵，宜尊所聞，以輔不逮。」堯俞講畢，曲謝。上復遣人宣諭：「卿講義淵博，多所發揮，良深嘉歎。」是日，上讀《三朝寶訓》。至「天禧中，有二人犯罪，法當死。真宗皇帝惻然憐之，曰：此等安知法？殺之則不忍，捨之則無以勵衆。乃使人持去，笞而遣之，以靳訖奏。又祀汾陰日，見一羊自擲道左，怪問之。曰：今日尚食殺其羔。真宗慘然不樂。自是不殺羊羔」。資政殿學士韓維讀畢，因奏言：「此特真宗皇帝小善爾。然推是心以及天下，則仁不可勝用也。真宗自澶淵之役却狄之後，十九年不言兵，而天下富。其源蓋出於此。昔孟子論齊王不忍殺觳觫之牛，以爲是心足以王，今恩足以及禽獸而不及於百姓〔二〕，豈不能哉，蓋不爲耳。外人皆云：皇帝陛下仁孝發於天性，每行見昆蟲螻蟻，違而過之，且勑左右勿踐履，此亦仁術也。臣願陛下推此心以及百姓，則天下幸甚。」某時爲右史，奏曰：臣今月十五日侍邇英閣，竊見資政殿學士韓維因讀《三朝寶訓》，至真宗皇帝好生惡殺，因論皇帝陛下在宮中不忍踐履蟲蟻，其言深切，可以推明聖德，益增福壽。臣忝備位右史，謹書其事於册。又録一本上進，意望陛下采覽，無忘此心，以廣好生之德，臣不任大願。

〔一〕「日」前原有「答」字，據明刊《文粹》卷四十一删。

〔三〕趙刻《志林》「而」後有「功」字。

策問

私試策問八首〔一〕

漢之變故有六〔二〕

問。人主莫不欲安存而惡危亡，然而其國常至於不可救者，何也？所憂者，非其所以亂與亡，而其所以亂與亡者，常出於其所不憂也。請借漢以言之，昔者高帝之世，天下既平矣，當時之所憂者，韓、彭、英、盧而已。此四王者，皆不能終高帝之世，相繼仆滅，而不復續。及至呂氏之禍，則猶異姓也〔三〕。呂氏既已滅矣，而吳、楚之憂，幾至於亡國。方韓、彭、呂氏之禍〔四〕，惟恐同姓之不蕃熾昌大也。然至其爲變，則又過於異姓遠矣。文、景之世，以爲諸侯分裂破弱，則漢可以百世而無憂。至於武帝，諸侯之難少衰，而匈奴之患方熾。則又以爲天下之憂，止於此矣。及昭、宣、元、成之世，諸侯王既已無足憂者，而匈奴又破滅臣事於漢。然其所以卒至於中絶而不救，則其所不慮之王氏也。世祖既立，上懲韓、彭之難，中鑒七國之變，而下悼王氏之禍，於是盡侯諸將，而不任以事，裁減同姓之封，而黜三公之權，以爲前世之弊盡去矣。及其衰也，宦官之權盛，而黨錮之難起，士大夫相與搤腕而遊談者，以爲天子一日誅宦官而解黨錮，則天下猶可以無事。於是外召諸將，而內脅其君。宦官既誅無遺類，而董卓、曹操之徒，亦因以亡漢。漢之所憂者凡六變，而其亂與亡，輒出於其所不憂，而終不可備。由此觀之，治亂存亡之勢，其皆有以取之歟？抑將不可推，如江河之徙移，其勢自有以相激，而不自知歟？其亦可以理推力救而莫之爲也？今將使事至而應之，患至而爲之謀，則天下之患，不可以勝防，而政化不可以勝變矣〔五〕。則亦將朝文而暮質，忽寬而驟猛歟？意者亦有可以長守而不變，雖有小患而不足卹者歟？願因論漢，而極言其所以然。

職官令錄郡守而用棄材〔六〕

問。昔三代之際，公卿有生而爲之者〔七〕，士有至老而不遷者。官有常人，而人有常心。故爲周之公卿者，非周、召、毛、原，則王之子弟也。發於畎畝，起於匹夫，而至於公相，蓋亦有幾人而已〔八〕，士之勤苦終身於學，講肄道藝，而修其廉隅，以邀鄉里之名者，不過以望鄉大夫賢能之書。其選舉而上，不過以爲一命之士。其傑異者至於大夫，極矣。夫周之世，諸侯爲政之卿，皆其世臣之子孫，則夫布衣之士，其進蓋亦有所止也。當是之時，士皆安其習而樂其分，不倦於小官，而挈爲之〔九〕，故其民事修而世務舉。及其後世不然，使天下旅進而更爲之，雖布衣之賢，得以驟進於朝廷，而士始有無厭之心矣。官事之不修，民事之不緝，非其不能，不屑爲之也。先王之用人，欲其人人自喜，終老而不倦，是以能盡其才。今以凡人之才，而又加之以既倦之意，其爲弊可勝言乎！今夫州縣之吏，有故而不得改官者，盤桓於州縣而不能去，久者不過以爲職官令録〔一〇〕，仕而達者，自縣宰爲郡之通守，自郡之通守以至郡守，爲郡守而無他才能，則盤桓於太守，而不得去。由此觀之，是職官令録與郡守四者，爲國家棄材之委，而仕不達者之所盤桓而無聊也。夫以太守之重，職官令録之近於民，而用棄材焉，使不達者盤桓於其職，此豈先王所以使人不倦之意歟？嗟夫，蓋亦有不得已也。居今之勢，何以使天下之士各安其分，而無輕於小官？何以使此四者流徙不倦，而無不自聊賴之意？其悉書於篇。

關中戰守古今不同與夫用民兵儲粟馬之術〔一〕

問。古者師出受成於學，兵固學者之所宜知也。今關中之事，又諸君之所親履而目見者。昔者六國之世，秦盡有今關中之地，地不加廣也，而東備齊，南備楚，近則備韓、魏，遠則備燕、趙，有敵國之憂，而無中原之助，然而當是時也，攘却西戎，至千餘里。今也天下爲一，獨以關中之地西備羌戎，三方無敵國之憂，而又内引百郡以爲助，惴惴焉自固之不暇。以百倍之勢，而無昔人分毫之功，此不可不論也。古之爲兵者，戍其地則用其地之民，戰其野則食其野之粟，守其國則乘其國之馬，以是外被兵而内不知，此所以百戰而不殆也。今則不然，戍邊用東北之人，糴糧用内郡之錢，騎戰用西羌之馬，是以一郡用兵而百郡騷然，此又不可不論也。昔者衛爲狄所滅，齊桓公以車三十乘封文公於楚丘，及其末年，至三百乘。故其詩曰：「匪直也人，秉心塞淵，騋牝三千。」以爲資之四夷，則衛之所近者莫若狄，當是時也，狄與衛爲仇讎，其勢必不以馬與衛，然則衛獨以何術而能致馬如此之多耶？今欲使被邊之郡自用其民〔二〕、自食其粟、自乘其馬，而不得其術，故願聞其詳。

廟欲有主祭欲有尸〔一三〕

問。三代之祭禮，其存者幾希矣，其全固不可以一日而復。然今天下郡縣通祀社稷、孔子、風伯、雨師與凡山川古聖賢之廟，此其禮尤急而不可闕者也。武王伐商，師渡盟津，有宗廟，有將舟。將舟，社主在焉。則是社稷有主也。古者師行載遷廟之主，無遷廟則以幣玉，爲廟不可一日虚主也。一日虚主猶不可，若無主而爲廟，可乎？是凡廟皆當有主也。今郡縣所祭〔一四〕，未嘗有主，而皆有土木之像，夫像安出哉。古者祭莫不有尸，《詩》有靈星之尸，則祭無所不用尸也。祭而不用尸者，是始死之奠也。不然，則是祭殤也。今也舉不用尸，則如勿祭而已矣。儒者治禮，至其變，尤謹嚴而詳。今之變主爲像與祭而無尸者，果誰始也？古者坐於席，故籩豆之長短，簠簋之高下，適與人均。今土木之像，既已巍然於上，而列器皿於地，使鬼神不享，則不可知，若其享之，則是俯伏匍匐而就也。鬼神不能諄諄與人接也，故使尸嘏主人〔一五〕。今也無尸，而受胙於虚位，不亦鄙野可笑矣！夫今欲使廟皆有主，祭皆有尸，不知何道而可？願從諸君講求其遺制，合於古而便於今者。

孔子贊易有申爻辭而無損益者〔一六〕

問。《易》之爲書，要以不可爲必然可指之論也。其始有畫而無文，後世聖人始爲之辭，蓋亦微見其端，而其或爲仁，或爲義，或小或大，則付之後世學者之分。然世益久遠，則學者或入於邪説，故凡孔子之所爲贊《易》者，特以防閑其邪説，使之從横旁午要不失正，而非以爲必然可指之論也。是故其用意廣而其辭約。竊嘗深觀之，孔子蓋有因爻辭而申言之，若無所損益於其辭之義者甚衆。《比》之初六，有孚比之，无咎。有孚盈缶，終來，有它吉。象曰：《比》之初六，有它吉也。《小畜》之初九，復自道，何其咎，吉。象曰：復自道，其義吉也。《損》之六四，損其疾，使遄有喜。象曰：損其疾，亦可喜也。《大有》之上九，自天祐之，吉，無不利。象曰：大有上吉，自天祐也。夫既已言之矣，而孔子又申言之，使無所損益於其辭之義，則孔子固多言也。乃孔子則有不勝言者。故願與諸君論之。

賞功罰罪之疑〔一七〕

問。古之爲爵賞，所以待有功也。以爲有功而後爵，天下必有遺善，是故有無功而爵者，六德六行以興賢能〔一八〕，是也。古之爲刑罰，所以待有罪也。以爲有罪而後罰，則天下必有遺惡，是故有無罪而罰者，行僞而堅，言僞而辯〔一九〕，學非而博，順非而澤，以疑衆殺，是也。夫人之難知，自堯舜病之。惟幸其有功，故有以爲賞之之名。惟因其有罪，故有以爲罰之之狀。而天下不争。今使無功之人，名之以某德而爵之；無罪之人，狀之以某惡而誅之。則天下不知其所從，而上亦將眊亂而喪其所守。然則古之人將何以處此歟？方今法令明具，政若畫一，然猶有冒昧以僥倖，巧詆以出入者，又況無功而賞、無罪而罰歟？古之人將必有以處此也。

王弼引論語以解易其説當否〔二〇〕

問。聖人之言，各有方也。苟爲不達，執其一方，而輒以爲常，則天下之惑者，不可以勝原矣。昔者孔子以爲喪欲速貧，死欲速朽，而有子以爲非君子之言，乃孔子則有所由發也。善乎，有子之知孔子也。《語》曰：「禘自既灌而往者，吾不欲觀之。」《易》曰：「觀，盥而不薦。」《語》曰：「吾豈匏瓜也哉！安能繫而不食？」《易》曰：「以杞匏瓜，有隕自天。」是二者其言則同，而其所以言者，可得爲同歟？王弼之於《易》，可以爲深矣，然因其言之適同，遂以爲訓，使學者不得不惑。亦不可不辨。

諸子更相譏議〔二一〕

問。古之作者，苟非聖人，皆有所偏。徇其偏則已流，廢其長則已苛。二者皆非所謂善學也。君子以其身之正，知人之不正，以人之不正，知其身之有所未正也。既以正人，又反以正己。此所以寡過而成名也。昔者韓子論荀、揚之疵，而韓子之疵，有甚於荀、揚。荀卿譏六子之蔽，而荀卿之蔽不下於六子。班固之論子長也，以爲是非謬於聖人，而范曄之論班固也，以爲目見毫毛而不見睫。自今而觀之，不知范氏之書，其果逃於目睫之論也歟？其未也？而莫或正之。故願聞數子之得失。非務以相高而求勝，蓋亦樂夫儒者之以道相正也。

〔一〕此八首，除《關中戰守古今不同與夫用民兵儲粟馬之術》一首見郎本卷二十二外，餘皆見卷二十三。郎本卷二十二、二十三，總題均作《策問》。

〔二〕此分題，原缺，據郎本卷二十三補。《文粹》卷三十二有此分題，「變」作「禍」。

〔三〕郎本「猶」作「由」。

〔四〕「方」原作「乃」，據集甲卷二十一、郎本改。

〔五〕「政」原作「教」，據集甲、郎本改。

〔六〕此分題原缺，據郎本卷二十三補。

〔七〕「生」原作「世」，今從集甲卷二十一。

〔八〕「蓋」前原有「則」字，據郎本删。

〔九〕「挈」原作「絜」，今從集甲。郎本「挈」作「力」。

〔一〇〕郎本「久」作「舉」。

〔一一〕此分題原缺，據郎本卷二十二補。《文粹》卷三十二有此分題，「兵儲粟馬之術」作「之難易」。

〔一二〕「邊」原作「兵」，今從郎本。

〔一三〕此分題原缺，據郎本卷二十三補。

〔一四〕郎本「祭」作「祀」。

〔一五〕郎本「人」作「之」。

〔一六〕此分題原缺，據郎本卷二十三、《文粹》卷三十二補。

〔一七〕此分題原缺，據郎本卷二十三補。

〔一八〕「能」原作「人」，今從郎本。

〔一九〕「辯」原作「辨」，今從《文粹》。

〔二〇〕此分題原缺，據郎本卷二十三補。

〔二一〕此分題原缺，據郎本卷二十三補。《文粹》卷三十二此分題作《韓子論荀揚荀卿議六子班固論子長范曄論班固》。

永興軍秋試舉人策問

漢唐不變秦隋之法近世乃欲以新易舊〔一〕

問。昔漢受天下於秦，因秦之制，而不害爲漢。唐受天下於隋，因隋之制，而不害爲唐。漢之與秦，唐之與隋，其治亂安危至相遠也，然而卒無所改易〔二〕，又況於積安久治，其道固不事變也〔三〕。世之君子，以爲善人爲邦百年，可以勝殘去殺。病其説之不效，急於有功，而歸咎於法制。是以頻年遣使冠蓋相望於道，以求民之所患苦。罷去茶禁，歸之於民，不以刑獄委任武吏，至於考功取士，皆有所損益。行之數年，卒未有其成，而紛紜之議，争以爲不便。嗟乎，此特其小者耳。事之可變，將復有大於此者。今欲盡易天下之驕卒，以爲府兵，盡驅天下之異教，以爲齊民，盡覈天下之惰吏〔四〕，以爲考課，盡率天下之游手〔五〕，以爲農桑，其爲拂世厲俗，非特如今之所行也。行其小者，且不能辨，則其大者又安敢議。然則是終不可變歟？抑將變之不得其術歟〔六〕？將已得其術，而紛紜之議不足卹歟？無乃其道可變而不在其迹歟？所謂勝殘去殺者，其卒無效歟？願條其説。

〔一〕「漢唐不變秦隋之法近世乃欲以新易舊」十六字原缺，據郎本卷二十三、《文粹》卷三十二補。
〔二〕郎本「卒」作「率」。
〔三〕郎本「固」作「故」。
〔四〕郎本「覈」作「激」。
〔五〕「手」原作「士」，今從《文粹》。
〔六〕「抑」原缺，據郎本補。

國學秋試策問二首

勤而或治或亂斷而或興或衰信而或安或危〔一〕

問。所貴乎學士大夫者，以其通古今而考成敗也。昔之人嘗有以是成者，我必襲之，嘗有以是敗者，我必反之。如是其可乎？昔之爲人君者，患不能勤。然而或勤以治，亦或以亂。文王之日昃，漢宣之厲精，始皇之程書，隋文之傳餐，其爲勤一也。昔之爲人君者，患不能斷。然而或斷以興，亦或以衰。晉武之平吳，憲宗之征蔡，苻堅之南伐，宋文之北侵，其爲斷一也。昔之爲人君者，患不能信其臣〔二〕。然而或信以安，亦或以危。秦穆之於孟明，漢昭之於霍光，燕噲之於子之，德宗之於盧杞，其爲信一也。此三者，皆人君之所難，有志之士所常咨嗟慕望曠世而不獲者也〔三〕。然考此數君者，治亂、興衰、安危之效，相反如此，豈可不求其故歟？夫貪慕其成功而爲之，與懲其敗而不爲，此二者皆過也。學者將何取焉！按其已然之迹，而詆之也易〔四〕；推其未然之理，而辨之也難。是以未及見其成功，則文王之勤，無以異於始皇。而方其未敗也，苻堅之斷，與晉武何以辨〔五〕。請舉此數君者得失之源所以相反之故，將詳觀焉。

隋文帝戶口之蕃倉廩府庫之盛〔六〕

問。古者以民之多寡，爲國之貧富。故管仲以陰謀傾魯梁之民，而商鞅亦招三晉之人以并諸侯。當周之盛時，其民物之數登於王府者，蓋拜而受之。自漢以來，丁口之蕃息，與倉廩府庫之盛，莫如隋。其貢賦輸籍之法，必有可觀者。然學者以其得天下不以道，又不過再世而亡，是以鄙之而無傳焉。孔子曰：「不以人廢言。」而況可以廢一代之良法乎？文帝之初，有戶三百六十餘萬，平陳所得又五十萬，至大業之始，不及二十年，而增至八百九十餘萬者，何也？方是時，布帛之積，至於無所容，資儲之在天下者，至不可勝數。及其敗亡塗地，而洛口諸倉，猶足以致百萬之衆。其法豈可少哉！國家承平百年，戶口之衆，有過於隋。然以今之法觀之，特便於徭役而已，國之貧富何與焉。非徒無益於富，又且以多爲患。生之者寡，食之者衆，是以公私枵然，而百弊並生。夫立法創制，將以遠迹三代〔七〕，而曾隋氏之不及，此豈不可論其故哉？

〔一〕此分題原缺，據郎本卷二十二、《文粹》卷三十二補。

〔二〕「能」原缺，據郎本補。

〔三〕「常」原作「嘗」，今從集甲卷二十一、郎本、《文鑑》卷一百二十四。

〔四〕《文鑑》「詆」作「爲」。

〔五〕「以」原缺，據《文鑑》補。

〔六〕此分題原缺，據郎本卷二十二、《文粹》卷三十二補。

〔七〕郎本「迹」作「追」。

試館職策問三首

師仁祖之忠厚法神考之勵精〔一〕

問。《傳》曰：「秦失之强，周失之弱。」昔周公治魯，親親而尊尊，至其後世，有寖微之憂。太公治齊，舉賢而上功，而其末流，亦有争奪之禍。夫親親而尊尊，舉賢而上功，三代之所共也。而齊魯行之，皆不免於衰亂，其故何哉？國家承平百年，六聖相授，爲治不同，同歸於仁。今朝廷欲師仁祖之忠厚，而患百官有司不舉其職，或至於媮。欲法神考之勵精，而恐監司守令不識其意，流入於刻。夫使忠厚而不媮，勵精而不刻，亦必有道矣。昔漢文寬仁長者，至於朝廷之間，恥言人過，而不聞其有怠廢不舉之病。宣帝綜核名實，至於文學理法之士〔二〕，咸精其能，而不聞其有督責過甚之失。何修何營可以及此？顧深明所以然之故，而條具所當行之事，悉著於篇，以備採擇。

兩漢之政治〔三〕

問。古之君子，見禮而知俗，聞樂而知政，於以論興亡之先後。考古以證今〔四〕，蓋學士大夫之職，而人主與羣臣之所欲聞也。請借漢而論之。西漢十二世，而有道之君六，雖成、哀失德，禍不及民，宜其立國之勢，强固不拔，而王莽以斗筲穿窬之才，談笑而取之。東漢自安、順以降，日趨於衰亂，而桓、靈之虐，甚於三季，其勢宜易動，而董、呂、二袁，皆以絶人之姿，欲取而不敢，曹操功蓋天下，其才百倍王莽，盡其智力，終身莫能得。夫治亂相絶，而安危之效，相反如此。願考其政，察其俗，悉陳其所以然者。

冗官之弊水旱之災河決之患〔五〕

問。國家及閑暇無事時，闢三館以儲士，既命丞弼之臣，各舉其所知，又詔有司發策而訪焉，非獨以觀子大夫之能，抑亦欲聞天下之要務〔六〕，決當今之滯論也。官冗之弊久矣，而近歲尤甚。文武之吏，待次於都下者，幾數千人。坐視而不救歟？則下有食貧失職之歎。裁損入流，減削任子以救之歟？則上有傷恩失士之憂〔七〕。河朔之民，不安其居久矣，一遇水旱，則扶老攜幼，轉徙而南。下令而禁之歟？則民違死而趨生，令必不行。聽其南而不禁歟？則河朔漸空，而流民聚於南方，有足憂者。河自近歲屢決而西，聽其西而不塞歟？則汎濫千里，農民失業。塞而歸之故道歟？則水未必聽，或至於齧壞都邑。此三者，皆安危之所係，利害相持而未決者也。子大夫講之熟矣。願聞其説。

〔一〕此分題原缺，據郎本卷二十二、《文粹》卷三十二補。
〔二〕「學」、「法」二字原缺，據《文粹》補。
〔三〕此分題原缺，據郎本卷二十二、《文粹》卷三十二補。《文粹》無「之」字。
〔四〕集甲卷二十二、郎本「證」作「詔」，《七集·前集》作「詔」。
〔五〕此分題原缺，據郎本卷二十二、《文粹》卷三十二補。
〔六〕「亦」原缺，據郎本補。
〔七〕郎本「士」作「事」。

省試策問三首

漢文帝之行事有可疑者三〔一〕

問。《孟子》曰：「君仁莫不仁，君義莫不義，君正莫不正，一正君而國定。」君子之至於斯也，亦可謂用力省而成功博矣。陛下嗣位於今四年，未言而民信之，無爲而天助之〔二〕，雖羣臣有司，不足以識知盛德之所在，然竊意其萬一，殆專以仁孝禮義好生納諫治天下也。子大夫生於此時，而又以德行道藝賓興於廷，將必有意於《孟子》之言正君而國定，願聞所謂一言而興邦、修身而天下服者。夫堯舜尚矣，學者無所復議。自漢以來，道德純備，未有如文帝者也。今考其行事，而可疑者三。上林令，吏之不才，而虎圈嗇夫，才之過人者也，才者見而不録〔三〕，不才者置而不問。則事之不廢壞者有幾？然則兵偃刑措，何從而致之？南越不臣，寵以使者，吴王不朝，賜以几杖，此與唐之陵夷，藩鎮自立以邀旄鉞者何異，不幾於姑息苟簡之政歟？《傳》曰：「三王臣主俱賢。五霸不及其臣。文帝不見賈生，自以爲過之，既見，不如也。文帝豈霸者歟？帝自以爲不如，而魏文帝乃以爲過之，此又何也？抑過之爲賢歟？將自謂不如爲賢歟？漢文之所以爲文，殆以是三者，而可疑如此。故願與子大夫論之，以待上問而發焉。

宰相不當以選舉爲嫌〔四〕

問。《易》曰：「神而明之，存乎其人。」《詩》曰：「無競惟人，四方其訓之。」文武之功，未有不以得人而成者也。仲尼，旅人也，而門人可使南面。重耳，亡公子也，而從者足以相國。漢之得人，盛於武、宣，皆拔之芻牧之中，而表之公卿之上。世主不以爲疑，士大夫不以爲嫌者，風俗厚而論議正也。宋蔡廓爲吏部尚書，黄散以下，皆得自用，而廓以爲薄己。今自宰相不得專選舉，一命以上，皆付之定法〔五〕，此何道也。昔常衮當國，雖盡公守法，而賢愚同滯，天下譏之〔六〕。及崔貽孫相，不及一年，除吏八百，多其親舊，號稱得人。故建中之政，幾同貞觀。夫使宰相守法如常衮，則不免於賢愚同滯之譏，用人如貽孫，則必有威福下移之謗，欲望得人於微陋之中，而成功於繩墨之外，豈不難哉！子大夫學優而求用者也，當何施於今，而免於斯二者？願極言之。

省冗官裁奉給〔七〕

問。歷觀前世，天下初定，民始休息，下既厭亂而思静，上亦虚心而無作，是以公私富溢，刑罰清省，及其久安無變，則夸者喜名，智者貪功，生事以爲樂，無病而自灸，則天下騷然，財屈力殫，而民始病矣。自漢以來，鮮不由此。漢初，置郡不過六十，而文、景之化，幾致刑措。及唐中葉，列三百州，爲千四百縣，而政益荒。是時宿兵八十餘萬，民去爲商賈，度爲佛老，雜入科役，率常十五。天下常以勞苦之人三，奉坐待衣食之人七。流弊之極。至元和中，乃命段平仲、韋貫之、許孟容、李絳一切蠲減，凡省冗官八百員，吏千四百員。民以少紓，而上下相安，無刻核之怨〔八〕。今朝廷無事，百有餘年，雖六聖相授，求治如不及，而吏惰民勞，蓋不勝弊。今者驕兵冗官之費，宗室貴戚之奉，邊鄙將吏之給，蓋十倍於往日矣。安視而不卹歟？則有民窮無告之憂。以義而裁之歟？則有拂逆人情之患。夫元和之世，彼四子者，何獨能之。子大夫雖未仕，其詳有所不知，而救此之道，當講其要，願悉著於篇。

〔一〕此分題原缺，據郎本卷二十二、《文粹》卷三十二補。郎本題下註文：「進士省試題。」
〔二〕郎本「天」作「民」。
〔三〕郎本「見」作「遺」。
〔四〕此分題原缺，據郎本卷二十二、《文粹》卷三十二補。
〔五〕郎本「付」前有「得」字。

〔六〕郎本「讖」作「苦」。

〔七〕此分題原缺，據郎本卷二十二、《文粹》卷三十二補。

〔八〕郎本「怨」作「患」。

省試宗室策問

漢唐宗室之盛與本朝教養選舉之法〔一〕

問。昔周之盛時，其卿士皆周、召、毛、原，非王之伯叔父，則其子弟也。至兩漢間、平、歆、向〔二〕，世不乏人。而唐之宗室最近而易考，武畧如道宗、孝恭，文章如白與賀者，不可以一二數。而以宰相進者，有九人焉。嗚呼！何其盛也。建隆以來，不以吏事責宗子，雖有文武異才，終身不試。先帝獨見遠覽，恩義並用，增修教養之法，肇開選舉之路，蓋十有餘年矣。罷朝請而走郡縣，釋膏粱而治簿書者，固不爲少。然名字暴著，可以追配古人者，蓋未之見焉。意者謙畏慎默，而不自獻歟？將教養選舉之法，有所缺而未明歟？其悉著於篇，以俟採擇。

〔一〕此分題原缺，據郎本卷二十二補。

〔二〕「平」原作「有若」，郎本同。今從集甲。案：「間、平、歆、向」，皆漢之宗室。

策問六首〔一〕

五路之士

昔人有言，鄒魯守經學，齊楚多辨智〔二〕，韓魏時有奇節。自漢以來，豪傑之士，多出山東山西。國家承平百年〔三〕，文武並用，所以輔成人才者，可謂至矣。而五路學者，尚未逮古。豈山川氣俗有今昔之殊？將教養課試之法未得其要？各以所習之經，聞於師者著於篇。

農政

古者有勸農之官，力田之科，與孝弟同。而自漢以來，率用户口登耗，黜陟守宰。今民去南畝而游市井者，官不禁，載耒耜而適四方者，闕不譏也。户口盈縮無復賞罰，此豈治世所當然耶？今欲依古義爲農桑之政，計户口而爲考課之法〔四〕，而議者或以爲無益有擾，有司惑焉，當何施而可？

禮刑

古者禮刑相爲表裏，禮之所去，刑之所取。《詩》曰：「淑問如臯陶，在泮獻囚。」而漢之盛時，儒者皆以《春秋》斷獄。今世因人以立事，因事以立法，事無窮而法日新，則唐之律令，有失於本矣，而況《禮》與《春秋》儒者之論乎？夫欲追世俗而忘返，則教化日微，泥經術而爲斷，則人情不安。願聞所以折衷於斯二者〔五〕。

古樂制度

問。聖人之治天下，使風淳俗美者，莫善於樂也。去聖既遠，咸莖韶濩，間無遺聲。所可見者周之制。而《周官》苦戰國附益，傳籍出暴秦之煨燼，其記載亡幾，又復駁異難較，雖傳稱神瞽考中聲以立鈞出度，則律先於度，《周官》由嘉量然後見聲，則量先於律。傳載先王作七聲，而《周官》之法，則曰「黃鐘爲宮，大呂爲角，大簇爲徵，應鍾爲羽」。則聲止於四而闕其三，律同其三而異其二。至於其間雖有制度，反復可見，而先儒説釋，又加謬妄。歌奏二事而曰相通，其音果和耶？圜極兩統皆有所避，其法果當耶？法之二三，樂不可正，後世雖欲淳天下風，美天下俗，將何以哉？

漢封功臣

問。漢皇嘗言吾運籌得子房，給餽餉得蕭相國，而攻取以韓信。此其所以取天下，則諸臣就功，宜無與三傑比矣。及平定次功，何以守關爲第一，是亦宜矣。於功次宜在子房、韓信，而良位乃居六十四，信復不爲位次，乃用曹參次何。功出信下，則高祖當言戰必勝攻必取在參矣。且十八侯功次，以周勃、樊噲、酈商、灌嬰非次參爲諸公上，宜若未安也。如張敖、奚涓、靳歙、王吸、薛歐、蟲達輩非無顯功於世，而先諸公，何謂也？且書丹血盟山河並久，宜其次功無輕重差繆，乃可以安天下雄傑而無怨謀，豈張、奚輩大功在世而難於料耶，不然，何甚也？又高祖始封大侯不過萬家，小者五六百户。及文、景世，諸侯號爲强盛，乃大者至三四萬户，小國者自倍耳。及功臣不能自終，七國謀釁，議者常咎高皇封國過制使然耳。《周禮》「公五百里」，蓋不啻三四萬户矣，奚至卒長久安寧而漢易爲閑隙耶？

復古

問。《春秋》之法，變古則譏之，復古則大之。明乎古之不可易，易則亂矣。觀秦、漢之治，率然以其制易古之制，故卒以是至於敗亂者，有由然矣。雖然，由秦、漢而下距至今，去古愈遠，幸一旦思復，則又懼牽制泥古之失，否則《春秋》之所譏，然則果復之爲可耶，抑亦從時之變爲可也？幸究微以要聖人之中。

〔一〕以下六首，據《外集》卷十七，分别加「五路之士」、「農政」等爲分題。
〔二〕「智」原作「知」，今從《七集·續集》卷九、《外集》。
〔三〕「百」原作「有」，今從《七集·續集》、《外集》。
〔四〕「而」原作「□」，據《七集·續集》、《外集》補。
〔五〕「於」原缺，據《七集·續集》、《外集》補。

私試策問

人與法並用〔一〕

問。任人而不任法，則法簡而人重。任法而不任人，則法繁而人輕。法簡而人重，其弊也，請謁公行而威勢下移。法繁而人輕，其弊也，人得苟免，而賢不肖均。此古今之通患也。夫欲人法並用，輕重相持，當安所折衷？使近古而宜今，有益而無損乎？今舉於禮部者，皆用糊名易書之法，選於吏部者，皆用長守不易之格。六卿之長，不得一用其意，而胥吏姦人，皆出沒其間。此豈治世之法哉！如使有司皆若唐以前，得自以其意進退天下士大夫，官吏恣擅，流言紛紜之害〔二〕，將何以止之？夫古之人，何修而免於此？夫豈無術，不講故也。願聞其詳。

〔一〕「人與法並用」五字原缺，據郎本卷二十三補。《文粹》卷三十二作「取人用人之法」。

〔二〕郎本「害」作「禍」。

擬殿試策問

皇帝若曰：嗚呼，維天佑民，實相乃后，錫以多士，咸造在廷，顧朕不德，何以致此？永惟子大夫釋畎畝之安、輕千里之遠而從朕遊者，夫豈爲利祿哉！聞之於師，而欲獻之於君；修之於家，而欲刑之於國者：子大夫之本意也。朕願聞之。朕即位改元，於今三年，縱未及孔子之有成，猶當庶幾於子路之言有勇且知方者，而風俗未厚，刑政未清，陰陽未和，厥咎安在？朕虛心忘己以來衆言，而朝廷闕失之政，斯民利害之實，有所未聞；含垢藏疾以待四夷，而羌戎未敘，兵不得解；施舍已責，捐利與民，而農民未安，商旅不行。此三者，朕之所疑，日夜以思而未獲者也。其悉言之，無有所隱，朕將親覽焉。

雜策

禹之所以通水之法

自禹而下至於秦，千有餘年，濱河之民，班白而不識濡足之患。自漢而下，至於今數千年，河之爲患，緜緜而不絕。豈聖人之功烈，至漢而熄哉？方戰國之用兵，國於河之壖者，三晉爲多。而魏文侯時，白圭治水，最爲有功，而孟子譏其以鄰國爲壑。自是之後，或決以攻，或溝以守，新防交興，而故道旋失。然聖人之跡，尚可以訪之於耆老。秦不亟治而遺患於漢，漢之法又不足守。夫禹之時，四瀆唯河最難治，以難治之水，而用不足守之法，故歷數千年而莫能以止也。聖人哀憐生民，謀諸廊廟之上左右輔弼之臣，又訪諸布衣之間，苟有所懷，孰敢不盡。蓋陸人不能舟，而没人未嘗見舟而便操之，親被其患，知之宜詳。當今莫若訪之海濱之老民，而興天下之水學。古者，將有決塞之事，必使通知經術之臣，計其利害，又使水工行視地勢，不得其工，不可以濟也。故夫三十餘年之間，而無一人能興水利者，其學亡也。《禹貢》之説，非其詳矣。然而高下之勢，先後之次，水之大小，與其蓄洩之宜，而致力之多少，亦可以概見。大抵先其高而後低下，始於北之冀州，而東至於青、徐，南至於荆、揚，而西訖於梁、雍之間。江、河、淮、泗既平，而衡、漳、洚水，伊、洛、瀍、澗之屬，亦從而治。濬畎澮，導九川，豬大野，陂九澤，而蓄洩之勢便。兗州作十三載，而嵎夷既畧，故其用力，各有多少之宜，此其凡也。孟子曰：「禹之治水也，水由地中行。」此禹之所以通其法也。愚竊以爲治河之要，宜推其理，而酌之以人情。河水湍悍，雖亦其性〔一〕，然非堤防激而作之，其勢不至如此。古者，河之側無居民，棄其地以爲水委。今也，堤之而廬民其上，所謂愛尺寸而忘千里也。故曰堤防省而水患衰，其理然也。

〔一〕「亦」原缺，據《七集・續集》卷九補。

修廢官舉逸民

古者民羣而歸君，君擇臣而教其民，其初蓋甚簡也。唐虞以來，頗可見矣。歷夏、商至周，法令日滋，而官亦隨益，故其數三百六十，蓋亦有不得已也。《書》曰：「唐虞稽古，建官惟百。」又曰：「夏商官倍，亦克用乂。」言其官雖多於古，而天下亦以治也。周之衰也，宣王振之，號爲中興。而重黎之後失其守，而爲司馬氏，陵遲至孔子之時，周公之典蓋壞矣。卿世卿，大夫世大夫，而賢者無以進。孔子慨然而嘆，欲修廢官，舉逸民，以歸天下之心，行四方之政，而《春秋》亦譏世祿之臣，蓋傷時之至也。自秦更三代之制，官秩一變，漢循其舊，往往增置，歷世沿襲，以至於今，遂爲大備。愚恐冗局之耗民，而未知廢官之可舉也。然古之官，其名存其實亡者多矣。司農卿不責以金穀之虛贏，尚書令不問以百官之殿最，此豈非王體之重歟？國家自天聖中，詔天下以經術古文爲事，自是博學之君子，莫不羣進於有司，然所以待之之禮未盡，故潔廉難合之士，尚未盡出，今優其禮，而天下之逸民至矣。且夫山巖林谷之士，雖有豪傑之才，固未知有簿書吏事也，而剛毅訐直，不識諱忌，故先王置之拾遺補闕之間，此其屬任之方也。噫，自孔子没，世之君子安其富貴，而不復思念天下有廢而不修之官，逸而不舉之民，今明策丁寧而求之，以發孔子千載之長憂，此天下之幸也。

天子六軍之制

《周禮》之言田賦夫家車徒之數，聖王之制也。其言五等之君，封國之大小，非聖人之制也，戰國所增之文也。何以言之？按鄭氏説，武王之時，周地狹小，故諸侯之封，及百里而止。周公征伐不服，斥大中國，故大封諸侯，而諸公之地至五百里。不知武王之時，何國不服，而周公之所征伐者誰也？東征之役，見於詩書，豈其廓地千里，而史不載耶？此甚可疑也。周之初，諸侯八百，春秋之世，存者無數十。鄭子産有言：「古者大國百里，今晉、楚千乘，若無侵小，何以至此？」子産之博物，其言宜可信。先儒或以《周禮》爲戰國陰謀之書，亦有以也。《王制》，公侯百里，伯七十里，子男五十里，而孟子之説亦如此。此三代之通法。魯之車千乘，僭也。《春秋》大蒐、大閲，皆以譏書。言其車之多、徒之衆，非魯之所宜有，故曰大也。夫周之制，四丘爲甸，甸出長轂一乘，魯之無千甸之封亦明矣。然公車、千乘之見於《詩》，何也？孟子曰：「説詩者不以文害辭，不以辭害意。」天子之馬止於十二閑，而《詩》有「騋牝三千」，美其富不譏其僭，不害其爲詩也。夫千乘之積，雖爲七萬五千人，而有羨卒處其半焉。故三萬者，公徒而已。魯襄公之十一年，初作三軍，僖公之世，未至於三萬。愚又疑夫詩人張而大之也。

休兵久矣而國益困

中國之有夷狄之患，猶人之有手足之疾也。不忍藥石之苦，針砭之傷，一旦流而入於骨髓，則愚恐其苦之不止於藥石，而傷之不止於針砭也。中國以禽獸視二虜，故每歲啖以厚利，使就羈紲。聖人之愛中國，而不欲殘民之心，古未嘗有矣。然夷狄貪惏，漸不可啓，日富日驕，久亦難制。故自寶元以來，賦斂日繁，雖休兵十有餘年，而民適以困者，潛削而不知也。昔先皇帝震怒〔一〕，舉大兵問罪匈奴，師不踰時，而醜虜就盟。西夏之役，邊臣治兵振旅，不及數年，旋亦解甲。彼其時之費，與今無已之路，不可以同日而語矣。天子恭儉，過於文、景，百官奉法，無敢踰僭，而二虜者實殘吾民，此天下雄俊英偉之士，所以搤腕而太息也。且夫舉天下之大而誅數縣之虜，故上下交足，而內外莫不歡欣；棄有限之財，而塞無厭之心，故取於民者愈多，而藏於國者愈急。此天下之所明知而易達之理，惟上之人實圖之。

〔一〕「震」原作「振」，今從《七集・續集》卷九。

關隴游民私鑄錢與江淮漕卒爲盜之由

三代之所以養民者備矣。農力耕而食，工作器而用，商賈資焉而通之於天下。其食無不義之食也，其器無不義之器也，商賈通之而不以不義資之也。夫以飲食器用之利，而皆以義得焉，使民之所以要利者，非義無由也。後之世，賦取無度，貨幣無法，義窮而詐勝。夫三代之民，非誠好義也，使天下之利，皆出於義，而民莫不好也。後之所以使民要利者〔一〕，非詐無由也。是故法令日滋，而弊益煩，刑禁甚嚴，而姦不可止。嗚呼！久矣，其如此也。治其本，朝令而夕從，救其末，百世不改也。私鑄之弊，始於錢輕，使錢之直若金之直，雖賞之不爲也。今秦蜀之中，又裂紙以爲幣，符信一加，化土芥以爲金玉，奈何其使民不奔而效之也。夫樂生而惡死者，天下之至情也。我且以死拘之，然猶相繼而赴於市者，飢寒驅其中，而無以自生也。曰：等死耳，而或免焉。漕卒之愆，生於窮乏而無告，家乎舟楫之上，長子孫乎江淮之間，布褐不完，藜藿不給，大冬積雪，水之至涸，而龜手爛足者，累歲不得代，不爲盜賊，無所遑志，若稍優其給而代其勢，宜亦衰息耳。夫見利而不動者，伯夷、叔齊之事也；窮困而不爲不義者，顏淵之事也。以伯夷、叔齊、顏淵之事而求之無知之民，亦已過矣。故夫廷尉、大農之所患者，非民之罪也，非兵之罪也，上之人之過也。

〔一〕「者」原缺，據《七集·續集》卷九補。案：以上有「使民之所以要利者」句。

蘇軾文集卷八

策

策總敍〔一〕

臣聞有意而言，意盡而言止者，天下之至言也。蓋有以一言而興邦者，有三日言而不輟者。一言而興邦，不以爲少而加之毫毛。三日言而不輟，不以爲多而損之一辭。古之言者，盡意而不求於言，信己而不役於人。三代之衰，學校廢缺，聖人之道不明，而其所以猶賢於後世者，士未知有科舉之利。故戰國之際，其言語文章，雖不能盡通於聖人，而皆卓然近於可用〔二〕，出於其意之所謂誠然者。自漢以來，世之儒者，忘己以徇人，務射策決科之學，其言雖不叛於聖人，而皆泛濫於辭章，不適於用。臣嘗以爲晁、董、公孫之流〔三〕，皆有科舉之累，故言有浮於其意，而意有不盡於其言。今陛下承百王之弊，立於極文之世，而以空言取天下之士，繩之以法度，考之於有司，臣愚不肖，誠恐天下之士，不獲自盡。故嘗深思極慮〔四〕，率其意之所欲言者爲二十五篇，曰畧、曰別、曰斷，雖無足取者，而臣之區區，以爲自始而行之，以次至於終篇，既明其畧而治其別〔五〕，然後斷之於終，庶幾有益於當世。

〔一〕「策總敍」三字原無，據郎本卷十五補。底本以「臣聞有意而言」至「庶幾有益於當世」，低一格刻出，附於《策畧一》之前。今從郎本獨立成篇。本卷及下卷之「策」，乃應制時所上進卷。

〔二〕《應詔集》卷一無「可」字。

〔三〕郎本、《應詔集》「嘗」作「常」。

〔四〕郎本「嘗」作「常」。

〔五〕郎本「明」作「名」。

策畧一〔一〕

臣聞天下治亂，皆有常勢。是以天下雖亂，而聖人以爲無難者，其應之有術也。水旱盜賊，人民流離，是安之而已也。亂臣割據，四分五裂，是伐之而已也。權臣專制，擅作威福，是誅之而已也。四夷交侵，邊鄙不寧，是攘之而已也。凡此數者，其於害民蠹國，爲不淺矣〔二〕。然其所以爲害者有狀，是故其所以救之者有方也。

天下之患，莫大於不知其然而然，不知其然而然者，是拱手而待亂也。國家無大兵革，幾百年矣。天下有治平之名，而無治平之實，有可憂之勢，而無可憂之形，此其有未測者也。方今天下，非有水旱盜賊人民流離之禍，而咨嗟怨憤〔三〕，常若不安其生。非有亂臣割據四分五裂之憂，而休養生息，常若不足於用。非有權臣專制擅作威福之弊，而上下不交，君臣不親〔四〕。非有四夷交侵邊鄙不寧之災，而中國皇皇，常有外憂。此臣所以大惑也。

今夫醫之治病，切脈觀色，聽其聲音，而知病之所由起，曰「此寒也，此熱也」，或曰「此寒熱之相搏也」，及其他，無不可爲者。今且有人恍然而不樂，問其所苦，且不能自言，則其受病有深而不可測者矣，其言語飲食，起居動作，固無以異於常人，此庸醫之所以爲無足憂，而扁鵲、倉公之所以望而驚也。其病之所由起者深，則其所以治之者，固非鹵莽因循苟且之所能去也。而天下之士，方且掇拾三代之遺文，補葺漢、唐之故事，以爲區區之論，可以濟世，不已疎乎！

方今之勢〔五〕，苟不能滌蕩振刷，而卓然有所立，未見其可也。臣嘗觀西漢之衰，其君皆非有暴鷙淫虐之行，特以怠惰弛廢，溺於宴安，畏期月之勞，而忘千載之患，是以日趨于亡而不自知也。夫君者，天也。仲尼贊《易》，稱天之德曰「天行健，君子以自强不息」。由此觀之，天之所以剛健而不屈者，以其動而不息也。惟其動而不息，是以萬物雜然各得其職而不亂，其光爲日月，其文爲星辰，其威爲雷霆，其澤爲雨露，皆生於動者也。使天而不知動，則其塊然者將腐壞而不能自持，況能以御萬物哉！苟天子一日赫然奮其剛明之威〔六〕，使天下明知人主欲有所立，則智者願效其謀，勇者樂致其死，縱横顛倒無所施而不可。苟人主不先自斷於中，羣臣雖有伊吕稷契，無如之何。故臣特以人主自斷而欲有所立爲先，而後論所以爲立之要云。

〔一〕「策畧一」三字原在本卷總題《策》之次行，今移至此。參《策總敍》校勘記第一條。

〔二〕「淺」原作「少」，今從《應詔集》卷一。

〔三〕《應詔集》「憒」作「讟」。

〔四〕郎本卷十五「君」作「民」。

〔五〕《應詔集》「勢」作「世」。

〔六〕郎本「明」作「徤」。

策畧二

天下無事久矣，以天子之仁聖，其欲有所立以爲子孫萬世之計至切也。特以爲發而不中節，則天下或受其病，當宁而太息者，幾年於此矣。蓋自近歲，始柄用二三大臣，而天下皆洗心滌慮，以聽朝廷之所爲，然而數年之間，卒未有以大慰天下之望，此其故何也？二虜之大憂未去，而天下之治，終不可爲也。

聞之師曰：「應敵不暇，不可以自完。自完不暇，不可以有所立。」自古創業之君，皆有敵國相持之憂，命將出師，兵交於外，而中不失其所以爲國〔一〕。故其兵可敗，而其國不可動，其力可屈，而其氣不可奪。今天下一家，二虜且未動也，而吾君吾相終日皇皇焉應接之不暇，亦竊爲執事者不取也〔二〕。昔者大臣之議，不爲長久之計，而用最下之策，是以歲出金繒數十百萬，以啖二虜〔三〕，此其既往之咎，不可追之悔也〔四〕。而議者方將深課當時之失〔五〕，而不求後日之計，亦無益矣。臣雖不肖，竊論當今之弊。

蓋古之爲國者，不患有所費，而患費之無名，不患費之無名，而患事之不立。今一歲而費千萬，是千萬而已。事之不立，四海且不可保，而奚千萬之足云哉〔六〕！今者二虜不折一矢，不遺一鏃，走一介之使，馳數乘之傳，所過騷然，居人爲之不寧。大抵皆有非常之辭，無厭之求，難塞之請，以觀吾之所答。於是朝廷惘然〔七〕，大臣會議，既而去未數月，邊遽且復告至矣〔八〕。由此觀之，二虜之使未絕，則中國未知息肩之所，而況能有所立哉！臣故曰：二虜之大憂未去，則天下之治終不可爲也。

中書者，王政之所由出，天子之所與宰相論道經邦而不知其他者也。非至逸無以待天下之勞，非至靜無以制天下之動。是故古之聖人，雖有大兵役、大興作，百官奔走，各執其職，而中書之務，不至於紛紜。今者曾不得歲月之暇，則夫禮樂刑政教化之源，所以使天下回心而嚮道者，何時而議也。

千金之家，久而不治〔九〕，使販夫豎子，皆得執券以誅其所負，苟一朝發憤，傾囷倒廩以償之，然後更爲之計，則一簪之資，亦足以富，何遽至於皇皇哉！臣嘗讀《吳越世家》，觀勾踐困於會稽之上，而行成於吳，凡金玉女子所以爲賂者，不可勝計。既反國，而吳之百役無不從者，使大夫女女于大夫，士女女于士，春秋貢獻，不絕於吳府。嘗竊怪其以蠻夷之國〔一〇〕，承敗亡之後，救死扶傷之餘，而賂遺費耗又不可勝計如此〔一一〕，然卒以滅吳，則爲國之患，果不在費也。彼其內外不相擾，是以能有所立。使范蠡、大夫種二人分國而制之。范蠡曰：「四封之外，種不如蠡，使蠡主之。凡四封之外所以待吳者，種不知也。四封之內，蠡不如種，使種主之。凡四封之內所以彊國富民者，蠡不知也。」二人者，各專其能，各致其力，是以不勞而滅吳。其所以賂遺於吳者，甚厚而有節也，是以財不匱。其所以聽役於吳者，甚勞而有時也，是以本不搖。然後勾踐得以安意肆志焉，而吳國固在其指掌中矣。

今以天下之大，而中書常有蠻夷之憂，宜其內治有不辦者，故臣以爲治天下不若清中書之務。中書之務清〔一二〕，則天下之事不足辦也。今夫天下之財，舉歸之司農，天下之獄，舉歸之廷尉，天下之兵，舉歸之樞密，而宰相特持其大綱，聽其治要而責成焉耳。夫此三者，豈少於蠻夷哉？誠以爲不足以累中書也。

今之所以待二虜者，失在於過重。古者有行人之官，掌四方賓客之政。當周之盛時，諸侯四朝，蠻夷戎狄，莫不來享，故行人之官，治其登降揖讓之節，牲芻委積之數而已。至於周衰，諸侯爭彊，而行人之職，爲難且重。春秋時，秦聘於晉，叔向命召行人子員。子朱曰：「朱也當御。」叔向曰：「秦、晉不和久矣，今日之事，幸而集，秦、晉賴之，不集，三軍暴骨。」其後楚伍員奔吴，爲吴行人以謀楚，而卒以入郢。西劉之興，有典屬國。故賈誼曰：「陛下試以臣爲屬國，請必繫單于之頸而制其命，伏中行説而笞其背，舉匈奴之衆，惟上所令。」今若依倣行人、屬國特建一官，重任而厚責之〔一三〕，使宰相於兩制之中，舉其可用者，而勿奪其權；使大司農以每歲所以餽於二虜者，限其常數，而豫爲之備；其餘者，朝廷不與知也。凡吾所以遺使於虜，與吾所以館其使者，皆得以自擇。而其非常之辭，無厭之求，難塞之請，亦得以自答。使其議不及於朝廷，而其閒暇，則收羅天下之俊才，治其戰攻守禦之策，兼聽博採，以周知敵國之虛實，凡事之關於境外者，皆以付之。如此，則天子與宰相特因其能否，而定其黜陟，其實不亦甚簡歟！今自宰相以下，百官汎汎焉莫任其職，今舉一人而授之〔一四〕，使日夜思所以待二虜，宜無不濟者。然後得以安居静慮，求天下之大計，唯所欲爲，將無不可者。

〔一一〕「國」後原有「者」字，據《應詔集》卷一删。

〔二〕《應詔集》無「亦」字，郎本卷十五「竊」作「且」。

〔三〕「啖二」原作「資強」，據《應詔集》改。

〔四〕《應詔集》「之悔」作「悔之」。

〔五〕「課」原作「罪」，據《應詔集》改。

〔六〕《應詔集》「奚」作「曾」。

〔七〕「恟」原作「洶」，今從《應詔集》。

〔八〕「遽」原作「陲」，今從《應詔集》。

〔九〕郎本「治」作「給」。

〔一〇〕《應詔集》「嘗」作「常」，郎本無「以」字。

〔一一〕「又」原作「則」，今從《應詔集》。

〔一二〕《應詔集》「清」作「静」。上句「清中書之務」，《應詔集》「清」亦作「静」。

〔一三〕郎本「厚」作「後」。

〔一四〕《應詔集》「授」作「捐」。

策畧三

臣聞聖王之治天下，使天下之事，各當其處而不相亂，天下之人，各安其分而不相躐，然後天子得優游無爲而制其上。今也不然。夷狄抗衡，本非中國之大患，而每以累朝廷，是以徘徊擾攘，卒不能有所立。今委任而責成，使西北不過爲未誅之寇，則中國固吾之中國，而安有不可爲哉〔一〕，於此之時，臣知天下之不足治也。

請言當今之勢。夫天下有二患，有立法之弊，有任人之失。二者疑似而難明，此天下之所以亂也。當立法之弊也，其君必曰：「吾用某也而天下不治，是某不可用也。」又從而易之。不知法之弊，而移咎于其人。及其用人之失也，又從而尤其法。法之變未有已也，如此，則雖至于覆敗、死亡相繼而不悟，豈足怪哉。

昔者漢興，因秦以爲治，刑法峻急，禮義消亡，天下蕩然，恐後世無所執守，故賈誼、董仲舒咨嗟嘆息，以立法更制爲事。後世見二子之論，以爲聖人治天下，凡皆如此，是以腐儒小生，皆欲妄有所變改，以惑亂世主〔二〕。

臣竊以爲當今之患，雖法令有所未安，而天下之所以不大治者，失在於任人，而非法制之罪也。國家法令凡幾變矣，天下之不大治，其咎果安在哉？曩者大臣之議，患天下之士，其進不以道，而取之不精也，故爲之法，曰中年而舉，取舊數之半，而復明經之科。患天下之吏，無功而遷，取高位而不讓也，故爲之法，曰當遷者有司以聞，而自陳者爲有罪。此二者，其名甚美，而其實非大有益也。而議者欲以此等致天下之大治，臣竊以爲過矣。

夫法之於人，猶五聲六律之於樂也。法之不能無姦，猶五聲六律之不能無淫樂也。先王知其然，故存其大畧，而付之於人，苟不至於害人〔三〕，而不可彊去者〔四〕，皆不變也。故曰：失在任人而已。

夫有人而不用，與用而不行其言，行其言而不盡其心，其失一也。古之興王，二人而已〔五〕。湯以伊尹，武王以太公，皆捐天下以與之，而後伊、呂得捐其一身以經營天下。君不疑其臣，功成而無後患，是以知無不言，言無不行。其所欲用，雖其親愛可也；其所欲誅，雖其讐隙可也。使其心無所顧忌，故能盡其才而責其成功。及至後世之君，始用區區之小數以繩天下之豪俊，故雖有國士，而莫爲之用。夫賢人君子之欲有所樹立〔六〕，以昭著不朽於後世者〔七〕，甚於人君〔八〕，顧恐功未及成而有所奪〔九〕，只以速天下之亂耳，晁錯之事，斷可見矣。夫奮不顧一時之禍，決然徒欲以身試人主之威者，亦以其所挾者不甚大也，斯固未足與有爲。而沉毅果敢之士，又必有待而後發，苟人主不先自去其不可測，而示其可信，則彼孰從而發哉！慶曆中，天子急於求治，擢用元老〔一〇〕，天下日夜望其成功。方其深思遠慮而未有所發也，雖天子亦遲之。至其一旦發憤，條天下之利害，百未及一二，而舉朝喧譁，以至于逐去，曾不旋踵。此天下之士，所以相戒而不敢深言也。

居今之勢〔一一〕，而欲納天下於至治，非大有所矯拂於世俗，不可以有成也。何者？天下獨患柔弱而不振，怠惰而不肅，苟且偷安而不知長久之計。臣以爲宜如諸葛亮之治蜀，王猛之治秦，使天下悚然，人人不敢飾非，務盡其心〔一二〕。凡此者，皆庸人之所大惡，而讒人之所由興也。是故先主拒關、張之間，而後孔明得以盡其才；苻堅斬樊世，逐仇騰，黜席寶，而後王猛得以畢其功。夫天下未嘗無二子之才也，而人主思治又如此之勤，相須甚急，而相合甚難者，獨患君不信其臣，而臣不測其君而已矣。惟天子一日鏗然明告執政之臣所以欲爲者〔一三〕，使知人主之深知之也而內爲之信〔一四〕，然後敢有所發於外而不顧。不然，雖得賢人千萬，一日百變法，天下益不可治。歲復一歲，而終無以大慰天下之望，豈不亦甚可惜哉！

〔一〕《應詔集》卷一「安有」作「有所」。

〔二〕「亂」原缺，據郎本卷十五、《應詔集》補。

〔三〕《應詔集》「人」作「民」。

〔四〕《應詔集》「彊」作「不」。

〔五〕《應詔集》「二」作「一」。

〔六〕郎本「樹」作「植」。

〔七〕「昭」原缺，據郎本補。

〔八〕郎本「甚」後有「多」字。

〔九〕郎本「恐」作「忌」。

〔一〇〕《應詔集》「元老」作「賢者」。

〔一一〕《應詔集》「勢」作「世」。

〔一二〕《應詔集》「心」作「誠」。

〔一三〕「鎜」原作「慨」，今從《應詔集》。《應詔集》「執政」作「政事」。

〔一四〕《應詔集》「信」作「地」。

策畧四

天子與執政之大臣，既已相得而無疑，可以盡其所懷，直己而行道，則夫當今之所宜先者，莫如破庸人之論，以開功名之門，而後天下可爲也。夫治天下譬如治水。方其奔衝潰決，騰涌漂蕩而不可禁止也，雖欲盡人力之所至，以求殺其尺寸之勢而不可得，及其既衰且退也，駸駸乎若不足以終日。故夫善治水者，不惟有難殺之憂，而又有易衰之患，導之有方，決之有漸，疏其故而納其新，使不至於壅閼腐敗而無用。嗟夫，人知江河之有水患也，而以爲沼沚之可以無憂，是烏知舟楫灌溉之利哉？

夫天下之未平，英雄豪傑之士，務以其所長，角奔而爭利，惟恐天下一日無事也，是以人人各盡其材，雖不肖者，亦自淬勵而不至於怠廢，故其勇者相吞〔一〕，智者相賊，使天下不安其生。爲天下者，知夫大亂之本，起於智勇之士爭利而無厭，是故天下既平，則削去其具，抑遠天下剛健好名之士，而獎用柔懦謹畏之人，不過數十年〔二〕，天下靡然無復往時之喜事也。於是能者不自憤發〔三〕，而無以見其能，不能者益以弛廢而無用。當是之時，人君欲有所爲，而左右前後皆無足使者，是以綱紀日壞而不自知，此其爲患，豈特英雄豪傑之士趦趄而已哉。

聖人則不然。當其久安於逸樂也，則以術起之，使天下之心翹翹然常喜於爲善，是故能安而不衰。且夫人君之所恃以爲天下者，天下皆爲，而己不爲。夫使天下皆爲而己不爲者，開其利害之端，而辨其榮辱之等，使之踴躍奔走，皆爲我役而不辭〔四〕，夫是以坐而收其功也。如使天下皆欲不爲而得，則天子誰與共天下哉？今者治平之日久矣，天下之患，正在此也。臣故曰：破庸人之論，開功名之門，而後天下可爲也。

今夫庸人之論有二，其上之人務爲寬深不測之量，而下之士好言中庸之道。此二者，皆庸人相與議論，舉先賢之言〔五〕，而獵取其近似者，以自解說其無能而已矣。

夫寬深不測之量，古人所以臨大事而不亂，有以鎮世俗之躁，蓋非以隔絶上下之情，養尊而自安也。譽之則勸，非之則沮，聞善則喜，見惡則怒，此三代聖人之所共也〔六〕，而後之君子，必曰譽之不勸，非之不沮，聞善不喜，見惡不怒，斯以爲不測之量，不已過乎！夫有勸有沮，有喜有怒，然後有間而可入；有間而可入，然後智者得爲之謀，才者得爲之用。後之君子，務爲無間，夫天下誰能入之。

古之所謂中庸者，盡萬物之理而不過，故亦曰皇極。夫極，盡也。後之所謂中庸者，循循焉爲衆人之所能爲，斯以爲中庸矣，此孔子、孟子之所謂鄉原也〔七〕。一鄉皆稱原人焉，無所往而不爲原人。同乎流俗，合乎汙世，曰：古之人何爲踽踽涼涼，生斯世也，爲斯世也，善斯可矣。謂其近於中庸而非，故曰「德之賊也」。孔子、孟子惡鄉原之賊夫德也，欲得狂者而見之，狂者又不可得見，欲得獧者而見之，曰：「狂者進取，獧者有所不爲也。」今日之患，惟不取於狂者、獧者，皆取於鄉原，是以若此靡靡不立也。孔子，子思之所從受中庸者也；孟子，子思之所授以中庸者也。然皆欲得狂者、獧者而與之，然則淬勵天下而作其怠惰〔八〕，莫如狂者、獧者之賢也。臣故曰：破庸人之論，開功名之門，而後天下可爲也。

〔一〕《應詔集》卷一「呑」作「劫」。

〔二〕郎本卷十五「數十」作「十數」。
〔三〕郎本「憤」作「激」，《應詔集》作「擊」。
〔四〕「辭」原作「自知」，今從郎本。
〔五〕郎本「賢」作「民」。
〔六〕郎本無「聖人」二字。
〔七〕「所」原缺，據郎本、《應詔集》補。
〔八〕《應詔集》「淬」作「率」。

策畧五

其次莫若深結天下之心〔一〕。

臣聞天子者〔二〕，以其一身寄之乎巍巍之上，以其一心運之乎茫茫之中，安而爲太山，危而爲累卵，其間不容毫釐。是故古之聖人〔三〕，不恃其有可畏之資，而恃其有可愛之實，不恃其有不可拔之勢，而恃其有不忍叛之心〔四〕。何則？其所居者，天下之至危也。天子恃公卿以有其天下。公卿大夫士以至於民，轉相屬也，以有其富貴。苟不得其心，而欲羈之以區區之名，控之以不足恃之勢者，其平居無事，猶有以相制。一旦有急，是皆行道之人，掉臂而去，尚安得而用之。

古之失天下者，皆非一日之故，其君臣之歡〔五〕，去已久矣，適會其變，是以一散而不可復收。方其未也，天子甚尊，大夫士甚賤，奔走萬里，無敢後先，儼然南面以臨其臣，曰：天何言哉！百官俯首就位，斂足而退，兢兢惟恐有罪，羣臣相率爲苟安之計，賢者既無所施其才，而愚者亦有所容其不肖，舉天下之事，聽其自爲而已。及乎事出於非常，變起於不測，視天下莫與同其患，雖欲分國以與人，而且不及矣。秦二世、唐德宗，蓋用此術以至於顛沛而不悟，豈不悲哉！

天下者，器也。天子者，有此器者也。器久不用，而置諸篋笥，則器與人不相習，是以扞格而難操。良工者，使手習知其器，而器亦習知其手，手與器相信而不相疑，夫是故所爲而成也。天下之患，非經營禍亂之足憂，而養安無事之可畏。何者？懼其一旦至於扞格而難操也。昔之有天下者，日夜淬勵其百官，撫摩其人民，爲之朝聘會同燕享，以交諸侯之歡。歲時月朔，致民讀法，飲酒蜡臘〔六〕，以遂萬民之情。有大事，自庶人以上，皆得至於外朝以盡其詞。猶以爲未也，而五載一巡守，朝諸侯于方岳之下，親見其耆老賢士大夫〔七〕，以周知天下之風俗。凡此者，非以爲苟勞而已，將以馴致服習天下之心，使不至于扞格而難操也。

及至後世，壞先王之法，安於逸樂，而惡聞其過。是以養尊而自高，務爲深嚴，使天下拱手以貌相承，而心不服。其腐儒老生，又出而爲之説曰：天子不可以妄有言也，史且書之，後世且以爲譏。使其君臣相視而不相知，如此，則偶人而已矣。天下之心既已去，而倀倀焉抱其空器，不知英雄豪傑已議其後。

臣嘗觀西漢之初，高祖創業之際，事變之興，亦已繁矣，而高祖以項氏創殘之餘，與信、布之徒争馳於中原。此六七公者，皆以絶人之姿〔八〕，據有土地甲兵之衆，其勢足以爲亂，然天下終以不摇，卒定於漢。傳十數世矣，而至於元、成、哀、平，四夷嚮風，兵革不試，而王莽一豎子乃舉而移之，不用寸兵尺鐵，而天下屏息，莫敢或爭，此其故何也？創業之君，出於布衣，其大臣將相，皆有握手之歡，凡在朝廷者，皆嘗試擠掇〔九〕，以知其才之短長，彼其視天下如一身，苟有疾痛，其手足不期而自救，當此之時，雖有近憂，而無遠患。及其子孫，生於深宮之中，而狃於富貴之勢，尊卑闊絶，而上下之情疎，禮節繁多，而君臣之義薄。是故不爲近憂，而常爲遠患。及其一旦，固已不可救矣。

聖人知其然，是以去苛禮而務至誠，黜虚名而求實效，不愛高位重禄以致山林之士，而欲聞切直不隱之言者，凡皆以通上下之情也。昔我太祖、太宗既有天下，法令簡約，不爲崖岸。當時大臣將相，皆得從容終日，歡如平生，下至士庶人，亦得以自效。故天下稱其言至今，非有文采緣飾，而開心見誠，有以入人之深者，此英主之奇術，御天下之大權也。

方今治平之日久矣，臣愚以爲宜日新盛德，以鼓動天下久安怠惰之氣〔一〇〕，故陳其五事以備採擇。其一曰：將相之臣，天子所恃以爲治者，宜日夜召論天下之大計，且以熟觀其爲人。其二曰：太守刺史，天子所寄以遠方之民者，其罷歸，皆當問其所以爲政，民情風俗之所安，亦以揣知其才之所堪。其三曰：左右扈從侍讀侍講之人，本以論説古今興衰之大要，非以應故事備數而已，經籍之外，苟有以訪之，無傷也。其四曰：吏民上書，苟小有可觀者，宜皆召問優慰〔一一〕，以養其敢言之氣。其五曰：天下之吏，自一命以上，雖其至賤，無以自通於朝廷，然人主之爲，豈有所不可哉，察其善者，卒然召見之，使不知其所從來。如此，則遠方之賤吏，亦務自激發爲善，不以位卑禄薄無由自通于上而不修飾。使天下習知天子樂善親賢卹民之心孜孜不倦如此，翕然皆有所感發，知愛於君而不可與爲不善。亦將賢人衆多，而姦吏衰少，刑法之外，有以大慰天下之心焉耳。

〔一〕此句「其次」云云十字，原缺，據郎本卷十五、《應詔集》卷一補。
〔二〕「臣聞」二字原缺，據郎本、《應詔集》補。
〔三〕《應詔集》「人」作「王」。
〔四〕《應詔集》「叛」作「校」。
〔五〕「歡」原作「權」，今從郎本、《文鑑》卷一百三、《應詔集》。
〔六〕「臘」原作「獵」，今從郎本。《應詔集》作「獵」。
〔七〕《應詔集》「耆老」作「老者」。
〔八〕郎本「姿」作「資」。
〔九〕「嘗」前原有「有」字，據郎本、《應詔集》刪。《文鑑》、《應詔集》「擠掇」作「嚌啜」。
〔一〇〕「鼓動」原作「激昂」，今從《應詔集》。
〔一一〕「慰」原作「游」，今從《應詔集》。

策別課百官一〔一〕

臣聞爲治有先後，有本末，嚮之所論者，當今之所宜先，而爲治之大凡也。若夫事之利害，計之得失，臣請得列而言之。蓋其總四，其別十七。一曰課百官，二曰安萬民，三曰厚貨財，四曰訓兵旅。課百官者，其別有六。一曰厲法禁。

昔者聖人制爲刑賞，知天下之樂乎賞而畏乎刑也，是故施其所樂者，自下而上。民有一介之善，不終朝而賞隨之，是以下之爲善者，足以知其無有不賞也。施其所畏者，自上而下。公卿大臣有毫髮之罪，不終朝而罰隨之，是以上之爲不善者，亦足以知其無有不罰也。《詩》曰：「剛亦不吐，柔亦不茹。」夫天下之所謂權豪貴顯而難令者，此乃聖人之所借以徇天下也。舜誅四凶而天下服，何也？此四族者，天下之大族也。夫惟聖人爲能擊天下之大族，以服小民之心，故其刑罰至於措而不用。

周之衰也，商鞅、韓非峻刑酷法，以督責天下，然其所以爲得者，用法始於貴戚大臣，而後及於疏賤，故能以其國霸。由此觀之，商鞅、韓非之刑法〔二〕，非舜之刑，而所以用刑者，舜之術也。後之庸人，不深原其本末，而猥以舜之用刑之術，與商鞅、韓非同類而棄之。法禁之不行，姦宄之不止，由此其故也。

今州縣之吏，受賕而鬻獄，其罪至於除名，而其官不足以贖，則至於嬰木索，受笞箠，此亦天下之至辱也。而士大夫或冒行之。何者？其心有所不服也。今夫大吏之爲不善，非特簿書米鹽出入之間也，其位愈尊，則其所害愈大，其權愈重，則其下愈不敢言。幸而有不畏彊禦之士，出力而排之，又幸而不爲上下之所抑，以遂成其罪，則其官之所減者，至於罰金，蓋無幾矣。夫過惡暴著于天下，而罰不傷其毫毛；鹵莽於公卿之間，而纖悉於州縣之小吏。用法如此，宜其天下之不心服也。用法而不服其心，雖刀鋸斧鉞，猶將有所不避，而況於木索、笞箠哉！

方今法令至繁，觀其所以隄防之具〔三〕，一舉足且入其中，而大吏犯之，不至於可畏，其故何也？天下之議者曰：古者之制，「刑不上大夫」，大臣不可以法加也。嗟夫，「刑不上大夫」者，豈曰大夫以上有罪而不刑歟？古之人君，責其公卿大臣至重，而待其士庶人至輕也。責之至重，故其所以約束之者愈寬；待之至輕，故其所以隄防之者甚密。夫所貴乎大臣者，惟不待約束，而後免於罪戾也。是故約束愈寬，而大臣益以畏法。何者？其心以爲人君之不我疑而不忍欺也。苟幸其不疑而輕犯法〔四〕，則固已不容於誅矣。故夫大夫以上有罪，不從於訊鞫論報，如士庶人之法。斯以爲「刑不上大夫」而已矣。

天下之吏，自一命以上，其蒞官臨民苟有罪，皆書於其所謂歷者，而至於館閣之臣出爲郡縣者，則遂罷去。此真聖人之意，欲有以重責之也。奈何其與士庶人較罪之輕重，而又以其爵減耶？夫律，有罪而得以首免者，所以開盜賊小人自新之塗，而今之卿大夫有罪亦得以首免，是以盜賊小人待之歟？天下惟其無罪也，是以罰不可得而加。如知其有罪而特免其罰，則何以令天下。今夫大臣有不法，或者既已舉之〔五〕，而詔曰勿推，此何爲者也。聖人爲天下，豈容有此曖昧而不決。故曰：厲法禁自大臣始，則小臣不犯矣。

〔一〕郎本卷十六「策別」之前，有總題曰「進策別一十七篇」，下有分題，曰「課百官別六篇」云云，下又有子目，曰「厲法禁第一」云云。「策別」十七篇之前，有「策別敍例」一文，今録於此：「臣聞爲治者有先後，有本末，嚮之所立者，皆當今之所宜先，而爲治之大要也。若夫事之利害，計之得失，臣請列而言之。蓋其總有四，其別有十七。所謂其總四者，一曰課百官，二曰安萬民，三曰厚貨財，四曰訓兵旅。此之謂其總有四。一曰課百官。所謂課百官者，其別又有六焉。一曰厲法禁，二曰抑僥倖，三曰決壅蔽，四曰專任使，五曰無責難，六曰無沮善者是也。二曰安萬民。所謂安萬民者，其別又有六焉。一曰崇教化，二曰勸親睦，三曰均戶口，四曰較賦稅，五曰教戰守，六曰去姦民者是也。三曰厚貨財。所謂厚貨財者，其別又有二焉。一曰省費用，二曰定軍制者是也。四曰訓兵旅。所謂訓兵旅者，其別又有三焉。一曰蓄材用，二曰練軍實，三曰倡勇敢者是也。別而言之，十有七焉，故謂之策別。」《文粹》卷二十七亦有此文，「去姦民者」之「者」原缺，乃據《文粹》補。此文文字，自「臣聞」起至「一曰厲法禁」止，底本在「策別課百官一」一文之首，文字有不同處，文意則同。其「二曰抑僥倖」以下文字，底本省去。底本蓋以各子目冠於各篇之首。《應詔集》卷二同底本。

〔二〕「法」原空格，據《應詔集》補。郎本無「法」字。

〔三〕「隄防」原作「防姦」，今從郎本。案，本文以下有「隄防」字。

〔四〕「其」原缺，據郎本補。

〔五〕「已」原作「以」，今從郎本。

策別課百官二〔一〕

其二曰抑僥倖。夫所貴乎人君者，予奪自我，而不牽於衆人之論也。天下之學者，莫不欲仕，仕者莫不欲貴，如從其欲，則舉天下皆貴而後可。惟其不可從也，是故仕不可以輕得，而貴不可以易致。此非有所吝也。爵祿，出乎我者也，我以爲可予而予之，我以爲可奪而奪之，彼雖有言者，不足畏也。天下有可畏者，賦歛不可以不均，刑罰不可以不平，守令不可以不擇，此誠足以致天下之安危而可畏者也。我欲慎爵賞，愛名器，而囂囂者以爲不可，是烏足卹哉？國家自近歲以來，吏多而闕少，率一官而三人共之，居者一人，去者一人，而伺之者又一人，是一官而有二人者無事而食也。且其蒞官之日淺，而閒居之日長，以其蒞官之所得，而爲閒居仰給之資，是以貪吏常多而不可禁，此用人之大弊也。

古之用人者，取之至寬，而用之至狹。取之至寬，故賢者不隔；用之至狹，故不肖者無所容。《記》曰：「司馬辨論官材，論進士之賢者，以告于王，而定其論，論定然後官之，任官然後爵之，位定然後祿之。」然則是取之者未必用也。今之進士，自二人以下者皆試官。夫試之者，豈一定之謂哉〔二〕？固將有所廢置焉耳。國家取人，有制策，有進士，有明經，有詞科〔三〕，有任子，有府史雜流，凡此者，雖衆無害也。其終身進退之決，在乎召見改官之日，此尤不可以不愛惜慎重者也。今之議者，不過曰多其資考，而責之以舉官之數。且彼有勉强而已，資考既足，而舉官之數亦以及格，則將執文墨以取必於我，雖千百爲輩，莫敢不盡與。臣竊以爲今之患，正在於任法太過〔四〕。是以爲一定之制，使天下可以歲月必得，甚可惜也。

方今之便，莫若使吏六考以上，皆得以名聞于吏部，吏部以其資考之遠近，舉官之衆寡，而次第其名，然後使一二大臣雜治之，參之以其才器之優劣而定其等，歲終而奏之，以詔天子廢置。度天下之吏，每歲以物故罪免者幾人，而增損其數，以所奏之等補之，及數而止，使其予奪亦雜出于賢不肖之間，而無有一定之制。則天下之吏，不敢有必得之心，將自奮厲磨淬，以求聞于時。而向之所謂用人之大弊者，將不勞而自去。

然而議者必曰：法不一定，而以才之優劣爲差，則是好惡之私有以啓之也。臣以爲不然。夫法者，本以存其大綱，而其出入變化，固將付之於人。昔者唐有天下，舉進士者，羣至於有司之門。唐之制，惟有司之信也。是故有司得以搜羅天下之賢俊，而習知其爲人，至於一日之試，則固已不取也。唐之得人，於斯爲盛。今以名聞於吏部者，每歲不過數十百人，使一二大臣得以訪問參考其才，雖有失者，蓋已寡矣。如必曰任法而不任人，天下之人，必不可信。則夫一定之制，臣亦未知其果不可以爲姦也。

〔一〕「課百官」三字原缺；以以下尚有以「策別二」爲題者，加此三字，以示區別。其下「策別三」、「策別四」、「策別五」、「策別六」，亦倣此加「課百官」三字。

〔二〕《應詔集》卷二「定」作「官」。

〔三〕《應詔集》「詞」作「諸」。

〔四〕「法」原作「文」，今從郎本卷十六。《文粹》卷二十七「法」作「人」。

策別課百官三

其三曰決壅蔽。所貴乎朝廷清明而天下治平者，何也？天下不訴而無寃，不謁而得其所欲，此堯舜之盛也。其次不能無訴，訴而必見察；不能無謁，謁而必見省。使遠方之賤吏，不知朝廷之高；而一介之小民，不識官府之難。而後天下治。

今夫一人之身，有一心兩手而已。疾痛苛癢，動於百體之中，雖其甚微不足以爲患，而手隨至。夫手之至，豈其一一而聽之心哉，心之所以素愛其身者深，而手之所以素聽於心者熟，是故不待使令而卒然以自至〔一〕。聖人之治天下，亦如此而已。百官之衆，四海之廣，使其關節脉理，相通爲一。叩之而必聞，觸之而必應。夫是以天下可使爲一身。天子之貴，士民之賤，可使相愛。憂患可使同，緩急可使救。

今也不然。天下有不幸而訴其寃，如訴之於天。有不得已而謁其所欲，如謁之於鬼神。公卿大臣不能究其詳悉，而付之於胥吏，故凡賄賂先至者，朝請而夕得，徒手而來者，終年而不獲。至於故常之事，人之所當得而無疑者，莫不務爲留滯，以待請屬。舉天下一毫之事，非金錢無以行之。

昔者漢唐之弊，患法不明，而用之不密，使吏得以空虛無據之法而繩天下，故小人以無法爲姦〔二〕。今也法令明具，而用之至密，舉天下惟法之知。所欲排者，有小不如法，而可指以爲瑕。所欲與者，雖有所乖戾，而可借法以爲解。故小人以法爲姦。

今天下所爲多事者，豈事之誠多耶？吏欲有所鬻而未得，則新故相仍，紛然而不決，此王化之所以壅遏而不行也。昔桓文之霸，百官承職，不待教令而辦，四方之賓至，不求有司。王猛之治秦，事至纖悉，莫不盡舉，而人不以爲煩。蓋史之所記：麻思還冀州，請於猛。猛曰：「速裝，行矣。」至暮而符下。及出關，郡縣皆已被符。其令行禁止而無留事者，至于纖悉，莫不皆然。苻堅以戎狄之種，至爲霸王，兵彊國富，垂及昇平者，猛之所爲，固宜其然也。

今天下治安，大吏奉法，不敢顧私，而府史之屬招權鬻法，長吏心知而不問，以爲當然。此其弊有二而已。事繁而官不勤，故權在胥吏。欲去其弊也，莫如省事而厲精。省事莫如任人，厲精莫如自上率之。

今之所謂至繁，天下之事，關於其中，訴者之多，而謁者之衆，莫如中書與三司。天下之事，分于百官，而中書聽其治要。郡縣之錢幣制于轉運使，而三司受其會計。此宜若不至於繁多。然中書不待奏課以定其黜陟而關預其事，則是不任有司也。三司之吏，推析贏虛至于毫毛以繩郡縣〔三〕，則是不任轉運使也。故曰：省事莫如任人。

古之聖王，愛日以求治，辨色而視朝，苟少安焉而至于日出，則終日爲之不給。以少而言之，一日而廢一事，一月則可知也，一歲，則事之積者不可勝數矣。欲事之無繁，則必勞於始而逸於終。晨興而晏罷，天子未退，則宰相不敢歸安于私第，宰相日昃而不退，則百官莫不震悚盡力於王事，而不敢宴游。如此，則纖悉隱微莫不舉矣。天子求治之勤，過于先王，而議者不稱王季之晏朝而稱舜之無爲，不論文王之日昃而論始皇之量書。此何以率天下之怠耶？臣故曰：厲精莫如自上率之。則壅蔽決矣。

〔一〕「卒」原作「率」，今從郎本卷十六。

〔二〕《應詔集》卷二「以無」作「得以」。

〔三〕「析」原作「拆」，誤。據郎本、《應詔集》改。

策別課百官四

其四曰專任使。夫吏之與民，猶工人之操器。易器而操之，其始莫不齟齬而不相得。是故雖有長材異能之士，朝夕而去，則不如庸人之久且便也。自漢至今，言吏治者，皆推孝文之時，以爲任人不可以倉卒而責其成效。又其三歲一遷，吏不可爲長遠之計〔一〕，則其所施設一切出於苟簡。此天下之士，爭以爲言，而臣知其未可以卒行也。夫天下之吏，惟其病多而未有以處也，是以擾擾在此。如使五六年或七八年而後遷，則將有十年不得調者矣。朝廷方將減任子，清冗官，則其行之當有所待。而臣以爲當今之弊，有甚不可者。

夫京兆府，天下之所觀望而化，王政之所由始也。四方之衝，兩河之交，舟車商賈之所聚，金玉錦繡之所積，故其民不知有耕稼織紝之勞。富貴之所移，貨利之所眩，故其民不知有恭儉廉退之風。以書數爲終身之能，以府史賤吏爲鄉黨之榮，故其民不知有儒學講習之賢。夫是以獄訟繁滋而姦不可止，爲治者益以苟且，而不暇及於教化，四方觀之，使風俗日以薄惡，未始不由此也。今夫爲京兆者，戴星而出，見燭而入，案牘笞箠，交乎其前。拱手而待命者〔二〕，足相躡乎其庭。持詞而求訴者〔三〕，肩相摩乎其門。憧憧焉不知其爲誰，一訊而去，得罪者不知其得罪之由，而無罪者亦不知其無罪之實。如此則刑之不服，赦之不悛，獄訟之繁，未有已也。

夫大司農者，天下之所以贏虛，外計之所從受命也。其財賦之出入，簿書之交錯，縱横變化，足以爲姦，而不可推究。上之人不能盡知而付吏。吏分職乎其中者，以數十百人，其耳目足以及吾之所不及，是以能者不過粗知其大綱〔四〕，而不能者惟吏之聽。賄賂交乎其門，四方之有求者，聚乎其家。天下之大弊，無過此二者。

臣竊以爲今省府之重，其擇人宜精，其任人宜久。凡今之弊，皆不精不久之故。何則？天下之賢者，不可以多得。而賢者之中，求其治繁者，又不可以人人而能也。幸而有一人焉，又不久而去。夫世之君子，苟有志於天下，而欲爲長遠之計者，則其効不可以朝夕見，其始若迂闊，而其終必將有所可觀。今期月不報政，則朝廷以爲是無能爲者，不待其成而去之。而其翕然見稱于人者，又以爲有功而擢爲兩府。然則是爲省府者，能與不能，皆不得久也。夫以省府之繁，終歲不得休息，朝廷既以汲汲而去之，而其人亦莫不汲汲而求去。夫吏胥者，皆老於其局〔五〕，長子孫於其中。以汲汲求去之人，而御長子孫之吏，此其相視，如客主之勢，宜其姦弊不可得而去也。

省府之位，不爲卑矣。苟有能者而老于此，不爲不用矣。古之用人者，知其久勞於位，則時有以賜予勸奬之，以厲其心，不聞其驟遷以奪其成効。今天下之吏，縱未能一概久而不遷，至于省府，亦不可以倉卒而去。吏知其久居而不去也，則其欺詐固已少衰矣。而其人亦得深思熟慮周旋於其間，不過十年，將必有卓然可觀者也。

〔一〕郎本卷十六、《應詔集》無「可」字。

〔二〕「而」原作「不」，據郎本、《應詔集》改。

〔三〕「求」原作「來」，今從郎本、《應詔集》。
〔四〕郎本「知」作「舉」。
〔五〕郎本「局」作「扄」。案：「扄」當爲「扃」字俗寫。

策别課百官五

其五曰無責難。無責難者，將有所深責也。昔者聖人之立法，使人可以過，而不可以不及。何則？其所求於人者，衆人之所能也。天下有能爲衆人之所不能者，固無以加矣，而不能者不至於犯法。夫如此而猶有犯者〔一〕，然後可以深懲而決去之。由此而言，則聖人之所以不責人之所不能者，將以深責乎人之所能也。後之立法者異於是。責人以其所不能，而其所能者，不深責也。是以其法不可行〔二〕，而其事不立。

夫事不可以兩立也，聖人知其然，是故有所取，必有所捨，有所禁，必有所寬。寬之則其禁必止，捨之則其取必得。今夫天下之吏不可以人人而知也，故使長吏舉之。又恐其舉之以私而不得其人也，故使長吏任之。他日有敗事，則以連坐。其過重者其罰均〔三〕。且夫人之難知，自堯舜病之矣，今日爲善，而明日爲惡，猶不可保，況於十數年之後，其幼者已壯，其壯者已老，而猶執其一時之言，使同被其罪，不已過乎！天下之人，仕而未得志也，莫不勉强爲善以求舉。惟其既已改官而無憂，是故蕩然無所不至。方其在州縣之中，長吏親見其廉謹勤幹之節，則其勢不可以不舉，彼又安知其終身之所爲哉？故曰今之法責人以其所不能者，謂此也。

一縣之長，察一縣之屬。一郡之長，察一郡之屬。職司者，察其屬郡者也。此三者，其屬無幾耳。其貪其廉，其寬猛，其能與不能，不可謂不知也。今且有人牧牛羊者，而不知其肥瘠，是可復以爲牧人歟？夫爲長而屬之不知，則此固可以罷免而無足惜者。今其屬官有罪，而其長不即以聞，他日有以告者，則其長不過爲失察。而去官者，又以不坐。夫失察，天下之微罪也。職司察其屬郡，郡縣各察其屬，此非人之所不能，而罰之甚輕，亦可怪也。

今之世所以重發贓吏者，何也？夫吏之貪者，其始必詐廉以求舉，舉者皆王公貴人，其下者亦卿大夫之列，以身任之。居官者莫不愛其同類等夷之人，故其樹根牢固而不可動。連坐者常六七人，甚者至十餘人，此如盜賊質劫良民以求苟免耳。爲法之弊，至於如此，亦可變矣。

如臣之策，以職司守令之罪罪舉官，以舉官之罪罪職司守令。今使舉官與所舉之罪均，縱又加之，舉官亦無如之何，終不能逆知終身之廉者而後舉，特推之於幸不幸而已。苟以其罪罪職司守令，彼其勢誠有以督察之。臣知貪吏小人無容足之地，又何必於舉官焉難之。

〔一〕郎本卷十六「夫」作「天下」。

〔二〕郎本無「可」字。

〔三〕「過」後原有「惡」字，據郎本删。

策別課百官六

其六曰無沮善。昔者先王之爲天下，必使天下欣欣然常有無窮之心，力行不倦，而無自棄之意。夫惟自棄之人，則其爲惡也，甚毒而不可解。是以聖人畏之，設爲高位重祿以待能者。使天下皆得踴躍自奮，扳援而來。惟其才之不逮，力之不足，是以終不能至於其間，而非聖人塞其門、絶其途也。夫然，故一介之賤吏，閭閻之匹夫，莫不奔走於善，至於老死而不知休息，此聖人以術驅之也。

天下苟有甚惡而不可忍也，聖人既已絶之，則屏之遠方，終身不齒。此非獨不仁也，以爲既已絶之，彼將一旦肆其憤毒，以殘害吾民。是故絶之則不用，用之則不絶。既已絶之，又復用之，則是驅之於不善，而又假之以其具也。無所望而爲善，無所愛惜而不爲惡者，天下一人而已矣。以無所望之人，而責其爲善，以無所愛惜之人，而求其不爲惡，又付之以人民，則天下知其不可也。世之賢者，何常之有。或出於賈豎賤人，甚者至於盜賊，往往而是。而儒生貴族，世之所望爲君子者，或至於放肆不軌，小民之不若。聖人知其然，是故不逆定於其始進之時，而徐觀其所試之効，使天下無必得之由〔一〕，亦無必不可得之道。天下知其不可以必得也，然後勉强於功名而不敢僥倖。知其不至於必不可得而可勉也，然後有以自慰其心，久而不懈。嗟夫，聖人之所以鼓舞天下〔二〕，天下之人日化而不自知者，此其爲術歟？

後之爲政者則不然。與人以必得〔三〕，而絶人以必不可得。此其意以爲進賢而退不肖。然天下之弊，莫甚於此。今夫制策之及等，進士之高第，皆以一日之間，而決取終身之富貴。此雖一時之文辭〔四〕，而未知其臨事之能否，則其用之不已太遽乎！

天下有用人而絕之者三。州縣之吏，苟非有大過而不可復用，則其他犯法，皆可使竭力爲善以自贖。而今世之法，一陷於罪戾，則終身不遷，使之不自聊賴而疾視其民，肆意妄行而無所顧惜。此其初未必小人也，不幸而陷於其中，途窮而無所入，則遂以自棄。府史賤吏，爲國者知其不可闕也，是故歲久則補以外官。以其所從來之卑也，而限其所至，則其中雖有出羣之才，終亦不得齒於士大夫之列。夫人出身而仕者，將以求貴也，貴不可得而至矣，則將惟富之求，此其勢然也。如是，則雖至於鞭笞戮辱，而不足以禁其貪。故夫此二者，苟不可以遂棄，則宜有以少假之也。入貲而仕者，皆得補郡縣之吏，彼知其終不得遷，亦將逞其一時之欲，無所不至。夫此，誠不可以遷也，則是用之之過而已。臣故曰：絕之則不用，用之則不絕。此三者之謂也。

〔一〕「由」原作「心」，今從郎本卷十六。羅考謂作「心」非。

〔二〕「天下」二字原缺，據郎本補。

〔三〕《應詔集》卷二「與」作「用」。

〔四〕郎本「辭」作「人」。宋刊《應詔集》無「辭」字，《七集》中之《應詔集》有「辭」字。

策別安萬民一

安萬民者，其別有六。一曰敦教化。夫聖人之於天下，所恃以爲牢固不拔者，在乎天下之民可與爲善，而不可與爲惡也。昔者三代之民，見危而授命，見利而不忘義。此非必有爵賞勸乎其前，而刑罰驅乎其後也。其心安於爲善，而忸怩於不義，是故有所不爲。夫民知有所不爲，則天下不可以敵，甲兵不可以威，利祿不可以誘，可殺可辱、可饑可寒而不可與叛，此三代之所以享國長久而不拔也。

及至秦、漢之世，其民見利而忘義，見危而不能授命。法禁之所不及，則巧僞變詐，無所不爲，疾視其長上而幸其災。因之以水旱，加之以盜賊，則天下枵然無復天子之民矣〔一〕。世之儒者常有言曰〔二〕：「三代之時，其所以教民之具，甚詳且密也。學校之制，射饗之節〔三〕，冠婚喪祭之禮，粲然莫不有法。及至後世，教化之道衰，而盡廢其具，是以若此無耻也。」然世之儒者，蓋亦嘗試以此等教天下之民矣〔四〕，而卒以無效，使民好文而益媮，飾詐而相高，則有之矣，此亦儒者之過也。臣愚以爲若此者，皆好古而無術，知有教化而不知名實之所存者也。實者所以信其名，而名者所以求其實也。有名而無實，則其名不行。有實而無名，則其實不長。凡今儒者之所論，皆其名也。

昔武王既克商，散財發粟，使天下知其不貪，禮下賢俊，使天下知其不驕，封先聖之後，使天下知其仁，誅飛廉、惡來，使天下知其義。如此，則其教化天下之實，固已立矣。天下聳然皆有忠信廉耻之心，然後文之以禮樂，教之以學校，觀之以射饗，而謹之以冠婚喪祭，民是以目擊而心諭，安行而自得也。及至秦、漢之世，專用法吏以督責其民，至于今千有餘年，而民日以貪冒嗜利而無耻。儒者乃始以三代之禮所謂名者而繩之！彼見其登降揖讓盤辟俯僂之容，則掩口而竊笑；聞鐘鼓管磬希夷嘽緩之音，則驚顧而不樂。如此，而欲望其遷善遠罪，不已難乎？

臣愚以爲宜先其實而後其名，擇其近於人情者而先之。今夫民不知信，則不可與久居於安。民不知義，則不可與同處於危。平居則欺其吏，而有急則叛其君。此教化之實不至，天下之所以無變者，幸也。欲民之知信，則莫若務實其言。欲民之知義，則莫若務去其貪。往者河西用兵〔五〕，而家人子弟皆籍以爲軍。其始也，官告以權時之宜，非久役者，事已當復爾業〔六〕。少焉皆刺其額，無一人得免。自寶元以來，諸道以兵興爲辭而增賦者，至今皆不爲除去。夫如是，將何以禁小民之詐欺哉！

夫所貴乎縣官之尊者，爲其恃於四海之富，而不争於錐刀之末也。其與民也優，其取利也緩。古之聖人，不得已而取，則時有所置，以明其不貪。何者？小民不知其説，而惟貪之知。今雞鳴而起，百工雜作，匹夫入市，操挾尺寸，吏且隨而税之，扼吭拊背，以收絲毫之利。古之設官者，求以裕民，今之設官者，求以勝民。賦歛有常限，而以先期爲賢。出納有常數，而以羡息爲能。天地之間，苟可以取者，莫不有禁。求利太廣，而用法太密，故民日趨於貪。臣愚以爲難行之言，當有所必行。而可取之利，當有所不取。以教民信，而示之義。若曰「國用不足而未可以行」，則臣恐其失之多於得也。

〔一〕郎本卷十七「枵」作「蕩」。

〔二〕《文粹》卷二十八「常」作「嘗」。

〔三〕郎本、《應詔集》卷三「饗」作「鄉」。

〔四〕「試」原缺，據郎本補。

〔五〕郎本「河西」作「西河」。

〔六〕「事已」原作「如是」，今從郎本。

策別安萬民二〔一〕

其二曰勸親睦。夫民相與親睦者，王道之始也。昔三代之制，畫爲井田，使其比閭族黨，各相親愛，有急相賙，有喜相慶，死喪相恤，疾病相養。是故其民安居無事，則往來歡欣，而獄訟不生；有寇而戰，則同心併力，而緩急不離。自秦、漢以來，法令峻急，使民乖其親愛歡欣之心〔二〕，而爲隣里告訐之俗。富人子壯則出居〔三〕，貧人子壯則出贅。一國之俗，而家各有法。一家之法，而人各有心。紛紛乎散亂而不相屬，是以禮讓之風息〔四〕，而争鬭之獄繁。天下無事，則務爲欺詐相傾以自成。天下有變，則流徙渙散相棄以自存。嗟夫，秦、漢以下，天下何其多故而難治也！此無他，民不愛其身，則輕犯法。輕犯法，則王政不行。欲民之愛其身，則莫若使其父子親、兄弟和、妻子相好。夫民仰以事父母，旁以睦兄弟，而俯以卹妻子。則其所賴於生者重，而不忍以其身輕犯法。三代之政，莫尚於此矣。

今欲教民和親，則其道必始於宗族。臣欲復古之小宗，以收天下不相親屬之心。古者有大宗、有小宗〔五〕。故《禮》曰：「別子爲祖，繼別爲宗。繼禰者爲小宗。」有百世不遷之宗，有五世則遷之宗。百世不遷者，別子之後也。宗其繼別子之所自出者，百世不遷者也。宗其繼高祖者，五世則遷者也。古者諸侯之子弟，異姓之卿大夫，始有家者，不敢禰其父，而自使其嫡子後之〔六〕，則爲大宗。族人宗之，雖百世而宗子死，則爲之服齊衰九月。故曰：「宗其繼別子之所自出者，百世不遷者也。」別子之庶子，又不得禰别子，而自使其嫡子爲後，則爲小宗〔七〕。小宗五世之外則無服。其繼禰者，親兄弟爲之服。其繼祖者，從兄弟爲之服。其繼曾祖者，再從兄弟爲之服。其繼高祖者，三從兄弟爲之服。其服大功九月。而高祖以外親盡則易宗。故曰：「宗其繼高祖者，五世則遷者也。」小宗四，有繼高祖者，有繼曾祖者，有繼祖者，有繼禰者，與大宗爲五，此所謂五宗也。古者立宗之道，嫡子既爲宗，則其庶子之嫡子又各爲其庶子之宗。其法止於四，而其實無窮。自秦、漢以來，天下無世卿。大宗之法，不可以復立。而其可以收合天下之親者〔八〕，有小宗之法存，而莫之行，此甚可惜也。

今夫天下所以不重族者，有族而無宗也。有族而無宗，則族不可合。族不可合，則雖欲親之而無由也。族人而不相親，則忘其祖矣。今世之公卿大臣賢人君子之後，所以不能世其家如古之久遠者，其族散而忘其祖也。故莫若復小宗，使族人相率而尊其宗子。宗子死，則爲之加服，犯之則以其服坐。貧賤不敢輕，而富貴不敢以加之。冠婚必告，喪葬必赴。此非有所難行也。今夫良民之家，士大夫之族，亦未必無孝弟相親之心，而族無宗子，莫爲之糾率，其勢不得相親。是以世之人，有親未盡而不相往來，冠婚不相告，死不相赴，而無知之民，遂至於父子異居，而兄弟相訟，然則王道何從而興乎！

嗚呼，世人之患，在於不務遠見。古之聖人合族之法，近于迂濶，而行之期月，則望其有益。故夫小宗之法，非行之難，而在乎久而不怠也。天下之民，欲其忠厚和柔而易治，其必曰自小宗始矣〔九〕。

〔一〕「安萬民」三字原缺。此文前後，皆有以「策别二」爲題者，加此三字，以示區别。其下「策别三」、「策别四」、「策別五」、「策別六」，亦倣此加「安萬民」三字。
〔二〕「乖」原作「離」，今從郎本卷十七。
〔三〕郎本「居」作「分」。
〔四〕郎本、《文鑑》卷一百四「讓」作「義」。
〔五〕「有」原缺，據郎本、《文鑑》、《應詔集》卷三補。
〔六〕郎本「後」作「爲」。
〔七〕郎本「則」作「別」。
〔八〕郎本「親」作「宗」。
〔九〕「曰」原缺，據郎本補。

策別安萬民三

其三曰均户口。夫中國之地，足以食中國之民有餘也〔一〕，而民常病於不足，何哉？地無變遷，而民有聚散。聚則争於不足之中，而散則棄於有餘之外。是故天下常有遺利，而民用不足。

昔者三代之制，度地以居民，民各以其夫家之衆寡而受田于官，一夫而百畝，民不可以多得尺寸之地，而地亦不可以多得一介之民，故其民均而地有餘。當周之時，四海之内，地方千里者九，而京師居其一，有田百同，而爲九百萬夫之地，山陵林麓〔二〕，川澤溝瀆，城郭宫室塗巷，三分去一，爲六百萬夫之地，又以上中下田三等而通之，以再易爲率，則王畿之内，足以食三百萬之衆。以九州言之，則是二千七百萬夫之地也，而計之以下農夫一夫之地而食五人，則是萬有三千五百萬人可以仰給於其中。當成、康刑措之後，其民極盛之時，九州之籍，不過千三萬四千有餘夫。地以十倍，而民居其一，故穀常有餘，而地力不耗。何者？均之有術也。

自井田廢，而天下之民，轉徙無常，惟其所樂，則聚以成市，側肩躡踵，以争尋常，挈妻負子，以分升合，雖有豐年，而民無餘蓄，一遇水旱，則弱者轉於溝壑〔三〕，而强者聚爲盜賊。地非不足，而民非加多也，蓋亦不得均民之術而已。

夫民之不均，其弊有二。上之人賤農而貴末，忽故而重新，則民不均。夫民之爲農者，莫不重遷，其墳墓廬舍，桑麻果蔬，牛羊耒耜，皆爲子孫百年之計。惟其百工技藝，無事種藝〔四〕，游手浮食之民，然後可以懷輕資而極其所往。是故上之人賤農而貴末，則農人釋其耒耜而游於四方〔五〕，擇其所樂而居之〔六〕，其弊一也。

凡人之情，怠於久安，而謹於新集。水旱之後，盜賊之餘，則莫不輕刑罰〔七〕，薄税斂，省力役〔八〕，以懷逋逃之民。而其久安而無變者，則不肯無故而加卹。是故上之人忽故而重新，則其民稍稍引去，聚於其所重之地，以至於衆多而不能容，其弊二也。

臣欲去其二弊，而開其二利，以均斯民。昔者聖人之興作也，必因人之情，故易爲功。必因時之勢，故易爲力。今欲無故而遷徙安居之民，分多而益寡，則怨謗之門，盜賊之端，必起於此，未享其利，而先被其害。臣愚以爲民之情，莫不懷土而重去。惟士大夫出身而仕者，狃於遷徙之樂，而忘其鄉。

昔漢之制，吏二千石皆徙諸陵。爲今之計〔九〕，可使天下之吏仕至某者，皆徙荆、襄、唐、鄧、許、汝、陳、蔡之間，今士大夫無不樂居於此者，顧恐獨往而不能濟〔一〇〕，彼見其儕類等夷之人，莫不在焉，則其去惟恐後耳。此所謂因人之情。

夫天下不能歲歲而豐也，則必有饑饉流亡之所，民方其困急時，父子且不能相顧，又安知去鄉之爲戚哉？當此之時，募其樂徙者，而使所過廩之，費不甚厚，而民樂行。此所謂因時之勢。

然此二者，皆授其田，貸其耕耘之具，而緩其租，然後可以固其意。夫如是，天下之民，其庶乎有息肩之漸也。

〔一〕郎本卷十七「食」作「養」。
〔二〕郎本「山陵林麓」作「山林陵麓」。
〔三〕郎本「轉於溝壑」作「散於天下」。
〔四〕「無事種藝」四字原缺，據郎本補。《文粹》卷二十八「種」作「樹」。
〔五〕郎本「人釋」作「民捨」。
〔六〕郎本「樂」作「利」。
〔七〕郎本「不輕」作「必省」。
〔八〕郎本「省」作「輕」。
〔九〕「爲」原缺，據郎本補。
〔一〇〕郎本「顧」作「故」。

策別安萬民四

其四曰較賦役。自兩稅之興，因地之廣狹瘠腴而制賦，因賦之多少而制役，其初蓋甚均也。責之厚賦，則其財足以供。署之重役〔一〕，則其力足以堪。何者？其輕重厚薄，一出於地，而不可易也。户無常賦，視地以爲賦。人無常役，視賦以爲役。是故貧者鬻田則賦輕，而富者加地則役重。此所以度民力之所勝，亦所以破兼并之門，而塞僥倖之源也。

及其後世，歲月既久，則小民稍稍爲姦，度官吏耳目之所不及，則雖有法禁，公行而不忌。今夫一户之賦，官知其爲賦之多少，而不知其爲地之幾何也。如此，則增損出入，惟其意之所爲。官吏雖明，法禁雖嚴，而其勢無由以止絶。且其爲姦，常起於貿易之際。夫鬻田者，必窮迫之人，而所從鬻者，必富厚有餘之家。富者恃其有餘而邀之，貧者迫於饑寒，而欲其速售。是故多取其地，而少入其賦。有田者，方其貧困之中，苟可以緩一時之急，則不暇計其他日之利害。故富者地日以益，而賦不加多，貧者地日以削，而賦不加少。又其姦民欲以計免於賦役者，割數畝之地，加之以數倍之賦，而收其少半之直，或者亦貪其直之微而取焉。是以數十年來，天下之賦，大抵淆亂。有兼并之族而賦甚輕，有貧弱之家而不免於重役，以至於破敗流移而不知其所往，其賦存而其人亡者，天下皆是也。

夫天下不可以有僥倖也。天下有一人焉僥倖而免，則亦必有一人焉不幸而受其弊。今天下僥倖者如此之衆，則其不幸而受其弊者從亦可知矣〔二〕。三代之賦，以什一爲輕，今之法，本不至於什一而取，然天下嗷嗷然以賦斂爲病者，豈其歲久而奸生，偏重而不均，以至於此歟？雖然，天下皆知其爲患而不能去。何者？勢不可也。今欲按行其地之廣狹瘠腴，而更制其賦之多寡，則姦吏因緣爲賄賂之門〔三〕，其廣狹瘠腴，亦將一切出於其意之喜怒，則患益深，是故士大夫畏之而不敢議，而臣以爲此最易見者，顧弗之察耳。

夫易田者必有契，契必有所直之數，具所直之數〔四〕，必得其廣狹瘠腴之實，而官必據其所直之數，而取其易田之税〔五〕，是故欲知其地之廣狹瘠腴，可以其税推也。久遠者不可復知矣，其數十年之間，皆足以推較，求之故府，猶可得而見。苟其税多者則知其直多，其直多者則知其田多且美也，如此，而其賦少，其役輕，則夫人亡而賦存者可以有均矣。鬻田者皆以其直之多少而給其賦〔六〕，重爲之禁，而使不敢以不實之直而書之契，則夫自今以往者〔七〕，貿易之際，爲姦者其少息矣。要以知凡地之所直，與凡賦之所宜多少，而以税參之，如此，則一持籌之吏坐於帳中，足以周知四境之虛實，不過數月，而民得以少蘇。不然，十數年之後，將不勝其弊，重者日以輕，而輕者日以重，而未知其所終也。

〔一〕郎本卷十七「署」作「責」。
〔二〕「亦」原爲空格，據《應詔集》卷三補。
〔三〕「吏」原作「利」，據《應詔集》改。
〔四〕「具」原作「其」，今從《文粹》卷二十八。
〔五〕郎本「取」作「收」。

〔六〕「給」原作「詰」，據郎本改。
〔七〕「者」原爲空格，據郎本、《應詔集》補。

策別安萬民五

其五曰教戰守。夫當今生民之患，果安在哉？在於知安而不知危，能逸而不能勞，此其患不見於今，將見於他日。今不爲之計，其後將有所不可救者。昔者先王知兵之不可去也，是故天下雖平，不敢忘戰。秋冬之隙，致民田獵以講武，教之以進退坐作之方，使其耳目習於鐘鼓旌旗之間而不亂，使其心志安於斬刈殺伐之際而不懾。是以雖有盜賊之變，而民不至於驚潰。及至後世，用迂儒之議，以去兵爲王者之盛節，天下既定，則卷甲而藏之。數十年之後，甲兵頓弊，而人民日以安於佚樂。卒有盜賊之警，則相與恐懼訛言，不戰而走。開元、天寶之際，天下豈不大治。惟其民安於太平之樂，酣豢於游戲酒食之間〔一〕，其剛心勇氣，消耗鈍眊，痿蹶而不復振，是以區區之禄山一出而乘之，四方之民，獸奔鳥竄，乞爲囚虜之不暇，天下分裂，而唐室因以微矣〔二〕。

蓋嘗試論之。天下之勢，譬如一身。王公貴人所以養其身者，豈不至哉，而其平居常苦於多疾。至於農夫小民，終歲勞苦，而未嘗告疾，此其故何也？夫風雨霜露寒暑之變，此疾之所由生也。農夫小民，盛夏力作，而窮冬暴露，其筋骸之所衝犯，肌膚之所浸漬，輕霜露而狎風雨，是故寒暑不能爲之毒。今王公貴人處於重屋之下，出則乘輿，風則襲裘，雨則御蓋，凡所以慮患之具，莫不備至。畏之太甚，而養之太過，小不如意，則寒暑入之矣。是故善養身者，使之能逸而能勞，步趨動作，使其四體狃於寒暑之變，然後可以剛健强力，涉險而不傷。

夫民亦然。今者治平之日久，天下之人，驕惰脆弱，如婦人孺子不出於閨門，論戰鬭之事，則縮頸而股慄，聞盜賊之名，則掩耳而不願聽。而士大夫亦未嘗言兵，以爲生事擾民，漸不可長。此不亦畏之太甚而養之太過歟？且夫天下固有意外之患也，愚者見四方之無事，則以爲變故無自而有，此亦不然矣〔三〕。今國家所以奉西北之虜者，歲以百萬計，奉之者有限，而求之者無厭，此其勢必至於戰。戰者，必然之勢也。不先於我，則先於彼，不出於西，則出於北。所不可知者，有遲速遠近，而要以不能免也。天下苟不免於用兵，而用之不以漸，使民於安樂無事之中，一旦出身而蹈死地〔四〕，則其爲患必有所不測。故曰：天下之民知安而不知危，能逸而不能勞。此臣所謂大患也。

臣欲使士大夫尊尚武勇，講習兵法。庶人之在官者，教以行陣之節。役民之司盜者，授以擊刺之術。每歲終則聚之郡府，如古都試之法，有勝負，有賞罰〔五〕，而行之既久，則又以軍法從事。然議者必以爲無故而動民，又悚以軍法〔六〕，則民將不安，而臣以爲此所以安民也。天下果未能去兵，則其一旦將以不教之民而驅之戰。夫無故而動民，雖有小恐〔七〕，然孰與夫一旦之危哉？今天下屯聚之兵，驕豪而多怨，陵壓百姓而邀其上者何故？此其心以爲天下之知戰者，惟我而已。如使平民皆習於兵〔八〕，彼知有所敵，則固已破其姦謀，而折其驕氣。利害之際，豈不亦甚明歟？

〔一〕郎本卷十七無「酣」字。

〔二〕郎本、《應詔集》卷三「因」作「固」。
〔三〕「然」原爲空格，據郎本、《應詔集》補。
〔四〕羅考謂「身」當作「生」。
〔五〕「有」原缺，據郎本、《應詔集》補。
〔六〕「悚」原作「撓」，今從《應詔集》。
〔七〕《文粹》「恐」作「怨」。
〔八〕「平」原作「貧」，今從郎本、《應詔集》。

策別安萬民六

其六曰去姦民。自昔天下之亂，必生於治平之日，休養生息，而姦民得容於其間，蓄而不發，以待天下之釁，至於時有所激，勢有所乘，則潰裂四出，不終朝而毒流於天下。聖人知其然，是故嚴法禁，督官吏，以司察天下之姦民而去之。

夫大亂之本，必起於小姦。惟其小而不足畏，是故其發也常至於亂天下。今夫世人之所憂以爲可畏者，必曰豪俠大盜。此不知變者之説也。天下無小姦，則豪俠大盜無以爲資。且以治平無事之時，雖欲爲大盜，將安所容其身，而其殘忍貪暴之心無所發洩，則亦時出爲盜賊，聚爲博弈，羣飲於市肆，而叫號於郊野。小者呼雞逐狗，大者椎牛發塚，無所不至，捐父母，棄妻孥，而相與嬉遊。凡此者，舉非小盜也。天下有釁，鉏耰棘矜相率而剽奪者〔一〕，皆嚮之小盜也。

昔三代之聖王，果斷而不疑，誅除擊去，無有遺類，所以擁護良民而使安其居。及至後世，刑法日以深嚴，而去姦之法，乃不及於三代。何者？待其敗露，自入於刑而後去也。夫爲惡而不入於刑者〔二〕，固已衆矣。有終身爲不義，而其罪不可指名以附於法者。有巧爲規避，持吏短長而不可詰者。又有因緣幸會而免者。如必待其自入於刑，則其所去者蓋無幾耳。昔周之制，民有罪惡未麗於法而害於州里者，桎梏而坐諸嘉石，重罪役之期，以次輕之，其下罪三月役，使州里任之，然後宥而舍之。其化之不從，威之不格，患苦其鄉之民，而未入於五刑者，謂之罷民。凡罷民，不使冠帶而加明刑，任之以事，而不齒於鄉黨。由是觀之，則周之盛時，日夜整齊其人民，而鋤去其不善。譬如獵人，終日馳驅踐蹂於草茅之中，搜求伏兔而搏之，不待其自投於網羅而後取也。夫然後小惡不容於鄉〔三〕，大惡不容於國，禮樂之所以易化，而法禁之所以易行者，由此之故也。

今天下久安，天子以仁恕爲心，而士大夫一切以寬厚爲稱上意，而懦夫庸人，又有所僥倖，務出罪人，外以邀雪冤之賞，而內以待陰德之報。臣是以知天下頗有不誅之姦，將爲子孫憂。宜明敕天下之吏，使以歲時糾察凶民，而徙其尤無良者，不必待其自入於刑，而間則命使出按郡縣，有子不孝、有弟不悌、好訟而數犯法者，皆誅無赦。誅一鄉之姦，則一鄉之人悅。誅一國之姦，則一國之人悅。要以誅寡而悅衆，則雖堯舜亦如此而已矣。

天下有三患，而蠻夷之憂不與焉。有內大臣之變，有外諸侯之叛，有匹夫羣起之禍，此三者其勢常相持。內大臣有權，則外諸侯不叛〔四〕。外諸侯强，則匹夫羣起之禍不作。今者內無權臣，外無强諸侯，而萬世之後，其尤可憂者〔五〕，姦民也。臣故曰去姦民。以爲安民之終云。

〔一〕郎本卷十七「鉏耰棘矜」作「鋤耕不務」。

〔二〕郎本無「不」字。

〔三〕「後」原作「故」，今從郎本。

〔四〕郎本「則外諸侯不叛」作「則諸侯弱」。

〔五〕「尤」原作「或」，今從郎本。

策别厚貨財一

厚貨財者，其别有二。一曰省費用。夫天下未嘗無財也。昔周之興，文王、武王之國不過百里，當其受命，四方之君長交至於其廷，軍旅四出，以征伐不義之諸侯，而未嘗患無財。方此之時，關市無征，山澤不禁，取於民者不過什一，而財有餘。及其衰也，内食千里之租，外取千八百國之貢〔一〕，而不足於用。由此觀之，夫財豈有多少哉！

人君之於天下，俯己以就人〔二〕，則易爲功，仰人以援己，則難爲力。是故廣取以給用，不如節用以廉取之爲易也。臣請得以小民之家而推之。夫民方其窮困時，所望不過十金之資，計其衣食之費，妻子之奉，出入於十金之中，寬然而有餘。及其一旦稍稍蓄聚〔三〕，衣食既足，則心意之欲，日以漸廣，所入益衆，而所欲益以不給。不知罪其用之不節，而以爲求之未至也。是以富而愈貧，求愈多而財愈不供，此其爲惑，未可以知其所終也。盍亦反其始而思之？夫嚮者豈能寒而不衣、饑而不食乎？今天下汲汲乎以財之不足爲病，何以異此。

國家創業之初，四方割據，中國之地至狹也。然歲歲出師以誅討僭亂之國，南取荆楚，西平巴蜀，而東下并潞，其費用之多〔四〕，又百倍於今可知也。然天下之士未嘗思其始，而惴惴焉患今世之不足〔五〕，則亦甚惑矣。

夫爲國有三計，有萬世之計，有一時之計，有不終月之計。古者三年耕必有一年之蓄，以三十年之通計，則可以九年無饑也。歲之所入，足用而有餘。是以九年之蓄，常閑而無用〔六〕。卒有水旱之變，盗賊之憂，則官可以自辦而民不知。若此者，天不能使之災，地不能使之貧，四夷盗賊不能使之困，此萬世之計也。而其不能者，一歲之入，纔足以爲一歲之出，天下之産，僅足以供天下之用，其平居雖不至於虐取其民，而有急則不免於厚賦。故其國可静而不可動，可逸而不可勞，此亦一時之計也。至於最下而無謀者，量出以爲入，用之不給，則取之益多。天下晏然無大患難，而盡用衰世苟且之法，不知有急則將何以加之，此所謂不終月之計也。

今天下之利，莫不盡取，山陵林麓，莫不有禁，關有征，市有租，鹽鐵有權，酒有課，茶有算，則凡衰世苟且之法，莫不盡用矣。譬之於人，其少壯之時，豐健勇武，然後可以望其無疾，以至於壽考。今未五六十，而衰老之候，具見而無遺，若八九十者，將何以待其後耶？然天下之人，方且窮思竭慮，以廣求利之門。且人而不思〔七〕，則以爲費用不可復省，使天下而無鹽鐵酒茗之稅，將不爲國乎？臣有以知其不然也。天下之費，固有去之甚易而無損，存之甚難而無益者矣。臣不能盡知，請舉其所聞，而其餘可以類求焉。

夫無益之費，名重而實輕。以不急之實，而被之以莫大之名，是以疑而不敢去。三歲而郊，郊而赦，赦而賞，此縣官有不得已者。天下吏士，數日而待賜，此誠不可以卒去〔八〕。至于大吏，所謂股肱耳目，與縣官同其憂樂者，此豈亦不得已而有所畏耶！天子有七廟，今又飾老佛之宫，而爲之祠，固已過矣，又使大臣以使領之，歲給以巨萬計，此何爲者也！天下之吏，爲不少矣，將患未得其人。苟得其人，則凡民之利，莫不備舉，而其患莫不盡去。今河水爲患，不使濱河州郡之吏親視其災〔九〕，而責之以救災之術，徒爲都水監〔一〇〕。夫四方之水患，豈其一人坐籌於京師，而盡其利害！天下有轉運使足矣，今江淮之間，又有發運，禄賜之厚，徒兵之衆，其爲費豈可勝計哉。蓋嘗聞之，里有蓄馬者，患牧人欺之而盜其芻菽也，又使一人焉爲之廐長，廐長立而馬益癯。今爲政不求其本，而治其末，自是而推之，天下無益之費，不爲不多矣。

臣以爲凡若此者，日求而去之，自毫氂以往，莫不有益。惟無輕其毫氂而積之，則天下庶乎少息也。

〔一〕郎本卷十八「取」作「牧」，《應詔集》卷四「取」作「收」。
〔二〕「以」原缺，據郎本、《應詔集》補。
〔三〕「蓄」原作「畜」，今據郎本改。下同。

〔四〕「多」原作「衆」，今據郎本改。羅考：作「衆」不可通。

〔五〕《文粹》卷二十九「惴惴」作「喘喘」。

〔六〕「閑」原作「間」，今從郎本。

〔七〕「思」原作「急」，今從《文粹》。

〔八〕郎本「卒」作「盡」。

〔九〕「視」原作「行」，今從郎本。

〔一〇〕「徒」原作「顧」，今從郎本。

蘇軾文集卷九

策

策別厚貨財二〔一〕

其二曰定軍制。自三代之衰，井田廢，兵農異處，兵不得休而爲民，民不得息肩而無事於兵者，千有餘年，而未有如今日之極者也。三代之制，不可復追矣。至於漢、唐，猶有可得而言者。

夫兵無事而食，則不可使聚，聚則不可使無事而食。此二者相勝而不可並行，其勢然也。今夫有百頃之閑田，則足以牧馬千駟，而不知其費。聚千駟之馬，而輸百頃之芻，則其費百倍，此易曉也。昔漢之制，有踐更之卒，而無營田之兵，雖皆出於農夫，而方其爲兵也，不知農夫之事，是故郡縣無常屯之兵，而京師亦不過有南北軍、期門、羽林而已。邊境有事，諸侯有變，皆以虎符調發郡國之兵，至於事已而兵休，則渙然各復其故。是以其兵雖不知農，而天下不至于弊者，未嘗聚也。唐有天下，置十六衞府兵，天下之府八百餘所，而屯于關中者，至有五百，然皆無事則力耕而積谷，不惟以自贍養，而又有以廣縣官之儲。是以兵雖聚于京師，而天下亦不至於弊者，未嘗無事而食也。

今天下之兵，不耕而聚于京畿三輔者，以數十萬計，皆仰給於縣官。有漢、唐之患，而無漢、唐之利〔二〕，擇其偏而兼用之，是以兼受其弊而莫之分也。天下之財，近自淮甸，而遠至於吳、蜀，凡舟車所至，人力所及，莫不盡取以歸于京師。晏然無事，而賦歛之厚，至于不可復加，而三司之用，猶苦其不給。其弊皆起於不耕之兵聚于內，而食四方之貢賦。

非特如此而已，又有循環往來屯戍于郡縣者。昔建國之初，所在分裂，擁兵而不服，太祖、太宗躬擐甲冑，力戰而取之；既降其君，而籍其疆土矣，然其故基餘孽猶有存者。上之人見天下之難合而恐其復發也，於是出禁兵以戍之，大自藩府，而小至于縣鎮，往往皆有京師之兵。由此觀之，則是天下之地，一尺一寸，皆天子自爲守也。而可以長久而不變乎？

費莫大於養兵，養兵之費，莫大於征行。今出禁兵而戍郡縣，遠者或數千里，其月廩歲給之外，又日供其芻糧。三歲而一遷，往者紛紛，來者纍纍，雖不過數百爲輩，而要其歸，無以異於數十萬之兵三歲而一出征也。農夫之力，安得不竭？餽運之卒，安得不疲？

且今天下未嘗有戰鬬之事，武夫悍卒，非有勞伐可以邀其上之人，然皆不得爲休息閑居無用之兵者，其意以爲爲天子出戍也。是故美衣豐食，開府庫，輦金帛，若有所負，一逆其意，則欲羣起而噪呼，此何爲者也。天下一家，且數十百年矣。民之戴君，至於海隅，無以異於畿甸，亦不必舉疑四方之兵而專信禁兵也。曩者蜀之有均賊〔三〕，與近歲貝州之亂，未必非禁兵致之。

臣愚以爲郡縣之土兵，可以漸訓而陰奪其權，則禁兵可以漸省而無用。天下武健，豈有常所哉？山川之所習〔四〕，風氣之所咻，四方之民一也。昔者戰國嘗用之矣。蜀人之怯懦，吳人之短小，皆嘗以抗衡于上國〔五〕，夫安得禁兵而用之。今之土兵，所以鈍弊劣弱而不振者，彼見郡縣皆有禁兵，而待之異等，是以自棄于賤隸役夫之間，而將吏亦莫之訓也。苟禁兵可以漸省〔六〕，而以其資糧益優郡縣之土兵，則彼固已歡欣踴躍出于意外〔七〕，戴上之恩而願效其力，又何遽不如禁兵耶？夫土兵日以多，禁兵日以少，天子扈從捍城之外，無所復用。如此，則内無屯聚仰給之費〔八〕，而外無遷徙供億之勞〔九〕，費之省者，又已過半矣。

〔一〕「厚貨財」三字原缺，此文前後，皆有以「策別二」爲題者，加此三字，以示區别。

〔二〕郎本卷十八「利」作「制」。

〔三〕「均」原作「妖」，誤。據郎本、《應詔集》卷四改。

〔四〕郎本「習」作「集」。

〔五〕《文粹》卷二十九「嘗」作「常」。

〔六〕「可以」二字原缺，據郎本補。

〔七〕「已」原作「以」，今從郎本。

〔八〕郎本「屯」作「長」。

〔九〕郎本「億」作「餽」。

策別訓兵旅一

訓兵旅者，其別有三。一曰蓄材用。夫今之所患兵弱而不振者，豈士卒寡少而不足使歟？器械鈍弊而不足用歟〔一〕？抑爲城郭不足守歟？廩食不足給歟？此數者，皆非也。然所以弱而不振，則是無材用也。

夫國之有材，譬如山澤之有猛獸，江河之有蛟龍，伏乎其中而威見乎其外，悚然有所不可狎者。至于鰍蚖之所蟠〔二〕，特豚之所牧，雖千仞之山，百尋之溪，而人易之。何則？其見于外者不可欺也。天下之大，不可謂無人。朝廷之尊，百官之富，不可謂無才。然以區區之二虜，舉數州之衆〔三〕，以臨中國，抗天子之威，犯天下之怒，而其氣未嘗少衰，其詞未嘗少挫，則是其心無所畏也。主憂則臣辱，主辱則臣死。今朝廷之上〔四〕，不能無憂，而大臣恬然未嘗有拒絶之議〔五〕，非不欲絶也，而未有以待之。則是朝廷無所恃也。緣邊之民，西顧而戰慄。牧馬之士，不敢彎弓而北嚮。吏士未戰而先期於敗，則是民輕其上也。外之蠻夷無所畏，内之朝廷無所恃，而民又自輕其上，此猶足以爲有人乎！

天下未嘗無才，患所以求才之道不至。古之聖人，以無益之名，而致天下之實，以可見之實，而較天下之虚名。二者相爲用而不可廢。是故其始也，天下莫不紛然奔走從事於其間，而要之以其終，不肖者無以欺其上。此無他，先名而後實也。不先其名，而唯實之求，則來者寡。來者寡，則不可以有所擇。以一旦之急，而用不擇之人，則是不先名之過也。天子之所嚮，天下之所奔也。今夫孫、吴之書，其讀之者，未必能戰也。多言之士，喜論兵者，未必能用也。進之以武舉，而試之以騎射，天下之奇才，未必至也。然將以求天下之實，則非此三者不可以致。以爲未必然而棄之〔六〕，則是其必然者，終不可得而見也。

往者西師之興，其先也，惟不以虚名多致天下之才而擇之，以待一旦之用。故其兵興之際，四顧惶惑而不知所措。於是設武舉，購方畧，收勇悍之士，而開猖狂之言，不愛高爵重賞，以求强兵之術。當此之時，天下囂然，莫不自以爲知兵也。來者日多，而其言益以無據，至于臨事，終不可用，執事之臣，亦遂厭之，而知其無益，故兵休之日，舉從而廢之。今之論者，以爲武舉、方畧之類，適足以開僥倖之門，而天下之實才，終不可以求得。此二者，皆過也。夫既已用天下之虚名，而不較之以實，至其弊也，又舉而廢其名，使天下之士不復以兵術進，亦已過矣。

天下之實才，不可以求之於言語，又不可以較之於武力，獨見之於戰耳。戰不可得而試也，是故見之於治兵。子玉治兵於蔿，終日而畢，鞭七人，貫三人耳。蔿賈觀之，以爲剛而無禮，知其必敗。孫武始見，試以婦人，而猶足以取信於闔閭，使知其可用。故凡欲觀將帥之才否，莫如治兵之不可欺也。今夫新募之兵，驕豪而難令〔七〕，勇悍而不知戰，此真足以觀天下之才也。武舉、方畧之類以來之，新兵以試之。觀其顔色和易，則足以見其氣；約束堅明，則足以見其威；坐作進退，各得其所，則足以見其能。凡此者皆不可强也。故曰：先之以無益之虚名，而較之以可見之實。庶乎可得而用也。

〔一〕郎本卷十八「鈍」作「頓」。
〔二〕郎本「鰍」作「蝤」。
〔三〕郎本「舉」作「聚」。
〔四〕《文粹》卷二十九「上」作「士」。

〔五〕「議」原作「義」，據郎本、《應詔集》卷四改。
〔六〕《應詔集》「然」作「至」。
〔七〕「豪」原缺，據郎本補。

策別訓兵旅二〔一〕

其二曰練軍實。三代之兵，不待擇而精，其故何也？兵出于農，有常數而無常人，國有事，要以一家而備一正卒〔二〕，如斯而已矣。是故老者得以養，疾病者得以爲閒民，而役於官者，莫不皆其壯子弟。故其無事而田獵，則未嘗發老弱之民，師行而餽糧，則未嘗食無用之卒。使之足輕險阻，而手易器械。聰明足以察旗鼓之節〔三〕，强鋭足以犯死傷之地，千乘之衆，而人人足以自捍。故殺人少而成功多，費用省而兵卒强。

蓋春秋之時，諸侯相并，天下百戰，其經傳所見謂之敗績者，如城濮、鄢陵之役，皆不過犯其偏師而獵其游卒，斂兵而退，未有僵尸百萬流血於江河如後世之戰者，何也？民各推其家之壯者以爲兵，則其勢不可得而多殺也。

及至後世，兵民既分，兵不得復而爲民，於是始有老弱之卒。夫既已募民而爲兵，其妻子屋廬，既已託於營伍之中，其姓名既已書於官府之籍，行不得爲商，居不得爲農，而仰食于官，至于衰老而無歸，則其道誠不可以棄去，是故無用之卒，雖薄其資糧，而皆廩之終身。凡民之生，自二十以上至於衰老，不過四十餘年之間。勇鋭强力之氣足以犯堅冒刃者，不過二十餘年。今廩之終身，則是一卒凡二十年無用而食于官也。自此而推之，養兵十萬，則是五萬人可去也；屯兵十年，則是五年爲無益之費也。民者，天下之本；而財者，民之所以生也。有兵而不可使戰，是謂棄財。不可使戰而驅之戰，是謂棄民。臣觀秦、漢之後，天下何其殘敗之多耶！其弊皆起於分民而爲兵。兵不得休，使老弱不堪之卒，拱手而就戮。故有以百萬之衆，而見屠於數千之兵者。其良將善用，不過以爲餌，委之啖賊。嗟夫，三代之衰，民之無罪而死者，其不可勝數矣。

今天下募兵至多，往者陝西之役，舉籍平民以爲兵。繼以明道、寶元之間，天下旱蝗，次及近歲青、齊之饑，與河朔之水災，民急而爲兵者，日以益衆。舉籍而按之，近世以來，募兵之多，無如今日。然皆老弱不教，不能當古之十五，而衣食之費，百倍於古。此甚非所以長久而不變者也。

凡民之爲兵者，其類多非良民。方其少壯之時，博弈飲酒，不安於家，而後能捐其身。至其少衰而氣沮，蓋亦有悔而不可復者矣。臣以謂：五十已上，願復而爲民者，宜聽；自今以往，民之願爲兵者〔四〕，皆三十以下則收〔五〕，限以十年而除其籍。民三十而爲兵，十年而復歸，其精力思慮，猶可以養生送死，爲終身之計。使其應募之日，心知其不出十年，而爲十年之計，則除其籍而不怨。以無用之兵終身坐食之費，而爲重募，則應者必衆。如此，縣官長無老弱之兵，而民之不任戰者，不至於無罪而死。彼皆知其不過十年而復爲平民，則自愛其身而重犯法，不至於叫呼無賴以自棄於凶人。

今夫天下之患，在於民不知兵。故兵常驕悍而民常怯。盜賊攻之而不能禦，戎狄掠之而不能抗。

今使民得更代而爲兵，兵得復還而爲民，則天下之知兵者衆，而盜賊戎狄將有所忌。然猶有言者，將以爲十年而代，故者已去而新者未教，則緩急有所不濟。夫所謂十年而代者，豈舉軍而並去之，有始至者，有既久者，有將去者，有當代者，新故雜居而教之，則緩急可以無憂矣。

〔一〕「訓兵旅」三字原缺；此文之前，有數文亦以「策別二」爲題，加此三字，以示區別。此文之下文「策別三」，亦在「三」前加「訓兵旅」三字。

〔二〕「正」原缺，據郎本卷十八、《應詔集》卷四補。

〔三〕「察」原作「赴」，今從郎本。

〔四〕《應詔集》「願」作「謁」。

〔五〕「以」原作「已」，今從《文粹》卷二十九。

策別訓兵旅三

其三曰倡勇敢。臣聞戰以勇爲主，以氣爲決。天子無皆勇之將，而將軍無皆勇之士，是故致勇有術。致勇莫先乎倡，倡莫善乎私。此二者，兵之微權，英雄豪傑之士，所以陰用而不言於人，而人亦莫之識也。

臣請得以備言之。夫倡者，何也？氣之先也。有人人之勇怯，有三軍之勇怯。人人而較之，則勇怯之相去，若莛與楹〔一〕。至于三軍之勇怯，則一也。出於反覆之間，而差於豪釐之際，故其權在將與君。人固有暴猛獸而不操兵，出入於白刃之中而色不變者。有見虺蜴而却走，聞鐘鼓之聲而戰慄者。是勇怯之不齊，至於如此〔二〕。然閭閻之小民，争鬬戲笑，卒然之間，而或至於殺人。當其發也，其心翻然，其色勃然，若不可以已者，雖天下之勇夫，無以過之。及其退而思其身，顧其妻子，未始不惻然悔也。此非必勇者也〔三〕。氣之所乘，則奪其性而忘其故。故古之善用兵者，用其翻然勃然於未悔之間〔四〕。而其不善者，沮其翻然勃然之心，而開其自悔之意。則是不戰而先自敗也。故曰致勇有術。

致勇莫先乎倡。均是人也，皆食其食，皆任其事，天下有急，而有一人焉奮而争先而致其死，則翻然者衆矣。弓矢相及，劒楯相搏，勝負之勢，未有所決，而三軍之士，屬目於一夫之先登，則勃然者相繼矣。天下之大，可以名劫也。三軍之衆，可以氣使也。諺曰：「一人善射，百夫決拾。」苟有以發之，及其翻然勃然之間而用其鋒，是之謂倡。

倡莫善乎私。天下之人，怯者居其百，勇者居其一，是勇者難得也。捐其妻子，棄其身以蹈白刃，是勇者難能也。以難得之人，行難能之事，此必有難報之恩者矣。天子必有所私之將，將軍必有所私之士，視其勇者而陰厚之。人之有異材者，雖未有功，而其心莫不自異。自異而上不異之，則緩急不可以望其爲倡。故凡緩急而肯爲倡者，必其上之所異也。昔漢武帝欲觀兵于四夷，以逞其無厭之求，不愛通侯之賞，以招勇士，風告天下，以求奮擊之人，然卒無有應者。於是嚴刑峻法，致之死地，而聽其以深入贖罪〔五〕，使勉强不得已之人，馳驟於萬死之地〔六〕，是故其將降，其兵破敗，而天下幾至於不測。何者？先無所異之人，而望其爲倡，不已難乎！

私者，天下之所惡也。然而爲己而私之，則私不可用。爲其賢於人而私之，則非私無以濟。蓋有無功而可賞，有罪而可赦者，凡所以愧其心而責其爲倡也。天下之禍，莫大於上作而下不應。上作而下不應，則上亦將窮而自止。方西戎之叛也，天子非不欲赫然誅之，而將帥之臣，謹守封略，收視内顧〔七〕，莫有一人先奮而致命，而士卒亦循循焉莫肯盡力，不得已而出，争先而歸，故西戎得以肆其猖狂，而吾無以應，則其勢不得不重賂而求和。其患起於天子無同憂患之臣，而將軍無心腹之士。西師之休，十有餘年矣，用法益密，而進人益艱，賢者不見異，勇者不見私，天下務爲奉法循令，要以如式而止，臣不知其緩急將誰爲之倡哉？

〔一〕「莛」原作「梃」。龐校引《莊子·齊物論》改作「莛」，今從。
〔二〕「如」原缺，據郎本卷十八補。
〔三〕郎本「必」作「不」。
〔四〕「於」原作「而」，今從郎本。
〔五〕郎本無「以」字。
〔六〕郎本、《應詔集》卷四「萬死」作「死生」。
〔七〕「收」原作「外」，今從郎本、《應詔集》。案：此上爲「謹守封略」句，作「收」是。

策斷一

二虜爲中國患，至深遠也。天下謀臣猛將，豪傑之士，欲有所逞於西北者，久矣。聞之兵法曰：「先爲不可勝，以待敵之可勝。」嚮者，臣愚以爲西北雖有可勝之形，而中國未有不可勝之備，故嘗竊以爲可特設一官〔一〕，使獨任其責，而執政之臣，得以專治內事。苟天下之弊，莫不盡去，紀綱修明，食足而兵强，百姓樂業，知愛其君，卓然有不可勝之備，如此，則臣固將備論而極言之〔二〕。

夫天下將興，其積必有源。天下將亡，其發必有門。聖人者，唯知其門而塞之。古之亡天下者四，而天子無道不與焉。蓋有以諸侯强逼而至於亡者，周、唐是也。有以匹夫横行而至於亡者，秦是也。有以大臣執權而至於亡者，漢、魏是也。有以蠻夷內侵而至於亡者，二晉是也。司馬氏、石氏。使此七代之君，皆能逆知其所由亡之門而塞之，則至于今可以不廢。惟其諱亡而不爲之備，或備之而不得其門，故禍發而不救。夫天子之勢，蟠於天下而結於民心者甚厚，故其亡也，必有大隙焉，而日潰之〔三〕。其窺之甚難，其取之甚密，曠日持久，然後可得而間，蓋非有一日卒然不救之患也。是故聖人必於其全安甚盛之時〔四〕，而塞其所由亡之門。

蓋臣以爲當今之患，外之可畏者，西戎、北狄，而內之可畏者，天子之民也。西戎、北狄，不足以爲中國之大憂，而其動也，有以召內之禍。內之民實執其存亡之權〔五〕，而不能獨起，其發也必將待外之變。先之以戎狄，而繼之以吾民，臣之所謂可畏者，在此而已。

昔者敵國之患，起於多求而不供。供者有倦而求者無厭，以有倦待無厭，而能久安於無事，天下未嘗有也。故夫二虜之患，特有遠近耳，而要以必至於戰。敢問今之所以戰者何也？其無乃出於倉卒而備於一時乎！且夫兵不素定，而出於一時，當其危疑擾攘之間，而吾不能自必，則權在敵國。權在敵國，則吾欲戰不能，欲休不可。進不能戰，而退不能休，則其計將出於求和。求和而自我，則其所以爲媾者必重。軍旅之後，而繼之以重媾，則國用不足。國用不足，則加賦於民。加賦而不已，則凡暴取豪奪之法，不得不施於今之世矣。天下一動，變生無方，國之大憂，將必在此。

蓋嘗聞之，用兵有權，權之所在，其國乃勝。是故國無小大，兵無强弱，有小國弱兵而見畏於天下者，權在焉耳。千鈞之牛，制於三尺之童，弭耳而下之，曾不如狙猿之奮擲於山林，此其故何也？權在人也。我欲則戰，不欲則守。戰則天下莫能支，守則天下莫能窺。昔者秦嘗用此矣。開關出兵以攻諸侯，則諸侯莫不願割地而求和。諸侯割地而求和於秦，秦人未嘗急於割地之利，若不得已而後應。故諸侯常欲和而秦常欲戰〔六〕。如此，則權固在秦矣。且秦非能强於天下之諸侯，秦惟能自必，而諸侯不能。是以天下百變〔七〕，而卒歸於秦。諸侯之利，固在從也〔八〕。朝聞陳軫之說而合爲從〔九〕，暮聞張儀之計而散爲横。秦則不然。横人之欲爲横，從人之欲爲從，皆使其自擇而審處之。諸侯相顧，而終莫能自必，則權之在秦，不亦宜乎？

嚮者寶元、慶曆之間，河西之役，可以見矣。其始也，不得已而後戰。其終也，逆探其意而與之和，又從而厚餽之，惟恐其一日復戰也。如此，則賊常欲戰而我常欲和。賊非能常戰也，特持其欲戰之形，以乘吾欲和之勢，屢用而屢得志，是以中國之大，而權不在焉。欲天下之安，則莫若使權在中國。欲權之在中國，則莫若先發而後罷。示之以不憚，形之以好戰，而後天下之權，有所歸矣。

今夫庸人之論，則曰勿爲禍始。古之英雄之君，豈其樂禍而好殺。唐太宗既平天下，而又歲歲出師，以從事於夷狄，蓋晚而不倦，暴露於千里之外，親擊高麗者再焉。凡此者，皆所以争先而處强也。

當時羣臣不能深明其意，以爲敵國無釁而我則發之。夫爲國者，使人備己，則權在我，而使己備人，則權在人。當太宗之時，四夷狼顧以備中國，故中國之權重。苟不先之，則彼或以執其權矣，而我又鰓鰓焉惡戰而樂罷，使敵國知吾之所忌，而以是取必於吾。如此，則雖有天下，吾安得而爲之。唐之衰也，惟其厭兵而畏戰，一有敗衄，則兢兢焉縮首而去之，是故姦臣執其權以要天子。及至憲宗，奮而不顧，雖小挫而不爲之沮。當此之時，天下之權，在於朝廷。伐之則足以爲威，舍之則足以爲恩〔一〇〕。臣故曰：先發而後罷，則權在我矣。

〔一〕「嘗竊」原作「竊嘗」，今從郎本卷十九。

〔二〕郎本「固將」作「因得」。

〔三〕郎本「日」上有「一」字。

〔四〕「安甚」二字原缺，據郎本補。

〔五〕「其」原缺，據郎本、《應詔集》卷五補。

〔六〕「常」原作「嘗」，今從《文粹》卷三十、《應詔集》。

〔七〕郎本「變」作「戰」。

〔八〕郎本「從」後有「橫」字。

〔九〕郎本「陳軫」作「蘇秦」。

〔一〇〕郎本「舍」作「赦」。

策斷二

臣聞用兵有可以逆爲數十年之計者，有朝不可以謀夕者。攻守之方，戰鬬之術，一日百變，猶以爲拙，若此者，朝不可以謀夕者也。古之欲謀人之國者，必有一定之計。勾踐之取吳，秦之取諸侯，高祖之取項籍，皆得其至計而固執之。是故有利有不利，有進有退，百變而不同，而其一定之計未始易也。勾踐之取吳，是驕之而已。秦之取諸侯，是散其從而已。高祖之取項籍，是間疎其君臣而已。此其至計不可易者，雖百年可知也。今天下晏然未有用兵之形，而臣以爲必至於戰，則其攻守之方，戰鬬之術，固未可以豫論而臆斷也。然至於用兵之大計，所以固執而不變者，臣請得以豫言之。

夫西戎、北胡，皆爲中國之患。而西戎之患小，北胡之患大。此天下之所明知也。管仲曰：「攻堅則瑕者堅，攻瑕則堅者瑕。」故二者，皆所以爲憂。而臣以爲兵之所加，宜先於西。故先論所以制御西戎之大畧。

今夫鄒與魯戰，則天下莫不以爲魯勝，大小之勢異也。然而勢有所激，則大者失其所以爲大，而小者忘其所以爲小，故有以鄒勝魯者矣。夫大有所短，小有所長，地廣而備多，備多而力分，小國聚而大國分，則强弱之勢，將有所反。大國之人，譬如千金之子，自重而多疑。小國之人，計窮而無所恃，則致死而不顧。是以小國常勇，而大國常怯。恃大而不戒，則輕戰而屢敗。知小而自畏，則深謀而必克。此又其理然也。夫民之所以守戰至死而不去者，以其君臣上下歡欣相得之際也。國大則君尊而上下不交，將軍貴而吏士不親，法令繁而民無所措其手足。若夫小國之民，截然其若一家也，有憂則相卹，有急則相赴。凡此數者，是小國之所長，而大國之所短也。使大國而不用其所長〔一〕，常出於其所短〔二〕，雖百戰而百屈，豈足怪哉！

且夫大國，則固有所長矣〔三〕，長於戰而不長於守。夫守者，出於不足而已。譬之於物，大而不用，則易以腐敗，故凡擊搏進取，所以用大也。孫武之法，十則圍之，五則攻之，倍則分之，敵則能戰之，少則能逃之，不若則能避之。自敵以上者，未嘗有不戰也。自敵以上而不戰，則是以有餘而用不足之計，固已失其所長矣。凡大國之所恃，吾能分兵，而彼不能分，吾能數出，而彼不能應。譬如千金之家，日出其財，以罔市利，而販夫小民終莫能與之競者，非智不若，其財少也。是故販夫小民，雖有桀黠之才，過人之智，而其勢不得不折而入於千金之家。何則？其所長者不可以與較也。

西戎之於中國，可謂小國矣。嚮者惟不用其所長，是以聚兵連年而終莫能服。今欲用吾之所長，則莫若數出，數出莫若分兵。臣之所謂分兵者，非分屯之謂也，分其居者與行者而已。今河西之戍卒，惟患其多，而莫之適用，故其便莫若分兵。使其十一而行，則一歲可以十出；十二而行，則一歲可以五出。十一而十出，十二而五出，則是一人而歲一出也。吾一歲而一出，彼一歲而十被兵焉，則衆寡之不侔，勞逸之不敵，亦已明矣。夫用兵必出於敵人之所不能。我大而敵小，是故我能分而彼不能。此吳之所以肆楚，而隋之所以狃陳歟？夫御戎之術，不可以逆知其詳，而其大畧，臣未見有過此者也。

〔一〕「使」原缺，據郎本卷十九補。

〔二〕「常」前原有「使小國」三字，據郎本刪。案：此以上並未及小國所短，郎本是。
〔三〕「固」前原有「國」字，據郎本、《應詔集》卷五刪。

策斷三

其次請論北狄之勢。古者匈奴之衆，不過漢一大縣，然所以能敵之者，其國無君臣上下朝覲會同之節，其民無穀米絲麻耕作織紝之勞。其法令以言語爲約，故無文書符傳之繁。其居處以逐水草爲常，故無城郭邑居聚落守望之助〔一〕。其旃裘肉酪，足以爲養生送死之具。故戰則人人自鬬，敗則驅牛羊遠徙，不可得而破。蓋非獨古聖人法度之所不加，亦其天性之所安者〔二〕，猶狙猿之不可使冠帶，虎豹之不可被以羈紲也。故中行説教單于無愛漢物，所得繒絮，皆以馳草棘中，使衣袴弊裂，以示不如旃裘之堅善也，得漢食物皆去之，以示不如湩酪之便美也。由此觀之，中國以法勝，而匈奴以無法勝。

聖人知其然，是故精修其法而謹守之，築爲城郭，塹爲溝池，大倉廩，實府庫，明烽燧，遠斥堠，使民知金鼓進退坐作之節，勝不相先〔三〕，敗不相後〔四〕。此其所以謹守其法而不敢失也。一失其法，則不如無法之爲便也。故夫各輔其性而安其生，則中國與胡，本不能相犯。惟其不然，是故皆有以相制，胡人之不可從中國之法，猶中國之不可從胡人之無法也。

今夫佩玉服韍冕而垂旒者，此宗廟之服，所以登降揖讓折旋俯仰爲容者也，而不可以騎射。今夫蠻夷而用中國之法，豈能盡如中國哉！苟不能盡如中國，而雜用其法，則是佩玉服韍冕垂旒而欲以騎射也。昔吴之先，斷髮文身，與魚鼈龍蛇居者數十世，而諸侯不敢窺也。其後楚申公巫臣始教以乘車射御，使出兵侵楚，而闔廬、夫差又逞其無厭之求，開溝通水，與齊、晉争强，黄池之會，强自冠帶，吴人不勝其弊，卒入於越。夫吴之所以强者，乃其所以亡也。何者？以蠻夷之資，而貪中國之美，宜其可得而圖之哉。

西晉之亡也，匈奴、鮮卑、氐、羌之類，紛紜於中國〔五〕，而其豪傑間起，爲之君長，如劉元海、苻堅、石勒、慕容儁之儔，皆以絶異之姿，驅駕一時之賢俊，其强者至有天下太半，然終於覆亡相繼，遠者不過一傳再傳而滅，何也？其心固安於無法也，而束縛於中國之法。中國之人，固安於法也，而苦其無法。君臣相戾，上下相厭。是以雖建都邑，立宗廟，而其心岌岌然常若寄居於其間，而安能久乎？且人而棄其所得於天之分，未有不亡者也。

契丹自五代南侵，乘石晉之亂，奄至京邑〔六〕，覩中原之富麗、廟社宫闕之壯而悦之，知不可以留也，故歸而竊習焉。山前諸郡，既爲所并，則中國士大夫有立其朝者矣。故其朝廷之儀，百官之號，文武選舉之法，都邑郡縣之制，以至於衣服飲食，皆雜取中國之象。然其父子聚居，貴壯而賤老，貪得而忘失，勝不相讓，敗不相救者猶在也。其中未能革其犬羊豺狼之性，而外牽於華人之法，此其所以自投於陷穽網羅之中。而中國之人，猶曰今之匈奴非古也，其措置規畫，皆不復蠻夷之心，以爲不可得而圖之，亦過計矣。且夫天下固有沉謀陰計之士也。昔先王欲圖大事，立奇功，則非斯人莫之與共。梁之尉繚〔七〕，漢之陳平，皆以樽俎之間，而制敵國之命。此亦王者之心，期以紓天下之禍而已。

彼契丹者，有可乘之勢三，而中國未之思焉，則亦足惜矣。臣觀其朝廷百官之衆，而中國士大夫交錯於其間，固亦有賢俊慷慨不屈之士，而詬辱及於公卿，鞭扑行於殿陛〔八〕，貴爲將相，而不免囚徒之耻，宜其有惋憤鬱結而思變者，特未有路耳。凡此皆可以致其心，雖不爲吾用，亦以間疎其君臣。此由余之所以入秦也。幽燕之地，自古號多雄傑，名於圖史者，往往而是。自宋之興，所在賢俊，雲合響應，無有遠邇，皆欲洗濯磨淬以觀上國之光，而此一方，獨陷於非類。昔太宗皇帝親征幽州，未克而班師，聞之諜者曰：幽州士民，謀欲執其帥以城降者，聞乘輿之還，無不泣下。且胡人以爲諸郡之民，非其族類，故厚斂而虐使之，則其思内附之心，豈待深計哉，此又足爲之謀也。使其上下相猜，君民相疑，然後可攻也。語有之曰：鼠不容穴，啣窶藪也。彼僭立四都，分置守宰，倉廩府庫，莫不備具，有一旦之急，適足以自累，守之不能，棄之不忍，華夷雜居，易以生變。如此，則中國之長，足以有所施矣。

然非特如此而已也。中國不能謹守其法，彼慕中國之法，而不能純用，是以勝負相持而未有決也。夫蠻夷者以力攻，以力守，以力戰，顧力不能則逃。中國則不然。其守以形，其攻以勢，其戰以氣，故百戰而力有餘。形者，有所不守，而敵人莫不忌也。勢者，有所不攻，而敵人莫不憊也〔九〕。氣者，有所不戰，而敵人莫不懾也。苟去此三者而角之於力，則中國固不敵矣。尚何云乎！惟國家留意其大者而爲之計，其小者臣未敢言焉。

〔一〕郎本卷十九「助」作「勸」。

〔二〕「其」原缺，據郎本補。

〔三〕郎本「不」作「則」。

〔四〕郎本「後」作「棄」。

〔五〕「於」原缺，據郎本補。

〔六〕《文粹》卷三十「奄至京邑」作「畜於京師」。

〔七〕「梁」原作「秦」，今從郎本。羅考：尉繚乃梁人仕秦者，作「梁」爲合。

〔八〕「扑」原作「朴」，今從郎本。

〔九〕「憊」原作「備」，今從郎本。

御試制科策一道并策問

皇帝若曰：朕承祖宗之大統，先帝之休烈，深惟寡昧，未燭於理，志勤道遠，治不加進。夙興夜寐，於茲三紀。朕德有所未至，教有所未孚，闕政尚多，和氣或盭。田野雖闢，民多無聊〔一〕。邊境雖安，兵不得撤。利入已浚，浮費彌廣。軍冗而未練，官冗而未澄。庠序比興，禮樂未具。户罕可封之俗，士忽胥讓之節〔二〕。此所以訟未息於虞、芮，刑未措于成、康。意在位者不以教化爲心，治民者多以文法爲拘。禁防繁多，民不知避。敘法寬濫，吏不知懼。纍繫者衆，愁歎者多。仍歲以來，災異數見。六月壬子，日食于朔。淫雨過節，煖氣不效。江河潰决，百川騰溢。永思厥咎，深切在予。變不虛生，緣政而起。五事之失，六沴之作，劉向所傳，吕氏所紀，五行何修而得其性，四時何行而順其令？非正陽之月，伐鼓救變，其合於經乎？方盛夏之時，論囚報重，其考於古乎？京師諸夏之表則〔三〕，王教之淵源。百工淫巧無禁，豪右僭差不度。治當先内，或曰，何以爲京師？政在摘姦，或曰，不可撓獄市。推尋前世，探觀治迹〔四〕。孝文尚老子，而天下富殖。孝武用儒術，而海内虛耗。道非有弊，治奚不同？王政所由〔五〕，形于詩道。周公《豳》詩，王業也，而係之《國風》。宣王北伐，大事也，而載之《小雅》。周以冢宰制國用，唐以宰相兼度支。錢穀，大計也。兵師，大衆也。何陳平之對，謂當責之内史？韋洪質之言〔六〕，不宜兼於宰相？錢貨之制，輕重之相權；命秩之差，虛實之相養；水旱蓄積之備；邊陲守禦之方；圜法有九府之名；樂語有五均之義。富人强國，尊君重朝。弭災致祥，改薄從厚。此皆前世之急政，而當今之要務。子大夫其悉意以陳，毋悼後害。

臣謹對曰：臣聞天下無事，則公卿之言輕於鴻毛，天下有事，則匹夫之言重於泰山。非智有所不能，而明有所不察，緩急之勢異也。方其無事也，雖齊桓之深信其臣，管仲之深得其君，以握手丁寧之問，將死深悲之言，而不能去其區區之三豎。及其有事且急也，雖唐代宗之庸，程元振之用事，柳伉之賤且疏，而一言以入之，不終朝而去其腹心之疾。夫言之於無事之世者，足以有所改爲，而常患於不信。言之於有事之世者，易以見信，而常患於不及改爲。此忠臣志士之所以深悲，天下之所以亂亡相尋，而世主之所以不悟也。今陛下處積安之時，乘不拔之勢，拱手垂裳，而天下嚮風，動容變色，而海内震恐。雖有一事之失常，一物之不獲，固未足以憂陛下也。所謂親策賢良之士者〔七〕，以應故事而已。豈以臣言爲真足以有感於陛下耶？雖然，君以名求之，臣以實應之。陛下爲是名也，臣敢不爲是實也。

伏惟制策有念祖宗先帝大業之重，而自處於寡昧，以爲「志勤道遠，治不加進」。臣竊以爲陛下卽位以來，歲歷三紀，更於事變，審於情僞，不爲不熟矣。而「治不加進」，雖臣亦疑之。然以爲「志勤道遠」，則雖臣至愚，亦未敢以明詔爲然也。

夫志有不勤而道無遠。陛下苟知勤矣，則天下之事，粲然無不畢舉，又安以訪臣爲哉？今也猶以道遠爲歎，則是陛下未知勤也。臣請言勤之說。夫天以日運，故健，日月以日行，故明，水以日流，故不竭，人之四肢以日動，故無疾，器以日用，故不蠹。天下者，大器也〔八〕。久置而不用，則委靡廢放，日趨於弊而已矣。陛下深居法宮之中，其憂勤而不息耶？臣不得而知也。其宴安而無爲耶？臣不得而知也。然所以知道遠之歎由陛下之不勤者，誠見陛下以天下之大，欲輕賦稅則財不足，欲威四夷則兵不强，欲興利除害則無其人，欲敦世厲俗則無其具，大臣不過遵用故事，小臣不過謹守簿書，上下相安，以苟歲月。此臣所以妄論陛下之不勤也。

臣又竊聞之。自頃歲以來，大臣奏事，陛下無所詰問〔九〕，直可之而已。臣始聞而大懼，以爲不信，及退而觀其效見，則臣亦不敢謂不信也。何則？人君之言，與士庶不同。言脫於口，而四方傳之，捷於風雨。故太祖、太宗之世，天下皆諷誦其言語，以爲聳動之具。今陛下之所震怒而賜譴者，何人也？合於聖意誘而進之者，何人也？所與朝夕論議深言者，何人也？越次躐等召而問訊之者，何人也？四者，臣皆未之聞焉。此臣所以妄論陛下之不勤也。

臣願陛下條天下之事，其大者有幾，可用之人有幾。某事未治，某人未用，鷄鳴而起，曰，吾今日爲某事，用某人。他日又曰，吾所爲某事，其事果濟矣乎，所用某人，其人果才矣乎。如是孜孜焉不違於心，屏去聲色，放遠善柔，親近賢達，遠覽古今，凡此者勤之實也，而道何遠乎！

伏惟制策有「夙興夜寐，于今三紀。德有所未至，教有所未孚，闕政尚多，和氣或盭，田野雖闢，民多無聊。邊境雖安，兵不得撤。利入已浚，浮費彌廣。軍冗而未練，官冗而未澄。庠序比興，禮樂未具。户罕可封之俗，士忽胥讓之節。此所以訟未息於虞、芮，刑未措於成、康。意在位者不以教化爲心，治民者多以文法爲拘。禁防繁多，民不知避。敘法寬濫，吏不知懼。纍繫者衆，愁歎者多」。

凡此陛下之所憂數十條者，臣皆能爲陛下歷數而備言之。然而未敢爲陛下道也。何者？陛下誠得御臣之術而固執之，則嚮之所憂數十條者，皆可以捐之大臣，而己不與。今陛下區區以嚮之數十條爲己憂者，則是陛下未得御臣之術也。

天下所謂賢者，陛下既得而用之矣。方其未用也，常若有餘；而其既用也，則常若不足〔一〇〕。是豈其才之有變乎！古之用人者，日夜深提策之〔一一〕。武王用太公，其相與問答百餘萬言，今之《六韜》是也。桓公用管仲，其相與問答，亦百餘萬言，今之《管子》是也。古之人君，其所以反覆窮究其臣者若此。今陛下默默而聽其所爲，則夫嚮之所憂數十條者無時而舉矣。古之忠臣，其受任也，必先自度曰，吾能辦是矣乎？度能辦是也，則又曰，吾君能忘己而任我乎？能無以小人間我乎？度其能忘己而任我也，能無以小人間我也，然後受之。既已受之矣，則以身任天下之責而不辭，享天下之利而不愧。今也内不度己，外不度君，而輕受之。受之，而衆不與也，則引身而求去。陛下又爲美辭而遣之，加之重禄而慰之。夫引身而求退者，非果廉節而有讓也。是邀君以自固也，是自明其非我之欲留以逃謗也，是不能辦其事而以其患遺後人也。陛下奈何聽之。臣故曰：陛下未得御臣之術也。

若夫「德有所未至，教有所未孚」者，此實不至也。德之，必有以著其德之之形，教之，必有以顯其教之之狀。德之之形，莫著於輕賦。教之之狀，莫顯於去殺。此二者，今皆未能焉。故曰：實不至也。

夫以選舉之重，而不取才行；官吏之衆，而不行考課；農末之相傾，而平糴之法不立；貧富之相役，而占田之數無限〔一三〕。天下之闕政，則莫大乎此。而和氣安得不盭乎？

「田野闢」者，民之所以富足之道也。其所以無聊，則吏政之過也。然臣聞天下之民，常偏聚而不均。吴、蜀有可耕之人，而無其地。荆、襄有可耕之地，而無其人。由此觀之，則田野亦未可謂盡闢也。夫以吴、蜀、荆、襄之相形，而饑寒之民，終不能去狹而就寬者，世以爲懷土而重遷，非也。行者無以相羣，則不能行，居者無以相友，則不能居，若輩徒饑寒之民，則無不聽矣。

「邊境已安，而兵不得撤」者，有安之名，而無安之實也。臣欲小言之，則自以爲愧，大言之，則世俗以爲笑，臣請畧言之。古之制北狄者，未始不通西域。今之所以不能通者，是夏人爲人障也。朝廷置靈武於度外，幾百年矣。議者以爲絶域異方，曾不敢近，而況於取之乎！然臣以爲事勢有不可不取者。不取靈武，則無以通西域。西域不通，則契丹之强，未有艾也。然靈武之所以不可取者，非以數郡之能抗吾中國，吾中國自困而不能舉也。其所以自困而不能舉者，以不生不息之財，養不耕不戰之兵，塊然如巨人之病腿，非不枵然大矣，而手足不能以自舉。欲去是疾也，則莫若捐秦以委之，使秦人斷然如戰國之世，不待中國之援，而中國亦若未始有秦者〔一三〕。有戰國之全利，而無戰國之患，則夏人舉矣。其便莫如稍徙緣邊之民不能戰守者於空閑之地，而以其地益募民爲屯田，屯田之兵稍益，則向之戍卒可以稍減，使數歲之後，緣邊之民，盡爲耕戰之夫，然後數出兵以苦之，要以使之厭戰而不能支，則折而歸吾矣。如此，而北狄始有可制之漸，中國始有息肩之所。不然，將濟師之不暇，而又何撤乎？

所謂「利入已浚而浮費彌廣」者。臣竊以爲外有不得已之二虜，內有得已而不已之後宮。後宮之費，不下一敵國，金玉錦繡之工，日作而不息，朝成夕毁，務以相新，主帑之吏，日夜儲其精金良帛而別異之，以待倉卒之命，其爲費豈可勝計哉。今不務去此等，而欲廣求利之門，臣知所得之不如所喪也。

「軍冗而未練」者。臣嘗論之，曰：此將不足恃之過也。然以其不足恃之故，而擁之以多兵，不蒐去其無用，則多兵適所以爲敗也。

「官冗而未澄」者。臣嘗論之，曰，此審官吏部與職司無法之過也。夫審官吏部，是古者考績黜陟之所也〔一四〕。而特以日月爲斷。今縱未能復古，可畧分其郡縣，不以遠近爲差，而以難易爲等，第其人之所堪，而別異之。才者常爲其難，而不才者常爲其易。及其當遷也，難者常速，而易者常久。然而爲此者固有待也。使審官吏部，與外之職司，常相關通。而爲職司者，不惟舉有罪，察有功而已。必使盡第其屬吏之所堪，以詔審官吏部。審官吏部常從內等其任使之難易。職司常從外第其人之優劣。才者常用，不才者常閒。則冗官可澄矣。

「庠序興而禮樂未具」者。臣蓋以爲庠序者，禮樂既興之所用，非所以興禮樂也。今禮樂鄙野而未完，則庠序不知所以爲教，又何以興禮樂乎。如此而求其可封，責其胥讓，將以息訟而措刑者，是却行而求前也。夫上之所嚮者，下之所趨也，而況從而賞之乎。上之所背者，下之所去也，而況從而罰之乎。陛下責在位者不務教化，而治民者多拘文法，臣不知朝廷所以爲賞罰者，何也？無乃或以教化得罪而多以文法受賞歟？夫禁防未至於繁多〔一五〕，而民不知避者，吏以爲市也。敘法不爲寬濫，而吏不知懼者，不論其能否，而論其久近也。纍繫者衆，愁歎者多，凡以此也。

伏惟制策有「仍歲以來，災異數見，乃六月壬子，日食于朔。淫雨過節，煖氣不效。江河潰決，百川騰溢。永思厥咎，深切在予。變不虛生，緣政而起」。此豈非陛下厭聞諸儒牽合之論，而欲聞其自然之説乎？臣不敢復取《洪範傳》、《五行志》以爲對，直以意推之。

夫日食者，是陽氣不能履險也。何謂陽氣不能履險？臣聞五月二十三分月之二十，是爲一交，交當朔則食。交者，是行道之險者也。然而或食或不食，則陽氣之有强弱也。今有二人並行而犯霧露，其疾者，必其弱者也〔一六〕。其不疾者，必其强者也。道之險一也，而陽氣之强弱異。故夫日之食，非食之日而後爲食，其虧也久矣，特遇險而見焉。陛下勿以其未食也爲無災，而其既食而復也爲免咎。臣以爲未也，特出於險耳。夫淫雨大水者，是陽氣融液汗漫而不能收也。諸儒或以爲陰盛。臣請得以理折之。夫陽動而外，其於人也爲噓，噓之氣温然而爲濕。陰動而内，其於人也爲噏，噏之氣冷然而爲燥〔一七〕。以一人推天地，天地可見也。故春夏者，其一噓也。秋冬者，其一噏也。夏則川澤洋溢，冬則水泉收縮，此燥濕之效也。是故陽氣汗漫融液而不能收，則常爲淫雨大水，猶人之噓而不能噏也。今陛下以至仁柔天下，兵驕而益厚其賜，戎狄桀傲而益加其禮，蕩然與天下爲咻呴溫煖之政，萬事惰壞而終無威刑以堅凝之，亦如人之噓而不能噏，此淫雨大水之所由作也。天地告戒之意，陰陽消復之理〔一八〕，殆無以易此矣！

而制策又有「五事之失，六沴之作，劉向所傳，呂氏所紀，五行何修而得其性，四時何行而順其令？非正陽之月，伐鼓救變，其合於經乎？方盛夏之時，論囚報重，其考於古乎」？此陛下畏天恐懼求端之過，而流入於迂儒之說，此皆愚臣之所學於師而不取者也。

夫五行之相沴，本不至于六。六沴者，起於諸儒欲以六極分配五行，於是始以皇極附益而爲六。夫皇極者，五事皆得。不極者，五事皆失。非所以與五事並列而別爲一者也。是故有眊而又有蒙，有極而無福，曰五福皆應，此亦自知其疎也。呂氏之時令，則柳宗元之論備矣，以爲有可行者，有不可行者。其可行者，皆天事也。其不可行者，皆人事也。若夫禜社伐鼓〔一九〕，本非有益於救災，特致其尊陽之意而已。《書》曰：「乃季秋月朔，辰弗集于房，瞽奏鼓，嗇夫馳，庶人走。」由此言之，則亦何必正陽之月而後伐鼓救變如《左氏》之說乎？盛夏報囚，先儒固已論之，以爲仲尼誅齊優之月，固君子之所無疑也。

伏惟制策有「京師諸夏之表則，王教之淵源，百工淫巧無禁，豪右僭差不度」，此在陛下身率之耳。後宮有大練之飾，則天下以羅紈爲羞。大臣有脫粟之節，則四方以膏粱爲汙。雖無禁令，又何憂乎。

伏惟制策有「治當先內〔二〇〕，或曰，何以爲京師？政在擿姦，或曰，不可撓獄市」。此皆一偏之說，不可以不察也。夫見其一偏而輒舉以爲說，則天下之說，不可以勝舉矣。自通人而言之，則曰「治內所以爲京師也，不撓獄市，所以爲擿姦也」。如使不撓獄市而害其爲擿姦，則夫曹參者，是爲逋逃主也。

伏惟制策有「推尋前世，探觀治迹〔二一〕，孝文尚老子，而天下富殖。孝武用儒術，而海內虛耗。道非有弊，治奚不同」。臣竊以爲不然。孝文之所以爲得者，是儒術畧用也。其所以得而未盡者，是儒術略用而未純也〔二二〕。而其所以爲失者，則是用老也〔二三〕。何以言之？孝文得賈誼之說，然後待大臣有禮，御諸侯有術，而至于興禮樂，係單于，則曰未暇。故曰「儒術畧用而未純」也。若夫用老之失，則有之矣。始以區區之仁，壞三代之肉刑，而易之以髡笞，髡笞不足以懲中罪〔二四〕，則又從而殺之。用老之失，豈不過甚矣哉！且夫孝武亦不可謂用儒之主也。博延方士，而多興妖祠，大興宮室，而甘心遠畧。此豈儒者教之。今夫有國者徒知徇其名而不考其實，見孝文之富殖，而以爲老子之功，見孝武之虛耗，而以爲儒者之罪，則過矣。此唐明皇之所以溺於宴安，徹去禁防，而爲天寶之亂也。

伏惟制策有「王政所由，形于詩道，周公《豳》詩，王業也，而係之《國風》，宣王北伐，大事也，而載之《小雅》」。臣竊聞《豳》詩言后稷、公劉，所以致王業之艱難者也。其後累世而至文王，文王之時，則王業既已大成矣，而其詩爲《二南》，《二南》之詩猶列於《國風》，而至於《豳》，獨何怪乎！昔季札觀周樂，以爲《大雅》曲而有直體，《小雅》思而不貳，怨而不言。夫曲而有直體者，寬而不流也。思而不貳，怨而不言者，狹而不迫也。由此觀之，則《大雅》、《小雅》之所以異者，取其辭之廣狹，非取其事之大小也。

伏惟制策有「周以冢宰制國用，唐以宰相兼度支。錢穀，大計也。兵師，大衆也。何陳平之對，謂當責之内史，韋洪質之言，不宜兼於宰相」。臣以爲宰相雖不親細務，至於錢穀兵師，固當制其贏虚利害。陳平所謂責之内史者，特以宰相不當治其簿書多少之數耳。昔唐之初，以郎官領度支而職事以治。及兵興之後，始立使額，參佐既衆〔三五〕，簿書益繁，百弊之源，自此而始。其後裴延齡、皇甫鎛，皆以剥下媚上，至于希世用事。以宰相兼之，誠得防姦之要。而韋洪質之議，特以其權過重歟？故李德裕以爲賤臣不當議令，臣常以爲有宰相之風矣。

伏惟制策有「錢貨之制，輕重之相權；命秩之差，虚實之相養；水旱蓄積之備；邊陲守禦之方；圜法有九府之名；樂語有五均之義」。此六者，亦方今之所當論也。昔召穆公曰：「民患輕，則多作重以行之。若不堪重，則多作輕以行之。亦不廢重。」輕可改而重不可廢。不幸而過，寧失於重。此制錢貨之本意也。命者，人君之所擅，出於口而無窮。秩者，民力之所供，取于府而有限。以無窮養有限，此虚實之相養也。水旱蓄積之備，則莫若復隋、唐之義倉。邊陲守禦之方，則莫若依秦、漢之更卒。周官有太府、天府、泉府、玉府、内府、外府、職内、職金、職幣，是謂九府〔三六〕。太公之所行以致富。古者天子取諸侯之士，以爲國均，則市不二價，四民常均，是謂五均，獻王之所致以爲法，皆所以均民而富國也。凡陛下之所以策臣者，大畧如此。

而於其末復策之曰「富人强國，尊君重朝。弭災致祥，改薄從厚。此皆前世之急政，而當今之要務」。此臣有以知陛下之聖意，以爲向之所以策臣者，各指其事，恐臣不得盡其辭，是以復舉其大體而槩問焉。又恐其不能切至也，故又詔之曰「悉意以陳而無悼後害」。臣是以敢復進其猖狂之說。夫天下者，非君有也，天下使君主之耳。陛下念祖宗之重，思百姓之可畏，欲進一人，當同天下之所欲進，欲退一人，當同天下之所欲退〔二七〕。今者每進一人，則人相與誹曰，是進於某也〔二八〕，是某之所欲也。每退一人，則又相與誹曰，是出於某也，是某之所惡也。臣非敢以此爲舉信也。然而致此言者，則必有由矣。今無知之人，相與謗於道曰：聖人在上，而天下之所以不盡被其澤者，便嬖小人附于左右，而女謁盛於内也。爲此言者固妄矣。然而天下或以爲信者，何也？徒見諫官御史之言，矻矻乎難以入〔二九〕，以爲必有問之者也。徒見蜀之美錦，越之奇器，不由方貢而入於宫也〔三〇〕。如此而向之所謂急政要務者，陛下何暇行之。臣不勝憤懣，謹復列之於末。惟陛下寬其萬死，幸甚幸甚！謹對。

〔一〕「無」原作「亡」，今從郎本卷二十。
〔二〕集乙卷十「胥」作「皆」，郎本作「偕」。下同。
〔三〕「表則」原作「根本」，今從郎本。下同。
〔四〕「探觀治迹」四字原脱，據《文粹》卷二十四補。
〔五〕郎本「政」作「化」。
〔六〕「韋洪質」原作「韋賢」，今從郎本。羅考謂作「韋賢」非。下同。
〔七〕「謂」原作「爲」，今從《文粹》。
〔八〕集乙「器」作「物」。
〔九〕郎本「詰」作「試」。

〔一〇〕「常若」二字原缺，據《文粹》補。案：以上有「常若有餘」句，此乃對舉。

〔一一〕「深」原缺，據郎本補。

〔一二〕《文粹》「占」作「步」。

〔一三〕「若」原缺，據《文粹》補。

〔一四〕「者」原缺，據《文粹》補。

〔一五〕郎本「繁」作「煩」。

〔一六〕「也」原缺，據郎本補。案：以下有「必其强者也」，乃對舉。

〔一七〕「泠」原作「冷」，今從郎本。

〔一八〕郎本「復」作「伏」。

〔一九〕原作「榮禜社鼓」，今據郎本改。

〔二〇〕「伏」原缺，據郎本補。案：文引原《策問》語，開始皆有「伏惟」二字，此處「伏」字不應缺。

〔二一〕「探」原作「深」，今從郎本、《文粹》。

〔二二〕原作「是用儒之未純也」，今從郎本。

〔二三〕「則」原缺，據郎本補。

〔二四〕郎本「中」作「其」。

〔二五〕郎本「既」作「甚」。

〔二六〕郎本無「泉府」二字，「金」後有「職歲」二字。

〔二七〕郎本「同」作「用」。以上「當同天下之所欲進」，郎本「同」亦作「用」。

〔二八〕集乙、郎本「進」作「出」。
〔二九〕「以」原缺，據郎本補。
〔三〇〕郎本「官」作「宮」。

擬進士對御試策〔一〕并引狀問

右臣准宣命差赴集英殿編排舉人試卷。竊見陛下始革舊制，以策試多士，厭聞詩賦無益之語，將求山林朴直之論，聖聽廣大，中外歡喜。而所試舉人不能推原上意，皆以得失爲慮，不敢指陳闕政，而阿諛順旨者又卒據上第〔二〕。陛下之所以求於人至深切矣，而下之報上者如此，臣竊深悲之。夫科場之文，風俗所繫，所收者天下莫不以爲法，所棄者天下莫不以爲戒。昔祖宗之朝，崇尚辭律，則詩賦之士〔三〕，曲盡其巧。自嘉祐以來，以古文爲貴，則策論盛行於世，而詩賦幾至於熄。何者？利之所在，人無不化。今始以策取士，而士之在甲科者〔四〕，多以諂諛得之。天下觀望，誰敢不然。臣恐自今以往，相師成風，雖直言之科，亦無敢以直言進者。風俗一變，不可復返，正人衰微，則國隨之，非復詩賦策論迭興迭廢之比也。是以不勝憤懣，退而擬進士對御試策一道。學術淺陋，不能盡知當世之切務，直載所聞，上將以推廣聖言，庶有補於萬一，下將以開示四方，使知陛下本不諱惡切直之言，風俗雖壞，猶可以少救。其所撰策，謹繕寫投進，干冒天威，臣無任戰恐待罪之至。

問。朕德不類，託於士民之上，所與待天下之治者，惟萬方黎獻之求，詳延於廷，諏以世務，豈特考子大夫之所學，且以博朕之所聞。蓋聖王之御天下也，百官得其職，萬事得其序。有所不爲，爲之而無不成。有所不革，革之而無不服。田疇闢，溝洫治，草木暢茂，鳥獸魚鱉無不得其性。其富足以備禮，其和足以廣樂，其治足以致刑。子大夫以謂何施而可以臻此？方今之弊，可謂衆矣。捄之之術，必有本末，施之之宜〔五〕，必有先後。子大夫之所宜知也。生民以來，所謂至治，必曰唐虞成周之時，詩書所稱，其迹可見。以至後世賢明之君，忠智之臣，相與憂勤，以營一代之業，雖未盡善，要其所以成就，亦必有可言者。其詳著之，朕將親覽焉。

對。臣伏見陛下發德音，下明詔，以天下安危之至計，謀及于布衣之士，其求之不可謂不切，其好之不可謂不篤矣。然臣私有所憂者，不知陛下有以受之歟？《禮》曰：「甘受和，白受采。」故臣願陛下先治其心，使虛一而靜，然後忠言至計可得而入也。今臣竊恐陛下先入之言，已實其中〔六〕，邪正之黨，已貳其聽，功利之説，已動其欲，則雖有皋陶、益稷爲之謀〔七〕，亦無自入矣，而況於疏遠愚陋者乎！此臣之所以大懼也。若乃盡言以招禍〔八〕，觸諱以忘軀，則非臣之所恤也。

聖策曰「聖王之御天下也，百官得其職，萬事得其序」。臣以爲陛下未知此也，是以所爲顛倒失序如此〔九〕。苟誠知之，曷不尊其所聞而行其所知歟？百官之所以得其職者，豈聖王人人而督責之，萬事之所以得其序者，豈聖王事事而整齊之哉？亦因能以任職，因職以任事而已。官有常守謂之職，施有先後謂之序。今陛下使兩府大臣侵三司財利之權，常平使者亂職司守令之治。刑獄舊法，不以付有司，而取決于執政之意；邊鄙大慮，不以責帥臣，而聽計於小吏之口。百官可謂失其職矣。王者之所宜先者德也，所宜後者刑也，所宜先者義也，所宜後者利也。而陛下易之，萬事可謂失其序矣。然此猶其小者。其大者，則中書失其政也。宰相之職，古者所以論道經邦，今陛下但使奉行條例司文書而已。昔邴吉爲丞相，蕭望之爲御史大夫，望之言陰陽不和，咎在臣等，而宣帝以爲意輕丞相，終身薄之。今政事堂忿争相詬，流傳都邑，以爲口實，使天下何觀焉。故臣願陛下首還中書之政，則百官之職，萬事之序，以次而得矣。

聖策曰「有所不爲，爲之而無不成。有所不革，革之而無不服」。陛下之及此言，是天下之福也。今日之患，正在於未成而爲之，未服而革之耳。夫成事在理不在勢，服人以誠不以言。理之所在，以爲則成，以禁則止，以賞則勸，以言則信。古之人所以鼓舞天下〔一〇〕，綏之斯來，動之斯和者，蓋循理而已。今爲政不務循理，而欲以人主之勢，賞罰之威，脅而成之〔一一〕！夫以斧析薪，可謂必克矣，然不循其理，則斧可缺，薪不可破。是以不論尊卑，不計强弱，理之所在則成，理所不在則不成可必也。今陛下使農民舉息，與商賈争利，豈理也哉，而何怪其不成乎？《禮》曰：「微之顯，誠之不可掩也如此夫。」陛下苟誠心乎爲民，則雖或謗之而人不信。苟誠心乎爲利，則雖自解釋而人不服。且事有決不可欺者，吏受賄枉法，人必謂之贓，非其有而取之，人必謂之盜。苟有其實，不敢辭其名。今青苗有二分之息，而不謂之放債取利，可乎？凡人爲善，不自譽而人譽之；爲惡，不自毁而人毁之。如使爲善者必須自言而後信，則堯、舜、周、孔亦勞矣。今天下以爲利，陛下以爲義；天下以爲害，陛下以爲仁；天下以爲貪，陛下以爲廉。不勝其紛紜也，則使二三臣者，極其巧辯，以解答千萬人之口。附會經典，造爲文書，以曉告四方之人。四方之人，豈如嬰兒鳥獸，而可以美言小數眩惑之哉〔一二〕。且夫未成而爲之，則其弊必至於不敢爲。未服而革之〔一三〕，則其弊必至於不敢革。蓋世有好走馬者，一爲墜傷，則終身徒行。何者？愼重則必成，輕發則多敗，此理之必然也。陛下若出於愼重，則屢作屢成，不惟人信之，陛下亦自信而日以勇矣。若出於輕發，則每舉每敗，不惟人不信，陛下亦自不信而日以怯矣。文宗始用訓、注，其志豈淺也哉，而一經大變，則憂沮喪氣，不能復振。文宗亦非有失德，徒以好作而寡謀也。愼重者始若怯，終必勇。輕發者始若勇，終必怯。迺者横山之人，未嘗一日而忘漢，雖五尺之童子知其可取，然自慶曆以來，莫之敢發者，誠未有以善其後也。近者邊臣不計其後，而遽發之，一發不中，則内帑之費以數百萬計，而關輔之民困於飛輓者，三年而未已〔一四〕。雖天下之勇者，敢復爲之歟？爲之固不可，敢復言之歟？由此觀之，則横山之功，是邊臣欲速而壞之也〔一五〕。近者青苗之政，助役之法，均輸之策，併軍蒐卒之令，卒然輕發〔一六〕，又甚於前日矣。雖陛下不卹人言，持之益堅，而勢窮事礙，終亦必變〔一七〕。他日雖有良法美政，陛下能復自信乎？人君之患，在於樂因循而憚改作〔一八〕，今陛下春秋鼎盛，天錫勇智，此萬世一時也。而羣臣不能濟之以愼重，養之以敦朴，譬如乘輕車，馭駿馬，冒險夜行，而僕夫又從後鞭之，豈不殆哉！臣願陛下解轡秣馬，以須東方之明，而徐行於九軌之道，甚未晚也。

聖策曰「田疇闢，溝洫治，草木暢茂，鳥獸魚鼈莫不各得其性」者，此百工有司之事也，曾何足以累陛下。陛下操其要，治其本，恭己無爲，而物莫不盡其天理〔一九〕，以生以死。若夫百工有司之事，自宰相不屑爲之，而況於陛下乎！

聖策曰「其富足以備禮，其和足以廣樂，其治足以致刑，何施而可以臻此」。孔子曰：「百姓足，君孰與不足。」兔首瓠葉〔二〇〕，可以行禮。掃地而祭，可以事天。禮之不備，非貧之罪也。管子曰：「倉廩實而知禮節。」臣不知陛下所謂富者，富民歟，抑富國歟？陸賈曰：「將相和調則士豫附。」劉向曰：「衆賢和於朝，則萬物和於野。」今朝廷可謂不和矣。其咎安在？陛下不返求其本，而欲以力勝之。力之不能勝衆也久矣。古者刀鋸在前，鼎鑊在後，而士猶犯之，今陛下躬蹈堯舜，未嘗誅一無罪。欲弭衆言，不過斥逐異議之臣而更用人〔二一〕。必不忍行亡秦偶語之禁，起東漢黨錮之獄，多士何畏而不言哉？臣恐逐者不已，而争者益多，煩言交攻，愈甚於今日矣〔二二〕。欲望致和而廣樂，豈不疎哉？古之求治者，將以措刑也。今陛下求治則欲致刑，此又羣臣誤陛下也。臣知其説矣，是出於荀卿。荀卿喜爲異論，至以人性爲惡，則其言治世刑重亦宜矣。而説者又以爲《書》稱唐虞之隆，刑故無小，而周之盛時，羣飲者殺。臣請有以詰之。夏禹之時，大辟二百，周公之時，大辟五百，豈可謂周治而禹亂耶？秦爲法及三族，漢除肉刑，豈可謂秦治而漢亂耶？致之言極也。天下幸而未治〔二三〕，使一日治安〔二四〕，陛下將變今之刑而用其極歟？天下幾何其不叛也，徒聞其語而懼者已衆矣。臣不意異端邪説惑誤陛下，至於如此。且夫宥過無大，刑故無小，此用刑之常理也。至于今守之。豈獨唐虞之隆而周之盛時哉！所以誅羣飲者，意其非獨羣飲而已〔二五〕。如今之法所謂夜聚曉散者，使後世不知其詳，而徒聞其語，則凡夜相過者，皆執而殺之，可乎？夫人相與飲酒而輒殺之，雖桀紂之暴，不至於此。而謂周公行之歟？

聖策曰「方今之弊，可謂衆矣，捄之之術，必有本末，施之之宜，必有先後」。臣請論其本與其所宜先者〔二六〕，而陛下擇焉。方今捄弊之道，必先立事。立事之本，在於知人。則所施之宜，當先觀大臣之知人與否耳。古之欲立非常之功者，必有知人之明。苟無知人之明，則循規矩，蹈繩墨，以求寡過。二者皆審於自知，而安於才分者也。道可以講習而知，德可以勉强而能，惟知人之明不可學，必出於天資。如蕭何之識韓信，此豈有法而可傳者哉！以諸葛孔明之賢，而知人之明，則其所短，是以失之於馬謖。而孔明亦審於自知，是以終身不敢用魏延。我仁祖之在位也，事無大小，一付之於法，人無賢不肖，一付之於公議。事已效而後行，人已試而後用，終不求非常之功者，誠以當時大臣不足以與於知人之明也。古之爲醫者，聆音察色，洞視五臟，則其治疾也，有剖胸決脾，洗濯胃腎之變〔二七〕。苟無其術，不敢行其事。今無知人之明，而欲立非常之功，解縱繩墨以慕古人，則是未能察脉而欲試華佗之方，其異於操刀而殺人者幾希矣。房琯之稱劉秩，關播之用李元平是也。至今以爲笑矣。陛下觀今之大臣，爲知人歟？爲不知人歟？乃者擢用衆才〔二八〕，皆其造室握手之人，要結審固而後敢用，蓋以爲其人可與勠力同心，共致太平。曾未安席，而交口攻之者，如蝟毛而起。陛下以此驗之，其不知人也亦審矣。幸今天下無事，異同之論，不過瀆亂聖聽而已。若邊隅有警，盜賊竊發，俯仰成敗，呼吸變動〔二九〕，而所用之人，皆如今日，乍合乍散，臨事解體，不可復知，則無乃誤社稷歟？華佗不世出，天下未嘗廢醫。蕭何不世出，天下未嘗廢治。陛下必欲立非常之功，請待知人之佐。若猶未也，則亦詔左右之臣安分守法而已。

聖策曰「生民以來，稱至治者必曰唐虞成周之世，詩書所稱，其迹可見。以至後世賢明之君，忠智之臣，相與憂勤，以營一代之業，雖未盡善，然要其所成就，亦必有可言者。其詳著之」。臣以爲此不可勝言也。其施設之方，各隨其時而不可知。其所可知者〔三〇〕，必畏天，必從衆，必法祖宗。故其言曰：「戒之戒之。天惟顯思。命不易哉。」又曰：「稽于衆，舍己從人。」又曰：「丕顯哉，文王謨。丕承哉，武王烈。」詩書所稱，大畧如此。未嘗言天命不足畏，衆言不足從〔三一〕，祖宗之法不足用也。苻堅用王猛，而樊世、仇騰、席寶不悦〔三二〕。魏鄭公勸太宗以仁義，而封倫不信。凡今之人，欲陛下違衆而自用者，必以此藉口。而陛下所謂賢明忠智者，豈非意在於此等歟？臣願考二人之所行，而求之于今，王猛豈嘗設官而牟利，魏鄭公豈嘗貸錢而取息歟？且其不悦者，不過數人，固不害天下之信且服也。今天下有心者怨，有口者謗，古之君臣相與憂勤以營一代之業者，似不如此。古語曰：「百人之聚〔三三〕，未有不公〔三四〕。」而況天下乎！今天下非之，而陛下不同，臣不知所税駕矣。《詩》曰：「譬彼舟流，不知所屆。心之憂矣，不遑假寐。」區區之忠，惟陛下察之。臣謹昧死上對。

〔一〕郎本卷二十一作「擬進士廷試策表」。

〔二〕集乙卷十、《文粹》卷二十五「卒」作「率」。

〔三〕「士」原作「工」，今從郎本。

〔四〕郎本「甲科」作「科甲」。

〔五〕原作「所施之宜」，今從郎本。下同。

〔六〕《文鑑》卷一百十一「中」作「衷」。

〔七〕「爲」原缺，據《文粹》、《文鑑》補。

〔八〕「禍」原作「過」，今從郎本。

〔九〕「所爲」二字原缺，據集乙、郎本、《文鑑》補。

〔一〇〕《文鑑》「人」作「聖王」。

〔一一〕「脅」原作「劫」，今從郎本。

〔一二〕「可」後原有「可」字，據各本删。「小」原缺，據集乙、郎本補。「惑」原缺，據集乙補。

〔一三〕郎本作「未革而服之」。

〔一四〕集乙「三」作「二」。

〔一五〕「邊臣」二字原缺，據集乙、《文粹》補。

〔一六〕《文鑑》「卒」作「率」。

〔一七〕郎本「必」作「乖」。

〔一八〕「憚」原作「重」，今從郎本。

〔一九〕「天」原缺，據郎本補。

〔二〇〕郎本「兔首」作「燔兔」。

〔二一〕《文粹》、《文鑑》「斥」作「盡」。

〔二二〕《文粹》、《文鑑》「愈」作「必」。

〔二三〕《文鑑》「未」作「大」。

〔二四〕《文鑑》「治安」作「未安」。

〔二五〕郎本「獨」作「若」。

〔二六〕郎本「本」作「事」。
〔二七〕郎本「胃腎」作「腸胃」。
〔二八〕集乙「擢」作「推」，郎本作「任」。
〔二九〕集乙、《文鑑》「動」作「故」，郎本作「改」。
〔三〇〕郎本「所」後有「以」字。
〔三一〕《文粹》「衆」作「人」。
〔三二〕「騰」原作「滕」，今據《文鑑》改。龐校作「騰」。
〔三三〕集乙「聚」作「衆」。
〔三四〕集乙、郎本「公」後有「而説」二字。《文鑑》「不公」作「不攻自破」。

蘇軾文集卷十

序

范文正公文集敍〔一〕

慶曆三年，軾始總角入鄉校，士有自京師來者，以魯人石守道所作《慶曆聖德詩》示鄉先生。軾從旁竊觀，則能誦習其詞，問先生以所頌十一人者何人也？先生曰：「童子何用知之？」軾曰：「此天人也耶，則不敢知；若亦人耳，何爲其不可！」先生奇軾言，盡以告之，且曰：「韓、范、富、歐陽，此四人者，人傑也。」時雖未盡了，則已私識之矣。嘉祐二年，始舉進士至京師，則范公歿。既葬，而墓碑出，讀之至流涕，曰：「吾得其爲人。」蓋十有五年而不一見其面，豈非命也歟。

是歲登第，始見知于歐陽公，因公以識韓、富，皆以國士待軾，曰：「恨子不識范文正公。」其後三年，過許，始識公之仲子今丞相堯夫。又六年，始見其叔彝叟京師。又十一年，遂與其季德孺同僚于徐。皆一見如舊。且以公遺藁見屬爲敍。又十三年，乃克爲之。

嗚呼，公之功德，蓋不待文而顯，其文亦不待敘而傳。然不敢辭者，自以八歲知敬愛公，今四十七年矣。彼三傑者，皆得從之遊，而公獨不識，以爲平生之恨，若獲挂名其文字中，以自托於門下士之末，豈非疇昔之願也哉。

古之君子，如伊尹、太公、管仲、樂毅之流，其王霸之畧，皆素定於畎畝中，非仕而後學者也。淮陰侯見高帝於漢中，論劉、項短長，畫取三秦，如指諸掌；及佐帝定天下，漢中之言，無一不酬者。諸葛孔明卧草廬中，與先主策曹操〔二〕、孫權，規取劉璋，因蜀之資，以爭天下，終身不易其言。此豈口傳耳受嘗試爲之而僥倖其或成者哉。

公在天聖中，居太夫人憂，則已有憂天下致太平之意，故爲萬言書以遺宰相，天下傳誦。至用爲將，擢爲執政，考其平生所爲，無出此書者。今其集二十卷，爲詩賦二百六十八，爲文一百六十五。其於仁義禮樂，忠信孝弟，蓋如飢渴之於飲食，欲須臾忘而不可得。如火之熱，如水之濕，蓋其天性有不得不然者。雖弄翰戲語，率然而作，必歸於此。故天下信其誠，爭師尊之。孔子曰：「有德者必有言。」非有言也，德之發於口者也。又曰：「我戰則克，祭則受福。」非能戰也，德之見於怒者也。元祐四年四月十一日〔三〕。

〔一〕「敍」原作「序」，據集甲卷二十四改。郎本卷五十六總題《敍》下註云：「公祖名序，文多云引或作敍，見《揮麈錄》。」以後「序」改「敍」，不另出校記。郎本無「文」字。

〔二〕郎本「策」作「論」。

〔三〕集甲「月」後有「二」字。

鳧繹先生詩集敍〔一〕

孔子曰：「吾猶及史之闕文也〔二〕。有馬者借人乘之，今亡矣夫。」史之不闕文，與馬之不借人也，豈有損益於世也哉？然且識之，以爲世之君子長者，日以遠矣，後生不復見其流風遺俗〔三〕，是以日趨於智巧便佞而莫之止。是二者雖不足以損益，而君子長者之澤在焉，則孔子識之，而況其足以損益於世者乎。

昔吾先君適京師，與卿士大夫遊，歸以語軾曰：「自今以往，文章其日工，而道將散矣。士慕遠而忽近，貴華而賤實，吾已見其兆矣。」以魯人鳧繹先生之詩文十餘篇示軾曰〔四〕：「小子識之。後數十年，天下無復爲斯文者也。」先生之詩文，皆有爲而作，精悍確苦，言必中當世之過，鑿鑿乎如五穀必可以療飢，斷斷乎如藥石必可以伐病。其遊談以爲高，枝詞以爲觀美者，先生無一言焉。

其後二十餘年，先君既没，而其言存。士之爲文者，莫不超然出於形器之表，微言高論，既已鄙陋漢、唐，而其反復論難，正言不諱，如先生之文者，世莫之貴矣。軾是以悲於孔子之言，而懷先君之遺訓，益求先生之文，而得之於其子復，乃録而藏之。先生諱太初，字醇之，姓顔氏，先師兖公之四十七世孫云。

〔一〕郎本卷五十六「詩」作「文」。

〔二〕「之」原脱，據集甲卷二十四、郎本補。

〔三〕郎本「俗」作「烈」。

〔四〕郎本無「餘」字。

樂全先生文集敘

孔北海志大而論高，功烈不見於世，然英偉豪傑之氣，自爲一時所宗。其論盛孝章、郗鴻豫書，慨然有烈丈夫之風。諸葛孔明不以文章自名，而開物成務之姿〔一〕，綜練名實之意，自見於言語。至《出師表》簡而盡，直而不肆，大哉言乎，與《伊訓》、《説命》相表裏，非秦漢以來以事君爲悦者所能至也。常恨二人之文，不見其全，今吾樂全先生張公安道，其庶幾乎！

嗚呼，士不以天下之重自任，久矣。言語非不工也，政事文學非不敏且博也，然至於臨大事，鮮不忘其故、失其守者，其器小也。公爲布衣，則頎然已有公輔之望。自少出仕，至老而歸，未嘗以言徇物，以色假人。雖對人主，必同而後言。毁譽不動，得喪若一，真孔子所謂大臣以道事君者。世遠道散，雖志士仁人，或少貶以求用，公獨以邁往之氣，行正大之言，曰：「用之則行，舍之則藏。」上不求合於人主，故雖貴而不用，用而不盡。下不求合於士大夫，故悦公者寡，不悦者衆。然至言天下偉人，則必以公爲首。公盡性知命，體乎自然，而行乎不得已，非蘄以文字名世者也。然自慶曆以來訖元豐四十餘年，所與人主論天下事，見于章疏者多矣，或用或不用，而皆本於禮義，合於人情，是非有考於前，而成敗有驗於後。及其他詩文，皆清遠雄麗，讀者可以想見其爲人。信乎其有似於孔北海、諸葛孔明也。

軾年二十，以諸生見公成都，公一見待以國士。今三十餘年，所以開發成就之者至矣，而軾終無所效尺寸於公者，獨求其文集，手校而家藏之，且論其大畧，以待後世之君子。昔曾魯公嘗爲軾言，公在人主前論大事，他人終日反覆不能盡者，公必數言而決，粲然成文，皆可書而誦也。言雖不盡用，然慶曆以來名臣爲人主所敬莫如公者。公今年八十一，杜門却掃，終日危坐，將與造物者游於無何有之鄉，言且不可得聞，而况其文乎。凡爲文若干卷，若干首。

〔一〕「姿」原作「資」，今從集甲卷二十四、郎本卷五十六。

六一居士集敍

夫言有大而非誇，達者信之，衆人疑焉。孔子曰：「天之將喪斯文也，後死者不得與於斯文也。」孟子曰：「禹抑洪水。孔子作《春秋》。而予距楊、墨。」蓋以是配禹也。文章之得喪，何與於天，而禹之功與天地並，孔子、孟子以空言配之，不已誇乎。自《春秋》作而亂臣賊子懼。孟子之言行而楊、墨之道廢。天下以爲是固然而不知其功。孟子既沒，有申、商、韓非之學，違道而趨利，殘民以厚主，其説至陋也，而士以是罔其上。上之人僥倖一切之功，靡然從之。而世無大人先生如孔子、孟子者〔一〕，推其本末，權其禍福之輕重，以救其惑，故其學遂行。秦以是喪天下，陵夷至於勝、廣、劉、項之禍，死者十八九，天下蕭然。洪水之患，蓋不至此也。方秦之未得志也，使復有一孟子，則申、韓爲空言，作於其心，害於其事，作於其事，害於其政者，必不至若是烈也。使楊、墨得志於天下，其禍豈減於申、韓哉！由此言之，雖以孟子配禹可也。

太史公曰：「蓋公言黄、老，賈誼、晁錯明申、韓。」錯不足道也，而誼亦爲之，余以是知邪説之移人，雖豪傑之士有不免者，況衆人乎〔二〕！自漢以來，道術不出於孔氏，而亂天下者多矣。晉以老莊亡，梁以佛亡，莫或正之，五百餘年而後得韓愈，學者以愈配孟子，蓋庶幾焉。愈之後二百有餘年而後得歐陽子〔三〕，其學推韓愈、孟子以達於孔氏，著禮樂仁義之實，以合於大道。其言簡而明，信而通，引物連類，折之於至理，以服人心，故天下翕然師尊之。自歐陽子之存，世之不説者，譁而攻之，能折困其身，而不能屈其言。士無賢不肖不謀而同曰：「歐陽子，今之韓愈也。」

宋興七十餘年，民不知兵，富而教之，至天聖、景祐極矣，而斯文終有愧於古。士亦因陋守舊，論卑氣弱。自歐陽子出，天下爭自濯磨，以通經學古爲高，以救時行道爲賢，以犯顔納説爲忠〔四〕。長育成就，至嘉祐末，號稱多士。歐陽子之功爲多。嗚呼，此豈人力也哉？非天其孰能使之！

歐陽子没十有餘年，士始爲新學，以佛老之似，亂周孔之真〔五〕，識者憂之。賴天子明聖，詔修取士法，風厲學者專治孔氏，黜異端，然後風俗一變。考論師友淵源所自，復知誦習歐陽子之書。予得其詩文七百六十六篇於其子棐，乃次而論之曰：「歐陽子論大道似韓愈，論事似陸贄，記事似司馬遷，詩賦似李白。此非余言也，天下之言也。」歐陽子諱修，字永叔。既老，自謂六一居士云。

〔一〕「世」原作「士」，今從集甲卷二十四、郎本卷五十六、《文鑑》卷八十九。

〔二〕郎本「衆」作「餘」。

〔三〕「二」原作「三」，據《文鑑》改。

〔四〕「說」原作「諫」，今從郎本、《文鑑》。

〔五〕郎本「真」作「實」。

田表聖奏議敘

故諫議大夫贈司徒田公表聖奏議十篇。嗚呼，田公，古之遺直也。其盡言不諱，蓋自敵以下受之，有不能堪者，而況於人主乎！吾是以知二宗之聖也。自太平興國以來，至于咸平，可謂天下大治，千載一時矣。而田公之言，常若有不測之憂，近在朝夕者，何哉？

古之君子，必憂治世而危明主。明主有絶人之資，而治世無可畏之防。夫有絶人之資，必輕其臣。無可畏之防，必易其民。此君子之所甚懼也。方漢文時，刑措不用，兵革不試，而賈誼之言曰：「天下有可長太息者，有可流涕者，有可痛哭者。」後世不以是少漢文，亦不以是甚賈誼。由此觀之，君子之遇治世而事明主，法當如是也。

誼雖不遇，而其所言畧已施行，不幸早世，功烈不著於時。然誼嘗建言，使諸侯王子孫各以次受分地，文帝未及用，歷孝景至武帝，而主父偃舉行之，漢室以安。今公之言，十未用五六也，安知來世不有若偃者舉而行之歟。願廣其書於世，必有與公合者，此亦忠臣孝子之志也。

王定國詩集敍

太史公論《詩》，以爲「《國風》好色而不淫，《小雅》怨誹而不亂」。以余觀之，是特識變風、變雅耳，烏覩《詩》之正乎？昔先王之澤衰，然後變風發乎情，雖衰而未竭，是以猶止於禮義，以爲賢於無所止者而已。若夫發於性止於忠孝者〔一〕，其詩豈可同日而語哉！古今詩人衆矣，而杜子美爲首，豈非以其流落飢寒，終身不用，而一飯未嘗忘君也歟。

今定國以余故得罪，貶海上三年〔二〕，一子死貶所，一子死于家，定國亦病幾死。余意其怨我甚，不敢以書相聞。而定國歸至江西，以其嶺外所作詩數百首寄余，皆清平豐融，藹然有治世之音，其言與志得道行者無異。幽憂憤歎之作，蓋亦有之矣，特恐死嶺外，而天子之恩不及報，以忝其父祖耳。孔子曰：「不怨天，不尤人。」定國且不我怨，而肯怨天乎！余然後廢卷而歎，自恨期人之淺也〔三〕。

又念昔日定國過余於彭城，留十日，往返作詩幾百餘篇，余苦其多，畏其敏，而服其工也。一日，定國與顔復長道游泗水，登桓山，吹笛飲酒，乘月而歸。余亦置酒黄樓上以待之，曰：「李太白死，世無此樂三百年矣。」

今余老不復作詩，又以病止酒，閉門不出，門外數步即大江，經月不至江上，眊眊焉真一老農夫也。而定國詩益工，飲酒不衰，所至翺翔徜徉〔四〕，窮山水之勝，不以厄窮衰老改其度。今而後，余之所畏服於定國者，不獨其詩也。

〔一〕「性」原作「情」，今從集甲卷二十四、郎本卷五十六。

〔二〕「三」，郎本作「五」。

〔三〕「期」原作「其」，今從集甲、郎本。

〔四〕「翺翔徜徉」四字原缺，據郎本補。

晁君成詩集引〔一〕

達賢者有後，張湯是也。張湯宜無後者也。無其實而竊其名者無後，揚雄是也。揚雄宜有後者也。達賢者有後，吾是以知蔽賢者之無後也。無其實而竊其名者無後，吾是以知有其實而辭其名者之有後也。賢者，民之所以生也，而蔽之，是絶民也。名者，古今之達尊也，重於富貴，而竊之，是欺天也。絶民欺天，其無後不亦宜乎！故曰達賢者與有其實而辭其名者皆有後。吾常誦之云爾〔二〕。

乃者官於杭，杭之新城令晁君君成諱端友者，君子人也。吾與之游三年，知其爲君子，而不知其能文與詩，而君亦未嘗有一語及此者。其後君既歿於京師，其子補之出君之詩三百六十篇。讀之而驚曰：嗟夫，詩之指雖微，然其美惡高下，猶有可以言傳而指見者。至於人之賢不肖，其深遠茫昧難知，蓋甚於詩。今吾尚不能知君之能詩，則其所謂知君之爲君子者，果能盡知之乎。君以進士得官，所至民安樂之，惟恐其去。然未嘗以一言求於人。凡從仕二十有三年，而後改官以没。由此觀之，非獨吾不知，舉世莫之知也。

君之詩清厚静深，如其爲人，而每篇輒出新意奇語，宜爲人所共愛，其勢非君深自覆匿，人必知之。而其子補之，於文無所不能，博辯俊偉，絶人遠甚，將必顯於世。吾是以益知有其實而辭其名者之必有後也。昔李郃爲漢中候吏〔三〕，和帝遣二使者微服入蜀，館於郃，郃以星知之。後三年，使者爲漢中守，而郃猶爲候吏，人莫知之者。其博學隱德之報，在其子固。《詩》曰：「豈弟君子，神所勞矣。」

〔一〕「引」原作「序」，今據集甲卷二十四改。參本卷《范文正公文集敍》第一條校勘記。

〔二〕「常」原作「嘗」，今從集甲。

〔三〕「郃」原作「部」，誤，據集甲改。下同。

邵茂誠詩集敍

貴、賤、壽、夭，天也。賢者必貴，仁者必壽，人之所欲也。人之所欲，適與天相值實難，譬如匠慶之山而得成鐻〔一〕，豈可常也哉。因其適相值，而責之以常然，此人之所以多怨而不通也。至於文人，其窮也固宜。勞心以耗神，盛氣以忤物，未老而衰病，無惡而得罪，鮮不以文者。天人之相值既難，而人又自賊如此，雖欲不困，得乎？茂誠諱迎，姓邵氏，與余同年登進士第。十有五年，而見之於吴興孫莘老之座上，出其詩數百篇，余讀之彌月不厭。其文清和妙麗如晉、宋間人。而詩尤可愛，咀嚼有味，雜以江左唐人之風。其爲人篤學强記，恭儉孝友，而貫穿法律，敏於吏事。其狀若不勝衣，語言氣息僅屬。余固哀其任衆難以瘁其身，且疑其將病也。踰年而茂誠卒。又明年，余過高郵，則其喪在焉。入哭之，敗幃瓦燈，塵埃蕭然，爲之出涕太息。夫原憲之貧，顏回之短命，揚雄之無子，馮衍之不遇，皇甫士安之篤疾，彼遇其一，而人哀之至今，而茂誠兼之，豈非命也哉？余是以録其文，哀而不怨，亦茂誠之意也。

〔一〕「鐻」原作「虡」，今從郎本卷五十六。

錢塘勤上人詩集敍

昔翟公罷廷尉，賓客無一人至者。其後復用，賓客欲往。翟公大書其門曰：「一死一生，乃知交情。一貧一富，乃知交態。一貴一賤，交情乃見。」世以爲口實。然余嘗薄其爲人，以爲客則陋矣，而公之所以待客者獨不爲小哉。故太子少師歐陽公好士，爲天下第一。士有一言中於道，不遠千里而求之，甚於士之求公。以故盡致天下豪俊，自庸衆人以顯於世者固多矣。然士之負公者，亦時有。蓋嘗慨然太息，以人之難知，爲好士者之戒。意公之於士，自是少倦。而其退老於潁水之上，余往見之，則猶論士之賢者，唯恐其不聞於世也，至於負己者，則曰是罪在我，非其過。翟公之客負之於死生貴賤之間，而公之士叛公於瞬息俄頃之際。翟公罪客，而公罪己，與士益厚，賢於古人遠矣。公不喜佛老，其徒有治詩書學仁義之説者，必引而進之。佛者惠勤，從公遊三十餘年，公常稱之爲聰明才智有學問者。尤長於詩。公薨於汝陰，余哭之於其室。其後見之，語及於公，未嘗不涕泣也。勤固無求於世，而公又非有德於勤者，其所以涕泣不忘，豈爲利也哉。余然後益知勤之賢。使其得列於士大夫之間，而從事於功名，其不負公也審矣。熙寧七年，余自錢塘將赴高密，勤出其詩若干篇，求余文以傳於世。余以爲詩非待文而傳者也，若其爲人之大畧，則非斯文莫之傳也。

徐州鹿鳴燕賦詩敍

余聞之，德行興賢，太高而不可考，射御選士，已卑而不足行。永惟三代以來，莫如吾宋之盛。始於鄉舉，率用韋平之一經；終於廷策，庶幾晁董之三道。眷此房心之野，實惟孝秀之淵。元豐元年，三郡之士皆舉於徐。九月辛丑晦，會于黄樓，修舊事也。庭實旅百，貢先前列之龜；工歌拜三，義取食苹之鹿。是日也，天高氣清，水落石出，仰觀四山之晻曖，俯聽二洪之怒號，眷焉顧之，有足樂者。於是講廢禮，放鄭聲，部刺史勸駕，鄉先生在位，羣賢畢集，逸民來會。以謂古者於旅也語，而君子會友以文，爰賦筆札，以侑樽俎。載色載笑，有同於泮水；一觴一詠，無愧於山陰。真禮義之遺風，而太平之盛節也。大夫庶士，不鄙謂余，屬爲斯文，以舉是禮。余以嘉祐之初〔一〕，以進士入官，偶儷之文，疇昔所上。揚雄雖悔於少作，鍾儀敢廢於南音。貽諸故人，必不我誚也。

〔一〕「初」原作「末」。案元黄溍《金華黄先生文集》卷二十一《跋徐州鹿鳴燕詩序》云：「此序視東坡先生集所載少六字，不同者十三字。按，先生以嘉祐元年舉進士，此卷云『嘉祐之初』，而集中作『嘉祐之末』，幸真迹尚存，可正傳刻之誤也。」今從。

南行前集敍〔一〕

夫昔之爲文者，非能爲之爲工，乃不能不爲之爲工也。山川之有雲霧〔二〕，草木之有華實，充滿勃鬱，而見於外，夫雖欲無有，其可得耶！自少聞家君之論文〔三〕，以爲古之聖人有所不能自已而作者。故軾與弟轍爲文至多，而未嘗敢有作文之意。己亥之歲，侍行適楚，舟中無事，博弈飲酒，非所以爲閨門之歡，而山川之秀美〔四〕，風俗之朴陋，賢人君子之遺跡，與凡耳目之所接者，雜然有觸於中，而發於咏歎。蓋家君之作與弟轍之文皆在，凡一百篇，謂之《南行集》。將以識一時之事，爲他日之所尋繹，且以爲得於談笑之間，而非勉强所爲之文也。時十二月八日，江陵驛書。

〔一〕郎本卷五十六作「江行唱和集敍」。郎本總目録作「江行唱和集敍」，每卷分目録則作「南行詩敍」。

〔二〕「霧」原脱，據郎本補。

〔三〕郎本無「少」字。羅考謂：「東坡時年甫二十四，正是少時，『自少』云者，乃既老追溯之辭也。有『少』字非。」案：「自少」爲表示時間之介詞結構。且「少」尚有「小」意，可通。

〔四〕「而」原缺，據郎本補。

送章子平詩敍

觀《進士登科録》，自天聖初訖于嘉祐之末，凡四千五百一十有七人。其貴且賢，以名聞于世者，蓋不可勝數。數其上之三人，凡三十有九，而不至於公卿者，五人而已。可謂盛矣。《詩》曰：「誕后稷之穡，有相之道。」我仁祖之於士也亦然。較之以聲律，取之以糊名，而異人出焉。是何術哉！目之所閲，手之所歷，口之所及，其人未有不碩大光明秀傑者也。此豈人力乎？天相之也。天之相人君，莫大於以人遺之。其在位之三十五年，進士蓋十舉矣，而得吾子平以爲首。子平以文章之美，經術之富，政事之敏，守之以正，行之以謙，此功名富貴之所迫逐而不赦者也。雖微舉首，其孰能加之。然且困躓而不信，十年於此矣。意者任重道遠，必老而後大成歟？不然，我仁祖之明，而天相之，遺之人以任其事，而豈徒然哉！熙寧三年冬[一]，子平自右司諫直集賢院，出牧鄭州。士大夫知其將用也，十一月丁未[二]，會于觀音之佛舍，相與賦詩以餞之。余於子平爲同年友，衆以爲宜爲此文也，故不得辭。

〔一〕郎本卷五十六「三」作「二」。

〔二〕「十一月」原作「十月」，今從集甲卷二十四、郎本。

送杭州進士詩敍

右《登彼公堂》四章，章四句，太守陳公之詞也。蘇子曰：士之求仕也，志於得也。仕而不志於得者，僞也。苟志於得而不以其道，視時上下而變其學，曰，吾期得而已矣，則凡可以得者，無不爲也，而可乎？昔者齊景公田，招虞人以旌，不至。孔子善之，曰：「招虞人以皮冠。」夫旌與皮冠，於義非大有損益也[一]，然且不可，而況使之棄其所學，而學非其道歟？熙寧五年，錢塘之士貢於禮部者九人，十月乙酉，燕于中和堂，公作是詩以勉之曰：流而不返者，水也，不以時遷者，松栢也；言水而及松栢，於其動者，欲其難進也。萬世不移者，山也，時飛時止者，鴻鴈也；言山而及鴻鴈，於其静者，欲其及時也。公之於士也，可謂周矣。《詩》曰：「無言不讎，無德不報。」二三子何以報公乎？

〔一〕集甲卷二十四、郎本卷五十六「非大」作「未」。

送人序〔一〕

士之不能自成，其患在於俗學。俗學之患，枉人之材，窒人之耳目，誦其師傳造字之語，從俗之文，才數萬言，其爲士之業盡此矣。夫學以明禮，文以述志，思以通其學，氣以達其文。古之人道其聰明，廣其聞見，所以學也，正志完氣，所以言也。王氏之學，正如脱槧，案其形模而出之，不待修飾而成器耳，求爲桓璧彝器，其可乎？

〔一〕題下底本編者原註：「疑闕文。」

送錢塘僧思聰歸孤山叙

天以一生水，地以六成之，一六合而水可見。雖有神禹，不能知其孰爲一孰爲六也。子思子曰：「自誠明謂之性。自明誠謂之教。誠則明矣，明則誠矣。」誠明合而道可見。雖有黄帝、孔丘，不能知其孰爲誠孰爲明也。佛者曰：「戒生定，定生慧。」慧獨不生定乎〔一〕？伶玄有言：「慧則通，通則流。」是烏知真慧哉？醉而狂，醒而止，慧之生定，通之不流也審矣。故夫有目而自行，則褰裳疾走，常得大道。無目而隨人，則車輪曳踵〔二〕，常仆坑穽。慧之生定，速於定之生慧也。錢塘僧思聰，七歲善彈琴。十二捨琴而學書，書既工。十五捨書而學詩，詩有奇語。雲烟葱朧，珠璣的皪，識者以爲畫師之流。聰又不已，遂讀《華嚴》諸經，入法界海慧。今年二十有九，老師宿儒，皆敬愛之。秦少游取《楞嚴》文殊語，字之曰聞復。使聰日進不止，自聞思修以至于道，則《華嚴》法界海慧〔三〕，盡爲蘧廬〔四〕，而況書、詩與琴乎。雖然，古之學道，無自虛空入者。輪扁斲輪，傴僂承蜩〔五〕，苟可以發其巧智，物無陋者。聰若得道，琴與書皆與有力，詩其尤也。聰能如水鏡以一含萬，則書與詩當益奇。吾將觀焉，以爲聰得道淺深之候。

〔一〕郎本卷五十六「生」作「成」。
〔二〕郎本「車」作「扶」。
〔三〕郎本「法界海慧」作「法海」。
〔四〕郎本「盡」作「自」。
〔五〕郎本「傴僂」作「痀僂」。

獵會詩序

雷勝，隴西人。以勇敢應募得官，爲京東第二將〔一〕。膂力絶人〔二〕，騎射敏妙。按閱於徐，徐人欲觀其能，爲小獵城西。又有殿直鄭亮、借職繆進者，皆騎而從，弓矢刀槊，無不精習；而駐泊黃宗閔〔三〕，舉止如諸生，戎裝輕騎，出馳絶衆。客皆驚笑樂甚。是日小雨甫晴，土潤風和，觀者數千人。曹子桓云：建安十年始定冀州，濊貊貢良弓，燕代獻名馬。時歲之春，勾芒司節，和風扇物，弓燥手柔，草茂獸肥，與兄子丹獵於鄴西，手獲獐鹿九，狐兔三十。馳騁之樂，邊人武吏，日以爲常。如曹氏父子，横槊賦詩以傳於世，乃可喜耳。衆客既各自寫其詩，因書其末，以爲異日一笑〔四〕。

〔一〕《外集》卷二十九「二」後有「武」字。
〔二〕「膂」原作「武」，今從《外集》。
〔三〕《外集》「駐」作「注」。
〔四〕「以」原缺，據《七集·續集》卷八補。

送水丘秀才敍

水丘仙夫治六經百家説爲歌詩，與揚州豪俊交游，頭骨磽然，有古丈夫風。其出詞吐氣，亦往往驚世俗。予知其必有用也。仙夫其自惜哉。今之讀書取官者，皆屈折拳曲，以合規繩，曾不得自伸其喙。仙夫恥不得爲，將歷瑯琊，之會稽，浮沅湘，遡瞿塘，登高以望遠，摇槳以泳深，以自適其適也。過予而語行。予謂古之君子，有絶俗而高，有擇地而泰者，顧其心常足而已。坐於廟堂，君臣賡歌，與夫據槁梧擊朽枝而聲犁然，不知其心之樂奚以異也。其在窮也，能知舍；其在通也，能知用。予以是卜仙夫之還也，仙夫勉矣哉！若夫習而不試，往即而獨後，則仙夫之屐可以南矣。

送張道士敍

古者贈人以言，彼雖不吾乞，猶將發藥也。蓋未有不吾乞，而亦有待發藥者。以吾友之賢，兹又奚乞？雖然，我反乞之曰：與吾友心肺之識，幾三年矣，非同頃暫也。今乃別去〔一〕，遂默默而已乎？抑不足教乎？豈無事於教乎？將周旋終始籠絡蓋遮有所惜乎？嗟僕之才，陋甚也，而吾友每過愛，豈信然乎？止於此可乎？抑容有未至當勉乎？自念明於處己，暗於接物，其不可，至死以不喜，故譏罵隨之，抑足恤乎？將從從然與之合乎？身且老矣，家且窮矣，與物日忤，而取途且遠矣，將明滅如草上之螢乎？浮沉如水中之魚乎？陶者能圓而不能方，矢者能直而不能曲，將爲陶乎？將爲矢乎？山有蕨薇可羹也，野有麋鹿可脯也，一絲可衣也，一瓦可居也，詩書可樂也，父子兄弟妻孥可游衍也，將謝世路而適吾所自適乎？抑富貴聲名以偷夢幻之快乎？行乎止乎？遲乎速乎？吾友其可教也，默默而已，非所望吾友也。

〔一〕「乃」原作「來」，今從《七集・續集》卷八。

送通教錢大師還杭詩序〔一〕

熙寧十年，始有詔以杭州龍山廢佛祠爲表忠觀，《碑》具載其事。元豐二年六月，通教自杭來，見予於吴興。問觀已卒工乎？曰：「未也。杭人比歲不登，莫有助我者。」余曰：「異哉，杭人重施而輕財，好義而徇名，是獨爲福田也，將自託於不朽，今歲稔矣，子其行乎？」通教還杭，作詩以送之。

〔一〕此文又見詩集卷十九，爲《送表忠觀錢道士歸杭》之引。此處文字，與詩集此文，有多處差異，今存此處文字，以備參校。又：《外集》卷二十九有此文，文字全同底本。

牡丹記敘

熙寧五年三月二十三日，余從太守沈公觀花於吉祥寺僧守璘之圃。圃中花千本，其品以百數。酒酣樂作，州人大集，金槃綵籃以獻于坐者，五十有三人。飲酒樂甚，素不飲者皆醉。自輿臺皂隸皆插花以從，觀者數萬人。明日，公出所集《牡丹記》十卷以示客，凡牡丹之見於傳記與栽植培養剥治之方，古今詠歌詩賦，下至怪奇小説皆在。余既觀花之極盛，與州人共遊之樂，又得觀此書之精究博備，以爲三者皆可紀，而公又求余文以冠于篇。

蓋此花見重於世三百餘年，窮妖極麗，以擅天下之觀美，而近歲尤復變態百出，務爲新奇以追逐時好者，不可勝紀。此草木之智巧便佞者也。今公自耆老重德，而余又方惷迂闊，舉世莫與爲比，則其於此書，無乃皆非其人乎。然鹿門子常怪宋廣平之爲人，意其鐵心石腸，而爲《梅花賦》，則清便艷發，得南朝徐庾體。今以余觀之，凡託於椎陋以眩世者，又豈足信哉！余雖非其人，强爲公紀之。公家書三萬卷，博覽强記，遇事成書，非獨牡丹也。

八境圖詩敍〔一〕

〔一〕此敍見詩集卷十六《〈虔州八境圖〉八首》詩引，今删文留題。

八境圖後敍〔一〕

〔一〕此敍見詩集卷十六《〈虔州八境圖〉八首》後附録，今删文留題。

觀宋復古畫序〔一〕

〔一〕此序見詩集卷三十三《破琴詩》敍，今删文留題。

講田友直字序

韓城田益字遷之，黄庭堅以謂不足以配名，更之曰友直。或曰：益者三友，何獨取諸此？某曰：夫直者，剛者之長也。千夫諾諾，不如一士之諤諤。誠得直士與居，彼不貲吾子之過，切磋琢磨，成子金玉，使子日知不足。雖然，取直友，猶有四物，有直而修於直者，有直而陷於曲者，有曲而盗名直者，有曲而遂其直者。邦有道無道如矢，此直而修於直者也。其父攘羊而子證之，此直而陷於曲者也。或乞醯焉，乞諸其鄰，此曲而盗名直者也。子爲父隱，此曲而遂其直者也。其二端可願，其二端不可願，爲吾子擇益友也，嘗以是觀之。

聖散子敍

昔嘗覽《千金方·三建散》云:「風冷痰飲,癥癖瘤瘧,無所不治。」而孫思邈特爲著論,以謂此方用藥節度不近人情,至於救急,其驗特異。乃知神物效靈,不拘常制,至理開惑,智不能知。今僕所蓄《聖散子》,殆此類耶? 自古論病,惟傷寒最爲危急,其表裏虛實,日數證候,應汗應下之類,差之毫釐,輒至不救,而用《聖散子》者,一切不問。凡陰陽二毒,男女相易,狀至危急者,連飲數劑,卽汗出氣通,飲食稍進,神守完復〔一〕,更不用諸藥連服取差,其餘輕者,心額微汗,正爾無恙。藥性微熱,而陽毒發狂之類,服之卽覺清涼。此殆不可以常理詰也。若時疫流行,平旦於大釜中煮之,不問老少良賤,各服一大盞,卽時氣不入其門。平居無疾,能空腹一服,則飲食倍常,百疾不生。真濟世之具,衛家之寶也。其方不知所從出,得之於眉山人巢君穀。穀多學,好方祕,惜此方不傳其子。余苦求得之。謫居黃州,比年時疫,合此藥散之,所活不可勝數。巢初授余〔二〕,約不傳人,指江水爲盟。余竊隘之,乃以傳蘄水人龐君安時。安時以善醫聞於世,又善著書,欲以傳後,故以授之,亦使巢君之名,與此方同不朽也。

〔一〕「守」原作「宇」,今從集甲卷二十九。

〔二〕「授」原作「與」,今從集甲。

聖散子後序

《聖散子》主疾，功效非一。去年春，杭之民病，得此藥全活者，不可勝數。所用皆中下品藥，畧計每千錢即得千服，所濟已及千人。由此積之，其利甚博。凡人欲施惠而力能自辦者，猶有所止，若合衆力，則人有善利，其行可久。今募信士就楞嚴院修製，自立春後起施，直至來年春夏之交，有入名者，徑以施送本院。昔薄拘羅尊者，以訶梨勒施一病比丘，故獲報身，身常無衆疾。施無多寡，隨力助緣。疾病必相扶持，功德豈有限量。仁者惻隱，當崇善因。吳郡陸廣秀才〔一〕，施此方并藥，得之於智藏主禪月大師寶澤，乃鄉僧也。其陸廣見在京施方并藥，在麥麪巷居住。

〔一〕《外集》卷二十九「陸」作「六」。下同。

江子靜字序

友人江君以其名存之求字於予，予字之曰子靜。夫人之動，以靜爲主〔一〕。神以靜舍，心以靜充，志以靜寧，慮以靜明。其靜有道，得己則靜，逐物則動。以一人之身，晝夜之氣，呼吸出入，未嘗異也。然而或存或亡者，是其動靜殊也。後之學者，始學也既累於仕，其仕也又累於進。得之則樂，失之則憂，是憂樂係於進矣。平旦而起，日與事交，合我則喜，忤我則怒，是喜怒係於事矣。耳悦五聲，目悦五色，口悦五味，鼻悦芬臭，是愛欲係於物矣。以眇然之身，而所係如此，行流轉徙〔二〕，日遷月化，則平日之所養，尚能存耶？喪其所存，尚安明在己之是非與夫在物之真僞哉〔三〕？故君子學以辨道，道以求性，正則靜，靜則定，定則虛，虛則明。物之來也，吾無所增，物之去也，吾無所虧，豈復爲之欣喜愛惡而累其真歟？君尙少才鋭〔四〕，學以待仕，方且出而應物，所謂靜以存性，不可不念也。能得吾性不失其在己，則何往而不適哉！

〔一〕《外集》卷二十九「主」前有「心」字。

〔二〕「行流」原作「流行」，今從《七集·續集》卷八、《外集》。

〔三〕「在物」原作「其物」，今從《外集》。案：下句有「在物」字樣，篇末有「在己」字樣，作「在」是。

〔四〕《外集》「君」作「若」。

説

文與可字説

鄉人皆好之，何如？曰：「未可也。」鄉人皆惡之，何如？曰：「未可也。不如鄉人之善者好之，其不善者惡之。」「善者好之，不善者惡之，足以爲君子乎？」曰：「未也。孔子爲問者言也，以爲賢於所問者而已。君子之居鄉也，善者以勸，不善者以恥，夫何惡之有。君子不惡人，亦不惡於人。子夏之於人也，可者與之，其不可者拒之。子張曰：『君子尊賢而容衆。嘉善而矜不能。』我之大賢歟，於人何所不容。我之不賢歟，人將拒我，如之何其拒人也。子張之意，豈不曰與其可者，而其不可者自遠乎〔一〕？」「使不可者而果遠也，則其爲拒也甚矣，而子張何惡於拒也？」曰：「惡其有意於拒也。」「夫苟有意於拒，則天下相率而去之，吾誰與居？然則孔子之於孺悲也，非拒歟？」曰：「孔子以不屑教誨爲教誨者也〔二〕，非拒也。夫苟無意於拒，則可者與之〔三〕，雖孔子、子張皆然。」吾友文君名同，字與可。或曰：「爲子夏者歟？」曰：「非也。取其與，不取其拒，爲子張者也。」與可之爲人也，守道而忘勢，行義而忘利，修德而忘名，與爲不義，雖禄之千乘不顧也。雖然，未嘗有惡於人，人亦莫之惡也。故曰：與可爲子張者也〔四〕。

〔一〕「其」原缺，據西樓帖補。

〔二〕「爲教誨」三字原缺，據西樓帖補。

〔三〕西樓帖「可」前有「雖」字。

〔四〕西樓帖「也」字後有「熙寧八年四月廿三日從表弟蘇軾上」十五字。

楊薦字説

楊君以其所名薦，請字於余。余字之尊，已而告之曰：古之君子，佩玉而服韍，戴冕而垂旒，一獻之禮，賓主百拜，俯僂而後食。夫所爲飲食者，爲飽也，所爲衣服者，爲暖也。若直曰飽暖而已，則夫古之君子，其無乃爲紛紛而無益，迂闊而過當耶。蓋君子小人之分，生於足與不足之間，若是足以已矣，而必爲之節文。故其所以養其身者甚周，而其所以自居者甚高而可畏，凜乎其若處女之在閨也，兢兢乎其若懷千金之璧而行也。夫是以不仁者不敢至於其牆，不義者不敢過其門。惟其所爲者，止於足以已矣之間，則人亦狎之而輕，加之以不義。由此觀之，凡世之所謂紛紛而無益、迂闊而過當者，皆君子之所以自尊也。《易》曰：「藉用白茅，無咎。」孔子曰：「苟錯諸地而可矣。」藉之用茅，何咎之有，地非不足錯也，而必茅之爲藉，是君子之過以自尊也。予欲楊君之過以自尊，故因其名薦而取諸《易》以爲之字。楊君有俊才，聰明果敢有過於人，而余獨憂其所以自愛重者不至而已矣。

文驥字説〔一〕

馬之於德，力盡於蹄齧，智盡於竊銜詭轡。以蹄齧之力爲千里，以竊詭之智爲道迷。此之謂驥。文與可學士之孫，逸民秀才之子，蘇子由侍郎之外孫，小名驥孫，因名之曰驥，不稱其力稱其德，字之曰元德。元祐三年外伯翁東坡居士書。

東坡居士言：驥孫才五歲，入吾家，見先府君畫像，曰，我嘗見於大慈寺中和院。試呼出相之，骨法已奇，神氣沉穩。此兒一日千里，吾輩猶及見之。他日學問，知驥之在德不在力，尚不辜東坡之言。元祐三年十月癸酉門下後省書。

〔一〕此文，見《外集》卷二十九。

張厚之忠甫字説〔一〕

張厚之忠甫，樂全先生子也。美才而好學，信道而篤志，先生名之曰恕，而其客蘇軾子瞻和仲推先生之意，字之曰厚之，又曰忠甫。且告之曰：「事有近而用遠，言有約而義博者，渴必飲，飢必食，食必五穀，飲必水。此夫婦之愚所共知，而聖人之智所不能易也。一言而可以終身行之者，恕也。仁者得之而後仁，智者得之而後智。施於君臣父子夫婦朋友之間，無所適而不可，是飢渴飲食之道也。故曾子曰：『夫子之道，忠恕而已矣。』而孔子亦曰：『如有周公之才之美，使驕且吝，其餘不足觀也已。』夫驕且吝，豈非不恕而已乎。人而能恕也，雖孔子可庶幾，人而不能恕，雖周公不足觀也。先生之所以遺子者至矣，吾不能加豪末於此矣。然而曾子謂之忠恕，詩人謂之忠厚。以吾觀之，忠與恕與厚，是三言者，聖人之所謂一道也。或謂之穀，或謂之米，或謂之飯，此豈二物也哉。然謂穀米謂米飯則不可。故吾願子貫三言而并佩之。將有爲也，將有言也，必反而求之曰：『吾未恕乎？未厚乎？未忠乎？』自反而恕矣，厚矣，忠矣，然後從之。此孔子、曾子、詩人之意也，先生之意也。

〔一〕文中「智者」原作「知者」，今從集甲卷二十四。「如有周公」之「公」原脱，今補。

趙德麟字説

宋有天下百餘年，所與分天工治民事者，皆取之疎遠側微，而不私其親。故宗室之賢，未有以勳名聞者。神宗皇帝實始慨然，欲出其英才與天下共之，增立教養選舉之法，所以封植而琢磨之者甚備。行之二十年，而文武之器，彬彬稍見焉。元祐六年，予自禁林出守汝南，始與越王之孫、華原公之子簽書君令畤遊。得其爲人，博學而文，篤行而剛，信於爲道，而敏於爲政。予以爲有杞梓之用，瑚璉之貴，將必顯聞於天下，非特佳公子而已。昔漢武帝幸雍祠五時，獲白麟以薦上帝，作《白麟之歌》，而司馬遷、班固書曰「獲一角獸」，「蓋麟云」。「蓋」之爲言疑之也。夫獸而一角，固麟矣，二子何疑焉。豈求之武帝而未見所以致麟者歟？漢有一汲黯，而武帝不能用，乃以白麟赤鴈爲祥，二子非疑之，蓋陋之也。今先帝立法以出宗室之賢，而主上虛己盡下，求人如不及，四方之符瑞皆抑而不聞，此真獲麟者也。麟固不求獲，不幸而有是德與是形，此麟之所病也。今君學道觀妙，澹泊自守，以富貴爲浮雲，而文章議論，載其令名而馳之，既有麟之病矣，又可得逃乎。敬字君德麟，而爲之說。

仁說〔一〕

孟子曰：「仁者如射，發而不中，反求諸身。」吾嘗學射矣，始也心志於中〔二〕，目存乎鵠，手往從之，十發而九失，其一中者，幸也。有善射者，教吾反求諸身，手持權衡，足蹈規矩，四肢百體，皆有法焉，一法不修，一病隨之〔三〕。病盡而法完，則心不期中，目不存鵠，十發十中矣。四肢百體，一不如法〔四〕，差於此者，在毫釐之內，而失於彼者，在尋丈之外矣。故曰：「孟子之所謂「仁者如射」，則孔子之所謂「克己復禮」也。君子之志於仁〔五〕，盡力而求之，有不獲焉，退而求之身，莫若自克。自克而反於禮，一日足矣。何也？凡害於仁者盡也。害於仁者盡，則仁不可勝用矣〔六〕。故曰：「非禮勿視，非禮勿聽，非禮勿言，非禮勿動。」一不如禮，在我者甚微，而民有不得其死者矣。非禮之害，甚于殺不辜〔七〕，不仁之禍，無大于此者也。

〔一〕郎本卷五十七作「仁者如射説」。
〔二〕「心」原作「常」，據郎本改。案：下句爲「目存乎鵠」，「心」與「目」乃對舉。
〔三〕「病」原作「疾」，據郎本改。案：下句爲「病盡而法完」，乃承上言，作「病」是。
〔四〕郎本「如法」作「中節」。
〔五〕「志」原缺，據郎本補。
〔六〕「則」原作「而」，今從郎本。「矣」據郎本補。
〔七〕郎本「甚」作「至」。

剛説〔一〕

孔子曰：「剛毅木訥，近仁。」又曰：「巧言令色，鮮矣仁。」所好夫剛者，非好其剛也，好其仁也。所惡夫佞者，非惡其佞也，惡其不仁也。吾平生多難，常以身試之，凡免我于厄者，皆平日可畏人也，擠我于險者，皆異時可喜人也。吾是以知剛者之必仁，佞者之必不仁也。

建中靖國之初，吾歸自海南，見故人，問存没，追論平生所見剛者，或不幸死矣。若孫君介夫諱立節者，真可謂剛者也。

始吾弟子由爲條例司屬官，以議不合引去。王荆公謂君曰：「吾條例司當得開敏如子者。」君笑曰：「公言過矣〔二〕，當求勝我者。若我輩人，則亦不肯爲條例司矣。」公不答，徑起入户，君亦趨出。君爲鎮江軍書記，吾時通守錢塘，往來常、潤間，見君京口。方新法之初，監司皆新進少年，馭吏如束濕，不復以禮遇士大夫，而獨敬憚君，曰：「是抗丞相不肯爲條例司者。」

謝麟經制溪洞事宜，州守王奇與蠻戰死，君爲桂州節度判官，被旨鞫吏士之有罪者〔三〕。麟因收大小使臣十二人付君并按，且盡斬之。君持不可。麟以語侵君。君曰：「獄當論情，吏當守法。逗撓不進，諸將罪也，既伏其辜矣，餘人可盡戮乎！若必欲以非法斬人，則經制司自爲之，我何與焉。」麟奏君抗拒，君亦奏麟侵獄事。刑部定如君言，十二人皆不死，或以遷官。吾以是益知剛者之必仁也。不仁而能以一言活十二人於必死乎！

方孔子時，可謂多君子，而曰「未見剛者」，以明其難得如此。而世乃曰「太剛則折」！士患不剛耳，長養成就，猶恐不足，當憂其太剛而懼之以折耶！折不折，天也，非剛之罪。爲此論者，鄙夫患失者也。君平生可紀者甚多，獨書此二事遺其子緦、勱，明剛者之必仁以信孔子之説〔四〕。

〔一〕郎本卷五十七作「剛毅近仁説」。

〔二〕「言」原缺，據郎本補。

〔三〕「之」原缺，據郎本補。

〔四〕「之」原缺，據郎本補。

稼説 送張琥

曷嘗觀於富人之稼乎？其田美而多，其食足而有餘。其田美而多，則可以更休，而地方得完。其食足而有餘，則種之常不後時，而斂之常及其熟。故富人之稼常美，少秕而多實，久藏而不腐。今吾十口之家，而共百畝之田，寸寸而取之，日夜以望之，鋤耰銍艾，相尋於其上者如魚鱗，而地力竭矣。種之常不及時，而斂之常不待其熟，此豈能復有美稼哉？古之人，其才非有以大過今之人也，其平居所以自養而不敢輕用以待其成者，閔閔焉如嬰兒之望長也。弱者養之以至於剛，虛者養之以至於充。三十而後仕，五十而後爵，信於久屈之中，而用於至足之後，流於既溢之餘，而發於持滿之末，此古之人所以大過人，而今之君子所以不及也。吾少也有志於學，不幸而早得與吾子同年，吾子之得亦不可謂不早也。吾今雖欲自以爲不足，而衆且妄推之矣。嗚呼，吾子其去此而務學也哉。博觀而約取，厚積而薄發，吾告子止於此矣。子歸過京師而問焉，有曰轍子由者，吾弟也，其亦以是語之。

何苓之名說

羅浮道士何宗一以其猶子爲童子，狀貌肥黑矮小，嘗戲之曰：此羅浮茯苓精也。俗諺曰：「下有茯苓，上生兔絲。」因名之曰苓之，字表絲。且祝老何善待之〔一〕，壯長非庸物也。

〔一〕「且」原作「見」，今從《外集》卷二十九。

思聰名說〔一〕

法惠圓師小童彭九，年十一，善琴，應對明了如成人。自言未有法名，而同師皆聯思字，遂與名思聰。庶幾他日因聲以得法，仍書以付之。

〔一〕此文見《外集》卷二十九。又，郎本卷五十六《送錢塘聰師聞復敍》「錢塘僧思聰」句下，註「謂《大全集》有題跋」云云，卽此文。「法惠圓師」，郎引《大全集》無「圓」字，「仍書」，郎註作「乃書」。

中國古典文學基本叢書

蘇軾文集

第二册

孔凡禮點校

蘇軾文集卷十一

記

仁宗皇帝御飛白記

問世之治亂，必觀其人。問人之賢不肖，必以世考之。《孟子》曰：「誦其詩，讀其書，不知其人，可乎？是以論其世也。」合抱之木，不生於步仞之丘。千金之子，不出於三家之市。

臣嘗逮事仁宗皇帝，其愚不足以測知聖德之所至，獨私竊覽觀四十餘年之間，左右前後之人，其大者固已光明儁偉，深厚雄傑，不可窺較。而其小者，猶能敦朴愷悌，靖恭持重，號稱長者。當是之時，天人和同，上下驩心。才智不用而道德有餘，功業難名而福禄無窮。升遐以來十有二年，若臣若子，罔有內外，下至深山窮谷老婦稚子，外薄四海裔夷君長，見當時之人，聞當時之事，未有不流涕稽首者也。此豈獨上之澤歟？凡在廷者，與有力焉。

太子少傅安簡王公〔一〕，諱舉正，臣不及見其人矣，而識其爲人。其流風遺俗可得而稱者，以世考之也。熙寧六年冬，以事至姑蘇，其子誨出慶曆中所賜公端敏字二飛白筆一以示臣，且謂臣記之〔二〕，將刻石而傳諸世。

臣官在太常，職在太史，於法得書。且以爲抱烏號之弓，不若藏此筆，寶曲阜之履〔三〕，不若傳此書；考追蠡以論音聲，不若推點畫以究觀其所用之意；存昌歜以追嗜好，不若因褒貶以想見其所與之人。或藏於名山，或流於四方，凡見此者，皆當聳然而作，如望旄頭之塵，而聽屬車之音，相與勉爲忠厚而恥爲浮薄，或由此也夫。

〔一〕郎本卷四十八「少」作「太」。

〔二〕郎本「謂」作「請」。

〔三〕郎本「寶」作「保」。

醉白堂記

故魏國忠獻韓公作堂於私第之池上，名之曰醉白。取樂天《池上》之詩，以爲醉白堂之歌。意若有羨於樂天而不及者。天下之士，聞而疑之，以爲公既已無愧於伊、周矣，而猶有羨於樂天，何哉？

軾聞而笑曰：公豈獨有羨於樂天而已乎？方且願爲尋常無聞之人而不可得者。天之生是人也，將使任天下之重，則寒者求衣，饑者求食，凡不獲者求得。苟有以與之，將不勝其求。是以終身處乎憂患之域，而行乎利害之塗，豈其所欲哉！夫忠獻公既已相三帝安天下矣，浩然將歸老於家，而天下共挽而留之，莫釋也。當是時，其有羨於樂天，無足怪者。然以樂天之平生而求之於公，較其所得之厚薄淺深，孰有孰無，則後世之論，有不可欺者矣。文致太平，武定亂略，謀安宗廟，而不自以爲功。急賢才，輕爵禄，而士不知其恩。殺伐果敢，而六軍安之。四夷八蠻想聞其風采，而天下以其身爲安危。此公之所有，而樂天之所無也。乞身於强健之時，退居十有五年，日與其朋友賦詩飲酒，盡山水園池之樂。府有餘帛，廩有餘粟，而家有聲伎之奉。此樂天之所有，而公之所無也。忠言嘉謨〔一〕，效於當時，而文采表於後世。死生窮達，不易其操，而道德高於古人。此公與樂天之所同也。公既不以其所有自多，亦不以其所無自少，將推其同者而自託焉。方其寓形於一醉也，齊得喪，忘禍福，混貴賤，等賢愚，同乎萬物，而與造物者遊，非獨自比於樂天而已。古之君子，其處己也厚，其取名也廉。是以實浮於名，而世誦其美不厭。以孔子之聖，而自比於老彭，自同於丘明，自以爲不如顏淵。後之君子，實則不至，而皆有侈心焉〔二〕。臧武仲自以爲聖，白圭自以爲禹，司馬長卿自以爲相如，揚雄自以爲孟軻，崔浩自以爲子房，然世終莫之許也。由此觀之，忠獻公之賢於人也遠矣。

昔公嘗告其子忠彦，將求文於軾以爲記而未果。公薨既葬〔三〕，忠彦以告，軾以爲義不得辭也〔四〕，乃泣而書之。

〔一〕「謨」原作「謀」，今從郎本卷五十。
〔二〕《七集·前集》卷三十二「侈」作「耻」。
〔三〕「公薨」二字原缺，據郎本補。
〔四〕郎本無「以」字。

蓋公堂記

始吾居鄉，有病寒而欬者，問諸醫，醫以爲蠱，不治且殺人。取其百金而治之，飲以蠱藥，攻伐其腎腸〔一〕，燒灼其體膚，禁切其飲食之美者。朞月而百疾作，内熱惡寒，而欬不已，纍然真蠱者也。又求於醫，醫以爲熱，授之以寒藥，旦朝吐之，暮夜下之，於是始不能食。懼而反之，則鍾乳、烏喙雜然並進，而瘭疽癰疥眩瞀之狀〔二〕，無所不至。三易醫而疾愈甚。里老父教之曰：「是醫之罪，藥之過也。子何疾之有！人之生也，以氣爲主，食爲輔。今子終日藥不釋口，臭味亂于外，而百毒戰于内，勞其主，隔其輔，是以病也。子退而休之，謝醫却藥而進所嗜，氣完而食美矣，則夫藥之良者，可以一飲而效。」從之。朞月而病良已。

昔之爲國者亦然。吾觀夫秦自孝公以來，至于始皇，立法更制，以鐫磨鍛鍊其民，可謂極矣。蕭何、曹參親見其斲喪之禍，而收其民於百戰之餘，知其厭苦憔悴無聊，而不可與有爲也，是以一切與之休息，而天下安。始參爲齊相，召長老諸先生問所以安集百姓，而齊故諸儒以百數，言人人殊，參未知所定。聞膠西有蓋公，善治黄老言，使人請之。蓋公爲言治道貴清淨而民自定，推此類具言之，參於是避正堂以舍蓋公，用其言而齊大治。其後以其所以治齊者治天下，天下至今稱賢焉。

吾爲膠西守，知公之爲邦人也，求其墳墓、子孫而不可得，慨然懷之。師其言，想見其爲人，庶幾復見如公者。治新寢於黄堂之北，易其弊陋，達其壅蔽，重門洞開，盡城之南北，相望如引繩，名之曰蓋公堂。時從賓客僚吏遊息其間，而不敢居，以待如公者焉。

夫曹參爲漢宗臣，而蓋公爲之師，可謂盛矣。而史不記其所終，豈非古之至人得道而不死者歟？膠西東並海，南放于九仙，北屬之牢山，其中多隱君子，可聞而不可見，可見而不可致，安知蓋公不往來其間乎？吾何足以見之！

〔一〕郎本卷五十三「胥」作「胃」；洪邁《容齋隨筆·五筆》卷四《東坡文章不可學》條節引此文亦作「胥」。

〔二〕郎本「瘭」作「漂」。

莊子祠堂記

莊子，蒙人也。嘗爲蒙漆園吏。没千餘歲，而蒙未有祀之者。縣令祕書丞王兢始作祠堂，求文以爲記。

謹按《史記》，莊子與梁惠王、齊宣王同時，其學無所不闚，然要本歸於老子之言。故其著書十餘萬言，大抵率寓言也。作《漁父》、《盜蹠》、《胠篋》，以詆訾孔子之徒，以明老子之術。此知莊子之粗者。余以爲莊子蓋助孔子者，要不可以爲法耳。楚公子微服出亡，而門者難之。其僕操箠而駡曰：「隸也不力。」門者出之。事固有倒行而逆施者。以僕爲不愛公子，則不可；以爲事公子之法，亦不可。故莊子之言，皆實予，而文不予，陽擠而陰助之，其正言蓋無幾。至於詆訾孔子，未嘗不微見其意。其論天下道術，自墨翟、禽滑釐、彭蒙、慎到、田駢、關尹、老聃之徒，以至於其身，皆以爲一家，而孔子不與，其尊之也至矣。

然余嘗疑《盜跖》、《漁父》，則若真詆孔子者。至於《讓王》、《說劍》，皆淺陋不入於道。反復觀之，得其《寓言》之終曰〔一〕：「陽子居西遊於秦，遇老子。老子曰：『而睢睢，而盱盱，而誰與居。太白若辱，盛德若不足。』陽子居蹵然變容。其往也，舍者將迎其家，公執席，妻執巾櫛，舍者避席，煬者避竈。其反也，舍者與之爭席矣。」去其《讓王》、《說劍》、《漁父》、《盜跖》四篇，以合於《列禦寇》之篇，曰：「列禦寇之齊，中道而反，曰：『吾驚焉，吾食於十漿，而五漿先餽。』」然後悟而笑曰：「是固一章也。」莊子之言未終，而昧者勦之以入其言。余不可以不辨。凡分章名篇，皆出於世俗，非莊子本意。元豐元年十一月十九日記。

〔一〕「之」後原有「意」字，據《七集·前集》卷三十二刪。

李太白碑陰記

李太白，狂士也，又嘗失節於永王璘，此豈濟世之人哉。而畢文簡公以王佐期之，不亦過乎！曰：士固有大言而無實，虛名不適於用者，然不可以此料天下士。士以氣爲主。方高力士用事，公卿大夫爭事之，而太白使脫韡殿上，固已氣蓋天下矣。使之得志，必不肯附權倖以取容，其肯從君於昏乎！夏侯湛贊東方生云：「開濟明豁，包含宏大。陵轢卿相，嘲哂豪傑。籠罩靡前，跆籍貴勢。出不休顯，賤不憂戚。戲萬乘若僚友，視儔列如草芥。雄節邁倫，高氣蓋世。可謂拔乎其萃，游方之外者也。」吾於太白亦云。太白之從永王璘，當由迫脅。不然，璘之狂肆寢陋，雖庸人知其必敗也。太白識郭子儀之爲人傑，而不能知璘之無成，此理之必不然者也。吾不可以不辯。

喜雨亭記

亭以雨名，志喜也。古者有喜，則以名物，示不忘也。周公得禾，以名其書；漢武得鼎，以名其年；叔孫勝狄，以名其子。其喜之大小不齊，其示不忘一也。

余至扶風之明年，始治官舍，爲亭於堂之北，而鑿池其南，引流種樹，以爲休息之所。是歲之春，雨麥於岐山之陽，其占爲有年。既而彌月不雨，民方以爲憂。越三月乙卯，乃雨，甲子又雨，民以爲未足；丁卯，大雨，三日乃止。官吏相與慶於庭，商賈相與歌於市，農夫相與抃於野，憂者以樂，病者以愈，而吾亭適成。

於是擧酒於亭上以屬客，而告之曰：「五日不雨，可乎？」曰：「五日不雨，則無麥。」「十日不雨，可乎？」曰：「十日不雨，則無禾。」無麥無禾，歲且荐饑，獄訟繁興，而盜賊滋熾，則吾與二三子，雖欲優游以樂於此亭，其可得耶！今天不遺斯民，始旱而賜之以雨，使吾與二三子，得相與優游而樂於此亭者，皆雨之賜也。其又可忘耶！

既以名亭，又從而歌之，曰：使天而雨珠，寒者不得以爲襦。使天而雨玉，饑者不得以爲粟。一雨三日，緊誰之力。民曰太守，太守不有。歸之天子，天子曰不然〔一〕。歸之造物，造物不自以爲功。歸之太空，太空冥冥。不可得而名，吾以名吾亭。

〔一〕「天子曰不然」句後，羅考謂：「此歌每二三句一易韻，『珠』與『襦』協，『玉』與『粟』協，『日』與『力』協，『守』與『有』協，『功』與『空』協，『冥』與『名』協，獨『子』、『然』、『物』三字無韻，似有譌誤。竊疑『天子曰不然』句『然』字當是衍文，『不』字如讀『否』，則與『有』協，讀入聲，則與『物』字協。」今録備參考。

凌虛臺記

國於南山之下〔一〕，宜若起居飲食與山接也。四方之山，莫高於終南。而都邑之麗山者，莫近於扶風。以至近求最高，其勢必得。而太守之居，未嘗知有山焉。雖非事之所以損益，而物理有不當然者，此凌虛之所爲築也。

方其未築也，太守陳公杖屨逍遥於其下，見山之出於林木之上者，纍纍如人之旅行於牆外而見其髻也，曰：「是必有異。」使工鑿其前爲方池，以其土築臺，高出於屋之危而止〔二〕。然後人之至於其上者，怳然不知臺之高，而以爲山之踴躍奮迅而出也。公曰：「是宜名凌虛。」以告其從事蘇軾，而求文以爲記。

軾復於公曰：「物之廢興成毀，不可得而知也。昔者荒草野田，霜露之所蒙翳，狐虺之所竄伏，方是時，豈知有凌虛臺耶？廢興成毀相尋於無窮，則臺之復爲荒草野田，皆不可知也。嘗試與公登臺而望，其東則秦穆之祈年、橐泉也，其南則漢武之長楊、五柞，而其北則隋之仁壽、唐之九成也。計其一時之盛，宏傑詭麗，堅固而不可動者，豈特百倍於臺而已哉！然而數世之後，欲求其髣髴，而破瓦頹垣無復存者，既已化爲禾黍荆棘丘墟隴畝矣，而況於此臺歟？夫臺猶不足恃以長久，而況於人事之得喪，忽往而忽來者歟？而或者欲以夸世而自足，則過矣。蓋世有足恃者，而不在乎臺之存亡也。」既已言於公，退而爲之記。

〔一〕「國」原作「臺因」，據郎本卷四十八、《七集·前集》卷三十一改。

〔二〕「高」原缺，據郎本、《七集·前集》補。

超然臺記

凡物皆有可觀。苟有可觀，皆有可樂，非必怪奇瑋麗者也。餔糟啜醨皆可以醉，果蔬草木皆可以飽。推此類也，吾安往而不樂。夫所爲求福而辭禍者，以福可喜而禍可悲也。人之所欲無窮，而物之可以足吾欲者有盡。美惡之辨戰乎中，而去取之擇交乎前，則可樂者常少，而可悲者常多。是謂求禍而辭福。夫求禍而辭福，豈人之情也哉。物有以蓋之矣。彼遊於物之內，而不遊於物之外。物非有大小也，自其內而觀之，未有不高且大者也。彼挾其高大以臨我，則我常眩亂反覆，如隙中之觀鬬，又烏知勝負之所在。是以美惡横生，而憂樂出焉。可不大哀乎。

余自錢塘移守膠西，釋舟楫之安，而服車馬之勞，去雕牆之美，而庇采椽之居〔一〕，背湖山之觀，而行桑麻之野。始至之日，歲比不登，盜賊滿野，獄訟充斥，而齋厨索然，日食杞菊。人固疑余之不樂也。

處之朞年，而貌加豐，髮之白者，日以反黑。余既樂其風俗之淳，而其吏民亦安予之拙也，於是治其園圃，潔其庭宇，伐安丘、高密之木以修補破敗，爲苟完之計。而園之北，因城以爲臺者舊矣，稍葺而新之。時相與登覽，放意肆志焉。南望馬耳、常山，出没隱見，若近若遠，庶幾有隱君子乎？而其東則盧山，秦人盧敖之所從遁也。西望穆陵，隱然如城郭，師尚父、齊桓公之遺烈，猶有存者。北俯濰水，慨然太息，思淮陰之功，而弔其不終。臺高而安，深而明，夏涼而冬温。雨雪之朝，風月之夕，余未嘗不在，客未嘗不從。擷園蔬，取池魚，釀秫酒，瀹脱粟而食之，曰：樂哉遊乎！

方是時，余弟子由適在濟南，聞而賦之，且名其臺曰超然。以見余之無所往而不樂者，蓋遊於物之外也。

〔一〕郎本卷五十「庇」作「蔽」。

眉州遠景樓記〔一〕

吾州之俗，有近古者三。其士大夫貴經術而重氏族，其民尊吏而畏法，其農夫合耦以相助。蓋有三代、漢、唐之遺風，而他郡之所莫及也。始朝廷以聲律取士，而天聖以前，學者猶襲五代之弊，獨吾州之士，通經學古，以西漢文詞爲宗師。方是時，四方指以爲迂濶。至於郡縣胥史，皆挾經載筆，應對進退，有足觀者。而大家顯人，以門族相上，推次甲乙，皆有定品，謂之江鄉。非此族也，雖貴且富，不通婚姻。其民事太守縣令，如古君臣，既去，輒畫像事之，而其賢者，則記録其行事以爲口實，至四五十年不忘。商賈小民〔三〕，常儲善物而別異之，以待官吏之求。家藏律令，往往通念而不以爲非，雖薄刑小罪，終身有不敢犯者。歲二月，農事始作。四月初吉，穀稚而草壯，耘者畢出。數十百人爲曹，立表下漏，鳴鼓以致衆。擇其徒爲衆所畏信者二人，一人掌鼓，一人掌漏，進退作止，惟二人之聽。鼓之而不至，至而不力，皆有罰。量田計功，終事而會之，田多而丁少，則出錢以償衆。七月既望，穀艾而草衰，則仆鼓決漏，取罰金與償衆之錢，買羊豕酒醴，以祀田祖，作樂飲食，醉飽而去，歲以爲常。其風俗蓋如此。

故其民皆聰明才智，務本而力作，易治而難服。守令始至，視其言語動作，輒了其爲人。其明且能者，不復以事試，終日寂然。苟不以其道，則陳義秉法以譏切之，故不知者以爲難治。

今太守黎侯希聲，軾先君子之友人也。簡而文，剛而仁，明而不苛，衆以爲易事。既滿將代，不忍其去，相率而留之，上不奪其請。既留三年，民益信，遂以無事。因守居之北墉而增築之，作遠景樓，日與賓客僚吏游處其上。軾方爲徐州，吾州之人以書相往來，未嘗不道黎侯之善，而求文以爲記。

嗟夫，軾之去鄉久矣。所謂遠景樓者，雖想見其處，而不能道其詳矣。然州人之所以樂斯樓之成而欲記焉者，豈非上有易事之長，而下有易治之俗也哉！孔子曰：「吾猶及史之闕文也。有馬者借人乘之。今亡矣夫。」是二者，於道未有大損益也，然且録之。今吾州近古之俗，獨能累世而不遷，蓋耆老昔人豈弟之澤，而賢守令撫循教誨不倦之力也，可不録乎！若夫登臨覽觀之樂，山川風物之美，軾將歸老於故丘，布衣幅巾，從邦君於其上，酒酣樂作，援筆而賦之，以頌黎侯之遺愛，尚未晚也。元豐元年七月十五日記〔三〕。

〔一〕「州」原作「山」，今從郎本卷五十一、《七集·前集》卷三十二。案：此文之始，郎云「吾州之俗」，作「州」是。

〔二〕「商賈」原作「富商」，今從郎本。

〔三〕「元豐」云云十字，據郎本補。

墨妙亭記

熙寧四年十一月，高郵孫莘老自廣德移守吴興。其明年二月，作墨妙亭於府第之北，逍遥堂之東，取凡境内自漢以來古文遺刻以實之。

吴興自東晉爲善地，號爲山水清遠。其民足於魚稻蒲蓮之利，寡求而不争。賓客非特有事於其地者不至焉。故凡守郡者，率以風流嘯咏投壺飲酒爲事。自莘老之至，而歲適大水，上田皆不登，湖人大饑，將相率亡去。莘老大振廩勸分，躬自撫循勞來，出於至誠。富有餘者，皆争出穀以佐官，所活至不可勝計。當是時，朝廷方更化立法，使者旁午，以爲莘老當日夜治文書，赴期會，不能復雍容自得如故事。而莘老益喜賓客，賦詩飲酒爲樂，又以其餘暇，網羅遺逸，得前人賦詠數百篇，以爲《吴興新集》〔一〕，其刻畫尚存而僵仆斷缺於荒陂野草之間者，又皆集於此亭。是歲十二月，余以事至湖〔二〕，周覽歎息，而莘老求文爲記。

或以謂余，凡有物必歸於盡，而恃形以爲固者，尤不可長，雖金石之堅，俄而變壞，至於功名文章，其傳世垂後，乃爲差久〔三〕，今乃以此託於彼，是久存者反求助於速壞。此既昔人之惑，而莘老又將深簷大屋以錮留之，推是意也，其無乃幾於不知命也夫。余以爲知命者，必盡人事，然後理足而無憾。物之有成必有壞，譬如人之有生必有死，而國之有興必有亡也。雖知其然，而君子之養身也，凡可以久生而緩死者無不用，其治國也，凡可以存存而救亡者無不爲，至於不可柰何而後已。此之謂知命。是亭之作否，無足爭者，而其理則不可以不辨。故具載其説，而列其名物於左云。

〔一〕「以」原缺，宋樓鑰《攻媿集》卷七十三《跋黄氏所藏東坡山谷二張帖》謂墨迹有「以」字，今據補。

〔二〕樓鑰謂墨迹「湖」作「吴興」。

〔三〕「乃」原作「猶」，樓鑰謂墨迹「猶」作「乃」，今據改。

墨君堂記

凡人相與號呼者，貴之則曰公，賢之則曰君，自其下則爾、汝之。雖公卿之貴，天下貌畏而心不服，則進而君、公，退而爾、汝者多矣。獨王子猷謂竹君，天下從而君之無異辭。今與可又能以墨象君之形容，作堂以居君，而屬余爲文，以頌君德，則與可之於君，信厚矣。

與可之爲人也，端静而文，明哲而忠，士之修潔博習，朝夕磨治洗濯，以求交於與可者，非一人也。而獨厚君如此。君又疎簡抗勁，無聲色臭味，可以娛悦人之耳目鼻口，則與可之厚君也，其必有以賢君矣。世之能寒燠人者，其氣燄亦未至若雪霜風雨之切於肌膚也，而士鮮不以爲欣戚喪其所守。自植物而言之，四時之變亦大矣，而君獨不顧。雖微與可，天下其孰不賢之。然與可獨能得君之深，而知君之所以賢。雍容談笑，揮灑奮迅而盡君之德。稚壯枯老之容，披折偃仰之勢。風雪凌厲以觀其操，崖石犖确以致其節。得志，遂茂而不驕；不得志，瘁瘠而不辱。羣居不倚，獨立不懼。與可之於君，可謂得其情而盡其性矣。余雖不足以知君，願從與可求君之昆弟子孫族屬朋友之象，而藏於吾室，以爲君之別館云。

寶繪堂記〔一〕

君子可以寓意於物，而不可以留意於物。寓意於物，雖微物足以爲樂，雖尤物不足以爲病。留意於物，雖微物足以爲病，雖尤物不足以爲樂。老子曰：「五色令人目盲，五音令人耳聾，五味令人口爽，馳騁田獵令人心發狂。」然聖人未嘗廢此四者，亦聊以寓意焉耳。劉備之雄才也，而好結髦〔二〕。嵇康之達也，而好鍛鍊。阮孚之放也，而好蠟屐。此豈有聲色臭味也哉，而樂之終身不厭。

凡物之可喜，足以悅人而不足以移人者，莫若書與畫。然至其留意而不釋，則其禍有不可勝言者。鍾繇至以此嘔血發冢，宋孝武、王僧虔至以此相忌，桓玄之走舸，王涯之複壁，皆以兒戲害其國，凶其身。此留意之禍也。

始吾少時，嘗好此二者，家之所有，惟恐其失之，人之所有，惟恐其不吾予也。既而自笑曰：吾薄富貴而厚於書，輕死生而重於畫〔三〕，豈不顛倒錯繆失其本心也哉？自是不復好。見可喜者雖時復蓄之，然爲人取去，亦不復惜也。譬之烟雲之過眼，百鳥之感耳，豈不欣然接之，然去而不復念也〔四〕。於是乎二物者常爲吾樂而不能爲吾病。

駙馬都尉王君晉卿雖在戚里，而其被服禮義，學問詩書，常與寒士角。平居攘去膏粱〔五〕，屏遠聲色，而從事於書畫，作寶繪堂於私第之東，以蓄其所有，而求文以爲記。恐其不幸而類吾少時之所好，故以是告之，庶幾全其樂而遠其病也。熙寧十年七月二十二日記〔六〕。

〔一〕郎本卷五十三「寶」上有「王君」二字。
〔二〕郎本「髦」作「旄」。
〔三〕「於」原缺，據郎本補。
〔四〕「然」原缺，據郎本補。
〔五〕郎本「攘」作「擺」。
〔六〕郎本「二十二日」作「二十日」。

墨寶堂記〔一〕

世人之所共嗜者，美飲食，華衣服，好聲色而已。有人焉，自以爲高而笑之，彈琴弈棊，蓄古法書圖畫，客至，出而夸觀之，自以爲至矣。則又有笑之者曰：古之人所以自表見於後世者，以有言語文章也，是惡足好？而豪傑之士，又相與笑之。以爲士當以功名聞於世，若乃施之空言，而不見於行事，此不得已者之所爲也。而其所謂功名者，自知效一官，等而上之，至於伊、呂、稷、契之所營，劉、項、湯、武之所爭，極矣。而或者猶未免乎笑，曰：是區區者曾何足言，而許由辭之以爲難，孔丘知之以爲博。由此言之，世之相笑，豈有既乎？

士方志於其所欲得，雖小物，有棄軀忘親而馳之者。故有好書而不得其法，則椎心嘔血幾死而僅存〔二〕，至於剖冢斲棺而求之。是豈有聲色臭味足以移人哉。方其樂之也，雖其口不能自言，而況他人乎！人特以己之不好，笑人之好，則過矣。

毗陵人張君希元，家世好書，所蓄古今人遺跡至多，盡刻諸石，築室而藏之，屬余爲記。余蜀人也。蜀之諺曰：「學書者紙費，學醫者人費。」此言雖小，可以喻大。世有好功名者，以其未試之學，而驟出之於政，其費人豈特醫者之比乎？今張君以兼人之能，而位不稱其才，優游終歲，無所役其心智，則以書自娱。然以余觀之，君豈久閑者，蓄極而通，必將大發之於政。君知政之費人也甚於醫〔三〕，則願以余之所言者爲鑒。

〔一〕郎本卷五十作「張君寶墨堂記」。郎本題下原註：「名次山。」

〔二〕「椎」原作「拊」，郎本作「推」，羅考校改爲「椎」，今從。

〔三〕「醫」原作「費」，誤，據郎本、《七集·前集》卷三十一改。

李氏山房藏書記

象犀珠玉怪珍之物，有悦於人之耳目，而不適於用。金石草木絲麻五穀六材，有適於用，而用之則弊，取之則竭。悦於人之耳目而適於用，用之而不弊，取之而不竭，賢不肖之所得，各因其才，仁智之所見，各隨其分，才分不同，而求無不獲者，惟書乎！

自孔子聖人，其學必始於觀書。當是時，惟周之柱下史老聃爲多書〔一〕。韓宣子適魯，然後見《易象》與《魯春秋》。季札聘於上國，然後得聞《詩》之風、雅、頌。而楚獨有左史倚相，能讀《三墳》、《五典》、《八索》、《九丘》。士之生於是時，得見《六經》者蓋無幾，其學可謂難矣。而皆習於禮樂，深於道德，非後世君子所及。自秦、漢以來，作者益衆，紙與字畫日趨於簡便，而書益多，士莫不有〔二〕，然學者益以苟簡，何哉？余猶及見老儒先生，自言其少時，欲求《史記》、《漢書》而不可得，幸而得之，皆手自書，日夜誦讀，惟恐不及。近歲市人轉相摹刻諸子百家之書，日傳萬紙，學者之於書，多且易致如此，其文詞學術，當倍蓰於昔人，而後生科舉之士，皆束書不觀，遊談無根，此又何也？

余友李公擇，少時讀書於廬山五老峯下白石庵之僧舍。公擇既去，而山中之人思之，指其所居爲李氏山房。藏書凡九千餘卷。公擇既已涉其流，探其源，採剥其華實，而咀嚼其膏味，以爲己有，發於文詞，見於行事，以聞名於當世矣。而書固自如也，未嘗少損。將以遺來者，供其無窮之求，而各足其才分之所當得。是以不藏於家，而藏於其故所居之僧舍〔三〕，此仁者之心也。

余既衰且病，無所用於世，惟得數年之閑〔四〕，盡讀其所未見之書，而廬山固所願遊而不得者，蓋將老焉。盡發公擇之藏，拾其餘棄以自補，庶有益乎？而公擇求余文以爲記，乃爲一言，使來者知昔之君子見書之難，而今之學者有書而不讀爲可惜也。

〔一〕「老」原缺，據郎本卷五十三補。
〔二〕《文鑑》卷八十二「士」作「世」。
〔三〕「故所居」原作「所故居」，今從《文鑑》。
〔四〕「閑」原作「間」，據《文鑑》改。

放鶴亭記

熙寧十年秋，彭城大水，雲龍山人張君天驥之草堂〔一〕，水及其半扉。明年春，水落，遷於故居之東，東山之麓。升高而望〔二〕，得異境焉，作亭於其上。彭城之山，岡嶺四合，隱然如大環，獨缺其西十二，而山人之亭適當其缺。春夏之交，草木際天。秋冬雪月，千里一色。風雨晦明之間，俯仰百變。山人有二鶴，甚馴而善飛。旦則望西山之缺而放焉，縱其所如，或立於陂田，或翔於雲表，暮則傃東山而歸。故名之曰放鶴亭。

郡守蘇軾，時從賓客僚吏往見山人，飲酒於斯亭而樂之，揖山人而告之曰：「子知隱居之樂乎？雖南面之君，未可與易也。《易》曰：『鳴鶴在陰，其子和之。』《詩》曰：『鶴鳴于九皋，聲聞于天。』蓋其爲物，清遠閒放，超然于塵垢之外，故《易》、《詩》人以比賢人君子隱德之士。狎而玩之，宜若有益而無損者，然衛懿公好鶴則亡其國。周公作《酒誥》，衛武公作《抑戒》，以爲荒惑敗亂無若酒者，而劉伶、阮籍之徒以此全其真而名後世。嗟夫，南面之君，雖清遠閒放如鶴者猶不得好，好之則亡其國，而山林遁世之士，雖荒惑敗亂如酒者猶不能爲害，而況於鶴乎。由此觀之，其爲樂未可以同日而語也。」山人听然而笑曰〔三〕：「有是哉。」乃作放鶴招鶴之歌曰：

鶴飛去兮，西山之缺。高翔而下覽兮，擇所適。翻然斂翼，婉將集兮，忽何所見，矯然而復擊。獨終日於澗谷之間兮，啄蒼苔而履白石。鶴歸來兮，東山之陰。其下有人兮，黃冠草履葛衣而鼓琴。躬耕而食兮，其餘以汝飽。歸來歸來兮，西山不可以久留。元豐元年十一月初八日記。

〔一〕「天驥」二字原缺，據《文鑑》卷八十二補。
〔二〕《文鑑》「高」作「堂」。
〔三〕郎本卷五十一「听」作「忻」，《文鑑》作「欣」。

衆妙堂記

眉山道士張易簡教小學，常百人，予幼時亦與焉。居天慶觀北極院，予蓋從之三年。謫居海南，一日夢至其處，見張道士如平昔，汛治庭宇，若有所待者，曰：「老先生且至。」其徒有誦《老子》者曰：「玄之又玄，衆妙之門。」予曰：「妙一而已，容有衆乎？」道士笑曰：「一已陋矣，何妙之有。若審妙也，雖衆可也。」因指灑水薙草者曰：「是各一妙也。」予復視之，則二人者手若風雨，而步中規矩，蓋涣然霧除〔一〕，霍然雲散〔二〕。予驚歎曰：「妙蓋至此乎！庖丁之理解，郢人之鼻斲，信矣。」二人者釋技而上，曰：「子未覩真妙，庖、郢非其人也。是技與道相半，習與空相會，非無挾而徑造者也。子亦見夫蜩與雞乎？夫蜩登木而號，不知止也。夫雞俯首而啄，不知仰也。其固也如此。然至蛻與伏也，則無視無聽，無饑無渴，默化於荒忽之中〔三〕，候伺於毫髮之間，雖聖智不及也〔四〕。是豈技與習之助乎？」二人者出。道士曰：「子少安，須老先生至而問焉。」二人者顧曰：「老先生未必知也。子往見蜩與雞而問之，可以養生，可以長年。」廣州道士崇道大師何德順，學道而至於妙者也。作堂榜曰衆妙〔五〕。以書來海南〔六〕，求文以記之。予不暇作也〔七〕，獨書夢中語以示之〔八〕。戊寅三月十五日〔九〕，蜀人蘇軾書。

〔一〕「涣」原作「焕」，今據郎本卷五十二改。

〔二〕「散」原作「消」，今從郎本。

〔三〕郎本「荒忽」作「慌惚」。

〔四〕「智」原作「知」，今從郎本。

〔五〕原作「故榜其堂曰衆妙」，今從《七集·後集》卷十五。

〔六〕「以」原缺，據《七集·後集》補。

〔七〕「予不暇作也」五字原缺，據《七集·後集》補。

〔八〕原作「因以夢中語爲記」，今從《七集·後集》。

〔九〕「戊寅」原作「紹聖六年」，誤，據《七集·後集》改。

思堂記

建安章質夫，築室於公堂之西，名之曰思。曰：「吾將朝夕於是，凡吾之所爲，必思而後行，子爲我記之。」嗟夫，余天下之無思慮者也。遇事則發，不暇思也。未發而思之，則未至。已發而思之，則無及。以此終身，不知所思。言發於心而衝於口，吐之則逆人，茹之則逆余。以爲寧逆人也，故卒吐之。君子之於善也，如好好色；其於不善也，如惡惡臭。豈復臨事而後思，計議其美惡，而避就之哉！是故臨義而思利，則義必不果；臨戰而思生，則戰必不力。若夫窮達得喪，死生禍福，則吾有命矣。少時遇隱者曰：「孺子近道，少思寡欲。」曰：「思與欲，若是均乎？」曰：「甚於欲。」庭有二盎以畜水，隱者指之曰：「是有蟻漏。」「是日取一升而棄之，孰先竭？」曰：「必蟻漏者。」思慮之賊人也，微而無間。隱者之言，有會於余心，余行之。且夫不思之樂，不可名也。虛而明，一而通，安而不懈，不處而靜，不飲酒而醉，不閉目而睡。將以是記思堂，不亦繆乎。雖然，言各有當也。萬物並育而不相害，道並行而不相悖。以質夫之賢，其所謂思者，豈世俗之營營於思慮者乎？《易》曰無思也，無爲也。我願學焉。《詩》曰思無邪。質夫以之。元豐元年正月二十四日記。

靜常齋記〔一〕

虛而一，直而正，萬物之生芸芸，此獨漠然而自定，吾其命之曰靜。泛而出，渺而藏，萬物之逝滔滔，此獨且然而不忘，吾其命之曰常。無古無今，無生無死，無終無始，無後無先〔二〕，無我無人，無能無否，無離無著，無證無修。卽是以觀，非愚則癡。舍是以求，非病則狂。昏昏默默，了不可得。混混沌沌，茫不可論。雖有至人，亦不可聞，聞爲真聞，亦不可知，知爲真知。是猶在聞知之域，而不足以髣髴。況緣迹逐響以希其至，不亦難哉！既以是爲吾號，又以是爲吾室，則有名之累，吾何所逃。然亦趨寂之指南，而求道之鞭影乎。

〔一〕《永樂大典》卷二千五百三十六引《蘇東坡集》，有此文。《大典》「記」作「銘」。

〔二〕《外集》卷三十「先」作「前」。

石氏畫苑記

石康伯，字幼安，蜀之眉山人，故紫微舍人昌言之幼子也。舉進士不第，卽棄去，當以蔭得官，亦不就，讀書作詩以自娛而已，不求人知。獨好法書、名畫、古器、異物，遇有所見，脱衣輟食求之，不問有無。居京師四十年，出入閭巷，未嘗騎馬。在稠人中，耳目謖謖然，專求其所好。長七尺，黑而髯〔一〕，如世所畫道人劍客，而徒步塵埃中，若有所營，不知者以爲異人也。又善滑稽，巧發微中，旁人抵掌絶倒，而幼安淡然不變色。與人遊，知其急難，甚於爲己。有客於京師而病者，輒舁置其家，親飲食之，死則棺斂之，無難色。凡識幼安者，皆知其如此。而余獨深知之。幼安識慮甚遠，獨口不言耳。今年六十二〔二〕，狀貌如四十許人，鬚三尺，郁然無一莖白者，此豈徒然者哉。爲亳州職官與富鄭公俱得罪者，其子夷庚也。

其家書畫數百軸，取其毫末雜碎者，以冊編之，謂之石氏畫苑。幼安與文與可遊，如兄弟，故得其畫爲多。而余亦善畫古木叢竹，因以遺之，使置之苑中。子由嘗言：「所貴於畫者，爲其似也。似猶可貴，況其真者。吾行都邑田野所見人物，皆吾畫笥也。所不見者，獨鬼神耳，當賴畫而識，然人亦何用見鬼。」此言真有理。今幼安好畫，乃其一病，無足録者，獨著其爲人之大略云爾。元豐三年十二月二十日趙郡蘇軾書〔三〕。

〔一〕原作「髯而黑」，今從集甲卷三十三、郎本卷四十九。案：此乃言石康伯之身，作「黑而髯」是。

〔二〕集甲、郎本「二」作「一」。

〔三〕集甲「二十」作「二」。「趙郡蘇軾書」五字，據集甲、郎本補。

文與可畫篔簹谷偃竹記〔一〕

竹之始生，一寸之萌耳，而節葉具焉。自蜩腹蛇蚹以至于劍拔十尋者，生而有之也。今畫者乃節節而爲之，葉葉而累之，豈復有竹乎！故畫竹必先得成竹於胸中，執筆熟視，乃見其所欲畫者，急起從之，振筆直遂，以追其所見，如兔起鶻落，少縱則逝矣。與可之教予如此。予不能然也，而心識其所以然。夫既心識其所以然而不能然者，內外不一，心手不相應，不學之過也。故凡有見於中而操之不熟者，平居自視了然，而臨事忽焉喪之，豈獨竹乎！子由爲《墨竹賦》以遺與可曰：「庖丁，解牛者也，而養生者取之。輪扁，斲輪者也，而讀書者與之。今夫夫子之託於斯竹也，而予以爲有道者，則非耶？」子由未嘗畫也，故得其意而已。若予者，豈獨得其意，并得其法。

與可畫竹，初不自貴重，四方之人持縑素而請者，足相躡於其門。與可厭之，投諸地而駡曰：「吾將以爲襪材〔二〕。」士大夫傳之，以爲口實。及與可自洋州還，而余爲徐州。與可以書遺余曰：「近語士大夫，吾墨竹一派，近在彭城，可往求之。襪材當萃於子矣。」書尾復寫一詩，其略曰：「擬將一段鵝谿絹，掃取寒梢萬尺長〔三〕。」予謂與可，竹長萬尺，當用絹二百五十匹，知公倦於筆硯，願得此絹而已。與可無以答，則曰：「吾言妄矣，世豈有萬尺竹也哉〔四〕。」余因而實之，答其詩曰：「世間亦有千尋竹，月落庭空影許長〔五〕。」與可笑曰：「蘇子辯則辯矣〔六〕。然二百五十匹，吾將買田而歸老焉。」因以所畫篔簹谷偃竹遺予，曰：「此竹數尺耳，而有萬尺之勢。」篔簹谷在洋州，與可嘗令予作《洋州三十詠》，篔簹谷其一也。予詩云：「漢川修竹賤如蓬，斤斧何曾赦籜龍。料得清貧饞太守，渭濱千畝在胸中。」與可是日與其妻游谷中，燒筍晚食，發函得詩，失笑噴飯滿案。

元豐二年正月二十日，與可沒於陳州。是歲七月七日，予在湖州曝書畫，見此竹，廢卷而哭失聲。昔曹孟德《祭橋公文》，有「車過」、「腹痛」之語，而予亦載與可疇昔戲笑之言者，以見與可於予親厚無間如此也。

〔一〕郎本卷四十九無「文與可畫」四字。

〔二〕原無「材」字。《叢話·前集》卷三十九節引此文，有「材」字，今據補。

〔三〕「梢」原作「稍」，據郎本、《文鑑》卷八十二改。

〔四〕「也」原缺，據《文鑑》補。

〔五〕「庭空」原作「空庭」，今從《文鑑》。

〔六〕「辯矣」原作「辨矣」，今從《文鑑》。

淨因院畫記〔一〕

余嘗論畫，以爲人禽宮室器用皆有常形。至於山石竹木，水波煙雲，雖無常形，而有常理。常形之失，人皆知之。常理之不當，雖曉畫者有不知。故凡可以欺世而取名者，必託於無常形者也。雖然，常形之失，止於所失，而不能病其全〔二〕，若常理之不當，則舉廢之矣。以其形之無常，是以其理不可不謹也。世之工人，或能曲盡其形，而至於其理，非高人逸才不能辨〔三〕。與可之於竹石枯木〔四〕，真可謂得其理者矣〔五〕。如是而生，如是而死，如是而攣拳瘠蹙〔六〕，如是而條達暢茂〔七〕，根莖節葉，牙角脉縷，千變萬化，未始相襲，而各當其處。合於天造，厭於人意。蓋達士之所寓也歟〔八〕。昔歲嘗畫兩叢竹於淨因之方丈，其後出守陵陽而西也，余與之偕别長老臻師〔九〕，又畫兩竹梢一枯木於其東齋。臻師方治四壁於法堂〔一〇〕，而請於與可，與可既許之矣，故余并爲記之。必有明於理而深觀之者，然後知余言之不妄。熙寧三年端陽月八日眉山蘇軾於淨因方丈書〔一一〕。

〔一〕西樓帖有此文，題作《文與可畫墨竹枯石記》。《盛京故宮書畫録》卷二亦收此文（以下簡稱《書畫録》）。

〔二〕《書畫録》「病」作「並」。

〔三〕「辦」原作「辨」，今從西樓帖、《書畫録》。

〔四〕西樓帖「竹石枯木」作「枯木竹石」。

〔五〕西樓帖「可謂」作「所謂」。

〔六〕西樓帖「攣」作「聯」。

〔七〕「暢」原作「遂」，今從西樓帖。

〔八〕《書畫録》「寓」作「遇」。

〔九〕西樓帖「偕」作「皆」。「老」後原有「道」字，據西樓帖删。

〔一〇〕「師」原缺，據西樓帖補。

〔一一〕原缺，據《書畫録》補。西樓帖作「□□三年十月初五日趙郡蘇軾□（案：似「子」字）筆凍不成字，不訝」。案：西樓帖中文字，當爲寫與某友人者，其寫録時間，當在《書畫録》之後。

靈壁張氏園亭記

道京師而東，水浮濁流，陸走黄塵，陂田蒼莽，行者倦厭。凡八百里，始得靈壁張氏之園於汴之陽。其外修竹森然以高，喬木蓊然以深。其中因汴之餘浸，以爲陂池，取山之怪石，以爲巖阜。蒲葦蓮芡，有江湖之思。椅桐檜栢，有山林之氣。奇花美草，有京洛之態。華堂厦屋，有吴蜀之巧。其深可以隱，其富可以養。果蔬可以飽隣里，魚鼈筍茹可以餽四方之賓客〔一〕。余自彭城移守吴興，由宋登舟，三宿而至其下。肩輿叩門，見張氏之子碩。碩求余文以記之。

維張氏世有顯人，自其伯父殿中君，與其先人通判府君〔二〕，始家靈壁，而爲此園，作蘭皋之亭以養其親。其後出仕於朝，名聞一時，推其餘力，日增治之，於今五十餘年矣。其木皆十圍，岸谷隱然。凡園之百物，無一不可人意者，信其用力之多且久也。

古之君子，不必仕，不必不仕。必仕則忘其身，必不仕則忘其君。譬之飲食，適於饑飽而已。然士罕能蹈其義、赴其節。處者安於故而難出，出者狃於利而忘返。於是有違親絶俗之譏，懷禄苟安之弊。今張氏之先君，所以爲其子孫之計慮者遠且周，是故築室藝園於汴、泗之間，舟車冠蓋之衝，凡朝夕之奉，燕遊之樂，不求而足。使其子孫開門而出仕，則跬步市朝之上；閉門而歸隱，則俯仰山林之下。於以養生治性，行義求志，無適而不可。故其子孫仕者皆有循吏良能之稱，處者皆有節士廉退之行。蓋其先君子之澤也。

余爲彭城二年，樂其土風。將去不忍，而彭城之父老亦莫余厭也，將買田於泗水之上而老焉。南望靈壁，雞犬之聲相聞，幅巾杖屨，歲時往來於張氏之園，以與其子孫遊，將必有日矣。元豐二年三月二十七日記。

〔一〕「筍」原作「荀」，據郎本卷四十九改。

〔二〕郎本、《文鑑》卷八十二「判」作「州」。

游桓山記

元豐二年正月己亥晦，春服既成，從二三子游於泗之上。登桓山，入石室，使道士戴日祥鼓雷氏之琴，操《履霜》之遺音，曰：「噫嘻悲夫，此宋司馬桓魋之墓也。」或曰：「鼓琴於墓，禮歟？」曰：「禮也。季武子之喪，曾點倚其門而歌。仲尼，日月也，而魋以爲可得而害也。且死爲石椁，三年不成，古之愚人也。余將弔其藏，而其骨毛爪齒，既已化爲飛塵，蕩爲泠風矣〔一〕，而況於椁乎，況於從死之臣妾、飯含之貝玉乎？使魋而無知也，余雖鼓琴而歌可也。使魋而有知也，聞余鼓琴而歌知哀樂之不可常、物化之無日也，其愚豈不少瘳乎？」二三子喟然而歎，乃歌曰：「桓山之上，維石嵯峨兮。司馬之惡，與石不磨兮。桓山之下，維水瀰瀰兮。司馬之藏，與水皆逝兮。」歌闋而去。從游者八人：畢仲孫、舒煥、寇昌朝、王適、王遹、王肄、軾之子邁、煥之子彥舉。

〔一〕《七集·前集》卷三十二「泠」作「冷」。

石鐘山記

《水經》云：「彭蠡之口，有石鐘山焉。」酈元以爲下臨深潭，微風鼓浪，水石相搏，聲如洪鐘。是說也，人常疑之。今以鐘磬置水中，雖大風浪，不能鳴也，而況石乎！至唐李渤始訪其遺蹤，得雙石於潭上，扣而聆之，南聲函胡，北音清越，枹止響騰，餘韻徐歇，自以爲得之矣。然是說也，余尤疑之。石之鏗然有聲者，所在皆是也，而此獨以鐘鳴，何哉？

元豐七年六月丁丑，余自齊安舟行適臨汝，而長子邁將赴饒之德興尉，送之至湖口，因得觀所謂石鐘者。寺僧使小童持斧，於亂石間擇其一二扣之，硿硿焉〔一〕，余固笑而不信也。至暮夜月明，獨與邁乘小舟至絶壁下，大石側立千仞，如猛獸奇鬼，森然欲搏人〔二〕。而山上栖鶻，聞人聲亦驚起，磔磔雲霄間。又有若老人欬且笑於山谷中者，或曰，此鸛鶴也。余方心動欲還，而大聲發於水上，噌吰如鐘鼓不絶，舟人大恐。徐而察之，則山下皆石穴罅，不知其淺深，微波入焉，涵澹澎湃而爲此也。舟迴至兩山間，將入港口，有大石當中流，可坐百人，空中而多竅，與風水相吞吐，有窾坎鏜鞳之聲，與向之噌吰者相應，如樂作焉。

因笑謂邁曰：「汝識之乎？噌吰者，周景王之無射也。窾坎鏜鞳者，魏莊子之歌鐘也〔三〕。古之人不余欺也。事不目見耳聞，而臆斷其有無，可乎？」酈元之所見聞，殆與余同，而言之不詳。士大夫終不肯以小舟夜泊絶壁之下，故莫能知。而漁工水師，雖知而不能言。此世所以不傳也。而陋者乃以斧斤考擊而求之，自以爲得其實。余是以記之，蓋歎酈元之簡，而笑李渤之陋也。

〔一〕郎本卷四十九「硿硿」作「空空」。

〔二〕「搏」原作「摶」，據郎本改。

〔三〕「莊」原作「獻」，據郎本改。郎註引《國語》：晉悼公「錫魏絳女樂一八，歌鐘一肆」。郎謂「莊子即魏絳」，而獻子乃絳之子魏舒。

睡鄉記〔一〕

睡鄉之境，蓋與齊州接，而齊州之民無知者。其政甚淳，其俗甚均，其土平夷廣大，無東西南北，其人安恬舒適，無疾痛札癘。昏然不生七情，茫然不交萬事，蕩然不知天地日月。不絲不穀，佚臥而自足，不舟不車，極意而遠遊。冬而絺，夏而纊，不知其有寒暑。得而悲，失而喜，不知其有利害。以謂凡其所目見者皆妄也。

昔黃帝聞而樂之，閒居齋，心服形，三月弗克其治〔二〕。疲而睡，蓋至其鄉。既寤，厭其國之多事也，召二臣而告之。凡二十有八年，而天下大治，似睡鄉焉。降及堯舜無爲，世以爲睡鄉之俗也。禹、湯股無胈，脛無毛，剪爪爲牲，以救天災，不暇與睡鄉往來。武王克商還周，日夜不寢，曰吾未定大業。周公夜以繼日，坐以待旦，爲王作禮樂，伐鼓扣鐘，雞人號于右，則睡鄉之邊徼屢警矣。其孫穆王慕黃帝之事，因西方化人而神遊焉。騰虛空，乘雲霧，卒莫覩所謂睡鄉也。至孔子時，有宰予者，亦棄其學而遊焉，不得其塗，大迷謬而返。戰國秦漢之君，悲愁傷生，內窮於長夜之飲，外累於攻戰之具，於是睡鄉始丘墟矣。而蒙漆園吏莊周者，知過之化爲蝴蝶，翩翩其間，蒙人弗覺也。其後山人處士之慕道者，猶往往而至，至則囂然樂而忘歸，從以爲之徒云。嗟夫，予也幼而勤行，長而競時，卒不能至，豈不迂哉？因夫斯人之問津也，故記。

〔一〕明焦竑《刻蘇長公外集序》謂「《睡鄉記》擬無功《醉鄉記》而作」，今「屬子瞻」。意謂此文非蘇軾作。

〔二〕《七集・續集》卷十二「克」作「獲」。

南安軍學記

古之爲國者四，井田也，肉刑也，封建也，學校也。今亡矣，獨學校僅存耳。古之爲學者四，其大者則取士論政，而其小者則絃誦也。今亡矣，直誦而已。舜之言曰：「庶頑讒說，若不在時。侯以明之，撻以記之。書用識哉，欲並生哉。工以納言，時而颺之。格則承之庸之，否則威之。」格之言改也。《論語》曰：「有恥且格。」承之言薦也。《春秋傳》曰：「奉承齊犧。」庶頑讒說不率是教者〔一〕，舜皆有以待之。夫化惡莫若進善，故擇其可進者，以射侯之禮舉之。其不率教甚者，則撻之，小則書其罪以記之〔二〕，非疾之也，欲與之並生而同憂樂也。此士之有罪而未可終棄者，故使樂工採其謳謠諷議之言而颺之，以觀其心。其改過者，則薦之，且用之。其不悛者，則威之、屏之、僰之、寄之之類是也。此舜之學政也。

射之中否，何與於善惡，而曰「侯以明之」，何也？曰：射所以致衆而論士也。衆一而後論定。孔子射於矍相之圃，蓋觀者如堵，使弟子揚觶而敍點者三〔三〕，則僅有存者。由此觀之，以射致衆，衆集而後論士，蓋所從來遠矣。《詩》曰：「在泮獻囚。」又曰：「在泮獻馘。」《禮》曰：「受成於學。」鄭人游鄉校，以議執政，或謂子產：「毀鄉校何如？」子產曰：「不可。善者吾行之，不善者吾改之，是吾師也。」孔子聞之，謂子產仁〔四〕。古之取士論政者，必於學。有學而不取士、不論政，猶無學也。學莫盛於東漢，士數萬人，嘘枯吹生。自三公九卿，皆折節下之，三府辟召，常出其口。其取士論政〔五〕，可謂近古，然卒爲黨錮之禍，何也？曰：此王政也。王者不作，而士自以私意行之於下，其禍敗固宜。

朝廷自慶曆、熙寧、紹聖以來，三致意於學矣。雖荒服郡縣必有學，況南安江西之南境，儒術之富〔六〕，與閩、蜀等，而太守朝奉郎曹侯登，以治郡顯聞〔七〕，所至必建學，故南安之學，甲於江西。侯仁人也，而勇於義。其建是學也，以身任其責，不擇劇易，期於必成。士以此感奮，不勸而力。費於官者，爲錢九萬三千〔八〕，而助者不貲。爲屋百二十間，禮殿講堂，視大邦君之居〔九〕。凡學之用，莫不嚴具。又以其餘增置廩給食數百人。始於紹聖二年之冬，而成於四年之春。學成而侯去，今爲潮州。

軾自海南還，過南安，見聞其事爲詳。士既德侯不已，乃具列本末，贏糧而從軾者三百餘里，願紀其實。夫學，王者事也。故首以舜之學政告之。然舜遠矣，不可以庶幾。有賢太守，猶可以爲鄭子産也。學者勉之，無愧於古人而已。建中靖國元年三月四日，朝奉郎提舉成都府玉局觀眉山蘇軾書〔一〇〕。

〔一〕《文鑑》卷八十二無「是」字。
〔二〕《文鑑》無「其罪」二字。
〔三〕「點」原作「黜」，《文鑑》作「點」；郎本卷五十二作「黜」，註文作「點」；《永樂大典》卷一萬三千四百五十三摘引此文亦作「點」。又：此乃引《禮記·射義》，《禮記》亦作「點」。今改「黜」爲「點」。
〔四〕「仁」字後原有「人」字，據郎本、《文鑑》刪。案：此乃引《左傳》之文，《左傳》無「人」字。
〔五〕「論」原作「議」，今從《文鑑》。

〔六〕明刊《文粹》卷三十七「富」作「士」。

〔七〕「聞」原缺，據郎本補。

〔八〕郎本「九」作「凡」。

〔九〕「大」原作「夫」，據郎本、《文鑑》改。

〔一〇〕「朝奉郎提舉成都府玉局觀」十一字，據郎本補。

鳳鳴驛記

始余丙申歲舉進士，過扶風，求舍於館人，既入，不可居而出，次於逆旅。其後六年，爲府從事。至數日，謁客於館，視客之所居，與其凡所資用，如官府，如廟觀，如數世富人之宅，四方之至者，如歸其家，皆樂而忘去。將去，既駕，雖馬亦顧其阜而嘶。余召館吏而問焉。吏曰：「今太守宋公之所新也。自辛丑八月而公始至，既至逾月而興功，五十有五日而成。用夫三萬六千，木以根計，竹以竿計，瓦、甓、坯、釘各以枚計，稍以石計者二十一萬四千七百二十有八〔一〕，而民未始有知者。」余聞而心善之。

其明年，縣令胡允文具石請書其事。余以爲有足書者，乃書曰：古之君子不擇居而安，安則樂，樂則喜從事，使人而皆喜從事，則天下何足治歟。後之君子，常有所不屑，使之居其所不屑，則躁，否則惰。躁則妄，惰則廢，既妄且廢，則天下之所以不治者，常出於此，而不足怪。今夫宋公計其所歷而累其勤，使無齟齬於世，則今且何爲矣，而猶爲此官哉。然而未嘗有不屑之心。其治扶風也，視其卼臲者而安植之，求其蒙茸者而疏理之，非特傳舍而已，事復有小於傳舍者，公未嘗不盡心也。嘗食芻豢者難於食菜，嘗衣錦者難於衣布，嘗爲其大者不屑爲其小，此天下之通患也。《詩》曰：「豈弟君子，民之父母。」所貴乎豈弟者，豈非以其不擇居而安，安而樂，樂而喜從事歟？夫修傳舍，誠無足書者，以傳舍之修，而見公之不擇居而安，安而樂，樂而喜從事者，則是真足書也。

〔一〕「稱」原作「楷」，今從《七集·前集》卷三十一。

密州通判廳題名記

始，尚書郎趙君成伯爲眉之丹稜令，邑人至今稱之。余其隣邑人也，故知之爲詳。君既罷丹稜，而余適還眉，於是始識君。其後余出官於杭，而君亦通守臨淮，同日上謁辭，相見於殿門外，握手相與語。已而見君於臨淮，劇飲大醉於先春亭上而别。及移守膠西，未一年，而君來倅是邦。

余性不慎語言，與人無親疎，輒輸寫腑臟，有所不盡，如茹物不下，必吐出乃已。而人或記疏以爲怨咎，以此尤不可與深中而多數者處。君既故人，而簡易疎達，表裏洞然，余固甚樂之。而君又勤於吏職，視官事如家事，余得少休焉。

君曰：「吾廳事未有壁記。」乃集前人之姓名以屬於余。余未暇作也。及爲彭城，君每書來，輒以爲言，且曰：「吾將託子以不朽。」昔羊叔子登峴山，謂從事鄒湛曰：「自有宇宙而有此山，登此遠望，如我與卿者多矣，皆堙滅無聞，使人悲傷。」湛曰：「公之名，當與此山俱傳，若湛輩，乃當如公言耳。」夫使天下至今有鄒湛者，羊叔子之賢也。今余頑鄙自放，而且老矣，然無以自表見於後世，自計且不足，而況能及於子乎！雖然，不可以不一言，使數百年之後，得此文於頹垣廢井之間者，茫然長思而一歎也〔一〕。

〔一〕郎本卷五十「茫」作「暢」。

滕縣公堂記

君子之仕也，以其才易天下之養也。才有大小，故養有厚薄。苟有益於人，雖厲民以自養不爲泰。是故飲食必豐，車服必安，宮室必壯，使令之人必給，則人輕去其家而重去其國。如使衣食菲惡不如吾私，宮室弊陋不如吾廬，使令之人朴野不足不如吾僮奴，雖君子安之無不可者，然人之情所以去父母捐墳墓而遠遊者，豈厭安逸而思勞苦也哉！至於宮室，蓋有所從受，而傳之無窮，非獨以自養也。今日不治，後日之費必倍。而比年以來，所在務爲儉陋，尤諱土木營造之功，欹仄腐壞，轉以相付，不敢擅易一椽，此何義也。

滕，古邑也。在宋、魯之間，號爲難治。庭宇陋甚，莫有葺者。非惟不敢，亦不暇。自天聖元年，縣令太常博士張君太素，實始改作。凡五十有二年，而贊善大夫范君純粹，自公府掾謫爲令，復一新之。公堂吏舍凡百一十有六間，高明碩大，稱子男邦君之居。而寢室未治，范君非嫌於奉己也，曰：「吾力有所未暇而已。」昔毛孝先、崔季珪用事，士皆變易車服以求名，而徐公不改其常，故天下以爲泰。其後世俗日以奢靡，而徐公固自若也，故天下以爲嗇。君子之度一也，時自二耳。元豐元年七月二十二日，尚明年春，六井畢修，而歲適大旱，自江淮至浙右井皆竭，民至以罌缶貯水相餉如酒醴。而錢塘之民肩足所任，舟楫所及，南出龍山，北至長河鹽官海上，皆以飲牛馬，給沐浴。方是時，汲者皆誦佛以祝公。余以爲水者，人之所甚急，而旱至於井竭，非歲之所常有也。以其不常有，而忽其所甚急，此天下之通患也，豈獨水哉？故詳其語以告後之人，使雖至於久遠廢壞而猶有考也。

〔一〕郎本卷五十「出」作「由」。

獎諭敕記

敕蘇軾〔一〕。省京東東路安撫使司轉運司奏，昨黄河水至徐州城下，汝親率官吏，驅督兵夫，救護城壁，一城生齒并倉庫廬舍，得免漂没之害，遂得完固事。河之爲中國患久矣，乃者堤潰東注，衍及徐方，而民人保居，城郭增固，徒得汝以安也。使者屢以言，朕甚嘉之。

熙寧十年七月十七日，河決澶州曹村埽。八月二十一日，水及徐州城下。至九月二十一日，凡二丈八尺九寸，東西北觸山而止〔二〕，皆清水無復濁流。水高於城中平地有至一丈九寸者，而外小城東南隅不沉者三版。父老云：「天禧中，嘗築二堤。一自小市門外，絶壕而南，少西以屬於戲馬臺之麓；一自新牆門外，絶壕而西，折以屬於城下南京門之北。」遂起急夫五千人，與武衛奉化牢城之士，晝夜雜作堤。堤成之明日，水自東南隅入，遇堤而止。水窗六，先水未至，以薪芻土囊自城外塞之〔三〕。水至而後，自城中塞者皆不足恃。城中有故取土大坑十五，皆與外水相應，井有溢者。三方皆積水〔四〕，無所取土，取於州之南亞父塜之東〔五〕。自城中附城爲長堤，壯其址，長九百八十四丈，高一丈，闊倍之。公私船數百，以風浪不敢行，分纜城下，以殺河之怒。至十月五日，水漸退，城遂以全〔六〕。

明年二月，有旨賜錢二千四百一十萬〔七〕，起夫四千二十三人，又以發常平錢六百三十四萬，米一千八百餘斛，募夫三千二十人，改築外小城。創木岸四，一在天王堂之西，一在彭城樓之下，一在上洪門之西北，一在大城之東南隅。大坑十五皆塞之〔八〕。已而澶州靈平埽成〔九〕，水不復至。臣軾以謂黄河率常五六十年一决，而徐州最處汴泗下流，上下二百餘里皆阻山，水尤深悍難落，不與他郡等，恐久遠倉卒吏民不復究知，故因上之所賜詔書而記其大畧，并刻諸石。若其詳，則藏於有司，謂之《熙寧防河録》云。

〔一〕「軾」原作「某」，據郎本卷五十一改。下同。

〔二〕「止」原作「上」，今從郎本、《外集》。

〔三〕「土」原作「爲」，今從郎本、《外集》卷三十。

〔四〕「水」原作「化」，據郎本、《外集》改。

〔五〕「父」原作「夫」，今從郎本、《外集》。

〔六〕「遂」原缺，據郎本、《外集》補。

〔七〕郎本、《外集》「二千」作「一千」。

〔八〕「之」原缺，據郎本、《外集》補。

〔九〕「平埽」原作「千歸」，誤，據郎本、《外集》改。

蘇軾文集卷十二

記

清風閣記

文慧大師應符，居成都玉谿上，爲閣曰清風，以書來求文爲記。五返而益勤，余不能已，戲爲浮屠語以問之。曰：「符，而所謂身者，汝之所寄也。而所謂閣者，汝之所以寄所寄也。身與閣，汝不得有，而名烏乎施？名將無所施，而安用記乎？雖然，吾爲汝放心遺形而強言之，汝亦放心遺形而強聽之。木生於山，水流於淵，山與淵且不得有，而人以爲己有，不亦惑歟？天地之相磨，虛空與有物之相推，而風於是焉生。執之而不可得也，逐之而不可及也，汝爲居室而以名之，吾又爲汝記之，不亦大惑歟？雖然，世之所謂己有而不惑者，其與是奚辨？若是而可以爲有邪？則雖汝之有是風可也，雖爲居室而以名之，吾又爲汝記之可也，非惑也。風起於蒼茫之間，彷徨乎山澤，激越乎城郭道路，虛徐演漾，以泛汝之軒窗欄楯幔帷而不去也。汝隱几而觀之，其亦有得乎？力生於所激，而不自爲力，故不勞。形生於所遇，而不自爲形，故不窮。嘗試以是觀之。」

中和勝相院記

佛之道難成，言之使人悲酸愁苦。其始學之，皆入山林，踐荆棘蛇虺，袒裸雪霜。或刲割屠膾，燔燒烹煑，以肉飼虎豹鳥烏蚊蚋，無所不至。茹苦含辛，更百千萬億年而後成〔一〕。其不能此者，猶棄絶骨肉，衣麻布，食草木之實，晝日力作，以給薪水糞除，暮夜持膏火薰香，事其師如生。務苦瘠其身，自身口意莫不有禁，其畧十，其詳無數。終身念之，寢食見之，如是，僅可以稱沙門比丘。雖名爲不耕而食，然其勞苦卑辱，則過於農工遠矣。計其利害，非僥倖小民之所樂，今何其棄家毁服壞毛髮者之多也。意亦有所便歟？

寒耕暑耘，官又召而役作之，凡民之所患苦者，我皆免焉。吾師之所謂戒者，爲愚夫未達者設也，若我何用是爲。剟其患，專取其利，不如是而已，又愛其名。治其荒唐之説，攝衣升坐，問答自若，謂之長老。吾嘗究其語矣，大抵務爲不可知，設械以應敵，匿形以備敗，窘則推墮滉漾中，不可捕捉，如是而已矣。吾遊四方，見輒反覆折困之，度其所從遁，而逆閉其塗。往往面頸發赤，然業已爲是道，勢不得以惡聲相反，則笑曰：「是外道魔人也。」吾之於僧，慢侮不信如此。今寶月大師惟簡，乃以其所居院之本末，求吾文爲記，豈不謬哉！

然吾昔者始遊成都，見文雅大師惟度，器宇落落可愛，渾厚人也。能言唐末、五代事傳記所不載者，因是與之遊，甚熟。惟簡則其同門友也。其爲人，精敏過人，事佛齊衆，謹嚴如官府。二僧皆吾之所愛，而此院又有唐僖宗皇帝像，及其從官文武七十五人。其奔走失國與其所以將亡而不遂滅者，既足以感槩太息，而畫又皆精妙冠世，有足稱者，故强爲記之。

始居此者，京兆人廣寂大師希讓，傳六世至度與簡。簡姓蘇氏，眉山人，吾遠宗子也，今主是院，而度亡矣。

〔一〕郎本卷五十四「年」作「生」。

四菩薩閣記

始吾先君於物無所好，燕居如齋，言笑有時。顧嘗嗜畫，弟子門人無以悦之，則争致其所嗜，庶幾一解其顏。故雖爲布衣，而致畫與公卿等。

長安有故藏經龕，唐明皇帝所建，其門四達，八板皆吴道子畫〔一〕，陽爲菩薩，陰爲天王，凡十有六軀。廣明之亂，爲賊所焚。有僧忘其名，於兵火中拔其四板以逃，既重不可負，又迫於賊，恐不能皆全〔二〕，遂竅其兩板以受荷，西奔於岐，而寄死於烏牙之僧舍，板留於是百八十年矣。客有以錢十萬得之以示軾者，軾歸其直，而取之以獻諸先君。先君之所嗜，百有餘品，一旦以是四板爲甲。

治平四年，先君没於京師。軾自汴入淮，泝于江，載是四板以歸。既免喪，所嘗與往來浮屠人惟簡，誦其師之言，教軾爲先君捨施必所甚愛與所不忍捨者。軾用其説，思先君之所甚愛軾之所不忍捨者，莫若是板，故遂以與之。且告之曰：「此明皇帝之所不能守，而焚於賊者也，而況於余乎！余視天下之蓄此者多矣，有能及三世者乎？其始求之若不及，既得，惟恐失之，而其子孫不以易衣食者，鮮矣。余惟自度不能長守此也，是以與子。子將何以守之？」簡曰：「吾以身守之。吾眼可霍，吾足可斲，吾畫不可奪。若是，足以守之歟？」軾曰：「未也。足以終子之世而已。」簡曰：「吾又盟於佛〔三〕，而以鬼守之。凡取是者與凡以是予人者，其罪如律。若是，足以守之歟？」軾曰：「未也。世有無佛而蔑鬼者。」「然則何以守之？」曰：「軾之以是予子者，凡以爲先君捨也。天下豈有無父之人歟，其誰忍取之。若其聞是而不悛，不惟一觀而已，將必取之然後爲快，則其人之賢愚，與廣明之焚此者一也。全其子孫難矣，而況能久有此乎！且夫不可取者存乎子，取不取者存乎人。子勉之矣，爲子之不可取者而已，又何知焉。」

既以予簡，簡以錢百萬度爲大閣以藏之，且畫先君像其上。軾助錢二十之一，期以明年冬閣成。熙寧元年十月二十六日記。

〔一〕「板」原作「版」，本文中亦間有作「板」者。郎本卷五十四作「板」，今統一作「板」。

〔二〕「皆」原缺，據郎本補。

〔三〕「吾」原缺，據郎本補。

鹽官大悲閣記〔一〕

羊豕以爲羞，五味以爲和，秫稻以爲酒，麴蘖以作之，天下之所同也。其材同，其水火之齊均，其寒煖燥濕之候一也，而二人爲之，則美惡不齊。豈其所以美者，不可以數取歟？然古之爲方者，未嘗遺數也。能者卽數以得妙，不能者循數以得其畧。其出一也，有能有不能，而精粗見焉。人見其二也[二]，則求精於數外，而棄迹以逐妙，曰，我知酒食之所以美也。而略其分齊，捨其度數，以爲不在是也，而一以意造，則其不爲人之所嘔棄者寡矣。

今吾學者之病亦然。天文、地理、音樂、律曆、宮廟、服器、冠昏、喪祭之法[三]，《春秋》之所去取，禮之所可，刑之所禁，歷代之所以廢興，與其人之賢不肖，此學者之所宜盡力也。曰："是皆不足學，學其不可載於書而傳於口者[四]。子夏曰：'日知其所亡，月無忘其所能，可謂好學也已。'"古之學者，其所亡與其所能，皆可以一二數而日月見也。如今世之學，其所亡者果何物，而所能者果何事歟？孔子曰："吾嘗終日不食，終夜不寢，以思，無益，不如學也。"由是觀之，廢學而徒思者，孔子之所禁，而今世之所尚也。

豈惟吾學者，至於爲佛者亦然。齋戒持律，講誦其書，而崇飾塔廟，此佛之所以日夜教人者也。而其徒或者以爲齋戒持律不如無心，講誦其書不如無言，崇飾塔廟不如無爲。其中無心，其口無言，其身無爲，則飽食而嬉而已，是爲大以欺佛者也。

杭州鹽官安國寺僧居則，自九歲出家，十年而得惡疾且死，自誓於佛，願持律終身，且造千手眼觀世音像，而誦其名千萬遍。病已而力不給[五]，則縮衣節口三十餘年，銖積寸累，以迄于成。其高九仞，爲大屋四重以居之。而求文以爲記。

余嘗以斯言告東南之士矣，蓋僅有從者。獨喜則之勤苦從事於有爲，篤志守節，老而不衰，異夫爲大以欺佛者，故爲記之，且以風吾黨之士云。

〔一〕「鹽官」二字原缺，據郎本卷五十四補。

〔二〕郎本「二」作「一」。

〔三〕「祭」原作「紀」，郎本亦作「紀」。羅考據《七集·前集》改「紀」爲「祭」，龐校從之。案：明成化原刊本《七集·前集》卷三十一亦作「紀」。又卷二《儒者可與守成論》中有「……冠昏喪祭一代之法」語，作「祭」是。

〔四〕郎本「學其不可載於書而傳於口者」作「學其不可傳於口而載於書者」。

〔五〕「病」原缺，據郎本補。

勝相院經藏記

元豐三年，歲在庚申，有大比丘惟簡，號曰寶月，修行如幻，三摩鉢提，在蜀成都，大聖慈寺，故中和院，賜名勝相，以無量寶、黄金丹砂、琉璃真珠、旃檀衆香，莊嚴佛語及菩薩語，作大寶藏。湧起于海，有大天龍，背負而出，及諸小龍，糾結環繞。諸化菩薩，及護法神，鎮守其門。天魔鬼神，各執其物，以禦不祥。是諸衆寶，及諸佛子，光色聲香，自相磨激，璀璨芳郁，玲瓏宛轉，生出諸相，變化無窮。不假言語，自然顯見，苦空無我，無量妙義。凡見聞者，隨其根性，各有所得。如衆饑人，入於太倉〔一〕，雖未得食，已有飽意。又如病人，遊於藥市，聞衆藥香，病自衰減。更能取米，作無礙飯，恣食取飽，自然不饑。又能取藥，以療衆病，衆病有盡，而藥無窮，須臾之間，無病可療。以是因緣，度無量衆，時見聞者，皆争捨施，富者出財，壯者出力，巧者出技，皆舍所愛，及諸結習，而作佛事，求脱煩惱，濁惡苦海。有一居士，其先蜀人，與是比丘，有大因緣。去國流浪，在江淮間，聞是比丘，作是佛事，即欲隨衆，舍所愛習。周視其身，及其室廬，求可捨者，了無一物。如焦穀芽，如石女兒，乃至無有，毫髮可捨。私自念言，我今惟有，無始已來，結習口業，妄言綺語，論説古今，是非成敗。以是業故，所出言語，猶如鐘磬，黼黻文章，悦可耳目。如人善博，日勝日貧〔二〕，自云是巧，不知是業。今捨此業，作寶藏偈。願我今世，作是偈已，盡未來世，永斷諸業，客塵妄想，及事理障〔三〕。一切世間，無取無舍，無憎無愛，無可無不可。時此居士，稽首西望，而説偈言。

我遊多寶山，見山不見寶。巖谷及草木，虎豹諸龍蛇，雖知寶所在，欲取不可得。復有求寶者，自言已得寶，見寶不見山，亦未得寶故。譬如夢中人，未嘗知是夢，既知是夢已，所夢卽變滅。見我不見夢，因以我爲覺，不知真覺者，覺夢兩無有。我觀大寶藏〔四〕，如以蜜説甜。衆生未諭故，復以甜説蜜。甜蜜更相説，千劫無窮盡。自蜜及甘蔗，查梨與橘柚〔五〕，説甜而得酸，以及鹹辛苦。忽然反自味，舌根有甜相，我爾默自知，不煩更相説。我今説此偈，於道亦云遠，如眼根自見，是眼非我有。當有無耳人，聽此非舌言，於一彈指頃，洗我千劫罪。

〔一〕「太」原作「大」，據郎本卷五十四改。

〔二〕「貧」原作「負」，據郎本、《七集·前集》卷四十改。

〔三〕「事」原作「諸」，今從郎本、《七集·前集》。

〔四〕羅考謂《七集·續集》「大」作「天」。案：在卷十二。明成化原刊本亦作「大」。
〔五〕羅考謂《七集·續集》「查」作「楂」。案：明成化原刊本亦作「查」。

虔州崇慶禪院新經藏記

如來得阿耨多羅三藐三菩提，曰「以無所得故而得」。舍利弗得阿羅漢道，亦曰「以無所得故而得」。如來與舍利弗若是同乎？曰：何獨舍利弗，至于百工賤技，承蜩意鉤，履狶畫墁，未有不同者也。夫道之大小，雖至於大菩薩，其視如來，猶若天淵然，及其以無所得故而得，則承蜩意鉤，履狶畫墁，未有不與如來同者也。以吾之所知，推至其所不知，嬰兒生而導之言，稍長而教之書，口必至於忘聲而後能言，手必至於忘筆而後能書，此吾之所知也。口不能忘聲，則語言難於屬文，手不能忘筆，則字畫難於刻琱。及其相忘之至也，則形容心術，酧酢萬物之變，忽然而不自知也。自不能者而觀之，其神智妙達，不既超然與如來同乎！故《金剛經》曰：一切賢聖，皆以無爲法，而有差別。以是爲技，則技疑神，以是爲道，則道疑聖。古之人與人皆學，而獨至於是，其必有道矣。

吾非學佛者，不知其所自入〔一〕，獨聞之孔子曰：「《詩》三百，一言以蔽之，曰，思無邪。」夫有思皆邪也，善惡同而無思，則土木也，云何能使有思而無邪，無思而非土木乎！嗚呼，吾老矣，安得數年之暇，託於佛僧之宇，盡發其書，以無所思心會如來意，庶幾於無所得故而得者。謫居惠州，終歲無事，宜若得行其志。而州之僧舍無所謂經藏者，獨榜其所居室曰思無邪齋，而銘之致其志焉。

始吾南遷，過虔州，與通守承議郎俞君括遊。一日，訪廉泉，入崇慶院，觀寶輪藏〔二〕。君曰：「是於江南壯麗爲第一，其費二千餘萬，前長老曇秀始作之，幾於成而寂。今長老惟湜嗣成之。奔走二老之間，勸導經營，銖積寸累十有六年而成者，僧知錫也。子能愍此三士之勞，爲一言記之乎？」吾蓋心許之〔三〕。

俞君博學能文，敏於從政，而恬於進取。數與吾書，欲棄官相從學道。自虔罷歸，道病卒於廬陵。虔之士民，有巷哭者，吾亦爲出涕。故作此文以遺湜、錫，并論孔子思無邪之意，與吾有志無書之歎，使刻于石，且與俞君結未來之因乎？紹聖二年五月二十七日記。

〔一〕「入」原作「來」，今從《七集·後集》卷十九及《續集》卷十二。

〔二〕《七集·續集》「輪」作「會」。

〔三〕「吾蓋」原作「蓋吾」，據《七集·後集》及《續集》改。

黄州安國寺記

元豐二年十二月，余自吴興守得罪，上不忍誅，以爲黄州團練副使，使思過而自新焉。其明年二月，至黄。舍館粗定，衣食稍給，閉門却掃，收召魂魄，退伏思念，求所以自新之方，反觀從來舉意動作，皆不中道，非獨今之所以得罪者也。欲新其一，恐失其二。觸類而求之，有不可勝悔者。於是，喟然歎曰：「道不足以御氣，性不足以勝習。不鋤其本，而耘其末，今雖改之，後必復作。盍歸誠佛僧，求一洗之？」得城南精舍曰安國寺，有茂林修竹，陂池亭榭。間一二日輒往，焚香默坐，深自省察，則物我相忘，身心皆空，求罪垢所從生而不可得〔一〕。一念清淨，染汙自落，表裏翛然，無所附麗。私竊樂之。旦往而暮還者，五年於此矣。

寺僧曰繼連，爲僧首七年，得賜衣。又七年，當賜號，欲謝去，其徒與父老相率留之。連笑曰：「知足不辱，知止不殆。」卒謝去。余是以媿其人。七年，余將有臨汝之行。連曰：「寺未有記。」具石請記之。余不得辭。

寺立於僞唐保大二年〔二〕，始名護國，嘉祐八年，賜今名。堂宇齋閣，連皆易新之，嚴麗深穩，悅可人意，至者忘歸。歲正月，男女萬人會庭中，飲食作樂，且祠瘟神，江淮舊俗也。四月六日，汝州團練副使眉山蘇軾記〔三〕。

〔一〕集甲卷三十三「垢」作「始」。

〔二〕「大」原作「太」，據集甲、郎本卷五十四改。

〔三〕集甲「使」後有「員外置」三字。

薦誠禪院五百羅漢記

熙寧十年，余方守徐州，聞河決澶淵，入巨野，首灌東平。吏民恂懼，不知所爲。有僧應言建策，鑿清泠口，道積水北入于古廢河，又北東入于海。吏方持其議，言彊力辯口，慨然論河決狀甚明。吏不能奪，卒以其言決之，水所入如其言，東平以安，言有力焉。衆欲爲請賞，言笑謝去。余固異其人。後二年，移守湖州，而言自鄆來，見余於宋，曰：「吾鄆人也，少爲僧，以講爲事。始錢公子飛使吾創精舍於鄆之東阿北新橋鎮，且造鐵浮屠十有三級，高百二十尺。既成，而趙公叔平請諸朝，名吾院曰薦誠，歲度僧以守之。今將造五百羅漢像於錢塘，而載以歸，度用錢五百萬，自丞相潞公以降，皆吾檀越也。」余於是益知言真有過人者。又六年，余自黄州遷于汝，過宋，而言適在焉。曰：「像已成，請爲我記之。」嗚呼，士以功名爲貴，然論事易，作事難，作事易，成事難。使天下士皆如言，論必作，作必成者，其功名豈少哉！其可不爲一言。

南華長老題名記

學者以成佛爲難乎？累土畫沙，童子戲也，皆足以成佛。以爲易乎？受記得道，如菩薩大弟子，皆不任問疾。是義安在？方其迷亂顛倒流浪苦海之中，一念正真，萬法皆具。及其勤苦功用，爲山九仞之後，毫釐差失，千劫不復。嗚呼，道固如是也，豈獨佛乎！

子思子曰：「夫婦之不肖，可以能行焉，及其至也，雖聖人亦有所不能焉。」孟子則以爲聖人之道，始於不爲穿窬，而穿窬之惡，成於言不言。人未有欲爲穿窬者，雖穿窬亦不欲也。自其不欲爲之心而求之，則穿窬足以爲聖人。可以言而不言，不可以言而言，雖賢人君子有不能免也。因其不能免之過而遂之，則賢人君子有時而爲盜。是二法者，相反而相爲用。儒與釋皆然。

南華長老明公，其始蓋學於子思、孟子者，其後棄家爲浮屠氏。不知者以爲逃儒歸佛，不知其猶儒也。南華自六祖大鑒示滅，其傳法得眼者，散而之四方。故南華爲律寺。至吾宋天僖三年，始有詔以智度禪師普遂住持，至今明公蓋十一世矣。

明公告東坡居士曰：「宰官行世間法，沙門行出世間法，世間卽出世間，等無有二。今宰官傳授，皆有題名壁記，而沙門獨無有。矧吾道場，實補佛祖處，其可不嚴其傳，子爲我記之。」居士曰：「諾。」乃爲論儒釋不謀而同者以爲記。建中靖國元年正月一日記。

應夢羅漢記

元豐四年正月二十一日，予將往岐亭。宿於團封，夢一僧破面流血，若有所訴。明日至岐亭，過一廟，中有阿羅漢像，左龍右虎，儀制甚古，而面爲人所壞，顧之惘然，庶幾疇昔所見乎！遂載以歸，完新而龕之，設于安國寺。四月八日，先妣武陽君忌日，飯僧于寺，乃記之。責授黄州團練副使眉山蘇軾記。

成都大悲閣記〔一〕

大悲者，觀世音之變也。觀世音由聞而覺。始於聞而能無所聞，始於無所聞而能無所不聞。能無所聞，雖無身可也，能無所不聞，雖千萬億身可也，而況於手與目乎！雖然，非無身無以舉千萬億身之衆，非千萬億身無以示無身之至。故散而爲千萬億身，聚而爲八萬四千母陀羅臂、八萬四千清淨寶目，其道一爾。昔吾嘗觀於此，吾頭髮不可勝數，而身毛孔亦不可勝數。牽一髮而頭爲之動，拔一毛而身爲之變，然則髮皆吾頭，而毛孔皆吾身也。彼皆吾頭而不能爲頭之用，彼皆吾身而不能具身之智，則物有以亂之矣。吾將使世人左手運斤，而右手執削，目數飛鴈而耳節鳴鼓，首肯傍人而足識梯級，雖有智者，有所不暇矣，而況千手異執而千目各視乎？及吾燕坐寂然，心念凝默，湛然如大明鏡。人鬼鳥獸，雜陳乎吾前，色聲香味，交遘乎吾體〔二〕。心雖不起，而物無不接，接必有道。卽千手之出〔三〕，千目之運，雖未可得見，而理則具矣。彼佛菩薩亦然。雖一身不成二佛，而一佛能遍河沙諸國〔四〕。非有他也，觸而不亂，至而能應，理有必至，而何獨疑於大悲乎？

成都，西南大都會也。佛事最勝，而大悲之像，未覩其傑。有法師敏行者，能讀內外教，博通其義，欲以如幻三昧爲一方首，乃以大旃檀作菩薩像，莊嚴妙麗，具慈愍性。手臂錯出，開合捧執，指彈摩拊，千態具備。手各有目，無妄舉者。復作大閣以覆菩薩，雄偉壯峙，工與像稱。都人作禮，因敬生悟。

余遊於四方二十餘年矣，雖未得歸，而想見其處。敏行使其徒法震乞文，爲道其所以然者。且頌之曰：

吾觀世間人，兩目兩手臂。物至不能應，狂惑失所措。其有欲應者，顛倒作思慮。思慮非真實，無異無手目〔五〕。菩薩千手目，與一手目同。物至心亦至，曾不作思慮。隨其所當應，無不得其當。引弓挾白羽，劍盾諸械器，經卷及香花，盂水青楊枝，珊瑚大寶炬，白拂朱藤杖〔六〕，所遇無不執，所執無有疑。緣何得無疑，以我無心故。若猶有心者，千手當千心。一人而千心，內自相攫攘，何暇能應物〔七〕。千手無一心，手手得其處。稽首大悲尊，願度一切衆。皆證無心法，皆具千手目。

〔一〕「成都」二字原缺，據郎本卷五十四補。底本目録亦作「成都大悲閣記」。記下原註「成都府」三字，今删去。蘇籀《欒城先生遺言》：「《大悲圓通閣記》，公偶爲東坡作。坡云好箇意思，欲別作而卒用（案此下疑脱一字）。」或指此文。惟文中未及「圓通」之義，不知是否有另一作，待考。明焦竑《刻長公外集序》謂此文爲蘇轍作，當即本於《欒城遺言》。

〔二〕郎本「遣」作「通」。

〔三〕郎本「卽」作「耶」。案：作「耶」當連上句讀。

〔四〕郎本「遍」作「變」。

〔五〕郎本「異」作「思」。

〔六〕郎本作「白拂諸藤枝」。

〔七〕郎本「應」作「慮」。

廣州東莞縣資福禪寺羅漢閣記〔一〕

衆生以愛，故入生死。由於愛境，有逆有順。而生喜怒，造種種業。展轉六趣〔二〕至千萬劫。本所從來，唯有一愛，更無餘病。佛大醫王，對病爲藥。唯有一捨，更無餘藥，常以此藥，而治此病。如水救火，應手當滅。云何衆生，不滅此病。是導師過，非衆生咎。何以故？衆生所愛，無過身體。父母有疾，割肉刺血，初無難色。若復鄰人，從其求乞，一爪一髮，終不可得。有二導師，其一清淨，不入諸相，能知衆生，生死之本，能使衆生，了然見知。不生不滅〔三〕，出輪回處。是處安樂，堪永依怙，無異父母。支體可捨，而況財物。其一導師，以有爲心，行有爲法。縱不求利，即自求名。譬如鄰人，求乞爪髮，終不可得，而況肌肉。以此觀之，愛吝不捨，是導師過。設如有人，無故取米，投坑穽中，見者皆恨。若以此米，施諸鳥雀，見者皆喜。鳥雀無知，受我此施，何異坑穽。而人自然，有喜有愠。如使導師，有心有爲，則此施者，與棄無異。以此觀之，愛吝不捨，非衆生咎。

四方之民，皆以勤苦，而得衣食，所得毫末，其苦無量。獨此南越，嶺海之民，貿遷重寶，坐獲富樂。得之也易，享之也愧。是故其人，以愧故捨。海道幽險，死生之間，曾不容髮。而況飄墮，羅刹鬼國，呼號神天，佛菩薩僧，以脱須臾。當此之時，身非己有，而況財物，實同糞土。是故其人，以懼故捨。愧懼二法，助發善心，是故越人，輕施樂捨，甲於四方。

東莞古邑，資福禪寺，有老比丘，祖堂其名，未嘗戒也，而律自嚴，未嘗求也，而人自施。人之施堂，如物在衡，損益銖黍，了然覺知。堂之受施，如水涵影，雖千萬過，無一留者。堂以是故，創作五百，大阿羅漢，嚴淨寶閣，涌地千柱，浮空三成，壯麗之極，實冠南越。東坡居士，見聞隨喜，而説偈言。

五百大士棲此城，南珠大貝皆東傾。衆心回春栢再榮，鐵林東來閣乃成。寶骨未到先通靈，赤蛇白璧珠夜明。三十襲吉誰敢争，層簷飛空俯日星。海波不摇颶無聲，天風徐來韻流鈴。一洗瘴霧氷雪清，人無南北壽且寧。

〔一〕《七集·後集》卷二十題作《廣州資福寺羅漢閣碑》。
〔二〕「趨」原作「趣」，今從《七集·後集》。
〔三〕《七集·後集》「滅」作「死」。

秦太虛題名記并題名〔一〕

元豐二年中秋後一日，余自吳興道杭，東還會稽。龍井有辯才大師，以書邀余入山。比出郭，日已夕〔二〕。航湖至普寧，遇道人參寥，問龍井所遣籃輿，則曰，以不時主去矣。是夕天宇開霽，林間月明，可數毫髮，遂棄舟從參寥杖策並湖而行，出雷峯，度南屏，濯足於惠因澗，入靈石塢，得支徑，上風篁嶺，憩于龍井亭，酌泉據石而飲之。自普寧凡經佛寺十五，皆寂不聞人聲，道傍廬舍，或燈火隱顯，草木深翳，流水激激悲鳴〔三〕，殆非人間之境。行二鼓矣，始至壽聖院，謁辯才於潮音堂，明日乃還。高郵秦觀題。

覽太虛題名，皆予昔時游行處。閉目想之，了然可數。始予與辯才別五年，乃自徐州遷於湖。至高郵，見太虛、參寥，遂載與俱。辯才聞予至，欲扁舟相過，以結夏未果。太虛、參寥又相與適越，云秋盡當還。而予倉卒去郡，遂不復見。明年予謫居黃州，辯才、參寥遣人致問，且以題名相示。時去中秋不十日，秋潦方漲，水面千里，月出房、心間，風露浩然。所居去江無十步，獨與兒子邁棹小舟至赤壁，西望武昌山谷，喬木蒼然，雲濤際天，因録以寄參寥。使以示辯才，有便至高郵，亦可録以寄太虚也。

〔一〕「并題」之後，當脱「名」字，今補。

〔二〕「已夕」原作「夕已」，今從《七集・續集》卷十二。

〔三〕《七集・續集》「激激」作「止激」。

方丈記

年月日，住持傳法沙門惟謹，重建方丈，上祝天子萬壽，永作神主，斂時五福，敷錫庶民。地獄天宫，同爲淨土，有性無性，齊成佛道。

野吏亭記

故相陳文惠公建立此亭，榜曰野吏，蓋孔子所謂先進於禮樂者。公在政府，獨眷眷此邦，然庭宇日就圮缺〔一〕。凡九十七年，太守朝奉郎方侯子容南圭，復完新之。紹聖三年十一月二十一日記〔二〕。

〔一〕《外集》卷三十一「庭」作「亭」。

〔二〕「紹聖」云云十二字原缺，據《外集》補。

遺愛亭記代巢元修

何武所至，無赫赫名，去而人思之，此之謂遺愛。夫君子循理而動，理窮而止，應物而作，物去而復，夫何赫赫名之有哉！東海徐公君猷〔一〕，以朝散郎爲黄州，未嘗怒也，而民不犯，未嘗察也，而吏不欺，終日無事，嘯詠而已。每歲之春，與眉陽子瞻游于安國寺，飲酒於竹間亭，擷亭下之茶，烹而飲之〔二〕。公既去郡，寺僧繼連請名。子瞻名之曰遺愛。時轂自蜀來，客於子瞻，因子瞻以見公。公命轂記之。轂愚樸，羈旅人也〔三〕，何足以知公。采道路之言，質之於子瞻，以爲之記。

〔一〕「公」原缺，據《外集》卷三十補。

〔二〕「飲」原作「食」，據《外集》改。

〔三〕《外集》作「不羈之人也」。

瓊州惠通泉記

《禹貢》：「濟水入於河，溢爲滎河。」南曰滎陽河，北曰滎澤。沱、潛本梁州二水，亦見於荆州。水行地中，出没數千里外，雖河海不能絶也。唐相李文饒，好飲惠山泉，置驛以取水。有僧言長安昊天觀井水，與惠山泉通。雜以他水十餘缶試之，僧獨指其一曰：「此惠山泉也。」文饒爲罷水驛。瓊州之東五十里曰三山庵，庵下有泉，味類惠山。東坡居士過瓊，庵僧惟德以水餉焉，而求爲之名，名之曰惠通。元符三年六月十七日記。

傳神記

傳神之難在目。顧虎頭云：「傳形寫影，都在阿睹中〔一〕。」其次在顴頰。吾嘗於燈下顧自見頰影，使人就壁模之，不作眉目，見者皆失笑，知其爲吾也。目與顴頰似，餘無不似者。眉與鼻口，可以增減取似也。傳神與相一道，欲得其人之天，法當於衆中陰察之。今乃使人具衣冠坐，注視一物，彼方斂容自持，豈復見其天乎！凡人意思各有所在，或在眉目，或在鼻口。虎頭云：「頰上加三毛，覺精采殊勝。」則此人意思蓋在鬚頰間也。優孟學孫叔敖抵掌談笑，至使人謂死者復生。此豈舉體皆似，亦得其意思所在而已。使畫者悟此理，則人人可以爲顧、陸。

吾嘗見僧惟真畫曾魯公，初不甚似。一日，往見公，歸而喜甚，曰：「吾得之矣。」乃於眉後加三紋〔二〕，隱約可見，作俛首仰視眉揚而頞蹙者，遂大似。南都程懷立，衆稱其能。於傳吾神，大得其全。懷立舉止如諸生，蕭然有意於筆墨之外者也。故以吾所聞助發云〔三〕。

〔一〕「睹」原作「堵」，據郎本卷五十三改。

〔二〕郎本無「三」字。

〔三〕郎本「云」作「之」。

順濟王廟新獲石砮記

建中靖國元年四月甲午，軾自儋耳北歸，艤舟吴城山順濟龍王祠下〔一〕。既進謁而還，逍遥江上，得古箭鏃，槊鋒而劍脊，其廉可劌，而其質則石也。曰：「異哉，此孔子所謂楛矢、石砮，肅慎氏之物也。

何爲而至此哉！傳觀左右，失手墜於江中。乃禱於神，願復得之，當藏之廟中，爲往來者駭心動目詭異之觀。既禱，則使没人求之，一探而獲。謹按《禹貢》：荆州貢礪、砥、砮、丹及箘、簬、楛〔二〕，梁州貢璆、鐵、銀、鏤、砮、磬。則楛矢、石砮，自禹以來貢之矣。然至春秋時，隼集於陳廷，楛矢貫之，石砮長尺有咫，時人莫能知，而問於孔子。孔子不近取之荆梁，而遠取之肅慎，則荆梁之不貢此久矣。顔師古曰：「楛木堪爲笴，今豳以北皆用之。」以此考之，用楛爲矢，至唐猶然。而用石爲砮，則自春秋以來莫識矣。可不謂異物乎！兑之戈，和之弓，垂之竹矢，陳於路寢。孔子履藏於武庫。皆以古見寶。此矢獨非寶乎！順濟王之威靈，南放于洞庭，北被于淮泗，乃特爲出此寶。軾不敢私有，而留之廟中，與好古博雅君子共之，以昭示王之神聖英烈不可不敬者如此。

〔一〕郎本卷五十二「城」作「成」。

〔二〕「及」原作「惟」，據郎本、《七集·後集》卷十五改。

熙寧手詔記

楊繪累奏，以罷諫職〔一〕，堅求外補〔二〕，及乞明加黜責。蓋繪未深究朕意。繪疎迹遠人，立朝寡識，不畏强禦，知無不爲。朕一見之〔三〕，便知其忠直可信，故翌日卽擢置言職，知任亦甚篤矣。今日除命〔四〕，蓋爲難與曾公亮兩立於輕重之間〔五〕，故當且少避之〔六〕。卿可請來〔七〕，子細諭朕此意〔八〕，令早承命，或示朕此札亦不妨。

熙寧元年三月〔九〕，故翰林學士楊繪以知制誥知諫院上疏論故相曾公亮事，先帝直其言，然未欲遽行也，故除公兼侍讀。公力辭不已，乃以手詔賜今龍圖閣學士滕公元發，使以手詔賜公〔一〇〕。公卒不受命，而詔遂藏于家。是歲四月，復除公知諫院，會公以母憂去官〔一一〕。其後二十年，公没於杭州，喪過京師，其子久中以手詔相示，且請記之。謹按先帝臨御之初，公與滕公，皆蒙國士非常之知〔一二〕。凡所以開心見誠相期於度外者，類皆如此。未究其用，爲小人所誣，故困於外十有餘年。先帝謹於用法，故未即起公，然知之蓋未始少衰也〔一三〕。使先帝尚在，公豈流落而不用終身者哉？悲夫！元祐三年十一月十四日翰林學士朝奉郎知制誥兼侍讀臣某謹記〔一四〕。

〔一〕「以」原缺，據《外集》卷三十一補。
〔二〕「堅」原作「兼」，今從《外集》。
〔三〕「朕」原作「始」，今從《外集》。
〔四〕「除」原作「降」，今從《外集》。
〔五〕「爲」原作「謂」，今從《外集》。
〔六〕「少」原缺，據《外集》補。
〔七〕「請來」二字原缺，據《外集》補。
〔八〕「子細」二字原缺，據《外集》補。「諭」原作「喻」，今從《外集》。
〔九〕「三月」二字原缺，據《外集》補。
〔一〇〕《外集》無「手」字。下同。

〔一一〕「會公」二字原缺，據《外集》補。

〔一三〕「非常」二字原缺，據《外集》補。

〔一三〕「蓋」、「始」二字原缺，據《外集》補。

〔一四〕「元祐三年」云云二十七字，據《外集》補。

觀妙堂記

不憂道人謂歡喜子曰：「來，我所居室，汝知之乎？沉寂湛然，無有喧争，嗒然其中，死灰槁木，以異而同，我既名爲觀妙矣，汝其爲我記之。」歡喜子曰：「是室云何而求我？況乎妙事了無可觀，既無可觀，亦無可説。欲求少分可以觀者，如石女兒，世終無有。欲求多分可以説者，如虚空花，究竟非實。不説不觀，了達無礙，超出三界，入智慧門。雖然如是置之，不可執偏，强生分別，以一味語，斷之無疑。譬用筌蹄，以得魚兔，及施燈燭，以照丘坑。獲魚兔矣，筌蹄了忘，知丘坑處，燈燭何施。今此居室，孰爲妙與！蕭然是非，行住坐卧，飲食語默，具足衆妙，無不現前。覽之不有，却之不無〔一〕，倏知覺知，要妙如此。當持是言，普示來者。入此室時，作如是觀。」

〔一〕《外集》卷三十「却」作「覩」。

法雲寺禮拜石記

夫供養之具，最爲佛事先，其法不一。他山之石，平不容垢，横展如席〔一〕，願爲一座具之用。晨夕禮佛，以此皈依。當敬禮無所觀時，運心廣博，無所不在，天上人間以至地下，悉觸智光。聞我佛修道時，芻泥巢頂，雹佛氣分，後皆受報。則禮佛也，其心實重。有德者至，是禮也，願一拜一起，無過父母。乘此願力，不墮三塗。佛力不可盡，石不可盡，願力不可盡。三者既不可盡，二親獲福，生生世世，亦不可盡。今對佛宣白，惟佛實臨之。元祐八年七月中旬，内殿崇班馬惟寬捨〔二〕。

〔一〕《外集》卷三十一「展」作「衮」。

〔二〕《外集》「馬」作「馮」。

趙先生舍利記

趙先生棠本蜀人，孟氏節度使廷隱之後，今爲南海人。仕至幕職，官南海。有潘冕者，陽狂不測，人謂之潘盎。南海俚人謂心風爲盎。盎嘗與京師言法華偈頌往來〔一〕。言云：「盎，日光佛化也〔二〕。」先生棄官從盎遊，盎以謂盡得我道。盎既隱去，不知其所終，而先生亦坐化。焚其身〔三〕，得舍利數升。軾與先生之子昶遊〔四〕，故得此舍利四十八粒。盎與先生異迹極多，張安道作先生墓誌，具載其事。昶今爲大理寺丞，知藤州。元豐三年十一月十五日，以舍利授寶月大師之孫悟清，使持歸本院供養。趙郡蘇軾記〔五〕。

〔一〕《七集·續集》卷十二「嘗」作「常」。

〔二〕「化」原缺，據《外集》卷三十一補。

〔三〕「身」原作「衣」，今從《外集》。

〔四〕「軾」原作「我」，今從《外集》。

〔五〕「趙」原作「巴」，今從《外集》。

北海十二石記

登州下臨大海，目力所及，沙門、鼊磯、車牛、大竹、小竹凡五島。惟沙門最近，兀然焦枯。其餘皆紫翠巉絕，出没濤中，真神仙所宅也。上生石芝，草木皆奇瑋，多不識名者。又多美石，五采斑爛，或作金文〔一〕。熙寧己酉歲，李天章爲登守，吴子野往從之遊。時解貳卿致政，退居于登，使人入諸島取石，得十二株，皆秀色粲然。適有舶在岸下，將轉海至潮。子野請於解公，盡得十二石以歸，置所居歲寒堂下。近世好事能致石者多矣，未有取北海而置南海者也。元祐八年八月十五日，東坡居士蘇軾記。

〔一〕「文」原作「色」，今從《外集》卷三十一。案：上句「五采」已言色，作「文」是。

子姑神記

元豐三年正月朔日，予始去京師來黄州。二月朔至郡。至之明年，進士潘丙謂予曰：「異哉，公之始受命，黄人未知也。有神降于州之僑人郭氏之第，與人言如響，且善賦詩，曰，蘇公將至，而吾不及見也。已而，公以是日至，而神以是日去。」其明年正月，丙又曰：「神復降于郭氏。」予往觀之，則衣草木爲婦人，而置筯手中，二小童子扶焉〔一〕。以筯畫字曰：「妾，壽陽人也，姓何氏，名媚，字麗卿。自幼知讀書屬文，爲伶人婦。唐垂拱中，壽陽刺史害妾夫，納妾爲侍書〔二〕，而其妻妒悍甚，見殺於厠。妾雖死不敢訴也，而天使見之，爲直其冤，且使有所職於人間。蓋世所謂子姑神者，其類甚衆，然未有如妾之卓然者也。公少留而爲賦詩，且舞以娛公。」詩數十篇，敏捷立成，皆有妙思，雜以嘲笑。問神仙鬼佛變化之理，其答皆出於人意外。坐客撫掌，作《道調梁州》，神起舞中節，曲終再拜以請曰：「公文名於天下，何惜方寸之紙，不使世人知有妾乎？」余觀何氏之生，見掠于酷吏，而遇害於悍妻，其怨深矣。而終不指言刺史之姓名，似有禮者。客至逆知其平生，而終不言人之陰私與休咎，可謂智矣〔三〕。又知好文字而耻無聞於世，皆可賢者。粗爲録之，答其意焉。

〔一〕「二」原作「而」，今從《七集·續集》卷十二。

〔二〕「侍書」原作「侍妾」，今從《外集》卷三十。

〔三〕「智」原作「知」，今從《外集》。

天篆記

江淮間俗尚鬼。歲正月，必衣服箕箒爲子姑神，或能數數畫字。惟黄州郭氏神最異〔一〕。予去歲作何氏録以記之。今年黄人汪若谷家，神尤奇。以箸爲口，置筆口中，與人問答如響。曰：「吾天人也。

名全，字德通，姓李氏。以若谷再世爲人，吾是以降焉。」箸篆字〔二〕，筆勢奇妙，而字不可識。曰：「此天篆也。」與予篆三十字，云是天蓬呪。使以隸字釋之，不可。見黄之進士張炳，曰：「久濶無恙。」炳問安所識。答曰：「子獨不記劉苞乎？吾卽苞也。」因道炳昔與苞起居語言狀甚詳。炳大驚，告予曰：「昔嘗識苞京師，青巾布裘，文身而嗜酒，自言齊州人。今不知其所在。豈真天人乎？」或曰：「天人豈肯附箕箒爲子姑神從汪若谷遊哉！」予亦以爲不然。全爲鬼爲仙，固不可知，然未可以其所托之陋疑之也。彼誠有道，視王宫豕牢一也。其字雖不可識，而意趣簡古，非墟落間竊食愚鬼所能爲者。昔長陵女子以乳死，見神於先後宛若，民多往祠。其後漢武帝亦祠之，謂之神君，震動天下。若疑其所托，又陋於全矣。世人所見常少，所不見常多，奚必於區區耳目之所及，度量世外事乎？姑藏其書，以待知者。

〔一〕「惟」原缺，據《外集》卷三十一補。

〔二〕「箸」原作「著」，誤，今從《七集·續集》卷十二。《外集》「箸」作「普」。

畫水記〔一〕

古今畫水，多作平遠細皺，其善者不過能爲波頭起伏。使人至以手捫之，謂有窪隆，以爲至妙矣。然其品格，特與印板水紙爭工拙於毫釐間耳。唐廣明中，處士孫位始出新意，畫奔湍巨浪，與山石曲折，隨物賦形，畫水之變，號稱神逸。其後蜀人黄筌、孫知微，皆得其筆法。始，知微欲於大慈寺壽寧院壁作湖灘水石四堵，營度經歲，終不肯下筆。一日，倉皇入寺，索筆墨甚急，奮袂如風，須臾而成。作輪瀉跳蹙之勢，洶洶欲崩屋也。知微既死，筆法中絶五十餘年。近歲成都人蒲永昇，嗜酒放浪，性與畫會，始作活水，得二孫本意。自黄居寀兄弟、李懷衮之流，皆不及也。王公富人或以勢力使之，永昇輒嘻笑捨去。遇其欲畫，不擇貴賤，頃刻而成。嘗與余臨壽寧院水，作二十四幅，每夏日挂之高堂素壁〔二〕，即陰風襲人，毛髮爲立。永昇今老矣，畫益難得，而世之識真者亦少。如往時董羽，近日常州戚氏畫水，世或傳寶之。如董、戚之流，可謂死水，未可與永昇同年而語也。元豐三年十二月十八日夜，黄州臨臯亭西齋戲書〔三〕。

〔一〕集甲卷二十三、郎本卷六十題作《書蒲永昇畫後》。原校：「一作『書蒲永昇畫後』。」

〔二〕「挂」原作「桂」，誤。據集甲改。

〔三〕「元豐三年」云云二十字，據集甲補。

刻秦篆記〔一〕

秦始皇帝二十六年，初并天下。二十八年，親巡東方海上，登瑯琊臺，觀出日，樂之忘歸，徙黔首三萬家臺下，刻石頌秦德焉。二世元年，復刻詔書其旁。今頌詩亡矣，其從臣姓名僅有存者，而二世詔書具在。自始皇帝二十八年，歲在壬午，至今熙寧九年丙辰，凡千二百九十五年。而蜀人蘇軾來守高密，得舊紙本於民間，比今所見，猶爲完好，知其存者，磨滅無日矣。而廬江文勛適以事至密。勛好古善篆，得李斯用筆意，乃摹諸石，置之超然臺上。夫秦雖無道，然所立有絶人者。其文字之工，世亦莫及，皆不可廢。後有君子，得以覽觀焉。正月七日甲子記〔二〕。

〔一〕集甲卷二十三題作《書瑯琊篆後》。原校：「一作『書瑯琊篆後』。」

〔二〕「正月七日甲子記」七字原缺，據集甲補。

雪堂記〔一〕

蘇子得廢圃于東坡之脅〔二〕，築而垣之〔三〕，作堂焉〔四〕，號其正曰雪堂〔五〕。堂以大雪中爲之〔六〕，因繪雪於四壁之間，無容隙也。起居偃仰，環顧睥睨，無非雪者。蘇子居之，真得其所居者也。蘇子隱几而晝瞑，栩栩然若有所適而方與也。未覺〔七〕，爲物觸而寤，其適未厭也，若有失焉。以掌抵目，以足就履，曳於堂下。

客有至而問者曰：「子世之散人耶，拘人耶〔八〕？散人也而天機淺〔九〕，拘人也而嗜慾深。今似繫馬而止也〔一〇〕，有得乎而有失乎？」蘇子心若省而口未嘗言，徐思其應，揖而進之堂上。客曰：「嘻，是矣，子之欲爲散人而未得者也。予今告子以散人之道。夫禹之行水，庖丁之投刀〔一一〕，避衆礙而散其智者也〔一二〕。是故以至柔馳至剛，故石有時以泐〔一三〕。以至剛遇至柔〔一四〕，故未嘗見全牛也。予能散也，物固不能縛〔一五〕，不能散也，物固不能釋。子有惠矣，用之於内可也。今也如蝟之在囊，而時動其脊脅，見於外者，不特一毛二毛而已。風不可摶〔一六〕，影不可捕，童子知之。名之於人，猶風之與影也，子獨留之。故愚者視而驚，智者起而軋，吾固怪子爲今日之晚也。子之遇我，幸矣，吾今邀子爲藩外之游，可乎？」

蘇子曰：「予之於此，自以爲籓外久矣，子又將安之乎？」客曰：「甚矣，子之難曉也。夫勢利不足以爲籓也〔一七〕，名譽不足以爲籓也，陰陽不足以爲籓也，人道不足以爲籓也。所以籓予者〔一八〕，特智也爾。智存諸内，發而爲言，則言有謂也，形而爲行，則行有謂也。使子欲嘿不欲嘿，欲息不欲息，如醉者之恚言，如狂者之妄行，雖掩其口執其臂，猶且喑嗚跼蹙之不已〔一九〕，則籓之於人〔二〇〕，抑又固矣。人之爲患以有身，身之爲患以有心。是圃之構堂，將以佚子之身也？是堂之繪雪，將以佚子之心也？身待堂而安，則形固不能釋。心以雪而警，則神固不能凝。子之知既焚而燼矣〔二一〕，燼又復然，則是堂之作也，非徒無益，而又重子蔽蒙也。子見雪之白乎？則恍然而目眩。子見雪之寒乎？則竦然而毛起。五官之爲害，惟目爲甚。故聖人不爲。雪乎，雪乎，吾見子知爲目也〔二二〕。子其殆矣！」

客又舉杖而指諸壁，曰：「此凹也〔二三〕，此凸也〔二四〕。方雪之雜下也，均矣。厲風過焉，則凹者留而凸者散，天豈私於凹而厭於凸哉〔二五〕，勢使然也。勢之所在，天且不能違，而況於人乎？子之居此〔二六〕，雖遠人也，而圃有是堂，堂有是名，實礙人耳，不猶雪之在凹者乎？」蘇子曰：「予之所爲，適然而已，豈有心哉，殆也，奈何！」

客曰：「子之適然也，適有雨，則將繪以雨乎？適有風，則將繪以風乎？雨不可繪也，觀雲氣之洶湧，則使子有怒心。風不可繪也，見草木之披靡，則使子有懼意。覩是雪也，子之内亦不能無動矣。苟有動焉，丹青之有靡麗〔二七〕，水雪之有水石〔二八〕，一也。德有心，心有眼，物之所襲，豈有異哉〔二九〕？」蘇子曰：「子之所言是也，敢不聞命。然未盡也，予不能默。此正如與人訟者，其理雖已屈，猶未能絶辭者也。

子以爲登春臺與入雪堂，有以異乎？以雪觀春，則雪爲靜。以臺觀堂，則堂爲靜。靜則得，動則失〔三〇〕。黄帝，古之神人也〔三一〕。游乎赤水之北，登乎崑崙之丘〔三二〕，南望而還，遺其玄珠焉。游以適意也，望以寓情也。意適於游，情寓於望，則意暢情出，而忘其本矣。雖有良貴，豈得而寶哉。是以不免有遺珠之失也。雖然，意不久留，情不再至，必復其初而已矣，是又驚其遺而索之也。余之此堂，追其遠者近之，收其近者内之，求之眉睫之間，是有八荒之趣。人而有知也，升是堂者，將見其不遡而僾，不寒而栗，淒凛其肌膚，洗滌其煩鬱，既無炙手之譏，又免飲冰之疾。彼其趦趄利害之途〔三三〕、猖狂憂患之域者，何異探湯執熱之俟濯乎？子之所言者，上也。余之所言者，下也。我將能爲子之所爲，而子不能爲我之爲矣。譬之厭膏粱者，與之糟糠，則必有忿詞。衣文綉者，被之皮弁〔三四〕，則必有愧色。子之於道，膏粱文繡之謂也，得其上者耳。我以子爲師，子以我爲資，猶人之於衣食，缺一不可。將其與子游，今日之事，姑置之以待後論。予且爲子作歌以道之。」歌曰：

雪堂之前後兮，春草齊。雪堂之左右兮，斜徑微。雪堂之上兮，有碩人之頎頎。考槃於此兮，芒鞋而葛衣。挹清泉兮，抱瓮而忘其機。負頃筐兮，行歌而采薇。吾不知五十九年之非而今日之是，又不知五十九年之是而今日之非〔三五〕。吾不知天地之大也，寒暑之變，悟昔日之癯，而今日之肥。感子之言兮，始也抑吾之縱而鞭吾之口，終也釋吾之縛而脱吾之韁〔三六〕。是堂之作也，吾非取雪之勢，而取雪之意。吾非逃世之事，而逃世之機。吾不知雪之爲可觀賞，吾不知世之爲可依違。性之便，意之適，不在於他，在於羣息已動，大明既升，吾方輾轉，一觀曉隙之塵飛。子不棄兮，我其子歸。

客忻然而笑，唯然而出，蘇子隨之。客顧而頷之曰：「有若人哉。」

〔一〕《外集》卷三十「雪」上有「黄州」二字。

〔二〕「圃」原作「園」，今從《外集》。

〔三〕《外集》「築」作「葺」，「垣」作「墠」。

〔四〕《外集》「堂」作「室」。

〔五〕《外集》「正」作「上」。

〔六〕「之」原缺，據《外集》補。

〔七〕《外集》「未」前有「與」字。

〔八〕《外集》「拘」作「杓」。下同。

〔九〕「天機淺」原作「未能」，今從《外集》。

〔一〇〕「似」原作「以」，據《外集》、趙刻《志林》改。「而」原缺，據《外集》補。

〔一一〕《外集》、趙刻《志林》「投」作「提」。

〔一二〕《稗海》本《志林》無「也」字。

〔一三〕《外集》「以泐」作「而裂」。

〔一四〕《外集》「遇」作「御」。

〔一五〕《外集》「固」作「故」，以下「物固不能釋」句之「固」，《外集》亦作「故」。

〔一六〕趙刻《志林》「摶」作「搏」。

〔一七〕《外集》「夫」作「子之如此」。

〔一八〕趙刻《志林》原校：商本、張本「予」作「子」。案：《外集》作「子」。

〔一九〕「鳴」原作「鳴」，誤。據《外集》、趙刻《志林》改。「不」原作「而」，今從《外集》。

〔二〇〕《外集》「人」作「子」。

〔二一〕「知」原作「和」，今從趙刻《志林》。

〔二二〕《外集》「知」作「之」。

〔二三〕《外集》原註：凹，烏交反。

〔二四〕《外集》原註：凸，他骨反。

〔二五〕「而厭於」三字原缺，據《外集》補。

〔二六〕「子」原作「予」，今從趙刻《志林》。

〔二七〕《外集》「有」作「與」。

〔二八〕《稗海》本《志林》「水」作「冰」，《外集》「有」作「與」。

〔二九〕「哉」原缺，據《外集》補。

〔三〇〕「則」原缺，據《外集》補。

〔三一〕「人」原缺，據《外集》補。

〔三二〕「乎」原缺，據《外集》、趙刻《志林》補。

〔三三〕「途」原作「徒」，據《外集》、趙刻《志林》改。

〔三四〕「之」後原有「以」字，據《外集》刪。

〔三五〕《外集》「五十九年之是而今日之非」作「今日之是而五十九年之非」。

〔三六〕「縛」原作「縛」，今從《志林》。

蘇軾文集卷十三

傳

陳公弼傳

公諱希亮，字公弼，姓陳氏，眉之青神人。其先京兆人也，唐廣明中始遷于眉。曾祖延祿，祖瓊，父顯忠，皆不仕。

公幼孤，好學。年十六，將從師。其兄難之，使治息錢三十餘萬。公悉召取錢者，焚其券而去。學成，乃召其兄之子庸、諭使學，遂與俱中天聖八年進士第。里人表其閭曰三儁坊。

始爲長沙縣。浮屠有海印國師者，交通權貴人，肆爲姦利，人莫敢正視。公捕寘諸法，一縣大聳。去爲雩都。老吏曾腆侮法粥獄，以公少年易之。公視事之日，首得其重罪，腆扣頭出血，願自新。公戒而捨之。會公築縣學，腆以家財助官，悉遣子弟入學，卒爲善吏，而子弟有登進士第者。巫覡歲斂民財祭鬼，謂之春齋〔一〕，否則有火災。民訛言有緋衣三老人行火，公禁之，民不敢犯，火亦不作。毀淫祠數百區，勒巫爲農者七十餘家。及罷去，父老送之出境，遣去不可，皆泣曰：「公捨我去，緋衣老人復出矣。」

以母老，乞歸蜀。得劍州臨津。以母憂去官。服除，爲開封府司録。福勝塔火，官欲更造，度用錢三萬萬。公言陝西方用兵，願以此餽軍，詔罷之。先趙元昊未反，青州民趙禹上書論事，且言元昊必反。宰相以禹爲狂言，徙建州，而元昊果反。禹自建州逃還京師，上書自理。宰相怒，下禹開封府獄。公言禹可賞，不可罪。與宰相争不已，上卒用公言。以禹爲徐州推官。且欲以公爲御史。會外戚沈氏子以姦盜殺人事下獄，未服。公一問得其情，驚仆立死，沈氏訴之。詔御史劾公及諸掾史。公曰：「殺此賊者，獨我耳。」遂自引罪坐廢。

朞年，盜起京西，殺守令，富丞相薦公可用。起知房州。州素無兵備，民凜凜欲亡去。公以牢城卒雜山河户得數百人，日夜部勒，聲振山南。民恃以安，盜不敢入境。而殿侍雷甲以兵百餘人，逐盜至竹山，甲不能戢士，所至爲暴。或告有大盜入境且及門，公自勒兵阻水拒之。身居前行，命士持滿無得發。士皆植立如偶人，甲射之不動，乃下馬拜，請死，曰：「初不知公官軍也。」吏士請斬甲以徇。公不可，獨治爲暴者十餘人，勞其餘而遣之，使甲以捕盜自贖。

時劇賊党軍子方張，轉運使使供奉官崔德贇捕之。德贇既失党軍子，則以兵圍竹山民賊所嘗舍者曰向氏，殺其父子三人，梟首南陽市，曰：「此党軍子也。」公察其寃，下德贇獄。未服，而党軍子獲於商州。詔賜向氏帛，復其家，流德贇通州。

或言華陰人張元走夏州，爲元昊謀臣，詔徙其族百餘口於房，譏察出入〔二〕，饑寒且死。公曰：「元事虛實不可知。使誠有之，爲國者終不顧家，徒堅其爲賊耳。此又皆其疎屬，無罪。」乃密以聞，詔釋之。老幼哭庭下，曰：「今當還故鄉，然柰何去父母乎？」至今，張氏畫像祠焉。

代還，執政欲以爲大理少卿。公曰：「法吏守文非所願，願得一郡以自效。」乃以爲宿州。州跨汴爲橋，水與橋争，率常壞舟。公始作飛橋，無柱，至今沿汴皆飛橋。

移滑州。奏事殿上，仁宗皇帝勞之曰：「知卿疾惡，無懲沈氏子事。」未行，詔提舉河北便糴。都轉運使魏瓘劾奏公擅增損物價。已而瓘除龍圖閣學士、知開封府，公乞廷辯。既對，上直公，奪瓘職知越州。且欲用公。公言臣與轉運使不和，不得爲無罪。力請還滑。會河溢魚池埽，且決。公發禁兵捍之，廬於所當決。吏民涕泣更諫，公堅卧不動，水亦漸去。人比之王尊。是歲盜起宛句，執濮州通判井淵。上以爲憂，問執政誰可用者？未及對。上曰：「吾得之矣。」乃以公爲曹州。不逾月，悉禽其黨。

淮南饑，安撫、轉運使皆言壽春守王正民不任職，正民坐免。詔公乘傳往代之。轉運使調里胥米而蠲其役，凡十三萬石，謂之折役米。米翔貴，民益饑。公至則除之，且表其事。旁郡皆得除。又言正民無罪，職事辦治。詔復以正民爲鄂州，徙知廬州。

虎翼軍士屯壽春者以謀反誅，而遷其餘不反者數百人於廬。士方自疑不安。一日，有竊入府舍將爲不利者。公笑曰：「此必醉耳。」貸而流之，盡以其餘給左右使令，且以守倉庫。人爲公懼，公益親信之。士皆指心，誓爲公死。

提點刑獄江東，又移河北，入爲開封府判官，改判三司户部勾院，又兼開拆司。滎州煑鹽凡十八井，歲久澹竭〔三〕，而有司責課如初。民破産籍没者三百一十五家。公爲言，還其所籍，歲蠲三十餘萬斤。三司簿書不治，其滯留者，自天禧以來，朱帳六百有四，明道以來，生事二百一十二萬。公日夜課吏，凡九月而去其三之二。

會接伴契丹使還，自請補外。乃以爲京西轉運使。石塘河役兵叛，其首周元，自稱周大王，震動汝洛間。公聞之，即日輕騎出按。吏請以兵從，公不許。賊見公輕出，意色閑和，不能測，則相與列訴道周。公徐問其所苦，命一老兵押之，曰：「以是付葉縣，聽吾命。」既至，令曰：「汝已自首，皆無罪。然必有首謀者。」衆不敢隱，乃斬元以徇，而流軍校一人，其餘悉遣赴役如初。

還京東轉運使。濰州參軍王康赴官〔四〕，道博平。博平大猾有號截道虎者，毆康及其女幾死〔五〕，吏不敢問。博平隸河北。公移捕甚急，卒流之海島，而劾吏故縱，坐免者數人。山東羣盜，爲之屏息。徐州守陳昭素以酷聞，民不堪命，他使者不敢按。公發其事，徐人至今德之。

移知鳳翔。倉粟支十二年，主者以腐敗爲憂。歲饑，公發十二萬石以貸。有司憂恐，公以身任之。是歲大熟，以新易陳，官民皆便之。于闐使者入朝，過秦州，經略使以客禮享之。使者驕甚，留月餘，壞傳舍什物無數，其徒入市掠飲食，人户晝閉。公聞之，謂其僚曰：「吾嘗主契丹使，得其情，虜人初不敢暴横，皆譯者教之。吾痛繩以法，譯者懼，則虜不敢動矣，况此小國乎！」乃使教練使持符告譯者曰：「入吾境，有秋毫不如法，吾且斬若。」取軍令狀以還。使者亦素聞公威名，至則羅拜庭下，公命坐兩廊飲食之，護出諸境，無一人譁者。始，州郡以酒相餉，例皆私有之，而法不可。公以遺游士之貧者，既而曰：「此亦私也。」以家財償之。且上書自劾，求去不已。坐是分司西京。

未幾，致仕卒，享年六十四。仕至太常少卿，贈工部侍郎。娶程氏。子四人：忱，今爲度支郎中；恪，卒於滑州推官；恂，今爲大理寺丞；慥，未仕。公善著書，尤長於《易》，有集十卷，《制器尚象論》十二篇，《辨鉤隱圖》五十四篇。

爲人清勁寡欲。長不逾中人，面瘦黑。目光如冰〔六〕，平生不假人以色，自王公貴人，皆嚴憚之。見義勇發，不計禍福，必極其志而後已。所至姦民猾吏，易心改行，不改者必誅，然實出於仁恕，故嚴而不殘。以教學養士爲急，輕財好施，篤於恩義。少與蜀人宋輔游，輔卒於京師，母老子少，公養其母終身，而以女妻其孤端平，使與諸子游學，卒與忱同登進士第。當蔭補子弟，輒先其族人，卒不及其子慥。

公於軾之先君子，爲丈人行。而軾官於鳳翔，實從公二年。方是時，年少氣盛，愚不更事，屢與公争議，至形於言色，已而悔之。竊嘗以爲古之遺直，而恨其不甚用，無大功名，獨當時士大夫能言其所爲。公没十有四年，故人長老日以衰少，恐遂就湮没，欲私記其行事，而恨不能詳，得范景仁所爲公墓誌，又以所聞見補之，爲公傳。軾平生不爲行狀墓碑，而獨爲此文，後有君子得以考覽焉。

贊曰：聞之諸公長者，陳公弼面目嚴冷，語言確訒，好面折人。士大夫相與燕游，聞公弼至，則語笑寡味，飲酒不樂，坐人稍稍引去。其天資如此。然所立有絶人者。諫大夫鄭昌有言：「山有猛獸，藜藿爲之不採。」淮南王謀反，論公孫丞相若發蒙耳，所憚獨汲黯。使公弼端委立於朝，其威折衝於千里之外矣。

〔一〕集甲卷三十三「謂」作「爲」。

〔二〕「譏」原作「幾」，據集甲改。
〔三〕「澮」原作「漸」，今從集甲。
〔四〕「湋」原作「維」，據集甲改。
〔五〕「毆」原作「歐」，據集甲改。
〔六〕「冰」原作「水」，今從集甲。案：「如冰」，謂對人「不假以色」也。

方山子傳

方山子，光、黄間隱人也。少時慕朱家、郭解爲人，閭里之俠皆宗之。稍壯，折節讀書，欲以此馳騁當世。然終不遇，晚乃遯於光、黄間曰岐亭。菴居蔬食，不與世相聞。棄車馬，毁冠服，徒步往來山中，人莫識也。見其所著帽，方屋而高〔一〕，曰：「此豈古方山冠之遺像乎？」因謂之方山子。

余謫居于黄，過岐亭，適見焉。曰：「嗚呼，此吾故人陳慥季常也，何爲而在此？」方山子亦矍然問余所以至此者。余告之故，俯而不答，仰而笑，呼余宿其家。環堵蕭然，而妻子奴婢皆有自得之意。余既聳然異之。

獨念方山子少時使酒好劍，用財如糞土。前十有九年，余在岐下〔二〕，見方山子從兩騎，挾二矢，游西山。鵲起于前，使騎逐而射之，不獲。方山子怒馬獨出，一發得之。因與余馬上論用兵及古今成敗，自謂一世豪士，今幾日耳〔三〕，精悍之色，猶見於眉間，而豈山中之人哉！

然方山子世有勳閥，當得官，使從事於其間，今已顯聞。而其家在洛陽，園宅壯麗與公侯等。河北有田，歲得帛千匹，亦足以富樂。皆棄不取，獨來窮山中，此豈無得而然哉。

余聞光、黄間多異人，往往陽狂垢汙，不可得而見，方山子儻見之與？

〔一〕《文鑑》卷一百五十「屋」作「聳」。《永樂大典》卷三千一百四十二引《蘇東坡集》，有此文，「屋」亦作「聳」。

〔二〕「岐下」原作「岐山」，今從集甲卷三十三、《文鑑》。

〔三〕「日」原作「時」，今從集甲、《文鑑》。

率子廉傳

率子廉，衡山農夫也。愚朴不遜，衆謂之率牛。晚隸南嶽觀爲道士。觀西南七里，有紫虚閣，故魏夫人壇也。道士以荒寂，莫肯居者，惟子廉樂之〔一〕，端默而已。人莫見其所爲。然頗嗜酒，往往醉卧山林間，雖大風雨至不知，虎狼過其前，亦莫害也。

故禮部侍郎王公祐出守長沙，奉詔禱南嶽，訪魏夫人壇。子廉方醉不能起，直視公曰：「村道士愛酒，不能常得，得輒徑醉，官人恕之。」公察其異，載與俱歸。居月餘，落漠無所言，復送還山，曰：「尊師韜光内映，老夫所不測也，當以詩奉贈。」既而忘之。一日晝寢，夢子廉來索詩，乃作二絶句，書板置閣上。衆道士驚曰：「率牛何以得此？」太平興國五年六月十七日，忽使謂觀中人曰：「吾將有所適，閣不可無人，當速遣繼我者。」衆道士自得王公詩，稍異之矣。及是，驚曰：「天暑如此，率牛安往？」狼狽往視，則死矣。衆始大異之，曰：「率牛乃知死日耶？」葬之嶽下。

未幾，有南臺寺僧守澄，自京師還，見子廉南薰門外，神氣清逸。守澄問何故出山？笑曰：「閑遊耳。」寄書與山中人，澄歸，乃知其死。驗其書，則死日也。發其塚，杖屨而已。

東坡居士曰：「士中有所挾，雖小技，不輕出也，況至人乎！至人固不可得，識至人者，豈易得哉！王公非得道，不能知率牛之異也。」居士嘗作《三槐堂記》，意謂公非獨慶流其子孫，庶幾身得道者。及見率子廉事，益信其然。公詩不見全篇，書以遺其曾孫鞏，使求之家集而補之，或刻石置紫虛閣上云。

〔一〕「樂」後原有「居」字，今據《七集·後集》卷十六删。

僧圓澤傳

洛師惠林寺，故光禄卿李憕居第。禄山陷東都，憕以居守死之。子源，少時以貴游子豪侈善歌，聞於時。及憕死，悲憤自誓，不仕不娶不食肉，居寺中五十餘年。

寺有僧圓澤，富而知音，源與之游，甚密，促膝交語竟日，人莫能測。一日，相約游蜀青城峩眉山。源欲自荆州泝峽，澤欲取長安斜谷路。源不可，曰：「吾已絶世事，豈可復道京師哉！」澤默然久之，曰：「行止固不由人。」

遂自荆州路，舟次南浦，見婦人錦襠負甖而汲者，澤望而泣曰：「吾不欲由此者，爲是也。」源驚問之。澤曰：「婦人姓王氏，吾當爲之子。孕三歲矣，吾不來，故不得乳。今既見，無可逃者。公當以符呪助我速生。三日浴兒時，願公臨我，以笑爲信。後十三年中秋月夜，杭州天竺寺外，當與公相見。」源悲悔而爲具沐浴易服，至暮，澤亡而婦乳。三日，往視之，兒見源果笑。具以語王氏，出家財葬澤山下。源遂不果行，反寺中，問其徒，則既有治命矣。

後十三年自洛適吴，赴其約，至所約，聞葛洪川畔有牧童扣牛角而歌之。曰：「三生石上舊精魂，賞月吟風不要論。慚愧情人遠相訪，此身雖異性長存。」呼問：「澤公健否？」答曰：「李公真信士。然俗緣未盡，慎勿相近。惟勤修不墮，乃復相見。」又歌曰：「身前身後事茫茫，欲話因緣恐斷腸。吴越山川尋已遍，却回烟棹上瞿塘。」遂去，不知所之。

後二年，李德裕奏源忠臣子，篤孝，拜諫議大夫，不就，竟死寺中，年八十。此出袁郊所作《甘澤謡》，以其天竺故事，故書以遺寺僧。舊文煩冗，頗爲删改。

杜處士傳

杜仲，郁里人也。天資厚朴，而有遠志，聞黄環名，從之游。因陳曰：「願輔子半夏，幸仁憫焉，使得旋復自古揚摧。」環曰：「子言匪實，宜蚤休，少從容，將訶子矣。」仲曰：「人之相仁，雖不百合，亦自然同，况吐新意以前乎？吾聞夫子雌黄冠衆，故求决明於子，今子微銜吾，爲其非儕乎？」曰：「吾如貧者，食無餘糧，獨活久矣。子今屑就，何以充蔚子乎！苟迹子之素狂，若所請亦大激矣。試聞子之志也。」曰：

「敢問士何以益智？行何以非廉？先王不留行者何事也？」曰：「此匪子解也。夫得所託者，猶之射干臨於層城也。居非地者，猶之困于蒺藜也。今子宛如《易》之所謂『井渫不食』也。非揚淘之而欲其中空清，是坐恒山而望扶桑耳，勢不可及已。使投垢熟艾以求別當世，則與之無名異矣。某蒙甚，願子白之。」曰：「吾自通微，預知子高良，故謾矜子以短而欲亂子言，子能詳微意，知所激刺，亦無患子矣。雖然，澤蘭必馨，今王明苟起子爲赤車使者，且將封子，子甘從之乎？」曰：「吾大則欲伏神以安息，小者吾殊于衆而已矣。雖登文石摩螭頭不願也。古人有三聘而起松蘿者，迫實用也。余將杜衡門以居之，爲一白頭翁，雖五加皮幣於我，如水萍耳，豈當歸之哉。」環曰：「然。世有陰險以求石斛之禄者，五味子之言可也，雖吾亦續隨子矣。」

或斥之曰：「船破須筎，酒成於麴，猶君之録英才也。彼貪禄角進者，可誚之也。若夫躑躅而還鄉，甘遂意於丁沉，則吾之所謂獨行之民，可使君子懷寶，烏久居此爲哉！」

余愛仲善依人，而嘉環能發其心，故録之爲傳。

萬石君羅文傳

羅文，歙人也。其上世常隱龍尾山，未嘗出爲世用。自秦棄詩書，不用儒學，漢興，蕭何輩又以刀筆吏取將相，天下靡然效之，爭以刀筆進，雖有奇産，不暇推擇也。以故羅氏未有顯人。

及文，資質温潤，縝密可喜，隱居自晦，有終焉之意。里人石工獵龍尾山，因窟入見，文塊然居其問，熟視之，笑曰：「此所謂邦之彥也，豈得自棄於岩穴耶？」乃相與定交，磨礱成就之，使從諸生學，因得與士大夫游，見者咸愛重焉。

武帝方向學，喜文翰，得毛穎之後毛純爲中書舍人。純一日奏曰：「臣幸得收録以備任使。然以臣之愚，不能獨大用。今臣同事，皆小器頑滑，不足以置左右，願得召臣友人羅文以相助。」詔使隨計吏入貢。蒙召見文德殿，上望見，異焉。因玩弄之曰：「卿久居荒土，得被漏泉之澤，涵濡浸漬久矣，不自枯槁也。」上復叩擊之，其音鏗鏗可聽。上喜曰：「古所謂玉質而金聲者，子真是也。」使待詔中書。久之拜舍人。

是時墨卿、楮先生，皆以能文得幸，而四人同心，相得歡甚。時人以爲文苑四貴。每有詔命典策，皆四人謀之。其大約雖出於上意，必使文潤色之，然後琢磨以墨卿，謀畫以毛純，成，以受楮先生，使行之四方遠夷，無不達焉。上嘗嘆曰：「是四人者，皆國寶也。」然重厚堅貞，行無瑕玷，自二千石至百石吏，皆無如文者。命尚方以金作室，以蜀文錦爲薦褥賜之。其後于闐進美玉，上使以玉作小屏風賜之，幷賜高麗所獻銅瓶爲飲器，親愛日厚，如純輩不敢望也。

上得羣才用之，遂内更制度，修律曆，講郊祀，治刑獄，外征伐四夷，詔書符檄禮文之事，皆文等預焉。上思其功，制詔丞相御史曰：「蓋聞議法者常失於太深，論功者常失於太薄，有功而賞不及，雖唐虞不能以相勸。中書舍人羅文，久典書籍，助成文治，厥功茂焉。其以歙之祁門三百户封文，號萬石君，世世勿絶。」

文爲人有廉隅，不可犯，然搏擊非其任，喜與老成知書者游。常曰：「吾與兒輩處，每慮有玷缺之患。」其自愛如此。以是小人多輕疾之。或讒於上曰：「文性貪墨，無潔白稱。」上曰：「吾用文掌書翰，取其便事耳。雖貪墨，吾固知，不如是亦何以見其才。」自是左右不敢復言。

文體有寒疾，每冬月侍書，輒面冰不可運筆，上時賜之酒，然後能書。

元狩中，詔舉賢良方正。淮南王安舉端紫，以對策高第，待詔翰林，超拜尚書僕射，與文並用事。紫雖乏文采，而令色尤可喜，以故常在左右，文浸不用。上幸甘泉，祠河東，巡朔方，紫常扈從，而文留守長安禁中。上還，見文塵垢面目，頗憐之。文因進曰：「陛下用人，誠如汲黯之言，後來者居上耳。」上曰：「吾非不念爾，以爾年老，不能無少圓缺故也。」左右聞之，以爲上意不悦，因不復顧省。

文乞骸骨伏地，上詔使駙馬都尉金日磾翼起之。日磾，胡人，初不知書，素惡文所爲，因是擠之殿下，顛仆而卒。上憫之，令宦者瘞於南山下。

子堅嗣。堅資性温潤，文采縝密，不減文，而器局差小，起家爲文林郎，侍書東宫。昭帝立，以舊恩見寵。帝春秋益壯，喜寬大博厚者，顧堅器小，斥不用。堅亦以落落難合於世，自視與瓦礫同。昭帝崩，大將軍霍光以帝平生玩好器用後宫美人置之平陵。堅自以有舊恩，乞守陵，拜陵寢郎。後死葬平陵。

自文生時，宗族分散四方，高才奇特者，王公貴人以金帛聘取爲從事舍人，其下亦與巫醫書算之人游，皆有益於其業，或因以致富焉。

贊曰：羅氏之先無所見，豈左氏所稱羅國哉？考其國邑，在江漢之間，爲楚所滅，子孫疑有散居黟、歙間者。嗚呼，國既破亡，而後世猶以知書見用，至今不絕，人豈可以無學術哉！

江瑶柱傳

生姓江，名瑶柱，字子美，其先南海人。十四代祖媚川，避合浦之亂，徙家閩越。閩越素多士人，聞媚川之來，甚喜，朝夕相與探討，又從而鐫琢之。媚川深自晦匿，嘗喟然謂其孫子曰：「匹夫懷寶，吾知其罪矣。尚子平何人哉！」遂棄其孥，浪迹泥塗中，潛德不耀，人莫知其所終。媚川生二子，長曰添丁，次曰馬頰。始來鄞江，今爲明州奉化人，瑶柱世孫也。

性温平，外慤而内淳。稍長，去襮纇，頎長而白皙，圓直如柱，無絲髮附麗態。父友庖公異之，且曰：「吾閱人多矣。昔人夢資質之美有如玉川者，是兒亦可謂瑶柱矣。」因以名之。生寡欲，然極好滋味合口，不論人是非，人亦甘心焉。獨與峨嵋洞車公、清溪遐丘子、望湖門章舉先生善，出處大略相似，所至一坐盡傾。然三人者，亦自下之，以謂不可及也。

生亦自養，名聲動天下，鄉閭尤愛重之。凡歲時節序，冠婚慶賀，合親戚，燕朋友，必延爲上客，一不至，則慊然皆云無江生不樂。生頗厭苦之，間或逃避於寂寞之濱，好事者，雖解衣求之不憚也。至於中朝達官名人游宦東南者，往往指四明爲善地，亦屢屬意於江生。

惟扶風馬太守，不甚禮之。生浸不悦，跳身武林道，感温風，得中乾疾。爲親友强起，置酒高會。

座中有合氏子，亦江淮間名士也，輒坐生上。衆口歎美之曰：「聞客名舊矣。蓋鄉曲之譽，不可盡信，韓子所謂面目可憎語言無味者，非客耶？客第歸，人且不愛客而棄之海上，遇逐臭之夫，則客歸矣，尚何與合氏子爭乎！」生不能對，大慚而歸，語其友人曰：「吾棄先祖之戒，不能深藏海上，而薄游樽俎間，又無馨德，發聞惟腥，宜見擯於合氏子，而府公貶我，固當從吾子游於水下。苟不得志，雖粉身亦何憾。吾去子矣。」已而果然。其後族人復盛於四明，然聲譽稍減云。

太史公曰：里諺有云：「果蓏失地則不榮，魚龍失水則不神。」物固且然，人亦有之。嗟乎瑤柱，誠美士乎！方其爲席上之珍，風味藹然，雖龍肝鳳髓，有不及者。一旦出非其時而喪其真，衆人且掩鼻而過之，士大夫有識者，亦爲品藻而置之下。士之出處不可不慎也，悲夫！

黄甘陸吉傳

黄甘、陸吉者，楚之二高士也。黄隱於泥山，陸隱於蕭山。楚王聞其名，遣使召之。陸吉先至，賜爵左庶長，封洞庭君，尊寵在羣臣右。久之，黄甘始來，一見拜温尹平陽侯，班視令尹。

吉起隱士，與甘齊名，入朝久，尊貴用事。一旦吉位居上，甘心銜之，羣臣皆疑之。會秦遣蘇軫、鍾離意使楚，楚召燕章華臺。羣臣皆與甘坐上坐。吉咈然謂之曰：「請與子論事。」甘曰：「唯唯。」吉曰：「齊、楚約西擊秦，吾引兵踰關，身犯霜露，與枳棘最下者同甘苦，率家奴千人，戰季洲之上，拓地至漢南而歸。子功孰與甘？」曰：「不如也。」曰：「神農氏之有天下也，吾剥膚剖肝，怡顔下氣，以固蔕之術獻上；

上喜之，命注記官陶弘景狀其方略，以付國史，出爲九江守，宣上德澤，使童兒亦懷之。子才孰與甘？」曰：「不如也。」吉曰：「是二者皆出吾下，而位吾上，何也？」甘徐應之曰：「君何見之晚也。每歲太守勸駕乘傳，入金門，上玉堂，與虞荔、申梠、梅福、棗嵩之徒列侍上前，使數子者口呿舌縮，不復上齒牙間。當此之時，屬之於子乎，屬之於我乎？」吉默然良久曰：「屬之於子矣。」甘曰：「此吾之所以居子之上也。」於是羣臣皆服。歲終，吉以疾免。更封甘子爲穰侯，吉之子爲下邳侯。穰侯遂廢不顯，下邳以美湯藥，官至陳州治中。

太史公曰：田文論相吳起說，相如同車廉頗屈，姪欲弊衣尹姬悔。甘吉亦然。傳曰：「女無好醜，入宮見妬，士無賢不肖，入朝見嫉。」此之謂也。雖美惡之相遼，嗜好之不齊，亦焉可勝道哉！

葉嘉傳〔一〕

葉嘉，閩人也。其先處上谷。曾祖茂先，養高不仕，好游名山，至武夷，悅之，遂家焉。嘗曰：「吾植功種德，不爲時採，然遺香後世，吾子孫必盛於中土，當飲其惠矣。」茂先葬郝源，子孫遂爲郝源民。

至嘉，少植節操。或勸之業武。曰：「吾當爲天下英武之精，一槍一旗，豈吾事哉！」因而游見陸先生，先生奇之，爲著其行録傳於時。方漢帝嗜閱經史時，建安人爲謁者侍上，上讀其行録而善之，曰：「吾獨不得與此人同時哉！」曰：「臣邑人葉嘉，風味恬淡，清白可愛，頗負其名，有濟世之才，雖羽知猶未詳也。」上驚，勑建安太守召嘉，給傳遣詣京師。

郡守始令採訪嘉所在，命齋書示之。嘉未就，遣使臣督促。郡守曰：「葉先生方閉門制作，研味經史，志圖挺立，必不屑進，未可促之。」親至山中，爲之勸駕，始行登車。遇相者揖之，曰：「先生容質異常，矯然有龍鳳之姿，後當大貴。」

嘉以皂囊上封事。天子見之，曰：「吾久飫卿名，但未知其實爾，我其試哉！」因顧謂侍臣曰：「視嘉容貌如鐵，資質剛勁，難以遽用，必槌提頓挫之乃可。」遂以言恐嘉曰：「碪斧在前，鼎鑊在後，將以烹子，子視之如何？」嘉勃然吐氣，曰：「臣山藪猥士，幸惟陛下採擇至此，可以利生，雖粉身碎骨，臣不辭也。」上笑，命以名曹處之，又加樞要之務焉。因誡小黄門監之。有頃，報曰：「嘉之所爲，猶若粗疎然。」上曰：「吾知其才，第以獨學未經師耳。」嘉爲之，屑屑就師，頃刻就事，已精熟矣。」

上乃勑御史歐陽高、金紫光禄大夫鄭當時、甘泉侯陳平三人與之同事。歐陽疾嘉初進有寵，曰：「吾屬且爲之下矣。」計欲傾之。會天子御延英促召四人，歐但熱中而已，當時以足擊嘉，而平亦以口侵陵之。嘉雖見侮，爲之起立，顔色不變。歐陽悔曰：「陛下以葉嘉見託，吾輩亦不可忽之也。」因同見帝，陽稱嘉美而陰以輕浮訿之。嘉亦訴於上。上爲責歐陽，憐嘉，視其顔色，久之，曰：「葉嘉真清白之士也。其氣飄然，若浮雲矣。」遂引而宴之。

少選間，上鼓舌欣然，曰：「始吾見嘉未甚好也，久味其言，令人愛之，朕之精魄，不覺洒然而醒。《書》曰：『啓乃心，沃朕心。』嘉之謂也。」於是封嘉鉅合侯，位尚書，曰：「尚書，朕喉舌之任也。」由是寵愛日加。朝廷賓客遇會宴享，未始不推於嘉。上日引對，至於再三。

後因侍宴苑中，上飲踰度，嘉輒苦諫。上不悦，曰：「卿司朕喉舌，而以苦辭逆我，余豈堪哉！」遂唾之，命左右仆於地。嘉正色曰：「陛下必欲甘辭利口然後愛耶！臣雖言苦，久則有效。陛下亦嘗試之，豈不知乎！」上顧左右曰：「始吾言嘉剛勁難用，今果見矣。」因含容之，然亦以是疎嘉。

嘉既不得志，退去閩中，既而曰：「吾未如之何也，已矣。」上以不見嘉月餘，勞於萬機，神薾思困，頗思嘉。因命召至，喜甚，以手撫嘉曰：「吾渴見卿久矣。」遂恩遇如故。上方欲南誅兩越，東擊朝鮮，北逐匈奴，西伐大宛，以兵革爲事。而大司農奏計國用不足，上深患之，以問嘉。嘉爲進三策，其一曰：榷天下之利，山海之資，一切籍於縣官。行之一年，財用豐贍，上大悦。兵興有功而還。上利其財，故榷法不罷，管山海之利，自嘉始也。

居一年，嘉告老，上曰：「鉅合侯，其忠可謂盡矣。」遂得爵其子。又令郡守擇其宗支之良者，每歲貢焉。嘉子二人，長曰搏，有父風，故以襲爵。次子挺，抱黄白之術，比於搏，其志尤淡泊也。嘗散其資，拯鄉閭之困，人皆德之。故鄉人以春伐鼓，大會山中，求之以爲常。

贊曰：今葉氏散居天下，皆不喜城邑，惟樂山居。氏於閩中者，蓋嘉之苗裔也。天下葉氏雖夥，然風味德馨爲世所貴，皆不及閩。閩之居者又多，而郝源之族爲甲。嘉以布衣遇天子，爵徹侯，位八座，可謂榮矣。然其正色苦諫，竭力許國，不爲身計，蓋有以取之。夫先王用於國有節，取於民有制，至於山林川澤之利，一切與民，嘉爲策以榷之，雖救一時之急，非先王之舉也，君子譏之。或云管山海之利，始於鹽鐵丞孔僅、桑弘羊之謀也，嘉之策未行於時，至唐趙贊，始舉而用之。

〔一〕此文，陳善《捫蝨新話》謂爲陳元規作。

温陶君傳

石中美，字信美，中牟人也。本姓麥氏，既破，隨母羅氏去其夫而適石氏，因冒其姓。始中美之生也，其父太卜氏以連山筮之，遇師䷆之爻，是謂師之革䷰，曰，生乎土，成乎水，而變乎火，坎以鞣之，坤以布之，釜以熟之，口以内之，腹以藏之，美在其中，而暢於四支。能者樂之以爲大腹，不能者傷之以爲心病，衆所説也，善孰大焉。故因以名字之。

中美幼輕躁踈散，與物不合，得其鄉人儲子之意，因使從溞水湯先生游。既熟，遂陶而成之。爲人白皙而長，温厚柔忍，在諸石中最有名。

儲子因秦故，司馬錯、李斯子由、趙高、閻樂，並薦於秦王，得與圃田蔡甲、肥鄉羊奭、内黄韓音子俱召見。是時王方省覽文書，日昃未食，見之甚喜，曰：「卿等向者安在，何相見之晚也。未見君子，惄如調飢。卿等之謂也。」由是皆得進見，充上心腹。賜爵土，更上食，典御旦夕召對，所獻納時或粗疎，上未嘗不盡善也。秦王以嫪毒事出文信侯而遷太后，怒恚，數日不食。中美賜爵徹侯，食温、定陶二縣，號温陶君。

中美既被任用，凡有造作，自丞相以下莫不是之。其爲人柔和，有以塞讒人之口故也。

他日秦王坐朝，日旰，意有所思，亟召中美，將虚以納之。中美不熟計以進，其説頗剛鯁，志不快之者累日。有博士單軫說上曰：「爲其所傷矣，宜有以下之，卽無患。」因進其弟子巳升、元華於上，上意稍平，然自是遂疎中美，不得爲尚食矣。中美曰：「吾爲尚食，日夕自謂不素餐兮者，今吾與羊生輩皆不得進，縱復有用者，將誅辱乎？昔也得充心腹，而今也遽不信，是有不善我之心，雖使時或思我，彼將不盡矣。」遂稱疾，以俟就第。

其後子孫生郡郭者，散居四方，自號渾氏、扈氏、索氏、石氏，爲四族云。

蔡使君傳〔一〕

使君諱道恭，字懷儉，南陽冠軍人也。父諱那，宋益州刺史。使君少寬厚，有大量，仕齊爲西中郎中兵參軍，加輔國將軍。梁武帝起兵，蕭穎胄以使君素著威略，專任以事。齊和帝卽位，爲右衛將軍，出爲司州刺史。

梁天監初，論功封漢壽縣伯，進號平北將軍。三年，魏圍司州，時城中衆不滿五千，食裁半歲。魏人攻之晝夜不息，作大車載土，四面俱前，欲以填塹。使君於塹內作艨艟鬬艦以待之，魏人不得進，潛作伏道以決塹水，使君以土𤠯塞之。相持百餘日，前後斬獲不可勝計。魏人大造梯衝，攻圍日急。使君用四石烏漆大弓射之，所中皆洞甲，飲羽一發，或貫兩人，魏人望弓皆靡。又於城內起土山，多作大矟，長二丈五尺，施長刃，使壯士執以刺魏人。

魏人將退。會使君病篤，乃呼兄子僧勰、從弟靈恩及將帥謂曰：「吾所苦勢不能久，汝等當以死固節，無令吾没有遺恨。」又令取所持節授僧𥼶曰：「禀命出疆，既不得奉以還朝，意欲與之俱逝，可以是殉我。」衆皆流涕。其年五月卒。

魏人知使君没，攻之愈急。初，朝廷遣郢州刺史曹景宗援之，景宗不前。八月糧盡，城陷。贈鎮西將軍，且購其喪。八年，魏人歸其喪，葬襄陽。傳國至孫固，固早卒，國除。

〔一〕此文，見《外集》卷三十六。

蘇軾文集卷十四

墓誌銘

范景仁墓誌銘〔一〕

熙寧、元豐間，士大夫論天下賢者，必曰君實、景仁。其道德風流，足以師表當世。其議論可否，足以榮辱天下。二公蓋相得歡甚，皆自以爲莫及，曰：「吾與子生同志，死當同傳。」而天下之人亦無敢優劣之者。二公既約更相爲傳，而後死者則誌其墓。故君實爲《景仁傳》，其略曰：「吕獻可之先見，景仁之勇決，皆予所不及也。」軾幸得游二公間，知其平生爲詳，蓋其用捨大節，皆不謀而同。如仁宗時，論立皇嗣，英宗時，論濮安懿王稱號，神宗時，論新法。其言若出一人，相先後如左右手。故君實常謂人曰：「吾與景仁兄弟也，但姓不同耳。」然至於論鐘律，則反復相非，終身不能相一。君子是以知二公非苟同者。君實之没，軾既狀其行事以授景仁，景仁誌其墓，而軾表其墓道。今景仁之墓，其子孫皆以爲君實既没，非子誰當誌之，且吾先君子之益友也，其可以辭！

公姓范氏，諱鎮，字景仁。其先自長安徙蜀，六世祖隆，始葬成都之華陽。曾祖諱昌祐，妣索氏。祖諱璲，妣張氏。累世皆不仕。考諱度，贈開府儀同三司。妣李氏，贈榮國太夫人，龐氏，贈昌國太夫人。開府以文藝節行，爲蜀守張詠所知。有子三人。長曰鎡，終隴城令。次曰錯，終衛尉寺丞。公其季也。

四歲而孤，從二兄爲學。薛奎守蜀，道遇鎡，求士可客者，鎡以公對。公時年十八，奎與語奇之，曰：「大范恐不壽，其季廊廟人也。」還朝與公俱。或問奎入蜀所得，曰：「得一偉人，當以文學名於世。」時故相宋庠與弟祁名重一時，見公稱之，祁與爲布衣交。由是名動場屋，舉進士，爲禮部第一。故事，殿廷唱第過三人，則禮部第一人者必越次抗聲自陳，因擢置上第。公不肯自言，至第七十九人乃出拜，退就列，無一言。廷中皆異之。釋褐爲新安主簿。宋綬留守西京，召置國子監，使教諸生。秩滿，又薦諸朝，爲東監直講。用參知政事王舉正薦，召試學士院，除館閣校勘，充編脩《唐書》官。當遷校理。宰相龐籍言公有異材，恬於進取，特除直秘閣，爲開封府推官，擢起居舍人，知諫院兼管句國子監。

上疏論民力困弊，請約祖宗以來官吏兵數，酌取其中爲定制，以今賦入之數十七爲經費，而儲其三以備水旱非常。又言：「古者冢宰制國用，唐以宰相兼鹽鐵轉運，或判户部度支，今中書主民，樞密主兵，三司主財，各不相知，故財已匱而樞密益兵無窮，民已困而三司取財不已，請使中書、樞密通知兵民財利大計，與三司同制國用。」葬温成皇后。太常議禮，前謂之園，後謂之園陵。宰相劉沆前爲監護使，後爲園陵使。公言：「嘗聞法吏舞法矣，未聞禮官舞禮也。請詰問前後議異同狀。」又請罷焚瘞錦繡珠玉以紓國用，從之。

時有敕，凡内降不如律令者，令中書、樞密院及所屬執奏。未及一月，而内臣無故改官者，一日至五六人。公乞正大臣被詔故違不執奏之罪。石全斌以護温成葬，除觀察使。凡治葬事者，皆遷兩官。公言章獻、章懿、章惠三太后之葬，推恩皆無此比，乞追還全斌等告敕。文彦博、富弼入相，百官郊迎，時兩制不得詣宰相居第，百官不得間見。公言隆之以虚禮，不若開之以至誠，乞罷郊迎而除謁禁，以通天下之情。議減任子及每歲取士，皆公發之。又乞令宗室屬疏者補外官。仁宗曰：「卿言是也，顧恐天下謂朕不能睦族耳。」公曰：「陛下甄别其賢者顯用之，不没其能，乃所以睦族也。」雖不行，至熙寧初，卒如公言。

仁宗性寬容，言事者務訐以爲名。或誣人陰私。公獨引大體，略細故。時陳執中爲相。公嘗論其無學術，非宰相器。及執中嬖妾笞殺婢，御史劾奏，欲逐去之。公言：「今陰陽不和，財匱民困，盜賊滋熾，獄犴充斥，執中當任其咎。閨門之私，非所以責宰相。」識者韙之。

仁宗即位三十五年，未有繼嗣。嘉祐初得疾，中外危恐，不知所爲。公獨奮曰：「天下事尚有大於此者乎？」即上疏曰：「太祖捨其子而立太宗，此天下之大公也。周王既薨，真宗取宗室子養之宫中，此天下之大慮也。願陛下以太祖之心行真宗故事，擇宗室賢者，異其禮物，而試之政事，以系天下心。」章累上，不報。因闔門請罪。

會有星變，其占爲急兵。公言：「國本未立，若變起倉卒，禍不可以前料，兵孰急於此者乎？今陛下得臣疏，不以留中而付中書，是欲使大臣奉行也。臣兩至中書，大臣皆設辭以拒臣，是陛下欲爲宗廟社稷計，而大臣不欲也。臣竊原其意，特恐行之而陛下中變耳。中變之禍不過於死，而國本不立，萬一有如天象所告急兵之憂，則其禍豈獨一死而已哉！夫中變之禍，死而無愧，急兵之憂，死且有罪，願以此示大臣，使自擇而審處焉。」聞者爲之股栗。

除兼侍御史知雜事。公以言不從，固辭不受。執政謂公，上之不豫，大臣嘗建此策矣，今間言已入，爲之甚難。公復移書執政曰：「事當論其是非，不當問其難易。速則濟，緩則不及，此聖賢所以貴機會也。諸公言今日難於前日，安知他日不難於今日乎？」凡見上，面陳者三。公泣上亦泣，曰：「朕知卿忠，卿言是也。當更俟三二年。」凡章十九上，待罪百餘日，須髮爲白，朝廷不能奪。

乃罷知諫院，改集賢殿修撰，判流内銓，修起居注，除知制誥。公雖罷言職，而無歲不言儲嗣事。以仁宗春秋益高，每因事及之，冀以感動上心。及爲知制誥，正謝上殿，面論之曰：「陛下許臣今復三年矣，願早定大計。」明年，又因袷享獻賦以諷。其後韓琦卒定策立英宗。遷翰林學士充史館修撰，改右諫議大夫。

英宗卽位，遷給事中，充仁宗山陵禮儀使。坐誤遷宰臣官，改翰林侍讀學士，復爲翰林學士。中書奏請追尊濮安懿王，下兩制議，以爲宜稱皇伯，高官大國，極其尊榮，非執政意，更下尚書省集議。已而臺諫争言其不可，乃下詔罷議，令禮官檢詳典禮以聞。公時判太常寺，率禮官上言：「漢宣帝於昭帝爲孫，光武於平帝爲祖，則其父容可以稱皇考，然議者猶非之，謂其以小宗而合大宗之統也，今陛下既考仁宗，又考濮安懿王，則其失非特漢宣、光武之比矣。凡稱帝若皇若皇考，立寢廟，論昭穆，皆非是。」於是具列儀禮及漢儒論議、魏明帝詔爲五篇奏之。以翰林侍讀學士出知陳州。陳饑，公至三日，發庫廩三萬貫石，以貸不及奏，監司緪之急，公上書自劾，詔原之。是歲大熟，所貸悉還，陳人至今思之。

神宗即位，遷禮部侍郎，召還，復爲翰林學士兼侍讀、羣牧使、句當三班院、知通進銀臺司。公言：「故事，門下封駁制敕，省審章奏，糾舉違滯，著於所授敕，其後刊去，故職寖廢，請復之，使知所守。」從之。糾察在京刑獄。

王安石爲政，始變更法令，改常平爲青苗法。公上疏曰：「常平之法，始於漢之盛時，視穀貴賤發斂，以便農末，最爲近古，不可改。而青苗行於唐之衰亂，不足法。且陛下疾富民之多取而少取之，此正百步與五十步之間耳。今有二人坐市貿易，一人下其直以相傾奪，則人皆知惡之，其可以朝廷而行市道之所惡乎！」疏三上，不報。

邇英閣進讀，與呂惠卿爭論上前，因論舊法預買紬絹亦青苗之比。公曰：「預買亦敝法也。若陛下躬節儉，府庫有餘，當幷預買去之，奈何更以爲比乎？」韓琦上疏，極論新法之害，安石使送條例司疏駁之。諫官李常乞罷青苗錢，安石令常分析〔二〕，公皆封還其詔〔三〕。詔五下，公執如初。司馬光除樞密副使。光以所言不行，不敢就職，詔許辭免，公再封還之。上知公不可奪，以詔直付光，不由門下。公奏：「由臣不才，使陛下廢法，有司失職，乞解銀臺司。」許之。

會有詔舉諫官，公以軾應詔，而御史知雜謝景温彈奏軾罪。公又舉孔文仲爲賢良。文仲對策，極論新法之害。安石怒，罷文仲歸故官。公上疏爭之，不報。

時年六十三。即上言，臣言不行，無顏復立於朝，請致仕。疏五上，最後指言安石以喜怒賞罰事曰：「陛下有納諫之資，大臣進拒諫之計，陛下有愛民之性，大臣用殘民之術。」安石大怒，自草制極口詆公，落翰林學士，以本官致仕。聞者皆爲公懼。公上表謝，其略曰：「雖曰乞身而去，敢忘憂國之心。」又曰：「望陛下集羣議爲耳目，以除壅蔽之姦，任老成爲腹心，以養和平之福。」天下聞而壯之。安石雖詆之深，人更以爲榮焉。

公既退居，專以讀書賦詩自娛。客至，輒置酒盡歡。或勸公稱疾杜門。公曰：「死生禍福，天也。吾其如天何！」同天節乞隨班上壽，許之。遂著爲令。久之歸蜀。與親舊樂飲，賑施其貧者，期年而後還。軾得罪，下御史臺獄，索公與軾往來書疏文字甚急。公猶上書救軾不已。朝廷有大事，輒言之。官制行，改正議大夫。今上即位，遷光禄大夫。初，英宗即位，祔仁宗主而遷僖祖。及神宗即位，復還僖祖而遷順祖。公上言：「太祖起宋州有天下，與漢高祖同，僖祖不當復還。乞下百官議。」不報。及上即位，公又言乞遷僖祖，正太祖東嚮之位。時年幾八十矣。

韓維上言：公「在仁宗朝，首開建儲之議，其後大臣繼有論奏，先帝追録其言，存没皆推恩，而鎮未嘗以語人，人亦莫爲言者，雖顏子不伐善，介之推不言禄，不能過也」。悉以公十九疏上之。拜端明殿學士。特詔長子清平縣令百揆改宣德郎，且起公兼侍讀提舉中太一宮。詔語有曰：「西伯善養，二老來歸。漢室卑詞，四臣入侍。爲我强起，無或憚勤。」公固辭不起，天下益高之。

改提舉嵩山崇福宮。公仲兄之孫祖禹，爲著作郎，謁告省公於許。因復賜詔，及龍茶一合，存問甚厚。數月，復告老，進銀青光禄大夫，再致仕。

初，仁宗命李照改定大樂，下王朴樂三律。皇祐中，又使胡瑗等考正，公與司馬光皆與〔四〕。公上疏〔五〕，論律尺之法。又與光往復論難，凡數萬言，自以爲獨得於心。元豐三年，神宗詔公與劉几定樂〔六〕。公曰：「定樂當先正律。」上曰：「然。」雖有師曠之聰，不以六律，不能正五音。」公作律尺、龠、合、升、斗、豆、區、鬴、斛，欲圖上之。又乞訪求真黍以定黃鍾，而劉几卽用李照樂，加用四清聲而奏樂成。詔罷局，賜賚有加。公謝曰：「此劉几樂也，臣何與焉。」及提擧崇福宮，欲造樂獻之，自以爲嫌，乃先請致仕。既得謝，請太府銅爲之，逾年乃成。比李照樂下一律有奇。二聖御延和殿，召執政同觀，賜詔嘉獎，以樂下太常，詔三省、侍從、臺閣之臣皆往觀焉。

時公已屬疾，樂奏三日而薨。實元祐三年閏十二月癸卯朔〔七〕，享年八十一。訃聞，輟視朝一日，贈右金紫光祿大夫，謚曰忠文。公雖以上壽貴顯，考終於家，無所憾者，而士大夫惜其以道德事明主，閱三世，皆以剛方難合，故雖用而不盡。及上卽位，求人如不及，厚禮以起公，而公已老，無意於世矣。故聞其喪，哭之皆哀。

公清明坦夷，表裏洞達，遇人以誠，恭儉愼默，口不言人過。及臨大節，決大議，色和而語壯，常欲繼之以死，雖在萬乘前無所屈。篤於行義，奏補先族人而後子孫，鄉人有不克婚葬者，輒爲主之，客其家者常十餘人，雖僦居陋巷，席地而坐，飲食必均。

兄鎡卒於隴城，無子，聞其有遺腹子在外，公時未仕，徒步求之兩蜀間，二年乃得之，曰：「吾兄異於人，體有四乳，是兒亦必然。」已而果然。名之曰百常。以公蔭，今爲承議郎。公少受學於鄉先生龐直温。直温之子昉卒於京師，公娶其女爲孫婦，養其妻子終身。

其學本於六經仁義，口不道佛老申韓異端之説。其文清麗簡遠，學者以爲師法。凡三人翰林〔八〕，知嘉祐二年、六年、八年及治平二年貢舉，門生滿天下，貴顯者不可勝數。

詔脩《唐書》、《仁宗實録》、《玉牒日曆類篇》。凡朝廷有大述作、大議論，未嘗不與。契丹、高麗皆知誦公文賦。少時嘗賦「長嘯却胡騎」，及奉使契丹，虜相目曰：「此長嘯公也。」其後兄子百禄亦使虜，虜首問公安否。有《文集》一百卷，《諫垣集》十卷，《内制集》三十卷，《外制集》十卷，《正言》三卷，《樂書》三卷，《國朝韻對》三卷，《國朝事始》一卷，《東齋記事》十卷，《刀筆》八卷。

積勳柱國，累封蜀郡開國公，食邑加至二千六百户，實封五百户。娶張氏，追封清河郡君。再娶李氏，封長安郡君。子男五人。長曰燕孫，未名而卒。次百揆，宣德郎監中岳廟。次百嘉，承務郎，先公一年卒。次百歲，太康主簿，先公六年卒。次百慮，承務郎。女一人，嘗適左司諫吴安詩，復歸以卒。孫男十人。祖直，襄州司户參軍。祖朴，長社主簿〔九〕。祖野、祖平，假承務郎。祖封，右承奉郎。祖耕，承務郎。祖淳、祖舒、祖京、祖恩。孫女六人，曾孫女三人。

公晚家於許，許人愛而敬之。其薨也，里人皆出涕。以元祐四年八月己未，葬於汝之襄城縣汝安鄉推賢里，夫人李氏祔。

公始以詩賦爲名進士，及爲館閣侍從，以文學稱。雖屢諫争及論儲嗣事，朝廷信其忠，然事頗秘，世亦未盡知也。其後議濮安懿王稱號，守禮不回，而名益重。及論熙寧新法，與王安石、吕惠卿辨論，至廢黜不用，然後天下翕然師尊之。無貴賤賢愚，謂之景仁而不敢名，有爲不義，必畏公知之。

公既得謝，軾往賀之曰：「公雖退而名益重矣。」公愀然不樂，曰：「君子言聽計從，消患於未萌，使天下陰受其賜，無智名，無勇功，吾獨不得爲此，命也夫。使天下受其害，而吾享其名，吾何心哉！」軾以是愧公。

銘曰：凡物之生，莫累於名。人顧趨之，以累爲榮。神人無名，欲知者希。人顧憂之，以希爲悲。熙寧以來，孰擅茲器？嗟嗟先生，名所不置。君實在洛，公在潁昌。皆欲忘民，民不汝忘〔一〇〕。君實既來，遁歸於洛。縶而維之，莫之勝脱〔一一〕。爲天相君，爲君牧民。道遠年徂，卒徇以身。公獨堅臥，三詔不起。遂解天刑，竟以樂死。世皆謂公，貴身賤名。孰知其功，聖人之清。貪夫以廉，懦夫以立。不尸其功，無喪無得。君實之用，出而時施。如彼水火，寧除渴饑。公雖不用，亦相其行。如彼山川，出雲相望。公維蜀人，乃葬於汝。子孫不忘，尚告來者。

〔一〕《文鑑》卷一百四十三「景仁」作「蜀公」。
〔二〕「析」原作「折」，今據集甲卷三十九、《文鑑》改。《宋史》卷三三七《范鎮傳》亦作「析」。
〔三〕《文鑑》「詔」後有「書」字。
〔四〕「與」原爲空格，據集甲、《文鑑》補。
〔五〕「公」原爲空格，據集甲、《文鑑》補。
〔六〕「几」原作「凡」，據集甲改。下同。

〔七〕「三」原作「二」，據《文鑑》改。案：元祐二年無閏十二月，元祐三年有，《文鑑》是。

〔八〕「三」原作「五」，今從集甲。

〔九〕「社」原作「杜」，誤，據集甲、《文鑑》改。

〔一〇〕「汝忘」原作「忘汝」，今從集甲。案：「忘」與「公在潁昌」之「昌」爲韻。

〔一一〕《文鑑》「脱」作「説」。

張文定公墓誌銘

仁宗皇帝在位四十二年，蒐攬天下豪傑，不可勝數。既自以爲股肱心膂，敬用其言，以致太平，而其任重道遠者，又留以爲三世子孫百年之用，至於今賴之。孔子曰：「惟天爲大，惟堯則之。」天下未嘗一日無士，而仁宗之世，獨爲多士者，以其大也。賈誼歎細德之嶮微，知鳳鳥之不下，閔溝瀆之尋常，知吞舟之不容，傷時無是大者以容己也。故嘗竊論之。天下大器也，非力兼萬人，其孰能舉之！非仁宗之大，其孰能容此萬人之英乎！蓋卽位八年，而以制策取士，一舉而得富弼，再舉而得公。

公姓張氏，諱方平，字安道。其先宋人也，後徙揚州。高祖克，唐末爲亳州刺史。曾祖文熙，亳州軍事推官，贈太師，娶蘇氏，追封武功郡太夫人。祖嶠，以進士及第，太宗嘗召對，選知鄆州，賜親扎，給全俸，終於尚書都官員外郎，娶劉氏，追封沛國太夫人。考堯卿，生而端默寡言，有出世間意，以父命勉娶，非其意也，父没，遂居一室，家人莫得見其面者十有七年。與祖考皆贈太師、開府儀同三司，皆封魏國公。娶嵇氏，追封譙國太夫人。

公年十三，入應天府學。穎悟絶人。家貧無書，嘗就人借三史，旬日輒歸之，曰：「吾已得其詳矣。」凡書皆一閲，終身不再讀。屬文未嘗起草。宋綬、蔡齊見之曰：「天下奇材也。」與范諷皆以茂材異等薦之。

以景祐元年中選，授校書郎，知崑山縣。蔣堂爲蘇州，得公所著《芻蕘論》五十篇，上之，以賢良方正能直言極諫薦公，射策優等，遷著作佐郎，通判睦州。

時趙元昊欲叛而未有以發，則爲嫚書求大名以怒朝廷，規得譴絶以激使其衆。公以謂：「朝廷自景德以來，既與契丹盟，天下忘備，將不知兵，士不知戰，民不知勞，蓋三十年矣，若驟用之，必有喪師蹶將之憂，兵連民疲，必有盜賊意外之患。當含垢匿瑕，順適其意，使未有以發，得歲月之頃，以其間選將厲士，堅城除器，爲不可勝以待之。雖元昊終於必叛，而兵出無名，吏士不直其上，難以決勝，小國用兵三年，而不見勝負，不折則破，我以全制其後，必勝之道也。」是時士大夫見天下全盛，而元昊小醜，皆欲發兵誅之，惟公與吴育同議。議者不深察，以二人之論爲出於姑息，遂決用兵，天下騷動。

公獻《平戎十策》，大略以邊城千里，我分而賊專，雖屯兵數十萬，然賊至常以一擊十，必敗之道也。既敗而圖之，則老師費財，不可爲已。宜及民力之完，屯重兵河東，示以形勢。賊入寇，必自延、渭而興州，巢穴之守必虚，我師自麟、府渡河，不十日可至。此所謂攻其所必救，形格勢禁之道也。宰相吕夷簡見之，謂宋綬曰：「君能爲國得人矣。」然不果用其策。

召對，賜五品服，直集賢院，遷太常丞，知諫院。首論祖宗以來，雖分中書、樞密院，而三聖英武獨運，斷歸於一。今陛下謙德，仰成二府，不可以不合。仁宗嘉之。會富弼亦論此，遂命宰相兼樞密使。

方元昊之叛也，禁兵皆西，而諸路守兵，多揀赴闕，郡縣無備，乃命調額外弓手。公在睦州，條上利害八事。及是，有旨遣使於陝西、河東、京東西路刺弓手爲宣毅、保捷指揮。公連上疏，爭之甚力，不從。宣毅十四萬人，保捷九萬人，皆市人不可用，而宣毅驕甚，所在爲寇。自是民力大困，國用一空。識者以不從公言爲恨。

時夏竦并護四路，劉平、石元孫、任福之敗，皆貶主帥，而竦獨不問。賊圍麟、府，詔竦出兵牽制。竦逗遛不出，使賊平豐州、夷靈遠而去。公極言之。詔罷竦節制。自是四路各得專達，人人自効，邊備脩完，賊至無所得。

及慶曆元年，西方用兵，蓋六年矣。上既厭兵，而賊亦困弊，不得耕牧休息，虜中匹布至十餘千，元昊欲自通，其道無由。公慨然上疏曰：「陛下猶天地父母也，豈與此犬豕豺狼較勝負乎？願因今歲郊赦，引咎示信，開其自新之路，申敕邊吏，勿絶其善意。若猶不悛，亦足以怒我而怠彼，雖天地鬼神，必將誅之。」仁宗喜曰：「是吾心也。」命公以疏付中書。吕夷簡讀之，拱手曰：「公之及此，是社稷之福也。」是歲，赦書開諭如公意。明年，元昊始請降。自元昊叛，公謀無遺策，雖不盡用，然西師解嚴，公有力焉。

修起居注，假起居舍人、知制誥使契丹。戎主雅聞公名〔一〕，與其母后族人，微行觀公於范陽門外。

及燕，親詣前酌玉巵以飲公，顧左右曰：「有臣如此，佳哉！」騎而擊毬于公前，以其所乘馬賜公。朝廷知之，自是虜使挾事至者，輒命公館之。

尋召試，知制誥，遷右正言，賜三品服。誥命簡嚴，四方誦之。

兼史館脩撰。章得象監國史，以日曆自乾興至慶曆廢不脩，以屬公。於是粲然復完。

權知開封府。府事至繁，爲尹者皆書板以記事，公獨不用，默記數百人，以次决遣，不遺毫釐。吏民大驚以爲神，不敢復欺。

拜翰林學士，領羣牧使。牧事久不治，公始整齊之。元昊遣使求通，已在境上，而契丹與元昊搆隙，使來約我，請拒絕其使。時議者欲遂納元昊，故爲答書曰：「元昊若盡如約束，則理難拒絕。」仁宗以書示公與宋祁。公上議曰：「書詞如此，是拒契丹而納元昊，得新附之小羌，失久和之强虜也。若已封册元昊，而契丹之使再至，能終不聽乎？若不聽，契丹之怨，必自是始。聽而絕之，則中國無復信義，永斷招懷之理矣。是一舉而失二虜也。宜賜元昊詔曰：『朝廷納卿誠欵，本緣契丹之請，今聞卿招誘契丹邊户，失舅甥之歡，契丹遣使爲言，卿宜審處其事，但嫌隙朝除，則封册暮行矣。』如此於西北爲兩得。」時人伏其精識。

拜諫議大夫，爲御史中丞。中外之事，知無不言，至於宫妾宦官，濫恩横賜，皆力争裁抑之。

尋知貢舉。士方以游詞嶮語爲高。公上疏，以謂文章之變，實關盛衰，不可長也。詔以公言曉諭學者。宰相賈昌朝與參知政事吴育忿争上前。公將對，昌朝使人約公，當以代育。公怒叱遣曰：「此言何爲至於我哉！」既對，極論二人邪正曲直。然育卒罷，高若訥代之。

時當郊而費用未具，中外以爲憂。宰相欲以是危公，復拜翰林學士，爲三司使。公領使未幾，以辦聞，仁宗大喜。至于今，計司先郊告辦，蓋自公始。前三司使王拱辰請榷河北鹽，既立法矣，而未下。公見上問曰：「河北再榷鹽，何也？」仁宗驚曰：「始立法，非再也。」公曰：「周世宗榷河北鹽，犯輒處死。世宗北伐，父老遮道泣訴，願以鹽課均之兩稅錢，而弛其禁，世宗許之，今兩稅鹽錢是也，豈非再榷乎？且今未榷也，而契丹常盜販不已，若榷之則鹽貴，虜鹽益售，是爲我斂怨而虜獲利乎〔二〕？虜鹽滋多，非用兵莫能禁也。邊隙一開，所獲利能補用兵之費乎？」仁宗大悟曰：「卿與宰相立罷之。」公曰：「法雖未下，民已户知之，當直以手詔罷，不可自有司出也。」仁宗大喜，命公密撰手詔下之，河朔父老，相率拜迎于澶州，爲佛老會七日，以報上恩。且刻詔書北京，至今父老過其下，必稽首流涕。

南京鴻慶宮成，奉安三聖像，當遣柄臣，特命公爲禮儀使，鄉黨榮之。

仁宗遂欲用公，而公以目疾求去甚力，乃加端明殿學士歸院，判尚書都省，兼領銀臺司審刑院太常寺事。慶曆中，衞士夜逾宮垣爲變。仁宗且語二府，以貴妃張氏有扈蹕之功，樞密使夏竦倡言宜講求所以尊異貴妃之禮，宰相陳執中不知所爲。公見執中，言：「漢馮婕妤身當猛獸，不聞有所尊異，且皇后在而尊貴妃，古無是禮。若果行之，天下謗議必大萃於公，終身不可雪也。」執中聳然，敬從公言而罷。修宗正寺玉牒，補綴失亡，爲書數百卷。

自陝右用兵，公私困乏，士大夫争言豐財省費之道，然多不得其要。公自爲諫官、御史中丞、三司使，皆爲上精言之。一日，仁宗御資政殿，召兩府、侍從賜坐，手詔問天下事。公退直禁林，是日有旨鎖院。公既草制書，又條對所問數千言，夜半與制書皆上。仁宗驚異，又手詔獨策公。明日復出數千言，大畧以謂：「太祖定天下，用兵不過十五萬，今百餘萬，而更言不足，自祥符以來，萬事墮弛，務爲姑息，漸失祖宗之舊，取士、任子、磨勘、遷補之法既壞，而任將養兵，皆非舊律，國用既窘，則政出一切，大商姦民，乘隙射利，而茶鹽香礬之法亂矣。此治亂盛衰之本，不可以不急治。」公既明習歷代損益，又周知祖宗法度，悉陳其本末贏虚所以然之狀，及當今所宜救治施行之畧。而其末乃論：「古今治亂，在上下離合之間，比年已來，朝廷頗引輕險之人，布之言路，違道干譽，利口爲賢，内則臺諫，外則監司，下至胥吏僮奴，皆可以搆危其上，自將相公卿宿貴之人，皆争屈體以收禮後輩，有不然者，則謗毁隨之，惴惴焉惟恐不免，何暇展布心體爲國立事哉！此風不革，天下無時而治也。」上益異之，書「文儒」二字以賜。月餘，御迎陽門，召兩制近侍，復賜問目曰：「朕之闕失，國之姦蠹，朝之憸諛，皆直言其狀。」獨引公近御榻，密訪之，且有大用語。公歎曰：「暴人之私，迫人於嶮而攘之，我不爲也。」終無所言。

公既剛簡自信，不䘏毁譽，故小人思有以中之。會三司判官楊儀，以請求得罪，公坐與儀厚善，遂罷職，出知滁州。不數月，上悟，還端明殿學士，知江寧府。明年，加龍圖閣學士，遷給事中，知杭州。公平生學道，虚一而静，故所至皆不言而治。既去，人必思之。

自杭丁太夫人憂，服除，以舊職還朝。判流内銓。建言畿内税重，非所以示天下。是歲郊赦，減畿内税三分，遂爲定制。

秦州叛羌斷古渭路，帥張昪發兵討賊，而副總管劉渙不受命，皆罷之。拜公侍讀學士、知秦州。公力辭不拜，曰：「渙與昪有階級，今互言而兩罷，帥不可爲也。」昪以故得不罷。

以公爲禮部侍郎，知滑州，改户部侍郎，移鎮西蜀。始，李順以甲午歲叛，蜀人記之，至是方以爲憂。而轉運使攝守事，西南夷有邛部川首領者，妄言蠻賊儂智高在南詔，欲來寇蜀。攝守妄人也，聞之大驚，移兵屯邊郡，益調額外弓手，發民築城，日夜不得休息，民大驚擾，爭遷居城中，男女昏會，不復以年，賤鬻穀帛市金銀，埋之地中。朝廷聞之，發陝西步騎戍蜀，兵仗絡繹相望於道。詔促公行，且許以便宜從事。公言：「南詔去蜀二千餘里，道險不通，其間皆雜種，不相役屬，安能舉大兵爲智高寇我哉，此必妄也，臣當以静鎮之。」道遇戍卒兵仗，輒遣還入境。下令邛部川曰：「寇來吾自當之，妄言者斬。」悉歸屯邊兵，散遣弓手，罷築城之役。會上元觀燈，城門皆通夕不閉，蜀遂大安。已而得邛部川之譯人始爲此謀者斬之，梟首境上，而配流其餘黨於湖南，西南夷大震。先是朝廷獲智高母子留不殺，欲以招智高，至是乃伏法。

復以三司使召還。奏罷蜀橫賦四十萬，減鑄鐵錢十餘萬，蜀人至今紀之。初主計京師，有三年糧，而馬粟倍之。至是馬粟僅足一歲，而糧亦減半。因建言：「今之京師，古所謂陳留，天下四通五達之郊，非如雍、洛有山河形勝足恃也，特依重兵以立國耳。兵恃食，食恃漕運，汴河控引江淮，利盡南海，天聖以前，歲發民浚之，故河行地中。有張君平者，以疏導京東積水，始輟用汴夫。其後淺妄者，爭以裁減費役爲功，河日以堙塞。今仰而望河，非祖宗之舊也。」遂畫漕運十四策。宰相富弼讀公奏上前，晝漏盡十刻，侍衛皆跛倚，仁宗太息稱善。弼曰：「此國計大本，非常奏也。」悉如所啓施行。退謂公曰：「自慶曆以來，公論食貨詳矣，朝廷每有所損益，必以公奏爲議本。凡除主計，未嘗敢先公也。」其後未朞年，而京師有五年之蓄。

遷吏部侍郎，復以目疾請郡，遷尚書左丞，知南京。未幾以工部尚書知秦州。時亮祚方驕僭，閱士馬，築堡篳築城之西，壓秦境上，屬户皆逃匿山林。公即料簡將士，聲言出塞，實按軍不動。賊既不至，言者因論公無賊而輕舉。宰相曾公亮昌言於朝，曰：「兵不出塞，何名爲輕舉，張公豈輕者哉！賊所以不至者，以有備故也。有備而賊不至，則以輕舉罪之，邊臣自是不敢爲先事之備也。」議者乃服。

初命公秦州，有旨再任[三]，當除宣徽使。議者欲以是沮撓之，公笑曰：「吾於死生禍福，未嘗擇也，宣徽使於我何有哉！」力請解，復知南京。封清河郡公。

英宗即位，遷禮部尚書，知陳州。過都，留判尚書都省，請知鄆州。陛辭論天下事，英宗歎曰：「學士其可以去朝廷哉！」公力請行，加侍讀學士，徙定州，乞歸養，改徐州。

英宗屢欲召還，而左右無助公者。一日謂執政曰：「吾在藩邸時，見其《芻蕘論》及所對策，近者代言之臣，未嘗副吾意。若使居典誥之任，亦國華也。」執政乃始奉詔拜翰林學士承旨。問治道體要，公以簡易誠明爲對，言近而指遠，不覺前席曰：「吾昔奉朝請，望侍從大臣，以謂皆天下選人，今乃不然，聞學士之言，始知有人矣。」

胡宿罷樞密副使，上欲以公代之，而執政請用郭逵。英宗以語公。公曰：「自慶曆以後，擢任二府，必參之中書，臣知事君而已。」遷刑部尚書。

英宗不豫，學士王珪當直不召，召公赴福寧殿。上憑几不言，賜公坐。出書一幅，八字，曰「來日降詔，立皇太子」。公抗聲曰：「必潁王也，嫡長而賢，請書其名。」上力疾書以付公。公既草制，尋充册立皇太子禮儀使。

神宗卽位，召見側門。公曰：「仁宗崩，厚葬過禮，公私騷然，請損之。」上曰：「奉先可損乎？」公曰：「遺制固云以先志行之，天子之孝也。」上歎曰：「是吾心也。」

公又奏百官遷秩，恩已過厚，若錫賚復用嘉祐近比，恐國力不能支，乞追用乾興例足矣。從之，省費十七八。

遷户部尚書。御史中丞王陶擊宰相，參知政事吴奎與之辨，上欲罷奎。公適對，上曰：「奎罷，當以卿代。」公力辭。上曰：「卿歷三朝，無所阿附，左右莫爲先容，可謂獨立傑出矣。先帝已欲用卿，今復何辭！」公曰：「韓琦久在告，意保全奎，奎免，必不復起。琦勳在王室，願陛下復奎位，手詔諭琦，以全始終之分。」上嗟嘆久之，繼出小紙曰：「奎位執政而擊中司，謂朕手詔爲内批，持之三日不下，不去可乎？」公復論如初。上從之，賜琦詔，如公言。久之，琦求去堅甚，夜召公議。公復申前論。上曰：「琦志不可奪也。」公遂建議宜寵以兩鎮節鉞，且虚府以示復用，從之。

面命公爲參知政事，以親疾辭。上曰：「受命以慰親意，庶有瘳也。」是夕，復詔知制誥鄭獬内東門别殿，諭以用公意，制詞皆出上旨。制出，公以親疾在告，召對，押赴中書。

御史中丞缺，曾公亮欲用王安石，公極論安石不可用。不數日，魏公捐館，上歎息不已。命近璫及内司賓存問日至，虛位以待公。尋詔起復，四上章乃免。服除，以安石不悦，拜觀文殿學士，留守西京。

入覲，請南京留臺，上欲以爲宣徽使修國史，不可，則欲以爲提舉集禧觀、判都省。所以留公者百方，公皆力辭，遂知陳州。

時方置條例司，行新法，大率欲豐財而强兵。公因陛辭，極論其害，皆深言危語。曰：「水所以載舟，亦所以覆舟，兵猶火也，不戢當自焚。若行新法不已，其極必有覆舟、自焚之憂。」上雅敬公，不甚其言，曰：「能復少留乎？」公曰：「退卽行矣。」上亦悵然。

至陳。陝西方用兵，卒叛慶州，聲摇關輔。京西漕檄捕盜官以兵會所屬州，白刃横野，民大惶駭，公收其檄不行而奏之。上謂執政曰：「守臣不當爾耶？臨事乃見人。」詔京西兵各歸其舊。吏方以苛察爲能，小不中意，輒置司推治，一州至數獄，追逮數千里，死者甚衆。公以事聞。詔立條約下諸路。時監司皆新進，趨時興利，長吏初不與聞。公曰：「吾衰矣，雅不能事人，歸歟以全吾志。」卽力請留臺而歸。

未幾，復知陳州。暇日坐西軒，聞外板築喧甚，曰：「民築嘉應侯張太尉廟。」公曰：「巢賊亂天下，趙犨以孤城力戰保此邦捍大患者也，此而不祀，張侯何爲者哉！」命夷其廟，立趙侯祠佛舍中。

未幾改南京，且命入覲。不待次，對前殿。曰：「先帝嘗言卿不立交黨，退朝掩關，終日無一客。」命坐賜茶。

尋拜宣徽北院使、檢校太尉，判應天府。公曰：「宣徽使非寄任不除，臣求鄉郡自便而得之，恐啓僥倖路。」上曰：「朕未之思。」改判青州，告免。

延和殿賜坐，問：「祖宗禦戎之策孰長？」公曰：「太祖不勤遠畧，如夏州李彝興、靈武馮暉、河西折御卿，皆因其酋豪，許以世襲，故邊圉無事。董遵誨捍環州，郭進守西山，李漢超保關南，皆十餘年，優其祿賜，寬其文法，而少遣兵。諸將財力豐而威令行，間諜精審，吏士用命，賊所入輒先知，併兵禦之，戰無不克。故以十五萬人而獲百萬之用。終太祖之世，邊鄙不聳，天下安樂。及太宗平并州，欲遂取燕、薊，自是歲有契丹之虞。曹彬、劉廷讓、傅潛等數十戰，各亡士卒十餘萬。又內徙李彝興、馮暉之族，繼遷之變，三邊皆擾，而朝廷始旰食矣。真宗之禮趙德明納款，及澶淵之克，遂與契丹盟，至今人不識兵革，可謂盛德大業。祖宗之事，大畧如此，亦可以鑒矣。近歲邊臣建開拓之議，皆行險僥倖之人，欲以天下安危試之一擲，事成則身蒙其利，不成則陛下任其患，不可聽也。」上曰：「慶曆以來，卿知之乎？元昊初臣，何以待之？」公曰：「臣時爲學士，誓詔封册，皆臣所草。」具言本末。上驚曰：「爾時已爲學士，可謂舊德矣。」時契丹遣泛使蕭禧來，上問：「虜意安在？」公曰：「虜自與中國通好，安於豢養，吏士驕惰，實不欲用兵。昔蕭英、劉六符來，仁宗命二府置酒殿廬，與語，英頗泄其情，六符色目之，英歸，竟以此得罪。今禧黠虜，願如故事，令大臣與議，無屈帝尊與虜交口。」上曰：「朕念慶曆再和之後，中國不復爲善後之備，故修戎事爲應兵耳。」公曰：「應兵者，兵禍之已成者也。消變於未成，善之善者也。」公每辭去，上輒遷延之，三易其期。遂詔公歸院供職。

蕭禧至，以河東疆事爲辭，上復以問公。公曰：「嘉祐二年虜使蕭扈嘗言之，朝廷討論之詳矣。」命館伴王洙詰之，扈不能對。録其條目，付扈以歸〔四〕。因以洙藁上之。禧當辭，偃蹇卧驛中不起，執政未知爲言。公班次二府，因朝，謂樞密使吴充曰：「禧不卽行，使主者日致饋而勿問，且使邊吏以其故檄虜中可也。」充啓用其説，禧卽日行。

除中太一宫使。進對禮秩，凡皆與執政同。公在朝，雖不任職，然多建明。上數欲廢易汴渠。公曰：「此祖宗建國之本，不可輕議。餉道一梗，兵安所仰食，則朝廷無置足之地矣。非老臣，誰敢言此。」

自王安石爲政，始罷銅禁，姦民日銷錢爲器，邊關海舶，不復譏錢之出，故中國錢日耗，而西南北三虜皆山積。公極論其害，請詰問安石，舉累朝之令典，所以保國便民者一旦削而除之，其意安在？

有星孛于軫，詔求直言。公上疏論所以致變之故，人皆爲恐慄。上皆優容之。求去愈力。上曰：「卿在朝豈有所好惡者歟，何欲去之速也？」公曰：「臣平生未嘗與人交惡，但欲歸老耳。」上知不可留，乃以爲宣徽南院使、檢校太傅、判應天府。上曰：「朕初欲卿與韓絳共事，而卿論政不同。又欲除樞密使，而卿論兵復異。卿受先帝末命，卒無以副朕意乎？」因泫然泣下，賜帶如嘗任宰相者。

高麗使過南京，長吏當送迎。公言臣班視二府，不可爲陪臣屈。詔獨遣少尹，使者見公恐慄，不敢仰視。師征安南，公以謂舉西北壯士健馬〔五〕，棄之南方，其患有不可勝言者。若社稷之福，則老師費財，無功而還。因論交阯風俗與諸夷不類，自建隆以來，吳昌文、丁部、黎桓、李公緼，四易姓矣，皆以大校篡立，有唐末五代藩鎮傾奪之風，此可以計破者也。遂條上九事。習知蠻事者，皆服其精鍊。師還，如公言。新法既鬻坊場河渡，司農又并祠廟鬻之，官既得錢，聽民爲賈區。廟中侮慢穢踐，無所不至。公言：「宋，王業所基也，而以火王，閼伯封於商丘，以主大火；微子爲宋始封。此二祠者，獨不可免於鬻乎？」上震怒，批出曰：「慢神辱國，莫甚於斯！」於是天下祠廟皆不得鬻。公自念將老，無以報上，論事益切，至於論兵起獄，尤爲反復深言，曰：「老臣且死，見先帝地下，有以藉口矣。」上爲感動。至永樂之敗，頗思其言。

公請老不已，拜東太一宮使，就第，章數十上，拜太子少師，以宣徽使致仕。官制行，罷宣徽院，獨命公領使如舊。今上即位，執政輒罷公使，以太子太保致仕。元祐六年，詔復置宣徽使，乃命公復南院，章四上，不拜，璽書嘉之。以其年十二月二日薨，享年八十五。

訃聞，輟視朝一日，特贈司空，制服苑中，官其親屬五人。太皇太后對輔臣嗟歎其忠正，公遺令不請謚，尚書右丞蘇轍爲請，詔有司議謚曰文定。

娶馬氏，太常少卿絳之女，追封永嘉郡夫人。四子：邦彥大理評事，邦直、邦傑太常寺太祝，皆先公卒；恕今爲右朝散郎、通判應天府，信厚敦敏篤學，朝廷數欲用之，以公老不忍去左右，詔聽之。三女：長適殿中丞蔡天申，次適右朝奉郎王鞏，其季已嫁而復歸。孫男四人：欽咨、欽亮、欽弼、欽憲。孫女三人，並幼。

公晚自謂樂全居士，有《樂全集》四十卷，《玉堂集》二十卷，《注仁宗樂書》一卷。神宗嘗賜親扎曰：「卿文章典雅，焕然有三代之風，書之典誥，無以加焉，西漢所不及也。」

所與交者，范仲淹、吴育、宋祁三人，皆敬憚之。曰：「不動如山，安道有焉。」晚與軾先大夫游，論古今治亂，及一時人物，皆不謀而同。軾與弟轍以是皆得出入門下。

軾嘗論次其文曰：「孔北海志大而論高，功烈不見於世，然英偉豪傑之氣，自爲一時所宗。其論盛孝章、郗鴻豫書，慨然有烈丈夫之風。諸葛孔明不以文章自名，而開物成務之姿，綜練名實之意，自見於言語，至《出師表》簡而盡，直而不肆，大哉言乎，與《伊訓》、《説命》相表裏，非秦漢已來以事君爲説者所能至也〔六〕。常恨二人之文，不見其全，公其庶幾乎？烏乎，士不以天下之重自任久矣，言語非不工也，政事文學非不敏且博也，然至於臨大事，鮮不忘其故、失其守者，其器小也。公爲布衣，則頎然已有公輔之望。自少出仕，至老而歸，未嘗以言徇物，以色假人，雖對人主，必同而後言，毁譽不動，得喪若一，真孔子所謂『大臣以道事君』者。世遠道散，雖志士仁人或少貶以求用，公獨以邁往之氣，行正大之言，曰：『用之則行，捨之則藏。』上不求合於人主，故雖貴而不用，用而不盡，下不求合於士大夫，故悦公者寡，不悦公者衆。然至言天下偉人，則必以公爲首。」世以軾爲知言。

公始爲諫官，薦劉夔、王質自代，即日擢用。及貝州軍叛，上欲遣公出征，舉明鎬自代，即以爲將，而貝州平。熙寧中，軾將往見公於陳。宰相曾公亮謂軾曰：「吾受知張公，所以至此者，公恩也。」軾以問公。公悵然久之，曰：「吾密薦公亮，人無知者，豈仁宗以語之乎？」軾以是知公雖不偶於世，而人主信之，蓋如此。

公性與道合，得佛老之妙。屬纊之日，凛然如平生，有星隕於北牖。及薨，赤氣自寢而升，里人望而驚焉。以七年八月九日庚申，葬於宋城縣永安鄉仁孝里。其子恕，以王鞏之狀來求銘。銘曰：

大道之行，士貴其身。維人求我，匪我求人。秦漢以來，士賤君肆。區區僕臣，以得爲喜。功利之趨，謗毀是逃。我觀其身，夏畦之勞。紛紜叢脞，千載一律。帝閔下俗，異人乃出。是生我公，龍章鳳姿。翔于千仞，世挽留之。浩然直前，有礙則止。放爲江河，滙爲沼沚。穆穆三聖，如天如淵。前席惟誼，見黯必冠。豈不用公，道有不契。出其緒餘，則已驚世。公之所能，我不敢知。乘雲馭風，與汗漫期。噫天何時，復生此傑。我作銘詩，以詔王國。

〔一〕「戎」原作「成」，據《七集・後集》卷十七改。

〔二〕《七集・後集》「利」作「福」。

〔三〕「任」原作「除」，今從《七集・後集》。

〔四〕「以」原缺，據《七集・後集》補。

〔五〕《七集・後集》「健」作「從」。

〔六〕「說」前原有「容」字，據《七集・後集》删。

蘇軾文集卷十五

墓誌銘

故龍圖閣學士滕公墓誌銘代張文定公作

神宗英文烈武聖孝皇帝初臨海内，厲精爲治，旁求天下，以出異人，得英偉大度之士。滕公元發始見知于英祖，而未及用，書其姓名藏于禁中，帝以是知之。既見公，姿度雄爽，問天下所以治亂。不思而對曰：「治亂之道，如黑白東西，所以變色易位者，朋黨亂之也。」帝曰：「卿知君子小人之黨乎？」公曰：「君子無黨。譬之草木，綢繆相附者必蔓草，非松栢也。朝廷無朋黨，雖中主可以濟，不然，雖上聖不治。」帝太息曰：「天下名言也。」

遂以右正言，知制誥諫院、開封府，拜御史中丞、翰林學士，且大用矣。而公性疎達不疑，在帝前論事，如家人父子，言無文飾，洞見肝鬲。帝知其誠盡，事無鉅細，人無親疎，輙以問公。或中夜降手詔，使者旁午，公隨事解答，不自嫌外。而執政方立新法，天下洶洶，恐公有言而帝信之，故相與造事謗公。帝雖不疑，然亦出公于外。以翰林侍讀學士知鄆州，移定與青，留守南都，徙齊、鄧二州，用公之意蓋未衰也。而公之妻黨有犯法至大不道者，小人因是出力擠公，必欲殺之。帝知其無罪，落職，知池州。徙蔡，未行，改安州。既罷，入朝，未對。而左右不悦者，又中以飛語。復貶筠州。士大夫爲公危慄，或以爲且有後命。公談笑自若，曰：「天知吾直，上知吾忠，吾何憂哉！」乃上書自明，帝覽之，釋然，即以爲湖州。方且復用，而帝升遐。公讀遺詔，僵仆頓絶。久之乃蘇，曰：「已矣，吾無所自盡矣。」

今上即位，徙公爲蘇、揚二州，除公龍圖閣直學士，復以爲鄆州，徙真定、河東。治邊凜然，威行西北，號稱名將。而宦官爲走馬者，誣公病不任職，詔徙許州。御史論公守邊奇偉之狀，且言其不病，詔復留河東，而公已老，蓋年七十有一矣。即力求淮南，上不得已，乃以龍圖閣學士、知揚州，未至而薨。蓋元祐五年十月二十四日也。

方平歷事三宗，逮與天聖、景祐間賢公卿游。公雖爲晚進，而開濟之資，邁往之氣，蓋有前人風度。以先帝神武英斷，知公如此，而終不大用。每進，小人輒讒之。公嘗上章自訟，有曰：「樂羊無功，謗書滿篋。即墨何罪，毁言日聞。」天下聞而悲之。嗚呼，命也夫。

公諱甫，字元發。其後避高魯王諱，以字爲名，而字達道。東陽人也。滕氏出周文公之子錯，封於滕，所謂滕叔繡者。十一代祖令琮爲唐國子司業，令琮生太常博士翼，翼生贈户部侍郎伉，伉生贈禮部侍郎蓋，蓋生户部侍郎贈右僕射珦，珦生太中大夫睦州刺史邁，邁生越州觀察推官紉〔一〕，紉生祠部郎中文規，文規生公之曾祖諱仁俊，爲温州永嘉令。祖諱鑒，不仕。皇考諱高，贈中大夫。曾祖母、祖母皆范氏，繼祖母陳氏。皇妣王氏，追封太原郡君，生公之夕，夢虎行月中而墮其室。

九歲能賦，敏捷過人。范希文，皇考舅也，見公而奇之，教以爲文。希文爲蘇州，而安定胡先生瑗居于蘇，公往從之，門人以千數，第其文，公常爲首。嘗舉進士，試于庭。宋子京奇其文，擢爲第三人，而以聲韻不中法，罷之。其後八年，復中第第三。

授大理評事，通判湖州。時孫元規守錢塘，一見公曰：「名臣也，後當爲賢將。」授以治劇守邊之要。

召試學士院，充集賢校理，判吏部南曹，除開封府推官，三司鹽鐵户部判官，同修起居注，判户部勾院。公在館閣，未嘗就第見執政，故宰相不悦，不遷者十年。既遇知神宗，爲諫官，知無不言。然御史中丞王陶論宰相不押班爲跋扈，上以問公。公曰：「宰相固有罪，然以爲跋扈，則臣爲欺天陷人矣。」

爲開封府。三獄皆滿，公視事之日，理出數百人，决遣殆盡，京師翕然稱之。

爲御史中丞。中書、密院議邊事，多不合。趙明與西人戰，中書賞功，而密院降約束；郭逵修堡，樞密院方詰之，而中書已下褒詔矣。公言：「戰守大事也，安危所寄，今中書欲戰，密院欲守，何以令天下！願敕大臣，凡戰守除帥，議同而後下。」上善之。諫官楊繪言宰相不當以其子判鼓院。上曰：「繪不習朝廷事，鼓院傳達而已，何與於事。」公曰：「人有訴宰相者，使其子傳達之可乎？且天下見宰相子在是，豈敢復訴事？」上悟，爲罷之。种諤擅築綏州，且與薛向發諸路兵，環、慶、保安皆出剽掠，西人復誘殺將官楊定。公上疏，極言亮祚已納款〔二〕，不當失信，邊隙一開，兵連民疲，必爲内憂。京師郡國地震。公三上疏指陳致災之由。大臣不悦，出公知秦州。上面謂曰：「秦州非朕意也。」留不遣。詔館伴契丹使。前此館伴非其人，使者議神塔子事，往復紛然。是歲，契丹遣蕭林牙、楊興公來聘〔三〕，朝廷憂之。公見與公，開懷與語，問其家世父祖事，委曲詳盡。與公驚且喜，不復論去歲事。將去，與公馬上泣別。林牙謂與公曰：「君與滕公善，豈將留此乎？」上聞之大喜。因公奏事殿中，歎曰：「朕欲擢卿執政。卿逾月不對，而大臣力薦用唐介矣。」公曰：「臣恨未有死所報陛下知遇，豈愛官職者。」唐淑問、孫覺言公短，上不信，悉以其言示公，所以慰勞公者甚厚。公頓首曰：「陛下無所疑，臣無所愧，足矣。」

河朔地大震，涌沙出水，壞城池廬舍，命公爲安撫使。官吏皆幄寢，居民恐懼，棄家而茇舍。公獨卧屋下，曰：「民恃吾以生，屋摧民死，吾當以身同之。」民始歸，安其室。乃命葬死者，食饑者，除田税，察惰吏，修堤防，繕甲兵，督盜賊，河朔遂安。

使還，大臣將除公并州。上復留公開封府。民有王頴者，爲鄰婦隱其金，閱數尹不能辨。頴憤悶至病。傴杖而訴於公。公呼鄰婦，一問得其情，取金還頴。頴奮身仰謝，失傴所在，投杖而出，一府大駭。

除翰林學士。夏國主秉常被篡〔四〕，公言：「繼遷死時，李氏幾不立矣，當時大臣不能分建諸豪，乃以全地王之，至今爲患。今秉常失位，諸將争權，天以此遺陛下。若再失此時，悔將無及。請擇一賢將，假以重權，使經營分裂之，可不勞而定，百年之計也。」上奇其策，然不果用。

欲以公爲三司使。力辭，已而除公瀛洲安撫使。公入，頓首曰：「臣知事陛下而已，不能事黨人，願陛下少回昔日之眷，無使臣爲黨人所快，則天下皆知事君爲得，而事黨人爲無益矣。」上爲改容。

公以皇考諱，辭高陽關，乃除鄆州。治盜有方，不獨用威猛，時有所縱捨，盜爲屏息。

移定州。許入覲，力言新法之害。曰：「臣始以意度其不可耳。今爲郡守，親見其害民者。」具道所以然之狀。至定州，以上巳宴郊外，有報契丹入寇邊民來逃者，將吏大駭，請起治兵。公笑曰：「非爾所知也。」益置酒作樂。遣人諭逃者曰：「吾在此，虜不敢動。」使各歸業。明日問之，果安。諸將以是服公。

韓忠彥使契丹，楊興公迎勞，問公所在，且曰：「滕公可謂開口見心矣。」忠彥歸奏，上喜，進公禮部侍郎，使再任。詔曰：「寬嚴有體，邊人安焉。」公因作堂，以「安邊」名之。公去國既久，而心在王室，著書五篇，一曰尊主勢，二曰本聖心，三曰校人品，四曰破朋黨，五曰贊治道，上之。其畧曰：「陛下聖神文武，自足以斡運六合，譬之青天白日，不必點綴，自然清明。」識者韙其言。天下大旱，詔求直言。公上疏曰：「新法害民者，陛下既知之矣，但下一手詔，應熙寧二年以來所行新法，有不便者悉罷，則民氣和而天意解矣。」

富彥國之守青州也，嘗置教閱馬步軍九指揮，彥國既去，軍稍缺不補。公至青，復完之，至溢額數千。其後朝廷屢發諸路兵，或喪失不還，惟青州兵至今爲盛。

其謫守池、安，皆以靜治聞，飲酒賦詩，未嘗有遷謫意。侍郎韓丕，旅殯于安五十年矣；學士鄭獬，安人也，既沒十年，貧不克葬。公皆葬之。著作佐郎木炎居喪以毀卒，公既助其葬，又爲買田賙之。敕使謝諲市物于安，因緣爲姦，民被其毒，公密疏姦狀，上爲罷黜諲。自安定先生之亡，公常割俸以賙其子，及爲湖州，祭其墓，哭之慟，東南之士歸心焉。

自揚徙鄆。歲方饑，乞淮南米二十萬石爲備。鄆有劇賊數人，公悉知其所舍，遣吏掩捕皆獲，吏民不知所出。郡學生食不給，民有争公田二十年不决者，公曰：「學無食，而以良田飽頑民乎！」乃請以爲學田，遂絶其訟。學者作《新田詩》以美之。時淮南、京東皆大饑，公獨有所乞米爲備，召城中富民與約曰：「流民且至，無以處之，則疾疫起，并及汝矣。吾得城外廢營地，欲爲席屋以待之。」民曰：「諾。」爲屋二千五百間，一夕而成。流民至，以次授地，井竈器用皆具。以兵法部勒，少者炊，壯者樵，婦女汲，老者休，民至如歸。上遣工部郎中王古按視之，廬舍道巷，引繩棊布，肅然如營陣。古大驚，圖上其事，有詔褒美。蓋活五萬人云。

徙真定。乞以便宜除盗，許之。然訖公之去，無一人死法外者。秋大熟，積饑之民，方賴以生，而有司争糴，穀貴，公奏邊廪有餘，請罷糴二年，從之。

徙知太原府。河東兵勞民貧，而土豪將吏皆利於有警，故喜作邊事，民不堪命。公始至，蕃族來賀，令曰：「謹斥候，無開邊隙，有寇而失備，與無寇而生事者，皆斬。」自軍司馬泌邊安撫以下，皆勒以軍法。西人獵境上，河外請益兵。公曰：「寇來則死之，吾不出一兵也。」河東十二將，其四以備北，其八以備西，八將更休，爲上下番。是歲八月，邊郡稱有警，請八將皆上，謂之防秋。公曰：「賊若并兵犯我，雖八將不敵也。若其不來，四將足矣。」卒遣更休。而將吏懼甚，扣閤争之。公指其頸曰：「吾已捨此矣，頸可斷，兵不可出。」卒無寇，省芻粟十五萬。河東之所患者，鹽與和糴也。公稍更其法，明著税額，而通鹽商配率糧草視物力高下，而不以占田多少爲差，民以爲便。陽曲縣舊治城西，汾决，徙城中，縣廢爲荒田。公奏還之，使縣治堤防如黄河，民復成市。諸將駐列城者，長吏或不欲〔五〕，据誣以事，有至死者。公奏立法，將有罪，徙他郡訊驗。諸將聞之，喜曰：「公保吾生，當報以死。」西夏請復故地，詔賜以四寨，而葭蘆隸河東。公曰：「取城易，棄城難。昔棄囉凡，西人襲我不備，喪金帛不貲，且爲夷狄笑。」乃命部將訾虎、蕭士元以兵護還，號令嚴整，寇不能近，無一瓦之失。將賜寨，公請先畫界而後棄，不從。西人已得地，則請凡畫界以綏德城爲法，從之。公曰：「若法綏德，以二十里爲界，則吴堡去葭蘆百二十里，爲失百里矣。兵家以進退尺寸爲强弱，今一舉而失百里，不可。」力争之。已而諜者得西人之謀曰：「吾將出勁兵於義、吴二寨之間，刼漢使不得出兵，則二寨亦棄矣。」公遂復前議，章九上，至數萬言。議者謂近世名將無及公者。

公爲文與詩，英發妙麗，每出一篇，學者争誦之。篤於行義，事父母，撫諸弟，以孝友聞。臨大事，决大議，毅然不計死生。至於己私，則小心莊栗，惟恐有過。其事上及與人交，馭將吏，待妻子奴婢，一以至誠。仕自大理評事至右光禄大夫，職至龍圖閣學士，勳至上柱國，爵至南陽郡開國侯，食邑至一千六百户，實封至八百户，贈銀青光禄大夫。有文集二十卷。娶李氏，唐御史大夫栖筠之後，晉卿之女，累封建安郡君，先公卒，贈永寧郡君。子三人，祐、祁皆承奉郎，裕尚幼。女五人，長適朝請郎知楚州何洵直，次適宣德郎祕書省正字王炳，早卒，次適宣德郎太學博士王涣之，次復適王炳，季適方平之子朝散郎南京通判恕。孫男六人。將以元祐七年八月二十二日癸酉，葬于蘇州長洲縣彭華鄉陽山之栗塢。銘曰：

天之降材，千夫一人。人之逢時，千載一君。生之既難，得之豈易。而彼讒人，曾不少置。昔在帝堯，甚畏巧言。讒説震驚，雖堯亦然。偉哉滕公，廊廟之具。帝欲用公，將起輒仆。賴帝之明，雖仆復興。小試于邊，戎狄是膺。日月逝矣，歲不我與。老成云亡，吾誰與處。若古有訓，無競維人。公之治邊，折衝精神。猛虎在山，藜藿茂遂。及其既亡，樵牧所易。公官三品，以壽考終。我銘之悲，夫豈爲公。

〔一〕「⿰糹幼」原作「綍」，今從《七集·後集》卷十八。下同。
〔二〕《宋史》卷三百三十二《滕元發傳》「亮」作「諒」。
〔三〕「楊」原作「揚」，《七集·後集》及《宋史》滕傳均作「楊」，今從。
〔四〕《七集·後集》「主」作「王」。
〔五〕《七集·後集》「欲」作「悦」。

王子立墓誌銘

子立諱適，趙郡臨城人也。始予爲徐州，子立爲州學生，知其賢而有文，喜怒不見，得喪若一，曰：「是有類子由者。」故以其子妻之。與其弟遹子敏，皆從余於吳興。學道日進，東南之士稱之。余得罪於吳興，親戚故人皆驚散，獨兩王子不去，送余出郊，曰：「死生禍福，天也，公其如天何。」返取余家，致之南都。而子立又從子由謫於高安、績溪，同其有無，賦詩絃歌，講道著書於席門茅屋之下者五年，未嘗有愠色。余與子由有六男子，皆以童子從子立遊，學文有師法，人人自重，不敢嬉宕，子立實使然。元祐四年冬，自京師將適濟南，未至，卒于奉高之傳舍，蓋十月二十五日也。享年三十五。

曾祖諱璘，贈中書令，妣田氏，楚國夫人。祖覬，工部侍郎知樞密院，贈太尉，謚忠穆，妣宋氏，仁壽郡夫人。考諱正路，比部郎中，知濮州，贈光禄大夫，妣李氏，壽安縣君。一女初晬〔一〕，有遺腹子裔。文集十五卷，其學長於禮服，子由謂其文「朱絃疏越，一唱而三歎」者也。七年十一月五日，其兄蘧子開葬于臨城龍門鄉兩口村先塋之側。銘曰：

知性以爲存，不壽非其怨也。知義以爲榮，不貴非其羨也。而未能忘於文，則猶有意於傳也。嗚呼，百世之後，其姓名與我皆隱顯也。

〔一〕「晬」原作「伏」，施、顧《注東坡先生詩》卷二十八《哭王子立次兒子迨韻三首》註文引《王子立墓銘》作「晬」，今從。案：「晬」，子生一歲也。

寶月大師塔銘

寶月大師惟簡，字宗古，姓蘇氏，眉之眉山人。於余爲無服兄。九歲，事成都中和勝相院慧悟大師。十九得度，二十九賜紫，三十六賜號。其同門友文雅大師惟慶爲成都僧，統所治萬餘人，鞭笞不用，中外肅伏。慶博學通古今，善爲詩，至於持律總衆，酬酢事物，則師密相之也。凡三十餘年，人莫知其出於師者。

師清亮敏達，綜練萬事，端身以律物，勞己以裕人，人皆高其才，服其心，凡所欲爲，趨成之。更新其精舍之在成都與郫者，凡一百七十三間，經藏一，盧舍那阿彌陀彌勒大悲像四，塼橋二十七，皆談笑而成，其堅緻可支一世。師於佛事雖若有爲，譬之農夫畦而種之，待其自成，不數數然也。故余嘗以爲修三摩鉢提者。蜀守與使者皆一時名公卿，人人與師善。然師常罕見寡言，務自却遠，蓋不可得而親疏者。喜施藥，所活不可勝數。少時，瘠黑如梵僧，既老而皙，若復少者。或曰：「是有陰德發於面，壽未可涯也。」

紹聖二年六月九日，始得微疾，即以書告於往來者，勑其子孫皆佛法大事，無一語私其身。至二十二日，集其徒問日蚤暮。及辰，曰：「吾行矣。」遂化，年八十四。是月二十六日，歸骨于城東智福院之壽塔。弟子三人，海慧大師士瑜先亡；次士隆；次紹賢，爲成都副僧統。孫十四人，悟遷、悟清、悟文、悟真、悟緣、悟深、悟微、悟開、悟通、悟誠、悟益、悟權、悟緘。曾孫三人，法舟、法榮、法原。以家法嚴，故多有聞者。師少與蜀人張隱君少愚善，吾先君宮師亦深知之，曰：「此子才用不減澄觀，若事當有立於世，爲僧亦無出其右者。」已而果然。余謫居惠州，舟實來請銘。銘曰：

大師寶月，古字簡名。出趙郡蘇，東坡之兄。自少潔齊，老而彌剛。領袖萬僧，名聞四方。壽八十四，臘六十五。瑩然摩尼，歸真于上。錦城之東，松栢森森。子孫如林，蔽芾其陰。

陸道士墓誌銘

道士陸惟忠，字子厚，眉山人。家世爲黄冠師。子厚獨狷潔精苦，不容於其徒，去之遠游。始見余黄州，出所作詩，論内外丹指略，蓋自以爲决不死者。然余嘗告之曰：「子神清而骨寒，其清可以仙，其寒亦足以死。」其後十五年，復來見余惠州，則得瘦疾，骨見衣表，然詩益工，論内外丹益精。曰：「吾真坐寒而死矣。每從事於養生，輒有以敗之，類物有害吾生者。」余曰：「然。子若死，必復爲道士，以究此志。」余時適得美石如黑玉，曰：「當以是志子墓。」子厚笑曰：「幸甚。」久之，子厚去余之河源開元觀，客於縣令馮祖仁，而余亦謫海南。是歲五月十九日，竟以疾卒，年五十。祖仁葬之觀後，蓋紹聖四年也。銘曰：

嗚呼多藝此黄冠，詩棋醫卜内外丹。無求於世宜堅完，龜饑鶴瘦終難安。哀哉六巧坐一寒，祝子復來少宏寬，毋復清詩助痟酸。龍虎尤成無或奸〔一〕，往駕赤螭驂青鸞。

〔一〕商務印書館《萬有文庫》本《蘇東坡集》第九册「尤」作「九」，未知所本；《七集·後集》卷十八類「尤」字。「尤」難通。未敢遽改，志疑於此。

李太師墓誌

李氏之先，世有德人。使皆好學，忠信而文。則其成材，五季得之。崎嶇兵間，亦何所爲。世養于蒙，以待承平。允文太師，發跡于經。人知誦之。公蹈用之。其言皆經，其行中之。仁致麟鳳，自不覆巢。使公逢時，鳳鳴其郊。公爲獄官，遇囚如子。視囚出入，如己生死。以德報怨，世有或然。任其不叛，仁人所難。是心惟微，實聞于帝。無疆之休，以來本世。篤生三子，其幼益隆。如誼、仲舒，烏陽是逢。始葬于魏，物不稱德。河流墓改，襚以冕服。公之令聞，追配太丘。子孫公卿，有進無羞。安安之原，太行之麓。有或兆之，匪筮匪卜。

朱亥墓誌

崔嵬高丘，其下爲誰。惟魏烈士，朱亥是依。時惟布衣，不震不驚。晉鄙在師，孔嚴不孤。進承其頤，視如豚猳。昔其在屠，誰養其威。鼓刀市人，誰者畏之。世之勇夫，殺人如蒿。及其所難，或失其刀。惟是貧賤，無以自豪。是謂真勇。士之布衣，其亦在養。有或不養，臨事而恐。惟是屠者，其養可取。

劉夫人墓誌銘代韓持國作

夫人姓劉氏，開封人。曾大父處士諱巖，大父大理寺丞諱惟吉，考贈右金吾衞將軍諱達〔一〕。夫人年十七，歸于武功蘇才翁。翁諱舜元，參知政事諱易簡之孫，贈工部侍郎諱耆之子也。少與弟子美、聖闢皆有盛名。蘇氏既大家，而姑王夫人太尉文正公之息女也。嚴重有識，素賢其子，自爲擇婦，甚難之，久乃得夫人。夫人事其姑，能委曲順其意。嘗侍疾，不解衣累月。凡姑所欲，不求而獲，所不欲，無一至前者。既愈，謂家人曰：「微是婦，吾不起矣。」命諸女拜之而弗荅也。子美、聖闢皆早世，夫人待二姒，撫諸孤，恩禮甚厚。子美，正獻杜公婿也。杜公聞而賢之，曰：「可以爲女師。」夫人既老，二子涓、澥更守壽春。已而涓守襄陽，澥復按本道刑獄，夫人皆就養焉。及涓徙平陽，道京師，子注爲尚書郎，拜覲門外，士大夫榮之。涓侍夫人至管城，以疾不起，注逆以歸京師。夫人悼涓不已，後涓四十五日，元豐八年十月五日，以疾卒於私第，享年八十一。

夫人孝友慈儉，薄於奉身，而厚於施人，嚴於教子，而寬於御下。姻族中有悍妬者見之，輒慙而化。性不蓄財，浣衣菲食以終其身。涓自蜀還，以重錦二十兩以獻夫人。夫人喜曰：「可以適吾意之所欲與者。」命刀尺以親疏散之，一日而盡。好誦佛書，受五戒，預爲送終具甚備[二]。至疾革，怡然不亂。始封隆德縣君，後爲彭城縣太君，改仁壽縣太君。才翁既顯於世矣，而位不充其志，仕至尚書郎，贈光禄大夫。而子男七人，皆以才顯。涓，朝奉大夫知潞州。澥，朝請郎，京西提點刑獄。注，朝散郎，尚書司勳郎中。洞，右贊善大夫，將作監丞。洪、洎、汶，皆舉進士。女二人，長適進士虞大蒙，次適承議郎郭逢原。孫男十三人：之顔，無爲軍判官；之閔，早卒；之冉，汝州梁縣尉；之孟、之偃、之友、之恂、之悌、之邵、之楊、之南、之烈、之點。孫女十三人。曾孫男七人，開、憲、潔、商、若、赤、仕。曾孫女五人。澥將以元豐八年十二月二十四日，葬夫人於潤州丹徒縣五老山下才翁之塋，使求乞銘。才翁於余爲從母子，而余娶於蘇氏，故知夫人爲詳。銘曰：

孝友慈儉，行爲女師。篤於教也，輕財樂施。屬纊不亂，幾於道也。壽考康寧，子孫多賢。不虛報也，我銘孔約。無有愧辭，以信告也。

〔一〕《七集·續集》卷十二「達」作「逵」。

〔二〕《七集·續集》「備」作「悉」。

亡妻王氏墓誌銘

治平二年五月丁亥，趙郡蘇軾之妻王氏，卒于京師。六月甲午，殯于京城之西。其明年六月壬午，葬於眉之東北彭山縣安鎮鄉可龍里先君先夫人墓之西北八步。軾銘其墓曰：

君諱弗，眉之青神人，鄉貢進士方之女。生十有六年，而歸于軾。有子邁。君之未嫁，事父母，既嫁，事吾先君、先夫人，皆以謹肅聞。其始，未嘗自言其知書也。見軾讀書，則終日不去，亦不知其能通也。其後軾有所忘，君輒能記之。問其他書，則皆畧知之。由是始知其敏而靜也。從軾官于鳳翔，軾有所爲於外，君未嘗不問知其詳。曰：「子去親遠，不可以不慎。」日以先君之所以戒軾者相語也。軾與客言於外，君立屏間聽之，退必反覆其言曰：「某人也，言輒持兩端，惟子意之所嚮，子何用與是人言。」有來求與軾親厚甚者，君曰：「恐不能久。其與人銳，其去人必速。」已而果然。將死之歲，其言多可聽，類有識者。其死也，蓋年二十有七而已。始死，先君命軾曰：「婦從汝于艱難，不可忘也。他日汝必葬諸其姑之側。」未朞年而先君没，軾謹以遺令葬之。銘曰：

君得從先夫人于九原，余不能。嗚呼哀哉。余永無所依怙。君雖没，其有與爲婦何傷乎。嗚呼哀哉。

乳母任氏墓誌銘

趙郡蘇軾子瞻之乳母任氏，名採蓮，眉之眉山人。父遂，母李氏。事先夫人三十有五年，工巧勤儉，至老不衰。乳亡姊八娘與軾，養視軾之子邁、迨、過，皆有恩勞。從軾官于杭、密、徐、湖，謫于黃。元豐三年八月壬寅，卒于黃之臨皋亭，享年七十有二。十月壬午，葬于黃之東阜黃岡縣之北。銘曰：

生有以養之，不必其子也。死有以葬之，不必其里也。我祭其從與享之，其魂氣無不之也。

保母楊氏墓誌銘

先夫人之妾楊氏，名金蟬，眉山人。年三十，始隸蘇氏，頹然順善也。爲弟轍子由保母。年六十八，熙寧十年六月己丑，卒於徐州，屬纊不亂。子由官於宋，載其柩殯於開元寺。後八年，軾自黃遷汝過宋，葬之於宋東南三里廣壽院之西，實元豐八年二月壬午也。銘曰：

百世之後，陵谷易位，知其爲蘇子之保母，尚勿毀也。

朝雲墓誌銘

東坡先生侍妾曰朝雲，字子霞，姓王氏，錢塘人。敏而好義，事先生二十有三年，忠敬若一。紹聖三年七月壬辰，卒于惠州，年三十四。八月庚申，葬之豐湖之上栖禪山寺之東南。生子遯，未朞而夭。

蓋常從比丘尼義冲學佛法，亦粗識大意。且死，誦《金剛經》四句偈以絶。銘曰：

浮屠是瞻，伽藍是依。如汝宿心，惟佛之歸。

蘇軾文集卷十六

行狀

司馬温公行狀

曾祖政，贈太子太保。曾祖母薛氏，贈温國太夫人。祖炫，試秘書省校書郎，知耀州富平縣事，贈太子太傅。祖母皇甫氏，贈温國太夫人。父池，尚書吏部郎中，充天章閣待制，贈太師，追封温國公。母聶氏，贈温國太夫人。公諱光，字君實，其先河内人，晉安平獻王孚之後。王之裔孫征東大將軍陽，始葬今陝州夏縣涑水鄉，子孫因家焉。自高祖、曾祖皆以五代衰亂不仕。富平府君始舉進士，没於縣令。皆以氣節聞於鄉里。而天章公以文學行義事真宗、仁宗爲轉運使，御史，知雜事，三司副使，歷知鳳翔、河中、同、杭、虢、晉六州，以清直仁厚聞於天下，號稱一時名臣。

公自兒童，凜然如成人。七歲聞講《左氏春秋》，大愛之，退爲家人講，即了其大義。自是手不釋書，至不知饑渴寒暑。年十五，書無所不通。文辭醇深，有西漢風。天章公當任子，次及公，公推與二從兄，然後受補郊社齋郎，再奏，將作監主簿。年二十，舉進士甲科。改奉禮郎。以天章公在杭，辭所遷官，求簽書蘇州判官事以便親，許之。未上，丁太夫人憂〔一〕。未除，丁天章公憂。執喪累年，毁瘠如禮。服除，簽書武成軍判官事，改大理評事，爲國子直講，遷本寺丞。

故相龐籍名知人，始與天章公遊，見公而奇之，及是爲樞密副使〔二〕，薦公召試館閣校勘，同知太常禮院〔三〕。中官麥允言死，詔以允言有軍功，特給鹵簿。公言：「孔子不以名器假人，繁纓以朝，且猶不可，允言近習之臣，非有元勳大勞，而贈以三公之官，給以一品鹵簿，其爲繁纓，不亦大乎？」故相夏竦卒，詔賜謚文正。公言：「謚之美者，極於文正，竦何人，可以當此！」書再上，改謚文莊。遷殿中丞，除史館檢討，修日曆，改集賢校理。龐籍爲鄆州，徙并州，皆辟公通判州事。公感籍知己，爲盡力。

時趙元昊始臣，河東貧甚，官苦貴糴，而民疲於遠輸。麟州、窟野、河西多良田，皆故漢地，公私雜耕。天聖中，始禁田河西者，虜乃得稍蠶食其地，俯窺麟州，爲河東憂。籍請公按視。公爲畫五策：「宜因州中舊兵，益禁兵三千，廂兵五百，築二堡河西，可使堡外三十里虜不敢田，則州西六十里無虜矣。募民有能耕麟州閑田者，復其税役十五年，能耕窟野、河西者，長復之，耕者必衆，官雖無所得，而糴自賤，可以漸紓河東之民。」籍移麟州，如公言。而兵官郭恩勇且狂，夜開城門，引千餘人渡河，載酒食，不爲戰備，遇敵死之。議者歸罪於籍，罷節度使知青州。公守闕，三上書，乞獨坐其事，不報。籍初不以此望公，而公深以自咎。籍既没，升堂拜其妻如母，撫其子如昆弟，時人兩賢之。

改太常博士，祠部員外郎，直秘閣、判吏部南曹，遷開封府推官，賜五品服。交阯貢異獸，謂之麟。公言：「真僞不可知，使其真，非自然而至，不足爲瑞，若僞，爲遠夷笑，願厚賜其使而還其獸。」因奏賦以諷。

遷度支員外郎，判句院。擢修起居注，五辭而後受。判禮部。有司奏六月朔，日當食。公言：「故事，食不滿分，或京師不見皆賀，臣以爲日食四方見京師不見，天意人君爲陰邪所蔽，天下皆知，而朝廷獨不知，其爲災當益甚，皆不當賀。」詔從之。後遂以爲常。

遷起居舍人，同知諫院。蘇轍舉直言策，入第四等，而考官以爲不當收。公言：「轍於同科四人中，言最切直，有愛君憂國之心，不可不收。」時宰相亦以爲當黜，仁宗不許。曰：「求直言，以直棄之，天下其謂朕何！」公遂與諫官王陶同上疏：「願爲宗廟社稷自重，却罷燕飲，安養神氣，後宮嬪御，進見有度，左右小臣，賜予有節，厚味腊毒，無益奉養者，皆不宜數御。」上嘉納之。

初，至和三年，仁宗始不豫，國嗣未立，天下寒心而不敢言，惟諫官范鎮首發其議，公時爲并州通判，聞而繼之。上疏言：「《禮》：大宗無子，則小宗爲之後。爲之後者〔四〕，爲之子也。願陛下擇宗室賢者，使攝儲貳，以待皇嗣之生，退居藩服。不然，則典宿衛、尹京邑，亦足以係天下之望。」疏三上，其一留中，其二付中書。公又與鎮書：「此大事，不言則已，言一出，豈可復反，願公以死争之。」於是鎮言之益力。及公爲諫官，復上疏，且面言：「臣昔爲并州通判，所上三章，願陛下果斷而力行之。」時仁宗簡默不言，雖執政奏事，首肯而已。聞公言，沈思久之，曰：「得非欲選宗室爲繼嗣者乎？此忠臣之言，但人不敢及耳。」公曰：「臣言此，自謂必死，不意陛下開納。」上曰：「此何害，古今皆有之。」因令公以所言付中書。公曰：「不可，願陛下自以意喻宰相。」

是日，公復言江淮鹽事，詣中書白之。宰相韓琦問公，今日復何所言。公默計此大事，不可不使琦知，思所以廣上意者。即曰：「所言宗廟社稷大計也。」琦喻意，不復言。後十餘日，有旨令公與御史裏行陳洙同詳定行户利害。洙與公屏語曰：「日者大饗明堂，韓公攝太尉，洙爲監祭。公從容謂洙，聞君與司馬君實善〔五〕，君實近建言立嗣事，恨不以所言送中書，欲發此議，無自發之，行户利害，非所以煩公也，欲洙見公達此意耳。」時嘉祐六年閏八月也。

至九月，公復上疏面言：「臣向者進説，陛下欣然無難，意謂即行矣，今寂無所聞，此必有小人言陛下春秋鼎盛，子孫當千億，何遽爲此不祥之事，小人無遠慮，特欲倉猝之際，援立其所厚善者耳。唐自文宗以後，立嗣皆出於左右之意，至有稱定策國老、門生天子者，此禍豈可勝言哉！」上大感悟，曰：「送中書。」公至中書，見琦等曰：「諸公不及今定議，異日夜半禁中出寸紙以某人爲嗣，則天下莫敢違。」琦等皆唯唯，曰：「敢不盡力。」後月餘，詔英宗判宗正寺，固辭不就職。明年遂立爲皇太子〔六〕。稱疾不入。公復上疏言：「凡人爭絲毫之利，至相爭奪，今皇子辭不貲之富，至三百餘日不受命，其賢於人遠矣。有識聞之，足以知陛下之聖，能爲天下得人。然臣聞父召無諾，君命召不俟駕而行〔七〕，使者受命不受辭，皇子不當辭避，使者不當徒反。凡召皇子，内臣皆乞責降，且以臣子大義責皇子〔八〕，宜必入。」英宗遂受命。

兖國公主下嫁李瑋，以驕恣聞。公上疏言：「太宗時，姚坦爲兖王翊善，有過必諫，左右教王詐疾，踰月，太宗召王乳母，入問起居狀。母曰：『王無疾，以姚坦故，鬱鬱成疾耳。』太宗怒曰：『王年少，不知爲此，汝輩教之。』杖乳母數十，召坦慰勉之。齊國獻穆大長公主，太宗之子，真宗之妹，陛下之姑，而謙恭率禮，天下稱其賢。顧陛下教子以太宗爲法，公主事夫以獻穆爲法。」已而公主不安於李氏，詔瑋出知衛州，公主入居禁中，而瑋母楊歸其兄璋，散遣其家人。公言：「陛下追念章懿皇后〔九〕，故使瑋尚主，今乃母子離析，家事流落，陛下獨無雨露之感，悽惻之心乎？瑋既責降，公主亦不得無罪。」上感悟，詔公主降封沂國，待李氏恩禮不衰。

判檢院，權判國子監，除知制誥。力辭至八九，改授天章閣待制，兼侍講，賜三品服，仍知諫院。上疏言：「經畧安撫使以便宜從事，出於兵興權制，非永世法。及將相大臣典州者，多以貴倨自恃，凌忽轉運使，使不得舉職。朝廷務省事，專行姑息之政。至於胥吏讙譁而逐御史中丞〔一〇〕，輦官悖慢而退宰相，衛士凶逆而獄不窮姦澤加於舊，軍人詈三司使而法官以爲非犯堦級，於用法有疑〔一一〕。其餘，一夫流言於道路〔一二〕，而爲之變法推恩者多矣，皆陵遲之漸，不可以不正。」

充媛董氏薨，追贈婉儀，又贈淑妃，輟朝成服，百官奉慰定謚行册禮，葬給鹵簿。公言：「董氏秩本微，病革之日，方拜充媛。古者婦人無謚，近制惟皇后有之，鹵簿本以賞軍功，未嘗施於婦人，惟唐平陽公主有舉兵佐高祖定天下之功，乃得給，至韋庶人始令妃主葬日，皆給鼓吹，非令典，不足法。」時有司新定後宮封贈法，皇后與妃皆贈三代。公言：「別嫌明微，妃不當與后同。袁盎引却慎夫人坐，正爲此耳。天聖親郊，太妃止贈二代，而況妃乎！」

知嘉祐八年貢舉。仁宗崩，英宗以哀毁致疾，慈聖光獻太后同聽政。公首上疏言：「章獻明肅太后，保佑先帝進賢退姦，有大功於趙氏，特以親用外戚小人，故負謗天下。今太后初攝大政，大臣忠厚如王曾，清純如張知白，剛正如魯宗道，質直如薛奎者，當信用之。鄙猥如馬季良、讒諂如羅崇勳者，當疎遠之，則天下服。」又上疏英宗，言：「漢宣帝爲昭帝後，終不追尊衛太子、史皇孫，光武起布衣，得天下，自以爲元帝後〔一三〕，亦不追尊鉅鹿都尉、南頓君，惟哀、安、桓、靈，皆自旁親入繼大統，追尊其父祖〔一四〕，天下非之，願以爲戒。」

時公所得仁宗遺賜珠、金，直百餘萬，率同列三上章，言：「國有大憂，中外窘乏，不可專用乾興故事，若遺賜不可辭，則宜許侍從以上進金錢，佐山陵費。」不許。公乃以所得珠爲諫院公使錢〔一五〕，金以遺其舅氏〔一六〕，義不藏於家。

英宗疾既平，皇太后還政。公上疏言：「治身莫先於孝，治國莫先於公。」其言切至，皆母子間人所難言者。時有司立法，皇太后有所取用，有司奏覆，得御寶乃供。公極論以爲不可，當直下合同司移所屬立供，如上所取，已乃具數奏太后，以防矯僞。

曹佾除使相，兩府皆遷。公言：「佾無功而得使相，陛下以慰母心耳。今兩府皆遷，無名，若以還政爲功，則宿衛將帥，内侍小臣，必有覬望。」已而都知任守忠等皆遷。公復争之，因論：「守忠大姦，陛下爲皇子，非守忠意，沮壞大策，離間百端，賴先帝不聽。及陛下嗣位，反覆革面，交搆兩宫，國之大賊，人之巨蠹，乞斬於都市以謝天下。」詔以守忠爲節度副使，蘄州安置，天下快之。

時有詔陝西刺民兵號義勇，公上疏極論其害，云：「康定、慶曆間籍陝西民爲鄉弓手，已而刺爲保捷指揮，民被其毒，兵終不可用，遇敵先北，正兵隨之，每致崩潰。縣官知其坐食無用，汰遣歸農，而惰游之人，不能復反南畝，彊者爲盜，弱者轉死，父老至今流涕也。今義勇何以異此！」章六上，不從。乞罷諫官，不許。

王廣淵除直集賢院〔一七〕。公言：「廣淵姦邪不可近，昔漢景帝爲太子，召上左右飲，衛綰獨稱疾不行，及即位，待綰有加。周世宗鎮澶淵，張美爲三司吏，掌州之錢穀，世宗私有求假，美悉力應之，及即位，薄其爲人，不用。今廣淵當仁宗之世，私自結於陛下，豈忠臣哉！願黜之以厲天下。」

執政建言濮安懿王德盛位隆，宜有尊禮，詔太常禮院與兩制議。翰林學士王珪等相顧不敢先，公獨奮筆立議曰：「爲之後者爲之子，不敢復顧其私親，今日所以崇奉濮安懿王，典禮宜一準先朝封贈期親尊屬故事，高官大爵，極其尊榮。」議成，珪卽敕吏，以公手藁爲案，至今存焉。

時中外訩訩，御史呂誨、傅堯俞、范純仁、呂大防、趙鼎、趙瞻等皆爭之，相繼降黜。公上疏乞留之，不可。則乞與之皆貶。初，西戎遣使致祭，而延州指使高宜押伴，傲其使者，侮其國主。使者訴於朝〔一八〕，公與呂誨乞加宜罪，不從。明年西戎犯邊，殺畧吏士，趙滋爲雄州，專以猛悍治邊，公亦論其不可。至是契丹之民，有捕魚界河，伐柳白溝之南者。朝廷以知雄州李中祐爲不材，選將代之。公言：「國家當戎狄附順時，好與之計較末節〔一九〕，及其桀驁〔二〇〕，又從而姑息之。近者西戎之禍，生於高宜，北狄之隙，起於趙滋。朝廷方賢此二人，故邊臣皆以生事爲能。今若選將代中祐，則來者必以滋爲法，而以中祐爲戒，漸不可長，宜敕邊吏，疆埸細故〔二一〕，徐以文檄往反，若輕以矢刃相加者，坐之。」

京師大水，公上疏論三事，皆盡言無所隱諱。除龍圖閣直學士，判流內銓，改右諫議大夫，知治平四年貢舉。

神宗卽位，首擢公爲翰林學士，公力辭，不許。上面諭公：「古之君子，或學而不文，或文而不學，惟董仲舒、揚雄兼之，卿有文學，何辭爲〔二〕？」公曰：「臣不能爲四六。」上曰：「如兩漢制詔可也。」公曰：「本朝故事不可。」上曰：「卿能擧進士，取高等，而云不能四六，何也？」公趨出，上遣内臣至閤門〔三〕，强公受告，拜而不受。趣公入謝，曰：「上坐以待公。」公入，至廷中。以告置公懷中，不得已乃受。

遂爲御史中丞。初，中丞王陶論宰相不押常朝班爲不臣，宰相不從，陶争之力，遂罷。公旣繼之，言：「宰相不押班，細故也，陶言之過。然愛禮存羊，則不可已。自頃宰相權重，今陶復以言宰相罷，則中丞不可復爲，臣願候宰相押班，然後就職。」上曰：「可。」陶旣出知陳州，謝章詆宰相不已。執政議再貶陶，公言：「陶誠可罪，然陛下欲廣言路，屈己受陶，而宰相獨不能容乎？」乃已。

公上疏論修心之要三，曰仁、曰明、曰武。治國之要三，曰官人、曰信賞、曰必罰。其説甚備。且曰：「臣昔爲諫官，卽以此六言獻仁宗，其後以獻英宗，今以獻陛下，平生力學所得，盡在是矣。」公在英宗時，與吕誨同論祖宗之制：「句當御藥院常用供奉官以下，至内殿崇班，則出。近歲居此位者，皆暗理官資，食其廩給，非祖宗本意〔四〕。又故事，年未五十，不得爲内侍省押班，今除張茂則，止四十八，不可。」至是，又言之。因論高居簡姦邪，乞加遠竄。章五上，上爲盡罷寄資内臣，居簡亦補外。

未幾，復留陳承禮、劉有方二人，公復争之。又言：「近者王中正往陝西，知涇州，劉涣等諂事中正，而鄜延鈐轄吴舜臣，違失其意。已而涣等進擢，舜臣降黜，權歸中正，謗歸陛下。是去一居簡得一居簡。」上手詔問公所從知。公曰：「臣得之賓客，非一人言，事之有無，惟陛下知之。若無，臣不敢避妄言之罪。萬一有之，不可不察。」

詔用宮邸直省官郭昭選等四人爲閤門祗候。公言：「國初草創，天步尚艱，故卽位之始，必以左右舊人爲腹心耳目，謂之隨龍，非平日法也。閤門祗候在文臣爲館職，豈可使厮役爲之。」

英宗山陵，公爲儀仗使，賜金五十兩，銀合三百兩。三上章辭，從之。

邊吏上言：「西戎部將嵬名山〔三五〕，欲以橫山之衆，取諒祚以降。」詔邊臣招納其衆。公上疏極論，以爲：「名山之衆，未必能制諒祚，幸而勝之，滅一諒祚生一諒祚，何利之有。若其不勝，必引衆歸我，不知何以待之。臣恐朝廷不獨失信於諒祚，又將失信於名山矣。若名山餘衆尚多，還北不可，入南不受，窮無所歸，必將突據邊城以救其命，陛下獨不見侯景之事乎？」上不聽，遣將种諤發兵迎之，取綏州，費六十萬萬。西方用兵，蓋自是始矣。

兼翰林侍讀學士。登州有不成婚婦，謀殺其夫傷而不死者。吏疑問卽承，知州事許遵讞之。有司當婦絞而詔貸之。遵上議，準律，因犯殺傷而自首者，得免所因之罪，婦當減三等〔三六〕，不當絞。詔公與王安石議之，安石是遵議。公言：「謀殺猶故殺也，皆一事，不可分爲二〔三七〕。若謀爲所因與殺爲二，則故與殺亦可爲二耶？」自宰相文彥博以下，皆附公議，然卒用安石言，至今天下非之。

權知審官院。百官上尊號，公當答詔。上疏言：「先帝親郊不受尊號，天下莫不稱頌，末年有建言者，國家與契丹有往來書信，彼有尊號而我獨無，以爲深耻。於是羣臣復以非時上尊號。昔漢文帝時，單于自稱『天地所生日月所置匈奴大單于』，不聞文帝復爲大名以加之也。願陛下追用先帝本意，不受此名。」上大悅，手詔答公：「非卿朕不聞此言，善爲答詞，使中外曉然，知朕至誠，非欺衆邀名者。」遂終身不復受尊號。

執政以河朔災傷，國用不足，乞今歲親郊，兩府不賜金帛，送學士院取旨。公言：「兩府所賜，以匹兩計止二萬，未足以救災，宜自文臣兩省武臣宗室刺史以上皆減半。」公與學士王珪、王安石同對。公言：「救災節用，宜自貴近始，可聽兩府辭賜。」安石曰：「常袞辭賜饌，時議以爲袞自知不能〔二八〕，當辭位不當辭祿，且國用不足，非當今之急務也。」公曰：「袞辭祿猶賢於持祿固位者，國用不足，真急務。安石言非是。」安石曰：「不足者，以未得善理財者故也。」公曰：「善理財者，不過頭會箕斂以盡民財，民窮爲盜，非國之福。」安石曰：「不然，善理財者，不加賦而上用足。」公曰：「天下安有此理，天地所生財貨百物，止有此數，不在民則在官。譬如雨澤，夏澇則秋旱。不加賦而上用足，不過設法陰奪民利，其害甚於加賦。此乃桑洪羊欺漢武帝之言〔二九〕，太史公書之，以見武帝不明耳。至其末年，盜賊蠭起，幾至於亂。若武帝不悔禍，昭帝不變法，則漢幾亡。」争議不已。王珪進曰：「救災節用，宜自貴近始，司馬光言是也。然所費無幾，恐傷國體，王安石言亦是。惟明主裁擇。」上曰：「朕意與光同。然姑以不允答之。」會安石當制，遂引常袞事責兩府，兩府亦不復辭。

兼史館修撰。上問公可爲諫官者，公薦呂誨，誨以天章閣待制知諫院。詔公與張茂則同相視二股河及土堤利害〔三〇〕。公用都水監丞宋昌言策，乞於二股之西置土堤〔三一〕，約水東流，若東流日深，北流自淺，薪芻漸備，乃塞其北，放出御河、胡盧河下流〔三二〕，以紓恩、冀、深、瀛以西之患。時議者多不同，公於上前，反覆論難，甚苦，卒從之。後皆如公言，賜詔獎諭。

王安石始爲政，創立制置三司條例司，建爲青苗、助役、水利、均輸之政，置提舉官四十餘員，行其法於天下，謂之新法。公上疏，逆陳其利害，曰〔三三〕：「後當如是。」行之十餘年，無一不如公言者。天下傳誦，以公爲真宰相〔三四〕，雖田父野老，皆號公司馬相公，而婦人孺子，知其爲君實也。

邇英進讀，至蕭何、曹參事。公曰：「參不變何法，得守成之道。故孝惠、高后時，天下晏然，衣食滋殖。」上曰：「漢守蕭何之法〔三五〕，不變可乎？」公曰：「何獨漢也，使三代之君，常守禹、湯、文、武之法，雖至今存可也。武王克商，曰：『乃反商政，政由舊。』然則雖周亦用商政也。《書》曰：『無作聰明，亂舊章。』漢武帝用張湯言，取高帝法紛更之，盜賊半天下。元帝改宣帝之政，而漢始衰。由此言之，祖宗之法，不可變也。」後數日，呂惠卿進講。因言：「先王之法，有一年而變者，『正月始和布法象魏』是也。有五年一變者，巡狩考制度是也。有三十年一變者，『刑法世輕世重』是也。有百年不變者，父慈子孝兄友弟恭是也。前日光言非是，其意以諷朝廷，且譏臣爲條例司官耳。」上問公：「惠卿言何如？」公曰：「布法象魏。布，舊法也，何名爲變。若四孟月朔屬民讀法，爲時變月變耶？諸侯有變禮易樂者，王巡狩則誅之，王不自變也。刑新國用輕典，亂國用重典，平國用中典，是爲世輕世重，非變也。且治天下，譬如居室，敝則修之，非大壞不更造也。大壞而更造，非得良匠美材不成。今二者皆無有，臣恐風雨之不庇也。公卿侍從皆在此，願陛下問之。三司使掌天下財，不才而黜可也，不可使兩府侵其事，今爲制置三司條例司，何也？　宰相以道佐人主，安用例？　苟用例而已〔三六〕，則胥吏足矣〔三七〕。今爲看詳中書條例司，何也？」惠卿不能對。則詆公曰：「光爲侍從何不言，言而不從何不去？」公作而答曰：「是臣之罪也。」上曰：「相與論是非耳，何至是！」講畢，賜坐户外。將出，上命徙坐户内，左右皆避去。上曰：「朝廷每更一事，舉朝諠諠，何也？」王珪曰：「臣疎賤在闕門之外，朝廷之事不能盡知，借使聞之道路，又不知其虚實也。」上曰：「聞則言之。」公曰：「青苗出息，平民爲之，尚能以蠶食下户，至饑寒流離，況縣官法度之威乎〔三八〕？」惠卿曰：「青苗法，願取則與之，不願不强也。」公曰：「愚民知取債之利，不知還債之害，非獨縣官不强，富民亦不强也。臣聞作法於涼，其弊猶貪，作法於貪，弊將若之何！　昔太宗平河東，立和糴法，時米斗十餘錢，草束八錢，民樂與官爲市。其後物貴而和糴不解，遂爲河東世世患，臣恐異日之青苗，猶河東之和糴也。」上曰：「陝西行之久矣，民不以爲病。」公曰：「臣陝西人也，見其病不見其利，朝廷初不許也。而有司尚能以病民，況立法許之乎？」上曰：「坐倉糴米何如？」坐者皆起曰：「不便。上已罷之，幸甚。」上曰：「未罷也。」公曰：「京師有七年之儲，而錢常乏，若坐倉錢益乏，米益陳，柰何？」惠卿曰：「坐倉得米百萬斛，則省東南百萬之漕，以其錢供京師，何患無錢？」公曰：「東南錢荒而米狼戾，今不糴米而漕錢，棄其有餘，取其所無，農末皆病矣。」侍講吴申起曰：「光言至論也。」公曰：「此皆細事，不足煩人主，但當擇人而任之。有功則賞，有罪則罰，此則陛下職也。」上曰：「然。文王罔攸兼於庶言，庶獄庶慎，惟有司之牧夫。」公趨出。上曰：「卿得無以惠卿之言不樂乎？」公曰：「不敢。」韓琦上疏論青苗之害，上感悟，欲罷其法。安石稱疾求去。

會拜公樞密副使，公上章力辭，至六七。曰：「上誠能罷制置條例司，追還提舉官，不行青苗、助役等法，雖不用臣，臣受賜多矣。不然，終不敢受命。」上遣人謂公：「樞密，兵事也，官各有職，不當以他事爲詞〔三九〕。」公言：「臣未受命，則猶侍從也，於事無不可言者。」安石起視事，青苗法卒不罷，公亦卒不受命。

則以書喻安石，三往反，開喻苦至，猶幸安石之聽而改也。且曰：「巧言令色鮮矣仁，彼忠信之士，於公當路時，雖齟齬可憎，後必徐得其力，諂諛之人，於今誠有順適之快，一旦失勢，必有賣公以自售者。」意謂呂惠卿。對賓客，輒指言之曰：「覆王氏者，必惠卿也。小人本以利合，勢傾利移，何所不至。」其後六年，而惠卿叛安石，上書告其罪，苟可以覆王氏者，靡不爲也。由是天下服公先知。公求補外，上猶欲用公，公不可。以端明殿學士出知永興軍。朝辭進對，猶乞免本路青苗、助役。

宣撫使下令，分義勇四番，欲以更戍邊，選諸軍驍勇，募閭里惡少爲奇兵，調民爲乾糧麨飯〔四〇〕，雖內郡不被邊，皆修城池樓櫓如邊郡；且遣兵就糧長安、河中、邠，三輔騷然。公上疏，極言：「方凶歲，公私困弊，不可舉事，而永興一路城池樓櫓皆不急，乾糧麨飯昔嘗造〔四一〕，後無用腐棄之，宣撫司令，臣皆未敢從。若乏，軍興，臣坐之。」於是一路獨得免。

頃之，詔移知許州，不赴，遂乞判西京留司御史臺以歸。自是絕口不論事。以祀明堂恩，加上柱國。

至熙寧七年，上以天下旱、蝗，詔求直言。公讀詔泣下，欲默不忍，乃復陳六事。一青苗，二免役，三市易，四邊事，五保甲，六水利，此尤病民者，宜先罷。又以書責宰相吳充：「天子仁聖如此，而公不言，何也？」

元豐五年，公忽得語澁疾，自疑當中風，乃豫作遺表，大畧如六事加詳盡，感慨親書，緘封置卧内，且死，當以授所善范純仁、范祖禹使上之。

凡居洛十五年，再任留司御史臺，四任提舉崇福宮。官制行，改太中大夫加資政殿學士。神宗崩，公赴闕臨，衛士見公入，皆以手加額，曰：「此司馬相公也。」民遮道呼曰：「公無歸洛，留相天子，活百姓。」所在數千人聚觀之。公懼，會放辭謝，遂徑歸洛。

太皇太后聞之，詰問主者，遣使勞公，問所當先者。公言：「近歲士大夫以言爲諱，閭閻愁苦於下，而上不知，明主憂勤於上，而下無所訴，此罪在羣臣，而愚民無知，歸怨先帝，宜下詔首開言路。」從之。下詔牓朝堂，而當時有不欲者，於詔語中設六事以禁切言者曰：「若陰有所懷，犯非其分，或扇摇機事之重，或迎合已行之令，上以觀望朝廷之意以僥倖希進，下以眩惑流俗之情以干取虚譽，若此者，必罰無赦。」太皇太后封詔草以問公。公曰：「此非求諫，乃拒諫也。人臣惟不言，言則入六事矣。」時太府少卿宋彭年、水部員外郎王諤皆應詔言事，有欲借此二人以懲天下言者皆以非職而言，贖銅三十斤。公具論其情，且請改賜詔書，行之天下。從之。於是四方吏民，言新法不便者數千人。

公方草具所當行者，而太皇太后已有旨，散遣修京城役夫，罷減皇城内覘者，止御前工作，出近侍之無狀者三十餘人，戒敕中外無敢苛刻暴斂，廢導洛司物貨場，及民所養户馬寬保馬限，皆從中出，大臣不與。公上疏謝：「當今急務，陛下略已行之矣，小臣稽慢，罪當萬死。」詔除公知陳州，且過闕入見，使者勞問，相望於道。至則拜門下侍郎，公力辭，不許。數賜手詔：「先帝新棄天下，天子冲幼，此何時，而君辭位耶？」公不敢復辭，以覃恩遷通議大夫。

初，神宗皇帝以英偉絶人之資，勵精求治，凜凜乎漢宣帝、唐太宗之上矣。而宰相王安石用心過當，急於功利，小人得乘間而入，呂惠卿之流以此得志，後者慕之，争先相高，而天下病矣。先帝明聖，獨覺其非，出安石金陵，天下欣然，意法必變，雖安石亦自悔恨。其去而復用也，欲稍自改，而惠卿之流，恐法變身危，持之不肯改。然先帝終疑之，遂退安石，八年不復召，而惠卿亦再逐不用。元豐之末，天下多故，及二聖嗣位，民日夜引領以觀新政，而進説者以爲三年無改於父之道，欲稍損其甚者，毛舉數事以塞人言。公慨然争之曰：「先帝之法，其善者，雖百世不可變也。若安石、惠卿等所建，爲天下害非先帝本意者，改之，當如救焚拯溺，猶恐不及。昔漢文帝除肉刑，斬右趾者棄市，笞五百者多死。景帝元年即改之。武帝作鹽鐵、榷酤、均輸等法。昭帝罷之。唐代宗縱宦官，公求賂遺，置客省拘滯四方之人。德宗立未三月，罷之。德宗晚年爲宫市，五坊小兒暴横，鹽鐵使月進羨餘。順宗即位，罷之。當時悦服，後世稱頌，未有或非之者也，況太皇太后以母改子，非子改父。」衆議乃定。

公以爲：「治亂之機，在於用人，邪正一分，則消長之勢自定。每論事，必以人物爲先，凡所進退，皆天下所謂當然者，然後朝廷清明，人主始得聞天下利害之實。」遂罷保甲團教，依義勇法，歲一閱。保馬不復買，見在者還監牧給諸軍。廢市易法，所儲物皆鬻之，不取息，而民所欠錢皆除其息。京東鑄鐵錢，河北、江西、福建、湖南鹽及福建茶法，皆復其舊。獨川、陝茶，以邊用，未卽罷，遣使相視，去其甚者。户部左右曹錢穀，皆領之尚書。凡昔之三司使事，有散隸五曹及寺監者，皆歸户部，使尚書周知其數，量入以爲出。於是天下釋然，曰：「此先帝本意也，非吾君之子，不能行吾君之意。」時獨免役、青苗、將官之法猶在，而西戎之議未決也。

山陵畢，遷公正議大夫。公自以不與顧命，不敢當，詔不許。

元祐元年正月，公始得疾。詔公與尚書左丞呂公著朝會，與執政異班再拜而已，免舞蹈〔四二〕。公疾益甚，歎曰：「四患未除，吾死不瞑目矣。」乃力疾上疏論免役五害，乞直降敕罷之，率用熙寧以前法。有未便，州縣監司節級以聞，爲一路一州一縣法。詔卽日行之。又論西戎大畧，以和戎爲便，用兵爲非。時異議者甚衆，公持之益堅。其後太師文彦博議與公合，衆不能奪。又論將官之害，詔諸將兵皆隸州縣，軍政委守令通决之。又乞廢提舉常平司，以其事歸之轉運使及提點刑獄。公謂監司多新進少年，務爲刻急，天下病之，乞自太中大夫待制以上，於郡守中舉轉運使、提點刑獄，於通判中舉轉運判官。又以文學、德行、吏事、武畧等爲十科，以求天下遺才，命文臣升朝以上，歲舉經明行修一人，以爲進士高選。皆從之。

拜左僕射。疾稍間，將起視事，詔免朝覲，許以肩輿，三日一入都堂或門下尚書省。公不敢當，曰：「不見君，不可以視事。」詔公肩輿至内東門，子康扶入對小殿，且曰毋拜。公惶恐入對延和殿，再拜。遂罷青苗錢，專行常平糶糴法，以歲上中下熟爲三等，穀賤及下等則增價糴，貴及上等則減價糶，惟中等則否，及下等而不糴，及上等而不糶皆坐之。時二聖恭儉慈孝，視民如傷，虚己以聽公。公知無不爲，以身任天下之責。

數月復病，以九月丙辰朔，薨於西府，享年六十八。太皇太后聞之慟，上亦感涕不已。時方躬祀明堂，禮成不賀，二聖皆臨其喪，哭之哀甚，輟視朝三日〔四三〕。贈太師、温國公，襚以一品禮服，賻銀三千兩，絹四千匹，賜龍腦水銀以斂。命户部侍郎趙瞻入内，内侍省押班馮宗道護其喪，歸葬夏縣，官其親族十人。

公忠信孝友，恭儉正直，出於天性。自少及老，語未嘗妄，其好學如饑渴之嗜飲食，於財利紛華，如惡惡臭，誠心自然，天下信之。退居於洛，往來陜郊，陜洛間皆化其德，師其學，法其儉，有不善，曰：「君實得無知之乎！」博學無所不通，音樂、律曆、天文、書數，皆極其妙。晚節尤好禮，爲冠婚喪祭法，適古今之宜。不喜釋、老，曰：「其微言不能出吾書，其誕吾不信。」

不事生産，買第洛中，僅庇風雨。有田三頃，喪其夫人，質田以葬。惡衣菲食，以終其身。自以遭遇聖明，言聽計從，欲以身徇天下，躬親庶務，不舍晝夜。賓客見其體羸，曰：「諸葛孔明二十罰以上皆親之，以此致疾，公不可以不戒。」公曰：「死生命也。」爲之益力。病革，諄諄不復自覺，如夢中語，然皆朝廷天下事也。既没，其家得遺奏八紙，上之，皆手札論當世要務。京師民畫其像，刻印鬻之，家置一本，飲食必祝焉。四方皆遣人購之京師，時畫工有致富者。

有《文集》八十卷，《資治通鑑》三百二十四卷〔四四〕，《考異》三十卷，《歷年圖》七卷，《通曆》八十卷，

《稽古録》二十卷，《本朝百官公卿表》六卷，《翰林詞草》三卷，《注古文孝經》一卷，《易説》三卷，《注繫辭》二卷，《注老子道德論》二卷，《集注太元經》八卷，《大學中庸義》一卷，《集注揚子》十三卷，《文中子傳》一卷，《河外諮目》三卷，《書儀》八卷，《家範》四卷，《續詩話》一卷，《遊山行記》十二卷，《醫問》七篇。

其文如金玉穀帛藥石也，必有適於用，無益之文，未嘗一語及之。初，公患歷代史繁重，學者不能綜，況於人主，遂約戰國至秦二世，如左氏體，爲《通志》八卷以進。英宗悦之，命公續其書，置局秘閣，以其素所賢者劉攽、劉恕、范祖禹爲屬官。凡十九年而成，起周威烈王訖五代，上下一千三百六十二載。其是非疑似之間，皆有辯論，一事而數説者，必考合異同而歸之一，作《考異》以志之。神宗尤重其書，以爲賢於荀悦，親爲製敍，賜名《資治通鑑》，詔邇英讀其書，賜潁邸舊書二千四百二卷。書成，拜資政殿學士，賜金帛甚厚。

娶張氏，禮部尚書存之女，封清河郡君〔四五〕，先公卒，追封温國夫人。子三人，童、唐皆早亡，康今爲秘書省校書郎。孫二人，植、桓皆承務郎〔四六〕。

公歷事四朝，皆爲人主所敬。然神宗知公最深，公思有以報之，常摘孟子之言曰：「責難於君謂之恭，陳善閉邪謂之敬〔四七〕，謂吾君不能謂之賊〔四八〕。」故雖議論違忤，而神宗識其意，待之愈厚。及拜資政殿學士，蓋有意復用公也。夫復用公者，豈徒然哉，將必行其所言。公亦識其意，故爲政之日，自信而不疑。嗚呼，若先帝可謂知人矣，其知之也深。公可謂不負所知矣，其報之也大。

軾從公遊二十年，知公平生爲詳，故録其大者爲行狀。其餘，非天下所以治亂安危者，皆不載，謹狀。

〔一〕「太」原作「大」，集甲卷三十六作「太」，《文鑑》卷一百三十七作「太」，今從。

〔二〕「使」前原無「副」字，據集甲、《文鑑》補。

〔三〕「太」原作「大」，今從集甲、《文鑑》。

〔四〕「爲之後」三字原缺，今據集甲、《文鑑》補。

〔五〕《文鑑》「聞」作「日」。案：作「日」當連上讀。

〔六〕集甲無「太」字。

〔七〕「行」原作「禮」，今從《文鑑》。

〔八〕「皇」字字形原不全，「子」原爲空格。今據集甲、《文鑑》補。

〔九〕《文鑑》「皇」作「太」。

〔一〇〕《文鑑》「吏」作「史」。

〔一一〕「有」原缺，據《文鑑》補。

〔一二〕「一」前原有「有」字，據《文鑑》刪。

〔一三〕「元帝後」原作「後元帝」，今從《文鑑》。

〔一四〕「父祖」原作「祖父」，今從集甲、《文鑑》。

〔一五〕《文鑑》「錢」作「金」。

〔一六〕《文鑑》「金」作「錢」。

〔一七〕《文鑑》「院」作「殿」。

〔一八〕《文鑑》「朝」後有「廷」字。
〔一九〕「末」原作「未」，誤。今從集甲、《文鑑》。
〔二〇〕集甲、《文鑑》「驁」作「傲」。
〔二一〕「埸」原作「場」，今從集甲。
〔二二〕《文鑑》「爲」作「焉」。
〔二三〕《文鑑》「閤」作「閣」。
〔二四〕集甲「本」作「大」。
〔二五〕《文鑑》「部」作「步」。
〔二六〕《文鑑》「三」作「二」。
〔二七〕《文鑑》無「爲二」二字。
〔二八〕「時」原作「詩」，誤。據集甲、《文鑑》改。
〔二九〕「洪」原缺，據《文鑑》補。
〔三〇〕「土」原作「生」，今從《文鑑》。
〔三一〕「土堤」原作「上約」，今從《文鑑》。
〔三二〕《文鑑》「盧」作「蘆」。
〔三三〕「曰」原作「日」，今從集甲、《文鑑》。
〔三四〕《文鑑》「公爲」作「爲公」。
〔三五〕《文鑑》「守」前有「常」字。

〔三六〕「而已」二字原缺，據集甲補。

〔三七〕《文鑑》「吏」作「史」。

〔三八〕「度」原作「令」，今從集甲、《文鑑》。

〔三九〕《文鑑》「詞」作「辭」。

〔四〇〕集甲、《文鑑》「麨」作「鈹」。下同。

〔四一〕《文鑑》「嘗」作「常」。

〔四二〕集甲、《文鑑》「免」作「不」。

〔四三〕《文鑑》無「三日」二字。

〔四四〕《文鑑》「三百二十四」作「二百九十四」。

〔四五〕《文鑑》「君」作「夫人」。

〔四六〕《文鑑》「務」作「奉」。

〔四七〕「敬」原作「謂吾」，今從集甲、《文鑑》。

〔四八〕「謂」字原缺，據集甲、《文鑑》補。

蘇廷評行狀

公諱序，字仲先，眉州眉山人，其先蓋趙郡欒城人也。曾祖諱釿，祖諱祜，父諱杲〔一〕，三世不仕，皆有隱德。自皇考行義好施，始有聞於鄉里，至公而益著，然皆自以爲不及其父祖矣。皇祖生於唐末，而卒於周顯德。是時王氏、孟氏相繼王蜀，皇祖終不肯仕。嘗以事遊成都，有道士見之，屏語曰：「少年有純德，非我莫知子。我能以藥變化百物，世方亂，可以此自全。」因以麴爲蠟。皇祖笑曰：「吾不願學也。」道士曰：「吾行天下，未嘗以此語人，自以爲至矣，子又能不學，其過我遠甚。」遂去，不復見。

公幼疏達不羈，讀書〔三〕，略知其大義，卽棄去。謙而好施，急人患難，甚於爲己，衣食稍有餘，輒費用，或以予人，立盡。以此窮困厄於饑寒者數矣，然終不悔。旋復有餘，則曰：「吾固知此不能果困人也。」益不復愛惜。凶年鬻其田以濟饑者，既豐，人將償之。公曰：「吾固自有以鬻之，非爾故也。」人不問知與不知，徑與歡笑造極，輸發府藏。小人或侮欺之，公卒不懲，人亦莫能測也。

李順反，攻圍眉州。公年二十有二，日操兵乘城。會皇考病没，而賊圍愈急，居人相視涕泣，無復生意。而公獨治喪執禮，盡哀如平日。太夫人憂甚，公强施施解之曰：「朝廷終不棄，蜀賊行破矣。」

慶曆中，始有詔州郡立學，士驩言，朝廷且以此取人，争願效職學中。公笑曰：「此好事卿相以爲美觀耳。」戒子孫，無與人争入學。郡吏素暴苛，緣是大擾，公作詩并譏之。以子渙登朝，授大理評事。

慶曆七年五月十一日終於家，享年七十有五。以八年二月某日葬於眉山縣修文鄉安道里先塋之側。累贈職方員外郎。娶史氏夫人，先公十五年而卒，追封蓬萊縣太君。生三子。長曰澹，不仕，亦先公卒。次曰渙，以進士得官，所至有美稱，及去，人常思之，或以比漢循吏，終於都官郎中利州路提點刑獄。季則軾之先人諱洵，終於霸州文安縣主簿。渙嘗爲閬州，公往視其規畫措置良善，爲留數日。見其父老賢士大夫，閬人亦喜之。晚好爲詩，能自道，敏捷立成，不求甚工。有所欲言，一發於詩，比没，得數千首〔三〕。女二人。長適杜垂裕，幼適石揚言。孫七人：位、份、不欺、不疑、不危、軾、轍〔四〕。

聞之，自五代崩亂，蜀之學者衰少，又皆懷慕親戚鄉黨，不肯出仕。公始命其子渙就學，所以勸導成就者，無所不至。及渙以進士得官西歸，父老縱觀以爲榮，教其子孫者皆法蘇氏。自是眉之學者日益，至千餘人。然軾之先人少時獨不學，已壯，猶不知書。公未嘗問。或以爲言，公不答，久之，曰：「吾兒當憂其不學耶？」既而，果自憤發力學，卒顯于世。

公之精識遠量，施于家、聞于鄉閭者如此。使少獲從事于世者，其功名豈少哉！不幸汩没，老死無聞于時。然古之賢人君子，亦有無功名而傳者，特以世有知之者耳。公之無傳，非獨其僻遠自放終身，亦其子孫不以告人之過也。故條録其始終行事大畧，以告當世之君子。謹狀。

〔一〕「杲」原作「果」，今據《外集》卷三十五改。

〔二〕「讀」原作「諸」，今從《外集》。

〔三〕《外集》「千」作「十」。

〔四〕《外集》「份」作「佾」。疑《外集》是。

蘇軾文集卷十七

碑

表忠觀碑〔一〕

熙寧十年十月戊子，資政殿大學士右諫議大夫知杭州軍州事臣抃言：「故吴越國王錢氏墳廟及其父祖妃夫人子孫之墳，在錢塘者二十有六，在臨安者十有一，皆蕪廢不治，父老過之，有流涕者。謹按故武肅王鏐，始以鄉兵破走黄巢，名聞江淮。復以八都兵討劉漢宏，并越州，以奉董昌，而自居於杭。及昌以越叛，則誅昌而并越，盡有浙東西之地。傳其子文穆王元瓘。至其孫忠顯王仁佐〔二〕，遂破李景兵，取福州。而仁佐之弟忠懿王俶〔三〕，又大出兵攻景，以迎周世宗之師。其後卒以國入覲。三世四王，與五代相終始。天下大亂，豪傑蜂起，方是時，以數州之地盗名字者，不可勝數。既覆其族，延及於無辜之民，罔有孑遺。而吴越地方千里，帶甲十萬，鑄山煑海，象犀珠玉之富，甲於天下，然終不失臣節，貢獻相望於道。是以其民至於老死不識兵革，四時嬉遊歌鼓之聲相聞，至于今不廢，其有德於斯民甚厚。皇宋受命，四方僭亂以次削平。而蜀、江南負其嶮遠，兵至城下，力屈勢窮，然後束手。而河東劉氏，百戰守死以抗王師，積骸爲城，釃血爲池，竭天下之力，僅乃克之。獨吴越不待告命，封府庫，籍郡縣，請吏于朝。視去其國，如去傳舍，其有功於朝廷甚大。昔竇融以河西歸漢，光武詔右扶風脩理其父祖墳塋〔四〕，祠以太牢。今錢氏功德，殆過於融，而未及百年，墳廟不治，行道傷嗟，甚非所以勸獎忠臣慰答民心之義也。臣願以龍山廢佛祠曰妙因院者爲觀，使錢氏之孫爲道士曰自然者居之。凡墳廟之在錢塘者以付自然，其在臨安者以付其縣之淨土寺僧曰道微，歲各度其徒一人，使世掌之。籍其地之所入，以時脩其祠宇，封殖其草木，有不治者，縣令丞察之，甚者易其人，庶幾永終不墜，以稱朝廷待錢氏之意。臣抃昧死以聞。」制曰：「可。其妙因院改賜名曰表忠觀。」銘曰：

天目之山，苕水出焉。龍飛鳳舞，萃于臨安。篤生異人，絶類離羣。奮挺大呼，從者如雲。仰天誓江，月星晦蒙。强弩射潮〔五〕，江海爲東。殺宏誅昌，奄有吴越。金券玉册，虎符龍節。大城其居，包絡山川〔六〕。左江右湖，控引島蠻。歲時歸休，以燕父老。曄如神人，玉帶毬馬。四十一年，寅畏小心。厥篚相望，大貝南金。五朝昏亂，罔堪託國。三王相承，以待有德。既獲所歸，弗謀弗咨。先王之志，我維行之。天胙忠孝，世有爵邑。允文允武，子孫千億。帝謂守臣，治其祠墳。毋俾樵牧，愧其後昆。龍山之陽，巋焉新宫。匪私于錢，唯以勸忠。非忠無君，非孝無親。凡百有位〔七〕，視此刻文。

〔一〕郎本卷五十五「表」前有「錢氏」二字。

〔二〕郎本「顯」作「獻」，無「仁」字。《七集・續集》卷十二「顯」作「獻」。

〔三〕龐校引《舊五代史・世襲列傳》、《新五代史・吴越世家》，謂「仁佐」無「仁」字。案：本集卷三十二《乞椿管錢氏地利房錢修表忠觀及墳廟狀》，亦稱「忠獻王仁佐」。今仍其舊。

〔四〕「祖」原作「子」，今從《文鑑》卷七十七。
〔五〕郎本「潮」作「江」。
〔六〕「絡」原作「落」，今從郎本。
〔七〕郎本「百」作「厭」。

宸奎閣碑

皇祐中，有詔廬山僧懷璉住京師十方淨因禪院，召對化成殿，問佛法大意，奏對稱旨，賜號大覺禪師。是時北方之爲佛者，皆留於名相，囿於因果，以故士之聰明超軼者皆鄙其言，詆爲蠻夷下俚之說。璉獨指其妙與孔、老合者，其言文而真，其行峻而通，故一時士大夫喜從之游，遇休沐日，璉未盥漱，而戶外之屨滿矣。仁宗皇帝以天縱之能，不由師傅，自然得道，與璉問答，親書頌詩以賜之，凡十有七篇。至和中，上書乞歸老山中。上曰："山即如如體也。將安歸乎？"不許。治平中，再乞，堅甚，英宗皇帝留之不可，賜詔許自便。璉既渡江，少留于金山、西湖，遂歸老于四明之阿育王山廣利寺。四明之人，相與出力建大閣，藏所賜頌詩，榜之曰宸奎。時京師始建寶文閣，詔取其副本藏焉。且命歲度僧一人。璉歸山二十有三年，年八十有三〔一〕。臣出守杭州，其徒使來告曰："宸奎閣未有銘。君逮事昭陵，而與吾師游最舊，其可以辭！"

臣謹按古之人君號知佛者，必曰漢明、梁武，其徒蓋常以藉口，而繪其像于壁者。漢明以察爲明，而梁武以弱爲仁。皆緣名失實，去佛遠甚。恭惟仁宗皇帝在位四十二年，未嘗廣度僧尼，崇侈寺廟。干戈斧鑕，未嘗有所私貸。而升遐之日，天下歸仁焉。此所謂得佛心法者，古今一人而已。璉雖以出世法度人，而持律嚴甚。上嘗賜以龍腦鉢盂，璉對使者焚之，曰：「吾法以壞色衣，以瓦鐵食，此鉢非法。」使者歸奏，上嘉歎久之。銘曰：

巍巍仁皇，體合自然。神耀得道，非有師傳。維道人璉，逍遥自在。禪律並行，不相留礙。於穆頌詩，我既其文。惟佛與佛，乃識其真。咨爾東南，山君海王。時節來朝，以謹其藏。

〔一〕郎本卷五十五「三」作「二」。

上清儲祥宮碑

元祐六年六月丙午，制詔臣軾，上清儲祥宮成，當書其事于石。臣軾拜手稽首言曰：「臣以書命待罪北門，記事之成，職也。然臣愚不知宮之所以廢興，與凡材用之所從出〔一〕，敢昧死請。」乃命有司具其事以詔臣軾。

始，太宗皇帝以聖文神武佐太祖定天下。既卽位，盡以太祖所賜金帛作上清宮朝陽門之内，旌興王之功，且爲五代兵革之餘遺民赤子，請命上帝，以至道元年正月宮成，民不知勞，天下頌之。至慶曆三年十二月，有司不戒于火，一夕而燼。自是爲荆棘瓦礫之場，凡三十七年。元豐二年二月，神宗皇帝始命道士王太初居宮之故地，以法籙符水爲民禳禬，民趨歸之，稍以其力脩復祠宇。詔用日者言，以宮之所在爲國家子孫地，乃賜名上清儲祥宮。且賜度牒與佛廟神祠之遺利，爲錢一千七百四十七萬，又以官田十四頃給之，刻玉如漢張道陵所用印，及所被服冠佩劍履以賜太初〔二〕，所以寵之者甚備。宮未成者十八，而太初卒，太皇太后聞之，喟然歎曰：「民不可勞也，兵不可役也，大司徒錢不可發也，而先帝之意不可以不成。」乃勑禁中供奉之物，務從約損，斥賣珠玉以巨萬計，凡所謂以天下養者，悉歸之儲祥，積會所賜，爲錢一萬七千六百二十八萬，而宮乃成。內出白金六千三百餘兩，以爲香火瓜華之用。召道士劉應貞嗣行大初之法〔三〕，命入內供奉官陳衍典領其事。起四年之春，訖六年之秋，爲三門兩廡，中大殿三，旁小殿九，鐘經樓二〔四〕，石壇一，建齋殿于東，以待臨幸，築道館于西，以居其徒，凡七百餘間。雄麗靖深，爲天下偉觀，而民不知，有司不與焉。嗚呼，其可謂至德也已矣！

臣謹按道家者流，本出於黃帝、老子。其道以清淨無爲爲宗，以虛明應物爲用，以慈儉不爭爲行，合於《周易》「何思何慮」、《論語》「仁者靜壽」之說，如是而已。自秦、漢以來，始用方士言，乃有飛仙變化之術，《黃庭》、《大洞》之法，太上、天真、木公、金母之號，延康、赤明、龍漢、開皇之紀，天皇、太一、紫微、北極之祀，下至於丹藥奇技，符籙小數，皆歸於道家，學者不能必其有無。然臣嘗竊論之。黃帝、老子之道，本也。方士之言，末也。脩其本而末自應。故仁義不施，則韶濩之樂，不能以降天神〔五〕。忠信不立，則射鄉之禮，不能以致刑措。漢興，蓋公治黃、老，而曹參師其言，以謂治道貴清靜，而民自定。以此爲政，天下歌之曰：「蕭何爲法，顜若畫一。曹參代之，守而勿失。載其清靜，民以寧壹。」其後文景之治，大率依本黃、老，清心省事，薄斂緩獄，不言兵而天下富。

臣觀上與太皇太后所以治天下者，可謂至矣。檢身以律物，故不怒而威。捐利以予民，故不藏而富。屈己以消兵，故不戰而勝。虛心以觀世，故不察而明。雖黄帝、老子，其何以加此。本既立矣，則又惡衣菲食，卑宮室，陋器用，斥其羸餘，以成此宮，上以終先帝未究之志，下以爲子孫無疆之福。宮成之日，民大和會，鼓舞謳歌，聲聞于天，天地喜答，神祇來格，祝史無求，福禄自至，時萬時億，永作神主。故曰「修其本而末自應」，豈不然哉！臣既書其事，皇帝若曰：「大哉太祖之功，太宗之德，神宗之志，而聖母成之。汝作銘詩，而朕書其首曰上清儲祥宮碑。」臣軾拜手稽首獻銘曰：

天之蒼蒼，正色非耶？其視下也，亦若斯耶？我築上清，儲祥之宮。無以來之〔六〕，其肯我從。元祐之政，媚于上下。何脩何營，曰是四者。民懷其仁，吏服其廉。鬼畏其正，神予其謙。帝既子民，維子之視。云何事帝，而瘠其子。允哲文母，以公滅私。作宮千柱，人初不知。於皇祖宗，在帝左右。風馬雲車，從帝來狩。閱視新宮，察民之言。佑我文母，及其孝孫。孝孫來饗，左右耆耇。無競惟人，以燕我後。多士爲祥，文母所培。我膺受之，篤其成材。千石之鐘，萬石之簴。相以銘詩，震于四海。

〔一〕郎本卷五十五「材」作「財」。

〔二〕《文鑑》卷七十七、《七集·後集》卷十五無「服」字。

〔三〕郎本、《文鑑》「貞」作「真」。

〔四〕郎本無「經」字。

〔五〕郎本「降天神」作「格天地」。

〔六〕郎本「來」作「求」。

淮陰侯廟碑

應龍之所以爲神者，以其善變化而能屈伸也。夏則天飛，效其靈也。冬則泥蟠，避其害也。當嬴氏刑慘網密，毒流海內，銷鋒鏑，誅豪俊，將軍乃辱身汙節，避世用晦。志在鵲起豹變，食全楚之租，故受饋於漂母。抱王霸之畧，蓄英雄之壯圖，志輕六合，氣蓋萬夫，故忍耻跨下。洎乎山鬼反璧，天亡秦族。遇知己之英主，陳不世之奇策。崛起蜀漢，席捲關輔。戰必勝，攻必尅，掃强楚，滅暴秦。平齊七十城，破趙二十萬。乞食受辱，惡足累大丈夫之功名哉！然使水行未殞，火流猶潛。將軍則與草木同朽，麋鹿俱死。安能持太阿之柄，雲飛龍驤，起徒步而取侯王？噫，自古英偉之士，不遇機會，委身草澤，名堙滅而無稱者，可勝道哉！乃碑而銘之。銘曰：

書軌新邦，英雄舊里。海霧朝翻，山烟暮起。宅臨舊楚，廟枕清淮。枯松折栢，廢井荒臺。我停單車，思人望古。淮陰少年，有目無睹。不知將軍，用之如虎。

伏波將軍廟碑

漢有兩伏波，皆有功德於嶺南之民。前伏波，邳離路侯也。後伏波，新息馬侯也。南越自三代不能有，秦雖稍通置吏〔一〕，旋復爲夷。邳離始伐滅其國，開九郡。然至東漢，二女子側、貳反嶺南，震動六十餘城。世祖初平天下，民勞厭兵，方閉玉關，謝西域，况南荒何足以辱王師〔二〕，非新息苦戰，則九郡左袵至今矣。由此論之，兩伏波廟食於嶺南者，均也。古今所傳，莫能定于一。自徐聞渡海，適朱崖，南望連山，若有若無，杳杳一髮耳。艤舟將濟，眩栗喪魄。海上有伏波祠，元豐中詔封忠顯王，凡濟海者必卜焉。曰：「某日可濟乎？」必吉而後敢濟。使人信之如度量衡石，必不吾欺者。嗚呼，非盛德其孰能然！自漢以來，朱崖、儋耳，或置或否。揚雄有言：「朱崖之棄，捐之之力也，否則介鱗易我衣裳。」此言施於當時可也。自漢末至五代，中原避亂之人，多家於此。今衣冠禮樂，蓋班班然矣〔三〕，其可復言棄乎！四州之人，以徐聞爲咽喉。南北之濟者，以伏波爲指南，事神其敢不恭。軾以罪謫儋耳三年，今乃獲還海北〔四〕，往返皆順風，念無以答神貺者，乃碑而銘之。銘曰：

至嶮莫測海與風，至幽不仁此魚龍，至信可恃漢兩公，寄命一葉萬仞中。自此而南洗汝胸，撫循民夷必清通。自此而北端汝躬，屈信窮達常正忠。生爲人英没愈雄，神雖無言意我同。

〔一〕「稍」原作「遠」，今從《七集·後集》卷十五。

〔二〕「况」原作「荒」，誤。據《文鑑》卷七十七、《七集·後集》改。

〔三〕「班班」原作「斑斑」，今從《文鑑》。

〔四〕《七集·後集》「還」作「遷」。

昭靈侯廟碑

昭靈侯南陽張公諱路斯，隋之初，家于潁上縣仁社村〔一〕。年十六，中明經第。唐景龍中，爲宣城令，以才能稱。夫人石氏生九子。自宣城罷歸，常釣于焦氏臺之陰。一日，顧見釣處有宫室樓殿，遂入居之。自是夜出旦歸，歸輒體寒而濕。夫人驚問之。公曰：「我，龍也。蓼人鄭祥遠者，亦龍也。與我争此居，明日當戰，使九子助我。領有絳綃者我也，青綃者鄭也。」明日，九子以弓矢射青綃者中之，怒而去，公亦逐之，所過爲谿谷，以達于淮。而青綃者，投于合淝之西山以死，爲龍穴山。九子皆化爲龍，而石氏葬關洲。公之兄爲馬步使者，子孫散居潁上，其墓皆存焉。事見于唐布衣趙耕之文，而傳于淮潁間父老之口，載于歐陽文忠公之《集古録》云。

自景龍以來，潁人世祠之于焦氏臺。乾寧中，刺史王敬蕘始大其廟。有宋乾德中，蔡州大旱，其刺史司超聞公之靈，築祠于蔡。既雨，翰林學士承旨陶穀爲記其事。蓋自淮南至于蔡、許、陳、汝，皆奔走奉祠。景德中，諫議大夫張秉，奉詔益新潁上祠宇。而熙寧中司封郎中張徽奏乞爵號，詔封公昭靈侯、石氏柔應夫人。廟有穴五，往往見變異，出雲雨，或投器穴中，則見于池，而近歲有得蜕骨于池者，金聲玉質，輕重不常〔二〕，今藏廟中。

元祐六年，秋，旱甚，郡守龍圖閣學士左朝奉郎蘇軾，迎致其骨于西湖之行祠，與吏民禱焉，其應如響。乃益治其廟，作碑而銘之。銘曰：

維古至人，泠然乘風〔三〕。變化往來，不私其躬。道本於仁，仁故能勇。有殺有生，以仁爲終。相彼幻身，何適不通。地行爲人，天飛爲龍。惠于有生，我則從之。淮潁之間，篤生張公。跨歷隋、唐，顯于有宋。上帝寵之，先帝封之。昭于一方，萬靈宗之。哀我潁民，處瘠而窮。地傾東南，潦水所鍾。忽焉歸壑，千里一空。公居其間，拯溺吊凶。救療疾癘，驅攘螟蟲。開闔抑揚，孰知其功。坎坎擊鼓，巫師老農。斗酒隻鷄，四簋其饛。度公之居，貝闕珠宫。揆公之食，瓊醴玉饔。何以稱之，我愧于中。公之所饗，惟誠與恭。誠在愛民〔四〕，無傷農工。恭不在外，洗濯厥胸。以此事神，神聽則聰。敢有不然，上帝之恫。

〔一〕《七集·後集》卷十五「仁」作「百」。

〔二〕《七集·後集》「嘗」作「常」。疑作「常」爲是。

〔三〕「泠」原作「冷」，今從《七集·後集》。

〔四〕「愛民」原作「平格」，今從《七集·後集》。

潮州韓文公廟碑

匹夫而爲百世師，一言而爲天下法。是皆有以參天地之化，關盛衰之運。其生也有自來，其逝也有所爲〔一〕。故申呂自嶽降，傅説爲列星〔二〕，古今所傳，不可誣也。孟子曰：「吾善養吾浩然之氣。」是氣也，寓於尋常之中，而塞乎天地之間。卒然遇之，則王公失其貴，晉、楚失其富，良、平失其智，賁、育失其勇，儀、秦失其辯，是孰使之然哉？其必有不依形而立，不恃力而行，不待生而存，不隨死而亡者矣。故在天爲星辰，在地爲河嶽。幽則爲鬼神，而明則復爲人。此理之常，無足怪者。

自東漢以來，道喪文弊，異端並起，歷唐貞觀、開元之盛，輔以房、杜、姚、宋而不能救。獨韓文公起布衣，談笑而麾之，天下靡然從公，復歸於正，蓋三百年於此矣。文起八代之衰，而道濟天下之溺，忠犯人主之怒，而勇奪三軍之帥。豈非參天地，關盛衰，浩然而獨存者乎！蓋嘗論天人之辨，以謂人無所不至，惟天不容僞。智可以欺王公，不可以欺豚魚。力可以得天下，不可以得匹夫匹婦之心。故公之精誠，能開衡山之雲，而不能回憲宗之惑。能馴鰐魚之暴，而不能弭皇甫鎛、李逢吉之謗。能信於南海之民，廟食百世，而不能使其身一日安於朝廷之上。蓋公之所能者，天也。所不能者，人也。

始，潮人未知學，公命進士趙德爲之師。自是潮之士，皆篤於文行，延及齊民，至于今，號稱易治。信乎孔子之言：「君子學道則愛人，小人學道則易使也。」潮人之事公也，飲食必祭，水旱疾疫，凡有求必禱焉。而廟在刺史公堂之後，民以出入爲艱。前守欲請諸朝作新廟，不果。元祐五年，朝散郎王君滌來守是邦，凡所以養士治民者，一以公爲師。民既悅服，則出令曰：「願新公廟者聽。」民讙趨之。卜地於州城之南七里，朞年而廟成。

或曰：「公去國萬里，而謫于潮，不能一歲而歸，没而有知，其不眷戀于潮，審矣。」軾曰：「不然。公之神在天下者，如水之在地中，無所往而不在也。而潮人獨信之深，思之至，焄蒿悽愴，若或見之。譬如鑿井得泉，而曰水專在是，豈理也哉！」元豐七年，詔封公昌黎伯，故榜曰昌黎伯韓文公之廟。潮人請書其事于石，因作詩以遺之〔三〕，使歌以祀公。其詞曰：

公昔騎龍白雲鄉〔四〕，手抉雲漢分天章〔五〕，天孫爲織雲錦裳。飄然乘風來帝旁，下與濁世掃粃糠，西游咸池畧扶桑。草木衣被昭回光，追逐李、杜參翺翔，汗流籍、湜走且僵。滅没倒景不可望，作書詆佛譏君王，要觀南海窺衡湘。歷舜九疑吊英皇，祝融先驅海若藏，約束蛟鱷如驅羊。鈞天無人帝悲傷，謳吟下招遣巫陽，犦牲鷄卜羞我觴。於粲荔丹與蕉黄，公不少留我涕滂，翩然被髮下大荒。

〔一〕「爲」後原有「矣」字，據郎本卷五十五删。
〔二〕「傅」前原有「而」字，據郎本、《七集・續集》卷十二删。
〔三〕郎本「因」後有「爲」字。
〔四〕明刊《文粹》卷四十三「雲」作「雪」。
〔五〕郎本「抉」作「泱」。

峻靈王廟碑

古者王室及大諸侯國皆有寶。周有琬琰大玉，魯有夏后氏之璜，皆所以守其社稷，鎮撫其人民也。唐代宗之世，有比丘尼若夢怳惚見上帝者，得八寶以獻諸朝，且傳帝命曰：「中原兵久不解，腥聞于天，故以此寶鎮之。」則改元寶應。以是知天亦分寶以鎮世也。

自徐聞渡海，歷瓊至儋，又西至昌化縣西北二十里，有山秀峙海上，石峯巉然若巨人冠帽西南向而坐者，俚人謂之山胳膊。而僞漢之世，封其山神爲鎮海廣德王。五代之末，南夷有知望氣者，曰：「是山有寶氣，上達于天。」艤舟其下，斲山發石以求之。夜半，大風，浪駕其舟空中，碎之石峯下，夷皆溺死。僧之父老，猶有及見敗舟山上者，今獨有矴石存焉耳。天地之寶，非人所得睥睨者，晉張華使其客雷焕發酆城獄，取寶劍佩之，華終以忠遇禍，坐此也夫。今此山之上，上帝賜寶以奠南極，而貪冒無知之夷，欲以力取而己有之，其誅死宜哉！

皇宋元豐五年七月，詔封山神爲峻靈王，用部使者承議郎彭次雲之請也。紹聖四年七月，瓊州別駕蘇軾，以罪謫于儋，至元符三年五月，有詔徙廉州。自念謫居海南三歲，飲鹹食腥，陵暴颶霧而得生還者，山川之神實相之。謹再拜稽首，西嚮而辭焉，且書其事，碑而銘之。山有石池，産紫鱗魚，民莫敢犯，石峯之側多荔支、黄柑，得就食，持去，則有風雹之變。其銘曰：

瓊崖千里塊海中，民夷錯居古相蒙〔一〕。方壺蓬萊此別宫，峻靈獨立秀且雄。爲帝守寶甚嚴恭，庇𧄍嘉穀歲屢豐。小大逍遥遠蝦龍，鵾鵬安栖不避風。我浮而西今復東，銘碑曄然照無窮。

〔一〕《七集·後集》卷十五「蒙」作「容」。

司馬温公神道碑

上即位之三年，朝廷清明，百揆時敍，民安其生，風俗一變。異時薄夫鄙人，皆洗心易德〔一〕，務爲忠厚，人人自重，耻言人過，中國無事，四夷稽首請命。惟西羌夏人，叛服不常，懷毒自疑，數入爲寇。上命諸將按兵不戰，示以形勢，不數月，生致大首領鬼章青宜結闕下。夏人十數萬寇涇原，至鎮戎城下，五日無所得，一夕遁去。而西羌兀征聲延以其族萬人來降〔二〕。黄河始决曹村，既築靈平，復决小吴，横流五年，朔方騷然，而今歲之秋，積雨彌月，河不大溢，及冬，水入地益深，有北流赴海復禹舊迹之勢。凡上所欲，不求而獲，而其所惡，不麾而去。天下曉然知天意與上合，庶幾復見至治之成，家給人足，刑措不用，如咸平、景德間也。

或以問臣軾：「上與太皇太后安所施設而及此？」臣軾對曰：「在《易·大有》：『上九，自天祐之，吉無不利。』孔子曰：『天之所助者，順也。人之所助者，信也。履信思乎順，又以尚賢也。是以自天祐之，吉無不利。』今二聖躬信順以先天下，而用司馬公以致天下士，應是三德矣。且以臣觀之，公，仁人也。天相之矣。」「何以知其然也？」曰：「公以文章名於世，而以忠義自結人主[三]。朝廷知之可也，四方之人何自知之？士大夫知之可也，農商走卒何自知之？中國知之可也，九夷八蠻何自知之？方其退居於洛，眇然如顔子之在陋巷，纍然如屈原之在陂澤，其與民相忘也久矣，而名震天下如雷霆，如河漢，如家至而日見之。聞其名者，雖愚無知如婦人孺子，勇悍難化如軍伍夷狄，以至於姦邪小人，雖惡其害己仇而疾之者，莫不斂衽變色，咨嗟太息，或至於流涕也。元豐之末，臣自登州入朝，過八州以至京師，民知其與公善也，所在數千人，聚而號呼於馬首曰：『寄謝司馬丞相，慎毋去朝廷，厚自愛以活百姓。』如是者，蓋千餘里不絶。至京師，聞士大夫言，公初入朝，民擁其馬，至不得行，衛士見公，擎跽流涕者，不可勝數，公懼而歸洛。遼人、夏人遣使入朝，與吾使至虜中者，虜必問公起居，而遼人敕其邊吏曰：『中國相司馬矣，慎毋生事開邊隙。』其後公薨，京師之民罷市而往弔，鬻衣以致奠，巷哭以過車者，蓋以千萬數。上命户部侍郎趙瞻、内侍省押班馮宗道，護其喪歸葬。瞻等既還[四]，皆言民哭公哀甚，如哭其私親。四方來會葬者，蓋數萬人。而嶺南封州父老相率致祭，且作佛事以薦公者，其詞尤哀。炷薌於手頂以送公葬者〔五〕，凡百餘人〔六〕，而畫像以祠公者，天下皆是也。此豈人力也哉？天相之也！匹夫而能動天，亦必有道矣。非至誠一德，其孰能使之！《記》曰：『惟天下之至誠，爲能盡其性。能盡其性，則能盡人之性，能盡人之性，則能盡物之性。能盡物之性，則可以贊天地之化育矣。』《書》曰：『惟尹躬暨湯，咸有一德，克享天心。』又曰：『德惟一，動罔不吉。德二三，動罔不凶。』或以千金與人而人不喜，或以一言使人而人死之者〔七〕，誠與不誠故也。稽天之潦，不能終朝，而一綫之溜，可以達石者，一與不一故也。誠而一，古之聖人不能加毫末於此矣，而況公乎！故臣論公之德，至於感人心，動天地，巍巍如此，而蔽之以二言，曰誠、曰一。」

公諱光，字君實〔八〕，其先河内人，晉安平獻王孚之後，王之裔孫征東大將軍陽始葬今陝州夏縣涑水鄉，子孫因家焉。曾祖諱政，以五代衰亂不仕，贈太子太保。祖諱炫，舉進士，試秘書省校書郎，終於耀州富平縣令，贈太子太傅。考諱池，寶元、慶曆間名臣，終於兵部郎中、天章閣待制，贈太師溫國公。曾祖妣薛氏，祖妣皇甫氏，妣聶氏，皆封温國太夫人。

公始以進士甲科事仁宗皇帝，至天章閣待制，知諫院。始發大議，乞立宗子爲後，以安宗廟，宰相韓琦等因其言，遂定大計。事英宗皇帝爲諫議大夫，龍圖閣直學士，論陝西刺義勇爲民患；及内侍任守忠姦蠹，乞斬以謝天下，守忠竟以譴死。又論濮安懿王當準先朝封贈期親尊屬故事，天下韙之〔九〕。事神宗皇帝，爲翰林學士，御史中丞。西戎部將嵬名山欲以橫山之衆降，公極論其不可納，後必爲邊患，已而果然。勸帝不受尊號，遂爲萬世法。及王安石爲相，始行青苗、助役、農田水利，謂之新法，公首言其害，以身爭之。當時士大夫不附安石，言新法不便者，皆倚公爲重。帝以公爲樞密副使，公以言不行，不受命。乃以爲端明殿學士，出知永興軍，遂以留司御史臺及提舉崇福宮，退居於洛十有五年。及上卽位，太皇太后攝政，起公爲門下侍郎，遷正議大夫，遂拜左僕射。公首更詔書以開言路，分別邪正，進退其甚者十餘人。旋罷保甲、保馬、市易及諸道新行鹽鐵茶法，最後遂罷助役、青苗。方議取士擇守令監司以養民，期於富而教之，凜凜乎嚮至治矣。

而公卧病，以元祐元年九月丙辰朔，薨于位，享年六十八。太皇太后聞之慟，上亦感涕不已。時方祀明堂，禮成不賀。二聖皆臨其喪，哭之哀甚，輟視朝。贈太師温國公，襚以一品禮服〔一〇〕，謚曰文正。官其親屬十人。公娶張氏，禮部尚書存之女，封清河郡君，先公卒，追封温國夫人。子三人，童、唐皆早亡，康，今爲秘書省校書郎。孫二人，植、桓皆承奉郎。以元祐三年正月辛酉〔一一〕，葬于陝之夏縣涑水南原之晁村。上以御篆表其墓道，曰忠清粹德之碑，而其文以命臣軾。

臣蓋嘗爲公行狀，而端明殿學士范鎮取以志其墓矣，故其詳不復再見，而獨論其大槩〔一二〕。議者徒見上與太皇太后進公之速，用公之盡，而不知神宗皇帝知公之深也。自士庶人至于卿大夫，相與爲賓師朋友，道足以相信，而權不足以相休戚，然猶同己則親之，異己則疎之，未有聞過而喜，受誨而不怒者也，而況於君臣之間乎？方熙寧中，朝廷政事與公所言無一不相違者，書數十上，皆盡言不諱，蓋自敵以下所不能堪，而先帝安受之，非特不怒而已，乃欲以爲左右輔弼之臣，至爲敍其所著書，讀之於邇英閣，不深知公，而能如是乎？二聖之知公也，知之於既同。而先帝之知公也，知之於方異。故臣以先帝爲難。昔齊神武皇帝寢疾，告其子世宗曰：「侯景專制河南十四年矣，諸將皆莫能敵，惟慕容紹宗可以制之。我故不貴，留以遺汝。」而唐太宗亦謂高宗：「汝於李勣無恩，我今責出之，汝當授以僕射。」乃出勣於疊州都督〔三〕。夫齊神武、唐太宗，雖未足以比隆先帝，而紹宗與勣，亦非公之流，然古之人君所以爲其子孫長計遠慮者，類皆如此。寧其身不受知人之名〔四〕，而使其子孫專享得賢之利。先帝知公如此，而卒不盡用，安知其意不出於此乎？臣既書其事，乃拜手稽首而作詩曰〔一五〕：

於皇上帝，子惠我民。孰堪顧天，惟聖與仁。聖子受命，如堯之初。神母詔之，匪亟匪徐。聖神無心，孰左右之。民自擇相，我興授之。其相惟何，太師温公。公來自西，一馬二童。萬人環之，如渴赴泉。孰不見公，莫如我先。二聖忘己，惟公是式。公亦無我，惟民是度。民曰樂哉，既相司馬。爾賈于途，我耕于野。士曰時哉，既用君實。我後子先，時不可失。公如麟鳳，不鷙不搏。羽毛畢朝，雄狡率服。爲政一年，疾病半之。功則多矣，百年之思。知公于異，識公于微。匪公之思，神考是懷。天子萬年，四夷來同。薦于清廟，神考之功。

〔一〕郎本卷五十五「德」作「慮」。
〔二〕郎本「族」作「旅」。
〔三〕郎本「義」作「信」。
〔四〕「還」原作「葬」，今從集甲卷三十九、郎本●

〔五〕郎本「薌」作「香」。
〔六〕集甲「凡」作「几」。
〔七〕郎本「死」作「喜」。
〔八〕「字」原作「自」，誤。據集甲、郎本改。
〔九〕集甲「韙」作「義」。
〔一〇〕郎本「一」作「三」。
〔一一〕「三」原作「二」，誤。今據郎本改。
〔一二〕集甲「槃」作「方」。
〔一三〕郎本「於」作「爲」。
〔一四〕「不」原作「亡」，今從集甲。
〔一五〕「手」原脱，據集甲、郎本補。

趙清獻公神道碑

故太子少師清獻趙公，既薨之三年，其子屼除喪來告于朝曰：「先臣既葬，而墓隧之碑無名與文，無以昭示來世，敢以請。」天子曰：「嘻，兹予先正，以惠術擾民如鄭子産，以忠言摩上如晉叔向。」乃以愛直名其碑，而又命臣軾爲之文。

臣軾逮事仁宗皇帝。蓋嘗竊觀天地之盛德，而窺日月之末光矣。未嘗行也，而萬事莫不畢舉。未嘗視也，而萬物莫不畢見。非有他術也，善於用人而已。惟清獻公擢自御史。是時將用諫官御史，必取天下第一流，非學術才行備具爲一世所高者不與。用之至重，故言行計從有不十年而爲近臣者；言不當，有不旋踵而黜者。是非明辨，而賞罰必信，故士居其官者少妄，而天子穆然無爲，坐視其成〔一〕，姦宄消亡，而忠良全安。此則清獻公與其僚之功也。

公諱抃，字閱道。其先京兆奉天人。唐德宗世，植爲嶺南節度使。植生隱，爲中書侍郎。隱生光逢、光裔，並掌內外制，皆爲唐聞人。五代之亂，徙家于越。公則植之十世從孫也。曾祖諱曇，深州司户參軍。祖諱湘，廬州廬江尉，始家于衢，遂爲西安人。考諱亞才，廣州南海主簿。公既貴，贈曾祖太子太保，妣陳氏安國太夫人；祖司徒，妣袁氏崇國太夫人，俞氏光國太夫人；考，開府儀同三司，封榮國公，妣徐氏魏國太夫人，徐氏越國太夫人。

公少孤且貧，刻意力學，中景祐元年進士乙科。爲武安軍節度推官。民有僞造印者，吏皆以爲當死。公獨曰：「造在赦前，而用在赦後。赦前不用，赦後不造，法皆不死。」遂以疑讞之，卒免死。一府皆服。閱歲，舉監潭之糧料。歲滿，改著作佐郎，知建州崇安縣，徙通判宜州。卒有殺人當死者，方繫獄，病癰，未潰，公使醫療之，得不瘐死。會赦以免。公愛人之周，類如此。

未幾以越國喪，廬于墓三年，不宿于家。縣榜其所居里爲孝弟，處士孫處爲作孝子傳。終喪，起知泰州海陵，復知蜀州江原，還，通判泗州。泗守昏不事事，監司欲罷遣之，公獨左右其政，而晦其所以然，使若權不己出者。守得以善去。濠守以廩賜不如法，士卒謀欲爲變，或以告，守恐怖，日未夕，輒閉門不出。轉運使徙公治濠。公至，從容如平日，濠以無事。

曾公亮爲翰林學士，未識公，而以臺官薦，召爲殿中侍御史。彈劾不避權幸，京師號公鐵面御史。其言常欲朝廷別白君子小人。以謂小人雖小過，當力排而絶之，後乃無患；君子不幸而有詿誤，當保持愛惜，以成就其德。故言事雖切，而人不厭。温成皇后方葬，始命參知政事劉沆監護其役，及沆爲相而領事如故。公論其當罷，以全國體。復言宰相陳執中不學無術，且多過失。章十二上，執中卒罷去。王拱辰奉使契丹，還，爲宣徽使。公言拱辰平生所爲及奉使不如法事，命遂寢。復言樞密使王德用、翰林學士李淑不稱職，皆罷去。是時邵必爲開封推官，以前任常州失入徒罪自舉遇赦而猶罷，監邵武酒税。吴充、鞠真卿發禮院吏代書事，吏以贖論，而充、真卿皆出知軍。吕景初、馬遵、吴中復彈奏梁適，適以罷相，而景初等隨亦被逐。馮京言吴充、鞠真卿、刁約不當以無罪黜，而京亦奪脩起居注。公皆力言其非是。必以復職知軍，充、真卿、約、景初、遵皆召還京中，復皆許補故闕。先是吕溱出守徐〔二〕，蔡襄守泉，吴奎守壽，韓絳守河陽。已而歐陽脩乞蔡，賈黯乞荆南。公卽上言：「近日正人賢士，紛紛引去，憂國之士，爲之寒心，侍從之賢，如脩輩無幾。今皆欲請郡者，以正色立朝，不能諂事權要，傷之者衆耳。」脩等由此不去，一時名臣賴之以安。仁宗晚歲不豫，而太子未定，中外恟懼〔三〕。及上既康復，公請擇宗室賢子弟教育於宫中，封建任使，以示天下大本。

已而求郡，得睦。睦歲爲杭市羊，公爲移文却之。民籍有茶税，而無茶地，公爲奏蠲之，民至今稱焉。移充梓州路轉運使，未幾移益。兩蜀地遠而民弱，吏恣爲不法，州郡以酒食相饋餉，衙前治厨傳，破家相屬也。公身帥以儉，不從者請以違制坐之，蜀風爲之一變。窮城小邑，民或生而不識使者，公行部，無所不至，父老驚喜相慰，姦吏亦竦。

以右司諫召，論事不折如前。入内副都知鄧保信引退兵董吉以燒鍊出入禁中，公言：「漢文成、五利，唐普思、静能、李訓、鄭注，多依宦官以結主，假藥術以市姦者也，其漸不可啓。」宋庠爲樞密使，選用武臣，多不如舊法，至有訴於上前者。公陳其不可。陳升之除樞密副使，公與唐介、吕誨、范師道同言升之交結宦官，進不以道，章二十餘，上不省，即居家待罪。詔强起之，乃乞補外，二人皆相次去位，公與言者亦罷。

公得虔州，地遠而民好訟，人謂公不樂。公欣然過家上冢而去。既至，遇吏民簡易，嚴而不苛，悉召諸縣令告之，爲令當自任事，勿以事諉郡〔四〕，苟事辦而民悦，吾一無所問。令皆喜，爭盡力，虔事爲少，獄以屢空。改脩鹽法，疎鑿灘石〔五〕，民賴其利。虔當二廣之衝，行者常自虔易舟而北。公間取餘材，造舟得百艘，移二廣諸郡，曰：「仕宦之家，有父兄没而不能歸者，皆移文以遣，當具舟載之。」至者既悉授以舟，復量給公使物，歸者相繼於道。

朝廷聞公治有餘力，召知御史雜事，不閲月爲度支副使。英宗即位，奉使契丹，還，未至，除天章閣待制、河北都轉運使。時賈昌朝以使相判大名府。公欲按視府庫，昌朝遣其屬來告，曰：「前此，監司未有按視吾事者。公雖欲舉職，恐事有不應法〔六〕，柰何？」公曰：「捨大名，則列郡不服矣。」即往視之，昌朝初不説也。前此有詔，募義勇，過期不足者徒二年，州郡不時辦，官吏當坐者八百餘人。公被旨督其事，奏言：「河朔頻歲豐熟，故募不如數，請寬其罪，以俟農隙。」從之。坐者得免〔七〕，而募亦隨足。昌朝乃愧服曰：「名不虛得矣。」

旋除龍圖閣直學士、知成都。公以寬治蜀，蜀人安之。初，公爲轉運使，言蜀人有以妖祀聚衆爲不法者，其首既死，其爲從者宜特黥配。及爲成都，適有此獄，其人皆懼，意公必盡用法。公察其無它，曰：「是特坐樽酒至此耳。」刑其爲首者，餘皆釋去。蜀人愈愛之。會榮諲除轉運使，陛辭，上面諭曰：「趙某爲成都，中和之政也。」

神宗卽位，召知諫院。故事，近臣自成都還，將大用，必更省府，不爲諫官。大臣爲言。上曰：「用趙某爲諫官，賴其言耳。苟欲用之，何傷！」及謝，上謂曰：「聞卿匹馬入蜀，以一琴一龜自隨，爲政簡易，亦稱是耶？」公知上意將用其言。卽上疏論吕誨、傅堯俞、范純仁、吕大防、趙瞻、趙鼎、馬默皆骨鯁敢言，久謫不復，無以慰搢紳之望。上納其説。郭逵除簽書樞密院事，公議不允。公力言之，卽罷。

居三月，擢右諫議大夫，參知政事。感激思奮，面議政事，有不盡者，輒密啓聞。上手詔嘉之。公與富弼、曾公亮、唐介同心輔政，率以公議爲主。會王安石用事，議論不協，既而司馬光辭樞密副使，臺諫侍從，多以言事求去。公言：「朝廷事有輕重，體有大小，財利於事爲輕，而民心得失爲重；青苗使者於體爲小，而禁近耳目之臣用捨爲大，今不罷財利而輕失民心，不罷青苗使者而輕棄禁近耳目，去重而取輕，失大而得小，非宗廟社稷之福，臣恐天下自此不安矣。」言入，卽求去，四上章，不許。熙寧三年四月，復五上章，除資政殿學士、知杭州。

公素號寬厚，杭之無賴子弟以此逆公，皆駢聚爲惡。公知其意，擇重犯者率黥配他州，惡黨相帥遁去。

未幾徙青州。因其俗朴厚，臨以清淨。時山東旱蝗，青獨多麥，蝗自淄齊來，及境遇風，退飛墮水而盡。

五年，成都以戍卒爲憂，朝廷擇遣大臣爲蜀人所愛信者，皆莫如公，遂以大學士知成都。然意公必辭，及見，上曰：「近歲無自政府復往者，卿能爲我行乎？」公曰：「陛下有言卽法也，豈顧有例哉！」上大喜。公乞以便宜行事，卽日辭去。至蜀，默爲經畧，而燕勞閒暇如他日，兵民晏然。一日，坐堂上，有卒長在堂下。公好諭之曰：「吾與汝，年相若也，吾以一身入蜀，爲天子撫一方，汝亦宜清慎畏戢以帥衆，比戍還，得餘貲，持歸爲室家計可也。」人知公有善意，轉相告語，莫敢復爲非者。劍州民李孝忠集衆二百餘人，私造符牒，度人爲僧。或以謀逆告，獄具。公不畀法吏，以意決之，處孝忠以私造度牒，餘皆得不死。喧傳京師，謂公脱逆黨。朝廷取具獄閱之，卒無以易也。茂州蕃部鹿明玉等蠭聚境上，肆爲剽掠。公亟遣部將帥兵討之，夷人驚潰乞降，願殺婢以盟。公使喻之〔八〕，曰：「人不可用，用三牲可也〔九〕。」使至，已縶婢引弓，將射心取血。聞公命，讙呼以聽。事訖，不殺一人。

居二歲，乞守東南，爲歸老計，得越州。吴越大饑，民死者過半，公盡所以救荒之術，發廩勸分，而以家貲先之，民樂從焉。生者得食，病者得藥，死者得藏。下令修城，使民食其力。故越人雖饑而不怨。復徙治杭。

杭旱與越等，其民尤病。既而朝廷議欲築其城。公曰：「民未可勞也。」罷之。錢氏納國，未及百年，而墳廟堙圮，杭人哀之。公奏因其所在，歲度僧、道士各一人，收其田租，爲歲時獻享營繕之費。從之，且改妙因院爲表忠觀。

公年未七十，告老于朝，不許。請之不已，元豐二年二月，加太子少保致仕，時年七十二矣。退居于衢，有溪石松竹之勝，東南高士多從之游。朝廷有事郊廟，再起公侍祠，不至。屼通判温州，從公游天台、鴈蕩，吴越間榮之。屼代還，得見。上顧問公，甚厚。以屼提舉浙東西常平〔一〇〕，以便其養。屼復侍公游杭〔一一〕。始，公自杭致仕，杭人留公不得行。公曰：「六年當復來。」至是適六歲矣。杭人德公，逆者如見父母。以疾還衢，有大星隕焉。二日而公薨，實七年八月癸巳也。

訃聞，天子輟視朝一日，贈太子少師。十二月乙酉，葬于西安蓮華山，謚曰清獻。公娶徐氏，東頭供奉官度之女，封東平郡夫人，先公十年卒。子二人，長曰岏〔一二〕，終杭州於潛縣令；次即屼也，今爲尚書考功員外郎。

公平生不治産業，嫁兄弟之女以十數，皆如己女。在官，爲人嫁孤女二十餘人。居鄉，葬暴骨及貧無以斂且葬者，施棺給薪，不知其數。少育於長兄振，振既没，思報其德。將遷侍御史，乞不遷，以贈振大理評事。

公爲人，和易温厚，周旋曲密，謹繩墨，蹈規矩，與人言，如恐傷之。平生不畜聲伎，晚歲習爲養氣安心之術，翛然有高舉意。將薨，晨起如平時，屼侍側，公與之訣，詞色不亂，安坐而終。不知者以爲無意於世也。然至論朝廷事，分別邪正，慨然不可奪。宰相韓琦嘗稱趙公真世人標表，蓋以爲不可及也。

公爲吏，誠心愛人，所至崇學校，禮師儒，民有可與與之，獄有可出出之。治虔與成都，尤爲世所稱道。神宗凡擬二郡守，必曰：「昔趙某治此，最得其術。」馮京相繼守成都，事循其舊，亦曰：「趙公所爲，不可改也。」要之以惠利爲本。然至於治杭，誅鋤强惡，姦民屏迹不敢犯。蓋其學道清心，遇物而應，有過人者矣。銘曰：

蕭望之爲太傅，近古社稷臣，其爲馮翊，民未有聞〔三〕。黄霸爲潁川，治行第一，其爲丞相，名不迨昔。孰如清獻公，無適不宜。邦之司直，民之父師。其在官守，不專於寬，時出猛政，嚴而不殘。其在言責，不專於直，爲國愛人，掩其疵疾。蓋東郭順子之清，孟獻子之賢，鄭子產之政，晉叔向之言，公兼而有之，不幾於全乎！

〔一〕「成」後原有「功」字，據《文鑑》卷一百四十八删。

〔二〕「溱」原作「秦」，據集甲卷三十八、《文鑑》改。

〔三〕《文鑑》「恂」作「詢」。

〔四〕《文鑑》「諉」作「委」。

〔五〕《文鑑》「瀨」作「贛」。

〔六〕「法」原作「例」，今從集甲、《文鑑》。

〔七〕《文鑑》「得」作「皆」。
〔八〕《文鑑》「喻」作「諭」。
〔九〕「用」原缺，據集甲、《文鑑》補。
〔一〇〕《文鑑》無「西」字。
〔一一〕「侍」原作「待」，據《文鑑》改。
〔一二〕《文鑑》「岏」作「岏」。
〔一三〕「未」原作「亦」，今從集甲；《文鑑》字形不全，類「未」字。

蘇軾文集卷十八

碑

富鄭公神道碑〔一〕

宋興百三十年，四方無虞，人物歲滋。蓋自秦、漢以來，未有若此之盛者。雖所以致之非一道，而其要在於兵不用，用不久，常使智者謀之而仁者守之，雖至於無窮可也。契丹自晉天福以來，踐有幽、薊，北鄙之警，略無寧歲，凡六十有九年。至景德元年，舉國來寇，攻定武，圍高陽，不克，遂陷德清以犯天雄。真宗皇帝用宰相寇準計，決策親征，既次澶淵，諸道兵大會行在。虜既震動，兵始接，射殺其驍將順國王撻覽。虜懼，遂請和，時諸將皆請以兵會界河上，邀其歸，徐以精甲躡其後，殲之。虜懼，求哀於上。上曰：「契丹、幽、薊，皆吾民也，何多以殺爲！」遂詔諸將按兵勿伐，縱契丹歸國。虜自是通好守約，不復盜邊者三十有九年。

及趙元昊叛，西方轉戰連年，兵久不決。契丹之臣有貪而喜功者，以我爲怯，且厭兵，遂教其主設詞以動我，欲得晉高祖所與關南十縣。慶曆二年，聚重兵境上，遣其臣蕭英、劉六符來聘。兵既壓境，而使來非時，中外忿之。仁宗皇帝曰：「契丹吾兄弟之國，未可棄也，其有以大鎮撫之。」命宰相擇報聘者。時虜情不可測，羣臣皆莫敢行。

宰相舉右正言、知制誥富公，公卽入對便殿，叩頭，曰：「主憂臣辱，臣不敢愛其死。」上爲動色，乃以公爲接伴。英等入境，上遣中使勞之，英託足疾不拜。公曰：「吾嘗使北，病卧車中，聞命輒起拜。今中使至而公不起，此何禮也？」英矍然起拜。公開懷與語，不以夷狄待之。英等見公傾盡〔二〕，亦不復隱其情，遂去左右，密以其主所欲得者告公，且曰：「可從，從之；不可從，更以一事塞之。」公具以聞。

上命御史中丞賈昌朝館伴，不許割地，而許增歲幣，且命公報聘。既至，六符館之，反往十數，皆論割地必不可狀。及見虜主，問故。虜主曰：「南朝違約，塞鴈門，增塘水，治城隍，籍民兵，此何意也？羣臣請舉兵而南，寡人以謂不若遣使求地，求而不獲，舉兵未晚也。」公曰：「北朝忘章聖皇帝之大德乎？澶淵之役，若從諸將言，北兵無得脱者。且北朝與中國通好〔三〕，則人主專其利，而臣下無所獲。若用兵，則利歸臣下，而人主任其禍。故北朝諸臣爭勸用兵者，此皆其身謀，非國計也。」虜主驚曰：「何謂也？」公曰：「晉高祖欺天叛君，而求助於北，末帝昏亂，神人棄之。是時中國狹小，上下離叛，故契丹全師獨克。雖虜獲金幣，充牣諸臣之家，而壯士健馬，物故太半，此誰任其禍者。今中國提封萬里，所在精兵以百萬計，法令修明，上下一心，北朝欲用兵，能保其必勝乎？」曰：「不能。」公曰：「勝負未可知。就使其勝，所亡士馬，羣臣當之歟，抑人主當之歟？若通好不絕，歲幣盡歸人主，臣下所得，止奉使者歲一二人耳，羣臣何利焉！」虜主大悟，首肯者久之。公又曰：「塞鴈門者，以備元昊也。塘水始於何承矩，事在通好前，地卑水聚，勢不得不增。城隍皆脩舊，民兵亦舊籍，特補其缺耳，非違約也。晉高祖以盧龍一道路契丹，周世宗復伐取關南，皆異代事。宋興已九十年，若各欲求異代故地，豈北朝之利也哉。本朝皇帝之命使臣，則有詞矣。曰：『朕爲祖宗守國，必不敢以其地與人。北朝所欲，不過利其租賦耳。朕不欲以地故，多殺兩朝赤子，故屈己增幣以代賦入。若北朝必欲得地，是志在敗盟，假此爲詞耳。朕亦安得獨避用兵乎？澶淵之盟，天地鬼神實臨之。今北朝首發兵端，過不在朕。天地鬼神，豈可欺也哉！』」虜大感悟，遂欲求婚。公曰：「婚姻易以生隙，人命脩短不可知，不若歲幣之堅久也。本朝長公主出降，齎送不過十萬緡，豈若歲幣無窮之獲哉？」虜主曰：「卿且歸矣，再來，當擇一授之，卿其遂以誓書來。」

公歸復命，再聘，受書及口傳之詞于政府，既行次樂壽，謂其副曰：「吾爲使者而不見國書，萬一書詞與口傳者異，則吾事敗矣。」發書視之，果不同。乃馳還都，以晡入見，宿學士院一夕，易書而行。

既至，虜不復求婚，專欲增幣，曰：「南朝遺我書當曰獻，否則曰納。」公争不可。虜主曰：「南朝既懼我矣，何惜此二字，若我擁兵而南，得無悔乎？」公曰：「本朝皇帝兼愛南北之民，不忍使蹈鋒鏑，故屈己增幣，何名爲懼哉？若不得已而至於用兵，則南北敵國，當以曲直爲勝負，非使臣之所憂也。」虜主曰：「卿勿固執，自古亦有之。」公曰：「自古惟唐高祖借兵於突厥〔四〕，故臣事之。當時所遺，或稱獻、納，則不可知。其後頡利爲太宗所擒，豈復有此理哉〔五〕！」公聲色俱厲，虜知不可奪，曰：「吾當自遣人議之。」

於是留所許增幣誓書，復使耶律仁先及六符以其國誓書來，且求爲獻、納。公奏曰：「臣既以死拒之，虜氣折矣，可勿復許，虜無能爲也。」上從之，增幣二十萬，而契丹平。北方無事，蓋又四十八年矣。

契丹君臣至今誦其語，守其約不忍敗者，以其心曉然，知通好用兵利害之所在也。故臣嘗竊論之，百餘年間，兵不大用者，真宗、仁宗之德，而寇準與公之功也。

公諱弼，字彦國，河南人。曾大父內黄令諱處謙，大父商州馬步使諱令荀，考尚書都官員外郎諱言，皆以公貴，贈太師中書令、尚書令，封鄧、韓、秦三國公。曾祖母劉氏，祖母趙氏，母韓氏，封魯、韓、秦三國太夫人。

公幼篤學，有大度，范仲淹見而識之，曰：「此王佐才也。」懷其文以示王曾、晏殊，殊卽以女妻之。仁宗復制科，仲淹謂公曰：「子當以是進。」天聖八年，公以茂材異等中第，授將作監丞，知河南府長水縣。用李迪辟，簽書河陽節度判官事。

丁秦國公憂，服除，會郭后廢，范仲淹等爭之〔六〕，貶知睦州。公上言：「朝廷一舉而獲二過，縱不能復后，宜還仲淹，以來忠言。」通判絳州。景祐四年，召試館職，遷太子中允，直集賢院。從王曾辟，通判鄆州。

寶元初，趙元昊反。公上疏陳八事，且言：「元昊遣使求割地邀金帛，使者部從儀物如契丹，而詞甚倨，此必元昊腹心謀臣自請行者。宜出其不意，斬之都市。」又言：「夏守贇，庸人也，平時猶不當用，而況艱難之際，可爲樞密乎！」議者以爲有宰相氣。召還，爲開封府推官，擢知諫院。

康定元年，日食正旦。公言請罷燕徹樂，雖虜使在館，亦宜就賜飲食而已。執政以爲不可。公曰：「萬一北虜行之，爲朝廷羞。」後使虜，還者云：「虜中罷燕。」如公言。仁宗深悔之。初，宰相惡聞忠言，下令禁越職言事。公因論日食，以謂應天變莫若通下情，遂除其禁。

元昊寇鄜延，殺二萬人，破金明，擒李士斌，延帥范雍、鈐轄盧守懃閉門不救，中貴人黃德和引兵先走，劉平、石元孫戰死，而雍、守懃歸罪於通判計用章〔七〕、都監李康伯，皆竄嶺南，德和誣奏平降賊，詔以兵圍守其家。公言：「平自環慶引兵來援，以姦臣不救，故敗，竟罵賊不食而死，宜䘏其家。守懃、德和皆中官，怙勢誣人，冀以自免，宜竟其獄。」樞密院奏方用兵，獄不可遂。公言：「大臣附下罔上，獄不可不竟。」時守懃男昭序爲御藥，公奏乞罷之，德和竟坐腰斬。

延州民二十人詣闕告急，上召問，具得諸將敗亡狀。執政惡之，命邊郡禁民擅赴闕者。公言：「此非陛下意，宰相惡上知四方有敗耳，民有急，不得訴之朝，則西走元昊，北走契丹矣。」夏守贇爲陝西都總管，又以入內都知王守忠爲都鈐轄。公言：「用守贇既爲天下笑，而守忠鈐轄乃與唐中官監軍無異，將吏必怨懼，盧守懃、黃德和覆車之轍，可復蹈乎？」詔罷守忠。

時又用觀察使，魏昭昞爲同州，鄭守忠爲殿前都指揮使，高化爲步軍都指揮使。公言：「昭昞乳臭兒，必敗事；守忠與化故親事官，皆奴才小人〔八〕，不可用。」詔遣侍御史陳洎往陝西督脩城，且城潼關。公言：「天子守在四夷，今城潼關，自關以西爲棄之耶？」語皆侵執政。自用兵以來，吏民上書者甚衆，初不省用。公言：「知制誥本中書屬官，可選二人置局，中書考其所言，可用用之。」宰相以付學士，公言：「此宰相偷安，欲以天下是非盡付他人。」乞與廷辯。又言：「邊事係國安危，不當專委樞密院。周宰相魏仁浦兼樞密使〔九〕，國初范質、王溥亦以宰相參知樞密院事。今兵興，宜使宰相以故事兼領。」仁宗曰：

「軍國之務，當盡歸中書，樞密非古官。」然未欲遽廢，內降令中書同議樞密院事，且書其檢。宰相以內降納上前，曰：「恐樞密院謂臣奪權。」公曰：「此宰相避事耳，非畏奪權也。」

時西夏首領吹同乞砂、吹同乞山各稱僞將相來降〔一〇〕，補借奉職，羈置荆湖。公言：「二人之降，其家已族矣，當厚賞以勸來者。」上命以所言送中書。公見宰相，論之，宰相初不知也。公嘆曰：「此豈小事而宰相不知耶？」更極論之，上從公言，以宰相兼樞密使。

除鹽鐵判官，遷太常丞，史館脩撰，奉使契丹。二年，改右正言、知制誥，糾察在京刑獄。時有用僞牒爲僧者，事覺，乃堂吏爲之。開封按餘人而不及吏。公白執政，請以吏付獄。執政指其坐曰：「公即居此，無爲近名。」公正色不受其言，曰：「必得吏乃止。」執政滋不悅，故薦公使契丹，欲因事罪之。歐陽脩上書引顏真卿使李希烈事留公，不報。

使還，除吏部郎中、樞密直學士，懇辭不受。始受命，聞一女卒，再受命，聞一男生，皆不顧而行。得家書，不發而焚之，曰：「徒亂人意。」尋遷翰林學士。公見上力辭〔一一〕，曰：「增歲幣，非臣本志也，特以朝廷方討元昊，未暇與虜角，故不敢以死爭，其敢受賞乎〔一二〕！」

慶曆三年三月，遂命公爲樞密副使，辭之愈力。改授資政殿學士兼翰林侍讀學士。七月，復除樞密副使。公言：「虜既通好，議者便謂無事，邊備漸弛，虜萬一敗盟，臣死且有罪。非獨臣不敢受，亦願陛下思夷狄輕侮中原之耻，卧薪嘗膽〔一三〕，不忘脩政。」因以告納上前而罷。逾月，復除前命。

時元昊使辭，羣臣班紫宸殿門，上俟公綴樞密院班，乃坐，且使宰相章德象諭公曰：「此朝廷特用，非以使虜故也。」公不得已乃受。

時晏殊爲相，范仲淹爲參知政事，杜衍爲樞密使，韓琦與公副之，歐陽脩、余靖、王素、蔡襄爲諫官，皆天下之望。魯人石介作《慶曆聖德詩》，歷頌羣臣，皆得其實。曰：「維仲淹、弼，一夔一契。」天下不以爲過。公既以社稷自任，而仁宗責成於公與仲淹，望太平於朞月之間，數以手詔督公等條具其事。又開天章閣召公等，公等坐〔一四〕，且給筆札，使書其所欲爲者，遣中使二人更往督之〔一五〕，且命仲淹主西事，公主北事。公遂與仲淹各上當世之務十餘條。又自上河北安邊十三策，大畧以進賢、退不肖、止僥倖、去宿弊爲本，欲漸易諸路監司之不才者，使澄汰所部吏。於是小人始不悦矣。

元昊遣使以書來，稱男而不臣。公言：「契丹臣元昊而我不臣，則契丹爲無敵於天下。」不可許。乃却其使，卒臣之。

四年七月，契丹來告，舉兵討元昊。十二月，詔册元昊爲夏國主，使將行而止之，以俟虜使。公曰：「若虜使未至而行，則事自我出，既至，則恩歸契丹矣。」從之。

是歲契丹受禮雲中，且發兵，會元昊伐呆兒族，於河東爲近。上問公曰：「虜得無與元昊襲我乎？」公曰：「虜自得幽、薊，不復由河東入寇者，以河北平易富饒，而河東嶮瘠，且虞我出鎮定，擣燕薊之虚也。今兵出無名，契丹大國，决不爲此。就使妄動，當出我不意，不應先言受禮雲中也。元昊本與契丹約，相左右以困中國，今契丹背約，結好於我，獨獲重幣，元昊有怨言，故虜築威塞州以備之，呆兒屢殺威塞人，虜疑元昊使之，故爲是役，安能合而寇我哉！」或請調發爲備。公曰：「虜雖不來，猶欲以虛聲困我，若調發，正墮其計。臣請任之。虜若入寇，臣爲罔上且誤國。」上乃止，虜卒不動。公謂契丹異日作難，必於河朔。

既上十三策，又請守一郡行其事。小人怨公不已，而大臣亦有以飛語讒公者。上雖不信，公懼，因保州賊平，求爲河北宣撫使以避之。使將還，除資政殿學士、知鄆州兼京東西路安撫使，讒者不已，罷安撫使。歲餘，讒不驗。加給事中，移知青州兼京東東路安撫使。

河朔大水，民流京東。公擇所部豐稔者五州，勸民出粟，得十五萬斛，益以官廩，隨所在貯之。得公私廬舍十餘萬區，散處其人，以便薪水。官吏自前資待闕、寄居者，皆給其祿，使即民所聚，選老弱病瘠者廩之。山林河泊之利，有可取以爲生者，聽流民取之，其主不得禁。官吏皆書具勞約爲奏請〔一六〕，使他日得以次受賞於朝。率五日，輒遣人以酒肉糗飯勞之，出於至誠，人人爲盡力。流民死者，爲大冢葬之，謂之叢冢，自爲文祭之。明年麥大熟，流民各以遠近受糧而歸，凡活五十餘萬人。募而爲兵者又萬餘人。上聞之，遣使勞公，即拜禮部侍郎。公曰：「救災，守臣職也。」辭不受。前此救災者，皆聚民城郭中，煑粥食之，饑民聚爲疾疫，及相蹈藉死，或待次數日不食，得粥皆僵仆，名爲救之而實殺之。自公立法，簡便周至，天下傳以爲法，至于今，不知所活者幾千萬人矣。

王則據貝州叛，齊州禁兵馬達、張青與姦民張握等得劍印于妖師，欲以其衆叛，將屠城以應則。握之壻楊俊詣公告之，齊非公所部，恐事泄變生。時中貴人張從訓銜命至青，公度從訓可使，即以事付從訓，使馳至郡，發吏卒取之，無得脫者。且自劾擅遣中使罪，仁宗嘉之。再除禮部侍郎。公又懇辭不受。

遷資政殿大學士，以明堂恩，除禮部侍郎，徙知鄭州，又徙蔡州，加觀文殿學士，知河陽，遷户部侍郎，除宣徽南院使，判并州兼河東經略安撫使。至和二年，召拜同中書門下平章事、集賢殿大學士，與文彦博並命。

宣制之日，士大夫相慶於朝，仁宗密覘知之。歐陽脩奏事殿上，上具以語脩，且曰：「古之求相者，或得於夢卜，今朕用二相，人情如此，豈不賢於夢卜也哉！」脩頓首稱賀。

仁宗弗豫，大臣不得見，中外憂恐。文彦博與公等直入問疾，内侍止之，不可。因以監視禳禱爲名，乞留宿内殿，事皆關白而後行，禁中肅然。嘉祐三年，加禮部尚書、昭文館大學士，監脩國史。

公之爲相，守格法，行故事，而附以公議，無心於其間，故百官任職，天下無事。以所在民力困弊，賦役不均，遣使分道相視裁減，謂之寬卹民力。又弛茶禁，以通商賈，省刑獄，天下便之。

六年，丁秦國太夫人憂，詔爲罷春燕。故事，執政遇喪皆起復，公以謂金革變禮，不可用於平世。仁宗待公而爲政，五遣使起之，卒不從命，天下稱焉。

英宗卽位，拜樞密使、同中書門下平章事，遷户部尚書。逾年，以足疾，求解機務，章二十上，拜鎮海軍節度使、同中書門下平章事，判河陽，封祈國公〔一七〕。公五上章，辭使相，且言：「真宗以前不輕以此授人，仁宗卽位之初，執政欲自爲地，故開此例。終仁宗之世〔一八〕，宰相樞密使罷者皆除使相，至不稱職〔一九〕，有罪者亦然，天下非之。今陛下初卽位，願立法自臣始。」不從。

神宗即位，改鎮武寧軍，進封鄭國公。公又乞罷使相，乃以爲尚書左僕射、觀文殿大學士、集禧觀使，召赴闕。公以足疾，固辭，復判河陽。熙寧元年，移汝州，且詔入覲。以公足疾，許肩輿至殿門，上特爲御内東門小殿見之。令男紹隆入扶，且命無拜，坐語從容，至日昃，賜紹隆五品服。再對，上欲留公爲集禧觀使，力辭赴郡。明年二月，除司空兼侍中昭文館大學士，賜甲第一區，皆辭不受。復拜左僕射、門下侍郎、同中書門下平章事。

公既至，未見。有於上前言災異皆天數非人事得失所致者。公聞之，歎曰：「人君所畏惟天，若不畏天，何事不可爲者。去亂亡無幾矣。此必姦臣欲進邪説，故先導上以無所畏，使輔拂諫諍之臣，無所復施其力，此治亂之機也。吾不可以不速救。」即上書數千言，雜引《春秋》、《洪範》及古今傳記，人情物理，以明其決不然者。

羣臣請上尊號及作樂，上以久旱不許。羣臣固請作樂，公又言：「故事，有災變皆徹樂，恐上以同天節虜使當上壽，故未斷其請，臣以爲此盛德事，正當以示夷狄，乞并罷上壽。」從之。即日而雨。

公又上疏，願益畏天戒〔一〇〕，遠姦佞，近忠良。上親書答詔曰：「義忠言親，理正文直。苟非意在愛君，志存王室，何以臻此。敢不置之枕席，銘諸肺腑，終老是戒。更願公不替今日之志，則天災不難弭，太平可立俟也。」公既上疏謝，復申戒不已，願陛下待羣臣不以同異爲喜怒，不以喜怒爲用捨。

公始見上，上問邊事。公曰：「陛下即位之始，當布德行惠，願二十年口不言兵。」因以九事爲戒。八月，以疾辭位，拜武寧軍節度使、同中書門下平章事，判河南。復以公請〔一一〕，改亳州。

時方行青苗息錢法。公以謂此法行則財聚於上，人散於下，且富民不願請，願請者皆貧民，後不可復得，故持之不行。而提舉常平倉趙濟劾公以大臣格新法，法行當自貴近者始〔三二〕，若置而不問，無以令天下。乃除左僕射，判汝州。公言：「新法臣所不曉，不可以復治郡，願歸洛養疾。」許之。尋請老，拜司空，復武寧節度及平章事，進封韓國公，致仕。

公雖居家，而朝廷有大利害，知無不言。交趾叛，詔郭逵等討之。公言：「海嶠嶮遠，不可以責其必進，願詔逵等擇利進退，以全王師。」契丹來争河東地界，上手詔問公。公言：「熙河諸郡，皆不足守，而河東地界，決不可許。」元豐三年，官制行，改授開府儀同三司。是歲，故參知政事王堯臣之子同老上言：「至和三年仁宗弗豫，其父堯臣嘗與文彥博、劉沆及公同決大策，乞立儲嗣〔三三〕，仁宗許之，會翊日有瘳，故緩其事，人無復知者。」以其父堯臣所撰詔草上之。上以問彥博，彥博言與同老合。上嘉公等勳績如此，而終不自言，下詔以公爲司徒，且以其子紹京爲閤門祗候〔三四〕。

六年閏六月丙申，薨于洛陽私第之正寢，享年八十。手封遺表，使其子上之，世莫知其所言者。上聞訃，震悼，爲輟視朝，內出祭文，遣使致奠所，以賻卹其家者甚厚。贈太尉，謚曰文忠。十一月庚申，葬于河南府河南縣金谷鄉南張里。

公之配曰周國夫人晏氏，後公四年卒。子男三人。曰紹庭，朝奉郎。曰紹京，供備庫副使，後公十月卒〔三五〕。曰紹隆，光禄寺丞，早卒。女四人。長適保寧軍節度使北京留守馮京，卒，又以其次繼室，封安化郡夫人。次適承議郎范大琮。次適宣德郎范大珪。孫男三人。定方承事郎，直清承奉郎，直亮假承務郎。

公性至孝，恭儉好禮，與人言，雖幼賤必盡敬，氣色穆然，終身不見喜愠。然以單車入不測之虜廷，詰其君臣，折其口而服其心，無一語少屈〔二六〕，所謂大勇者乎！其好善疾惡，蓋出於天資。常言：「君子小人如冰炭，決不可以同器，若兼收並用，則小人必勝，薰蕕雜處，終必爲臭。」其爲宰相及判河陽，最後請老居家，凡三上章，皆言：「天子無職事，惟辨君子小人而進退之，此天子之職也。君子與小人並處，其勢必不勝，君子不勝，則奉身而退，樂道無悶，小人不勝，則交結構扇，千歧萬轍〔二七〕，必勝而後已。小人復勝，必遂肆毒於善良，無所不爲，求天下不亂，不可得也。」

其爲文章，辯而不華，質而不俚。有《文集》八十卷，《天聖應詔集》十一卷，《諫垣集》二卷，《制草》五卷，《奏議》十三卷，《表章》三十卷，《河北安邊策》一卷，《奉使録》四卷，《青州振濟策》三卷。

平生所薦甚衆，尤知名者十餘人，如王質與其弟素、余靖、張瓌、石介、孫復、吴奎、韓維、陳襄、王鼎、張昷之、杜杞、陳希亮之流，皆有聞於世，世以爲知人。

元祐元年六月，有詔以公配享神宗皇帝廟廷。明年，以明堂恩，加贈太師。

紹庭請于朝曰：「先臣墓碑未立，願有以寵綏之。」上爲親篆其首，曰顯忠尚德之碑，且命臣軾撰次其事。謹拜手稽首而獻言曰：世未嘗無賢也。自堯舜三代以至于今，有是君則有是臣，故仁宗、英宗至于神考，咸有一德，克享天心，則天畀以人，光明偉傑有如公者。觀公之行事，而味其平生，則三宗之盛德，可不問而知也。古之人臣，功高則身危，名重則謗生，故命世之士，罕能以功名終始者。臣觀三宗所以待公，全其功名而保其終始，蓋可謂至矣。方契丹求割地，上命宰相，歷問近臣孰能爲朕使虜者，皆以事辭免。公獨慨然請行。使事既畢，上欲用公，公逡巡退避不敢居，而向之辭免者，自耻其不行，則惟公之怨，比而讒公，無所不至。及石介爲《慶曆聖德詩》，天下傳誦，則大臣疾公如仇，構以飛語，必欲致之死地。仁宗徐而察之，盡辨其誣，卒以公爲相。及英宗、神宗之世，公已老矣，勳在史官，德在生民。天子虛己聽公，西戎、北狄視公進退，以爲中國輕重。然一趙濟敢摇之，惟神宗日月之明，知公愈深。公雖請老，有大政事必手詔訪問。又追論定策之勳，以告天下，寵及其子孫，然後小人不敢復議，雍容進退，卒爲宗臣。古人有言曰：「爲君難爲臣不易。」豈不然哉！公既配食清廟，宜有頌詩，以昭示來世。

其詞曰：五代八姓，十有二君。四十四年，如絲之棼。以人爲嬉，以殺爲儇。兵交兩河，腥聞于天。上帝厭之〔二八〕，命我祖宗。畀爾鑪錘〔二九〕，往銷其鋒。孰謂民遠，我聞其呻。寧爾小忍，無殘我民。六聖受命，惟一其心。赦其後人，帝命是承。勿劓刖人〔三〇〕，矧敢好兵。百三十年，諱兵與刑。惟彼北戎，謂帝我驕。帝聞其言，折其萌芽。篤生萊公，尺箠笞之。既服既馴，則擾綏之。堂堂韓公，與萊相望。再聘于燕，北方以寧。景德元祺，始盟契丹。公生是歲，天命則然。公之在母，秦國寤驚。旟旗鶴鴈，降充其庭。云有天赦，已而生公。天欲赦民，公啓其衷。北至燕然，南至于河。億萬維生，公手撫摩。水潦荐饑，散流而東。五十萬人，仰哺于公。公之在內，自泉流瀕。其在四方，自葉流根。百官維人，百度惟正。相我三宗，重華協明。帝謂公來，隕星其堂。有墳其丘，公豈是藏。維嶽降神，今歸不留。臣軾作頌，以配崧高。

〔一〕《文鑑》卷一百四十七「碑」後有「銘」字。

〔二〕《文鑑》「盡」作「蓋」。

〔三〕「且」原作「凡」，今從集甲卷三十七、《文鑑》。

〔四〕「自古」二字原缺，據《文鑑》補。集甲無「自」字。

〔五〕集甲、《文鑑》「理」作「禮」。

〔六〕「等」原缺，據《文鑑》補。

〔七〕「用章」原作「章用」，據集甲、《文鑑》改。

〔八〕《文鑑》「奴」作「駑」。

〔九〕「周」原作「用」，誤。據集甲、《文鑑》改。

〔一〇〕《文鑑》「乞山」作「山乞」。「僞」原作「爲」，今從《文鑑》。

〔一一〕《文鑑》無「力」字。

〔一二〕「賞」原缺，據《文鑑》補。

〔一三〕「臥」原作「坐」，據集甲改。

〔一四〕「公等」二字原缺，據集甲補。

〔一五〕集甲「二」作「數」。

〔一六〕「具」原作「其」，今從集甲。

〔一七〕《文鑑》「祈」作「祁」。

〔一八〕集甲「終」前有「比」字。
〔一九〕「至」原作「有」，今從集甲、《文鑑》。
〔二〇〕「畏」原作「威」，今從集甲、《文鑑》。
〔二一〕「公」原作「老」，今從集甲。
〔二二〕「法」原缺，據集甲補。
〔二三〕「儲」原作「諸」，今據集甲、《文鑑》改。
〔二四〕「閤」原作「閣」，今從集甲、《文鑑》。
〔二五〕《文鑑》「十」作「一」。
〔二六〕「少」原作「之」，今從集甲、《文鑑》。
〔二七〕「歧」原作「跂」，今從《文鑑》。
〔二八〕集甲、《文鑑》「厭」作「憎」。
〔二九〕集甲「錘」作「椎」。
〔三〇〕集甲「刖」作「刵」。

趙康靖公神道碑〔一〕代張文定公作

宋有天下百二十有五年，六聖相師，專用一道曰仁，不雜他術。刑以不殺爲能，兵以不用爲功，財以不聚爲富，人以不作聰明爲賢。雖有絶人之材，而德不至，終不大用。六聖一心，守之不移。故自建隆以來至于今，卿相大臣，號多長者，記人之功，忘人之過，含垢匿瑕，犯而不校，以爲常德。是以四方乂安，兵革不試，民之戴宋，有死無二。自漢以來，未有如今日之盛者。此六聖之德，而衆長者之助也。《易》曰：「師貞，丈人吉。」《詩》曰：「雖無老成人，尚有典刑。」《書》曰：「如有一介臣，斷斷猗，無他技，其心休休焉，其如有容，人之有技，若己有之，人之彥聖，其心好之，不啻若自其口出，是能容之，以保我子孫黎民。」故太子少師趙公，服事三朝四十餘年，其德合於《易》之所謂「丈人」、《詩》之所謂「老成」、《書》之所謂「一介臣」者。

公諱槩，字叔平，其先河朔人也，徙於宋之虞城七世矣。曾祖著，後唐國子毛詩博士，贈太師中書令。妣劉氏，楚國太夫人。祖惠，宋州楚丘令，贈太師中書令兼尚書令韓國公。妣李氏〔二〕，燕國太夫人。父幹，尚書駕部員外郎，贈太師中書令，兼尚書令魯國公。妣張氏，魯國太夫人，高氏，唐國太夫人。公七歲而孤，篤學自力。年十七舉進士。當時聞人劉筠、戚綸、黄宗旦皆稱其文詞必顯於時，而其器識宏遠，則皆自以爲不及。當赴禮部試，楚守胡令儀釀黄金以贈之，公不受。天聖五年，擢進士第三人，授將作監丞，通判海州。歸見父老故人，幅巾徒步，人人至其家。召試學士院，除著作郎，集賢校理，出知漣水軍。

公爲進士時，鄧餘慶守漣水，館公於官舍，以教其子。餘慶所爲多不法，公謝去。數月，餘慶以贓敗。及公爲守，將至，或榜其所館曰豹隱堂〔三〕，賦者二十餘人〔四〕。歲饑，公勸誘富民，得米萬石，所活不可勝數。漣水有魚池，利入公帑，歲殺魚十餘萬，公始罷之，作《放生碑》池上。

移守通州，入爲開封府推官。奏事殿中，賜五品服，且欲以爲直集賢院。宰相以例不可，出知洪州。屬吏有鄭陶、饒奭者，挾持郡事，肆爲不法，前守莫能制。州有歸化兵，皆故盜賊配流已而選充者。奭與郡人胡順之共造飛語以動公，曰：「歸化兵得廩米陳惡，有怨言，不更給善米，且有變〔五〕。」公笑不答。會歸化卒有自容州戍所逃還犯夜者，公即斬以狥，收陶下獄，得其姦贓，且奏徙奭歙州，一郡股栗。城西南隅，當大江之衝，水歲爲民患，公建爲石堤，高丈五尺，長二百丈，用石九千段，取之有方，民不以爲勞。明年夏堤成，而水大至，度與城平，恃堤以全，至于今賴之。

遷刑部員外郎、同知宗正寺，出知青州，改直集賢院。賦稅未入中限，敕縣不得輒催科。是歲，夏稅先一月辦，坐失舉張誥，奪官罷歸。起監密州酒，徙楚州糧料院，以郊赦還官職，知滁州。山東大賊李小二過境上〔六〕，告人曰：「我東人也。公嘗爲青州，東人愛之如父母，我不忍犯。」遂寇廬、壽，犬牙不入境。

召脩起居注，朝廷欲用脩玉牒〔七〕。久之，除歐陽脩起居注，朝廷欲驟用脩而難於躐公。公聞之，乃請郡自便。以爲天章閣待制，賜三品服，糾察在京刑獄，遷兵部員外郎，遂知制誥，勾當三班院。會郊禮當進階封，且任一子京官。乞以母封郡太君。宰相謂公學士擬封不久矣。公曰：「母年八十二〔八〕，朝夕不可期，顧及今以爲榮。」許之。後遂以爲例。

改知審官院，判祕閣，與高若訥同判流内銓。若訥言往嘗知貢舉，聞母病不得出，幾不能生。公變然即請郡以便親。宰相謂公曰：「且夕爲學士，可少待也。」公不聽，遂除蘇州。

明年丁母憂，服除，召入翰林爲學士，知貢舉，館伴契丹泛使，遂報聘焉。會獵于興雲山之西，請公賦詩。詩成，契丹主親酌玉盃以勸公，且以素扇授其近臣劉六符，寫公詩，置之懷袖。

使還，加侍讀學士，歷右司郎中，中書舍人，提舉在京諸司庫務。姦人冷清，詐稱皇子，遷之江南。公曰：「清言不妄，不可遷，若詐，亦不可不誅。」詔公與包拯雜治之，得其實，乃誅清。李參爲河北轉運使，職事辦治，進秩二等，且官其一子。郭申錫爲諫官，争之曰：「參職事所當辦，無功，不可賞。」上怒，欲罪申錫。公言：「陛下始面諭申錫，毋面從吾過，今黜之，何以示天下。」乃止。

以龍圖閣學士、禮部侍郎知鄆州，徙南京留守，拜御史中丞。中官鄧保吉引剩員董吉燒銀禁中〔九〕，公力言其不可，遂出之。又言：「張茂實不宜典兵衛。」未行。會公拜樞密副使，復言之。乃出茂實知曹州。

拜參知政事。方是時，皇嗣未立，天下以爲憂。仁宗始命英宗領宗正，公言宗正未足爲重，遂與執政建言，宜立爲皇太子。從之。

英宗即位，遷户部侍郎，又遷吏部。熙寧初，遷左丞，公年七十矣，求去位，不許。章數上，乃以爲觀文殿學士、吏部尚書、知徐州，遂請老不已，以太子少師致仕。

居睢陽十五年，猶以讀書著文憂國愛君爲事。集古今諫争爲《諫林》一百二十卷，奏之。上甚喜，賜詔曰：「士大夫請老而去者，皆以聲問不至朝廷爲高，得卿所奏書，知有志愛君之士，雖退休山林，未嘗一日忘也。當置坐右，以時省閱。」上祠南郊明堂，率嘗召公陪祀，每辭以老疾，間嘗一至都下，亦以足疾辭不入見。詔中貴人撫問，二府就所館宴勞之。累階至特進，勳上柱國，封天水郡開國公，賜號推忠保德翊戴功臣。元豐初，省功臣號。三年，官制改，解特進。

六年正月十五日，薨于永安坊里第，享年八十八。輟視朝一日，贈太師，謚康靖。前作遺範以戒子孫，纖悉必具，以某年月日，葬于宋城縣天巡鄉，地與日皆公所自卜也。娶李氏，封汝陰郡夫人，先公二十五年卒于鄆州。子榮緒，殿中丞，敦緒，將作監主簿，皆早亡；元緒，宣德郎；公緒，校書郎。女二人，長適光祿寺丞王力臣，幼適朝奉大夫程嗣恭。孫男四人，嗣徽通直郎，嗣真宣德郎，嗣賢試校書郎，嗣光未命。曾孫男六人，韡，太廟齋郎，餘未名。

公爲人樂易深中，恢然偉人也。平生與人，實無所怨怒，非特不形於色而已。專務掩惡揚善，以德報怨，出於至誠，非勉强者。天下稱之，庶幾漢劉寬、唐婁師德之徒云。始，歐陽脩躐公爲知制誥，人意公不能平。及脩坐累對詔獄，人莫敢爲言，公獨抗章言脩無罪，爲仇人所中傷，陛下不可以天下法爲仇人報怨〔一〇〕。上感悟，脩以故得全。公既老，脩亦退居汝南，公自睢陽往從之游，樂飲旬日。蘇舜欽爲進奏院，以羣飲得罪。公言與會者，皆一時名人，若舉而棄之，失士大夫望，非朝廷福。張誥以贓敗竄海上，公坐貶累年，而憐誥終不衰，間使人至海上勞問賙給之。代馮浩爲鄆州，吏舉按浩侵用公使錢三十萬，當以浩職田租償官。公曰：「浩，吾同年也，且知其貧，不可。」以己俸償之。公所爲大畧如此。至於敦尚契舊〔一一〕，葬死養孤，蓋不可勝數。

余於公爲里人，少相善也，退而老於鄉，日從公游，蓋知之詳矣。元緒以墓碑爲請，義不可以辭。

銘曰：

維古仁人，仁義是圖。仁近於弱，義近於迂。課其功利，歲計有餘。在漢孝文，發政之初。欲以利口，登進嗇夫。有臣釋之，實矢厥謨。世謂長者，絳侯相如。皆訥於言，有口若無。豈效此子，喋喋巧諓。帝用感悟，老成是親。清淨無爲，鑒于暴秦。歷祀四百，世載其仁。赫赫我宋，以聖繼神。於穆仁宗，如歲之春。招延朴忠，屏遠佞人。豈獨左右，刑于庶民。維時趙公，含德不發。如圭如璧，如金如錫。置之不愠，用之不懌。帝嘉其心〔一二〕，長者之傑。遂授以政，歷佐三葉。濟于艱難〔一三〕，不蹇不跛。公在朝廷，靖恭寡言。不忮不求，孰知其賢。望其容貌，有耻而悛。薄夫以敦，鄙夫以寬。今其亡矣，吾誰與存。作此銘詩，以詔後昆。

〔一〕《文鑑》卷一百四十八「碑」後有「銘」字。

〔二〕《文鑑》「李」作「季」。

〔三〕「堂」原作「者」，今從《文鑑》、《七集·後集》卷十八。

〔四〕「者」原作「詩」，今從《文鑑》、《七集·後集》。

〔五〕《七集·後集》「且」後空一字。

〔六〕《文鑑》「大」作「入」。

〔七〕《文鑑》「用」作「同」。

〔八〕《七集·後集》「二」作「一」。

〔九〕《文鑑》無「董吉」二字。

〔一〇〕《文鑑》、《七集·後集》「爲仇人報怨」作「爲人報仇」。

〔一一〕「契」原作「義」，據《文鑑》、《七集·後集》改。

〔一二〕《文鑑》「嘉」作「識」，《七集·後集》亦作「識」。

〔一三〕《文鑑》「艱」作「姦」。

蘇軾文集卷十九

銘

却鼠刀銘

野人有刀，不愛遺余。長不滿尺，劍鋮之餘。文如連環，上下相繆。錯之則見，或漫如無。昔所從得，戒以自隨。畜之無害，暴鼠是除。有穴于垣，侵堂及室。跳床撼幕，終夕窣窣。叱訶不去，啖嚙棗栗。掀盃舐缶，去不遺粒。不擇道路，仰行躡壁。家爲兩門，窘則旁出。輕趫捷猾，忽不可執。吾刀入門，是去無跡。又有甚者，聚爲怪妖。晝出羣鬬，相視睢盱。舞于端門，與主雜居。猫見不噬，又乳于家。狃于永氏，謂世皆然。亟磨吾刀，槃水致前。炊未及熟，肅然無蹤。物豈有是，以爲不誠。試之彌旬，凜然以驚〔一〕。夫猫鷙禽，晝巡夜伺。拳腰弭耳，目不及顧。鬣搖乎穴，走赴如霧。碎首屠腸，終不能去。是獨何爲，宛然尺刀。匣而不用，無有爪牙。彼孰爲畏，相率以逃。嗚呼嗟夫，吾苟有之。不言而諭，是亦何勞。

〔一〕集甲卷二十「凜然」作「爲凜」。

玉堂硯銘〔一〕并敘

文同與可將赴陵州，孫洙巨源以玉堂大硯贈之。與可屬蘇軾子瞻爲之銘，曰：

坡陁彌漫，天潤海淺，巨源之硯。淋漓蕩潏，神沒鬼出，與可之筆。燼南山之松，爲煤無餘。涸陵陽之水，維以濡之。硯大如四塼許，而陵州在高山上，至難得水，故以戲之〔二〕。

〔一〕集甲卷二十「硯」前有「鼎」字。

〔二〕集甲此則自註註文爲：「陵陽在高山上，至難得水。」

鼎硯銘

鼎無耳，槃有趾。鑑幽無見几不倚。暘蟲隕羿喪厥喙，羽淵之化帝祝尾。不周僨裂東南圮，黝然而深維水委。誰乎爲此昔未始，戲名其臀加幻詭。

王平甫硯銘

玉德金聲，而寓於斯。中和所熏，不水而滋。正直所冰，不寒而澌。平甫之硯，而軾銘之。

鄧公硯銘并敘

王鞏，魏國文正公之孫也。得其外祖張鄧公之硯，求銘於軾。銘曰：

鄧公之硯，魏公之孫。允也其物，展也其人。思我魏公文而厚，思我鄧公德而壽。三復吾銘，以究令名。

端硯銘

千夫挽綆，百夫運斤。篝火下縋，以出斯珍。一噓而泫，歲久愈新。誰其似之，我懷斯人。

孔毅甫龍尾硯銘

澁不留筆，滑不拒墨。爪膚而縠理，金聲而玉德。厚而堅，足以閲人於古今。朴而重，不能隨人以南北。

孔毅甫鳳咮石硯銘

昔余得之鳳凰山下龍焙之間，今君得之劍浦之上黯黮之灘。如樂之和，如金之堅，如玉之有潤，如舌之有泉。此其大凡也，爲然爲不然？然也，雖胡越同名猶可；不然，徒與此石同谿而産〔一〕，何異於九鵬而一鶴。

〔一〕「同」原缺，據《外集》卷二十二補。

鳳咮硯銘并序

北苑龍焙山，如翔鳳下飲之狀。當其咮，有石蒼黑，緻如玉。熙寧中，太原王頤以爲硯，余名之曰鳳咮。然其產不富。或以黯黮灘石爲之，狀酷類而多拒墨。時方爲《易傳》。銘曰：

陶土塗，鑿山石。玄之蠹，穎之賊。涵清泉，閟重谷。聲如銅，色如鐵。性滑堅，善凝墨。棄不取，長太息。招伏羲，揖西伯。發秘藏，與有力。非相待，爲誰出。

鳳咮硯銘

帝規武夷作茶囿，山爲孤鳳翔且嗅。下集芝田啄瓊玖，玉乳金沙發靈竇。殘璋斷璧澤而黝，治爲書硯美無有。至珍驚世初莫售，黑眉黄眼争妍陋。蘇子一見名鳳咮，坐令龍尾羞牛後。

米黻石鍾山硯銘

有盜不御，探奇發瑰。攘於彭蠡，斲鍾取追。有米楚狂，惟盜之隱。因山作硯，其詞如貫。

䱇硯銘并敍

龍尾䱇硯，章聖皇帝所嘗御也[一]。乾興升遐，以賜外戚劉氏，而永年以遺其舅王齊愈，臣軾得之，以遺臣宗孟。且銘之曰：

黟、歙之珍，匪斯石也。黼形而縠理，金聲而玉色也。雲蒸露湛，祥符之澤也。二臣更寶之，見者必作也。

〔一〕宋羅願《新安志》卷十引《蘇文忠公集》此文，「嘗」作「常」。

丹石硯銘〔一〕并序

唐林父遺予丹石硯，粲然如芙蕖之出水，殺墨而宜筆，盡硯之美。唐氏譜天下硯，而獨不知兹石之所出，余蓋知之。銘曰：

彤池紫淵，出日所浴。蒸爲赤霓，以貫暘谷。是生斯珍，非石非玉。因材制用，璧水環復。耕予中洲，蓺我玄粟。投種則穫，不炊而熟。

元豐壬戌之春，東坡題。

〔一〕《四庫全書珍本》初集《西清硯譜》卷八《石渠硯》有此銘，無序文。「投種則穫」之「種」，《西清硯譜》作「粒」。「元豐」云云九字，據《硯譜》補。

王仲儀硯銘

汲、鄭蚤聞，頗、牧晚用。諫草風生，羽檄雷動。人亡器有，質小任重。施易何常，明哲所共。

端硯石銘〔一〕并引

蘇堅伯固之子庠，字養直，妙齡而有異才〔二〕。贈以端硯，且銘之曰：

我友三益，取溪之石。寒松爲煤，孤竹爲筆。蓬麻效紙，仰泉致滴。斬几信鉤〔三〕，以全吾直。

〔一〕此文與下文《端硯銘》，集乙卷九綜爲一題，題曰《端石硯銘二首》。
〔二〕集乙此句作「少而好直」。
〔三〕集乙「信」下原註：「平聲。」

端硯銘

與墨爲入，玉靈之食。與水爲出，陰鑑之液。懿矣茲石，君子之側。匪以玩物，維以觀德。

黄魯直銅雀硯銘

漳濱之埴，陶氏我厄。受成不化，以與真隔。人亡臺廢，得反天宅。遇發丘隴〔一〕，復爲麟獲。纍然黄子，玄豈尚白。天實命我，使與其蹟。

〔一〕集乙卷九「隴」作「將」。

陳公密子石硯銘〔一〕并引

公窋躬自採石嵓下，獲黄卵，剖之，得紫硯。銘曰：

孰形無情，石亦卵生〔二〕。黄胞白絡，孕此黝頳〔三〕。已器不死，可候雨晴。天畀夫子，瑞其家庭。

〔一〕集乙卷九有銘無引。「陳」原作「程」，據集乙改。

〔二〕集乙「石」類「古」字。案：「古」，意長。

〔三〕集乙「孕此」作「以孕」。

龍尾石月硯銘

萋萋兮霧縠石，宛宛兮黑白月。其受水也哉生明，而運墨也旁死魄〔一〕。忽玄雲之霮䨴，觀玉兔之沐浴。集幽光於毫端，散妙迹於簡册。照千古其如在，耿此月之不没。

〔一〕集乙卷九此句與上句「也」字，均作「者」字。

邁硯銘邁往德興，賫以一硯，以此銘之

以此進道常若渴，以此求進常若驚，以此治財常思予，以此書獄常思生。

迨硯銘

有盡石，無已求。生陰壑，閟重湫。得之艱，豈輕授〔一〕。旌苦學，畀長頭。

〔一〕「授」原作「投」，今據集乙卷九改。

卵硯銘

東坡硯，龍尾石。開鵠卵，見蒼璧。與居士，同出入。更嶮夷，無燥濕。今何者，獨先逸。從參寥，老空寂。

唐陸魯望硯銘

噫先生，隱唐餘。甘杞菊，老樵漁。是器寶，實相予。爲散人，出叢書。

周炳文瓢硯銘〔一〕

以汝爲硯，嚣肖而瓢質。以汝爲瓢，硯剖而腹實。飲西江之水，吾以汝礪齒。瀉懸河之辯〔二〕，吾以汝借面〔三〕。不即不離，孰曰非道人之應器耶〔四〕！謂炳文有入道之意〔五〕。

〔一〕「炳文」原作「文炳」，今從《外集》卷二十二。

〔二〕「瀉」原缺，據《外集》補。

〔三〕「吾」原作「其」，「汝」原作「爾」，今從《外集》。

〔四〕「耶」原缺，據《外集》補。

〔五〕「謂炳文」云云八字，據《外集》補。

王定國硯銘二首

石出西山之西，北山之北。戎以發劍，予以試墨。劍止一夫敵，墨以萬世則。吾以是知天下之才，皆可以納諸聖賢之域。

又

月之從星，時則風雨。汪洋翰墨，將此是似。黑雲浮空，漫不見天〔一〕。風起雲移，星月凛然。

〔一〕「漫」原作「謾」，今從《西清硯譜》。

魯直所惠洮河石硯銘

洗之礪，發金鐵。琢而泓，堅密澤。郡洮岷，至中國。棄矛劍〔一〕，參筆墨。歲丙寅，斗南北〔二〕。歸予者，黃魯直。

〔一〕「矛」原作「予」，據《外集》卷二十二改。

〔二〕《外集》「南」作「東」。

故人王頤有自然端硯硯之成於片石上稍稍加磨治而已銘曰

其色馬肝，其聲磬，其文水中月，真寶石也。而其德則正，其形天合。其於人也略是，故可使而不可役也。

天石硯銘〔一〕并序

軾年十二時，於所居紗縠行宅隙地中，與羣兒鑿地爲戲。得異石，如魚膚温瑩，作淺碧色。表裏皆細銀星，扣之鏗然，試以爲硯，甚發墨，顧無貯水處〔二〕。先君曰：「是天硯也。有硯之德，而不足於形耳。」因以賜軾，曰：「是文字之祥也。」軾寶而用之，且爲銘曰：

一受其成，而不可更。或主於德〔三〕，或全於形。均是二者，顧予安取。仰唇俯足，世固多有。

元豐二年秋七月〔四〕，予得罪下獄，家屬流離，書籍散亂。明年至黄州，求硯不復得，以爲失之矣。七年七月，舟行至當塗，發書笥，忽復見之。甚喜，以付迨、過。其匣雖不工，乃先君手刻其受硯處〔五〕，而使工人就成之者，不可易也。

〔一〕《文鑑》卷七十三無「石」字。

〔二〕「顧」原缺，據《文鑑》補。

〔三〕《外集》卷二十二「主」作「全」。

〔四〕《外集》無「七月」二字。

〔五〕「乃」原缺，據《外集》補。

漢鼎銘并引

禹鑄九鼎，用器也，初不以爲寶，象物以飾之，亦非所以使民遠不若也。武王遷之洛邑，蓋已見笑於伯夷、叔齊矣。方周之盛也，鼎爲宗廟之觀美而已。及其衰也，爲周之患，有不可勝言者。匹夫無罪，懷璧其罪。周之衰也，與匹夫何異。嗟夫，孰知九鼎之爲周之角齒也哉〔一〕？自春秋時，楚莊王已問其輕重大小〔二〕。而戰國之際，秦與齊、楚皆欲之，周人惴惴焉，視三虎之垂涎而睨己也；絶周之祀不足以致寇，裂周之地不足以肥國，然三國之君，未嘗一日而忘周者，以寶在焉故也。三國争之，周人莫知所適與。得鼎者未必能存周，而不得者必碎之，此九鼎之所以亡也。周顯王之四十二年，宋太丘社亡，而鼎淪没於泗水，此周人毁鼎以緩禍，而假之神妖以爲之説也。秦始皇、漢武帝乃始萬方以出鼎，此與兒童之見無異。善夫吾丘壽王之説也，曰：「汾陰之鼎，漢鼎也，非周鼎。」夫周有鼎，漢亦有鼎，此《易》所謂正位凝命者，豈三趾兩耳之謂哉！恨壽王小子方以諛進，不能究其義，余故作《漢鼎銘》，以遺後世君子。其銘曰：

惟五帝三代及秦漢以來受命之君，靡不有兹鼎。鼎存而昌，鼎亡而亡。蓋鼎必先壞而國隨之，豈有易姓而鼎猶傳者乎？不寶此器，而拳拳於一物，孺子之智，婦人之仁，烏乎，悲矣。

〔一〕集乙卷八「角齒」作「争端」。

〔二〕「已」原作「以」，今據集乙改。郎本卷五十九「已」作「始」。

石鼎銘并序

張安道以遺子由，子由以爲軾生日之餽。銘曰：

石在洛書，蓋隸從革。矢砮醫砭，皆金之職。有堅而忍，爲釜爲鬲。居焚不炎，允有三德。

大覺鼎銘

欒全先生遺我鼎甗，我復以餉大覺老禪。在昔宋、魯，取之以兵。書曰郜鼎，以器從名。欒全、東坡，予之以義。書曰大覺之鼎，以名從器。挹山之泉，烹以其薪。爲苦爲甘，咨爾學人。

文與可琴銘〔一〕

攫之幽然，如水赴谷。醳之蕭然，如葉脱木。按之噫然，應指而長言者似君。置之枵然，遺形而不言者似僕。與可好作楚辭，故有「長言似君」之句。嵇忌論琴云：攫之深，醳之愉。此言爲指法之妙耳。

〔一〕此文中之「醳」，集甲卷二十、《文鑑》卷七十三作「釋」。集甲、《文鑑》無「與可」云云三十三字。

十二琴銘〔一〕

震陵孤桐

震陵孤桐下陽岑，音如澗水響深林。二聖元祐歲丁卯，器巧名之張益老。

香林八節

河渭之水多土，其聲厚以沉。江漢之水多石，其聲激而清。香林八節，是謂天地之中，山水之陰〔二〕。

號鍾

薄則播，厚則石，侈則哆，弇則鬱，長甬則震。無此五疾，則鳴而中律，是謂號鍾之實。

玉磬

其清越以長者，玉也。聽萬物之秋者，磬也。寶如是中，藜藿不再食。以是樂飢，不以告糴。

松風

忽乎青蘋之末而生有，極於萬竅號怒而實無。失其蕩枝蟠葉，雯而脱其枯。風鳴松耶？松鳴風耶？

古媧黃

煉石補天之年，截匏比竹之音。雖不可得見，吾知古之猶今。木聲犁然，當於人心。非參寥者，孰鈞其深？

南風

聲歌南風，舜作則，欲報父母天罔極。

歸鶴

琴聲三疊舞胎仙，肉飛不到夢所傳。白鶴歸來見曾玄，隴頭松風入朱絃。

秋風

秋風度而草木先驚，感秋者絃直而志不平。攬變衰之色，爲可憐之聲。不戰者善將，傷手者代匠。悲莫悲於湘濱，樂莫樂於濠上。

漁椇

襏襫大須，蕭然於萬物之表。槁項黄馘，闖然於一葦之航。與鷗鸕而物化，發山水之天光。鷩潛魚而出聽，是謂魚椇。

九州璜

釣漁得九州之璜，避紂得九州之王。湮沉乎射鮒之谷，委蛇乎鳳凰之堂〔三〕。其音不爽，惟德之常。

天球

天球至意，合以人力。作者七人，傳以華國。有蔚者桐，僵于下陽之庭。奏刀而玉質，成器而金聲。山川畀之耶？其天性之耶？

〔一〕此銘，亦見黄庭堅《豫章黄先生文集》卷十三，題作「張益老十二琴銘」。題註：「損。」

〔二〕《豫章黄先生文集》「陰」作「音」。

〔三〕《豫章黄先生文集》「鳳凰」作「鳴鳳」。

楊次公家浮磬銘

清而直，朴而一。雖有鄭衛，無自而入。以託於君子之室。

法雲寺鐘銘并敍

元豐七年十月，有詔大長老圓通禪師法秀住法雲寺。寺成而未有鐘，大檀越駙馬都尉武勝軍節度觀察留後張敦禮，與冀國大長公主唱之，從而和者若干人。元祐元年四月，鐘成，萬斤。東坡居士蘇軾爲之銘。曰：

有鐘誰爲撞？有撞誰撞之？三合而後鳴，聞所聞爲五。闕一不可得，汝則安能聞？汝聞竟安在？

耳視目可聽。當知所聞者，鳴寂寂時鳴。大圓空中師，獨處高廣座。臥士無所著，人引非引人。二俱無所説，而説無説法。法法雖無盡，問則應曰三。汝應如是聞，不應如是聽。

邵伯埭鐘銘并敍

邵伯埭之東，寺僧子康募千人爲千斤銅鐘〔一〕，蜀人蘇軾爲之銘。曰：

無量智慧火，燒此無明銅。戒定以爲模，鑄成無漏鐘。以汝平等手，執彼慈悲撞。聲從無有出，遍滿無邊空。

〔一〕原校：「康」一作「東」。

徐州蓮華漏銘并敍

故龍圖閣直學士禮部侍郎燕公肅，以創物之智聞於天下，作蓮華漏，世服其精。凡公所臨，必爲之，今州郡往往而在，雖有巧者，莫敢損益。而徐州獨用瞽人衛朴所造，廢法而任意，有壺而無箭。自以無目而廢天下之視，使守者伺其滿，則決之而更注，人莫不笑之。國子博士傅君褐，公之外曾孫，得其法爲詳。其通守是邦也，實始改作，而請銘於軾。銘曰：

人之所信者，手足耳目也，目識多寡，手知重輕。然人未有以手量而目計者，必付之於度量與權衡。豈不自信而信物，蓋以爲無意無我，然後得萬物之情。故天地之寒暑，日月之晦明。昆侖旁薄於三十八萬七千里之外，而不能逃於三尺之箭、五斗之缾。雖疾雷霾風雨雪晝晦而遲速有度，不加虧贏。使凡爲吏者，如缾之受水不過其量，如水之浮箭不失其平。如箭之升降也，視時之上下，降不爲辱，升不爲榮。則民將靡然心服，而寄我以死生矣。

裙靴銘〔一〕并序

予在黄州時，夢神考召入小殿賜宴，乃令作《宫人裙銘》，又令作《御靴銘》〔二〕。

百疊漪漪風皺，六銖縱縱雲輕。獨立含風廣殿，微聞環珮來聲。

寒女之絲，銖積寸累。天步所臨，雲蒸霧起〔三〕。

〔一〕本文中之《宫人裙銘》，已見詩集卷四十八。案本書體例，應删去。然涉及《御靴銘》，故仍列於此。

〔二〕《外集》卷二十三無「御」字。

〔三〕「霧」原作「雷」，今據《外集》改。

金星洞銘

寶山南麓鳳左翅，驚雷劃石遒虯起，凝陰嘘堅出怪瑋。是生神草肖蒼虺，離離赤志挾脊尾，飛流丹石決癰痏。金星非實特取似，施及山石亦見謂，凡名相因皆此比〔一〕。

〔一〕「凡」原作「几」，誤。今據集甲卷二十改。

洗玉池銘

世忽不踐，以用爲急。秦漢以還，龜玉道熄。六器僅存，五瑞莫輯。趙璧婦玩，魯璜盜竊。鼠亂鄭璞，鵠抵晉棘。維伯時父，吊古啜泣。道逢玉人，解驂推食。劍璏鏚珌，錯落其室〔一〕。既獲拱寶，遂空四壁。哀此命世，久就淪蟄。時節沐浴，以幸斯石。孰推是心，施及王國。如伯時父，琅然環玦。援手之勞，終睨莫拾。得喪在我，匪玉欣戚。仲和父銘之，維以咏德。

〔一〕郎本卷五十九「珌」作「柲」。下文「既」原作「晩」，今從郎本、《七集·後集》卷八。

菩薩泉銘并敍

陶侃爲廣州刺史，有漁人每夕見神光海上，以白侃。侃使迹之，得金像。視其款識，阿育王所鑄文殊師利像也。初送武昌寒溪寺。及侃遷荆州，欲以像行，人力不能動。益以牛車三十乘，乃能至舩。舩復没，遂以還寺。其後惠遠法師迎像歸廬山，了無艱礙。山中世以二僧守之。會昌中，詔毁天下寺，二僧藏像錦繡谷。比釋教復興，求像不可得，而谷中至今有光景，往往發見，如峩眉、五臺所見。蓋遠師文集載處士張文逸之文，及山中父老所傳如此。今寒溪少西數百步，別爲西山寺，有泉出於嵌竇間，色白而甘，號菩薩泉，人莫知其本末。建昌李常謂余，豈昔像之所在乎？且屬余爲銘。銘曰：

像在廬阜，宵光燭天〔一〕。旦朝視之，寥寥空山。誰謂寒溪，尚有斯泉。盍往鑒之，文殊了然。

〔一〕集甲卷二十「爚」作「厲」。

六一泉銘并敍

歐陽文忠公將老，自謂六一居士。予昔通守錢塘，見公於汝陰而南。公曰：「西湖僧惠勤甚文，而長於詩，吾昔爲《山中樂》三章以贈之。子間於民事，求人於湖山間而不可得，則盍往從勤乎〔一〕？」予到官三日，訪勤於孤山之下，抵掌而論人物。曰：「公，天人也。人見其暫寓人間，而不知其乘雲馭風歷五嶽而跨滄海也。此邦之人，以公不一來爲恨。公麾斥八極，何所不至，雖江山之勝，莫適爲主，而奇麗秀絶之氣，常爲能文者用，故吾以謂西湖蓋公几案間一物耳。」勤語雖幻怪，而理有實然者。明年，公薨，予哭於勤舍。又十八年，予爲錢塘守，則勤亦化去久矣。訪其舊居，則弟子二仲在焉，畫公與勤之像，事之如生。舍下舊無泉，予未至數月，泉出講堂之後，孤山之趾，汪然溢流，甚白而甘。即其地，鑿巖架石爲室。二仲謂余：「師聞公來，出泉以相勞苦，公可無言乎？」乃取勤舊語，推本其意，名之曰六一泉，且銘之曰：

泉之出也，去公數千里，後公之没，十有八年，而名之曰六一，不幾於誕乎？曰：君子之澤，豈獨五世而已，蓋得其人，則可至於百傳。嘗試與子登孤山而望吴越，歌山中之樂而飲此水，則公之遺風餘烈，亦或見於斯泉也。

〔一〕「盍」原缺，據郎本卷五十九補。

卓錫泉銘[一]并敍

六祖初住曹溪，卓錫泉涌，清涼滑甘，贍足大衆，逮今數百年矣。或時小竭，則衆汲於山下。今長老辯公住山四歲[二]，泉日涌溢，聞之嗟異。爲作銘曰：

祖師無心，心外無學。有來扣者，雲涌泉落。問何從來，初無所從。若有從處，來則有窮。初住南華，集衆湞水[三]。水性融會，豈有無理。引錫指石[四]，寒泉自冽。衆渴得飲，如我説法。云何至今，有溢有枯。泉無溢枯，溢其人乎[五]。辯來四年，泉水洋洋。烹煮濯溉，飲及牛羊。手不病汲，肩不病負。匏勺瓦盂，莫知其故。我不求水，水則許我。訊於祖師，有何不同[六]。

〔一〕《粤東金石略》卷五有《重刻蘇文忠卓錫泉銘》。翁方綱謂石刻與集本小異，並爲校勘。

〔二〕「辯」原作「辨」，今從《七集·續集》卷十。下同。

〔三〕「湞」原作「須」，今從石刻。翁謂「須」誤。

〔四〕「石」原作「名」，今從石刻。翁謂「名」誤。

〔五〕「溢」原作「蓋」，今從石刻。翁謂「蓋」誤。

〔六〕原作「其亦可哉」，今從石刻。翁謂「其亦可哉」誤。

參寥泉銘并敍

余謫居黄，參寥子不遠數千里從余於東城，留期年。嘗與同遊武昌之西山，夢相與賦詩，有「寒食清明」、「石泉槐火」之句，語甚美，而不知其所謂。其後七年，余出守錢塘，參寥子在焉。明年，卜智果精舍居之。又明年，新居成，而余以寒食去郡，實來告行。舍下舊有泉，出石間，是月又鑿石得泉，加冽。參寥子擷新茶，鑽火煮泉而瀹之，笑曰：「是見于夢九年，衛公之爲靈也久矣。」坐人皆悵然太息，有知命無求之意。乃名之參寥泉，爲之銘曰：

在天雨露，在地江湖。皆我四大，滋相所濡〔一〕。偉哉參寥，彈指八極。退守斯泉，一謙四益。余晚聞道，夢幻是身〔二〕。真即是夢〔三〕，夢即是真。石泉槐火，九年而信。夫求何神，實弊汝神。

〔一〕《外集》卷二十二「滋」作「濕」。

〔二〕「身」原作「真」，今從《七集·續集》卷十、《外集》。

〔三〕「真」原作「身」，今從《七集·續集》、《外集》。

何公橋銘〔一〕英州

〔一〕此文，已見中華書局版《蘇軾詩集》卷四十四《何公橋》詩，今删文留題。

九成臺銘

韶陽太守狄咸新作九成臺，玉局散吏蘇軾爲之銘。曰：

自秦并天下，滅禮樂，韶之不作，蓋千三百二十有三年〔一〕。其器存，其人亡，則韶既已隱矣，而況於人器兩亡而不傳。雖然，韶則亡矣，而有不亡者存。蓋常與日月寒暑晦明風雨並行於天地之間。世無南郭子綦，則耳未嘗聞地籟也，而況得聞於天。使耳聞天籟，則凡有形有聲者，皆吾羽旄干戚管磬匏絃。嘗試與子登夫韶石之上，舜峯之下，望蒼梧之眇莽，九疑之聯緜。覽觀江山之吐吞，草木之俯仰，鳥獸之鳴號，衆竅之呼吸，往來唱和，非有度數而均節自成者，非韶之大全乎！上方立極以安天下，人和而氣應，氣應而樂作，則夫所謂簫韶九成，來鳳鳥而舞百獸者，既已粲然畢陳于前矣。

建中靖國元年正月一日。

〔一〕「二十」原作「一十」。據《文鑑》卷七十三改。

遠遊庵銘〔一〕并敍

吴復古子野，吾不知其何人也。徒見其出入人間，若有求者，而不見其所求。不喜不憂，不剛不柔，不惰不修，吾不知其何人也。昔司馬相如有言：「列仙之儒，居山澤間，形容甚臞。」意甚鄙之〔二〕。乃取屈原《遠遊》作《大人賦》，其言宏妙，不遺而放。今子野行於四方十餘年矣，而歸老於南海之上〔三〕，必將俯仰百世，奄忽萬里，有得於屈原之《遠遊》者，故以名其庵而銘之。曰：

悲哉世俗之迫隘也，願從子而遠遊。子歸不來，而吾不往，使罔象乎相求。問道於屈原，借車於相如，忽焉不自知歷九疑而過崇丘。宛兮相逢乎南海之上，踞龜殼而食蛤蜊者必子也〔四〕。庶幾爲我一笑而少留乎？

〔一〕此文，西樓帖收有，文後有蘇軾自跋一篇，已收入本集末《蘇軾佚文彙編》。

〔二〕集甲卷二十、西樓帖無「意甚鄙之」四字。

〔三〕「老」原缺，據《西樓帖》補。

〔四〕西樓帖「踞」作「倦」。

蘇程庵銘并引

程公庵，南華長老辯公爲吾表弟程德孺作也。吾南遷過之，更其名曰蘇程，且銘之曰：

辯作庵，寶林南。程取之，不爲貪。蘇後到，住者三。蘇既住，程則去。一彈指，三世具。如我説，無是處。百千燈，同一光。一塵中，兩道場。齊説法，不相妨。本無通，安有礙。程不去，蘇亦在。各遍滿，無雜壞。

谷庵銘

孔公之堂名虚白，蘇子堂後作圓屋。堂雖白矣庵自黑，知白守黑名曰谷。谷庵之中空無物，非獨無應亦無答，洞然神光照毫髮。

夕庵銘

與晝皆作，霧散毛脉。夜氣既歸，肝膽是宅。我銘夕庵，惟以照寂。八萬四千，忽然而一。

桄榔庵銘并敍

東坡居士謫于儋耳，無地可居〔一〕，偃息于桄榔林中〔二〕，摘葉書銘，以記其處。

九山一區，帝爲方輿。神尻以遊，孰非吾居。百柱屭贔，萬瓦披敷。上棟下宇，不煩斤鈇〔三〕。日月旋繞，風雨掃除〔四〕。海氛瘴霧，吞吐吸呼。蝮蛇魑魅，出怒入娛。習若堂奧〔五〕，雜處童奴。東坡居士，强安四隅。以動寓止，以實託虛。放此四大，還於一如。東坡非名，岷峨非廬。須髪不改〔六〕，示現毗盧。無作無止，無欠無餘。生謂之宅，死謂之墟。三十六年，吾其捨此，跨汗漫而遊鴻濛之都乎〔七〕？

〔一〕《外集》卷二十二「可」作「以」。
〔二〕《外集》「中」作「下」。
〔三〕「斤鈇」原作「兵夫」，據《外集》改。
〔四〕「日月旋繞風雨掃除」八字原脱，據《外集》補。
〔五〕「若」原作「苦」，今從《外集》。
〔六〕《七集·續集》卷十「髪」作「髮」。《外集》亦作「髮」。
〔七〕《外集》「都」作「鄉」。

三槐堂銘并敍

天可必乎？賢者不必貴，仁者不必壽。天不可必乎？仁者必有後。二者將安取衷哉！吾聞之申包胥曰：「人衆者勝天，天定亦能勝人。」世之論天者，皆不待其定而求之，故以天爲茫茫。善者以怠，惡者以肆，盜跖之壽，孔顏之厄，此皆天之未定者也。松柏生於山林，其始也困於蓬蒿，厄於牛羊，而其終也，貫四時閲千歲而不改者，其天定也。善惡之報，至於子孫，而其定也久矣。吾以所見所聞所傳聞考之，而其可必也審矣。國之將興，必有世德之臣[一]，厚施而不食其報，然後其子孫能與守文太平之主共天下之福。故兵部侍郎晉國王公顯於漢、周之際，歷事太祖、太宗，文武忠孝，天下望以爲相，而公卒以直道不容於時。蓋嘗手植三槐於庭曰：「吾子孫必有爲三公者。」已而其子魏國文正公相真宗皇帝於景德、祥符之間朝廷清明天下無事之時，享其福禄榮名者十有八年。今夫寓物於人，明日而取之，有得有否。而晉公修德於身，責報於天，取必於數十年之後，如持左券，交手相付。吾是以知天之果可必也。吾不及見魏公，而見其子懿敏公，以直諫事仁宗皇帝[二]，出入侍從將帥三十餘年，位不滿其德。天將復興王氏也歟？何其子孫之多賢也。世有以晉公比李栖筠者，其雄才直氣，真不相上下，而栖筠之子吉甫，其孫德裕，功名富貴，畧與王氏等，而忠信仁厚，不及魏公父子。由此觀之，王氏之福蓋未艾也。懿敏公之子鞏與吾遊，好德而文，以世其家。吾是以録之。銘曰：

嗚呼休哉。魏公之業，與槐俱萌。封植之勤，必世乃成。既相真宗，四方砥平 歸視其家，槐陰滿庭。吾儕小人，朝不及夕。相時射利，皇卹厥德。庶幾僥倖，不種而穫[三]。不有君子，其何能國。王城之東，晉公所廬。鬱鬱三槐，惟德之符。嗚呼休哉！

[一]郎本卷五十九「德」作「禄」。

〔二〕《文鑑》卷七十三原校：「諫，一作道。」

〔三〕「穫」原作「獲」，今從郎本。

山堂銘并敘

熙寧九年夏六月，大雨，野人來告故東武城中溝瀆圮壞，出亂石無數。取而儲之，因守居之北墉爲山五，成，列植松栢桃李其上，且開新堂北向，以遊心寓意焉。其銘曰：

誰哀斯堅，土伯所儲。潦流發之，神以畀予。因廡爲堂，踐城爲山。有喬蒼蒼，俯仰百年。

德威堂銘并敘

元祐之初，詔起太師潞公於洛，命以重事。公惟仁宗、英宗、神考三聖委倚之重〔一〕，不敢以既老爲辭，杖而造朝。期年，乃求去。詔曰：「昔西伯善養老，而太公自至。魯穆公無人子思之側，則長者去之。公自爲謀則善矣，獨不爲朝廷惜乎？」又曰：「唐太宗以干戈之事，尚能起李靖於既老。而穆宗、文宗以燕安之際，不能用裴度於未病。治亂之效，於斯可見。」公讀詔聳然，不敢言去，蓋復留四年。天下無事，朝廷奠安，乃力請而歸。公之在朝也，契丹使耶律永昌、劉霄來聘，軾奉詔館客，與使者入覲，望見公殿門外，却立改容，曰：「此潞公也耶？所謂以德服人者。」問其年。曰：「何壯也！」軾曰：「使者見其容，未聞其語，其綜理庶務〔二〕，酬酢事物，雖精練少年有不如。貫穿古今，洽聞强記，雖專門名家有不逮。」使者拱手，曰：「天下異人也。」公既歸洛，西羌首領有温谿心者，請於邊吏，願獻良馬於公。邊吏以聞，詔聽之。公心服天下，至於四夷。《書》曰：「德威惟畏，德明惟明。」世所以守伯夷之典，用皐陶之法者〔三〕，以其德也。若夫非德之威，雖猛而人不畏；非德之明，雖察而人不服。公修德於几席之上，而其威折衝於萬里之外。退居於家，而人望之如在廊廟，可不謂德威乎？公之子及爲河陽守，公將往臨之。吏民喜甚，自洛至三城，歡呼之聲相屬。及作堂以待公，而請銘於軾，乃榜之曰德威，而銘之曰：

德威惟畏，德明惟明。惟師潞公，展也大成。公在洛師，嵩洛有光。駕言三城，河流不揚。願公百年，子孫千億。家于兩河，日見顔色。西戎來朝，祇慄公門。豈惟兩河〔四〕，四方其訓之。

〔一〕「委」原作「眷」，今從郎本卷五十九。

〔二〕《七集·續集》卷十「綜」作「總」。

〔三〕郎本「法」作「刑」。

〔四〕《七集·續集》、明刊《文粹》卷四十三「兩河」作「西人」。

清隱堂銘

已去清隱，而老崇慶。崇慶亦非，何者爲正。清者其行，隱者其言。非彼非此，亦非中間。在清隱時，念念不住。今既情忘〔一〕，本無住處〔二〕。八萬四千，劫火洞然。但隨他去，何處不然。

〔一〕此句，《七集·後集》卷二十作「今者何人」。

〔二〕《七集·後集》作「補清隱處」。

四達齋銘并引

高郵使君趙晦之，作齋東園，户牖四達，因以名之。眉山蘇軾過而爲之銘，曰：

有藏於中，必諜於外。惟慢與謹，皆盜之誨。孰如此間，空洞無物。户牖闔開，廓焉四達。擊去盜易，使無盜難。我無可攘，以守則完。趙侯無心，得法赤豁。四出其齋，以達民迷。

雪浪齋銘并引

予於中山後圃得黑石〔一〕，白脉，如蜀孫位、孫知微所畫石間奔流，盡水之變。又得白石曲陽，爲大盆以盛之，激水其上，名其室曰雪浪齋云。

盡水之變蜀兩孫，與不傳者歸九原。異哉駮石雪浪翻，石中乃有此理存。玉井芙蓉丈八盆，伏流飛空漱其根。東坡作銘豈多言，四月辛酉紹聖元。

〔一〕「後」原作「得」，誤，據集乙卷八改。

思無邪齋銘并敍

東坡居士問法於子由。子由報以佛語，曰：「本覺必明，無明明覺。」居士欣然有得於孔子之言曰：

「《詩》三百，一言以蔽之，曰思無邪。」夫有思皆邪也，無思則土木也，吾何自得道，其惟有思而無所思乎？於是幅巾危坐，終日不言，明目直視，而無所見，攝心正念，而無所覺。於是得道，乃名其齋曰思無邪，而銘之曰：

大患緣有身，無身則無病。廓然自圓明，鏡鏡非我鏡。如以水洗水，二水同一淨。浩然天地間，惟我獨也正。

夢齋銘并敍

至人無夢。或曰：「高宗、武王、孔子皆夢，佛亦夢，夢不異覺，覺不異夢，夢卽是覺，覺卽是夢，此其所以爲無夢也歟？」衛玠問夢於樂廣，廣對以想。曰：「形神不接而夢，此豈想哉？」對曰：「因也。」或問因之說，東坡居士曰：「世人之心，依塵而有，未嘗獨立也。塵之生滅，無一念住。夢覺之間，塵塵相授。數傳之後，失其本矣。則以爲形神不接，豈非因乎？人有牧羊而寢者，因羊而念馬，因馬而念車，因車而念蓋，遂夢曲蓋鼓吹，身爲王公。夫牧羊之與王公，亦遠矣，想之所因，豈足怪乎？」居士始與芝相識於夢中，且以所夢求而得之，今二十四年矣，而五見之。每見輒相視而笑，不知是處之爲何方，今日之爲何日，我爾之爲何人也。」題其所寓室曰夢齋，而子由爲之銘曰：

法身充滿，處處皆一。幻身虛妄，所至非實。我觀世人，生非實中。以寤爲正，以寐爲夢。忽寐所遇，執寤所遭。積執成堅，如丘山高。若見法身，寤寐皆非。知其皆非，寤寐無爲。遨遊四方，齋則不遷。南北東西，法身本然。

廣心齋銘〔一〕

細德險微，憎愛彼我〔二〕。君子廣心，物無不可。心不運寸，中積瑣瑣。得得戚戚〔三〕，忿欲生火。然爐傾側，焚我中和〔四〕。沃以遠水，井泉無波。天下爲量，萬物一家。前聖後聖，惠我光華。

〔一〕《永樂大典》卷二千五百三十七引《宋蘇東坡文集》，有此文，「廣」前有「鮮自源」三字。黄庭堅《豫章黄先生文集》卷十三有此文，題作「鮮自源廣心齋銘」。

〔二〕「憎愛」原作「愛争」，今從《大典》。

〔三〕「得得」原作「得之」，今從《大典》。《豫章黄先生文集》「得得」作「得失」。

〔四〕「然爐傾側焚我中和」八字原缺，據《大典》及《豫章黄先生文集》補。

談妙齋銘

南華老翁〔一〕，端静簡潔。浮雲掃盡，但掛孤月。吾宗伯固，通亮英發。大圭不琢〔二〕，天驥超絶。室空無有，獨設一榻。空毗耶城，奔走竭蹶。二士共談，必説妙法。彈指千偈，卒無所説。有言皆幻，無起不滅。問我何爲，鏤冰琢雪。人人造語，一一説法。孰知東坡，非問非答。

〔一〕《七集·後集》卷二十「翁」作「明」。

〔二〕《七集·後集》「琢」作「瑑」。

澮軒銘

以船撑船船不行。以鼓打鼓鼓不鳴。子欲察味而辨色，何不坐於澮軒之上，出澮語以問澮叟，則味自味，而色自形。吾然後知澮叟之不淡，蓋將盡口眼之變，而起無窮之争。其自謂叢林之一害，豈虚名也哉？

擇勝亭銘

維古潁城，因潁爲隍。倚舟于門，美哉洋洋。如淮之甘，如漢之蒼。如洛之温，如浚之凉。可侑我客，可流我觴。我欲即之，爲館爲堂。近水而構，夏潦所襄。遠水而築，邈焉相望。乃作斯亭，筵楹欒梁。鑿枘交設，合散靡常。赤油仰承，青幄四張。我所欲往，一夫可將〔一〕。與水升降，除地布牀。可使杜蕢，洗觶而揚。可使莊周，觀魚而忘。可使逸少，祓禊而祥。可使太白，泳月而狂。既薺我茶，亦醪我漿。既濯我纓，亦浣我裳。豈獨臨水，無適不臧。春朝花郊，秋夕月場。無脛而趨，無翼而翔。敞又改爲，其費易償。榜曰擇勝，名實允當。維古至人，不留一方。虚白爲室，無可爲鄉。神馬尻輿，孰爲輪箱。流行坎止，雖觸不傷。居之無盜，中靡所藏。去之無戀，如所宿桑。豈如世人，生短慮長。尺宅不治，寸田是荒。錫瓦銅雀，石門阿房。俯仰變滅，與生俱亡。我銘斯亭，以砭世盲〔二〕。

〔一〕《文鑑》卷七十三「一」作「十」。《永樂大典》卷一萬一千六百十九引此文，「一」亦作「十」。

〔二〕集乙卷八「盲」作「肓」。

惠州李氏潛珍閣銘

夔九淵之神龍，汋淵潛以自珍。雖無心於求世，亦擇勝而栖神。蔚鵝城之南麓，擢仙李之芳根。因石阜以庭宇，跨飲江之鼇黿。岌飛簷與鐵柱，插清江之淪淪。眩古潭之百尺，涵萬象於瑤琨。耿月魄以終夜，湛天容之方春。信蒼蒼之非色，極深遠而自然。疑貝闕與珠宮，有玉函之老人。予南征其萬里，友魚鰕與蛭螾。逝將去而反顧，託江流以投文。悼此江之獨西，歎妙意之不陳。逮公子之東歸，寓此懷於一樽。雖神龍之或殺，終不殺之爲仁。

真相院釋迦舍利塔銘〔一〕并敍

洞庭之南，有阿育王塔，分葬釋迦如來舍利。嘗有作大施會出而浴之者，緇素傳捧，涕泣作禮。有比丘竊取其三，色如含桃，大如薏苡，將寘之他方，爲衆生福田。久而不能，以授白衣方子明。元豐三年，軾之弟轍謫官高安，子明以畀之。七年，軾自齊安蒙恩徙臨汝，過而見之。八年，移守文登，召爲尚書禮部郎。過濟南長清真相院，僧法泰方爲塼塔十有三層，峻峙蟠固，人天鬼神所共瞻仰，而未有以葬。軾默念曰：「予弟所寶釋迦舍利，意將止於此耶？昔予先君文安主簿贈中大夫諱洵，先夫人武昌太君程氏，皆性仁行廉，崇信三寶，捐館之日，追述遺意，捨所愛作佛事，雖力有所止，而志則無盡。自頃憂患，廢而不舉，將二十年矣。復廣前事，庶幾在此。」泰聞踊躍，明年來請於京師。探篋中得金一兩，銀六兩，使歸求之衆人，以具棺槨。銘曰：

如來法身無有邊，化爲舍利示人天。偉哉有形斯有年，紫金光聚飛爲烟。惟有堅固百億千，輪王阿育願力堅。役使空界鬼與仙，分置衆剎奠山川。棺槨十襲閟精圜，神光晝夜發層巔。誰其取此智且權，佛身普現衆目前。昏者坐受遠近遷，冥行黑月墮坎泉。分身來化會有緣，流轉至此誰使然。並包齊魯窮海壖，懭悍柔淑冥愚賢。願持此福達我先，生生世世離垢纏。

〔一〕文中「長清」原作「見□」，今從《七集·前集》卷四十。銘中「舍利」，《七集》作「丈六」。

大別方丈銘

閉目而視，目之所見，冥冥蒙蒙。掩耳而聽，耳之所聞，隱隱隆隆。耳目雖廢，見聞不斷，以摇其中。孰能開目，而未嘗視，如鑑寫容？孰能傾耳，而未嘗聽，如穴受風？不視而見，不聽而聞，根在塵空。湛然虚明，遍照十方，地獄天宫。蹈冒水火，出入金石，無往不通。我觀大別，三門之外，大江方東。東西萬里，千溪百谷，爲江所同。我觀大別，方丈之内，一燈常紅。門閉不開，光出于隙，曄如長虹。問何爲然，笑而不答，寄之盲聾。但見龐然，秀眉月面，純漆點瞳。我作銘詩，相其木魚，與其鼓鐘。

石塔戒衣銘

石塔得三昧，初從戒定入。是故常寶護，登壇受戒衣。吾聞得道人，一物不可留。云何此法衣，補緝成百衲。諸法念念逝〔一〕，此衣非昔衣。此法無生滅〔二〕，衣亦無壞者〔三〕。振此無塵衣，洗此無垢人。壞則隨他去，是故終不壞。

〔一〕「念念」原作「念已」，今從《外集》卷二十二。
〔二〕「無」原作「非」，今從《外集》。
〔三〕「亦」原作「益」，據《外集》改。

南安軍常樂院新作經藏銘

佛以一口，而説千法。千佛千口，則爲幾説。我法不然，非千非一。如百千燈，共照一室。雖各徧滿，不相壞雜。咨爾學者，云何覽閲。自非正眼，表裏洞達。已受將受，則相陵奪。惟回屢空，無所不悦。是名耳順，亦號莫逆。以此轉經，有轉無竭。道人山居，僻介楚越。常樂我静，一食破衲。達磨耶藏，勤苦建設。我無一錢，檀波羅密。施此法水，以灌爾睫。

廣州東莞縣資福寺舍利塔銘〔一〕并敍

自有生人以來，人之所爲見於世者，何可勝道。其鼓舞天下，經緯萬世，有偉於造物者矣。考其所從生，實出於一念。巍乎大哉，是念也，物復有烈於此者乎？是以古之真人，以心爲法，自一身至一世界，自一世界至百千萬億世界，於屈信臂頃〔二〕，作百千萬億變化，如佛所言，皆真實語，無可疑者。至於持身厲行，練精養志，或乘風而仙，或解形而去，使枯槁之餘，化爲金玉，時出光景，以作佛事者，則多有矣。其見伏去來，皆有時會，非偶然者。予在惠州，或示予以古舍利，狀若覆盂，圓徑五寸，高二寸〔三〕，重二斤二兩〔四〕，外密而中疎，其理如芭蕉，舍利生其中無數，五色具備，意必真人大士之遺體。蓋腦之在顱中，顱亡而腦存者。予曰：「是當以施僧，與衆共之，藏私家非是。」其人難之。適有東莞資福長老祖堂來惠州，見而請之，曰：「吾方建五百羅漢閣，壯麗甲於南海，舍利當栖我閣上。」則以犀帶易之。有自京師至者，得古玉璧，試取以薦舍利，若合符契。堂喜，遂並璧持去，曰：「吾當以金銀琉璃爲窣堵波，置閣上。」銘曰：

真人大士何所修，心精妙明含九州。此身性海一浮漚，委蛻如遺不自收。戒光定力相烝休，結爲寶珠散若旒。流行四方獨此留，帶犀微矣何足酬。璧來萬里端相投，我非與堂堂非求。共作佛事知誰由，瑞光一起三千秋，永照南海通羅浮。

〔一〕「州」原作「東」，今從《七集·後集》卷十九。

〔二〕「頃」原作「項」，誤，據《七集·後集》改。

〔三〕《七集·後集》「二」作「三」。

〔四〕《七集·後集》「二斤二兩」作「一斤一兩」。

蘇軾文集卷二十

頌

仁宗皇帝御書頌并敍

天禧中，仁宗皇帝在東宮。故太傅鄧國張文懿公諱士遜爲太子諭德，帝親書十二字以賜之，曰「寅亮天地，弼余一人」，又曰「日新其德」。公之曾孫假承務郎臣欽臣，以屬翰林學士臣蘇軾爲之頌二篇。

其一曰：天地不言，付之人君。明其德刑，物自秋春。人君無心，屬之輔弼。信其賞罰，身爲衡石。惟天惟君，與相爲三。孰能俛仰？其德不慚。於皇仁宗，恭己無爲。以天爲心，以民爲師。其相鄧公，履信思順。天下頌之，以退爲進。壽考百年，以没元身。嗚呼休哉，寅亮天地，弼余一人。

其二曰：聖人如天，時殺時生。君子如水，因物賦形。天不違仁，水不失平。惟一故新，惟新故一。一故不流，新故無斁。伊尹曁湯，咸有一德。「周雖舊邦，其命維新」。孰知此言，若出一人。小臣稽首，敬頌遺墨。嗚呼休哉，日新其德。

英宗皇帝御書頌并序

嘉祐中，太常博士周秉，以文行選爲諸王記室，宗室之賢者多愛敬之。時英宗皇帝，龍潛藩邸，嘗賜秉手書，其家寶之。臣過曲江，見其孫袁州司法參軍超，出以示臣。謹稽首再拜，爲之頌曰：

雲漢之章，融爲慶雲，結爲甘露。融而不晞，結而不散，以燾冒其子孫。

建中靖國元年月日臣蘇某記〔一〕。

〔一〕「建中靖國」云云十二字原缺，據《七集·續集》卷十補。

醉僧圖頌

人生得坐且穩坐，劫劫地走覓什麼。今年且屙東禪屎，明年去拽西林磨。

石恪畫維摩頌〔一〕

我觀衆工工一師，人持一藥療一病。風勞欲寒氣欲暖，肺肝胃腎更相克〔二〕。挾方儲藥如丘山，卒無一藥堪施用。有大醫王拊掌笑，謝遣衆工病隨愈。問大醫王以何藥，還是衆工所用者。我觀三十二菩薩，各以意談不二門。而維摩詰默無語，三十二義一時墮。我觀此義亦不墮，維摩初不離是説。譬如油蠟作燈燭，不以火點終不明。忽見默然無語處，三十二説皆光焰。佛子若讀維摩經，當作是念爲正念〔三〕。我觀維摩方丈室〔四〕，能受九百萬菩薩〔五〕。三萬三千師子坐，皆悉容受不迫迮。又能分布一鉢飯，饜飽十方無量衆。斷取妙喜佛世界，如持鍼鋒一棗葉。云是菩薩不思議，住大解脱神通力。我觀石子一處士，麻鞋破帽露兩肘。能使筆端出維摩，神力又過維摩詰。若云此畫無實相，毗耶城中亦非實。佛子若作維摩像，應作此觀爲正觀。

〔一〕三希堂石刻「頌」作「贊」。

〔二〕三希堂石刻「更」下原註：平。

〔三〕三希堂石刻「當」作「應」。

〔四〕三希堂石刻「我觀維摩」作「維摩能以」。

〔五〕三希堂石刻「能」作「容」。

阿彌陀佛頌并敍

錢塘圓照律師，普勸道俗歸命西方極樂世界阿彌陀佛。眉山蘇軾敬捨亡母蜀郡太君程氏遺留簪珥，命工胡錫采畫佛像，以薦父母冥福。謹再拜稽首而獻頌曰：

佛以大圓覺，充滿河沙界。我以顛倒想，出没生死中。云何以一念，得往生淨土。我造無始業，本從一念生。既從一念生，還從一念滅。生滅滅盡處，則我與佛同。如投水海中，如風中鼓橐。雖有大聖智，亦不能分別。願我先父母，與一切衆生。在處爲西方，所遇皆極樂。人人無量壽，無往亦無來。

釋迦文佛頌并引

端明殿學士兼翰林侍讀學士蘇軾，爲亡妻同安郡君王氏閏之，請奉議郎李公麟敬畫釋迦文佛及十大弟子。元祐八年十一月十一日，設水陸道場供養。軾拜手稽首而作頌曰：

我願世尊，足指按地。三千大千，淨琉璃色。其中衆生，靡不解脱。如日出時，眠者皆作。如雷震時，蟄者皆動。同證無上，永不退轉。

觀世音菩薩頌并引

金陵崇因禪院長老宗襲，自以衣鉢造觀世音像，極相好之妙，余南遷過而禱焉。曰：「吾北歸當復過此，而爲之頌。」建中靖國元年五月日，自海南歸至金陵。乃作頌曰：

慈近乎仁，悲近乎義。忍近乎勇，憂近乎智。四者似之，而卒非是。有大圓覺，平等無二。無冤故仁，無親故義。無人故勇，無我故智。彼四雖近，有作有止。此四本無，有取無匱。有二長者，皆樂檀施。其一大富，千金日費。其一甚貧，百錢而已。我説二人，等無有異。吁觀世音，淨聖大士。徧滿空界，挈携天地。大解脱力，非我敢議。若其四無，我亦如此。

十八大阿羅漢頌有跋

蜀金水張氏，畫十八大阿羅漢。軾謫居儋耳，得之民間。海南荒陋，不類人世，此畫何自至哉！久逃空谷，如見師友，乃命過躬易其裝標，設燈塗香果以禮之。張氏以畫羅漢有名，唐末蓋世擅其藝，今成都僧敏行，其玄孫也。梵相奇古，學術淵博，蜀人皆曰：「此羅漢化生其家也。」軾外祖父程公，少時游京師，還，遇蜀亂，絶糧不能歸，困卧旅舍。有僧十六人往見之，曰：「我，公之邑人也。」各以錢二百貸之，公以是得歸，竟不知僧所在。公曰：「此阿羅漢也。」歲設大供四。公年九十，凡設二百餘供。今軾雖不親覩至人，而困厄九死之餘，鳥言卉服之間，獲此奇勝，豈非希闊之遇也哉？乃各卽其體像，而窮其思致，以爲之頌。

第一尊者，結跏正坐，蠻奴側立。有鬼使者，稽顙于前，侍者取其書通之。頌曰

月明星稀，孰在孰亡。煌煌東方，惟有啓明。咨爾上座，及阿闍黎。代佛出世，惟大弟子。

第二尊者，合掌趺坐，蠻奴捧牘于前。老人發之，中有琉璃器，貯舍利十數。頌曰

佛無滅生，通塞在人。牆壁瓦礫，誰非法身。尊者斂手，不起于坐。示有敬耳，起心則那。

第三尊者，抹烏木養和。正坐。下有白沐猴獻果，侍者執盤受之。頌曰

我非標人，人莫吾識。是雪衣者，豈具眼隻。方食知獻，何愧於猿。爲語柳子，勿憎王孫。

第四尊者，側坐屈三指，答胡人之問。下有蠻奴捧函，童子戲捕龜者。頌曰

彼問云何，計數以對。爲三爲七，莫有知者。雷動風行，屈信指間。汝觀明月，在我指端。

第五尊者，臨淵濤，抱膝而坐。神女出水中，蠻奴受其書。頌曰

形與道一，道無不在。天宮鬼府，奚往而礙。婉彼奇女，躍于濤瀧。神馬尻輿，攝衣從之。

第六尊者，右手支頤，左手拊稺師子。顧視侍者，擇瓜而剖之。頌曰

手拊雛猊，目視瓜獻。甘芳之意，若達于面。六塵並入，心亦徧知。即此知者，爲大摩尼。

第七尊者，臨水側坐。有龍出焉，吐珠其手中。胡人持短錫杖，蠻奴捧鉢而立。頌曰

我以道眼，爲傳法宗。爾以願力，爲護法龍。道成願滿，見佛不怍。盡取玉函，以畀思邈。

第八尊者，並膝而坐，加肘其上。侍者汲水過前，有神人涌出于地，捧槃獻寶。頌曰

爾以捨來，我以慈受。各獲其心，寶則誰有。視我如爾，取與則同。我爾福德，如四方空。

第九尊者，食已襆鉢，持數珠，誦呪而坐。下有童子，構火具茶，又有埋筒注水蓮池中者。頌曰

飯食已異，襆鉢而坐。童子茗供，吹籥發火。我作佛事，淵乎妙哉。空山無人，水流花開。

第十尊者，執經正坐。有仙人侍女焚香于前。頌曰

飛仙玉潔，侍女雲眇。稽首炷香，敢問至道。我道大同，有覺無修。豈不長生，非我所求。

第十一尊者，趺坐焚香。侍者拱手，胡人捧函而立。頌曰

前聖後聖，相喻以言。口如布穀，而意莫傳。鼻觀寂如，諸根自例。孰知此香，一炷千偈。

第十二尊者，正坐入定枯木中。其神騰出于上，有大蟒出其下。頌曰

默坐者形，空飛者神。二俱非是，孰爲此身？佛子何爲，懷毒不已。願解此相，問誰縛爾。

第十三尊者，倚杖垂足側坐。侍者捧函而立，有虎過前，有童子怖匿而竊窺之。頌曰

是與我同，不噬其妃。一念之差，墮此髬髵。導師悲愍，爲爾顰歎。以爾猛烈，復性不難。

第十四尊者，持鈴杵，正坐誦呪。侍者整衣于右，胡人横短錫跪坐于左。有虬一角〔二〕，若仰訴者。頌曰

彼髯而虬，長跪自言。特角亦來，身移怨存。以無言音，誦無説法。風止火滅，無相仇者。

第十五尊者，鬚眉皆白，袖手趺坐。胡人拜伏于前，蠻奴手持拄杖，侍者合掌而立。頌曰

聞法最先，事佛亦久。耄然衆中，是大長老。薪水井臼，老矣不能。摧伏魔軍，不戰而勝。

第十六尊者，横如意趺坐。下有童子發香篆，侍者注水花盆中。頌曰

盆花浮紅，篆烟繚青。無問無答，如意自横。點瑟既希，昭琴不鼓。此間有曲，可歌可舞。

第十七尊者，臨水側坐，仰觀飛鶴。其一既下集矣，侍者以手拊之。有童子提竹籃，取果實投水中。頌曰

引之浩茫，與鶴皆翔。藏之幽深，與魚皆沉。大阿羅漢，入佛三昧。俯仰之間，再拊海外。

第十八尊者，植拂支頤，瞪目而坐。下有二童子，破石榴以獻。頌曰

植拂支頤，寂然跏趺。尊者所游，物之初耶。聞之於佛，及吾子思。名不用處，是未發時。

佛滅度後，閻浮提衆生剛狠自用，莫肯信入。故諸賢聖皆隱不現〔二〕，獨以像設遺言，提引未悟，而峩眉、五臺、盧山〔三〕、天台猶出光景變異，使人了然見之。軾家藏十六羅漢像，每設茶供，則化爲白乳，或凝爲雪花桃李芍藥，僅可指名。或云：羅漢慈悲深重，急於接物，故多現神變。儻其然乎？今於海南得此十八羅漢像，以授子由弟，使以時修敬，遇夫婦生日，輒設供以祈年集福，並以前所作頌寄之。子由以二月二十日生，其婦德陽郡夫人史氏，以十一月十七日生。是歲中元日題。

〔一〕「虬」原作「蛇」。文中有「彼髯而虬」、「特角亦來」等語，「蛇」當爲「虬」之誤。今改「蛇」爲「虬」。

〔二〕「皆」原作「背」，據《七集・後集》卷二十改。

〔三〕「盧山」疑應作「廬山」。

枯骨觀頌

李伯時爲柳仲遠畫枯骨觀〔一〕，蘇子瞻頌之。

這箇在這裏，那箇那裏去。終待乞伊來，大家做一處。

〔一〕「伯」原作「仲」，今據《外集》卷二十三改。

代黄檗答子由頌〔一〕六月二十日

子由問黄檗長老疾云：五蘊皆非四大空，身心河嶽盡圓融。病根何處容他住，日夜還將藥石攻。不知黄檗如何答？東坡老僧代云〔二〕：

有病宜須藥石攻〔三〕，寒時火燭熱時風。病根既是無容處，藥石還同四大空。

〔一〕「代黄檗」三字原缺，據《外集》卷二十三補。

〔二〕「東坡」二字原缺，據《外集》補。「老僧代」疑應作「代老僧」。

〔三〕「藥石」原作「著藥」，今從《外集》。

答孔君頌〔一〕

夢中投井，入半而止。出入不能，本非住處。我今何爲，自此作苦。忽然夢覺，身在牀上。不知向來，本元無井。不應復作，出入住想。道無深淺，亦無遠近。見物失空，空未嘗滅。物去空現，亦未嘗生。應當正遠，作如是觀。

〔一〕「孔」後原有「子」字，據《外集》卷二十三删。文中「入半」、「此作」、「正遠」，《外集》分别作「及半」、「住此」、「正念」。

魚枕冠頌

瑩淨魚枕冠，細觀初何物。形氣偶相值，忽然而爲魚。不幸遭網罟，剖魚而得枕。方其得枕時，是枕非復魚。湯火就模範，巉然冠五岳。方其爲冠時，是冠非復枕。成壞無窮已，究竟亦非冠。假使未變壞，送與無髮人。簪導無所施，是名爲何物。我觀此幻身，已作露電觀。而況身外物，露電亦無有。佛子慈閔故，願受我此冠。若見冠非冠，卽知我非我〔一〕。五濁煩惱中，清淨常歡喜。

〔一〕三希堂石刻「卽」作「則」。

黄州李樵卧帳頌

問李巖老，何必居此〔一〕。愛護鐵牛，障欄佛子。

〔一〕《外集》卷二十三「必」作「心」。

桂酒頌〔一〕并敍

《禮》曰：「喪有疾，飲酒食肉，必有草木之滋焉。薑桂之謂也。」古者非喪食，不徹薑桂。《楚辭》曰：

「莫桂酒兮椒漿。」是桂可以爲酒也。《本草》：桂有小毒，而菌桂、牡桂皆無毒，大略皆主温中，利肝腑氣[二]，殺三蟲，輕身堅骨，養神發色，使常如童子，療心腹冷疾，爲百藥先，無所畏。陶隱居云：《仙經》，服三桂，以葱涕合雲母，烝爲水。而孫思邈亦云：久服，可行水上。此輕身之效也。吾謫居海上，法當數飲酒以禦瘴，而嶺南無酒禁。有隱者，以桂酒方授吾，釀成而玉色，香味超然，非人間物也。東坡先生曰：「酒，天禄也。其成壞美惡，世以兆主人之吉凶，吾得此，豈非天哉！」故爲之頌，以遺後之有道而居夷者。其法，蓋刻石置之羅浮鐵橋之下，非忘世求道者莫至焉。其詞曰：

中原百國東南傾，流膏輸液歸南溟。祝融司方發其英，沐日浴月百寶生。水娠黄金山空青，丹砂晝曬珠夜明[三]。百卉甘辛角芳馨，旃檀沈水乃公卿。大夫芝蘭士蕙蘅，桂君獨立冬鮮榮。無所懾畏時靡争，釀爲我醪淳而清。甘終不壞醉不醒，輔安五神伐三彭。肌膚渥丹身毛輕，冷然風飛罔水行。誰其傳者疑方平，教我常作醉中醒[四]。

〔一〕周必大《周益國文忠公集·平園續稿》卷六《跋東坡桂酒頌》謂真迹「心服」作「心腹」，「御瘴」作「禦瘴」，「輔安五藏」爲「五神」，與「今閩、浙、川」本不同，疑東坡「隨手有所改定」。案：今所見之集乙本，皆同真迹。

〔二〕集乙卷八「腑」作「肺」。

〔三〕集乙「晝曬」作「晨暾」。原校：「晝曬」一作「晨暾」。

〔四〕此句原校：一作「教我醒醉醉時醒」。

食豆粥頌

道人親煑豆粥。大衆齊念《般若》。老夫試挑一口，已覺西家作馬。

禪戲頌

已熟之肉，無復活理。投在東坡無礙羹釜中，有何不可。問天下禪和子，且道是肉是素，喫得是喫不得是？大奇大奇，一盌羹，勘破天下禪和子。

東坡羹頌并引

東坡羹，蓋東坡居士所煑菜羹也。不用魚肉五味，有自然之甘。其法以菘若蔓菁、若蘆菔、若薺〔一〕，揉洗數過，去辛苦汁。先以生油少許塗釜緣及一瓷盌，下菜沸湯中〔二〕。入生米爲糝，及少生薑，以油盌覆之，不得觸，觸則生油氣，至熟不除。其上置甑，炊飯如常法，既不可遽覆，須生菜氣出盡乃覆之。羹每沸湧。遇油輒下，又爲盌所壓，故終不得上。不爾，羹上薄飯，則氣不得達而飯不熟矣。飯熟羹亦爛可食。若無菜，用瓜、茄，皆切破，不揉洗，入罨，熟赤豆與粳米半爲糝。餘如煑菜法〔三〕。應純道人將適廬山，求其法以遺山中好事者。以頌問之：

甘苦嘗從極處回，鹹酸未必是鹽梅。問師此箇天真味，根上來麽塵上來？

〔一〕「菘」原作「松」，今從《外集》卷二十三。

〔二〕上句「一」原缺，此句「沸」原缺，據《外集》補。

〔三〕《外集》「菜」作「羹」。

油水頌并侯溥跋

熙寧元年七月二十八日，元叔設食嘉祐院〔一〕，見召〔二〕，謁長老，觀佛牙。趙郡蘇軾爲之頌曰〔三〕：

水在油中，見火則起。油水相搏〔四〕，水去油住。湛然光明，不知有火。在火能定〔五〕，由水淨故〔六〕。若不經火，油水同定。非真定故〔七〕，見火復起。

僕嘗與子瞻學士會食於嘉祐長老紀公之丈室。子瞻識其行於壁，又書水去真定之喻十二言於其所謂禪版者。紀曰：「壁有時以圮，版有時以蠹，不幸而及於此，則吾之所寶去矣。我將寶其真筆而摹其字於石，垂之緜緜，使觀者知大賢之所存。」熙寧四年八月九日，河南侯溥元叔題。

〔一〕「院」原缺，據《外集》卷二十三補。
〔二〕「見召」二字原缺，據《外集》補。
〔三〕《外集》「爲之」作「書」。
〔四〕《外集》「搏」作「摶」。
〔五〕《外集》「寶」作「定」，今改「寶」爲「定」。
〔六〕「由水」原作「内外」，今從《外集》。《外集》「淨」作「靜」。
〔七〕《外集》作「定非真性」。

豬肉頌

淨洗鍋〔一〕，少著水，柴頭罨烟焰不起。待他自熟莫催他，火候足時他自美。黄州好豬肉，價賤如泥土。貴人不肯喫〔二〕，貧人不解煮〔三〕，早晨起來打兩椀〔四〕，飽得自家君莫管。

〔一〕「鍋」原作「鐺」，今從《外集》卷二十三。《外集》本文題作「煮豬肉羹頌」。
〔二〕「人」原作「者」，今從《外集》。
〔三〕「人」原作「者」，今從《外集》。
〔四〕「晨」原作「辰」，今從《外集》。《外集》「兩」作「一」。

箴

東交門箴〔一〕

漢武帝爲竇太主置酒宣室，使謁者引納董偃。東方朔以謂有斬罪三，安得入宣室。上爲更置酒北宮而引偃，從東司馬門而前，更無譏焉。作《東交門箴》：

上所好惡，民實趨之。風俗厚薄，君實驅之。道之以正，民俗罔中。唱之以淫，實煩有從。帝于館陶，在齊文姜。矧董外人，干國亂常。既不能戮，反以爲好。予飲予燕，宣室是傲。偉彼臣朔，辟戟趨陛。鬻拳是效，剛而有禮。改館徹饌，北宮東門。雖曰從諫，東交實存。維藩維戚，禮法遂恣。延及齊民，惟上所使。昔在季孫，賞盜以邑。魯遂多盜，而罔敢詰。矧兹王宮，姦人是納。昭示來世，有慙斯闔。賁也揚觶，杜舉得名。殿檻勿葺，直臣是旌。人孰無過，過而勿貳。宣室東交，實同名異。

〔一〕此文又見於蘇過《斜川集》卷三。

蘇軾文集卷二十一

贊

延州來季子贊并序

魯襄公十二年，吴子壽夢卒。延州來季子，其少子也，以讓國聞於諸侯，則非童子矣。至哀公十年冬，楚令尹子期伐陳，季子救陳，謂子期曰：「二君不務德而力争諸侯，民何罪焉。我請退，以爲子名務德而安民。」乃還。時去壽夢卒，蓋七十七年矣，而能千里將兵，季子何其壽而康也。然其卒不書於《春秋》。哀公之元年，吴王夫差敗越於夫椒，句踐使大夫種因太宰嚭以行成於吴，吴王許之，子胥諫不聽，則吴之亡形成矣。季子觀樂於魯，知列國之廢興於百年之前，方其救陳也，去吴之亡十三年耳，而謂季子不知，可乎？闔廬之自立也，曰：「季子雖至，不吾廢也。」是季子德信於吴人〔一〕，而言行於其國也。且帥師救陳，不戰而去之，以爲敵國名，則季子之於吴，蓋亦少專矣。救陳之明年，而子胥死。季子知國之必亡，而終無一言於夫差，知言之無益也。夫子胥以闔廬霸，而夫差殺之如皁隸，豈獨難於季子乎！烏乎悲夫，吾是以知夫差之不道，至於使季子不敢言也。蘇子曰：延州來季子、張子房，皆不死者也。江左諸人好談子房、季札之賢，有以也夫。此可與知者論，難與俗人言也。作

《延州來季子贊》曰〔二〕：

泰伯之德，鍾於先生。棄國如遺，委蛻而行。坐閲春秋，幾五之二。古之真人，有化無死。

〔一〕「德」原作「聽」，據集乙卷九改。

〔二〕「贊」前原有「子房」二字，據集乙及明刊《文粹》卷四十三删。

二疎圖贊

惟天爲健，而不干時。沈潛剛克，以燮和之。於赫漢高，以智力王。凜然君臣〔一〕，師友道喪。孝宣中興，以法馭人。殺蓋、韓、楊，蓋三良臣。先生憐之，振袂脱屣。使知區區，不足驕士。此意莫陳，千載于今。我觀畫圖，涕下沾襟〔二〕。

〔一〕《文鑑》卷七十五「臣」作「王」。

〔二〕《文鑑》「涕」下原校：一作「淚」。

夢作司馬相如求畫贊〔一〕并敍

夜夢嚴君平、司馬相如、揚子雲合席而坐。子雲曰：「長卿久欲求公作畫贊。」余辭以罪戾之餘，久廢筆硯。子雲懇祈，不獲已爲之。既成，子雲戲余曰：「三賦果足以重趙乎？」余曰：「三賦足以重趙，則子之《太玄》果足以重趙乎？」爲之一笑而散。其贊曰〔二〕：

長卿有意，慕藺之勇。言還故鄉，閭里是聳。景星鳳凰，以見爲寵。煌煌三賦，可使趙重。

〔一〕外集卷二十三無「夢作」二字。

〔二〕「其贊曰」三字原缺，據《外集》補。

孔北海贊并序

文舉以英偉冠世之資，師表海內，意所予奪，天下從之，此人中龍也。而曹操陰賊險狠，特鬼蜮之雄者耳。其勢決不兩立，非公誅操，則操害公，此理之常。而前史乃謂公負其高氣，志在靖難，而才疏意廣，訖無成功，此蓋當時奴婢小人論公之語。公之無成，天也。使天未欲亡漢，公誅操如殺狐兔，何足道哉！世之稱人豪者〔一〕，才氣各有高庳，然皆以臨難不懼，談笑就死爲雄。操以病亡，子孫滿前而咿嚶涕泣，留連妾婦，分香賣履，區處衣物，平生姦僞，死見真性。世以成敗論人物，故操得在英雄之列。而公見謂才疏意廣，豈不悲哉！操平生畏劉備，而備以公知天下有己爲喜，天若胙漢，公使備，備誅操無難也〔二〕。予讀公所作《楊四公贊》，歎曰：方操害公，復有魯國一男子慨然争之，公庶幾不死。乃作《孔北海贊》曰：

晉有羯奴，盜賊之靡。欺孤如操，又羯所耻。我書《春秋》，與齊豹齒。文舉在天，雖亡不死。我宗若人，尚友千祀。視公如龍，視操如鬼。

〔一〕《永樂大典》卷一萬零三百一十節引《宋蘇東坡集》此文，「稱人豪」作「議公」。

〔二〕「備」原缺，據集甲卷二十補。

髑髏贊

黄沙枯髑髏，本是桃李面。而今不忍看，當時恨不見。業風相鼓轉，巧色美倩盼〔一〕。無師無眼禪，看便成一片。

〔一〕「盼」原作「眄」，誤。因形近致誤，今正。

李西平畫贊

以吾觀，西平王。提孤軍，自北方。赴行在，走懷光。斬朱泚，如反掌。及其後，帥鳳翔。與隴右，瞰河湟〔一〕。兵益振，謀既臧。終不能，取尋常。墮賊計，困平涼。卒罷兵，仆三將。誰之咎？在廟堂。斬馬劍，誅延賞。爲葅醢〔二〕，不足償。覽遺像，涕泗滂。

〔一〕《外集》卷二十三「瞰」作「阚」。

〔二〕「葅」原作「蘊」，誤，據《外集》改。

醉吟先生畫贊

黄金㪷，碧玉壺。足踏東流水，目送西飛鳧。擁髻顧影者，真子干之侍妾；奮髯直眎者，非列仙之臞儒。

忠懿王贊

文武忠懿，堂堂如春。中有樗里，不以示人。雷行八區，震驚聽聞。提十五州，共爲帝民。送君者自崖而返，以安樂其子孫。九萬里則風斯在下矣，眇大物而成仁。

王元之畫像贊并敍

《傳》曰：「不有君子，其能國乎？」余常三復斯言〔一〕，未嘗不流涕太息也。如漢汲黯、蕭望之、李固，吴張昭，唐魏鄭公、狄仁傑，皆以身徇義，招之不來，麾之不去，正色而立于朝，則豺狼狐狸，自相吞噬，故能消禍於未形，救危於將亡。使皆如公孫丞相、張禹、胡廣，雖累千百，緩急豈可望哉！故翰林王公元之，以雄文直道，獨立當世，足以追配此六君子者。方是時，朝廷清明，無大姦慝。然公猶不容於中，耿然如秋霜夏日，不可狎玩，至於三黜以死。有如不幸而處於衆邪之間，安危之際，則公之所爲，必將驚世絶俗，使斗筲穿窬之流，心破膽裂，豈特如此而已乎？始余過蘇州虎丘寺，見公之畫像，想其遺風餘烈，願爲執鞭而不可得。其後爲徐州，而公之曾孫汾爲兖州，以公墓碑示余，乃追爲之贊，以附其家傳云。

維昔聖賢，患莫己知。公遇太宗，允也其時。帝欲用公，公不少貶。三黜窮山，之死靡憾〔二〕。咸平以來，獨爲名臣。一時之屈，萬世之信。紛紛鄙夫，亦拜公像〔三〕。何以占之，有泚其顙。公能泚之，不能已之。茫茫九原，愛莫起之。

〔一〕「常」原作「嘗」，今從郎本卷五十九。
〔二〕郎本「之」作「雖」。
〔三〕明刊《文粹》卷四十三「亦」作「可」。

王仲儀真贊并敍

《孟子》曰：「所謂故國者，非謂有喬木之謂也，有世臣之謂也。」又曰：「爲政不難，不得罪於巨室。巨室之所慕，一國慕之。一國之所慕，天下慕之。」夫所謂世臣者，豈特世禄之人，而巨室者，豈特侈富之家也哉？蓋功烈已著於時，德望已信於人，譬之喬木，封殖愛養，自拱把以至於合抱者，非一日之故也。平居無事，商功利，課殿最，誠不如新進之士。至於緩急之際，決大策，安大衆，呼之則來，揮之則散者，惟世臣、巨室爲能。余嘉祐中，始識懿敏王公於成都，其後從事於岐，而公自許州移鎮平涼。方是時，虜大舉犯邊，轉運使攝帥事，與副總管議不合，軍無紀律，邊人大恐，聲摇三輔。及聞公來，吏士踴躍傳呼，旗旆精明〔一〕，鼓角讙亮，虜即日解去。公至，燕勞將佐而已。余然後知老臣宿將，其功用蓋如此。使新進之士當之，雖有韓、白之勇，良、平之奇，豈能坐勝默成如此之捷乎？熙寧四年秋，余將往錢塘，見公於私第佚老堂，飲酒至暮。論及當世事，曰：「吾老矣，恐不復見，子厚自愛，無忘吾言。」既去二年而公薨〔二〕。又六年，乃作公之真贊，以遺其子鞏。詞曰：

堂堂魏公，配命召祖〔三〕。顯允懿敏，維周之虎。魏公在朝，百度維正。懿敏在外，有聞無聲。高明廣大，宜公宜相。如木百圍，宜宮宜堂。天既厚之，又貴富之。如山如河，維安有之。彼寠人子，既陋且寒。終勞永憂，莫知其賢。曷不觀此，佩玉劍履。晉公之孫，魏公之子。

〔一〕集甲卷二十、《文鑑》卷七十五「旆」作「幟」。

〔二〕郎本卷五十九「二」作「三」。

〔三〕郎本、《文鑑》「召」作「仁」。

王定國真贊

温然而澤者，道人之腴也。凜然而清者，詩人之癯也。雍容委蛇者，貴介之公子。而短小精悍者，游俠之徒也。人何足以知之，此皆其膚也。若人者，泰不驕，困不撓，而老不枯也。

秦少游真贊

以君爲將仕也，其服野，其行方。以君爲將隱也，其言文，其神昌。置而不求君不即，即而求之君不藏。以爲將仕將隱者，皆不知君者也，蓋將挈所有而乘所遇，以游于世，而卒反於其鄉者乎？

徐大正真贊

賢哉徐子，温文而毅。儒不亂法，俠不犯忌。求之古人，尚論其世。登唐減漢，三國之士。我非北海，安識子義。願觀伯符，擧戟爲戲。

李端叔真贊

龍眠居士畫李端叔，東坡老人贊之曰：

須髮之拳然，眉宇之淵然，披胸腹之掀然，以爲可得而見歟？則漠乎其無言。以爲不可得而見歟？則已見畫于龍眠矣。嗚呼，其將爲既琢之玉，以役其天乎？其將爲不雨之雲，以抱其全乎？抑將游戲此世，而時出於兩者之間也？

元華子真贊

方口而髯，秀眉覆顴。示我其華，我識其元。我來從之，目擊道存。我有陋室，茅茨采椽。灑掃庭户，窗牖廓然。虛空無人，願受我言〔一〕。

〔一〕「我」原作「予」。本文第一人稱皆作「我」，今從《外集》卷二十三。又，《外集》「受」作「授」。

思無邪丹贊〔一〕

飲食之精〔二〕，草木之華〔三〕。集我丹田，我丹所家。我丹伊何？鉛汞丹砂。客主相守，如巢養鵶。培以戊己，耕以赤蛇。化以丙丁〔四〕，滋以河車〔五〕。乃根乃株〔六〕，乃實乃華。晝煉于日〔七〕，赫然丹霞〔八〕。夜浴于月〔九〕，皓然素葩。金丹自成，曰思無邪。

此贊信筆直書，不加點定，殆是天成，非以意造也。

紹聖元年十月二十日。

〔一〕「丹」原作「齋」，今從《外集》卷二十三。案：本文並未及齋。又：《良方》此文之題，作《金丹訣》。

〔二〕《良方》作「用物之精」。

〔三〕《良方》作「取物之華」。

〔四〕《良方》「化」作「養」。

〔五〕《良方》「滋」作「灌」。

〔六〕《良方》「株」作「蕊」。

〔七〕《良方》「日」作「火」。

〔八〕《外集》「赫」作「赤」。《良方》「丹」作「彤」。

〔九〕《良方》「月」作「水」。

六觀堂贊

我觀衆生，念念爲人。晝不見心，夜不見身。佛言如夢，非想非因。夢中常覺，孰爲形神？我觀衆生，終日疑怖。土偶不然，無罣礙故。佛言如幻，永離愛惡。飢餐畫餅，無有是處。我觀衆生，起滅不停。以是爲故〔一〕，乃有死生〔二〕。佛言如泡，泡本無成。能壞能成，雖佛不能。我觀衆生，顛倒已久。

以光爲無，以影爲有。佛言光影，我亦舉手。從此永斷，日中狂走。我觀衆生，同游露中。對面不見，衣沾眼蒙。佛言如露，一照而通。蒙者既滅，照者亦空。我觀衆生，神通自在。於電光中，建立世界。佛言如電，言發意會。佛與衆生，了無雜壞。垂慈老人，嘗作是觀〔三〕。自一至六，六生千萬。生故無窮，一故不亂。東坡無口，孰爲此贊？

〔一〕《外集》卷二十三「故」作「我」。

〔二〕《外集》「乃」作「故」。

〔三〕《外集》「嘗」作「常」。

石恪三笑圖贊〔一〕

彼三士者，得意忘言。盧胡一笑，其樂也天。嗟此小童，麋鹿狙猿。爾各何知，亦復粲然。萬生紛綸，何鄙何妍。各笑其笑，未知孰賢？

〔一〕「石恪」二字原缺，據《外集》卷二十三補。此文之後，蘇軾有自跋，跋文收入本集末《蘇軾佚文彙編》，茲不録。

顧愷之畫黄初平牧羊圖贊

先生養生如牧羊，放之無何有之鄉。止者自止行者行，先生超然坐其旁。挾策讀書羊不亡，化而爲石起復僵。流涎磨牙笑虎狼，先生指呼羊服箱〔一〕。號稱雨工行四方，莫隨上林芒屩郎，齅門舐地尋盥湯。

〔一〕集乙卷九「指呼」作「上賓」。

膠西蓋公堂照壁畫贊〔一〕并引〔二〕

陸探微畫師子在潤州甘露寺，李衛公鎮浙西所留者。筆法奇古，絶不類近世。予爲甘露寺詩有云「破板陸生畫，青猊戲盤跚，上有二天人，揮手如翔鸞，筆墨雖欲盡，典刑垂不刊」者也。熙寧九年十一月十五日，命工摹置膠西蓋公堂中，且贊之云〔三〕：

高其目〔四〕，仰其鼻，奮鬣吐舌威見齒。舞其足，前其耳，左顧右盼喜見尾〔五〕。雖猛而和蓋其戲，置之高堂護燕几〔六〕。嗚呼顛沛走百鬼，嗟乎妙哉古陸子。

〔一〕《集甲》卷二十題作《師子屏風贊》。

〔二〕集甲「引」作「敍」。《七集·續集》卷十「引」後有「即師子屏風贊」六字。

〔三〕陸探微畫師子云云集甲作：「潤州甘露寺，唐有李衛公所留陸探微畫師子板。余自錢塘移守膠西，過而觀焉，使工人摹之，置蓋公堂中。且贊之曰。」

〔四〕集甲「高」作「圓」。

〔五〕「盼」原作「盻」，因形近致誤，今正。集甲「盼」作「躑」。

〔六〕集甲「置之」作「嚴嚴」。

韓幹畫馬贊

韓幹之馬四。其一在陸，驤首奮鬣，若有所望，頓足而長鳴。其一欲涉，尻高首下，擇所由濟，跼蹐而未成。其二在水，前者反顧，若以鼻語，後者不應，欲飲而留行。以爲廐馬也，則前無羈絡，後無箠策；以爲野馬也，則隅目聳耳，豐臆細尾，皆中度程。蕭然如賢大夫貴公子，相與解帶脱帽，臨水而濯纓。遂欲高舉遠引，友麋鹿而終天年，則不可得矣。蓋優哉游哉，聊以卒歲而無營。

九馬圖贊并敍

長安薛君紹彭，家藏曹將軍《九馬圖》，杜子美所爲作詩者也，拳毛師子二駿在焉。作《九馬圖贊》〔一〕：牧者萬歲，繪者惟霸。甫爲作誦，偉哉九馬。姚、宋廟堂，李、郭治兵。帝下毛龍，以馭羣英。我思開元，今爲幾日。筋骨應圖，至三萬疋。云何寂寥，跬步山川。負鹽挽磨，淚濕九泉。牝牡驪黄，自以爲至。駮其一毛，棄我千里。騕褭是乘，脂轍其鞭。道阻且長，喟其永歎。

〔一〕「圖」原脱，據《文鑑》卷七十五補。

三馬圖贊〔一〕并引

元祐初，上方閉玉門關，謝遣諸將。太師文彦博、宰相吕大防、范純仁建遣諸生游師雄行邊〔二〕，飭武備〔三〕。師雄至熙河，蕃官包順請以所部熟户除邊患，師雄許之，遂禽猾羌大首領鬼章青宜結以獻。百官皆賀，且遣使告永裕陵。時西域貢馬，首高八尺，龍顱而鳳膺，虎脊而豹章。出東華門，入天駟監，振鬣長鳴，萬馬皆瘖，父老縱觀，以爲未始見也。然上方恭默思道，八駿在庭〔四〕，未嘗一顧。其後圉人起居不以時，馬有斃者，上亦不問。明年，羌温溪心有良馬，不敢進，請於邊吏，願以餽太師潞國公，詔許之。蔣之奇爲熙河帥〔五〕，西蕃有貢駿馬汗血者。有司以爲非入貢歲月〔六〕，留其使與馬於邊。之奇爲請，乞不以時入 事下禮部。軾時爲宗伯，判其狀云：朝廷方却走馬以糞，正復汗血，亦何所用。事遂寢。于時兵革不用，海内小康，馬則不遇矣，而人少安。軾嘗私請於承議郎李公麟，畫當時三駿馬之狀，而使鬼章青宜結效之〔七〕，藏於家。紹聖四年三月十四日，軾在惠州，謫居無事，閲舊書畫〔八〕，追思一時之事，而歎三馬之神駿，乃爲之贊曰：

吁鬼章，世悍驕。奔貳師，走嫖姚。今在廷，服虎貂。效天驥，立内朝。八尺龍，神超遥。若將西，燕昆瑶。帝念民〔九〕，乃下招。籋歸雲，逝房妖。

〔一〕明張丑《清和書畫舫》收有此文真迹全文，以下簡稱真迹。

〔二〕真迹「遺」作「起」。《文鑑》卷七十五「生」作「將」。

〔三〕「飭」原作「敕」，今從真迹。

〔四〕「庭」原作「廷」，今從真迹、《文鑑》。

〔五〕真迹「熙」作「西」。

〔六〕「爲」原缺，據真迹補。

〔七〕「效」原作「校」，今從集乙卷九、真迹、《文鑑》。

〔八〕真迹「閔」前有「因」字。

〔九〕真迹「民」作「之」。

李潭六馬圖贊

六馬異態，以似爲妍。畫師何從，得所以然。相彼癢者〔一〕，舉脣見咽。方其癢時，槁木萬錢。絡以金玉，非爲所便。烏乎，各適其適，以全吾天乎？

〔一〕集乙卷九「彼」作「此」。

郭忠恕畫贊并敍

右張夢得所藏郭忠恕畫山水屋木一幅。忠恕字恕先，以字行，洛陽人。少善屬文，及史書小學，通九經。七歲舉童子。漢湘陰公辟從事，與記室董裔争事，謝去。周祖召爲《周易》博士。國初與監察御史符昭文争忿朝堂，貶乾州司户，秩滿，遂不仕。放曠岐、雍、陝、洛間，逢人無貴賤，口稱猫。遇佳山水，輒留旬日。或絶粒不食，盛夏暴日中，無汗，大寒鑿冰而浴。尤善畫，妙於山水屋木。有求者，必怒而去。意欲畫，即自爲之。郭從義鎮岐下，延止山亭，設絹素粉墨於坐。經數月，忽乘醉就圖之一角，作遠山數峯而已，郭氏亦寶之。岐有富人子，喜畫，日給淳酒，待之甚厚。久乃以情言，且致匹素，恕先爲畫小童持線車放風鳶，引線數丈滿之。富家子大怒，遂絶。時與役夫小民入市肆飲食，曰：「吾所與游，皆子類也。」太宗聞其名，召赴闕，館于内侍省押班竇神興舍。恕先長髯而美，忽盡去之。神興驚問其故。曰：「聊以效顰。」神興大怒。除國子監主簿，出，館于太學，益縱酒肆言時政，頗有謗讟。語聞，決杖配流登州。至齊州臨清，謂部送吏曰：「我逝矣。」因掊地爲穴，度可容面，俯窺焉而卒，藁葬道左。後數月，故人欲改葬，但衣衾存焉，蓋尸解也。贊曰：

長松攙天，蒼壁插水。憑欄飛觀，縹緲誰子。空蒙寂歷，烟雨滅没。恕先在焉，呼之或出。

石室先生畫竹贊并敍

與可，文翁之後也。蜀人猶以石室名其家，而與可自謂笑笑先生。蓋可謂與道皆逝，不留於物者也。顧嘗好畫竹，客有贊之者曰：

先生閒居，獨笑不已。問安所笑，笑我非爾。物之相物，我爾一也。先生又笑，笑所笑者。笑笑之餘，以竹發妙。竹亦得風，夭然而笑〔一〕。

〔一〕「夭」原作「天」，今從集甲卷二十。案：宋朱翌《猗覺寮雜記》卷上謂「天」誤，云：《説文》，竹得風，其體夭屈，如人之笑。

文與可畫贊〔一〕

友人文與可既殁十四年，見其遺墨於吕元鈞之家，嗟歎之餘，輒贊之：

竹寒而秀，木瘠而壽，石醜而文，是爲三益之友。粲乎其可接，邈乎其不可囿。我懷斯人，嗚呼，其可復覿也。

〔一〕《外集》卷二十三「畫」後有「圖」字。

文與可畫墨竹屏風贊〔一〕

與可之文，其德之糟粕。與可之詩，其文之毫末。詩不能盡，溢而爲書。變而爲畫，皆詩之餘。其詩與文，好者益寡。有好其德如好其畫者乎？悲夫！

〔一〕西樓帖有此文，題作《與可畫竹贊》。

戒壇院文與可畫墨竹贊

風梢雨籜，上傲冰雹。霜根雪節，下貫金鐵。誰爲此君，與可姓文。惟其有之，是以好之。

文與可飛白贊

嗚呼哀哉，與可豈其多好，好奇也歟，抑其不試，故藝也。始余見其詩與文，又得見其行草篆隸也，以爲止此矣。既没一年，而復見其飛白〔一〕。美哉多乎，其盡萬物之態也。霏霏乎其若輕雲之蔽月，翻翻乎其若長風之卷旆也。猗猗乎其若遊絲之縈柳絮，裊裊乎其若流水之舞荇帶也。離離乎其遠而相屬，縮縮乎其近而不隘也。其工至於如此，而余乃今知之。則余之知與可者固無幾，而其所不知者蓋不可勝計也。嗚呼哀哉！

〔一〕「而」前原有「得」字，據集甲卷二十删。

文與可枯木贊

怪木在廷，枯柯北走。窮猿投壁，驚雀入牖。居者蒲氏，畫者文叟。贊者蘇子，觀者如流〔一〕。

〔一〕《外集》卷二十三「流」作「後」。

李伯時所畫沐猴馬贊

吾觀沐猴，以馬爲戲。至使此馬，竊銜詭轡。沐猴宜馬，真虛言爾。

救月圖贊

癡蟇䑛肉，睥睨天目。偉哉黑龍，見此蛇服。蟇死月明，龍反其族。乘雲上天〔一〕，雨我百穀。

東坡過余清虛堂，欲揮翰筆，誤落紙如蜿蜒狀。因點成眼目，畫缺月其上，名救月圖，并題此贊。偶爾遊戲，遂成奇筆。王鞏題。

〔一〕「上天」原作「雲天」，今從《七集·續集》卷十。

捕魚圖贊[一]

荇秀水暖，龜魚出戲。怒蛙無朋[二]，寂寞鼓吹。孰謂魚樂，强羸相屠。去是哆口，以完長鬚。

〔一〕《外集》卷二十三「捕」上有「雍秀才」三字。

〔二〕《七集·續集》卷十「怒」作「獨」。原校：「『怒』一作『獨』。」

偃松屏贊并引

余爲中山守，始食北嶽松膏，爲天下冠[一]。其木理堅密，瘠而不瘁，信植物之英烈也。謫居羅浮山下，地煖多松，而不識霜雪，如高才勝人生綺紈家，與孤臣孽子有間矣。士踐憂患，安知非福。幼子過從我南來，畫寒松偃蓋爲護首小屏。爲之贊曰：

燕南趙北，大茂之麓。天僵雪峯，地裂冰谷。凜然孤清，不能無生。生此偉奇，北方之精。蒼皮玉骨，磽磽鬣鬣。方春不知，沍寒秀發。孺子介剛，從我炎荒。霜中之英，以洗我瘴。

〔一〕「冠」原作「觀」，今從集乙卷九、《文鑑》卷七十五。

三禽圖贊

瓦盎粒食，于何不有。巢林一枝，何苦而鬬。

剥啄清音，發于高深。決然驚起，翠羽在林。

俛而飲，仰而嘯。海運鵬摶，吾亦無羨。

採日月華贊

每日採日月華時，不能誦得古人呪語，以意撰數句云：

我性真有，是身本空。四大合成，與天地通。如蓮芭蕉，萬竅玲瓏。無道不入，有光必容。曈曈太陽，凡火之雄。湛湛明月，衆水之宗。我爾法身，何所不充。不足則取，有餘則供。取予無心，唯道之公。各忘其身，與道俱融。

石菖蒲贊并敍

《本草》：菖蒲，味辛温無毒，開心，補五臟，通九竅，明耳目。久服輕身不忘，延年益心智，高志不老。注云：生石磧上概節者，良。生下濕地大根者，乃是昌陽，不可服。韓退之《進學解》云：「訾醫師以昌陽引年，欲進其豨苓。」不知退之即以昌陽爲菖蒲耶，抑謂其似是而非不可以引年也？凡草木之生石上者，必須微土以附其根，如石韋、石斛之類，雖不待土，然去其本處，輒槁死。惟石菖蒲并石取之，濯去泥土，漬以清水，置盆中，可數十年不枯。雖不甚茂，而節葉堅瘦，根須連絡，蒼然於几案間，久而益可喜也。其輕身延年之功，既非昌陽之所能及。至於忍寒苦，安澹泊，與清泉白石爲伍，不待泥土而生者，亦豈昌陽之所能髣髴哉？余游慈湖山中，得數本，以石盆養之，置舟中。間以文石、石英，璀璨芬郁，意甚愛焉。顧恐陸行不能致也，乃以遺九江道士胡洞微，使善視之。余復過此，將問其安否。贊曰：

清且泚，惟石與水。託於一器，養非其地。瘠而不死，夫孰知其理。不如此，何以輔五藏而堅髮齒。

文勛篆贊

世人篆字，隸體不除。如浙人語，終老帶吴。安國用筆，意在隸前。汲冢魯壁，周鼓秦山〔一〕。

〔一〕「周」原作「用」，誤，據《七集·續集》卷十改。

小篆般若心經贊

草隸用世今千載，少而習之手所安。如舌於言無揀擇，終日應對惟所問。忽然使作大小篆，如正行走值牆壁。縱復學之能粗通，操筆欲下仰尋索。譬如鸚鵡學人語，所習則能否則默。心存形聲與點畫，何暇復求字外意。世人初不離世間，而欲學出世間法。舉足動念皆塵垢，而以俄頃作禪律。禪律若可以作得，所不作處安得禪。善哉李子小篆字，其間無篆亦無隸。心忘其手手忘筆，筆自落紙非我使。正使忽忽不少暇，倏忽千百初無難。稽首《般若多心經》，請觀何處非《般若》。

黄庭經贊并敍〔一〕

〔一〕此文已見中華書局版《蘇軾詩集》卷三十《書〈黄庭内景經〉尾》，兹删文留題。

僧伽贊〔一〕

盲人有眼不自知，忽然見日喜而舞。非謂日月有在亡，實自慶我眼根在。泗濱大士誰不見，而有熟視不見者。彼豈無眼業障故，以知見者皆希有。若能便作希有見，從此成佛如反掌。傳摹世間千萬億，皆自大士法身出。麻田供養東坡贊，見者無數悉成佛。

〔一〕《七集·續集》卷十題作《普照王贊》；原註：「即僧伽贊。」題下原校：「一作普照王贊。」

阿彌陀佛贊〔一〕

蘇軾之妻王氏，名閏之，字季章，年四十六。元祐八年八月一日，卒于京師。臨終之夕，遺言捨所受用，使其子邁、迨、過爲畫阿彌陀像。紹聖元年六月九日，像成，奉安于金陵清涼寺。贊曰：

佛子在時百憂繞，臨行一念何由了。口誦南無阿彌陀，如日出地萬國曉。何況自捨所受用，畫此圓滿天日表。見聞隨喜悉成佛，不擇人天與蟲鳥。但當常作平等觀，本無憂樂與壽夭。丈六全身不爲大，方寸千佛夫豈小。此心平處是西方，閉眼便到無魔嬈。

〔一〕《七集·續集》卷十無此題，以此文之引「蘇軾之妻王氏」云云爲題。引中「爲畫阿彌陀像」，《七集·續集》作

「爲畫西方阿彌陀佛」；「贊」上，《七集・續集》有「乃爲」二字。

藥師琉璃光佛贊并引

佛弟子蘇籥，與其妹德孫，病久不愈。其父過，母范氏，供養祈禱藥師琉璃光佛，遂獲痊損。其大父軾，特爲造畫尊像，敬拜稽首，爲之贊曰：

我佛出現時，衆生無病惱。世界悉琉璃，大地皆藥草。我今衆稺孺，仰佛如翁媪。面頤既圓平，風末亦除掃。弟子籥與德，前世衲衣老。敬造世尊像，壽命仗佛保。

傅大士贊

善慧執板，南泉作舞。借我門槌，爲君打鼓。

應夢觀音贊

稽首觀音，宴坐寶石。忽忽夢中，應我空寂。觀音不來，我亦不往。水在盆中，月在天上。

觀音贊并引

與國浴室院法真大師慧汶，傳寶禪月大師貫休所畫十六大阿羅漢，左朝散郎集賢校理歐陽棐爲其女爲軾子婦者捨所服用裝新之。軾亦家藏慶州小孟畫觀世音，捨爲中尊，各作贊一首，爲亡者追福滅罪。

衆生墮八難，身心俱喪失。惟有一念在，能呼觀世音。火坑與刀山，猛獸諸毒藥。衆苦萃一身，呼者常不痛。呼者若自痛，則必不能呼。若其了不痛，何用呼菩薩。當自救痛者，不煩觀音力。衆生以二故，一身受衆苦。若能真不二，則是觀世音。八萬四千人，同時俱赴救。

静安縣君許氏繡觀音贊

太岳之裔，邑于静安。學道求心，妙湛自觀。觀觀世音，凜不違顔。三年之後，心法自圓。聞思修王，如日現前。心識其容，口莫能言。發于六用，以所能傳。自手達鍼，自鍼達綫。爲鍼幾何，巧歷莫算。鍼若是佛，佛當千萬。若其非佛，此相曷緣？孰融此二，爲不二門？拜手敬贊，東坡老人。

繡佛贊

凡作佛事，各以所有。富者以財，壯者以力。巧者以技，辯者以言。若無所有，各以其心。見聞隨喜，禮拜贊歎。曾未及彼〔一〕，一鍼之勞。而其獲報，等無有二。若復緣此，得度成佛。則此繡者，乃是導師。

〔一〕「曾」原作「會」，誤，據《七集·後集》卷二十改。

興國寺浴室院六祖畫贊并敍

予嘉祐初舉進士，館於興國浴室老僧德香之院。浴室之南有古屋，東西壁畫六祖像。其東，刻木爲樓閣堂宇以障之，不見其全，而西壁三師，皆神宇靖深，中空外夷，意非知是道者不能爲此。書其上曰：蜀僧令宗筆。予初不聞宗名，而家有僞蜀待詔丘文播筆，畫相似，殆不可辨。曰：「宗豈師播者耶？」已而問諸蜀父老。曰：「文播，漢州人，弟曰文曉，而令宗其異父弟，或曰其表弟也。」皆善畫山水人物竹石，其品在黃筌、句龍爽之間。而文播之子仁慶，尤長於花實羽毛，蜀人趙昌所師者。予去三十一年，而中書舍人彭君器資，亦館于是。予往見之，則院中人無復識予者。獨主僧惠汶，蓋當時堂上侍者，然亦老矣。導予觀令宗畫，則三祖依然尚在蔭翳間。予與器資相顧太息。汶曰：「嘻，去是也何有。」乃徙置所謂樓閣堂宇者，北向而出之，六師相視〔一〕，如言如笑，如以法相授。都人聞之，觀者日衆，汶乃作欄楯以護之。而器資請余爲贊之，曰：

少林傫璧，不以爲礙。彌天同輩〔二〕，不以爲泰。稽首六師，昔晦今明。不去不來，何損何增。俯仰屈信，三十一年。我雖日化，其孰能遷之。

〔一〕「視」原作「親」，今從集甲卷二十。

〔二〕「輩」原作「軰」，今從集甲。

蘇軾文集卷二十二

贊

題王靄畫如來出山相贊

頭髗髻，耳卓朔。適從何處來，碧色眼有角。明星未出萬家閑〔一〕，外道天魔猶奏樂。錯不錯。安得無上菩提，成正等覺？

〔一〕《外集》卷五十「家」作「相」。

東林第一代廣惠禪師真贊

忠臣不畏死，故能立天下之大事。勇士不顧生，故能立天下之大名。是人於道亦未也，特以義重而身輕。然猶所立如此，而況於出三界〔一〕，了萬法，不生不老，不病不死，應物而無情者乎？堂堂總公，僧中之龍，呼吸爲雲，噫欠爲風。且置是事，聊觀其一戲。蓋將拊掌談笑不起于坐，而使廬山之下，化爲梵釋龍天之宫。

〔一〕《外集》卷二十三無「於」字。

羅漢贊十六首[一]

第一尊者

正坐斂眉，扼腕立拂。問此大士，爲言爲默。默如雷霆，言如牆壁。非言非默，百祖是式。

第二尊者

旃檀非烟，火亦無香。是從何生，俯仰在亡。彈指贊歎，善思念之。是一炷香，是天人師。

第三尊者

我觀西方，度無量國。諸佛陀耶，在我掌握。右顧嘩然，汝則皆西。隨我所印，識道不迷。

第四尊者

袖手不言，跏趺終日。兩眉雖舉，六用皆寂。寂不爲身，動不爲人。天作時雨，山川出雲。

第五尊者

掌中浮圖，舍利所宅。放大光明，照十方刹。櫝而藏之，了無見聞。衆所發心，與佛皆存。

第六尊者

手中竹根，所指如意。云何不動，無意可指。食已宴坐，便腹果然。是中空洞，以受世間。

第七尊者

梵書旁行，俛首注視。不知有經，而況字義。佛子云何，飽食晝眠。勤苦功用，諸佛亦然。

第八尊者

衆生顛倒，爲物所轉。我轉是珠，以一貫萬。過現不住，未則未來。舉珠示人，孰爲輪迴？

第九尊者

柏子庭際，正覺妙慧。悟最上乘，了第一義。爲大摩尼，傳雞足衣。示現虚寂，端坐俛眉。

第十尊者

半肩磨衲，爲誰綴頰。彼以誠叩，此緣問答。佛意玄微，有覺無爲。肉眼執着，捧函捕龜。

第十一尊者

幻體有累，法身無着。幻法兩忘，圓明寥廓。以大願力，援諸有情。見聞悉入，真妄一真。

第十二尊者

長江皎潔，可鑑毛髮。師心水心，一般奇絶。目寓波中，意若擾龍。真機掣電，微妙玄通。

第十三尊者

默坐無説，是名妙説。月槃芹獻，花開子結。寶錫一枝，中含真機。悟此機者，處處泉飛。

第十四尊者

攝衣跏趺，觀此烟穗。與我定香，本無内外。貝葉琅函，三乘指南。胡人捧立，云誰啟緘。

第十五尊者

何去何從，叩應感通。如響答聲，聲寂還空。訴者誰歟，皆有佛性。去爾嗔恚，隨處清淨。

第十六尊者

一般心眼，兩般見解。將人我礦，烹煉沙汰。廓然圓明，超悟上乘。示現慈悲，授諸有情。

〔一〕此十六首之前八首，分别爲《七集·後集》卷十九《羅漢贊十六首》中之第一、第二、第四、第六、第十、第十三、第十四、第十五首；《七集·後集》各分題，無「尊者」二字。《外集》卷二十三有後八首。第八首，「輪迴」之「迴」原缺，據《七集·後集》補。第十三首，《外集》「妙説」作「妙法」；「處處」原作「處土」，今從《外集》。

自海南歸過清遠峽寶林寺敬贊禪月所畫十八大阿羅漢

第一賓度羅跋囉墮尊者〔一〕

白氈在膝，貝多在巾。目視超然，忘經與人。面顱百皺，不受刀鑷。無心掃除，留此殘雪。

第二迦諾迦代蹉尊者〔二〕

耆年何老，粲然復少。我知其心，佛不妄笑。瞋喜雖幻，笑則非瞋。施此無憂，與無量人。

第三迦諾迦跋梨隨闍尊者

揚眉注目，拊膝橫拂。問此大士，爲言爲默。默如雷霆，言如牆壁。非言非默，百祖是式。

第四蘇頻陀尊者

聃耳屬肩，綺眉覆顴〔三〕。佛在世時，見此耆年。開口誦經，四十餘齒。時聞雷雹，出一彈指。

第五諾矩羅尊者

善心爲男，其室法喜。背癢孰爬？有木童子。高下適當，輕重得宜。使真童子，能如茲乎？

第六跋陁羅尊者

美狠惡婉，自昔所聞。不圓其輔，有圓者存。現六極相，代衆生報。使諸佛子，具佛相好。

第七迦理迦尊者

佛子三毛，髮眉與須。既去其二〔四〕，一則有餘。因以示衆，物無兩遂。既得無生，則無生死。

第八代闍羅弗多尊者

兩眼方用，兩手自寂。用者注經，寂者寄膝。二法相忘，亦不相捐。是四句偈，在我指端。

第九戒博迦尊者

一劫七日，剎那三世。何念之勤，屈指默計。屈者已往，伸者未然。孰能住此？屈伸之間。

第十半託迦尊者

垂頭没肩，俛目注視。不知有經，而況字義。佛子云何，飽食晝眠。勤苦功用，諸佛亦然。

第十一羅怙羅尊者〔五〕

面門月滿，瞳子電爛。示和猛容，作威喜觀。龍象之姿，魚鳥所驚。以是幻身，爲護法城。

第十二那伽犀那尊者〔六〕

以惡轆物，如火自爇。以信入佛，如水自濕。垂眉捧手，爲誰虔恭。大師無德，水火無功。

第十三因揭陁尊者

捧經持珠，杖則倚肩。植杖而起，經珠乃閑。不行不立，不坐不卧。問師此時，經杖何在？

第十四伐那婆斯尊者〔七〕

六塵既空，出入息滅。松摧石隕，路迷草合。逐獸于原，得箭忘弓。偶然汲水，忽然相逢。

第十五阿氏多尊者

勞我者晳，休我者黔。如晏如岳，鮮不僻淫。是哀駘它，澹臺滅明。各妍于心，得法眼正。

第十六注荼半託迦尊者〔八〕

以口説法，法不可説。以手示人，手去法滅。生滅之中，自然真常。是故我法，不離色聲。

第十七慶友尊者〔九〕

以口誦經，以手歎法。是二道場，各自起滅。孰知毛竅？八萬四千。皆作佛事，説法熾然。

第十八賓頭盧尊者

右手持杖，左手拊右。爲手持杖，爲杖持手。宴坐石上，安以杖爲。無用之用，世人莫知。

〔一〕《七集·續集》卷十「跋」作「跂」。下同。

〔二〕《七集·後集》卷十九《羅漢贊十六首》之「第五」，即此首，分題即作《第五》。文中「耆年何老」，《七集·後集》作「耆年何者」。

〔三〕《七集·續集》「顴」下原註：「音權，輔骨也。」

〔四〕原校：「去」一作「芸」。

〔五〕《七集·後集》《羅漢贊十六首》之「第十二」，即此首，分題即作《第十二》。文中「面門月滿」，《七集·後集》「滿」作「圓」。

〔六〕《七集·後集·羅漢贊十六首》之「第七」，即此首，分題即作《第七》。文中「以惡轆物」，原校：「轆」一作「駭」；《七集·後集》「轆」作「駭」。文中「大師無德」，原校：「大」一作「導」；《七集·後集》「大」作「導」。

〔七〕《七集·後集·羅漢贊十六首》之「第八」即此首，分題即作《第八》。文中《得箭忘弓》，原校：「箭」一作「已」。

〔八〕《七集·後集·羅漢贊十六首》之「第十六」，即此首，分題即作《第十六》。文中「自然真常」，原校：「自」一作「了」；《七集·後集》「自」作「了」。

〔九〕《七集·後集·羅漢贊十六首》之「第九」，即此首，分題即作《第九》。文中「以手歎法」，原校：「歎」一作「數」。

羅漢贊〔一〕

左手持經，右手引帶。爲卷爲開，是義安在。已讀則卷，未讀則開。我無所疑，其音如雷。

〔一〕《七集·後集》卷十九《羅漢贊十六首》之「第十一」，即此首，分題即作《第十一》。

唐畫羅漢贊

東坡居士，告悟清師：「昔紹遠上人寶持唐畫十六大阿羅漢，如護眼目。遠上人亡，今此羅漢在黄梅山常歡喜所。子往，爲我致問常公，欲求是畫〔一〕，當可得否？若彼常公愛而不捨，則不可得，捨而不愛，則不可取，不愛不捨，則取以來。」旬有八日，清師復命，且以畫來。居士升堂，普告大衆，燒香作禮，爲遠上人追福滅罪。衆問居士：「是畫羅漢，有何勝相？供養讚歎，得何功德？當以何等，報酬常公？」居士言：「是畫寔無勝相，亦無功德。彼與我者，卽以報之。」乃作贊云：

五更粥熟聞魚鼓，起對孤燈與誰語。溪邊洗鉢月中歸，還君羅漢君收取。

〔一〕「欲」原缺，據《外集》卷二十三補。

水陸法像贊并引

蓋聞淨名之鉢，屬饜萬口。寶積之蓋，徧覆十方。若知法界，本造於心。則雖凡夫，皆具此理。在昔梁武皇帝，始作水陸道場，以十六名，盡三千界。用狹而施博，事約而理詳。後生莫知，隨世增廣。若使一二而悉數，雖至千萬而靡周。惟我蜀人，頗存古法。觀其像設，猶有典刑。虔召請於三時，分上下者八位。但能起一念於慈悲之上，自然撫四海於俛仰之間。軾敬發願心，具嚴繪事，而大檀越張侯敦禮，樂聞其事。共結勝緣，請法雲寺法涌禪師善本，差擇其徒〔一〕，修營此會，永爲無礙之施，同守不刊之儀。軾拜手稽首，各爲之贊，凡十六首。

上八位

一切常住佛陀耶衆

謂此爲佛，是事理障。謂此非佛，是斷滅相。事理既融，斷滅亦空。佛自現前，如日之中。

一切常住達摩耶衆

以意爲根，是謂法塵。以佛爲體，是謂法身。風止浪静，非有别水。放爲江河，匯爲沼沚。

一切常住僧伽耶衆

佛既强名，法亦非真。神而明之，存乎其人。惟佛法僧，非三非一。如雲出雨，如水現日。

一切常住大菩薩衆

神智無方，解脱無礙。以何因緣，得大自在。障盡願滿，反于自然。無始以來，亡者復存。

一切常住大辟支迦衆

現無佛處，如第二乘〔二〕。如日入時，膏火爲燈。我説三乘〔三〕，如應病藥。敬禮辟支，即大圓覺。

一切常住大阿羅漢衆

大不可知，山隨綫移。小入無間，澡身軍持。我雖不能，能設此供。知一切人，具此妙用。

一切五通神仙衆

孰云飛仙，高舉違世。湛然神凝，物不疵癘。爲同爲異，本自無同。契我無生，長生之宗。

一切護法龍神衆

外道壞法，如刀截風。壞者既妄，護者亦空。偉兹龍神，威而不怒。示有四友，佛之禦侮。

下八位

一切官僚吏從衆

至難者君，至憂者臣。以衆生故，現宰官身。以難爲易，以憂爲樂。樂兼萬人，禍倍衆惡。

一切天衆

苦極則修，樂極則流。禍福無窮，糾纏相求。遂超欲色，至非非想。不如一念，真發無上。

一切阿修羅衆

正念淳想，則爲飛行。毫釐之差，遂墮戰争。以此爲道，穴胸隕首。是真作家，當師子吼。

一切人衆

地獄天宫，同一念頃〔四〕。涅槃生死，同一法性。抱寶號窮，鑽穴索空。今夕何夕，當選大雄。

一切地獄衆

汝一念起，業火熾然。非人燔汝，乃汝自燔。觀法界性，起滅電速。知惟心造，是破地獄。

一切餓鬼衆

説食無味，涎流妄嚥。真食無火，中虚妄見。美從妄生，惡亦幻成。如幻卽離〔五〕，既飽且寧。

一切畜生衆

欲人不知，心則有負。此念未成，角尾已具。集我道場，一洗濯之。盡未來劫，愧者勿爲。

一切六道外者衆

陋劣之極，蕩於眇冥。胎卵濕化，莫從而生。聞吾法音，飆起雷動。如夢覺人，不復見夢。

〔一〕《七集·後集》卷十九「差」作「善」。

〔二〕《七集·後集》「如」作「修」。

〔三〕《七集·後集》「三」似「二」。

〔四〕《七集·後集》「頃」作「頭」。

〔五〕《七集·後集》「如」作「知」。

馬祖龐公真贊

南岳坐下一馬，四蹄踏殺天下。馬後復一老龐，一口吸盡西江。天下是老師脚，西江即渠儂口。不知誰踏誰殺，何緣自吸自受。曇秀作六偈，述龐公事，東坡讀而首肯之，爲書此贊。

五祖山長老真贊

問道白雲端，踏着自家底。萬心八捧禪，一月千江水。路逢魔登伽，石上漫澆水。赤土畫簸箕，也有第一義。誰言川藞苴，具相三十二。

磨衲贊并敍

長老佛印大師了元遊京師，天子聞其名，以高麗所貢磨衲賜之。客有見而歎曰：「嗚呼善哉，未曾有也。嘗試與子攝其齋衽，循其鉤絡，舉而振之，則東盡嵎夷，西及昧谷，南放交趾，北屬幽都，紛然在吾箴孔綫蹊之中矣。」佛印听然而笑曰：「甚矣，子言之陋也。吾以法眼視之，一一箴孔有無量世界，滿中衆生所有毛竅，所衣之衣箴孔綫蹊，悉爲世界。如是展轉經八十反，吾佛光明之所照，與吾君聖德之所被，如以大海注一毛竅，如以大地塞一箴孔，曾何嵎夷昧谷交趾幽都之足云乎？當知此衲，非大非小，非短非長，非重非輕，非薄非厚，非色非空。一切世間，折膠墮指，此衲不寒，爍石流金，此衲不熱，五濁流浪，此衲不垢，劫火洞然，此衲不壞。云何以有思惟心，生下劣想？」於是蜀人蘇軾，聞而贊之曰：

匣而藏之，見衲而不見師。衣而不匣，見師而不見衲。惟師與衲，非一非兩。眇而視之，蟣蝨龍象。

金山長老寶覺師真贊

望之儼然，即之也温。是惟寶覺，大士之像。因是識師，是則非師，因師識道，道亦如是。

資福白長老真贊

是是是。是資福，白老子。身如空，我如爾。無一事，長歡喜。東坡有，老居士。見此真，欲擬議。未開口，落第二。有一語，畧相似。門如市，心如水。

淨因淨照臻老真贊

淨故能照，爲照故淨。亦如是身，孰知其正。四大是假，此反爲真。從古聖賢，所莫能分。視彼如此，凡賊皆子。喜甲怒乙，雖子猶賊。人方自我，物固相物。是故東坡，即此爲實。

葆光法師真贊

嗟夫法師。行年四十有四，而不知牝牡之欲。身居京邑，而不營利欲之私。體無威容，口無文詞。頭如蓬葦，性如鹿麋。意之所向，雖金石莫隔，而鬼神莫逆。此所以陟降天門，睥睨帝所，而終莫能疑者耶？

東莞資福堂老柏再生贊〔一〕

生石首肯，柴松肘回。是心苟真，金石爲開。堂去柏枯，其留復生。此柏無我，誰爲枯榮。方其枯時，不枯者存。一枯一榮，皆方便門。人皆不聞〔二〕，瓦礫説法。今聞此柏，熾然常説。

〔一〕《七集·續集》卷十「堂」作「寺」，「老柏再生」作「再生柏」。

〔二〕《七集·後集》卷二十「人皆」作「世人」。

湜長老真贊

道與之貌，天與之形。雖同乎人，而實無情。彼真清隱，何殊丹青。日照月明，雷動風行。夫孰非幻，忽然而成。此畫清隱，可謂雨晴。

海月辯公真贊并引

錢塘佛者之盛，蓋甲天下。道德才智之士，與夫妄庸巧僞之人，雜處其間，號爲難齊。故於僧職正副之外，別補都僧正一員。簿帳案牒奔走將迎之勞，專責正副以下，而都師總領要畧〔一〕，實以行解表衆而已。然亦通號爲僧官。故高舉遠引山栖絶俗之士，不屑爲之。惟清通端雅，外涉世而中遺物者，乃任其事，蓋亦難矣。余通守錢塘時，海月大師惠辯者，實在此位。神宇澄穆，不見愠喜，而緇素悦服，予固喜從之游。時東南多事，吏治少暇，而余方年壯氣盛，不安厥官。每往見師，清坐相對，時聞一言，則百憂氷解，形神俱泰。因悟莊周所言東郭順子之爲人，人貌而天虚，緣而葆真，清而容物，物無道正，容以悟之，使人之意也消，蓋師之謂也歟？一日，師卧疾，使人請余入山。適有所未暇，旬餘乃往，則師之化四日矣。遺言須余至乃闔棺，趺坐如生，頂尚温也。余在黄州，夢至西湖上，有大殿榜曰彌勒下生，而故人辯才、海月之流，皆行道其間。師没後二十一年，余謫居惠州，天竺淨惠師屬參寥子以書遺余曰：「檀越許與海月作真贊，久不償此願，何也？」余矍然而起，爲説贊曰：

人皆趨世，出世者誰？人皆遺世，世誰爲之？爰有大士，處此兩間。非濁非清，非律非禪。惟是海月，都師之式。庶復見之，衆縛自脱。我夢西湖，天宫化城。見兩天竺，宛如平生。雲披月滿，遺象在此。誰其贊之？惟東坡子。

〔一〕《七集·後集》卷二十「總領要畧」作「領畧其要」。

辯才大師真贊

余頃年嘗聞妙法於辯才老師，今見其畫像，乃以所聞者贊之：

即之浮雲無窮，去之明月皆同。欲知明月所在，在汝唾霧之中。

參寥子真贊

東坡居士曰：維參寥子，身寒而道富。辯於文而訥於口。外尫柔而中健武。與人無競，而好刺譏朋友之過。枯形灰心，而喜爲感時玩物不能忘情之語。此余所謂參寥子有不可曉者五也。

無名和尚傳贊

道無分成，佛無滅生。如影外光，孰在孰亡？如井中空，孰虛孰盈？無名和尚，蓋名無名。

李伯時作老子新沐圖遺道士蹇拱辰趙郡蘇某見而贊之〔一〕

老聃新沐，晞髮于庭。其心淡然，若忘其形。夫子與回，見之而驚。入而問之，强使自名。曰：豈有已哉，夫人皆然。惟役於人，而喪其天。其人苟忘，其天則全。四肢百骸，孰爲吾纏？死生終始，孰爲吾遷？彼赫赫者，將爲吾溫。彼肅肅者，將爲吾寒。一溫一寒交，而萬物生焉，物皆賴之，而況吾身乎？温爲吾和，寒爲吾堅，忽乎不知，而更千萬年。葆光志之，夫非養生之根乎？

〔一〕題下原注：「一云子由作。」

清都謝道士真贊

謝道士，生丙子。真一存，長不死。欲識清都面目，一江春水東流。滔滔直入滄海，大至蓬萊頂頭。

醴泉觀真靖崇教大師真贊

北方有神君，出内岡與民〔一〕。被髮拊劍馭兩靈，國之東南福其庭。注然天醪涌其泠〔二〕，汰選妙士守籥扃。翛然真靖有典刑，眉間三出杳而清，何必控鯉浮南溟。

〔一〕《外集》卷二十三「岡」作「罔」。

〔二〕《外集》「注」作「汪」。

光道人真贊字晏然

海口山顴，犀顱鶴肩。定眼水止，秀眉月弦。自一而兩，至百億千。即妄而真，是真晏然。

玉巖隱居陽行先真贊

道不二，德不孤。無人所有，有人所無。世之所争者五，天啬其三，而畀其二。是以日計之不足，歲計之有餘也。

偈

送僧應純偈〔一〕

蘇壽明、巢穀、僧應純與東坡居士〔二〕，皆眉人也。會于黄岡。純將之廬山〔三〕，作偈送之。

一般口眼，兩般肚腸。認取鄉人，聞早歸去。

〔一〕「純」原作「託」，今從《外集》卷二十三。下同。

〔二〕《外集》「明」作「朋」，無「東坡」二字。

〔三〕「純」原缺，據《外集》補。

靈感觀音偈并引

或問居士：「佛無不在，云何僧榮，所常供養，觀世音像，獨稱靈感？」居士答言：「譬如静夜，天清無雲，我目無病，未有舉頭，而不見月，今此畫像，方其畫時，工適清浄。又此僧榮，方供養時，秉心端嚴，不入諸相，無有我人，衆生壽者，則觀世音，廓然自現。」爾時居士，作此言已，心開形解，隨其所得，而説偈言：

夫物芸芸，各升其英。爲天蒼蒼，爲日月星。無在不在，容光則明。矧我大士，淵兮淨神〔一〕。妙湛生光，卽光爲形。亭亭空中，靡所倚憑。眷此幻身，如鬼如氓。生則囿物，軒昂權衡。地所不載，而能空行。滅則蕩空，附離四生。不可控摶，矧此亭亭。涕淚請救，摶頰頓纓〔二〕。如月下照，著心寒清。不因脩爲，得法眼淨。碎身微塵，莫報聖靈。

〔一〕「神」原作「聖」，今從《七集·後集》卷二十。

〔二〕「摶」原作「搏」，今據《七集·後集》改。

無名和尚頌觀音偈 徐因饒州人

我觀諸佛及菩薩，皆以六塵作佛事。雖有妙智如觀音，根性亦自聞思復。佛子流蕩無始劫，未空言語文字性。譬如多財石季倫，知財爲害不早散。手揮金寶棄溝壑，不如施與貧病者。纍纍三百五十珠，持與觀音作纓絡。

送壽聖聰長老偈并敍

佛說作、止、任、滅，是謂四病。如我所說，亦是諸佛四妙法門。我今亦作、亦止，亦任、亦滅。滅則無作，作則無止，止則無任，任則無滅。是四法門，更相掃除，火出木盡，灰飛煙滅。如佛所說，不作不止，不任不滅。是則滅病，否卽任病。如我所說，亦作亦止，亦任亦滅。是則作病，否卽止病。我與佛說，既同是法，亦同是病。昔維摩詰，默然無語，以對文殊。而舍利弗，亦復默然，以對天女。此二人者，何有差別。我以是知，苟非其人，道不虛行。時長老聰師，自筠來黄，復歸於筠。東坡居士爲説偈言：

珍重聖壽師，聽我送行偈。願閔諸有情，不斷一切法。人言眼睛上，一物不可住。我謂如虛空，何物住不得。我亦非然我，而不然彼義。然則兩皆然，否則無然者。

朱壽昌梁武懺贊偈并敍

我觀世間，諸得道者，多因苦惱。苦惱之極，無所告訴，則呼父母。父母不聞，仰而呼天。天不能救，則當歸命，於佛世尊。佛以大悲，方便開示。令知諸苦，以愛爲本。得愛則喜，犯愛則怒。失愛則悲，傷愛則懼。而此愛根，何所從生？展轉觀察，愛盡苦滅，得安樂處。諸佛亦言，愛別離苦。父母離別，其苦無量。於離別中，生離最苦。有大長者〔一〕，曰朱壽昌。生及七歲，而母捨去。長大懷思，涕泣追求。刺血寫經，禮佛懺悔。四十餘年，乃見其母。念報佛恩，欲度衆苦。觀諸教門，切近周至。莫如梁武，所説懺悔。文既繁重，旨亦淵秘。一切衆生，有不能了。乃以韻語，諧諸音律。使一切人，歌詠讚歎，獲福無量。時有居士，蜀人蘇軾。見聞隨喜，而説偈曰：

長者失母，常自念言：母本生我，我生母去，有我無母，不如無我。誓以此身〔二〕，出生入死，母若不見，我亦隨盡。在衆人中，猶如狂人，終日皇皇，四十餘年，乃見其母。我初不記，母之長短，大小肥瘠，云何一見，便知是母。母子天性，自然冥契，如磁石鍼，不謀而合。我未見母，不求何獲，既見母已，即無所求。諸佛子等，歌詠懺文，既懺罪已，當求佛道，如我所說，作求母觀。

〔一〕「大長」原作「長大」，據《七集·前集》卷四十改。
〔二〕「誓」原作「譬」，今從《七集·前集》。

玉石偈

嘻嘻呀呀三伏中，草木生煙地生火。遺君玉石百有八，願君置之白石盆。注以碧蘆井中泉，遺君肝肺涼如水〔一〕。熱惱既除心自定，當觀熱相無去來〔二〕。寒至折膠熱流金，是我法身二呼吸〔三〕。寒人者冰熱者火，冰火初不自寒熱。一切世間我四大，畢竟誰受寒熱者。願以法水浸摩尼，當觀此石如瓦礫。

〔一〕《七集·前集》卷四十「遺」作「遣」。
〔二〕「熱」原作「日」，今從《七集·前集》。
〔三〕《七集·前集》「二」作「一」。

地獄變相偈

我聞吴道子，初作酆都變。都人懼罪業，兩月罷屠宰。此畫無實相，筆墨假合成。譬如說食飽，何從生怖汗。乃知法界性，一切惟心造。若人了此言，地獄自破碎。

十二時中偈〔一〕

十二時中，常切覺察，遮箇是什麽。十二月二十日，自泗守席上回，忽然夢得箇消息。乃作偈曰：

百滚油鐺裏，恣把心肝煠。遮箇在其中，不寒亦不熱。似則是似，是則未是。不唯遮箇不寒熱，那箇也不寒熱，咄！甚叫做遮箇那箇。

〔一〕本集本文凡兩見。一在此處，一在卷二十，題作《十二時中頌》，次該卷《枯骨觀頌》前。《七集·續集》卷十二入「偈」類，今從，删彼而留此。

無相庵偈

出庵見庵，入庵見圓。問此圓相，何所因起。非土非木，亦非虚空。求此圓相，了不可得。乃至無有，無有亦無。是中有相，名大圓覺。是佛心地〔一〕，是諸魔種。

〔一〕「地」原作「也」，據《外集》卷二十二改。

送海印禪師偈并引〔一〕

海印禪師紀公，將赴峨眉，往别太子少保趙公於三衢。公以三詩贈行，而禪師復枉道過軾於齊安〔三〕，亦求一偈。公以元臣大老功成而歸，某以非才竊禄得罪而去。禪師道眼，了無分別。廼知法界海惠，照了萬殊，大小從横，不相留礙。

直從巴峽逢僧宴，道到東坡別紀公。當時半破峨眉月，還在平羌江水中。

請以此偈附於三詩之末。元豐四年九月十五日〔三〕。

〔一〕「并引」二字原缺，據《外集》卷二十二補。
〔二〕「而禪師」三字原缺，據《外集》補。「軾」原作「某」，今從《外集》。
〔三〕「元豐」云云九字原缺，據《外集》補。《外集》「四」作「元」，誤，據文意改。

南屏激水偈〔一〕

水激之高，如所從來。屈伸相報〔二〕，報盡而止。止不失平〔三〕，於以觀法。

〔一〕文後原有自跋，今移入集末《蘇軾佚文彙編》。
〔二〕「相報」原作「杓」，據《外集》卷二十二改。
〔三〕「夫」原作「先」，今從《外集》。

觀藏真畫布袋和尚像偈

柱杖指天，布袋着地。掉却數珠，好一覺睡。

木峰偈

元豐七年臘月朔日，東坡居士過臨淮，謁普照王塔，過襄師房，觀所藏佛骨舍利，捨山木一峰供養。乃説偈言：

枵然無根，生意永斷。劫火洞然，爲君作炭。

寒熱偈

今歲大熱，八十餘日，物我同病，是熱非虚。方其熱時，謂不復凉。及其既凉，熱復安在。凡世寒熱〔一〕，更相顯見。熱既無有，凉從何立。令我又復，認此爲凉。後日更凉，此還是熱。畢竟寒熱，爲無爲有。如此分别，皆是衆生。客塵浮想，以此爲達。無有是處，使謂爲迷。則又不可，如火燒木。從木成炭，從炭成灰。爲灰不已，了無一物。當以此偈，更問子由。

僕在黄州戲書，爲江夏李樂道持去。後七年，復相見京師，出此書，茫然如夢中語也。元祐戊辰三年三月三日。

〔一〕「世」原作「此」，今從《七集・續集》卷十二。

佛心鑑偈

軾第三子過，蓄烏銅鑑，圜徑數寸，光明洞徹。元豐八年十一月二日，游登州延洪禪院，院僧文泰方造釋迦文像，乃捨爲佛心鑑，且説偈云：

鑑中面像熱時災，無我無造無受者。心花發明照十方，還度如是常法衆。

眉山蘇軾元祐元年三月一日立石〔一〕。

〔一〕「眉山蘇軾」云云十四字原缺，據《七集·續集》卷十二補。

戲答佛印偈〔一〕

〔一〕已見詩集卷四十八。

養生偈

閑邪存誠，鍊氣養精〔一〕。一存一明，一鍊一清。清明乃極，丹元乃生。坎離乃交，梨棗乃成。中夜危坐，服此四藥。一藥一至，到極則處。幾費千息，閑之廓然，存之卓然，養之郁然，鍊之赫然。守之以一，成之以久。功在一日，何遲之有。

《易》曰：「閑邪存其誠。」詳味此字，知邪中有誠，無非邪者，閑亦邪也〔二〕。至於無所閑，乃見其誠者，幻滅滅故，非幻不滅。

〔一〕「鍊」原作「練」，今從《外集》卷二十二。下同。

〔三〕《外集》「亦」作「其」。

王晉卿前生圖偈〔一〕

〔一〕已見詩集卷四十八。

東坡居士過龍光求大竹作肩輿得兩竿時南華珪首座方受請爲此山長老乃留一偈院中須其至授之以爲他時語録中第一問〔一〕

〔一〕已見詩集卷四十五。

南華長老寵示四頌事忙只還一偈〔一〕

〔一〕已見詩集卷四十七。

蘇軾文集卷二十三

表狀

密州謝上表

臣軾言。昨奉敕差知密州軍州事，已於今月三日到任上訖。草芥賤微，敢干洪造；乾坤廣大，曲遂私誠。受命撫躬，已自知於不稱；入境問俗，又復過於所期。臣軾中謝。伏念臣家世至寒，性資甚下。學雖篤志，本先朝進士篆刻之文；論不適時，皆老生常談陳腐之説。分於聖世，處以散材。一自離去闕庭，屢更歲籥。塵埃筆硯，漸忘舊學之淵源；奔走簿書，粗識小人之情僞。欲自試於民社，庶有助於涓埃〔一〕。以爲公朝，不廢私願。携孥上國，預憂桂玉之不充；請郡東方，實欲弟昆之相近。自惟何幸，動獲所求。雖父兄所以處臣，其僥倖不過如此。雖云疎外〔二〕，有此遭逢。此蓋伏遇皇帝陛下躬上聖之資，建太平之業，以爲人無賢愚，皆有可用。故雖如臣等輩，猶未盡捐。臣敢不仰仞至恩，益堅素守。推廣中和之政，撫綏疲瘵之民。要使民之安臣，則爲臣之報國。臣無任瞻天荷聖激切屏營之至。

〔一〕「埃」原作「涘」，今從郎本卷二十五。

〔二〕羅考：「雖」疑當作「誰」，因上句已用「雖」字。

徐州謝上表

臣軾言。分符高密，已竊名邦；改命東徐，復塵督府。荷恩深厚，撫己兢慚。臣軾中謝。伏念臣奮身農畝，託迹書林。信道直前，曾無坎井之避；立朝寡助，誰爲先後之容。向者屢獻瞽言，仰塵聖鑒。豈有意於爲異，蓋篤信其所聞。顧慙迂闊之言，雖多而無益；惟有朴忠之素，既久而猶堅。遠不忘君，未忍改其常度；言之無罪，實深恃於至仁。知臣者謂臣愛君，不知臣者謂臣多事。空懷此意，誰復見明。伏惟皇帝陛下，日月照臨，乾坤覆燾。察孤危之易毁，諒拙直之無他。安全陋軀，畀付善地。民淳訟簡，殊無施設之方；食足身閑，仰愧生成之賜。顧力報之無所，懷孤忠而自憐。

徐州謝奬諭表

臣軾言。伏奉今月四日勑，以臣去歲修城捍水，粗免疎虞，特賜奬諭者。奔走服勤，人臣之常事；褒稱勞勉，學者之至榮。自惟何人，乃辱斯語。臣軾誠惶誠恐稽首頓首。伏念臣學無師法，才與世疎。經術既已不深，吏事又其所短。累忝優寄，卒無異稱。寬如定遠之言，平平無取；拙比道州之政，下下宜然。乃者河決澶淵，毒流淮泗。百堵皆作，蓋僚吏之劬勞；三板不沉，本朝廷之威德。而臣下掠衆美，上貪天功。獨竊璽書之榮，以爲私室之寶。此蓋伏遇皇帝陛下，天覆四海，子養萬民。哀無辜之遭罹，特遣使以存問。既蠲免其賦調，又飲食其飢寒。所以録臣之微勞，蓋將責臣之來效。臣敢不躬親畚築，益修今歲之防；安集流亡，盡復平時之業。庶殫朽鈍，少補絲毫。臣無任。

徐州賀河平表

臣軾言。竊聞黃河決口已遂閉塞者。聖謨獨運，天眷莫違。庶邦子來，民罔告病。萬杵雷動，役不逾時。遂消東北莫大之憂，然後麥禾可得而食。人無後患，喜若再生。臣軾中賀〔一〕。伏以大河爲災，歷世所病。禹治兗州之野，十有三載乃同；漢築宣防之宮，二十餘年而定。未有收狂瀾於既潰，復故道於將堙。俛仰而成，神速若此。恭惟皇帝陛下，至仁博施，神智無方。達四聰以來衆言，廣大孝以安宗廟。水當潤下，河不溢流。屬歲久之無虞，故患生於所忽。方其決也，本吏失其防，而非天意；及其復也，蓋天助有德，而非人功。振古所無，溥天同慶。維豐、沛之大澤，實汴、泗之所鍾。伊昔横流，凜孤城之若塊；迨兹平定，蔚秋稼以如雲。害既廣則利多，憂獨深而喜倍。雖官守有限，不獲趨外庭以稱觴；而民意所同，亦能抒下情而作頌。臣無任。

〔一〕「賀」原作「謝」，據郎本卷二十五改。案：此乃賀表，作「謝」非是。

湖州謝上表

臣軾言。蒙恩就移前件差遣，已於今月二十日到任上訖者。風俗阜安，在東南號爲無事；山水清遠，本朝廷所以優賢。顧惟何人，亦與玆選。臣軾中謝。伏念臣性資頑鄙，名迹堙微。議論闊疎，文學淺陋。凡人必有一得，而臣獨無寸長。荷先帝之誤恩，擢寘三館；蒙陛下之過聽，付以兩州。非不欲痛自激昂，少酧恩造。而才分所局，有過無功；法令具存，雖勤何補。罪固多矣，臣猶知之。夫何越次之名邦，更許借資而顯授〔一〕。顧惟無狀，豈不知恩。此蓋伏遇皇帝陛下，天覆羣生，海涵萬族。用人不求其備，嘉善而矜不能。知其愚不適時，難以追陪新進；察其老不生事，或能牧養小民。而臣頃在錢塘，樂其風土。魚鳥之性，既自得於江湖；吳越之人，亦安臣之教令。敢不奉法勤職，息訟平刑。上以廣朝廷之仁，下以慰父老之望。臣無任。

〔一〕「授」原作「受」，據郎本卷二十五改。

到黃州謝表

臣軾言。去歲十二月二十九日，準勑責降臣檢校尚書水部員外郎充黃州團練副使本州安置不得僉書公事〔一〕，臣已於今月一日到本州訖者〔二〕。狂愚冒犯，固有常刑。仁聖矜憐，特從輕典。赦其必死，許以自新。祗服訓辭，惟知感涕。中謝。伏念臣早緣科第，誤忝縉紳。親逢睿哲之興，遂有功名之意。亦嘗召對便殿，考其所學之言；試守三州，觀其所行之實。而臣用意過當，日趨於迷。賦命衰窮，天奪其魄；叛違義理，辜負恩私。茫如醉夢之中，不知言語之出。雖至仁屢赦，而衆議不容。案罪責情，固宜伏斧鑕於兩觀；推恩屈法，猶當禦魑魅於三危。豈謂尚玷散員，更叨善地。投畀麏鼯之野，保全櫄櫟之生。臣雖至愚，豈不知幸。此蓋伏遇皇帝陛下，德刑並用，善惡兼容。欲使法行而知恩，是用小懲而大誡。天地能覆載之，而不能容之於度外；父母能生育之，而不能出之於死中。伏惟此恩，何以爲報。惟當蔬食没齒，杜門思愆。深悟積年之非，永爲多士之戒。貪戀聖世，不敢殺身；庶幾餘生，未爲棄物。若獲盡力鞭箠之下，必將捐軀矢石之間。指天誓心，有死無易。臣無任。

〔一〕「降」原作「授」，今從郎本卷二十五。

〔二〕「州」原作「所」，據郎本改。

謝徐州失覺察妖賊放罪表〔一〕

臣軾言。去年十二月十五日，准淮南轉運司牒，奉聖旨，差官取勘臣前任知徐州日，不覺察百姓李鐸、郭進等謀反事。臣尋具析在任日，曾選差沂州百姓程棐令緝捕凶逆賊人，致棐告獲前件妖賊因依，乞勘會施行，至今年七月二日，復准轉運司牒，坐准尚書刑部牒，奉聖旨，蘇軾送尚書刑部更不取勘。盜發所臨，守臣固當重責；罪疑則赦，聖主所以廣恩。自驚廢逐之餘，猶在愍憐之數。臣軾誠惶誠恐，頓首頓首。伏念臣早蒙殊遇，擢領大邦。上不能以道化民，達忠孝於所部；下不能以刑齊物，消姦宄於未萌。致使妄庸，敢圖僭逆。原其不職，夫豈勝誅。況茲溝瀆之中，重遇雷霆之譴。無官可削，撫己知危。至於捕斬羣盜之功，乃是鄰近一夫之力。靖言其始，偶出於臣。雖爲國督奸，常懷此志；而因人成事，豈足言勞。勉自效於涓埃〔二〕，庶少寬於斧鉞。豈謂蕩然之澤，許以勿推。收驚魄於散亡，假餘生之晷刻。退思所自，爲幸何多。此蓋伏遇皇帝陛下，舞虞舜之干，示人不殺；祝成湯之網，與物求生。其間用刑，本不得已；稍有可赦，無不從寬。務在考實而原情，何嘗記過而忘善。益悟向時之所坐，皆是微臣之自貽。感愧終身，論報無地。布衣蔬食，或未死於飢寒；石心木腸，誓不忘於忠義。臣無任。

〔一〕郎本卷二十五作「謝失察妖賊表」。

〔二〕郎本「效」作「列」。

謝量移汝州表

臣軾言。伏奉正月二十五日誥命，特授臣汝州團練副使本州安置不得僉書公事者。稍從内遷，示不終棄。罪已甘於萬死，恩實出於再生。祇服訓詞，惟知感涕。臣軾誠惶誠恐，頓首頓首。伏念臣向者名過其實，食浮於人。兄弟並竊於賢科，衣冠或以爲盛事。旋從册府，出領郡符。既無片善，可紀於絲毫；而以重罪，當膏於斧鉞。雖蒙恩貸，有愧平生。隻影自憐，命寄江湖之上；驚魂未定，夢遊縲紲之中。憔悴非人，章狂失志。妻孥之所竊笑，親友至於絶交。疾病連年，人皆相傳爲已死；飢寒併日，臣亦自厭其餘生。豈謂草芥之賤微，尚煩朝廷之紀録。開其悔悔，許以甄收。此蓋伏遇皇帝陛下，湯德日新，堯仁天覆。建原廟以安祖考，正六官而修典刑〔一〕。百廢具興，多士爰集。彈冠結綬，共欣千載之逢；掩面向隅，不忍一夫之泣。故推涓滴，以及焦枯。顧惟效死之無門，殺身何益；更欲呼天而自列，尚口乃窮。徒有此心，期於異日。臣無任。

〔一〕「官」原作「宫」，據郎本卷二十五改。案，郎註：「神宗用唐六典，一新官制。」又，本卷《謝中書舍人表二首》其一有「建六官而修故事」之句。

乞常州居住表

臣軾言。臣聞聖人之行法也，如雷霆之震草木，威怒雖甚，而歸於欲其生；人主之罪人也，如父母之譴子孫，鞭撻雖嚴，而不忍致之死。臣漂流棄物，枯槁餘生〔一〕。泣血書詞，呼天請命。願回日月之照，一明葵藿之心。此言朝聞，夕死無憾。臣軾誠惶誠恐，頓首頓首。臣昔者嘗對便殿，親聞德音。似蒙聖知，不在人後。而狂狷妄發，上負恩私。既有司皆以爲可誅，雖明主不得而獨赦。一從吏議，坐廢五年。積憂薰心，驚齒髮之先變；抱恨刻骨，傷皮肉之僅存。近者蒙恩量移汝州，伏讀訓詞，有「人材實難，弗忍終棄」之語。豈獨知免於縲絏，亦將有望於桑榆。但未死亡，終見天日。豈敢復以遲暮爲歎，更生僥覬之心。但以禄廩久空，衣食不繼。累重道遠，不免舟行。自離黄州，風濤驚恐，舉家重病，一子喪亡。今雖已至泗州，而資用罄竭，去汝尚遠，難於陸行。無屋可居，無田可食，二十餘口，不知所歸，飢寒之憂，近在朝夕。與其强顔忍耻，干求於衆人；不若歸命投誠，控告於君父。臣有薄田在常州宜興縣，粗給饘粥，欲望聖慈，許於常州居住。又恐罪戾至重，未可聽從便安，輒叙微勞，庶蒙恩貸。臣先任徐州日，以河水浸城，幾至淪陷。臣日夜守捍，偶獲安全，曾蒙朝廷降勑奬諭。又嘗選用沂州百姓程棐，令購捕凶黨，致獲謀反妖賊李鐸、郭進等一十七人，亦蒙聖恩保明放罪。皆臣子之常分，無涓埃之可言。冒昧自陳，出於窮迫。庶幾因緣僥倖，功過相除。稍出羈囚，得從所便。重念臣受性剛褊〔二〕，賦命奇窮。既獲罪於天，又無助於下。怨仇交積，罪惡横生。羣言或起於愛憎，孤忠遂陷於疑似。中雖無愧，不敢自明。向非人主獨賜保全，則臣之微生豈有今日。伏惟皇帝陛下，聖神天縱，文武生知。得天下之英才，已全三樂；躋斯民於仁壽，不棄一夫。勃然中興，可謂盡善。而臣抱百年之永嘆，悼一飽之無時。貧病交攻，死生莫保。雖鳧鴈飛集，何足計於江湖〔三〕；而犬馬蓋帷，猶有求於君父〔四〕。敢祈仁聖，少賜矜憐。臣見一面前去，至南京以來，聽候朝旨。干冒天威，臣無任。

〔一〕郎本卷二十五「槁」作「獨」。
〔二〕「重」原作「垂」，今從郎本。
〔三〕郎本「江湖」作「朝廷」。
〔四〕郎本「君父」作「陛下」。

到常州謝表二首

臣軾言。先蒙恩授汝州團練副使本州安置，尋上表乞於常州居住，奉聖旨，依所乞，臣已於今月二十二日到常州訖者。積釁難磨，未經洗滌；至仁易感，許即便安。祇荷寵靈，惟知感涕。中謝。伏念臣所犯罪戾，本合誅夷。向非先帝之至明，豈有餘生於今日。銜恩未報，有志不從。已分没身，寄殘骸於魑魅；敢期擇地，收暮景於桑榆。此蓋伏遇皇帝陛下，仁孝生知，聰明天縱。寅奉上帝之眷命，述修累聖之成謀〔一〕。念此菅蒯之微，庶幾簪履之舊。俾安田畝，稍出縲囚。飽食無思，但日陶於新化；杜門自省，當益念於往愆。臣無任。

〔一〕「累」原作「內」，據郎本卷二十五改。

二

臣軾言。先蒙恩授汝州團練副使本州安置，尋上表乞於常州居住，奉聖旨，依所乞，臣已於今月二十二日到常州訖者。罪大人微，自甘永棄；食貧口衆，未免求安。忽奉俞音，出於獨斷；仰銜恩施，不覺涕零。中謝。伏念臣猥以凡材，早塵仕籍。生逢有作之聖，獨抱不移之愚。廢棄六年，已忘形於田野；泝沿萬里，偶脱命於江潭。豈謂此生，得從所便。此蓋伏遇太皇太后陛下，厚德載物，至仁代天。春生秋成，本無心於草木；風行雷動，自有信於蟲魚。致此幽頑，亦叨恩宥。耕川鑿井，得漸齒於平民；碎首刳肝，尚未知其死所。臣無任。

登州謝上表二首

臣軾言。伏奉告命，授臣朝奉郎、知登州軍州事，臣已於今月十五日到任上訖者。登雖小郡，地號極邊。自驚縲絏之餘，忽有民社之寄。拜恩不次，隕涕何言。中謝。臣聞臣不密則失身，而臣無周身之智；人不可以無學，而臣有不學之愚。積此兩愆，本當萬死。坐受六年之謫，甘如五鼎之珍。擊鼓登聞，止求自便；買田陽羨，誓畢此生。豈期枯朽之中，有此遭逢之異。收召魂魄，復爲平人；洗濯瑕玼，盡還舊物。此蓋伏遇皇帝陛下，内行曾、閔之孝，外發禹、湯之仁。日將旦而四海明，天方春而萬物作。於其黨而觀過，謂臣或出於愛君；就所短而求長，知臣稍習於治郡。致兹異寵，驟及非才。恭惟先帝全臣於衆怒必死之中，陛下起臣於散官永棄之地。没身難報，碎首爲期。臣無任。

二

臣軾言。伏奉告命，授臣朝奉郎、知登州軍州事，臣已於今月十五日到任上訖者。寵命過優，訓詞尤厚。非臣愚惷，所克承當。臣軾誠惶誠恐，頓首頓首。臣所領州，下臨漲海。人淳事簡，地瘠民貧。入境問農，首見父老。載白扶杖，争來馬前。皆云：「枯朽之餘，死亡無日，雖在田野，亦有識知。恭聞聖母至明而慈，嗣皇至仁而孝。每下號令，人皆涕流。願忍垂死之年，以待維新之政。」言雖甚拙，意則可知。見朝廷擢臣於久廢之中，謂臣愚必有以少塞其責。或能推廣上意，惠康小民。而臣天資鈍頑，學問寡淺。心已耗於多難，才不周其一身。將何以上答聖知，下慰民願。伏惟太皇太后陛下，以任姒之位，行堯舜之仁。勤邦儉家，永爲百王之令典；時使薄斂，故得萬國之歡心。豈煩爝火之微，更助日月之照。但知奉法，不敢求名。臣無任。

辭免起居舍人第一狀

右軾准閤門告報，已降告命，除臣依前官守起居舍人者。臣受材淺薄，臨事迂疎。起於罪廢之中，未有絲毫之效。驟陞清職，必致煩言。顧回虛授之恩，庶免素餐之愧。所有告身，臣不敢祗受〔一〕。

〔一〕「臣」原脱，據《七集・前集》卷二十五補。

辭免起居舍人第二狀

右臣近奏乞辭免起居舍人恩命〔一〕，准尚書省劄子奉聖旨不許辭免者。天威在顏，不違咫尺。父命於子，惟所東西。況茲久廢之餘，敢有不回之意。伏念臣受性褊狷，賦命奇窮。既早竊於賢科，復濫登於册府。多取天下之公器，又處衆人之所爭。若此而全，從來未有。今者出於九死之地，始有再生之心。危迹粗安，驚魂未返。若驟膺非分之寵，恐別生意外之憂。縱無人災，必有鬼責。伏望聖慈，廓天地包函之量，推父母愛憐之心。知其實出於至誠，止欲自處於無過。追還新命，更選異材。使之識分以安身，孰與包羞而冒寵。再伸微懇，伏俟重誅。所有告身，臣不敢祗受。

〔一〕「奏」原作「奉」，據《七集・前集》卷二十五改。

辭免中書舍人狀

右臣准閤門告報，已降告命，除臣軾中書舍人者。伏念臣頃自貶所，起知登州，到州五日，而召以省郎，到省半月，而擢爲右史。欲自勉强，少酧恩私。而才無他長，職有常守。出入禁闥，三月有餘，考論事功，一毫無取。今又冒榮直授，躐衆驟遷。非次之陞，既難以處；不試而用，尤非所安。顧回異恩，免速官謗。所有告身，臣不敢祗受。

謝中書舍人表二首

臣軾言。伏奉制命，授臣試中書舍人，仍改賜章服者。右史記言，已塵高選；西垣視草，復玷近班。皆儒者之至榮，豈平生之所望。臣軾誠感誠懼，頓首頓首。竊以詞命之職，古今所難。非獨取之於文，蓋將試之以事。至於機務，亦或與聞。雖四户擅權，非當時之公議；而五花判事，亦前代之美談。及夫三字之除，乃是一切之政。但謂内朝之法從，安知宰相之屬官。既任止於訓詞，故權移於胥史。恬不知怪，習爲故常。先皇帝道冠百王，法垂萬世。建六官而修故事，闢三省以待異人。典章一新，名實皆正。遂申明於四禁，俾分領於六曹。遠則追直閣之司，近則通檢正之任。雖未聞政而聞事，蓋須有德而有言。如臣之愚，無一而可。草創潤色，既非鄭國之材；除書德音，又乏唐人之譽。忽當此選，莫測其由。此蓋伏遇皇帝陛下，將聖與仁，能哲而惠。雖在三年不言之際，已有十日並照之光。

而臣日侍邇英，親聞訪道。仰天威之甚近，知聖鑒之難逃。謂臣嘗受先朝之知，實無左右之助。棄瑕往昔，責效將來。臣敢不益勵素心，無忘舊學。上體周公煩悉之誥，助成漢家深厚之文。苟無曠官，其敢言報。臣無任。

二

臣軾言。伏奉制命，授臣試中書舍人，仍改賜章服者。聖神獨斷，出成命於省中；衰病增光，溢虛名於朝右。訓詞之重，士論所榮。臣軾誠感誠懼，頓首頓首。臣聞有言逆心，此古人所以顛沛；積毀消骨，非聖主莫能保全。臣本受知於裕陵，亦嘗見待以國士。嘉其好直，許以能文。雖竄謫流離之餘，決無可用；而哀憐收拾之意，終不少衰。抱弓劍以長號，分簪履之永棄。豈期晚遇，又過初心。矧外制之深嚴，極西垣之清要。在唐之盛，以馬周、岑文本爲得人；近世所傳，有楊億、歐陽修之故事。不試而用，于今幾人。遂超同列之先，遠繼前修之末。夫何頑鈍，有此遭逢。此蓋伏遇太皇太后陛下，憂國忘身〔一〕，愛民如子。憂深故任其事者重，愛極故爲之慮也長。敷求哲人，以遺嗣聖。所以兼收而並用，庶幾有得於其間。臣敢不盡其所能，期於無愧。始終自誓，故常以道而事君；夷嶮不同，則必見危而授命。臣無任。

〔一〕「身」原作「家」，今從郎本卷二十五。

辭免翰林學士第一狀

右臣准閤門告報，已降告命，除臣翰林學士知制誥者。臣竊謂自從西掖，直遷内制，雖祖宗故事，而近歲以來，少有此比，非高材重德雅望，不在此選。臣自量三者皆不迨人，驟當殊擢，實不自安。伏望聖慈察臣至誠，非苟辭避，追還異恩，以厭公論。謹録奏聞〔一〕。

〔一〕「聞」原缺，據《七集·前集》卷二十五補。

辭免翰林學士第二狀

右臣近者奏乞辭免翰林學士知制誥恩命，伏蒙降詔不允者。天地之恩，義無所謝；父母之訓，理不可違。而臣至愚，尚守所見。再傾微懇，不避重誅。非獨以學問荒唐，文詞鄙淺，已試無效，如前所陳。實以勞舊尚多，必有積薪之誚；兄弟並進，豈無連茹之嫌。誠不自安，非敢矯飾。伏望聖慈亮其悃愊，特許追還。庶免人言，俾得自效。所有告命，臣不敢祗受。謹録奏聞。

謝宣召入院狀二首

右臣今月日西頭供奉官充待詔董士隆至臣所居，奉宣聖旨，召臣入院充學士者。詔語春温，再命而傴〔一〕；使華天降，一節以趨。在故事以嘗聞，豈平生之敢望。省循非稱，愧汗交深。竊以視草之官，自唐爲盛。雖職親事秘，號爲北門學士之榮；而禄薄地寒，至有京兆掾曹之請。豈如聖代，一振儒風。非徒好爵之縻，兼享大烹之養。玉堂賜篆，仰淳化之彌文；寶帶重金，佩元豐之新渥。既厚其禮，愈難其人。而臣以空疎宂散之材，衰病流離之後。生還萬里，坐閲三遷。不緣左右之容，躐處賢豪之上。此蓋伏遇皇帝陛下，生資文武，天胙聖神。雖亮陰不言，尚隱高宗之德；而小毖求助〔二〕，已啓成王之心。首擇輔臣，次求法從。知人材之難得，采虚名而用臣。敢不益勵初心，力圖後効。才不逮古〔三〕，雖慚内相之名；志常在民〔四〕，庶免私人之誚。臣無任。

〔一〕「傴」原作「僂」，今從郎本卷二十五。案，郎註引《左傳》，是。

〔二〕「小毖」原作「訪落」，據郎本改。案，郎註云：「《訪落》詩云：嗣王謀於廟。《小毖》詩云：嗣王求助。」作「小毖」是。

〔三〕郎本「才」作「身」。

〔四〕郎本「常」作「嘗」。

二

右臣今月日西頭供奉官充待詔董士隆至臣所居，奉宣聖旨，召臣入院充學士者。里巷傳呼，親臨詔使；私庭望拜，恭被德音。人言稽古之榮，臣有素餐之愧。懇詞雖至，成命莫回。伏以朝論所高，禁林爲重。非徒翰墨之選，乃是將相之儲。禮絶同僚，歎裴、李於座上；功成異域，得頗、牧於禁中。宜有異人，來膺此選。而臣顓愚自信，狂直不回。先帝憐其孤忠，欲召而未果；陛下出於獨斷，決用而無疑。曾未周歲，而閱三官；試以百爲，而無一可。保全已幸，擢用何名。此蓋伏遇太皇太后陛下，德協天人，心存社稷。受聖子之託天下，抱神孫而朝諸侯。巍巍其有成功，不見治迹；斷斷而無他技，專用老成。推其類以及臣，顧何能而在此。忠義之報，死生不移。臣無任。

謝翰林學士表二首

臣軾言。蒙恩除臣翰林學士知制誥者。名微不稱，寵至若驚。伏念臣經術空疏，吏能短淺。少年自守，無用於作新；去國生還，適逢於求舊。初何云補，遽辱甄收。此蓋伏遇皇帝陛下，文武生知，聰明天縱。法乾坤之廣運，體日月之照微。過採虛名，使陳薄技。敢不激昂晚節，砥礪初心。雖洪造之難酧，盡微生而後已。臣無任。

二

臣軾言。蒙恩除臣翰林學士知制誥者。寵光逾分，榮愧交中。伏念臣本以疎愚，起於遐陋。學雖篤志，皆場屋之空文；言不適時，豈朝廷之通論。老於憂患，望絶搢紳。此蓋伏遇太皇太后陛下，總覽政綱，灼知治體。恢復祖宗之舊，兼收文武之資。過録愚忠，以敦薄俗。敢不臨寵而懼，職思其憂。非敢有意於功名，庶幾少逃於罪悔。臣無任。

謝賜對衣金帶馬表二首〔一〕

臣軾言。伏蒙聖慈，以臣入院，特賜衣一對，金腰帶一條，金鍍銀鞍轡馬一匹。被三品之服章，君子所以昭令德。分六閑之駔駿，朝廷所以旌有功。顧惟何人，亦與兹寵。拜恩俯僂，流汗交并。臣軾中謝。伏念臣人微地寒，性迂才短。襲布韋而自薦，偶忝縉紳；駕款段以言歸，終安畎畝。豈謂便蕃之錫，萃於衰病之軀。此蓋伏遇皇帝陛下，總覽衆工，財成大化。至誠樂與，有緇衣之好賢；俊民用章，無白駒於空谷。不遺寒陋〔二〕，亦被光華。攬佩以思，遂識斷金之義；舉鞭自誓，敢忘希驥之心。臣無任。

〔一〕「賜」原缺，據郎本卷二十五補。

〔二〕「遺」原作「違」，據郎本改。

二

臣軾言。伏蒙聖慈，以臣入院，特賜衣一對，金腰帶一條，金鍍銀鞍轡馬一匹。命服出笥，榮動搢紳。左驂在廷，光生徒馭。德不稱物，愧無所容。臣軾中謝。伏念臣衰朽無功，惷愚不學。已分鵜梁之刺，敢逃負乘之譏。再惟此恩，何自而至。此蓋伏遇太皇太后陛下，至神廣運，盛德兼容。躬周公之勤勞，而逸於委任；寶老氏之慈儉，而侈於禮賢。致此光榮，下及微陋。慨然攬轡，敢有意於澄清；束以立朝，尚可言於賓客。臣無任。

笏記二首

禁林之選，多士所榮。非獨文章之工，俾專翰墨；當屬典刑之老，以重朝廷。如臣空疎，豈宜塵冒。此蓋伏遇皇帝陛下，剛健純粹，緝熙光明。曲搜已棄之材，將建無窮之業。顧慚淺陋，將何補於盛明；惟有朴忠，誓不回於生死。臣無任。

二

西掖代言，已愧一時之高選；北門視草，又忝諸生之極榮。豈伊衰朽之餘，有此遭逢之異。此蓋伏遇太皇太后陛下，坤元利正，天造無私。靡求備於一人，將曲成於萬物。文章小技，縱有效於涓埃；草木微生，終難酧於雨露。臣無任。

辭免侍讀狀

右臣今月二十六日，准閤門告報，蒙恩除臣兼侍讀者。入侍邇英，其選至重。非獨分擿章句，實以仰備顧問。臣學術淺陋，恐非其人。況臣待罪禁林，初無吏責。又加廩賜之厚，益負尸素之憂。伏望聖慈，察其誠心，追回新命，以授能者。謹錄奏聞，伏候勑旨。

謝除侍讀表二首

臣軾言。今月一日蒙恩除臣兼侍讀者。學術本疎，老復加於謇訥；官聯愈近，職專在於討論。退省其愚，莫知所措。中謝。伏以天威咫尺，顧末技以何施；聖敬日躋，豈羣臣之可望。非張禹、寬中之篤學，無量、懷素之懿文〔一〕，則何以奉天子五學之游，求王人多聞之益！如臣愚暗，何與選掄。此蓋伏遇皇帝陛下，卓然生知，輔以好學〔二〕。方高宗恭默之後，正宣帝勵精之初。衆論並陳，悉洞照其情僞；陳編一覽，已周知於廢興。察臣衰病而無求，庶可親近而寡過。故玆拔用，驟及疲駑。臣敢不温故知新，粗辦有司之職；見危致命，更輸異日之忠。臣無任。

〔一〕「無」原作「寂」，據郎本卷二十五改。案：無量，乃褚無量。

〔二〕「輔」原作「附」，據郎本改。

二

臣軾言。今月一日蒙恩除臣兼侍讀者。北門視草，已叨儒者之極榮；西學上賢，復玷侍臣之高選。省循非稱，愧汗交懷。中謝。竊惟講讀之臣，止以言語爲職。考功課吏，無殿最之可書；陳善閉邪，有膏澤之潛潤。豈臣愚陋，亦所克堪。此蓋伏遇太皇太后陛下，憂思深長，德業久大〔一〕。受先帝投艱之託，爲神孫經遠之謀。故選左右前後之人，罔非吉士；使知興亡治亂之效，莫若多聞。謂臣雖無大過人之才，知臣粗有不欺君之實。故使朝夕，與於討論、奉永日之清閑，未知所報；畢微生於盡瘁，終致此心。臣無任。

〔一〕《文鑑》卷一百二十二「久」作「廣」。

謝賜御書詩表

臣軾言。今月十五日，賜宴東宮，伏蒙聖恩，差中使就賜臣御書詩一首者。玉斝金尊〔一〕，霈若雲天之澤；寶章宸翰，煥乎奎壁之文〔二〕。喜溢心顏，光生懷袖。臣軾誠感誠懼，頓首頓首。伏念臣猥緣末技，獲玷清流。早歲數奇，已老江湖之上；餘生何幸，得依日月之光。入侍燕閒，與聞講學。卒桓榮之業，因人而成；登劉洎之床，則臣豈敢。夫何珍賜，亦及微軀。此蓋伏遇皇帝陛下，道本生知，才惟天縱。文不數於游、夏，書已逼於鍾、王。心慕手追，陋文皇之曲學〔三〕；筆縱字大，笑宋武之末工。知臣遭遇之難，欲以顯榮其老。鏤之金石，庶傳玩於人人；付與子孫，俾輸忠於世世。臣無任。

〔一〕郎本卷二十六「金」作「上」。

〔二〕「壁」原作「璧」。郎本亦作「璧」。龐校作「壁」。案：「奎壁」乃二十八宿中之二宿。

〔三〕「曲」原作「由」，今從郎本。

謝三伏早出院表

臣軾言。君逸臣勞，固上下之分；金伏火見，亦消長之常。乃緣異恩，而許夙退。中謝。伏念臣等誤緣末技，待罪禁林。戴星而朝，雖粗輸其勤拙；窮日之力，卒無補於絲毫。遽蒙假借之私，得遂委蛇之樂。此蓋伏遇太皇太后陛下，嚴於恭己，恕以馭臣。事既省於清心，日自長於化國。朝而不夕，前追靜治之風；伏當早歸，下遂疎愚之性。臣無任。

謝除龍圖閣學士表二首

臣軾言。伏蒙聖恩，以臣累章請郡，特除臣龍圖閣學士知杭州者。中禁寶儲，上應奎壁之象〔一〕；先朝謨訓，遠同河洛之符。隸職其間，省躬非據。臣軾誠惶誠恐，頓首頓首。伏念臣學非有得，愚至不移。雖叨過實之名，卒無適用之器。少時忘意，蓋嘗有志於事功；晚歲積憂，但欲歸安於田畝。屬聖神之履運，荷識拔之非常。猶冀桑榆之收，遽迫犬馬之疾。力求閑散，庶免顛擠。豈謂皇帝陛下，聖度包荒，天慈委照。察其才有所短，不欲强置之禁嚴；知其進不由人，故特保全其終始。遂加此職，以賁其行。臣敢不仰緣末光，益勵素守。往何適而不可，中無愧之爲安。但未死亡，必期報塞。臣無任感天荷聖激切屏營之至。

〔一〕「壁」原作「璧」，誤刊，今校改。參《謝賜御書詩表》校勘記第二條。

二

臣軾言。伏蒙聖恩，以臣累章請郡〔一〕，特除臣龍圖閣學士知杭州者。北扉清密，久愧素餐；內閣深嚴，復膺殊寵。以榮爲懼，有靦在顔。臣軾誠惶誠恐，頓首頓首。伏念臣賦命數奇，與人多忤。遭遇仁祖，忝竊賢科。繼蒙英廟之深知，尤荷裕陵之見器。而流離若此，窮薄可知。晚親日月之光，常恐缾罍之溢。故求閑散，以避災迍。豈謂太皇太后陛下，天高聽卑，坤厚載物。愛惜臣下，固無異於子孫；委任官師，本不分於中外。致兹衰病，不失清華。然臣辭寵而益榮，求閑而得劇。雖云稍遠於争地，尚恐終非其久安。敢不磨鈍自修，履冰知戒。庶全孤節，少答殊私。臣無任。

〔一〕「請」原作「謝」。據郎本卷二十六改。

謝賜對衣金帶馬表二首

臣軾言。伏蒙聖慈，特賜衣一對，金腰帶一條，金鍍銀鞍轡一副，馬一匹者。出笥之珍，已華朽質；解驂之賜，益耀衆觀。顧惟何人，亦被兹寵。臣軾誠惶誠恐，頓首頓首。伏念臣少而拙訥，老益疎愚。山野之姿，非文繡之所及；疲駑之質，雖鞭策以何加。方祈冗散之安，更忝便蕃之錫。此蓋伏遇皇帝陛下，緝熙儒術，網羅人材。不愛車服寵數之章，使爲吏民瞻望之美。據鞍有愧，束衽知榮。敢不奉以牧民，永思去害之指；施之大邑，庶無學製之傷。臣無任。

二

臣軾言。伏蒙聖恩，特賜衣一對，金腰帶一條，金鍍銀鞍轡一副，馬一匹者。命服斯皇，《詩》詠周宣之德；康侯用錫，《易》稱王母之仁。惠澤所加，臣工知勸。臣軾誠惶誠恐，頓首頓首。伏念臣資材朽鈍，學術空疎。矧茲衰病之餘，豈復光華之羡。荷寵章之蕃庶，人以爲榮〔一〕；顧形影之支離，臣惟自愧。此蓋伏遇太皇太后陛下，知人堯哲，徧物舜仁。時遣拾遺補過之臣，出爲承流宣化之任。子衣安吉，不待請而得之；我馬虺隤，蓋知勞而賜者。敢不勉思忠藎，務報恩勤。永惟廄庫之珍，莫非民力；無忘獄市之寄，以副上心。臣無任。

〔一〕「人」原作「入」，今從郎本卷二十六。

笏記二首

臣軾言。隸職宸居，承流闕寄。自知衰朽，有玷寵光。此蓋伏遇皇帝陛下，總攬羣材，靡遺片善；曲收頑鈍，俾處清華〔一〕。徒傾草木之心，莫報乾坤之施。臣無任。

〔一〕《七集·前集》卷二十六「俾」作「迭」。

二

既塵美職，復玷名藩。榮寵過情，省循知愧。此蓋伏遇太皇太后陛下，仁均動植，明燭幽微。特示寵章，以旌眷遇。恩勤莫報，生死難忘。臣無任。

杭州謝上表二首

臣軾言。伏奉制書，除臣龍圖閣學士知杭州，臣已於今月三日到任上訖者。始衰而病，豈非滿溢之災；乞越得杭，又過平生之望。臣軾誠惶誠恐，頓首頓首。伏念臣起自廢黜，驟登禁嚴。畢命驅馳，未償萬一。懷安退縮，豈所當然。蓋散材不任於斧斤，而病馬空糜於芻粟〔一〕。故求外補，以盡餘年。豈期避寵而益榮，求閑而得劇。此蓋伏遇皇帝陛下，剛健中正，緝熙光明。無爲蓋虞舜之仁，篤學有仲尼之智。而臣猥以末技〔二〕，日奉講帷。凜然威光，近在咫尺。惟古人責難之意，每不自量；方陛下好問之初，遽以疾去。推之理數，可謂奇窮。荷眷遇之不移，竊恩榮而愈重。雖雨露之施，初不擇物〔三〕；而犬馬之報，期於殺身。臣無任。

〔一〕「糜」原作「縻」，今從郎本卷二十六。
〔二〕「猥」原作「畏」，今據郎本改。
〔三〕萬有文庫本《蘇東坡集》「物」作「地」，不知所據。

二

臣軾言。伏奉制書，除臣龍圖閣學士知杭州，臣已於今月三日到任上訖者。入奉禁嚴，出膺方面。皆人臣之殊選，在儒者以尤榮。臣軾誠惶誠恐，頓首頓首。伏念臣受寵逾涯，積憂成疾。既思退就於安養，又欲少逃於滿盈。仰荷至仁，曲從微願。江山故國，所至如歸；父老遺民，與臣相問。知朝廷輟近侍爲太守，蓋聖主視天下如一家。鞭扑未施，爭訟幾絶。臣之厚幸，豈易名言。此蓋伏遇太皇太后陛下，天地之仁，賢愚兼取；日月之照，邪正自分。每包函其惷迂，欲保全其終始。兄弟孤立，嘗親奉於德音；死生不移，更誓堅於晚節。臣無任。

杭州謝放罪表二首

臣軾言。臣近以法外刺配本州百姓顔章、顔益二人，上章待罪〔一〕，奉聖旨特放罪者。職在承宣，當遵三尺之約束；事關利害，輒從一切之便宜。曲荷天恩〔二〕，不從吏議。臣軾誠惶誠恐，頓首頓首。伏念臣早緣剛拙，屢致憂虞。用之朝廷，則逆耳之奏形于言〔三〕；施之郡縣，則疾惡之心見于政。雖知難每以爲戒，而臨事不能自回。苟非日月之明，肝膽必照，則臣豈惟獲罪於今日，久已見傾於衆言。恭惟皇帝陛下，睿哲生知〔四〕，清明旁達。委任羣下〔五〕，退託於不能；愛養成材，惟恐其有過。知臣欲去一方之積弊，須除二猾以示民。特屈憲章，以全器使。臣敢不省循過咎，祗服簡書。眷此善良，自不犯於漢法；時有貸捨，用益廣於堯仁。臣無任。

〔一〕「待」原作「符」，今據郎本卷二十六改。

〔二〕「恩」原作「慈」，今從《文鑑》卷六十八。

〔三〕郎本、《文鑑》「奏」作「惷」。

〔四〕郎本、《文鑑》「睿」作「濬」。

〔五〕《文鑑》「羣」作「衆」。

二

亂羣之誅，不請而決。蓋恩威之無素，致奸猾之敢行。方俟譴訶〔一〕，豈期寬宥。臣軾誠惶誠恐，頓首頓首。伏以法吏網密，蓋出於近年；守臣權輕，無甚於今日。觀祖宗信任之意，以州郡責成於人。豈有不擇師帥之良，但知繩墨之馭。若平居僅能守法，則緩急何以使民。顧臣不才，難以議此。恭惟太皇太后陛下，寬仁從衆，信順得天。推一身之至公，納萬方於無罪。而臣始終被遇，中外蒙恩。謂事有專而合宜，情無他而可恕。故加貸捨，以示寵綏。朝廷之明，粗以臣爲可信；吏民自服，當不令而率從。臣無任。

〔一〕郎本卷二十六「訶」作「罰」。

賀明堂赦書表二首

臣軾言。宗祀告成，修累朝之盛典；端門肆眚，答萬宇之歡心。凡有識知，舉增抃躍。臣軾誠歡誠喜，頓首頓首。竊謂祖宗恩信之所被，譬如天地寒暑之不差。將推作解之仁，必在當郊之歲。恭惟皇帝陛下，憲章六聖，左右三靈。上帝眷而風雨時，壬人去而蠻夷服。講明大禮，對越昊天。懷柔百神，嚮用五福。大河修復，奏軌道於東流；藩邸顧懷，錫鴻名於西府。臣備員法從，待罪守臣。想聞路寢之鼓鐘，曾叨奉引；嘉與海隅之草木，同被恩私。臣無任。

二

臣軾言。嚴配禮成，民心知孝；好生德洽，天下歸仁。凡蒙一洗之恩，舉有惟新之喜。臣軾誠歡誠抃，頓首頓首。伏以功存廟社而辭其禮，澤及草木而諱其名〔一〕。此聖人之所難，幸微生之親見。恭惟太皇太后陛下，勳高任姒，道配唐虞。顧惟致治於和平，孰不歸心於保佑。合宫均福，畢修累聖之文；會慶告成，不居先后之位。臣職叨禁從，身遠闕庭。既欣涣汗之私，溥霑動植；更喜謙光之美，獨冠古今。臣無任。

〔一〕郎本卷二十五、《七集·前集》卷二十六「澤」作「德」。

謝賜曆日詔書表二首

臣軾言。伏蒙聖恩，特賜臣詔書并元祐五年曆日一卷者。論道調元，雖大臣之職；授時賦政，亦郡守之常。而臣供奉内朝，使指一道。居則代言而頒令，出則勸民以務農。沐此恩榮〔一〕，敢忘奉順。臣軾中謝。恭惟皇帝陛下，文明憲古，睿哲先天。歷象教民，本堯舜之智；水旱罪己，蓋禹湯之仁。固將推廣其誠心，豈特奉行於故事。爰因歲首，已宣布於王言；孰謂民愚，咸識知於帝力。臣無任。

〔一〕「沐」原作「蒙」，今從《七集・前集》卷二十六。

二

臣軾言。伏蒙聖恩，特賜臣詔書并元祐五年曆日一卷者。竊惟稽古之君，必以授時爲急。底日不失日，官既有常；先時不及時，罰在無赦。申以丁寧之詔，致其惻怛之誠。習見頒行，止謂有司之故事；考其情實，則本聖人之用心。臣軾中謝。恭惟太皇太后陛下，元功在天，盛德冠古。順帝之則，雖並用於恩威；與物爲春，蓋同歸於仁厚。而臣入奉講學，出牧農民。恭布詔書，悉傳閭里。庶德音之昭格，致嗣歲之豐穰。臣無任。

賀興龍節表

臣軾言。天佑民而作君，惟德是輔；帝生商而立子，有開必先。納富壽於方來，實兆基於茲日。臣軾中賀。恭惟皇帝陛下，文思天縱，聖敬日躋。以若稽古之心，上遵王路；行不忍人之政，下酌民言。神聽靖共，天壽平格。臣久塵法從，出領郡符。奉萬年之觴，雖阻陪於下列；接千歲之統，猶及見於昇平。草木之情，日月所照。臣無任。

賀坤成節表

臣軾言。仁惟天助，壽不假於禱祈；澤在民心，言自成於雅頌。恭臨誕月，仰祝聖期。雖凡庶之何知，亦臣子之常分。中謝。恭惟太皇太后陛下，儲神天地，託國祖宗。元勳本自於無心，神智實生於至静。同守大器，于兹六年。放億萬之羽毛，未若消兵以全赤子；飯無數之緇褐，豈如散廩以活飢民。臣躬領郡符，目覩兹事。載瞻象闕，阻奉瑶觴。嘉與海隅之人，同罄華封之祝。臣無任。

辭免翰林學士承旨第一狀

右臣今月二十八日奉勑，已除臣翰林學士承旨左朝奉郎知制誥，詔書到日，可依條交割公事訖，乘遞馬疾速發來赴闕。臣已於當日依條交割公事訖。伏念臣頃以兩目昏暗，左臂不仁。堅辭禁林，得請便郡；庶緣静退，少養衰殘。二年于兹，一事無補。才有限而難强，病不減而益增。但以東南連被災傷，不敢陳乞，别求安便；敢謂仁聖尚賜恩憐，召還故官，復加新寵。不惟朝廷公議未允，實亦衰病勉强不前。兼竊覩邸報，臣弟轍已除尚書右丞。兄居禁林，弟爲執政。在公朝既合迴避，於私門實懼滿盈。計此誤恩，必難安處。伏望聖慈除臣一郡，以息多言。臣見起發前去，至宿、泗間聽候指揮。謹録奏聞，伏候勑旨〔一〕。

〔一〕「勑」原作「聖」，今從《七集·後集》卷十二。案，《辭免翰林承旨狀》凡三篇，後二篇結尾亦作「勑旨」。

辭免翰林學士承旨第二狀

右臣近蒙恩除翰林學士承旨。臣以衰病不才，難居禁近，兼以弟轍忝與執政，理合回避，奏乞除臣一郡。今奉詔書，未賜開允。恩威之重，霈若雷雨，豈臣孱陋所敢固違。伏念臣自去闕庭，日加衰白。故疾不愈，舊學已荒。更冒寵榮，必速顛躓。而況清要之地，衆所奔趨；兄弟迭居，勢難安處。正使緣力辭而獲譴，猶賢於忝冒而致災。伏望聖慈察臣誠懇，特賜除臣知揚、越、陳、蔡一郡。臣今已到揚州，迤邐前去南京以來，聽候指揮。干冒天威，臣無任戰恐待罪之至。謹録奏聞，伏候勑旨。

辭免翰林學士承旨第三狀

右臣近蒙恩除翰林學士承旨。臣以衰病不才，難居禁近。兼以弟轍備位執政，理合回避。尋兩次奏乞除臣一郡，準尚書省劄子，三省同奉聖旨，依前降詔書不允者。臣之愚慮，終以弟轍親嫌，於義未安。竊見仁宗朝王洙爲學士，以其從子堯臣參知政事，故罷。臣今來欲乞依王洙故事回避，仍乞檢會前奏，除臣揚、越、陳、蔡一郡。屢犯天威，臣無任戰恐待罪之至。謹録奏聞，伏候勑旨。

乞候坤成節上壽訖復遂前請狀

右臣近奏，乞依王洙故事罷翰林學士承旨，仍乞一郡。奉聖旨依累降指揮不允者。銜戴恩慈，怵追威命，已經三却，其敢固違！已於今月二十九日赴閤門祗受告命訖。然臣衰病日加，心力難强，親嫌之避，愚守不移。伏見坤成節在近，欲候上壽訖，復遂前請。勉强供職，庶表見臣子恭順之心；逡巡力辭，蓋終存典刑分義之守。謹録奏聞。謹奏。

謝宣召再入學士院二首

右臣今月十一日翰林待詔梁迪至臣所居，奉宣聖旨，召臣入院充學士承旨者〔一〕。使星下燭，生蓬蓽之光華；天澤旁流，及桑榆之枯槁〔二〕。國有用儒之盛，士知稽古之榮。伏以翰墨之林，號稱内相；文章之外，不取他才。至於用人，可以觀政。文武並用，或成頗牧之功；邪正雜居，至有伾文之患。惟貴且近，故難其人。而况金鑾玉堂，親被絲綸之密；北扉東閣，獨稱年德之高。必有異人，以齊衆口。而臣本緣衰病，出守江湖。以一方凋弊之餘，當二年水潦之厄。戴星而治，僅免流離；及瓜而還，怳如夢寐。交親迎勞，都邑聚觀。驚華髮之半空，笑丹心之未折。宜投閑散，以養衰殘。豈期過採於虚名，復使榮加於舊物。此蓋伏遇皇帝陛下，德如乾健，明配日中。既祖述於堯仁，復躬行於舜孝。才難之歎，人誦斯言。緣先帝之德音，收孤臣於散地。言雖直而無罪，身愈遠而益親。委曲保全，始終録用。臣敢不更磨朽鈍，少補涓埃。難得者時，未有捐軀之會；勿欺而犯，誓無患失之心。臣無任感天荷聖激切屏營之至。謹録奏謝以聞。謹奏。

〔一〕「者」原缺。按奏議文之例，此處應有「者」字，今逕補。

〔二〕「及」原作「失」，據《永樂大典》卷一萬零一百十五旨字韻引文改。

二

右臣今月十一日翰林待詔梁迪至臣所居，奉宣聖旨，召臣入院充學士承旨者。衰遲無用，寵既溢於當年；眷待有加，恩復隆於晚節。使華臨賁〔一〕，天語丁寧。聳里巷之驚觀，歎朝廷之用舊。伏以禁林分直，法本六人。帝語親承，舊惟一老。不緣名次之先後，斷自上心之簡求。冠内朝供奉之班，極儒者遭逢之盛。凡膺此選，宜得異材。而臣本以愚忠〔二〕，累塵器使。初無已試之效，但有過實之名〔三〕。千里闕庭，二年江海。憂深投杼，豈無三至之言；詔復賜環，不待一人之譽。此蓋伏遇太皇太后陛下，道無私載，公生至明。以七年之照臨，觀羣臣之邪正。知臣剛褊自用，雖有寬饒之狂；察臣忠鯁不移〔四〕，庶幾長孺之守。故還舊物，益茂新恩。臣敢不早夜以思，死生不易。雖桑榆之景，已迫殘年；而犬馬之心，猶思後效。

〔一〕《永樂大典》卷一萬零一百十五引文「賁」作「幸」。

〔二〕《永樂大典》「忠」作「庸」。

〔三〕《永樂大典》「有」作「多」。

〔四〕《七集·後集》卷十二「忠鯁」作「招麾」。

謝賜對衣金帶馬狀二首

右臣伏蒙聖慈以臣入院，特賜衣一對、金腰帶一條并魚袋、鍍金銀鞍轡馬一匹者。漢官三服，已分密麗之珍；唐監八坊，復下權奇之駿。拜嘉甚寵，省己何功。伏念臣受材迂疎，賦命寒蹇。幼師季路，止服緼袍；長慕少游，欲乘下澤。目眩重金之耀，神驚四牡之良。俛仰自惟，周章失次。此蓋伏遇皇帝陛下，憂勤黎庶，寤寐儁賢。故損廄庫之儲，以廣英雄之轂。致兹孱陋，亦被寵光。臣敢不求稱於衷，益鞭其後。薄德盛服，當戒《維鵜》之篇；强力安邦，庶幾《有駜》之頌。臣無任感天荷聖激切屏營之至。謹録奏謝以聞。謹奏。

二

右臣伏蒙聖慈以臣入院，特賜衣一對、金腰帶一條并魚袋、金鍍銀鞍轡馬一匹者。鏤錫金軛，示有馳驅之勞；寶帶襲衣，豈無約束之義。上既循名而責實，下當因物以貢誠。伏念臣少則賤貧，長而困阨。仲卿龍具，追晏子之一裘；伯厚雞栖，陋景公之千駟。無功拜賜，服寵汗顔。顧惟何人，膺此異數。此蓋伏遇太皇太后陛下，躬行慈儉，德貫天人。約於奉己，而侈於養賢；嚴於私親，而寬於馭衆。憐其朽鈍，借以光華。臣敢不衣被訓詞，服勤鞭箠。惟德其物，永觀不易之言；思馬斯徂，更厲無邪之志。

笏記二首

臣蒙恩授翰林學士承旨知制誥兼侍讀者。出膺閫寄，入長禁林。皆儒者之極榮，豈駑材之所稱。

此蓋伏遇皇帝陛下法天凝命，稽古象賢。總攬羣英，兼收小器。欲效涓塵之報，未知糜隕之期。臣無任感天荷聖激切屏營之至。

二

臣蒙恩授翰林學士承旨知制誥兼侍讀者。出守無功，方期竄逐；召還何幸，復玷清華。此蓋伏遇太皇太后坤載沉潛，母慈均一。既陶甄於頑鑛，復封植於散材。誓卒餘生，少圖來效。臣無任感天荷聖激切屏營之至。

謝兼侍讀表二首

臣軾言。今月四日，伏奉告命除臣兼侍讀者。用非其分，寵至若驚。滿溢之憂，逡巡莫避。臣某誠惶誠恐，頓首頓首。伏念臣與弟轍同登進士，並擢賢科。内外分掌於制書，先後迭居於翰苑。今臣以經史入侍，司言行于中。轍以丞轄立朝，督綱條于外。恭承明詔，不許固辭。以爲兄弟之同升，自是朝廷之盛事。承明三入，僅比古人；大雅一門，無慚舊史。人非木石，恩重丘山。恭惟太皇太后陛下，明極照臨，憂深付託。欲爲社稷之衛，莫如臣僕之賢。以帝堯之哲，而甚畏於壬人；以孔子之聖，而思見於狷者。致兹選擢，驟及迂愚。臣敢不淬勵初心，激昂晚歲。誓堅必死之節，少報不貲之恩。臣無任感天荷聖激切屏營之至。謹奉表稱謝以聞。臣某誠惶誠恐，頓首謹言。

二

臣軾言。今月四日伏奉告命除臣兼侍讀者。叨承新命，祇服訓詞。薄技已窮，舊恩未替。臣某誠惶誠恐，頓首頓首。伏念臣志大而才短，論迂而性剛。以自用不同之心，處衆人必争之地。不早退縮，安能保全。是以三年翰墨之林，屢遭飛語；再歲江湖之上，粗免煩言。豈此身愚智之殊，蓋所居閑劇之致。臣之自處，何者爲宜。而況講讀之司，帷幄最近。分章摘句，則何以報非常之知；因事獻言，又必貽前日之患。雖仰恃天日之照，實常負冰淵之虞。恭惟皇帝陛下，大德庇民，小心順帝。雖天覆地載，以聖不可知爲神；而日就月將，以學而不厭爲智。曲收舊物，以廣多聞。臣敢不職思其憂，本無分於中外；欲報之德，誓不易於死生。臣無任感天荷聖激切屏營之至。謹奉表稱謝以聞。臣某誠惶誠恐，頓首頓首謹言。

謝三伏早休表二首

大火既中，三庚云伏。炎熹之病，貴賤所同。忽蒙退食之恩，遂失流金之酷。恭惟皇帝陛下，仁均動植，明燭幽微。上有無逸之勤，下無獨賢之歎。臣等逢時多暇，竊禄安居。共揚扇暍之風，以安黎庶；更勵飲冰之節，少答生成。臣等無任仰天荷聖激切屏營之至。

二〔一〕

星火見而金微，日方可畏；朝氣鋭而晝惰，恩獲少休。上既知勞，下皆忘暑。恭惟太皇太后陛下，勞謙恭己，内恕及人。雖天地無一物之私，而父母有至誠之愛。臣等仰蒙寛假，動獲便安。未明無顛倒之衣，省循何幸；夙退有委蛇之食，歌詠而歸。臣等無任仰天荷聖激切屏營之至。

〔一〕《永樂大典》卷一萬九千七百八十三伏字韻引《蘇東坡大全集》，轉引此文，題作《三伏早休謝太皇太后表》。

謝除龍圖閣學士知潁州表二首

臣軾言。伏蒙聖恩，以臣累章乞郡除臣龍圖閣學士知潁州者。引嫌求避，顧舊典之甚明；易職寵行，荷新恩之至厚。疏愚自省，慚悚交并。中謝。伏念臣學陋無聞，性迂難合。受四朝之知遇，竊五郡之蕃宣。吴會二年，但坐糜於廩禄；禁林數月，曾未補於絲毫。敢冀殊私，復還舊物。恭惟太皇太后陛下，仁涵動植，明燭幽微。知臣獨受於聖知，欲使曲全於晚節。憐其無用，許以少安。凡力請八章而後從，使不爲一乞而遽去。在臣進退，可謂光榮。雖老病懷歸，已功名之無望；而衷誠思報，尚生死之不移。臣無任感天荷聖激切屏營之至。謹奉表稱謝以聞。

二

臣軾言。伏蒙聖恩，以臣累章乞郡，除臣龍圖閣學士知潁州者。備員經席，幸依日月之光；引避親嫌，實有簡書之畏。恩還舊職，寵寄近蕃。衰朽增華，省循知愧。中謝。伏念臣生無他技，天與愚忠。雖所向之奇窮，獨受知於仁聖。力求便郡，蓋常懷老退之心；伏讀訓詞，有不爲朕留之語。殊私難報，危涕自零。恭惟皇帝陛下，緝熙光明，剛健篤實。方收文王之四友，以集孔子之大成。而臣苟念餘生之安，莫伸一割之用。桑榆暮齒，恐遂齎志而莫償；犬馬微心，猶恐蓋棺而後定。臣無任。

蘇軾文集卷二十四

表狀

謝賜對衣金帶馬狀二首

右臣伏蒙聖慈特賜臣對衣一襲，金腰帶一條，銀鞍轡馬一匹者。錫之上駟，敢忘致遠之勞；佩以良金，無復忘腰之適。執鞭請事，顧影知慙。恭惟皇帝陛下，禹儉中修，堯文外煥。長轡以御，率皆四牡之良〔一〕；所寶惟賢，豈徒三品之貴。出捐車服，收輯事功。而臣衰不待年，寵常過分。枯羸之質，匪伊垂之，而帶有餘；斂退之心，非敢後也，而馬不進。徒堅晚節，難報深恩。臣無任。

〔一〕「率」原作「卒」，今從郎本卷二十六。

二

右臣伏蒙聖慈特賜臣對衣一襲，金腰帶一條，銀鞍轡馬一匹者。出笥之珍，以旌有德；在坰之駟，豈及無功。而臣首尾四年，叨塵三錫。省躬內灼〔一〕，服寵汗流。恭惟太皇太后陛下，慈儉自居，龍光四達。德被海宇，豈惟一襲之衣；恩結華夷，何止十圍之帶。羣賢在馭〔二〕，六轡自調。而臣頃以衰羸，止求安便。奉宣德意，庶幾五袴之謡；收斂壯心，無復千里之志。更期力報，有愧空言。臣無任。

〔一〕「灼」原作「疚」，今從郎本卷二十六。

〔二〕「賢」原作「臣」，今從郎本。

潁州謝到任表二首

臣軾言。伏蒙聖恩，除臣龍圖閣學士知潁州，臣已於今月二十二日到任訖者。避嫌引疾，慙無國士之風；揣分知難〔一〕，粗守人臣之節。曲蒙温詔，遂假名邦；已見吏民，惟知感怍。臣某中謝。伏念臣早緣多難，無意軒裳，晚以虚名，偶塵侍從。雖云時可，每與願違。既未決於歸田，故力求於治郡。慈母愛子，但憐其無能；明君知臣，終護其所短。自欣投老，漸獲安身。此蓋伏遇太皇太后陛下，慈儉臨民，剛柔布政。參天地而有信，喜怒不陳；體水鏡之無心，忠邪自辨。致兹愚直，亦克保全。雖任職居官，無過人者；而見危授命，蓋有志焉。臣無任。

〔一〕郎本卷二十六「揣」作「識」。

二

臣軾言。伏蒙聖恩，除臣龍圖閣學士知潁州，臣已於今月二十二日到任訖者。支郡責輕，未即滿盈於小器；豐年事簡，非徒飽煖於一家。覽几席之溪湖，雜簿書於魚鳥。平生所樂，臨老獲從。臣某誠惶誠恐，頓首頓首。伏以汝、潁爲州，邦畿稱首。土風備於南北，人物推於古今。賓主俱賢，蓋宗資、范孟博之舊治；文獻相續，有晏殊、歐陽修之遺風。顧臣何人，亦與兹選。此蓋伏遇皇帝陛下，丕承六聖，總攬羣英。生知仁孝之全，學識文武之大。謂臣簪履之舊物，嘗忝帷幄之近臣。奉事七年，崎嶇一節。意其忠義許國，故暫召還；察其老病畏人，復許補外。置之安地，養此散材。更少勉於桑榆，誓不忘於畎畝。臣無任。

同天節進絹表

伏以大人之德，莫得而名；萬壽之觴，無物可稱。前件絹，土地所出，賦租之餘。敢輸向日之誠，少備充庭之末。

上清儲祥宫成賀德音表二首

臣軾言。伏覩九月二十七日德音，以上清儲祥宫成，減決四京及諸道見禁罪人者。靈光下燭，慶新宫之落成；霈澤旁流，洗庶獄之多罪。散爲和氣，坐致豐年。臣某誠歡誠忭，頓首頓首。臣聞舜禹之心，以奉先爲孝本；釋老之道，以損己爲福田。永惟坤作之成，每辭天下之養。卑宫何陋，大練爲安。故能捐萬金之資，以成二聖之意。爲國迎祥，而國無所費；與民祈福，而民不知勞。鑾輅親臨，神靈昭格。覩士女之和會，既同其休；念囹圄之幽囚，或非其罪。用孚大號，以達惠心。恭惟太皇太后陛下，恭儉以仁，明哲作則。愛惜帑廩，不供浮費之私；重慎典刑，每存數赦之戒。一寬湯網，衆識堯心。臣以從官，出臨近甸。率吏民而拜慶，助父老之歡謠。永望闕庭，實同咫尺。臣無任。

二

臣軾言。伏覩九月二十七日德音，以上清儲祥宮成，減決四京及諸道見禁罪人者。琳館告成，神人交慶；綸音下霈，過故盡除。臣某誠歡誠忭，頓首頓首。臣聞漢武築通天之臺，魏明作凌雲之觀。皆厲民而私己，或秘祝以蘄年。然猶形於詠歌，被之金石。而況文孫繼志，神母考祥。追六聖之心，本枝百世。均萬方之慶，囹圄一空。豈惟洗濯於丹書，固已光華於青史。恭惟皇帝陛下，知人堯哲，克己禹勤。積德之宮，以文章爲藻飾；庇民之厦，以仁義爲基扃。眷樸斲之成能，亦聖神之餘事。臣久參法從，夙侍經幃。樂石銘詩，雖幸執太史之筆；大圭薦祼，不獲踐屬車之塵。徒與吏民，共玆慶澤。臣無任。

賀興龍節表

臣軾言。天佑我邦，祥開是日。山川貢瑞，日月增華。臣某誠歡誠忭，頓首頓首。伏以上聖所儲，有慈儉不爭之寶；興情共獻，蓋憂勤無逸之龜。不待禱祠而求，自然天人之應。恭惟皇帝陛下，堯仁舜孝，禹勤湯寬。德莫大於好生，故以不殺爲神武；道莫尊於問學，故以所聞爲高明。斂錫庶民，嚮用五福。臣備員内閣，出守近畿。雖違咫尺天威，乃身在外；而上千萬歲壽，此意則同。臣無任。

賀駕幸太學表二首

臣軾言。恭聞十月十五日駕幸太學者。輦回原廟，既崇廣孝之風；幄次儒宫，復示右文之化。禮行一日，風動四方。臣某誠歡誠忭，頓首頓首。臣聞五學之臨，三代所共。蓋天子不敢自聖，而盛德必有達尊。在漢永平，始舉是禮。雖臨雍拜老，有先王之規；而正坐自講，非人主之事。豈如允哲，退託不能。蕺爵伏興，意默通於先聖；横經問難，言各盡於諸儒。恭惟皇帝陛下，文武憲邦，聰明齊聖。大度同符於藝祖，至仁追配於昭陵。爰舉舊章〔一〕，以興盛節。臣早塵法從，久侍經幃。永矣馳誠〔二〕，想聞合語於東序。斐然作頌，行觀獻馘於西戎。臣無任。

〔一〕《文鑑》卷六十八、《七集·後集》卷十二「爰」作「故」。

〔二〕《文鑑》「矣」作「矢」。

二

臣軾言。恭聞十月十五日皇帝駕幸太學者。濟濟多士，靈承上帝之休；雍雍在宫，服膺文母之教。風傳海宇，慶溢臣工。臣某誠歡誠忭，頓首頓首。臣聞學校太平之文，而以得士爲實；經術致治之具，而以愛民爲心。心既立而具乃行，實先充而文斯應。永惟坤載之厚，輔成天縱之能。惟使文子文孫莫不仁，故於先聖先師無所愧。恭惟太皇太后陛下，憂深祖構，德燕孫謀。黄裳之文，斧藻萬物；青之革；中修潛德，孰知麟趾之風。臣無任。

矜之政，長育羣材。豈惟鼓舞於士夫，實亦光華於史册。臣冒榮滋久，被遇最深。外告成功，行喜鴞音

謝賜曆日表二首

迎日推筴，雖曰百王之常；後天奉時，惟我二后之德。伏讀詔旨，灼知聖心。中謝。伏以嗣歲將興，舊章畢舉。三朝受海内之圖籍，《七月》陳王業之艱難。冬有祁寒，知民言之可畏；陽居大夏，識天道之至仁。故於頒朔之初，更下布新之詔。恭惟太皇太后陛下，視民如子，以國爲家。振廩勸分，人自忘於艱歲；消兵去殺，天必報之豐年。臣敢不省事清心，貴農時之不奪；思患預備，期歲計之有餘。庶竭微誠，少裨洪造。臣無任。

二

歲頒正朔，蓋春秋統始之經；郡賜璽書，亦漢家寬大之詔。實爲令典，豈是空文。臣某誠惶誠恐，頓首頓首。伏以望歲者生民之至情，畏天者人君之大戒。所以常言報應而不言時數，每奏水旱而不奏嘉祥。上有消復之心，下有燮調之道。固資共理，同底純熙。恭惟皇帝陛下，祗敬三靈，憂勤萬宇。爲仁一日，自然天下之歸；教民七年，豈無善人之效。臣敢不仰遵堯典，寅奉夏時。謹隄防溝洫之修，行勞來安定之政。庶殫緜力，少助至仁。臣無任。

揚州謝到任表二首

臣軾言。伏蒙聖恩，除臣知揚州，臣已於今月二十六日到任訖者。支郡養痾，裁能免咎；通都移牧，自愧何功。屢玷恩榮，實深慙汗。臣某中謝。伏念臣早緣竊禄，稍習治民。在先帝朝〔一〕，已歷三州〔二〕；近八年間，復忝四郡。平生所願，滿足無餘。志大才疎，信天命而自遂；人微地重，恃聖眷以少安。恭惟太皇太后陛下，子惠萬民，器使多士。以謂朝廷之德澤，付於郡縣與監司。乃眷江淮之間，久罹水旱之苦。隣封二浙，飢疫相薰；積欠十年，豐凶皆病。臣敢不上推仁聖之意，下盡疲駑之心。庶復流亡，少寬憂軫。臣無任。

〔一〕「朝」原作「日」，今從郎本卷二十六。

〔二〕「州」原作「朝」，今從郎本。

二

一麾出守，方愧婾安；十國爲連，復膺寵寄。恩榮既溢，慙汗靡寧。臣某中謝。伏念臣本以鯫生，冒居禁從。頃緣多病，力求潁尾之行；曾未半年，復有廣陵之請。蓋以魚鳥之質，老於江湖之間。習與性成，樂居其舊。天從民欲，許擇所安。恭惟皇帝陛下，欽明文思，剛健純粹。天機默運〔一〕，灼知萬化之情；人材並收，各取一長之用。如臣衰朽，尚未遐遺。命至蹇而禄已盈，每懷憂懼；志雖大而才不副，莫報恩私。臣無任。

〔一〕郎本卷二十六、《七集·後集》卷十二「機」作「功」。

謝賜卹刑詔書表二首

臣軾言。伏蒙聖恩，賜臣欽卹行獄詔書一道者。時令舉行，雖云故事；天心惻怛，本出至誠。德既洽於好生，民雖死而無憾。臣某誠惶誠懼，頓首頓首。伏以刻木畫地，志士不居；鑠石流金，平人猶病。宜軫聖神之念，實爲哀敬之先。訓誥丁寧〔一〕，吏民感動。恭惟皇帝陛下，禹湯罪己，堯舜性仁。以不忍人之心，行若稽古之政。豈止緩獄，實期無刑。臣敢不推廣上恩，厚風俗於無犯；申嚴法意，消盜賊於未萌。少假歲時，庶空囹圄。臣無任。

〔一〕「誥」原作「詰」，今據《七集·後集》卷十二改。

二

暑雨其咨，既軫小民之病；麥秋已至，復虞輕繫之淹。祗服訓詞，灼知天意。臣某中謝。伏以仁聖之德，哀矜爲先。常内恕以及人，故深居而念遠。齋戒處掩，則知暴露之勤；絺綌袢延，不忘纍紲之苦。吏既罔懈，民知無冤。恭惟太皇太后陛下，事法祖宗，德參天地。凱風養物，散爲扇暍之涼；靈雨應時，同沾執熱之濯。臣敢不盡其哀敬，濟以寬明。奉漢律之嚴，毋令瘐死；推慈母之意，務在平反。庶竭愚忠，少行德意。臣無任。

賀立皇后表二首

臣軾言。伏覩制書，今月十六日皇后受册禮成者。纘女維莘，俔天之妹。事關廟社，喜溢人神。中賀。臣聞三代之興，皆有内助。二南之化，實本人倫。維《關雎》正始之風，具《既醉》太平之福。民有所恃，邦其永昌。恭惟皇帝陛下自誠而明，惟睿作聖。輯寧夷夏，德既茂於治朝；輔順陰陽，政兼修於内職。既膺大慶，益廣至仁。下逮海隅，夫婦無有愁歎；上符天造，日月爲之光明。受禄無疆，與民同樂。臣無任。

二

吉日既涓，柔儀允正；穀珪往聘，象服來朝。中賀。臣聞周姜、任、姒之賢，位非皆極；漢陰、馬、鄧之貴，德或有慙。盛哉六禮之陳，襲此三宫之慶。恭惟太皇太后陛下，任付託之重，躬保佑之勞。公天下不私其親，配宸極必先以德。徽音不墜，嗣成慈孝之風；仁壽無疆，坐享雲來之養。臣限以官守，不獲躬詣闕庭。臣無任。

賀坤成節表

臣軾言。歲復六壬，襲嘉祥於太史；火流七月，紀令節於詩人。盡海宇之含生，舉欣榮於兹日。

成民物；盡父教母憐之道，誨養臣鄰。共知難報之恩，必享無疆之福。臣以出守淮海，無由躬詣闕庭。臣無任。

臣某中賀。臣聞君以民爲心體，天用民爲聰明。未有心胖而體不紓，民悦而天不應。故好生惡殺，是爲仁壽之基；捐利與民，斯獲豐年之慶。恭惟太皇太后陛下，恭儉一德，勤勞百爲。推天覆地載之心，阜

謝除兵部尚書賜對衣金帶馬狀二首

蒙恩賜臣衣一對，金帶一條，并魚袋金鍍銀鞍轡馬一匹者。盛服在躬，無復曳婁之歎；名駒出廐，遂忘奔走之勞。施重丘山，身輕毫末。伏念臣少賤而鄙，性椎少文。衣敝緼袍，未嘗有恥；乘欵段馬，自以爲安。豈意晚年，屢膺此寵。此蓋伏遇皇帝陛下，紹隆景命，總攬羣英。無競維人，勢已加於九鼎；惟德其物，恩有重於千金。臣敢不上體眷懷，勉思報稱。贈繞朝之策，愧不能謀；振屈原之衣，期於自潔。臣無任。

二

伏以在笥之珍，本出於民力；脱驂之賜，以結於士心。顧臣何人，屢膺此寵。伏念臣學本爲己，材不適時。乘伯厚之車，雖云疾惡；束公西之帶，愧不能言。而二年之間，三拜是賜。此蓋伏遇太皇太后陛下，心存社稷，德協天人。以長策駕馭四方，以盛德藩飾多士。故令衰朽，猶玷光華。豈曰無

衣，蓋獨求於安吉；慨然攬轡，敢有志於澄清。臣無任。

謝兼侍讀表二首

伏奉制書，除臣守兵部尚書兼侍讀者。重地隆名，不擇所付；清資厚禄，以養不才。中謝。伏念臣以草木之微，當天地之澤。七典名郡，再入翰林；兩除尚書，三忝侍讀。雖當世之豪傑，猶未易居；矧如臣之孤危，其何能副。恭惟皇帝陛下，聖神格物，文武憲邦。重離繼明，何煩爝火之助；大厦既構，尚求一木之支。而臣白首復來，丹心已折。望西清之帷幄，久立徬徨；聞長樂之鼓鐘，怳如夢寐。莫報丘山之施，猶貪頃刻之榮。臣無任。

二

流汗恩榮，再辭莫獲；强顔衰朽，一節以趨。臣軾中謝。恭惟先帝復六卿之名，本欲後人識三代之舊。古今殊制，閑劇異宜。武選隸於天官，兵政總於樞輔。故司馬之職，獨省文書；而師氏之官，職在論説。命臣兼領，聖意可知。恭惟太皇太后陛下，約己裕民，忘家憂國。知先王之兵，必本於道德，故以儒臣爲七兵；知人主之學，必通於民情，故自郡守爲五學。而臣迂疎，不可强合。早緣衰病，難以久居。終當自效於所長之間，或可報恩於未死之日。臣無任。

進郊祀慶成詩表

伏覩今月十四日郊祀禮成者。親奠璧琮，始見天地。兼陳祖宗六廟之典，參用漢唐三代之文。夷夏來同，人神允答。臣某中賀。恭惟皇帝陛下，聿追來孝，對越在天。外修神考之文章，内服文母之慈儉。四方觀禮，百辟宅心。雪止風恬，驗神祇之來饗；雲黃歲美，知豐凶之在人〔一〕。臣以藝文，入侍帷幄。考事而知天意，陳詩以達民言。雖無足觀，亦各其志。臣無任瞻天望聖懽懼屏營之至。所撰《郊祀慶成詩》一首，謹繕寫陳表，上進以聞。

〔一〕《七集·後集》卷十三「人」作「天」。

謝除兩職守禮部尚書表

伏蒙聖恩，除臣端明殿學士兼翰林侍讀學士守禮部尚書者。衰年自引，久抱此心。異數併加，實爲非意。辭不獲命，愧何以堪。臣軾中謝。竊惟以殿命官，本緣麟趾之舊；因時修廢，近正金華之名。歷代所榮，於今爲甚。自元豐之末，官制以來，若非身兼數器之人，未有名冠兩職之重。而況秩宗之任，邦禮是司。豈臣迂愚，所當兼領。此蓋伏遇太皇太后陛下，憂深社稷，慮極安危。求忠臣於愚直之中，論治道於文字之外。知臣難進而易退，或非患失之鄙夫。故授以禮樂清閑之司，使專於論說琢磨之事。此恩難報，顧輸歲月之勤；度己所宜，終遂江湖之請。臣無任。

二

備員西學，已愧空疎；易職東班，尤驚忝冒。遂領宗卿之事，併爲儒者之榮。臣軾中謝。始臣之學也，以適用爲本，而耻空言；故其仕也，以及民爲心，而慙尸禄。乃者屢請治郡，兼乞守邊。欲及殘年，少施實效。而有志莫遂，負愧何言。今乃以文字爲官常，語言爲職業。下無所見其能否，上無所考其幽明。循省初心，有靦面目。故於拜恩之日，少陳有益之言。孔子曰：「一言可以興邦。」而孟子亦曰：「一正君而天下定〔一〕。」昔漢文帝悦張釋之長者之言，則以德化民，輔成刑措之功；而孝景帝入晁錯數術之語，則以智馭物，馴致七國之禍。乃知爲國安危之本，祗在聽言得失之間。恭惟皇帝陛下，卽位以來，學如不及。問道八年，寒暑不廢〔二〕。講讀之官，談王而不談霸〔三〕，言義而不言利〔四〕。八年之間，指陳至理〔五〕，何啻千萬，雖所論不同，然其要不出六事。一曰慈，二曰儉，三曰勤，四曰愼，五曰誠，六曰明。慈者，謂好生惡殺，不喜兵刑。儉者，謂約己省費〔六〕，不傷民財。勤者，謂躬親庶政，不邇聲色〔七〕。愼者，謂畏天法祖，不輕人言。誠者，謂推心待下，不用智數。明者，謂專信君子，不雜小人。此六者，皆先王之陳迹，老生之常談。言無新奇，人所易忽〔八〕。譬之飲膳，則爲穀米羊豕，雖非異味，而有益於人；譬之藥石，則爲耆朮參苓，雖無近效，而有益於命。若陛下信受此言，如御飲膳，如服藥石，則天人自應，福禄難量，而臣等所學先王之道，亦不爲無補於世。若陛下聽而不受，受而不信，信而不行，如聞春禽之聲，秋蟲之鳴，過耳而已。則臣等雖三尺之喙，日誦五車之書，反不如醫卜執技之流，簿書犇走之吏，其爲尸素，死有餘誅。伏望陛下一覽臣言〔九〕，少留聖意，天下幸甚。

〔一〕「天下」原作「□國」，據《七集・後集》卷十三改。
〔二〕《文鑑》卷六十八「廢」作「解」。
〔三〕《文鑑》「談霸」作「及霸」。
〔四〕《文鑑》「言利」作「及利」。
〔五〕《七集・後集》「至」作「文」。
〔六〕「省費」原作「費省」，今據《文鑑》改。
〔七〕《文鑑》「邇聲」作「近女」。
〔八〕「易忽」原作「忽易」，今據《文鑑》改。
〔九〕《文鑑》、《七集・後集》「望」作「願」。

謝賜對衣金帶馬狀二首

蒙恩賜衣一對，金帶一條，并魚袋金鍍銀鞍轡馬一匹。服官奠篚，響動佩章；圉士效牽，光生驧策。伏以三賜之重，莫隆於車馬；五采之貴，兼施於衣裳。汝必有功，服之無斁。而臣衰年弱幹，固難强於馳驅；枯木朽株，本不顧於文繡。寵加意外，愧溢顏間。此蓋伏遇皇帝陛下，因能任官，稱物平施。操名器以勵士，上有誠心；正銜勒以馭人，下無遺力。臣敢不思稱其服，益勵厥躬。雖愧立朝，乏能言之近用；猶希辨道，輸老智於暮年。臣無任。

二

蒙恩賜衣一對，金帶一條，并魚袋金鍍銀鞍轡馬一匹。服章在笥，賁及衰殘；銜勒過庭，喜先徒御。伏以物生有待，天施無窮。草木何知，冒慶雲之渥采；魚鰕至陋，借滄海之榮光。雖若可觀，終非其有。妻孥相顧，驚屢致於匪頒；道路竊窺，或反增於指目。此蓋伏遇太皇太后陛下，聰明齊聖，陳錫載周。含垢匿瑕，而緊於求賢；卑宫菲食，而侈於養士。士豈輕於千里，念非其人；言有重於兼金，當思所報。臣無任。

笏記二首

榮兼兩職，寵與六卿。豈伊衰朽之餘，有此遭逢之異。此蓋伏遇太皇太后陛下，坤元利正，天造無私。靡求備於一人，將曲成於萬物。文章小技，縱有效於涓埃；草木微生，終難酧於雨露。臣無任。

二

陞榮祕殿，列職西清。併此光華，付之衰朽。此蓋伏遇皇帝陛下，剛健純粹，緝熙光明。曲搜已棄之材，將建無窮之業。顧慙淺陋，將何補於盛明；惟有朴忠，誓不回於生死。臣無任。

定州謝到任表

兵民重寄〔一〕，本禦侮以折衝；疆場久安〔二〕，但坐嘯而畫諾。才微禄厚，恩重命輕。臣軾中謝。伏念臣一去闕庭，三換符竹。坐席未暖，召節已行。筋力疲於往來，日月逝於道路。未經周歲，復典兩曹。朝廷非不用臣，愚惷自不安位。所宜竄逐，更冒寵榮。此蓋伏遇皇帝陛下，離明正中，乾健獨運。追述東朝之遺意，收此散材；眷言西學之舊臣，付之善地。致此衰朽，尚未棄捐。臣敢不勤卹民勞，密修邊備。苟無大過，以及朞年。漸還魚鳥之鄉，以畢桑榆之景。臣無任。

〔一〕「重」原作「專」，今從郎本卷二十六。

〔二〕「場」原作「埸」，今從郎本。

慰正旦表

嗣歲將興，雖有作新之慶；舊穀既没，共深追遠之思。凡在照臨，舉增懷慕。臣軾中謝。恭惟皇帝陛下，道躋堯、禹，行比騫、參。方受圖於三朝，明發不寐；念御籙於雙日，孝思奈何。幸寬罔極之哀，少副有生之望。臣限以官守，不獲躬詣闕庭。臣無任。

謝賜曆日表

夙頒湿詔，寵拜新書。吏得承宣，民知早晚。臣軾中謝。臣聞言天道者有數，故閏以正時；訓農事者在人，則王無罪歲。豈獨典常之舊，必存忠利之心。恭惟皇帝陛下，輔相財成，聰明時憲。居德刑於冬夏，意與天同；暨聲教於朔南，責在臣等。敢不時使薄斂，思患預防。勸卹鰥孤，幸流亡之盡復；兼明威惠，庶戎夏以皆安。臣無任。

慰宣仁聖烈皇后山陵禮畢表

恭聞今月七日，大行宣仁聖烈太皇太后山陵禮畢者。日月有時，義當卽遠；雨露既降，思則無窮。遥知穆穆之光，尚起皇皇之望。臣軾中謝。恭惟皇帝陛下，道循祖武，德契天心。大哉孔子之仁，泫然流涕；至矣顯宗之孝，夢若平生。愿寬舜慕之心，少副堯封之祝。臣限以官守，不獲躬詣闕庭。無任瞻天望聖激切屏營之至。

慰宣仁聖烈皇后祔廟禮畢表

恭聞今月十七日，宣仁聖烈皇后升祔禮畢者〔一〕。反寢而虞，既盡飾終之典；宅神于廟，益隆追遠之思。凡在照臨，舉增悲慕。臣軾中謝。竊以六朝繼聖，並傳家法之餘；三后御簾，高出古人之右。逮此登配，廓然永懷。恭惟皇帝陛下，奉順母慈，表章坤德。四謚哀榮之詔，簡策有光；數詩挽餞之音，道塗垂涕。日月云遠，典禮告成。愿寬無益之悲，少副有生之望。臣限以官守，不獲躬詣闕庭。無任瞻天望聖激切屏營之至。

〔一〕「祔」原作「付」，今從《七集·後集》卷十三。案：本文之題，亦有「祔廟」云云。

謝賜衣襖表

十一月九日，翰林醫官王宗古至，伏蒙聖慈傳宣存問，賜臣等敕及初冬衣襖者。齊官三服，已寬卒歲之憂；漢札十行，更佩先春之暖。恩均吏士，聲動華夷。臣軾中謝。伏以《禮》著始裘，《詩》歌無褐。邊陲更戍，本爲臣子之常；朔易早寒，特軫聖神之念。惟德其物，豈曰無衣。恭惟皇帝陛下，廣運聰明，力行恭儉。威風旁振，方戰栗於天驕；溫詔下融，遂流澌於河凍。既無功而坐食，實有愧於解衣。敢不推廣朝廷之仁，益收凍餒；申嚴祖宗之法，少肅惰媮。庶收汗馬之勞，以解濡鵜之誚。臣無任。

到惠州謝表

先奉告命，落兩職，追一官，以承議郎知英州軍州事〔一〕，續奉告命，責授臣寧遠軍節度副使惠州安置，已於今月二日到惠州公參訖者。仁聖曲全，本欲畀之民社；羣言交擊，必將致之死亡。尚荷寬恩，止投荒服。臣軾中謝。伏念臣性資褊淺，學術荒唐。但守不移之愚〔二〕，遂成難赦之咎。迹其狂妄，久合誅夷。方尚口乃窮之時，蓋擢髮莫數其罪。豈謂天幸，得存此生。此蓋伏遇皇帝陛下，以大有爲之資，行不忍人之政。湯網開其三面，舜干舞于兩階。念臣奉事有年，少加憐愍。知臣老死無日，不足誅鋤。

明降德音，許全餘息。故使𠩺𠪱之馬，猶獲蓋帷；觳觫之牛，得道刀匕〔三〕。臣敢不服膺嚴訓〔四〕，託命至仁；洗心自新，没齒無怨。但以瘴癘之地，魑魅爲隣；衰疾交攻，無復首丘之望。精誠未泯，空餘結草之忠。臣無任。

〔一〕「議」原作「義」，據郎本卷二十六、《七集·後集》卷十三改。
〔二〕「守」原作「信」，今從郎本。
〔三〕「得道刀匕」，原作「得違刀几」，今從《永樂大典》卷一萬三千四百九十五置字韻引《宋蘇東坡集》此文。
〔四〕《永樂大典》「服」作「祇」。

到昌化軍謝表

今年四月十七日，奉被告命，責授臣瓊州别駕昌化軍安置，臣尋於當月十九日起離惠州，至七月二日已至昌化軍訖者。並鬼門而東騖，浮瘴海以南遷。生無還期，死有餘責。臣軾中謝。伏念臣頃緣際會，偶竊寵榮。曾無毫髮之能，而有丘山之罪。宜三黜而未已，跨萬里以獨來。恩重命輕，咎深責淺。此蓋伏遇皇帝陛下，堯文炳焕，湯德寬仁。赫日月之照臨，廓天地之覆育。譬之蠕動，稍賜矜憐；俾就窮途，以安餘命〔一〕。而臣孤老無託，瘴癘交攻。子孫慟哭於江邊，已爲死别；魑魅逢迎於海外〔二〕，寧許生還。念報德之何時，悼此心之永已。俯伏流涕，不知所云。臣無任。

〔一〕「命」原作「齒」，今從郎本卷二十六、《七集·後集》卷十。

〔二〕「外」原作「上」，今從郎本。

提舉玉局觀謝表〔一〕

臣先自昌化軍貶所奉勑移廉州安置，又自廉州奉勑授臣舒州團練副使永州居住，今行至英州，又奉勑授臣朝奉郎提舉成都府玉局觀在外州軍任便居住者。七年遠謫，不意自全〔二〕；萬里生還，適有天幸。驟從縲紲，復齒縉紳。臣軾中謝。伏念臣才不逮人，性多忤物。剛褊自用，可謂小忠；猖狂妄行，乃蹈大難。皆臣自取，不敢怨尤〔三〕。會真人之勃興，與萬物而更始。而臣獨在幽遠，最爲冥頑。迨兹起廢之初，倍費生成之力。終蒙記録，不遂棄捐。此蓋伏遇皇帝陛下，正位龍飛，對時虎變。神武不殺，豈非受命之符〔四〕；清淨無爲，坐獲消兵之福。聰明不作，邪正自分。使臣得同草木之微，共霑雷雨之澤〔五〕。臣敢不益堅素守，深念往愆。没齒何求，不厭飯蔬之陋；蓋棺未已，猶懷結草之忠。臣無任。

〔一〕《文鑑》卷一百二十二「提」前有「謝復官」三字；「謝表」無「謝」字。
〔二〕「不意自全」原作「不自意全」，今從《文鑑》。
〔三〕「怨」原作「妄」，今從郎本卷二十六、《文鑑》、《七集・後集》卷十三。
〔四〕《文鑑》「豈」作「孰」。
〔五〕「澤」原作「解」，今從《文鑑》。

慰皇太后上仙表

伏覩正月十四日，大行皇太后遺誥者。慟發六宮，悲纏九土。奉諱哀殞，不知所云。臣軾中謝。大行皇太后，德冠三朝，化行四海〔一〕。獨决大策，措天下於太山之安；退避東朝，復明辟爲萬世之法。奄終壽禄，莫曉天心。恭惟皇帝陛下，仁孝自天，哀傷過禮。惟聖達節，豈復行曾、閔之難；以民爲心，則當法舜、禹之大。願少寬於追慕，庶下荅於臣民。臣以外郡居住，不獲奔赴闕庭，無任哀痛隕越之至。

〔一〕《七集·後集》卷十三「行」作「刑」。

代普寧王賀冬表四首

皇帝〔一〕

七日來復，陽既進而歲功成；八風不姦，樂已調而君道得。惟聖在御，與天同符。恭惟皇帝陛下，嗣守洪基，丕承先志。法《小毖》以求助，期《既醉》之太平。淵默臨朝，順陽道之消長；清淨爲治，俾物類以昭蘇。受福無疆，成功不宰。臣猥以暗弱，仰荷誨憐。敢先百辟之朝，以祝萬年之壽。

太皇太后

效五物以覩雲，咸知歲美；備八能而合樂，益驗人和。顧兹百樂之生，實助兩宮之慶。中賀。伏惟太皇太后陛下，至誠待物，博愛臨民。保佑神孫，已致無爲之治；守持大業，匪居不世之功。宜福禄之日來，與天地而同久。臣早被恩勤之賜，莫知補報之方。跪奉玉觴，仰祈眉壽。

皇太后

陽氣應時，驗灰輕而權擁；日表如度，知歲美而人和。慶自宫闈，澤流寰宇。中賀。伏惟皇太后陛下，性服慈儉，體安禮儀。同太姒之母周，慕塗山之興夏。仰推聖子，坐底于成功；抑損外家，共陶于至化。得天人之共助，享福禄之無疆。臣猥以孱虚，夙承教育。敢效岡陵之祝，永同葵藿之傾。

皇太妃

玉律灰除，驗陽微之協應；土圭景至，迎初日之舒長。福禄所鍾，宫闈同慶。中賀。伏惟皇太妃殿下，夙彰懿德，早事先朝。仁孝外全，曲盡兩宫之養；温文内備，下刑九御之風。茂對休辰，允綏眉壽。凡託庇庥之賜，不勝頌詠之情。

〔一〕《七集·續集》卷九有《代普寧王賀冬表》，然只有第一首，脱去《太皇太后》、《皇太后》、《皇太妃》三首。此處原無「皇帝」二字爲分題，案第二首分題作《太皇太后》云云，補此二字。

謝御膳表

臣伏蒙聖恩，特賜寬假將理。今月七日，又再蒙中使臨賜御膳，問其治療之增損，督以朝參之日辰。臣下履淵冰，上負芒刺。蹄涔雖小，能延兩耀之光；寸草何知，莫報三春之澤。正使豚魚幽陋，木石堅頑。亦將激勵忘軀，奔走赴職。而臣尚有無厭之請，敢守不移之愚。在法當誅，原情可憫。實以負薪之疾，積有歲時；勿藥之祥，恐非旦夕。終願江淮之一郡，以安犬馬之餘生。尚冀此身，未填溝壑。期於異日，別效涓涘。

代滕達道景靈宮奉安表

衣冠出游，巍乎宮闕之盛；祖考來格，燦然日月之明。新禮光前，彌文範後。繼以作解之雷雨，仍收繪像之子孫。聳觀華夷，淪浹枯朽。竊以祀無豐疏〔一〕，祭不欲昵〔二〕。自仁率親，故同宮而合享；惟聖作則，實考古而便今。庶民子來，五福交應。蔚山河之增氣，紛嶽瀆以來朝。仙木蟠根，五聖既聯於龍袞；靈芝擢秀〔三〕，九莖復出於齋房。恭惟皇帝陛下〔四〕，舜孝格天，堯文冠古。損益漢唐之典故，潤色祖宗之規摹。壽考萬年，永作人神之主；本支百世，共承宗廟之休。臣出守遠方，阻觀盛禮。會祠壇下，莫覩燁然之光；留滯周南，竊興命也之嘆。

〔一〕《外集》卷二十四「疏」作「昵」。
〔二〕《外集》「昵」作「疏」。
〔三〕《外集》「擢」作「曜」。
〔四〕「恭惟」二字原缺，據《外集》補。

代滕達道湖州謝上表

郡壓五湖，城交二水。既先世舊居之地，亦年少初仕之邦。父老縱觀，不謂微臣之尚在；吏民感涕，共知洪造之難酬。中謝。臣聞忠臣可使死封疆，而不能受無根之謗議。志士本不求富貴，而不能安有道之賤貧。況臣早蒙希世之恩，常有捐軀之意。豈容曖昧，畧不辨明。然疑似之難知，實古今之通患。漢文帝，賢君也，而不能信賈生之屈；尹吉甫，慈父也，而不能雪伯奇之冤。此小人譖夫所以得志而欺天，忠臣孝子所以抱恨而入地。況臣結累朝之深怨，無半面之先容。而訴章朝聞，恩詔夕下。歷數千載，唯臣一人。此蓋伏遇皇帝陛下，妙物言神，睿思作聖。謂天蓋遠，以窮呼而必聞；如日之明，雖浸潤而不受。念兹七年之阨，收之九死之餘。臣敢不更勵初心，馴圖後效。老當益壯，未甘結草之幽途；死且不辭，尚欲據鞍于前殿。

同天節功德疏表

伏以累聖儲休，上天垂祐。乃逢純乾之月，肇興出震之祥。恭惟皇帝陛下，以堯舜生知之資，承祖宗積治之慶。《大有》上吉，天人之助已明；《既醉》太平，聖賢之福誠備。至于臣子之私願，是爲草木之微情。幸同海表之民，共罄封人之祝。

上皇帝賀正表〔一〕

東方發律，氣迎萬物之新。南面受圖，禮勤三朝之始。惟聖時憲，自天降康。恭惟皇帝陛下，文武生知，聖神天縱。舊邦新命，既光啓于前人；大德小心，以昭事于上帝。臣久塵從槖，外領藩符，敢傾葵藿之心，仰獻松椿之壽。

〔一〕《外集》卷二十四「正」後有「旦」字。文中「光啟」原作「先啟」，今從《外集》。

杭州賀冬表二首

月臨天統，首冠于三正；氣應黄鍾，復來于七日。君道浸長，陽德光亨。恭惟皇帝陛下，清明在躬，仁孝徧物。垂衣南面，天何言而四時成；問孝西清，日將旦而羣陰伏。蠻夷奔走，年穀順成。豈惟四海之歡心，自識三靈之陰贊。臣祇膺詔命，恪守郡符。身雖在於江湖，顔不忘於咫尺。敢同率土，惟祝後天。

二

消長有時，候微陽之來復；賢愚同慶，知君子之彙征。德化所加，神人並應。恭惟太皇太后陛下，睿明天縱，慈儉身先。振海嶽以不傾，地無私載；順陰陽之自化，天且不違。成功已陋于漢、唐，論德蓋高于任、姒。黄雲可望，共沾至治之祥；彤史何知，莫賛無爲之德。臣備員法從，祇役海隅。東閣拜章，阻陪於百辟；南山獻壽，徒頌於萬年。

上皇帝賀冬表

《易》稱來復，蓋知天地之心；《禮》戒無爲，以待陰陽之定。恭惟皇帝陛下，堯仁冠古，舜孝通神。

種德兆民，躬行文景之儉；游心六藝，灼知周孔之情。人既和而歲自豐，天不違而壽無極。臣久緣衰病，待罪江湖。莫瞻北極之光，但罄南山之祝。

上太皇太后賀正表

堯曆授時，夏正建統。氣迎交泰之會，祥應重明之朝。恭惟太皇太后陛下，道無能名，德博而化。天人所助，本羲《易》之《益》、《謙》；慈儉不居，得老氏之三寶。時逢吉旦，福集清宫。臣職守江湖，心馳象魏。天威咫尺，想聞清蹕之音；眉壽萬年，遠奉稱觴之慶。

舉黄庭堅自代狀

蒙恩除臣翰林學士。伏見某官黄某，孝友之行，追配古人；瑰瑋之文，妙絶當世。舉以自代，實允公議。

英州謝上表

罪盈義絶〔一〕，誅九族以猶輕；威震怒行，寘一州而大幸。驚魂方散，感涕徒零。伏念臣草芥賤儒，岷峨冷族。襲先人之素業，借一第以竊名。雖幼歲勤勞，實學聖人之大道；而終身窮薄，常爲天下之罪人。先帝全臣於衆怒必死之中〔二〕，陛下起臣於散官永棄之地。恩深報蔑，每憂天地之難欺；福眇禍多〔三〕，是亦古今之罕有。自悲棄物，猶欲籲天。惟上聖纂宗廟之圖，方太母聽簾帷之政。招延俊乂，登進老成。何期章句之謏才，使掌絲綸之要職。凡一時黜陟進退之衆，皆兩宮威福賞罰之公〔四〕。既在代言，敢思逃責〔五〕。苟不能敷揚上意，尊朝廷於日月之明；則何以聳動四方，鼓號令於雷霆之震。固當昭陳功伐〔六〕，直喻正邪。豈臣愚敢有於私心，蓋王言不可以匿旨。當時之天奪其魄，但謂守官；今日之臣肆其言，期於必戮。賴父母之深憫，免子弟之偕誅。罪雖駭於聽聞，恕終歸於寬宥〔七〕。不獨再生於東市，猶令尸禄於南州。累歲寵榮，固已太過。此時竄責，誠所宜然。瘴海炎陬，去若清涼之地；蒼顏素髮，誰憐衰暮之年。恩重丘山，感藏骨髓。此蓋伏遇皇帝陛下，智惟天錫，行自生知。巍巍繼六聖之神休，孜孜盡三宮之孝養〔八〕。深原心迹，曲示哀矜。臣實何人，恩常異衆。在先朝偶脱於誅戮〔九〕，故此日復煩於典刑。頑戾如斯，生存何面。臣敢不噬臍悔過，吞舌知非。革再三而不改之愆〔一〇〕，庶萬一有善終之望〔一一〕。殺身莫喻，敢懷窮困之憂；守土非輕，尚牧遐荒之俗〔一二〕。儻先朝露之化〔一三〕，永惟結草之忠〔一四〕。臣無任。

〔一〕郎本卷二十六「盈」作「凶」。

〔二〕「全」原作「念」，今從郎本。

〔三〕郎本「眇」作「少」。

〔四〕「威福賞罰」原作「威禍賞福」，據郎本改。

〔五〕郎本「逃」作「追」。

〔六〕「伐」原作「罰」，今從郎本。

〔七〕郎本「寬宥」作「内恕」。

〔八〕「三宫」原作「二宫」，今從郎本。郎註云：「哲宗即位，尊太皇后爲太皇太后，皇后爲皇太后，德妃朱氏爲皇太妃，是爲三宫。」

〔九〕「於」原作「其」，據郎本改。

〔一〇〕「而」原缺，據郎本補。

〔一一〕「有」原缺，據郎本補。

〔一二〕「牧」原作「界」，今從郎本。

〔一三〕「先朝露」原作「沐先朝」，今從郎本。

〔一四〕郎本「永惟」作「徙懷」。

移廉州謝上表〔一〕

使命遠臨，初聞喪膽。詔詞温厚〔二〕，亟返驚魂〔三〕。拜望闕庭，喜溢顔面。否極泰遇〔四〕，雖物理之常然；昔棄今收，豈罪餘之敢望。伏膺知幸，揮涕無從。中謝。伏念臣頃以狂愚，遽遭譴責〔五〕。荷先朝之厚德〔六〕，寬薾律之重誅。投畀遐荒〔七〕，幸逃鼎鑊。風波萬里，顧衰病以何堪〔八〕；烟瘴五年，賴喘息之猶在。憐之者嗟其已甚〔九〕，嫉之者恨其太輕。考圖經止曰海隅〔一〇〕，其風土疑非人世〔一一〕。食有并日，衣無禦冬。凄涼百端〔一二〕，顛躓萬狀。恍若醉夢，已無意于生還；豈謂優容，許承恩而近徙。

雖云僥倖，實有夤緣。此蓋伏遇皇帝陛下，道本生知，聖由天縱〔一三〕。舊勞于外，爰及小人之依〔一四〕；堪家多艱〔一五〕，鑒于先帝之德〔一六〕。奉聖母之慈訓，擇正人而與居。凡有嘉謀，出于睿斷。憫臣以孤忠援寡〔一七〕，察臣以衆忌獲愆。許以更新，庶其改過〔一八〕。雖天地有化育之德〔一九〕，不能使臣之再生〔二〇〕；雖父母有鞠育之恩〔二一〕，不能全臣于必死〔二二〕。報期碎首，言豈渝心。濯去泥塗〔二三〕，已有遭逢之便；擴開雲日，復覩於變之時。此生敢更求榮〔二四〕，處世但知緘默〔二五〕。臣無任。

〔一〕郎本卷二十六作「量移廉州表」。

〔二〕郎本「厚」作「眷」。

〔三〕郎本「亟」作「乃」。

〔四〕郎本「遇」作「至」。

〔五〕郎本「遽遭」作「再罹」。

〔六〕「朝」原作「帝」，今從郎本。

〔七〕「畀」原作「彼」，今從郎本。

〔八〕「顧」原作「歎」，今從郎本。

〔九〕「嗟其」原作「謂之」，今從郎本。

〔一〇〕郎本「止曰」作「正繫」。

〔一一〕郎本「其」作「以」。

〔一二〕郎本「百端」作「一身」。

〔一三〕「聖」原作「性」，今從郎本。
〔一四〕郎本「及」作「知」。
〔一五〕郎本「艱」作「難」。
〔一六〕郎本「先帝之德」作「先生成憲」；龐校「生」作「王」。
〔一七〕郎本「忠」作「危」。
〔一八〕「其」原作「使」，今從郎本。
〔一九〕「雖天地有化育之德」原作「天地有造化之大」，今從郎本。
〔二〇〕「臣」原作「人」，今從郎本。
〔二一〕「雖」原缺，據郎本補。
〔二二〕「臣」原作「身」，今從郎本。
〔二三〕「濯去泥塗」原作「濯于淤泥」，今從郎本。
〔二四〕郎本「敢更」作「豈敢」。
〔二五〕郎本作「處己但知緘口」。

謝量移永州表

海上囚拘〔一〕，分安死所；天邊涣汗，詔許生還。駐世之魂，自招合浦；感恩之淚，欲漲溟波。中謝。伏念臣生而愚朴，少也艱勤。俍俍而行，不知所居；衝衝而活，何以爲生。言則招尤〔二〕，動常速禍。顧己於時齟齬，使人費力保全。仁宗之朝早得名，神考之朝終見貸。謂宜飾躬自省，去惡莫爲。而乃肆言元祐之間，放意太平之際。凡獲不虞之譽，宜任非常之辜。過既暴聞，衆知不赦。先皇帝明罰勑法，使萬里以思愆；今天子發政施仁，無一夫之失所。凡在名籍，畢賜洗湔。俾離一海之中，復至五嶺之外。拜天恩之優厚，知聖化之密庸。挈是破家，航以一葦。蛟鱷潛底，風濤不驚。遂齊編户之民，不爲異域之鬼。視儕飛走，施謝乾坤〔三〕。天日彌高，徒極馳心於魏闕；鄉關入望，尚期歸骨於眉山。殘生無與於殺身，餘識終同於結草。

〔一〕郎本「海」作「島」。

〔二〕郎本「尤」作「憂」。

〔三〕郎本「施謝」作「謝施」。

謝復賜看墳寺表

名書罪籍，慚負明時；思念私塋，特還舊刹。九泉受賜，荒隴生光。伏念臣早以空疎，叨居近密。始終無補，愚不自量。恩禮誤加，驟及既往。一被黨人之目，上遺先臣之憂。舊恩已移，没齒何覬。豈謂詔書一出，舊物復還。山隴絶芻牧之虞，松櫝變焦枯之色。骨肉感涕，里巷咨嗟。伏遇皇帝陛下，性仁無私，聖孝不匱。覽二帝初潛之地，動一夫失所之懷。號令所加，存歿咸賴。臣衰病已久，報國之日不長；子孫在前，教忠之心未替。

徐州賀改元表

祗勤國本，已獲順成之年；奉若天休，更新統始之序。慶均夷夏，歡洽神人。中謝。切以爲政急於愛民，改元所以表信。非有年無以致家給人足，非盛德無以貽時和歲豐。鴻惟徽稱，獨冠前代。恭惟皇帝陛下，和布治法，底修事功。闢土而任三農，順時而佐五穀。天用眷佑，秋常大登。蜡通八方之神，民足四鬴之養。乃順休命，著爲始年。臣等均被至恩，共膺優禄〔一〕。祗奉詔誥，更形頌言。非特降康，已類商王之福；行觀嗣歲，復興周室之隆。

〔一〕「共」原作「具」，今從《外集》卷二十三。

登州謝宣召赴闕表

仕路崎嶇，羣言摧沮。雖死生不變乎己，況用舍豈累其懷。中謝。臣草野微生，雕蟲末學。昔從仁廟，誤蒙拔擢之恩；旋至神宗，亦荷優嘉之禮。祗合俯身從衆，卑論趨時。奈何明不自知，諫於未信。屢遭尤譴〔一〕，實自己爲。力常勉於苟安〔二〕，悔欲追而何及。以此遷延歲月，荏苒塵埃。望已絶於朝端，志必期於老死。此蓋皇帝陛下，躬成王之幼，賴文母之賢。輔成天縱之才，訓導日躋之聖。斯民多幸，神斷至公。凡所有爲，稍復用舊。況秉節推忠之士，將欲甄收；而作新立法之人，旋行降黜。如臣者擢從遠郡，俯屆大邦。豈意寒灰之復燃，試其駑馬之再駕。每思至此，其念尤深。敢不云云。

〔一〕郎本卷二十五「尤譴」作「譴罰」。

〔二〕郎本「常」作「當」。

杭州賀興龍節表

帝武造周，已肇興王之迹；日符胙漢，實開受命之祥。彌月載臨，普天同慶。中賀。恭惟皇帝陛下，體乾剛粹，稽古温文。信順尚賢，已獲三靈之助；神武不殺，益修六聖之仁。願承天休，永作神主。臣叨塵法從，出守郡章。身在江湖，夢想鈞天之奏；心同葵藿，遠傾向日之誠。

賀正表二首

獻歲發春，天有信於生物；盛德在木，君無爲而法天。嘉與含生，日陶至化。中賀。恭惟皇帝陛下，肇修人紀，祗畏天明。日月運行，物被無私之照；雷風鼓舞，民知不殺之威。有萬斯年，惟一厥德。臣久塵從橐，出領藩符。身寄江湖之間，神馳衛仗之下。

二

若考箕疇，正月爲王極之象；玩占羲易，三陽爲交泰之期。順履春朝，誕膺天禄。中賀。恭惟太皇太后陛下，道高載籍，恩浹含生。進賢退愚，蠻夷率服。下賤以貴，施舍自平。臣出領郡符，承宣天澤。吏民鼓舞，共瞻崇慶之光；海宇駿奔，永託坤元之載。

賀冬表

消長有時，德刑並用。慶一陽之來復，知萬物之向榮。中賀。恭惟太皇太后陛下，道配皇王，化行夷夏。以用人而考治忽，自正身而刑家邦。何勞五物之占，坐知歲美；不待八音之奏，始驗人和。臣率職海壖，馳誠天闕。默誦萬年之慶，遠同百辟之歡。

蘇軾文集卷二十五

奏議

議學校貢舉狀

熙寧四年正月□日〔一〕，殿中丞直史館判官告院蘇軾狀奏：准敕講求學校貢舉利害，令臣等各具議狀聞奏者〔二〕。

右臣伏以得人之道，在於知人，知人之法，在於責實。使君相有知人之才，朝廷有責實之政，則胥史皂隸，未嘗無人，而況於學校貢舉乎，雖因今之法，臣以爲有餘。使君相無知人之才，朝廷無責實之政，則公卿侍從，常患無人，況學校貢舉乎，雖復古之制，臣以爲不足矣。

夫時有可否，物有廢興。方其所安，雖暴君不能廢。及其既厭，雖聖人不能復。故風俗之變，法制隨之。譬如江河之徙移，順其所欲行而治之，則易爲功，强其所不欲行而復之〔三〕，則難爲力。使三代聖人復生於今，其選舉養才，亦必有道矣，何必由學。且天下固嘗立學矣，慶曆之間，以爲太平可待，至於今日，惟有空名僅存。今陛下必欲求德行道藝之士，責九年大成之業，則將變今之禮，易今之俗，又當發民力以治宫室，斂民財以食游士〔四〕，百里之内，置官立師，獄訟聽於是，軍旅謀於是，又當以時簡不率教者，屏之遠方，終身不齒，則無乃徒爲紛亂，以患苦天下耶？若乃無大變改，而望有益于時，則與慶曆之際何異。故臣以謂今之學校，特可因循舊制，使先王之舊物不廢於吾世，足矣。

至於貢舉之法，行之百年，治亂盛衰，初不由此。陛下視祖宗之世貢舉之法，與今爲孰精？言語文章，與今爲孰優？所得文武長才，與今爲孰多？天下之事，與今爲孰辦〔五〕？較此四者，而長短之議決矣。今議者所欲變改，不過數端。或曰鄉舉德行而畧文章；或曰專取策論而罷詩賦；或欲舉唐室故事，兼採譽望，而罷封彌〔六〕；或欲罷經生朴學，不用貼、墨，而考大義。此數者皆知其一，不知其二者也。

臣請歷言之。夫欲興德行，在於君人者修身以格物，審好惡以表俗，孟子所謂「君仁莫不仁，君義莫不義」，君之所向，天下趨焉。若欲設科立名以取之，則是教天下相率而爲僞也。上以孝取人，則勇者割股，怯者廬墓。上以廉取人，則弊車羸馬，惡衣菲食。凡可以中上意，無所不至矣。德行之弊，一至於此乎〔七〕！自文章而言之，則策論爲有用，詩賦爲無益，自政事言之，則詩賦、策論均爲無用矣，雖知其無用，然自祖宗以來莫之廢者，以爲設法取士〔八〕，不過如此也。豈獨吾祖宗，自古堯舜亦然。《書》曰：「敷奏以言，明試以功。」自古堯舜以來，進人何嘗不以言，試人何嘗不以功乎？議者必欲以策論定賢愚、決能否〔九〕，臣請有以質之。近世士大夫文章華靡者，莫如楊億，使楊億尚在，則忠清鯁亮之士也，豈得以華靡少之。通經學古者，莫如孫復、石介，使孫復、石介尚在，則迂闊矯誕之士也，又可施之於政事之間乎？自唐至今，以詩賦爲名臣者，不可勝數，何負於天下，而必欲廢之！近世士人纂類經史，綴緝時務，謂之策括，待問條目，搜抉畧盡，臨時剽竊，竄易首尾，以眩有司，有司莫能辨也。且其爲文也，無規矩準繩，故學之易成，無聲病對偶，故考之難精。以易學之士〔一〇〕，付難考之吏，其弊有甚於詩賦者矣。唐之通牓，故是弊法。雖有以名取人，厭伏衆論之美，亦有賄賂公行，權要請託之害，至使恩去王室，權歸私門，降及中葉，結爲朋黨之論，通牓取人，又豈足尚哉。諸科舉取人〔二〕，多出三路。能文者既已變而爲進士，曉義者又皆去以爲明經，其餘皆朴魯不化者也，至於人才，則有定分，施之有政，能否自彰，今進士日夜治經傳，附之以子史〔三〕，貫穿馳騖，可謂博矣，至於臨政，曷嘗用其一二，顧視舊學，已爲虛器，而欲使此等分别注疏，粗識大義，而望其才能增長，亦已疎矣。

臣故曰：此數者皆知其一，而不知其二也。特願陛下留意其遠者大者。必欲登俊良，黜庸回，總覽衆才，經畧世務，則在陛下與二三大臣，下至諸路職司與良二千石耳，區區之法何預焉。然臣竊有私憂過計者，敢不以告。昔王衍好老莊，天下皆師之，風俗凌夷，以至南渡。王縉好佛，捨人事而修異教，大曆之政，至今爲笑。故孔子罕言命，以爲知者少也。子貢曰：「夫子之文章，可得而聞也，夫子之言性與天道，不可得而聞也。」夫性命之說，自子貢不得聞，而今之學者，恥不言性命，此可信也哉！今士大夫至以佛老爲聖人，鬻書於市者，非莊老之書不售也，讀其文，浩然無當而不可窮，觀其貌，超然無著而不可挹，豈此真能然哉。蓋中人之性，安於放而樂於誕耳。使天下之士，能如莊周齊死生，一毀譽，輕富貴，安貧賤，則人主之名器爵禄，所以礪世摩鈍者，廢矣。陛下亦安用之，而況其實不能，而竊取其言以欺世者哉。臣願陛下明勑有司，試之以法言，取之以實學。博通經術者，雖朴不廢，稍涉浮誕者，雖工必黜。則風俗稍厚，學術近正，庶幾得忠實之士，不至蹈衰季之風，則天下幸甚。謹録奏聞，伏候勑旨。

〔一〕「日」前原不空格，今據郎本卷二十九、《七集·奏議集》卷一空一格。一九八二年第五期《北京大學學報》冀潔《蘇軾〈議學校貢舉狀〉並非熙寧四年奏上》一文，謂宋趙汝愚輯《宋朝諸臣奏議》卷七十九、《宋史全文續資治通鑑》卷十一、《玉海》卷一百一十六引此文「四年正月□日」作「二年五月」。其説可信。

〔二〕「告院」、「狀奏准敕講求學校貢舉利害令臣等各」等字原缺，據郎本、《奏議集》卷一補。

〔三〕「行」原缺，據郎本補。

〔四〕郎本「食」作「養」。

〔五〕郎本「辦」作「辨」。

〔六〕郎本「罷」作「去」。

〔七〕「乎」原缺，據《奏議集》、明刊《文粹》卷三十四補。

〔八〕《歷代名臣奏議》「法」作「科」。

〔九〕「決」原缺，據郎本補。

〔一〇〕郎本「士」作「文」。

〔一一〕郎本作「設科舉人」。

〔一二〕「附之以」三字原缺，據郎本補。

諫買浙燈狀

熙寧四年正月□日，殿中丞直史館判官告院權開封府推官臣蘇軾狀奏〔一〕：右臣嚮蒙召對便殿，親奉德音，以爲凡在館閣，皆當爲朕深思治亂，指陳得失，無有所隱者。自是以來，臣每見同列，未嘗不爲道陛下此語，非獨以稱頌盛德，亦欲朝廷之間如臣等輩，皆知陛下不以疎賤間廢其言，共獻所聞，以輔成太平之功業。然竊謂空言率人，不如有實而人自勸，欲知陛下能受其言之實，莫如以臣試之。故臣願以身先天下試其小者，上以補助聖明之萬一，下以爲賢者卜其可否，雖以此獲罪，萬死無悔。

臣伏見中使傳宣下府市司買浙燈四千餘盞，有司具實直以聞，陛下又令減價收買，見已盡數拘收，禁止私買，以須上令。臣始聞之，驚愕不信，咨嗟累日。何者？竊爲陛下惜此舉動也。臣雖至愚，亦知陛下游心經術，動法堯舜，窮天下之嗜慾，不足以易其樂，盡天下之玩好，不足以解其憂，而豈以燈爲悅者哉。此不過以奉二宮之歡〔二〕，而極天下之養耳。然大孝在乎養志，百姓不可户曉，皆謂陛下以耳目不急之玩，而奪其口體必用之資。賣燈之民，例非豪户，舉債出息，畜之彌年。衣食之計，望此旬日。陛下爲民父母，唯可添價貴買，豈可減價賤酬。此事至小，體則甚大。凡陛下所以減價者，非欲以與此小民争此豪末，豈以其無用而厚費也？如知其無用，何必更索；惡其厚費，則如勿買。且内庭故事，每遇放燈，不過令内東門雜物務臨時收買〔三〕，數目既少，又無拘收督迫之嚴，費用不多，民亦無憾。故臣願追還前命，凡悉如舊。京城百姓，不慣侵擾，恩德已厚，怨讟易生，可不慎歟！可不畏歟！

近日小人妄造非語，士人有展年科場之説，商賈有京城榷酒之議，吏憂減俸，兵憂減廩。雖此數事，朝廷所決無，然致此紛紛〔四〕，亦有以見陛下勤恤之德，未信於下，而有司聚斂之意，或形于民。方當責己自求，以消讒慝之口。而臺官又勸陛下以嚴刑悍吏捕而戮之，虧損聖德，莫大於此。而又重以買燈之事，使得因緣以爲口實，臣實惜之。

方今百冗未除，物力凋弊，陛下縱出內帑財物，不用大司農錢，而內帑所儲，孰非民力，與其平時耗於不急之用，曷若留貯以待乏絶之供。故臣願陛下將來放燈與凡游觀苑囿宴好賜予之類，皆飭有司，務從儉約。頃者詔旨裁減皇族恩例，此實陛下至明至斷，所以深計遠慮，割愛爲民。然竊揆其間，不能無少望於陛下，惟當痛自刻損，以身先之，使知人主且猶若此，而況於吾徒哉。非惟省費，亦且弭怨。

昔唐太宗遣使往涼州諷李大亮獻其名鷹，大亮不可，太宗深嘉之。詔曰：「有臣若此，朕復何憂。」明皇遣使江南採鵁鶄，汴州刺史倪若水論之〔五〕，爲反其使。又令益州織半臂背子、琵琶捍撥、鏤牙合子等，蘇許公不奉詔。李德裕在浙西，詔造銀盝子粧具二十事，織綾二千匹〔六〕，德裕上疏極論，亦爲罷之。使陛下內之臺諫有如此數人者，則買燈之事，必須力言。外之有司有如此數人者，則買燈之事，必不奉詔。陛下聰明睿聖，追迹堯舜，而羣臣不以唐太宗、明皇事陛下，竊嘗深咎之。臣忝備府寮，親見其事，若又不言，臣罪大矣。陛下若赦之不誅，則臣又有非職之言大於此者，忍不爲陛下盡之。若不赦，亦臣之分也。謹録奏聞，伏候勑下。

〔一〕「臣」原缺，據郎本卷二十九補。

〔二〕郎本「宫」作「親」。

〔三〕郎本「物」作「買」。

〔四〕「然致」原作「而」，今從《歷代名臣奏議》。

〔五〕「汴」原作「江」，郎本作「梓」，註文作「汴」，《七集·奏議集》卷一作「汴」，今從。

〔六〕郎本「二」作「一」。

上神宗皇帝書〔一〕

熙寧四年二月□日，殿中丞直史館判官告院權開封府推官臣蘇軾〔二〕，謹昧萬死，再拜上書皇帝陛下。臣近者不度愚賤，輒上封章言買燈事。自知瀆犯天威〔三〕，罪在不赦，席藁私室，以待斧鉞之誅，而側聽逾旬，威命不至，問之府司，則買燈之事，尋已停罷。乃知陛下不惟赦之，又能聽之，驚喜過望，以至感泣。何者？改過不吝，從善如流，此堯舜禹湯之所勉强而力行，秦漢以來之所絶無而僅有。顧此買燈毫髮之失，豈能上累日月之明，而陛下飜然改命，曾不移刻，則所謂智出天下，而聽於至愚，威加四海，而屈於匹夫。臣今知陛下可與爲堯舜，可與爲湯武，可與富民而措刑，可與强兵而伏戎虜矣。有君如此，其忍負之。惟當披露腹心，捐棄肝腦，盡力所至，不知其它。乃者，臣亦知天下之事〔四〕，有大於買燈者矣，而獨區區以此爲先者〔五〕，蓋未信而諫，聖人不與，交淺言深，君子所戒，是以試論其小者，而其大者固將有待而後言。今陛下果赦而不誅，則是既已許之矣，許而不言，臣則有罪，是以願終言之。

臣之所欲言者三，願陛下結人心、厚風俗、存紀綱而已。

人莫不有所恃，人臣恃陛下之命，故能役使小民，恃陛下之法，故能勝服强暴。至於人主所恃者誰與？《書》曰：「予臨兆民，凜乎若朽索之馭六馬。」言天下莫危於人主也。聚則爲君民〔六〕，散則爲仇讐，聚散之間，不容毫釐。故天下歸往謂之王，人各有心謂之獨夫。由此觀之，人主之所恃者，人心而已。人心之於人主也，如木之有根，如燈之有膏，如魚之有水，如農夫之有田，如商賈之有財。木無根則槁〔七〕，燈無膏則滅，魚無水則死，農夫無田則饑〔八〕，商賈無財則貧，人主失人心則亡。此必然之理〔九〕，不可逭之災也。其爲可畏，從古以然。苟非樂禍好亡〔一〇〕，狂易喪志〔一一〕，則孰敢肆其胸臆，輕犯人心？昔子産焚《載書》以弭衆言，賂伯石以安巨室，以爲衆怒難犯，專欲難成。而子夏亦曰〔一二〕：「信，而後勞其民；未信，則以爲厲己也。」唯商鞅變法，不顧人言，雖能驟致富强〔一三〕，亦以召怨天下，使其民知利而不知義，見刑而不見德，雖得天下，旋踵而失也〔一四〕。至於其身，亦卒不免，負罪出走，而諸侯不納，車裂以徇，而秦人莫哀。君臣之間，豈願如此。宋襄公雖行仁義，失衆而亡。田常雖不義，得衆而强。是以君子未論行事之是非，先觀衆心之向背。謝安之用諸桓未必是，而衆之所樂，則國以乂安。庾亮之召蘇峻未必非，而勢有不可，則反爲危辱。自古及今，未有和易同衆而不安，剛果自用而不危者也。

今陛下亦知人心之不悦矣。中外之人，無賢不肖，皆言祖宗以來，治財用者不過三司使副判官，經今百年，未嘗闕事。今者無故又創一司，號曰制置三司條例。使六七少年日夜講求於内，使者四十餘輩，分行營幹於外，造端宏大，民實驚疑，創法新奇，吏皆惶惑。賢者則求其説而不可得，未免於憂，小人則以其意而度朝廷，遂以爲謗。謂陛下以萬乘之主而言利，謂執政以天子之宰而治財，商賈不行，物價騰踴。近自淮甸，遠及川蜀，喧傳萬口，論説百端。或言京師正店，議置監官，夔路深山，當行酒禁，拘收僧尼常住，減刻兵吏廪禄，如此等類，不可勝言。而甚者至以爲欲復肉刑，斯言一出，民且狼顧。陛下與二三大臣，亦聞其語矣。然而莫之顧者，徒曰我無其事，又無其意，何恤於人言。夫人言雖未必皆然，而疑似則有以致謗。人必貪財也，而後人疑其盗。人必好色也，而後人疑其淫。何者？未置此司，則無此謗〔一五〕，豈去歲之人皆忠厚，而今歲之人皆虚浮？孔子曰：「工欲善其事，必先利其器。」又曰：「必也正名乎。」今陛下操其器而諱其事，有其名而辭其意，雖家置一喙以自解，市列千金以購人〔一六〕，人必不信，謗亦不止。夫制置三司條例司，求利之名也。六七少年與使者四十餘輩，求利之器也。驅鷹犬而赴林藪，語人曰，我非獵也，不如放鷹犬而獸自馴。操網罟而入江湖〔一七〕，語人曰，我非漁也，不如捐網罟而人自信。故臣以爲消讒慝以召和氣，復人心而安國本，則莫若罷制置三司條例司。

夫陛下之所以創此司者，不過以興利除害也。使罷之而利不興，害不除，則勿罷。罷之而天下悦，人心安，興利除害，無所不可，則何苦而不罷。陛下欲去積弊而立法，必使宰相熟議而後行，事若不由中書，則是亂世之法，聖君賢相，夫豈其然。必若立法不免由中書，熟議不免使宰相，則此司之設〔一八〕，無乃冗長而無名。智者所圖，貴於無迹。漢之文、景，《紀》無可書之事，唐之房、杜，《傳》無可載之功，而天下之言治者與文、景，言賢者與房、杜。蓋事已立而迹不見，功已成而人不知。故曰：善用兵者，無赫赫之功。豈惟用兵，事莫不然。今所圖者，萬分未獲其一也，而迹之布於天下，已若泥中之鬬獸，亦可謂拙謀矣。陛下誠欲富國，擇三司官屬與漕運使副，而陛下與二三大臣，孜孜講求，磨以歲月，則積弊自去而人不知。但恐立志不堅，中道而廢。孟子有言〔一九〕：「其進鋭者其退速。」若有始有卒，自可徐徐，十年之後，何事不立。孔子曰：「欲速則不達，見小利則大事不成。」使孔子而非聖人，則此言亦不可用。《書》曰：「謀及卿士，至於庶人，翕然大同，乃底元吉。」若違多而從少〔二○〕，則靜吉而作凶。今上自宰相大臣，既已辭免不爲，則外之議論，斷亦可知。宰相，人臣也，且不欲以此自汙，而陛下獨安受其名而不辭，非臣愚之所識也。君臣宵旰，幾一年矣，而富國之效，茫如捕風，徒聞内帑出數百萬緡，祠部度五千餘人耳。以此爲術，其誰不能。

且遣使縱横，本非令典。漢武遣繡衣直指，桓帝遣八使，皆以守宰狼籍，盜賊公行，出於無術，行此下策。宋文帝元嘉之政，比於文、景，當時責成郡縣，未嘗遣使。及至孝武〔二一〕，以爲郡縣遲緩〔二二〕，始命臺使督之，以至蕭齊，此弊不革。故景陵王子良上疏，極言其事，以爲此等朝辭禁門，情態即異，暮宿村縣〔二三〕，威福便行，驅追郵傳，折辱守宰，公私勞擾〔二四〕，民不聊生。唐開元中，宇文融奏置勸農判官使裴寬等二十九人，並攝御史，分行天下，招攜户口，檢責漏田。時張説、楊瑒、皇甫璟、楊相如皆以爲不便，而相繼罷黜。雖得户八十餘萬，皆州縣希旨，以主爲客，以少爲多。及使百官集議都省，而公卿以下，懼融威勢，不敢異辭。陛下試取其《傳》而讀之〔二五〕，觀其所行，爲是爲否？近者均税寬恤，冠蓋相望，朝廷亦旋覺其非，而天下至今以爲謗。曾未數歲，是非較然。臣恐後之視今，亦猶今之視昔。且其所遣，尤不適宜。事少而員多，人輕而權重。夫人輕而權重，則人多不服，或致侮慢以興争。事少而員多，則無以爲功，必須生事以塞責。陛下雖嚴賜約束，不許邀功，然人臣事君之常情，不從其令而從其意。今朝廷之意，好動而惡靜，好同而惡異，指趣所在，誰敢不從。臣恐陛下赤子，自此無寧歲矣。

至於所行之事，行路皆知其難。何者？汴水濁流，自生民以來，不以種稻。秦人之歌曰：「涇水一石，其泥數斗。且溉且糞，長我禾黍。」何嘗言長我粳稻耶？今欲陂而清之，萬頃之稻，必用千頃之陂，一歲一淤，三歲而滿矣。陛下遽信其說〔二六〕，卽使相視地形，萬一官吏苟且順從，真謂陛下有意興作，上縻帑廩〔二七〕，下奪農時，隄防一開，水失故道，雖食議者之肉，何補於民。天下久平，民物滋息，四方遺利，蓋略盡矣。今欲鑿空訪尋水利，所謂卽鹿無虞，豈惟徒勞，必大煩擾。凡有擘畫利害〔二八〕，不問何人，小則隨事酬勞，大則量才錄用。若官私格沮，並重行黜降〔二九〕，不以赦原，若材力不辦興修〔三〇〕，便許申奏替換，賞可謂重，罰可謂輕。然並終不言諸色人妄有申陳或官私悮興工役〔三一〕，當得何罪。如此，則妄庸輕剽，浮浪姦人，自此争言水利矣。成功則有賞，敗事則無誅。官司雖知其疎，豈可便行抑退。所在追集老少，相視可否，吏卒所過，鷄犬一空。若非灼然難行，必須且爲興役。何則？格沮之罪重，而悮興之過輕。人多愛身，勢必如此。且古陂廢堰，多爲側近冒耕，歲月既深，已同永業，苟欲興復，必盡追收，人心或摇，甚非善政。又有好訟之黨，多怨之人，妄言某處可作陂渠，規壞所怨田產，或指人舊業，以爲官陂，冒佃之訟〔三二〕，必倍今日。臣不知朝廷本無一事，何苦而行此哉。

自古役人，必用鄉户，猶食之必用五穀，衣之必用絲麻，濟川之必用舟楫，行地之必用牛馬，雖其間或有以他物充代，然終非天下所可常行。今者徒聞江浙之間，數郡雇役，而欲措之天下，是猶見燕晉之棗栗，岷蜀之蹲鴟，而欲以廢五穀，豈不難哉。又欲官賣所在坊場，以充衙前雇直，雖有長役，更無酬勞，長役所得既微，自此必漸衰散，則州郡事體，憔悴可知。士大夫捐親戚，棄墳墓，以從宦於四方者，宜力之餘〔三三〕，亦欲取樂，此人之至情也。若凋弊太甚，厨傳蕭然，則似危邦之陋風，恐非太平之盛觀。陛下誠慮及此，必不肯爲。且今法令莫嚴於御軍，軍法莫嚴於逃竄，禁軍三犯，廂軍五犯，大率處死。然逃軍常半天下，不知雇人爲役，與廂軍何異。若有逃者，何以罪之，其勢必輕於逃軍，則其逃必甚於今日，爲其官長，不亦難乎？近者雖使鄉户頗得雇人，然而所雇逃亡〔三四〕，鄉户猶任其責。今遂欲於兩稅之外，别立一科，謂之庸錢，以備官雇。則雇人之責，官所自任矣。自唐楊炎廢租庸調以爲兩稅，取大曆十四年應干賦歛之數〔三五〕，以定兩稅之額〔三六〕，則是租調與庸，兩稅既兼之矣。今兩稅如故，奈何復欲取庸。聖人之立法，必慮後世，豈可於兩稅之外〔三七〕，别出科名哉〔三八〕！萬一不幸〔三九〕，後世有多欲之君〔四〇〕，輔之以聚歛之臣，庸錢不除，差役仍舊，使天下怨讟〔四一〕，推所從來，則必有任其咎者矣。又欲使坊郭等第之民，與鄉户均役，品官形勢之家，與齊民並事。其説曰：「《周禮》田不耕者出屋粟，宅不毛者有里布。而漢世宰相之子，不免戍邊。」此其所以藉口也。古者官養民，今者民養官。給之以田而不耕，勸之以農而不力，於是乎有里布屋粟夫家之征〔四二〕。今民無以爲生〔四三〕，去爲商賈，事勢當爾〔四四〕，何名役之。且一歲之戍，不過三日，三日之雇，其直三百。今世三大户之役，自公卿以降，毋得免者，其費豈特三百而已。大抵事若可行，不必皆有故事。若民所不悦，俗所不安，縱有經典明文，無補於怨。若行此二者，必怨無疑。女户單丁，蓋天民之窮者也。古之王者，首務恤此。而今陛下首欲役之，此等苟非户將絶而未亡，則是家有丁而尚幼，若假之數歲，則必成丁而就役，老死而没官。富有四海，忍不加恤。

孟子曰：「始作俑者，其無後乎？」《春秋》書「作丘甲」、「用田賦」，皆重其始爲民患也。青苗放錢，自昔有禁。今陛下始立成法，每歲常行，雖云不許抑配，而數世之後，暴君汙吏，陛下能保之歟？異日天下恨之，國史記之曰，青苗錢自陛下始，豈不惜哉！且東南買絹〔四五〕，本用見錢，陝西糧草，不許折兑，朝廷既有著令，職司又每舉行。然而買絹未嘗不折鹽，糧草未嘗不折鈔，乃知青苗不許抑配之説，亦是空文。只如治平之初，揀刺義勇，當時詔旨慰諭，明言永不戍邊，著在簡書，有如盟約。于今幾日，議論已摇，或以代還東軍，或欲抵換弓手，約束難恃，豈不明哉。縱使此令決行，果不抑配，計其間願請之户，必皆孤貧不濟之人，家若自有贏餘，何至與官交易。此等鞭撻已急，則繼之逃亡，逃亡之餘，則均之鄰保。勢有必至，理有固然。且夫常平之爲法也，可謂至矣，所守者約，而所及者廣。借使萬家之邑，止有千斛，而穀貴之際，千斛在市，物價自平。一市之價既平，一邦之食自足〔四六〕，無操瓢乞匃之弊〔四七〕，無里正催驅之勞。今若變爲青苗，家貸一斛，則千户之外〔四八〕，孰救其饑？且常平官錢，常患其少，若盡數收糴，則無借貸，若留充借貸，則所糴幾何，乃知常平青苗，其勢不能兩立，壞彼成此，所喪愈多〔四九〕，虧官害民，雖悔何逮。臣竊計陛下欲考其實，則必亦問人〔五〇〕，人知陛下方欲力行，必謂此法有利無害。以臣愚見，恐未可憑。何以明之？臣頃在陝西，見刺義勇，提舉諸縣〔五一〕，臣嘗親行〔五二〕，愁怨之民，哭聲振野。當時奉使還者，皆言民盡樂爲。希合取容，自古如此。不然，則山東之盜，二世何緣不覺，南詔之敗，明皇何緣不知。今雖未至於此，亦望陛下審聽而已。

昔漢武之世，財力匱竭，用賈人桑弘羊之説，買賤賣貴，謂之均輸。于時商賈不行，盜賊滋熾，幾至於亂。孝昭既立，學者争排其説，霍光順民所欲，從而予之，天下歸心，遂以無事。不意今者此論復興。立法之初，其説尚淺，徒言徒貴就賤，用近易遠。然而廣置官屬，多出緡錢，豪商大賈，皆疑而不敢動，以爲雖不明言販賣，然既已許之變易，變易既行，而不與商賈争利者〔五三〕，未之聞也。夫商賈之事，曲折難行，其買也先期而與錢，其賣也後期而取直，多方相濟，委曲相通，倍稱之息，由此而得。今官買是物，必先設官置吏，簿書廪禄，爲費已厚，非良不售，非賄不行，是以官買之價，比民必貴，及其賣也，弊復如前，商賈之利，何緣而得。朝廷不知慮此，乃捐五百萬緡以予之。此錢一出，恐不可復。縱使其間薄有所獲，而征商之額，所損必多。今有人爲其主牧牛羊，不告其主，而以一牛易五羊。一牛之失，則隱而不言，五羊之獲，則指爲勞績。陛下以爲壞常平而言青苗之功，虧商税而取均輸之利，何以異此？

陛下天機洞照，聖畧如神，此事至明〔五四〕，豈有不曉？必謂已行之事，不欲中變，恐天下以爲執德不一，用人不終，是以遲留歲月，庶幾萬一，臣竊以爲過矣。古之英主，無出漢高。酈生謀撓楚權，欲復六國，高祖曰善，趣刻印，及聞留侯之言，吐哺而罵之曰〔五五〕，趣銷印。夫稱善未幾〔五六〕，繼之以罵，刻印、銷印，有同兒戲。何嘗累高祖之知人，適足明聖人之無我。陛下以爲可而行之，知其不可而罷之，至聖至明，無以加此。議者必謂民可與樂成，難與慮始，故勸陛下堅執不顧〔五七〕，期於必行。此乃戰國貪功之人，行險僥倖之説，陛下若信而用之，則是徇高論而逆至情，持空名而邀實禍，未及樂成，而怨已起矣。臣之所願結人心者，此之謂也。

士之進言者，爲不少矣，亦嘗有以國家之所以存亡、曆數之所以長短告陛下者乎？夫國家之所以存亡者〔五八〕，在道德之淺深，不在乎强與弱，曆數之所以長短者，在風俗之厚薄，不在乎富與貧。道德誠深，風俗誠厚，雖貧且弱，不害於長而存〔五九〕。道德誠淺，風俗誠薄，雖强且富，不救於短而亡。人主知此，則知所輕重矣。是以古之賢君，不以弱而忘道德〔六〇〕，不以貧而傷風俗，而智者觀人之國，亦以此而察之。齊至强也，周公知其後必有篡弒之臣〔六一〕。衞至弱也，季子知其後亡〔六二〕。吳破楚入郢，而陳大夫逢滑知楚之必復。晉武既平吳，何曾知其將亂。隋文既平陳，房喬知其不久。元帝斬郅支，朝呼韓，功多於武、宣矣，偷安而王氏之釁生。宣宗收燕趙，復河湟，力强於憲、武矣，消兵而龐勛之亂起。故臣願陛下務崇道德而厚風俗，不願陛下急於有功而貪富强。使陛下富如隋，强如秦，西取靈武，北取燕薊，謂之有功可也，而國之長短，則不在此。夫國之長短，如人之壽夭，人之壽夭在元氣，國之長短在風俗。世有尫羸而壽考，亦有盛壯而暴亡。若元氣猶存，則尫羸而無害。及其已耗，則盛壯而愈危。是以善養生者，慎起居，節飲食，導引關節〔六三〕，吐故納新。不得已而用藥，則擇其品之上、性之良，可以久服而無害者〔六四〕，則五臟和平而壽命長。不善養生者，薄節慎之功，遲吐納之效，厭上藥而用下品，伐真氣而助强陽，根本已空〔六五〕，僵仆無日。天下之勢，與此無殊。故臣願陛下愛惜風俗，如護元氣。

古之聖人，非不知深刻之法可以齊衆，勇悍之夫可以集事，忠厚近於迂闊，老成初若遲鈍。然終不肯以彼而易此者〔六六〕，知其所得小而所喪大也。曹參，賢相也，曰慎無擾獄市。黃霸，循吏也，曰治道去泰甚。或譏謝安以清談廢事，安笑曰，秦用法吏，二世而亡。劉晏爲度支，專用果鋭少年，務在急速集事，好利之黨，相師成風。德宗初即位，擢崔祐甫爲相。祐甫以道德寬大，推廣上意〔六七〕，故建中之政，其聲翕然〔六八〕，天下想望，庶幾貞觀。及盧杞爲相，諷上以刑名整齊天下，馴致澆薄，以及播遷。我仁祖之馭天下也，持法至寬，用人有敍，專務掩覆過失，未嘗輕改舊章。然考其成功，則曰未至，以言乎用兵，則十出而九敗，以言乎府庫，則僅足而無餘。徒以德澤在人，風俗知義。是以升遐之日，天下如喪考妣，社稷長遠，終必賴之。則仁祖可謂知本矣。今議者不察，徒見其末年吏多因循，事不振舉，乃欲矯之以苛察，齊之以智能〔六九〕，招來新進勇鋭之人，以圖一切速成之効，未享其利，澆風已成。且大時不齊〔七〇〕，人誰無過，國君含垢，至察無徒。若陛下多方包容，則人材取次可用，必欲廣置耳目，務求瑕疵，則人不自安，各圖苟免，恐非朝廷之福，亦豈陛下所願哉。漢文欲拜虎圈嗇夫，釋之以爲利口傷俗，今若以口舌捷給而取士，以應對遲鈍而退人，以虚誕無實爲能文，以矯激不仕爲有德，則先王之澤，遂將散微。

自古用人〔七一〕，必須歷試。雖有卓異之器〔七二〕，必有已成之功〔七三〕，一則使其更變而知難，事不輕作，一則待其功高而望重，人自無辭。昔先主以黄忠爲後將軍，而諸葛亮憂其不可，以爲忠之名望，素非關、張之倫，若班爵遽同，則必不悦，其後關羽果以爲言。以黄忠豪勇之姿〔七四〕，以先主君臣之契，尚復慮此〔七五〕，況其他乎？世常謂漢文不用賈生〔七六〕，以爲深恨。臣嘗推究其旨，竊謂不然。賈生固天下之奇才，所言亦一時之良策。然請爲屬國欲以係單于，則是處士之大言，少年之鋭氣。昔高祖以三十萬衆，困於平城，當時將相羣臣，豈無賈生之比，三表五餌，人知其疎，而欲以困中行説，尤不可信矣。兵，凶器也，而易言之，正如趙括之輕秦，李信之易楚。若文帝亟用其說，則天下殆將不安。使賈生嘗歷艱難，亦必自悔其說，施之晚歲〔七七〕，其術必精，不幸喪亡，非意所及。不然，文帝豈棄材之主，絳、灌豈蔽賢之士。至於晁錯，尤號刻薄，文帝之世，止於太子家令，而景帝既立，以爲御史大夫，申屠嘉賢相〔七八〕，發憤而死，紛更政令，天下騷然。及至七國發難，而錯之術亦窮矣。文、景優劣，於斯可見。大抵名器爵禄，人所奔趨，必使積勞而後遷，以明持久而難得。則人各安其分，不敢躁求。今若多開驟進之門，使有意外之得，公卿侍從，跬步可圖，其得者既不肯以僥倖自名，則其不得者必皆以沉淪爲恨〔七九〕。使天下常調，舉生妄心，耻不若人，何所不至，欲望風俗之厚，豈可得哉。選人之改京官，常須十年以上，薦更險阻，計析毫釐。其間一事聱牙，常至終身淪棄。今乃以一言之薦〔八〇〕，舉而與之，猶恐未稱，章服隨至。使積勞久次而得者，何以厭服哉。夫常調之人，非守則令，員多闕少，久已患之，不可復開多門以待巧進〔八一〕。若巧者侵奪已甚，則拙者迫怵無聊〔八二〕，利害相形，不得不察。故近歲樸拙之人愈少，而巧佞之士益多〔八三〕。惟陛下重之惜之，哀之救之。如近日三司獻言，使天下郡選一人，催驅三司文字，許之先次指射以酧其勞，則數年之後，審官吏部，又有三百餘人得先占闕，常調待次，不其愈難。此外勾當發運均輸〔八四〕，按行農田水利，已振監司之體〔八五〕，各懷進用之心，轉對者望以稱旨而驟遷，奏課者求爲優等而速化，相勝以力，相高以言，而名實亂矣。惟陛下以簡易爲法，以清淨爲心，使姦無所緣，而民德歸厚。臣之所願厚風俗者，此之謂也。

古者建國，使内外相制，輕重相權。如周如唐，則外重而内輕。如秦如魏，則外輕而内重。内重之弊〔八六〕，必有姦臣指鹿之患。外重之弊，必有大國問鼎之憂。聖人方盛而慮衰，常先立法以救弊。我國家租賦籍於計省〔八七〕，重兵聚於京師，以古揆今，則似內重。恭惟祖宗所以深計而預慮〔八八〕，固非小臣所能臆度而周知。然觀其委任臺諫之一端，則是聖人過防之至計。歷觀秦、漢以及五代，諫諍而死〔八九〕，蓋數百人。而自建隆以來，未嘗罪一言者，縱有薄責，旋卽超升，許以風聞，而無官長，風采所繫，不問尊卑，言及乘輿，則天子改容，事關廊廟，則宰相待罪。故仁宗之世，議者譏宰相但奉行臺諫風旨而已。聖人深意，流俗豈知。臺諫固未必皆賢〔九〇〕，所言亦未必皆是，然須養其銳氣而借之重權者，豈徒然哉，將以折姦臣之萌，而救內重之弊也。夫姦臣之始，以臺諫折之而有餘，及其既成，以干戈取之而不足。今法令嚴密〔九一〕，朝廷清明，所謂姦臣，萬無此理。然而養猫所以去鼠〔九二〕，不可以無鼠而養不捕之猫。畜狗所以防姦〔九三〕，不可以無姦而畜不吠之狗。陛下得不上念祖宗設此官之意，下爲子孫立萬一之防〔九四〕，朝廷紀綱〔九五〕，孰大於此？

臣自幼小所記，及聞長老之談，皆謂臺諫所言，常隨天下公議，公議所與，臺諫亦與之，公議所擊，臺諫亦擊之。及至英廟之初，始建稱親之議，本非人主大過，亦無禮典明文〔九六〕，徒以衆心未安，公議不允，當時臺諫〔九七〕，以死爭之。今者物論沸騰，怨讟交至，公議所在，亦可知矣，而相顧不發，中外失望。夫彈劾積威之後，雖庸人亦可奮揚，風采消委之餘，雖豪傑有所不能振起。臣恐自兹以往，習慣成風，盡爲執政私人，以致人主孤立，紀綱一廢，何事不生。孔子曰：「鄙夫可與事君也歟，其未得之也，患得之〔九八〕，既得之，患失之，苟患失之，無所不至矣。」臣始讀此書，疑其太過，以爲鄙夫之患失，不過備位而苟容。及觀李斯憂蒙恬之奪其權，則立二世以亡秦，盧杞憂李懷光之數其惡〔九九〕，則誤德宗以再亂。其心本生於患失，而其禍乃至於喪邦。孔子之言，良不爲過。是以知爲國者，平居必常有忘軀犯顏之士〔一〇〇〕，則臨難庶幾有徇義守死之臣。若平居尚不能一言，則臨難何以責其死節。人臣苟皆如此，天下亦曰殆哉。君子和而不同，小人同而不和。和如和羹，同如濟水。孫寶有言：「周公上聖〔一〇一〕，召公大賢，猶不相悅，著於經典。兩不相損〔一〇二〕。」晉之王導，可謂元臣，每與客言，舉坐稱善，而王述不悅，以爲人非堯舜，安得每事盡善，導亦斂袵謝之。若使言無不同，意無不合，更唱迭和，何者非賢。萬一有小人居其間，則人主何緣知覺〔一〇三〕。臣之所願存紀綱者，此之謂也。

臣非敢歷詆新政，苟爲異論，如近日裁減皇族恩例、刊定任子條式、修完器械、閱習鼓旗，皆陛下神算之至明，乾剛之必斷，物議既允，臣安敢有詞〔一〇四〕。至於所獻之三言，則非臣之私見，中外所病，其誰不知。昔禹戒舜曰：「無若丹朱傲，惟慢遊是好。」舜豈有是哉！周公戒成王曰：「毋若商王，受之迷亂，酗於酒德〔一〇五〕。」成王豈有是哉！周昌以漢高爲桀、紂，劉毅以晉武爲桓、靈，當時人君，曾莫之罪，而書之史册〔一〇六〕，以爲美談。使臣所獻三言，皆朝廷未嘗有此，則天下之幸，臣與有焉。若有萬一似之，則陛下安可不察。然而臣之爲計，可謂愚矣。以螻蟻之命，試雷霆之威，積其狂愚，豈可數赦，大則身首異處，破壞家門，小則削籍投荒，流離道路。雖然，陛下必不爲此，何也？臣天賦至愚，篤於自信。向者與議學校貢舉，首違大臣本意，已期竄逐，敢意自全。而陛下獨然其言，曲賜召對，從容久之，至謂臣曰：「方今政令得失安在，雖朕過失，指陳可也。」臣卽對曰：「陛下生知之性，天縱文武，不患不明，不患不勸，不患不斷，但患求治太速，進人太鋭，聽言太廣。」又俾具述所以然之狀。陛下頷之曰：「卿所獻三言，朕當熟思之。」臣之狂愚，非獨今日，陛下容之久矣。豈其容之於始而不赦之於終〔一〇七〕，恃此而言，所以不懼。臣之所懼者，譏刺既衆，怨仇實多，必將詆臣以深文，中臣以危法，使陛下雖欲赦臣而不可得〔一〇八〕，豈不殆哉。死亡不辭，但恐天下以臣爲戒，無復言者，是以思之經月，夜以繼晝，表成復毁，至于再三。感陛下聽其一言，懷不能已，卒吐其説〔一〇九〕。惟陛下憐其愚忠而卒赦之，不勝俯伏待罪憂恐之至。

〔一〕郎本卷二十四總題爲《萬言書》。該卷只收此文。

〔二〕「臣」原缺，據郎本、《七集·奏議集》卷一補。

〔三〕《七集·奏議集》卷一「瀆」作「頃」。

〔四〕「亦」原缺，據《文鑑》卷五十四補。

〔五〕郎本「先」作「失」。

〔六〕《文鑑》、《七集·續集》卷十一「民」作「臣」。

〔七〕「槁」原作「稿」，據郎本、《文鑑》改。

〔八〕「夫」原缺，據郎本、《七集·續集》補。

〔九〕「必然之理」原作「理之必然」，今從《文鑑》、《七集·續集》。

〔一〇〕郎本「亡」作「狂」。

〔一一〕郎本「狂」作「輕」。

〔一二〕「子夏」原作「孔子」，今據郎本改。
〔一三〕「致」原作「至」，今從《文鑑》。
〔一四〕郎本「失」作「亡」。
〔一五〕「此」原作「其」，據《文鑑》改。
〔一六〕郎本「購」作「募」。
〔一七〕「網」原作「綱」，今從郎本、《文鑑》；下同。
〔一八〕「則」原缺，據郎本補。
〔一九〕「子」原作「軻」，今從《文鑑》。
〔二〇〕郎本、《文鑑》「違」作「逆」。
〔二一〕「及」原缺，據郎本補。
〔二二〕《文鑑》無「爲」字。
〔二三〕《文鑑》「村」作「州」。
〔二四〕《文鑑》「勞」作「煩」。
〔二五〕「試取其傳而」五字原缺，據《文粹》卷三十三、《文鑑》補。
〔二六〕「遽」原作「遂」，今從郎本、《文鑑》。
〔二七〕「糜」原作「縻」，今從《文鑑》。
〔二八〕「利害」二字原缺，據郎本補。
〔二九〕「重」原缺，據郎本、《文鑑》補。

〔三〇〕「材」原作「才」，今從郎本。

〔三一〕郎本、《七集・續集》卷十「私」作「司」。「工」原作「功」，今從郎本。

〔三二〕「佃」原作「田」，今從郎本、《文鑑》、《七集・續集》。

〔三三〕「宜」原作「用」，今從郎本、《文鑑》、《七集・續集》。

〔三四〕「然而」原作「然至於」，今從《七集・續集》。

〔三五〕繆校、龐校「干」皆作「下」。各本皆作「干」，今仍作「干」。

〔三六〕郎本「定」作「立」。

〔三七〕郎本、《文鑑》、《七集・續集》「兩」作「常」。

〔三八〕郎本「別」作「生」。

〔三九〕「不幸」二字原缺，據郎本、《文鑑》、《七集・續集》補。

〔四〇〕「世」後原有「不幸」二字，據郎本、《文鑑》、《七集・續集》删。

〔四一〕「讟」原作「毒」，今從郎本、《文鑑》、《七集・續集》。

〔四二〕「乎」原缺，據郎本補。

〔四三〕「今」原作「而」，「以」原作「所」，今從郎本、《文鑑》。

〔四四〕「爾」原作「耳」，今從《文鑑》。案：爾，猶言如此也。

〔四五〕「且」原缺，據郎本、《文鑑》補。《七集・續集》有「且」字。

〔四六〕「食」原作「民」，今從郎本。

〔四七〕郎本「操瓢」作「專斟」。

〔四八〕《七集·續集》「户」作「斛」；《七集·續集》「斛」下原校：一作「户」。

〔四九〕郎本「所喪愈多」作「所得幾何」。

〔五〇〕「則」原缺，據郎本、《七集·續集》補。「亦」原作「然」，今從《七集·續集》。

〔五一〕郎本「縣」作「騎」。

〔五二〕郎本「嘗」作「常」。

〔五三〕「者」原缺，據郎本、《七集·續集》補。

〔五四〕郎本「事」作「旨」。

〔五五〕「之」原缺，據郎本補。

〔五六〕「夫」原缺，據郎本、《七集·續集》補。

〔五七〕「勸」原缺，據郎本、《七集·續集》補。

〔五八〕「夫」原缺，據郎本、《七集·續集》補。

〔五九〕「長而存」原作「存而長」，今從郎本、《文鑑》、《七集·續集》。

〔六〇〕「忘」原作「亡」，今從《文鑑》、《七集·續集》。

〔六一〕「必」原缺，據郎本、《七集·續集》補。

〔六二〕「子」原作「札」，今從郎本、《文鑑》、《七集·續集》。

〔六三〕「導」原作「道」，今從郎本、《文鑑》。

〔六四〕「者」原缺，據郎本、《文鑑》補。

〔六五〕「已」原作「以」，今從郎本、《文鑑》、《七集·續集》。郎本、《文鑑》、《七集·續集》「空」作「危」。《七集·續集》

原校：「危」一作「空」。

〔六六〕「而」原缺，據郎本、《文鑑》、《七集·續集》補。

〔六七〕郎本「推」作「開」。

〔六八〕《文鑑》「翕」作「靄」。

〔六九〕郎本「齊」作「濟」。

〔七〇〕「大」原作「天」，今從郎本。郎註引《禮記·學記》，有「大時不齊」語。

〔七一〕郎本「自古用人」作「苟欲用之」。

〔七二〕「雖」前原爲空格，占一字，郎本、《七集·續集》皆不空格，今從。《歷代名臣奏議》空格處爲「諸」字。《歷代名臣奏議》「雖」作「難」。

〔七三〕「成」原作「試」，今從郎本、《七集·續集》。

〔七四〕「姿」原作「資」，今從郎本、《文鑑》、《七集·續集》。

〔七五〕「復」原作「須」，今從郎本、《文鑑》、《七集·續集》。

〔七六〕「常」原作「嘗」，今從《七集·續集》。

〔七七〕「施」原作「用」，今從郎本。

〔七八〕「嘉」原缺，據《文鑑》、《七集·續集》補。

〔七九〕「恨」原作「歎」，今從郎本、《文鑑》、《七集·續集》。

〔八〇〕「言」原作「人」，今從郎本。

〔八一〕「進」原作「者」，今從郎本、《文鑑》、《七集·續集》。

〔八二〕郎本「怵」作「隘」。

〔八三〕「而巧佞」原作「巧進」，今從郎本、《文鑑》。

〔八四〕郎本「勾」作「幹」。

〔八五〕《文粹》「已」作「以」，《文鑑》、《七集·續集》「振」作「據」。

〔八六〕《文粹》「弊」作「末」。

〔八七〕郎本、《文鑑》「籍」作「總」。

〔八八〕《文粹》「慮」作「圖」。

〔八九〕「諍」原作「争」，今從郎本。

〔九〇〕郎本、《文鑑》、《七集·續集》「臺」前有「蓋擢用」三字。郎本無「固」字。《七集·續集》「必」作「能」。

〔九一〕郎本「嚴」作「細」。

〔九二〕「所」原缺，據《文粹》、《七集·續集》補。

〔九三〕「所」原缺，據《文粹》、《七集·續集》補。

〔九四〕郎本、《文鑑》、《七集·續集》「一」作「世」。

〔九五〕《文粹》「紀綱」作「綱紀」。

〔九六〕《文鑑》「禮典」作「典禮」。

〔九七〕「臺諫」原作「諫議」，今從郎本、《文鑑》、《七集·續集》。

〔九八〕「得」前原有「不」字，郎本、《七集·續集》無「不」字，今據删。案：此乃引《論語》之文，《論語》無「不」字。

〔九九〕「李」原缺，據郎本補。

〔一〇〇〕「常」原缺，據郎本、《文鑑》、《七集・續集》補。「忘」原作「亡」，今從郎本、《文鑑》、《七集・續集》。

〔一〇一〕「上」原作「大」，今從郎本、《七集・續集》。

〔一〇二〕「兩不相損」四字原脱，據郎本、《文鑑》、《七集・續集》補。

〔一〇三〕《文鑑》、《七集・續集》「知」前有「得以」二字。

〔一〇四〕「安」原缺，據郎本補。

〔一〇五〕郎本「酗」作「湎」。

〔一〇六〕「而」原缺，據郎本、《文鑑》補。

〔一〇七〕郎本、《文鑑》「其」作「有」，《七集・續集》亦作「有」。

〔一〇八〕「可」原缺，據郎本補。

〔一〇九〕「吐」原作「進」，今從郎本、《文鑑》、《七集・續集》。

再上皇帝書〔一〕

熙寧四年三月□日，殿中丞直史館判官告院權開封府推官臣蘇軾，謹昧萬死再拜上書皇帝陛下。臣聞之。益戒于禹曰：「任賢勿貳，去邪勿疑。」仲虺言湯之德曰：「用人惟己，改過不吝。」秦穆喪師于崤，悔痛自誓，孔子録之。自古聰明豪傑之主，如漢高帝、唐太宗，皆以受諫如流〔二〕，改過不憚，號爲秦漢以來百王之冠也。孔子曰：「君子之過，如日月之食焉〔三〕。過也，人皆見之；更也，人皆仰之。」聖賢舉動，明白正直，不當如是耶？所用之人，有邪有正。所作之事，有是有非。是非邪正，兩言而足，正則用之，邪則去之，是則行之，非則破之〔四〕。此理甚明，猶饑之必食，渴之必飲，豈有別生義理，曲加粉飾，而能欺天下哉！《書》曰：「與治同道，罔不興，與亂同事，罔不亡。」陛下自去歲以來，所行新政，皆不與治同道〔五〕。立條例司，遣青苗使，斂助役錢，行均輸法，四海騷動，行路怨咨。自宰相以下，皆知其非而不敢争。臣愚蠢不識忌諱，廼者上疏論之詳矣，而學術淺陋，不足以感動聖明。近者故相舊臣，藩鎮侍從，雜然争言不便，以至臺諫一二三人者〔六〕，本其所與締交唱和表裏之人也〔七〕，然猶不免一言其非者，豈非物議沸騰，事勢迫切，而不可止歟？自非見利忘義居之不疑者，孰肯終始膠固，不自湔洗？如吳師孟乞免提舉，胡宗愈不願檢詳，如逃垢穢，惟恐不脱，人情畏惡，一至於此。近者中外讙言，陛下已有悔悟意，道路相慶，如蒙大賚，實望陛下於旬日之間，涣發德音，洗蕩乖僻，追還使者，而罷條例司。今者側聽所爲，蓋不過使監司體量抑配而已，比之未悟，所較幾何。此孟子所謂知兄臂之不可紾，而姑勸以徐，知鄰雞之不可攘，而月取其一。帝王改過，豈如是哉？

臣又聞陛下以爲此法且可試之三路。臣以爲此法，譬之醫者之用毒藥，以人之死生，試其未效之方，三路之民，豈非陛下赤子，而可試以毒藥乎〔八〕！今日之政，小用則小敗，大用則大敗，若力行而不已，則亂亡隨之。臣非敢過爲危論，以聳動陛下也。自古存亡之所寄者，四人而已，一曰民，二曰軍，三曰吏，四曰士，此四人者一失其心，則足以生變〔九〕。今陛下一舉而兼犯之。青苗、助役之法行〔一〇〕，則農不安，均輸之令出，則商賈不行，而民始憂矣。併省諸軍，迫逐老病，至使戍兵之妻，與士卒雜處其間，貶殺軍分，有同降配，遷徙淮甸，僅若流放，年近五十，人人懷憂，而軍始怨矣。内則不取謀於元臣侍從〔一一〕，而專用新進小生，外則不責成於守令監司，而專用青苗使者〔一二〕，多置閒局，以擯老成，而吏始解體矣。陛下臨軒選士，天下謂之龍飛牓，而進士一人首削舊恩，示不復用，所削者一人而已，然士莫不悵恨者，以陛下有厭薄其徒之意也。今用事者，又欲漸消進士，純取明經，雖未有成法，而小人招權，自以爲功，更相扇搖，以謂必行，而士始失望矣。今進士半天下，自二十以上，便不能誦記注義爲明經之學，若法令一更〔一三〕，則士各懷廢棄之憂，而人材短長，終不在此。昔秦禁挾書，而諸生皆抱其業以歸勝、廣，相與出力而亡秦者，豈有它哉，亦徒以失業而無所歸也〔一四〕。故臣願陛下勿復言此。民憂而軍怨，吏解體而士失望，禍亂之源，有大於此者乎？今未見也，一旦有急，則致命之士必寡矣。方是之時，不知希合苟容之徒，能爲陛下收板蕩而止土崩乎〔一五〕？去歲諸軍之始併也，左右之人，皆以士心樂併告陛下〔一六〕，近者放停軍人李興，告虎翼吏率錢行賂以求不併，則士卒不樂可知矣。夫諂諛之人，苟務合意，不憚欺罔者，類皆如此。故凡言百姓樂請青苗錢，樂出助役錢者，皆不可信。陛下以爲青苗抑配果可禁乎？不惟不可禁，迺不當禁也。何以言之？若此錢放而不收，則州縣官吏，不免責罰。若此錢果不抑配，則願請之戶，後必難收索〔一七〕。前有抑配之禁，後有失陷之罰，爲陛下官吏，不亦難乎！故臣以爲既行青苗錢〔一八〕，則不當禁抑配，其勢然也。人皆謂陛下聖明神武，必能徙義修慝，以致太平，而近日之事，乃有文過遂非之風，此臣所以憤懣太息而不能已也。

昔賈充用事，天下憂恐，而庾純、任愷，戮力排之，及充出鎮秦涼，忠臣義士，莫不相慶，屈指數日，以望維新之化。而馮紞之徒，更相告語曰：「賈公遠放，吾等失勢矣。」於是相與獻謀而充復留〔一九〕。則晉氏之亂，成於此矣。自古惟小人爲難去。何則？去一人而其黨莫不破壞〔二〇〕。是以爲之計謀遊説者衆也。今天下賢者，亦將以此觀陛下，爲進退之決。或再失望，則知幾之士，相率而逝矣。豈皆如臣等輩，偷安懷禄而不忍去哉。狷狂不遜，忤陛下多矣，不敢復望寬恩，俯伏引領，以待誅殛。臣軾誠惶誠恐，頓首頓首。謹言。

〔一〕郎本卷二十九題作《再論時政書》。《七集·續集》卷九題作《論時政狀》。

〔二〕郎本「諫」作「責」。

〔三〕「之」原缺，據郎本、《七集·續集》補。

〔四〕《七集·續集》「破」作「改」。

〔五〕《文粹》卷三十四「治」後有「世」字。

〔六〕「者」原缺，據郎本、《七集·續集》補。

〔七〕郎本「交」作「建」。

〔八〕「藥」原缺，據郎本、《七集·續集》補。

〔九〕「則」原缺，據郎本、《七集·續集》補。

〔一〇〕「行」原作「成」，今從郎本、《七集·續集》。

〔一一〕《七集·奏議集》「不」下有「敢」字。

〔一二〕「青」前，《文粹》、《歷代名臣奏議》有「新」字。「使」原作「侍」，據郎本、《七集·續集》改。

〔一三〕「更」原作「行」，今從郎本、《七集·續集》。

〔一四〕「徒」原缺，據《七集·續集》補。「無」原作「亡」，今從郎本、《七集·續集》。

〔一五〕「而」原缺，據郎本、《七集·續集》補。

〔一六〕《歷代名臣奏議》「士心」作「爲」。

〔一七〕「索」原爲空格，據各本補。

〔一八〕《文粹》、《歷代名臣奏議》「錢」作「吏」；《七集·續集》原校：「錢」，一作「使」。

〔一九〕郎本「與」作「爲」。

〔二〇〕「莫不」二字原缺，據郎本、《七集·續集》補。

蘇軾文集卷二十六

奏議

論河北京東盜賊狀

熙寧七年十一月日〔一〕，太常博士直史館權知密州軍州事蘇軾狀奏〔二〕：臣伏見河北、京東比年以來，蝗旱相仍，盜賊漸熾，今又不雨，自秋至冬，方數千里，麥不入土，竊料明年春夏之際，寇攘爲患，甚於今日。是以輒陳狂瞽，庶補萬一。謹按山東自上世以來，爲腹心根本之地，其與中原離合，常係社稷安危。昔秦并天下，首取三晉〔三〕，則其餘强敵，相繼滅亡。漢高祖殺陳餘，走田横，則項氏不支。光武亦自漁陽、上谷發突騎，席卷以并天下。魏武帝破殺袁氏父子，收冀州，然後四方莫敢敵。宋武帝以英偉絶人之資〔四〕，用武歷年，而不能并中原者，以不得河北也。隋文帝以庸夫穿窬之智，竊位數年而一海内者，以得河北也。故杜牧之論以爲山東之地，王者得之以爲王，霸者得之以爲霸，猾賊得之以亂天下〔五〕。自唐天寶以後，姦臣僭峙於山東，更十一世，竭天下之力，終不能取，以至於亡。近世賀德倫挈魏博降後唐，而梁亡。周高祖自鄴都入京師，而漢亡。由此觀之，天下存亡之權，在河北無疑也。陛下即位以來，北方之民，流移相屬，天災譴告，亦甚於四方，五六年間，未有以塞大異者。至於京東，雖號無事，亦當常使其民安逸富强，緩急足以灌輸河北。缾竭則罍耻，脣亡則齒寒。而近年以來，公私匱乏，民不堪命。

今流離饑饉，議者不過欲散賣常平之粟，勸誘蓄積之家。盜賊縱横，議者不過欲增開告賞之門，申嚴緝捕之法。皆未見其益也。常平之粟，累經賑發，所存無幾矣，而饑寒之民，所在皆是，人得升合，官費丘山。蓄積之家，例皆困乏，貧者未蒙其利，富者先被其災。昔季康子患盜，問於孔子。對曰：「苟子之不欲，雖賞之不竊。」乃知上不盡利，則民有以爲生，苟有以爲生，亦何苦而爲盜。其間凶殘之黨，樂禍不悛，則須敕法以峻刑，誅一以警百。今中民以下，舉皆闕食，冒法而爲盜則死，畏法而不盜則饑，饑寒之與棄市，均是死亡，而賒死之與忍饑，禍有遲速，相率爲盜，正理之常。雖日殺百人，勢必不止。苟非陛下至明至聖，至仁至慈，較得喪之孰多，權禍福之孰重，特於財利少有所捐，衣食之門一開，骨髓之恩皆徧，然後信賞必罰，以威克恩，不以僥倖廢刑，不以災傷撓法，如此而人心不革，盜賊不衰者，未之有也。謹條其事，畫一如左。

一、臣所領密州，自今歲秋旱，種麥不得，直至十月十三日，方得數寸雨雪，而地冷難種，雖種不生，比常年十分中只種得二三。竊聞河北、京東，例皆如此。尋常檢放災傷，依法須是檢行根苗，以定所放分數。今來二麥元不曾種，即無根苗可檢，官吏守法，無緣直放。若夏税一例不放，則人户必至逃移。尋常逃移，猶有逐熟去處，今數千里無麥，去將安往，但恐良民舉爲盜矣。且天上無雨，地下無麥，有眼者共見，有耳者共聞。決非欺罔朝廷，豈可坐觀不放。欲乞河北、京東逐路選差臣僚一員，體量放稅，更不檢視。若未欲如此施行，即乞將夏稅斛㪷，取今日以前五年酌中一年實直，令三等已上人户，取便納見錢或正色，其四等以下，且行倚閣。緣今來麥田空閑，若春雨調勻，却可以廣種秋稼，候至秋熟，並將秋色折納夏稅，若是已種苗麥，委有災傷，仍與依條檢放。其闕麥去處，官吏諸軍請受，且支白米或支見錢。所貴小民不致大段失所。

一、河北、京東，自來官不榷鹽，小民仰以爲生。近日臣僚上章，輒欲禁榷，賴朝廷體察，不行其言，兩路官民，無不相慶。然臣勘會近年鹽課日增〔六〕，元本兩路祖額三十三萬二千餘貫，至熙寧六年，增至四十九萬九千餘貫，七年亦至四十三萬五千餘貫，顯見刑法日峻，告捕日繁，是致小民愈難興販。朝廷本爲此兩路根本之地，而煑海之利，天以養活小民，是以不忍盡取其利，濟惠鰥寡，陰銷盜賊。舊時孤貧無業，惟務販鹽，所以五六年前，盜賊稀少。是時告捕之賞，未嘗破省錢，惟是犯人催納，役人量出。今鹽課浩大，告訐如麻，貧民販鹽，不過一兩貫錢本，偷稅則賞重，納稅則利輕，欲爲農夫，又值凶歲，若不爲盜，惟有忍饑。所以五六年來，課利日增，盜賊日衆。臣勘會密州鹽稅，去年一年，比祖額增二萬貫，却支捉賊賞錢一萬一千餘貫〔七〕，其餘未獲賊人尚多，以此較之，利害得失，斷可見矣。欲乞特敕兩路，應販鹽小客，截自三百斤以下，並與權免收稅，仍官給印本空頭關子，與竈户及長引大客，令上曆破使逐旋書填月日姓名斤兩與小客，限十日內更不行用〔八〕，如敢借名爲人影帶，分減鹽貨，許諸色人陳告，重立賞罰，候將來秋熟日仍舊，并元降勑牓，明言出自聖意，令所在雕印，散牓鄉村。人非木石，寧不感動，一飲一食，皆誦聖恩，以至舊來貧賤之民，近日饑寒之黨，不待驅率，一歸於鹽，奔走争先，何暇爲盗，人情不遠，必不肯捨安穩衣食之門，而趨冒法危亡之地也。議者必謂今用度不足，若行此法，則鹽税大虧，必致闕事。臣以爲不然。凡小客本少力微，不過行得三兩程，若三兩程外，須藉大商興販，決非三百斤以下小客所能行運，無緣大段走失。且平時大商所苦，以鹽遲而無人買。小民之病，以僻遠而難得鹽。今小商不出税錢，則所在争來分買。大商既不積滯，則輪流販賣，收税必多。而鄉村僻遠，無不食鹽，所賣亦廣。損益相補，必無大虧之理。縱使虧失，不過却只得祖額元錢，當時官司，有何闕用，苟朝廷捐十萬貫錢，買此兩路之人不爲盗賊，所獲多矣。今使朝廷爲此兩路饑饉，特出一二十萬貫見錢，散與人户，人得一貫，只及二十萬人，而一貫見錢，亦未能濟其性命，若特放三百斤以下鹽税半年，則兩路之民，人人受賜，貧民有衣食之路，富民無盗賊之憂，其利豈可勝言哉。若使小民無以爲生，舉爲盗賊，則朝廷之憂，恐非十萬貫錢所能了辦。又況所支捉賊賞錢，未必少於所失鹽課。臣所謂「較得喪之孰多，權禍福之孰重」者，爲此也。

、勘會諸處盗賊，大半是按問減等災傷免死之人，走還舊處，挾恨報讎，爲害最甚。盗賊自知不死，既輕犯法，而人户亦憂其復來，不敢告捕。是致盗賊公行。切詳按問自言，皆是詞窮理屈，勢必不免，本無改過自新之意，有何可愍，獨使從輕！同黨之中，獨不免死。其災傷，勑雖不下，與行下同，而盗賊小民，無不知者，但不傷變主，免死無疑。且不傷變主，情理未必輕於偶傷變主之人，或多聚徒衆，或廣置兵仗，或標異服飾，或質劫變主，或驅虜平人，或賂遺貧民，令作耳目，或書寫道店，恐動官私，如此之類，雖偶不傷人，情理至重，非止闕食之人，苟營餱糧而已。欲乞今後盜賊贓證未明，但已經考掠方始承認者，並不爲按問減等。其災傷地分，委自長吏，相度情理輕重，內情理重者，依法施行。所貴凶民稍有畏忌，而良民敢於捕告。臣所謂「衣食之門一開，骨髓之恩皆偏，然後信賞必罰，以威克恩，不以僥倖廢刑，不以災傷撓法」者，爲此也。

右謹具如前。自古立法制刑，皆以盜賊爲急，盜竊不已，必爲强刼，强刼不已，必至戰攻，或爲豪傑之資，而致勝、廣之漸。而況京東之貧富，係河北之休戚，河北之治亂，係天下之安危，識者共知，非臣私說。願陛下深察，此事至重，所捐小利至輕，斷自聖心，決行此策。臣聞天聖中，蔡齊知密州。是時東方饑饉，齊乞放行鹽禁，先帝從之，一方之人，不覺饑旱。臣愚且賤，雖不敢望於蔡齊，而陛下聖明，度越堯禹，豈不能行此小事，有愧先朝。所以越職獻言，不敢自外，伏望聖慈察其區區之意，赦其狂僭之誅。臣無任悚慄待罪之至。謹錄奏聞，伏候敕旨。

〔一〕「十一」、「日」字據郎本卷三十三補。

〔二〕「太常博士直史館權知密州軍州事」、「狀」字據郎本補。

〔三〕「取」原作「收」，今從郎本。

〔四〕「偉」原作「雄」，今從郎本。

〔五〕「以」後原有「爲」字，據郎本刪。

〔六〕郎本「課」作「稅」。

〔七〕「支」原作「又」，據郎本、《七集·奏議集》卷二改。

〔八〕「内」原缺，據郎本補。

徐州上皇帝書

元豐元年十月□日，尚書祠部員外郎直史館權知徐州軍州事蘇軾，謹昧萬死再拜上書皇帝陛下。臣以庸材，備員册府，出守兩郡，皆東方要地，私竊以爲守法令，治文書，赴期會，不足以報塞萬一。輒伏思念東方之要務〔一〕，陛下之所宜知者，得其一二，草具以聞，而陛下擇焉。

臣前任密州，建言自古河北與中原離合，常係社稷存亡，而京東之地，所以灌輸河北，缾竭則罍耻，脣亡則齒寒，而其民喜爲盜賊，爲患最甚，因爲陛下畫所以待盜賊之策。及移守徐州，覽觀山川之形勢，察其風俗之所上，而考之於載籍，然後又知徐州爲南北之襟要，而京東諸郡安危所寄也。昔項羽入關，既燒咸陽，而東歸則都彭城。夫以羽之雄畧，捨咸陽而取彭城，則彭城之險固形便，足以得志於諸侯者可知矣。臣觀其地，三面被山，獨其西平川數百里，西走梁、宋，使楚人開關而延敵，材官騶發，突騎雲縱，真若屋上建瓴水也。地宜菽麥〔二〕，一熟而飽數歲。其城三面阻水，樓堞之下，以汴、泗爲池，獨其南可通車馬，而戲馬臺在焉。其高十仞，廣袤百步，若用武之世，屯千人其上，聚檑木砲石，凡戰守之具，以與城相表裏，而積三年糧於城中，雖用十萬人，不易取也。其民皆長大，膽力絶人，喜爲剽掠，小不適意，則有飛揚跋扈之心，非止爲盜而已〔三〕。漢高祖，沛人也；項羽，宿遷人也；劉裕，彭城人也；朱全忠，碭山人也：皆在今徐州數百里間耳。其人以此自負，凶桀之氣，積以成俗。魏太武以三十萬人攻彭城，不能下。而王智興以卒伍庸材，恣睢於徐，朝廷亦不能討。豈非以其地形便利，人卒勇悍故耶？

州之東北七十餘里，卽利國監，自古爲鐵官，商賈所聚，其民富樂，凡三十六冶，冶户皆大家，藏鏹巨萬，常爲盜賊所窺，而兵衞寡弱，有同兒戲。臣中夜以思，卽爲寒心，使劇賊致死者十餘人，白晝入市，則守者皆棄而走耳。地既産精鐵，而民皆善鍛，散冶户之財，以嘯召無賴，則烏合之衆，數千人之仗，可以一夕具也。順流南下，辰發巳至，而徐有不守之憂矣。使不幸而賊有過人之才〔四〕，如呂布、劉備之徒，得徐而逞其志，則京東之安危，未可知也。近者河北轉運司奏乞禁止利國監鐵不許入河北，朝廷從之。昔楚人亡弓，不能忘楚，孔子猶小之，況天下一家，東北二冶，皆爲國興利，而奪彼與此，不已隘乎？自鐵不北行，冶户皆有失業之憂，詣臣而訴者數矣。臣欲因此以征冶户，爲利國監之捍屏。今三十六冶，冶各百餘人，採鑛伐炭，多饑寒亡命强力鷙忍之民也，臣欲使冶户每冶各擇有材力而忠謹者，保任十人，籍其名於官，授以郤刃刀槊〔五〕，教之擊刺，每月兩衙，集於知監之庭而閱試之，藏其刃於官，以待大盜，不得役使，犯者以違制論。冶户爲盜所睨久矣〔六〕，民皆知之，使冶出十人以自衞，民所樂也，而官又爲除近日之禁，使鐵得北行，則冶户皆悦而聽命，姦猾破膽而不敢謀矣。徐城雖險固，而樓櫓敝惡，又城大而兵少，緩急不可守。今戰兵千人耳，臣欲乞移南京新招騎射兩指揮於徐。此故徐人也，嘗屯於徐，營壘材石既具矣，而還於南京，異時轉運使分東西路，畏餽餉之勞，而移之西耳，今兩路爲一，其去來無所損益，而足以爲徐之重。城下數里，頗産精石無窮，而奉化廂軍見闕數百人，臣願募石工以足之，聽不差出，使此數百人者常採石以甃城。數年之後，舉爲金湯之固，要使利國監不可窺，則徐無事，徐無事，則京東無虞矣。

沂州山谷重阻，爲逋逃淵藪，盜賊每入徐州界中，陛下若採臣言，不以臣爲不肖，願復三年守徐，且得兼領沂州兵甲巡檢公事，必有以自效。京東惡盜，多出逃軍。逃軍爲盜，民則望風畏之，何也？技精而法重也。技精則難敵，法重則致死，其勢然也。自陛下置將官，修軍政，士皆精鋭而不免於逃者，臣嘗考其所由。蓋自近歲以來，部送罪人配軍者，皆不使役人，而使禁軍，軍士當部送者，受牒卽行，往返常不下十日，道路之費，非取息錢不能辦，百姓畏法不敢貸，貸亦不可復得，惟所部將校，乃敢出息錢與之，歸而刻其糧賜，以故上下相持〔七〕，軍政不修，博弈飲酒，無所不至，窮苦無聊，則逃去爲盜。臣自至徐，卽取不係省錢百餘千別儲之，當部送者，量遠近裁取，以三月刻納，不取其息，將吏有敢貸息錢者，痛以法治之。然後嚴軍政，禁酒博，比朞年，士皆飽暖，練熟技藝，等第爲諸郡之冠，陛下遣勑使按閱，所具見也。臣願下其法諸郡，推此行之，則軍政修而逃者衰，亦去盜之一端也。

臣聞之漢相王嘉曰：「孝文帝時，二千石長吏，安官樂職，上下相望，莫有苟且之意。其後稍稍變易，公卿以下，轉相促急，司隸、部刺史，發揚陰私，吏或居官數月而退。二千石益輕賤，吏民慢易之，知其易危，小失意則有離畔之心。前山陽亡徒蘇令從横，吏士臨難，莫肯伏節死義者〔八〕，以守相威權素奪故也。國家有急，取辦於二千石，二千石尊重難危，乃能使下。」以王嘉之言而考之於今，郡守之威權，可謂素奪矣。上有監司伺其過失，下有吏民持其長短，未及按問，而差替之命已下矣。欲督捕盜賊，法外求一錢以使人，且不可得。盜賊凶人，情重而法輕者，守臣輒配流之，則使所在法司覆按其狀，劾以失入。惴惴如此，何以得吏士死力，而破姦人之黨乎？由此觀之，盜賊所以滋熾者，以陛下守臣權太輕故也〔九〕。臣願陛下稍重其權，責以大綱，畧其小過〔一〇〕，凡京東多盜之郡，自青、鄆以降，如徐、沂、齊、曹之類，皆慎擇守臣，聽法外處置强盜。頗賜緡錢，使得以布設耳目，蓄養爪牙〔一一〕。然緡錢多賜則難常，少又不足於用，臣以爲每郡可歲別給一二百千，使以釀酒，凡使人葺捕盜賊，得以酒予之，敢以爲他用者，坐贓論。賞格之外，歲得酒數百斛，亦足以使人矣。此又治盜之一術也。

然此皆其小者。其大者非臣之所當言，欲默而不發，則又私自念遭值陛下英聖特達如此，若有所不盡，非忠臣之義，故昧死復言之。昔者以詩賦取士，今陛下以經術用人，名雖不同，然皆以文詞進耳。考其所得，多吳、楚、閩、蜀之人。至於京東、西，河北，河東，陝西五路，蓋自古豪傑之場，其人沈鷙勇悍，可任以事，然欲使治聲律，讀經義，以與吳、楚、閩、蜀之士争得失於毫釐之間〔一二〕，則彼有不仕而已。故其得人常少〔一三〕。夫惟忠孝禮義之士，雖不得志，不失爲君子，若德不足而才有餘者，困於無門，則無所不至矣。故臣願陛下特爲五路之士，別開仕進之門。

漢法：郡縣秀民，推擇爲吏，考行察廉，以次遷補，或至二千石，入爲公卿。古者不專以文詞取人，故得士爲多。黄霸起於卒史，薛宣奮於書佐〔一四〕，朱邑選於嗇夫，丙吉出於獄吏〔一五〕，其餘名臣循吏，由此而進者，不可勝數。唐自中葉以後，方鎮皆選列校以掌牙兵。當是時四方豪傑，不能以科舉自達者，皆争爲之，往往積功以取旄鉞。雖老姦巨盜，或出其中。而名卿賢將如高仙芝、封常清、李光弼、來瑱、李抱玉、段秀實之流，所得亦已多矣。王者之用人如江河，江河所趨，百川赴焉，蛟龍生之，及其去而之他，則魚鱉無所還其體，而鯢鰍爲之制，今世胥史牙校皆奴僕庸人者，無他，以陛下不用也。今欲用胥史牙校，而胥史行文書，治刑獄錢穀，其勢不可廢鞭撻，鞭撻一行，則豪傑不出於其間。故凡士之刑者不可用，而用者不可刑〔一六〕。故臣願陛下採唐之舊，使五路監司郡守，共選士人以補牙職〔一七〕，皆取人材。心力有足過人，而不能從事於科舉者，禄之以今之庸錢，而課之鎮税場務督捕盜賊之類，自公罪杖以下聽贖。依將校法，使長吏得薦其才者，第其功閥，書其歲月，使得出仕比任子，而不以流外限其所至。朝廷察其尤異者，擢用數人。則豪傑英偉之士，漸出於此塗，而姦猾之黨，可得而籠取也。其條目委曲，臣未敢盡言，惟陛下留神省察。

昔晉武平吴之後，詔天下罷軍役，州郡悉去武備，惟山濤論其不可，帝見之，曰：「天下名言也。」而不能用。及永寧之後，盜賊蠭起，郡國皆以無備不能制，其言乃驗。今臣於無事之時，屢以盜賊爲言，其私憂過計，亦已甚矣。陛下縱能容之，必爲議者所笑，使天下無事而臣獲笑可也，不然，事至而圖之，則已晚矣。干犯天威，罪在不赦。臣軾誠惶誠恐，頓首頓首。謹言。

〔一〕《文鑑》卷五十五「思」作「私」。

〔二〕「蔬」原作「宿」，今從《文鑑》。

〔三〕「非」原作「未」，今從《文鑑》。

〔四〕「使」原缺，據郎本卷三十三補。

〔五〕《文鑑》「卻」作「鎗」。

〔六〕「睨」原作「擬」，今從《文鑑》。

〔七〕「故」原缺，據《七集·續集》卷十一補。

〔八〕「伏」原作「仗」，今從郎本、《文鑑》。案：此乃引《漢書·王嘉傳》之文，《漢書》作「伏」。

〔九〕「太」原作「大」，據郎本、《七集·奏議集》卷二、《七集·續集》改。

〔一〇〕「畧」上原有「闊」字，據《文鑑》删。

〔一一〕「蓄」原作「畜」，今從郎本。

〔一二〕「士」原作「人」，今從郎本、《文鑑》。

〔一三〕「其得」原作「得其」，今從郎本、《文鑑》。

〔一四〕《文鑑》「奮」作「進」。

〔一五〕郎本、《七集·奏議集》「吏」作「史」。

〔一六〕「而」原缺，據《七集·續集》補。

〔一七〕郎本、《文鑑》「土」作「士」。

乞醫療病囚狀

元豐二年正月□日，尚書祠部員外郎直史館權知徐州軍州事蘇軾狀奏。右臣聞漢宣帝地節四年詔曰：「令甲，死者不可生，刑者不可息。此先帝之所重，而吏未稱，今繫者或以掠辜若饑寒瘐死獄中〔一〕，何用心逆人道也！朕甚痛之。其令郡國歲上繫囚以掠笞若瘐死者所坐名、縣、爵、里，丞相御史課殿最以聞。」此漢之盛時，宣帝之善政也。朝廷重惜人命，哀矜庶獄，可謂至矣。

因以掠笞死者法甚重，惟病死者無法，官吏上下莫有任其責者。苟以時言上，檢視無他，故雖累百人不坐。其飲食失時，藥不當病而死者，何可勝數。若本罪應死，猶不足深哀，其以輕罪繫而死者，與殺之何異。積其寃痛，足以感傷陰陽之和。是以治平四年十二月二十四日手詔曰：「獄者，民命之所繫也。比聞有司歲考天下之奏，而瘐死者甚多。竊懼乎獄吏與犯法者旁緣爲姦，檢視或有不明，使吾元元横罹其害，良可憫焉。《書》不云乎：『與其殺不辜，寧失不經。』其具爲今後諸處軍巡院、州司理院所禁罪人〔二〕，一歲内在獄病死及兩人者，推司獄子並從杖六十科罪，每增一名，加罪一等，至杖一百止。如係五縣以上州，每院歲死及三人，開封府府司軍巡院歲死及七人，卽依上項死兩人法科罪，加等亦如之。典獄之官推獄經兩犯卽坐本官，仍從違制失入，其縣獄亦依上條。若三萬户以上，卽依五縣以上州軍條。其有養療不依條貫者，自依本法。仍仰開封府及諸路提點刑獄，每至歲終，會聚死者之數以聞，委中書門下點檢。或死者過多，官吏雖已行罰，當議更加黜責。」

行之未及數年，而中外臣僚争言其不便。至熙寧四年十月二日中書劄子詳定編勑所狀，令衆官參詳，獄囚不因病死，及不給醫藥飲食，以至非理慘虐，或謀害致死，自有逐一條貫。及至捕傷格鬭，實緣病死，則非獄官之罪。況有不幸遭遇瘴疫，死者或衆，而使獄官濫被黜罰，未爲允當。今請只行舊條外，其上件獄囚病死條貫更不行用。奉聖旨，依所申。

臣竊惟治平四年十二月二十四日手詔，乃陛下好生之德，遠同漢宣，方當推之無窮，而郡縣俗吏，不能深曉聖意，因其小不通，輒爲駁議，有司不能修其缺，通其礙，乃舉而廢之，豈不過甚矣哉。

臣愚以謂獄囚病死，使獄官坐之，誠爲未安。何者？獄囚死生，非人所能必，責吏以其所不能必，吏且懼罪，多方以求免，囚小有疾〔三〕，則責保門留，不復療治，苟無親屬，與雖有而在遠者，其捐瘠致死者，必甚於在獄。

臣謹按：《周禮·醫師》：「歲終，則稽其醫事，以制其食。十全爲上，十失一次之，十失二次之，十失三次之，十失四爲下。」臣愚欲乞軍巡院及天下州司理院各選差衙前一名，醫人一名，每縣各選差曹司一名，醫人一名，專掌醫療病囚，不得更充他役，以一周年爲界。量本州縣囚繫多少，立定傭錢，以免役寬剩錢或坊場錢充，仍於三分中先給其一，俟界滿比較，除罪人拒捕及鬬致死者不計數外，每十人失一以上爲上等，失二爲中等，失三爲下等，失四以上爲下下。上等全支，中等支二分，下等不支，下下科罪，自杖六十至杖一百止，仍不分首從。其上中等醫人界滿，願再管勾者聽。人給曆子以書等第。若醫博士助教有闕，則比較累歲等第最優者補充。如此，則人人用心，若療治其家人，緣此得活者必衆。且人命至重，朝廷所甚惜，而寬剩役錢與坊場錢，所在山積，其費甚微，而可以全活無辜之人，至不可勝數，感人心，合天意，無善於此者矣。

獨有一弊，若死者稍衆，則所差衙前曹司醫人，與獄子同情，使囚詐稱疾病，以張人數。臣以謂此法責罰不及獄官、縣令，則獄官、縣令無緣肯與此等同情欺罔。欲乞每有病囚，令獄官、縣令具保，明以申州，委監醫官及本轄干繫官吏覺察，如詐稱病，獄官、縣令皆科杖六十，分故失爲公私罪。伏望朝廷詳酌，早賜施行。謹録奏聞，伏候勑旨。

〔一〕「辜」原作「筶」，今從《七集·奏議集》卷二。案：此乃引《漢書·宣帝紀》之文，《漢書》作「辜」。

〔二〕「院」原缺，本文以下多處有「軍巡院」字樣，據補。

〔三〕《七集·奏議集》「小」作「中」。

登州召還議水軍狀

元豐八年十二月□日，朝奉郎前知登州軍州事蘇軾狀奏。右臣竊見登州地近北虜，號爲極邊，虜中山川，隱約可見，便風一帆，奄至城下。自國朝以來，常屯重兵，教習水戰，旦暮傳烽，以通警急。每歲四月，遣兵戍駞基島，至八月方還，以備不虞。自景德以後，屯兵常不下四五千人。除本州諸軍外，更於京師、南京、濟、鄆、兖、單等州，差撥兵馬屯駐。至慶曆二年，知州郭志高爲諸處差來兵馬頭項不一，軍政不肅，擘畫奏乞創置澄海水軍弩手兩指揮，并舊有平海兩指揮，並用教習水軍，以備北虜，爲京東一路捍屏，虜知有備，故未嘗有警。

議者見其久安，便謂無事。近歲始差平海六十人分屯密州信陽、板橋、濤洛三處，去年本路安撫司又更差澄海二百人往萊州〔一〕，一百人往密州屯駐。檢會景德三年五月十二日聖旨指揮，今後宜命抽差本城兵士往諸處，只於威邊等指揮内差撥，卽不得抽差平海兵士。其澄海兵士〔二〕，雖無不許差出指揮，蓋緣元初創置，本爲抵替諸州差來兵馬，豈有却許差往諸處之理。顯是不合差撥。不惟兵勢分弱，以啓戎心，而此四指揮更番差出，無處學習水戰，武藝惰廢，有誤緩急。

伏乞朝廷詳酌，明降指揮，今後登州平海、澄海四指揮兵士，並不得差往別州屯駐。 謹録奏聞，伏候敕旨。

〔一〕「二」原作「一」，今從郎本卷三十三、《七集·奏議集》卷二。

〔二〕「澄」原作「平」，今從郎本、《歷代名臣奏議》。 案：此上已言「不得抽差平海兵士」。

乞罷登萊榷鹽狀

元豐八年十二月□日，朝奉郎前知登州軍州事蘇軾狀奏。 右臣竊聞議者謂近歲京東榷鹽，既獲厚利，而無甚害，以謂可行。 以臣觀之，蓋比之河北、淮、浙，用刑稀少，因以爲便，不知舊日京東販鹽小客無以爲生，太半去爲盜賊，然非臣職事所當言者，故不敢以聞。

獨臣所領登州，斗入海中三百里〔一〕，地瘠民貧，商賈不至，所在鹽貨，只是居民喫用，今來既榷入官，官買價賤，比之竈户賣與百姓，三不及一，竈户失業，漸以逃亡，其害一也。居民咫尺大海，而令頓食貴鹽，深山窮谷，遂至食淡，其害二也。 商賈不來，鹽積不散，有入無出，所在官舍皆滿，至於露積，若行配賣，卽與福建、江西之患無異，若不配賣，卽一二年間，舉爲糞土，坐棄官本，官吏被責，專副破家，其害三也。 官無一毫之利，而民受三害，決可廢罷。

竊聞萊州亦是元無客旅興販，事體與此同。 欲乞朝廷相度不用，行臣所言，只乞出自聖意，先罷登、萊兩州榷鹽，依舊令竈户賣與百姓，官收鹽税，其餘州軍，更委有司詳講利害施行。謹録奏聞，伏候敕旨。

〔一〕郎本卷三十三、《歷代名臣奏議》「斗」作「計」。

論給田募役狀

元豐八年十二月□日，朝奉郎禮部郎中蘇軾狀奏。臣竊見先帝初行役法，取寬剩錢不得過二分，以備災傷，而有司奉行過當，通計天下乃及十四五。然行之幾十六七年，常積而不用，至三千餘萬貫石。先帝聖意固自有在，而愚民無知，因謂朝廷以免役爲名，實欲重斂，斯言流聞，不可以示天下後世。臣謂此錢本出民力，理當還爲民用。不幸先帝升遐，聖意所欲行者，民不知也。徒見其積，未見其散。此乃今日太皇太后陛下、皇帝陛下所當追探其意，還於役法中散之，以塞愚民無知之詞，以興長世無窮之利。

臣伏見熙寧中嘗行給田募役法，其法亦係官田，（如退攤户絶没納之類。）及用寬剩錢買民田〔一〕，以募役人，大畧如邊郡弓箭手。臣知密州，親行其法，先募弓手，民甚便之。曾未半年，此法復罷。臣聞之道路，本出先帝聖意，而左右大臣意在速成，且利寬剩錢以爲它用，故更相駁難，遂不果行。臣謂此法行之，蓋有五利。朝廷若依舊行免役法，則每募一名，省得一名雇錢，因積所省，益買益募，要之數年，雇錢無幾，則役錢可以大減，若行差役法，則每募一名，省得一名色役，色役既減，農民自寬，其利一也。

應募之民，正與弓箭手無異，舉家衣食，出於官田，平時重犯法，緩急不逃亡，其利二也。今者穀賤傷農，農民賣田，常苦不售，若官與買，則田穀皆重，農可小紓，其利三也。錢積於官，常苦幣重，若散以買田，則貨幣稍均，其利四也。此法既行，民享其利，追悟先帝所以取寬剩錢者，凡以爲我用耳，疑謗消釋，恩德顯白，其利五也。獨有二弊，貪吏狡胥，與民爲姦，以瘠薄田中官，雇一浮浪人暫出應役，一年半歲，卽棄而走，此一弊也。愚民寡慮，見利忘患，聞官中買田募役，卽争以田中官，以身充役，業不離主，既初無所失，而驟得官錢，必争爲之，充役之後，永無休歇，患及子孫，此二弊也。但當設法以防二弊，而先帝之法，決不可廢。

今日既欲盡罷寬剩錢，將來無繼，而繫官田地，數目不多，見在寬剩錢雖有三千萬貫石，而兵興以來，借支幾半，臣今擘畫，欲於内帑錢帛中，支還兵興以來所借錢斛，復完三千萬貫石，止於河北〔二〕、河東、陝西被邊三路，行給田募役法，使五七年間役減太半，農民完富，以備緩急，此無窮之利也。今弓箭手有甲馬者，給田二頃半，以軀命償官〔三〕，且猶可募，則其餘色役，召募不難。臣謂良田二頃，可募一弓手，一頃可募一散從官，則三千萬貫石，可以足用。謹具合行事件，畫一如左。

一、給田募役，更不出租。依舊納兩税，免支移折變。

一、今來雖以一頃二頃爲率，若所在田不甚良，卽臨時相度，添展畝數，務令召募得行。但役人所獲稍優，則其法堅久不壞。

一、今若立法，便令三路官吏推行，若無賞罰，則官吏不任其責，繆悠滅裂，有名無實。若有賞罰，則官吏有所趨避，或抑勒買田，或召募浮浪，或多買瘠薄，或取辦一時，不顧後患。臣今擘畫，欲選才幹朴厚知州三人，令自辟屬縣令，每路一州，先次推行，令一年中畧成倫理，一州既成倫理，一路便可推行，仍委轉運提刑常切提舉，若不切推行，或推行乖方，朝廷覺察，重賜行遣。

一、應募役人，大抵多是州縣百姓，所買官田去州縣太遠，卽久遠難以召募。欲乞所買田，並限去州若干里，去縣若干里。

一、出牓告示百姓。賣田如係所限去州縣里數內，仍及所定頃畝，或兩户及三户相近共及所定頃畝數目亦可。卽須先申官令佐，親自相驗，委是良田，方得收買。如官價低小，卽聽賣與其餘人户，不得抑勒。如買瘠薄田，致久遠召募不行，卽官吏並科違制分故失定斷，仍不以去官赦降原減。

一、預先具給田頃畝數，出牓召人投名應役。第二等已上人户，許充弓手，仍依舊條揀選人材。第三等以上，許充散從官。以下色役，更不用保。如第等不及，卽召第一等一户，或第二等兩户委保。如充役七年內逃亡，卽勒元委保人承佃充役。

一、每買到田，未得交錢，先召投名人承佃充役，方得支錢，仍不得抑勒〔四〕。

一、賣田入官，須得交業與應募人，不許本户內人丁承佃充役。

一、募役人。老病走死或犯徒以上罪，卽須先勒本户人丁充役，如無丁，方別召募。

一、應募人交業承佃後，給假半年，令葺理田業。

一、退攤户絶没納等〔五〕，係官田地，今後不許出賣，更不限去州縣里數，仍以肥瘠高下，品定頃畝，務令召募得行。

一、係官田，若是人户見佃者，先問見佃人。如無丁可以應募，或自不願充役者，方得別行召募。

右所陳五利二弊，及合行事件一十二條，伏乞朝廷詳議施行。然議者必有二説，一謂召募不行，二謂欲留寬剩錢斛以備它用。臣請有以應之。富民之家以三二十畝田中分其利，役屬佃户，有同僕隸。今官以兩頃一頃良田，有税無租，而人不應募，豈有此理。又弓箭手已有成法，無可疑者。寬剩役錢，本非經賦常入，亦非國用所待而後足者。今付有司逐旋支費，終不能卓然立一大事，建無窮之利，如火鑠薪，日減日亡。若用買田募役，譬如私家變金銀爲田産，乃是長久萬全之策。深願朝廷及此錢未散，立此一事，數年之後，錢盡而事不立，深可痛惜。臣聞孝子者，善繼人之志，善述人之事，武王、周公所以見稱於萬世者，徒以能行文王之志也。昔蘇綽爲魏立征税之法，號爲煩重，已而歎曰：「此猶張弓也，後之君子，誰能解之？」其子威侍側，聞之，慨然以爲己任。及威事隋文帝，爲民部尚書，奏減賦役，如綽之言，天下便之。威爲人臣，尚能成父之志，今給田募役，真先帝本意，陛下當優爲武王、周公之事，而況蘇威區區人臣之孝，何足道哉！臣荷先帝之遇，保全之恩，又蒙陛下非次拔擢，思慕感涕，不知所報，冒昧進計。伏惟哀憐裁幸。謹録奏聞，伏候勑旨。

〔一〕「民」原缺。按，以上言官田，此處乃言民田。今補。萬有文庫本有「民」字，然不知所本。

〔二〕「止」原作「上」，據《歷代名臣奏議》改。

〔三〕《歷代名臣奏議》「以」前有「此」字。

〔四〕「得」原缺，據《歷代名臣奏議》、《七集·奏議集》卷二補。

〔五〕《歷代名臣奏議》「攤」作「灘」。

蘇軾文集卷二十七

奏議

繳進范子淵詞頭狀

元祐元年二月八日〔一〕，朝奉郎試中書舍人蘇軾狀奏。今月八日，准吏房送到詞頭一道，司農少卿范子淵知兗州者。右臣謹按，子淵見爲殿中侍御史呂陶彈奏，爲修堤開河，糜費巨萬，及護堤壓埽之人，溺死無數，自元豐六年興役至七年，功用不成，其罪甚於吳居厚、蹇周輔，乞行廢放。今來差知兗州，臣欲作責詞，又緣呂陶奏狀已進呈訖，别無行遣，其兗州又是節鎮，自來係監司以上差遣，即非責降有罪去處。臣欲不爲責詞，又緣子淵無故罷司農少卿，出領外郡，似緣上件彈奏。有此疑惑，乞明降指揮，合與不合作責詞。謹録奏聞，伏候敕旨。

〔一〕《七集·奏議集》卷三「八日」作「二十八日」，以下「今月八日」之「八日」，亦作「二十八日」。

繳進吳荀詞頭狀

元祐元年三月十六日，朝奉郎試中書舍人蘇軾狀奏。今月十六日，准吏房送到詞頭一道，朝散郎吴荀可廣東運判者。右臣聞孟子曰：「觀遠臣以其所主。」近日朝廷進監司，全用舉主。如吴荀者，名迹無聞，而舉主三人，乃呂惠卿、楊汲、黄履。履之爲人，朝論不以正人待之；如惠卿、汲，窮姦積惡，不待臣言而知。今乃擢其所舉，使臨按一道，臣實未曉其説。所有告詞，臣未敢撰。謹録奏聞，伏候敕旨。

繳進沈起詞頭狀

元祐元年三月二十二日，朝奉郎試中書舍人蘇軾狀奏。今月二十二日，准刑房送到詞頭一道，三省同奉聖旨沈起與敍朝散郎監嶽廟者〔一〕。右臣伏見熙寧以來，王安石用事，始求邊功，搆隙四夷。王韶以熙河進，章惇以五溪用，熊本以瀘夷奮，沈起、劉彝聞而效之，結怨交蠻，兵連禍結，死者數十萬人，蘇緘一家，坐受屠滅。至今二廣創痍未復，先帝始欲戮此二人，以謝天下。而王安石等，曲加庇護，得全首領，已爲至幸。元豐六年三月二十六日聖旨〔二〕，沈起所犯深重，永不敍用，天下傳誦，以爲至當。此乃先帝不刊之語，非今日陛下以即位之恩所得赦也。沈起與彝，各負天下生靈數十萬性命，雖廢錮終身，猶未塞責。近者只因稍用劉彝，起不自量，輒敢披訴，妄以罪釁併歸於彝，攀援把持，期於必得。臣謂安南之役，起實造端，而彝繼之。法有首從。而彝吏幹學術，猶有可取。如起人材猥下，素行憸憸。慶州兵叛，起守永興，流言始聞，被甲乘城，驚動三輔，幾致大變。所至治狀，人以爲笑。知杭州日，措置尤爲乖方，致災傷之民，死倍他郡。與張靚等違法燕飲交私，靡所不至。朝廷用彝，既不允公議，而況於起，萬無可赦之理。今以一朝散郎監嶽廟，誠不足計較，竊哀先帝至明至當不刊之語，輕就改易，誠不忍下筆草詞，遂使四方羣小，陰相慶幸，吕惠卿、沈括之流，亦有可起之漸，爲害不細。伏望聖明深念先帝永不敍用之詔，未可改易，而數十萬人性命之寃，亦未可忽忘，明詔有司，今後有敢爲起等輩乞敍用者，坐之。所有告詞，臣未敢撰。謹録奏聞，伏候勑旨。

〔一〕「奉」原作「事」，據《七集·奏議集》卷三改。

〔二〕《七集·奏議集》「六日」作「四日」。

繳進陳繹詞頭狀

元祐元年四月二十三日，朝奉郎試中書舍人蘇軾同朝請大夫試中書舍人范百禄狀奏。今月二十二日〔一〕，准吏房送到詞頭，內知建昌軍陳繹奉聖旨差知兖州者。右臣等勘會陳繹知廣州日，私自取索，用市舶庫乳香斤兩至多，本犯極重，以元勘不盡，至薄其罪。外買生羊寄屠行，令供肉，計虧價錢三十七貫有餘。州宅元供養檀木觀音一尊，繹别造杉木胎者〔二〕，貨易入己，計虧官錢二貫文，係自盗贓一匹二丈，合准例除名。縱男役將下禁軍織造坐褥，不令赴教。縱男與道士何德順游從。繹曲庇何德順弟何迪，偷税金四百兩，事不斷抽，罰不覺察。公使庫破，男并隨行助教供給食錢。以公使穀養白鷴，係竊盜自守不盡贓〔三〕，罪杖。其餘罪犯，難以悉陳。奉敕，陳繹落職降官知建昌軍，其詞畧曰：「蔽罪至於除名，論贓至於自盜。」臣等謹按繹資性傾險，士行鄙惡，當時所犯，自合除名。建昌之命，已犯公議。豈宜收録，復典大邦。非惟必致人言，亦恐姦邪復用，其漸可畏。所有告命〔四〕，不敢依例撰詞。

謹録奏聞，伏候敕旨。

貼黄。再詳陳繹元犯，若依法斷自盜除名，雖後來累該霈恩，登極大赦，其敍法止於散官，即與其他贓犯不同。既以貸其除名，今復與之大郡，將使貪墨無耻，復蠹究民，非朝廷爲民設官、慎選守長之意。

〔一〕《歷代名臣奏議》「二十二日」作「二十三日」。

〔二〕《七集·奏議集》卷三、《歷代名臣奏議》「杉」作「紗」。

〔三〕《七集·奏議集》、《歷代名臣奏議》「守」作「首」。

〔四〕「告」原作「誥」，今從上二書。

繳進張誠一詞頭狀

元祐元年五月十八日，朝奉郎試中書舍人蘇軾同范百禄狀奏。今月十八日，准本省刑房送到詞頭一道，奉聖旨，張誠一邪險害政，有虧孝行，追觀察使遥郡防禦團練使刺史，依舊客省使提舉江州太平觀發赴本任者。右臣等看詳，張誠一無故多年不葬親母，既非身在遠官，又非事力不及，冒寵忘親，清議所棄，猶獲提舉宫觀〔一〕，已駭物聽。況諫官本言誠一開父棺槨，掠取財物，使誠有之，雖肆諸市朝，猶不爲過，使誠無之，亦當爲誠一辨明。緣事係惡逆不道，非同尋常罪犯，可以不盡根究。今既體量未見歸着，即合置司推鞫，盡理施行。所有告命，臣等未敢撰詞。謹録奏聞，伏候敕旨。

貼黃。據京西提刑司體量文字稱，誠一取父排方犀腰帶，緣葬埋歲久，須令工匠重行裝釘。是時誠一任密院副都承旨，當直人從皆可考驗。及慮棺柩内，更有賊人盜不盡物，爲誠一等私竊收藏，其族人當有知者。臣等欲乞詳酌，依上件事理，根究施行。

〔一〕「獲」原作「護」，據《七集·奏議集》卷三改。

繳進李定詞頭狀

元祐元年五月十八日，朝奉郎試中書舍人蘇軾同范百禄狀奏。今月十八日，准本省刑房送到詞頭一道，奉聖旨，李定備位侍從，終不言母爲誰氏，强顔匿志，冒榮自欺，落龍圖閣直學士，守本官分司南京，許於揚州居住者。右臣等看詳，李定所犯，若初無人言，即止是身負大惡。今既言者如此，朝廷勘會得實，而使無母不孝之人，猶得以通議大夫分司南京，即是朝廷亦許如此等類得據高位，傷敗風教，爲害不淺。兼勘會定乞侍養時，父年八十九歲，於禮自不當從。定若不乞，必致人言，獲罪不輕。豈可便將侍養，折當心喪。考之禮法，須合勒令追服。所有告命，臣等未敢撰詞。謹録奏聞，伏候勑旨。

貼黃。准律，諸父母喪，匿不舉哀者，流二千里。今定所犯，非獨匿而不舉，又因人言，遂不認其所生。若舉輕明重，即定所坐，難議於流二千里已下定斷。

乞罷詳定役法劄子

元祐元年五月二十五日，朝奉郎試中書舍人蘇軾劄子奏。臣近奏爲論招差衙前利害，所見偏執，乞罷詳定役法，尋奉聖旨依所乞，今來給事中胡宗愈却封還上件聖旨。切緣聖旨，本緣臣自知偏執乞罷，卽非朝廷以臣異議罷臣，胡宗愈不知，悮有論奏。重念臣前來議論，委是疎濶。又況衙前招之與差，所繫利害至重，非止是役法中一事。臣既不同，決難隨衆簽書。伏乞依前降指揮，早賜罷免。取進止。

申省乞罷詳定役法狀

元祐元年五月空日〔一〕，朝奉郎試中書舍人蘇軾狀申。右軾近奏言招差衙前利害，蓋緣所見偏執，是致所議不同，理當黜責。若朝廷察其愚忠，非是固立異論，卽乞早賜罷免詳定役法差遣。所貴議論歸一。謹具申三省，伏候指揮。

〔一〕「日」前之「空」字，原爲空格。郎本卷三十一《議富弼配享狀》（案：本集在本卷）龐校：「宋世公文，有不書日者，中間空一字。《羅氏考異》引鮑扶九曰：見宋代碑刻中公文亦多空日，殆當時文體如是。」今據《七集·奏議集》卷三補「空」字。以後各文，有依據則補，補者不重出校記。

薦朱長文劄子

元祐元年六月二十五日，朝奉郎試中書舍人蘇軾，同鄧温伯、胡宗愈、孫覺、范百禄等劄子奏。臣等伏見前許州司户參軍蘇州居住朱長文，經明行修，嘉祐四年乙科登第，墮馬傷足，隱居不仕，僅三十年。不以勢利動其心，不以窮約易其介，安貧樂道，闔門著書，孝友之誠，風動閭里，廉高之行，著于東南。本路監司本州長吏前後累奏，稱其士行經術，乞朝廷旌擢，差充蘇州州學教授，未蒙施行。近奉詔，中外臣僚自監察御史已上並舉堪充内外學官二人。此實朝廷博求人才、廣育士類之意。如長文者，誠不可多得。其人行年五十餘，昔苦足疾，今亦能履。臣等欲望聖慈褒攓難進之節，收久廢之材，量能而使之，特賜就差充蘇州州學教授，非惟禄廩賙養一鄉之善士，實使道義模範彼州之秀民。取進止。

貼黄。伏乞特賜檢會新除楚州州學教授徐積體例施行。

論椿管坊場役錢劄子

元祐元年六月空日，朝奉郎試中書舍人蘇軾白劄子。應坊場河渡錢，及坊郭人户鄉村單丁女户官户寺觀所出役錢，及量添酒錢，並作一處椿管，通謂之坊場等錢，並用支酬衙前，召募綱運官吏，接送雇人及應緣衙役人諸般支使。如本州不足，即申本路，於别州移用。如本路不足，即申户部，於别路移用。如府界，即縣申提點司，提點司申户部。其有餘去處，不得爲見有餘分外支破；其不足去處，亦不得爲見不足將合招募人却行差撥。乞詳酌指揮。

論諸處色役輕重不同劄子

元祐元年六月　日，朝奉郎試中書舍人蘇軾白劄子。勘會逐處色役，各隨本處土俗事宜，輕重不同。借如盜賊多處，以弓手者長爲重。賦税難催處，以户長爲重。土人不閑書算處，以曹司爲重。難以限定等第，一概立法。今來若是衙前召募得足，即須將以次重役於第一等户内差撥。欲乞立下項條貫，諸處色役，委本路監司與逐處官吏同共相度，立本處色役輕重高下次第，將最重役從上差撥。乞詳酌指揮。

議富弼配享狀

元祐元年六月　日，朝奉郎試中書舍人蘇軾，同孫永、李常、韓忠彦、王存、鄧温伯、劉摯、陸佃〔一〕、傅堯俞、趙瞻、趙彦若、崔台符〔二〕、王克臣、謝景温、胡宗愈、孫覺、范百禄、鮮于侁、梁燾、顧臨、何洵直、孔文仲、范祖禹、辛公祐、吕希純、周秩、顔復、江公著狀奏。近准敕節文，中書省、尚書省送到禮部狀〔三〕：「本部勘會，英宗配享功臣，係神主祔廟，後降敕以韓琦、曾公亮配享。所有神宗皇帝神主祔廟，所議配享功臣，今乞待制以上及秘書省長貳著作與禮部郎官并太常寺博士以上同議。奉聖旨，依。」右臣等謹按：《商書》：「茲予大享于先王，爾祖其從與享之。」《周官》：「凡有功者，名書於王之太常，祭于大黍，司勳詔之。」國朝祖宗以來，皆以名臣侑食清廟，歷選勳德，實難其人。神宗皇帝以上聖之資，恢累聖之業，尊禮故老，共圖大治。輔相之臣，有若司徒贈太尉謚文忠富弼，秉心直諒，操術閎遠，歷事三世，計安宗社，熙寧訪落，眷遇特隆，匪躬正色，進退以道，愛君之志，雖没不忘。以配享神宗皇帝廟廷，實爲宜稱。謹録奏聞，伏候勑旨。

〔一〕「佃」原作「伯」，據郎本卷三十一、《七集·奏議集》卷三改。

〔二〕「台」原作「合」，據郎本改。

〔三〕「到」原缺，據郎本補。

再乞罷詳定役法狀

元祐元年七月二日，朝奉郎試中書舍人蘇軾狀奏。右臣先曾奏論衙前一役，只當招募，不當定差，執政不以爲然，臣等奏乞罷免臣詳定役法，奉聖旨不許。經今月餘，前所論奏，並不蒙施行，而臣愚惷終執所見。近又竊見吏部尚書孫永奏，駁臣所論。蓋是臣愚闇無狀，上與執政不同，下與本局異議，若不罷免，即執政所欲立法，無緣得成。況今來季限已滿，諸路立法文字，節次到局，全藉通曉協同之人，共力裁定。如臣乖異，必害成法，乞早賜指揮罷免。所有臣固違聖旨之罪，亦乞施行。謹録奏聞，伏候勑旨。

申省乞不定奪役法議狀

元祐元年七月　日，朝奉郎中書舍人蘇軾狀申。軾近奏乞罷詳定役法，已奉聖旨依奏。竊見孫給事奏繳前件聖旨，乞取孫尚書及軾所議付臺諫給舍郎官，定其是否，然後罷其不可者，須至申乞指揮。右軾前後所論役法事，軾已自知疎繆，決難施行。所有是否，更無可定奪，只乞依前降指揮行下，軾自今月已後，更不敢赴詳定所簽書公事。伏乞早賜施行。謹具申中書省，伏候指揮。

乞留劉攽狀

元祐元年七月二十三日，朝奉郎試中書舍人蘇軾同胡宗愈、孫覺、范百禄等狀奏。右臣等伏見朝議大夫直龍圖閣劉攽，近自襄陽召還祕省，旋以病，乞出守蔡州。自受命以來，日就痊損，假以數月，必復康强。謹按攽名聞一時，身兼數器，文章爾雅，博學强記，政事之美，如古循吏，流離困躓，守道不回，此皆朝廷之所知，不待臣等區區誦説。但以人才之難，古今所病，舊臣日已衰老，而新進長育未成，如攽成材，反在外服，此有志之士，所宜爲朝廷惜也。欲望聖慈留攽京師，更賜數月之告，稍加任使，必有過人。臣等備員侍從，懷不能已，冒昧陳論，伏候誅譴。謹録奏聞，伏候勑旨。

繳楚建中户部侍郎詞頭狀

元祐元年七月二十九日，朝奉郎試中書舍人蘇軾狀奏，今月二十八日，准中書吏房送到詞頭一道，正議大夫充天章閣待制致仕楚建中可户部侍郎者。右臣竊惟七十致政[一]，古今通議[二]。非獨人臣有始終進退之分，亦在朝廷爲禮義廉耻之風。若起之於既謝之年，待之以不次之任，即須國家有非常之政[三]，而其人有絶俗之資，才望既隆，中外自服。近者起文彦博，天下屬目，四夷革心。豈有凡才之流，亦塵盛德之舉。如建中輩，決非其人。竊料除目一傳，必致羣言交上，幸其未布，可以追回。所有前件告詞，臣未敢撰。謹録奏聞，伏候勑旨。

[一]《七集·奏議集》卷三「政」作「仕」。
[二]《續資治通鑑長編》、《歷代名臣奏議》「議」作「義」。
[三]《續資治通鑑長編》「即須」作「則必」，《七集·奏議集》卷三「國家」作「朝廷」。

乞不給散青苗錢斛狀

元祐元年八月四日，朝奉郎試中書舍人蘇軾狀奏。准中書録黄，先朝初散青苗，本爲利民，故當時指揮，並取人户情願，不得抑配。自後因提舉官速要見功，務求多散，諷脅州縣，廢格詔書，名爲情愿，其實抑配。或舉縣勾集；或排門抄劄；亦有無賴子弟，謾昧尊長，錢不入家；亦有他人冒名詐請，莫知爲誰，及至追催，皆歸本户。朝廷深知其弊，故悉罷提舉官，不復立額，考校訪聞，人情安便。昨於四月二十六日，有勑令給常平錢斛，限二月或正月，只爲人户欲借請者及時得用。又令半留倉庫，半出給者，只爲所給不得輒過此數。至於取人户情愿，亦不得抑配，一遵先朝本意。慮恐州縣不曉朝廷本意，將爲朝廷復欲多散青苗錢穀，廣收利息，勾集抑配，督責嚴急，一如向日置提舉官時。八月二日，三省同奉聖旨，令諸路提點刑獄司告示州縣，並須候人户自執狀結保赴縣乞請常平錢穀之時，方得勘會，依條支給，不得依前勾集抄劄，强行抑配。仍仰提點刑獄常切覺察，如有官吏似此違法騷擾者，即時取勘施行。若提點刑獄不切覺察，委轉運安撫司覺察聞奏，仍先次施行者。

右臣伏見熙寧以來，行青苗、免役二法，至今二十餘年，法日益弊，民日益貧，刑日益煩，盜日益熾，田日益賤，穀帛日益輕，細數其害，有不可勝言者。今廊廟大臣，皆異時痛心疾首，流涕太息，欲已其法而不可得者。況二聖恭己，惟善是從，免役之法，已盡革去，而青苗一事，乃獨因舊稍加損益，欲行紾臂徐徐月攘一鷄之道。如人服藥，病日益增，體日益羸，飲食日益減，而終不言此藥不可服，但損其分劑，變其湯，使而服之，可乎？熙寧之法，本不許抑配，而其害至此，今雖復禁其抑配，其害故在也。農民之家，量入爲出，縮衣節口，雖貧亦足，若令分外得錢，則費用自廣，何所不至。況子弟欺謾父兄，人户冒名詐請，如詔書所云，似此之類〔一〕，本非抑勒所致。昔者州縣並行倉法，而給納之際，十費二三，今既罷倉法，不免乞取，則十費五六，必然之勢也。又官吏無狀，於給散之際，必令酒務設鼓樂倡優，或關撲賣酒牌子，農民至有徒手而歸者，但每散青苗，卽酒課暴增，此臣所親見而爲流涕者也。二十年間，因欠青苗至賣田宅雇妻女投水自縊者，不可勝數，朝廷忍復行之歟！

臣謂四月二十六日指揮，以散及一半爲額，與熙寧之法，初無小異，而今月二日指揮，猶許人户情願請領，未免於設法網民〔二〕，使快一時非理之用，而不慮後日催納之患，二者皆非良法，相去無幾也。今者已行常平糶糴之法，惠民之外，官亦稍利，如此足矣，何用二分之息，以賈無窮之怨。或云：議者以爲帑廩不足，欲假此法以贍邊用。臣不知此言虛實，若果有之，乃是小人之邪説，不可不察。昔漢宣帝世，西羌反，議者欲使民入穀邊郡以免罪。蕭望之以爲古者藏於民，不足則取，有餘則與。西邊之役，雖户賦口斂以贍其乏，古之通議〔三〕，民不以爲非；豈可遂開利路，以傷既成之化。仁宗之世，西師不解蓋十餘年，不行青苗，有何妨闕。況二聖恭儉，清心省事，不求邊功，數年之後，帑廩自溢，有何危急。而以萬乘君父之尊，負放債取利之謗，錐刀之末，所得幾何，臣雖至愚，深爲朝廷惜之。欲乞特降指揮，青苗錢斛，今後更不給散，所有已請過錢斛，候豐熟日，分作五年十料隨二税送納。或乞聖慈念其累歲出息已多，自第四等以下人户，並與放免。庶使農民自此息肩，亦免後世有所譏議。兼近日謫降吕惠卿告詞云：「首建青苗，力行助役〔四〕。」若不盡去其法，必致姦臣有詞，流傳四方，所損不細。所有上件録黄，臣未敢書名行下。謹録奏聞，伏候勅旨。

〔一〕「似」原作「以」，今從郎本卷三十一。

〔二〕《歷代名臣奏議》「設」作「役」。

〔三〕《漢書》卷七十八《蕭望之傳》「議」作「義」。

〔四〕「力」原作「次」，今從郎本、《七集·奏議集》卷三。

論每事降詔約束狀

元祐元年九月　日，翰林學士朝奉郎知制誥蘇軾狀奏。右臣聞之孔子曰：「天何言哉，四時行焉，百物生焉，天何言哉。」天子法天恭己，正南面，守法度，信賞罰而天下治，三代令王，莫不由此。若天下大事，安危所係，心之精微，法令有不能盡，則天子乃言，在三代爲訓誥誓命，自漢以下爲制詔，皆所以鼓舞天下，不輕用也。若每行事立法之外，必以王言隨而丁寧之，則是朝廷自輕其法，以爲不丁寧則未必行也。言既屢出，雖復丁寧，人亦不信。今者十科之舉，乃朝廷政令之一耳，況已立法。或不如所舉，舉主從貢舉非其人律，犯正入己贓，舉主減三等坐之，若受賄徇私，罪名重者自從重，雖見爲執政，亦降官示罰。臣謂立法不爲不重，若以爲未足，又從而降詔，則是詔不勝降矣。臣請畧舉今年朝廷所行薦舉之法，凡有七事：舉轉運、提刑，一也；舉館職，二也；舉通判，三也；舉學官，四也；舉重法縣令，五也；舉經明行修，六也。與十科爲七。七事輕重畧等。若十科當降詔，則六事不可不降。今後一事一詔，則褻慢王言，莫甚於此。若但取諫官之意，或降或否，則其義安在？臣願戒勑執政，但守法度，信賞罰，重惜王言，以待大事而發，則天下聳然，敢不敬應。所有前件降詔，臣不敢撰。謹録奏聞，伏候勑旨。

乞加張方平恩禮劄子

元祐元年十月　日，翰林學士朝奉郎知制誥蘇軾劄子奏。臣伏見太子太保致仕張方平，以高才絶識，博學雄文，出入中外四十餘年，號稱名臣。仁宗皇帝眷遇至重，特以受性剛簡，論高寡合，故齟齬於世。然趙元昊反，西方用兵，累歲不解，公私疲極。方平首建和戎之策，仁宗從之，民以息肩，書之國史。又於熙寧之初，首論王安石不可用，及新法之行，方平皆逆陳其害。大節如此。其餘政事文學，有補於世，未易悉數。神宗皇帝知人之明，擢爲執政，會丁憂服除，爲安石等不悦，而方平亦不爲少屈，故不復用。今已退老南都，以患眼不出，灰心槁形，與世相忘。臣竊以爲國之元老，歷事四朝，耄期稱道，爲天下所服者，獨文彥博與方平、范鎮三人而已。今彥博在廷，鎮亦復用，方平雖老，杜門難以召致，猶當加恩勞問，表異其人，以示二聖貴老尊賢之義。今獨置而不問，有識共疑，以爲闕典。願因大禮之後，以向者召陪祠不至，特出聖意，少加恩禮，或遣使就問國事，觀其所論〔一〕，必有過人。臣忝備禁近，不敢自外，昧冒陳列，戰越待罪。取進止。

〔一〕「觀」原作「覩」，今從郎本卷三十一、《歷代名臣奏議》。

論冗官劄子

元祐元年十月二十三日，翰林學士朝奉郎知制誥蘇軾劄子奏。臣伏見近日言者，以吏部員多闕少，欲清入仕之源，救官冗之弊，裁減任子及進士累舉之恩，流外入官之數，已有旨下吏部、禮部與給舍詳議。臣竊謂此數者，行之則人情不悦，不行則積弊不去，要當求其分義，務適厥中，使國有去弊之實，人無失職之歎，然後爲得也。欲乞應任子及進士累舉免解恩例，並一切如舊，只行下項。

一、奏蔭文官人，每遇科場，依進士法試大義策論。如係武官，即試弓馬，或試法。並三人中解一人。仍年及二十五已上，方得出官。內已舉進士得解者免試。如三試不中，年及三十五已上，亦許出官。應試大義策論及試法者，在京隨進士赴國學，在外赴轉運司。試弓馬者，在京隨武舉人赴武學，在外轉運司差官。

一、進士累舉免解，合推恩者，並約嘉祐以前內中數目，立爲定額。如所試優長，係額內人數，即等第推恩，並許出官。如係額外，即並與一不出官名銜。

一、流外入官人，除近已有旨裁減三省恩例外，其餘六曹寺監等處，及州郡監司人吏出職者，並委官取索文字，看詳有無僥倖定奪，酌中恩例。

右若行此數者，則任子雖有三試滯留之艱，而無終身絶望之歎。亦使人人務學，文臣知經術時務，武臣閑弓馬法律。皆有益於事。而進士累舉，有詞學人自得出官，若無所能，得虚名一官，免爲白丁，亦無所恨。如有可採，乞降下與前文字一處詳議。取進止。

辯試館職策問劄子二首

元祐元年十二月十八日，翰林學士朝奉郎知制誥蘇軾劄子奏。臣竊聞諫官言臣近所撰《試館職人策問》有涉諷議先朝之語。臣退伏思念，其畧曰：「今朝廷欲思仁祖之忠厚，而患百官有司不舉其職，或至於媮。欲法神考之勵精，而恐監司守令不識其意，流入於刻。」臣之所謂「媮」與「刻」者，專指今之百官有司及監司守令不能奉行，恐致此病，於二帝何與焉。至於前論周公、太公，後論文帝、宣帝，皆是爲文引證之常，亦無比擬二帝之意。況此《策問》第一、第二首，鄧温伯之詞，末篇乃臣所撰，三首皆臣親書進入，蒙御筆點用第三首。臣之愚意，豈逃聖鑒，若有毫髮諷議先朝，則臣死有餘罪。伏願少回天日之照，使臣孤忠不爲衆口所鑠。臣無任伏地待罪戰恐之至。取進止。

又

元祐二年正月十七日，翰林學士朝奉郎知制誥蘇軾劄子奏。臣近以《試館職策問》爲臺諫所言，臣初不敢深辯，蓋以自辯而求去，是不欲去也。今者竊聞明詔已察其實，而臣四上章，四不允，臣子之義，身非己有，詞窮理盡，不敢求去，是以區區復一自言。

臣所撰《策問》，首引周公、太公之治齊、魯，後世皆不免衰亂者，以明子孫不能奉行，則雖大聖大賢之法，不免於有弊也。後引文帝、宣帝仁厚而事不廢，核實而政不苛者，以明臣子若奉行得其理，無觀望希合之心，則雖文帝、宣帝足以無弊也。中間又言六聖相受，爲治不同，同歸於仁；其所謂「媮」與「刻」者，專謂今之百官有司及監司守令，不識朝廷所以師法先帝之本意，或至於此也。文理甚明，粲若黑白，何嘗有毫髮疑似，議及先朝，非獨朝廷知臣無罪可放，臣亦自知無罪可謝也。然臣聞之古人曰：人之至信者，心目也。相親者，母子也。不惑者，聖賢也。然至於竊鈇而知心目之可亂，於投杼而知母子之可疑，於拾煤而知聖賢之可惑。今言臣者不止三人，交章累上，不啻數十，而聖斷確然深明其無罪，則是過於心目之相信，母子之相親，聖賢之相知遠矣。德音一出，天下頌之，史册書之，自耳目所聞見，明智特達，洞照情僞，未有如陛下者。非獨微臣區區，欲以一死上報，凡天下之爲臣子者聞之，莫不欲碎首糜軀，效忠義於陛下也。不然者，亦非獨臣受曖昧之謗，凡天下之爲臣子者聞之，莫不以臣爲戒，崇尚忌諱，畏避形迹，觀望雷同以求苟免，豈朝廷之福哉！

臣自聞命以來，一食三歎，一夕九興，身口相謀，未知死所。然臣所撰《策問》，以實亦有罪〔一〕，若不盡言，是欺陛下也。臣聞聖人之治天下也，寬猛相資，君臣之間，可否相濟。若上之所可，不問其是非，下亦可之，上之所否，不問其曲直，下亦否之，則是晏子所謂「以水濟水，誰能食之」，孔子所謂「惟予言而莫予違足以喪邦」者也。臣昔於仁宗朝舉制科，所進策論及所答聖問，大抵皆勸仁宗勵精庶政，督察百官，果斷而力行也。及事神宗，蒙召對訪問，退而上書數萬言，大抵皆勸神宗忠恕仁厚，含垢納汙，屈己以裕人也。臣之區區，不自量度，常欲希慕古賢，可否相濟，蓋如此也。伏觀二聖臨御已來，聖政日新，一出忠厚，大率多行仁宗故事，天下翕然，銜戴恩德，固無可議者。然臣私憂過計，常恐百官有司矯枉過直，或至於媮，而神宗勵精核實之政，漸致惰壞，深慮數年之後，馭吏之法漸寬，理財之政漸疎，備邊之計漸弛，則意外之憂，有不可勝言者。雖陛下廣開言路，無所諱忌，而臺諫所擊不過先朝之人，所非不過先朝之法，正是「以水濟水」，臣竊憂之。故輒用此意，撰上件《策問》，實以譏諷今之朝廷及宰相臺諫之流，欲陛下覽之，有以感動聖意，庶幾兼行二帝忠厚勵精之政也。臺諫若以此言臣，朝廷若以此罪臣，則斧鉞之誅，其甘如薺。今乃以爲譏諷先朝，則亦疎而不近矣。

且非獨此《策問》而已，今者不避煩瀆，盡陳本末。臣前歲自登州召還，始見故相司馬光，光卽與臣論當今要務，條其所欲行者。臣卽答言：「公所欲行者諸事，皆上順天心〔二〕，下合人望，無可疑者。惟役法一事，未可輕議。何則？差役、免役，各有利害。免役之害，掊斂民財，十室九空，錢聚於上，而下有錢荒之患；差役之害，民常在官，不得專力於農，而貪吏猾胥，得緣爲姦。此二害輕重，蓋畧相等，今以彼易此，民未必樂。」光聞之愕然，曰：「若如君言，計將安出？」臣卽答言：「法相因則事易成，事有漸則民不驚。昔三代之法，兵農爲一，至秦始分爲二，及唐中葉，盡變府兵爲長征之卒，自爾以來，民不知兵，兵不知農，農出穀帛以養兵，兵出性命以衞農，天下便之，雖聖人復起，不能易也。今免役之法，實大類此。公欲驟罷免役而行差役，正如罷長征而復民兵，蓋未易也。先帝本意，使民户率出錢，專力於農，雖有貪吏猾胥，無所施其虐。坊場河渡，官自出賣，而以其錢雇募衙前，民不知有倉庫綱運破家之禍，此萬世之利也，決不可變。獨有二弊：多取寬剩役錢，以供他用實封〔三〕，争買坊場河渡，以長不實之價。此乃王安石、吕惠卿之陰謀，非先帝本意也。公若盡去二弊，而不變其法，則民悅而事易成。今寬剩役錢，名爲十分取二，通計天下，乃及十五，而其實一錢無用，公若盡去此五分，又使民得從其便，以布帛穀米折納役錢，而官亦以爲雇直，則錢荒之弊，亦可盡去，如此，而天下便之，則公又何求。若其未也，徐更議之，亦未晚也。」光聞臣言，大以爲不然。臣又與光言：「熙寧中常行給田募役法，其法以係官田及以寬剩役錢買民田以募役人，大畧如邊郡弓箭手。臣時知密州，推行其法，先募弓手，民甚便之。

此本先帝聖意所建，推行未幾，爲左右異議而罷。今畧計天下寬剩錢斛約三千萬貫石，兵興支用，僅耗其半，此本民力，當復爲民用。今内帑山積，公若力言於上，索還此錢，復完三千萬貫石，而推行先帝買田募役法於河北、河東、陝西三路，數年之後，三路役人，可減大半，優裕民力，以待邊鄙緩急之用，此萬世之利，社稷之福也。」光尤以爲不可。此二事，臣自别有畫一利害文字，甚詳，今此不敢備言〔四〕。

及去年二月六日勑下，始行光言，復差役法。時臣弟轍爲諫官，上疏具論，乞將見在寬剩役錢雇募役人，以一年爲期，令中外詳議，然後立法。又言衙前一役，可即用舊人，仍一依舊數，支月給重難錢，以坊場河渡錢總計，諸路通融支給。皆不蒙施行。及蒙差臣詳定役法，臣因得伸弟轍前議，先與本局官吏孫永、傅堯俞之流論難反復，次於西府及政事堂中與執政商議，皆不見從，遂上疏極言衙前可雇不可差，先帝此法可守不可變之意，因乞罷詳定役法。當此之時，臺諫相視，皆無一言決其是非，今者差役利害，未易一二遽言，而弓手不許雇人，天下之所同患也，朝廷知之，已變法許雇，天下皆以爲便，而臺諫猶累疏力争，由此觀之，是其意專欲變熙寧之法，不復校量利害，參用所長也。臣爲中書舍人，刑部大理寺列上熙寧已來不該赦降去官法凡數十條，盡欲删去。臣與執政屢争之，以謂先帝於此蓋有深意，不可盡改，因此得存留者甚多。臣每行監司守令告詞，皆以奉守先帝約束毋敢弛廢爲戒，文案具在，皆可復按。由此觀之，臣豈謗議先朝者哉！

所以一一縷陳者〔五〕，非獨以自明，誠見士大夫好同惡異，泯然成俗，深恐陛下深居法宫之中，不得盡聞天下利害之實也。願因臣此言，警策在位，救其所偏，損所有餘，補所不足，天下幸甚。若以其狂妄不識忌諱，雖賜誅戮，死且不朽。臣無任感恩思報，激切戰恐之至。取進止。

〔一〕「以」原爲空格，據《七集·奏議集》卷三補。

〔二〕「順」原作「合」，今從郎本卷三十一、《七集·奏議集》、《續資治通鑑長編》改。

〔三〕郎本「多取寬剩役錢以供他用實封」作「多以供他用實封取寬剩役錢」。《七集·奏議集》同郎本。

〔四〕「此二事」至「不敢備言」二十一字，《七集·奏議集》爲自註註文。

〔五〕「縷」原作「屢」，據郎本、《七集·奏議集》改。

繳進給田募役議劄子 前連元豐八年十二月奏狀

元祐二年二月一日，翰林學士朝奉郎知制誥蘇軾劄子奏。臣前年十二月自登州召還，草此奏狀，而未果上。近因論事，已具奏聞其略，切謂今日尚可推行，輒備錄前狀，繳連申奏。臣前年過鄆州，本與京東轉運使范純粹同建此議，純粹令臣發之，己當繼之。已而聞執政議不合，故不復言。然純粹講此事，尤爲精詳，臣所不及。若朝廷看詳此狀，可以施行，即乞更下純粹，令具利害條奏。取進止〔一〕。

〔一〕《七集·奏議集》卷三「取」前空一格。以下各文，有「取進止」字樣者，《七集·奏議集》「取」前皆空一格，不重出校。

論改定受册手詔乞罷劄子

元祐二年二月七日，翰林學士朝奉郎知制誥蘇軾劄子奏。臣近被旨，撰太皇太后將來只於崇政殿受册手詔，臣愚亦恐有是今非昔之嫌，故其略云「朝廷損益之文，各從宜稱」，所以推廣聖明謙抑退託之意，言此文德受册之禮，於今爲過，於昔爲稱也。不悟文詞鄙淺，未盡聖意，致煩改定。謹按故事，凡詞命有所改易，爲不稱職，皆當罷去。伏望聖慈察其衰病廢學，特賜解職，以安微分。臣無任待罪之至。取進止。

乞録用鄭俠王斿狀

元祐二年三月日〔一〕，翰林學士朝奉郎知制誥蘇軾狀奏。右臣聞國之興衰，繫于習俗，若風節不競，則朝廷自卑，故古之賢君，必厲士氣，當務求難合自重之士，以養成禮義廉耻之風。臣等伏見英州別駕鄭俠，向以小官觸犯權要，冒死不顧以獻直言。而秘閣校理王安國，以布衣爲先皇帝所知，擢至館閣，召對便殿，而兄安石爲相，若少加附會，可立至富貴〔二〕，而安國挺然不屈，不獨納忠於先帝，亦嘗以苦言至計規戒其兄，竟坐與俠遊從，同時被罪。吕惠卿首興大獄，鄧綰、舒亶之徒，搆成其罪〔三〕，必欲置此人于死，賴先帝仁聖，止加竄逐，曾未數年，逐惠卿而起安國。今來朝廷赦俠之罪，復其舊官，經今踰年，而俠終不赴吏部參選。考其始終出處之大節，合於古之君子殺身成仁、難進易退之義，朝廷若不少加優異，則臣等恐俠浩然江湖，往而不返，若溘先朝露，則有識必爲朝廷興失士之歎。至于安國，不幸短命，尤爲忠臣義士之所哀惜。臣等嘗識其少子斿，敏而篤學，直而好義，頗有安國之風，養成其才，必有可用。欲望聖慈召俠赴闕，并考察斿行實〔四〕，與俠並賜録用，不獨旌直臣於九泉之下，亦所以作士氣于當代也。謹録奏聞，伏候勑旨。

〔一〕《七集·奏議集》卷三「日」前空一格。

〔二〕郎本卷三十一「立」作「力」。

〔三〕「搆」原作「構」，今從《七集·奏議集》、《歷代名臣奏議》。

〔四〕「并」郎本作「及」。

薦布衣陳師道狀

元祐二年四月十九日，翰林學士朝奉郎知制誥蘇軾同傅堯俞、孫覺狀奏。右臣等伏見徐州布衣陳師道，文詞高古，度越流輩，安貧守道，若將終身，苟非其人，義不往見，過壯未仕，實爲遺才。欲望聖慈特賜録用，以奬士類。兼臣軾、臣堯俞，皆曾以十科薦師道，伏乞檢會前奏，一處施行。謹録奏聞，伏候勑旨。

乞留顧臨狀

元祐二年四月二十日，翰林學士朝奉郎知制誥蘇軾，同李常、王存、鄧温伯、孫覺、胡宗愈狀奏。右臣等竊見給事中顧臨，資性方正，學有根本，慷慨中立，無所阿撓。自供職以來，封駁論議，凜然有古人之風，僥倖之流，側目畏憚。近聞除天章閣待制充河北都轉運使，遠去朝廷，衆所嗟惜。方今二聖臨御，肅正紀綱，如臨等輩，正當置之左右，以輔闕遺。或者謂緣黄河輟臨幹治。臨之所學，實有大於治河；治河之才，固有出臨之上者。欲望朝廷別選深知河事者以使河北，且留臨在朝廷，以盡忠亮補益之節。臣等備位侍從，懷有所見，不敢不盡。謹録奏聞，伏候勑旨。

蘇軾文集卷二十八

奏議

論擒獲鬼章稱賀太速劄子

元祐二年八月二十七日，翰林學士朝奉郎知制誥兼侍讀蘇軾劄子奏。臣竊聞熙河經略司奏，生擒西蕃首領鬼章〔一〕，宰相欲以明日稱賀。臣愚以謂偏師獨克，固亦可慶，然行於明日，臣謂太速。如聞本路出兵非一，見有一將方指青塘，此乃阿里骨巢穴，若更待三五日間，必續有奏報，賀亦未晚。今者俘獲醜虜，功誠不細，賞功勸後，固不應輕，然朝廷方欲緝治邊防，整肅驕慢，若捷奏朝至，舉朝夕賀，則邊臣聞之，自謂不世之奇功，或恩禮太過，則將驕卒惰，後無以使〔二〕。臣願朝廷鎮之以靜，示之以不可測。昔謝安破苻堅書至，安與客圍棋不輟，曰：「小兒輩遂已破賊。」〔三〕安亦非矯情，蓋萬目觀望，事體應爾。所有明日稱賀，乞更詳酌指揮。臣受恩至深，不敢不盡，出位妄言，罪當萬死。取進止。

〔一〕「蕃」原作「藩」，今從郎本卷三十二改。

〔二〕郎本「使」後有「人」字。

〔三〕「遂已」原作「已遂」，今從郎本改。郎注引《謝安傳》作「遂已」。

因擒鬼章論西羌夏人事宜劄子

元祐二年九月八日，翰林學士朝奉郎知制誥兼侍讀蘇軾劄子奏〔一〕。臣竊見近者熙河路奏生擒鬼章，百官稱賀，中外同慶。臣愚無知，竊謂安危之機，正在今日。若應之有道，處之有術，則安邊息民，必自是始。不然，將驕卒惰，以勝爲災，亦不足怪。故臣區區欲先陳前後致寇之由，次論當今待敵之要，雖狂愚無取，亦臣子之常分。

昔先帝用兵累年，雖中國靡弊，然夏人困折，亦幾於亡。横山之地，沿邊七八百里中，不敢耕者至二百餘里。歲賜既罷，和市亦絶，虜中匹帛至五十餘千，其餘老弱轉徙，牛羊墮壞，所失蓋不可勝數，饑羸之餘，乃始款塞。當時執政大臣謀之不深，因中國厭兵，遂納其使。每一使至，賜予、貿易無慮得絹五萬餘匹，歸鬻之，其直匹五六千〔二〕，民大悦。一使所獲，率不下二十萬緡，使五六至，而累年所罷歲賜，可以坐復。既使虜因吾資以德其民，且飽而思奮，又使其窺我厭兵欲和之意，以爲欲戰欲和，權皆在我，以故輕犯邊陲，利則進，否則復求和，無不可者。若當時大臣因虜之請，受其詞不納其使，且詔邊臣與之往返商議，所獲新疆，取舍在我，俟其詞意屈服，約束堅明，然後納之，則虜雖背恩反覆，亦不至如今日之速也。虜雖有易我意，然不得西蕃解仇結好，亦未敢動。夫阿里骨，董氈之賊臣也。挾契丹公主以弑其君之二妻。董氈死，匿喪不發，逾年衆定，乃詐稱嗣子，僞書鬼章温溪心等名以請于朝。當時執政，若且令邊臣審問鬼章等以阿里骨當立不當立，若朝廷從汝請，遂授節鉞，阿里骨真汝主矣，汝能臣之如董氊乎？若此等無詞，則是諸羌心服，既立之後，必能統一都部，吾又何求，若其不服，則釁端自彼，爵命未下，曲不在吾。彼既一國三公，則吾分其恩禮，各以一近上使額命之，鬼章等各得所欲，宜亦無患。當時執政不深慮此，專以省事爲安，因其妄請，便授節鉞，阿里骨自知不當立，而憂鬼章之討也，故欲借力於西夏以自重，於是始有解仇結好之謀。而鬼章亦不平朝廷之以賊臣君我也，故怒而盜邊。夏人知諸羌之叛也，故起而和之。此臣所謂前後致寇之由，明主不可以不知者也。雖既往不咎，然可以爲方來之鑒。

元昊本懷大志，長於用兵，亮祚天付兇狂，輕用其衆，故其爲邊患皆歷年而後定。今梁氏專國，素與人多不協，方内自相圖，其能以創殘呻吟之餘，久與中國敵乎？料其姦謀，蓋非元昊、亮祚之比矣。好意謂二聖在位，恭默守成，仁恕之心，著於遠邇，必無用武之意，可肆無厭之求，蘭會諸城，鄜延五寨，請不獲，勢脅必從，猖狂之後，求無不獲，計不過此耳。今者切聞朝廷降詔諸路，敕勵戰守，深明逆順曲直之理，此固當今之急務，而詔書之中，亦許夏人之自新。臣切以謂開之太易〔三〕，納之太速，曾未一戰，而厭兵欲和之意已見乎外，此復蹈前日之失矣。臣甚惜之。今既聞鬼章之捷，或漸有款塞之謀，必將爲恭狠相半之詞，而繼之以無厭之請。若朝廷復納其使，則是欲戰欲和，權皆在虜，有求必獲，不獲必叛，雖婾一時之安，必起無窮之釁。故臣願明主斷之於中，深詔大臣，密勅諸將，若夏人款塞，當受其詞而却其使，然後明勅邊臣，以夏人受恩不貲，無故犯順，今雖款塞，反覆難保，若實改心向化，當且與邊臣商議，苟詞意未甚屈服，約束未甚堅明，則且却之，以示吾雖不逆其善意，亦不汲汲求和也。彼若心服而來，吾雖未納其使，必不於往返商議之間，遽復盜邊。若非心服，則吾雖蕩然開懷，待之如舊，能必其不叛乎？今歲涇原之人，豈吾待之不至耶？但使吾兵練士飽，斥候精明，虜無大獲，不過數年，必自折困，今雖小勞，後必堅定，此臣所謂當今待敵之要，亦明主不可以不知者也。

今朝廷意在息民，不憚屈己，而臣獻言，乃欲艱難其請，不急於和，似與聖意異者。然古之聖賢欲行其意，必有以曲成之，未嘗直情而徑行也。將欲翕之，必固張之；將欲取之，必固予之。夫直情而徑行，未有獲其意者也。若權其利害，究其所至，則臣之愚計，於安邊息民，必久而固，與聖意初無小異。然臣竊度朝廷之間，似欲以畏事爲無事者，臣竊以爲過矣。夫爲國不可以生事，亦不可以畏事，畏事之弊，與生事均。譬如無病而服藥，與有病而不服藥，皆可以殺人。夫生事者，無病而服藥也。畏事者，有病而不服藥也。乃者阿里骨之請，人人知其不當予，而朝廷予之，以求無事，然事之起，乃至於此，不幾於有病而不服藥乎？今又欲遽納夏人之使，則是病未除而藥先止，其與幾何。臣於侍從之中，受恩至深，其於委曲保全與衆獨異，故敢出位先事而言，不勝恐悚待罪之至。取進止。

〔一〕「九月八日」云云十七字及「劄子」等字，據郎本卷三十二、《七集·奏議集》卷四補。

〔二〕「直」原作「民」，羅考謂誤，今從郎本改。

〔三〕「易」原作「急」，今從郎本、《文鑑》卷五十五、《歷代名臣奏議》改。

乞詔邊吏無進取及論鬼章事宜劄子

元祐二年九月二十七日，翰林學士朝奉郎知制誥兼侍讀蘇軾劄子奏。臣聞善用兵者，先服其心，次屈其力，則兵易解而功易成。若不服其心，惟力是恃，則戰勝而寇愈深，況不勝乎？功成而兵不解，況不成乎？

頃者西方用兵累年，先帝之意，本在弔伐，而貪功生事之臣，惟務殺人爭地，得尺寸之土，不問利害，先築城堡，置州縣，使西夷憎畏中國〔一〕，以謂朝廷專欲得地，非盡滅我族類不止，是以併力致死，莫有服者。今雖朝廷好生惡殺，不務遠略，而此心未信，憎畏未衰，心既不服，惟有鬬力，力屈情見，勝負未可知也。今日新獲鬼章，威震戎狄，邊臣賈勇，爭欲立功，以爲河南之地，指顧可得。正使得之，不免築城堡，屯兵置吏，積粟而守之，則中國何時息肩乎？乃者王韶取熙河，全師獨克，使韶有遠慮，誅其叛者，易以忠順，即用其豪酋而已，則今復何事。其所以兵連禍結，罷弊中國者，以郡縣其地故也。往者既不可悔，而來者又不以爲戒，今又欲取講主城〔二〕，曰：「此要害地，不可不取。」方唐盛時，安西都護去長安萬里，若論要害，自此以西無不可取者，使諸羌知中國有進取不已之意，則寇愈深而兵不解，其禍豈可量哉！臣願陛下深詔邊吏〔三〕，叛則討之，服則安之，自今已往，無取尺寸之地，無焚廬舍〔四〕，無殺老弱，如此朞年，諸羌可傳檄而定。然朝廷至意，亦自難喻，將帥未必從也，雖日行文書，終恐無益。宜驛召陝西轉運使一員赴闕，面勑戒之，使歸以喻將帥，而察其不如詔者。

臣又竊聞朝論謂鬼章犯順，罪當誅死。然譬之鳥獸，不足深責，其子孫部族，猶足以陸梁於邊。全其首領，以累其心，以爲重質，庶獲其用，此實當今之良策。然臣竊料鬼章凶豪素貴，老病垂死，必不能甘於困辱，爲久生之計。自知生存終不得歸，徒使其臣子首鼠顧忌，不敢復讐，必將不食求死，以發其衆之怒。就使不然，老病愁憤，自非久生之道，鬼章若死，則其臣子專意復讐，必與阿里骨合，而北交於夏人，此正胡越同舟遇風之勢〔五〕，其交必堅。而温溪心介於阿里骨、夏人之間，地狹力弱，其勢必危。若見并而吾不能救，使二寇合三面以窺熙河，則其患未可以一二數也。如臣愚計，可詔邊臣與鬼章約，若能使其部族討阿里骨而納趙純忠者〔六〕，當放汝生還，質之天地，示以必信。鬼章若從，則稍富貴之，使招其信臣而喻至意焉，鬼章既有生還之望，不爲求死之計，其衆必從。以鬼章之衆與温溪心合而討阿里骨，其勢必克。既克而納純忠，雖放還鬼章，可以無患，此必然之勢也。西羌本與夏人世仇，而鬼章本與阿里骨不協，若許以生還，其衆必相攻，縱未能誅阿里骨，亦足以使二盜相疑而不合也。昔太史慈與孫策戰，幾殺策，策後得慈，釋不誅，放還豫章，卒立奇功。李愬得吴元濟將李祐，解縛用之，與同卧起，卒擒元濟。非豪傑名將不能行此度外事也。議者或謂鬼章之獲，兼用近界酋豪力戰而得之，仇怨已深，若放生還，此等必無全理。臣以謂不然，若鬼章死於中國，其衆讐此等必深。若其生還，其讐之亦淺。此等依中國爲援，足以自全。自古西羌之患，惟恐解仇結盟。若所在爲讐敵，正中國之利，無可疑者。臣出位言事，不勝恐悚待罪之至。取進止。

〔一〕郎本卷三十二、《七集·奏議集》卷四「西」作「四」。

〔二〕「主」原作「武」，今從郎本、《七集·奏議集》改。

〔三〕「邊吏」，《七集·奏議集》作「邊民」。

〔四〕「無」原作「而」，今從郎本改。

〔五〕「風」前原有「順」字，羅考謂非，今據郎本删。

〔六〕《歷代名臣奏議》「純」作「醇」。

乞約鬼章討阿里骨劄子

元祐二年十月七日，翰林學士朝奉郎知制誥兼侍讀蘇軾劄子奏。臣近者竊見劉舜卿賀表，具言阿里骨罪狀，又竊聞舜卿乞削阿里骨官爵，續又聞阿里骨上章請命〔一〕，議者或欲許其自新。以臣愚慮，二者之説，皆未爲得。何者？阿里骨兇狡反覆，必無革面洗心之理，今聞其女已嫁梁乞逋之子，度其久遠，必須協力致死，共爲邊患。今來上章請命〔二〕，蓋是部族新破，衆叛親離，恐吾乘勝致討，力未能支，故匿情忍訴，以就大事。若得休息數年，蓄力養鋭，假吾爵命，以威脅諸羌，誅不附己者，羽翼既成，西北相應，必爲中原之憂，非獨一方之病也。且夏賊逆天犯順，本因輕料朝廷，以爲必不能討己，今若便從阿里骨之請，則其所料，良不爲過。西蕃小醜，朝爲叛逆，暮許通和，則夏國之請，理無不許。二寇滔天自若，欲戰欲和，無不可者。則西方之憂，無時而止矣。然遂欲從舜卿之請，削奪官爵，即須發兵深入致討，彼新喪大首領，舉國戒懼，我師深入，苟無它奇，恐難以得志。臣愚以謂當使邊將發厚幣，遣辯士，以離其腹心，壞其羽翼。今聞温溪心等諸族已爲所質，勢未能動，而心侔斂氈在其肘腋〔三〕，迹同而心異，若用臣前計，使邊臣與鬼章約，若能使其部族與温溪心、斂氈等合而討阿里骨，納趙純忠〔四〕，卽許以生還，此政所謂以夷狄攻夷狄，計無出此者。若朝廷便許阿里骨通和，卽須推示赤心，待之如舊，不可復用計謀以圖此賊，數年之後，必自飛揚，此所謂養虎自遺患者也。故臣願朝廷既不納其通和之請，又不削奪其官爵，存而勿論，置之度外，陰使邊臣以計圖之，似爲得策。臣屢瀆天聽，罪當誅死，取進止。

〔一〕「續又」原作「又竊」，今從郎本卷三十二改。
〔二〕「來」原作「爲」，今從郎本、《七集·奏議集》卷四改。
〔三〕「侔」原作「牟」，今從郎本、《七集·奏議集》改。
〔四〕「納」原作「約」，今從郎本、《七集·奏議集》改。《續資治通鑑長編》「純」作「醇」。

參定葉祖洽廷試策狀二首

元祐二年十月二十一日，翰林學士朝奉郎知制誥兼侍讀蘇軾同蘇轍、劉攽狀奏。准元祐二年十月十一日尚書省劄子節文：「臣寮上言，近聞兵部郎中葉祖洽改禮部郎中，給事中趙君錫封駁以爲不當，兼論祖洽廷試對策，有訕及宗廟之語。臣愚今詳君錫所駁，極未爲允。臣取祖洽印本試策尋究，卽無譏訕之言，不知君錫何以見其譏訕也。伏望陛下令君錫條具祖洽譏訕之言，下近臣參定，以明枉直，庶使策試之士，謀議之臣，悉心不回，毋悼後害。三省同奉聖旨，令翰林學士、中書舍人、諫議大夫同共參定聞奏者。」右臣等竊謂先帝親策貢士，本欲人人盡言，無所回忌，士之論事，必欲究極始末，其語或及祖宗，事有是非，義難隱諱，但當考其所言當否，以爲進退，不可一一指爲謗訕。取到葉祖洽所試策卷子看詳〔一〕，其略云：「祖宗以來至于今，紀綱法度，苟簡因循而不舉者，誠不爲少。」又云：「與忠智豪傑之臣合謀，而鼎新之。」臣等以謂祖宗撥亂反正，承平百年，紀綱法度，最爲明備，縱使時異事變，理合小有損益，亦不當謂之因循苟簡，便欲朝廷與大臣合謀而鼎新之。詳此，顯是祖洽學術淺暗，議論乖繆，若謂之譏訕宗廟，則亦不可。謹録奏聞，伏候敕旨。

貼黄。臣等准朝旨，與諫議大夫同共參定聞奏，今據左諫議大夫孔文仲牒，已别狀奏陳，更不連書。

又貼黄。葉祖洽及第日，臣軾係編排官。曾奏乞行黜落。今已具事實，别狀奏聞去訖〔二〕。

〔一〕「詳」原缺，據《續資治通鑑長編》補。

〔二〕「聞」原缺，據《七集·奏議集》卷四補。

又

元祐二年十月二十二日，翰林學士朝奉郎知制誥兼侍讀蘇軾狀奏。右臣近奉聖旨，參定葉祖洽所試策。臣已與劉攽等定奪奏聞去訖。臣今看詳元降臣寮上言有云：「凡在朝廷大臣，率多當時考試之官。信有此語，安敢擢在第一。」臣等今來定奪得葉祖洽顯是學術淺暗，議論乖謬。緣祖洽及第時，臣係編排官，據初考官吕惠卿等定祖洽爲第三等中，合在甲科，覆考官宋敏求等定祖洽爲第五等中，合是黜落。臣曾具事由聞奏，乞行黜落。兼據祖洽元試策卷子云「祖宗以來至于今，紀綱法度因循苟簡而不舉者，誠爲不少」。今來祖洽上章自辯，却減落上件言語，只云「祖宗已來至于今，紀綱制度，比之前古，亦有因循未舉之處」。顯見祖洽心知「苟簡」之語爲不可，故行減落。謹録奏聞，伏候勑旨。

大雪乞省試展限兼乞御試不分初覆考劄子

元祐三年正月　日，翰林學士朝奉郎知制誥兼侍讀蘇軾劄子奏。臣竊見近者大雪方數千里，道路艱塞，四方舉人赴省試者，三分中未有一分到闕，朝廷雖議展限，然迫於三月放榜，所展日數不多，至時，若隔下三五百人赴試不及〔一〕，即恐孤寒舉人，轉見失所，亦非朝廷急才喜士之意。欲乞自今日已往，更展半月，方始差官，仍令禮部疾速雕印，出榜曉示旁近州郡，但未試以前到者，並許投保引試，若慮放榜遲延，恐趁三月内不及，即乞省試添差小試官十人，却促限五七日出榜。臣又竊見自來御試差官，分爲初考、覆考、編排、詳定四處，日限既迫，考官又少，以此多不暇精詳。又緣初、覆考官，不敢候卷子齊足，方定等第，只是逐旋據謄録所關到卷子三十五十卷，便定等第，以此前後不相照，所定高下，或寄於幸與不幸，深爲不便。不若只依南省條式，聚衆考官爲一處，通用日限，候卷子齊足，衆人共定其等第，不惟精詳寡失，又御試放榜，亦可以速了。臣竊意祖宗之法，所以分考官爲四處者，蓋是當時未有封彌謄録，故須分別以防弊倖。今來既有封彌謄録，縱欲循私，其勢無由。若只依南省條格，委無妨礙，乞賜詳酌指揮。取進止。

〔一〕《七集・奏議集》卷四「赴試」作「趁時」。

大雪論差役不便劄子

元祐三年二月九日，翰林學士朝奉郎知制誥兼侍讀蘇軾劄子奏。臣伏見陛下發德音，下明詔，以大雪過常，煖氣不敷〔一〕，農夫失業，商旅不行，引咎在躬，渙汗之澤，覃及方外，而詔下之夕，雪作不已。臣備位近侍，誠竊感憤，廢食而歎。退伏思念陛下即位以來，發政施仁，無一不合人心順天意者，當獲豐年刑措之報，鳳凰景星之瑞，而水旱作沴，常寒爲罰，殆無虚日，此豈理之當然者哉！臣誠愚惷，不識忌諱，試論其近似者，而陛下擇焉。臣聞差役之法，天下以爲未便，獨臺諫官數人者主其議，以爲不可改，磨礪四顧，以待言者，故人畏之而不敢發耳。近聞疎遠小臣張行者力言其弊，而諫官韓川深詆之，至欲重行編竄。此等亦無他意。方司馬光在時，則欲希合光意，及其既没，則妄意陛下以爲主光之言。殊不知光至誠盡公，本不求人希合，而陛下虚心無我，亦豈有所主哉。使光無恙至今，見其法稍弊，則更之久矣。臣每見吕公著、安燾、吕大防、范純仁，皆言差役不便，但爲已行之令，不欲輕變，兼恐臺諫紛争〔二〕，卒難調和。願陛下問公著等，令指陳差雇二法各有若干利害，昔日雇役，中等人户歲出錢幾何，今者差役，歲費錢幾何，及幾年一次差役，皆可以折長補短，約見其數，以此計算，利害灼然。而況農民在官，貪吏狡胥〔三〕，百端蠶食，比之雇人，苦樂十倍。又五路百姓，例皆朴拙，差充手分須至轉雇慣習人〔四〕，尤爲患苦，其費不貲，民窮無告，監司守令觀望不言。若非此一事，則何以感傷陰陽之和，至于如此？雖責躬肆眚，徹膳禱祠，而此事不變，終恐無益。今侍從之中，受恩至深，無如小臣，臣而不言，誰當言者。然臣前歲因詳定役法，與臺諫異論，遂爲其徒所疾，屢遭口語，今來所言，若不合聖意，即乞便行責降，以戒妄言。若萬一稍有可采，即乞留中，只作聖意行下。庶幾上答天戒，下全小臣。不勝恐慄待罪之至。取進止。

〔一〕「敷」原作「效」，今從《歷代名臣奏議》改。
〔二〕「紛」原作「分」，今從郎本卷三十二改。
〔三〕「吏」原作「利」，據郎本、《七集·奏議集》卷四改。
〔四〕郎本無「充」字。《七集·奏議集》同。

貢院劄子四首

奏巡鋪鄭永崇舉覺不當乞差曉事使臣交替

元祐三年二月　日，翰林學士朝奉郎知制誥蘇軾同孫覺、孔文仲劄子奏。貢院今月三日，據巡鋪官鄭永崇領押到進士王太初、王博雅，稱是傳義。問得舉人，各稱被巡鋪官誣執。尋令巡鋪官宣德郎王厚將逐人卷子與衆官點對，得逐人試卷內有一十九字同，即不成片段。本院檢准條貫，惟經學不許傳義，口授者同，至於進士，須是懷挾代筆，方令扶出。今來逐人試卷，點對得只有一十九字偶同，別無違礙，顯是巡鋪官鄭永崇舉覺不當。兼兩日內巡鋪內臣屢將曖昧單詞，令本院扶出舉人，本院未敢施行。見奏取旨，及有巡鋪所手分楊觀作過，本院依法區分。其巡鋪内臣並來簾前告屬，堅要放免，本院亦不敢依隨，以此挾恨羅織舉人，必欲求勝。今來進士尚有兩甲，諸科尚有一十五場，未曾引試，若信令巡鋪官内臣挾情羅織，卽舉人無由存濟。欲望聖慈速賜指揮，或且勾回石君召、鄭永崇兩人，却差曉事使臣交替，所貴不致非理生事。取進止。

奏劾巡鋪内臣陳慥

元祐三年二月　日，翰林學士朝奉郎知制誥蘇軾同孫覺、孔文仲劄子奏。貢院今月三日，據巡鋪官捉到懷挾進士共三人，依條扶出，逐次巡鋪官並令兵士高聲唱叫。至今月十一日扶出進士蔣立時，約有兵士三五十人齊聲大叫。在院官吏公人，無不驚駭，在場舉人，亦皆恐悚不安。尋取到虎翼節級李及等狀，稱是巡鋪内臣陳慥指揮，令衆人唱叫。竊詳朝廷取士之法，動以禮義舉人，懷挾自有條法，而内臣陳慥乃敢號令衆卒，齊聲唱叫，務欲摧辱舉人，以立威勢，傷動士心，損壞國體，本院無由指約。伏望聖慈特賜行遣。取進止。

申明舉人盧君脩王燦等

元祐三年二月　日，翰林學士朝奉郎知制誥蘇軾同孫覺、孔文仲劄子奏。貢院今月三日，據巡鋪官押領到進士盧君脩、王燦，稱是傳義。却問得舉人，稱是盧君脩來就王燦問道，不知耿鄧之洪烈，爲復是「洪烈」，爲復是「洪勳」？其王燦别無應對。當院看詳，若將問字便作傳義，未爲允當。已一面且令逐人就試，乞早降指揮，合與不合，一例考校。取進止。

論特奏名

元祐三年二月二十九日，翰林學士朝奉郎知制誥蘇軾同孫覺、孔文仲劄子奏。臣等伏見從來天下之患，無過官冗，人人能言其弊，而不能去其害。惟往年韓琦、富弼等，獨能裁減任子及展年磨勘，發議之初，士大夫相顧，莫敢以身當之者，以爲必致謗議，而琦等不顧，既立成法，天下肅然，無一人非之者。何則？私欲不可以勝公議故也。流弊之極，至於今日，一官之闕，率四五人守之，争奪紛紜，廉耻道盡，中材小官，闕遠食貧，到官之後，求取漁利，靡所不爲，而民病矣。今日之弊，譬如羸病之人，負千鈞之重，縱未能分減，豈忍更添。臣等自入貢院，四方免解舉人投狀稱，今來是龍飛榜，乞爲敷奏法外推恩者，不可勝數。臣等一切不行，兼不注〔一〕，有經朝省下狀蒙送下本院，亦只是坐條告示。近准聖旨，依逐舉體例，下第舉人，各以舉數特奏名，已約計四百五十人。今日又准尚書省劄子取前來聖旨，特奏名外各遞減一舉人數〔二〕，若依此數，則又添數百人，雖未知朝廷作何行遣，不當先事建言，但恐朝命已行，卽論奏不及。臣等伏見恩榜得官之人，布在州縣，例皆垂老，别無進望，惟務黷貨以爲歸計，貪冒不職，十人而九。朝廷所放恩榜幾千人矣，何曾見一人能自奮勵有聞於時，而殘民敗官者不可勝數。以此謂其無益有損，不言可知。今之議者不過謂卽位之初，宜廣恩澤。苟以悦此僥倖無厭數百人者。而不知吏部以有限之官，待無窮之吏，户部以有限之財，禄無用之人，而所至州縣，舉罹其害。乃卽位之初，有此過舉，謂之恩澤，非臣所識也。伏乞斷自聖意，明勑大臣，特奏名舉人，只依近日聖旨指揮，仍詔殿試考官精加考校，量取一二十人，委有學問，詞理優長者，即許出官，其餘皆補文學、長史之類，不理選限，免使積弊之極，增重不已。臣等非不知言出怨生，既忝近臣，理難緘默。取進止。

貼黃。臣覺見備員吏部，親見其害，闕每一出〔三〕，争者至一二十人，雖川、廣、福建烟瘴之地，不問日月遠近，惟欲争先注授。臣竊怪之，陰以訪問。以爲授官之後，即請雇錢，多者至五七十千，又既授遠闕，許先借料錢，遠者許借三月，又得四十餘千。以貪惏無知之人，又以衰老到官之後，望其持廉奉法，盡公治民，不可得也。

〔一〕《七集·奏議集》卷四「注」作「住」。
〔二〕「各」字原爲空格，據《七集·奏議集》補。
〔三〕「一出」原作「一一」，今從《七集·奏議集》改。

省試放榜後劄子三首

乞裁減巡鋪兵士重賞

元祐三年三月　日，翰林學士朝奉郎知制誥蘇軾同孫覺劄子奏。臣等近奉勅權知貢舉，竊謂朝廷待士之意，本於禮義而輔以文法，雖有懷挾、傳義之禁，然事皆付之主司，終不以此多辱士類，虧損國體。近年緣練亨父爲試官，非理凌忽舉人，遂致喧競，因此多差巡鋪兵士，南省至一百人，訶察嚴細，如防盜賊。而恩賞至重，官員使臣，减年磨勘，指射差遣諸色人，支錢多至六百貫。若非理羅織，却無指定深重刑名。緣此小人貪功希賞，搜探懷袖，桊證以成其罪，其間不免冤濫。近者内臣石君召、鄭永崇、陳慥非理搜捕，臣等已具論奏，尋蒙朝廷取問行遣訖。欲乞下有司立法裁減重賞及減定巡鋪兵士人數，如非理羅織舉人，卽重行責罰，以稱朝廷待士之意。取進止。

乞不分經取士

元祐三年三月　日，翰林學士朝奉郎知制誥蘇軾同孫覺劄子奏。臣等近奉勑權知貢舉，竊見自來條貫分經取士，既於逐經中紐定分數取人，或一經中合格者少，卽取詞理淺謬卷子，以足其數，如合格者多，則雖優長亦須落下，顯是弊法。將來兼用詩賦，不專經義。欲乞今後更不分經，專以工拙爲去取。取進止。

乞不分差經義詩賦試官

元祐三年三月　日，翰林學士朝奉郎知制誥蘇軾同孫覺劄子奏。臣等近奏，爲將來科場既復詩賦，乞更不分經取人，已奉聖旨依奏。今來却見禮部新立條貫，將來科場如差試官三員者，以二員經義，一員詞賦，兩員者各差一員。臣等竊謂，既復詩賦與經義策論通考，舉人尚不分經，而試官乃分而爲二，甚無謂也。凡差試官，務在有詞學者而已。若得其人，則治《易》及第不害其能問《春秋》經義，入官不害其能考詩賦。若不得人，雖用本科，不免乖錯。須自聲律變爲經義，則詩賦之士，便充試官，何曾別求經義及第之人然後取士。若必用本科各考所試，則經義、策論、詩、賦四場，文理不同，亦須各差試官一人而後可。此本議者私憂過計，而有司不察，便爲創立此條，使一試院中有兩頭項試官，自有科場以來，無此故事。自來試官，患在争競不一，又分爲兩黨。試經義者主虚浮之文，考詩賦者主聲病之學。紛紜争競，理在不疑，舉人聞之，必興詞訟，爲害如此，了無所益。今來朝廷既復詩賦，又立此條，深恐天下監司，妄意朝廷必欲用詩賦之人爲試官，不問有無詞學，一例差充，其間久離科場之人，或已廢學，若用虚名差使，顯不如經義及第有文之人。人之有材，何施不可，經義、詩賦等是文詞，而議者便謂治經之人，不可使考詩賦，何其待天下士大夫之薄也。欲乞特賜指揮，今後差試官不拘曾應經義、詩賦舉者，專務選擇有詞學人充，其禮部近日所立條貫，更不施行。取進止。

御試劄子二首

奏乞御試放榜館職皆侍殿上

元祐三年三月　日，翰林學士朝奉郎知制誥蘇軾同孫覺劄子奏。臣等近奉勑權知貢舉，竊見自來御試放榜日，館職皆在殿上祗候，乃是祖宗舊法，以彰王國多士之美。熙寧中，因閤門偶失檢舉，不令上殿，自此遂爲定制。欲乞檢會治平以前故事施行。取進止。

放榜後論貢舉合行事件

元祐三年三月　日，翰林學士朝奉郎知制誥蘇軾劄子奏。臣近領貢舉，侍立殿上，祗候放榜，伏見舉人程試，有犯皇帝舊名者。有旨特許依本等賜第。又有犯真宗舊名者，執政亦乞依例收録，而陛下親發德音，以謂此人犯祖宗廟諱，不可不降等。已而又有犯僖宗廟諱者，有旨押出。在廷之人，無不稽首欣服，臣與同列退相告語，非獨以見聖人卑躬尊祖之意，亦足以知陛下嚴於取士之法，不好小惠以求虛名。臣備位禁近，固當推廣聖意，將順其美而補其所未備，謹具貢舉合行事件，畫一如左。

一、伏見祖宗舊制，過省舉人，一經殿試，黜落不少，既以慎重取人，又以見名器威福，專在人主。至嘉祐中，始盡賜出身，然猶不取雜犯。而近歲流弊之極，雜犯亦或收録〔一〕，遂使過省舉人便同及第，縱使紕繆，亦玷科舉，恩澤既濫，名器自輕，非祖宗本意也。自來過省舉人，限年累舉，積日持久，方該特奏名恩。今來一次過省殿試不合格，當年便得進士出身，此何義也？伏乞下省司立法〔二〕，將來殿試，除放合格人外，其餘並皆黜落，或乞以分數立額取人，所貴上無姑息之政，下絶僥倖之心。如聞已有去取二分指揮，然有法不行，與無法同。如已有法，即乞申明，仍告喻天下，將來殿試依法去取。

一、自來釋褐舉人，惟南省榜首或本場第一人唱名近下者，或有旨升一甲。然皆出自聖意，初無著令。今者南省十人已上，及別試第一人，國學開封解元，武舉第一人，經明行脩舉人，與凡該特奏名人正及第者，皆著令升一甲。紛然並進，士不復以升甲爲榮，而法在有司，恩不歸於人主，甚無謂也。竊謂累奏舉名〔三〕，已是濫恩，而經明行脩，尤是弊法。其間權勢請托，無所不有，侵奪解額，崇奬虚名，有何功能，復令升甲！人主所以礪世磨鈍，正在科舉等級升降榮辱之間，今乃輕以與人，不復愛惜，臣所未喻。伏望聖慈更與大臣詳議前件著令，乞賜刊削，今後殿試唱名，除南省逐場第一人臨時取旨外，其餘更不升甲。所貴進退之權，專在人主。其經明行修一科，亦乞詳議，早行廢罷。

一、臣近在貢院，與孫覺、孔文仲同入劄子，論特奏名人恩澤太濫，未蒙施行。伏乞檢會前奏，降付有司，詳議裁減。仍乞立法應特奏名人授文學、長史之類，今後南郊赦書，更不許召保出官。

一、伏見近日禮部立法，今後科場差試官三人者，一人詩賦，二人經義，差兩人者，詩賦、經義各一人。臣謂此法不可施行。凡差試官，務在選擇能文之士，若得其人，則治《易》及第不害其能問《春秋》經義，入官不害其能考詩賦。若不得人，縱用本科〔四〕，不免錯繆。須自聲律變爲經義，則詩賦之士便充試官，何曾别求經義及第之人然後取士，若必用本科各考所試，則經義、詩、賦、策論四場，文理不同，亦須各差試官一人而後可。此本言者私憂過計，而有司不察，便爲生出此條。自有科場以來，無此故事。今後每一試院，分兩頭項試官，問經義者則主虚浮之文，考詩賦者則貴聲病之學，紛紜爭競，理在不疑〔五〕。自此科場日有詞訟，爲害不小，了無所益。今來朝廷既復詩賦，又立此條，深恐天下監司，妄意朝廷必欲用作詩賦之人爲試官，不問有無詞學，一例差充。其間久離場屋之人，或已廢學，若用虛名差使，顯不如經義及第有文之人。欲乞特賜指揮，今後差使官，不拘經義、詩賦，專務選擇有才學之人，其禮部近日所立條貫，更不施行。

右取進止。

〔一〕《續資治通鑑長編》「收」作「取」。

〔二〕《續資治通鑑長編》「省」作「有」。

〔三〕《續資治通鑑長編》「奏舉」作「舉奏」。

〔四〕「縱用」原作「正用」，今從《續資治通鑑長編》改。

〔五〕《續資治通鑑長編》「在」作「則」。

乞罷學士除閑慢差遣劄子

元祐三年三月　日，翰林學士朝奉郎知制誥兼侍讀蘇軾劄子奏。臣近因宣召，面奉聖旨：「何故屢入文字乞郡？」臣具以疾病之狀對。又蒙宣諭：「豈以臺諫有言故耶？兄弟孤立，自來進用，皆是皇帝與太皇太后主張，不因他人。今來但安心，勿恤人言，不用更入文字求去。」臣退伏思念，頃自登州召還，至備員中書舍人以前，初無人言，只從參議役法，及蒙擢爲學士後，便爲朱光庭、王巖叟、賈易、韓川、趙挺之等攻擊不已，以至羅織語言，巧加醞釀，謂之誹謗。未入試院，先言任意取人，雖蒙聖主知臣無罪，然臣竊自惟，蓋緣臣賦性剛拙，議論不隨，而寵禄過分，地勢侵迫，故致紛紜，亦理之當然也。臣只欲堅乞一郡，則是孤負聖知，上違恩旨；欲默而不乞，則是與臺諫爲敵，不避其鋒，勢必不安。伏念臣多難早衰，無心進取，得歸丘壑以養餘年，其甘如薺。今既未許請郡，臣亦不敢遠去左右，只乞解罷學士，除臣一京師閑慢差遣，如祕書監、國子祭酒之類，或乞只經筵供職，庶免衆人側目，可以少安。取進止。

中國古典文學基本叢書

蘇軾文集

第三册

孔凡禮點校

事抑損，以謙遜不居爲美；雖然，明目達聰，以防壅塞，此乃社稷大計，豈可以謙遜之故，而遂不與羣臣接哉！方今天下多事，饑饉盜賊，四夷之變，民勞官冗，將驕卒惰，財用匱乏之弊，不可勝數，而政出帷箔，決之廟堂大臣，尤宜開兼聽廣覽之路，而避專斷壅塞之嫌，非細故也。伏望聖慈，更與大臣商議，除臺諫、開封知府已許上殿外，其餘臣僚，舊制許請間奏事，及出入辭見許上殿者，皆復祖宗故事，則天下幸甚。

一、凡爲天下國家，當愛惜名器，慎重刑罰。若愛惜名器，則斗升之禄，足以鼓舞豪傑。慎重刑罰，則笞杖之法，足以震讋頑狡。若不愛惜慎重，則雖日拜卿相，而人不勸，動行誅戮，而人不懼。此安危之機，人主之操術也。自祖宗以來，用刑至慎，習以成風，故雖展年磨勘、差替、衝替之類，皆足以懲警在位，獨於名器爵禄，則出之太易。每一次科場放進士諸科及特奏名約八九百人；一次郊禮，奏補子弟約二三百人，而軍職轉補，雜色入流，皇族外戚之薦不與。自近世以來，取人之多，得官之易，未有如本朝者也。今吏部一官闕，率常五七人守之，争奪紛紜，廉耻道盡，中材小官，闕遠食貧，到官之後，侵漁求取，靡所不爲，自本朝以來，官冗之弊，未有如今日者也。伏見祖宗舊制，過省舉人，御試黜落不少，既以慎重取人，又以見名器威福專在人主。至嘉祐末年，始盡賜出身，雖文理紕繆，亦玷科舉，而近歲流弊之極，至於雜犯，亦免黜落，皆非祖宗本意。又進士升甲，本爲南省第一人，唱名近下，方有特旨，皆是臨時出於聖斷。今來南省第十人以上，别試第一人，國子開封解元，武舉第一人，經明行修舉人，與凡該特奏名人正及第者，皆著令升一甲。紛然並進，人不復以升甲爲榮，而法在有司，恩不歸於人主，甚無謂也。特奏名人，除近上十餘人文詞稍可觀外，其餘皆詞學無取，年迫桑榆，進無所望，退無所歸，使之臨政，其害民必矣。欲望聖慈，特詔大臣詳議，今後進士諸科御試過落之法，及特奏名出官格式，務在精覈，以藝取人，不行小惠以收虛譽，其著令升甲指揮，乞今後更不施行。昔諸葛亮與法正論治道，其畧曰：「刑政不肅，君臣之道，漸以陵替。寵之以位，位極則賤。順之以恩，恩竭則慢。吾今威之以法，法行則知恩。限之以爵，爵加則知榮。恩榮並濟，上下有節，爲治之要也。」唐德宗蒙塵山南，當時事勢，可謂危急，少行姑息，亦理之常，而沿路進瓜果人，欲與一試官，陸贄力言以爲不可。今天下晏然，朝廷清明，何所畏避，而行姑息之政！故臣願陛下常以諸葛亮、陸贄之言爲法，則天下幸甚。

一、臣於前年十月内曾上言，其畧曰：「議者欲減任子以救官冗之弊，此事行之，則人情不悦，不行，則積弊不去。要當求其分義，務適厥中，使國有去弊之實，人無失職之歎。欲乞應奏蔭文官人，每遇科場，隨進士考試，武官卽隨武舉或試法人考試，並三人中解一人，仍年及二十五以上，方得出官，内已曾舉進士得解者免試，如三試不中，年及三十五以上，亦許出官，雖有三試留滯之艱，而無終身絶望之歎。亦使人人務學，不墜其家，爲益不小。」後來不蒙降出施行。切慮當時聖意，必謂改元之初，不欲首行約損之政。今者卽位已四年矣，官冗之病，有增而無損，財用之乏，有損而無增，數年之後，當有不勝其弊者。若朝廷恬不爲怪，當使誰任其憂，及今講求，臣恐其已晚矣。伏乞檢會前奏，早賜施行。

右謹錄奏聞，伏候勅旨。

〔一〕「翰林學士朝奉郎知制誥兼」十一字原缺，據郎本卷三十二、《七集·奏議集》卷五補。

〔二〕郎本「位」作「歲」。

論魏王在殯乞罷秋燕劄子〔一〕

元祐三年八月二十一日，翰林學士朝奉郎知制誥兼侍讀蘇軾劄子奏。臣近准鈐轄教坊所關到撰《秋燕致語》等文字。臣謹按《春秋左氏傳》，昭公九年，晉荀盈如齊，卒於戲陽，殯于絳，未葬，晉平公飲酒樂，膳宰屠蒯趨入，酌以飲工，曰：「汝爲君耳，將司聰也。辰在子卯，謂之疾日，君徹燕樂，學人舍業，爲疾故也。君之卿佐，是謂股肱，股肱或虧，何痛如之。汝弗聞而樂，是不聰也。」公説，徹樂。又按昭公十五年，晉荀躒如周葬穆后，既葬除喪，周景王以賓燕，叔向譏之，謂之樂憂。夫晉平公之於荀盈，蓋無服也。周景王之於穆后，蓋期喪也。無服者未葬而樂，屠蒯譏之。期喪者已葬而燕，叔向譏之。書之史册，至今以爲非。仁宗皇帝以宰相富弼母在殯，爲罷春燕。傳之天下，至今以爲宜。今魏王之喪，未及卒哭，而禮部太常寺皆以謂天子絶期，不妨燕樂，臣竊非之。若絶期可以燕樂，則《春秋》何爲譏晉平公、周景王乎？魏王之親，孰與「卿佐」？遠比荀盈，近比富弼之母，輕重亦有間矣。魏王之葬，既以陰陽拘忌，別擇年月，則當準禮以諸侯五月爲葬期，自今年十一月以前，皆爲未葬之月，不當燕樂，不可以權宜郊殯便同已葬也。臣竊意皇帝陛下篤於仁孝，必罷秋燕，不待臣言。但至今未奉指揮，緣上件教坊致語等文字，準令合於燕前一月進呈，臣既未敢撰，亦不敢稽延，伏乞詳酌。如以爲當罷，只乞自皇帝陛下聖意施行，更不降出臣文字。臣忝備侍從，叨陪講讀，不欲使人以絲毫議及聖明，故不敢不奏。取進止。

述災沴論賞罰及脩河事繳進歐陽脩議狀劄子〔一〕

元祐三年九月五日，翰林學士朝奉郎知制誥兼侍讀蘇軾劄子奏。臣今日邇英進讀《寶訓》，及雍熙、淳化間事。太宗皇帝每見時和歲豐，雨雪應時，輒喜不自勝〔二〕，舉酒以屬群臣。又是日熒惑與日同度，太史奏言當旱，既而雨足歲豐。臣讀至此，因進言水旱雖天數，然人君脩德，可以轉災爲福。故宋景文公一言〔三〕，熒惑退三舍。元豐八年，熒惑守心，逆行犯房，又逆而西垂，欲犯氐。氐四星，后妃之象也。方是時，二聖在位，發政施仁，惟恐不及。臣視熒惑退舍甚速，如有所畏，不敢復西。以此知天人之應，捷於影響。太宗皇帝親致太平，而每遇豐年，若獲非常之福，喜樂如此者，豈非水旱不作自是朝廷難得之事乎？《書》曰：「天聰明，自我民聰明。」匹夫匹婦有不獲其所，猶能致水旱，而況政令之失，小及一方，大及四海，其爲災沴，理在不疑。自二聖嗣位，于今四年，恭儉慈孝，至仁至公，可謂盡矣。而四年之中，非水則旱，日月薄蝕，五星相凌，淫雨大雪，常寒久陰之類，殆無虛月，豈盛德之報也哉！臣愚無知，竊謂陛下身修而政未修，故監司守令多不得人。百姓失職，無所告訴，謡怨上達，以傷陰陽之和。所以致此者，蓋由朝廷賞罰不明，舉措不當之咎也。

臣請畧而言之。去年熙河諸將，力戰以獲鬼章。此奇功也，故增秩賜金。涇原諸將，閉門自守，使賊大掠而去，若涉無人之境。此罪人也，亦增秩賜金。賞罰如此，何以使人？廣東妖賊岑探反，圍新州，差將官童政救之，政賊殺平民數千，其害甚於岑探。朝廷使江西提刑傅燮體量其事，燮畏避權勢，歸罪於新州官吏，又言新州官吏却有守城之功，乞以功過相除。愚弄上下，有同兒戲，然卒不問。岑探聚衆構謀，經年乃發，而所部官吏，茫不覺知，使一方赤子，肝腦塗地，然亦止於薄罰。童政凶狡貪殘，非一日之積，而監司乃令將兵討賊，以致數千人無辜就死，亦止降一差遣。近日温杲誘殺平民十九人，冤酷之狀，所不忍聞，而杲止於降官監當。蔡州捕盜吏卒，亦殺平民一家五六人，皆婦女無辜，屠割形體，以爲丈夫首級，欲以請賞，而守倅不按，監司不問。以至臣僚上言，及行下本路，乃云殺時可與不可辨認〔四〕。白日殺人，不辨男女，豈有此理？乃是預爲凶人開苟免之路。事如此者非一，臣不敢盡言，特舉其甚者耳。如此，不過恩庇得無狀小人十數人，正使此等歌詠愛戴，不知有何補益。而紀綱頹弛，婾惰成風，則千萬人受其害，此得爲仁乎？大抵爲國，要在分别是非，以行賞罰，然後善人有所恃賴，平人有所告訴，若不窮究曲直，惟務兩平，則君子無告，小人得志，天下之亂，可坐而待，此臣所謂賞罰不明之咎也。

黄河自天禧已來，故道漸以淤塞，每決而西，以就下耳。熙寧中，決於曹村，先帝盡力塞之，不及數年，遂決小吴。先帝聖神，知河之欲西北行也久矣，今强塞之，縱獲目前之安，而旋踵復決，必然之勢也，故不復塞。今都水使者王孝先乃欲於北京南開孫村河，欲奪河身以復故道。此豈獨一方之安危，天下之休戚也！古者舉大事，謀及庶人，上下僉同，然猶有意外之患。今內自工部侍郎、都水屬官，外至安撫轉運使及外監丞，皆以爲故道高仰〔五〕，勢若登屋，功必無成，而患有不可測者。以至河北吏民，無賢愚貴賤，皆以爲然。獨一孝先以爲可作。臣聞自孫村至海口舊管堤埽四十五所〔六〕，役兵萬五千人，勾當使臣五十員〔七〕，歲支物料五百餘萬。自小吳之決，故道諸埽，皆廢不治，堤上榆柳，并根掘取，殘零物料，變賣無餘，官吏役兵〔八〕，僅有存者。使孫村之役，不能奪過河身，則官私財力，舉爲虛棄。若幸而復行故道，則四十五埽，皆以廢壞，横流之災，必倍於今。孝先建議之初，畧不及此，近因人言沸騰，方牒北外監丞司云〔九〕：四十五埽，並屬北外監丞司地分，令一面相度枝梧。又云：因檢計春料，便令計置。今來欲興脩四十五處已壞隄埽，準備河水復行故道。此莫大之役，不貲之費也。孝先當於建議之初，首論其事，待朝廷上下熟議而行。今孝先便將此役作常程熟事行與北外監丞司〔一〇〕，令一面管認。意望敗事之後，歸罪他人。其爲欺罔，實駭羣聽。其餘患害，未易悉數。但臣採察衆論，以爲此役不可不罷。若今歲罷役，不過枉費九百萬物料，虛役二萬兵工，若更接續興脩，則來歲當役數十萬人，仍費三千餘萬。此外民勞之極，變故横生，嗟怨之聲，足以復致水旱。若將三千萬物料錢〔一一〕，分作數年，因水所欲行之地，稍立隄防，增卑培薄，數年之後，必漸安流。何苦徇一夫之私計，逆萬人之公論，以與必不可成之役乎！此臣所謂措置不當之咎也。

臣竊見仁宗朝名臣歐陽脩爲學士日，有《修河議狀》二篇，雖當時事宜，而其所畫利害，措置方畧〔一二〕，頗切今日之事。臣以爲可用，故輒繕寫進呈。自祖宗以來，除委任執政外，仍以侍從近臣爲耳目，請問論事，殆無虛日。今自垂簾以來，除執政、臺諫、開封尹外，更無人得對，惟有邇英講讀，猶獲親近清光。若復瘖默不言，則是耳目殆廢。臣受恩深重，不敢觀望上下，苟爲身謀，謹備録今日進讀之言，上陳聖鑒。臣無任恐慄待罪之至。取進止。

貼黄。臣爲衰病眼昏，所言機密，又不敢令別人寫録，書字不謹，伏望聖慈，特賜寬赦。

〔一〕郎本卷三十六題作《論賞罰及修河事》。

〔二〕「輒」原缺，據郎本補。

〔三〕「文」原爲空格，據郎本、《七集·奏議集》卷五補。

〔四〕郎本、《七集·奏議集》「可與」亦作「可與」，文義頗難明。商務印書館《萬有文庫》本《蘇東坡集》第十四册一百十二頁「可與」作「男女」，文義通，然不知其所本。今未敢遽改，附志於此。

〔五〕郎本、《七集·奏議集》及《續資治通鑑長編》、《歷代名臣奏議》無「高」字。

〔六〕「埽」原作「歸」，郎本、《七集·奏議集》作「掃」，龐校作「埽」，未出校記。案：以下數云「四十五埽」，作「埽」是。

〔七〕郎本「勾」作「幹」。

〔八〕「兵」原作「其」，今據郎本、《七集·奏議集》改。

〔九〕郎本「監」作「郡」，《七集·奏議集》亦作「郡」，以下「並屬北外監丞司地分」之「監」，均作「監」。《歷代名臣奏議》作「郡」。

〔一〇〕《續資治通鑑長編》「與」作「下」。

〔一一〕「錢」原缺，據郎本、《七集·奏議集》補。

明哲寬仁，度越二主，然臣亦豈敢恃此不去，以卒蹈二臣之覆轍哉！且二臣之死，天下後世，皆言二主信讒邪而害忠良，以爲聖德之累。使此二臣者，識幾畏漸，先事求去，豈不身名俱泰，臣主兩全哉！臣縱不自愛，獨不念一旦得罪之後，使天下後世有以議吾君乎？昔先帝召臣上殿，訪問古今，勑臣今後遇事卽言。其後臣屢論事，未蒙施行，乃復作爲詩文，寓物托諷，庶幾流傳上達，感悟聖意。而李定、舒亶、何正臣三人，因此言臣誹謗，臣遂得罪〔三〕。然猶有近似者，以諷諫爲誹謗也。今臣草麻詞，有云「民亦勞止」，而趙挺之以爲誹謗先帝，則是以白爲黑，以西爲東，殊無近似者。臣以此知挺之險毒甚於李定、舒亶、何正臣，而臣之被讒甚於蓋寬饒、劉洎也。古人有言曰：「爲君難，爲臣不易。」臣欲依違苟且，雷同衆人，則內愧本心，上負明主。若不改其操，知無不言，則怨仇交攻，不死卽廢。伏望聖慈念爲臣之不易，哀臣處此之至難，始終保全，措之不爭之地，特賜指麾，檢會前奏，早賜施行。臣無任感恩知罪，祈天請命，激切戰恐之至。取進止。

貼黃。郭槩人材凡猥，衆所共知，既以附會小人得罪，近復擢爲監司者，蓋畏挺之之口，欲以苟悅其意。正如向時王巖叟在言路時，擢用其父荀龍知澶州，妻父梁燾爲諫議，天下知其爲巖叟也。

又，貼黃。臣所舉自代人黃庭堅、歐陽棐，十科人王鞏，制科人秦觀，皆誣以過惡，了無事實。臣又曾建言乞行給田募役法，呂大防、范純仁皆深以爲便。方行下相度，而臺諫爭言其不可，更不得相度。至今臣每見大防、純仁，皆咨嗟太息，惜此法之不行，但畏臺諫不敢行下耳。

又，貼黃。中外臣寮，畏避臺諫，附會其言，以欺朝廷者，皆有實狀。但以事不關臣，故不敢一一奏陳耳。

又，貼黃。陛下若謂臣此言狂妄，即乞付外核實其事，顯加黜責。若以爲然，即乞留中省覽，臣當別具劄子乞郡外付施行。

〔一〕《七集·奏議集》卷五「例」作「列」。

〔二〕「度」原作「見」，據《續資治通鑑長編》改。郎本卷三十五「度」亦作「見」，龐校據本文《貼黄》有「不得相度」語，謂此處之「見」，似亦應作「度」。

〔三〕「臣」原缺，據郎本補。

辨舉王鞏劄子

元祐三年十一月十五日，翰林學士朝奉郎知制誥兼侍讀蘇軾劄子奏。臣近舉宗正寺丞王鞏充節操方正可備獻納科。竊聞臺諫官言鞏姦邪，及離間宗室，因諂事臣，以獲薦舉。奉聖旨，除鞏西京通判。謹按鞏好學有文，强力敢言，不畏强禦，此其所長也。年壯氣盛，鋭於進取，好論人物，多致怨憎，此其所短也。頃者竄逐萬里，偶獲生還，而容貌如故，志氣逾厲，此亦有過人者。故相司馬光深知之，待以國士，與之往返，論議不一。臣以爲所短不足以廢所長，故爲國收才，以備選用。去歲以來，吏民上書蓋數千人，朝廷委司馬光看詳，擇其可用者得十五人，又於十五人中獨稱奬二人，孔宗翰與鞏是也。鞏緣此得減二年磨勘，仍擢爲宗正寺丞。則臣之稱薦，與光之擢用，其事正同。若果是姦邪，臺諫當此時何不論奏。巽上疏論宗室之疏遠者，不當稱皇叔、皇伯，雖未必中理，然不過欲尊君抑臣，務合古禮而已，何名爲離間哉！況巽此議，執政多以爲非，獨司馬光深然之，故下禮部詳議。又兵部侍郎趙彦若，亦曾建言。若果是離間，光亦離間也，彦若亦離間也。方行下有司時，臺諫初無一言，及光没之後，乃有姦邪離間之説，則是巽之邪正，係光之存亡，非公論也。巽與臣世舊，幼小相知，從臣爲學，何名「謟事」？三者之論，了無一實。上賴聖明不以此罪巽，亦不以此責臣，止除外官，以厭塞言者之意〔一〕。臣復何所辨論。但痛司馬光死未數月，而所賢之士變爲姦邪，又傷言者本欲中臣而累及巽，誣罔之漸，懼者甚衆。是以冒昧一言，伏深戰越。取進止。

貼黄。臣曾親聞司馬光稱巽忠義，及見光親書簡帖與巽，往復議論政事，及有手簡與李清臣，稱巽之賢，真迹猶在。

〔一〕《歷代名臣奏議》「意」作「責」。

論周穜擅議配享自劾劄子二首

元祐三年十二月二十一日，翰林學士朝奉郎知制誥兼侍讀蘇軾劄子奏。臣先任中書舍人日，敕舉學官，曾舉江寧府右司理參軍周穜，蒙朝廷差充鄆州州學教授。近者竊聞穜上疏，言朝廷當以故相王安石配享神宗皇帝。謹按漢律，擅議宗廟者棄市。自高后至文、景、武、宣，皆行此法，以尊宗廟，重朝廷，防微杜漸，蓋有深意。本朝自祖宗以來，推擇元勳重望始終全德之人，以配食列聖。蓋自天子所不敢專，必命都省集議，其人非天下公議所屬，不在此選，既上，詔云恭依册告宗廟，然後敢行。其嚴如此，豈有既行之後，復請疏遠小臣，各出私意，以議所配？若置而不問，則宗廟不嚴而朝廷輕矣。竊以安石平生所爲，是非邪正，中外具知，難逃聖鑒。先帝蓋亦知之，故置之閑散，終不復用。今已改青苗等法，而廢退安石黨人呂惠卿、李定之徒，至於學校貢舉，亦已罷斥佛老，禁止字學。大議已定，行之數年，而先帝配享已定用富弼，天下翕然以爲至當。穜復何人，敢建此議，意欲以此嘗試朝廷，漸進邪説，陰唱羣小，此孔子所謂「行險僥倖，居之不疑」者也。而臣忝備侍從，謬于知人，至引此人以汙學校〔一〕，若又隱而不言，則罔上黨奸，其罪愈大。謹自劾以待罪，伏望聖慈特勑有司，議臣妄舉之罪，重賜責降，以儆在位。取進止。

〔一〕「汙」原作「汗」，據《七集·奏議集》卷五改。

又

元祐三年十二月日，翰林學士朝奉郎知制誥兼侍讀蘇軾劄子奏。臣近上言，以所舉學官周穜擅議先帝配享，欲以嘗試朝廷，漸進邪説，陰唱羣小，乞下有司議臣妄舉之罪，重行責降，以警在位，至今累日，未奉指揮。

切以爲國之本，在於明賞罰，辨邪正，二者不立，亂亡隨之。《易》曰：「大君有命，開國承家，小人勿用。」象曰：「大君有命，以正功也。小人勿用，必亂邦也。」昔郭公善善惡惡而不免於亡者，以善善而不能用，惡惡而不能去也。

臣觀二聖嗣位以來，斥逐小人，如吕惠卿、李定、蔡確、張誠一、吴居厚、崔台符、楊汲、王孝先、何正臣、盧秉、蹇周輔、王子京、陸師閔、趙濟，中官李憲、宋用臣之流，或首開邊隙，使兵連禍結，或漁利榷財，爲國斂怨，或倡起大獄，以傾陷善良，其爲姦惡，未易悉數。而王安石實爲之首。今其人死亡之外，雖已退處閒散，而其腹心羽翼，布在中外，懷其私恩，冀其復用，爲之經營遊説者甚衆。皆矯情匿迹，有同鬼蜮，其黨甚堅，其心甚一。而明主不知，臣實憂之。夫君子之難致如麟鳳，色斯舉矣，翔而後集，況可麾而却之乎？小人之易進如蛆蠅，腥羶所聚，瞬息千萬，況可招而來之乎？朝廷日近稍寬此等，如李憲乞於近地居住，王安禮抗拒恩詔，蔡確乞放還其弟，皆即聽許。崔台符、王孝先之流，不旋踵進用。楊汲亦漸牽復。吕惠卿窺見此意，故敢乞居蘇州。此等皆民之大賊，國之巨蠹，得全首領，以爲至幸，豈可與尋常一眚之臣，計日累月，洗雪復用哉！今既稍寬之後，必漸用之。如此不已，則惠卿、蔡確之流，必有時而用，青苗、市易等法，必有時而復。何以言之？將作監丞李士京者，邪佞小人，衆所嗤鄙，而大臣不察，稍稍引用，以汙寺監，猶能建開壕之議，爲修城之漸。其策既行，遂唱言於衆，欲次復用臣茶磨之法。由此觀之，惠卿、蔡確之流，何憂不用，青苗、市易等法，何憂不復哉！

昔盧杞責降既久，經涉累赦，德宗欲與一小郡，舉朝憂恐，而宰相李勉、給事中袁高、諫官趙需、裴佶、宇文炫、盧景亮、張薦、常侍李泌等皆以死争之。勉等非惜一郡也，知杞得郡不已，必將復用，一炬有燎原之憂，而濫觴有滔天之禍故也。今周穜草芥之微，而敢建此議，蓋有以啓之矣。昔淮南王謀反，所憚獨汲黯，以謂説公孫丞相，若發蒙耳。今穜蟣蝨小臣，而敢爲大姦，愚弄朝廷，若無人然，不幸而有淮南王，當復誰憚乎？臣不敢遠引古人，但使執政之中，有如富弼、韓琦，臺諫之中，有如包拯、吕誨，或司馬光尚在，此鼠輩敢爾哉！昔王安石在仁宗、英宗朝，矯詐百端，妄竊大名，咸以爲可用〔一〕，惟韓琦獨識其姦，終不肯進。使琦不去位，安石何由得志？以此知辨人物之邪正，消禍患於未萌，真宰相事也。臣數日以來，竊聞執政之議，多欲薄臣之責而寬穜之罪，若果如此，則是使今後近臣輕引小人，而惠卿之流，有以卜朝廷之輕重。事關消長，憂及治亂。伏望特出宸斷，深詔有司議臣與穜之罪，不可輕恕。縱使朝廷察臣本無邪心，止是暗繆，亦乞借臣以立法，則臣上荷知遇，雖云得罪，實同被賞。若蒙寬貸，則是私臣之身，而廢天下之法。臣之愧耻，若撻于市，不勝憤懣。憂國之心，意切言惷，伏候誅譴。取進止。

貼黄。周穜州縣小吏，意在寸進而已，今忽猖狂，首建大議，此必有人居中陰主其事。不然者，穜豈敢出位犯分，以摇天聽乎？此臣所以不得不再三論列也。

〔一〕「咸」原作「或」，今從《續資治通鑑長編》改。案，以下有「韓琦獨識其姦」語，作「咸」是。

論邊將隱匿敗亡憲司體量不實劄子

元祐三年閏十二月四日，翰林學士知制誥兼侍讀蘇軾劄子奏。臣近以目昏臂痛，堅乞一郡，蓋亦自知受性剛褊，黑白太明，難以處衆。伏蒙聖慈〔一〕，降詔不許，兩遣使者存問慰安。天恩深厚，淪入骨髓。臣謂此恩當以死報，不當更計身之安危，故復起就職，而職事清閒，未知死所，每因進讀之間，事有切於今日者，輒復盡言，庶補萬一。

昨日所讀《寶訓》，有云：「淳化二年，上謂侍臣，諸州牧監馬多瘐死，蓋養飼失時，枉致病斃。近令取十數槽寘殿庭下，視其芻秣，教之養療，庶革此弊。」臣因進言馬所以病，蓋將吏不職，致圉人盜減芻粟，且不卹其饑飽勞逸故也。馬不能言，無由申訴，故太宗至仁，深哀憐之，寘之殿庭，親加督視。民之於馬，輕重不同，若官吏不得其人，人雖能言，上下隔絶，不能自訴，無異於馬。馬之饑瘦勞苦，則有斃踣奔逸之憂；民之困窮無聊，則有溝壑盜賊之患。然而四海之衆，非如養馬，可以寘之殿庭，惟當廣任忠賢，以爲耳目，若忠賢疎遠，諂佞在傍，則民之疾苦，無由上達。

秦二世時，陳勝、吴廣，已屠三川，殺李由，而二世不知。陳後主時，隋兵已渡江，而後主不知。此皆昏主，不足道。如唐明皇親致太平，可謂明主，而張九齡死，李林甫、楊國忠用事，鮮于仲通以二十萬人没于雲南〔三〕，不奏一人，反更告捷，明皇不問，以至上下相蒙，禄山之亂，兵已過河，而明皇不知也。今朝廷雖無此事，然臣聞去歲夏賊犯鎮戎，所殺掠不可勝數，或云「至萬餘人」。而邊將乃奏云「野無所掠」。其後朝廷訪聞，委提刑司體量，而提刑孫路止奏十餘人，乞朝廷先賜放罪，然後體量實數。至今遷延二年，終未結絶聞奏。凡死事之家，官所當卹，若隱而不奏，則生死銜冤，何以使人？此豈小事，而路爲耳目之司，既不隨事奏聞朝廷，既行蒙蔽，又乞放罪，遷延侮玩，一至于此！臣謂此風漸不可長，馴致其患，何所不有，此臣之所深憂也。臣非不知陛下必已厭臣之多言，左右必已厭臣之多事，然受恩深重，不敢自同衆人，若以此獲罪，亦無所憾。取進止。

〔一〕「蒙」原作「望」，據郎本卷三十五、《七集·奏議集》卷五改。

〔二〕「鮮于」原作「鮮於」，據郎本、《七集·奏議集》改。

薦何宗元十議狀

元祐三年閏十二月十九日，翰林學士朝奉郎知制誥兼侍讀蘇軾狀奏。右臣伏見朝廷近制，川峽四路員缺，並歸吏部注擬。臣竊原聖意，蓋爲蜀道險遠，人材衆多，若就本路差除，則士皆懷土重遷，老死鄉邑，可用之人，朝廷莫得而器使也。士雖在遠，亦識此意，聞命忻然，皆有不遠千里觀光求用之心。然法行數年，未見朝廷非次擢用一人，此乃如臣等輩不舉所聞之過也。伏見蜀人朝奉郎新差通判延州事何宗元，吏道詳明，士行修飾，學古著文，頗適於用。近以所著《十議》示臣，文詞雅健，議論審當。臣愚不肖，謂可試之以事，觀其所至。謹繕寫《十議》上進。伏望聖慈降付三省詳看，如有可採，乞隨才録用，非獨以廣育材之道，亦以慰答遠方多士求用之意也。謹録奏聞，伏候勑旨。

舉何去非換文資狀

元祐四年正月　日，翰林學士朝奉郎知制誥兼侍讀蘇軾狀奏。右臣伏見左侍禁何去非，本以進士六舉到省，元豐五年，以特奏名就御庭唱名。先帝見其所對策詞理優贍，長於論兵。因問去非：「願與不願武官〔一〕。去非不敢違聖意。遂除右班殿直，武學教授，後遷博士。今已八年。嘗見其所著述，材力有餘，識度高遠，其論歷代所以廢興成敗，皆出人意表，有補於世。去非雖喜論兵，然本儒者，不樂爲武吏。又其他文章，無施不宜。欲望聖慈特與換一文資，仍令充太學博士，以率勵學者，稍振文律，庶幾近古。若後不如所舉，臣等甘伏朝典。謹錄奏聞，伏候勅旨。

〔一〕「武」後原有「臣」字，據郎本卷三十五删。

論行遣蔡確劄子

元祐四年四月十一日，龍圖閣學士朝奉郎新知杭州蘇軾劄子奏。臣近蒙聖恩，哀臣疾病，特許補外。臣竊自惟受恩深重，不敢以出入之故，便同衆人，有所聞見而不盡言。竊聞臣寮有繳進蔡確詩言涉謗讟者。臣與確元非知舊，實自惡其爲人。今來非敢爲確開説，但以此事所係國體至重，天下觀望二聖所爲，若行遣失當，所損不小。臣爲侍從，合具奏論。若朝廷薄確之罪，則天下必謂皇帝陛下見人毁謗聖母，不加忿疾，其於孝治，所害不淺。若深罪之，則議者亦或以謂太皇太后陛下聖量寬大，與天地等，而不能容受一小人謗怨之言，亦於仁政不爲無累。臣欲望皇帝陛下降勅，令有司置獄，追確根勘，然後太皇太后内出手詔云：「吾之不德，常欲聞謗以自儆。今若罪確，何以來天下異同之言。矧確嘗爲輔臣，當知臣子大義，今所繳進，未必真是確詩。其一切勿問，仍牓朝堂。」如此處置，則二聖仁孝之道，實爲兩得。天下有識，自然心服。臣不勝愛君憂國之心，出位僭言，謹俟誅殛〔一〕。取進止。

〔一〕「俟」原作「伏」，今從郎本卷三十五。

乞將臺諫官章疏降付有司根治劄子

元祐四年四月十七日，龍圖閣學士朝奉郎新知杭州蘇軾劄子奏。臣近以臂疾，堅乞一郡，已蒙聖恩差知杭州。臣初不知其他，但謂朝廷哀憐衰疾，許從私便。及出朝參，乃聞班列中紛然，皆言近日臺官論奏臣罪狀甚多，而陛下曲庇小臣，不肯降出，故許臣外補。臣本畏滿盈，力求閒退，既獲所欲，豈更區區自辯〔一〕，但竊不平。數年以來，親見陛下以至公無私治天下，今乃以臣之故，使人上議聖明，以謂抑塞臺官，私庇近侍，其於君父，所損不小。此臣之所以不得不辯也。臣平生愚拙，罪戾固多，至於非義之事，自保必無。只因任中書舍人日，行呂惠卿等告詞，極數其凶慝，而弟轍爲諫官，深論蔡確等姦回。確與惠卿之黨，布列中外，共讐疾臣。近日復因臣言鄆州教授周穜，以小臣而爲大姦，故黨人共出死力，搆造言語，無所不至。使臣誠有之，則朝廷何惜竄逐，以示至公。若其無之，臣亦安能以皎然之身，而受此曖昧之謗也？人主之職，在於察毀譽，辨邪正。夫毀譽既難察，邪正亦不易辨，惟有坦然虛心而聽其言，顯然公行而考其實，則真妄自見，讒搆不行〔二〕。若陰受其言，不考其實，獻言者既不蒙聽用，而被謗者亦不爲辯明，則小人習知其然，利在陰中，浸潤膚受，日進日深，則公卿百官，誰敢自保，懼者甚衆，豈惟小臣。此又臣非獨爲一身而言也。伏望聖慈，盡將臺諫官章疏降付有司，令盡理根治，依法施行。所貴天下曉然知臣有罪無罪，自有正法，不是陛下屈法庇臣，則臣雖死無所恨矣。夫君子之所重者，名節也。故有「捨生取義」、「殺身成仁」、「可殺不可辱」之語。而爵位利禄，蓋古者有志之士所謂鴻毛弊屣也。人臣知此輕重〔三〕，然後可與事君父，言忠孝矣。今陛下不肯降出臺官章疏，不過爲愛惜臣子，恐其萬一實有此事，不免降黜。而不念臣元無一事，空受誣衊，聖明在上，痦鳴無告，重壞臣爵位，而輕壞臣名節，臣切痛之。意切言盡，伏候誅殛。取進止。

貼黄。臣所聞臺官論臣罪狀，亦未知虚實，但以議及聖明，故不得不辯。若臺官元無此疏，則臣妄言之罪，亦乞施行。

又，貼黄。臣今方遠去闕庭，欲望聖慈察臣孤立，今後有言臣罪狀者，必乞付外施行。

〔一〕「辯」原作「辨」，今從郎本卷三十五。下同。

〔二〕「搆」原作「構」。本文有「搆造言語」句，今改「構」爲「搆」。

〔三〕「輕重」二字原缺，據郎本補。

乞賜州學書板狀

元祐四年八月　日，龍圖閣學士朝奉郎知杭州蘇軾狀奏。右臣伏見本州學，見管生員二百餘人，及入學參假之流，日益不已。蓋見朝廷尊用儒術，更定貢舉條法，漸復祖宗之舊，人人慕義，學者日衆。若學糧不繼，使至者無歸，稍稍引去，甚非朝廷樂育之意。前知州熊本，曾奏乞用廢罷市易務書板，賜與州學，印賃收錢，以助學糧；或乞賣與州學，限十年還錢。今蒙都督指揮，只限五年。見今轉運司差官重行估價，約計一千四百六貫九百八十三文。若依限送納，即州學歲納二百八十一貫三百九十七文，五年之間，深爲不易。學者旦夕闕食，而望利於五年之後，何補於事。而朝廷歲得二百八十一貫三百九十七文，如江海之中增損涓滴，了無所覺。徒使一方士民，以謂朝廷既已捐利與民，廢罷市易，所放欠負，動以萬計，農商小民，銜荷聖澤，莫知紀極，而獨於此饑寒儒素之士，惜毫末之費，猶欲於此追收市易之息，流傳四方，爲損不小，此乃有司出納之吝，非朝廷寬大之政也。臣以侍從，備位守臣，懷有所見，不敢不盡。伏望聖慈特出宸斷，盡以市易書板賜與州學，更不估價收錢，所貴稍服士心以全國體。謹録奏聞，伏候敕旨。

貼黄。臣勘會市易務元造書板用錢一千九百五十一貫四百六十九文，自今日以前所收淨利，已計一千八百八十九貫九百五十七文，今若賜與州學，除已收淨利外，只是實破官本六十一貫五百一十二文，伏乞詳酌施行。

奏爲法外刺配罪人待罪狀

元祐四年八月　日，龍圖閣學士朝奉郎知杭州蘇軾狀奏。右臣自入境以來，訪聞兩浙諸郡，近年民間例織輕疎糊藥紬絹以備送納，和買夏税官吏，欲行揀擇，而姦猾人户及攬納人遞相扇和，不納好絹。致使官吏無由揀擇，期限既迫，不免受納。歲歲如此，習以成風。故京師官吏軍人，但請兩浙衣賜，皆不堪好。上京綱運，歲有估剥，日以滋多。去年估剥至九千餘貫，元納專典枷鏁鞭撻，典賣竭産，有不能償。姑息之弊，一至於此。

臣自到郡，欲漸革此弊，卽指揮受納官吏，稍行揀擇。至七月二十七日，有百姓二百餘人，於受納場前，大叫數聲，官吏軍民，並皆辟易。遂相率入州衙，詣臣喧訴。臣以理喻遣，方稍引去。臣知此數百人，必非齊同發意，當有凶奸之人，爲首糾率。密行緝探。當日據受納官仁和縣丞陳皓狀申，有人户顔巽男顔章、顔益納和買絹五疋，並是輕疎糊藥，丈尺短少，以此揀退。其逐人却將專典拍撮及與攬納人等數百人，對監官高聲叫啾，奔走前去。臣卽時差人捉到顔章、顔益二人，枷送右司理院禁勘。只至明日，人户一時送納好絹，更無一人敢行喧鬧。

續據右司理院勘到顔章、顔益，招爲本家有和買紬絹共三十七疋，章等爲見遞年例只是將輕疎糊藥紬絹納官，今年本州爲綱運估剥數多，以此指揮要納好絹。章等既請和買官錢每疋一貫，不合將低價收買昌化縣輕疎糊藥短絹納官，其顔章又不合與兄顔益商量，若或揀退，卽須拍撮專揀，扇摇衆户，叫啾投州，嚇脅官吏，令只依遞年受納不堪紬絹，尋將買到輕疎糊藥短絹五疋，付揀子家人翁誠納官。尋被翁誠覆本官揀退。章等既見衆户亦有似此輕疎短絹，多被揀退，尋拍撮翁誠叫屈。顔益在後用手推翁誠，令顔章拍去投州，卽便走出三門前，叫屈二聲，跳出欄干，將兩手擡起，唤衆户扇摇叫啾，稱一時投州去來。衆户約二百餘人，因此亦一時叫啾相隨，投州衙喧訴。臣尋體訪得顔章、顔益係第一等豪户顔巽之子。巽先充書手，因受贓虚消税賦，刺配本州牢城，尋卽用倖計搆胥吏、醫人，託患放停，又爲詐將産業重疊當出官鹽，刺配滁州牢城，依前託患放停歸鄉。父子奸凶，衆所畏惡。下獄之日，閭里稱快。

謹按顔益、顔章以匹夫之微，令行於衆，舉手一呼，數百人從之，欲以衆多之勢，脅制官吏，必欲今後常納惡絹，不容臣等少革前弊，情理巨蠹，實難含忍。本州既已依法決訖。臣獨判云：「顔章、顔益，家傳凶狡，氣蓋鄉閭。故能奮臂一呼，從者數百。欲以摇動長吏，脅制監官。蠹害之深，難從常法。已刺配本州牢城去訖。」仍以散行曉示鄉村城郭人户，今後更不得織造輕疎糊藥紬絹，以備納官。庶幾明年全革此弊。伏望朝廷詳酌，備録臣此狀，下本路轉運司，遍行約束曉示。所貴今後京師及本路官吏軍人，皆得堪好衣賜，及受納專副，不至破家陪填。所有臣法外刺配顔章、顔益二人，亦乞重行朝典。謹録奏聞，伏候敕旨。

貼黄。勘會本州去年發和買夏税物帛計一十四綱，今來只估剥到四綱，已及九千餘貫，乞下左藏庫，便見估剥數目浩大。

乞賜度牒修廨宇狀

元祐四年九月　日，龍圖閣學士朝奉郎知杭州蘇軾狀奏。右臣伏見杭州地氣蒸潤，當錢氏有國日，皆爲連樓複閣，以藏衣甲物帛。及其餘官屋，皆珍材巨木，號稱雄麗。自後百餘年間，官司既無力修换，又不忍拆爲小屋，風雨腐壞，日就頽毁。中間雖有心長吏，果於營造，如孫沔作中和堂，梅摯作有美堂，蔡襄作清暑堂之類，皆務創新，不肯修舊。其餘率皆因循支撑，以苟歲月。而近年監司急於財用，尤諱修造，自十千以上，不許擅支。以故官舍日壞，使前人遺構，鞠爲朽壞，深可歎惜。臣自熙寧中通判本州，已見在州屋宇，例皆傾邪，日有覆壓之懼。今又十五六年，其壞可知。到任之日，見使宅樓廡，欹仄罅縫，但用小木橫斜撑住，每過其下，慄然寒心，未嘗敢安步徐行。及問得通判職官等，皆云每遇大風雨，不敢安寢正堂之上。至於軍資甲仗庫，尤爲損壞。今年六月内使院屋倒，壓傷手分書手二人；八月内鼓角樓摧，壓死鼓角匠一家四口，内有孕婦一人。因此之後，不惟官吏家屬，日負憂恐，至於吏卒往來，無不狼顧。

臣以此不敢坐觀，尋差官檢計到官舍城門樓櫓倉庫二十七處，皆係大段隳壞，須至修完，共計使錢四萬餘貫，已具狀聞奏，乞支賜度牒二百道，及且權依舊數支公使錢五百貫，以了明年一年監修官吏供給，及下諸州剗刷兵匠應副去訖。臣非不知破用錢數浩大，朝廷未必信從，深欲減節，以就約省。而上件屋宇，皆錢氏所構，規摹高大，無由裁撙，使爲小屋。若頓行毁拆，改造低小，則目前蕭然，便成衰陋，非惟軍民不悦，亦非太平美事。竊謂仁聖在上，憂愛臣子，存恤遠方，必不忍使官吏胥徒，日以軀命，僥倖苟安於腐棟頹牆之下。兼恐弊陋之極，不即修完，三五年間，必遂大壞，至時改作，又非二百道度牒所能辦集。伏望聖慈，特出宸斷，盡賜允從。如蒙朝廷體訪得不合如此修完，臣伏欺罔之罪。謹録奏聞，伏候勅旨。

乞詩賦經義各以分數取人將來只許詩賦兼經狀

元祐四年十月十八日，龍圖閣學士朝奉郎知杭州蘇軾狀奏。右臣今月五日，據本州進士汪㴬等一百四十人詣臣陳狀，稱准元祐四年四月十九日勑，詩賦、經義各五分取人。朝廷以謂學者久傳經義，一旦添改詩賦，習者尚少，遂以五分立法，是欲優待詩賦勉進詞學之人。然天下學者，寅夜競習詩賦，舉業率皆成就，雖降平分取人之法，緣業已習就，不願再有改更，兼學者亦以朝廷追復祖宗取士故事，以詞學爲優，故士人皆以不能詩賦爲耻。比來專習經義者，十無二三，見今本土及州學生員，多從詩賦，他郡亦然。若平分解名，委是有虧詩賦進士，難使捐已習之詩賦，抑令就經義之科。或習經義多少〔一〕，各以分數發解，乞據狀敷奏者。

臣曩者備員侍從，實見朝廷更用詩賦本末，蓋謂經義取人以來，學者争尚浮虚文字，止用一律，程試之日，工拙無辨，既去取高下，不厭外論，而已得之後，所學文詞，不施於用，以故更用祖宗故事，兼取詩賦。而横議之人，欲收姑息之譽，争言天下學者不樂詩賦，朝廷重失士心，故爲改法，各取五分。然臣在都下，見太學生習詩賦者十人而七。臣本蜀人，聞蜀中進士習詩賦者，十人而九。及出守東南，親歷十郡，及多見江湖福建士人皆争作詩賦，其間工者已自追繼前人，專習經義，士以爲耻。以此知前言天下學者不樂詩賦，皆妄也。惟河北、河東進士，初改聲律，恐未甚工，然其經義文詞，亦自比他路爲拙，非獨詩賦也。朝廷於五路進士，自許禮部貢院分數取人，必無偏遺一路士人之理。今臣所據前件進士汪漑等狀，不敢不奏，亦料諸處似此申明者非一。

欲乞朝廷參詳衆意，特許將來一舉隨詩賦、經義人數多少，各紐分數發解，如經義零分不及一人，許併入詩賦額中，仍除將來一舉外，今後並只許應詩賦進士舉，所貴學者不至疑惑，專一從學。謹録奏聞，伏候勑旨。

貼黄。詩賦進士，亦自兼經，非廢經義也。

〔一〕《續資治通鑑長編》「多」前有「詩賦」二字。

蘇軾文集卷三十

奏議

論高麗進奉狀〔一〕

元祐四年十一月三日，龍圖閣學士朝奉郎知杭州蘇軾狀奏。臣伏見熙寧以來，高麗人屢入朝貢，至元豐之末，十六七年間，館待賜予之費，不可勝數。兩浙、淮南、京東三路築城造船，建立亭館，調發農工，侵漁商賈，所在騷然，公私告病。朝廷無絲毫之益，而夷虜獲不貲之利。使者所至，圖畫山川，購買書籍。議者以爲所得賜予，大半歸之契丹。雖虛實不可明，而契丹之彊，足以禍福高麗；若不陰相計構，則高麗豈敢公然入朝中國？有識之士，以爲深憂。

自二聖嗣位，高麗數年不至，淮、浙、京東吏民有息肩之喜。唯福建一路，多以海商爲業，其間凶險之人，猶敢交通引惹，以希厚利。臣稍聞其事，方欲覺察行遣。今月三日，准秀州差人押到泉州百姓徐戩，擅於海舶内載到高麗僧統義天手下侍者僧壽介、繼常、穎流，院子金保、裴善等五人，乃齎到本國禮賓省牒云〔二〕：「奉本國王旨，令壽介等齎義天祭文來祭奠杭州僧源闍黎。」臣已指揮本州送承天寺安下，選差職員二人，兵級十人，常切照管，不許出入接客，及選有行止經論僧伴話，量行供給，不令失所外，已具事由畫一，奏禀朝旨去訖。

又據高麗僧壽介有狀稱：「臨發日，奉國母指揮，令齎金塔二所，祝延皇帝、太皇太后聖壽。」臣竊觀其意，蓋爲二聖嗣位數年，不敢輕來入貢，頓失厚利。欲復遣使，又未測聖意。故以祭奠源闍黎爲名，因獻金塔，欲以嘗試朝廷，測知所以待之之意輕重厚薄。不然者，豈有欲獻金塔爲壽，而不遣使奉表，止因祭奠亡僧，遂致國母之意？蓋疑中國不受，故爲此苟簡之禮以卜朝廷。若朝廷待之稍重，則貪心復啓，朝貢紛然，必爲無窮之患。待其已至，然後拒之，則又傷恩。恭惟聖明灼見情狀，廟堂之議，固有以處之。臣忝備侍從，出使一路，懷有所見，不敢不盡，以備採擇。謹具畫一如左。

一、福建狡商，專擅交通高麗，引惹牟利，如徐戩者甚衆。訪聞徐戩，先受高麗錢物，於杭州雕造夾注《華嚴經》，費用浩汗，印板既成，公然於海舶載去交納，却受本國厚賞，官私無一人知覺者。臣謂此風豈可滋長，若馴致其弊，敵國奸細，何所不至。兼今來引致高麗僧人，必是徐戩本謀。臣已枷送左司理院根勘，即當具案聞奏，乞法外重行，以戒一路奸民猾商次〔三〕。

一、高麗僧壽介有狀稱：「臨發日，國母令齎金塔祝壽。」臣以爲高麗因祭奠亡僧，遂致國母之意，苟簡無禮，莫斯爲甚。若朝廷受而不報，或報之輕，則夷虜得以爲詞。若受而厚報之，則是以重幣答其苟簡無禮之餽也。臣已一面令管勾職員退還其狀〔四〕，云朝廷清嚴，守臣不敢專擅奏聞。臣料此僧勢不肯已，必云本國遣其來獻壽，今若不奏，歸國得罪不輕。臣欲於此僧狀後判云：「州司不奉朝旨，本國又無來文，難議投進。執狀歸國照會。」如此處置，只是臣一面指揮，非朝廷拒絕其獻，頗似穩便。如以爲可，乞賜指揮施行。

一、高麗僧壽介齎到本國禮賓省牒云：「祭奠源闍黎，仍諸處等尋師學法〔五〕。」臣謂壽介等只是義天手下侍者，非國王親屬。其來乃致私奠，本非國事。待之輕重，當與義天殊絶。欲乞只許致奠之外，其餘尋師學法出入遊覽之類，並不許。仍與限日，却差船送至明州，令搭附因便海舶歸國，更不差人船津送。如有買賣，許量辦歸裝，不得廣作商販。

右謹件如前。若如此處置，使無厚利，以絶其來意，上免朝廷帑廪無益之費，下免淮、浙、京東公私靡弊之患。不勝區區。謹録奏聞，伏候勑旨。

〔一〕郎本卷三十四題作《論高麗第一狀》。
〔二〕「乃」原作「及」，今從郎本改。
〔三〕郎本「次」作「矣」。
〔四〕郎本「勾」作「當」。
〔五〕「等」原缺，據郎本補。

乞賑濟浙西七州狀

元祐四年十一月初四日，兩浙西路兵馬鈐轄龍圖閣學士朝奉郎蘇軾狀奏。勘會浙西七州軍，冬春積水，不種早稻，及五六月水退，方插晚秧，又遭乾旱，早晚俱損，高下並傷，民之艱食，無甚今歲。見今米㪷九十足錢，小民方冬已有飢者。兩浙水鄉，種麥絶少，來歲之熟，指秋爲期，而熟不熟又未可知。深恐來年春夏之交，必有飢饉盜賊之憂。本司除已與提、轉商量多方擘畫准備外，有合申奏事件，謹具畫一如左。

一、轉運司來年合發上供額斛及補填舊欠共一百六十餘萬碩，本路錢物，大抵空匱，刻刷變轉不行，官吏急於趁辦，務在免責，催迫賦租，督促欠負，鈐束私酒漏税之類〔一〕，必倍於平日，飢貧之民，無路逃死，必將聚爲盜賊。又緣上供額斛數目至廣，都無有備。見今逐州廣行收糴，指揮嚴緊，官吏不免遮攔，米穀添價貴糴，以此斛㪷湧貴，小民乏食。欲望聖慈愍此一方遭罹。熙寧中饑疫，人死大半，至今城市寂寥，少欠官私逋負，十人而九，若不痛加賑恤，則一方餘民，必在溝壑。今來亦不敢望朝廷別賜錢米，但祇寬得轉運司上供年額錢斛，則官吏自然不行迫急之政，而民日受賜矣。乞出自宸斷，來年本路上解錢斛，且起一半或三分之二，其餘候豐熟日，分作二年，隨年額上供錢物起發，所貴公私稍獲通濟。又恐官吏爲見明年既得寬減，僥倖替移，更不盡心擘畫收拾，以備補填年額，乞特賜指揮，須管依年分收簇數足，若遇移替，具所收簇到數交割與後政承認〔二〕，不得出違年限。

一、見今逐州和糴常平斛㪷及省倉軍糧，又糴封樁錢、上供米，名目不一。官吏各務趁辦，爭奪相傾，以此米價益貴。伏望聖慈速賜勘會，如在京諸倉，不待此米支用，即令提、轉疾速契勘逐州，如省倉不闕軍糧，常平糴散有備外，更不得收糴。所貴米價稍平，小民不至失所。

一、兩浙中自來號稱錢荒，今者尤甚。百姓持銀絹絲綿入市，莫有顧者。質庫人户，往往晝閉〔三〕，若得官錢三二十萬，散在民間，如水救火。欲乞指揮提、轉令將合發上供錢，散在諸州税户，令買金銀紬絹充年額起發。

一、自來浙中奸民，結爲羣黨，興販私鹽，急則爲盜。近來朝廷痛減鹽價，最爲仁政。然結集興販，猶未甚衰。深恐饑饉之民，散流江海之上，羣黨愈衆，或爲深患。欲乞朝廷指揮，應盜賊情理重者〔四〕，及私鹽結聚羣黨，皆許申鈐轄司，權於法外行遣，候豐熟日依舊。所貴彈壓奸慝〔五〕，有所畏肅。

右謹件如前。勘會熙寧中兩浙饑饉，是時米㪷二百，人死大半，父老至今言之流涕。今來米㪷已及九十，日長炎炎，其勢未已，深可憂慮。伏望仁聖哀憐，早行賑恤。今來所奏，一一並是詣實。伏乞詳酌，速賜指揮。謹録奏聞，伏候勅旨。

〔一〕《七集・奏議集》卷六「鈐」作「鉗」，《續資治通鑑長編》亦作「鉗」。

〔二〕「具所收簇」原作「其所催」，今從《續資治通鑑長編》改。《七集・奏議集》無「收」字。

〔三〕《續資治通鑑長編》「閉」作「閑」。

〔四〕「應」原缺，據《七集・奏議集》補。

〔五〕《七集・奏議集》「慝」作「愚」。

論役法差雇利害起請畫一狀

元祐四年十一月十日，龍圖閣學士朝奉郎知杭州蘇軾狀奏。臣自熙寧以來，從事郡縣，推行役事，及元祐改法，臣忝詳定，今又出守，躬行其法，考問吏民，備見雇役、差役利害，不敢不言。

雇役之法，自第二等以上人户，歲出役錢至多。行之數年，錢愈重，穀帛愈輕，田宅愈賤，以至破散，化爲下等。請以熙寧以前第一、第二等户逐路逐州都數而較之。元豐之末，則多少相絶，較然可知。此雇役之法，害上户者一也。第四等已下，舊本無役，不過差充壯丁，無所陪備。而雇役法例出役錢，雖所取不多，而貧下之人，無故出三五百錢，未辦之間，吏卒至門，非百錢不能解免，官錢未納，此費已重。故皆化爲游手，聚爲盜賊。當時議者，亦欲蠲免此等，而户數至廣，積少成多，役錢待此而足，若皆蠲免，則所喪大半，雇法無由施行。此雇役之法，害下户者二也。今改行差役，則二害皆去，天下幸甚。獨有第三等人户，方雇役時，每户歲出錢多者不過三四千。而今應一役，爲費少者，日不下百錢，二年一替〔一〕，當費七十餘千。而休閑遠者，不過六年。則是八年之中，昔者徐出三十餘千，而今者併出七十餘千，苦樂可知也。而況農民在官，貪吏狡胥，恣爲蠶食，其費又不可以一二數。此則差役之法，害於中等户者一也。

今之議者，或欲專行差役，或欲復行雇法，皆偏詞過論也。臣愚以謂朝廷既取六色錢，許用雇役，以代中等人户，頗除一害，以全二利。此最良法，可久行者。但元祐二年十二月二十四日勅，合役空閑人户不及三番處，許以六色錢雇州手，分散從官承符人。此法未爲允當。何者？百姓出錢，本爲免役。今乃限以番次，不許盡用，留錢在官，其名不正。又所雇者少，未足以紓中等人户之勞。法不簡徑，使奸吏小人，得以伸縮。臣到杭州，點檢諸縣雇役，皆不應法。錢塘、仁和，富實縣分，則皆雇人。新城、昌化，最爲貧薄，反不得雇。蓋轉運司特於法外創立式樣，令諸縣不得將逐等人户，各别比較，須得將上三等人户，　都數通比〔二〕，其貧下縣分，第一、第二等人户，例皆稀少，至第三等，則户數猥多〔三〕，以此漲起，人户皆及三番。然第三等户，豈可承當第一等色役，則知通計三等，乃俗吏之巧薄，非朝廷立法之本意也。臣方一面改正施行次，旋准元祐四年八月十八日勅，諸州衙前投名不足處，見役年滿鄉差衙前並行替放，且依舊條，差役更不支錢，又諸州役，除吏人衙前外，依條定差，如空閑未及三年，即以助役錢支募。此法既下，吏民相顧，皆所未曉。其餘繚繞不通，又恐甚於前三番之法〔四〕。《前史》稱蕭何爲法，講若畫一，蓋謂簡徑易曉，雖山邑小吏，窮鄉野人，皆能别白遵守，然後爲不刊之法也。臣身爲侍從，又忝長民，不可不言。謹具前件條貫不便事狀，及臣愚見所欲起請者，畫一如左。

一、前件勅節文云：「看詳衙前自降招募指揮，僅及一年，諸州、路、軍，尚有招募投名不足去處。其應役年滿衙前，雖且依舊支與支酬〔五〕，勒令在役，然非鄉户情願充應。若向後更無人願募，即鄉户衙前，卒無替期。乃是勒令長名祇應，顯於人情未便。今欲將諸州衙前投名不足去處，見役年滿鄉差衙前，並行替放，且依舊條差役，更不支錢。如願投充長名，及向去招募到人，其雇食支酬錢，卽令全行支給，却罷差充，仍除鄉差年限未滿人户，依舊理當本户差役外〔六〕，其投募長名之人，並與免本户役錢二十貫文，如所納數少，不係出納役錢之人，即許計會六色合納役錢之人，依數免放。並仰逐處監司，相度見充衙前，如有虚占窠名，可以省併去處，裁減人額，却將減下錢數，添搭入重難支酬施行。」

臣今看詳前件勅條，深爲未便。凡長名衙前所以招募不足者，特以支錢虧少故也。自元豐前，不聞天下有闕額衙前者，豈常抑勒差充，直以重難月給，可以足用故也。當時奉使之人，如李承之、沈括、吴雍之類，每一奉使〔七〕，輒以減刻爲功〔八〕。至元豐之末，衙前支酬，可謂僅足而無餘矣。而元祐改法之初，又行減刻，多是不支月給，以故招募不行。今不反循其本，乃欲重困鄉差，全不支錢，而應募之人，盡數支給，又放免役錢二十貫，欲以誘脅盡令應募。然而歲免役錢二十千許，計會六色人户放免，則是應募日增而六色錢日減也。若天下投名衙前，並免此二十千，即六色錢存者無幾。若只是缺額招募到人，方得免放，則均是投名，厚薄頓殊，其理安在？朝廷既許歲免二十千，則是明知支酬虧少，以此補足，何如直添重難月給，令招募得行。所謂計會六色人户者，蓋令衷私商量取錢，若遇頑猾人户，抵賴不還，或將諸物高價準折，訟之於官，經涉歲月，乃肯備償，則衙前所獲無幾。何如官支二十千，朝請暮獲，豈不簡徑易曉。故臣愚以謂上件勅條，必難久行。議者多謂官若添錢招募，則奸民觀望，未肯投名，以待多添錢數。今來計會六色人户放免役錢，正與添錢無異。雖巧作名目，其實一般。大抵支錢既足，萬無招募不行之理。自熙寧以前〔九〕，無一人缺額，豈有今日頓不應募？臣今起請，欲乞行下諸路監司守令，應闕額長名衙前，須管限日招募數足，如不足，卽具元豐以前因何招募得行，今來因何不足事由申奏。如合添錢雇募，卽與本路監司商議，一面施行，訖具委無大破保明聞奏。若限滿無故招募不足，卽取勘干繫官吏施行。如此，不過半年，天下必無缺額長名衙前，而所添錢數，未必人人歲添二十千，兼止用坊場河渡錢，非如今法計會放免侵用六色錢也。

一、前件勅節文云：「看詳鄉差人户，物力厚薄，等第高下，丁口進減，故不常定〔一〇〕，恐難限以番次召募，不若約空閑之年以定差法，立役次輕重，雇募役人，顯見均當，兼可以將寬剩役錢，裁減無丁及女户所出錢數，欲乞諸州役除吏人衙前外，依條定差，如空閑未及三年，卽據未及之户以助役錢支募，候有户罷支。已募之人，各依本役年限候滿日差罷，今後遇有支募，准此〔一一〕。及以一路助役錢，移那應副，仍將支使外，寬剩錢除依條量留一分准備外，據餘剩錢數，却於無丁及女户所出役錢内量行裁減，具數奏聞。所有先降雇募州役，及分番指揮，更不施行。」

臣今看詳諸役，大率以二年爲一番。向來指揮，如空閑人户不及差三番，則令雇募，是聖恩本欲百姓空閑六年也。今來無故忽減作三年，吏民無不愕然。以謂中等人户方苦差役，正望朝廷別加寬恤，而六色錢幸有餘剩，正可加添番數，而乃減作三年！農民皆紛然相告，云：「向來差役雖甚勞苦，然朝廷猶許我輩閑了六年，今來只許閑得三年，必是朝廷別要此錢使用。」方二聖躬行仁厚，天下歸心，忽有此言，布聞遠邇，深爲可惜。雖云「量留一分准備外，據餘剩數却於無丁及女户所出役錢内量行裁減〔一二〕」，此乃空言無實，止是建議之人，假爲此名，以濟其說。臣請爲朝廷詰之。人户差役年月，人人不同，本縣無户有户，日日不同，加以稅産開收，丁口進退，雖有聖智，莫能前知，當雇當差，臨事乃定，如何於一年前預知來年合用錢數，見得寬剩便行減放？臣知此法，必無由施行，但空言而已。若今來寬剩已行減放，來年不足，又須却增，增減紛然，簿書淆亂，百弊橫生，有不可勝言者矣。方今中等人户，正以應役爲苦，而六色人户，猶以出錢爲樂。苦者更減三年，樂者又行減放，其理安在？大抵六色錢本緣免役，理當盡用雇人，除量留准備外，一文不合樁留，然後事簡而法意通，名正而人心服。惟有一事，不得不加周慮。蓋逐州逐縣六色錢，多少不同，若盡用雇人，則苦樂不齊，錢多之處，役户太優，與六色人户相形，反爲不易。臣今起請，欲乞今後六色錢常樁留一年准備〔一三〕。如元祐四年，只得用元祐二年錢，其二年錢樁，留准備用。及約度諸般合用錢謂如官吏請雇人錢之類。外，其餘委自提刑、轉運與守令商議，將逐州逐縣人户貧富，色役多少，預行品配，以一路六色錢通融分給，令州縣盡用雇人，以本處色役輕重爲先後，如此則事簡而易行，錢均而無弊，雇人稍廣，中外漸蘇，則差役良法，可以久行而不變矣。

貼黄。若行此法，今後空閑三年人户，官吏隱庇不差，却行雇募，無由點檢。縱許人告，自非多事好訟之人，誰肯告訴。若有本等已上閑及三年未委，專以空閑先後爲斷，爲復參用物力高下定差，既無果決條貫，今後詞訟必多。

右謹件如前。朝廷改法數年，至今民心紛然未定，臣在外服，目所親見，正爲此數事耳。伏望聖慈與執政大臣，早定此法，果斷而行之。若還付有司，則出納之吝，必無成議，日復一日，農民凋弊，所憂不小。臣干犯天威，謹俟斧鉞之誅，謹録奏聞，伏候勅旨。

〔一〕「一」原爲空格，據《七集·奏議集》卷六補。
〔二〕《七集·奏議集》「都」前不空格。
〔三〕「多」原作「富」，今從《七集·奏議集》改。
〔四〕《七集·奏議集》「其餘繚繞不通又恐甚於前三番之法」作「比於前來三番之法尤爲不通」。
〔五〕《續資治通鑑長編》「雖且」作「難」，《七集·奏議集》無「且」字。
〔六〕《七集·奏議集》「舊」作「條」，「差」作「色」。
〔七〕《七集·奏議集》「奉使」作「使至」。
〔八〕《七集·奏議集》「刻」作「削」。
〔九〕《七集·奏議集》「前」作「來」，《續資治通鑑長編》亦作「來」。
〔一〇〕《七集·奏議集》「故」作「放」。
〔一一〕《七集·奏議集》自「已募之人」至「准此」二十三字爲自註註文，《續資治通鑑長編》同。《七集·奏議集》「支募」作「支遣」。
〔一二〕「餘」原作「除」，今從《七集·奏議集》改。
〔一三〕「年」原作「半」，今從《七集·奏議集》改。

論高麗進奉第二狀〔一〕

元祐四年十一月十三日，龍圖閣學士朝奉郎知杭州蘇軾狀奏。右臣近奏爲高麗僧壽介狀稱：「臨發日，奉國母指揮，將金塔二所附壽介前來祝延皇帝、太皇太后聖壽。」臣已一面退還其狀，仍令本州所差伴話僧思義只作己意體問所獻金塔次第。其高麗僧壽介，知臣不爲聞奏，方始將出僧統義天付身文字，以示思義，乃是欲將金塔二所捨入杭州惠因院等處，祝延聖壽，仍云隨身收管，不可擅動元封，俟續有疏文到日，方可施納。以此顯見高麗人將此金塔嘗探中國意度。臣既退還其狀，將來必是自將此塔捨在惠因等院，既是衷私捨施僧院，卽朝廷難爲回賜，若受而不報，夷虜性貪，或生怨望。伏望朝廷檢會臣前奏，早賜指揮，如壽介等將上件金塔捨施，亦乞只作臣意度，一面答云不奉朝旨，不敢令僧院收留。所貴稍絶後患。謹録奏聞，伏候勅旨。

貼黄。臣體問得，惠因院亡僧淨源，本是庸人，只因多與福建海商往還，致商人等於高麗國中妄有談説〔二〕，是致義天遠來從學，因此本院厚獲施利，而淮、浙官私遍遭擾亂。今來又訪聞得，還是本院行者姓顏人，齎持淨源真影舍利，隨舶船過海，是致義天復差人祭奠。臣見令所司根勘，候見詣實奏聞次，今來若許惠因院收留金塔，乃是庸人奸猾，自圖厚利，爲國生事，深爲不可。

〔一〕郎本卷三十四作「論高麗第二狀」。

〔二〕「致」原作「故」，今從郎本改。

乞令高麗僧從泉州歸國狀

元祐四年十二月三日，龍圖閣學士朝奉郎知杭州蘇軾狀奏。臣近爲泉州商客徐戩帶領高麗國僧統義天手下侍者僧壽介等到來杭州，致祭亡僧浄源，因便帶到金塔二所，遂具畫一事由聞奏。已准朝旨，許令壽介等致祭亡僧浄源畢，差人船送到明州，附因便海舶歸國，如浄源徒弟願與回贈物色，即量度回贈。本州已依准指揮，許令壽介等致祭浄源了畢，其徒弟量將土儀回贈壽介等收受。所有帶到金塔二所，據壽介等令監伴職員前來告臣云，恐帶回本國，得罪不輕。臣已依元奏詞語判狀，付逐僧執歸本國照會，及本州即時差撥人船乘載壽介等，亦將米麵蠟燭之類隨宜餞送。逐僧於十一月三十日起發前去外，訪聞明州近日，少有因便商客入高麗國，竊恐久滯，逐僧在彼不便，竊聞泉州多有海舶入高麗往來買賣，除已牒明州契勘，如壽介等到來年卒無因便舶船，即一面申奏，乞發往泉州附船歸國外，須至奏聞者。

右伏乞朝廷特降指揮，下明州疾速契勘，依此施行。所貴不至住滯。謹録奏聞，伏候勅旨。

乞降度牒召人入中斛㪷出糶濟饑等狀

元祐五年二月十四日，龍圖閣學士朝奉郎知杭州蘇軾狀奏。右臣近指揮本州令在州並倚郭兩縣糶常平米一千石，及外七縣大縣日糶百石，小縣五十石，約計日糶五百餘石。自二月至六月終，將見管裏外常平米均匀兑撥。除本州倚郭richtig外，其餘七縣，見缺三萬餘石，雖蒙朝廷賜上供米二十萬石於本路出糶，已準轉運司牒報，於越、睦州撥三萬石與杭州。然本州年計見缺軍糧六萬餘石，越、睦州米尚不了兑充軍糧，更無緣出賣。以此，外縣出糶，實缺三萬餘石。臣已一面指揮諸縣那移般運，開場出糶，以平米價，庶幾深山窮谷小民，不至大段失所。然約度見管米數，恐只至四五月間，必然糶盡，若秋穀未登，糶場不繼，即民間頓然缺食，深可憂慮。臣勘會諸州，例皆缺米，縱使督迫轉運、提刑司，必是無處擘畫，那移應副。惟有一策，恐可濟辦。緣臣去歲曾奏乞度牒二百道，修完本州廨宇，未蒙施行。臣於十二月末〔一〕，曾作書與太師文彦博以下執政八人，乞早奏陳，特許給上件度牒二百道。臣欲權將上件度牒，召募蘇、湖、常、秀人户，令於本州缺米縣分入中。斛㪷以優價入中，減價出賣，約可得二萬五千石，糶得一萬五千貫。訪聞蘇、湖、常、秀，雖甚災傷，富民却薄有蓄積，若以度牒召募，必肯入中。却以此錢修完廨宇，庶幾先濟饑殍之民，後完久壞屋宇，兩事皆濟，則吏民荷德無窮。臣發此書已四十餘日，至今無報，不免干冒朝廷，上瀆聖聽。伏乞聖慈深哀本州外邑溪谷之民將墜溝壑，特發宸斷，速賜允從。臣無任惶恐戰慄待罪之至。謹録奏聞，伏候勅旨。

〔一〕「末」原作「未」，據《七集·奏議集》卷六改。

論葉温叟分擘度牒不公狀

元祐五年二月十八日，龍圖閣學士左朝奉郎知杭州蘇軾狀奏。今月十七日，准轉運使葉温叟牒杭州，准尚書禮部符，准元祐五年正月二十六日勅，勘會兩浙、淮南路，見係災傷，民間穀價湧貴，雖已降指揮，截撥上供斛㪷出糶〔一〕，及依條賑恤外，切慮所用斛㪷數多，不能周足，牒奉勅各出給空名度牒三百道，付逐路轉運、提刑、鈐轄司，分擘與災傷州、軍，召人入納斛㪷或見錢，糴入官司封樁及諸色斛㪷，添助賑濟支用者。省部今依准勅命指揮，出給到空名度牒三百道，並封皮，須至符送者。符當司主者候到，一依前項勅命指揮，及照會元祐勅令，疾速施行，仍關提刑、鈐轄司，及合屬去處，不管稍有違悮者。當司契勘，杭、越、蘇、湖、常、秀、潤、衢、婺、台等州，災傷放稅，除衢州放稅只及二釐不至災傷更不撥外，今將杭、越等九州放稅錢數衮紐，每州合得道數，須至行遣數內杭州三十道者。

臣看詳上件勅旨，爲兩浙、淮南路災傷，各出給空名度牒三百道，付逐路轉運、提刑、鈐轄司，分擘與災傷州、軍。轉運司既受上件敕旨，卽合與提刑及浙東西兩路鈐轄司商量分擘，仍須參用各州郡大小，户口衆寡，及災傷分數，品配合得道數，依公分擘。今來轉運使葉温叟，因出巡蘇、秀等州，在路受得上件勅旨，便敢公然違戾，更不計會提刑及兩路鈐轄司，亦不與轉運判官張璹商議，便一面擅行分擘，内杭州只得三十道。切緣杭州城内，生齒不可勝數，約計四五十萬人。裏外九縣主客户口，共三十餘萬。今來檢放水旱，雖只計一分六釐，又緣杭州自來土產米穀不多，全仰蘇、湖、常、秀等州般運斛㪷接濟，若數州不熟，卽杭州雖十分豐稔，亦不免爲饑年。自去歲十月以後，米價湧長，至每㪷九十足錢。近歲浙中難得見錢，每㪷九十，便比熙寧以前百四五十，因糶常平米，每日不下五六萬人争糴，方免餓殍。今來聖恩優恤，一路委自提、轉及兩路鈐轄司分擘度牒，而温叟獨出私意，只分與杭州三十道。内潤州人户，比杭州十分纔及一二，却分得一百道，其餘多少任情，未易悉數。致杭州百姓，例皆咨怨，將謂聖恩偏厚潤州，不及杭州。不知自是温叟公違勅旨，任情分擘，須至奏陳者。

右臣先於二月四日奏。爲杭州諸縣出糶官米，自二月至六月終，缺三萬餘石，乞特賜度牒二百道召人入中米，外縣吏民，日夜企望朝廷施行，雖大旱望雨，執熱思濯，未喻其急。度奏狀未到間，已蒙朝廷施行。乃是聖明洞照數千里外事，有如目覩。今乃爲轉運使葉温叟自出私意，多少任情，以杭州衆大，甲於兩路，只分與三十道，吏民驚駭，莫曉其意。

臣竊原聖意，蓋謂提刑專主賑濟，鈐轄司專管災傷盜賊，故令轉運司與兩司同共相度分擘。今温叟並不計會兩司及轉運判官，直自一面任意分擘，牒送諸州，更不關報鈐轄司。臣忝爲侍從，出使一路，温叟似此凌蔑肆行，臣若不言，必無人更敢論列。況杭州見今裏外一十九處開場糶米，糴者如雲，雖寄居待缺官員，亦行差請。杭人素來驕奢，本以糴官米爲恥，若非饑急，豈肯來糴？此皆温叟與諸監司所共目覩。今來只分三十道，深駭物聽。

切緣度牒三百道，約直錢五萬餘貫，所在商賈富民，爲之奔走淘動，而温叟一面任意分擘，更不計會逐司，豈得穩便。兼臣訪聞去歲諸郡檢放稅賦，多有不實不盡。只如蘇州積水瀰望，衆所共見。今來放稅分數，反不及潤州，蓋是檢放官吏觀望漕司意指，及各隨本州長吏用意厚薄，未必皆是的實。今來温叟專用放稅分數爲斷，深爲未允。縱使檢放得實，而州郡大小，户口多寡不同，亦合參酌品配，從逐司公共相度分擘，方得允當。今來但係温叟所定賑濟州郡，即多得度牒，應係別人地分，例皆靳惜不與，顯見全然不公。臣已牒轉運司，請細詳上件朝旨，計會提刑、鈐轄司，依公分擘去訖。深慮温叟未肯聽從，縱肯聽從，不過量添三二十道，亦是支用不足。

伏望聖慈體念杭州元奏缺米三萬石，本乞度牒二百道，方稍足用，今來不敢更望上件數目，只乞特賜指揮於三百道内支一百五十道與杭州。況其餘州、軍，元無奏請缺米去處，將其餘一百五十道分與，亦無缺事。伏乞早賜指揮。所貴災傷之民，均受聖澤，不至以一夫私意，專制多少。謹録奏聞，伏候敕旨。

貼黄。杭州元奏缺米三萬石，乞度牒二百道。今來轉運使只與三十道。潤州元不奏缺米，顯是常平錢米足用，今來却與一百道，深駭物聽。乞朝廷詳酌。諸州元無奏請缺米去處，若依臣所奏，分與一百五十道，已出望外。杭州若得一百五十道，猶未足用，乞自聖旨分擘施行。若只下本路，其轉運使葉温叟，必是遂非，不肯應副。

〔一〕《七集·奏議集》卷六「截」作「減」。

杭州乞度牒開西湖狀〔一〕

元祐五年四月二十九日，龍圖閣學士左朝奉郎知杭州蘇軾狀奏。右臣聞天下所在陂湖河渠之利，廢興成毁，皆若有數。惟聖人在上，則興利除害，易成而難廢。昔西漢之末，翟方進爲丞相，始決壞汝南鴻隙陂，父老怨之，歌曰：「壞陂誰？翟子威。飯我豆食羹芋魁。反乎覆，陂當復。誰言者？兩黄鵠。」蓋民心之所欲，而託之天，以爲有神下告我也。孫晧時，吴郡上言，臨平湖自漢末草穢壅塞，今忽開通，長老相傳，此湖開，天下平，晧以爲己瑞，已而晉武帝平吴。由此觀之，陂湖河渠之類，久廢復開，事關興運。雖天道難知，而民心所欲，天必從之。

杭州之有西湖，如人之有眉目，蓋不可廢也。唐長慶中，白居易爲刺史。方是時，西湖溉田千餘頃。及錢氏有國，置撩湖兵士千人，日夜開浚。自國初以來，稍廢不治，水涸草生，漸成葑田。熙寧中，臣通判本州，則湖之葑合，蓋十二三耳。至今纔十六七年之間，遂堙塞其半。父老皆言十年以來，水淺葑横〔二〕，如雲翳空，倏忽便滿，更二十年，無西湖矣。使杭州而無西湖，如人去其眉目，豈復爲人乎？

臣愚無知，竊謂西湖有不可廢者五。天禧中，故相王欽若始奏以西湖爲放生池，禁捕魚鳥，爲人主祈福。自是以來，每歲四月八日，郡人數萬會於湖上，所放羽毛鱗介以百萬數〔三〕，皆西北向稽首，仰祝千萬歲壽。若一旦堙塞，使蛟龍魚鼈同爲涸轍之鮒，臣子坐觀，亦何心哉！此西湖之不可廢者，一也。杭之爲州，本江海故地，水泉鹹苦，居民零落，自唐李泌始引湖水作六井，然後民足於水，井邑日富，百萬生聚，待此而後食。今湖狹水淺，六井漸壞，若二十年之後，盡爲葑田，則舉城之人，復飲鹹苦，其勢必自耗散。此西湖之不可廢者，二也。白居易作《西湖石函記》云：「放水溉田，每減一寸，可溉十五頃；每一伏時，可溉五十頃。若蓄洩及時，則瀕河千頃，可無凶歲。」今雖不及千頃，而下湖數十里間，茭菱穀米，所獲不貲。此西湖之不可廢者，三也。西湖深闊，則運河可以取足於湖水。若湖水不足，則必取足於江潮。潮之所過，泥沙渾濁，一石五斗。不出三歲，輒調兵夫十餘萬功開浚〔四〕，而河行市井中蓋十餘里，吏卒搔擾，泥水狼藉，爲居民莫大之患。此西湖之不可廢者，四也。天下酒税之盛〔五〕，未有如杭者也，歲課二十餘萬緡。而水泉之用，仰給於湖，若湖漸淺狹，水不應溝，則當勞人遠取山泉，歲不下二十萬功。此西湖之不可廢者，五也。

臣以侍從，出膺寵寄，目覩西湖有必廢之漸，有五不可廢之憂，豈得苟安歲月，不任其責。輒已差官打量湖上葑田，計二十五萬餘丈，度用夫二十餘萬功。近者伏蒙皇帝陛下、太皇太后陛下以本路饑饉，特寬轉運司上供額斛五十餘萬石，出糶常平米亦數十萬石，約勑諸路，不取五穀力勝稅錢，東南之民，所活不可勝計。今又特賜本路度牒三百，而杭獨得百道。臣謹以聖意增價召人入中〔六〕，米減價出糶以濟饑民〔七〕，而增減耗折之餘，尚得錢米約共一萬餘貫石。臣輒以此錢米募民開湖，度可得十萬功。自今月二十八日興功，農民父老，縱觀太息，以謂二聖既捐利與民，活此一方，而又以其餘棄，與久廢無窮之利，使數千人得食其力以度此凶歲，蓋有泣下者。臣伏見民情如此，而錢米有限，所募未廣，葑合之地，尚存大半，若來者不嗣，則前功復棄，深可痛惜。若更得度牒百道，則一舉募民除去浄盡，不復遺患矣。

伏望皇帝陛下、太皇太后陛下少賜詳覽，察臣所論西湖五不可廢之狀，利害卓然〔八〕，特出聖斷，別賜臣度牒五十道，仍勑轉運、提刑司，於前來所賜諸州度牒二百道內，契勘賑濟支用不盡者，更撥五十道價錢與臣，通成一百道。使臣得盡力畢志〔九〕，半年之間，目見西湖復唐之舊，環三十里，際山爲岸〔一〇〕，則農民父老，與羽毛鱗介，同泳聖澤，無有窮已。臣不勝大願，謹録奏聞，伏候勑旨。

貼黄。目下浙中梅雨，葑根浮動，易爲除去。及六七月，大雨時行，利以殺草，芟夷蘊崇，使不復滋蔓。又浙中農民皆言八月斷葑根，則死不復生。伏乞聖慈早賜開允，及此良時興工，不勝幸甚。

又貼黄。本州自去年至今開浚運河，引西湖水灌注其中，今來開除葑田逐一利害，臣不敢一一煩瀆天聽，別具狀申三省去訖。

〔一〕郎本卷三十四題作《乞開西湖狀》，《七集·奏議集》卷七作《乞開杭州西湖狀》。《永樂大典》卷二千二百六十三湖字韻引《宋蘇東坡大全集》有此文，題作《奏乞開西湖狀一首》。

〔二〕「横」原作「合」，今從郎本、「七集·奏議集》、《大典》改。

〔三〕郎本、《七集·奏議集》、《大典》「放」作「活」。

〔四〕《大典》「功」作「工」，下同。

〔五〕郎本「税」作「課」，《七集·奏議集》、《大典》作「官」。

〔六〕郎本、《七集·奏議集》、《大典》「入」作「人」。龐校改「人」作「入」，今據下文「召人入中」之語，因補「人」字。

〔七〕郎本無「出糶」二字。

〔八〕「卓」原作「較」，今從郎本、《大典》改。

〔九〕《大典》「志」作「工」。

〔一〇〕《大典》「岸」作「垾」。

申三省起請開湖六條狀〔一〕

元祐五年五月初五日，龍圖閣學士左朝奉郎知杭州蘇軾狀申。軾於熙寧中通判杭州，訪問民間疾苦。父老皆云：「惟苦運河淤塞。遠則五年，近則三年，率常一開浚，不獨勞役兵民，而運河自州前至北郭穿闤闠中，蓋十四五里，每將興工，市肆洶動，公私騷然，自胥吏壕寨兵級等〔二〕，皆能恐喝人户，或云當於某處置土，某處過泥水，則居者皆有失業之憂，既得重賂，又轉而之他。及工役既畢，則房廊邸店，作踐狼藉，園圃隙地，例成丘阜，積雨蕩濯，復入河中，居民患厭，未易悉數。若三五年失開，則公私壅滯，以尺寸水欲行數百斛舟，人牛力盡，跬步千里，雖監司使命，有數日不能出郭者。其餘艱阻，固不待言。」問其所以頻開屢塞之由。皆云：「龍山、浙江兩閘，日納潮水，沙泥渾濁，一汛一淤，積日稍久，便及四五尺，其勢當然，不足怪也。」軾又問言：「潮水淤塞，非獨近歲，若自唐以來如此，則城中皆爲丘阜，無復平田。今驗所在，堆疊泥沙，不過三五十年所積耳，其故何也？」父老皆言：「錢氏有國時，郡城之東有小堰門，既云小堰，則容有大者。昔人以大小二堰隔截江水，不放入城，則城中諸河，專用西湖水，水既清徹，無由淤塞。而餘杭門外地名半道洪者〔三〕，亦有堰名爲清河，意似愛惜湖水，不令走下。自天禧中，故相王欽若知杭州，始壞此堰，以快目下舟楫往來，今七十餘年矣，以意度之，必自此後湖水不足於用，而取足於江潮。又況今者西湖日就堙塞，昔之水面，半爲葑田，霖潦之際，無所豬畜，流溢害田，而旱乾之月，湖自減涸，不能復及運河。」

謹按唐長慶中刺史白居易浚治西湖，作《石函記》，其畧曰：「自錢塘至鹽官界應溉夾河田者，皆放湖入河，自河入田，每減一寸，可溉十五頃，每一伏時，可溉五十頃。若堤防如法，蓄泄及時，則瀕河千頃，無凶年矣。」用此計之〔四〕，西湖之水，尚能自運河入田以溉千頃，則運河足用可知也。軾於是時，雖知此利害，而講求其方，未得要便。今者蒙恩出典此州，自去年七月到任，首見運河乾淺，使客出入艱苦萬狀，穀米薪芻，亦緣此暴貴，尋劾刷捍江兵士及諸色廂軍得千餘人，自十月興工，至今年四月終，開浚茅山、鹽橋二河，各十餘里，皆有水八尺以上。見今公私舟船通利。

父老皆言：「自三十年已來，開河未有若此深快者也。」然潮水日至，淤填如舊，則三五年間，前功復棄。軾方講問其策，而臨濮縣主簿監在城商稅蘇堅建議曰：「江潮灌注城中諸河，歲月已久，若遽用錢氏故事，以堰閘却之，令自城外轉過，不惟事體稍大，而湖面葑合，積水不多，雖引入城，未可全恃，宜參酌古今，且用中策。今城中運河有二，其一曰茅山河，南抵龍山浙江閘口，而北出天宗門。其一曰鹽橋河，南至州前碧波亭下，東合茅山河，而北出餘杭門。餘杭、天宗二門，東西相望，不及三百步。二河合於門外，以北抵長河堰下。今宜於鈐轄司前創置一閘，每遇潮上，則暫閉此閘，令龍山浙江潮水，徑從茅山河出天宗門，候一兩時辰，潮平水清，然後開閘，則鹽橋一河過闤闠中者，永無潮水淤塞、開淘搔擾之患。而茅山河縱復淤填，乃在人户稀少村落相半之中，雖不免開淘，而泥土有可堆積，不爲人患。潮水自茅山河行十餘里至梅家橋下，始與鹽橋河相通，潮已行遠，泥沙澄墜，雖入鹽橋河，亦不淤填。自來潮水入茅山、鹽橋二河，只淤填十里，自十里以外，不曾開淘，此已然之明効也。茅山河既日受潮水，無緣涸竭，而鹽橋河底低茅山河底四尺，梅家橋下，量得水深四尺，而碧波亭前，水深八尺。則鹽橋河亦無涸竭之患。然猶當過慮，以備乏水。今西湖水貫城以入於清湖河者，大小凡五道。一，暗門外㪷門一所。一，湧金門外水閘一所。一，集賢亭前水窗一所〔五〕。一，集賢亭後水閘一所。一，菩提寺前㪷門一所。皆自清湖河而下以北出餘杭門，不復與城中運河相灌輸，此最可惜。宜於湧金門内小河中，置一小堰，使暗門、湧金門二道所引湖水，皆入法慧寺東溝中，南行九十一丈，則鑿爲新溝二十六丈，以東達於承天寺東之溝，又南行九十丈，復鑿爲新溝一百有七丈，以東入於猫兒橋河口，自猫兒橋河口入新水門，以入於鹽橋河，則咫尺之近矣。此河下流，則江潮清水之所入，上流，則西湖活水之所注，永無乏絶之憂矣。而湖水所過，皆闤闠曲折之間，頗作石櫃貯水，使民得汲用澣濯，且以備火災，其利甚博。此所謂參酌古今而用中策也。」

軾尋以堅之言使通直郎知仁和縣事黄僎相度可否，及率僚吏躬親驗視，一一皆如堅言，可成無疑也。謹以四月二十日興功開導及作堰閘，且以餘力修完六井，杭州城中多鹵地，無甘井。唐刺史李泌始作六井，皆引湖水注其中，歲久不治。熙寧中，知州陳襄與軾同擘畫修完，而功不堅緻〔六〕，今復廢壞。軾今改作瓦筒，又以埧石培甃固護，可以堅久。皆不過數月，可以成就。而本州父老農民覩此利便，相率詣軾陳狀，凡一百一十五人，皆言：「西湖之利，上自運河，下及民田，億萬生聚，飲食所資，非止爲游觀之美，而近年以來，堙塞幾半，水面日減，茭葑日滋，更二十年，無西湖矣。」勸軾因此盡力開之。軾既深愧其言，而患兵工寡少，費用之資無所從出。父老皆言：「竊聞朝廷近賜度牒一百道，每道一百七十貫，爲錢一萬七千貫。本州既高估米價，召人入中，又復減價出糶，以濟饑民，消折之餘，尚有錢米約共一萬貫石，若支用此，亦足以集事矣。」

適會錢塘縣尉許敦仁建言西湖可開狀，其畧曰：「議者欲開西湖久矣，自太守鄭公戩以來，苟有志於民者，莫不以此爲急，然皆用工滅裂，又無以善其後。蓋西湖水淺，茭葑壯猛，雖盡力開撩，而三二年間，人工不繼，則隨手葑合，與不開同。竊見吴人種茭，每歲之春，芟除澇漉〔七〕，寸草不遺，然後下種。若將葑田變爲茭蕩，永無茭草堙塞之患。今乞用上件錢米，雇人開湖，候開成湖面，即給與人户，量出課利，作菱蕩租佃，獲利既厚，歲歲加功，若稍不除治，微生茭葑，即許人劃賃，但使人户常憂劃奪，自然盡力，永無後患。今有錢米一萬貫石，度所雇得十萬工，每工約開葑一丈，亦可添得十萬丈水面，不爲小補。若量破錢米召募饑民興役，必不濟事。若每日破米三升錢五十五文足，雇一強壯人夫，然後可使。雖云强壯，然艱食之歲，使數千人得食其力以度凶年，亦歸於賑濟也。」

軾尋以敦仁之策，參考衆議，皆謂允當。已一面牒本州依敦仁擘畫，支上件錢米雇人，仍差捍江船務樓店務兵士共五百人，般載葑草，於四月二十八日興工去訖。今來有合行起請事件，謹具畫一如左。

一、今來所創置鈐轄司前一閘，雖每遇潮上，閉閘一兩時辰，而公私舟船欲出入閘者，自須先期出入，必不肯端坐以待閉閘，兼更有茅山一河自可通行，以此實無阻滯之患，而能隔截江潮，徑自茅山河出天宗門，至鹽橋一河，永無堙塞開淘搔擾之患，爲利不小。恐來者不知本末，以阻滯爲言，輕有變改，積以歲月，舊患復作，今來起請新置鈐轄司前一閘，遇潮上閉訖，方得開龍山浙江閘，候潮平水清，方得却開鈐轄司前閘。

一、鹽橋運河岸上，有治平四年提刑元積中所立石刻，爲人户屋舍侵占牽路已行除拆外〔八〕，具載闊狹丈尺。今方二十餘年，而兩岸人户復侵占牽路，蓋屋數千間，却於屋外別作牽路，以致河道日就淺窄。準法據理〔九〕，並合拆除，本州方行相度，而人户相率經州，乞遽逐人家後丈尺，各作木岸，以護河堤，仍據所侵占地量出賃錢，官爲椿管準備修補木岸，乞免拆除屋舍。本州已依狀施行去訖。今來起請應占牽路人户所出賃錢，並送通判廳收管，準備修補河岸，不得別將支用，如違，並科違制。

一、自來西湖水面，不許人租佃，惟茭葑之地，方許請賃種植。今來既將葑田開成水面，須至給與人户請佃種茭。深慮歲久人户日漸侵占舊來水面種植，官司無由覺察，已指揮本州候開湖了日，於今來新開界上，立小石塔三五所，相望爲界，亦須至立條約束。今來起請，應石塔以内水面，不得請射及侵占種植，如違，許人告，每丈支賞錢五貫文省〔一〇〕，以犯人家財充。

一、湖上種菱人户，自來臠割葑地，如田塍狀，以爲疆界。緣此即漸葑合，不可不禁。今來起請應種菱人户，只得標插竹木爲四至，不得以臠割爲界，如違，亦許人剗賃。

一、本州公使庫，自來收西湖菱草蕩課利錢四百五十四貫，充公使。今來既開草葑，盡變爲菱蕩，給與人户租佃，即今後課利，亦必稍增。若撥入公使庫，未爲穩便。今來起請欲乞應西湖上新舊菱蕩課利，並委自本州量立課額，今後永不得增添。如人户不切除治，致少有草葑，即許人剗賃，其剗賃人，特與權免三年課利。所有新舊菱蕩課利錢，盡送錢塘縣尉司收管，謂之開湖司公使庫，更不得支用，以備逐年雇人開葑撩淺，如敢别將支用，並科違制。

一、錢塘縣尉廨宇，在西湖上。今來起請今後差錢塘縣尉銜位内帶管勾開湖司公事，常切點檢，纔有茭葑，即依法施行。或支開湖司錢物，雇人開撩替日，委後政點檢交割。如有茭葑不切除治，即申所屬點檢，申吏部理爲遺闕。

以上六條，並刻石置知州及錢塘縣尉廳上，常切點檢。

右謹件如前。勘會西湖葑田共二十五萬餘丈，合用人夫二十餘萬功〔一一〕。上件錢米，約可雇十萬功，只開得一半。軾已具狀奏聞，乞別賜度牒五十道，並於前來所賜本路諸州度牒二百道內，契勘賑濟支用不盡者，更撥五十道，通成一百道，充開湖費用外，所有逐一子細利害，不敢一一紊煩天聽。伏乞僕射相公、門下侍郎、中書侍郎、尚書左丞、尚書右丞特賜詳覽前件所陳利害，及起請六事，逐一敷奏，立爲本州條貫，早賜降下，依稟施行。兼畫成地圖一面，隨狀納上，謹具狀申三省，謹狀。

〔一〕《永樂大典》卷二千二百六十三湖字韻引《宋蘇東坡大全集》有此文，題作《申三省狀》。

〔二〕《七集・奏議集》卷七「寨」作「柵」。

〔三〕《大典》「者」作「昔」。

〔四〕《七集・奏議集》作「由此觀之」。

〔五〕《七集・奏議集》「水窗」作「水筧」，《大典》作「水視」。

〔六〕「斂」原作「至」，今從《大典》改。

〔七〕《大典》「撈」作「撈」。本集卷三十一《奏浙西災傷第一狀》有「以船栰撈摝」之語。

〔八〕「拆」原作「折」，今從《七集・奏議集》、《大典》改。

〔九〕《七集・奏議集》「法」作「此」。

〔一〇〕「文」原爲空格，據《七律・奏議集》補。《大典》無「文」字。

〔一一〕《大典》「功」作「工」。

奏户部拘收度牒狀

元祐五年五月二十七日，龍圖閣學士左朝奉郎知杭州蘇軾狀奏。右臣近者，伏見二聖遇災而懼，憂勞四方，所以拯救饑民者，可謂至矣。兩浙、淮南蒙賜度牒六百道，而杭、揚二州，各得百道。吏民鼓舞，歌詠聖澤。曾未數日〔一〕，而淮西提刑申户部，本路常平斛㪷足用，不須上件度牒；兩浙轉運、提刑亦申，本路今年豐熟，别無流民。是致户部申都省却乞拘收度牒錢斛，以備别時支用，都省更不奏稟聖旨，便行下本路提刑司，依户部所申施行。臣勘會自來聖恩以災傷特賜錢物賑濟，即無似此中變却自都省行下追收體例，深駭物聽。淮、浙兩路，去歲災傷之甚，行路備知，便使今年秋穀大稔，猶恐未補瘡痍，而況春夏之交，稻秧未了，未委逐路提、轉，如何見得今年秋熟便申豐稔？顯是小臣無意卹民，專務獻諂，而户部、都省樂聞其言，即時施行，追寢二聖已行之澤。百姓聞之，皆謂朝廷不惜饑民，而惜此數百紙度牒，中路翻悔，爲惠不終。臣忝備禁從，受恩至深，不忍小臣惑誤執政，屯膏反汗，虧汙聖德，惜毫毛之費，致丘山之損，是以冒昧獻言。伏望聖慈察臣孤忠，留中省覽，更不降出，只作聖意訪聞，戒飭執政，令速降指揮，更不得拘收，一依前降聖旨，盡用賑濟。所貴艱食之民，始終被惠，亦免二聖已行恩命反覆追收，失信天下。臣不勝區區，謹録奏聞，伏候勑旨。

貼黄。臣近有狀奏，乞更賜度牒五十道，用開西湖葑田，仍已一面指揮本州，將前來度牒變轉賑濟外，所餘錢米，召募艱食之民，與功開淘。今來纔及一月，漸以見功。吏民踊躍從事，農工父老，無不感悦。忽蒙都省拘收錢米，自指揮到日，更不敢支動。吏民失望，前功併棄，深可痛惜。伏乞出自聖意，指揮三省檢會前奏，早賜施行。臣自以受恩深重，每有所見，不敢不盡。今者上忤執政，下忤户部監司，伏望聖慈愍臣孤忠，不避仇怨，特乞留中不出，以全臣子。

〔一〕「日」原作「月」，今從《七集·奏議集》卷七、《歷代名臣奏議》改。

蘇軾文集卷三十一

奏議

應詔論四事狀

元祐五年六月初九日〔一〕，龍圖閣學士左朝奉郎知杭州蘇軾狀奏。臣近者伏覩邸報，以諸路旱災，內出手詔兩道，其畧曰：「豈政治失當，事之害物者尚多，上下戹塞，情之不通者非一，刑或不稱其罪，用或不當其人？」又曰：「意者政令寬弛，吏或爲害而莫知，賦役失當，民病於事而莫察，忠言有壅而未達，賢材有抑而未用？」臣伏讀至此，感憤涕泣而言曰：嗚呼，陛下卽位改元于今五年，三出此言矣，雖禹、湯之聖，不惜罪己，而臣子之心，誠不忍聞。思有以少補聖政，助成應天之實，使堯、舜之仁，名言皆行，心迹相應，庶幾天人感通，災沴不作，免使君父數出此言，不勝拳拳孤忠，而志慮短淺，又以出守外服，不能盡知朝政得失，獨以目所親見民之疾苦，州縣官吏日夜奉行殘傷其肌體，散離其父子，破壞其生業，爲國斂怨，而了無絲毫上助國用者四事，昧死獻言，謹具條件如左。

一、伏見元祐四年八月十九日勅節文：「應見欠市易人户，籍納拘收産業，自來所收課利及估賣到諸般物色錢，已及官本，别無失陷，除已有人承買交業外，並特給還；未足者，許貼納收贖，仍不限年。」

四方聞之，莫不鼓舞歌詠，以謂聖恩深厚，燭知民隱，誠三王推本人情之政也。尋契勘杭州共有一百一十二戶，合該上項勅條，方且次第施行次，忽准尚書戶部符，據蘇州申明，如何謂之折納，如何謂之籍納？本部已依條估覆。供認伏定入官，折還欠錢，謂之折納。已經估覆三估不伏定〔二〕，即以所估高價籍定者，謂之籍納。惟籍納產業，方許給還。用此契勘，遂無一戶可以應得。指揮至有已給再追者。於是百姓讙然出訴於庭。以謂某等自失業以來，父母妻子離散，轉在溝壑，久無所歸，伏幸仁聖在上，昭恤如此〔三〕，命下之初，如蒙更生，今者有司沿文生意，文復壅隔，雖有惠澤，蓋與無同。臣即看詳，元初立法，本爲興置，市易已來，凡異時民間生財自養之道，一切收之公上，小民既無他業，不免與官中首尾膠固，以至供通物產，召保立限，增價出息，賒貸轉變，以苟趨目前之急。及至限滿，不能填償，又理一重息罰，歲月益久，逋欠愈多，科決監錮，以逮妻孥。市易官吏，方且計較功賞〔四〕，巧爲文詞，致許人戶願以屋業及田土折納還官，各以差官檢估取伏定文狀了日理作季限，放免息罰，召人添價收買。方人戶在係纍之時，州縣督責嚴急，如有產業田土，豈復自能爲主，檢估伏認，勢須在官，雖名情願，實只空文。唯是頑狡之人，或能抵拒，以至三估未肯供狀，及其既納，皆是折還欠錢，並籍在官，有何不同。聖恩寬大，特爲立法，以救前日之弊。所稱籍納，只是臨時立文，出於偶爾，而有司執閡，妄意分別。若果如申明，即是善良畏事之人，不蒙優恤，元初特頑狡獪與官爲競之民，却被惠澤。事理如此，豈不倒置？不惟元條無此明文，實恐非朝廷綏養窮困之意。及檢會元祐四年三月二十六日勅，人戶欠市易官錢，將樓店屋產折納在官，並將所收房課充折，別無少欠，亦許給還，亦不曾分別折納、籍納。以此推攷〔五〕，顯無可疑。自是蘇州官吏巧薄，以刻爲忠，曲有申請〔六〕，而户部吝於出納，以害仁政。伏乞特加詳察，不以折納、籍納，並依元條施行，所貴失業之人，均被聖恩。

一、伏見元祐元年九月八日勅：「尚書户部狀，據提點兩浙刑獄公事喬執中奏，熙寧四年以後至元豐三年以前新法，積欠鹽錢及有均攤等人陪填，見今貧乏無可送納，已累經赦恩，比類市易等錢，只令送納產鹽場監官本價錢〔七〕，其餘並乞除放等事。本部勘當，欲並依喬執中所奏前項事理施行，仍連狀奉聖旨依，及準提刑司備坐元奏，積欠鹽錢，前後官司催納，僅及六年，催到貫萬不少，今來所欠，並是下等貧困之人，無可送納，已累經赦恩，及逐節事理，遂具狀申奏。今准省符，前項指揮請詳朝旨施行。」本州契勘上件年分，計有四百四十五户，自承朝旨以來，迨今首尾五年，纔放得二十三户。臣竊怪之，以謂東南鹽法，久爲民患，原其造端，蓋自兩浙流衍散漫，遂及江南、福建，流弊之末，人不堪命，故詔令之下，如救水火。今者五年之久，民之疾苦，依然尚在，朝廷德澤，十不行一，何也？推考其故，蓋提舉鹽事司執文害意，謂非貧乏不在此數。而州縣吏人，因緣爲姦，以市賄賂，故久而不決。竊詳元奏之意，本謂積欠歲久，前後官司催納到貫萬不少，今來所欠，並是貧困之人，既以累經赦恩，比類市易，只乞與納官本價錢。本部勘當，以此並乞依奏仍連狀奉聖旨施行，卽是執中所奏欠户，自是貧困之人，皆當釋放矣。省部行下務從文省，止是節略元奏，爲其已涉六年，見今貧乏無可送納，非爲更行勘會，須得委是貧乏，方可施行。至元祐二年，本州再以元豐四年已後至八年登極大赦以前積欠鹽户，奏乞除放，省部看詳，方始行文〔八〕，如委是貧乏，即依元祐元年九月十八日已降朝旨施行，以顯執中當時所奏，並謂見今貧乏無可送納，合行一例除放，及節次本州與轉運司各曾申明省符，與元奏詞語不同，省部亦已開析〔九〕，緣元係連狀，並依前項所奏施行，事理甚明。而主司堅執，至今疑惑，至使州縣吏人，户户行遣，一一較量，計構官司〔一〇〕，買囑鄰里，尚復多方指摘，以肆規求，待其充欲，然後保明。遂致其間一百四十九户已放〔一一〕，而復行勘會，一百六十五户申省見勘會而未圓，二十五户已圓而申稟監司，及有一户二户，旋申省部。如此反復，多方留難，即五年之久，未足爲怪也。伏惟仁聖在上，憂民疾苦，寤寐不忘，惠澤之下，宜如置郵傳命，今乃中道廢格，以開奸吏乞取之路，反使朝廷之恩，獨與奪於州縣庸人之手，省部既不鈎察，官吏亦恬不爲慮，甚非所以仰稱仁聖焦勞愛民之意也。伏乞昭示德音，申飭有司，更不勘會是與不是貧乏，無俾奸吏執文害意，以壅隔朝廷大惠。不然，或斷以第三等以下，並依上件朝旨施行。則法令易簡，一言自足矣。蓋等第素定，貧富較然，朝行夕至，奸吏無所措意也。所有元豐四年以後，及至八年大赦以前所欠鹽户，亦乞依此施行。

貼黄。契勘熙寧四年以後止元豐八年登極大赦以前，人户積欠，共計五萬三百餘貫。若謂非貧乏有可送納，即自元祐元年至今並不曾納到分文，顯見有司空留帳籍虚數，以害朝廷實惠。

一、伏見熙寧中，天下以新法從事，凡利源所在，皆歸之常平使者，而轉運司歲入之計，惟田賦與酒稅而已。方是時，民財窘亟，酒稅例皆減耗，諸路既已經費不足，上下督責益急，故酒務官吏，至有與庸保雜作，州縣受官視事去處，亦或爲小民諠譁羣飲之肆，又不能售，往往苟逃罪戾，巧爲文致，誘導無知之民，以陷欠負破蕩之禍，如許人供通自己或借他人産業當酒是也。臣近契勘，杭州自承上件指揮以來，以産當酒者，計一千四百三十三户，計錢一十四萬二千九百餘貫，前後官司催督監錮，繼以鞭笞拘當在官，使之離業〔三〕，又自收其租利，中間以至係纍犴獄，公與私皆擾，人與産俱亡。十餘年間，除已催到一十二萬九千四百餘貫，計千二十九户外，尚有餘欠一萬三千四百餘貫，計四百四户，歲月既久，終不能填償，豈非並是困窮無有之人乎？尋檢會元豐四年五月二十一日勅，酒務留當産業，依鹽錢例拘收，以其鹽與酒事同一體故也。今者鹽錢欠户，已准元祐元年九月十六日及二年九月十八日朝旨，許納場監地頭官本價錢，餘並除放，獨酒欠至今，未蒙如此施行。豈容事同一體，拘收則同，而除放則異？此無他，蓋有司不能推廣朝廷德意故也。臣愚欲乞將元豐八年登極大赦以前酒欠人户，並依所欠鹽錢已得朝旨并今來前項申明，更不勘會貧乏，或斷自第三等以下事理施行，不惟海隅細民並蒙休澤，實亦無偏無黨皇極之道也。

一、伏見元豐四年杭州合發和買絹二十三萬一千疋，准朝旨撥轉運司錢，於餘杭等縣，委官置場一十一處收買。尋以數内揀下不堪上供五萬七千八百九十疋，計錢五萬五千餘貫，却勒逐場變轉。是時錢重物輕，一日併出，既聲言行濫不受於官，又須元價以冀償足，捐之市中，莫有顧者。於是官吏惶駭，莫知所爲，不免一切賒貸，及假借官勢，抑配在民，往往其間浮浪小人與無賴子弟，詭冒姓名，朋欺上下，元買官吏苟得虚數還之有司，以緩目前之禍，其後督責嚴急，必於取償奏立近期，專委强吏。十餘年間如捕寇盜，除催到四萬六千餘貫外，餘欠八千二百餘貫，共二百八十二户，並是貧民下户，無所從出，與詭冒逃移不知頭主及干繫均納之人，連延至今，終不能足。惟有簿書，以資奸吏追擾，遺害未已。今者伏准元祐五年四月初九日勅，諸處見欠鹽和預買青苗錢物，元是冒名無可催理，或全家逃移，鄰里抱認，或元無頭主，均及干繫人，以此積年未能了絶，雖係元請官本，況内有已該元豐八年登極大赦者，依聖旨並特除放，歡聲播傳，和氣充塞。臣於此時仰知聖德廣大，正使堯湯水旱，亦不足慮也。然政有體，事有數，體雖備而數不能悉，言雖不及而意在是者，蓋非俗吏所能知也。臣輒不避僭妄，竊詳和買之法，以錢與民而收絹，是猶補助耕斂之意，公私兩有之利也。元豐官吏以絹與民而收錢，又皆行濫棄捐之餘，取償倍稱不實之直，賒貸抑配，以苟免一時失陷之責，即是利專自爲，害專在民也。事理人情，輕重可見，聖恩矜恤，宜在所先。臣愚以謂元豐四年退賣物帛，既同是和買之名，又有非法病民之實，自合依今年四月九日朝旨施行外，伏望朝廷深念前項弊害，止是出於一時官吏私意，非如鹽和預買青苗天下公共之法，更賜加察，告示矜寬，不以有無頭主是與不是冒名，及鄰里抱認與均及干繫人[一三]，並特與除放，是亦稱物平施，天之道也。

右所有四事，伏望聖慈特察臣孤忠，志在愛君，别無情弊，更賜清問左右大臣，如無異論，便乞出勅施行。若後稍有一事一件不如所言，臣甘伏罔上誤朝之罪。若復行下有司反復勘會[一四]，必是巧爲駁難，無由施行。臣緣此得罪，萬死無悔，但恨仁聖之心，本不如此，如天降甘雨[一五]，爲物所隔，終不到地，可爲痛惜。而況前件四事，錢物數目雖多，皆是空文，必難催索。徒使胥吏小人，緣而爲奸，威福平民。故臣敢謂放之則損虚名而收實惠，不放則存虚數而受實禍，利害較然。伏望聖明，特出宸斷，天下幸甚。臣愚蠢少慮，言語粗疎，干犯天威，伏俟斧鑕。謹録奏聞，伏候勅旨。

貼黄。臣伏見四方百姓，皆知二聖恤民之心，無異父母。但臣子不能推行，致澤不下流。日近以蘇州官吏妄有申明折納、籍納一事，户部從而立法，致已給還産業，却行追收，人户詣臣哀訴，皆云黄紙放了，白紙却收，有泣下者。臣竊深悲之。自二聖嗣位已來，恩貸指揮，多被有司巧爲艱閡，故四方皆有「黄紙放」而「白紙收」之語，雖民知其實，止怨有司，然陛下亦未嘗峻發德音，戒勅大臣，令盡理推行，則亦非獨有司之過也。況臣所論四事，錢物雖多，皆是虚數，必難催理。除是復用小人如吴居厚、盧秉之類，假以事權，濟其威虐，則五七年間，或能索及三五分。若官吏只循常法，何緣索得。三五年後，人户竭産，伍保散亡，勢窮理盡，不得不放。當此之時，亦不謂之聖恩矣。伏見坤成節在近，天下臣子皆以放生爲忠，度僧爲福，臣愚無知，不識大體，輒敢以此四事爲獻。伏望留神省覽，指揮執政便與施行，導迎天休，以益聖算，其賢於放生度僧亦遠矣。若陛下不少留神，執政只作常程文字行下，一落胥吏庸人之手，則茫然如墮海中，民復何望矣。臣言狂意切，必遭衆怒，伏乞聖慈只行出前件奏狀，留此貼黄一紙，更不降出，以全孤危。庶使愚臣今後每有所聞，得盡論列，以報二聖知遇之恩萬分之一也。臣不勝大願。

〔一〕《歷代名臣奏議》「六月初九」作「二月」。

〔二〕「三估」二字原爲空格，據《七集·奏議集》補。
〔三〕「昭」原作「賑」，今從《七集·奏議集》、《歷代名臣奏議》改。
〔四〕「賞」原作「償」，今從《七集·奏議集》、《歷代名臣奏議》改。
〔五〕《七集·奏議集》、《歷代名臣奏議》「推考」作「相明」。
〔六〕《七集·奏議集》、《歷代名臣奏議》「請」作「明」。
〔七〕「令」原作「今」，據《歷代名臣奏議》改。
〔八〕《七集·奏議集》「行」作「立」。
〔九〕《七集·奏議集》「析」作「折」。
〔一〇〕《歷代名臣奏議》「構」作「搆」。
〔一一〕《七集·奏議集》「九」作「人」。
〔一二〕《七集·奏議集》「使」作「遣」。
〔一三〕《歷代名臣奏議》「抱」作「包」。
〔一四〕《七集·奏議集》「會」作「當」。
〔一五〕「如」字原缺，據《七集·奏議集》補。

奏浙西災傷第一狀

元祐五年七月十五日，龍圖閣學士左朝奉郎知杭州蘇軾狀奏。右臣聞事豫則立，不豫則廢，此古今不刊之語也。至於救災恤患，尤當在早。若災傷之民，救之於未饑，則用物約而所及廣，不過寬減上供，糶賣常平，官無大失，而人人受賜，今歲之事是也。若救之於已饑，則用物博而所及微，至於耗散省倉，虧損課利，官爲一困，而已饑之民，終於死亡，熙寧之事是也。熙寧之災傷，本緣天旱米貴，而沈起、張靚之流，不先事奏聞，但務立賞閉糶，富民皆爭藏穀，小民無所得食。流殍既作，然後朝廷知之，始勅運江西及截本路上供米一百二十三萬石濟之。巡門俵米，攔街散粥，終不能救。饑饉既成，繼之以疾疫，本路死者五十餘萬人，城郭蕭條，田野丘墟，兩稅課利，皆失其舊。勘會熙寧八年，本路放稅米一百三十萬石，酒課虧減六十七萬餘貫，畧計所失共計三百二十餘萬貫石。其餘耗散不可悉數。至今轉運司貧乏不能舉手。此無它，不先事處置之禍也。去年浙西數郡，先水後旱，災傷不減熙寧。然二聖仁智聰明，於去年十一月中，首發德音，截撥本路上供斛㪷二十萬石賑濟，又於十二月中，寬減轉運司元祐四年上供額斛三分之一〔一〕，爲米五十餘萬斛，盡用其錢，買銀絹上供，了無一毫虧損縣官。而命下之日，所在歡呼，官既住糶〔二〕，米價自落。又自正月開倉糶常平米，仍免數路稅務所收五穀力勝錢〔三〕，且賜度牒三百道，以助賑濟。本路帖然，遂無一人餓殍者，此無它，先事處置之力也。由此觀之，事豫則立，不豫則廢，其禍福相絕如此。

恭惟二聖天地父母之心，見民疾苦，匍匐救之，本不計較費用多少，而臣愚魯無識，但知權利害之輕重，計得喪之大小，以謂譬如民庶之家，置庄田，招佃客，本望租課，非行仁義，然猶至水旱之歲，必須放免欠負借貸種糧者，其心誠恐客散而田荒，後日之失，必倍於今故也，而況有天下子萬姓而不計其後乎！臣自去歲以來，區區獻言，屢瀆天聽者，實恐陛下客散而田荒也。

去歲杭州米價，每㪷至八九十，自今歲正月以來，日漸減落。至五六月間，浙西數郡，大雨不止，太湖泛溢，所在害稼，六月初間，米價復長，至七月初，㪷及百錢足陌。見今新米已出，而常平官米，不敢住糶〔四〕，災傷之勢，恐甚於去年。何者？去年之災，如人初病，今歲之災，如病再發。病狀雖同，氣力衰耗，恐難支持。又緣春夏之交，雨水調勻，浙人喜於豐歲，家家典賣，舉債出息，以事田作，車水築圩，高下殆遍，計本已重，指日待熟。而淫雨風濤，一舉害之，民之窮苦，實倍去歲。近者，將官劉季孫往蘇州按教〔五〕，臣密令季孫沿路體訪。季孫還爲臣言：「此數州，不獨淫雨爲害，又多大風駕起潮浪，堤堰圩埠，率皆破損，湖州水入城中，民家皆尺餘，此去歲所無有也。」而轉運判官張璹自常、潤還，所言畧同，云：「親見吴江平望八尺，間有舉家田苗没在深水底，父子聚哭，以船栰撈摝〔六〕，云，半米猶堪炒喫，青穟且以喂牛。」正使自今雨止，已非豐歲，而况止不止，又未可知。則來歲之憂，非復今年之比矣。何以言之？去年杭州管常平米二十三萬石，今年已糶過十五萬石，雖餘八萬石，而糶賣未已，又緣去年災傷放稅，及和糴不行省倉闕數，所有上件常平米八萬石，只了兑撥充軍糧，更無見在。惟有糶常平米錢近八萬貫，而錢非救饑之物。若來年米益貴，錢益輕，雖積錢如山，終無所用。熙寧中，兩浙市易出錢百萬緡，民無貧富，皆得取用，而米不可得，故曳羅紈，帶金玉，横尸道上者，不可勝計。今來浙東西大抵皆糶過常平米，見在數絶少〔七〕，熙寧之憂，凜凜在人眼中矣。

臣材力短淺，加之衰病，而一路生齒，憂責在臣，受恩既深，不敢别乞閑郡。日夜思慮，求來年救饑之術，別無長策，惟有秋冬之間，不惜高價多糴常平米，以備來年出糶。今來浙西數州米既不熟，而轉運司又管上供年額斛㪷一百五十餘萬石，若兩司爭糴，米必大貴，饑饉愈迫，和糴不行，來年青黃不交之際，常平有錢無米，官吏拱手坐視人死，而山海之間，接連甌閩，盜賊結集，或生意外之患，則雖誅殛臣等〔八〕，何補於敗。以此，須至具實聞奏。

伏望聖慈備録臣奏，行下户部，及本路轉運提刑、兩路鈐轄司，疾早相度來年，合與不合准備常平斛㪷出糶救饑。如合准備，即具逐州合用數目。臣已約度杭州合用二十萬石〔九〕，仍委逐司擘畫，合如何措置，令米價不至大段翔湧，收糴得足。如逐司以謂不須准備出糶救濟，即令各具保明來年委得不至饑殍流亡，結罪聞奏。緣今來已是入秋，去和糴月日無幾，比及相度往復取旨，深慮不及於事。伏乞詳察速賜指揮。臣屢犯天威，無任戰慄待罪之至。謹録奏聞，伏候勅旨。

貼黃。臣聞之道路，閩中災傷尤甚，盜賊頗衆。或云邵武軍有强賊，人數不少，恐是廖恩餘黨。轉運司見令衢州官吏就近體訪，雖未知虛實，然恐萬一有之，不可不豫慮也。

又，貼黃。臣謹按《唐史》，憲宗謂宰臣曰：「卿等累言吴越去年水旱，昨有御史自江、淮按察回，言不至爲災，此事信否？」李絳對曰：「臣見淮南、浙江東西道狀，皆云水旱。且方隅授任，皆朝廷信重之臣，苟非事實，豈敢上陳，此固非虛説也。御史官卑，選擇非其人，奏報之間，或容希媚。況推誠之道，君人大本，苟一方不稔，當即日救濟其饑貧，況可疑之耶？」帝曰：「向者不思而有此問，朕言過矣。」絳等稽首再拜，帝曰：「今後諸道被水旱饑荒之處〔一〇〕，速宜蠲貸之。」又按本朝《會要》，太宗嘗語宰臣曰：「國家儲蓄，最是急務，蓋以備凶年，救人命。昨者江南數州，微有災旱，朕聞之，急遣使往彼，分路賑貸，果聞不至流亡，兼無饑殍，亦無盜賊之患。苟無積粟，何以拯救饑民！」臣近者每觀邸報，諸路監司，多是於三四月間，先奏雨水勻調，苗稼豐茂，及至災傷，須待餓殍流亡，然後奏知。此有司之常態，古今之通患也。豐熟不須先知，人人爭奏，災傷正合豫備，相顧不言，若非朝廷廣加採察，則遠方之民，何所告訴？

一、去年災傷，伏蒙寬減轉運司上供額斛三分之一，盡用其錢，收買銀絹。命下之日〔二〕，米價斗落。今災傷連年，民力重困，又緣春夏之交，雨水調勻，多典賣舉債出息，以事田作，指日待熟。而淫雨風濤，一舉害之，窮苦更倍去歲。伏望憫察，特與寬減轉運司上供一半。所貴米價不至翔湧，和糴得行，且免本路錢荒之弊。

一、杭州所出米穀不多，深慮常平收糴不足，有悞來年支糴。乞許于蘇州、秀州寄糴。

一、檢准《編敕》節文，五穀不得收力勝錢。然元降指揮，止于今年四月終。伏望愍念兩浙連年災傷且無麥，須至候秋熟六月中爲止。

右件如前。臣亦知京師倉廩之數，不可耗缺，所以連奏乞減額斛者，誠恐來年饑饉已成，二聖不忍坐視流殍，必於他路般運錢米賑濟，爲費且倍，而已飢之民，豈復有錢買米，並須俵散，有出無收，不如及早寬減上供米斛，却收銀絹，實數縱有損折，所較不多。伏惟深念熙寧之災，本緣臣僚不早擘畫奏請，以致餓死五十餘萬人，至今瘡痍未復，呻吟未已，特望宸斷，早賜准備，實一方幸甚。

〔一〕《歷代名臣奏議》「斛」後有「米」字。
〔二〕《續資治通鑑長編》「住」作「行」。
〔三〕《歷代名臣奏議》「務」作「場」。
〔四〕《歷代名臣奏議》「糶」作「糴」。
〔五〕《歷代名臣奏議》「按」作「拔」。
〔六〕「搋」原作「滮」，今從《七集·奏議集》卷七、《歷代名臣奏議》、《續資治通鑑長編》改。
〔七〕「數絶」原作「絶數」，今從《續資治通鑑長編》、《歷代名臣奏議》改。
〔八〕「雖」原缺，據《續資治通鑑長編》、《歷代名臣奏議》補。
〔九〕《續資治通鑑長編》「十」後有「餘」字。
〔一〇〕「水旱饑」三字原缺，據《七集·奏議集》補。
〔一一〕「日」原作「曰」，誤刊。據《七集·奏議集》改。

奏浙西災傷第二狀

元祐五年七月二十五日，龍圖閣學士左朝奉郎知杭州蘇軾狀奏〔一〕。右臣近奏，爲浙西數郡淫雨風濤爲害，恐災傷之勢，甚於去年，而常平斛㪷，例皆出糶，見在數少，恐來年民間闕食，無可賑濟，乞備録臣奏，下户部及本路提、轉、鈐轄司相度，合如何擘畫收糴，準備出糶。未蒙施行。今月二十一日至二十三日，皆連晝夜大風雨，二十四日雨稍止，至夜復大雨。竊料蘇、湖等州風濤所損，必加於前，若不早作擘畫，廣行收糴常平斛㪷準備，則來歲必有流殍之憂。伏惟聖慈早賜愍救，檢會前奏，速賜施行。臣别無材術，惟知屢奏，喧瀆聖聽，罪當萬死。謹録奏聞，伏候勅旨。

〔一〕「二十五」、「龍圖閣學士左朝奉郎知杭州」、「奏」字原缺，據《七集·奏議集》卷七補。

乞禁商旅過外國狀

元祐五年八月十五日，龍圖閣學士左朝奉郎知杭州蘇軾狀奏。檢會杭州去年十一月二十三日奏泉州百姓徐戩公案，爲徐戩不合專擅爲高麗國雕造經板二千九百餘片，公然載往彼國，却受酬答銀三千兩，公私並不知覺，因此搆合密熟，遂專擅受載彼國僧壽介前來，以祭奠亡僧浄源爲名，欲獻金塔，及欲住此尋師學法。顯是徐戩不畏公法，冒求厚利，以致招來本僧搔擾州郡。況高麗臣屬契丹，情僞難測，其徐戩公然交通，略無畏忌，乞法外重行，以警閩、浙之民，杜絶姦細。奉聖旨，徐戩特送千里外州、軍編管。

至今年七月十七日，杭州市舶司准密州關報，據臨海軍狀申，准高麗國禮賓院牒，據泉州綱首徐成狀稱，有商客王應昇等，冒請往高麗國公憑，却發船入大遼國買賣，尋捉到王應昇等二十人，及船中行貨，並是大遼國南挺銀絲錢物，并有過海祈平安將入大遼國願子二道。本司看詳，顯見閩、浙商賈因往高麗，遂通契丹，歲久跡熟，必爲莫大之患。方欲具事由聞奏，乞禁止。近又於今月初十日，據轉運司牒，准明州申報，高麗人使李資義等二百六十九人，相次到州，仍是客人李球於去年六月内，請杭州市舶司公憑往高麗國經紀，因此與高麗國先帶到實封文字一角，及寄搭松子四十餘布袋前來。本司看詳，顯是客人李球因往彼國交搆密熟，爲之鄉導，以希厚利，正與去年所奏徐戩情理一同。

見今兩浙、淮南，公私騷然，文符交錯，官吏疲於應答，須索假借，行市爲之憂恐。而自明及潤七州，舊例約費二萬四千六百餘貫，未論淮南、京東兩路及京師館待賜予之費，度不下十餘萬貫。若以此錢賑濟浙西饑民，不知全活幾萬人矣。不惟公私勞費，深可痛惜，而交通契丹之患，其漸可憂。皆由閩、浙姦民，因緣商販，爲國生事。除已具處置畫一利害聞奏外，勘會熙寧以前《編勅》，客旅商販，不得往高麗、新羅及登、萊州界，違者，並徒二年，船物皆没入官。竊原祖宗立法之意，正爲深防姦細因緣與契丹交通。自熙寧四年，發運使羅拯始遣人招來高麗，一生厲階，至今爲梗。《熙寧編勅》，稍稍改更慶曆、嘉祐之法。至元豐八年九月十七日勅，惟禁往大遼及登、萊州，其餘皆不禁，又許諸蕃願附船入貢，或商販者聽。《元祐編勅》亦只禁往新羅。所以奸民猾商，爭請公憑，往來如織，公然乘載外國人使，附搭入貢，搔擾所在。若不特降指揮，將前後條貫看詳，別加删定，嚴立約束，則姦民猾商，往來無窮，必爲意外之患。謹具前後條貫，畫一如左。

一、《慶曆編勅》：「客旅於海路商販者，不得往高麗、新羅及登、萊州界。若往餘州，並須於發地州、軍，先經官司投狀，開坐所載行貨名件，欲往某州、軍出賣。許召本土有物力居民三名，結罪保明，委不夾帶違禁及堪造軍器物色，不至過越所禁地分。官司即爲出給公憑。如有違條約及海船無公憑，許諸色人告捉，船物並没官，仍估物價錢，支一半與告人充賞，犯人科違制之罪。」

一、《嘉祐編勑》：「客旅於海道商販者，不得往高麗、新羅及至登、萊州界。若往餘州，並須於發地州、軍，先經官司投狀，開坐所載行貨名件，欲往某州、軍出賣。許召本土有物力居民三名結罪，保明委不夾帶違禁及堪造軍器物色，不至越過所禁地分。官司卽爲出給公憑。如有違條約及海船無公憑，許諸色人告捉，船物並沒官，仍估納物價錢，支一半與告人充賞，犯人以違制論。」

一、《熙寧編勑》：「諸客旅於海道商販，於起發州投狀，開坐所載行貨名件，往某處出賣。召本土有物力户三人結罪，保明委不夾帶禁物，亦不過越所禁地分。官司卽爲出給公憑。仍備録船貨，先牒所往地頭，候到日點檢批鑿公憑訖，却報元發牒州，卽乘船。自海道入界河，及往北界高麗、新羅并登、萊界商販者，各徒二年。」

一、元豐三年八月二十三日中書劄子節文：「諸非廣州市舶司，輒發過南蕃綱舶船，非明州市舶司，而發過日本、高麗者，以違制論，不以赦降去官原減。其發高麗船，仍依别條。」

一、元豐八年九月十七日勅節文：「諸非杭、明、廣州而輒發海商舶船者，以違制論，不以去官赦降原減。諸商賈由海道販諸蕃，惟不得至大遼國及登、萊州。卽諸蕃願附船入貢或商販者，聽。」

一、《元祐編勑》：「諸商賈許由海道往外蕃興販，並具人船物貨名數所詣去處，申所在州，仍召本土有物力户三人，委保物貨内不夾帶兵器，若違禁及堪造軍器物，并不越過所禁地分。州爲驗實，牒送願發舶州，置簿抄上，仍給公據。方聽候回日，許於合發舶州住舶，公據納市舶司。卽不請公據而擅行，或乘船自海道入界河，及往新羅、登、萊州界者，徒二年，五百里編管。」

右謹件如前。堪會元豐八年九月十七日指揮，最爲害事，將祖宗以來禁人往高麗、新羅條貫，一時削去，又許商賈得擅帶諸蕃附船入貢。因此，致前件商人徐戩、王應昇、李球之流，得行其姦。今來不可不改。乞三省密院相度裁定，一依慶曆、嘉祐《編勑》施行。不惟免使高麗因緣猾商時來朝貢，搔擾中國，實免中國姦細，因往高麗，遂通契丹之患。謹録奏聞，伏候勑旨。

申明户部符節畧賑濟狀

元祐五年八月二十五日，龍圖閣學士左朝奉郎知杭州蘇軾狀奏〔一〕。臣近以今年浙西數郡，大雨不止，太湖泛溢，所在害稼。尋於七月十五日具狀奏聞，乞下户部及本路轉運提刑、兩路鈐轄司疾早相度，來年合與不合準備常平斛㪷，出糶救饑，如合準備，即具諸州合用數目。臣已約度杭州合用二十萬石，仍委逐司擘畫，合如何措置，令米價不至大段翔湧，收糴得足。如逐司以謂不須準備出糶救濟，即令各具保明來年委得不至饑殍流亡，結罪聞奏。今准尚書户部符，本路轉運、提刑、鈐轄司准都省批送下八月四日勑，中書省知杭州充兩浙西路兵馬鈐轄蘇軾奏，勘會今年五六月間，浙西數郡，大雨不止，太湖泛溢，所在害稼，災傷之勢，恐甚於去年。伏望下户部及本路轉運、提刑及兩路鈐轄司相度，來年合如何準備救濟，候勑旨。八月四日，三省同奉聖旨，依奏。奉勑如右，牒到奉行。都省批，八月五日辰時送户部施行内相度仍限半月者。右臣竊詳户部符内，止是節畧行下，既奉聖旨依奏，即未審元初並依臣所奏，係有司節畧，爲復只依今來户部符下一節事理？切緣臣前奏所乞「如逐司以謂不須準備出糶救濟，卽令各具保明來年委得不至饑殍流亡，結罪聞奏〔一〕之意，蓋欲逐司官吏依實相度，不敢滅裂，須至再具申明。伏乞朝廷檢會臣前奏逐節事理〔二〕，特賜明降指揮施行。謹録奏聞，伏候敕旨。

〔一〕「奏」原作「奉」，據《七集·奏議集》卷八改。

〔二〕《續資治通鑑長編》「須至再具」至「逐節事理」十九字作「令户部節略施行」。

相度準備賑濟第一狀

元祐五年九月七日，龍圖閣學士左朝奉郎知杭州蘇軾狀奏。准尚書户部符，准敕知杭州兩浙西路兵馬鈐轄蘇軾奏，勘會今年五六月，浙西數郡，大雨不止，太湖泛溢，所在害稼，災傷之勢，恐甚於去年，伏望下户部及本路轉運提刑、兩路鈐轄司相度，來年合如何準備救濟。奉聖旨依奏，都省批内相度限半月。本司今相度到準備救濟事件如左。

一、本司勘會去年八九月間，杭州在市米價每㪷六十文足〔一〕，至十一月，長至九十五文足〔二〕，其勢方踊貴間，因朝旨寬減轉運司上供額斛三分之一，卽時米價減落。及本州正月内，便行出糶常平米，至七月終，共糶一十八萬餘石，以此米價無由增長，人免流殍。今來在市米，見今已是七十五文足，至冬間，轉運司收糴上供額斛，及檢放秋税軍糧，恐有闕少，亦須和糴取足，又本州須糴常平米二十餘萬石，諸州亦各收買，似此争糴，必須踊貴。縱使大破官錢，收糴得足，亦恐來年闕食，小民必不辦高價收買官米。至時若米貴人饑，本司必須奏乞減價出賣。竊料仁聖在上，必不忍坐視人饑，不許減價。約度浙西諸郡，今年必須和糴常平米五十餘萬石，準備來年出糶。若價高本重，至時每㪷只減十文，亦須坐失五萬餘貫，而況饑饉已成，流殍不已，則朝廷所以救恤之者，其費豈止五萬貫而已哉？欲乞聖慈特許寬減轉運司今來上供額斛一半，仍依去年例，令折價錢，置場收買金銀紬絹上供，則朝廷無所耗失，而浙中米價稍平，常平收糴得足，來年不至大段減價出賣，耗折常平本錢〔三〕，一路之人，得免流殍，爲惠不小。勘會去年本司亦乞寬減上供額斛一半，准勅只許寬減三分之一。今來災傷及檢放秋税次第皆甚於去年，又緣連年災傷，民力愈耗，合倍加存卹，所以須奏乞寬減一半。伏望聖慈，憐愍一方，特依所乞，盡數寬減。

一、勘會熙寧八年兩浙饑饉，朝旨截撥江西及本路上供斛㪷一百二十五萬石，賜本路賑濟。只緣本路奏乞後時，不及於事，卒死五十萬人。去歲十一月二十九日，聖旨令發運司撥上供斛㪷二十萬石〔四〕，賜本路減價出糶，所費只及熙寧六分之一，然及時濟用，倉廩有備，米不騰踊，人免流殍。本司今來勘會蘇、湖、常、秀等州，頻年災傷，人户披訴，已倍去歲，檢放苗米，亦必加倍，不惟人户闕食，亦恐軍糧不足。欲乞檢會去年體例，更賜加數，特與截撥本路或發運司上供斛㪷三十萬石，令本路減價出糶，或用補軍糧之闕。伏望聖慈，愍念一路軍民，特與盡數應副。

右謹件如前。本司已具上項事件，關牒本路轉運、提刑司，照會相度施行去訖。深慮轉運司官吏職在供餽，所有寬減額斛，難於自言，伏望聖明以一方生靈爲心，非爲苟寬官吏之責，特賜過慮，及早施行。又況所乞數目雖廣，而所耗損錢數不多〔五〕，若待饑饉已成，然後垂救，則所費十倍，無及於事。伏乞決自聖意，指揮三省，更不下有司往復勘當施行。謹録奏聞，伏候勅旨。

〔一〕「文」原缺，據《續資治通鑑長編》補。案：據下文有「七十五文足」之語，當有「文」字。

〔二〕「長」前空格，《七集·奏議集》卷八爲「足」字，文理頗難明。「文」字，據《續資治通鑑長編》補。

〔三〕《續資治通鑑長編》「本錢」作「錢本」。

〔四〕《續資治通鑑長編》「二十萬」作「二十二萬」。

〔五〕「而」原作「如」，今從《七集·奏議集》改。

相度準備賑濟第二狀

元祐五年九月十七日，龍圖閣學士左朝奉郎知杭州蘇軾狀奏。近准朝旨，令本司及轉運司、提刑司相度準備來年被災闕食人户。本司已具二事聞奏，乞寬減轉運司上供額斛一半，截撥上供米三十萬石，准備及補軍糧之闕，未蒙回降指揮。本司再相度來年准備大計，全在廣糴常平斛㪷，於正月以後，便行出糶，平準在市管價，以免流殍之災。此外更無長策。今來選差官吏，開倉和糴，優估米價，戒約專㪷不得乞覓，非不嚴切，然經今一月，並無一人赴倉入中。體問得蓋是蘇、湖、常、秀大段災傷，兼自八月半間至今陰雨不止，災傷之餘，所收無幾，又少遇晴乾，已熟者不得刈，已刈者不得舂，有穀無米，日就腐壞。見今訪聞蘇、秀州在市米價，已是九十五文足，添長之勢，炎炎未已。本司欲便令杭州添價收糴，不惟助長米價，爲小民目下之患，又官本既貴，來年難爲出糶，若不添錢，又恐終是收糴不行，來年春夏間，闕米出糶，必有流殍之憂。竊料至時難以諱言災傷，官吏亦須畧具事實聞奏。仁聖在上，理無不救，必須多方於鄰路擘畫斛㪷賑濟。若不預爲之防，則恐鄰路無備，臨時擘畫不行，須至先事奏乞者。

右本司勘會，去歲朝旨寬減轉運司上供額斛三分之一，却令將折斛錢買銀絹上供，又今年本司亦奏乞寬減額斛一半，如蒙施行，卽轉運司折斛錢萬數不少。又勘會提刑司今年諸州糶常平米至多，所管常平司官錢萬數不少，但有錢無米，坐視饑殍，爲憂不細。欲乞聖慈，過爲防慮，特勅發運司相度擘畫錢本，於江淮近便豐熟州、軍，差官置場，和糴白米五十萬石，嚴賜指揮，須管數足，仍般運至真、揚州椿管。若令來春本路闕常平米出糶，卽令發運司撥發，於逐州下卸，仍以本路常平錢充還。若至時本路常平米有備，不須般運上件米出糶，卽就撥充本路轉運司上供額斛，却以寬減折斛錢充還。如此，卽於朝省錢物，無所耗損，而於本路生靈億萬性命，稍免溝壑之憂。謹録奏聞，伏候勑旨。

貼黄。今年災傷，實倍去年〔一〕。但官吏上下，皆不樂檢放，諱言災傷。只如近日秀州嘉興縣，因不受訴災傷詞狀，致踏死四十餘人。大率所在官吏，皆同此意，但此一處，以踏死人多，獨彰露耳。若朝廷只據逐處申奏，及檢放秋税分數，卽無由盡見災傷之實。又，臣軾切見轉運、提刑司所奏災傷，皆無迫切懇至之語，朝論必以臣爲過當。然臣實見連年災傷，父老皆言事勢不減熙寧，民間有錢，尚因無米餓死四十萬人，況今民間絶無見錢，若又無米，則流殍之災，未易度量。伏望聖慈，深爲防慮。若來年人户元不闕食，不須如此擘畫，則臣不合過當張皇之罪，所不敢辭，縱被誅譴，終賢於有災無備，坐視人死而不能救也。

〔一〕「實」原作「十」，今從《七集·奏議集》卷八、《續資治通鑑長編》改。

乞檢會應詔所論四事行下狀

元祐五年九月二十七日，龍圖閣學士左朝奉郎知杭州蘇軾狀奏。右臣今年六月九日，輒具朝廷至仁，寬貸宿逋，已行之命，爲有司所格沮，使王澤不得下流者四事。其一曰：見欠市易籍納産業，聖恩並許給還，或貼納收贖。而有司妄出新意，創爲籍納、折納之法，使十有八九，不該給贖。其二曰：積欠鹽錢，聖恩已許只納産場鹽監官本價錢，其餘並與除放。而提舉鹽事司，執文害意，謂非貧乏不在此數。其三曰：登極大赦以前人户，以産當酒，見欠者亦合依鹽當錢法，只納官本。其四曰：元豐四年，杭州揀下不堪上供和買絹五萬七千八百九十疋，並抑勒配賣與民，不住鞭笞催納，至今尚欠八千二百餘貫，並合依今年四月九日聖旨除放。然臣具此奏論，經今一百八日，不蒙回降指揮，乞檢會前奏四事，早賜行下。謹録奏聞，伏候勅旨。尚書省取會到諸處，稱不曾承受到上件奏狀，仍連元狀，十二月十八日三省同奉聖旨，令蘇軾别具聞奏。仍仰户部指揮根究前奏，申尚書省。

進何去非備論狀

元祐五年十月十八日，龍圖閣學士左朝奉郎知杭州蘇軾狀奏。右臣自揣虚薄，叨塵侍從，常求勝己，以爲報國。恭惟先皇帝道配周孔，言成典謨，雲漢之章〔一〕，藻飾萬物，而臣子莫副其意，蓋嘗當食不御，有才難之歎。伏見承奉郎徐州州學教授何去非，文章議論，實有過人，筆勢雄健，得秦漢間風力。元豐五年，以累舉免解，答策廷中，極論用兵利害，先帝覽而異之，特授右班殿直，使教授武學，不久遂爲博士。臣竊揆聖意，必將長育成就，以待其用，豈特以一博士期去非而已哉？而去非立志强毅，不苟合於當時，公卿故莫爲一言推轂成就之者。臣任翰林學士日，嘗具以此奏聞，乞換文資，置之太學。雖蒙恩換承奉郎，而今者乃出爲徐州教授，比於博士，乃似左遷。非獨臣人微言輕，不足取信，亦恐朝廷不見其文章議論，無以較量其人。謹繕寫去非所著《備論》二十八篇附遞進上，乞降付三省執政考覽。如臣言不謬〔二〕，乞除一館職。非獨以收羅逸才，風曉士類，亦以彰先帝知人之明，一經題品，決無虛士，書之史册，足爲光華。若後不如所舉〔三〕，臣甘伏朝典。謹録奏聞，伏候勅旨。

〔一〕郎本卷三十五「章」作「光」。

〔二〕「如」原作「於」，據《七集·奏議集》卷八改。

〔三〕「後」原缺，據郎本補。

相度準備賑濟第三狀

元祐五年十月二十一日，龍圖閣學士左朝奉郎知杭州蘇軾狀奏。右臣近奉朝旨，相度準備來年賑濟闕食人户，尋具晝一事件聞奏〔一〕。內多糴常平以備來年出糶平準市價一事，最爲要切。

見今浙西諸郡，米價雖貴，然亦不過七十足。竊度來年青黄不交之際，米價必無一百以下，至時，若依元價出糶，猶可以平壓翔踊之患，終勝於官無斛㪷，坐視流殍。而提刑司專務斬惜兩三錢，遍行文字，減勒官估。臣已指麾杭州不得減價，依舊作七十收糴。見今亦不過糴得三萬餘石，其餘諸郡，不敢有違。訪聞蘇、秀最係出米地分，見今不過糴得二三萬石，而湖州一處，災傷爲甚，提刑司已指麾本州住糴，却令蘇州撥常平米五萬石與湖州，又令秀州撥十萬石與杭州，若湖得五萬石，猶恐未足於用，而蘇、秀撥十五萬石，深慮逐州不免妨闕，若新糴不多，即是兩頭闕事，而般運水脚兵稍有偷盗耗失之費，亦與所減兩三錢不争，若使來年官米數少，不能平壓市價，致有流殍，更煩朝廷截撥斛㪷，散與饑民，則爲十倍之費，乃是所減毫毛而所捐丘山，大爲非策。訪聞諸郡富民，皆知來年必是米貴，各欲廣行收糴，以規厚利。若官估稍優，則農民米貨盡歸於官。此等無由乘時射利，吞併貧弱，故造作言語，以揺官吏，皆言多破官錢，深爲可惜，若便爲減價住糴，正墮其計。況今來已是十月下旬，不過更一二十日，即無收糴，縱令添價〔二〕，亦不及事，恐有悮來年出糶大事，所以須至別作擘畫，仰訴朝廷。緣臣先於九月十七日，曾奏乞下發運司於豐熟近便州、軍，和糴五十萬石，以備常平米不足般取出糶，却以本路常平錢還發運司〔三〕，若常平米足用，即充本路轉運司上供米，仍以額斛錢撥還。兼勘會淮南大熟，揚州、高郵軍米價甚平。若行此策，顯無妨害。

伏望聖慈檢會前奏，速賜施行，與此一方連年被災之民，廣作準備。謹録奏聞，伏候勑旨。

〔一〕「奏」原作「奉」，據《七集·奏議集》卷八改。

〔二〕「令」原作「却」。據《續資治通鑑長編》改。

〔三〕《續資治通鑑長編》「發」作「轉」。

相度準備賑濟第四狀

元祐五年十一月二十一日，龍圖閣學士左朝奉郎知杭州蘇軾狀奏。右臣勘會今年本路風水之災，倍於去年，本司累具合行救濟事件聞奏。伏料仁聖在上，必已矜察。見今蘇、湖、杭、秀等州，米價日長，杭州所糴粗米，以備出糶，每㪷不下六十至七十足錢〔一〕，猶自收糴不行，恐須至更添錢招買，方稍足用。竊計開春米價，必是翔踊。若依條，不虧元價出糶，則官本已重，小民艱於收糴，無以救濟貧下，平準市價。若奏乞減價出糶，又恐耗失常平官本，亦非長策。須至奏聞。

又勘會杭州裏外見管義倉米四萬餘石，準條，災傷之年，並許俵散賑濟。本州相度，若待饑饉已成，方將上件義倉米盡行俵散〔二〕，亦未能盡濟饑民。惟是開春已後，纔見在市米價增長，即便將義倉常平米賤價出糶。但市價不長，則一郡之民，人人受賜。今來起請，欲乞將常平米除係三年以上依條合減價外，其餘並每㪷減五文足，內係今來貴價收糴者，每㪷減二十文足出糶，仍將義倉米隨色額估定，賤價一處出糶，所收錢，並用填還常平所虧官本錢，如填還足外，尚有剩數，亦許撥填本路別州常平米所虧官本錢，仍下浙西諸郡，依此體例施行。所貴本路明年饑民普得賤米喫用，全活億萬性命，其利至博，而其實止於耗却義倉，元不破官本米貨十餘萬石〔三〕。況自來有條〔四〕，災傷之歲，許將義倉米俵散，但俵散之所及者狹，不如出糶之利所及者廣。伏望聖慈，特出宸斷，早賜施行。謹録奏聞，伏候勅旨。

貼黄。常平錢米，豐凶之際，平準物價以救民命，所繫利害至重。本司已累次奏乞指揮諸路專行糶糶，不得別有他用，如召募饑民興土工水利之類，有出無入，即漸耗散。伏乞留意。今來啓請，只是權宜，一時施行，別不衝改前後條貫。

又，貼黄。本司相度來年艱食之勢，深可憂畏。若候饑饉已成，疾疫已作，仁聖在上，必須廣作擘畫錢米救濟，其費必相倍蓰。若行本司所奏，開春便行出糶，則米價不長，億萬生聚，自然蒙賜〔五〕。所費不多，今來已是十一月末，乞速賜施行。所貴正月内，便得開倉出糶。

〔一〕「六」後原爲空格，今從《七集·奏議集》卷八，不空格。《七集·奏議集》「六十」之後有「七」字。

〔二〕「米」原缺，據《七集·奏議集》補。

〔三〕《續資治通鑑長編》「貨」作「價」。

〔四〕「來」原缺，據《續資治通鑑長編》補。

〔五〕《七集·奏議集》「自然」作「人人」。

乞擢用劉季孫狀〔一〕

元祐五年十一月　日〔二〕，龍圖閣學士左朝奉郎知杭州蘇軾狀奏。右臣自少聞趙元昊寇，延州危急，環慶將官劉平以孤軍來援，姦臣不救，平遂戰没，竟駡賊不食而死。平有數子，皆才用絶人，不幸早世。今臣所與同僚西京左藏庫副使權兩浙西路兵馬都監兼東南第三將劉季孫〔三〕，則平之少子，篤志力學，博通史傳，工詩能文，輕利重義，雖文臣中亦未易得。況其練達武經〔四〕，講習邊政，乃其家學。至於奮不顧身，臨難守節，以臣度之，必不減平。今平諸子獨有季孫在，而年已五十有八，雖備位將領，未盡其用。伏望朝廷特賜採察，擢置邊庭要害之地〔五〕，觀其設施，別加陞進。不獨爲忠義之勸，亦以廣文武之用。如蒙朝廷擢用，後犯入己贓，及不如所舉，臣甘伏朝典。謹録奏聞，伏候勅旨。

〔一〕《七集·續集》卷九亦收此文，題作《舉劉景文狀》。

〔二〕「日」上原不空格，今從郎本卷三十四，空一格。

〔三〕郎本、《七集·奏議集》卷八「西京左藏庫副使」作「路分都監左藏副使」；「權兩浙西路兵馬都監兼東南第三將」十五字，據《七集·續集》補。

〔四〕「況」原作「而」，今從郎本改。

〔五〕「擢」原作「權」，據郎本、《七集·奏議集》、《七集·續集》改。

乞子珪師號狀

元祐五年十二月日，龍圖閣學士左朝奉郎知杭州蘇軾狀奏。勘會杭州平陸，本江海故地，惟附山乃有甘泉，其餘井皆鹹苦。唐刺史李泌，始引西湖水作六井。其後白居易，亦治湖浚井，以足民用。嘉祐中，知州沈遘增置一大井，在美俗坊，今謂之沈公井，最得要地。四遠取汲，而創始滅裂，水常不應。

至熙寧中，六井與沈公井，例皆廢壞。知州陳襄選差僧仲文、子珪、如正、思坦四人，董治其事。修完既畢，歲適大旱，民足於水，爲利甚博。臣爲通判，親見其事。經今十八年，沈公井復壞，終歲枯涸，居民去水遠者，率以七八錢買水一斛，而軍營尤以爲苦。臣尋訪求，熙寧中修井四僧，而三人已亡，獨子珪在，年已七十，精力不衰。問沈公井復壞之由，子珪云：熙寧中雖已修完，然不免以竹爲管，易致廢壞。遂擘畫用瓦筒盛以石槽，底蓋堅厚，錮捍周密，水既足用，永無壞理。又於六井中控引餘波，至仁和門外，及威果、雄節等指揮五營之間，創爲二井，皆自來去井最遠難得水處。西湖甘水，殆遍一城，軍民相慶，若非子珪心力才幹，無緣成就。緣子珪先已蒙恩賜紫，欲乞特賜一師號，以旌其能者。

右臣體問得靈石多福院僧子珪，委有戒行，自熙寧中及今，兩次選差修井，營幹勞苦，不避風雨，顯有成効。如蒙聖恩賜一師號，即乞以惠遷爲號，取《易》所謂「井居其所而遷」之義。謹錄奏聞，伏候勑旨。

蘇軾文集卷三十二

奏議

繳進應詔所論四事狀前連元祐五年六月奏狀

元祐六年正月九日，龍圖閣學士左朝奉郎知杭州蘇軾狀奏。右臣去年六月具狀奏聞，乞申明給還市易折納産業，及除放積欠鹽錢，並人户欠買退絹錢四事〔一〕，未蒙回降指揮。今月五日，准元祐五年十二月十九日尚書省劄子會到諸處，稱不曾承受到上件奏狀。十二月十八日，三省同奉聖旨，令臣别具聞奏者。今重具到元奏狀繳連在前。謹録奏聞，伏候勅旨。

貼黄。臣竊見浙中州縣市井人煙，比二十年前，不及四五。所在酒税課利虧欠，只如杭州酒務課利，昔年三十餘萬貫，今來只及二十餘萬貫。其它大率類此。朝廷力行仁政，不爲不久，而公私凋耗，終不少蘇，蓋是商賈物貨，元未通行故也。自來民間買賣，例少見錢，惟藉所在有富實人户可倚信者賒買而去。歲歲往來，常買新貨，却索舊錢，以此行商坐賈，兩獲其利。今浙中州縣，所理私債，大半係欠官錢人户。官錢尚不能足，私債更無由催，以此商旅不行，公私受害。若行此四事，則官之所失，止是虚數，而人户一蘇，三二年間，商旅必復通行，酒税課利，漸可復舊，所補不小。

〔一〕此處所云之「四事」，未及酒欠，參卷三十一《應詔論四事狀》。

乞椿管錢氏地利房錢修表忠觀及墳廟狀

元祐六年二月二十八日，龍圖閣學士左朝奉郎知杭州蘇軾狀奏。檢准熙寧十年十月十一日中書劄子節文：「資政殿大學士右諫議大夫知杭州趙抃奏，伏見故吴越國王錢氏，有墳廟在本州界，欲乞兩縣應管錢氏諸墳廟，每縣選委僧道一名，專切主管内錢塘縣界文穆王元瓘等二十六處墳廟。勘會當州天慶觀道正通教大師錢自然，本錢氏直下子孫，欲令錢自然永遠住持。並臨安縣界武肅王鏐等廟墳一十一處，今召到本縣浄土寺賜紫僧道微，乞依錢自然例主管。又勘會得文穆王元瓘墳廟並忠獻王仁佐墳，並在龍山界，其側有香火妙因院，本錢氏建造，見是道正錢自然權令徒弟道士在彼看守，欲望改賜觀額，令錢自然已下徒弟，永遠住持，漸次修葺，兼得就便照管墳廟，不致荒廢。奉勅依奏。其錢塘妙因院，特改賜表忠觀爲額。並臨安浄土寺，令尚書祠部每遇同天節，各特與披剃童行一名。」

又准元豐五年三月十八日中書劄子節文：「皇城使慶州防禦使錢暉等奏，臣等先臣祠廟，在杭、越二州者五所，墳壠在錢塘、臨安兩縣者六十餘處。獨臨安有田園房廊，歲收一千三百四十貫有奇，太平興國已後，寄納本縣，至大中祥符間，本處申明，蒙朝旨令杭州樓店務於軍資庫作臣家錢寄納，日後不曾請領。近歲先臣祠廟，例皆摧塌，私家無力修葺，前項寄納錢數雖多，切緣年歲深遠，不敢更乞支給，今只乞降指揮下杭州，許將臨安縣舊田園房廊撥還臣家，庶收歲課，漸次完補墳廟。謹録奏聞，伏候勅旨。右奉聖旨，宜令杭州每年特支錢五百貫，與表忠觀置簿拘管，只得修葺墳廟，不得别將支用，劄付杭州，准此者。」

臣檢會熙寧十年七月二十六日，據管内道正錢自然狀，乞將臨安縣祖先置到産業，每年收掠賃錢一千三百五十四貫，修葺諸處墳廟。此時差官檢計到錢塘、臨安縣所管錢氏墳廟，委是造來年深，木植朽損，共合用工料價錢一萬二千八百九十貫九百九十九文。及臨安縣勘會到管納錢氏歸官房廊田産等賃錢，年納一千三百五十四貫三百四十文省，送納軍資庫，尋係本州申奏，乞將臨安縣管催上件賃錢支撥修葺，約計九年，方得完備。直至元豐五年内，因皇城使錢暉等奏乞方准。當年三月十八日中書劄子，奉聖旨，每年特支錢五百貫，與表忠觀修葺墳廟，不得别將支用。自後至元祐五年，雖支得四千五百貫省，蓋爲廟宇舊屋間架元造廣大，一百餘年不曾修治，例皆損塌，須得一起修葺，稍可完補。若每年只支得五百貫，雖逐旋修得大段倒損去處，又爲連接屋宇數多，隨手損塌。自熙寧十年檢計，止今又及一十四年，尋於去年再差官重行檢計到兩縣墳廟已修再損、未及修屋宇神像等，共合用工料價錢，内臨安縣四千三百五十八貫一百四十四文省，錢塘縣一萬二千五百二十貫五百九十一文省，兩縣共合用工料價錢計一萬六千八百七十八貫七百三十五文省，須至奏陳者。

右臣竊惟錢氏之忠，著於甲令，朝野共知，不待臣言。而墳廟荒毁，行路嗟傷。就使朝廷特賜錢物，爲之修完，猶不爲過，而況本家自有地利房錢，可以支用，豈忍利此毫末，歸之有司！恭惟神宗皇帝，深念錢氏之忠，特改妙因院，賜名表忠觀，仍使其裔孫道士錢自然住持。而有司不能推明聖意，奏乞盡數撥還地利房錢，以助修完，經今十四年，表忠觀既未成就，而諸處墳廟，依前荒毁，使先帝表顯忠臣之意，徒爲空言。臣愚欲望聖慈特許每年臨安縣所收地利房錢一千三百五十四貫三百四十文省，令表忠觀每遇修本觀及杭、越州諸墳廟，即具所修名件及合用錢數，赴州請領，仍候修造了，差官檢計，具委無大破，保明申州。所貴事體稍正，毋使小民竊議。謹録奏聞，伏候勑旨。

貼黄。如蒙朝廷依奏，即乞指揮本州，將逐年所收到上件地利房錢，令須樁管，只得充修造表忠觀及錢氏墳廟使用，官私不得別行支借使用。

乞相度開石門河狀

元祐六年三月日，龍圖閣學士左朝奉郎知杭州蘇軾狀奏。右臣謹按《史記》秦始皇三十六年，東游至錢塘，臨浙江，水波惡，乃西百二十里從狹中渡。始皇帝以天下之力徇其意，意之所欲出，赭山橋海無難，而獨畏浙江水波惡，不敢徑渡，以此知錢塘江天下之嶮，無出其右者。

臣昔通守此邦，今又忝郡寄，二十年間，親見覆溺無數。自温、台、明、越往來者，皆由西興徑渡，不涉浮山之嶮，時有覆舟，然尚希少。自衢、睦、處、婺、宣、歙、饒、信及福建路八州往來者，皆出入龍山，沿泝此江，江水灘淺，必乘潮而行。潮自海門東來，勢若雷霆，而浮山峙於江中，與魚浦諸山相望，犬牙錯入，以亂潮水，洄洑激射，其怒自倍，沙磧轉移，狀如鬼神，往往於淵潭中，湧出陵阜十數里，旦夕之間，又復失去，雖舟師、没人，不能前知其深淺。以故公私坐視覆溺，無如之何，老弱叫號，求救於湍沙之間，聲未及終，已爲潮水卷去，行路爲之流涕而已。縱有勇悍敢往之人，又多是盜賊，利其財物，或因而擠之，能自全者，百無一二，性命之外，公私亡失，不知一歲凡幾千萬。而衢、睦等州，人衆地狹，所産五穀，不足於食，歲常漕蘇、秀米至桐廬，散入諸郡。錢塘億萬生齒，待上江薪炭而活，以浮山之嶮覆溺留礙之故，此數州薪米常貴。又衢、婺、睦、歙等州及杭之富陽、新城二邑，公私所食鹽，取足於杭、秀諸場，以浮山之嶮覆溺留礙之故，官給脚錢甚厚，其所亡失，與依託風水以侵盜者不可勝數。此最其大者。其餘公私利害，未可以一二遽數。

臣伏見宣德郎前權知信州軍州事侯臨，因葬所生母於杭州之南蕩，往來江濱，相視地形，訪聞父老，參之舟人，反復講求，具得其實。建議：自浙江上流地名石門，並山而東，或因斥鹵棄地，鑿爲運河，引浙江及溪谷諸水，凡二十二里有奇，以達於江。又並江爲岸，度潮水所向則用石，所不向則用竹〔一〕。大凡八里有奇，以達於龍山之大慈浦。自大慈浦北折，抵小嶺下，鑿嶺六十五丈，以達於嶺東之古河。因古河稍加浚治，東南行四里有奇，以達於今龍山之運河，以避浮山之嶮。度用錢十五萬貫〔二〕，用捍江兵及諸郡廂軍三千人，二年而成。臣與前轉運使葉温叟、轉運判官張璹，躬往按視，皆如臨言。凡福建、兩浙士民，聞臣與臨欲奏開此河，萬口同聲，以爲莫大無窮之利。臣縱欲不言，已爲衆論所迫，勢不得默已。

臣聞之父老，章獻皇后臨朝日，以江水有皇天蕩之嶮，内出錢數十萬貫，築長蘆，起僧舍，以拯溺者。又見先帝以長淮之險，賜錢十萬貫、米十萬石，起夫九萬二千人，以開龜山河。今浮山之險，非特長蘆、龜山之比，而二聖仁慈，視民如傷，必將捐十五萬緡以平此積險也。謹昧死上臨所陳《開石門河利害事狀》一本，及臣所差觀察推官董華用臨之説，約度功料，及合用錢物料狀一本，並地圖一面。伏乞降付三省看詳，或召臨赴省面加質問。仍乞下本路監司或更特差官同共相視。若臣與臨言不妄，乞自朝廷擘畫，支賜錢物施行。

臣觀古今之事〔三〕，非知之難，言之亦易，難在成之而已。臨之才幹，衆所共知。臣謂此河非臨不成。伏望聖慈，特賜訪問左右近臣，必有知臨者。乞專差臨監督此役，不惟救活無窮之性命，完惜不貲之財物，又使數州薪米流通，田野市井，詠歌聖澤，子孫不忘。臣不勝大願，謹録奏聞，伏候勅旨。

貼黄。石門新河，若出定山之南，則地皆斥鹵，不壞民田。又自新河以北，潮水不到〔四〕，灌以河水，皆可化爲良田。然近江土薄，萬一數十年後，江水轉移，河不堅久。若自石門並山而東，出定山之北，則地堅土厚〔五〕，久遠無虞。然度壞民田五六千畝，又失所謂良田之利。體問民田之良者，不過畝二千〔六〕，以錢償之，亦萬餘緡而已。此二者，更乞令監司及所差官詳議其利害。

又，貼黄。董華所料，只是約度大數，若蒙朝廷相度可以施行，更乞別差官入細計料。

又，貼黄。今建此議，不知者必有二難。其一，不過謂浙江浮山之險，經歷古今賢哲多矣，若可平治，必不至今日。如此乃巷議臆度，不足取信。只如龜山新河，易長淮爲安流，今日吕梁之險，竊聞亦已平治。豈可謂古人偶未經意，便謂今人不可復作？其一，不過謂並江作岸，爲潮水所衝齧，必不能經久。今浙江石岸，亦有成規。自古本用木岸，轉運使張夏始易以石。自龍山以東，江水溢深，石岸立於漲沙之上，又潮頭爲西陵石磯所射，正戰於岸下，而四五十年，隱然不動，雖時有缺壞，隨即修完，人不告勞，官無所費。今自慈浦以西，江水皆露出石脚，而潮頭自龍山轉向西南，則岸之易成而難壞，非張夏所建東堤之比也。

〔一〕《歷代名臣奏議》「竹」後有「木」字。

〔二〕「度用」原作「用度」，今從《七集·奏議集》卷九。

〔三〕《歷代名臣奏議》「之」作「至」。

〔四〕《七集·奏議集》「潮」作「江」。

〔五〕「土」原作「上」，據《七集·奏議集》改。

〔六〕《七集·奏議集》「二千」作「一千」。

再乞發運司應副浙西米狀

元祐六年三月二十三日，龍圖閣學士左朝奉郎前知杭州蘇軾狀奏。右臣近蒙恩詔，召赴闕庭。竊以浙西二年水災，蘇、湖爲甚，雖訪聞已詳，而百聞不如一見。故自下塘路由湖入蘇，目覩積水未退，下田固已没於深水，今歲必恐無望，而中上田亦自渺漫，婦女老弱，日夜車畝，而淫雨不止，退寸進尺，見今春晚，並未下種。鄉村闕食者衆，至以糟糠雜芹、蕈食之。又爲積水占壓，薪芻難得，食糟飲冷，多至脹死。並是臣親見，即非傳聞。春夏之間，流殍疾疫必起。逐州去年所糴常平米，雖粗有備，見今州縣出賣，米價不甚翔踊，但鄉村遠處饑羸之民，不能赴城市收糴，官吏欲差船載米下鄉散糶，即所須數目浩瀚，恐不能足用，秋夏之間，必大乏絶。又自今已往，若得淫雨稍止，即農民須趁初夏秧種車水，耕耘之勞，十倍常歲，全藉糧米接濟。見今已自闕食，至時必難施功。縱使天假之年，亦無所望，公私狼狽，理在必然。

臣去歲奏乞下發運司於江東、淮南豐熟近便處糴米五十萬石，準備浙西災傷州、軍般運兑撥，出糶賑濟。尋蒙聖恩行下，云，已降指揮令發運司兑撥，合起上供並封樁等錢一百萬貫，趁時糴買斛㪷封樁準備移用。送户部，依已得指揮，餘依浙西鈐轄司所奏施行。聖旨既下，本路具聞，農民欣戴，始有生意。而發運司官吏，全不上體仁聖恤民之意，奏稱淮南、江東米價高貴，不肯收糴。勘會浙西去歲米價，例皆高貴，杭州亦是七十足錢收糴一㪷，雖是貴糴，猶勝於無米，坐視民死。今來發運司官吏，親被聖旨，全不依應施行，只以米貴爲詞，更不收糴，使聖主已行之命，頓成空言，饑民待哺之心，中塗失望。却使指準前年朝旨所撥上供米二十萬石，與本路内出糶不盡米一十六萬七千石有零，充填今來五十萬石數目外，只乞於上供米内更截撥二十萬石，與本路相兼出糶。切緣上件出糶不盡米一十六萬七千餘石，久已樁在本路。臣元奏乞於發運司糴五十萬石之時，已是指準上件米數支用外，合更要五十萬石。今來運司却將前件聖恩折充今年所賜，吏民聞之，何由心服。臣已累具執奏，未奉朝旨。今來親見數州水災如此，饑殍之勢，極可憂畏。既忝近侍，理合奏聞。豈敢爲已去官，遺患後人，更不任責。

伏望聖慈察臣微誠，垂愍一方，特賜指揮，發運司依元降指揮，除已截撥二十萬石外，更兑撥三十萬石與浙西諸州充出糶借貸。如發運司去年元不收糴，無可兑撥，即乞一面截留上供米充滿五十萬石數目，却令發運司將封樁一百萬貫錢候今年秋熟日收糴填還。若朝廷不以臣言爲然，待饑饉疾疫大作，方行賑濟，即恐須於別路運致錢米，雖累百萬，亦恐不及於事。謹録奏聞，伏候勅旨。

貼黄。發運司奏云：「淮南、宿、亳等州災傷，米價高處七十七文，江東米價高處七十文。」切緣臣元奏，乞於豐熟近便處收糴。訪聞揚、楚之間，穀熟米賤，今來發運司却引宿、亳等州米價最高處，以拒塞朝旨，顯非仁聖勤恤及臣元奏乞本意。

又，貼黄。若依發運司所奏，將出糶不盡一十六萬七千有餘石充數外，猶合撥三十四萬石，方滿五十萬數。今來只撥二十萬石，顯虧元降聖旨一十四萬石。而況上件出糶不盡米，已係前年聖恩所賜，發運司不合指準充數，顯虧三十萬石。

又，貼黄。如蒙施行，乞下轉運司多撥數目，與蘇、湖州。如合賑濟，更不拘去年放税分數施行。

又，貼黄。若行下有司，反覆住滯，必不及事。只乞斷自聖心，速降指揮。

杭州召還乞郡狀

元祐六年五月十九日，龍圖閣學士左朝奏郎前知杭州蘇軾狀奏。右臣近奉詔書及聖旨劄子，不允臣辭免翰林學士承旨恩命及乞郡事。臣已第三次奏乞除臣揚、越、陳、蔡一郡去訖。竊慮區區之誠，未能遽回天意，須至盡露本心，重干聖聽，皇恐死罪！惶恐死罪！

臣昔於治平中，自鳳翔職官得替入朝，首被英宗皇帝知遇，欲驟用臣。當時宰相韓琦以臣年少資淺，未經試用，故且與館職。亦會臣丁父憂去官。及服闋入覲，便蒙神宗皇帝召對，面賜獎激，許臣職外言事。自惟羈旅之臣，未應得此，豈非以英宗皇帝知臣有素故耶？是時王安石新得政，變易法度，臣若少加附會，進用可必。自惟遠人，蒙二帝非常之知，不忍欺天負心，欲具論安石所爲不可施行狀，以裨萬一。然未測聖意待臣深淺，因上元有旨買燈四千椀，有司無狀，虧減市價，臣即上書論奏，先帝大喜，即時施行。臣以此卜知先帝聖明，能受盡言，上疏六千餘言，極論新法不便。後復因考試進士，擬對御試策進上，並言安石不知人，不可大用。先帝雖未聽從，然亦嘉臣愚直，初不譴問。而安石大怒，其黨無不切齒，争欲傾臣。御史知雜謝景温，首出死力，彈奏臣丁憂歸鄉日，舟中曾販私鹽。遂下諸路體量追捕當時梢工篙手等，考掠取證，但以實無其事，故鍛鍊不成而止。臣緣此懼禍乞出，連三任外補。而先帝眷臣不衰，時因賀謝表章，即對左右稱道。黨人疑臣復用，而李定、何正臣、舒亶三人，構造飛語，醞釀百端，必欲致臣於死。先帝初亦不聽，而此三人執奏不已，故臣得罪下獄。定等選差悍吏皇遵，將帶吏卒，就湖州追攝，如捕寇賊。臣即與妻子訣别，留書與弟轍，處置後事，自期必死。過揚子江，便欲自投江中，而吏卒監守不果。到獄，即欲不食求死。而先帝遣使就獄，有所約敕，故獄吏不敢别加非横。臣亦覺知先帝無意殺臣，故復留殘喘，得至今日。及竄責黄州，每有表疏，先帝復對左右稱道，哀憐獎激，意欲復用，而左右固争，以爲不可。臣雖在遠，亦具聞之。古人有言，聚蚊成雷，積羽沉舟，言寡不勝衆也。以先帝知臣特達如此，而臣終不免於患難者，以左右疾臣者衆也。

及陛下卽位，起臣於貶所，不及一年，備位禁林，遭遇之異，古今無比。臣每自惟昆蟲草木之微，無以仰報天地生成之德，惟有獨立不倚，知無不言，可以少報萬一。始論衙前差顧利害〔一〕，與孫永、傅堯俞、韓維争議，因亦與司馬光異論。光初不以此怒臣，而臺諫諸人，逆探光意，遂與臣爲仇。臣又素疾程頤之姦，未嘗假以色詞，故頤之黨人，無不側目。自朝廷廢黜大姦數人，而其餘黨猶在要近，陰爲之地，特未敢發爾〔二〕。小臣周穜，乃敢上疏乞用王安石配享，以嘗試朝廷。臣竊料穜草芥之微，敢建此議，必有陰主其事者。是以上書逆折其姦鋒，乞重賜行遣，以破小人之謀。因此，黨人尤加忿疾。其後，又於經筵極論黄河不可回奪利害，且上疏争之，遂大失執政意。積此數事，恐别致患禍。又緣臂痛目昏，所以累章力求補外。

竊伏思念，自忝禁近，三年之間，臺諫言臣者數四，只因發策草麻，羅織語言，以爲謗訕，本無疑似，白加誣執。其間曖昧譖愬，陛下察其無實而不降出者，又不知其幾何矣。若非二聖仁明，洞照肝膈，則臣爲黨人所傾，首領不保，豈敢望如先帝之赦臣乎？自出知杭州二年，粗免人言，中間法外刺配顔章、顔益二人，蓋攻積弊，事不獲已。陛下亦已赦臣，而言者不赦，論奏不已。其意豈爲顔章等哉？以此知黨人之意，未嘗一日不在傾臣，洗垢求瑕，止得此事。

今者忽蒙聖恩召還擢用，又除臣弟轍爲執政，此二事，皆非大臣本意。竊計黨人必大猜忌，磨厲以須，勢必如此。聞命悸恐，以福爲災，卽日上章，辭免乞郡。行至中路，果聞弟轍爲臺諫所攻，般出廨宇待罪。又蒙陛下委曲，照見情狀，方獲保全。臣之剛褊，衆所共知，黨人嫌忌，甚於弟轍。豈敢以衰病之餘，復犯其鋒，雖自知無罪可言，而今之言者，豈問是非曲直。竊謂人主之待臣子，不過公道以相知，黨人之報怨嫌，必爲巧發而陰中。臣豈敢恃二聖公道之知，而傲黨人陰中之禍。所以不避煩瀆，自陳入仕以來進退本末，欲陛下知臣危言危行，獨立不回，以犯衆怒者，所從來遠矣。又欲陛下知臣平生冒涉患難危嶮如此，今餘年無幾，不免有遠禍全身之意，再三辭遜，實非矯飾。柳下惠有言：「直道而事人，焉往而不三黜。」臣若貪得患失，隨世俛仰，改其常度，則陛下亦安所用。臣若守其初心，始終不變，則羣小側目，必無安理。雖蒙二聖深知，亦恐終不勝衆。所以反覆計慮，莫若求去。非不懷戀天地父母之恩，而衰老之餘，耻復與羣小計較短長曲直，爲世間高人長者所笑。

伏望聖慈，察臣至誠，特賜指揮執政檢會累奏，只作親嫌回避，早除一郡。所有今來奏狀，乞留中不出，以保全臣子，臣不勝大願。若朝廷不以臣不才，猶欲驅使，或除一重難邊郡，臣不敢辭避，報國之心，死而後已。惟不顧在禁近，使黨人猜疑，別加陰中也。干犯天威，謹俟斧鑕。臣不任祈天請命戰恐殞越之至。謹録奏聞，伏候勅旨。

貼黃。臣受聖知最深，故敢披露肝肺，盡言無隱。必致當途怨怒，愈爲身災。君臣不密，《周易》所戒，故親書奏狀。眼昏字大，又涉不恭，進退惟谷，伏望聖慈寬赦，臣不勝戰恐之至。

〔一〕「顧」疑應作「雇」。

〔二〕《七集·奏議集》卷九無「敢」字。

撰上清儲祥宫碑奏請狀

元祐六年六月二十六日，翰林學士承旨左朝奉郎知制誥兼侍讀蘇軾狀奏。近准勅修蓋上清儲祥宫，將欲了畢，合用修宫記，差臣撰文並書石，今有下項事，合奏請者。

一、竊見上清宫，元係太宗皇帝創建，於慶曆中遺火焚蕩。今欲見元建及遺火年月，乞下史院檢會降下。

一、今來上清儲祥宫，係神宗皇帝賜名，方議修蓋。至元祐中，蒙内出錢物修蓋成就。今欲見先朝所賜錢物并今來内出錢物數目，及係是何庫錢支撥，或係太皇太后皇帝本殿錢物，並乞檢會降下。

一、今欲見神宗皇帝賜名修宫因依，及二聖賜錢修蓋成就意指，乞賜頒示。

一、臣竊見朝廷自來修建寺觀，多是立碑，仍有銘文，於體爲宜。若只作記，即更無銘，未委今來爲碑爲記，乞降指揮。

一、准勅差臣書石，合書篆額人銜位姓名，乞檢會降下。

右謹録奏聞，伏候勅旨。

進單鍔吴中水利書狀

元祐六年七月二日，翰林學士承旨左朝奉郎知制誥兼侍讀蘇軾狀奏。右臣竊聞議者多謂吴中本江海大湖故地，魚龍之宅，而居民與水争尺寸，以故常被水患。蓋理之當然，不可復以人力疏治。是殆不然。

臣到吴中二年，雖爲多雨，亦未至過甚，而蘇、湖、常三州，皆大水害稼，至十七八，今年雖爲淫雨過常，三州之水，遂合爲一，太湖、松江，與海渺然無辨者。蓋因二年不退之水，非今年積雨所能獨致也。父老皆言，此患所從來未遠，不過四五十年耳，而近歲特甚。蓋人事不修之積，非特天時之罪也。

三吴之水，瀦爲太湖，太湖之水，溢爲松江以入海。海水日兩潮，潮濁而江清，潮水常欲淤塞江路，而江水清駛，隨輒滌去，海口常通，故吴中少水患。昔蘇州以東，官私船舫，皆以篙行，無陸挽者。古人非不知爲挽路，以松江入海，太湖之咽喉不敢鯁塞故也。自慶曆以來，松江始大築挽路，建長橋，植千柱水中，宜不甚礙。而夏秋漲水之時，橋上水常高尺餘，況數十里積石壅土築爲挽路乎？自長橋挽路之成，公私漕運便之，日葺不已，而松江始艱噎不快，江水不快，軟緩而無力，則海之泥沙隨潮而上，日積不已，故海口湮滅，而吴中多水患。近日議者，但欲發民浚治海口，而不知江水艱噎，雖暫通快，不過歲餘，泥沙復積，水患如故。今欲治其本，長橋挽路固不可去，惟有鑿挽路於舊橋外，别爲千橋，橋𣓨各二丈，千橋之積，爲二千丈，水道松江，宜加迅駛。然後官私出力以浚海口，海口既浚，而江水有力，則泥沙不復積，水患可以少衰。臣之所聞，大畧如此，而未得其詳。

舊聞常州宜興縣進士單鍔，有水學，故召問之，出所著《吴中水利書》一卷，且口陳其曲折，則臣言止得十二三耳。臣與知水者考論其書，疑可施用，謹繕寫一本，繳連進上。伏望聖慈深念兩浙之富，國用所恃，歲漕都下米百五十萬石，其他財賦供饋不可悉數，而十年九澇，公私凋弊，深可愍惜。乞下臣言與鍔書，委本路監司躬親按行，或差强幹知水官吏考實其言，圖上利害。臣不勝區區。謹録奏聞，伏候勅旨。

録進單鍔吴中水利書〔二〕

切觀三州之水，爲患滋久，較舊賦之入，十常減其五六。以日月指之，則水爲害於三州，逾五十年矣。所謂三州者，蘇、常、湖也。朝廷屢責監司，監司每督州縣，又間出使者，尋按舊迹，使講明利害之原。然而西州之官求東州之利，目未嘗歷覽地形之高下，耳未嘗講聞湍流之所從來，州縣憚其經營，百姓厭其出力，鈞曰：「水之患，天數也。」按行者駕輕舟於汪洋之陂，視之茫然，猶擿埴索途，以爲不可治也。間有忠於國，志於民，深求而力究之。然有知其一而不知其二，知其末而不知其本，詳於此而畧於彼。故有曰：「三州之水，咸注之震澤，震澤之水，東入於松江，由松江以至於海。自慶曆以來，吴江築長堤，横截江流，由是震澤之水，常溢而不泄，以至壅灌三州之田。」此知其一偏者也。或又曰：「由宜興而西，溧陽縣之上有五堰者，古所以節宣、歙、金陵九陽江之衆水，由分水、銀林二堰，直趨太平州蕪湖，後之商人，由宣、歙販賣簰木，東入二浙，以五堰爲艱阻，因相爲之謀，罔紿官中，以廢去五堰，五堰既廢，則宣、歙、金陵九陽江之水，或遇五六月山水暴漲，則皆入於宜興之荆溪，由荆溪而入震澤，蓋上三州之水，東灌蘇、常、湖也。」此又知其一偏者耳。或又曰：「宜興之有百瀆，古之所以洩荆溪之水，東入於震澤也〔二〕，今已堙塞，而所存者四十九條，疏此百瀆，則宜興之水自然無患。」此亦知其一偏者也。三者之論，未嘗參究，得之既不詳，攻之則易破。以鍔視其迹，自西五堰，東至吴江岸，猶之一身也，五堰則首也，荆溪則咽喉也，百瀆則心也，震澤則腹也，傍通太湖衆瀆，則絡脉衆竅也，吴江則足也。今上廢五堰之固，而宣、歙、池九陽江之水不入蕪湖，反東注震澤，下又有吴江岸之阻，而震澤之水，積而不泄，是猶有人焉桎其手，縛其足，塞其衆竅，以水沃其口，沃而不已，腹滿而氣絶，視者恬然，猶不謂之已死。今不治吴江岸，不疏諸瀆，以泄震澤之水，是猶沃水於人，不去其手桎，不解其足縛，不除其竅塞，恬然安視而已，誠何心哉？然而百瀆非不可治，五堰非不可復，吴江岸非不可去，蓋治之有先後。且未築吴江岸已前，五堰其廢已久，然而三州之田，尚十年之間，熟有五六，五堰猶未爲大患。自吴江築岸已後，十年之間，熟無一二。欲具驗之，閱三州歲賦所入之數，則可見矣。且以宜興百瀆言之。古者所以泄西來衆水，入震澤而終歸于海。蓋震澤吐納衆水，今納而不吐。鍔竊視熙寧八年，時雖大旱，然連百瀆之田，皆魚遊鱉處之地，低汙之甚也。其田去百瀆無多遠，而田之苗，是時亦皆旱死。何哉？蓋百瀆及傍穿小港瀆，歷年不遇旱，皆爲泥沙堙塞，與平地無異矣。雖去震澤甚邇，民力難以私舉，時官又無留意疏導者，苗卒歸乎槁死〔三〕。自熙寧八年迄今十四年，其田卽未有可耕之日，歲歲訴潦，民益憔悴。昔嘉祐中，邑尉阮洪，深明宜興水利。方是時，吴中水，洪屢上書監司，乞開通百瀆。監司允其請，遂鳩工於食利之民，疏導四十九條，是年大熟。此百瀆之驗，歲水旱皆不可不開也。宜興所利，非止百瀆而已。東則有蠡河，橫亘荆溪，東北透湛瀆，東南接罨畫溪。昔范蠡所鑿，與宜興之西蠡運河，皆以昔賢名呼。其蠡河，遇大旱則淺澱，中旱則通流，又有孟涇泄滆湖之水入震澤，其他溝瀆澱塞，其名不可縷舉。夫吳江岸界於吳松江、震澤之間，岸東則江，岸西則震澤。江之東則大海也，百川莫不趨海。自西五堰之上，衆川由荆溪入震澤，注于江，由江歸于海，地傾東南，其勢然也。自慶曆二年，欲便糧運，遂築北隄，橫截江流五六十里。遂致震澤之水，常溢而不泄，浸灌三州之田。每至五六月之間，湍流峻急之時，視之，則吳江岸之東，水常低，岸西之水，不下一二尺，此隄岸阻水之迹，自可覽也。又覩岸東江尾與海相接之處，汙澱茭蘆叢生，沙泥漲塞，而又江岸之東自築岸以來，沙漲成一村。昔爲湍流奔湧之處，今爲民居宅田，桑棗場圃。吳江縣由是歲增舊賦不少。雖然，增一邑之賦，反損三州之賦，不知幾百倍耶？夫江尾昔無茭蘆壅障流水，今何致此？蓋未築岸之前，源流東下峻急，築岸之後，水勢遲緩，無以滌蕩泥沙，以至增積而茭蘆生，茭蘆生則水道狹，水道狹則流洩不快。雖欲震澤之水不積，其可得耶？今欲泄震澤之水，莫若先開江尾茭蘆之地，遷沙村之民，運其所漲之泥，然後以吳江岸鑿其土爲木橋千所，以通糧運。每橋用耐水土木椿二條〔四〕，各長二丈五尺，橫梁三條，各長六尺，柱六條，各長二丈，除首尾占閣外，可得二丈餘𢓊道。每一里，計三百六十步，一里爲橋十所，計除占閣外，可開水面二十三丈，每三十步一橋也。一千條橋，共開水面二千丈，計一十一里四十步也。隨橋𢓊開茭蘆爲港走水，仍於下流開白蜆、安亭二江，使太湖水由華亭、青龍入海，則三州水患必大衰減〔五〕。常州運河之北偏，乃江陰縣也。其地勢自河而漸低。上自丹陽，下至無錫運河之北偏，古有泄水入江瀆一十四條。曰孟瀆、曰黃汀堰瀆、曰東函港、曰北戚氏港、曰五卸堰港、曰梨溶港、曰蔣瀆、曰歐瀆、曰魏瀆涇[六]、曰支子港、曰蠡瀆、曰牌一曰碑涇。皆以古人名或以姓稱之，昔皆以泄衆水入運河，立㪷門，又北泄下江陰之江。今名存而實亡。今存者無幾，二浙之糧船不過五百石，運河止可常存五六尺之水足可以勝五百石之舟。以其一十四處立爲石䃮㪷門，每瀆於岸北先築隄岸，則制水入江。若無隄防，則水泛溢而不制，將見灌浸江陰之民田民居矣。昔熙寧中，有提舉沈披者，輒去五卸堰走運河之水，北下江中，遂害江陰之民田，爲百姓所訟，卽罷提舉，亦嘗被罪。始欲以爲利，而適足以害之，此未達古人之智，以至敗事也。切見近日錢塘進士佘默，兩進三州水利，徒能備陳功力瑣細之事，殊不知本末。惟有言得常州運河晉陵至無錫一十四處置㪷門泄水，北下江陰大江，雖三尺童子，亦知如此可以爲利。然佘默雖能言㪷門一事，合鍔鄙策，柰何無法度以制入江之水，行之，則又豈止爲一沈披耶？又覩主簿張寔進狀，言，吳江岸爲阻水之患，涇函不通。其言然則然矣，雖言吳江岸，而不言措置水之術。蓋古之所創，涇函在運河之下，用長梓木爲之，中用銅輪力，水衝之，則草可刈也，置在運河底下，暗走水入江。今常州有東西二函地名者，乃此也。昔治平中，提刑元積中開運河，嘗開見函管，但函管之中皆泥沙，以謂功力甚大，非可易復，遂已。今先開鑿江湖海故道堙塞之處，泄得積水，他日治函管，則可。若未能開故道，而先治函管，是知末而不知本也。切見常州運河之北偏，皆江陰低下之田，常患積水，難以耕植。今河上爲㪷門，河下築堤防，以管水入江，百姓由是緣此河隄，可以作田圍，此泄水、利田之兩端也。宜興縣西有夾苧干瀆，在金壇、宜興、武進三縣之界，東至滆湖及武進縣界，西南至宜興，北至金壇，通接長塘湖，西接五堰。茅山、薛步山水，直入宜興之荆溪，其夾苧干，蓋古之人亦所以泄長塘湖東入滆湖，泄滆湖之水入大吴瀆、塘口瀆、白魚灣、高梅瀆四瀆及白鶴溪，而北入常州之運河，由運河而入一十四條之港，北入大江。今一十四條之港，皆名存而實亡，累有知利便者獻議朝廷，欲依古開通，北入運河以注大江，自滆湖、長塘湖兩首，各開三分之二，爲彼田户皆豪民，不知利便，惟恐開鑿已田，陰搆胥吏，皆梍而不行。元豐之間，金壇令曾長官奏請乞開，朝廷又降指揮，委江東及兩浙兩路監司相度，及近縣官員相視，又爲彼豪民計搆不行。儻開夾苧干通流，則西來他州入震澤之水〔七〕，可以殺其勢，深利於三州之田也。鍔熙寧八年，歲遇大旱，切觀震澤水退數里，清泉鄉湖乾數里，而其地皆有昔日丘墓、街井、枯木之根，在數里之間，信知昔爲民田，今爲太湖也。太湖卽震澤也。以是推之，太湖寬廣，愈於昔時。昔云有三萬六千頃，自築吴江岸，及諸港瀆堙塞，積水不泄，又不知其愈廣幾多頃也。鍔又嘗見低下之田，昔人争售之，今人争棄之。蓋積年之水，十無一熟，積空頭之税，或遇頻年不收，則饑餓丐殍，鬻妻子以償王租，或置其田捨其廬而逋。至於酒坊，處在水鄉，沽賣不行，以致敗闕者，比年尤甚。皆緣水傷下田不收故也。鍔又嘗遊下鄉，切見陂湣之間〔八〕，亦多丘墓，皆爲魚鱉之宅。且古之葬者，不卽高山，則於平原陸野之間，豈卽水穴以危亡魂耶？嘗得唐埋銘於水穴之中，今猶存焉。信夫昔爲高原，今爲汙澤，今之水不泄如古也。昨熙寧間，檢正張鍔命屬吏殿丞劉懋相視，蘇、秀二州海口諸浦瀆，爲沙泥壅塞，將欲疏鑿以快流水〔九〕。懋相視回申，以謂若開海口諸浦，則東風駕海水倒注，反灌民田。鍔謂懋曰：「地傾東南，百川歸海，古人開諸海浦，所以通百川也。若反灌民田，古人何爲置諸浦耶？百川東流則有常，西流則有時，因東風雖致西流，風息則其流亦復歸于海，其勢然也。凡江湖諸浦港，勢亦一同。」愨雖信其如此，然猶有説。蓋以昔視諸浦無倒注之患，而今乃有之。蓋昔無吴江岸之阻，諸浦雖暫有泥沙之壅，然百川湍流浩急，泥沙自然滌蕩，隨流以下，今吴江岸阻絶，百川湍流緩慢，緩慢，則其勢難以蕩滌沙泥，設使今日開之，明日復合。又聞秀州青龍鎮入海諸浦，古有七十二會。蓋古之人以爲七十二會曲折宛轉者，蓋有深意，以謂水隨地勢東傾入海，雖曲折宛轉，無害東流也，若遇東風駕起，海潮洶湧倒注，則於曲折之間有所回激，而泥沙不深入也。後人不明古人之意，而一皆直之，故或遇東風，海潮倒注，則泥沙隨流直上，不復有阻。凡臨江湖海諸港浦，勢皆如此。所謂今日開之，明日復合者此也。今海浦昔日曲折宛轉之勢，不可不復也。夫利害掛於眉睫之間，而人有所不知。今欲泄三州之水，先開江尾，去其泥沙茭蘆，遷沙上之民；次疏吴江岸爲千橋；次置常州運河一十四處之㪷門石礫隄防，管水入江；次開導臨江湖海諸縣一切港瀆，及開通茜涇。水既泄矣，方誘民以築田圍。昔郟亶嘗欲使民就深水之中〔一〇〕，疊成圍岸。夫水行於地中，未能泄積水而先成田圍，以狹水道，當春夏滿流浩急之時，則水當湧行於田圍之上，非止壞田圍，且淹浸廬舍矣，此不智之甚也。欲乞朝廷指揮下兩浙轉運司，擇智力了幹官員，分布諸縣，則不越數月，其工可畢。所有創橋疏通河港置㪷門利便制度，不在規規而言也。今所畫《三州江湖溪海圖》一本，但可觀其大畧，港瀆之名，亦布其一二耳。欲見其詳，莫若下蘇、常、湖諸縣，各畫溪河溝港圖一本，各言某河某瀆通某縣某處，俟其悉上，合而爲一圖，則纖悉若視於指掌之間也。鍔又覩秀州青龍鎮有安亭江一條，自吴江東至青龍，由青龍泄水入海。昔因監司相視，恐走透商税，遂塞此一江。其江通華亭及青龍。夫籠截商税利國，能有幾耶？堰塞湍流，其害實大。又況措置商税，不爲難事。竊聞近日華亭、青龍人户，相率陳狀，情愿出錢，乞開安亭江。見有狀在〔二〕，本縣官吏未與施行。近又訪得宜興西滆湖有二瀆，一名白魚灣，一名大吴瀆，泄滆湖之水入運河，由運河入一十四處𣃁門下江。其二瀆在塘口瀆之南。又有一瀆名高梅瀆，亦泄滆湖之水入運河，由運河入𣃁門，在吴瀆之南。近聞知蘇州王覿奏請開海口諸浦。鍔切謂海口諸浦不可開，今開之，不逾日，或遇東風，則泥沙又合矣。嘗觀《考工記》曰：「善溝者，水嚙之；善防者，水淫之。」蓋謂上水湍流峻急，則自然下水泥沙嚙去矣。今若俟開江尾及疏吴江岸爲橋，與海口諸浦同時興功，則自然上流東下，嚙去諸浦沙泥矣。凡欲疏通，必自下而上。先治下，則上之水無不流，若先治上，則水皆趨下，漫滅下道，而不可施功力。其勢理然也。故今治三州之水，必先自江尾海口諸浦，疏鑿吴江岸，及置常州一十四處之𣃁門，築堤制水入江，比與吴江兩處分泄積水〔三〕，最爲先務也。然鍔觀合開三州諸溝瀆，不必全藉官錢，蓋三州之民，憔悴之久，人人樂開，故半可以資食利户之力也。今畧舉其一二。若開江尾疏吴江岸爲橋，遷吴江岸東一村之民開地，使爲昔日之江，置一十四處之𣃁門，并築一十四條堤，制水入江。開菼苧干、白鶴溪、白魚灣、大吴瀆、塘口瀆、宜興東蠡河已上，非官錢不可開也。若宜興之横塘、百瀆，蘇州之海口諸浦、安亭江，江陰之季子港、春申港、下港、黄田港、利港，宜興之塘頭瀆，及諸縣凡有自古泄水諸溝港浜瀆〔三〕，盡可資食利户之力也。莫若先下三州及諸縣，抄録諸道江湖海一切諸港瀆溝浜自古有名者，及供上丈尺料之工力之費，或係官錢，或係食利私力，期之以施工日月，同日開鑿，同日疏放。若或放水有先後，則上水奔湧東下，衝損在下開浚未畢溝港〔一四〕，以故須同日決放也。或者有謂：「昔人創望亭、吕城、奔牛三堰，蓋爲丹陽下至無錫、蘇州，地形東傾。古人創三堰，所以慮運河之水東下不制，是以創堰以節之，以通漕運。自熙寧、治平間，廢去望亭、吕城二堰，然亦不妨綱運者〔一五〕，何耶？」鍔曰：「昔之太湖及西來衆水，無吴江岸之阻，又一切通江湖海故道，未嘗堙塞，故運河之水，嘗慮走泄入於江湖之間，是以置堰以節之。今自慶曆以來，築置吴江岸，及諸港浦一切堙塞，是以三州之水，常溢而不泄，二堰雖廢，水亦常溢，去堰若無害。今若泄江湖之水，則二堰尤宜先復。不復，則運河將見涸而糧運不可行，此灼然之利害也。又若宜興創市橋，去西津堰。蓋嘉祐中邑尉阮洪上言監司，就長橋東市邑中創一橋，使運河南通荆溪。初開鑿市街，乃見昔日橋柱尚存泥中〔一六〕，咸謂古爲橋於此也。又運河之西口，有古西津堰，今已廢去久矣。且古之廢橋置堰，以防走透運河之水，今也置橋廢堰，以通荆溪，則溪水常倒注入運河之内，今之與古，何利害之相反耶？鍔以謂古無吴江岸，衆水不積，運河高於荆溪，是以創橋置堰，以防泄運河之水也。今因吴江岸之阻，衆水積而常溢，倒注運河之内，是以創橋廢堰，見利而不見害也。今若治吴江岸泄衆水，則運河之水，再防走泄，當於北門之外，創一堰可也。其利害蓋如此也。」或又曰：「切觀諸縣高原陸野之鄉，皆有塘圩，或三百畝，或五百畝，爲一圩。蓋古之人停滀水以灌溉民田。以今視之，其塘之外皆水，塘之中未嘗滀水，又未嘗植苗，徒牧養牛羊畜放鳧鴈而已。塘之所創，有何益耶？」鍔曰：「塘之爲塘，是猶堰之爲堰也。昔日置塘滀水，以防旱歲，今自三州之水，久溢而不泄，則置而爲無用之地。若決吴江岸泄三州之水，則塘亦不可不開以滀諸水，猶堰之不可不復也。此亦灼然之利害矣。苟堰與塘爲無益，則古人奚爲之耶？蓋古之賢人君子，大智經營，莫不除害興利，出於人之未到。後人之淺謀管見，不達古人之大智，顛倒穿鑿，徒見其害而莫見其利也。若吴江岸止知欲便糧運〔一七〕，而不知遏三州之水，反以爲害。又若廢青龍安亭江，徒知不漏商旅之税，又不知反狹水道以遏百川。今之人所以不如古者〔一八〕，凡如此也。」鍔切觀無錫縣城内運河之南偏有小橋，由橋而南下，則有小瀆，瀆南透梁溪瀆有小堰，名曰單將軍堰，自橋至梁溪，其瀆不越百步，堰雖有，亦不渡船筏，梁溪即接太湖。昔所以爲此堰者，恐泄運河之水。昔熙寧八年，是歲大旱，運河皆旱涸，不通舟楫。是時鍔自武林過無錫，因見將軍堰，既不渡船筏，而開是瀆者，古人豈無意乎？因語與邑宰焦千之曰：「今運河不通舟楫，切覩將軍堰接運河，去梁溪無百步之遠，古人置此堰瀆，意欲取梁溪之水以灌運河。」千之始則以鍔言爲狂，終則然之。遂率民車四十二管，車梁溪之水以灌運河，五日河水通流，舟楫往來。信夫古人經營利害，凡一溝瀆，皆有微意，而今人昧之也。嘗見蘇州之茜涇，昔范仲淹命工開導，以泄積水以入於海。當時諫官不知蘇州患在積水不泄，咸上疏言仲淹走泄姑蘇之水。蓋不知其利，而反以爲害〔一九〕。今茜涇自仲淹之後，未復開鑿，亦久堙塞。鍔存心三州水利，凡三十年矣。每覩一溝一瀆，未嘗不明古人之微意，其間曲折宛轉，皆非徒然也。鍔今日之議，未始增廣一溝一瀆，其言與圖符合。若非觀地之勢，明水之性，則無以見古人之意。今并圖以獻，惟執事者上之朝廷，則庶幾三州憔悴之民，有望於今日也。

貼黄。其圖畫得草畧，未敢進上。乞下有司計會單鍔别畫。

一、先開吴江縣江尾茭蘆地。

一、先遷吴江沙上居民，及開白蜆江通青龍鎮，又開青龍鎮安亭江通海。

一、先去吴江土爲千橋。

一、先置常州運河斗門一十四所〔二〇〕，用石碶并築堤，管水入江。

一、次開茭芋干、白鶴溪、白魚灣、塘口瀆、大吴瀆，令長塘湖、滆湖相連，走泄西水，入運河，下斗門入江。

一、次開宜興百瀆，見今只有四十九條，東入太湖。

一、次開蘇州茜涇、白茅、七鴉、福山、梅里諸浦及茜涇。

一、次開江陰下港、黄田、春申、季子、竈子諸港。

一、次開宜興東西蠡河。

一、次根究諸臨江湖海諸縣，凡泄水諸港瀆，並皆疏鑿。

伍堰水利〔二一〕。昔錢舍人公輔爲守金陵，常究伍堰之利。雖知伍堰之利，而不知伍堰以東三州之利害。鍔知三州之水利，而未究伍堰以西之利害。一日，錢公輔以世之所爲伍堰之利害，與鍔參究，方知始末利害之議完也。公輔以爲伍堰者，自春秋時，吴王闔閭用伍子胥之謀伐楚，始創此河，以爲漕運，春冬載二百石舟而東，則通太湖，西則入長江，自後相傳，未始有廢。至李氏時，亦常通運，而置牛於堰上，挽拽船筏於固城湖之側。又嘗設監司，置廨宇，以收往來之稅。自是河道澱塞，堰埭低狹，虚務添置者，十有一堰。往來舟筏，莫能通行，而水勢遂不復西。及遇春夏大水，江湖泛漲，則園頭、王母、龍潭三澗，合爲一道，而奔衝東來，河之不治，愈可見也。今若開深故道，而存留銀林、分水二堰，則諸堰盡可去矣。所欲存二堰者，蓋本處地勢，自銀林堰以西，地形從東迤邐西下，自分水堰以東，地形從西迤邐東下，而其河自西壩至東壩十六里有餘，開淘之際，須隨逐處地形之高下以濬之，然後江東兩浙可以無大水之患。然銀林堰南則通建平、廣德，北則通溧水、江寧，又當增修高廣，以俟商旅舟船往還之多，可以置官收税，如前之利。此五堰所以不可不復也。今莫若治五堰。使上之水不入於荆溪，而由分水、銀林二堰，直歸太平之蕪湖，下治吴江之岸爲千橋，使太湖之水東入於海中，治百瀆之故道，與夫蘇、常、湖三州之有故道旁穿於太湖者。雖不可縷舉，而概可以迹究也。難者曰：「雖復五堰，柰何五堰之側山水東下乎？復堰無益也。」鍔答曰：「由五堰而東注太湖，則有宣、歙、池、廣德、溧水之水，苟復堰，使上之水不入於荆溪，自餘山澗之水，寧有幾耶？比之未復，十須殺其六七耳。」難者乃服。

〔一〕「進」原缺，今據《七集・奏議集》卷九補。

〔二〕「于」原作「二」，今據《歷代名臣奏議》、《天下郡國利病書》改。

〔三〕「槁」原作「稿」，據《七集・奏議集》改。

〔四〕《歷代名臣奏議》「棒」作「桻」。

〔五〕「三」原作「一」，今從《七集·奏議集》、《歷代名臣奏議》改。

〔六〕「涇」原作「淫」，據《歷代名臣奏議》、《天下郡國利病書》改。

〔七〕「西」原作「由」，據《七集·奏議集》改。

〔八〕「洴」原作「[illegible]」，據《天下郡國利病書》改。

〔九〕《天下郡國利病書》「快」作「決」。案：似以「決」爲宜。

〔一〇〕「昔」原爲空格，據《七集·奏議集》、《歷代名臣奏議》、《天下郡國利病書》補。

〔一一〕《天下郡國利病書》「在」作「淮」。

〔一二〕《歷代名臣奏議》「比」作「此」。

〔一三〕「浜」原作「濱」，今從《七集·奏議集》、《歷代名臣奏議》、《天下郡國利病書》改。下同。

〔一四〕「浚」原缺，據《天下郡國利病書》補。

〔一五〕「妨」原作「放」，據《七集·奏議集》改。「者」原缺，據《七集·奏議集》、《歷代名臣奏議》補。

〔一六〕《歷代名臣奏議》「泥」作「地」。

〔一七〕「運」原作「道」，今從《七集·奏議集》、《歷代名臣奏議》、《天下郡國利病書》改。

〔一八〕《七集·奏議集》、《歷代名臣奏議》、《天下郡國利病書》「不如」作「戾」。

〔一九〕「反」原作「返」，今從《天下郡國利病書》改。

〔二〇〕《七集·奏議集》「一」作「二」。

〔二一〕《七集·奏議集》「伍」亦作「伍」。以下「柰何五堰之側」之「五」，「由五堰而東」之「五」，《七集·奏議集》皆作「伍」。

蘇軾文集卷三十三

奏議

辭免撰趙瞻神道碑狀〔一〕

元祐六年七月日，翰林學士承旨左朝奉郎知制誥兼侍讀蘇軾狀奏。准勑，差撰故中散大夫同知樞密院趙瞻神道碑并書者。右臣平生不爲人撰行狀、埋銘、墓碑，士大夫所共知。近日撰《司馬光行狀》，蓋爲光曾爲亡母程氏撰埋銘。又爲范鎮撰墓誌，蓋爲鎮與先臣洵平生交契至深，不可不撰。及奉詔撰司馬光、富弼等墓碑，不敢固辭，然終非本意。況臣老病廢學，文辭鄙陋，不稱人子所以欲顯揚其親之意。伏望聖慈别擇能者，特許辭免。謹録奏聞，伏候勑旨。

〔一〕宋洪邁《容齋隨筆·四筆》卷六《東坡作碑銘》引蘇軾所撰《眉州小集》，有此文。洪氏謂此文「杭本《奏議》十五卷中本不載」。今《七集·奏議集》卷九有此文。疑此文原在《宋史·藝文志》所著録之《奏議補遺》中，《七集》編集時，將此文收入。《四筆》「准勑」前有「臣近」二字，「近日」前有「只因」二字。

再乞郡劄子

元祐六年七月六日，翰林學士承旨左朝奉郎知制誥兼侍讀蘇軾劄子奏〔一〕。臣聞朝廷以安静爲福，人臣以和睦爲忠。若喜怒愛憎，互相攻擊，則其初爲朋黨之患，而其末乃治亂之機，甚可懼也。臣自被命入覲，屢以血懇，頻干一郡，非獨顧衰命爲保全之計，實深爲朝廷求安静之理。而事有難盡言者，臣與賈易本無嫌怨，只因臣素疾程頤之姦，形於言色，此臣剛褊之罪也。而賈易，頤之死黨，專欲與頤報怨。因頤教誘孔文仲，令以其私意論事，爲文仲所奏。頤既得罪，易亦坐去。而易乃於謝表中，誣臣弟轍漏泄密命，緣此再貶知廣德軍，故怨臣兄弟最深。臣多難早衰，無心進取，豈復有意記憶小怨。而易志在必報，未嘗一日忘臣。其後召爲臺官，又論臣不合刺配杭州凶人顔章等，以此，見易於臣不報不已。今既擢貳風憲，付以雄權，升沉進退，在其口吻，臣之綿劣，豈勞排擊。觀其意趣，不久必須言臣，并及弟轍。轍既備位執政，進退之間，事關國體。則易必須扇結黨與，再三論奏，煩瀆聖聰，朝廷無由安静。皆臣愚惷，不早迴避所致。若不早賜施行，使臣終不免被人言而去，則臣雖自顧無罪，中無所愧，而於二聖眷待奬與之意，則似不終。竊惟天地父母之愛，亦必悔之。伏乞檢會前奏，速除一郡，此疏即乞留中，庶以保全臣子。取進止。

貼黄。臣前在南京所奏乞留中一狀，亦乞更賜詳覽施行。

又，貼黄。臣從來進用，不緣他人，中外明知。獨受聖眷，乞賜保全，令得以理進退。若不早與一郡，使臣不免被人言而出，天下必謂臣因蒙聖知，故遭破壞，所損不細矣。

又，貼黃。臣未請杭州以前，言官數人造作謗議，皆言屢有章疏言臣。二聖曲庇，不肯降出。臣尋有奏狀，乞賜施行，遂蒙付外。考其所言，皆是羅織，以無爲有。只如經筵進朱雲故事，云是離間大臣之類，中外傳笑，以謂聖世乃有此風。今臣若更少留，必須捃拾。似此等事，雖聖明洞照有無，而黨與既衆，執奏不已，則朝廷終亦難違其意，縱未責降，亦須出臣。勢必如此，何如今日因臣親嫌之請，便與一郡，以全二聖始終之恩。若聖慈於臣眷眷不已，不行其言，則又須騰謗，以謂二聖私臣，曲行庇蓋。臣既未能補報萬一，而使浮議上及聖明，死有餘罪矣。伏乞痛賜閔察，早除一郡。

〔一〕「左」原作「先」，「奏」原作「奉」，據《七集·奏議集》卷九改。

乞將上供封椿斛㪷應副浙西諸郡接續糶米劄子

元祐六年七月十二日，翰林學士承旨左朝奉郎知制誥兼侍讀蘇軾劄子奏。臣伏見浙西諸郡二年災傷，而今歲大水，蘇、湖、常三郡水通爲一，農民棲於丘墓，舟栰行於市井，父老皆言，耳目未曾聞見，流殍之勢，甚於熙寧。

臣聞熙寧中，杭州死者五十餘萬，蘇州三十餘萬，未數他郡。今既秋田不種，正使來歲豐稔，亦須七月方見新穀。其間饑饉變故，未易度量。吴人雖號柔弱，不爲大盜，而宣、歙之民，勇悍者多，以販鹽爲業，百十爲羣，往來浙中，以兵仗護送私鹽。官司以其不爲他盜，故略而不問。今人既無食，不暇販鹽，則此等失業，聚而爲寇，或得豪猾，爲之首帥，則非復巡檢縣尉所能辦也。恭惟二聖視民如子，苟有可救，無所吝惜。凡守臣監司所乞，一一應副，可謂仁聖勤恤之至矣。然臣在浙中二年，親行荒政，只用出糶常平米一事，更不施行餘策，而米價不踊，卒免流殍。蓋緣官物有限，饑民無窮，若兼行借貸俵散，則力必不及，中路闕絶，大悞饑民，不免拱手而視億萬之死也。不如併力一意，專務糶米，若糶不絶，則市價平和，人人受賜。縱有貧民，無錢可糴，不免流殍，蓋亦有限量矣。

臣昨日得杭州監税蘇堅書報臣云：杭州日糶三千石，過七月，無米可糶，人情洶洶，朝不謀夕，但官場一旦米盡，則市價倍踊，死者不可勝數，變故之生，恐不可復以常理度矣。欲乞聖慈速降指揮，令兩浙運司，限一兩日内〔一〕，約度浙西諸郡，合糶米斛，酌中數目，直至來年七月終〔二〕，除見在外，合用若干石，入急遞奏聞。候到，卽指揮發運司官吏於轄下諸路封樁〔三〕，及年計上供錢斛内擘畫應副，須管接續起發赴浙西諸郡糶賣，不管少有闕絶，仍只依地頭元價及量添水脚錢出賣，及賣到米脚錢，並用收買金銀還充上供及封樁錢物〔四〕。所貴錢貨流通〔五〕，不至錢荒。所有借貸俵散之類，候出糶有餘，方得施行。似此計置，雖是數目浩瀚，然止於糶賣，不失官本，似易應副。但令浙西官場糶米不絶，直至來年七月終，則雖天災流行，亦不能盡害陛下赤子也。如蒙施行，卽乞先降手詔，令監司出榜曉諭軍民，令一路曉然，知朝廷已有指揮，令發運司將上供封樁斛㪷，應副浙西諸郡糶米，直至明年七月終。不惟安慰人心，破姦雄之謀，亦使蓄積之家，知不久官米大至，自然趁時出賣，所濟不少。惟望聖明，深愍一方危急，早賜施行。取進止。

貼黄。臣去歲奏乞下發運司，於豐熟近便州、軍，糴米五十萬石〔六〕。蒙聖慈依奏施行，仍賜封樁錢一百萬貫，令糴米。而發運司以本路米貴爲詞，不肯收糴。去年若用貴價收糴，不過每㪷七十足錢，盡數收糴，猶可得百餘萬石，則今年出糶，所濟不少。其發運司官吏，不切遵禀之罪，朝廷未嘗責問。習玩號令，事無由集。今來若行臣言，卽乞嚴切指揮，發運司稍有闕悮，必行重責。所貴一方之民，得被實惠，所下號令，不爲空言。

〔一〕《續資治通鑑長編》「日」作「月」。
〔二〕「終」原作「中」，今從《七集·奏議集》卷九、《續資治通鑑長編》改。
〔三〕《續資治通鑑長編》「司」作「使」，「於」作「并」。
〔四〕《續資治通鑑長編》「收」作「支」。
〔五〕《續資治通鑑長編》「貨」作「斂」。
〔六〕《續資治通鑑長編》「十」作「百」。

乞擢用程遵彦狀

元祐六年七月日，翰林學士承旨左朝奉郎知制誥兼侍讀蘇軾狀奏。右臣竊謂朝廷用人，以行實爲先，以才用爲急。二者難兼，故常不免偏取。而端静之士，雖有過人之行，應務之才，又皆藏器待時，耻於自獻，朝廷莫得而知之。如臣等輩，固當各舉所聞以助樂育之意。伏見左朝散郎前僉書杭州節度判官廳公事程遵彦，吏事周敏，學問該洽，文詞雅麗，三者皆有可觀。而事母孝謹，有絶人者。母性甚嚴，遵彦甚宜其妻，而母不悦，遵彦出之。妻既被出，孝愛不衰，歲時伏臘所以事姑者，如未出。而母卒不悦，遵彦亦不再娶，十五年矣。身爲僕妾之役，以事其母，雖前史所傳孝友之士，殆不能過。臣與之同僚二年，備得其實。今替還都下，未有差遣，碌碌衆中，未嘗求人。臣竊惜之。伏望聖慈特賜採察，量材録用，非獨廣搜賢之路，亦以敦厲孝悌，激揚風俗。若後不如所舉，臣甘伏朝典。謹録奏聞，伏候敕旨。

乞外補迴避賈易劄子

元祐六年七月二十八日，翰林學士承旨左朝奉郎知制誥兼侍讀蘇軾劄子奏。臣自杭州召還以來，七上封章，乞除一郡。又曾兩具劄子，乞留中省覽。傾瀝肝膽，不爲不至。而天聽高遠，不蒙回照。退伏思念，不寒而慄。然臣計之已熟。若干忤天威，得罪分明，不避權要，獲讒曖昧，臣今來甘被分明之罪，不願受曖昧之讒。

臣聞賈易購求臣罪，未有所獲。只有法外刺配顔章、顔益一事，必欲收拾砌累，以成臣罪。易前者乞放顔益，已蒙施行。今又乞放顔章。以此見易之心，未嘗一日不在傾臣。只如浙西水災，臣在杭州及替還中路并到闕以來，累次奏論，詞意懇切。尋蒙聖慈採納施行。而易扇摇臺官安鼎、楊畏，並入文字，以謂回邪之人，眩惑朝廷，乞加考驗，治其尤者。宰相以下，心知其非，然畏易之狠，不敢不行。賴給事中封駮，諫官論奏，方持其議。易等但務快其私忿，苟可以傾臣，卽不顧一方生靈墜在溝壑。若非給事中范祖禹，諫官鄭雍、姚勔，偶非其黨，猶肯爲陛下腹心耳目，依公論奏，則行下其言，浙中官吏，承望風旨，更不敢以實奏災傷，則億萬性命，流亡寇賊，意外之患，何所不至。陛下指揮執政擘劃救濟，非不丁寧，而易等方欲行遣官吏言災傷者，與聖意大異，而執政相顧不言，僶俛行下。顯是威勢已成，上下慴服，寧違二聖指揮，莫違賈易意旨。臣是何人，敢不迴避。若不早去，不過數日，必爲易等所傾。一身不足顧惜，但恐傾臣之後，朋黨益衆，羽翼成就，非細故也。不如今日令臣以親嫌善去，中外觀望，於朝廷事體，未有所害。臣之大意，止是乞出，若前來早賜施行，臣本不敢盡言，只爲累章不允，計窮事迫，須至盡述本心，不敢有隱毫末。

伏望聖明察其至誠，止是欲得外補，卽非無故論說是非。特賜留中省覽，以保全臣子，不勝幸甚。取進止。

辨賈易彈奏待罪劄子

元祐六年八月初四日，翰林學士承旨左朝奉郎知制誥兼侍讀蘇軾劄子奏。臣今月三日，見弟尚書右丞轍爲臣言，御史中丞趙君錫言，秦觀來見君錫，稱被賈易言觀私事，及臣令親情王遹往見君錫，言臺諫等互論兩浙災傷，及賈易言秦觀事。乞賜推究。

臣愚惷無狀，常不自揆，竊懷憂國愛民之意，自爲小官，卽好僭議朝政，屢以此獲罪。然受性於天，不能盡改。臣與趙君錫，以道義交游，每相見論天下事，初無疑間。近日臣召赴闕，見君錫崇政殿門，即與臣言老繆非才，當此言責，切望朋友教誨。臣自後兩次見君錫，凡所與言，皆憂國愛民之事。乞問君錫，若有一句及私，臣爲罔上。君錫尋有手簡謝臣，其略云：「車騎臨過，獲聞誨益，諄諄開誘，莫非師保之訓。銘鏤肝肺，何日忘之。」臣既見君錫，從來傾心，以忠義相許，故敢以士君子朋友之義，盡言無隱。

又秦觀自少年從臣學文，詞采絢發，議論鋒起。臣實愛重其人，與之密熟。近於七月末間，因弟轍與臣言賈易等論浙西災傷，乞考驗虛實，行遣其尤甚者，意令本處官吏，觀望風旨，必不敢實奏行下，却爲給事中封駮諫官論奏。臣因問弟轍云：「汝既備位執政，因何行此文字？」轍云：「此事衆人心知其非。然臺官文字，自來不敢不行。若不行，即須羣起力爭，喧瀆聖聽。」又弟轍因言秦觀言趙君錫薦舉得正字，今又爲賈易所言。臣緣新自兩浙來，親見水災實狀，及到京後，得交代林希、提刑馬瑊及屬吏蘇堅等書，皆極言災傷之狀，甚於臣所自見。臣以此數次奏論，雖蒙聖恩極力拯救，猶恐去熟日遠，物力不足，未免必致流殍。若更行下賈易等所言，則官吏畏懼臺官，更不敢以實言災傷，致朝廷不復盡力救濟，則億萬生齒，便有溝壑之憂。適會秦觀訪臣，遂因議論及之。又實告以賈易所言觀私事。欲其力辭恩命，以全進退。即不知秦觀往見君錫，更言何事。

又是日，王遹亦來見臣，云：「有少事謁中丞。」臣知遹與君錫親，自來密熟，因令傳語君錫，大略云：「臺諫、給事中互論災傷，公爲中丞，坐視一方生靈，陷於溝壑，略無一言乎？」臣又語遹說與君錫，公所舉秦觀，已爲賈易言了。此人文學議論過人，宜爲朝廷惜之。臣所令王遹與趙君錫言事，及與秦觀所言，止於此矣。二人具在，可覆按也。臣本爲見上件事，皆非國家機密，不過行出數日，無人不知。故因密熟相知，議論及之。又欲以忠告君錫，欲其一言以救兩浙億萬生齒，不爲觸忤。君錫遂至於此，此外別無情理者。

右臣既備位從官，弟轍以臣是親兄，又忝論思之地，不免時時語及國事。臣不合輒與人言，至煩彈奏，見已家居待罪，乞賜重行朝典。取進止。

辨題詩劄子〔一〕

元祐六年八月初八日，翰林學士承旨左朝奉郎知制誥兼侍讀蘇軾劄子奏。臣今月七日，見臣弟轍與臣言，趙君錫、賈易言臣於元豐八年五月一日題詩揚州僧寺，有欣幸先帝上仙之意。臣今省憶此詩，自有因依，合具陳述。臣於是歲三月六日，在南京聞先帝遺詔，舉哀掛服了當，迤邐往常州。是時新經大變，臣子之心，孰不憂懼。至五月初間，因往揚州竹西寺，見百姓父老十數人，相與道旁語笑。其間一人以兩手加額〔二〕，云：「見説好箇少年官家」〔三〕。其言雖鄙俗不典，然臣實喜聞百姓謳歌吾君之子，出於至誠。又是時，臣初得請歸耕常州，蓋將老焉，而淮浙間所在豐熟。因作詩云：「此生已覺都無事，今歲仍逢大有年。山寺歸來聞好語，野花啼鳥亦欣然。」蓋喜聞此語，故竊記之於詩，書之當塗僧舍壁上。臣若稍有不善之意，豈敢復書壁上以示人乎？又其時去先帝上仙，已及兩月〔四〕，決非「山寺歸來」

始聞之語，事理明白，無人不知。而君錫等輒敢挾詞〔五〕，公然誣罔。伏乞付外施行，稍正國法。所貴今後臣子，不爲仇人無故加以惡逆之罪。取進止。

〔一〕《七集·續集》卷九重收此文，題作《辨謗劄子》。

〔二〕《續資治通鑑長編》「一人」作「有」。

〔三〕《七集·續集》「年」下原校：一作「帝」。

〔四〕「已」原作「以」，據《七集·續集》改。

〔五〕《七集·奏議集》、《七集·續集》「詞」作「情」。

奏題詩狀〔一〕

元祐六年八月八日，翰林學士承旨左朝奉郎知制誥兼侍讀蘇軾狀。准奏，尚書省劄子，蘇軾元豐八年五月一日於揚州僧寺留題詩一首，八月八日，三省同奉聖旨，令蘇軾具留題因依，實封聞奏。右臣所有前件詩留題因依，臣已於今日早具劄子奏聞訖。乞檢會降付三省施行。謹録奏聞，伏候敕旨。

〔一〕《七集·奏議集》卷九「奏」前有「再」字。《七集·續集》卷九收此文，題作《奏狀》。

申省論八丈溝利害狀二首

元祐六年九月日，龍圖閣學士左朝奉郎知潁州蘇軾狀申。右軾今看詳，前件李義修所陳劃一事中，內三件，係欲開太康縣枯河，及開陳州明河，並不涉潁州地分，無由相度可否利害。外有一件：「欲乞自下蔡縣界以東，江陂鎮以西，地頗卑下之處，難爲開淘者，平地築岸，如汴河例不納衆流，免致溝中滿溢橫出之患，所是田間橫貫溝港，兩下自有歸頭去處，間或於要會處如次河口之類，可置斗門，遇田間有積水，臨時開閉，甚無妨也。」軾今看詳，八丈溝首尾有橫貫大小溝瀆極多，並係自來地勢南傾，流入潁河，別無兩下歸頭去處。遇夏秋漲溢，雖至小者，亦有無窮之水。雖下愚人亦知其不可塞，今義修乃欲築岸如汴河，不納衆流，顯是大段狂妄。又一件云：「八丈溝首尾三百餘里，當往來道路，豈能盡置橋梁，欲乞於合該縣鎮濟要去處，創立津渡，小立課額，積久，少助堤岸之費。」軾今看詳，議者欲興大役，勞力費國，公私洶洶，未見其可。而義修先欲置津渡，立課額，以網小利，所見猥下，無足觀採。其餘議論雖多，並只是羅提刑、李密學意度，更加枝蔓粉飾，附會其說而已，別無可考論。其八丈溝利害，軾見子細相驗，打量地勢，具的確事件申奏次，謹具申尚書省。謹狀。

又

元祐六年九月日，龍圖閣學士左朝奉郎知潁州蘇軾狀申。右軾體訪得萬壽、汝陰、潁上三縣，惟有古陂塘，頃畝不少，見今皆爲民田，或已起移爲永業，或租佃耕種，動皆五六十年以上，與産業無異。若一旦收取，盡爲陂塘，則三縣之民，失業者衆，人情騷動，爲害不小。看詳陳州水患，本緣羅朝散於府界疏導積水所致。今來進士皇維清，既知修復陂塘，可以弭橫流之患，何不乞於府界元有積水久來不堪耕種之地，多作陂塘，不惟所占田地，元係積水占壓之處，人户别無詞説，兼亦陂塘既修之後，陳州水患，自然衰減，更不消糜弊公私開三百五十四里溝渠。今來維清既欲依羅朝散擘畫，起夫十八萬人，用錢米三十七萬貫石，開溝之後，又别奪萬壽等三縣農民産業，不知凡幾千百頃，又别破人夫錢米以興陂塘，顯是附會羅朝散議論，有害無利，必難施行。軾自承領得上件省司文字，訪聞得民間，已稍驚疑，若更行下逐縣勘會古陂頃畝，及起税請佃年月，則三縣農民，必大驚擾。其事既決難施行，所以更不敢行下勘會。其李密學、羅朝散等所欲會議利害，軾見行相驗，别具利害申奏次，謹具申尚書省，謹狀。

奏論八丈溝不可開狀

元祐六年十月日，龍圖閣學士左朝奉郎知潁州蘇軾狀奏。臣先奉朝旨，令知陳州李承之、府界提刑羅適、都水監所差官及本路提刑、轉運司，至潁州與臣會議開八丈溝利害。臣以到任之初，未知利害之詳，難以會議，尋申尚書省乞指揮逐官未得前來，候到任見得的確利害，别具申省，方可指揮逐官前來會議。進呈，奉聖旨，依所乞。

臣今來到任已兩月，體問得潁州境内諸水，但遇淮水漲溢，潁河下口壅遏不得通，則皆横流爲害，下冒田廬，上逼城郭，歷旬彌月，不減尺寸。但淮水朝落，則潁河暮退，數日之間，千溝百港，一時收縮。以此驗之，若淮水不漲，則一潁河泄之足矣。若淮不免漲，則雖復旁開百溝，亦須下入於淮，淮水一漲，百溝皆壅，無益於事，而況一八丈溝乎？

且陳之積水，非陳之舊也。乃是羅適創引府界積水，以爲陳患。今又欲移之於潁，縱使朝廷卹陳而不卹潁，欲使潁人代陳受患，則彼此均是王民，臣亦不敢深訴。但恐潁州已被淮水逆流之患，而陳州但受州界下流之災，若上下水併在潁州，則潁之受患，必倍於陳，田廬城郭，官私皆被其害，恐非朝廷之本意也。又況潁州北高南下，今潁河行於南，八丈溝行於北，諸溝水遠者數百里，近者五七十里，皆自北瀉下，貫八丈溝而南，其勢皆可以奪併溝水，入於潁河。其間二水最大，一名次河，一名江陂，水道深闊，勢若建瓴，南傾入潁河，而羅適欲以八丈溝奪併而東，此猶欲用五丈河奪汴河，雖至愚知其不可。而羅適與臣書，乃云：「若疑之，只塞次河、江陂，勿令南流可也，何足爲慮。」雖兒童之見，不至於此。縱使臣愚暗，全不曉事，與適相附會以興大役，雖復起夫百萬，糜費錢米至巨萬億，亦無由成，而況十八萬人與三十七萬貫石乎？

臣歷觀數年以來諸人議論〔一〕，胡宗愈、羅適、崔公度、李承之以爲可開，曾肇、陸佃、朱勃以爲不可開，然皆不曾差壕寨用水平打量，見地形的實高下丈尺，是致臆度利害，口争勝負，久而不決。臣已選差教練使史昱等，令管押壕寨，自蔡口至淮上，計會本州逐縣官吏，子細打量，每二十五步立一竿，每竿用水平量見高下尺寸，凡五千八百一十一竿，然後地面高下，溝身深淺，淮之漲水高低，溝之下口有無壅遏，可得而見也。並取到逐縣官吏，保明文狀訖，所有逐竿細帳，見在本州使案收管，更不敢上瀆聖聽，只具史昱等相驗到逐節事狀，繳連申奏，並略具下項要切利害。

一、臣到任之初，便取問得汝陰、萬壽、潁上三縣官吏文狀稱，羅適、崔公度當初相度八丈溝時，只是經馬行過，不曾差壕寨用水平打量地面高下，是實。切詳適等建議，起夫一十八萬人，用錢米三十七萬貫石，元不知地面高下，未委如何見得利害可否，及如何計料得夫功錢糧數目，顯是全然疏謬。兼看詳羅適所上文字，稱：「八丈溝上口岸至水面，直深二丈五尺，至黄堆口，與淮水面約直深十丈有畸，卽是陳州水面下比壽州淮河水面高七丈五尺。」又云：「淮水面約闊二十餘里。」又云：「淮水大漲，不過四丈。」適只以此，便定八丈溝下口必無壅遏。臣竊詳適若曾用水平打量，見的實丈尺，必不謂之約量，顯是臆度高下，難爲憑信。今據史昱等打量，自蔡口至黄堆口至淮上溜分丈尺，及驗得每年淮水漲痕高下，將溜分折除外，尚有漲水八尺五寸，折除不盡，其勢必須從八丈溝内逆流而上，行三百里，與地面平而後止。顯見將來八丈溝遇淮水漲大時，臨到淮三百里内，壅遏不行。二水相值，横流於數百里間，但五七日不退，則潁州苗稼，無遺類矣。羅適云：「淮水面闊二十餘里。」今量闊處，不過三里。適又云：「淮水漲不過四丈。」今驗得漲痕五丈三尺。適又云：「黄堆口至淮面直深十丈有畸。」今量得四丈五尺。三事皆虚，乃是適意欲淮面之闊與溜分之多，則以意增之，欲漲水之小，則以意减之。此皆有實狀，不可移易，適猶以意增損；其他利害不見於目前者，適固不肯以實言也。

一、江陂、次河深闊高下丈尺，其勢必奪八丈溝水南入潁河，及其餘溝水如泥溝、瓦溝之類，皆可以回奪八丈溝，不令東流。實狀已具史昱等狀内。臣體驗得每年潁河漲溢水痕，直至州城門脚下，公私危懼。若八丈溝不能東流，却爲次河、江陂等水所奪，南入潁河，則是潁河於常年分外，更受陳州一帶積水，稍加數尺，必爲州城深患。而羅適、胡宗愈等皆云：「自天地有水已來，萬折必東，必無同奪之理。」既云「萬折必東」，則是水有時而行於西南北，但卒歸於東耳，非謂不折而常東也。水之就下，兒童知之，適等不必其就下而必其常東，此豈足信哉！適又云：「方水漲時，潁河亦自漲滿，不能受水，則次河、江陂安能奪八丈溝而南？」臣謂八丈溝比潁河大小不相侔，八丈溝必常先潁河而漲，後潁河而落。方潁河之不受水也，則八丈溝已先漲矣，安能奪諸溝而東。及八丈溝稍落而能行水，則潁河已先落矣，安得不奪八丈溝而南！此必然之理也。

一、據史昱等打量到，羅適回易八丈古溝，創開六處，計取民田二十七頃八畝，合給還價錢，或係官田地，雖數目不多，而羅適未曾計入錢糧數內。又看驗得地性疏惡，合用梢椿〔二〕，土薄水淺，地脉沮洳，開未及元料丈尺間，必有水泉，又難爲倒填，車水興功，兼地形高下不等，而溝底須合，取令慢平，溝身既深，溝面隨闊，則適所計料，全未是實數。其一十八萬人夫及三十七萬貫石錢米，必是使用不足。

右八丈溝利害大略，具上件三事，其餘更有不便事節，未易悉數，兼已略見於本路轉運判官朱勃申省狀內。及考之前史，鄧艾本爲陳、項間田良水少而開八丈溝〔三〕，正與今日厭水患多之意不同，勃已論之詳矣。伏望聖慈指揮，將朱勃申狀與臣所奏，一處看詳，卽見八丈溝不可開事理實狀，了然明白。乞早賜果決不開指揮，以安潁、壽之間百姓驚疑之心。不勝區區。謹録奏聞，伏候勅旨。

貼黃。據崔公度狀稱，取到壽州浮橋司狀，照驗得昨來五六月間，陳、潁州大水之時，淮水比常年大小，顯見自是諸河泛漲，並積水爲害，並不干淮水之事。看詳崔公度所言，顯是只將是年淮水偶然不大，便定永遠利害，未委崔公度如何保得今後淮水與諸河水永不一時皆漲乎？又，臣問得淮、潁間農民父老，若淮水小，則陳、潁諸河永無漲溢之理。公度所言，必非實事。

貼黄。羅適計料八丈溝要開深一丈，而汝陽縣官吏，只計料八尺。適亦不知，據數申上，其疏謬例皆如此。

貼黄。胡宗愈、羅適等皆言八丈溝成，恐商賈舟船不復過潁州，故州城裏居民豪户，妄生異議。今勘會蔡河水漲，每年中無一兩月，其餘月分，皆係水小。據羅適圖序云，八丈溝上口岸去蔡河水面二丈五尺，而八丈溝止於地面上開深八尺，除大水漲時，溝口方與蔡河相通，至水落時，溝口去蔡河水面，乃高一丈七尺，潁人何緣過憂舟船不入城下？顯是巧説，厚誣潁人，以伸其私意。

〔一〕「論」原作「諭」，據《七集·奏議集》卷十改。

〔二〕「梢」原作「稍」，據《七集·奏議集》改。

〔三〕「陳項」原作「陳潁」，今從《七集·奏議集》改。案，《三國志·魏書》卷二十八《鄧艾傳》作「陳項」。

奏淮南閉糴狀二首

元祐六年十一月日，龍圖閣學士左朝奉郎知潁州蘇軾狀奏。據汝陰縣百姓朱憲狀，伏爲今年旱傷，稻苗全無，往淮南糴得晚稻一十六石，於九月二十八日到固始縣朱皐鎮，有望河欄頭所由等欄住憲稻種，不肯放過河來，當時寄在陳二郎鋪内。當來牓内只説攔截糴場粳米，不得過淮河，並不曾聲説攔截稻種。今來不甘被望河欄頭所由等欄截稻種，有悮向春布種，申乞施行。

臣尋備録朱憲狀及檢坐敕條，牒淮南路監司及光州固始縣並朱皐鎮等處請依條放行斛㪷，不得攔截，至今未有施行回報。兼體問得本州今年，係秋田災傷，檢放税賦，百姓例闕穀種，見今在市絶少斛㪷，米價翔貴，本州見闕軍糧，亦是貴價收糴不行。尋勾到斛㪷行人楊佶等，取問在市少米因依。其楊佶等供狀稱，問得船車客旅等，稱説是淮南官場收糴，出立賞錢，不得津般粳米過淮南界，是致在市少米。須至奏乞指揮者。右檢會《編敕》，諸興販斛㪷，雖遇災傷，官司不得禁止。又條，諸興販斛㪷及以柴炭草木博糴糧食者，並免納力勝税錢，注云舊收税處依舊，即災傷地分，雖有舊例亦免。臣頃在杭州，親見秀州等處爲官糴上供粳米違條，禁止販賣，及災傷地分，並不依條免納力勝税錢，於官並無所益，依舊收糴不行，徒使百姓驚疑，各務藏蓄斛㪷，不肯出糶，致餓損人户，爲害不少。今來淮南官吏，又襲此流弊，違條立賞，行閉糴之政。致本州城市闕米，農民闕種。若非朝廷嚴賜指揮，即人户必致失所。

伏乞備録臣奏及開坐敕條，指揮淮西轉運、提刑司，行下逐州縣，不得更似日前違條，禁止興販斛㪷過淮。並勘會轄下，如係災傷地分，不得違條收納米穀力勝税錢。所貴逐路官司，稍獲均濟。仍乞速賜行下，使災傷農民，早行耕種。謹録奏聞，伏候敕旨。

又

元祐六年十一月日，龍圖閣學士左朝奉郎知潁州蘇軾狀奏。臣近爲光州固始縣朱臯鎮官吏違條禁止本州汝陰縣百姓朱憲收糴稻種，不令過淮。及取到行人楊佶等狀稱，是淮南官場糴米，立賞禁止米斛過淮，致本州收糴軍糧不行，及農民闕種，城市闕食。已具事由聞奏，乞嚴賜指揮，淮南監司，不得違條禁止販賣米斛。仍乞勘會，如係災傷地分，不得違條收五穀力勝去訖，仍已令本州一面移牒淮南提轉及光州固始縣朱臯鎮等處，放行斛㪷，其提轉州縣，並不回報依應施行。

惟朱臯鎮官吏坐到本州縣牒：「所准淮南西路提刑司指揮出牓云，如有細民過渡，回運米斛，不滿一碩，卽勒白日任便渡載外，有一碩以上，滿一席者，並仰地分捉拽赴官，依法施行。犯人，備賞錢一貫，每一席，加賞錢一貫。若或夜間過渡，一碩以下，犯人出賞錢一貫，每席，加一貫。其所捉來到米數，却勾欄前來，於本縣元糴處出糶。若係他人捉到，其經歷地分勾當人，並勾追勘斷。以此，至本鎮不敢放過米斛。」又於今月十五日，據汝陰縣百姓楊懷狀：「爲本庄不熟，遂典田土得錢，於淮南收糴到納税及供家喫用米四碩，被朱臯鎮立賞勾欄，不令過淮。」臣又親自體問得本州寄居官户，皆言：「有田在光州界内，今年爲潁州米貴，各令人於本庄取米納税供家，並被本處官司立賞禁止，不放前來。」切詳逐州、縣、鎮，若非監司公然違背朝廷敕條，明出牓示，禁絶鄰路餱糧〔一〕，卽逐處官吏，亦未敢似此肆行乖戾之政。須至再奏，乞賜指揮者。

右臣竊見近年諸路監司，每遇米貴，多是違條立賞閉糴，驚動人户，激成災傷之勢。熙寧中，張靚、沈起首行此事，至浙中餓死百餘萬人。臣任杭州日，累乞朝廷指揮，亦蒙施行。今來淮西提刑，既欲收糴官米，自合依市直立定優價，則人户豈有不赴官中賣之理？今乃明出牓示，嚴行重賞，令人捉拽勾欄收糴，顯是強買人物，爲國斂怨，無甚於此。況提刑司明知《編勅》「雖遇災傷，不得禁止販賣斛㪷」，乃敢公出牓示，立賞禁絶！淮南、京西均是王民，而獨絶其餱糧，禁其布種，以至官户本家庄課，亦不得般取喫用，違法害物，未之前聞。其逐州、縣、鎮官吏，亦明知有上條及臣已坐條關牒，並不施行，寧違朝廷《編敕》條貫，不敢違監司乖戾指揮。

伏望聖慈詳酌，早賜問取施行，少免官吏恣行，農民無告。謹錄奏聞，伏候勅旨。

〔一〕《七集·奏議集》卷十「鄰」作「累」。

乞賜度牒糴斛㪷準備賑濟淮浙流民狀

元祐六年十二月二十五日，龍圖閣學士左朝奉郎知潁州蘇軾狀奏。臣近因出城市中，時有扶挈襁褓如流民者。問之，皆云自壽州來。尋取問得城門守把者，亦云時有此色人，見淮西提刑司出牓立賞，不許米斛過淮北。因此，體問得士人南來者皆云：今秋廬、濠、壽等州皆饑，見今農民已煎榆皮，及用糠麩雜馬齒莧煮食。兼壽州盜賊，已漸昌熾，安豐縣木場鎮打劫施助教家，霍丘縣善鄉鎮打劫謝解元家，六安縣故鎮打劫魏家，賊徒皆十餘人，或云二三十人，頗有騎馬者，器仗甚備。每處贓皆數千貫，申報官司，多不盡實，亦有不申報者。兼潁州界亦有惡賊尹遇、陳興子、鄭饒、李松等數人，皆老姦逋寇，私立名號，與官吏鬭敵，方欲結集，規相應和。近日雖已敗獲，深恐淮南羣盜不止，流入潁州界，縱不能爲大害，但饑民附之，徒黨稍衆，如王冲、管三之流，便不易捕獲。臣又聞淮南自秋至今，雨雪不足，麥熟不熟，蓋未可知，若麥不熟，必大有饑民。浙西、江東既非豐熟地分，勢必流徙北來，則潁州首被其患〔一〕。若流民至潁，而官無以濟之，則横尸布路，盜賊羣起，必然之勢也。所以須至先事奏乞。若至時元無此事，臣不敢避張皇過當之罪，若隱而不言，倉卒無備，别成意外之虞，其罪大矣。臣日夜計慮，勢不可緩。謹具條件如左。

一、勘會本州常平斛㪷，見管粳米三萬四千餘石，通紐元糴價每㪷計一百一十八文有畸。菉豆一萬三千餘石，通紐元糴價每㪷計七十二文有畸。小麥二萬五千餘石，通紐元糴價每㪷計五十四文有畸。上件三色〔二〕，並係元糴價高，縱依條量減出糶，亦未能大段平減市價，兼流民轉徙失所，必無錢收買官米；雖依條許借貸人户，又緣流民既非土著，將來無緣催索；又條許常平斛㪷召募饑民工役，及許依乞丐人給米斛，不得過所限之數兩倍。臣今相度，不惟饑民羸弱聚散不常，難爲工役，又緣常平斛㪷本法，元只用糶糴以準平市價，若將召募工役及依乞丐人例給與，則是有出無收，今後常平本錢，日耗不已，有時而盡。臣知杭州日，爲見浙西饑饉，全賴常平糶米，所救活不可勝數。以此知常平官本，只可令增，不可令耗。屢曾奏乞立法，常平錢米，只許糶糴外，不得支用。雖未蒙施行〔三〕，所有本州見管常平斛㪷，臣終不敢以流民之故，輒乞費用，留以準備來春斛㪷翔貴時出糶，以濟本州百姓。

貼黃。若蒙行下户部，不過檢坐常平條貫量減價出糶，及召募饑民工役，並依乞丐人給米之數行下，皆是空文，無益實事。乞自朝廷詳酌，特賜裁處。

又，貼黃。元豐以前，常用常平錢米召募饑民工役，雖有減耗，却將寬剩息錢補填。今來常平官本，有出無收，若不立法禁止雜支，則數日而盡，深爲可惜。乞檢會臣前奏施行。

一、勘會本州見管封樁陝西軍兵請受及禁軍闕額粳米三千七百餘石，估定每㪷八十文，小麥三萬三千餘石，估定每㪷六十文，菉豆二千一百餘石，估定每㪷五十五文，粟米三百餘石，估定每㪷九十文，豌豆五千一百餘石，估定每㪷六十文。准條，許估定價例出糶。除勘會本州軍糧粳米年計不足，今將轉運司錢兑糴上件封樁粳米充軍糧外，其餘小麥、菉豆、粟米、豌豆可以奏乞擘畫錢物，盡數兑糴，準備賑濟流民。

貼黃。所有逐色估定價例，並是在市實直，如蒙施行，乞依今來估定價例兑買。

右臣伏望聖慈，愍念淮浙累歲災傷，來年春夏必有流民。而潁州正當南北孔道，萬一扶老携幼，坌集境內，理難斥遣。若饑羸道路，臭穢薰蒸，饑民同被災疫之苦。弱者既轉溝壑，則强者必聚爲寇盗。欲乞特賜度牒一百道，委臣出賣，將錢兑買前件小麥、粟米、菉豆、豌豆四色，封樁斛㪷，候有流民到州，逐旋支給賑濟[四]。如至時却無流民，自當封樁，度牒價錢，別聽朝廷指揮。謹録奏聞，伏候勅旨。

貼黃。臣若不預作擘畫陳乞，則倉卒之間，必難應辦。若不密切奏論，至此聲先馳，則恐引惹饑民，併來本州，官物有限，中路闕絕，則死者必衆，反爲深害。所以今來親書奏狀，貴免泄漏。臣以目昏，書寫不謹，伏乞恕罪。如蒙施行，乞作不下司文字，付臣措置。

又，貼黄。臣所奏濠、壽等州災傷盜賊次第，問得皆有本末，非是風傳道路之言。深慮本路及逐州，各有檢放賦税元未奏陳，致朝廷不信臣言。臣在杭州日，親見監司州縣，例皆諱言災傷。只如今年蘇、湖水災，可爲至甚，而臺官賈易等，猶欲根究其事，行遣言者。蘇州積水未退尚土城門，而知州黄履已奏秋種有望。似此蒙蔽，習以成風。伏望聖慈試採臣言，過作準備，則一方幸甚。

〔一〕「首」原作「有」，今從《七集・奏議集》卷十改。

〔二〕「上件三色」原作「上三件色」，今從《七集・奏議集》改。案，以下有「小麥、粟米、菉豆、豌豆四色」之語。

〔三〕《七集・奏議集》無「未」字。

〔四〕《七集・奏議集》「旋」作「放」。

乞將合轉一官與李直方酬獎狀

元祐七年正月日，龍圖閣學士左朝奉郎知潁州蘇軾狀奏。臣自到任以來，訪問得本州舊出惡賊，自元祐二三年間，管三等嘯聚爲寇。已而，又有陳欽、鄒立、尹榮、尹遇等，亦是羣黨刼殺，累至與捕盜官吏鬭敵。是時，朝廷訪聞以名捕此等數人，尋已捉獲凌遲處斬，惟尹遇一名漏網得脱，不改前非，結集陳欽之弟陳興、鄭饒、李松等數人，不住驚刼人户。尹遇自稱大大王，陳興稱二大王，鄭饒稱僥三，李松稱管四，鄉村畏懾〔一〕，不敢言及。縱被劫殺，不敢申報，以致被殺之家，父母妻子，不敢聲張舉哀。百姓蔡貴、莫諲、董安三人，只因偶然言及遇等，即時被殺，內董安仍更用尖刀割斷脚筋，其餘割取頭髮，及殺傷者不可勝數。每次打刼，皆用金貼紙甲，其餘兵仗弓弩並全。累次與捕盜官吏鬭敵，內一次射殺弓手。兼近日壽州界內，強賊甚多，打刼魏家、謝解元、施助教等家〔二〕，皆一二十人，白晝騎馬於鎮市中刼人。其尹遇等聞之，即欲商量應和，居民憂懼。

臣度事勢迫切，即差職員監勒捕盜官吏，責限收捕。有汝陰縣尉李直方，素有才幹，自出家財，募人告緝，知得逐賊窟穴去處。內陳興、鄭饒、李松等，見住壽州霍丘縣開順場。尹遇一名，在壽州霍丘縣成家步，比陳興等去處更遠二百里。直方以謂衆賊之中，唯尹遇最爲桀黠難捕，又其窟穴離州界最遠，遂分布弓手，捕捉衆賊。而直方親領弓手五人，徑往成家步捉殺尹遇。直方母年九十六，只有直方一子。臨去之時，母子泣別，往返五百餘里，騎殺一馬。直方步行百餘里，裝作販牛小客，既至地頭，衆皆畏懼不前，獨弓手節級程玉等二人與直方持鎗大呼，排戶而入。尹遇驚起，彀弓駕箭欲發，直方徑前親手刺倒，衆弓手皆入，方始就擒。直方本與弓手分頭捕捉衆賊，內陳興、鄭饒、李松三人以地近故，先九日獲。獨尹遇一名，以地遠難捕，直方親行，故後九日獲。既獲之後，遠近喜快。

有城郭鄉村人户六百一十七人，詣臣陳狀，備説逐賊凶惡，多年爲害，人不敢言，若不盡法根勘，萬一減死刺配，即須走回嘯聚，爲害轉甚。以此知逐賊桀黠之甚，衆所憂畏，若不以時捕獲，因之以饑饉，必爲王冲、管三之流。而直方以進士及第，母子二人相須爲命，而能以忠義奮激，親手擊刺，以除一方之患，比之尋常捕盜官，偶然掩獲十數饑寒之民號爲劫賊者，不可同日而語矣。彼皆坐該賞典，而直方不蒙旌異，則忠義膽決方略之臣，無所勸激矣。須至奏陳者。

右檢準《編敕》節文：「諸官員躬親帥衆獲盜一半以上，能分遣人於三十日内獲餘黨者，通計人數，同躬親法。」今來李直方，爲見衆賊之中唯尹遇最爲宿奸老寇，窟穴深遠，衆不敢近，須至躬親出界捕捉，是致後獲。既是尹遇須至躬行，則陳興等三人須至差人，無由躬親。若使直方先爲身謀，即須躬親先往近處，捕陳興等三人，然後多遣弓手，續於三十日内捕尹遇一名，即却應得上條，同躬親法。只緣直方忠義激發，以除惡爲先務，而不暇計較恩賞，故躬親出界，專捕尹遇一名，以致所差弓手，却先獲陳興等三人，遂與上條不應，於賞格有礙。考之法意，顯是該説不盡。

伏望朝廷詳酌，只緣直方先公後私，致得先後捕獲之數，不盡應法。欲乞比附上條，通計人數，許同躬親法，爲第三等。若下刑部定奪，則有司須至執文計析毫釐，直方無緣該得第三等恩賞。惟望聖恩體念尹遇等若不以時捕獲，必爲嘯聚羣寇，而直方儒者，能捐軀奮命，忠義可嘉，特賜指揮。

臣又慮朝廷惜此恩例，恐今後妄有攀援。勘會臣見今於法合轉朝散郎，情願乞不改轉，將此恩例與直方，循資酬獎。緣直方母年九十餘，只有一子，因臣督迫，泣别而行。若萬一爲賊所害，使其老母失所，臣豈不愧見僚吏。以此將臣合轉一官與直方充賞，不惟少酬其勞，亦使臣今後有以使人，不爲空言無實者。於臣亦爲莫大之幸，且免後人援例，庶朝廷易爲施行。臣不勝大願。謹録奏聞，伏候勅旨。

貼黄。臣所論奏，皆有實狀可以覆按。本合候尹遇等結案了聞奏，又恐朝廷未盡以臣言爲信，更當行下監司體問逐賊凶惡之實，與直方捐軀奮激之狀，故及逐賊未死聞奏，庶可以覆按施行。僥三是管三火中有名強賊人，管四是管三弟。此二賊欲得遠近畏服，故詐稱二人姓名。

又，貼黄。奏爲汝陰縣尉李直方捕獲強惡賊人，乞依《編敕》第三等酬賞。候敕旨。

〔一〕「懾」原作「攝」，今從繆刻《七集》。

〔二〕《七集·奏議集》卷十「魏家謝解元」作「魏解元」。

蘇軾文集卷三十四

奏議

乞賜光梵寺額狀

元祐七年二月日，龍圖閣學士左朝奉郎知潁州蘇軾狀奏。臣伏見本州潁上縣白馬村，有梵僧佛陀波利真身塔院舍，約四五十間，元無敕額。父老相傳佛陀波利本西域僧，唐儀鳳中遊五臺，禮文殊師利，見老人，令復還西域，取佛頂尊勝陁羅尼經。佛陀波利用其言，往返數萬里，以永淳中取經而還，至今流布，而佛陀波利於潁上亡没，里俗相與漆塑其身，造塔供養，時有光景，頗著靈驗，不敢具述。臣於諸處見唐人所立《尊勝石幢刊記》本末，與所聞父老之言頗合。今年正月，大雪過度，農民凍餒無所，祈禱境内諸廟未應。聞父老以佛陀波利爲言，臣即遣人賫香禱請，登時開霽，人情翕然歸向，詣臣陳狀，願得敷奏，乞一勅額，庶幾永遠不致廢壞。須至乞奏者。

右謹具如前，欲望聖慈曲從民欲，特賜本院一勅額，如蒙開允，以光梵爲額。謹録奏聞，伏候勅旨。

薦宗室令時狀〔一〕

元祐七年五月初五日，龍圖閣學士左朝奉郎知潁州蘇軾狀奏。右臣聞之《詩》曰〔二〕：「懷德維寧，宗子維城。」宗室之有人，邦家之光，社稷之衞也。周之盛時，其卿士皆周、召、毛、原，非王之伯叔父，則其子弟也。逮至兩漢，河間、東平之德，歆、向之文，天下以爲口實。而唐之宗室，武略如道宗、孝恭，文章如白與賀者，不可以一二數；而以功名至宰相者，有九人焉。自建隆以來〔三〕，累聖執謙，不私其親，幹國治民，不及宗子，雖有文武異才，終身不試。神宗皇帝實始慨然，欲出其英髦，與天下共之，故增立教養選舉之法〔四〕。行之二十年，出入中外，漸就器使，而未見有卓然顯聞稱先帝意者。夫豈無人？蓋朝廷未有以大聳勸之耳。臣伏見承議郎簽書潁州節度判官廳公事令時〔五〕，事親篤孝，内行純備，博學經史，手不釋卷，吏事通敏，文采俊麗，志節端亮，議論英發，體兼衆器，無適不宜。臣嘗見其所著述，筆力雅健，博貫子史，蓋清廟之瑚璉，明堂之杞梓也。使其生於幽遠，猶當擢用，而況近託肺腑，已蒙試用者乎？伏望聖慈特賜考察，召致館閣，養其高才，而遂其遠業，以風動宗室，勸示海内〔六〕，成先帝之意，不以臣人微言輕而廢其請也。若後不如所舉，臣甘伏朝典。謹録奏聞，伏候敕旨。

〔一〕此文，《七集·續集》卷九重收，題作《舉趙德麟狀》。

〔二〕「右臣」原作「臣右」，今從郎本卷三十四、《七集·奏議集》卷十、《七集·續集》改。

〔三〕「隆」原作「興」，據郎本、《七集·奏議集》改。

〔四〕「增」原作「争」，據郎本、《七集·奏議集》改。《七集·續集》亦作「增」。

〔五〕「簽」原作「僉」，據各本改。

〔六〕《七集·續集》「勸」作「觀」，郎本、《七集·奏議集》「示」作「于」。

論積欠六事并乞檢會應詔所論四事一處行下狀

元祐七年五月十六日，龍圖閣學士左朝奉郎知揚州蘇軾狀奏。臣聞之孔子曰：「善人教民七年，亦可以即戎矣。」夫民既富而教，然後可以即戎，古之所謂善人者，其不及聖人遠甚。今二聖臨御，八年于茲，仁孝慈儉，可謂至矣。而帑廩日益困，農民日益貧，商賈不行，水旱相繼，以上聖之資，而無善人之効，臣竊痛之。

所至訪問耆老有識之士，陰求其所以，皆曰，方今民荷寬政，無它疾苦，但爲積欠所壓，如負千鈞而行，免於僵仆則幸矣，何暇舉首奮臂〔一〕，以營求於一飽之外哉。今大姓富家，昔日號爲無比户者，皆爲市易所破，十無一二矣。其餘自小民以上，大率皆有積欠。監司督守令，守令督吏卒，文符日至其門，鞭笞日加其身，雖有白圭、猗頓，亦化爲篳門圭竇矣。自祖宗已來，每有赦令〔二〕，必曰，凡欠官物，無侵欺盜用，及雖有侵盜而本家及伍保人無家業者〔三〕，並與除放。祖宗非不知官物失陷、姦民幸免之弊，特以民既乏竭，無以爲生，雖加鞭撻，終無所得，緩之則爲姦吏之所蠶食，急之則爲盜賊之所憑藉，故舉而放之，則天下悦服，雖有水旱盜賊，民不思亂，此爲捐虚名而收實利也。

自二聖臨御以來，每以施捨己責爲先務，登極赦令，每次郊赦，或隨事指揮，皆從寬厚。凡今所催欠負，十有六七，皆聖恩所貸矣。而官吏刻薄，與聖恩異，舞文巧詆，使不該放。監司以催欠爲職業，守令上爲監司之所迫，下爲胥吏之所使，大率縣有監催千百家，則縣中胥徒舉欣欣然，日有所得，若一旦除放，則此等皆寂寥無獲矣。自非有力之家，納賂請賕〔四〕，誰肯舉行恩貸，而積欠之人，皆鄰於寒餓，何賂之有。其間貧困掃地，無可蠶食者，則縣胥教令供指平人〔五〕，或云衷私擅買，抵當物業〔六〕，或雖非衷私，而云買不當價，似此之類，蔓延追擾，自甲及乙，自乙及丙，無有窮已。每限皆空身到官，或三五限得一二百錢，謂之破限。官之所得至微，而胥徒所取，蓋無虚日，俗謂此等爲縣胥食邑户。嗟乎，聖人在上，使民不得爲陛下赤子，而皆爲姦吏食邑户，此何道也！

商賈販賣，例無現錢，若用現錢，則無利息，須今年索去年所賣，明年索今年所賒，然後計算得行，彼此通濟。今富户先已殘破，中民又有積欠，誰敢賒賣物貨，則商賈自然不行，此酒税課利所以日虧，城市房廊所以日空也。諸路連年水旱，上下共知，而轉運司窘於財用，例不肯放税，縱放亦不盡實。雖無明文指揮，而以喜怒風曉官吏，孰敢違者。所以逐縣例皆拖欠兩税，較其所欠，與依實檢放無異，於官了無所益，而民有追擾鞭撻之苦。近日詔旨，凡積欠皆分爲十料催納〔七〕，通計五年而足。聖恩隆厚，何以加此。而有司以謂有旨，倚閣者方得依十料指揮，餘皆併催。縱使盡依十料，吏卒乞覓，必不肯分料少取。人户既未納足，則追擾常在，縱分百料，與一料同。

臣頃知杭州，又知潁州，今知揚州，親見兩浙、京西、淮南三路之民，皆爲積欠所壓，日就窮蹙，死亡過半。而欠籍不除〔八〕，以至虧欠兩税〔九〕，走陷課利，農末皆病，公私並困。以此推之，天下大率皆然矣。臣自潁移揚，舟過濠、壽、楚、泗等州〔一〇〕，所至麻麥如雲。臣每屏去吏卒，親入村落，訪問父老，皆有憂色。云：「豐年不如凶年。天災流行，民雖乏食，縮衣節口，猶可以生。若豐年舉催積欠，胥徒在門，枷棒在身，則人户求死不得。」言訖，淚下。臣亦不覺流涕。又所至城邑，多有流民。官吏皆云：「以夏麥既熟，舉催積欠，故流民不敢歸鄉。」臣聞之孔子曰：「苛政猛於虎。」昔常不信其言，以今觀之，殆有甚者。水旱殺人，百倍於虎，而人畏催欠，乃甚於水旱。

臣竊度之，每州催欠吏卒不下五百人，以天下言之，是常有二十餘萬虎狼，散在民間，百姓何由安生，朝廷仁政何由得成乎？臣自到任以來，日以檢察本州積欠爲事。內已有條貫除放，而官吏不肯舉行者，臣即指揮本州一面除放去訖。其於理合放而於條未有明文者，即且令本州權住催理，聽候指揮。其於理合放而於條有礙者，臣亦不敢住催。各具利害，奏取聖旨，謹件如左。

一、准元祐五年五月十四日勅節文：「應實封投狀承買場務第五界已後，見欠未納净利過日錢，亦許比第四界以前三界內一界小數催納。」上件條貫，止爲過界有人承買場務，可以分界，見得最小一界錢數豁除見欠，其間界滿，無人承買場務，只勒見開沽人認納過日錢數者，即無由分界，見得小數，所以不該上條除放。朝廷爲見無人承買場務，比之有人承買者，尤爲敗闕，不易送納，反不該上條除放，於理不均，故於元祐六年春頒條貫內，別立一條：「諸場務界滿未交割者〔一一〕，且令依舊認納課利，及過日錢，若委因事敗闕，或一年無人投狀承買，經縣自陳申州，本州差官，限二十日體量減定浄利錢數，令承認送納，仍具減定錢數出榜，限一季召人承買。無人投狀，本州再差官減定出榜。限滿，又無人投狀，依前再減出榜。若減及五分以上，無人投狀，申提刑司差官與本州縣官同共相度，再減節次，依前出榜。如減八分以上，無人投狀承買，委是難以出納浄利錢，即所差官與本州縣保明申提刑司審察，保明權停閉訖奏〔一二〕。自界滿後至停閉日，見開沽人，只依減定淨利錢數送納。」臣今看詳，朝廷立此兩條，聖恩寬厚，敕語詳備，應有人無人承買場務，皆合依條就小送納，無可疑惑。只緣官吏多以刻薄聚斂爲心，又不細詳條貫，所以諸處元只施行逐界通比就小催納指揮，其界滿無人承買，只依減定浄利錢數送納條貫多不施行。臣細詳上條，既云「自界滿至停閉日，見開沽人只依減定浄利錢數送納」，即是分明指定合依臨停閉日減定最小錢數送納，雖逐次減定錢數不同，緣皆未有人承買，不免更減，終非定數，既已見得臨停閉日所減定數，豈可却更追用逐次虛數爲定！臣已指揮本州行下屬縣，應界滿敗闕無人承買場務，係見開沽人承認送納者〔一三〕，並依上條只將臨停閉日所定最小錢數爲額催納，內未停閉已前，有人承買，即係上條〔一四〕，各以當限所減定錢數爲額催納。以上如有欠負，即將已前剩納過錢數豁除。如已納過無欠負者，即給還所剩；本州已依應施行訖。深慮諸路亦有似此施行未盡處〔一五〕，乞聖旨備録行下。

一、准元祐五年四月九日朝旨：「應大赦以前，見欠蠶鹽和買青苗錢物，元是冒名，無可催理，或全家逃移，鄰里抱認，或元無頭主，均及干繫人者，並特與除放。」今勘會江都縣人户積欠青苗錢斛二萬四千九百二十貫石，內四千九百貫石〔一六〕，係大赦已前欠負逃移，臣已指揮本州，依上件朝旨除放去訖〔一七〕。一千五百二十五貫石，雖係大赦前欠負，却係大赦後逃移，未有明文除放，見今無處催理，不免逐時行下鄉村勘會，虛有搔擾。臣已指揮本州更不行下，欲乞聖旨指揮應大赦前欠負糴鹽和買青苗錢，但見今逃移無處催理者，本縣官吏保明，並與除放。

貼黄。勘會上件朝旨，經隔二年，不爲除放，臣今來方始施行。深慮諸州、軍亦有似此大赦前欠糴鹽和買青苗錢逃移人户，合依聖旨除放，而官吏不爲施行者，乞更賜行下免罪改正。

一、檢准《熙寧編敕》：「諸主持倉庫欠折官物買撲場務少欠課利元無欺弊者，其産業雖已估計倍納入官，許以所收子利紐計還元欠官錢，數足，卽給還或貼納所欠錢數，相兼收贖，如過十年不贖，依填欠田宅條施行。係十保干係人産業，雖欠人有欺弊，亦准此。」此乃祖宗令典，雖熙寧新法，亦許准折欠數，數足便還。只因元豐四年十二月内，兩浙轉運司奏，買撲之人，多是作弊，拖欠合納課利，須至官司催逼緊急，却便乞依條將産業在官，拘收子利〔一八〕，折還係元抵田産物業。竊緣所出花利微細〔一九〕，卒填所欠官錢不足，看詳買撲場務，並係人户情愿實封投狀，抱認勾當，其課利依條自合逐月送納，卽與公人主持倉庫欠折官物陪填事體不同。今相度欲乞於《編勅》内刪去「買撲場務少欠課利」八字，因此立法，諸主持官物欠折無欺弊者，其産業估納入官，以所收子利，准折欠數，候足給還，或貼納錢收贖，如過十年不贖，依填欠田宅法，係十保干繫人産業，雖元欠有欺弊，仍以所估納抵産子利，准折欠數，通計償足給還抵産，其以前欠負，並准此，內剩納過錢數，仍給還所剩。

一、准元豐三年九月二十八日《明堂赦書》節文：「開封府界及諸路人户，見欠元豐元年以前夏秋租税，并沿納不以分數，及二年以前誤支雇食水利罰夫買撲場務出限罰錢，并免役及常平息錢，並特與除放。」是時轉運司申中書稱，見欠丁口鹽錢，及鹽博絹米及和預買紬絹，并係人户已請官本，不合一例除放。中書批狀云：勘會赦書内，即無見欠丁口鹽錢并鹽博絹米及和預買紬絹已請官本除放之文，因此州縣却行催理。至元豐八年登極赦書，亦是除放兩税，沿納錢物。後來尚書户部仍舉行元豐四年中書批狀指揮，逐年蠶鹽錢絹和預買紬絹等，係已請官本，並不除放。臣今看詳，内蠶鹽錢絹一事，鹽本至輕，所折錢絹至重。只如江都縣每支鹽六兩，折絹一尺。鹽六兩，元價錢一十文五分足，絹一尺，價錢二十八文一分足。其支鹽納錢者，每鹽五斤五兩，納錢三百三十一文八分足，比元價買鹽每斤二十八文足已多一百八十三文足。又將錢折麥，所估麥價至低。又有倉省加耗及脚剩之類，一文至納四五文。今來既不除放，即須催納絹麥折色，所以人户愈覺困苦。臣今看詳，丁口鹽錢絹既爲有官本，難議除放，即合據所支鹽斤兩實直價錢催納，豈可將折色絹麥上增起錢數盡作官本，顯是於理合放，於條未有明文。臣已指揮本州，應登極赦前見欠丁口鹽錢及鹽博絹米之類，只據當時所支官物實直爲官本催納，其因折色增起錢數，並權住催理，聽候朝旨。伏望聖慈特賜指揮，依此除放。

一、准元祐元年九月六日《明堂赦書》：「應内外欠市易錢人户，見欠錢二百貫以下，並特與除放。」續准元祐二年二月七日都省批狀：「知鄭州張璪劄子奏，臣伏覩《明堂赦書》節文，諸路人户，見欠市易錢二百貫以下，並特與除放。」臣自到州，契勘得本州舊係開封府界管城縣日，本縣市易抵當所，於元豐二年五月以後，節次准市易上界牒准太府寺牒支降到疋帛散茶，令搭息出賣，其本州自合依條許人户用物貨等抵請及見錢變易，本州却賒賣與人户，仍不曾結保，致有二百九十八户除納外，共拖欠下官錢計一千九百餘貫文。雖契勘得逐户名下見欠各只是二百貫以下，本州爲是元管勾官司違法賒散，不依太府寺搭息出賣指揮，致人户亦不曾用物貨抵請，即與市易舊法許人結保賒請金銀物帛見欠官本事體不同，以此未敢引用赦勅除放。係上件人户所欠物帛價錢，本因官吏違法賒過，其人户元不知有此違礙。伏望聖慈矜卹，特許依赦除放，庶使貧民均被聖澤。户部看詳，住罷賒請，後來違法賒散過錢物，并府界縣分人户抵當虧本糯米，各與未罷已前依條賒請事體不同。今勘當難以依赦除放。都省批狀，依户部所申。又續准元祐三年十月二十七日勑〔三〇〕，勘會内外見欠市易非違法賒請人户，已降指揮，二百貫文已下除放，其外路係違法者，即不該除放。切緣本因官司違法賒賣〔三一〕，今來人户若不量與蠲放，顯見獨不霑恩，須議指揮。十月二十五日奉聖旨，令户部指揮，諸路契勘，官私違法除放人户，許將息罰充折外，見欠錢二十貫文已下者，並與除放。又續准元祐四年正月初十日轉運司牒：「准尚書户部符，據淮南轉運司狀，契勘本路市易欠錢，除依條賒借，并元係經官司違法賒欠，已依上項赦敕朝旨施行外，元有未承元豐四年五月十九日朝旨住罷賒借以前，并以後有人户於市易務差出計置變易勾當人等頭下賒借錢物，見欠不及二百貫及二十貫以下，今詳所降元祐元年九月六日《明堂赦敕》，止言市易欠錢人户，見欠二百貫文以下除放，并元祐三年十月二十七日朝旨，亦止言官司違法賒借，見欠二十貫文以下除放，今來前項人户，從初徑於市易差出勾當人等頭下賒欠〔三〕，本司疑慮，未敢一例除放申部者。本部看詳，《明堂赦》云内外欠市易錢人户，見欠二百貫以下除放。及近降朝旨，亦止云官私違法私放人户許將息罰充折外〔三〕，見欠二百貫以下除放，即無似此窠名明文。今據所申符，本司主者詳此，一依前後所降朝旨施行，無至違誤。」臣今看詳，元祐元年九月六日《明堂赦書》，止言「應内外欠市易務錢二百貫以下，並與除放」。赦文簡易明白，元不分別人户，於官司請領或徑於勾當人名下分請，亦不拘限。官司依條賒賣，或違法倈散，及有無抵當結保搭息不搭息之類，但係欠市易務錢二百貫以下者，便合依赦除放，更無疑慮。切原聖意，蓋爲市易務錢，本緣奸臣貪功希賞，設法陷民，赤子無知，爲利所罔，故於即位改元躬祀明堂始見上帝之日，親發德音，特與除放。皇天后土，實聞此言。當時有識，已恨所放不寬，既知小民爲官法所陷，何惜不與盡放，更立二百貫之限。然是時欠負窮民，無不鼓舞涕泣，銜荷恩德。曾未半年，已有刻薄臣寮，強生支節，析文破敕，妄作申請，致有上項續降聖旨及都省批狀指揮，應官司違法賒借者，止放二十貫以下，其於差出勾當人名下賒請者，並不除放一文，使宗祀赦文，反爲虚語，非獨失信於民，亦爲失信於上帝矣。所繫至大，而俗吏小人曾不爲朝廷惜此，但知計析錐刀之末，實可痛愍。臣竊仰料二聖至仁至明，已發德音，除放二百貫以下，豈有却許刻薄臣寮出意阻難追改不行之理？必是當時議者，以爲欠錢之人，詐立私下賒買人姓名，分破錢數，令不滿二百貫，僥倖除放，以此更煩朝省，别立上項條約，以防情弊，一時指揮，不爲無理。今來歲月已久，人户各蒙監催枷錮鞭撻，困苦理極，若非本身實欠，豈肯七年被監，不求訴免？以此觀之，凡今日欠户，並是實欠，必非私相計會爲人分減之人，明矣。伏望聖慈，特與舉行元祐元年九月六日赦書，應内外欠市易錢人户，見欠錢二百貫以下，不以官私違法不違法，及人户於官司請領或徑於勾當人名下分請者，並與除放，所貴復收窮困垂死之民，稍實宗祀赦書之語，以答天人之意。

一、准元祐六年五月二十六日聖旨：「將府界諸路人户，應見欠諸般欠負，以十分爲率，每年隨夏秋料各帶納一分，所有前後累降催納欠負分料展閣指揮，更不施行。」臣今看詳上項指揮，明言應見欠諸般欠負並分十料催納，元不曾分別係與不係因災傷分料展閣之數，聖恩寬大，詔語分明，但係欠負，無不該者。只因户部出納之吝，別生支節，謂之申明。其略云：「本部看詳，人户見催逐年拖欠下夏秋租稅贓賞課利省房没官等錢物，若不係因災傷許分料展閣理納之數，自不該上條。」致尚書省八月三日批狀指揮，依所申施行，卽不曾別取聖旨。臣嘗謂二聖卽位已來，所行寬大之政，多被有司巧説事理，務爲艱閡，使已出之令，不盡施行，屯膏反汗，皆此類也。兼檢會元祐敕節文：「諸災傷倚閣租稅，至豐熟日，分作二年四料送納，若納未足而又遇災傷者，權住催理。」今來元祐六年五月二十五日聖旨指揮，雖分爲十料，比舊稍寬，又却衝改，前後分料展閣指揮，卽雖遇災傷，亦須催納。水旱之民，當年租賦尚不能輸，豈能更納舊欠？顯是緣此指揮，反更不易，欲望特降聖旨，應諸般欠負，並只依元祐五年五月二十六日聖旨指揮，分十料施行。仍每遇災傷，依元祐敕權住催理。内人户拖欠兩税，不係災傷倚閣者，亦分二年作四料送納，未足而遇災傷者，亦許權住催理。所有户部申明都省批狀指揮，乞不施行。

貼黄。議者必謂若如此施行，今後百姓皆不肯依限送納兩税，僥倖分料。臣以謂不然。《編勑》明有催税末限不足分數官吏等第責罰，令佐至衝替，録事、司户與小處差遣，典押勒停，孔目、管押官降資，條貫至重，誰敢違慢。若非災傷之歲，檢放不盡實者，何緣過有拖欠。若朝廷不恤，須得併催，則人户惟有逃移，必無納足之理。

一、臣先知杭州日，於元祐五年九月奏：「臣先曾具奏，朝廷至仁，寬貸宿逋，已行之命，爲有司所格沮，使王澤不得下流者四事。」其一曰：「見欠市易籍納産業，聖恩並許給還，或貼納收贖。而有司妄出新意，創爲籍納、折納之法，使十有八九不該給贖。」其二曰：「積欠鹽錢，聖旨已許止納産鹽場監官本價錢，其餘並與除放。而提舉鹽事司執文害意，謂非貧乏不在此數。」其三曰：「登極大赦以前人户，以産當酒見欠者，亦合依鹽當錢法〔二四〕，只納官本。」其四曰：「元豐四年，杭州揀下不堪上供和買絹五萬八千二百九十疋，並抑勒配賣與民，不住鞭笞，催納至今，尚欠八千二百餘貫，並合依今年四月九日聖旨除放。」然臣具此論奏〔二五〕，自經一百八日〔二六〕，未蒙回降指揮，乞檢會前奏四事，早賜行下。尚書省取會到諸處，稱不曾承受到上件奏狀。十二月八日，三省同奉聖旨，令蘇軾別具聞奏。臣已於元祐六年正月九日，備録元狀，繳連奏去訖，經今五百餘日，依前未蒙施行。伏乞檢會前奏〔二七〕，一處行下。

右謹件如前。今所陳六事及前所陳四事，止是揚州、杭州所見。竊計天下之大，如此六事、四事者多矣。若今日不治，數年之後，百姓愈困愈急，流亡盜賊之患，有不可勝言者。伏望特留聖意，深詔左右大臣，早賜果決行下。臣伏見所在轉運、提刑〔二八〕，皆以催欠爲先務，不復以恤民爲意。蓋函、矢異業，所居使然。臣愚欲乞備録今狀及元祐六年正月九日所奏四事，行下逐路安撫鈐轄司，委自逐司選差轄下官僚一兩人，不妨本職，置司取索逐州見催諸般欠負科名户眼，及元欠因依，限一月内具委無漏落，保明供申，仍備録應係見行欠負敕條，出榜曉示。如州縣不與依條除放，許詣逐司自陳，限逐司於一季内看詳了絶，内依條合放而州縣有失舉行者，與免罪改正訖奏。其於理合放而未有明條或於條有礙者〔二九〕，並權住催理，奏取敕裁，仍乞朝廷差官三五人置局看詳，立限結絶。如此則朞年之間，疲民尚有生望，富室完復，商賈漸通，酒税增羨，公私寬泰〔三〇〕，必自此始也。臣身遠言深，罪當萬死，感恩徇義，不能默已，謹録奏聞，伏候勑旨。

貼黄。本州近准轉運司牒坐准户部符：「臣寮上言，去歲災傷人户，農事初興，生意稍還，正當惠養，助之蘇息，伏望聖慈許將去年檢放不盡秋税元只收三二分已下者，係本户已是七八分災傷，今來若納錢尚有欠，必是送納不前，乞特與除放。其餘納錢見欠人户，亦乞特與減免三分外，若猶有欠，并上二等户，如不可一例減放，則並乞特與展限，候今年秋熟〔三一〕，隨秋料送納。」其言至切，尋蒙聖恩送下户部。本部却只檢坐元祐三年七月二十四日勑節文災傷帶納欠負條貫應破詔旨，其臣寮所乞放免寬減事件，元不相度可否。顯是聖慈欲行其言，而户部不欲，雖蒙行下，與不行下同。臣今來所論，若非朝廷特賜指揮，卽户部必無施行之理。

又，貼黄。臣今所言六事及舊所言四事，並係民心邦本，事關安危，兼其間逐節利害甚多，伏望聖慈少輟清閑之頃，特賜詳覽。

又，貼黄。准條，檢放災傷税租，只是本州差官計會令佐同檢，卽無轉運司更别差官覆按指揮。臣在潁州，見逐州檢放之後，轉運司更隔州差官覆按虚實，顯是於法外施行，使官吏畏憚不敢盡實檢放。近日淮南轉運司爲見所在流民倍多，而所放災傷，多不及五分支破，貧糧有限，恐人情未安，故奏乞法外支給，若使盡實檢放，流民不應如此之多，與其法外拯濟於既流之後，曷若依法檢放於未流之前，此道路共知，事之不可欺者也。臣忝居侍從，不敢不具實以聞奏。

又，貼黄。京師所置局，因令看詳畿内欠負〔三〕。

〔一〕《續資治通鑑長編》「舉」前有「矯然」二字。

〔二〕「赦」原作「敕」，今從《七集·奏議集》卷十一、《續資治通鑑長編》改。

〔三〕《歷代名臣奏議》「伍」作「五」。

〔四〕《續資治通鑑長編》、《歷代名臣奏議》「財」作「求」。

〔五〕「供」原作「通」，今從《續資治通鑑長編》改。

〔六〕《續資治通鑑長編》「當」後有「官」字。

〔七〕《續資治通鑑長編》「料」作「科」，以下「十料」、「百料」、「一料」皆同。

〔八〕「籍」原作「耤」，據《七集·奏議集》改。

〔九〕《歷代名臣奏議》「至」作「此」。

〔一〇〕「舟過」原作「州過」，今據《七集·奏議集》改。

〔一一〕《七集·奏議集》「交」前有「足」字。

〔一二〕《七集·奏議集》「停閉」作「倚閣」，此下自註註文中之「停閉」亦同。

〔一三〕《七集·奏議集》「見」作「是」。

〔一四〕《七集·奏議集》作「即依上件」。

〔一五〕《七集·奏議集》「盡」後有「去」字。

〔一六〕《七集·奏議集》「四千九百」作「四十九」。

〔一七〕「朝」原作「條」，今從《七集·奏議集》改。

〔一八〕「子利」原作「子例」，據《七集·奏議集》改。

〔一九〕《七集·奏議集》「竊緣」作「逐年」。

〔二〇〕《七集·奏議集》「又」作「文」（案：作「文」，連上句讀）。「勑」原作「赦」，今徒《七集·奏議集》改。

〔二一〕《七集·奏議集》「官」作「法」。

〔二二〕《七集·奏議集》「徑」作「經」。

〔二三〕《七集·奏議集》「私放」作「賒放」。

〔二四〕《續資治通鑑長編》「錢」作「之」。

〔二五〕《續資治通鑑長編》無「論」字。

〔二六〕「自經」原作「經今」，今從《續資治通鑑長編》改。
〔二七〕《續資治通鑑長編》「伏」作「復」。
〔二八〕《續資治通鑑長編》「刑」下有「司」字。
〔二九〕「其」原作「具」，今從《七集・奏議集》改。
〔三〇〕《續資治通鑑長編》「泰」作「貸」。
〔三一〕《續資治通鑑長編》「熟」作「稅」。
〔三二〕「又貼黃京師所置局」十六字，原缺，據《七集・奏議集》補。

再論積欠六事四事劄子

元祐七年六月十六日，龍圖閣學士左朝奉郎知揚州蘇軾劄子奏。臣已具積欠六事，及舊所論四事上奏。臣聞之孟子曰：「以不忍人之心，行不忍人之政。」若陛下初無此心，則臣亦何敢必望此政〔一〕，屢言而屢不聽，亦可以止矣。然臣猶孜孜強聒不已者，蓋由陛下實有此心，而爲臣子所格沮也。

竊觀即位之始，發政施仁，天下聳然，望太平於朞月。今者八年，而民益貧，此何道也？願陛下深思其故。若非積欠所壓，自古至今，豈有行仁政八年而民不蘇者哉。臣前所論四事，不爲不切，而經百餘日，略不施行〔二〕。臣既論奏不已，執政乃始奏云，初不見臣此疏，遂奉聖旨，令臣別錄聞奏。意謂此奏朝上而夕行，今又二年於此矣。以此知積欠之事，大臣未欲施行也。若非陛下留意，痛與指揮，只作常程文字降出，仍却作熟事進呈，依例送户部看詳〔三〕，則萬無施行之理。臣人微言輕，不足計較，所惜陛下赤子，日困日急，無復生理也。臣又竊料大臣必云今日西邊用兵，急於財利，未可行此。臣謂積欠之在户部者，其數不貲，實似可惜。若實計州縣催到數目，經涉歲月，積欠之在户部者累毫，何足以助經費之萬一。臣願聖主特出英斷，早賜施行。

臣訪聞浙西饑疫大作，蘇、湖、秀三州，人死過半，雖積水稍退，露出泥田，然皆無土可作田塍，有田無人，有人無糧，有糧無種，有種無牛，餓死之餘，人如鬼腊。臣竊度此三州之民，朝廷加意惠養，仍須官吏得人，十年之後，庶可完復。《書》曰：「制治于未亂，保邦于未危。」浙西災患，若於一二年前，上下疚心，同力拯濟，其勞費殘弊，必不至若今之甚也。臣知杭州日，預先奏乞下發運司，多糴米斛，以備來年拯濟饑民，聖明垂察，支賜緡錢百萬收糴。而發運使王覿，堅稱米貴不糴。是年米雖稍貴，而比之次年春夏，猶爲甚賤，縱使貴糴，尚勝於無，而覿執所見，終不肯收糴顆粒，是致次年拯濟失備，上下共知而不詰問。小人淺見，只爲朝廷惜錢，不爲君父惜民，類皆如此。淮南東西諸郡，累歲災傷，近者十年，遠者十五六年矣。今來夏田一熟，民於百死之中，微有生意，而監司争言催欠，使民反思凶年。怨嗟之氣，必復致水旱。欲望聖慈救之於可救之前，莫待如浙西救之於不可救之後也。

臣敢昧死請内降手詔云：「訪聞淮浙積欠最多，累歲災傷，流殍相屬，今來淮南始獲一麥，浙西未保豐凶，應淮南東西、浙西諸般欠負〔四〕，不問新舊，有無官本，並特與權住催理一年。」使久困之民，稍知一飽之樂。仍更別賜指揮，行下臣所言六事四事，令諸路安撫鈐轄司推類講求，與天下疲民，一洗瘡痏，則猶可望太平於數年之後也。

臣伏覩詔書，以五月十六日册立皇后，本枝百世，天下大慶。《孟子》有言：「《詩》曰：『古公亶父，來朝走馬。率西水滸，至于岐下。爰及姜女，聿來胥宇。』當是時也，內無怨女，外無曠夫。」此周之所以王也。今陛下膺此大慶，獨不念積欠之民，流離道路，室家不保，鬻田質子，以輸官者乎？若親發德音，力行此事，所全活者不知幾千萬人。天監不遠，必爲子孫無疆之福。臣不勝拳拳孤忠，昧死一言。取進止。

〔一〕「何」原作「不」，今從《續資治通鑑長編》、《歷代名臣奏議》改。

〔二〕《歷代名臣奏議》「略」作「各」。

〔三〕「看詳」原作「詳看」，今從《七集・奏議集》卷十一。

〔四〕「東」原作「京」，據《七集・奏議集》改。案，以上有「淮南東西諸郡累歲災傷」句，作「東」是。

論倉法劄子

元祐七年七月二十七日，龍圖閣學士左朝奉郎知揚州蘇軾劄子奏。臣竊謂倉法者，一時權宜指揮，天下之所駭，古今之所無，聖代之猛政也。自陛下即位，首寬此法，但其間有要劇之司，胥吏仰重禄爲生者，朝廷不欲遽奪其請受，故且因循至今。蓋不得已而存留，非謂此猛政可恃以爲治也。自有刑罰已來，皆稱罪立法，譬之權衡，輕重相報，未有百姓造銖兩之罪，而人主報以鈞石之刑也。今倉法不滿百錢入徒，滿十貫刺配沙門島，豈非以鈞石報銖兩乎？天道報應，不可欺罔，當非社稷之利。凡爲臣子，皆當爲陛下重惜此事，豈可以小小利害而輕爲之哉？臣竊見倉法已罷者，如轉運、提刑司人吏之類。近日稍稍復行，若監司得人，胥吏誰敢作過，若不得人，雖行軍令，作過愈甚。今執政不留意於揀擇監司，而獨行倉法，是謂此法可恃以爲治也耶？今者又令真、揚、楚、泗轉般倉㪷子行倉法，綱運敗壞，執政終不肯選擇一强明發運使，以辦集其事，但信倉部小吏，妄有陳請，便行倉法，臣所未喻也。

今來所奏，只是申明《元祐編勑》，不過歲捐轉運司違法所收糧綱稅錢一萬貫，而能使六百萬石上供斛㪷，不大失陷，又能全活六路綱梢數千、牽駕兵士數萬人免陷深刑〔一〕，而押綱人員使臣數百人保全身計，以至商賈通行，京師富庶，事理明甚，無可疑者。但恐執政不樂臣以疎外輒議已行之政，必須却送户部，或却令本路監司相度，多方沮難，決無行理。

臣材術短淺，老病日侵，常恐大恩不報，銜恨入地，故貪及未死之間〔二〕，時進瞽言，但可以上益聖德，下濟蒼生者。臣雖以此得罪，萬死無悔。若陛下以臣言爲是，即乞將此劄子留中省覽，特發德音，主張施行。若以臣言爲妄，即乞并此劄子降出，議臣之罪。取進止。

〔一〕「梢」原作「稍」，據《七集·奏議集》卷十一改。

〔二〕《永樂大典》卷七千五百十六倉字韻引《宋東坡奏議》有此文，此句作「故貪及未致仕」。

論綱梢欠折利害狀〔一〕

元祐七年七月二十七日，龍圖閣學士左朝奉郎知揚州蘇軾狀奏。臣聞唐代宗時，劉晏爲江淮轉運使，始於揚州造轉運船，每船載一千石，十船爲一綱，揚州差軍將押赴河陰，每造一船，破錢一千貫，而實費不及五百貫。或譏其枉費〔二〕。晏曰：「大國不可以小道理。凡所創置，須謀經久。船場既興，執事者非一，須有餘剩衣食，養活衆人，私用不窘，則官物牢固。」乃於揚子縣置十船場，差專知官十人。不數年間，皆致富贍。凡五十餘年，船場既無破敗，餽運亦不闕絶。

至咸通末，有杜侍御者，始以一千石船，分造五百石船二隻，船始敗壞。而吴堯卿者，爲揚子院官，始勘會每船合用物料，實數估給，其錢無復寬剩，專知官十家即時凍餒，而船場遂破，餽運不繼，不久遂有黄巢之亂。

劉晏以千貫造船，破五百貫爲干繫人欺隱之資，以今之君子寡見淺聞者論之，可謂疎繆之極矣。然晏運四十萬石，當用船四百隻，五年而一更造，是歲造八十隻也。每隻剩破五百貫，是歲失四萬貫也。而吴堯卿不過爲朝廷歲寬四萬貫耳，得失至微，而餽運不繼，以貽天下之大禍。臣以此知天下之大計，未嘗不成於大度之士，而敗於寒陋之小人也。國家財用大事，安危所出，願常不與寒陋小人謀之，則可以經久不敗矣。

臣竊見嘉祐中，張方平爲三司使，上論京師軍儲云：「今之京師，古所謂陳留，四通八達之地，非如雍、洛有山河之險足恃也，特恃重兵以立國耳，兵恃食，食恃漕運，漕運一虧，朝廷無所措手足。」因畫十四策，內一項云：「糧綱到京，每歲少欠不下六七萬石，皆以折會償填，發運司不復抱認，非祖宗之舊也。」臣以此知嘉祐以前，歲運六百萬石，而以欠折六七萬石爲多。訪聞去歲，止運四百五十餘萬石，而欠折之多，約至三十餘萬石。運法之壞，一至於此。

又臣到任未幾，而所斷糧綱欠折干繫人，徒流不可勝數。衣糧罄於折會，船車盡於折賣〔三〕，質妻鬻子，饑瘦伶俜，聚爲乞丐，散爲盜賊。竊計京師及緣河諸郡，例皆如此。朝廷之大計，生民之大病，如臣等輩，豈可坐觀而不救耶？輒問之於吏。下有缺文〔四〕。乃金部便敢私意創立此條，不取聖旨，公然行下，不惟非理刻剝，敗壞祖宗法度，而人臣私意，乃能廢格制敕，監司州郡，靡然奉行，莫敢誰何。此豈小事哉！

謹按一綱三十隻船，而稅務監官不過一員〔五〕，未委如何隨船點檢得。三十隻船，一時皆通而不勒留住岸〔六〕，一船點檢，即二十九隻船皆須住岸伺候，顯是違條舞法，析文破敕。苟以隨船爲名，公然勒留點檢，與兒戲無異。訪聞得諸州多是元祐三年以來始行點檢收稅，行之數年，其弊乃出。綱梢既皆赤露，妻子流離，性命不保，雖加刀鋸，亦不能禁其攘竊。此弊不革，臣恐今後欠折不止三十餘萬石，京師軍儲不繼，其患豈可勝言！

揚州稅務，自元祐三年十月〔七〕，始行點檢收稅，至六年終，凡三年間共收糧綱稅錢四千七百餘貫。折長補短，每歲不過收錢一千六百貫耳。以淮南一路言之，真、揚、高郵、楚、泗、宿六州、軍，所得不過萬緡，而所在税務專欄因金部轉運司許令點檢〔八〕，緣此爲姦，邀難乞取，十倍於官。遂致綱梢皆窮困骨立，亦無復富商大賈肯以物貨委令搭載，以此專仰攘取官米，無復限量，拆賣船板，動使淨盡，事敗入獄，以命償官。顯是金部與轉運司違條刻剝，得糧綱税錢一萬貫，而令朝廷失陷綱運米三十萬餘石，利害皎然。

今來倉部並不體訪綱運致欠之因，却言緣倉司𣂏子乞覓綱梢錢物，以致欠折，遂立法令真、揚、楚、泗轉般倉並行倉法，其逐處𣂏子，仍只存留一半。命下之日，揚州轉般倉𣂏子四十人，皆詣臣陳狀，盡乞歸農。臣雖且多方抑按曉諭，退還其狀，然相度得此法必行，則見今𣂏子必致星散，雖別行召募，未必無人，然皆是浮浪輕生不畏重法之人，所支錢米，決不能贍養其家，不免乞取。既冒深法，必須重賂，輕齎，密行交付。其押綱綱梢等，知專𣂏若不受賂，必無寬剩，𣂏面決難了納〔九〕。卽須多方密行重賂，不待求乞而後行用，此必然之理也。

臣細觀近日倉部所立條約，皆是枝葉小節，非利害之大本。何者？自熙寧以前，中外並無倉法，亦無今來倉部所立條約，而歲運六百萬石，欠折不過六七萬石。蓋是朝廷捐商税之小利，以養活綱梢，而緣路官司，遵守《編敕》法度，不敢違條點檢收税，以致綱梢飽暖，愛惜身命，保全官物，事理灼然。臣已取責得本州税務狀稱，隨船點檢，不過檢得一船。其餘二十九船，不免住岸伺候，顯有違礙。臣尋已備坐《元祐編敕》，曉示今後更不得以隨船爲名，違條勒令住岸點檢去訖。其税務官吏，爲准本州及倉部、發運、轉運司指揮非是自擅爲條，未敢便行取勘。其諸州、軍税務，非臣所管，無由一例行下。欲乞朝廷申明《元祐編敕》不得勒令住岸條貫，嚴賜約束行下。并乞廢罷近日倉部起請倉法，仍取問金部官吏不取聖旨擅立隨船一法，刻剥兵梢，敗壞綱運，以誤國計，及發運、轉運司官吏，依隨情罪施行。庶使今後刻薄之吏，不敢擅行胸臆，取小而害大，得一而喪百。

臣聞東南餽運，所係國計至大，故祖宗以來，特置發運司，專任其責。選用既重，威令自行。如昔時許元輩，皆能約束諸路，主張綱運。其監司州郡及諸場務，豈敢非理刻剥邀難？但發運使得人，稍假事權，東南大計，自然辦集，豈假朝廷更行倉法？此事最爲簡要，獨在朝廷留意而已。謹具《元祐編敕》及金部擅行隨船點檢指揮如左。

一、准《元祐編敕》：「諸綱運船栰到岸檢納税錢，如有違限，如限内無故稽留，及非理搜檢，并約喝無名税錢者，各徒二年。諸新錢綱及糧綱，緣路不得勒令住岸點檢，雖有透漏違禁之物，其經歷處，更不問罪，至京下鏁通津門，准此。」

一、准元祐三年十一月十九日尚書金部符〔一〇〕：「省部看詳，監糧綱運，雖不得勒留住岸，若是隨船點檢得委有税物名件，自合依例饒潤收納税錢，即無不許納税錢事理。若或別無税物，自不得依例喝免税錢〔一一〕，事理甚明。」

右謹件如前者。若朝廷盡行臣言，必有五利。綱梢飽暖，惜身畏法，運餽不大陷失，一利也。省徒配之刑，消流亡賊盜之患，二利也。梢工衣食既足，人人自重，以船爲家，既免折賣〔一二〕，又常修完，省逐處船場之費，三利也。押綱綱梢，既與客旅附載物貨，官不點檢，專欄無由乞取，然梢工自須赴務量納税錢，以防告訐〔一三〕，積少成多，所獲未必減於今日，四利也。自元豐之末，罷市易務、導洛司、堆垜場〔一四〕，議者以爲商賈必漸通行，而今八年，略無絲毫之効，京師酒税課利皆虧，房廊邸店皆空，何也？蓋祖宗以來，通許綱運攬載物貨，既免征税，而脚錢又輕，故物貨通流，緣路雖失商税，而京師坐獲富庶。自導洛司廢，而淮南轉運司陰收其利，數年以來，官用窘逼，轉運司督迫，諸路税務日急一日〔一五〕，故商賈全然不行，京師坐至枯涸。今若行臣此策，東南商賈，久閉乍通〔一六〕，其來必倍，則京師公私數年之後，必復舊觀。此五利也。臣竊見近日官私例皆輕玩國法，習以成風。若朝廷以臣言爲非，臣不敢避妄言之罪，乞賜重行責罰。若以臣言爲是，卽乞盡理施行，少有違戾，必罰無赦，則所陳五利，可以朝行而夕見也。謹録奏聞，伏候勑旨。

貼黄。本州已具轉般倉㪷子二十人，不足於用，必致闕誤事理，申乞依舊存留四十人去訖。其㪷子所行倉法。臣又體訪得深知綱運次第，人皆云行倉法後，欠折愈多，若㪷子果不取錢，則裝發更無㪷面〔一七〕，兵梢未免偷盜，則欠折必甚於今。若㪷子不免取錢，則舊日行用一貫者須取三兩貫，方肯收受。然不敢當面乞取，勢須宛轉託人，減刻隔洛，爲害滋深。伏乞朝廷詳酌，早賜廢罷，且依舊法。

又，貼黄。臣今看詳，倉部今來起請條約，所行倉法，支用錢米不少。又添差監門小使臣，支與驛券。又許諸色人告捉搆合乞取之人，先支官錢五十貫爲賞。又支係省上供錢二萬貫，召募綱梢。如此之類，費用浩大。然皆不得利害之要。行之數年，必無所補。臣今所乞，不過減却淮南轉運司違條收稅錢一萬貫〔一七〕，使綱梢飽暖，官物自完，其利甚大。

〔一〕「梢」原作「稍」，今從郎本卷三十六。

〔二〕「枉」原作「柱」，據《七集·奏議集》卷十二改。

〔三〕「折」原作「拆」，今從《七集·奏議集》。

〔四〕郎本、《七集·奏議集》無此四字。

〔五〕郎本、《七集·奏議集》「監」作「那」，《續資治通鑑長編》作「所」。

〔六〕「通」原作「遍」，今從郎本改。

〔七〕《續資治通鑑長編》「十」作「七」。

〔八〕「欄」原作「攔」，今從郎本改。

〔九〕《續資治通鑑長編》「㪷」作「斛」。

〔一〇〕郎本、《七集·奏議集》「三年」作「五年」。

〔一一〕《續資治通鑑長編》「依」作「違」，「喝免」作「約喝」。「免」原作「皃」，今據龐校改。

〔一二〕郎本、《七集·奏議集》「折」作「拆」。

〔一三〕郎本「許」作「訴」。

〔一四〕「洛」原作「洽」，據郎本、《七集·奏議集》改。案：本文以下有「導洛司」字樣，作「洛」是。

〔一五〕郎本「路」作「處」。

〔一六〕「閉」原作「閑」，今從郎本、《七集·奏議集》。

〔一七〕《續資治通鑑長編》「㪷」作「斛」。

〔一八〕「錢」原缺，據《七集·奏議集》補。

乞罷轉般倉斗子倉法狀

元祐七年八月一日，龍圖閣學士左朝奉郎知揚州蘇軾狀奏。右臣近於七月二十七日具狀奏論綱梢欠折利害，内一事，乞罷真、揚、楚、泗轉般倉斗子倉法，并乞揚州轉般倉斗子依舊存留四十人。今來揚州轉般倉斗子四十人並曾詣臣投狀，乞一時歸農。臣雖且抑按曉諭，退還其狀，然體訪得衆情未安，惟欲逃竄，兼訪聞泗州轉般倉斗子已竄却一十二人，深慮逐州轉般倉斗子漸次星散，别行召募，必是費力，兼恐多是浮浪輕犯重法之人，愈見敗壞綱運。其逐一利害，已具前狀。只乞朝廷詳酌，先賜施行廢罷轉般倉斗子倉法，及揚州依舊存留轉般倉斗子四十人爲額，仍乞入急遞行下，貴免斗子星散，住滯綱運。謹録奏聞，伏候敕旨。

乞罷税務歲終賞格狀

元祐七年八月初五日，龍圖閣學士左朝奉郎知揚州蘇軾狀奏。准元祐三年八月二十三日敕〔一〕：「陝西轉運司奏。准敕節文：『賣鹽并酒税務增剩監專等賞錢，更不支給。』本司相度，欲且依舊條支給，所貴各肯用心，趁辦課利。户部狀欲依本司所乞，並從元豐賞格，依舊施行。檢會元豐七年六月二十四日敕：『賣鹽及税務監官年終課利增額，計所增數給一釐；賣鹽務專副秤子税務專欄，年終課利增額，計所增數給半鼇。』及檢會元豐賞格『酒務鹽官年終課利增額，計所增數給二鼇；酒務專匠，年終課利增額，計所增數給一鼇』者」。右臣聞之管仲：「禮義廉耻，國之四維，四維不張，國乃滅亡。」今鹽酒稅務監官，雖爲卑賤，然縉紳士人公卿冑子，未嘗不由此進。若使此等不顧廉耻，決壞四維，掊斂刻剥，與專欄秤匠一處分錢，民何觀焉。所得毫末之利，而所敗者天下風俗、朝廷綱維，此有識之所共惜〔二〕。臣至淮南，體訪得諸處稅務，自數年來，刻虐日甚，商旅爲之不行，其間課利，雖已不虧，或已有增剩，而官吏刻虐，不爲少衰。詳究厥由，不獨以財用窘急，轉運司督迫所致，蓋緣有上件給錢充賞條貫，故人人務爲刻虐，以希歲終之賞，顯是借關市之法，以蓄聚私家之囊橐。若朝廷憫救風俗，全養士節，即乞盡罷上件歲終支賞條貫。仍乞詳察上件條貫於稅務施行，尤爲害物，先賜廢罷。況祖宗以來，元無此格，所立場務增虧賞罰，各已明備〔三〕，不待此條〔四〕，方爲勸獎。臣竊見今年四月二十七日敕，廢罷諸路人户買撲土產稅場。命下之日，天下歌舞，以致深山窮谷之民，皆免虐害。臣既親被詔旨，輒敢仰緣德音，推廣聖意，具論利害，以候敕裁。謹録奏聞，伏候敕旨。

〔一〕《七集·奏議集》卷十二「二十三」作「二十四」。
〔二〕「惜」原作「昔」，據《七集·奏議集》改。
〔三〕「已」原作「以」，今從《七集·奏議集》改。
〔四〕「待」原作「詩」，據《七集·奏議集》改。

蘇軾文集卷三十五

奏議

乞歲運額斛以到京定殿最狀

元祐七年八月五日，龍圖閣學士左朝奉郎知揚州蘇軾狀奏。右臣近者論奏江淮糧綱運欠折利害。竊謂欠折之本，出於綱梢貧困，貧困之由，起於違法收税。若痛行此一事，則期年之間，公私所害，十去七八，此利害之根源，而其他皆枝葉小節也。若朝廷每聞一事，輒立一法，法出姦生，有損無益，則倉部前日所立㪷子倉法，及其餘條約是矣。臣愚欲乞盡賜寢罷，只乞明詔發運使，責以虧贏，而爲之賞罰，假以事權，而助其耳目，則餽運大計可得而辦也。

何謂責以虧贏而爲之賞罰？蓋發運使歲課，當以到京之數爲額，不當以起發之數爲額也。今者折欠，盡以折會償填，而發運使不復抱認其數，但得起發數足，則在路雖有萬般疎虞，發運使不任其責矣。今諸路轉運司歲運斛㪷，皆以到發運司實數爲額，而發運司獨不以到京及府界實數爲額，此何義也？臣欲乞立法，今後發運司歲運額斛，計到京欠折分釐，以定殿罰，則發運使自然竭力點檢矣。凡綱運弊害，其畧有五。一曰發運司人吏作弊，取受交裝不公〔一〕。二曰諸倉專㪷作弊，出入㪷器。三曰諸場務排岸司作弊，點檢附搭住滯。四曰諸押綱使臣人員作弊，減刻雇夫錢米。五曰在京及府界諸倉作弊，多量剩取，非理曝揚。如此之類，皆可得而去也。縱未盡去，亦賢於立空法而人不行者遠矣。

何謂假以事權而助其耳目？蓋運路千餘里，而發運使二人，止在真、泗二州，其間諸色人作弊侵欺綱梢於百里之外，則此等必不能去離綱運而遠赴訴也，況千里乎？臣欲乞朝廷選差或令發運使舉辟京朝官兩員爲句當，綱運自真州至京，往來點檢，逐州住不得過五日，至京及本司住不得過十日，以船爲廨宇，常在道路，專切點檢諸色人作弊，杖以下罪，許決，徒以上罪，送所屬施行。使綱梢使臣人員等，常有所赴訴，而諸色人常有所畏忌，不敢公然作弊，以歲運到京數足，及欠折分釐爲賞罰。

行此二者，則所謂人存政舉，必大有益。伏望朝廷留念餽運事大，特賜檢會前奏，一處詳酌施行。

臣忝備侍從，懷有所見，不敢不盡。屢瀆天威，無任戰恐待罪之至。謹録奏聞，伏候勑旨。

貼黄。臣前奏乞舉行《元祐編敕》錢糧綱不得點檢指揮。竊慮議者必謂錢糧綱既不點檢，今後東南物貨，盡入綱船攬載，則商税所失多矣。臣以謂不然。自祖宗以來《編敕》，皆不許點檢，當時不聞商税有虧。只因導洛司既廢，而轉運司陰收其利，又自元祐三年十月後來，始於法外擅立隨船點檢一條，自此商賈不行，公私爲害。今若依《編敕》施行〔二〕，不惟綱梢自須投務納税，如前狀所論，而商賈坌集於京師，回路貨物，無由復入，空綱攬載，所獲商税必倍，此必然之理也。

〔一〕《七集·奏議集》卷十二「裝」作「怨」。

〔二〕「施」原作「於」，據《七集·奏議集》改。

申明揚州公使錢狀

元祐七年八月初六日，龍圖閣學士左朝奉郎知揚州蘇軾狀奏。右臣勘會本州公使額錢每年五千貫文，除正賜六百貫、諸雜收簇一千九百貫外，二千五百貫並係賣醋錢。檢會當日初定額錢日，本州醋務，係百姓納浄利課利錢承買，其錢並歸轉運司。當日以賣醋錢二千五百貫入額錢，卽亦是撥係省官錢充數。後來公使庫方始依新條認納百姓浄利課利等錢承買，逐年趁辦上項額錢二千五百貫。檢准《編敕》，諸州公使庫，許以本庫酒糟造醋沽賣，卽係官監醋務本庫顧認納元額諸般課浄錢，承買者聽其所收醋息錢，並聽額外收使。今契勘醋庫每年沽賣到錢外，除糟米本錢并認納買撲浄利課利錢外〔一〕，實得息錢，每年只收到一千六七百貫至二千貫以來，常不及元立額錢二千五百貫之數，更豈有額外收使之理？如此，卽顯是敕條雖許公使庫買撲醋務，而揚州獨無額外得錢之實。竊以揚於東南，實爲都會，八路舟車，無不由此，使客雜遝，餽送相望，三年之間，八易守臣，將迎之費，相繼不絶，方之他州，天下所無。每年公使額錢，只與真、泗等列郡一般，比之楚州少七百貫。況今現行例册，元修定日造酒糯米每㪷不過五十文足，自元祐四年後來，每㪷不下八九十文足，本州之費，一切用酒准折，又難爲將例册隨米價高下逐年增減，兼復累年接送知州，實爲頻數，用度不貲，是致積年諸般逋欠，約計七八千貫。若不申明，歲月愈深，積數逾多，隱而不言，則州郡負違法之責，創有陳乞，則朝廷有生例之難。雖天下諸郡比之揚州，實難攀援。今來亦不敢輒乞增添額錢，及蠲放欠負，只乞檢會見行條貫，并當日元定額錢因依，既是於係省官醋務錢内撥二千五百貫元額錢，即乞逐年更不送納買撲浄利課利錢，及更不用錢收買官糟，庶得賣醋錢相添支用。如此，卽積年欠負漸可還償，會蕃事體，不致大段衰削。謹録奏聞，伏候敕旨。

貼黄。勘會本州與杭州事體一般，本州當八路口，使客數倍於杭州。杭州公使錢七千貫，而本州止有五千貫，顯是支使不足。

又，貼黄。准條，雖許公使庫收遺利。緣本州委無遺利可收，須至奏乞。

〔一〕《七集·奏議集》卷十二「本錢」作「本分」。

乞罷宿州修城狀

元祐七年九月日，龍圖閣學士左朝奉郎新除兵部尚書蘇軾狀奏。臣近自淮南東路鈐轄被召，過所部宿州，體訪得本州見將零壁鎮改作零壁縣，及本州見准朝旨展築外城兩事，各有利害，既係臣前任部内公事，而改鎮作縣，又係兵部所管，所以須至奏陳，謹具條件如後。

一、零壁鎮人户靳琮等，先經本路及朝省陳狀，乞改零壁鎮爲縣。却準轉運使趙偁狀稱，看詳得元只是本鎮官勢有力人户，意欲置縣，增添諸般營運，妄有陳狀。尋准敕依奏，依舊爲鎮。後來有轉運使張修等及知州周秩别行奏請，却欲置縣，仍取得本鎮人户狀稱，所有置縣費用，情願自備錢物。致朝廷信憑，許令置縣。臣今體訪得零壁人户出辦上件錢物，深爲不易。元料置縣用錢四千五十餘貫，至今年八月終，已納二千八百五十餘貫，其餘未納錢數，認是催納不行，縱使盡行催納，亦恐使用不足。看詳始議置縣，只爲本鎮居民曾被驚劫，及人户輸納詞訟，去縣稍遠。然未置縣時，本鎮已有守把兵士八十人，及京朝官一員，專領本鎮烟火盜賊，別有監務官一員，又已移虹縣尉一員，弓手六十人，在本鎮足以彈壓盜賊。而本鎮去虹縣六十里，至符離縣一百二十里，至蘄縣一百里，卽非地遠，又至符離縣，各係水路，本不須添置一縣。委只是本鎮豪民靳琮等私自爲計，却使近下人户一時出錢，深爲不便。

一、宿州自唐以來，羅城狹小，居民多在城外。本朝承平百餘年，人户安堵，不以城小爲病，兼諸處似此城小人多，散在城外，謂之草市者甚衆，豈可一一展築外城。近年周秩奏論，過爲危語，以動朝廷。意謂恐有盜賊竊據，以斷運路，遂奏乞展築外城一十一里有餘，役兵及雇夫共五十七萬有餘工，每夫用七十省錢，召募雇夫及物料，合用錢一萬九千餘貫，約五年畢工。已蒙朝廷支賜抵當息錢一萬貫，欲取來年春興工。臣體訪得元只是宿州豪民，多有園宅在外，扇摇此說，官吏不察，遂與奏請。況宿州土脈疎惡，若不用磚砌甃，隨卽頽毁，若待五年畢工，則東城未了，西城已壞，或更用磚，其費不貲。又七十省錢，亦恐召募不行，官吏避罪，必行差雇，搔擾不細，其間一事，深害仁政。緣今來踏逐外城基址〔一〕，合起遣人户大墳墓六千九百所，小者猶不在數。不知本州有何急切利害，而使居民六千九百家暴露父祖骸骨，費耗擘畫改葬，若家貧無力，便致棄捐，勞費公私，痛傷存歿，已上並有公案，可以覆驗。

右臣今相度上件改鎮作縣事，係已行之命，兼構築廨宇，畧已見功，恐難中輟。而展城一事，有大害而無小利，兼未曾下手，猶可止罷。欲乞速賜指揮，更不展築，却於已支賜一萬貫錢内，量新置縣合用數目，特與支撥修蓋了當。其人户未納到錢數，乞與放免〔二〕。謹録奏聞，伏候敕旨。

〔一〕《七集·奏議集》卷十二「址」作「地」。

〔二〕《七集·奏議集》「乞」前有「地」字，意不明。繆刻本「地」作「均」。

乞擢用林豫劄子

元祐七年十月日，龍圖閣學士左朝奉郎守兵部尚書蘇軾劄子奏。臣竊謂才難之病，古今所同，朝廷每欲治財賦〔一〕，除盜賊，幹邊鄙，興利除害，常有臨事乏人之歎。古人有言：「寬則寵名譽之人，急則用介胄之士。」所用非所養，所養非所用。此古今之通患也。臣伏見承議郎監東排岸司林豫，自爲布衣〔二〕，已有奇節，及其從事，所至有聲。其在漣水，屏除羣盜，尤著方畧。其人勇於立事，常有爲國捐軀之意。試之盤錯之地，必顯利器。伏望聖慈特與量材擢用。若後不如所舉，臣等甘伏朝典。取進止。

〔一〕「財」原作「才」，今從《七集·奏議集》卷十二、《歷代名臣奏議》改。

〔二〕「布衣」原作「在不」，據《七集·奏議集》、《歷代名臣奏議》改。

乞賻贈劉季孫狀

元祐七年十月日，龍圖閣學士左朝奉郎守兵部尚書蘇軾狀奏。右臣等竊聞仁宗朝趙元昊寇〔一〕，延州危急，環慶將官劉平以孤軍來援，衆寡不敵，姦臣不救，平遂戰殁，竟駡賊不食而死。詔贈侍中，賜大第，官其諸子慶孫、貽孫、宜孫、昌孫、孝孫、保孫、季孫等七人。諸子頗有異材，而皆不壽，卒無顯者。家事狼狽，賜第易主。獨季孫仕至文思副使，年至六十，篤志好學，博通史傳，工詩能文，輕利重義，練達軍政，至於忠義勇烈，識者以爲有平之風。性好異書古文石刻，仕宦四十餘年，所得禄賜，盡於藏書之費。近蒙朝廷擢知隰州，今年五月卒於官所。家無甔石，妻子寒餓，行路傷嗟。今者寄食晉州，旅櫬無歸。臣等實與季孫相知，既哀其才氣如此，死未半年，而妻子流落，又哀其父平以忠義死事，聲迹相接，四十年間，而子孫淪替，不蒙收録，豈朝廷之意哉？今執政侍從多知季孫者，如加訪問，必得其實。欲望朝廷特詔有司，優與賻贈，以振其妻子朝夕饑寒之憂，亦使人知忠義死事之子孫，雖跨歷歲月，朝廷猶賜存恤，於奬勸之道，不爲小補。季孫之子三班借職璨，見在京師，乞早賜指揮。謹録奏聞，伏候勑旨。

貼黄。季孫身亡，合得送還人爲般擎。女婿兩房，並已死盡〔二〕。其喪柩見在晉州，無由般歸京師。欲乞指揮晉州，候本家欲扶護歸葬日，即與差得力廂軍三十人，節級一人，般至京師。

〔一〕「右」原缺，據《七集·奏議集》卷十二補。

〔二〕《七集·奏議集》「死」作「使」。

再論李直方捕賊功効乞別與推恩劄子

元祐七年十一月初四日，龍圖閣學士左朝奉郎守兵部尚書蘇軾劄子奏。臣先知潁州日，爲有劇賊尹遇、陳興、鄭饒、李松等，皆宿姦大惡，爲一方之患。而汝陰縣尉李直方，本以進士及第，母年九十餘，只有直方一子，相須爲命，而能奮不顧身，躬親持刃，刺倒尹遇，又能多出家財，緝知餘黨所在，分遣弓手，前後捕獲，功効顯著。直方先公後私，致所差人先獲陳興等三人，而直方躬親，後獲尹遇一名，與賞格小有不應。臣尋具事由聞奏，乞以臣合轉朝散郎一官特與直方，比附第三等循資酬奬。後來朝旨，只與直方免試。竊緣選人免試，恩例至輕，其間以毫髮微勞得者甚多，恐非所以激勸捐軀除患之士。伏望聖慈，特賜檢會前奏，別與推恩，仍乞許臣更不磨勘轉朝散郎一官。所貴餘人難爲援例。取進止。

乞免五穀力勝税錢劄子

元祐七年十一月初七日，龍圖閣學士左朝奉郎守兵部尚書兼侍讀蘇軾劄子奏。臣聞穀太賤則傷農，太貴則傷末。是以法不税五穀，使豐熟之鄉，商賈争糴，以起太賤之價；災傷之地，舟車輻輳，以壓太貴之直。自先王以來，未之有改也。而近歲法令，始有五穀力勝税錢，使商賈不行，農末皆病。廢百王不刊之令典，而行自古所無之弊法，使百世之下，書之青史，曰：「收五穀力勝税錢，自皇宋某年始。」

臣竊爲聖世病之。臣頃在黄州，親見累歲穀熟，農夫連車載米入市，不了鹽茶之費〔一〕；而蓄積之家，日夜禱祠，願逢饑荒。又在浙西，親見累歲水災，中民之家有錢無穀，被服珠金，餓死於市。此皆官收五穀力勝税錢，致商賈不行之咎也。臣聞以物與人，物盡而止，以法活人，法行無窮。今陛下每遇災傷，捐金帛，散倉廩，自元祐以來，蓋所費數千萬貫石，而餓殍流亡，不爲少衰。只如去年浙西水災，陛下使江西、湖北雇船運米以救蘇、湖之民，蓋百餘萬石。又計糴本水脚官錢不貲，而客船被差雇者，皆失業破産，無所告訴。與其官私費耗〔二〕，爲害如此〔三〕，何似削去近日所立五穀力勝税錢一條，只行《天聖附令》免税指揮？則豐凶相濟，農末皆利，縱有水旱，無大饑荒。雖目下稍失課利，而災傷之地，不必盡煩陛下出捐錢穀，如近歲之多也。今《元祐編敕》雖云災傷地分雖有例亦免，而穀所從來，必自豐熟地分，所過不免收税，則商賈亦自不行。議者或欲立法，如一路災傷，則鄰路免税，一州災傷，則鄰州亦然。雖比今之法，小爲通疎，而隔一路一州之外，豐凶不能相救，未爲良法。須是盡削近日弊法，專用《天聖附令》指揮，乃爲通濟。謹具逐條如後。

《天聖附令》

諸商販斛㪷，及柴炭草木博糴糧食者，並免力勝税錢。

諸賣舊屋材柴草米麪之物及木鐵爲農具者，並免收税。其買諸色布帛不及疋而將出城，及陂池取魚而非販易者，並准此。

《元豐令》

諸商販穀及以柴草木博糴糧食者，並免力勝税錢。舊收税處依舊例。

諸賣舊材植或柴草穀䴷及木鐵爲農具者，並免税。布帛不及端疋，并捕魚非貨易者，准此。

《元祐勅》

諸興販斛㪷及以柴炭草木博糴糧食者，並免納力勝税錢。舊收税處依舊例，即災傷地分，雖有舊例，亦免。

諸賣舊材植或柴草斛㪷并䴷及木鐵爲農具者，並免收税。布帛不及端疋，并捕魚非貨易者，准此。

右臣竊謂：若行臣言，税錢亦必不至大段失陷，何也？五穀無税，商賈必大通流，不載見錢，必有回貨。見錢回貨，自皆有税，所得未必減於力勝。而災傷之地，有無相通，易爲振救，官私省費〔四〕，其利不可勝計。今肆赦甚近，若得於赦書帶下，益見聖德，收結民心，實無窮之利。取進止。

〔一〕《七集·奏議集》卷十二、《續資治通鑑長編》「茶」作「酪」。

〔二〕「私」原作「司」，今從《七集·奏議集》改。

〔三〕「爲害」原作「其實」，今從《七集·奏議集》、《續資治通鑑長編》改。

〔四〕「私」原作「司」，今從《續資治通鑑長編》改。

奏内中車子争道亂行劄子

元祐七年南郊，軾爲鹵簿使導駕。内中朱紅車子十餘兩，有張紅蓋者，争道亂行於乾明寺前。

軾於車中草此奏。奏入，上在太廟，馳遣人以疏白太皇太后。明日，中使傳命中敕有司，嚴整仗衛，自皇后以下，皆不復迎謁中道〔一〕。

元祐七年十一月十三日，南郊鹵簿使龍圖閣學士左朝奉郎守兵部尚書兼侍讀蘇軾劄子奏。臣謹按漢成帝郊祠甘泉、泰畤、汾陰、后土，而趙昭儀常從在屬車間。時揚雄待詔承明，奏賦以諷，其畧曰：「想西王母欣然而上壽兮，屏玉女而却虙妃。」言婦女不當與齋祠之間也。臣今備位夏官，職在鹵簿。准故事，郊祀既成，乘輿還齋宫，改服通天冠，絳紗袍，教坊鈞容，作樂還内，然後后妃之屬，中道迎謁，已非典禮。而况方當祀事未畢，而中宫掖庭得在勾陳、豹尾之間乎？竊見二聖崇奉大祀，嚴恭寅畏，度越古今，四方來觀，莫不悦服。今車駕方宿齋太廟，而内中車子不避仗衛，争道亂行，臣愚竊恐於觀望有損，不敢不奏。乞賜約束，仍乞取問隨行合干勾當人施行〔二〕。取進止。

〔一〕郎本卷三十六「元祐」云云爲題下註文，「元」字前有「公舊註」三字。

〔二〕郎本「勾」作「管」。

再薦宗室令畤劄子

元祐七年十二月二十二日，龍圖閣學士左朝奉郎守兵部尚書兼侍讀蘇軾劄子奏。臣前任潁州日，曾論薦本州僉判承議郎趙令畤，儒學吏術，皆有過人，恭儉篤行，若出寒素。意望朝廷特賜進擢，以風曉宗室，成先帝教育之志。至今未蒙施行。令畤今已得替在京，若依前與外任差遣，臣切惜之。欲乞檢會前奏，詳酌施行。取進止。

論高麗買書利害劄子三首

元祐八年二月初一日，端明殿學士兼翰林侍讀學士左朝奉郎禮部尚書蘇軾劄子奏。臣近准都省批送下國子監狀：「准館伴高麗人使所牒稱，人使要買國子監文書〔一〕，請詳批印造，供赴當所交割。本監檢准元祐令，諸蕃國進奉人買書具名件申尚書省，今來未敢支賣，蒙都省送禮部看詳。」臣尋指揮本部令申都省，除可令收買名件外，「其《策府元龜》、歷代史、太學敕式，本部未敢便令收買，伏乞朝廷詳酌指揮。」尋准都省批狀云：「勘會前次高麗人使到闕〔二〕，已曾許買《策府元龜》并《北史》。今來都監本部並不檢會體例，所有人使乞買書籍，正月二十七日送禮部指揮，許收買。其當行人吏上簿者。」

臣伏見高麗人使，每一次入貢，朝廷及淮浙兩路賜予餽送燕勞之費，約十餘萬貫，而修飾亭館，騷動行市，調發人船之費不在焉。除官吏得少餽遺外〔三〕，並無絲毫之利，而有五害，不可不陳也。所得貢獻，皆是玩好無用之物，而所費皆是帑廩之實，民之膏血，此一害也。所至差借人馬什物，攪撓行市，修飾亭館，民力暗有陪填〔四〕，此二害也。高麗所得賜予，若不分遺契丹，則契丹安肯聽其來貢，顯是借寇兵而資盜糧，此三害也。高麗名爲慕義來朝，其實爲利，度其本心，終必爲北虜用。何也？虜足以制其死命，而我不能故也。今使者所至，圖畫山川形勝〔五〕，窺測虛實，豈復有善意哉？此四害也。慶曆中，契丹欲渝盟，先以增置塘泊爲中國之曲，今乃招來其與國，使頻歲入貢，其曲甚於塘泊。幸今契丹恭順，不敢生事，萬一異日有桀黠之虜，以此藉口，不知朝廷何以答之？此五害也。

臣心知此五害，所以熙寧中通判杭州日，因其餽送書中不稟朝廷正朔，却退其物。待其改書稱用年號，然後受之，却仍催促進發〔六〕，不令住滯。及近歲出知杭州，却其所進金塔，不爲奏聞。及畫一處置沿途接待事件，不令過當。仍奏乞編配狡商猾僧，并乞依祖宗《編勑》，杭、明州並不許發舶往高麗，違者徒二年，没入財貨充賞。并乞删除元豐八年九月内創立「許舶客專擅附帶外夷入貢及商販」一條。已上事，並蒙朝廷一一施行。皆是臣素意欲稍稍裁節其事，庶幾漸次不來，爲朝廷消久遠之害。

今既備員禮曹，乃是職事。近者因見館伴中書舍人陳軒等申乞盡數差勒相國寺行鋪入館鋪設，以待人使買賣，不惟徒市動衆，奉小國之陪臣，有損國體，兼亦抑勒在京行鋪，以資吏人廣行乞取，弊害不小。所以具申都省，乞不施行。其乖方作弊官吏，並不蒙都省略行取問〔七〕。今來只因陳軒等不待申請，直牒國子監收買諸般文字，内有《策府元龜》歷代史及敕式。國子監知其不便，申稟都省送下禮部看詳。臣謹按：《漢書》，東平王宇來朝，上疏求諸子及《太史公書》，當時大臣以謂：「諸侯朝聘，考文章，正法度，非理不言。今東平王幸得來朝，不思制節謹度，以防違失，而求諸書，非朝聘之義也。諸子書或反經術，非聖人，或明鬼神，信物怪；《太史公書》有戰國縱横權譎之謀〔八〕。漢興之初，謀臣奇策，天官災異，地形阨塞，皆不宜在諸侯王家，不可予。」詔從之。臣竊以謂東平王骨肉至親，特以備位藩臣，猶不得賜，而況海外之裔夷，契丹之心腹者乎？

臣聞河北榷場，禁出文書，其法甚嚴，徒以契丹故也。今高麗與契丹何異？若高麗可與，即榷場之法亦可廢。兼竊聞昔年高麗使乞賜《太平御覽》，先帝詔令館伴以東平王故事爲詞，却之。近日復乞，詔又以先帝遺旨不與。今歷代史、《策府元龜》與《御覽》何異。臣雖知前次曾許買《策府元龜》及《北史》，竊以謂前次本不當與，若便以爲例，卽上乖先帝遺旨，下與今來不賜《御覽》聖旨異同，深爲不便，故申都省止是乞賜詳酌指揮，未爲過當，便蒙行遣吏人上簿書罪！臣竊謂無罪可書，雖上簿薄責〔九〕，至爲末事，於臣又無絲毫之損。臣非爲此奏論，所惜者，無厭之虜，事事曲從〔一〇〕，官吏苟循其意，雖動衆害物，不以爲罪；稍有裁節之意，便行詰責〔一一〕，今後無人敢逆其請。使意得志滿，其來愈數，其患愈深。所以須至極論，仍具今來合處置事件知後。

一、臣任杭州日，奏乞明州、杭州今後並不得發舶往高麗，蒙已立條行下。今來高麗使却搭附閩商徐積舶船入貢。及行根究，卽稱是條前發舶。臣竊謂立條已經數年，海外無不聞知，據陳軒所奏語錄，卽是高麗知此條。而徐積猶執前條公憑，影庇私商，往來海外，雖有條貫，實與無同。欲乞特降指揮，出榜福建、兩浙，緣海州縣，與限半年內令繳納條前所發公憑，如限滿不納，敢有執用，並許人告捕，依法施行。

一、今來高麗人使所欲買歷代史、《策府元龜》及《敕式》，乞並不許收買。

貼黄。准都省批狀指揮，人使所買書籍，內有《敕式》，若令外夷收買，事體不便。看詳都省本爲《策府元龜》及《北史》，前次已有體例，故以禮部並不檢會爲罪，未委《敕式》有何體例，一概令買？

一、近日館伴所申乞爲高麗使買金薄一百貫〔一二〕，欲於杭州粧佛，臣未敢許，已申稟都省。切慮都省復以爲罪。切緣金薄本是禁物，人使欲以粧佛爲名，久住杭州，搔擾公私。竊聞近歲西蕃阿里骨乞買金薄，朝廷重難其事，節次量與應副。今來高麗使朝辭日數已迫，乞指揮館伴，令以打造不出爲詞。更不令收買。

一、近據館伴所申，乞與高麗使抄寫曲譜。臣謂鄭衛之聲，流行海外，非所以觀德。若朝廷特旨爲抄寫〔一三〕，尤爲不便，其狀臣已收住不行。

貼黄。臣前任杭州，不受高麗所進金塔，雖曾密奏聞，元只作臣私意拒絶。兼自來館伴虜使，若有所求請，不可應副，卽須一面説諭不行，或其事體大，卽候拒訖密奏。今陳軒等事事曲從，便爲申請，若不施行，卽顯是朝廷不許，使虜使悦己而怨朝廷，甚非館伴之體。

右所申都省狀，其歷代史、《策府元龜》及《敕式》，乞詳酌指揮施行〔一四〕，並出臣意，不干僚屬及吏人之事。若朝廷以爲有罪，則臣乞獨當責罰，所有吏人，乞不上簿。取進止。

貼黄。臣謹按《春秋》：晉盟主也，鄭小國也。而晉之執政韓起欲買玉環於鄭商人，子産終不與，曰：「大國之求，若無禮以節之，是鄙我也。」又：晉平公使其臣范昭觀政於齊，昭請齊景公之觴爲壽，晏子不與，又欲奏成周之樂，太師不許。昭歸謂晉侯曰：「齊未可伐也。臣欲亂其禮，而晏子知之；欲亂其樂，而太師知之。」今高麗使，契丹之黨，而我之陪臣也。乃敢干朝廷求買違禁物，傳寫鄭衛曲譜，其褻慢甚矣。安知非黠虜欲設此事以嘗探朝廷深淺難易乎？而陳軒等事事爲請，惟恐失其意，臣竊惑之。又據軒等語録云：高麗使言海商擅往契丹，本國王捉送上國，乞更嚴賜約束，恐不穩便。而軒乃答云：「風訊不順飄過。」乃是與閩中狡商巧説詞理，許令過界。切緣私往北界，條禁至重，海外陪臣，猶知遵稟，而軒乃歸咎於風，以薄其罪，豈不乖戾倒置之甚乎？臣忝備侍從，事關利害，不敢不奏。

〔一〕《七集·奏議集》卷十三「書」作「字」。
〔二〕「闕」原作「關」，據《七集·奏議集》改。
〔三〕「遺」原作「遣」，今從《七集·奏議集》改。
〔四〕《七集·奏議集》、《歷代名臣奏議》「暗」作「倍」。《續資治通鑑長編》此句作「暗損民力」。《七集·奏議集》「陪填」作「培費」。
〔五〕《續資治通鑑長編》「圖」作「描」。
〔六〕「却」原缺，據《七集·奏議集》補。
〔七〕「問」原作「間」，今從《七集·奏議集》改。上句「乖」下原校：「一作『多』。」
〔八〕「有」原作「不」，今據《七集·奏議集》、《歷代名臣奏議》改。
〔九〕「薄」原作「簿」，據《七集·奏議集》改。
〔一〇〕「事事」原作「事必」，今從《七集·奏議集》改。
〔一一〕「詰」原作「黠」，據《七集·奏議集》改。
〔一二〕《續資治通鑑長編》、《歷代名臣奏議》「薄」作「箔」。本文及下文同。
〔一三〕《七集·奏議集》「若朝廷特旨」作「若晝朝旨」。
〔一四〕《七集·奏議集》「施行」作「事」。

又

元祐八年二月十五日，端明殿學士兼翰林侍讀學士左朝奉郎守禮部尚書蘇軾劄子奏。臣近奏論高麗使所買書籍及金薄等事，准尚書省劄子，二月十二日三省樞密院同奉聖旨，所買書籍，曾經收買者許依例收買，金薄特許收買，餘依奏，吏人免上簿者。臣所以區區論奏者，本爲高麗契丹之與國，不可假以書籍，非止爲吏人上簿也。今來吏人獨免上簿，而書籍仍許收買，臣竊惑之。檢會《元祐編敕》，諸以熟鐵及文字禁物與外國使人交易，罪輕者徒二年。看詳此條，但係文字，不問有無妨害，便徒二年，則法意亦可見矣。以謂文字流入諸國，有害無利。故立此重法，以防意外之患。前來許買《策府元龜》及《北史》，已是失錯。古人有言："一之謂甚，其可再乎？"今乃廢見行《編敕》之法，而用一時失錯之例，後日復來，例愈成熟，雖買千百部，有司不敢復執，則中國書籍山積於高麗，而雲布於契丹矣。臣不知此事於中國得爲穩便乎？昔齊景公田，招虞人以旌，不至。曰："招虞人以皮冠。"孔子韙之，曰："守道不如守官。"夫旌與皮冠，於事未有害也，然且守之。今買書利害如此，《編敕》條貫如彼，比之皮冠與旌，亦有間矣。臣當謹守前議，不避再三論奏。伏望聖慈早賜指揮。取進止。

貼黄。臣點檢得館伴使公案內〔一〕，有行下承受所收買文字數內一項指揮〔二〕，所買《策府元龜》、《敕式》〔三〕，並不曾賣與，然高麗之意，亦可見矣。

又，貼黄。臣已令本部備録《編敕》條貫，符下高麗人使所過州郡，約束施行去訖。亦合奏知。

〔一〕《七集·奏議集》卷十三「使」作「所」。

〔二〕《七集·奏議集》「一項指揮」作「有一項」。

〔三〕《七集·奏議集》、《歷代名臣奏議》「敕式」作「敍兵」。

又

元祐八年二月二十六日，端明殿學士兼翰林侍讀學士左朝奉郎守禮部尚書蘇軾劄子奏。臣近再具劄子，奏論高麗買書事。今准敕節文，檢會《國朝會要》：淳化四年、大中祥符九年、天禧五年曾賜高麗《九經書》、《史記》、《兩漢書》、《三國志》、《晉書》、諸子、曆日、聖惠方、陰陽、地理書等，奉聖旨，依前降指揮。臣前所論奏高麗入貢，爲朝廷五害，事理灼然，非復細故。近又檢坐見行《編敕》，再具論奏，並不蒙朝廷詳酌利害，及《編敕》法意施行，但檢坐《國朝會要》，已曾賜予，便許收買。竊緣臣所論奏，所計利害不輕，本非爲有例無例而發也。事誠無害，雖無例亦可；若其有害，雖百例不可用也。而況《會要》之爲書，朝廷以備檢閱，非如《編敕》一一皆當施行也。臣只乞朝廷，詳論此事，當遵行《編敕》耶？爲當檢行《會要》而已？臣所憂者，文書積於高麗，而流於北虜，使敵人周知山川嶮要邊防利害，爲患至大。雖曾賜予，乃是前日之失，自今止之，猶賢於接續許買，蕩然無禁也。又，高麗人入朝，動獲所欲，頻歲數來，馴致五害。如此之類，皆不蒙朝廷省察，深慮高麗人復來，遂成定例，所以須至再三論奏。兼今來高麗人已發，無可施行。取進止。

貼黄。今來朝旨，止爲高麗已曾賜予此書，復許接續收買。譬《編敕》禁以熟鐵與人使交易，豈是外國都未有熟鐵耶？謂其已有，反不復禁，此大不可也。

繳進免五穀力勝税錢議劄子連元祐七年十一月劄子

元祐八年三月十三日，端明殿學士兼翰林侍讀學士左朝奉郎守禮部尚書蘇軾劄子奏。臣聞應天以實不以文，動民以行不以言。去歲扈從南郊，親見百姓父老，瞻望聖顔，歡呼鼓舞，或至感泣，皆云不意今日復見仁宗皇帝。臣尋與范祖禹具奏其狀矣。竊揆聖心，必有下酌民言，上繼祖武之意。兼奉聖旨，催促祖禹所編仁宗故事，尋以上進訖。臣愚竊謂陛下既欲祖述仁廟，即須行其實事，乃可動民。去歲十一月七日，曾奏乞放免五穀力勝税錢，蓋謂此事出於《天聖附令》，乃仁宗一代盛德之事，入人至深，及物至廣，望陛下主張決行。尋蒙降付三省，遂送户部下轉運司相度，必無行理。謹昧萬死，再録前來劄子繳連進呈。伏願聖慈特賜詳覽。若謂所捐者小，所濟者大，可以追復仁宗聖政，慰答民心，即乞只作聖意批出施行。若謂不然，即乞留中，更不降出，免煩勘當。取進止。

貼黄。臣所乞放免五穀力勝税錢，萬一上合聖意，有可施行，欲乞内出指揮，大意若曰祖宗舊法，本不收五穀力勝税錢，近乃著令許依例收税，是致商賈無利，有無不通，豐年則穀賤傷農，凶年則遂成饑饉，宜令今後不問有無舊例，並不得收五穀力勝税錢，仍於課額内除豁此一項〔一〕。臣昧死以聞，無任戰汗待罪之至。

〔一〕「類」原缺，據《七集・奏議集》卷十三補。

上圓丘合祭六議劄子〔一〕

元祐八年三月日，端明殿學士兼翰林侍讀學士左朝奉郎守禮部尚書蘇軾劄子奏。臣伏見九月二十二日詔書節文，俟郊禮畢，集官詳議祠皇地祇事〔二〕，及郊祀之歲廟饗典禮聞奏者。臣恭覩陛下近者至日親祀郊廟，神祇饗答，實蒙休應，然則圓丘合祭，允當天地之心，不宜復有改更。

臣竊惟議者欲變祖宗之舊，圓丘祀天而不祀地，不過以謂冬至祀天於南郊，陽時陽位也，夏至祀地於北郊，陰時陰位也，以類求神，則陽時陽位，不可以求陰也。是大不然。冬至南郊，既祀上帝，則天地百神莫不從也。古者秋分夕月於西郊〔三〕，亦可謂陰位矣，至於從祀上帝，則以冬至而祀月於南郊，議者不以爲疑，今皇地祇亦從上帝而合祭於圓丘，獨以爲不可，則過矣。《書》曰：「肆類於上帝，禋於六宗，望於山川，徧於羣神。」舜之受禪也，自上帝六宗山川羣神，莫不畢告，而獨不告地祇，豈有此理哉？武王克商，庚戌，柴望。柴，祭上帝也。望，祭山川也。一日之間〔四〕，自上帝而及山川〔五〕，必無南北郊之别也。而獨畧地祇，豈有此理哉？臣以知古者祀上帝則并祀地祇矣。何以明之？《詩》之序曰：「昊天有成命，郊祀天地也。」此乃合祭天地，經之明文，而説者乃以比之豐年秋冬報也，曰：「秋冬各報，而皆歌《豐年》，則天地各祀，而皆歌《昊天有成命》也。」是大不然。《豐年》之詩曰：「豐年多黍多稌，亦有高廩，萬億及秭，爲酒爲醴，烝畀祖妣，以洽百禮，降福孔皆。」歌於秋可也，歌於冬亦可也。《昊天有成命》之詩曰：「昊天有成命，二后受之，成王不敢康，夙夜基命宥密，於緝熙，單厥心，肆其靖之。」終篇言天而不及地。頌，所以告神明也，未有歌其所不祭，祭其所不歌也。今祭地於北郊，歌天而不歌地，豈有此理也？臣以此知周之世，祀上帝則地祇在焉。歌天而不歌地，所以尊上帝。故其序曰：「郊祀天地也。」《春秋》書：「不郊，猶三望。」《左氏傳》曰：「望，郊之細也。」說者曰：「三望，太山、河、海。」或曰：「淮、海、岱也〔六〕。」又或曰：「分野之星及山川也。」魯，諸侯也，故郊之細，及其分野山川而已。」周有天下，則郊之細，獨不及五嶽四瀆乎？嶽、瀆猶得從祀，而地祇獨不得合祭乎？秦燔詩書，經籍散亡，學者各以意推類而已。王、鄭、賈、服之流，未必皆得其真。臣以《詩》、《書》、《春秋》考之，則天地合祭久矣。

議者乃謂合祭天地，始於王莽，以爲不足法。臣竊謂禮當論其是非，不當以人廢。光武皇帝，親誅莽者也，尚采用元始合祭故事。謹按《後漢書·祭祀志〔七〕》：「建武二年，初制郊兆於洛陽。爲圓壇八陛，中又爲重壇，天地位其上，皆南鄉，西上。」此則漢世合祭天地之明驗也。又按《水經注》：「伊水東北至洛陽縣圓丘東，大魏郊天之所，準漢故事爲圓壇八陛，中又爲重壇，天地位其上。」此則魏世合祭天地之明驗也。唐睿宗將有事於南郊，賈曾議曰：「有虞氏禘黃帝而郊嚳，夏后氏禘黃帝而郊鯀，郊之與廟，皆有禘，禘於廟，則祖宗合食於太祖，禘於郊，則地祇羣望皆合祭於圓丘〔八〕。以始祖配享，蓋有事祭，非常祀也。《三輔故事》：祭於圓丘，上帝后土位皆南面。」則漢嘗合祭矣。時褚無量、郭山惲等皆以曾言爲然〔九〕。明皇天寶元年二月敕曰：「凡所祠享，必在躬親，朕不親祭，禮將有闕，其皇地祇宜於南郊合祭〔一〇〕。」是月二十日，合祭天地於南郊，自後有事於圓丘，皆合祭。此則唐世合祭天地之明驗也。

今議者欲冬至祀天，夏至祀地，蓋以爲用周禮也。臣請言周禮與今禮之别。古者一歲祀天者三，明堂饗帝者一，四時迎氣者五，祭地者二，饗宗廟者四，凡此十五者，皆天子親祭也。而又朝日夕月四望山川社稷五祀及羣小祀之類，亦皆親祭，此周祀也〔一一〕。太祖皇帝受天眷命，肇造宋室，建隆初郊，先饗宗廟，並祀天地。自真宗以來，三歲一郊，必先有事景靈，徧饗太廟，乃祀天地。此國朝之禮也。夫周之禮〔一二〕，親祭如彼其多，而歲行之不以爲難，今之禮，親祭如此其少，而三歲一行，不以爲易，其故何也？古者天子出入，儀物不繁，兵衛甚簡，用財有節，而宗廟在大門之内，朝諸侯，出爵賞，必於太廟，不止時祭而已，天子所治，不過王畿千里，唯以齋祭禮樂爲政事，能守此，則天下服矣，是故歲歲行之，率以爲常。至於後世，海内爲一，四方萬里，皆聽命於上，機務之繁，億萬倍於古，日力有不能給〔一三〕。自秦漢以來，天子儀物，日以滋多，有加無損，以至於今，非復如古之簡易也。今所行皆非周禮。三年一郊，非周禮也。先郊二日而告原廟，一日而祭太廟，非周禮也。郊而肆赦，非周禮也。優賞諸軍，非周禮也。自后妃以下至文武官，皆得廕補親屬，非周禮也。自宰相宗室以下至百官，皆有賜賚，非周禮也。此皆不改，而獨於地祇，則曰周禮不當祭於圓丘，此何義也？

議者必曰：「今之寒暑，與古無異，而宣王薄伐玁狁，六月出師，則夏至之日，何爲不可祭乎？」臣將應之曰：「舜一歲而巡四嶽，五月方暑，而南至衡山，十一月方寒，而北至常山，亦今之寒暑也，後世人主能行之乎？周所以十二歲一巡者，唯不能如舜也。夫周已不能行舜之禮，而謂今可以行周之禮乎？天之寒暑雖同，而禮之繁簡則異。是以有虞氏之禮，夏商有所不能行，夏商之禮，周有所不能用。時不同故也。宣王以六月出師，驅逐玁狁，蓋非得已。且吉父爲將，王不親行也。今欲定一代之禮，爲三歲常行之法，豈可以六月出師爲比乎？」

議者必又曰：「夏至不能行禮，則遣官攝祭祀，亦有故事。」此非臣之所知也。《周禮·大宗伯》：「若王不與則攝位〔一四〕。」鄭氏注曰：「王有故，則代行其祭事。」賈公彥疏曰：「有故，謂王有疾及哀慘皆是也。」然則攝事非安吉之禮也。後世人主，不能歲歲親祭，故命有司行事，其所從來久矣，若親郊之歲，遣官攝事，是無故而用有故之禮也。

議者必又曰：「省去繁文末節，則一歲可以再郊。」臣將應之曰：「古者以親郊爲常禮，故無繁文。今世以親郊爲大禮，則繁文有不能省也。若帷城幔屋，盛夏則有風雨之虞，陛下自宮入廟出郊，冠通天，乘大輅，日中而舍，百官衛兵，暴露於道，鎧甲具裝，人馬喘汗，皆非夏至所能堪也。王者父事天，母事地，不可偏也。事天則備，事地則簡，是於父母有隆殺也。豈得以爲繁文末節而一切欲省去乎？國家養兵，異於前世，自唐之時，未有軍賞，猶不能歲歲親祠〔一五〕，天子出郊，兵衛不可簡省，大輅一動，必有賞給，今三年一郊，傾竭帑藏，猶恐不足，郊賚之外，豈可復加？若一年再賞，國力將何以給；分而與之，人情豈不失望！」

議者必又曰：「三年一祀天，又三年一祭地。」此又非臣之所知也。三年一郊，已爲疏闊，若獨祭地而不祭天，是因事地而愈疏於事天，自古未有六年一祀天者，如此則典禮愈壞，欲復古而背古益遠，神祇必不顧饗，非所以爲禮也。

議者必又曰：「當郊之歲，以十月神州之祭，易夏至方澤之祀，則可以免方暑舉事之患。」此又非臣之所知也。夫所以議此者，爲欲舉從周禮也。今以十月易夏至，以神州代方澤，不知此周禮之經耶，抑變禮之權耶？若變禮從權而可，則合祭圜丘，何獨不可。十月親祭地，十一月親祭天，先地後天，古無是禮。而一歲再郊，軍國勞費之患，尚未免也。

議者必又曰：「當郊之歲，以夏至祀地祇於方澤，上不親郊而通爟火，天子於禁中望祀。」此又非臣之所知也。《書》之望秩，《周禮》之四望，《春秋》之三望，皆謂山川在境内而不在四郊者，故遠望而祭也。今所在之處，俛則見地，而云望祭，是爲京師不見地乎？

此六議者，合祭可否之決也〔一六〕。夫漢之郊禮，尤與古戾，唐亦不能如古，本朝祖宗欽崇祭祀，儒臣禮官，講求損益，非不知圜丘方澤皆親祭之爲是也，蓋以時不可行，是故參酌古今，上合典禮，下合時宜，較其所得，已多於漢、唐矣。天地宗廟之祭，皆當歲徧，今不能歲徧，是故徧於三年當郊之歲。又不能於一歲之中，再舉大禮，是故徧於三日。此皆因時制宜，雖聖人復起，不能易也。今並祀不失親祭，而北郊則必不能親往，二者孰爲重乎？若一年再郊，而遣官攝事，是長不親事地也。三年間郊，當行郊地之歲，而暑雨不可親行，遣官攝事，則是天地皆不親祭也。夫分祀天地，決非今世之所能行。議者不過欲於當郊之歲，祀天地宗廟，分而爲三耳。分而爲三，有三不可。夏至之日，不可以動大衆、舉大禮，一也。軍賞不可復加，二也。自有國以來，天地宗廟，唯饗此祭，累聖相承，唯用此禮，此乃神祇所歆，祖宗所安，不可輕動，動之則有吉凶禍福，不可不慮，三也。凡此三者，臣熟計之〔一七〕，無一可行之理。伏請從舊爲便。

昔西漢之衰，元帝納貢禹之言，毀宗廟。成帝用丞相衡之議，改郊位。皆有殃咎，著於史策，往鑒甚明，可爲寒心。伏望陛下詳覽臣此章，則知合祭天地，乃是古今正禮，本非權宜。不獨初郊之歲，所當施行，實爲無窮不刊之典。顧陛下謹守太祖建隆、神宗熙寧之禮，無更改易郊祀廟饗，以敉寧上下神祇〔一八〕。仍乞下臣此章，付有司集議，如有異論，即須畫一，解破臣所陳六議，使皆屈伏，上合周禮〔一九〕，下不爲當今軍國之患。不可固執〔二〇〕，更不論當今可與不可施行。所貴嚴祀大典，早以時定〔二一〕。取進止。

貼黄。唐制，將有事於南郊，則先朝獻太清宮，朝享太廟，亦如今禮，先二日告原廟，先一日享太廟，然議者或亦以爲非三代之禮。臣謹按：武王克商，丁未，祀周廟，庚戌，柴望，相去三日。則先廟後郊，亦三代之禮也〔二二〕。

〔一〕《七集·續集》卷九題作《郊祀奏議》。

〔二〕《七集·續集》「祠」作「設」；原校：一作「祠」。

〔三〕郎本卷三十「夕月」作「祀月」。

〔四〕郎本「日」作「月」。

〔五〕「自」原作「目」，據郎本、《七集·奏議集》卷十三改。

〔六〕「岱」原缺，據郎本補。

〔七〕「祭」原作「郊」。郎注云：「《前書》有《郊祀志》，《後書》有《祭祀志》，今諸書多作『郊』，疑傳寫之誤。」今據郎本改。

〔八〕「祭」原缺，據郎本補。《續資治通鑑長編》「祭」作「食」。

〔九〕「無」原作「元」，據郎本改。

〔一〇〕郎本「於」作「加」。《七集·奏議集》、《七集·續集》「於」作「如」。

〔一一〕「祀」原作「禮」，今從郎本。

〔一二〕郎本「周」作「古」。

〔一三〕郎本「日力有」作「力有所」。

〔一四〕郎本「不與」作「有故」。案：《周禮·春官·大宗伯》此文，見四部叢刊初編影明翻宋相臺本《周禮》卷五。原文云：「若王不與祭祀，則攝位。」

〔一五〕郎本「歲歲」作「歲一」。

〔一六〕「可否」原作「可不」，今從郎本改。

〔一七〕「計」原作「記」，今從郎本、《七集·奏議集》改。

〔一八〕《七集·奏議集》「敉」作「億」。

〔一九〕郎本「周」作「典」。

〔二〇〕《續資治通鑑長編》「固執」作「但執周禮」。

〔二一〕郎本「早」作「決」。

〔三〕此句之後，郎本有「奉聖旨令集議官詳議聞奏」十一字，《七集·奏議集》、《七集·續集》並同。

請詰難圓丘六議劄子

元祐八年三月二十二日，端明殿學士兼翰林侍讀學士左朝奉郎守禮部尚書蘇軾劄子奏。臣近奏論圓丘合祭天地，非獨適時之宜，亦自然上合三代六經，爲萬世不刊之典，然臣不敢必以爲是，故發六議以開異同之端。欲望聖旨行下，令議者與臣反覆詰難，盡此六議之是非，而取其通者，則其論可得而定也。今奉聖旨，但云令集議官集議聞奏。竊慮議者各伸其意，不相詰難，則是非可否，終莫之決。雖聖明必有所擇，而人各自爲一議，但欲遂其前説，豈聖朝考禮之本意哉？臣今欲乞集議之日，若所見不同，即須畫一難臣六議，明著可否之狀，不得但持一説，不相詰難。臣非敢自是而求勝也，蓋欲從長而取通也。若議不通，敢不廢前説以從衆論。取進止。

乞改居喪婚娶條狀

元祐八年三月日，端明殿學士兼翰林侍讀學士左朝奉郎守禮部尚書蘇軾狀奏。臣伏見元祐五年秋頒條貫，諸民庶之家，祖父母、父母老疾，謂於法應贖者。無人供侍，子孫居喪者，聽尊長自陳，驗實婚娶。右臣伏以人子居父母喪，不得嫁娶，人倫之正，王道之本也。孟子論禮、色之輕重，不以所重徇所輕，喪三年，爲二十五月，使嫁娶有二十五月之遲，此色之輕者也。釋喪而婚會，鄰於禽犢，此禮之重者也。先王之政，亦有適時從宜者矣。然不立居喪嫁娶之法者，所害大也。近世始立女居父母喪及夫喪而貧乏不能自存，並聽百日外嫁娶之法。既已害禮傷教矣，然猶或可以從權而冒行者，以女弱不能自立，恐有流落不虞之患也。今又使男子爲之，此何義也哉！男年至於可娶，雖無兼侍，亦足以養父母矣。今使之釋喪而婚會，是直使民以色廢禮耳，豈不過甚矣哉。《春秋》禮經，記禮之變，必曰自某人始。使秉直筆者書曰，男子居父母喪得娶妻，自元祐始，豈不爲當世之病乎？臣謹按此法，本因邛州官吏，妄有起請，當時法官有失考論，便爲立法。臣備位秩宗，前日又因邇英進讀，論及此事，不敢不奏。伏望聖慈特降指揮，削去上條，稍正禮俗。謹録奏聞，伏候勅旨。

蘇軾文集卷三十六

奏議

奏馬澈不當屏出學狀

元祐八年四月日〔一〕，端明殿學士兼翰林侍讀學士左朝奉郎守禮部尚書蘇軾狀奏。准太學條，三學生凡有進獻文字及書啟贄有位，並先經長貳看詳可否，違者出學。右本部看詳，諸色人苟有所見公私利害，皆得進狀，許直於所屬官司投下，即無更令官吏看詳可否方得投進之文，所以達聰明、防壅蔽，古今不易之道也。本因國子監生員獨緣本監起請，遂立上條，曲生防禁。至於投獻書啟文字，求知公卿，此正舉人常事。今乃使本監長貳先行看詳，違者皆屏出學。若論列朝政得失，使其言當理，固人主所欲聞也。若不當理，亦人主所當容也。今乃先令有司看詳去取，甚非子產不毁鄉校、魏相去副封之意也。去年九月內，太學內舍生馬澈進狀，論《禮部韻略》有疎略未盡事件，蒙朝廷送下本部。謹按澈所論，文指雅馴，考驗經史，皆有援據。此乃內舍生員之優者，教養之官，所當愛惜，而其所論，亦當下有司詳議增損施行。本部尋下本監勘當，准回申，已於十二月內檢舉上條，其馬澈已屏出學。以此顯見上條無益有害，欲乞朝廷詳酌，特與删除不行，仍乞依舊令馬澈充內舍生。其所進狀，乞行下有司看詳，如有可采，乞賜施行。謹録奏聞，伏候勑旨。

〔一〕《七集・奏議集》卷十三「日」前空一格。

乞校正陸贄奏議上進劄子〔一〕

元祐八年五月七日，端明殿學士兼翰林侍讀學士左朝奉郎守禮部尚書蘇軾，同呂希哲、吴安詩、豐稷、趙彦若、范祖禹、顧臨劄子奏。臣等猥以空疎，備員講讀，聖明天縱，學問日新，臣等才有限而道無窮〔二〕，心欲言而口不逮，以此自愧，莫知所爲。竊謂人臣之納忠〔三〕，譬如醫者之用藥，藥雖進於醫手，方多傳於古人〔四〕。若已經効於世間，不必皆從於己出。伏見唐宰相陸贄，才本王佐，學爲帝師。論深切於事情，言不離於道德。智如子房，而文則過〔五〕，辯如賈誼，而術不疎。上以格君心之非，下以通天下之志。三代已還，一人而已。但其不幸，仕不遇時〔六〕。德宗以苛刻爲能〔七〕，而贄諫之以忠厚。德宗以猜疑爲術〔八〕，而贄勸之以推誠。德宗好用兵〔九〕，而贄以消兵爲先。德宗好聚財，而贄以散財爲急。至於用人聽言之法，治邊馭將之方〔一〇〕，罪己以收人心，改過以應天道〔一一〕，去小人以除民患〔一二〕，惜名器以待有功，如此之流，未易悉數，可謂進苦口之藥石，鍼害身之膏肓。使德宗盡用其言，則貞觀可得而復。臣等每退自西閣，即私相告言，以陛下聖明，必喜贄議論，但使聖賢之相契，即如臣主之同時〔一三〕。昔馮唐論頗、牧之賢〔一四〕，則漢文爲之太息。魏相條晁、董之對，則孝宣以致中興。若陛下能自得師，莫若近取諸贄。夫六經三史、諸子百家，非無可觀，皆足爲治。但聖言幽遠，末學支離，譬如山海之崇深，難以一二而推擇。如贄之論，開卷了然。聚古今之精英，實治亂之龜鑑。臣等欲取其奏議，稍加校正，繕寫進呈〔一五〕。願陛下置之坐隅，如見贄面，反覆熟讀，如與贄言。必能發聖性之高明，成治功於歲月。臣等不勝區區之意〔一六〕。取進止。

〔一〕費袞《梁谿漫志》卷六《蜀中石刻東坡文字稿》，收有東坡此文之稿，以下簡稱爲《稿》。費袞謂：「蜀中石刻東坡文字稿，其改竄處甚多，玩味之，可發學者文思。」

〔二〕《稿》「臣」上有「而」字。

〔三〕《稿》「納」作「獻」。

〔四〕《稿》「古人」先改「古賢」，又塗去「賢」字，復註「人」字。

〔五〕《稿》「文」作「學」。

〔六〕《稿》此句作「所事暗君」。

〔七〕《稿》「能」作「明」。

〔八〕《稿》無「德宗」二字。

〔九〕《稿》無「德宗」二字。

〔一〇〕《稿》於「治邊」二字，先寫「馭兵」，塗去，註作「治民」。

〔一一〕《稿》「道」作「變」。

〔一二〕《稿》「去」作「遠」。

〔一三〕《稿》「必喜贄議論但使聖賢之相契卽如臣主之同時」作「若得贄在左右則此八年之久可致三代之隆」。

〔一四〕《稿》「馮唐論」作「漢文聞」。

〔一五〕《稿》「緒」作「編」字。

〔一六〕《稿》「臣等不勝區區之意」作「臣等無任區區愛君憂國感恩思報之心」。

辨黄慶基彈劾劄子

元祐八年五月十九日，端明殿學士兼翰林侍讀學士左朝奉郎守禮部尚書蘇軾劄子奏。臣自少年從仕以來，以剛褊疾惡，盡言孤立，爲累朝人主所知，然亦以此見疾於羣小，其來久矣。自熙寧、元豐間，爲李定、舒亶輩所讒，及元祐以來，朱光庭、趙挺之、賈易之流，皆以誹謗之罪誣臣。前後相傳，專用此術，朝廷上下，所共明知。然小人非此無以深入臣罪，故其計須至出此。今者又聞臺官黄慶基復祖述李定、朱光庭、賈易等舊説，亦以此誣臣，並言臣有妄用潁州官錢、失入尹真死罪，及強買姓曹人田等。雖知朝廷已察其姦，罷黜其人矣，然其間有關臣子之大節者，於義不可不辨。謹具畫一如左。

一、臣先任中書舍人日，適值朝廷竄逐大奸數人，所行告詞，皆是元降詞頭，所述罪狀，非臣私意所敢增損。内吕惠卿自前執政責授散官安置，誅罰至重。當時蒙朝旨節録臺諫所言惠卿罪惡降下，既是詞頭所有，則臣安敢減落。然臣子之意，以爲事涉先朝，不無所忌，故特於告詞内分別解説，令天下曉然，知是惠卿之奸，而非先朝盛德之累。至於竄逐之意，則已見於先朝。其略曰：「先皇帝求賢若不及，從善如轉圜。始以帝堯之心，姑試伯鯀；終然孔子之聖，不信宰予。發其宿奸，謫之輔郡；尚疑改過，稍畀重權。復陳罔上之言，繼有碭山之貶。反覆教戒，惡心不悛；躁輕矯誣，德音猶在。」臣之愚意，以謂古今如鯀爲堯之大臣，而不害堯之仁，宰予爲孔子高弟，而不害孔子之聖。又況再加貶黜，深惡其人，皆先朝本意，則臣區區之忠，蓋自謂無負矣。今慶基乃反指以爲誹謗指斥，不亦矯誣之甚乎？其餘所言李之純、蘇頌、劉誼、唐義問等告詞，皆是慶基文致附會，以成臣罪。只如其間有「勞來安集」四字，便云是厲王之亂。若一一似此羅織人言，則天下之人，更不敢開口動筆矣。孔子作《孝經》曰：「如臨深淵〔一〕，如履薄冰。」此幽王之詩也。不知孔子誹謗指斥何人乎？此風萌於朱光庭，盛於趙挺之，而極於賈易。今慶基復宗師之，臣恐陰中之害，漸不可長，非獨爲臣而言也。

一、慶基所言臣行陸師閔告詞云：「侵漁百端，怨讟四作。」亦謂之謗訕指斥。此詞元不是臣行，中書案底，必自有主名，可以覆驗。顯是當時掌誥之臣，凡有竄逐之人，皆似此罪狀，其事非獨臣也。所謂「侵漁」、「怨讟」者，意亦指言師閔而已，何名爲謗訕指斥乎？慶基以他人之詞，移爲臣罪，其欺罔類皆如此。

一、慶基所言臣妄用潁州官錢，此事見蒙尚書省勘會次，然所用皆是法外支賞，令人告捕强惡賊人，及逐急將還前知州任內公使庫所少貧下行人錢物，情理如此，皆可覆驗。

一、慶基所言臣强買常州宜興縣姓曹人田地，八年州縣方與斷還。此事元係臣任團練副使日罪廢之中，託親識投狀依條買得姓曹人一契田地。後來姓曹人却來臣處昏賴争奪。臣即時牒本路轉運司，令依公盡理根勘。仍便具狀申尚書省。後來轉運司差官勘得姓曹人招服非理昏賴，依法決訖，其田依舊合是臣爲主，牒臣照會。臣愍見小民無知，意在得財。臣既備位侍從，不欲與之計較曲直，故於招服斷遣之後，却許姓曹人將元價收贖，仍亦申尚書省及牒本路施行。今慶基乃言是本縣斷還本人，顯是誣罔。今來公案見在户部，可以取索案驗。

一、慶基所言臣在潁州失入尹真死罪，此事已經刑部定奪，不是失入，却是提刑蔣之翰妄有按舉。公案具在刑部，可以覆驗。

右臣竊料慶基所以誣臣者非一，臣既不能盡知。又今來朝廷已知其姦妄，而罷黜其人。臣不當一一辯論，但人臣之義，以名節爲重，須至上煩天聽。取進止。

〔一〕「臨」原作「履」，今從《七集·奏議集》卷十三。

謝宣諭劄子

元祐八年五月二十四日，端明殿學士兼翰林院侍讀學士左朝奉郎守禮部尚書蘇軾劄子奏。臣伏准今月二十二日弟門下侍郎轍奉宣聖旨，緣近來衆人正相捃拾，令臣且須省事者。天慈深厚，如訓子孫。委曲保全，如愛肢體。感恩之涕，不覺自零。伏念臣才短數奇，性疎少慮，半生犯患，垂老困讒，非二聖之深知，雖百死而何贖。伏見東漢孔融，才疎意廣，負氣不屈，是以遭路粹之冤。西晉嵇康，才多識寡，好善闇人，是以遇鍾會之禍。當時爲之扼腕，千古爲之流涕。臣本無二子之長，而兼有昔人之短。若非陛下至公而行之以恕，至仁而照之以明，察消長之往來，辨利害於疑似〔一〕，則臣已下從二子遊久矣，豈復有今日哉？謹當奉以周旋，不敢失墜，便須刻骨，豈獨書紳〔二〕。庶全螻蟻之軀，以報丘山之德。臣無任感天荷聖激切屏營之至。謹奏。

〔一〕「辨」原作「辯」，今從郎本卷三十四、《七集·奏議集》卷十三改。

〔二〕「獨」原作「肯」，今從郎本、《七集·奏議集》改。

奏乞增廣貢舉出題劄子

元祐八年五月二十六日，端明殿學士兼翰林侍讀學士左朝奉郎守禮部尚書蘇軾劄子奏。臣伏見《元祐貢舉敕》：「諸詩賦論題，於子史書出。唯不得於老莊子出。如於經書出，而不犯見試舉人所治之經者亦聽。如謂引試治《詩》、《書》舉人，即聽於《易》、《春秋》經傳出詩賦論題。引試治《易》、《春秋》舉人，即聽於《周禮》、《禮記》出詩賦論題之類。」臣竊謂自來詩賦論題雜出於《九經》、《孝經》、《論語》，注中文字浩博，有可選擇，久而不窮。今詳上條，止得於子史書出，所取者狹，雖聽於經書出，又須不犯見試舉人所治之經。如是在京試院，分經引試，可以就別經出題。至如外州、軍，只作一場引試，即須回避，只如子史中出，恐非經久之法。臣今相度，欲乞詩賦論題，許於《九經》、《孝經》、《論語》子史並《九經》、《論語》注中雜出，更不避見試舉人所治之經，但須於所給印紙題目下備錄上下全文，並注疏不得漏落，則本經與非本經舉人所記均一，更無可避，兼足以稱朝廷待士之意，本只以工拙爲去取，不以不全之文掩其所不知以爲進退，於忠厚之風，不爲無補。取進止。

申省讀漢唐正史狀〔一〕

元祐八年八月十九日，端明殿學士兼翰林侍讀學士左朝奉郎守禮部尚書蘇軾同顧臨、趙彦若狀申，昨准内降宰臣吕大防劄子奏：「臣每旬獲侍經筵，竊見進讀《五朝寶訓》，將欲了畢，自來多用前代正史進讀，竊謂其間有不足上煩聖覽者。欲乞指揮讀講官同將漢、唐正史内可以進讀事迹鈔節成篇，遇讀日進呈敷演，庶裨聖治。取進止。」奉御寶批依奏。右軾等今已鈔節繕寫，稍成卷帙〔二〕，於將來開講日進讀，即未審與《五朝寶訓》並進，爲復間日一讀？謹具申尚書省。伏候敕旨。

〔一〕《七集·奏議集》卷十三「讀」前有「議」字。

〔二〕「帙」原作「秩」，據《七集·奏議集》改。

朝辭赴定州論事狀

元祐八年九月二十六日，端明殿學士兼翰林侍讀學士左朝奉郎新知定州蘇軾狀奏。右臣聞天下治亂，出於下情之通塞。至治之極，至於小民，皆能自通。大亂之極，至於近臣，不能自達。《易》曰：「天地交，泰。」其詞曰：「上下交而其志同。」又曰：「天地不交，否。」其詞曰：「上下不交，而天下無邦。」夫無邦者，亡國之謂也。上下不交，則雖有朝廷君臣，而亡國之形已具矣，可不畏哉！臣不敢復引衰世昏主之事〔一〕，只如唐明皇，中興刑措之君也，而天寶之末，小人在位，下情不通，則鮮于仲通以二十萬人全軍陷没於瀘南，明皇不知，馴致其事，至安禄山反，兵已過河，而明皇猶以爲忠臣。此無他，下情不通，耳目壅蔽，則其漸至於此也。

臣在經筵，數論此事，陛下爲政九年，除執政臺諫外，未嘗與羣臣接，然天下不以爲非者，以爲垂簾之際不得不爾也。今者祥除之後，聽政之初，當以通下情、除壅蔽爲急務。臣雖不肖，蒙陛下擢爲河北西路安撫使，沿邊重地，此爲首冠，臣當悉心論奏，陛下亦當垂意聽納。祖宗之法，邊帥當上殿面辭，而陛下獨以本任闕官迎接人衆爲詞，降旨拒臣不令上殿，此何義也？臣若伺候上殿，不過更留十日，本任闕官，自有轉運使權攝，無所闕事。迎接人衆，不過更支十日糧，有何不可！而使聽政之初，將帥不得一面天顔而去，有識之士，皆謂陛下厭聞人言，意輕邊事，其兆見於此矣。

臣備位講讀，日侍帷幄，前後五年，可謂親近。方當戍邊，不得一見而行。況疏遠小臣，欲求自通，亦難矣。《易》曰：「天行健，君子以自強不息。」又曰：「帝出乎震，相見乎離。」夫聖人作而萬物覩，今陛下聽政之初，不行乘乾出震見離之道，廢祖宗臨遣將帥故事，而襲行垂簾不得已之政，此朝廷有識所以驚疑而憂慮也。臣不得上殿，於臣之私，别無利害，而於聽政之始，天下屬目之際，所損聖德不小。臣已於今月二十七日出門，非敢求登對，然臣始者本俟上殿，欲少效愚忠，今來不敢以不得對之故，便廢此言，惟陛下察臣誠心，少加採納。

古之聖人，將有爲也，必先處晦而觀明〔二〕，處静而觀動，則萬物之情，畢陳于前。不過數年，自然知利害之真，識邪正之實，然後應物而作，故作無不成。臣敢以小事譬之。夫操舟者常患不見水道之曲折，而水濱之立觀者常見之。何則？操舟者身寄於動，而立觀者常静故也。弈碁者勝負之形，雖國工有所未盡，而袖手旁觀者常盡之。何則？弈者有意於争，而旁觀者無心故也。若人主常静而無心，天下其孰能欺之？漢景帝即位之初，首用晁錯，更易法令，黜削諸侯，遂成七國之變。景帝往來兩宫間〔三〕，寒心者數月，終身不敢復言兵。武帝即位未幾，遂欲用兵鞭撻四夷，兵連禍結，三十餘年，然後下哀痛詔，封宰相爲富民侯。臣以此知古者英睿之君，勇於立事，未有不悔者也。景帝之悔速，故變而復安。武帝之悔遲，故幾至於亂。雖遲速安危小異，然比之常静無心，終始不悔如孝文帝者，不可同年而語矣。今陛下聖智絶人，春秋鼎盛。臣願虚心循理，一切未有所爲，默觀庶事之利害與羣臣之邪正，以三年爲期。俟得利害之真，邪正之實，然後應物而作。使既作之後，天下無恨，陛下亦無悔。上下同享太平之利。則雖盡南山之竹，不足以紀聖功〔四〕，兼三宗之壽，不足以報聖德。由此觀之，陛下之有爲，惟憂太早〔五〕，不患稍遲，亦已明矣。

臣又聞爲政如用藥方，今天下雖未大治，實無大病。古人云：「有病不治，常得中醫。」雖未能盡除小疾，然賢於誤服惡藥、覬萬一之利而得不救之禍者遠矣。臣恐急進好利之臣，輒勸陛下輕有改變，故輒進此説，敢望陛下深信古語，且守中醫安穩萬全之策，勿爲惡藥所誤，實社稷宗廟之利，天下幸甚。臣不勝忘身憂國之心，冒死進言。謹録奏聞，伏候敕旨。

〔一〕「衰」原作「哀」，據郎本卷三十四、《七集·奏議集》卷十四改。

〔二〕「明」原作「光」，今從郎本、《七集·奏議集》改。
〔三〕郎本「兩」作「東」。
〔四〕「足」原作「是」，據郎本《七集·奏議集》改。
〔五〕「早」原作「旱」，據郎本、《七集·奏議集》改。

乞降度牒修定州禁軍營房狀

元祐八年十月日，端明殿學士兼翰林侍讀學士左朝奉郎知定州蘇軾狀奏。臣伏見定州近歲軍政不嚴，邊備小弛，事不可悉數，請舉一二。如甲仗庫子軍人張全，一年之間，持仗入庫，前後盜銅鑼十二面，監官明知，並不申舉。又有帳設什物庫子軍人田平等，二年之間，盜帳設什物八百餘件，銀二百五十餘兩，恣意典賣。軍城寨人户採斫禁山，開種爲田，公然起税，住坐者一百八十餘家。城中有開櫃坊人百餘户，明出牌牓，召軍民賭博。若此之類，未易悉數。是致法令不行，禁軍日有逃亡，聚爲盜賊，民不安居。

臣到任以來，備見其事，然不欲驟行峻治，但因事行法，無所貸捨。其上件張全、田平等，皆以付獄按治。侵斫禁山人逐次舉覺，依法勘斷張德等九人。其多年侵耕已成永業者，别作擘劃處置，申樞密院次，開櫃坊人出榜，召人告捉。有王京等四十家，陳首改業，其餘並走出州界。軍民自此稍知有朝廷法令，逃軍衰少，賊盜亦稀。

臣近令所辟幕官李之儀、孫敏行徧往諸營點檢，據逐官回申〔一〕，營房大段損壞，不庇風雨，非惟久不修葺，蓋是元初創造，材植怯弱，人工因循，多是兩椽小屋，偷地蓋造，椽柱腐爛，大半無瓦，一牀一灶之外，轉動不得。之儀等又點檢得諸營軍號，例皆暗敝，妻子凍餒，十有五六。臣尋體問得，蓋是將校不法，乞取斂掠，坐放債負。身既不正，難以戢下，是致諸軍公然飲博踰濫。三事不禁，雖上禁軍無不貧困，輕生犯法，靡所不至。若不按發其太甚者，無以警衆革弊。已體量得雲翼指揮使孫貴，到營四箇月，前後斂掠一十一度，計入己贓九十八貫八百文。已送司理院枷項根勘去訖。

臣既目覩媮弊，理合葺治犯法之人，絲毫無貸。卽須恤其有無，同其苦樂。豈可身居大厦，而使士卒終年處於偷地破屋之中，上漏下濕，不安其家？輒已差將官李巽、錢春卿、劉世孫將帶人匠，偏詣諸營，逐一檢計合修去處，具合用材料人工，估見的確錢數。仍差本司準備勾當供奉官石异躬親再行覆檢到，除與逐將所檢合修營房間架材木等並同外，又據本官檢料到，更合修蓋營房一十六間，謹具畫一奏聞如後。

一、河北第一將，檢計到本將下所管定州住營馬步禁軍八指揮，合行修蓋營房共四千一百一十七間，據合用材植物料紐估到，計使價錢一萬七千六百九貫六百八十文省。

一、河北第二將，檢計到本將下所管定州住營馬步禁軍八指揮，合行修蓋營房共三千七百二十間，據合用材植物料紐估到，計使價錢一萬五千五貫二百八十一文省。

一、檢計到不隸將下所管定州營步軍振武第四十五指揮，合行修蓋營房一百一十八間，並合添井眼，據合用材植物料紐估到，計使價錢五百五十八貫一百六十七文省〔二〕。

一、本司准備勾當供奉官石异檢料，更合修蓋第一、第二將下諸軍營房共一十六間，據合用材植物料紐估到，計使價錢七十四貫六百一十二文省。

右謹件如前。臣竊謂上件合用錢數，雖當破係省錢，又緣河北轉運司，近年財賦窘迫，必難支破。伏望聖慈深念河朔爲諸路要重，而定武控扼強虜，又爲河北屏捍，所屯兵馬，理當加意葺治。其上件營房，不可不於今年秋冬便行修蓋。欲乞特出聖斷，支賜空名度牒一百七十一道，委本司召人出賣，一面置場和買材料，燒造磚瓦，和雇人匠，節次不住修蓋施行。所有逐將及本司准備勾當官石异檢計到諸軍合蓋營房間架材植物料等細數文狀四本，繳連在前。謹録奏聞，伏候勅旨。

貼黄。勘會度牒每道見賣錢二百貫文，今來所乞上件度牒一百七十一道〔三〕，係將前項檢計到的確物料錢數，契勘合用道數外，計剩錢五十二貫二百五十八文，欲乞就整支降。

〔一〕「逐」原作「遂」，據《七集·奏議集》卷十四改。

〔二〕《七集·奏議集》「五百」作「三百」。

〔三〕「每道見賣錢」至「上件度牒」十七字原缺，據《七集·奏議集》補。並據《七集·奏議集》，删去本段末自註註文「每道錢二百貫」六字。

乞增修弓箭社條約狀二首

元祐八年十一月十一日，端明殿學士兼翰林院侍讀學士左朝奉郎知定州蘇軾狀奏。臣切見北虜久和，河朔無事，沿邊諸郡，軍政少弛，將驕卒惰，緩急恐不可用，武藝軍裝，皆不逮陝西、河東遠甚。雖據即目邊防事勢，三五年間必無警急，然居安慮危，有國之常備，事不素講，難以應猝〔一〕。今者河朔沿邊諸軍，未嘗出征，終年坐食，理合富強。臣近遣所辟幕官李之儀、孫敏行親入諸營，按視曲折，審知禁軍大率貧窘，妻子赤露饑寒，十有六七，屋舍大壞，不庇風雨。體問其故，蓋是將校不肅，斂掠乞取，坐放債負，習以成風。將校既先違法不公，則軍政無緣修舉，所以軍人例皆飲博逾濫。三事不正〔二〕，雖是禁軍不免寒餓，既輕犯法，動輒逃亡，此豈久安之道。臣自到任，漸次申嚴軍法，逃軍盜賊已覺衰少，年歲之間，庶革此風。

然臣竊謂沿邊禁軍緩急終不可用，何也？驕惰既久，膽力耗憊，雖近戍短使，輒與妻孥泣別，被甲持兵，行數十里，即便喘汗。臣若嚴加訓練，晝夜勤習，馳驟坐作，使耐辛苦，則此聲先馳，北虜疑畏，或致生事。臣觀祖宗以來沿邊要害，屯聚重兵，止以壯國威而消敵謀，蓋所謂先聲後實、形格勢禁之道耳。若進取深入，交鋒兩陣，猶當雜用禁旅，至於平日保境備禦小寇，即須專用極邊土人，此古今不易之論也。

晁錯與漢文帝畫備邊策，不過二事。其一曰徙遠方以實廣虛。其二曰制邊縣以備敵。寶元、慶曆中，趙元昊反。屯兵四十餘萬，招刺宣毅、保捷二十五萬人，皆不得其用，卒無成功。范仲淹、劉滬、种世衡等，專務整緝蕃漢熟户弓箭手，所以封殖其家、砥礪其人者非一道。藩籬既成，賊來無所得，故元昊復臣。今河朔西路被邊州、軍，自澶淵講和以來，百姓自相團結爲弓箭社，不論家業高下，户出一人，又自相推擇家資武藝衆所服者爲社頭、社副録事，謂之頭目。帶弓而鋤，佩劍而樵，出入山坂，飲食長技與北虜同。私立賞罰，嚴於官府。分番巡邏，鋪屋相望，若透漏北賊及本土强盗不獲，其當番人皆有重罰。遇有緊急，擊鼓集衆，頃刻可致千人。器甲鞍馬，常若寇至，蓋親戚墳墓所在，人自爲戰，虜甚畏之。

體問得元豐二年，北界羣賊一火，約二十餘人，在兩界首不住打刼爲患，久不敗獲。有北平軍大悲村本社頭目冉萬、冉昇及長行冉捷等，部領社人，與北賊鬬敵，趕趁捉殺，直至北界地名北當山峪内，被冉萬射中賊頭徐德，冉捷趕上，斫獲首級，並冉昇亦斫到第二賊頭賈貴。本路保明申奏朝廷，並已於班行内安排。以此知弓箭社人户驍勇敢戰，緩急可用。先朝名臣帥定州者，如韓琦、龐籍皆加意拊循其人，以爲爪牙耳目之用。而籍又增損其約束賞罰，奏得仁宗皇帝聖旨，見今具存。

昨於熙寧六年行保甲法，準當年十二月四日聖旨，强壯弓箭社並行廢罷。又至熙寧七年，再準正月十九日中書劄子聖旨，應兩地供輸人户，除元有弓箭社强壯並義勇之類〔三〕，並依舊存留外，更不編排保甲。看詳上件兩次聖旨，除兩地供輸村分方許依舊置弓箭社，其餘並合廢罷。雖有上件指揮，公私相承，元不廢罷。只是令弓箭社兩丁以上人户兼充保甲，以致逐捕本界及化外盗賊，並皆驅使弓箭社人户，向前用命捉殺。見今州縣委實全藉此等寅夜防托，顯見弓箭社實爲邊防要用，其勢決不可廢。但以兼充保甲之故，召集追呼，勞費失業。今雖名目具存，責其實用，不逮往日。

臣竊謂陜西、河東弓箭手，官給良田以備甲馬，今河朔沿邊弓箭社，皆是人户祖業田産，官無絲毫之給，而捐軀捍邊，器甲鞍馬，與陜西、河東無異，苦樂相遼〔四〕，未盡其用。近日霸州文安縣及真定府北寨，皆有北賊驚劫人户，捕盜官吏，拱手相視，無如之何，以驗禁軍弓手〔五〕，皆不得力。向使州縣逐處皆有弓箭社人户致命盡力，則北賊豈敢輕犯邊寨，如入無人之境。臣已戒飭本路將吏，申嚴賞罰，加意拊循其人去訖，輒復拾用龐籍舊奏約束，稍加增損，别立條目。欲乞朝廷立法，少賜優異，明設賞罰，以示懲勸。今已密切取會到本路極邊州定、保兩州，安肅、廣信、順安三軍，邊面七縣一寨，内管自來團結弓箭社五百八十八村六百五十一火，共計三萬一千四百一十一人。若朝廷以爲可行，立法之後，更敕將吏常加拊循，使三萬餘人分番晝夜巡邏，盜邊小寇，來即擒獲，不至忸怵以生戎心，而事皆循舊，無所改作，虜不疑畏，無由生事。有利無害，較然可見。謹具所乞立法事件，畫一如左。

一、看詳嘉祐四年龐籍起請已獲朝旨事件除見可施行外，有當時事體與今來稍有不同，須至少有增損。今參詳到下項弓箭社人户，但係久來團結地分，並依見今已行體例，不拘物産高下，丁口衆寡，並每户選擇強壯一丁，充弓箭手。

貼黄。所謂軍政不修，皆有實狀，不敢一一奏聞。

又，貼黄。所有龐籍奏得聖旨，已具録繳連在前。

又，貼黄。前項所奏元豐二年冉萬等捉殺北賊，係熙寧六年朝旨廢罷後，兼冉萬等不係兩地供輸，是合行廢罷地分人户。

又，貼黄。高强人户，與下等各出一丁，雖似不均，緣行之已久，下等人户無詞。乞且一切仍舊，若上户添差人數，即恐行法之初，人心不安。又緣保甲法〔六〕，雖上户亦止一丁，所以今來不敢增損。

每社置社長、社副録録事各一名爲頭目〔七〕，並選有物力或好人材事藝衆所推服者，方得差補。農事餘暇，委頭目常切提舉閱習武藝，務令精熟齊整，如無盜賊，非時不得勾集。

每社及百人以上，選少壯者三人，不滿百人者選二人，不滿五十人者選一人，充急脚子，並輪番一月一替〔八〕。專令探報盜賊。如探報不實，及稽留後時有誤捕捉者，並申官乞行嚴斷。

逐社各置鼓一面，如有事故及盜賊，並須聲鼓勾集。若尋常社内聲鼓不到者，每次罰錢一百。如社内一兩村共爲一火，地理稍遠，不聞鼓聲去處，即火急差急脚子勾唤。若强盜入村，聲鼓勾唤不到〔九〕，及到而不入賊者，並罰錢三貫。如三經罰錢一百，一經罰錢三貫，而各再犯者，並送所屬嚴斷。

如能捉獲强盜一名，除依條支賞外，更支錢二十貫。如兩次捉獲依前支賞外，仍與免户下一年差徭。如三次以上，更免一年。無差徭可免者，各更支錢十貫折充。如獲竊盜一名，除依條支賞外，更支錢二貫。以上錢，用社内罰錢充，如不足，並社衆均備。

逐社各人，置弓一張、箭三十隻、刀一口。内單丁及貧不及辦者，許置鎗及桿棒一條〔一〇〕。内一件不足者，罰錢五百。弓箭不堪施放，器械雖有而不精，並罰錢二百。若全然不置者，即申送所屬，乞行勘斷。

逐社每夜輪差一十人，於地分內往來巡覷，仍本縣每季給曆一道，委本社頭目抄上當巡人姓名。有不到者，罰錢二百。如本地分失賊，其當巡人委本社監勒依條限捕捉。限滿不獲，送官量事行遣。其所給曆，除每季納換及知佐下鄉因便點檢外，不得非時取索。

弓箭社人户〔一一〕，遇出入經宿以上，須告報本社頭目及鄰近同保之人，違者罰錢三百文。

社內遇捉殺賊盜，因鬬致死，除依條官給絹外，更給錢一十貫付其家，被傷重者減半，並以係省錢充。

社內所納罰錢，令社長等同共封記主管，須遇社會合行酬賞者，方得對衆支給破使，即不得衷私別作支用。

社內遇豐熟年，只得春秋二社聚會，因便點集器械，非時不得亂有糾集搔擾。

已上並是龐籍起請已獲朝旨事件。自熙寧六年聖旨廢罷，後來民間依舊衷私施行，今參詳增損修定。

一、弓箭社人户，爲與強虜爲鄰，各自守護骨肉墳墓〔一二〕，曉夜不住巡邏探伺。以此巡檢縣尉，全藉此人爲耳目肘臂之用。每遇冬教，內有本社弓箭人户見係保甲人數者，即須勾上一月教閱。其稱捕盜，官司不敢放心，以致化外賊盜，既知逐社人户勾上〔一三〕，村堡空虛，即皆生心窺伺，公私憂恐。又人户勾集彌月，諸般費用不少，深爲患苦。臣竊謂保甲人户，每年冬教，本爲恐其因循，武藝生疎，緩急難用。今來弓箭社人户既處邊塞，與北人氣俗相似，以戰鬬爲生，寢食起居，不釋弓馬，出入守望，常帶器械，其勢無由生疎。欲乞應弓箭人户，今後更不充保甲，仍免冬教，顯無妨礙。而使人户稍免無益之費，專心守禦，又免教集之月，村堡空虚以生戎心，公私安枕，爲利不淺。其減罷保正長，並却令充本社守闕頭目。

一、弓箭社人户，既任透漏失賊之責，動輒罰錢科罪及均出賞錢，顯見與其餘人户苦樂不同〔一四〕，理合稍加優異。欲乞應弓箭社人户，並免兩税折變科配。今已取會到本路州、軍所免折科錢物數目〔一五〕，比之和買價例，每歲剩費錢七千九百九十八貫五十六文，所獲精鋭可用民兵三萬餘人，費小利大，可行無疑。

一、弓箭社頭目，並是鄉村有物力心膽之人，責以齊衆保境，亦須別加旌勸。欲乞立定年限，每勾當及三年，如無透漏及私罪情重者，委本縣令佐及捕盜官保明申安撫司給與公據，公罪杖以下聽贖。又及三年無上件過犯，仍與保明給公據，與免本户差徭。內別有功勞者，委自安撫司相度。如委是卓然顯效，雖未及上件年限，亦與比類施行。若更有大段勞績，難以常格論賞者，卽委自本司奏乞録用。

一、弓箭社地分，本係人户私下情願，自相團結。皆是緣邊之人衆共相約要害防托之處，行之已久，北虜不疑。所以朧籍奏請，並是因舊略加約束。今來不可更有移易地分及增添團結去處，永遠只以今來所管五百八十八村爲定。所貴事事循舊，不至張皇生事。如本地分内人户分煙析生，即各據户眼定差，或外來人户典買到本社田地，亦許收入差充弓箭社户。若兩處有田産者，不得緣此帶免別處折變，委所屬官司常切覺察。

貼黄。保甲法，須是主户兩丁以上方始差充，其弓箭社一丁以上並差即無。已充保甲而不充弓箭社人户者，今來所乞本社内人户，更不充保甲，只是減罷重疊虚名，即非幸免。

又，貼黄。弓箭社五百八十八村，内有八十九村係兩地供輸人户。勘會上件人户，元是有些小虚名税賦，自來北界差人過來計會本縣收衆户抱脚供賦〔一六〕，其人户並是一心捍邊可信之人。切慮朝廷欲知其實。

一、今來既立法整齊弓箭社人户及免冬教，即須委自安撫司逐時差官按視，内有武藝膽力出衆之人，即須與例物激賞，不惟使人户競勸，亦所以致朝廷及將帥恩意，緩急易爲驅使。今來會到轄下兩州三軍弓箭社人户兼充保甲者〔一七〕，每年冬教按賞，合用錢一千五百八十二貫七百八十八文。今來既免冬教，即保甲司却合出備上件錢數與安撫司〔一八〕，爲上件激賞之用。但人數既多，上件錢數微少，支用不足，欲乞每年破五千貫。除上件錢數外，其餘並以本路回易庫見在錢貼支。

右謹件如前。臣竊見西山之下，定、保之間，山開川平，無陂塘之險，澶淵之役，虜自是入寇。見今本路只有戰兵二萬五千九百餘人，分屯八州、軍，若有警急，尚不足於守，而況戰乎？論者或以保甲之衆緩急可恃。臣竊謂保甲皆齊民也，集教止是一月，武藝無緣精熟，又平時無絲毫之利有得於官，每歲所獲，按賞例物，不償集教一月之費，一旦驅之於戰守死地，恐未可保。惟弓箭社人户所處皆必争之地，世世相傳，結髮與虜戰。若朝廷許依臣所乞，少有以優異其人〔一九〕，既免折科，間復贖罪免役，歲以五十緡賞其尤異者，深致朝廷將帥恩意。則此三萬餘人，真久遠可恃者也。今録白到嘉祐四年龐籍奏獲聖旨事件，兼取會到本路兩州三軍弓箭社火人數，及免折科每年和買費用錢數，并免冬教所省按賞例物數目，繳連在前，仍畫到地圖一面，帖出接連邊面及逐社住坐去處隨狀進呈。伏望聖慈詳酌施行。謹録奏聞，伏候敕旨。

貼黄。所乞免折科却行和買剩費錢七千九百九十八貫五十六文，所乞以回易庫錢貼支保甲〔二〇〕，按賞錢爲五千貫，令安撫司支用計費錢三千四百一十七貫二百一十二文，共計錢一萬一千四百一十五貫二百六十八文。所乞至微，恐不贍於用，未足以起士氣，但臣不敢多乞耳。若朝廷深念北邊事大，此三萬餘人，久遠必大段得力，更賜擘畫錢物應副成就，或於近裏州、軍趲那寬剩免役六色錢，與本路被邊州、軍添雇諸色役人。其弓箭社人户，並與免役。則人情翕然歸戴，願效死而不可得矣。更乞朝廷詳酌。又今來所乞事件，先已密切下本路近地州、軍官吏，相度利害，皆供到有利無害，經久可行，保明文狀在本司訖。

〔一〕「猝」原作「狩」，今從《七集・奏議集》卷十四改。

〔二〕《七集・奏議集》「正」作「止」。

〔三〕「並」原缺，據《七集・奏議集》補。

〔四〕「樂」原作「藥」，今從《七集·奏議集》改。

〔五〕「驗」原作「驕」，今從《七集·奏議集》改。

〔六〕「法」原缺，據《七集·奏議集》補。

〔七〕《歷代名臣奏議》「社長社副録」作「長社副社」。

〔八〕「輸」原作「輪」，今據《七集·奏議集》改。

〔九〕《歷代名臣奏議》「聲鼓」作「鼓聲」。

〔一〇〕《七集·奏議集》、《歷代名臣奏議》「桿」作「捍」。

〔一一〕「户」原缺，據《七集·奏議集》、《歷代名臣奏議》補。

〔一二〕「護」原作「獲」，據《七集·奏議集》、《歷代名臣奏議》改。

〔一三〕「户」原缺，據《七集·奏議集》、《歷代名臣奏議》補。

〔一四〕「人户」原作「人之」，今從《七集·奏議集》改。

〔一五〕「目」原作「日」，據《七集·奏議集》改。

〔一六〕《七集·奏議集》、《歷代名臣奏議》「賦」作「輸」。

〔一七〕《七集·奏議集》「來」作「取」。

〔一八〕《七集·奏議集》「司」後有「爲上件錢數與安撫司」九字。

〔一九〕《七集·奏議集》「異」作「免」。

〔二〇〕「貼」原作「帖」，據《七集·奏議集》改。

又

元祐八年十一月日，端明殿學士兼翰林侍讀學士左朝奉郎知定州蘇軾狀奏。右臣近奏乞脩完極邊弓箭社條約，已詳具利害，於今月十一日入遞去訖。

臣自到任以來，不住令主管衙前引到北人訪問事宜，雖虛實難明，然前後參驗，亦可見其略。大抵北虜近歲多爲小國達靼、朮保之類所叛，破軍殺將非一。近據北人契丹四哥探報，北界爲差發兵馬及人户家丁往招州以來，收殺朮保等國，及爲近年不熟，是致朔、易、武州皆有強賊。兼燕京東北白浮圖淀東惡山内有強賊一火〔一〕，約百五十人〔二〕，不住打劫。及又據北平軍申據勾當事人李堅等體探得〔三〕，北界昨差往西北路去者兵士并百姓等，近有逃背落草四十餘人，馬二十匹，見在狼山西頭君市等村乞食，切慮來南界別作過犯。雖未見的實，然去歲之冬霸州文安縣被北賊殺人劫物，朝廷已知其詳，及真定府北寨於去年八月、今年二月兩次被北賊羣衆打劫。近又訪聞代州胡谷寨莎泉堡有北賊六七十人，劫掠本堡居人財物，殺傷弓箭手及婦女七八人，及捕盗官會合，北賊已去，臨去説與鋪兵：「我只在你地分裏，待更來打赤岸村。」

以此數事參驗，顯見北虜見今兵困於小國，調發頻併，民不堪命，聚爲盗賊。雖鄰境多故，實中國之利，必無渝盟之憂，然盗賊充斥，虜自不能制，其餘波末流，必延及吾境。若邊臣坐觀，不先事設備，則邊民無由安居，亦恐更生意外之患。若督迫捕盗官吏帶領兵甲，曉夜出入巡邏，則賊未必獲，而居民先受其擾，又或緣此引惹生事。臣再三思慮，惟有整葺弓箭社一事，名不張皇，其實可用。若早獲朝旨施行，令臣更加意拊循激勵，其人決可使，北賊望風知畏，不敢於地分内作過。伏乞聖明特賜詳酌，檢會前奏，早降指揮。謹錄奏聞，伏候敕旨。

貼黄。本路副總管王光祖，有男，見任胡谷寨主。家書報光祖，臣所以備知其詳。

〔一〕《七集·奏議集》卷十四「淀」作「碇」。
〔二〕《七集·奏議集》「百五十人」作「五百十人」。
〔三〕「申」原作「中」，據《七集·奏議集》改。

乞減價糶常平米賑濟狀

紹聖元年正月日，端明殿學士兼翰林侍讀學士左朝奉郎知定州蘇軾狀奏。勘會元祐八年，河北諸路並係災傷，内定州一路，雖只是雨水爲害，然其實亦及五分以上。只緣有司出納之吝，不與盡實檢放，秋税内定州只放二分。自臣到任後，累有人户披訴乞倚閣，又緣已過條限，致難施行。今體問得春夏之交，人户委是闕食，既非河水災傷，即每事只依《編敕》指揮，欲坐觀不救，恐非朝廷仁聖本意。

臣欲便將常平斛㪷借貸，雖已有成法，不煩奏請。又體問得河北沿邊人户，爲見朝廷昔年遣使賑濟，不問人户高下，願與不願借請，一例散貸，後來節次倚閣放免。以此愚民生心僥倖，每有借貸，例不肯及時還納，多是拖欠，指望倚閣放免。既煩鞭撻追呼，使吏卒因緣爲奸，畢竟又不免失陷官物〔一〕。兼約度得本州自第四等以下，每户貸兩石，官破十萬石，不過濟得五萬户。人户請納，耗費房店宿食，不過得一石五㪷入口，未必能濟活一家，而五萬户之外，人户更不沾惠，鞭撻驅催，若得健吏，亦不過收得十七，其失陷三萬石可必也。又欲抄劄饑貧，奏乞法外賑濟。不惟所費浩大，有出無收，而此聲一布，饑貧雲集，盜賊疾疫，客主俱斃。又況准條，邊郡不得聚集饑民。以上二事，既皆不便，只有依條將常平斛㪷依價出糶，即官司簡便，不勞抄劄。勘會給納煩費，但得數萬石斛㪷在市，自然壓下物價，境内百姓，人人受賜，古今之法，莫良於此。但以本州見管常平米二十七萬餘石，每㪷衮紐到元本一百四文，比在市實直尚多二十二文，以此無人收糴。若不別作奏請，專守本條，不與減價出糶，深恐今年春夏新陳不接之際，必致大段流殍。

伏望聖慈愍念，比之本州，將十萬石常平米依條借貸，必須陷失三萬餘石，非惟所給不廣，而給納驅催之弊亦多，特許將本路諸州、軍見管常平米，契勘在市實直，如委是價高，出糶不行，即許每㪷於衮紐價錢上減錢出糶，不得減過十分之二，仍給與貧民曆頭，令每日零買，不得令近上人户頓買興販，仍限不得糶過本州縣見管常平數目三分之一〔二〕。約度定州合糶得九萬石，若每㪷各減錢十分之二，即本州紐計虧元本官錢一萬八千七十二貫文。比之借貸失陷，猶爲省費，而本州裏外出九萬石米在市，則一境生靈，皆荷聖恩全活。又却得錢準備將來豐熟物賤〔三〕，却行收糴，兼利農末，爲惠不小者。右伏乞朝廷詳酌，早賜施行。如以爲便，即乞行下本司約束，覺察轄下官吏，所貴人沾實惠。謹録奏聞，伏候敕旨。

貼黄。契勘在市米價日長，正是二月間，合行出糶。伏乞速賜指揮，入急遞行下。

〔一〕「又」原缺，據《七集·奏議集》卷十四補。

〔二〕「目」原作「日」，據《七集·奏議集》改。

〔三〕《七集·奏議集》「將」作「今」。

乞將損弱米貸與上户令賑濟佃客狀

紹聖元年二月日，端明殿學士兼翰林侍讀學士左朝奉郎知定州蘇軾狀奏〔一〕。右臣契勘本路州、軍災傷闕食人户，雖已奏准朝旨，於法外減價出糶常平白米賑濟。訪聞民間闕乏，少得見錢糴買，尚有饑困之人。今點檢得定州省倉，有專副杲榮、趙昇界熙寧八年糴到軍糧白米，及專副梁儉、劉受界元豐三年米，皆爲年深夾雜損弱，不堪就整充廂軍人糧支遣，每月只充廂軍次米帶支〔二〕。今契勘得逐次止帶支五百石，比至支絶，更須三五年間，顯見轉至陳惡。兼聞本州管下村坊客户，見今實闕餱糧，其上等人户，雖各有田業，緣值災傷，亦甚闕食，難以賑濟。況客户乃主户之本，若客户闕食流散，主户亦須荒廢田土矣。今相度，欲望朝廷詳酌，特降指揮下定州，將兩界見在陳損白米二萬餘石，分給借貸與鄉村第一等第二等主户喫用。令上件兩等人户，據客户人數，不限石蚪，依此保借。候向去豐熟日，依元糴例並令送納十分好白米入官。不惟乘此饑年，人户闕食，優加賑濟，又使官中却得新好白米充軍粮支遣，及免年深轉至損壞，盡爲土壤。如以爲便，卽乞速賜指揮行下。謹録奏聞，伏候敕旨。

貼黄。今來已是春深，正當春夏青黄不交之際。可以發脱上件陳米斛㪷，公私俱便。若失此時，則人户必不願請，不免守支積年化爲糞壤。乞斷自朝廷，早賜指揮，入急遞行下。更不下有司往復勘會。今來所乞借貸，皆是臣與官吏體問上户，願得此米以濟佃户，將來必無失陷，與尋常賑貸一例支與貧下户人催納費力事體不同。乞早賜行下。

〔一〕《七集·奏議集》卷十四「日」前空一格。

〔二〕《七集·奏議集》「廂軍次」作「上軍人」。

蘇軾文集卷三十七

奏議

乞降度牒修北嶽廟狀

紹聖元年三月日，端明殿學士兼翰林侍讀學士左朝奉郎知定州蘇軾狀奏。右臣伏見定州曲陽縣北嶽安天元聖帝廟，建造年深，屋宇頹弊。自熙寧間，因守臣薛向奏請，止曾完葺正殿，自餘諸殿及廊廡門宇牆垣，久已疎漏破損。前後累有守臣監司奏陳乞給賜錢或降度牒修完。皆准省符，止令依條以施利錢物充用。緣近歲民間屢值災歉，施利微薄，只了得遞年逐旋些小修補。後來劉奉世又乞依薛向例，於安撫司回易息錢内支錢三千貫，助修嶽廟，亦不蒙朝廷允許。深慮摧壞日多，爲費滋大。今據定州申檢計到合用工料價錢三千三百餘貫，乞降空名度牒一十五道，賣錢支用。如朝廷不許降度牒，即本廟有銀器一千三百餘兩，别無使用，欲乞依令出賣，收買材植。臣契勘上件銀器，元係朝廷給賜以備供神之物，若行出賣，恐於事體有損，況所費錢數不多，欲望聖慈特依定州所乞數目，給降度牒，付本州出賣，應副修造。庶得廟宇稍完，不致破壞。仍令本州通判兩員更互到彼提舉催促，務要早令了畢，上副朝廷崇奉之意。謹録奏聞，伏候敕旨。

貼黄。臣伏以朝廷崇奉五嶽，禮極嚴備，凡有祈禱，多獲感應。今北嶽廟見弊陋，理當完葺，蓋所用度牒道數至少。伏望特賜指揮施行，庶稱朝廷尊事嶽廟之意。

上皇帝書

臣軾謹昧死再拜皇帝陛下。臣伏以今月初五日南至，文武百僚入賀，所以賀一陽來復也。謹按《易·復卦》：「雷在地中復，先王以至日閉關，商旅不行，后不省方。」説《易》者曰：乾，六陽之氣也。爲十一月、爲十二月、爲正月、爲二月、爲三月、爲四月。而乾之陽復矣。陽極則陰生，陰生則夏至矣。坤，六陰之氣也。爲五月、爲六月、爲七月、爲八月、爲九月、爲十月。而坤之陰極矣。陰極則陽生，陽生則冬至矣。自太極分爲二儀，二儀分爲四象，四象分爲十二月，十二月分爲三百六十五日。五日爲一候，分爲七十二候，三候爲一氣，分爲二十四氣。上爲日月星辰，下爲山川草木鳥獸蟲魚，不出此陰陽之氣升降而已。惟人也，全天地十干之氣，十月而成形，故能天能地能人，一消一息，一呼一吸，晝夜與天地相通，差舛毫忽，則邪沴之氣干之矣。故於冬至一陽之生也，五陰在上，五陽在伏，而一陽初生於伏之下，其氣至微，其兆絪緼，可以静而不動，可以畜養而不可以發宣。故《乾》之初九爻曰：「潛龍勿用。」孔子曰：「陽在下也。」言陽氣方潛於下，未可以用也。先王於是日閉關，商旅不行，后不省方。關者，門户所由以闔闢也。商旅者，動以利心也。后者，凡居人上者謂之羣后，所以治事者也。方者，事也。門户不開，則微陽閉而不出也。利心不動，則外物感而不應也。方事不省，則視聽收而不發也。

先王奉若天道，如此之密，用之於國，則安静而不勞，用之於身，則冲和而不竭。昔者伏羲、神農、黄帝、堯、舜皆得此道。臣敢因至日以獻。伏乞聖慈留神省覽，實社稷無疆之福。

任兵部尚書乞外郡劄子

臣向在揚州，蒙恩除臣今任。臣於本州及緣路附遞入文字辭免，准聖旨劄子指揮，爲已差充鹵簿使〔一〕，大禮日迫，不許遷延。臣以此不敢堅辭，尋於南京附遞奏，乞候過南郊，依前除臣一郡。今來已過郊禮。伏乞檢會累次奏狀，除臣知越州一次〔二〕。取進止。

〔一〕「使」原作「仗」，今從《七集·後集》卷十三改。

〔二〕「臣」原作「官」，今從《七集·後集》改。

辭兩職并乞郡劄子

臣近奏乞越州。伏蒙聖恩，降詔不允。續准閤門告報，已除臣端明殿學士兼翰林侍讀學士守禮部尚書。聞命悸恐，不知所措。臣本以寵禄過分，衰病有加，故求外補，實欲自便，而榮名驟進，兩職薦加，不獨於臣有非據之羞，亦恐朝廷無以待有勞之士，豈徒内愧，必致人言。伏望聖慈特賜追寢，仍乞檢會前奏，除臣一郡。若越州無闕，乞自朝廷除授。取進止。

第二劄子

臣近奏乞辭免端明殿學士兼翰林侍讀學士守禮部尚書恩命，仍乞檢會前奏，除臣一郡。蒙降詔不允。聖恩隆厚，天旨丁寧，顧臣何人，敢守微意。但本緣請外，更蒙陞擢，兼帶兩職，近歲所無，有何勞能，被此光寵。欲乞追寢新命，令臣且依舊供職，則臣更不敢請郡。若朝廷必欲臣受此職名，即乞除臣一重難邊郡，令臣盡力報稱，猶可少安。臣非敢自謂知兵，若朝廷有開邊伐國之謀，求深入敢戰之帥，則非臣所能辦。若欲保境安民，宣布威信，使吏士用命，無所失亡，則承乏之際，猶可備數。伏望朝廷於此二者擇一以處臣。非獨在臣分義當然，亦朝廷名器不爲虚授。取進止。

辭免兼侍讀劄子

臣近准閤門告報，已降告命，除臣兼侍讀者。臣以迂愚，本無學術，出從吏役，益復空疎。竊位禁林，已難久處，而況天縱之學，已集大成，非臣孱微所可仰望。伏望聖慈追寢成命以授能者。所有告命，未敢祗受。取進止。

赴英州乞舟行狀

臣軾言。近准誥命，落兩職，追一官，謫守嶺南小郡。臣尋火急治裝，星夜上道，今已行次滑州。

而自聞命已來，憂悸成疾，兩目昏障，僅分道路。左手不仁，右臂緩弱，六十之年，頭童齒豁，疾病如此，理不久長。而所負罪名至重，上孤恩義，下愧平生，悸傷血氣，憂隔飲食，所以疾病有加無瘳。加以素來不善治生，祿賜所得，隨手耗盡，道路之費，囊橐已空。臣本作陸行，日夜奔馳，速於赴任，而疾病若此，資用不繼，英州接人，卒未能至，定州送人，不肯前去，雇人買馬之資，無所從出。道盡塗窮，譬如中流失舟，抱一浮木，恃此爲命，而木將沉，臣之衰危亦云極矣。竊伏思念得罪以來，三改謫命，聖恩保全，終付一郡。豈期聖主至仁至明，尚念八年經筵之舊臣，意欲全其性命乎？臣若强衰病之餘生，犯三伏之毒暑，陸走炎荒四千餘里，則僵仆中途，死於逆旅之下，理在不疑。雖罪累之重，不足多惜，而死非其道，則非仁聖不殺全育之意也。輒已分散骨肉，令長子帶往近地，躬耕就食，臣只帶家屬數人，前去汴泗之間，乘舟泛江，倍道而行，至南康軍出陸赴任。所貴醫藥粥食，不至大段失所。臣切揣自身，多病早衰，氣息僅屬，必無生還之道。然尚延晷刻於舟中，畢餘生於治所，雖以瘴癘死於嶺表，亦所甘心，比之陸行斃於中道，稾葬路隅，常爲羈鬼，則猶有間矣。恭惟聖主之德，下及昆蟲，以臣曾經親近任使，必不欲置之死地，所以輒爲舟行之計。敢望天慈，少加憫惻。臣無任。

乞越州劄子

臣自去歲蒙恩召還，卽時奏乞越州。蓋爲臣從仕以來，三任浙中，粗知土俗所宜，易於爲政。又以老病日加，切於歸休，舊有薄田在常州宜興縣，久荒不治，欲因赴任，到彼少加完葺，以爲歸計。越雖僻陋，在臣安便。及近者蒙恩知定州，雖寵眷隆異，而自早衰多難，心力疲耗，實非所堪。但以求州得州，若便辭免，是有揀擇，所以施强拜命。今復念，定雖重鎮，了無邊警，事權雄重，禄賜優厚。若辭定乞越，於義無嫌。伏望聖慈察臣至情，特賜改差臣越州一次。則公私皆便，臣不勝幸甚。取進止。

再薦趙令時狀任兵部尚書日

右臣昨知潁州，曾薦簽書本州節度判官廳公事趙令時，乞置之館閣，至今未蒙施行。其人近已替罷，旦夕赴闕朝見。計其所養，必不肯同衆人奔走干謁。恐政府大臣無緣得知其所學〔一〕，今繕寫趙集平日與臣詩文三軸進呈。伏望聖慈清宴之暇，一賜觀覽，必有可取，然後付之三省近臣，考其人才，亦足以副神考教養宗子之意。謹具聞奏。

〔一〕「大」原作「太」。「太」當爲「大」之誤，今正。

論浙西閉糴狀

本路今歲不熟，初水後旱，早晚俱傷，高下並損，已具事由聞奏去訖。勘會本路，唯蘇、湖、常、秀等州出米浩瀚，常飽數路，漕輸京師。自杭、睦以東衢、婺等州，謂之上鄉，所産微薄，不了本莊所食。里諺云：「上鄉熟，不抵下鄉一鍋粥。」蓋全仰蘇、秀等州商旅販運以足官私之用。今來雖一例災傷，而蘇、秀等州所産，終是滂沛。訪聞逐州例皆閉糴，嚴立賞罰，不許米斛出境，是致杭州常平省倉糴買不行，民亦闕食，見今粳米已至八九十足錢。尋具牒蘇、秀等州，不得閉糴。訪問逐州雖承受本司指揮，依舊閉糴。尋差識字公人陳宥往秀州抄録到所出榜示二本，其大略云：如有諸色人擅價買米販往別州，許人告捉，立定賞，多者至五十貫。兼取問得杭州米行人狀稱，因逐州見今立賞告捉私販，全無米船到州。認是逐州官吏堅意閉糴，本司無緣止絶。若商旅不行，米貴不已，公私窘乏，盜賊之類，何所不有。以此合係本司知管，除已牒轉運、提刑司外〔一〕，須至聞奏者。

右本司訪聞得浙中父老皆言，熙寧七八年，兩浙災傷，人死大半。當時雖係天時不熟，亦是本路監司郡守如張靚、沈起之流處置乖方，助成災變，既無方略賑濟，惟務所在閉糴。蘇、秀等州米斛既不到杭，杭州又禁米不得過浙東，是致人心驚危，有停塌之家，亦皆深藏固惜，不肯出糶。民有衣被羅紈，戴佩珠金，而米不可得，斃於道路，不可勝數。流殍之變，古今罕聞。伏望仁聖痛加哀憐，曲賜過慮，體念今來浙中雖未是大段凶年，只恐官吏有失措置，漸成災患，所憂不小。若商旅不行，米貴不已，農夫闕食，春夏之交無力種，則明年災傷，公私並竭，不知何以待之？伏望聖慈深以熙寧之事爲鑑，嚴賜指揮本路監司，多方擘畫，安之於未動，救之於未危，仍乞指揮速行止絶逐州閉糴。所貴杭、睦、衢、婺等州，不至全然乏食。謹録奏聞，伏候勅旨。

〔一〕「司」原作「同」。「同」當爲「司」之誤，今正。

再論閉糴狀

本路災傷，本司已兩次奏聞。竊見比年以來，京東、河北、淮南等處災傷，並蒙朝廷支賜錢米，或於他路截撥斛斗賑救，數目至廣。今來本路災傷，不敢便望支賜截撥，只乞稍寬轉運司年額上供，使得轉換擘畫，多方救卹。已於十一月十日奏乞，至今未奉指揮。數内一事，蘇、湖、常、秀等州，見今米商全不通行，不唯逐州立賞閉糴，亦爲逐處税務承例違條收米斛力勝税錢，是致商旅算計脚錢本重，無由興販。檢會《元祐編敕》：「諸興販斛斗及以柴炭草木博糴食者，並免納力勝税錢。」注云：「舊收税處依舊例。即災傷地分，雖有舊例，亦免。」本司看詳，本路見今災傷，正合施行上條，已牒諸州施行，仍散牓轄下城郭、鄉村外，深慮逐處税務自來收米斛力勝處，指爲課額。今來雖係災傷，合依上條放免，至年終比較日，轉運司不容如此分説，有虧欠折遭責罰，須至奏請者。

右伏望聖慈愍念本路災傷及前件放免力勝條貫，係今來合行事件，特賜指揮：轉運司將來年終比較日，除米斛力勝一項税額權免，比較科罰候將來豐熟日依舊。所貴商旅通行，場務亦免罪責。謹録奏聞，伏候勑旨。

乞允文彦博等辭免拜劄子元祐二年〔一〕

臣近奉聖旨，撰賜文彦博、吕公著今後入朝免拜詔書，今又准内降指揮，撰不允彦博辭避免拜批答。臣謹按《禮經》：「八十拜君命，一坐再至。」所謂「拜君命」者，傳命而拜，非朝見也，然且不免。周天子賜齊桓公胙曰：「伯父耋老，無下拜。」公曰：「天威不違顔咫尺。」下拜登受。所謂「無下拜」者，拜於堂上，非不拜也，然且不敢。鍾繇以足疾乘車就坐，疑若不拜，然亦無明文。君前乘車，豈足爲法。而馬燧延英不拜，蓋是臨時優禮，無今後遂不復拜之文。祖宗舊例，如吕端之流，以老病進對，亦止於臨時傳宣不拜。今來彦博、公著今後免拜指揮，自是朝廷優賢貴老，度越古今，無可議者。但臣是有司，合守典禮，兼恐彦博、公著終不敢當。以臣愚見，不若允其所請。若聖恩優閔老臣，眷眷不已，遇其朝見〔二〕，間或傳宣不拜，足以爲非常之恩。臣忝備侍從，懷有所見，不敢不盡。所有不允批答，臣未敢撰。取進止。御寶批：依奏，修撰允所請批答入進。

〔一〕「元祐二年」四字原缺，據《七集·内制集》卷四補。

〔二〕「遇」原作「過」，據《七集·内制集》改。

乞允安燾辭免轉官劄子

臣今月八日，准内批安燾辭免轉右光禄大夫劄子，降詔不許。臣竊謂人主之馭羣臣，專於禮義廉耻。若使受無名之寵，則爲待臣子之輕。今朝廷豈以執政六人，五人進用，故加遷秩，以慰其心。燾位冠西樞，委寄至重。豈肯見人擢用，卽以介懷。既無授受之名，僅以姑息之政，縱有先朝故事，亦是一時誤恩。今燾力辭，正爲知義。臣欲奉命草詔，不知所以爲詞。伏望聖慈，從其所請。若除受別有緣故，即乞明降指揮，苟於義稍安，敢不撰進。取進止。御寶批可。且用一意度作不許辭免詔書進入。

乞允宗晟辭免起復恩命劄子

臣今日準中書省批送到宗晟辭免起復恩命劄子。奉聖旨送學士院，降詔不允。謹按宗晟飭行有素，持喪中禮〔一〕，所辭恩命，已四不允。而宗晟確然固守，其辭愈哀。且曰：「念臣執喪報親之日短，致命徇國之日長。」出于至誠，可謂純孝。臣謂宗晟未經祥練之變，且無金革之虞，孝治之朝，宜聽所守。因以風厲宗室，庶皆守禮篤親，顧不美哉。若以宗正之任，恐難其人，亦當差官權攝，須其從吉，復以命之。臣忝備禁從，不敢不言。所有不允詔書，臣未敢撰。取進止。

〔一〕「禮」原作「書」，據《七集·內制集》卷九改。

代張方平諫用兵書熙寧十年

臣聞好兵猶好色也。傷生之事非一，而好色者必死。賊民之事非一，而好兵者必亡。此理之必然者也。

夫惟聖人之兵，皆出於不得已，故其勝也，享安全之福。其不勝也，必無意外之患。後世用兵，皆得已而不已，故其勝也，則變遲而禍大，其不勝也，則變速而禍小。是以聖人不計勝負之功，而深戒用兵之禍。何者？興師十萬，日費千金，內外騷動，怠於道路者，七十萬家。內則府庫空虛，外則百姓窮匱。

饑寒逼迫，其後必有盜賊之憂，死傷愁怨，其終必致水旱之報。上則將帥擁衆，有跋扈之心，下則士衆久役，有潰叛之志。變故百出，皆由用兵。至於興事首議之人，冥謫尤重。蓋以平民無故緣兵而死，怨氣充積，必有任其咎者。是以聖人畏之重之，非不得已，不敢用也。

自古人主好動干戈，由敗而亡者，不可勝數，臣今不敢復言。請爲陛下言其勝者。秦始皇既平六國，復事胡越〔一〕，戍役之患，被於四海。雖拓地千里，遠過三代，而墳土未乾，天下怨叛，二世被害，子嬰被擒，滅亡之酷，自古所未嘗有也。漢武帝承文、景富溢之餘，首挑匈奴，兵連不解，遂使侵尋及於諸國，歲歲調發，所向成功。建元之間，兵禍始作，是時蚩尤旗出，長與天等，其春戾太子生。自是師行三十餘年，死者無數。及巫蠱事起，京師流血，僵尸數萬，太子父子皆敗。班固以爲太子生長於兵，與之終始。帝雖悔悟自克，而歿身之恨，已無及矣。隋文帝既下江南，繼事夷狄。煬帝嗣位，此心不衰。皆能誅滅强國，威震萬里。然而民怨盜起，亡不旋踵。唐太宗神武無敵，尤喜用兵，既已破滅突厥、高昌、吐谷渾等，猶且未厭，親駕遼東。皆志在立功，非不得已而用。其後武氏之難，唐室淩遲，不絶如綫。蓋用兵之禍，物理難逃。不然，太宗仁聖寬厚，克己裕人，幾至刑措，而一傳之後，子孫塗炭，此豈爲善之報也哉。由此觀之，漢、唐用兵於寬仁之後，故其勝而僅存。秦、隋用兵於殘暴之餘，故其勝而遂滅。臣每讀書至此，未嘗不掩卷流涕，傷其計之過也。若使此四君者，方其用兵之初，隨即敗衄，惕然戒懼，知用兵之難，則禍敗之興，當不至此。不幸每舉輒勝，故使狃於功利，慮患不深。臣故曰：勝則變遲而禍大，不勝則變速而禍小。不可不察也。

昔仁宗皇帝覆育天下，無意於兵。將士惰偷，兵革朽鈍，元昊乘間竊發，西鄙延安、涇、原、麟、府之間，敗者三四，所喪動以萬計，而海内晏然。兵休事已，而民無怨言，國無遺患。何者？天下臣庶知其無好兵之心，天地鬼神諒其有不得已之實故也。

今陛下天錫勇智，意在富强。卽位以來，繕甲治兵，伺候鄰國。羣臣百寮，窺見此指，多言用兵。其始也，弼臣執國命者，無憂深思遠之心。樞臣當國論者，無慮害持難之識。在臺諫之職者，無獻替納忠之議。從微至著，遂成厲階。既而薛向爲横山之謀，韓絳效深入之計，陳升之、吕公弼等，陰與之協力，師徒喪敗，財用耗屈。較之寶元、慶曆之敗，不及十一，然而天怒人怨，邊兵背叛，京師騷然，陛下爲之旰食者累月。何者？用兵之端，陛下作之。是以吏士無怒敵之意而不直陛下也〔二〕。尚賴祖宗積累之厚，皇天保祐之深，故使兵出無功，感悟聖意。然淺見之士，方且以敗爲耻，力欲求勝，以稱上心。於是王韶搆禍於熙河，章惇造釁於梅山〔三〕，熊本發難於渝瀘。然此等皆戕賊已降，俘纍老弱，困弊腹心，而取空虚無用之地，以爲武功。使陛下受此虚名而忽於實禍，勉强砥礪，奮於功名。故沈起、劉彝，復發於安南，使十餘萬人暴露瘴毒，死者十而五六，道路之人，斃於輸送，貲糧器械，不見敵而盡。以爲用兵之意，必且少衰。而李憲之師，復出於洮州矣。今師徒克捷，鋭氣方盛，陛下喜於一勝，必有輕視四夷凌侮敵國之意。天意難測，臣實畏之。

且夫戰勝之後，陛下可得而知者，凱旋捷奏，拜表稱賀，赫然耳目之觀耳。至於遠方之民，肝腦屠於白刃，筋骨絶於餽餉，流離破産，鬻賣男女，薰眼折臂自經之狀，陛下必不得而見也。慈父孝子孤臣寡婦之哭聲，陛下必不得而聞也。譬猶屠殺牛羊，刳臠魚鼈以爲饍羞，食者甚美，見食者甚苦。使陛下見其號呼於挺刃之下，宛轉於刀匕之間，雖八珍之美，必將投箸而不忍食，而況用人之命，以爲耳目之觀乎？且使陛下將卒精强，府庫充實，如秦、漢、隋、唐之君〔四〕。既勝之後，禍亂方興，尚不可救，而況所在將吏罷軟凡庸，較之古人，萬萬不逮。而數年以來，公私窘乏，内府累世之積，掃地無餘，州郡征税之儲，上供殆盡，百官廩俸，僅而能繼，南郊賞給，久而未辦，以此舉動，雖有智者，無以善其後矣。且饑役之後，所在盜賊蠭起，京東、河北，尤不可言。若軍事一興，横斂隨作，民窮而無告，其勢不爲大盜，無以自全。邊事方深，内患復起，則勝、廣之形，將在於此。此老臣所以終夜不寐，臨食而歎，至於慟哭而不能自止也。

且臣聞之：凡舉大事，必順天心。天之所向，以之舉事必成；天之所背，以之舉事必敗。蓋天心向背之迹，見於災祥豐歉之間〔五〕。今自近歲日蝕星變，地震山崩，水旱癘疫，連年不解，民死將半。天心之向背，可以見矣。而陛下方且斷然不顧，興事不已，譬如人子得過於父母，惟有恭順静思〔六〕，引咎自責，庶幾可解。今乃紛然詰責奴婢，恣行箠楚，以此事親，未有見赦於父母者。故臣願陛下遠覽前世興亡之迹，深察天心向背之理，絶意兵革之事，保疆睦鄰，安静無爲，固社稷長久之計。上以安二宫朝夕之養，下以濟四方億兆之命。則臣雖老死溝壑，瞑目於地下矣。昔漢祖破滅羣雄，遂有天下，光武百戰百勝，祀漢配天。然至白登被圍，則講和親之議；西域請吏，則出謝絶之言。此二帝者，非不知兵也。蓋經變既多，則慮患深遠。今陛下深居九重，而輕議討伐，老臣庸懦，私竊以爲過矣。

然人臣納説於君，因其既厭而止之，則易爲力，迎其方鋭而折之，則難爲功。凡有血氣之倫，皆有好勝之意。方其氣之盛也，雖布衣賤士，有不可奪，自非智識特達，度量過人，未有能勇於奮發之中，舍己從人，惟義是聽者也。今陛下盛氣於用武，勢不可回，臣非不知，而獻言不已者，誠見陛下聖德寬大，聽納不疑。故不敢以衆人好勝之常心望於陛下，且意陛下他日親見用兵之害，必將哀痛悔恨，而追咎左右大臣未嘗一言，臣亦將老且死見先帝於地下，亦有以藉口矣。惟陛下哀而察之。

〔一〕「胡」原作「吴」，今據郎本卷四十、《文粹》卷三十四、《七集·奏議集》卷十五、《七集·續集》卷十一改。
〔二〕「怒」原作「怨」，今從郎本、《七集·奏議集》、《七集·續集》改。
〔三〕「梅山」原作「横山」，今從郎本、《七集·續集》改。郎註謂梅山在潭。
〔四〕「庫」原作「軍」，據各本改。
〔五〕「歉」原作「斂」，據各本改。
〔六〕《七集·續集》「思」作「默」。

代滕甫論西夏書

臣幼無學術〔一〕，老不讀書。每欲披竭愚忠，上補聖明萬一，而肝肺枯涸，卒無可言。近者因病求醫，偶悟一事，推之有政，似可施行，惟陛下財幸。臣近患積聚，醫云：據病，當下，一月而愈〔二〕。若不下，半年而愈〔三〕。然中年以後，一下一衰，積衰之患〔四〕，終身之憂也。臣私計之，終不以一月之快，而易終身之憂。遂用其言，以善藥磨治半年而愈。初不傷氣，體力益完。因悟近日臣僚獻言欲用兵西方，皆是醫人欲下一月而愈者也。其勢亦未必不成。然終非臣子深愛君父欲出萬全之道也。以陛下聖明，將賢士勇，何往而不克〔五〕，而臣尚以爲非萬全者。俗言彭祖觀井，自係大木之上，以車輪覆井，而後敢觀。此言雖鄙而切於事。陛下愛民憂國，非特如彭祖之愛身。而兵者凶器，動有存亡，其陷人可畏，有甚於井。故臣願陛下之用兵，如彭祖之觀井，然後爲得也。

臣竊觀善用兵者〔六〕，莫如曹操。其破滅袁氏，最有巧思〔七〕。請試爲陛下論之。袁紹以十倍之衆，大敗於官渡，僅以身免。而操斂兵不追者，何也？所以緩紹而亂其國也。紹歸國益驕，忠賢就戮，嫡庶並爭〔八〕，不及八年，而袁氏無遺種矣。向使操急之，紹既未可以一舉蕩滅，若懼而脩政〔九〕，用田豐而立袁譚，則成敗未可知也。其後北征烏丸〔一〇〕，討袁尚、袁熙，尚、熙走遼東，或勸操遂平之。操曰：「彼素畏尚等。吾今急之則合，緩之則自相圖。其勢然也。」遂引兵還。曰：「吾方使公孫康斬送其首。」已而果然。若操者，可謂巧於滅國矣。滅國，大事也。不可以速。譬如小兒之毁齒，以漸摇撼之，則齒脱而小兒不知。若不以漸，一拔而得齒，則毁齒可以殺兒。故臣願陛下之取西夏，如曹操之取袁氏也。

方元昊強時，謀臣猛將，盡其智力，十年而不敢近。今者主弱臣強，其國内亂。陛下使偏師一出，已斬名王〔一一〕，虜僞公主，築蘭、會等州，此真千載一時，天以此賊授陛下之秋也。兵法有之：同舟而遇風，則吴越相救〔一二〕，如左右手。今秉常雖爲母族所篡，以意度之，其世家大族，亦未肯俯首連臂爲此族用也。今乃合而爲一，堅壁清野以抗王師，如左右手。此正同舟遇風之勢也，法當緩之。

今天威已震，臣願陛下選用大臣宿將素爲賊所畏服者，使兼帥五路。聚重兵境上〔一三〕，號稱百萬，蒐乘補卒，牛酒日至。金鼓之聲，聞於數百里間，外爲必討之勢，而實不出境。多出金帛〔一四〕，遣間使辯士離壞其黨與。且下令曰：「尺土吾不愛，一民吾不有也。其有能以地與衆降者，卽以封之。有敢攘其地、掠其人者，皆斬。」不出一年，必有權均力敵內自相疑者。人情不遠，各欲求全，及王師之未出，爭爲先降，以邀重賞〔一五〕。陛下因而分裂之，卽用其酋豪，命以爵秩，棊布錯峙，務使相仇，如漢封呼韓邪通西域故事。不過於要害處築一城，屯數千人，置一將以護諸部〔一六〕，可使數百年面內保境，不煩城守餽運，豈非萬全之至計哉？臣願陛下斷之於中，深慮而遠計之。

夫人臣自爲計與爲人主計不同〔一七〕。人臣非攘地效首虜，無以爲功，爲陛下計，惟天下安、社稷固否耳。陛下神聖冠古，動容舉意，皆是功德。但能措太山之安，與天地等壽，則竹帛不可勝紀，而堯、舜、禹、湯不足過也。議者不知出此，爭欲急於功名，履危犯難，以勞聖慮，臣竊不取。古人有言：「省功不如省事〔一八〕，省事不如清心。」劉洎諫唐太宗曰：「皇天以不言爲貴，聖人以不言爲德。老子稱大辯若訥〔一九〕，莊子言至道無文。且多記則損心，多言則耗氣，心氣內損，形神外勞，初雖不覺，後必爲累〔二〇〕。須爲社稷自愛。」人臣愛君，未有如洎之深至者也。臣竊慕之。雖謫守在外，不當妄言，然自念舊臣，譬之老馬，雖筋力已衰，不堪致遠，而經涉險阻，粗識道路，惟陛下哀愍其愚而憐其意〔二一〕。不勝幸甚。

〔一〕「幼」原作「素」，今從郎本卷四十。

〔二〕郎本、《歷代名臣奏議》「月」作「日」，下同。《七集・奏議集》卷十五「月」亦作「日」。

〔三〕郎本、《歷代名臣奏議》「年」作「月」，下同。《七集・奏議集》「年」亦作「月」。

〔四〕郎本「衰」作「聚」。

〔五〕「而」原缺，據郎本補。

〔六〕「善」原作「自古」，今從郎本、《歷代名臣奏議》改。

〔七〕郎本「有」作「爲」。

〔八〕郎本「並爭」作「爭奪」。

〔九〕郎本「政」作「德」。

〔一〇〕郎本「丸」作「元」。

〔一一〕「已」原缺，據郎本補。

〔一二〕「吴」原作「胡」，郎本作「吴」，郎註引《孫子・九地篇》曰：「夫吴人與越人相惡也，當其同舟濟而遇風，其相救也如左右手。」今從郎本改。

〔一三〕郎本「兵」後有「臨」字。

〔一四〕郎本「出」作「發」。「帛」原作「幣」，今從郎本改。

〔一五〕郎本「邀」作「希」。

〔一六〕郎本「部」作「族」。

〔一七〕「人臣自爲計」原作「爲人臣計」，今從郎本。

〔一八〕郎本「功」作「官」。

〔一九〕「訥」原作「納」，據郎本、《七集·奏議集》改。

〔二〇〕郎本「累」作「慮」。

〔二一〕郎本「憐其意」作「矜其志」。

代滕甫辯謗乞郡狀〔一〕

臣聞人情不問賢愚，莫不畏天而嚴父。然而疾痛則呼父，窮窘則號天，蓋情發於中，言無所擇。豈以號呼之故，謂無嚴畏之心。人臣之所患〔二〕，不止於疾痛，而所憂有甚於窮窘，若不號呼於君父，更將趨赴於何人。伏望聖慈，少加憐察。中謝。

臣本無學術，亦無材能，惟有忠義之心，生而自許。昔季孫有言：「見有禮於其君者，事之，如孝子之養父母也。見無禮於其君者，誅之，如鷹鸇之逐鳥雀也。」臣雖不肖，允蹈斯言。但信道直前，謂人如己。既蒙深知於聖主，肯復借交於衆人！任其蠢愚，積成仇怨。一自離去左右，十有二年，浸潤之言，何所不有。至謂臣陰黨反者，故縱罪人，若快斯言，死未塞責。

竊伏思宣帝，漢之英主也。以片言而誅楊惲。太宗，唐之興王也。以單詞而殺劉洎。自古忠臣烈士，遭時得君而不免於禍者，何可勝數。而臣獨蒙皇帝陛下始終照察〔三〕，愛惜保全，則陛下聖度已過於宣帝、太宗，而臣之遭逢，亦古人所未有。日月在上，更何憂虞。但念世之憎臣者多，而臣之賦命至薄，積毀消骨，巧言鑠金，市虎成於三人，投杼起於屢至，儻因疑似，復致人言〔四〕，至時雖欲自明，陛下亦難屢赦。是以及今無事之日，少陳危苦之詞。

晉王導，乃王敦之弟也，而不害其爲元臣。崔造，源休之甥也，而不廢其爲宰相。臣與反者，義同路人。獨於寬大之朝，爲臣終身之累，亦可悲矣。凡今游宦之士，稍與貴近之人有葭莩之親，半面之舊，則所至便蒙異待，人亦不敢交攻。況臣受知於陛下中興之初，效力於衆人未遇之日，而乃毀訾不忌，踐踏無嚴，臣何足言，有辱天眷。此臣所以涕泣而自傷者也。

今臣既安善地，又忝清班，非敢别有僥求，更思録用。但患難之後，積憂傷心，風波之間，怖畏成疾。敢望陛下憫餘生之無幾，究前日之異恩。或乞移臣淮浙間一小郡，稍近墳墓，漸謀歸休。異日復得以枯朽之餘，仰瞻天日之表，然後退伏田野，自稱老臣，追敍始終之遭逢，以託鄉鄰之父老，區區志願，永畢於斯。伏願陛下憐其志、察其愚而赦其罪，臣無任感恩知罪激切屏營之至。

〔一〕王銍《四六話》卷上謂此文爲其父所代撰。

〔二〕「人」原作「今」，今從郎本卷四十、《七集·奏議集》卷十五改。

〔三〕《七集·奏議集》「察」作「臨」。

〔四〕「致」原作「至」，今從郎本、《七集·奏議集》改。

代李琮論京東盜賊狀元豐□年〔一〕

右臣伏見自來河北、京東，常苦盜賊，而京東尤甚。不獨穿窬祛篋椎埋發冢之奸，至有飛揚跋扈割據僭擬之志。近者李逢徒黨，青、徐妖賊，皆在京東。凶愚之民，殆已成俗。自昔大盜之發，必有釁端。今朝廷清明，四方無虞，而此等常有不軌之意者，殆土地風氣習俗使然，不可不察也。漢高帝，沛人；項羽，宿遷人；劉裕，彭城人；黄巢，宛朐人；朱全忠，碭山人。其餘歷代豪傑出於京東者〔二〕，不可勝數。故凶愚之人，常以此藉口，而其材力心膽，實亦過人〔三〕。加以近年改更貢舉條制，掃除腐爛，專取學術，其秀民善士，既以改業，而其樸魯强悍難化之流〔四〕，抱其無用之書，各懷不逞之意。朝廷雖敕有司別立字號，以收三路舉人，而此等自以世傳朴學，無由復踐場屋，老死田里，不入彀中，私出怨言，幸災伺隙。臣每慮及此，卽爲寒心。

揚雄有言：「御得其道，則天下狙詐咸作使；御失其道，則天下狙詐咸作敵。」而班固亦論劇孟、郭解之流，皆有絶異之姿〔五〕，而惜其「不入於道德，苟放縱於末流」。是知人之善惡，本無常性。若御得其道，則向之奸猾，盡是忠良。故許子將謂曹操曰：「子，治朝之能臣，亂世之奸雄。」使韓、彭不遇漢高，亦與盜賊何異。臣竊嘗爲朝廷計，以謂窮其黨而去之〔六〕，不如因其材而用之。何者？其黨不可勝去，而其材自有可用。昔漢武嘗遣繡衣直指督捕盜賊，所至以軍興從事，斬二千石以下，可謂急矣。而盜賊不爲少衰者，其黨固不可盡也。若朝廷因其材而用之，則盜賊自消，而豪傑之士可得而使。請以唐事明之。自天寶以後，河北諸鎮相繼僭亂，雖憲宗英武，亦不能平。觀其主帥，皆卒伍庸材，而能於六七十年間與朝廷相抗者，徒以好亂樂禍之人，背公死黨之士〔七〕，相與出力而輔之也。至穆宗之初，劉總入朝，而河北始平。總知河北之亂，權在此輩，於是盡籍軍中宿將名豪如朱克融之流，薦之於朝〔八〕，冀厚與爵位，使北方之人，羨慕向進，革去亂心〔九〕。而宰相崔植、杜元穎，皆庸人無遠慮，以爲河北既平，天下無事。克融輩久留京師，終不録用，饑寒無告，怨忿思亂。會張弘靖赴鎮〔一〇〕，遂遣還幽州，而克融等作亂，復失河朔。

今陛下鑑唐室既往之咎，當收京東、河北豪傑之心。臣伏見近日沂州百姓程棐，告獲妖賊郭進等。竊聞棐之弟岳，乃是李逢之黨，配在桂州，豪俠武健，又過於棐。京東州郡如棐、岳者，不可勝數。此等棄而不用，即作賊，收而用之，即捉賊。其理甚明。臣願陛下精選青、鄆兩帥，京東東西職司〔一一〕，及徐、沂、兖、單、濰、密、淄、齊、曹、濮知州，諭以此意。使陰求部内豪猾之士，或有武力，或多權謀，或通知術數而曉兵，或家富於財而好施，如此之類，皆召而勸奬，使以告捕自效。籍其姓名以聞於朝，所獲盜賊，量輕重酬賞。若獲真盜大奸，隨即録用。若只是尋常劫賊，即累其人數，酬以一官。使此輩歆艷其利，以爲進身之資。但能拔擢數人，則一路自然競勸。貢舉之外，別設此科。則向之遺材，皆爲我用。縱有奸雄嘯聚，亦自無徒。但每州搜羅得一二十人，即耳目徧地，盜賊無容足之處矣。歷觀自古奇偉之士，如周處、戴淵之流，皆出於羣盜，改惡修善，不害爲賢。而況以捉賊出身，有何不可。若朝廷隨材試用，異日攘夷狄，立功名，未必不由此塗出也。非陛下神聖英武，不能决行此策。臣雖非職事，而受恩至深，有所見聞，不敢瘖默。謹録奏聞，伏候勅旨。

〔一〕郎本卷四十無「元豐□年」字。《七集·奏議集》卷十五無「□年」字。商務印書館《萬有文庫》本《蘇東坡集》第十六册「□年」作「三年」，未知所本。

〔二〕「其餘」原作「其於」，據郎本、《七集·奏議集》改。「京東」原作「東京」，據郎本、《七集·奏議集》、《歷代名臣奏議》改。

〔三〕「亦」原作「以」，據郎本、《七集·奏議集》、《歷代名臣奏議》改。

〔四〕「悍」原作「捍」，據郎本、《七集·奏議集》改。

〔五〕郎本「姿」作「資」。

〔六〕郎本「謂」作「爲」。

〔七〕「背」原作「皆」，據郎本、《七集·奏議集》改。

〔八〕「之」原缺，據郎本補。

〔九〕「去」原作「其」，今從郎本。

〔一〇〕「弘」原作「洪」，今從《歷代名臣奏議》改。案：《舊唐書》卷一百二十九、《新唐書》卷一百二十七均作「弘」。

〔一一〕郎本「京東東西」作「京東西」。

代呂大防乞録用呂誨子孫劄子元祐元年

臣竊見故御史中丞呂誨，忠於先朝，極陳讜論，致忤時宰，繼死外藩。臣等皆嘗與之同官，備聞論議，一切出於至誠，而有不撓不回之節。雖處散地，未嘗一日有忘朝廷之意。憂傷憤疾，以致殞没。臨終之日，召司馬光面託後事，無一言及其家私，惟云朝廷事猶可救，願公更且竭力。歷觀前後諫臣〔一〕，忠勤忘身，少見其比。今其家甚貧，諸子仕於常調。欲望聖慈特賜矜憫，優加贈典，録用諸子之才者，以旌名臣之後，取進止。奉聖旨，呂由庚除太常寺太祝〔二〕。

〔一〕郎本《七集·奏議集》卷十五「諫」作「議」。

〔二〕「由」原作「田」，據郎本、《七集·奏議集》改。

代宋選奏乞封太白山神狀〔一〕

伏見當府郿縣太白山，雄鎮一方，載在祀典〔二〕。案，唐天寶八年，詔封山神爲神應公。迨至皇朝，始改封侯，而加以濟民之號。自去歲九月不雨，徂冬及春，農民拱手，以待饑饉，粒食將絶，盜賊且興。臣採之道塗，得於父老，咸謂此山舊有湫水，試加禱請，必獲響應。尋令擇日齋戒，差官莅取。臣與百姓數千人，待於郊外，風色慘變，從東南來，隆隆獵獵，若有驅導。既至之日，陰威凜然，油雲蔚興，始如車蓋，既日不散，遂彌四方，化爲大雨，罔不周飫。破驕陽於鼎盛，起二麥於垂枯。鬼神雖幽，報答甚著。臣竊以爲功效至大，封爵未充，使其昔公而今侯，是爲自我而左降，揆以人意，殊爲不安。且此山崇高，足亞五岳，若賜公爵，尚虚王稱，校其有功，實未爲過。伏乞朝廷更下所司，詳酌可否，特賜指揮者〔三〕。

〔一〕《七集·東坡集》卷三十四收此文，題作《奏乞封太白山神狀一首》，題下原註：「附爲太守宋選作。」《七集·續集》卷九重收此文，題無「一首」二字，餘同《東坡集》；題下原註亦同。

〔二〕「祀典」原作「典祀」，今從《七集·東坡集》、《七集·續集》改。

〔三〕「者」原缺，據《七集·續集》補。

蘇軾文集卷三十八

制敕

給事中兼侍講傅堯俞可吏部侍郎

敕。士以德望進，則風俗厚而朝廷尊；以經術用，則議論正而名器重。此君子所以難合，而朕亦難其人焉。具官傅堯俞，博學篤行〔一〕，久聞於時〔二〕。歷事四世，挺然一節；懷道不試，十年于兹。朕欲聞仁人之言，置之講席；非堯舜之道，蓋未嘗言。給事黄門，未究其用；往貳太宰，益修厥官。董正治典，以稱先帝復古之意。可。

〔一〕「博」原作「篤」，「篤」原作「博」，據郎本卷三十九改。

〔二〕「時」原作「世」，今從郎本。

太常少卿趙瞻可户部侍郎〔一〕

敕。理財正辭，禁民爲非曰義。先王之論理財也，必繼之以正辭。名正而言順，則財可得而理，民可得而正。自頃功利之臣，言政而不及化，言利而不及義。中外紛然，朕益厭之。具官趙瞻，明於吏事，輔以儒術〔二〕。忠義之節，白首不衰。爰自秩宗，擢貳邦計。將使四方之人，知予以耆老舊德居此官者，蓋有盍徹之意焉。可。

〔一〕《永樂大典》卷七千三百零三郎字韻引《蘇東坡大全集》有此文。《大典》題「郎」後有「誥」字。

〔二〕《文鑑》卷三十九、《大典》「儒」作「經」。

王克臣可工部侍郎依前龍圖閣直學士

敕。朕承先帝之丕業，居其宫室，而服其器用。常懼不稱，而何敢有加焉。惟是軍國之備，凡仰于百工者，乃以諉于冬官。有事于斯，當識朕意。具官王克臣，奮自儒術，蔚爲聞人。歷帥諸藩，嘗佐事典。才有餘裕，所在見稱。比由宛丘，入奉朝謁。而司空長貳，艱於其人。爰命爾以舊官，仍兼内閣之重。勉率厥職，外以成爾繕治之勞，内以全予恭儉之志。可。

祥符知縣李之紀可廣西提刑

具官李之紀。近自畿甸，遠至海隅。朕視其地如户庭，視其民如一家。爾賦政赤縣，而廉平之稱，達于朕聽，是用命爾。按刑嶺表，其一乃心，毋或鄙夷其民，如在朕側。往惟欽哉。

知楚州田待問可淮南轉運判官

敕具官田待問。朝廷取材，必始於治民。異時吏或不更郡縣而任刺舉，剛柔失中，民以告病。以爾端静敏恪，悃愊無華，試于劇郡，吏民宜之。其卽本道以究爾才，往悉乃心，毋使厥聲減於治郡。

可。

兩浙轉運副使孫昌齡可秘閣校理知福州

敕具官孫昌齡。爾奉使吴越，而廉平之稱，達于朕聽。七閩之會，其民智巧，易以理服，難以力勝。今命爾爲守，惟寬而明，民乃宜之。朕方復文館之職，以廣育才之路。遂以命爾，往惟欽哉。可。

知徐州馬默可司農少卿

敕具官馬默。爾以博學强記，宏毅有守，剛而不犯，明而不苛，歷試中外，藹然有聞。朕方選擇循吏，入爲卿佐。凡爾所能已試於外者，其以告我而力行之，往佐大農，毋忽朕命。

兩浙轉運副使許懋可令再任

敕具官許懋。吴越之人，凋敝久矣。朕方蠲理煩碎，以安養其衆，非得循吏察視郡縣，均通有無，則民何賴焉。以爾儒術精通，吏事詳敏，歷年于兹，民便其政。既信之俗，必易爲功，庶無新故更代之勞，而有上下相安之美。勉修前業，無怠日新。可。

新淮南轉運判官蔡朦可兩浙運判

敕具官蔡朦。吴越之人，凋敝久矣。朕方蠲理煩碎，以安養其衆，非得循吏察視郡縣，均通有無，則民何賴焉。以爾名臣之子，進以儒術，歷佐漕府，治辦有成。東南富庶，比於西蜀，而機巧過之。惟寬且靜，則民不媮。可。

司農少卿范子淵可知兖州

敕具官范子淵。朕於士大夫，未嘗求備也，將歷試以事，而收其所長。有司言汝治河無狀，耗國勞民，積歲而功不成。朕惟水土之政，與郡縣異，其觀汝于牧民。尚勉求效，以蓋往愆。可。

故樞密副使包拯男太常寺太祝繶之妻壽安縣君崔氏可特封永嘉郡君仍封表門閭

敕崔氏。汝甲族之遺孤，大臣之冢婦。夫亡子夭，惸然無歸，而能誓死不嫁，撫養孤弱，使我嘉祐名臣之後，有立於世，惟汝之功。昔衞世子早死，共姜自誓，詩人歌之。韓愈幼孤，養於嫂鄭，愈喪之朞。若崔氏者，可謂兼之矣。其改賜湯沐，表異其所居，以風曉郡國，使薄於孝悌者有所愧焉。可。

皇叔某贈婺州觀察使追封東陽侯皇兄某贈蔡州觀察使追封汝南侯

敕。生分竹符，所以廣恩於宗室；没享茅社，所以寵綏其子孫。眷予盤石之宗，夙被麟趾之化。國有常典，我其敢忘。某等生于高明，克自抑畏。恭儉寡過，綽有士人之風；忠孝著聞，蓋服祖宗之訓。屬既尊于中外，禮當極於哀榮。命以廉車，即封其地。爰疏五等之貴，以慰九原之思。庶其有知，服我休命。

士𥡴可西頭供奉官

敕具官士𥡴。汝宗室子，生于安逸，而能誦習文法，以求自試，蓋亦有志於士者。朕何愛一官，不以成其志乎？可。

童湜可特叙内殿崇班

敕具官童湜。汝奉法不謹，坐廢歷年。而能祇畏以蓋前失，既更大眚，稍復汝舊。往服厥官，益敬無怠。可。

謝卿材可直秘閣福建轉運使

敕具官謝卿材。先王設官制禄，非特以勸功興事也。將以觀士之所守而進退之，惟愛身者爲能愛民，惟知義者爲能知利。以爾臨事有守，信道不回，治郡有方，奉使不擾，力行古人之事，庶幾循吏之風。釋此大邦，付之一路。仍進直於書府，俾增重於使權。無輕遠人，謹視貪吏，政成民悦，朕不汝忘。可。

趙偁可淮南轉運副使

敕具官趙偁。汝昔爲文登守，而海隅之民，至今稱之。推文登之政，達之齊魯，刑平賦簡，所部以安。今淮南之人，困於征役，而重以飢饉。汝往按視，如京東之政，以寬吾憂。可。

吕温卿知饒州李元輔知絳州

敕吕温卿等。監司郡縣，其職不同，其爲養民一也。夫安静之吏，悃愊無華，日計不足，歲計有餘。今自部使者，移治一郡，其深念之。服于朕訓，以永終譽。可。

王誨知河中府

敕具官王誨。汝以名臣子，老於治郡，所至安静，吏民宜之。河東吾股肱郡，方唐之盛，世有賢守，風流未遠，圖像具存，勉思古人，以紹前烈。可。

邵剛通判泗州

敕具官邵剛。《詩》云：「淑問如臯陶，在泮獻囚。」獄訟之事，固儒者之所學也。汝官于上庠，既習其説矣，其往試之。可。

荆王揚王所乞推恩八人

具官某等。或以方伎世其學，或以歲月積其勞。給事王宫，既勤且久，增秩改授，以旌其能。往服休恩，益敬無怠。可。

西頭供奉官張禧得三級轉三官

敕具官張禧。疆埸之政〔一〕，以首虜計功，所從來尚矣。爾既應格，則賞隨之。可。

〔一〕「埸」原作「場」，今從繆刻《七集》改。

鮮于侁可太常少卿

敕具官鮮于侁。奉常之職，非特以治郊廟之度、服器之數而已，國有大政事、大議論，必稽焉。昔魯秉周禮，齊不敢謀。而晏子太師折衝於樽俎之間。國之典常，君臣之名分，上下守之，有死不易，則國安而民服。朕選建卿士，付之禮樂，意在於此。非我老成之人，學足以通古，才足以御今，智足以應變，强足以守官，深於經術，達於人情，其孰宜之？《詩》不云乎，「彼已之子〔一〕，邦之司直。」往修厥官，無斁朕命。可。

〔一〕《文鑑》卷三十九「已」作「其」。案，此乃引《詩·羔裘》之文，《詩》作「其」；《左傳·襄公二十七年》引《詩》，作「已」。

范祖禹可著作郎

敕具官范祖禹。左右起居，東觀著作，皆史事也。今左右史獨書已行之政，有司之常事。至於廊廟大議，君臣相與之際，所以興壞治忽之由，一歸於東觀。則著作之任，顧不重歟？非得直亮多聞，古之所謂益友者，奮筆於其間，則善惡貿亂，後世無所考信。汝既任其事矣，益進而專之。朕苟有過，猶當直書，而況其餘乎？往祗厥官，無曠乃職。可。

孫覺可給事中

敕。朕聞明主在上，凡侍從皆得言。若其不明，雖臺諫亦失職。朕以冲眇〔一〕，丕承祖宗。未堪多難之憂，常恐不聞其過。下至執藝，猶當盡規。豈必諫臣，而後論事。矧兹封駁之重，任參黄散之間。知無不言，職固當爾。具官孫覺，行不違道，言不違仁；處以孝聞，出以忠顯。先帝所以遺朕，天下謂之正人。屢告嘉猷，固非小補；間自西省，遷之東臺。而覺方進陽城之直詞，固懷蕭生之雅意。重違其請，閱月于兹。卒採羣言，以遂前命。以爾抗章伏閤之志，施於還詔批敕之間。其一乃心，以稱朕意。

〔一〕「眇」原作「渺」，今從郎本卷三十九改。

皇伯祖克愉可贈忠正軍節度使開府儀同三司

敕。國家蒙累聖之餘澤，眷宗室之多賢。雖設官以董其私，置傅以導其學〔一〕，而重以吏事，責之懿親。青衿而服簪纓，白首以奉朝請。雖有間、平之盛德，歆、向之異材，皆湮没而無傳，故嘆息之何及。尚賴本支之茂，蔚爲邦國之華。不幸云亡，惻然永悼。具官克愉，忠厚以爲質，禮敬以自文。持滿矜高，蓋得諸侯之孝；履信思順，合於大有之賢。小心自將，没齒無過。方朕不言之際，遽兹永逝之悲。日月有時，窀穸告具。賁以旌旐之寵，仍兼將相之榮。豈獨慰九泉之思，亦將勸庶邦之義。可。

〔一〕「傅」原作「傳」，據《七集·外制集》卷上改。

蕃官兀埿常等十二人覃恩轉官

勅具官某等。錯居吾圉，世濟其忠。矧兹臨御之初，豈有中外之異。各從遷秩，以廣異恩。祗服寵靈，益堅守禦。可。

高密郡王宗晟建安郡王宗綽所生母孫氏封康國太夫人〔一〕

勅。母以子貴，《春秋》之義也。朕方因親以教愛，廣愛以及民。封節婦之閭，以勸能賢；賜高年之爵，以助養老。而況屬籍至近，賢王篤生，欲大慰於慈心，宜特推於異數。孫氏四德純備，五福薦臻。豈惟擢秀於閨門，固已流芳於宫闈。舉觴坐上，有伯仁仲智之賢；持節洛濱，皆汝南琅琊之貴。爰改封於樂土，俾正位於小君。服我休恩，介爾眉壽。可。

〔一〕「康」原脱，據郎本卷三十九、《七集·外制集》卷上補。

客省副使劉琯知恩州

勅。軍國異容，兵民異道。治戎振旅，以鷙勇爲上；承流宣化，以忠孝爲先。爾久練武經，本由才選，屢更煩使，克有成勞。試于一州，祗服朕訓。可。

皇叔叔曹贈洺州防禦使封廣平侯

勅。官至持節，爵爲通侯。非我勳勞之臣，則必親賢之屬。豈云虚受，維以飾終。具官叔曹，生於高明，力自修飭，克有常德，以没元身。乃眷衡漳，夙爲重地。爰假一麾之寵，就分五等之封。庶其有知，服我休命。可。

左侍禁李司可供奉官

敕。蠢爾裔夷，憑嶮竊發，不時討擊，何以懲艾。爾能奮命，破走犬羊，何愛一官，以勸吏士。可。

張汝賢可直龍圖閣發運副使

敕具官張汝賢。朝廷於南方復置都漕者，所以均節諸路之有無，使歲課時入而已，非以求贏也。至俗吏爲之，則多收羡財以幸恩寵，而民受其病。以爾昔爲御史，號稱敢言，奉使江表，罪人斯得，庶幾知義利之分者。是以命爾。寵之新職，往惟欽哉。

狄諮劉定各降一官

敕具官某等。奉使一路，以卹民奉法爲先。今乃不然，煩酷之聲，溢于朕聽，公肆其下，曲法受賕，收聚毫末，與農圃争利，使民無所致其忿，至欲賊殺官吏。朕以更赦，置之閑局，而公議未厭。其削一官。往思厥愆，服我寬政。可。

范子淵知峽州

敕具官范子淵。汝以有限之財，興必不可成之役，驅無辜之民，置之必死之地。橫費之財，猶可以力補；而既死之民，不可以復生。此議者所以不汝置，而朕亦不得以赦原也。夷陵雖小，尚有民社。朕有愧於民，而於汝則厚矣。可。

宣德郎劉錫永父元年一百四歲可承事郎〔一〕

敕劉元年。尚齒教民，三代之義。咨爾百年之故老，乃吾六世之遺民。自非吉人，莫享上壽。張蒼仕秦柱下，而至漢孝景；思邈生隋開皇，而及唐永淳。古有其人，乃今親見。何愛一命，慰其子孫。可。

〔一〕《七集·外制集》總目題作《劉錫永父元承事郎》，敕文作「敕劉元年」，疑衍一「年」字。又清卞永譽《式古堂書畫彙考·書》卷十有《蘇東坡書劉錫敕》。題作《宣德郎劉錫元年一百四歲可承事郎詔》。文中之「敕劉錫」，作「敕劉元年」；據此，則劉錫字元年。今按，皇帝賜臣下制敕，皆稱名，無名與字並稱者，不合一；又敕文稱字而不稱名，不合二；宣德郎爲正七品下，承事郎爲正八品，爲降級，不合三。以此知《彙考》有誤。題蓋謂劉錫永之父可承事郎。《彙考》「敕劉元年」作「臣上敕，承事郎劉錫」，「仕秦」作「事秦」，「可」作「特進爾階，故茲詔示，想宜知悉」。郎本卷三十九題同底本；文中之「劉錫」作「劉元」。

叔頗男旼之可三班借職

敕旼之。汝父無祿早世，緣母之請，以獲一官。其思所以克家事母者，惟敬毋怠。可。

鮑耆年京東運判張峋京西運判

敕具官某等。朕惟百姓之命，寄於郡縣，而守令之賢，不能人知其實，獨賴部使者爲朕耳目而已。爾長一郡，以才良聞。進之漕屬，以究其用。其使上無惰吏，下無冤民，以稱朕意。可。

李周可太僕少卿

敕具官李周。「僕臣正，厥后克正。」見於《周書》。「思無邪，思馬斯臧。」形於《魯頌》。朕命此職，亦難其人。以爾秉心不回，臨事有守，通練世故，灼知民情，所以望爾者，豈特車工馬政而已哉。可。

范純禮可吏部郎中

敕具官范純禮。嗚呼，維乃顯考，克明德秉哲，以左右我仁宗，俾配德於堯舜，天亦維相之，使世有人以任我樞機將帥之事。今汝獨在外計，朕惟瑚璉不可以褻用，騏騄不可以小試。命以天官之屬。其小進之，益觀其能，往欽哉。可。

余希旦可知濰州

敕具官余希旦。爾本以才選，坐累失職，亦云久矣。肆余大眚，罔不更新。北海名邦，民朴而富，往務忠厚，以安其生。可。

王晳可知衞州

敕具官王晳。凡我四朝之舊，經德秉哲，篤老不衰者，今幾人哉。以爾好學守節，名在循吏，而久不治民，朕甚惜之。太行之麓，民朴訟簡，守以安静，莫如汝宜。可。

郭祥正覃恩轉承議郎

敕具官郭祥正。朕丕承六朝，陳錫四國，覃及方外，浹于有生。矧余通籍之臣，可無增秩之寵。祇服休命，永肩一心。可。

王崇拯可遥郡刺史

敕具官王崇拯。刺史漢官，秩六百石，魏晉以來，皆牧守之任。今雖以爲勇爵，然非親賢勳舊，不在此選。爾入直禁省，出分虎符，兵民所宜，選寄滋重。有司言爾，累勞當遷。益修厥官，以應名實。可。

潮州澄海第六指揮使謝皋可三班借職

敕謝皋。汝自什伍，長積勞累，遷至一旅，極矣。今乃以去惡之功，獲補武吏。惟廉與慎，乃克有終。可。

皇伯仲郃贈使相

敕。親親以藩王室，賢賢以尊朝廷，古之道也。況於死生之際，恩禮之重，國有常典，我其敢忘。皇伯具官仲郃，生於高明，克自祗畏。出就外傅，聞好禮之稱；退省其私，有爲善之樂。云何不淑，罹此閔凶。慰我永懷，豈無異數。衮衣赤舄，寵均三事之臣；玉節牙璋，坐享專征之器。豈云虛授，維以飾終。庶幾有知，服我休命。可。

士暇右班殿直

汝宗室子，始名而禄。得之非艱，守之惟艱。祗服朕訓，乃克終譽。可。

克鞏遥郡防禦使

朕於宗室，無所愛也。然猶不欲虛授，以速人言。得之惟艱，乃罔後悔。凡有進秩，必付有司，攷其歲月，察其行義，則朕與汝皆無愧，豈不休哉。

劉奭閤門祗候

惟我神考，篤于將帥，生則厚其寵，死則恤其孤。將使識朝廷之儀，習軍旅之事，無忝厥祖，以世其家，成汝之志，可謂至矣。將何以報之。可。

王安石贈太傅

敕。朕式觀古初，灼見天意〔一〕。將有非常之大事，必生希世之異人。使其名高一時，學貫千載。智足以達其道，辯足以行其言。瑰瑋之文，足以藻飾萬物；卓絶之行，足以風動四方。用能於期歲之間，靡然變天下之俗。具官王安石，少學孔、孟，晚師瞿、聃。罔羅六藝之遺文，斷以己意；糠粃百家之陳迹，作新斯人。屬熙寧之有爲，冠羣賢而首用。信任之篤，古今所無。方需功業之成，遽起山林之興。浮雲何有，脱屣如遺。屢争席於漁樵，不亂羣於麋鹿。進退之美，雍容可觀。朕方臨御之初，哀疚罔極。乃眷三朝之老，邈在大江之南。究觀規模，想見風采。豈謂告終之問，在予諒闇之中。胡不百年，爲之一涕。於戲。死生用捨之際，孰能違天；贈賻哀榮之文，豈不在我。寵以師臣之位〔二〕，蔚爲儒者之光。庶幾有知，服我休命。可。

〔一〕郎本卷三十九、《七集·外制集》卷上「意」作「命」。

〔二〕《七集·外制集》「師」作「帥」。

楊繪知徐州

敕楊繪。士有拙於謀身而巧於治民，疎於防患而密於慮國，其自爲計則過矣，而朕何疾焉。先帝龍興，首擢用爾。置之臺諫，以直諒聞。言雖無功，效於今日。簡易輕信，失之匪人。坐廢十年，陶然自得。《詩》人所謂「豈弟君子」者，繪庶幾焉。彭城大邦，吾股肱郡。政成民悦，朕不汝忘。可。

陳薦贈光禄大夫

敕。昔我英祖博求天下之士，以輔翼我神考于東宫。二十餘年之間，山陵既成，人物改謝。顧瞻在廷一二臣外，罔有存者。朕惻然傷之，永懷其人。具官陳薦，剛毅木訥，器遠任重。密勿左右，以責難爲愛君；周旋藩輔，以卹民爲報國。淪喪未幾，風烈如在。雖死者不可復作，而追榮之典，猶足以寵綏其子孫。且使朴忠守道之士，知朕意之所予者。可。

吕穆仲京東提刑唐義問河北西路提刑

敕。先帝立法更制，所以約束監司守令，使不得營私而害民者，可謂至矣。朕始罷賦泉之令，復征徭之法，凡先帝之約束，當益申而嚴之。使出力從政之民，無所復病。以爾穆仲等，或端静有守，敏於爲政，或直亮多聞，志於仕道。而京東、河朔，皆天下重地也。往修厥官，稱朕意焉。可。

沈叔通知海州

敕。朕嗣位以來，通商惠農，施舍已責，有不順成，荒政畢舉。而海濱之民，羣聚剽掠，此吏不稱職，備災無素之過也。今選命汝。惟往安之，非勝之也，民苟有以生矣，其肯自棄於惡。可。

孫向保州通判

敕孫向。一郡之寄，在汝守貳。察姦舉能，既復其舊矣，則達政之吏，可以有爲。爾通練民事，既試有勞，其從所請，以觀來效。可。

鄧闢朝散郎監邕州慎門金坑〔一〕

瘴霧之鄉，上幣所出。累年於此，勤亦至矣。法當遷秩，以答久勞。可。

〔一〕《七集·外制集》卷上「門」作「乃」。

荆王新婦王氏潭國夫人

敕。《易》稱中饋，爲家人之正吉；《詩》美羔羊，蓋鵲巢之功致。婦德有常，含章不曜，能使君子，樂且有儀。則内助之賢，從可知矣。王氏早服師傅，習聞詩禮。富貴而能恭儉，俯仰極於孝慈。令問藹然，刑於宗族。其改封大國，象服是宜。以稱我叔父之德，爲内命婦之法，豈不休哉。可。

劉庠贈大中大夫

敕。國以求賢爲事，士以得時爲急。士既難進而易退，時亦難得而易失。日月逝矣，歲不我與。古人之歎，復見于今。具官劉庠，才備德博，器遠任重。逮事三朝，出入二紀。英祖神考，實知其人。而剛毅朴忠，學不少貶。肆朕嗣位，疇咨故老。如庠等輩，不過數人。方當召用，命不少假。使九原而可作，雖百身其何贖。式章異數，賁于其柩。雖知無益，以塞餘哀。可。

李琮知吉州

敕李琮。汝以久遠無根之賦，使畏威懷賞之吏，均之于無辜之民。民以病告，聞之惕然。使吏覆視，皆如所聞。既正其事矣，而汝猶自言，若無罪然。朕惟更赦，不汝深咎。遷于一州，往深念之。廬陵之富，甲於江外。使民安汝，朕則汝安。可。

高士良可文思副使

敕高士良。汝閱習民兵，技藝超等，課以歲月，於法當遷。往服寵靈，益思來效。

皇叔叔遂可贈懷州防禦使追封河内侯

敕。生于富貴而無驕逸之患，終于禄位而有歸全之美，始終之義，有足賢者。具官叔遂，性於忠孝，文以禮樂。蓋蒙祖宗之澤，而服師保之訓。克有令聞，以没元身。是用爵之通侯，官以持節。上以惇勸於宗室，下以寵綏其子孫。可。

揚王子孝騫等二人荆王子孝治等七人並遠州團練使〔一〕

敕某等。先皇帝篤兄弟之好，以恩勝義，不許二叔出居于外，蓋武王待周召之意。太皇太后嚴朝廷之禮，以義制恩，始從其請，出就外宅，得孔子遠其子之意。二聖不同，同歸于道，可以爲萬世法。朕奉侍兩宫，按行新第，顧瞻懷思，潸然出涕。昔漢明帝問東平王：「在家何等爲樂？」王言：「爲善最樂。」

帝大其言，因送列侯印十九枚，諸子年五歲以上悉帶之，著之簡策，天下不以爲私。今王諸子，性于忠孝，漸于禮義，自勝衣以上，頎然皆有成人之風，朕甚嘉之。其各進一官，以助其爲善之樂。尚勉之哉，毋忝乃父祖，以爲邦家光。可。

〔一〕《文鑑》卷三十九「遠」作「逐」；文中「在家何等」之「等」，《文鑑》作「業」。

呂公著妻魯氏贈國夫人

敕。婦人之德，如玉在淵，雖不可見，必形諸外。視其夫有羔羊之直〔一〕，相其子有麟趾之仁，則内德之茂，從可知矣。具官呂公著，故妻魯氏，名臣之子，元老之婦。所資者深，故志存乎仁；所見者大，故動協于禮。環佩穆然，閨門化之。而降年不永，禄不配德。其改封大國，正位小君。庶幾爲女史之光，非獨慰其夫子而已。可。

〔一〕「羔羊」原作「羊羔」，今從《七集·外制集》卷上。案，本卷《韓維曾祖母李氏贈燕國太夫人制》有「外有羔羊諒直之賢」語。

仲遲可遥郡防禦使

敕仲遲。居貧賤而有聞易，處富貴而無過難。凡我宗室，皆有位著。雖不任以事，無所施其才，而刑于厥家，有以攷其行。日月其邁，爵秩當遷。朕不爾私，服之無愧。可。

司馬光三代妻〔一〕

曾祖政太子太保

敕。《書》曰：「臯陶邁種德。」種之遠，故其發也難。發之難，故其報也大。古之君子，有種德於百年之前，而待報於數世之後者。昔聞其語，今見其人。某官某故曾祖某官某，篤行有聞，信於鄉國。懷道不試，遺其子孫。天不吾欺，再世而顯。至於曾孫，其德日躋。袞衣繡裳，進位于朝。退有事于家廟，其致朕命，詔于有神。尚食其報，以康乃後。可。

〔一〕郎本卷三十九「司」上有「贈」字，無「妻」字。

曾祖母薛氏温國太夫人

敕。朕自通籍之臣，皆有以寵綏其父母，而自祖以上，非予丞弼之家，莫獲褒顯。君子之孝，至於尊祖，以及其妣，用邦君之禮，以隆其家，可謂至矣。某官某故曾祖母某氏，專静有守，柔嘉維則。經之以孝慈，緯之以恭儉。使清白之訓，不墜于子孫；而隱德之報，可質于天地。我有異數，詔于幽穸。翟茀副笄〔一〕，尚服享之。可。

〔一〕「翟」原作「藋」，今從郎本卷三十九改。案，《詩·衛風·碩人》，有「翟茀以朝」之句。

祖炫太子太傅〔一〕

敕。朕有元臣，以德媚于上下，民見其羽旄，聞其車馬之音，則稽首而聚觀之。況其父祖墳墓之所在，望其草木，蓋有流涕而拜者。錫命之寵，豈特以慰其家而已哉。某官某故祖父某官某，篤學力行，追配前人。仕道難進，止於一命。無疆之慶，在其子孫。風流未遠，英烈如在。歆予寵章，以慰民望。可。

〔一〕「炫」原作「泫」，今從郎本卷三十九、《七集·外制集》卷上。

祖母皇甫氏温國太夫人

敕。夫天人之際，若不可知，而善惡之報，各以其類。凡今富貴壽考，光顯于世，朕察其父母大父母，未有不仁而得之者也。某官某故祖母某氏，令德孝恭，著于閨門。好禮慈儉，刑于姻族。始生賢子，以大其家。而餘澤方茂，福禄未究，再世之後，莫之與京。愍册追榮，國有常典。庶幾幽壤，服我寵靈。可。

父池贈太師追封温國公

敕。朕聞盛德之士，必與天合。考之古人而無疑，質諸鬼神而不慚。雖不當世，必有達者。某官某故父某官某，德爲世範，言爲士則。躬蹈險夷之節，庶幾顏、閔之行。事我仁祖，爲時名臣。而儒術之用，止於侍從，德澤之施，極於方鎮。天厚其世，篤生異人。不求而名自章，不言而人自信。皆曰君子之子，宜爲天下之用。朕既采民言，俾秉國成。而淵源之深，推本所自。命以師臣，祚之大國。使人知有道之士，雖没有無疆之休。可。

母聶氏温國太夫人

敕。古之烈婦，著在史册，非有憂患，不見名節。若夫令德懿行，秀于閨門，而湮滅無傳，何可勝數。獨賴子孫之賢，或以表見於世。君子之欲得位行道，豈非以顯親揚名之故歟？某官某故母聶氏，早以淑女〔一〕，嬪于德人。恭儉信順，以相其夫；慈和嚴翼，以成其子。使朕得名世之士，以濟於艱難。其遺風餘澤，蓋有存者。改封大國，正位小君。非獨以報其德，庶幾令名與子俱傳於天下。可。

〔一〕繆刻《七集》「女」作「艾」。

故妻張氏温國夫人

敕。夫婦之好，義同賓友。懃瘁相成於艱難之中，而死生契濶於安樂之後。朕聞其事，惻然傷之。具官某故妻某氏，少以女士，不勤姆師。歸于德門，克有令問。從我元老，辭寵居約。遊神清浄之庭，守德寂寞之宅。始終之際，無愧古人。我有寵章，慰其永逝。其正名於大國，以從姑於九原。可。

張恕將作監丞

敕。朕惟人材之難，長育之無素，事至而求，有不可得。是以訪之元臣大老之家，推擇其子弟，庶幾似之。以爾名臣之子，篤學好禮，敏於從政。試之匠事，以觀其能。爾克遠猷，無忝乃父，以稱朕意。可。

趙濟知解州

敕趙濟。古者官有常人，士有定論。雍也可使南面，求也可使爲百乘宰。論定而官不浮，則民服。汝長西師，歷年於此矣。考之清議，不曰汝宜，尚畀一城，以觀來效。敬之戒之，毋失朕命。

李承之知青州

敕。朕東望齊魯之國，河岱之間，沃野千里，生齒億萬，商農阜通，儒俠雜居，可以大度長者勝，難以細謹法吏治也。具官李承之，生于甲族，世爲名臣。屢試有勞，所見者大。肆予命汝，尹茲東土。昔曹參爲齊，問治於其師蓋公。公曰：「治道貴清淨而民自定。」汝師其言，則予汝嘉。可。

韓維三代妻〔一〕

曾祖處均燕國公

敕。漢諸袁之父子，四世繼出五公；唐諸温之兄弟，同時並列三省。著在圖史〔二〕，古無擬倫；眷予世臣，有若韓氏。億事仁祖，始參大政。篤生三子，咸秉國成。豈惟嗣世之賢，實賴積善之報。具官某曾祖某，潛德不耀，久而自彰。天祚厥家，世濟其美。盛矣曾孫之貴，蔚爲三壽之朋。逮予纘嗣之初，繼受艱難之託。允文而靖，既直且温。旋觀純德之全，尚識遺風之自。是用因上公之舊秩，開北國之新封。仰以增廟室之光華，俯以慰烝嘗之怵惕。可。

〔一〕郎本卷三十九「韓」上有「贈」字，無「妻」字。

〔二〕「圖」原作「國」，今從郎本卷三十九、《七集·外制集》卷上。

曾祖母李氏燕國太夫人

敕。朕惟公卿之家，有能父子躬履一德，弼亮三世，非其淵源深長，外有羔羊諒直之賢，内有鳴鳩均一之助，亦安能奕世秉義久而不忘者乎？具官韓維曾祖母李氏，育德名家，作嬪良士。珩璜之節，動必以禮；蘋藻之薦，敬而有儀。用能使其後昆，丞弼我國家，以無斁於世。今其蒞政，責任兹始〔一〕。余亦何愛大國，不以易湯沐之舊。可。

〔一〕郎本卷三十九「任」作「在」。

祖保樞魯國公〔一〕

敕。朕方圖任股肱之臣，以光大祖宗之業。用廣斯志，以及爾私。人之念祖，誰不如我。是以推沛恩命，褒顯前人。具官某祖某，躬履仁義，著迹鄉黨。積累深厚，見于子孫。或佐我仁祖之盛明，或相我神考之休烈。遺風未遠，故吏尚存。逮兹纘承，繼用耆哲。朕既恭默思道，垂拱責成。與其寵禄厥躬，不若尊大其祖。上以報貽謀之德，下以勵移孝之誠。肇新曲阜之封，增寵師臣之贈。服我休命，益大爾家。可。

〔一〕郎本卷三十九、《七集·外制集》卷上文中之「用廣斯志」作「思廣斯志」，「躬履」作「躬服」。

祖母郭氏周氏贈魯國太夫人〔一〕

敕。古者婦人爵因其夫，貴以其子。雖有過人之才，絶俗之行，不得所託，不表於世。今余輔臣父子兄弟，先後相望，以師長我百辟。顧推鴻恩，光顯先烈。維考維妣，咸追錫休命，肆予寵嘉之。具官祖母某氏，德稱閨闈，化及宗黨。允蹈家人之正，居有鵲巢之福。翟衣之盛，由子而獲。國封之貴，及孫而大。兹用錫爾周公之封，以熾韓氏之胄。庶其有知，服我新命。

〔一〕郎本卷三十九文中「周公之封」之「封」作「履」，「韓氏之胄」之「胄」作「祧」。

父億贈冀國公

敕。朕聞仁宗在位之久，有同成、康，得士之盛，不減武、宣。如儲藥石，以待疾疢，如種梓漆，以備器用。凡今中外文武之選，率多慶曆、嘉祐之人。而況一時之老成，與聞當年之大政〔一〕。德業傳於父老，儀刑見於子孫。名在國史，像在原廟。朕用慨然，想見其人。具官某故父某少禀異材，進由直道。出爲循吏，入爲名卿。福禄終身，而人不疵，富貴奕世，而天不厭。篤生三子，翼輔兩朝。旌旄交馳，棨戟互設。朕欲貴其家廟，而貴已窮於人爵。改封大國，益著隆名。庶使昭陵之老臣，永爲北土之藩輔。可。

〔一〕「年」原作「時」，今從《文鑑》卷三十九改。

母蒲氏王氏贈秦國太夫人〔一〕

敕。愼終追遠，仁也。顯親揚名，孝也。得志行道，澤可以及天下，而富貴不能及其親，天也。雖不能及，而追榮之典，可以貫幽明，褒大之訓，可以表後世，禮也。嗚呼，此亦仁之至，義之盡矣。具官某故母某氏，族爲士望，德爲女師。恭儉以相其夫，嚴敬以成其子。使朕獲老成之佐，以濟艱難之功。宜推異恩，以報舊德。可。

〔一〕文中「族爲士望」之「士」，郎本卷三十九作「世」；「嚴敬」之「敬」原作「敏」，今從郎本；「以濟艱難之功」之「功」，郎本作「初」。

故妻張氏同安郡夫人

敕。朕登進元臣，專以德選，退食委蛇，省察其私，有《召南》之風焉。抑抑威儀，惟德之隅，非內有相貳，何以及此。具官韓維妻張氏，生于冠族，作配君子。言有物則，行應圖史。宜疏湯沐之封，以稱山河之象。祗服明命，佑我老臣。俾無內顧之憂，專任仰成之寄。可。

故妻蘇氏永嘉郡夫人

敕。婦人有德行才智之能，而不得施于事，有言語文章之美，而不得聞于人，而況仁而不壽，賢而不祿者乎？此詩人所以賦彤管，而史氏所以傳列女也。具官某故妻某氏，少以女士，秀于閨門，來嬪德人，勖以禮法。而不得與君子偕老，翟茀以朝，哀哉若人，命之不淑。其改賜湯沐，寵以訓詞，庶幾采蘩之遺芳，不與宿草而共盡。可。

趙濟落直龍圖閣管勾中岳廟

敕趙濟。有司言汝罪惡有狀，小人有不忍爲而汝爲之。朕惟羞汙搢紳，重置汝于理。其退處散地，以勵風俗。可。

王彭知婺州孫昌齡知蘇州岑象求知果州

敕具官某。爲吏莫不欲威而明。威不可立也，惟公則威。明不可作也，惟虛則明。郡無大小，民無剛柔，事無繁簡，政無難易，惟公而虛，無適而不治。以爾用法之久，不失仁恕，折獄之多，滋識情僞。孫昌齡、岑象求改云：「端靜有守，愊愊無華，奉使歷年，吏民宜之。」其悉乃心，施于有政。不侮鰥寡，毋擾獄市，稱朕意焉。可。

王子韶主客郎中周尹考功郎中

敕王子韶等。事有繁簡，才有所宜，要之郎官，天下之清選也。朕有所擇於其人，而無所輕重於其間。以爾子韶博聞强記，老而能學。以爾尹果藝而達，知無不爲。各率其職，而用其長，朕將觀焉。可。

蔣之奇天章閣待制知潭州

敕。三后在上，遺文在下，炳若雲漢，昭回于天。乃眷藏書之府，因爲育材之地。爰登秀傑，以備顧問。雖持節出使，剖符分憂，一掛名於其間，遂增重於所莅。且使民見侍從之出守，知朝廷之念遠也。具官蔣之奇，少以奇才，輔之博學，藝於從政，敏而有功。使之治劇於一方，固當坐嘯以終日。勿謂湖湘之遠，在余庭户之間。務安斯民，以稱朕意。可。

皇伯祖宗勝贈太尉北海郡王

敕。夫以三公之位，冠諸侯王之爵，元勳盛德，有不能兼。非我父兄親賢之隆，加之死生哀榮之極，則朕豈以此授非其人哉！具官宗勝，生于高明，克自抑畏。忠厚以爲質，禮敬以自文。貴窮人爵，而無驕佚之譏；考終天命，而有歸全之美。始終之際，中外所賢；日月有時，窀穸告具。備物典册，以將余哀。豈獨慰九原之思，蓋將勸庶邦之義。可。

劉有方可昭宣使依舊嘉州刺史内侍省内侍押班

敕。朕爲天下父母，推一心以馭百官，内外雖異，愛無差等。皆欲其處無過之地，受有名之賞。則上下相安，人無間言。具官劉有方，少知忠恪，晚益詳練。砥礪廉隅，有搢紳之風；祇畏簡書，無戲怠之色。歷歲滋久，積勞當遷。考之有司，皆曰應法。往服新寵，朕不汝私。可。

宋滋可右侍禁

敕宋滋。疆場之臣[一]，所以奮不顧身、義不旋踵者，以朕爲能卹其孤也。何愛一官，不以慰死者之意，且以爲吏士之勸乎？可。

[一]「場」原作「埸」。本卷《西頭供奉官……》有「疆場之政」語，今改「埸」爲「場」。

鞠承之可秦州通判

敕鞠承之。自恢復西鄙，秦爲内郡。宿兵之衆，有損于前，而遠輸之勞，至相倍蓰。軍政雖簡，民事爲重。監郡之職，專在養民。有司擇材，曰汝可使。往辦乃事，無忝所知。可。

文及可衛尉少卿

敕文及。汝三公子以才行聞，擢置要劇，衆以爲宜。而師臣執謙，重違其請。周廬宿衛，職親而務簡。雖未足以究觀汝能，而退食休沐，下車里門，澣衣子舍。豈非搢紳之美談，而當世之榮觀乎？可。

李杲卿可京西轉運副使張公庠可廣東轉運副使楚潛可廣西轉運副使吴革可廣東轉運判官

敕某官某。朕卽位以來，發號施令，務求厥中。而寬者喜縱，忘先帝之約束，急者樂刻，襲文吏之故態。汝以才能治狀，達于朕聽，其往視之。夫治民如牧羊然，視其後者而鞭之。可。

童珪父參年一百二歲可承務郎致仕

敕童珪父參。古者天子巡守方岳之下，問百年者就見之，而絳縣役老，趙武謫其輿尉。今汝黄髮鮐背，以上壽聞，其可使與編户齒乎〔一〕？往以忠孝，教而子孫。可。

〔一〕「乎」原作「其」，據《七集・外制集》卷中改。

單可度可三班借職出職

敕單可度。在官滋久，更事亦多，而無大過，有足嘉者。往祇寵命，益務廉平。可。

智誠知宜州

敕智誠。蠢爾裔夷，譬之蜂蟻，勝之不武，不勝爲患。惟爾守臣，威信兩立，勝之以不戰，消患於未萌。則民受其賜，予惟汝嘉。可。

張仲可左班殿直

敕張仲。歲之不易，盜賊屢作。爰設勇爵，以勸追胥。爾能奮身，以除民害，必信之賞，其可忘乎？可。

張誠一責受左武衛將軍分司南京

敕張誠一。孝治之極，天下順之。不子之罰，民不輕犯〔一〕。而貴近之間，尚有誠一。朕甚傷之。乃者姦言詖行，蠹國殘民之狀，論者紛然。方議其罪，而悖德隱惡，達于朕聽，攷實其狀，至不忍言。《詩》不云乎："行有死人，尚或墐之。"《禮》曰："父没而不能讀父之書，以爲手澤存焉。"今汝之所爲者，何爲至此極也。縱朕不問，汝亦何顔以處搢紳之列乎？可。

〔一〕《七集·外制集》卷中「不」作「之」。

陳侗知陝州

敕陳侗。士臨利害之際而不失故常者，鮮矣。以爾出入册府幾二十年，安於分義，不妄附麗以干進取。死喪之威，兄弟孔懷，願爲一郡，以卹幼孤。朕甚嘉之。夫入爲九卿貳，出爲二千石，此亦搢紳之高選也。汝益勉之。可。

傅燮知鄭州

敕傅燮。鄭廢爲邑，復爲右輔。經營繕完之勞，民既告病，而吏亦勤矣。以爾樂易之政，屢試有聞。往任其事，寬信以御民，强敏以御吏，稱朕意焉。可。

除呂公著特授守司空同平章軍國事加食邑實封餘如故制元祐三年四月四日

門下。仁莫大於求舊，智莫良於用衆。既得天下之大老，彼將安歸；以至國人皆曰賢，夫然後用。今朕一舉，仁智在焉。宜告治朝，以孚大號。金紫光禄大夫守尚書右僕射兼中書侍郎上柱國東平郡開國公食邑七千一百户食實封二千三百户呂公著，訏謨經遠，精識造微。非堯、舜不談，昔聞其語；以社稷爲悦，今見其心。三年有成，百揆時叙。維乃烈考，相於昭陵〔一〕。蓋清淨以寧民〔二〕，亦勞謙而得士。凡我儀刑之老，多其賓客之餘。在武丁時，雖莫望於前烈〔三〕；作召公考，固無易於象賢。而乃屢貢封章，力求退避。朕重失此三益之友，而閔勞以萬幾之煩。是用遷平土之司，釋文昌之任。毋廢議論，時遊廟堂。於戲。大事雖咨於房喬，非如晦莫能果斷；重德無逾於郭令，而裴度亦寄安危。罔俾斯人，專美唐世。可特授司空同平章軍國事加食邑七百户食實封三百户，餘如故。仍一月三赴經筵，二日一入朝，因至都堂議軍國事〔四〕。

〔一〕《文鑑》卷三十六「于」作「予」。
〔二〕《宋大詔令集》卷五十七「寧」作「臨」。
〔三〕郎本卷三十八「望」作「追」。
〔四〕《宋大詔令集》「事」後有「仍令所司擇日備禮册命」十字。

除呂大防特授太中大夫守尚書左僕射兼門下侍郎加上柱國食邑實封餘如故制元祐三年四月四日

門下。朕聞天子有道，其德不可得而名；輔相有德，其才不可得而見。故漢之《文、景紀》無可書之事，唐之《房、杜傳》無可載之勳。當時安榮，後世稱頌。予欲清心而省事，不求智名與勇功。天維顯思，將啓承平之運；民亦勞止，願聞休息之期。眷予元臣，咸有一德；咨爾百辟，明聽朕言。中大夫守中書侍郎上柱國汲郡開國公食邑二千二百户食實封三百户賜紫金魚袋呂大防〔一〕，造道純深，受才宏毅。果藝以達，有孔門三子之風；直大而方，得坤爻六二之動。久踐右闥，蔚爲名臣。宜升左輔之崇，兼綜東臺之務。加賦進秩，寵數益隆。得位與時，憂責彌重。於戲。若古有訓，無競維人。崔公建中之風，以除吏八百而致；裴垍元和之政，以薦士三十而能。惟公乃心，何遠之有。可特授太中大夫守尚書左僕射兼門下侍郎加上柱國食邑七百户食實封三百户，餘如故。

〔一〕「上」原缺，據郎本卷三十八、《文鑑》卷三十六補。

除范純仁特授太中大夫守尚書右僕射兼中書侍郎進封高平郡國開侯加食邑實封餘如故制元祐三年四月四日

門下。朕惟朝廷之盛衰，常以輔相爲輕重。若根本彊固，則精神折衝。故葛呂臣奉己而不在民，則晉文無復憂色；汲長孺直諫而守死節，則淮南爲之寢謀。朕思得其人，付之以政。使天下聞風而心服，則人主無爲而日尊。咨爾在廷，咸聽朕命。中大夫同知樞密院事上柱國高平郡開國伯食邑九百户食實封二百户賜紫金魚袋范純仁〔一〕，器遠任重，才周識明。進如孟子之敬王，退若蕭生之憂國。朕覽觀仁祖之遺迹，永懷慶曆之元臣。強諫不忘，喜臧孫之有後；戎公是似〔二〕，命召虎以來宣。雖兵政之與聞〔三〕，疑遠猷之未究。坐論西省，進貳文昌；增秩益封，兼隆異數。於戲。時難得而易失，民難安而易危。予欲守在四夷，以汝爲偃兵之姚、宋；予欲藏於百姓〔四〕，以汝爲惜民之蕭、曹〔五〕。勉思古人，以稱朕意。可特授太中大夫守尚書右僕射兼中書侍郎進封高平郡開國公加食邑七百户實封三百户〔六〕，餘如故〔七〕。

〔一〕郎本卷三十八、《文鑑》卷三十六「郡」作「縣」，《宋大詔令集》卷五十七「伯」作「侯」。

〔二〕「公」，《宋大詔令集》作「功」。按《詩·江漢》「肇敏戎公」，「公」通「功」。郎本「戎公」作「我心」。

〔三〕《宋大詔令集》「政」作「柄」。

〔四〕郎本、《文鑑》、《宋大詔令集》「藏」作「安」。

〔五〕郎本、《文鑑》「惜」作「息」。

〔六〕郎本「公」作「侯」。

〔七〕郎本「餘」作「勳」。

除苗授特授武泰軍節度使殿前副都指揮使勳封食實如故制元祐三年七月十二日

門下。出總元戎，作先聲於士氣；入爲環尹，寓軍政於國容。將伸閫外之威，以迪師中之吉。咨於爾衆，朕得其人。侍衛親軍步軍副都指揮使威武軍節度觀察留後持節福州諸軍事福州刺史上柱國濟南郡開國公食邑二千八百户食實封三百户苗授，早以異材，見稱武略。被服忠義，有烈丈夫之風；砥礪廉隅，得士君子之概。薦揚邊圉，益著勞能。拔自衆人，既蒙先帝之遇；遂拜大將，無復一軍之驚。祗扈殿巖，肅將齋鉞。予欲少長有禮，而兵可用；汝其夙夜在公，而令必行。於戲。愛克厥威罔功，茲爲深戒；師衆以順爲武，古有成言。惟懋乃衷，毋忘朕訓。

除皇伯祖宗晟特起復制元祐三年十一月一日

門下。曾、閔之哀，喪不貳事；漢、唐之舊，禮有奪情。矧予藩屏之親，實兼臣子之重。雖閨門以恩掩義，而公侯以國爲家。伯臣司宗，職不可曠；要絰服事，古有成言。非予爾私，其聽朕命。皇伯祖彰化軍節度涇州管內觀察處置等使檢校司空開府儀同三司持節涇州諸軍事涇州刺史判大宗正事上柱國高密郡王食邑七千八百户食實封二千四百户宗晟〔一〕，天資純茂，德履方嚴。襲餘慶於祖宗，蹈格言於師保。典司屬籍，克有令名。郢客卒業於浮丘，辟彊受知於先帝。允釐厥位，無愧昔人。屬此閔凶，纍然毁瘠。嗟日月之逾邁，重職業之久虚。宜復寵名，式從權制。於戲，出居官次，非王事不談；退適倚

廬，讀喪祭之禮〔二〕。則忠孝兩得，人無間言；功名益隆，親有顯譽。勉服朕訓，光昭前聞〔三〕

〔一〕《宋大詔令集》「彰」前有「前」字。「涇州管内」之「涇」原缺，據《文鑑》卷三十六補。

〔二〕《宋大詔令集》「讀」作「循」。

〔三〕《宋大詔令集》「聞」後有「可特起復」四字。

蘇軾文集卷三十九

制敕

姚居簡押木栰上京酬獎轉三班借職

敕姚居簡。不煩民力，而辦官事，會其所運，罕所失亡。可。

賈種民知漢陽軍呂升卿通判海州

敕賈種民等。天下有道，士知分義，流品清濁，各有攸處。如種民、升卿，亦不汝棄。往服寵命，益祇厥官。可。

張世矩再任鎮戎軍

敕具官張世矩。高平故地，夷漢雜處，啓以夏政，疆以戎索。惟威與信並行，德與法相濟。則種落內附，民安其生。以爾習知邊情，克有武略。賦政之美，歷年于兹。夫已信之民易治，已練之兵易使。無改乃舊，益觀厥成。可。

劉誼知韶州

敕具官劉誼。汝昔爲使者，親見民病，盡言而不諱，阨窮而不悔，夫豈知有今日之報乎？孔子曰：「巧言令色，鮮矣仁。」夫能爲朕牧養遠民惠鮮鰥寡者，必剛毅不回之士也。往服厥官，益信汝言。可。

呂惠卿責授建寧軍節度副使本州安置不得簽書公事

敕。元兇在位〔一〕，民不奠居；司寇失刑，士有異論。稍正滔天之罪，永爲垂世之規。具官呂惠卿，以斗筲之才，挾穿窬之智。諂事宰輔，同升廟堂。樂禍而貪功，好兵而喜殺。以聚斂爲仁義，以法律爲詩書。首建青苗，次行助役。均輸之政，自同商賈；手實之禍，下及雞豚。苟可蠹國以害民，率皆攘臂而稱首。先皇帝求賢若不及，從善如轉圜。始以帝堯之心，姑試伯鯀；終然孔子之聖，不信宰予。發其宿姦，謫之輔郡；尚疑改過，稍畀重權。復陳罔上之言，繼有碭山之貶。反覆教戒，惡心不悛；躁輕矯誣，德音猶在。始與知己，共爲欺君。喜則摩足以相歡，怒則反目以相噬。連起大獄，發其私書。黨與交攻，幾半天下。姦贓狼藉，橫被江東〔二〕。至其復用之年，始倡西戎之隙。妄出新意，變亂舊章。力引狂生之謀，馴至永樂之禍〔三〕。興言及此，流涕何追。迨予踐祚之初，首發安邊之詔。假我號令，成汝詐謀。不圖渙汗之文，止爲款賊之具。迷國不道，從古罕聞。尚寬兩觀之誅，薄示三危之竄。國有常典，朕不敢私。可。

〔一〕郎本卷三十九「元兇」作「凶人」。

〔二〕「被」原作「彼」，據郎本、《文鑑》卷四十、《七集・外制集》卷中改。

〔三〕「樂」原作「洛」，今從郎本、《文鑑》、《七集・外制集》改。

許懋秘閣校理知福州

敕許懋。七閩之會，其民智巧。吏得其人，則靡然心服，不勞而治；不得其人，則紛然力爭，雖勞不服。以爾賦政東南，民用不擾，既久而信，厥聲藹然。肆余命爾，長茲劇郡。夫身在江海之上，而職在魏闕之下。民之瞻望，顧不美歟？可。

喬執中兩浙運副張安上提刑

敕喬執中等。夫以卹刑之道，達之於主計，則非聚斂之臣；以牧民之意，推之於卹刑，則非文法之吏。以爾執中奉使東南，吏服其明，民懷其惠。以爾安上賦政毗陵，寬而有制，嚴而不殘。是以命爾，各祗厥服。夫民新脱賦泉之弊，以從力役之征，其謹視貪吏，以無害我成法。可。

宇文昌齡吏部郎祝庶刑部郎

敕昌齡等。古以人物掌選，而士不濫進，以經術斷獄，而民無怨言。嗚呼〔一〕，何修何飾而至此。今吾一之以格律，而不免於異議，何哉？昌齡以儒學進，有聞於人。庶以世家用，能宿其業。勉思古人，以稱朕意。可。

〔一〕「嗚呼」二字原缺，據《七集·外制集》卷中補。

江東提刑侯利建可江東轉運副使福建運判孫奕可福建路轉運副使新差權發遣鄭州傅燮可江東提刑知常州張安上可兩浙提刑朝請郎劉士彦可福建轉運判官

敕具官某等。朕姑罷賦泉之令，復徭役之法，使民出力以事其上，不責其所無有〔一〕，幾以富之，閔閔焉如農夫之望歲也。而差發之際，吏或緣而爲姦，農民在官，貪者動心焉。若郡縣御胥史不嚴，而監司察郡縣不謹，則南畝之民，不困於縣官，而困於吏，其與幾何。爾以治行，達于朕聽。或已試之效，或近臣之薦。必能明識朕意，以保民察吏爲本，謹視其廉貪仁暴，勤惰明闇，以詔賞罰。朕亦將觀汝所爲而進退焉。可。

〔一〕「有」原作「者」，今從《七集·外制集》卷中。

奉議王續知太康縣

敕王續。朕以天下爲一家。然畿甸之民，號爲根本，若近者不悦，四方何觀焉。爾以才選，往服厥事，馭吏以明，保民以寬，無失朕命。可。

新差通判齊州張琬可衛尉寺丞衛尉丞韓敦立可通判齊州

敕具官某等。朕於士大夫苟便其私而無害於公者，蓋未嘗不聽，矧以養親爲詞而求易地，固朕之所樂聞也。往服厥職，各祗乃事。可。

兩浙運副喬執中可吏部郎

敕具官喬執中。士知愛身則知愛君，知馭民則知馭吏。故端靜惠和之士，施之内外，無適不宜。朕察汝久矣。今自部使者，入爲天官屬，無易其守，以稱朕命。可。

供備庫使蘇子元可權知新州

敕具官蘇子元。嗚呼。交趾之變，蘇氏之禍，十年於此矣。朕念之不衰。哀亡而愍存〔一〕。不忍以常法待汝，畀之一郡，以勸事君。敬之哉。思所以致此者，可不敬歟！可。

〔一〕「亡」原作「忘」，據郎本卷三十九改。

楊伋落待制知黄州崔台符王孝先各降一官台符知相州孝先知濮州

敕。國家臨御百年，哀矜庶獄，好生惡殺，視民如傷，六聖一心，簡在上帝，而市井無賴，譖愬公行。若廷尉治獄不苛，秋官議法有守，則仁聖在上，姦宄自消，豈有數年之間，坐致萬人之禍。死者不復，誰任其辜。具官楊伋等，以患失鄙夫之心〔一〕，而竊乘君子之器，欲與羣小共分告織之功，專務巧詆以成疑似之罪。試加覆視，寃狀了然。公議不容，彈章交上。聊從附下之罰，少謝無辜之民。服我寬恩，益務循省。台符改「服我」下云：往莅安陽，兼修馬政。勉思來效，毋重往愆。可。

〔一〕「以」前原空一格，《七集·外制集》卷中不空，今從。

趙卨摩勘轉朝議大夫

敕。趙充國、馮奉世，名臣也，而老於爲將；婁師德、郭元振，儒者也，而樂於守邊。蓋疆埸未寧〔一〕，則以外爲重；而忠義所激，不擇地而安。具官趙卨，少以宏材，輔之博學。虛心大對，方觀晁、董之文；推轂西陲，遂膺羊、陸之寄。恩威並著，戎夏乂安。論歲月以稍遷，姑從舊典；收功名於不世，勉及前人。可。

〔一〕「埸」原作「場」，今從繆刻《七集》改。

趙思明知永静軍

敕具官趙思明。武吏之進，以守土扞城爲高選；而戎壘之政，以平徭決獄爲餘事。汝以財用，往分使符。知高選之未易得，而餘事之不可忽，則寡過矣。可。

鮮于侁大理卿

敕具官鮮于侁。儒者耻爲文吏，而廷尉不用仁人，久矣。流弊之末，至於誦法而不知義，附勢而不知法。罔羅紛張，延及無辜。朕益厭之。爾德惟一，信道不回，雖古于張，何以遠過。是以命爾。庶幾天下復無冤民。不然者，朕豈以刑獄之事累老成哉。可。

吴處厚知漢陽軍賈種民知通利軍

敕具官某等。漢口、黎陽，控引江河，久廢爲邑，吏民不悅。比詔有司，修復故壘，因舊而新，務適厥中，平徭均賦，使民宜之，明致朕意，以慰父老。可。

顧臨直龍圖閣河東轉運使唐義問河北轉運副使〔一〕

敕具官某。朕修賦役之法，黜聚斂之吏，去薄從忠，務以養民，而寬厚之弊，或至於媮。夫外臺按事，以不失有罪爲稱職。若下有幸免之吏，則必有不幸之民。民困於吏，則歸咎吾法。朕甚憂之。太原之民，困於邊備，使者之任，不輕付予。以爾儒林之選，號稱秀傑，有能吏之才而不薄，有長者之風而不媮。其服新職，以莅一道。敕唐義問云：趙魏之地，被邊帶河。使者之任，匪人可乎。以爾直諒之節，世其家聲，豈弟之心、不忍民事。必能深識朕意，以肅吏靖民爲本〔一〕。往任其責，以寬吾憂。可。

〔一〕文中「敕唐義問云」至「以肅吏靖民爲本」，五十二字原爲正文。據本集卷三十八《王彭知婺州孫昌齡知蘇州岑象求知果州》、本卷《楊伋落待制知黄州崔台符王孝先各降一官……》例，改爲註文。

張問祕書監

敕具官張問。汝策名三朝，宣力四方，既有聞矣。而篤老之年，克己復禮，稱道不亂。朕聞而嘉之。

起之鄉閭，列之朝會，問國故事，與民疾苦，足矣，不必勞以事也。優游吾東觀，以爲士大夫之表。可。

范子奇將作監

敕具官范子奇。夫以百工之事，較之一路之民爲輕，而自部刺史入居九卿爲重。爾久在外，服奔走之勞，按視之勤，亦少休乎。今宮室器用，皆有常法，守之勿失，可以寡過。若予工〔一〕，毋廢厥職。可。

〔一〕商務印書館《萬有文庫》本《蘇東坡集》第十六册第七十三頁此句作「往若予工」，不知所本。今仍其舊，加校於此。又，本集卷四十《賜龍圖閣直學士尚書工部侍郎蔡延慶乞知應天府不允詔》有「今若予工」之句。

錢長卿比部郎鄧義叔水部郎

敕具官某等。昔漢郎官出宰百里，今自監郡以上，乃與其選，任益重矣。非獨爲官求人，以濟無窮之務，亦將爲國儲士，以須不次之舉。雖會計溝洫，有司之一事，而馭吏捍災，朕將有取焉。可。

林邵太僕丞何琬鴻臚丞

敕具官某等。爾向以才選，出按常平之政，官省而歸，復使治民，蓋將因能而任焉。九寺之屬，近在輦轂，才之所宜，易以聞達。毋曠厥官，朕不汝遺。可。

文保雍將作監丞

敕具官文保雍。朕仰成元老，如涉得舟，待以求濟。苟有以燕安之，使樂從吾游，而忘其老，朕無愛焉。大匠之屬，未足以盡汝才也，而從政之餘，遂及爾私，並事君親，豈不休哉！

李南公知滄州穆珣知廬州王子韶知壽州趙揚知潤州

敕具官某等。刺史秩六百石，以按列郡而治行卓然，乃以二千石爲郡守，昔以責人者，今以自責，則物被其惠，民無間言。爾等皆嘗奉使，督察官吏，公明之稱，達于朕聽。董制江淮，控臨河海，任亦重矣，其益勉之，無使風采減於平昔。可。

高公繪公紀並防禦使

敕。鄧訓之德，蓋活千人；叔向之功，尚宥十世。矧先王却狄之勳，而聖母負扆之託。子孫賢者，休戚同之。具官某，性於忠孝，文以禮樂。襲故家仁厚之風，蹈布衣恭儉之節。以爾父士林，早緣肺附〔一〕，逮事厚陵，没于中年，爵不配德，故推餘澤，以及後昆。抱能未施，當俟可爲之會；臨寵而懼，庶保無疆之休。可。

〔一〕「肺附」原作「肺腑」，今從郎本卷三十九改。郎註曰：《漢書·田蚡傳》：蚡以肺附爲相。師古曰：舊解云，肺附，如肝肺之相附者也。一說，肺斫木札也，喻其輕薄附著大材也。

李之純户部侍郎〔一〕

敕。保國猶保身，藥石不如養氣；御民猶御馬，鞭箠不如輕車。故興利以富民，不如省事而民自富；廣求以豐國，不如節用而國自豐。朕嘉與庶工，共行此志。以爾具官李之純，屢試以事，號稱循良。雖爲有司，不吝出納。宜膺躐等之用，庶無虛授之譏。服我訓詞，以厭公議，可。

〔一〕《永樂大典》卷七千三百零三郎字韻引《蘇東坡大全集》，有此文。文中「藥石」，《大典》作「砭石」；「以爾具官」，《大典》作「以爾中大夫直龍圖閣知滄州李之純」；「可」，《大典》作「可特授依前中大夫試尚書户部侍郎（原註：却追此官，改除修撰河北運使）」。文中「虛授」之「授」原作「受」，今從郎本卷三十九、《文鑑》卷四十。

穆衍金部員外郎

敕具官穆衍。士能用其長，以自表見者，朕未嘗不試也。要之必觀其始終，然後能決其進退。在此選者，可不勉歟！貨幣之入，所以權輕重，通有無，而非以求富也。往服朕訓，以永終譽。可。

孫路陝西運判

敕具官孫路。關右之民，困役傷財。譬之七年之病，而求三年之艾。朕日夜以思，庶幾其民勇而知方。以爾出入秦、雍，悉其利病，往行所知，以稱朕意。可。

蘇頌刑部尚書

朕聞帝堯之世，伯夷以《三禮》折民；西漢之隆，仲舒以《春秋》決獄。是知有道之士，必以無訟爲功。乃者法病於煩，官失其守。盜賊多有，獄市紛然。敷求迪哲之人，以清流弊之末。具官蘇頌，温文而毅，直亮不回。仲由、冉求，果藝有從政之美；子産、叔向，愛直得古人之遺〔一〕。遭罹閔凶，亦既祥禫。特詔虛位，以待老成。與其遂曾、閔之私哀，顧懷墳墓；曷若蹈威、綽之前軌，顯揚君親。佇聞嘉猷，以對休命。可。

〔一〕「古人」原作「太古」，今從郎本卷三十九。

王公儀夔州路轉運使程高夔州路轉運判官

敕具官某等。役法既復〔一〕，民知息肩矣。然在官者，皆農末也。三峽之民，刀耕火耘，與鹿豕雜居。正賴良使者，察其侵冤。使政煩而吏貪者，此等豈能遠訴乎？朕以大臣薦，故擢用汝。若遠民無告，非獨汝咎，薦者可不勉哉！可。

〔一〕「役」原作「設」，據《七集·外制集》卷中改。

吕由庚太常寺太祝

敕吕由庚。先皇帝有賢執法，朕不及見也。思其人，行其言，用其平生所予者，猶以爲未足也，而録其子。嗚呼，亦可以識朕意也。夫《詩》云：「惟其有之，是以似之。」汝勉之矣，朕不汝忘。可。

杜訢衛尉少卿鍾離景伯少府少監〔一〕

敕具官某等。朕登進耆老，崇德以靖民；敷求儁良，養材以待用。非更練有素，不輕用其人。以爾訢久服官箴，善守家法。以爾景伯既敏而藝，有聞于時。皆吾四世之良，往服九卿之貳。益固爾守，將觀厥成。可。

〔一〕《永樂大典》卷一萬三千四百九十九引《蘇東坡大全集》，有此文。文中「具官某等」，《大典》作「朝議大夫少府少監杜訢中散大夫鍾離景伯」；「可」後，《大典》有「依前官訢守衛尉少卿景伯行少府少監」十六字。

辛押陀羅歸德將軍

敕具官辛押陀羅。天日之光，下被草木。雖在幽遠，靡不照臨。以爾嘗詣闕庭，躬陳珍幣。開導種落，歲致梯航。願自比於內臣，得均被於霈澤。祇服新寵，益思盡忠。可。

高子壽三班借職

敕高子壽。程力較績，國有舊章。命以一官，勉思自效。可。

李肩可殿中省尚藥奉御直翰林醫官

敕具官李肩。醫雖一技，蓋通妙物之神；法有衆科，以助好生之德。故縻好爵，用勸良能。無忘三世之傳，庶保十全之效。可。

耿政可東頭供奉官致仕

敕具官耿政。肇新霈澤，覃及庶工。雖請老以家居，亦先朝之逮事。各從遷秩，以寵歸休。可。

喬執中可朝請郎尚書吏部郎中

敕喬執中。漢以郎官，出宰百里；今以郡守，選屬列曹。任人之隆，於古爲重。有司言爾資格當遷，其卽正員以茂遠業。可。

李之純可集賢殿修撰河北都轉運使

敕。乃者役錢貸息之弊，民兵馬政之勢，萃于北方。而天不靖民，河溢爲災，老幼奔走，流離道路，十年於此矣。嗚呼，其孰爲朕勞來安集，使復其舊乎？以爾具官李之純。治辦之能，嘗見於用。忠厚之質，不移於勢。是用進登書殿，增重使指。其往撫疲瘵之俗，察貪暴之吏。無縱詭隨，以謹無良。朕將酌民言以觀汝政，可不勉歟！可。

吕大臨太學博士

敕具官吕大臨。太學，禮義之所從出也。不擇人以爲法，而恃法以爲治，可乎？漢之郭太、符融，唐之陽城、韓愈，士皆靡然化之，其賢於法遠矣。朕方詔有司，疏理學政，而近侍之臣，言汝可用。必能於法禁之外，使士有所愧而不爲，乃稱朕意。可。

羅適知開封縣程之邵知祥符縣

敕羅適等。赤縣之衆，甚於劇郡。五方豪傑之林，百賈盜賊之淵。蓋自平時，號爲難治。而況市易始去，逋負尚繁，役法初復，農民未信。以爾適，學行純固，有卹民之心。以爾之邵，才力强敏，無媮安之意。各服乃事，以觀其能。不患不己知〔一〕，求爲可知者。可。

〔一〕「己」原作「已」，今從繆刻《七集》。

杜純刑部員外郎

敕杜純。用法如權衡，權可以輕重移，而衡不可以毫髮欺。故司寇之職，必有守道之長貳，而輔之以守官之僚屬。汝昔爲士師，秉節不回。獨持正義，以直羣枉。往服厥官，無易汝守。以不忍之心，行無心之法，則予汝嘉。可。

劉霆知陳留縣

敕具官劉霆。縣劇而難治，故有司難於用人。地近而易知，故才者樂於自用。臨政以簡，決獄以明，御吏以嚴，去盜以武。能此四者，孰不汝知。可。

皇伯仲曄贈保寧軍節度使東陽郡王

敕。祖宗之德，天地並隆。施及子孫，皆享民社。勝衣有朝請之奉，闔棺有茅土之封。始終之間，哀榮斯極。具官仲曄，寬厚寡過，雍容有常。生不勤於父師，没見思於姻族。既得考終之道，可無追遠之恩。豹尾神旗，守臣之威命；金璽盭綬，諸侯之寵章。服我龍光，以賁窀穸。可。

杜紘右司郎中

敕具官杜紘。士[一]歷都司，即踐清要。非一時名勝，不在此選。爾以文無害，而宿其業。往服乃事，益茂厥德，以稱朕命。可。

〔一〕「士」原缺，據《七集·外制集》卷下補。

皇城使裴景知慈州莊宅副使郭逢知階州西京左藏庫副使王克詢知順安軍

敕具官某等。朕銓擇將吏，視其才力。彊敏可任以事者，必試之治民。苟不知愛民奉法，馭吏而戢士，雖智勇有聞，朕無取焉。爾等皆以考績察廉，號稱明練。薦者交章，故在此選。往服厥官，無失朕命。可依前件。

借職楊晟該差使吴奉雲等各轉一官

敕某等。向敕邊臣，增葺城堡。所以護安民吏，各全其生，爾能相率獻田出力，有足嘉者。服我爵秩，永保忠順。可。

呂大忠發運副使

敕具官呂大忠。發運使按治六路，所部幾萬里，持節出使，未有若此其重者也。以爾更練世故，果於從政。屢試劇部，厥聲藹然。是以命爾均南北之有無，權貨幣之輕重。使農末俱利，公私宜之，以稱朕意。可。

蔣之奇集賢殿修撰知廣州

敕具官蔣之奇。按治嶺海，統制南極。聲教所暨，聳聞風采。自唐以來，不輕付予。朕既擇其人，復寵以秘殿之職。使民吏縱觀，知其輟自禁嚴，以見朝廷重遠之意。其於服從畏信，豈不有助也哉！可。

吴安持知蘇州劉珵知滑州

敕具官某等。兩河之俗朴〔一〕，其弊也悍，而輕犯法；三吴之俗巧，其弊也流，而不知止。惟君子爲能，去其已甚，濟其所不及，故所居而民安之。朕求二郡守，訪之左右，咸曰汝宜。往服朕訓，因俗而治。可依前件。

〔一〕「俗」原作「浴」，據《七集·外制集》卷下改。本文以下有「因俗而治」語，作「俗」是。

謝卿材陝西轉運使

敕具官謝卿材。治邊者不計財，惟邊之所用。治財者不䘏民，惟財之爲富。此古今之通患也。朕知汝才知可倚，忠厚可信。故以西方之政，責成於汝。往與帥守者謀之，惟適厥中，以民爲本。可。

李曼知果州

敕具官李曼。蜀之人治蜀，知其好惡，察其情僞，宜若易然。又況於寬而明，和而毅，如汝曼者乎？乃者無實之訴，朕既察之矣。乘傳西歸，平賦役，省條教，以慰父老之望。可。

黎珣知南雄州

敕黎珣。嶺海之遠，吏輕爲姦。非良守令，民無所赴告。往祇厥官，如在近甸，則予汝嘉。可。

張赴再任乾寧軍

敕具官張赴。使者言汝爲政有方，民甚宜之。當解而留，以慰民望，可不勉哉！可。

皇伯仲嬰贈奉國軍節度使追封申國公

敕。祖宗之意，仁孝爲先。孝故專篤於親，仁故閔勞以事。雖豐功盛烈，不見於宗室；而令名美實，克全於始終。死喪之威，哀歎何及。具官仲嬰，少而簡素，輔以温文。既克己以歸仁，亦樂善而忘勢。信順多助，蓋《大有》上吉之祥；高明令終，真《既醉》太平之福。建元戎之六纛，錫上公之九章。維以勸忠，豈云虚授。庶幾幽壤，服我寵靈。可。

林邵開封推官

敕具官林邵。天府之劇，古稱難治。非兼人之資，有不能濟。今自逋負逃亡，悉歸之四廂，宜若易辦。然夫辦之易，則責之詳。爾材敏素聞，而以舉用，往助乃長，使治衆如治寡，以稱所舉。可。

鄧義叔主客郎中王諤水部郎中

敕具官某等。吏惡數易，而事有不得已者。通商惠農，水政爲急。而招攜柔遠，賓客之事亦重矣。各祗乃事，爲安官樂職之計。可依前件。

王荀龍知棣州

敕具官王荀龍。平原厭次，沃野千里。桑麻之富，衣被天下〔一〕。宜得老成循吏，以輔安良民，式遏姦慝。訪之左右，咸曰汝宜。往悉乃心，朕將觀焉。可。

〔一〕「被」原作「彼」，據《七集·外制集》卷下改。

黄憲章獲賊可承事郎

敕具官黄憲章。勞能之賞，不計日月。爵禄之報，必視首功。宜從遷秩之勞，以勸追胥之勇。可。

御史中丞劉摯兼侍讀

敕。孟子有言：「君仁莫不仁，君義莫不義，一正君而天下定矣。」朕惟臺諫言責之臣，雖知無不言，常救之於已失；而勸講進讀之士，蓋朝夕納誨，故日化而不知。合於孟子「正君」之義，非獨有司之事也。具官劉摯，以道事君，非法不言。使朕日聞所不聞，天下稱焉。宜因古今册書之成文，取其興壞治忽之要論。言之於無事，救之於未失。使朕立於無過之地，豈非汝争臣之大願乎？可。

處士王臨試太學録

敕具官王臨。觀近臣以其所爲主，觀遠臣以其所主。朕初不汝知也，而光論汝可用，其試之太學，汝勉之矣。朕既因光以知汝，亦將考汝所爲而觀光焉。可。

皇叔克眷贈曹州觀察使追封濟陰侯

敕。先王建邦啓土，必先宗盟。上自魯、衛，下至應、韓。宗室之子，莫不南面。國家自仁率親，專於教愛。故生無吏責，而富以禄没。享隆名而告諸幽，忠恕之道，可謂備矣。具官克眷，以茂美之質，服信厚之化。雖功名才業不見於用，而恭儉孝悌刑于厥官。命以廉車，即侯其地。皆國之舊，非朕敢私。庶幾有知，服我休命。可。

寇彦卿彦明左班殿直以兄殿直寇彦古永樂成死事〔一〕。

敕具官寇彦卿。士不難以身徇國〔二〕，朕獨何愛一官，不以收恤其家乎？祗服朕命，毋忘死者。

可。

〔一〕「成」疑爲「城」之誤。

〔二〕《七集·外制集》卷下「難」空格，繆刻《七集》作「惜」。

駙馬都尉張敦禮節度觀察留後

敕。軒冕之來，德量爲稱。外無充詘之容，可以觀德；內若固有之安，可以言量。具官張敦禮，少以經術，秀於士林。雖緣姻戚之選，不失儒素之行。日奉朝請，既抱才而未試；坐閱歲月，亦久次而當遷。進居兩使之間，增重諸倩之遇。益礪士節，以爲國華。可。

內人張氏可特封典贊

敕張氏。朕幼學之初，未就外傅。命爾執業，以侍左右。勤勞有年，恭謹寡過。進掌儀範，以旌徽柔。可。

故尚宮趙氏可特贈郡君

敕趙氏。先朝差擇女士，以輔陰教。侍御左右，罔匪淑人。矧茲六尚之選，必備四教之法。奄焉淪喪，宜極哀榮。以爾名族之英，掖廷之舊。行應圖史，言中物則。彤管有煒，既傳好德之芳；象服是宜，無愧飾終之典。庶幾幽壤，服我寵章。可。

馮宗道右騏驥使内侍省内侍押班梁惟簡文思副使内侍省内侍押班

敕具官某等。爵禄，天下之公器也。朕不敢以私暱之愛，而輕用其賞，亦不敢以近習之嫌，而不録其功。以爾等小心忠孝，逮事列聖，出入中外，劬勞百爲。而宗道以藩邸攀附之勤，惟簡以東朝奉事之久，各還所寄，加重其任。益勵素守，以稱異恩。可依前件。

梁從吉遥郡團練使入内内侍省副都知

敕。祖宗之化，自家刑國。故雖左右近習之臣，莫不好善而知義，彬彬然有士君子之風焉。具官梁從吉，莊重有守，温良寡過。給事宫省，知無不爲。服勤邊徼，克有成績。改錫戎團之命，進助内宰之政。益勵素守，以稱異恩。可。

劉有方内侍省右班副都知

敕。祖宗之化，自家刑國。故雖左右近習之臣，莫不好善而知義，彬彬然有士君子之風焉。具官劉有方，温恭和毅，勤强練密。進從王事，以法令爲師；退安私室，以圖史爲樂。進領右璫之貳，益親中禁之嚴。惟忠與敬，乃稱朕命。可。

翟思知泉州周之純知秀州沈季長知南康軍

敕具官某等。朕惟四海之廣，一夫不獲，足以害教化之成，傷陰陽之和。故選建守長，必以學士大夫爲先。孔子曰：「君子學道則愛人，小人學道則易使也。」爾等皆以儒術進，有聞于時矣。其深識朕意，往行所聞。欽哉。可。

馬傳正大理寺主簿

敕具官馬傳正。哀敬折獄，明啓刑書，理官之任也。主簿雖卑，亦有事於其間矣。爾以選用，其勉服此言。可。

張之諫權知涇州康識權發遣鄜州

敕具官某等。邊郡之政，兵食爲先。郡守之責，文武兼綜。以爾等才力之選，卓然有聞。治辦之效，見于已試。朕雖招攜來遠，不求邊功；爾當積穀訓兵，常若寇至。祗率厥服，往惟欽哉。可〔一〕。

〔一〕《七集·外制集》卷下「可」後有「依前件」三字。

梁謂供備庫副使轉出

敕具官梁謂。奉事之久，累勞當陞。求從外遷，亦各其志。進貳諸使，往齒外朝。益務廉平，以答休寵。可。

燕若古知渝州

敕具官燕若古。汝向以才選，奉使東方。官省而歸，因以得郡。蓋可謂異恩矣。巴峽之嶮，邑居褊陋。負山臨谷，以争尋常。獨渝爲大州，水土和易，商農會通，賦役争訟，甲於旁近。毋以僻遠，鄙夷其民。欽哉。可。

删定官孫諤鮑朝賓並宣議郎

敕具官某等。廷見改官，法之所嚴也。歲月之課，保任之數，差若銖黍，輒不得遷。今於汝獨畧之者，豈非以制法定令，汝與其議故歟？祗服朕命，以法自律，無徒知之。可。

王振大理少卿

敕具官王振。任法而不任人，則法有不通，無以盡萬變之情；任人而不任法，則人各有意，無以定一成之論。朕虚心以聽，人法兼用。以爾出入中外，敏於從政，詳平奏讞，審於用律。廷尉之事，爾惟副之。夫法出於禮，本於仁，成於義。勉思古人，以稱朕命。可。

李籲宣德郎

敕具官李籲。朕有大政令，使近臣總領其議。民之休戚，國之治亂成其手，可謂重矣。爾以儒術，進以邑政，選而爲之官屬，亦豈輕哉！二三臣者，言爾當遷。其服朕命，益祗乃事。可。

趙思明西上閤門副使

敕具官趙思明。國之宗臣，義同休戚。故文終之後，配漢並隆；而梁公之孫，與唐無極。國家佐命，元老獨高。韓王銘勳太常，侑食清廟。爰自近歲，歎其中微。乃眷裔孫，尚有遺烈。宜因近侍之請，進陞上閤之貳。勉蹈祖武，副朕懷人追遠之心。可。

李承祐内殿崇班内臣轉官

敕具官李承祐。奉事滋久，累勞當遷。遂齒外朝搢紳之列，益思忠藎，毋忝恩榮。可。

蕭士元知隰州趙永寧知永静軍

敕具官某等。文武異用而其道同，軍國異容而其情一。爾以才選，往莅厥服。惟少私寡欲，則民自靖。惟奉法循理，則吏自畏。祗率朕訓。欽哉。可。

黄光瑞可内殿崇班

敕黄光瑞。朕覆養華夷，義均臣子。愛重爵賞，必加有功。以爾昔助王師，遠獲逋寇。歷年滋久，宜示異恩。服我寵休，永思忠藎。可。

文貽慶可都官員外郎居中可宗正寺主簿〔一〕

敕具官某等。昔江左二老，王導、謝安；唐之元勳，汾陽、西平。皆以積德流慶，子孫多賢。布列臺省，爲邦之光。今吾太師氏，亦庶幾焉。爾等才行之美，所資者深。聞見之廣，不扶自直。宜近而遠，未稱朕意。其歸服乃事，同寅協恭，以究事君親之義。可。

〔一〕《永樂大典》卷一萬四千六百零七引《蘇東坡大全集》有《文居中宗正寺主簿制》，可知《大典》所據之本，另有《文貽慶可都官員外郎制》。文中「具官某」，《大典》作「奉議郎管句西京糧料院」；「多賢」，《大典》作「昌衍」；「邦」作「邦家」；「可」後有「特授依前官試宗正寺主簿」。

皇兄令夬贈博州防禦使博平侯

敕。爵齒之貴，並隆於朝廷；死喪之威，莫先於兄弟。禮有哀卹，義兼哀榮。故具官令夬，端厚有常，靖恭寡過。生不勤於保傅，没見思於族姻。宜分竹符，就賜茅社。服予惇敘之寵，慰爾永歸之魂。可。

高士永知文州

敕具官高士永。自將爲守，非藝而果，不在此選。治兵欲嚴，御吏欲明，撫民欲寬，守邊欲信。汝勉之矣，毋廢朕命。可。

太皇太后再從弟高士纘高士湂可並左班殿直文思副使湙惟簡可皇城副使

敕具官某等。朕惟坤元成物之恩，雖以天下養，無足稱其德者。故推餘澤，以及葭莩之親。左右奉事之臣，雖天地之施，無所報塞。尚勉忠孝，以答萬一。可。

范百禄刑部侍郎

敕。朕哀敬五刑，期協中道。論者志於殺，惟殺之務，則深而失情；讞者志於生，惟生之知，則玩而廢法。朕欲情法兩得，生殺必中。非俗吏之所能，思古人而永歎。爰試以事，乃得其人。具官范百禄，少以異材，輔之篤學。昔奉大對〔一〕，有守禮憂國之言；旋爲争臣，有責難愛君之意。必能參用經術，折中人情。民自以爲不冤，汝當務致此者；吾必也使無訟，朕亦將庶幾焉。可。

〔一〕「昔」原作「首」，今從《七集·外制集》卷下改。

朱光庭左司諫王覿右司諫

敕具官某等。惟善人能受盡言。故昔之諫者，常有不容之憂。然有志之士，猶且不顧。忠義所激，憂患可忘。今朕恭己無爲，虚心以聽。汝等所論，蓋無虚日。朕亦有拒而不聽，聽而不用者乎？各服新命，盡所欲言。言而不從，朕則有愧。知而不言，汝亦負朕。可不勉哉！可。

鮮于侁左諫議大夫梁燾右諫議大夫

敕。仲虺言湯之德曰：「改過不吝。」孔子論一言而喪邦曰：「惟予言而莫余違。」嗚呼，天下之治亂安危，有不出於此者乎？朕夙興夜寐，思聞其過。厥愆曰朕之愆，不啻不敢含怒，而況於左右輔弼之臣歟？具官鮮于侁，邦之老成，久試於外。金石之節，皓首不衰。具官梁燾，出入館殿，蓋二十年。守道篤志，無所阿附。皆吾争臣之選也。朕之於事，無必無我。可則行之，否則更之。使天下曉然，知朕樂聞其過。書之史册，足爲美談。若乃進則詭詞，退則焚草。衰世之事，朕無取焉。可。

王巖叟侍御史

敕具官某。爾以御史，論事稱職。擢居諫垣，而能秉心不回，忠言屢聞。考其所争之義，皆有可行之實。予維寵嘉之。玆復命爾往貳執法，樂於從善，朕志亦可見矣。《易》曰：「大君有命，開國承家，小人勿用，必亂邦也。」爾謹視中外，毋縱詭隨，以成我純一之政。可。

錢勰給事中

敕。朝廷之政，根本於中書，而樞機於門下。出入考慎，然後布之天下，一成而不反，後世有述焉。雖用人惟均，而至於封駁之任，其選尤重。具官錢勰，文學議論，世其先人，典章憲度，博通前世，詞命之富，多而愈工，風力之優，煩而不亂。其服新命，益修厥官。使爲政者難於造令，而承流者無所議法，則惟汝賢。可。

明堂執政加恩

韓維

敕。朕於訪落之初，躬總章之祀。追嚴烈考，以侑上帝。七政軌道，四海來格。禮樂具舉，天人並應。非余一二大臣，同德比義，燮和神民，何以致此哉？具官韓維，令德雅望，外爲師表；忠言嘉謀，入告帷幄。望其容貌，足以知朝廷之尊；聞其風烈，足以立貪懦之志。艱難之際，垂拱仰成。宜修舊典之常，均被慶成之澤。同底於道，朕有望焉。可。

張璪

敕。親祠合宫，昭事上帝。明發不寐，惕然有懷。永惟神考之烈，高出百王之表。選建羣辟，遺我後人。濟於艱難，克有成績。具官張璪，碩材不器，俊德自明。衛上之忠，悃欵四世。應務之敏，勤勞百爲。追兹配饗之成，宜均慈嘏之福。服我明命，永肩一心。可。

李清臣

敕。祗奉嚴禋，肆行大賚。誠通幽顯，澤被中外。六成之樂，上格於穹壤；四簋之黍，下浹於燀庖。矧余元臣，相成盥事。神人所保，霈澤宜先。具官李清臣，德配先民，才高當世。早以天人之學，發爲經緯之文。左右先朝，克有成績。屬余訪落之始，共濟艱難之中。追兹慶成，均被慈告。宜疏井邑之賜，以示臣工之榮。永孚於休，以稱朕意。可。

安燾

敕。於皇烈考，屬余大器。夙夜祗懼，若涉冰淵。乃者饗帝合宫，風雨時若。肆眚象魏，謳歌事歸。惟天人之應，萃於眇躬；蓋左右之助，實賴將相。具官安燾，奮自儒術，爲時名臣。燮和兵戎，無傷財害民之警；持守法度，有送往事居之忠。迨兹慶成，均被慈告。井邑之賜，國有舊章。與民同休，居寵無愧。可。

范純仁

敕。朕出款真室，還祀合宫。祇見昊天，陟配文考。禮樂具舉，華夷駿奔。方恭默無言之中，繄辟公顯相之賴。率禮弗越，肆予汝嘉。具官范純仁，慶曆名臣之家，熙寧正諫之士。著績西鄙，授任中樞。謨猷靖深，兵革消伏。領使奉祠之日，助成大享之勤。降福孔多，推恩宜廣。矧予宥密之地，可無勳邑之加。往服寵章，益敬毋怠。可。

吕大防

敕。朕有事總章，升侑神考。四輔在位，百工在廷。鬷假無言，各率其職。迨此釐事之畢，匪我沖人之能。思與羣公，均受帝祉。具官吕大防，擢自英祖，休有直聲。被遇裕陵，愈彰忠力。入總文昌之轄，手疏磐錯之煩。六事所瞻，倚以爲重；三府之議，於焉取平。宜加勳伐之隆，益增井賦之衍。服我休命，思勉厥終。可。

韓忠彦黄履並特轉朝請郎

敕。考績之法，三代共由。雖余左右之信臣，猶以歲日而敍進。率循其舊，示不爾私。具官韓忠彦，頎然異材，奮以儒術。典朕三禮，識古人之大全；歷事四朝，有宗臣之餘烈。黄履：受材宏深，秉德純固。入踐臺省，休有老成之風；出更藩垣，遂無東顧之念。祗服新命，益修厥官。尚勵有爲之心，以需不次之舉。可。

皇叔祖克愛皇叔仲銧並遥郡團練使

敕。朕不以親廢法，亦不以義掩恩。故宗室之英，雖不任事，而歲月之考，必付有司。以爾具官克愛，篤行有常，率履如一。以爾具官仲銧，居寵而戒，好德不回。既累日以當遷，非無名而虚授。益務忠敬，以保厥家。可。

王獻可洛苑使

敕具官王獻可。《傳》不云乎：「詩書義之府，禮樂德之則。」禦侮扞城，亦儒者之事也。汝以詞學進，而以武幹聞。肆予虎臣，謂汝可用。往服新命，以成汝志。可。

陳次升淮南提刑

敕具官陳次升。《春秋》書無麥禾，蓋病之也。今吾淮甸之民，夏旱秋水，望熟於來歲。譬如負重涉遠，未知所舍。朕甚憂之。汝自百里長，以才能選爲朕耳目。其往按視。省刑獄，均力役，督盜賊，去姦吏。使民忘其災，以稱朕意。可。

杜純大理少卿

敕杜純。治獄得其道，仁及幽顯，澤流子孫。苟非其人，災及草木，身任其禍。朕敬而畏之，久難其人。以爾用法平直，守道純固，不以進退榮辱抑揚其心，故在此選。靡不有初，終之實難。可不勉哉！可。

郭晙開封府司録參軍

敕具官郭晙。汝昔爲獄官，不撓於職事〔一〕，以陷無辜之人，坐失厥職，秉義不回，有足嘉者。往隸天府，總攝羣掾。毋易汝守，朕將觀焉。可。

〔一〕繆刻《七集》「職」作「執」。

林希中書舍人

敕。文章之變，與時盛衰。譬如八音，可以觀政。而况誥命之出，學者所師。號令以之重輕，風俗因而厚薄。本朝革五代積衰之氣，繼兩漢爾雅之文。而大道中微，異端所汩。欲復祖宗之舊，必以訓詞爲先。故難其人，不以輕授。具官林希，博聞强識〔一〕，篤學力行。綽有建安之風流，逮聞正始之議論。往踐外制，爲朝廷常潤色其精微；期配昔人，使天下識典刑之髣髴。務究所學，朕將觀焉。可。

〔一〕「聞」原作「學」，今從《七集·外制集》卷下改。郎本卷二十九亦作「學」，龐校據羅考校改爲「聞」。

司馬光左僕射追封温國公

敕。執德不回，用安社稷爲悦；以死勤事，坐致股肱或虧。方予訪落之初，遽興殄瘁之感。其於卹典，豈限彝章。具官司馬光，超軼絶塵，應期降命。蹈履九德，湛涵六經。逮事仁宗，以論思獻納任言責；翊我英祖，以安危治亂鑒古今。粤惟先朝，延登近弼。方事獻可而替否，不肯枉尺而直尋。紬繹新書，優游卒歲。乃心無不在王室，不起何以慰蒼生。顧惟眇躬，肇稱毖祀。雖未能求諸野而得傅説，亦庶幾選於衆而舉臯陶。激濁揚清，方甄明於流品；制法成治，永振惠於黎元。而憖遺之悲〔一〕，天不得於一老；惴慄之歎，人皆輕於百身。兹大享於合寢，仍不預於小斂。師垣一品，降之九原。開國於温，用旌直德；納棺以襚，式勸具僚。念洙泗以無從，想話言之猶在。俯惟英爽，歆此寵靈。可特贈温國公。

〔一〕「憖遺」原作「慗遺」，誤。案：《康熙字典》：慗，音敕，從也。義不通。《左傳·哀公十八年》：「不憖遺一老。」此處正用其語。

張績除宣德郎

敕太學博士張績。祖宗設賢良文學之科，以網羅天下之豪俊。間得偉人，爾繇是選。而沉默恬淡，安於冗散。學士鄧温伯，與東西省從官列上奏狀。朕嘉乃冲静，特俾遷秩。益務敦𢇛，將有試焉。可特授宣德郎，依舊太學博士。

孫覺除吏部侍郎

敕。自國家還政文昌，將以致治。而天官四銓，總覈人物。澄清流品，未見其人。除擬之間，賢愚同滯。以爾朝請郎試給事中孫覺，文學論議，獨知本原。諫省東臺，久從踐歷。選掄之慎，委寄益隆。噫，法之窒閡者更，吏之不虔者逐。賕文弗作，甄序有倫。服我訓詞，尚有大用。可特授依前官試吏部侍郎。

曹旦知南平軍

敕供備庫副使曹旦。西南瀘夷，諸種部族。散處叢篁谿谷之阻，與魚鳥羣。卉服而居，畬田而食。樂生惡死，情無甚異。軍麾邊戍，備預不虞。静而綏之，彼自馴擾。往服吾訓，以稱人知。可特授依前官權知南平軍事。

吕和卿知台州

敕承議郎尚書金部員外郎吕和卿。臨海雖小邦，而有民社之重，朕豈輕之。爾以仕優而學誠，知戒夫牆面之傾，製錦之未易乎？往欽用勵，毋忽吾訓。可依前官差權知台州。

陸佃禮部侍郎充修實録院修撰官制〔一〕

敕。文昌二卿，位次八座。各有典司，咸用專達。天官之選，目色實繁。以爾朝奉郎試吏部侍郎陸佃，方頒以先朝一代大典，纘修筆削，勢難兼綜。春官宗伯，事雖稀簡，目力可周。而典章文物，動關國體，益思明練，以稱恩休。可特授依前官試禮部侍郎依舊充修實録院修撰官。

〔一〕「充修實録院修撰官制」九字原缺，據本集目録補。

龍圖閣直學士朝請大夫知定州蔡延慶朝請大夫試户部尚書李常並磨勘轉朝議大夫

三考而議黜陟，古今所同；積日而敍勤勞，貴賤無間。矧夫内與六官之長，外總連帥之權。均大計之盈虚，司鄰邦之動静。歷年應格，稽法當遷。有司以言，朕何敢後。具官李常，奮由疏遠，深自刻修。財賦所存，綱目具舉。具官蔡延慶，名臣之後，吏治有餘。干城四方，安静不擾。咸以侍從之選，而應股肱之良。雖尺寸以遷，未彰於異數；而命秩之寵，差慰於久勞。

朝奉郎孫覽除右司員外郎

奉使北方，治河而備邊，任亦重矣。以爲未足以盡其才也，而寘之都司。吾之所以責任爾者可見也。夫分治六官，事無鉅細。畢陳於前，若網在綱。振之則舉，弛之則盡廢。爾昔既稱治辦矣，勉既厥心，以待來効。

朝奉大夫田待問淮南提刑制

揚、楚春旱秋水，民艱於食，漸起爲盜。遂使州縣犴獄充滿。朕憂之，未始一日忘也。間起爾於山陽守，參領漕事。今又命爾按視刑辟。徒以爾習其風俗，知吏民所疾苦。夫察貪暴，謹追擾，均有無，督盜賊，此荒政之急也。勉勤其職，以稱朕意。

朝散郎殿中侍御史林旦淮南運副使制

淮甸之民，薦罹饑饉。乃者詔發倉廩，發吳楚之漕以拯其急。猶以乏食流徙，達於朕聽。朕惟救荒之政，行之略盡。惟得良使者，因事施宜，爲若可賴。爾由郎官以才任御史，習於揚、楚之俗，其爲朕往視之。均徭薄斂，禁暴戢姦，無使斯人重被其困。

蘇軾文集卷四十

内制赦文

明堂赦文〔一〕元祐元年九月六日

門下。聖人之德，無以加孝；帝王之典，莫大承天。朕以眇眇之身，煢煢在疚。永惟置器之重，惕若臨淵之深。承明繼成，思有以迪先王之烈；紹志述事，未足以慰天下之心。仰繫母慈，總攬政體。緝熙百度，和樂四方。賴帝眖臨，海寓寧乂。三垂之兵靡警，萬邦之年屢豐。庶幾大同，光嗣成美。深惟六聖之制，必躬三歲之祠。惟兹肇禋，屬予訪落。喪有以權而從變，祭無以卑而廢尊。顧言總章，古重宗祀。以教諸侯之孝，以得萬國之心。我享維天，下武式文王之典；大孝嚴父，孔子謂周公其人。追惟先猷，嘗講兹禮。包舉儒術，咨諏縉紳。刺六經放逸之文，斥衆言淆亂之蔽。嘉與四海，靈承一天。革顯慶之兼尊，隆永徽之專配。成於獨斷，畀予冲人。遵遺教於前，著成法於後。涓選吉日，裒輯上儀。奉罍琳宫，奠玉路寢。神之弔矣，燕及皇天；誰其配之，既右烈考。於時夙齋輅之駕，被袞冕之章。備庶物之微，追三牲之養。靈游而風馬下，孝奏而日月光。惕然履霜，詎勝悽愴之意；僾然出户，如聞歎息之聲。秩祐賚我思成，侍臣助予惻楚。既迄成於熙事，敢專饗於閎休。宜布洪恩，以暨諸夏。云云。於戲，漢庭祀帝，著於卽阼之踰年；唐室施仁，固以御門之吉日。蓋禮盛者文縟，澤大者流長。尚賴文武之英，屏翰之雋。協恭致治，以輔邦家。

〔一〕《宋大詔令集》卷一百二十五有此文，題作《元祐元年明堂赦天下制》。文中「海寓」，《宋大詔令集》作「浹富」；「三垂」作「三陲」；「顧言」作「欽言」；「秩祐」作「秩祐」；「以暨諸夏」句後，有「可大赦天下」五字，無「云云」字。

西京奉安神宗皇帝御容禮畢西京德音赦文元祐二年十月十四日

門下。朕以寡昧，仰繼聖神。顧瞻山陵，未忘弓劍之慕；益廣宗廟，以奉衣冠之游。祗遣輔臣，往嚴像設。敞鳳臺之仙宇，粲龜洛之仁祠。晬表一臨，陪京增重。山川改色，方貢祥而效珍；父老縱觀，或太息而流涕。宜施雷雨之澤，以答神人之休〔一〕。云云。於戲，好生育物，既推文母之慈；崇德措刑，終成神考之志。資爾有衆，宜體朕懷。

〔一〕郎本卷三十七、《七集·內制集》卷六「休」作「心」。「休」後無「云云」字。下篇《德音赦文》，《七集·內制集》亦無「云云」字。

德音赦文元祐三年六月

門下。朕以眇躬，獲御大器。仰聖后之慈訓，荷先烈之永圖。四載于茲，涉道尚淺。凜然祇惕，若履淵冰。思所以慰安人心，奉若天道。常慮一夫之失所，以傷萬物之太和。蠲苛去煩，夙夜顧治。乃自去冬連月，降雪異常。今春已來，久陰不霽。農夫失職，商旅不通。比屋之間，凍餒彌甚。常寒之罰，咎在朕躬。惟日兢兢，以圖消復。潔精致禱，神眷未孚。克己自持，協氣無應。切慮四方獄犴，冤滯尚多。工役煩興，人咨胥怨。鬱成繆盭之變，以干陰陽之和。宜均渙恩，以召善氣。云云。於戲，遇災祗戒，聿修信順之誠；正事布和，庶獲天人之助。咨爾中外，咸體朕懷。

内制詔敕

集官詳議親祠北郊詔[一]

敕門下。國家郊廟時祀祖宗以來，命官攝事，惟三歲一親郊，則先饗清廟，冬至合祭天地于圜丘。元豐間，有司援周制，以合祭不應古義，先帝乃詔定親祠北郊之禮，未及施行。是歲，郊不設皇地祇位，而宗廟之饗率如舊制。朕以寡昧，嗣承六聖休德鴻緒。今兹禋禮，奠幣上帝，祼鬯廟室，而地祇天神久未親祀，矧朕方修郊見天地之始。其冬至日南郊，宜依熙寧十年故事，設皇地祇位，以答並貺之報，仍令有司擇日遣官奏告施行。厥後躬行方澤之祀，則修元豐六年五月之制。俟郊祀畢，依前降指揮，集官詳議親祠北郊事及郊祀之歲廟饗典禮聞奏。故兹詔示，想宜知悉。

〔一〕郎本卷三十文中「未及施行」作「未之及行」；「禋禮」作「禋祀」。

太皇太后賜門下手詔二首〔一〕元祐三年七月八日

敕門下。皇帝嗣位，于兹四年。華夷來同，天地並應。而皇太妃以恭儉之德，鞠育之恩，雖典册以時奉行，而情文疑有未稱。皇帝以祖考之奉，尊無二上。而吾惟《春秋》之義，母以子貴。其推天下之養，以慰人子之心。宜下禮部大常寺討尋。如於典故有褒崇未盡事件，令子細開具聞奏。

〔一〕《宋大詔令集》卷十七有此文，題作《太后令褒崇皇太妃詔》，題下原註：元祐三年七月癸丑。文中「討尋」，《宋大詔令集》作「討論」；篇末「奏」後有「故兹詔示想宜知悉」八字。

二〔一〕元祐三年閏十二月十四日

敕門下。官冗之患，所從來尚矣。流弊之極，實萃于今。以闕計員，至相倍蓰。上有久閒失職之吏，則下有受害無告之民。故命大臣，考求其本。苟非裁損入流之數，無以澄清取士之源。吾今自以眇身，率先天下。永惟臨御之始，嘗敕有司。蔭補私親，舊無定限。自惟薄德，敢配前人。已詔家庭之恩，止從母后之比。今當又損，以示必行。夫以先帝顧託之深，天下責望之重。苟有利於社稷，吾無愛於髮膚。矧此恩私，實同毫末。忠義之士，當識此誠。各忘内顧之心，共成節約之制。今後每遇聖節大禮生辰合得親屬恩澤，並四分減一。皇太后、皇太妃準此。

〔一〕《宋大詔令集》卷十一有此文，題作《太皇太后減聖節大禮生辰親屬恩澤詔》。文中「上有久閒」之「閒」原作「間」，今從《宋大詔令集》。

趙州賜大遼賀興龍節大使茶藥詔

敕。卿肅將慶幣，遠涉川途。風埃浩然，徒馭勤止。宜加寵錫，以示眷懷。

趙州賜大遼賀興龍節副使茶藥詔元祐元年十月六日

敕。卿將命夙興，犯寒遠涉。駕言未息，軫念殊深。特致恩頒，以嘉勤瘁。

賜皇叔祖建雄軍節度觀察留後同知大宗正事宗景上表辭恩命不允詔

元祐元年十月九日

敕宗景。省所上表辭免恩命事，具悉。朕初執珪幣，祗見上帝。嘉與百辟，徼福文考。大賚四海，始于親賢。皆神之休，義不當避。國有常典，爾無固辭。

賜皇叔祖宗景上表辭恩命不許詔元祐元年十月九日

敕宗景。覽所上表辭免恩命事，具悉。國家有大祭祀，必均慶賞。邦甸侯衛，煇炮翟闇。無有遠邇，畢蒙惠澤。矧我懿親，實維顯相。祗率舊典，毋須固辭。

賜新除檢校太保依前河西軍節度使阿里骨加恩制告詔元祐元年十月十五日

敕阿里骨。朕涓選靈辰，奉承宗祀。肆均介福，徧曁多方〔一〕。卿世撫侯封，夙虔朝命。特加寵渥，用獎忠嘉。

〔一〕「方」原作「芳」，今從《七集·內制集》卷一。

太皇太后賜故夏國主嗣子乾順詔元祐元年十一月十六日

念爾守邦，藐然在疚。日月逾邁，祖葬有時。緬懷孝愛之深，想極攀號之戚。往助襄事，式昭異恩。

二元祐元年十一月十六日

惟我列聖，眷爾有邦。非徒極其寵榮，蓋亦同其憂患。念爾哀疚，惻然顧懷。臨遣行人，往喻至意。且致奠賻之禮，以爲存没之光。

趙州賜大遼賀正旦副使茶藥詔元祐元年十月十九日〔一〕

敕。卿抗旌出境，夙駕在塗。眷言跋涉之勞，宜適興居之節。式頒良劑，以輔至和。

〔一〕「元年」原作「七年」，據《七集·內制集》卷一改。

趙州賜大使茶藥詔元祐元年十月十九日

敕。卿遠飭使軺，講修鄰好。蒙犯風霧，跋履山川。宜頒錫於珍芳，庶輔安於寢食。

趙州賜大遼國賀太皇太后正旦大使茶藥詔元祐元年十月十九日

敕。卿恭講鄰歡，遠勤軺馭。言念驅馳之久，適丁寒沍之辰。宜錫珍良，式昭眷寵。

趙州賜副使茶藥詔元祐元年十月十九日

敕。卿遠持使節，來慶春朝。方此沍寒，良勤啓處。宜示眷懷之異，式頒劑和之良。

賜鎮江軍節度使檢校太傅開府儀同三司上柱國康國公判大名府韓絳上表乞致仕不許詔二首元祐元年十月二十日

敕韓絳。覽所上表陳乞致仕事，具悉。卿四世元老，國之長城。端笏垂紳，不動聲氣。風采所及，自然折衝。軒冕丘園，其實何異。矧今艱難之際，日有冰淵之虞。黄髮在廷，未敢言病。豈宜獨善，遽欲即安。尚分北顧之憂，勿起退歸之念。强食自輔，體我至懷。

二元祐元年十月二十日

敕韓絳。省所上表陳乞致仕事，具悉。功成身退，人臣之常。壽考康强，有不得謝。卿出入將相，垂三十年。豈以小郡〔一〕，尚勤元老。徒得君重，卧護一方。使吏民瞻師尹之儀刑，蠻夷識漢相之風采。丘園之請，朕未欲聞。其省思慮，時寢食，親近藥餌，以副中外之望。

〔二〕《七集・內制集》卷一「郡」作「物」。

賜金紫光祿大夫守尚書右僕射兼中書侍郎呂公著生日詔元祐元年十月二十七日

敕公著。卿將相三世，輔翼兩朝。方《斯干》獻夢之辰，有《既醉》太平之福。宜膺慶賚，永錫壽康。今賜卿生日羊酒米麪等，具如別録，至可領也。

賜新除依前中大夫守中書侍郎呂大防辭恩命不允詔元祐元年十一月四日

敕大防。卿敦大直方，任重道遠。擢貳西省，蔽自朕心。雖與聞政事，爲日未久，而歷試中外，勤勞百爲，蓋有年矣。德位惟允，人無間言。亟服新命，毋煩朕訓。

賜新除御史中丞傅堯俞辭免恩命不允詔元祐元年十一月六日

敕堯俞。《詩》云：「剛亦不吐，柔亦不茹。」朕以卿有樊仲之風，是以擢卿爲中執法。才難之歎，古今共之。豈以小嫌，而廢大任。與其拘文以自疑，不若直己而行義。亟服乃事，無煩固辭。

賜正議大夫同知樞密院事安燾乞退不允詔元祐元年七月十三日

敕安燾。卿才當其位，義不辭勞。內之樞機之謀，外之疆場之議〔一〕。既當身任其責，難以家事爲辭。而況並奉君親，兩全忠孝。進無不得，退以何名。卿之所求，固非矯激。朕之不許，亦豈空文。亟還厥官，無煩再命。

〔一〕「埸」原作「場」。卷三十七「疆埸」屢見。今改「場」爲「埸」。

賜韓絳上第二表乞致仕不允詔元祐元年十一月十四日

敕韓絳。朕以眇躬，求助諸老。皆以艱難之際，不辭中外之勞。胡爲累章，確守歸意。豈朕不善西伯之養，而無人子思之側乎？三復喟然，未喻厥指。朕意不易，卿其少安。

賜韓絳上第三表乞致仕不許斷來章詔元祐元年十一月十四日

敕韓絳。君臣之義，憂樂同之。苟皆懷歸，誰任其事。卿之高識雅度，輕軒冕而樂丘園，天下所共知也，獨不念先帝託付之重乎？勉徇大義，勿復以言。

二

敕韓絳。功成身退，人臣之常禮。至於非常之遇，則必有無窮之報。朕待卿於形器之表，而卿自處於繩墨之內，未爲得也。朕意不易，卿無復辭。

賜新除依前光禄大夫刑部尚書蘇頌辭恩命不允詔元祐元年十月十七日

敕蘇頌。卿篤於仁心，深於經術。用心司寇，期於無刑。朕惟孝處之深，三年不奪其志。又推才難之故，千里以待其來。卿而不能，誰當能者。亟服乃事，毋煩力辭。蘇頌表云：自循朽邁，敢冒優除。伏望收還成命，聽服常僚。所有誥命，未敢祗受。

賜新除落致仕依前光禄大夫范鎮赴闕詔元祐元年十月二十日

敕范鎮。夫有德君子，以精神折衝。譬之麟鳳，能服猛鷙。朕虚懷前席，以致諸老，非敢必以事諉也。苟得黄髮之叟，皤然在位，則朝廷尊嚴，奸宄消伏。卿雖篤老，乃心王室。毋憚數舍之勞，以副中外之望。

皇帝賜故夏國主嗣子乾順進奉賀正馬駞回詔元祐元年十二月二十四日

詔故夏國主嗣子乾順。遠奉王正，來歸時事。惟此充庭之實，率皆任土之宜。乃眷忠勤，良深嘉歎。

太皇太后賜故夏國主嗣子乾順進奉賀正馬駞回詔元祐元年十二月二十四日

詔故夏國主嗣子乾順。述職春朝，歸誠宰旅。修此效牽之禮，致其乘服之良。再閲來章，式嘉忠節。

賜觀文殿大學士知潁昌府韓縝上表辭免恩命不允詔元祐元年十二月二十五日

敕韓縝。朕躬祀總章，始行嚴配。推廣帝親之澤，覃及中外之臣。惟我老成，逮受顧命。均此介福，非朕敢私。國之故常，毋煩謙避。

賜鎮江軍節度使判大名府韓絳上第二表乞致仕不許詔元祐元年十二月二十九日

敕韓絳。爲國無强於得人，用人莫先於求舊。雖已挂冠而謝事，尚俾安車而造朝。豈有體力未衰，蕃宣所寄，亟圖自便，遂欲言歸。矧卿德望並隆，神人所相。焉有滿盈之懼，夫何倚伏之虞。尚體至懷，少安厥位。

賜觀文殿學士正議大夫知河南府孫固乞致仕不允詔四首〔一〕元祐二年正月一日

敕孫固。視國如家，忠臣可以忘老；視民如子，君子可以忘勞。卿被遇三朝，出入二府。德望並隆，中外所服。故起之詞館，付以留鑰。使士有矜式，民有依怙。屬任之意，豈輕也哉！釋位謀安，引年求避，此疎遠小臣之事，非所望於卿也。尚體至意，勿亟懷歸。

〔一〕《七集·內制集》卷二文中之「忘老」作「忘年」；「士有」、「民有」之後，均有「所」字。

二 元祐元年正月一日

敕孫固。卿英祖所擢，以遺神考。乃眷舊學，用之西樞。朕即位二年，未見君子。每惟圖任舊人之意，常有越在外服之歎。矧欲辭位而去，遂安丘園哉！三川重鎮，務舉大體。簿書期會，則有司存。優游卒歲，可以忘老。

三元祐二年正月二十五日

敕孫固。廊廟之舊，歷事三朝。名德並隆，如卿者有幾。無故釋位，其謂朝廷何！卿既自爲謀，亦爲乃后謀之。勉遵前詔，以慰中外之望。

四元祐二年正月二十五日

敕孫固。朕永懷三宗，追用其人。所以尊禮慰藉其意者，自以爲無失矣。而卿浩然懷歸，若不可復留，何哉？勉徇大義，毋違朕志。

賜新除樞密直學士知定州韓忠彥乞改一偏州不允詔元祐二年二月

敕忠彥。朕嘗覽閱古之圖，觀宗臣之文。俯仰今昔，有概於心。會中山闕守，差擇循良。卿庶幾焉，勉副朕意，何以辭爲。

賜樞密直學士守兵部尚書王存乞知陳州不允詔

敕王存。卿出入四朝，更涉夷嶮。金石之節，終始惟一。六卿之長，所以倡九牧而厚風俗也，豈以職事煩簡爲輕重哉！君子出處，朝廷之大事，而風雨寒暑，膚理之微疾也。姑安厥位，以稱朕意。

賜尚書左丞李清臣生日詔元祐二年二月二十四日

敕清臣。春之方中，月復幾望。篤生王國之彦，蔚爲廊廟之華。神既聽於靖恭，民亦宜於愷悌。膺我慶賜，永綏壽祺。

賜朝散大夫試御史中丞傅堯俞乞外郡不允詔元祐二年三月十三日

敕堯俞。負中外之望，居得言之地。朕方虚己，樂聞嘉猷。乃者水旱連歲，民流未止。賊盗將熾，財力靡敝。卿既欲圖實効以酬恩，朕亦將考所言以責實。偃息藩郡，豈所望哉！

賜鎮江軍節度使充集禧觀使韓絳茶藥詔元祐二年三月

敕韓絳。春夏之交，寒燠相沴。起居之節，調適爲難。眷予元臣，久勞于外。宜加存問，且錫珍良。勉蹈至和，以符眷倚。

賜保寧軍節度使馮京告敕茶藥詔元祐二年三月二十一日

敕馮京。卿以篤老，久勤外服。留鑰之重，擁髦而東。蒙犯氛埃，徒御良苦。宜省思慮，近藥物。勉遵時令，以副眷懷。

賜鎮江軍節度使充集禧觀使韓絳赴闕詔二首元祐二年三月二十七日

敕韓絳。卿擢自祖宗，輔翼先帝。德望之重，天下聳聞。與其置之一方，勞以民事；不若歸安闕下，式瞻儀刑。請老閒居，固非所望。嘉猷入告，夫豈不能。遲卿言還，及此初夏。

二元祐二年三月二十七日

敕韓絳。爲天下計，則賢者常勞。爲人臣謀，則老者當逸。今朝廷待卿之意，酌處其中。奉朝請於琳宫，所以系民望；釋負荷於留籥，所以慰雅懷。勉及清和，亟還朝著。

賜尚書刑部侍郎范百禄乞外任不允詔元祐二年三月二十九日

敕百禄。成王命君陳：「商民在辟，予曰辟，爾惟勿辟，予曰宥，爾惟勿宥，惟厥中。」古之有司，與天子相可否蓋如此，而况公卿之間，議有異同，而不盡其説哉！例在中書，與在有司，固宜審處，歸于至當。而卿遽欲以此去位，非古之道也。其益修厥官，以稱朕意。

賜龍圖閣直學士新差知秦州吕公孺乞改授宫觀小郡差遣不允詔元祐二年四月三日

敕公孺。朕顧懷西方，思得賢守，使邊有備而民無擾。以卿耆老練達，德宇淵静。秦又舊治，吏士服習。卧護諸將，無以易卿。

賜彰化軍節度使開府儀同三司判大宗正事宗晟上表乞還職事不允詔

元祐二年四月十五日

敕宗晟。《書》云：「孝乎，惟孝友于兄弟，施於有政，是亦爲政。」卿以膝下之養，爲宗人之法。古之爲政，孰大於此，而欲以親辭職耶？其益修厥官，以稱吾意。

二

宗晟表云：所生之母，已踰耄年，宜還職事以投閒，庶盡色難以終養。伏望特降睿旨，俾從素願。

敕宗晟。古者庶子之官設，而邦國有倫。所治雖簡，而所寄甚重。卿爲宗室祭酒，德度之美，刑于中外。朕方慶瓜瓞之茂，而欲觀麟趾之應。益勵厥職，無棄爾成。

賜故夏國主嗣子乾順進奉謝恩馬駞回詔二首

詔故夏國主嗣子乾順。臨弔之重，以寵世臣。思報之深，復承來价。載閲充庭之實，備形述職之心。乃眷忠勤，不忘嘉歎。

二

元祐二年四月十七日

詔故夏國主嗣子乾順。向遣行人，往賻襄事。繼陳方物，來奉謝章。惟忠可以附民，惟禮可以定國。勉終誠節，以副眷懷。

賜新除尚書左丞劉摯辭免恩命不允詔

敕劉摯。朕昔聞卿言，今任以政。已試之效，見於事功。廊廟闕人，以次遷用。宜其右不宜其左，能於昔不能於今，豈有是哉！

賜新除中大夫守尚書右丞王存辭免恩命不允詔元祐二年五月二十六日

敕王存。朕歷選百辟，試之以事，惇厚而文，剛毅而和，更涉變故，守德不移，無逾卿者。夫享天下之利者，任天下之患。居天下之樂者，同天下之憂。朕非以是富貴卿也，其何以辭。

賜集禧觀使鎮江軍節度使開府儀同三司韓絳乞致仕不允詔二首元祐二年六月四日

敕韓絳。向以宏才，卧護北道。凡斯民之利病，蓋一方之安危。朕方虚懷，以待元老。冀疾病之有間，得雍容而造朝。時聞嘉言，以輔不逮。告老之請，殊非朕心。

二〔一〕元祐二年六月四日

敕韓絳。元老在位，邦之榮華。徒以精神折衝，非以筋力爲禮。游神道館，擁節家庭。於卿同告老之安，而國有貪賢之美。勉自輔養，期於少留。

〔一〕郎本卷三十七有此文。文中之「筋」原作「觔」，今從郎本改；「同告老」之「同」原作「圖」，今亦從郎本改。

辭爲。

賜新除試吏部侍郎范百禄辭免恩命不允詔元祐二年六月十二日

敕百禄。夫以天官之貳，治夏卿之選。簿書繁重，條格紛委。苟非其人，則士之失職而無告者多矣。朕難其材，不以輕授。卿有應務之敏，而行之以勤，有守官之亮，而濟之以通。往行其志，何以辭爲。

賜新除吏部侍郎傅堯俞辭免恩命乞知陳州不允詔元祐二年六月十三日

敕堯俞。連蹇三黜，栖遲十年。士無賢愚，爲國太息。如珠玉之在泥土，麟鳳之在網羅。朕所以拔卿於久廢之中，用卿於期年之内。天下拭目，欲觀所爲。而乃引微疾以自言，指便郡而求去，豈獨於卿有報國未遂之歎，亦將使朕獲用賢不終之譏。勉復舊曹，以全大節。

賜同知樞密院事范純仁生日詔〔一〕元祐二年六月十八日

敕范純仁。卿天資文武，世濟勳勞。載嘉誕日之臨，豈獨私門之喜。宜膺慶賜，以介壽祺。

〔一〕《七集·内制集》卷三有此文。文中「純仁」原作「仁純」，據《七集·内制集》改。

賜新除知樞密院安燾辭免恩命不允詔元祐二年六月二十四日

敕安燾。人才之難，從古所歎。圖任以舊，爲國之常。卿以瓌異之資，荷艱難之寄。懃勞靡懈，望實愈隆。雖云超陞，不改疇昔。徒以任之既久，則責之宜專，知無不爲，乃所望於卿者。卑以自牧，亦何補於國哉。

賜朝議大夫試户部尚書李常乞除沿邊一州不允詔元祐二年八月二十二日

敕李常。在泮獻馘，亦儒者之常。挺劍疾鬭，蓋孔門之事。雖然，義有輕重，理有後先。與其自請捍邊，已癖疥之疾；曷若盡瘁事國，斡心膂之憂。苟推是心，何往非報。雖願受長纓而往者，卿之本懷；然自以尺箠而鞭之，吾有餘力。尚體此意，姑安厥官。

賜太師平章軍國重事文彦博宰相吕公著自今後入朝凡有拜禮宜並特與免拜詔元祐二年八月二十五日

敕彦博。朕聞几杖以優賢，著之典禮；耋老無下拜，書於《春秋》。魏太傅鍾繇，以足疾乘車就坐；自爾三公有疾，以爲故事。而唐司徒馬燧，亦以老病自力，對於延英〔一〕，詔使毋拜。今吾耆老大臣，四朝之舊，德隆而望重，任大而憂深者，惟卿與公著而已。吕公著詔即改云：惟彦博與卿而已。方資其蓍龜之告，豈責以筋力之禮。今後入朝，凡有拜禮，宜並特免。卿其專有爲之報，畧無益之儀。毋或固辭，以稱朕意。

〔一〕「延」原誤作「廷」，據郎本卷三十七改。

賜新除兼侍讀依前光禄大夫吏部尚書蘇頌辭免恩命不允詔元祐二年八月二十七日

敕蘇頌。朕惟左右正人之求，甚難其選。以爲直亮多聞之益，宜莫如卿。方虚懷於至言，豈曲從於遜避。亟服乃事，毋煩固辭。

賜守司空開府儀同三司致仕韓絳乞受册禮畢隨班稱賀免赴詔元祐二年八月二十七日

敕韓絳。卿脱屣軒冕，頤神丘園。不爲絶俗之高，愈篤愛君之意。喜聞册號，請覲内廷。在臣子之誠心，卿爲盡節；顧筋骸之末禮，吾所未安。

賜宰相吕公著乞罷免相位不允詔元祐二年八月二十八日

敕公著。宰相之責，綏靖四方。羌人既俘，士氣益振。長轡遠馭，方資老謀。卿不强起，孰卒吾事？近以二老之故，削亟拜之禮。而彦博執謙不回，朕既從其請矣。卿起就位，復何疑哉！

賜前兩府并待制已上知州初冬衣襖詔元祐二年九月七日

敕元發。歲將墐户，工告始裘。宜頒在笥之珍，以示維藩之寵。服之安燠，體我眷懷。

賜太師文彦博乞致仕不允詔元祐二年九月十日

勑彦博。卿求退之意，著於士民，執謙之心，信於天地。勉當委重之託，初無懷禄之嫌。大義苟安，細故可略。朕命不再，卿其少安。

二

勑彦博。論道則忘年，卿不可以年既高而爲請；稱德則鄙力，卿不可以力不足而爲辭。斷之於中，義有不易。豈以屢請之故，而廢將成之功。體君至懷，以慰公議。

賜龍圖閣直學士尚書工部侍郎蔡延慶乞知應天府不允詔元祐二年九月十六日

勑延慶。入侍禁近，出殿藩服。已試之效，藹然有聲。今若予工，宜有餘力。夫游刃肯綮，尚不辭難；退食委蛇，豈當告病。膚理微疾，行當自痊。勉安厥官，以稱朕意。

賜尚書左丞劉摯生日詔元祐二年九月二十二日

勑劉摯。律協應鐘，辰集析木。實生俊輔，休有令名。膺我寵章，以介眉壽。

趙州賜大遼皇帝賀興龍節大使茶藥詔元祐二年九月二十七日

敕。卿鄰歡載講，使節甚華。永言郵傳之勤，適此風霜之候。宜加寵賚，以示眷存。

趙州賜大遼皇帝賀興龍節副使茶藥詔元祐二年九月二十七日

敕。卿載馳遠道，良苦祈寒。豈無藥物之嘉，以輔寢興之節。宜膺寵錫，尚體至懷。

賜太師文彦博生日詔元祐二年九月二十九日

敕彦博。陽月載臨，剛辰協吉。篤生元老，弼亮四朝。允爲廊廟之華，豈獨閨門之慶。往膺寵數，永錫壽祺。

賜資政殿學士太中大夫新知成都府王安禮乞知陳潁等一郡不允詔元祐二年十月一日

敕安禮。朕惟西蜀地狹而賦重，人懦而吏肆。徭役新定，農民在官。馭之無方，將不勝弊。惟朕左右信臣，明而不苛，寬而有斷。必能肅遏慢吏，扶養小弱。卿雖微疾，强爲朕行。時近藥石，勉事道路，稱朕意焉。

沿路賜奉安神宗御容禮儀使吕大防銀合茶藥詔元祐二年十月七日

敕大防。於赫神考，如日在天。雖光明無所不臨，而躔次必有所舍。肆予命爾，祗奉此行。禮既告成，勤亦良至。感慕之外，嘉歎不忘。

賜資政殿學士太中大夫新差知成都府王安禮銀合茶藥詔元祐二年十月八日

敕安禮。朕求治如不及，用人惟恐失之。矧余良臣，擢自神考。出入中外，厥聲藹然，朕豈欲其遠去哉。特以全蜀之寄，甚難其選。知卿篤於忠義，當不以遠近爲意也。勉事道路，慎疾自愛。往安吾民，以稱朕意。

趙州賜大遼賀太皇太后正旦大使茶藥詔元祐二年十月十七日

敕。卿久勤軺傳，遠犯風埃。眷言行邁之勞，良極軫懷之意。往頒珍劑，以輔至和。

趙州賜大遼賀太皇太后正旦副使茶藥詔元祐二年十月十七日

敕。卿遠乘使傳，來講鄰歡。屬此沍寒，尚勤行役。往加問勞，式示眷懷。

趙州賜大遼賀皇帝正旦大使茶藥詔元祐二年十月十七日

敕。卿遠慶春朝，篤修鄰好。永惟使事之重，遂忘行役之勞。既極歎嘉，宜申問勞。

趙州賜大遼賀皇帝正旦副使茶藥詔元祐二年十月十七日

敕。徂歲向晚，修途苦寒。方趨造於會朝，未即安於舍館。往加恩錫，增重使華。

賜宰相吕公著生日詔元祐二年十月十八日

勅公著。卿三世將相，四朝耆老。賚我良弼，實惟茲辰。茂膺維嶽之靈，永錫如陵之壽。宜頒寵數，以示眷懷。

賜新除龍圖閣直學士李之純辭恩命不允詔〔一〕元祐二年十二月四日

勅之純。祖宗之文章與典謨訓誥，並寶於世，典領其事，非有德君子，雖積勞久次，不以輕授。蜀遠而人懦，窮困抑塞，至無所訴。朕專欲以德安之，故内閣之命，非獨以寵卿，抑將使蜀人知朕用卿，蓋以德選也。其深識此意，勿復固辭。

〔一〕《七集·内制集》卷五「龍圖」作「寶文」。

賜太師文彦博乞致仕不允詔二首元祐二年十二月二十五日

勅彦博。卿自去歲以來，數苦小疾，尚能勉留，以輔不逮。近者神明所相，體力自康，視聽不衰，步趨加健，乃欲求去耶？今御戎之策，未有定議，京東西、河朔荐飢，公私枵然。方與二三臣圖之，卿未可以卽安也。

二元祐二年十二月二十五日

勅彦博。卿歷相三宗，名聞四夷。位極一品，書考四十。自載籍以來，未之聞也。固當以國爲家，以天下爲身，以安社稷爲悦，而不當以居丘園爲樂也。朕方待卿而爲政，請老之言，所未欲聞。

賜外任臣寮進賀太皇太后受册馬詔敕元祐二年十二月二十六日

敕曾布〔一〕。禮以正名，國之舊典。載閲充庭之實，式將戴后之心。朕眷忠勤，良深嘉歎。

〔一〕「曾布」二字原缺，據《七集·内制集》卷六補。

賜外任臣寮進奉賀皇太后皇太妃受册馬詔敕元祐二年十二月二十六日

敕曾布〔一〕。典册告成，宫闈之慶。事君盡禮，因物見誠。乃眷忠勤，不忘嘉歎。

〔一〕「曾布」二字原缺，據《七集·内制集》卷六補。

賜保寧軍節度使知大名府馮京進奉賀端午節馬詔元祐二年十二月二十六日

敕馮京。受鉞將壇，剖符畿甸。效充庭之駿足，慶中火之良辰。乃眷勤誠，不忘嘉歎。

賜資政殿學士知鄧州韓維進奉謝恩馬詔元祐二年十二月二十六日

敕韓維。廟堂均逸，遠不忘君。驵駿在庭，儀多於物。載惟忠藎，良極歎咨。

賜檢校司空左武衛上將軍郭逵進奉謝恩馬詔元祐二年十二月二十六日

敕郭逵。惟卿耆老，漸就退閒。不忘戴主之誠，遠效充庭之駿。載嘉忠藎，良極歎咨。

賜中大夫守尚書右丞王存生日詔元祐三年正月四日

敕王存。卿以宏才，與聞大政。誕日之慶，豈惟閨庭。寵錫之隆，庶延壽嘏。

賜試户部侍郎趙瞻陳乞便郡不允詔元祐三年正月十三日

敕趙瞻。朕褒顯耆舊，取其宿望，養育俊乂，待其成材。庶前後相繼，朝不乏人。則堂陛自隆，國有所恃。方今在廷之士，孰非華髮之良？而卿以康强之年，爲遠引之計，於義未可，蓋難曲從。

賜皇伯祖宗晟辭免起復恩命不許詔四首元祐三年二月十五日〔一〕

敕宗晟。卿哀迫之至，言不及文。覽之惻然，欲從所請。而宗子之衆，才性各殊。位不期驕，禄不期侈。非卿允蹈忠信，力行禮義，以身先之，蓋未易齊也。少屈爾私，以成吾志，不亦可乎？

〔一〕《七集·内制集》卷九「二月」作「十二月」。

二元祐三年二月十五日〔一〕

敕宗晟。卿以强起就位，爲未便安。而朕以徇私忘公，爲未盡美。《書》云：「孝乎，惟孝友于兄弟，施於有政，是亦爲政。」夫聖人以孝弟爲從政，而卿以從政爲非孝，非所聞也。勉從朕命，勿復固辭。

〔一〕《七集·内制集》卷九無「元祐三年」云云九字。

三元祐三年二月十五日〔一〕

敕宗晟。卿致孝罔極，守禮不回。以魯、衛之親，而行曾、閔之事。吾深欲成人之美，遂卿之私。顧以宗臣治親，有國先務。教以道藝，時其冠昏。奬察其賢能，而訓讁其驕惰。非吾宗室之老，孰當父兄之任？其深明吾意，往服厥官。

〔一〕《七集·内制集》卷九無「二月十五日」五字。

四元祐三年二月二十二日〔一〕

敕宗晟。君子之於禮，雖先王未之有，可以義起，而況漢、唐之舊，故事具存。如翟方進、房喬之流，皆以儒術致身，不免於釋哀而謀國。近歲夏竦、晁宗慤，亦以近臣奪喪，君子不以爲過。今宗正之事，止於治親。譬猶父兄，訓敕子弟。豈以衰麻之故，而廢閨門之政乎？卿其勿疑，亟服乃事。

〔一〕《七集·内制集》卷九「二月」作「十二月」。

賜保寧軍節度使知大名府馮京進奉興龍節并冬至正旦馬詔元祐三年二月二十五日

敕馮京。震夙之祥，旅庭稱慶。歲時之會，因物效誠。乃眷元臣，實勤典禮。多儀克舉，屢歎不忘。

賜外任臣寮進奉謝恩馬詔敕元祐三年二月二十六日

敕。銜恩思報，因物致誠。效茲乘服之良，示有驅馳之志。永言忠藎，良極歎咨。

賜外任臣寮進奉興龍節功德疏詔敕元祐三年二月二十六日

敕。誕彌之慶，中外所同。畢輸衛上之誠，來獻後天之祝。永言忠藎，良極歎嘉。

賜新除守司空同平章軍國事吕公著辭免恩命不允詔元祐三年四月六日

敕公著。委重元老，朕之本心。歸安丘園，卿之素志。今於二者，酌處其中。使卿獲居勞逸之間，而朕不失仰成之託。於義兩得，夫復何辭。

賜新除太中大夫守尚書左僕射兼門下侍郎吕大防辭免恩命不允詔元祐三年四日六日

敕大防。端揆黄門之任，虚之久矣。以卿德望兼重，才術有餘，故授之不疑。涣號已行，僉言惟允。務稱朕命，何以辭爲。

賜新除太中大夫守尚書右僕射兼中書侍郎范純仁辭免恩命不允詔元祐三年四月六日

敕純仁。國之安危，寄於宰輔。朕豈苟然而輕授也哉。試之以事而不移，斷之於心而不貳。成命已出，豈容復回。往修厥官，以稱朕意。

賜觀文殿大學士光祿大夫知永興軍韓縝三上表乞致仕不許斷來章詔

元祐三年四月七日

敕韓縝。夫任天下之責者，無自營之私。蒙國士之知者，有非常之報。矧卿德望兼重，體力猶強。方資禦侮之壯猷，焉用引年之常禮。宜安厥位，毋復言歸。

賜觀文殿大學士光祿大夫知永興軍韓縝三上表陳乞致仕不允斷來章詔元祐三年四月七日

敕韓縝。朕體貌諸老，儀刑四方。假以方面之安，畧其筋力之禮。如卿屢請，固無懷祿之嫌；而朕固留，宜有志歸之意。今中外無事，民物小康。顧恐安車之榮〔一〕，未逾坐嘯之樂。朕命不易，卿其少安。

〔一〕「顧」原作「固」，今從《七集·內制集》卷七。

賜新除太中大夫守尚書右僕射兼中書侍郎范純仁再上劄子辭免恩命不允詔元祐三年四月七日

敕純仁。卿奉事先帝，義深愛君。與政西樞，論不阿世。昔聞汲黯之不奪，今見徐公之有常。參以衆言，蔽自朕志。右宰之任，非卿而誰。屢執謙詞，殊非所望。

賜新除依前中大夫守中書侍郎劉摯辭免恩命不允詔元祐三年四月七日

敕劉摯。朝廷設三省，建丞弼，雖所治不同，至於因時立政，昭德塞違，其實一也。卿既任其事矣，今以次遷，無足辭者。

賜新除依前中大夫守尚書左丞王存辭免恩命不允詔元祐三年四月七日

敕王存。卿學足以經邦，才足以應務。更練愈久，開益居多。以積日而稍遷，顧僉言之咸允。國之常典，何以辭爲。

賜新除中大夫守尚書右丞胡宗愈辭免恩命不允詔元祐三年四月七日

敕宗愈。卿昔在諫垣，首開正論。出入滋久，操守不回。雅望在人，既非一日之積。歷試而用，亦自羣言之公。往祇厥官，毋替朕命。

賜新除依前中散大夫充樞密直學士簽書樞密院事趙瞻辭免恩命不允詔元祐三年四月七日

敕趙瞻。朕惟本兵之地，司命吾民。矧羌戎叛服之無常，實邊鄙安危之未決。豈以此柄，輕授其人。以卿望重縉紳，學兼文武。歷試而用，衆言允諧。往踐厥官，勿違朕命。

賜新除門下侍郎孫固辭恩命不允詔元祐三年四月八日

敕孫固。朕惟三朝老臣，義同休戚。先帝舊學，存者幾人。意其風采之聳聞，可使朝廷之增重。矧卿德望素著，寄任已隆。昔冠西樞，今貳東省。衆以爲允，義無足辭。

賜新除試御史中丞孫覺辭免恩命不允詔元祐三年四月八日

敕孫覺。卿三居諫省，皆以直聞。蓋嘗遇事以建言，志在行義以達道。擢爲執法，實允僉言。以卿直諒多聞，而朕開納不諱。固無觀望難言之病，豈有喪失名節之憂哉！載閱來章，甚非所望。

賜新除右光禄大夫依前知樞密院事安燾辭恩命不允詔元祐三年四月八日

敕安燾。卿謀國之重，歷年于兹。紀綱修明，中外寧輯。夫圖任共政，所憂者大；則久勞遷秩，亦理之常。雖固執於撝謙，恐難回於成命。往服休寵，以彰眷懷。

賜新除中大夫守尚書右丞胡宗愈辭免恩命不允詔元祐三年四月十日

敕宗愈。卿更涉夷險，踐歷中外。出奉使指，而民宜之。入治天官，而吏畏之。非獨能言者也。《書》不云乎：「敷奏以言，明試以功。」朕得之矣，卿其勿辭。

賜新除依前中散大夫充樞密直學士簽書樞密院事趙瞻辭免恩命不允詔元祐三年四月十日

敕趙瞻。朕之進人，可謂難矣。自非耆老久次，悃愊無華，則樞機之任，不以輕授。卿之自視，何愧於斯。祗服厥官，思所以稱而已。

賜新除翰林學士朝請大夫知制誥許將赴闕詔元祐三年四月十二日

敕許將。卿敏而好學，達於從政。出殿方國，則修儒術以飾吏事；入備顧問，則酌民言以廣上聽。待命北門，號稱內相。雖於卿爲舊物，實當今之高選。亟踐厥職，佇聞嘉猷。

賜新除司空同平章軍國事呂公著辭免册禮許詔元祐三年四月十三日

敕公著。多儀以隆輔弼，國之彝典；自損以信君父，卿之美志。再閱誠言之請，益彰謙德之光。勉徇所陳，不忘嘉歎。

賜正議大夫知樞密院事安燾辭免遷官恩命允詔元祐三年四月十五日

敕安燾。卿國之雋輔，位冠樞庭。以時襃陞，豈待功閥。而能力辭寵命，欲以身率羣臣，使廉耻相先，名器益重。勉從來請，以篤此風。

賜新除中大夫守尚書右丞胡宗愈辭免恩命不允詔元祐三年四月十五日

敕宗愈。朕之用卿，蓋聽其言，考其行事，參之公議，而斷自朕心，可謂審矣。而卿固辭不已，朕甚惑之。夫小人以位爲寵，求之而不可得，君子以寵爲憂，推之而莫能去。自古以然，卿何疑哉。

賜新除司空同平章軍國事呂公著辭免册禮允詔元祐三年四月十五日

敕公著。册祝於廟，惟周之典。臨朝親拜，亦漢之舊。事大則禮重，禮重則樂備，古之道也。今卿遜避不居，自處以約。勉從所乞，以成其美。

賜許將辭免恩命不允詔元祐三年四月十八日

敕許將。進以經術，當告我以安危；來自西南，固知民之利病。渴聞讜論，少副虚懷。而乃退托無能，力辭舊物。既非所望，其可曲從。

賜河西軍節度使西蕃邈川首領阿里骨進奉回詔元祐三年四月二十二日

敕阿里骨〔一〕。惟爾祖先，世篤忠孝。本與夏賊，日尋干戈。亦惟恃我朝廷爵秩之隆，用能保爾子孫黎民之衆。肆朕命爾，嗣長乃師。而承襲以來，强酋外擅，爾弗能禁。恣其所爲，遂據洮城，以犯王畧，陰連夏賊，約日盜邊。朕愍屬羌之無辜，出偏師而問罪。元惡俘獲，餘黨散亡。山後底平，河南綏服。朕惟率酋豪而捍疆埸〔二〕，乃爾世功；叛君父而從仇讐，豈其本意。庶能改過，未忍加兵。果因物以貢誠，願洗心而效順。爾既知悔，朕復何求。已指揮熙河路更不出兵。及除已招納到部族外，住罷招納。依舊許般次往來買賣，及上京進奉。爾宜約束種類，共保邊陲。期寵禄於有終，知大恩之難再。勿使來欵，復爲虛言。

〔一〕「阿里骨」之「里」，原誤刊成「骨」，今據郎本卷三十八、《七集·内制集》卷八改。

〔二〕「埸」原作「場」，今從郎本改。

賜新除依前朝散大夫守尚書吏部侍郎充龍圖閣待制傅堯俞辭免恩命不允詔元祐三年五月二十三日

敕堯俞。夙望所在，舊疾既平。及兹言還，慰我虛佇。徒得君重，雖暫屈於淮陽。雅意本朝，寧久安於馮翊。復求自便，殊戾所期〔一〕。往修厥官，務稱朕命。

〔一〕《七集·内制集》卷八「戾」作「異」。

賜守尚書右丞胡宗愈乞除閑慢差遣不允詔元祐三年五月二十七日

敕宗愈。朕開獎言路，通來下情。雖許風聞，猶當核實。豈以無根之語，輕搖輔政之臣。朕方馭衆以寬，退人以禮。加之美職，付以大邦。朕既無負於聽言，卿亦何嫌而避位。祗服乃事，毋自爲疑。

賜尚書右僕射兼中書侍郎范純仁生日詔元祐三年六月九日

敕純仁。卿河嶽之靈，神明所相。載更誕日，永介壽祺。體我眷懷，受茲寵錫。

賜正議大夫守門下侍郎孫固生日詔元祐三年六月二十三日

敕孫固。卿圖任之舊，搢紳所推。難老之祥，神人攸相。載更良日，益永壽祺。申以寵章，式隆眷遇。

賜正議大夫知樞密院事安燾生日詔元祐三年六月二十三日

敕安燾。桑弧告慶，降哲輔於茲辰；綵服拜嘉，冠榮名於當代。祗服朕命，益壽乃親。

賜龍圖閣學士河東路經略使兼知太原府曾布乞除一閑慢州郡不允詔

元祐三年七月二十一日

敕曾布。將不久任，難以責成。謀不素定，難以應猝。卿屢試劇郡〔一〕，所臨有聲。而況二年于兹，諸將所服。事既即敘，人誰易卿。夫擣虚攻瑕，兵家常勢；知難避整，夷狄亦然。卿若有以待之，彼將望而去矣。勉卒乃事，毋忘朕言。

〔一〕《七集·内制集》卷九「劇郡」作「而用」。

賜河西軍節度使西蕃邈川首領阿里骨進奉回程詔〔一〕元祐三年八月三日

敕阿里骨。卿屢欵塞垣，願終臣節。爰因貢篚，益著誠心。再省忠勤，良深嘉歎。

〔一〕「程」原爲空格，據《七集·内制集》卷九補。

賜皇叔改封徐王顥上表辭免册禮允詔二首元祐三年八月二十日

敕顥。卿大雅不羣，自得詩書之富；爲善最樂，不知軒冕之榮。既殿大邦，宜膺盛禮。而抑損之志，逡巡不居。雖莫稱朕所以極褒崇之心，而將使卿庶幾獲謙冲之福。勉從其意，嘉歎不忘。

二元祐三年八月二十日

敕顥。錫山土田，以昭令德。備物典册，蓋有常儀。而卿深懼滿盈，過形抑畏。一謙四益，當克永年。三命滋恭，固將有後。曲成美志，以勸事君。宜依所乞〔一〕。

〔一〕「宜依所乞」四字原缺，據《七集·内制集》卷九補。

賜知渭州劉昌祚進奉興龍節銀詔元祐三年十一月六日

敕昌祚。卿禦侮邊庭，馳神魏闕。會嘉辰之獻壽，納貢篚以效珍。載省忠勤，不忘褒歎。

賜皇伯祖宗晟辭免起復恩命不允詔二首元祐三年十二月五日

敕宗晟。夫要經服事，出於孔門；墨衰從政，見於魯史。永惟徇國忘家之義，非有食稻衣錦之嫌。若非使卿居之而安，則吾豈敢强所不欲。勉從前詔，往服厥官。

二元祐三年十二月五日〔一〕

敕宗晟。卿德爵與齒，皆天下達尊。服屬之隆，爲宗室祭酒。任獨高於三世，報宜異於常人。故奪情非以私卿，而服事所以徇國。義無所愧，何以辭爲。

〔一〕「五日」原作「二日」，據《七集·內制集》卷九改。

賜正議大夫知鄧州蔡確乞量移弟碩允詔元祐三年十二月九日

敕蔡確。以義責備，《春秋》有失教之譏；以情内恕，詩人有將毋之念。碩之得罪，事在有司。雖以貴近之親，而廢朝廷之典。及覩來請，有槩予心。重違兄弟急難之詞，以傷人子奉養之意。

賜知渭州劉昌祚進奉謝恩并賜月俸公使及賀端午節馬詔元祐三年十二月二十四日

敕昌祚。卿執德宏毅，秉心恪恭。拜新渥於公朝，謹舊儀於令節。抗章來上，因物見誠。再省忠勤，良深嘉歎。

賜端明殿學士銀青光禄大夫致仕范鎮奬諭詔〔一〕元祐三年閏十二月一日

敕范鎮。朕惟春秋之後，禮樂先亡。秦漢以來，《韶》《武》僅在。散樂工於河海之上，往而不還。聘先生於齊魯之間，有莫能致。魏、晉以下，曹、鄶無譏。豈徒鄭、衛之音，已雜華、戎之器。間存作者，猶有典刑。然銖黍之一差，或宮商之易位。惟我四朝之老，獨知五降之非。審聲如音，以律生尺。覽詩書之來上，閱簨、虡之在廷。君臣同觀，父老太息。方詔學士大夫論其法，工師有司考其聲，上追先帝移風易俗之心，下慰老臣愛君憂國之志。究觀所作，嘉歎不忘。

〔一〕《文鑑》卷三十一有此文。文中「華戎」之「戎」原作「夏」，「間存」之「存」原作「有」，「簨」原作「蕣」，今均從《文鑑》改。

賜朝散大夫守尚書吏部侍郎充龍圖閣待制傅堯俞乞外郡不允詔元祐三年閏十二月十四日

敕堯俞。卿望重本朝，進由公議。方卿大夫有爲之際，亦士君子難得之時。而卿出領郡章，入佐治典。席未暖而輒去，政何時而報成。小疾行瘳，姑安厥位。

賜保寧軍節度使知大名府馮京進奉賀興龍節馬一十匹并冬節馬二匹詔元祐三年閏十二月十八日

敕馮京。卿坐鎮全魏，隱若長城。遠馳頌禱之心，來效驂騑之貢。眷言忠藎，良極歎嘉。

賜泰寧軍節度觀察留後知相州李珣進奉賀冬馬一匹詔元祐三年閏十二月十八日

敕李珣。卿宣化近邦，馳神北闕。屬兹陽月之吉，遠效王閑之良。言念忠勤，不忘嘉歎。

賜中大夫守尚書左丞王存生日詔元祐四年正月四日

敕王存。在《易》之《泰》，與物皆春。於時良臣，生我王國。宜膺寵賚，以介壽祺。

賜龍圖閣直學士正議大夫權知開封府吕公著上表陳乞致仕不允詔二首〔一〕元祐四年正月五日

敕公著。朕鷄鳴而起，志於求助。鮐背之老，未敢卽安。矧卿體力不衰，髮齒猶壯。遽有引年之請，殊乖圖舊之心。宜安厥官，以稱朕意〔二〕。

〔一〕郎本卷三十八、《七集·内制集》卷十「著」作「孺」，文内同。文中「舊」原作「篤」，今從郎本、《七集·内制集》。

〔二〕郎本「稱」作「副」。

二

敕吕公著。卿將相三世，凛乎正始之風；出入四朝，蔚然難老之狀。浩穰之治，談笑而成。方觀報政之能，遽有歸休之請。公議未可，卿其少安。

賜濟陽郡王曹佾在朝假將百日特與寬假將理詔元祐四年正月十二日

敕曹佾。卿賢戚莫二，德齒並隆。眷言朝請之勤，思見儀刑之老。謝病既久，軫念良深。推予賜告之恩，期於勿藥之喜。宜特與寬假將理〔一〕。

〔一〕「宜特與寬假將理」七字原缺，據《七集·内制集》卷十補。

賜光禄大夫守吏部尚書兼侍讀蘇頌上表乞致仕不允詔二首 元祐四年正月十三日

勑蘇頌。吾聞有志之士，以身殉道而遺名〔一〕；有道之君，使人樂用而忘老。今卿不安其位，豈吾有愧於古哉。夫難進之士，年僅及而輒退；則已試之才，吾莫得而盡用矣。激揚多士，方資崔、毛之德；講誦舊聞，未卒褚、馬之業。事非小補，卿其少安。

〔一〕《七集·内制集》卷十「殉」作「御」，郎本卷三十八作「徇」。

二

勑蘇頌。卿歷事四朝，允有一德。徒論徐公之奢儉，莫見子文之慍喜。朕既寤寐哲士，體貌元臣。方貴德齒之達尊，豈求筋力之常禮。矧卿方膺難老之錫，宜勵益壯之心。惜日有爲，古人所重；引年求去，公議未安。勉爲朕留，以慰人望。

賜光禄大夫守吏部尚書兼侍讀蘇頌上第二表陳乞致仕不允詔 元祐四年二月二日

勑蘇頌。夫天以多士寧王國，而祖宗以成德遺後人。方使壽考康彊，以究其用。而朕乃以引年而聽其去，可乎？矧卿銓綜之精，談笑而辦。勉思職事，以稱朕心。

二

敕蘇頌。天官之任，老成所宜。坐執銓衡，有山公晚年之故事；簿書煩雜，獨蕭俛一時之偏詞。卿其總攬綱條〔一〕，闊畧苛細。委蛇退食，以慰士心。

〔一〕「綱」原作「網」，據《七集·內制集》卷十改。

新除權禮部尚書梁燾辭免恩命不允詔元祐四年二月三日

敕梁燾。卿出處以義，進退以禮。昔請補外，朕不得已而聽其去；今茲選用，衆以爲宜而恨其晚。而卿又固辭，豈朕所望。成命不易，其速造朝。

賜宣徽南院使充太一宮使馮京乞依職任官例衹赴六參不允詔 元祐四年六月十四日下院〔一〕

敕馮京。朕以卿耆老厚德，重煩以庶事。而卿篤恭盡禮，自同於有司。既朝朔望，尚復懃請。雖抑抑自警，知卿有衛武之風；而僕僕亟拜，非朕待子思之意。宜遵前命，以副眷懷。

〔一〕「下院」二字原缺，據《七集·內制集》卷十補。

賜右正議大夫守尚書左僕射呂大防生日詔元祐四年六月十五日下院〔一〕

敕大防。股肱之良，與國爲重；家庭之慶，亦朕所同。適《斯干》獻夢之辰，均《既醉》太平之福。

膺予寵錫，介爾壽祺。

〔一〕「下院」二字原缺，據《七集·内制集》卷十補。下三文同。

賜翰林學士中大夫兼侍讀趙彦若辭免國史修撰不允詔元祐四年六月二十三日下院

敕彦若。卿學世其家，宜居載筆之地；官宿其業，已奏殺青之書。自託不能，殊非所望。祗膺成命，毋復固辭。

賜河東節度使太師開府儀同三司太原尹致仕文彦博温溪心馬詔元祐四年七月二日下院

敕彦博。惟我宗臣，名震夷落。狼心鴃舌，知獻厥誠。朕以張奂拒羌之獻，不如旅獒昭德之致〔一〕。已敕邊吏答賜所直，其馬今以賜卿，至可領也。

〔一〕「獒」原作「熬」，據《七集·内制集》卷十改。

賜夏國主進奉賀坤成節回詔元祐四年七月二十二日下院

敕。節紀誕彌，慶均臨照。眷守邦之雖遠，亦執贄以來同〔一〕。嘉與朝臣，咸稱壽斝。載惟忠恪，宜有寵頒。

〔一〕「來同」原作「同嘉」，今從《七集·內制集》卷十改。

賜皇伯祖宗晟辭免恩命起復允終喪制詔二首

敕宗晟。朕寤寐僊賢，燮和中外。眷言釋位之久，實有乏才之憂。而三年未終，五詔不起。與其貪明哲之美，以緝熙庶工；不若執孝弟之純，以風勵宗子。俛從誠守，良極歎咨。

二

敕宗晟。夫衰麻之哀，達於上下；損益之變，權以重輕。雖事君均於事親，而奪志難於奪帥。俛聽終喪之守，以成致孝之全。言念篤誠，實增屢歎。

賜新授樞密直學士趙卨進奉謝恩馬詔

敕趙卨。論德進律，天下之公議；因物見誠，臣子之雅志。爰陳駔駿，以效驅馳。體乃至懷，極於嘉歎。

賜新除龍圖閣直學士依前中散大夫陳安石辭免恩命不允詔 元祐二年十月十八日〔一〕

敕安石。夫士出身從仕，少壯陳力，耆老守節，朕必有以寵綏之。卿逮事四朝，敭歷中外〔二〕。號稱良能，不見過失。書閣之拜，衆以爲宜。無復固辭，以遂成命。

〔一〕「直」及「元祐二年十月十八日」九字原缺，據《七集·内制集》卷五補。

〔二〕「勦」原作「剿」，今從《七集·内制集》改。

蘇軾文集卷四十一

内制敕書

賜南平王李乾德曆日敕書元祐元年十月八日

敕乾德。眷彼海隅，被予聲教。宜有王正之賜，以爲農事之祥。勤卹遠民，以開嗣歲。

賜新除依前交趾郡王李乾德加恩制告敕書元祐元年十月十五日

敕乾德。朕躬執珪幣，大饗帝親。頒布湛恩，徧暨諸夏。卿世綏侯服，欽順朝廷。宜錫徽章，以昭異數。

賜外任臣寮曆日詔敕書元祐元年十月二十八日〔一〕

敕韓絳。朕申命日官，逆推嗣歲。眷予共理，頒此成書。勉劭農功，毋違時令。

〔一〕《七集·内制集》卷一「十月」作「十一月」。

賜侍衛親軍馬軍都虞候劉昌祚進奉賀明堂禮畢馬敕書元祐元年十一月二十日

敕劉昌祚。大事告成，多方同慶。汝以分符之重，特修效馬之儀。載念勤誠，不忘嘉歎。

賜外任臣寮進奉興龍節馬詔敕書元祐二年四月十三日

敕韓縝。誕彌之慶，遠邇攸同。眷惟外服之良，來效右牽之禮。言念誠悃，不忘歎嘉。

賜溪洞蠻人彭允宗等進奉端午布敕書〔一〕元祐二年五月十日

敕彭允宗等。汝族居裔壤，心慕華風。來修任土之儀，遠效充庭之實。載惟懃悃，良用歎嘉。

〔一〕《宋大詔令集》卷二百四十有此文。文中「等」字後有「省所進端午節溪布三十疋事具悉」十四字；文末有「故兹詔示，想宜知悉」八字。題及文中之「彭允宗」，均作「彭元宗」。

賜權陝府西路轉運判官孫路銀絹獎諭敕書元祐二年六月二十八日，爲築蘭州西荆堡，成，下同。

敕孫路。宣力計臺，悉心邊政。相視衿要，繕完保鄣。訖用有成，不愆于素。使虜無可乘之便，民有足恃之安。乃眷忠勤，不忘嘉歎。

賜知蘭州王文郁銀絹獎諭敕書元祐二年六月二十八日

敕王文郁。汝以禦侮之才，當專城之寄。百堵皆作，三月而成。非威服民夷，身先士卒，則安能以一時之役，成無窮之利。達于朕聽，良用歎嘉。

賜新除依前静海軍節度使進封南平王李乾德制誥敕書元祐二年七月八日

敕。朕子養兆姓，囊括四荒，譬之於天，豈吝膏澤。卿守藩滋久，事上益虔。高爵隆名，極其榮顯。庶緣天寵〔一〕，以服民心。其思盡忠，以稱恩禮。

〔一〕郎本卷三十七「天」作「王」。

賜外任臣寮進奉坤成節銀敕書元祐二年七月二十八日

敕劉昌祚。汝承流外服，雅意本朝。爰因載誕之辰，遠致同寅之禮。眷惟忠藎，良極歎嘉。

賜西南羅藩進奉敕書元祐二年九月三日

敕。汝世爲要服，時欵塞垣。志慕華風，來修職貢。載惟忠悋，良用歎咨。

賜諸路知州職司等并總管鈐轄至使臣初冬衣襖敕書

敕馮潔己。王事靡盬，日月其除。屬霜露之戒寒，待衣裘而卒歲。宜加寵錫，以示眷懷。

賜諸路蕃官并溪洞蠻人初冬衣襖敕書

敕瞎氈。職在捍邊，志常面內。屬此嚴凝之候，宜均輕煖之恩。服我寵頒，益思忠報。

賜諸路屯駐駐泊就粮本城諸員寮等初冬衣襖都敕

敕汝等。久勤外服，屬戒祈寒。爰念捍城之勞，普均挾纊之惠。

賜外任臣寮等進奉坤成節功德疏詔敕書元祐二年九月二十四日

敕馮京。職雖在外，忠不忘君。集勝妙之良因，致壽康之善禱。眷言誠盡，良極歎嘉。

賜朝奉郎通判梓州趙君奭進奉坤成節無量壽佛敕書元祐二年九月二十四日

敕趙君奭。相好妙嚴，衷誠傾盡。汝期乃后，享無量之年；吾欲斯民，同極樂之世。永言忠愛，良用歎咨。

沿路賜奉安神宗御容押班馮宗道并内臣等銀合茶藥敕書元祐二年十月七日

敕馮宗道。逮事有年，追遠不懈。屬祠宮之告具[一]，驂日馭以遄征。往復之間，忠勞亦至。特加存問，尚體至懷。

[一]「宫」原作「官」。案，本卷《沿路撫問奉安神宗御容禮儀使呂大防已下口宣·鄭州》有「祗事祠宫」之語。今改

「官」爲「宫」。

賜五臺山十寺僧正省奇等進奉興龍節功德疏等獎諭敕書元祐二年十一月一日

敕省奇等。清涼之域，仙聖所游。爰因彌月之辰，來獻後天之祝。永言勤至，良極歎咨。

賜外任臣寮曆日敕書元祐二年十二月四日

敕韓縝。朕肇修人紀，祗畏天明。欽若舊章，式頒新曆。凡我承流之寄，共成平秩之功。

賜于闐國黑汗王進奉登位敕書〔一〕元祐二年十二月十一日

敕。卿守藩西極，慕義中華。遠聞踐阼之新，來致梯山之貢。眷言忠恪，良用歎咨。

〔一〕《宋大詔令集》卷二百四十有此文。「勑」後，有「于闐國黑汗王省所差人進奉賀登位事具悉」十八字；末有「回卿賜銀（原註：缺）具如别録想宜知悉」字。

賜于闐國黑汗王進奉示諭敕書〔一〕元祐二年十二月十一日

敕。卿遠馳信使，來效貢琛。載詳重譯之言，深亮勤王之意。益隆褒賜，以答忠誠。

〔一〕《宋大詔令集》卷二百四十有此文。「勑」後有「于闐國黑汗王省所差來進奉使阿保星進到真珠等事」二十二字；末有「今因阿保星回賜卿銀絹其所差來人亦各賜衣帶想宜知悉」二十四字。

賜外任臣寮進奉興龍節馬敕書元祐二年十二月二十四日

敕劉永年。汝職在蕃宣，義均休戚。旅庭稱慶，因物見誠。乃眷忠勤，不忘嘉歎。

賜溪洞彭儒武等進奉興龍節溪布敕書元祐二年十二月二十八日

敕彭儒武。汝世能保境，志在觀光。遠修任土之宜，來備充庭之實。載惟忠恪，良極歎嘉。

賜保州團練使潞州總管王寶進奉戀闕并到任馬敕書元祐三年正月七日

敕王寶。汝以選掄，出分憂寄。來效充庭之駿，以將衛上之誠。再省忠勤，良深嘉歎。

賜知乾寧軍内殿承制張赴獎諭敕書元祐三年四月十八日

敕張赴。横流之災，所在蒙害。惟吏得其人，則公私賴之。使者列上，有司不以時聞。歲月既遠，予猶汝嘉。故兹獎諭，想宜知悉。

賜于闐國黑汗王進奉示諭敕書二首元祐三年五月一日

敕。卿恪居蕃守，申遣使車。來欵塞垣，恭修壤貢。忠誠遠達，褒歎良深。

二

敕。卿守土西極，馳誠中華。璧馬充庭，尚識漢儀之舊；織皮在篚，聊觀禹貢之餘。載省忠勤，不忘嘉歎。

賜于闐國黑汗王男被令帝英進奉勑書

勑。汝世敦忠厚，志慕聲明。遠附奏函，亦馳貢篚。載惟恭順，良極歎咨。

賜五臺山十寺僧正省奇已下奬諭勑書元祐三年六月十八日

勑。淸涼之峯，仙聖所宅。爰修浄供，以慶誕辰。再省恭勤，不忘嘉歎。

示諭武泰軍官吏軍人僧道百姓等勑書元祐三年八月十八日

勑。朕以苗授賦材勇嚴，馭衆整暇。擢爲宿衛之長，寵以節旄之榮。惟爾邦人，當諭朕意。

賜殿前都虞候寧州團練使知熙州劉舜卿進奉賀冬馬勑書元祐三年閏十二月十八日

勑劉舜卿。職在分憂，忠存衛上。屬此秦正之旦，遠輸冀産之良。再省忠勤，不忘嘉歎。

賜外任臣寮進奉興龍節馬詔勑書元祐三年閏十二月十八日

勑劉舜卿。汝忠於衛上，遠不忘君。爰因彌月之晨，來效充庭之實〔一〕。眷言勤篤，良極歎嘉。

〔一〕《七集·内制集》卷十「實」作「禮」。

賜西南蕃莫世忍等進奉敕書元祐四年正月二十一日

敕莫世忍。汝守土遐陬，歸誠北闕。梯山修貢，欵塞觀光。言念忠勤，至於嘉歎。

賜五臺山十寺僧正省奇等奬諭敕書十月二十五日下院〔一〕

敕。異景靈光，久聞示化。寶祠浄供，爰慶誕彌。念此恭勤，至於嘉歎。

〔一〕《七集·内制集》卷十「十月」作「六月」。

内制口宣

雄州撫問大遼國賀興龍節使副口宣元祐元年十月六日

有敕。卿等遠犯風埃，久勤軺傳。入疆玆始，授館少安。申命撫存，式昭眷奬。

趙州賜大遼賀興龍節人使茶藥口宣元祐元年十月六日

有敕。卿等遠飭使軺，來陳慶幣。川塗甚阻，風露可虞。特示至恩，往頒名劑。

賜正議大夫同知樞密院事安燾乞退不允批答口宣元祐元年十月十日

有敕。卿被遇先帝，勤勞有年。逮于眇躬，倚注彌重。宜安厥位，毋庸力詞〔一〕。

〔一〕「庸」原作「重」，據《七集·內制集》卷一改。

賜宰臣呂公著生日禮物口宣元祐元年十月十六日

有敕。朕之元老，生以兹辰。實爲邦國之華，豈獨閨門之慶。故命爾息，往宣余懷。仍分廐庫之良，以助子孫之壽。

相州賜大遼國賀興龍節使副御筵口宣元祐元年十月十八日

有敕。卿等遠馳信幣，來慶誕辰。眷言四牡之勞，宜享加籩之禮。式頒寵數，以示至恩。

趙州賜大遼國賀太皇太后正旦使副茶藥口宣元祐元年十月二十八日

有敕。卿等奉將邦幣，馳會歲元。眷言夙駕之勤，方次中塗之館。宜頒靈劑，以喻至懷。

趙州賜大遼國賀皇帝正旦使副茶藥口宣元祐元年十月二十八日

有敕。卿等遜修鄰好，方次州封。言念沍寒，想勤跋履。特頒名劑，以示眷懷。

雄州白溝驛賜大遼賀正旦人使御筵口宣元祐元年十一月二日

有敕。卿等遠馳使節，來慶春朝。屬歲律之凝嚴，涉道塗之修阻。宜頒宴衎，以勞勤劬。

賜鎮江軍節度使判大名府韓絳詔書湯藥口宣二首元祐元年十一月九日

有敕。卿德望之隆，中外所屬。誠請雖極，輿論未安。毋復懷歸，以勸北顧。特頒良劑，以輔至和。

二元祐元年十一月十日

有敕。方面重寄，無逾老成。丘園歸休，難遂雅意。特頒珍劑，以示至懷。方此沍寒，益加調養。

賜新除依前中大夫守中書侍郎吕大防辭免恩命不允斷來章批答口宣元祐元年十一月十一日

有敕。大政所關，西臺爲重。朕難其選，無以易卿。宜即欽承，毋煩退避。

賜新除中大夫守尚書右丞劉摯辭恩命不允斷來章批答口宣元祐元年十一月十五日

有敕。卿嘉猷屢告，清議所歸。授受之間，臣主無愧。速起視事，副朕所期。

賜正議大夫同知樞密院事安燾乞外郡不允斷來章批答口宣元祐元年十一月十六日

有敕。卿職在樞要，表儀百官。進當以禮，退當以義。今茲求退，其義安在？亟還視事，毋復固辭。

班荆館賜大遼國賀興龍節人使赴闕口宣元祐元年十一月二十一日

有敕。卿等抗旌遠道，弭節近郊。乃眷勤勞，良深軫念。特頒燕衎，以示惠慈。

班荆館賜大遼賀興龍節人使到闕酒果口宣元祐元年十二月初一日

有敕，卿等肅將信幣，來慶誕辰。眷言行李之勞，宜有燕休之賜。受茲芳酎，體我眷懷。

雄州賜大遼賀正旦人使迴程御筵口宣元祐元年十二月六日

有敕。卿等出疆繼好，已事言還。跋履冰霜，憩休館舍。宜有燕私之寵，以旌來往之勤。

賜河東路諸軍來年春季銀鞋兼傳宣撫問臣寮將校口宣元祐元年十二月七日

有敕。汝卿等從事邊陲，服勤師律。方踐更於春令，諒率履於天和。特有匪頒，以昭眷遇。

送伴正旦使副沿路與賀北朝生日并正旦使副相見傳宣撫問口宣元祐元年十二月九日

有敕。卿等方冬出使，涉春在途。遠犯風埃，想勤跋履。勉加鞭策，即造會朝。

賜大遼賀正旦人使正月一日入賀畢就驛御筵口宣元祐元年十二月十一日

有敕。卿等遠飭使軺，來修舊好。屬此方春之旦，宜均既醉之歡。爰命燕胥，以昭眷寵。

就驛賜大遼賀正旦人使銀鈔鑼唾盂盂子錦被褥等口宣元祐元年十二月十六日

有敕。卿等遠馳信幣，來慶春朝。眷言行李之勞，方茲舍館之定。宜加頒賚，用示寵嘉。

班荆館賜大遼賀正旦人使却回御筵口宣元祐元年十二月十九日

有敕。卿等遠達使辭，載嚴歸馹。方改轅於北道，暫弭節於都門。益重眷懷，往伸燕餞。

相州賜大遼賀正旦人使却回御筵口宣元祐元年十二月二十二日

有敕。卿等歲首奉觴，禮成復命。改轅北道，弭節近藩。宜錫宴私，以彰眷寵。

就驛賜大遼賀興龍節人使迴程酒果口宣元祐元年十二月二十四日

有敕。卿等抗旌旋復，弭節少留。風埃浩然，徒馭勤止〔一〕。宜有珍芳之賜，以昭眷寵之殊。

〔一〕「勤」原作「徒」，今據《七集·內制集》卷一改。

賜大遼賀正旦人使朝辭訖就驛御筵口宣〔一〕元祐元年十二月二十五日

有敕。卿等來修舊好，克備多儀。既陛見以告辭，將駕言而反命。載嘉勤勩，宜錫燕私。

〔一〕《七集·內制集》卷一「使」字後，有「正月六日」四字。

班荆館賜大遼賀正旦人使迴程酒果口宣元祐元年十二月二十八日

有敕。卿等遠會春朝，恪修鄰好。既卒聘事，豈無燕私。宜就錫於加籩，蓋式昭於異數。

撫問熙河蘭會路臣寮口宣元祐二年正月二十五日

有敕。卿等服勤疆埸〔一〕，賦政兵民。言念劬勞，實分憂顧。特加存問，以示眷懷。

〔一〕「埸」原作「場」。「疆埸」字前屢見，《七集·內制集》卷二漫漶，然似「埸」字。今改「場」爲「埸」。

撫問資政殿學士知揚州王安禮口宣元祐二年正月二十七日

有敕。卿久去廊廟，出臨江淮。綏懷流亡，肅遏寇盜。遠惟勤瘁，特示撫存。

賜皇叔祖保信軍節度使安康郡王宗隱生日禮物口宣元祐二年正月四日

有敕。卿屬尊望重，德厚慶隆。方誕育之令辰，有匪頒之故事。克膺壽祉，永服寵光。

賜皇叔祖昭信軍節度使漢東郡王宗瑗生日禮物口宣元祐二年二月二日

有敕。卿爵齒既隆，德望斯稱。載更誕日，胥慶家庭。式侑燕私，以資壽祉。

寒節就驛賜于闐國進奉人御筵口宣元祐二年二月二日

有敕。汝等觀光上國，述職遐方。屬茲改火之辰，想有懷歸之念。宜頒燕衎，以示恩私。

賜皇叔祖寧國軍節度使華原郡王宗愈生日禮物口宣元祐二年二月二十七日

有敕。卿望重宗盟，德隆藩服。載協誕彌之旦，光膺積慶之餘。特示寵頒，永綏壽祉。

賜新除保寧軍節度使馮京告敕詔書茶藥口宣元祐二年三月二十八日

有敕。全魏之寄，舊德爲宜。勉卽征途，以答民望。往頒珍劑，昭示眷懷。

賜鎮江軍節度使充集禧觀使韓絳詔書茶藥口宣元祐三年三月二十八日

有敕。卿德齒俱高，誠請彌確。重以民事，久勞元臣。既飭還車，宜頒珍劑。尚加調養，以副眷懷。

賜太師文彥博乞致仕不允批答口宣元祐二年三月二十九日

有敕。卿德望冠於累世，風采聞於四夷。方茲仰成，倚以爲重。退老之請，所未欲聞。

賜宰相呂公著乞退不允批答口宣元祐二年三月二十九日

有敕。卿柱石本朝，蓍龜當代。方茲注意，實所仰成。宜體朕心，姑安其位。

賜交州進奉人朝見訖就驛御筵口宣元祐二年四月五日

有敕。汝等恭持方物，來款塞垣。冒涉修途，觀光上國。宜頒燕勞，以示恩私。

白溝驛賜大遼賀坤成節人使御筵兼傳宣撫問口宣元祐二年四月十七日

有敕。卿等肅將慶幣，遠涉修塗。風埃浩然，徒馭勤止。宜頒燕衎，以示眷懷。

賜尚書左丞李清臣乞退不允批答口宣元祐二年四月二十七日

有敕。卿綜轄樞機，雍容廊廟。義當體國，謀豈先身。往喻至懷，少安舊服。

賜集禧觀使鎮江軍節度使開府儀同三司韓絳到闕生餼口宣 元祐二年五月十二日

有敕。卿力辭繁劇，歸卽燕安。想見老成，渴聞嘉話。特頒牢醴，以勞驂騑。

班荆館賜大遼國賀坤成節人使到闕御筵口宣元祐二年六月二日

有敕。卿等肅將慶幣，垂及都門。遠涉暑塗，想勤行李。式頒燕衎，以示恩私。

賜護國軍節度使檢校太師濟陽郡王曹佾生日禮物口宣元祐二年六月九日

有敕。卿世濟勳勞，德隆藩戚。屬此誕彌之日，豈無燕喜之私。賚我寵頒，永增壽祉。

賜皇弟山南東道節度使開府儀同三司佖生日禮物口宣元祐二年六月十八日

有勑。卿以棣華之親，襲瓜瓞之慶。載臨誕日，宜厚寵頒。服我異恩，永膺介福。

就驛賜大遼賀坤成節使副銀鈔鑼錦被褥等口宣元祐二年六月二十八日

有勑。卿等遠持慶幣，來講鄰歡。徒御少休，舍館既定。首膺寵錫，當體眷懷。

賜皇伯祖彰化軍節度使高密郡王宗晟生日禮物口宣元祐二年七月一日

有勑。卿德茂宗枝，望隆公衮。推本流長之慶，有嘉震肅之辰。宜示寵頒，以綏壽祉。

賜知樞密院事安燾已下罷散坤成節御筵口宣

有勑。卿等忠存體國，義切戴君。結妙果於三乘，祝慈闈之萬壽。宜膺寵錫，以示眷存。

玉津園賜大遼賀坤成節人使射弓例物口宣元祐二年七月八日

有勑。卿等致命國寶〔一〕，出游禁籞。爰敦射事，以佐賓歡。宜旌審固之能，式厚珍良之賜。

〔一〕「國寶」原作「寶鄰」，今從郎本卷三十七改。

賜大遼賀坤成節人使生餼口宣元祐二年七月八日

有勑。卿等遠涉修塗，來陳慶幣。舍館初定，徒馭實勞。宜錫餼牽，以昭寵數。

相州賜大遼賀坤成節人使却迴御筵口宣元祐二年七月八日

有敕。卿等遠涉歸途，再離秋暑。駕言近郡，少憇旋車。宜示眷懷，往頒燕俎。

瀛州賜大遼賀坤成節人使回程御筵口宣元祐二年七月十日

有敕。卿等抗旌來聘，已事言還。方次邊城，少休候館。宜頒燕俎，以勞歸驂。

賜大遼賀坤成節人使内中酒果口宣元祐二年七月十一日

有敕。卿等遠馳使傳，申講鄰歡。既執贄以造廷，亦展幣而成禮。宜加寵錫，以示眷存。

賜太師文彦博已下罷散坤成節道場香酒果口宣元祐二年七月十一日

有敕。卿翊贊大猷，倡先多士。方慈闈之獻壽，嚴法會以薦誠。宜有寵頒，以昭殊眷。

賜知樞密院事安燾已下罷散坤成節道場香酒果口宣元祐二年七月十一日

有敕。卿等同竭忠嘉，助成孝治。方慈闈之獻壽，嚴法會以薦誠。宜有寵頒，以昭殊眷。

坤成節就驛賜于闐國進奉人御筵口宣元祐二年七月十一日

有敕。汝等欵塞觀光，趨庭效貢。屬誕彌之稱慶，均燕衎以示慈。祗服寵嘉，式旌忠悃。

賜殿前都指揮使燕達已下罷散坤成節道場香酒果口宣元祐二年七月十二日

有敕。卿等同罄純忠，力修勝果。用祈慈壽，既徹梵筵。宜有寵頒，以昭眷遇。

賜皇伯祖鎮南軍節度使開府儀同三司宗暉已下罷散坤成節道場香酒果口宣〔一〕元祐二年七月十二日

有敕。卿表率宗盟，助成孝治。祝延慈壽，仰扣佛乘。既畢梵筵，宜加寵賚。

〔一〕「府」原作「封」，據《七集·內制集》卷三改。

賜平海軍節度使駙馬都尉李瑋已下罷散坤成節道場香酒果口宣元祐二年七月十二日

有敕。卿等乃心王室，同輸欲報之誠；稽首佛乘，共祝無疆之壽。既成法會，宜示寵頒。

賜皇叔揚王荆王醴泉觀罷散坤成節道場香酒果口宣〔一〕元祐二年七月十二日

有敕。卿等德冠邦家，義兼臣子。修勝緣於西竺，祈壽嘏於南山。宜有寵頒，以成法會。

〔一〕「罷」原作「散」，據《七集·內制集》卷三改。

雄州撫問大遼使副賀坤成節口宣元祐二年七月十二日

有敕。卿等抗旍修好，馳傳及疆。遠涉暑途，實勞驂馭。特加存撫，式示眷懷。

班荆館賜大遼賀坤成節人使回程酒果口宣元祐二年七月十六日

有敕。卿等講成聘禮，歸次都門。復此少留，逝將言邁。宜頒餞斝，以寵行驂。

賜皇叔揚王顥生日禮物口宣元祐二年七月十九日

有敕。卿屬尊魯、衛，德重間、平。每臨載育之辰，永錫無窮之慶。宜膺寵數，以介壽祺。

賜新除知樞密院安燾辭免恩命不允斷來章批答口宣元祐二年八月五日

有敕、卿以舊德，簡在朕心。成命既孚，僉言咸穆。宜即祗受，毋煩固辭。

賜熙河秦鳳路帥臣并沿邊知州軍臣寮茶銀合兼傳宣撫問口宣元祐二年八月十日

有敕。卿等夙分邊寄，深識虜情。屬此盛秋，勞於警備。宜加寵賚，以示眷懷。

賜熙河秦鳳路提刑轉運茶銀合兼傳宣撫問口宣元祐二年八月十日

有敕。卿持節宣風，久分憂寄。調兵足食，想極賢勞。宜有寵頒，以彰眷遇。

賜觀文殿大學士光禄大夫知永興軍韓縝茶銀合兼傳宣撫問口宣元祐二年八月十日

有敕。卿釋政廟堂，均勞方面。兵民之重，綏御實勞。往諭至懷，仍加寵賚。

賜皇弟武成軍節度使祁國公偲生日禮物口宣元祐二年八月十六日

有敕。卿棣華襲慶，桐葉分封。載臨震肅之辰，特致壽康之祝。其膺寵錫，以介神休。

賜皇叔成德荆南等軍節度使守太尉開府儀同三司荆王頵生日禮物口宣元祐二年八月二十日

有敕。卿以名世之傑，居叔父之親。乃眷良辰，實鍾餘慶。宜膺異數之禮，永錫無疆之休。

賜宰相呂公著乞外任不允批答口宣元祐二年八月二十三日

有敕。全德之老，朕所仰成。大義未安，卿當畏去。純忠所激，微疾自除。

賜宰相呂公著乞罷相位不允斷來章批答口宣元祐二年八月二十八日

有敕。卿之在位，爲德與民。朕意不移，徒煩屢請。速起視事，毋復固辭。

賜皇弟定武軍節度使開府儀同三司咸寧郡王俣生日禮物口宣元祐二年八月二十八日

有敕。眷予母弟，誕慶茲辰。載詠《斯干》之祥，宜均《既醉》之福。祗膺寵數，永錫壽祺。

賜太師平章軍國重事文彥博辭免免入朝拜禮允批答口宣[一]元祐二年八月二十八日

有敕。卿勳德愈高，謙恭不伐。盡事君之禮，忘屈身之勞。重違嘉言，特寢前命。

[一]「免」原爲空格，據《七集·內制集》卷四補。

熙河蘭會路賜种誼已下銀合茶藥及撫問犒設漢蕃將校以下口宣

元祐二年九月二日

有敕。汝等受成元帥，問罪種羌。既俘凶渠，備見忠力。各加犒賜，用示眷懷。

賜保静軍節度使檢校司空開府儀同三司建安郡王宗綽生日禮物口宣元祐二年九月二日

有敕。位隆將相，德重宗藩。方秋律之既深，紀門弧之多慶。宜膺寵錫，以介壽祺。

撫問劉舜卿兼賜銀合茶藥口宣元祐二年九月二日

有敕。卿翰屏西服，威懷種羌。嚴兵盛秋，得雋戎落。特遣勞問〔一〕，仍示寵頒。

〔一〕「特」原作「落」，據《七集·内制集》卷四改。

賜陝府西路轉運判官孫路銀合茶藥口宣元祐二年九月五日

有敕。汝以職事，出按邊防。屬此軍興，想勞心計。宜加寵錫，以示眷懷。

賜陝府西路轉運司勾當公事游師雄銀合茶藥口宣元祐二年九月五日

有敕。汝以儒臣，習知疆政。王事靡盬，周爰咨謀。宜有寵頒，以旌勤瘁。

賜涇原路經畧使并應守城禦賊漢蕃使臣已下銀合茶藥兼傳宣撫問口宣元祐二年九月五日

有敕。戎虜逆天，無故犯順。汝等忠義所激，戰守有方。犄角相望，示以形勢。犬羊自遁，亭候無虞。爰念勤勞，不忘嘉歎。

賜大遼賀正旦人使白溝驛御筵并撫問口宣元祐二年九月七日

有敕。卿等遠馳華節，冒履薄寒。眷言郵傳之勤，少樂燕嘉之賜。往申寵問，式示眷存。

賜太師文彦博乞致仕第一表不允批答口宣元祐二年九月九日

有敕。朕上承慈訓，下酌民言。秉國之成，非卿莫可。來請雖切，朕意不移。

賜太師文彦博乞致仕不允斷來章批答口宣元祐元年九月十一日

有敕。卿望重百辟，威聞四夷。進退之間，輕重所寄。毋煩屢請，朕命不移。

白溝驛傳宣撫問大遼賀興龍節人使及賜御筵口宣元祐二年九月十二日

有敕。卿等遠馳信幣，來慶誕辰。念此修塗，喜於入境。宜加燕勞〔一〕，以示眷存。

〔一〕「加」原脱，據《七集·内制集》卷四補。

沿路撫問奉安神宗御容禮儀使吕大防已下口宣元祐二年九月十二日

鄭州

有敕。卿等恭持使節，祗事祠宫。遠涉郵途，實勞啓處。特加存問，以示眷懷。

鞏縣

有敕。卿等出使别都，展儀原廟。衝涉微凛，勤勞遠塗。體此眷懷，宜加調衛。

西京

有敕。卿等暫去闕庭，服勤郵傳。奉祠之重，率禮爲勞。已事遄歸，式符眷遇。

賜熙河路副總管姚兕等銀合茶藥口宣元祐二年九月十四日

有敕。卿以武畧過人，忠義思報。焚蕩虜境，宣明國威。特示寵頒，以觀來效。

撫問秦鳳等路臣寮口宣元祐二年九月十八日

有敕。卿等綏馭兵戎，布宣條教。眷惟忠藎，想極劬勞。屬此早寒，各宜厚愛。

西京會聖宮應天禪院奉安神宗御容禮畢押賜禮儀使已下御筵口宣〔一〕元祐二年九月二十一日

有敕。卿等既成原廟，復奠神游。乃眷元臣，往嚴盛禮。宜均燕衎，以示眷存。

〔一〕「筵」原作「容」，據《七集·內制集》卷四改。

賜嗣濮王宗暉生日禮物口宣元祐二年九月二十二日

有敕。流澤之深，積慶之厚，嘉此良日，篤生賢王。受茲多儀，永錫難老。

賜皇弟鎮寧軍節度使開府儀同三司遂寧郡王佶生日禮物口宣〔一〕

元祐二年十月一日

有敕。乃眷賢王，惟予介弟。篤生兹日，流慶方來。往致予言，以爲爾壽。

〔一〕「弟」原作「帝」，據《七集·内制集》卷五改。

趙州賜大遼賀興龍節使副茶藥口宣元祐二年十月一日

有敕。卿等久懃軺傳，遠涉風埃。既漸邇於中邦，方少安於候館。往頒珍劑，以示眷懷。

賜太師文彦博生日禮物口宣元祐二年十月五日

有敕。卿勳在廟社，名聞華夷。允儲河嶽之靈，宜享喬松之壽。往頒寵數，以慶佳辰。

沿路賜奉安神宗御容禮儀使吕大防押班馮宗道并使臣已下銀合茶藥兼傳宣撫問口宣元祐二年十月七日

有敕。卿等祗率官常，往嚴像設。屬此寒凝之候，眷言往返之勞。式示寵綏，特加優錫。

接伴大遼賀興龍節人使送伴回程與大遼賀正旦人使相逢撫問口宣

元祐二年十月十七日

有敕。卿等並駕使軺，遠敦鄰好。屬風霜之凝冽，歷川陸之阻修。宜示眷懷，特申問勞。

趙州賜大遼賀太皇太后正旦使副茶藥口宣元祐二年十月十七日

有敕。卿等遠馳使傳，方次州封。念此寒凝，艱於涉履。特申寵錫，以示眷存。

趙州賜大遼賀皇帝正旦使副茶藥口宣元祐二年十月十七日

有敕。卿等遠修聘事，來會歲元。眷言夙駕之勤，宜有中途之賜。受兹珍品，喻我至懷。

雄州撫問大遼賀興龍節使副口宣元祐二年十月十七日

有敕。卿等恭修鄰好，遠慶誕辰。眷惟授館之初，益喜造朝之近。往申問勞，式示眷存。

雄州撫問大遼賀正旦使副口宣元祐二年十月十八日

有敕。卿等遠會春朝，篤修鄰好。言念乘軺之久，欣聞入境之初。式示眷存，往申問勞。

賜諸路臣寮中冬衣襖口宣元祐二年十月十八日

有敕。霜露荐至，衣褐未周。念我遠臣，何以卒歲。往均安燠之賜，尚體眷懷之深。

賜宰相呂公著生日禮物口宣元祐二年十月十八日

有敕。卿仁以庇民，忠以衛上。誕彌之日，慶慰良深。往錫寵章，以介眉壽。

冬季傳宣撫問諸路沿邊臣寮口宣元祐二年十月十八日

有敕。卿等守禦邊疆，憂勞夙夜。屬兹寒沍，想各康强。特示眷存，往申勞問。

撫問知河南府張璪知永興軍韓縝口宣元祐二年十月十八日

有敕。卿輟自廟堂，出爲師帥。勞於綏御，寬我顧憂。屬此寒凝，勉加頤養。

冬季撫問陝西轉運使副口宣元祐二年十月十八日

有敕。卿等歲事將畢，農工既休。永言乘傳之勞，未遑退食之佚。勉加輔養，尚副眷懷。

冬季撫問諸路沿邊臣寮口宣元祐二年十月十八日

有敕。卿等分憂久外，並塞早寒。眷此勤勞，形於軫念。往加勞問，式示眷存。

賜資政殿學士新差知成都府王安禮詔書銀合茶藥傳宣撫問口宣

元祐二年十月二十七日

有敕。卿西南之寄，古今所難。蓋自祖宗以來，式輟鈞衡之舊〔一〕。與衆同樂，非卿孰宜。

〔一〕《七集·内制集》卷五「式」作「或」。

賜于闐國進奉人進發前一日御筵口宣元祐二年十月二十九日

有敕。汝等奉琛來覲，已事言歸。式嘉慕義之誠，宜有勞還之澤。往頒燕衎，祗服恩私。

班荆館賜大遼賀正旦人使到闕御筵口宣元祐二年十一月四日

有敕。卿等夙抗使旌，少休郊館。乃眷川途之邈，載惟驂馭之勞。特賜燕私，以旌勩瘁。

班荆館賜大遼賀興龍節人使酒果口宣元祐二年十一月九日

有敕。卿等遠乘使傳，方造都門。屬此寒凝，久於衝涉。宜膺就賜之禮〔一〕，以示勞來之恩。

〔一〕《七集·内制集》卷五「膺」作「加」。

班荆館賜大遼賀興龍節人使御筵口宣元祐二年十一月十一日

有敕。卿等遠犯苦寒，來修舊好。載喜使華之近，特申郊勞之儀。服我恩私，少留燕衎。

相州賜大遼賀正旦人使御筵口宣元祐二年十一月十六日

有敕。卿等篤修舊好，少憩近邦。屬冰雪之嚴凝，念車徒之勤勩。往加燕勞，式示眷懷。

賜皇伯祖高密郡王宗晟已下罷散興龍節道場香酒果口宣元祐二年十二月一日

有敕。卿等以義重宗藩駙馬改爲戚藩。〔一〕，志存忠愛。先期誕月，歸命佛乘。逮茲法會之成，宜有匪頒之寵。宗暉以下同。

〔一〕「駙馬改爲戚藩」六字爲註文，原缺，據《七集·内制集》卷六補。

賜知樞密院事安燾已下罷散興龍節道場酒果口宣元祐二年十二月一日

有敕。誕彌之慶，綿宇所同。矧我臣工，方茲燕喜。宜有柔嘉之賜，以成豈弟之驩。

賜濟陽郡王曹佾罷散興龍節道場酒果口宣元祐二年十二月一日

有敕。卿義重戚藩〔一〕，望隆耆德。歸誠覺苑，增祝壽山。宜有寵頒，以昭厚眷。

〔一〕《七集·内制集》卷六「義」作「位」。

賜殿前都指揮使燕達已下罷散興龍節道場香酒果口宣元祐二年十二月一日

有敕。卿等志在愛君，忠於衛上。屬誕彌之紀慶，修净供以祈年。宜有頒寵，以旌勤意。步軍副都指揮使苗授以下同。

賜知樞密院事安燾已下罷散興龍節道場香酒果口宣元祐二年十二月一日

有敕。彌月之祥，敷天同慶。協股肱之畢力〔一〕，延釋梵以祈年。申以寵頒，助其愷樂。

〔一〕《七集·内制集》卷五「協」作「卷」。

賜大師文彦博已下罷散興龍節酒果口宣元祐二年十二月二日

有敕。卿等以弼亮之重，勤勞王家。因誕慶之辰，修崇法會。宜頒芳旨，以示眷存。

賜大遼賀興龍節前一日内中酒果口宣元祐二年十二月二日

有敕。卿等抗旌就館，已觀車騎之華；奉幣造朝，復歎威儀之美。就加寵錫，以示眷懃。

賜大遼賀興龍節十日内中酒果口宣元祐二年十二月二日

有敕。卿等奉幣講歡，造廷稱壽。嘉禮儀之閑習，宜寵錫之便蕃。受此珍甘，以旌眷遇。

賜大遼賀興龍節朝辭訖歸驛御筵口宣元祐二年十二月二日

有敕。卿等使事既終，陛辭而復。少休賓館，將整歸驂。特示至懷，更頒嘉燕。

蘇軾文集卷四十二

口宣

賜大遼賀興龍節人使瀛洲回程御筵口宣元祐二年十二月二日

有敕。卿等已脩舊好，復改北轅。雖候館之少休，眷歸途之尚邈。往頒燕俎，以示至懷。

相州賜大遼賀興龍節使副御筵口宣元祐二年十二月四日

有敕。卿等犯寒遠道，弭節近邦。少休夙駕之勞，式示加籩之惠。服我寵數，以增使華。

相州賜大遼賀興龍節使副却回御筵口宣元祐二年十二月四日

有敕。卿等聘事告成，還車言邁。改轅北道，弭節近邦。眷言行役之勞，宜有燕私之寵。

賜大遼賀興龍節人使射弓例物口宣元祐二年十二月六日

有敕。卿等懷四方之志，挾五善之能。終日射侯，於是觀禮。宜申寵錫，以佐賓歡。

班荆館賜大遼賀興龍節人使回程御筵口宣元祐二年十二月六日

有敕。卿等已事言旋，改轅兹始。冒寒遠涉，軫念良深。少憇近郊，復陳燕豆。

賜諸路臣寮春季銀腥兼撫問口宣元祐二年十二月八日

有敕。卿等各竭乃心，久勞于外。屬此寒凝之候，永惟綏馭之懃。式示眷存，往加勞問。

撫問知大名府馮京口宣

有敕。卿以元老，卧護北門。寬我顧憂，想勞綏御。屬兹寒沍，益務保頤。

賜大遼賀興龍節人使朝辭歸驛酒果口宣元祐二年十二月八日

有敕。卿等已事言旋，指期夙駕。歲寒遠道，良用軫懷。宜有寵頒，以旌勤瘁。

賜大遼賀興龍節人使班荆館却回酒果口宣元祐二年十二月十日

有敕。卿等聘事已成，征驂言邁。往餞於館，以華其歸。仍有寵頒，式昭厚眷。

班荆館賜大遼賀正旦人使到闕酒果口宣元祐二年十二月十日

有敕。卿等遠脩鄰好，來會歲元。久涉道塗〔一〕，少休郊館。宜頒芳旨，以勞驂騑。

〔一〕《七集·内制集》卷七「道」作「冰」。

就驛賜大遼賀興龍節人使宴口宣元祐二年十二月十一日

有敕。佳辰紀慶，聘事告成。申敕臣鄰，往就舍館。同茲衎樂，服我惠慈。

就驛賜大遼賀興龍節人使宴花酒果口宣元祐二年十二月十一日

有敕。卿等遠勤使傳，來慶誕辰。臨遣重臣，往頒燕俎。仍加寵錫，以示至懷。

賜大遼賀正旦使副銀鈔鑼等口宣元祐二年十二月十一日

有敕。卿等通兩國之懽，不遠千里。驅一乘之傳，來慶三朝。宜有寵頒，以昭異眷。

相州賜大遼賀正旦人使却回御筵口宣元祐二年十二月十四日

有敕。卿等復理歸鞍，少休輔郡。念北轅之首路，犯西陸之餘寒。往致恩勤，宜留燕衎。

賜大遼賀正旦人使却回雄州御筵口宣元祐二年十二月十四日〔一〕

有敕。卿等遠勤郵傳，冒涉冰霜。眷言往復之勞，已次封圻之上。宜頒嘉燕，以示至懷。

〔一〕《七集·內制集》卷六「十四」作「二十四」。

賜大遼賀興龍節使副鈔鑼等口宣元祐二年十二月十八日

有敕。卿等解驂授館，方講於鄰歡。遣使勞來，宜敦於主禮。往加優錫，以示眷懷。

賜大遼賀正旦人使生餼口宣元祐二年十二月二十四日

有敕。卿等郵傳遠勤，舍館既定。宜敦主禮，以犒馭徒。往錫餼牽，少紓勞瘁。

送伴正旦使副沿路與賀北朝生辰并正旦使副相逢傳宣撫問口宣

元祐二年十二月二十五日

有敕。卿等銜命出使，徂冬涉春。適寒苦之倍常，知勤勞之加舊。勉驅郵傳，來造會朝。

賜大遼賀正旦入賀畢使副就驛酒果口宣元祐二年十二月二十六日

有敕。卿等既覲闕庭，少安館舍。宜行慶賜，以樂春朝。往致甘芳，式華觴豆。

賜大遼賀正旦入賀畢使副就驛御筵口宣元祐二年十二月二十六日

有敕。卿等遠抗使旃，來陳慶幣。眷東風之協應，喜上日之同歡。宜就驛亭，往頒燕豆。

賜大遼賀正旦使副前一日内中酒果口宣元祐二年十二月二十七日

有敕。方興嗣歲，既餞餘寒。喜鄰好之篤脩，念使華之少駐。式頒珍異，以示眷懷。

賜大遼賀正旦却回班荆館御筵口宣元祐二年十二月二十七日

有敕。卿等聘事既成，歸途方啓。言念改轅之始，少留帳飲之歡〔一〕。往推恩勤，下及徒馭。

【一】「帳」原作「張」，今從《七集・內制集》卷六。

賜大遼賀正旦朝辭訖歸驛御筵口宣元祐二年十二月二十七日

有敕。卿等寓館久勤，趨庭告去。不假壺觴之樂，曷爲徒馭之華。服我恩私，少留宴衎。

賜大遼賀正旦朝辭訖歸驛御筵酒果口宣元祐二年十二月二十八日

有敕。卿等聘事告成，歸車夙駕。屬此寒凝之末，眷言往返之勤。錫此珍芳，以將寵遇。

賜大遼賀興龍節人使雄州回程御筵口宣元祐二年十二月二十八日

有敕。卿等聘事既成，歸途尚邈。屬此冰霜之候，眷言來往之勤。宜錫燕私，少紓行役。

賜大遼賀正旦使副春幡勝口宣元祐二年十二月二十九日

有敕。剪刻之工，風俗惟舊。眷皇華之在館，屬春陽之肇新。宜有分頒，以增賁飾。

賜大遼賀正旦使副射弓例物口宣元祐二年十二月二十九日

有敕。卿等出遊禁籞，觀藝射侯。弓矢既均，禮儀卒度。宜加寵錫，以侑燕歡。

瀛洲賜大遼賀正旦人使回程御筵口宣元祐三年正月五日

有敕。卿等來修舊好，遠冒初寒。涉歷冬春，服勤郵傳。示頒嘉燕，以答久勞。

賜宰相吕公著上第二表乞致仕不允批答口宣〔一〕元祐三年三月二十九日

有敕。朕以冲眇，垂拱仰成。卿以耆老，圖任共政。無故而去，於義未安。

〔一〕《七集·内制集》卷六「第二表」作「第一表」。

賜宰相吕公著乞致仕不允斷來章批答口宣元祐三年四月一日

有敕。卿望重縉紳，義均休戚。如左右手，可須臾離。雖屢形於懇詞，必難移於朕意。

閤門賜新除守司空同平章軍國事吕公著誥口宣元祐三年四月七日

有敕。卿正位三公，具瞻多士。式資坐論，以副仰成。體朕眷懷，服此明命。

閤門賜新除宰相吕大防范純仁誥口宣元祐三年四月七日

有敕。朕稽參衆庶，登用俊良。並建宰司，同陞揆路。祗承明命，仰副眷懷。

賜新除尚書左僕射吕大防尚書右僕射范純仁辭免恩命不允批答口宣元祐三年四月十一日

有敕。卿望重縉紳，才兼文武。弼亮之選，中外同然。毋或固辭，以稱朕意。

賜吕公著辭恩命上第二表不允斷來章批答口宣元祐三年四月十三日

有敕。卿以全德，式符具瞻。宜與師臣，共爲民表。欽承明命，佇聽嘉謨。

賜范純仁吕大防辭恩命上第二表不允斷來章批答口宣 元祐三年四月十三日

有敕。卿以宏材，久與大政〔一〕。擢升宰輔，實慰具瞻。宜速拜嘉，毋煩謙避。

〔一〕《七集·内制集》卷七「與」作「聞」。

賜新除門下侍郎孫固辭免恩命不允斷來章批答口宣元祐三年四月十四日

有敕。卿金華元老〔一〕，西樞舊臣。與政東臺，實慰輿議。祗膺成命，毋復固辭。

〔一〕《七集·内制集》卷七「元」作「雋」。

賜劉摯辭免恩命不允斷來章批答口宣元祐三年四月十四日

有敕。稽參衆言，蔽自朕志。西臺之貳〔一〕，無以逾卿。亟踐厥官，毋煩固避。

〔一〕《七集·内制集》卷七「臺」作「省」。

賜王存辭免恩命不允斷來章批答口宣元祐三年四月十四日

有敕。卿純忠許國，雅望在人。官以次升，義無足避。其承休寵，以副眷懷。

賜胡宗愈辭免恩命不允斷來章批答口宣元祐三年四月十四日

有敕。卿雅望在人，純忠許國。既以彙進，胡爲力辭。宜體至懷，即膺成命。

賜趙瞻辭免恩命不允斷來章批答口宣元祐三年四月十四日

有敕。朝廷用人，議論先定。不次之舉，非卿孰宜。亟服休恩，毋煩固避。

賜河北兩路諸軍秋季銀鞋兼傳宣撫問臣寮將校口宣〔一〕元祐三年四月十八日

有敕。卿等憂寄之深，疆事靡盬。眷言勞勤，想各平寧。體我至懷，受茲時賜。

〔一〕《七集·内制集》卷七「兩」作「西」。

宣詔許内翰入院口宣元祐三年四月十九日

有敕。卿拔自循良，老於文學。禁林之命，儒者所榮。往祗厥司，以究所蘊。

白溝驛賜大遼賀坤成節人使御筵兼傳宣撫問口宣元祐三年四月二十二日

有敕。卿等遠涉暑途，來陳慶幣。眷言徒御，久犯風埃。往賜燕娱，少休行役。

賜大遼賀坤成節人使生餼口宣元祐三年五月十日

有敕。卿等肅將鄰好，來慶誕辰。徒馭久勞，館宇初定。宜頒委積，以示寵章。

賜安燾乞退不允斷來章批答口宣元祐三年六月一日

有敕。卿以舊德，首冠西樞。雅望既隆，仰成彌重。宜安厥位，以卒輔予。

賜北京恩冀等州脩河官吏及都轉運使運判監丞等銀合茶藥並兵級等夏藥特支兼傳宣撫問口宣元祐三年六月十四日

有敕。卿等夙夜河壖，暴露野次。屬茲暑雨，深軫予懷。往示寵頒，少慰勞苦。

撫問保寧軍節度使知大名府馮京兼賜銀合茶藥口宣元祐三年六月十四日

有敕。河役方興，吏民在野〔一〕。暑雨之際，綏御爲勞。膺此寵頒，尚加慎護。

〔一〕《七集·內制集》卷八「民」作「士」。

賜太中大夫守尚書左僕射兼門下侍郎呂大防生日禮物口宣〔一〕元祐三年六月二十二日

有敕。乃眷良辰，篤生元輔。豈獨搢紳之望，允爲河岳之英。今遣爾甥，往致朕命。受茲休寵，永介壽祺。

〔一〕「太」原作「大」，今從《七集·內制集》卷八改。

賜皇弟山南東道節度使開府儀同三司大寧郡王佖生日禮物口宣

元祐三年六月二十二日〔一〕

有敕。乃眷賢王，篤生兹日。本枝之慶，華萼相承。宜分廄庫之良，以致喬松之壽。

〔一〕《七集·内制集》卷八「二十二日」作「二十三日」。

賜大遼人使賀坤成節入見訖歸驛御筵口宣元祐三年七月八日

有敕。卿等初梍使車，已陳慶幣。退安館舍，往錫燕觴。式示眷懷，且旌勞勩。

賜大遼人使賀坤成節入見訖歸驛酒果口宣元祐三年七月八日

有敕。卿等趨庭致命，就館卽安。少休行役之勞，宜示眷懷之異。式昭寵數，往錫甘芳。

班荆館賜大遼賀坤成節人使回程御筵口宣元祐三年七月八日

有敕。卿等使事畢陳，還車載啓。改轅而北，弭節少留。就錫燕嘉，式昭禮遇。

玉津園賜大遼賀坤成節人使射弓例物口宣〔一〕元祐三年七月九日

有敕。卿等既陳慶幣，復展射侯。豈獨娱賓，亦將觀德。宜有珍良之錫，以旌審固之能。

〔一〕「園」原作「國」，據《七集・內制集》卷八改。

賜殿前司罷散坤成節道場香酒果口宣元祐三年七月九日

有敕。卿忠存衛上，義切戴君。爰祝壽山，克成梵供。宜加寵錫，以示眷懷。

賜宗室開府儀同三司以下罷散坤成節道場香酒果口宣元祐三年七月九日

有敕。卿以令德懿親，共輸誠悃。名藍法供，虔祝壽祺。既徹浄筵，宜加寵錫。

賜馬步軍司罷散坤成節道場香酒果口宣元祐三年七月十二日

有敕。卿等共罄臣衷，力祈慈壽。爰脩法會，亦既告成。宜有寵頒，以旌誠慤。

賜知樞密院事安燾已下罷散坤成節道場香酒果口宣元祐三年七月十二日

有敕。卿等忠存廟社，義篤君親。嘉法會之有成，祝聖齡於無極。宜加寵賚，以示眷懷。

賜皇伯祖嗣濮王宗暉已下罷散坤成節道場香酒果口宣元祐三年七月十二日

有敕。卿等爲國懿親，助我孝治。祝慈闈之永壽，成法會於兹辰。宜有寵頒，以精忠悃。

賜皇叔揚王醴泉觀罷散坤成節道場香酒果口宣元祐三年三月十二日

有敕。卿等以周邵之親，躬任姒之眷〔一〕。力祈壽嘏，祗扣佛乘。既徹净筵，宜膺寵眷。

〔一〕《七集·内制集》卷八「眷」作「養」。原校：「眷」一作「養」。

賜太師文彦博已下罷散坤成節道場香酒果口宣元祐三年七月十二日

有敕。元老在廷，百官承式。啓法筵於梵宇，祝壽嘏於慈闈。宜有寵頒，以助燕喜。

相州賜大遼賀坤成節人使却回御筵口宣元祐三年七月十三日

有敕。卿等遠飭征驂，少休近郡。載惟勤勩，良極軫懷。往錫宴觴，以華歸騎。

瀛洲賜大遼賀坤成節人使回程御筵口宣元祐三年七月十三日

有敕。卿等遠聘通歡，言歸復命。改轅北道，弭節邊城。宜錫燕觴，少休行役。

賜護國軍節度使濟陽郡王曹佾罷散坤成節道場香酒果口宣元祐三年七月十三日

有敕。卿以耆德，首冠戚藩。虔祝壽祺，告成法會。宜加寵賚，以助燕私。

班荆館賜大遼賀坤成節人使回程酒果口宣元祐三年七月十三日

有敕。卿等致命言還，改轅伊始。暑雨方作，徒馭實勞。宜有寵頒，以昭眷遇。

就驛賜大遼國賀坤成節人使宴口宣二首元祐三年七月十六日

有敕。卿等遠馳使傳，來會誕辰。言念勤勞，宜加旌寵。特頒燕喜，以示眷懷。

二元祐三年七月十六日

有敕。卿等肅將慶幣，來舉壽觴。臨遣輔臣，往頒燕豆。仍加寵賚，以示眷懷。

賜新除殿前副都指揮使武泰軍節度使苗授辭免恩命第二表不允批答口宣元祐三年七月二十日

有敕。卿早練武經，晚著邊效。進持帥節，實允僉言。矧以次遷，無煩懇避。

撫問秦鳳路臣寮口宣元祐三年七月二十四日

有敕。卿等久以選掄，出分憂寄。疆埸之重〔一〕，綏御爲勞。宜示眷懷，往宜指諭。

〔一〕「埸」原作「場」。卷三十九 四十「疆埸」屢見。今改「場」爲「埸」。

閤門賜新除徐王誥口宣元祐三年八月十二日

有敕。卿望隆尊屬，德冠宗藩。改殿大邦，實諧羣議。往服朕命，以爲國華。

賜皇叔新封徐王上第二表辭免恩命不允斷來章批答口宣元祐三年八月十五日

有敕。朕始升徐方，以胙叔父。庶幾大彭之壽，罔愧元王之賢。毋復屢辭，亟膺成命。

賜太師文彦博乞致仕不允斷來章批答口宣元祐三年九月五日

有敕。耆老在位，華夷聳觀。若聽公歸，恐失民望。朕命不再，公其少留。

相州賜大遼賀興龍節使副御筵口宣元祐三年十一月六日

有敕。卿等將命鄰邦，服勤郵傳。久薄風霧，少休車徒。宜體眷懷，式同燕衎。

賜皇伯祖宗晟辭免起復恩命不允批答口宣元祐三年十一月十日

有敕。宜不可曠，禮有從權。苟愛君如愛親，則王事爲家事。勉遵舊服，少屈私誠。

賜皇伯祖宗晟辭免起復恩命不允斷來章批答口宣元祐三年十一月十八日

有敕。卿哀慕未衰，懇辭彌切。既寒暑之一變，宜忠孝之兩全。勉從朕言，起服乃事。

賜駙馬都尉李瑋已下罷散興龍節道場香酒果口宣元祐三年十月三十日

有敕。震夙紀辰，邇遐同祝。乃眷戚藩之重，預脩浄供之嚴。亦既告成，宜膺寵錫。

賜殿前副都指揮使苗授已下罷散興龍節道場香酒果口宣元祐三年十一月二十日〔一〕

有敕。卿等以衞上之忠，屬誕彌之慶。預嚴浄會，以薦壽祺。及此告成，宜加寵賚。

〔一〕「元祐三年」云云十字原缺，據《七集·內制集》卷九補。

賜權管勾馬軍司公事姚麟已下罷散興龍節道場酒果口宣元祐三年十一月三十日

有敕。卿等率職周廬，歸誠梵宇。共致延鴻之祝，出於忠愛之深。宜錫珍芳，以助燕衎。

興龍節尚書省賜知樞密院事安燾已下酒果口宣元祐三年十一月三十日

有敕。卿等任重樞機，忠存廟社。屬誕辰之薦壽，脩法會以告成。錫以珍芳，助其燕喜。

賜大遼賀興龍節人使生餼口宣元祐三年十二月一日

有敕。卿等遠持慶幣，申講鄰歡。徒馭有華，舍館方定。宜往餼牽之錫，以旌郵傳之勤。

賜濟陽郡王曹佾罷散興龍節道場香酒果口宣元祐三年十二月一日

有敕。卿寵冠戚藩，望隆舊德。將祝無疆之壽，故脩最上之乘。既徹浄筵，宜膺寵錫。

賜皇伯祖嗣濮王宗暉已下罷散興龍節道場香酒果口宣元祐三年十二月一日

有敕。眷我宗英，乃心王室。修彼龍天之供，慶兹虹電之祥。宜有頒分，以成燕喜。

賜皇叔祖同知大宗正事宗景罷散興龍節道場香酒果口宣元祐三年十二月一日

有敕。乃眷宗英，祗率藩服。慶誕辰而薦壽，脩浄會以告成。宜有分頒，以助燕喜。

賜皇叔徐王罷散興龍節道場香酒果口宣元祐三年十二月二日

有敕。卿望隆周、召，德邁間、平。屬誕慶之紀辰，仗佛乘而薦祉。助兹宴喜，錫以柔嘉。

賜文太師已下罷散興龍節道場香酒果口宣元祐三年十二月二日

有敕。乃眷師臣，身先百辟。有嚴浄供，祗薦萬齡。宜有分頒，以助燕喜。

賜樞密安燾已下罷散興龍節道場香酒果口宣元祐三年十二月二日

有敕。樞機之臣，社稷是衞。夙設人天之供，共祈箕翼之祥。宜膺寵頒，式助燕喜。

班荆館賜大遼賀興龍節人使到闕御筵口宣元祐三年十二月五日

有敕。卿等遠將鄰好，至止都門。屬霜霧之嚴凝〔一〕，念車徒之勤瘁。宜伸燕衎，以示眷懷。

〔一〕《七集·内制集》卷九「霧」作「露」。

賜大遼賀興龍節人使朝辭訖就驛酒果口宣元祐三年十二月五日〔一〕

有敕。卿等畢事告旋，指期言邁。念征途之勞瘁，迫徂歲之冱寒。體我至懷，膺兹寵錫。

〔一〕《七集·内制集》卷九「十二月」作「十一月」。

賜大遼賀興龍節人使朝辭訖歸驛御筵口宣元祐三年十二月五日

有敕。卿等聘事告成，陛辭言邁。念歸途之云遠，復賓館之少留。體我眷懷，共兹宴喜。

七日賜大遼賀興龍節人使内中酒果口宣元祐三年十二月五日

有敕。卿等梘車就館，布幣造廷。既欣鄰好之脩，復歎使華之美。就加寵賚，式示眷存。

玉津園賜大遼賀興龍節人使射弓御筵口宣元祐三年十二月五日

有敕。卿等使節有華，鄰歡載講。既娱賓於靈囿，將觀德於射侯。宜有寵頒，以旌命中。

相州賜大遼賀正旦人使御筵口宣元祐三年十二月六日

有敕。卿等春朝畢會，鄰聘交馳。屬徂歲之冱寒，念遠勤於行李。往頒燕衎，以重使華。

班荆館賜大遼賀興龍節人使回程御筵口宣元祐三年十二月六日

有敕。卿等告辭中禁，改乘北轅。屬晚歲之嚴凝，念征途之悠緬。往頒嘉燕，可復少留。

十日賜大遼賀興龍節人使内中酒果口宣元祐三年十二月七日

有敕。卿等造廷稱壽，率禮可觀。豈惟鄰好之脩，亦見使華之美。宜膺寵錫，以示至恩。

班荆館賜大遼賀興龍節人使却回酒果口宣元祐三年十二月七日

有敕。卿等改轅北路，供帳都門。風埃浩然，徒馭勤止。宜膺寵錫，以示恩華。

瀛洲賜大遼賀興龍節人使回程御筵口宣元祐三年十二月七日

有敕。卿等回車北道，弭節邊亭。使事已終，歸驂少憩。往頒燕衎，益厚眷存。

賜皇弟普寧郡王俁生日禮物口宣〔一〕元祐三年十二月七日

有敕。朕之介弟，生以兹辰。眷棣萼之相輝，祝椿齡之難老。宜同慶喜，往致寵頒。

〔一〕《七集·内制集》卷九「普寧郡王俁」之「俁」作「似」。案，《宋史》卷二百四十六謂燕王俁，神宗第十子，哲宗朝，封咸寧郡王；楚榮憲王似，神宗第十三子，封普寧郡王。據此，「俁」當爲「似」之誤。然本卷别有《賜皇弟普寧郡王似生日禮物口宣》一文，文中有「月亦既望」之語，與此文題下所書「七日」不合，疑此文仍應屬俁，「普」應改「咸」。今仍其舊，附校於此。

相州賜大遼賀興龍節人使回程御筵口宣元祐三年十二月九日

有敕。卿等夙駕歸軒，少休旁郡。眷言勞勩，良極顧懷。往錫燕嘉，以旌恩眷。

趙州賜大遼賀正旦使副茶藥口宣元祐三年十二月十日〔一〕

有敕。卿等遠脩舊好，屬此沍寒。載歷山川，久蒙霜露。宜有精良之賜，式彰軫念之懷。

〔一〕《七集·内制集》卷九「十二月」作「十一月」，下文同。

趙州賜大遼賀太皇太后正旦使副茶藥口宣元祐三年十二月十日〔一〕

有敕。卿等遠馳四牡，來慶三朝。屬此歲寒，勞於行役。宜膺寵錫，以示眷存。

〔一〕《七集·内制集》卷九「十二月」作「十一月」。

興龍節尚書省賜宰相已下酒果口宣元祐三年十二月十日〔一〕

有敕。誕彌之慶，中外所同。眷我臣鄰，共兹燕喜。宜加寵賚，以示眷懷。

〔一〕《七集·内制集》卷九「十日」作「□日」。

就驛賜大遼賀興龍節使副鈔鑼等口宣元祐三年十二月二十二日〔一〕

有敕。卿等肅將鄰好，遠涉寒塗。眷言授館之初，宜有勞來之禮。往加寵錫，以示眷懷。

〔一〕「鈔」疑應作「鈔」，下同；《七集·内制集》卷九題註「十二月」作「十一月」。

玉津園賜大遼賀正旦人使射弓例物口宣元祐三年閏十二月三日

有敕。射以娱賓，抑將觀德。發而命中，曾不出正。宜旌審固之能，膺受珍良之賜。

撫問知大名府馮京口宣元祐三年閏十二月八日

有敕。卿等夙分重寄，言念久勞。歲律云周〔一〕，王事靡盬。益加輔養，以副眷懷。

〔一〕《七集·内制集》卷九「律」作「聿」。

冬季傳宣撫問河北東路沿邊臣寮口宣元祐三年閏十二月八日

有敕。疆埸之守〔一〕，職思其憂。霜露既凝，歲聿云暮。宜加厚愛，以副眷懷。

〔一〕「埸」原作「場」。本書「疆埸」字屢見，今改「場」爲「埸」。

賜大遼賀正旦人使銀鈔鑼唾盂子錦被等口宣元祐三年閏十二月十八日

有敕。卿等遠將鄰好，來慶春朝。眷言跋履之勤，宜有珍華之賜。受茲異寵，體我至懷。

雄州撫問大遼賀正旦人使口宣元祐三年閏十二月二十五日

有敕。卿等肅將慶幣，來會春朝。遠犯風埃，實勞徒馭，欣聞入境，良慰眷懷。

賜大遼賀正旦人使正月一日就驛御筵口宣元祐三年閏十二月二十五日

有敕。使華遠至，春律肇新。即卿舍館之安，昭我惠慈之眷。往陳燕豆，以樂佳辰。

賜大遼賀正旦人使內中酒果口宣元祐三年閏十二月二十五日

有敕。卿等瑞節華軒，來脩舊好。醇醪珍實，以薦新春。膺此寵頒，體予異眷。

班荊館賜大遼賀正旦使回程御筵口宣元祐三年閏十二月二十五日

有敕。卿等使事告成，旋車言邁。方改轅於北道，暫弭節於都門。昭示眷懷，少留宴衎。

賜于闐國進奉人使正旦就驛御筵口宣元祐三年閏十二月二十五日〔一〕

有敕。重譯遠來，觀光戾止。屬人正之改律，樂天敍之發春。宜示寵休，式同燕喜。

〔一〕《七集·內制集》卷十「二十五日」作「九日」。

雄州賜大遼國賀正旦人使回程御筵兼傳宣撫問口宣元祐三年閏十二月二十五日

有敕。卿等已事告歸，梔車少憩。眷言長道，遠犯餘寒。宜錫燕喜，以旌勞勩。

瀛洲賜大遼賀正旦人使回程御筵口宣元祐三年閏十二月二十九日

有敕。卿等已聘言還，犯寒遠邁。方脂車於北道，復弭節於邊城，宜錫宴嘉，以旌勞勩。

班荆館賜大遼賀正旦人使却回酒果口宣元祐四年正月一日

有敕。卿等還璋言邁，弭節少留。念鞭轡之方勤，涉冰霜之餘凜。宜陳燕俎，以寵歸軒。

正月六日朝辭訖就驛賜大遼賀正旦人使御筵口宣元祐四年正月一日

有敕。卿等使事告成，陛辭言邁。命近臣之往勞，庶遠道之少留。體我眷懷，共茲宴衎。

撫問鄜延路臣寮口宣元祐四年正月八日

有敕。卿等分寄邊陲，輯寧吏士。眷言勤勩，良極軫懷。往致朕言，各宜尚慎。

撫問鄜延路臣寮口宣元祐四年六月十一日下院〔一〕

有敕。卿等各膺器使，祗服邊陲。眷茲靖安，時乃忠力。特加勞問，以示顧懷。

〔一〕「下院」二字原缺，據《七集・内制集》卷十補。下文同。

賜右正議大夫守尚書左僕射吕大防生日禮物口宣元祐四年六月十一日下院〔一〕

有敕。惟兹穀旦，生我元臣。爰分服食之良，往助閨門之喜。式爲爾壽，宜識朕心。

〔一〕《七集·内制集》卷十「十一日」作「二十一日」。

賜皇叔徐王顥生日禮物口宣元祐四年六月二十一日

有敕。乃眷賢王，實爲社稷之衞；載臨誕日，永集邦家之休。臨遣使車，往致眉壽。

就驛賜大遼賀坤成節人使銀鈔鑼等口宣元祐四年六月二十三日下院〔一〕

有敕。卿等遠勤使節，展慶誕辰。畏暑長途，方即安於舍館；精金良幣，宜往致於恩私。

〔一〕「下院」二字原缺，據《七集·内制集》卷十補。自此以下二十五文並同。

賜皇弟大寧郡王佖生日禮物口宣元祐四年六月二十五日下院

有敕。桑蓬示喜，復臨載育之辰；金幣展親，往致友于之愛。膺予寵賚，俾爾壽昌。

班荆館賜大遼賀坤成節國信使副到闕酒果口宣元祐四年七月四日下院

有敕。卿等抗旍遠道，解鞅近郊。念館舍之未安，宜驂騑之少憩。式頒芳旨，以示眷懷。

賜馬步軍太尉姚麟已下罷散坤成節道場香酒果口宣元祐四年七月四日下院

有敕。卿等誕辰祗慶，法會告成。嘉與函生，同躋壽域。往頒芳旨，以勞忠勤。

賜大遼坤成節使副生餼口宣元祐四年七月七日下院

有敕。卿等抗旜暑路，弭節驛亭。眷惟行李之勤，往致珍鮮之餽。膺兹寵數，明我眷懷〔一〕。

〔一〕《七集·内制集》卷十「明」作「服」。

雄州白溝驛賜大遼賀坤成節人使却回御筵兼傳宣撫問口宣元祐四年七月七日下院

有敕。卿等飛蓋西風，改轅北道。喜山川之漸近，忘徒御之久勞。往致眷懷，少留燕衎。

玉津園賜大遼賀坤成節人使射弓例物口宣元祐四年七月八日下院

有敕。卿等圭璋致命，既已講歡。弓矢娱賓，亦將觀德。宜有珍華之賜，以旌審固之能。

賜殿前都指揮使以下罷散坤成節道場香酒果口宣元祐四年七月九日下院

有敕。誕彌之慶，海宇攸同。嘉將帥之恊恭，設人天之妙果。宜均寵錫，以示褒優。

賜皇伯祖高密郡王宗晟以下罷散坤成節道場香酒果口宣元祐四年七月九日下院

有敕。眷我宗英，志存忠報。脩等慈之妙供，祝難老之昌期。嘉此精誠，均其慶賜。

賜同知樞密院事韓忠彥已下罷散坤成節道場香酒果口宣元祐四年七月九日下院

有敕。嘉我樞臣，義均一體。脩茲浄供，慶續千齡。不有寵頒，曷旌忠報。

相州賜大遼賀坤成節人使却回御筵口宣元祐四年七月九日下院

有敕。鄰好既成，使華有燿。眷邦畿之漸遠，念郵傳之方勤。服我恩私，少留燕喜。

賜大遼國賀坤成節使副時花酒果口宣元祐四年七月十日下院

有敕。鄰歡既展，賓館歸休。宜命醆斝之醇，復致瓜華之侑。少將至意，其服茂恩。

賜平海軍節度使駙馬都尉李瑋已下罷散坤成節道場香酒果口宣元祐四年七月十日下院〔一〕

有敕。卿等義重戚藩，志同忠報。屬誕辰之均慶，嘉法會之告成。宜示褒優，特加寵賚。

〔一〕《七集·內制集》卷十「十日」作「九日」。

坤成節尚書省賜宰臣已下御筵酒果口宣元祐四年七月十一日下院

有敕。忠存柱石，誠貫人天。共欣誕日之臨，既畢祇園之會。宜頒芳旨，以助燕私。

坤成節賜同知樞密院事韓忠彦已下尚書省御筵酒果口宣元祐四年七月十二日下院

有敕。脩佛勝因，祈天永命。既肅成於梵供，益表見於忠誠。宜有寵頒，以同燕喜。

賜徐王罷散坤成節道場香酒果口宣元祐四年七月十二日下院

有敕。卿親賢莫二，忠孝實兼。饌蒲塞於祇園，薦椿齡於崇慶。喜成法會，宜有寵頒。

賜大遼賀坤成節人使朝辭訖歸驛御筵口宣元祐四年七月十二日下院

有敕。卿等已聘告歸，少休就館。卽頒燕俎，臨遣輔臣。式示異恩，以榮回馭。

班荆館賜大遼賀坤成節人使回程御筵口宣元祐四年七月十二日下院

有敕。卿等方事回轅，聊茲弭蓋。念征途之尚永，加秋暑之未衰。往錫燕嘉，少休徒馭。

賜宰相呂大防已下罷散坤成節道場香酒果口宣元祐四年七月十二日下院

有敕。卿等竭誠衛上，體國均休。恪脩西竺之儀，仰獻南山之祝。宜膺寵錫，以示褒優。

賜大遼賀坤成節使副內中酒果口宣元祐四年七月十二日下院

有敕。卿等來陳慶幣，克講鄰歡。載嘉遠聘之勤，宜示寵綏之意。頒兹芳旨，服我恩私。

賜大遼賀坤成節人使朝辭訖歸驛酒果口宣元祐四年七月十二日下院

有敕。卿等遠敦使事，率禮無違。既上謁辭，言還有日。宜加頒錫，益示寵榮。

坤成節就驛賜阿里骨進奉人使御筵口宣元祐四年七月十四日下院

有敕。汝等來脩貢篚，適遘誕辰。宜均慶賜之恩，共樂亨嘉之會。往頒燕俎，咸極歡心。

瀛洲賜大遼賀坤成節人使回程御筵口宣元祐四年七月十四日下院

有敕。鞭轡既勞，封疆漸邇。雖勤歸念，少憩暑途。服我恩私，式同燕喜。

坤成節就驛賜于闐國進奉人使御筵口宣元祐四年七月十四日下院

有敕。汝等奉琛遠至，授館少留。適遘誕辰，宜均慶澤。欽承恩渥，共樂燕私。

班荆館賜大遼賀坤成節人使回程酒果口宣元祐四年七月十七日下院

有敕。卿等奉璋來聘，弭節言還。眷此暑途，少留歸馭。往頒燕俎，式示恩私。

賜新除守司空同平章軍國事呂公著辭免不允批答口宣

有敕。朕圖任元老，以表四方。以卿望在士民，心存社稷。勉膺異數，式副僉言。

賜皇弟普寧郡王似生日禮物口宣

有敕。歲將更端，月亦既望。實以兹日，篤生賢王。宜厚寵頒，以介多福。

蘇軾文集卷四十三

内制批答

賜正議大夫同知樞密院事安燾乞外郡不許批答二首元祐元年十月八日

覽表具之。卿以應務之才，居本兵之地。綏静中外，人無間言。何疑上章，欲求去位。未喻厥意，聞之憮然。夫榮親莫大於功名，養志不專於甘旨。而況魏闕之下，父母之邦。退食問安，孰便於此？勉循其舊，以卒輔予。

二元祐元年十月八日

省表具之。夫事親者，不擇地而安之，孝之至也。而況艱難之際，一日萬幾。冰淵之懼，當務同濟。卿練達兵要，灼知邊情。寄託之深，義難引去。亟求自便，朕何賴焉。

賜新除中大夫守尚書右丞劉摯辭恩命不許斷來章批答二首〔一〕元祐元年十一月

覽表具之。道有行藏，時有用捨。歲不我與，難以智求。道之將行，豈容力避。大言大利，固當安而受之；小行小廉，非所望於卿者。成命不再，可無復辭。

〔一〕《文鑑》卷三十三「辭」後有「免」字。

二

元祐元年十一月

省表具之。政如農耕，以既穫爲能事；言如藥石，以愈疾爲成功。若耕不穫，疾不愈，朕何望焉。所以用卿者，非以富貴卿也。勉卒成業，何以辭爲。

賜太師文彦博乞致仕不許批答二首元祐二年三月二十九日

卿出入四世，師表萬民。無羨於功名，而有厭於富貴。其所以忘身徇國，捨逸就勞者，豈有求而然哉。凡以先帝之恩，生民之故也〔一〕。卿之在朝，如玉在山，如珠在淵。光景不陳，而草木自遂。去就之際，損益非輕。昔西伯善養老，而太公自至。魯穆公無人子思之側，而長者去之。卿自爲謀則善矣，獨不爲朝廷惜乎？藥餌有間，時遊廟堂。家居之樂，何以異此。

〔一〕《文鑑》卷三十三「故」作「欲」。

二

元祐二年三月二十六日

朕修身以承六聖，虚己以聽四輔。而法度未定，陰陽未和，民未樂生，吏未稱職。中夜以思，方食而歎。雖不敢以事諉元老，實望其以身率百官。卿猶未即於安，孰敢不盡其力。此聖母冲人之本意，而天下有識之所望也。昔唐太宗以干戈之事，尚能起李靖於既老；而穆宗、文宗以燕安之際，不能用裴度於未病。治亂之效，於斯可見。朕意如此，卿其少安。

賜宰相呂公著乞退不許批答元祐二年三月二十九日

卿才全而德備，積厚而施博。明亮篤誠，坐屈羣策。既以天下公議而用於此矣，豈以卿之私意而聽其去哉。水旱之災，不德所召。卿當助我，求所以消復之道，不當求去我也。《詩》不云乎：「大夫君子，昭假無贏。大命近止，無棄爾成。」勉思厥職，以答民望。

賜宰相呂公著乞退不允批答元祐二年三月二十九日

用賢之功，必要之久遠。日計不足，歲計有餘。朕之用卿，期於百姓之既富；卿之自信，亦豈一日而成功。常暘之災，天以警朕。夙夜祗懼，與卿同之。朕若歸過於股肱，何以答天戒；卿若釋政而安逸，何以塞民言。各思其憂，少安厥位。

賜尚書左丞李清臣乞退不允批答二首元祐二年四月十八日

卿以方聞之舉，擢自厚陵。禁林之選，用於神考。逮受顧命，弼予冲人。義既同於戚休，身豈輕於出處。遽欲引去，聞之惻然。姑安厥常，以助予治。

二元祐二年四月十八日

祥除之初，念我聖祖。所與共政，不忘舊人。而卿博學多聞，通練古今。小心畏慎，不見過失。力求引去，爲之惘然。勉留輔予，益祗厥服。

賜文武百寮文彦博以下上第一表請皇帝御正殿復常膳不允批答元祐二年四月二十二日

朕即位二年，水旱繼作。致災之故，實惟冲人。既延及於無辜，復貽憂於文母。是以坐不安席，食不甘味。實欲深念厥咎，豈徒見之空言。而雨不崇朝，農猶告病。欲徇來請，惕然未寧。其一乃心，勉正厥事。毋重朕之不德，以答天之深戒。

賜文武百寮文彦博以下上第一表請太皇太后復常膳不許批答〔一〕元祐二年四月二十二日

旱暵之罰，自冬及夏。天之降災，如此其久。則夫致災之道，豈一日而然哉。雖力行罪己之文，尚恐非應天之實。而卿等以膚寸之澤，遽欲即安，覽之惕然，未敢自赦。其交修不逮，務盡厥誠。期兹歲於有秋，雖復常其未晚。

〔一〕「以下」原作「已下」，上文作「以下」，今統一。自此以下本卷各文「已下」皆改「以下」，不另出校。

賜文武百寮文彥博以下上第五表請皇帝御正殿復常膳允批答元祐二年五月二十九日

朕以寡昧，膺受多福。常欲損上益下，畏天之威。矧茲旱災，咎在不德。而卿等以雨澤既至，封章屢上，勉從其意，甚媿於中。夫天之有風雨雷霆，猶朕之有號令賞罰。朕不修明其事，何以責應於天。永思其終，無忘納誨。

賜文武百寮文彥博以下上第五表請太皇太后復常膳許批答元祐二年五月二十九日

德積無素，民罹其災。精誠莫通，禱不時應。雖蒙膏澤之報，僅救焦枯之餘。勉徇來章，猶虞後患。其謹視盜賊，懃卹流亡。益務交脩，以裨不逮。

賜文武百寮太師文彥博以下上第一表請舉樂不許批答二首元祐二年六月一日

先王之禮樂，因情而立文。君子之哀樂，自中而形外。夫有莫大之戚，則有無窮之悲。先皇帝天覆四方，子養萬物。至今窮髮之表，尚餘流涕之民。而況宮庭之間，母子之愛，粗畢三年之制〔一〕，遂講八音之和。所未忍聞，非不欲作。卿等謹於卒禮，篤於愛君，徒欲亟舉舊章，顧未深明吾意。三復太息，難於黽從。

〔一〕「粗」原作「僅」，今從郎本卷三十七。

二元祐二年六月一日

禮之至者無文，哀之深者無節。故禫而不樂，古人非以求名；琴不成聲，君子以爲知禮。朕以宗廟之重，勉蹈先帝之餘。履其位惕然而自驚，用其物潸焉而出涕。未報昊天罔極之德，常懷終身不忘之憂。欲從衆言，亟舉備樂。而金石絲竹，乃悽耳之聲；干戚羽旄，皆泫目之具。哀既未泯，樂何從生。再閱來章，徒增感慕。

賜文武百寮太師文彦博以下上第二表請舉樂不許批答二首元祐二年六月四日

遏密之制，雖盡於三年；追懷之私，豈論於徙月〔一〕。金石在御，惻然未寧。吾不以一身之憂，廢天下之樂。今施之郊廟，用之軍旅。州閭之會，絃歌相聞。獨盡餘哀，止於中禁。以爲於義未害，是故行之不疑。

〔一〕「徙」原作「歲」，今從郎本卷三十七改。

二元祐二年六月四日

朕少遭閔凶。僅畢祥禫。雖俛就企及，非以過制爲賢；而創巨痛深，不能以禮自克。覩過其黨，聖人許之。《禮》曰：「喪三年以爲極亡，則弗之忘矣。」誠重違國老之忠告，姑欲盡人子之至情。

賜太師文彥博等請太皇太后受册第二表不許批答元祐二年六月四日

吾聞聖人以天下爲憂，未聞以位號爲樂也。損己裕物，畏天檢身。此吾平日之本心，非獨遇災而一發也。孔子曰：「以約失之者，鮮矣。」卿等以是輔我，顧不美哉。

賜文武百寮太師文彥博以下上第四表請舉樂不許批答二首元祐二年六月九日

吾之本性，以清净寂寞爲樂。雖在平日，無游觀聲技之念。矧艱難之後，哀疚之餘。中夜以興，方食而歎。將不堪其憂者，豈有意於樂哉。雖欲勉從，未能自克。忠告屢却，愧歎兼深。

二元祐二年六月九日

鐘鼓以導和，羽籥以飾喜。譬之飲食之節，適於口體之宜。今衰麻之除，莫敢逾制；而琴瑟之御，則有未安。卿等忠誠確然，開喻至矣。惟反求諸心而弗得，故欲行其言而未能。推之人情，當識朕意。

賜太師文彥博等上第三表請太皇太后受册許批答元祐二年六月九日

吾上順帝則，下酌民言。處以無心，期於寡過。卿等以爲協氣既應，羣謀僉同。若固違典禮之常，恐莫慰天人之望。遇災而懼，昔者非以爲謙。聞義則遷，吾亦豈敢自必。勉從故事，以副嘉言。

賜新除中大夫守尚書右丞王存辭免恩命不允斷來章批答二首元祐二年六月十二日

士有品目，定於僉言。置之廟堂，蔽自朕志。豈有僉言既穆，朕志不移。而用過謙之詞，反已成之命。亟服乃事，宜無復云。

二元祐二年六月十二日

爲國不患於無人，有人而不用之爲患；事君非難於辭寵，居寵而無媿之爲難。吾之用卿，計已審矣。卿之自信，又何疑哉。

賜新除知樞密院安燾辭免恩命不許斷來章批答二首〔一〕元祐二年六月二十四日

覽表具之。論材考德，聖人所以公天下；難進易退，君子所以善一身。權之以義，孰爲輕重。訓兵論將，威懷戎狄。卿以是事上，豈不賢於逡巡退避也哉。所請宜不允，仍斷來章。

〔一〕三希堂石刻有此文。文末「所請宜不允仍斷來章」九字，據石刻補；文後，石刻另行書「無起控」三字。

二〔一〕元祐二年六月二十四日

覽表具之。德稱其服，臣主俱榮；食浮於人，上下交病。朕之爲天下慮，甚於卿之自爲謀也。思而後行，有出無反。成命不再，卿毋復辭。所乞宜不允，仍斷來章。

〔一〕三希堂石刻有此文。此文列上文之前。文末「所乞宜不允仍斷來章」九字原缺，據石刻補。文後，石刻另行書「無起控」三字；又另行書：「『反』字不是『及』字，且子細點對，切切。」共十三字。似石刻之文字，乃當日之草本。

賜新除檢校太尉守司空依前開府儀同三司致仕韓絳辭免恩命不允批

答二首元祐二年七月七日

國家尊異耆老，砥礪廉隅。凡致爲臣，必厚其禮。而況卿出入四世，師表萬民。身任安危，位兼將相。永惟三宗眷遇之重，宜極一品褒崇之榮。成命既孚，僉言惟允。宜從中外之望，罔徇謙冲之私。

二元祐二年七月七日

朕惟耆老成人，雖或謝事。耄期稱道，終不忘君。其在丘園，豈殊廊廟。嘉猷入告，卿其不易此心；

大事就訪，朕亦敢忘斯義。命秩之數，典册之文，不如此無以慰朕心而答民望。國有常典，卿毋復辭。

賜太師文彦博辭免不拜恩命許批答二首元祐二年八月二十七日

一

卿義重股肱，望隆堂陛。陛廉遠則堂皇峻，股肱逸而元首安。故出異恩，特鐫苛禮。而卿深執恭巽，力守典刑。確然自陳，義不可奪。勉從其意，愧歎於中。

二

朕優禮師傅，達德齒之尊，以亟拜爲可畧，古之道也。卿謹嚴朝廷，明君臣之分，以不拜爲未安，禮之節也。道並行而不悖，義有重而難移。勉循所陳，不忘嘉歎。

賜宰相吕公著乞罷相位不許斷來章批答二首元祐二年八月二十七日

一

孔子曰：「苟有用我者，朞月而已可也，三年有成。」夫以聖人，猶待三年而後成功，況其下者。今卿助我爲治，自以爲既成矣乎，其未也？譬如玉人雕琢玉，中道而易之，豈復成器哉！

二

古者君臣之間，率常千載一遇。今聖母在位，正身虚己，仰成輔弼。雖疎遠小臣，猶欲畢命自效，而卿乃以小疾求去，縱無意於功名，獨不惜此時乎？勉卒乃事，使百姓富足，四夷乂安。然後謝事歸老，豈不臣主俱榮哉！

賜宰相呂公著乞罷相位除一外任不許批答二首元祐二年八月二十八日

夫以才御物，才有盡而物無窮；以道應物，道無窮而物有盡。凡今之患，所乏非才。以卿篤於愛君，必能建長久之策；澹然無我，可以寄枉直之權。二年於茲，百度惟正。事既就緒，民亦小康。至於微疾之屢攻，此亦高年之常理。卿其良食自輔，爲國少安。譬如止水之在槃，豈復勞心於鑒物。心且不勞，而況於力乎！

二元祐二年八月二十九日

朕以天下之大，知爲君之難。有朽索馭六馬之憂，有抱火措積薪之懼。正賴多士，協於一心。朝夕以思，彌縫其闕。凡今中外執事膂力之畢陳，視吾一二老臣進退以爲節。卿若無事而引去，人將相顧以自疑。而況邊鄙未寧，兵民多故。而予左右之老，先自求於便安。則夫疎遠之臣，何以責其盡瘁。勉輔不逮，期於有成。

賜宰相呂公著辭免不拜恩命允批答二首元祐二年九月一日

卿執德惟一，守禮不回。不以坐論爲安，而以拜上爲泰。使朕不盡養老之意，而卿得畏威之道。勉從其志，嘉歎不忘。

二

元祐二年九月一日

君之視臣，譬之手足。方責其大，不強所難。而卿深執謙恭，力求避免。深惟孔子事君盡禮之義，曲從其請，以儆惰媮。

賜太師文彥博上第一表乞致仕不允批答二首元祐二年九月八日

省表具之。卿之求去蓋數矣，言不爲不切，而朕終莫之從；朕之留卿亦至矣，禮不爲不盡，而卿終莫之亮。君臣之際，情不相喻，朕甚疑之。夫樂丘園而厭軒冕，亦古人之一節，而非聖賢之高致；尊耆老以重朝廷，蓋天下之大計，而非沖人之私欲。與其使朕屈公議以從卿，曷若卿少貶其私意以徇天下乎？

二

元祐二年九月八日

覽表具之。卿之所以欲去者二：疲於朝會，勞於應物，一也；功成身退，欲享其樂，二也。而吾之所以必留者三：卿以英傑之資，開物成務，世不可闕，一也；弼亮四朝，更涉變故，謀無遺策，二也；名冠天下，進退之間，爲國休戚，三也。吾方盡養老之道，隆禮以優賢，廟堂之上，猶有足樂。則夫卿之欲去者可回，而吾之必留者，蓋不可易也。

賜太師文彥博乞致仕不許斷來章批答二首元祐二年九月十一日

覽表具之。爲君難，爲臣不易。非吾推誠無疑，不能起卿於安佚；非卿忘身徇國，不能從我於艱難。召用之初，中外相慶。搢紳莫不競勸，父老至於涕流。中道而歸，其義安在？宜思一身之樂，輕於社稷；毋使庶人之議，及於朝廷。

二元祐二年九月十一日

省表具之。君子安身崇德，如山嶽之鎮；開物成務，如江河之流。若山嶽之鎮，動摇不安，江河之流，行止自便，則物將交病，人亦何觀。朕之望卿，無以異此。宜守不移之志，以成可大之功。

賜宰相呂公著上第一表乞致仕不允批答二首元祐三年二月二十八日

省表具之。古者世臣，譬之喬木。粤自拱把，至於棟梁。傑然羣材之中，夫豈一日之力。卿擢自仁祖，迨兹四朝；光輔朕躬，允有一德。不獨卿無心而事自定，抑亦民既信而功易成。方今布在朝廷，豈無豪傑之士。猶當養以歲月，待其德望之隆。卿雖欲歸，勢未可去。宜安厥位，以副朕心。

二元祐三年二月二十八日

覽表具之。卿三世將相，一時蓍龜。不求備以取人，則房喬之比；其經遠而無競，有謝安之風。用能寧輯我家，靖共爾位。政在元老，人無異詞。胡爲厭事而求歸，不復爲國之長慮。方今官冗財匱，歲艱民貧。天步雖安，國是未定。若方勤於樸斲，而遽易於工師。人其謂何，勢必不可。告老之請，吾未欲聞。

賜宰相呂公著上第二表乞致仕不許斷來章批答二首元祐三年三月二十九日

覽表具之。難進易退，固君子之常節；久勞思逸，亦老者之至情。然心存社稷，則常節爲輕；身繫安危，則至情可奪。惟卿體國，豈待多言。苟大義之未安，雖百請而何益。宜安厥位，勿復此辭。

二元祐三年三月二十九日

覽表具之。宰相不自用，人主不自爲。予欲識人物之忠邪，故以卿爲水鏡；予欲知利害之輕重，故以卿爲權衡。苟明此心，雖老猶壯。與其輕去軒冕，獨善其身；孰若優游廟堂，兼享其樂。益敦此義，勿復有云。

賜新除依前中大夫守中書侍郎劉摯辭免恩命不許斷來章批答二首

元祐三年四月十二日

省表具之。卿蹈道深遠，守節淳固。雖不留於儻來之物，而有志於行可之仕。樂告以善，勇於敢爲。進不求當世之名，退不叛平生之學。未嘗爲枉尺直尋之事，夫豈有見得忘義之嫌哉！毋復過辭，往踐乃事。

二元祐三年四月十二日

省表具之。朕纘服之初，卿言責是任。歷陳治道之要，以立太平之基。朕欲行其言，遂授以政。歲月未幾，紀綱畧陳。欲究觀心術之微，宜擢居政本之地。苟無愧於允蹈，豈不賢於力辭。往服官箴，勿違朕命。

賜新除依前中大夫守尚書左丞王存辭免恩命不許斷來章批答二首元

祐三年四月十二日

省表具之。夫志大有遠畧，器博無近用。以卿忠義開濟，何施不宜。今以次遷，何足辭也。益堅無倦之意，以觀可久之業。

二元祐三年四月十二日

省表具之。夫陛簾之增，所以隆堂奥；位次有敍，所以尊朝廷。朕既樂得於英才，復以時而遷用。庶幾華國，非以寵卿。祗率厥常，毋廢朕命。

賜新除守尚書右僕射兼中書侍郎范純仁上第一表辭免恩命不允批答

二首元祐三年四月十二日

覽表具之。夫有烏獲之力，然後可以付千鈞；有和、扁之功，然後可以寄死生。故宰相之任，非所以寵人臣也。無其德而當之爲不智，有其材而辭之爲不仁。若卿之才德，亦可謂稱矣。往思其憂，以稱天下之望。

二元祐三年四月十二日

覽表具之。吾聞之乃烈考曰：「君子先天下之憂而憂，後天下之樂而樂。」雖聖人復起，不易斯言。卿將書之紳，銘之盤盂，以爲一言而可以終身行之者歟？則今兹爰立之命，乃所以委重投艱而已，又何辭乎！

賜新除司空同平章軍國事呂公著上第二表辭免恩命不許斷來章批答

二首元祐三年四月十二日

省表具之。夫國以得人爲强，如猛獸之衛藜藿；以積賢爲寶，如珠玉之茂山川。湛然無爲，物自蒙利。故崔公發議，則淄青慙服，知朝廷之有人；蜀使抗詞，則孫權回顧，歎張昭之不在。得失之效，豈可同日而語哉！朕之用卿，意實在此。國計之重，可無復辭。

二元祐三年四月十二日

省表具之。周之詩曰：「無曰予小子，召公是似。」唐之雅曰：「惟西平有子，惟我有臣。」夫父子君臣之間，光明盛大如此。載之簡策，被之金石。豈獨閨門之寵，足爲邦國之華。再省來章，具陳先烈。雖朕寡昧，不敢庶幾於仁祖；而卿忠孝，當念服勤於世官。祗率厥常，毋違朕命。

賜新除守尚書左僕射兼門下侍郎呂大防上第二表辭免恩命不許斷來章批答二首元祐三年四月十二日

省表具之。卿有夷狄盜賊之虞，倉廩禮樂之歎，陰陽風雨之憂。此三者，誠當今之大計，朕之所以中夜不寐，輟食太息者，正爲此也。孟子曰：「責難於君謂之恭。」夫既以責其君，而不以身任之者，非仁人也。願卿慨然當古人之重，畧世俗之謙。務踐斯言，憂此三者。

二元祐三年四月十二日

省表具之。夫任賢使能，天下之公義；而辭大就小，君子之自守也。惟名器爵禄，朕所不敢授以私；則勞謙退避，卿豈得必行其意。所謂唐虞三代信任之至，以致稷契伊呂德業之隆。若卿之言，朕敢不勉。請事斯語，永觀厥成。

賜新除守尚書右僕射兼中書侍郎范純仁上第二表辭免恩命不許斷來章批答二首元祐三年四月十二日

省表具之。卿以明哲，自託不能。非獨以見君子㧑謙之光，亦因以知前世用人之弊。功烈無取，誠如卿言。夫次公減於治郡，子元不如爲將。非獨文獻不足，蓋其才德有偏。如卿昔在朝廷，首談孟軻之仁義；旋爲帥守，專行羊祜之威信〔一〕。慨有大志，似其先人。苟推此心，施於有政。則太平可望，而小節可畧矣。

〔一〕「祜」原作「祐」，誤刊，據郎本卷三十八改。

二元祐三年四月十三日

省表具之。自昔先帝之世，屢歎才難；及朕嗣位以來，專用德選。雖爵禄名器，出於獨斷；而長育成就，實在羣公。長短不遺，輔相之責。苟無爲國養人之意，必有臨事乏使之憂。朕用慨然，當食不御。思得英雋之老，共收文武之朋。惟卿篤於憂國，明於知人。灼見朕心，宜在此位。往任天下之重，毋事匹夫之廉。

賜新除依前正議大夫守門下侍郎孫固辭免恩命不許斷來章批答二首

元祐三年四月十三日

省表具之。卿奉事先帝，有勸學之舊；與聞機政，有已試之功。固非躐等之遷，獨恨用卿之晚。勉循大義，毋事小廉。

一二元祐三年四月十三日

省表具之。卿向自西樞，出殿藩屏〔一〕。頃由近輔，入侍燕閒。昔有未識之思，今乃日聞其語。既見君子，無踰老臣。當益勵於初心，尚何辭於新命。

〔一〕《七集·內制集》卷七「屏」作「服」。

賜新除中大夫守尚書右丞胡宗愈辭免恩命不許斷來章批答二首元祐三年四月十四日

省表具之。卿自天官，擢領風憲。下有庇民之意，上有愛君之忠。度其不以利回，是故可以大受。丞轄之任，非卿孰宜。毋復固辭，以就遠業。

一二元祐三年四月十四日

省表具之。人才之難，古今所病。忠厚者多乏於用，強濟者或涼於德。有德適用，如卿幾人。方觀卿謀國之良，以成朕知人之美。深體此意，往祇厥官。

賜新除依前中散大夫充樞密直學士僉書樞密院事趙瞻辭免恩命不允斷來章批答二首元祐三年四月十四日

省表具之。君子之仕也，喜於知而樂於用。如卿之言，結髮從仕，而白首遇合。則君子之用舍進退，蓋亦有時矣。勉行其道，無失斯時。苟能遇事而必爲，則亦立功之未晚。古人之事，將見於卿。

二元祐三年四月十四日

省表具之。卿挺然孤忠，白首一節。逝將力求於退避，夫豈有意於進取哉。特以雅望既隆，公議所在。方將度才而授任，固難越卿以用人。往踐厥官，毋違朕志。

賜正議大夫知樞密院事安燾乞退不允批答二首元祐三年五月十八日

省表具之。宥密之司，安危所寄。雖羌酋欵塞，少休烽燧之虞；而夏童跳邊，猶煩籌策之馭。翻然求去，義有未安。夫以朕大烹優賢之資，豈不能助卿養志之具。足以毋廢子職〔一〕，而能兼爲國謀，豈不休哉！

〔一〕「毋」原作「母」，據《七集·內制集》卷八改。

二元祐三年五月二十八日

省表具之。乃眷西樞，實參大柄。吾欲兵民兼利，戎夏兩安。自非宿業更變之臣，懼有傷財玩寇之患。卿當念先朝委任之久〔一〕，未可以親庭歸養爲詞。勉安厥官，以副吾意。

〔一〕《七集·内制集》卷八「任」作「重」。

賜新除殿前副都指揮使武泰軍節度使苗授上第一表辭免恩命不許斷來章批答二首元祐三年七月十九日

省表具之。試材以舊，謀帥尤艱。故以久次用人，欲其深練於事。而卿辭以錮疾，豈所望哉。速即乃官，毋復退避。

二 元祐三年七月十九日

覽表具之。環衛之嚴，節制之重，誕告多士，以長萬夫。朕豈輕用其人哉。確然固辭，未喻厥指。往祗朕命，毋曠乃官。

賜太師平章軍國重事文彦博上第一表乞致仕不許批答二首元祐三年九月二日

覽表具之。昔師尚父九十，秉旄杖鉞，猶未告老。此諸葛元遜所以屈張昭也。而衛武公百年，猶箴儆於國曰：「無以我老耄而捨我。」此左史倚相所以誨申公也。今卿壽考康寧，而退托衰病，自引求去，獨不念天下之士有如彼二子者議其後乎？姑安厥官，以答公論。

二

覽表具之。朕聞之，成王之政，周公在前，召公在後，畢公在左，史佚在右。四子挾而維之，目見正色，耳聞正言。一日即位，天下曠然。未聞四子以老而求退，亦未聞成王以老而聽其去也。朕雖不德，猶庶幾成王之治。卿雖老矣，獨不能以四子之心爲心乎？勉卒輔朕，無愧前人。元祐三年九月二日

賜新除守司空同平章事呂公著上第一表辭免恩命不允批答

省表具之。夫司空之官，自唐以來，雖無職事，而孔子所謂天子有争臣七人者，三公首當之。朕欲聞仁人之要言，與天下之大計，非此元老，將安取斯。卿其省思慮，愼寢食，優游廟堂，爲朕謀其大者。

賜新除守尚書左僕射門下侍郎呂大防辭免恩命不允批答二首

省表具之。夫天以斯民付人主，而人主付之宰相。若不得人，爲慢天之所付，朕敢乎哉！如卿瑰姿偉望，宏毅開濟，朕既用之不疑，而卿自疑何也？往脩厥官，毋斁朕命。

二

覽表具之。自英廟擢卿於言責，而先帝用卿於西師。則朝廷待卿之重，蓋出於祖宗之意矣。孔子

曰：「吾之於人也，誰毁誰譽，如有所譽，其有所試。」若卿者，可謂屢試矣。卿而不宜，其孰宜之。

賜新除守司空同平章事吕公著上表辭免不許批答

覽表具之。天下之事，使壯者治之，老者謀之。自堯舜以來，未有易此者也。今卿議政而不及事，勞心而不及力。吾自以爲得養老之禮，而不失用賢之實，卿何辭之堅也。

生獲鬼章文武百寮稱賀宣答詞元祐二年八月二十八日

太皇太后

種羌叛涣，西鄙繹騷。首出偏師，遂擒元惡。安邊之喜，與卿等同之。

皇帝

凶狡就俘，羌戎一震。既增吏士之氣，亦寬戍守之勞。靖寇息民，與卿等同喜。

八月二十八日入内高班蔡克明傳宣取批答宰臣以下賀生獲鬼章表

太皇太后

國家偃兵息民，函養中外。鬼章無故犯順，神人棄之。雖廟社無疆之休，亦將相一心之助。封章來上，嘉歎不忘。

皇帝

朕上承慈訓，下盡羣策。務漸寬於民力，本無意於邊功。既狂狡之就擒，知休息之有日。再閱來奏，嘉歎於中。

内制表本

皇帝爲冬節奏告永裕陵神宗皇帝表本

伏以曆紀天正，史書日至。感舒長於測景，增怵惕於履霜。恭惟謚號皇帝，德邁堯仁，功恢禹迹。游衣冠於原廟，徒仰威神；望松柏於橋山，永懷悲慕。

皇太后殿夫人爲冬節往永裕陵酌獻神宗皇帝表本

伏以一陽來復，萬物懷生。空臨觀祲之辰，無復稱觴之慶。恭惟謚號皇帝，道齊覆載，德冒華夷。從南狩於蒼梧，神游已邈；望西陵於銅雀，涕慕空深。

皇帝爲正月一日奏告永裕陵神宗皇帝旦表本〔一〕

伏以始餞餘寒，復興嗣歲。望寢園而增慕，悼日月之不留。恭惟謚號皇帝，道貫百王，澤涵萬宇。永瞻帝所之樂，坐起堯牆之悲。饋奠莫由，馳誠罔極。

〔一〕《七集·內制集》卷二「正月」作「十一月」。

皇太后殿夫人爲年節往永裕陵酌獻神宗皇帝表本

伏以葦桃在户，徒講三朝之儀；椒柏稱觴，無復萬年之壽。恭惟謚號皇帝，功施無外，德洽有生。隨鼓漏於寢園，莫親饋奠；望衣冠於原廟，空極涕流。

皇帝爲三月一日奏告神宗皇帝旦表本

伏以既成春服，時方禊洛之初；祇謁寢園，古有薦鮪之禮。恭惟謚號皇帝，配天立極，如日載陽。仰餘澤之旁流〔一〕，致羣生之遂茂。光靈愈遠，涕慕空深。

〔一〕原校：「餘」一作「陰」。

皇帝爲神宗皇帝大祥往永裕陵奏告表本

伏以寢廟告成，永慟廓然之感；柏城森列，遽興拱矣之悲。恭惟謚號皇帝，澤浸函生，慶垂後裔。配天無極，奉謨訓以長存；示民有終，悵神游之安在。恭脩祥奠，莫訴哀誠。

皇帝爲神宗皇帝大祥內中奏告表本

伏以追號罔極，實抱終身之憂；祥禫有期，蓋迫先王之禮。恭惟謚號皇帝，睿明照世，神智自天。雖清廟肅雍，瞻之莫見；而威顏咫尺，凜然常存。悲慕之深，華夷所共。

皇太后殿夫人爲神宗皇帝大祥往永裕陵酌獻表本

伏以飈馭上賓，日以遠矣。隙駒遄邁，祥而廓然。恭惟謚號皇帝，道始家邦，化刑夷夏。天地之運，固代謝於陰陽；草木何知，徒興悲於霜露。莫親饋奠，惟極哀誠。

十月朔本殿夫人往永裕陵酌獻神宗皇帝表本

雨霜隕籜，感閉塞於天時；收潦滌場，思艱難於王業。恭惟尊謚皇帝，禹功紀地，堯則惟天。威加四夷，尚餘肅物之凛；仁及萬彙，永同挾纊之温。省奉無期，瞻懷靡極。

永安永昌永熙永裕陵忌辰奏告宣祖太祖太宗神宗皇帝表本元祐二年十二月二十七日〔一〕

伏以卜年之永，恩浹於華夷；諱日之臨，感深於臣子。恭惟謚號皇帝，文武經世，威靈在天。每更不樂之辰，尚有遺弓之慕。山陵永望，雨露增懷。

〔一〕「元祐二年十二月二十七日」十一字原缺，據《七集·內制集》卷六補。此下二文並同。文中「恩浹」之「浹」，《七集·內制集》作「洽」。

永安永昌永熙陵忌辰奏告昭憲孝惠孝明孝章淑德懿德明德元德章懷章穆章懿章惠章獻明肅皇后表本元祐二年十二月二十七日

伏以周南之化，刑恭儉於多方；渭北之游，極望思於原廟。恭惟謚號皇后，道應圖史，德參聖神。顧明發之永懷，仰徽音之如在。載瞻園寢，想見衣冠。

皇太后殿内人爲神宗皇帝忌辰朝永裕陵表本元祐二年十二月二十七日

伏以百年之思，化被於無疆。終身之憂，感深於不樂。恭惟謚號皇帝，德齊堯禹，功陋漢唐。道蓋始於正家，謀方貽於燕翼。追攀罔極，慨慕徒深。

永裕陵正月旦表本

伏以賓出日於暘谷，堯歷方頒；朝計吏於原陵，漢儀具舉。恭惟謚號皇帝，功恢禹迹，德邁湯仁。雖歲月之屢遷，想威神而如在。載瞻園寢，空極望思。

永裕陵二月旦表本

伏以時方啓蟄，禮及獻羔。感清衎之協風，怵懷思於濡露。恭惟謚號皇帝，文武緯世，聖靈在天。岱嶽泥金，永講升中之禮；荆山鑄鼎，遽成脱屣之游。永望寢園，徒增感慕。

永裕陵四月旦表本

伏以日躔昴、畢，卦直乾、離。物蒙長養之仁，世載文明之化。恭惟謚號皇帝，功成不宰，德範無窮。執炎帝之衡，莫追往躅；秩南郊之政，空守成規。祗望寢園，惟增感慕。

永裕陵十月旦表本

伏以戒寒墐户，條及於秦正。前晦行陵，祗循於漢禮。恭惟謚號皇帝，懿文緯世，厚德載時。休老勞農，追述養民之政；厲兵講武，敢忘經國之謀。永望寢園，益增感慕。

永裕陵十二月旦表本

伏以商正紀歷，大吕旋宫。論時令以待來歲之宜，獻民力以共宗廟之祀。恭惟謚號皇帝，至仁無外，全德難名。文物聲明，但覩乘時之迹；昆蟲草木，孰知成歲之功。急景易遷，永懷何極。

内制國書

皇帝達太皇太后賀大遼正旦書〔一〕元祐元年十月二日

肇易歲元，發新榮於萬物；仰遵慈誨，修舊好於兩朝。遠飭使軺，肅將禮幣。庶迎壽祉，式副願言。

〔一〕《宋大詔令集》卷二百三十一有此文。第一句前有「正月一日姪孫大宋皇帝謹致書於叔祖大遼聖文神武全功大略聰仁睿孝天祐皇帝（原註：闕下）」字樣。末句後，有「今差朝請大夫右諫議大夫太原縣開國伯食邑九百户賜紫金魚袋王陟臣、皇城使上騎都尉贊皇縣開國伯食邑九百户李嗣徽充太皇太后正旦國信使副，有少禮物，具諸别幅，專奉書陳賀，不宣，謹白」字樣。文中「庶迎」作「庶凝」。

皇帝賀大遼皇帝正旦書[一]元祐元年十月

獻歲發春，共講三朝之慶。寶鄰繼好，茂膺五福之祥。申飭使車，往陳信幣。永言欣頌，曷罄諭陳。

〔一〕《宋大詔令集》卷二百三十一「獻」前有「正月一日（原註：云云）」字樣，文末有「今差中散大夫行司農少卿上護軍南陽縣開國伯食邑七百户賜紫金魚袋晁端彦、西京左藏庫副使騎都尉天水郡開國侯食邑一千一百户楊安立（原註：云云）」字樣。文中「三朝」作「二國」。

皇帝達太皇太后回大遼皇帝賀正旦書[一]元祐二年正月五日

百年之好，既講於春朝；萬壽之儀，兼陳於幄殿。恭因省侍，具述來音。感懌之懷，言宣莫罄。

〔一〕《宋大詔令集》卷二百三十一文前有「正月一日（原註：云云）」字樣，文末有「今因利州觀察使蕭䁆等回，專奉書陳謝，不宣，謹白」二十字。

皇帝回大遼皇帝賀正旦書[一]元祐二年正月五日

東風協應，感徂歲之更新。遠使交馳，導歡言而如舊。粲然禮幣，申以書詞。欣懌之深，敷陳罔究。

〔一〕《宋大詔令集》卷二百三十一文前有「正月一日（原註：云云）」字樣，文末有「今因高州觀察使耶律度等回（原

註：云云）」字樣。文中「如舊」作「講舊」。

皇帝達太皇太后回大遼皇帝賀坤成節書[一]元祐二年七月

嘉月令辰，篤生壽母；珍函重幣，交慶寶鄰。已恭致於德音，復欽傳於慈旨。其爲感懌，未易名言。

〔一〕《宋大詔令集》卷二百三十一文前有「七月日（原註：云云）」字樣；文中「其爲」作「具爲」，文末有「今崇義軍節度使蕭崇等回（原註：云云）」字樣。

皇帝回大遼皇帝問候書元祐二年七月

四牡載馳，遠勤於使介。尺書爲問，申講於鄰歡。方履素秋，克膺純福。益祈保護，式副願言。

皇帝達太皇太后賀大遼皇帝生辰書[一]元祐二年

寒律既周，誕辰載紀。恭被慈闈之誨，俾修慶幣之儀。永介壽康，式符頌禱。更祈調衛，以副願言。

〔一〕《宋大詔令集》卷二百三十一文前有「十二月（原註：云云）」字樣。

皇帝賀大遼皇帝生辰書[一]元祐二年

大呂還宮，攝提正丑。載協誕彌之慶，永膺壽考之祥。臨遣使軺，往陳信幣。其爲欣禱，莫盡名言。

〔一〕《宋大詔令集》卷二百三十一文前有「十二月（原註：云云）」字樣；文中「正丑」作「正旦」。

皇帝達太皇太后賀大遼皇帝正旦書〔一〕元祐二年

歲律肇新，鄰歡載講。恭被慈闈之誨，遠通慶幣之誠。益冀保頤，永綏壽嘏。

〔一〕《宋大詔令集》卷二百三十一文前有「正月（原註：云云）」字樣；文中「載」作「再」。以下自《皇帝賀大遼皇帝正旦書》至卷末九文，俱見《宋大詔令集》卷二百三十一。

皇帝賀大遼皇帝正旦書〔一〕

三陽朋來，慶二儀之交泰；兩朝繼好，納萬民於阜昌。申敕使車，肅將禮幣。願符善禱，永介純釐。

〔一〕《宋大詔令集》此文始云「正月一日（原註：云云）」。

皇帝回大遼皇帝賀興龍節書〔一〕元祐二年十月

誕日載臨，鄰懽歲講。封疆雖遠，晷刻不踰。惟信睦之交修，識情文之兩至。益深雅好，良極欣悰。

〔一〕《宋大詔令集》起云「十二月日（原註：云云）」。

皇帝達太皇太后回大遼皇帝問候書元祐二年十月〔一〕

嘉平紀月，震夙惟時。屬茲慶使之來，重以慈闈之問。尋因省侍，悉致誠言。欣感之深，敷陳罔究。

〔一〕《宋大詔令集》起云「十二月一日（原註：云云）」，末云「今寧國軍節度使耶律拱辰等回（原註：云云）。」

皇帝回大遼皇帝賀正旦書元祐三年

獻歲發春，方祝永年之慶；睦鄰敦好，益修奕世之歡。信幣精華，書詞温縟。再維雅契，良極欣悰。

〔一〕《宋大詔令集》起云「正月日（原註：云云）」，末云「今泰州觀察使耶律淨等回（原註：云云）」。

皇帝達太皇太后回大遼皇帝賀正旦書〔一〕元祐三年

正歲履端，遠勤於華使；慈闈申慶，重領於珍函。省侍之餘，誠言已達。永惟欣感，莫究言宣。

〔一〕《宋大詔令集》起云「正月日（原註：云云）」；本文「領」作「錫」。

皇帝回大遼皇帝賀興龍節書〔一〕

世睦寶鄰，申以無窮之好；歲馳華使，及茲載夙之辰。閱詞幣之兼隆，識情文之備至。顧言欣感，難悉究陳。

〔一〕《宋大詔令集》起云「十二月日（原註：云云）」。

皇帝達太皇太后回大遼皇帝問候書

遣使爲壽，既欣鄰好之修；因書見誠，兼致慈闈之問。侍言有次，來意畢陳。感懌之深，敷陳罔既。

皇帝達太皇太后回大遼皇帝賀坤成節書元祐四年七月〔一〕

星火西流，慶慈闈之誕日；皇華北至，講鄰國之誠言。既達來音，俾修報禮。感銘之素，敷述難周。

〔一〕《宋大詔令集》此文起云「七月日（原註：云云）」；文中「俾修報禮」作「重修賀禮。」

皇帝回大遼皇帝問候書元祐四年七月〔一〕

軺車重幣，已修交慶之儀；尺素好音，復講久要之信。屬臨素節，允迪純禧。益冀保頤，式符企詠。

〔一〕《宋大詔令集》起云「七月日（原註：云云）」。

蘇軾文集卷四十四

内制青詞

集禧觀開啓祈雪道場青詞元祐元年二月六日

伏以麥將覆塊，雪未掩塵。嗣歲之憂，下民安訴。具嚴法會，祗欵閟宫。仰冀同雲，溥滋新臘。

景靈宫宣光殿奉安神宗皇帝御容日開啓道場青詞元祐二年三月十四日

伏以天鑒不遠，誠感則通。方寶構之肇新，宜神游之降格〔一〕。具嚴法席，高詠靈篇〔二〕。内安清浄之居，外錫烝黎之福。

〔一〕《七集·内制集》卷二「神」作「真」。

〔二〕「詠」原作「味」，今從《七集·内制集》改。

集禧觀開啓祈雨道場青詞元祐二年三月二十五日

洞淵龍王，水府聖衆。饑饉之患，民流者朞年；吁嗟之求，詞窮於是日。乃眷陰靈之宅，實爲雲雨之司。涵濡之功，俄頃而辦。罔吝天澤，以答民瞻。

集禧觀洪福殿等處罷散謝雨道場青詞

德有愧於動天，敢辭屢請；道無私而應物，豈間微誠。霈一雨以咸周，起三農於既病。仰承靈貺，莫報深仁。

太皇太后皇太后皇太妃受册奏告景靈宮等處青詞元祐二年七月十九日

伏以祗是親闈，庶幾孝治。配德祖考，既務極於推崇；篤生眇沖，亦敢忘於褒顯〔一〕。將奉寶册，率循舊章。徼福于神，先期以告。

〔一〕「敢」原作「政」，據《七集·内制集》卷三改。

神宗皇帝御容進發前一日奏告諸宮觀等處青詞元祐二年九月二十五日

嵩洛之間，山陵所在。嚴道釋之浄宇，奉衣冠之别祠。恭擇良辰，啟行仙馭。敢徼福於羣聖，庶流祉於含生。仰叩真靈，冀垂昭鑒。

隆祐宫設慶宫醮青詞元祐二年

伏以長樂告成，光動紫宫之像；清都下照，誠通絳闕之僊。祗率多儀，肅陳菲薦。永惟慈孝之本，克享天人之心。介萬壽之無疆，錫五福之純備。無任懇禱之至〔一〕。

〔一〕「無任懇禱之至」六字原缺，據《七集·内制集》卷五補。

西嶽廟開啟祈雨道場青詞元祐三年七月十三日

伏以二華之尊，作鎮於西極；兆人所急，望歲於秋成。穀既日滋，雨不時霈。敢以病告，于我有神。閔兹將槁之苗，賜以崇朝之澤。惟神之德，非我敢忘。

中太一宮真室殿開啟天皇九曜消災集福道場青詞

臣以冲眇，嗣承列聖之休；濟于艱難，實賴文母之德。臨蒞四載，勤勞百爲。畏天之威，未嘗終日而豫怠；視民如子，惟恐一夫之困窮。伏願上帝降祥，衆真垂祐。消禳災沴，永底壽康。恭陳寶籙之科，仰扣神游之館。敢祈昭鑒，下察孝心。

皇太妃宮閣慶落成開啟道場青詞

伏以良辰襲吉，華構一新。仰荷褒崇之私，得伸鞠育之報。落成告備，法會有嚴。請命上穹，馳神真聖。庶精誠之必達，錫壽祉於無窮。無任懇禱之至〔一〕。

〔一〕「無任懇禱之至」六字原缺，據《七集·内制集》卷十補。

内制朱表

景靈宫宣光殿奉安神宗皇帝御容罷散朱表〔一〕元祐二年三月十四日

伏以馭風雲闕，既參日月之光；弭節琳宫，尚答臣民之望〔二〕。爰開法會，庶欵真庭。願推往聖之心，永錫函生之福。

〔一〕「宫」原作「殿」，今從《七集·内制集》卷二改。

〔二〕《七集·内制集》卷二「臣」作「神」。

集禧觀洪福殿罷散謝雨道場朱表

伏以旱暵爲災，禱求屢瀆。賴神之賜，霈澤以時。蓋至道之無私，豈不德之能致。載陳謝懇，少答靈休。

中太一宫真室殿爲太皇太后消災集福罷散天皇九曜道場朱表元祐三年

伏以仁者必壽，信惟天地之心；孝無不通，宜從臣子之欲。虔遵道範，仰叩真庭。庶同海宇之誠，上集慈闈之福。天威咫尺，求聽明于我民；聖壽萬年，定子孫于下地。更推博施，普及函生。

内制疏文

景靈宫罷散奉安神宗皇帝御容道場功德疏文元祐二年四月七日

伏以肇新寶構，祇奉睟容〔一〕。脩妙供於朱庭〔二〕，結勝緣於浄衆。真游永奠，法會告成。普冀含生，悉蒙餘祉。謹疏。

〔一〕「睟」原作「晬」，義不通。案，《揚子太玄經》：睟，君道也；又九五天爲睟天。作「睟」，義通，今校改。參本卷《内中添蓋諸帝后神御殿告遷御容權奉安於慈氏殿祝文》第一條校記。

〔二〕《七集·内制集》「朱」作「珠」。

興龍節功德疏五首〔一〕

右伏以上帝垂休〔二〕，真人誕降。乾坤合契，永爲慶喜之辰；草木何知，舉有欣榮之意。矧惟遭遇，獲侍清閑。不緣梵釋之因，曷致涓塵之效。伏願皇帝陛下，受天之禄，如川方增。奄有漢唐之封疆，倍萬唐虞之壽考。永均介福，下及函生。

右伏以三王之樂，固常與天下同；四海之心，莫不欲吾君壽。以兹願力，扣彼佛乘。仰惟無礙之慈，副我必從之欲。伏願皇帝陛下，配天而治，如日之中。安樂延年，錫帝齡之無算；寅畏享福，過周曆以常新。下及海隅，同躋壽域。

右伏以候嘉平之臘，協氣充流；歌長發之祥〔三〕，羣心踊躍。華夷交慶，草木增榮。矧惟扈從之私，獲在封疆之守。敢緣願力，祇叩佛乘。仰惟無礙之慈，副我必從之欲。伏願皇帝陛下，配天而治，如日之中。安樂延年，錫帝齡之無算；寅畏享福，過周曆以常新〔四〕。下及海隅，同躋壽域。

右伏以瑞乙來翔，共紀生商之兆；羣龍下集，適同浴佛之辰。爰崇勝因，以薦多祉。伏願皇帝陛下，立民之極，先天不違。福如南山之不騫〔五〕，壽等西方之無量。集寧海宇，永庇神天。

右伏以上帝立子，將開太平之基；下民歸仁，自享延鴻之壽。不假龍天之會，曷旌臣子之心。伏願皇帝陛下，受禄無疆，如川方至。五兵不用，同萬國之車書；多士克生，達四門之耳目。永均介福，普及函生。

〔一〕《七集·後集》卷十三此五首後三首之次第爲：「上帝立子」爲第三首，「候嘉平」爲第四首，「瑞乙來翔」爲第五首。

〔二〕「右」原缺，據《七集·後集》補，本文以下各首同。

〔三〕「祥」原爲墨釘，據《七集·後集》補。

〔四〕「周」原作「新」，今從《七集·後集》改。

〔五〕「騫」原作「蹇」，今從《七集·後集》改。

興龍節功德疏文二首

伏以明星出而佛前降，黃河清而聖人生。仰企至仁，同符大覺；虔脩法會，上祝鴻休。伏願皇帝陛下，先天不違，順帝之則。清臺考象，候南極之老人；浩劫紀年，配西方之壽佛。更均餘祉，普及函生。

伏以長發其祥，已誕膺於眷生；至仁者壽，本無待於禱祈。爰假佛慈，以生民頌。伏願皇帝陛下，上德不德，日新又新。《既醉》陳詩，具太平之五福；《無逸》作監，繼迪哲於四人。普願函生，咸均景福。

坤成節功德疏文七首

右伏以功存社稷〔一〕，慶鍾高密之門；澤及本枝，天胙大任之德。候西風之協應，占南極之嘉祥。特啟真壇，仰祈睿算。順帝之則，固不待於禱求；應地無疆，亦難忘於祝頌。臣無任懇禱激切之至〔二〕。

右伏以慈儉之化，無得而名；保祐之功，云何可報。仰首雲天之望，傾心草木之微。至哉坤元，德既超於載籍；養以天下，福宜冠於古今。敢冀神休，永爲民極。臣無任。

右伏以寶儉以慈〔三〕，地無私載；履信思順，天且不違。眷惟江海之邦，日蒙雨露之施。民心所祝，神聽必臨。祈萬壽於無疆，庶羣生之永賴。臣無任。

右伏以上帝儲休，遺寶龜而降聖；羣方仰德，執瑞玉以來賓。恪修臣子之誠，虔奉天人之禱。供精蒲塞，文演貝多。致海衆之莊嚴，廣潮音之清浄。勝因所集，睿算日隆。恭惟太皇太后陛下，伏願大安大榮，永對無窮之問；時萬時億，獨觀有道之長。臣無任。

右伏以玉勝發祥，金行正候。合天人之寶運，實華夏之昌辰。已格鴻休，猶資善禱。展祇園之浄供，發秘藏之真乘。庶假良因，蓋崇睿算。恭惟太皇太后陛下，伏願威神有截，盡龍象以瞻依；壽考無疆，等乾坤之久大。臣無任。

右伏以神聖在御，天地無可報之恩；臣子何知，佛老有歸誠之法〔四〕。敢緣凈供，仰祝遐齡。恭惟太皇太后陛下，伏願日照月臨，海涵岳峙。帝簡好生之德，錫壽無疆；民銜既富之仁，保邦何極。臣無任。

右伏以星火西流，方歲功之平秩；夕月既望，昭陰德之致隆。凡我有生，歸誠茲日。佛身充滿，天鑒聰明。恭惟太皇太后陛下，伏願享德三靈，齊光兩曜。坐俟雲來之養，受禄無疆；屢觀甲子之周，與民同樂。臣無任。

〔一〕「右」原缺，據《七集·後集》卷十三補；本文其他六首同。

〔二〕「臣無任」云云九字，原缺，據《七集·後集》補；以下六首結尾處，《七集·後集》均有「臣無任」三字，今據補，不另出校。

〔三〕《七集·後集》「以慈」作「與慈」。

〔四〕「有」原作「無」，據《七集·後集》改。

太皇太后本命歲功德疏文〔一〕

右伏以天人合契，輔成繼照之明；歲月襲祥，允協重坤之象。肇臨正旦，寅奉德音。盡海宇之無疆，集緇黄而來會。旁推舜孝，仰叩佛乘。伏願太皇太后陛下，下順民心，仰膺天保。配西方之無量，與南山而不傾。豈獨五音六律之旋，再臨此歲；將推三統九會之復，以卜其年。永與函生，共茲介福。謹疏〔二〕。

〔一〕底本原校：「一作《正旦齋文》。」文中第一句「右」原缺，據《七集・後集》卷十三補。

〔二〕「謹疏」二字原缺，據《七集・後集》補。

景靈宮祈福道場功德疏文〔一〕

右伏以仁心浹物，自然憂樂之同；孝治格天，宜爾感通之速。庶殫精懇，仰叩上真。恭惟太皇太后陛下，保佑聖神，勤勞夙夜。偶倦東朝之御，未復太官之常。爰卽珠庭，大陳妙供。法音上達，雖有假於雲章；民志下同，自不勞於秘祝。願膺勿藥之喜，永保無疆之休。

〔一〕文中「右」字原缺，據《七集・後集》卷十三補；「珠庭」之「珠」作「殊」。

同天節功德疏文

伏以天貽明德，用昭遹駿之聲；卦應純乾，實紀誕彌之日。仗法緣之有感，祈聖壽之無疆。恭惟皇帝陛下，生知堯舜之資，力致商周之業。神功特起，聖治日新。人皆樂生，物亦遂性。惟時慶節，共罄丹誠。用同東土之民，少效華封之祝。伏願潛憑勝力，坐擁休符。福比岡陵之崇，壽齊箕翼之永。

代張安道進功德疏文

伏以聖神示化，棄黄屋以上賓；凡庶何知，抱烏號而永歎。不有崇薦，曷伸悃誠。故依妙湛之尊，特設清浄之供。庶憑法力，仰導真游。恭惟神宗皇帝陛下，伏願永證佛乘，圓成道果。儲神無極，逍遥梵釋之間；卜世愈延，跨越商周之盛。至於含識，並暢天和。

内制齋文

冬至福寧殿作水陸道場資薦神宗皇帝齋文

伏以聖神陟降，釋梵後先。適更來復之辰，茂薦往生之福。虔脩浄供，仰導靈游〔一〕。

〔一〕《七集·内制集》卷一「靈」作「真」。

正旦於福寧殿作水陸道場資薦神宗皇帝齋文

伏以棄黄屋以上賓，莫追風馭；抱烏號而永慕，再歷春朝。敢仗勝緣，式開浄供。仰頌義堯之德，永追梵釋之游。

在京諸宫觀開啟神宗皇帝大祥道場齋文

伏以密音如昨，新穀再升。望仙馭於帝鄉，陳法筵於浄宇。人天來會，共脩最勝之緣；梵釋同游，永錫無疆之慶。

垂拱殿開啟神宗皇帝大祥道場齋文

伏以喪期有數，方歎於壑舟；法海無邊，聊資於岸栰。有嚴秘殿，恭啟浄筵。時御六龍，徘徊宫闕。永同千佛，陟降人天。

内中福寧殿下寒節爲神宗皇帝作水陸道場齋文

伏以甚雨疾風，感春律之將變；鑽燧改火，悼喪期之不留。爰啟浄筵，以資冥福。願登大覺，永濟函生。

景靈宫宣光殿奉安神宗皇帝御容日開啟道場齋文

伏以祠宫夙啟，真室告成。仗勝會於佛僧，導靈游於梵釋。更推餘祉，旁及含生。

大相國寺開啟祈雨道場齋文

伏以旱暵既久，麥禾將空。仰惟天人之師，宜專雲雨之施。庶幾慈愍，寬我憂危。

鄭州超化寺祈雨齋文元祐二年四月九日〔一〕

伏以常暘爲災，歷時愈熾。秋穀未蓺，夏苗將空。天意未回，佛慈所愍。願以不思議智力，大解脱神通。時興法雲，普賜甘澤。

〔一〕「四月九日」四字原缺，據《七集·内制集》卷二補。

鄭州超化寺謝雨齋文元祐二年四月九日〔一〕

等慈應物，不倦於禱求；神智無方，何難於膏澤。旱沴既弭，農民其康。仰惟不宰之功，豈待有爲之報。爰脩浄供，少達純誠。

〔一〕「元祐二年四月九日」八字原缺，據《七集·内制集》卷二補。

十月一日永裕陵下宫開啟資薦神宗皇帝道場齋文元祐二年九月二十日

橋山永望，莫瞻弓劍之餘；陽月載臨，徒增霜露之感。招延浄衆，崇建梵筵；庶集勝因，仰資真馭。

西京會聖宫應天禪院奉安神宗皇帝御容禮畢開啟道場齋文元祐二年十月〔一〕

原廟告成，神游既奠。雖聖靈之無礙，對越在天；從世法之有爲，歸依於佛。普願幽明之域，悉登淨妙之庭。集此勝因，以資仙馭。

〔一〕《七集·内制集》卷四「十月」作「九月十九日」。

後苑瑶津亭開啟祈雨道場齋文元祐三年六月二日〔一〕

六月徂夏，方金火之爭；三農望秋，乏雷雨之施。嗟人何罪，逢歲之艱。自非妙覺之等慈，孰拯疲民於重困。有嚴禁苑，祗建净筵。念我憂勞，錫之膏澤。非獨起焦枯於田野，抑將掃疾疫於里閭。嘉與含生，永均介福。

〔一〕《七集·內制集》卷八「二日」作「一日」。

又元祐三年八月二十日

伏以常暘之沴，歷月于兹。近自都畿，遠及關輔。豈獨西成之害，將爲宿麥之憂。仰止覺慈，必垂普救。普集山川之守，來登梵釋之筵。罔吝膏濡，以興焦槁。

後苑瑶津亭開啟謝雨道場齋文元祐三年六月六日〔一〕

伏以祗畏之心，格人天於影響；覺慈之力，反水旱於屈伸。周澤載濡，農田告足。既解藴隆之患，庶無流潦之虞。仰冀能仁，曲垂昭鑒。

〔一〕《七集·內制集》卷八「六日」作「五日」。

顯聖寺壽聖禪院開啟太皇太后消災集福粉壇道場齋文元祐三年七月二十七日

伏以躬儉節用，本嚴房闥之風；遺大投艱，猥當廟社之寄。常恐德之弗類，以召災于厥身。敢即仁祠，肆陳净供。恭延梵釋，普施人天。俾壽而康，非獨輔安於寡昧；與民同利，固將燕及於華夷。仰冀能仁，曲垂昭鑒。

景靈宫宣光殿開啟神宗皇帝忌辰道場齋文元祐四年二月五日〔一〕

伏以至德難名，已立配天之極。孝思永慕，蓋有終身之憂。惟是佛乘，庶資冥福。屬弓劍上賓之日，就衣冠出游之庭。虔設浄筵，俾嚴勝果；庶超真覺，永庇含生。

〔一〕《七集·内制集》卷十「二月五日」作「正月二十四日」。

奉宸庫翻修聖字等庫了畢安慰土地道場齋文元祐三年七月二十九日

伏以貨幣所藏，有壞必葺。聰直之鑒，既成乃安。爰仗佛慈，以綏神守。庶期昭格，永底純熙。

内制祝文

奏告天地社稷宗廟宫觀寺院等處祈雨雪青詞齋祝文

伏以朞年以來，水旱作沴。迨兹徂歲，復苦常暘。疾疫將興，農末俱病。方齋居而默禱，庶精意之登聞。敢祈春臘之交，沛然雨雪之賜。顧均介福，敷錫羣生。

五嶽四瀆等處祈雪祝文

伏以歷冬不雪，兩歲之憂。疾癘將興，麥麰就槁。分命守土，告于有神。下民其咨，天聽不遠。毋愛同雲之澤，以成盈尺之祥。苟利于民，敢忘其報。

內中添蓋諸帝后神御殿告遷御容權奉安於慈氏殿祝文

於皇帝考，肇啟閟祠。方增築之未寧，懼格思之有瀆。別嚴淨宇，祗奉睟容〔一〕。式燕聖靈，永綏慈嘏。

〔一〕「睟」原作「晬」，據《七集·內制集》卷一改。

內中慈氏殿告遷神御於新添脩殿奉安祝文〔一〕

伏以增築告成，閟嚴有奐。儼衣冠之來復，愾歎息之疑聞。昭格穆清，永綏燕翼。

〔一〕「奉安」原作「安奉」，據《七集·內制集》卷一改。

景靈宮奉安神宗皇帝御容祝文

伏以恭承仙馭，奄宅珠庭〔一〕。罄海宇以駿奔，儼人天之景從。顧回日月之照，少答神民之心。乃眷新宮，永垂餘慶。

〔一〕《七集·內制集》卷二「珠」作「殊」。

天章閣權奉安神宗皇帝御容祝文

伏以唐虞稽古，雖絶名言。文武重光，已新崇構。下慰華夷之望，仰摹天日之容。將往宅於靈宮，永懷攀慕；願少安於秘殿，無盡瞻依。

內中神御殿張挂奉安神宗皇帝御容祝文

伏以祥祭告終，聖靈改御。僾如在位，威不違顏。雖天日之光，固難形似；而神人之奉，永有瞻依。悲慕愈深，照臨無極。

神宗皇帝大祥祭訖徹饌除靈座時皇帝躬親扶神御別設一祭祝文

伏以俛就終喪，禮當卽遠。永瞻陵廟，將徹几筵。攀慕若疑，追懷罔極。

景靈宮宣光殿奉安神宗皇帝御容畢皇太后親詣行禮祝文 元祐二年三月十四日〔一〕

伏以奕奕祠宮，巍巍天像。聖靈雖遠，哲命惟新。仰瞻如在之威，永錫無疆之慶。敢祈昭鑒，下燭微誠。

〔一〕「元祐二年三月十四日」九字原缺，據《七集・內制集》卷二補。

天地社稷宗廟神廟等處祈雨祝文

惟德弗類〔一〕，致常暘之災；斯民何辜，有荐饑之懼。浹旬不雨，麥禾皆空。循省再三，夙夜祗慄。

引領雲霓之望，援手溝壑之餘。既窮之詞，其忍弗聽。

〔一〕「惟德」原作「德惟」，據《七集·內制集》卷二改。

五嶽四瀆等處祈雨祝文元祐二年三月十七日〔一〕

期年以來，水旱作沴。振廩同食，冠蓋相望。已責勸分，公私並竭。惟待一熟之麥，以蘇垂死之民。而冬不雨以徂春，苗將秀而不實。顧惟冲昧，有失政刑。感傷陰陽，延及鰥寡。既非下民之罪，亦豈上帝之心。惟神聰明，毋愛膏澤。則民有息肩之漸，神無乏祀之憂。

〔一〕「元祐二年三月十七日」九字原缺，據《七集·內制集》卷二補。

五嶽四瀆等處祈雨祝文元祐二年四月十日〔一〕

天人之交，應若影響。雨暘不順，咎在貌言。失之户庭，害及寰宇。求治雖切，不當天意之中；聽言雖多，未聞民病之實。刑罰有過，賦役未平。一人之愆，百姓何罪。避坐徹膳，猶當許其自修；悔禍轉災，庶或救之將墜〔二〕。於神蓋反掌之易，而民免擠壑之憂。仰瞻雲霓，待命旦夕。

〔一〕「元祐二年四月十日」八字原缺，據《七集·內制集》卷二補。

〔二〕「庶」原作「無」，今從《七集·內制集》。

五嶽四瀆等處謝雨祝文元祐二年四月十日〔一〕

乃者常暘爲災，歷時愈熾。念咎責己，寧丁我躬。求哀籲天，並走羣望。果蒙膏澤之賜，一拯流亡之餘。我愧于民，敢廢無災之懼；神終其賜，願必有年之祥。

〔一〕「元祐二年四月十日」八字原缺，據《七集·內制集》卷二補。

神宗皇帝禫祭太皇太后親行祝文

寒暑之變，忽焉再朞；練祥之餘，復將三月。勉從即吉之典，莫遂無窮之哀。

神宗皇帝禫祭皇帝親行祝文

既祥之餘，徙月而吉。迫於先王之禮，徒有終身之憂。瞻仰聖靈，伏深感慕。

神宗皇帝禫祭皇太后親行祝文

喪期有數，禫月告終。哀雖未忘，禮弗敢過。追慕之至，中外所同。

永裕陵修移角堠門户柏窠奏告神宗皇帝祝文

園寢之奉，巡行以時。增植所宜，卜云其吉。先事而告，亦禮之常。

永裕陵脩移角堠門户柏窠祭告土地祝文

園寢之奉，栽植以時。惟爾有神，實嚴所守。敢祈昭鑒，永底平寧。

景靈宮天興殿開淘井眼祭告里域真官祝文

神游之庭，井泥不食。日辰之吉，浚治以時。諗爾明靈，庶無悔吝。

太皇太后皇太后皇太妃受册奏告太廟并諸陵祝文元祐二年六月十九日〔一〕

伏以祗事親闈，庶幾孝治。配德祖考，既務極於推崇；篤生眇冲，亦敢忘於褒顯。將奉寶册，率循舊章。涓日甚良，先期以告。

〔一〕「元祐」云云九字原缺，據《七集·内制集》卷三補。

西京應天禪院會聖宮修神御帳座畢功告遷諸神御祝文〔一〕元祐二年八月二日〔二〕

頃詔有司〔三〕，恭脩幄座。暫安别殿，以作庶工。既匠事之告成，宜真游之來復。願垂昭鑒，及此良辰。

〔一〕《大典》卷二千九百五十一神字韻引《蘇東坡集》有此文，題無「應天禪院」四字，下一文同，不再出校。

〔二〕「元祐」云云八字原缺，據《七集·内制集》卷三補，下一文同，不再出校。

〔三〕《大典》「頃詔」前，有「維元祐二年歲次丁卯月日， 孝曾孫嗣皇帝臣某謹遣某官敢昭告于太祖啓運 立極英武睿文神德聖功至明大孝皇帝」四十七字，下一文「幄」字前同，不再出校。

西京應天禪院會聖宮脩神御帳座畢功奉安諸神御祝文元祐二年八月二日

幄坐告成，允協歲時之吉；靈游永奠，復瞻天日之光。庶俾後人，仰蒙餘慶。

西京會聖宮應天禪院奉安神宗皇帝御容前一日奏告永裕陵祝文元祐二年十月

國家推本漢儀，立郡國之廟；參用唐制，就佛老之祠。乃眷洛都，載瞻園寢。並興靈宇，以奉神禧。閔惟沖人，恭蹈成憲；謹擇良日，臨遣近臣。庶回日月之光，少答天人之望。

神宗皇帝御容至會聖宮并應天禪院前一日奏告諸帝祝文元祐二年八月

三靈眷命，六聖在天。崧洛之間，仙釋所館。惟兹吉禘之始，當祔出游之庭。念彼元臣，昔皆侑食。一新惟肖之像，永陪如在之神。敢冀威靈，曲垂昭鑒。

神宗皇帝御容進發前一日奏告天地社稷宗廟等處祝文元祐二年九月二十五日

祇畏天明，率循祖武。進衣冠之原廟，鎮崧洛之靈祠。恭擇良辰，啟行仙馭。分遣執事，並告有神。

生擒西蕃鬼章奏告永裕陵祝文〔一〕元祐二年九月五日〔二〕

大獮獲禽，必有指蹤之自；豐年高廩〔三〕，孰知耘耔之勞。昔漢武命將出師，而呼韓來庭，効于甘露；憲宗厲精講武，而河湟恢復，見于大中〔四〕。憬彼西戎〔五〕，古稱右臂。自嘉祐末，兀征擾邊〔六〕。至熙寧中，董氈方命。於赫聖考，恭行天誅。非貪尺寸之疆〔七〕，蓋爲民除蟊蠈〔八〕。遂建長久之策，不以賊遺子孫。而西蕃大首領鬼章，首犯南川〔九〕，北連拓拔。申命諸將〔一〇〕，擇利而行；旋聞偏師，無往不克。吏士用命，争酬未報之恩〔一一〕；聖靈在天，難逃不漏之網。已於八月戊戌，生獲鬼章〔一二〕。頡利成擒，初無渭水之耻；郅支授首，聊報谷吉之寃〔一三〕。謹當推本聖心，益脩戎略。務在服近而來遠〔一四〕，期於偃革以息民。仰冀威神，曲垂昭鑒。

〔一〕洪邁《容齋隨筆·五筆》卷九有《擒鬼章祝文》條。洪氏所云之《祝文》，即此文。洪氏謂「今蘇氏眉山功德寺所刻大小二本及季真給事在臨安所刻，并江州本、麻沙書坊《大全集》」所載此文有删略，「惟成都石本法帖獨得其全」。洪氏所云之「成都石本法帖」，當即西樓帖。又，費衮《梁谿漫志》卷六《蜀中石刻東坡文字稿》條，詳校稿與刻本文字之不同。費氏所云之「石刻」，當亦即西樓帖。今分别簡稱「洪云」、「費云」，稱洪氏所引之「成都石本法帖」爲石刻，費氏所引之「蜀中石刻東坡文字稿」爲稿。

〔二〕「五日」二字原缺，據《七集·内制集》卷四補。

〔三〕石刻「高」作「多」。

〔四〕「昔漢武命將出師」云云三十一字，據石刻補。洪云：「其意蓋以神宗有平唃氏之志，至于元祐乃克有成，故告陵歸功，謂武帝、憲宗亦經營於初，而績效在於二宣之世，其用事精切如此。」當時刻本無此三十一字，洪云：「正是好處却芟去之，豈不可惜。」費云：石刻原有「昔漢武命將出師」云云，「後乃悉塗去不用」。

〔五〕稿「憬」作「獷」。

〔六〕郎本卷三十八、《七集・内制集》「兀」作「木」。

〔七〕稿「貪」原作「愛」，後改「貪」。

〔八〕郎本「蠻」作「賊」。

〔九〕稿「鬼章首犯南川」原作「施於冲人，坐守成算，而董氊之臣阿里骨外服王爵，中藏禍心，與將鬼章首犯南川」。費云：「後乃自『與將』而上二十六字並塗去。」

〔一〇〕稿作「爰敕諸將」。

〔一一〕稿「争」作「蓋」。

〔一二〕稿「獲」作「擒」。

〔一三〕稿「頡利成擒」云云二十字作「報谷吉之寃，遠同彊漢，雪渭水之耻，尚陋有唐」。費云：「後塗去。」郎本「渭水」作「渭上」。

〔一四〕稿「來」作「柔」。

西京會聖宮應天禪院奉安神宗皇帝御容奏告諸帝祝文元祐二年九月六日〔一〕

於穆神考，陟配在天。有嚴祠宮，從祀我祖。時日協吉，聖靈其安。寵綏後人，永錫純嘏。

〔一〕「元祐」云云八字原缺，據《七集·內制集》卷四補。

西宮應天禪院會聖宮奉安神宗皇帝神御祝文元祐二年九月六日〔一〕

於皇在天，丕冒下土。矧此山陵之近，顧瞻兩都；宅於嵩洛之間，上聯五聖。有嚴淨宇，會聖宮改爲真館。祗奉睟顏。顧追梵釋之遊，會聖宮改爲仙聖之遊。永答人天之望。

〔一〕「元祐」云云八字原缺，據《七集·內制集》卷四補。

太皇太后皇太后皇太妃受册禮畢奏謝天地社稷宗廟諸宮觀并諸陵祝文元祐二年十月十日

至哉坤元，政必先於治內；養以天下，孝莫大於尊親。昔首正於號名，今復嚴於典册。禮樂既具，神人允諧。分命邇臣，恭致成事。仰祈昭鑒，永錫鴻休。諸神廟「分命邇臣」句改「分命有司」。無任懇禱之至〔一〕。

〔一〕「無任」云云六字原缺，據《七集·內制集》卷五補。

東太一宮翻脩殿宇奉告十神太一真君祝文元祐四年二月二十五日〔一〕

於穆祠宮，有嚴春祀。吏以時而按視，工揆日以脩完。庶就絜新，永綏靈御。仰祈昭鑒，大庇含生。

〔一〕《七集·內制集》卷十「二月二十五日」作「正月七日」。

西路闕雨於濟瀆河瀆淮瀆廟祈雨祝文

伏以水旱之事，山川所司。農服穡以有秋，天密雲而不雨。愧我不德，瀆於有神。願爲三日之霖，大慰一方之望。國有常報，我其敢忘。

永定院脩蓋舍屋奏告諸帝后祝文

具嚴淨宇，祗奉寢園。眷惟焚燎之餘，少緩增修之役。仰祈昭鑒，永底燕寧。

永定院脩蓋舍屋祭告土地祝文元祐二年十二月十日〔一〕

伏以向因遺燼，延及淨祠。爰擇良辰，以興衆役。宜兹遣使，昭示有神〔二〕。

〔一〕「十二月十日」五字原缺，據《七集·內制集》卷六補。

〔二〕「昭」原作「詔」，今從《七集·內制集》。

內制祭文

太皇太后祭奠故夏國主祭文元祐元年十一月十六日〔一〕

乃眷外臣，嗣守西服。襲累世之忠順，荷先朝之寵光。惟天難忱，錫命不永。訃音遽至，閔悼良深。特遣使車，往陳奠幣。庶此恩禮，貫于幽明。

〔一〕「元祐」云云十字原缺，據《七集·内制集》卷一補。

故皇叔祖昭信軍節度使檢校司空開府儀同三司漢東郡王宗瑗堂祭文〔一〕

惟王之生，令德孝恭。云何不淑，罹此閔凶。無復會朝，載惻予衷。往奠其寢，維以飾終。

〔一〕《七集·内制集》卷八無「堂」字，題下原注：「堂祭。」文中「予衷」之「衷」原作「哀」，今從《七集·内制集》。

故皇叔祖昭信軍節度使檢校司空開府儀同三司漢東郡王宗瑗下事祭文〔一〕

嗚呼，死生之變，賢愚莫逃。日月有時，義當卽遠。哀榮之極，禮以告終。來舉奠觴，往安窀穸。

〔一〕「漢東」原作「東漢」，據《七集·内制集》卷八改。《七集·内制集》題中原無「下事」二字，題下原註：「下事。」

皇叔故魏王啟殯祭文

惟靈襲累朝之餘慶，兼天下之達尊。祖送之儀，哀榮斯極。永惟宅兆之卜，未逢歲月之良。參酌時宜，遷神郊館。啟殯之始，寓哀斯文。

皇叔故魏王外殯前一夕夜祭文

惟王之生，孝友仁慈。既没元身，舉國懷思。矧予冲眇，義兼父師。天不我遺，日月如馳。出次近郊，寓此仁祠。親奠莫及，寧知我悲。

皇叔故魏王下事祭文

惟靈出就外邸，二年于茲。一日不見，企予望思。矧此告終，月逝日遠。雖云近郊，寧復旋返。築室祠宫，既固既完。雖非永歸，亦可少安。嗚呼哀哉。

故贈太師追封温國公司馬光安葬祭文〔一〕

嗚呼。元豐之末，天步惟艱。社稷之衛，中外所屬。惟是一老，屏予一人。名高當世，行滿天下。措國於太山之安，下令於流水之源。歲月未周，紀綱略定。天若相之，又復奪之。殄瘁不哀，古今所共。知之者神考，用之者聖母。馴致其道，太平可期。長爲宗臣，以表後世。往奠其葬，庶知予懷。

〔一〕西樓帖有此文。洪邁《容齋隨筆·五筆》卷九《擒鬼章祝文》條引此文全文。洪氏云引自「成都石本法帖」，當即西樓帖。西樓帖之文與此文出入甚大，今自《容齋隨筆·五筆》轉録於此（今本西樓帖個別處有殘缺）：「元（「元」字前，西樓帖有「嗚呼」二字）豐之末，天步維艱。社稷之衛，存者有幾？惟是一老，屏予一人，措國於太山之安，下令於流水之原。歲未及期，綱紀略定。道之將行，非天而誰？天既予之，又復奪之。惟聖與賢，莫如天何。然其所立，天亦不能亡也。知之者神考，用之者聖母。馴致其道，終於太平。永爲宗臣，與國無極。於其葬也，告諸其柩。」洪氏核校刻本與石本之後，謂：「今莫能考其所以異也。」意者見於西樓帖之文，或爲稿本。

故渭州防禦使宗孺出殯一夕祭文

惟靈飭躬寡過，秉德不回。莫克永年，遂即長夜。哀榮之典，國有故常。死喪之戚，予惟惻愴。

故渭州防禦使宗孺下事祭文

嗚呼，宗枝之秀，罹此降災。日月有時，禮當即遠。奄臨窀穸，肆設几筵。往致予哀，來歆此奠。

故聽宣劉氏堂祭文

奉侍有年，肅雍靡懈，今其亡矣，良用惻然。没而有知，來舉此奠。

故聽宣劉氏墳所祭文

盡瘁內職，歸全近郊。既掩諸幽，往致斯奠。賁其窀穸，極爾哀榮。

故尚宮吳氏墳所祭文〔一〕

惟爾之生，服勤乃事。逢日之吉，歸全于郊。式榮其終，往致斯奠。

〔一〕「宮」原作「官」，據《七集·內制集》卷九改。

故尚服劉氏堂祭文六月八日下院〔一〕

惟靈選備禁廷，服勤內職。逮茲淪謝，良用愍傷。饋奠之儀，哀榮兼至。

〔一〕「六月八日下院」六字原缺，據《七集·內制集》卷十補。下文同。

故尚服劉氏墳所祭文六月八日下院

惟靈服勤有年，罹命不淑。窀穸之事，日月有時。念爾永歸，歆予一奠。

內制導引歌辭

奉安神宗皇帝御容赴景靈宮導引歌辭

帝城父老，三歲望堯心。天遠玉樓深。龍顏髣髴笙簫遠，腸斷屬車音。離宮春色瑣瑤林，雲闕海沉沉。遺民猶唱當時曲，秋鴈起汾陰。

迎奉神宗皇帝御容赴西京會聖宮應天禪院奉安導引歌辭

經文緯武，十有九年中。遺烈震羌戎。渭橋夾道千君長，猶是建元功。西瞻温洛與神崧，蓮宇照瓊宮。人間俛仰成今古，流澤自無窮。

蘇軾文集卷四十五

貼子詞樂語

春貼子詞〔一〕元祐三年

〔一〕《春貼子詞》(包括《皇帝閤》六首、《太皇太后閤》六首、《皇太后閤》六首、《皇太妃閤》五首、《夫人閤》四首，共二十七首)，已見中華書局一九八二年排印本《蘇軾詩集》卷四十六，今删文留題。

端午貼子詞〔一〕元祐三年

〔一〕《端午貼子詞》(包括《皇帝閤》六首、《太皇太后閤》六首、《皇太后閤》六首、《皇太妃閤》五首、《夫人閤》四首，共二十七首)，已見《蘇軾詩集》卷四十六，今删文留題。

内中御侍以下賀冬至詞語元祐二年十月二十日

皇帝

伏以月臨天統，首冠於三正；氣應黄宫，復來於七日。君道寖長，陽德光亨。恭惟皇帝陛下，清明在躬，仁孝遍物。垂衣南面，天何言而四時成；問學西清，日將旦而群陰伏。裔夷奔走，年穀順成。豈惟四海之歡心，自識三靈之陰贊。如川方至，受命無疆。妾等待罪掖庭，備員婦職。共慶一陽之節，敢陳萬歲之觴。

太皇太后

伏以消長有時，候微陽之來復；賢愚同慶，知君子之彙征。德化所加，神人並應。恭惟太皇太后陛下，睿明天縱，慈儉身先。振河嶽以不傾，地無私載；順陰陽而自化，天且不違。成功已陋於漢唐，論德蓋高於任姒。《大有》上吉，方獲助於三靈；《既醉》太平，當純備於五福。妾等職參長御，心奉慈闈。慶陽德之方來，願天壽之平格。

皇太后

伏以矇瞍奏功，驗人和於緹室；日官占物〔一〕，效歲美於黃雲。慶自宮庭，澤均海宇。恭惟皇太后殿下，輔佐内治，儀刑王家。推美國風，夙茂周南之化；考祥羲昜，共成坤厚之功。方迎日於三微，敢稱觴於萬壽。豈獨宮闈之願，實同中外之驩。妾等猥以微軀，被蒙慈渥。仰獻岡陵之祝，庶殫草木之誠。

〔一〕「官」原作「宫」，今從《七集·内制集》卷六。

内中御侍以下賀年節詞語元祐二年十二月一日

皇帝

伏以齊七政於璣衡，天人並應；受三朝之圖籍，海宇來同。恭惟皇帝陛下，至仁無私，神武不殺。祖述堯帝，曆象以授民時；儀刑文王，正家而齊天下。方肇新於歲律，宜嚮用於神休。妾等幸侍禁嚴，仰陶化育。願上萬年之壽，永膺百順之祥。

太皇太后

伏以太簇旋宫，既贊揚而出滯；勾芒司曆，方布德以緩刑。恭惟太皇太后陛下，化始六宫，風行九有。捐財振廩，救民溝壑之中；求賢審官，拔士茅茨之下。方履端之資始，膺景福於無疆。妾等幸侍禁嚴，粗供婦職。願獻岡陵之壽，少輸草木之誠。

皇太后

伏以三元資始，禖禳以餞餘寒；萬寶更新，燔烈以興嗣歲。恭惟皇太后殿下，道光淵汭，德配周南。輔導兩朝，孝慈格於上下；儀形九御，恭儉聞於邇遐。順履三陽，誕膺百禄。妾等幸班禁掖，久被餘光。莫報生成之恩，但祝靈長之算。

内中御侍已下賀冬至詞語元祐三年十月三十日

皇帝

伏以日合天統，時推建子之正；律中黄鍾，氣驗微陽之應。德施自上，惠均於民。伏惟皇帝陛下，道配皇王，化行夷夏。觀其來復，見乎天地之心；静以無爲，待此陰陽之定。雲物告瑞，宫聲協和。豈惟至治之祥，自得上天之祐。一人有慶，萬壽無疆。妾等蒙被天光，叨塵婦職。敢獻如山之祝，庶同率土之歡。

太皇太后

伏以書奏清臺，驗曆家之邃密；日移黄道，迎化國之舒長。寰宇和平，宫闈歡豫。恭惟太皇太后陛下，教隆陰禮，位正坤儀。嗣太任之徽音，道光千古；衣明德之大練，儉化六宫。體柔静以臨朝，配清明而燭物。慶雲可望，共占至治之祥；彤史何知，莫贊無爲之德。妾等猥參女職，仰奉慈顔。因來復之一陽，祝無疆之萬壽。

皇太后

伏以候氣葭灰，喜律筩之已應；課功綵線，知宫日之初長。品物向榮，掖廷胥悦。恭惟皇太后殿下，母臨四海，婦應東朝。求賢審官，但有憂勤之志；躬儉節用，豈忘澣濯之衣。宜福禄之日康，樂宫闈之無事。妾等濫塵女職，獲奉慈顔。願先柏酒以稱觴，更指椿年而獻壽。

紫宸殿正旦教坊詞元祐四年

教坊致語〔一〕

口號

勾合曲

東風應律，南籥在庭。餞臘迎春，方慶三朝之會；登歌下管，願聞九奏之和。上悦天顔，教坊合曲。

勾小兒隊

工師奏技，咸踴躍以在庭；穉孺聞音，亦回翔而赴節。方資共樂，豈間微情。上奉宸歡，教坊小兒入隊。

隊名

仙山來絳節，雲海戲羣鴻。樂隊〔二〕。

問小兒隊

六樂充庭，九賓在列。何彼垂髫之侶，欲陳振袂之能。必有來誠，少前敷奏。

小兒致語

臣聞正月上日，萬彙所以更新；羣臣嘉賓，四方於是觀禮。雪方占於上瑞，風已告於先春。及此良辰，設爲高會。恭惟皇帝陛下，子來九有，天覆兆民。焕乎其有文章，昭然若揭日月。安西都護，來輸八國之琛。南極老人，出效萬年之壽。還圭璋於鄰使，受圖籍於春朝。擊石擬金，奏鈞天之廣樂；跳毬舞索，戲平樂之都場。臣等沐浴太平，詠歌新歲。鼓舞《咸》《韶》之韻，蹌揚鳥獸之間。未敢自專，伏候進止。

勾雜劇

以雅以南，既畢陳於衆技；載色載笑，期有悦於威顔。舞綴暫停，優詞間作。金絲徐韻，雜劇來歟？

放小兒隊

酒闌金殿，既均湛露之恩；漏減銅壺，曲盡流風之妙。望彤墀而申祝，整翠袖以言歸。再拜天堦，相將好去。

〔一〕《教坊致語》及以下《口號》，已見《詩集》卷四十六，今删文留題。

〔二〕「樂隊」二字原缺，據《七集·外制集》附《樂語》補。本卷以下各文有補「樂隊」二字者，不重出。

集英殿春宴教坊詞

教坊致語〔一〕中和化育萬壽排場

口號

勾合曲

太平無象，善萬物之得時；和氣致祥，喜八風之從律。大合鈞天之奏，克諧治世之音。上奉嚴宸，教坊合曲。

勾小兒隊

班白之老，既無負戴之憂；齠齔之童，亦遂嬉游之樂。行歌道路，聯袂闕庭。仰奉宸慈，教坊小兒入隊。

隊名

初成暮春服，來獻太平謠。樂隊。

問小兒隊

聚戲里閭，豈識九重之奥；成文綴兆，忽隨六樂之和。宜近彤墀，悉陳來意。

小兒致語

臣聞春爲陽中，生物各遂其性；樂以天下，聖人豈私其身。故飲食盡忠臣心，而遊豫爲諸侯度。方遲日之無事，矧嗣歲之有年。大啓璧門，肅陳燕豆。恭惟皇帝陛下，道隆而德備，質文而性仁。總攬羣才，蓋天授之神策〔二〕；澄清庶政，故民獻以寶符。顧良辰樂事之難并，宜羣臣嘉賓之並集。廣場千步，方山立於衆工；大樂九成，固海函於雜技。臣等沐浴膏澤，咏歌昇平。幸以髫髦之微，得參舞羽之末。敢干宸聽，伏俟俞音。

勾雜劇

臚傳已久，陛楯將更。宜資載笑之歡，少進羣優之技。緩調絲竹，雜劇來歟？

放小兒隊

清歌屢奏，薑曲盡於下情；妙舞載陳，示不遺於小物。既畢沛風之和，稍同沂水之歸。再拜天墀，相將好去。

勾女童隊

燕私之樂，下侍於臣工；靡曼之觀，聊同於俚俗。審音而作，振袂稍前。上奉宸歡，兩軍女童入隊。

隊名

瑞日明歌扇，仙飇動舞衣。樂隊。

問女童隊

工師奏技，侍衛聳觀。顧游女之何施，集彤庭而有待。欲知來意，宜悉敷陳。

女童致語

妾聞聖人授民以時，王者與衆同樂。故倉庚鳴而蠶女出，游魚躍而靈沼春。蓋良辰豈易得哉，亦賢者而後樂此。伏惟皇帝陛下，温恭允塞，緝熙光明。學無常師，文武識其大者；仁能濟衆，堯舜其猶病諸。齊泰階之六符，走重譯之萬里。天人並應，禮樂將興。豈惟塵土之賤微，敢度乾坤之廣大。萬舞九奏，雖未象於成功；間歌三終，亦庶幾於頌德。欲殫末技，少効寸誠。

勾雜劇

風斜御柳，既窮綺麗之觀；日轉庭槐，少進詼優之戲。再調絲竹，雜劇來歟？

放女童隊

翠袖風回，已盡折旋之妙；文茵霞卷，尚覩顧步之餘。再拜天墀，相將好去。

〔一〕《教坊致語》及以下《口號》，已見《詩集》卷四十六，今删文留題。

〔二〕「授」原作「受」，據《七集·外制集》附《樂語》改。

集英殿秋宴教坊詞

教坊致語〔一〕

口號

勾合曲

西風入律，間歌秋報之詩；南籥在廷，備舉德音之器。絃匏一倡，鐘鼓畢陳。上奉宸嚴，教坊合曲。

勾小兒隊

皇慈下逮，罄百執以均歡；衆技畢陳，示四方之同樂。宜進垂髫之侶，來修秉翟之儀。上奉威顔，教坊小兒入隊。

隊名

登歌依頌磬，下管舞成童。樂隊。

問小兒隊

大君有命，肆陳管磬之音；童子何知，入筵工師之末。欲詳來意，宜悉奏陳。

小兒致語

臣聞天行有信，正得秋而萬寶成；君德無私，日將旦而羣陰伏。清風應律，廣樂在庭。占歲事於金穰，望天顏之玉粹。沐浴膏澤，詠歌升平。恭惟皇帝陛下，天縱聰明，日躋聖知。無一物之失所，得萬國之驩心。雖擊壤之民，固何知於帝力；而後天之祝，亦各抒於下情。臣等幸以齠齔之年，得居仁壽之域。詠舞雩於沂水，久樂聖時；唱銅鞮於漢濱，空慙郢曲〔一〕。願陳舞綴，少奉宸歡。未敢自專，伏候進止。

勾雜劇

朱絃玉琯，屢進清音；華翟文竿，少停逸綴。宜進詼諧之技，少資色笑之歡。上悅天顏，雜劇來歟？

放小兒隊

回翔丹陛，已陳就日之誠；合散廣庭，曲盡流風之妙。歌鐘告闋，羽籥言旋。再拜天階，相將好去。

勾女童隊

錦薦雲舒，來九成之丹鳳；霞衣鱗集，隱三疊之靈鼉。上奉宸嚴，教坊女童入隊。

隊名

香雲浮繡扆，花浪舞彤庭。樂隊。

問女童隊

清禁深嚴，方縉紳之雲集；仙音嘽緩，忽簪珥之星陳。徐步香茵，悉陳來意。

女童致語

妾聞鈞天廣樂，空傳帝所之游；閶闔清風，理絶庶人之共。夫何仙聖，靡隔塵凡。仰瞻八采之威，共慶千齡之運〔三〕。恭惟皇帝陛下，乾健而粹，離明而文。規摹六聖之心，人將自化；儀刑文母之德，天且不違。樂茲大有之年，申以宗慈之會。虞韶既畢，夏籥將興。妾等分綴以須，審音而作；願俟工歌之闋，少同率舞之歡。未敢自專，伏取進止。

勾雜劇

絃匏迭奏，干羽畢陳。洽聞舜樂之和，稍進齊諧之技。金絲徐韻，雜劇來歟？

好去。

放女童隊

羽觴湛湛，方陳《既醉》之詩；鼉鼓淵淵，復奏言歸之曲。峩鬟佇立，斂袂却行。再拜天階，相將好去。

〔一〕《教坊致語》及以下《口號》，已見《詩集》卷四十六，今删文留題。

〔二〕《七集·外制集》附《樂語》「郢」作「俚」。原校：「郢」作「俚」。

〔三〕《七集·外制集》附《樂語》「共」作「自」。

興龍節集英殿宴教坊詞元祐二年

教坊致語〔一〕

口號

勾合曲

祝堯之壽，既罄於歡謡；象舜之功，願觀於備樂。羽旄在列，管磬同音。上奉宸嚴，教坊合曲。

勾小兒隊

魚龍奏技，畢陳詭異之觀；齠齔成童，各效回旋之妙。嘉其尚幼，有此良心。仰奉宸慈，教坊小兒入隊。

隊名

兩階陳羽籥，萬國走梯航。樂隊。

問小兒隊

工師在列，各懷自獻之能；侲子盈庭，必有可觀之技。未知來意，宜悉奏陳。

小兒致語

臣聞生民以來，未有祖宗之仁厚；上帝所眷，錫以聖神之子孫。孚佑下民，篤生我后。瞻舜瞳之日月，望堯顙之山河。若帝之初，達四聰於無外；如川方至，傾萬宇以來同。恭惟皇帝陛下，齊聖廣淵，剛健篤實。識文武之大者，體仁孝於自然。歌《詩·思齊》，見文王之所以聖；誦《書·無逸》，法中宗之不敢康。誕日載臨，輿情共祝。神筴授萬年之筭，洛書開五福之祥。臣等嬉遊天街，沐浴皇化。欲陳舞蹈之意，不知手足之隨。未敢自專，伏取進止。

勾雜劇

金奏鏗純，既度九韶之曲；霓衣合散，又陳八佾之儀。舞綴暫停，伶優間作。再調絲竹，雜劇來歟？

放小兒隊

遊童率舞，逐物性之熙怡；小技畢陳，識天慈之廣大。清歌既闋，疊鼓屢催。再拜天堦，相將好去。

勾女童隊

垂鬟在列，斂袂稍前。豈知北里之微〔二〕，敢獻南川之壽。霓旌坌集，金奏方諧。上奉威顔，兩軍女童入隊。

隊名

君臣千載遇，歌舞八方同。樂隊。

問女童隊

摻撾屢作，旌旆前臨。顧游女之何能，造彤庭而獻技。欲知來意，宜悉奏陳。

女童致語

妾聞瑞虹來翔〔三〕，共紀生商之兆；羣龍下集，適同浴佛之辰。佳氣充庭，和聲載路。輦出房而雷動，扇交翟以雲開。喜動人天，春還草木。恭惟皇帝陛下，凝神昭曠，受命穆清。三后在天，宜興王之世有；四人迪哲，知享國之無窮。乃眷良辰，欲均景福。庭設九賓之禮，樂歌《四牡之章》。妾等幸覩昌期，獲瞻文陛。雖乏流風之妙，顧輸率舞之誠。未敢自專，伏候進止。

勾雜劇

清淨自化，雖莫測於宸心；詼笑雜陳，示俛同於衆樂。金絲再舉，雜劇來歟？

放女童隊

分庭久立，漸移愛日之陰；振袂再成，曲盡回風之態。龍樓却望，鼉鼓屢催。再拜天階，相將好去。

〔一〕《教坊致語》及以下《口號》，已見《詩集》卷四十六，今刪文留題。
〔二〕「微」原作「誠」，今從《七集·内制集》附《樂語》。
〔三〕「鳦」原作「乙」。本卷《興龍節集英殿宴教坊詞·隊名》有「生商來瑞鳦」之句，今統一作「鳦」。

興龍節集英殿宴教坊詞

教坊致語〔一〕

口號

勾合曲

笙磬同音，考中聲於神鼓；鳥獸率舞，浹和氣於敷天。上奉宸歡，教坊合曲。

勾小兒隊

衆技旅庭，振歡聲於無外；游童頌聖，陶至化於自然。上奉皇威，教坊小兒入隊。

隊名

壤歌皆白髮，象舞及青衿。樂隊。

問小兒隊

跳踉廣陌，初疑竹馬之遊；合散彤墀，忽變驚鴻之狀。欲知來意，宜悉敷陳。

小兒致語

臣聞流虹啓聖，非人力所致之符；湛露均恩，與天下共享其樂。旁行海宇，外薄戎夷。咸欣載夙之辰，共獻無疆之祝。恭惟皇帝陛下，神武不殺，將聖多能。天生德於予，既稟徇齊之質；人樂告以善，輔成經緯之文。法慈儉於東朝，紬詩書於西學。載臨誕日，俛答輿情。非爲靡曼之觀，庶備太平之福。臣等微生齠齔，學樂父師。就列紛紜，雖無殊於鳥獸；赴音俛仰，亦少效於涓塵。未敢自專，伏候進止。

勾雜劇

樂且有儀，方君臣之相悦；張而不弛，豈文武之常行。欲佐歡聲，宜陳善謔。金絲徐韻，雜劇來歟？

放小兒隊

末技畢陳，下情無斁。既成文於綴兆，猶斂袂以回翔。再拜天墀，相將好去。

勾女童隊

飛步壽山，起香塵於羅襪；散花御路，泛回雪於錦茵。上奉宸顔，兩軍女童入隊。

隊名

生商來瑞虹〔二〕，浴佛降羣龍。樂隊。

問女童隊

玉座天臨，雖仙凡之有隔；翠鬟雲合，豈草木之無知。密邇天墀，悉陳來意。

女童致語

妾聞千里一曲，變澄瀾於濁河；萬歲三稱，隱歡聲於靈岳。天人並應，夷夏來同。雖云北里之微，敢獻華封之祝。恭惟皇帝陛下，睿文冠古，神智無方。同堯、舜之性仁，而能濟衆；陋成、康之刑措，猶待積年。共欣建丑之正，再覩興龍之會。桑田東海，傾壽斝而未乾；汗竹南山，書頌聲而無極。妾等幸緣賤藝，獲望威顏。振萬於庭，欲赴干旄之節；間歌以雅，庶諧笙磬之音。未敢自專，伏候進止。

勾雜劇

舞綴暫停，歌鐘少闋。必有應諧之妙，以資載笑之歡。上悅天顏，雜劇來歟？

放女童隊

振袂再成，曲盡回風之妙；分庭久立，漸移愛日之陰。再拜天墀，相將好去。

〔一〕《教坊致語》及以下《口號》，已見《詩集》卷四十六，今删文留題。

〔二〕《七集·外制集》附《樂語》「乞」作「氣」。

坤成節集英殿宴教坊詞元祐二年七月十五日

教坊致語〔一〕

口號

勾合曲

秋風協應，生殿閣之微涼；廣樂具陳，韻金絲而間作。欲觀鳥獸之率舞，願聞笙磬之同音。上奉宸顏，教坊合曲。

勾小兒隊

朱干玉戚，本以象功；白叟黃童，皆知頌聖。盍命髫髦之侶，來陳舞勺之儀。上侑皇歡，教坊小兒入隊。

隊名

願同千歲樂，長奏太平謠。樂隊。

問小兒隊

鎬京廣燕，方雲集於縉紳；沂水游童，忽鳧趨於庭廡。雖云小技，必有可觀。咫尺天顏，悉言汝志。

小兒致語

臣聞功存社稷，慶鍾高密之門；澤及本枝，天胙太任之德〔三〕。候西風之入律，藹瑞氣之盈庭。嘉與四方，同稱萬壽。恭惟皇帝陛下，文思稽古，濬哲在躬。日奉東朝之歡，率用家人之禮。以謂慈儉之化，無德而能名；保祐之功，如天之難報。惟流傳於歌舞，庶髣髴其儀刑。臣等雖在弱齡，久陶孝治。敢率垂髫之侶，共陳振萬之儀。未敢自專，伏取進止。

勾雜劇

鸞旗日轉，雉扇雲開。暫回綴兆之文，少進俳諧之技。來陳善戲，以佐歡聲。上樂天顏，雜劇來歟？

放小兒隊

青衿旅進，雖末技而畢陳；黄屋天臨，知下情之無壅。既成文於綴兆，爰整袂以徘徊。再拜天階，相將好去。

勾女童隊

彤壺漏箭，隨雞唱以漸移；絳節綵髦，聞鳳簫而自舉。宜召散花之侶，來陳回雪之姿。上奉宸歡，兩軍女童入隊。

隊名

金風回翠袖，玉琯倚清歌。樂隊。

問女童隊

鳳歌諧律，方資燕俎之歡；鷺羽分庭，忽集壽山之下。低鬟有待，振袂欲前。密邇天階，悉陳來意。

女童致語

妾聞塗山啓夏，來玉帛於萬邦；摯仲興周，胙本枝於百世。嘉辰共樂，壯觀一新。恭惟皇帝陛下，舜孝自天，堯仁浹物。膺昊穹之成命，席累聖之詒謀。惟地勢坤，永載無疆之德；以天下養，躬持胥樂之觴。六樂在庭，百工奏技。妾等親逢盛旦，獲望嚴宸。藝雖愧於驚鴻，心已先於儀鳳。願陳舞綴，上奉天顔。未敢自專，伏取進止。

勾雜劇

風清羽蓋，日轉槐庭。欲資載笑之歡，必有應諧之妙。暫回舞綴，少進詼辭。上悦天顔，雜劇來歟？

放女童隊

八音間作，既成皦繹之文；萬舞畢陳，曲盡回翔之態。望彤闈而却立，斂翠袂以言歸。再拜天墀，相將好去。

〔一〕《教坊致語》及以下《口號》，已見《詩集》卷四十六，今删文留題。

〔二〕「胙」原作「作」，今從《七集·外制集》附《樂語》改。

齋日致語口號〔一〕

〔一〕此文及以下《黄樓致語口號》、《趙倅成伯母生日致語口號》、《王氏生日（案：原作「子」，今從〈詩集〉）致語口號》、《寒食宴提刑致語口號》四文，已見《詩集》卷四十六，今删文留題。

黄樓致語口號

趙倅成伯母生日致語口號

王氏生日致語口號

寒食宴提刑致語口號

中國古典文學基本叢書

蘇軾文集

第四册

孔凡禮點校

得以考其素。一陷清議，輒爲廢人。是以始由察舉，而無請謁公行之私；終用考試，而無倉卒不審之患。蓋其取人也如此之密，則夫不肖者安得而容。軾才不逮人，少而自信。治經獨傳於家學，爲文不願於世知。特以饑寒之憂，出求斗升之禄。不謂諸公之過聽，使與羣豪而並遊。始不自量，欲行其志。遂竊俊良之舉，不知才力之微〔九〕。論事迂闊，而不能動人；讀書疎略，而無以應敵。取之甚愧，得而益慙。此蓋伏遇某官，德爲世之望人，位爲時之顯處。聲稱所被，四方莫不奔趨；議論一加，多士以爲進退。致兹庸末，亦與甄收〔一〇〕。然而志卑處高，德薄寵厚。歷觀前輩，由此爲致君之資；敢以微軀，自今爲許國之始。過此以往，未知所裁。

〔一〕《七集·續集》卷十題作《謝應中制科啓》。
〔二〕《文鑑》卷一百二十二「隨」作「通」。
〔三〕《文鑑》「占」作「中」。
〔四〕「制」，郎本卷二十七、《七集·前集》卷二十六作「至」。
〔五〕《文鑑》「掩」作「奄」。
〔六〕《七集·續集》「屬」作「囑」。
〔七〕郎本「效」作「較」，《七集·續集》作「考」。
〔八〕《文鑑》無「知」字。
〔九〕郎本「才」作「氣」。
〔一〇〕《文鑑》、《七集·續集》「德爲世之望人……亦與甄收」作「以堯舜之道輔吾君，以伊周之業爲己任，恐一夫不獲自盡，以爲廟堂之憂，思天下所以太平，必用芻蕘之説，亟收末學，以輔大猷」。底本原校：自「德爲」至「甄收」，一閣本作「以堯舜」云云（「輔吾」作「致吾」，餘同《文鑑》、《七集·續集》）。

又〔一〕

軾以薄材，親承大問。論議羣起，予奪相乘。不意聖恩之曲加，猶獲從吏之殊寵。伏讀告命，重積震惶。嘉其愛君之心，期以克終之譽。辭不獲命，媿無以堪。某生於遠方，性有愚直。幼承父兄之餘訓，教以修己而治人。雖爲朝廷之直臣，常欲挺身而許國。位卑力薄，自許過深；言發譴生，事勢宜爾。追尋策問之微意，實皆安危之大端。自謂不及，則曰志勤道遠；開其不諱，則曰無悼後害。竊以制策之及此，又念科目之謂何。罄其平時之所懷，猶懼不足以仰對。言多迂闊，罪豈容誅。伏以國家取人之科，惟是剛柔適中之士。太剛則惡其猖狂不審，太柔則畏其選懦不勝。將求二者之中，屬之以事；固非一介之賤，所或能當。某之不才，過乃由此。然而訐切憤悱，爲知士之所不許；因循鹵莽，又有國之所樂聞。使舉世將以從容而自居，則天下誰當以奮發而爲意。此蓋某官羽翼盛時，冠冕多士。思盡芻蕘之議，以明寬厚之風。羈危之所恃，以爲無憂；紛紜之所恃，以爲定論。顧惟無似，尚辱甄收。感恩至深，求報無所。昔者西漢之盛，莫如文、景、孝武之賢；制策所興，世稱晁、董、公孫之對。然而數子者，頌詠德美，而不及其譏刺；故三帝者，好愛文字，而無聞於寬容。豈其時君不可爲之深言，抑其羣臣亦將有所不悦。某才雖不逮，時或見容。非懷爵禄之榮，竊喜幸會之至。

〔一〕原無「又」字，今補。

謝館職啓

試言無取，錫命過優。進貽朋友之譏，退有簡書之畏。靦顔就列，撫己若驚。國家取士之門至多，而制舉號爲首冠；育才之地非一，而册府處其最高。觀其所以待之，蓋亦可謂至矣。知寶玉、璠璵難得而易毁，故篋櫝以養其全；知梗楠、豫章積歲而後成，故封殖以待其長。施等天地，恩均父師。恭惟先帝臨御以來四十二載，所擢賢良方正之士十有五人。其志莫不欲舉明主於三代之隆，其言莫不欲措天下於泰山之固。大則欲興禮樂以範來世，小則欲操數術以馭四夷。然而進有後先，名有隱顯；命有窮達，時有重輕。或已踐廟堂之崇，或已登侍從之列。或反流落於遠郡，或尚滯留於小官。或死生之乖睽，已爲陳迹；或擯斥於罪戾，僅齒平民〔一〕。雖曰功名富貴所由之塗，亦爲毁譽得喪必争之地。名重則於實難副，論高則與世常疎。故雖絶異之資，猶有不任之懼。軾之内顧，豈不自知。性任己以直前，學師心而無法。自始操筆，知不適時。會宗伯之選掄，疾時文之靡弊。擢居異等，以風四方。不知滿溢之憂，復玷良能之舉。負賢者所難之任，争四海欲得之求。其爲惷愚，可爲危慄。是以一參賓幕，輒蹈危機。已嘗名挂於深文，不自意全於今日。而況大明繼照，百度惟新。理財訓兵，有鞭笞戎狄之志；信賞必罰，有追述祖宗之風。凡用人歷試其能，苟敗事必誅無赦。此太平可待之日，豈不肖兼容之時。而乃度越賢豪，曲收微賤。縱不能力辭而就下〔二〕，亦當知非分以自慙。此蓋伏遇某官，志在斯民，仁爲己任。欲辦大事，務兼尺寸之長；將求多聞，故引涓埃之助。致此忝冒，有踰等倫。欲報無緣，將何望於頑鄙；遇寵知懼，庶不至於惰婾。

〔一〕郎本卷二十七、《七集·前集》卷二十七「齒」作「夷」。

〔二〕郎本「就下」作「不就」。

鳳翔到任謝執政啓嘉祐七年

右軾啓。違去軒屏，忽已改歲。向風瞻戀，何翅饑渴。前月十四日到任，翌日尋已交割訖。軾本凡材，繆承選取。忽從州縣，便與賓佐。捫躬自省，豈不媿幸。伏自到任已來，日夜厲精。雖無過人，庶幾寡過。伏惟昭文相公，素所獎庇，曲加搜揚。既蒙最深之知，遂有自重之意。所任僉署一局，兼掌五曹文書。内有衙司，最爲要事。編木栰竹，東下河渭；飛芻輓粟，西赴邊陲。大河有每歲之防，販務有不蠲之課。破蕩民業，忽如春冰。于今雖有優輕酬獎之名，其實不及所費百分之一。救之無術，坐以自慙。惟有署置之必均，姑使服勞而無怨。過此以往，未知所裁。

密州到任謝執政啟〔一〕

蒙恩授前件差遣，已於今月三日赴任訖〔二〕。帶山負海，號爲持節之邦；多病無功，久在散材之目。授非所稱，愧靡自任。矧兹願治之辰，方以求賢爲急。宜得敏鋭兼人之器，以副厲精更化之懷。如軾者，天與愚忠，家傳朴學。議論止於汙俗，交遊謂之陳人。出佐郡條，荐更歲籥。雖僅脱網羅之患，然卒無毫髮之稱。豈伊寵榮，偶及衰鈍。此蓋伏遇某官股肱元聖，師表萬邦。欲隆太平極治之風，故開兼收並採之路。重使一夫之不獲，特捐支郡以見收。荷恩至深，論報何所。謹當鐫磨朽鈍，箠策疲駑。雖無望於功名，庶少逃於罪戾。過此以往，未知所裁。

〔一〕「任」原缺，據《七集·前集》卷二十七補。

〔二〕郎本卷二十七、《七集·前集》卷二十七「任」作「上」。

徐州謝兩府啓熙寧十年

移守河中，已愧超陞之異；改臨泗上，仍叨藩鎮之雄。既見吏民，周覽風俗。地形襟要，當東南水陸之衝；民食艱難，正春夏旱蝗之際。宜得一時之循吏，以安千里之疲民。如軾者才不逮人，學非適用。早塵策府〔一〕，自知拙直之難安；屢乞守符，意謂苟全之善計。然自往來三郡，首尾七年。足蹈危機，僅脱風波之險；心存吏役，都忘學術之源。既未決於歸耕，敢復求於善地。伏遇某官權衡萬物，高下一心。頑礦悍堅，實費陶鎔之力；散材疏惡，徒施封殖之恩。謹當箠策疲駑，鐫磨朽鈍。上酬天造，次答己知。

〔一〕「早」原作「冒」，今從《七集·前集》卷二十七。

徐州謝鄰郡陳彦升啓

受代膠西，甫違仁庇；分符泗上，復託恩私。祗見吏民，布宣條教。郡有溪山之樂，庭無争訟之煩。曾何妄庸，獲此僥倖。此蓋某官紀綱千里，儀表一方。議論信於中朝，予奪公於多士。衰罷無術，既常荷於兼容〔一〕；勉厲自將，或無忝於知遇。感懼之素，敷染難宣。

〔一〕《外集》卷二十五「常」作「嘗」。

徐州謝執政獎諭啓〔一〕

事有服勤，此實守臣之職；功無可録，遽膺褒詔之榮。聞命惟驚，反身自愧。伏自河失故道，遺患及於東方；徐居下流，受害甲於他郡。比緣衆力，獲保孤城。灑沉澹灾，無補洪源之塞；增庳培薄，僅循下策之施。敢圖天聽之卑，乃辱璽書之賜。兹蓋伏遇某官，左右元聖，師保萬民。方以一夫不獲爲己羞，故衆人皆樂以善告。遂緣過聽，致此曲恩。某敢不祗服訓詞，益脩吏職。深自策其駑鈍，庶有補於涓埃。過此以還，罔知所措。

〔一〕《外集》卷二十五無「徐州」二字。文中「師保萬民」之「民」，《外集》無。

登州謝兩府啓元豐八年

右軾啓。蒙恩授前件官已於今月十五日到任上訖者。迂愚之守，没齒不移。廢逐之餘，歸田已幸。豈謂承宣之寄，忽爲枯朽之榮。眷此東州，下臨北徼。俗習齊魯之厚，迹皆秦漢之陳。賓出日於麗譙，山川炳焕〔一〕；傳夕烽於海嶠，鼓角清閑。顧静樂之難名，笑妄庸之竊據〔二〕。此蓋伏遇某官，股肱元聖，師保萬民。才全而德不形，任重而道愈遠。謂使功不如使過，而觀過足以知仁。特借齒牙，曲成羽翼。軾敢不服勤簿領，祗畏簡書。策蹇磨鉛，少答非常之遇；息黥補劓，漸收無用之身〔三〕。過此以還，未知所措。

〔一〕《文鑑》卷一百二十二「焕」作「燿」。

〔二〕《文鑑》「竊」作「濫」。

〔三〕《文鑑》「身」作「材」。

罷登州謝杜宿州啓

桑榆晚景，忽蒙收録之恩；山海名邦，得竊須臾之樂。自非明哲，少借餘光。內自顧其空疎，必難逃於曠敗。此蓋某官高風肅物〔一〕，雅望應時〔二〕。既愷悌以宜民，亦儒雅而飾吏。每假齒牙之論，曲成羽翼之私。感佩良深，敷述奚既。

〔一〕「此蓋」二字原缺，據《外集》卷二十五補。

〔二〕《外集》「應」作「映」。

除起居舍人謝啓元祐元年一作謝右史啓

比者誤被聖恩，軫及棄物。起於貶所，付以名藩。收養疲民，曾未施於薄效；躋攀近侍〔一〕，已再被於寵光。禄既多則功不可微，職既崇而責猶爲重〔二〕。顧懇辭之莫獲，念圖報之未能。方以爲憂，敢辱見慶。此蓋某官德惟樂善，志務達人。重緣姻好之私，貴以文詞之美。捧讀數四，退增愧赧。屬春候之向和，宜福禄之益固。未遂披奉，但切傾懷。

〔一〕《外集》卷二十五「躋攀」作「跡扳」。

〔二〕「爲」原作「當」，今從《外集》。

謝中書舍人啓

右軾啓。蒙恩授前件官者。起於貶所，未及朞年；擢置周行，遽參法從。省躬無有，被寵若驚。竊惟人材進退之間，實爲風俗隆替之漸。必欲致治，在於積賢〔一〕。雖一薛居州，齊言不能移楚；而用范武子，晉盜可使奔秦。崔琰進而廉儉成風，楊綰用而淫侈改度。誠國是之先定，雖民散而可收。拔茅茹者以彙而征，傅馬棧者必先其直〔二〕。用舍既見，好惡自明。人知所趨，勢有必至。今朝廷方講當世之務，力追前代之隆。雖改定法令，足以便事，而未足以安民；寬弛賦役，足以安民，而未足以成俗。是以登進耆老，搜求儁良。將使士知向方，民亦有恥。如軾者山林下士，軒冕棄材。少而學文，本聲律雕蟲之技；出而從仕，有狂狷嬰鱗之愚。溝中不願於青黃〔三〕，爨下無心於宫徵。誤蒙收拾，已出優恩。荐履禁嚴，殊非素望。此蓋伏遇某官，德配前哲，望隆本朝。名重圭璋，上助廟堂之用；言爲蓍蔡，下同卿士之謀。餘論所加，虚名增重。知丹心之尚在，憐白首之無歸。特借寵光，以寬衰病。任隆才下，恩重報輕。直道而行，恐非所以安愚不肖之分；充位而已，又不足以解卿大夫之憂。早夜以思，進退惟谷。恐懼戰越，不知所裁。

〔一〕《文鑑》卷一百二十二「積」作「得」。
〔二〕「傅」原作「附」，今從郎本卷二十七。
〔三〕《文鑑》「願」作「顧」。

除翰林學士謝啓〔一〕元祐元年

叨奉寵恩，擢居禁近。任逾器表，憂與愧并。內自顧於衰遲，宜退安於冗散。豈期晚節，復與英遊。此蓋伏遇某官，德配先民，望隆多士。至誠樂與，共推人物之評；雅量兼容，曲借齒牙之末。致兹朽鈍，亦踐高華。方脩問之未皇，遽移書之見及。其爲感佩，難盡敷陳。

〔一〕郎本卷二十七、《七集·前集》卷二十七作「謝翰林學士啓」。

杭州謝執政啓元祐四年

右軾啓。小器易盈，宜處不争之地；大恩難報，終爲有愧之人。到郡浹旬，汗顔數四。湖山如舊，魚鳥亦怪其衰殘；争訟稍稀，吏民習知其遲鈍。雖尚嬰於寵劇，庶漸即於安閒。顧此惷愚，亦蒙儆倖。此蓋伏遇某官，輔世以德，事君以仁。嘉善而矜不能，與人不求其備。故令狂直，得保始終。指步武於夷途，收桑榆之暮景〔一〕。軾敢不欽承令德，推本上心。政拙催科，自占陽城之考；姦容獄市，敢師齊相之言。庶寡悔尤，少償知遇。

〔一〕「桑」原作「暮」，據郎本卷二十八、《七集·前集》卷二十八改。

潁州到任謝執政啓元祐六年

入參兩禁，每玷北扉之榮；出典二邦，輒爲西湖之長。皆緣天幸，豈復人謀。惟汝水之名邦，乃裕陵之故國。人醇事簡，地沃泉甘。豈惟暫養於不才，抑亦此生之可老。恭惟某官，嘉猷經世，茂德範時。元老廟堂，自有權衡之信；餘生江海，得同品物之安。感佩之私，筆舌難既。

揚州到任謝執政啓元祐七年

擇地而安，本非臣子之達節；有求必獲，足見廟堂之兼容。釋汝、潁之清閒，當江、淮之衝要。舊游所樂，習俗相諳。已見吏民，具述朝廷之意；不爲條教，自然獄市之清。此蓋伏遇某官，師保斯民，蓍龜當代。折衝禦侮，已獲萬人之英；補隙輔疎，更收一木之用。軾敢不益求民瘼，勉盡鄙才。但未歸田之須臾，猶思報國之萬一。

定州到任謝執政啓元祐八年

燕南趙北，昔稱謀帥之難；尺短寸長，今以乏人而授。幸此四夷之守，忘其一障之乘。坐食何功，捫心知愧。伏念軾愚忠自信，朴學無華。孔融意廣才疎，訖無成效；嵇康性褊傷物，頻致怨憎。叨逢聖世之休明，未分昔人之憂患。故求散地，以養衰年。終成命之莫回，悼此心之未亮。伏惟某官，躬行周孔，力致唐虞。燮和天人，方遂萬物之性；虛受海宇，固容一介之微。眷此餘生，實無他望。老如安國，既倦北平之遷；惷比方回，終有會稽之請。歸依之至，筆舌奚周〔一〕。

〔一〕《七集·後集》卷十四「奚」作「難」。

謝秋賦試官啓〔一〕

伏以聖人設文章之教，本以御民；君子在田野之間，亦學爲政。故知禮樂者可與言化，通《春秋》者長於治人。蓋三代之所常行，於六經可以備見。事爲之制，曲爲之防。使學者皆能明其心，則天下可以運諸掌。降及近世，析爲二塗。凡王政皆出於刑書，故儒術不通於吏事。惟其所以治民者，固不本於學；而其所以爲學者，亦無施於民。遊庠校者忘朝廷〔二〕，讀法律者捐詩賦。場屋後進，挾聲技以相夸〔三〕；王公大人，顧雕蟲而自笑。舊學無用，古風遂忘。終始之意，曾不相沿；貴賤之間，亦因遂闊。下之士有學古之意，而無學古之功；上之人有用儒之名，而無用儒之實。顧茲媮弊，常竊憫嗟。苟非當世之大賢，孰拯先王之墜典？伏惟某官，才出間世，志存生民。曩在布衣，能通天下之務；旋居要職，又爲儒者之宗〔四〕。明習政事，而皆有本原；守持經術，而不爲迂闊。世之系望，上所深知。輟自朝聯，付之文柄。命題甚易，而不肖者無所兼容；用法至寬，而犯令者未嘗苟免。觀其發問於策，足以盡人之材。講求先聖之心〔五〕，考其詩義；深悲古學之廢，訊以曆書。條任子之便宜，訪成均之故事。不泥於古，不牽於今。非有苛碎難知之文，將觀磊落不羈之士。使天下知文章誠可以制治，知聲律不足以入官。失之者固因而自新，得之者不至於捐舊。疇昔所欲〔六〕，於今遂忘。軾才無他長，學以自守。

爲文病拙，不能當世俗之心；奏籍有名，大懼辱賢材之舉〔七〕。翻然如昇之羽翼，追逸翮以並遊；沛然如假之舟航，臨長川而獲濟。偶緣大庇，粗遂一名。方將區區於簿書米鹽之間，碌碌於塵埃箠楚之地。雖識恩之所自，顧力報之末由。感懼之懷，不知所措〔八〕。

〔一〕《七集·續集》卷十「謝」前有「及第後」三字。

〔二〕《七集·續集》「校」作「序」。

〔三〕《七集·續集》「技」作「律」；原校：一作「技」。

〔四〕《七集·續集》「宗」作「師」；原校：一作「宗」。

〔五〕《七集·前集》卷二十六「講求」作「欲聞」。

〔六〕《七集·前集》此句作「平昔所歎」。

〔七〕《七集·前集》「材」作「人」。

〔八〕《七集·續集》此句作「言不能盡」；原校：一作「不知所措」。

謝監司薦舉啓

猥以庸虛，過蒙知遇。既免尤譴，復加薦論。自省孤危，加之衰病。生而賦朴野之性，愚不識禍福之機。但知任己以直前，不復周防而慮後。動觸時忌，言爲身災。擠而去之，則爲有功；引而進之，亦或招悔。自非不以利禄爲意，而以仁厚爲心。顧茲鈍頑，誰肯收録。伏惟某官，時望至重，主知已深。方將長育於羣材，專務掩覆於小過。憐其謀身之甚拙，進絶望而退無歸；知其爲政之雖迂，歲有餘而日不足。特矯世俗，借之齒牙。軾敢不祗畏簡書，益自修飭。豈云報德，苟不辱知。過此以還，未知所措。

謝監司啓二首

近審下車，輒嘗進記。徒欲聞名於將命，未皇盡意以占詞。不圖謙光，遽錫褒寵。感銘既切，愧惕并深。恭惟某官，以舊德之賢，當聖朝之選。恩足以濟法，義足以理財。先聲所臨，公議同慶。凡繫屬部，實有賴於庇庥；惟是孤蹤，更曲蒙於優借。此爲過幸，豈復勝言。

又

伏念傾蓋若故，雖自慰於宿心；盡言非書，固未紓於誠意〔一〕。卽膺寵復，實佩謙光。退屬紛縈，遂疎上記。遽叨棨問，徒益厚顔。恭惟某官造道惟深，養氣以直。理財不愆於義，行法不失其恩。竊聆下風，倍仰厚德。不圖幸會，遽隸屬封。吏畏民懷，既仰安於明哲；心勞政拙，庶粗免於譴訶。喜抃至深，敷陳莫罄。傾歆尚熾，參對未期。伏冀精頤，别卽迅召。

〔一〕「固」原作「故」，今從《外集》卷二十五改。

謝本路監司啓〔一〕

多病早衰，屢有江湖之請；誤恩過聽，遂分疆埸之憂。才無取於折衝，愧已深於卧鎮。敢緣厚德，尚許兼容。伏惟某官，名重搢紳，望隆中外。承宣帝澤，民忘流殍之災；肅振臺風，吏若親臨之畏。顧惟朽鈍，得奉教條。但交欣悚之懷，莫罄瞻依之頌。

〔一〕《七集·續集》卷十作《答漕使啓》。底本原校：一作「答漕使啓」。

謝監司禮啓〔一〕

燕南趙北，昔爲百戰之場；地利人和，今乃四夷之守。覩累朝之命帥，皆一代之名臣。豈謂寵榮，曲加疲陋。顧吏民之易治，幸衰拙之少安。此蓋伏遇某官，碩德庇民，宏才緯世。餘膏所燭，常分無盡之光；蒙霧而行，坐獲不知之潤。眷言朽鈍，未遂顛隮。勉加策勵之勤，少答吹揚之賜。

〔一〕《七集·後集》卷十四作《謝諸郡啓》，《七集·續集》卷十作《上監司謝禮上啓》。

謝交代趙祠部啓

近審新命，屈領此邦。名實所加，吏民交慶。夫何駑蹇之步，偶兹糠粃之先。雖甚内慙，實爲大幸。恭惟某官，清名肅物，雅望在人。以博學而濟雄文，以高才而行直道。久試蕭生於馮翊，猶煩長孺於淮陽。眷此東原，幾爲大澤。尚呻吟之未復，豈罷陋之所堪。望公之來，以日爲歲。祝頌之素，寫述難周。

賀呂學士啓〔一〕

文學之選，人才所難。邇無世禄之嫌，遠絶茅衡之棄。矧此國家養賢之地，豈爲儒者竊位之私。某官學古入官，脩身以道。志本爲己，行浮於名。直諒多聞，固可追於益友；文史足用〔二〕，曾不愧於古人。果膺選掄，益登清要。未遑馳問，先辱惠音。

〔一〕「賀」原作「謝」，今從《外集》卷二十五。案，味文意，作「賀」爲是。

〔二〕「史」原作「吏」，今從《七集·續集》。

謝王内翰啓

右軾啓。竊以取士之道，古難其全。欲求倜儻超拔之才，則懼其放蕩，而或至於無度；欲求規矩尺寸之士，則病其齷齪，而不能有所爲。進士之科，昔稱浮剽。本朝更制，漸復古風。博觀策論，以開天下豪俊之塗；精取詩賦，以折天下英雄之氣。使齷齪者望而不敢進，放蕩者退而有所裁。此聖人所以網羅天下之逸民，追復先王之舊迹。元臣大老，皆出此塗。伏惟内翰執事，天材俊麗，神氣横溢。奇文高論，大或出於繩檢；比聲協句，小亦合於方圓。蓋天下望爲權衡，故明主委之黜陟。軾之不肖，與在下風。顧惟山野之見聞，安識朝廷之忌諱。軾亦恃有執事之英鑒，以爲小節之何拘。執事亦將收天下之遺才，觀其大綱之所在。驟置殊等〔一〕，實聞四方。使知大國之選材，非顧當時之所悦。眇然陋器，雖不能勝多士之喧言；卓爾大賢，自足以破萬人之浮議。方將奔走厥職，厲精乃心。苟庶幾無朝夕之慾，以辱知己；亦萬一有毛髮之效，少答至仁。感懼之懷，不知所措。

〔一〕《七集·續集》卷十「置」作「至」。

謝孫舍人啓

拜命中宸，代言西掖；聳聞中外，交慶士夫。竊惟二聖之心，蓋以多士爲急。減烽仆鼓，而以將帥爲籓垣；抵璧捐金，而以公卿爲帑廩。蓋樽俎有折衝之恃，則藜藿無見採之憂。某官瑚璉之資〔一〕，杞梓其用。學不專於爲己，才已效於臨民。穆如清風，草木皆靡；炳然白日，霰雪自消。兹爲收拾之儲〔二〕，豈特絲綸之任。不遺衰朽，過辱緘封。永敦爲好之懷，深負難酬之作。

〔一〕「資」原作「才」，據《外集》卷二十五改。

〔二〕《外集》「拾」作「拾」。

謝韓舍人啓

右軾啓。軾聞古者至治之世，天子推恩，以收天下之望；有司執法，以繩天下之媮。蓋不推恩則無所兼容，不執法則有所僥倖。有司推恩而求名，則侵君之權；天子執法而責實，則失民之望。爲君者常病於察，爲臣者又失之寬。古之明天子，信其臣而不惑於多言，故有司執法而無所忌。古之良有司，憂其君而不卹於私計，故天下歸怨而不敢辭。况欲選材而置官，是將教民而圖任。唯所利國，豈容樹恩。今聖上推不忍之心，使賢愚皆遂其所欲；而大臣用至明之法，使工拙不至於相淆。嚮者哀憐老儒，故爲特奏之令；憫惻連坐，又開别試之塗。此天下所以詠歌至仁，鼓無盛德。君臣之體，夫豈同條〔一〕。伏惟舍人執事，爲時求材，憂國忘己。所圖甚遠，將深計於安危；自信至明，曾不牽於毁譽。變苟且依違之俗，去浮僞囂譁之文。罷黜俗儒，動以千計；講通經術，得者九人。顧兹小才，偶在殊選。惟天子推恩如此之厚，惟大臣執法如此之堅。將天下實被其休功〔二〕，豈一夫獨遂其私願。感荷激切，不能自勝。

〔一〕「條」原作「塗」，今從《七集·前集》卷二十六、《七集·續集》卷十。

〔二〕《七集·續集》「休功」作「鈞陶」；原校：一作「休功」。

謝賈朝奉啓

右軾啓。自蜀徂京，幾四千里；擕孥去國，蓋二十年。側聞松楸，已中梁柱。過而下馬，空瞻董相之陵；酹以隻鷄，誰副橋公之約。宦游歲晚，坐念涕流。未報不貲之恩，敢懷盍歸之意。常恐樵牧不禁，行有雍門之悲；雨露既濡，空引太行之望〔一〕。豈謂通判某官，政先慈孝，義篤友朋。首隆學校之師儒，次訪里閭之耆舊。自嗟來暮，不聞拔薤之規；尚意神交，特致生芻之奠。父老感歎，桑梓光華。深衣練冠，莫克垂涕於墓道；昔襦今袴，尚能鼓舞於民謡。仰佩之深，力占難盡。

〔一〕「行」原作「山」，據郎本卷二十八、《七集·前集》卷二十七改。案，郎註謂此處乃用狄仁傑登太行思親典故。

謝諸秀才啓〔一〕

鹿鳴食野，方主禮之粗陳；驪駒在門，嘆賓歡之莫盡。遽辱移書之重，益慚爲具之疎。即遂願言〔二〕，徒增銘佩。

〔一〕《七集·續集》卷十作《謝管設大使啓》。底本原校：一作「謝管設大使啓」。

〔二〕《外集》卷二十五「願」作「遠」。

謝高麗大使遠迎啓

伏審觀光魏闕，自忘浮海之勤；授館吴都，將有披雲之幸。過承謙德，先枉華緘。感荷之深，誦言莫既。

謝副使啓

伏審祗率邦常，來修方貢。適此海隅之守，得瞻使節之華。首辱緘縢，過形謙抑。其爲感怍，難盡名言。

謝高麗大使土物啓〔一〕

伏審揚聆造朝，弭節就舍。歸時事於宰旅，方勞遠勤；發私幣於公卿，亦蒙見及。莫遑辭避，但切感銘。

〔一〕《七集·續集》卷十無「高麗」二字。

謝副使啓

伏審舍館初定，徒馭少休。粗接賓歡，方愧鹼牽之陋；曲敦私好，特班琛貢之餘。感佩于懷，愧怍無量。

謝管設副使啓〔一〕

伏以徘徊弭節，必忘靡盬之勤；笑語飛觴，深懷不腆之愧。過承榮問，益荷謙勤。感服于衷，筆舌難盡。

〔一〕《七集·續集》卷十無「管設」二字。

謝惠生日詩啓二首

蓬矢之祥，雖世俗之所尚；蓼莪之感，迨衰老而不忘。豈謂某官，意重瓊瑶，文成黼黻。推仁心而錫類，出妙語以噓枯。攝提正於孟陬，已光初度；月宿直於南斗，更借虚名。永惟難報之珍，但結無窮之好。

又

伏蒙某官，以某生辰，特貽佳什。允也風人之作，燦然華衮之榮。自省庸虚，惟知愧汗。雖大人占《斯干》之夢，喜獲嘉言；而弟子廢《蓼莪》之篇，難忘永慕。感佩之素，敷染莫周。

蘇軾文集卷四十七

啓

賀韓丞相啓

右軾啓。伏審誕膺策命，首冠輔臣。四方聳觀，萬口同慶。天下幸甚，天下幸甚。自古在昔，治少亂多。夫天將欲措世於大安，必有異人之間出；使民莫不回心而向道，類非俗吏之所能。方陋漢唐，將追堯舜。洪惟上聖之后，眷求一德之臣。謂莫如公，遂授以政。付八音於師曠，孰敢争能；捐六轡於王良，坐將致遠。引領以望，惟日爲年。恭以昭文相公，全德難名，巨才不器。亹亹申伯之望，堂堂漢相之風。出入三朝，險夷一節。蕞爾種羌之叛命〔一〕，慨然當宁以請行〔二〕。威聲所加，膻穢自屏。淮蔡既定而裴度相，徐方不回而召虎歸。縱復遺種龍荒，遊魂沙海，譬之癬疥，豈足爬搔。必將訓兵擇帥，而授之規摹，積穀堅城，而磨以歲月。破斧之惡四國，實願周公之亟還；折箠以鞭赤眉，無煩鄧禹之久外。天下是望，豈惟一人。卽日邊徼苦寒，台候何似。伏冀爲國，善調寢興。謹奉啓起居。

〔一〕郎本卷二十七「叛」作「拒」。

〔二〕郎本「然」作「言」。

賀韓丞相再入啓

伏覩詔書，登庸舊德。傳聞四海，歡喜一辭。竊以君臣之間，古今異道。任法而不任人，則責輕而憂淺，庸人之所安；任人而不任法，則責重而憂深，賢者之所樂。凡吾君所以推心忘己，一切不問，而聽其所爲；蓋其後必將責報收功，三年有成，而底於至治。自非量足以容物，智足以知人，强足以濟艱難，勇足以斷取舍，則何以首膺民望，力報主知。恭惟史館相公，忠誠在天，德望冠世。如《乾》之中正，挺然而純粹精；如《坤》之六二，隤然而直方大。更練三朝之用舍，出入四方之險夷。疲民系心，有識引領。必將發其蘊蓄，以次施行。始緩獄以裕民，終措刑而隆禮。軾登門最舊，荷顧亦深。喜抃之懷，實倍倫等。

賀時宰啓

伏審光膺考慎，峻陟宰司。孚號揚廷，士識上心之所尚；置郵傳命，人知聖澤之將流。靡不欣愉，至於鼓舞。恭以某官，直方以大，廣博而良。進以正而正邦，異乎求以求政。貫六經百子之學，焕三代兩漢之詞。昻禀自殊，偉蕭侯之八尺；斗南莫競，凛梁公之一人。加以絶識見微，曠度舉遠。清心省事，則法可使復結繩之約；强本節用，則貨可使若流泉之長。材無不可範而成也，譬泥之在鈞；俗無不可易而善也，猶風之靡草。是皆隨試而有效〔一〕，安見爲事而無功。蓋神考貽謀，已完具而可按；故成王纘要，宜纖悉以勿加。此大雅兼持而不移，矧清衷圖任之愈篤。豈緊疎遬，所獨詠歌。惟民罔知，合語則聖。凡有詔令，率先惠慈。固已遐邇爭傳，室家胥慶。顧此民逢此日之何幸，謂吾相勸吾君以愛人。歡聲格於九天，乖氣消於萬彙。在昔小國，如彼景公。損己一言，退星三舍。又況以禹、湯大信之誥，有夔、契同寅之言。惷爾憑生，猶知助順；赫然在上，豈不降康。某愚有赤心，老無佞舌。輒忘犯分，顧欲輸誠；然有難言，是在精智。蓋無交則莫與，苟好謀則必成。不惡而嚴，匪怒伊教。終成大賴，豈曰自私。伏念某遭時休明，賦命衰薄。蚤粗蒙於遴選，比久幸於退藏。天雨何私，笑流行之木偶；滄溟不改，嘆自蕩之波臣。重以傾歲周旋，竊嘗撰屨；末塗流落〔二〕，無復掃門。豈賴補息劓黥，彫朽糞朽；出蔀見日，去盆望天。悵末力之將殫，愧明恩之莫報。乃利用安身之何有，儻奉法循理之可爲。民社非輕，猶承宣而惴惴；天淵靡外，亦戾躍以欣欣。某限以在外，不獲躬詣省庭，預百執事賀鈞。屏營下情無任。

〔一〕《七集·續集》卷十「隨試」作「還至」。

〔二〕《七集·續集》「末」作「永」。

賀歐陽少師致仕啓

伏審抗章得謝，釋位言還。天眷雖隆，莫奪已行之志；士流太息，共高難繼之風。凡在庇庥，共增慶慰。伏以懷安天下之公患，去就君子之所難。世靡不知，人更相笑。而道不勝欲，私於爲身。君臣之恩，係縻之於前；妻子之計，推輓之於後〔一〕。至於山林之士，猶有降志於垂老；而況廟堂之舊，欲使辭禄於當年〔二〕。有其言而無其心，有其心而無其決。愚智共蔽，古今一塗。是以用捨行藏，仲尼獨許於顔子；存亡進退，《周易》不及於賢人。自非智足以周知，仁足以自愛，道足以忘物之得喪，志足以一氣之盛衰。則孰能見幾禍福之先，脱屣塵垢之外。常恐兹世，不見其人。伏惟致政觀文少師。全德難名，巨材不器。事業三朝之望，文章百世之師。功存社稷，而人不知。躬履艱難，而節乃見。縱使耄期篤老，猶當就見質疑。而乃力辭於未及之年，退託以不能而止。大勇若怯，大智如愚。至貴無軒冕而榮，至仁不導引而壽。較其所得，孰與昔多。軾受知最深，聞道有自。雖外爲天下惜老成之去，而私喜明哲得保身之全。伏暑向闌，台候何似。伏冀爲時自重，少慰輿情。

〔一〕「輓」原作「荷」，今從郎本卷二十七改。《文鑑》卷一百二十二、《七集·前集》卷二十七「輓」作「茸」。

〔二〕郎本、《文鑑》、《七集·前集》「禄」作「福」。

賀趙大資少保致仕啓〔一〕

伏審抗章得謝，奉册言還。搢紳聳觀，閭里相慶。竊謂富貴不爲至樂，功名非有甚難。樂莫樂於還故鄉，難莫難於全大節。歷數當今之卿相，或寓他邦；究觀自古之忠賢，少有完傳。錦衣而夜行者多矣，狐裘而羔袖者有之。至若百行渾圓，五福純備。當世所羨，非公而誰。恭惟致政大資少保，道心精微，德望宏遠。無施不可，尤高臺諫之風；所臨有聲，最宜吳蜀之政。才不究於大用，命乃係於生民。與時偕行，不可則止。見故人而一笑，綽有餘歡；念平生之百爲，絶無可恨。方將深入不二，獨遊無何。

默追粲可之風，坐致喬松之壽。軾荷知有素，貪祿忘歸。慕鸞鵠之高翔，眷樊籠而永歎。傾頌之素，敷寫莫窮。

〔一〕郎本卷二十七、《七集·前集》卷二十七無「少保」二字。

賀文太尉啓

伏審孚號揚庭，臨軒遣使；出節少府，授鉞齋壇。夷夏聳觀，兵民交慶。蓋功業盛大，則極名器而後稱；惟德度宏遠，故舉富貴而若無〔一〕。蔚爲三世之宗臣，豈獨一時之盛事。恭惟留守文太尉〔二〕，道本天合，德爲人師。信及三川之豚魚，威加兩河之草木。身任休戚，言爲重輕。始若留侯，弱冠而遇高祖；晚同尚父，黄髮而亮武王。既奉册書，益新民聽。方將威懷北虜，係頸長纓；約束河公，軌流故道。然後入調伊傅之鼎，歸躡松喬之游。輿論所期，斯言可必。軾謫官有限，趨侍無緣。踴躍之心，宜寫難盡。

〔一〕《文鑑》卷一百二十二「舉」作「處」。

〔二〕郎本卷二十七、《七集·前集》卷二十七「文太尉」作「太尉丈丈」。

賀孫樞密啓

伏審對揚綸綍，進領樞機。道不虚行，必賴股肱之力；人惟求舊，允符夷夏之瞻。恭惟某官，德充山甫之將明，氣備孟軻之剛大。聲華傾於衆望，功業見乎有爲。擁節常山，遠過長城之備；剸繁京兆，遂令鳴鼓之稀。公議益崇，貴名愈白。用致非常之命，以圖保大之勳。惟時運籌，既壯王猷之塞；佇觀秉軸，更增帝載之熙。某限以郡符，阻趨牆仞。欣抃之至，徒切下懷。

賀歐陽樞密啓代大中公作

伏審拜恩王庭，署事兵府。非徒儒者之盛節，實爲天下之殊休。苟居下風，孰不欣抃。切以國家分設二府，紀綱百官。凡奉法循令，所以撫民於內者，皆效節於中書；秉義蹈忠，所以捍城於外者，皆受制於樞密。未有不能文而能幹兵事，未有不知兵而能爲宰臣。職雖或偏，道未始異。蓋近古之制，兵農混於一民；自漢以還，文武分爲二職。所上者係乎其世，所長者存乎其人。求其兼通，豈復容易。恭以樞密侍郎，名冠當代，才雄萬夫。通習世務，而皆有本源；講明經術，而不爲迂闊。擢居大位，實快羣心。武夫悍卒，自以爲能盡其才；賢士大夫，皆以爲得行其道。某分守遠郡，寓居近畿。仰大賢之登庸，助率土之歡詠。

賀呂副樞啓

伏審近膺告命，入總樞機。中外聳觀，朝廷增重。伏惟慶慰。竊以古之爲國，權在用人。德厚者，輔其才而名益隆；望重者，無所爲而人自服。是以淮南叛國〔一〕，先寢謀於長孺；汾陽元老，尚改觀於公權。樽俎可以折衝，藜藿爲之不採。哀此風流之莫繼，久矣寂寥而無聞。天亦厭於凡才，上復思於舊德。恭惟樞密侍郎，性資仁義，世濟忠嘉。豈惟清節以鎮浮，固已直言而中病。出領數郡，若將終身。

小人謂之失時，君子意其復用。迨兹顯拜，夫豈偶然。然而荷三朝兩世之恩，當《春秋》賢者之責。推之不去，凜乎其難。進伯玉而退子瑕，人皆望於門下；烹桑羊而斬樊噲，公無愧於古人。莫若盡行疇昔之言，庶幾大慰天下之望。軾登門最舊，稱慶無緣。踊躍之懷，實倍倫等。

〔一〕「國」原作「臣」，今從郎本卷二十七、《七集·前集》卷二十七改。

賀吴副樞啓

頃聞休命，擢領上都。曾安坐之未皇，已歡聲之布出。即欲裁問，少通勤拳。以爲不久當有非常之聞，是以未敢輕爲率爾之賀。逮兹未幾，果已如言。釋府事之喧繁，總兵權於禁密。傳聞四遠〔一〕，歡喜一詞。伏惟某官，機畧足以應無方，而有朴忠沉厚之量；文華足以表當世，而有簡素質直之風。置之於都會，則其爲效也速，而所及者廉；委之於樞機，則其成功也遲，而所被者廣。深惟賢者之處世，皆以得時爲至難。幸而得之，或已老矣。今以明公之至盛，正如大川之方增。天下固將以未獲之事，盡付於明公；明公宜愛此不貲之軀，以畢其能事。區區之意，言不能勝。

〔一〕郎本卷二十七「遠」作「海」。

賀范端明啓

右軾啓。恭承明詔，追録舊勳。名陞祕殿之嚴〔一〕，實遂安車之養。仍推餘澤，以及後昆。聞命以還，有識相慶。竊謂死生之事，聖賢有不能了；父子之際，古今以爲難言。方其犯雷霆於一時，豈意收功名於今日。惟天知我，絶口不言。偉事發之相重，非人謀之所及。恭惟致政端明學士，至誠格物，隱德在人。弼亮四世如畢公，壽考百年如衛武。獨立不懼，舍之則藏。惟有青蒲之言，尚在金縢之匱。白日一照，浮雲自開。坐使遺民，復觀盛事。子孫歸沐，下萬石之里門；君相乞言，授三老之几杖。更延眉壽，永作元龜。軾無任歡喜頌詠激切之至。

〔一〕「殿」原作「閣」，今從郎本卷二十八、《七集·前集》卷二十七改。

賀高陽王待制啓

伏審顯奉恩綸，榮更帥閫。鎮武垣之衝要，聯内閣之高華。公議交俞，貴名愈白。恭惟某官，膺天大任，於時有爲。發揮才謀，更歷事任。道能濟而不過，事雖難而不辭。簡在聖心，遂益柄任。峻登祕近之直，重易闕防之雄。有恩有威，方結東人之愛；允文允武，更紓北顧之憂。即觀成功，進陟近輔。

賀林待制啓

伏審圖舊聖時，陞華法從。僉言諧允，有識歎咨。萬木歲寒，配喬松於巨柏；衆星夜艾，凜明月與長庚。斧藻昌朝，領袖後進。傳聞四遠，歡喜一詞。恭惟某官，名重弱齡，望高晚節。文章爾雅，蓋西漢之餘風；悃愊無華，亦東京之循吏。凡閲四朝而後用，獨爲三館之老臣。著書已成，特未寫之琬琰；立功何晚，會當收之桑榆。軾交舊最深，慰喜良甚。尺書爲賀，鄙志莫宜。

賀楊龍圖啓

右軾啓。伏審新改直職，擢司諫垣。傳聞邇遐，竦動觀聽。咸謂國家之鉅福，乃用諫静之真才。必能深言，以補大化。方今朝廷之上，號爲無諱，而太平之美，終不能全；臺諫之列，歲不乏人，而衆弊之原，猶或未去。豈聽之者徒能容而不能用，言之者但爲名而不爲功。歷觀古人之效忠，皆因當世而用智。不務過直，期於必行。右尹子革因墳典而道《祈招》之詩，左師觸龍語饘粥而及長安之質。徒盡拳拳之意，不求赫赫之名。此仁人及物之休功，忠臣愛君之至分。伏自頃歲，所更幾人。席未暖而輒遷，踵相躡而繼去。一身之譏，固足以免矣；而積歲之病，當使誰去之。恐習慣以爲常，遂因循而不振。雖在僻陋，顧常隱憂。以爲必得朴忠憂國之人，而又加以辯智得君之術。言苟獲用，國其庶幾。伏惟諫院龍圖，才雄於世，而常若不勝；節過於人，而未嘗自異。素練邊事，深知兵驕；頃持銓衡，實識官冗。必將舉大體而不論小事，務實效而不爲虚名。軾最蒙深知，愧無少補。方傾耳以聽，願續書《諫苑》之篇；若有待而言，或能著《争臣》之論。阻以在外，無由至門。踊躍之懷，實倍倫等。

賀青州陳龍圖啓

伏審光奉詔書，往司留憲。漢恩予告，暫優三最之勤〔一〕；商夢懷人，方徯巨川之濟。於公自計，爲喜可量。伏惟某官，文武憲邦，忠嘉致主。衆謂老成之託，孰逾舊學之賢。而乃力謀退安，示有疾病。揮金故里，雖榮疏傅之歸；雅意本朝，日望蕭公之入。無由追餞，徒切瞻依。

〔一〕「優」原作「憂」，據《外集》卷二十五、《七集·續集》卷十改。

賀彭發運啓

伏審拜詔十行，觀風六路。允符公論，克振先聲。恭承曩契之隆，得與屬城之末。瞻依有素，感慰居多。伏惟發運吏部年兄，士聳英風，時推舊德。用久淹而未盡，才歷試而愈高。船滿潭中，行奏韋堅之課；錢流地上，佇觀劉晏之能。喜抃之深，力占難盡。

賀王發運啓

伏審榮膺制檢，總領漕權〔一〕。慘舒六路之民，表裹大農之政。風聲所暨，忻悚交并。恭惟某官，學術過人，忠嘉許國。暫屈分符之寄，已膺側席之思。乃眷東南，欲少蘇於疲瘵；無心內外，當益罄於謀維。凡在庇庥，豈勝歡慰。

〔一〕「漕」原作「曹」，據《七集·續集》卷十改。

賀蔣發運啓

伏審上計入覲，拜恩言還。擁節東南，上寄一方之休戚；考圖廣內，示將大用之權輿。凡在庇庥，舉增忭躍。恭惟某官，受材秀傑，秉德純忠〔一〕。蔚然西漢之文，深厚爾雅；展矣東京之吏，悃愊無華。雖已得正法眼藏於大祖師〔二〕，猶有一大事因緣於當來世〔三〕。行將入踐卿相〔四〕，坐致功名。以斯道而結主知，隨所寓而作佛事〔五〕。某竄流已久，衰病相仍。方稱慶之未皇，忽移書之見及。欣幸之至〔六〕，筆舌難宣。

〔一〕《外集》卷二十五「忠」作「中」。

〔二〕《外集》「大祖」作「禪」。

〔三〕《外集》無「來」字。

〔四〕「行」原作「固」，今從《外集》改。

〔五〕《外集》「寓」作「遇」。

〔六〕「欣幸之至」原作「欣感之幸」，今從《外集》改。

賀新運使張大夫啓〔一〕

伏承抗旌入境，揆日臨民。方一節之風馳，已列城之雲靡。矧惟雅故，尤激懽悰。伏惟某官，早以異材，著聞美績〔二〕。議法造令，久裨於廟謀；宣化承流，益試之民事。自聞新命，實慰輿情。再惟衰朽之餘，得荷寬明之庇。其爲厚幸，未易究陳。

〔一〕題下原校：一本作「賀葉運使」。

〔二〕原校：「著聞美績」下四句，一本作「望郎高選，粲列宿之經躔；華使周爰，凜外臺之風采」。

賀提刑馬宣德啓

奉命按刑，捧節入境。吏民相慶，已戴二天之仁；衰病自私，獨先一日之雅。恭承榮問，有激懦衷。

伏惟某官，才映士林，望高朝論。治行聳聞於中外，家聲洋溢於縉紳。眷三吴之疲民，困連年之積潦。疇咨明哲，宣布厚恩。匪惟凋瘵之獲蘇，抑亦庸虚之知勉。其爲喜幸，豈易名言。

賀正啓四首

伏以物壯則老，肅役所以成歲功；否終必傾，反復然後知天意。凡在含生之類，休有向榮之心。恭惟某官，履信體仁，秉德直義。才無施而不可，道得時而愈隆。方當彙征元吉之辰，宜享既醉太平之福。某限居官守，阻候門牆。瞻頌之深，敷宣罔既。

又

伏以葦桃在户，磔禳以餞餘寒；椒柏稱觴，燔烈以興嗣歲。在時爲泰，與物咸新。恭惟某官，德治斯民，才高當世。迹難淹於外補，望已隆於本朝。慶此朋來之辰，必有彙征之福。某官守所繫，展謁無階。頌詠之深，敷寫難盡。

又〔一〕

效五物以觀雲，咸知歲美；備八能而合樂，益驗人和。伏惟某官，進德及時，宜民受禄。肇履三陽之應，永膺百順之歸。未遂披承，徒增欣詠。

〔一〕《外集》卷二十五有此文，題作《賀冬啓》。文中「受禄」之「受」，《外集》作「美」。此文與下文，《七集·續集》卷十題作《賀年啓二首》。

又〔一〕

三陽應律，萬寶向榮。永惟視履之祥，宜獲自天之祐。未遑展慶，徒切頌言。

〔一〕《外集》卷二十五題亦作《又》。《外集》作《又》者，承上首而言，即此首亦爲《賀冬啓》。

賀鄰帥及監司正旦啓

新曆既頒，蓋履端歸餘之歲；羣情交泰，正贊陽出滯之辰。恭惟某官，厚德鎮浮〔一〕，高名華國。非獨疇咨之用，已簡上心；更膺難老之祥，以符民望。官守所限，展慶無由。欣頌之深，敷陳罔既。

〔一〕《七集·續集》卷十「浮」原校：一作「時」。

賀列郡守倅正旦啓

新曆既頒，羣情交泰。過蒙流問，祗服寵光。永惟嗣歲之興，必享宜民之禄。徒深頌咏，莫罄敷陳。

賀冬啓

伏以候緹室之清宮，瞽告以日；卜臺觀之黄祲，史書有年。共安消長之來，以待陰陽之定。恭惟某官，才猷傑異，道德深醇。靖共正直之休，順獲天人之助。某恪守官次，阻稱壽觴。坐馳傾向之心，莫罄安榮之遇。

賀鄰帥及監司冬至啓

月臨天統，首冠於三正；氣兆黄宫，復來於七日。候微陽之協應，知君子之彙征。伏惟某官，碩德庇民，傑才經世。踐揚中外之寄，益推望實之隆。《既醉》太平，實具周詩之福；《大有》上吉，允符羲易之占。軾限以守邊，未遑稱慶。徒云善頌，莫罄鄙悰。

賀列郡知通冬至啓〔一〕

日旋南極，氣兆黄宫。竊惟視履之祥，宜擁自天之祐。未遑馳問，先辱惠音。感佩之餘，敷述罔既。

〔一〕《外集》卷二十五、《七集·續集》卷十「冬至」作「賀冬」。

上留守宣徽啓

右某啓。少年遊學，方成都樂職之秋；壯歲效官，復淮陽卧理之日。矧留都之清凈，眷幕府之優閑。再枉辟書，重收孤迹。哀憐廢棄之久，誰復肯然；綢繆樽俎之歡，亦非偶爾。伏惟留守宣徽大尉，才高一世，望重屢朝。體河嶽之兼容，納涓塵而不間。衣食有奉，已寬盡室之憂；道德照人，況復終身之幸。其爲感激，難盡敷陳。

上虢州太守啓

伏審光奉宸恩，寵分郡寄。惟此山河之勝，宜膺師帥之權。凡在庇庥，莫不欣抃。切以弘農故地，虢國舊邦。周分同姓之親，唐以本支爲尹。富庶雅高於二陝，鶯花不謝於三川。韓公三十一篇，風光咸在；賈島五十六字，景色如初。有洪淄灌溉之饒，被女郎雲雨之施。四時無旱，百物常豐。寶産金銅，充仞諸邑；良材松柏，贍給中都。至於事簡訟稀，瀟灑有道山之況；魚肥鶴浴，依稀同澤國之風。自匪巨賢，不輕假守。故來者未嘗淹久，而優恩已見遷除。非總一路之轉輸，則入六曹而侍從。前人可考，新命何疑。伏惟御府某官〔一〕，學造淵源，道升堂奥。精禔盡天人之藴，高明窮性命之微。中外屢更，功名茂著。銅虎暫淹於百里，朱轓聊寄於三堂。仰望清徽，俯臨民社。共徯星言而夙駕，思承道化乎其民。某仕版寒蹤，賓僚俗吏。久仰圭璋之望，素欽星斗之名。豈謂此時，獲依巨庇。惟良作牧，已與來暮之歌謡；有隕自天，惟恐別膺於綸綍。無任丹懇，倍切馳情。

〔一〕《七集·續集》卷十「御」作「知」。

與潁州運使劉昱啓〔一〕

衰病倦游，久懷歸意。聖神寬假，特乞守符。條教闊疎，溪湖清遠。但坐糜於廩禄，顧難繼於賢豪。所幸仁明，曲垂存撫〔二〕。特先蒙於顧盼，使增重於吏民。伏惟運使郎中，才簡上心，名高省闥〔三〕。暫屈外臺之寄，一蘇右輔之民。日望車塵，按臨封部。少奉誨言之末，足爲衰朽之光。感佩之私，筆舌難既。

〔一〕《七集·後集》卷十四「潁州」作「京西」。疑作「京西」爲是。

〔二〕《七集·後集》「存」作「鎮」。

〔三〕《七集·後集》「闔」作「户」。

杭州與莫提刑啓

罷直禁中，本緣衰病；分符浙右，更竊寵榮。顧惟頑鈍之資，豈任繁劇之寄。仰憑多可，或賜曲全。恭惟某官，德望在人，才猷簡上。肅高風於列郡，浹厚德於齊民。千佛題名，昔忝遊從之末；三吳按郡，想蒙潤澤之餘。會見有期，瞻依愈切。

回蘇州黄龍圖啓

伏審政成京口，詔徙吴都。眷惟疆境之鄰，首被風聲之美。亟蒙音誨，良慰望思。伏惟某官，賦才敏明，秉德仁厚。踐揚臺省，既久簡於上心；偃息江湖，尚歷試以民事。仰膺殊用，以協羣言。欣頌之誠，口占難盡。

黄州還回大守畢仲遠啓

五年嚴譴，已甘魚鳥之鄉；一舸生還，復與縉紳之末。屢將通問，輒復自疑。方兹入境之初，遽已誨音之辱。披緘驚眩，撫己汗惶。恭惟某官，師帥斯民，表儀多士。道德龔、黄之右，牢圄坐空；風流王、謝之間，嘯歌自得。豈特居人之安堵，固將遷客之忘歸。路轉湖陰，益聽風謡之美；神馳鈴下，如聞謦欬之音。瞻詠實勞，敷宣罔既。

回列郡守倅啓

祇奉詔恩，出臨邊寄。愧非才之難强，託餘庇以少安。豈謂仁私，過形存問〔一〕。感佩之至，宣寫莫周。

〔一〕「形」原作「行」，今從《七集·續集》卷十。

答杜侍郎啓

伏審薦膺天寵，榮貳卿曹。士友喜於彙征，朝廷爲之增重。伏惟兵部侍郎，温文亮達，宏遠清通。直道不回，貫今昔而無愧；處躬自厚，蹈世俗之所難。事愈練而益明，用雖晚而必濟。自聞休命，實起懦衷。遽承問訊之先，益佩謙光之過。

答范端明啓

伏審參稽古樂，追述新書。琢石鑄金，成之有數。立鈞出度，施及無窮。搢紳雲集於奉常，端冕天臨於便座。偉兹壯觀，自我元臣。竊以樂之盛衰，寄於人之存否。秦、漢以下，鄭、衛肆行。雖喜三雍之成，旋遭五胡之亂。平陳之後，粗獲雅音；天寶之中，遂雜胡部。道喪久矣，孰能起之。獨求三代之遺聲，允屬四朝之舊德。恭惟致政端明丈丈〔一〕，耄期稱道，直亮多聞。進不謀安，昔既以身而徇義；退猶憂國，今推所學以及人。豈惟盡力於考音，至復傾家而制器。蓋事關於治忽，必幽贊於神明。得

《商頌》十二篇於周大師〔三〕，雖賢者之事也；獲古磬十六枚於犍爲郡，豈偶然而已哉。軾本非知音之人，空荷移書之辱。究觀累日，喜愧兼懷。徒誦詠於再三，豈發明於萬一。

〔一〕「丈丈」原作「丈人」，今從郎本卷二十八改。郎本、《七集·前集》中之《賀文太尉啓》，有「太尉丈丈」之語。

〔三〕「大」原作「太」，今從郎本、《七集·前集》卷二十七改。郎註：正考甫，孔子之先也，得《商頌》十二篇於周之大師。

答曾學士啓

伏審祇奉詔恩，榮升册府；允厭朝論，增輝士林。伏惟慶慰。恭以聖神在御，政化惟新。顧籲俊之無方，豈拔賢而待次。賤如莘野，猶爲席上之珍；遠若傅巖，盡入轂中之選〔一〕。而況圭璋之質，近生閥閱之家。固宜首膺寤寐之求，於以助成肅雍之化。府判學士，天資粹美，儒術講明。向屈處於下僚，蓋避嫌而自晦。屬武子之請老〔二〕，察少翁之最賢。撫念老成，聿求義訓。豈獨褒崇之盛典，固將樂育於英材。自顧庸虛，獲聯齋舍。忽捧書詞之辱，益知謙德之光。喜愧于心，跼蹐無措。

〔一〕郎本卷二十七「轂」作「鵠」。

〔二〕「武」原作「文」，據郎本改。郎註引《左傳·宣公十七年》范武子請老事，謂「作『文』」「疑傳寫之誤」。

答新蘇州黄龍圖啓

伏審光膺詔函，移牧吴會。先聲所被，惠政已孚。自顧妄庸，敢論疇昔。既聯法從之末，又竊鄰光之餘。金華玉堂，帝左右之高選；武林茂苑，江東南之要籓。雖才分闊絶於賢愚，而步武差池於先後。其爲喜幸，宜倍等流。伏惟某官，文秀士林，才任國器。學已試而可用，望久養而益隆。偃息均勞，叔度莫窺於萬頃；治行稱首，次公行踐於三槐。潤澤所加，迂愚有託。辱移書之周厚，實借寵於衰遲。銘感之深，筆舌難喻。

答王太僕啓〔一〕

伏審祗奉明綸，特膺異選。以高才望册府，以令德正僕臣。側聞除書，大慰輿論。伏惟太僕學士，文鳴早歲，學配前人。豫章雖老於中林，瑚璉終升於清廟。萬事不理，問伯始而可知；三篋雖亡，得安世而何患。清塗方踐，遠業難量。愧修慶之未皇，辱移書之見及。感佩之至，但切下懷。

〔一〕郎本卷二十八、《七集·前集》卷二十七題作《答王欽臣啓》。

答杭州交代林待制啓二首

伏審知府鈐轄待制。新易節旄，光臨督府。舊政已孚於千里，先聲坐振於七州。軾偶以庸虚，適相前後。愧無毫髮之善，可紀斯民；惟有痌瘝之餘，以遺君子。即諧瞻奉，尤切詠思。

又

右軾啓。罷直禁中，本緣衰病；分符浙右，更竊寵榮。既尋少壯之舊遊，復繼老成之前躅。養痾卧治之所，蒙成坐嘯之餘。顧此鈍頑，實爲忝昧。伏惟知府待制，宏才緯俗，雅望鎮浮。神馳方切於望塵，心照已先於傾蓋。借之餘潤，成此虚名。滕大夫之才，豈堪治劇；楚令尹之政，或許告新。望見有期，瞻依愈切。

答彭舍人啓

伏審顯膺宸命，進直掖垣。除目播騰，輿情欣屬。國家薑正百官之治，聿追三代之隆。用事考言，因名責實。然而憲臺省闥，無預於文詞；儒館學宫，不關於政理。惟此六押之任，要須二者之長。非該通經術，則不足以代王言；非曉達吏方，則不足以分省事。是爲文士之極任，豈止時人之美談。果有真才，來膺妙選。伏惟某官，道師古始，識造精微。學窮游、夏之淵源，文列馬、班之伯仲〔一〕。自期甚厚，所得實多。對策決科〔二〕，嘗魁天下之士；犯顔逆指，有古名臣之風。粤從言動之司，亟掌絲綸之美。璠璵美質，豈獨一時宗廟之華；杞梓異材，固爲後日棟梁之用。軾備員法從，竊庇餘光。聊陳輿誦之言，少答函封之辱。其爲欣佩〔三〕，莫究頌言。

〔一〕郎本卷二十七「馬」作「傅」。
〔二〕郎本「對」作「射」。
〔三〕「其」原作「真」，據郎本、《七集·前集》卷二十七改。

答曾舍人啓

伏審顯膺制命〔一〕，榮進掖垣。風聲所加，中外同慶。伏以取才之道，自昔爲難。惟君子之所爲，固衆人之莫識。奢儉異俗，不害徐公之有常；用舍皆天，孰知令尹之無喜。此蓋某官異材秀出〔二〕，博學名家。世以文鳴，遠繼父兄之業〔三〕；早緣德進，簡在裕陵之心。今乃援而進之，論者惜其晚矣。訓詞一出，皆丹青潤色之文；老拙自降，有糠粃在前之歎。過蒙寵顧，辱示華箋。恨無酬德之言，徒有得賢之慶〔四〕。感忭之素，寫述難周〔五〕。

〔一〕郎本卷二十八、《外集》卷二十五「制」作「帝」。
〔二〕「此蓋」二字原缺，據郎本、《外集》補。
〔三〕《外集》「遠」作「追」，郎本「繼」作「紹」。
〔四〕郎本、《外集》「賢」作「人」。
〔五〕郎本「難」作「奚」。

答喬舍人啓〔一〕

某聞人才以智術爲後，而以識度爲先；文章以華采爲末，而以體用爲本。國之將興也，貴其本而賤其末；道之將廢也，取其後而棄其先〔二〕。用舍之間，安危攸寄。故議論慨慷，則東漢多徇義之夫；學術夸浮〔三〕，則西晉無可用之士。興言及此，太息隨之。元祐以來，真人在位。並興多士，以出異材。眷惟淮海之英，久屈江湖之上。迨茲顯擢，實慰輿情。伏惟某官，名重儒林，才爲國器。深厚爾雅，非近世之時文；直諒多聞，蓋古人之益友。代言未幾，華國著稱。豈惟臺省之光，抑亦邦家之慶。過蒙疏示〔四〕，深服撝謙〔五〕。顧慙衰病之餘，莫究欣承之意。

〔一〕郎本卷二十八「答」作「回」。
〔二〕郎本、《外集》卷二十五「棄其」作「遺所」。
〔三〕郎本「夸浮」作「浮夸」。
〔四〕郎本「疏示」作「流問」。
〔五〕郎本「服」作「認」。

答楊屯田啓二首

伏承枉顧，寵示長書。禮數過隆，既匪妄庸之稱；文詞深厚，足爲衰拙之光。反復究觀，愧汗交集。伏惟通判屯田，學深經術，名重薦紳。頃者劍外屈臨百里之間，已是部中受賜一人之數。豈伊幸會，復此逢迎。聽其言，信仁人之溥哉；居是邦，蓋大夫之賢者。欲報瓊瑶之貺，適苦簿書之煩。言之不文，永以爲好。

又

向者不遺，特蒙枉顧。愧無琴瑟旨酒，以樂我嘉賓；但喜直亮多聞，真古之益友。謂將繼此而得見，豈意闃然而有行。伏讀誨音，惟知感歎。伏惟通判屯田，才猷通敏，學術深純。非獨東州杞梓之珍，將爲清廟璠璵之寶。暫臨邊服，行履要津。而軾早以空疎，加之衰病。不緣曠官而罷去，則當引分以歸耕。自茲恐遂有出處之疎，故臨紙不能無悵惘之意。惟祈自重，少副下情。

答晁發運及諸郡啓

衰病交攻，已安僻壤；寵光薦及，復付名邦。雖見吏民，敢違條教。尚緣大庇，使獲少安。此蓋伏遇某官，忠厚有容，高明畢照。樂善忘勢，稍霽外臺之威；講舊論心，曲敦同牓之好。餘人：某官忠厚有容，通明畢照。朝高雅望，流風采之聳聞；士誦德言，借光華於枯朽。致茲疎拙，粗免曠瘝。愧展奉之未皇，但緘藏之無斁。

答陳提刑啓

久竄島夷，偶未書於鬼録；逃歸空谷，固喜聞於足音。況清廟瑚璉之姿，爲明堂杞梓之用。欲通名而未敢〔一〕，豈流問之輒先〔二〕。恭惟提刑刑部，才高一時，望重多士。魯諸儒之德業，緣飾政刑；漢循吏之風流，本源經術。暫屈雲霄之步，來蘇嶺嶠之民。憐遷客之無歸，墜尺書而起廢。助其羽翼，借以齒牙。但憂枯朽之餘，難副吹噓之力。既感且怍，不知所云。

〔一〕《七集·後集》卷十四「通」作「聞」。

〔二〕《七集·後集》「輒」作「或」。

答莫提刑啓

右軾啓。得請江湖，雖適平生之願；剸煩獄市，豈堪老病之餘。賴茲德大而有容，愍其心勞而愈拙。故於始至，借以一言。此蓋伏遇提刑某官，威肅列城，德懷雅俗。雖在按臨之屬部，不忘宿昔之交情。豈獨敦忠厚之風，抑以增衰朽之重。其爲感怍，未易名言。

答李知府啓〔一〕

伏審祇奉異恩，遠臨全蜀。奎文寶訓，方入直於禁嚴；井絡提封，旋出分於憂顧。風猷所暨，謡頌率同。恭惟知府寶文，望重搢紳，材宜廊廟。譬之金石，蓋闇然而日彰，浩若江河，固窮之而益遠。西南之俗，信服已深。民物子來，氣復岷峨之舊；舟車雲集，惠通秦楚之商。曾未下車，已聞報政。軾倦游滋久，寤寐懷歸。空詠甘棠之思，莫展維桑之敬。悵焉永望，言不寫心。

〔一〕郎本卷二十八、《七集·前集》卷二十七題作《答李寶文啓》。

答彭賀州啓

竄流海國，脱身覊鬼之林；洒掃真祠，拜賜散人之號。喜歸田之有漸，悼報國之無期。方自愧於心顔，敢聞名於左右。豈謂某官，曲敦雅好，深軫窮途。賜以尺書，借之餘論。温詞曲盡，賢於十部之見臨；陋質增華，果已五漿之先餽。但慙衰朽，虚辱品題。敬佩至言，永以爲好。

答王明州啓

伏審奉詔牧民，涓辰莅事。教條清簡，曾無頤指之勞；吏下肅承，皆有心服之敬。風聲所暨，鄰境爲先。伏惟知府龍圖，迪哲而文，剛中莫屈。大辯若訥，恥爲利口之言；小智自私，誰識仁人之勇。道不容於羣枉，身乃獲於退安。回觀争奪之塗，日有榮枯之變。坐嘯之樂，勿以語人。强食自頤，猶當爲國。

答臨江軍知軍王承議啓〔一〕

泮水受成〔二〕，繆膺桑梓之敬；海邦晝諾，又觀枳棘之栖。多難百罹，流年半世。怳如昨夢，復見故人。伏惟知郡承議，居以才稱，進由德選。淵源師友，舊仰鄭公之高；歌詠風流〔三〕，近傳邵父之繼。不忘疇昔，曲賜拊存。豈獨憐衰朽而借餘光〔四〕，蓋將敦風義以勵流俗。感佩之至，筆舌難周。

〔一〕《七集·後集》卷十四無「臨江軍知軍」五字，《七集·續集》卷十無「王承議」三字。

〔二〕《七集·續集》「受」作「政」。

〔三〕《七集·續集》「歌」作「讚」；原校：一作「歌」。

〔四〕《七集·後集》「餘光」作「寵光」。

答丁連州朝奉啓〔一〕

七年遠謫，不知骨肉之存亡；萬里生還，自笑音容之改易。久恬颶霧，稍習蛙蛇。自疑本儋崖之人，難復見魯衛之士。而況清時雅望，令德高標。固以聞名而自歎，蓋欲通書而未敢。豈謂知郡朝奉，仁無擇物，義有逢時。每憐遷客之無歸，獨振孤風而愈厲。固無心於集苑，而有力於噓枯。遠移一紙之書，何啻百朋之錫。過情之譽，雖知無其實而愧于中；起廢之文，猶欲借此言以華其老。窮途易感，永好難忘。

〔一〕《七集·後集》卷十四無「朝奉」二字。

答秀州胡朝奉啓

伏審初見吏民，首行條教。鄰封甚邇，欣謡頌之藹然。緘牘先蒙〔一〕，愧勞謙之過矣。某官望推朝論，才映士林。用已試於盤根，所居見紀；政方觀於餘地，不令而行。某待罪江湖，苟安衰病。眷言一郡〔二〕，幸擊柝之相聞；矜式百爲，知伐柯之不遠。其爲欣詠，難盡名言。

〔一〕原校：「先蒙」一作「見貽」。

〔二〕《外集》卷二十五「一郡」作「數舍」。

答許狀元啓〔一〕

右軾啓。伏以賢俊之士，固將有所挾持〔二〕；富貴之來，豈能爲之損益。昔者在貧賤之辱，所有無以異於今；一朝居豪傑之先，而人然後知其貴。伏惟狀元僉判廷評，以粹美之質，負傑異之才。自遠方而遊上都，以一日而蓋天下。士既望風而知不敵，人皆斂衽而謂當然。苟非素與交遊之流，安敢輕爲賀問之禮。不期謙抑，過録庸虚。忽承牋牘之臨，皆自聽聞之誤。禮非所稱，媿靡自任。先皇帝未明求衣，久已格於至治；洮盥憑几，尚不忘於選賢。庸登哲民，以遺後聖。雖喜車旌之召，旋興弓劍之悲。臣子之心，遠邇若一。即日承已拜命，計將就塗。念展謁之何時，徒向風而永望。謹奉啓陳謝，不宜。

〔一〕郎本卷二十七題下註：「名安世。」不知是否爲原註。

〔二〕「所」原作「以」，今從郎本改。

答王幼安宣德啓

俯仰十年，忽焉如昨；間關百罹，何所不有。頃者海外，澹乎蓋將終焉；偶然生還，置之勿復道也。方將求田問舍，爲三百指之養；杜門面壁，觀六十年之非。豈獨江湖之相忘，蓋已寂寥而喪我。不謂某官，講修舊好，收録陳人。粲然雲漢之章，被此枯朽之質。欲其洗濯宿負，激昂晚節。粗行平生之志，少慰朋友之望。此意厚矣，我心悠哉。如焦穀牙，如伏櫪馬。非吹嘘之所及，縱鞭策以何加。藏之不忘，永以爲好。

答陳齋郎啓

伏審祗膺寵命，榮踐亨塗。拜慶庭闈，溢歡聲於觀者；馳書士友，摛華藻之燦然。顧此衰羸，實難當捧。伏惟齋郎，天資深茂，學術淹通。經行兩純，窮達一操。久困有司之尺度，退從老圃於丘園。陋彼素餐，是聞也，非達也；凜然遺直，惟有之，則似之。假道一官，權輿千里。幅巾藜杖，願爲二老之風流；甲第高門，坐看諸郎之富貴。欣頌之至，筆舌難周。

答館職啓

伏審奉詔明廷，陞華册府。國有得賢之慶，士知稽古之榮。虎觀石渠，極諸儒之妙選；鼇宫金闕，笑方士之遠求。自喜衰年，獲觀盛事。某官學本自得，道惟造深。温故爲君子之儒，多聞推益者之友。奇字可學，知子雲之苦心，亡書復存，賴安世之默識。不試而用，知賢則深。軾方此賜環，遽承枉駕。沐誨音之已厚，愧馳謁之未遑。

答試館職人啓

伏承射策玉堂，方觀筆陣；校文天禄，遂秀儒林。黨友增華，縉紳共慶。國家求賢之道，必於閒暇無事之時；賢者報國之功，乃在緩急有爲之際。養之無素，則一旦欲用而何由；待以非常，則臨事欲辭而不可。故納之於英俊相從之地，觀之以世俗不見之書。非獨使之業廣而材成，抑將待其資深而望重。某官學優而仕，行浮於名。詞令從容，議論慷慨。追還正始，文章爲之一新；傳寫都城，紙墨幾於驟貴。得士之喜，非我敢私。軾衰病侵尋，文思荒落。職在翰苑，當發策而莫辭；識匪通儒，懼品藻之不稱〔一〕。過煩臨貺，寵以書詞。永爲巾笥之珍，愧乏瓊瑶之報。

〔一〕《文鑑》卷一百二十二「品」作「摘」。

與邁求婚啓

里閈之游，篤於早歲。交朋之分，重以世姻。某長子邁，天資朴魯，近憑一藝於師傳〔一〕；賢小娘子，姆訓夙成，遠有萬石之家法。聊伸不腆之幣，願結無窮之歡。

〔一〕《七集·續集》卷十「一」作「遊」，「於」作「之」。

與過求婚啓〔一〕

敢議婚姻，蓋恃鄉閭之末；遂忘門閥〔二〕，亦緣聲氣之同。龜筮既從，祖考咸喜。伏承令子弟二小娘子，慶閫擢秀，豈獨衛公之五長；而某第三子某〔三〕，駑質少文，庶幾南容之三復。恭馳不腆之幣，永結無窮之歡。悚抃于懷，敷述罔既。

〔一〕郎本卷二十八題作《求婚啓》，《七集·續集》卷十題作《謝末婚啓》，「末」或爲「求」之誤。
〔二〕《外集》卷二十五「門閥」作「閥閱」。
〔三〕「三」原作「二」，今從郎本、《外集》改。

求婚啓

結縭早歲，已聯昆弟之姻親；垂白南荒，尚念子孫之嫁娶。敢憑良妁，往欵高閎。軾長子某之第二子符，天質下中，生有蓬麻之陋；祖風綿邈，庶幾弓冶之餘。伏承故令弟子立先輩之愛女第十四小娘子，稟粹德門，教成家廟。中郎墳典之付，豈在他人；太真姑舅之婚，復見今日。仰緣夙契，祗聽俞音。

答求親啓[一]

藐爾諸孤，雖本軒裳之後；閔然衰緒，莫閑纂組之功。伏承某人，儒術飭修，鄉評茂著。許敦兄弟之好，永結琴瑟之歡。瞻望高門，獲接登龍之峻；恪勤中饋，庶幾數馬之恭。

[一]「答」原缺，據《七集・續集》卷十補。

下財啓

夙緣契好，獲講婚姻。顧門閥之雖微，恃臭味之不遠。敬陳納幣之禮，以行奠鴈之儀。庶徼福于前人，永交歡於二姓。

湖州上監司先狀元豐二年

弭棹江郊，聳聞風采。馳神德守，若奉誨音。欣抃之深，敷宣莫究。

回同官先狀

幸因聯事，得遂依仁。瞻奉匪遥，欣愉良極。

杭州到狀

得請支郡，備員屬城。幸茲衰病之餘，託在庇庥之末。卽諧瞻奉，預切欣愉。

定州到狀

得請近藩，假塗治境。卽諧披奉，預切忻愉。

蘇軾文集卷四十八

書

上富丞相書

軾聞之。進説於人者，必其人之有間而可入，則其説易行。戰國之人貪，天下之士，因其貪而説之。危國之人懼，天下之士，因其懼而説之。是故其説易行。古之人一説而合，至有立談之間而取公相者，未嘗不始於戰國、危國。何則？有間而可入也。

居今之世，而欲進説於明公之前，不得其間而求入焉，則亦可謂天下之至愚無知者矣。地方萬里，而制於一姓，極天下之尊，而盡天下之富，不可以有加矣。而明公爲之宰。四夷不作，兵革不試，是明公無貪於得，而無懼於失也。方西戎之熾也，狄人乘間以跨吾北，中國之大不畏，而畏明公之一詞。是明公之勇，冠於天下也。明公居於山東，而傾河朔之流人，父棄其子、夫棄其妻而自歸於明公者百餘萬〔一〕。明公人人而食之，旦旦而撫之。此百萬人者，出於溝壑之中，而免於烏鳶豺狼之患。生得以養其父母，而祭其祖考，死得以使其子孫葬埋祭祀，不失其故常。是明公之仁，及於百世也。勇冠於天下，而仁及於百世，士之生於世，如此亦足矣。今也處於至足之勢，則是明公無復有所羨慕於天下之功名也。五帝三代之事，百家之書，莫不盡讀。禮樂刑政之大小，兵農財賦之盛衰，四海之內，地里之遠近，山川之險易，物土之所宜，莫不盡知。當世之賢人君子，與夫姦僞險詐之徒，莫不盡究。至於曲學小數，茫昧惝怳而不可知者，皆獵其華而咀其英，泛其流而涉其源。雖自謂當世之辯，不能傲之以其所不知。則是明公無復有所畏憚於天下之博學也。

名爲天下之賢人，而貴爲天子之宰，無貪於得，而無懼於失，無羨於功名，而無畏於博學，是其果無間而可入也？天下之士，果不可以進說也？軾也聞之楚左史倚相曰：「昔衞武公年九十有五，猶日箴儆於國曰：『自卿以下，至於官師，苟在朝者，無謂我老耄而舍我，朝夕以交戒我。』猶以爲未也，而作詩以自戒。其詩曰：『抑抑威儀，惟德之隅。』」夫衞武公惟居於至足，而日以爲不足，故其沒也，謚之曰睿聖武公。嗟夫明公，豈以其至足而無間以拒天下之士，則士之進說者亦何必其間之入哉？不然，軾將誦其所聞，而明公試觀之。

夫天下之小人，所爲奔走輻輳於大人之門而爲之用者，何也？大人得其全，小人得其偏。大人得其全，故能兼受而獨制。小人得其偏，是以聚而求合於大人之門。古之聖人，惟其聚天下之偏而各收其用，以爲非偏則莫肯聚也，是故不以其全而責其偏。夫惟全者之不可以多有也，故天下之偏者，惟全之求。今以其全而責其偏，夫彼若能全，將亦爲我而已矣，又何求焉。昔者夫子廉潔而不爲異衆之行，勇敢而不爲過物之操，孝而不徇其親，忠而不犯其君。凡此者，是夫子之全也。原憲廉而至於貧，公良孺勇而至於鬭，曾子孝而徇其親，子路忠而犯其君。凡此者，是數子之偏也。夫子居其全，而收天下之偏，是以若此巍巍也。若夫明公，其亦可謂天下之全矣。廉而天下不以爲介，直而天下不以爲訐，剛健而不爲强，敦厚而不爲弱。此明公之所得之於天，而天下之所不可望於明公者也。明公居其全，天下效其偏，其誰曰不可。

異時士大夫皆喜爲卓越之行，而世亦貴狡悍之才。自明公執政，而朝廷之間，習爲中道，而務循於規矩。士之矯飾力行爲異者，衆必共笑之。夫卓越之行，非至行也，而有取於世。狡悍之才，非真才也，而有用於天下。此古之全人所以坐而收其功也。今天下卓越之行，狡悍之才，舉不敢至於明公之門，懼以其不純而獲罪於門下。軾之不肖，竊以爲天下之未大治，兵之未振，財之未豐，天下之有望於明公而未獲者，其或由此也歟？昔范公收天下之士，不考其素。苟可用者，莫不咸在。雖其狂猥無行之徒，亦自效於下風，而范公亦躬爲詭特之操以震之。夫范公之取人者，是也，其自爲者，非也。伏惟明公以天下之全而自居，去其短而襲其長，以收功於無窮。

軾也西南之匹夫，求斗升之禄而至於京師。翰林歐陽公不知其不肖，使與於制舉之末，而發其猖狂之論。是以輙進説於左右，以爲明公必能容之。所進策論五十篇，貧不能盡寫，而致其半。觀其大略，幸甚。

〔一〕「妻」原作「子」，據郎本卷四十二、《七集·前集》卷二十八改。「父棄其子夫棄其妻」之「棄」字，羅考疑當作「挈」字。

上曾丞相書

軾聞之。將有求於人，而其説不誠，則難以望其有合矣。世之奇特之士，其處也，莫不爲異衆之行。而其出也，莫不爲怪詭之詞，比物引類，以摇撼當世。理不可化，則欲以勢劫之，將以術售其身。古之君子有韓子者，其爲説曰：「王公大人，不可以無貧賤之士居其下風而推其後，大其聲名而久其傳。雖其貴賤之闊絶，而其相須之急，不啻若左右手。」嗚呼，果其用是説也，則夫世之君子所爲老死而不遇者，無足怪矣。

今夫扣之者急，則應之者疑。其辭夸，則其實必有所不副。今吾以爲王公大人不可以一日而無吾也，彼將退而考其實，則亦無乃未至於此耶？昔者漢高未嘗喜儒，而不失爲明君，衞、霍未嘗薦士，而不失爲賢公卿。吾將以吾之説，而彼將以彼之説。彼是相拒，而不得其歡心，故貴賤之間，終不可以合，而道終不可以行。何者？其扣之急而其詞夸也。鬻千金之璧者，不之於肆，而願觀者塞其門。觀者歎息，而主人無言焉。非不能言，知言之無加也。今也不幸而坐於五達之衢，又呶呶焉自以爲希世之珍，過者不顧，執其裾而强觀之，則其所鬻者可知矣。王公大人，其無意於天下後世者，亦安以求爲也。苟其不然，則士之過於其前而有動於其目者，彼將褰裳疾行而摟取之。故凡皇皇汲汲者，舉非吾事也。

昔者嘗聞明公之風矣。以大臣之子孫，而取天下之高第。才足以過人，而自視缺然，常若不足。安於小官，而樂於恬淡。方其在太學之中，衣繒飯糗，若將終身，至於德發而不可掩，名高而不可抑。

貴爲天子之少宰，而其自視不加於其舊之錙銖。其度量宏達，至於如此。此其尤不可以夸詞而急扣者也。

軾不佞，自爲學至今，十有五年。以爲凡學之難者，難於無私。無私之難者，難於通萬物之理。故不通乎萬物之理，雖欲無私，不可得也。己好則好之，己惡則惡之，以是自信則惑也。是故幽居默處而觀萬物之變，盡其自然之理，而斷之於中。其所不然者，雖古之所謂賢人之説，亦有所不取。雖以此自信，而亦以此自知其不悦於世也。故其言語文章，未嘗輒至於公相之門。今也天子舉直諫之士，而兩制過聽，謬以其名聞。竊以爲與於此者，皆有求於吾君吾相者也。故輒有獻〔一〕。其文凡十篇，而書爲之先。惟所裁擇，幸甚。

〔一〕郎本卷四十一、《七集·前集》卷二十六「輒」作「亦」。明刊《文粹》卷三十四「有」作「敢」。

黄州上文潞公書〔一〕

軾再拜。孟夏漸熱，恭惟留守太尉執事台候萬福。承以元功，正位兵府，備物典册，首冠三公。雖曾孫之遇，絶口不言；而金縢之書，因事自顯。真古今之異事，聖朝之光華也。有自京師來轉示所賜書教一通，行草爛然，使破甑敝帚，復增九鼎之重。

軾始得罪，倉皇出獄，死生未分，六親不相保。然私心所念，不暇及他。但顧平生所存，名義至重，不知今日所犯，爲已見絶於聖賢，不得復爲君子乎？抑雖有罪不可赦，而猶可改也？伏念五六日，至于旬時，終莫能決。輒復强顔忍耻，飾鄙陋之詞，道疇昔之眷，以卜於左右。遽辱還答，恩禮有加。豈非察其無他，而恕其不及，亦如聖天子所以貸而不殺之意乎？伏讀洒然，知其不肖之軀，未死之間，猶可以洗濯磨治，復入於道德之場，追申徒而謝子産也。

軾始就逮赴獄，有一子稍長，徒步相隨。其餘守舍，皆婦女幼稚。至宿州，御史符下，就家取文書，州郡望風，遣吏發卒，圍船搜取，老幼幾怖死。既去，婦女恚駡曰：「是好著書，書成何所得，而怖我如此！」悉取燒之。比事定，重復尋理，十亡其七八矣。到黄州，無所用心，輒復覃思於《易》、《論語》，端居深念，若有所得，遂因先子之學，作《易傳》九卷。又自以意作《論語説》五卷。窮苦多難，壽命不可期。恐此書一旦復淪没不傳，意欲寫數本留人間。念新以文字得罪，人必以爲凶衰不祥之書，莫肯收藏。又自非一代偉人不足託以必傳者，莫若獻之明公。而《易傳》文多，未有力裝寫，獨致《論語説》五卷。公退閒暇，一爲讀之，就使無取，亦足見其窮不忘道，老而能學也。

軾在徐州時，見諸郡盜賊爲患，而察其人多凶俠不逞，因之以饑饉，恐其憂不止於竊攘剽殺也。輒草具其事上之。會有旨移湖州而止。家所藏書，既多亡軼，而此書本以爲故紙糊籠篋，獨得不燒，籠破見之，不覺惘然如夢中事〔二〕，輒録其本以獻。軾廢逐至此，豈敢復言天下事，但惜此事粗有益於世，既不復施行，猶欲公知之，此則宿昔之心掃除未盡者也。公一讀訖，即燒之而已。

黄州食物賤，風土稍可安，既未得去，去亦無所歸，必老於此。拜見無期，臨紙於邑。惟冀以時爲國自重。

〔一〕郎本卷四十四無「黄州」二字。

〔二〕《文鑑》卷一百十八「惘」作「恍」。

上韓太尉書

軾生二十有二年矣。自七八歲知讀書，及壯大，不能曉習時事，獨好觀前世盛衰之迹，與其一時風俗之變。自三代以來，頗能論著。

以爲西漢之衰，其大臣守尋常，不務大略。東漢之末，士大夫多奇節，而不循正道。元、成之間，天下無事，公卿將相安其禄位，顧其子孫，各欲樹私恩，買田宅，爲不可動之計，低回畏避，以苟歲月，而皆依放儒術六經之言，而取其近似者，以爲口實。孔子曰：「惡居下流而訕上，惡訐以爲直。」而劉歆、谷永之徒，又相與彌縫其闕而緣飾之。故其衰也，靡然如蛟龍釋其風雲之勢〔一〕，而安於豢畜之樂，終以不悟，使其肩披股裂登於匹夫之俎，豈不悲哉！其後桓、靈之君，懲往昔之弊，而欲樹人主之威權，故頗用嚴刑，以督責臣下。忠臣義士，不容於朝廷，故羣起於草野，相與力爲險怪驚世之行，使天下豪俊奔走於其門，得爲之執鞭，而其自喜，不啻若卿相之榮。於是天下之士，囂然皆有無用之虚名，而不適於實效。故其亡也，如人之病狂，不知堂宇宫室之爲安，而號呼奔走，以自顛仆。昔者太公治齊，舉賢而尚功。周公曰：「後世必有篡弒之臣。」周公治魯，親親而尊尊。太公曰：「後世浸微矣。」漢之事迹，誠大類此。豈其當時公卿士大夫之行，與其風俗之剛柔，各有以致之邪？古之君子，剛毅正直，而守之以寬，忠恕仁厚，而發之以義。故其在朝廷，則士大夫皆自洗濯磨淬，戮力於王事，而不敢爲非常可怪之行，此三代王政之所由興也。曾子曰：「上失其道，民散久矣。」天下之人，幸而有不爲阿附、苟容之事者，則務爲倜儻矯異，求如東漢之君子，惟恐不及，可悲也已。

軾自幼時，聞富公與太尉皆號爲寬厚長者，然終不可犯以非義。及來京師，而二公同時在兩府。愚不能知其心，竊於道塗，望其容貌，寬然如有容，見惡不怒，見善不喜，豈古所謂大臣者歟？夫循循者固不能有所爲，而翹翹者又非聖人之中道，是以願見太尉，得聞一言，足矣。太尉與大人最厚，而又嘗辱問其姓名，此尤不可以不見。今已後矣。不宣。軾再拜。

〔一〕郎本卷四十二、《七集·前集》卷二十八「勢」作「勢」。

上韓樞密書

軾頓首上樞密侍郎閣下。軾受知門下，似稍異於尋常人。蓋嘗深言不諱矣，明公不以爲過。其在錢塘時，亦蒙以書見及，語意親甚。自爾不復通問者，七年於兹矣。頃聞明公入西府，門前書生爲作賀啓數百言。軾輒裂去，曰：「明公豈少此哉！要當有輔於左右者。」昔侯霸爲司徒，其故人嚴子陵以書遺之曰：「君房足下，位至台鼎，甚善。懷仁輔義天下悦，阿諛順旨要領絶。」世以子陵爲狂，以軾觀之，非狂也。方是時，光武以布衣取天下，功成志滿，有輕人臣之心，躬親吏事，所以待三公者甚薄。霸爲司徒，奉法循職而已，故子陵有以感發之。今陛下之聖，不止光武，而明公之賢，亦遠過侯霸。軾雖不用，然有位於朝，未若子陵之獨善也。其得盡言於左右，良不爲過。

今者，貪功僥倖之臣，勸上用兵於西北。使斯言無有，則天下之幸，孰大於此；不幸有之，大臣所宜必争也。古今兵不可用，明者計之詳矣，明公亦必然之，軾不敢復言。獨有一事，以爲臣子之忠孝，莫大於愛君。愛君之深者，飲食必祝之，曰：「使吾君子孫多，長有天下。」此豈非臣子之願歟？古之人君，好用兵者多矣。出而無功，與有功而君不賢者，皆不足道也。其賢而有功者，莫若漢武帝、唐太宗。武帝建元元年，蚩尤旗見，其長亘天。後遂命將出師，略取河南地，建置朔方。其春，戾太子生。自是之後，師行蓋十餘年，兵所誅夷屠滅死者不可勝數。巫蠱事起，京師流血，僵尸數萬，太子父子皆敗。故班固以爲太子生長於兵，與之終始。唐太宗既平海內，破滅突厥、高昌、吐谷渾等，且猶未厭，親駕征遼東。當時大臣房、魏輩皆力争，不從，使無辜之民，身膏草野於萬里之外。其後太子承乾、齊王祐、吴王恪，皆相繼誅死。其餘遭武氏之禍，殘殺殆盡。武帝好古崇儒，求賢如不及，號稱世宗。太宗克己求治，幾致刑措，而其子孫遭罹如此。豈爲善之報也哉？由此言之，好兵始禍者，既足以爲後嗣之累，則凡忍耻含垢以全人命，其爲子孫之福，審矣。

軾既無狀，竊謂人主宜聞此言，而明公宜言此。此言一聞，豈惟朝廷無疆之福，將明公子孫，實世享其報。軾懷此欲陳久矣，恐未信而諫，則以爲謗。不勝區區之忠，故移致之明公。雖以此獲罪，不愧不悔。皇天后土，實聞此言。

上王兵部書

荆州南北之交，而士大夫往來之衝也。執事以高才盛名，作牧於此〔一〕，蓋亦嘗有以相馬之説告於左右者乎？聞之曰：騏驥之馬，一日行千里而不殆，其脊如不動，其足如無所着，升高而不輊，走下而不軒。其技藝卓絶而效見明著至於如此，而天下莫有識者，何也？不知其相而責其技也。夫馬者，有昂目而豐臆，方蹄而密睫，捷乎若深山之虎，曠乎若秋後之兔，遠望目若視日而志不存乎芻粟，若是者飄忽騰踔，去而不知所止。是故古之善相者立於五達之衢，一目而眄之，聞其一鳴，顧而循其色，馬之技盡矣。何者？其相溢於外而不可蔽也。士之賢不肖，見於面顔而發泄於辭氣，卓然其有以存乎耳目之間，而必曰久居而後察，則亦名相士者之過矣。

夫軾，西州之鄙人，而荆之過客也。其足跡偶然而至於執事之門，其平生之所治以求聞於後世者，又無所挾持以至於左右，蓋亦易疎而難合也。然自蜀至於楚，舟行六十日，過郡十一，縣三十有六，取所見郡縣之吏數十百人，莫不孜孜論執事之賢，而教之以求通於下吏。且執事何修而得此稱也？軾非敢以求知而望其所以先後於仕進之門者，亦徒以爲執事立於五達之衢，而庶幾乎一目之眄，或有以信其平生爾。

夫今之世，豈惟王公擇士，士亦有所擇。軾將自楚遊魏，自魏無所不遊，恐他日以不見執事爲恨也，是以不敢不進。不宣。軾再拜。

〔一〕「於」原作「如」，今從郎本卷四十四、《七集·續集》卷十一。

上王刑部書

軾今日得於州吏，伏審執事移使湖北。竊以江陵之地，實楚之故國，巴蜀、甌越、三吳之出入者，皆取道於是，爲一都會。其山川之勝，蓋歷代所嘗用武焉。其間吳、蜀、魏氏尤悉力爭之。宋有天下，王師平高繼冲，至於降孟昶，下周保權，又皆出此。其人才之秀，風物之美，有屈、宋、伍、禰之賦詠存焉。建節旄而使者，專有是土。其見倚之重，爲吏之樂，豈細也哉。然執事處之，則未足賀。誠以執事之材力地望，宜進任於時，不宜任此。或者以謂蠻反，南方用兵，湖北鄰也，宜擇人撫之，故以屬執事。使誠有是議，當出於廟堂，非愚所得知，所不敢臆定。所敢伏思者，人患材不足施，或不得施，豈以位之彼此大小爲擇哉。於執事之心，當亦若是，肆吾力充吾職而已，豈以位之彼此大小動吾意哉？固執事之所務也。不宜。軾再拜。

上梅直講書

某官執事。軾每讀《詩》至《鴟鴞》，讀《書》至《君奭》，常竊悲周公之不遇。及觀史，見孔子厄於陳、蔡之間，而絃歌之聲不絕，顏淵、仲由之徒相與問答。夫子曰：「匪兕匪虎，率彼曠野，吾道非邪，吾何爲於此？」顏淵曰：「夫子之道至大，故天下莫能容。雖然，不容何病，不容然後見君子。」夫子油然而笑曰：

「回，使爾多財，吾爲爾宰。」夫天下雖不能容，而其徒自足以相樂如此。乃今知周公之富貴，有不如夫子之貧賤。夫以召公之賢，以管、蔡之親而不知其心，則周公誰與樂其富貴。而夫子之所與共貧賤者，皆天下之賢才，則亦足與樂乎此矣。軾七八歲時，始知讀書，聞今天下有歐陽公者，其爲人如古孟軻、韓愈之徒。而又有梅公者從之遊，而與之上下其議論。其後益壯，始能讀其文詞，想見其爲人，意其飄然脫去世俗之樂而自樂其樂也。方學爲對偶聲律之文，求斗升之禄〔一〕，自度無以進見於諸公之間。來京師逾年，未嘗窺其門。今年春，天下之士羣至於禮部，執事與歐陽公實親試之。誠不自意，獲在第二。既而聞之人，執事愛其文，以爲有孟軻之風。而歐陽公亦以其能不爲世俗之文也而取焉。是以在此。非左右爲之先容，非親舊爲之請屬，而嚮之十餘年間，聞其名而不得見者，一朝爲知己。退而思之，人不可以苟富貴，亦不可以徒貧賤。有大賢焉而爲其徒，則亦足恃矣。苟其僥一時之幸，從車騎數十人，使閭巷小民聚觀而贊歎之，亦何以易此樂也。《傳》曰：「不怨天，不尤人。」蓋優哉游哉，可以卒歲。執事名滿天下，而位不過五品。其容色温然而不怒，其文章寬厚敦朴而無怨言，此必有所樂乎斯道也。軾願與聞焉。

〔一〕「禄」原作「樂」，今從郎本卷四十一、《七集·前集》卷二十八。

上劉侍讀書

軾聞天下之所少者，非才也。才滿於天下，而事不立。天下之所少者，非才也，氣也。何謂氣？曰：

是不可名者也。若有鬼神焉而陰相之。今夫事之利害，計之得失，天下之能者，舉知之而不能辨。能辨其小，而不能辨其大，則氣有所不足也。夫氣之所加，則己大而物小，於是乎受其至大，而不爲之驚，納其至繁，而不爲之亂，任其至難，而不爲之憂，享其至樂，而不爲之蕩。是氣也，受之於天，得之於不可知之間，傑然有以蓋天下之人，而出萬物之上，非有君長之位，殺奪施與之權，而天下環嚮而歸之，此必有所得者矣。多才而敗者，世之所謂不幸者也。若無能焉而每以成者，世之所謂天幸者也。夫幸與不幸，君子之論，不施於成敗之間，而施於窮達之際，故凡所以成者，其氣也，其所以敗者，其才也。氣不能守其才，則焉往而不敗？世之所以多敗者，皆知求其才，而不知論其氣也。若夫明公，其亦有所得矣。軾非敢以虛辭而曲說，誠有所見焉耳。

夫天下有分，得其分則安，非其分，而以一毫取於人，則羣起而爭之。天下有無窮之利，自一命以上，至於公相，其利可愛，其塗甚夷，設爲科條，而待天下之擇取。然天下之人，翹足跂首而羣望之，逡巡而不敢進者，何也？其分有所止也。天下有無功而遷一級者，則衆指之矣。遷者不容於下，遷之者不容於上，而況其甚者乎！明公起於徒步之中，執五寸之翰，書方尺之簡，而列於士大夫之上，橫翔捷出，冠壓百吏，而爲之表。猶以爲未也，而加之師友之職，付之全秦之地，地方千里，則古之方伯連帥所不能有也；東障崤澠，北跨河渭，南倚巴蜀，西控戎夏，則古之秦昭王、商君、白起之徒，所以殫身殘民百戰而有之者也。奮臂而取兩制，不十餘年，而天下不以爲速。非有汗馬之勞，米鹽之能，以擅富貴之美，而天下不以爲無功。抗顏高議，自以無前，而天下不以爲無讓。此其氣固有以大服於天下矣。天下無大事也，天下而有大事，非其氣之過人者，則誰實辦之？

軾遠方之鄙人，遊於京師，聞明公之風，幸其未至於公相，而猶可以誦其才氣之盛美，而庶幾於知言。惜其將遂西去而不得從也，故請間於門下〔一〕，以顧望見其風采。不宣。軾再拜。

〔一〕郎本卷四十四、《七集・前集》卷二十八「間」作「問」。

上知府王龍圖書

執事自軒車之來，曾未期月，蜀之士大夫，舉欣欣然相慶，以爲近之所無有。下至閭巷小民，雖不足以識知君子之用心，亦能歡欣踴躍，轉相告語，諠譁紛紜，洋溢布出而不可掩，雖户給之粟帛而人賜之爵，其喜樂不如是之甚也。伏惟明公何術以致此哉？軾也安足以議！雖然，請得以僭言之。蓋明公之於蜀人，所以深結其心，而納之安居無事以養生送死者，有所甚易，而亦有所至難。

夫海濱之人，輕游於江河。何則？其所見者大也。昔先魏公宰天下十有八年，聞其言語而被其教誨者，皆足以爲賢人，而況於公乎？度其視區區之一方，不啻户庭之小。且公爲定州，内以養民殖財，而外震威武以待不臣之胡。爲之三年，而四方稱之。況於實非有難辦之事，是以公至之日，不勞而自成也。此其所以爲易者一也。自近歲以來，蜀人不知有勤恤之加，擢筋割骨以奉其上，而不免於刑罰。有田者不敢望以爲飽，有財者不敢望以爲富，惴惴焉恐死之無所。然皆聞見所熟，以爲當然，不知天下復有仁人君子也。自公始至，釋其重荷，而出之於陷穽之中。方其困急時，簞瓢之饋，愈於千金，是故莫不歡欣鼓舞之至。此其所以爲易者二也。

雖然，亦有所至難。何者？國家蓄兵以衛民，而賦民以養兵，此二者不可以有所厚薄也。然而薄於養兵者，其患近而易除。厚於賦民者，其憂遠而難救。故夫庚子之小變，起於兵離。而甲午之大亂，出於民怨。由此觀之，固有本末也。而爲政者，徒知畏其易除之近患，而不知畏其難救之遠憂，而有志於民者，則或因以生事，非當世大賢，孰能使之兩存而皆濟？此其所以爲難者一也。蜀人之爲怯，自昔而然矣。民有抑鬱，至此而不能以告者。且天下未嘗無貪暴之吏，惟幸其上之明而可以訴，是以猶有所恃。今民怯而不敢訴，其訴者又不見省幸，而獲省者，指目以爲凶民，陰中其禍。嗟夫，明天子在上，方伯連帥之職，執民之權，而不能爲之地哉！夫惟天下之賢者，則民望之深而責之備。若夫庸人，誰復求之。自頃數公，其來也莫不有譽，其去也莫不有毁。夫豈其民望之深責之備，而所以塞之者未至耶？今之饑者待公而食，寒者待公而衣，凡民之失其所者，待公而安，傾耳聳聽，願聞盛德日新而不替。此其所以爲難者二也。

伏惟明公以高世之才，何施而不可，惟無忽其所以爲易，而深思其所難者而稍加意焉，將天下被其澤，而何蜀之足云。軾負罪居喪，不當輒至貴人之門，妄有所稱述，誠不勝惓惓之心，敢以告諸左右。舊所爲文十五篇，政事之餘，憑几一笑，亦或有可觀耳。

應制舉上兩制書

軾聞古者有貴賤之際，有聖賢之分。二者相勝而不可以相參，其勢然也。治其貴賤之際，則不知聖賢之爲高。行其聖賢之分，則不知貴賤之爲差。昔者子思、孟軻之徒，不見諸侯而耕於野，比閭小吏一呼於其門〔一〕，則攝衣而從之。至於齊、魯千乘之君，操幣執贄，因門人以願交於下風，則閉門而不納。此非苟以爲異而已，將以明乎聖賢之分，而不參於貴賤之際。故其攝衣而從之也，君子不以爲畏。而其閉門而拒之也，君子不以爲傲。何則？其分定也。士之賢不肖，固有之矣。子思、孟軻，不可以人人而求之，然而貴賤之際，聖賢之分，二者要以不可不知也。世衰道喪，不能深明於斯二者而錯行之，施之不得其處，故其道兩亡。

今夫軾，朝生於草茅塵土之中，而夕與於州縣之小吏，其官爵勢力不足較於世，亦明矣。而諸公之貴，至與人主揖讓周旋而無間，大車駟馬至於門者，逡巡而不敢入。軾也，非有公事而輒至於庭，求以賓客之禮見於下執事，固已獲罪於貴賤之際矣。雖然，當世之君子，不以其愚陋，而使與於制舉之末，朝廷之上，不以其疎賤，而使奏其猖狂之論。軾亦自忘其不肖，而以爲是兩漢之主所孜孜而求之，親降色辭而問之政者也。其才雖不足以庶幾於聖賢之間，而學其道，治其言，則所守者其分也。是故踽踽然而來，仰不知明公之尊，而俯不知其身之賤。不由紹介，不待辭讓，而直言當世之故，無所委曲者，以爲貴賤之際，非所以施於此也。

軾聞治事不若治人，治人不若治法，治法不若治時。時者，國之所以存亡，天下之所最重也。周之衰也，時人莫不苟媮而不立，周雖欲其立，而不可得也，故周亡。秦之衰也，時人莫不貪利而不仁，秦雖欲其仁，而不可得也，故秦亡。西漢之衰也，時人莫不柔懦而謹畏，故君臣相蒙，而至於危。東漢之衰也，時人莫不矯激而奮厲，故賢不肖不相容，以至於亂。夫時者，豈其所自爲邪？王公大人實爲之。軾將論其時之病，而以爲其權在諸公。諸公之所好，天下莫不好。諸公之所惡，天下莫不惡。故軾敢以今之所患二者，告於下執事。其一曰：用法太密而不求情。其二曰：好名太高而不適實。此二者，時之大患也。

何謂用法太密而不求情？昔者天下未平而法不立，則人行其私意，仁者遂其仁，勇者致其勇，君子小人莫不以其意從事，而不困於繩墨之間，故易以有功，而亦易以亂。及其治也，天下莫不趨於法，不敢用其私意，而惟法之知。故雖賢者所爲，要以如法而止，不敢於法律之外，有所措意。夫人勝法，則法爲虛器。法勝人，則人爲備位。人與法並行而不相勝，則天下安。今自一命以上至於宰相，皆以奉法循令爲稱其職，拱手而任法，曰，吾豈得自由哉。法既大行，故人爲備位。其成也，其敗也，其治也，其亂也，天下皆曰非我也，法也。法之弊豈不亦甚矣哉。昔者漢高之時，留侯爲太子少傅，位於叔孫之後，而周昌亦自御史大夫爲諸侯相，天下有緩急，則功臣左遷而不怨。此亦知其君臣之歡，不以法而相持也。今天下所以任法者，何也？任法生於自疑。自疑生於多私。惟天下之無私，則能於法律之外，有以效其智。何則？其自信明也。夫唐永泰之間，姦臣執政，政以賄成，德宗發憤而用常袞，袞一切用法，四方奏請，莫有獲者。然天下否塞，賢愚不分，君子不以爲能也。崔祐甫爲相，不至朞年，而除吏八百，多其親舊。或者以爲譏，祐甫曰：「不然。非親與舊，則安得而知之？顧其所用如何爾。」君子以爲善用法。今天下泛泛焉莫有深思遠慮者，皆任法之過也。

何謂好名太高而不適實？昔者聖人之爲天下，使人各效其能以相濟也〔二〕。不一則不專，不專則不能。自堯舜之時，而伯夷、后夔、稷、契之倫，皆不過名一藝辦一職以盡其能，至於子孫世守其業而不遷。夔不敢自與於知禮，而契不敢自任於播種。至於三代之際，亦各輸其才而安其習〔三〕，以不相犯躐。凡書傳所載者，自非聖人〔四〕，皆止於名一藝辦一職，故其藝未嘗不精，而其職未嘗不舉，後世之所希望而不可及者，由此故也。下而至於漢，其君子各務其所長，以相左右，故史之所記，武、宣之際，自公孫、魏、邴以下，皆不過以一能稱於當世。夫人各有才，才各有小大。大者安其大，而無忽於小。小者樂其小，而無慕於大。是以各適其用，而不喪其所長。及至後世，上失其道，而天下之士，皆有侈心，恥以一藝自名，而欲盡天下之能事。是故喪其所長，而至於無用。今之士大夫，其實病此也。仕者莫不談王道，述禮樂，皆欲復三代，追堯舜，終於不可行，而世務因以不舉。學者莫不論天人，推性命，終於不可究，而世教因以不明。自許太高，而措意太廣。太高則無用，太廣則無功。是故賢人君子布於天下，而事不立。聽其言，則侈大而可樂。責其效，則汗漫而無當。此皆好名之過。

深惟古之聖賢，建功立業，興利捍患，至於百工小民之事，皆有可觀，不若今世之因循鹵莽。其故出於此二者歟？

伏惟明公才略之宏偉，度量之寬厚，學術之廣博，聲名之煒煒，冠於一時，而振於百世。百世之所望而正者，意有所向，則天下奔走而趨之。則其愍時憂世之心，或有取於斯言也。軾將有深於此者，而未敢言焉。不宣。軾再拜。

〔一〕《文粹》卷三十五「吏」作「史」。

〔二〕郎本卷四十二、《文粹》、《七集·前集》卷二十八「效」作「致」。

〔三〕《七集·前集》「輸」作「輔」。

〔四〕「非」原作「爲」，據郎本、《文粹》、《七集·前集》改。

上韓魏公論場務書

軾再拜獻書昭文相公執事。軾得從宦於西〔一〕，嘗以爲當今制置西事，其大者未便，非痛整齊之，其勢不足以久安，未可以隨欲而拄、隨壞而補也。然而其事宏闊浩汗，非可以倉卒輕言者。今之所論，特欲救一時之急，解朝夕之患耳。

往者寶元以前，秦人之富强可知也。中户不可以畝計，而計以頃。上户不可以頃計，而計以賦。耕於野者，不願爲公侯。藏於民家者，多於府庫也。然而一經元昊之變，冰消火燎，十不存三四。今之所謂富民者，嚮之僕隸也。今之所謂蓄聚者，嚮之殘棄也。然而不知昊賊之遺種，其將永世而臣伏邪？其亦有時而不臣也？以向之民力堅完百倍而不能支，以今之傷殘之餘而能辦者，軾所不識也。夫平安無事之時，不務多方優裕其民，使其氣力渾厚，足以勝任縣官權時一切之政，而欲一旦納之於患難，軾恐外憂未去，而內憂乘之也。鳳翔、京兆，此兩郡者，陝西之囊橐也。今使有變，則緣邊被兵之郡，知戰守而已。戰而無食則北，守而無財則散。使戰不北，守不散，其權固在此兩郡也。

軾官於鳳翔，見民之所最畏者，莫若衙前之役。自其家之甕盎釜甑以上計之，長役及十千，鄉户及二十千，皆占役一分。所謂一分者，名爲糜錢，十千可辦，而其實皆十五六千，至二十千，而多者至不可勝計也。科役之法，雖始於上户，然至於不足，則遞取其次，最下至於家貲及二百千者，於法皆可科。自近歲以來，凡所科者，鮮有能大過二百千者也。夫爲王民，自甕盎釜甑以上計之而不能滿二百千，則何以爲民。今也，及二百千則不免焉，民之窮困亦可知矣。然而縣官之事，歲以二千四百分爲計，所謂優輕而可以償其勞者，不能六百分，而捕獲强惡者願入焉，擿發贓弊者願入焉，是二千四百分者，衙前之所獨任，而六百分者，未能純被於衙前也。民之窮困，又可知矣。

今之最便，惟重難日損，優輕日增，則民尚可以生，此軾之所爲區區議以官榷與民也。其詳固已具於府之所録以聞者。從軾之説，而盡以予民，失錢之以貫計者，軾嘗粗較之，歲不過二萬。失之於酒課，而償之於税緡，是二萬者，未得爲全失也。就使爲全失二萬，均多補少，要以共足，此一轉運使之所辦也。如使民日益困窮而無告，異日無以待倉卒意外之患，則雖復歲得千萬，無益於敗，此賢將帥之所畏也。

軾以爲陛下新御宇內，方求所以爲千萬年之計者，必不肯以一轉運使之所能辦，而易賢將帥之所畏。況於相公，才略冠世，不牽於俗人之論。乃者變易茶法，至今以爲不便者，十人而九，相公尚不顧，行之益堅〔二〕。今此事至小，一言可決。去歲赦書使官自買木，關中之民，始知有生意。嚮非相公果斷而力行，必且下三司。三司固不許，幸而許，必且下本路。本路下諸郡，或以爲可，或以爲不可，然後監司類聚其說而參酌之。比復於朝廷，固已朞歲矣。其行不行，又未可知也。如此，而民何望乎？

方今山陵事起，日費千金，軾乃於此時議以官榷與民，其爲迂闊取笑可知矣。然竊以爲古人之所以大過人者，惟能於擾攘急迫之中，行寬大閑暇久長之政，此天下所以不測而大服也。朝廷自數十年以來，取之無術，用之無度，是以民日困，官日貧。一旦有大故，則政出一切，不復有所擇。此從來不革之過，今日之所宜深懲而永慮也。山陵之功，不過歲終。一切之政，當訖事而罷。明年之春，則陛下踰年即位改元之歲，必將首行王道以風天下。及今使郡吏議之，減定其數，當復以聞，則言之今其時矣。伏惟相公留意。千萬幸甚。

〔一〕郎本卷四十三、《七集·前集》卷二十八「宦」作「官」。

〔二〕「益」原作「蓋」，今從郎本、《文鑑》卷一百十八、《七集·前集》。

上韓丞相論災傷手實書

史館相公執事。軾到郡二十餘日矣。民物椎魯，過客稀少，真愚拙所宜久處也。然災傷之餘，民既病矣。自入境，見民以蒿蔓裹蝗蟲而瘞之道左，纍纍相望者，二百餘里，捕殺之數，聞于官者幾三萬斛。然吏皆言蝗不爲災，甚者或言爲民除草。使蝗果爲民除草，民將祝而來之，豈忍殺乎？軾近在錢塘，見飛蝗自西北來，聲亂浙江之濤，上翳日月，下掩草木，遇其所落，彌望蕭然。此京東餘波及淮浙者耳，而京東獨言蝗不爲災，將以誰欺乎？郡已上章詳論之矣。願公少信其言，特與量蠲秋稅，或與倚閣青苗錢。疏遠小臣，腰領不足以薦鈇鉞，豈敢以非災之蝗上罔朝廷乎？若必不信，方且重復檢按，則饑羸之民，索之於溝壑間矣。且民非獨病旱蝗也。方田均稅之患，行道之人舉知之。稅之不均也久矣，然而民安其舊，無所歸怨。今乃用一切之法，成於朞月之間，奪甲與乙，其不均又甚於昔者，而民之怨始有所歸矣。

今又行手實之法，雖其條目委曲不一，然大抵恃告訐耳。昔之爲天下者，惡告訐之亂俗也，故有不干己之法，非盜及强姦不得捕告。其後稍稍失前人之意，漸開告訐之門。而今之法，揭賞以求人過者，十常八九。夫告訐之人，未有非凶姦無良者。異時州縣所共疾惡，多方去之，然後良民乃得而安。今乃以厚賞招而用之，豈吾君敦化、相公行道之本意歟？

凡爲此者，欲以均出役錢耳。免役之法，其經久利病，軾所不敢言也。朝廷必欲推而行之，尚可擇其簡易爲害不深者。軾以爲定簿便當，即用五等古法，惟第四等、五等分上、中、下。昔之定簿者爲役，役未至，雖有不當，民不争也，役至而後訴耳。故簿不可用。今之定簿者爲錢，民知當户出錢也，則不容有大繆矣。其名次細别，或未盡其詳，然至於等第，蓋已略得其實。軾以爲如是足矣。但當先定役錢所須幾何，預爲至少之數，以賦其下五等。下五等，謂第四等上、中、下，第五等上、中也。此五等舊役至輕，須令出錢至少乃可，第五等下，更不當出分文。其餘委自令佐，度三等以上民力之所任者而分與之。夫三等以上錢物之數，雖其親戚，不能周知。至於物力之厚薄，則令佐之稍有才者，可以意度也。借如某縣第一等凡若干户，度其力共可以出錢若干，則悉召之庭，以其數予之，不户別也。令民自相差擇，以次分占，盡數而已。第二等則逐鄉分之，凡某鄉之第二等若干户〔一〕，度其力可以共出錢若干，召而分之，如第一等。第三等亦如之。彼其族居相望，貧富相悉，利害相形，不容獨有僥倖者也。相推相詰，不一二日自定矣。若析户則均分役錢，典賣則著所割役錢於契要，使其子孫與買者各以其名附舊户供官，至三年造簿，則不復用，舉從其新，如此，而朝廷又何求乎？所謂浮財者，決不能知其數。凡告者，亦意之而已。意之而中，其賞不貲。不中，杖六十至八十，極矣。小人何畏而不爲乎？近者軍器監須牛皮，亦用告賞。農民喪牛甚於喪子，老弱婦女之家，報官稍緩，則撻而責之錢數十千，以與浮浪之人，其歸爲牛皮而已，何至是乎！

軾在錢塘，每執筆斷犯鹽者，未嘗不流涕也。自到京東，見官不賣鹽，獄中無鹽囚，道上無遷鄉配流之民，私竊喜幸。近者復得漕檄，令相度所謂王伯瑜者欲變京東、河北鹽法置市易鹽務利害，不覺慨然太息也。密州之鹽，歲收税錢二千八百餘萬，爲鹽一百九十餘萬秤，此特一郡之數耳。所謂市易鹽務者，度能盡買此乎？苟不能盡，民肯捨而不煎，煎而不私賣乎？頃者兩浙之民，以鹽得罪者，歲萬七千人，終不能禁。京東之民，悍於兩浙遠甚，恐非獨萬七千人而已。縱使官能盡買，又須盡賣而後可，苟不能盡，其存者與糞土何異，其害又未可以一二言也。願公救之於未行。若已行，其孰能已之？

軾不敢論事久矣，今者守郡，民之利病，其勢有以見及。又聞自京師來者，舉言公深有拯救斯民爲社稷長計遠慮之意。故不自揆，復發其狂言。可則行之，否則置之。願無聞於人，使孤危衰廢之蹤，重得罪於世也。干冒威重，不勝戰慄。

〔一〕「干」原作「下」，據郎本卷四十二、《七集·前集》改。

上文侍中論强盗賞錢書

軾再拜。軾備員偏州，民事甚簡。但風俗武悍，特好强劫，加以比歲荐饑，椎剽之姦，殆無虚日。自軾至此，明立購賞〔一〕，隨獲隨給，人用競勸，盗亦斂迹。

準法，獲强盗一人，至死者給五十千，流以下半之。近有旨，災傷之歲，皆降一等。既降一等，則當復减半，自流以下，得十二千五百而已。凡獲一賊，告與捕者，率常不下四五人，不勝則爲盗所害。幸而勝，則凡爲盗者舉讐之。其難如此，而使四五人者分十二千五百以捐其軀命〔二〕，可乎？朝廷所以深惡强盗者，爲其志不善，張而不已，可以馴致勝、廣之資也。由此言之，五十千豈足道哉！夫災傷之歲，尤宜急於盗賊。今歲之民，上户皆闕食，冬春之交，恐必有流亡之憂。若又縱盗而不捕〔三〕，則郡縣之憂，非不肖所能任也。欲具以聞上，而人微言輕，恐不見省。向見報明公所言，無不立從，東武之民，雖非所部，明公以天下爲度，必不間也。故敢以告。比來士大夫好輕議舊法，皆未習事之人，知其一不知其二者也。

常竊怪司農寺所行文書措置郡縣事，多出於本寺官吏一時之意，遂與制勑並行。近者令諸郡守根究衙前重難應緣此毀棄官文書者，皆科違制，且不用赦降原免。考其前後，初不被旨。謹按律文，毀棄官文書重害者，徒一年。今科違制，即是增損舊律令也。不用赦降原免，即是衝改新制書也。豈有增損舊律令，衝改新制書，而天子不知，三公不與，有司得專之者！今監司郡縣，皆恬然受而行之莫敢辨，此軾之所深不識也。

昔袁紹不肯迎天子，以謂若迎天子以自近，則每事表聞，從之則權輕，不從則拒命，非計之善也。夫不請而行，袁紹之所難也。而況守職奉上者乎？今聖人在上，朝廷清明，雖萬無此虞；司農所行，意其出於偶然，或已嘗被旨而失於開坐：皆不可知。但不請而行，其漸不可開耳。軾愚惷無狀，孤危之跡，日以岌岌〔四〕。夙蒙明公奬與過分，竊懷憂國之心，聊復一發於左右，猶幸明公密之，無重其罪戾也。

〔一〕「購」原作「遺」，今從《七集·前集》卷二十九。

〔二〕「捐」原作「損」，今從郎本卷四十三、《七集·前集》。

〔三〕「又縱」原作「有蹤」，今從郎本、《七集·前集》。

〔四〕「日」原作「因」，今從郎本、《七集·前集》。

上文侍中論榷鹽書

留守侍中執事。當今天下勳德俱高，爲主上所倚信，華實兼隆〔一〕，爲士民所責望，受恩三世，宜與社稷同憂，皆無如明公者。今雖在外，事有關於安危，而非職之所憂者，猶當盡力争之，而況其事關本職而憂及生民者乎？竊意明公必已言之而人不知。若猶未也，則願效其愚。

頃者三司使章惇建言：「乞榷河北、京東鹽。」朝廷遣使案視，召周革入覲，已有成議矣。惇之言曰：「河北與陝西皆爲邊防，而河北獨不榷鹽，此祖宗一時之誤恩也。」軾以爲陝西之鹽，與京東、河北不同。解池廣袤不過數十里，既不可捐以予民，而官亦易以籠取。青鹽至自虜中，有可禁止之道，然猶法存而實不行。城門之外，公食青鹽。今東北循海皆鹽也，其欲籠而取之，正與淮南、兩浙無異。軾在餘杭時，見兩浙之民以犯鹽得罪者，一歲至萬七千人而莫能止。姦民以兵仗護送，吏士不敢近者，常以數百人爲輩，特不爲他盜，故上下通知，而不以聞耳。東北之人，悍於淮、浙遠甚，平居椎剽之姦，常甲於他路，一旦榷鹽，則其禍未易以一二數也。由此觀之，祖宗以來，獨不榷河北鹽者，正事之適宜耳。何名爲誤哉！且榷鹽雖有故事，然要以爲非王政也。陝西、淮、浙既未能罷，又欲使京東、河北隨之，此猶患風痺人曰，吾左臂既病矣，右臂何爲獨完，則以酒色伐之，可乎？

今議者曰：「吾之法與淮、浙不同。淮、浙之民所以不免於私販，而竈户所以不免於私賣者，以官之買價賤而賣價貴耳。今吾賤買而賤賣，借如每斤官以三錢得之，則以四錢出之，鹽商私買於竈户，利其賤耳，賤不能減三錢，竈户均爲得三錢也，寧以予官乎？將以予私商而犯法乎？此必不犯之道也。」此無異於兒童之見。東海皆鹽也。苟民力之所及，未有捨而不煎，煎而不賣者也。而近歲官錢常若窘迫，遇其急時，百用横生，以有限之錢，買無窮之鹽，竈户有朝夕薪米之憂，而官錢在朞月之後，則其利必歸於私販無疑也。食之於鹽，非若饑之於五穀也。五穀之乏，至於節口并日。而況鹽乎？故私販法重而官鹽貴，則民之貧而懦者或不食鹽。往在浙中，見山谷之人，有數月食無鹽者，今將榷之，東北之俗，必不如往日之嗜鹹也，而望官課之不虧，疎矣。且淮、浙官鹽，本輕而利重，雖有積滯，官未病也。今以三錢爲本，一錢爲利，自禄吏購賞修築廨庚之外，所獲無幾矣。一有積滯不行，官之所喪，可勝計哉！失民而得財，明者不爲。況民財兩失者乎？

且禍莫大於作始，作俑之漸，至於用人，今兩路未有鹽禁也，故變之難。遣使會議，經年而未果。自古作事欲速而不取衆議，未有如今日者也。然猶遲久如此〔二〕，以明作始之難也。今既已榷之矣，則他日國用不足，添價貴賣，有司以爲熟事，行半紙文書而决矣。且明公能必其不添乎？非獨明公不能也，今之執政能自必乎？苟不可必，則兩路之禍，自今日始。

夫東北之蠶，衣被天下。蠶不可無鹽，而議者輕欲奪之，是病天下也。明公可不深哀而速救之歟？或者以爲朝廷既有成議矣，雖争之必不從。竊以爲不然。乃者手實造簿，方赫然行法之際，軾嘗論其不可，以告今太原韓公。公時在政府，莫之行也，而手實卒罷，民賴以少安。凡今執政所欲必行者，青苗、助役、市易、保甲而已，其他猶可以庶幾萬一。或者又以爲明公將老矣，若猶有所争，則其請老也難。此又軾之所不識也。使明公之言幸而聽，屈己少留，以全兩路之民，何所不可。不幸而不聽，是議不中意，其於退也尤易矣。願少留意。軾一郡守也，猶以爲職之所當憂，而冒聞於左右，明公其得已乎？干瀆威重，俯伏待罪而已。

〔一〕郎本卷四十三、《七集·前集》卷二十九「華」作「望」。

〔二〕《文鑑》卷一百十八「遲」作「持」。

上呂僕射論浙西災傷書〔一〕

軾頓首上書門下僕射相公閤下〔二〕。軾近上章，論浙西淫雨颶風之災。伏蒙恩旨，使與監司諸人議所以爲來歲之備者。謹已條上二事。軾才術淺短，禦災無策，但知叫號朝廷，乞寬減額米，截賜上供。言狂計拙，死罪！死罪！

然三吴風俗，自古浮薄，而錢塘爲甚。雖室宇華好，被服粲然，而家無宿舂之儲者，蓋十室而九。自經熙寧饑疫之災，與新法聚斂之害，平時富民殘破略盡，家家有市易之欠，人人有鹽酒之債，田宅在官，房廊傾倒，商賈不行，市井蕭然。譬如衰羸久病之人，平時僅自支持，更遭風寒暑濕之變，便自委頓。仁人君子，當與意外將護〔三〕，未可以壯夫常理期也。今年，錢塘賣常平米十八萬石，得米者皆叩頭誦佛云：「官家將十八萬石米，於烏鳶狐狸口中，奪出數十萬人，此恩不可忘也。」夫以區區戰國公子，尚知焚券市義，今以十八萬石米易錢九萬九千緡，而能活數十萬人，此豈下策也哉！竊惟仁聖在上，輔以賢哲，一聞此言，理無不行。但恐世俗諂薄成風，揣所樂聞與所忌諱，不以仁人君子期左右，爭言無災，或言有災而不甚，積衆口之驗，以惑聰明，此軾之所私憂過慮也。八月之末，秀州數千人訴風災，吏以爲法有訴水旱而無訴風災，拒閉不納。老幼相騰踐死者十一人，方按其事。由此言之，吏不喜言災者，蓋十人而九，不可不察也。

軾既條上二事，且以關白漕、憲兩司，官吏皆來見軾，曰：「此固當今之至計也，然恐朝廷疑公爲漕司地，柰何？」軾曰：「吾爲數十萬人性命言也，豈卹此小小悔吝哉？」去年秋冬，諸郡閉糴，商賈不行。軾既劾奏通之，又舉行災傷法，約束本路，不得收五穀力勝錢。三郡米大至，施及浙東。而漕司官吏，緣此愠怒，幾不見容。文符往來，僚吏恐悚，以軾之私意，其不爲漕司地也審矣。力勝之免，去歲已有成法，然今歲未敢舉行者，實恐再忤漕司，怨咎愈深。此則軾之疲懦畏人，不免小有回屈之罪也。伏望相公一言〔四〕，檢舉成法，自朝廷行下，使五穀通流，公私皆濟，上以明君相之恩，下以安孤危之迹，不勝幸甚。去歲朝旨，免力勝錢，止於四月。浙中無麥，須七月初間見新穀〔五〕，故自五月以來，米價復增。軾亦曾奏乞展限至六月，終不報。今者若蒙施行，則乞以六月爲限。去歲恩旨，寬減上供額米三分之一，而户部必欲得見錢，浙中遂有錢荒之憂。軾奏乞以錢和買銀絹上供，三請而後可。今者若蒙施行，即乞一時行下。

軾竊度事勢，若不且用愚計，來歲恐有流殍盜賊之憂。或以其狂淺過計，事難施用，即乞別除一小郡，仍選才術有餘可以坐消災沴者，使任一路之責。幸甚！幸甚！干冒台重，伏紙慄戰。不宜。

〔一〕《七集·後集》卷十四此文爲《杭州上執政書二首》之第二首。

〔二〕《七集·續集》卷十一無此句「軾頓首」云云十三字，下句「軾」作「某」。《七集·後集》「軾頓首」作「月日龍圖閣學士左朝奉郎知杭州軍州事充兩浙西路兵馬鈐轄蘇軾謹頓首再拜」。

〔三〕「與」字原缺，據《七集·續集》補。

〔四〕《七集·續集》「相」作「明」。

〔五〕《七集·續集》「間」作「乃」。

揚州上呂相公論税務書〔一〕

軾再拜。伏蒙手書，見謂勇於爲義，不當在外。奬飾過分，悚息之至。軾竊謂士在用不用，不在内外也。自揣所宜，在外，不惟身安耳静，至於束吏養民，亦粗似所便。又不自量，每有所建請，蒙相公主張施行，使軾常在外爲朝廷採摭四方利病，而相公擇其可行者行之，豈非學道者平生之至願也哉！頃者所論積欠，蒙示俞已有定議，此殆一洗天下瘡痏也。近復建言綱運折欠利害，乞申明《編敕》，嚴賜約束行下，而罷真、揚、楚、泗轉般倉斗子倉法，必已關覽。此事若行，不過歲失淮南商税萬緡，而數年之後，所得必却過之。但綱梢飽暖，餽運辦集，必無三十萬石之欠，而能使六路運卒，保完背皰，使臣人員千百人，保完身計，此豈小事乎？其餘綱運弊害，小小枝葉，亦不住講求，續上其事。又軾自入淮南界，聞二三年來，諸郡税務刻急日甚，行路咨怨，商賈幾於不行。有税物者既無脱遺，其無税物及雖有不多者，皆不與點檢，但多喝稅錢，商旅不肯認納，則苛留十日半月。人船既衆，貲用坐竭，則所喝惟命。州郡轉運司皆力主，此輩無所告訴。竊聞東南物貨，全不通行，京師坐致枯涸。若不及相公在位，救解此患，恐遂滋長，至於不可救矣。只如揚州稅額，已增不虧，而數小吏爲虐不已。原其情，蓋爲有條許酒稅監官分請增剩賞錢。此元豐中一小人建議，羞污士風，莫此爲甚。如酒務行此法，雖士人所耻，猶無大害。若稅務行之，則既增之外，刻剥不已，行路被其虐矣。軾且夕欲上此奏，乞罷之。亦望相公留念。軾已買田陽羡，歸計已成。紛紛多言，深可憫笑。但貪及相公在位，求治繩墨之外，故時効區區，庶小有益於世耳。不宣。

〔一〕《七集·後集》卷十四題無「公論稅務」四字。

上蔡省主論放欠書

軾於門下，蹤迹絶疎。然私自揆度，亦似見知於明公者。尋常無因緣，固不敢造次致書，今既有所欲言，而又默默拘於流俗人之議，以爲迹疎不當干說，則是謂明公亦如凡人拘於疎密之分者，竊以爲不然，故輙有所言不顧，惟少留聽。

軾於府中，實掌理欠。自今歲麥熟以來，日與小民結爲嫌恨，鞭笞鏁繫，與縣官日得千百錢，固不敢憚也。彼實侵盜欺官，而不以時償，雖日撻無愧。然其間有甚足悲者。或管押竹木，風水之所漂；或主持糧斛，歲久之所壞；或布帛惡弱，估剥以爲虧官；或糟滓潰爛，紐計以爲實欠；或未輸之贓，責於當時主典之吏；或敗折之課，均於保任干繫之家。官吏上下，舉知其非辜，而哀其不幸，迫於條憲，勢不得釋，朝廷亦深知其無告也，是以每赦必及焉。凡今之所追呼鞭撻日夜不得休息者，皆更數赦，遠者六七赦矣。問其所以不得釋之狀，則皆曰：吾無錢以與三司之曹吏。以爲不信，而考諸舊籍〔一〕，則有事同而先釋者矣。曰：此有錢者也。嗟夫，天下之人以爲言出而莫敢逆者，莫若天子之詔書也。今詔書且已許之，而三司之曹吏獨不許，是猶可忍邪？

伏惟明公在上，必不容此輩，故敢以告。凡四十六條，二百二十五人，錢七萬四百五十九千，粟米三千八百三十斛。其餘炭鐵器用材木冗雜之物甚衆。皆經監司選吏詳定灼然可放者，軾已具列聞於本府。府當以奏，奏且下三司，議者皆曰：「必不報，雖報，必無決然了絶之命。」軾以爲不然。往年韓中丞詳定放欠，以爲赦書所放，必待其家業蕩盡，以至於干繫保人亦無孑遺可償者，又當計赦後月日以爲放數。如此則所及甚少，不稱天子一切寬貸之意。自今苟無所隱欺者，一切除免，不問其他。以此知今之所奏者，皆可放無疑也。伏惟明公獨斷而力行之，使此二百二十五家皆得歸安其藜糗，養其老幼，日晏而起，吏不至門，以歌詠明公之德，亦使赦書不爲空言而無信者。干冒威重，退增恐悚。

〔一〕「籍」原作「藉」，今據郎本卷四十三、《七集·前集》卷二十九改。

上執政乞度牒賑濟因修廨宇書〔一〕

十二月二十七日，龍圖閣學士朝奉郎知杭州軍州事充兩浙西路兵馬鈐轄蘇軾謹頓首百拜上書門下僕射相公閤下〔二〕。去年浙中，冬雷發洪，太湖水溢，春又積雨，蘇、湖、常、秀皆水，民就高田秧稻，以待水退，及五六月，稍稍分種，十不及四五〔三〕，而又繼之以旱，以故早晚皆傷，高下並損。自元豐以來，民之艱食，未有如今歲者也。軾已三奏其事，至今未報。蓋人微言輕，理自當爾。然亦恐監司諸郡，不盡以實奏。而廟堂所訪問往來之人，或揣所樂聞，不盡以實告，故朝廷以軾言爲過耳。不然，豈有仁聖在上，羣賢並用，而肯恬不爲意乎？

入冬以來，緣諸郡閉糴〔四〕，而税務用例違條，收五穀力勝錢，故米價斗至八九十〔五〕，衢、睦等州至百餘錢，皆足錢〔六〕，炎炎可畏。軾用印板出榜千餘道，止絶此兩事。自半月來，米穀通流，價亦稍平。然浙中無麥，青黄之交，當在來秋，而熟不熟，又未可知。民懲熙寧流殍之禍，上户有米者，皆靳惜不肯出〔七〕，其勢非大出官米，不能救此患。自正月至七月，本州裏外九縣，日糴官米千五百石，乃可以平價救饑，計當用米三十一萬五千石。今本州常平除兑充軍糧外，止有十七萬石，漕司許於鄰郡運致三萬石〔八〕，尚少十一萬五千石。計窮理迫，須至控告。

軾近以本州廨宇弊壞，奏乞度牒二百道修完，未蒙開允。意欲以此度牒募人於諸縣納米，度可得二萬五千石。然後減價出賣，每斗六十，度可得錢萬五千貫。且以此錢修完廨宇。雖不及元計料錢數，且修完緊要處，亦粗可足用〔九〕。則是此度牒一出而兩利也。伏望相公，深念本州廨宇弊壞已甚，不可不修，及今完葺，所費尚少，後日大壞，其費必倍，又因以募人納米出糶救饑。設使不因修完廨宇，朝廷以饑民之故，特出聖恩，乞與二百道度牒，猶不爲過，而況救饑修屋兩用而並濟乎？

軾愚惷少慮，仰恃廟堂諸公仁賢卹民，必不忍拒此請。意此度牒可以必得，以此不俟回降指揮，輒已一面告諭商旅〔一〇〕，令儲峙米斛，具水陸脚乘，以須度牒之至。深望果斷不疑，於一兩日內，降付急遞。日與吏民延頸企踵，雖大旱望雲，執熱思濯，未喻其急也。若不蒙哀察，則是使軾失信商旅，坐視流殍，其爲慙惶狼狽，未易遽言。至時朝廷雖加誅殛，何補於事。

兼軾近者奏爲本路轉運司今年合起年額米斛百六十萬，乞特許且起一半或三分之二，其餘候豐熟日隨年額起發，未蒙恩許。今年漕司窘迫，實倍常歲。異時預買紬絹錢，常於歲前散絕，今尚闕太半，刻刷之急，蓋不遺餘力矣。若非朝廷少加矜察，則督迫之極，害必及民。近蒙朝廷許輟上供二十萬石出糶，此大惠也。然望更輟留三十萬石。若無米可糶，只乞以此錢收買銀絹上供，雖無補於饑民，而散幣在民，少解錢荒之患，亦良策也。

此外只有勸誘富民出穀助官賑貸，及用常平錢米募民工役二事，然皆難行。勸誘之利，未及貧民，而誅求之禍，先及上户。浙中富民欠官錢者，十人而九，决無可勸誘之理。至於募民工役，亦非實惠。若散募饑貧，不堪工役，鳥獸聚散，得錢便走。熙寧中，嘗行此事，名爲召募，其實不免於等第上差科，官支錢米盡入役夫，而本户又須貼錢雇人，凶年人户，重有此擾，皆虛名無實，利少害多。惟有多糶官米一事，簡而易行。米價既低，民無貧富，均享其利。惟望相公留意，則一路幸甚。

軾拙於言語，不能盡寫憂危之狀，以曉左右。惟有發書之日，西向再拜，扣頭默禱。庶幾區區丹誠，可以感動萬一也。不宣。

〔一〕《七集·後集》卷十四此文爲《杭州上執政書二首》之第一首。《七集·續集》卷十一「因」前有「及」字。

〔二〕《七集·後集》「軾頓首」作「十二月十七日龍圖閣學士朝奉郎知杭州軍州事充兩浙西路兵馬鈐轄蘇軾謹頓首百拜」，今據補。

〔三〕《七集·續集》「五」後有「分」字。

〔四〕《七集·後集》、《七集·續集》「糶」作「糴」。

〔五〕《七集·續集》「斗」作「長」。

〔六〕《七集·後集》「足」作「月」；此句三字爲自註註文。

〔七〕《七集·後集》「惜」作「借」，《七集·續集》「惜」後有「而」字。

〔八〕「運」原缺，據《七集·後集》、《七集·續集》補。

〔九〕「雖不及元計料錢數」至「亦粗可足用」十九字，《七集·後集》爲自註註文。「料」字原缺，據《七集·後集》、《七集·續集》補。

〔一〇〕「諭」原作「喻」，今從《七集·續集》。

蘇軾文集卷四十九

書

與章子厚參政書二首

軾頓首再拜子厚參政諫議執事。去歲吳興，謂當再獲接奉，不意倉卒就逮，遂以至今。即日，不審台候何似？

軾自得罪以來，不敢復與人事，雖骨肉至親，未肯有一字往來。忽蒙賜書，存問甚厚，憂愛深切，感嘆不可言也。恭聞拜命與議大政，士無賢不肖，所共慶快。然軾始見公長安，則語相識，云：「子厚奇偉絶世，自是一代異人。至於功名將相，乃其餘事。」方是時，應軾者皆憮然。今日不獨爲足下喜朝之得人，亦自喜其言之不妄也。

軾所以得罪，其過惡未易以一二數也。平時惟子厚與子由極口見戒，反覆甚苦，而軾强狠自用，不以爲然。及在囹圄中，追悔無路，謂必死矣。不意聖主寬大，復遣視息人間，若不改者，軾真非人也。來書所云：「若痛自追悔往咎，清時終不以一眚見廢。」此乃有才之人，朝廷所惜。如軾正復洗濯瑕垢，刻磨朽鈍，亦當安所施用，但深自感悔，一日百省，庶幾天地之仁，不念舊惡，使保首領，以從先大夫於九原足矣。軾昔年粗亦受知於聖主，使少循理安分，豈有今日。追思所犯，真無義理，與病狂之人蹈河入海者無異。方其病作，不自覺知，亦窮命所迫，似有物使。及至狂定之日，但有慚耳。而公乃疑其再犯，豈有此理哉？然異時相識，但過相稱譽，以成吾過，一旦有患難，無復有相哀者。惟子厚平居遺我以藥石，及困急又有以收恤之，真與世俗異矣。

黄州僻陋多雨，氣象昏昏也。魚稻薪炭頗賤，甚與窮者相宜〔一〕。然軾平生未嘗作活計，子厚所知之。俸入所得，隨手輒盡。而子由有七女，債負山積，賤累皆在渠處，未知何日到此。見寓僧舍，布衣蔬食，隨僧一餐，差爲簡便，以此畏其到也。窮達得喪，粗了其理，但禄廩相絶，恐年載間，遂有饑寒之憂，不能不少念。然俗所謂水到渠成，至時亦必自有處置，安能預爲之愁煎乎？

初到，一見太守，自餘杜門不出。閑居未免看書，惟佛經以遣日，不復近筆硯矣。會見無期，臨紙惘然。冀千萬以時爲國自重。

〔一〕《七集·續集》卷十一「與」作「於」。

又

子厚參政諫議執事。春初辱書，尋遞中裁謝，不審得達否？比日機務之暇，起居萬福。軾蒙恩如昨，顧以罪廢之餘，人所鄙惡，雖公不見棄，亦不欲頻通姓名。今兹復陳區區，誠義有不可已者。

軾在徐州日，聞沂州承縣界有賊何九郎者〔一〕，謀欲劫利國監。又有闞温、秦平者，皆猾賊，往來沂、兗間。欲使人緝捕，無可使者。聞沂州葛墟村有程棐者〔二〕，家富，有心膽。其弟岳，坐與李逄往還，配桂州牢城。棐雖小人，而篤於兄弟，常欲爲岳洗雪而無由。竊意其人可使。因令本州支使孟易呼至郡，諭使自效〔三〕，以刷門户垢汙，苟有成績，當爲奏乞放免其弟。棐願盡力，因出帖付與。不逾月，軾移湖州，棐相送出境，云：「公更留兩月，棐必有以自效，今已去，奈何！」軾語棐：「但盡力，不可以軾去而廢也。苟有所獲，當速以相報，不以遠近所在，仍爲奏乞如前約也。」是歲七月二十七日，棐使人至湖州見報，云：「已告捕獲妖賊郭先生等。」及得徐州孔目官以下狀申告捕妖賊事，如棐言不謬。軾方欲爲具始末奏陳〔四〕，棐所以盡力者，爲其弟也，乞勘會其弟岳所犯，如只是與李逄往還，本不與其謀者，乞賜放免，以勸有功。草具未上，而軾就逮赴詔獄。遂不果發。

今者，棐又遣人至黄州見報，云：郭先生等皆已鞫治得實〔五〕，行法久矣，蒙恩授殿直；且録其告捕始末以相示〔六〕。原棐之意所以孜孜於軾者，凡爲其弟以曩言見望也，軾固不可以復有言矣。然獨念愚夫小人〔七〕，以一言感發，猶能奮身不顧，以遂其言。而軾乃以罪廢之故，不爲一言以負其初心，獨不愧乎？且其弟岳，亦豪健絶人者也。徐、沂間人，鷙勇如棐、岳類甚衆。若不收拾驅使令捕賊，即作賊耳。謂宜因事勸獎，使皆歆艷捕告之利，懲創爲盜之禍，庶幾少變其俗。今棐必在京師參班，公可自以意召問其始末，特爲一言放免其弟岳，或與一名目牙校、鎮將之類，付京東監司驅使緝捕，其才用當復過於棐也。此事至微末，公執政大臣，豈復治此。但棐於軾，本非所部吏民，而能自效者，以軾爲不食言也。今既不可言於朝廷，又不一言於公，是終不言矣。以此愧於心不能自已，可否在公，獨願祕其事，毋使軾重得罪也。

徐州南北襟要，自昔用武之地，而利國監去州七十里，土豪百餘家，金帛山積，三十六冶器械所産，而兵衞微寡，不幸有猾賊十許人，一呼其間，吏兵皆棄而走耳，散其金帛，以嘯召無賴烏合之衆，可一日得也。軾在郡時，常令三十六冶，每户點集冶夫數十人，持却刃槍〔八〕，每月兩衙於知監之庭，以示有備而已。此地蓋常爲京東豪猾之所擬，公所宜知。因程棐事，輙復及之。秋冷，伏冀爲國自重。

〔一〕「承」原作「丞」。案：《宋史》卷八十五《地理》一，沂州有「承縣」，今據改。

〔二〕《文鑑》卷一百十八「程」作「桂」，下同。

〔三〕「諭」原作「喻」，今從《文鑑》。

〔四〕「軾」原缺，據《七集·前集》卷二十九補。

〔五〕《文鑑》「鞫」作「訊」。

〔六〕《文鑑》「且」作「因」。

〔七〕《文鑑》「人」作「子」。

〔八〕《文鑑》「持却刃槍」作「挈却槍刃」。

與孫知損運使書〔一〕

文安北城，如涉無人之境，其漸可虞。廟堂已留意，兵久驕惰，自合警策之。數年乃見效。惟極邊弓箭社射生極得力，虜所畏憚，公必舊知之矣。以數勾集一月，村堡幾虛，公私惴惴。北賊亦多相時生心，社人亦苦勾集勞費。此出入守望，與虜長技同，親戚墳墓所在，人自爲戰，不憂其不閑習也。宜與永免冬教，又當有以優異勸奬之。已條上其事，更月餘可發。此事行之，邊臣無赫赫之功，然經久實事無如此者。覘者多云可汗老疾，欲傳雛，雛爲人猜忌好兵，邊人盡知之。此豈可不留意。願公痛爲一言。心之精，意所不能言，上書豈能盡也。虜涵浸德澤久矣，其勢亦未遽渝盟，但恐雛兒驁忍，其下必有不忠貪功好利之人謀之，必先使北賊小小盜邊，託爲不知。若不折其萌芽，狃於小利，張而不已，必開邊隙。備禦之策，惟安養弓箭社，及稍加優異，使當淬礪以待小寇，策無良於此者矣。所條上數事，亦甚穩帖，不至張皇。惟乞免人户折變，所費不多。及立閑名目，奬社人頭首。又乞復回易收息，時遣機宜僚屬，費少錢粮，就地頭賞其高强者耳。

〔一〕《七集·續集》卷十一題下註：「作帥。」

與劉宜翁使君書

軾頓首宜翁使君先生閣下。秋暑，竊惟尊體起居萬福。軾久別因循，不通問左右，死罪！死罪！愚闇剛褊，仕不知止，白首投荒，深愧朋友。然定命要不可逃，置之勿復道也。惟有一事，欲謁之先生，出於迫切，深可憫笑。古之學者，不憚斷臂刳眼以求道，今若但畏一笑而止，則過矣。軾齠齓好道，本不欲婚宦，爲父兄所强，一落世網，不能自逭。然未嘗一念忘此心也。今遠竄荒服，負罪至重，無復歸望。杜門屏居，寢飯之外，更無一事，胸中廓然，實無荆棘。竊謂可以受先生之道。故託里人任德公親致此懇。古之至人，本不吝惜道術，但以人無受道之質，故不敢輕付之。軾雖不肖，竊自謂有受道之質三，謹令德公口陳其詳。伏料先生知之有素，今尤哀之，想見聞此，欣然拊掌，盡發其秘也。幸不惜辭費，詳作一書付德公，以授程德孺表弟，令專遣人至惠州。路遠，難於往返咨問，幸與軾盡載首尾，勿留後段以俟憤悱也。或有外丹已成，可助成梨棗者，亦望不惜分惠。迫切之誠，真可憫笑矣。夫心之精微，口不能盡，而況書乎？然先生筆端有口，足以形容難言之妙，而軾亦眼中無障，必能洞視不傳之意也。但恨身在謫籍，不能千里踵門，北面摳衣耳。昔葛稚川以丹砂之故求句嶁令，先生儻有意乎？嶠南山水奇絶，多異人神藥，先生不畏嵐瘴，可復談笑一遊，則小人當奉杖屨以從矣。昨夜夢人爲作易卦，得《大有》上九，及覺而占之，乃郭景純爲許邁筮，有「元吉自天祐之」之語，遽作此書，庶幾似之。其餘非書所能盡，惟祝萬萬以時自重。不宣。

與朱鄂州書

軾啓。近遞中奉書，必達。比日春寒，起居何似。昨日武昌寄居王殿直天麟見過，偶説一事，聞之酸辛，爲食不下。念非吾康叔之賢，莫足告語，故專遣此人。俗人區區，了眼前事，救過不暇，豈有餘力及此度外事乎？天麟言：岳鄂間田野小人〔一〕，例只養二男一女，過此輒殺之，尤諱養女，以故民間少女，多鰥夫。初生，輒以冷水浸殺，其父母亦不忍，率常閉目背面，以手按之水盆中，咿嚶良久乃死。有神山鄉百姓石揆者，連殺兩子，去歲夏中，其妻一產四子，楚毒不可堪忍，母子皆斃〔二〕。報應如此，而愚人不知創艾。天麟每聞其側近有此，輒馳救之，量與衣服飲食，全活者非一。既旬日，有無子息人欲乞其子者，輒亦不肯。以此知其父子之愛，天性故在，特牽於習俗耳。聞鄂人有秦光亨者，今已及第，爲安州司法。方其在母也，其舅陳遵，夢一小兒挽其衣，若有所訴。比兩夕，輒見之，其狀甚急。遵獨念其姊有娠將產，而意不樂多子，豈其應是乎？馳往省之，則兒已在水盆中矣，救之得免。鄂人户知之。

準律，故殺子孫，徒二年。此長吏所得按舉。願公明以告諸邑令佐，使召諸保正，告以法律，諭以禍福〔三〕，約以必行，使歸轉以相語，仍録條粉壁曉示，且立賞召人告官，賞錢以犯人及隣保家財充，若客户則及其地主。婦人懷孕，經涉歲月，隣保地主，無不知者。若後殺之，其勢足相舉覺，容而不告，使出賞固宜。若依律行遣數人，此風便革。公更使令佐各以至意誘諭地主豪户，若實貧甚不能舉子者，薄有以賙之。人非木石，亦必樂從。但得初生數日不殺，後雖勸之使殺，亦不肯矣。自今以往，緣公而得活者，豈可勝計哉。

佛言殺生之罪，以殺胎卵爲最重。六畜猶爾，而況於人。俗謂小兒病爲無辜，此真可謂無辜矣。悼耄殺人猶不死，況無罪而殺之乎？公能生之於萬死中，其陰德十倍於雪活壯夫也。昔王濬爲巴郡太守，巴人生子皆不舉。濬嚴其科條，寬其徭役，所活數千人。及後伐吳，所活者皆堪爲兵。其父母戒之曰：「王府君生汝，汝必死之。」古之循吏，如此類者非一。居今之世，而有古循吏之風者，非公而誰。此事特未知耳。

軾向在密州，遇饑年，民多棄子，因盤量勸誘米，得出剩數百石別儲之，專以收養棄兒，月給六斗。

比朞年，養者與兒，皆有父母之愛，遂不失所，所活亦數千人[四]。此等事，在公如反手耳。恃深契，故不自外。不罪！不罪！此外，惟爲民自重。不宣。軾再頓首。

〔一〕郎本卷四十六「岳鄂」作「鄂渚」。

〔二〕郎本「斃」作「死」。

〔三〕郎本「諭」作「喻」。

〔四〕《七集·前集》卷三十「千」作「十」。

與謝民師推官書[一]

軾啓。近奉違，亟辱問訊，具審起居佳勝，感慰深矣。軾受性剛簡，學迂材下，坐廢累年，不敢復齒縉紳。自還海北，見平生親舊，惘然如隔世人，況與左右無一日之雅，而敢求交乎？數賜見臨，傾蓋如故，幸甚過望，不可言也。所示書教及詩賦雜文，觀之熟矣。大略如行雲流水，初無定質，但常行於所當行，常止於所不可不止[二]，文理自然，姿態横生。孔子曰：「言之不文，行而不遠[三]。」又曰：「辭達而已矣。」夫言止於達意，即疑若不文[四]，是大不然。求物之妙，如繫風捕影，能使是物了然於心者，蓋千萬人而不一遇也。而況能使了然於口與手者乎[五]？是之謂辭達。辭至於能達，則文不可勝用矣。揚雄好爲艱深之詞，以文淺易之説，若正言之，則人人知之矣。此正所謂雕蟲篆刻者，其《太玄》、《法言》皆是類也[六]。而獨悔於賦，何哉？終身雕蟲[七]，而獨變其音節，便謂之經，可乎？屈原作《離騷經》，蓋風雅之再變者，雖與日月爭光可也。可以其似賦而謂之雕蟲乎？使賈誼見孔子，升堂有餘矣，而乃以賦鄙之，至與司馬相如同科！雄之陋，如此比者甚衆。可與知者道，難與俗人言也。因論文偶及之耳。歐陽文忠公言文章如精金美玉，市有定價，非人所能以口舌定貴賤也。紛紛多言，豈能有益於左右。愧悚不已。所須惠力法雨堂字。軾本不善作大字，强作終不佳，又舟中局迫難寫，未能如教。然軾方過臨江，當往游焉。或僧欲有所記録〔八〕，當作數句留院中，慰左右念親之意〔九〕。今日已至峽山寺〔一〇〕，少留卽去。愈遠。惟萬萬以時自愛。不宣。

〔一〕郎本卷四十六、《七集·後集》卷十四題作《答謝民師書》。《七集·續集》卷十一重收此文，題同底本。

〔二〕「所」原缺，據郎本補。

〔三〕「而」原作「之」，今從郎本。案：此乃引《左傳·襄公二十五年》孔子之語。

〔四〕「卽」原缺，據郎本補。《七集·後集》「卽」作「則」。

〔五〕《七集·後集》無「者」字。

〔六〕《文粹》卷三十六、《七集·後集》「類」作「物」。

〔七〕郎本「蟲」作「篆」。

〔八〕「欲有所」原作「有所欲」，今從《文粹》、《七集·後集》。

〔九〕郎本「念親」作「親念」。

〔一〇〕郎本無「已」字，《文粹》、《七集·後集》無「日」字。

與李方叔書

軾頓首方叔先輩足下。屢獲來教，因循不一裁答，悚息不已。比日履茲秋暑，起居佳勝。録示《子駿行狀》及數詩，辭意整暇，有加於前，得之極喜慰。累書見責以不相薦引，讀之甚愧。然其説不可不盡。君子之知人，務相勉於道，不務相引於利也。足下之文，過人處不少，如《李氏墓表》及《子駿行狀》之類，筆勢翩翩，有可以追古作者之道。至若前所示《兵鑑》，則讀之終篇，莫知所謂。意者足下未甚有得於中而張其外者；不然，則老病昏惑，不識其趣也。以此，私意猶冀足下積學不倦，落其華而成其實〔一〕。深願足下爲禮義君子，不願足下豐於才而廉於德也。若進退之際，不甚慎靜，則於定命不能有毫髮增益，而於道德有丘山之損矣。古之君子，貴賤相因，先後相援，固多矣。軾非敢廢此道，平生相知，心所謂賢者則於稠人中譽之，或因其言以考其實，實至則名隨之，名不可掩，其自爲世用，理勢固然，非力致也。陳履常居都下逾年，未嘗一至貴人之門，章子厚欲一見，終不可得。中丞傅欽之、侍郎孫莘老薦之，軾亦掛名其間。會朝廷多知履常者，故得一官。軾孤立言輕，未嘗獨薦人也。爵禄砥世，人主所專，宰相猶不敢必，而欲責於軾，可乎？東漢處士私相謚，非古也。殆似丘明爲素臣，當得罪於孔門矣。孟生貞曜，蓋亦蹈襲流弊，不足法，而況近相名字乎？甚不願足下此等也。軾於足下非愛之深期之遠，定不及此，猶能察其意否？近秦少游有書來，亦論足下近文益奇。明主求人如不及，豈有終汨没之理！足下但信道自守，當不求自至。若不深自重，恐喪失所有〔二〕。言切而盡，臨紙悚息。未即會見，千萬保愛。近夜眼昏，不一！不一！軾頓首。

〔一〕「華」原作「葉」，今從《七集·續集》卷十一。

〔二〕《七集·續集》「近文益奇……恐喪失所有」四十字爲自註註文。

與葉進叔書

進叔足下。僕狷介寡合之人也。足下望其貌而壯其氣，聆其語而知其心，握手見情素，交論古今，歡然若與之忘年焉〔一〕，僕不自知何爲而得此於足下也。前日南歸，草草不能道一辭。到家，秋氣已高，窗户蕭然，思與足下談笑之樂，恍乎若相從於夢中，既覺而不知卧於虚榻也。行日，嘗辱贈言，意勤辭直，讀之使人惻惻動心。足下之所以知僕心者至矣，所以責善於朋友者亦至矣。而又凡所以爲至之中有所不至者，僕得以盡之焉。僕聞有自知之明者，乃所以知人。有自達之聰者，乃所以達物。自知矣可以無疑矣，而徇人則疑於人。自達矣可以無蔽矣，而徇物則蔽於物。今足下自知自達而無可疑可蔽矣，豈僕所以得人與物之説耶？至以謂僕之交，不能把臂服膺以示無間，凡此者，非疑非蔽也，乃僕所以爲狷介寡合者。足下顧不亮乎？夫投規於矩，雖公輸不能使之合。何則？方圓者殊也。雜宫以羽，雖師曠不能使之一。何則？緩急者異也。對辯以訥，遇剛以柔，雖君子不能以無争。何則？所性所操之不同也。足下聰明過人，無世事不通，獨不知物理之有參差者乎？昔張籍遺韓愈之書，責愈以商論文字不能下氣。夫以退之而未免，矧其下者乎？雖然，亦思而改之耳。恐足下未審此，聊復以書。

〔一〕「忘」前原空一格，《七集·續集》卷十一不空格，今從。案，此句之上文爲「握手見情素，交論古今」，疑「交」前空一字。

與王庠書

軾啓。遠蒙差人致書問安否，輔以藥物，眷意甚厚。自二月二十五日，至七月十三日，凡一百三十餘日乃至，水陸蓋萬餘里矣。罪戾遠黜，既爲親友憂，又使此兩人者，跋涉萬里，比其還家，幾盡此歲，此君愛我之過而重其罪也。但喜比來侍奉多暇，起居佳勝。軾罪大責薄，居此固宜，無足言者。瘴癘之邦，僵仆者相屬於前，然亦皆有以取之〔一〕。非寒暖失宜，則饑飽過度，苟不犯此者，亦未遽病也。若大期至，固不可逃，又非南北之故矣。以此居之泰然。不煩深念。前後所示著述文字，皆有古作者風力，大略能道意所欲言者。孔子曰：「辭達而已矣。」辭至於達〔二〕，止矣〔三〕，不可以有加矣。《經說》一篇，誠哉是言也〔四〕。西漢以來，以文設科而文始衰，自賈誼、司馬遷，其文已不逮先秦古書，況其下者〔五〕。文章猶爾，況所謂道德者乎〔六〕？若所論周勃，則恐不然。平、勃未嘗一日忘漢，陸賈爲之謀至矣〔七〕。彼視祿、産猶几上肉，但將相和調，則大計自定。若如君言，先事經營，則呂后覺悟，誅兩人，而漢亡矣。軾少時好議論古人，既老，涉世更變，往往悔其言之過，故樂以此告君也。儒者之病，多空文而少實用。賈誼、陸贄之學，殆不傳於世。老病且死，獨欲以此教子弟，豈意姍親中，乃有王郎乎？三復來貺，喜抃不已。應舉者志於得而已。今程試文字，千人一律，考官亦厭之〔八〕，未必得也。如君自信不同，必不爲時所棄也。又況得失有命，決不可移乎？勉守所學，以卒遠業。相見無期，萬萬自重而已。人還，謹奉手啓，少謝萬一。

〔一〕「皆」原缺，據郎本卷四十六補。

〔二〕《七集·續集》卷十一「達」前有「能」字。

〔三〕郎本「止」作「足」。

〔四〕郎本「哉」作「然」。

〔五〕郎本「者」下有「乎」字。

〔六〕郎本「所謂」作「於」，無「者」字。

〔七〕郎本「爲之」作「之爲」。

〔八〕郎本「亦」作「益」。

謝歐陽内翰書〔一〕

軾竊以天下之事，難於改爲。自昔五代之餘，文教衰落，風俗靡靡，日以塗地。聖上慨然太息，思有以澄其源，疏其流，明詔天下，曉諭厥旨。於是招來雄俊魁偉敦厚朴直之士，罷去浮巧輕媚叢錯采繡之文，將以追兩漢之餘，而漸復三代之故。士大夫不深明天子之心，用意過當，求深者或至於迂，務奇者怪僻而不可讀，餘風未殄，新弊復作。大者鏤之金石，以傳久遠；小者轉相摹寫，號稱古文。紛紛肆行，莫之或禁。蓋唐之古文，自韓愈始。其後學韓而不至者爲皇甫湜。學皇甫湜而不至者爲孫樵。

自樵以降，無足觀矣。伏惟内翰執事，天之所付以收拾先王之遺文，天下之所待以覺悟學者。恭承王命，親執文柄，意其必得天下之奇士以塞明詔。軾也遠方之鄙人，家居碌碌，無所稱道，及來京師，久不知名，將治行西歸，不意執事擢在第二。惟其素所蓄積，無以慰士大夫之心，是以羣嘲而聚罵者，動滿千百。亦惟恃有執事之知，與衆君子之議論，故恬然不以動其心。猶幸御試不爲有司之所排，使得搢笏跪起，謝恩于門下。聞之古人，士無賢愚，惟其所遇。蓋樂毅去燕，不復一戰，而范蠡去越，亦終不能有所爲。軾願長在下風，與賓客之末，使其區區之心，長有所發。夫豈惟軾之幸，亦執事將有取一二焉。不宣。

〔一〕郎本卷四十一「謝」作「上」，下二文同。《七集·前集》卷二十六收此文，爲《謝南省主文啓五首》之第一首（其餘四首爲王内翰、梅龍圖、韓舍人、范舍人，王内翰、韓舍人已見卷四十六）。

謝梅龍圖書

軾聞古之君子，欲知是人也，則觀之以言。言之不足以盡也，則使之賦詩以觀其志。春秋之世，士大夫皆用此以卜其人之休咎，死生之間，而其應若影響符節之密。夫以終身之事而決於一詩，豈其誠發於中而不能以自蔽邪〔一〕？《傳》曰：「登高能賦，可以爲大夫矣。」古之所以取人者，何其簡且約也。後之世風俗薄惡，漸不可信。孔子曰：「今吾於人也，聽其言而觀其行。」知詩賦之不足以決其終身也，故試之論以觀其所以是非於古之人，試之策以觀其所以措置於今之世。而詩賦者，或以窮其所不能，策論者，或以掩其所不知。差之毫毛，輒以擯落。後之所以取人者，何其詳且難也。夫惟簡且約〔二〕，故天下之士皆敦樸而忠厚；詳且難，故天下之士虛浮而矯激。伏惟龍圖執事，骨鯁大臣，朝之元老。憂卹天下，慨然有復古之心。親較多士，存其大體。詩賦將以觀其志，而非以窮其所不能；策論將以觀其才，而非以掩其所不知。使士大夫皆得寬然以盡其心，而無有一日之間蒼皇擾亂、偶得偶失之歎。故君子以爲近古。軾長於草野，不學時文，詞語甚樸，無所藻飾。意者執事欲抑浮剽之文，故寧取此以矯其弊。人之幸遇，乃有如此。感荷悚息，不知所裁。

〔一〕郎本卷四十一、《七集·續集》卷十一「其」作「非」。

〔二〕「惟」原爲空格，今據各本補。

謝范舍人書

軾聞之古人，民無常性。雖土地風氣之所禀，而其好惡則存乎其上之人。文章之風，惟漢爲盛。而貴顯暴著者，蜀人爲多。蓋相如唱其前，而王褒繼其後。峩冠曳佩，大車駟馬，徜徉乎鄉閭之中，而蜀人始有好文之意。絃歌之聲，與鄒、魯比。然而二子者，不聞其能有所薦達。豈其身之富貴而遂忘其徒耶？嘗聞之老人，自孟氏入朝，民始息肩，救死扶傷不暇，故數十年間，學校衰息。天聖中，伯父解褐西歸，鄉人歎嗟，觀者塞塗。其後執事與諸公相繼登於朝，以文章功業聞於天下。於是釋耒耜而執筆硯者，十室而九。比之西劉，又以遠過。且蜀之郡數十，軾不敢遠引其他，蓋通義蜀之小州，而眉山又其一縣，去歲舉於禮部者，凡四五十人，而執事與梅公親執權衡而較之，得者十有三人焉。則其他可知矣。夫君子之用心，於天下固無所私愛，而於其父母之邦，苟有得之者，其與之喜樂，豈如行道之人漠然而已哉！執事與梅公之於蜀人，其始風動誘掖，使聞先王之道，其終度量裁置，使觀天子之光，與相如、王褒，又甚遠矣。軾也在十三人之中，謹因閽吏進拜於庭，以謝萬一。又以賀執事之鄉人得者之多也。

謝張太保撰先人墓碣書〔一〕

軾頓首再拜。伏蒙再示先人《墓表》，特載《辨姦》一篇，恭覽涕泗，不知所云。竊惟先人早歲汩没，晚乃有聞。雖當時學者知師尊之，然於其言語文章，猶不能盡，而況其中之不可形者乎？所謂知之盡而信其然者，舉世惟公一人。雖若不幸，然知我者希，正老氏之所貴。《辨姦》之始作也，自軾與舍弟皆有「嘻其甚矣」之諫，不論他人。獨明公一見，以爲與我意合。公固已論之先朝，載之史册，今雖容有不知，後世決不可没。而先人之言，非公表而出之，則人未必信。信不信何足深計，然使斯人用區區小數以欺天下，天下莫覺莫知，恐後世必有秦無人之嘆。此《墓表》之所以作，而軾之所以流涕再拜而謝也。黄叔度澹然無作，郭林宗一言，至今以爲顔子。林宗於人材小大畢取，所賢非一人，而叔度之賢，無一見於外者，而後世猶信，徒以林宗之重也。今公之重，不减林宗，所賢惟先人，而其心迹，粗若可見，其信於後世必矣。多言何足爲謝，聊發一二。

〔一〕郎本卷四十四題作《上張太保書》。

答張文潛縣丞書

軾頓首文潛縣丞張君足下〔一〕。久別思仰。到京公私紛然，未暇奉書。忽辱手教，且審起居佳勝，至慰！至慰！惠示文編，三復感歎。甚矣，君之似子由也。子由之文實勝僕，而世俗不知，乃以爲不如。其爲人深不願人知之，其文如其爲人，故汪洋澹泊，有一唱三歎之聲，而其秀傑之氣，終不可沒。作《黄樓賦》，乃稍自振厲，若欲以警發憒憒者。而或者便謂僕代作，此尤可笑。是殆見吾善者機也。文字之衰，未有如今日者也。其源實出於王氏。王氏之文，未必不善也，而患在於好使人同己。自孔子不能使人同，顔淵之仁，子路之勇，不能以相移。而王氏欲以其學同天下！地之美者，同於生物，不同於所生。惟荒瘠斥鹵之地，彌望皆黄茅白葦，此則王氏之同也。近見章子厚言，先帝晚年甚患文字之陋，欲稍變取士法，特未暇耳。議者欲稍復詩賦，立《春秋》學官，甚美。僕老矣，使後生猶得見古人之大全者，正賴黄魯直、秦少游、晁無咎、陳履常與君等數人耳。如聞君作太學博士，願益勉之。「德輶如毛，民鮮克舉之。我儀圖之，愛莫助之」。此外千萬善愛。偶飲卯酒，醉。來人求書，不能復觀縷〔二〕。

〔一〕「縣丞」二字原缺，據郎本卷四十五、《七集·前集》卷三十補。

〔二〕「復」原缺，據郎本、《七集·前集》補。

答陳師仲主簿書

軾頓首再拜錢塘主簿陳君足下〔一〕。曩在徐州，得一再見。及見顔長道輩，皆言足下文詞卓瑋，志節高亮，固欲朝夕相從。適會訟訴，偶有相關及者，遂不復往來。此自足下門中不幸，亦豈爲吏者所樂哉！想彼此有以相照。已而，軾又負罪遠竄，流離契闊，益不復相聞。今者蒙書教累幅，相屬之厚，又甚於昔者。知足下釋然，果不以前事介意。幸甚！幸甚！自得罪後，雖平生厚善，有不敢通問者，足下獨犯衆人之所忌，何哉？及讀所惠詩文，不數篇，輒拊掌太息，此自世間奇男子，豈可以世俗趣舍量其心乎！詩文皆奇麗，所寄不齊，而皆歸合於大道，軾又何言者。其間十常有四五見及，或及舍弟，何相愛之深也。處世齟齬，每深自嫌惡，不論他人。及見足下輩猶如此，輒亦少自赦。詩能窮人，所從來尚矣，而於軾特甚。今足下獨不信，建言詩不能窮人，爲之益力。其詩日已工，其窮殆未可量，然亦在所用而已。不龜手之藥，或以封，安知足下不以此達乎？人生如朝露，意所樂則爲之，何暇計議窮達。云能窮人者固繆，云不能窮人者，亦未免有意於畏窮也。江淮間人好食河豚，每與人争河豚本不殺人，嘗戲之，性命自子有，美則食之，何與我事。今復以此戲足下，想復千里爲我一笑也。先吏部詩，幸得一觀，輒題數字，繼諸公之末。見爲編述《超然》、《黄樓》二集，爲賜尤重。從來不曾編次，縱有一二在者〔二〕，得罪日，皆爲家人婦女輩焚毁盡矣。不知今乃在足下處。當爲删去其不合道理者，乃可存耳。軾於錢塘人有何恩意，而其人至今見念，軾亦一歲率常四五夢至西湖上，此殆世俗所謂前緣者。在杭州嘗遊壽星院，入門便悟曾到，能言其院後堂殿山石處，故詩中嘗有「前生已到」之語。足下主簿，於法得出入，當復縱游如軾在彼時也。山水窮絶處，往往有軾題字，想復題其後。足下所至，詩但不擇古律，以日月次之，異日觀之，便是行記。有便以一二見寄，慰此惘惘。其餘慎疾自重。不宣。軾頓首再拜。

〔一〕「錢塘主簿」四字原缺，據郎本卷四十五、《七集・前集》卷三十補。

〔二〕「縱」原作「復」，今從郎本、《七集・前集》。

答劉沔都曹書

軾頓首都曹劉君足下。蒙示書教，及所編録拙詩文二十卷〔一〕。軾平生以文字言語見知於世〔二〕，亦以此取疾於人，得失相補，不如不作之安也。以此常欲焚棄筆硯，爲瘖默人，而習氣宿業，未能盡去，亦謂隨手雲散鳥没矣。不知足下默隨其後，掇拾編綴，略無遺者，覽之慙汗，可爲多言之戒〔三〕。然世之蓄軾詩文者多矣，率真僞相半，又多爲俗子所改竄，讀之使人不平。然亦不足怪。識真者少，蓋從古所病。梁蕭統集《文選》，世以爲工。以軾觀之，拙於文而陋於識者，莫統若也。宋玉賦《高唐》、《神女》，其初略陳所夢之因，如子虛、亡是公等相與問答〔四〕，皆賦矣。而統謂之敍，此與兒童之見何異。李陵、蘇武贈別長安，而詩有「江漢」之語。及陵與武書，詞句儇淺，正齊梁間小兒所擬作，決非西漢文。而統不悟。劉子玄獨知之。范曄作《蔡琰傳》，載其二詩，亦非是。董卓已死，琰乃流落，方卓之亂，伯嗜尚無恙也，而其詩乃云以卓亂故，流入於胡。此豈真琰語哉！其筆勢乃效建安七子者，非東漢詩也。李太白、韓退之、白樂天詩文，皆爲庸俗所亂，可爲太息。今足下所示二十卷，無一篇僞者，又少謬誤。及所示書詞，清婉雅奥，有作者風氣〔五〕，知足下致力於斯文久矣。軾窮困，本坐文字，蓋願刳形去智而不可得者〔六〕。然幼子過文益奇，在海外孤寂無聊，過時出一篇見娱，則爲數日喜，寢食有味。以此知文章如金玉珠貝，未易鄙棄也。見足下詞學如此，又喜吾同年兄龍圖公之有後也。故勉作報書，匆匆。不宣。

〔一〕「所」原缺，據郎本卷四十六補。

〔二〕「文字言語」原作「言語文字」，今從郎本。

〔三〕郎本「多言之戒」作「多言者之戒也」。

〔四〕「等」原缺，據郎本補。

〔五〕郎本「有」前有「真」字。

〔六〕《七集·後集》卷十四「智」作「皮」。

答李方叔書〔一〕

軾頓首先輩李君足下。别後遞中得二書，皆未果答。專人來，又辱長箋，且審比日孝履無恙，感慰深矣。惠示古賦近詩，詞氣卓越，意趣不凡，甚可喜也。但微傷冗，後當稍收斂之，今未可也。足下之文，正如川之方增，當極其所至，霜降水落，自見涯涘，然不可不知也。録示孫之翰《唐論》。僕不識之翰，今見此書，凛然得其爲人。至論褚遂良不譖劉洎，太子瑛之廢緣張説，張巡之敗緣房琯，李光弼不當圖史思明，宣宗有小善而無人君大略，皆《舊史》所不及。議論英發，暗與人意合者甚多。又讀歐陽文忠公《志》文、司馬君實跋尾，益復慨然。然足下欲僕別書此文入石，以爲之翰不朽之託，何也？之翰所立於世者，雖無歐陽公之文可也，而況欲託字畫之工以求信於後世，不亦陋乎〔二〕。足下相待甚厚，而見譽過當，非所以爲厚也。近日士大夫皆有僭侈無涯之心，動輒欲人以周、孔譽己，自孟軻以下者，皆憮然不滿也。此風殆不可長。又僕細思所以得患禍者，皆由名過其實，造物者所不能堪，與無功而受千鍾者，其罪均也。深不願人造作言語，務相粉飾，以益其疾。足下所與游者元聿〔三〕，讀其詩，知其爲超然奇逸人也。緣足下以得元君，爲賜大矣。《唐論》文字不少，過煩諸君寫録，又以見足下所與游者，皆好學喜事，甚善！甚善！獨所謂未得名世之士爲志文則未葬者，恐於禮未安。司徒文子問於子思：「喪服既除然後葬，其服何服？」子思曰：「三年之喪，未葬，服不變，除何有焉。」昔晉温嶠以未葬不得調。古之君子，有故不得已而未葬，則服不變，官不調。今足下未葬，豈有不得已之事乎？他日有名世者，既葬而表其墓，何患焉。辱見厚，不敢不盡。冬寒。惟節哀自重。

〔一〕「書」後原有「二首」二字，誤。案：此二首之第二首，據郎本卷四十七、《七集·前集》卷二十九，爲答李端叔書。今删去「二首」二字。郎本卷四十六題作《答李方叔書》，今從。原題作「答李廌書」。本卷已有《與李方叔書》，今統一於字。

〔二〕「亦」原作「以」，今從郎本。《文粹》卷三十六「亦」作「已」。

〔三〕郎本「聿」作「君」。

答李端叔書〔一〕

軾頓首再拜。聞足下名久矣，又於相識處，往往見所作詩文，雖不多，亦足以髣髴其爲人矣。尋常不通書問，怠慢之罪，猶可闊略，及足下斬然在疚，亦不能以一字奉慰，舍弟子由至，先蒙惠書，又復懶不卽答，頑鈍廢禮，一至於此，而足下終不棄絶，遞中再辱手書，待遇益隆，覽之面熱汗下也。足下才高識明，不應輕許與人，得非用黄魯直、秦太虛輩語，真以爲然耶？不肖爲人所憎，而二子獨喜見譽，如人嗜昌歜、羊棗，未易詰其所以然者。以二子爲妄則不可，遂欲以移之衆口，又大不可也。軾少年時，讀書作文，專爲應舉而已。既及進士第，貪得不已，又舉制策，其實何所有。而其科號爲直言極諫，故每紛然誦説古今，考論是非，以應其名耳。人苦不自知，既以此得，因以爲實能之，故譊譊至今，坐此得罪幾死，所謂齊虜以口舌得官，真可笑也。然世人遂以軾爲欲立異同，則過矣。妄論利害，攙説得失，此正制科人習氣。譬之候蟲時鳥，自鳴自已，何足爲損益。軾每怪時人待軾過重，而足下又復稱説如此，愈非其實。得罪以來，深自閉塞，扁舟草屨，放浪山水間，與樵漁雜處，往往爲醉人所推駡〔二〕。輒自喜漸不爲人識，平生親友無一字見及，有書與之亦不答，自幸庶幾免矣。足下又復創相推與，甚非所望。木有癭，石有暈，犀有通，以取妍於人，皆物之病也。謫居無事，默自觀省，回視三十年以來所爲，多其病者。足下所見皆故我，非今我也。無乃聞其聲不考其情，取其華而遺其實乎？抑將又有取於此也？此事非相見不能盡。自得罪後，不敢作文字。此書雖非文，然信筆書意，不覺累幅，亦不須示人。必喻此意。歲行盡，寒苦。惟萬萬節哀强食。不次。

〔一〕「答李端叔書」原作「又」，據郎本卷四十七、《七集·前集》卷二十九改。

〔二〕明刊《文粹》卷三十六「推」作「摧」。

答劉巨濟書

軾啓。人來辱書累幅，承起居無恙。審比來憂患相仍，情懷牢落，此誠難堪。然君在侍下，加以少年美才，當深計遠慮，不應戚戚徇無已之悲。賢兄文格奇拔，誠如所云，不幸早世，其不朽當以累足下。見其手書舊文，不覺出涕。詩及新文，愛玩不已。都下相知，惟司馬君實、劉貢父，當以示之。恨僕聲勢低弱，不能力爲發揚。然足下豈待人者哉！《與吴秀才書》論佛大善。近時士人多學談理空性，以追世好，然不足深取。時以此取之，不得不爾耳。僕老拙百無堪，向在科場時，不得已作應用文，不幸爲人傳寫，深可羞愧，以此得虚名。天下近世進人以名，平居雖孔孟無異，一經試用，鮮不爲笑。以此益羞爲文。自一二年來，絶不復爲。今足下不察，猶以所羞者譽之，過矣。舍弟差入貢院，更月餘方出。家孟侯雖不得解，却用往年衣服，不赴南省，得免解。其兄安國亦然。勤國亦捷州解，皆在此。因風時惠問，以慰飢渴。何時會合，臨紙悵然。惟强飯自重。

答李琮書〔一〕

軾啓。奉别忽然半年，思仰無窮。近聞公有閨門之戚，即欲作書奉慰，既罕遇的便，又以爲書未必能開釋左右，往往更益悽悵，用是稍緩。今辱手教，慙負不已。竊計高懷遠度，必已超然。此等情累，隨手掃滅，猶恐不脱，若更反覆尋繹，便纏繞人矣。望深以明識照之。軾凡百如昨，愚暗少慮，輒復隨緣自娱。自夏至後，杜門不出，惡熱不可過，所居又向西，多勸遷居，遷居非月餘不能定，而熱向衰矣。亦復不果。如聞公以職事當須一赴闕，不知果然否？

承問及王天常奉職所言邊事。天常父齊雄，結髮與西南夷戰，夷人信畏之。天常幼隨其父入夷中，近歲王中正入蜀，亦令天常招撫近界諸夷，夷人以其齊雄子，亦信用其言。向嘗與軾言瀘州事，所以致甫望乞弟作過如此者，皆有條理可聽。然皆已往之事，雖知之無補。又似言人長短，故不復録呈。

獨論今日事勢。揣量夷人情僞，似有本末。天常正月中與軾言：「播州首領楊貴遷者，俗謂之楊通判，最近烏蠻，而梟武可用。又有宋大郎者，乞弟之死黨，凶猾有謀略。若官中見委説楊貴遷令殺宋大郎，必可得也。」數日前，有從蜀中來者，言貴遷已殺宋大郎，納其首級，與銀三千兩。以此推之，天常之言，殆不妄也。天常言：晏州六縣水路十二村諸夷，世與乞弟爲仇。向者熊察訪誘殺十二村首領，及近歲韓存寶討殺羅狗姓諸夷，皆有唇齒之憂，貌畏而心貳。去年乞弟領兵至羅介牟屯〔二〕，殺害兵官王宣等十二人。其地去寧遠安夷寨至近，涉歷諸夷族帳不少，自來自去，殊無留難。若諸夷不心與之，其勢必不能如此也。今欲討乞弟，必先有以懷結近界諸夷，得其心腹而後可。今韓存寶等諸軍，既不敢與乞弟戰，但翺翔於近界百餘里間，多殺不作過熟户老弱，而厚以金帛遺乞弟，且遣四人爲質，然後得乞弟遣人送一封空降書，便與約誓〔三〕，即日班師，與運司諸君皆上表稱賀。上深照其實，已降手詔械存寶獄中，遠人無不歡快。以謂雖漢光武、唐太宗料敵察情於萬里之外，不能過也。今雖已械存寶，而後來者亦未見有精巧必勝之術，但言乞弟不過有兵三千，而官軍無慮三萬，何往而不克。此正如千鈞車弩，可以洞犀象，而不可以得鼠耳。今糧運止於江安縣，自江安至乞弟住坐處，猶須十二三程〔四〕，吏士以糗餌行，其勢不能過一月。乞弟但能深自避匿四五十日，則免矣。而山谷幽嶮，林木沮洳，賊於溪谷間，依叢木自蔽，以藥箭射人，血濡縷立死。戰士數萬人知深入未爲萬全，而將吏不敢復稽留，此間事不可不深慮。

天常言：「國之用兵，正如私家之造屋。凡屋若干，材石之費，穀米之用，爲錢若干，布算而定，無所贏縮矣，工徒入門，斧斤之聲鏗然，而百用毛起，不可復計，此慮不素定之過也。既作而復聚糧，既斲而復求材，其費必十倍，其工必不堅。故王者之兵，當如富人之造屋。其慮周，其規摹素定，其取材積糧皆有方，故其經營之常遲，而其作之常速，計日而成，不愆于素，費半他人，而工必倍之〔五〕。今日之策，可且罷諸將兵，獨精選一轉運使及一瀘州知州〔六〕，許法外行事，與二年限，令經畫處置，他人更不得與。多出錢物茶綵，於沿邊博買夷人糧米，其費必減倉卒夫運之半。使辯士招説十州五團晏州六縣水路十二村羅氏鬼主播州楊貴遷之類〔七〕，作五六頭項，更番出兵，以蹂踐乞弟族帳，使春不得耕，秋不得穫。又嘉、戎、瀘、渝四州，皆有土豪爲把截將，自來雇一私兵入界，用銀七兩，每得一蕃人頭，用銀三十兩買之，把截將自以爲功。今可召募此四州人，每得二十級，即與補一三班差使。如不及二十級，即每級官與絹三十匹。出入山谷，耐辛苦瘴毒，見利則雲合，敗則鳥獸散〔八〕，此本蠻夷之所長，而中原之所無柰何也。今若召募諸夷及四州把截將私兵，使更出迭入〔九〕，則蠻夷之所長，我反用之，但能積日累月，戕殺其丁壯，且使終年釋耒而操兵，不及二年，其族帳必殺乞弟以降。如其未也，則乞朝廷差三五千人將下選兵三路入界。西路自江安縣進兵，先積糧於寧遠寨，以十州五團等諸夷爲先鋒，以施、黔、戎、瀘四州藥箭弩手繼之。中路自納溪寨進兵，先積糧於本寨，亦以諸夷爲先鋒，以將下兵馬繼之。三路中惟此路稍平，可以用官軍。東路自合江縣進兵，先積糧於安溪寨，亦以諸夷爲先鋒，以嘉、戎、瀘、渝四州召募人繼之，可以一舉而蕩滅也。」

天常此策，雖若不快，以蕞爾小醜，二年而後定！然王者之兵，必出於萬全，不可以僥倖。淮南王安有言：「廝輿之卒，有一不備而歸者，雖得越王之首，臣猶竊爲大漢羞之。」今乞弟譬猶蚤蝨也。克之未足以威四夷，萬一不克，豈不爲卿大夫之辱也哉？趙充國征先零，鄧訓征羌及月支胡，皆以計磨之，數年乃克。唐明皇欲取石堡城，王忠嗣不奉詔，以謂非殺二萬人不可取。方唐之盛，二萬人豈足道哉？而賢將謀國，終不肯出此者，圖萬全也。又後漢永和中〔一〇〕，交趾反，議者欲發荆、揚、兗、豫四萬人討之。獨李固以謂：「四州之人，遠赴萬里，無有還期，詔書迫促，必致叛亡；南州瘟瘴，死者必多，士卒疲勞，比至嶺南，不復堪鬬。前中郎將尹就討益州叛羌。益州諺曰：『虜來尚可，尹來殺我。』後以兵付刺史張喬，因其將吏，旬月之間，破殄寇虜。此發將無益，州郡可任之明效也。今可募蠻夷使自相攻[二]，轉輸金帛，以爲其資。有能反間致頭首者，許以封侯之賞。」因舉祝良爲九真太守，張喬爲交趾刺史，由此嶺外悉平。今觀其説，乃與天常之言，若合符節。但天常不學，言不能起意耳。

天常又言：「烏蠻藥箭，中者立死無脱理。然不能及遠，非三十步内不發，發無不中。今與烏蠻戰，當於百步以下、五六十步以上强弓勁弩射之。若稍近，則短兵徑進，於五七步内相格，則其長技皆廢。」今乞弟亦未是正烏蠻也，諸如此巧便非一，不能盡録。略舉一二，以見天常之練習，疑可驅使耳。又有一圖子，雖不甚詳密，然大略具是矣。按圖以考其説，差若易了，故以奉呈，看訖可却付去人見還也。此非公職事，然孜孜尋訪如此，以見忠臣體國知無不爲之義也。軾其可以罪廢不當言而止乎？雖然，亦不可使不知我者見以爲詬病也。

知荆公見稱經藏文，是未離妄語也，便蒙印可，何哉？《圓覺經》紙示及，得暇爲寫下卷，令公擇寫上卷。秦太虚維揚勝士，固知公喜之，無乃亦可令荆公一見之歟？子駿初見報，奪一官耳，不知其罷郡能不鬱鬱否？有一書，不知其今安在，敢煩左右達之。江水比去年甚大，郡中不爲患。見説沙湖鎮頗浸居民，亦江淮間常事耳。臨皋港既開，往來蒙利無窮，而居民貿易之人亦不貲，但不免少有淤填，議者謂歲發少春，夫淘之甚易。承問，輒及之。未緣展奉，惟冀以時自重。謹奉手啓起居。熱甚，幸恕不謹。軾頓首再拜。

〔一〕《永樂大典》卷八千四百十四引《蘇東坡大全集》，有此文。
〔二〕郎本卷四十五、《七集·前集》卷三十「介」作「个」。
〔三〕郎本、《七集·前集》「約」作「打」。
〔四〕《大典》「十二三」作「二十三」。
〔五〕《大典》「工」作「功」。
〔六〕「州」原作「府」，誤，據郎本、《七集·前集》改。案：查《輿地紀勝》卷一百五十三《潼川東路·瀘州》，瀘州未建府。又，本文以下多處及瀘州。
〔七〕「辯」原作「辨」，今從郎本、《七集·前集》、《大典》。
〔八〕《大典》「鳥」後有「驚」字。
〔九〕郎本、《七集·前集》「更」作「迭」。
〔一〇〕「後」字原缺，據《大典》補。
〔一一〕《大典》「攻」作「率」。案：此乃引《後漢書》卷八十六《南蠻西南夷列傳》之文，《後漢書》作「攻」。然細味文意，似以「率」爲佳。今仍作「攻」，加校於此。

答安師孟書

辱書，爲貺過厚。吾子自以美才積學，取榮名於當時。所宜德者，平生之師友，朝夕相與講學者也，如軾何與焉。然吾子之於軾，其得失休戚，軾所宜知。何者？其勢足以相及也。嚮也，聞七子者之失，怳然如軾之有失也。既乃聞吾子之得，則亦如軾之有得也。今吾子書來，以爲自爲喜者少，而爲軾喜者多，甚矣吾子之見愛也。然彼七子者，豈以一失爲戚哉。彼將退治其所有，益廣而新之，則吾猶有望焉。若吾子既得不驕，而日知其所不足，則軾之所得，又將有大者也。

答李昭玘書

軾啓。向得王子中兄弟書，具道足下每相見，語輒見及，意相予甚厚，卽欲作書以道區區。又念方以罪垢廢放，平生不相識，而相向如此，此人必有以不肖欺左右者。軾所以得罪〔一〕，正坐名過實耳。年大以來，平日所好惡憂畏皆衰矣，獨畏過實之名，如畏虎也。以此未敢相聞。今獲來書累幅，首尾句句皆所畏者，謹再拜辭避不敢當。然少年好文字，雖自不能工，喜誦他人之工者。今雖老，餘習尚在。得所示書，反復不知厭，所稱道雖不然，然觀其筆勢俯仰，亦足以粗得足下爲人之一二也。幸甚！幸甚！比日履兹春和，起居何似。軾蒙庇粗遣，每念處世窮困，所向輒值牆谷，無一遂者。獨於文人勝士，多獲所欲，如黄庭堅魯直、晁補之無咎、秦觀太虛、張耒文潛之流〔二〕，皆世未之知，而軾獨先知之。今足下又不見鄙，欲相從游。豈造物者專欲以此樂見厚也耶？然此數子者，挾其有餘之資，而騖於無涯之知，必極其所如往而後已，則亦將安所歸宿哉。惟明者念有以反之。魯直既喪妻，絶嗜好，蔬食飲水，此最勇決。舍弟子由亦云：「學道三十餘年，今始粗聞道。」考其言行，則信與昔者有間矣。獨軾倀倀焉未有所得也。徐守莘老每有書來，亦以此見教。想時相從，有以發明。王子中兄弟得相依，甚幸。子敏雖失解，乃得久處左右，想遂磨琢成其妙質也。徐州城外有王陵母、劉子政二墳，向欲爲作祠堂，竟不暇，此爲遺恨。近以告莘老，不知有意作否？若果作，當有記文。莘老若不自作者，足下當爲作也。無由面言，臨書惘惘。惟順時自愛。謹奉手啟爲謝，不宜。

〔一〕郎本卷四十七「軾」作「輒思」。

〔二〕「来」原作「來」，據各本改。

蘇軾文集卷五十

尺牘

與司馬温公五首以下徐州[一]

春末，景仁丈自洛還，伏辱賜教，副以《超然》雄篇，喜忭累日。尋以出京無暇，比到官，隨分紛冗，久稽裁謝，悚怍無已。比日，不審台候何如？某强顔苟禄，忝竊中，所愧於左右者多矣。未涯瞻奉，惟冀爲國自重，謹奉啓問。

〔一〕《翰墨》題無「五首」二字，題下註文「以下徐州」作「凡五帖」。

二

某再啓。《超然》之作，不惟不肖託附以爲寵，遂使東方陋州，以爲不朽之美事，然所以獎與則過矣。久不見公新文，忽領《獨樂園記》，誦味不已，輒不自揆，作一詩，聊發一笑耳[一]。彭城佳山水，魚蟹侔江湖，争訟寂然，盗賊衰少，聊可藏拙。但朋遊闊遠，舍弟非久赴任，益岑寂也。

〔一〕「一」原缺，據《永樂大典》卷一萬一千三百六十八簡字韻引《蘇東坡集·書簡》（以下各卷尺牘，只簡稱《大典》），略去卷次、韻屬及引書之名)、《七集·續集》卷四、《外集》卷八十一補。

三黄州

謫居窮陋,如在井底,杳不知京洛之耗,不審邇日寢食何如? 某以愚昧獲罪,咎自己招,無足言者。但波及左右,爲恨殊深,雖高風偉度,非此細故所能塵垢,然某思之,不啻芒背爾。寓居去江干無十步〔一〕,風濤烟雨,曉夕百變,江南諸山,在几席上〔二〕,此幸未始有也。雖有窘乏之憂,顧亦布褐藜藿而已。瞻晤無期,臨書悯然,伏乞以時善加調護。

〔一〕「干」原缺,據《翰墨》補。

〔二〕「上」原作「下」,今從《外集》卷八十一。

四〔一〕以下俱登州

某頓首。孟冬,薄寒。伏惟門下侍郎台候萬福。某即日蒙恩〔二〕,罪戾之餘,寵命逾分,區區尺書,豈足上謝。又不敢廢此小禮,進退恐慄。未緣趨侍,伏冀上爲宗社精調寢興,下情祝頌之至。謹奉啓,不宣。

〔一〕本文文字,與《蘇軾佚文彙編·與樞密一首》略同,當作於同時,參該文第一條校記。

〔二〕「恩」原作「免」,《與樞密》作「恩」,今從。

五

某啓。去歲臨去黄州，嘗奉短啓，爾後行役無定，因循至今，聞公登庸，特與小民同增鼓舞而已。亦不敢上問，想識此意。

上韓魏公一首〔一〕

軾再拜。近得秦中故人書，報進士董傳三月中病死。軾往歲官岐下，始識傳，至今七八年，知之熟矣。其爲人，不通曉世事，然酷嗜讀書。其文字蕭然有出塵之姿，至詩與楚詞，則求之於世可與傳比者，不過數人。此固不待軾言，公自知之。然傳嘗望公不爲力致一官，軾私心以爲公非有所愛也，知傳所禀賦至薄〔二〕，不任官耳。今年正月，軾過岐下，而傳居喪二曲，使人問訊其家，而傳徑至長安，見軾於傳舍，道其饑寒窮苦之狀，以爲幾死者數矣，賴公而存。「又且薦我於朝。吾平生無妻，近有彭駕部者，聞公薦我，許嫁我其妹。若免喪得一官，又且有妻，不虛作一世人，皆公之賜。」軾既爲傳喜，且私憂之。此二事，生人之常理，而在傳則爲非常之福，恐不能就。今傳果死，悲夫。書生之窮薄，至於如此其極耶！夫傳之才器，固不通於世用，然譬之象犀珠玉，雖無補於饑寒，要不可使在塗泥中〔三〕，此公所以終薦傳也。今父子暴骨僧寺中，孀母弱弟，自謀口腹不暇，決不能葬。軾與之故舊在京師者數人，相與出錢賻其家，而氣力微薄，不能有所濟，甚可憫也〔四〕。公若猶憐之，不敢望其他，度可以葬傳者足矣。陳繹學士，當往涇州，而宋迪度支在岐下，公若有以賜之，軾且斂衆人之賻，並以予陳而致之宋，使葬之，有餘，以予其家。傳平生所爲文，當使人就其家取之，若獲，當獻諸公。干冒左右，無任戰越。

〔一〕郎本卷四十七、《七集·前集》卷二十九、《七集·續集》卷十一「公」後有「乞葬董傳書」五字。

〔二〕「賦」原作「付」，今從郎本。

〔三〕《七集·續集》「塗泥」作「泥塗」。

〔四〕「也」原作「笑」，今從《七集·續集》。

與王荆公二首

某啓。某游門下久矣，然未嘗得如此行，朝夕聞所未聞，慰幸之極。已别經宿，悵仰不可言。伏惟台候康勝，不敢重上謁。伏冀順時爲國自重。不宣。

二 離黄州

某頓首再拜特進大觀文相公執事〔一〕。某近者經由，屢獲請見，存撫教誨，恩意甚厚。别來切計台候萬福。某始欲買田金陵，庶幾得陪杖屨，老於鍾山之下。既已不遂，今儀真一住，又已二十日〔二〕，日以求田爲事，然成否未可知也。若幸而成，扁舟往來，見公不難矣。向屢言高郵進士秦觀太虚，公亦粗知其人，今得其詩文數十首，拜呈。詞格高下，固無以逃於左右，獨其行義修飭，才敏過人，有志於忠義者，某請以身任之。此外，博綜史傳，通曉佛書，講習醫藥，明練法律，若此類，未易以一二數也。才難之歎，古今共之，如觀等輩，實不易得。願公少借齒牙，使增重於世，其他無所望也。秋氣日佳，微恙頗已失去否？伏冀自重。不宜。

〔一〕「某頓首」云云十四字原缺，據《七集·續集》卷十一補。

〔二〕《七集·續集》「日」前有「餘」字。

上呂相公一首

軾昨日面論邢夔事。愚意本謂邢鼻是平人，邢夔妄意其爲盗殺之，苟用犯時不知勿論法，深恐今後欲殺人者，皆因其疑似而殺，但云「我意汝是盗」卽免矣。公言此自是謀殺，若不勘出此情，安用勘司！軾歸而念公言，既心服矣，然念近者西京奏秦課兒於大醉不省記中，打殺南貴，就縛，至醒，取衆證爲定，作可憫奏，已得旨貸命，而門下别取旨斷死。竊聞輿議，亦恐貸之啓奸，若殺人者得以醉免，爲害大矣。軾始者亦以爲然，固已書過録黄，再用公昨日之言思之，若今後實醉不醒而殺，其情可憫，可以原貸，若託醉而殺，自是謀殺，有勘司在。邢夔犯時不知，秦課兒醉不省記，皆在可憫之科，而邢夔臀杖編管，秦課兒決殺，似輕重相遠，情有未安。人命至重，若公以爲然，文字尚在尚書省，可追改也。

與張太保安道一首翰林

某以不善俯仰，屢致紛紛，想已聞其詳。近者凡四請郡，杜門待命，幾二十日。文母英聖，深照情僞，德音琅然，中外聳服，幾至有所行譴，而諸公燮和之。數日有旨，與言者數君皆促供職，明日皆當見。蓋不敢堅卧，嫌若復伸前請爾。蒙知愛之深，不敢不盡，幸爲察之。褊淺多忤，有愧教誨之素，臨書悒悒。

答范蜀公十一首〔一〕徐州

前日辱書，並新詩累幅，詞格清美，欽味不釋手。屬使者交至，紛紛無暇裁答，後時再領手教，愧悚無地。比日起居何如，未由披奉，萬萬以時自重。

〔一〕《翰墨》「答」作「與」，無「十一首」三字，題下原註「徐州」作「凡九帖」。《翰墨》無第一、第三首；其九首之次第爲：「六」爲「一」，「四」爲「二」，「七」爲三，「八」爲「四」，「五」仍爲「五」，「二」爲「六」，「九」爲「七」，「十一」爲「八」，「十」爲「九」。

二以下俱黄州

李成伯長官至，辱書，承起居佳勝，甚慰馳仰。新居已成，池圃勝絶，朋舊子舍皆在，人間之樂，復有過此者乎？某凡百粗遣，春夏間，多患瘡及赤目，杜門謝客，而傳者遂云物故，以爲左右憂。聞李長官説，以爲一笑，平生所得毁譽，殆皆此類也。何時獲奉几杖，臨書惘惘。

三

蒙示諭，欲爲卜隣，此平生之至願也。寄身函丈之側，旦夕聞道，又况忝姻戚之末，而風物之美，足以終老，幸甚！幸甚！但囊中止有數百千，已令兒子持往荆渚，買一小莊子矣。恨聞命之後。然京師尚有少房緡，若果許爲指揮從者幹當，賣此業，可得八百餘千，不識可納左右否？所賜手書，小字如芒，知公目益明，此大慶也。某早衰多病，近日亦能屏去百事，澹泊自持，亦便佳健，異日必能陪從也。

四

承别紙示諭：「麴糵有毒，平地生出醉鄉；土偶作祟，眼前妄見佛國。」公欲哀而救之，問所以救者。小子何人，顧不敢不對〔一〕。公方立仁義以爲城池，操詩書以爲干櫓〔二〕，則舟中之人，盡爲敵國，雖公盛德，小子亦未知勝負所在。願公宴坐静室，常作是念，觀彼能惑之性〔三〕，安所從生，又觀公欲救之心，作何形段。此猶不立，彼復何依，雖黄面瞿曇，亦當斂衽，而况學之者耶！聊復信筆，以發公千里一笑而已。

〔一〕《七集·續集》卷五、《外集》卷六十六「顧」作「固」。

〔二〕《七集·續集》、《外集》「櫓」作「楯」。

〔三〕「觀」前有「當」字，據《翰墨》删。

五

某□啟。去歲附張生書，謂甚的而不達，何也？某顛仆罪戾〔一〕，世所鄙遠，而丈丈獨賜收録。欲令撰先府君墓碑，至爲榮幸，復何可否之間；而不肖平生不作墓誌及碑者，非特執守私意，蓋有先戒也。反覆計慮，愧汗而已。仁明洞照，必深識其意。所賜五體書，謹爲子孫之藏，幸甚！幸甚！無緣躬伏門下道所以然者，皇恐之至。

〔一〕「某□啟……何也某」十八字原缺，據《翰墨》補。

六以下俱翰林

日望旌旆之至，不敢復上問，不謂高懷超然，不屑世故，堅卧莫致，有識悵惘。然孤風凜然，足以下激頹靡，雖非落落可指之功，其於二聖忠厚之治，所補多矣。比日履茲寒凝，台候何如，未由瞻奉，伏冀萬萬爲國自重。

七

某碌碌無補，久竊非據，又舍弟繼進，皆以疎愚處必争之地。公議未厭，豈可久安。非遠，當乞一郡以自效，或得過謁，少聞誨語，大幸也〔一〕。始者，竊意丈丈絶意軒冕，然猶當强到闕，一見嗣聖，今乃確然如此，殊乖素望，然士大夫甚高此舉也。冗中，不盡區區。

〔一〕《翰墨》「大」作「又」。

八

伏承歸政得請，恩禮優異，伏惟慶慰。公孤風亮節，久信天下，而有識今日，尤復歸心。勉强暫起，以慰二聖之望，幡然復退，以安無窮之福。出處之間，雍容自得，真可以爲後世法矣。官守所縻，不獲躬詣，謹奉手啓，區區萬一。

九

今晚忽得報，承子豐承事遽至大故，聞之悲痛，殆不可言。美才懿行，期之遠到，今乃止此，士友所共痛惜。而况姻戚之厚，悲惋可量！丈丈高年，罹此苦毒，有識憂懸。伏惟高明，痛以理遣，割難忍之愛，上爲朝廷，下爲子孫親友自重。不勝縷縷。

十

近者，子豐攜長子承務見過，見其風骨秀整，聞向下二子益奇。死生壽夭皆常事，惟有後可以少慰。丈丈意幸以此自遣也。

十一

子功、淳父皆欲謁告省覲，某恨不同往，曉解左右。臨書悽愴。

與范子功六首登州還朝

違闊歲月，書問不繼，自咎之深，殆無所容。伏惟盛德雅度，有以容之。比日竊計鎮撫之暇，台候萬福。某蒙庇粗遣，驟遷過分，備員無補，惟雅眷有以教督之，乃幸。毒熱，伏冀順時爲國自重。

二登州還朝〔一〕

久疎上問，愧仰增劇。承軒斾將至，起居佳勝，欣慰不已。暫還舊席，即膺柄用，輿議所屬，小子得少託餘庇，尤爲厚幸。區區卽遂面究。

〔一〕「登州還朝」四字原缺，據《二妙集》補。

三以下俱揚州還朝

見舍弟説，知得雍信，幼孫夭逝，聞之怛然。便欲往見，從者已散去。竊想慈念之深，不能無動，然竟亦何益。惟千萬以理照遣，旦夕面究。

四

辱教，承晚來起居佳勝，團茶及匣子香藥夾等已領，珍感！珍感！栗子之求，不太廉乎？便不得更送一箇饳離耶？呵呵。

五

宿來起居佳勝。已馳簡邀伯揚，來日會啓聖，公能枉轡，甚幸。子由明日奠酹後，便往啓聖，公可到彼早食也。某略到押賜處，便往。

六

廣嚴之會，謹如教，計必請陳四也。分惠佳茅，感感。獨飲一杯，遂醉，書不成字。

與范子豐八首以下俱徐州

伏審子豐南宫殊捷〔一〕，慶抃可量。即日想已唱第，必在高等。期集之暇，起居佳勝。某更五七日泝汴。愈遠左右，臨書悵然。惟祈慎重，别膺亨寵。

〔一〕「捷」原作「健」，據《七集·續集》卷五改。

二

小事拜聞，欲乞東南一郡。聞四明明年四月成資，尚未除人，託爲問看，回書一報。前所託殊不蒙留意，恐非久，東南遂請，逾難望矣。無乃求備之過乎？然亦慎不可泛愛輕取也。人還，且略示諭。

三

近專人奉狀，達否？即日起居何如，貴眷各安，局事漸清簡否？某幸無恙。水旱相繼，流亡盜賊並起，決口未塞，河水日增，勞苦紛紛，何時定乎？近乞四明，不知可得否？不爾，但得江淮間一小郡，皆所樂，更不敢有擇也。子豐能爲一言於諸公間乎？試留意。人還，仍乞一報，幸甚。奉見無期，惟萬萬以時自重。

四

稍不通問，伏想起居佳勝。侍郎丈必在郊外過夏，台候必更康安。某此與幼、累如常。八月、九月間，秋水既過彭城，城下徹備。高麗使已還。四明可以易守，當更理前請也。會合杳未有涯，萬萬自重。

五

南方夏熱，殊非中原之比。入秋，稍得清涼，然夏田旱損七八。鹽法更變，課入不登，雖閑局，不免以此爲累。自餘粗如常也。子中、子老頃在左右，今已赴官未？何時參候，北望，不勝馳情。

六

新珠想日長進，愛婿無恙，甚望丈人高等待乞利市也。納銀一笏，託用買圓熟珠子二千枚，少錢，告那出，便納上。婚嫁所須，不可，柰何，甚非情願。幸留意承問。似叔頗長成，每日作詩讀史，但蒙拙少訓督耳。內孫想益聰淑，諸郎娘各計安也〔一〕。

〔一〕「各」原作「亦」，今從《七集·續集》卷五、《外集》卷六十四。

七〔一〕以下黃州

黃州少西山麓，斗入江中，石室如丹。《傳》云「曹公敗所」所謂赤壁者。或曰：非也。時曹公敗歸華容路〔二〕，路多泥濘，使老弱先行，踐之而過，曰：「劉備智過人而見事遲，華容夾道皆葭葦，使縱火，則吾無遺類矣。」今赤壁少西對岸，即華容鎮，庶幾是也。然岳州復有華容縣，竟不知孰是？今日李委秀才來相別，因以小舟載酒飲赤壁下。李善吹笛，酒酣作數弄，風起水湧，大魚皆出。山上有栖鶻〔三〕，亦驚起〔四〕。坐念孟德、公瑾，如昨日耳。適會范子豐兄弟來求書字〔五〕，遂書以與之。李字公達云。元豐六年八月五日〔六〕。

〔一〕《叢話·後集》卷二十八、《外集》有此文。
〔二〕「路」原缺，據《叢話》、《外集》補。
〔三〕「山」原缺，據《叢話》補。
〔四〕「亦驚起」三字原缺，據《叢話》、《外集》補。
〔五〕「求書字」三字原缺，據《外集》補。
〔六〕「李字公達云元豐六年八月五日」十三字原缺，據《外集》補。

八〔一〕

臨皋亭下不數十步，便是大江，其半是峨眉雪水，吾飲食沐浴皆取焉，何必歸鄉哉！江山風月，本無常主，閒者便是主人。問范子豐新第園池，與此孰勝？所不如者，上無兩稅及助役錢耳〔二〕。

〔一〕趙刻《志林》題作「臨皋閑題」。
〔二〕「錢」原缺，據《志林》補。

答范純夫十一首湖州

向者深望軒從一來。人還[一]，領手教，知徑赴治，實增悵惘。比日起居佳勝。日對五老，想有佳思。此間湖山信美，而衰病不堪煩，但有歸蜀之興耳。未由會集，千萬以時自愛。

[一]「人」原作「而」，據《歐蘇書簡》改。

二翰林

三辱示諭，鄙意不移。公休之餽，人子之心也。不肖之辭，夙昔之分也。某已領其意而辭其物，物有齊量，意豈有窮哉！昔人已聘還圭璋，庶幾此義。

三[一]以下俱揚州

到潁半年，始此上問，懶慢之罪，跼蹐無地。中間辱書及承拜命貳卿，亦深慶慰。然公議望公在禁林，想即有此拜也。春暖，起居何如？某移廣陵，甚幸。舍弟欲某一到都下乞見，而行路既稍迂[二]，而老病務省事，且自潁入淮矣。不克一別，臨書惘惘。

[一]此首與下首，《七集·續集》卷六、《外集》卷七十四題作《與范純父侍郎二首》。

[二]「迂」原作「近」，今從《七集·續集》、《外集》。

四

某衰病日侵，而使客旁午，高麗復至，公私勞弊，殆不能堪。但以連歲灾傷，不敢别乞小郡。然來年闕食之憂，未知攸濟，日俟罪譴而已。李唐夫一宅甚安，沉酣江山，旬日忘歸，非久赴任也。

五

軾啓〔一〕。别後不一奉書，懶慢之罪，未有以自解〔二〕，然别時亦先自陳矣。比日履兹初冬，起居佳勝。中間屢聞進拜〔三〕，喜抃可量〔四〕。與子功同侍邇英，此最縉紳之所榮慕。又聞有旨許講罷奏事，想日有補正也。未緣會合，千萬爲國自重〔五〕。軾再拜醇夫給事侍講閤下。九月二十七日〔六〕。

〔一〕「軾啓」二字原缺，據西樓帖（文物商店收藏本）補。

〔二〕「自」原缺，據西樓帖補。

〔三〕「中間屢聞」原作「切聞屢」，據西樓帖改。

〔四〕「可」原作「無」，據西樓帖改。

〔五〕「爲國」二字原缺，據西樓帖補。

〔六〕「軾再拜」至「九月二十七日」十七字原缺，據西樓帖補。以復原貌。

六

奉書不數，愧仰可知。辱手教，且審起居佳勝爲慰。某凡百粗遣，聞天官之除，老病有加，那復堪此。即當力辭，乞閑郡爾。側聆大用，以快羣望。未間，千萬以時自重。不宣。

七

《忠文公碑》，固所願託附，但平生本不爲此，中間數公蓋不得已，不欲卒負初心。自出都後，更不作不寫，已辭數家矣。如大觀其一也。今不可復寫，千萬亮察。魯直日會，且致區區。兩辱書皆未答，直懶爾，别無説。然魯直不容我，誰復能容我者？

八

前日見報，知新拜，即欲奉書爲賀。又恐草草，念行役間迫猝，未能便如禮，故不免發數字，想不深訝。不寀之喜，豈獨以樂正好善之故耶？更不必盡談。公議所屬，想公有以處之矣。私意但望公不力辭，若又力辭，乃似辭難矣。餘亦見子由書中。乍熱，起居如何？乍遠，千萬爲道自愛。

九赴定州

所示連日入問聖候，極是！極是！見説執政逐日入問，宗室亦逐日問候也。已將簡報錢尹，令府中差人遍報諸公矣。

十惠州

某謫居瘴鄉，惟盡絶欲念，爲萬金之良藥。公久知之，不在多囑也。子由極安常，燕坐胎息而已。宥一書，附納。長子邁自宜興挈兩房來，已到循州，一行並安。過近往迎之，得耗，旦夕到此。某見獨守舍耳。次子迨在許下。子由長子名遲者，官滿來筠省覲，亦不久到。恐要知。六郎婦與二孫並安健。過去日，留一書并數品藥在此，今附何秀才去。如聞公目疾尚未平，幸勿過服凉藥。暗室瞑坐數息，藥功何緣及此。兩承惠錫器，極荷意重。丹霞觀張天師遺迹，儻有良藥異事乎〔一〕？令子不及別書，侍奉外多慰。子功之喪，忽已除祥，哀哉，柰何。諸子想各已之官，某孫婦甚長成〔二〕，旦夕到此矣。

〔一〕「事」原作「士」，今從《七集·續集》卷七、《外集》卷七十七。

〔二〕「某」原作「其」，今從《七集·續集》、《外集》。

十一〔一〕惠州

丁丑二月十四日，白鶴峯新居成，自嘉祐寺遷入。詠淵明《時運》詩曰：「斯晨斯夕，言息其廬。」似爲予發也。長子邁與予別三年，攜諸孫萬里遠至，老朽憂患之餘，不能無欣然，乃次其韻：「我卜我居，居匪一朝。龜不吾欺，食此江郊。廢井已塞，喬木干霄。昔我伊何，誰其裔苗。下有澄潭，可漱可濯。江山千里，供我遐矚。木固無脛，瓦豈有足。陶匠自至，笑歌相樂。我視此邦，如洙如沂。邦人勸我，老我安歸。自我幽獨，倚門或麾。豈無親友，雲散莫追。旦朝丁丁，誰款我廬。子孫遠至，笑語紛如。剪鬃垂結，覆此瓠壺。三年一夢，乃復見予。」予在都下，每謁范純夫，子孫環遶，投紙筆求作字。每調之曰：「訴旱乎？訴澇乎？」今皆在萬里，欲復見此，豈可得乎？有來請純夫書，因録此數紙寄之。丁丑閏三月五日。多難畏人，此詩慎勿示人也。

〔一〕《外集·題跋》收此則尺牘，題作《録詩寄范純父》。《詩集》卷四十有所録四詩，題作《和陶時運四首》。《外集》在卷四十六。

與范元長十三首以下俱儋耳

某慰疏言。不意凶變，先公内翰，遽捐館舍，聞訃慟絶。天之喪予，一至於是，生意盡矣。伏惟至孝承務元長昆仲，孝誠深至，追慕罔極。何辜于天，罹此禍酷，荼毒如昨，奄易寒暑，哀毁日深，柰何！柰何！某謫籍所拘，莫由往弔，永望長號，此懷難諭。謹奉手疏上慰。不次，謹疏。

二

流離僵仆，九死之餘，又聞淳夫先公傾逝，痛毒之深，不可云諭。久欲奉疏，不遇便人，又舉動艱礙，憂畏日深。今兹書問，亦未必達，且略致區區耳。

三

先公已矣，惟望昆仲自立，不墜門户，千萬留意其大者遠者。勿徇一至之哀，致無益之毁，與先公相照，誰復如某者。此非苟相勸勉而已，切深體此意。餘不敢盡言。

四

先公論往古事著述多矣，想一一寶藏〔一〕，此豈復待鄙言耶？某當遣人致奠，海外困苦，不能如意，又不敢作奠文，想蒙哀恕也。歸葬知未得請，苦痛之極，惟千萬寬中順變〔二〕。此中百事，遠不及雷、化〔三〕，百憂所集，亦强自遣也。

〔一〕「藏」原作「秘」，今從《七集·續集》卷七、《外集》卷七十八。
〔二〕《七集·續集》、《外集》「變」作「受」。
〔三〕「化」原作「然」，今從《七集·續集》、《外集》。

五

聖善郡君，不敢拜慰疏言。侍次，乞致區區。沉香少許，望於内翰靈几焚之。表末友一慟之意而而已。

六〔一〕

孫行者至，得書，承孝履如宜，闔宅皆安，感慰之極。所諭《傳》，初不待君言，心許吾亡友久矣。平生不作負心事，未死要不食言，然今則不可。九死之餘，憂畏百端，想蒙矜察。不即副來意，臨紙哀噎。海外粗聞新政，有識感涕。靈几儻遂北轅乎？未問，千萬節哀自重。毒熱，揮汗奉疏，不次。

〔一〕此首尺牘，韓淲《澗泉日記》卷上有節文。韓云：「范醇甫安置化州，安然而逝，年五十八。其子沖，以書干東坡，爲其父作《傳》，答書云：『所諭《傳》……不食言。』」

七

聖善郡君，承起居佳適，因侍次，致下懇。乞爲骨肉保愛寬懷，以待北歸也。子進諸舅，曾得安訊否？

八

毒暑，遠惟孝履如宜。海外粗聞近事，南來諸人，恐有北轅之漸，而吾友翰林公，獨隔幽顯，言之痛裂忘生。矧昆仲純篤之性，感慟摧割，如何可言，柰何！柰何！老朽一言，非苟以相寬者。先公清德絶識，高文博學，非獨今世所無，古人亦罕有能兼者，豈世間混混生死流轉之人哉？其超然世表，如仙佛之所言者必矣。況其平生自有以表見於無窮者，豈必區區較量頃刻之壽否耶？此理卓然，唯昆仲深自愛。得歸，亦勿亟遽，俟秋稍涼而行爲佳。某深欲一見左右，赴合浦，不惜數舍之迂，但再三思慮，不敢爾，必深察。臨行，預有書相報。熱甚，萬萬節哀自重。

九以下俱北歸

到雷獲所留書，承車從盤桓此邦，以須一見，而某滯留不時至，遂爾遠别，且不獲一慟几筵之前者，非愛數舍之勞也，以困危多畏故爾〔一〕。此老謬之罪，想矜察。比日孝履如宜否？方此炎暑，萬里扶護，哀苦勞艱，如何可言。忝親友之末，不能匍匐赴救，已矣，不復云也。獨前所見委文字，不敢不留意，今託少游議其詳〔二〕。餘惟節哀慎重〔三〕。某不敢拜狀郡君,惟千萬俯爲存没寬心自重。乞呈此紙令弟,不殊此意。

〔一〕「以」原缺,據《七集·續集》卷七、《外集》卷七十九補。

〔二〕韓淲《澗泉日記》卷上:「冲既歸葬,又得書云:『見委文字,不敢不在意,已託少游議其詳。』蓋欲爲范公作誌銘,屬少游以行狀也。」可與此處互參,亦可與《與范元長十三首》之第六首之第一條校記互參。

〔三〕「餘」原作「録」,據《七集·續集》、《外集》改。

十

某如聞有移黄之命,若果爾,當自梧至廣〔一〕,須惠州骨肉到同往。計公昆仲扶護舟行當過黄,又恐公在淮南路行〔二〕,不由江西〔三〕,即不過黄,又不知某能及公之前到黄乎〔四〕? 漂零江海,身非己有,未知歸宿之地,其敢必會見之日耶? 惟昆仲金石迺心,困而不折,庶幾先公之風没而不亡也。臨紙哽塞,言不盡意。

〔一〕《七集·續集》卷七「梧」作「横」。

〔二〕上書「淮」作「湖」。案:疑作「湖」是。《外集》卷七十九作「湖」。

〔三〕《七集·續集》無「江」字。

〔四〕上二書「黄」作「廣」。案:疑作「廣」是。

十一

過雷州，奉書必達。到容南，知昆仲皆苦瘴痢，又聞尋已痊損，不知卽日何如？扶護哀痛，且須勉强開解，卑心憂懸，書不能盡。奉囑之意，唯深察此心。哀哉少游，痛哉少游，遂喪此傑耶！賴昆仲之力，不甚狼狽。某日夜前去，十六七間可到梧。若少留，一見尤幸。某到梧，當留以待惠州人至，同泝賀江也。速遣此人奉書，不謹，千萬恕察。不宣。

十二

永州人來，辱書，承孝履粗遣，甚慰思仰。比謂至梧州追及，又將相從泝賀江，已而水乾無舟，遂作番禺之行。與公隔絶，不得一拜先公及少游之靈，爲大恨也。同貶先逝者十人，聖政日新，天下歸仁，惟逝者不可及，如先公及少游，真爲異代之寶也〔一〕。徒有僕輩，何用，言之痛隕何及。某卽度庾嶺，欲徑歸許昌與舍弟處〔二〕。必遂一見昆仲。未間，惟萬萬强食自重。

〔一〕《七集·續集》卷七「異代之寶」作「冀北之空」。

〔二〕「昌與」二字原缺，據《七集·續集》補。

十三

某忽有玉局之除，可爲歸田之漸矣。痛哲人云亡，誦殄瘁之章，如何可言。早收拾事迹，編次著譔，相見日以見授也。處度因會〔一〕，多方勉之，以不墜門户爲急。監司無與相知者，及毛君亦不識，未敢便發書。前路問人有可宛轉爲言者，專在意也。漂流江湖，未能赴救，已爲慚負。有銀五兩，爲少游齋僧，託送與處度也。承中間郡君服藥，疾勢不輕，且喜安復。因侍次，致懇，千萬寬中保衛爲請。不宜〔二〕。

〔一〕《七集·續集》卷七「度」作「素」。下同。

〔二〕自「承中間」以下至「不宜」《七集·續集》另起爲另一首。

與蘇子容二首 離黃州

某頓首。違去左右，已逾周歲矣，懷仰之心，惟日深劇。比來伏計機務多暇，台候勝常。向聞登擢，常附啓事，少致區區，想獲聞徹。未由趨侍，伏望爲國保重。不宜。

二 離黃州

某頓首。廣陵令姪出所賜教，勞問備至，感戴無量。兼聞比來台候康勝，以慰下情。某欲徑往毗陵，而河水未通，留家儀真，輕舟獨行耳。未即伏謁門下，豈勝馳仰。乍熱，伏冀爲道自重〔一〕。謹奉手啓。不宜。

〔一〕《翰墨》「道」作「人」。

與劉貢父七首〔一〕以下俱徐州

某啓。久不奉書，直是懶墮耳，更無可藉口。蒙問所以然，但有愧悚。厚薄之説既無有，公榮之比亦不然，老兄吾所畏者，公榮何足道哉。人心真不可放縱，閑散既久，毛髮許事，便自不堪，欲寫此書久矣，可笑！可笑！兄被命還史局，甚慰物論，然此事當專以相付，乃爲當耳。示諭，三宿戀戀，人情之常，誰能免者。然吏民之去公尤難耳。何日遂行，惟萬萬以時自重。謹奉啓。

〔一〕《翰墨》無「七首」二字，題下註「以下俱徐州」作「凡四帖」，即此七首之前四首。

二

某啓。向聞貢父離曹州，遞中附問，必已轉達。卽日，不審起居何如？聞罷史局，佐天府，衆人爲公不平。某以爲文字議論，是非予奪，難與人合，甚於世事。南司廨舍甚佳，浮沉簿書間，未必不佳也。某至於進退毁譽，固無足言者。貢父聰明洞達，況更練世故，豈待言者耶！但區區之心，不能不云爾。某蒙庇無恙，但秋來水患，僅免爲魚，而明年之憂，方未可測。或教别乞郡脱去，又恐遺患後人，爲識者所議。已附詔使奏牘，乞以石甃城脚，週迴一丈，其役甚大且艱，但成則百餘年利也。此去又須晝夜勞苦，半年乃成。成後匄一宫觀，漸謀歸田耳。窮蹇迂拙，所値如此，柰何！柰何！何時面言，以散蘊結。乍寒，惟萬萬自重。不宣。

三

某啓。示及同文小闋，律度精緻，不失雍容，欲和殆不可及，已授歌者矣。王寺丞信有所得，亦頗傳下至術，有詩贈之，寫呈，爲一笑。老弟亦稍知此，而子由尤爲留意。淡於嗜好，行之有常，此其所得也。吾儕於此事，不患不得其訣及得而不曉，但患守之不堅，而賊之者未淨盡耳。如何？子由已赴南都，十六日行矣。

四

某啓。近辱教，并和王仲素詩，讀之欣然有得也。久不裁謝，爲愧多矣。向時令押綱人候信者附書信，不審達否？即日起居佳勝。詩格愈奇古，可令令子録示數十首否？僕蒙恩粗遣，水退城全，暫獲息肩。然來歲之憂，方未可量。雖知議閉曹村口，然不敢便恃其不來。

有一事，須至干清聽：去歲，曾擘畫作石岸，用錢二萬九千五百餘貫，夫一萬五百餘人，糧七千八百餘碩，於十月内申詔使，仍乞於十二月已前畫旨，乃可幹辦。雇募人匠，計置物料，正月初下手，四五月間可了。雖費用稍廣，然可保萬全，百年之利也。今已涉春，杳未聞耗，計日月已迫，必難辦集。又聞有旨下淮南、京東，起夫往澶州，其勢必無鄰郡人夫可以見及。前來本州，下南京沂、宿等州差夫八千人〔一〕，并本州差夫三千五百人，共役一月可畢。以此知前來石岸文字必不遂矣。

今別相度，裁減作木岸，工費僅減一半，用夫六千七百餘人，仍差三千五百餘人，以常平錢召募。糧四千三百餘碩，錢一萬四千餘貫，雖非經久必安之策，然亦足以支持歲月，待河流之復道也。若此策又不行，則吾州之憂，亦未可量矣。

今寄奏檢一本奉呈，告貢父與令姪仲馮力言之。此事必在户房，可以出力。萬一不當手，亦告仲馮力借一言，此事決不可緩。若更下所屬相度，往反取旨，則無及矣。況所乞止百餘紙祠部，其餘本州皆已有備。若作而不當，徐行遣官吏，亦未晚。惟便得指揮，閏月初便可下手爲佳。

某豈曉土功水利者乎？職事所迫，不得不爾，每自笑也。若朝廷選得一健吏善興利除害者見代，一郡之幸也。然不敢自乞，嫌於避事爾。言輕不足以取信，惟念此一城生聚，必不忍棄爲魚鼈也。僕於朝中，誰爲可訴者，惟貢父相愛，必能爲致力。仍乞爲調其可否，詳録，付去。人回，不勝日夜之望。未緣會面，萬萬以時自重。人行，奉啓。不宣。

〔一〕「夫」原作「人」，今從《二妙集》。

五以下俱翰林

久濶暫聚，復此違異，悵惘至今。公私紛紛，有失馳問，辱書，感怍無量。字畫妍緊〔一〕，及問來使，云，尊貌比初下車時皙且澤矣，聞之喜甚。比來起居想益佳。何日歸覲，慰士大夫之望。未間，萬萬爲時自重，不宣。

〔一〕《七集・續集》卷四「緊」作「潔」。

六

某忝冒過甚，出於素獎。然迂拙多忤，而處争地，不敢作久安計，兄當有以教督之。血指汗顔，旁觀之誚，柰何！柰何！舉官之事，有司逃失行之罪，歸咎於兄。清明在上，豈可容此，小子何與焉。茯苓、松脂雖乏近效，而歲計有餘，未可棄也。默坐反照〔一〕，瞑目數息，當記别時語耶？

〔一〕《大典》「反」作「返」。

七

某江湖之人，久留輦下，如在樊籠，豈復有佳思也。人情責望百端，而衰病不能應副，動是罪戾，故人知我，想復見憐耶？後會未可期，臨書悵惘，禪理氣術，比來加進否？世間關身事，特有此耳，願更着鞭，區區之禱也。

與曾子固一首

軾叩頭泣血言。軾負罪至大，苟生朝夕，不自屏竄，輒通書問於朋友故舊之門者。伏念軾逮事祖父，祖父之没，軾年十二矣，尚能記憶其爲人。又嘗見先君欲求人爲撰墓碣，雖不指言所屬，然私揣其意，欲得子固之文也。京師人事擾擾，而先君亦不自料止於此。嗚呼，軾尚忍言之！今年四月，軾既護喪還家，未葬，偶與弟轍閲家中舊書，見先君子自疏録祖父事迹數紙，似欲爲行狀未成者，知其意未嘗不在於此也。因自思念，恐亦一旦卒然，則先君之意，永已不遂。謹即其遺書，粗加整齊爲行狀，以授同年兄鄧君文約，以告於下執事。伏惟哀憐而幸諾之。豈惟罪逆遺孤之幸，抑先君有知，實寵綏之。軾不任哀祈懇切之至。

與曾子宣十三首登州還朝

某啓。流落江湖，晚獲叨遇，惟公照知，如一日也。孤愚寡與，日親高誼，謂得永久，不謂尚煩藩翰之寄。違濶以來，思仰日深。特辱書教，伏承履兹初涼，台候萬福，欣慰之極。二聖思治，求人如不及，公豈久外。惟千萬順時爲國自愛。不宣。

二以下俱翰林

某啓。日欲作《塔記》，未嘗忘也。而別後紛紛，實無少暇。既請寬限而自違之，慙悚無地。數日來，方免得詳定役法，自此庶有少閑，得應命也。屢煩誨諭，知罪深矣。

三

某啓。上黨、鴈門出一草藥，名長松，治大風，氣味芳烈，亦可作湯常服。近歲河東人多以爲餉，若不甚難致，乞爲求一斤許。仍恕造次。

四

某再拜啓。張倅損其父應之名谷者，歐陽文忠公之友也。文行清修，有古人風，而仕不遂。損亦守家法，令子弟也。與之久故，幸得在左右，想蒙顧眄。適有少冗，而張倅行速，不盡區區。非久，别奉狀。不宣。

五

某啓。涉暑疲病，久闕上問，曲蒙存録。遠賜手教，感怍深至。比日鎮撫多暇，起居清勝。某託庇粗如，直舍塊處，游從稀少，西望旌棨，臨書惘惘。伏暑尚熾，伏惟順序保練，少慰下情。不宣。

六

某蒙庇如昨，幸與子開同省，孤拙當有依賴，幸甚！幸甚！衮衮過日，無毫髮之補，甚不自安。又未敢乞郡。何時欵奉，少盡所懷，臨書惘惘。寄惠長松、榛實、天花菜，皆珍異之品，捧當感怍。

七

某啓。辱教，伏承台候萬福，爲慰。《塔記》非敢慢，蓋供職數日，職事如麻，歸卽爲詞頭所迫，率常以半夜乃息，五更復起，實未有餘力。乞限一月，所敢食言者有如河，願公一笑而恕之。旦夕當卜一邂逅而别。

八[一]

某啓。昨日又辱寵顧，感幸殊深。仍審台候康勝，爲慰。《塔記》重承來諭，敢不禀命。承借發願文，幸得敬閱。人還，迫夜奉謝。

〔一〕「八」原作「七」，誤，今逕改。

九

某啓。昨日辱台旆臨顧，不及拜迎，方欲裁謝不敏，遽枉手教，感悚無地。且審比日起居佳勝。啓行有日，終當卜一邂逅，續馳問次。人還，草草，不宣。

十

某再啓。退辱示諭，讀之汗流洽背，非所以全芘不肖也。《塔記》如河之誓，豈敢復渝，惟深察之。

十一

某深欲往會，屬以約數相知在淨因矣，不罪！不罪！後旬更不敢有所如，謹俟命耳。來日必獲望見，併留面謝，悚息！悚息！

十二

某再啓。自公之西，有識日望詔還，豈獨契愛之末。邊落寧肅，公豈久外哉！示諭《塔記》，久不馳納，愧悚之極。乞少寬之，秋涼下筆也。親家柳子良宣德赴潞幕，獲在屬城〔一〕，知幸！知幸！謹奉手啓，冗迫，不盡區區。

〔一〕《翰墨》「在」作「庇」。

十三南遷

某本不敢通問，特承不鄙廢放，手書存問，乃敢裁謝萬一。《塔記》久草下，因循未曾附上。今不敢復寄，異時萬一北歸，或可録呈，爲一笑也。旦夕離南郡，西望悵然，言不能盡意。

與劉仲馮六首徐州

某啓。早秋，微涼。伏惟機務多暇，台候萬福。高才盛德，進貳西府，有識共慶，豈惟區區契舊之末。未緣伏謁門下，但有馳仰。伏冀順時爲國保練。不宣。

二揚州

某拜違朞歲，衰病疲曳，書問不繼，愧負深矣。到揚數病在告，出輒困於迎送，猶幸歲得半熟，公私省力，可以少安，皆德庇所逮也。

三以下俱定州

某啓。近奉賜教，奬予過重，感怍不已。比日機務多暇，台候勝常。某蒙庇如昨，未緣接侍，但有馳仰。乍暄，伏冀爲國自重。謹奉手啓。不宣。

四

某再啓。將官杜宗輔，訥於言詞，而治軍嚴整，有足觀者。趨闕參見，幸略賜問，當備驅使也。

五

某啓。近將官赴闕，附狀，不審已開覽否？比日履兹薄暑，台候何似。某蒙庇粗遣，民雖饑乏，盜竊衰止。若旦夕得一麥熟，遂大稔矣。未緣瞻望，伏冀爲國自重，不宣。

六

某近奏弓箭社事，必已降下。旦夕又當奏乞修軍營。頻瀆朝聽，悚息待罪。利害具狀中，此不縷陳。鄰近諸路，皆時有北賊，小小不申報者尤多，民甚患之。惟武定一路絶無者，以有弓箭社人故也。近承指揮開禁山事，此正事，本司舉察，方欲從長酌中處置奏聞次，走馬者聞之，遂以爲己見耳。此弊所從來遠矣。起税爲永業者，已數百家，若驟以法繩治，起遣其人，搔擾失業，有足慮者。自某到任後，斫伐開耕者四五火，無不依法編管。前此皆置而不問，縱有本縣寨解到，亦平治小了耳。其人開耕已成業者，見別作擘畫，旦夕囘申次。

蘇軾文集卷五十一

尺牘

與滕達道六十八首〔一〕杭倅

某啓。近因使還，奉狀必達。比日想惟軒旆已達太原，鎮撫之餘，起居佳勝。某此月出都，今已達泗上，淮山照眼，漸聞吴歌楚語，此樂公當見羡也。吴中有幹，幸不外。方暑，千萬爲時自重。

〔一〕《翰墨》無「六十八首」四字；題下註「杭倅」作「凡四十七帖」。

二以下俱密州

某再啓。東武今歲蝗災尤甚，而官吏多方繩以微文，蠲放絶少。自到任，不住有人户告訴，既非檢覆之時，已奏乞體量減放，仍已申聞去訖，或更得明公一言，尤幸也。新法，隊伍已團結次，然有州縣不得干預之説，自古豈有郡守而不得管兵者？其他不便，未可以一二數也。咫尺無緣一見，以盡所懷。昨日得舍弟書，王殿丞又恐却赴任，果爾，則辟命又未可知也。窮塞圖事，無適而不齟齬，好笑！好笑！

三

某啓。新法，將官所管兵，更不差出，而本州武衛差在巡檢者千餘人，若抽還，則威勇、忠果之類，必填不足。已申安撫司去訖，爲論列也。

四

某啓。違遠已久，瞻仰日深。即辰履茲凝沍，台候何如。某孤拙無狀，得在麾下，蓋天幸也。但門庭咫尺，無緣馳候，豈勝悵然。唯冀上爲廟社，益加自重。謹奉啓上謝。不宣。

五

某再拜。舍弟仰玷辟書，荷恩至深。不唯得所託附以爲光寵，又兄弟久別，得少相近，私喜殊深，但未知可決得否？渠朝中更無人，可與問逐，明公憐之，少爲留意，當不難得也。久違左右，所懷千萬，非書所能盡也。

六以下俱徐州〔一〕

某啓。輒有少事奉白。向在密州，有都巡檢王述崇班者，以踰濫體量致仕，不得廕子。述乃慶曆名將王仲寶之孫，咸之子。咸爲鹽賊李小三所殺，述不肯發喪，手擒此賊，刳心祭其父，乃肯成服。僕具以此奏，其略云：「忠孝，臣子之大節；踰濫，武夫之小過。捨小録大，先王之政也。」先帝爲特官其子璋。璋有武幹，慷慨有父風，而頗畏法。今聞其在公部内巡鹽，料未有人知之。願公呼來與語，若果可采，望特與提拔剪拂，異日必亦一快辣將官也。想知我之深，不罪造次。

〔一〕文中謂在密州時爲王述請蔭子，「先帝」官述之子璋。此先帝乃神宗。此文作於哲宗時，謂作於徐州，誤。今以涉及第七、第八、第九則尺牘，仍其舊。

七

某啓。示諭宜甫夢遇於傳有無〔一〕，某聞見不廣，何足取正。然冷暖自知，殆未可以前人之有無爲證也。自聞此事，而士大夫多異論，意謂塗中必一見〔二〕，得相參扣〔三〕，竟不果〔四〕。此意衆生纏繞愛賊〔五〕，故爲饑火所燒。然其間自有燒不着處，一念清淨，便不復食〔六〕，亦理之常，無足怪者。方其不食，不可强使食，猶其方食，不可强使不食也。此間何必生異論乎！願公以食不食爲旦暮，以仕不仕爲寒暑，此外默而識之。若以不食爲勝解，則與異論者相去無幾矣。偶蒙下問，輒此奉啓而已。不罪。

〔一〕「諭」原作「喻」，今從《翰墨》。

〔二〕《大典》、《七集·續集》卷四、《外集》卷七十「塗中」作「中塗」。

〔三〕「相」原缺，據《大典》、《七集·續集》、《外集》補。

〔四〕「竟」原作「更」，今從《大典》、《七集·續集》、《外集》。

〔五〕《大典》、《七集·續集》、《外集》此句前有「流浪火宅」四字。

〔六〕《大典》、《七集·續集》、《外集》「復」作「服」。

八

某欲面見一言者，蓋謂吾儕新法之初〔一〕，輙守偏見，至有異同之論。雖此心耿耿，歸於憂國，而所言差謬，少有中理者。今聖德日新，衆化大成，回視向之所執，益覺疏矣。若變志易守以求進取，固所不敢，若嘵嘵不已，則憂患愈深。公此行尚深示知，非靜退意，但以老病衰晚，舊臣之心，欲一望清光而已。如此，恐必獲一對。公之至意，無乃出於此乎？輙恃深眷，信筆直突，千萬恕之。死罪。

〔一〕《大典》「吾儕」作「君倚」。

九〔一〕

安道公殆是一代異人。示諭，極慰喜！慰喜！

〔一〕《七集·續集》卷四此首尺牘附上則之末，不另爲一首。

十〔一〕以下俱黄州

某啓。别來忽復中夏。永日杜門，思仰無窮。比來起居何如？張奉議來，稍獲聞問，甚慰所望。府第已成，雄冠荆楚，足使來者想見公之風度。無緣一寓目，但有企想。乍熱，惟冀順時爲國自重。因楊道士行，奉啓上問。不宣。

〔一〕《七集·續集》卷五收此首尺牘，題作《答湖守滕達道》。

十一

某啓。冗迫，不時上狀。伏想台候勝常。某蒙庇如昨，未還老哲，輿論缺然。更冀爲國順時自重。區區，不宣。

十二

某啟。乍冷，共惟台候萬福。近因還使，拜狀必達。某蒙庇如昨，廢放雖久，憂畏不衰，見且杜門以全衰拙，諸不煩垂念。何時展奉，臨紙菀結，尚冀以時自重，少慰區區。奉啓上問。不宣。

十三

某啓。孟震亨之朝散，與之黃州故人，相得極懽。今致仕在部下，且乞照管，其人真君子也。

十四

某啓。專使，辱示手書。且審比日台候康勝，甚慰下情。某蒙庇如昨，但旬日來親客數人相過，又李公擇在此，不免往還紛紛，裁謝少稽，諒未深訝。未緣展奉，惟冀順時爲國自重。謹奉手啓上問，不宣。

十五

某再啓。蜀僧遂獲大字以歸，不肖增重矣。感怍之至。蕭相樓詩固見之，子由又説樓之雄傑，稱公之風烈。記文固顧掛名，豈復以鄙拙爲解。但得罪以來，未嘗敢作文字。《經藏記》皆迦語，想醖釀無由，故敢出之。若此文，當更俟年載間爲之，如何？仲殊氣訣，必得其詳，許傳授，莫大之賜也。此道人久欲游廬山，不知有行期未？若蒙他一見過，又望外之喜也。數年來，覺衰，不免回嚮此道矣。不一一。

十六

某恃舊眷，輒復少懇。本州倅孟承議震，老成佳士。有一子應武舉，未有舉主，欲出門下，輒納其家狀，幸許其進，特爲收録。孟倅以未嘗拜見，不敢便上狀。其子頗有學行，更乞詳酌。累有干瀆，悚息不可言，不一一。

十七

某啓。孟生還，領書教，並賜大字二壘，喜出望外。從遊不厭，而不得公大字，以爲闕典，故輒見意始望數字耳，豈敢覬許大卷乎？張君又有假虎之説，每不敢當。公若不嫌，有何不可。比日台候何如？李嬰長官乞告改葬，過府欲求防護數人，乞不阻。乍暄，萬乞爲國自重。冗中，不宣。

十八

某啓。專人復來，承已過信陽，跋涉風雨，從者勞矣。比日起居何如？某比謂公有境上之約，必由黄陂遂徑來此，拙於籌量，遂失一見，愧恨可知。然所言者，豈有他哉，徒欲望見顔色，以慰區區，且欲勸公屏黜浮幻，厚自輔養而已。想必深照此誠。人還，忽忽〔一〕，不宣。

〔一〕「忽忽」疑應作「匆匆」。

十九

某啓。近專人還，奉狀必達。比日台候何如？連月陰雨，旅懷索寞，望德馳情，如何可言。尚冀保練，以慰微願。因孟生行，少奉區區。不宣。

二十

某啓。知前事尚未已，言既非實，終當别白，但目前紛紛，衆所共嘆也〔一〕。然平生學道，專以待外物之變，非意之來，正須理遣耳。若緣此得暫休逸，乃公之雅意也。黄當江路〔二〕，過往不絶，語言之間〔三〕，人情難測〔四〕，不若稱病不見爲良計。二年不知出此，今始行之耳。西事得其詳乎？雖廢棄，未忘爲國家慮也。此的信〔五〕，可示其略否？書不能盡區區〔六〕。

〔一〕《大典》、《七集·續集》卷四「嘆」作「悉」；《外集》卷七十作「歎」。

〔二〕「江」原缺，據以上三書補。

〔三〕「之間」原作「人事」，今從上三書。

〔四〕「測」原作「免」，今從上三書。

〔五〕「此」原缺，據上三書補。

〔六〕「書」原缺，據上三書補。

二十一

某閑廢無所用心，專治經書。一二年間，欲了却《論語》、《書》、《易》〔一〕，舍弟已了却《春秋》、《詩》。雖拙學，然自謂頗正古今之誤，粗有益於世，瞑目無憾也。又往往自笑不會取快活，真是措大餘業。聞令子手筆甚高，見其字，想見其人超然者也。

〔一〕「欲」原作「恐」，今從《大典》、《七集·續集》卷四。「却」原作「得」，今從《外集》卷七十；《大典》、《七集·續集》亦作「却」。

二十二

某啓。專使至，遠辱手誨累幅，伏讀感慰。所喜比來起居康勝，不足云也。某凡百如常，杜門謝客已旬日矣。承見教，益務閉藏而已。近得筠州舍弟書，教以省事，若能省之又省，使終日無一語一事，則其中自有至樂，殆不可名。此法奇秘，惟不肖與公共之，不可廣也。晝本亦可摹，爲省事故，亦納去耳。今却付來使，不罪。吴畫謾附去。冬至後，齋居四十九日，亦無所行運，聊自反照而已。願公深自愛養。區區難盡言，想識此意也。

二十三

某近張寔處，蒙寄貺四壺，今又拜賜，雖知不違條[一]，然屢爲煩費，已不惶矣。酒味極佳，此間不可髣髴也。

〔一〕「雖」原作「數」，今從《翰墨》。

二十四

某啓。所示文字，輒以意裁減其冗，别録一本，因公之成，又稍加節略爾。不知如何？漕司根鞫捃摭微瑣，於公尤爲便也。緣此聖主皎然，知公無過矣。非特不足卹，乃可喜也。但静以待命，如乞養疾之類，亦恐不宜。荷異眷，不敢不盡。璋師《羅漢堂記》，俟試思量仍作伽語，莫不妨否？然廢人之文章，未必喜之。如何？

二十五

某啓。公忠義皎然，天日共照，又舊德重望，舉動當爲世法，不宜以小事紛然自辨。若如來喻，引罪而乞寬司僚，於義甚善，卑意如此。

二十六

某到黄彼〔一〕，聞公初五日便發，由信陽路赴闕，然數日如有所失也。欲便歸黄州，又雨雪間作。向僧房中明窗下，擁數塊煞炭，讀《前漢書・戾太子傳贊》，深愛之。反復數過，知班孟堅非庸人也。方感歎中，而公書適至，意思豁然。稍晴暖，當陽羅江上放舟還黄也。

〔一〕「彼」疑應作「陂」。作「彼」不可通。以下有「欲便歸黄州」、「放舟還黄」云云。查《宋史》卷八十八《地理志》四，黄州有黄陂縣。參本卷《與滕達道》第十八簡。

二十七

某啓。近日人還，奉狀必達。雪後寒苦，伏想起居佳勝。歲復行盡，展奉何時，旅懷索然，但有傾系。尚冀爲時自重，别膺新祉。

二十八

某再拜。見戒不爲外境所奪，佩此至言，何時忘乎？王經臣者，覩其語論微似颼颼，然其言未足全信也。所傳小詞，爲僞託者，察之。然自此亦不可不密也。回文比來甚奇，嘗恨其主不稱。若歸吾人，真可喜，可謂得其所哉，亦須出也。元素若果來，一段奇事，當預以一書約之〔一〕。今擕俊生來，一夔足矣。冗迫，久不上狀。伏想台候勝常。某蒙庇如昨，未還老哲，與望缺然。更冀順時爲國自重〔二〕。

〔一〕「一」原缺，據《翰墨》補。

〔二〕自「冗迫」以下三十三字，見本卷《與滕達道》第十一首，獨立成篇，今仍存原文，待考。

二十九

某啓。示喻夏中微恙，即日想全清快。近聞元素閉閤放出四人，此最衛生之妙策。其一姓郭者，見在野夫處。元素欲醒，而野夫方醉爾。須示二小團皆新奇。蘇合酒亦佳絶。每蒙輟惠，慙感可量。今日見報蒲傳正般出天壽院，何耶？張夢得嘗見之，佳士！佳士！

三十

屢枉專使，感愧無量。兼審比來尊體勝常，以慰下情。某近絶佳健。見教如元素黜罷，薄有所悟，遂絶此事，仍不復念。方知此中有無量樂，回顧未絶，乃無量苦。辱公厚念，故盡以奉聞也。晚景若不打疊此事，則大錯，雖二十四州鐵打不就矣。既欲發一笑，且欲少補左右耳。不罪！不罪！

三十一

公解印入覲，當過岐亭故縣，預以書見約，輕騎走見，極不難。慎勿枉道見過，想深識此意。乍冷，萬乞自重。

三十二以下俱離黄州

某啓。僕買田陽羡，當告聖主哀憐餘生，許於此安置。幸而許者，遂築室荆溪之上而老矣。僕當閉户不出，君當扁舟過我。醉甚，書不成字。

三十三

某晚生，蒙公不鄙與游，又令與立字〔一〕，似涉僭易，願公自命，却示及作《字説》，乃寵幸也。

〔一〕「與立字」原作「出」字，今從《大典》、《七集·續集》卷四，《外集》卷七十作「出一字」。

三十四

某再拜。承示喻盛字，見耘老，云改作逵道，不知尚未定耶？欲令重議。此朋友之事，某於公爲晚輩，豈敢當此。然公有命不敢違，當徐思之。先以書布聞左右，然後敢作説也。惶恐！惶恐！

三十五

某啓。久不奉狀，愧仰日深。辱專人手書，具審比來台候勝常，感慰兼集。自聞公得吴興，日望一見於中塗。而所至以賤累不安，遲留就醫，竟失一嬰兒。又老境所迫，歸計茫然，故所至求田問舍，然卒無成。十四日決當離此，真州更不敢住。恐真守堅留，當住一日。不知公猶能少留，以須一見否？死罪！死罪！若到揚，聞公猶在，亦須當輕舟往見也。若又失此期，則遂遠别矣。漸涼，惟順時爲國自重。人還，謹奉狀布謝。不宣。

三十六

某去歲所買田，已旱損一半，更十日不雨，則已矣。奇窮所向如此，可笑！可笑！耘老遠去，此意豈可忘。老病憔悴，得公厚顧，翹然增氣也。

三十七

某啓。疊蒙遣人賜書，憂愛厚甚，感怍不已。比日履茲新涼，台候勝常，深慰下情。喪子之戚，尋已忘之矣。此身如電泡，況其餘乎？聞今日渡江，恨不飛去。風逆不敢渡，又與一人期於真州，有少急切之幹，度非十九日不可離真。早發暮可見，公以二十日行，猶可趁上官日也。不知能少留否？若得略見，喜幸不可言也。餘冀爲時自重。

三十八

某到此，時見荆公，甚喜，時誦詩説佛也。公莫略往一見和甫否？餘非面莫能盡。某近到筠見子由，他亦得旨指射近地差遣，想今已得替矣。吴興風物，足慰雅懷。郡人有賈收耘老者，有行義，極能詩，公擇、子厚皆禮異之，某尤與之熟，願公時一顧，慰其牢落也。近過文肅公樓，徘徊懷想風度，不能去。某至楚、泗間，欲入一文字，乞於常州住。若幸得請，則扁舟謁公有期矣。

三十九

某啓。别後，不意遽聞國故，哀號追慕，迨今未已。惟公忠孝體國，受恩尤異，悲苦之懷，必萬常人。比日起居何如？某旦夕過江，徑往毗陵，相去益近，時得上問也。爲時自重。不宣。

四十

某再啓。承差人送到定國書，所報未必是實也。都下喜妄傳事，而此君又不審。乃四月十七日發來邸報，至今不説，是可疑也。一夫進退何足道，所喜保馬户導洛堆垛皆罷，茶鹽之類，亦有的耗矣。二聖之德日新，可賀！可賀！令子各安勝，未及報狀也。

四十一

某啓。耘老至，又辱手書，及耘老道起居之詳，感慰不可言。某留家儀真，獨來常，以河未通，致公見思之深。又有舊約，便當往見，而家無壯子弟，須却還般挈，定居後，一日可到也。惟深察。近日京口時有差除，或云當時亦未是實計。當先起老鎬，僕或得連茹耶？惠貺三十壺，攜歸餉婦矣。餘耘老能道，不宣。某頓首。

四十二

聞張郎已授得發勾，春中赴上，安道必與之俱來。某若得旨，當與之聯舟而南，窮困之中，一段樂事，古今罕有也。不知遂此意否？秦太虛言，公有意拆却逍遥堂横廊，切謂宜且留之，想未必爾，聊且言之。明年見公，當館於此。公雅度宏偉，欲其軒豁，卑意又欲其窈窕深密也。如何？不罪造次。

四十三〔一〕

四聲可罷之，萬一浮沉，反爲患也。幸深思之。不罪。

〔一〕《七集·續集》卷四此首接上首之後，與上首爲一首。

四十四

某再啓。近在揚州入一文字，乞常州住，如向所面議。若未有報，至南都再當一入也〔一〕。承郡事頗繁齊鳌，想亦期月之勞爾。微疾雖無大患，然願公無忽之，常作猛獸毒藥血盆膿囊觀，乃可，勿孤吾黨之望而快羣小之志也。情切言盡，必恕其拙，幸甚。

〔一〕「一入」原作「一削」，《大典》作「三削」，今從《七集·續集》卷四。

四十五

某啓。一别四年〔一〕，流離契闊，不謂復得見公。執手恍然，不覺涕下。風俗日惡，忠義寂寥，見公使人差增氣也。别來情懷不佳，忽得來教，甚解鬱鬱。且審起居佳勝爲慰。某以少事，更數日，方北去。宜興田已問去。若得稍佳者，當扁舟徑往視之，遂一至湖。見公固所願，然事有可慮者〔二〕，恐未能往也。若得請居常，則固當至治下，攪擾公數月也。未間，惟萬萬爲時自重。

〔一〕《大典》、《七集·續集》卷四、《歐蘇書簡》「四年」作「十四年」。

〔二〕《大典》「可」前有「不」字。

四十六〔一〕

某再啓。別諭，具感知愛之深，一一佩刻。董田已遣人去問，宜與親情若果爾，當乘舟徑往成之。然公欲某到吴興，則恐難爲，不欲盡談，唯深察之。到南都，欲一狀申禮曹。凡刊行文字，皆先毀板，如所教也。有監酒高侍禁永康者，與之外姻，聞亦甚謹幹，望略照庇，如察其可以剪拂，又幸也。

〔一〕《大典》、《七集·續集》卷四自「有監酒」以下三十二字，爲另一首尺牘，獨立成篇。

四十七以下俱赴登州

某啓。前蒙惠建茗，甚荷〔一〕。醉中裁謝不及，愧悚之極〔二〕。登州見闕，不敢久住，遠接人到，便行。會合邈未有期，不免悵惘。舍弟召命，蓋虚傳耳。君實恩禮既異，責望又重，不易！不易！某舊有《獨樂園》詩云：「兒童誦君實，走卒稱司馬。持此將安歸，造物不我捨。」今日類詩讖矣。見報，中憲言玉汝右揆〔三〕，當世見在告〔四〕，必知之。京東有幹，幸示喻。

〔一〕《七集·續集》卷四、《外集》卷七十「荷」作「奇」。

〔二〕「極」原作「劇」，今從《七集·續集》、《外集》。

〔三〕「玉汝」二字原缺，據《七集·續集》補。按：玉汝乃韓縝。

〔四〕「當世」原作「不當」，據《七集·續集》改。按：當世乃馮京。

四十八

某啓。專使至，辱手誨，伏承起居佳勝，大慰馳仰。某受命已一月，甚欲速去，而遠接人未至，船亦未足，督之矣。向雖有十日之約，勢不可住，愧負無限。區區之學，頃亦試之矣。竟無絲毫之補，復此强顔，歸於無成，徒爲紛紛，益可愧也。心之伊鬱，非面莫能道，想識此意。唯萬萬爲人自重。人還，奉啓上謝。不宣。

四十九

某啓。承專人借示李成《十幅圖》，遂得縱觀，幸甚！幸甚！且暫借留，令李明者用公所教法試摹看，只恐多累筆耳。此本真奇絶，須當愛護也。月十日後，當於徐守處，借人賫納。

五十

某啓。前者使還，醉中裁謝，極於散慢，至今恐愧。不審比日台候何似？某已被命，實獎借之素。已奏候遠接人，計不過七月中下旬行。伏恐知之。士論望公入覲，久未聞，何也？想亦不遠。無由面别，瞻望惋悵，溽暑方熾，萬冀順時爲國自重。不宣。

五十一

許爲置朱紅累子，不知曾令作否？若得之，攜以北行，幸甚。如不及已，亦非急務。不罪。

五十二以下俱登州

某啓。入春來，連日雨，今日忽晴快。所居江山爽秀，悵然懷公，不知頗作樂否？近得安道公及張郎書〔一〕，甚安健。子由想已過矣。青州資深，相見極懽。今日赴其盛會也。閑恐要知。

〔一〕「公」原缺，據《七集·續集》卷四、《外集》卷七十補。

五十三

某再拜。自承哀疚，日欲拜疏，以不審知從者所至，以故至今。日月如昨，忽復徂暑。伏惟追慕擗切，觸物增慟，奈何！奈何！即日伏料孝履支福。明公聲望隱然，雖未柄用，坐鎮一方，猶足以攜持人心。今兹退歸，有識所共嘆，而孤拙無狀，尤爲失巨庇也。唯冀節哀自重，少慰區區。謹奉手啓上問。不次。

五十四

某啓。少懇布聞，不罪！不罪！某好攜具野飲，欲問公求朱紅累子兩卓二十四隔者，極爲左右費，然遂成藉草之興，爲賜亦不淺也。有便望頒示，悚息。

五十五

某本作此書，託一同人帶去，既而其人却留滯淮南，近復帶還，豈勝慚悚。今復附上前疏，貴察其非懈怠也。忽然秋盡，起居何似？向承示諭斤斧鄙詞，非見愛之深，豈能爾耶？向示自有一本，云「且闕尊前見在身」，恐閑知之。東方有幹，乞示下。

五十六

某干求累子〔一〕，已蒙佳惠，又爲別造朱紅，尤爲奇妙。物意兩重，何以克當。捧領訖，感愧無量。舊者昨寄在常州，令子由帶入京。俟到，不日便持上也。

〔一〕「干」原作「于」，據各本改。

五十七

鰒魚三百枚，黑金棋子一副，天麻煎一𦈢〔一〕，聊爲土物。不罪浼觸。令子思渴，冗中，不及別啓。

〔一〕《外集》卷七十「𦈢」作「瓻」。

五十八〔一〕

某感時氣，卧疾逾月，今已全安。但幼累更卧，尚紛紛也。楊道人名世昌〔二〕，緜竹人，多藝。然可閑攷驗，亦足以遣滯也。留此幾一年〔三〕，與之稍熟，恐要知。

〔一〕《大典》、《七集·續集》卷四、《外集》卷七十此首接本卷第五十四首之後，與第五十四首合爲一首。

〔二〕「楊」原作「措」，誤刊，今正。參本集卷末《蘇軾佚文彙編》中之《帖贈楊世昌》二首。

〔三〕《外集》「幾」作「凡」。

五十九〔一〕

所有二賦，稍晴，寫得寄上。次只有近寄潘谷求墨一詩，録呈，可以發笑也。衲衣尋得，不用更尋。累卓感留意，悚怍之甚。甘子已拜賜矣。北方有幹，幸示諭〔二〕。

〔一〕《大典》、《七集·續集》卷四、《外集》卷七十此首接本卷《與滕達道》第四十四首之後，與第四十四首爲一首。

〔二〕「幸示諭」原作「垂示」，今從上三書。

六十

某屏居如昨，舍弟子由得安問，此外不煩遠念。久不朝覲，緣此得望見清光，想足慰公至意。其他無足云者。貴眷令子，各計安勝。月中前，急足遠寄，必已收得。略示諭。

六十一　登州還朝

某啓。此去見有方藥可以起公之微疾者，專爲訪之，如所諭也。四月中所報及却罷之由，未聞其實，到都下當馳白也。

六十二以下俱南省

某慰言。不意禍故，奄及閨閤，聞問怛然，悲惋不已。竊惟恩義之重，哀痛難堪。日月如昨，屢易弦望。追慟無及，觸物增感。奈何！奈何！未由躬詣弔問，臨紙哽塞。謹奉疏陳慰。謹疏。

六十三

某啓。驚聞郡封傾逝，悲愴無量，恨不躬往慰問，但以至理寬譬左右也。平日學道，熟觀真妄，正爲今日。但當審察本心，無爲客塵幻垢所污，況公望重中外，今者人物雕喪，耆老殆盡，切須自愛。若使纏綿留戀，不即一刀兩段，乃是世俗常態，非所望於傑人也。願三復此語而已。餘非面能盡。

六十四

某以館伴北使半月，比出，方聞公有閨中之戚。慰問後時，本欲别作令子昆仲慰疏，秦君行速，作書未及，惟千萬節哀以慰親意也。相次别奉狀。

六十五以下俱翰林

某啓。迫冗，稍踈上問，愧仰增極。切想下車以來，静治多暇，有以自適。即日履兹酷暑，台候何似。某忝冒過分，非提奬有素，何以及此。明公舊德偉望，尚在外服，輿論未允。伏冀以時倍加保嗇，以慰區區。不宣。

六十六

某啓。近數奉狀，一一聞達。比日切惟鎮蒞多暇，台候萬福。某蒙庇粗遣，但躐次驟進，處必争之地，非久安計，但脱去無由，公必念之。蒙惠地黄煎，扶衰之要藥。若續寄，尤幸。

六十七

某再啓。瀛州之命，既以先諱爲辭，想當易地耶？所云杭，已除元素，計必聞之矣。佳夢，豈特公愛我之深，發於想念爾。批示黨人，甚堪一笑而已。子由除户侍，方欲辭免也。閑恐知之。孔經甫外制，顧將軍夕拜，張仲舉待制，皆恐要知。廣大格豈敢望李憨子耶？然亦有一長從來，不敢使倖及賴耳，想當一笑。寄惠地黄煎，感服厚念。

六十八

某啓。部民董遷，篤學能文，下筆不凡，非復世俗氣韻。如請見，願加奬勵，遂成就之。其兄復溱，學道屏居，不與俗交，其文亦秀邁可觀。皆公所欲知者，故敢以聞。近因親情王承議行，託附書信，必達。某衰病短才，任用過量，論議疎闊，所向難合，日俟汰遣而已。辱知之厚，故粗及之。

與李公擇十七首杭倅〔一〕

某已過滿。蘇明之來。近聞明之已除臺直，果爾，替期未可決也。雪上主人如不厭客，當去叨聒。

聞已舉姚掾，非老兄風義，誰肯舉此孤寒木訥之士也哉？聞往來者奉談不容口，足爲交游之慶。《墨妙堂記》并詩，各告求數本。向時莘老屢寄，然皆墨淡不光，告令指揮如法打。道場何山，時復一游否？某雖未得即替，然更得於西湖過一秋，亦自是好事。景色如此，去將安往，但有著衣喫飯處，得住且住也。但恨舍弟相遠，然亦頻得信，亦甚好，恐要知。

〔一〕「倅」原作「州」，今從《二妙集》。

二 離杭倅

某頓首。某忝命皆出推借，知幸！知幸！始者深欲一到吴興，緣舍弟在濟南，須一往見之，然後赴任。濟南路由清河，而冬深即當凍合，須急去乃可行，遂不得一去别。所懷千萬，非書所能盡也。

三

某再拜。孝叔丈向有徑山之約，今已不遂。無緣一别，且乞致意。陳令舉有書來云，相次去奉謁相聚，必歎東東萊所乞茶與柑橙，而君地生焉，可各致少許爲贐。若要瓜虀，到任後當寄獻。呵呵。李君行時，不及奉書，兼醉後揮抹，殊鮮禮。悚！悚！

四 赴密州

某已到揚州，此行天幸，既得李端叔與老兄，又途中與完夫、正仲、巨源相會，所至輒作數劇飲笑樂。人生如此有幾，未知他日能復繼此否？乍爾暌違，臨紙於邑。

五以下俱徐州

某頓首。久不得來誨，亦稍憂懸，料公必不暇爾。近領手教，果爾刼刼，殊不及爲郡之樂。比日起居佳勝否？貴眷各無恙，且喜九郎壯健勝往日，深可慶。某輒有一孫，體甚碩重，決可以扶犁荷鋤，想公亦爲我喜也。八月十二日生，名楚老。六郎不見，應舉得失如何？邁往南京，爲舍弟此月十一日嫁一女與文與可子，呼去幹事。憲局尋常少事，何爲乃爾紛紛，想不常如此也。

六

某再拜。舍弟得信，無恙。但因議公事，爲一倅所怒，日夜欲傾之，念脱去未能爾。子由拙直之性，想深知之，非公孰能見容者，然實無他爾。而人或不亮。牢落如此，爲一農夫而不可得，豈復有意與人争乎？亦不足言，聊可一笑而已。

七〔一〕

子由近爲棲賢僧作《僧堂記》，讀之凛然〔二〕，覺崩崖飛瀑，逼人寒冽也。

〔一〕《七集·續集》卷四此首接本卷《與李公擇》第十二首之末，與第十二首爲一篇。

〔二〕《七集·續集》「凛然」作「慘懔」。

八以下俱黄州

某啓。春夏多苦瘡癤、赤目，因此杜門省事。而傳者遂云病甚者，至云已死，實無甚恙。今已頗健，然猶欲謝客，恐傳者復云云以爲公憂，故詳之。鄭公雖已逾八旬，然耆舊彫喪，想當爲國悽愴。公擇、莘老進用，皆可喜，然亦彙征之漸，殆恐未爾知首，料臺閣殊不聞，果爾，甚可喜。元素若能力止其行，極佳，亦當走書道此也。所要新詩，實無一字，小詞、墨竹之類，皆不復措思，惟於飽食甘寢中得少三昧，一笑！一笑！文編一閱，灑然自失，濯喧埃而起衰思也。

九

某再拜。諭養生之法，雖壯年好訪問此術，更何所得。然比年流落瘴地，苦無他疾，似亦得其力爾。大約安心調氣，節食少欲，思過半矣，餘不足言。某見在東坡，作陂種稻，勞苦之中，亦自有樂事。有屋五間，果菜十數畦，桑百餘本，身耕妻蠶，聊以卒歲也。

十

某頓首。知治行窘用不易。僕行年五十，始知作活。大要是慳爾，而文以美名，謂之儉素。然吾儕爲之，則不類俗人，真可謂淡而有味者。又《詩》云：「不戢不難，受福不那。」口體之欲，何窮之有，每加節儉，亦是惜福延壽之道。此似鄙俗[一]，且出於不得已。然自謂長策，不敢獨用，故獻之左右。住京師〔二〕，尤宜用此策也〔三〕。一笑！一笑！

〔一〕《叢話·前集》卷三十八有此文。「此似」原作「似此」，今從《叢話》、《輸墨》、《七集·續集》卷五。

〔二〕「師」原缺，據《七集·續集》補。

〔三〕「用」原缺，據《七集·續集》補。

十一

某啓。示及新詩，皆有遠别惘然之意，雖兄之愛我厚，然僕本以鐵心石腸待公，何乃爾耶？吾儕雖老且窮，而道理貫心肝，忠義填骨髓，直須談笑於死生之際，若見僕困窮便相於邑，則與不學道者大不相遠矣。兄造道深，中必不爾〔一〕，出于相好之篤而已。然朋友之義，專務規諫，輒以狂言廣兄之意爾。兄雖懷坎壈於時，遇事有可尊主澤民者，便忘軀爲之，禍福得喪，付與造物。非兄，僕豈發此！看訖，便火之，不知者以爲詬病也。

〔一〕「必」原作「心」，今從《七集·續集》卷五。

十二

某啓。近領手教，極慰想念。比日起居何如？秋色佳哉，想有以爲樂。人生唯寒食、重九，慎不可虚擲，四時之美，無如此節者矣。寄示妙藥刀鞘，並已領。近有潮州人寄一物，其上云扶劣膏，不言所用。狀如羊脂而頗堅，盛竹筒中，公識此物否？味其名，必佳物也。若識之，當詳以示，可分去，或爲問習南海物者。料公亦不久有别命。如未，冬間又得一見，孤旅之幸。乍冷，萬萬自攝。

十三

某啓。杜門謝客，甚安適。氣術又近得其簡妙者，早來此面傳，不可獨不死也。子由無恙，十月喪其小女，三歲矣。屢有此戚，固難爲情，須能自解爾。所諭曹光州親情，與卑意會，已作書問子由，次第必成也。梟脾納少許去，然終未知其實，不知所諭果然否，猶賴不曾經服食也。效劉十五體，作回文《菩薩蠻》四首寄去，爲一笑。不知公曾見劉十五詞否？劉造此樣見寄，今失之矣。得渠消息否？莘老必時得書，在徐樂乎？

十四

某啓。累獲來教，佩戴至意。比日起居佳勝。雪屢作，足慰勸耕之懷。昨日船到，送惠木奴人甕，算已作三百疋絹看矣。新歲不及奉觴，唯祝晚途遇合，使退耕窮士與民物並受其賜也。寒苦，萬萬自重。

十五

與可之亡，不惟痛其令德不壽，又哀其極貧，後事索然。而子由壻其少子，頗有及我之累。所幸其子賢而文，久遠却不復憂，唯目下不可不助他爾。

十六以下俱北還

某啓。逆風數日，爲左右滯留，而孤旅蒙幸多矣。但以多别〔一〕，得一見風度，亦不復以别去爲戚也。比日，伏惟起居佳勝。小舟阻風浪，罄室此依，又費照遣矣。古鐵納上〔二〕，餘萬萬善愛。不宣。

〔一〕《二妙集》原校：「多」一作「欠」。

〔二〕《外集》卷八十一「鐵」作「帖」。

十七

某啓。兩日連見，怱怱竟何言。暄和，起居何如？夷中送王徐州詩，有見及語。方是時，人以相識爲諱，欲一見面道此爲笑，竟不見，可太息也。適所白，是宗人棫，雅州幕。不一一。

與錢穆父二十八首南省

某啓。久以使客紛紛，不奉書，愧仰不可言。辱手教，且審台候勝常。愛子襁負夭喪，想深痛割，惟深照浮幻，一洗無益之悲，至望！至望！

二以下俱翰林

某啓。前日辱書及次公到，頗聞動止之詳，慰浣無量。微疾想由不忌口所致，果爾，幸深戒之。某亦病寒嗽，逾月不除，衰老有疾難愈，豈復如昔時耶？承和揉菊詞，次公處幸見之。未由會合，千萬順候自重。忽忽，奉啓。

三

某啓。辱書，伏承比來尊體安佳，甚慰所望。毒暑不可過，使客紛紛然，殆不能堪。數日以熱毒發瘡數處，且告謁休養，以備坤成終日之勞也。奉羨清閒，獨無此福。惠茶既豐且精，除寄與子由外，不敢妄以飲客，如來教也。然細思之，子由既作臺官，亦不合與喫。薛能所謂「賴有詩情」爾。呵呵。公久外，召還當在旦夕，掃榻奉候矣。不宣。

四

某啓。長至祝頌之意則深矣，不敢上狀，懼煩回答。辱手簡，甚荷知照。比日起居佳勝。河間之命，料必難辭，日企來音，少慰久闊。未間，萬乞爲國自重。不宣。

五

某近得家報，王郎子立暴卒於奉符，爲之數日悲慟，在告亦緣此也。此君受知於公，想亦爲之悽惋。子由遠使歸來，聞之，煩惱可知。子立只一女子，竟無兒，可傷！可傷！冗中，來使告迴。不一一。

六

某啓。兩日台候何如？知藥力已行，必遂輕安。飲食不減否？何日可出，告令郎寫一二字示下。

不宣。

七

某啓。辱示雄篇，古人所謂味無窮而炙逾出者，不肖何敢庶幾乎？然三五日間，當試和謝也。入夜布啓，草略，不宣。

八以下俱杭州

某啓。多日不上問，辱書，感慰之至。比日起居益佳，微疾已痊復。新詩妙曲，得於敲榜間，欣承加惠也。輒復一篇，惟不示人爲望。雅奏已行遣，因毀所集也。知之。冬來，全少事，時復開樽湖上，但少佳客爾。未由會集，千萬以時保衛。不宣。

九

承録示元之詩，舊雖曾見之，今得公親書，甚喜。令跋尾。詩詞如此，豈敢挂名其間。呵呵。惠示江瑶，極鮮，庶得大嚼，甚快。北方書問幾絶，況有苞苴見及乎？昨日忽得兩壺，謹分其一，不罪微浼。某再拜。

十

令子不及奉書，昨日與楊次公書，有少事託面白，必達。春夏之交，米價必大長，可畏。公必有以待之，幸預以教我。數郡閉糴〔一〕，大爲杭病，江東尤爲害也。屢移不報，録得其榜，已削去。依條，災傷免力勝。民甚悦，恐知。杭酥不佳，已督之矣。

〔一〕《翰墨》「閉」作「皆」。

十一

今日得憲檄，亦以閩盜恐軼至衢、睦爲戒〔一〕，度亦未遽爾也。惟浙西數郡，水潦既甚，而七月二十一、二、三三日大雨暴風，幾至掃盡，災傷既不減去歲，而常平之備已空。此憂在僕與中玉。事有當面議不可以尺書盡者，屢以此意招之，絶不蒙留意云。冬初方過，浙西雖子功旦夕到，然此大事，得聚議乃濟。數舍之勞，譬如來一看潮，亦自佳事，試告公以此意勸之，勿云僕言也。如何？如何？吾儕作事，十分周備，僅可免過，小有不至，議者應不見置也。米方稍平〔二〕，更一月必貴。日夜望中玉來。放脚手糴得十餘萬石，相次漕司争糴軍糧及上供，必大翔湧。其他合行遣事，未易一一遽言。願公因會，度可言即言之。幸甚！幸甚！此事，某已兩削矣。諸公雖未必喜，然度無不行下之理。

〔一〕「睦」原作「陸」，今從《二妙集》。
〔二〕「方」原作「分」，今從《翰墨》。

十二

某蒙令子寄示五賦，幸甚，且爲矩範也。後舉又預高等矣。近本州舉子數百人來陳狀，以習賦者多，乞發解各立分數，已爲削去矣。閑知之。小兒差遣，蒙留意，以遞中問之矣。非久得報，即馳白也。悚息！悚息！

十三

邁拙而愿，既備門下人，又日夕左右，想蒙提誨如子姪，不在區區干禱也。乍到潁，不能無少冗。速遣此人，未能盡意。令子相見都下，不欵曲，計今已赴任矣。

十四

新刻特蒙頒惠，不勝珍感。竹萌亦佳貺，取筍簟菘心與鱖相對〔一〕，清水煑熟，用薑蘆服自然汁及酒三物等，入少鹽，漸漸點灑之，過熟可食。不敢獨味此，請依法作，與老嫂共之。呵呵。

〔一〕《永樂大典》卷一萬一千六百十九引《養親壽老新書》轉引此文「對」作「和」。

十五

蒙仲過此，以急欲省覲，不敢攀留，甚愧。聞試得甚佳，且夕馳賀也。兩小兒本令閑看場屋，今日牓出皆捷，新學妨占解名，可愧也。

十六揚州

某啓。示諭麗使裁減事，既不出船，何用借買許多什物。已令本州一一依倣裁定矣，幸甚！幸甚！

條式指定事，即未敢擅減，知之。稍暇，別奉狀。不罪。

十七以下俱揚州還朝

某啓。匿犀伏蜃之句，所不到也。欽羡！欽羡！

十八

某啓。多日不接奉，思企之深。伏計台候日就康復。欲往見，恐倦接客。乞此示數字。炷艾，必得力也。新詩想多有。不一一。

十九

子功數日不相見，省中殊岑寂也。公何日可出乎？

二十

某近蒙囘教，令記新齋，恐必不堪用，然亦當試抒思也。曾干告豐令郭綖、支使孟易一京削。恐新年求者必多，略乞記録。令子必已到，温秀老成，真遠器也。冗迫，不盡區區。

二十一

某啓。多日不接奉，思企不可言。辱教字，承起居佳勝。浴會不得暇赴，蓋除夜有婚會，兩日紛紛也。嘉篇幸蒙録示，「愁人淚眼」之句，讀之惘然。公達者，何用久爾戚戚。嘉節，且一笑爲樂，區區之祝也。

二十二

某啓。前日辱簡，以妻孥皆病不即答，悚息！悚息！陰雨，起居何似？寄穎叔詩，和得，納去。與公咫尺胡越，何論穎叔也。可歎！可歎！某一章未允〔一〕，方再上也。不一一。

〔一〕「某」原作「其」，今從《翰墨》。

二十三

某啟。伏承涖事之初，雖稍勞神，而吏民欣悚，實爲盛事。無由詣賀，但有企渴。辱簡，且審起居佳勝。餘俟八日廷中可談。

二十四

某啓。辱示，承起居佳勝。熙帥，鄙意亦欲餞之。公用二日即當趨赴，元日殿門外更議之也。惠貺山芋柑榘，感刻之至。忽忽布謝，不謹。

二十五

某啓。伏暑，伏想起居康勝。老婦病稍加，某亦自傷暑，殊無聊，遂且謁告免詞事也。一詩謾呈。

電掃庭訟，響答詩筒，亦數年來故事也。呵呵。草，不謹。

二十六

某啓。知盛會早散，能過家庖賫菜夜話否？忽忽，不罪。

二十七

某啓。辱簡〔一〕，承起居佳勝。所約，敢不如教。絶早，到門惟少設食了兩碑也。醵錢用二十四。謹諾。

〔一〕「簡」原脱，據《翰墨》補。

二十八赴定州

某啓。昨日遠勤從者，草草就别，慨悵不已。使至，又辱手誨，仍以高篇寵行，讀之增恨愴也。欲和答，人客如織，當俟前路。惠茶，已戒兒曹别藏之矣，非良辰佳客，不輕啜也。令子昆仲，特煩遠至，感怍不已。所欲言，非可以筆墨既，想已目擊，自餘惟若時自愛而已。不宣。

與李伯時一首

辱手示及惠新醖，感愧殊深。卽日起居佳勝。《洗玉池銘》，更寫得小字一本，比之大字者稍精。請用陳伯修之説，更刻於石柱上爲佳。人還，奉謝。

與郭功父七首以下俱杭倅

昨日承顧訪，殊慰久闊。經夕起居佳否？某出院本欲往見，以下痢乏力未果，想未訝也。略奉啓，布謝萬一。

二

久別，忽得瞻奉，喜慰可量。既以不出，又數日卧病，遂阻言笑，愧悚不可言。稍涼，起居佳否？某下痢雖止，尚羸薾也。謹奉啓布謝。

三

兒子歸來，別無可爲土物，御筆一雙，賜墨一圭，新茶兩餅〔一〕，皆得之大臣家真物也。不罪浼瀆。

〔一〕《外集》「餅」作「斤」。

四

辱訪臨，感怍。獨以怱遽爲恨，迨行不往謝，惟寬恕。乍熱，萬萬自重。不宣。

五

別來瞻仰無窮，風雪凝寒，從者勤矣。辱書，承起居甚佳，爲使者卽至，必且暫還，惟萬萬自重。

六以下北歸

昨辱寵臨，久不聞語，殊出意表。蓋所謂得未曾有也。經宿起居佳勝。閒居致厚餽，拜賜慚感。只今上謁次，一肉足矣，幸不置酒。

七

某今日私忌，未敢上謁。辱詩和呈，爲一笑。青皮一片〔一〕，不以餉公，則無與嘗者矣。

〔一〕《外集》卷八十一「皮」後有「林」字；《七集·續集》卷七「片」作「斤」。

與文與可三首以下俱徐州

與可抱才不試，循道彌久〔一〕，尚未聞大用。公議不厭，計當在卽。然廊廟間誰爲卹公議者乎？老兄既不計較，但乍失爲郡之樂，而有桂玉之困，又却不見使者嘴面，得失相乘除，亦略相當也。彭門無事，甚可樂。但未知今夏得免水患否？子由頻得書，甚安。示諭秋冬過親，甚幸！甚幸！令嗣昆仲各計安勝，爲學想皆成就矣。

〔一〕「循」原作「遁」，據《七集·續集》卷五改。

二

離浙中已四年，向亦有少浙物，久已分散零落矣。有藥玉船兩隻，獻上，恰好吻酌，不通客矣。呵呵。杭州故人頗多，致之不難，當續營之。但恐得後不肯將盛作見借也。

三

近屢於相識處見與可近作墨竹，惟劣弟只得一竿，未説《字説》潤筆，只到處作記作贊，備員火下，亦合剩得幾紙。専令此人去請，幸毋久秘。不爾，不惟到處亂畫，題云與可筆，亦當執所惠絶句過狀索二百五十疋也。呵呵。

與文郎一首黄州

不審荼毒以來，氣力何似，變故如昨。兩易晦朔，追慕無窮，柰何！柰何！中前人還，辱書，重增哽咽。吾親孝誠深篤，若不少節哀摧，惟意所及，不以後事爲念，何以仰慰堂上之心。惟萬萬寛中强食。

蘇軾文集卷五十二

尺牘

與王定國四十一首〔一〕以下俱黄州

某啓。自到黄州，即屬岸人日伺舟馭消耗，忽領手教，頓解憂懸。仍審比來體氣清强〔二〕，且能自適，至慰。知未決東西，計其迂直嶮易，相去必不懸絶，而得一見，乃是不肖大幸，不識果安從。某寓一僧舍，隨僧蔬食，甚自幸也。感恩念咎之外，灰心杜口，不曾看謁人。所云出入，蓋往村寺沐浴，及尋溪傍谷釣魚採藥，聊以自娱耳。

〔一〕《翰墨》無「四十一首」四字，題下註：「凡三十九帖」。《翰墨》「首」下無「以下俱黄州」五字。

〔二〕「來」原作「者」，今從《翰墨》。

二〔一〕

某啓。罪大責輕，得此甚幸，未嘗戚戚。但知識數十人〔二〕，緣我得罪，而定國爲某所累尤深，流落荒服，親愛隔闊。每念至此，覺心肺間便有湯火芒刺。今得來教，既不見棄絶，而能以道自遣，無絲髮蔕芥，然後知定國爲可人，而不肖他日猶得以衰顔白髮厠賓客之末也。甚幸！甚幸！恐從者不由此過，故專遣人致區區。惟願定國深自愛重，仍以戒我者自戒而已。臨書悒悒，不知此人到江，猶及見仙舟否？怱怱，不宣。

〔一〕《七集·續集》卷十一有《與王定國書》，乃合此首尺牘及本卷《與王定國》第三首、第八首、第十首、第十一首、第十六首各尺牘而成，文字略有差異。

〔二〕《七集·續集》無「十」字。

三

某啓。揚州有侍其太保者，官於瘴地十餘年〔一〕，北歸面色紅潤，無一點瘴氣。只是用摩脚心法耳。此法，定國自己行之，更請加功不廢〔二〕。每日飲少酒，調節飲食，常令胃氣壯健。安道軟朱砂膏，某在湖州服數兩，甚覺有益。到彼可久服。子由昨來陳相别，面色殊清潤，目光炯然，夜中行氣臍腹間，隆隆如雷聲。其所行持，亦吾輩所常論者，但此君有志節能力行耳。粉白黛緑者，俱是火宅中狐狸、射干之流，願深以道眼看破。此外又有一事，須少儉嗇，勿輕用錢物。一是遠地，恐萬一闕乏不繼。二是災難中節用自貶，亦消厄致福之一端〔三〕。所懷千萬，書不能盡一二也。

〔一〕《七集·續集》卷十一《與王定國書》「於」後有「烟」字。

〔二〕「功」原作「工」，今從《七集·續集》卷十一《與王定國書》。本卷《與王定國》第四首有「今宜倍加功」之句。

〔三〕《七集·續集》「消」前有「貶惡」二字。

四

某啓。賓州必薄有瘴氣，非有道者處之，安能心體泰健以俟否亨耶？定國必不以流落爲戚戚，僕不復憂此。但恐風情不節，或能使腠理虚怯以感外邪。此語甚惷而情到，願君深思先構付屬之重，痛自愛身嗇氣。舊既勤於道引服食，今宜倍加功，不知有的便可留桂府否？

五

某啓。君本無罪，爲僕所累爾。想非久，必漸移善地也。僕甚頑健，居處食物皆不惡。但平生不營生計，賤累即至，何所仰給。須至遠迹顔淵、原憲，以度餘生。命分如此，亦何復憂慮。在彭城作黄樓，今得黄州；欲换武，遂作團練。皆先識。因來書及之，又得一笑也。子由不住得書，必已出大江，食口如林，五女未嫁，比僕又是不易人也。柰何！柰何！惠京法二壺，感愧之至。欲求土物爲信，僕既索然，而黄又陋甚，竟無可持去，好笑！好笑！皃子邁亦在此，不敢令拜狀，恐煩瀆也。承新詩甚多，無緣得見，耿耿。僕不復作〔一〕，此時復看詩而已。

〔一〕「作」原作「得」，今從《翰墨》。

六

某作書了，欲遣人至江州。李奉職言，定國必已從江西行，必不及矣。故復寫此紙，遞中發去。聞得此中次第，人皆言西江漸近上水，石湍激，嶮惡不可名，大不如衡、潭之善安。然業已至彼，不可復同也。若於臨江軍出陸，乃長策也。貴眷不多，不可謂山溪之嶮而避陸行之勞也。衆議如此，切請子細問人，毋以不貲之軀，輕犯憂患也。前書所憂，惟恐定國不能愛身嗇色，願常置此書於座右。如君美材多文，忠孝天禀，但不至死〔一〕，必有用於時。雖賢者明了，不待鄙言。但目前日見可欲而不動心，大是難事。又尋常人失意無聊中，多以聲色自遣。定國奇特之人，勿襲此態。相知之深，不覺言語直突，恐欲知。他日不訝也〔二〕。

〔一〕「不至」原作「得不」，今從《翰墨》。

〔二〕《翰墨》「他日」作「然」。

七

某受張公知遇至深。罪廢，累辱其門下，獨不復擯絶否？如何！如何！想時得安問，貴眷在彼必安。

八

某再拜。遞中領手教，知已到官無恙，自處泰然，頓解憂懸。又知攝二千石，風采震於殊俗，一段奇事也。某羈寓粗遣，但八月中喪一老乳母，子由到筠，亦拋却一女子，年十二矣，悼念未衰，復聞堂兄中舍卒於成都。異鄉罹此，觸物悽感，奈何！奈何！

近頗知養生，亦自覺薄有所得，見者皆言道貌與往日殊別，更相闊數年，索我閬風之上矣。兼畫得寒林墨竹，已入神品，行草尤工，只是詩筆殊退也。不知何故？張公比得書無恙，但以厚之去婦，家事無人幹，頗牢落。子由在筠，甚苦局事煩碎，深羨老兄之安逸也。非久，冬至，已借得天慶觀道堂三間，燕坐其中，謝客四十九日，雖不能如張公之不語，然亦常闔户反視，想當有深益也〔一〕。

定國所寄臨江軍書，久已收得。二書反覆議論及處憂患者甚詳，既以解憂，又以洗我昏蒙，所得不少也。然所謂「非苟知之亦允蹈之」者，願公嘗誦此語也。杜子美在困窮之中，一飲一食，未嘗忘君，詩人以來，一人而已。今見定國，每有書皆有感恩念咎之語，甚得詩人之本意。僕雖不肖，亦嘗庶幾彷彿於此也。

文字與詩，皆不復作。近爲葬老乳母，作一誌文，公又求某書，輒書此奉寄。今日馬鋪李孝基送君謨石刻一卷來〔二〕，其後有定國題字，又動我相思之懷，作惡久之。數日前，發勾沈達過此，亦云與定國熟，船中會話半夜，强半是説定國。

近有人惠丹砂少許，光彩甚奇，固不敢服，然其人教以養火，觀其變化，聊以怡神遣日。賓去桂不甚遠，朱砂若易致，或爲致數兩，因寄及〔三〕，稍難卽罷，非急用也。窮荒之中，恐亦有一二奇士〔四〕，當以冷眼陰求之。大抵道士非金丹不能解化〔五〕，而丹材多出南荒，故葛稚川乞岣嶁令，竟化於廣州〔六〕，不可不留意也。陳璞一月前〔七〕，直往筠州看子由，亦粗傳要妙，云非久當來此。此人不惟有道術〔八〕，其與人有情義，久要不忘如此，亦自可重。道術多方，難得其要，然以某觀之，惟能靜心閉目，以漸習之，但閉得百十息，爲益甚大，尋常靜夜，以脉候得百二三十至，迺是百二三十息爾。數爲之，似覺有功。幸信此語，使真氣雲行體中，瘴冷安能近人也。

知有煞賣鵝鴨甚便，此間無有，但買斫鱠魚及猪羊麞麕，亦足矣。廩入雖不繼，痛自節儉，每日限用百五十，自月朔日取錢四千五百足，繫作三十塊，掛屋梁上，平明以畫杈子挑取一塊，即藏去杈子，以大竹筒別貯用不盡者，可謂至儉。然猶每日一肉，蓋此間物賤故也。囊中所有，可支一年以上，至時別作相度，日下未須慮也。兒子正如所料，不肯出官，非復小補也。信筆亂書，無復倫次〔九〕，不覺累幅。書到此，恰二鼓，室前霜月滿空，想識我此懷也。言不可盡，惟萬萬保嗇而已。

〔一〕「也」原作「處」，今從《翰墨》。

〔二〕「來」原作「求」，誤，今據《翰墨》改。

〔三〕「及」原作「示」，今從《七集·續集》卷十一《與王定國書》。

〔四〕《翰墨》無「二」字，《七集·續集》無「亦」、「二」字，「士」作「事」。

〔五〕《七集·續集》「解」作「羽」。

〔六〕「廣」原作「廉」，今從《翰墨》。案：《晉書》卷七十二《葛洪傳》，洪求爲句屚令，晉元帝從之。洪至廣州，刺史鄧嶽留不聽去。作「廣」是。

〔七〕《七集·續集》「璞」作「琛」。

〔八〕「此」原缺，據《七集·續集》補。

〔九〕《翰墨》無「復」字。

九

桂砂如不難得，致十餘兩尤佳。如費力，一兩不須致也。

十

某啓。近附桂州遞奉書，必達。邇來江淮間酷暑，殆非人所堪，況於嶺外乎？惟道懷清曠，必有以解煩釋懣者。入秋以來，翛然清遠，計尊候安勝。僕凡百如昨，不煩念及〔一〕。子由在高安，不住得書，無恙。近亦有南都來者云，張公及貴聚並安，見報，舉者更宜省事緘口。區區之至，不罪！不罪！馬朝請過此，議論脱然，必知所以待定國者。展奉未可期。惟萬萬自重。不一一。

〔一〕「煩」原作「須」，今從《翰墨》。

十一

某啓。馬公過此嘉便，無好物寄去，收拾得茶少許，謾充信而已。新詩文近日必更多。君學術日益，如川之方增，幸更著鞭多讀書史，仍手自抄爲妙。造次！造次〔一〕！某自謫居以來，可了得《易傳》九卷，《論語説》五卷。今又下手作《書傳》。迂拙之學，聊以遣日，且以爲子孫藏耳。子由亦了却《詩傳》，又成《春秋集傳》。閑知之，爲一笑耳。桂州遞中有和仲奉和詩四首，不知到未？且一報之。

〔一〕「造次造次」四字原缺，據《七集·續集》卷十一《與王定國書》補。

十二

某遞中領書及新詩，感慰無窮。得知君無恙，久居蠻夷中，不鬱鬱足矣。其他不足云也。馬處厚行，曾奉書，必便達。不知今者爲在何許，且盤桓桂州耶，爲遂還任耶？重九登棲霞樓，望君凄然，歌《千秋歲》，滿坐識與不識，皆懷君。遂作一詞云〔一〕：「霜降水痕收。淺碧鱗鱗欲見洲。酒力漸消風力軟，颼颼。破帽多情却戀頭。佳節若爲酬。但把清樽斷送秋。萬事回頭都是夢，休休。明日黄花蝶也愁。」其卒章，則徐州逍遥堂中夜與君和詩也。來詩要我畫竹，此竟安用，勉爲君作一紙奉寄。子由甚安。吾儕何嘗不禪，而今乃始疑子由之禪爲鬼爲佛，何耶？丹砂若果可致，爲便寄示。吾藥奇甚，聊以爲閑中詭異之觀，決不敢服也。張公久不得書，彼必得安問。乍冷，萬萬以時自重。夜坐，醉中作此書，仍以君遺我墨書也。不宣。

〔一〕「一」原缺，據《翰墨》補。

十三

某啓。如聞晉卿已召還都，月給百千，其女泣訴，聖主爲惻然也。恐要知。來詩愈奇，欲和，又不欲頻頻破戒。自到此，惟以書史爲樂，比從仕廢學，少免荒唐也。近於側左得荒地數十畝，買牛一具，躬耕其中。今歲旱，米貴甚。近日方得雨，日夜墾闢，欲種麥，雖勞苦却亦有味。鄰曲相逢欣欣，欲自號鏖糟陂裏陶靖節，如何？君數書，筆法漸逼晉人，吾筆法亦少進耶？畫不能皆好，醉後畫得一二十紙中〔一〕，時有一紙可觀，然多爲人持去，於君豈復有愛，但卒急畫不成也。今後當有醉筆，嘉者聚之，以須的信寄去也。

〔一〕「十」原作「千」，今從《翰墨》。

十四

《耕荒田》詩有云：「家童燒枯草〔一〕，走報暗井出。一飽未敢期，瓢飲已可必。」又有云：「刮毛龜背上，何日得成氈。」此句可以發萬里一笑也。故以填此空紙。

〔一〕「童」原作「重」，誤。據《翰墨》改。案，《詩集》卷二十一《東坡八首》其二作「僮」。

十五

某啓。昨日遞中得子由書，封示定國手簡，承已到江西，尊體佳健。忠信之心，天日所照，既遂生還，晚途際遇，未可量也。容采老少比舊不帶黄茅氣色否？呵呵。前此發書，并令子由轉去，必達。來教云，此月五六可到九江，而子由書十一月方達。今且謾遣人，不知猶及見否？無緣一的爲賀。引領神馳，惟萬萬自愛。速遣此人，書不能盡言，遞中續上問也。不宣。

十六以下俱離黃州

某啓。今日景繁到泗州，轉示十月二十三日所惠書并新詩六首、妙曲一首，大慰所懷。河涷膠舟，咫尺千里，意思牢落可知。得此佳作，終日喜快，滯懣冰釋，幸甚！幸甚！某往揚州〔一〕，入一文字，乞常州住。得耗，奏邸拘微文，不肯投進，已別作一狀，遣人入京投下。近在常州宜興，買得一小庄子，歲可得百餘碩，似可足食。非不知揚州之美，窮猿投林，不暇擇木也〔二〕。黃師是遣人往南都，故急作此書，仍和得一詩爲謝，他未暇也。新濟甚淺，涷不可行，旦夕水到即起，恐須至正初方有水也。不知至時公在宋否？某若得請，或附宣獻公舟尾南來，不爾，遂泝水至西都，出陸赴汝也。然欲葬却乳母子由乳母。乃行。即南都亦須住一月。入夜，倦迫，不盡意。惟萬萬自重。

〔一〕《翰墨》「往」作「在」。

〔二〕《七集·續集》卷五、《外集》卷六十九「也」字後有「承欲一相見固鄙懷至望但不如彼此省事之爲愈也」二十一字，無「黃師是」云云以下一段文字。「承欲」云云二十一字，見本卷《與王定國》第二十二則尺牘。

十七〔一〕

某頓首。先帝升遐，天下所共哀慕，而不肖與公，蒙恩尤深，固宜作挽，少陳萬一。然有所不敢者爾。必深悉此意。無狀坐廢，衆欲置之死，而先帝獨哀之，而今而後，誰復出我於溝瀆者。已矣，歸耕沒齒而已。

〔一〕《七集·續集》卷五、《外集》卷六十九「先帝升遐」前有「禦瘴之術」云云八十九字，見本卷《與王定國》第三十二首尺牘。

十八

某啓。張公壅嗽，經月未已，雖飲食不退，然亦微瘦。數日來亦漸損，想必無慮。然有書宜令勸固胃氣，勿服疎利藥，僕屢以勸之。仍勸夏秋間，先多作善事齋僧、施貧之類，然後開眼。公後日相見時，亦可以此勸之。旦夕遂與之别，情味極不佳。公得暇早來，與之相聚，若得此間一差遣，亦非小補也。留意！留意！

十九以下俱翰林

某啓。數日聞舟馭入城，適患瘡，未潰，坐起無聊，不克修問，不審起居何如？既無由往見，而公又未朝覲，企渴不可言。當以酒洗泥，而久在告，酒盡，只有大小團密雲五餅，雙井一餅〔一〕，亦爲高人無泥可洗爾。呵呵。病中，不盡區區。

〔一〕《翰墨》「餅」作「餅」。

二十

數日卧病在告。不審起居佳否？知今日會兩壻，清虚陰森，正好劇飲，坐無狂客，氷玉相對，得無少澮否？扶病暫起，見與子由簡大駡，書尺往還，正是擾人可憎之物，公乃以此爲喜怒乎？仙人王遠云，得此書，當復劇口大駡之，固應爾。然而不可以徒駡也。知公澮甚，往發一笑。張十七必在坐，幸伸意。

二十一 以下俱潁州

某啓。久不奉狀，辱書，感慰之至。比日起居何如？謗焰已息，端居委命，甚善。然所云百念灰滅，萬事懶作，則亦過矣。丈夫功名在晚節者甚多，定國豈愧古人哉！某未嘗求事，但事入手，即不以大小爲之。在杭所施，亦何足道，但無所愧恨而已。過蒙示諭，慙汗。若使定國居此，所爲當便驚人〔一〕，亦豈特止此而已。本州職官董華，密人也。能道公政事，歎服不已，但恨公命未通爾。但靜以待之，勿令中塗齟齬，自然獲濟。如國手棊，不煩大段用意，終局便須贏也。未由會見，千萬保重。不宣。

〔一〕《七集·續集》卷五、《外集》卷七十四「便」作「更」。

二十二

某啓。前日欲附南京書，來人不告而去，因循至今。比日起居何如？張丈且喜少安。且令安樂幾年，慰四方士大夫心，豈非好事。近日都下，又一場紛紛，何時定乎？潁雖閑僻〔一〕去都下近，親知多特來相看者，殊倦於應接，更思遠去而未能也。未緣言面，千萬保嗇。不一一〔二〕。

〔一〕「閑」原作「少」，今從《翰墨》。

〔二〕「不一」原作「不一」，今從《翰墨》。

二十三

某啓。近遣人奉書，未達間，領來誨，伏承起居佳勝。旋得厚之書，知從者入都，想已還宋矣。某見報移鄆，老病豈堪此劇郡。方欲力辭而請越，不惟適江湖之思，又免過都紛紛，未知允否？老境欲少安，何時定乎？未由言面，菀結可知。乍暖，千萬保練。不一。

二十四

某啓。人來，辱書，并三詩，伏讀感慰。仍審起居佳勝。報張公卧疾，不勝憂懸。急要文集，不敢不付。在杭二年，到京數月，無頃刻暇時。公屬我，文集當有所删潤，雖不肖豈敢如此。然公知我之深，舉世無比，安敢復存形迹，實欲仰副公意萬一，故不敢草草編録。到潁，方有少暇，正欲編次，而遽索去，不敢不付。且乞定國一言，檢閲既了，仍以相付，幸也。千萬保愛。不宣。

二十五

某啓。别來紛紛，未卽奉狀。兩辱手教，感愧深矣。且審比來起居佳勝，爲慰！爲慰！公失郡去國，士友所嘆。然自是計少安，其他無足言者。某已得潁州，極慰所欲，但不副張公之意。蓋旬日前得子開書，極來相禱，方安於彼，不欲移也。故不敢乞。聞張公已安，慶慰無量。會合未可期，惟千萬保嗇。不宜。

二十六

某啓。自公去後，事尤可駭。平生親友，言語往還之間，動成坑穽，極紛紛也。不敢復形於紙筆，不過旬日，自聞之矣。得潁藏拙，餘年之幸也。自是刳心鉗口矣。此身於我稍切，須是安處，千萬相信。日與樂全翁游，當熟講此理也。某甚欲得南都，而姪女子在子開家，亦有書來，云子開欲之，故不請。想識此意。

二十七

某啓。數辱書，一一收領。亦一上狀，知已達。風俗惡甚，朋舊反眼，不可復測，故不欲奉書，畏浮沉爾。不罪！不罪！比日起居佳勝。公敝屣浮名，一寄之天，不過淮上上囘文，以無爲有爾。然亦未必如此，但恐流俗觀望，復作兩楹之説，皆不足道也。某所被謗，仁聖在上，不明而明，殊無分毫之損。但憐彼二子者，遂與舒亶、李定同傳爾，亦不足云，可默勿語也。餘惟千萬保愛。不宜。

二十八

某啓。平生欲著一書，少自表見於來世，因循未成。兩兒子粗有文章材性，未暇督教之。從來頗識長年養生妙理，亦未下手。三者皆大事，今得汝陰，無事，或可成，定國必賀我也。言此者，亦欲公從事於此爾。書至此，中心欣躍，如有所得。平生相知，不敢獨饗，當領此意，不復念餘事也。

二十九

公自此無憂患矣，不須復過慮。《硯銘》，到潁當寄上也。

三十

某啓。辱書，具審起居佳勝。誣罔已辯，有識稍慰。寵示二詩，讀之聳然。醉翁有言，窮者後工，今公自將達而詩益工，何也？莫是作詩數篇以餉窮鬼耶？喜不寐。詩甚欲和，又礙親嫌，皆可一笑也。張公今雖微瘦，然論古今益明，不惟識慮過人，定國亦可見矣。人事紛紛，書不盡言，非面莫究。

三十一〔一〕

某甚欲赴樂全之約，請南都，而子開有書切戒不可。又姪女亦有書云，舅姑方安於彼，不可奪也，故不欲請。承樂全乃爾見望，讀之極不皇，且爲致此懇，餘具公書矣。定國云有二詩，元不封示，何也？公平生不慎口，好面折人，别後深覺斯人極力奉擠。公臨行時，亦自覺僕始信之可駭也。

〔一〕《二妙集》自「公平生不慎口」以下，爲另一則尺牘。

三十二以下離潁州

某啓。高休至，辱書憂愛矣。比日起居何如？書意欲一相見，固鄙懷至願，但不如彼此省事之爲愈也。禦瘴之術惟絶欲練氣一事〔一〕。本自衰晚當然，初不爲禦瘴而作也。某其餘坦然無疑，雞猪魚蒜〔二〕，遇着便喫，生病老死，符到便奉行〔三〕，此法差似簡要也。君實嘗云：「王定國瘴烟窟裏三年，面如紅玉。」不知道〔四〕，能如此乎？老人知道，則不如公，頑愚卽過之。朝夕離南都，別上狀。愈遠加愛。不宣。

〔一〕「禦」原作「取」，今從《七集・續集》卷五、《外集》卷六十九。本文以下有「初不爲禦瘴而作也」之句。

〔二〕「猪」原作「肉」，今從《七集・續集》、《外集》。

〔三〕「便」原缺，據《歐蘇書簡》補。

〔四〕「道」原作「遂」，據《七集・續集》、《外集》改。

三十三

某啓。別來三辱書，勞問之厚，復過疇昔矣。衰繆日退，而公相好日加，所未諭也。又中間一書，引物連類，如見當世大賢。意謂是封題之誤，必非見與者，而其後姓字則我也，尤所不諭。然三復其文，詞韻甚美，正似蘇州何充畫真，雖不全似，而筆墨之精，已可奇也。謹當收藏，以俟講此者而與之。如何？如何？公行復舊官矣，差遣亦必自如意。可喜！可喜！但此去不知會合何日，不能無耿耿也。真贊輒作得數句，如何？可用，卽令一善寫小字人代書絹上可也。張公《集引》、厚之《字說》皆未作。別後日紛紛，可厭！可厭！神膏方納上，餘勤勤自愛。

三十四 揚州

張公所戒，深中吾病，雖甚頑狠，豈忍不聽，願爲致此意也。公向令作《滕達道埋銘》，已諾之，其家作行狀送至此矣。又欲作《孫公神道碑》，皆不敢違〔一〕。只告密之，勿令人知是某作，仍勿令以潤筆見遺，乃敢聞命。來詩甚奇，真得衝替氣力也。呵呵。故後詩未及和。朝夕別遣人，并致糟淮白〔二〕，所欲宜興田。某豈敢有愛於此等，然此田見元主昏賴。某見有公文在浙漕處理會，未見了絶，當亦申都省也。田在深山中，去市七十里，但便於親情蔣君勾當爾。不知在公時，蔣能如此幹否？更籌之。

〔一〕「敢」原缺，據《翰墨》補。

〔二〕「糟」疑爲「漕」之誤。「漕淮」當爲「淮漕」，當指淮南轉運司，治於真州。見《輿地紀勝》卷三十八。本文有「某見有公文在浙漕處理會」，亦可參。按作「糟」亦可通。

三十五 以下俱赴定州

某啓。示教，承起居佳勝。子由疾少間，惠藥，感刻。二方謹秘之。五方續寫得，納上。祝鮀衛子魚，賢者也，佞才也？以爲佞人，蓋流俗之誤。山梁雌雉，子路以餽孔子。孔子知子路將不得其死，雉亦好鬭，鬭喪其生。故曰「色斯擧矣，翔而後集」。若此雉，豈時之罪哉。其餘義盡於文，初無注解焉，或留意少試。僕子不肯，已遣回，一面商量，可公意即可也。李希元已付一簡與子中矣。某適與安國説，欲來早略到淨因，今又頭昏，去否未可知。旱癘將作，人多不安。將愛！將愛！

三十六

某啓。近者崇慶大故，中外哀慕，想同此悲痛。某蒙被知遇，尤增殞滅。人來，領書，承起居無恙。某本自月初赴任，今須俟殿殯畢，乃敢朝辭。後會何時，臨書愴恨。惟萬萬自重。

三十七

某啓。疲曳之餘，即困睡爾。尋酒對菊，豈復夢見。君真世外人也。詩亦奇，欲和而未暇。使事始欲辭免，又若無説，然衰病極畏此。後日未可預刻，至時馳問也。

三十八

某啓。甘草，已如所諭削去矣。參四板，聊致遠誠，并一詩爲笑。雪浪齋亦求一篇，爲塞上華寵。厚之本欲作書，適有少冗，又筆凍甚，俟稍和暇也。幸致意。

三十九

某啓。辱教，承起居佳勝。昨夕黄昏徑睡，五更馬上賞嘉月爾。事已，一笑。出疆已有旨，完夫同行也。別紙已領。

四十以下俱惠州

某啓。遞中，忽領三月五日手教，喜知尊候佳勝，貴眷各康健，併解懸情，幸甚。一官爲貧，更無可擇。知生計漸有涯，可喜！可喜！某到此八月，獨與幼子一人、三庖者來。凡百不失所。風土不甚惡。某既緣此絶棄世故，身心俱安，而小兒亦遂超然物外，非此父不生此子也。呵呵。書中所諭，甚感至意，不替疇昔而加厚也。幸甚！幸甚！子由不住得書，極自適，道氣有成矣。餘無足道者。南北去住定有命，此心亦不念歸，明年買田築室，作惠州人矣。伏暑中，萬萬加愛。不宣。

四十一

某一味絶學無憂，歸根守一，乃無一可守。此外皆是幻。此道勿謂渺漫，信能如此，日有所得，更做没用處，亦須作地行仙，但屈滯從狗竇中過爾。勿説與人，但欲老弟知其略爾。問所欲幹，實無可上煩者。必欲寄信，只多寄好乾棗、人參爲望。如無的便，亦不須差人，豈可以口腹萬里勞人哉。所云作書自辯者，亦未敢便爾。「不怨天，不尤人，下學而上達，知我者，其天乎」？張十七絶不聞消耗，懷仰樂全之舊德，故欲其一箴之否？

答黄魯直五首以下俱徐州

軾頓首再拜魯直教授長官足下。軾始見足下詩文於孫莘老之坐上，聳然異之，以爲非今世之人也。莘老言：「此人，人知之者尚少，子可爲稱揚其名。」軾笑曰：「此人如精金美玉，不卽人而人卽之，將逃名而不可得，何以我稱揚爲？」然觀其文以求其爲人，必輕外物而自重者，今之君子莫能用也。其後過李公擇於濟南，則見足下之詩文愈多，而得其爲人益詳，意其超逸絶塵，獨立萬物之表，馭風騎氣，以與造物者遊，非獨今世之君子所不能用，雖如軾之放浪自棄，與世闊疎者，亦莫得而友也。今者辱書詞累幅，執禮恭甚，如見所畏者，何哉？軾方以此求交於足下，而懼其不可得，豈意得此於足下乎？喜愧之懷，殆不可勝。然自入夏以來，家人輩更卧病，怱怱至今〔一〕，裁答甚緩，想未深訝也。《古風》二首，託物引類，真得古詩人之風，而軾非其人也。聊復次韻，以爲一笑。秋暑，不審起居何如？未由會見，萬萬以時自重。

〔一〕「怱怱」原作「忽忽」，今從郎本卷四十五、《七集·前集》卷二十九。

二

某啓。晁君騷詞，細看甚奇麗，信其家多異材耶？然有少意，欲魯直以己意微箴之。凡人文字，當務使平和，至足之餘，溢爲怪奇，蓋出於不得已也。晁文奇麗似差早，然不可直云爾。非謂避諱也〔一〕，恐傷其邁往之氣，當爲朋友講磨之語乃宜。不知以爲然否？不宣。

〔一〕《翰墨》、《大典》、《七集·續集》卷四「避」作「其」。

三翰林

某啓。前日文潛、無咎見臨，卧病久之，聞欲牽公見過，所深願也。便欲作書奉屈，而兩日坐處苦一瘡極痛，至今未穴，殊無聊賴。得教并詩，慰喜不已。瘡兩日當穴〔一〕，又數日可無苦。諸公自可準法來問疾，然欲來，當先見語。公擇舅作憲，甚可喜，因見，爲道區區。君實嘗言，破題當似「日五色」，莫作「運啓元聖天臨兆民」也。餘非面不盡。

〔一〕「穴」原作「宂」，今從《翰墨》。本文此以上有「至今未穴」之語。

四以下俱惠州

某啓。方惠州遣人致所惠書，承中塗相見，尊候甚安。即日想已達黔中，不審起居何如，土風何似？或云大率似長沙，審爾，亦不甚惡也。惠州已久安之矣。度黔，亦無不可處之道也。聞行橐無一錢，塗中頗有知義者，能相濟否？某雖未至此，然亦近之矣〔一〕。水到渠成，不須預慮。數日來苦痔疾，百藥不効，遂斷肉菜五味，日食淡麪兩椀，胡麻、茯苓麨數杯。其戒又嚴於魯直。雖未能作自誓文，且日戒一日，庶幾能終之〔二〕。非特愈痔，所得多矣。子由得書，甚能有味於枯槁也。文潛在宣極安，少游謫居甚自得，淳父亦然，皆可喜。獨元老奄忽，爲之流涕。病劇久矣，想非由遠謫也。隔絕，書問難繼，惟倍祝保愛。不宣。

〔一〕《大典》、《七集·續集》卷四「近之矣」作「凛凛然」。

〔二〕「終」原作「修」，今從《大典》、《七集·續集》。

五

某有姪婿王郎，名庠，榮州人。文行皆超然，筆力有餘，出語不凡，可收爲吾黨也。自蜀遣人來惠，云：「魯直在黔，决當往見，求書爲先容。」嘉其有奇志，故爲作書。然舊聞其太夫人多病，未易遠去，謾爲一言。眉人有程遵誨者，亦奇士，文益老，王郎蓋師之。此兩人有致窮之具，而與不肖爲親，又欲往求黄魯直，其窮殆未易量也〔一〕。

〔一〕《大典》、《七集·續集》卷四「量」作「瘳」。

答秦太虛七首〔一〕以下密州

某啓。别後數辱書，既冗懶且無便，不一裁答，愧悚之至。參寥至，頗聞動止，爲慰。然見解榜，不見太虛名字，甚惋歎也。此不足爲太虛損益，但弔有司之不幸爾。即日起居何如？參寥真可人，太虛所與之，不妄矣。何時復見，臨紙惘惘，惟萬萬自愛而已。謹奉手啓上問。諸事可問參寥而知，入夜，困倦，書不詳悉。程文甚美，信非當世君子之所取也。僕去替不遠，尚未知後任所在，意欲東南一郡爾。得之，當遂相見。

〔一〕《翰墨》自「諸事可問參寥而知」以下五十五字，爲另一首尺牘。

二

某昨夜偶與客飲酒數盃，燈下作李端叔書，又作太虚書，便睡。今日取二書覆視，端叔書猶粗整齊，而太虚書乃爾雜亂，信昨夜之醉甚也。本欲別寫，又念欲使太虚於千里之外，一見我醉態而笑也。無事時寄一字，甚慰寂寥。不宣。

三 湖州

某啓。昨晚知從者當往何山。辱示，方悟以雨輟行，悔今日不相從也。聞只今遂行，故不敢奉謁。分韻詩語，益妙，得之殊喜。拙詩令兒子録呈。暑濕，惟萬萬慎護，早還爲佳。不一一。

四 黄州

軾啓。五月末，舍弟來，得手書勞問甚厚，日欲裁謝，因循至今，遞中復辱教，感愧益甚。比日履茲初寒，起居何如。軾寓居粗遣，但舍弟初到筠州，即喪一女子，而軾亦喪一老乳母，悼念未衰，又得鄉信，堂兄中舍九月中逝去。異鄉衰病，觸目悽感，念人命脆弱如此。又承見喻，中間得疾不輕，且喜復健。

吾儕漸衰，不可復作少年調度，當速用道書方士之言，厚自養鍊。謫居無事，頗窺其一二。已借得本州天慶觀道堂三間，冬至後，當入此室，四十九日乃出，自非廢放，安得就此。太虚他日一爲仕宦所縻，欲求四十九日閑，豈可復得耶？當及今爲之。但擇平時所謂簡要易行者，日夜爲之，寢食之外，不治他事，但滿此期，根本立矣。此後縱復出從人事，事已則心返，自不能廢矣。此書到日，恐已不及，然亦不須用冬至也。

寄示詩文，皆超然勝絶，亹亹焉來逼人矣。如我輩，亦不勞逼也。太虛未免求祿仕，方應舉求之，應舉不可必。竊爲君謀，宜多著書，如所示論兵及盜賊等數篇，但似此得數十首，皆卓然有可用之實者〔一〕，不須及時事也。但旋作此書，亦不可廢應舉，此書若成，聊復相示，當有知君者，想喻此意也。公擇近過此，相聚數日，説太虛不離口。莘老未嘗得書，知未暇通問。程公闢須其子履中哀詞，軾本自求作，今豈可食言。但得罪以來，不復作文字，自持頗嚴，若復一作，則決壞藩牆，今後仍復衮衮多言矣。

初到黄，廩入既絶，人口不少，私甚憂之。但痛自節儉，日用不得過百五十，每月朔便取四千五百錢，斷爲三十塊，掛屋梁上，平旦用畫叉挑取一塊，即藏去叉，仍以大竹筒别貯用不盡者，以待賓客，此賈耘老法也。度囊中尚可支一歲有餘，至時，别作經畫，水到渠成，不須預慮。以此，胸中都無一事。

所居對岸武昌，山水佳絶。有蜀人王生在邑中，往往爲風濤所隔，不能即歸，則王生能爲殺雞炊黍，至數日不厭。又有潘生者，作酒店樊口，棹小舟徑至店下，村酒亦自醇釅。柑橘椑柹極多，大芋長尺餘，不減蜀中。外縣米斗二十，有水路可致。羊肉如北方，猪、牛、麞、鹿如土，魚、蟹不論錢。岐亭監酒胡定之，載書萬卷隨行，喜借人看。黄州曹官數人，皆家善庖饌，喜作會。太虛視此數事，吾事豈不既濟矣乎！欲與太虛言者無窮，但紙盡耳。展讀至此，想見掀髯一笑也。

子駿固吾所畏，其子亦可喜，曾與相見否？此中有黄岡少府張舜臣者，其兄堯臣，皆云與太虛相熟。兒子每蒙批問，適會葬老乳母，今勾當作墳，未暇拜書。歲晚苦寒，惟萬萬自重。李端叔一書，託爲達之。夜中微被酒，書不成字，不罪！不罪！不宜。軾再拜。

〔一〕「皆」原作「當」，今從郎本卷四十五、《七集·前集》卷三十。

五 離黄州

某啓。别後欲奉書，紛紛無暇，且謂即見，無所事書，而日復一日，遂以至今。疊辱手教，具聞動止甚慰。某宜興已得少田，至揚附遞，乞居常，仍遣一姪孫子賫錢往宜興納官，蓋官田也。須其還，乃行。而至今未來，計亦無他，特其子母難别爾。見艤舟竹西待之，不過更三兩日必至，必能於冬至前及見公也。小兒子不歷事，亦微憂，故不欲捨之前去。遲見之意，殆以日爲歲也。傳神奇妙之極。贊若思得之，當奉呈也。餘非面不盡。不一一。

六 以下俱北歸

某書已封訖，乃得移廉之命，故復作此紙。治裝十日可辦，但須得泉人許九船，即牢穩可恃。餘蜑船多不堪。而許見在外邑未還，須至少留待之，約此月二十五六間方可登舟。並海岸行一日，至石排，相風色過渡，一日至遞角場。但相風難克日爾〔一〕。有書託吳君，雇二十壯夫來遞角場相等，但請雇下，未要發來，至渡海前一兩日，當别遣人去報也。若得及見少游，即大幸也。今有一書與唐君，内有兒子書，託渠轉附去，料舍弟已行矣。餘非面莫究。

〔一〕《七集・續集》卷七、《外集》卷七十八「克」作「刻」。

七

某啓。近累得書教，海外孤老，志節朽敗，何意復接平生欽友。伏閲妙迹，凜凜有生意，幸甚！幸甚！比日毒暑，尊候佳否？前所聞果的否？若信然，得文字後，亦須得半月乃行。自此徑乘蛋船至徐聞出路，不知猶及一見否？示諭二范之賢，不惟喜公得壻小范，且以慶吾友夢得之有子爲不死也。言之淚落不已。過蒙許與，恐不副所期，實能躬勞辱以佚厥考爾。令子想大成，曾寄所作來否？借一二亦佳。文潛、無咎得消耗否？魯直云，宜義監鄂酒。吴子野自五羊來云，温公贈太尉，曾子宣右揆。的否？未可知也。廉州若得安居，取小子一房來，終焉可也。生如暫寓，亦何所擇。果行，衝冒慎重。

答張文潛四首以下俱惠州

某啓。久不奉書，忽辱專人手教，伏讀感嘆。且審爲郡多暇，起居佳勝，至慰！至慰！疾久已掃除，但凡害生者無復有，則真氣日滋骨髓，餘益形神，卓然復壯，無三年之功也。某清淨獨居，一年有半爾。已有所覺，此理易曉無疑也。然絶欲，天下之難事也，殆似斷肉。今使人一生食菜，必不肯。且斷肉百日，似易聽也，百日之後，復展百日，以及朞年，幾忘肉矣。但且立期展限，决有成也。已驗之方思以奉傳，想識此意也。蒙遠致兒子書信，感激不可言。子由在筠，甚自適，養氣存神，幾於有成，吾儕殆不如也。聞淳父、魯直遠貶，爲之悽然。此等必皆有以處之也。某見寓監司行館，下臨二江，有樓，劉夢得《楚望賦》句句是也。瘴癘雖薄有，然不惡，與小兒不曾病也。過甚有幹蠱之才，舉業亦少進。侍其父亦然。恐欲知之，解憂爾。會合未期，臨書悵惘。惟萬爲道自重。不宜。

二

某啓。屏居荒服，真無一物爲信。有桄榔方杖一枚，前此土人不知以爲杖也。勿誚微陋，收其遠意爾。荔枝正出林下，恣食亦一快也。羅浮曾一游，每出勞人，不如閉户之有味也。朮不輟服。無咎竟坐修造，不肖累之也，愧怍。家有婢，能造酒，極佳，全似王晉卿家碧香，但乏可與飲者爾。羅浮有道士鄧守安，雖朴野，養練有功，至行清苦，常欲濟人，深可欽愛。見邀之在此，又頗集醫藥，極有益也。曾子開、陸農師俱不免，以知默定非智力所能避就也。小兒承問，不欲令拜狀煩覽也。

三

少游得信否？奉親必不失所。

四

來兵王告者，極忠厚。方某流離道路時，告奉事無少懈，又不憚萬里再來，非獨走卒中無有也。願公以某之故，少優假之，置一好科坐處。當時與同來者顧成，亦極小心。今來江海者，亦謹恪。遠來極不易，可念，愧愧。

答李端叔十首 翰林

辱書，并示伯時所畫地藏。某本無此學，安能知其所得於古者爲誰何，但知其爲軼妙而造神，能於道子之外，探顧、陸古意耳。公與伯時想皆期我於度數之表，故特相示耶？有近評吴畫百十字，輒封呈，并畫納上。

二 定州

某啓。辱簡，承起居佳勝。近讀近稿，諷味達晨，輒附小詩。更蒙酬和，益深感嘆，朝夕就局中會話也。

三 以下俱北歸

某年六十五矣[一]，體力毛髮，正與年相稱，或得復與公相見，亦未可知。已前者皆夢，已後者獨非夢乎？置之不足道也。所喜者，海南了得《易》、《書》、《論語傳》數十卷，似有益於骨朽後人耳目也。少游遂死於道路，哀哉！痛哉！世豈復有斯人乎？端叔亦老矣。迨云鬚髮已皓然，然顏極丹且渥，僕亦如此爾。各宜閟嗇，庶復相見也。兒姪輩在治下[二]，頻與教督之[三]，有一書，幸送與。醉中不成字。不罪！不罪！

[一]「年」原缺，據《大典》、《七集·續集》卷四、《外集》卷八十一補。

〔二〕「輩」原缺，據《大典》、《七集·續集》、《外集》補。

〔三〕「督之」二字原缺，據《外集》補。

四

某啓。辱書多矣，無不達者。然終不一答，非獨衰病簡懶之過，實以罪垢深重，不忍更以無益寒温之問，玷累知交〔一〕。然竟不免累公，慚負不可言。比日計赴潁昌。伏惟起居佳勝，眷聚各安健。某移永州。過五羊，徑渡大庾，至吉出陸，去長沙至永。荷叔静諸人照管，不甚失所。叔静挐舟相送數十里，大浪中作此書，無他祝，惟保愛之外，酌酒與婦飲，尚勝俗侶對。梅二丈詩云爾。

〔一〕「交」原作「友」，今從《大典》、《七集·續集》卷四、《外集》卷八十一。

五

某啓。近託孫叔静奉書，遠遞得達否〔一〕？比來尊體何如？眷聚各計康勝。某蒙恩復舊職，秩領真祠〔二〕，世間美事，豈復有過此者乎〔三〕？伏惟君恩之重，不可量數，遥知朋友爲我喜而不寐也〔四〕。今已到虔州，即往淮浙間居〔五〕，度多在毗陵也。子由聞已歸許，秉燭相對，非夢而何。一書乞便送與〔六〕。餘惟自愛。

〔一〕「遞」原作「地」，今從《大典》、《七集·續集》卷四、《外集》卷八十一。

〔二〕「祠」原作「詞」，據《大典》、《七集·續集》、《外集》改。

〔三〕「豈」原缺，據《外集》補。

〔四〕「而」原缺，據《大典》、《七集·續集》、《外集》補。

〔五〕「淮」原缺，據《大典》、《七集·續集》、《外集》補。

〔六〕「乞便送」原作「便乞達」，今從《外集》。

六

子由近得書，度已至岳矣。養鍊極有功，可喜！可喜！三兒子在此，甚安健，不敢令拜狀。黄魯直、張文潛、晁無咎各得信否？文潛舊疾，必已全愈乎？

七〔一〕

朝雲者，死於惠久矣。别後學書，頗有楷法。亦學佛，臨去，誦《六如偈》以絶。葬之惠州栖禪寺，僧作亭覆之，榜曰六如亭。最荷夫人垂顧，故詳及之。得此書後，幸作數字寄永遞，仍取兒姪輩一書爲幸。

〔一〕自「朝雲者」起至「故詳及之」五十四字，爲《七集·續集》卷四《與李方叔》第四首尺牘中之文字。

八〔一〕

某啓。承諭，長安君偶患臂痛不能舉，某於錢昌武朝議處傳得一方，云其初本施渥寺丞者，因寓居京師甜水巷，見一乞兒，兩足拳彎，捺履行。渥常以飲食錢物遺之〔二〕，凡朞年不衰。尋赴任，數年而還。復就囊居，則乞兒已不見矣。一日見之於相國寺前，行走如風，驚問之，則曰：「遇人傳兩藥方，服一料而能行。」因以其方授渥，以傳昌武。昌武本患兩臂重痛，舉不能過耳，服之立效。其後傳數人，皆神妙。但手足上疾皆可服，不拘男子婦人。秘之。其方元只是《王氏博濟方》中方〔三〕，但人不知爾。《博濟方》誤以虎脛爲腦。便請長安君合服，必驗。

〔一〕《大典》、《七集·續集》卷四、《外集》卷八十爲《與李方叔》第四首尺牘。此首在前，上首「朝雲者」云云在後。

〔二〕「物」原缺，據《大典》、《七集·續集》補。

〔三〕「方」原缺，據《大典》、《七集·續集》、《外集》補。

九

某啓。闊别八年，豈謂復有見日！漸近中原，辱書尤數，喜出望外。比日起居佳勝。某已得舟，決歸許，如所教。而長者遽舍去，深以爲恨。見報〔一〕，除輦運，似亦不惡。近日除目，時有如人所料者。則此後端叔必已信眉矣乎？但老境少安，餘皆不足道。乍熱，萬萬以時自愛。不宣。

〔一〕「見」原作「具」，今從《外集》卷八十一。

十

某本以囊裝罄盡，而子由亦久困無餘，故欲就食淮浙。已而深念老境，知有幾日，不可復作多處。又得子由書，及見教語，尤切至，已決歸許下矣。但須至少留儀真，令兒子往宜興，刮刷變轉，往還須月餘，約至許下，已七月矣。去歲在廣州〔一〕，託孫叔静寄書及小詩，達否？叔静云：端叔一生坎軻，晚節益牢落。正賴魚軒賢德，能委曲相順，適以忘百憂。此豈細事，不爾，人生豈復有佳味乎？叔静姻友，想得其詳，故輙以奉慶。忝契，不罪！不罪！

〔一〕《七集·續集》卷四《外集》卷八十一。「廣」作「廉」。按，作「廣」是。

與趙德麟十七首以下俱杭州

候吏來，特承書教，禮意兼重，感怍不已。比日起居何如？養痾便郡，得親宗彦，幸甚。行役迫遽，裁謝草略，想蒙恕察。

二〔一〕

明守一書，託爲致之。育王大覺禪師，仁廟舊所禮遇。嘗見御筆賜偈頌，其略云「伏覩大覺禪師」，其敬之如此。今聞其困於小人之言，幾不安其居，可歎！可歎！太守聰明老成，必能安全之。願公因語欵曲一言。正使凡僧，猶當以仁廟之故加禮，而况其人道德文采推重一時乎〔二〕？此老今年八十二，若不安全，當使何往，恐朝廷聞之，亦未必喜也。某方與撰《宸奎閣記》，旦夕附去，公若見此老，且爲致意〔三〕。

〔一〕《聖宋名賢五百家播芳大全文粹》卷五十五引録此文，爲與毛澤民者。

〔二〕「推」原作「雅」，今從《播芳文粹》及《七集·續集》卷六。

〔三〕「且」原作「當」，今從《七集・續集》。

三以下俱潁州

人來，辱書。伏審履茲畏暑，起居佳勝，爲慰。見念之深，正如懷仰之意。不肖獨賴晁無咎在此，方憂其去，若果得德麟爲代，真天假老拙也。既未欲來此寄居，常令爲於高郵尋安下處，續當馳報也。未間，萬萬自重。

四

別後思仰不可言。竊計起居佳勝。得舍弟書，奉太夫人久服藥，近已康復，伏惟歡慶。到郡兩月，公私勞冗，有稽上問，想未深責。會合未期，惟冀侍奉外，千萬保重。

五

昨日幸接笑語。今日知舉掛，聞之後時，不及往慰，悚息！悚息！三日臂痛，今日幸減，録舊詩一篇奉呈。聞公亦欲借示詩稿，幸付去人。上清宮成而有德音，意謂守臣當有賀表，如何？如何？謀之於公，幸略垂示。

六

某啓。數日不接，思渴之至。衝冒風雪，起居何如，端居者知愧矣。佛陀波利之虐，一至此耶？乃知退之排斥，不爲無理也。呵呵。酒二壺迎勞，唯加鞭！加鞭！

七

《字説》改多，寫了納去。背時兩葉，實糊合之，仍用皂綾夾褾紀之。一片皂綾夾之褾兩面也〔一〕。仍請前後各着一空葉。

〔一〕「褾」原作「標」，據《二妙集》改。

八

某啓。欽服下風，爲日久矣。遲暮相從，傾蓋如故。非獨氣類自然，抑亦夙昔緣契。人來，辱手教，得聞起居佳勝，堂上康福，感慰深矣。某凡百如昨。又得無咎相切磨之，幸德麟替後，想必有殊命。萬一尚未，一來爲無咎交承亦佳，又聞欲寄居此間，可先示諭也。萬萬自重。不宣。

九以下俱赴揚州

惠示二詩，伏讀慰抃不可言。某途中及到此，絶少暇，止有數首，不佳。又未有工夫録去，容稍積多，并奉呈也。今且次韻二首，爲一笑。

十

某啓。宦遊無定，得友君子，又復別去，悵惘可量。數日，竊想起居佳勝。到壽淮山，漸有佳思。懶不作詩，亦無人唱和也。乍遠，萬萬自重。不宣。

十一

淮南夏頗熟，然積欠爲害，疾瘵殆未有安理。浙西疲甚，歲事亦未可知。餘非書所能盡。德麟孤風超然，願少貶以忍濟爲念。必亮此意。此中有幹，幸示及。杭州買物人已回，内中所欠俞君錢，此有便，當先爲寄還之。如遺還之，可速示，免重寄也。滑盞，得錢都正書，已琢磨，兼與錢訖。非久必寄來。卽附上。

十二

文廣獄斷敕下，可略示也。李尉推恩有耗否？尹遇案必已上。古人云：雷霆之下，恐難獨當。願掛一名。以今觀之，此人真難得也，亦勿深怪之。知潁尾夏田損半，秋有望否？淮南東西秋夏皆大熟，亦一樂土也。獄官不惟庇爲前勘，乃是深爲不待結案而移司者周慮也。若勘作故出，則指揮移司官不得不問。上下欺罔，不得不令人憤憤，某亦無由入文字。亦有以論之，恐不濟事，太息而已。

十三以下俱揚州還朝

某啓。魯直寄書來，甚安，并得少雙井，今附納上。蒙惠奇茗，絶妙。因見太守，爲致意。爲適病在告，數日未果。奉書，要《臨淄堂記》，秋涼稍暇，可作也。月老亦致意。熱甚，又多病，未暇作《法施堂銘》。不一一。

十四

某啓。近承專使手書，爲使者云，往西洛還，當取書，故未答。辱教字，具審起居佳勝，感慰兼集。公未即解去，與俗子久處，良不易。然有忍乃濟，願以不見不同無盡待之。某到此半月，無可樂者。過大禮，卽重乞會稽爾。無緣面謝，幸恕草草。

十五

累辱手教，感慰無量。比日起居佳勝。大禮日近，隨分冗迫，未得卽見賢者，深增悵惘也。乍寒，萬萬以時自重。

十六

紛紛尚未暇往見，思企之極。陰寒，起居佳勝否？甘釀佳貺，輙踐前言，作賦，可轉呈安定否？無事見臨，幸甚。

十七

辱教，承台候佳勝。拙疾猶未退，尚潮熱惡寒也。來日必赴盛會，未得，後日猶恐當謁告也。辱意甚寵，適會如此，非所願。幸千萬加恕。子由固當馳赴也。穆公且喜漸安。卧病，書此不謹。

蘇軾文集卷五十三

尺牘

與錢濟明十六首以下俱赴定州

某啓。別後至今，遂不上問，想察其家私憂患也。遠辱専使惠書，且審侍奉起居康勝，感慰兼集。老妻奄忽，遂已半年，衰病豈復以此汩纏。但晚景牢落，亦人情之不免〔一〕。重煩慰諭，銘佩何言。然公亦自有愛女之戚而不知，奉疏後時，慙負不已。出守中山，謂有緩帶之樂，而邊政頹壞，不堪開眼，頗費鋤治。近日逃軍衰止，盜賊皆出疆矣〔二〕。幕客得李端叔，極有助。聞兩浙連熟，呻吟瘡痍，遂一洗矣。何時會合，臨書惘惘。惟倍加愛嗇，以副所願。

〔一〕「之」原缺，據《七集·續集》卷六、《外集》卷七十五補。

〔二〕「賊」原缺，據《七集·續集》、《外集》補。

二

寄惠洞庭珍苞，窮塞所不識，分餉將吏，並戴佳貺也。無以爲報，親書《松醪》一賦爲信，想發一笑也。近得單季隱書云〔一〕：公有一痾藥方，極神奇。某長孫有此疾，多年不痊，可見傳否？如許，望遞中示及。

〔一〕「單」原作「卓」，據《七集·續集》卷六、《外集》卷七十五改。案，清光緒刊《重刊宜興縣舊志》謂單季隱乃單鍔，著有《吴中水利書》。本集卷三十二有《進單鍔吴中水利狀》。

三〔一〕

某啓。久不奉書，蓋無便，亦懶怠之故，未深訝否？比日起居何如？某與賤累如昔，曾託施宣德附書及《遺教經》跋尾，必達也。吴江宦況如何？僚佐有佳士否？垂虹闘已復舊，信否？旅寓，不覺歲復盡。江上久居益可樂，但終未有少田，生事漂游無根爾。兒子明年二月赴德興，人口漸少，當稍息肩。餘無可慮。會合何時，萬萬自愛。不宣。因便往三衢，奉啟。

〔一〕此首尺牘，即卷五十九《與錢世雄一首》。世雄乃濟明之名，見《吴興備志》卷七。今删去卷五十九《與錢世雄一首》；其異文中之有訂補價值者，則出校於此。「吴江之宦」之「宦」，原作「官」，今從《與錢世雄一首》；「未有少田」之「少田」，「因便往三衢奉啟」七字原缺，據《與錢世雄一首》補。又：《與錢世雄一首》謂此尺牘作於黄州。

四以下俱惠州

某啓。專人遠辱書〔一〕，存問加厚，感悚無已。比日，郡事餘暇，起居何如？某到貶所，闔門省愆之外，無一事也。瘴鄉風土，不問可知，少年或可久居，老者殊畏之。唯絶嗜欲、節飲食，可以不死，此言已書之紳矣。餘則信命而已。近來親舊書問已絶，理勢應爾。濟明獨加於舊〔三〕，高義凜然，固出天資。但愧不肖何以得此。會合無期，臨紙愴恨，惟祝倍萬保重。不宣。

〔二〕「書」原缺，據《七集·續集》卷六、《外集》卷七十五補。

〔三〕「於」原缺，據《七集·續集》、《外集》補。

五

某啓。近在吳子野處領來教，尚稽答謝，悚息之至。遠蒙差人，固佩荷契義矣，而卓契順者，又可奇也。無以答其意，與寫數紙，公可取一閱也。寄惠白朮，極所欲得也。牋格甚高，想見風裁，回信唯有紫團參一板〔一〕，疑可以奉親故，不以微尠爲愧也。兩兒子曾拜見否？凡百想有以訓之。幼子過相隨，甚幹事，且不廢學。蒙令子惠書，回答簡率，一一封內，必不罪也。嶺南家家造酒，近得一桂香酒法，釀成不減王晉卿家碧香，亦謫居一喜事也。有一頌，親作小字録呈。勿示人，千萬！千萬〔二〕！

〔一〕《外集》卷七十五「板」作「枝」。

〔二〕自「嶺南家家造酒」以下四十六字，《七集·續集》卷六獨立成篇，爲《答錢濟明三首》中之第三首。

六 以下俱北歸

某啓。去年海南得所寄異士太清中丹一丸〔一〕，即時服之，下丹田休休焉。數日後，又得追賚來手書。今又領教誨及近詩數紙，高妙絶俗，想見謫居以來，探道著書，雲升川增，可慕可畏，可歎可賀也。及録示訓詞，誨以所不及，此曾子所謂愛人以德者，敬遵用不敢忘。幸甚！幸甚！

〔一〕《外集》卷七十九「太清」作「大彤」。

七

某啓。忽聞公有閨門之戚，悲惋不已。賢淑令人久同憂患，乍失内助，哀痛何堪。人生此苦，十人而九，結髮偕老，殆無而僅有也。惟深照痛遣，勿留胸次。令子哀疚難堪，惟當勉爲親庭節哀摧慕。本欲作慰疏〔一〕，適旅中有少紛冗，燈下倦怠，不能及也。千萬恕察。某若居住常〔二〕，即自與公相聚；若常不可居，亦須到潤與程德孺相見。公若枉駕一至金山，又幸也。

〔一〕「慰」原缺，據《七集·續集》卷六、《外集》卷七十九補。

〔二〕「若」原缺，據《七集·續集》、《外集》補。

八

某啓。人來，領手教及二詩〔一〕，乃信北歸災退，併獲此佳寵，幸甚！幸甚！又知詩人窮而後工，然詩語明練，無衰憊氣，如季札者聽之，亦有以知君之晚節也。比日起居佳勝。某此去不住滯，然風水難必期，公閒居難以遠涉〔二〕，須某到真遣人奉約，與德孺同來金山乃幸也〔三〕。所懷未易盡言〔四〕，併俟面陳。餘惟萬萬自重〔五〕。

〔一〕「教」原作「作」，據《七集·續集》卷七、《外集》卷八十改。
〔二〕「公」原作「又」，今從上二書。
〔三〕「同」原缺，據上二書補。
〔四〕「盡」原缺，據上二書補。
〔五〕「餘」原缺，據《外集》補。

九

某啓。得來書〔一〕，乃知廖明略復官〔二〕，參寥落髮，張嘉父春秋博士，皆一時慶幸，獨吾濟明尚未，何也？想必在旦夕。因見參寥復服，恨定慧欽老早世，然彼視世夢幻，安以復服爲。聞兒子迨道其化於壽州時，甚奇特，想聞其詳。乃知小人能壞其衣服爾。至於其不可壞者，乃當緣厄而愈勝也。舊有詩八首寄之，已寫付卓契順，臨發，乃取而焚之，蓋亦知其必厄於此等也。今録呈濟明，可爲寫於舊居，亦掛劍徐君之墓也。欽詩乃極佳，尋本未獲。有法嗣否？當載之其語録中。契順又不知安在矣，吾濟明刻舟求劍〔三〕，皆可笑者也。

〔一〕「來書」原作「書來」，據《七集·續集》卷四、《外集》卷八十改。
〔二〕「廖」原缺，據《七集·續集》、《外集》補。
〔三〕影印景定補刊《注東坡先生詩》卷三十六《次韻定慧欽長老見寄八首》題下註文引此尺牘此句作「有類刻舟求劍」。

十

某已到虔州，二月十間方離此。此行決往常州居住，不知郡中有屋可僦可典買者否？如無可居，即欲往真州、舒州，皆可。如聞常之東門外，有裴氏宅出賣〔一〕，虔守霍子侔大夫言〔二〕。告公令一幹事人與問當〔三〕，若果可居，爲問其直幾何，度力所及，即徑往議之。俟至金陵，別遣人咨禀也。若遂此事，與公杖屨往來，樂此餘年，踐《哀詞》中始願也。張嘉父今安在？想日益不止。塗中聞秦少游奄忽，爲天下惜此人物，哀痛至今。聞魯直、無咎皆起，而公獨爲獬子所齧〔四〕，尚栖遲田間。聖主天縱，幽蔀畢照，公豈久廢者。惟萬萬寬中自愛。

〔一〕「宅出賣」原作「見出賣宅」，今從《七集·續集》卷七、《外集》卷七十九。

〔二〕「虔守霍子侔大夫言」八字原缺。據《七集·續集》、《外集》補。《外集》此八字爲正文。《七集·續集》爲註文，今從。

〔三〕「公」字原缺，據《七集·續集》、《外集》補。

〔四〕「獨」原缺，據《七集·續集》、《外集》補。

十一

示諭孫君宅子，甚感其厚意，且爲多謝上元令姪，行見之矣。王、范二君處，皆當力言也。劉道人若能同濟明來會，深所望。未敢奉書，且爲致此意。裴家宅子果如何？

十二〔一〕

居常之計，本已定矣，爲子由書來，苦勸歸許，以此胸中殊未定〔二〕，當俟面議決之。

〔一〕《七集·續集》卷七、《外集》卷八十此首尺牘，與本卷《與錢濟明》第十一首爲一文，此首在前。

〔二〕「定」原缺，據上二書補。

十三

某啓。蒙示諭，昨日所得過矣。思無邪，吾子自有，老拙何爲者〔一〕。神藥希代之寶，理貫幽明，未敢輕議，少留諦觀，俟從者見臨，乃面論也。

〔一〕「者」原缺，據《七集·續集》卷七、《外集》卷八十一補。

十四〔一〕

妙啜見分，幸甚。所問已得其端，通綴頗否？不倦，日例見顧爲望〔二〕。

〔一〕此首尺牘，《七集·續集》卷七、《外集》卷八十一接本卷《與錢濟明》第十三首尺牘之後，爲一文。

〔二〕上二書「例」作「烈」。疑應作「烈」。

十五

家有黄筌畫龍，拔起兩山間，陰威凛然。舊作郡時，常以祈雨有應，今夕具香燭試禱之〔一〕。濟明雖家居，必不廢閔雨意，可來燔一炷香否？舊所藏畫，今正曝涼之，只今來閑看否？

〔一〕《七集·續集》卷七、《外集》卷八十一「燭」作「燈」。

十六

某一夜發熱不可言，齒間出血如蚯蚓者無數，迨曉乃止，困憊之甚。細察疾狀，專是熱毒，根源不淺，當專用清涼藥。已令用人參、茯苓、麥門冬三味煮濃汁，渴卽少啜之，餘藥皆罷也。莊生云在宥天下〔一〕，未聞治天下也，如此不愈則天也，非吾過矣。楊評事謾與一來亦佳〔二〕，到此，諸親知所餉無一留者，獨拜蒸作之餽，切望止此而已。

〔一〕「云」原作「聞」，據《東坡紀年録》建中靖國元年紀事引文改。

〔二〕《七集·續集》卷七、《外集》卷八十一無「謾」字。

答廖明略二首以下俱北歸

遠去左右，俯仰十年，相與更此百罹，非復人事，置之，勿污筆墨可也。所幸平安，復見天日。彼數子者，何辜獨先朝露〔一〕，吾儕皆可慶，寧復戚戚於既往哉！公議皎然，榮辱竟安在？其餘夢幻去來，何啻蚊虻之過目前也。矧公才學過人遠甚，雖欲忘世而世不我忘，晚節功名，直恐不免爾。老朽欲屏歸田里，猶或得見，蜂蟻之微，尋已變滅，終不足道。區區愛仰，念有以廣公之意者，切欲作啓事上答，冗迫不能就，惟深亮之。

〔一〕「辜」原作「故」，據《七集・續集》卷七、《外集》卷八十改。

二

衰陋之甚，惟有歸田杜門面壁，更無餘事。示諭極過當，讀之悚汗。毗陵異政，謡頌藹然，至今不忘。爲民除穢，以至蠆尾，吴越户知之，此非特兒子能言也。聖主明如日月，行遂展慶，衆論如此。目昏不能多書，悚怍不已。

與陳伯修五首 以下俱杭州

辱書，承孝履如宜。日月如昨，奄换新歲，追慕摧怛，愈遠無及，柰何。未緣面慰，伏冀節哀自重。不宣。

二

鹽官尉以阻節訴災，致邑民紛然喧訟，不得不問。然已州罰訖，奏知而已。承諭及，幸悉！幸悉！

三 以下俱惠州

某啓。久不通問，愧仰深矣。遠辱專使手書，眷念之重，不減疇昔，幸甚！幸甚！比日履茲暑溽，起居佳勝。始聞出使畿甸，旋又移守解梁。伯修平生厄滯，得喪毫末，本不足云，但恨材用不展，有孤天授。今茲小試，已恨遲暮，惟勉之一日千里，副士友之望也，秋熱，萬萬以時保重。不宣。

四

某謫居粗遣〔一〕。筠州時得書甚安。長子已授仁化令，今挈家來矣。某以買地結茅，爲終焉之計，獨未甃墓爾。行亦當作。杜門絶念，猶治少飲食，欲於適口。近又喪一庖婢，乃悟此事亦有分定，遂不復擇。脱粟連毛，遇輒盡之爾。惠示佳茗，極感厚意，然亦安所施之。扇子極妙，奉養村陋，凡百不能稱也。佩公高義，不忘于心。千里勞人，以致口腹之養，甚非所安也。

〔一〕《歐蘇書簡》「謫」作「閑」。

五

某近日甚能刳心省事，不獨省外事也，幾於寂然無念矣。所謂詩文之類，皆不復經心，亦自不能措辭矣。辱示清風堂石刻，幸得榮觀，仍傳之好事以爲美談。然竟無一字少答來貺，公見知之深，必識鄙意也。新居在一峯上，父老云，古白鶴觀基也。下臨大江，見數百里間。柳子厚云：「孰使予樂居夷而忘故土者，非茲丘也歟？」只此便是東坡新文也。譚文之，南方之瑚璉杞梓也，恨老爾，頗相歡否？毛澤民高文，恨知之者少，公能援達之乎？徐得之書信已領，當遞中答謝也。

答陳履常二首以下俱密州

吴中屢得瞻見，時以餘棄，洗濯蒙鄙，别來仰佇日深。遞中首辱教尺，感服良厚，即日履兹酷暑，起居何如？貴眷令子各佳勝，披奉杳然，臨紙悵惘，惟冀爲時調護。

二

遠承寄貺詩刻，讀之灑然，如聞玉音，何幸獲此榮觀。不獨以見作者之格，且足以知風政之多暇，而高躅之難繼也。輒和《光禄菴二絶》，聊以寄欽羨之懷，一笑投之可也。所須接骨丹方，謹録呈。高密連年旱蝗，應副朔方百須，紛然疲薾，日俟汰逐。企仰仙館，如在雲漢矣。因風，不吝誨字。

與鮮于子駿三首以下俱密州

久不奉狀，方深愧悚。遞中，伏辱手教，并新文石刻等，疾讀，喜快無量。即辰起居佳否？公文學德度，宜在朝廷，久此外遠何也？然聞一路蒙被仁政，不爾，吏民皆在倒懸中也。況鄉井墳墓在焉，計居之甚以爲樂。某到郡正一年，諸況粗遣，歲凶民貧，力所無如之何者多矣。然在己者未嘗敢行所愧也，如此而已。忝厚眷，故及。未緣瞻奉，惟冀以時自重。不宣。

二

忝厚眷，不敢用啓狀，必不深訝。所惠詩文，皆蕭然有遠古風味。然此風之亡也久矣。欲以求合世俗之耳目，則疎矣。但時獨於閑處開看，未嘗以示人，蓋知愛之者絶少也。所索拙詩，豈敢措手，然不可不作，特未暇耳。近却頗作小詞〔一〕，雖無柳七郎風味，亦自是一家。呵呵。數日前，獵於郊外，所獲頗多。作得一闋，令東州壯士抵掌頓足而歌之，吹笛擊鼓以爲節，頗壯觀也。寫呈取笑。

〔一〕「却頗」二字原缺，據《七集·續集》卷五補。

三

故人劉格，字道純。故友劉恕道原之親弟。讀書强記辨博，文詞粲然可觀，而立節强鯁，吏事亦健，君實頗知之，餘人未識也。欲告子駿與一差遣，收置門下，公若可以踏逐辟召，幸先之，敢保稱職也。旦夕歸南康軍待闕，公若有以處之，他必願就也。某非私之也，爲時惜才也。

與歐陽仲純五首以下俱徐州

去歲城東，屢獲陪從，蒙益既多，樂亦無量。既别，日苦賤事，不克馳問，慙負不可言。即日起居何如？見報，除審簿，信否？殊不知。即日從者所在，徒有仰詠。某蒙庇粗遣，彭門本無一事，足以藏拙。河水一至，事無不有，中間幾殆者數矣。必亦聞之。今方稍安，而夏秋之患未可量，蓋命窮所至感召，此何時復得一笑之樂也。近詩數首，聊以破顔。餘寒，萬萬以時自重。

二

伯仲、叔弼昆仲，各計安勝。楊掾行速，未及拜書，乞道下懇。子由在南都，時得書，無恙。彭城最處下流，水患甲於東北。奏乞錢與夫爲夏秋之備，數章皆不報。曹河若可塞，固大善，不爾，倉卒之間，不免調急夫使係省錢，豈暇復稟命乎？所費必多，而爲備不如先事之精也。人微言輕，信命而已。仲純知我之深者，聊復及之。

三

去春寄舍國門，屢辱臨顧，喜慰無量。別來逾年，奔走俗狀，未嘗通問，瞻企徒深。即日履此煩暑，起居何如，眷愛各安否？傳聞車馬已到宛丘，相去甚近，書問自此可時相及矣。千萬順時珍重。

四

崔度者，頃年在陳，與之甚熟。今作過海之行，妻子仍在陳學，幸略與垂顧。

五

伯仲兄聞監西岸，已視事未？叔弼近託孫元忠附書季默，今安在？因風無惜惠問。宛丘誰與往還，有可與語者否？

與眉守黎希聲三首〔一〕以下俱徐州

傾向已久，展奉無由。竊計比日履茲酷暑，起居佳勝。某占籍部中，不獲俯伏門下，一修桑梓之儀，瞻望鈴齋，豈勝懷仰。伏惟順時爲民自愛。

〔一〕「黎」原作「陳」，誤，據《七集・續集》卷五改。案：本集卷十一《眉州遠景樓記》有「今太守黎侯希聲」之語。

二

去歲王秀才西歸，奉狀必達，即日遠想起居佳勝。承朝廷俯徇民欲，有旨借留，雖滯留高步，士論未厭，而鄉閭之慶，特以自私而已。然山水之秀，園亭之勝，士人之衆多，食物之便美，計公亦自樂之忘歸也。某久去墳墓，貪禄忘家，念之輒面熱，但差使南北，不敢自擇爾，何時復得一笑爲樂？尚冀爲時自重。

三

向自密將赴河中，至陳橋，受命改差彭城。便欲赴任，以兒子娶婦，暫留城東景仁園中。旦夕自汴東去，逾遠風問，可勝悵然。墳墓每煩戒敕，惟增感噎。堂兄欲葬祖墳，爲諸房衆多，某既不敢果決，恐衆意難允也，乞知之。

與張嘉父七首

某啓。都下紛紛，不遂欵奉，別來思渴深矣。比日起居何如？某凡百粗遣，汝陰僻陋，但一味閑，真衰病所樂也。合會未期，千萬保重。不宜。

二

某啓。今日與嘉父道別，浩然笑僕醉後草書，雖不通他心，信手亂書，亦有禍福也。公少年高才，不患不達，但志於存養，孟子所謂「心勿忘勿助長」者，此當銘之坐右。世人學道，非助長也，則忘而已矣。僕少時曾作《雜説》一首送叔毅，其首云「曷嘗觀於富人之稼者」是也，願一閱之。承過聽，見語甚重，不敢不盡。

三

某啓。君爲獄吏，人命至重，願深加意。大寒大暑，囚人求死不獲；及病者多，爲吏卒所不視，有非病而致死者。僕爲郡守，未嘗不躬親按視。若能留意於此，遠到之福也。

四

某啓。君年少氣盛，但願積學，不憂無人知。譬如農夫，是穮是蔉，雖有饑饉，必有豐年。敢以爲贈。

五

某啓。公文章自已得之於心，應之於手矣。譬之百貨，自有定價，豈小子區區所能貴賤哉。「潛雖伏矣，亦孔之章。」足下雖欲不聞於人，不可得。願自信不疑而已。

六

某啓。借示賦論諸文，遂得厭觀，殊發老思。西漢一首尤精確。文帝不誅七國，世未有知其説者，獨張安道嘗言之於神考，其疏，人亦莫之見也。今公所論，若合符節，非學識至到，不能及此。仰欽！仰欽！

七 惠州

某啓。久不奉書，過辱不遺，遠枉教尺，且審起居佳勝，感慰交集。著述想日益富。示諭治《春秋》學，此儒者本務，又何疑焉。然此書自有妙用，學者罕能領會，多求之繩約中〔一〕。乃近法家者流，苛細繳繞，竟亦何用。惟丘明識其妙用〔二〕，然不肯盡談，微見端兆，欲使學者自求之〔三〕，故僕以爲難，未敢輕論也。凡人爲文，至老，多有所悔。僕嘗悔其少作矣，若著成一家之言，則不容有所悔。當且博觀而約取，如富人之築大第，儲其材用，既足而後成之，然後爲得也。愚意如此，不知是否？夜寒，筆凍眼昏，不罪！不罪！春首，惟千萬自重。不宣。

〔一〕「多」原作「若」，今從郎本卷四十七《與張嘉父書》、百川學海本《欒城先生遺言》引文。

〔二〕「惟」原作「雖」，據郎本、《欒城先生遺言》改。

〔三〕「求」原作「得」，今從《欒城先生遺言》。郎本「求」作「見」。

與陳季常十六首以下俱黄州

某啓。昨日人還，拜書，想已達。今日見馬鋪報，公擇二十一日入光州界〔一〕，計今已在光。輒於太守處借人持書約會於岐亭。某決用初一日早離州，初二日晚必造門，此會殆爲希有。然第一請公勿殺物命，更與公擇一簡邀之，尤妙。人速，不盡所懷。恕之。不宣。

〔一〕《歐蘇書簡》「二十一日」作「二十二日」。

二

早來宿酒殊昏倦，得佳篇一洗，幸甚。昨日醉中口占，忘之矣。寫一首爲笑。

三

近因往螺師店看田，既至境上，潘尉與龐醫來相會。因視臂腫，云非風氣，乃藥石毒也。非鍼去之，恐作瘡乃已。遂相率往麻橋龐家，住數日，鍼療。尋如其言，得愈矣。歸家，領所惠書及藥，併荷憂愛之深至，仍審比來起居佳安。曾青老翁須《傳燈録》，皆已領，一一感佩。《五代史》亦收得。所看田乃不甚佳，且罷之。蘄水溪山，乃爾秀邃耶？龐醫熟接之，乃奇士。知新屋近撰《本草爾雅》謂一物而多名也。見劉頌具説，深欲走觀。近得公擇書云，四月中乃到此。想季常未遽北行，當與之偕往耳。非久，太守處借人遣齎家傳去，别細奉書。

四

柴炭已領，感怍！感怍！東坡昨日立木，殊耽耽也。

五

王家人力來，及專人，并獲二緘。及承雄篇贊詠，異夢證成仙果，甚喜幸也。某雖竊食靈芝，而君爲國鑄造，藥力縱在君前，陰功必在君後也。呵呵。但累書聽流言以誣平人，不得無折損也。懸弧之日，請一書示諭，當作賀詩，切祝！切祝！比日起居佳否？何日决可一游郡城？企望日深矣。臨皋雖有一室，可憩從者，但西日可畏。承天極相近，或門前一大舸亦可居，到後相度。未間，萬萬以時自重。

六

欲借《易》家文字及《史記》索隱、正義。如許，告季常爲帶來。季常未嘗爲王公屈，今乃特欲爲我入州，州中士大夫聞之聳然，使不肖增重矣。不知果能命駕否？春甕但不惜，不須更爲遺恨也。

七

鄭巡檢到，領手教。具審到家尊履康勝，羈孤結戀之懷，至今未平也。數日前，率然與道源過江，游寒溪西山，奇勝殆過於所聞。獨以坐無狂先生，爲深憾耳。呵呵。示諭武昌田，曲盡利害，非老成人，吾豈得聞此。送還人諸物已領。《易》義須更半年功夫練之，乃可出。想秋末相見，必得拜呈也。近得李長吉二詩，録去，幸秘之。目疾必已差，茂木清陰，自可愈此。餘惟萬萬順時自重。

八

示諭武昌一策，不勞營爲，坐減半費，此真上策也。然某所慮，又恐好事君子，便加粉飾，云擅去安置所而居於別路，傳聞京師，非細事也。雖復往來無常，然多言者何所不至。若大霈之後，恩旨稍寬，或可圖此，更希爲深慮之，仍且密之爲上。

九

稍不奉書，渴仰殊深。辱書，承起居佳勝。新居漸畢工，甚慰想望。數日得君字韻詩。茫然不知醉中拜書道何等語也。老媳婦云「一絶乞秀英君」，大爲愧悚，真所謂醉時是醒時語也。蒙不深罪，甚幸。

雖知來篇非實語，猶且收執，庶幾萬一。莫更要寫脊記否？呵呵。柳籌云某奉訝者，不知得之於誰，安有此理。來書雄冠之語，亦無人見。但有答柳二書云，陳季常要寫脊記，欲與寫云。文武宷寮，常居禄位，亦如與季常書作戲耳，何名爲訝哉！想公必不以介意，不答最妙。日夜望季常入州，但可惜公擇將至，若不爭數日，而吾三人者不一相聚劇飲數日，爲可惜耳。有人往舒，五七日必囘，可見其的。若不來，續以書布聞。茶臼更留作樣幾日。近者新闋甚多，篇篇皆奇。遲公來此，口以傳授。餘惟萬萬自愛。

十

疊辱來貺，且喜尊體已全康復。然不受盡言，遂欲聞公，何也？公養生之效，歲有成績，今又示病彌月，雖使皋陶聽之，未易平反。公之養生，正如小子之圓覺，可謂「害脚法師鸚鵡禪，五通氣毬黄門妾」也。至禱。

十一

孫巨源之姪，甚佳士，兼甚仰盛德，云當去請見。某告以季常不蓄烏巾十餘年矣，又不欲便裹帽奉謁，他必自去見公也。鎮中得一好官人，亦非細事。叔宣書已附去。西方多事，此君却了得，莫遂奮起否？見報，趙二罷相州取勘，他稱病乞不下獄，不知爲何事，私甚憂之，公聞其詳否？又報舒亶乞郡。閑知之。

十二

侯馬鋪行，奉書未達。間領來誨，具審起居佳勝，至慰！至慰！答京洛書，過當！過當！此何足稱。先生篤於風義，至自割瘦脛以啖我，可謂至矣。然以化不爲鶩鶩者，則恐未能也。彼不相知者，視僕之饑飽，如觀越人之肥瘠耳，雖象亦未易化也〔一〕。鄉諺有云「缺口鑷子」者，公識之乎？想當拊掌絶倒。知過節入州，甚幸。未間，萬萬自重。缺口鑷子者，取一毛不拔。恐未常聞，故及。

〔一〕「亦」原缺，據《七集·續集》卷五補。

十三

別後凡四辱書，一一領厚意。具審起居佳勝，爲慰。又惠新詞，句句警拔，詩人之雄，非小詞也。但豪放太過，恐造物者不容人如此快活，一枕無礙睡，輒亦得之耳。公無多奈我何，呵呵。所要謝章寄去。聞車馬早晚北來，恐此書到日，已在道矣。故不覼縷。

十四〔一〕

置中叠辱手示，并惠果羞，感愧增劇。《酒隱堂詩》，當塗中抒思，不敢草草作。公是大檀越，豈容復換牌也。一笑。

〔一〕原校：此尺牘「一作『辱示詩，益深感嘆，殊未暇和答。積壓債負，不逞也。人還，復謝。不宣』。」

十五翰林

某局事雖清簡，而京輦之下，豈有閑人，不覺劫劫過日，勞而無補，顔髮蒼然，見必笑也。子由同省，日夕相對，此爲厚幸。公小疾雖平，不可忽。「善言不離口，善藥不離手。」此乃古人之要言，可書之座右也。藥物有彼中難得須此幹置者，千萬不外。如聞公有意入京，不知幾時可來，如得一會，何幸如之。柳一已在此，一訪，值出，未見也。僦居在蒲池寺，去此稍遠。數日頗有新事。左揆已出陳州，君實代之，蹇老知和州，授之廬簽，餘不能盡報去。劉莘老中丞旦夕授也，黄安中龍直知越州。静菴不管閑事，最妙！最妙！

十六惠州

軾啓。惠兵還，辱得季常手書累幅，審知近日尊候安勝。擇、括等三鳳毛皆安，爲學日益，喜慰無量。軾罪大責薄，聖恩不貲，知幸念咎之外，了無絲髮掛心，置之不足復道也。自當塗聞命，便遣骨肉還陽羡，獨與幼子過及老雲并二老婢共吾過嶺。到惠將半年，風土食物不惡，吏民相待甚厚。孔子云：「雖蠻貊之邦行矣。」豈欺我哉！自數年來，頗知内外丹要處。冒昧厚禄，負荷重寄，決無成理。自失官後，便覺三山跬步，雲漢咫尺，此未易遽言也。所以云云者，欲季常安心家居，勿輕出入，老劣不煩過慮，決須幅巾草屨相從於林下也。亦莫遣人來，彼此鬚髯如戟，莫作兒女態也。在定日作《松醪賦》一首，今寫寄擇等，庶以發後生妙思，着鞭一躍，當撞破烟樓也。長子邁作吏，頗有父風。二子作詩騷殊勝，咄咄皆有跨竈之興，想季常讀此，捧腹絶倒也。今日遊白水佛跡山，山上布水懸三十仞，雷轟電散，未易名狀，大略如項羽破章邯時也。自山中歸，得來書，燈下裁答，信筆而書，紙盡乃已。託郡中作皮筒送去。想黄人見軾書，必不沉墜也。子由在筠，極安。處此者，與軾無異也。書云，老軀極健，度去死遠在。讀之三復，喜可知也。吾儕但斷却少年時無狀一事，誠是。然他未及。子由近見人説，顔狀如四十歲人，信此事不辜負人也。不宣。軾再拜。

答毛澤民七首以下翰林

軾啓。比日酷暑，不審起居何如？頃承示長牋及詩文一軸，日欲裁謝，因循至今，悚息。今時爲文者至多，可喜者亦衆，然求如足下閑暇自得，清美可口者，實少也。敬佩厚賜，不敢獨饗，當出之知者。世間唯名實不可欺。文章如金玉，各有定價，先後進相汲引，因其言以信於世，則有之矣。至其品目高下，蓋付之衆口，決非一夫所能抑揚。軾於黄魯直、張文潛輩數子，特先識之耳。始誦其文，蓋疑信者相半，久乃自定，翕然稱之，軾豈能爲之輕重哉！非獨軾如此，雖向之前輩，亦不過如此也，而況外物之進退。此在造物者，非軾事。辱見貺之重，不敢不盡。承不久出都，尚得一見否？

二

再辱示手教，伏審酷熱起居清勝。見諭，某何敢當，徐思之，當不爾。非足下相期之遠，某安得聞此言，感愧深矣。體中微不佳，奉答草草。

三 以下俱惠州

某啓。公素人來，得書累幅。既聞起居之詳，又獲新詩一篇，及公素寄示《雙石堂記》。居夷久矣，不意復聞韶濩之餘音，喜慰之極，無以云喻[一]。久廢筆硯，不敢繼和，必識此意。會合無期，臨書惘憫。秋暑，萬萬以時自厚。不宜。

〔一〕「云喻」原作「示諭」，今從《七集·續集》卷四。

四

某寓居粗遣，本帶一幼子來。今者長子又授韶州仁化令，冬中當挈家來。至此，某又已買得數畝地，在白鶴峯上，古白鶴觀基也。已令斫木陶瓦，作屋二十間。今冬成，去七十無幾，矧未能必至耶，更欲何之。以此神氣粗定，他無足爲故人念者〔一〕。聖主方設科求宏詞，儻有意乎？

〔一〕「他」原缺，據《七集·續集》卷四補。

五〔一〕

新居在大江上，風雲百變，足娛老人也。有一書齋名思無邪齋，閑知之。

〔一〕《七集·續集》卷四、《外集》卷七十六此首尺牘與本卷《答毛澤民》第六、第七二首共爲一文；此首在前，第六首次之。

六

某啓。寄示奇茗，極精而豐，南來未始得也。亦時復有山僧逸民，可與同賞，此外但緘而藏之爾〔一〕。佩荷厚意，永以爲好。

〔一〕「藏」原作「去」，今從《大典》、《七集·續集》卷四、《外集》卷七十六。

七

秋興之作，追配騷人矣，不肖何足以窺其粗。遇不遇固自有定數，向非厄窮無聊，何以發此奇思，以自表於世耶？敬佩來貺，傳之知音，感愧之極。數日適苦壅嗽，殆不可堪，强作報，滅裂。死罪！死罪！

與何正通三首〔一〕

某啓。辱書，承起居佳勝。鄉校淹留，然使徐之士子識文章瑰偉之氣，非小補也。某又復西上，紛紛無補，甚愧朋友矣。乍冷，萬萬以時自重。不宣。

〔一〕《七集·續集》卷五題作「與何正道教授三首」。

二

某啓。張聖途來，稍聞動止爲慰。退之所歎〔一〕，乃今見之。大匠旁觀，愧汗深矣。行役忽忽，不盡區區。

〔一〕《七集·續集》卷五「歎」作「難」。

三

某啓。忝命假守，出於奬庇，禮當詣謝，以衰病疲曳，不給於力，愧悚而已。乍熱，起居佳勝，登舟迫遽，不果造謝，益增仰戀。尚冀順時爲國自厚。謹奉啓，不宣。

答陳傳道五首杭州

某啓。久不接奉，思仰不可言。辱專人以書爲貺，禮意兼重，捧領惕然。且審比來起居佳勝，少慰馳想。某以衰病，難於供職，故堅乞一閑郡，不謂更得煩劇。然已得請，不敢更有所擇，但有廢曠不治之憂爾。而來書乃有遇不遇之説，甚非所以安全不肖也。某凡百無取，入爲侍從，出爲方面，此而不遇，復以何者爲遇乎？舟中倦暑無聊，來使立告回〔一〕，區區百不盡一。乍遠，唯千萬自愛。不宣。

〔一〕《大典》、《七集·續集》卷四、《外集》卷八十一「立」作「力」。

二以下俱揚州

某啓。衰朽何所取，而傳道昆仲過聽，相厚如此。數日前，履常謁告，自徐來宋相別。王八子安偕來，方同舟東下〔一〕，至宿而歸〔二〕。又承傳道亦欲至靈璧，以部役沂上，不果。佩荷此意，何時可忘。又承以近詩一册爲賜，筆老而思深，蘄配古人，非求合於世俗者也。幸甚！幸甚！錢唐詩皆率然信筆〔三〕，一一煩收録，祇以暴其短爾。某方病市人逐於利，好刊某拙文〔四〕，欲毁其板，矧欲更令人刊耶〔五〕！當俟稍暇，盡取舊詩文，存其不甚惡者，爲一集。以公過取其言，當令人録一本奉寄。今所示者，不唯有脱悮，其間亦有他人文也。

〔一〕《大典》、《七集·續集》卷四、《外集》卷八十一無「東」字。

〔二〕《大典》、《七集·續集》、《外集》「至」作「信」。

〔三〕「率然信筆」原作「縱筆」，今從《大典》、《七集·續集》、《外集》。

〔四〕「刊」原缺，據《大典》、《七集·續集》、《外集》補。

〔五〕此句原作「敢令刊耶」，今從《大典》、《七集·續集》、《外集》。

三

某啓〔一〕。知日課一詩，甚善。此技雖高才，非甚習不能工也。聖俞昔常如此。某近絶不作詩，蓋有以，非面莫究。頃作神道碑、墓誌數篇。碑蓋被旨作，而誌文以景仁丈世契不得辭。欲寫呈，又未有暇，聞都下已開板，想即見之也。某頃伴虜使，頗能誦某文字，以知虜中皆有中原文字，故爲此碑，謂富公碑也。欲使虜知通好用兵利害之所在也。昔年在南京，亦嘗言此事〔二〕，故終之。

李六丈文集引〔三〕，得閑當作。向所示集，古文留子由處，有書令檢送也。

〔一〕「啓」字後，《大典》、《七集·續集》卷四、《外集》卷八十一有「某方病市人逐利」云云七十一字，已見本卷上首尺牘之末。

〔二〕《大典》、《七集·續集》、《外集》作「有問僕此事」。

〔三〕《大典》、《七集·續集》、《外集》「李六丈」作「李公」。

四

某啓。久不上問，愧負深矣。忽枉手訊，勞來勤甚。夙昔之好，不替有加。兼審比來起居佳勝，感慰兼集。諸新舊詩，幸得竟覽〔一〕，不意餘生復見斯作。古人日遠，俗學衰陋，作者風氣，猶存君家伯仲間。見近報，履常作正字，伯仲介特之操，處窮益勵，時流孰知之者？用是占之，知公議少伸也耶！傳道豈久淹筦庫者。未由面談，惟冀厚自愛重而已。

〔一〕「竟」原作「敬」，今從《外集》卷八十。

五北歸

來詩欲和數首，以速發此介，故未暇。閒居亦有少述作，何日得見昆仲稍出之也。宮觀之命，已過忝矣。此外只有歸田爲急。承見教，想識此懷。履常未及拜書，因家訊道區區。

答李方叔十七首以下俱黃州

某啓。久不奉書問爲愧〔一〕。遞中辱手書，勞慰益厚。無狀何以致足下拳拳之不忘如此。比日起居何如？今歲暑毒十倍常年。雨晝夜不止者十餘日，門外水天相接，今雖已晴，下潦上烝，病夫氣息而已。想足下閉門著述，自有樂事。間從諸英唱和談論，此又可羨也。何時得會合，惟萬萬自重。不宜。

〔一〕「書」原缺，據《大典》、《七集·續集》卷四補。

二

秋試時，不審已從吉未？若可以下文字〔一〕，須望鼎甲之捷也。暑中既不飲酒，無緣作字，時有一二，輒爲人取去，無以塞好事之意，亦不願足下如此癖好也。近獲一銅鏡，如漆色，光明冷徹。背有銘云：「漢有善銅出白陽，取爲鏡，清如明，左龍右虎輔之〔二〕。」字體雜篆隸，真漢時字也。白陽不知所在，豈南陽白水陽乎？「如」字應作「而」字使耳。「左龍右虎」〔三〕，皆未甚曉，更閑，爲考之。

〔一〕《大典》、《七集·續集》卷四、《外集》卷八十無「以」字。

〔二〕《大典》、《七集·續集》、《外集》「輔」作「俌」；本集卷七十《書陸道士鏡硯》亦作「俌」。

〔三〕《大典》、《七集·續集》、《外集》作「左月右日」。

三

姪婿王適子立，近過此，往彭城取解〔二〕，或場屋相見。其人可與講論，詞學德性，皆過人也。其弟名遹，字子敏，亦不甚相遠。承問及兒子，屬令幹事，未及奉書，王文甫已與簡，令持前所留奉納矣。

〔一〕《外集》卷八十此首尺牘全文，在上首尺牘「須望鼎甲之捷也」句後。

〔二〕「往」原作「在」，今從《外集》。

四

某啓。辱書累數百言，反復尋味，詞氣甚偉，雖不肖，亦已粗識。君子志義所在，然僕以愚不聞過，故至黜辱如此。若猶哀憐之，當痛加責讓，以感厲其意，庶幾改往修來，以盡餘年。今乃粉飾刻畫，是益其疾也，愧悚！愧悚！承持制甚苦，哀慕良深。便欲走詣，而自謫官以來，不復與往還慶弔，杜門省愆而已。謹遣小兒問左右，當以亮察。不宣。

五以下俱翰林

某啓。承示新文，如子駿行狀，丰容雋壯，甚可貴也。有文如此，何憂不達，相知之久，當與朋友共之。至於富貴，則有命矣，非綿力所能必致。姑務安貧守道，使志業益充〔一〕，自當有獲。鄙言拙直，久乃信爾。照察，幸甚。

〔一〕「充」原作「克」，今從《七集·續集》卷六、《外集》卷七十一。

六

某啓。久别，音問缺然。忽承惠教，愧仰何勝。秋暑未過，起居何如？未由會見，萬萬順時珍重。忽忽上謝，不宜。

七

某啓。專人辱啓事長書，及手簡累幅，意貺甚厚，非所敢當。又蒙教以不逮，非君子直亮，期人之遠，何以及此。然衰病之餘，豈任此責，愧悚之極。比日起居佳勝。惠示狨皮等物，皆所不敢當，禮曹之傳，蓋妄也。信篭元不發〔一〕，却付來人。蓋近日親知所寄惠，一切辭之，非獨於左右也。千萬恕察。

知非久入京，見訪，幸甚。未間，千萬珍重。不宣。

〔一〕《外集》卷七十四「菴」作「菴」。

八

某啓。疊辱手教，愧荷不已。雪寒，起居佳勝。示諭，固識孝心深切。然某從來不獨不書不作銘、誌，但緣子孫欲追述祖考而作者，皆未嘗措手也。近日與温公作行狀書墓誌者，獨以公嘗爲先妣墓銘，不可不報爾。其他決不爲，所辭者多矣，不可獨應命。想必得罪左右，然公度某無他意，意盡於此矣。悚息！悚息！

九

某再啓。承遂舉十喪，哀勞極矣。此古人之事，復見於君，恨不能兼助爾。不易！不易！阡表既與墓誌異名而同實，固難如教，不罪！不罪！某暮歸困甚，來人又立行，不復覼縷，悚息！悚息！

十

某啓。昨日辱書，不即答爲愧。乍晴，孝履安穩。所示，反復思之，亦欲有以少慰孝子之心，而某所不敢作者，非獨銘誌而已。至於詩賦贊詠之類，但涉文字者，舉不敢下筆也。憂患之餘，畏怯彌甚，必望有以亮之。少選，更令兒子去面述。不一一。

十一

前日所貺高文，極爲奇麗。但過相粉飾，深非所望，殆是益其病爾。無由往謝，悚汗不已。

十二

某啓。近者雖獲屢見，迫於多故，不盡區區。別來辱書，且喜體中佳勝。某方杜門請郡，章四上，未允，方更請爾。會見未可期，惟千萬順時自愛。不宣。

十三

某以虚名過實，士大夫不察，責望逾涯，朽鈍不能副其求，復致紛紛，欲自致省静寡過之地，以全餘年〔一〕，不知果得此願否？故人見愛以德，不應更虚華粉飾以重其不幸。承示諭，但有愧汗爾。

〔一〕《七集·續集》卷六、《外集》卷七十二「全」作「餞」。

十四

某啓。前日辱訪，客衆，不及款話，兩三日又無緣接奉，思念不可言。手教爲貺，慙感無量。苦寒，諸況如何？常日不獨以禁令不得瞻奉，又以差館伴，紛紛殊不暇也。衰病疲曳，欲脱而不可得〔一〕，可勝嘆耶？人還，不一一。

〔一〕此句原作「脱去不可」，今從《七集·續集》卷六、《外集》卷七十四。

十五

某啓。連日殿門祇候，不果致問。辱簡，承起居佳勝。來日行香罷，又須一弔康公，晚乃歸〔一〕。方叔能枉訪夜話爲別，甚幸。餘留面盡。

〔一〕「晚」原缺，據《七集·續集》卷六、《外集》卷七十四補。

十六以下俱北歸

比年於稠人中，驟得張、秦、黄、晁及方叔、履常輩，意謂天不愛寶，其獲蓋未艾也。比來經涉世故，間關四方，更欲求其似，邈不可得。以此知人決不徒出，不有益於今〔一〕，必有覺於後，決不碌碌與草木同腐也。迨、過皆不廢學，可令參侍几硯。

〔一〕《大典》、《七集·續集》卷四「益」作「立」，「今」作「先」。《外集》卷八十「益」作「立」。

十七〔一〕

某啓。比辱手教，邇來所履如何？某自恨不以一身塞罪，坐累朋友。如方叔飄然一布衣，亦幾不免。純甫、少游，又安所獲罪於天，遂斷棄其命，言之何益，付之清議而已。憂患雖已過，更宜掩口以安晚節也。不訝！不訝！

〔一〕《大典》、《七集·續集》卷六、《外集》卷八十無「某啓」至「坐累朋友」二十五字；自「如方叔飄然一布衣」以下五十六字，上二書附上首尺牘「必有覺於後」句之後。

與劉壯輿六首

某啓。久闊，但有懷企，竊惟起居佳勝。便欲造門，以器之率入山，還當奉謁。謹奉啓候問，怱怱，不宣。

二

某昨夜苦熱減衣，晨起得頭痛病，故不出見客，然疾亦不甚也。方令小兒研墨爲君寫數大字。旋得來教及紙，因盡付去。恐墓表小字中亦有題目，則額上恐不當復云墓表，故別寫四大字，以備或用也。舍弟所作詞，當續寫去。人還，怱怱。

三

且來枕上，讀所借文篇，釋然遂不知頭痛所在。曹公所云，信非虚語。然陳琳豈能及君耶？

四以下俱北歸

某啓。辱手教，仍以茶䈇爲貺，契義之重，理無可辭。但北歸以來，故人所餉皆辭之。敬受茶一袋以拜意。此陸宣公故事，想不訝也。仍寢來命，幸甚。

五

詩文二卷並納上，後詩已別寫在卷。後檢得舊本，改定數字。

六

某疾雖輕，然頭痛畏風也。承與李君同見過，不果見，不深訝否？悚息！悚息！來日若無風，當侵夜發去，更不及走別。一詩，取笑。

與潘彥明十首 離黃州

別來思念不去心，遠想起居佳安，眷愛各無恙。不見黃榜，未敢馳賀，想必高捷也。某兩曾奉書，達否？屢夢東坡笑語，覺後惘然也。已買得宜興一小莊，且乞居彼，遂爲常人矣。公必已赴省試。讒發此書，不復覼縷。惟千萬保愛。

二以下俱登州還朝

行役無定，久不奉書。至登州，領所惠書。承起居佳勝，甚慰思企。到郡席不暖，復蒙詔追，勉强奔走，愧嘆不已。緬懷舊遊，殆不勝情。承太夫人尊候如昨。昌言令兄亦蒙惠書，冗甚，未及答。且申意毅甫、興宗、公頤，各爲致區區。餘萬萬自重。

三

少事奉聞，吴待制謫居於彼，想不免牢落，望諸君一往見之，諸事與照管。某向者流落，非諸君相伴，何以度日。雪堂如要偃息，且與打揲相伴，使忘遷謫之意，亦諸君風義也。不罪！不罪！

四

辱書，喜承起居佳勝，眷聚各佳。某老病還朝，不爲久計，已乞郡矣。何時扁舟還鄉，一過舊棲，溷亂故人，旬日而去，言之悵然。大熱，千萬保愛。

五

久不聞問，方增渴仰。忽領手字，方知丈丈傾逝，聞之，悲怛不可言。比日追慕之餘，孝履且支持否？某衰病懷歸，夢想江上，又聞耆舊凋喪，可勝悽惋。未由往慰，惟冀節哀自重，以畢後事。

六

東坡甚煩葺治，乳媪墳亦蒙留意，感戴不可言。令子各計安，實皃想見頎然矣。郭興宗舊疾，必全平愈，酒坊果如意否？韓氏園亭，曾與葺乎〔一〕？若果有亭榭佳者，可以小圖示及，當爲作名寫牌，然非華事者，則不足名也。張醫博計安勝。一場灾患，且喜無事。風顛不少減否？何親必安，竹園復增葺否？以上諸人，各爲再三申意。僕暫出苟禄耳，終不久客塵間，東坡不可令荒茀，終當作主，與諸君遊，如昔日也。願遍致此意。

〔一〕「與」原作「輿」，今從《七集·續集》卷六。

七

近附黄兵書必達。比日孝履何如？劉全父來，頗聞動止，殊慰想念。京塵衮衮無佳思，緬懷昔遊，悵惘而已。昌言及諸故人皆未及書，必察其少暇，伸意！伸意！乍暄，千萬節哀自重。

八杭州

久不奉書，切惟起居佳勝。老拙凡百如舊。出守舊治，頗得湖山之樂。但歲災傷，拯救勞弊，無復齊安放懷自得之娱也。彦明與故人諸公頗見念否？何時會合，臨紙惘惘。新春，萬萬自重。

九

兩兒子新婦，各爲老乳母任氏作燒化衣服幾件，敢煩長者丁囑一幹人，令剩買紙錢數束，仍厚鋪薪芻於墳前，一酹而燒之，勿觸動爲佳。恃眷念之深，必不罪。干浼，悚息！悚息！

十潁州

辱書，感慰無量。比日起居何如？别來不覺九年，衰病有加，歸休何日？往來紛紛，徒有愧歎。知東坡甚葺治，故人仍復往還其間否？會合無期，臨紙悵惘。

答龐安常三首以下俱登州還朝

久不爲問，思企日深。過辱存記，遠枉書教。具聞起居佳勝，感慰兼集。惠示《傷寒論》，真得古聖賢救人之意，豈獨爲傳世不朽之資，蓋已義貫幽明矣。謹當爲作題首一篇寄去。方苦多事，故未能便付去人，然亦不久作也。老倦甚矣，秋初決當求去，未知何日會見。臨書惘惘，惟萬萬以時自愛。

二

人生浮脆，何者爲可恃，如君能著書傳後有幾。念此，便當爲作數百字，仍欲送杭州開板也。知之。

三翰林

端居静念，思五臟皆止一，而腎獨有二，蓋萬物之所終始，生之所出，死之所入也。故《太玄》：「罔、直、蒙、酋、冥。」罔爲冬，直爲春，蒙爲夏，酋爲秋，冥復爲冬，則此理也。人之四肢九竅，凡兩者，皆水屬也。兩腎、兩足、兩外腎、兩手、兩目、兩鼻，皆水之所升降出入也〔一〕。手、足、外腎，舊説固與腎相表裏，而鼻與目，皆古未之言也，豈亦有之，而僕觀書少不見耶？以理推之，此兩者其液皆鹹〔二〕，非水而何。僕以爲不得此理，則内丹不成，此又未易以筆墨究也。古人作明目方，皆先養腎水，而以心火暖之，以脾固之。脾氣盛則水不下泄，心氣下則水上行，水不下泄而上行，目安得不明哉。孫思邈用磁石爲主，而以朱砂、神麯佐之，豈此理也夫。安常博極羣書，又善窮物理〔三〕，當爲僕思之。是否？一報。某書。

〔一〕「所」原缺，據《外集》卷七十二補。

〔二〕「其液」原作「豈腋」，據《七集·續集》卷四、《外集》改。

〔三〕「又」原作「而」，今從《外集》。

與王元直二首黄州

黄州真在井底。杳不聞鄉國信息，不審比日起居何如，郎娘各安否？此中凡百粗遣，江邊弄水挑菜，便過一日，每見一邸報，須數人下獄得罪〔一〕。方朝廷綜核名實，雖才者猶不堪其任，況僕頑鈍如此，其廢棄固宜。但猶有少望，或聖恩許歸田里，得欵段一僕，與子衆丈、楊宗文之流〔二〕，往來瑞草橋，夜還何村，與君對坐莊門喫瓜子炒豆，不知當復有此日否？存道奄忽，使我至今酸辛，其家亦安在？人還，詳示數字。餘惟萬萬保愛。

〔一〕《外集》卷八十此句作「須教人不欲得罪」。

〔二〕《七集·續集》卷五「宗文」作「文宗」。

二杭州

别久思詠，春深，不審起居佳否。眷愛各康勝。某與二十七娘甚安。小添、寄叔並無恙。新珠必甚長成，諸親各安。旅宦寡悰，思歸未由〔一〕，豈勝悵悵。某爲權倖所疾久矣，然捃摭無獲，徒勞掀攪，取笑四方耳。不煩遠憂，未緣會聚，惟冀以時珍衛。

〔一〕「未」原作「末」，今從《外集》卷七十三。

與王文甫二首 黄州

數日，不審尊候何如？前蒙恩量移汝州，比欲乞依舊黄州住，細思罪大責輕，君恩至厚，不可不奔赴。數日念之，行計決矣。見已射得一舟，不出此月下旬起發，沿流入淮，泝汴至雍丘、陳留間，出陸至汝。勞費百端，勢不得已。本意終老江湖，與公扁舟往來，而事與心違，何勝慨歎。計公聞之，亦凄然也。甚有事欲面話，治行殊未集，冗迫之甚，公能兩三日間特一見訪乎？至望！至望！元弼藥並書，乞便與送達。三五日間，買得瓷器，更煩差人得否？

二 登州還朝

多時不奉書，思仰不去心。比日履兹酷暑，體中佳勝。數日，以伏暑下府，初安乏力，而潘二丈速行，略奉此數字，殊不盡意。《西山》詩一册，當今能文之士，多在其間。並拙詩親寫與鄧聖求詩同納上。或能爲入石安溪〔一〕，亦佳，不然，寫放壁中可也〔二〕。

〔一〕「入」原作「文」，今從《七集·續集》卷六、《外集》卷七十一。

〔二〕《外集》「放」作「故」。

蘇軾文集卷五十四

尺牘

與程正輔七十一首〔一〕以下俱惠州

某啓。近聞使旆少留番禺，方欲上問，俟長官來，伏承傳誨，意旨甚厚〔二〕，感怍深矣。比日履兹新春，起居佳勝。知車騎不久東按，儻獲一見，慰幸可量。未間，伏冀萬萬以時自重。謹奉手啓。不宣。

〔一〕「一」原缺。本卷原第四十三首尺牘，爲兩首尺牘合篇，今分爲二首。參本卷第四十四尺牘校勘記。今增「一」字。

〔二〕「旨」原作「指」，今從《七集·續集》卷七。

二

某再啓。竄逐海上，滛況可知〔一〕。聞老兄來，頗有佳思。昔人以三十年爲一世，今吾老兄弟，不相從四十二年矣，念此，令人悽斷。不知兄果能爲弟一來否？然亦有少拜聞。某獲譴至重，自到此旬日〔二〕，便杜門自屏，雖本郡守，亦不往拜其辱，良以近臣得罪，省躬念咎，不得不爾。老兄到此，恐亦不敢出迎。若以骨肉之愛，不責末禮而屈臨之，餘生之幸，非所敢望也。其餘區區，殆非紙墨所能盡。惟千萬照悉而已。德孺、懿叔久不聞耗，想頻得安問。八郎、九郎亦然。令子幾人侍行？若巡按必同行，因得一見，又幸。舍弟近得書云，在湖口，見令子新婦，亦具道尊意，感服不可言〔三〕。

〔一〕《七集·續集》卷七、《外集》卷七十六「渴」作「諸」。

〔二〕「日」後原有「外」字，據《七集·續集》、《外集》刪。

〔三〕「德孺懿叔久不聞耗」云云六十一字原缺，據《七集·續集》、《外集》補。

三

某啓。專人至，承賜教累幅，感慰兼極。比日履茲春陽，尊體佳勝。知春夏間方按行此邦，豈勝繫望。韶州風物甚美。園亭，德孺所治，殊可喜。但不知有可與爲樂者否？未披奉間，更冀若時保練。不宣。

四

某啓。老兄近日酒量如何？弟終日把盞，積計不過五銀盞爾。然近得一釀法，絶奇，色香味皆疑於官法矣。使旆來此有期，當預醞也。向在中山，創作松醪，有一賦，閑録呈，以發一笑也。

五

某啓。數日聞使旆來此，喜慰不可言。方欲遣人奉狀，遽捧手教，感愧兼集。比日涉履風濤，起居佳勝。旦日瞻奉，併陳區區。人還，手狀。不宣。

六〔一〕

軾深欲出迎郊外，業已杜門，知兄知愛之深，必不責此，然愧悚甚矣。專令小兒去舟次也。知十秀才侍行，喜得會見，不及别奉書。軾再啓。

〔一〕此則尺牘，見西樓帖。「軾深欲」原作「某深欲」，「去」原作「走」，今據西樓帖改。「軾再啓」三字原缺，據西樓帖補。以復原貌。

七

某啓。昨日辱臨，欵語傾盡，感慰深矣。經宿起居佳勝。所貺皆珍奇，物意兩重，敢不拜賜。少頃面謝。人還，不宣。

八

某啓。謫居窮寂，誰復顧者。兄不惜數舍之勞，以成十日之會，惟此恩意，如何可忘。别後不免數日牢落，竊惟尊懷亦悵然也。但癡望沛澤北歸，將復會見爾。到廣少留否？比日起居何如？某到家無恙，不煩念及。未參候間，萬萬若時自重。不宜。

九

某啓。兩甥相聚多日，備見孝義之誠，深慰所望〔一〕。未暇別書，悉之！悉之〔二〕！兒子適令幹少事〔三〕，未及拜狀。輒已和得《白水山》詩，録呈爲笑。並亂做得《香積》數句，同附上。前本並納去。「啞」字輒用「椏」字，蓋攀例也。呵呵〔四〕。

〔一〕「深慰所望」四字原缺，據《七集·續集》補。

〔二〕「悉之」疊字，據上書補。

〔三〕《外集》卷七十六「適」作「過」。

〔四〕「啞字」云云十二字原缺，據上二書補。

十

某啓。近檢法行奉書，未達間，伏蒙賜教，並寄惠柑子，此中雖有，似此佳者，即不識也。但十有一二壞爾。謹如教略嘗，不多啖也。比日還府以來，起居佳勝。某與兒子如昨，不煩念及。大郎、三郎有近耗未？歲暮無緣會合，惟冀若時珍練。區區不宜。

十一

某啓。和示《香積》詩，真得淵明體也。某喜用陶韻作詩，前後蓋有四五十首，不知老兄要録何者？稍間，編成一軸附上也，只告不示人爾。

十二

某啓。忽復殘臘，會合無緣，不能無天末流離之念也。急足回，辱書，具審尊體康勝。仍示佳句五章，字字新奇，歎詠不已。老嫂奄隔，更此徂歲，想更悽斷〔一〕，然終無益〔二〕，惟日遠日忘，爲得理也。某近苦痔，殊無聊，杜門謝客，兀坐爾。新春，爲國自愛，早膺北歸殊寵。不宜。

〔一〕「更」原作「加」，今從《外集》卷七十六。

〔二〕「終」原作「知」，今從《七集・續集》卷七、《外集》。

十三

某覩近事，已絶北歸之望。然中心甚安之〔一〕。未説妙理達觀，但譬如元是惠州秀才，累舉不第，有何不可。知之免憂。詩屢和〔二〕，韻嶮又已更老手五賡，殆難措辭也，亦苦痔無情思爾。惠黄雀，感愧！感愧！子由一書，告早入皮筒，幸甚！幸甚！

〔一〕「心」原缺，據《七集・續集》卷七補。

〔二〕《七集・續集》、《外集》卷七十六「和」前有「欲」字。

十四

某啓。殘臘只數日，感念聚散，不能無異鄉之歎，不審兄諸況如何？子舍已到否？新年不獲奉觴，惟祝早膺召命。未間，更乞爲時自重。不宣。

十五

軾近以痔疾〔一〕，發歇不定，亦頗無聊，故未和近詩也。郡中急足，有書並顧掾寄碑文，達否？成都寶月大師孫法舟者，遠來相看，過筠，帶子由一書來。他由循州行，故不得面達。今附上。軾再拜〔二〕。

〔一〕此首尺牘，見西樓帖。「軾近以」原作「某近以」，據西樓帖改。

〔二〕「軾再拜」三字原缺，據西樓帖補。以復原貌。

十六

某啓。人來，辱書。伏承履兹新春，起居佳勝。至孝通直已還左右，感慰良深。且聞有北轅之耗，尤副卑望。詠史詩等高絶〔一〕，每篇乃是一論，屈滯他作絶句也。前後惠詩皆未和，非敢懶也。蓋子由近有書，深戒作詩，其言切至，云當焚硯棄筆，不但作而不出也。不忍違其憂愛之意，故遂不作一字，惟深察。吾兄近詩益工，孟德有言：「老而能學，惟吾與袁伯業。」此事不獨今人不能，古人亦自少也。未拜命間，頻示數字，慰此牢落。餘惟萬萬爲時自重。不宣。

〔一〕「高絶」原作「絶高」，今從《七集·續集》卷七。

十七

寄貺酥梨、猫笋、五味煎、榴棗等北方珍奇〔一〕，物意兩重，感佩無窮。軾近來眠食頗佳〔二〕，痔疾亦漸去矣。兄去此後，恐寓行衙，亦非久安之計，意欲結茅水東山上〔三〕，但未有佳處，當徐擇爾。姪孫既喪母，當令長子邁來此指射差遣，因挈小兒子房下來〔四〕。次子迨，且令試法赴舉也，恐欲知之。今有一書與邁，輒已作兄封題，乞令本司邸吏分明付之，邁必已到都下也。不罪！不罪！軾再拜〔五〕。

〔一〕「寄」前原有「某啓」二字，據西樓帖删。疑此則尺牘乃殘篇。「酥」原作「蘇」，據西樓帖改。

〔二〕「軾」原作「某」，據西樓帖改。

〔三〕「上」原缺，據西樓帖補。

〔四〕「下」原缺，據西樓帖補。

〔五〕「軾再拜」三字原缺，據西樓帖補。以復原貌。

十八〔一〕

某啓。本州黄燾推官，實甚廉幹，郡中殊賴之。不知今歲舉削能及之否？孤進無緣自達，不免僭言，不罪！不罪！博羅正月一日夜，忽失火，一邑皆爲灰燼，公私蕩然。林令在式假，高簿權縣。颶風猛烈，人力不加，衆所知也。百姓千人，皆露宿沙灘，可知！可知！蓋屋固未能，茅竹皆不可得，一壺千金之時，黄熹擘劃得竹三萬竿往濟之，極可佳。火後事極多，林令有心力，可委。他在式假，自不當坐此。願兄專牒此子，令修復公宇、倉庫之類，及存撫被災之民，彈壓寇賊，則小民受賜矣。又，起造物料，若不依實價和買而行科配，則害民又甚於火矣。願兄嚴切約束本州，或更關牒漕司，依實支破，或專委黄推官提舉點檢催促及覺察科配。幸恕僭易。黄熹有一申狀，爲催促廣州檢曇穎公案，附來人去此文字。蓋廣州不應副，非本官拖延也。至孝通直蒙惠書，極於感慰，深欲裁答，爲連寫數書，燈下目昏，容後信也。不罪！不罪！六郎亦蒙問及，不殊此意。惟千萬節哀自重。幸恕簡略。

〔一〕本首尺牘自「本州」起至「非本官拖延也」止，見西樓帖。「可知」二字原不疊，據西樓帖補。「專委黄推官」之「官」字，西樓帖原脱，底本編者已補，是。

十九

正輔要墨竹，固不惜，爲近年不畫，筆生，往往畫不成。候有佳者，當寄上也。

二十

某啓。近因人來，附狀，必達。比日伏惟尊體佳勝，眷聚各康寧。某凡百如昨，北徙已絶望，作久計矣。寶月師孫法舟來，子由有書並劉朝奉書，今附舟去。寶月已化矣。舟甚佳士，語論通貫，可喜！可喜！開歲忽將一月，瞻奉無時，臨書惘惘。兄北歸，别得近耗否？惟萬萬自重。冗中奉啓，不宣。

二十一

某啓。近鄉僧法舟行，奉狀必達。惠州急足還，辱手教，且審起居佳勝，感慰交集。寵示詩域醉鄉二首，格力益清茂。深欲繼作，不惟高韻難攀，又子由及諸相識皆有書，痛戒作詩，有說不欲詳言〔一〕。其言甚切，不可不遵用。空被來貺，但慚汗而已。兄欲寫陶體詩，不敢奉違，今寫在揚州日二十首寄上，亦乞不示人也。未由會合，日聽召音而已。餘惟萬萬若時自重。

〔一〕「有說不欲詳言」六字，《外集》卷七十六爲正文。

二十二

某啓。承服温胃藥，舊疾失去，伏惟慶慰。反復尋究，此至言也。拙恙亦當服温平行氣藥爾。德孺書信已領，尚未聞所授，豈到闕當留乎？兄亦歸覲爾，何用更求外補。惠及佳麵，感怍。適有河源乾菌少許，並香篆一枚，頗大，謾納去，作笑。有肉蓯蓉，因便寄示少許，無即已也。侯晉叔，實佳士，頗有文采氣節。恐兄不久歸闕，此人疑不當遺也，故略爲記之。不罪！不罪！

二十三

少懇冒聞。向所見海會長老，甚不易得。院子亦漸興葺。已建法堂甚宏壯，某亦助三十緡足〔一〕，令起寢堂[二]，歲終當完備也。院旁有一陂，詰曲羣山間，長一里有餘。意欲買此陂，屬百姓見說數十千可得[三]。稍加葺築，作一放生池。囊中已竭，輒欲緣化。老兄及子由齊出十五千足[四]，某亦竭力共成此事。所活鱗介，歲有數萬矣。老大没用處[五]，猶欲作少有爲功德，不知兄意如何？如可，便乞附至，不罪！不罪！

[一]《七集·續集》卷七、《外集》七十六「十」作「千」。

[二]「令」原作「今」，今從《七集·續集》、《外集》。

[三]「屬百姓見說數十千可得」十字，《外集》爲正文。「說」原作「欲」，今從《七集·續集》。

[四]《七集·續集》、《外集》「齊」作「各」。

[五]「大」原作「人」，今從《七集·續集》、《外集》。

二十四

此中湖魚之利，下塘常爲啓閉之所，歲終竭澤而取，略無脱者。今若作放生池，但牢築下塘，永不開口[一]，水漲溢，即聽其自在出入，則所活不貲矣。

[一]《七集·續集》卷七「口」作「江」。

二十五

某啓。往還接奉，其樂無量。既別，甚悽斷，亦不可言也。旦夕到廣，想不留兩日。尊候必佳健。

十郎侍行不易，六郎甚渴一見也。某到家無恙。乞不賜念，惟萬萬爲時自重。不宜。

二十六

某别時飲，過數月，病酒昏昏，如夢中也。且速發此書，不周謹，恕恕。家釀，嘗之微酸，不敢寄去。二詩，以發一笑。幸讀訖，便毁之也。

二十七

某啓。老兄留意浮橋事，公私蒙利，未易遽數。本州申漕司，乞支阜民監買糞土錢，若蒙支與，則鄧道士者可以力募緣成之矣。告與一言，某不當僭管。但目見冬有覆溺之憂，太守見禱，故不忍默也。但鄧君肯管，其工必堅久也。不罪！不罪！仍乞密之，勿云出於老弟也。

二十八

某前日留博羅一日，再見鄧道士，所聞别無異者，方欲邀來郡中欵問也。續寄丹砂已領，感愧之極。某於大丹未明了，直欲以此砂試煑煉，萬一伏火，亦恐成藥爾。成否當續布聞。頃得七哥書〔一〕，遞中已附謝也。六郎、十郎各計安，未及别書。所要書字墨竹，固不惜，徐寄去也。外曾祖遺事録呈。不一一。

〔一〕「頃」原作「領」，今從《外集》卷七十六。《七集·續集》卷七「頃」作「比日」。

二十九

某近因宜興同人卓契順者奉狀，想達視覽。即日起居佳勝，老嫂諸姪各計康靖。某與幼子亦如昨。遷居已八日，坐享安便，知愧！知愧！非兄巨庇，何以得此。未由面謝，臨紙悵仰。乍暄，萬萬爲國自重。不宜。

三十

某啓。本州近申乞支阜民監糞土錢用修橋，未蒙指揮。告與漕使一言，此橋不成，公私皆病，敢望留意。近又體問得一事，本州諸軍，多闕營房，多二人共一間，極不聊生。其餘即散居市井間，賃屋而已。不惟費耗，軍人因此窘急作過。又本都無緣部轄，靡所不爲，公私之害，可勝言哉。某得罪居此，豈敢僭管官事，但此事俗吏所忽，莫教生出一事，即悔無及也。兄弟之情不可隱，故具別紙冒聞，千萬亮其本心恕罪，幸甚。此數十年積弊，難以責俗吏，非老兄才氣，常欲追配古人，即劣弟亦不輕發也。然千萬密之。若少漏泄，即劣弟居此不安矣。告老兄作一手書，説與二漕，但只云指使藍生經過廉得，或更以一書與詹守，稍假借之，令盡力爲妙。自兄過此，詹亦知懼厲精也。

本州管六頭項兵，却一半無營房。其間有營房者，皆兩人住一間，頗不聊生。其餘只在民間賃屋散住，每月出賃房錢百五十至三百。其間賃官屋者，即於月糧錢內刻。非官中指揮，蓋掠房錢者，自擅如此。不惟軍人緣此貧乏，又都將上下，無繇部轄，飲博踰違，急即逃走作賊，民不安居。又軍妻緣此犯姦者衆，遠方吏不得人，從來如此，非今官吏之過也。問得，數十年來如此矣。約度大略，少三百來間好屋。若與擘劃磚瓦，官自燒，林木亦可下縣採斫。只恐難爲足用。又阜民廢監，亦有木植，此外官買足之。度三百間瓦屋，每間可用三貫省錢，不過千緡，此事可了。顧兄與漕司商量，先行文字下本州作訪。聞惠州自來軍人闕少營房，多在民間賃居。又廣州、泉州、信州三處，差來客軍，各無營房。本州清化一指揮，雖有營房一二十間，又每年遭水，軍人家累，難爲存活，深爲不便。令本州知州職官都監子細勘會，逐一指揮去處及少營房數目，子細畫一開具。若干指揮全無營房，見今若干兵士賃屋，各具見今賃屋人數供申及相度。未有營房指揮，合於何處起造營房。及清化指揮，年年遭水，合與不合遷移，如合遷移，即今來已廢阜民監地位可與不可遷就。仍約度合用磚瓦材料人工錢數，先將本州見有磚瓦材料豁除外，仍更具管下縣分，有無可以採斫材木去處，兼見差是何人，如何採斫，及相度添置瓦窰，差兵匠燒變。本州皆荒茅地，雖有主，百姓自來不採茅，官若日差兵士數十人，專留充燒瓦之用，於公私並無妨害。此外只具合支官中見錢的確數目供申，仍於本州應係諸般錢物內剗支撥，係提轉提舉司錢物具若干數目供申。若似此行遣，料得不過支轉運司錢四五百貫，思量此事，若不稍處置，致稍有意外之患，則於監司諸公，豈得爲穩便。然此事積弊久矣，非今官吏之過。切告吾兄，勿怪責此中官吏，萬告！萬告！如以卑言爲然，及漕司商量得行，即須專差一精幹官吏來此，與權都監王約者此子甚勤幹。同幹之。今且體問得逐營事件如後。

一、本州管澄海兩指揮，禁軍皆有營房，不外住。然皆是廢茅屋，常憂火燭，亦當爲瓦屋。又本營逐年多有水患，亦當相度，合如何疏理溝瀆或築防，令軍人安居。

一、清化指揮見管二百三十人，只有官屋二十間。見有五十五人兵級，在外賃屋住。及年年遭水，及地僻遠，並無籬牆，不可不遷，若遷於廢阜監，極爲穩便。

一、牢城指揮見管二百六十人，只有官屋四十間，二人共一間。外有三十六人兵級，見賃屋住。

一、泉州客軍一百五人，並無營房，只有官屋三間，餘並賃屋住。

一、信州客軍九十六人，見管營房七間。

一、廣州客軍九十人，元因岑探反後添差，不曾與置營房。此等客軍，多在知州都監及場務地分窠坐，故只於窠坐處宿食，以此不肯賃屋居住。然體訪得客軍既無營房，纔有病患，易得失所，是致死損人衆，不可不爲動心。

江海之間，寇攘淵藪。近日鹽賊，幸而皆已獲，不爾豈細故哉。謫居之人，只願安帖。如惠州兵衛單寡，了無城郭，姦盜所窺，又若營房不立，軍政墮壞，安知無大姦生心乎？此孤旅之人，所以輒貢縷言也。與指使藍生語，覺似了了，可令來此與王約者同幹否？不揆僭言，非兄莫能容之。然此本乞一詳覽，便付火，雖二外甥，亦勿令見。若人知其自劣弟出，大不可不可。

三十一〔一〕

某啓。近指使還左右，奉書必已聞達。比日履兹炎燠，尊體佳勝。某蒙庇如昨。筠州時得信，甚安。暑雨不常，蒸燒可厭，曲江想少清爽否？何時會合，少解馳結，尚冀保練，姑慰願言。因何推官行，奉啓上問。不宣。

再啓。橋錢必不足用，學錢且告老兄留取。切告！切告〔二〕！前所問者，已得實狀，本州必已申去，蓋亦只止是矣。

〔一〕「再啓橋錢必不足用」云云四十二字，《七集·續集》卷七接「和示《香積》詩」（本卷《與程正輔》第十一首尺牘）後爲一文。

〔二〕「切告切告」四字原缺，據《七集·續集》補。

三十二

某啓。近苦痔疾逾旬，牢落可知，今漸安矣，不煩深念。荔枝正熟，就林恣食，亦一快也，恨不同嘗。六郎、十郎昆仲各安。知六郎已拜恩命，深增慶忭。病倦，未及別啟。兼十郎要字，尚未暇寫，不訝！不訝！岐下、湖北，想頻得信。

三十三

某啓。柯推良吏，冠一郡也。兄許一紙乞濟其垂成，他雖細滿內太守一削，恐以他年及不使，若非兄特達，誰復成之。某不合僭言，實見其有風力廉幹，可惜其去，故爲一言也。切望！切望！若非公論以柯爲可舉，某亦不敢頻煩，乞恕察。

三十四

近釀酒，甚釅白而醇美。或教入大麥蘖，而此中絶無大麥。如韶州有此物，因便人爲置數㪷。不罪！不罪！

三十五

某啓。違别忽復數月，思仰日積。遞中辱書，伏審尊體佳勝，甚慰馳想。示諭《碧落洞》詩，却未寄既，必封書時忘之也。竊望寄示。老弟却曾有一詩，今録呈，乞勿示人也。惠既新茶，極爲佳品，感佩之至。未由會見，萬萬爲國自重。

三十六

某啓。近因柯推行，奉狀必達。示諭修橋事，問得才元，行牒已到本州，差官估所費，蓋八九百千。除有不係省諸般錢外，猶少四五百千。除有不係省諸般外，於法當提、轉分認。見説估得却是的確合用之數，若減省，即做不成，縱成，不堅久矣，體問是實。然老弟以卑見度之，恐不能成。何者？吏暗而孱，胥狡而横，若上司應副，破許多錢，必四六分入公私下頭，做成一坐河樓橋也，必矣！必矣！才元必欲成之，選一健幹吏令來權簽判，專了此事。不宜，且勿應副此錢，但令只嚴切指揮，且令牢繫添修竹浮橋也。竹賤易成，創新〔一〕，不過二十千，一兩月修一次，每次不過費三千，惟頻修爲要。前日指揮使去時，曾拜聞營房事，後來思之，亦與此同，度官吏必了不得也。深不欲言，恐誤老兄事。故冒言，千萬密之。與才元言，但只作兄意也。至懇！至懇！

〔一〕「新」原作「薪」，據《二妙集》改。

三十七

某啓。伏暑，切惟起居清勝。某凡百如昨，近指使柯推及郡中買藥兵士三次奉狀，一一達否？十郎遞中書未到。新什此篇尤有功，咄咄逼鮑、謝矣。不覺起予，故和一詩，以致欽歎之意，幸勿廣示人也。未由瞻奉，萬萬以時保練，麾汗不謹。

三十八

德孺、懿叔近得耗否？子由頻得安問，云亦有書至兄處，達否？鄧道士州中住兩月，已歸山。究其所得，亦無他奇，但歸根寧極，造次顛倒，心未嘗離爾。此士信能力行，又篤信不欺，常欲損己濟物，發於至誠也。知之！知之！

三十九

某啓。專人辱書，感慰無量。比日履兹新涼，尊體何如？某一向苦痔疾，發歇未定，殊無聊也。所論退閑之樂，固終身無厭，但道氣未勝，宿疾尚纏，想亦灾數。或言冬深當出厄，儻爾時勿藥乎？何時一迓來旆，少解羈困。萬萬以時自重。不宜。

四十

某啓。近因蜀使奉狀，必達。惠新茶絶品，石耳異味，感荷之極也。扇二十柄，書畫殆遍，然終不佳，病倦少思也。《遺事》更少涼寫納。懿叔近得書，甚安。德孺久不聞耗也，令子各計安，未及別書。小兒荷問及，宜與兩兒服闋後欲南來。又赦後癡望量移稍北，不知可望否？兄聞衆議如何，有所聞批示也？報言者論壽州配買茶一事，已施行仁聖之意，亦可仰測萬一也。

四十一

廣倅書報，近日颶風異常，公私屋倒二千餘間，大木盡拔。乾明訶子樹已倒，此四百年物也。父老云：「生平未見此異。」老兄莫緣此一到南海，拊視爲佳，惠人亦望使車一到。若早來，民受賜多矣。必察此意。獄事辱老兄按正，遠近心服，闇繆之人，亦緣兄免此寃債，當没齒荷戴，乃更恨耶？好笑！好笑！

四十二

某啓。昨日附來使，上狀，必達。稍涼，起居佳勝。見嚴推言，邑君嘗服藥，尋已平愈，今想益康健。秋色漸佳，惟冀倍加寢膳。不宜。

四十三

某啓。嚴令清約，卹民之心，必蒙顧慮也。有兩事託面聞，幸恕草次。

四十四[一]

某啓。近奉慰必已達。比日悼念之餘，起居如宜。吾兄學道久矣，必不使無益之悲，久留懷抱。但劣弟未克面論，不免懸情，惟深察此理。寬中强飯，不勝區區。再奉手啓布聞。不宜。

〔一〕本首尺牘，原接上首尺牘之後，與上首爲一篇。今從《二妙集》，獨立成篇，加「四十四」三字爲分題。原「四十四」至「七十」各首，順次加一，爲「四十五」、「四十六」等。

四十五

某啓。知已登舟歲巡連州，切望不惜數日之勞，一游羅浮。家居悒悒，觸物增懷，不如且徜徉山水間散此伊鬱也。仍望先令人來約，徑去山下伺候也。少事干告，此中太守已借數人白直，僅足使令，欲更告兄，輒借兩人，如許，卽乞彼中先減兩白直，却牒州差兩廂軍借使也。不罪！不罪！

四十六

某啓。近兩奉狀，必相繼塵聞。比來切惟尊候康安。閨門之戚，想已平遣。前云過重九啓行，計已在塗，羅浮之遊，果如約否？不勝顒望。餘暑跋涉，惟冀若時自重。不宜。

四十七

某目見之事，恐可以助仁政之萬一，故敢僭言。不罪！不罪！今來秋大熟，米賤已傷農矣。所納秋米六萬三千餘石，而漕府乃令五萬以上折納見錢，餘納正色，雖許下户取便納錢，然納米不得過五千碩元科之數，則取便之説，乃空言爾。嶺南錢荒久矣，今年又起納役錢，見今質庫皆閉，連車整船，載米入城，掉臂不顧，不知如何了得賦税役錢去。朝廷新行役法，監司宜共將傍人户令易爲徵催，準條支移折變，委轉運司相視收成豐歉，務從民便。據此敕意，卽是豐則約米，歉則約錢。今乃反之，豈爲穩便。聞范君指揮，非傅同年意也。本州倉守，極有卹民之意，聞説申乞第二等以下人户納錢與米，並從其便，不知元科米數。此實一州人户衆願，非倉守私意，及非專㪷要計會多納米也。望兄力賜一言，特從其請及乞提、轉共行一條，戒約州縣大估米價，以致百姓重困，須得依在市見賣實直。如牒到日，已估價太高者，許依實改正，庶幾疲民盡沾實惠。切望兄留意，仍密之，勿令人知自弟出也，千萬！千萬！問得本州支米，每年不過九千，若五萬全納正色，則有積弊之憂，若以積滯之故，年年多納錢，少納米，則農民益困，嶺南之大患也。見説廣東諸郡，皆患米多支少。請兄與諸公商量，具此利害，共入一奏，乞今後應役人、公人庸錢及重法錢並一半折米，却以見錢還運司，則公税皆便，免得税米積滯，年年抑勒，人户多納見錢，此大利也。但當立條，常令提舉、提刑司常切覺察轉運司及州縣大估米價及支惡弱米，免虧損役人、公人，則盡善矣。

本州申乞樁定第一等丁米，二萬九千餘碩，並須得納見錢。其餘第一等稅米，及第二等以下丁稅米，共約計三萬四千餘碩，任從民便，納錢納米。近下零碎者，多願納錢，且以少計之，三萬四千碩中，必有一萬以上碩納見錢矣，與漕司元科數目不大相懸，而第二等以下户，皆得任便，不拘元科數目，人情必大悦。柰何！一年役錢及重法等錢，共計支一萬三千四百餘貫，若一半折支米，即是每年有六千七百貫錢折米，米每㪷極貴時，不過折五十，約計折支，得一萬三千餘碩也。

大郎兄弟有來耗未？六郎、十郎侍下孝履如何？不及作書，且乞寬節哀思，强食自愛。宜與一書，煩爲入一皮角遞。兒子輩開歲前皆入京授差遣，此書告爲便發，庶速得達也。不罪！不罪！

四十八

某啓。自聞尊嫂傾背，三發慰書矣。比日起居何如，懷抱漸開否？傾仰之至。輒有少意，不勝私憂過計之心，故復發此書，必加恕亮，餘無異前懇也。不宣。

四十九

某今日伏讀赦書，有責降官量移指揮，自惟無狀，恐可該此恩命，庶幾復得生見嶺北江山矣。幸甚。

又見赦文云：「訪聞諸路轉運司，有折科二稅過重，致民間輸納倍費涉於掊剋者，令提舉司舉察闕提、轉先次改正，依條折科訖奏。」此一節非常赦語，必是聖主新意。主上自躬聽斷以來，事從仁恕。如孫載不奏災傷衝替，盧、壽等州罷配買茶之類，皆非有司所及。乃天衷英發，卹民之深意，恨遠不盡聞。然亦得北方故人書，皆云仁聖日躋，兼有昭、裕二陵德美。某雖廢棄，曾忝侍從，大恩未報，死不敢忘，聞此美政，不勝踴躍。正輔忠愛之深，想同此意。

然惠州近日科折秫米一事，正違着此赦文，甚可懼也。赦文云：「訪聞折科二稅過重，致民間倍費，涉於掊尅者，令覺察改正。」今惠州秋田大熟，米賤傷農，而秋米六萬餘碩，九分二釐以下納人户賣米，衆人皆云今年米實無價，若官中價錢緊急，人户更不敢惜米，得錢便賣，下稍不過三十文足。二㪷已上，方納得一㪷。豈非赦文所謂折科過重，使民倍費者乎？謂之掊尅，顯見聖意疾之甚矣。赦文牓在衢路，讀者已有此謗，可不懼乎？

謹按《編勑》，支移折變，令轉運司相視豐歉，務從民便。詳此勑意，專務便民，豐則納米，歉則納錢。今乃返之，違條甚矣。某切謂提刑、提舉司當依赦文檢坐此條，改正施行。

昨日惠守詹君，申轉運司乞指定第一等丁米二萬九千餘碩納錢，其餘第一等以下稅米及第二等以下米三萬餘碩，並從民便，任納米錢。詹欲某與兄一言，時已致書具論矣。此雖少蘇疲民，然亦未依得今來赦敕也。如赦敕意，第一等人户，豈可令倍費乎？某恃兄洞照，不避僭易，請兄與傅、蕭二公面議共行下一文字云：「所有今年折科秋米，並只依見在市賣實直估定。其第五等人户，並聽情愿，任納錢米，更不拘前來元科數目。」如此，方依得今來赦文外編敕指揮，而一路之民遂少紓也。

但聞得東路州郡，大率米多支少，故運司常有積滯腐敗之憂，不可不爲之深慮。若能權利害之輕重，取舍從宜，則拘多補少，固自有術，何至作此違條害民之事乎？昨日書中所陳役人見錢，奏乞一半折米，此公私兩利之策也。大凡人户，去州縣遠者，及下户税米零碎者，皆願納錢。只爲州郡估得價高，大抵官吏皆畏懼上司，但加三以上估價。滑胥俗吏，結爲一片，靡不如此。須是上司痛加約束，則此風庶幾或可革也。致人户只願納米。今運司既患米多支少，歸於腐敗，所損不小，卽須權此利害。不知估價稍低，而常得見錢，以救運司闕乏，與空估高價，而令人户只願納米，積滯腐敗，終爲糞土者，得失孰多？若能痛加打罵郡中俗吏，令中平估價，則人户必有大半願納錢者。豈非運司大利乎？今惠州每年支米，不過九千，九千之外，累百鉅萬，雖未腐敗，而無可支遣，與糞土何異。若上等人户，必欲納又不失高價，則須是州縣盲枷瞎棒，以膏血償填，縱忍爲之，柰赦文何。

某不避僭易，欲兄專爲此，一到廣州，與傅、蕭面議，反覆究竟，權利害。二公皆仁人君子也，必商量得成。卽願三司連銜入一文字，專牒逐州知通，大略云：今年秋熟，恐米賤傷農，所以聽從民便，任納錢米。又緣逐州米多支少，恐有腐敗積滯之憂，深慮倉專㪷級等，意欲多納正色，用倖計會司屬及行人等高估估米價〔一〕，令人户納錢倍費，只願納米，致將來納多支少，積滯腐敗，不委逐官專切覺察須管。一依見在市賣中價，不得輒有絲毫加擡，仍具結罪保明申上。如牒來到日，已曾高估者，許改正裁減，務令便民訖，申其高估干繫人，並與免罪。如經逐官保明後，却察探得知依舊高擡大估，比見賣直價有加分文，致人户不願納錢，將來積滯官米，卽官吏並須劾奏，乞行朝典。若蒙採用芻蕘，一路生靈受賜也。

恃眷知，如此率易，死罪！死罪！此事切勿令人知出不肖之言也。切告！切告！

〔一〕「米」上原脱一「估」字，據《二妙集》補。

五十

某啓。近四奉狀，必一一達。比日起居何似？聞東行已決，但未聞離五羊的日，故未敢往迎。且夕聞的耗，即輕舟徑前也。區區，併俟面道。不宣。

五十一

某啓。羅浮之遊，不知先往而後入州耶？抑俟回日也？弟惟兄馬首之視，無不可者。旦日乘舫，徑至泊頭以來也。忽忽，未能盡意。

五十二

某啓。多日不上問，但積馳仰。不審比來尊候何似，眷聚各佳否？德孺、懿叔想時有安問。某蒙庇粗遣，子由亦安，秋涼使旆出按否？倘又一見，何幸如之。未問，萬冀自重。不宣。

五十三

軾舊苦痔疾〔一〕，蓋二十一年矣。近日忽大作〔二〕，百藥不効，雖知不能爲甚害〔三〕，然痛楚無聊兩月餘，頗亦難當。出於無計，遂欲休糧以清淨勝之，則又未能遽爾〔四〕。但擇其近似者，斷酒斷肉〔五〕，斷鹽酢醬菜〔六〕，凡有味物，皆斷，又斷粳米飯，惟食淡麵一味。其間更食胡麻、伏苓麨少許取飽。胡麻，黑脂麻是也。去皮，九蒸曝白。伏苓去皮，擣羅入少白蜜〔七〕，爲麨，雜胡麻食之，甚美。如此服食已多日，氣力不衰，而痔漸退。久不退轉，輔以少氣術，其效殆未易量也〔八〕。此事極難忍，方勉力必行之〔九〕。惟患無好白伏苓〔一〇〕，不用赤者，告兄爲於韶、英、南雄尋買得十來斤，乃足用，不足且旋致之，亦可。已一面於廣州買去〔一一〕。此藥時有僞者。柳子云盡老芋是也〔一二〕。若有松根貫之〔一三〕，却是伏神，亦與伏苓同〔一四〕，可用，惟乞辨其僞者。頻有干煩，實爲老病切要用者，敢望留念〔一五〕。幸甚！幸甚！軾再拜〔一六〕。

蜜，此中無有，亦多僞。如有真者，更求少許。既絶肉五味，只啖此麨及淡麵，更不消別藥，百病自去。此長年之真訣，但易知而難行爾。弟發得志願甚堅，恐是因災致福也〔一七〕。

〔一〕「軾」原作「某」，據四樓帖改。
〔二〕「近日」原作「今」，據西樓帖改。
〔三〕「雖」原缺，據西樓帖補。
〔四〕「爾」後原有「則又不可」四字，據西樓帖刪。
〔五〕「斷肉」之「斷」原缺，據西樓帖補。
〔六〕「酢」原作「酪」，據西樓帖改。
〔七〕「擣羅」二字原缺，據西樓帖補。

〔八〕「易」原缺，據西樓帖補。
〔九〕「勉」原作「强」，「必」原作「行」，據西樓帖改。
〔一〇〕「好自」二字原缺，據西樓帖補。
〔一一〕「已」原作「以」，據西樓帖改。「州」原缺，據西樓帖補。
〔一二〕「子」後原有「厚」字，據西樓帖删。
〔一三〕「有」原缺，據西樓帖補。
〔一四〕「亦」後原有「有效」二字，據西樓帖删。
〔一五〕「念」原作「意」，據西樓帖改。
〔一六〕「軾再拜」三字原缺，據西樓帖補。
〔一七〕自「蜜此中雖有」至末，西樓帖低一行，乃此則尺牘之附語。

五十四

某再啓。承諭，感念至泣下，老弟亦免如此蘊結之懷，非一見，終不能解也。見勸作詩，本亦無固必，自懶作爾。如此候蟲時鳴，自鳴而已，何所損益，不必作，不必不作也。吾兄作一兩篇見寄，當次韻爾。兼寄佳釀川芎，大濟所用，物意兩重，增感激也。問所幹，亦別無事，恐三四月間，告求一兩般家人至筠及常州。至時，當拜書干扣也。

五十五

某近頗好丹藥，不惟有意於却老，亦欲玩物之變，以自娱也。聞曲江諸場，亦有老翁須生銀是也，甚貴，難得，兄試爲體問，如可求，買得五六兩，爲佳。若費力難求即已，非急用也。不罪！不罪！

五十六

某慰疏言。不意變故，表嫂壽安縣君遽捐館舍，聞訃悲怛，感涕並懷。切惟恩義深篤，追悼割裂，哀痛難堪，日月流速，奄畢七供，感動逾遠，柰何。某限以謫居，莫緣奔詣弔問，愧恨千萬。幸翼省節悲悼，强食自重，不勝區區。謹奉疏慰。不次，謹疏。

五十七

某啓。不謂尊嫂忽罹此禍。惟兄四十年恩好，所謂老身長子者，此情豈易割捨。然萬般追悼，於亡者了無絲毫之益，而於身有不貲之憂，不即拂除，譬之露電，殆非所望於明哲也。譴地不敢輒捨去，無緣面析此理，願兄深照痛遣，勿留絲毫胷中也。惟有速作佛事，升濟幽明，此不可不信也，惟速爲妙。老弟前年悼亡，亦只汲汲於此事，亦不必盡之。佛僧拯貧苦尤佳，但發爲亡者意，則俯仰之間，便貫幽顯也。忝至眷，必不訝。草次。

五十八

某輒附上綾刻絲各一疋，用與表嫂齋僧，表區區微意。不罪！不罪！淡麪經月，疾不減，却稍肉食，近却頗安。天涼災退，自然安適，茯苓亦不服食也。承寄遺并蜜已領，極佳。近嚴推官者，託口陳二事，曾道便人寄書畫扇子去，必達。八十哥化去，感念疇昔，爲之出涕。史嗣立宅表姊二十一縣君亦有事。羈寓嶺海，那堪時時聞此。知兄已出巡，千萬勿憚遠，一來遊羅浮。弟候聞來耗，便去山下奉候。表姪必未到，且請決意一來。恐明年兄必北歸，無由來也。

五十九

《遺事》已用澄心紙、廷珪墨寫成，納去。尉掾子孫一句，不須出，彼自不知也。必欲去者，摹刻時落之。并有《江月》五首，録呈爲一笑。吾儕老矣，不宜久鬱，時以詩酒自娱爲佳。亡者俯仰之間，知在何方世界，而吾方悲戀不已，豈非係風捕影之流哉！

六十

軾啓〔一〕。别後，因本州便人一次上狀，并《香積》詩，必已達尊覽。兩辱賜教，具審起居佳勝，甚慰馳仰。軾入冬，眠食甚佳〔二〕，几席之下，澄江碧色，鷗鷺翔集，魚蝦出没，有足樂者〔三〕。又時走湖上，觀作新橋〔四〕。掩骼之事，亦有條理〔五〕，皆粗慰人意。蓋優哉游哉，聊以卒歲，知之，免憂。藥錢亦已如請〔六〕。比來數事，皆蒙賜左右，此邦老穉，共荷戴也。乍寒，萬萬自重，不宜。軾再拜正輔提刑大夫兄閣下。十一月三日〔七〕。

〔一〕「軾」原作「某」，據西樓帖改。

〔二〕「軾入冬」之「軾」原亦作「某」，據西樓帖改。「甚」原作「尤」，今從西樓帖。
〔三〕「有」原作「又」，今從西樓帖。
〔四〕「覿」原作「親」，今從西樓帖。
〔五〕「有」原作「自」，今從西樓帖。
〔六〕此句原作「樂錢必已請」，據西樓帖改。
〔七〕自「不宣」以下十九字原缺，據西樓帖補。

六十一

軾啓〔一〕。長至俯邇，不獲稱觴，祝頌之懷，難以言諭。比日起居增勝。憲掾顧君至，辱手書，感慰倍常。顧君信佳士，伯樂之廐，固無凡足也。老弟凡百如昨，但痔疾不免時作。自至日便杜門不見客〔二〕，不看書，凡事皆廢。但曉夕默坐作少乘定，雖非至道，亦且休息。平生勞弊，且作少期百日〔三〕。兄憂愛之深，故白其詳，不須語人也。所謂以得爲失者，夢幻顛倒，類皆如此爾。未由瞻奉，萬萬若時自重。不宣。軾再拜正輔提刑大夫兄。十一月十日〔四〕。

〔一〕「軾」原作「某」，據西樓帖改。
〔二〕「日便」二字原缺，據西樓帖補。
〔三〕「作」原作「爾」，據西樓帖改。
〔四〕自「軾再拜」以下十五字原缺，據西樓帖補。

六十二

某啓〔一〕。蒙惠冠簪甚奇，即日服之，但衰朽不稱爾。全麵極佳，感怍之至。岑茶已領。杭人送到《表忠觀碑》，裝背作五大軸〔二〕，輒送上。老兄請掛之高堂素壁，時一睨之，如與老弟相見也。附顧君的信，封角草草。不訝！不訝！升卿之問，已答之矣。已白顧君其詳〔三〕。軾再拜〔四〕。

〔一〕西樓帖無此二字。疑此乃殘簡。

〔二〕「裝」原缺，據西樓帖補。

〔三〕「已」原作「并」，據西樓帖改。

〔四〕「軾再拜」三字原缺，據西樓帖補。

六十三

軾啓〔一〕。別來三得書教〔二〕，眷撫愈重，感慰深矣。想已達韶，起居佳勝。《桃花詩》，再蒙頒示〔三〕，誦詠不能釋手。「萓」字韻拙句〔四〕，特蒙垂和，句句奇警，謹用降服，幸甚！幸甚！《一字》雖戲劇，亦人所不逮也。軾凡百如昨〔五〕，十九日遷入行衙。再會未期，惟望順時爲國自重。因蘇州卓行者奉問。不宣。軾再拜正輔提刑大夫兄執事。三月十七日〔六〕。

〔一〕「軾」原作「某」，據西樓帖改。

〔二〕「得」原作「辱」，據西樓帖改。

〔三〕「花」後原有「源」字，據西樓帖删。

〔四〕「菅」原作「管」，據西樓帖改。

〔五〕「軾」原作「某」，據西樓帖改。

〔六〕自「軾再拜」以下十七字原缺，據西樓帖補。

六十四

三詩因感微物，以寄妙理，讀之脩然自失。以病未和得，愧怍。執政小簡，中近人之病，聽不聽在他，兄不可不言也。如聞前削監事，亦頗行，是否？寄惠大黄丸等、糟薑法、魚麥蘖，並已捧領，感荷！感荷！

六十五

近得柳仲遠書，報妹子小二娘四月十九日有事於定州，柳見作定簽也。遠地聞此，情懷割裂，閑報之爾。

六十六

某啓。聞歸艎到岸，喜不自勝。辱手教，承起居佳適。值夜乏人，未可前詣。新詩輒次韻，取笑！取笑！前本附納，忽忽。

六十七

某啓。漂泊海上，一笑之樂固不易得，況義兼親友如公之重者乎？但治具過厚，慙悚不已。經宿，尊體佳勝。承卽解舟，恨不克追餞。涉履慎重，早還爲望。不宣。

六十八

河源事，上下繆悠而已。有一信箋并書，欲附至子由處，輒以上干，然不須專差人，但與尋便附達，或轉託洪、吉間相識達之。其中乃是子由生日香合等〔一〕。他是二月二十日生，得前此到爲佳也。不罪！不罪！

〔一〕「是」原作「視」，今從《七集·續集》卷七、《外集》卷七十六。

六十九

河南兄弟已歸左右，想哀慕之極，切希爲親自寬也。近有慰疏，未暇別紙。

七十

蜜極佳，荔枝蒙頒賜，謹附謝悃。蘇州錢倅，差一般家人，又借惠力院一行者契順順來與宜興通問〔一〕，萬里勞人，甚愧其意。因令附此書，或略賜照管，幸甚。卒子與借請少許，甚幸！甚幸！

〔一〕「來」原缺，據《外集》卷七十六補。

七十一

廣州多松脂，閎甫嘗買，用桑皮灰煉得甚精，因話告求數斤。仍告正輔與買生者十斤，因便寄示。舶上硫黄如不難得，亦告爲買通明者數斤，欲以合藥散。鐵爐燉，可作時羅夾子者，亦告爲致一副中樣者。三物，皆此中無有也。不罪。

蘇軾文集卷五十五

尺牘

與程全父十二首以下俱惠州

某啓。去歲過治下，幸獲接奉，别後有闕上問，過沐存記。遠辱手教，且審起居佳安，感慰兼集。長牋見寵，禮意過當，非衰老者所宜承當。伏讀，愧汗而已。未由會見，萬萬以時自重。不宣。

二

某乏人寫公狀，幸恕簡略，示諭固合如命，但罪廢閑冷，衆所鄙遠，決無嚮應之理。近發書，多不答，未欲頻瀆也。幸矜察，愧愧。

三〔一〕

新詩過蒙寵示，格律深妙，非淺學所能彷彿，歎誦不已。老拙無以答厚意，但藏之〔二〕，永以爲好爾。忽忽，不謹。

〔一〕此首尺牘，《七集·續集》卷七、《外集》卷七十八爲《答程天侔》三首之第三首。

〔三〕「之」原作「去」，今從上二書與《歐蘇書簡》。

四

某啓。新詩幸得熟覽，至於欽誦。老病廢學，無以少答重意，愧怍而已。

五

別紙示喻，具曉所示〔一〕。田地問得，郡中猶取文字未了，切不可問也。感掛意，悚息！悚息！老拙慕道，空能誦《楞嚴》言語，而實無所得，見賢者得之，便能發明如此。頌語精妙，過辱開示，感怍不已〔二〕。

〔一〕「示」原作「是」，今從《歐蘇書簡》。

〔二〕自「老拙慕道」以下三十九字，《七集·續集》卷七在《與程天侔》七首之第六首中。

六

令子先輩辱訪及，客衆不及欵語。少事干煩，過河源日，告伸意仙尉差一人押木匠作頭王皐暫到郡外，令計料數間屋材，惟速爲妙。爲家私紛冗，不及寫書，千萬勿罪！勿罪〔一〕！蔣生所斫木〔二〕，亦告略督之。江君訪別，本欲作書，醉熟手軟，不能多書，獨遣此紙而已〔三〕。

〔一〕自「少事干煩」至「勿罪勿罪」五十五字，《七集·續集》卷七爲《與程天侔》七首之第五首全文。《歐蘇書簡》「作頭」作「甲頭」，「郡外」作「郡中」。

〔二〕「所」原缺，據《歐蘇書簡》補。

〔三〕自「江君訪別」至末二十二字，《七集·續集》爲《與程天侔》七首之第六首中語。

七

某啓。龍眼晚實愈佳。特蒙分惠，感怍不已。錢數封呈，煩聒，增悚！增悚〔一〕！白鶴峯新居成，當從天侔求數色果木，太大則難活。太小則老人不能待，當酌中者。又須土碪稍大不傷根者爲佳。不罪！不罪〔二〕！

柑 橘 柚 荔枝 楊梅 枇杷 松 栢 含笑 梔子

謾寫此數品，不必皆有，仍告書記其東西。十二月七日。

〔一〕自「龍眼晚實愈佳」至「增悚增悚」二十四字，《七集·續集》在《與程天侔》七首之第六首中。「特蒙」之「特」原作「時」，今從《七集·續集》。《七集·續集》「增悚」止一見。

〔二〕自「白鶴峯新居成」至「不罪不罪」四十八字，《七集·續集》爲《與程天侔》七首之第七首全文。「當從」之「當」、「太小」之「太」、「爲佳不罪不罪」等字原缺，據《七集·續集》補。

八

令子先輩辱書及新詩，感慰彌甚，筆力益進，家有哲匠矣，何復下問乎？老病百事皆廢，尤倦寫書，故止附此紙爾，不別緘也。不罪！不罪！

九以下俱儋耳

某啓。别遽逾年，海外窮獨，人事斷絶，莫由通問。舶到〔一〕，忽枉教音，喜慰不可言。仍審起居清安，眷愛各佳。某與兒子粗無病，但黎、蜒雜居，無復人理，資養所給，求輙無有。初至，僦官屋數椽，近復遭迫逐，不免買地結茅，僅免露處，而囊爲一空。困厄之中，何所不有〔二〕，置之不足道也，聊爲一笑而已。平生交舊，豈復夢見，懷想清游，時誦佳句，以解牢落。此外，萬萬以時自重。舶回，忽忽布謝。

〔一〕「到」原作「信」，今從《七集·續集》卷七、《外集》卷七十八。案：本首尺牘之末有「舶回」字。

〔二〕「何」前原有「亦」字，據《七集·續集》、《外集》删。

十

某再啓。閤下才氣秀發，當爲時用久矣。遐荒安可淹駐，想益輔以學以昌其詩乎？僕焚筆硯已五年，尚寄味此學。隨行有《陶淵明集》。陶寫伊鬱，正賴此爾。有新作，遞中示數首，乃珍惠也。山川風氣能清佳否，孰與惠州比？此間海氣鬱蒸，不可言，引領素秋，以日爲歲也。寄貺佳酒，豈惟海南所無，殆二廣未嘗見也。副以糖冰精麪等物，一一銘佩，非眷存至厚，何以得此，悚怍之至。此間紙不堪覆瓿，攜來者已竭。有便，可寄百十枚否〔一〕？不必甚佳者。不罪！不罪！

〔一〕「百十」原作「伯」，今從《七集·續集》卷七、《外集》卷七十八。

十一

某啓。便舟來，辱書問訊既厚矣，又惠近詩一軸，爲賜尤重。流轉海外，如逃空谷，既無與晤語者，又書籍舉無有，惟陶淵明一集，柳子厚詩文數策，常置左右，目爲二友。今又辱來貺，清深温麗，與陶、柳真爲三友矣〔一〕。此道，比來幾熄，海北亦豈有語此者耶〔二〕？新春，伏想起居佳勝。某與小兒亦粗遣，困窮日甚，親友皆疎絶矣。公獨收卹加舊〔三〕，此古人所難也。感怍不可言，惟萬萬以時自愛爲祝。舶回奉啓，布謝萬一。不宣。

〔一〕「友」原缺，據《外集》卷七十八補。

〔二〕「海北」二字原缺，據《七集·續集》卷七、《外集》補。

〔三〕「加」原作「如」，今從《七集·續集》、《外集》。

十二

某啓。久不得毗陵信，如聞浙中去歲不甚熟，曾得家信否？彼土出藥否？有易致者，不拘名物，爲寄少許。此間舉無有，得者即爲希奇也。間或有麄藥，以授病者，入口如神，蓋未嘗識爾。

與程秀才三首〔一〕以下俱儋耳

某啓。去歲僧舍屢會，當時不知爲樂，今者海外豈復夢見。聚散憂樂，如反覆手，幸而此身尚健。

得來訊，喜侍下清安，知有愛子之戚。襁褓泡幻〔二〕，不須深留戀也〔三〕。僕離惠州後，大兒房下亦失一男孫，亦悲愴久之，今則已矣。此間食無肉，病無藥，居無室，出無友，冬無炭，夏無寒泉，然亦未易悉數，大率皆無耳。惟有一幸，無甚瘴也。近與小兒子結茅數椽居之，僅庇風雨，然勞費已不貲矣〔四〕。賴十數學生助工作，躬泥水之役，愧之不可言也。尚有此身，付與造物，聽其運轉〔五〕，流行坎止，無不可者。故人知之，免憂。乍熱，萬萬自愛。不宣。

〔一〕此首尺牘，爲《七集·續集》卷七《答程天侔三首》之第一首。
〔二〕「幻」原作「患」，據《七集·續集》改。
〔三〕「深」原缺，據《七集·續集》補。
〔四〕「已」原作「亦」，據《七集·續集》改。
〔五〕「運」原作「流」，今從《七集·續集》。

二〔一〕

近得吴子野書，甚安。陸道士竟以疾不起，葬於河源矣。前會豈非夢耶？僕既病倦不出，出亦無與往還者〔二〕，闔門面壁而已。新居在軍城南，極湫隘，粗有竹樹，烟雨濛晦，真蜒塢獠洞也。惠酒佳絶。舊在惠州，以梅醖爲冠，此又遠過之。牢落中得一醉之適，非小補也。

〔一〕此則尺牘，《七集·續集》卷七爲《答程天侔三首》之第二首。
〔二〕「與」原缺，據《七集·續集》、《外集》卷七十八補。

三〔一〕

兒子到此，抄得《唐書》一部，又借得《前漢》欲抄。若了此二書，便是窮兒暴富也。呵呵。老拙亦欲爲此，而目昏心疲，不能自苦，故樂以此告壯者爾。紙、茗佳惠，感怍！感怍！丈丈惠藥、米、醬、薑、糖等皆已拜賜矣〔二〕。江君先辱書〔三〕，深欲裁謝，連寫數書，倦甚，且爲多謝不敏也。

〔一〕此首尺牘，《七集·續集》卷七爲《答程全父推官》六首中之第五首。

〔二〕「等」原缺，據《七集·續集》補。

〔三〕《七集·續集》、《外集》卷七十八「先」後有「輩」字。

與林天和二十四首〔一〕以下俱惠州

某啓。近辱手書，冗中，不果即答，悚息。春寒，想體中佳勝。火後，凡百勞神，勤民之意，計不倦也。未由披奉，萬萬自重。不宜。

〔一〕《七集·續集》卷四「和」字後有「長官」二字。《外集》卷七十七「與林天和」作「與增城令林天和」。以底本爲準，《七集·續集》此二十四則之排列次第爲一、二、十、十一、五、四、六、十八、十六、十七、七、三、十四、十五、十九、八、二十、二十一、二十二、二十三、十二、十三（《七集·續集》十二、十三合爲一首）、九、二十四。文中「不果」之「果」原缺，據《大典》、《七集·續集》、《外集》補。

二

某啓。專人辱書，具審起居佳勝，爲慰。春物益妍，時復尋賞否？想亦以少雨軫懷也。未由往見，萬萬若時愛攝。不宜。

三〔一〕

某啓。多日不奉書，思仰之至。伏暑，尊候何如？惠貺荔子極佳，郡中極少得，與數客同食，幸甚！幸甚！未由會合，萬萬以時自重。

〔一〕文中「幸甚幸甚」原作「甚幸幸」，據《大典》、《七集·續集》卷四、《外集》卷七十七改。

四

某啓。近數奉書，想皆達。雨後晴和，起居佳勝。花木悉佳品，又根撥不傷，遂成幽居之趣。荷雅意無窮，未卽面謝爲愧。人還，忽忽。不宜。

五

花木栽，感留意惠貺。鹿肉尤增慚荷。某又上。

六

某啓。昨日辱訪别，尤荷厚眷。老病龍鍾，不果詣送，愧負多矣。經夕起居何如，果成行未？忘己爲民，誰如君者。願益進此道，譬如農夫不以水旱而廢穮蓘也。此外，萬萬自重。

七

某啓。辱教，承微恙已平，起居輕安，甚慰馳仰。暑雨不常，官事疲勩，攝衛爲艱。惟加意節調，以時休息爲佳也。忽忽。不宣。

八

某啓。近辱過訪，病中恨不欵奉。人來，枉手教，具審起居佳勝，至慰！至慰！旦夕中秋，想復佳風月，莫由陪接，但增悵仰也。乍涼，千萬自重。

九〔一〕

某啓。從者往還見過，皆不欵奉，愧仰可勝。辱書，承起居佳勝。聞還邑以來，老稚鼓舞，數日調治，想復清暇矣。歲暮，萬萬自重。

〔一〕本則尺牘及本卷《與林天和》第十二則尺牘，與卷末《蘇軾佚文彙編》之《與廣西憲曹司勳二首》有相似處，可參。

十

小兒往循已數月矣〔一〕，賤累閏月初可到此〔二〕。新居旦夕畢工，承問及，感感。領書，及惠筍蕨，益用愧感。聞相度移邑，果否？

〔一〕《大典》、《七集·續集》卷四、《外集》卷七十七「數月」作「數日」。

〔二〕「初」原缺，據以上三書補。

十一〔一〕

某啓。辱手教，伏承起居佳勝，甚慰馳仰。承問賤累，正月末已到贛上矣，閏月上旬必到此也。考室勞費，乃老業也，旦夕遷入。未由會面，萬萬以時自重。

〔一〕文中「正月末已到贛上矣」原作「正月才到瀨上」，今從《大典》、《七集·續集》卷四、《外集》卷七十七。

十二

某啓。辱書，承起居佳勝。示諭幼累已到，誠流寓中一喜事〔一〕。然老稚紛紛，口衆食貧，向之孤寂，未必不佳也。可以一笑。蒸鬱未解，萬萬自重。

〔一〕「誠」原作「城」，今從《大典》、《七集·續集》卷四。

十三

骨肉遠至，重爲左右費，羊麵、鱸魚，已拜賜矣，感怍之至。

十四

某啓。辱手教，承起居佳勝。久以冗率，有闕馳問，愧念深矣。承惠龍眼、牙蕉，皆郡中所乏，感怍之至。未由瞻奉，萬萬自重。

十五

高君一卧遂不救，深可傷念，其家不失所否？瘴疫横流，僵仆者不可勝計，柰何！柰何！某亦旬浹之間，喪兩女使，況味牢落，又有此狼狽，想聞之亦爲憮然也。

十六

某啓。人來，辱書，具審比日尊候佳勝〔一〕，甚慰所望。加減秧馬〔二〕，曲盡其用，非撫字究心，何以得此，已具白太守矣。乍熱，萬以時加嗇。不宣。

〔一〕「具」原作「且」，今從《大典》、《七集·續集》卷四、《外集》卷七十七。

〔二〕《大典》、《七集·續集》「加」前有「出意」二字。

十七

某啓。人來，辱手教，具審起居佳勝〔一〕。吏民畏愛，謡頌布聞，甚慰所望。秧馬聊助美政萬一爾，何足云乎？承示喻，愧悚之至。僧磨已成〔二〕，秋涼當往觀也。毒熱，萬萬爲民自愛。不宜。

〔一〕「具」原作「且」，今從《大典》、《七集·續集》卷四、《外集》卷七十七。

〔二〕《大典》「僧」作「增」。

十八

某啓。比日蒸熱，體中佳否？承惠楊梅，感佩之至。聞山薑花欲出，録夢得詩去〔一〕，庶致此餽也。呵呵。豐樂橋數木匠請假暫歸〔二〕，多日不至，敢煩指揮勾押送來爲幸。

〔一〕「詩」原作「書」，今從《大典》、《七集·續集》卷四、《外集》卷七十七。

〔二〕「橋」原缺，據《大典》、《七集·續集》、《外集》補。

十九〔一〕

某啓。近日辱書，伏承别後起居佳勝，甚慰馳仰。數夕月色清絶，恨不對酌，想亦顧影獨飲而已。未即披奉，萬萬自重。不宜。

〔一〕文中「近日」二字原缺，據《大典》、《七集·續集》、《歐蘇書簡》補。

二十

某啓。人還，奉書必達。即候漸涼〔一〕，起居佳否？叠煩頤旨，感怍交深，未緣面謝，惟祝若時自重。不宜。

〔一〕《大典》「即候」作「節後」。

二十一

某啓。秋高氣爽，伏計尊候清勝。公宇已就，想日有佳思。未緣披奉，萬萬以時珍嗇。不宣。

二十二

某啓。前日人回，裁謝必達。比日履茲薄冷，起居佳否？未緣展奉，但有翹想。尚冀保衛。區區之至，不宣。

二十三

某啓。近奉狀，知入山未還。即日想已還治，起居佳否？往來衝冒，然勝遊計不爲勞也。未瞻奉問，更乞若時自重。不宣。

二十四

某啓。昨日江干邂逅，未盡所懷。來日欲奉屈早膳，庶少欵曲。闕人，不獲躬詣。不罪。

與馮祖仁十一首以下俱北歸

某慰疏言。承艱疚，退居久矣，日月逾邁，哀痛理極，未嘗獲陳區區，少解思慕萬一，實以漂寓窮荒，人事斷絶，非敢慢也。比辱手疏，且審孝履支持，廓然逾遠，追慟何及。伏冀俯順變禮，寛中强食。謹奉啓疏上慰，不次。

二

某啓。蒙示長牋，粲然累幅，光彩下燭，衰朽增華。但以未拜告命，不敢具啓答謝，感怍不可云喻。老瘁不復疇昔，但偶未死耳。水道間關寸進，更二十日，方至曲江，首當詣宇下。區區不究〔一〕，乏人寫大狀，不罪。手拙簡略。不次。

〔一〕《大典》、《七集·續集》卷四、《外集》卷八十一「不究」作「非面不既」。

三

某啓。昨日辱遠迓，喜慰難名。客散，已夜，不能造門。早來又聞已走松楸，未敢上謁。領手教，愧悚無地。至節，想惟孝思難堪，柰何！柰何！來晚當往慰。不宣。

四〔一〕

節辰蒙惠羊邊、酒壺，仁者之餽，謹以薦先，感佩不可言也。

〔一〕此首全文，《大典》、《七集·續集》卷四附上首之後，與上首爲一首。

五

某啓。辱手教，承晚來起居佳勝。惠示珠欖，頃所未見，非獨下視沙糖矣。想當一笑，忽忽，不宜。

六

某啓。前日辱下顧，尚未果走謝，悚息不已。捧手教，承起居佳勝。卑體尚未甚清快，坐阻談對，爲悵惘也。惠示妙劑，獲之，喜甚。從此衰疾有瘳矣。人還，不宜。

七

某啓。辱手教，具審尊體佳勝，甚慰馳仰。拙疾亦漸平矣。來日當出詣。番燒羊蒙珍惠，下逮童稚矣。謹奉啓謝，不宜。

八

兩日冗迫〔一〕，不果詣見。伏計孝履如宜。欲告借前日盛會時作包子廚人一日〔二〕，告白朝散〔三〕，絶早遣至。不罪！不罪！家人輩欲遊南山，祖仁若無事，可能同到彼閑行否？

〔一〕「冗迫」二字，據《外集》卷八十一補。
〔二〕「時作」二字原缺，據《外集》補。
〔三〕《外集》「朝散」作「知朝」。

九

辱回教，及蒙以巖硯、法醑、嘉蔬、珍果等爲餉，已捧領訖，顧無以當之。適苦嗽，昏倦，裁謝草草。

十

昨日奉辭，瞻戀殊甚。且來孝履佳否？先什輙已題跋。鶴、鹿、馬三軸，迫行不暇題，謹同納上。祖仁方在疚，更不煩遠出，昨所云金山之行，可罷也。乍遠，保重。

十一

某啓。辱牋教累幅，文義粲然，禮意兼重，非老朽所敢當，藏之巾笥，以爲光寵，幸甚。比日孝履何如？到韶累日，疲於人事，又苦河魚之疾，少留調理乃行。益遠，極瞻繫也。歲暮，更惟節哀自重。

與章質夫三首以下俱黄州

某啓。承喻慎静以處憂患。非心愛我之深，何以及此，謹置之座右也。《柳花》詞妙絶，使來者何以措詞。本不敢繼作，又思公正柳花飛時出巡按，坐想四子，閉門愁斷，故寫其意，次韻一首寄去，亦告不以示人也。《七夕》詞亦録呈。藥方付徐令去，惟細辨。覆盆子若不真，卽無效。前者路傍摘者，此土人謂之插秧莓，三四月花，五六月熟，其子酸甜可食，當陰乾其子用之。今市人賣者，乃是花鴉莓，九月熟，與《本草》所説不同，不可妄用。想簝子已寄君猷矣。

二

某啓。伏承被召，移漕六路，輿論所期，雖未厭滿，而脱屣炎州，歸覲闕庭，兹可慶也。比日啓途之暇，起居佳勝。某謫籍所拘，未由攀餞，北望旌馭，此懷可知。伏冀若時爲國保重而已。謹奉手啓代違，不宣。

三惠州

某啓。近承手書，以侍者化去，曲垂開喻，感佩深矣。比來皆已忘去。凡百粗遣。但方營新居，費用百端，獨力幹辦，尤爲疲勦，冬末乃畢工。爾時遂杜門默坐，雖鄰不覿。荷公憂愛之深，恐欲知其略也。萬一有南來便人，爲致人參、乾棗數斤，朝夕所須也。不罪！不罪！

與章子厚二首以下俱黄州

某啓。僕居東坡，作陂種稻，有田五十畝，身耕妻蠶，聊以卒歲。昨日一牛病幾死，牛醫不識其狀，而老妻識之，曰：「此牛發豆斑瘡也，法當以青蒿粥啖之。」用其言而効。勿謂僕謫居之後，一向便作村舍翁。老妻猶解接黑牡丹也。言此，發公千里一笑。

二

某啓。閒居無人寫得公狀及圓封，又且不便於郵筩，不以爲簡慢也。丈丈尊候，聞愈康健，不敢拜書。江淮間歲豐物賤，百須易致，但貧窶所迫，營幹自費力耳。舍弟自南都來，挈賤累繚繞江淮，百日至此，相聚旬日，即赴任到筠。不數日，喪一女，情懷可知。碎累滿眼，比某尤爲貧困也。荷公憂念，聊復及之耳。其餘，非尺書所能盡也。

與章子平十二首〔一〕以下俱杭州

某啓。咫尺不時上問，特枉手書，愧汗不已。比日起居何如？某老病日增，殊厭繁劇，方艱食中，未敢乞閑郡，日俟譴逐爾。未由面言，臨紙惘惘。千萬爲國自愛。不宣。

〔一〕「二」原作「五」，今校改。參本卷《與章致平二首》、《與章致平二首・二》、《與人一首》各文校勘記。

二

某啓。久闊，幸經過一見，殊慰瞻仰。違去未幾，復深馳系。比日，伏惟起居佳勝。到官數月，公私衮衮，殆非衰病所堪。然湖山風物依然，足慰遲暮也。未由接奉，千萬爲國自重。不宣。

三

某啓。稍疎上問，伏惟台候萬福。積雨不少，害稼否？想極憂勞。杭雖多高原，已厭水矣。未緣瞻奉，惟劇思仰。毒暑，萬萬自重。揮汗，恕不謹。

四

某啓。楊同年至，出所教賜，且審比日起居佳勝，感慰兼極。某百凡如昨。秋暑向衰，官事亦漸簡，差有可樂。湖山之勝，恨不與老兄共之也。金魚池上，數寺亦潔雅，未宜嫌棄，餘非書所能究。

五

某再啓〔一〕。前日曲蒙厚待，感怍兼至，輒有小懇拜聞。本州於潛縣柳豫，極有文行，近丁憂貧甚，食口至衆，無所歸，可代曾君管秀學否？聞曾君不久服闋入京，如未有人，幸留此闕也。此人詞學甚富，而内行過人，誠可以表帥學者。率易干聞，必不深訝。可否略示諭。

〔一〕「某」原作「墓」，誤刊。尺牘之首，例有「某啓」、「某再啓」字樣，今逕改。

六

某少事試干聞。京口有陳輔之秀才，學行甚高，詩文皆過人，與王荆公最雅素。荆公用事，他絕不自通。及公退居金陵，日與之唱和，孤介寡合，不娶不仕，近古獨行。然貧甚，薪水不給。竊恐貴郡未有學官，可請此人否，如何？乞示及。月給幾何，度其可足，卽當發書邀之。如已有人，或别有所礙，卽已。哀其孤高窮苦，故謾爲之一言。不罪！不罪！

七

某再啓。疊蒙示諭，但得吾兄不見罪，幸矣，豈復有他哉！某自是平生坎坷動致煩言者，吾兄不復云爾，讀之不覺絶倒也。舍弟孤拙，豈堪居此官，但力辭不得免爾。承諭及，感怍！感怍！船子甚荷留念，已差人咨請。知之。

八

葑𦼮初無用，近以湖心疊出一路，長八百八十丈，闊五丈，頗消散此物，相次開。路西葑田想有餘可爲田者，當如教揭榜示之。

九

某疎拙多忤，吾兄知之舊矣。然中實無他，久亦自信。示諭别紙，讀之甚惶恐。某接契末非一日，豈復以人上浮言爲事，而況無有耶？此必告者過也。當路紛紛，易得瞋喜，願彼此一切勿聽而已。餘非面不究。令子辱訪，不盡欵曲。悚息！悚息！

十

某啓。公見勸開西湖，今已下手成倫理矣，想不惜見助。贓罰船子，告爲盡數刻刷，多多益佳，約用四百隻也。仍告差人駕來，本州諸般，全然闕兵也。至懇！至懇！

十一

某啓。昨日遠煩從者，感愧之極。辱書，承起居佳勝。渡江非今晚即來晨，豈可再煩枉顧。貺鵝肉，極濟所乏，遂與安國、幾先同饗。乍遠，千萬保愛不宣。

十二

某啓。久別，復此邂逅爲喜。病瘡，不果往見，只今解去，豈勝悵惘。子由寄今年賜茗，輒分一團，愧微少也。二陳恨不一見之，且爲致區區。乍遠，千萬自愛。

與章致平二首[一]以下俱北歸

某頓首致平學士[二]。某自儀真得暑毒，困卧如昏醉中。到京口，自太守以下，皆不能見，茫然不知致平在此。得書，乃漸醒悟。伏讀來教，感歎不已。某與丞相定交四十餘年，雖中間出處稍異，交情固無所增損也[三]。聞其高年，寄跡海隅，此懷可知。但以往者，更説何益，惟論其未然者而已。主上至仁至信，草木豚魚所知也[四]。建中靖國之意，可恃以安[五]。又海康風土不甚惡，寒熱皆適中。舶到時，四方物多有，若昆仲先於閩客、廣舟准備[六]，備家常要用藥百千去，自治之餘，亦可以及鄰里鄉黨。又丞相知養内外丹久矣[七]，所以未成者，正坐大用故也。今兹閑放，正宜成此。然只可自内養丹。切不可服外物也。舒州李惟熙丹，化鐵成金，可謂至矣，服之皆生胎髮。然卒爲癰疽大患，皆耳目所接，戒之！戒之！某在海外，曾作《續養生論》一首，甚欲寫寄，病困未能。到毗陵，定疊檢獲，當録呈也。所云穆卜，反覆究繹，必是誤聽。紛紛見及已多矣，得安此行，爲幸！爲幸！更徐聽其審。又見今病狀，死生未可必。自半月來，日食米不半合，見食却飽，今且速歸毗陵，聊自憩〔八〕。此我里，庶幾且少休，不卽死。書至此，困憊放筆，太息而已。某頓首再拜。致平學士閣下，六月十四日〔九〕。

〔一〕「與章致平二首」原作「十三」，意爲此乃與章子平之第十三首尺牘。據趙彦衛《雲麓漫鈔》（以下簡稱《漫鈔》）卷九，此乃與章致平者。致平名援，章惇字子厚之子，於蘇軾爲晚輩。《漫鈔》卷九載此首尺牘全文。此首尺牘之前，爲章援與蘇軾書。《漫鈔》謂此首尺牘「乃一揮，筆勢翩翩」；又謂：時章惇有海康之行，「其子援尚在京口」。參《與章致平二首·二》校勘記。又：此簡乃建中靖國元年所作。

〔二〕「致平學士」四字原缺，據《漫鈔》補。以下「子平」改「致平」。

〔三〕「損」原作「益」，據《漫鈔》改。

〔四〕「也」原缺，據《漫鈔》補。

〔五〕《漫鈔》「可」作「又」。

〔六〕《漫鈔》「廣舟」作「川廣舟中」。

〔七〕「外」原缺，據《漫鈔》補。

〔八〕《漫鈔》「憩」作「欺」。

〔九〕「某頓首」云云十六字原缺，據《漫鈔》補。

二〔一〕

《續養生論》乃有遇而作，論即是方，非如中散泛論也。白朮一味，舒州買者，每兩二百足，細碎而有兩絲。舒人亦珍之。然其膏潤肥厚，遠不及宣、湖所出。每裹二斤，五六百足，極肥美，當用此耳。若世所謂茅朮，不可用。細擣爲末，餘筋滓難擣者棄之。或留作香，其細末曝日中，時以井花水灑潤之，則膏液自上，謹視其和合，即入木臼杵數千下，便丸，如梧桐子大。不入一物。此必是仙方。日以井花水嚥百丸，漸加至三百丸，益多尤佳。此非有仙骨者不傳。《續養生論》尤爲異書，然要以口授其詳也。

〔一〕「二」原作「十四」，意爲此乃與章子平之第十四首尺牘。案，此首與上首銜接，當爲與章致平者。《雲麓漫鈔》謂蘇軾於上首之後，「又寫白朮方，今在其孫洽教授君處」。此首之「白朮一味」及該句句下註文「舒州買者每兩二百足」云云，似即所寫之白朮方。今改「十四」爲「二」。

與人一首〔一〕

某再啓。比來道氣如何？用新術有驗否？何生寫真，逮十分矣，非公與子中指擿，亦不至是也。感服！感服！所云觀音驗已久，公何知之晚，丘誦之久矣。一笑！一笑！令姪節推甚安，幕中極煩他也。

〔一〕「與人一首」原作「十五」，意爲此乃與章子平之第十五首尺牘，味内容，或是與章子平者，然未敢定。今改題「與人一首」，附校於此。

與蹇授之六首以下俱黄州

某慰疏言。不意變故，令閤盛年遽至傾殞，聞問悲愕，如何可言。竊惟感悼之深，觸物增慟。日月逝矣，追想無及，柰何！柰何！未緣詣慰，但增哽塞。謹奉啓少布區區。不宣。

二

某啓。得季常書，知公有閨門之戚，内外積慶，淑德著聞，乃遽爾耶？公去親遠，動以貽憂爲念，千萬麾遣，無令生疾。此區區至意，惟聰明察之。季常悲恨甚矣，亦常以書痛解之。適苦目疾，上問極草草，不罪！不罪！舍弟每有書來，甚荷德庇。尊丈待制，必頻得信，因家書爲道區區。

三〔一〕

某欲一奉見，豈徒然哉，深有所欲陳者，而竟不遂，可勝歎耶！子由在部下，甚幸，但去替不遠耳。輒有一書及少信〔二〕，煩從吏，甚不當爾。恃眷故〔三〕，必不深責。季常可勸之一起〔四〕，深欲圖其見坐處也。一噱。

〔一〕此首及以下四、五、六首，《七集·續集》卷五爲《與蹇序辰四首》。

〔二〕「及」原缺，據上書補。

〔三〕「眷」原作「雅」，據上書改。

〔四〕「之」原缺，據上書補。

四

某啓。前日已奉書。昨日食後，垂欲上馬赴約，忽兒婦眩倒，不省人者久之，救療至今，雖稍愈，尚昏昏也。小兒輩未更事，義難捨之遠去，遂成失言。想仁心必恕其不得已也〔一〕，然愧負深矣。乍煖，起居何如？閑廢之人，徑往一見，謂必得之，乃爾齟齬，人事真不可必也。後會何可復期，惟萬萬爲國自重。謹奉手啓，不宣。

〔一〕《七集·續集》卷五「心」作「明」。

五

不得一見而別，私意甚不足。人常蔽於安逸，而達於憂患，願深照此理。況美材令問，豈久棄者耶？

六

某啓。江上一別〔一〕，今幾年矣〔二〕，不謂尚蒙存記，手書見及，感愧不可言。衝涉薄寒，起居佳安，甚慰所望。承奉使江表，鄉閭之末，亦竊以爲寵，但罪廢之餘，不敢復自比數故舊。書詞過重，只益惶悚。旦夕恐遂一見，惟冀順候自重。謹奉啓。不宣。

〔一〕「江」原作「汴」，今從《七集·續集》卷五。

〔二〕《七集·續集》「幾年」作「歲餘」。

與張君子五首以下俱杭州

某啓。别後公私紛冗，有闕上問，敢謂存記，遠枉書教，獎與隆重，足爲衰朽之光。比日履兹寒凝，起居佳勝。某凡百粗遣。但杭之煩劇，非抱病守拙者所堪。行丐閑散，以避紛紛耳。湖山雖勝游，而浙民饑歉，公帑窘迫，到郡但閉閤清坐而已，甚不爲過往所悦。然老倦謀退，豈復以毁譽爲懷。公知照之深，聊復及此。未由展會，尚冀爲國自愛。不宣。

二

某春來多病，時復謁告，乞宣城，或一宫觀差遣。蓋拙者雖在遠外，尚忝劇郡，故不爲用事者所容。近者言陳師道，因復見及。又去年黥二凶人，一路爲之肅然。今乃爲其所訟，蓋必有使之者。不然，頑民不知爲此也。以此，不得不爲求閑散以避其鋒。素荷知照，聊復及之。亦恐都下相識，不知其由，以爲無故復求退，欲公粗知其心耳。

三

某承欲令寫先塋神道碑，如公家世，不肖以得附託爲寵，更復何辭。但從來不寫，除詔旨外，只寫景仁一《志》，以盡先人研席之舊，義均兄弟，故不得免，其餘皆辭之矣。今若爲公家寫，則見罪者必衆，唯深察悚息。不肖爲俗所憎，獨公相視親厚，豈復惜一運筆。但業已辭他人，嫌若有所擇耳。千萬見恕。惠貺小團佳醞，物意兩重。捧領慙荷。

四

某守郡粗遣，去國稍久，矧懷家弟，老病豈不念歸。但聞以眷知之深，頗爲當路所忌，縱復歸覲，不免側目，憂患愈深，不若在外之安也。蒙念最深，故及此，幸密之。

五

某啓。別紙示喻，愛念之深，欲其歸闕。某之思念家弟，懷仰親友，豈無歸意。但在内實無絲毫補報。而爲郡粗可及民。又自顧衰老，豈能復與人計較長短是非，招怨取謗耶？若緘口隨衆，又非平生本意。計之熟矣，以此不如且在外也。子由想亦不久須出，則歸亦誰從。浙西災傷殊甚，不減熙寧。然備禦之方，亦粗設矣。俟到夏，流殍不大作，則別乞一小僻郡，少安衰拙也。蒙知照之深，故覼縷。因見晉卿道此，亦佳。冗懶殊甚，不別拜書，想不罪也。惠貺團茗御香，皆所難得，感佩之至。

與楊元素十七首以下俱黃州

某啓。忽聞舟馭至鄂，喜不自勝。想見笑語，發於寤寐。尋遣人馳書，未達間，令弟慶基來，聞已往安州，悵然失望，至今情況不佳。想公愛我之深，亦自悔之也。比日起居佳勝。與元法相聚之樂，獨不得與樽俎之間，想孜孜見説而已。然領手教累幅，及見和新詞，差以喜慰。乍寒衝涉，保練爲禱。不宜。

二

軾啓〔一〕。近兩辱手教，以多病不即裁謝，愧悚殊深。比日伏惟履兹溽暑〔二〕，台候清勝。軾病後百事灰心〔三〕，雖無復世樂〔四〕，然内外廓然，稍獲輕安〔五〕。何時瞻奉，略道所以然者。未間，伏惟爲時自重。謹奉手啓，不宜。軾頓首再拜元素内翰老兄執事。六月三日〔六〕。

〔一〕「軾啓」二字原缺，據西樓帖（文物商店收藏本）補。
〔二〕「伏」原作「仰」，據西樓帖改。
〔三〕「軾」原作「某」，據西樓帖改。
〔四〕「雖」原缺，據西樓帖補。
〔五〕「稍」原作「皆」，據西樓帖改。
〔六〕「謹奉手啓不宜」云云二十三字原缺，據西樓帖補。以復原貌。

三

涉暑疲劬，書問稍缺，愧仰無量。比日起居勝常，近領手誨，承小疾盡去，體力加健，此大慶也。更望倍加保嗇，側聽嚴召，以慰輿論。

四

承令弟見訪，岸下無泊處，又苦風雨，忽忽解去〔一〕，至今不足。示諭田事，方憂見罪，乃蒙留念如此，感幸不可言。某都不知彼中事，但公意所可，無不便者。軍屯之東三百石者便，爲下狀，甚佳。李教授之兄又云：官務相近有一莊，大佳。此彭寺丞見報〔二〕。亦閑與問看。今日章質夫之子過此，已託於舟中載二百千省上納。到，乞與留下。果蒙公見念，令有歸老之資，異日公爲蒼生復起，當却爲公葺治田園，以報今日之賜也。適新舊守到、發，冗甚，不一一。

〔一〕「解」原作「别」，今從《七集·續集》卷五。

〔二〕「此彭寺丞見報」六字，《七集·續集》爲自註註文。

五

示諭，秀才唐君許爲留念，兼令幹人久遠幹之，幸甚！幸甚！某未能去，此間更無人可以往幹，必須至奉煩唐君也。未嘗相識，便蒙開許，必以元素之故也。深欲作書爲謝，適冗甚，非久，别附問，且乞道區區。天覺、彭寺丞，皆蒙書示，亦未及奉啓，乞致下懇。

六〔一〕

軾啟〔一〕。遞中領手教，伏審台候佳勝〔二〕，爲慰。軾凡百如舊〔三〕，近又大霈，庶幾得歸農乎〔四〕？

公決起典郡，無疑也。近嘉州魏秀才兄弟行，附手問，不審得達否？歲行盡，伏惟順時爲人自重〔五〕。不宣。軾再拜元素内翰尊兄。十二月十五日〔六〕。

〔一〕「軾啓」二字原缺，據西樓帖補。
〔二〕「佳勝」原作「勝常」，據西樓帖改。
〔三〕「軾」原作「某」，據西樓帖改。
〔四〕「幾」原缺，據西樓帖補。
〔五〕「惟」原作「冀」，據西樓帖改。
〔六〕「不宣」云云十七字原缺，據西樓帖補。

七

筆凍，寫不成字，不罪！不罪！舍弟近得書，無恙，不知相去幾里，但遞中書須半月乃至也。奇方承録示，感戴不可言，固當珍秘也。近一相識，録得明公所編《本事曲子》〔一〕，足廣奇聞，以爲閒居之鼓吹也。然切謂宜更廣之，但囑知識間令各記所聞，即所載日益廣矣。輒獻三事，更乞揀擇，傳到百四十許曲，不知傳得足否？

〔一〕「明公」原作「公明」，今從《外集》卷六十八。

八

近於城中葺一荒園，手種菜果以自娱。陳季常者，近在州界百四十里住，時復來往。伯誠親弟，近問之，云不曾參拜。其人甚奇偉，得其一詞，以助《本事》。

九

承示諭，定襄胡家田，公與唐彦議之，必無遺策。小子坐享成熟，知幸！知幸！近答唐君書，并和紅字韻詩，必皆達矣。胡田先佃後買，所謂抱橋澡浴，把攬放船也。呵呵。凡事既不免干瀆左右，乞一面裁之，不須問某也。尚有二百千省，若須使，乞示諭[一]，求便附去[二]。見陳季常慥，云，京師見任郎中其孚之子，欲賣荆南頭湖莊子，去府五六十里，有田五百來石[三]，厥直六百千，先只要二百來千，餘可迤邐還，不知信否？又見樂宣德，言此田甚好，但稅稍重。告爲問看。彭寺丞之流，近日更不敢託他也。浼亂尊聽，負荆不了也。

[一]「諭」原作「喻」，今從《七集·續集》卷五、《外集》卷六十八。

[二]「求」原作「來」，今從《七集·續集》、《外集》。

[三]上二書上句與此句爲註文。《七集·續集》「田」作「米」，《外集》「五」上有「四」字。

十 赴登州

專人至，辱長箋爲貺，禮意兩過。契故不淺，乃爾見疎。悚息！悚息！比日起居何如？登州謝章未上，不敢致啓事，近所傳，蓋非實也。未由合并，千萬順時保愛。人還，適在瓜洲道中[一]。裁謝不如禮。

〔一〕「洲」原作「州」，今從《七集·續集》卷六。案：《輿地紀勝》卷三十七《揚州·景物上》有瓜洲，今猶名瓜洲。蘇軾赴登，過其地。

十一以下俱登州還朝

陳主簿人還，領手教。伏承比日台候萬福，深慰馳仰。人物豐盛，池館清麗，足供嘯咏之樂。數日來，人皆云公移徐州，雖未是實語，然理當如此，惟汲汲行復遷擢矣。某本欲秋間往見，而汝州之行，度不可免。見治裝舟行，自洛陽出陸百八十里至汝，雖繚繞邅回，然久困，資用殆盡，決不能陸行耳。無緣詣别，惟望順時爲國自重。

十二

城南有亞父塚，然非也。塚在居巢。城北有劉子政墓，昔欲爲起一祠堂，以水大不果。公若有餘力，爲成之，亦佳。城西有楚元王墓，曾出獵，至其下。石佛山，亦佳觀。

十三

奉别忽將二載，未嘗定居。到闕以來，人事衮衮，不皇上問，愧仰深矣。比日切想起居佳勝。近聞小人輒黷左右，此何品類也，乃敢如此。信知困中，無種不有。想以道眼觀之，何啻蚊蝱，一笑可也。

知故舊皆已還朝，坐念老兄獨在江湖，未免慨歎也。更冀順時爲國自重。冗迫，不詳及。

十四

忝命過分，皆出素獎，碌碌無補，日憂愧耳。舍弟適患赤目，未能上狀，又適得鄉信，堂兄承議名不疑。喪亡，悲痛中，不能盡區區，恕之！恕之！都下有幹，示及。

十五

陳僉主簿，聞公已薦之，感戴之懷，如親受賜也。幸爲始終成之。此人實無他腸，可保信也。不罪。

十六以下俱翰林

向馳賀緘，及因李教授行附問，各已達否？比日履茲微涼，台候何似？某蒙庇粗遣，如聞公欲一謁元老，果否？不若遂遊廬阜，況職當按行，他日世事，一復奉謁，欲爲此行，豈可得哉？餘惟萬萬爲人自重。

十七

某近數章請郡，未允。數日來，杜門待命，期於必得耳。公必聞其略，蓋爲臺諫所不容也。昔之君子，惟荆是師。今之君子，惟温是隨。所隨不同，其爲隨一也。老弟與温相知至深，始終無間，然多不隨耳。致此煩言，蓋始於此。然進退得喪，齊之久矣，皆不足道。老兄相知之深，恐願聞之，不須爲人言也。令子必得信，計安。

與林子中五首以下俱揚州

某啓。近遣人奉書，必達。乍暖，台候佳勝。某被命維揚，差復相近，頗以爲喜。召命過我，當爲十日留也。未間，萬萬自重。不宣。

二

某啓。以病在告，不與朝會，莫克望見，瞻企之極。前日辱手教，不即答，悚息！悚息！比來起居何如？二圖奇妙絶世，輒作二絶句其後，答去。幸批一二字，要知達也。忽忽，不宣。

三

某啓。惠貺二團，領意至厚，感怍無已。所要鷄腸草，未有生者。此有一惑爐火。人收得少許，納去。老兄亦有此惑故耶？邦直耽此極深。僕有一方，遂爲取去，可就問傳取也。奇絶！奇絶！消磨，雖相伏者。寫書至此，忽見報，當使高麗。方喜得人，又見辭免，何也？不知得請否？此本劣弟差遣，遂爲老兄所挽，然比公之還，僕亦不患貧矣。呵呵。且寄數字，貴知此行果決如何？若不能免，遂浮滄海、觀日出，使絶域知有林夫子，亦人生一段美事也。

四

某啓。承別紙示喻，知大事雖已畢，而聚族至衆，費用不貲。吾兄平時僅足衣食，況經此變故，窘迫可知，聞之但辦得空憂，可量愧歎。昆仲才行，豈久困者。天下何嘗有饑寒官人耶？惟寬懷順變而已。故人勉强一慰，此乃世俗之常悲，何知之晚耶！所要元素方，本非親授於元素。蓋往歲得之於一道人，後以與單驤，驤以傳與可。與可云試之有驗，仍云元素，卽此方也。某卽不曾驗，今納元初傳本去，恐未能有益，而先奉糜垂竭之囊也。又初傳者，若非絕世隱淪之人爲之，恐有灾患，不敢不納去，又不敢不奉聞，愼之！愼之！某在京師，已斷作詩，近日又却時復爲之，蓋無以遣懷耳。固未嘗留本，今蒙見索，容少暇也。

五

某啓。子中既憂居，情味可知。又加以貧乏。而值此時，百事艱礙，奈何。近得正仲書，亦如此。此乃吾曹分限，殆不可逃也。某始到此，俸亦粗給，爲欲聘一外生，亦忙窘。此事亦不足言，要亦不至饑寒。近日逐出數講僧，別請長老，此亦小事，繫何休戚。而文移問難如織。今差人請瑞光本師，見說，已有人向道此僧不赴，是何閑事，但欲沮此公耳。請子中緩頰，力爲致之，有一別紙，或可示本也。其餘，非面不悉。

與晁美叔二首以下俱徐州

某啓。自别，兩辱存問，荷眷契之厚，無以爲喻。日欲裁謝，而拙鈍懶放，因循至今。計明哲雅量，不深譴過，而自訟亦久矣。卽日，不審尊履何如？某此無恙，但奉行新政，多不如法。勘劾相尋，日竢汰遣耳。若得放歸，過淮，必遂候見。未間，爲國自重。謹奉手啓居，不宣。

二

某再拜。向承出按淮甸，不卽具賀幅者，以吾兄素性亮直，而此職多有可愧者，計非所樂耳。然仁者於此時力行寬大之政，少紓吏民於網羅中，亦所益不少。此中常賦之外〔一〕，徵斂雜出，而鹽禁繁密，急於兵火，民既無告，吏亦僅且免罪，益苟簡矣。向聞吾兄議論，頗與時輩不合，今兹躬履其事，必有可觀者矣。令兄佳士，久淹，諸兄自亦知之。

〔一〕「此」原作「比」，今從《七集·續集》卷五。

與楊康功三首〔一〕黄州

某啓。浙右之别，遂失上問，至今想必察其情也。特枉書問，感愧兼集。比日起居何如？衆論翕然，知忠信之可恃，名實之相副也。雅故之末，欣慰可量。未緣趨奉，惟冀順時爲國自重。不宣。

〔一〕「功」原作「公」。案：康功名景略，華陰人，事迹詳蘇頌《蘇魏公集》中之《楊康功墓誌銘》。《七集·續集》卷六此三首之第三首，題卽作《與楊康功》。今改「公」爲「功」。

二 離黄州

某啓。自聞國䘏，哀慕摧殞，不知所措。惟公忠孝體國，想同此情。某無狀，自取大戾，非先帝哀矜，豈有今日矣。誰復知我者，公知之深，故及此耳。嗣皇繼聖，聖化日新，勉就功業，遂康斯民，知識之望也。

三〔一〕赴登州

兩日大風，孤舟掀舞雪浪中，但闔户擁衾，瞑目塊坐耳。楊次公惠醞一壺，少酌徑醉。醉中與公作得《醉道士石詩》，托楚守寄去，一笑。某有三兒，其次者十六歲矣，頗知作詩，今日忽吟《淮口遇風》一篇，粗可觀，戲爲和之，并以奉呈。子由過彼，可出示之，令發一笑也。

〔一〕文中「戲爲」之「戲」原缺，據《七集·續集》卷六、《外集》卷七十補。

與李昭玘一首黄州

某啓。無便，久不奉書。王子中來，且出所惠書，益知動止之詳，爲慰無量。比日尊體何如？既拜賜雪堂新詩，又獲觀負日軒諸詩文，耳目眩駭，不能窺其淺深矣。老病廢學已久，而此心猶在，觀足下新製，及魯直、無咎、明略等諸人唱和，於拙者便可閣筆，不復措詞。近有李豸者，陽翟人，雖狂氣未除，而筆勢瀾翻，已有漂砂走石之勢，常識之否？子中殊長進，皆左右之賜也。何時一笑？未間，惟萬萬自重。徐人還，忽忽奉啓。不宣。

答劉元忠四首以下俱杭州

專人辱書，承昆仲遠寄詩文，讀之喜慰，殆不可言，喜諫議公之有子也。比日雪寒，起居佳否？詩文皆大佳，然法曹君所製尤佳也。爲之不已，何所不至，輒出一詩爲謝，取笑！取笑！未由披奉，千萬節哀自重。

二

聞愛弟傾逝，手足之痛，如何可言，奈何！奈何！盛德之後，何乃止此，壽夭默定，非追悼所及，千萬寬中自愛而已。無由面慰，臨紙哽塞。

三

先公《傳》久欲作，以官事衮衮未暇，成，當卽寄去也。所要「白雲居士」字〔一〕，不知足下自謂耶，抑爲他人求也？既不識其人，不欲便寫，若乃是自謂，則未顧足下爲此名號也。必亮此言。黄素却寫一絶句納去。不訝。

〔一〕「士」原作「三」，今從《七集·續集》卷六、《外集》卷七十三。

四

僧耳

某啓。近別，伏惟起居安勝。短牋不盡意，察之。柳伯通因會，爲致區區。歐陽秀才寔談道甚妙，可與閑遊。懷思文忠公〔一〕，愛其屋上烏，況族子弟之佳者乎〔二〕！餘惟萬萬若時自重〔三〕。不宣。

〔一〕「思」字、「公」字，據《七集·續集》卷七、《外集》卷七十七補。

〔二〕「弟」原缺，據《續集》、《外集》補。

〔三〕「惟」原缺，據《續集》、《外集》補。

與蔡景繁十四首以下俱黄州

自聞車馬出使，私幸得託迹部中，欲少布區區，又念以重罪廢斥，不敢復自比數於士友間，但愧縮而已。豈意仁人矜閔，尚賜記録，手書存問，不替疇昔，感悚不可言也。比日履兹煩暑，尊體何如？無緣少奉教誨，臨書悵惘，尚冀以時保頤，少慰拳拳。

二

近奉書，想必達。比日，不審履兹隆暑，尊體何如？某卧病半年，終未清快。近復以風毒攻右目，幾至失明，信是罪重責輕，召災未已。杜門僧齋，百想灰滅，登覽游從之適，一切罷矣。知愛之深，輒以布聞。何日少獲，瞻望前塵，惟萬萬爲時自重。

三

某謫居幽陋，每辱存問，漂落之餘，恃以少安。今者又遂一見，慰幸多矣。衝涉薄寒，起居何如？區區之素，卽獲面旣。

四

頒示新詞，此古人長短句詩也。得之驚喜，試勉繼之，晚卽面呈。

五

違濶數日，悽戀不去心。切惟顧愛之厚，想時亦反顧也。比來跋履之暇，起居何如？某蒙庇如昨，度公能復來，當在明年秋矣。某杜門謝客，以寂嘿爲樂耳。乍遠，萬乞爲國自重。

六

凡百如常。至後杜門壁觀，雖妻子無幾見，況他人乎〔一〕？然雲藍小袖者，近輒生一子，想聞之，一拊掌也。惠及人參，感感。海上奇觀，恨不與公同遊。東海縣一帆可到，聞益奇偉，㝡恨不一往也。公嘗往否？大篇或可追賦，果寄示，幸甚！幸甚！

〔一〕「乎」原作「也」，今從《外集》卷六十七。

七

前日親見許少張暴卒，數日間，又聞董義夫化去。人命脆促，真在呼吸間耶？益令人厭薄世故也。少張徒步奔喪，死之日，囊橐罄然，殆無以斂。其弟麻城令尤貧，云無寸攏可歸，想公聞之悽惻也。料朝廷亦憐之。如公言重，可爲一言否？輒此僭言，不深譴否？

八

特承寄惠奇篇，伏讀驚聳。李白自言「名章俊語，絡繹間起」，正如此耳。謹已和一首，并藏笥中，爲不肖光寵，異日當奉呈也。坐廢以來〔一〕，不惟人嫌，私亦自鄙。不謂公顧待如此，當何以爲報。冬至後，便杜門謝客，齋居小室，氣味深美。坐念公行役之勞，以增永嘆。春間行部若果至此，當有少要事面聞。近見一僧甚異，其所得深遠矣。非書所能一一。

〔一〕「以」原作「已」，今從《外集》卷六十七。

九

承愛女微疾，今必已全安矣〔一〕。某病咳逾月不已，雖無可憂之狀，而無憀甚矣。臨臯南畔，竟添却屋三間，極虛敞便夏，蒙賜不淺。朐山臨海石室，信如所諭。前某嘗攜家一遊，時家有胡琴婢，就室中作《濩索涼州》，凜然有冰車鐵馬之聲。婢去久矣，因公復起一念，果若游此，當有新篇。果爾者，亦當破戒奉和也。呵呵。

〔一〕「必已」原作「已必」，今從《七集·續集》卷五。

十

近專人還，奉狀必達。忽復中夏，永日杜門，無如思渴仰何！不審履兹薄熱，起居何似？向須畫扇，比已絶筆。昨日忽飲數酌，醉甚，正如公傳舍中見飲時狀也。不覺書畫十扇皆遍，筆迹粗略，大不佳，真壞却也。適會人便寄去，爲一笑耳。

十一

黄陂新令李籲到未幾，其聲藹然，與之語，格韻殊高。比來所見，縱小有才，多俗吏。儔輩如此人殆難得。公好人物，故輒不自外耳。近葺小屋，强名南堂，暑月少舒。蒙德殊厚，小詩五絶，乞不示人。

十二

辱書，伏承尊體佳勝。驚聞愛女遽棄左右，切惟悲悼之切，痛割難堪，奈何！奈何！情愛著人如黐膠油膩。急手解雪，尚爲沾染，若又反覆尋繹，便纏繞人矣。區區，願公深照，一付維摩、莊周令處置爲佳也。劣弟久病，終未甚清快。或傳已物故，故人皆有書驚問，真爾猶不恤，況謾傳耶？無由面談，爲耿耿耳。何時當復迎謁？未間，惟萬萬爲國自重。

十三

近來頗佳健。一病半年，無所不有，今又一時失去，無分毫在者。足明憂喜浮幻，舉非真實，因此頗知衛生之經，平日妄念雜好，掃地盡矣。公比來諸況何如？劇刷之來，不少勞乎？思渴之至，非筆墨所能盡也。

十四[一]

《西閣》詩不敢不作，然未敢便寫板上也。閣名亦思之，未有佳者。蔡謨、蔡廓，名父子也，晉、宋間第一流，輒以仰比公家，不知可否？徐秀才前曾面聞，留此書，令請見。此人有心膽，重氣義，試收録之，異日或有用也。公許密石硯，若有餘者可輟，即付徐可也。

〔一〕文中自「蔡謨蔡廓」至「不知可否」數語，又見本集卷七十一《名西閣》一文，可參該文校記。

蘇軾文集卷五十六

尺牘

與劉器之二首黄州

辱書，極論内外丹事，劣弟初不及此〔一〕，受賜多矣〔二〕。輙拜呈《方丈銘》一首，更告與敲琢。看唐彦道處，亦有一贊，并爲看過。因家兄龜年行，奉啓。半醉中，書字不謹。

〔一〕「此」原作「賜」，今從《七集·續集》卷五。

〔二〕「賜」原作「此」，今從上書。

二北歸

志仲本以烏絲欄求某録雜詩耳，某自出意，欲與寫《廣成子解》篇。舟中熱倦，遂忘之，然此意終在也，今豈可食言哉！病不能作志仲書，乞封此紙去。

答楊君素三首以下俱杭倅

久不奉書，遞中領來教，欣承起居佳勝，眷愛各無恙。奉别忽四年，薄廩維絆，歸計未成，懷想親舊，可勝惋嘆。吾丈優游自得，心恬體舒，必享龜鶴之壽。劣姪與時齟齬，終當捨去，相從林下也。

二

奉别忽二十年，思仰日深，書問不繼，每以爲愧。比日動止何似？子姪十九兄弟遠來，得聞尊體康健異常，不勝慶慰。知騎驢出入，步履如飛，能登木自採荔枝，此希世奇事也。雖壽考自天，亦是身心空閑，自然得道也。某衰倦早白，日夜懷歸，會見之期，想亦不遠。更望順時自重，少慰區區。因孫宜德歸，附手啓上問。

三登州還朝

某去鄉二十一年，里中尊宿，零落殆盡，惟公龜鶴不老，松栢益茂，此大慶也。無以表意，輒送暖脚銅缶一枚。每夜熱湯注滿，密塞其口，仍以布單裹之，可以達旦不冷也。道氣想不假此，聊致區區之意而已。令子三七秀才及外甥十一郎，各計安。

與周開祖四首以下俱密州

某忝命皆出獎借，尋自杭至吴興見公擇，而元素、子野、孝叔、令舉皆在湖，燕集甚盛，深以開祖不在坐爲恨。别後，每到佳山水處，未嘗不懷想談笑。出京北去，風俗既椎魯，而游從詩酒如開祖者，豈可復得。乃知向者之樂，不可得而繼也。令舉特來錢塘相别，遂見送至湖。久在吴中，别去，真作數日惡。然詩人不在，大家省得三五十首唱酬，亦非細事。

二

遞中辱書教累幅，如接笑語。即日，遠想起居佳勝。某此無恙，已被旨移河中府，候替人，十二月上旬中行，相去益遠矣〔一〕。往日相從湖山之景，何緣復有。别後百事紛紛，皆不足道。惟令舉逝去，令人不復有意於兹世。細思此公所以不壽者而不可得，不免爲之出涕。讀所示祭文紀述，略盡其美，甚善。其家能入石否？亦欲作一首哀詞，未暇也。當作寄去。開祖筆力頗長，魏武所謂「老而能學，惟予與袁伯業」，真難得也。寄示山圖，欲尋善本而不可得者。新詩清絶，輙和兩首取笑。浩然亭欲續和寄去。今日大雪，與客飲於玉山堂。適遣人往舍弟處，遂作此書。手冷，殊不成字，惟冀自重而已。

〔一〕「相」原作「想」，今從《七集·續集》卷五。

三以下俱湖州

久别思渴，不言可知。一路候問來耗。忽辱教，喜慰良深。乍寒，起居佳勝。承脱湖北之行而得樂清，正如舍魚而取熊掌，甚可賀也。某忝命，甚便其私，即遂面話，此不盡懷。

四

長篇奇妙。無狀，每蒙存録如此之厚，但賜多而報寡，故人知其慙拙，必不罪也。今輙和一首，少謝不敏，且資一笑。惠及海味，珍感。來人遽還，未有以報，但愧怍無窮。到郡不見令舉，此恨何極。嘗奠其殯，不覺一慟。有刻石，必見之，更不録呈。有幹，一一示及。李無悔近見訪，留此旬餘，亦許秋涼再過也。

答舒堯文二首湖州

軾頓首。軾天資懶慢，自少年筋力有餘時，已不喜應接人事。其於酬酢往反，蓋嘗和矣，而未嘗敢倡也。近日加之衰病，向所謂和者，又不能給，雖知其勢必爲人所怪怒，但弛廢之心，不能自克。聞足下之賢久矣，又知守官不甚相遠，加之往來者，具道足下，雖未相識，而相與之意甚厚。亦欲作一書相聞，然操筆復止者數矣。因與賈君飲，出足下送行一絶句，其語有見及者，醉中率爾和答，醒後不復記憶其中道何等語也。忽辱手示，乃知有「公沙」之語，惘然如夢中事，愧赧不已。足下文章之美，固已超軼世俗而追配古人矣。豈僕荒唐無實横得聲名者所得眩乎，何其稱述之過也。其詞則信美矣，豈效鄒衍、相如高談馳騖，不顧其實，苟欲託僕以發其宏麗新語耶？歐陽公，天人也。恐未易過，非獨不肖所不敢當也。天之生斯人，意其甚難，非且使之休息千百年，恐未能復生斯人也。世人或自以爲似之，或至以爲過之，非狂則愚而已。何緣會面一笑爲樂。朱支使行，忽遽裁謝，草草。

二黄州

軾啓。午睡昏昏，使者及門，授教及詩，振衣起觀，頓爾醒快，若清風之來得當之也。大抵詞律莊重，敍事精緻，要非囂浮之作。昔先零侵漢西疆，而趙充國請行，吐谷渾不貢于唐，而文皇臨朝歎息，思起李靖爲將，乃知老將自不同也。晉師一勝城濮，則屹然而霸，雖齊、陳大國，莫不服焉。今日魯直之於詩是已。公自於彼乞盟可也，柰何欲爲兩屬之國，則犧牲玉帛焉得而給諸？不敢當！不敢當！即承來命，少資嗢噱。

答畢仲舉二首 黄州

軾啓。奉别忽十餘年，愚瞽頓仆，不復自比於朋友，不謂故人尚爾記録，遠枉手教，存問甚厚，且審比來起居佳勝，感慰不可言。羅山素號善地，不應有瘴癘，豈歲時適爾。既無所失亡，而有得於齊寵辱、忘得喪者，是天相子也。僕既以任意直前不用長者所教以觸罪罟，然禍福要不可推避，初不論巧拙也。黄州濱江帶山，既適耳目之好，而生事百須〔一〕，亦不難致〔二〕，早寢晚起，又不知所謂禍福果安在哉？偶讀《戰國策》，見處士顔蠋之語「晚食以當肉」，欣然而笑。若蠋者，可謂巧於居貧者也。菜羹菽黍，差饑而食〔三〕，其味與八珍等；而既飽之餘，芻豢滿前，惟恐其不持去也。美惡在我，何與於物。所云讀佛書及合藥救人二事〔四〕，以爲閑居之賜甚厚。佛書舊亦嘗看，但闇塞不能通其妙，獨時取其粗淺假説以自洗濯〔五〕，若農夫之去草，旋去旋生，雖若無益，然終愈於不去也。若世之君子，所謂超然玄悟者，僕不識也。往時陳述古好論禪，自以爲至矣，而鄙僕所言爲淺陋〔六〕。僕嘗語述古，公之所談，譬之飲食龍肉也，而僕之所學，猪肉也，猪之與龍，則有間矣，然公終日説龍肉，不如僕之食猪肉實美而真飽也。不知君所得於佛書者果何耶？爲出生死、超三乘，遂作佛乎？抑尚與僕輩俯仰也〔七〕？學佛老者，本期於静而達，静似懶，達似放，學者或未至其所期，而先得其所似，不爲無害。僕常以此自疑，故亦以爲獻。來書云，處世得安穩無病〔八〕，粗衣飽飯，不造寃業，乃爲至足。三復斯言，感歎無窮〔九〕。世人所作，舉足動念，無非是業，不必刑殺無罪，取非其有，然後爲寃業也。無緣面論，以當一笑而已。

〔一〕此則尺牘，清吴升《大觀録》卷五收有真迹全文，異文頗多，今校録於下。以下簡稱《大觀録》爲《録》。《録》「百」作「所」。

〔二〕《録》「難」上有「甚」字。

〔三〕《録》「差」作「方」。

〔四〕《録》「云」作「教」。

〔五〕《録》「洗濯」作「鋤治」。

〔六〕《録》「陋」字後，有「曰是下俚茶飯取充飽而已」十一字。

〔七〕《録》「輩」字後，有「較深淺於尺寸間也想復一大笑」十三字。

〔八〕「穩」原作「隱」，據郎本卷四十五、《七集·前集》卷三十改。

〔九〕《録》自「世人所作」至篇末，作：「嗟夫！嗟夫！世人豈有不造寃業者乎？豈必刑殺無罪取非其有然後爲業耶？無緣言面，願深自愛而已。閑居無人，寫得問候啓狀，欲盡區區，不覺累紙。言不差擇，幸故人相愛，勿以示人也。不宣。軾再拜。長者畢君閣下。閏九月十九日。」「十」下有「蘇軾眉陽」印記。

二〔一〕北歸

適辱從者臨貺書教，禮意兼重，殆非不肖所堪。書詞高妙，伏讀增歎，病不能冠帶，遂不果見，愧悚無地。

〔一〕《七集·續集》卷七題作「答畢先輩」。

與杜子師四首 黄州

某啓。辱書，承晚來起居佳勝。示及畫圖，覽之愧汗，不惟犯孟子、柳宗元之禁，又使多言者得造風波，甚非相愛之道也。謹却封納。從者已多日離親側，唯以早還爲宜。進道外，千萬倍加愛養。入夜，草草。不宜。

二 揚州

某啓。辱書，因循不卽裁謝。專人惠簡，只增愧悚。比日起居佳勝。某今晚到泗州，來日隨早晚行，不出十六七日到揚。如欲相見，可少留相待，或附客舟沿路邂逅也。若已由天長路奔還，卽不及矣。惟千萬保愛，更進學術以就遠業。不宜。

三 惠州

某啓。貶竄皆愚暗自取，罪大罰輕，感恩念咎之外，略不置胸中也。得喪常理，正如子師及第落解爾。如別紙所諭，甚非見愛之道。此等語切冀默之。餘非面莫悉。

四 北歸

某啓。泗上爲別，忽已八年，思企深矣。專人辱手書，承起居佳福，至慰。某已到儀真少幹，當留旬日。舍弟欲同居潁昌，月末遂北上矣。非久會面，欣愜之極。人還，謹奉啓。不宣。

與鄭靖老四首〔一〕以下儋耳

某啓。近舶人回，奉狀必達。比日起居佳勝，貴眷令子各安。某與過亦幸如昨。初賃官屋數間居之，既不可住，又不欲與官員相交涉。近買地起屋五間一龜頭，在南污池之側，茂木之下，亦蕭然可以杜門面壁少休也。但勞費窘迫爾。此中枯寂，殆非人世，然居之甚安。諸史滿前，甚有與語者也。借書，則日與小兒編排整齊之，以須異日歸之左右也。小客王介石者，有士君子之趣。起屋一行，介石躬其勞辱，甚於家隸，然無絲髮之求也。顧公念之，有可照庇之者，幸不惜也。死罪！死罪！柯仲常有舊契，因見道區區。餘萬萬順候自重。

〔一〕此四首中之第一、第二首，《七集·續集》卷七、《外集》卷七十八題作「與鄭嘉會二首」，本集卷五十九重收此二首，題同上二書。是靖老、嘉會爲一人。今删去卷五十九重收篇二首，出校於此。重收篇第一則無「某啓」二字；「近舶人回」無「近」、「回」二字；「不可住」作「不佳」；「茂木」作「茂林」；「窘迫」作「貧窘」；「諸史」前有「況」字；「有與語」之「有」作「可」；「借書則」作「著書則未」；「整齊」作「齊整」；「王介石」之「王」作「伍」；「顧公」作「顧某」；「有可」之「可」字後有「以」字；「常有舊契」作「舊有契」；無篇末「餘萬萬」七字。

二[一]

邁後來相見否？久不得其書，聞過房下卧病，正月尚未得耗，亦憂之。公爲取一書，附瓊州海舶或來人之便，封題與瓊州倅黄宣義託轉達，幸甚也。見説瓊州不論時節有人船便也。《衆妙堂記》一本，寄上。本不欲作，適有此夢，夢中語皆有妙理，皆實云爾，僕不更一字也。不欲隱没之，又皆養生事，無可醞釀者，故出之也。

[一]重收篇第二首「卧」後有「病」字，今據補；「附瓊州」作「求瓊州」；「瓊州倅」無「倅」字；「幸甚」作「甚幸」；「衆妙堂」之「堂」字後有「記」字，今據補；「更不易」作「不更」，今據改；「便没」作「隱没」，今據改；篇末無「也」字。

三北歸

某啓。到雷見張君俞，首獲公手書累幅，欣慰之極，不可云諭。到廉，廉守乃云公已離邕去矣[一]。方悵然，欲求問從者所在，少通區區，忽得來教，釋然，又得新詩，皆秀傑語，幸甚！幸甚！别來百罹，不可勝言，置之不足道也。《志林》竟未成，但草得《書傳》十三卷，甚賴公兩借書籍檢閲也。向不知公所存，又不敢帶，行封作一籠，寄邁處，令訪尋歸納。如未有便，且寄廣州何道士處，已深囑之，必不散墜[二]。某留此過中秋，或至月末乃行。至北流，作竹栰，下水歷容、藤至梧。與邁約，令般家至梧相會，中子迨，亦至惠矣。却雇舟泝賀江而上[三]，水陸數節，方至永。老業可柰何！柰何！未會間，以時自重。不宣。

〔一〕「已」原缺，據《七集・續集》卷四、《外集》卷七十九、《歐蘇書簡》補。

〔二〕「散」原作「敢」，今從《七集・續集》。

〔三〕「雇」原作「顧」，今從《七集・續集》。

四　北歸

某見張君俞，乃始知公中間亦爲小人所捃摭，令史以下，固不知退之《諱辨》也，而卿貳等亦爾耶！進退有命，豈此輩所能制，知公奇偉，必不經懷也。某鬚髮皆白，然體力元不減舊，或不即死，聖恩汪洋，更一赦，或許歸農，則帶月之鋤，可以對秉也。本意專欲歸蜀，不知能遂此計否？蜀若不歸，即以杭州爲佳。朱邑有言：「子孫奉祀我，不如桐鄉之民。」不肖亦云。然外物不可必，當更臨時隨宜，但不即死，歸田可必也。公欲相從於溪山間，想是真誠之願，水到渠成，亦不須預慮也。此生真同露電，豈通把玩耶！

與程懷立六首〔一〕黃州

某啓。昨日辱訪，感怍不已。經宿起居佳勝。蒙借示子明傳神，筆勢精妙，彷彿莫辨，恐更有別本，願得一軸，使觀者動心駭目也。專此致敍，滅裂，不一。

〔一〕此六首中之二、三、四、五各首，《七集・續集》卷四爲《與孫叔靜七首》之一、四、七、五及六（案：五、六合爲一首）首。《七集・續集》目録有「與程懷立」，文佚。《大典》作「與程懷立」，次第同《七集・續集》。

二以下俱北歸

某啓。昨日辱顧，夙昔之好，不替有加，感歎深矣。屬飲藥汗後，不可以風，未即詣謝。又枉使旌，重增悚灼。捧手教，且審尊體佳勝。且夕告謁〔一〕，以究所懷。

〔一〕《大典》、《七集·續集》卷四「告謁」作「造謁」。

三

某啓。已别，瞻企不去心。辱手教，且審起居佳勝，感慰之極。早來，風起，舟師不敢解，故復少留，來約淨慧與惠州三道人語爾。無緣重詣，臨紙惋悵。

四

某啓。去德彌日〔一〕，思渴縈懷。比日竊惟履兹新陽，起居佳勝。江路無阻，至英方再宿爾。少留數日。此去尤艱闕，借舟，未知能達韶否？流行坎止，輒復隨緣，不煩深念也。後會未卜，萬萬爲國自重。人行，忽遽〔二〕。不宣。

〔一〕文中「彌日」之「日」，《大典》、《七集·續集》、《歐蘇書簡》作「月」。
〔二〕「忽」誤作「怱」，逕改。

五[一]

某啓。令子重承訪及，不暇往別，爲愧深矣。珍惠菜膳，增感怍也。河涼藤已領[二]，衰疾有可恃矣。眉山人有巢谷者，字元修，名穀，後改名谷。曾舉進士武舉，皆無成。篤有風義。年七十餘矣，聞某謫海南，徒步萬里相勞問，至新州病亡。官爲稾葬，録其遺物於官庫。元修有子蒙，在里中，某已使人呼蒙來迎喪，頗助其路費，仍約過永而南，當更資之。但未到間，其旅殯無人照管，或毁壞暴露，願公愍其不幸。因巡檢至新[三]，特爲一言於彼守令[四]，得稍爲修治其殯，常戒主者謹護之，以須其子之至，則恩及存没矣。公若不往新，則告一言於進叔，尤幸。亦曾懇此。恐忘之爾。死罪！死罪！

[一]「五」原脱，今補。
[二]《大典》、《七集·續集》卷四、《外集》卷七十九「涼」作「源」。按：本集卷五十四《與程正輔》第六十八首有「河源事」句，「涼」或爲「源」之誤。今仍「涼」字，志疑於此。
[三]「因」原作「田」，今從上三書。
[四]「特」原作「時」，今從上三書。

六[一]

某啓。嶺海闊絶，不謂生還。復得瞻奉，慰幸之極。比日履茲秋涼，起居佳勝。少選到岸，即遂伏謁，以盡區區。不宜。

〔一〕此首尺牘，本集卷六十重收，爲《與人四首》之第三首。重收篇無「某啓」二字，「玆」作「此」，無「以盡區區不宜」六字。今存此删彼。

與謝民師二首〔一〕以下俱北歸

某啓。衰病枯槁，百念已忘，緇衣之心，尚餘此爾。蒙不鄙棄，贈以瑰偉，藏之巾笥，永以爲好。今日遂行，不果走別，愧負千萬。

〔一〕《七集·續集》卷四「師」後有「推官」二字。

二

某啓。蒙録示近報，若果然得免湖外之行，衰羸之幸，可勝道哉！此去，不住許下，則歸陽羨。民師還朝受任〔一〕，或相近，得再見，又幸矣。兒子輩並沐寵問，及覽所賜過詩，何以克當。然句法有以啓發小子矣。感荷！感荷！旅況不盡區區。

〔一〕「受」原作「授」，今從《七集·續集》卷四。

與孫志同三首以下俱北歸

某啓。衰朽困窮，故人不遺，遠辱臨訪，旅泊兩月，勤厚至矣。明旦決行，料公必欲追餞。古語云：「千里遠送，歸於一別。」而吾輩學道人，不欲有所留戀，況公去家往返已千里矣，慎勿更至前路舟次執手足矣。惟萬萬自重。不宣。

二

僧監大師行解高明，得數月相從，殊慰所懷。已曾告別，更不再詣，與志舉爲舟次執別，慎勿前去。浮屠不三宿桑下，尤忌牽聯也。

三

羹菜羹已熟，奉待同啜了〔一〕，往道場燒香，供小團，可速來。詩改一聯補兩字，重寫納去，却示舊本。

〔一〕「待」疑爲「侍」之誤。

與孫志康二首以下俱惠州

某慰言。不意變故，尊丈節推遽捐館舍，士友悲慟，有識嘆惋，柰何！柰何！伏惟至孝志康節推，純誠篤至，罹此凶酷，哀慕摧裂，何以堪處。日月有時，已訖襄事，攀號逾遠，觸物增愴，孝思罔極，柰何！柰何！某以竄逐海上，莫由赴弔，臨紙哽噎，言莫能諭。尚冀寬中以繼志爲大，以時節哀强食，庶全生理。謹奉疏，不次。

二

某啓。自春末聞訃，悲愕不已。自惟不肖，得交公父子間有年矣。即欲奉疏，少道哀誠，不獨海上無便，又聞志康往西路迎護，莫知往還的耗，故因循至今。遂辱專使，手書累幅，愧荷深矣。竊承已畢大事，營幹勤苦，何以堪任。即日孝履支持，粗慰所望。志文實録，讀之感噎。自聞變故，即欲撰一哀詞，以表契義之萬一，患不知爵里之詳。今獲觀此文，旦夕即當下筆，然不敢傳出，雖志康亦不相示。藏之家笥，須不肖啓手足日乃出之也。自惟無狀，百無所益於故友，惟文字庶幾不與草木同腐，故決意爲之，然決不以相示也。志康必識此意，千萬勿來索看。師是此文甚奇，斯人亦可人也。

某謫居已逾年，諸況粗遣。禍福苦樂，念念遷逝，無足留胷中者。又自省罪戾久積，理應如此，實甘樂之。今北歸無日，因遂自謂惠人，漸作久居計。正使終焉，亦有何不可。志康聞此，可以不深念也。玳瑁合見遺，乃吾介夫遺意。謹炷香拜受。志康所惠布蜜藥果等，一一捧領，感怍無量。海上窮陋，又謫居貧病，無一物報謝，慚負無量。見戒勿輕與人詩文，謹佩至言。如見報出都日所聞，虛實不可知，慎勿以告人也。舍弟筠州甚安，時時得書。兒姪輩或在陳，或在許，兩兒子在宜興，某獨與幼子過在此。明年長子邁，當挈他一房來此指射差遣，因般過房下來。見憂之深，恐欲知其詳。示諭開歲來此相見，雖爲厚幸，然竄逐中，惟欲親故謝絶爲孤寂可憐者，則孤危猶可粗安。若如志康，人所指目者，而乃不遠千里相求，此重增某罪戾也。千萬寢之，切告！切告！

李泰伯前輩不相交往，然敬愛其人，欲爲作集引，然亦終不傳出也。承諭乃世舊，可爲集其前後文集，異日示及，當與志康商議，少加删定，乃傳世也。斯人既無後，吾輩當與留意。李文叔書已領，會見無期，千萬節哀自重。諸兒子爲學頗長進，迨自吴興寄詩來，文采甚可觀。此等辱交游最舊，故輙以奉聞，然不敢令拜狀，無益，徒煩報答也。某所答書，乞勿示人，切祝！切祝！

與張元明四首以下俱翰林

數日，起居佳否？有一詮秘大師者，與之久故。患痢後，腸滑，甚困，欲煩一往視療之，可否？在興國寺戒壇院〔一〕，此一高行僧也。便同作福田。呵呵。

〔一〕「壇」原作「檀」，今從《七集·續集》卷六、《外集》卷七十二。

二

數日，起居佳勝。適在院中，得王郎簡帖如此。今封呈，切告輟忙一往，他必不敢苛留。且請周念，副此人友愛急難之心，切望！切望！

三以下俱南遷

前日承追餞南都，又送子由至筠，風義之厚，益增感慨〔一〕。比日，具審起居佳勝。萬里之别，後會杳未有期。伏乞善加保練。

〔一〕「益」原作「以」，今從《外集》卷七十五。

四

遠辱專人惠書，輔以藥物，極濟所乏，衰疾有賴矣。感刻！感刻！不知何時還蜀中，自此音問遂隔，曷勝悵悵。

與孫子思七首以下俱湖州

奉別未幾，思企已深，比日起居佳勝。聞軒從及境，即遂披對，豈勝慰喜。

二

事冗，有疎上謁，思企之深。不審起居佳否？來日輒邀從者同憲車議少事。本欲躬詣，爲公擇見訪，不果。幸賜臨顧。

三

屢辱垂訪，尚稽走謁，經宿起居佳否？借示諸刻，一清心目，又足見雅尚之不凡也。謹却馳納。

四

過辱枉顧，知事務冗迫，不敢久留語。紙軸納去，餘空紙兩幅，留與五百年後人跋尾也。呵呵。耘叟詩亦佳。

五

疊辱車騎，往謝甚疎，惟故人深照，不以爲譴也。經宿尊候佳勝，書四紙，并藥方馳上，須面授其秘也。并硯，不一一。

六

近辱軒從，雖屢接奉，既别，思仰無窮。人事衮衮，未遑上問，先枉寵訊。伏審起居佳勝，感慰兼深。仲通來，知在府中，計與子由輩游從甚樂。未緣再會，惟萬萬以時自重。

七

比來新詩必多，無緣借觀，豈勝渴仰。示諭諸公處，敢不出力，但恐言輕不能有益耳。

與孫子發七首〔一〕以下俱赴定州

專人來辱書，承近日尊體佳勝。蒙許就辟，慰浣深矣。奏檢附呈已發訖。某行期不過九月半間，會見不遠，更祈順時自重。

〔一〕「七」原作「五」。此七首中之第二、第三兩首，原爲一首，第六、第七兩首，亦爲一首，今從《七集·續集》卷六，各分爲二首。今改「五」爲「七」。

二

貴眷各計安勝，公宇已令粗葺，什物粗陋，然亦粗足。更有幹，示喻。塗中幸不滯留，早到慰勤遲，幸也。

三[一]

人還，辱教，具審别後起居佳勝，貴眷各康寧，至慰！至慰！某到邢甚健[二]。忝鄉且親，平時不爲不知公，因此行，觀公舉措，方恨前此知公未盡，勉進此道爲朋友光寵。餘惟萬萬以時自愛。

〔一〕此首，原接上首之後，與上首合爲一首。今據《七集·續集》卷六，獨立成篇。以下原三、四、五各首，順次改「四」、「五」、「六」。

〔二〕「邢」疑爲「郡」之誤。萬有文庫本《蘇東坡集》第十一册第一百三十四頁即作「郡」，然不知所據。今仍作「邢」，待考。

四

子發以古人自期，信道深篤，雖窮達在天，未可前定，然必有聞于時而傳於後也。幸益自愛重，以究遠業。臨行，不盡區區。

五以下俱南遷

軾啟[一]。别來思念不可言[二]。比日尊體何如？某蒙庇粗遣，旦夕離南都，如聞言者尚紛紛，英州之命，未保無改也？凡百委順而已。幸不深慮。愈遠，萬萬以時自重。□□不謹。軾再拜子發通直□足下[三]。

[一]「軾啓」二字原缺，據西樓帖補。

[二]「念」原作「企」，據西樓帖改。

[三]「□□不謹」云云十四字原缺，據西樓帖補。以復原貌。「通直□」之「□」當作「郎」。

六

郡中諸公，未能一一奉狀，因見，各爲致意。過真定，見楊采朝議。此人有實學隱德，河朔似此老，以一二數矣。其子迪簡亦善吏，軾已舉之矣。欲告提刑大夫來年一京削，敢煩子發爲道此懇，或持此簡呈憲使，又幸。不罪！不罪！軾再啟[一]。

[一]篇末「不罪」云云七字原缺，據西樓帖補，以復原貌。據「軾再啓」言之，此則尺牘似爲接上首尺牘或他首尺牘而言者。

七[一]

一起寫書十六七封，不能復謹，勿罪！勿罪！

〔一〕此首尺牘原接上首之後，另行起。《七集·續集》卷六獨立成篇。味此尺牘之意，似爲上首尺牘正文後之附語。然上首尺牘原迹猶在，並無附語。疑此尺牘爲另一尺牘之附語，另一尺牘正文已佚；今亦獨立成篇。

與程德孺四首 儋耳

在定辱書，未裁答間，倉猝南來，遂以至今。比日竊惟起居佳勝。老兄罪大責薄，未塞公議，再有此命，兄弟俱竄，家屬流離，汙辱親舊。然業已如此，但隨緣委命而已。任德翁同行月餘，具見老兄處憂患〔一〕，次第可具問，更不詳書也。懿叔赴闕今何在？因書道區區。後會無期，臨書惘惘。餘熱，萬萬以時珍重。

〔一〕「具」原作「其」，今從《外集》卷七十五。

二〔一〕 以下俱北歸

近蒙專使至虔，遠致時服寢衣之貺，尋附啓布謝，必達。比日起居佳勝，眷愛各康健。某候水過贛，今方達南康軍，約程，四月末間到真州。當遣兒子邁往宜興取行李，某當泊船瓜洲以待之。不知德孺可因巡按至常、潤，相約同遊金山否？患難之餘，老兄弟復一相聚，曠世奇事也。可不略喻及。餘萬萬自重。

〔一〕此首與下二首，《七集·續集》卷七作「與程德孺運使三首」。

三

某此行本欲居淮、浙間，近得子由書，苦勸來潁昌相聚，不忍違之，已決從此計，泝汴至陳留出陸也。今有一狀，干漕司一坐船，乞早爲差下，令且在常州岸下，候邁到彼乘來，切望留意早早得之，免滯留爲幸。懿叔必常得信，令子新先輩必已赴任。未及書，因家信道區區。

四

告爲買杭州程奕筆百枝及越州紙二千幅，常使及展手者各半，不罪！不罪！正輔知已到京，非久上狀次。乞因信致懇。

與康公操都管三首以下俱杭倅

某稔聞才業之美，尚淹擢用，向承非罪被移，衆論可怪，賢者處之，想恬適也。希聲久不得書，承示諭，方知得蜀州，應甚慰意。二浙處處佳山水，守官殊可樂，鄉人之至此者絶少。舉目無親故，而杭又多事，時投餘隙，輒出訪覽，亦自可卒歲也。東陽自昔勝處，見劉夢得有「三伏生秋」之句，此境猶在否？未知會晤之日，但有企咏。

二

所索詩，非敢以淺陋爲辭，但希世絶境，衆賢所共詠嘆，不敢草草爲寄也。幸恕察。

三

向辱教，久欲裁謝，值出入紛紛無定，因循至今。即日履茲春和，起居佳適。向承寄示圖記及詩，實深慰仰。此真得賢者之樂，雖鄙拙，亦欲勉作歌詩，庶幾附託高人絶境，以傳永久。適會紛紛未暇，更旬日當寄上也。

與王敏仲十八首以下俱惠州

某啓。春候清穆，竊惟按馭多暇，起居百福，甘雨應期，遠邇滋洽，助喜慰也。某凡百粗遣，適遷過新居，已浹旬日，小窻疎籬，頗有幽趣。賤累亦不久到矣。未期瞻奉，萬萬爲國自重。不宣。

二

某啓。兩蒙賜教，慰感深至。曾因周循州行，奉狀，伏想已塵清覽。即日台候何似？越人事嬉遊，盛於春時，高懷俯就，想復與衆同之，天色澄穆，亦惟此時也。莫緣陪後乘〔一〕，西望增慨。尚冀保練，慰此區區。不宣。

〔一〕「乘」原缺，據《七集·續集》卷七、《外集》卷七十六補。

三

某啓。久以病倦，闕於上問。竊惟鎮撫多暇，起居萬福。春來雨暘調適，必善歲也。想慰勤恤之懷。莫由瞻奉，惟冀若時爲國保練。不宜。

四

某啓。辱手教，荷戴深矣。仍審比日台候康勝，至慰！至慰！某凡百如昨。新屋旦夕畢工，即還入。長子邁自浙中般挈，由循州徑路來，閏月可至此。漸似無事，却可以掃室安居矣。新政愷悌，已穆然嶺海間矣。更蒙下訪，粗識仁人之用心也。欣慰之劇，未緣面盡，臨書菀結。漸煖，萬萬爲人自重。

五

某啓。浮玉遂化去，殊不知異事，可聞其略乎？其母今安在？謗者之言，何足信也。丹元事亦告録示，決不示人也。起居之語未曉，亦告指示。近頗覺養生事絶不用求新奇，惟老生常談，便是妙訣，咽津納息，真是丹頭，仍須用尋常所聞般運泝流法〔一〕，令積久透徹乃效也。孟子曰：「事在易而求諸難，道在邇而求諸遠。」董生云：「尊其所聞則高明，行其所知則光大。」不刊之語也。

〔一〕「法」原缺，據《七集·續集》卷七、《外集》卷七十六補。

六

某啓。自幼累到後，諸孫病患，紛紛少暇，不若向時之闃然也。小兒授仁化，又礙新制不得赴，蓋惠、韶亦隣州也。食口猥多，不知所爲計。數日，又見自五羊來者，録得近報，舍弟復貶西容州，諸公皆有命，本州亦報近貶黜者，料皆是實也。聞之，憂恐不已，必得其詳，敢乞盡以示下。不知某猶得久安此乎否？若知之，可密録示，得作打疊擘劃也。憂患之來，想皆前定，猶欲早知，少免狼狽。非公風義，豈敢控告，不罪！不罪！人回，乞數字。

七

某啓。比聞政譽甚美，仁明之外，濟之以勤，想日有及物之益。許録示丹元近事，幸早寄眖。此月十四日遷入新居。江山之觀，杭、越勝處，但莫作萬里外意，則真是，非獨似也。又長子邁將家來，已到虔，近遣幼子過往循迎之，閏月初可到此。老幼復得相見，又一幸事也。邁到後，當遣入府參候。餘非書所能究。不宣。

八

某慮患不周，向者竭囊起一小宅子。今者起揭，並無一物，狼狽前去，惟待折支變賣得二百餘千，不知已請得未？告公一言，傅同年必蒙相哀也〔一〕。如已請得，卽告令許節推或監倉鄭殿直，皆可爲幹賣。緣某過治下，亦不敢久留也。猥末干冒，恃仁者恕其途窮爾。死罪！死罪！

〔一〕「傅」原作「傳」。本集卷五十四《與程正輔》第四十七、第四十九首尺牘均及傅同年，卷六十《與陸子厚一首》有「韓朴處士多從傅同年游」之語。今改「傳」爲「傅」。

九

某再啓。承諭津遣孤孀，救藥疾癘，政無急於此者矣。非敏仲莫能行之，幸甚！幸甚！廣州商旅所聚，疾疫之作，客先僵仆，因薰染居者，事與杭相類。莫可擘劃一病院〔一〕，要須有歲入課利供之，乃長久之利，試留意。來諭以此等爲仕宦快意事，美哉此言，誰肯然者。循州周守，治狀過人，議論甚可聽，想蒙顧眄也〔二〕。

〔一〕「病」原缺，據《大典》補。

〔二〕「眄」原作「盼」，據《大典》改。

十

某啓。得郡既謝，即辭不敢久留，故人事百不周一。方欲奉啓告别，遽辱惠問，且審起居佳勝，寵諭過實，深荷奬借。旦夕遂行，益遠，萬萬以時自重。人還，忽忽。不宣。

十一

某啓。羅浮山道士鄧守安，字道立。山野拙訥，然道行過人，廣、惠間敬愛之，好爲勤身濟物之事。嘗與某言，廣州一城人，好飲鹹苦水，春夏疾疫時，所損多矣。惟官員及有力者得飲劉王山井水，貧丁何由得〔一〕。惟蒲澗山有滴水巖，水所從來高，可引入城，蓋二十里以下爾。若於巖下作大石槽，以五管大竹續處〔二〕，以麻纏之〔三〕，漆塗之，隨地高下，直入城中。又爲一大石槽以受之〔四〕，又以五管分引，散流城中，爲小石槽以便汲者。不過用大竹萬餘竿，及二十里間，用葵茅苫蓋，大約不過費數百千可成。然須於循州置少良田，令歲可得租課五七千者，令歲買大筋竹萬竿，作栰下廣州，以備不住抽換。又須於廣州城中置少房錢，可以日掠二百，以備抽換之費。專差兵匠數人，巡覷修葺，則一城貧富同飲甘涼，其利便不在言也〔五〕。自有廣州以來，以此爲患〔六〕，若人户知有此作，其欣願可知。喜捨之心，料非復塔廟之比矣。然非道士至誠不欺，精力勤幹，不能成也。敏仲見訪及物之事，敢以此獻，兼乞裁度。如可作，告差人持折簡招之，可詳陳也。此人潔廉，修行苦行，直望仙爾，世間貪愛無絲毫也，可以無疑。從來帥漕諸公〔七〕，亦多請與語。某喜公濟物之意，故密以告，可否更在熟籌，慎勿令人知出於不肖也。

〔一〕「丁」原作「下」，今從《大典》。

〔二〕「以」原作「比」，今從《大典》、《七集·續集》卷四、《外集》卷七十六。

〔三〕「之」原缺，據《外集》補。

〔四〕「一」原缺，據《大典》、《七集·續集》、《外集》補。

〔五〕「便」原作「更」，今從《大典》、《外集》。

〔六〕《外集》「患」作「惠」。

〔七〕「帥漕」原作「漕帥」，今從《大典》、《外集》。案：帥、漕相較，帥爲尊。

十二

某啟。有二事，殊冗，未嘗以干告，恃厚眷也。某爲起宅子，用六七百千，囊爲一空，旦夕之憂也。有一折支券，在市舶許節推處，託勘請。自前年五月請，不得，至今云未有折支物。此在漕司一指揮爾，告爲一言於志康也。又有醫人林忠彦者，技頗精，一郡賴之，欲得一博士助教名目，而本州無闕，不知經略司有闕可補否？如得之，皆謫居幸事也。不罪！不罪！

十三

某再啓。林醫遂蒙補授，於旅泊衰病〔一〕，非小補也。又攻小兒、産科〔二〕。幼累將至，且留調理，渠欲往謝，未令去也，乞不罪。治瘴止用薑、葱、豉三物濃煑熱呷〔三〕，無不効者。而土人不知作豉〔四〕。又此州無黑豆，聞五羊頗有之〔五〕，便乞爲致三碩，得爲作豉，散飲疾者。不罪！不罪！

〔一〕《七集・續集》卷四、《外集》卷七十五「泊」後有「處」字。
〔二〕上二書「攻」作「工」。
〔三〕「熱」原缺，據上二書補。
〔四〕「知」原缺，據上二書補。
〔五〕「之」原缺，據上二書補。

十四

《富公碑詞》，甚愧不工。公更加粉飾，豈至是哉！舟中病暑，疲倦不謹。恕罪！恕罪！

十五

聞遂作管引蒲澗水甚善。每竿上，須鑽一小眼，如菉豆大，以小竹針窒之，以驗通塞。道遠，日久，無不塞之理。若無以驗之，則一竿之塞，輒累百竿矣。仍顧公擘畫少錢，令歲入五十餘竿竹，不住抽換，永不廢。僭言，必不訝也。

十六

某垂老投荒，無復生還之望，昨與長子邁訣，已處置後事矣。今到海南，首當作棺，次便作墓，乃留手疏與諸子，死則葬於海外〔一〕，庶幾延陵季子嬴博之義〔二〕，父既可施之子，子獨不可施之父乎？生不挈棺〔三〕，死不扶柩，此亦東坡之家風也。此外宴坐寂照而已〔四〕。所云途中邂逅，意謂不如其已，所欲言者，豈有過此者乎？故覼縷此紙，以代面别爾。

〔一〕「於」原缺，據《七集·續集》卷四、《外集》卷七十七補。

〔二〕「嬴」原作「羸」，據《續集》、《外集》改。

〔三〕「棺」原作「家」，今從《大典》、《外集》。

〔四〕《歐蘇書簡》「寂」作「夕」。

十七

某啓。兒子乏人，亦不相辭令嗣也。不罪！不罪！又有少懇，見人説舍弟赴容州，路自英、韶間，舟行由端、康等州而往，公能與監司諸公言，輟一舟與之否？今又有一家書，欲告差人，賫往嶺上與之。罪大罰輕，數年行遣不已，屢當患禍，老矣，何以堪此。恃公舊眷，必能興哀。恐悚！恐悚！

十八儋耳

某啓。兒子還，辱手書，具審起居佳勝，感慰兼劇。舟行至扶胥，急足示問，乃知有袁州之命，歎惋不已。行止孰非天者？復何言哉！道眼所照，知已平適，但治行迫遽，亦少勞神矣。不宜。

與陳公密三首〔一〕以下俱北歸

途中喜見令子，得聞動止之詳。繼領專使手書，且審卽日尊體清勝，感慰無量。差借白直兜乘擔索，一一仰煩神用。孤旅獲濟，荷德之心，未易云喻。來日晚方達蒙里，卽如所教，出陸至南華，南華留半日〔二〕，卽造宇下，一吐區區，預深欣躍。

〔一〕《大典》「陳」作「程」。

〔二〕「日」原作「月」，今從《大典》、《七集·續集》卷四、《外集》卷七十九。

二〔一〕

行役艱羈，託庇以濟。分貺丹劑，拯其衰疾，此意豈可忘哉。其餘言謝莫盡。令子昆仲，比辱書示，未暇修答，悚息！悚息！曹三班廉幹非常，遠送，愧感。二絶句發一笑。

〔一〕文中「修答」之「答」原作「書」，今從《外集》卷七十九。

三

窮途棲屑，獲見君子，開懷抵掌，爲樂未央。公既王事靡寧，某亦歸心所薄，忽遽就列，如何可言。别後亟辱惠書，詞旨增重。具審起居佳勝，感慰深矣。某已度嶺，已無問鵩之憂，行有見蝎之喜。但遠德誼，未忘鄙情〔一〕。新春保練，以需驛召。

〔一〕《大典》「德誼未忘鄙情」作「惘惘未忘來情」，《七集·續集》卷四作「惘惘未忘於情」。

與陳大夫八首以下俱黄州

某啓。秋暑尚爾，不敢造門。伏想起居清勝。借示丞相手簡，又承彌勒偈，筆勢峻秀，實爲奇觀。手簡謹却馳納，偈必有别本，輒留箱篋之珍，且欲誦味以洗從來罪垢業障，幸甚！幸甚！旦夕當得造謝。人還，不一一。

二

某啓。辱簡，伏承起居清勝。召往山間陪清遊，夙昔所願也。但晚來兒婦病頗加，須且留家中與斟酌藥餌。小兒輩不歷事，未可委付。不免有違尊命，當蒙仁者情恕也。忽忽布謝。不一一。

三

某啓。遞中奉狀，不審已達否？比日起居何如？奉違如宿昔爾，遂兩改歲。浮幻變化，念念異觀，閒居靜照，想已超然。某蒙庇粗遣，遂爲黄人矣。何時握手一笑，臨書悵然，惟萬萬珍重。因周宣德行，奉狀上問。周令行速，殊草略，乞恕之。比雖不作詩，小詞不礙，輒作一首，今録呈，爲一笑。九郎不及奉啓。

四

某啓。閑居闕人修寫，每用手簡通問，甚爲率易，想不深責。見報，公遂乞還事，不知信否？然不待引手，脱屣世路，此固烈丈夫之事，回視鄙懦，增愧嘆也。園宅日益葺，子孫滿前，此樂豈易得哉！唐守常相見否？九郎淹滯，蓋其舉術之未精富爾。

五

某啓。近人從南豐來，獲手教累幅。存念之厚，不替夙昔，感服深矣。比日伏惟履兹隆暑，起居勝常。某凡百如昨，賤累俱無恙。子由亦時得安訊，皆託餘庇也。公微疢，聞已除，且當指射湖外一郡，胡爲遂入宮觀也？未緣瞻奉，萬萬以時自重。謹奉啓上問。不宣。

六

某啓。閑居闕人寫啓，必以情恕。公去愈久矣，貧羸之民，思公益深，真古人在官無赫赫之譽者也。九郎別來計安。今歲科詔，當就何處下文字。明偉已被恩命，欣賀殊深。日望渠過此，不聞來耗，何也？兒子蒙問及，無事，不敢令拜狀，恐煩清覽。知生事漸緝，仍用畫叉藏瓶之法否？此法至要妙。非其人，不可妄傳，非復戲言，乃真實語也。

七

某啓。蒙惠竹簟、剪刀等，仰服眷厚。歐陽文忠公云「涼竹簟之暑風」，遂得此味。近日尤復省事少出。去歲冬至，齋居四十九日，息命歸根，似有所得。旦夕復夏至，當復閉關却掃。古人云：「化國之日舒以長。」妄想既絶，頹然如葛天氏之民，道家所謂延年却老者，殆謂此乎？若終日汲汲隨物上下者，雖享耄期之壽，忽然如白駒之過隙爾。不敢獨享此福，輙用分獻，想當領納也。呵呵。

八

某啓。多日不獲請見。伏惟尊候康勝。借示繡佛，奇妙之極，當由天工神俊，非特尋常女工之精麗者也。凡目瞻禮，一洗塵障，幸矣。謹却馳納，少暇詣謝次。謹奉啓，不宣。

與范夢得十首以下俱杭倅

久以事牽，不遑奉書，深以爲愧。中間安上處及遞中捧來教，具審起居佳勝。某旅宦粗遣，春夏間殊少事。近日併覺冗坌，盜賊獄訟常滿，蓋新法方行故也。疲薾無狀。館中清佚，至爲福地。然知平日交游皆不在，何以爲樂。某旬日來，被差本州監試，得閑二十餘日。日在中和堂、望海樓閑坐〔一〕，漸覺快適，有詩數首寄去，以發一笑。

〔一〕「日」原缺，據《外集》卷六十三補。

二

久不奉書，愧負不可言。不審比辰起居佳否？某此粗遣，但親友疎闊，旅懷牢落爾。屢得蜀公書，知佳健。二家兄書云，每去輒留食，食倍於我輩，此大慶也。頻得潞公手筆，皆詳悉精好。富公必時見之，聞其似四十許人，信否？君實固甚清。安得此數公無恙，差慰人意。無緣言面，惟順時自愛。

三以下俱翰林

某啓。辱教字，審起居佳勝。郊外路遠，不當更煩臨屈，可且寢罷，有事以書垂諭可也。界紙望示及，來日自不出，只在舟中静坐。惠貺鳳團，感意眷之厚。熱甚，不謹。

四

某啓。辱教，承台候康勝，爲慰。得請知幸，以未謝尚稽謁見，悚息！悚息！子功復舊物〔一〕，甚慰衆望。來日方往浴室也。人還，怱怱。不宣。

〔一〕《外集》卷七十二「功」作「光」。

五

某啓。不肖所得寡薄，惟公愛念，以道義相期，眷予無窮。既别，感戀不可言。乍寒，不審起居安否？某已次陳橋，瞻望益遠。惟萬萬以時自重。不宣。

六

某啓。今日謁告，不克往見。辱教，伏承尊體佳勝。楊君舉家服其藥多效，亦覺其穩審。然近見王定國云，張安道書云，曾下疎藥，數日不能食，又謝之，不滿意，頗云云。然不知果爾否？有聞，不敢不盡。

七

某啓。辱簡，且審起居佳勝，爲慰。和篇高絶，木與種者皆被光華矣。甚幸！甚幸！舊句奇偉，試當强勉繼作。怱怱，不宣。

八〔一〕

某啓。違遠二年，瞻仰爲勞。辱書，承起居佳勝，慰喜可量。覲罷，當往造門，併道區區。不宜。

〔一〕本首尺牘自「量覲」以下十三字，《七集·續集》卷四作「之極比日履此秋凉起居佳勝少選到岸即伏謁以盡區區」。

九

某啓。昨日方叔處領手誨，今又辱書，備增感慰。乍冷，台候勝常。未由詣見，但有欽仰。忽忽，上啓。

十南遷

某啓。一别俯仰十五年，所喜君子漸用，足爲吾道之慶。比日起居何如？某旦夕南遷，後會無期，不能無悵惘也。過揚，見東平公極安〔一〕，行復見之矣。新著必多，無緣借觀，爲耿耿爾。乍暄，惟順候自重。因李豸秀才行，附啓上問。不宜。

〔一〕《大典》「公」作「心」。

與江惇禮五首以下俱黄州

罪廢屏居，忽辱示問，累幅粲然，覽之茫然自失。比日侍奉外，起居無恙。僕雖晚生，猶及見君之王父也。追想一時風流賢達，豈可復夢見哉！得所惠書，詞章温雅，指趣近道，庶幾昔人，三復喜甚。獨恨所稱道過當，舉非其實，想由相愛之深，不覺云耳。自是可略之也。久不得貢父翁書，因家信略爲道意。無緣面言，臨紙惘惘。

二

向示《非國語》之論，鄙意素不然之，但未暇爲書爾。所示甚善。柳子之學，大率以禮樂爲虚器，以天人爲不相知云云。雖多，皆此類耳。此所謂小人無忌憚者，君正之大善。至於《時令》、《斷刑》、《貞符》、《四維》之類皆非是〔一〕，前書論之稍詳。今冗迫，粗陳其略，須面見乃盡言。然迂學違世，不敢自是，因君意合，偶復云爾。

〔一〕「貞符」原作「正符」，據《七集·續集》卷五、《柳河東集》卷一改。

三

所示徐君，爲朝中知之者益衆。不肖固嘗愛仰〔一〕，然老朽無狀〔二〕，豈能爲之增重。向者亦或從諸公之後，時掛一名，以發揚遺士，而近者不許連名，此事便不繼。然所示亦當在心，有問焉固當以此告也。

〔一〕「固嘗愛仰」，原作「固當愛鄉」，據《七集·續集》卷五改。

〔二〕「然」原缺，據《七集・續集》改。

四

疊辱臨顧，感怍無量。録示神告，得聞前人偉蹟，固後生之幸。然事體不小，未敢輒作文字，非面莫究也。

五

十論、十二説已一再讀矣，不獨嘆文辭之美，亦以見盡誠求道之至也。科舉數不利，想各有時。穮蓘不廢〔一〕，三年可必也〔二〕。曾過江游寒溪西山否？見邑人王文甫兄弟，爲致意。近有書，必達矣。

〔一〕「穮蓘」，《七集・續集》卷五作「箕裘」。

〔二〕《七集・續集》「三」作「半」。

蘇軾文集卷五十七

尺牘

與韓昭文一首

某啓。違遠旌棨，忽已數月。改歲，緬惟台候勝常。邊徼往還，從者殊勞，日望馬首。但迂拙動成罪戾，恐不能及見公之還而去爾。餘寒，伏冀爲國自重。因任秘校行〔一〕，謹奉啓參候。不宣。

〔一〕《大典》、《七集·續集》卷四「任」作「李」。

與胡深父五首〔一〕以下俱杭州

某啓。自聞下車，日欲作書，紛冗衰病，因循至今，疊辱書誨，感愧交集。比日起居佳勝。未緣瞻奉，伏冀以時保練。

〔一〕「五」原作「四」，誤刊，逕改。

二

某啓。乍到整葺，想勞神用。自浙西數郡，例被霪雨颶風之患，而秀之官吏，獨以爲無災，以故紛紛至此。想公下車倍加撫綏，不惜優價廣糴，以爲嗣歲之備。憲司移文，欲收糙米，此最良策，而推户專斞所不樂，故妄造言語，聰明所照，必不摇也。病中，手字不謹。

三

某久與周知録兄弟遊，其文行才氣，實有過人，不幸遭喪，生計索然，未能東歸九江。托迹治下，竊惟仁明必有以安之，不在多言。餘託柳令咨白。冗中，不盡區區。

四

彦霖之政，光絶前後，君復爲僚，可喜。船暫輟借，知之。

五

某以衰病紛冗，裁書不謹，惟恕察。王京兆因會，幸致區區。久不發都下朋舊書，必不罪也。

與幾宣義一首〔一〕黄州

某啓。久放江湖，務自屏遠，書問之廢，無足深訝。比日侍奉之暇，起居何如？某凡百如舊。向者以公擇在舒，時蒙相過，既去，索然無復往還，每思楹泉之遊，宛在目前。聞河决陽武，歷下得無有曩日之患乎？得暇，遣數字慰此窮獨。乍冷，萬萬保愛。不宜。

〔一〕《七集·續集》卷五「幾」後有「道」字。案：幾道氏黄，本則尺牘或爲與黄幾道者。

與任德翁二首黄州

自蒲老行後，一向冗懶，不作書。子姪來，領手教，感愧無量。仍審尊體佳勝爲慰。昆仲首捷，聞之欣快，起我衰病矣。當遂冠天下士，蔡州未足云也。陳季常歸，又得動止之詳，小四乃能爾，師中不死矣。此問凡事可問小大，更不覼縷。未期會晤，萬萬自愛。

二赴登州

某啓。半月不面，思仰深劇。辱書，承孝履如宜。金陵雖久駐，奉伺不至，知亦滯留如此。某在慈湖夾阻風已累日〔一〕，今日風亦苦不順〔二〕，且寸進前去，恐亦未能遠也。不知德翁今晚能到此否？傾渴之至。謹遣人上問。不宣。

〔一〕《七集·續集》卷六、《外集》卷七十五「慈」作「磁」；「夾」原作「峽」，據上二書改。案：《詩集》卷三十七有《慈湖夾阻風五首》。

〔二〕「苦不」原作「不苦」，今從《外集》。

與魯元翰二首〔一〕

某啓。元翰少卿，寵惠谷簾一器、龍團二枚，仍以新詩爲貺，嘆詠不已，次韻奉謝。

巖垂疋練千絲落，雷起雙龍萬物春。此水此茶俱第一，共成三絶鑑中人。通前共三篇矣。可與一椀豉湯喫。呵呵。

〔一〕「魯」原作「孔」，誤。案：《詩集》卷十有《九日舟中望見有美堂魯少卿飲以詩戲之二首》，有《次韻周長官壽星院同餞魯少卿》。據注文，此二詩中之少卿，卽元翰。又，此二首中第一首之詩，見《詩集》卷十，其題，卽此首「元翰少卿」云云二十八字。今改「孔」爲「魯」。參下首校記。

二〔一〕

公昔遺予以暖肚餅，其直萬錢，我今報公，亦以暖肚餅，其價不可言。中空而無眼，故不漏；上直而無耳，故不懸。以活潑潑爲内，非湯非水；以赤歷歷爲外，非銅非鉛；以念念不忘爲項，非解非縛；以了了常知爲腹，不方不圓。到希領取，如不肯承當，却以見還。

〔一〕趙刻《志林》有此文，題作「謝魯元翰寄暖肚餅」。

與監丞事一首〔一〕

示諭，趙宗有化去久矣，爲一悵然。終南昔嘗久居，往來鄠、虢、二曲，三邑山川草木，可以坐而默數也。當時李庠彭年監官，與之往還甚熟，斯人今亦不可得也。關中後來豪俊爲誰乎？某日夜念歸蜀爾，終當一過岐、雍間，徜徉少留，以償宿昔之意也。君自名臣子，才美漸著，豈復久浮沉里中，宜及今爲樂。異時一爲世故所縻，求此閒適，豈可復得耶？偶記舊與彭年一詩，彭年讀之，蓋淚下也。斯人有才而病廢，故多感慨，可念！可念！聊復録此奉呈，想亦爲之惘然也。

〔一〕本首尺牘自「某日夜念歸蜀爾」至末，本集卷六十重收，爲《與人四首》之第二首。今删彼留此，加校於此。重收篇「夜念」作「望」；「一過」無「一」字；「意也」無「也」字；「世故」之「故」，據補；「彭年讀之」無「彭年」二字。又：自「某日夜」至「豈可復得耶」，見《補續全蜀藝文志》卷二十一，題作《與寇君》。

與陳朝請二首〔一〕以下俱黄州

某啓。錢塘一别，如夢中事。爾後契闊，何所不有。置之不足道也。獨中間述古捐館，有識相弔，矧故人僚吏相愛之深者。然中無一字以解左右〔二〕，蓋罪廢窮奇，動輙累人，故往還杜絶。至今思之，慚負無量。昨遠辱書問，便欲裁謝，而春夏以來，卧病幾百日，今尚苦目疾。再枉手教，喜知尊體康勝，貴眷各佳安。罪廢屏居，交游皆斷絶，縱復通問，不過相勞慰而已，孰能如公遠發藥石以振吾過者哉？已往者布出，不可復掩矣，期於不復作而已。無緣一見，臨紙耿耿，萬萬以時自重。不宣。

〔一〕《七集·續集》卷五題作「答滁州陳章朝請二首」。
〔二〕《七集·續集》「中」作「終」。

二

某啓。每辱不遺，時枉書問，感怍深矣。比日起居佳勝。某自竄逐以來，不復作詩與文字。所諭四望起廢，固宿志所願，但多難畏人，遂不敢爾。其中雖無所云，而好事者巧以醞釀，便生出無窮事也。切望憐察。示諭學琴，足以自娱，私亦欲爾。但老懶不能復勞心爾。有廬山崔閑者，極能此，遠來見客，且留之，時令作一弄也。江倅遞中辱書，此人回，深欲裁謝。適寒，苦嗽，而此人又告去甚急，故未果，且爲道此。其子文格甚高，議論與世俗異矣。可畏。劉宗古近過此，甚安健，絶無遷謫意。江之親亦可與言過〔一〕。

〔一〕《七集·續集》卷五此句作「江親亦可與言」。

與石幼安一首黄州

某啓。近日連得書札，具審起居佳勝。春夏服藥，且喜平復。某近緣多病，遂獲警戒持養之方，今極精健。而剛强無病者，或有不測之患。乃知羸疾，未必非長生之本也，惟在多方調適。病後須不少白乎？形體外物，何足計較，但勿令打壞《畫苑記》爾。呵呵。因王承制行，奉啓，不宣。

與趙晦之四首〔一〕以下俱黄州

某性喜寫字，而怕作書，親知書問，動盈篋笥，而終歲不答，對之太息而已。乃知剖符南徼，賢者處之，固不擇遠近劇易，矧風土舊諳習。而兵與多事，適足以發明利器，但恨愚暗，何時復得攀接爾。

〔一〕《七集·續集》卷五「趙」後有「昶」字。

二

㮚南事方殷〔一〕，計貴郡亦非静處，長者固自有以處之矣。聞廟略必欲郡縣荒服，就使必克，正是添一熙河，屯守餽餉中原無復寧歲。況其不然，憂患未易言也。履險涉難，可以濟者，其惟邁德寡怨之君子乎？

〔一〕《七集·續集》卷五「殷」作「與」。

三

示諭，處患難不戚戚，只是愚人無心肝爾，與鹿豕木石何異！所謂道者，何曾夢見。舊收得蜀人蒲永昇山水四軸，亦近歲名筆，其人已亡矣，聊致齋閤，不罪浼瀆。藤既美風土，又少訴訟，優游卒歲，又復何求。某謫居既久〔一〕，安土忘懷，一如本是黄州人，元不出仕而已。王定國近得書，亦甚泰然，今有一書與之，告早爲轉達。張安道近得書，無恙。只是喪却兒婦，亦稍煩惱。公後來已有子未？因書略示及。

〔一〕《七集·續集》卷五此句作「某亦甚樂此」。

四

久不奉狀，懶慢之過。遠辱信使，慚愧交懷。比日履兹餘熱，尊體何如？承被命再任〔一〕，遠徼不足久留賢者，然彼人受賜多矣。晦之風績素聞，使者交章，佇聞進擢，以爲交遊故人寵光。未期會見，萬萬以時自重。不宜。

〔一〕「再」原作「在」，今從《七集·續集》卷五。

與袁真州四首以下俱離黄州

某罪廢流落，不復自比數縉紳間。公盛德雅望，乃肯屈賜書問，愧感不可言也。比日履兹新涼，尊體佳勝。某更三五日離此，瞻望不遠，踴躍于懷。更乞以時保練，區區之禱。人還，布謝。不宜。

二

某到金陵一月矣，以賤累更卧病，竟卒一乳母。勞苦悲惱，殆不堪懷。渴見風采，恨不飛去。公仁厚慇惻，勞問加等，無狀，何以獲此，悚息！悚息！無人寫謝書裁謝，多不如禮。惟加察。

三

某啓。疊辱手教，具審比來起居佳勝，感慰兼懷。某雖已達長蘆，然江流湍駛，猶當相風而行。瞻奉不遠，欣抃可量。人還，復謝。不宜。

四

某再啓。承示諭，勝之少駐，恨不飛馳，然須風熟乃敢行爾。太虚書已領，却有一書，乞送與太虚，不在金山，即在潤州也。不罪。煩煩不一。

與上官彝三首[一]以下俱黄州

某啓。專人至，辱書及詩文二册。捧領驚喜，莫知所從得。伏觀書辭，博雅純健，有味其言；次觀古律詩，用意深妙，有意於古作者；卒讀《莊子論》，筆勢浩然，所寄深矣，非淺學所能到。自惟無狀，罪戾汩没，不緣半面，獲此三貺，幸甚！幸甚！老謬荒廢，不近筆硯，忽已數年，顧視索然，無以爲報，但藏之巾笥，永以爲好而已。適病中，人還，草率奉謝。不宜。

〔一〕此三首之一、三兩首，《七集·續集》卷五題作「答上官長官二首」。

二

某再啓。聞名久矣，謫居幸獲相近，而不相通問。先辱教誨，感愧不可言。比來起居佳否？足下雄文妙論，當與作者並驅。過求不肖，莫曉所謂，凡所稱道，舉不敢當，悚息不已。閑居，闕人修寫，又病中，親書不周謹，望一一恕之。

三

某啓。詩篇多寫洞庭君山景物，讀之超然神往於彼矣。見教作詩，既才思拙陋，又多難畏人，不作一字者，已三年矣。所居臨大江，望武昌諸山咫尺，時復葉舟縱遊其間，風雨雪月〔一〕，陰晴早暮，態狀千萬，恨無一語略寫其彷彿耳〔二〕。會面未由，惟千萬以時珍重。何時得美解，當一過我耶？

〔一〕《七集·續集》卷五「雪」作「雲」。

〔二〕「其」、「耳」二字原缺，據上書補。

與王子高三首

某啓。多懶少便，久不奉狀。兒子自北還，辱手書，且審起居佳安，爲慰。游刃一邑，風謡之美，卽自聞上，翹俟殊擢，以塞衆望。會合未涯，伏冀倍萬自愛。區區之禱。不宣。

二

某驚聞大郎監簿，遽棄左右，伏惟悲悼痛裂，酸苦難堪，奈何！奈何！逝者已矣，空復追念，痛苦何益，但有損爾。竊望以明識照之，縱不能無念，隨念隨拂，勿使久留胸中。子高高才雅度，此去當一日千里，以發久滯。願深自愛，以慰親友之望。無由面慰，臨書哽塞。不一一。

三

率爾亂道，何足上石，有書可勸令罷也。若更刻却二紅飯一帖，遂傳作一世界笑矣。

與段約之一首

某啓。辱書累幅，教以所不及，爲賜大矣。某平生與公不相識，一見便能數責其過，此人與此語，豈可多得也。蜀江湍悍，卒夫牽挽，最爲勞苦。若一一以錢與之，則力不能給，故不免少爲此爾。事有疑似，人言良可畏，得公一言則已。無緣親拜厚意，謹奉手啓上謝。不宣。

答刁景純二首[一]以下俱黄州

因循不奉書，不覺歲月乃爾久耶？過辱不遺，遠賜存問，感激不可言也。比日，竊惟鎮撫多暇，起居勝常。吴興風物，夢想見之，嘯詠之樂，恨不得相陪[二]，但聞風謡藹然，足慰所望。夏暄，萬萬自重。

〔一〕《七集·續集》卷五「答」下有「湖守」二字。

〔二〕「相」原缺，據《七集·續集》補。

二

舊詩過煩鐫刻，及墨竹橋字，併蒙寄惠，感愧兼集。吴興自晉以來，賢守風流相望，而不肖獨以罪去，垢累溪山。景純相愛之深，特與洗飾，此意何可忘耶？在郡雖不久，亦作詩數十首，久皆忘之。獨憶四首，録呈，爲一笑。耘老病而貧，必賜清顧，幸甚。

與王佐才二首以下俱黄州

某啓。前日蒙惠雄文，伏讀欽聳，且使爲詩，固願託附。近來絶不作文，如懺贊引、藏經碑，皆專爲佛教，以爲無嫌，故偶作之，其他無一字也。君辭力益老，字畫益精，老拙亦自不敢出手也。今復枉專人辱書，並新詩小篆石畫，覽味欣然，忘疾之在體。示諭《維摩題跋》，無害。偶患一瘡，腿上甚痛，行坐皆廢，强起寫贊，已揭然疲薾，以是未果。奉書亦不復覼縷。嚴寒，萬萬自重。不宜。

二

某啓。自歲初附書及《維摩贊》，爾後不領音耗，不知達否？今蒙遣人惠書，並不言及，料必中間曾賜教，不達也。

與黄元翁一首

某啓。垂老投荒，衆所鄙遠，見孫提點言，獨有存恤孤旅之意，感激不已。到治下當作陸行，必留數日欵見也。

與蔡朝奉二首以下俱揚州

某啓。寄示士民所投牒，與韓公廟圖，此古人賢守，留意於教化，非簿書俗吏所及也。顧不肖何以託此。公意既爾，衆復過聽，亦不敢固辭。但迫冗未暇成之，幸稍寬假，途中寄上也。子野誠有過人，公能禮之，甚善。自蒙寄惠高文，欽味不已，但老懶廢學，無以塞盛意，愧怍不已。

二

某啓。示諭《韓公廟記》。輟忙爲了之，已付來人。來人日飯之，以需此文。其一乃遁去。足下書中云，王守六月替，此二人乃云二月替，不知果如何？若萬一已得替，即請足下與勾當摹刻，已於太守書中細言矣。初到揚州，冗迫，書不盡所懷。

與知監宣義一首北歸

某啓。流落生還，得見君子，喜老成典刑，凜然不墜，幸甚。既不往謝，又枉手教，契好益厚。且審起居佳勝，感慰兼集。風便解去，瞻戀莫及。惟萬萬以時自重。忽忽，不宣。

與毅父宣德七首以下俱揚州

某啓。遞中復辱手教，感悚。比日起居佳安。明日便重九，每緣相對，耿耿也。來書推予過重，公欲避文人相輕之病，而不度不肖所不能任，甚無謂也。以皦日之誓，故復不自隱，想當一笑也。近姪壻曹君行，曾奉狀，必達。乍冷，惟萬萬自重。不一一。

二

子由信籠敢煩求便附與。內有緊婿一帶，乞指揮去人，勿令置潤濕處也。煩瀆，至悚！至悚！祖守便行否？因書，示諭。中前曾託購一碑石，不知得否？因見，乞試問看。

三〔一〕

到揚吏事清暇，而人事十倍於杭，甚非老拙所堪也。熟觀所歷數路，民皆積欠爲大患。仁聖撫養八年，而民未蘇者，正坐此事耳。方欲出力理會，誰肯少助我者乎？此間去公咫尺耳，而過往妄造言語者，或云公欲括田而招兵，近聞得皆虚，想出於欲邀功賞而不顧公來者乎？事之濟否，皆天也，君子盡心而已。無由面見，臨紙惘惘。

〔一〕此首與下首，《七集·續集》卷六題作「與孔毅父二首」。

四

到此得所賜書，即於遞中上謝，豈不達耶？續蒙示諭《王景尋文集》，某猶及從其人游，當依所教。然近日士大夫以某不作銘誌，故變文爲集引耳。已屢辭之，今恐未可遽作也。不罪！不罪！前日得舍弟書報，志公婢偶傷火湯，初甚驚惋，連得書，已全安無痕矣。恐要知。在京數月，見其慧利長進，無病，後母撫之如己出也。除夜紛紛，奉啓不謹。

五〔一〕以下俱北歸

久不通問，計識其無他。北歸所過，皆公之舊迹，或見清詩以增感歎。忽辱手書及子由家訊，窮塗一笑，豈易得哉！比日起居佳安，眷聚各康寧。仙舟想非久到闕，某當老江淮間矣。會合未期，萬萬自重。

〔一〕此首與下首，《七集·續集》卷七題作「答孔毅夫二首」。

六

中間常父傾逝，不能一奉慰疏，但荒徼一慨而已。慚負至今。承諭，子由不甚覺老，聞公亦蔚然如昔，不肖雖皤然，亦無苦恙。劉器之乃是鐵人。但逝者數子，百身莫贖，奈何！奈何〔一〕！江上微雨，飲酒薄醉，書不能謹。

〔一〕「奈何奈何」原一見，據《外集》卷八十一補。

七〔一〕

日至陽長，仁者履之，百順萃止。病發掩關〔二〕，負暄獨坐，醺然自得，恨不同此佳味也。呵呵。誨諭過重，乏人修寫，迺以手簡爲謝。悚息。

〔一〕《七集·續集》卷七題作「答孔毅父」。
〔二〕上書「發」作「廢」。

與程懿叔六首〔一〕

某啓。長至，不獲展慶。伏惟順履初陽，百福來集。知浙中人事簡靜，頗得溪山之樂，但有仰羨。全翁已得文字，吏民甚惜其去，江潮未應，速去無益，不如少留也。問及兒子，感怍，不敢令拜狀。不宜。

〔一〕「六」原作「五」，今正。參下首校記。

二〔一〕

某啓。疊辱車騎，皇悚不可言。晚來起居佳勝。公詩清拔，范老奇雅，真一段佳事也。盛製必自有本，輒留范詩納上。風色未穩，來日必未成行。不一一。

〔一〕此首原與上首合爲一篇，另起。今細味其内容，與上首非寫於一時，今加「二」，獨立成篇。以下「二」、「三」、「四」、「五」各分題，順次改爲「三」、「四」、「五」、「六」。

三

發勾承議，數日欲往謁，泥凍方甚，寸步艱阻，思企無量。辱教，且喜起居佳勝。子由省中試人鎖宿，初一日方出，户侍之命，必辭免也。

四翰林

人來，辱書，喜知起居佳勝，眷愛各萬福。郡政清暇，稍有樂事，處以無心，强梗自服，甚善！甚善！所望於吾弟也。某凡百如昨，但碎累各病，醫人不離門，勞費百端，日有外補之興。行先尚未到，亦不聞遠近之耗。未緣會合，新春保練，别膺殊渥。

五杭州

稍不聞問，思企增劇。比日起居何如，貴眷各安勝。廣東近亦得書，甚安。子由使虜亦還矣。某近忽苦腰痛，在假數日。今雖强出視事，尚未全健，已乞宣城或宮觀去。此雖暫病，亦欲漸爲退休之計耳。吾弟治績遠聞，當卽召用，少慰公議。

六 杭州

承拜命，移漕巴峽，薄慰衆望。方欲奉書，使至，辱教字，且審起居清勝。懿叔才地治狀，當召還清近，此何足道。得一省墳墓，仍見親知，爲可賀耳。衰病疲厭，何時北趨歸路，仰羡而已。知在江上，咫尺莫緣一見，臨紙惘惘。

與徐得之十四首以下俱黃州

某啓。始謫黃州，舉目無親。君猷一見，相待如骨肉，此意豈可忘哉！恨謫籍所縻，不克千里會葬。諸令姪皆少年，未甚更事。得之既手足之愛，事事處置令合宜，若有分毫不如法者，人不責之諸子，而責得之也。幸深留意，切不可惜人情，顧形迹，而有所不盡也。十三、十四皆可，俊性，不宜令失學。聞其舅仲謨户部君之雅望久矣，但未相見，不敢致書。欲望得之致懇。若俟葬畢，迎君猷闔中，與其三子置之左右，而教以學，則君猷爲不死矣。士契之深，不避僭易，悚息之至。

二

某啓。不意君猷文止於此，傷痛不可言。喪過此，行路揮涕，況於親知如僕與君者。見其諸子，益復傷心。然其弟六秀才，雖驟面，頗似佳士。郡人賻之百餘千，已附秀才收掌，專用辦葬事也。志文已是楊元素許作，專爲幹致次，公儀必來會葬，幸與六秀才者商議，令如法也。既葬之後，邑君與十三、十四等，可暫歸張家，爲長策，幸更與詳議。閑人不當僭管，但平昔蒙君猷相待如骨肉，不可不盡所懷。書不可盡談，想深照此意也。不一。

三

某啓。適辱手簡，且審起居佳勝。知尚留雪堂，所須文字，得款曲爲之也。與國書附去，可便遣人。適已遣人，來簡必達。要記昨日事，適會沐浴，困甚，信筆無倫次。

四

某啓。數日得相從，遽別，情悰惘然〔一〕。晚來起居佳勝。後會未可期，惟萬萬順時自重。

〔一〕「悰」原作「深」，今從《七集·續集》卷五。本卷《與徐得之》第九首有「情悰惘然」句。

五

十一郎昆仲不及再别，惟節哀慎重爲禱。葬期不遠，想途中不復滯留。凡事稟議大阮爲佳也。

六

作此書訖，得二月二十八日所惠書，知仙舟靠閤滯留，不易！不易！即日想已離岸。天色稍旱，江水殊未甚長，奈何。更冀勉力。李樂道篆字等不來，恐妨使，且納志文去，可就近別求也。

七

得之晚得子，聞之，喜慰可知。不敢以俗物爲賀，所用石硯一枚，送上，須是學書時與之。似太早計，然俯仰間，便自見其成立，但催迫吾儕，日益潦倒爾。恐得之惜別，又復前去，家中闕人抱孩兒，深爲不皇。呵呵。

八

定省之下，稍葺閑軒，簞瓢鷄黍，有以自娛〔一〕，想無所慕於外也。閩中多異人，隱屠釣，得之不爲簪組所縻，倘得見斯人乎？僕亦衰老，强顔少留，如傳舍爾。因風，時惠問。

〔一〕「以」原作「似」，今從《七集·續集》卷五。

九

某啓。昨日已別，情悰惘然。辱教，且審起居佳勝。風雨如此，淮浪如山，舟中摇撼，不可存濟，亦無由上岸，但闔户擁衾爾。想來日未能行，若再訪，幸甚。

十

某啓。逾年相從，情均骨肉，乍此遠別，悵戀可知。辱書，承起居佳勝，爲慰。來日離此，水甚慳澀〔一〕，不知趁得十五日上否？得之亦宜早發，勉此歲月間，早遂定居爲佳也。餘萬萬自重。

〔一〕《外集》卷六十九「澀」作「嗇」。

十一

某啓。承舟御不遠數百里相從，風義之重，感慰何極。經宿起居何如？郡中雖留數日，竟少暇陪接，又不得一候館舍，遂爾遠别，可量悵惘。

十二離黄州

某啓。别後所辱手書，一一皆領。罕遇信便，不克裁謝，甚愧負也。再到舊遊，不見故人，深爲惘惘。然喜久客牢落，得遂歸計也。比日已還。侍下起居佳勝。會合何時，臨書悵然，惟千萬自愛。

十三以下俱惠州

某啓。張君來，辱書存問周至，感激不已。卽日哀慕之餘，孝履如宜。某到惠已半年，凡百粗遣，既習其水土風氣，絶欲息念之外，浩然無疑，殊覺安健也。兒子過頗了事。寢食之餘，百不知管。亦頗力學長進也。子由頻得書，甚安。一家今作四處，住惠、筠、許、常也，然皆無恙。得之見愛之深，故詳及之，不須語人也。瞻企邈然，臨書惘惘。乍熱，惟萬萬節哀，順變自重，千萬！千萬！

十四

詹使君，仁厚君子也，極蒙他照管，仍不輟攜具來相就。極與君猷相善，每言及，相對淒然。君猷諸子得耗否？十四郎後來修學如何？

答賈耘老四首以下俱離黄州

久不奉書，尚蒙記録。遠枉手教，且聞比日動止佳勝，感慰兼集。寄示石刻，足見故人風氣之深，且與世異趣也。新詩不蒙録示數篇，何也？貧固詩人之常，齒落目昏，當是爲兩荷葉所困，未可專咎詩也。某髮少加白耳〔一〕，餘如故。未由一見，萬萬自重。

〔一〕「某」原作「其」，今從《七集·續集》卷六。

二

僕已買田陽羡，當告聖主哀憐餘生，許於此安置。幸而許者，遂築室於荆溪之上而老矣。僕當閉户不出，公當扁舟過我也。醉甚不成字，不罪。見滕公，且告爲皁末送相子來揚州。

三

久放江湖，不見偉人，前在金山，滕元發乘小舟破巨浪來相見。出船，巍然使人神聳。好箇没興底張鎬相公。見時，且爲我致意。别後酒狂，甚長進也。老杜云：「張公一生江海客，身長九尺鬚眉蒼。」謂張鎬也。蕭嵩薦之云：「用之則爲帝王師，不用則窮谷一病叟耳。」

四〔一〕

今日舟中無他事，十指如懸槌，適有人致嘉酒，遂獨飲一杯，醺然徑醉。念賈處士貧甚，無以慰其意，乃爲作怪石古木一紙，每遇饑時，輒一開看，還能飽人否？若吴興有好事者，能爲君月致米三石酒三斗終君之世者，便以贈之。不爾者，可令雙荷葉收掌，須添丁長，以付之也。

〔一〕《稗海》本《志林》有此文。文中「無他事」，《稗海》本《志林》作「霜寒」；「還」原缺，據《七集·續集》卷六、《稗海》本《志林》補。

與陳輔之一首北歸

某啓。昨日承訪及，病倦〔一〕，不及起見，愧仰深矣。熱甚，起居何如？某萬里海表不死〔二〕，歸宿田里，得疾遂有不起之憂，豈非命耶？若得少駐，復與故人一笑，此又出望外也。力疾，書此數字。

〔一〕《大典》、《七集·續集》卷四、《外集》卷八十一「倦」作「重」。

〔二〕「某」原缺，據《外集》補。

與李通叔四首〔一〕以下俱黄州

某啓。向承寵訪，教語甚厚，因循未獲裁謝。復枉専使辱書累幅，意愈勤重。且獲所著《通言》二篇，及新詩碑刻，廢學之人，徒知愛其文之工妙，而不能究極其意之所未至，欽味反覆，不能釋手，幸甚！幸甚！比日起居何如？竊恐著書講道，馳騁百氏，而游於藝學，有以自娱，忘其窮約也。未由面言，萬萬以時自重。人還，奉啓，不宜。

〔一〕此《與李通叔四首》之第一首、第二首，本集卷五十九重見，題作《答李康年一首》，今删彼留此，校第一首異文于下：後者無「某啓」二字；「未獲」作「未及」；「二篇」作「三篇」；「竊恐」作「竊想」；「窮約」原作「家務」，今從後者；後者無「未由面言」云云十六字。本集卷六十九有《跋李康年篆〈心經〉後》一文，可參。

二〔一〕

某啓。《通言》略獲披味，所發明者多矣。謹且借留，得爲究觀。他日成書，盡以見借，尤幸。篆書《心經》，字小而體完，尤爲奇妙。君爲親書，豈敢輒留。他日别爲小字，寫百十字見惠，不必《心經》，乃大賜也。要跋尾，謾寫數字，不稱妙筆。愧愧。

〔一〕本集卷五十九《答李康年一首》無篇首「某啓」二字；脱去「日成書」至「君爲親」二十五字；「百十字」作「草字」；無篇末「愧愧」二字。

三

某啓。疊辱從者推與甚厚，患難多畏，又廢筆硯，無以少答來貺，愧恨深矣。頒示篆字，筆勢茂美，深得二李本意。雖已捧領，當爲篋笥之華。無緣詣謝〔一〕，惟萬萬慎夏自愛〔二〕。忽忽，不宜。

〔一〕「謝」原作「請」，今從《二妙集》。
〔二〕「夏」原作「憂」，今從《二妙集》。

四

某啓。久不奉書，爲愧。春物妍麗，奉思無窮。比日起居佳否？中間蒙寄示雪堂篆字，筆勢茂美，足爲郊藪之光。不即裁謝，未見罪否？會合未由，萬萬以時自重。不宣。

與徐仲車三首〔一〕以下俱南遷

某啓。三辱手教，極荷憂念〔二〕，孔子所謂「忠焉能勿誨乎」？當書諸紳，寢食不忘也。名方良藥，亦已拜賜，幸甚！幸甚！來日，舟人借請或小留，但不敢往謁爾。占望悵惋。

〔一〕本首自「三辱手教」至「寢食不忘也」二十七字，《大典》、《七集·續集》卷四原接第二首後，與第二首爲一首。
〔二〕以上二書「憂念」作「厚愛」。

二

某啓。昨日既蒙言贈，今日又荷心送，盎然有得，載之而南矣。復啓，不宣。

三

某啓。伏辱奇篇，伏讀驚嘆，愧何以當之，以太守會上，不即裁謝。繼枉手教，益深感怍。晚來起居佳勝。公窮約至老，居甚卑而節獨高〔一〕。某忝冒過分，實内自愧，相見不免踧踖，來示何謙損之過也。追行不再詣，惟厚自愛。入夜，不宣。

〔一〕「而」原缺，據《寶真齋法書贊》卷十二《蘇文忠書簡帖》補。

與彥正判官一首黄州

古琴當與響泉韻磬〔一〕，並爲當世之寶，而鏗金瑟瑟，遂蒙輟惠，拜賜之間，赧汗不已。又不敢遠逆來意，謹當傳示子孫，永以爲好也。然某素不解彈，適紀老枉道見過，令其侍者快作數曲，拂歷鏗然〔二〕，正如若人之語也。試以一偈問之：「若言琴上有琴聲，放在匣中何不鳴？若言聲在指頭上，何不於君指上聽？」録以奉呈，以發千里一笑也。寄惠佳紙、名荈，重煩厚意，一一捧領訖，感怍不已。適有少冗，書不周謹。

〔一〕「磬」原作「罄」，據《七集・續集》卷四、《外集》卷六十九改。

〔二〕「然」原作「人」，今從上二書。

與黄洞秀才二首以下俱登州還朝

某啓。寄示石刻，感愧雅意。求書字固不惜，但尋常因事點筆，隨即爲人取去。今却於此中相識處覓得三紙付去，蓬仙因降，爲致區區之意。

二

某啓。經過，幸一再見。人來，辱書，甚荷存記，兼審比來起居佳勝，爲慰。未由欵奉，千萬保嗇。

與黃敷言二首以下俱北歸

某啓。疊辱寵訪，感慰兼集。晚來起居佳勝。來晨啓行〔一〕，以衰疾畏寒，不果往別〔二〕，悚怍深矣。衝涉雨霰，萬萬保練。謹令兒子候違。不宣。

〔一〕《大典》、《七集·續集》卷四、《外集》卷七十九「來」上有「承」字。

〔二〕「別」原作「謁」，今從《大典》、《七集·續集》、《外集》。

二

少事干煩，一書與惠州李念四秀才，告爲到廣州日專遣人達之，不罪。交代民師，且爲再三致意。某再拜，不宣。

與陳承務二首以下俱北歸

某啓。傾蓋一笑，慰喜殊深。奉違信宿，懷想不已。辱手教，且審起居佳勝。已到蒙里，承丈丈差借人轎，孤旅獲濟，感激不可言。愈遠，萬萬若時自愛。

二

孤拙困踣，言無足取，足下獨悦之。少年敏鋭，所存如此，實增欽歎。然此事以臨利害，不變爲難也。

與吴將秀才二首以下俱黄州

某啓。某少時在册府，尚及接奉先侍講下風，死生契闊，俯仰一世。與君相遇江湖，感嘆不已。辱訪山中，愧不能欵。數日，起居佳否？以拙疾畏風，不果上謁。解去漸遠，萬萬自重。

二〔一〕

令子秀才，辱長牋之賜，辭旨清婉，家法凜凜，欽味不已。老拙何以爲謝，但有愧負。

〔一〕此文，一見本卷，爲《答吴子野七首》之第六首，今兩存。

答蘇子平先輩二首〔一〕以下俱黄州

某啓。違别滋久，思詠不忘。中間累辱書教，久不答，知罪。遠煩專使手書勞問，且審比日起居安佳，感慰殊甚。書詞華潤，字法精美，以見窮居篤學，日有得也。某凡百粗遣，厄困既久，遂能安之。昔時浮念雜好，掃地盡矣。何時會合，慰此惘惘。未間，惟萬萬自重。不宣。

〔一〕原作「與蘇子明二首」，據《七集·續集》卷五改。案：子明乃蘇軾之堂兄，底本誤。

二

遠煩遣僕手書足矣，更蒙厚惠，足下困約中何力致此，愧灼不可言已。一一依數領訖，感怍而已。

兒子令往荆南幹少事，未還，還卽令答教也。所要先丈哀詞，去歲因夢見，作一篇，無便寄去。今以奉呈，無令不相知者見。若入石，則切不可也。至祝。

與楊耆秀才釀錢帖一首

楊耆秀才，謀學未成，行橐已竭，欲率昌宗、興宗、公頤及何、韓二君〔一〕，各贈五百，如何？

〔一〕「與」原作「輿」。本集卷五十三《與潘彥明十首》之第二首云及「興宗、公頤」，第六首云及郭興宗，今據改。

與文叔先輩二首〔一〕以下俱黃州

某啓。疊辱顧訪，皆未及款語。辱教，且審尊候佳勝。新詩絶佳，足認標裁，但恐竹不如肉，如何？所示前議更不移，十五日當與得之同往也。

〔一〕文叔乃李格非之字，此二首或是與格非者。

二

某啓。聞公數日不安，既爲憂懸，又恐甲嫂見罵，牽率衝冒之過，聞已漸安，不勝喜慰。得之亦安矣。大黃丸方録去〔一〕，可常服也。惠示子鵝，感服厚意，慚悚不已。入夜，草草，不宣。

〔一〕「去」原作「云」，據《二妙集》改。

與李先輩一首黃州

某啓。辱示，感怍。此石一經題目，遂恐爲世用，便有戕山竭澤之憂，爲石謀之，殆非所樂也。願密勿語。世所少者，豈此石哉。臨行忽忽，不果奉别。幸自愛。

與徐十二二首 黄州

今日食薺極美。念君卧病，麪、酒、醋皆不可近，唯有天然之珍，雖不甘於五味，而有味外之美。《本草》：薺和肝氣，明目。凡人，夜則血歸於肝，肝爲宿血之臟，過三更不睡，則朝旦面色黄燥，意思荒浪，以血不得歸故也。若肝氣和，則血脉通流，津液暢潤，瘡疥於何有。君今患瘡，故宜食薺。其法，取薺一二升許〔一〕，淨擇，入淘了米三合〔二〕，冷水三升，生薑不去皮，搥兩指大，同入釜中，澆生油一蜆殼多於羹面上〔三〕，不得觸，觸則生油氣，不可食，不得入鹽、醋。君若知此味，則陸海八珍，皆可鄙厭也。天生此物，以爲幽人山居之禄，輒以奉傳，不可忽也。朝奉公昨奉狀，且爲致意。區區遣此，不一一。羹以物覆則易熟，而羹極爛乃佳也。

〔一〕《外集》卷六十一「一二升」作「三斤」。

〔二〕《外集》「米三合」作「粳米一二合」。

〔三〕「多」原作「當」，今從《外集》。

與姚君三首〔一〕以下俱登州

某啓。過蘇，首辱垂訪，到官，又枉教字，皆未克陳謝。又煩專使惠問，勤厚如此，可量感愧。比日起居何如？寄示詩編石刻，良爲珍玩，足見好事之深篤也。溽暑未解，萬萬以時珍重。人還，草草奉謝。不宜。

〔一〕「三」原作「四」。其中原第三首，乃與通長老者，移至卷六十一。《七集·續集》卷六題作「答姚秀才三首」。

二

昨惠及千文，荷雅意之厚，法書固人所共好，而某方欲省緣，除長物舊有者，猶欲去之，又況復收耶！謹却封納，不訝！不訝！

三〔一〕

近專人還，奉書必達。入秋差涼，體中佳否？咫尺披奉無由，尚冀保練，慰此想念。

〔一〕原作「四」，今改「三」。參《與姚君三首》校記。

答吳子野七首以下俱黃州

濟南境上爲別，便至今矣。其間何所不有，置之不足道也。專人來，忽得手書，且喜居鄉安穩，尊體康健。某到黃已一年半，處窮約，故是夙昔所能，比來又加便習。自惟罪大罰輕，餘生所得，君父之賜也。躬耕漁樵，真有餘樂。承故人千里問訊，憂恤之深，故詳言之。何時會合，臨紙惘惘。

二

承三年廬墓，葬事周盡，又以餘力葺治園沼，教養子弟，此皆古人之事，僕素所望於子野也。復覽諸公詩文，益增慨歎〔一〕。介夫素不識，其筆力乃爾奇逸耶？僕所恨近日不復作詩文，無緣少述高致，但夢想其處而已。子由不住得書，無恙。所問數人，亦不甚得其詳。馮在河陽，滕在安州，沈在延州，王在京。寄示墓銘及諸刻，珍感！珍感！虞直講一帖〔二〕，不類近世筆迹，可愛！可愛！近日始解畏口慎事〔三〕，雖已遲，猶勝不悛也。奉寄書簡，且告勿入石，至懇！至懇！某再拜。

〔一〕《七集·續集》卷五「慨」作「愧」。

〔二〕《外集》卷六十六「虞」作「盧」。

〔三〕「畏口慎事」原作「閉口畏事」，今從上二書。

三

寄惠建茗數品，皆佳絕。彼土自難得茶。更蒙輟惠，慚悚！慚悚！沙魚、赤鯉皆珍物，感怍不可言。扶劣膏不識其爲何物，但珍藏之，莫測所用，因書幸詳示諭也。近有李明者，畫山水，新有名，頗用墨不俗，輙求得一橫卷，甚長，可用大牀上繞屏〔一〕，附來人納上。江郡乃無一物爲囘信，慙悚之至。兒子無恙，承問及。

〔一〕《七集·續集》卷五「大」作「木」，《外集》卷六十六作「丈」；上二書無「上」字。

四

每念李六丈之死，使人不復有處世意。復一覽其詩，爲涕下也。黄州風物可樂，供家之物，亦易致。所居江上，俯臨斷岸，几席之下，風濤掀天。對岸即武昌諸山，時時扁舟獨往。若子野北行，能迂路一兩程，即可相見也。

五〔一〕

少時在册府，嘗及接見先侍講下風，死生契闊，俯仰一世，乃與君相遇江湖，感嘆不已。辱訪山中，殊不盡欵意。數日，起居佳否？以拙疾畏風，不果上謁。解去漸遠，萬萬以時自重。

〔一〕此文一見本卷，爲《與吳將秀才二首》之第一首。細味文意，當爲與吳將者。今仍存於此。

六〔一〕

令子秀才，辱長箋之賜，辭旨清婉，家法凜然，欽味不已。老拙何以爲謝，但有愧負。

〔一〕此文，一見本卷，爲《與吳將秀才二首》之第二首。今兩存。

七〔一〕　揚州

《文公廟碑》，近已寄去。潮州自文公未到，則已有文行之士如趙德者，蓋風俗之美，久矣。先伯父與陳文惠公相知，公在政府，未嘗一日忘潮也。云潮人雖小民，亦知禮義，信如子野言也，碑中已具論矣。然謂瓦屋始於文公者，則恐不然。嘗見文惠公與伯父書云：嶺外瓦屋始於宋廣平，自爾延及支郡，而潮尤盛。魚鱗鳥翼，信如張燕公之言也。以文惠書考之，則文公前已有瓦屋矣。傳莫若實，故碑中不欲書此也。察之。

〔一〕郎本卷五十五《韓文公廟碑》題下註文引《東坡外集》「載與吴子野論韓文公墓碑書云」，即此首。

與吴秀才三首〔一〕黄州

某啓。相聞久矣，獨未得披寫相盡，常若有所負。罪廢淪落，屏迹郊野，初不意舟從便道，有失修敬。不謂過予，銜冒大熱，間關榛莽，曲賜臨顧，一見灑然，遂若平生之懽〔二〕。典刑所鍾，既深嘆仰，而大篇瓌璨，健論抑揚，蓋自去中州，未始得此勝侶也。欽佩不已，俯求衰晚，何以爲對。送别堤下，恍然如夢，覺陳迹具存，豈有所遇而然耶？留示珠玉，正快如九鼎之珍，徒咀嚼一臠，宛轉而不忍下咽也。未知舟從定作幾日計。早晚過金陵，當得款奉。

〔一〕此首《大典》題作「與友人」。

〔二〕「若」原作「見」，今從《大典》、《七集·續集》卷四、《外集》卷七十。

二〔一〕以下俱惠州

軾啓。遠辱專人惠教，具審比來起居佳勝，感慰之至。與子野先生游，幾二十年矣。始以李六丈待制師中之言，知其爲人。李公人豪也，於世少所屈伏，獨與子野書云：「白雲在天，引領何及。」而子野一見僕，便諭出世間法，以長生不死爲餘事，而以練氣服藥爲土苴也。僕雖未能行，然喜誦其言，嘗作《論養生》一篇，爲子野出也。近者南遷，過真、揚間，見子野無一語及得喪休戚事，獨謂僕曰：「邯鄲之夢，猶足以破妄而歸真，子今目見而身履之，亦可以少悟矣。」夫南方雖號爲瘴癘地，然死生有命，初不由南北也，且許過我而歸。自到此，日夜望之。忽得來教，乃知子野尚在北，不遠當來赴約也。幸甚！幸甚[二]！長書稱道過實，讀之赧然，所論孟、楊、申、韓諸子[三]，皆有理，詞氣翛然，又以喜子野之有佳子弟也。然昆仲以子野之故，雖未識面，懸相喜者，則附遞一書足矣，何至使人賫足遠來，又致酒、麪、海物、荔子等，僕豈以口腹之故，千里勞人哉！感愧厚意，無以云喻。過廣州，買得檀香數斤，定居之後，杜門燒香，閉目清坐，深念五十九年之非耳。今分一半，非以爲往復之禮，但欲昆仲知僕汛掃身心，澡瀹神氣，兀然灰槁之大略也。有書與子野，更督其南歸，相過少留，爲僕印可其所已得[四]，而訶策其所未至也。此外，萬萬自愛。

[一]《七集·後集》卷十四有此文，題作「答潮州吴秀才書」；《七集·續集》卷十一重收此文，題作「與吴秀才書」。

[二]「幸甚幸甚」四字原缺，據《七集·後集》補。

[三]《七集·續集》無「申」字。

[四]「所」原缺，據《七集·續集》補。

三

人來，領書，且喜尊體佳勝。并示《歸鳳賦》，興寄遠妙，詞亦清麗，玩味爽然。然僕方杜門念咎，不願相知過有粉飾，以重其罪。此賦自别有所寄，則善，不肖決不敢當，幸察之！察之！

與姜唐佐秀才六首以下俱儋耳

某啓。特辱遠貺，意甚勤重。衰朽廢放，何以獲此，愧荷不已。經宿起居佳勝。長箋詞義兼美，窮陋增光。病卧，不能裁答，聊奉手啓。

二

某啓。昨日辱夜話，甚慰孤寂。示字，承起居安勝。奇荈佳惠，感服至意，當同啜也。適睡，不卽答，悚息。某頓首。

三

今日雨霽，尤可喜。食已，當取天慶觀乳泉潑建茶之精者，念非君莫與共之。然早來市中無肉，當共啖菜飯耳。不嫌，可只今相過。某啓上。

四

適寫此簡，得來示，知巡檢有會，更不敢邀請。會若散早，可來啜茗否？酒、麪等承佳惠，感愧！感愧！來早飯必如諾〔一〕。十月十五日白。

〔一〕「飯」原缺，據《大典》、《七集·續集》卷四、《外集》卷七十八補。

五

某啓。別來數辱問訊，感怍至意。毒暑，具喜起居佳勝。堂上嘉慶，甚慰所望也。知非久適五羊，益廣學問以卒遠業。區區之禱。此外，萬萬自重。不宣。

六

某已得合浦文字，見治裝，不過六月初離此。只從石排或澄邁渡海，無緣更到瓊會見也。此懷甚惘惘。因見貳車〔一〕，略道下悃。有一書到兒子邁處，從者往五羊時，幸爲帶去〔二〕，轉託何崇道附達，爲幸。

兒子治裝冗甚，不及奉啓。所借《烟蘿子》兩卷、《吴志》四册、《會要》兩册，並馳納。

〔一〕「貳」原作「二」，今從《大典》、《七集·續集》卷四。

〔二〕「幸」原缺，據《外集》卷七十八補。

答蘇佮固四首〔一〕以下俱北歸

辱書，勞問愈厚，實增感㮣。兼審尊體佳勝。今日到金山寺下，雖極艱澀，然尚可寸進，則且乘大舟以便幼累。必不可前，則固不可辭小艇也。餘生未知所歸宿，且一切信任，乘流得坎，行止非我也。

離英州日，已得玉局敕，感恩之外，實荷餘庇。得來示，又知少游乃至如此。某全軀得還，非天幸而何，但益痛少游無窮已也。同貶死去太半，最可惜者，范純父及少游，當爲天下惜之，柰何！柰何！子由想已在巴陵，得宮觀指揮，計便沿流還潁昌。某行無緣追及。昨在途中，風聞公下痢，想安復矣。

〔一〕影宋景定補刊《注東坡先生詩》卷三十九《昔在九江與蘇伯固唱和……》題下註摘引此四首之第二首、第四首文字，謂爲虔州作。同上書同上卷《虔守霍大夫監郡許朝奉見和復次韻》註摘引此四首第三首文字，謂爲虔州作。

二

人至，辱書，承別後起居佳勝，感慰深矣。念親懷歸之心，何事可以易此，顧未有以爲計，當且少安之。神明知公心如此，當自有感應〔一〕，非久，見師是，當謀之。某留虔州已四十日，雖得舟，猶在贛外，更五七日，乃乘小舫往卽之〔二〕。勞費百端，又到此。長少卧病，幸而皆愈，僕卒死者六人，可駭。住處非舒則常，老病唯退爲上策。子由聞已歸至潁昌矣。會合何日，萬萬保啬。

〔一〕「有」原缺，據《七集·續集》卷七、《外集》卷八十補。

〔二〕「舫」原作「舟」，今從《七集·續集》、《外集》。

三

某凡百如昨，但撫視《易》、《書》、《論語》三書，卽覺此生不虛過。如來書所諭，其他何足道。三復誨語，欽誦不已。寄惠鍾乳及檀香，大濟要用，乳已足剩，不煩更寄也。感愧之至。江晦叔已到。霍子侔往太和聽命。三兒子皆促裝登舟，未暇上狀。《清暉亭記》〔一〕，亦以忙未暇作，少間當爲作也。令子疾，知減退，可喜！可喜！

〔一〕《七集·續集》卷七「清」作「春」。

四

往計龍舒爲多，大盆如命取去，爲暑中浮瓜沉李之一快也〔一〕。《論語説》，得暇當録呈。源、修二老行當見之，并道所諭也。至虔州日，往諸刹遊覽，如見中原氣象，泰然不肉而肥矣。何時得與公久聚，盡發所藴相分付耶〔二〕！龍舒聞有一官庄可買，已託人問之。若遂，則一生足食杜門矣。燈下倦書，不盡所懷。

〔一〕「之」原缺，據《七集·續集》卷七、《外集》卷八十補。
〔二〕「所」原作「相」，今從《七集·續集》、《外集》。

與黄師是五首以下俱北還

行計屢改。近者幼累舟中皆伏暑，自愍一年在道路矣，不堪復入汴出陸。又聞子由亦窘用，不忍更以三百指諉之，已決意旦夕渡江過毗陵矣。荷憂愛至深，故及之。子由一書，政爲報此事，乞蚤與達之。塵埃風葉滿室，隨掃隨有，然終不可廢掃〔一〕，以爲賢於不掃也。若知本無一物，又何加焉。有詩録呈：「簾卷窗穿户不扃，隙塵風葉任縱横〔二〕。幽人睡足誰呼覺，攲枕床前有月明。」一笑！一笑！某再拜。

〔一〕「終」原缺，據《外集》卷八十一補。

〔二〕「縱」原作「蹤」，誤，據《大典》、《七集·續集》卷四、《外集》改。

二

比歸江淮間，蒙四遣人墜教，且致家信，非眷念特深，何以及此。比日履兹畏暑，起居清勝。少御之除，未滿公論，但朝廷正欲君子在内耳。行别展慶，未間，萬萬若時自重。

三

子厚得雷，聞之驚歎彌日。海康地雖遠，無瘴癘，舍弟居之一年，甚安穩。望以此開譬太夫人也。

四〔一〕

人來兩捧教賜，具審起居康勝。仲子之戚，惟當日遠日忘，想痛割腸，何所及。中年以後出涕，能令目闇，此最可惜，用鄙言，慎勿出一滴也。兒子之愛雖深，比之自愛其目，豈不有間，幸深念之。餘惟萬萬爲國自重。

〔一〕文中「目闇」之「目」原作「自」，誤，據《七集·續集》卷七、《外集》卷八十一改。

五

某已決意北行，從子由居。但須令兒子往宜興幹事，艤舟東海亭下，以待其歸，乃行矣。行期約在六月上旬，不知其時，使舟已到真否？或猶得一見於揚、楚間爾。窮途百事坎坷，望公一救之，亦參差如此，信有命也。猶欲仰干一事，爲絶少挽舟人。四舟行淮汴間，每舟須添五人，乃濟。公能爲致此二十人否？乞裁之。可否，幸早示諭。此間亦可求五七人，公若致得十五人，亦足用。恃眷干撓，死罪！死罪！子由一書，乞便送與舟中。熱甚，修問草略。不謹。

蘇軾文集卷五十八

尺牘

與沈睿達二首以下俱黄州

某啓。近辱書，伏承退居安隱〔一〕，尊候康健，甚慰所望。某去歲不記日月，遞中奉書，并封公擇小簡去，謂必達。今承示諭，豈浮沉耶？某今年一春卧病，近又得時疾，逾月方安。浮念灰滅無餘，頹然閉户，又非復相見時意思矣。臨紙惘惘，乍熱，惟萬萬自重不宣。

〔一〕《二妙集》「隱」作「穩」。

二

某啓。公所須拙文記雲巢，向書中具道矣，恐不達，故再云云。某自得罪，不復作詩文，公所知也。不惟筆硯荒廢，實以多難畏人，雖知無所寄意，然好事者不肯見置，開口得罪，不如且已，不惟自守如此，亦願公已之。百種巧辨，均是綺語，如去塵垢，勿復措意爲佳也。令子今在何許？漸就遷擢，足慰遲暮。小兒亦授德興尉，且令分房減口而已。孫運判行，病起乏力，未能詳盡。

與李知縣一首〔一〕北歸

某啓。近奉狀，必達。比日，伏計起居佳勝。旱勢如此，撫字之懷，想極焦勞。舊見《太平廣記》云，以虎頭骨縋之有龍湫潭中，能致雨，仍須以長綆繫之，雨足乃取出，不爾雨不止。在徐與黄試之，皆驗，敢以告，不罪！不罪！某家在儀真，輕騎到此數日，却還般挈，須水通乃能至邑中拜見。傾企之甚。毒熱，千萬爲民自愛。不宣。

〔一〕《七集·續集》卷七、《外集》卷七十七「與李知縣」作「與李大夫」。

與翟東玉一首〔一〕惠州

馬，火也。故將火而夢馬。火就燥〔二〕，燥而不已則竆，故膏油所以爲無竆也。藥之膏油者，莫如地黄，以啖老馬〔三〕，皆復爲駒。樂天《贈採地黄者》詩云〔四〕：「與君啖老馬〔五〕，可使照地光。」今人不復知此法。吾晚覺血氣衰耗如老馬矣〔六〕，欲多食生地黄而不可常致。近見人言，循州興寧令歐陽叔向於縣圃中〔七〕，多種此藥。意欲作書干求而未敢，君與叔向故人，可爲致此意否？此藥以二八月採者良。如許以此時寄惠，爲幸，欲烹以爲煎也〔八〕。不罪！不罪！

〔一〕《良方》題作「與翟東玉求地黄」。

〔二〕「就」原作「也」，今從《外集》卷七十七、《良方》。

〔三〕「以」原缺，據《外集》補。

〔四〕「贈」、「者」二字原缺，據《外集》補。

〔五〕《外集》「老」作「肥」。

〔六〕「覺」原作「學道」，今從《外集》。

〔七〕「陽」原缺，據《外集》、《良方》補。

〔八〕「以」原缺，據《外集》、《良方》補。

與孫運勾一首

某啓。脾能母養餘藏，故養生家謂之黄婆。司馬子微著《天隱子》，獨教人存黄氣入泥丸，能致長生。太倉公言安穀過期，不安穀不及期。以此知脾胃寧固，百疾不生。近見江南老人，年七十二，狀貌氣力如四五十人。問其所得，初無異術，但云平生習不飲湯水爾。常人日飲數升，吾日減一合，今但臑唇而已。脾胃惡濕，飲少，胃强氣盛，液行自然，不濕。雖冒暑遠行，亦不念水，此可謂至言不繁。聞曼叔比得腫疾，皆以利水藥去之。中年以後，一利一衰，豈可數乎？當及今無病時，力養胃氣。若土能制水，病何由生。向陳彦升云，少時得此病，服商陸、防己之類，皆不効，服金液丹，灸臍下，乃愈。此亦固胃助陽之意也。但火力外物，不如江南老人之術爾。薑桂辣藥，例能脹肺，多爲腫媒，不可服，有書以告之爲佳也。

與引伴高麗練承議三首〔一〕以下俱杭州

某啓。辱回教，感服不已。數日極寒，徒御良苦，切惟起居佳勝。早潮不知應否？想不出今晚必渡，引領饑渴。專遣人候問。不宣。

〔一〕「引伴高麗」四字原缺，據《七集·續集》卷六、《外集》卷七十三補。

二

來日若晚渡，酒五行已夜矣。本州舊例，雖夜已深，人使猶秉燭復謁，當夜下書，請次日大排，不知如何？又二十日正是國忌，若待二十一日大排，又過三日勑限，不知可打散不坐否？乞一一示諭，得以預備也。

三

某啓。中使已到三十里，若高麗使只今來辭，酒罷却可迎中使。老業未盡，有如此倉忙，望公慈造一言，得只今上馬爲幸。

與杭守一首

某啓。近有自浙中來者，頗能道杭人之語。數年飢饉，若非公，盡爲魚鱉螻蟻矣。比公之去，涕慕殆不可勝，公何施而及此，欽仰！欽仰！聞俞主簿者，附少信物，如果爲帶得來，乞盡底送與范子禮正字。偶索得此冷債，信天養窮人也。呵呵。

不知信物果帶得來？此中已打破甕也。一噱！一噱！

與傅質一首

某啓。再辱示手教，伏審酷熱，起居清勝。見諭，某何敢當，徐思之，當不爾。然非足下相期之遠，某安得聞此言，感愧深矣。體中微不佳，奉答草草。

與吴君采二首俱黄州

惠花已領，影燈未嘗見，與其見此，何如一閲《三國志》耶？

二

近日黄州捕私酒甚急，犯者門户，立木以表之。臨臯之東有犯者，獨不立木，怪之，以問酒友，曰：「爲賢者諱。」吾何嘗爲此，但作蜜酒爾。

與高夢得一首黄州

某啓。人來，領教，開諭累幅，足見相屬之厚。然稱述過當，皆非所敢當〔一〕。僕舉動疎謬，齟齬於世，既忝相知，惟當教語其所不逮，反更稱譽如此，是重不肖之罪也，悚息！悚息！新闋尤增詠嘆，然柏舟之諷，何敢當此諸事，幸且慎默於事，既無補，益增嫉爾。

〔一〕「所」原缺，據《二妙集》補。

與孟亨之一首黄州

某啓。今日齋素，食麥飯筍脯有餘味，意謂不減芻豢。念非吾亨之，莫識此味，故餉一合，并建茶兩片，食已，可與道媪對啜也。

與程彝仲六首〔一〕以下俱密州

某啓。奉别積年，因循不修書問，每以爲愧。遞中辱手書，問勞勤厚，感戴不可言也。承以科詔入都，跋履之餘，起居佳否？老兄循習既久，文行愈粹，決無終否不振之理。更少貶以就繩墨，即當俯拾也。未緣披奉，惟冀以時自重。不宣。謹因鄉人李君行，奉啟布問〔二〕。

〔一〕「六」原作「五」，今改。參本卷《與程彝仲》第五首校記。

〔二〕「謹因」云云十一字原缺，據《七集·續集》卷五補。

二

得聖此行，得失必且西歸〔一〕，計無緣過我。而東武任滿，當在來歲冬杪〔二〕，亦無緣及見於京師矣。此任滿日，舍弟亦解罷，當求鄉里一任，與之西還。近制既得連任蜀中，遂可歸老守死墳墓矣。心貌衰老，不復往日，惟念斗酒隻雞，與親舊相從爾〔三〕。星橋别業，比來更增葺否？因便，無惜一二字。

〔一〕「西歸」原作「歸西」，今從《七集・續集》卷五。
〔二〕「當」原缺，據《七集・續集》補。
〔三〕「舊」原作「友」，今從《七集・續集》。

三〔一〕以下俱湖州

近省榜到郡，首承高過，歡慰可量。沉困累年，行業充富，鄉曲榮耀，交游喜快，甚休！甚休！春氣暄和，奉計即日起居安勝。御試必更在高等。盤桓都下，爲況何如。惟順時珍愛。

〔一〕此首與下首，《七集・續集》卷五題作「與程得聖秘校二首」。案：上首有「得聖此行」云云，則得聖即彝仲。

四

某去秋因鄉人自高密過此，託致手書，不知達否？奉違累歲，無緣一接談笑，傾仰殊甚。榜中鄉人，所識惟吾兄一人，其餘豈盡新俊耶！車馬必稍留都下，因風，無惜惠問。

五〔一〕黃州

某啓。闊別永久，多難流落，百事廢弛，不復通問。獨吾兄不忘疇昔，時枉遠書，感怍不可言。仍審比來起居佳勝。又讀別紙所記園亭山水之勝〔二〕，廢卷閉目，如到其間，幸甚！幸甚！吾兄潛德晚遇，當遂光大。惟厚自愛，慰朋友之望〔三〕。

〔一〕此則與下則尺牘，一見明杜應芳所輯《補續全蜀藝文志》卷二十一，題作《答中江令程公書》。查《蜀中名勝志》卷三十，知爲程建用。建用字彝仲，見《詩集》卷二十七《送程建用》施註。本則尺牘後，原尚有「軾與幼累皆安」云云九十七字，今據《補續全蜀藝文志》、《七集·續集》卷五、《外集》卷六十九，獨立成篇(即下則尺牘)。本則與下則，《七集·續集》題作《答程彝仲推官二首》。

〔二〕「記」原作「寄」，今從《補續全蜀藝文志》、《七集·續集》、《外集》。

〔三〕末句後，《補續全蜀藝文志》尚有「謹附手啓上謝，不宣」八字，其所據當爲原迹或石刻，故出校於此。

六〔一〕

軾與幼累皆安。子由頻得書無恙。元修去已久矣，今必還家。所要亭記，豈敢於吾兄有所惜，但多難畏人，不復作文字，惟時作僧佛語耳。千萬體察，非推辭也。遠書不欲盡言。所示自是一篇高文，大似把飯叫飢，聊發千里一笑。會合無期，臨書凄然也。軾上。

〔一〕「六」原缺，今補。參上首第一條校記。本首尺牘，見西樓帖。「軾與幼累」之「軾」原作「某」，「去已久矣」之「已」原作「亦」，「所惜」之「所」原作「愛」，「臨書」之「書」原作「紙」，據西樓帖改。篇末「也軾上」三字原缺，據西樓帖補，以復原貌。

與孫正孺二首〔一〕以下俱杭州還朝

數日前，因來人奉書必達。比日，伏想履茲餘熱，起居佳勝。某已八上章乞郡，旦夕必有指麾，且輟忙。爲公作得送行詩跋尾，以先祖諱故，不欲作冠篇也。未由會合，千萬保愛。

〔一〕《外集》卷七十三「孺」作「儒」。

二〔一〕

某頑健稍勝昔。老兄眠食不衰否？闊遠無他囑，惟倍萬保嗇而已。勿將作汎汎常語過耳也，千萬！千萬！入石時，莫用邊花欄界之類。古碑惟石上有書字耳，少着花草欄界，便俗狀也。不罪！不罪！偶與子由飲半盞酒，便大醉，不成字。

〔一〕文中「老兄」之「老」原缺，據《七集·續集》卷六、《外集》卷七十三補。

與李端伯寶文三首〔一〕以下俱杭州還朝

自附啓河朔，爾後紛紛，不獲繼問左右。比日，伏審鎮撫之暇，台候萬福。蜀中本易治〔二〕，而或者擾之，公既深識民情，而民亦素服公政。切想下車以來，談笑無事，行春之樂，無由託後乘陪賓客之末，但深想望。舍弟鎖宿殿廬，未及奉狀。

〔一〕「寶文」二字原缺，據《七集·續集》卷六、《外集》卷七十二補。《外集》題下註文：「成都帥。」

〔二〕「中」原缺，據《七集·續集》卷六、《外集》補。

二

張君房助教，陵井人。本治儒學，已而爲醫，有過人者。智識通變〔一〕，而性極厚，恐欲知之。某寵祿過分，碌碌無補，久以爲愧。近屢請郡，未獲，若得歸掃墳墓，遂得望見，豈勝厚幸。但恐政成，促召在旦暮爾。冗中，不盡區區。

〔一〕《七集·續集》卷六、《外集》卷七十二「智識」作「識病」。

三

邑子每來，稔聞豈弟之政，西南泰然，不肖與受賜多矣。幸甚！幸甚！小姪千之初官，得在麾下，想蒙教誨成就也。曾拜聞眉士程遵誨者，文詞氣節，皆有可取。不知曾請見否？

與歐陽知晦四首〔一〕以下俱惠州

某啓。近日屢獲教音。及林增城至，又得聞動止之詳，併深感慰。桃、荔、米、醋諸信皆達矣〔二〕，荷佩厚眷，難以言喻。今歲荔子不熟，土産早者，既酸且少，而增城晚者絶不至，方有空寓嶺海之嘆。忽信使至，坐有五客，人食百枚，飽外又以歸遺。皆云，其香如陳家紫〔三〕，但差小爾。二廣未有此，異哉！異哉！又使人健行，八百枚無一損者，此尤異也。林令奇士，幸此少留，公所與者，故自不凡也。蒸暑異常，萬萬以時珍嗇。不宣。

〔一〕《七集·續集》卷七、《外集》卷七十七此四首之第一首，爲《與循守周文之二首》中之第一首。

〔二〕《七集·續集》、《外集》「醋」作「酒」。

〔三〕《七集·續集》、《外集》「陳」作「辣」。

二

合藥須鵝梨，嶺外固無有，但得凡梨稍佳者，亦可用，此亦絶無。治下或有，爲致數枚，無卽已。栗子或蒙惠少許，亦幸。

三〔一〕

聞公服何首烏，是否？此藥温厚無毒，李習之傳正爾，啖之〔二〕。無炮製，今人用棗或黑豆之類蒸熟，皆損其力。僕亦服此，但採得陰乾，便杵羅爲末，棗肉或煉蜜和入木臼中〔三〕，萬杵乃丸，服，極有力，無毒。恐未得此法，故以奉白。

〔一〕《七集·續集》卷七、《外集》卷七十七爲《與周文之二首》之第二首。

〔二〕《七集·續集》「啖」作「噯」。自「此藥」至「啖之」，參《全唐文》卷六三八李翺《何首烏録》。

〔三〕「和」原作「爲丸」，據《七集·續集》、《外集》改。

四

某乏人寫先狀，不罪！不罪！去思之聲，喧於兩郡，古人之事，復見於今矣。貴眷各惟安勝。

與歐陽晦夫二首〔一〕黄州

某啓。辱答教，感服。風月之約，敢不敬諾。庚公南樓所謂老子於此興復不淺，便當擕被往也。

〔一〕此二首之第一首，《七集·續集》卷四題作「與晦夫」，題下原註：「一云與趙仲脩。」《外集》卷六十九謂此尺牘乃與孫仲脩者。

二北歸

愁霖終日，坐企談晤，不審尊候佳否？《地獄變相》已跋其後，可詳味之，似有補於世者。并字數紙，納去。某所苦已平，無憂。聞少游惡耗，兩日爲之食不下，然來卒説得滅裂，未足全信。非久，唐簿必有書來言。旦夕話別次，仁人之餽，固當捧領。但以離海南，僚人争致贍遺，受之則若饕餮然，所以一路俱不受。若至此獨拜寵賜，則見罪者必衆。謹令馳納，千萬恕察，仍寢來耗，幸甚！幸甚！

與歐陽元老一首〔一〕北歸

秋暑，不審起居佳否？某與兒子八月二十九日離廉，九月六日到鬱林，七日遂行。初約留書歐陽晦夫處，忽聞秦少游凶問，留書不可不言，欲言又恐不的，故不忍下筆。今行至白州，見容守之猶子陸齋郎云，少游過容留多日，飲酒賦詩如平常，容守遣般家二卒送歸衡州，至藤，傷暑困卧，至八月十二日，啓手足於江亭上。徐守甚照管其喪，仍遣人報范承務。范先去，已至梧州。范自梧州赴其喪。此二卒申知陸守者，止於如此，其他莫知其詳也。然其死則的矣，哀哉痛哉，何復可言。當今文人第一流，豈可復得。此人在，必大用於世，不用，必有所論著以曉後人。前此所著，已足不朽，然未盡也，哀哉！哀哉！其子甚奇俊，有父風，惟此一事，差慰吾輩意。某不過旬日到藤，可以知其詳，續奉報次。尚熱，惟萬萬自重。無聊中奉啓，不謹。某再拜元老長官足下。九月六日。

〔一〕此篇尺牘宋張世南《游宦紀聞》卷十亦收。張世南謂尺牘中「奇俊」之子，名湛字處度。

與杜道源二首〔一〕以下俱黄州

某啓。謫寄窮陋，首見故人，釋然無復有流落之歎。衰病迂拙，所向累人，自非卓然獨見，不以進退爲意者，誰肯辱與往還。每惟此意，何時可忘。別來又復初夏，思企不可言。遠想，即日尊候佳勝。兩辱手書，懶不即答，計已獲罪左右，然惟故人能知其性氣，蓋懶作書者有素矣，中實無他也，更望寬之。知到官，又復對换，想高懷處之，無適而不可。江令竟不肯少留，健決非庸人所及也。無由面言，以時自重。謹奉啓，不宣。

〔一〕此二首之第一首，《七集·續集》卷五題作「答道源秘校」。

二

某無人寫得啓狀，即用手簡，甚屬簡慢，想恕其不逮也。令子孟堅，必已得縣。向者小累，固知無事，然非君相之明，不照其情也。可賀！可賀！九郎兄弟爲學益精，猶復記老朽否？愛孫想亦長進，每想三人旅進折旋俯仰之狀，未嘗不悵然獨笑也。此中凡事如昨，其詳，託江令口陳。必須作數日聚會於京口，奉羡！奉羡！兒子蒙批問，感感。

江令處甚有竹石可取，看比舊何如。

與俞奉議一首

某啓。回教，拜示先志，得見前人遺烈，幸甚！幸甚！又蒙分遺珍食，以薦冥福。在家出家，古有成言，有髮無髮，俱是佛子。公能均施凡陋，如齋佛僧，只此功德，已無邊際。但恨檀越未送襯錢，是故老僧只轉半藏。人還，聊此一噱。

與杜孟堅三首以下俱黄州

某啓。前日方欲飲茶道話，少頃，忽然疾作，殊不可堪忍。欲勉强出見，竟不能而止，慙悚不可言。辱手教，重增反側。稍涼，起居何如？承明日解舟，病軀尚未能走别，非久當渡江奉見也。不一一。

二

某乏人寫大狀，必不深罪。郡中凡百如舊，每見同僚及游從題壁處，未嘗不悵然懷想也。侍下無事，必多著述，無緣請覯，爲恨爾。今歲親知相過，人事紛紛，殊不如去年塊處閑寂也。

三

朱守餉筍，云潭州來，豈所謂猫頭之穉者乎？留之，必爲庖僧所壞，盡致之左右，饌成，分一盤足矣。

與巖老一首黄州

船中彎卧一日，便言悶殺，不知如何淨瓶裏澡洗去。某在東坡，深欲一往。示疾未瘳，聊致一問而已。法魚一瓶，恐欲下飯。

與陸秘校一首揚州

某再啓。潁州人回，曲蒙書示，感怍不已。竊惟才美過人，晚乃少達，勿致毁滅，以就顯揚之報，區區之禱也。

與杜幾先一首黄州

某啓。奉别逾年，思企不忘。不審比日起居佳否？去歲八月初，就逮過揚，路由天長，過平山堂下，隔牆見君家紙牕竹屋依然，想見君黄冠草屨，在藥墟棊局間，而鄙夫方在縲紲，未知死生，慨然羨慕，何止霄漢。既蒙聖恩寬貸，處之善地，杜門省愆之外，蕭然無一事，恍然酒醒夢覺也。子由特蒙手書累幅，勞問至厚，即欲裁謝，爲一老乳母病亡，而舍弟亦喪一女子，悼念未衰，復聞堂兄之喪，憂哀相仍，致此稽緩，想未訝也。承六月中官滿赴闕，不知今安在？託子駿求便達此書爾。未由會面，萬萬以時自重。不宣。

與周文之四首惠州

某啓。近蒙寄示畫圖及新堂面勢〔一〕，仍求榜銘。嶺南無大寒甚暑，秋冬之交，勾萌盜發，春夏之際，柯葉潛改，四時之運默化，而人不知。民居其間，衣食之奉，終歲一律，寡求而易安，有足樂者。若吏治不煩，即其所安而與之俱化，豈非牧養之妙手乎〔二〕？文之治循，似用此道，故以「默化」名此堂，如何〔三〕？可用，便請題榜也。

〔一〕「畫」原作「書」，今從《七集·續集》卷七、《外集》卷七十七。
〔二〕「手」原缺，據《七集·續集》、《外集》補。
〔三〕「何」原缺，據《七集·續集》、《外集》補。

二以下俱儋耳

某啓。昨暮已別，回策悽斷，謹令小兒候違。來年春末，求般家二卒，送少信至子由，乞爲選有家而愿者，至時當別奉書也。喧聒爲愧，不罪。

三

惠栗極佳，梨，無則已，不煩遠致也。惠米五碩，可得醇酒三十斗，日飲一勝，并舊有者，已足年計。既免東籬之歎，又無北海之憂，感怍可知也。食米已領足，今附納二十千省還宅庫足外，餘緡盡用致此物，幸甚。來年食口稍衆，又免在陳，不惟軟飽，遂可硬飽矣。浙中謂飲酒爲軟飽。僕有詩云：「三盃軟飽後，一枕黑甜餘。」以代相對一笑。

四

鄭君知其俊敏篤學〔一〕，向觀所爲詩文〔二〕，非止科場手段也。人去，忙作書，不及相見，且致此意。李公弼亦再三傳語〔三〕。承許遠訪，何幸如之。海州窮獨，見人即喜，況君佳士乎？林行婆當健，有香與之，到日告便送去也。八郎房下不幸，傷悼。

〔一〕《稗海》本《志林》「君」後有「先輩」二字；「學」前原有「問」字，據《志林》刪。

〔二〕「向」原缺，據《志林》補。

〔三〕《外集》卷七十七「公弼」作「君」。

與李亮工六首以下俱北歸

某啓。特沐專使手書，具審起居佳勝，甚慰馳仰。江路灘澀，寸進而已，更半月乃可造謁。未間，乞保衛。人還，布謝草草。不宜。

二

某乏人修狀，手啓爲答，幸望寬恕。見孫叔静言，伯時頃者微嗽，不知得近信否？已全安未？餘非面莫究。

三

某啓。近别，起居佳勝。向者怱怱不一詣違，至今爲恨。旌斾之還，想已新歲，伏冀尊重以迎多福。臨行，冗迫，不宣。

四

某啓。近辱書，承比日起居佳勝。仍示和詩，詞指高妙，有起衰疲，幸甚！幸甚！某更旬日乃行，逾遠，悵望〔一〕。意決往龍舒，遂見伯時爲善也。餘惟萬萬以時自重。不宣。

〔一〕「悵」原作「快」，據《二妙集》改。

五

伯固必頻見，告致懇南華師，亦略道意。行役未休，疲厭甚矣，何時復見一洗濯耶？或轉示此紙，幸甚！幸甚！

六

曾見伯固言，欲鍊鐘乳，果然否？告求少許，或只寄生者亦可。爲兩兒婦病，皆餌此得效也。陳公密來時，可附致否？

與游嗣立二首以下俱惠州

某啓。謫居瞻望不遠，屢欲上問，不敢。忽辱手教，勞慰周厚，感仰深矣。比日履兹初涼，起居佳勝。某蒙庇粗遣，未緣披奉，惟冀若時自重。謹奉手啓布謝。不宣。

二

某啓。使人久留海豐，裁謝稽緩，想不深責。舍弟謫居部中，尤荷存庇。家書已領，併增感怍。餘非筆墨可究。

與張景温二首以下俱儋耳

某啓。久不上問，傾仰增劇。比日竊惟按撫多暇，起居佳勝。某罪大責薄，復竄海南，知舟御在此。以病不果上謁，愧負深矣。謹奉手啓，布謝萬一。不宣。

二

某垂老投荒，豈有復見之期，深欲一拜左右。自以罪廢之餘，當自屏遠，故不敢扶病造前，伏冀垂察。

與馮大鈞二首以下俱南遷

某啓。經由煩溷，銓下佩荷深矣。比惟起居佳勝。某來早發去，自是嶺海闊絶，悵然。所冀以時自重。謹奉手啓布謝。不宣。

二

某有廣州市舶李殿直書一封，煩附遞前去，復不沉没，爲荷。勿訝浼瀆。

與莊希仲四首以下俱南遷

某啓。山陽恨不得再見，留書告别。重煩遣人答教，具審弭節已還，起居佳勝。某少留儀真，旦夕出江，瞻企逾邈，悵焉永慨。尚冀順時爲國自重。不宣。

二

某輙有少煩，方深愧悚，遽承差借三卒，大濟旅途風水之虞，感戴高誼，無以云諭。書信已領，人回日，别上狀。適暑毒，不佳，布謝不詳謹，悚息！悚息！仲光承非遠赴闕，是否？因會，乞致區區。

三

某啓。甬上奉違，忽已累月，思咏可量。比日竊惟履茲秋暑，起居佳勝。罪廢之迹，曲荷存眷。差人津送，感愧無已。未期瞻奉，伏冀以時爲國自重。不宜。

四

某啓。罪大責薄，重罹竄逐，遷去海上，益遠左右，但深依戀。塗次，裁謝草草，恕悉，幸甚。

與張逢六首[一]以下俱儋耳

某啓。兄弟流落，同造治下，蒙不鄙遺，眷待有加。感服高義，悚息不已。别來未幾，思仰日深。比日起居何如？某已到瓊，過海無虞，皆託餘庇。旦夕西去，回望逾遠，後會未涯。惟萬萬若時自重[二]，慰此區區。途次裁謝，草草。不宜。

[一]《大典》、《七集·續集》卷四、《外集》卷七十七「張逢」作「張朝請」。

[二]原作「萬萬若得自重」，今從《七集·續集》。

二

某啓。海南風氣，與治下略相似。至於食物人烟，蕭條之甚，去海康遠矣。到後，杜門默坐，喧寂一致也。蒙差人津送，極得力，感感。舍弟居止處，若早得成，令渠獲一定居[一]。遺物離人，而立於獨，乃公之厚賜也。兒子幹事，未暇上狀。

〔一〕「渠」原缺，據《大典》、《七集·續集》卷四、《外集》卷七十七補。

三

某啓。久不上狀，想察其衰疾多畏〔一〕，非敢慢也〔二〕。新軍使來，辱教字，具審比日起居佳勝，感慰兼集。某到此數卧疾，今幸少間。久逃空谷，日就灰槁而已。因書瞻望，又復悵然。尚冀若時自厚，區區之餘意也。不宜。

〔一〕「察其」原作「察甚」，今從《大典》、《七集·續集》卷四、《外集》卷七十七。

〔二〕「敢」原作「簡」，今從《大典》。

四

某再啓。聞已有詔命，甚慰輿議，想旦夕登途也，當别具賀幅。某闕人寫啓狀，止用手尺〔一〕，乞加恕。

〔一〕「止」原缺，據《大典》、《七集·續集》卷四、《外集》卷七十七補。上三書「尺」作「書」。

五〔一〕

某啓。子由荷存庇深矣，不易一一言謝也。新春，海上嘯詠之餘，有足樂者。此島中孤寂，春色所不到也。

〔一〕《大典》、《七集·續集》卷四、《外集》卷七十七此首接上首之後，爲一首。

六

某啓。新釀四壺，開嘗如宿昔，香味醇冽，有京洛之風，逐客何幸得此，但舉杯屬影而已。一笑！一笑！海錯亦珍絶〔一〕。此雖島外，人不收此，得之又一段奇事也。眷意之厚，感怍無已〔二〕。

〔一〕《外集》卷七十七「亦」作「臨」。

〔二〕「無」原作「而」，今從《七集·續集》卷四。

與朱振二首〔一〕以下俱惠州

某啓。前日蒙示所藏諸書，使末學稍窺家傳之秘〔二〕，幸甚！幸甚！恕先所訓，尤爲近古。某方治此書，得之，頗有所開益。拜賜之重，如獲珠貝，又重煩令子運筆，益深愧感。老拙不揆，輒立訓傳，尚未畢工〔三〕，異日當以奉呈也。新説方熾〔四〕，古學崩壞，言之傷心。區區所欲陳，未易究也。臨紙慨然，不一一。

〔一〕《七集·續集》卷七、《外集》卷七十七題作「與封守朱朝請二首」。

〔二〕「稍」原作「得」，今從上二書。

〔三〕「尚未」原作「俟在」，據上二書改。

〔四〕「説」原作「識」，今從上二書。

二

公於《春秋》發明固多矣，舍弟頗治此學，異日相見，當出其書互相考也。然此書近遭廢錮，尚未蒙實復，公尚敢言及耶？想當一笑。

與蕭世京二首〔一〕以下俱惠州

某啓。春和，竊惟起居佳勝。某罪譴，得託迹麾下，幸甚。到惠即欲上問，杜門省咎，人事幾廢，以故後時，想不深訝。未緣瞻奉，伏冀爲時自重。謹奉手啓布聞，不宣。

〔一〕《七集·續集》卷七、《外集》卷七十六題作「與廣東提舉蕭大夫二首」。

二

某再啓。伏審使旆巡按至惠〔一〕，得遂際見，何幸如之。某始寓僧舍，凡百不便。近因正輔至郡，許假館行衙，不及面禀，輒已遷入，悚仄不已。想仁念顧卹，不深訝也。

〔一〕「伏」原作「不」，據《七集·續集》卷七、《外集》卷七十六改。

與蕭朝奉一首惠州

近得見令兄提舉，稍聞動止之詳，爲慰。少事輒冒聞，幸恕率易。兒子邁般挈數房賤累，自虔易小舟，由龍南江至方口出陸至循州，下水到惠。賤官重累，敢望矜恤。特爲於郡中諸公，醵借白直數十人送至方口，計未遠出州界，切望垂念。已於循州擘畫得數十人至方口迎之也。流落困苦，想加愍察。

與羅秘校四首〔一〕以下俱惠州

某啓。專人至，承不鄙罪廢，長牋見及，援證古今，陳義甚高，伏讀感愧。仍審比來起居佳勝，至慰！至慰！守局海徼，屈淹才美，然仕無高下，但能隨事及物，中無所愧〔二〕，即爲達也。伏暑，萬萬自重。

〔一〕《大典》「羅」下有「嚴」字；《七集·續集》卷四、《外集》卷七十七「羅」作「傅維巖」。

〔二〕「所」原缺，據《大典》、《七集·續集》、《外集》補。

二

某啓。衰病，裁答草草，不訝！不訝！知不久美解，即獲會見，至喜！至喜！掩骼之事，知甚留意。旦夕再遣馮、何二士去面稟，亦有少錢在二士處。此不覼縷。增城荔子一籃，附去人馳上。不罪！不罪！

三以下俱儋耳

某啓。遠蒙惠書〔一〕，非眷念之厚，何以及此。仍審比來起居佳勝，感慰兼集。老病之餘，復此窮獨，豈有再見之期，尚冀勉進學問，以究遠業。

〔一〕「遠」原缺，據《七集·續集》卷四、《外集》卷七十七補。

四

某啓。官事有暇，得爲學不輟否？有可與往還者乎？此間百事不類海北，但杜門面壁而已。彼中有麄藥可治病者〔一〕，爲致少許。此間如蒼朮、橘皮之類，皆不可得，但不論麄賤，爲相度致數品。不罪！不罪！

〔一〕「可」原缺，據《外集》卷七十七補。

與朱行中十首〔一〕以下俱北歸

某啓。真陽一見，大慰宿昔。忽遽就別，悵惘可知。行役紛紛，且未有便，尚稽馳問。特辱專使手書，具審下車以來台候康勝，感慰兼集。某承庇如昨，更五六日離韶。已遠左右，伏冀爲國自重。人還，忽忽，不宣。

〔一〕此十首之一、二、三、四、五、七共六首，《七集·續集》卷七題作「與朱行中舍人六首」。以底本爲準，《七集·續集》之次第爲：三、四、一、二、五、七。此十首之六、八、九、十共四首，《七集·續集》卷四題作「與朱行中舍人四首」，以底本爲準，《七集·續集》之次第爲：一、四、三、二。

二

某前承借示新詩。久矣不見斯作也。然世俗識真者少，獨唱無和。帳勾謝民師，公若不以位貌爲問，亦庶幾班斤郢斲也。老拙百念灰寂，獨一觴一詠，亦不能忘。陋句數首，録呈，以爲一笑。手啓上問，恃知照不深責也。

三

某啓。違闊滋久，向往徒勤。比日履兹寒凝，起居佳勝。承旌馭已至，即欲走謁，謹先奉手啓上問。

四

某屏居歲久，未嘗冠幘，比日又苦小癤，不能巾裹。欲服帽請見，先令咨禀，如許，乃敢前詣。幸不深責。

五

某啓。近因還使上狀，必已聞達。連雨凝陰，遠想台候康勝〔一〕。某蒙庇粗遣，已達虔州，少留，須水度贛，更半月行也。南海静治，有足樂者。想有妙唱，自南而北也。後會未期，萬萬自重。不宜。

〔一〕「遠想」二字原缺，據《七集·續集》卷七補。

六

某啓。別後兩奉狀，想一一聞達，比日履茲春和，台候勝常。某滯留贛上，以待春水至，此月末乃發。瞻望悵惋。南海雖遠，然雅量固有以處之矣。詩酒之樂，恨不日陪接也。更冀若時保練，不宣。

七

般家人蒙輟借，行計遂辦，非眷念特達，何以及此。言謝不盡，悚怍而已。

八〔一〕

某啓〔一〕。蒙眷厚借搬行李人〔二〕，感愧不在言也。但節級朱立者無狀，侵漁不已，又遂竄去。林聰者，又毆平人幾死。見禁幸所毆者漸安〔三〕，決不死矣。此中人多言於法有礙，不可帶去，故輒牒虔州云。得明公書，令某遣還，多難畏事，想必識此心也。買公用人於法無礙，故仍舊帶去。此二十餘人，皆得力不作過，望不賜罪。窮途作事皆類此，慙悚不可言。已得二座船，不失所矣。幸不貽念。陋句數首，端欲發一笑耳。

〔一〕「啓」原缺，據《七集·續集》卷四、《外集》卷七十九補。

〔二〕「搬」原作「取」，據上二書改。

〔三〕「幸」原缺，據上二書補。

九

少事不當上煩，東莞資福長老祖堂者〔一〕，建五百羅漢閣，極宏麗，營之十年，今成矣。某近爲作記，公必見之矣。途中爲告文安國，篆得閣額，甚妙。今封付去人〔二〕。公若欲觀，拆開不妨，却乞差小心人賫送祖堂者〔三〕。不罪！不罪！

〔一〕「莞」原作「筦」，據《七集·續集》卷四、《外集》卷七十九改。

〔二〕「付」原作「附」，今從《外集》。

〔三〕《七集·續集》「小心」作「公」。

十

某已得兩舟，尚在贛石之下，若月末不至，當乘小舟往就之。買公用人以節級持所賫錢竄去，又以疫氣多死亡者，以此求還。官舟無用多人〔一〕，故悉遣回。皆以指揮嚴切，甚得力，乞知之。適少冗，馳問不盡區區〔二〕。

〔一〕「舟」前原有「亦」字，據《外集》卷七十九删。

〔二〕「盡」原作「究」，據《七集·續集》卷四、《外集》改。

與曹子方五首〔一〕以下俱惠州

某啓。奉别忽三年〔二〕，奔走南北，不暇奉書。中間子由轉附到天門冬煎〔三〕，故人於我至矣。日夜服食，朞月遂盡之。到惠州，又遞中領手書，懶廢益放，不卽裁謝。死罪！死罪！

〔一〕《七集·續集》卷四題作「與廣西憲漕司勳五首」。以底本爲準，《七集·續集》此五首之次第爲：一、四、五、二、三。

〔二〕上書「三年」作「二載」。

〔三〕「轉」原缺，據上書補。

二

某啓。專人至，教賜累幅，慰撫周盡。且審比來起居佳勝，感慰兼集。某得罪幾一年矣〔一〕，愚陋貪生，輒緣聖主寬貸之慈，灰心槁形，以盡天年，卽日殊健也〔二〕。公别後，微疾盡去，想今亦康佳。養生亦無他術，獨寢無念，神氣自復。知吕公讀《華嚴經》有得，固所望於斯人也。居閑偶念一事，非吾子方莫可告者。故崇儀陳侯，忠勇絶世，死非其罪。廟食西路，威靈肅然，願公與程之邵議之。或同一削，乞載祀典，使此侯英魄，少伸眉於地下。如何！如何！然愼勿令人知不肖有言也。陳侯有一子，在高郵，白身，頗知書〔三〕。蒙惠奇茗、丹砂、烏藥，敬餌之矣〔四〕。西路洞丁〔五〕，足制交人，而近歲綏馭少方，殆不可用，願爲朝廷熟講之。此外，萬萬保重。

〔一〕《大典》「二年」作「三年」。

〔二〕《大典》、《七集・續集》卷四「卽日」作「卽目」。

〔三〕《大典》、《七集・續集》「白身頗知書」作「白首頗有立」;「立」後有「知之」二字。

〔四〕「矣」原缺,據《大典》、《七集・續集》補。

〔五〕「丁」原作「下」,據《大典》、《七集・續集》改。

三

某啓。公勸僕不作詩,又却索近作。閑中習氣不除,時有一二,然未嘗傳出也。今録三首奉呈,覽畢便毁之,切祝!切祝!惠州風土差善,山水秀邃〔一〕,食物粗有,但少藥爾。近報有永不敍復指揮,正坐穩處,亦且任運也。子由頻得書,甚安。某惟少子隨侍,餘皆在宜興。見今全是一行脚僧,但吃些酒肉爾。此書此詩,只可令之邵一閲,餘人勿示也。

〔一〕文中「秀邃」原作「秀遠」,今從《大典》、《七集・續集》卷四。

四〔一〕

某啓。專人辱書,仰服眷厚。仍審比來起居佳勝,至慰!至慰!長子未得的耗,小兒數日前暫往河源,獨幹築室,極爲勞冗。承惠芽蕉數品,有未嘗識者。幸得徧嘗,感愧不已。忽忽奉謝。

〔一〕《七集・續集》卷四原校:「一云與林天和。」

五

某啓。數日，稍稍清冷。伏惟起居佳勝。構架之勞，殊少休暇〔一〕，思企清論，日積滯念，尚冀保衛。區區之至。因吴子野行，附啓，不宣。

〔一〕「殊」原缺，據《大典》、《七集·續集》卷四補。

與孫叔静三首以下俱北歸

辱手教，具審尊體佳勝，甚慰馳仰。拙疾亦漸平矣，明日當出詣見。燒羊蒙珍惠，下逮童孺矣。

二

某啓。累歲闊別，不意相逢海上，握手一笑，豈偶然哉。亟辱專使教墨，具審起居佳勝，感慰兼集。玉局之除，已有訓詞，似不妄也。得免湖外之行，餘生厚幸。至英，當求人至永請告敕，遂渡嶺過贛歸陽羨，或歸潁昌，老兄弟相守，過此生矣。幸甚！幸甚！乍遠，萬萬爲國自重。忽忽，不宣。

三

某啓。久留治下，辱眷待之厚，既過重矣。而愛念之意，拳拳不已，更勤從者遠至今剎〔一〕。自惟衰朽，何以獲此。比來數日，思渴不已。長至俯邇，不克展慶，此心南騖矣。令子煩遠餞，不及别狀，伏惟侍外珍愛。

江知言附此懇兼記於許、李、歐陽、林、莫諸先輩處，略道不暇作書之意。

〔一〕《七集·續集》卷七、《外集》卷七十九「今」作「金」。

與米元章二十八首登州還朝

某啓。人至，辱書累幅，承孝履無恙，甚慰想念。某自登赴都，已達青社，衰病之餘，乃始入鬧，憂畏而已。復思東坡相從之適，何可復得。適人事百冗，裁謝極草草。惟千萬節哀自重。

二以下俱翰林

某啓。示及數詩，皆超然奇逸，筆迹稱是，置之懷袖，不能釋手。異日爲寶，今未爾者，特以公在爾。呵呵。臨古帖尤奇，獲之甚幸，燈下昏花不復成字，謹已降矣，餘未能盡，俟少暇也。

三

書牌額用公名，豈不足耶？而必欲得僕名，此老闕敗不小，可以此答之也。

四

自承至京，欲一見，每遇休沐，人客沓至，輒不敢出，公又不肯見過，思仰不可言。二小詩甚奇妙，稍閑，當和謝。三本皆妙迹，且暫留一兩日，題跋了奉還。偶與客飲數杯，薄醉，書不成字。悚息！悚息！

五

元章想且夕還縣，竟不得一欵話。某累請終不允，信湖山非有分者不能得也。

六

某恐不久出都，馬夢得亦然。且夕間一來相見否？乞爲道區區。惠示殿堂二銘，詞翰皆妙，歎玩不已。新著不惜頻借示。

七

馬髯且爲道意，未及答書，十千修屋緡，更旬日寄去也。非久得郡，或當走寓邑中待水也。

八

昨日詩發一笑爾，慎勿刻石。太師雄篇已領，紙軸亦且留下〔一〕。

〔一〕《七集·續集》卷七、《外集》卷八十一「紙」作「夾」。

九以下俱赴杭州

某以疾請郡，遂得餘杭，榮寵過分，方深愧恐，重辱新詩爲送，詞韻高雅，行色增光，感服不可言也。無緣面謝，益用悚息。

十

某啓。示法書一軸，已作兩詩跋尾封納，請批一二字，貴知達也。詩皆戲語，不訝。

十一

某啓。昨日遠煩追餞，此意之厚，如何可忘。冒熱還城，且喜尊體佳勝。玭䂨甚奇，豈公子賓客之遺物耶？佳篇辱貺，以不作詩故，無由攀和。山研奇甚，便當割新得之好爲潤筆也。呵呵。今晚不渡江，卽來辰當濟。益遠，惟萬萬保愛。

十二以下俱揚州還朝

某啓。前在揚州領所惠書，當路日不暇給，不卽裁答。人至，復枉手教，荷存記之厚，且審起居佳勝，感慰交集。夢得來談新政不容口，甚慰所望。萬萬自重。

十三

牋啓過禮，深愧相疎。外人冋速，未暇占詞奉賀。不罪！不罪！

十四

某啓。辱書，承佳勝，甚慰想望。衰倦本欲遠引，因得會見，竟未遂此心。何時到府，因復少欵。未問，萬萬保重。不宣。

十五以下俱赴定州

某啓。過治下得欵奉，辱主禮之厚，愧幸兼極。出都紛冗，不即裁謝。辱書感怍，仍審起居佳勝，爲慰。邑政日清簡，想有以爲適。新詩文寄示，幸甚。惟萬萬保練。不宣。

十六

某啓。辱臨訪，欲往謝，又蒙惠詩，欲和答，竟無頃刻暇，愧負可量。雨冷，起居佳勝。只今出城，無緣走謝，想公難得人僕，亦不煩出。千萬保重，非遠，北行矣。忽忽，不宣。

十七

某啓。辱簡，承存慰至厚，哀感不已。平生不知家事，老境乃有此苦。蒙仁者矜愍垂誨，柰何！柰何！入夜目昏，不謹。

十八

出城固不煩到，復得一見，幸矣。微疾想不爲患，餘非面莫究。

十九

某啓。辱教，且審起居佳勝，并惠新詩，足爲衰朽光榮，感慰之極。途中賓客紛然，裁答未能詳謹，千萬恕察。

二十以下俱北歸

傅守會已罷而歸矣，風止江平，可來夜話。德孺同此懇。

二十一

某啓。兩日來〔一〕，疾有增無減。雖遷閙外，風氣稍清，但虚乏不能食，口殆不能言也。兒子於何處得《寶月觀賦》，琅然誦之，老夫卧聽之未半，躍然而起。恨二十年相從，知元章不盡〔二〕，若此賦，當過古人，不論今世也。天下豈常如我輩憒憒耶！公不久當自有大名，不勞我輩說也。願欲與公談，則實未能，想當更後數日耶〔三〕？

〔一〕「來」原缺，據《七集·續集》卷七、《外集》卷八十一補。

〔二〕《湖北先正遺書》本《寶晉英光集》卷四《蘇東坡挽詩五首》其四自註此句與上句作「相知三十年，恨知公不盡」。

〔三〕「更」原缺，據《七集·續集》、《外集》補。

二十二

某昨日歸卧，遂夜。海外久無此熱，殆不堪懷。柳子厚所謂意象非中國人也。宗伯遂棄世，當爲天下惜。餘非面莫盡。

二十三

某兩日病不能動，口亦不欲言，但困卧爾。承示太宗草聖及謝帖〔一〕，皆不敢於病中草草題跋，謹具馳納〔二〕，竢少愈也。河水污濁不流，熏蒸成病，今日當遷過通濟亭泊。雖不當遠去左右，且就活水快風〔三〕，一洗病滯，稍健當奉談笑也。

〔一〕「太宗」，《七集·續集》卷七作「太皇」。
〔二〕「具」原作「且」，今從《七集·續集》、《外集》卷八十一。
〔三〕「且就」原作「只就」。今從上二書。

二十四

某食則脹，不食則羸甚〔一〕，昨夜通旦不交睫，端坐餇蚊子爾〔二〕。不知今夕如何度？示及古文，幸甚〔三〕。謝帖既未可輕跋，欲書數句，了無意思，正坐老謬耳。眠食皆未佳。無緣遂東，當續拜簡。

〔一〕「甚」原缺，據《七集·續集》卷七、《外集》卷八十一補。
〔二〕「餇蚊」之「餇」原作「飽」，今從《外集》。
〔三〕「示及古文幸甚」六字原缺，據上二書補。

二十五〔一〕

某啓。嶺海八年，親友曠絶，亦未嘗關念。獨念吾元章邁往凌雲之氣，清雄絶俗之文，超妙入神之字，何時見之，以洗我積年瘴毒耶〔二〕！今真見之矣，餘無足言者。不一一。

〔一〕本文中「獨」原作「但」，今從《七集·續集》卷七、《外集》卷八十一。

〔二〕《外集》「年」作「歲」。

二十六

某昨日飲冷過度〔一〕，夜暴下，旦復疲甚。食黄耆粥甚美。卧閲四印奇古，失病所在。明日會食，乞且罷。需稍健，或雨過翛然時也。印却納上。

〔一〕「某」原缺，據《七集·續集》卷七、《外集》卷八十一補。

二十七

某啓。數日不聞來音，謂不我顧，復渡江矣。辱教，即承起居佳勝，慰感倍常。忽忽布謝。

二十八〔一〕

某一病幾不相見，今日始覺有絲毫之減，然未能作書也。跋尾在下懷〔二〕。

〔一〕《湖北先正遺書》本《寶晉英光集》卷四《蘇東坡輓詩五首》其四「古書跋贊許猶新」句下自註節引此尺牘文字，

謂此尺牘作於建中靖國元年立秋日，批「於其子過」與元章書中。

〔二〕米元章自註「跋尾」作「謝跋」。

蘇軾文集卷五十九

尺牘

與朱康叔二十首以下俱黄州

某啓。武昌傳到手教，繼辱專使墜簡，感服併深。比日尊體佳勝。節物清和，江山秀美，府事整辦，日有勝遊，恨不得陪從耳。雙壺珍貺，一洗旅愁，甚幸！甚幸！佳果收藏有法，可愛！可愛！拙疾，乍到不諳風土所致〔一〕，今已復常矣。子由尚未到真〔二〕，寸步千里也。未由展奉，尚冀以時自重。

〔一〕《大典》、《七集·續集》卷四「風土」作「土風」。

〔二〕《大典》「到」作「出」。

二

令子歸侍左右，日有庭闈之樂，恨未際見，不敢輒奉書。近見提舉司薦章，稍慰輿議，可喜！可喜！作墨竹人，近爲少閑暇，俟宛轉求得，當續致之。呵呵。酒極醇美，必是故人特遣下廳也。某再拜。

三

某啓。專使至，復領手教，契愛愈厚，可量感服。仍審比日起居休勝，爲慰。舍弟已部賤累到此，平安皆出餘庇，不煩念及。珍惠雙壺，遂與子由屢醉，公之德也。隆暑，萬萬以時自重。行膺殊用〔一〕，人還，上謝。

〔一〕《大典》「用」作「相」。

四

某再拜。近奉書并舍弟書，想必達。胡掾至，領手教，具審起居佳勝。兼承以舍弟及賤累至，特有厚貺羊麪酒果，一一捧領訖〔一〕，但有慚怍。舍弟離此數日，來教尋附洪州遞與之。

〔一〕「一一」之「一」原缺，據《歐蘇書簡》補。

五〔一〕

已遷居江上臨皋亭，甚清曠。風晨月夕，杖履野步，酌江水飲之，皆公恩庇之餘波〔二〕，想味風義，以慰孤寂。尋得去年六月所寫詩一軸寄去，以爲一笑。酷暑，萬乞保練。

〔一〕此首，《外集》卷七十次上首之後，與上首爲一首。《七集·續集》卷四另行起，次上書之後。

〔二〕《外集》「恩庇之」作「城下」。

六

某啓。暑毒不可過，百事墮廢，稍疎上問，想不深訝。比日伏想尊履佳勝。别乘過郡〔一〕，承賜教及惠新酒。到此，如新出甕，極爲珍奇，感愧不可言。因與二三佳士會飲，同感德也。秋熱，更望保練，行膺峻陟。

〔一〕《外集》卷七十「乘」作「來」。

七

胡掾與語，如公之言，佳士！佳士！渠方寄家齊安，時得與之相見也。令子必且盤桓侍下。中前示諭姻親事，可留示年月日，恐求親者欲知之，造次！造次！

八

某啓。因循，稍疎上問，不審近日尊候何如？某蒙庇如昨。秋色益佳，郡事稀少，有以爲樂耶？無緣展奉，但積思仰。乍冷，萬冀以時自重。

郭寺丞一書，乞指揮送與。其人甚有文雅，必蒙青顧也。聞其墜馬傷手，不至甚乎？

九

某啓。近附黄岡縣遞拜書，必達。專人過此，領手教，具審起居佳勝，勿復凄冷。此歲行盡，會合何時，以增悵然，唯祈善保。

十〔一〕

敫文，他計此月末方離陳〔二〕。南河淺澀，想五六月間方到此。荷公憂恤之深，其家固貧甚，然鄉中亦有一小莊子，且隨分過也。歸老之説，恐未能如雅志。又聞理積弊〔三〕，已就倫次，監司朝廷，豈有遽令放閑耶？問及物食，天漸熱，難久停，恐空煩費也。海味亦不苦食〔四〕。既忝雅契，自當一一奉白。

〔一〕此首，《大典》、《七集·續集》卷四次上首之後，與上首爲一首。

〔二〕「他」原作「宅」，今從《大典》。

〔三〕「聞」原作「修」，今從《歐蘇書簡》。

〔四〕「苦」原作「若」，今從《七集·續集》。

十一

示諭親事，專在下懷。然此中殊少士族，若有所得，當立上聞也。要字〔一〕，俟少閑，續上納。墨竹如可尊意，當取次致左右，畫者在此不遠，必可求也。呵呵〔二〕。

〔一〕《七集·續集》卷四、《外集》卷七十「要字」作「寫字」。

〔二〕「呵呵」二字原缺，據上二書補。

十二

某啓。近王察推至，辱書，承起居佳勝。方欲裁謝，又枉教墨，益增感愧。數日來，偶傷風，百事皆廢。今日微減，尚未有力，區區之懷，未能詳盡也。乍暄，惟冀以時珍攝，稍健，當上問次。

十三

閣名久思，未獲佳者，更乞詳示閣之所向及側近故事故迹，爲幸。董義夫相聚多日，甚歡，未嘗一日不談公美也。舊好誦陶潛《歸去來》，常患其不入音律，近輒微加增損，作《般涉調哨遍》，雖微改其詞，而不改其意，請以《文選》及本傳考之，方知字字皆非創入也。謹作小楷一本寄上，却求爲書，抛磚之謂也。亦請録一本與郭元弼〔一〕，爲病勌，不及別作書也。數日前，飲醉後作得頑石亂篠一紙〔二〕，私甚惜之。念公篤好，故以奉獻，幸檢至。

〔一〕《七集·續集》卷四無「郭」字，《外集》卷七十「元」作「光」。

〔二〕「得」原缺，據《外集》補。

十四

令子必在左右。計安勝，不敢奉書。舍弟已到官。聞筠州大水，城内丈餘，不知虛的也。屏贊、硯銘，無用之物，公好事之過，不敢不寫，裝成送去，乞一覽。少事不免上干：聞有潘原秀才，以買撲事被禁[一]。是潘正名買撲[二]。某與其兄潘丙解元至熟，最有文行。原自是佳士[三]，有舉業，望賜全庇，暑月得早出。爲此人父母皆篤老，聞之，憂恐萬端。公以仁孝名世[四]，必能哀之。恃舊干瀆，不敢逃罪。

天覺出藍之作，本以爲公家寶，而公乃輕以與人，謹收藏以鎮篋笥。然尋常不揆輒以亂道塵獻，想公亦隨手將與人耳。呵呵。

[一]「撲」原作「樸」，今從《大典》、《七集·續集》卷四。

[二]「是潘正名買撲」原缺，據《大典》補。此乃自註註文。

[三]「自」原作「亦」，今從《大典》、《七集·續集》。

[四]「仁孝」原作「孝義」，今從《大典》、《七集·續集》。

十五[一]

與可船旦夕到此，爲之泫然，想公亦爾也。子由到此，須留他住五七日，恐知之。前曾録《國史補》一紙，不知到否？因書，略示諭。蒙寄惠生煮酒四器，正濟所乏，極爲珍感。生酒，暑中不易調停，極佳。然閔仲叔不以口腹累人。某每蒙公眷念，遠致珍物，勞人重費，豈不肖所安耶！所問菱翠[二]，至今虛位，雲乃權發遣耳，何足掛齒牙！呵呵。馮君方想如所諭，極煩留念。又蒙傳示秘訣，何以當此。寒月得暇，當試之。天覺亦不得書。此君信意簡率，乃其常態，未可以疎數爲厚薄也。酒法，是用菉豆爲麯者耶？亦曾見說來。不曾録得方，如果佳，録示爲幸。鱘鮓，極珍！極珍[三]！

〔一〕此首自篇首至「因書略示論」四十六字，《大典》接本卷《與朱康叔二十首》第一首之末，與第一首爲一首；自「示論」字後另起，以「又」爲題，爲另一首。

〔二〕《大典》、《七集·續集》卷四「菱」作「淩」。

〔三〕「餅飳」云云六字原缺，據《外集》卷七十補。

十六

疊蒙寄惠酒、醋、麪等，一一收檢，愧荷不可言。不得卽時裁謝，想仁明必能恕察。老媳婦得疾，初不輕，今已安矣。不煩留念。食隔已納武昌吳尉處矣。適少冗，不敢稽留來使。少間，別奉狀次。

十七

見元章書中言〔一〕，當世之兄馮君處〔二〕，有一學服朱砂法〔三〕，甚奇。惟康叔可以得之，不知曾得未？若果得，不知能見傳否？想於不肖不惜也。

〔一〕《七集·續集》卷四「元章」作「天覺」。

〔二〕上書「之兄馮君處」作「云馮君」。

〔三〕「學服」原作「草伏」，今從上書。

十八

今日偶讀國史，見杜羔一事，頗與公相類。嗟嘆不足，故書以奉寄，然幸勿示人，恐有嫌者。江令乃爾，深可罪。然猶望公憐其才短不逮而已。屢有干瀆，蒙不怪，幸甚！幸甚！章憲今日恐到此〔一〕，知之。

杜羔有至性，其父河北一尉而卒。母非嫡，經亂不知所之。會堂兄兼爲澤潞判官，嘗鞫獄於私第。有老婦辯對，見羔出入，竊語人曰：「此少年狀類吾夫。」訊之，乃羔母也。自此迎侍而歸。又往訪先人之墓，邑中故老已盡，不知所在。館於佛寺，日夜悲泣。忽視屋柱煤烟之下，見數行字，拂而視之，乃父遺迹云〔二〕：「我子孫若求吾墓，當於某村家問之。」羔哭而往。果有老父年八十餘，指其丘隴，因得歸葬。羔官至工部尚書，致仕。此出唐李肇《國史補》。近偶觀書，嘆其事頗與朱康叔相似，因書以遺之。元豐三年九月二十五日記。

〔一〕「章」前原有「其令」二字，據《大典》删。

〔二〕「父」原作「云」，今從《大典》、《七集·續集》卷四。

十九

近日隨例紛冗，有疎上問，不審起居何如？兩日來武昌，如聞公在告，何也？豈尊候小不佳乎？無由躬問左右，但有馳系。冬深寒澀，尤宜慎護。

二十

章質夫求琵琶歌詞，不敢不寄呈。安行言，有一既濟鼎樣在公處，若鑄造時，幸一見〔一〕，爲作一枚，不用甚大者，不罪！不罪！前日人還，曾附古木叢竹兩紙，必已到。今已寫得經藏碑附上。令子推官侍下計安勝，何時赴任，未敢拜書也。

〔一〕「一」原作「亦」，今從《二妙集》。

答李康年一首〔一〕

〔一〕此首，重見本集卷五十七，爲《與李通叔四首》中之一、二首。今留題删文。

答虔倅俞括一首〔一〕

軾頓首資深使君閣下。前日辱訪，寵示長牋，及詩文一編，伏讀數日，廢卷拊掌，有起予之歎。孔子曰：「辭達而已矣。」物固有是理，患不知之〔二〕，知之患不能達之於口與手。所謂文者，能達是而已。文人之盛，莫如近世，然私所敬慕者，獨陸宣公一人。家有公奏議善本，頃侍講讀，嘗繕寫進御，區區之忠，自謂庶幾於孟軻之敬王〔三〕，且欲推此學於天下，使家藏此方，人挾此藥，以待世之病者，豈非仁人君子之至情也哉！今觀所示議論，自東漢以下十篇，皆欲酌古以馭今，有意於濟世之實用〔四〕，而不志於耳目之觀美，此正平生所望於朋友與凡學道之君子也。然去歲在都下，見一醫工，頗藝而窮，慨然謂僕曰：「人所以服藥，端爲病耳，若欲以適口，則莫如芻豢，何以藥爲？今孫氏、劉氏皆以藥顯，孫氏期於治病，不擇甘苦，而劉氏專務適口，病者宜安所去取，而劉氏富倍孫氏，此何理也？」使君斯文，恐未必售於世〔五〕。然售不售，豈吾儕所當掛口哉，聊以發一笑耳。進宣公奏議，有一表，輒録呈，不須示人也。

餘俟面謝，不宜。

〔一〕《七集·後集》卷十四「括」後有「奉議」二字。

〔二〕「之」原缺，據郎本卷四十七補。

〔三〕郎本「敬主」作「欽王」。

〔四〕「實」原缺，據郎本補。

〔五〕「恐」原缺，據郎本補。

答范景山一首

自離東武，不復拜書，疎怠之罪，宜獲譴於左右矣。兩辱手教，存撫愈厚，感愧不可言。即日起居佳勝。知局事勞冗殊甚。景山雖去軒冕，避津要，所欲閑耳，而不可得，乃知吾道艱難之際，仁人君子捨衆人所棄，猶不可得，然憂喜勞逸，無非命者，出辦此身，與之浮沉，則亦安往而不適也。軾始到彭城，幸甚無事，而河水一至，遂有爲魚之憂。近日雖已減耗，而來歲之患，方未可知，法令周密，公私匱乏，舉動尤難，直俟逐去耳。久不聞餘論，頑鄙無所鐫發，恐遂汩没於流俗矣。子由在南都，亦多苦事。近詩一軸拜呈，冗迫無佳意思，但堪公笑耳。近齋居，内觀於養生術，似有所得。子由尤爲造人。景山有異書秘訣，倘可見教乎？餘非面莫盡，惟乞萬萬自重。

與陸固朝奉一首杭倅

某啓。久留屬疾，不敢造請，負愧已深。茲者啓行，又不往別，悚怍之至。謹奉手啓代違。

與李無悔一首〔一〕

某啓。久留浙中，過辱存顧，最爲親厚〔二〕。既去，又承追餞最遠。自惟衰拙，衆所鄙棄，自非風義之篤，何以至此。既別，但有思詠。兩辱書教，具審起居佳勝。今歲科舉，聞且就鄉里。承示喻，進取之意甚倦，盛時美才，何遽如此，且勉之，決取爲望。新文不惜見寄。未緣集會，惟萬萬自重。不宣。

〔一〕《大典》無「李」字。

〔二〕「親厚」原作「親去」，今從《大典》、《歐蘇書簡》。

答漢卿一首〔一〕

某啓。辱教，承起居佳勝爲慰。知不久入城，遂當一見，何幸如之。地黃煎已領，感怍。適自局中還，熱甚，滊塞。奉書。地黃煎蒙寄惠，極佳。姜蜜之劑，甚適宜也。仰煩神用，愧感不可言。

〔一〕自「奉書」以下二十七字，疑爲另一則尺牘。

與何浩然一首

人還，辱書，且喜起居佳勝。寫真奇妙，見者皆言十分形神，甚奪真也〔一〕。非故人倍常用意，何以及此。感服之至。所要詩，稍暇作寫去。雙幅已令蜀中織造。至，便寄納。未卽會見，千萬珍重。

〔一〕「奪」原作「篤」，今從《大典》、《七集·續集》卷五。

答李秀才元一首〔一〕以下俱徐州

熱甚。竟不再別，悵仰殊深。辱教，承起居佳勝。寵惠皆奇筆雅制，刻荷無已。仁者之惠，誠足慰彼黎庶。然不知者，以爲見教，以是摇之，呵呵。安道、舍弟，當具道盛意。乍遠，萬乞保重。卽復顯用，以慰士望。

〔一〕《七集·續集》卷五「答李秀才元」作「答李才元」。

答晁君成一首

苦寒。審尊履佳勝。新文極爲精妙，久不見之，甚慰喜。《莊子》「用志不分，乃疑於神」，古語以「疑」爲似耳。如《易》「陰疑於陽」，世俗不知，乃改作「凝」，不敢不告。人還，草草。

答呂熙道二首以下俱湖州

一

平時企詠賢者，獨恨隔闋耳。既至治下，謂當朝夕繼見，而病與人事奪之，又迫於行，忽遽捨去，可勝嘆耶。别來方欲上問，先辱手教，益增悚怍。比日起居何如？後會不可期，惟萬萬以時自重。

二

南都住半月，恍然如一夢耳。思企德義，每以悵然。舍弟朴訥寡徒〔一〕，非長者輕勢重道，誰肯相厚者。湖州江山風物，不類人間，加以事少睡足，真拙者之慶。有幹不外。

〔一〕「訥」原作「納」，今從《七集·續集》卷五。

與道甫一首

昨日特蒙不外鄙拙，袖出盛文相示，辭贍格老，覽之令人亹亹忘倦。非大手筆未易至此，受教良多。不敢擅爲巾笥之藏，謹令人歸納文府。伏乞視至。未審從人何日成行？亦須示諭。

與錢世雄一首〔一〕以下俱黄州

〔一〕此首，重見本集卷五十三，爲《與錢濟明》之第三首。今留題删文。

答君瑞殿直一首

春來未嘗一日閑，欲去奉謁，遂成食言，愧愧。辱書，承起居佳勝，爲慰。君猷知四月末乃行，猶可一見否？乍暄，惟萬萬自重。

與景倩一首

昨日辱訪，大慰久渴。經宿起居佳勝。食已，本欲奉謁，適陳季常來，故且已。衆客頗懷公高論，可能只今一訪否？禮不當爾，意公期我於度外也。

與趙仲修二首

瘡病不往見，而仁人敦舊，屢承車馬，感愧不可言。雨涼，切惟起居佳勝。旦夕當獲面謝。

二

公清貧，更煩輟惠羊邊，謹以拜賜，使我有數日之飽，公亦乃無浹旬蔬食耶？一噱。

與何聖可一首

辱示朱先生所著書詩，詞義深矣，淺學曾不足以窺其萬一。結髮求道，篤老不衰，世間有幾人而匏繫於此，不得一望其履幕，慨嘆不已。久廢筆硯，無以報此嘉貺，益增愧赧。

與毛維瞻一首

歲行盡矣，風雨淒然。紙窗竹屋，燈火青熒。時於此間，得少佳趣。無由持獻，獨享爲愧，想當一笑也。

與運判應之一首登州還朝

多日不接奉，渴仰殊深。大熱，伏想起居佳勝。承旦夕啓行，無緣往别，鄉里何幸，被蒙豈弟之政，但賢者遠去，有識所嘆也。衝犯酷暑，千萬自愛。

與張正己一首

特承訪别，愧企良深。晴寒，起居安勝。寶月書信并念二姪一書，煩從者附行，不訝！不訝！正寒衝冒，千萬加愛。

答吕元鈞三首以下俱翰林

適辱教，值局中，不即答，悚息！悚息！熱甚，尊體佳安。隆暑衝冒，何不少待秋涼。必亮此意，非面莫盡。香不欲附去，恐損其人之高節。紛紛之議，未聞其詳。可否示諭，餘俟朝中可既。

二

中間承進職，雖少慰人望，然公當在廟堂，此豈足賀也。此間語言紛紛，比來尤甚，士大夫相顧避罪而已，何暇及中外利害大計乎？示諭，但閔然而已。非久，季常人行，當盡區區。

三

屢與令子語，欽愛才美，但尚屈大官〔一〕，未厭公論耳。季常近得書，亦見黄州人言體氣頗安壯，但口眼微動耳。來求藥物，已寄去。餘具令子口白。

〔一〕《七集·續集》卷六「大」作「太」。

答史彦明主簿二首

別後冗懶相因，不果上問，愧企增劇。遠辱書教，感服深矣。比日起居何如？衰病懷歸，請郡未得〔一〕。何時展奉，少道菀結〔二〕。歲晚厚愛，少慰區區。

〔一〕「得」原作「獲」，今從《外集》卷七十二。

〔二〕「菀」原作「宛」，今從《外集》。

二〔一〕

新寧想未赴上前所欲發書，至時可示諭也。程懿叔去後，旅思牢落，聞已到郡矣。寄惠秋石，極感留意。新春，龍鶴菜根有味，舉筯想復見憶耶？

〔一〕《劍南詩稿》卷四《題龍鶴菜帖》題下自註節引此文，謂爲元祐中作。待考。

與家復禮一首

前日辱訪別，悵戀不已。陰寒，起居佳否？送行詩別寫得一本，都勝前日書者。復納去。遠道，萬萬自重。

答王聖美一首以下杭州還朝〔一〕

昨日庭中望見，喜慰久渴。辱教，伏承尊體佳勝。無緣造門，尚冀邂逅，復少須臾。人還，布謝草草。

〔一〕「以下杭州還朝」原作「杭州還鄉」，誤，今據《二妙集》改。

與王正夫朝奉三首〔一〕

遞中辱書，人至，復枉手示，併增感慰。卽日起居如宜。襄事薄遽，哀苦至矣。無由助執紼。臨紙惋歎，尚冀寬中毋毁，以就遠業。

〔一〕「朝奉」二字原缺，據《七集・續集》卷六補。

二

大年哀詞，恨拙訥不盡盛德，聊塞孝心萬一。何日西行，傾想之極。曹子方因會，致區區。

三

惠示誌文，伏讀感嘆。拙詞何足刻石，愧愧。子方見過，聞動止爲慰。餘非面莫究。

答楊禮先三首

新歲，日欲往見，紛紛未由。辱簡，承尊體已安復，感慰兼集。厚貺狨皮、石硯、蠟燭，物意兩重，不敢違命，但有愧忸。

二

話别草草，惘然不已。信宿起居佳勝，明日果成行否？拙詩，聊發一笑。

三

久闊暫聚，喜慰不可言。但苦都下紛紛，不盡欵意。別來思仰增劇。亟辱手教，承已到郡，起居康福，眷愛各無恙。寄示石刻，暴揚鄙拙，極爲悚怍。衰病懷歸，又復歲暮，牢落可知。切想坐潁之餘，日與知舊往還，此樂可羡也。

與潮守王朝請滌二首

承寄示士民所投牒及韓公廟圖，此古之賢守留意於教化者所爲，非簿書俗吏之所及也。顧不肖何足以記此。公意既爾，衆復過聽，亦不敢固辭。但迫行冗甚，未暇成之，願稍寬假，遞中附往也。子野誠有過人，公能禮之，甚善。向蒙寵惠高文，欽味不已，但老懶廢學，無以塞盛意，悚怍而已。

二

承諭欲撰韓公廟碑，萬里遠意，不敢復以淺陋爲詞。謹以撰成，付來价，其一已先遞矣。卷中者，乃某手書碑樣，止令書史録去，請依碑樣，止模刻手書。碑首既有大書十字，碑中不用再寫題目，及碑中既有太守姓名，碑後更不用寫諸官銜位。此古碑制度，不須徇流俗之意也。但一切依此樣，仍不用周回及碑首花草欄界之類，只於淨石上模字，不着一物爲佳也。若公已替，即告封此簡與吳道人勾當也。

與汪道濟二首以下俱潁州

專使至，辱書，感服存記。且審比來起居佳勝，甚慰馳仰。未卜會見，惟祈保練。

二

某見報移汶上，而劾未下，老病不堪寄任，方欲力辭，未知得免否？令子日夕相見，甚安，知之。

與明父權府提刑一首

到官半歲，依庇德宇，獲遂解去，感服深矣。臨行寵餞再三，益愧眷厚。别後，切想起居佳勝。某已達泗上，迎送人等譴遣還府。今日留一飯，晚遂發去。逾遠左右，回望悵然。尚冀保練，以須顯拜。

與鞠持正二首以下俱揚州

兩日薄有秋氣，伏想起居佳勝。蜀人蒲永昇臨孫知微《水圖》，四面頗爲雄爽。杜子美所謂「白波吹素壁」者，願掛公齋中，真可以一洗殘暑也。近晚，上謁次。

二

知腹疾微作，想卽平愈。文登雖稍遠，百事可樂。島中出一藥名白石芝者，香味初若嚼茶，久之甚美，聞甚益人，不可不白公知也。白石芝狀如石耳，而有香味，惟此爲辯，秘之！秘之！

答劉無言一首南遷

此行但有感恩知罪，省分絕欲。守此四言，行之終身，庶保餘年得還田畝，但未知有無後命爾。

與林濟甫二首〔一〕以下俱儋耳

眉兵至，承惠書，具審尊體佳勝，眷愛各安。某與幼子過南來，餘皆留惠州。生事狼狽，勞苦萬狀，然胸中亦自有翛然處也。今日到海岸，地名遞角場，明日順風卽過瓊矣〔二〕。囘望鄉國，真在天末，留書爲別。未間，遠惟以時自重。

〔一〕《外集》卷七十七「林」作「楊」。案：蘇軾有與楊濟甫尺牘多首，「林」或誤。
〔二〕「瓊」原缺，據《外集》補。案：《七集·續集》卷七「瓊」字空格。

二

某兄弟不善處世，並遭遠竄，墳墓單外，念之感涕。惟濟甫以久要之契，始終留意，死生不忘厚德。

與鄭嘉會二首[一]

〔一〕此二首，已見卷五十六，爲《與鄭靖老四首》中之一、二首。今删文留題。

與錢志仲三首以下俱北歸

兩日不見，渴仰兼懷。竊惟起居佳勝。昨日水東尋幽訪古，頗有所得，恐欲知之。藥方已領，感感。

二

流落晚塗，始獲瞻奉，顧遇之重，有過平生。幸甚！幸甚！别來，伏惟起居佳勝。漲水遂失贛險，不覺到吉，皆德庇所及，其餘未易一一道謝也。日遠，後會未期，豈免悵戀。

三

某去此，不復滯留。至安居處，當縷細馳問，不敢外，輒用手啓，恃深眷也。烏絲當用寫道書一篇，非久納上。惡詩不足録也。事簡客稀，高堂清風，有足樂者。想時復見念耶？吉州幕柳致，與之久故，知其吏幹過人，不能和衆，多獲嫌忌，然其實無他也。憔悴將老矣，念非大度盛德，孰能收而用之，試以衆難，必有可觀者。藥有毒，乃能已疾，馬不蹄齧，多拙於行，惟深念才難，勿責全也。若公遂成就之，此子極有可採，必爲門下用。恃明照。僭言，死罪！死罪！

答王莊叔二首

遠辱教書，具道三十年前都下與先人往還，伏讀感涕。仁人念舊，手簡見及，足矣。書辭累幅，禮意莊重，此何過也。伏審靳焉在疚，哀慕之餘，起居如宜。某罪廢遠屏，有玷知識，重蒙奬飾，衰朽增光。會合未期，尚冀節哀自重。

二

某多病杜門，人事都絶，懶習已成，筆硯殆廢。承長牋寵貺，裁謝苟簡，愧負深矣。黄茅海瘴正坐於秋〔一〕。蒸暑毶汗，不能盡意，恕之。

〔一〕「《七集·續集》卷四、《外集》卷七十七「坐」作「作」。

與宋漢傑二首

某初仕即佐先公，蒙顧遇之厚，何時可忘。流落闊遠，不聞昆仲息耗，每以惋歎。辱書累幅，話及疇昔，良復慨然。三十餘年矣，如隔晨耳，而前人彫喪略盡，僕亦僅能生還。人世一大夢，俯仰百變，無足怪者。唐輔令兄今復何在？未及奉書，因信略道區區。某只候水來即行矣。餘留面盡。

二

前日裁謝草略，重煩問訊，眷意愈厚，感愧不已。仍審起居佳勝。寵賜新詩，詞格甚美，伏讀慰喜。

但恨衰晚，無以當此嘉貺也。

答虔人王正彥一首〔一〕

辱信，承起居佳勝。沐饋遺，重增感灼。茗布領抹皆珍物，已捧領訖。今日與家人輩遊東禪及景德，如相訪，就彼亦可。

〔一〕《七集·續集》卷七「彥」下有「先生」二字。

答王幼安三首

索居八年，未嘗一通問，每以惭負。屢得許下兒姪書云，比來親族或斷往來〔一〕，唯幼安昆仲待遇加厚。聞之，感激。人來，辱書累幅，陳義慨然，如接古人語，信王謝風氣傳之有自也。老病强答，不復成語。不罪！不罪！

〔一〕「比」原作「北」，今從《七集·續集》卷七、《外集》卷八十一。

二

某初欲就食宜興，今得子由書，苦勸歸潁昌〔一〕，已決意從之矣。舟已至廬山下，不久當獲造謁。未間，冀若時保嗇。

〔一〕《歐蘇書簡》「潁」作「許」。

三

蒙示諭過重，雖愛念如此，然憂患之餘，未忘憂畏，朋友當思有以保全之者，過實之譽，願爲掩諱之也。許暫假大第，幸甚！幸甚！非所敢望也。得託庇偏廡，謹不敢薰污。稍定居，當求數畝荒隙，結茅而老焉。若未卽塡溝壑，及見伯仲功成而歸，爲鄉里房舍客，伏臘相勞問，何樂如之。餘非面莫究。

與寇君一首

經宿雨涼，起居佳勝。昨辱迂顧，稍聞餘論，退想忠愍之英烈，有概乎中。衰病不出，無緣上謁，少選解去。惟萬萬自重。

與楊濟甫十首京師

爲別忽已半歲，傾想之懷，遠而益甚。卽日起居何如，貴眷各安吉。自離家至荆南，數次奉書，計並聞達。前月半已至京，一行無恙。得臘月中所惠書，甚慰遠意。見在西岡賃一宅子居住，恐要知悉。春暄，未緣會見，千萬珍重！珍重！

二以下俱鳳翔

奉别三更歲律，思渴日深。卽日履此新春，起居多勝。貴聚各嘉安。某前月十四日到鳳翔，十五日已交割訖。人事紛紛，久稽裁問，想自尊君襄事，後來漸獲閑靜，營幹諸事，必且濟辦。某比與賤累如常。今因范元歸，奉書露聞。氣候漸和，更希珍重。

三

冬寒，遠想起居佳勝。此去替不兩月，更不能歸鄉，且入京去。逾遠，依黯。近得王道矩書云，朝夕一來此，相看告便。如遞中惠一書，貴知道矩幾日起發，此幹告早及，某只十二月十七八間離岐下也。

四以下俱除喪還朝

某近領朧下教墨，感服眷厚，兼審起居佳勝。某此與賤累如常。舍弟差入貢院，更半月可出。都下春色已盛，但塊然獨處，無與爲樂。所居廳前有小花圃，課童種菜，亦有少佳趣。傍宜秋門，皆高槐古柳，一似山居，頗便野性也。漸暖，惟千萬珍重。

五

遞中屢得數書，知尊體佳勝，貴眷各安。示及發遞引目，契勘得並到，但鄉親書皆五六十日，不獨濟甫也。府推之命，只是暫權發遣，更月餘正官到，卽仍舊管官誥院也。府中冗絆，非拙者所樂，恐知。都下所須，示及。

六

近領來書，喜知眠食佳安。某此與賤累皆安。陳州舍弟並安，不煩念及。久客都下，桂玉所迫，囊裝並竭。今冬積雪四五尺，僦居弊陋，殊無聊，惟日望一差遣出去耳。未由披奉，千萬珍重。

七杭倅

久不奉書，亦少領來信，思念不去心。不審卽日起居佳否？眷愛各無恙？某此安健。官滿本欲還鄉，又爲舍弟在京東，不忍連年與之遠別，已乞得密州。風土事體皆佳，又得與齊州相近，可以時得沿牒相見，私願甚便之。但歸期又須更數年。瞻望墳墓，懷想親舊，不覺潸然。未緣會面，惟冀順時自重。

八潁州還朝

久以私撓不作書，累蒙惠問，且審起居佳勝，爲慰。衰年責咎，移殃家室。此月一日以疾不起，痛悼之深，非老人所堪，奈何！奈何！又以受命出帥定武，累辭不獲，須至勉强北行。家事寥落，懷抱可知。因見青神王十六秀才，亦爲道此。會合何時，臨書凄斷。惟千萬順時自愛。

九以下俱儋耳

寶月師孫來，得所惠書，喜知尊體佳勝，眷聚各清安。至慰！至慰！某凡百粗遣，北歸未有期，信命且過，不煩念及。惟聞墳墓安靖，非濟甫風義之篤，何以得此，感荷不可言。舟師云當一到眉。此中諸事，可問其詳也。遠祝，惟若時珍重而已。

十

遠蒙厚惠蜀紙藥物等，一一如數領訖，感怍之至。人行速，無佳物充信，謾寄腰帶一條。俗物增愧，不罪！不罪！

與楊子微二首以下俱北歸

某與尊公濟甫，半生闊別，彼此髮鬢雪白，而相見無期，言之悽斷。尊公乃令閤下萬里遠來海外，訪其生死，此乃古人難事，聞之感歎不已。辱書，具審起居佳安，尊公已下，各得安勝，至慰之極。某七月中必達潁昌矣。回馭少留，一須欵見。餘祝若時自重。

二

某與舍弟流落天涯，墳墓免於樵牧者，尊公之賜也。承示諭，感愧不可言。聞井水嘗竭而復溢，信否？見今如何，因見，細喻。

與王慶源十三首以下俱密州

陵州遞中辱書及詩，如接風論，忽不知萬里之遠也。即日履兹秋暑，尊候何似。某此粗遣，雖有江山風物之美，而新法嚴密，風波險惡，況味殊不佳。退之所謂「居閑食不足，從官力難任，兩事皆害性，一生常苦心」，正此謂矣。知叔丈年來頗窘，此事有定分。但只以安健無事多子孫爲樂〔一〕，亦可自遣。何時歸休，得相從田里，但言此，心已馳於瑞草橋之西南矣。秋暑，更冀以時珍重。

〔一〕「只」原作「兄」，據《七集·續集》卷五改。

二

高密風土食物稍佳。但省租公庫減削，索然貧儉。始至，值歲饑，人豪剽刼無虛日。凡督捕姦兇五七十人，近始肅然，鬬訟頗簡。稍葺治園亭，居之，亦粗可樂。但時登高，西南引領，即悵然終日。近稍能飲酒，終日可飲十五銀盞。他日粗可奉陪於瑞草橋，路上放歌倒載也。

三徐州

久以官冗，不暇奉問。忽辱手訊，喜知車從已達輦下，起居佳勝，即日南宮必榜出矣。淪屈已久，必遂了當，欣賀良深。來書謙抑過當。四方赴者甚衆，豈獨吾叔。元昆勸駕，良合事宜，恨此拘繫，無緣於東華門外奉接。京師一別二十餘年，豈惟吾儕衰老可嘆，至於都城風物事體，索然無復往時矣。東南守官極可樂，而民間蹙迫不聊生，懷抱殊不佳。深願慶源了當後，千萬一來，相從數月，少慰平生，幸勿以他事爲辭，至懇！至懇！

四黄州

窮僻少便，久不上狀。竊惟退居以來，尊體勝常。黑頭謝事，古今所共賢。二疎師傅，淵明縣令，均爲高退，昔人初不爲優劣也。謹以此爲賀。二子學術成就，瑞草橋果木成陰，卧想數年出仕，無一可愧者，此又有餘味矣。除却虚名外物，不知文太師何以加此，想當一笑也。某蒙恩量移汝州。回念墳墓，心目斷絶。方作舟行，何時得到汝，到後又須營辦生事。此身漂然，奉羡何及。乍熱，惟萬萬順候自重。

五黄州

竄逐以來，日欲作書爲問。舊既懶惰，加以閑廢，百事不舉，但慚怍而已。即日體中何如，眷愛各佳。某幼累並安。但初到此，喪一老乳母，七十二矣，悼念久之，近亦不復置懷。寓居官亭，俯迫大江，几席之下，雲濤接天，扁舟草履，放浪山水間。客至，多辭以不在，往來書疏如山，不復答也。此味甚佳，生來未嘗有此適。知之，免憂。近文郎行，寄紙筆與叢郎，到甚遲也。未緣面會，惟萬萬自愛。

六以下俱登州還朝

近辱書，并寄新詩，伏讀感慰不已。屬多事，未及繼和。不審比來尊體何如，貴眷各均安？某凡百如昨。夢想歸路，如痿人之不忘起也。溽暑向隆，萬乞以時保嗇。

七

令子兩先輩，必大富學術，非久騰踔矣。五五哥、五七哥及十六郎，臨行冗迫，不果拜書，因見，道意。登州下臨漲海，枕簟之下，天水相連，蓬萊三山，彷彿可見。春夏間常見海市，狀如烟雲，爲樓觀人物之象。數日前偶見之，有一詩録呈爲笑也。史三儒長老近蒙惠書〔一〕，冗中未及答，因見，乞道區區。《海市》詩可轉呈也。京師有幹，乞示下。

〔一〕「惠」原缺，據《外集》卷七十一補。

八

久不奉狀，愧仰增積。即日，遠想起居佳勝。叔丈脱屣縉紳，放懷田里，絶人遠矣。某罪廢流落，今復强顔周行，有愧而已。若聖恩憐其老鈍，年歲間，乞與一鄉郡，歸陪杖屨，復講昔日江上攜壺藉草之樂，只是不得拽脚相送，先發遣酒壺歸瑞草橋，於義儉矣。記得否？呵呵。何幸如之。未間，惟望厚自頤養，以享無疆之壽。

九

遠沐寄示，老手高風，詠歎不已。甚欲和謝，公私紛紛，少暇，竟未果，悚悚。七八兩秀才，各計安。爲學想日益，早奮場屋，慰親意也。知宅醖甚奇，日與蔡子華、楊君素聚會，每念此，即致仕之興愈濃

也。示諭要畫，酒後信手，豈能復佳。寄一扇一小軸去，作笑耳

十以下俱翰林

久不奉狀，愧仰增積。即日退居多暇，尊體勝常。某進職北扉，皆出奬庇。自頃流落江湖，日欲還鄉，追陪杖屨，爲江路藉草之遊，夢想見之。今日國恩深重，憂責殊大，報塞愈難，退歸何日，西望悵悵，殆不勝懷。想叔丈與丈人及諸姪，歲時相遇，樂不可名，雖清貧難堪，然熬波之餘，必及鴒原，應不甚寂寞也。歲晚苦寒，伏乞保重。

十一

近奉慰疏，必達。比日尊體何如？某與幼弱，凡百粗遣。人生悲樂，過眼如夢幻，不足追，惟以時自娛爲上策也。某名位過分，日負憂責，惟得幅巾還鄉，平生之願足矣。幸公千萬保愛，得爲江邊攜壺藉草之遊，樂如之何。

十二

向要紅帶，今寄一條去。却是小兒子輩，聞翁要此，頗盡功勾當釘造，不知稱尊意否？拙詩一首，并黄、秦二君，皆當今以詩文名世者，各賦一首。寫作《黄素經》一卷，並託孫子發宣德寄上。京師有所須，但請示及。

十三杭州

久不奉書，愧仰兼極。令姪元直遠訪，首出教字，感慰之懷，未易盡陳。比日履茲春和，尊體何如？某爲郡粗遣，衰病懷歸，日欲致仕。既忝侍從，理難驟去，須自藩鎮乞小郡，自小郡乞宫觀，然後可得也。自數年日夜營此，近已乞越，雖未可知，而經營不已，會當得之。致仕有期，則拜見不遠矣。惟望倍加保嗇，庶歸鄉日猶能陪侍杖屨上下山谷間也。楮冠、玳簪，聊表遠意。玳簪已七八十年物，閱數名公矣，幸服用之。

與王慶源子一首潁州

某自去歲聞宣義叔丈傾逝，尋遞中奉慰疏，必已聞達。爾後紛冗少暇，繼以行役不定，久闕書問，愧悚不已。叔丈平昔以文行著稱鄉閭，於場屋晚乃少遂，終不振顯。惟望昆仲力學砥礪，以顯揚不墜爲心，乃末戚區區之望也。因信，惠一二字。

與蒲誠之六首以下俱京師

某啓。聞軒馬已至多時，而性懶作書，不因使齎手教來，雖有傾渴之心，終不能致一字左右也。悚愧！悚愧！盛熱殊不可過，承起居佳裕，甚善！甚善！某此並無恙，京師得信亦安。但近得山南書，報伯母於六月十日傾背，伯父之喪未及一年，而災禍仍重如此，何以爲心。家兄惟三哥在左右，大哥、二哥必取次一人歸山南，謀扶護還鄉也。人生患難，至有如此極者，煩惱！煩惱！知郡事頗簡，足以尋繹舊學也。同僚中有可與相處而樂者否？新收、倅皆在此，常相見，恐知悉。殘暑，更冀順時珍重。

二

近聞員秘丞言，聞於誠之，韓益州欲令誠之替某。若得請，固所喜幸也。然某盡今歲，方及二年，不知朝廷肯令某成資解去否？若必俟三考，則於誠之爲太淹緩，安用也？向經由時，甚恨不欵曲，今若因此得從容接奉，何喜如之。陳丈日日見〔一〕，甚安。

〔一〕「丈」原作「文」，據《外集》卷六十三改。

三

近遞中辱書，方欲附問，人來，又承手教，審聞起居佳勝，差慰瞻望。新命必已下，伏增欣慶。苟相知，豈必爲交代，但奉見稍遠耳。承又須歸覲，奔波良不易也。秋涼，千萬保愛。

四

聞車騎已在二曲，卽見風采，喜慰可知。冒寒，行李不易，久此僻左，獲奉清游，幸甚也。

五

某啓〔一〕。比欲更接清話少頃〔二〕，而人事紛紛，至今不得暫息。欲奉謁次，聞府官盡出，接張省

中國古典文學基本叢書

蘇軾文集

第五册

孔凡禮點校

俟駕耶？老兄別後想健。某五七日來，苦壅嗽殊甚，飲食語言殆廢，劣有樂事！今日漸佳。近日牢城失火，燒蕩十九，雪堂亦危，潘家皆奔避，堂中飛焰已燎簷矣。幸而先生兩瓢無恙，四柏亦吐芽矣。

與王庠五首

軾啓。二卒遠來，承手書累幅，問勞教誨，憂愛備盡。仍審侍奉多暇，起居萬福，感慰深矣。軾罪責至重，上不忍誅，止竄嶺海，感恩念咎之外，不知其他。來書開說過當，非親朋相愛保全之道，悚息！悚息！寄示高文新詩，詞氣比舊益見奇偉，粲然如珠貝溢目。非獨鄉閭世不乏人爲喜，又幸珍材異産，近出姻戚，數日讀不釋手。每執以告人曰：「此吾家王郎之文也。」老朽廢學久矣，近日尤不近筆硯，見少時所作文，如隔世事、他人文也。足下猶欲使議論其間，是顧千里於伏櫪也。軾少時本欲逃竄山林，父兄不許，迫以婚宦，故汩没至今。南遷以來，便自處置生事，蕭然無一物，大略似行脚僧也。近日又苦痔疾，呻吟幾百日，緣此斷葷血鹽酪，日食淡麵一斤而已。非獨以愈疾，實務自枯槁，以求寂滅之樂耳。初欲獨赴貶所，兒女輩涕泣求行，故與幼子過一人來，餘分寓許下、浙中，散就衣食。既不在目前，便與之相忘，如本無有也。足下過相愛，乃遺萬里相問，無狀自取，既爲親友憂及，又使此兩人者蒙犯瘴霧，崎嶇往來，吾罪大矣。寄遺藥物并方，皆此中無有，芎尤奇味，得日食以禦瘴也。軾爲舊患痔，今頗發作，外無他故，不煩深念。會晤無期，惟萬萬以時保練。

二

軾啓。前後所寄高文，無不達。日每見增歎，但恨老拙無以少答來貺。又流落海隅，不能少助聲名於當時。然格力自天，要自有公論，雖欲不顯揚，不可得也。程夫子尚困場屋，王賢良屈爲州縣，皆造物有不可曉者。海隅風土不甚惡，亦有佳山水，而無佳寺院，無士人，無醫藥，杜門食淡，不飲酒，亦粗有味也。目昏倦，作書又此信發書極多〔一〕，不能詳盡，察之！察之！

〔一〕此句疑有脱文。

三

承欲往黔南見黄魯直。此古人所難，若果爾，真一段奇事也。然足下久違親庭遠適，更請熟慮。今謾寫一書，若果行，卽携去也。

四

念七娘遠書，且喜侍奉外無恙。自十九郎遷逝，家門無空歲。三叔翁、大嫂繼往，近日又聞柳家小姑凶訃，流落海隅，日有哀慟，此懷可知。兄與六郎却且安健，幸勿憂也。因侍立阿家，略與道懇，不敢拜狀也。

五

别紙累幅，過當。老病廢忘，豈堪英俊如此責望耶〔一〕？少年應科目時，記録名數沿革及題目等，大略與近歲應舉者同爾。亦有少節目，文字才塵忝後，便被舉主取去，今日皆無有，然亦無用也，實無捷徑必得之術。但如君高材强力，積學數年，自有可得之道，而其實皆命也。但卑意欲少年爲學者，每一書〔二〕，皆作數過盡之。書富如入海，百貨皆有之，人之精力，不能兼收盡取，但得其所欲求者耳。故願學者，每次作一意求之。如欲求古人興亡治亂聖賢作用，但作此意求之，勿生餘念。又别作一次求事迹故實典章文物之類，亦如之。他皆倣此。此雖迂鈍，而他日學成，八面受敵，與涉獵者不可同日而語也。甚非速化之術，可笑！可笑！

〔一〕「耶」原作「也」，今從郎本卷四十六。

〔二〕「一」原作「讀」，今從郎本。

與王序一首〔一〕

某啓。忝姻戚之末〔二〕，未嘗修問左右，又方得罪屏居，敢望存記及之。專人遠來，辱貺教累幅，稱述過重，慰勞加等，幸甚。即日履兹秋暑，尊體何似。某仕不知止，臨老竄逐，罪垢增積，玷汙親友。足下昆仲，曲敦風義，萬里遣人問安否，此意何可忘。書詞雅健，陳義甚高，但非不肖所當也。蜀、粤相望天末〔三〕，何時會合，臨書惘惘，未審授任何地〔四〕。來歲科詔，佇聞峻擢，以慰願望。未間，更乞若時自重。人還奉啓，少謝萬一。不宣。

〔一〕《七集·續集》卷七題作「答王商彦」。

〔二〕「之」原缺，據《七集·續集》、《外集》卷七十五補。

〔三〕《外集》「粵」作「越」。

〔四〕《七集·續集》「授」作「受」。

謝呂龍圖三首以下俱京師

龍圖閣老執事。某西蜀之鄙人，幼承家訓，長知義方，粗識名教，遂堅晚節。兩登進士舉，一中茂才科，故當世名公巨卿，亦嘗賜其提挈愛憐之意。故歐公引之於其始，韓公薦之於其中，今又閣下舉之於其後。自惟末學，辱大賢者之知，出自天幸。然君子之心，以公而取士，某小人之志，終荷恩以歸心。但空省循，何由論報。比者止於片言隻字謝德於門下，而其誠之所加，意有所不能盡，意之所至，言有所不能宣，故其見於筆舌者，止此而已。惟高明有以容而亮之。

二

前以拙訥〔一〕，上塵聽覽，方懼獲罪於門下，而無以容其誅。又辱答教，言辭欵密，禮遇優隆，而褒揚之句，有加於前日，此不肖所以且喜且懼而莫知所措也。珍函已捧受訖，謹藏之於家，以爲子孫之美觀。蔀屋之陋，復生光彩，陳根之朽，再出英華，乃閣下暖然之春，有以嫗育成就之故也。擇日齋沐，再詣閣下。臨紙澀訥，情不能宣，伏惟恕其愚。

〔一〕「訥」原作「納」，據《歐蘇手簡》改。

三

某久以局事汩没，殊不獲覿止。竊惟應得疎絶之罪於左右，不意寛仁含垢，察其俗狀之常情，恕其簡略之小過，光降書辭，曲加勞問，拜貺之際，益增厚顔。旦夕詣賓次。盛暑，伏惟爲朝廷自愛，上副注倚之心，下慰與人之望。

答王龍圖一首

辱簡，承孝履如宜〔一〕。新詩寵行，甚幸。但稱道太過，非所以安不肖也。餘所諭，謹在意。

〔一〕《外集》卷六十三「孝」作「教」。

答張主簿一首〔一〕密州

改歲，無緣展慶。伏惟履兹新春，百福來集。旬日前辱教，感服眷厚，不卽馳答，悚怍！悚怍！向日披奉，但有馳仰。餘寒，冀以時自重。

〔一〕《外集》卷六十四題作「又」，「又」前之題爲「與人」。

答宋寺丞一首徐州

軾自假守彭城，卽欲爲一書以問左右，久苦多事，竟爲足下所先，慚悚不可言也。來書稱道過當，皆非無狀所能彷彿。自少小爲學，不過以記誦篆刻追世俗之好，真所謂寡見淺聞者也。年大以來，雖所謂寡淺者，亦復廢忘，至於吏道法令民事簿書期會，尤非所長，素又不喜從事於此，以不喜之心，强其所不長，其荒唐繆悠可知也。而彭城自漢以來，號爲重地，朝廷過采其虚名，不知其實無有也，而輕以畀之。自到郡以來，夏旱秋潦，繼之以横流之災，扎瘥之餘，百役毛起，公私騷然未已也。計其不治之聲，聞於左右者多矣。仁人君子，不指其過，教其所不逮，而更譽之，何也？孔子曰：「居是邦也，事其大夫之賢者，友其士之仁者。」自今與足下往來相聞，知不徒爲好而已，當有以告我者，不勝大願。適會夫役起，無頃刻閒暇，書不能盡意，惟深察之。

與樂推官一首以下俱黄州

疊辱臨訪，欲少欵奉，多事因循，繼以卧病，愧負深矣。數日起居佳否？知明日啓行，無緣面别，尚冀保練，慰此區區。

答李寺丞二首

久别渴詠，遞中辱書，且審起居清勝，至慰！至慰！某謫居粗遣，廢棄之人，每自嫌鄙，況於他人。君獨收卹，有加平素，風義之厚，足以愧激頹靡也。未緣會見，萬萬以時自愛。

二

遠蒙分輟清俸二千，極愧厚意。然長者清貧，僕所知也。此不敢請，又重違至意，輒請至年終、來春，即納上，感愧不可言也。僕雖遭憂患狼狽，然譬如當初不及第，即諸事易了，荷憂念之深，故以解懸慮。

與徐司封一首

適辱車騎寵存，感怍無窮。晚來尊體佳勝。某與陳君略出至安國，遂覺拙疾稍作。欲告明日少休，後日恭與盛集，可否？無狀慚負多矣。幸甚。

與周主簿一首

罪廢衰朽，過辱臨顧，增愧汗也。晚來起居佳勝〔一〕。甚欲詣謝，巾褐草野，不敢造門，幸加矜恕。

〔一〕「佳勝」原作「勝勝」，據《七集·續集》卷五改。

與李廷評一首離黄州

某啓。經由特辱枉訪，適以卧病數日，及連日會集，殊無少暇。治行忽遽，不及詣謝，明日解維，遂爾違闊，豈勝愧負。

與知縣十首以下俱翰林

紛冗，久疎上問，辱書感愧。比日履兹春温，起居何如。未由展奉，徒深渴仰。尚冀保練，以慰區區。

二

近屢辱書，數裁謝，但苦冗中不盡意耳。比日起居何如？惠笋已拜賜，新味之味，遠能分惠，感愧無已。

三

頻示誨，感服勤眷。乍暄，伏計尊體佳勝。前去當入府〔一〕，果爾否？

〔一〕「去」字後疑脱一「人」字。

四

近者疊辱臨訪，紛冗中不盡所懷。枉手教，具審起居佳勝，感慰兼集。何日復入城，得少欵聚？未間，萬萬自重。

五

近辱回教，感慰深矣。比日履兹伏暑，起居清勝。咫尺莫由會遇，引領來塵，庶幾少盡區區。未間，萬萬自重。

六

人來，辱手教。承比日起居佳勝。思企高義，未緣欵奉，臨書悵惘。示諭書醉公石固佳，但目昏罷倦，每書過百十字，輒意闌，恐且夕少暇耳。毒熱，萬萬以時自重。

七

近日雖獲一再見，終不盡區區。辱書告别，又不即裁答，可量愧悚。宿昔稍涼，起居勝常。景物漸嘉，邑事多暇，想有以爲樂。此外，萬萬自重。

八

叠辱手教，感慰兼集。邑事清簡，起居勝常。小兒蒙不鄙外，荷德殊深矣。未由接奉，千萬以時自重。

九

兒子遂獲託庇，知幸。魯鈍多不及事，惟痛與督勵也。切祝！切祝！晉卿相見殿門外，惘然如夢中人也。人世何者非夢耶！亦不足多談，但喜其容貌蔚然如故，非有過人，能如是耶？

十

昨日辱示佳篇，詞韻高絶，非此句無以發揚醉公也。雨冷，起居佳否？二碑納上。

賜深亮。

答青州張秘校一首杭州還朝

承攜長箋下訪，不克迎奉爲愧，經宿，伏惟尊履佳勝。示諭，乃宰物者之事，非不肖所能致也。幸

與王賢良一首揚州還朝

近辱臨訪，連日紛冗，不及欵奉。竊惟起居佳勝。寵示新作，感服至意。

與惠州都監一首惠州

君南來，清節幹譽，爲有識所稱，皆曰：「此東坡弟子由門下客也。」兩漢之士，多起於游徼卒史，至公卿者多矣。願君益廣問學，以期遠對〔一〕。

〔一〕《七集·續集》卷七、《外集》卷七十七「對」作「到」。

與子安兄七首黄州

近於城中得荒地十數畝，躬耕其中。作草屋數間，謂之東坡雪堂。種蔬接果，聊以忘老。有一大曲寄呈，爲一笑。爲書角大，遠路，恐被拆，更不作四小哥、二哥及諸親知書，各爲致下懇。巢三見在東坡安下，依舊似虎，風節愈堅。師授某兩小兒極嚴。常親自煑猪頭，灌血腈，作薑豉菜羹，宛有太安

滋味〔一〕。此書到日，相次，歲猪鳴矣。老兄嫂團坐火爐頭，環列兒女，墳墓咫尺，親眷滿目，便是人間第一等好事，更何所羨。可轉此紙呈子明也。近購獲先伯父親寫《謝蔣希魯及第啓》一通，躬親褾背題跋，寄與念二〔二〕，令寄還二哥。因書問取。

〔一〕《外集》卷六十八「太」作「大」。

〔二〕「二」後疑有「郎」字。念二郎，乃東坡之侄千乘，見本卷《與千乘侄一首》。東坡每稱侄以郎，如十九郎、十郎等。

二以下登州還朝

拜違十八年，終未有省侍之期。歲行盡，但有懷仰。即日履茲寒凝，尊體康勝。姪男女各長成。東塋每煩照管，感涕不可言。某到不旬日，又有起居舍人之命。方力辭免。年歲間，當請一鄉郡歸去，漸謀退省耳。未即瞻奉，萬乞以時自重。

三

子由亦有司諫之命，想不久到京。東塋芟松，甚煩照管。如更合芟，間告兄與楊五哥略往覷，當分明點數根槎，交付佃户，免致接便偷砍也。不然，與出榜立賞，召人告偷斫者，亦佳。一切告留意相度。阿膠半斤，真阿井水煮者〔一〕。青州貢棗五斤，充信而已。京師有幹，乞示及。

〔一〕《七集·續集》卷六此句六字爲自註註文，「煮」作「煎」。

四以下俱揚州還朝

十九郎兄弟遠至，特蒙手誨，恭審比來尊體佳勝，甚慰繫望。骨肉久别，乍聚，問訊親舊，但有感嘆。知兄杜門守道，爲鄉里推愛。弟久客倦遊，情懷常不佳。日望歸掃墳墓，陪侍左右耳。方暑，敢冀以時自重。

五

往蒙示先伯父事迹，但有感涕，專在卑懷。重承誨諭，惶悚之至。正冗迫中，不敢久留來使。未暇寫諸親知書，乞爲致意，非久徧發也。

六

墓表又於行狀外尋訪得好事，皆參驗的實。石上除字外，幸不用花草及欄界之類。才著欄界，便不古，花草尤俗狀也。唐以前碑文皆無。告照管模刻仔細爲佳。不罪！不罪！

七

每聞鄉人言，四九、五九兩姪，爲學勤謹，事舉業尤有功，審如此，吾兄不亡矣。惟深念負荷之重，益自修飭，乃是顔、閔之孝，賢於毁頓遠矣。此間五郎、六郎乍失母〔一〕，毁痛難堪。亦以此戒之矣。吾兄清貧，遭此，固不易處。某亦爲一年兩喪，困於醫藥殯斂，未有以相助，且只令楊濟甫送二千爲一奠，餘俟少暇也。

〔一〕「此」原作「比」，據《七集·續集》卷七改。

與子明兄一首黄州

兄才氣何適不可，而數滯留蜀中。此回必免銜替。何似一入來，寄家荆南，單騎入京，因帶少物來，遂謀江淮一住計，亦是一策。試思之，他日子孫應舉宦遊，皆便也。弟亦欲如是，但先人墳墓無人照管，又不忍與子由作兩處。兄自有三哥一房鄉居，莫可作此策否？又只恐亦不忍與三哥作兩處也。吾兄弟俱老矣，當以時自娱。世事萬端，皆不足介意。所謂自娱者，亦非世俗之樂，但胸中廓然無一物，即天壤之内，山川草木蟲魚之類，皆是供吾家樂事也。如何！如何！記得應舉時，見兄能謳歌，甚妙。弟雖不會，然常令人唱，爲作詞。近作得《歸去來引》一首，寄呈，請歌之。送長安君一盞，呵呵。醉中，不罪。

與史氏太君嫂一首惠州

某謫海南，狼狽廣州，知時姪及第，流落中尤以爲慶。乃知三哥平生孝義廉静自守，嫂賢明教誨有方，天不虚報也。明日當渡大海，聊致此書，嫂知意而已。

與聖用弟三首以下俱揚州還朝

聖用小二秀才弟。别後冗迫，不即奉書，想未訝也。比日體中佳安。今日榜出，且喜小十捷解，喜慰之極。此郎君爲學勤至，文詞成就，來春必殊等也。前賀無疑。向聞弟當復入來，想必成行也。小十甚安健，日夕相見，不用憂。未相會間，千萬保愛。子由爲朝陵去，未及奉書。

二

十郎司理不及别作書。初官，但事事遵稟小二叔教誨。官事勿苟簡，公勤靜恕，勿急求舉主，曹事辦集，上官必不汝遺。劉漕行父，叔與之契舊，因見，但道此意，俟到定州欵曲作書也。餘惟侍奉外多愛。夜中，目昏不成字，勿訝！勿訝！

三

方叔兄未及拜書，且爲致意。子安三哥近有書，未及再上狀，因見，亦爲致懇。

與子由弟十首以下俱黄州

或爲予言，草木之長，常在昧明間。早起伺之，乃見其拔起數寸，竹笋尤甚。夏秋之交，稻方含秀，黄昏月出，露珠起于其根，纍纍然忽自騰上，若推之者，或綴于莖心，或綴于葉端。稻乃秀實，驗之信然。此二事，與子由養生之説契，故以此爲寄。

二〔一〕

子由爲人，心不異口，口不異心，心卽是口，口卽是心。近日忽作禪語，豈世之自欺者耶？欲移之於老兄而不可得。如人飲水，冷暖自知，死生可以相代，禍福可以相共，惟此一事，對面相分付不得。珍重！珍重！

〔一〕《外集》卷五十七《雜記人物》有此文，題作「子由禪語」。

三〔一〕

任性逍遥，隨緣放曠，但盡凡心，無別勝解。以我觀之，凡心盡處，勝解卓然。但此勝解，不屬有無，不通言語，故祖師教人，到此便住。如眼翳盡，眼自有明，醫只有除翳藥，何曾有求明方？明若可求，卽還是翳。固不可於翳中求明，卽不可言翳外無明。而世之昧者，便將頹然無知，認作佛地。若如此是佛，猫兒狗子，得飽熟睡，腹摇鼻息，與土木同，當恁麼時，可謂無一毫思念，豈可謂猫兒狗子已入佛地？故凡學者，但當觀心除愛〔二〕，自麤及細，念念不忘，會作一日〔三〕，得無所除〔四〕，弟以教我者是如此否？因見二偈警策，孔君不覺悚然，更以問之。書至此，牆外有悍婦與夫相毆，詈聲飛灰火，如猪嘶狗嗥。因念他一點圓明，正在猪嘶狗嗥裏面。譬如江河鑑物之性，長在飛沙走石之中，尋常静中推求，常患不見。今日鬧裏忽捉得些子，如何！如何！元豐六年三月二十五日夜，已封書訖，復以此寄子由。

〔一〕《外集》卷四十四題作「書子由答孔平仲二偈後」，趙刻《志林》題作「論修養帖寄子由」。

〔二〕《外集》「心」作「志」，趙刻《志林》作「妄」。

〔三〕「日」原作「自」，今從《外集》、《志林》。

〔四〕《志林》「除」作「住」。

四〔一〕

某近絶少過從，賓客知其衰懶，不能與人爲輕重，見顧者漸少，殊可自幸。昨且偶見子華，歎老弟之遠外久之。蒙見囑，聞過必相告。近者舉劉太守一事，體面極生，不免有議論。吾弟大節過人，而小事或不經意，正如作詩高處可以追配古人，而失處或受嗤於拙目。薄俗正好點檢人，小疵，不可不留意也。

〔一〕此首，《七集·續集》卷六爲《答王定國三首》之第三首。案：文中有「吾弟」云云，似與子由口吻，上書或誤。

五杭州

明日，兄之生日。昨夜夢與弟同自眉入京，行利州峽，路見二僧。其一僧，鬚髮皆深青。與同行。問其向去灾福，答云：「向去甚好，無灾。」問其京師所須，「要好朱砂五六錢。」又手擎一小卵塔〔二〕，云〔三〕：「中有舍利。」兄接得，卵塔自開，其中舍利粲然如花。兄與弟請吞之。僧遂分爲三分，僧先吞，兄與弟繼吞之，各一兩掬，細大不等，皆明瑩而白，亦有飛进空中者。僧言：「本欲起塔〔四〕，却吃了。」弟云：「吾三人肩各置一小塔便了。」兄言：「吾等三人，便是三所無縫塔。」僧笑，遂覺。覺後胸中噎噎然〔五〕，微似含物。夢中甚明，故閑報爲笑耳〔六〕。

〔一〕此首，見趙刻《志林》，題作「記子由夢塔」。

〔二〕《志林》「卯」作「卯」。《外集》卷五十八「又」作「叉」。

〔三〕「云」原缺，據《志林》補。

〔四〕「本」原作「木」，誤，據《志林》改。

〔五〕「後胸中」三字原缺，據《志林》補。

〔六〕「耳」原缺，據《志林》補。

六　赴定州

某爲迫行事冗，不及作孫子發書，乞爲致意。近者奏辟，吏部胥子初妄執言〔一〕，本官係合入遠人，礙辟舉條，及反覆詰之，廼始伏云。若今年九月二十七日本官成資後別無遺闕，即不該入遠，可以奏辟。某尋有公文申部，乞會問本州，即見得成資已前有無遺闕。凡争數日，乃肯據狀會問〔二〕，請與孫子發言，略説與本州官員，言早與果決分明，回一成資無遺闕文字來，免爲猾胥妄生枝節。或更孫宣德與一顧就及本州官員及所填替非有服親一狀，尤佳。京師，大抵官不事事而吏横也。

〔一〕《外集》卷七十五「部」作「郎」。

〔二〕「問」原作「同」，據《外集》改。

七〔一〕惠州

惠州市井寥落，然猶日殺一羊，不敢與仕者爭買，時囑屠者買其脊骨耳。骨間亦有微肉，熟煑熱漉出，不乘熱出，則抱水不乾。漬酒中，點薄鹽炙微燋食之。終日抉剔，得銖兩於肯綮之間，意甚喜之。如食蟹螯，率數日輒一食，甚覺有補。子由三年食堂庖，所食芻豢，没齒而不得骨，豈復知此味乎？戲書此紙遺之，雖戲語，實可施用也。然此説行，則衆狗不悦矣。

〔一〕此首，見《外集》卷六十一，題作《食羊脊骨説》。

八以下俱北歸

子由弟。得黄師是遣人賫來二月二十二日書〔一〕，喜知近日安勝〔二〕。兄在真州，與一家亦健。行計南北，凡幾變矣。遭值如此，可歎可笑。兄近已決計從弟之言，同居潁昌，行有日矣。適值程德孺過金山，往會之，并一二親故皆在坐。頗聞北方事，有決不可往潁昌近地居者。事皆可信，人所報，大抵相忌安排攻擊者衆，北行漸近，決不静耳。今已決計居常州，借得一孫家宅，極佳。浙人相喜，決不失所也。更留真十數日，便渡江往常。逾年行役，且此休息。恨不得老境兄弟相聚，此天也，吾其如天何！然亦不知天果於兄弟終不相聚乎？士君子作事，但只於省力處行，此行不遂相聚，非本意，甚省力避害也。候到定疊一兩月，方遣邁去注官，迨去般家，過則不離左右也。葬地，弟請一面果決。八郎婦可用，吾無不可用也。更破千緡買地，何如？留作葬事，千萬勿徇俗也。林子中病傷寒十餘日，便卒，所獲幾何，遺臭無窮〔三〕，哀哉！哀哉！兄萬一有稍起之命，便具所苦疾狀力辭之，與迨、過閉户治田養性而已。千萬勿相念，保愛！保愛！今託師是致此書。

〔一〕《七集·續集》卷七「二月」作「四月」。
〔二〕「勝」原作「訊」，據《七集·續集》改。
〔三〕《七集·續集》、《外集》卷八十一「臭」作「恨」。

九

程德孺兄弟出銀二百星相借，兄度手下尚未須如此，已辭之矣。德孺兄弟意極佳，感他！感他！數日熱甚，舟中揮汗寫此，不及作諸姪書，且伸意。夫人晚年，更且慎護，勿令少有疾，副子孫意。五郎婦，更與照管慰安之，便令五郎往般挈也。八郎續親極好，但吾儕難自言，可託人與説。今師是已除太僕卿〔一〕，恐遂北行，兄不能見。又恐其來省母蘇州〔二〕，若見，當令人探其意也。少留真，欲葺房緍，令整齊也。五娘、七娘近皆得書，與孫皆安。胡郎亦有書來，甚安，行見之矣。文九作書寫字精好，無勞問訊。伯翁可喜，符亦卓卓，報二姊知。

〔一〕《七集·續集》卷七「卿」上有「少」字。
〔二〕「來」原缺，據《七集·續集》、《外集》卷八十一補。

十〔一〕

吾兄弟俱老矣，當以時自娱，此外萬端皆不足介懷。所謂自娱者，亦非世俗之樂，但胸中廓然無一物。卽天壤之内，山川草木蟲魚之類，皆吾作樂事也。

〔一〕此首之文，已見本卷《與子明兄一首》中。姑存待考。

與千乘姪一首黄州

念二秀才。别來又復春深，相念不去心。邁自北還，得手書，及見數詩，慰喜不可言。日月不居，奄已除服，哀念忽忽，如何可言。久不得鄉書，想諸叔已下各安。子明微累想免矣。因書略報，大舅書中甚相稱，更在勉力副尊長意。家門凋落，逝者不可復，如老叔固已無望，而子明、子由亦已潦倒頭顱，可知正望姪輩振起耳。念此，不可不加意〔一〕。未由會合，千萬自愛。

〔一〕「不」原缺，據《七集·續集》卷五、《外集》卷六十八補。

與千之姪二首離黄州

必强姪近在泗州，得書，喜知安樂。房眷子孫各無恙。秋試又不利，老叔甚失望。然慎勿動心，益務積學而已。人苟知道，無適而不可，初不計得失也。聞姪欲暫還鄉，信否？叔舟行幾一年，近於陽羨買得少田，意欲老焉。尋奏乞居常，見邸報，已許。文字必在南都。此行略到彼葬却老妳二姨〔一〕。子由乾妳也。住二十來日，却乘舟還陽羡。姪能來南都一相見否？叔甚欲一往見傳正，自惟罪廢之餘，動輒累人，故不果爾。甚有欲與姪言者，非面莫盡，想不憚數舍之遠也。寒暖不定，惟萬萬自愛。

[一]《七集·續集》卷六「二」作「一」。

二

獨立不懼者，惟司馬君實與叔兄弟耳。萬事委命，直道而行，縱以此竄逐，所獲多矣。因風寄書。此外勤學自愛。近來史學凋廢，去歲作試官，問史傳中事，無一兩人詳者。可讀史書，爲益不少也。

付邁一首以下俱惠州

古人有言，有若無，實若虛，況汝實無而虛者耶？使人謂汝庸人，實無所能，聞於吾者，乃吾之望也。慎言語，節飲食，晏寢早起，務安其形骸爲善也。臨書以是告汝[一]。付邁。四月十五日[二]。

[一]此首，見《稗海》本《志林》，「書」作「別」。

[二]篇末「四月十五日」五字，據《志林》補。

付過二首[一]

[一]此二首之第一首，重見本集卷六十八，題作「評詩人寫物」。今删文留題。

二

硯細而不退墨，紙滑而字易燥，皆尤物也。吾平生無嗜好，獨好佳筆墨。既得罪謫海南，凡養生具十無八九，佳紙墨行且盡，至用此等，將何以自娛，爲之慨然。書付子過〔一〕。

〔一〕「過」後《外集》卷五十一有「予自謂此字不惡，然後世觀之，必疑其爲模本也」十九字。按：此十九字見本集卷七十《書海苔紙》之後。疑次於此處爲是，今仍其舊。

與姪孫元老四首〔一〕以下俱儋耳

姪孫元老秀才。久不聞問，不識即日體中佳否〔二〕？蜀中骨肉，想不住得安訊。老人住海外如昨，但近來多病瘦瘁，不復如往日，不知餘年復得相見否〔三〕？循、惠不得書久矣。旅況牢落，不言可知。又海南連歲不熟，飲食百物艱難，及泉、廣海舶絕不至〔四〕，藥物鮓醬等皆無，厄窮至此，委命而已。老人與過子相對，如兩苦行僧爾。然胸中亦超然自得〔五〕，不改其度，知之，免憂。所要志文，但數年不死便作，不食言也。姪孫既是東坡骨肉，人所覷看。住京〔六〕，凡百加關防，切祝！切祝！今有一書與許下諸子，又恐陳浩秀才不過許，只令送與姪孫〔七〕，切速爲求便寄達。餘惟萬萬自重。不一一。

〔一〕以底本爲準，《七集·續集》卷七此四首之次第爲：二、三、一、四。

〔二〕「不識即日」原作「不知識即尊」，今從《七集·續集》、《外集》卷七十八。

〔三〕「復」原缺，據上二書補。

〔四〕「及」原作「又」，「絕」原缺，據上二書改、補。

〔五〕「然」原缺，據上二書補。

〔六〕「住」原作「往」，今從上二書。

〔七〕「送」原作「付」，今從上二書。

二

姪孫近來爲學何如？想不免趨時。然亦須多讀史，務令文字華實相副，期於適用乃佳，勿令得一第後，所學便爲棄物也。海外亦粗有書籍，六郎亦不廢學，雖不解對義，然作文極峻壯，有家法。二郎、五郎見説亦長進，曾見他文字否？姪孫宜熟看《前、後漢史》及韓、柳文。有便，寄近文一兩首來，慰海外老人意也。

三〔一〕

元老姪孫秀才。屢得書，感慰。十九郎墓表，本是老人欲作，今豈推辭！向者猶作寶月志文，況此文，義當作，但以日近憂畏愈深，飲食語默，百慮而後動，想喻此意也。若不死，終當作爾。近來鬚鬢雪白加瘦，但健及啖啜如故爾。相見無期，惟望勉力進道，起門户爲親榮，老人僵仆海外，亦不恨也。

〔一〕文中「健及」之「及」原缺，據《七集·續集》卷七、《外集》卷七十八補。

四

趙先輩儋人，此中凡百可問而知也。鄉里出百藥煎，如收得，可寄二三斤，趙還時可附也，無卽已。

與胡郎仁修三首以下俱北歸

某啓。得彭城書，知太夫人捐館，聞問，哀痛不已。行役無便，未由奉疏。人至，忽辱手書。伏審攀慕之餘，孝履粗遣，至慰！至慰〔一〕！某本欲居常，得舍弟書，促歸許下甚力〔二〕，今已決計泝汴至陳留，陸行歸許矣。旦夕到儀真，暫留，令邁一到常州欵見矣。未間，惟節哀自重。不宣。

〔一〕「至慰至慰」原一見，今據《七集·續集》卷七、《外集》卷八十補。

〔二〕「促歸」原作「邀歸」，今從上二書。

二

某慰疏言。不意變故，奄罹艱疚。伏惟孝誠深篤，追慕痛裂，荼毒難堪，柰何！柰何！比日攀號愈遠，摧毀何及。伏惟順變從禮，以全純孝。某未獲躬詣靈帷，臨書哽咽，謹奉疏慰。不次。

三

小二娘知持服不易，且得無恙，伯翁一行並健。得翁翁二月書及三月内許州相識書，皆言一宅康安。亦得九郎書。二子極長進〔一〕。今已到太平州，相次須一到潤州金山寺，但無由至常州看小二娘。有所幹所闕，一一早道來。餘萬萬自愛。

〔一〕《七集·續集》卷七、《外集》卷八十「二子」作「書字」。

與外生柳閎一首〔一〕以下俱北歸

展如外生。人來得書，知奉太夫人康寧，新婦外孫各無恙。北歸萬里，無足言者，獨不見我令妹、賢妹夫，此心如割。介夫何負，亦早世，念之痛不去心。數年豈賢雋厄會耶？相見，當一慟以寫之。茲不一一。

〔一〕「柳」原作「抑」，誤，今校改。案：《詩集》卷十一有《柳氏二外甥求筆跡三首》，題下查註謂長名閎，字展如。

與樞密侍郎一首〔一〕

違去門下已八年，愚魯罷殆，人事廢絶，書疏缺然。怠慢之罪，宜在譴絶。比承柄用，又不以時隨衆修賀。蓋疎懶愧縮，日復一日，不知復憐恕之否？即日履茲寒凝，台候萬福。某去替止數月，而貧困難以赴闕，相次乞江浙一郡，若幸得之，拜見未可期。惟冀爲國自重。謹因人便，奉手狀起居，不宣〔二〕。

〔一〕此簡與下二簡，原題作《密州與人三首》，此爲第一簡。《聖宋名賢五百家播芳大全文粹》卷五十五收此簡，謂爲與樞密侍郎者，是，今從。

〔二〕「謹因人便」云云十一字原缺，據《播芳文粹》補。

密州與人二首〔一〕

浙右之别，遂不上問至今，想必察其情也。特枉書問，感慰兼集。比日起居何如？涉海恬然，繼以題擢，衆論翕然，知忠信之可恃，名實之相副也。雅故之末，忻慰可量。

〔一〕原題作「二」，意爲此乃《密州與人三首》之第二首。今改題爲《密州與人二首》。參上首《與樞密侍郎一首》第一條校記。

二〔一〕

前日使車，道由郡下，雖展接顔表，殊慰瞻傃之懷。惟是禮勞不腆，實深愧悚。逮茲違間，吏役絆攖，未皇奉書，以伸惓惓之情。特蒙高明，遠貺珍牘，披繹數四，感仰交懷。初暑微熱，切承跋履之餘，動止佳勝。未緣會集，臨紙增慨。

〔一〕「二」原作「三」，今改。參上首第一條校記。

徐州與人一首〔一〕

州人張天驥，隱居求志，上不違親，下不絶俗，有足嘉者。近卜居雲龍山下，憑高遠覽，想盡一州之勝。當與君一醉，他日慎勿忽忽去也。

〔一〕此首，見《外集》卷五十四，題作《書張天驥所居》。

湖州與人一首

託庇隣封，每荷存記，特辱榮訊，愧汗可量。即日履兹霜候，起居佳勝。未緣參見，惟日瞻企，尚冀以時珍衛，區區。

黄州與人五首

辱書，承起居佳勝。奇墨吾儕共寶，併蒙輟惠，慚悚之甚，敬佩厚意也。

二

示諭《燕子樓記》。某於公契義如此，豈復有所惜。况得託附老兄與此勝境，豈非不肖之幸。但困躓之甚，出口落筆，爲見憎者所箋注。兒子自京師歸，言之詳矣，意謂不如牢閉口，莫把筆，庶幾免矣。雖託云向前所作，好事者豈論前後。卽異日稍出災厄，不甚爲人所憎，當爲公作耳。千萬哀察。

三

兩日瘡痛殊甚，不果見。辱簡，且喜起居佳勝〔一〕。二詩高妙，讀之喜慰，幸甚。病中，裁謝草草。

〔一〕「起居」二字原脱，據《外集》卷六十九補。

四

兩日瘡痛不出，思渴！思渴！今猶楚痛未已。鍾乳丸更求數服，吐血者復作也。不罪！不罪！

五

久不奉書，疊承枉教字，慰感良深。比日起居佳勝。汝郡務簡，儒師清閑，於此相從，豈非甚幸。區區，非面莫究。令兄不敢别狀，乞道懇。

與鄉人一首以下俱登州還朝

某去鄉十八年，老人半去，後生皆不識面，墳墓手種木已徑尺矣，此心豈嘗一日忘歸哉！久放山澤，乍入朝市，張皇失次，觸目非所好也。但久與子由别，乍得一處，不無喜幸。然此郎君乃作諫官，豈敢望久留者。相知之深，故詳及一二。

與人二首

辱教，伏承尊體康勝。某以拘文，不克造請，初不知微恙，今聞已安愈，甚慰馳仰。然猶當倍加保愛也。

二

違闊，忽復周歲，思仰日深。衝涉薄冷，起居清勝。即獲瞻奉，下情欣躍，區區，併遂面盡。

與黄州故人一首翰林

某寵禄過分，憂責至重，顔衰鬢禿，不復江上形容也。屢乞郡未得，但懷想曩遊，發於夢想也。洗眼、揩牙藥，得之甚幸。切望掛意。覆盆子必已採得，望多寄也。都下有幹，示及。十二、十三兩先輩，各致區區。忙甚，未及書。艾清臣亦然。京師冗迫，殊不欵曲也。

與人三首以下俱揚州

欽服下風，爲日久矣，遲暮相從，傾蓋如故。非氣類自然，抑宿昔緣契也。人來，辱手教。得聞起居勝常，堂上康福，感慰深矣。某凡百如故。又得無咎切磨，知幸。

二

久别，思詠日深，衰疾多故，人事弛廢。過蒙手書存録，益用愧負。比日起居佳勝。如聞已有召命，想即超用，以慰公論。未間，萬萬爲國自重。

三

出守幸獲相聚，每得見，翛然忘懷，爲益多矣。別來起居何如？到揚，人事紛紛，坐想清游，可復得哉！乍熱，千萬保重。

與人三首以下俱揚州還朝

吏役往還，得見風采，爲幸已多。重承存録，延顧極厚，感佩無量。自別來，一向冗迫，不即裁謝，慚負可知。令子齋郎至，領手教，且審起居佳勝。乍此睽隔〔一〕，翹想日深。尚冀珍調，少慰鄙願。

〔一〕「睽」原作「揆」，據《七集·續集》卷六改。

二

辱示長箋，詞旨過重。適少冗迫，來使不敢久稽，未及占詞爲答，想知照未甚訝也。惶恐！惶恐！疊蒙惠長松以扶老病，感佩不可言。天覺臨別時，亦許寄來，因到彼，可爲督之。藥名品，方狀精詳之極，非故人留意之深，何以及此。未有以答厚意，但積悲感。都下委，示及，餘面究。

三

疊辱臨訪，欲少欵奉。多事因循，繼以卧病，負愧深矣。知明日啓行，無緣面別，尚冀保練。

與袁彦方一首〔一〕

累日欲上謁，竟未暇。辱教，承足疾未平，不勝馳繫。足疾惟葳靈仙、牛膝二味爲末，蜜丸，空心服，必効之藥也。但葳靈仙難得真者，俗醫所用，多藁本之細者爾。其驗以味極苦，而色紫黑，如胡黄連狀，且脆而不韌，折之，有細塵起，向明示之〔二〕，斷處有黑白暈，俗謂之有鴝鵒眼。此數者備，然後爲真，服之有奇驗。腫痛拘攣皆可已，久乃有走及奔馬之効。二物當等分，或視臟氣虚實，加減牛膝〔三〕，酒及熟水皆可下，獨忌茶耳。犯之，不復有効。若常服此，即每歲收橡皂莢芽之極嫩者，如造草茶法，貯之，以代茗飲。此効，屢嘗目擊。知君疾苦，故詳以奉白。元素書已作，稍暇，詣見。軾白彦方足下〔四〕。

〔一〕「與袁彦方」原作「與人」，據宋袁褧《楓窗小牘》卷上改。袁褧謂此簡乃蘇軾與其王大父袁彦方者，「王大父有末疾」，故以藥方告之。《播芳大全文粹》卷五十五收此簡，謂爲與米獻明者。題下原有「惠州」二字，誤，今删。

〔二〕《外集》卷七十七「示」作「視」。

〔三〕《楓窗小牘》「加減」作「酌飲」。

〔四〕「軾白彦方足下」六字原缺，據《楓窗小牘》補。

與人四首以下俱北歸

遠枉書教，存問甚厚，兼審比來起居佳勝，慰感兼集。寄示石刻，仰佩至意。何時會合，少發所懷，臨書但有概歎。

二〔一〕

〔一〕此首文字，在卷五十七《與監丞事一首》一文中。今刪文留題。

三〔一〕

〔一〕此首，已見卷五十六，爲《與程懷立六首》之第六首。今刪文留題。

四

某疲病加乏，使令輒用手啓通問。恃公雅度闊略細謹耳，然亦皇恐不可言也。

與富道人二首 杭倅

某白道人富君。辱書，且喜體中安適。比謂再相見，今既被命，遂當北行。乍遠，諸事寬中保重。

二 密州

承録示秘方及寄遺藥，具感厚意。然此事本林下無以遣日，，聊用適意可也。若恃以爲生，則爲造物者所惡矣。僕方苟禄出仕，豈暇爲此。謹却馳納，且寄之左右，或異日歸田却咨請。感愧之至，千萬悉之，不一一。

與胡道師四首〔一〕黄州

龐安常爲醫，不志於利，得法書古畫，輒喜不自勝。九江胡道士，頗得其術，與余用藥，無以酬之，爲作行草數紙而已。且告之曰：「此安常故事，不可廢也。」參寥子病，求醫於胡，自度無錢，且不善書畫〔二〕，求余甚急。余戲之曰：「子粲、可、皎、徹之徒，何不與下轉語作兩首詩乎？」龐二安常與吾輩游〔三〕，不日索我於枯魚之肆矣〔四〕。

〔一〕此首，《外集》卷四十八《題跋·書帖》題作「書贈胡道士」；趙刻《志林》題作「參寥求醫」。味文意，似以《外集》爲是。今仍其舊。

〔二〕「畫」原缺，據《志林》補。

〔三〕《外集》、《志林》「二安」作「胡二君」。

〔四〕《志林》「日」作「目」。

二 以下俱離黄州

昨日起離，中途逆風吹往北岸，幾葬魚腹，知之。二詩録寄。到後，幸一兩字附遞至池州貴知達。玉芝善守護，無爲有力者所取。餘惟保愛。

三〔一〕

乍別，遠枉專使手書，且審已還舊隱，起居勝常。明日解舟，愈遠，萬萬以時自重。

〔一〕《七集·續集》卷七此首尺牘全文接《與胡道師四首·四》之後，爲一首。

四〔一〕

某啓。再過廬阜，俯仰十有八年，陵谷草木，皆失故態，栖賢、開先之勝，殆亡其半。幻景虚妄，理固當爾。獨山中道友契好如昔，道在世外，良非虚語。道師又不遠數百里負笈相從，秉燭相對，恍如夢寐。秋聲宿雲，了然在吾目前矣。幸甚！幸甚！

〔一〕《七集·續集》卷七題作「答胡道師」。

〔二〕「十有八年」，《七集·續集》作「十九年」。

與陸子厚一首以下俱惠州

某啓。別來歲月乃爾許也，涉世不已，再罹憂患，但知自哂爾。感君不遺，手書殷勤如此，且審道體安休，喜慰之極。惠州百凡不惡，杜門養痾，所獲多矣。念君棄家求道二十餘年，不見異人，當得異書。見許今春相訪，果能踐言，何喜如之。舊過廬山，見蜀道士馬希言，似有所知。今爲何在，曾與之言否？黄君高人，與世相忘者，如某與舍弟，何足以致之。若得他一見子由，礲錯其所未至，則某可以并受賜矣。因足下致懇，可得否？韓朴處士，多從傳同年游。近傳得廣東漕幕，遂帶得來此否？因見，亦道意。羅浮有鄧道士名守安，專静有守，皆世外良友也。世外之道，金丹爲上，儀鄰次之，服食草木又次之，而胎息三住爲本，殆無出此者。嵇中散云：「守之以一，養之以和，和理日濟，同乎大順，然後蒸以靈芝，潤以醴泉，晞以朝陽，綏以五絃。」僕今除五絃不用外，其他舉以中散爲師矣。適飲桂酒一杯，醺然徑醉，作書奉答，真不勒字數矣。桂酒，乃仙方也，釀桂而成，盎然玉色，非人間物也。足下端爲此酒一來，有何不可，但恐足下拘戒籙不飲爾。道家少飲和神，非破戒也。餘惟善愛。不宣。

與鄧安道四首

某啓。郡中久留鶴馭，時蒙道話，多所開益，幸甚！幸甚！到山，竊想尊體佳勝。未卽欵會，但深渴仰。伏暑，萬萬自重。不宣。

二

有人託尋一劉根道人者，本撫州秀才，今復安在？如知得去處，且速一報，切切。山中芥藍種子，寄少許種之也。

三

某啓。近奉言笑，甚慰懷企。别來道體何如？橋，想益督工，何日訖事？船橋尤不可緩，不知已呼得斫船人與商量未？惟早定却爲妙。此事不當上煩物外高人，但君以濟物爲心，必不罪煎迫也。太守再三託致意，不敢不達也。未相會間，萬萬若時自重。不宣。

四

某啓。一别便數月，思渴不可言。邇來道體何如？痔疾至今未除，亦且放任，不復服藥，但却葷血、薄滋味而已。寶積行，無以爲寄，潮州酒一瓶，建茶少許，不罪浼瀆。乍涼，萬萬保練。不知鶴馭何時可以復來郡城，慰此士民渴仰之意？達觀久，一喧静，何必拳拳山中也。八月内，且記爲多采何首烏，雌雄相等，爲妙。

與何德順二首

某白道師何君足下〔一〕。辱書，并抱朴子小神丹方，極感真意。此不難修製，當卽服餌〔二〕，然此終是外物，惟更加功静觀也。何苓之更長進。後會無期，惟萬萬自重。不宣。

〔一〕《二妙集》「師」作「士」。

〔二〕「當卽」之「當」原作「尚」，今從《二妙集》。

二

鄧先生聞入山後回，如見，爲致意。獨往真長策也。惟早決計。

蘇軾文集卷六十一

尺牘

與辯才禪師六首以下俱翰林

久不奉書，愧仰增深。比日，切惟法履佳休。某忝冒過分，碌碌無補。日望東南一郡，庶幾臨老復聞法音。尚冀以時爲衆自愛。

二

某向與兒子竺僧名迨於觀音前剃落，權寄緇褐，去歲明堂恩，已奏授承務郎，謹與買得度牒一道，以贖此子。今附趙君齎納，取老師意，剃度一人，仍告於觀音前，略祝願過，悚息！悚息！

三

某有少微願，須至仰煩，切料慈照必不見罪。某與舍弟某捨絹一百疋，奉爲先君霸州文安縣主簿累贈中大夫、先妣武昌郡太君程氏，造地藏菩薩一尊，并座及侍者二人。菩薩身之大小，如中形人〔一〕，所費盡以此絹而已。若錢少，即省鏤刻之工可也。乞爲指揮選匠便造，造成示及，專求便船迎取，欲京師寺中供養也。煩勞神用，愧悚不已。

〔一〕《外集》卷七十二「中形人」作「中人形」。

四　杭州還朝

某啓。法孫至，領手教累幅。伏承道體安康，以慰下情。前此所惠書信皆領。無狀每荷存記，感怍亡已。真贊更煩刻石，甚愧不稱。維摩贊近杜介刻，脱却數字，好笑！好笑！唯金山石本乃是也。信口妄語，便蒙印可，罪過！罪過！聞老師益健，更乞倍加愛重，且爲東南道俗歸依也。某衰病，不復有功名意，此去且勉歲月，纔得箇退縮方便，卽歸常州住也。更告法師，爲禱諸聖，令早得歸爲幸。此是真切之意，勿令人知將爲虚僞。迫行，冗中不宣。

五　以下俱潁州

某啓。别來思仰日深，比來道體何如？某幸於鬧中抽頭，得此閑郡，雖未能超然遠引，亦退老之漸也。思企吴越諸道友及江山之勝〔一〕，不去心。或更送老請會稽一次，老師必能爲此一郡道俗少留山中〔二〕，勿便歸安養，不肖更得少接清游，何幸如之。惟千萬保重。不宣。

〔一〕「及」原缺，今據《七集·續集》卷六、《外集》卷七十四補。

〔二〕「俗」原作「侣」，今從《七集·續集》、《外集》。

六

近日百事懶廢，寢食之外，頹然而已。寫此數紙書，一似小兒逃學。來人催迫，日推一日，相知惠書，皆不能答，如相怪，且爲道此意，老病不足責也。

與參寥子二十一首〔一〕徐州

某啓。別來思企不可言，每至逍遥堂，未嘗不悵然也。爲書勤勤不忘如此。仍審比來法體康佳，感服兼至。三詩皆清妙，讀之不釋手，且和一篇爲答。所要真贊，尚未作，來人又不敢久留，甚愧！甚愧！知且伴太虛爲湯泉之游，甚善！甚善！某開春乞江浙一郡，候見去處，當以書奉約也。要墨，納兩笏，皆佳品也。餘惟爲法自重。適有數客，遠來相看，陪接少暇，奉啓不盡意。

〔一〕「一」原缺。案：此《與參寥子》之原第八首，爲二首所合，今分爲「二首」，總數加「一」。據此，補「一」字。自原第九首以下，順次改「十」、「十一」、「十二」、「十三」等。題下「徐」原誤作「密」，今正。

二以下俱黄州

某啓。去歲倉卒離湖，亦以不一別太虛、參寥爲恨。留語與僧官，不識能道否？到黄已半年，朋游稀少，思念二公不去心。懶且無便，故不奉書。遠承差人致問，殷勤累幅，所以開諭奬勉者至矣。僕罪大責輕，謫居以來，杜門念咎而已。平生親識，亦斷往還，理故宜爾。而釋、老數公，乃復千里致問，情義之厚，有加於平日，以此知道德高風，果在世外也。見寄數詩及近編詩集，詳味，灑然如接清顔聽軟語也。此已焚筆硯，斷作詩，故無緣屬和，然時復一開以慰孤疾，幸甚！幸甚！筆力愈老健清熟，過於向之所見，此於至道，殊不相妨，何爲廢之耶？當更磨揉以追配彭澤。未間，自愛。不宣。

三

知非久往四明，璉老且爲致區區。欲寫一書，爲來人告還，寫書多，故懶倦，容後便也。僕有捨羅漢一堂在育王山，禪月筆也，可一觀。

四

聰師相別五六年，不謂便爾長進。詩語筆蹤皆可畏，遂爲名僧法足，非特巧慧而已。又聞今年剃度，可喜。太虛只在高郵，近舍弟過彼相見，亦有書來。題名絶奇，辯才要書其後，復寄一紙去，然不須入石也。黄州絶無所産，又窘乏殊甚，好便不能寄信物去，只有布一疋作卧單。愧悚！愧悚！

五〔一〕

覽太虛《題名》，皆予昔日游行處，閉目想之，了然可數。始予與辯才别五年，乃自徐州遷于湖，至高郵，見太虛、參寥，遂載與俱。辯才聞予至，欲扁舟相過，以結夏未果。太虛、參寥又相與適越，云秋盡當還，而予倉卒去郡，遂不復見。明年，予謫居黄州，辯才、參寥遣人致問，且以《題名》相示。時去中秋不十日，秋潦方漲，水面千里〔二〕，月出房、心間，風露浩然。所居去江無十步，獨與兒子邁棹小舟至赤壁，西望武昌，山谷喬木蒼然，雲濤際天，因録以寄參寥，使以示辯才。有便至高郵，亦可録以寄太虛也。

〔一〕此首，《外集》卷五十四收入《題跋·游行》。又，本集卷十二入「記」類。今姑兩存。

〔二〕「千」原作「十」，據《外集》改。

六以下俱潁州

兩得手書，具審法體佳勝。辯才遂化去，雖來去本無，而情鍾我輩，不免悽愴也。今有奠文一首，并銀二兩，託爲致茶果一奠之。潁師得書〔一〕，且喜進道。紙尾待得閑寫去。餘惟萬萬自重。

〔一〕「潁」原作「潁」，今從《七集·續集》卷六、《外集》卷七十四。下首有「潁上人」，或即本首所云之「潁師」。

七

某在潁，一味適其自得也。承惠家園新茗，珍感之至。紫衣腳色已付錢，今冬必得。已託王晉卿收附遞至智果也。四公子亭他輩非吝，但近日人言尤可畏，薄惡之甚，故未可也。必深悉此。潁上人道業必進，託爲傳語。聰公病懶不寫書，不訝！不訝！邁已赴河間，來書續附去次。少游近致一場鬧，皆羣小忌其超拔也。今且無事，閑知之。

八　赴定州

某啓。吴子野至，出穎沙彌行草書〔一〕，蕭然有塵外意，決知不日穎脱而出，不可復没矣。可喜！可喜！近遞中附吕丞相所奏妙總師號牒去，必已披受訖〔二〕。即日起居何如？某來日出城赴定州，南北當又睽隔。然請會稽之意，終未已也。更當俟年歲間耳。未會見間，千萬善愛。

〔一〕「穎」原作「潁」，今從《七集·續集》卷六、《外集》卷七十五。本集卷七十一《書贈游浙僧》有「見穎沙彌亦當致意」句。

〔二〕「披」原缺，據《七集·續集》卷六、《外集》補。

九〔一〕

又啓。吴子野至，辱書，今又遣人示問，併增感佩。畏暑，伏惟法履清勝。驚聞上足素座主奄化，爲之出涕。竊惟教育成就，義均天屬，割慈忍愛，如何可言，柰何！柰何！追念此道人茹苦含辛，崎嶇奉事，豈有他哉，求道故也。雖寡文，而守節疾邪，得師之一二，欲更求此，豈易得耶？又幹蠱乏人，目前紛紛，便及老師，兩日念此，爲廢飲食，柰何！柰何！達觀之人，固有以處此，更望爲道寬中自愛。不宣。

〔一〕「九」原缺，今補。參本卷《與參寥子》第一首校記。此首篇首之「又」字疑有誤。此首與上首非作於一時。上首謂「來日出城赴定州」，時當在元祐八年九月，已屬秋末，此首則云「畏暑」，明屬夏季。今姑仍其舊。

十　定州

某啓。紛紛，久不奉書。竊惟起居佳勝。吕丞相爲公奏得妙總師號，見託，寄上。此公着意人物，至於山水世外之士，亦欲成就，使之顯聞。近奏王子直處士之類。公雖無用，不可不領其意。初不相識而能相薦，此又古人之事也。秦少游作史官，亦稍見公議，亦吕公薦也。未由會合，千萬自重。

十一　以下俱南遷

彌陀像甚圓滿，非妙總留意，安能及此，存没感荷也。公欲留施，如何不便留下〔一〕！今既賫至此，長大，難得人肯附去。輙已帶行，欲作一贊題記，捨廬山一大刹爾。

〔一〕「如」原作「水」，據《二妙集》改。

十二

穎上人知學道長進，甚善！甚善！鍾和尚奄忽，哀苦不易，不别書奉慰，惟節哀勉力，寬老和尚心。宜與兒子處支米十石，請用鍾和尚念佛追福也。

十三

某垂老再被嚴譴，皆愚自取，無足言者。事皆已往，譬之墜甑，無可追。計從來奉養陋薄，廪入雖微，亦可供鱻糲。及子由分俸七千，邁將家大半就食宜興，既不失所外，何復掛心，實翛然此行也。已達江上，耳目清快，幸不深念。知識中有憂我者，以是語之，紗裹肚𧜟，各一致區區而已。英州南北物皆有，某一飽之外，亦無所須。承問所幹，感懼而已。

十四

某啓。辱書，感慰之極。目病已平復。某雖衰老遠徙，亦且凡百如昨，不煩深念。但借譽過當，非所安全不肖者，勿遣異人聞此語也。呵呵。

十五

參寥失鍾師，如失左右手，不至大段煩惱否？且多方解之，仍衆與善處院門事也。後會何日，千萬自愛。寫書多不謹。

十六以下俱惠州

海月真贊，許他二十餘年矣，因循不作。因來諭，輒爲之。不及作慧淨書，幸付與此本也。《表忠觀記》及辯才塔銘，後來不見入石，必是僕與舍弟得罪，人未敢便刻也。此真贊更請參寥相度，如未可，且與藏公處也。

十七

某啓。專人遠來〔一〕，辱手書，并示近詩，如獲一笑之樂，數日慰喜忘味也。某到貶所半年，凡百粗遣，更不能細説，大略只似靈隱天竺和尚退院後，却住一箇小村院子，折足鐺中，罨糙米飯便喫〔二〕，便過一生也得〔三〕。其餘，瘴癘病人。北方何嘗不病，是病皆死得人，何必瘴氣。但苦無醫藥〔四〕。京師國醫手裏死漢尤多。參寥聞此一笑，當不復憂我也。故人相知者，即以此語之，餘人不足與道也。未會合間〔五〕，千萬爲道自愛。

〔一〕「遠」原缺，據《七集·續集》卷七、《外集》卷七十五補。

〔二〕《七集·續集》「罨」作「罨」。案：「罨」義似不通，《二妙集》亦作「罨」。

〔三〕「便」原缺，據《七集·續集》、《外集》補。

〔四〕「但」原作「又」，今據《七集·續集》、《外集》改。

〔五〕「間」原缺，據《七集·續集》、《外集》補。

十八〔一〕

穎沙彌書跡巉聳可畏〔二〕，他日真妙總門下龍象也，老夫不復止以詩句字畫期之矣。老師年紀不小〔三〕，尚留情句畫間爲兒戲事耶〔四〕？然此回示詩，超然真遊戲三昧也。居閑，不免時時弄筆〔五〕。見索書字要楷法，輒往數篇〔六〕，終不甚楷也。只一讀了〔七〕，付穎師收，勿示餘人也。

雪浪齋詩尤奇瑋〔八〕，感激！感激！轉海相訪，一段奇事。但聞海舶遇風，如在高山上墜深谷中〔九〕。非愚無知與至人，皆不可處。胥靡遺生，恐吾輩不可學。若是至人無一事，冒此險做甚麽？千萬勿萌此意。潁師喜於得預乘桴之游耳〔一〇〕。所謂無所取材者，其言不可聽，切切〔一一〕！相知之深，不可不盡道其實爾。自揣餘生，必須相見，公但記此言〔一二〕，非妄語也。軾再拜〔一三〕。

〔一〕自本則尺牘起始文字言，本則尺牘開端當脱去一段文字。（本則尺牘原迹，現存三希堂石刻。尺牘之始，例有問候之語，今不見。）

〔二〕「潁」原作「穎」，下同；「畏」原作「愛」，據三希堂石刻（以下簡稱石刻）改。

〔三〕「老」原缺，據石刻補。

〔四〕「事耶」原作「乎」，據石刻改。

〔五〕「時時」二字原缺，據石刻補。「筆」後原有「硯」字，據石刻删。

〔六〕石刻「數」前之字似「能」；作「能」，或屬蘇軾筆誤。《七集·續集》卷七作「往」（石刻亦略似「往」字）。《外集》卷七十五作「作」。今從《七集·續集》作「往」。「往」，可通。

〔七〕「一」原缺，據石刻補。

〔八〕「瑋」原作「偉」，今從石刻。

〔九〕「墜」原作「墮」，今據石刻改。

〔一〇〕「耳」原缺，據石刻補。

〔一一〕「切切」二字原缺，據石刻補。上句「言」後有「切」字，據石刻删。

〔一二〕「公」原缺，據石刻補。

〔一三〕「軾再拜」三字原缺，據石刻補。

十九

慧淨琳老及諸僧知〔一〕，因見致懇。知爲默禱於佛，令亟還中州，甚荷至意。自揣省事以來〔二〕，亦粗爲知道者〔三〕。但道心屢起，數爲世務所移奪〔四〕，恐是諸佛知其難化，故以萬里之行相調伏爾。少游不憂其不了此境，但得他老兒不動懷，則餘不足云也。俞承務知爲少游展力，此人不凡，可喜〔五〕！可喜！今有一書與之，告專一人與轉達〔六〕。仍已有書，令兒子輩准備信物，令送去俞處〔七〕，託求穩當舶主，附與黄州何道士也。見説自有斤重脚錢，數目體例甚熟。

〔一〕「知」原作「和」，今從《七集·續集》卷七。

〔二〕「以」原作「已」，今從《七集·續集》、《外集》卷七十五。

〔三〕「爲」原缺，據《七集·續集》、《外集》補。

〔四〕《七集·續集》「務」作「樂」；「奪」原缺，據上二書補。

〔五〕「可喜」二字原不疊，今據《七集·續集》、《外集》補。

〔六〕「專一人」三字原缺，據《七集·續集》、《外集》補。

〔七〕「處」原缺，據《七集·續集》、《外集》補。

二十〔一〕

〔一〕此文，見《詩集》卷三十九，爲詩題。今删文留題。

二十一 北歸

某病甚，幾不相見，兩日乃微有生意。書中旨意一一領，但不能多書歷答也。見知識中病甚垂死因致仕而得活者，俗情不免效之，果若有應，其他不恤也。遺表千萬勿刻，無補有害也。

與佛印十二首 以下俱黄州

歸宗化主來，辱書，方欲裁謝，栖賢遷師處又領手字，眷與益勤〔一〕，感怍無量。數日大熱，緬想山間方適清和，法體安穩。雲居事迹已領，冠世絶境，大士所廬，已難下筆，而龍君筆勢〔二〕，已自超然，老拙何以加之。幸少寬假〔三〕，使得欵曲抒思也。昔人一涉世事，便爲山靈勒回俗駕，今僕蒙犯塵垢，垂三十年，困而後知返，豈敢便點涴名山！而山中高人皆未相識，而迎許之，何以得此，豈非宿緣也哉。向熱，順時自愛。

〔一〕「益勤」原作「感怍」，今從《二妙集》、《外集》卷六十八。
〔二〕《外集》「君筆」作「居體」。
〔三〕「假」原作「少」，據上二書改。

二

收得美石數百枚，戲作《怪石供》一篇，以發一笑。開却此例，山中齋粥今後何憂，想復大笑也。更有野人於墓中得銅盆一枚，買得以盛怪石，并送上結緣也。

三[一] 以下俱離黄州

辱書，伏承道體安佳，甚慰馳仰。見約遊山，固所願也。方迫往筠州，未即走見。還日如約，忽忽布謝。

〔一〕《七集·續集》卷五題作「與金山佛印禪印」。

四

專人來，辱書累幅，勞問備至，感怍不已。臘雪應時，山中苦寒，法體清康。一水之隔，無緣躬詣道場，少聞謦欬，但深馳仰。

五

夢想高風，忽復披奉，欣慰可知。但累日煩擾爲愧耳。重承人船相送，益用感怍。别來法體何如？後會不遠，萬萬保練。

六

專人來，復書教并偈，捧讀慰喜。且審比日法體安穩，幸甚！幸甚！今聞秀老赴召，爲衆望，公來長蘆，如何！如何！某方議買劉氏田，成否未可知。須更留數日，攜家入山，决矣。殤子之戚，亦不復經營，惟感覺老，憂愛之深也。太虚已去，知之。

七以下俱翰林

經年不聞法音，徑術荒澀，無與鋤治。忽領手教累幅〔一〕，稍覺灑然。仍審比來起居佳勝。行役二年，水陸萬里，近方弛擔，老病不復往日，而都下人事，十倍於外。吁，可畏也。復欲如去年相對溪上，聞八萬四千偈，豈可得哉！南望山門，臨書悽斷。苦寒，爲衆珍重。

〔一〕「領」原作「致」，今從《七集·續集》卷六、《外集》卷七十一。

八

阻闊，忽復歲暮。忽枉教翰，具審法履佳勝。久不至京，只衰疾倦於遊從，無有會晤之日，惟冀良食自愛。煩置台掛〔一〕，甚愧厚意。賜茶五角，聊以將意。餘冀倍萬保練。

〔一〕《七集·續集》卷六「台」作「白」。

九

人至，承誨示，知俶裝取道，會見不遠，豈勝欣慰。向冷，跋涉自愛。

十

治行草草，不復上問，忽奉手筆，曠若發蒙。且審比日戒體輕安，又承退席雲卧，尤仰高風也。未緣展晤，引跂尤劇。

十一

久不奉書，忽辱惠教，具審徂暑戒體輕安。承有金山之召，應便領徒東來，叢林法席，得公臨之，與長蘆對峙，名壓淮右，豈不盛哉！渴聞至論，當復咨叩。惟早趣裝，途中善愛。

十二

塵勞衮衮，忽得來書，讀之如蓬蒿藜藿之逕而聞謦欬之音〔一〕，可勝慰悅。且審即日法履輕安，又重以慰也。某蒙恩擢寘詞林，進陪經幄，是爲儒者之極榮，實出禪師之善禱也。餘熱，千萬自重。

〔一〕「藿」原作「藋」，今從《七集·續集》卷六、《外集》卷七十三。

與南華辯老十三首〔一〕以下俱惠州

某啓。竄逐流離，愧見方外人之舊〔二〕。達觀一視，延館加厚，洗心歸依〔三〕，得見祖師，幸甚！幸甚！人來，辱書，具審法體佳勝，感慰兼集。某到惠已百日〔四〕，杜門養痾，凡百粗遣，不煩留念。蒙致子由往來書信，異鄉隔絶，得聞近耗，皆法慈垂卹，知幸！知幸！未由面謝，惟冀千萬爲衆保練。不宣。

〔一〕此十三首中之一、五、八、十、十三五首，《七集·續集》卷七題作「答南華辯師五首」。

〔二〕「人」原缺，據《外集》卷七十五補。
〔三〕《外集》「依」作「休」。
〔四〕上二書「百日」作「二百日」。

二

筠州書信已領足，兼蒙惠麪粉瓜薑湯茶等，物意兼重，感怍不已。柳碑、庵銘，並佳貺也，《卓錫泉銘》已寫得，并碑樣並附去。鐘銘，子由莫終當作，待更以書問之。紫菜石髮少許，聊爲芹獻。陋邦乃無一物，愧怍。却有書一角，信篭三枚，竹筒一枚，封全，並寄子由。不免再煩差人送達，慚悚之至。

三

某啓。正月人還，曾上問，必達。比日法履何如？某到貶所已半年，凡百隨緣，不失所也，毋慮！毋慮！何時會合，悵仰不已。乍暄，萬萬爲衆自重。不宣。

四

程憲近過此，往來皆欵見。程六、程七皆得書，甚安。子由亦時得書，無恙。又遷居行衙，極安穩。有樓臨大江，極軒豁也。知之。

五

某頓首。淨人來，辱書，具審法體勝常，深慰馳仰。至此二年，再涉寒暑，粗免甚病。但行館僧舍，皆非久居之地，已置圃築室，爲苟完之計，方斫木陶瓦，其成當在冬中也。九月中，兒子般挈南來，當一禮祖師，遂獲瞻仰爲幸也。伏暑中，萬萬爲衆自重。不宣。

六

遠承差人寄示諸物等，一一荷厚意也。兒子被仁化，今想與南華相近也〔一〕。謫居窮陋，無可爲報，益不遑矣。

〔一〕「今」疑當作「令」。作「令」，屬上句讀。

七

某啓。人至，辱書，具審法履清勝，至慰！至慰！忽復歲盡，會合無期，自非道力深重，不能無異鄉之感也。新春，惟冀若時自重。

八

某近苦痔疾，極無聊，看書筆硯之類，殆皆廢也。所要寫王維、劉禹錫碑，未有意思下筆。又覩此二碑格力淺陋，非子厚之比也。張惠蒙到惠，幾不救，近却又安矣。不煩留念。寄拄杖，甚荷雅意。此木體用本自足，何用更點綴也。呵呵。適會人客，書不盡所懷，續奉狀也。正輔提刑書，告便差人達之，内有子由書也。

九

某啓。久不聞問，忽辱專使手書，具審比來法體佳勝。生日之餉，禮意兼重。庶緣道力，少安晚境乎？銘佩之意，非筆舌可究。披晤未期，惟萬萬爲法自愛。不宣。

十

某再啓。所要寫柳碑，大是。山中闕典，不可不立石。已輟忙，揮汗寫出，仍作一小記〔一〕。成此一事，小生結緣於祖師不淺矣。荒州無一物可寄，只有桃榔杖一枚，木韌而堅，似可採〔二〕，勿笑！勿笑〔三〕！舍弟及聰師等書信領足。此自有去人，已發書矣。張惠蒙去歲爲看船，不得禮拜祖師及衣缽，甚不足。今因來人，令相照管一往，不訝喧聒。此子多病，來時告令一得力庄客送回也。留住五七日可矣。

〔一〕「一小」原作「小一」，今從《七集·續集》卷七、《外集》卷七十五。

〔二〕「似」原缺，據上二書補。

〔三〕「勿笑」疊字，據上二書補。

十一

學佛者張惠蒙，從予南遷。予游南華，使惠蒙守船。明年六月，南華禪師使人於惠。惠蒙曰：「去歲不得一禮祖師，參辯公，乃可恨。」欲與是人俱往，請留十日而還。予嘉其意〔一〕，許之，且令持此請教誨於辯公，可痛與提耳也。紹聖二年六月十一日。

〔一〕「嘉」原作「佳」，今從《二妙集》。

十二

近日嘗一居止，苟完而已，蓋不欲久留，占行衙，法不得久居，民間又無可僦賃，故須至作此。久忝侍從，囊中薄有餘貲，深恐書生薄福，難蓄此物〔一〕。到此已來，收葬暴骨，助修兩橋，施藥造屋，務散此物，以消塵障。今則索然，僅存朝暮，漸覺此身輕安矣。示諭，恐傳者之過，材料工錢，皆分外供給，無毫髮干撓官私者。知之，免憂。此言非道友相愛，誰肯出此，感服之至。歲盡，會合何日，臨紙悵惘。

〔一〕「蓄」原作「畜」，今從《二妙集》。

十三

專人遠來，獲手教累幅，具審法履佳勝，感慰兼集。又蒙遠致筠州書信，流落羈寓，每煩淨衆，愧佩深矣。承惠及罌粟鹹豉等，益荷厚意。銀銘模刻甚精。某在此凡百如宜〔一〕，不煩念及。未由瞻謁，懷想不已。熱甚，惟萬萬爲衆自愛。

〔一〕「在」原缺，據《七集·續集》卷七補。

與通長老九首〔一〕以下俱密州

某啓。近過蘇臺，不得一見而別，深爲耿耿。專人來，辱書，且喜法履清勝。某到此旬日，郡僻事少，足養衰拙。然城中無山水，寺宇朴陋，僧皆麄野，復求蘇、杭湖山之游，無復彷彿矣。何日會集，慰此牢落。唯萬萬自重。人還，布謝。

〔一〕「九」原作「八」。本集卷五十七《與姚君》第三首，乃與通長老者。今移於此，增一首，改「八」爲「九」。

二〔一〕

《三瑞堂詩》已作了，納去。然惡詩竟何用，是家求之如此其切〔二〕，不敢不作也。惠及温柑甚奇，此中所未嘗識。棗子兩籠，不足爲報，但此中所有止此爾。單君貺必常相見，路中屢有書去。久望來書，且請附密州遞寄數字，告爲速達此意〔三〕。

〔一〕此篇尺牘，原在本集卷五十七，爲《與姚君四首》之第三首；《七集·續集》卷五亦收，爲《答水陸通長老五首》之第二首。按：《七集·續集》是。姚君名淳，以孝稱，三瑞堂在蘇州閶門之西楓橋，爲淳所居（見范成大《吴郡志》卷十四）。通長老居蘇州虎丘（亦見《吴郡志》）。蘇軾生平，不願爲人撰寫墓誌銘之類之作品。據此文，蘇軾實亦不願爲淳撰寫《三瑞堂詩》，以其「家求之如此其切，不敢不作」。此類語言，實不可與姚淳直接提及。姚淳求軾撰詩，通長老當深悉，故以此種心情，略向通長老流露，以表達其不得已之意。

〔二〕本集「家」原作「蒙」，誤，據《七集·續集》改。自文理言，「蒙」不易通。

〔三〕自「單君覞」以下三十二字，本集缺，據《七集·續集》補。

三〔一〕

某啓。别後一向忙冗，有疎奉問，疊辱手字，愧悚良深。仍審履兹初涼，法體增勝，爲慰。承開堂未幾，學者日增，吾師久安閑獨，迫於衆意，無乃少勞，然以濟物爲心，應不計勞逸也。未緣奉謁，千萬珍重。人還，布謝。

〔一〕「三」原作「二」。《七集·續集》卷五《答水陸通長老五首》之第三首，爲此文。今據改。以下各首，順次增一，爲「四」、「五」、「六」、「七」、「八」、「九」，不另出校。

四

姚君篤善好事，其意極可佳，然不須以物見惠也。惠香八十罐，却託還之。已領其厚意，與收留無異，實爲他相識所惠皆不留故也。切爲多多致此懇。千萬，勿訝！勿訝！

五

且説與姚君勿疑訝，只爲自來不受非親舊之餽〔一〕，恐他人却見怪也。元伯昆仲，各爲致懇。乍到，未及奉書。

〔一〕「之」原缺，據《七集·續集》卷五補。

六以下俱杭州還朝

人至，辱手書，感佩至意。且審比來法候佳勝。衰病，歸興日深。昨日忽召還禁林，殊異所懷，已辭免乞郡，然須至起發前路聽命也。勞生紛紛，未知所歸宿。臨書慨嘆，會合無時，千萬爲衆自愛。迫行紛然，幸恕不謹。

七

示諭，石刻，浙中好事者多爲之，老人亦爾耶？呵呵。惠茶，感刻，倉卒中未有以報。此方有所須，可示及也。大覺正月一日遷化，必已聞之，同增悵悼。某却與作得《宸奎閣記》，此老亦及見之。事忙，未及録本寄去，想非久必自傳到也。

八〔一〕

某啓。此來浙中逾年，不一展奉，豈勝悵惘。辱書，具審法履佳勝，感慰兼集。衰病日侵，百念灰冷，勉强歲月間，歸安林下矣。聞老師住持安穩，遂可送老，甚喜！甚喜！會合無時，臨書慨然，惟千萬爲衆自愛。不宣。

〔一〕文中「安穩」之「穩」原作「隱」，今從《二妙集》。

九

惠茶極爲精品，感抃之至。長松近出五臺，治風甚効。俗云文殊指示一僧，乃始識之。今納少許，并人參四兩，可以此二物相對入少甘草，不可多。并腦子作湯點，佳。送去御香五兩，不訝浼瀆。

與大覺禪師三首〔一〕杭倅

某啓。人至，辱書，伏承法候安裕，傾向！傾向！昨奉聞欲捨禪月羅漢，非有他也。先君愛此畫，私心以爲捨施，莫如捨所甚愛；而先君所與厚善者莫如公；又此畫頗似靈異，累有所覺於夢寐，不欲盡談，嫌涉怪爾，以此，亦不欲於俗家收藏。意止如此。而來書乃見疑欲換金水羅漢，開書不覺失笑。近世士風薄惡，動有可疑，不謂世外之人猶復爾也。請勿復談此。某比乏人可令齎去，兵卒之類，又不足分付，告吾師差一謹幹小師齎籠杖來迎取〔二〕，并古佛一軸，亦同捨也。錢塘景物，樂之忘歸。舍弟今在陳州，得替，當授東南幕官，冬初恐到此，亦未甚的。詩筆計益老健，或借得數首一觀，良幸。到此，亦有拙惡百十首，閑暇當錄上。

〔一〕此首，《七集·續集》卷四題作「與大覺禪師璉公」。

〔二〕《七集·續集》「杖」作「仗」。

二以下俱杭州

某啓。奉別二十五年，幾一世矣，會見無時，此懷可知。到此日欲奉書〔一〕，因循至今。辱書，具審起居安隱〔二〕。南方耆舊彫落，惟明有老師，杭有辯才，道俗所共依仰，蓋一時盛事。比來，時得從辯才游，老病昏塞，頗有所警發，恨不得一見老師，更與鑽磨也。歲暮，山中苦寒，千萬爲衆自重。不宣。軾再拜大覺器之禪師侍者。十二月二十日〔三〕。

〔一〕「日」原缺，據《七集·續集》卷六、《外集》卷七十三補。《辛丑銷夏記》卷一録有此文，亦有「日」字。

〔二〕《七集·續集》、《外集》「隱」作「穩」。

〔三〕「軾再拜」云云十七字原缺，據《辛丑銷夏記》補。

三

要作《宸奎閣碑》，謹已撰成〔一〕。衰朽廢學，不知堪上石否？見參寥説，禪師出京日，英廟賜手詔，其畧云「任性住持」者，不知果有否？如有，却請録示全文〔二〕，欲添入此一節，切望仔細録到，即便添入。仍大字寫一本付侍者賫歸上石也。惟速爲妙。碑上別作一碑首〔三〕，如唐以前制度〔四〕。刻字額十五字，仍刻二龍夾之。碑身上更不寫題，古制如此。最後方寫年月撰人銜位姓名，更不用著立石人及在任人名銜。此乃近世俗氣，極不典也。下爲龜趺承之。請令知事僧依此。

〔一〕「以」原作「已」，今從《外集》卷七十三。

〔二〕「全文」二字原缺，據《七集·續集》卷六、《外集》補。

〔三〕「別」原作「刻」，今從上二書。

〔四〕「以」原作「已」，今從上二書。

與寶覺禪老三首〔一〕以下俱密州

某啓。去歲赴官，迫於程限，不能艤舟。一别中流，縱望雲山，杳然有不可及之歎。既渡江，遂蒙輕舟見餞，復得笑語一餉之樂。慚荷之懷，殆不可勝言。别來因循，未及奉書。專人至，辱教累幅，慰諭反復，讀之爽然，如對妙論。仍審比來法履佳勝。某此粗遣，但未有會見之期。臨書惘然，惟萬萬自重。《至遊堂記》，卽當下筆，遞中寄去。近有《後杞菊賦》一首，寫寄，以當一笑。人還，草草不宣。

〔一〕此首，《七集·續集》卷五題作「答金山寶覺禪師」。

二

圓通不及别書，無異此意。告轉求此紙，東州僧無可與言者，況欲聞二大士之謦欬，何可復得耶？此語合喫幾拄杖？刁丈計自太平歸安勝，屢有書去，不知達否？因見，道下懇。焦山綸老，亦爲呼名。

三〔一〕杭州

明守一書，託爲致之。育王大覺禪師，仁廟舊所禮遇。嘗見御筆賜偈頌，其略云「伏覩大覺禪師」，其敬之如此。今聞其困於小人之言，幾不安其居，可歎！可歎！太守聰明老成，必能安全之。願因與欵曲一言。正使凡僧，猶當以仁廟之故加禮，而況其人道德文采雅重一時乎？此老今年八十三，若不安全，當使何往，恐朝廷聞之，亦未必喜也。某方與撰《宸奎閣記》，旦夕附去，公若見此老，且與致意。

千萬！千萬！

〔一〕此尺牘，《七集·續集》卷六爲《與趙德麟二首》之第二首，本集卷五十二爲《與趙德麟十七首》中之第二首。寶覺住持金山，見本卷《與寶覺禪老三首》之第一首校記，與此尺牘所云「明守」不甚合。竊疑此尺牘仍當繫於趙德麟。爲審慎計，姑互見於此。又，尺牘中所云《宸奎閣記》，乃《宸奎閣碑》，文見本集卷十七。蘇軾撰此文時，知杭州。

與淨慈明老五首〔一〕以下俱杭州

某啓。近辱臨訪，紛冗不遂欵接，愧企無量。比日道體何如？法涌赴闕，道俗一意，皆欲公嗣此道場。緣契已定，想便臨屈〔二〕，副此誠仰。餘非面莫究。不宣。

〔一〕《七集·續集》卷六題作「與承天明老五首」。

〔二〕「便」原作「更」，今從《七集·續集》、《外集》卷七十三。

二〔一〕

某啓。人還，承書，蒙峻拒，不識道眼有何揀擇，深所未諭也。衆意甚堅，雖百却不已。幸早戒途。比日起居何如？即見，不復覼縷。

〔一〕文中「比日起居何如」六字原缺，據《七集·續集》卷六、《外集》卷七十三補。

三

衆詣漕臺敦請，已許爲行下。相次新太守過此，當力求之，想亦必勸行〔一〕，吾師豈能盡違之耶？至時，不免來此，不如今日赴衰病之請，却非世情也。

〔一〕「想」字、「行」字原缺，據《七集·續集》卷六、《外集》卷七十三補。

四

法涌始者甚不欲赴法雲，而張尉之請既堅，遂不能違，亦云緣契在彼，非力辭之可免。法涌既不得免，則吾師今者亦必無緣辭避。幸便副衆心〔一〕，毋煩再三也。欽企！欽企！

〔一〕「副」原作「赴」，今從《七集·續集》卷六、《外集》卷七十三。

五〔一〕

某啓。適辱書，知不違衆，願即當西渡，喜慰之至。比日法履康勝。某雖被旨去郡，猶能少留，及見陞堂聞第一義也。謹奉手啓攀迎。不宣。

〔一〕文中「適」字原缺，據《七集·續集》卷六、《外集》卷七十三補；「猶」原作「尤」，今從上二書。

與遵老三首〔一〕以下俱杭州

某啓。前日壁間一見新偈，便向泥土上識君，今日復蒙古藤奇句，益知前言之不妄也〔二〕。幸甚！幸甚！然既傳之諸祖師〔三〕，何不自家留使。既已倒持，輒當逆化，呵呵。人還，忽忽，不一一。

〔一〕此三首之一、二首，《七集·續集》卷六題作「答靈鷲長老二首」。

〔二〕「益」原作「答」，今從《七集·續集》、《外集》卷七十。

〔三〕「師」原缺，據上二書補。

二

某啓。疊辱手教，具審法體佳勝。扇子妙句，開發良多，本欲攀和〔一〕，恐久立大衆。呵呵。人還，忽忽復謝。不宣。

〔一〕「本」字原缺，據《七集·續集》卷六、《外集》卷七十補。

三

某啓。前日辱臨屈，既已不出，無緣造謝。信宿，想惟法體佳勝。筠州茶少許，謾納上，并利心肺藥方呈。范醫昨呼與語，本學之外，又通曆算，甚可佳也。謹具手啓。不宣。

與徑山維琳二首〔一〕以下俱北歸

某臥病五十日，日以增劇，已頹然待盡矣〔二〕。兩日始微有生意，亦未可必也。適睡覺，忽見刺字，驚歎久之。暑毒如此，豈耆年者出山旅次時耶〔三〕？不審比來眠食何似？某扶行不過數步，亦不能久坐，老師能相對臥談少頃否？晚涼，更一訪，憊甚，不謹。

〔一〕《七集·續集》卷七「山」後有「長老」二字。

〔二〕「已」原缺，據《七集·續集》、《外集》卷八十一補。

〔三〕「者」原缺，據上二書補。

二

某嶺海萬里不死，而歸宿田里，遂有不起之憂，豈非命也夫！然死生亦細故爾，無足道者，惟爲佛爲法爲衆生自重。

與圓通禪師四首〔一〕以上俱黃州

某聞名已久，而得公之詳，莫如魯直，亦如所諭也。自惟潦倒遲暮，年垂五十，終不聞道，區區持其所有，欲以求合於世，且不可得，而況世外之人，想望而不之見者耶？不謂遠枉音問，推譽過當，豈非醫門多疾，息黥補劓，恃有良藥乎？未脱罪籍，身非我有，無緣頂謁山門，異日聖恩或許歸田，當畢此意也。

〔一〕此首，《七集·續集》卷五題作「答圓通秀禪師」。

二

屏居亦久，親識斷絶，故人不棄，眷予加厚。每辱書問，感愧不可勝言。僕凡百如舊，學道無所得，但覺從前却是錯爾。如何！如何！

三

某啓。别後蒙五惠書，三遣化人，不肖何以當此。熱毒殊甚，且喜素履清勝。某尚以少事留城中數日，然度不能往見矣。瞻望山門，臨紙惋悵，惟千萬爲道自重而已。揮汗走謝，幸恕不謹。

四〔一〕

某啓。謫居窮僻，懶且無便，書問曠絶，故人不遺。兩辱手教，具審比來法體甚輕安，感慰深至。僕晚聞道，照物不明，陷於吏議，愧我道友。所幸聖恩寬大，不即誅殛，想亦大善知識法力冥助也。自絶禄廪，因而布衣蔬食，於窮苦寂淡之中，却粗有所得，未必不是晚節微福。兩書開諭周至，常置坐右也。未緣展謁，萬萬以時自重。因便人還，附啓起居。

〔一〕《七集·續集》卷五題作「答通禪師」。

與祖印禪師一首

某啓。昨夜清風明月，過蒙法施，今又惠及幽泉，珍感！珍感！木湯法豉，恐濁却妙供，謹以回納，不一一。

與聞復師一首〔一〕杭州

某啓。辱書并詩，誦味不釋手，感慰之極。比日起居何如？示諭欲以高文發明儒釋，固所望於左右也。某數日病在告，今日頗快，來日欲出視事，然尚少力。粗和得來詩，未能盡意。花甆不難得〔二〕，但去人已負重，後信當致也。詩中似欲之，故及〔三〕。未相見間，萬萬自愛。

〔一〕《七集·續集》卷六題作「答聞復上人」。

〔二〕「花甆」，《七集·續集》作「花瓷」，《外集》卷七十三作「化瓷」。

〔三〕「故及」二字原缺，今據上二書補。

與寶月大師五首以下俱杭倅

某啓。久不奉書，蓋冗惰相因，必未訝也。史厚秀才及蔡子華處領來書，喜知法體佳勝，此中並安。請補外，蒙恩除杭倅，且夕出京，且往陳州相聚〔一〕，至九月初方行。愈遠鄉里，曷勝依黯。累示及瑜、隆紫衣師號〔二〕，近爲干得王詵駙馬奏瑜爲海慧大師文字，更旬日方出。《圓覺經》云：「法界海慧，照了諸相。」文潞公亦許奏隆紫衣，然須俟來年，遇聖節方可奏。已差祠部吏人到王駙馬宅，計會與瑜師文字，纔得即入遞次，莫更一兩月，方得勑出〔三〕。此事自難得，偶成此二事也。臨行草草，不盡所懷，惟千萬珍重。

〔一〕「且」原缺，據《七集·續集》卷四、《外集》卷六十二補。

〔二〕「衣」原作「袍」，今從上二書。案：本文以下有「奏隆紫衣」字樣。

〔三〕「勑」原作「救」，今據上二書改。

二

屢蒙寄紙糖，一一愧荷。駙馬都尉王晉卿畫山水寒林，冠絶一時，非畫工所能彷彿。得一古松帳子奉寄，非吾兄，別識不寄去也。幸秘藏之，亦使蜀中工者見長意思也。他甚自珍惜，不妄與人畫。知之。

三以下俱黄州

某啓。近遞中兩奉書，必達。新歲，遠想法體康勝。無緣會集，悵望可量。屢要經藏碑，本以近日斷作文字，不欲作。既來書丁寧，又悟清日夜煎督〔一〕，遂與作得寄去。如不嫌罪廢〔二〕，即請入石。碑額見令悟清持書往安州干滕元發大字，不知得否？其碑不用花草欄界，只鐫書字一味，已有大字額，向下小字，但直寫文詞，更不須寫大藏經碑一行及書撰人寫人姓名〔三〕，即古雅不俗，切祝！切祝！又有小字行書一本，若有工夫，更入一小横石〔四〕，亦佳。黄州無一物可爲信。建茶一角子，勿訝塵浼。餘惟萬萬保練。適冗中，清師行，奉啓草草〔五〕。

〔一〕「又」原缺，據《七集·續集》卷五補。

〔二〕「如」原缺，據上書補。

〔三〕「更」、「寫人」三字原缺，據上書補。

〔四〕「更」字、「小」字原缺，據上書補。

〔五〕「餘惟」云云十六字原缺，據上書補。

四

此間諸事，請問清師卽詳也。清久游外方〔一〕，練事多能，可喜！可喜！海惠及隆大師，各惟安勝。每念鄉舍，神爽飛去，然近來頗常齋居養氣，日覺神凝身輕〔二〕，他日天恩放停，幅巾杖屨，尚可放浪於岷峨間也。知吾兄亦清健，髮不白，更請自愛，晚歲爲道侶也。餘附清師口陳，此不覼縷。

〔一〕《七集·續集》卷五「久游方外」作「又游禮」。

〔二〕《七集·續集》「日」作「自」；「身」原作「物」，今從《七集·續集》。

五

某有吴道子絹上畫釋迦佛一軸，雖頗損爛〔一〕，然妙迹如生，意欲送院中供養。如欲得之，請示一書，卽爲作記，并求的便附去。可裝在板子上，仍作一龕子。此畫與前來菩薩天王無異，但人物小而多爾。

〔一〕「頗損」原作「破」，今從《七集·續集》卷五。

與南華明老三首 以下俱北歸

某啓。衰病復過南華，深欲一別祖師，因見仁者。遽辱專使惠手書，何慰如之。卽日履此薄寒，法體佳勝。且夕離英，但江路頗寸進，不卽會見，企望之極。惟萬萬爲衆自重。不宣。

二

某流浪臭濁久矣，道眼多可，傾蓋如舊，清遊累日，一洗無餘，幸甚！幸甚！專使惠手書，具聞別後法體安穩，爲慰多矣。久留贛上待水〔一〕，猶更旬浹。南望山門，馳神杳靄。更希若時爲衆保練。不宣。

〔一〕「久留」二字原缺，據《七集·續集》卷七、《外集》卷七十九補。

三

某以促裝登舟冗甚，作書極草草。寵示四偈〔一〕，可謂奇特，聊答四句，想一大笑也〔二〕。石刻已領，感感。潘生果作墨否？如成，寄一丸。伯固念親懷歸甚矣，道話解之。

〔一〕「四偈」之「偈」，《七集·續集》卷七、《外集》卷七十九作「韻」。

〔二〕「一」原缺，據上二書補。

與東林廣惠禪師二首以下俱翰林

示諭，臂痛，示與衆生同病爾。然俗眼未免懸情，更望倍加保練。《王氏博濟方》中有一虎骨散及威靈仙丸，此仙方也。僕屢用治臂病，其效如神，切望合喫。元用虎脛骨，誤寫作腦骨。千萬相信，便合服必效。自餘都下有幹，望示及。惠及名茗，已捧領，感刻！感刻！東林寺碑，既獲結緣三寶，業障稍除，可得託名大士，皆所深願。但自别後，公私百冗，又無頃刻閑，不敢草草下筆。專在下懷，惟少寬限也。

二

古人字體，殘缺處多，美惡真僞，全在模刻之妙，根尋氣脉之通，形勢之所宜，然後運筆，虧者補之，餘者削之，隱者明之，斷者引之。秋毫之地，失其所體，遂無可觀者。昔王朗文采、梁鵠書、鍾繇鐫，謂之三絶。要必能書然後刻，況復摹哉！三者常相爲利害，則吾文猶有望焉爾。

與靈隱知和尚一首密州

某啓。久留錢塘，寢食湖山間，時陪道論，多所開發。至於靈山道人，似有前緣。既别經歲，寤寐見之，蓋心境已熟，不能遽忘也。及余簿來，并天竺處，得道俗手書近百餘通，皆有勤勤相念之意。又皆云杭民亦未見忘。無狀何以致此，蓋緣業未斷故耶？會當求湖、明一郡，留連數月，以盡平生之懷。即日法履何似，尚縻僧職，雖不愜素尚，然勉爲法衆，何處不可作佛事。某到此粗遣，已百餘日，吏民漸相信，盜賊獄訟頗衰，且不煩念及。未間，慎愛爲禱。不宣。

與泉老一首惠州

某啓。今日忽有老人來訪，姓徐名中，鬓髮如雪，云七十六歲矣。示兩頌，雖非奇特，亦有可觀。才然一身，寄食江湖間，自傷身世，潸然出涕，不知當死誰手？老夫自是白首流落之人，何暇哀生，然亦爲之出涕也。和尚慈悲普救，何妨輟叢林一席之地，日與破一分粥飯，養此天窮之士，盡其天年，使不僵仆道路，豈非教法之本意乎？請相度一報如何？即令人製衣物去。此人雖不審其性行，然决是讀書應舉之人。垂死窮途之士，百念灰冷，必無爲惡之理。幸望慈憫攝受，不罪！不罪！

與言上人一首黄州

去歲吴興倉卒爲别，至今耿耿。謫居窮陋，往還斷盡。遠辱不遺，尺書見及，感怍殊深。比日法體佳勝。札翰愈精健，詩必稱是，不蒙見示，何也？雪齋清境，發於夢想，此間但有荒山大江，修竹古木，每飲村酒，醉後曳杖放脚，不知遠近，亦曠然天真，與武林舊遊，未易議優劣也。何時會合一笑，惟萬萬自愛。

答蜀僧幾演一首翰林

幾演大士。蒙惠《蟠龍集》，向已盡讀數册，廼詩廼文，筆力奇健，深增嘆服。僕嘗觀貫休、齊己詩，尤多凡陋，而遇知得名，赫奕如此。蓋時文凋弊，故使此二僧爲雄强。今吾師老於吟詠，精敏豪放，而汩没流俗，豈亦有幸不幸耶？然此道固亦澹泊寂寞，非以蘄人知而鼓譽也，但嗚一代之風雅而已。既承厚貺，聊奉廣耳。

答開元明座主九首以下俱黄州

久别，思企不忘。辱書，具審法履安勝，爲慰。賢上人前年來此，尋往金山，多時不得消息，不知今安在也？石橋用工，初不滅裂，云何一水，便爾敗壞，無乃亦是不肖窮蹇所累耶？何時復相見，千萬保愛。

二

開元大殿，非吾師學行，人神響應，安能便成，可喜！可喜！此書附聖傳，塗中更不封，勿訝！勿訝！

三[一]以下俱離黄州

奉别累年，舟過境上，懷想不忘。遣人惠書，具知法體安穩[二]，感慰兼集。咫尺無由往見，惟萬萬自愛[三]。

〔一〕此首，與本卷《答開元明座主九首》之四、五、六、七四首，《七集·續集》卷六題作「與開元明師五首」。

〔二〕「具」原缺，據上書補。

〔三〕「惟」原缺，據上書補。

四

石橋之壞，每爲悵然。吾師經營，非不堅盡，當由窮蹇之人，所向無成，累此橋耶？知尚未有涯，但勿廢此志，歲豐人紓，會當成耳。僕已得請居常州，暫至南京，卽還南也。知之。

五

中前經過，幸聞清論，深欲還日再上謁，以數相知約在棲賢，且自德安徑赴之，遂成食言，悚息不已。比日法體何如？拙詩一首，聊以記一時之事耳，不須示人。切祝！切祝！

六

久復一見，甚以爲慰。泥雨遠煩瓶錫，不克欵語，但有感怍。乍遠，千萬保愛。

七

近過南都，見致政太保張公。公以所藏禪月羅漢十六軸見授，云：「衰老無復玩好，而私家畜畫像，乏香燈供養，可擇名藍高僧施之。」今吾師遠來相別，豈此羅漢契緣在彼乎？敬以奉贈，亦太保公之本意也。

八以下俱赴定州〔一〕

辱簡，并惠扇碑，及借示木石等，皆佳妙。但去長物爲陸行計，無所置之，謹留筆一束，以領雅意。餘回納，不訝！不訝！

〔一〕此首，與本卷《答開元明座主九首》之第九首，《七集·續集》卷六題作「與開元明師二首」。

九

辱書，具審法履佳勝。且知從者嘗至符離見待久之，感愧深矣。借示跋尾石刻，足見存誠篤至，却附來人納上元本。未會集間，千萬珍重。

與無擇老師一首以下俱黄州

吾師要寫大字，特爲飲酒數杯，只用尋常小筆作二額，八字者可入石，六字可上碑，兩旁刻年月日及官位姓名，字小不稱大伽藍。示及大筆，皆市人用者，不足使也。惠及奇蔬，感服之至。

與清隱老師二首

黄長生人來，辱書，承起居佳勝爲慰。示及黄君佳篇及山中圖刻，欲令有所記述，結緣淨境，此宿所願也。但多病久廢筆硯，里中故人，屢有求詩文者，皆未能副其請也。千萬勿訝。

二

淨因之會，茫然如隔生矣。名言絶境，寤寐不忘。何日得脱纓絆，一聞笑語，思渴！思渴！

與浴室用公一首翰林

去鄉久，不復相聞知。得來示及退翁書，乃審公正信法子，而吾先友史彦輔十三丈之甥也。又承寄示正信偈頌塔銘，感嘆不可言。比日法體勝常。知長講《起信》，自講入禪，把纜放船，甚善！甚善！輒題數句塔銘後，以補闕逸。未卽相見，千萬爲法自重。大雪後，手凍不復成字。

與大别才老三首以下俱黄州

專人來，辱書，伏承法體清勝，甚慰想望。山門虛寂，長夏安隱〔一〕，燕坐湛然，得無所得？無緣面話，惟萬萬自重。

〔一〕《外集》卷七十三「隱」作「穩」。

二

昨日辱訪，冗迫，未遑詣謝。領手教，具審法履勝常，爲慰。語録蒙借，開發蒙鄙，爲惠甚厚。

三

衰疾無狀，衆所鄙遠。禪師超然絶俗，乃肯惠顧，此意之厚，如何可忘。還山以來，道體何如，相見杳未有期。日深馳仰，寒凝，爲衆自重。

答龜山長老四首以下俱潁州

忽辱書，感慰無量。此日法履佳否？名爲實賓，學者之意，師何用此。重煩示諭，過當。未緣展晤，千萬爲衆自重。

二

張君予都尉〔一〕，聞是舊檀越。爲奏海照之號，今託林承議附納勑牒，請作一書致君予，貴知到也。本欲爲書海照堂大字，作牌納去，屢寫皆不佳，不可用。非久，待告文安國爲作篆字也。

〔一〕《外集》卷七十三「都」作「郡」。

三

奉别忽半年，思仰無窮。比日履茲餘寒，法體何如？側聞居山漸久，道俗嚮服。新命既下，想慰衆意。未瞻奉間，千萬以時自重。

四

前者過謁，雖不欵留，然開慰已多矣。辱書，審聞别後法履清勝。山門久墮，經始爲勞，然龍象所在，淮山已自改觀矣。未期會集，幸爲衆自愛。

答清涼長老一首揚州還朝

昨辱佳頌見貺，足爲衰朽之光，未緣面謝。

與僧隆賢二首以下俱惠州

某慰疏言。不意寶月大師宗古老兄捐衆示化。切惟孝誠深至，攀慕涕泗，久而不忘。仍承已畢大事，忽復更歲，觸物感慟，柰何！柰何！某謫居遼夐，無由往奠，追想宗契之深，悲愴不已。惟昆仲節哀自重，以副遠誠。謹奉疏慰。不次，謹疏。正月日，趙郡蘇某慰疏上。

二

舟、榮二大士遠來，極感至意。舟又冒涉嶺海，尤爲愧荷也。寶月塔銘，本以罪廢流落，恐玷高風，不敢輒作，而舟師哀請誠切，故勉爲之也。海隅漂泊，無復歸望，追懷疇昔，永望悽斷。

代夫人與福應真大師一首黄州

久不聞法音，馳仰殊深，即日遠想起居安隱〔一〕。兒從夫遠謫，百念灰滅，持誦之餘，幸無恙。何時復見，一洗嶺瘴。春寒，千萬爲法自重。不宣。旌德縣君王氏兒再拜。

〔一〕《七集·續集》卷五「隱」作「穩」。

捨幡帖一首

祖母蓬萊縣太君史氏繡幡二，其文曰「長壽王菩薩」、「消災障菩薩」。祖母没三十餘年，而先君中大夫孝友之慕，至老不衰，每至忌日，必捧而泣。今先君之没，復二十四年矣。某以謂寶藏於家，雖先君之遺意，而歸誠於佛，蓋祖母之本願。乃捨之金山以資冥福。

付龔行信一首 惠州

辯禪師與余善，常欲通書，而南華淨人，皆争請行。或問其故。曰：「欲一見東坡翁，求數字，終身藏之。」余聞而笑曰：「此子輕千里求數字，其賢於蕺山姥遠矣。固知辯公强將下無復老婆態也。乾明法賁訶梨勒，聞之舊矣，今乃始得嘗，精妙之極，豈非中有曹溪一滴水故耶？」偶病不得出，見書此爲謝。紹聖二年六月十二日，付龔行信〔一〕。

〔一〕「紹聖二年」云云十三字，據《外集》卷四十九補。

蘇軾文集卷六十二

青詞

醮上帝青詞三首

臣聞報應如響，天無妄降之災；恐懼自修，人有可延之壽。敢傾微悃〔一〕，仰瀆大鈞。臣兩遇禍災，皆由滿溢。早竊人間之美仕，多收天下之虛名。溢取三科，叨臨八郡。少年多欲，沉湎以自殘；褊性不容，剛愎而好勝。積爲咎厲，遘此艱屯。臣今稽首投誠，洗心歸命。誓除驕慢，永斷貪嗔。幸不死於嶺南，得退歸於林下。少駐桑榆之暮景，庶幾松栢之後凋。

〔一〕「悃」原作「悃」，今從《外集》卷二十六。

又代鮮于子駿

切以洪覆至神，固不期於報謝；羣生多故，實有賴於祈禳。切輸悃愊之私，仰瀆高明之聽。伏念某遭逢盛際，蒙被餘恩。賦形宇宙之中，殆將四紀；竊禄江淮之上，幾及二年。身雖曲盡於勤勞，事豈舉無於過誤。慮愆尤之浸廣，恐譴責之陰加。粵自先朝，當丰修於醮事；及兹歲暮，輒謹按於科文。祇建壇場，肅陳香火。伏願上真保佑，列聖扶持。宦路亨通，無謗傷之橫至；私門安燕，絶災釁之潛生。福逮親闈，慶延子舍。

又代陸和叔

伏聞妙道淵微，非塵凡之可測；圓穹杳邈，有誠信之能通。輒伸悃愊之私，上瀆高明之德。切念臣叨司三局，從事六官。勤勞更歷於歲終，修省每恭於夙夜。昨於正旦，嘗啓願心。許大醮之祈禳，乞靈庇之保護。今逢誕日，恭按科文。集道侶於壇場，頂睟容於香火。仰回聖馭，曲享清羞。伏望上帝垂慈，列聖降佑。延偏親之壽考，茂合族之禧祥。三考書成，祈有更代之慶；百神來相，俾無災滯之虞。

醮北嶽青詞

少年出仕，本有志於救人；晚節倦遊，了無心於交物。惷冥多罪，憂患再罹。飄然流行，靡所歸宿。仰止高真之馭，降於喬嶽之陽。稽首投誠，齋心悔過。庶一念之清淨，洗千刼之塵勞。妙用無方，先解纏身之網；靈光所燭，幸逢出世之師。誓此餘生，永依至道。

鳳翔醮土火星青詞

嗚呼，天之保佑下民罔不至，所資以生罔不蓄。育民既不知德，天亦維不勸。乃朝夕戕取，以厚厥躬。天既不我咎，乃不恭畏于神祇，不脩勑厥心，驕淫矜夸，以干上帝威命。帝用不赦，丕降罪疾于下，則惟雨暘，常以訖我黍、稷、禾、菽、麻、麥，我民用蕩析隕越。天亦終哀矜，其忍蔑棄其命罔孑遺。今秦民既不獲于秋，乃十旬弗雨，曰：「其尚克有夏。」走于山川鬼神，亦罔不至。既不獲，乃曰：「維熒惑鎮星次于井，秦民其亦應受多罪。」茲用卽于齋宮爲壇位，以與百姓請命。嗚呼，其庶幾哀之。俾克有夏，亦克藝厥秋。民今其栗栗，朝不謀夕〔一〕。

〔一〕《七集·前集》卷三十四「謀」作「能」。底本原校：「謀」一作「能」。

徐州祈雨青詞

河失故道，遺患及於東方；徐居下流，受害甲於他郡。田廬漂蕩，父子流離。饑寒頓仆於溝坑，盜賊充盈於犴獄。人窮計迫，理極詞危。望二麥之一登，救饑民於垂死。而天未悔禍，歲仍大荒。水未落而旱已成，冬無雪而春不雨。烟塵蓬勃，草木焦枯。今者麥已過期，穫不償種〔一〕。禾未入土，憂及明年。臣等恭循舊章，並走羣望。意水旱之有數，非鬼神之得專。是用稽首告哀，籲天請命。若其賦政多辟〔二〕，以譴見于陰陽；事神不恭，以獲戾于上下。臣實有罪，罰其敢辭。小民無知，大命近止。願下雷霆之詔，分勑山川之神。朝隮寸雲，暮洽千里。使歲得中熟，則民猶小康。

〔一〕「穫」原作「獲」，今從《七集·前集》卷三十四。

〔二〕《七集·前集》「辟」作「僻」。

諸宮觀等處祈雨青詞[一]元祐二年

饑饉之患，民流者期年；吁嗟之求，詞窮於是日。仰惟至道之助，推廣上天之仁。召呼羣龍，時賜霈澤[二]。罔以不德，而廢其言。

〔一〕《七集·内制集》卷二題作「諸宮觀寺院等處祈雨青詞齋文」。

〔二〕此句原作「是時時賜」，今據《七集·内制集》改。

疏文

南華寺六祖塔功德疏

朝奉郎提舉成都府玉局觀蘇軾，先於紹聖之初，謫往惠州，過南華寺，上謁六祖普覺大鑒禪師而後行。又謫過海南，遇赦放還。今蒙恩受前件官，再過祖師塔下。全家瞻禮，飯僧設浴，以致感恩念咎之意，爲禳灾集福之因。具疏如後。

伏以竄流嶺海，前後七年；契闊死生，喪亡九口。以前世罪業，應墮惡道；故一生憂患，常倍他人。今兹北還[一]，粗有生望。伏願六祖普覺真空大鑒禪師[二]，示大慈愍，出普光明。憐幼穉之何辜，除其疾恙；念餘年之無幾，賜以安閒。軾敢不自求本心，永離諸障；期成道果，以報佛恩。

〔一〕「北」原作「此」，今從《外集》卷二十五。

〔二〕「六祖」云云十字原缺，據《外集》補。

代毛正仲軍衙廳成慶土道場疏

揆日灼龜，既鼎新而改造；伐林度土，遂雲集以經營。丁丁而勇於運斤，索索而勞於縮版。雖不經於衆口，慮有取於神恫。幸銷覆壓之虞，允獲躋寧之願。原其所賜，敢昧於神。是用命海角之禪那，資大雄之妙蔭。宣此五福之教，慶乎百堵之成。伏願天雨千花，薰太和於一切；佛塵萬里，精退福於無邊。百穀豐登，羣生恬泰。上祝河沙之聖壽，永瞻慧日之祥光。式罄誠心，庶祈靈鑒。

薦蘇子容功德疏

伏以自昔先君以來，常講宗盟之好。俯仰之間，四十餘年。在熙寧初，陪公文德殿下，已爲三舍人之冠；及元祐際，綴公邇英閣前，又爲五學士之首〔一〕。雖凌厲高躅，不敢言同；而出處大槩，無甚相愧。敢緣薄物，以薦一哀。伏惟三寶證明。云云。

〔一〕「五」原缺，據《外集》卷二十六補。

密州請臯長老疏

安化軍據霍郎中、陳郎中、褚郎中、宋駕部、傅虞部、喬太傅及莒縣百姓侯方等狀，乞請沂州馬鞍山福壽禪院長老惠臯住持本縣石城院開堂説法者。

右伏以山東耆宿，言不足而道有餘；膠西士民，信雖深而悟者少。當有達識，爲開羣迷。長老臯上人，德宇深醇，慧身清浄。一瓶一鉢，本來自在隨緣；萬水千山，所至皆非住處。願體衆心之切，毋辭數舍之遥。翻然肯來，慰此勤想。謹疏。

齊州請確長老疏

蓋聞爲一大事因緣，優曇時現；傳吾正法眼藏，達磨西來。直指心源，不立文字。悟道雖由於自得，投機必賴於明師。齊有靈巖，世稱王刹。寔先聖啓封之國，迺至人建化之方。圖志具存，叢林爲盛。久虚法席，學者何依。旁採輿言，守臣有請。特降睿旨，愼擇主僧。詢于衆中，無如師者。宜念傳衣之囑，敬仰佛恩；勿忘利物之心，上資聖化。不煩固避，以稱寵休。謹疏。

修通濟廟疏

南國大川，洞庭極險；上游羣祝，通濟最靈。實能闢機陰陽，宰制生死。盛吸江吞海之氣，有分風擘流之權。舟横中流，如幕上之巢燕；人依大庇，若仰德之嬰兒。自非無知，孰敢不敬。而此廟結構，已久理葺。正煩大招開濟之徒，肇與重榮之役。期成功於不日，共徼福於來今。

修法雲寺浴室疏

浴爲淨因，佛所深讚。以一念頃破塵垢緣，於三際中獲妙湛樂。永惟悉達，嘗感此以受生；爰逮跋陁，亦因之而悟法。本院規摹素陋，年祀寖多。方澡雪乎精神，或震凌乎風雨。升堂入室，未稱真游；運水搬柴，殊淹妙用。新以革故，今正是時。施及受人，亦俱功德。

杭州請圓照禪師疏

大道無爲，人之必假聞見；一毫頓悟，得之乃離聰明。惟自在門，真無礙法。天降一雨，徧浹羣生；佛無二門，并歸真諦。恭惟本師長老，脱離常見，灑落孤風。其爲己也，如月行空，無跡可踐；其爲人也，如金入範，隨注皆圓。既不滯於一方，豈肯違於衆欲。而況淨慈古刹，錢氏福田。代不乏傳，人所信向。閔矜善俗，久蘄真馭以來臨；惻隱慈心，願順羣誠之再請。

蘇州請通長老疏

指衣冠以命儒，蓋儒之衰；認禪律以爲佛，皆佛之粗。本來清浄，何教爲律；一切解脱，寧復有禪。而世之惑者，禪律相殊，儒佛相笑。不有正覺，誰開衆迷。成都通法師，族本縉紳，實西州之望；業通詩禮，爲上國之光。爰自幼齡，綽有遠韻。辭君親於方壯，棄軒冕於垂成。自儒爲佛，而未始業儒；由律入禪，而居常持律。報恩寺水陸禪院，四衆之淵藪，三吴之會通。願振法音，以助道化。所爲者大，無事於謙。

散慶士道場疏

百神有相，致大厦之斯成；一國觀新，潔盛儀而圖報。因命祇園之侶，廣宣唄竺之文。音湧海潮，花紛天雨。今則誠心已格，妙果斯圓。祈法力之有加，保皇圖而永固。物無疵癘，民用平康。仰惟在上之尊，垂鑒由中之信。

懺經疏

如來大藏，起於《四十二章》；過去妙心，流出萬五千卷。前言俱在，後句分明。縱有古佛六通，難轉老婆一半。念我夙昔，見此本原。悟萬善之同歸，豈一法之敢捨。遍參重譯，盡發祕函。全見摩尼珠，悉證貝多葉。作此大事，示諸有情。稽首雙林之輪，不負三聖之偈。

請淨慈法涌禪師入都疏

京師禪學之盛，發於本、秀二公。本既還山，秀復入寂。駙馬都尉張君予來聘法涌，繼揚宗風；東坡居士適在錢塘，實爲敦勸。太丘道廣，廣則難周；仲舉性峻，峻則少通。法涌童子畫沙，已具佛智；維摩無語，猶涉二門。雖吾先師，不異是說；質之孔子，蓋有成言。不爲穿窬，仁義不可勝用；博施濟衆，堯舜其猶病諸。願法涌廣大慈悲，印宗仁得仁之侶；深嚴峻峙，訶未證謂證之人。本自不然，伏惟珍重。

散淨獄道場疏

民知榮辱，自消五福之疵；政格平和，遂弛萬人之獄。今者國家閑暇，囹圄空虛。雖仰荷於帝仁，亦陰資於神聽。是用集祇園衆，啓大法筵。盪滌餘氛，拔升宿滯。此則妙音普贊，勝果大圓。振九泉冤枉之魂〔一〕，作萬古清涼之地。扉生茂草，氣召太和。歲常獲於豐登，民永躋於仁壽。

〔一〕「九」原作「允」，據《外集》卷二十六改。

裝背羅漢薦歐陽婦疏

大覺現身，本無實相；應真隨感，分化他方〔一〕。指安養之歸途，破阿鼻之疾苦。當五代末，有禪月大師，以詩句爲佛事，以丹青爲道場。名高身隱，寓西蜀以杜門；道契神交，夢天台之飛錫。故留真跡，以鎮淨方。今有禮部員外郎歐陽學士，爲其亡女十四娘，捨所服用，重別裝新；禮部尚書蘇端明，親製頌文，更加題讚。伏願亡女歐陽氏，善根不墜，惡趣永離。冤親兩忘，福慧雙證。

〔一〕「他」原作「地」，今從《外集》卷二十六。

惠州薦朝雲疏

千佛之後，二聖爲尊。號曰樓至如來，又曰師子吼佛。以薄伽梵力，爲執金剛身。護化諸方，大濟羣品。爲憫海隅之有罪，久住河源之棲禪。屢顯神通，以警愚濁。今茲別院，實在豐湖。像設具嚴，威靈如在。軾以罪責，遷於炎荒。有侍妾王朝雲，一生辛勤，萬里隨從。遭時之疫，遘病而亡。念其忍死之言，欲託棲禪之下。故營幽室，以掩微軀。方負浼瀆精藍之愆，又虞驚觸神祇之罪。而既葬三日，風雨之餘，靈迹五蹤，道路皆見。是知佛慈之廣大，不擇衆生之細微。敢薦丹誠，躬修法會。伏願山中一草一木，皆被佛光；今夜少香少花，遍周法界。湖山安吉，墳墓永堅。接引亡魂，早生淨土。不論幽顯，凡在見聞。俱證無上之菩提，永脱三界之火宅。

薦雞疏

罪莫大於殺命，福無過於誦經。某以業緣，未忘肉味；加之老病，困此蒿藜。每翦血毛，以資口腹。懼罪修善，施財解冤。爰念世無不殺之雞，均爲一死；法有往生之路，可濟三塗。是用每月之中，齋五戒道者莊悟空兩日，轉經若干卷，救援當月所殺雞若干隻。伏望佛慈，下憫微命。令所殺雞，永離湯火，得生人天。

虔州法幢下水陸道場薦孤魂滯魄疏

苦海瀰天，佛爲彼岸；業風鼓浪，法是慈航。諸佛子等，久墜三塗，備嘗萬苦。不遇善友，永無出期。今者各於佛前，同發此願。願除無始以來貪嗔惡念，願發今日以後清淨善心，願行行坐坐皈依佛、皈依法、皈依僧，願世世生生遠離財、遠離色、遠離酒。既獲清涼之果，咸躋極樂之鄉。普冀有緣，皆證無漏。

葬枯骨疏

諸佛衆生，皆具大圓覺；天宫地獄，同在一刹塵。是故惡念才萌，便淪苦海；善根暫起，已證法身。要在攝心，易同反掌。竊見惠州太守左承議郎詹使君範[一]，與在州官吏，奉行朝典，支破官錢。埋葬無主暴骨數百軀，既掩覆其形骸，復安存其魄識。使歸泉壤，別受後身。軾因目覩勝緣[二]，輒隨喜事。以佛慈悲誓願力，以我廣大平等心。尊釋迦之遺文[三]，修地藏之本願；起燋面之教法，設梁武之科儀。伏願諸佛子等，乘此良因，離諸苦趣。沐浴法水，悟罪性之本空；鼓舞梵音，知道場之無礙。三皈已畢，莫起邪心；一飽之餘，永無饑火。以戒、定、慧，滅貪、嗔、癡。勿眷戀於殘軀，共逍遥於浄土。伏乞三寶，俯賜證明。

〔一〕「使」原缺，據《外集》卷二十五改。

〔二〕「目」原缺，據《外集》補。

〔三〕「尊」原作「遵」，今從《外集》。

重請戒長老住石塔疏[一]

大士未曾説法，誰作金毛之聲；衆生各自開堂，何關石塔之事。去無作相，住亦隨緣。長老戒公，開不二門，施無盡藏。念西湖之久别，本是偶然；爲東坡而少留，無不可者。一時作禮，重聽白椎[二]。渡口船回，依舊雲山之色；秋來雨過，一新鐘鼓之音。

〔一〕郎本卷六十作「留石塔戒老疏」。

〔二〕郎本「椎」作「推」。此文郎本係配抄。

祝文

祭勾芒神祝文二首

夫帝出乎震，神實輔之。玆日立春，農事之始。將平秩於東作，先恭授於人時。乃出土牛，以示早晚。惟神其祐之。

又〔一〕

春律既應，農事將作。爰出土牛，以爲耕候。維爾有神，實左右之〔二〕。伏願雨暘以時，螟螣不作。俾克有年，敢忘其報。

〔一〕「又」原缺，今補。

〔二〕「維爾有神實左右之」八字原缺，據《外集》卷二十八補。

禱龍水祝文

雲布多峰，日有焚空之勢；雨無破塊，人懷暍虐之憂。雖屢叩於明靈，終未懷於通感。府主舍人存心爲國，俯念輿民。燃香靄以禱祈，對龍湫而懇望。伏願明靈敷感，使雨澤以旁滋；聖化荐臻，致田疇之益濟。

禱雨蟠溪祝文

歲秋矣，物之幾成者，待雨而已。穟者已秀，待雨而實。三日不雨，則穟者不實矣。莢者已孕，待雨而秀。五日不雨，則莢者不秀矣。野有餘土，室有閑民，待雨而耕且種。七日不雨，則餘土不耕，閑民不種矣。穟者不實，莢者不秀，餘土不耕，而閑民不種，則守土之臣，將有不任職之誅，而山川鬼神，將乏其祀。茲用不敢寧居，齋戒擇日，並走羣望，而精誠不歆。神不顧答，吏民無所請命。聞之曰：「虢有周文、武之師太公，其可以病告。」乃用太祲之禮，禱而不祠。穀梁子曰：「古之神人，有應上公者，通乎陰陽。君親帥諸大夫道之而以請焉。」夫生而爲上公，没而爲神人，非公其誰當之。《詩》曰：「維師尚父，時維鷹揚，涼彼武王，肆伐大商，會朝清明。」公之仁且勇，計其神靈無所不能爲也。吏民既以雨望公，公亦當任其責。敢布腹心，公實圖之。尚饗。

鳳翔太白山祈雨祝文

維西方挺特英偉之氣，結而爲此山。惟山之陰威潤澤之氣，又聚而爲湫潭。缾罌罐勺，可以雨天下，而況於一方乎？乃者自冬徂春，雨雪不至，西民之所恃以爲生者，麥禾而已。今旬不雨，卽爲凶歲，民食不繼，盜賊且起。豈惟守土之臣所任以爲憂，亦非神之所當安坐而熟視也。聖天子在上，凡所以懷柔之禮，莫不備至。下至於愚夫小民，奔走畏事者，亦豈有他哉！凡皆以爲今日也。神其盍亦鑒之。上以無負聖天子之意，下以無失愚夫小民之望。尚饗。

告封太白山明應公祝文

天作山川，以鎮四方。俾食于民，以雨以暘。惟公聰明，能率其職。民以旱告，應不踰夕。帝謂守臣，予嘉乃功。惟新爵號，往耀其躬。在唐天寶，亦賜今爵。時惟術士，探符訪藥。謂爲公榮，寔爲公羞。中原顛覆，神不顧救。今皇神聖，惟民是憂。民既飽溢，皇無禱求。衮衣煌煌，赤舄繡裳。捨舊即新，以佑我民。尚饗。

祈雨龍祠祝文〔一〕杭州

神食于民，吏食于君。各思乃事，食則無愧。吏事農桑，神事雨暘。匪農不力，雨則時啇。召呼風霆，來會我庭。一勺之水，膚寸千里。尚饗。

〔一〕自此文起至《禱雨后稷祝文》共十文，《七集·前集》卷三十四總題爲《杭州祭諸神文十首》，以《祈雨龍祠》、《祈雨吴山》等爲分題。其自《禱雨社神祝文》以下四文，總題爲《禱雨社稷四首》。

祈雨吴山祝文

杭之爲邦，山澤相半。十日之雨則病水，一月不雨則病旱。故水旱之請，黷神爲甚。今者止雨之禱，未能踰月，又以旱告矣。吏以不得爲愧，神以不倦爲德。願終其賜，俾克有秋。尚饗。

祈晴風伯祝文

維神開闔陰陽，鼓舞萬類。行巽之權，直箕之次。陰淫爲霖，神能散之。下土墊滂，神能暵之。發軫西北，弭節東南。風反雨霽，神亦不慙。尚饗。

祈晴雨師祝文

天以風雨寒暑付於神，亦如人君之設官置吏以治刑政也。人君未嘗不欲民之安，天亦何嘗不欲歲之豐乎？刑政之失中，民惟吏之怨。雨暘之不時，民亦不能無望於神也。今淫雨彌月，農工告窮，歲之豐凶，決於朝夕，而並走羣望，莫肯顧答。維天之所以畀於神，神之所以食於民者，庶其在此。尚率厥職，俾克有秋。尚饗。

祈晴吴山祝文

歲既大熟，惟神之賜。害於垂成，匪神之意。築場爲塗，卧穟生耳。農泣于野，其忍安視。生爲楚英，没爲吴豪。烈氣不泯，視此海濤。反雨爲暘，何足告勞。有潔斯醴，匪神孰號。尚饗。

奉詔禱雨諸廟祝文

噫嗟艱歲，胡閟斯雨。念我東南，餔饟中土。迎秋餞伏，農不再舉。有事郊廟，萬方畢助。漕溝絶流，庭實未旅。下書哀痛，超軼堯禹。矧兹守臣，廢食悼懼。民之禍福，間不容縷。今不愍救，後訴無所。天高莫謁，神或可籲。尚饗。

禱雨社神祝文

噫我侯社，我民所恃。祭于北墉，答陰之義。陽亢不反，自春徂秋。迄冬不雨，嗣歲之憂。吏民嗷嗷，謹以病告。錫之雨雪，民敢無報。尚饗。

禱雨后土祝文

神食于社，蓋數千年。更歷聖王，訖莫能遷。源深流遠，愛民宜厚。雨不時應，亦神之疚。社稷惟神，我神惟人。去我不遠，宜軫我民。尚饗。

禱雨稷神祝文

農民所病，春夏之際。舊穀告窮，新穀未穟。其間有麥，如暍得涼。如行千里，弛擔得漿。今神何心，毖此雨雪。敢求其他，尚憫此麥。尚饗。

禱雨后稷祝文

維神之生，稼穡是力。瘽身爲民，尚莫顧惜。矧今在天，與天同功。召呼風雲，孰敢不從。豈惟農田，井竭無水。我求於神，亦云亟矣。尚饗。

祭常山祝文五首密州

洪維上帝，以斯民屬於山川羣望；亦如天子，以斯民屬於守土之臣。惟吏與神，其職惟通。殄民廢職，其咎惟均。哀我邦人，遭此凶旱。流殍之餘，其命如髮。而飛蝗流毒，遺種布野。使其變躍飛騰，則桑柘麥禾，舉罹其災，民其罔有孑遺。吏將獲罪，神且乏祀。兹用慄慄危懼。謹以四月初吉，齋居蔬食，至于閏月辛丑。若時雨沾洽，蝗不能生，當與吏民躬執牲幣以答神休。嗚呼，我州之望，不在神乎？父老謂神求無不獲，克有常德，以名兹山，其可不答，以愧此名。若曰：「歲之豐凶在天，非神之所得專。」吏將亦曰：「民之休戚在朝廷，我何知焉〔一〕。」則誰任其責矣。上帝與吾君愛民之心，一也。凡吏之可以請于朝者，既不敢不盡；則神之可以謁于帝者，宜無所不爲。尚饗。

〔一〕《永樂大典》卷二千九百五十引《蘇東坡集》「知」作「加」。

又

莪莪兹山，望我東國。爲帝司雨，涵濡百物。自我再禱，應不旋轂。迨兹有秋，歲得中熟。嗟此薄禮，曷稱其德。陶匠並作，新其楹桷。豈以爲報，民苟不怍。歲云徂矣，𪎊麥未殖。嗣歲之憂，既謝且謁。惠然雨我，以永休烈。尚饗。

又

比年以來，蝗旱相屬。中民以上，舉無歲蓄。量日計口，斂不待熟。秋田未終，引領新穀。如行遠道，百里一宿。苟無舍館，行旅夜哭。自秋不雨，霜露殺菽。黄糜黑黍〔一〕，不滿囷簏。麥田未耕，狼顧相目。道之云遠，饑腸誰續。五日不雨，民在坑谷。猗嗟我侯，靈應響速。帝用嘉之，惟新命服。祈而不獲，厥愆在僕。洗心祗載，敢辭屢瀆。庶哀斯民，朝夕濡足。尚饗。

〔一〕《永樂大典》卷二千九百五十引《蘇東坡集》「糜」作「麻」。

又

天子有命，閔兹旱暵。俾我守臣，並走羣望。惟神聰明慈惠，求無不獲。既再禱矣，雖嘗一雨，不及膚寸。吏寔不德，不足以蒙神之休，導迎善氣，以致甘澤。洪惟聖天子之意，其可不答。而饑羸之民，將轉于溝壑，其可不一救之。瀆神之罰，吏其敢辭。尚饗。

又

維熙寧九年，歲次丙辰〔一〕，七月某日，詔封常山神爲潤民侯。十月某日，具位蘇軾，謹以清酌少牢之奠，昭告于侯之廟曰：嗚呼，旱蝗之爲虐也，三年於兹矣。東南至于江海，西北被于河漢，饑饉疾疫，靡有遺矣。我瞻四方，大川喬嶽，食于斯民者甚衆，而受寵於吾君者，可謂巍巍矣。訴之而必聞，求之而必獲，惠我農夫〔二〕，而救其災沴。不爲倏雲驟雨，苟以應禱之虛名，而有膏澤積潤，可以及民之實效，卓然如侯者幾希矣。凡天子之爵命，有德而致之則爲榮，無功而享之則爲辱。今侯澤此一郡，而施及于四鄰，其受五等之爵，而被七命之服也，可謂無愧而有光輝矣。願侯益脩其實，以充其名。上以副天子之意，而下以塞吏民之望。民其奉事，有進而無衰矣。尚饗。

〔一〕「維」、「歲次丙辰」五字原缺，據《永樂大典》卷二千九百五十引《蘇東坡集》補。

〔二〕「惠」原作「思」，據《永樂大典》改。

謝雪祝文 徐州

天不吝澤，神不忘職。胡爲水旱，吏則不德。失政召災，莫知自刻。雨則號晴，旱則謁雪。神既不譴，又滿其欲。四山暮霰，萬瓦晨白。驅攘疫癘，甲拆辮麥。牲酒匪報，維以告潔。神食無愧，吏則慚慄。尚饗。

祭風伯雨師祝文

自秋不雨，以至于今。夏田將空，秋種不入。天子命我，禱于羣望。雲物既合，風輒散之。吏民皇皇，不知所獲罪。敢以薄奠，訴于有神〔一〕。風若不作，雨則隨至。當以牲幣，報神之賜。若格絶天澤，棄民乏嗣。上帝臨視，神其不然。尚饗。

〔一〕「訴」原作「訢」，據《七集·前集》卷三十四改。

謁文宣王廟祝文湖州

至聖文宣王〔一〕。竊惟吏治以仁義爲本，教化爲急。故以視事之三日，祗見于先聖先師，問所當先於學。其所從來尚矣，敢忘其舊。尚饗。

〔一〕「至聖文宣王」五字原缺，據《七集·前集》卷三十四補。

謁諸廟祝文

軾猥以不肖，來長此邦。實於有神，分職幽明。謹以視事之三日，祗見于廟。惟神保佑斯民，俾風雨時若，疫癘屏息。吏既免罪，神亦不愧。尚饗。

謁廟祝文杭州

軾以王命，來守此邦。事神養民，敢不祗飭。蒞政之始，見于祠下。安静無事，豐樂有年。惟神相之，使免罪戾。尚饗。

謁文宣王廟祝文

軾以諸生，誤蒙選擢。昔自太史，通守此邦。今由禁林，出使浙右。蒞事之始，祗見儒宫。聖神臨之，敢忘夙學。尚饗。

祭英烈王祝文

欽誦舊史，仰瞻高風。報楚爲孝，徇吴爲忠。忠孝之至，實與天通。開塞陰陽，斡旋濤江。保障斯民，以食此邦。嗟我惷愚，所向奇窮。豈以其誠，有請輒從。庚子之禱〔一〕，海若伏降。完我岸閘，千夫奏功。牲酒薄陋，報微施豐。敬陳頌詩，侑此一鍾。尚饗。

〔一〕「禱」原作「濤」，據《七集·前集》卷三十四改。

祈雨祝文

杭州之爲郡，負山帶江，水澤不留。逾旬不雨，農有憂色。挽舟浚河，公私告病。吏既無術，莫知所救。不敢坐視，惟神之求。庶幾閔民之窮，赦吏之瀆。賜以一雨，敢忘其報。尚饗。

謝雨祝文

舊穀不登，陳廩已發。稍失雨暘之節，則懷溝壑之憂。惟神至明，有禱必應。敢陳薄奠，少答殊私。願推無倦之仁，以畢有年之賜。尚饗。

祈晴祝文

大雪連日，凝陰傷春。閔惟艱食之民，重此常寒之虐。役兵墮指，行旅摧輈。老弱號呼，吏既慚於無術；陰陽舒卷，神何惜而不爲。願掃重雲，以昭靈貺。使民奉事，永歲益虔。尚饗。

謝晴祝文

軾以憂寄，出守此邦。歲之不登，實任其咎。政雖無術，心則在民。惟神聰明，其應如響。雨不暴物，晴不失時。喜愧之心，吏民所共。式陳菲薦，少答神休。尚饗。

祈晴吴山廟祝文〔一〕

秋穀未登，既食其陳。嗣歲之虞，當斂其新。逮此秋暘，載穫載舂。陰雨害之，穡人罔功。我發庫泉，以實高廩。曷敕雨官，遄止其淫。既暵我場，萬杵皆作。待此坻京，援我溝壑。英文烈武，雨霽在予。稽首告病，其忍弗圖。尚饗。

〔一〕篇末原校：一本首有「常平之政，覩歲美惡，操其贏虚，以取農末」四句。

謝晴祝文

賞罰在朝，吏申明之。及其有愆，吏得正之。雨暘在天，神奉行之。及其不時，神得請之。惟吏與神，各率其職。有求必獲，則無虚食。淫雨既止，惟神之功。肴酒匪報，惟以告衷。尚饗。

開湖祭禱吴山水仙五龍三廟祝文〔一〕

杭之西湖，如人之有目。湖生茭葑，如目之有翳。翳久不治，目亦將廢。河渠有膠舟之苦，鱗介失解網之惠。六池化爲眢井，而千頃無復豐歲矣。是用因賑卹之餘貲，興開鑿之利勢。百日奏功，所患者淫雨；千夫在野，所憂者疾癘。庶神明之陰相，與人謀而協濟。魚龍前導以破堅，菰葦解拆而迎鋭。復有唐之舊觀，盡四山而爲際。澤斯民於無窮，宜事神之益勵。我將大合樂以爲報，豈徒用樽酒之薄祭也。尚饗〔二〕。

〔一〕《永樂大典》卷二千二百六十三引《蘇東坡大全集》有此文，「三」作「王」。

〔二〕《永樂大典》自「河渠有膠舟之苦」至篇末作「河則神之職，方此東作，敬薦其潔，錫之豐歲，以昭靈德，尚饗」。

謝吴山水神五龍三廟祝文〔一〕

西湖堙塞，積歲之患。坐閲百吏，熟視而歎。惟愚無知，妄謂非難。禱于有神，陰假其便。不愆于素，咸出幽贊。大堤雲横，老葑席卷。歷時未幾，功已過半。嗣事告終，來哲所繕。神卒相之，罔咈民願。肴酒之報，我愧不腆。尚饗。

〔一〕《七集·前集》卷三十四「水神」作「水仙王」。

謁文宣王廟祝文潁州

軾以諸生遭遇，入侍帷幄，出典民社。蒞事之始，祗見于學。先聖先師實臨之。敬行所聞，敢忘其舊。尚饗。

謁諸廟祝文

軾以侍臣出守，承宣上意，以民爲本。祗敬事神，所以芘民。莅事之始，祗見祠下。尚饗。

德音到州祭諸廟祝文

維年月日〔一〕，具位蘇軾，謹以清酌庶羞之奠，敢昭告于某神。上清儲祥宫成，敷宥四海，均福于下。有詔守臣，凡在秩祀，罔不祗薦。維神導和却沴，保民無疆，以稱朝廷至仁之意。尚饗。

〔一〕「月日」原作「日月」，誤，據《七集·後集》卷十六改。

祈雨迎張龍公祝文

維元祐六年，歲次辛未，十月丙辰朔，二十五日庚辰，龍圖閣學士左朝奉郎知潁州軍州事蘇軾，謹請州學教授陳師道，并遣男承務郎迨〔一〕，以清酌庶羞之奠，敢昭告于昭靈侯張公之神。稽首龍公，民所祇威。德博而化，能潛能飛。食于潁人，淮潁是依。受命天子，命服有輝。爲國庇民，凡請莫違。歲旱夏秋，秋穀既微。冬又不雨，麥槁而腓。閔閔農夫，望歲畏饑。並走羣望，莫哀我欷。於赫遺蜕，靈光照幃。惠肯臨我，言從其妃。翩舞雩詠，薦其潔肥。雨雪在天，公執其機。游戲俛仰，千里一麾。被及淮甸，三輔王畿。積潤滂流，浹日不晞。我率吏民，鼓鐘旆旂。拜送于郊，以華其歸。尚饗。

〔一〕《七集·後集》「承」前爲墨釘，占兩格。今據《詩集》卷三十四《次韻陳履常張公龍潭》題下施註註文補「男」字。

送張龍公祝文

維元祐六年，歲次辛未，十一月乙酉朔，十日甲午〔一〕，龍圖閣學士左朝奉郎知潁州軍州事兼管内勸農使輕車都尉賜紫金魚袋蘇軾，謹以清酌庶羞之奠，敢昭告于昭靈侯張公之神。赫赫龍公，甚武且仁。赴民之急，如謀其身。有不應祈，惟汝不虔。我自洗濯，齋居誠陳。旱我之罪，勿移於民。公顧聽之，如與我言。玉質金相，其重千鈞。惠然肯來，期者四人〔二〕。眷此行宫，爲留浹辰。再雨一雪，既洽且均。何以報之，榜銘皆新。詔公之德，于億萬年。惟師道、迨，復餞公還。咨爾庶邦，益敬事神。尚饗。

〔一〕「午」原作「子」，據《七集·後集》卷十六改。

〔二〕《詩集》卷三十四《次韻陳履常張公龍潭》題下施註註文引此文，「期」作「負」。

立春祭土牛祝文

三陽既應，庶草將興。爰出土牛，以戒農事。丹青設象，蓋惟風俗之常；耕穫待時，必有陰陽之助。仰惟靈德，佑我穡人。尚饗。

謝晴祝文

吏既不德，致災害民。一雨一霽，輒號于神。風回雪止，農事並作。神則有功，吏亦知怍。凍餒之蘇，其賜不貲。嗟我吏民，爲報之微。尚饗。

祈雨僧伽塔祝文

維元祐七年，歲次壬申，三月甲申朔，十二日乙未，龍圖閣學士、左朝奉郎、新知揚州軍州事充淮南東路兵馬鈐轄蘇軾，謹以香燭茶果之供，敢昭告于大聖普照王之塔。淮東西連歲不稔，農末皆病，公私並竭。重以浙右大荒，無所仰食。望此夏田，以日爲歲。大麥已秀，小麥已孕。時雨不至，垂將焦枯。凶豐之決，近在旬日。軾移守廣陵，所部十郡。民窮爲盜，職守當憂。才短德薄，救之無由。伏願大聖普照王，以解脱力，行平等慈。噫欠風雷，咳唾雨澤。救焚拯溺，不待崇朝。敬瀝肝膽，尚鑒聽之。尚饗。

謁諸廟祝文定州

惟皇上帝，分命羣祀。降釐下土，惟我元后。臨遣近臣，鎮撫一方。幽明雖殊，保民惟均。莅事之始，祗見祠下。若賦政疵纇，敢逃其罰。雨暘以時，疾疫不作，亦竊有望于神。尚饗。

再謁文宣王廟祝文〔一〕

軾以諸生進位于朝，入參侍從，出典方面。莅事之始，祗見廟下。居敬行簡，以臨其民。軾雖不敏，請事斯語。尚饗。

〔一〕「廟」字原缺，據本集目録補。

北嶽祈雨祝文

維元祐九年，歲次甲戌，四月壬寅朔，十六日丁巳，端明殿學士兼翰林侍讀學士、左朝奉郎、定州路安撫使兼馬步軍都總管知定州軍州及管內勸農使輕車都尉賜紫金魚袋蘇軾，敢以制幣茶果清酌之奠，敢昭告于北嶽安天元聖帝。都城以北，燕薊之南，既徂歲而不登，又歷時而未雨。公私並竭，農末皆傷。麥將槁而禾未生，民既流而盜不止。豐凶之決，近在浹辰；溝壑之憂，上貽當宁。仰止喬嶽，食于朔方。卷舒雲霓，呼吸雨霽。若其安視小民之急，何以仰符上帝之仁。軾以短才，謬膺重寄。儻有罪以致旱，寧降罰于微躬。今者得請于朝，齋居以禱。旦夕是望，吁嗟而求。雨我夏田，兼致西成之富；實茲邊廩，少寬北顧之憂。拜賜以時，敢忘其報。尚饗。

立春祭土牛祝文

敢昭告于勾芒之神。木鐸傳音，官師相儆；土牛示候，稼穡將興。敢徼福于有神，庶保民於卒歲。無作水旱，以登麥禾。尚饗。

春祈北嶽祝文

西起太行，東屬碣石，南至于河，皆神所食。吏謹刑政，農畢其力。風雨時若，則神之職。方此東作，敬薦其絜。賜之豐歲，以昭靈德。尚饗。

春祈諸廟祝文

天既佑民，必期於無害；農惟歲望，敢請于有神。顧疾沴之不興，庶風雨之時若。敢忘舊典，以報豐年。尚饗。

祈雨諸廟祝文

某神之靈。去歲之秋，民苦饑饉。望此一麥，以日爲歲。不雨彌月，敢以病告。與其救之於已竭，不若起之於未枯。敢冀有神，時賜甘澤。豐登之報，我其敢忘。尚饗。

辭諸廟祝文

軾得罪于朝，將適嶺表。雖以謫去，敢不告行。區區之心，神所鑒聽。尚饗。

告文宣王祝文

嗟嗟元王，三代之英。言不鈞用於一君〔一〕，而爲無窮之遺教；身不寵利於一時，而有不朽之餘榮。嗟嗟元王，以道而鳴。肆筆成書，吐辭爲經。炳然不渝，言若丹青；久而愈盈，聲非雷霆。瞽者可以使剔目以駭視〔二〕，聵者可以使抉耳以犇驚。奈何轍環天下，卒老于行。載空言於典籍，示後世之儀刑。回狂瀾於既倒，支大厦於將傾。揭日月之昭昭，破陰氛之冥冥。嗟乎，一氣之委和，與萬物之至精。或爲淮夷之蠙珠，或爲雲漢之華星。雖光輝之成彩，未離乎散聚以流形。豈若王之道德，愈久而彌明。

曄曄而華，涵涵而停。融而在天者，爲雲漢之文章；結而在地者，爲山嶽之英靈〔三〕；詭然如龍翔鳳躍，純乎玉振而金聲。嗟嗟元王，德博難名。某奉王命，俯臨邊城。畝有滯穗，境無交兵。鳴玉載道，分袍在庭〔四〕。有踐籩豆，有豐粢盛。敢用昭薦，饗于克誠。尚饗。

〔一〕「鈞」原作「鈎」，今從《外集》卷二十八。

〔二〕「駭」原作「核」，今從《外集》。

〔三〕「英」原作「元」，今從《外集》。

〔四〕《外集》「分」作「紛」。

告顏子祝文

志不行於時，而能驅世以歸仁；澤不加于民，而能顯道以終身。德無窮通，古難其人。惟公能之，絶世離倫。富貴不義，視之如雲。飲止一瓢，不憂其貧。受教孔子，門人益親。血食萬世，配享惟神。敢不昭薦，公乎有聞。

告五嶽祝文

相天以育物者，五方之帝也〔一〕。配地以作鎮者，五嶽之神也。天爲真君，地爲真宰〔二〕。五嶽者，三公之象也。軾叨受朝寄〔三〕，出守藩土。神不虐罰，民有豐歲。敢用告誠，以謝靈貺。

〔一〕「帝」原作「地」，今從《外集》卷二十八。

〔二〕《外集》「地」作「帝」。
〔三〕「軾」原作「某」，今從《外集》。

秋賽祝文二首

惟神聰明，爲民依庇。宜秩典祀，欽奉靈祠。況農事之肇興，賴神靈之降宥。一邦蒙惠，已膺風雨之時；百里有嚴，將享秋冬之報。

又

惟神光昭祀典，幽賛化功。享廟食以惟嚴，垂介福而無爽。屬兹豐歲，爰舉舊規。式陳蠲潔之儀，冀報有年之慶。

禱觀音祈晴祝文杭州

三吴之災，連歲不稔。尚賴朝廷之澤，大分倉廩之陳。乃眷疲羸，僅免流殍。今者淫雨彌月，秋成半空。永惟嗣歲之憂，將有流離之懼。我大菩薩，行平等慈。視此衆生，皆同赤子。反雨暘於指顧，化豐歉於斯須。雖某等不德而召災，念斯民無辜而可憫。願興慈率，一拯含生。

謝觀音晴祝文

民無常心，固何知於帝力；天作淫雨，當有感於佛慈。慧光照臨，陰沴消復。拯農工於溝壑，寬吏責於簡書。某等共銜不報之恩，願頌難名之德。恭馳梵宇，少薦微誠。

謝晴祝文

天作淫雨，害于粢盛。蒙神之休，猶得中蒸。薄奠匪報，式昭厥誠。

祈雨祝文

六月不雨，乃時之常。或霖或霪，於稼則傷。稼將有秋，民饑所望。某也不德，守此一方。罪在守臣，無俾民殃。人不能神，易雨而暘。神其聽之，庶乎降康。

謝雨祝文

竊以農事告成，旱魃爲沴。寖罹焦爍之害，遂稽收刈之勤。自非降靈，大庇羣俗。以下膏澤之賜，庶有豐盈之期。實神助之使然，豈愚誠之能致。是用特臨神宇，再欵睟容。輒傾涓潔之誠，仰答靈威之祐。

祈雪霧猪泉祝文〔一〕

噫嘻我民，何辜于天。不水則旱，于今二年。天未悔禍，百日不雨。雪不斂塵，麥不蓋土。天子命我，禱于山川。側聞此山，神龍之淵。躬拜稽首，敢丐一勺。得雪盈尺，牲酒是酢。

〔一〕《外集》卷二十八「雪」作「雨」。

祈雪祝文

水旱輒求，惟吏之羞。有求不倦，惟神之休。乙卯之雪，膚寸而已。如燔與薪，救以勺水。嘉肴旨酒，既謝且祈。願終其賜，盈尺爲期。

祭佛陀波利祝文

積雪始消，陰沴再作。小民無辜，弊于饑寒。草木昆蟲，悉罹其虐。並走羣望，祈而未報。意雨霽有數，非神得專。惟我大士舍法分〔一〕，無爲不入塵數。願以大解脱力，作不可思議事。愍此無生，豁然開明。盡二月晦，雨雪不作。大拯羸餓，以發信根。此大布施，實無限量。惟大士念之。

〔一〕「法」後疑有一「同」字。案：「法同分」，乃佛家術語，謂使非情界之各物體相互似。

祭常山神祝文〔一〕

吏實不德，無以導迎順氣〔二〕。消復災沴，惟神之求。神亦閔其不才，而嘉其勤。凡有告請，靡所不答。乃者有謁乎神，卽退之三日，時雨周洽，去城百里而近，蝗獨不生。凡我吏民，孰不歸德于神。然而一雨之後，彌月不繼。百里之外，蝝生如初〔三〕。豈神之能應於前，不能應於後，能卹其近，不能卹其遠？蓋吏不稱職，政刑失中，戾于民心，以不能終神之賜。而我州之民，比歲饑殍凋殘之餘，不復堪命。若又不熟，則流離之禍，其莫知所止矣。神之聰明，其忍以吏不稱職之所致而不卒救之歟？今夏麥垂登，而秋穀將槁，若時賜霈澤，驅攘蟲災〔四〕，以完我西成之資，歲秋九月，當與吏民復走廟下。

〔一〕《外集》卷二十八「神祝」作「祈雨」。

〔二〕「導」原作「道」，今從《外集》。

〔三〕「蝝」原作「喙」，據《外集》改。

〔四〕《永樂大典》卷二千九百五十引《蘇東坡集》有此文。《大典》「攘」作「禳」。

祈晴祝文

均糴之法，著于甲令。視歲豐凶，以馭重輕。歲且中熟，雨則害之。如此失時，公私交病。神食此土，民命係焉。無俾歉荒，以作神羞。

禱靈慧塔文三首 徐州

武寧軍，今爲黃河泱溢〔一〕，流入淮泗，圍浸州城，踰月不退。一州吏民，同發至誠，仰告真寂大師化身靈塔。願垂慈愍，密賜護持，驅除陰雲，疏導積水。若十日之內，水退城全，當具靈異事迹，申奏朝廷乞加謚號，使一方士庶，永遠皈依。

〔一〕《外集》卷二十八「泱」作「決」。

又

徐州本州，近以河水爲患。禱於真寂大師之塔，靈應響答。十日之內，果獲減退。方議聞奏，乞加謚號。今者兵夫數千，功役垂畢。而淫雨不止，人力不施。城中水潦，無所決泄。吏民告病，敢辭再瀆。伏望大師以法慈神力，驅攘陰沴，速獲開霽，以終大賜。

又

徐州今爲冬温無雪，疾疫將興〔一〕。宿麥在田，膏澤不繼。民既告病，吏何以安。是用潔誠齋居，稽首仰訴。恭惟真寂大師，道齊無上士，運繼普光王。遍智難名，便門無量。向者屢持微懇，上瀆洪慈。消暴水於滔天，開積陰於反掌。本州已具靈異事迹，奏乞師號塔名。伏望大師益運神功，力回旱勢。賜以一天之雪〔二〕，仍爲五日之期。使北方民愈加恭信，某等無任虔誠激切之至。

〔一〕「將」原作「作」，今從《外集》卷二十八。

〔二〕《外集》「天」作「尺」。

告賜靈慧謚號塔文

徐州奉勅：本州乾明寺真寂大師，宜特追賜號靈慧大師，塔曰靈慧之塔者。伏以至人無心，而因緣有地；妙法常住，而隱顯以時。非我凡庸，所能量度。恭惟靈慧大師〔一〕，佛慈所付，願力至深。現身淮南，度越千里而應化於此；涅槃唐世，號涉五代而易名於今。既奉詔書，一新謚號。神人交慶，道俗知歸。非獨永庇彭城一方之民，殆將追繼普光千刼之化。惟願益開慧智，不倦禱求。潛消水旱之萌，以稱聖明之意。

〔一〕「恭」原作「共」，今從《外集》卷二十八。

告謝靈慧塔文

至誠默運，大庇一方之民；微雪應祈〔一〕，稍蘇百日之旱。恭持薄禮，少答鴻私。惟願力之無邊，庶陰雲之繼作。先春而降，盈尺爲期。

〔一〕「微」原作「惟」，今從《外集》卷二十八。

禱雨天竺觀音文

我大菩薩，爲世導師，救危難於三塗，化清涼於五濁。比者官吏不德，刑政失中。故此驕陽，害我天物。具官某，上承府檄，傍採民言。供奉安輿〔一〕，願登法座。伏願江海貢潤，龍天會朝。布爲三日之霖，適副一邦之望。

〔一〕《外集》卷二十八「供」作「共」。

蘇軾文集卷六十三

祭文

祭歐陽文忠公文

嗚呼哀哉，公之生於世，六十有六年。民有父母，國有著龜，斯文有傳，學者有師，君子有所恃而不恐，小人有所畏而不爲。譬如大川喬嶽，不見其運動，而功利之及於物者，蓋不可以數計而周知。今公之没也，赤子無所仰芘，朝廷無所稽疑，斯文化爲異端，而學者至於用夷。君子以爲無爲爲善，而小人沛然自以爲得時。譬如深淵大澤，龍亡而虎逝，則變怪雜出，舞鰌鱓而號狐狸。昔其未用也，天下以爲病；而其既用也，則又以爲遲；及其釋位而去也，莫不冀其復用；至其請老而歸也，莫不惆悵失望，而猶庶幾於萬一者，幸公之未衰。孰謂公無復有意於斯世也，奄一去而莫予追。豈厭世溷濁，絜身而逝乎？將民之無禄，而天莫之遺？昔我先君，懷寶遁世，非公則莫能致。而不肖無狀，因緣出入，受教於門下者，十有六年於兹。聞公之喪，義當匍匐往救，而懷禄不去，愧古人以忸怩。緘詞千里，以寓一哀而已矣。蓋上以爲天下慟，而下以哭其私。嗚呼哀哉。

祭魏國韓令公文

天生元聖，必作之配。有神司之，不約而會。既生堯舜，禹稷自至。仁宗龍飛，公舉進士。妙齡秀發，秉筆入侍。公於是時，仲舒、賈誼。方將登庸，盜起西夏。四方騷然，帝用不赦。授公鈇鉞，往督西旅。公於是時，方叔、召虎。入贊兵政，出殿大邦。恩威並行，春雨秋霜。兵練民安，四夷屈降。公於是時，臨淮、汾陽。帝在明堂，欲行王政。羣后奏功，罔底于成。召自北方，付之樞衡。公於是時，蕭、曹、魏、邴。二帝山陵，天下悸恟〔一〕。呼吸之間，有雷有風。有存有亡，有兵有戎。公於是時，伊尹、周公。功成而退，三鎮偃息。天下嗷然，曷日而復。畢公在外，心在王室。房公且死，征遼是卹。嗚呼哀哉，六月甲寅。人之無祿，喪我宗臣。我有黎民，誰與教之。我有子孫，誰與保之。巍巍堂堂，寧復有之。公之云亡，我無日矣。慟哭涕流，何嗟及矣。昔我先子，没于東京。公爲二詩，以祖其行。文追典誥，論極皇王。公言一出，孰敢改評。施及不肖，待以國士。非我自知，公實見謂。父子昆弟，並出公門。公不責報，我豈懷恩。惟此涕泣，寔哀斯人。有肉在俎，有酒在樽。公歸在天，寧聞我言。嗚呼哀哉。

〔一〕「恟」原作「悩」，今從集甲卷三十五。

祭柳子玉文

猗歟子玉，南國之秀。甚敏而文，聲發自幼。從橫武庫，炳蔚文囿。獨以詩鳴，天錫雄咮。元輕白俗，郊寒島瘦。嘹然一吟，衆作卑陋。凡今卿相，伊昔朋舊。平視青雲，可到寧驟。孰云坎軻，白髮垂脰。才高絶俗，性疎來訴。謫居窮山，遂侶猩狖。夜衾不絮，朝甑絶餾。慨然懷歸，投棄纓綬。潛山之麓，往事神后。道味自飴，世芬莫齅。凡世所欲，有避無就。謂當乘除，併畀之壽。云何不淑，命也誰咎。頃在錢塘，惠然我覯。相從半歲，日飲醇酎。朝遊南屏，莫宿靈鷲。雪窗飢坐，清閟間奏。沙河夜歸，霜月如晝。綸巾鶴氅，驚笑吴婦。會合之難，如次組繡。翻然失去，覆水何救。維子耆老，名德俱茂。嗟我後來，匪友惟媾。子有令子，將大子後。頎然二孫，則謂我舅。念子永歸，涕如懸霤〔一〕。歌此奠詩，一樽往侑。

〔一〕集甲卷三十五「霤」作「溜」。

祭單君貺文

嗚呼維君，篤孝自天。展如閔子，人莫間言。内齊于家，外敏于官。民謂父兄，吏莫容姦。信于朋友，人得其驩。博學工詩，數術精研。人涉其一，君有其全。壽考富貴，人誰不然。君獨何辜，所向奇偏。志不一遂，悵莫歸怨。念我孤甥，生逢百艱。既嬪于君，謂永百年。云何不弔，銜痛重泉。何以慰君，千里一樽。人生如夢，何促何延。厄窮何陋，宦達何妍。命也柰何，追配牛顔。嗚呼哀哉。

祭胡執中郎中文

胡君執中之靈。君少在蜀，從先府君。凡蜀之士，事賢友仁。我之知君，固不待見。從事于岐，始識君面。相從之歡，傾蓋百年。見其孺子，駒駿雛鵷。非罪失官，君則先去。我徂華州，見君逆旅。淫雨彌旬，道淖没車。他人爲泣，君樂有餘。其後七年，君掾計省。雖獲一笑，歡不逾頃。又復七年，我守北徐。君從其子，徐獄是書。雛騫而翔，駒亦千里。惟我與君，宛其老矣。老人無徒，相見益親。凡昔在岐，今存幾人。謂君仁人，雖疾當壽。云何而然，命也難究。嗚呼執中，人誰不死。如君之賢，不云止此。百鍊之剛，日膾千牛。匣而不用，非我之羞。孺子肖君，世有令問。送君一觴，永歸無恨。

祭任鈐轄文

嗟君結髮，從事於兵。四十餘年，公侯干城〔一〕。更嘗世故，練達物情。佐我治軍，既嚴且平。吏士肅然，時靡有爭。汴泗横流，郛堞圮傾。風埃霧露，奔走經營。輿疾而歸，猶莫敢寧。奄忽不救，聞者歎驚。子孫如林，布褐藜羹。生知其勤，死知其清。酹觴告訣，與涕俱零。

〔一〕集甲卷三十五「干」作「扞」。

祭歐陽仲純父文

仲純父之靈曰。嗚呼哀哉，文忠公之盛德，子孫千億，與宋無極，人惟曰不足。仲純父之賢，壽考百年，一歲九遷，人惟曰當然。柰何官止於一命，壽不登四十。誰其尸之，百不償一。嗚呼哀哉，此不足云也。仲純父之生也，不以進退得喪有望於人，豈其死也，乃以死生壽夭有責於神。人徒知其文章之世其家，操行之稱其門。而不知其志氣之豪健，議論之剛果，使之臨大事，立大節，不難於殺身以成仁。則夫造物者之挾其死生之權也，豈能病君也哉！雖然，往者見君於潁水之上。去歲君來見我於國門之東。攜被夜語，達旦不窮。凡所以謀道憂世而教我以保身遠禍者，凜乎其有似於文忠。今也奄兮忽焉而不復見也，能不長號而屢慟乎？道之難行，蓋難其人。豈無其人，利害易之。如仲純父不畏不慕，獨立不懼，則死及之。嗚呼哀哉。

祭王君錫丈人文

公之皇祖，孝著閭里。迨兹百年，世濟其美。少相弟長，老相慈誨。肅雍無間，施及娣姒。頎然四人，厥德罔二。軾始婚媾，公之猶子。允有令德，夭閼莫遂。惟公幼女，嗣執罍篚。恩厚義重，報宜有以。云何不淑，契闊生死。歛不拊棺，葬不親襚。豈不懷歸，眷此微仕。緘詞望哭，以致奠醊。惟此哀誠，一念千里。

祭文與可文〔一〕

維元豐二年，歲次己未，□□□□朔，五日甲辰，從表弟朝奉郎、尚書祠部員外郎、直史館、權知徐州軍州事騎都尉蘇軾，謹以清酌庶羞之奠〔二〕，致祭于故湖州文府君與可之靈曰：

嗚呼哀哉，與可能復飲此酒也夫？能復賦詩以自樂，鼓琴以自侑也夫？嗚呼哀哉。余尚忍言之。氣噎悒而填胸，淚疾下而淋衣。忽收淚以自問〔三〕，非夫人之爲慟而誰爲乎？道之不行，哀我無徒。豈無友朋，逝莫告余。惟余與可，匪亟匪徐，招之不來，麾之不去，不可得而親，其可得而疎之耶？嗚呼哀哉。孰能惇德秉義如與可之和而正乎？孰能養民厚俗如與可之寬而明乎？孰能爲詩與楚詞如與可之婉而清乎？孰能齊寵辱、忘得喪如與可之安而輕乎？嗚呼哀哉。余聞赴之三日〔四〕，夜不眠而坐喟。夢相從而驚覺，滿茵蓆之濡淚。念有生之歸盡，雖百年其必至。惟有文爲不朽，與有子爲不死。雖富貴壽考之人，未必皆有此二者也。然余嘗聞與可之言，是身如浮雲，無去無來，無亡無存。則夫所謂不朽與不死者，亦何足云乎？嗚呼哀哉。

〔一〕「文」下原有「二首」二字。案，下首祭文與可文，另有題。今删去「二首」二字。

〔二〕西樓帖有此文。「維元豐」云云四十四字及「謹以清酌」云云八字原缺，據西樓帖補。

〔三〕西樓帖「忽」作「復」。

〔四〕「赴」原作「訃」。《康熙字典》引徐鉉曰：《春秋·傳》「赴告」用此字，今俗作「訃」，非是。今據西樓帖改。

黄州再祭文與可文

從表弟蘇軾，昭告于亡友湖州府君與可學士文兄之靈。嗚呼哀哉。我官于岐，實始識君。甚口秀眉〔一〕，忠信而文。志氣方剛，談詞如雲。一别五年，君譽日聞。道德爲膏，以自濯薫。藝學之多，蔚如秋蕡。脱口成章，粲莫可耘。馳騁百家，錯落紛紜。使我羞歎，筆硯爲焚。再見京師，默無所云。杳兮清深，落其華芬。昔蓺我黍，今熟其饋。啜漓歌呼，得淳而醺。天力自然，不施膠筋。坐了萬事，氣回三軍。笑我皇皇，獨違垢紛。俯仰三州，眷戀桑枌。仁施草木，信及麏麇。昂然來歸，獨立無羣。俛焉復去，初無戚欣。大哉死生，悽愴蒿焄。君没談笑，大鈞徒勤。喪之西歸，我竄江濆。何以薦君，採江之芹。相彼日月，有朝必曛。我在茫茫，凡幾合分。盡此一觴，歸安于墳。嗚呼哀哉。

〔一〕《文鑑》卷一百三十四「甚」作「方」。

祭刁景純墓文

嗟我少君，四十二歲。君不我少，謂我昆弟。今我已老，鬢鬚蒼然。君之永歸，不爲無年。我獨何憾，過期而哭。人之云亡，哀此風俗。涉江而東，宛其山川。顧瞻萬松，蔚乎蒼芊。尚想松下，幅巾杖屨。迎我于門，抵掌笑語。豈其忽焉，歛兹一墳。俛仰空山，草木再春。平生故人，幾半天下。紛然日中，掉臂莫夜。我非至人，心有往來。斗酒隻雞，聊寫我哀。

祭張子野文

子野郎中張丈之靈。曰：仕而忘歸，人所共蔽。有志不果，日月其逝。惟余子野，歸及强鋭。優遊故鄉，若復一世。遇人坦率，真古愷悌。龐然老成，又敏且藝。清詩絶俗，甚典而麗。搜研物情，刮發幽翳。微詞宛轉，蓋詩之裔。坐此而窮，鹽米不繼。歗歌自得，有酒輒詣。我官于杭，始獲擁彗。歡欣忘年，脱略苛細。送我北歸，屈指默計。死生一訣，流涕挽袂。我來故國，實五周歲。不我少須，一病遽蜕。堂有遺像，室無留嬖。人亡琴廢，帳空鶴唳〔一〕。酹觴再拜，淚溢兩眥。

〔一〕「唳」原作「戾」，據集甲卷三十五改。

祭陳令舉文

嗚呼哀哉，天之生令舉，初若有意厚其學術，而多其才能，蓋已兼百人之器。既發之以科舉，又輔之以令名，使取重於天下者，若將畀之以位。而令舉亦能因天之所予而日新之，慨然將以身任天下之事。夫豈獨其自任，將世之士大夫，識與不識，莫不望其如是。是何一奮而不顧〔一〕，以至於斥，一斥而不復，以至於死。嗚呼哀哉。天之所付，爲偶然而無意耶？將亦有意，而人之所以周旋委曲輔成其天者不至耶？將天既生之以畀斯人，而人不用，故天復奪之而自使耶？不然，令舉之賢，何爲而不立，何立而不遂。使少見其毫末，而出其餘棄，必有驚世而絶類者矣。予與令舉別二年而令舉没，既没三年，而予乃始一哭其殯而弔其子也。嗚呼哀哉。

〔一〕《永樂大典》卷三千四百一十二引《蘇東坡集》有此文。《大典》無「是」字。

祭任師中文

年月日，眉陽陳慥、蘇軾，犍爲王齊愈、弟齊萬，黄州進士潘丙、古耕道致祭于故瀘州太守任大夫師中之靈曰：允義大夫，維蜀之珍。《詩》之老成，《易》之丈人。去我十年，其德日新。庶一見之，遽没元身。惟慥與軾，匪友則親。自丙以降，昔惟州民。旅哭于庭，惻焉酸辛。禍福之來，孰知其因。自壽自夭，自屈自信。天莫爲之，矧凡鬼神。生榮死哀，自昔所難。持此令名，歸于九原。

祭劉原父文

嗚呼。古稱益友，多聞諒直。有一而已，罔全其德。惟公兼之，霈然有餘。惟其至明，以有衆無。譬如鑑然，物至而受。罔有不照，斯以爲富。先民之言，久遠絶微。繼以百家，其多如茨。衆人劬勞，有不能獲。公徐收之，其贏則百。瀦之爲淵，放之爲川〔一〕。抽之無窮，循之無端。有聽其言，茫然自失。如江河注，漂蕩汩潏。有讀其書，釋然解頤。紛紜雜亂，咸得其歸〔二〕。其博無際，其辯無偶。既博既辯，又以約守。昔公在朝，議論絶倫。挺然不回，其氣以振。談笑所排，諷諭所及。大夫士庶〔三〕，斂衽以服。自公之亡，未幾于兹。學失本原，邪説並馳。大言滔天，詭論蔑世。不謂自便，曰固其理。豈不自有，人或歎嘻。孰能誦言，以告其非。公自平昔，灼見隱伏。指擿譏誚，俾不克立。公歸于原，誰與正之。酌以告哀，莫知我悲。

〔一〕《外集》卷二十八「放」作「散」。

〔二〕《外集》「咸」作「言」。

〔三〕「士庶」原作「庶士」，今從《外集》。

祭韓獻肅公文

在昔仁祖，清淨養民。維時忠獻，秉國之鈞。盛大蕃衍，啓其後人。公暨叔季，文武彬彬。公相神宗，重厚有體。心存社稷，輔以《詩》、《禮》。博陸堂堂，扶陽濟濟。公將于外，鍼鉞雕戈。虔共匪懈，柔惠不苛。韓侯奕奕，申伯番番。大明既升，克紹聖考。介圭來朝，黄髮元老。帝曰汝留，王躬是保〔一〕。公勇於退，連章告歸。三公就第，大政是咨。五福具有，謂當期頤。天弗憖遺，哲人其萎。哀動兩宮，士夫涕洟。維此僚寀，拜公京師。從容暇日，引陪燕私。詔言在耳〔二〕，已哭于帷。在公已矣，邦國之悲。靈輴啓行，宅兆有期。寓焉塗車，立列參差。舉觴一慟，與公長辭。

〔一〕《外集》卷二十八「躬」作「公」。

〔二〕《外集》「詔」作「話」。

祭徐君猷文

故黄州太守朝請徐公君猷之靈〔一〕。惟公蚤厭綺紈，富以三冬之學；晚分符竹，藹然兩郡之聲。家世名臣，始終循吏。追繼襄陽之耆舊，綽有建安之風流。無鬼高談，常傾滿坐。有功陰德，何止一人。軾頃以惷愚〔二〕，自貽放逐。妻孥之所竊笑，親友幾於絶交。争席滿前，無復十漿而五餽；中流獲濟，實賴一壺之千金。曾報德之未皇，已興哀於永訣。平生髣髴，尚陳中聖之觴；厚夜渺茫，徒挂初心之劍。拊棺一慟，嗚呼哀哉。

〔一〕「故黄州太守朝請」七字原缺，據集甲卷三十五補。

〔二〕「頃」原缺，據集甲補。

祭陳君式文

故致政大夫君式之靈。猗歟大夫，匪直也人。矯然不隨，以屈莫信。大夫安之，有命在天。十年躬耕，以娛其親。親亡泣血，幾以喪明。免喪復仕，哀哉爲貧。從政于黃，急吏緩民。食黃之薇，飲其水泉。我以重罪，竄于江濱。親舊擯疎，我亦自憎。君獨願交，日造我門。我不自愛，恐子垢紛。君笑絶纓，陋哉斯言。憂患之至，期與子均。示我數詩，蕭然絶塵。去黃而歸，卽安丘園。澹然無求，抱潔没身。猗歟大夫，有死有生。如影之隨，如環之循。富貴貧賤，忽如浮雲。孰皆有子，如二子賢。千里一觴，侑以斯文。

祭蔡景繁文

嗚呼哀哉。子之爲人，清厲孤峻。經以仁義，緯以忠信。才兼百夫，斂以静順。子之事君，悃欵傾盡。挺然不倚，視退如進。持其本心，不負堯舜。子之從政，果藝清慎。緩民急吏，不肅而震。紛紜滿前，理解迎刃。子之爲文，秀整明潤。工於造語，耻就餘餕。詩尤所長，鏘然玉振。壽以配德，天亦何吝。有如子賢，五十而隕〔一〕。我遷于黃，衆所遠擯。惟子之故，不我籍轔。孰云此來，乃拊其櫬。萬生擾擾，寄此一瞬。富貴無能，俯仰埃燼。子有賢子，汗血之駿。幼亦頎然，穎發齠齓。天哀子窮，以是餽贐。我困于旅，愧莫子賑。歌此奠詩，以和虞殯。嗚呼哀哉。

〔一〕集甲卷三十五「隕」作「盡」。

祭歐陽伯和父文

嗚呼哀哉。文忠之子，譬之孔門，則其高弟。其材不同，而皆有得，公之一體。惟伯和父，得公之學，甚敏且藝。罔羅幽荒，掎摭遺逸，馳騁百世。有求則應，取之左右，不擇鉅細。如漢伯喈，如晉茂先，餘子莫繼。公薨一紀，門人凋喪，我老又廢。退而講論，放失舊聞，日月其逝。欲操簡牘，從伯和父，解發疑蔽。今其亡矣，誰助我者，投筆掩袂。斯文日化，蹑風系景，安所止戾。子獨確然，求之度數，斷以凡例。抱其孤學，將以安適，鑿不謀枘。歸從文忠，與仲純父，孰曰非計。而我何爲，寓詞千里，繼以泣涕。嗚呼哀哉。

祭石幼安文〔一〕

嗟我去蜀，十有八年。夢還故鄉，親愛滿前。覺而無有，淚下迸泉。竄流江湖，隻影自憐。聞人蜀音，回首粲然。矧如夫子，又戚且賢。憂樂同之，義不我捐。我行過宿，子病已纏。顧我而笑，自云少痊。念子仁人，壽骨隱顴〔二〕。攜手同歸，相視華顛。孰云此來，拊膺號天。同驅並馳，俯仰而還。行郎此路，皇分後先。哀哉若人，令德世傳。才子文孫，森然比肩。天不吾欺，後將蟬聯。永歸無憾，舉我一籩。嗚呼哀哉。

〔一〕《永樂大典》卷一萬四千零五十四引《蘇東坡集》有此文。《大典》「石」作「王」。蘇軾友人中，有王幼安，本集卷四十七有《答王幼安宣德啓》，作於北歸時，與此文內容不合。然《大典》自有據，待考。

〔三〕《大典》「顴」作「然」。

祭司馬君實文

左僕射贈太師温公之靈。嗚呼，百世一人，千載一時。惟時與人，鮮偶常奇。公事仁宗，百未一施。獨發大議，惟天我知。厚陵之初，先事而規〔一〕。帝欲得民，一尊無私。母子之間，莫如孝慈。人所難言，我則易之。神宗知公，敬如蓍龜。專談仁義，輔以書詩。枉尺直尋，顧公少卑。公曰天子，舜禹之資〔二〕。我若言利，非天誰欺。退居于洛，四海是儀。化及豚魚，名聞乳兒。二聖見公，曰予得師。付以衡石，惟公所爲。公亦何爲，視民所宜。有莠則鋤，有疾則醫。問疾所生，師老民疲。和戎上策，決用無疑。此計一定，太平可基。譬如農夫，既闢既菑。投種未粒，矧穫而炊。賓客滿門，公以疾辭。不見十日，入哭其帷。天爲雨泣，路人垂洟。畫像于家，飲食必祠。矧我衆僚，左右噏咨。共載一舟，喪其楫維。終天之訣，寧復來思。歌此奠章，以侑一卮。嗚呼哀哉。

〔一〕「規」原作「親」，今從集甲卷三十五。

〔二〕集甲「資」作「姿」。

祭王宜甫文

維元祐二年，歲次丁卯，九月庚戌朔，十九日戊辰，具位蘇軾，謹以酒果之奠，昭告於故比部郎中贈光禄大夫王公宜甫親家翁之靈〔一〕。

嗚呼宜父，篤厚寬中。德世其家，而位莫充。非不能充，知有天命。直己而行，不充何病。三公之子，所乏非財。風雨散之，如振浮埃。百年夢幻，其究何獲。不與皆亡，令名令德。公雖耆舊，我尚同時。不識其人，想見其姿。婚姻之好，義貫黄壤。有愧古人，不祖其往。往謂趙人，子孫其昌。蒔其墓檟，我言不忘。嗚呼哀哉。

〔一〕「維元祐二年」云云三十二字原缺，據集甲卷三十五補。

祭范蜀公文〔一〕

嗚呼。仁宗在位，四十二年。畦而種之，有得皆賢〔二〕。既歷三世，悉爲名臣。今如晨星，存者幾人。孰如我公，碩大光明。導日而昇，燦焉長庚〔三〕。死生契闊，公獨壽考。天實耆之，以殿諸老。二聖嗣位，仁義是施。公昔所言，略行無遺。維樂未和，公寢不寧。樂成而薨，公往則瞑。凡百君子，願公無極。胡不萬年，以重王國。責難之忠，愛莫助之。嗟我後來，誰復似之〔四〕。吾先君子，秉德不耀。與公弟兄，一日之少。窮達不齊，歡則無間。豈以閭里，忠義則然。先君之終，公時在陳。宵夢告行，晨起赴聞〔五〕。先友盡矣，我亦白髮。聞公之喪，方食哽噎。堂堂我公，豈其云亡。望公凜然，猶舉我觴。

〔一〕周必大《周益國文忠公集·省齋文稿》卷十八《題汪逵季路所藏墨迹三軸》引有此文文稿中語。以下引文稿中語，簡稱文稿。

〔二〕文稿作「所穫皆賢」。

〔三〕文稿「燦焉」作「燦如」。

〔四〕文稿「似」作「舉」。周必大並謂：「蓋種自應『穫』；既喻求賢，孰若『得』字之廣大也。前已用『今如星辰』（點校者案：今作『今如晨星』，今勝），不必又云『燦如長庚』，改用『燦焉』，則語健而意足。」

〔五〕「赴」原作「訃」，今改「赴」。參本卷《祭文與可文》第四條校記。

祭黃幾道文〔一〕

幾道大夫年兄之靈〔二〕。嗚呼幾道，孝友烝烝。人無閒言，如閔與曾。天若成之，付以百能。超然驥德，風騖雲騰。入爲御史，以直自繩。身爲玉雪〔三〕，不汙青蠅。出按百城，不緩不絙〔四〕。姦民惰吏，實畏靡憎。帝亦知之，因事屢稱。謀之左右，有問莫應。君聞不悛，與道降升〔五〕。吾豈羽毛，爲人所膺。抱默以老，終然不矜〔六〕。環堵蕭然，大布疎繒。妻子脱粟，玉食友朋。我還於南，秋穀五登。坐閲百吏，錐刀相仍。有斐君子，傳車是乘。穆如春風，解此陰凌。尚有典刑，紫髯垂膺。魯無君子，斯人安承。納幣請昏，義均股肱。别我而東，衣袂僅勝。一卧永已，吾將安憑。壽夭在天，雖聖莫增。君趙魏老，老于薛滕。天亦愧之，其世必興。舉我一觴，歸安丘陵。

〔一〕樓鑰《攻媿集》卷七十三《跋黃氏所藏東坡山谷二張帖》引此文墨迹，謂與集本有不同處。樓氏所云之集本即今本。

〔二〕樓氏謂墨迹作「故潁州使君同年黃兄」。

〔三〕樓氏謂墨迹「身爲」作「終焉」。
〔四〕樓氏謂墨迹「組」作「揎」。
〔五〕樓氏謂墨迹「道」作「義」。
〔六〕樓氏謂墨迹「終然」作「含章」。

祭張文定公文三首

維元祐六年，歲次辛未，十二月乙卯朔，八日壬戌〔一〕，門生龍圖閣學士、左朝奉郎、知潁州軍州事兼管内勸農使輕車都尉賜紫金魚袋蘇軾，謹以清酌庶羞之奠，昭告于故太子太保樂全先生張公之靈。

嗚呼，道大如天，見存乎人。小智自私，莫識其真。公生而悟，得其全淳。久乃妙物，凜然疑神〔二〕。初如龍鳳，不可擾馴。游于帝郊，尚以其仁。可望可見，而不可親。師心而行，自屈自信。八十五年，以没元身。我先大夫，古之天民。被褐懷寶，陸沈峨岷。公曰惜哉，王國之珍。此太史公，筆回千鈞。獨置一榻，不延餘賓。時我兄弟，尚未冠紳。得交于公，先子是因。我晚聞道，困于垢塵。每從公談，棄故服新。頃獨怪公，倒廩傾囷。盡發其祕，有懷畢陳。曰再見子，恐無復辰。出户遲遲，默焉銜辛。穆穆昭陵，二三元臣。惟公終始，高節邁倫。一慟永已，山摧川堙。公視富貴，如賤與貧。公視生死，如夕與晨。老不惰媮，疾不嚬呻。有化非亡，有隱非淪。我獨何爲，涕流于巾。

〔一〕「日」原作「月」，據《七集·後集》卷十六改。上句「十二」原作「十一」，誤，今正。

〔三〕「疑」原作「凝」，今從《七集·後集》。案：本集卷五十九《答晁君成一首》謂「疑神」出《莊子》，「世俗不知，乃改作『凝』」，可參。

又〔一〕

軾於天下，未嘗誌墓。獨銘五人，皆盛德故。偉歟我公，實浮於聲。知公者天，寧俟此銘。今公永歸，我留淮海。寓辭千里，濡袂有漼。

〔一〕「又」原缺，據本集體例補。

又〔一〕

我游門下，三十八年，如俯仰中。十五年間，六過南都，而五見公。升堂入室，問道學禮，靡求不供。有契于心，如水傾海，如橐鼓風。風水之合，豈特無異，將初無同。孰云此來，慟哭不聞，高堂莫空。斂不拊棺，葬不執紼，我愧于胸。公知我深，我豈不知，公之所從。生不求人，没不求天，自與天通。天不吾欺，壽考之餘，報施亦豐。一子四孫，鸞鵠在庭，以華其終。自我先子，逮今三世，爲好無窮。以我此心，與此一觴，達于幽宮。

〔一〕「又」原缺，據本集體例補。

祭韓忠獻公文〔一〕

維元祐八年，歲次癸酉，十一月初一日乙亥，端明殿學士兼翰林侍讀學士、左朝奉郎、定州路安撫使兼馬步軍都總管知定州軍州事、上輕車都尉賜紫金魚袋蘇軾，謹以清酌庶羞之奠，昭告于魏國忠獻公之靈。嗚呼，我生雖晚，尚及昔人。堂堂魏公，河嶽之神。四十餘年，其德日新。鐘鼎有盡，竹帛莫陳。惟其大節，蔽以一言。忠以事君，允也上臣。我與弟轍，來自峨岷。公罔羅之，若獲鳳麟。契闊艱難，手書見存。勿以大匠，笑彼汗顔。援手拯溺，期我於仁。豈知無用，既老益頑。意廣才疎，將歸丘園。上未忍棄，畀之中山。公治此邦，没食其民。我獨何幸，敬踐後塵。公惟人傑，而不自賢。堂名閲古，以古律身。況我小生，罕見寡聞。敢不師公，治民與軍。雖無以報，不辱其門。

〔一〕《七集·後集》卷十六題下原註：「定州。」

祭柳仲遠文二首

嗚呼哀哉。我生多故，愈老愈艱。親朋幾人，日化日遷。逝者如風，赴來逾年〔一〕。一慟海徼，摧胸破肝。痛我令妹，天獨與賢。德如召南，壽甫見孫。矧我仲遠，孝友恭温。天若成之，從政有聞〔二〕。富以學術，又昌以言。久而不試，理豈其然。崎嶇有求，凡以爲親。雖不負米，實勞且勤。知止于此，不如歸閑。哀我孤甥，孝如閔、顔〔三〕。銜痛遠訴，誰撫誰存。逝者已矣，存者何寃。慎勿致毁，以全汝門。以慰我仲遠永歸之魂。嗚呼哀哉。

〔一〕「赴」原作「訃」，今改「赴」。參本卷《祭文與可文》校記。以下各文同。

〔二〕「政」原作「致」，據《文鑑》卷一百三十四改。

〔三〕《文鑑》「孝」作「生」。

又〔一〕

我厄于南，天降罪疾。方之古人，百死有溢。天不我亡，亡其朋戚。如柳氏妹，夫婦連璧。云何兩逝，不憖遺一。我歸自南，宿草再易。哭墮其目，泉壤咫尺。闔也有立，氣貫金石。我窮且老，似舅何益。易其墓側，可置萬室。天定勝人，此語其必。

〔一〕「又」原缺，據本集體例補。

祭吴子野文〔一〕

朝奉郎、提舉成都府玉局觀蘇軾謹以清酌庶羞之奠，告于故吴子野遠遊先生之靈〔二〕。嗚呼子野，道與世違。寂默自求〔三〕，闔門垂幃。兀爾坐忘，有似子微。或似壺子，杜氣發機。徧交公卿，靡所求希。急人緩己，忘其渴饑。道路爲家，惟義是歸。卒老于行，終不自非。送我北還，中道弊衣。有疾不藥，但却甘肥。問以後事，一笑而麾。飄然脱去，雲散露晞。我獨何爲，感歎歔欷。一酹告訣，逝舟東飛。

〔一〕《永樂大典》卷一萬四千五十四引《蘇東坡集》有此文，題作「祭遠遊先生吴君文」。

〔二〕「朝奉郎」云云三十三字原缺，據《大典》補；《大典》「吳」作「田」，今正。

〔三〕《大典》「默」作「然」。

祭歐陽文忠公夫人文

嗚呼，文忠之薨，十有八年。士無所歸，散而自賢。我是用懼，日登師門。既友諸子，入拜夫人。望之愀然，有穆其言。簡肅之肅，文忠之文。雖無老成，典刑則存。何以嗣之，使世不忘。諸子惟追，好學而剛。夫人實使，兄弟吾孫。徼福文忠，及我先君。出守東南，往違其顏。病不能見，卒以赴聞。自斂及葬，餽奠莫親。匪愧于今，有靦昔人。寓詞千里，侑此一樽。

祭歐陽文忠公夫人文潁州〔一〕

維元祐六年，歲次辛未，九月丙戌朔，從表姪具位蘇軾，謹以清酌肴果之奠，昭告于故太師兗國文忠公安康郡夫人之靈。嗚呼，軾自齠齓，以學爲嬉。童子何知，謂公我師。晝誦其文，夜夢見之。十有五年，乃克見公。公爲拊掌，歡笑改容。此我輩人，餘子莫羣。我老將休，付子斯文。再拜稽首，過矣公言。雖知其過，不敢不勉。契闊艱難，見公汝陰。多士方譁，而我獨南。公曰子來，實獲我心。我所謂文，必與道俱。見利而遷，則非我徒。又拜稽首，有死無易。公雖云亡，言如皎日。元祐之初，起自南遷。叔季在朝，如見公顏。入拜夫人，羅列諸孫。敢以中子，請婚叔氏。夫人曰然，師友之義。凡二十年，再升公堂。深衣廟門，垂涕失聲。白髮蒼顏，復見潁人。潁人思公，曰此門生。雖無以報，不辱其門。清潁洋洋，東注于淮。我懷先生，豈有涯哉。

〔一〕「潁」原作「杭」，誤。據《七集·後集》卷十六改。《文鑑》卷一百三十四此文之題作「潁州祭歐陽文忠文」。

祭滕大夫母楊夫人文

維元祐九年，歲次甲戌，三月壬申朔，端明殿學士兼翰林侍讀學士、左朝奉郎、知定州軍州事蘇軾，謹以清酌庶羞之奠，昭告于近故長安縣太君楊氏之靈。嗚呼，士盛慶曆，如漢武、宣。用兵西方，故西多賢。惟時滕公，實顯于西。文武殿邦，尹、范是齊。功名不終，有命有義。我時童子，知爲公喟。四十餘年，墓木十圍。乃識其子，傾蓋不疑。忠厚且文，前人是似。秉心平反，慈訓則爾。仰止德人，如岡如陵。升堂而拜，我愧未能〔一〕。豈其微疾，一慟永已。胡不百年，以慰其子。壽禄在天，考終非亡。鵲巢之應，子孫其昌。

〔一〕《文鑑》卷一百三十四「我」作「猶」。

祭范夫人文

惟夫人婦德茂於閨門，母儀形於里閈。篤生賢子，綽有令名。將期百年，兼享五福。而天不亮孝子之志，神不祐善人之門。變故之來，旬日相繼。尚有餘慶，鍾於後昆。某忝與外姻，局於官守。聊馳薄奠，遠致哀誠。

大行太皇太后靈駕發引文定州

因山告成，同軌畢至。玉衣永閟，鳳馭莫追。萬國山河，尚憑於坤載；四方老穉，遽失於母慈。欲强名言，難形德化。積此九年之澤，輔成百世之安。乃眷中山，控臨朔野。華戎異服，涕慕同聲。目斷東朝，永絶簾帷之望；神馳西洛，想聞笳鼓之音。臣等各守邊垂，莫親饋奠。徒因僚吏，以致攀號。

祭老泉焚黄文元豐元年

乃者熙寧七年、十年，上再有事于南郊，告成之慶，覃及幽顯，我先君中允贈太常博士累贈都官員外郎。軾、轍當奔走兆域，以致天子之命。王事有程，不敢言私。謹遣人賫告黄二軸，集中外親，擇日焚納，西望隕涕之至。

祭伯父提刑文治平元年

嗚呼。昔我先祖之後，諸父、諸姑，森如鴈行。三十年間，死生契闊，惟編禮與伯父，千里相望。宦遊東西，奔走四海，去家如忘。至有生子成童而不識者，玆言可傷。方約退居卜築，相與終老，逍遥翺翔。嗚呼伯父，一旦捨去，有志弗償。辛丑之秋，送伯西郊。淫雨蕭蕭，河水滔滔。言别于槁，屢顧以招。孰知此行，乃隔幽明。嗚呼伯父，生竟何爲。勤苦食辛，以律厥身。知以爲民，不知子孫。今其云亡，室如懸筐。布衣練裙，冬月負薪。誰爲優孟，悲歌叔孫。惟有斯文，以告不泯。

祭堂兄子正文

維元豐五年，歲次壬戌，正月癸未朔，三日乙酉，弟責授黄州團練副使軾謹以家饌酒果之奠〔一〕，昭告于故子正中舍大兄之靈。昔我先伯父，内行飭脩，閭里之師。不剛不柔，允武且文，喜愠莫窺。歷官十一，民到于今，涕泣懷思。遇其所立，仁者之勇，雷霆不移。篤生我兄，和擾而毅，甚似不衰。與人之周，肅雍謹絜，喜見于眉。人各有心，酸鹹異嗜，丹素相訾。穆穆我兄，尊賢容衆，無適不宜。天若不僭，富貴壽考，捨兄畀誰。云何不淑，而止於是，命也可疑。我遷于南，老與病會，歸耕無期。斂不撫棺，葬不執紼，永恨何追。瘖寐東山，兩塋相望，拱木參差。諸父父子，平生之好，相從歲時。兄死而同，我生而異，斯言孔悲。千里一樽，兄實臨我，尚饗勿辭。嗚呼哀哉。

〔一〕「維元豐」至「弟責授團練副使軾」二十八字原作「弟軾」，今從集甲卷三十五。「酒果之奠」四字原缺，亦據集甲補。《永樂大典》卷一萬四千五十一引《蘇東坡集》有此文，此處同集甲。

祭亡妹德化縣君文

嗚呼，宫傅之孫，十有六人。契闊死生，四人僅存。維我令妹，慈孝温文。事姑如母，敬夫如賓。玉立二甥，實華我門。一秀不實，何辜于神。謂當百年，觀此騰振。云何俯仰，一嚬再呻。救藥靡及，奄爲空雲。萬里海涯，百日赴聞。拊棺何在，夢淚濡茵。長號北風，寓此一樽。

祭亡妻同安郡君文

維元祐八年，歲次癸酉，八月丙午朔，初二日丁未，具位蘇軾，謹以家饌酒果，致奠于亡妻同安郡君王氏二十七娘之靈。嗚呼，昔通義君，没不待年。嗣爲兄弟，莫如君賢。婦職既修，母儀甚敦。三子如一，愛出于天。從我南行〔一〕，菽水欣然。湯沐兩郡，喜不見顏。我曰歸哉，行返丘園。曾不少須，棄我而先。孰迎我門，孰餽我田。已矣奈何，淚盡目乾。旅殯國門，我實少恩。惟有同穴，尚蹈此言。嗚呼哀哉。

〔一〕「從我」原作「我從」，今從《七集·後集》卷十六。

祭迨婦歐陽氏文

昔先君與太師文忠公恩義之重，宜結婚姻，以永世好。故予以中子迨求婚于汝。自汝之歸，夫婦如賓，娣姒諧睦，事上接下，動有家法。謂當百年，治我後事。云何奄忽，一旦至此，使我白首，乃反哭汝，命也奈何！嗚呼哀哉。以吉月良日殯汝于京城之西惠濟之僧舍。汝之魂識〔一〕，復反于家，尚克朝夕受於奠餽。凡汝服用，皆施佛僧。

〔一〕《外集》卷二十八「魂」作「魄」。

祭大覺禪師文

維年月日，具位蘇軾，謹以香茶蔬果，致奠故大覺禪師器之之靈。於穆仁祖，威神在天。山陵之成，二十九年。當時遺老，存者幾人。矹如禪師，方外之臣。頌詩往來，月璧星珠。昭回之光，下燭海隅。昔本無生，今亦無滅。人懷昭陵，涕泗哽噎。我在壯歲，屢親法筵。餽奠示别，豈免悽然。

祭龍井辯才文

嗚呼。孔老異門，儒釋分宫。又於其間，禪律相攻。我見大海，有北南東〔一〕。江河雖殊，其至則同。雖大法師，自戒定通。律無持破，垢浄皆空。講無辯訥，事理皆融。如不動山，如常撞鐘。如一月水，如萬竅風。八十一年，生雖有終。遇物而應，施則無窮。我初適吴，尚見五公。講有辯、臻，禪有璉、嵩。後二十年，獨餘此翁。今又往矣，後生誰宗。道俗欷歔，山澤改容。誰持一盃，往吊井龍。我去杭時，白叟黄童。要我復來，已許于中。山無此老，去將安從。噫參寥子，往奠必躬。豈無他人，莫寫我胸。

〔一〕「有」原作「西」，今從《七集·後集》卷十六。

惠州祭枯骨文

爾等暴骨于野，莫知何年。非兵則民，皆吾赤子。恭惟朝廷法令，有掩骼之文：監司舉行，無吝財之意。是用一新此宅，永安厥居。所恨犬豕傷殘，螻蟻穿穴。但爲藂冢，罕致全軀。幸雜居而靡争，義同兄弟；或解脱而無戀，超生人天。

徐州祭枯骨文

嗟爾亡者，昔惟何人。兵耶、氓耶？誰其子孫。雖不可知，孰非吾民。暴骨纍纍，見之酸辛。爲卜廣宅，陶穴寬温。相從歸安，各反其真。

祭古塚文

閏十二月三日，予之田客，築室於所居之東南，發一大塚，適及其頂，遽命掩之，而祭之以文，曰：

茫乎忽乎，寂乎寥乎，子大夫之靈也。子豈位冠一時，功逮宇内，福慶被于子孫，膏澤流于萬世，春秋逝盡而託物於斯乎？意者潛光隱耀，却千駟而不顧，禄萬鍾而不受，巖居而水隱，雲卧而風乘，忘身徇義而遺骨於斯乎？豈吾固嘗誦子之詩書，慕子之風烈，而不知其謂誰歟？子之英靈精爽，與周公、吕望遊於豐、鎬之間乎？抑其與巢由、伯夷相從於首陽、箕潁之上乎？磚何爲而華乎？壙何爲而大乎？地何爲而勝乎？子非隱者也，子之富貴，不獨美其生，而又有以榮其死也。子之功烈，必有石以誌其下，而余莫之敢取也。昔子之姻親族黨，節春秋，悼霜露，雲動影從，享祀乎其下。今也，僕夫樵人，誅茅鑿土，結廬乎其上。昔何盛而今何衰乎？吾將徙吾之宫，避子之舍，豈惟力之不能，獨將何以勝夫必然之理乎？安知百歲之後，吾之宫不復爲他人之墓乎？今夫一歲之運，陰陽之變，天地盈虚，日星殞食，山川崩竭，萬物生死，欻吸飄忽〔一〕，若雷奔電掣，不須臾留也，而子大夫，獨能遺骨於其間，而又惡夫人之居者乎？嗟彼此之一時，邈相望於山河。子爲土偶，固已歸於土矣。余爲木偶漂漂者，未知其如何。魂而有知，爲余媕阿。

〔一〕「吸」原作「及」，今從《外集》卷二十八。

哀詞

李仲蒙哀詞

河南李君仲蒙，以司封郎直史館爲記室岐王府，熙寧二年七月丙戌，終於京師。家貧，喪不時舉。其僚相與賻之，既斂而歸。十月丙申，葬於緱氏柏啞山西。其孤籲使來告軾。曰：嗚呼，吾先君友人也〔一〕。哭之其可無詞！昔吾先君始仕於太常，君以博士朝夕往來相好。先君於人少所與，獨稱君爲長者。君爲人敦朴愷悌，學博而通，長於毛氏《詩》、司馬氏《史》。善與人交，雖見犯不報。嘗有與君爲姻者，無故決去，聞者爲之不平，君恬不以爲意。先君以是稱其難。始舉進士甲科，爲亳、潤、邠三郡職官，後爲應天府録曹。勤力趨事，長吏有不喜者，欲以事困之而不能。既爲博士，議禮，據正不屈。晚入岐府，以經術輔導，篤實不阿，其言多驗於後。君諱育，其先河内人。自高祖徙於緱氏。没時年五十。

辭曰：中心樂易，氣淑均兮。内外純一，言可信兮。無怨無惡，善友人兮。學詩達禮，敏而文兮。翱翔王藩，仕弗振兮。宜壽黄耇，隕中身兮。兩不一獲，歸怨神兮。我懷先君，涕酸辛兮。顧嗟衆人，誕失真兮。矯矯犖犖，自貴珍兮。欺世幻俗，内弗安兮。久而不堪，厭則遁兮。惑者不解，明者哂兮。嗟卒不悟，惟彼賢兮。渾朴簡易，棄弗申兮。往者不還，我思君兮。

〔一〕集甲卷十九無「君」字。

錢君倚哀詞

大江之南兮，震澤之北。吾行四方而無歸兮，逝將此焉止息。豈其土之不足食兮，將其人之難偶。非有食無人之爲病兮，吾何適而不可〔一〕。獨裴回而不去兮，眷此邦之多君子。有美一人兮，暸然而清，頎然而瘦。亮直多聞兮，古之益友。帶規矩而蹈繩墨兮，佩芝蘭而服明月。載而之世之人兮，世捍堅而不答。雖不答其何喪兮，超彷徉而自得。吾將觀子之進退以自卜兮，相行止以效清濁。子奄忽而不返兮，世混混吾焉則？升空堂而挹遺像兮，弔凝塵於几席。苟律我者之信亡兮，吾居此其何益。行徬徨而無徒兮，悼捨此而奚嚮。豈存者之舉無其人兮，邈邈如晨星之相望。吾比年而三哭兮〔二〕，堂堂皆國之英。苟處世之恃友兮，幾如是而吾不亡。臨大江而長嘆兮，吾不濟其有命。

〔一〕《文鑑》卷一百三十二無「適而」二字。

〔二〕《文鑑》「比」作「此」。

蘇世美哀詞

有美一人，長而髯兮。廞歆歷落，進趨襜兮。達於從政，敏而廉兮。如求與由，藝果兼兮。魁然丈夫，色悍嚴兮。奮須抵几，走羣孅兮。聞名見像，已癯痁兮。敬事友生，小心謙兮。誨養貧弱，語和甜兮。剛柔適中，畏愛僉兮。孤直無依，衆枉嫌兮。何辜於神，壽復殲兮。死無甔石，突不黔兮。孰爲故人，孰視恬兮〔一〕。我竄於黄，歲將淹兮。於後八年，夢復覘兮。曰吾子鈞，甘虀鹽兮。冬月負薪，衣不縑兮。覺而長吁，涕流沾兮。永言告鈞，守窮潛兮。苦心危腸，自磨礲兮。天不吾欺，有速淹兮。豈若人子，老閭閻兮。生歡死忘，我言砭兮。

〔一〕集甲卷二十「恬」作「恬」。字書無「恬」字。商務印書館萬有文庫本《蘇東坡集》第四册第一百八頁作「怗」，不知所本。

王大年哀詞

嘉祐末，予從事岐下。而太原王君諱彭，字大年，監府諸軍。居相隣，日相從也。時太守陳公弼馭下嚴甚，威震旁郡，僚吏不敢仰視。君獨偘偘自若，未嘗降色詞，公弼亦敬焉。予始異之。問於知君者。皆曰：「此故武寧軍節度使諱全斌之曾孫，而武勝軍節度觀察留後諱凱之子也。少時從父討賊甘陵，搏戰城下，所部斬七十餘級，手射殺二人，而奏功不賞〔一〕。或勸君自言，君笑曰：『吾爲君父戰，豈爲賞哉？』」予聞而賢之，始與論交。君博學精練，書無所不通。尤喜予文，每爲出一篇，輒拊掌歡然終日。予始未知佛法，君爲言大略，皆推見至隱以自證耳，使人不疑。予之喜佛書〔二〕，蓋自君發之。其後君爲將，日有聞，乞自試於邊，而韓魏公、文潞公皆以爲可用。先帝方欲盡其才，而君以病卒。其子讜，以文學議論有聞於世，亦從予游。予既悲君之不遇，而喜其有子。於其葬也，作相挽之詩以餞之。其詞曰：

君之爲將，允武且仁。甚似其父，而輔以文。君之爲士，涵詠書詩。議論慨然，其子似之。奔走四方，豪傑是友。没而無聞，朋友之咎。驥墮地走，虎生而斑。視其父子，以考我言。

〔一〕「賞」原作「實」，據集乙卷八改。

〔二〕「之」原作「尤」，今從集乙。

鍾子翼哀詞并引

軾年始十二，先君宮師歸自江南，曰：「吾南游至虔，有隱君子鍾君，與其弟槩從吾游，同登馬祖巖，入天竺寺，觀樂天墨迹。吾不飲酒，君嘗置醴焉〔一〕。」方是時，先君未爲時所知，旅游萬里，舍者常争席，而君獨知敬異之。其後五十有五年，軾自海南還，過贛上，訪先君遺迹，而故老皆無在者，君之没蓋三十有一年矣。見其子志仁、志行、志遠，相持而泣，念無以致其哀者，乃追作此詞。君諱棐，字子翼，博學篤行，爲江南之秀。歐陽永叔、尹師魯、余安道、曾子固皆知之，然卒不遇以没。儂智高叛嶺南，聲摇江西。虔守曹觀，欲籍民財爲戰守備〔二〕，謀之於君。君曰：「智高必不能過嶺。無事而籍民，民懼且走。」觀曰：「如緩急何？」君曰：「同舟遇風，胡越可使爲左右手，況吾民乎？不幸而至於急，則官與民爲一家，夫孰非吾財者，何以籍爲？」觀悟而止，虔人以安。其詞曰：

崆峒摩天，章貢激石致兩確。高深相臨，悍堅相排洶嶽嶽。是故其民，勇而尚氣巧嚙齗。而其君子，抗志礪節敏於學。嬌嬌鍾君，泳於德淵自澡濯〔三〕。貧不怨天，困不求人老愈慭〔四〕。嘉言一發，排難解紛已殘剥。吾先君子，南游萬里道阻邈。如金未鎔，木未繩墨玉未琢。君於衆中，一見定交陳禮樂。曰子不飲，我醪甚甘釃此濁。覽觀江山，扣歷泉石步犖确。先君北歸，君老於虔望南朔。我來易世，池臺既平墓木幄〔五〕。三子有立，移書問道過我數。我亦白首，感傷薰心隕涕渥。是身虚空，俯仰變滅過電雹。何以寓哀，追頌德人詔後覺。

〔一〕《文鑑》卷一百三十二「嘗」作「常」。
〔二〕「籍」原作「藉」，今從集乙卷八。
〔三〕「泳」原作「永」，「澡」原作「慭」，今從集乙、《文鑑》。
〔四〕「慭」原作「澡」，今從集乙、《文鑑》。
〔五〕《文鑑》「幄」作「握」。

傷春詞并引

去歲十二月，虞部郎吕君文甫喪其妻安氏，二月以書遺余曰：「安氏甚美，而有賢行。念之不忘，思有以爲不朽之託者，願求一言以弔之。」余悲其意，乃爲作傷春詞云。

佳人與歲皆逝兮，歲既復而不返。付新春於居者兮，獨安適而愈遠。書昏昏其如醉兮，夜耿耿而不眠。居兀兀不自覺兮，紛過前之物變。雪霜盡而鳥鳴兮，陂塘泫其流暖。步荒園而訪遺迹兮，藹百草之生滿。風泛泛而微度兮，日遲遲而愈妍。眇飛絮之無窮兮，爛夭桃之欲然。燕嘵嘵而稚嬌兮，鳩穀穀其老怨。蝶羣飛而相值兮，蜂抱蘂而更讙。善萬物之得時兮，痛伊人之罹此冤。衆族出而侶游兮，獨向壁而永歎。淚熒熒而棲睫兮，花摇目而增眩〔一〕。晝出門而不敢歸兮，畏空室之漫漫。忽入門而欲語兮，嗟猶意其今存〔二〕。役魂魄於宵夢兮，追髣髴而無緣。訪臨邛之道士兮，從稠桑之老人。縱可得而復見兮，恐荒忽而非真。求余文以寫哀兮，余亦愴恨而不能言。夫既其身之不顧兮，尚安用於斯文。

〔一〕「目」原作「尚」，今從集甲卷十九。
〔二〕「今」原作「目」，今從集甲。

蘇軾文集卷六十四

雜著

代侯公説項羽辭[一]並敍

漢與楚戰，敗於彭城。太公間走，見獲於楚。項羽常置軍中以爲質[二]。漢王遣辯士陸賈説項羽請之，不聽。後遣侯公，羽許之，遂歸太公。侯公之辯，過陸生矣。而史闕其所以説羽之辭，遂探其事情以補之，作《代侯公説項羽辭》。

漢王四年，遣辯士陸賈東説項王，請還太公。項王弗聽[三]，賈還。漢王不懌者累日。左右計無所出。侯公在軍中，而未知名，乃趨進而言曰[四]：「秦爲無道，荼毒天下，戮人之父，刑人之子，如刈草菅。大王奮不顧身，建大義，除殘賊，爲萬民請命。今秦氏已誅，天下且定，民之父子室家，皆得保完以相守也，其慶大矣。宜與太公享萬歲無窮之歡。不幸太公拘於強讎，以重大王夙夜之憂。臣聞主憂臣辱，主辱臣死。大王諸臣，未有輸忠出奇，以還太公之屬車，蹈義死節，以折項王之狼心者[五]，臣恐天下有以議漢爲無人矣，此臣等之罪也。臣願先即辱國之誅。」漢王嘻嚱曰：「吾惟不孝不武[六]，而太公暴露拘辱於楚者，三年矣。吾重念天下大計[七]，未獲即死之，此吾所以早夜痛心疾首東嚮而不忘者也[八]。

顧爲之奈何？」侯公曰：「臣雖不敏，願大王假臣革車一乘，騎卒十人，臣朝馳至楚壁，而暮與太公驂乘而歸，可乎？」漢王慢罵曰：「腐儒，何言之易也。夫陸賈天下之辯士，吾前日遣之，智窮辭屈，抱頭鼠竄，顛狽而歸〔九〕，僅以身免。若何言之易也！」侯公曰：「待人以必能者，不能，則喪氣。倚事之必集者，不集，則挫心。大王前日之遣賈也，恃之爲必能之人，望之有必集之事。今賈乃困辱而歸，是大王氣喪而心挫也，宜其有以深鄙臣也〔一○〕。且大王一失任於陸賈，乃遂懲艾以爲無足使令者，是大王示太公之無還期，待天下爲無士也。」漢王曰：「吾豈忘親者耶，顧若豈足以辦此〔一一〕？且項王陰忮不仁，徒觸其鋒，與之俱靡耳。」侯公曰：「昔趙平原君苦秦之侵，欲結楚從也，求其可與從適楚者二十人。蓋擇於門下也，食客數千，得十九焉，其一人無得也，最下客毛遂請行。平原君不擇而與之俱，卒至強楚，廷叱其王，而定從於立談之間者，毛遂功也。日者，趙王武臣見獲於燕，以其臣陳餘、張耳之賢，擇人請王，往者十輩，無一返者。終於養卒請行，朝炊未終，乃與趙王同載而歸。此大王之所知者。臣乃今日顧爲大王之毛遂、養卒，大王何慊不辱平原、餘、耳之聽哉。」漢王曰：「善。」即飭車十乘，騎卒百人，以遣侯公。

侯公至楚，晨扣軍門，謁項王曰：「臣聞漢王之父太公爲俘囚，臣竊慶大王獲所以勝於漢者〔一二〕。前日漢王遣使請之，而大王不與，至將烹焉，臣竊弔大王似不卹楚矣。」項王瞋目大怒〔一三〕，叱侯公曰：「若自薦死，乃欲爲而主行說以僥倖也。且吾親與人角，而獲其父，固將甘心焉。今乃言無卹者，何也？」侯公曰：「臣以區區之身，備漢之使，而有謁於大王，故大王以臣爲漢游說而忘忠楚也。大王試幸聽之。使其言有可用，則楚漢之大利，兩君之至歡，豈臣之私幸也。使其言無可用，則臣徐蹈鼎鑊，以從太公之烹，蓋未晚也。」

項王曰：「太公之不得歸必矣，若將何言？」侯公曰：「夫漢王失職，怏怏而西，因思歸之士，收豪傑之伍，舉梁漢之師，下巴蜀之粟，并三秦，定齊魏，日引而東，以與大王決一旦之命，大王視其志，固將一天下，朝諸侯，建七廟，定大號，爲萬世基業耶？抑將區區徇匹夫之節，爲曾參之孝而已者耶？且連兵帶壘，與楚百戰以決雌雄，乃有天下三分之二，大王軍覆將死，自救不暇，凡所以運奇決勝爲大王之勍敵者，在漢王與諸將了事耶？抑太公實爲之也耶？雖庸人孺子固知之。然則太公，獨一亡似人耳〔一四〕，不足爲楚、漢之輕重。大王幸虜獲之，而禍福實係焉，視其用之如何耳。得所以用而用之者強，失所以用而用之者亡。苟爲失其所用，未若不獲之爲善也。大王所以久拘而不歸者，固以要之。要之誠是也〔一五〕。且要而能致之，則權在我。要而不能致，則權在人。權之所在，以戰必克。則要者，名也；歸者，實也。大王苟不得志於名，當速收效於實，無爲兩失而自遺其患。是以臣竊爲大王慎惜此舉也。大王固嘗置之俎上而命之矣，彼報之曰：『必欲烹之，幸分羹焉〔一六〕。』且父子相愛之情，豈相遠哉。方漢王窘於彭城，二子同載，推墮捐之，弗顧也，安知其視父不與子同也。太公之囚楚者，三年矣，彼誠篤於愛父，固將捐兵解甲，膝行頓顙楚之轅門，爲之請一旦之命，今勵士方力，督戰方急，無一日而忘與楚從事，此其志在天下，無以親爲也。大王今不歸之，以收其實，將久留之，以執其名，故曰似不卹楚也。」

項王怒氣少息，徐曰：「顧吾所讐者漢王爾，其父何與耶？且漢王親以其身投吾掌握者，數矣，我常易而釋之，今乃日東向必欲亡楚而後已〔一七〕，故吾深讎之，欲葅醢其父，聊快於一時，況與之歸耶？」侯公曰：「辱大王幸賜聽臣，臣請言其不可者。夫首建大義誅暴秦者，惟楚。世爲賢明顯名於天下者，惟楚。天下豪傑樂從而爭赴者，惟楚。被堅執鋭爲士卒先，所向摧靡，莫如大王。兵強將武，百戰百勝，莫如大王。諸侯畏慴，惟所號令，莫如大王。割地據國，連城數十，莫如大王。大王持此數者以令天下，朝諸侯，建大號，何待于今。然而爲之八年，智窮兵敗，土疆日蹙〔一八〕，反爲漢雌。大王嘗自知其所以失乎？」項王曰：「吾誠每不自知，如公言焉，公試論吾所以失者。」侯公曰：「大王知夫博者事乎？夫財均則氣均，氣均則敵偶，然後勝負之勢，決於一時。今大王求與漢博，方布席徒手未及投地〔一九〕，而驟以己資推遺之，已而財索氣竭，徒手而校之，則大王之勝勢去矣。夫仁義智信〔二〇〕，所以取天下之資，而制敵之具也。大王乃棄資委具，以爲無所事，以故漢皆獲而收執之，此所以日引而東〔二一〕，視大王如無也。」項王曰：「何謂棄資委具？」侯公曰：「夫秦民之不聊生久矣。漢王之入關也，秋毫無所犯，解秦之罟，約法三章，民大慶悦，惟恐其不王秦也。大王之至，燔燒屠戮，酷甚於秦，秦人失望，何以爲仁？大王始與諸侯受約懷王，先入關者，王之，漢王出萬死不顧一生之計，叩關決戰，降俘其主，以待大王，而大王背約，遷之南鄭，何以爲信？大王以世爲楚將，方舉大義，不立其後，無以令天下，遂共立懷王而稟聽之，及天下且定，乃陽尊爲帝而放殺之〔二二〕，何以爲義？以范增之忠，陳平之智，韓信之勇，皆人傑。爭天下者，視此三人爲之存亡。然而增死於疑，平、信去而不用，何以爲智？是以漢王於其入關也，天下歸其仁。其還定三秦也，天下歸其信。爲義帝縞素也，天下歸其義。其用平、信也，天下歸其智。此四者，大王素有之資，可畜之具，惟其委棄而不用，故漢皆得而收執之，是以大王未得所以稅駕也。方今之勢，漢王者，高資富室也。大王者，寡人也。天下者，市人也。市人不趨寡人而趨高資富室，明矣。然則大王今日之資，恃有一太公爾。天所以相楚也。今不歸之，以伸區區之信義，紓旦夕之急，臣恐漢人怒氣益奮，戰士倍我，是大王又以其資遺漢，且將索然而爲窮人矣。此臣所以爲大王寒心也。夫制人之與見制於人，克人之與見克於人，豈可同日而語哉〔二三〕。願大王熟計之。」

項王曰：「孤所以恩漢者亦至矣。然去輒背我，今其父在此，猶日急鬭，誠一旦歸之，徒益其氣爾。」侯公曰：「不然。臣聞懷敵者強，怒敵者亡。大王於漢，未能懷而制之〔二四〕，乃欲怒而鬭之，臣意天溺大王之衷，將遂孤楚矣。大王誠惠辱一介之使護太公，且致言於漢王曰〔二五〕：『前日太公播越於外，羇旅敝軍，獲侍盥沐者三年于兹〔二六〕，而君王方深督過之，是以下國君臣未敢議太公之歸。今君王敕駕迎之，孤恐久稽君王旦暮問安侍膳之歡，敢不承令，敬遣下臣衞送太公之屬車以還行宮。孤亦願自今之日，與君王捐忿棄瑕〔二七〕，繼平昔之歡，君王有以報不穀者，皇天后土，實與聞之。』如此而漢不解甲罷兵以答大義，則曲在彼矣。大王因之號令士卒，以趨漢王，此秦所以獲晉惠公也。今大王不辱聽臣，臣無所受命而歸，漢王固將慟哭於軍曰：『楚之讎我者深矣，使者再返，而太公不歸矣，且號爲舉大義，除殘賊，拯萬民，終之有不共戴天之讎，何面目以視天下，今日之事，有楚無漢，有漢無楚，吾將前死楚軍，不返顧矣。』漢王持此感怒士心，整甲而趨楚軍，此伍子胥所以鞭平王之屍也。」

項王曰：「善。吾聽公，姑無烹。公第還，語而主令罷兵〔二八〕，吾今歸之矣。」侯公曰：「此又不可。夫智貴乎早決，勇貴乎必爲。早決者無後悔，必爲者無棄功。王陵，楚之驍將也，一旦亡去漢，大王拘執其母，將以還陵也，而其母慷慨對使者爲陵陳去就之義，敕陵無還，遂伏劍而死。故天下皆賢智其母，而莫不哀其死也。今太公幽囚鬱抑於大王之軍，久矣。今聞使者再返，而大王無意幸赦還之，臣竊意其變生於無聊，不勝恚辱之積，一旦引決，以蹈陵母之義，則大王追悔前失〔二九〕，雖欲回漢軍之鋒〔三〇〕，不可得矣。臣聞來而不可失者，時也。蹈而不可失者，機也。方今大王糧匱師老，無以支漢，而韓信之軍，乘勝之鋒，亦且至矣，大王雖欲解而東歸，不可得矣。臣願大王因其時而用其機，急歸太公，與漢王約，中分天下，割鴻溝以西爲漢，以東爲楚。大王解甲登壇，建號東帝，以撫東方之諸侯，亦休兵儲粟，以待天下之變。漢王老，且厭兵，尚何求哉，固將世爲西藩，以事楚矣。」項王大悅。聽其計，引侯生爲上客，召太公，置酒高會三日而歸之。

太公、呂后既至，漢王大悦，軍皆稱萬歲。即日封侯公平國君，曰：「此天下辯士，所居傾國者，故號平國君焉。」

〔一〕《避暑録話》卷下謂此文爲劉敞作。《外集》卷三十四「代」作「補」，郎本卷五十八、《七集·續集》卷九作「擬」。《外集》列此文於補亡類。

〔二〕「置」原作「直」，今從郎本、《外集》、《七集·續集》。

〔三〕「王」原作「羽」，今從《外集》。

〔四〕「趨」原作「超」，今從郎本、《七集·續集》、《外集》。

〔五〕「王」原作「羽」，今從郎本、《外集》。

〔六〕《外集》「孝」作「肖」。

〔七〕「重」原缺，據郎本、《外集》補。

〔八〕「早」原作「日」，今從郎本、《外集》。

〔九〕《外集》「狽」作「沛」。

〔一〇〕「其」原缺，據《外集》補。

〔一一〕「豈」原作「無」，今從《外集》。

〔一二〕「竊」原作「切」，今從《外集》。

〔一三〕「瞋」原作「嗔」，今從郎本。

〔一四〕郎本「亡」作「無」。

〔一五〕「要之」二字原缺，據《外集》補。

〔一六〕「幸」原作「願」，今從《外集》。

〔一七〕郎本、《外集》「日」作「曰」。

〔一八〕「蹙」原作「促」，今從《外集》。

〔一九〕《外集》「地」作「也」。

〔二〇〕「智信」原作「禮智」，今從《外集》。郎本作「信智」。案：此文以後未及「禮」；據後文，此處「仁義智信」，應作「仁信義智」，今仍從《外集》。

〔二一〕「日」原作「自」，今從郎本。

〔二二〕郎本「放」作「故」。

〔二三〕「可」原缺，據《外集》補。

〔二四〕「未能」原作「有足」，今從《外集》。

〔二五〕「於」原缺，據《外集》補。

〔二六〕《外集》「侍盟」作「休」。

〔二七〕「棄」原作「與」，今從郎本、《外集》。

〔二八〕「主」原作「王」，今從郎本、《外集》。

〔二九〕「追悔前失」原作「悔恐自失」，今從《外集》。

〔三〇〕「回」原作「同」，誤，據郎本、《外集》改。

擬孫權答曹操書

權白孟德足下。辱書開示禍福，使之内殺子布，外擒劉備以自效。書辭勤欵，若出至誠，雖三尺童子，亦曉然知利害所在矣。然僕懷固陋，敢略布。

昔田横，齊之遺虜，漢高祖釋酈生之憾，遣使海島，謂横來大者王，小者侯，猶能以刀自剄〔一〕，不肯以身辱於劉氏。韓信以全齊之地，束手於漢，而不能死於牖下。自古同功一體之人，英雄豪傑之士，世亂則藉以剪伐，承平則理必猜疑，與其受韓信之誅，豈若死田横之節也哉。

僕先將軍破虜，遭漢陵夷，董卓僭亂，焚燒宗廟，發掘陵寢，故依袁術以舉義師，所指城邑響應，天下思得董卓而食之不厭。不幸此志未遂，而無禄早世。先兄伯符嗣命，馳驅鋒鏑〔二〕，周旋江漢，豈有他哉？上以雪天子之耻，下以畢先將軍之志耳。不意袁術亦僭位號，污辱義師，又聞諸君各盜名字，伯符提偏師，進無所歸，退無所守，故資江東爲之業耳，不幸有荆軻、舞陽之變。不以權不肖，使統部曲，以卒先臣之志。僕受遺以來，卧薪嘗膽，悼日月之逾邁，而歎功名之不立，上負先臣未報之忠，下忝伯符知人之明。且權先世以德顯於吴，權若效諸君有非常之志，縱不蒙顯戮，豈不墜其家聲耶？

漢自桓、靈以來，上失其道，政出多門，宦官之亂纔息，董卓之禍復興，傕、汜未誅，袁、劉割據，天下所恃，惟權與公及劉備三人耳〔三〕。比聞卓已鯨鯢，天子反正，僕意公當掃除餘孽，同奬王室，上助天子，與宗廟社稷之靈，退守藩國，無失春秋朝覲之節。而足下乃有欺孤之志，威挾天子，以令天下，妄引曆數，陰搆符命，昔笑王莽之愚，今竊歎足下蹈覆車也。僕與公有婚姻之舊，加之同好相求，然自聞求九錫，納椒房，不唯同志失望，天下甚籍籍也。劉備之兵雖少，然僕觀其爲人，雄材大略，寬而有容，拙於攻取，巧於馭人，有漢高祖之餘風，輔以孔明，未可量也，且以忠義不替曩昔，僕以爲今海内所望，惟我二人耳。僕之有張昭，正如備之孔明，左提右挈，以就大事，國中文武之事，盡以委之，而見教殺昭與備，僕豈病狂也哉。古諺有之：「輔車相依，唇亡齒寒。」僕與劉備，實有唇齒相須之勢。足下所以不能取武昌，又不能到成都者，吴、蜀皆存也。今使僕取蜀，是吴不得獨存也。蜀亡，吴亦隨之矣。晉以垂棘屈產，假道於虞以伐虢，夫滅虢是所以取虞，虞以不知，故及禍。足下意何以異此。

古人有言曰：「白首如新，傾蓋如故。」言以身託人，必擇所安。孟德視僕，豈惜此尺寸之土者哉，特以公非所托故也。荀文若與公共起艱危，一旦勸公讓九錫，意便憾，使卒憂死。矧僕與公有赤壁之隙，雖復盡釋前憾，然豈敢必公不食斯言乎？今日歸朝，一匹夫耳，何能爲哉。縱公不見害，交鋒兩陣之間，所殺過當，今其父兄子弟，實在公側，怨讎多矣，其能安乎？季布數窘漢王，及即位，猶下三族之令，矧足下記人之過，忘人之功，不肯忘文若於九錫，其肯赦僕於赤壁乎？孔文舉與楊德祖，海內奇士，足下殺之如皂隸，豈復有愛於權！天下之才在公右者，即害之矣，一失江東，豈容復悔耶？甘言重布，幸勿復再。

〔一〕「刀」原作「力」，誤。據郎本卷五十八、《七集・續集》卷九改。
〔二〕「鏑」原作「敵」，今從《七集・續集》。
〔三〕郎本「備」作「表」。

補龍山文〔一〕并引

明正送于伋失官東歸

〔一〕此文，《蘇軾詩集》卷四十八已收，題作「龍山補亡」。今删文留題。

世俗之患，患在悲樂不以其正，非不以其正，其所取以爲正者非也，請借子以明其正。子之失官，有爲子悲如子之自悲者乎？有如子之父兄妻子之爲子悲者乎？子之所以悲者，惑於得也。父兄妻子之所以悲者，惑於愛也。惟不與於己者，則不惑亦不悲。夫惑則悲，不惑則不悲，人宜以惑者爲正歟，抑將以不惑者爲正歟？以不惑者爲正，則不悲者正也。然子亦有所樂者，曰：吾之所以爲吾者，豈以是哉。雖失是，其所以爲吾者猶存，則吾猶可樂焉已。而不樂，又從而悲之，則亦不忍夫天下之凡愛我者之悲而不釋夫天下之凡惡我者之喜也。夫愛我而悲，惡我而喜，是知我之粗也。樂其所以爲吾者存，是自知之深也。人不以自知之深爲正，而以知我之粗者爲正，是得爲正也歟？故吾願爲子言其正。子將終身樂而不悲。《詩》云：「優哉游哉，聊以卒歲。」

太息一章送秦少章秀才〔一〕

孔北海與曹公論盛孝章云：「孝章，實丈夫之雄者也。游談之士，依以成聲〔二〕。今之少年喜謗前輩，或能譏評孝章〔三〕，孝章要爲有天下重名，九牧之人，所共稱歎。」吾讀至此，未嘗不廢書太息也。曰：嗟乎，英偉奇逸之士不容於世俗也久矣。雖然，自今觀之，孔北海、盛孝章猶在世，而向之譏評者與草木同腐久矣。昔吾舉進士，試於禮部〔四〕，歐陽文忠公見吾文，曰：「此我輩人也，吾當避之。」方是時，士以剽裂爲文，聚而見訕，且訕公者所在成市〔五〕。曾未數年，忽焉若潦水之歸壑，無復見一人者〔六〕，此豈復待後世哉。今吾衰老廢學，自視缺然，而天下士不吾棄，以爲可以與於斯文者，猶以文忠公之故也。張文潛、秦少游此兩人者，士之超逸絕塵者也，非獨吾云爾。二三子亦自以爲莫及也〔七〕。士駭於所未聞，不能無異同，故紛紛之言，常及吾與二子〔八〕，吾策之審矣。士如良金美玉，市有定價，豈可以愛憎口舌貴賤之歟？少游之弟少章，復從吾游，不及朞年，而論議日新，若將施於用者。欲歸省其親，且不忍去。嗚呼，子行矣，歸而求諸兄，吾何加焉。作《太息》一篇，以餞其行，使藏於家，三年而後出之。元祐五年正月廿五日〔九〕。

〔一〕此文之題原作「太息」；題下自註：「送秦少章。」今從西樓帖，於「息」字後補加「一章送秦少章秀才」七字，刪去題下自註。

〔二〕《稗海》本《志林》「依」作「假」。

〔三〕「能」原缺，據西樓帖、《志林》補。

〔四〕《志林》「試」後有「名」字。

〔五〕「成」原作「城」，誤，據西樓帖、《志林》改。

〔六〕西樓帖無此句「無復見一人者」六字。《志林》「者」作「在」。

〔七〕「三」原缺，據《志林》補。

〔八〕西樓帖「常」作「每」，《志林》作「未嘗」。

〔九〕「元祐五年」云云九字原缺，據西樓帖補。

日喻

生而眇者不識日，問之有目者。或告之曰：「日之狀如銅槃。」扣槃而得其聲。他日聞鐘，以爲日也。或告之曰：「日之光如燭。」捫燭而得其形。他日揣籥，以爲日也。日之與鐘、籥亦遠矣，而眇者不知其異，以其未嘗見而求之人也。道之難見也甚於日，而人之未達也，無以異於眇。達者告之，雖有巧譬善導〔一〕，亦無以過於槃與燭也。自槃而之鐘，自燭而之籥，轉而相之，豈有既乎！故世之言道者，或即其所見而名之，或莫之見而意之，皆求道之過也。然則道卒不可求歟？蘇子曰：「道可致而不可求。」何謂致？孫武曰：「善戰者致人，不致於人。」子夏曰〔二〕：「百工居肆以成其事，君子學以致其道。」莫之求而自至，斯以爲致也歟？南方多没人，日與水居也，七歲而能涉，十歲而能浮，十五而能浮没矣。夫没者，豈苟然哉〔三〕，必將有得於水之道者。日與水居，則十五而得其道。生不識水，則雖壯，見舟而畏之。故北方之勇者，問於没人，而求其所以没，以其言試之河，未有不溺者也。故凡不學而務求道，皆北方之學没者也。昔者以聲律取士，士雜學而不志於道。今者以經術取士，士求道而不務學。渤海吴君彦律，有志於學者也，方求舉於禮部，作《日喻》以告之〔四〕。

〔一〕「導」原作「道」，今從集甲卷二十三、郎本卷五十七。

〔二〕「子夏」原作「孔子」，今從郎本、《論語》作「子夏」。

〔三〕「哉」原缺，據集甲、郎本補。

〔四〕據《東坡紀年録》，本文作於元豐元年十月十二日，「之」後當有「元豐」云云字樣。

罪言〔一〕

吾聞肉食之憂，非藿食者所宜慮也。府居之謀，非巷居者所宜處也。分之所不及，義之所弗出也。義之所弗出，利之所不釋也。犯義者惑，維卒不自克，作《罪言》。

萬夫之望，萬夫所依，匪才尚之，而量包之。丘山之憾，一笑可散；芥蔕之讐，千河不收。嗚呼！寧我容汝，豈汝不可，神之聽之，終和而同乎？乘人之氣，決之易耳；解忮觸猜，是惟難哉。水激則旱，其傷淫夷；矢激則遠，行將安追。嗚呼！佐涉者湍，佐鬬者呼。柴不立，其愚乃可以須。愛心之偏，其辭溢姸；惡心之厚，其辭溢醜。惟仁人之言，愛惡兩捐，廣大恬愉，上通于天。嗚呼！善言未升，貧客瞰門，曷以壽我，公侯承之，天道好還，莫適後先。人事喜復，無常倚伏。前之所是，事定而偷；今之所是，後當焉如。嗚呼！禍不在先，亦不在天，還隱其心，有萬其全。疾惡過義，美惡易位；矯枉過直，美惡同則。如食宜饇，饜則爲度；如酌孔取，劇則荒舞。嗚呼！乃陰乃陽，神理所藏；一弛一張，人道之常。

〔一〕此文，見《文粹》卷四十一。

問養生

余問養生於吴子，得二言焉。曰和。曰安。何謂和？曰：子不見天地之爲寒暑乎？寒暑之極，至於折膠流金，而物不以爲病，其變者微也。寒暑之變，晝與日俱逝，夜與月並馳，俯仰之間，屢變而人不知者，微之至，和之極也。使此二極者，相尋而狎至，則人之死久矣。何謂安？曰：吾嘗自牢山浮海達于淮，遇大風焉，舟中之人，如附於桔槔，而與之上下，如蹈車輪而行，反逆眩亂不可止。而吾飲食起居如他日。吾非有異術也，惟莫與之争，而聽其所爲。故凡病我者，舉非物也。食中有蛆，見者莫不嘔也〔一〕。其不知而食者〔二〕，未嘗嘔也。請察其所從生。論八珍者必嚥，言糞穢者必唾。二者未嘗與我接也，唾與嘯何從生哉。果生於物乎？果生於我乎？知其生於我也，則雖與之接而不變，安之至也。安則物之感我者輕，和則我之應物者順。外輕内順〔三〕，而生理備矣。吴子，古之静者也。其觀於物也〔四〕，審矣。是以私識其言，而時省觀焉〔五〕。

〔一〕此句原作「人之見者必嘔也」，今從西樓帖。

〔二〕「知」原作「見」，今從西樓帖。

〔三〕西樓帖「内」前有「而」字。

〔四〕西樓帖無「於」字。

〔五〕「而」原爲空格，據集甲卷二十三、郎本卷六十、西樓帖補。西樓帖「焉」後有「蘇軾」二字。

續養生論

鄭子産曰：「火烈，人望而畏之；水弱，人狎而玩之。」翼奉論六情十二律，其論水火也，曰：「北方之情好也，好行貪狼。南方之情惡也，惡行廉貞。廉貞故爲君子，貪狼故爲小人。」予參二人之學，而爲之説曰：火烈而水弱，烈生正，弱生邪，火爲心，水爲腎。故五臟之性，心正而腎邪。腎無不邪者，雖上智之腎亦邪。然上智常不淫者，心之官正而腎聽命也。心無不正者，雖下愚之心亦正。然下愚常淫者，心不官而腎爲政也。知此，則知鉛汞龍虎之説矣。

何謂鉛？凡氣之謂鉛，或趨或蹶，或呼或吸，或執或擊。凡動者皆鉛也。肺實出納之。肺爲金，爲白虎，故曰鉛，又曰虎。何謂汞？凡水之謂汞，唾涕膿血〔一〕，精汗便利。凡濕者皆汞也。肝實宿藏之。肝爲木，爲青龍，故曰汞，又曰龍。古之真人論内丹者曰：「五行顛倒術，龍從火裏出。五行不順行，虎向水中生。」世未有知其説者也。方五行之順行也，則龍出於水，虎出於火，皆死之道也。心不官而腎爲政，聲色外誘，邪淫内發，壬癸之英，下流爲人，或爲腐壞。是汞龍之出於水者也。喜怒哀樂皆出於心者也。喜則攫拏隨之，怒則毆擊隨之，哀則擗踊隨之，樂則抃舞隨之。心動於内，而氣應於外，是鉛虎之出於火者也。汞龍之出於水，鉛虎之出於火，有能出而復返者乎？故曰皆死之道也。

真人教之以逆行，曰：「龍當使從火出，虎當使從水生也。」其説若何？孔子曰：「思無邪。」凡有思皆邪也，而無思則土木也。孰能使有思而非邪，無思而非土木乎？蓋必有無思之思焉。夫無思之思，端正莊栗，如臨君師，未嘗一念放逸。然卒無所思。如龜毛兔角，非作故無本性，無故是之謂戒。戒生定，定則出入息自住，出入息住則心火不復炎上。火在易爲離。離，麗也。必有所麗，未嘗獨立，而水其妃也，既不炎上，則從其妃矣。水火合則壬癸之英，上流于腦，而益于玄膺，若鼻液而不鹹，非腎出故也，此汞龍之自火出者也。長生之藥，内丹之萌，無過此者矣。陰陽之始交，天一爲水，凡人之始造形，皆水也。故五行一曰水，得暖氣而後生。故二曰火，生而後有骨。故三曰木，骨生而日堅〔二〕。凡物之堅壯者，皆金氣也。故四曰金，骨堅而後肉生焉，土爲肉。故五曰土，人之在母也。母呼亦呼，母吸亦吸，口鼻皆閉，而以臍達。故臍者〔三〕，生之根也。汞龍之出于火，流于腦，溢于玄膺，必歸于根心，火不炎上，必從其妃，是火常在根也。故壬癸之英，得火而日堅，達于四支，洽于肌膚而日壯，究其極，則金剛之體也。此鉛虎之自水生者也。龍虎生而内丹成矣。故曰順行則爲人，逆行則爲道，道則未也，亦可謂長生不死之術矣。

〔一〕「膿」原作「濃」，今從《七集·後集》卷九。

〔二〕「骨」原作「故」，今從集乙卷九。

〔三〕「臍」原作「齊」，今從集乙。

藥誦

嵇中散作《幽憤》詩，知不免矣，而卒章乃曰「采薇山阿，散髮巖岫，永嘯長吟，頤性養壽」者，悼此志之不遂也。司馬景王既殺中散而悔，使悔於未殺之前，中散得免於死者，吾知其掃迹滅景於人間，如脱兔之投林也，采薇散髮，豈其所難哉。孫真人著《大風惡疾論》曰：《神仙傳》有數十人，皆因惡疾而得仙道。何者？割棄塵累，懷潁陽之風，所以因禍而取福也。吾始得罪遷嶺表，不自意全，既逾年無後命，知不死矣。然舊苦痔，至是大作，呻呼幾百日。地無醫藥，有亦不效。道士教吾去滋味，絶葷血，以清淨勝之。痔有蟲館於吾後，滋味葷血，既以自養，亦以養蟲。自今日以往，旦夕食淡麪四兩，猶復念食，則以胡麻、茯苓麨足之。飲食之外，不啖一物〔一〕。主人枯槁，則客自棄去。尚恐習性易流，故取中散真人之言，對病爲藥，使人誦之曰三。曰：東坡居士，汝忘逾年之憂，百日之苦乎？使汝不幸而有中散之禍，伯牛之疾，雖欲采薇散髮，豈可得哉，今食麻、麥、茯苓多矣。居士則歌以答之曰：事無事之事，百事治兮。味無味之味，五味備兮。茯苓、蕨、麥，有時而匱兮。有則食無則已者，與我無既兮。嗚呼噫嘻，館客不終，以是爲愧兮。

〔一〕《良方》「物」作「麫」。

捨銅龜子文

蘇州報恩寺重造古塔，諸公皆捨所藏舍利。予無舍利可捨，獨捨盛舍利者，敬爲四恩三有捨之。故人王頤爲武功宰，長安有脩古塔者，發舊葬，得之以遺予，予以藏私印。成壞者有形之所不免，而以藏舍利則可以久存，藏私印或以速壞。貴舍利而賤私印，樂久存而悲速壞，物豈有是哉。予其并捨之。

怪石供

《禹貢》：「青州有鉛松怪石。」解者曰：怪石，石似玉者。今齊安江上往往得美石，與玉無辨，多紅黄白色。其文如人指上螺，精明可愛，雖巧者以意繪畫有不能及。豈古所謂怪石者耶？凡物之醜好，生於相形，吾未知其果安在也。使世間石皆若此，則今之凡石復爲怪矣〔一〕。海外有形語之國，口不能言，而相喻以形。其以形語也，捷於口，使吾爲之，不已難乎？故夫天機之動，忽焉而成，而人真以爲巧也。雖然，自禹以來怪之矣。齊安小兒浴於江，時有得之者。戲以餅餌易之。既久，得二百九十有八枚。大者兼寸，小者如棗、栗、菱、芡，其一如虎豹，首有口、鼻、眼處，以爲羣石之長。又得古銅盆一枚，以盛石，挹水注之粲然。而廬山歸宗佛印禪師適有使至，遂以爲供。禪師嘗以道眼觀一切，世間混淪空洞，了無一物，雖夜光尺璧與瓦礫等，而況此石；雖然，願受此供。灌以墨池水，強爲一笑。使自今以往，山僧野人，欲供禪師，而力不能辦衣服飲食卧具者，皆得以淨水注石爲供，蓋自蘇子瞻始。時元豐五年五月，黄州東坡雪堂書〔二〕。

〔一〕集甲卷二十三、郎本卷六十「復」作「覆」。

〔二〕《晚香堂蘇帖》「五月」作「十月晦日」。

後怪石供

蘇子既以怪石供佛印，佛印以其言刻諸石。蘇子聞而笑曰：「是安所從來哉？予以餅易諸小兒者也。以可食易無用，予既足笑矣，彼又從而刻之。今以餅供佛印，佛印必不刻也，石與餅何異？」參寥子曰：「然。供者，幻也。受者，亦幻也。刻其言者，亦幻也。夫幻何適而不可。」舉手而示蘇子曰：「拱此而揖人，人莫不喜。戟此而詈人，人莫不怒。同是手也，而喜怒異，世未有非之者也。子誠知拱、戟之皆幻，則喜怒雖存而根亡〔一〕。刻與不刻，無不可者。」蘇子大笑曰：「子欲之耶？」乃亦以供之。凡二百五十，并二石槃云。

〔一〕「怒」原缺，據集甲卷二十三、郎本卷六十補。

東坡酒經

南方之氓，以糯與秔，雜以卉藥而爲餅。嗅之香，嚼之辣，揣之枵然而輕，此餅之良者也。吾始取麪而起肥之，和之以薑液，烝之使十裂，繩穿而風戾之，愈久而益悍，此麴之精者也。米五斗以爲率，而五分之，爲三斗者一，爲五升者四。三斗者以釀，五升者以投，三投而止，尚有五升之贏也。始釀以四兩之餠，而每投以二兩之麴，皆澤以少水，取足以散解而勻停也。釀者必甕按而井泓之〔一〕，三日而井溢，此吾酒之萌也。酒之始萌也，甚烈而微苦，蓋三投而後平也。凡餠烈而麴和，投者必屢嘗而增損之，以舌爲權衡也。既溢之，三日乃投，九日三投，通十有五日而後定也。既定乃注以斗水，凡水必熟而冷者也。凡釀與投，必寒之而後下，此炎州之令也。既水五日乃篘〔二〕，得二斗有半，此吾酒之正也。先篘，半日，取所謂贏者爲粥，米一而水三之，揉以餠麴，凡四兩，二物并也。投之糟中，熟撋而再釀之，五日壓得斗有半，此吾酒之少勁者也。勁正合爲四斗，又五日而飲，則和而力嚴而不猛也。篘絶不旋踵而粥投之，少留，則糟枯中風而酒病也。釀久者酒醇而豐，速者反是，故吾酒三十日而成也。

〔一〕「井」原作「并」，今從集乙卷九、《文鑑》卷一百二十七。洪邁《容齋隨筆·五筆》卷八《醉翁亭記酒經》條引《東坡酒經》全文，亦作「井」。以下「三日而井溢」之「井」原亦作「并」，今亦據上三書改。

〔二〕「篘」原作「蒭」，今從集乙、《文鑑》、《容齋隨筆·五筆》。

判倖酒狀

道士某，面欺主人，旁及鄰生。側左元方之盞，已自厚顔；傾西王母之杯〔一〕，宜從薄罰。可罰一大青醆。

〔一〕「傾」原作「仰」，今從《稗海》本《志林》。

白鶴新居上梁文

鵝城萬室，錯居二水之間；鶴觀一峯，獨立千巖之上。海山浮動而出沒，仙聖飛騰而往來。古有齋宮，號稱福地。鞠爲茂草，奄宅狐狸。物有廢興，時而隱顯。東坡先生，南遷萬里，僑寓三年。不起歸歟之心，更作終焉之計。越山斬木，泝江水以北來；古邑爲鄰，遶牙牆而南峙。送歸帆於天末，掛落月於牀頭。方將開逸少之墨池，安稚川之丹竈。去家千歲，終同丁令之來歸；有宅一區，聊記揚雄之住處。今者既興百堵，爰駕兩楹。道俗來觀，里閭助作。願同父老，宴鄉社之雞豚；已戒兒童，惱比隣之鵝鴨。何辭一笑之樂，永結無窮之歡。

兒郎偉，抛梁東。喬木參天梵釋宮。盡道先生春睡美，道人輕打五更鐘。

兒郎偉，抛梁西。娟娟虹橋跨碧溪。時有使君來問道，夜深燈火亂長堤。

兒郎偉，抛梁南。南江古木蔭回潭。共笑先生垂白髮，舍南親種兩株柑〔一〕。

兒郎偉，抛梁北。北江江水搖山麓。先生親築釣魚臺，終朝弄水何曾足。

兒郎偉，抛梁上。璧月珠星臨蕙帳。明年更起望仙臺，縹緲空山隘雲仗。

兒郎偉，抛梁下。鑿井疏畦散鄰社。千年枸杞夜長號，萬丈丹梯誰羽化。

伏願上梁之後，山有宿麥，海無颶風。氣爽人安，陳公之藥不散；年豐米賤，林婆之酒可賒。凡我往還，同增福壽。

〔一〕《春渚紀聞》卷一《種柑二事》引此句及上句作「自笑先生今白髮，道傍親種兩株柑」。

海會殿上梁文

經來白馬寺，僧到赤烏年。自此佛法大行，以至海隅皆滿。伏惟我海會禪師，施無盡藏，開不二門。來作西方之主人，且爲東坡之道友。爰因勝地，以建道場。有大富長者八人，迨釋迦寶像一所。瑶階肪截，碧瓦鱗差。庶幾鷲嶺之雄，豈特鷺湖之冠。共憑佛力，仰祝堯年。如日之升，與天無極。舉城僚友，闔郡士民。皆與有作之慈，共享無邊之福。

兒郎偉，抛梁東。日出三竿照海紅。作禮禪師爲祖席，東坡請到雪髯翁。

兒郎偉，抛梁西。此去西方路不迷。一禮慈尊無量壽，萬年天子與天齊。

兒郎偉，抛梁南。南海薰風動碧潭。過盡千帆并萬舶，歸來金鼓結珠龕。

兒郎偉，抛梁北。玉輦巍巍天北極。侯門鼓吹到山門，爲作龍輿千萬億。

兒郎偉，抛梁上。瑞氣葱葱蔭龍象。勸師舉足不須踏，踏着毗盧惡模樣。

兒郎偉，抛梁下。禮足闍黎來請話。五葉花開到處春，千燈光照何曾夜。

伏願上梁以後，年豐米賤，氣爽人安。郡侯日轉千階，施主日增萬鎰。果肴雲散，錢寶星飛。各務紛拏，共爲笑樂。

若稽古説

「若」稽古，其訓曰順。考古之所謂「若」，今之所謂「順」也。古之所謂「誠」，今之所謂「真」也。非以若易順，誠易真也。曰：惠亦順也。方虞書時，未有云順者耶？

八佾説

《宋書·樂志》：宋文帝元嘉十三年，給彭城王義康伎，相承給三十六人。太常傅隆以爲《左傳》諸侯用六，杜預以爲三十六人，非是。舞以節八音，故必以八人爲列〔一〕。自天子至士，降殺以兩〔二〕，兩，減其二列。若如預言，至士止有四人，豈復成樂。服虔注《左傳》與隆同。又《春秋》：晉悼公納鄭女樂二八，晉以一八賜魏絳，此樂以八人爲列之證也。予案，《説文》：佾從人，從𦥑聲。𦥑，音許訖切，𦥑，肉八聲，其解云：振也。八無緣爲𦥑之聲，疑古字從八從肉。

〔一〕「必」原作「止」，《宋書》卷十九作「必」，今從。

〔二〕「降」原作「隆」，今從《稗海》本《志林》、《宋書》。

蜡説〔一〕

八蜡，三代之戲禮也。歲終聚戲，此人情之所不免也。因附以禮義。亦曰：「不徒戲而已矣。祭必有尸，無尸曰『奠』，始死之奠與釋奠是也。」今蜡祭謂之祭〔二〕，蓋有尸也。猫虎之尸，誰當爲之？置鹿與女〔三〕，誰當爲之？非倡優而誰！葛帶榛杖，以喪老物〔四〕。黄笠草屨，以莫野服。皆戲之道也。子貢觀蜡而不悦。孔子告之曰：「一弛一張，文武之道。」蓋謂是也〔五〕。

〔一〕郎本卷五十七題作「辯蜡祭説」，趙刻《志林》題作「八蜡三代之戲禮」。
〔二〕「蜡祭」之「祭」原缺，據郎本補。
〔三〕「置」原作「致」，今從郎本、《文鑑》卷一百七、趙刻《志林》。
〔四〕「喪」原作「表」，今從以上三書。
〔五〕郎本、趙刻《志林》「謂」作「爲」。

尸説

古人祭祀用尸，極有深意。蓋人之意氣既散，孝子求神而祭，無尸則不享，無主則不依，故《易》於《涣》、《萃》皆言「王假有廟」，卽涣散之時事也。魂氣必求其類而依之，人與爲類，骨肉又爲一家之類。己與尸各心齋潔，至誠相通，以此求神，宜其享之。後人不知此道，直以尊卑之勢，遂不行耳。

烏説

烏於人最黠，伺人音色有異，輒去不留，雖捷矢巧彈，不能得其便也。閩中民狃烏性，以謂物無不可以性取者。則之野，挈罌飯楮錢，陽哭冢間，若祭者然。哭竟，裂錢棄飯而去。烏則争下啄，啄盡，哭者復立他冢，裂錢棄飯如初。烏不疑其紿也，益鳴争〔一〕，乃至三四，皆飛從之。稍狎，迫于羅，因舉獲其鳥焉。今夫世之人，自謂智足以周身，而不知禍藏於所伏者，幾何不見賣於哭者哉。其或不知周身之術，而以愚觸死，則其爲智，猶不若鳥之始虛於彈。韓非作《説難》，死於秦，天下哀其以智死。楚人不知《説難》而謂之沐猴，天下哀其以愚死。二人者，其爲愚智則異，其於取死則同矣。甯武子邦有道則智，邦無道則愚，觀時而動，禍可及哉！

〔一〕「嗚」原作「鳴」，今從《外集》卷二十九。

二魚説

予讀柳子厚《三戒》而愛之，又嘗悼世之人，有妄怒而招悔，欲蓋而彌彰者。遊吴，得二事於海濱之人〔一〕，亦似之。作《二魚説》，非意乎續子厚者，亦聊以自警云。

河之魚

河之魚，有豚其名者。游於橋間，而觸其柱，不知遠去〔二〕。怒其柱之觸己也，則張頰植鬣，怒腹而浮於水，久之莫動。飛鳶過而攫之，磔其腹而食之。好游而不知止，因游以觸物，而不知罪己，乃妄肆其忿，至於磔腹而死，可悲也夫。

海之魚

海之魚，有烏賊其名者。呴水而水烏，戲於岸間〔三〕，懼物之窺己也，則呴水以蔽物。海烏疑而視之〔四〕，知其魚也而攫之。嗚呼，徒知自蔽以求全，不知滅迹以杜疑〔五〕，爲識者之所窺〔六〕，哀哉。

〔一〕此句原作「得二魚於海之濱人」。柳宗元《河東先生集》附録有此文，今從；《外集》卷二十九同柳集附録。

〔二〕「遠」原作「違」，今從柳集附録。

〔三〕「烏」原作「鳥」，今從柳集附録、《外集》。

〔四〕「海」原缺，據柳集附録補。

〔五〕「以杜疑」原作「其魚」，今據柳集附録、《外集》改。

〔六〕「爲」原作「疑」，據柳集附録、《外集》改。

梁賈説

梁民有賈于南者，七年而後返。茹杏實、海藻，呼吸山川之秀，飲泉之香，食土之潔，泠泠風氣，如在其左右。朔易弦化〔一〕，磨去風瘤，望之蝤蠐然，蓋項領也。倦游以歸，顧視形影，日有德色。倘徉舊都，躊躇乎四鄰，意都之人與鄰之人，十九莫己若也。入其閨，登其堂，視其妻，反驚以走：「是何怪耶？」妻勞之，則曰：「何關於汝！」饋之漿，則憤不飲。舉案而飼之，則憤不食。與之語，則向牆而欷歔。披巾櫛而視之，則唾而不顧。謂其妻曰：「若何足以當我，亟去之！」妻俛而怍，俯而歎，曰：「聞之，居富貴者，不易糟糠；有姬姜者，不棄憔悴。子以無癭歸，我以有癭逐。嗚呼，癭邪，非妾婦之罪也！」妻竟出。於是賈歸家。三年，鄉之人憎其行，不與婚。而土地風氣，蒸變其毛脈，啜菽飲水，動摇其肌膚，前之醜稍稍復故。於是還其室，敬相待如初。君子謂是行也，知賈之薄於禮義多矣。居士曰：貧易主，貴易交，不常其所守，茲名教之罪人，而不知學術者，蹈而不知耻也。交戰乎利害之場，而相勝於是非之境，往往以忠臣爲敵國，孝子爲格虜〔二〕，前後紛紜，何獨梁賈哉！

〔一〕「弦」原作「强」，據趙刻《志林》改。

〔二〕原校：「格」一作「降」。

梁工說

梁工治丹竈有日矣。或有自三峯來，持淮南王書，欲授枕中奇秘坎離生養之法，陰陽九六之數，子女南北之位，或黄或白，生生而不窮。以是強兵，以是緒餘以博施濟衆。而其始也〔一〕，密室爲場，空地爲爐，外燼山木之上責天一，坏父鼎母，養以既濟，風火絪緼，而瓦鑠化生。方士未畢其說，工悦之，然以爲盡之矣。退試其術，逾月破竈，而黄金已芽矣。於是謝方士。方士曰：「子得予之方，未得究其良，知其一不知其二。余弗邀利於子，後日不成，不以相仇，則子之惠也。」工重謝之曰：「若之術殫於是矣，予固知之矣〔二〕，豈若愚我者哉！」遂歌《驪駒》以遺送之。束書在於腰，長揖而去。工日治其訣〔三〕，更增益劑量，其貪婪無厭。童東山之木，汲西江之水，夜火屬月魄，晝火屬日光，操之彌勤，而其術愈疎，爲之不已，而其費滋甚。牛馬銷於鉛汞，室廬盡於鉗鎚，券士田，質妻子，蕭條襤縷，而其效不進。至老以死，終不悟。君子曰：術之不慎，學之不至者然也，非師之罪也。居士曰：朽牆晝墁，天下之賤工，而莫不有師。問之不下，思之不熟，與無師同。其師之不至，杇牆畫墁之不若也。不至，則欺其中，亦以欺其外。欺其中者己窮，欺外者人窮。如梁工蓋自窮，亦安能窮人哉！

〔一〕「其」原作「共」，據趙刻《志林》改。

〔二〕「予」原作「子」，今從《志林》。

〔三〕「日治其訣」原作「日治其詇」，據《志林》改。

蘇軾文集卷六十五

史評

堯遜位於許由〔一〕

司馬遷曰：「夫學者載籍極博，尤考信於六藝。《詩》、《書》雖缺，然虞、夏之文可知也。堯將遜位於虞舜，舜、禹之間，岳牧咸薦，乃試之於位，典職數十年，功用既興，然後授政。示天下重器，王者大統，傳天下若斯之難也。而説者謂堯讓天下於許由，許由不受，耻之逃隱。及夏之時，有卞隨、務光者，此何以稱焉？」東坡先生曰：士有簞食豆羹見於色者，自吾觀之，亦不足信也〔二〕。

〔一〕郎本卷五十七題作「辯堯舜説」，趙刻《志林》題作「堯舜之事」。

〔二〕「足」原缺，據郎本補。

巢由不可廢〔一〕

巢、由不受堯禪，堯、舜不害爲至德。夷、齊不食周粟，湯、武不失爲至仁。孔子不廢是説，曰：「武盡美矣，未盡善也。」揚雄者獨何人〔二〕，乃敢廢此，曰：「允哲堯禪舜，則不輕於由矣。」陋哉斯言。使夷、齊不經孔子，雄亦且廢之矣。世主誠知揖遜之水，尚污牛腹，則干戈之粟，豈能溷夷、齊之口乎？於以知聖人以位爲械，以天下爲牢，庶乎其不驕士矣！

〔一〕郎本卷五十七題作「辯揚雄説」。明刊《文粹》卷四十作「揚雄言許由」。

〔二〕「者」原缺，據郎本、《文粹》補。

堯不誅四凶〔一〕

《史記·舜本紀》〔二〕：「舜歸而言於帝，請流共工於幽陵，以變北狄；放驩兜於崇山，以變南蠻；遷三苗於三危，以變西戎；殛鯀於羽山，以變東夷。」太史公多見先秦古書，故其言時有可考，以正自漢以來儒者之失〔三〕。四族者，若皆窮姦極惡，則必見誅於堯之世，不待舜而後誅，明矣。屈原有云：「鯀悻直以忘身〔四〕。」則鯀蓋剛而犯上者耳。若四族者，誠皆小人也，則安能用之以變四夷之俗哉！由此觀之，則四族之誅，皆非誅死，亦不廢棄，但遷之遠方爲要荒之君長耳〔五〕。如《左氏》之所言，皆後世流傳之過。若堯之世有大姦在朝而不能去，則堯不足爲堯矣。

〔一〕郎本卷五十七題作「辯四凶説」。

〔二〕「舜」原缺，據郎本補。

〔三〕「之失」原作「失之」，今從郎本。

〔四〕「悻」原作「幸」，今從郎本。

〔五〕「長」原缺，據郎本補。

堯桀之民[一]

堯之民，比屋可封；桀之民，比屋可誅。若信此説，則堯時諸侯滿天下，桀時大辟遍四海也。

[一]《文粹》卷四十、《稗海》本《志林》此文接本卷《齊高帝欲等金土之價》一文「猶土之不可使貴如金也」句後，與《齊高帝欲等金土之價》爲一文。

商人賞罰

《禮》云：「商人先罰而後賞。」而漢武策董仲舒云：「商人執五刑以督姦，傷肌膚以懲惡。」此百王之所同而獨云爾者，漢儒之學，固有以商爲厚於威而薄於恩也耶？

管仲分君謗[一]

宋君奪民時以爲臺，而民非之，無忠臣以掩其過也。子罕釋相而爲司空，民非子罕而善其君。齊桓公宫中七市，女閭七百，國人非之，管仲故爲三歸之家[二]，以掩桓公[三]。此《戰國策》之言也。蘇子曰：管仲仁人也，《戰國策》之言，庶幾是乎！然世未有以爲然者也。雖然，管仲之愛其君亦陋矣，不諫其過，而務分謗焉。或曰：「管仲不可諫也。」蘇子曰：用之則行，捨之則藏。諫而不聽，不用而已矣。故孔子曰：「管仲之器小哉！」

[一]郎本卷五十七題作「論管仲説」，與下文《管仲無後》爲一篇，此在前。《外集》卷十九無「君」字。

〔二〕《文鑑》一百零七、《外集》「家」作「臺」。
〔三〕「桓」原缺，據《文鑑》補。

管仲無後

《左氏》云：「管仲之世祀也宜哉！」謂其有禮也。而管子之後不復見於齊者。予讀其書，大抵以魚鹽富齊耳。予然後知管子所以無後於齊者。孔子曰：「管仲相桓公，九合諸侯，一匡天下。微管仲，吾其被髮左衽矣。」又曰：「桓公九合諸侯，不以兵車，管仲之力也。如其仁！如其仁！」夫以孔子稱其仁，丘明稱其有禮，然不救其無後，利之不可與民争也如此。桑弘羊滅族，韋堅、王鉷、楊慎矜、王涯之徒，皆不免於禍，孔循誅死，有以也夫。

楚子玉以兵多敗〔一〕

蔿賈論子玉，過三百乘必敗。而郤克自謂不如先大夫，請八百乘。將以用寡爲勝，抑以將多爲賢也？如淮陰侯言多多益辦〔二〕，是用衆亦不易。古人以兵多敗者，不可勝數。如王尋、苻堅、哥舒翰者多矣。子玉剛而無禮，少與之兵，或能戒懼而不敗耶？

〔一〕《外集》卷十九題作「子玉將兵」。
〔二〕明刊《文粹》卷三十九「辦」作「善」，原校：一作「辦」。

孔子誅少正卯

孔子爲魯司寇，七日而誅少正卯。或以爲太速。此叟蓋自知其頭方命薄，必不得久在相位〔一〕，故汲汲及其未去發之。使更遲疑兩三日，已爲少正卯所圖矣。

〔一〕「必」上原有「亦」字，據趙刻《志林》删。

顔回簞瓢〔一〕

孔子稱顔回屢空，至於簞食瓢飲，其爲造物者費亦省矣〔二〕。猶且不免於夭折。使回喫得兩簞食幾瓢飲，當更不活得二十九歲。然造物者輒支盜跖兩日禄料，便足爲回七十餘年糧矣，但恐回不肯要耳。

〔一〕趙刻《志林》題作「戲書顔回事」。

〔二〕「費」原作「廢」，據《志林》改。

宰我不叛〔一〕

李斯上書諫二世，其畧曰：「田常爲簡公臣，布惠施德，下得百姓，上得羣臣，陰取齊國，殺宰予於庭。」是宰予不從田常亂而滅其族〔二〕。太史公載宰我爲臨淄大夫，與田常作亂，以夷其族，孔子耻之。李斯事荀卿，去孔子不遠，宜知其實。蓋傳者妄也〔三〕。予嘗病太史公言宰我與田常作亂夷其族〔四〕，使吾先師之門乃有叛臣焉。天下通祀者容叛臣其間，豈非千載不蠲之惑也耶？近令兒子邁考閲舊書，究其所因，則宰我不叛，其驗甚明。太史公固陋承疑，使宰我負寃千載，而吾師與蒙其詬，自兹一洗，亦古今之大快也。

〔一〕郎本卷五十七題作「辯宰我説」。

〔二〕「田」原作「由」，據郎本改。

〔三〕郎本、明刊《文粹》卷三十九、《外集》卷十九「蓋傳者」作「弟子傳」。

〔四〕「嘗」原缺，據《外集》補。

司馬穰苴〔一〕

《史記》：「司馬穰苴，齊景公時人也。」其事至偉。而《左氏》不載，予嘗疑之。《戰國策》：「司馬穰苴，爲政者也，閔王殺之，大臣不親。」則其去景公也遠矣。太史公取《戰國策》作《史記》，當以《戰國策》爲信。凡《史記》所書大事，而《左氏》無有者，皆可疑。如程嬰、杵臼之類是也。穰苴之事不可誣，抑不在春秋之世，當更徐考之。

〔一〕《外集》卷十九題作「穰苴可疑」。

孟嘗君賓禮狗盜〔一〕

孟嘗君所賓禮者至於狗盜，皆以客禮食之，其取士亦陋矣。然微此二人，幾不脱於死。當是時，雖道德禮義之士，無所用之。然道德禮義之士，當救之於未危，亦無用此士也。

〔一〕《外集》卷十九題作「孟嘗取士」。

顏蠋巧貧〔一〕

顏蠋與齊王遊，食必太牢，出必乘車，妻子衣服麗都。蠋辭去，曰：「玉生於山，制則破焉，非不寶貴也，然而太璞不完〔二〕。士生於鄙野，推選則禄焉，非不尊達也，然而形神不全。蠋願得歸，晚食以當肉，安步以當車，無罪以當貴，清淨貞正以自娱。」嗟乎，戰國之士，未有如魯連、顏蠋之賢者也，然而未聞道也。曰「晚食以當肉，安步以當車」，是猶有意於肉與車也。夫晚食自美，安步自適，取於美與適足矣，何以當肉與車爲哉。雖然，蠋可謂巧於居貪者也〔三〕。未饑而食，雖八珍猶草木也。使草木如八珍，惟晚食爲然。蠋固巧矣，然非我之久於貧，不知蠋之巧也。

〔一〕趙刻《志林》題作「顏蠋巧於安貧」。

〔二〕「太」原缺，據趙刻《志林》、《外集》卷十九補。

〔三〕「居」原作「爲」，今從趙刻《志林》、《外集》。

田單火牛

田單使人食必祭，以致烏鳶。又設爲神師。皆近兒戲，無益於事〔一〕。蓋先以疑似置齊人心中，則夜見火牛龍文〔二〕，足以駭動取一時之勝。此其本意也。

〔一〕《外集》卷十九「事」作「世」。

〔二〕《外集》「文」後有「五彩」二字。

張儀欺楚〔一〕

張儀欺楚王以商於之地六百里。既而曰：「臣有奉邑六里。」此與兒戲無異。天下莫不疾張子之詐，而笑楚王之愚也。夫六百里豈足道哉。而張子又非楚之臣，爲秦謀耳，何足深過。若後世之臣欺其君者，曰：「行吾言，天下舉安，四夷畢服，禮樂興而刑罰措〔二〕。」其君之所欲得者，非特六百里也，而卒無絲毫之獲。豈惟無獲，其所喪已不可勝言矣。則其所以事君者，乃不如張儀之事楚。因讀《晁錯傳》，書此。

〔一〕趙刻《志林》作「張儀欺楚商於地」。

〔二〕「措」原作「錯」，今從趙刻《志林》、《外集》卷十九。

商君功罪〔一〕

商君之法，使民務本力農，勇於公戰，怯於私鬭，食足兵强，以成帝業。然其民見刑而不見德，知利而不知義，卒以此亡。故帝秦者商君也，亡秦者亦商君也。其生有南面之福，既足以報其帝秦之功矣；而死有車裂之禍，蓋僅足以償其亡秦之罰。理勢自然，無足怪者。後之君子，有商君之罪，而無商君之功，饗商君之福，而未受其禍者，吾爲之懼矣。元豐三年九月十五日，讀《戰國策》書。

〔一〕郎本卷五十七作「商君説」，《外集》卷十九作「書《戰國策》後」。

王翦用兵〔一〕

善用兵者〔二〕，破敵國，當如小兒毁齒，以漸摇撼，而後取之，雖小痛而能堪也。若不以漸，一拔而得齒，則取齒適足以殺兒。王翦以六十萬人取荆，此一拔取齒之道也。秦亦憊矣，二世而敗，坐此也夫。

〔一〕《外集》卷十九作「王翦取荆」。

〔二〕「善」字前，《外集》有「張儀云」三字。

荀子疎謬〔一〕

荀子有云：「青出於藍，而青於藍，冰生於水，而寒於水。」故世之言弟子勝師者，輒以此爲口實。此無異醉夢中語。青，即藍也。冰，即水也。今釀米以爲酒，殺羊豕以爲膳羞〔二〕，而曰「酒甘於米，膳羞美於羊豕」〔三〕，雖兒童必皆笑之。而荀卿乃以爲辯，信其醉夢顛倒之言。至以性爲惡，其疎謬，大率皆此類也。

〔一〕趙刻《志林》題作「辨荀卿言青出於藍」。

〔二〕「羞」原缺，據趙刻《志林》補。

〔三〕「膳」原缺，據趙刻《志林》補。

陳平論全兵〔一〕

匈奴圍漢平城，陳平上言〔二〕：「胡者全兵，請令强弩傅兩矢外向，徐行出圍。」李奇注「全兵」云：「惟弓矛，無雜仗也。」此説非是。使胡有雜仗，則傅矢外向之説〔三〕，不得行歟！且奇何以知匈奴無雜仗也，匈奴特無弩爾。全兵者，言匈奴自戰其地，不致死，不能與我行此危事也。

〔一〕趙刻《志林》題作「匈奴全兵」。
〔二〕《志林》「陳平」作「羣臣」。
〔三〕《志林》「説」作「策」。

趙堯真刀筆吏〔一〕

方與公謂周昌之吏趙堯，年雖少，然奇士，「君必異之，且代君」。昌笑曰：「堯刀筆吏耳，何至是！」居頃之，堯説高祖爲趙王置貴强相，獨昌爲可。高祖用其策，堯竟代昌爲御史大夫。呂后殺趙王〔二〕，昌亦無能爲，特謝病不朝耳。由是觀之，堯特爲此計規代昌耳，安能爲高祖謀哉！其後，呂后怒堯爲此計，亦抵堯罪。堯非獨不能爲高祖謀，其自謀亦不審矣。昌謂之刀筆吏，真不誣哉！

〔一〕趙刻《志林》題作「趙堯設計代周昌」。
〔二〕「呂后」原作「至」，今從《志林》。

酈寄幸免〔一〕

班固有言：「當孝文時，天下以酈寄爲賣友。夫賣友者，謂見利而忘義也。若寄父爲功臣而又執劫，摧呂祿〔二〕，以安社稷，誼存君親可也〔三〕。」予曰：當是時，寄不得不賣友也。罪在於寄以功臣子而與國賊遊，且相厚善也。石碏之子厚與州吁遊，碏禁之不從，卒殺之。君子無所譏，曰「大義滅親」。酈商之賢不及石碏，故寄得免於死，古之幸人也。而固又爲洗賣友之穢，固之於義陋矣。

〔一〕《外集》卷十九作「班固不識酈寄」。

〔二〕《漢書》卷四十一「摧」前有「雖」字。

〔三〕「誼」原作「義」，今從《外集》。《漢書》亦作「誼」。

穆生去楚王戊〔一〕

楚元王敬禮穆生，每置酒，常爲穆生設醴。及王戊卽位，常設，後忘設焉。穆生退，曰：「可以逝矣。醴酒不設，王之意怠。楚人將鉗我於市。」稱疾卧。申公與白生强起之，曰：「獨不念先王之德歟？今王一旦失小禮，何足至此。」穆生曰：「君子見幾而作，不俟終日。先王所以禮吾三人者，爲道之存故也。今而忽之，是忘道也〔二〕。忘道之人，胡可與久處？豈爲區區之禮哉！」遂謝病去。申公、白生獨留。王戊稍淫暴，與吳通謀，二人諫不聽，衣之赭衣，使杵臼舂於市。申公愧之，歸魯教授，不出門。已而趙綰、王臧言於武帝，復以安車蒲輪召，卒坐臧事，病免。死〔三〕。穆生遠引於未萌之前，而申公眷戀於既侮之後〔四〕。謂禍福皆天不可避就者，未必然也。可書之座右，爲士君子終身之戒。

〔一〕郎本卷五十七題作「二生説」。

〔二〕「忘」原作「亡」，據《稗海》本《志林》改。案：《漢書》卷三十六《楚元王傳》即作「忘」。下句「忘」原亦作「亡」，亦據《漢書》改。

〔三〕「死」原缺，據郎本補。

〔四〕涵芬樓鉛印本《仇池筆記》「悔」作「然」。

漢武無秦穆之德〔一〕

杞子自鄭使告于秦，曰：「鄭人使我掌其北門之管，若潛師以來，國可得也。」穆公訪諸蹇叔。蹇叔曰：「勞師以襲遠，非所聞也。師勞力竭，遠主備之，勤而無取，必有悖心，且師行千里，其誰不知〔二〕？」公辭焉。召孟明、西乞、白乙使出師於東門之外。蹇叔哭之，曰：「孟子，吾見師之出而不見其入也。」公使謂之，曰：「爾何知，中壽，爾墓之木拱矣。」蹇叔之子與師，哭而送之，曰：「晉人禦師必於殽，殽有二陵焉。其南陵，夏后皐之墓也，其北陵，文王之所避風雨也〔三〕。必死是間，余收爾骨焉。」漢武帝違韓安國而用王恢，然卒殺恢。是有秦穆公違蹇叔之罪，而無用孟明之德也。

〔一〕明刊《文粹》卷四十題作「秦穆公漢武帝」。

〔二〕自「師勞力竭」至「其誰不知」二十五字原缺，據《文粹》補。

〔三〕「避」原作「辟」，今從《文粹》。

王韓論兵

王恢與韓安國論擊匈奴上前，至三乃復。安國初持不可擊甚堅，後乃云：「意者有他謬巧，可以擒之，則臣不可知也。」安國揣知上意所向，故自屈其議以信恢耳。不然，安國所論，殆天下所以存亡者，豈計於「謬巧」哉？安國少貶其論，兵連禍結，至漢幾亡，可以爲後世君子之戒。

西漢風俗諂媚〔一〕

西漢風俗諂媚，不爲流俗所移，惟汲長孺耳。司馬遷至伉簡。然作《衛青傳》，不名青，但謂之大將軍；賈誼何等人也，而云愛幸於河南太守吴公。此等語甚可鄙，而遷不知，習俗使然也。本朝太宗時，士大夫亦有此風，至今未衰。吾嘗發策學士院，問兩漢所以亡者，難易相反，意在此也。而答者不能盡，吾亦嘗於上前論之。

〔一〕「西」、「風」字原缺，據明刊《文粹》卷四十補。

衛青奴才〔一〕

漢武無道，無足觀者。惟踞厠見衛青〔二〕，不冠不見汲黯，爲可佳爾。若青奴才，雅宜舐痔，踞厠見之，正其宜也。

〔一〕趙刻《志林》題作「武帝踞厠見衛青」。

〔二〕「踞」原作「據」，今從《志林》，下同。《史記》卷一百二十《汲黯傳》作「踞」。

司馬相如創開西南夷路〔一〕

司馬長卿始以汚行不齒於蜀人，既而以賦得幸天子，未能有所建明立絲毫之善以自贖也。而創開西南夷逢君之惡，以患苦其父母之邦，乃復矜其車服節旄之美，使邦君負弩先驅，豈得詩人致恭桑梓、萬石君父子下里門之義乎〔二〕？卓王孫暴富還虜也，故眩而喜耳。魯多君子，何喜之有。

〔一〕《外集》卷十九題作「書相如諭蜀文後」；此題凡二篇，此爲第一篇。

〔二〕「得」原缺，據《外集》補。

司馬相如之諂死而不已〔一〕

司馬相如歸臨邛，令王吉謬爲恭敬，日往朝相如〔二〕，相如稱病，使從者謝吉〔三〕。及卓氏爲具，相如又稱病不往。吉自往迎相如。觀吉意，欲與相如爲率錢之會耳。而相如遂竊妻以逃，大可笑。其《諭蜀父老》，云以諷天子。以今觀之，不獨不能諷，殆幾於勸矣。諂諛之意，死而不已，猶作《封禪書》。如相如〔四〕，真可謂小人也哉！

〔一〕《外集》卷十九此文爲《書相如諭蜀文後》之第二篇。

〔二〕《外集》「朝」作「覲」。

〔三〕「使從者」原作「使使」，今從《外集》。《史記》卷一百一十七《司馬相如傳》作「使從者」。

〔四〕「如」原缺，據《外集》補。

臞仙帖〔一〕

司馬相如諂事武帝，開西南夷之隙，及病且死，猶草《封禪書》，此所謂死而不已者耶〔二〕！列仙之隱居山澤間〔三〕，形容甚臞，此殆得道人也〔四〕。而相如鄙之，作《大人賦》，不過欲以侈言廣武帝意耳〔五〕。夫所謂大人者，相如孺子，何足以知之！若賈生《鵩賦》，真知大人者也。庚辰八月二十二日〔六〕。東坡書〔七〕。

〔一〕本文原接上文之後，與上文爲一篇，今從《外集》卷十九，獨立成篇。趙刻《志林》題作「臞仙帖」，今從。傅藻《東坡紀年録》引此文之題，亦作「臞仙帖」。《外集》題作「書相如大人賦後」。

〔二〕自篇首至此句三十二字原缺，據趙刻《志林》補。

〔三〕「隱」原作「儒」，今從《志林》。

〔四〕《志林》「得道」作「四果」，《外集》作「得果」。

〔五〕「廣」原作「漢」，「耳」原作「也」，今從《志林》。

〔六〕「二十二」原作「二十」，今從《東坡紀年録》及《志林》。

〔七〕「東坡書」三字原缺，據《志林》補。

竇嬰田蚡〔一〕

竇嬰、田蚡俱好儒術〔二〕，推轂趙綰、王臧。迎魯申公，欲設明堂，令列侯就國，除關，以禮爲服制，欲以與太平。會竇太后不悦[三]，綰、臧下吏，嬰、蚡皆罷。觀嬰、蚡所爲，其名亦善矣。然嬰既沾沾自喜，蚡又專爲姦利，太平豈可以文致力成哉。申公始不能用穆生言，爲楚人所辱，亦可以少懲矣。晚乃爲嬰、蚡起，又可以一笑。鳳凰翔于千仞，烏鳶彈射不去，誠非虚語也。

〔一〕《外集》卷十九作「申公爲嬰蚡起」。

〔二〕「術」原作「雅」，今從《稗海》本《志林》。《漢書》卷五十二亦作「術」。

〔三〕「竇」原缺，據《志林》補。

漢武帝巫蠱事

漢武帝諱巫蠱之事，疾如仇讐。蓋夫婦、君臣、父子之間[一]，嗷嗷然不聊生矣。然《史記·封禪書》云：「丁夫人、雒陽虞初等，以方祠詛匈奴、大宛。」已且爲巫蠱之魁，何以責其下？此最可笑云。

〔一〕《外集》卷十九「夫婦君臣父子」作「父子君臣夫婦」。

霍光疏昌邑王之罪[一]

觀昌邑王與張敞語，真風狂不慧者爾，烏能爲惡？廢則已矣，何至誅其從官二百餘人[二]，以吾觀之，其中從官，必有謀光者，光知之，故立廢賀，非專以淫亂故也。二百人方誅，號呼於市，曰：「當斷不斷，反受其亂。」此其有謀明矣。特其事秘密，無緣得之。著此者，亦欲後人微見其意也。武王數紂之罪，孔子猶且疑之。光等疏賀之惡，可盡信耶？

〔一〕《外集》卷十九題作「霍光廢立之意」。

〔二〕「至」原作「則」，今從《外集》。

趙充國用心可重〔一〕

始予觀充國策先零、匈奴情僞，曰：「何其明也。」又觀遣彫車行羌中告諭，阻辛武賢先攻罕、开〔二〕，守便宜不出師。晝屯田十二利，專務以恩信積穀招降，以謂此從容以義用兵，與夫逞詐謾疲人於一戰者絶殊。最末，觀其語將校曰：「諸君皆便文自營爾，非爲公家忠計也。」語郎中曰：「是何言之不忠也？吾固以死守之〔三〕。」語浩星賜曰：「吾老矣，豈嫌伐一時事以欺明主哉！老臣不以餘命爲陛下言之，卒死，誰當復言之？」卒以其意白上云。嗚呼，使有位君子皆用其心如充國，則古今天下豈有不治者哉！嘗觀於內，公卿士大夫之議曰：「法當然，柰何！」觀於外，將之議曰：「詔如是，不當違詔也。」凡在我，一人一出，未有止障也。脱有能言一事，其言不用，則矜語於人曰：「某事吾嘗言之，上不我用也，我則無負。」終不更犯顔色，往復論也，況於以死守而不欺，豈復有哉！而以餘命受禄位者，併肩立也。豈特才不及充國，忠又不如，可歎也。夫充國之用心，人臣常道爾。然與充國同時在漢廷人，未聞皆然，而充國獨然，故可重也。噫，今之人，不及往時遠矣，則充國益可重也。予既觀充國而感今之人，又觀宣帝與之上下議論〔四〕，而格排羣疑用之，遂無勞兵下羌寇，不知其能功名，亦遇主然也。噫，宣帝、充國可重也，況三代君臣間哉。下不肯有欺上〔五〕，上其容有間然乎？而觀揚子雲贊，不及此區區論功爾。功古今豈無大者哉，不若原其心以勵事君也。班固又不出語。山東氣俗，故著云爾。

〔一〕《外集》卷三十七題作「書趙充國傳後」。
〔二〕「罪」原作「罕」，今從《漢書》卷六十九《趙充國傳》。
〔三〕「守」原作「争」，今從《趙充國傳》。
〔四〕「論」原缺，據《外集》補。
〔五〕「不」原作「其」，今從《外集》。

史彥輔論黃霸〔一〕

吾先君友人史經臣彥輔，豪偉人也。嘗云：「黃霸本尚教化，庶幾於富，而教之者，乃復用烏攫肉，小數，陋矣。潁川鳳凰，蓋可疑也。霸以鶡爲神雀，不知潁川之鳳以何物爲之？」雖近於戲，亦有理也，故記之。

〔一〕趙刻《志林》題作「黃霸以鶡爲神爵」。

梁統議法〔一〕

漢仍秦法，至重。高、惠固非虐主，然習所見以爲常，不知其重也。至孝文始罷肉刑與參夷之誅〔二〕，景帝復孥戮晁錯，武帝暴戾有增無損，宣帝治尚嚴，因武帝之舊。至王嘉爲相，始輕減法律，遂至東京，因而不改。班固不記其事，事見《梁統傳》，固可謂疎畧矣。嘉，賢相也。輕刑，又其盛德之事。可不記乎？統乃言高、惠、文、景、武、宣以重法興〔三〕，哀、平以輕法衰，因上言乞增重法律，賴當時不從其議。此如人少年時，不節酒色而安，老後雖節而病，便謂酒色可以延年〔四〕，可乎？統亦東京名臣，然一出此言，遂獲罪于天。其子松、竦皆死非命，冀卒滅族。嗚呼悲夫，戒哉！疎而不漏，可不懼乎？

〔一〕明刊《文粹》卷四十題作「西漢用刑輕重不同」。趙刻《志林》題作「王嘉輕減法律事見梁統傳」。

〔二〕「參」原作「三」，今從《文鑑》卷一百七、《文粹》、《志林》。

〔三〕「武宣」原作「宣武」，據《後漢書》卷三十四《梁統傳》改。

〔四〕「可以」二字原缺，據《文粹》、《志林》補。

元成詔語〔一〕

楚孝王囂被疾〔二〕，成帝詔云：「夫子所痛，『蔑之〔三〕，命矣夫』！」東平王宇不得於太后，元帝詔曰：「諸侯在位不驕，制節謹度，然後富貴離其身，而社稷可保。」皆與今《論語》、《孝經》小異。「離」，附麗之「離」也。今作「不離」，疑爲俗儒所增也。

〔一〕趙刻《志林》題作「元成詔與論語孝經小異」。

〔二〕「囂」原爲空格，據《文鑑》卷一百七、《志林》補。

〔三〕「蔑」原作「篾」，今從《文鑑》、《志林》。「蔑」前，《漢書》卷八十《楚孝王囂傳》有「曰」字。

直不疑買金償亡〔一〕

樂正子春曰〔二〕：「自吾母而不用吾情，吾安所用其情。」故不情者，君子之所甚惡也。雖若孝弟者，猶所不與。以德報怨，行之美者也。然孔子不取者，以其不情也。直不疑買金償亡，不辨盜嫂，亦士之高行矣。然非人情。其所以蒙垢受誣，非不求名也，求名之至者也。太史公窺見之，故其贊曰：「塞侯微巧，周文處讇〔三〕，君子譏之，爲其近於佞也。」不疑蒙垢以求名，周文穢迹以求利。均以爲佞。佞之爲言智也〔四〕。太史公之論，後世莫曉者。吾是以疏解之。

〔一〕郎本卷五十七作「直不疑蒙垢以求名説」。
〔二〕「樂正子春」原作「曾子」，今從郎本。案，見《禮記・檀弓下》。
〔三〕「文」原作「仁」，今從郎本、《外集》卷十九。「讇」原作「諂」，今從《外集》。案，見《史記》卷一百三。
〔四〕「智」原作「知」，今從郎本、《外集》。

邳彤漢之元臣

王郎反河北，獨鉅鹿、信都爲世祖堅守。世祖既得二郡〔一〕，議者以謂可因二郡兵自送，還長安。惟邳彤不可，以爲：「若行此策，豈徒空失河北，必更驚動三輔。公若無復征戰之意，則雖信都之兵，猶難會也。何者？公既西，則邯鄲之兵，不肯捐父母、背城主而千里送公，其離散逃亡可必也。」世祖感其言而止。蘇子曰：此東漢興亡之決，邳彤可謂漢之元臣也。景德契丹之役，羣臣皆欲避狄江南、西蜀。萊公不可。武臣中獨高瓊與萊公意同耳。公既争之力，上曰：「卿文臣，豈能盡用兵之利？」萊公曰：「請召高瓊。」瓊至，乃言避狄爲便。公大驚，以瓊爲悔也。已而徐言，避狄固爲安全，但恐扈駕之士，中路逃亡，無與俱西南者耳。上乃大驚，始決意北征〔二〕。瓊之言，大畧似邳彤，皆一代之雄傑也。

〔一〕「既」原作「見」，今從明刊《文粹》卷四十、《外集》卷二十。

〔二〕「意」原缺，據《外集》補。

朱暉非張林均輸説〔一〕

東漢肅宗時，穀貴，經用不足。尚書張林請以布帛爲租，官自賣鹽，且行均輸。獨朱暉文季以爲不可。事既寢，而陳事者復以爲可行，帝頗然之。暉復獨奏曰：「王制，天子不言有無，諸侯不言多寡，食禄之家，不與百姓争利。今均輸之法，與賈販無異。鹽利歸官，則下人窮怨〔二〕。布帛爲租，則吏多姦盜。皆非明主所當行。」帝方以林言爲然，發怒，切責諸尚書。暉等皆自繫獄〔三〕。三日，詔出之，曰：「國家樂聞駮議，黄髮無愆，詔書過也，何故自繫？」暉等因稱病篤，尚書令以下惶怖，謂暉曰：「今林得譴，柰何稱病，其禍不細！」暉曰：「行年八十，蒙恩得在機密，當以死報。若心知不可，而順指雷同，負臣子之義。今耳目無所聞見，伏待死命。」遂閉口不復言。諸尚書不知所爲，乃共劾奏暉等。帝意解，寢其事。後數日，詔使直事郎問暉起居狀，太醫視疾，太官賜食，暉乃起。元祐七年七月二十一日〔四〕，偶讀《後漢書·朱文季傳》，感歎不已。肅宗號稱長者，詔書既已引罪而謝文季矣，諸尚書何怖之甚也。文季於此時强立不足多貴〔五〕，而諸尚書爲可笑也。云「其禍不細」，不知以何等爲禍，蓋以帝不悦後不甚進用爲莫大之禍也。悲夫！

〔一〕「説」原缺，據郎本卷五十七補。《外集》卷三十七題作「書朱文季傳」。

〔二〕郎本「窮」作「宿」。

〔三〕「皆自」二字原缺，據郎本、《外集》補。案，《後漢書》卷四十三《朱暉傳》有「皆自」二字。

〔四〕郎本「二十一日」作「二十日」，《外集》作「二十七日」。

〔五〕郎本、《外集》「立」作「力」。

諸葛亮八陣

諸葛亮造八陣圖於魚復平沙之上，壘石爲八行，相去二丈。桓温征譙縱，見之，曰：「此常山蛇勢也。」文武皆莫識。吾嘗過之。自山上俯視，百餘丈，凡八行，爲六十四蕝。蕝上圜〔一〕，不見凸凹處，如日中蓋影耳。就視皆卵石，漫漫不可辨。甚可怪也〔二〕。

〔一〕「圜」原作「圖」，今從趙刻《志林》。《稗海》本《志林》、《外集》卷二十「上圜」作「正圜」。

〔二〕此四字據趙刻《志林》、《稗海》本《志林》補。

曹袁興亡

魏武帝既勝烏桓，曰：「吾所以勝者，幸也。前諫我者，萬全之計也。」乃賞諫者，曰：「後勿難言。」袁紹既敗於官渡，曰：「諸人聞吾敗，必相哀，惟田別駕不然，幸其言之中也。」乃殺豐。爲明主謀而不忠，不惟無罪，乃有賞。爲庸主謀而忠，賞固不可得，而禍隨之。今吾知孟德、本初所以興亡者。

管幼安賢於荀孔〔一〕

曹操既得志，士人靡然歸之。自荀文若盛名〔二〕，猶爲之經營謀慮，一旦小異，便爲謀殺，程昱、郭嘉之流〔三〕，不足數也。孔文舉奇逸博聞，志大而才疎，每所論建，輒中操意，況肯爲用，然終亦不免。桓溫謂孟嘉曰：「人不可以無勢，我能駕馭卿。」夫溫之才，百倍於嘉，所以云爾者，自知其陰賊險狠，不爲高人勝士所比數爾。管幼安懷寶遯世，就閑海表〔四〕，其視曹操父子，真穿窬斗筲而已。既不可得而用，其可得而殺乎〔五〕！予以謂賢於文若、文舉遠矣。紹聖二年十二月，與客飲，醉甚，歸坐雕堂西閣，面仆案上。睡久驚覺，已三更矣。殘燭耿然，偶取一册，視之，則《管幼安傳》也。會有所感，不覺書此。眼花手軟，不復成字〔六〕。

〔一〕《外集》卷三十七題作「書管幼安傳」。

〔二〕「自」原缺，據《外集》補。

〔三〕「程昱郭嘉」原作「邢昱程嘉」，誤，據《外集》改。

〔四〕《稗海》本《志林》「就閑」作「龍蟠」。

〔五〕「既不可得而用其可得而殺乎」原作「既不得而殺」，今從《志林》。

〔六〕自「紹聖二年十二月」起云云六十二字原缺，據《志林》補。《外集》「紹聖二年」作「元豐三年」，「雕堂西閣」作「雪堂」，「案上」作「壁上」。案：宋王宗稷《東坡先生年譜》紹聖二年紀事列舉東坡著作，其中卽有《讀〈管幼安傳〉》。自應以《志林》爲是。

周瑜雅量

曹公聞周瑜年少有美才，謂可遊説動也。乃密下揚州，遣九江蔣幹往見瑜。幹有儀容，以才辯見稱，獨步江淮之間。乃布衣葛巾〔一〕，自託私行，詣瑜。瑜出迎之，立謂幹曰：「子翼良苦，遠涉江湖，爲曹公作説客耶？」幹曰：「吾與足下州里，中間隔別，遥聞芳烈，故來敍濶，并觀雅規，而云『説客』，無乃逆詐矣乎？」瑜曰：「吾雖不及夔、曠，聞絃賞音，足知雅曲。」後三日，瑜請幹同觀營中，行視倉庫軍資器仗訖，還，飲燕，示之侍者服飾珍玩之物。因謂幹曰：「丈夫處世，遇知己之主，外託君臣之義，内結骨肉之恩，言行計從，禍福共之。假使蘇、張更生，酈、陸復出，猶將撫其背而折其辭，豈足下小生所能移乎？」幹笑而不言，遂稱瑜雅量高致，非言辭所間。中州之士以此多之。蘇子曰：曹孟德所用，皆爲人役者也。以子房待文若，然終不免殺之，豈能用公瑾之流度外之士哉！

〔一〕「葛」原作「褐」，今從《外集》卷二十。案：《三國志》卷五十四《周瑜傳》引《江表傳》卽作「葛」。

賈充叛魏〔一〕

司馬景王既執王淩而歸，過賈逵廟，大呼曰：「賈梁道，我大魏之忠臣也。」及景王病，見淩與逵共守，笞殺之。逵之子充乃叛魏事晉，首發成濟之事。凌嘗謂充，卿非賈梁道子耶？乃欲以國與人。由此觀之，逵之忠於魏久矣，充豈不知也耶？予乃知小人嗜利，利之所在，不難反父，父且不顧，不知人主亦安用此物。故亡晉者，卒充也。予少時嘗戲作小詩云：「嵇紹似康爲有子，郗超叛鑒是無孫。而今更恨賈梁道，不殺公閭殺子元。」

〔一〕此文，已見《詩集》卷四十七，題作「戲作賈梁道詩」，文字略有異。今姑存，以備參考。

唐彬〔一〕

唐彬與王濬伐吳，爲先驅，所至皆下，度孫晧必降。未至建鄴二百里許，稱疾不行。已而先到者爭財，後到者爭功，當時有識者，莫不高彬此舉。予讀《晉書》至此，未嘗不廢卷太息也。然本傳云：武帝欲以彬及楊宗爲監軍，以問文立。立云：「彬多財欲，而宗嗜酒。」帝曰：「財欲可足，酒不可改。」遂用彬。此言進退無據。豈有人如唐彬而貪財者？使誠貪財，乃遠不如嗜酒，何可用也。文立者，獨何人斯，安知非蔽賢者耶？

〔一〕《外集》卷二十「彬」後有「非貪」二字。

阮籍〔一〕

「世之所謂君子者，惟法是修，惟禮是克。手執圭璧，足履繩墨。行欲爲目前檢，言欲爲無窮則。少稱鄉黨，長聞隣國。上欲圖三公，下不失九州牧。獨不見夫羣虱之處褌中乎？逃乎深縫，匿乎敗絮，自以爲吉宅也。行不敢離縫際，動不敢出褌襠，自以爲得繩墨也。然炎丘火流，焦邑滅都，羣蝨處於褌中不能出也。君子之處域內，何異夫蝨之處褌中乎？」此阮籍之胸懷本趣也。籍未嘗臧否人物，口不及世事，然禮法之士，疾之如仇讐，獨賴司馬景王保持之爾，其去死無幾。以此論之，亦蝨之出入往來於衣褌中間者也〔二〕，安能笑褌中之藏乎〔三〕？吾故書之，以爲將來君子一笑〔四〕。戊寅冬至日。

〔一〕《外集》題作「書阮籍語」。

〔二〕「褌」原作「襟」，今從明刊《文粹》卷四十、《外集》。

〔三〕「褌中之藏乎」原作「人」，今從明刊《文粹》、《外集》。

〔四〕「以」原缺，據《外集》補。

阮籍求全〔一〕

阮籍見張華《鷦鷯賦》，嘆曰：「此王佐才也。」觀其志，獨欲自全於禍福之間耳，何足爲王佐才乎？華不從劉卞言，竟與賈氏之禍；畏八王之難，而不免倫、秀之害。此正求全之過，失《鷦鷯》之本意也。

〔一〕趙刻《志林》題作「張華鷦鷯賦」。

劉伯倫非達〔一〕

劉伯倫嘗以鍤自隨，曰：「死便埋我。」蘇子曰：伯倫非達者也。棺槨衣衾，不害爲達。苟爲不然，死則已矣，何必更埋〔二〕！

〔一〕郎本卷五十七題作「劉陶說」，趙刻《志林》作「劉伯倫」。

〔二〕《外集》卷二十「更」作「便」。

晉武娶婦〔一〕

晉武帝欲爲太子娶婦，衞瓘曰〔二〕：「賈氏女有五不可，青、黑、短、妬而無子。」竟爲羣臣所譽，取之，卒以亡晉。婦人黑、白、美、惡，人人知之，而愛其子，欲爲娶好婦，且使多子者，人人同也。然至惑於衆口，則顛倒錯繆如此。俚語曰：「證龜成鼈。」此未足怪也。以此觀之，當謂「證龜爲蛇」。小人之移人也，使龜蛇易位，而況邪正之在其心，利害之在歲月後者耶？

〔一〕趙刻《志林》題作「賈氏五不可」。

〔二〕「衞瓘」二字原缺，據《志林》補。

衞瓘拊床〔一〕

晉惠帝爲太子。衞瓘欲陳啓廢之言，未敢發。會燕陵雲臺，瓘託醉跪帝前曰〔二〕：「臣欲有所啓。」欲言之而止者三，因以手拊床曰：「此座可惜。」帝意乃悟，曰：「公真大醉。」賈后由是怨瓘。此何等語，乃於衆中言之，豈所謂「不密失身」者耶？以瓘之智，不宜闇此。此殆鄧艾之寃，天奪其魄耳。

〔一〕趙刻《志林》題作「衞瓘欲廢晉惠帝」。

〔二〕「跪」原缺，據《志林》補。案，《晉書》卷三十六《衞瓘傳》有「跪」字。

石崇婢知人〔一〕

王敦至石崇家，如廁，脱故着新，意色不怍。廁中婢曰：「此客必能作賊〔二〕。」此婢乃知人，而崇令執事廁中，是殆無知耶？

〔一〕趙刻《志林》題作「石崇家婢」。

〔二〕「能」原作「是」，今從《志林》。《外集》卷二十無「作」字。

裴頠之諂〔一〕

晉武帝探策，當亦如籤也耶？惠帝探策得一〔二〕，蓋神以實告。裴頠諂對，士君子耻之，而史以爲美談。鄙哉！惠、懷、愍皆不終，牛繫馬後，豈及二王乎〔三〕？

〔一〕趙刻《志林》題作「裴頠對武帝」。

〔二〕《志林》「探策」作「不肖」。

〔三〕《志林》「二王」作「亡」。

王衍之死〔一〕

王夷甫既降石勒，自解無罪，且勸僭號。其女惠風，爲愍懷太子妃。劉曜陷洛，以惠風賜其將喬屬，屬將妻之。惠風拔劍大駡而死。乃知夷甫之死，非獨慙見晉公卿，乃當羞見其女也。

〔一〕趙刻《志林》題作「王夷甫」。

孟嘉與謝安石相若

晉士浮虛無實用，然其間亦有不然者。如孟嘉平生無一事，然桓温謂嘉曰：「人不可以無勢，我乃能駕馭卿。」桓温平生輕殷浩，豈妄許人者耶？乃知孟嘉若遇，當作謝安，謝安不遇，不過如孟嘉也。

貴戚專殺〔一〕

王濟以人乳蒸豚。王愷使妓吹笛，小失聲韻，便殺之；使美人行酒，客飲不盡，亦殺之。時武帝尚在，而貴戚敢如此，以此知晉室之亂也久矣。

〔一〕趙刻《志林》題作「王濟王愷」。

王述謂子癡

王坦之爲桓温長史。温欲爲子求婚於坦之。及還家省父，而述愛之，雖長大，猶抱置膝上。坦之因言温意，述大怒，即排下，曰：「汝竟癡耶，詎可畏温面而以女妻兵也？」坦之乃辭以他故。温曰：「此尊君不肯耳。」乃止。若以辭婚得罪於温，以至狼狽，則見述癡。若以婚姻從桓温者，則見坦之之癡。王述年迫懸車，上疏乞骸骨，曰：「臣曾祖父魏司空昶白文皇帝曰：『昔與南陽宗世林，共爲東宮官屬。世林少得好名，州里瞻敬。及其年老，汲汲自謀〔一〕，遂見廢棄〔二〕，時人咸共笑之。若天假其壽，致仕之年，不爲此公婆娑之事。』其言慷慨，乃實訓戒。」

〔一〕《晉書》卷七十五《王述傳》「謀」作「勵」。

〔二〕《晉書》卷七十五《王述傳》「遂」作「恐」。

英雄自相服

桓温之所成，殆過於劉越石，而區區慕之者。英雄必自有以相服，初不以成敗言耶？以此論之，光武之度，本不如玄德；唐文皇之英氣，未必過劉寄奴也。

庾亮不從孔坦陶回言〔一〕

庾亮召蘇峻。孔坦與陶回共説王導：「及峻未至，宜急斷阜陵之界，守江西當利諸口，彼少我衆，一戰決矣。若峻未來，可往逼其城。今不先往，峻必先入，有奪人之心〔二〕。」導然之。亮以爲峻若徑來，是襲朝廷虚也。不從。及峻將至，回又説亮：「峻知石頭有重戍，不敢直下，必向小丹陽南道步來〔三〕。若以伏兵邀之，可一戰而擒。」亮又不從。事見二人傳。峻果由小丹陽，經秣陵，迷失道。逢郡人，執以爲向導，夜行無部分。亮聞之，深悔。吾以謂召峻固失計。然若從二人言，猶不至覆國幾於滅亡也。晁錯削七國，大類此。亞夫猶能速馳〔四〕，行入梁楚之郊，故漢不敗。吾嘗謂晁錯能容忍七國，待事發而發，固上策。若不能忍決欲發者，自可召王濞入朝，仍發大兵隨之。吴若不朝，便可進討，則疾雷不及掩耳。吴破，則諸侯服矣，又當獨罪狀吴而不及餘國。如李文饒輔車之詔，或分遣使者發其兵，諸國雖疑，亦不能一旦合從俱反也。錯知吴必反，不先未削爲反備，既反而後調兵食[五]，又一旦而削七國，以合諸侯之交，此妄庸人也。

[一]《外集》卷二十題作「庾亮召蘇峻」。

[二]《晉書》卷七十八《孔坦傳》「心」作「功」。

[三]《晉書》卷七十八《陶回傳》「陽」作「楊」，下同。

[四]「能」原缺，據《外集》補。

[五]明刊《文粹》卷四十、《外集》「食」後有「此真兒戲也」五字。

郗方回郗嘉賓父子事[一]

郗嘉賓既死，留其所與桓温密謀之書一篋，屬其門生曰：「若吾家君眠食大減，即出此書。」方回見之，曰：「是兒死已晚矣。」乃不復念。予讀而悲之曰：士之所甚好者，名也。而愛莫加於父子。今嘉賓以父之故，而暴其惡名；方回以君之故，而不念其子。嘉賓可謂孝子，方回可謂忠臣也。悲夫！或曰：嘉賓與桓温謀叛，而子以孝子稱之，可乎？曰：「採葑採菲，無以下體。」嘉賓之不忠，不待誅絕而明者。其孝可廢乎？王述之子坦之，欲以女與桓温。述怒排坦之曰：「汝真癡耶？乃欲以女與兵。」坦之是以不與桓温之禍。使郗氏父子能如此，吾無間然者矣。

〔一〕「郗」原作「郄」，據總目改。案：《晉書》卷六十七作「郗」，下文《郗超小人之孝》一文即作「郗」。

郗超小人之孝〔一〕

郗超雖爲桓温腹心，以其父愔忠於王室，不令知之。將死，出一箱書，付門生，曰：「本欲焚之，恐公年尊，必以相傷爲斃。我死後，公若大損眠食，可呈此箱。不爾，便燒之。」愔後果哀悼成疾。門生依旨呈之〔二〕，則悉與温往返密計。愔大怒，曰：「小子死恨晚。」更不復哭。若方囘者，可謂忠臣矣，當與石蜡比。然郗超謂之不孝，可乎？使超知君子之孝，則不從温矣。東坡曰：小人之孝也。

〔一〕趙刻《志林》題作「郗超出與桓温密謀書以解父」。

〔二〕「門」原缺，據《志林》、《外集》卷二十、《曲洧舊聞》卷五引文補。

晉宋之君與臣下争善〔一〕

人君不得與臣下争善。同列争善猶以爲妬，可以君父而妬臣子乎？晉、宋間，人主至與臣下争作詩寫字〔二〕，故鮑昭多累句，王僧虔用拙筆書以避禍〔三〕。悲夫，一至於此哉！漢文帝言：「久不見賈生，自以爲過之，今乃不及。」非獨無損於文帝，乃所以爲文帝之盛德也。而魏明乃不能堪，遂作漢文勝賈生之論。此非獨求勝其臣，乃與異代之臣争善。豈惟無人君之度，正如妬婦不獨禁忌其夫〔四〕，乃妬人之妾也。

〔一〕《外集》卷二十作「魏明論漢文帝」。

〔二〕「至」原作「率」，今從《外集》。

〔三〕「書」原缺，據《外集》補。

〔四〕「忌」原缺，據《文鑑》卷一百七、《稗海》本《志林》、《外集》補。

淵明非達〔一〕

陶淵明作《無絃琴》詩云：「但得琴中趣，何勞絃上聲。」蘇子曰：淵明非達者也。五音六律，不害爲達，苟爲不然，無琴可也，何獨絃乎？

〔一〕郎本卷五十七收此文，與本卷《劉伯倫非達》爲一文，此在後，題作「劉陶説」。

王僧虔胡廣美惡〔一〕

王僧虔居建康禁中里馬糞巷〔二〕，子孫皆篤實謙和，時人稱馬糞諸王爲長者〔三〕。《東漢·贊》論李固云：「視胡廣、趙戒如糞土。」糞土云穢也〔四〕，一經僧虔，便爲佳號，而以比胡、趙〔五〕，則糞有時而不幸〔六〕。

〔一〕「王」原缺，據總目補。《曲洧舊聞》卷五引此文，篇首有「東坡因子過讀《南史》，卧而聽之，語過曰」十五字。

〔二〕「禁中」二字原缺，據《曲洧舊聞》補。

〔三〕「爲長者」三字原缺，據《稗海》本《志林》補。

〔四〕「土」原缺，據《志林》補。

〔五〕「趙」原作「廣」，今從《曲洧舊聞》。

〔六〕《曲洧舊聞》「幸」後有「汝可不知乎」五字。

宋殺王彧〔一〕

宋明帝詔答王景文，其畧曰：「有心於避禍，不若無心於任運。千仞之木，既摧於斧斤；一寸之草，亦悴於踐蹋。晉將畢萬，七戰皆獲，死於牖下；蜀將費禕，從容坐談，斃於刺客。故甘心於履危，未必逢禍；從意於處安，未必全福。」此言近於達者。然明帝竟殺景文〔二〕，哀哉！景文之死也，詔言：「朕不謂卿有罪，然吾不能獨死，請子先之。」詔至，景文正與客棊，竟，斂子納奩中，徐謂客曰：「有詔，見賜以死。」酒至，未飲，門生焦度在側，取酒抵地，曰：「丈夫安能坐受死，州中文武，可以一奮。」景文曰：「知卿至心，若見念者，爲我百口計。」乃謂客曰：「此酒不可相勸。」乃仰飲之。蘇子曰：死生亦大矣，而景文安之，豈貪權竊國者乎？明帝可謂不知人者矣。

〔一〕明刊《文粹》卷四十題作「王景文」。

〔二〕「明」原作「景」，今從《文粹》。案：《宋書》卷四十五《王景文傳》謂「泰豫元年春」，明帝疾篤，「遣使送藥賜景文死」。

齊高帝欲等金土之價〔一〕

齊高帝云：「吾當使金土同價。」意則善矣，然物豈有此理者哉。孟子曰：「物之不齊，物之情也。」巨屨小屨同價，人豈爲之哉！」而孟子亦自忘其言爲菽粟如水火之論，金之不可使賤如土，猶土之不可使貴如金也[二]。

[一]《外集》卷二十題作「齊高帝齊物」。

[二]明刊《文粹》卷四十、《稗海》本《志林》此句之後尚有「堯之民」云云三十三字。此段文字，本卷獨立成篇，題作「堯桀之民」。

劉沈認屐

《南史》[一]：劉凝之爲人認所着屐，即予之。此人後得所失屐，送還，不肯復取。沈麟士亦爲鄰人認所着屐，麟士笑曰：「是卿屐耶？」即予之。鄰人後得所失屐，送還之。麟士曰：「非卿屐耶？」笑而受之。此雖小節，然人處世[二]，當如麟士，不當如凝之也。

[一]「南史」原作「梁史」。案：本文所論及之「劉沈認屐」事，見《南史》卷七十五、七十六劉、沈之傳。今據此，改「梁」爲「南」。又，《南史》「屐」作「履」。

[二]「世」原作「事」，今從《文鑑》卷一百七。《侯鯖録》卷七「此雖小節然人處世」作「士大夫處世」。

崔浩占星[一]

天上失星，崔浩乃云：「當出東井。」已而果然。此所謂「億則屢中」者耶？漢十月，五星聚東井。金、水常附日不遠[二]。而十月，日在箕、尾[三]。此浩所以疑其妄。以予度之，十月爲正，則十月乃今之八月耳。八月而得七月節，則日猶在翼、軫間，則金、水聚於井，亦不甚遠。方是時，沛公未得天下，甘、石何意諂之〔四〕？浩之說，未足信也。

〔一〕趙刻《志林》題作「辨五星聚東井」。

〔二〕《志林》「常」作「嘗」。

〔三〕「日」原缺，據《志林》補。

〔四〕《史記》卷八十九《張耳陳餘列傳》、《漢書》卷三十二《張耳陳餘傳》均謂「五星聚東井」乃甘公之言。據此，此句中之「石」，當爲「公」之誤。查《史記》卷二十七《天官書》，石乃石申，亦明星曆。司馬遷在《天官書》中，以甘、石並提。致誤之因，當由於此。今仍其舊，考辨於此。

陳隋好樂

吹笛、彈琵琶、五絃及歌舞之技〔一〕，自齊文襄以來好之。河清已後尤甚。後主惟賞胡戎樂，耽愛無已，於是繁手淫聲，爭新哀怨，故曹妙達、安馬駒之徒，至有封王開府者，遂服簪纓，而爲伶人之事。後主亦能自度曲，親執樂器，玩悅無倦，倚絃而歌，別採新聲爲《無愁曲》〔二〕，音韻窈窕，極於哀思，使侍兒閹官輩齊唱和之，曲終樂闋，莫不殞涕。行幸道路，或時馬上作之。樂往哀來，竟以亡國。煬帝不解音律，畧不關懷。後大製豔曲，詞極淫綺。令樂正白明達造新聲，創《萬歲樂》、《藏鈎樂》、《投壺樂》、《舞席同心髻》、《玉女行觴》、《神仙留客》、《擲塼續命》、《鬬鷄子》、《鬬百草》、《泛龍舟》、《還舊宮》、《長樂苑》及《十二時》等曲，掩抑摧藏，哀音斷絕。帝悅之不已，謂幸臣曰：「多彈曲者，如人多讀書。讀書多則能撰文，彈曲多則能造曲。」因語明達云：「陳氏褊陋，曹妙達猶封王，況我天下大同乎〔三〕？」宋武帝既受禪，朝廷未備音樂，殷仲文以爲言。帝曰：「日不暇給，且所不解。」仲文曰：「屢聽自解。」帝曰：「政以解則好之，故不習。」觀二主之言，興亡之理，豈不明哉！

〔一〕「及」原作「又」，據《隋書》卷十四《音樂志・中》改。《外集》卷二十一作「及」。

〔二〕「愁」原作「怨」，據《隋書・音樂志》、《外集》改。

〔三〕《外集》「大」後有「不」字。

唐太宗借隋吏以殺兄弟〔一〕

唐高祖起兵汾晉間，時子建成、元吉、楚哀王智雲皆留河東護家。高祖起兵，乃密召之，隋購之急，建成、元吉能間道赴太原，智雲幼，不能逃，爲吏所誅。高祖以父子之故，不能少緩義師數日，以須建成等至乎？以此知爲秦王所逼，高祖逼於裴寂亂宮之事，不暇復爲三子性命計矣。太宗本謀於是時借隋吏以殺兄弟，其意甚明。新、舊史皆曲爲太宗潤飾殺兄弟事，然難以欺後世矣。建成、元吉之惡，亦孔子所謂下愚之歸也歟？

〔一〕《外集》卷二十一題作「唐高祖起義」。

褚遂良以飛雉入宮爲祥〔一〕

唐太宗時，飛雉數集宮中。上以問褚遂良。良曰：「昔秦文公時，童子化爲雉，雌鳴陳倉，雄鳴南陽。童子曰：『得雄者王，得雌者霸。』文公得其雌，遂雄諸侯。光武得其雄，起南陽，有四海。陛下本封秦，故雌雄並見，以告明德。」上悦曰：「人不可以無學，遂良所謂多識君子哉。」予以謂秦雉，陳寶也，豈常雉乎？今見雉，即謂之寶，猶得白魚，便自比武王，此諂佞之甚，愚瞽其君者，而太宗喜之，史不譏焉。野鳥無故數入宫中，此正災異。使魏徵在，必以高宗鼎耳之祥諫也。遂良非不知此，捨鼎耳而取陳寶〔二〕，非忠臣也。

〔一〕郎本卷五十七題作「褚遂良對太宗飛雉説」。《外集》卷二十一題作「褚遂良諂妄」。

〔二〕《外集》「耳」作「雊」。

李靖李勣爲唐腹心之病

昔袁盎論絳侯功臣，非社稷臣。此固有爲而言也。然功臣、社稷之辨，不可不察也。漢之稱社稷臣者，如周勃、汲黯、蕭望之之流。三人者，非有長才也。勃以重厚安劉氏，黯以忠義弭淮南之謀，望之確然不奪於恭、顯，孔子所謂大臣以道事君者耶？僕嘗謂社稷之臣如腹心，功臣如手足。人有斷一指與一足，未及於死也。腹心之病，則爲膏肓，不可爲也。李靖、李勣可謂功臣，終始爲唐之元勳也。然其所爲，止衛、霍、韓、彭之流爾。疆埸之事，夷狄内侮，能以少擊衆，使敵人望而畏之，此固任之有餘矣。若社稷之寄，存亡之幾，此兩人者，蓋懵不知焉。太宗欲伐高麗，靖已老矣，而自請將兵，以堅太宗黷武之志，幾成不戢自焚之禍。高宗立武后，勣以陛下家事無問外人，武氏之禍，戮及襁褓，唐室不絶如綫。則二人者，爲腹心之病大矣。張釋之戒嗇夫之辨〔一〕，使文帝終身爲長者。魏元成折封倫之論，使太宗不失行仁義。孔子所謂有「一言而可以興邦，一言而可以喪邦」者，豈其然乎？

〔一〕明刊《文粹》卷四十「辨」作「辯」；原校：一作「辨」。

房琯之敗〔一〕

房次律敗於陳濤斜，殺四萬人。悲哉！古之言兵者，或取《通典》。《通典》雖杜佑所集，然其源出於劉秩，陳濤斜之敗，秩有力焉。次律云：「熱洛河雖多，安能當我。」劉秩挾區區之辯，以待熱洛河，疎矣。

〔一〕趙刻《志林》題作「房琯陳濤斜事」。

韓愈優於揚雄

韓愈亦近世豪傑之士，如《原道》中言語，雖有疵病，然自孟子之後，能將許大見識，尋求古人，自亦難得。觀其斷曰：「孟子醇乎醇；荀、揚擇焉而不精，語焉而不詳。」若不是他有見識，豈千餘年後便斷得如此分明。如揚雄謂老子之言道德，則有取焉爾；至於搥提仁義，絶滅禮樂爲無取。若以老子「剖斗折衡，而民不争，聖人不起，爲救時反本」之言爲無取，尚可恕；如老子言「失道而後德，失德而後仁，失仁而後義，失義而後禮」，則不識道已不成言語〔一〕，却言其言道德則有取。揚子亦自不見此，其與韓愈相去遠矣。

〔一〕《外集》卷二十一「識」作「失」。

柳子厚論伊尹〔一〕

聖人之所以能絶人者〔二〕，不可以常情疑其有無。孔子爲魯司寇，墮郈、墮費，三桓不疑其害己〔三〕。非孔子，能之乎？伊尹去亳適夏，既醜有夏，復歸於亳。伊尹爲政於商，既貳於夏矣，以桀之暴戾〔四〕，處其執政而不疑，往來兩國之間，而商人父師之。非聖人，能如是乎？是以廢太甲，太甲不怨，復其位，太甲不疑。皆不可以常情斷其有無也。後世惟諸葛孔明近之。玄德將死之言，乃真實語也。使孔明據劉禪位，蜀人豈有異詞哉！元祐八年〔五〕，讀柳宗元《五就桀贊》，終篇皆妄〔六〕，伊尹往來兩國之間，豈其有意欲教誨桀而全其國耶？不然，湯之當王也久矣，伊尹何疑焉！桀能改過而免於討〔七〕，可庶幾也。能用伊尹而得志於天下，雖至愚知其不然，宗元意欲以此自解其從王叔文之罪也〔八〕。

〔一〕郎本卷五十七題作「辨伊尹説」，明刊《文粹》卷二十九作「伊尹五就桀贊」。

〔二〕「以能」原作「能有」，今從郎本。

〔三〕郎本「三桓」作「二家」。

〔四〕「以」原缺，據郎本補。

〔五〕「元祐八年」四字原缺，據郎本補。

〔六〕「妄」原作「言」，今從《外集》卷二十一。

〔七〕「能」原缺，據郎本、《文粹》補。《文粹》「討」作「誅」。

〔八〕「以此」二字原缺，據郎本、《文粹》補。郎本「王叔文」作「二王」。

柳子厚誕妄〔一〕

柳宗元敢爲誕妄，居之不疑。吕温爲道州、衡州，及死，二州之人，哭之逾月，客舟之道于永者，必呱呱然。雖子産不至此，温何以得之。其稱温之弟恭，亦賢豪絶人者。又云：恭之妻，裴延齡之女也。孰有士君子肯爲裴延齡壻者乎？宗元與伾、叔文爲交，蓋亦不羞於延齡姻也。恭爲延齡壻，不見于史，宜表而出之。事見《宗元文集·恭墓誌》云。

〔一〕趙刻《志林》題作「柳宗元敢爲誕妄」。

白樂天不欲伐淮蔡

吴元濟以蔡叛，犯許、汝以驚東都，此不可不討者也。當時議者欲置之，固爲非策。然不得武、裴二傑士，事亦未易辦也〔一〕。白樂天豈庸人哉！然其議論，亦似欲置之者。其詩有「海圖屏風」者，可見其意。且注云：「時方討淮、蔡叛。」吾以是知仁人君子之於兵，蓋不忍輕用如此。淮、蔡且欲以德懷，況欲弊所恃以勤無用乎？悲夫，此未易與俗士談也。

〔一〕「辦」原作「辨」，今從明刊《文粹》卷四十。

樂天論張平叔〔一〕

樂天作《張平叔户部侍郎判度支制詞》云：「吾坐而决事，丞相以下，不過四五人，而主計之臣在焉。」以此知唐制，主計蓋坐而論事也。不知四五人者悉何人？平叔議鹽法，至爲割剥，事見退之集。今樂天制詞亦云〔二〕：「計能析秋毫，吏畏如夏日。」度其人必小人也。

〔一〕趙刻《志林》題作「張平叔制詞」。

〔二〕「今」原缺，據《能改齋漫録》卷六《張平叔贓吏》引文補。

劉禹錫文過不悛〔一〕

劉禹錫既敗，爲書自解，言：「王叔文實工言治道，能以口辯移人，既得用，所施爲，人不以爲當。太上久疾，宰相及用事者不得對。宫掖事秘，建桓立順，功歸貴臣，由是及貶。」《後漢·宦者傳·論》云：「孫程定立順之功，曹騰參建桓之策。」騰與梁冀比捨清河而立蠡吾〔二〕，此漢之所以亡也，與廣陵王監國事，豈可同日而語哉。禹錫乃敢以爲比，以此知小人爲姦〔三〕，雖已敗猶不悛也，其可復置之要地乎？因讀《禹錫傳》，有所感，書此。

〔一〕《外集》卷二十一無「不悛」二字。

〔二〕《外集》無「比」字。案：「比」字似應删去。

〔三〕「以此知」原作「如」，今從《稗海》本《志林》、《外集》。

唐制樂律

唐初，卽用隋樂。武德九年，始詔祖孝孫、竇璡等定樂。初，隋用黃鍾一宮[一]，惟擊七鍾，其五懸而不擊，謂之啞鍾。張文收乃依古斷竹爲十二律，與孝孫等次調五鍾，叩之而應。由是十二鍾皆用。至肅宗時[二]，山東人稷延陵得律[三]，因李輔國奏之，云：「太常樂調，皆不合黃鍾[四]，請悉更制諸鍾磬。」帝以爲然。乃悉取諸樂器摩刻之，二十五日而成。然以漢律考之[五]，黃鍾乃太簇也。當時議者，以爲非是。唐用肅宗樂[六]，以後政日急，民日困，俗日偷，以至於亡。以理推之，其所謂下者，乃中聲也[七]。悲夫！

[一]「鍾」原作「鐘」，《曲洧舊聞》卷五引此文作「鍾」；《隋書·音樂志》作「鍾」，今從。

[二]「至」原作「而」，今從《曲洧舊聞》。

[三]《曲洧舊聞》、《稗海》本《志林》「稷」作「魏」，「律」後有「一」字。

[四]《曲洧舊聞》「不」前有「下」字；下句無「磬」字。

[五]《稗海》本《志林》「漢」作「常」。

[六]《曲洧舊聞》「用肅宗樂」作「自肅代」。

[七]《曲洧舊聞》「中」作「鍾」。

歷代世變

秦以暴虐，焚詩書而亡。漢興鑒其弊，必尚寬德，崇經術之士〔一〕，故儒者多。雖未知聖人，然學宗經師，有識義理者衆。故王莽之亂，多守節之士。世祖繼起，不得不廢經術，褒尚名節之士。故東漢之士，多名節，知名節而不能節之以禮〔二〕，遂至於苦節。苦節之士〔三〕，有視死如歸者。苦節既極，故晉、魏之士，變而爲曠蕩，尚浮虛而亡禮法，禮法既亡，與夷狄同。故五胡亂華，夷狄之亂已甚，必有英雄出而平之。故隋、唐混一天下〔四〕。隋不可謂一天下，第能驅除耳。唐有天下，如貞觀、開元間，雖號治平，然亦有夷狄之風。三綱不正，無父子、君臣、夫婦，其原始於太宗也。故其後世子孫，皆不可使。玄宗纔使肅宗，便叛。肅宗纔使永王璘，便反。君不君，臣不臣，故藩鎮不賓，權臣跋扈，陵夷有五代之亂。漢之治過於唐矣，漢有綱正〔五〕。因客有問十世可知，遂推此數論。

〔一〕「崇」原作「察」，今從明刊《文粹》卷四十。

〔二〕「節」原作「接」，今從《文粹》、《外集》卷二十一。

〔三〕「苦節」原缺，據明刊《文粹》補。

〔四〕《文粹》無「一」字。

〔五〕「漢有綱正」原缺，據明刊《文粹》、《外集》補。

淳于髡一石亦醉〔一〕

淳于髡言一斗既醉，一石亦醉。至於州閭之會，男女雜坐，幾於勸矣，而何諷之有。以吾觀之，蓋有微意。以多少之無常，知飲酒之知我〔二〕，觀變識妄，而平生之嗜，亦少衰矣。是以託於放蕩之言，而能規荒主長夜之飲〔三〕，世未有識其趣者〔四〕。元祐六年六月十三日，偶讀《史記》，書此。

〔一〕《外集》卷三十七題作「書淳于髡傳後」。

〔二〕《外集》「知我」作「非我」。涵芬樓《仇池筆記》亦作「非我」。

〔三〕「規」原作「已」，今從《仇池筆記》。

〔四〕「世」原缺，據《仇池筆記》補。

漢高祖封羹頡侯〔一〕

高祖微時，嘗避事，時時與賓客過其丘嫂食。嫂厭叔與客來，陽爲羹盡轉釜〔二〕，客以故去。已而視其釜中有羹，由是怨嫂〔三〕。及立齊、代王〔四〕，而伯子獨不侯。太上皇以爲言。高祖曰：「非敢忘之也，爲其母不長者。」封其子信爲羹頡侯。高祖號爲大度不記人過者。然不置轉釜之怨，獨不畏太上皇緣此記分杯之語乎〔五〕？

〔一〕趙刻《志林》題作「論漢高祖羹頡侯事」。

〔二〕原校：「轉」一作「轢」。

〔三〕涵芬樓《仇池筆記》「怨」作「絶」。

〔四〕《仇池筆記》「代王」作「太子」。

〔五〕《仇池筆記》「畏」作「愧」。

相如長門賦〔一〕

陳皇后廢處長門宫，聞司馬相如工爲文，奉百金爲相如、文君取酒。相如爲作《長門賦》，以悟主上。皇后復得幸。予觀漢武雄猜忍暴，而相如乃敢以微詞褻慢及宫闈間。太史公一説李陵事，以爲意沮貳師，遂下蠶室。陳皇后得罪，止坐衛子夫，子夫之愛，不減李夫人，豈區區貳師所能比乎？而於相如之賦，獨不疑其有間於子夫者，豈非幸與不幸，固自有命歟？世以禍福論工拙，而以太史公不能保身於明哲者，皆非通論也。

〔一〕《外集》題作「書相如長門賦後」。

三國名臣〔一〕

西漢之士多智謀，薄於名義。東京之士尚風節〔二〕，短於權畧。兼之者，三國名臣也。而孔明巍然三代王者之佐，未易以世論也。紹聖元年四月二十四日書。

〔一〕《七集·續集》卷十題作「題三國名臣贊」。
〔二〕「之士尚」三字原作「事」，今從《七集·續集》。

桓範奔曹爽〔一〕

司馬懿討曹爽，桓範往奔之。懿謂蔡濟曰：「智囊往矣。」濟曰：「範則智矣，駑馬戀棧豆，必不能用也。」範說爽移車駕幸許昌，招外兵，爽不從。範曰：「所憂在兵食，而大司農印在吾許。」爽不能用。陳宮、呂布既擒，曹操謂宮曰：「公臺平生自謂智有餘，今日何如？」宮曰：「此子不用宮言，不然，未可知也。」僕嘗論此二人，呂布、曹爽何人也，而爲之用，尚何言智乎？臧武仲曰：「抑君似鼠，此之謂智。」元祐三年九月十八日書〔二〕。

〔一〕趙刻《志林》題作「論桓範陳宮」。

〔二〕「元祐三年」云云十字原缺，據趙刻《志林》補。《稗海》本《志林》「三年」作「二年」。

夏侯玄論樂毅

《魏氏春秋》云：「夏侯玄著《樂毅》、《張良》及《本無肉刑論》，辭旨通遠，傳於世。」然以予觀之，燕師之伐齊，猶未及桓文之舉也，而以爲幾湯武，豈不過甚矣乎？初，玄好老、莊道德之言，與何晏等皆有盛名。然玄陷曹爽黨中。玄亦不免李豐之禍。晏目玄以《易》之所謂深者，而玄目晏以神。及其遇禍，深與神皆安在乎？羣兒妄作名字，自相刻畫，類如此，可以發千載一笑。

淵明無絃琴〔一〕

舊說淵明不知音，蓄無絃琴以寄意，曰：「但得琴中趣，何勞絃上聲。」此妄也。淵明自云「和以七絃」，豈得不知音，當是有琴而絃弊壞，不復更張，但撫弄以寄意，如此爲得其真。其《自祭文》出妙語於纊息之餘，豈死生之流乎？但恨其猶以生爲寓，以死爲真。嗟夫，先生豈真死獨非寓乎？

〔一〕《外集》題作「書淵明自祭文後」。《詩話總龜》卷六引《百斛明珠》有此文。文中「此妄也」句，《總龜》作：「東坡嘗言：劉伯伶以鍤自隨，曰：『死便埋我。』予以謂伯伶非達者，棺槨衣衾，不害爲達，苟爲不然，死則已矣，何必更埋！至於淵明，亦非忘琴者也。五音六律，不害爲忘琴，苟爲不然，無琴可也，何獨絃乎！以是知舊說之妄也。」《外集》略同《總龜》。案：《總龜》「劉伯伶（本集作「倫」）以鍤自隨」至「何必更埋」一段文字，已見本卷《劉伯倫非達》篇。

蘇軾文集卷六十六

題跋雜文

書孟德傳後

子由書孟德事見寄。余既聞而異之，以爲虎畏不懼己者，其理似可信。然世未有見虎而不懼者，則斯言之有無，終無所試之。然曩余聞忠、萬、雲安多虎。有婦人晝日置二小兒沙上而浣衣於水者〔一〕。虎自山上馳來，婦人倉皇沉水避之。二小兒戲沙上自若。虎熟視久之，至以首觝觸，庶幾其一懼，而兒癡，竟不知怪，虎亦卒去。意虎之食人，必先被之以威〔二〕，而不懼之人，威無所從施歟？有言虎不食醉人，必坐守之，以俟其醒。非俟其醒〔三〕，俟其懼也。有人夜自外歸，見有物蹲其門，以爲猪狗類也。以杖擊之，即逸去。至山下月明處，則虎也。是人非有以勝虎，而氣已蓋之矣。使人之不懼，皆如嬰兒、醉人與其未及知之時，則虎畏之，無足怪者。故書其末，以信子由之説。

〔一〕「而」原作「有」，今從《欒城集》卷二十五《孟德傳》附録此文、郎本卷六十。

〔二〕「必」原缺，據郎本補。

〔三〕「非俟其醒」四字原缺，據《欒城集》附録、郎本補。

書鮑静傳

鮑静字太玄，東海人。五歲語父母，云：「本曲陽李氏子，九歲墮井死。」父母以其言訪之，皆驗。静學兼内外，明天文河洛書。爲南海太守行部入海，遇風，飢甚，煮白石食之。静嘗見仙人陰君受道訣，百餘歲卒。

陰真君名長生。予嘗遊忠州酆都觀，則陰君與王方平上昇處也。古松柏數千株，皆百圍，松脂如酥乳，不煩煮鍊，正爾食之，滑甘不可言。二真君皆畫像觀中，極古雅，有西晉時殿宇，尚存也。戊寅九月十一日夜坐書〔一〕。

〔一〕《外集》卷三十八自「陰真君名長生」以下另起。案：此下之文，疑爲另一篇。今另起。

書單道開傳後

葛稚川與單道開皆西晉人，而没於東晉，又皆隱於羅浮。使稚川見道開，必有述焉。而《抱朴·内篇》皆不及道開，豈稚川化時，道開尚未至羅浮也？稚川乞岣嶁令游南海，遂入羅浮，按本傳在升平三年以後〔一〕，相去蓋三十餘年，必稚川先化也。紹聖元年九月，始予至羅浮，問山中人，則道開無復遺迹矣，亦不知石室所在。獨書此《傳》遺冲虚觀道士鄧守安，以備山中逸事。

〔一〕「升」原作「外」。《晉書》卷九十五《單道開傳》作「升」，今從。

書陶淡傳

《晉史·隱逸傳》：陶淡字處静，太尉侃之孫也。父夏，以無行被廢。淡幼孤，好導養之術，謂仙道可祈。年十五六〔一〕，便服食絶穀。不娶。家累千金，僮客百數，淡了不營問。好讀《易》，善卜筮。於長沙臨湘山中〔二〕，結廬居之。養一白鹿以自隨。人有候之者，輒移渡澗水，莫得近。州舉秀才，淡遂逃羅縣埤山中，不知所終。

陶士行諸子皆凶暴，不獨夏也，而諸孫中乃有淡，曾孫中乃有潛。潛集中乃有仲德、敬通之流，皆隱約有行義，又皆貧困，何也？淡高逸如此，近類得道，與潛近親，而潛無一言及之，此又未喻也。戊寅九月七日，閲《晉史》，偶録之以俟知者。儋州城南記〔三〕。

〔一〕「十五六」原作「五十六」，據《晉書》卷九十四《陶淡傳》改。

〔二〕「湘」原作「湖」，今從《陶淡傳》。

〔三〕《外集》卷三十八自「陶士行諸子」起，另起。今從。

書淵明孟府君傳後

陶淵明，孟嘉外孫，作《嘉傳》云：「或問聽絲不如竹，竹不如肉，何也？」曰：「漸近自然。」而今《晉書》乃云「漸近使之然」，則是閭里少年鄙語。雖至細事，然足以見許敬宗等爲人。

書南史盧度傳

余少不喜殺生，然未能斷也。近來始能不殺猪羊，然性嗜蟹蛤，故不免殺。自去年得罪下獄，始意不免，既而得脱，遂自此不復殺一物。有見餉蟹蛤者，皆放之江中。雖知蛤在江水無活理，然猶庶幾萬一，便使不活，亦愈於煎烹也。非有所求覬，但以親經患難，不異鷄鴨之在庖厨，不忍復以口腹之故，使有生之類，受無量怖苦爾，猶恨未能忘味食自死物也。《南史·隱逸傳》：「始興人盧度，字彦章。有道術。少隨張永北侵魏，永敗，魏人追急，淮水不得過。自誓若得免死，從今不復殺生。須臾見兩楯，流來接之〔一〕，得過。後隱居廬陵西昌三顧山，鳥獸隨之，夜有鹿觸其壁。度曰：『汝勿壞我壁〔二〕。』鹿應聲去。屋前有池，養魚，皆名呼之，次第取食。逆知死年月，竟以壽終。」偶讀此書，與余事粗相類，故并録之。

〔一〕「來」原作「水」，據《外集》卷三十七改。案：《南史》卷七十五《盧度傳》即作「來」。

〔二〕「勿」原缺，據《南史》卷七十五第三十七條校記補。

書六一居士傳後

蘇子曰：居士可謂有道者也。或曰：居士非有道者也。有道者，無所挾而安，居士之於五物，捐世俗之所争，而拾其所棄者也。烏得爲有道乎？蘇子曰：不然。挾五物而後安者，惑也。釋五物而後安者，又惑也。且物未始能累人也，軒裳圭組，且不能爲累，而况此五物乎？物之所以能累人者，以吾有之也。吾與物俱不得已而受形於天地之間，其孰能有之？而或者以爲己有，得之則喜，喪之則悲。今居士自謂六一，是其身均與五物爲一也。不知其有物耶，物有之也？居士與物均爲不能有，其孰能置得喪於其間？故曰：居士可謂有道者也。雖然，自一觀五，居士猶可見也。與五爲六，居士不可見也。居士殆將隱矣。

書東皋子傳後〔一〕

予飲酒終日，不過五合，天下之不能飲，無在予下者。然喜人飲酒，見客舉盃徐引，則予胸中爲之浩浩焉，落落焉，酣適之味，乃過於客。閑居未嘗一日無客，客至，未嘗不置酒。天下之好飲，亦無在予上者。常以謂人之至樂，莫若身無病而心無憂。我則無是二者矣。然人之有是者，接於予前，則予安得全其樂乎？故所至，常蓄善藥〔二〕，有求者則與之，而尤喜釀酒以飲客。或曰：「子無病而多蓄藥，不飲而多釀酒，勞己以爲人，何也？」予笑曰：「病者得藥，吾爲之體輕，飲者困於酒，吾爲之酣適，蓋專以自爲也。」東皋子待詔門下省，日給酒三升。其弟靜問曰：「待詔樂乎？」曰：「待詔何所樂，但美醞三升，殊可戀耳。」今嶺南，法不禁酒，予既得自釀，月用米一斛，得酒六斗。而南雄、廣、惠、循、梅五太守，間復以酒遺予。略計其所獲，殆過於東皋子矣。然東皋子自謂五斗先生，則日給三升，救口不暇，安能及客乎？若予者，乃日有二升五合，入野人、道士腹中矣。東皋子與仲長子光游，好養性服食，預刻死日，自爲墓誌。予蓋友其人於千載，或庶幾焉。

〔一〕《紀年録》謂本文作於紹聖二年正月十三日。

〔二〕「常」原作「當」，據《文鑑》卷一百三十一改。

書黄魯直李氏傳後

無所厭離，何從出世？無所欣慕，何從入道？欣慕之至，亡子見父。厭離之極，燖雞出湯。不極不至，心地不淨。如飯中沙，與飯皆熟。若不含糊，與飯俱嚥。即須吐出，與沙俱棄。善哉佛子，作清淨飯。淘米去沙，終不能盡。不如即用，本所自種。元無沙米，此米無沙。亦不受沙，非不受也，無受處故。

書劉昌事〔一〕昌事見杜牧宋州寧陵縣記〔二〕

今日過寧陵，聞縣令言，前令晏曇立劉昌廟。昌事跡見杜牧集，甚壯偉。宋子京獨不信，以爲無有。子京信李蘩記其父泌、崔胤記其父慎由事，皆以僞爲真，獨不信杜牧記昌事，可笑也。李蘩作《家傳》，記其父居鬼谷，并與仙接。子京亦曰：「蘩所記浮侈不可信，姑摭其實者如上。」崔胤記其父晚無子，遇浮屠生胤，乃名繼〔三〕。

〔一〕《外集》卷三十七無「事」字。

〔二〕「昌」原作「後」，今從《外集》。

〔三〕《外集》「繼」後有「郎」字。

書狄武襄事

狄武襄公者，本農家子。年十六時，其兄素，與里人失其姓名號鐵羅漢者，鬭於水濱，至溺殺之〔一〕。

保伍方縛素，公適餉田，見之，曰：「殺羅漢者，我也。」人皆釋素而縛公。公曰：「我不逃死。然待我救羅漢，庶幾復活。若決死者，縛我未晚也。」衆從之。公默祝曰：「我若貴，羅漢當蘇。」乃舉其尸，出水數斗而活。其後人無知者。公薨，其子諮、詠護喪歸葬西河，父老爲言此。元祐元年十二月五日，與詠同館北客，夜話及之。眉山蘇軾記。

〔一〕「殺」原作「救」，據集甲卷二十三、郞本卷六十改。

書劉庭式事

予昔爲密州，殿中丞劉庭式爲通判。庭式，齊人也。而子由爲齊州掌書記，得其鄉閭之言以告予，曰：「庭式通禮學究。未及第時，議娶其鄉人之女，既約而未納幣也。庭式及第，其女以疾，兩目皆盲。女家躬耕，貧甚，不敢復言。或勸納其幼女。庭式笑曰：『吾心已許之矣。雖盲，豈負吾初心哉！』卒娶盲女，與之偕老。」盲女死於密，庭式喪之，逾年而哀不衰，不肯復娶。予偶問之：「哀生於愛，愛生於色。子娶盲女，與之偕老，義也。愛從何生，哀從何出乎？」庭式曰：「吾知喪吾妻而已，有目亦吾妻也，無目亦吾妻也。吾若緣色而生愛，緣愛而生哀，色衰愛弛，吾哀亦忘。則凡揚袂倚市，目挑而心招者，皆可以爲妻也耶？」予深感其言，曰：「子功名富貴人也。」或笑予言之過，予曰：「不然，昔羊叔子娶夏侯霸女，霸叛入蜀〔一〕，親友皆告絶，而叔子獨安其室，恩禮有加焉。君子是以知叔子之貴也，其後卒爲晉元臣。今庭式亦庶幾焉，若不貴，必且得道。」時坐客皆憮然不信也。昨日有人自廬山來，云：「庭式今在山中，監太平觀，面目奕有紫光，步上下峻坂，往復六十里如飛，絕粒不食，已數年矣。此豈無得而然哉！」聞之喜甚，自以吾言之不妄也，乃書以寄密人趙杲卿。杲卿與庭式善，且皆嘗聞余言者。庭式，字得之，今爲朝請郎〔二〕。杲卿，字明叔，鄉貢進士，亦有行義。元豐六年七月十五日，東坡居士書。

〔一〕「入」原作「人」，據集甲卷二十三、郎本卷六十改。

〔二〕郎本「請」作「議」。

書外曾祖程公逸事

公諱仁霸，眉山人。以仁厚信於鄉里。蜀平，中朝士大夫憚遠宦，官闕，選士人有行義者攝。公攝録參軍。眉山尉有得盜蘆菔根者，實竊，而所持刃誤中主人。尉幸賞，以刼聞。獄掾受賕，掠成之。太守將慮囚，囚坐廡下泣涕，衣盡濕。公適過之，知其寃，咋謂盜曰：「汝寃，盍自言，吾爲汝直之。」盜果稱寃，移獄。公既直其事，而尉、掾争不已，復移獄，竟殺盜。公坐逸囚罷歸〔一〕。不及月，尉、掾皆暴卒。後三十餘年，公晝日見盜拜庭下，曰：「尉、掾未伏，待公而决。前此地府欲召公暫對，我扣頭争之，曰：『不可以我故驚公。』是以至今。公壽盡今日，我爲公荷擔而往。暫對，即生人天，子孫壽禄，朱紫滿門矣。」公具以語家人，沐浴衣冠就寢而卒。軾幼時聞此語。已而外祖父壽九十。舅氏始貴顯，壽八十五。曾孫皆仕有聲，同時爲監司者三人。玄孫宦學益盛。而尉、掾之子孫微矣。或謂盜德公之深，不忍煩公，暫對可也，而獄久不決，豈主者亦因以苦尉、掾也歟？紹聖二年三月九日，軾在惠州，讀陶潛所作外祖《孟嘉傳》，云：「凱風寒泉之思，實鍾厥心。」意悽然悲之。乃記公之逸事以遺程氏，庶幾淵明之心也。是歲九月二十七日，惠州星華館思無邪齋書〔二〕。

〔一〕宋張世南《游宦紀聞》卷五引此文真迹，「逸」作「詠」。集乙卷九亦作「詠」。

〔二〕「是歲九月」云云十八字原缺，據《游宦紀聞》補。

書南華長老重辯師逸事〔一〕

契嵩禪師常瞋，人未嘗見其笑。海月慧辯師常喜，人未嘗見其怒。予在錢塘，親見二人皆趺坐而化〔二〕。嵩既茶毗，火不能壞，益薪熾火，有終不壞者五。海月比葬，面如生，且微笑。乃知二人以瞋喜作佛事也。世人視身如金玉，不旋踵爲糞土，至人反是。予以是知一切法，以愛故壞，以捨故常在，豈不然哉？予遷嶺南，始識南華重辯長老，語終日，知其有道也。予自海南還，則辯已寂久矣。過南華，弔其衆，問塔墓所在。衆曰：「我師昔作壽塔南華之東數里，有不悦師者，葬之別墓。既七百餘日矣，今長老明公〔三〕，獨奮不顧，發而歸之壽塔。改棺易衣，舉體如生，衣皆鮮芳，衆乃大愧服〔四〕。」東坡居士曰：辯視身爲何物，棄之尸陀林以飼烏鳥何有〔五〕，安以壽塔爲！明公知辯者，特欲以化服同異而已。乃以茗果奠其塔，而書其事，以遺其上足南華塔主可興師〔六〕。時元符三年十二月十九日〔七〕。

〔一〕趙刻《志林》題作「故南華長老重辨師逸事」。《湘管齋寓賞續編》（以下簡稱《續編》）卷一有《宋蘇文忠公小楷四十二章經》，此文乃跋。自開始至「豈不然哉」一段文字，《續編》無。

〔二〕「趺」原作「跌」，今從《七集·後集》卷二十、《志林》。

〔三〕《續編》「明」作「朗」。下同。

〔四〕「愧」原缺，據《續編》補。《志林》有「愧」字。

〔五〕《續編》「烏鳥」作「烏鳶」。《志林》亦作「烏鳶」。

〔六〕自「而書其事」至「可與師」十六字，《續編》作「辯嘗欲得余小楷，因書此經以遺其上足南華塔主可與師，并記其事，以識掛劍之意」。

〔七〕《續編》「十二月」作「十一月」；「月」後，《續編》有「東坡居士軾」五字。《志林》作「十一月」。

記孫卿韻語

孫卿子有韻語者，其言鄙近，多云「成相」，莫曉其義。《前漢·藝文志·詩賦類》中有《成相雜詞》十一篇，則成相者，蓋古謳謠之名乎？疑所謂「鄰有喪，舂不相」者。又《樂記》云：「治亂以相〔一〕。」亦恐由此得名，當更細考之。

〔一〕「相」後原有「輔也」二字，據《仇池筆記》刪。

記徐陵語〔一〕

徐陵多忘，每不識人，人以此咎之。陵曰：「公自難記，若曹、劉、沈、謝輩，闇中摸索，亦合認得。」誠哉是言。

〔一〕宋黄朝英《緗素雜記》卷八《摸索》條云：「劉夢得《嘉話》云，許敬宗性輕傲，見人多忘，或謂之不聰。敬宗曰：『卿自難記，若遇何、劉、沈、謝，暗中摸索，亦可識之。』而東坡《雜記》又云：（略）。斯二説大同小異。然徐陵南朝人，不知東坡得之於何書。或云非東坡議論。案《梁書》，何遜、劉孝綽，並見重於世，世謂之何、劉。又，沈約、謝朓亦有詩名。……故世祖論云：多而能者沈約，少而能者謝朓、何遜。杜少陵《醉歌》曰：何、劉、沈、謝力未工。皆用「何劉沈謝」。而《雜記》乃以敬宗爲徐陵，以何、劉爲曹、劉，錯雜如此，益知非東坡之説。」文中「陵曰」之「陵」原缺，據《稗海》本《志林》補。

記歐陽公論文〔一〕

頃歲孫莘老，識歐陽文忠公，嘗乘間以文字問之。云：「無它術，唯勤讀書而多爲之，自工。世人患作文字少，又嬾讀書，每一篇出，卽求過人。如此，少有至者。疵病不必待人指擿，多作自能見之。」此公以其嘗試者告人，故尤有味。

〔一〕趙刻《志林》題作「記六一語」。

記歐陽論退之文

韓退之喜大顛，如喜澄觀、文暢之意，了非信佛法也。世乃妄撰退之與大顛書〔一〕，其詞凡陋，退之家奴僕亦無此語。有一士人於其末妄題云：「歐陽永叔謂此文非退之莫能。」此又誣永叔也。永叔作《醉翁亭記》，其辭玩易，蓋戲云耳，又不以爲奇特也，而妄庸者亦作永叔語，云：「平生爲此最得意。」又云：

「吾不能爲退之《畫記》，退之又不能爲《醉翁記》。」此又大妄也。僕嘗謂退之《畫記》近似甲名帳耳〔二〕，了無可觀，世人識真者少，可歎亦可愍也。

〔一〕「退之」、「大」原缺，據《文鑑》卷一百三十一補。

〔二〕自「退之又不能爲」至「謂退之畫記」二十一字原缺，據《稗海》本《志林》補。

跋嵇叔夜養生論後

東坡居士以桑榆之末景，憂患之餘生，而後學道，雖爲達者所笑，然猶賢乎已也。以嵇叔夜《養生論》頗中余病，故手寫數本，其一贈羅浮鄧道師。紹聖二年四月八日書〔一〕。

〔一〕「紹聖二年」云云九字原缺，據張丑《清河書畫舫》尾字號補。

書淵明述史章後

淵明作《述史九章》，《夷齊》、《箕子》蓋有感而云。去之五百餘載，吾猶知其意也〔一〕。

〔一〕四部叢刊影宋刊《箋註陶淵明詩》卷五引此文「意」作「識」。

書晁無咎所作杜輿子師字説後

《易》曰：「君子得輿，民所載也。小人剥廬，終不可用也。」夫君子得輿，下完而上未具也。小人剥廬，上壯而下撓也。下完而上未具，吾安寢其中，民將載之。上壯而下撓，疾走不顧，猶懼壓焉。今君學修於身，行修於家，而禄未及，既完其下矣，故予以是名字之，與無咎意初無異者。而其文約，其義近，不足以發夫人之志。若無咎者，可謂富於言而妙於理者也。

跋退之送李愿序

歐陽文忠公嘗謂晉無文章，惟陶淵明《歸去來》一篇而已。余亦以謂唐無文章，惟韓退之《送李愿歸盤谷》一篇而已。平生願効此作一篇，每執筆輒罷，因自笑曰：「不若且放教退之獨步〔一〕。」

〔一〕《叢話·前集》卷十八此句後，尚有「退之尋常詩，自謂不逮李、杜，至於『昔尋李愿向盤谷』一篇，獨不減子美」二十七字。

書鮮于子駿楚詞後

鮮于子駿作楚詞《九誦》以示軾。軾讀之，茫然而思，喟然而歎，曰：嗟乎，此聲之不作也久矣，雖欲作之，而聽者誰乎？譬之於樂，變亂之極，而至於今，凡世俗之所用，皆夷聲夷器也，求所謂鄭、衛者，且不可得，而况於雅音乎？學者方欲陳六代之物，弦匏《三百五篇》，犂然如戛釜竈〔一〕，撞甕盎，未有不坐睡竊笑者也。好之而欲學者無其師，知之而欲傳者無其徒，可不悲哉？今子駿獨行吟坐思，寤寐於千載之上，追古屈原、宋玉，友其人於冥寞〔二〕，續微學之將墜，可謂至矣。而覽者不知甚貴〔三〕，蓋亦無足怪者。彼必嘗從事於此，而後知其難且工。其不學者，以爲苟然而已。元豐元年四月九日，趙郡蘇軾書。

〔一〕「犂」原作「黎」，據集甲卷二十三、郎本卷六十改。
〔二〕「友」原作「及」，今從郎本。
〔三〕「甚」原作「其」，今從集甲、郎本。

書子由君子泉銘後孟君名震，鄆人，及進士第，爲承議郎。

子由既爲此文，余欲刻之泉上。孟君不可，曰：「名者，物之累也。」乃書以遺之。元豐六年十一月九日題。

書柳子厚牛賦後

嶺外俗皆恬殺牛，而海南爲甚。客自高化載牛渡海，百尾一舟，遇風不順，渴饑相倚以死者無數。牛登舟皆哀鳴出涕。既至海南，耕者與屠者常相半。病不飲藥，但殺牛以禱，富者至殺十數牛。死者不復云〔一〕，幸而不死，即歸德於巫〔二〕。以巫爲醫，以牛爲藥。間有飲藥者，巫輒云：「神怒，病不可復治。」親戚皆爲却藥，禁醫不得入門，人、牛皆死而後已。地産沈水香，香必以牛易之黎。黎人得牛，皆以祭鬼，無脱者。中國人以沈水香供佛，燎帝求福；此皆燒牛肉也，何福之能得，哀哉！予莫能救，故書柳子厚《牛賦》以遺瓊州僧道賁，使以曉喻其鄉人之有知者，庶幾其少衰乎？庚辰三月十五日記〔三〕。

〔一〕柳宗元《河東先生集》附録此文。柳集附録「不復云」作「亦不減」。
〔二〕柳集附録「巫」作「牛」。

〔三〕「庚辰」云云七字，據集乙卷九補。

跋赤溪山主頌〔一〕

達與不達者語，譬如與無舌人説味。問蜜何如，可云蜜甜。問甜何如，甜不可説。我説蜜甜，而無舌人終身不曉。爲其不可曉，以爲達者語應皆如是，問東説西，指空畫地，如心疾，如睡語，聽者耻不知，從而和之，更相欺謾。

昔張魯以五斗米治病，戒病者相語不得云「未差也」，若云爾者，終身不差也。故當時以張魯爲神。其事類此。然亦不得以此等故疑其真。余得赤溪山主頌十一篇於其子昶，問其事於樂全先生張安道，知其爲達者無疑，爲書其末。熙寧九年正月望日。

〔一〕題右原有「正信和尚」四字，另行，低二格。今據《外集》卷三十九、汲古閣本《東坡題跋》删。

書子由超然臺賦後

子由之文，詞理精確，有不及吾，而體氣高妙，吾所不及。雖各欲以此自勉，而天資所短，終莫能脱。至於此文，則精確、高妙，殆兩得之，尤爲可貴也。

書李邦直超然臺賦後

世之所樂，吾亦樂之，子由其獨能免乎？以爲徹絃而聽鳴琴，却酒而御芳茶，猶未離乎聲、味也。

是故即世之所樂，而得超然，此古之達者所難，吾與子由其敢謂能爾矣乎？邦直之言，可謂善自持者矣，故刻於石以自儆云。

書文與可超然臺賦後

余友文與可，非今世之人也，古之人也。其文非今之文也，古之文也。其爲《超然》辭，意思蕭散，不復與外物相關，其《遠遊》、《大人》之流乎？熙寧九年四月六日。

跋王氏華嚴經解

予過濟南龍山鎮，監稅宋寶國出其所集王荆公《華嚴經解》相示〔一〕，曰：「公之於道，可謂至矣。」予問寶國：「《華嚴》有八十卷，今獨解其一，何也？」寶國曰：「公謂我此佛語深妙〔二〕，其餘皆菩薩語爾。」予曰：「予於藏經取佛語數句置菩薩語中，復取菩薩語置佛語中，子能識其是非乎？」曰：「不能也。」「非獨子不能〔三〕，荆公亦不能〔四〕。予昔在岐下〔五〕，聞汧陽猪肉至美，遣人置之。使者醉，猪夜逸，置他猪以償，吾不知也。而與客皆大詫，以爲非他産所及。已而事敗，客皆大慚。今荆公之猪未敗爾。屠者買肉〔六〕，娼者唱歌〔七〕，或因以悟。若一念清淨，牆壁瓦礫皆説無上法，而云佛語深妙，菩薩不及，豈非夢中語乎？」寶國曰：「唯唯。」

〔一〕「其所集王荆公」原作「王氏」，今從涵芬樓《仇池筆記》。《仇池筆記》「寶」作「保」，下同。

〔二〕「公」原作「王氏」，今從《仇池筆記》。

〔三〕「子」原作「予」，今從《仇池筆記》、《外集》。

〔四〕「荆公」原作「王氏」，今從《仇池筆記》，下同。

〔五〕「岐」原作「坡」，據《仇池筆記》、《外集》改。下句「汧陽」，《仇池筆記》作「河陽」。

〔六〕「屠」原作「昔」，今從《仇池筆記》。

〔七〕此句原作「娼女歌」，今從《仇池筆記》。

跋荆溪外集〔一〕

玄學、義學，一也。世有達者，義學皆玄，如其不達，玄學皆義。近世學者以玄相高，習其徑庭，了其度數，問答紛然，應諾無窮〔二〕。至於死生之際一大事因緣，鮮有不敗績者。孔子曰：「有鄙夫問於我，空空如也，我叩其兩端而竭焉。」世無孔子，莫或叩之，故使鄙夫得挾其空空以欺世取名，此可笑也。荆溪居士作《傳燈傳》若干篇，扶獎義學，以救玄之弊。譬如牧羊然，視其後者而鞭之，無常羊也。

顔淵死，弟子無可與微言者。性與天道，自子貢不得聞，惟曾子信道篤學不仕，從孔子最久。師弟子答問，未嘗不唯者。而曾子之唯，獨記於《論語》，吾是以知孔子之妙傳於一唯。枘鑿相應，間不容髮，一唯之外，口耳皆喪，而門人區區方欲問其所謂，此乃繫風捕影之流，不足以實告者，悲夫。

〔一〕自「顔淵死」以後，疑爲另一篇。蓋以上所云乃玄學、義學，此以後所論乃儒學，不相連屬。自「師弟子答問」以後文字，見郎本卷五十七《辯曾參説》一文中，該文已收入《蘇軾佚文彙編》。

〔二〕「諾」原作「譜」，今從《外集》卷三十九。

書子由黄樓賦後

子城之東門，當水之衝，府庫在焉。而地狹不可以爲甕城，乃大築其門，護以塼石。府有廢廳事，俗傳項籍所作，而非也。惡其淫名無實，毁之，取其材爲黄樓東門之上。元豐元年八月癸丑，樓成。九月庚辰，大合樂以落之。始余欲爲之記，而子由之賦已盡其略矣，乃刻諸石。

書珠子法後

李公擇見傳如此，云得之於一武官，緣感恩而傳，必不妄。公擇與軾，亦嘗試之。

書拉雜變

司馬長卿作《大人賦》，武帝覽之，飄飄然有凌雲之氣。近時學者作拉雜變，便自謂長卿，長卿固不汝嗔，但恐覽者渴睡落床難以凌雲耳。

書温公誌文異壙之語

《詩》云：「穀則異室，死則同穴。」古今之葬皆爲一室〔一〕。獨蜀人爲一壙而異藏，其間爲通道，高不及肩，廣不容人。生者之室，謂之壽堂，以偶人被甲執戈，謂之壽神以守之，而以石甃塞其通道。既死而葬則去之。軾先夫人之葬也，先君爲壽室。其後先君之葬，歐陽公誌其墓，而司馬君實追爲先夫人墓誌，故其文曰：「蜀人之祔也，同壠而異壙。」君實性謙，以爲己之文不敢與歐陽公之文同藏也。東漢壽張侯樊宏[二]，遺令棺柩一藏，不宜復見，如有腐敗，傷子孫之心，使與夫人同墳異藏。光武善之，以書示百官。蓋古亦有是也[三]，然不爲通道，又非詩人同穴之義，故蜀人之葬最爲得禮也。

〔一〕《稗海》本《志林》「葬」後有「者」字。

〔二〕「宏」原作「恭」，據《後漢書》卷三十二《樊宏傳》改。

〔三〕「亦」原缺，據《志林》補。

跋張希甫墓誌後

余爲徐州，始識張希甫父子。元年之冬，李夫人病没，徐人多言其賢，至於死生之際無所留難。而天驥出其手書數十紙，記浮屠、道家語，筆迹雅健，不類婦人，而所書皆有條理。是時希甫年七十，辟穀道引，飲水百餘日，甚瘠而不衰，目瞳子烱然。余知其無苦，而不忍天驥之憂懼，乃守而告之，人生如寄，何至自苦如是，願以時飲酒食粱、肉，慰子孫之意。希甫强爲予食，然無復在世意。後二年，余謫居黄州，聞希甫没，既葬，天驥以其墓銘示余，余知其夫婦皆超然世外矣。

書四戒

出輿入輦，命曰「蹷痿之機」；洞房清宫，命曰「寒熱之媒」；皓齒蛾眉，命曰「伐性之斧」；甘脆肥濃，命曰「腐腸之藥」。此三十二字，吾當書之門窗、几席、縉紳、盤盂，使坐起見之，寢食念之。元豐六年十一月，雪堂書。

書所獲鏡銘

元豐四年正月，余自齊安往岐亭，泛舟而還。過古黄州，獲一鏡，周尺有二寸，其背銘云：「漢有善銅出白陽，取爲鏡，清而明〔一〕，左龍右虎俌之〔二〕。」其字如菽大，雜篆隸，甚精妙。白陽，疑南陽白水之陽也。其銅黑色，如漆。其背如刻玉。其明照人微小。舊聞古鏡皆然，此道家聚形之法也。

〔一〕「而」原作「如」，今從《仇池筆記》。

〔二〕《外集》卷三十九「虎」作「鳳」，《仇池筆記》「俌」作「輔」。

跋司馬温公布衾銘後

士之得道者，視死生禍福，如寒暑晝夜，不知所擇，而況膏粱脱粟文繡布褐之間哉！如是者，天地不能使之壽夭，人主不能使之貴賤，不得道而能若是乎，吾其敢以恭儉名之。仲尼以簞瓢得之顔子，余於温公亦云。

跋子由栖賢堂記後

子由作《栖賢堂記》，讀之便如在堂中，見水石陰森，草木膠葛。僕當爲書之，刻石堂上，且欲與廬山結緣，他日入山，不爲生客也。

題伯父謝啓後

天聖中，伯父中都公始舉進士於眉，年二十有三。時進士法寬，未有糊名也。試日，通判殿中丞蔣希魯下堂，觀進士程文，見公所賦，歎其精妙絶倫。曰：「第一人無以易子。」公力自言年少學淺，有父兄在，決不敢當此選。希魯大賢之，曰：「君子成人之美。」乃以爲第三。明年登乙科。此則其親書啓事謝希魯者也。公歿後十三年，得之宜興人單君錫家，蓋希魯宜興人也。又八年，乃躬自裝縹，而歸公之第二子子明兄，使寶之以無忘公之盛德云。元豐五年七月十三日，第六姪責授黄州團練副使軾謹誌。

跋柳閎楞嚴經後

衆生當以是時度〔一〕，佛菩薩則現是身，身無實相，然必現是，意其所入者易也。《楞嚴》者，房融筆受，其文雅麗，於書生學佛者爲宜。吾甥柳闢，孝弟夙成，自童子能爲文，不幸短命。其兄閎爲手寫此經。閎既已識佛意，則闢亦當冥受其賜矣。

〔一〕《外集》卷三十九「時」作「得」。

跋張益孺清淨經後

佛言作、止、任、滅，是謂四病。我言作、止、任、滅，是謂四法門。無盡居士若見法門，應無是語。

題僧語録後

佛法浸遠，真僞相半。寓言指物，大率相似。考其行事，觀其臨禍福死生之際，不容僞矣。而或者得戒神通，非我肉眼所能勘驗，然真僞之候，見於言語。吾雖非夔、曠，聞絃賞音，粗知雅曲。子由欲吾書其文，爲題其末。

書濟衆方後〔一〕

先朝值夷狄懷服，兵革寢息，而又體質恭儉，在位四十有二年，宫室苑囿無所益，故民無暴賦横徭而生齒歲登〔二〕，墾田日廣。至於法令則去苛慘、尚寬簡，守令則進賢良、退貪殘〔三〕，牛酒以禮高年，粟帛以旌孝行，廣惠以廩惸獨，寬恤以省力役，除身丁之算，弛鹽榷之令。用能導迎休祥，年穀登衍，其裕民之德，固已浹肌膚而淪骨髓矣。然猶慊然憂下民之疾疹無良劑以全濟〔四〕，於是詔太醫集名方，曰「簡要濟衆」。凡五卷，三册，鏤板模印，以賜郡縣，俾人得傳録，用廣拯療，意欲錫以康寧之福，躋之仁壽之域。已而縣與律令同藏，殆逾一紀，窮遠之民，莫或聞知。聖澤壅而不宣，吏之罪也，乃書以方板，揭之通會。不獨流傳民間，痊痾愈疾，亦欲使人知上恩也。後之君子儻不以是爲詬〔五〕，歲一檢舉之〔六〕，使無遺毀焉。

右具如前，須至榜示〔七〕。

〔一〕《七集·續集》卷九題作「縣榜」；原校：「附，一本作『書濟衆方後』。」

〔二〕「横徭」二字原缺，據《七集·續集》補。

〔三〕「賢」原作「柔」，今從《七集·續集》。

〔四〕《七集·續集》「疹」作「疢」。

〔五〕「是」原缺，據《七集·續集》補。

〔六〕《七集·續集》「皋」作「案」。

〔七〕「右具」云云八字原缺，據《七集·續集》補。「示」後，《七集·續集》尚有「嘉祐七年正月日」七字。

書黄道輔品茶要録後

物有畛而理無方，窮天下之辯，不足以盡一物之理。達者寓物以發其辯，則一物之變，可以盡南山之竹。學者觀物之極，而游於物之表，則何求而不得。故輪扁行年七十而老於斵輪，庖丁自技而進乎道，由此其選也。黄君道輔諱儒，建安人。博學能文，淡然精深，有道之士也。作《品茶要録》十篇，委曲微妙，皆陸鴻漸以來論茶者所未及。非至静無求，虚中不留，烏能察物之情如此其詳哉？昔張機有精理而韻不能高，故卒爲名醫，今道輔無所發其辯，而寓之於茶，爲世外淡泊之好，此以高韻輔精理者。予悲其不幸早亡，獨此書傳于世，故發其篇末云。

書呪語贈王君

王君善書符，行天心正一法，爲里人療疾驅邪。僕嘗傳呪法，當以傳王君。其辭曰：「汝是已死我，我是未死汝，汝若不吾祟，吾亦不汝苦。」

書李志中文後

元豐七年，軾舟行赴汝海，自富川陸走高安，別家弟子由。五月九日，過新吳，見縣令李君志中，同謁劉真君祠，酌丹井飲之。明日夏至，遊寶雲寺此君亭，觀李君之文，求其本而去。眉陽蘇軾書。

跋鄧慎思石刻

軾在黄州，見鄧慎思學士扶護先太夫人喪，歸葬長沙。飲食起居哀慕之節，皆應古禮，凡可以顯揚前人者，君必盡力求之，期得而後已。嗚呼，可謂孝矣！今復觀此石刻，益嗟歎之不足。元祐元年十二月日，眉山蘇軾書。

跋送石昌言引

右嘉祐元年九月十九日先君《送石昌言北使》文一首。其字則軾年二十一時所書與昌言本也。今蓄於陳履常氏。昌言名揚休，善爲詩，有名當時，終於知制誥。彭任字有道，亦蜀人，從富彦國使虜還，得靈河縣主簿以死。石守道嘗稱之，曰：「有道長七尺，而膽過其身。」一日坐酒肆，與其徒飲且酣，聞彦國當使不測之虜，憤憤推酒床，拳皮裂，遂自請行，蓋欲以死扞彦國者也。」其爲人大畧如此，然亦任俠好殺云。元祐三年九月初一日題。

跋魯直李氏傳

李如塤之妹，既笄發病，見前世寃對，日夜笞之，遂歸誠佛法。夢中見佛與受戒，平遣寃者。李因蔬食不嫁，黄魯直爲記，僕題其後云。

跋進士題目後

元祐三年十二月二十八日，上御延和殿，奏端明殿學士范鎮所進新樂，自太中大夫待制以上皆侍。時西夏方遣使欵延州塞，而邊臣方持其議，相與往返未決也。故進士作《延和殿奏新樂賦》、《欵塞來享詩》云。翰林學士蘇軾記。

自評文〔一〕

吾文如萬斛泉源，不擇地皆可出〔二〕，在平地滔滔汩汩，雖一日千里無難。及其與山石曲折，隨物賦形，而不可知也。所可知者，常行於所當行，常止於不可不止，如是而已矣。其他雖吾亦不能知也。

〔一〕郎本卷五十七題作「文説」。

〔二〕郎本「皆可」作「而」。

跋邢敦夫南征賦

邢敦夫自爲童子，所與游皆諸公長者。其志豈獨蘄以文稱而已哉。一日不見，遂與草木俱盡，故魯直、無咎諸人哭之，皆過時而哀。今觀此文，亦足少慰。舊嘗見江南李泰伯，自述其文曰：「天將壽我歟？所爲固未足也；不然，斯亦足以藉手見古人矣。」吾於敦夫亦云。元祐四年四月十六日。

書破地獄偈

「若人欲了知，三世一切佛，應觀法界性，一切惟心造。」近有人喪妻者，夢其妻求《破地獄偈》，覺而求之，無有也。問薦福古老，云：「此偈是也。」遂舉家持誦。後見亡者寶衣天冠，縹緲空中，稱謝而去。軾聞之佛印禪師，佛印聞之范堯夫。

記佛語

佛告阿難，使汝流轉心目之罪人，能降伏此兩物，即去道不遠矣。心既降伏，目亦自定，不須雙言，但此兩物常相表裏。故佛云爾也。佛云：「三千大千世界，猶如空華亂起亂滅。」而況我在此空華起滅之中，寄此須臾貴賤、壽夭、賢愚、得喪，所計幾何，惟有勲修善果以昇輔神明，照遣虚妄，以識知本性，差爲着身要事也。

書夢祭句芒文〔一〕

予在黄州，夢黑肥吏，以一幅紙，請《祭春牛文》。却之不可。云：「欲得一佳文。」予笑而從之，云：「三陽既至，庶草將興。爰出土牛，以戒農事。衣被丹青之好，本出泥塗；成毁須臾之間，誰爲慍喜。」傍有一吏云：「此兩句，會有慍者。」其一云：「不害。」久已忘之。參寥能具道，乃復録之，今歲立春，便可用也〔二〕。

〔一〕趙刻《志林》有「夢中作祭春牛文」，與此文有相似處，已收入《蘇軾佚文彙編》，可參。

〔二〕篇末原校：一閣本「不害」下有「此是唤醒他」五字。

跋劉咸臨墓誌

魯直事佛謹甚，作《劉咸臨墓誌》。咸臨不喜佛，而其父道原尤甚。道原之真茹茶、嚙雪竹、折玉裂也，終身守之而不易，可不謂戒且定乎！予觀范景仁、歐陽永叔、司馬君實皆不喜佛，然其聰明之所照了，德力之所成就，皆佛法也。梁武帝築浮山堰灌壽春以取中原，一夕殺數萬人，乃以麪牲供宗廟，得爲知佛乎！以是知世之喜佛者未必多，而所不喜者未易少也。

書松醪賦後

予在資善堂，與吴傳正爲世外之遊。及將赴中山，傳正贈予張遇易水供堂墨一丸而别。紹聖元年閏四月十五日，予赴英州，過韋城，而傳正之甥歐陽思仲在焉，相與談傳正高風，歎息久之。始予嘗作《洞庭春色賦》，傳正獨愛重之，求予親書其本。近又作《中山松醪賦》，不減前作，獨恨傳正未見。乃取李氏澄心堂紙，杭州程奕鼠須筆，傳正所贈易水供堂墨，録本以授思仲，使面授傳正，且祝深藏之。傳正平生學道既有得矣，予亦竊聞其一二。今將適嶺表，恨不及一别，故以此賦爲贈，而致思於卒章，可以超然想望而常相從也。

書六賦後

予中子迨，本相從英州，舟行已至姑熟，而予道貶建昌軍司馬惠州安置，不可復以家行。獨與少子過往，而使迨以家歸陽羨，從長子邁居。迨好學知爲楚詞，有世外奇志，故書此六賦以贈其行。紹聖元年六月二十五日，東坡居士書。

跋所書東皐子傳

紹聖二年正月十六日，方讀《東皐子傳》，而梅州送酒者適至，獨嘗一杯，徑醉，遂書此紙以寄譚使君〔一〕。

〔一〕《外集》卷四十「譚」作「潭」。

跋子由老子解後

昨日子由寄《老子新解》，讀之不盡卷，廢卷而歎。使戰國時有此書，則無商鞅、韓非；使漢初有此書，則孔、老爲一；晉、宋間有此書，則佛、老不爲二。不意老年見此奇特。

跋張廣州書

張廣州與妹仁壽夫人書云：「廣州真珠香藥極有，亦有閑錢，但忝市舶使，不欲効前人自污爾。有唐三百年，惟宋璟、盧奐、李朝隱治廣以廉潔稱，吾宋無聞焉。方作欽賢堂，繪古之清刺史，日夕思仰之，吾妹賢而知理，必喜聞也。」潔廉，哲人之細事也，而古今邊患常生於貪〔一〕。守邊得廉吏，則夷夏人安，豈細事哉。張説作《宋璟遺愛碑》，其文曰：「崑崙寶兮四海財，幾萬里兮歲一來。」《書》曰：「不寶遠物，則遠人格。」蓋致遠莫若廉。使張公久於帥廣，如四海之物，皆可致也。嗚呼！元符三年七月十一日。

〔一〕「而」上原尚有一「而」字，衍，逕删。

題所作書易傳論語説

孔壁、汲冢竹簡科斗，皆漆書也。終於蠹壞。景鐘、石鼓益堅〔一〕，古人爲不朽之計亦至矣。然其妙意所以不墜者，特以人傳人耳。大哉人乎！《易》曰：「神而明之，存乎其人。」吾作《易、書傳》、《論語説》，亦粗備矣。嗚呼！又何以多爲。

〔一〕《仇池筆記》「景」作「編」，《稗海》本《志林》「益」作「蓋」。

書羅漢頌後

佛弟子蘇軾自海南還，道過清遠峽寶林寺，敬頌禪月所畫十八大阿羅漢。元符三年十一月十四日〔一〕。

〔一〕《東坡紀年録》「十一月」作「十月」。

跋石鐘山記後

錢唐、東陽皆有水樂洞〔一〕，泉流空巖中，自然宮商〔二〕。又自靈隱下天竺而上至上天竺，谿行兩山間，巨石磊磊如牛羊，其聲空礱然〔三〕，真若鐘聲，乃知莊生所謂天籟者，蓋無所不在也。建中靖國元年正月五日〔四〕，自海南還，過南安，司法掾吴君示舊所作《石鐘山記》，復書其末。

〔一〕「陽」原作「南」，今從郎本卷四十九《石鐘山記》註文所引此文。

〔二〕「自」前原有「皆」，今據郎本刪。

〔三〕「礱」原作「礲」，今從郎本。

〔四〕「五」原缺，據郎本補。《外集》卷四十作「三」。

題劉壯輿文編後

今日晨起，減衣，得頭風病，然亦不甚也。取劉君壯輿文編讀之，失疾所在。曹公所云，信非虛語。然陳琳豈能及君耶？建中靖國元年四月十二日書。

記黄州故吴國〔一〕

昨日讀《隋書·地理志》，黄州乃永安郡。今黄州東十五里許有永安城〔二〕，而俗謂之「女王城」，其說鄙野。而《圖經》以爲春申君故城，亦非是。春申君所都，乃故吴國，今無錫惠山上有春申君廟，庶幾是乎？

〔一〕「州」原作「烟」，今據《外集》卷四十改。

〔二〕「東」原缺，據《稗海》本《志林》補。趙刻《志林》「東」作「都」。

記鐵墓厄臺

舊遊陳州，留七十餘日。近城可遊觀者無不至。柳湖傍，有丘，俗謂之「鐵墓」，云：「陳胡公墓也。」城濠水注嚙其趾，見有鐵錮之〔一〕。又有寺曰「厄臺」，云：「孔子厄於陳、蔡所居者。」其說荒唐不可信。或曰：「東漢陳愍王寵教弩臺以控扼黃巾者〔二〕。」斯說爲近之。

〔一〕「有」前原有「其」字，據趙刻《志林》刪。

〔二〕「愍」原作「思」。《後漢書》卷五十《陳寵傳》作「愍」，今據改。

書汴河斗門

數年前，朝廷作汴河斗門以淤田。議者以爲不可，竟爲之，然卒亦無功。方樊山水盛時，放斗門，則河田墳墓閭舍皆被害。及秋深水退而放，則淤不能厚，謂之煎餠淤。朝廷亦厭之而罷〔一〕。偶讀白居易《甲乙判》，有云：「得轉運使以汴河水淺不通運，請築塞兩河斗門，節度使以當管營田悉在河次，若斗門築塞，無以供軍。」乃知唐時汴河兩岸，皆有營田斗門。若運水不乏，即可沃灌。古有之而今不能，何也？當更問知者。

〔一〕「亦」原缺，據趙刻《志林》補。

書杜牧集僧制〔一〕

杜牧集有《燉煌郡僧正兼州學博士僧慧苑除臨壇大德制詞》，蓋宣宗復河、湟時也。蕃僧最貴中國紫衣師號。种諤知青澗城，無以使此等，輒出牒授〔二〕。君子予其權〔三〕，不責其專也。

〔一〕趙刻《志林》題作「僧正兼州博士」。

〔二〕《志林》「授」前有「補」字。

〔三〕「權」前原有「知」字，據《志林》删。

記夢中論左傳

元祐六年十一月十九日，五更，夢數人論《左傳》云：「《祈招》之詩固善語，然未見所以感切穆王之心、已其車轍馬迹之意者。」有答者曰：「以民力從王事，當如飲酒，適於飢飽之度而已。若過於醉飽，則民不堪命，王不獲没矣。」覺而念其言，似有理，故録之。

書左傳醫和語〔一〕

男子之生也覆，女子之生也仰。其死於水也亦然。男外陽而内陰〔二〕，女子反之。故《易》曰：「坤至柔而動也剛。」《書》曰：「沈潛剛克。」古之達者，蓋如此也。秦醫和曰：「天有六氣，淫爲六疾。陽淫熱疾，陰淫寒疾，風淫末疾，雨淫腹疾，晦淫惑疾，明淫心疾。夫女，陽物也而晦時，故淫則生内熱蠱惑之疾。」女爲蠱惑，世知之者衆矣。其爲陽物而内熱〔三〕，雖良醫未之言也。五勞七傷，皆熱中而烝，晦淫者不爲蠱則中風〔四〕，皆熱之所生。醫和之語，吾當表而出之。讀《左氏春秋》，書此。

〔一〕趙刻《志林》題作「論醫和語」。

〔二〕《良方》、趙刻《志林》、《稗海》本《志林》「陽」作「陰」，「陰」作「陽」。

〔三〕「其」原作「且」，據《良方》、趙刻《志林》、《外集》卷三十七改。

〔四〕《良方》「中而烝晦淫者」作「汗而蒸者」。

記王彭論曹劉之澤〔一〕

王彭嘗云：「塗巷小兒薄劣，爲其家所厭苦，輒與數錢，令聚聽説古話。至説三國事，聞玄德敗，則嚬蹙有涕者。聞曹操敗，則喜唱快。以是知君子小人之澤，百世不斬。」彭，愷之子，爲武吏，頗知文章，余嘗爲作《哀詞》，字大年。

〔一〕趙刻《志林》題作「塗巷小兒聽説三國語」。

記李邦直言周瑜

李邦直言：周瑜二十四，經略中原，今吾四十，但多睡善飯，賢愚相遠如此。安上言吾子似快活，未知孰賢與否？

書淵明歸去來序〔一〕

俗傳書生入官庫，見錢不識。或怪而問之。生曰：「固知其爲錢，但怪其不在紙裹中耳。」予偶讀淵明《歸去來辭》云：「幼稚盈室，瓶無儲粟。」乃知俗傳信而有徵〔二〕。使瓶有儲粟，亦甚微矣。此翁平生，只於瓶中見粟也耶？《馬后紀》〔三〕，宮人見大練，反以爲異物。晉惠帝問飢民，何不食肉糜？細思之，皆一理也。聊爲好事者一笑〔四〕。

〔一〕趙刻《志林》題作「論貧士」。
〔二〕「徵」原作「證」，今從《志林》。
〔三〕「紀」原缺，據《稗海》本《志林》補。
〔四〕「笑」後趙刻《志林》尚有「永叔常言」云云二十五字，本集卷六十七收入，獨立成篇，題作「記永叔評孟郊詩」。

偶書二首〔一〕

劉聰聞當爲須遮國王，則不復懼死。人之愛富貴，有甚於生者。月犯少微，吴中高士求死不得。人之好名，有甚於生者。

〔一〕趙刻《志林》題作「劉聰吴中高士二事」。

又

張睢陽生猶罵賊，嚼齒穿齦〔一〕；顔平原死不忘君，握拳透掌〔二〕。

〔一〕《冷齋夜話》卷五《東坡屬對》引此文，「穿」作「空」。

〔 〕《冷齋夜話》「掌」作「爪」。

書郭文語〔一〕

温嶠嘗問郭文曰：「人皆有六親相娱，先生棄之，何樂？」文曰：「本行學道，不謂遭世亂，欲歸無路爾。」又問曰：「飢思食，壯思室，自然之理。先生獨無情乎？」曰：「情由憶生，不憶故無情。」又曰：「先生獨居窮山，死則爲烏鳶所食，奈何？」曰：「埋藏者食於螻蟻，復何異？」又問曰：「猛獸害人，先生獨不畏耶？」曰：「人無害獸心，則獸亦不害人。」又曰：「世不寧則身不安，先生何不出以濟世乎〔二〕？」曰：「此非野人之所知也。」予嘗監錢唐郡，游餘杭九鏁山，訪大滌洞天，即郭先生之舊隱也。洞天有巨壑〔三〕，深不可測，蓋嘗有敕使投龍簡云。戊寅九月七日，東坡居士夜坐，録此。

〔一〕趙刻《志林》題作「録温嶠問郭文語」。

〔二〕「以」原缺，據《外集》卷三十八補。

〔三〕「天」原缺，據《稗海》本《志林》補。

書徐則事〔一〕

東海徐則，隱居天台，絶粒養性。太極真人徐君降之，曰：「汝年出八十，當爲王者師，然後得道。」晉王廣聞其名，往召之。則謂門人曰：「吾年八十來召我，徐君之言信矣。」遂詣揚州。王請受道法，辭以時日不利。後數日而死，支體如生。道路皆見其徒步歸〔二〕，云：「得放還山。」至舊居，取經書分遺弟子，乃去。既而喪至。予以謂徐生高世之人，義不爲煬帝所污，故辭不肯傳其道而死。徐君之言，蓋聊以避禍，豈所謂危行言遜者耶？不然，煬帝之行，鬼所唾也，而太極真人肯置之齒牙哉！

〔一〕趙刻《志林》題作「徐則不傳晉王廣道」。

〔二〕「歸」原缺，據《志林》補。

書四適贈張鶚

張君持此紙，求僕書，且欲發藥。不知藥，君當以何品？吾聞《戰國策》中有一方，吾嘗服之，有効，故以奉傳。其藥四味而已，一曰「無事以當貴」，二曰「早寢以當富」，三曰「安步以當車」，四曰「晚食以當肉」。夫已飢而食，蔬食有過於八珍。而既飽之餘，雖芻豢滿前，惟恐其不持去也。若此可謂善處窮者矣。然而於道則未也。安步自佚，晚食自美，安以當車與肉爲哉？車與肉猶存於胸中，是以有此言也。

記導引家語

導引家云：「心不離田，手不離宅。」此語極有理〔一〕。又云：「真人之心，如珠在淵。衆人之心，如瓢在水〔二〕。」此善喻者。

〔一〕「此語極有理」五字原缺，據趙刻《志林》補。

〔二〕《志林》「瓢」作「泡」。

書夢中靴銘〔一〕

軾倅武林日，夢神宗召入禁中，宮女圍侍，一紅衣女童，捧紅靴一隻，命軾銘之。覺而忘之，記其一聯云：「寒女之絲，銖積寸累。天步所臨，雲蒸霧起。」既畢，進御，上極歎其敏，使宮女送出，睇視裙帶間，有六言詩一首云：「百疊漪漪水皺，六銖縰縰雲輕，直立含風廣殿，微聞環珮摇聲。」

〔一〕趙刻《志林》題作「夢中作靴銘」。

跋李氏述先記

東坡居士曰：賊以百倍之衆臨我，我無甲兵城池，雖慈父孝子，有不能相保者。李君獨能鋤耰棘矜，相率而拒之，非其才有所足恃，德有所不忍違，惡能然哉？余恨不得其平生行事本末，當有絶人者，非特此耳。士居平世，徼倖以成功名者，何可勝數，而危亂之世，豪傑之士湮没而無傳者，亦多矣，悲夫！元祐七年八月二十六日書〔一〕。

〔一〕「元祐七年」云云十字原缺，據《外集》卷三十八補。

記朱炎禪頌

芝上人言：近有節度判官朱炎者，學禪久之，忽於《楞嚴經》若有所得者〔一〕。問講僧義江云：「此身死後，此心何在〔二〕？」江云：「此身未死，此心何在？」炎良久以偈答曰：「四大不須先後覺〔三〕，六根還向用時空。難將語默呈師也，只在尋常語默中。」師可之。其後竟坐化。真廟時人也。

〔一〕「所」原缺，據趙刻《志林》補。

〔二〕《志林》「在」作「住」。

〔三〕「先」原作「無」，今從《志林》。《叢話·前集》卷五十七引此文亦作「先」。

改觀音經〔一〕

《觀音經》云：「呪咀諸毒藥，所欲害身者。念彼觀音力，還着於本人。」東坡居士曰：「觀音，慈悲者也。今人遭呪咀，念觀音之力，而使還着於本人，則豈觀音之心哉？」今改之曰：「呪咀諸毒藥，所欲害身者。念彼觀音力，兩家總没事。」

〔一〕趙刻《志林》「經」作「咒」。

論六祖壇經〔一〕

近讀六祖《壇經》，指説法、報、化三身，使人心開目明。然尚少一喻。試以喻眼：見是法身，能見是報身，所見是化身。何謂「見是法身」？眼之見性，非有非無，無眼之人，不免見黑，眼枯睛亡，見性不滅，則是見性，不緣眼有無，無來無去，無起無滅。故云「見是法身」。何謂「能見是報身」？見性雖存，眼根不具，則不能見，若能安養其根，不爲物障，常使光明洞徹，見性乃全。故云「能見是報身」。何謂「所見是化身」？根性既全，一彈指頃，所見千萬，縱横變化，俱是妙用。故云「所見是化身」〔二〕。此喻既立，三身愈明。如此是否？

〔一〕趙刻《志林》題作「請壇經」。

〔二〕「化」原作「法」，據《志林》改。

記袁宏論佛〔一〕

袁宏《漢記》曰：「浮屠，佛也。西域天竺國有佛道焉。佛者，漢言覺也，將以覺悟羣生。其教，以修善慈心爲主，不殺生，專務清淨。其精者爲沙門。沙門，漢言息也。蓋息意去欲，歸於無爲。又以爲人死精神不滅，隨復受形，生時善惡，皆有報應。故貴行善修道，煉精養神，以至無生而得爲佛也。」先生曰〔二〕：「此殆中國始知有佛時語也。雖若淺近，而大略具是矣。野人得鹿，正爾煮食之爾。其後賣與市人，遂入公庖中，饌之百方。鹿之所以美，未有絲毫加於煮食時也。」

〔一〕趙刻《志林》題作「袁宏論佛説」。

〔二〕《志林》「先」上有「東坡」二字。

書贈邵道士

耳如芭蕉〔一〕，心如蓮花。百節疎通，萬竅玲瓏。來時一，去時八萬四千。此義出《楞嚴》，世未有知之者也。元符三年九月二十日〔二〕，書贈都嶠邵道士。

〔一〕「耳」原作「身」，今從趙刻《志林》。

〔二〕《志林》「十」後有「一」字。

書正信和尚塔銘後

太安楊氏，世出名僧。正信表公兄弟三人，其一曰仁慶，故眉僧正。其一曰元俊，故極樂院主，今太安治平院也。皆有高行。而表公行解超然，晚以静覺。三人皆與吾先大父職方公、吾先君中大夫遊，相善也。熙寧初，軾以服除，將入朝，表公適卧病，入室告别。霜髮寸餘，目光瞭然，骨盡出，如畫須菩提像，可畏也。軾盤桓不忍去。表曰：「行矣，何處不相見。」軾曰：「公能不遠千里相從乎？」表笑曰：「佛言生正信家，千里從公，無不可者，然吾蓋未也。」已而果無恙，至六年乃寂。是歲，軾在錢塘，夢表若告别者。又十五年，其徒法用以其所作偈、頌及塔記相示，乃書其末。

書柳子厚大鑒禪師碑後

釋迦以文教，其譯于中國，必託於儒之能言者，然後傳遠。故《大乘》諸經至《楞嚴》，則委曲精盡勝妙獨出者，以房融筆授故也。柳子厚南遷，始究佛法，作曹谿、南嶽諸碑，妙絶古今，而南華今無刻石者。長老重辯師，儒釋兼通，道學純備，以謂自唐至今，頌述祖師者多矣，未有通亮簡正如子厚者。蓋推本其言，與孟軻氏合。其可不使學者晝見而夜誦之。故具石請予書其文。《唐史》：元和中，馬總自虔州刺史，遷安南都護，徙桂管經略觀察使，入爲刑部侍郎。今以碑考之，蓋自安南遷南海，非桂管也。韓退之《祭馬公文》亦云：「自交州抗節番禺，曹谿謚號，決非桂帥所當請。」以是知《唐史》之誤，當以

《碑》爲正。紹聖二年六月九日〔一〕。

〔一〕「紹聖二年」云云八字原缺，據《七集·後集》卷十九補。

書楞伽經後

《楞伽阿跋多羅寶經》，先佛所説，微妙第一，真實了義，故謂之佛語。心品祖師達磨以付二祖曰：吾觀震旦所有經教，惟《楞伽》四卷可以印心，祖祖相受，以爲心法。如醫之有《難經》，句句皆理，字字皆法，後世達者神而明之，如槃走珠，如珠走槃，無不可者。若出新意而棄舊學，以爲無用，非愚無知，則狂而已。近歲學者各宗其師，務從簡便，得一句一偈，自謂了證，至使婦人孺子，抵掌嬉笑，争談禪悦，高者爲名，下者爲利，餘波末流，無所不至，而佛法微矣。譬如俚俗醫師，不由經論，直授方藥，以之療病，非不或中，至於遇病輒應，懸斷死生，則與知經學古者不可同日語矣。世人徒見其有一至之功，或捷於古人，因謂《難經》不學而可，豈不誤哉！《楞伽》義趣幽眇，文字簡古，讀者或不能句，而況遺文以得義，忘義以了心者乎？此其所以寂寥於是，幾廢而僅存也。太子太保樂全先生張公安道，以廣大心，得清淨覺。慶曆中嘗爲滁州，至一僧舍，偶見此經，入手怳然〔一〕，如獲舊物，開卷未終，夙障冰解，細視筆畫，手迹宛然，悲喜太息，從是悟入〔二〕。常以經首四偈，發明心要。軾游於公之門三十年矣，今年二月，過南都見公於私第。公時年七十九，幻滅都盡，惠光渾圜，而軾亦老於憂患，百念灰冷。公以爲可教者，乃授此經，且以錢三十萬使印施於江淮間。而金山長老佛印大師了元曰：「印施有盡，若書而刻之則無盡。」軾乃爲書之，而元使其侍者曉機走錢塘求善工刻之板，遂以爲金山常住。元豐八年九月日，朝奉郎、新差知登州軍州兼管内勸農事騎都尉借緋蘇軾書。

〔一〕「悅」原作「悦」，今從《七集·前集》卷四十。

〔二〕「悟」原作「誤」，誤，據《七集·前集》改。

書金光明經後

軾之幼子過，其母同安郡君王氏諱閏之，字季章，享年四十有六。以元祐八年八月一日，卒于京師，殯于城西惠濟院。過未免喪，而從軾遷于惠州，日以遠去其母之殯爲恨也。念將祥除，無以申罔極之痛，故親書《金光明經》四卷，手自裝治，送虔州崇慶禪院新經藏中，欲以資其母之往生也。泣而言於軾曰：「書經之勞微矣，不足以望豐報，要當口誦而心通，手書而身履之，乃能感通佛祖，升濟神明，而小子愚冥，不知此經皆真實語耶，抑寓言也？當云何見云何行？」軾曰：「善哉問也。吾常聞之張文定公安道曰：佛乘無大小，言亦非虚實，顧我所見如何耳。萬法一致也，我若有見，寓言卽是實語；若無所見，實寓皆非。故《楞嚴經》云：若一衆生未成佛，終不於此取涅槃。若諸菩薩急於度人，不急於成佛，盡三界衆生皆成佛已，我乃涅槃。若諸菩薩覺知此身，無始以來，皆衆生相。寃親拒受，内外障護，卽卵生相。壞彼成此，損人益己〔一〕，卽胎生相。愛染留連，附記有無，卽濕生相。一切勿變，爲己主宰，卽化生相。此四衆生相者，與我流轉，不覺不知，勤苦修行，幻力成就。則此四相，伏我諸根，爲涅槃相。以此成佛，無有是處。此二菩薩，皆是正見。乃知佛語，非寓非實。今汝若能爲流水長者，以大願力，象取無礙法水，以救汝流浪渴涸之魚，又能觀諸世間，雖甚可愛，而虛幻無實，終非我有者，汝卽捨離。如薩埵王子捨身，雖甚可惡，而業所驅迫，深可憐憫者，汝卽布施。如薩埵王子施虎，行此捨施，如飢就食，如渴求飲，則道可得，佛可成，母可拔也。」過再拜稽首，願書其末。紹聖二年八月一日。

〔一〕「益已」原作「亦已」，今從《七集·後集》卷十九。

金剛經跋尾

聞昔有人，受持諸經，攝心專妙。常以手指，作捉筆狀。於虛空中，寫諸經法。是人去後，此寫經處，自然嚴淨，雨不能濕。凡見聞者，孰不贊歎，此希有事。有一比丘，獨拊掌言，惜此藏經，止有半藏。乃知此法，有一念在，卽爲塵勞。而況可以，聲求色見。今此長者，譚君文初，以念親故，示入諸相。取黃金屑，書《金剛經》，以四句偈，悟入本心。灌流諸根，六塵清淨。方此之時，不見有經，而況其字。字不可見，何者爲金。我觀譚君，孝慈忠信，內行純備。以是衆善，莊嚴此經，色相之外，炳然煥發。諸世間眼，不具正見，使此經法，缺陷不全。是故我說，應如是見。東坡居士，說是法已，復還其經。

蘇軾文集卷六十七

題跋 詩詞

書蘇李詩後

此李少卿贈蘇子卿之詩也。予本不識陳君式，謫居黄州，傾蓋如故。會君式罷去，而余久廢作詩〔一〕，念無以道離别之懷，歷觀古人之作辭約而意盡者，莫如李少卿贈蘇子卿之篇〔二〕，書以贈之。春秋之時，三百六篇皆可以見志，不必己作也。

〔一〕《永樂大典》卷九百五引《蘇東坡集》有此文。「余」原缺，據《大典》補。

〔二〕「莫如」原缺，據《大典》補。

書鷄鳴歌

余來黄州，聞黄人二三月皆羣聚謳歌，其詞固不可分，而其音亦不中律吕，但宛轉其聲，往反高下，如鷄唱爾。與廟堂中所聞鷄人傳漏，微有相似，但極鄙野耳。《漢官儀》：「宫中不畜鷄，汝南出長鳴鷄，衛士候朱雀門外，專傳鷄鳴。」又應劭曰：「今《鷄鳴歌》也。」《晉太康地道記》曰：「後漢固始、鮦陽、公安、細陽四縣，衞士習此曲於闕下歌之，今《鷄鳴歌》是也。」顔師古不考本末，妄破此説，余今所聞豈亦《鷄鳴》之遺聲乎？土人謂之山歌云。

記陽關第四聲

舊傳陽關三疊，然今歌者，每句再疊而已，通一首言之，又是四疊。皆非是。或每句三唱〔一〕，以應三疊之説，則叢然無復節奏。余在密州，有文勛長官，以事至密，自云得古本陽關，其聲宛轉凄斷，不類向之所聞，每句皆再唱，而第一句不疊。乃知唐本三疊蓋如此〔二〕。及在黄州，偶讀樂天《對酒》詩云：「相逢且莫推辭醉，新唱陽關第四聲。」注：「第四聲：『勸君更盡一杯酒。』」以此驗之，若第一句疊，則此句爲第五聲矣，今爲第四聲，則第一不疊審矣。

〔一〕《叢話・前集》卷二十四有此文。「句」原作「語」，今從《叢話》。

〔二〕「知」原缺，據《叢話》補。

書孟東野詩

元豐四年，與馬夢得飲酒黄州東禪。醉後，誦孟東野詩云：「我亦不笑原憲貧。」不覺失笑。東野何緣笑得原憲？遂書此以贈夢得。只夢得亦未必笑得東野也。

題孟郊詩

孟東野作《聞角》詩云：「似開孤月口，能説落星心。」今夜聞崔誠老彈《曉角》，始覺此詩之妙。

書淵明飲酒詩後

「顔生稱爲仁，榮公言有道。屢空不獲年，長飢至于老。雖留身後名，一生亦枯槁。死去何所知，稱心固爲好。客養千金軀，臨化消其寶。裸葬何必惡，人當解意表。」此淵明《飲酒》詩也。正飲酒中，不知何緣記得此許多事。元豐五年三月三日，子瞻與客飲酒，客令書此詩，因題其後。

書淵明羲農去我久詩

余聞江州東林寺，有陶淵明詩集，方欲遣人求之，而李江州忽送一部遺予，字大紙厚，甚可喜也。每體中不佳，輒取讀，不過一篇，惟恐讀盡，後無以自遣耳。

題淵明詩二首

陶靖節云：「平疇交遠風，良苗亦懷新。」非古之偶耕植杖者，不能道此語，非余之世農，亦不能識此語之妙也。

又

「秋菊有佳色，裛露掇其英。汎此無憂物，遠我遺世情。一觴聊獨進，杯盡壺自傾。日入羣動息，飛鳥趨林鳴。嘯傲東窗下，聊復得此生。」靖節以無事自適爲得此生，則凡役於物者〔一〕，非失此生耶？

作「見」。

〔二〕《總龜》卷七引《百斛明珠》有此文；《總龜》之《後集》卷六重引此文；《玉屑》卷十三《得此生》即此文；「凡」皆作「見」。

題淵明詠二疏詩〔一〕

此淵明《詠二疏》也。淵明未嘗出，二疏既出而知返，其志一也。或以謂既出返，如從病得愈，其味勝於初不病，此惑者顛倒見耳〔二〕。

〔一〕《叢話·前集》卷三有此文。

〔二〕《叢話》「惑」作「或」。

題淵明飲酒詩後〔一〕

「採菊東籬下，悠然見南山。」因採菊而見山，境與意會，此句最有妙處。近歲俗本皆作「望南山」，則此一篇神氣都索然矣。古人用意深微，而俗士率然妄以意改，此最可疾。近見新開韓、柳集多所刊定，失真者多矣。

〔一〕文中「因採菊而見山」至「皆作望南山」二十五字，《稗海》本《志林》作「採菊之次，偶然見山，初不用意，而景與意會，故可喜也，今皆作望南山」。案，底本此數語在本卷《書諸集改字》一文中。

題文選〔一〕

舟中讀《文選》，恨其編次無法，去取失當。齊、梁文章衰陋，而蕭統尤爲卑弱，《文選引》，斯可見矣。如李陵、蘇武五言，皆僞而不能去。觀淵明集，可喜者甚多，而獨取數首。以知其餘人忽遺者甚多矣。淵明《閑情賦》，正所謂《國風》好色而不淫，正使不及《周南》，與屈、宋所陳何異，而統乃譏之〔二〕，此乃小兒强作解事者！元豐七年六月十一日書。

〔一〕明刊《文粹》卷四十題作「文選去取失當」。

〔二〕《文粹》「乃」作「大」。

題鮑明遠詩

舟中，讀鮑明遠詩，有字謎三首。飛泉仰流者，舊説是井字。一云乾之一九，隻立無耦，坤之六二，宛然雙宿，是桑字〔一〕。一云頭如刀，尾如鈎，中間横廣，四角六抽，右畔負兩刃，左邊屬雙牛，當是龜字也。

〔一〕「桑」原作「三」，今從涵芬樓本《仇池筆記》。

書謝瞻詩〔一〕

李善注《文選》，本末詳備，極可喜。所謂五臣者，真俚儒之荒陋者也。而世以爲勝善，亦謬矣。謝瞻《張子房》詩曰：「苛慝暴三殤。」此禮所謂上中下三殤〔二〕。言暴秦無道，戮及孥稚也。而乃引「苛政猛於虎，吾父吾子吾夫皆死於是」。謂夫與父爲殤〔三〕，此豈非俚儒之荒陋者乎〔四〕？諸如此甚多〔五〕，不足言，故不言。

〔一〕明刊《文粹》卷四十題作「李善注文選」。
〔二〕「此禮所」三字原缺，據《文粹》補。
〔三〕「父」原作「婦」，據《文粹》改。
〔四〕「豈」原缺，據《文粹》補。
〔五〕「諸」原作「語」，今從《文粹》。

題蔡琰傳〔一〕

劉子玄辨《文選》所載李陵與蘇武書，非西漢文，蓋齊、梁間文士擬作者也。予因悟陵與武贈答五言，亦後人所擬。今日讀《列女傳》蔡琰二詩，其詞明白感慨，頗類世所傳木蘭詩〔二〕，東京無此格也。建安七子，猶涵養圭角，不盡發見，況伯喈女乎？又〔三〕：琰之流離，必在父死之後。董卓既誅，伯喈乃遇禍。今此詩乃云爲董卓所驅虜入胡，尤知其非真也。蓋擬作者疏略，而范曄荒淺，遂載之本傳，可以一笑也。

〔一〕明刊《文粹》卷四十題作「劉子玄辨文選」。
〔二〕「所」原缺，據《文粹》補。
〔三〕「又」原作「文」，據《文粹》改。

書文選後〔一〕

五臣注《文選》，蓋荒陋愚儒也。今日讀嵇中散《琴賦》云：「間遼故音庫[二]，弦長故徽鳴。」所謂庫者，猶今俗云敓聲也[三]，兩手之間[四]，遠則有敓，故云「間遼則音庫」。徽鳴者，今之所謂泛聲也，弦虛而不按，乃可泛，故云「弦長則徽鳴」也。五臣皆不曉，妄注。又云：「《廣陵》《止息》，《東武》、《太山》。《飛龍》、《鹿鳴》，《鵾雞》、《游弦》。」中散作《廣陵散》，一名《止息》，特此一曲爾，而注云「八曲」。其他淺妄可笑者極多，以其不足道，故略之。聊舉此，使後之學者，勿憑此愚儒也。五臣既陋甚，至於蕭統亦其流耳[五]。宋玉《高唐神女賦》，自「玉曰唯唯」以前皆賦，而統謂之序，大可笑。相如賦首有子虛、烏有、亡是三人論難[六]，豈亦序耶[七]？其他謬陋不一，聊舉其一耳。

[一]明刊《文粹》卷四十題作「五臣註文選」。

[二]「庫」原作「[illegible]」，據《仇池筆記》改，下同。案：王觀國《學林》卷五引此亦作「庫」。

[三]《文粹》「敓」下原註：「敓音微，出《羯鼓録》。」

[四]《稗海》本《志林》「手」作「弦」。

[五]「於」原缺，據《叢話·前集》卷一補。

[六]「子虛烏有」四字原缺，據《文粹》補。

[七]「序」上原有「賦」字，據《文粹》刪。

題温庭筠湖陰曲後

元豐五年，軾謫居黃州。蕪湖東承天院僧蘊湘，因通直郎劉君誼，以書請於軾，願書此詞而刻諸石，以爲湖陰故事。而鄂州太守陳君瀚爲致其書，且助之請。七年六月二十三日，舟過蕪湖，乃書以遺湘，使刻之。汝州團練副使員外置蘇軾書。

書李白十詠〔一〕

過姑孰堂下，讀李白《十詠》，疑其語淺陋〔二〕。見孫邈，云聞之王安國，此乃李赤詩，秘閣下有赤集，此詩在焉，白集中無此。赤見《柳子厚集》，自比李白，故名赤。卒爲厠鬼所惑而死。今觀此詩，止如此，而以比白，則其人心恙已久，非特厠鬼之罪。

〔一〕柳宗元《河東先生集》附録題作「書李赤詩後」。

〔二〕「語淺陋」原作「淺近」，今從柳集附録。

書李白集

今太白集中，有《歸來乎》、《笑矣乎》及《贈懷素草書》數詩〔一〕，決非太白作。蓋唐末五代間貫休、齊己輩詩也〔二〕。余舊在富陽，見國清院太白詩，絶凡。近過彭澤唐興院，又見太白詩，亦非是。良由太白豪俊，語不甚擇，集中往往有臨時率然之句〔三〕，故使妄庸輩敢爾〔四〕。若杜子美，世豈復有僞撰者耶？

〔一〕《永樂大典》卷九百五引《蘇東坡集》有此文。《大典》「歸來」作「歸去來」。

〔二〕《叢話·前集》卷五「貫休」作「學」。

〔三〕「率」原作「卒」，今從《叢話》。

〔四〕「輩」原缺，據《叢話》補。

記太白詩二首

「湘中老人讀黄老，手援紫藟坐碧草〔一〕。春至不知湘水深，日暮忘却巴陵道。」唐末有見人作此詩者，詞氣殆是李謫仙。余在都下，見有人攜一紙文書，字則顔魯公也〔二〕，墨迹如未乾，紙亦新健。其首兩句云：「朝披夢澤雲，笠釣青茫茫。」此語亦非太白不能道也。

〔一〕《總龜》卷七「援」作「挼」。

〔二〕「字」原缺，據《總龜》補。

又

「人生燭上花，光滅巧妍盡。春風遶樹頭，日與化工進。惟知雨露貪，不念零落近。昔我飛骨時，慘見當塗墳。青松靄明霞，縹緲上下村。既死明月魄，無彼玻瓈魂。念此一脱洒，長嘯登崑崙。醉着鸞鳳衣，星斗俯可捫。」「朝披雲夢澤，笠釣青茫茫。尋絲得雙鯉，中有三元章。篆字若丹蛇，逸勢如飛翔。歸來問天姥，妙義不可量。金刀割青素，靈文爛煌煌。燕服十二鐶，想見仙人房。暮跨紫鱗去，海氣侵肌涼。龍子喜變化，化作梅花粧。遺我纍纍珠，靡靡明月光。勸我穿絳縷，繫作裾間璫。挹余以辭去，談笑聞餘香。」余頃在京師，有道人相訪，風骨甚異，語論不凡。自云：「常與物外諸公往還。」口誦此二篇，云：「東華上清監清逸真人李太白作也。」

書學太白詩

李白詩飄逸絶塵，而傷於易。學之者又不至，玉川子是也，猶有可觀者。有狂人李赤，乃敢自比謫仙，準律，不應從重。又有崔顥者，曾未及豁達李老，作《黄鶴樓詩》，頗類上士游山水，而世俗云李白，蓋當與徐凝一場決殺也。醉中聊爲一笑。

書諸集僞謬

唐末五代，文章衰盡〔一〕，詩有貫休〔二〕，書有亞栖，村俗之氣，大率相似。如蘇子美家收張長史書云：「隔簾歌已俊，對坐貌彌精。」語既凡惡，而字無法〔三〕，真亞栖之流。近見曾子固編《太白集》，自謂頗獲遺亡，而有《贈懷素草書歌》及《笑矣乎》數首，皆貫休以下詞格。二人皆號有識知者，故深可怪。如白樂天贈徐凝、退之贈賈島之類，皆世俗無知者所託，尤不足多怪。

〔一〕「章」原作「物」，今從《叢話·前集》卷五。

〔二〕「稗海」本《志林》「貫休」後有「齊己」二字。

〔三〕「無」原缺，據《志林》補。

書諸集改字〔一〕

近世人輕以意改書，鄙淺之人，好惡多同，故從而和之者衆，遂使古書日就訛舛，深可忿疾。孔子曰：「吾猶及史之闕文也。」自余少時，見前輩皆不敢輕改書〔二〕。故蜀本大字書皆善本。蜀本《莊子》云〔三〕：「用志不分，乃『疑』於神。」此與《易》「陰『疑』於陽」、《禮》「使人『疑』汝於夫子」同。今四方本皆作「凝」。陶潛詩：「採菊東籬下，悠然見南山。」採菊之次，偶然見山，初不用意，而境與意會，故可喜也。今皆作「望南山」。杜子美云：「白鷗没浩蕩，萬里誰能馴。」蓋滅没於烟波間耳。而宋敏求謂余云「鷗不解『没』」，改作「波」。二詩改此兩字，便覺一篇神氣索然也〔四〕。

〔一〕明刊《文粹》卷四十一題作「慎改竄」。
〔二〕「見」原作「及」，今從《文粹》；「輕」原缺，據《文粹》補。
〔三〕「蜀本」二字原缺，據《文粹》補。
〔四〕「便」原缺，據《文粹》補。

書退之詩

韓退之《遊青龍寺》詩，終篇言赤色，莫曉其故。嘗見小説，鄭虔寓青龍寺，貧無紙，取柹葉學書。九月柹葉赤而實紅，退之詩乃寓此也。

記退之拋青春句

韓退之詩曰：「百年未滿不得死，且可勤買拋青春。」《國史補》云：「酒有郢之富春〔一〕，烏程之若下春〔二〕，滎陽之土窟春，富平之石凍春，劍南之燒春。」杜子美亦云：「聞道雲安麴米春，纔傾一盞便醺人。」近世裴鉶作《傳奇》，記裴航事，亦有酒名松醪春。乃知唐人名酒多以春，則「拋青春」亦必酒名也。

〔一〕《叢話·前集》卷十三、《總龜》卷二十八有此文。上二書「春」作「水」。

〔二〕上二書「若下春」作「箬下」。

辨杜子美杜鵑詩〔一〕

南都王誼伯《書江濱驛垣》，謂子美詩歷五季兵火，舛缺離異，雖經其祖父公所理〔二〕，尚有疑闕者。誼伯謂「西川有杜鵑、東川無杜鵑、涪萬無杜鵑、雲安有杜鵑」，蓋是題下注。斷自「我昔游錦城」爲首句。誼伯誤矣。且子美詩，備諸家體，非必牽合程度侃侃然者也。是篇句落處，凡五杜鵑，豈可以文害辭、辭害意耶？原子美之意，類有所感，託物以發者也。亦六義之比興、《離騷》之法歟？按《博物志》，杜鵑生子，寄之他巢，百鳥爲飼之。今江東所謂「杜宇曾爲蜀帝王，化禽飛去舊城荒」是也〔三〕。且禽鳥至微，猶知有尊〔四〕，故子美云：「重是古帝魂。」又云：「禮若奉至尊。」子美蓋譏當時之刺史，有不禽鳥若也。唐自明皇已後，天步多棘，刺史能造次不忘於君者，可一二數也。嚴武在蜀，雖橫斂刻薄，而實致職以資中原〔五〕，是「西川有杜鵑」。其不虔王命負固以自抗，擅軍旅，絕貢賦，如杜克遜在梓州〔六〕，爲朝廷西顧憂，是「東川無杜鵑」耳。至於涪、萬、雲安刺史，微不可考，凡其尊君者爲有也，懷貳者爲無也，不在夫杜鵑之真有無也。誼伯以爲來東川，聞杜鵑聲繁而急，乃始疑子美詩跋嚏紙上語〔七〕，又云子美不應疊用韻，何耶？子美自我作古，疊用韻，無害於爲詩，僕所見如此。誼伯博學强辯，殆必有以折衷之。

〔一〕四部叢刊影南海潘氏藏宋本《分門集註杜工部詩》卷二十三《杜鵑》題下註文引有東坡此文。自篇首至「離騷之法歟」，東坡註文爲：「或者謂前四句非詩也，蓋甫於題下自註《杜鵑》詩，後人誤寫之耳。或曰：正古之謡諺，豈復以韻爲限耶！」

〔二〕《叢話·前集》卷七引此文，無「公」字。

〔三〕「今」原作「胡」，今從《總龜》卷七；《叢話·前集》卷七「今」作「故」；「是也」二字原缺，據以上二書補。

〔四〕「猶」原缺，據《分門集註杜工部詩》東坡註文補。

〔五〕「致職以」三字原缺，據《分門集註杜工部詩》東坡註文補。

〔六〕《分門集註杜工部詩》東坡註文「遜」作「讓」。

〔七〕「疑」原作「歎」，今從《叢話》、《總龜》。

記子美八陣圖詩

僕嘗夢見一人，云是杜子美，謂僕：「世多誤解予詩〔一〕。《八陣圖》云：『江流石不轉，遺恨失吞吳。』世人皆以謂先主、武侯欲與關羽復仇，故恨不能滅吳，非也。我意本謂吳、蜀脣齒之國，不當相圖，晉之所以能取蜀者，以蜀有吞吳之意，此爲恨耳。」此理甚近。然子美死近四百年，猶不忘詩，區區自明其意者，此真書生習氣也。

〔一〕「解」原作「會」，今從《稗海》本《志林》。

書子美自平詩

杜子美詩云：「自平宮中呂太一。」世莫曉其義，而妄者至以爲唐時有自平宮〔一〕。偶讀《玄宗實録》，有中官呂太一叛於廣南〔二〕。杜詩蓋云自平宮中呂太一，故下有南海收珠之句〔三〕。見書不廣而以意改文字，鮮不爲人所笑也〔四〕。

〔一〕「爲」原缺，據《總龜》卷七補。
〔二〕「中官」原作「宮中」，今從《總龜》。
〔三〕「南海收珠」原作「取珠」，今從《總龜》。《叢話·前集》卷十二作「收珠南海」。
〔四〕「人所」二字原缺，據《稗海》本《志林》補。

書子美雲安詩

「兩邊山木合，終日子規啼。」此老杜雲安縣詩也。非親到其處，不知此詩之工。

書子美驄馬行

余在岐下，見秦州進一馬〔一〕，騣如牛，頷下垂胡側立〔二〕，顛倒毛生肉端〔三〕。蕃人云〔四〕：「此肉騣馬也。」乃知《鄧公驄馬行》云：「肉驄碨礧連錢動〔五〕。」當作駿。

〔一〕「進」原缺，據《叢話·前集》卷十二、《總龜》卷十八補。

〔二〕上二書「領下」作「項」。

〔三〕「顛」原作「傾」，今從上二書。

〔四〕「蕃」原作「番」，今從《總龜》。

〔五〕上二書「驄」作「駿」。

書子美黄四娘詩

子美詩云：「黄四娘家花滿蹊，千朵萬朵壓枝低。留連戲蝶時時舞，自在嬌鶯恰恰啼。」東坡云：此詩雖不甚佳，可以見子美清狂野逸之態，故僕喜書之。昔齊魯有大臣，史失其名，黄四娘獨何人哉，而託此詩以不朽，可以使覽者一笑。

書子美屏跡詩

「用拙存吾道，幽居近物情。桑麻深雨露，燕雀半生成。村鼓時時急，漁舟箇箇輕。杖藜從白首，心跡喜雙清。晚起家何事，無營地轉幽。竹光團野色，山影漾江流。廢學從兒懶，長貧任婦愁。百年渾得醉，一月不梳頭。」子瞻云：「此東坡居士之詩也。」或者曰：「此杜子美《屏跡》詩也，居士安得竊之？」居士曰：「夫禾麻穀麥，起於神農、后稷，今家有倉廩。不予而取輒爲盜，被盜者爲失主。若必從其初，則農、稷之物也。今考其詩，字字皆居士實録，是則居士詩也，子美安得禁吾有哉！」

記子美陋句

「減米散同舟，路難思共濟。向來雲濤盤，衆力亦不細。呀帆忽遇眠〔一〕，飛櫓本無蔕。得失瞬息間，致遠疑恐泥。百慮視安危，分明曩賢計。茲理庶可廣，拳拳期勿替。」杜甫詩固無敵，然自「致遠」以下句，真村陋也。此取其瑕疵〔二〕，世人雷同，不復譏評，過矣！然亦不能掩其善也。

〔一〕《玉屑》卷十四《村陋句》即此文。《玉屑》「忽遇眠」作「瞥眼過」。

〔二〕此句原作「此最其瑕璃」，今從《玉屑》。

記子美逸詩

《聞惠子過東溪》詩云：「惠子白驢瘦，歸溪唯病身。皇天無老眼，空谷滯斯人。巖密松花熟，山杯竹葉春。柴門了無事，黄綺未稱臣。」此一篇，予與劉斯立得之於管城人家葉子册中，題云《杜員外詩集》，名甫字東美〔一〕。其餘諸篇，語多不同。如「故園楊柳今摇落，安得愁中却盡生」之類也。鳳翔魏起與叔云：「天與人掘得此詩石刻，與此少異：『巖密松花古，村醪竹葉春。柴門了生事，園綺未稱臣。』」

〔一〕《外集》卷四十二「東」作「子」。

評子美詩〔一〕

子美自比稷與契，人未必許也。然其詩云：「舜舉十六相，身尊道益高。秦時用商鞅，法令如牛毛。」此自是契、稷輩人口中語也。又云：「知名未足稱，局促商山芝。」又云：「王侯與螻蟻，同盡隨丘墟。願聞第一義，回向心地初。」乃知子美詩外尚有事在也。

〔一〕《叢話·前集》卷十二篇首「子美」句前，尚有「詠懷詩：杜陵有布衣，老大意轉拙，許身一何愚，竊比稷與契」二十三字。

書子美憶昔詩

《憶昔》詩云：「關中小兒壞紀綱。」謂李輔國也。「張后不樂上爲忙。」謂肅宗張皇后也。「爲留猛士守未央。」謂郭子儀奪兵柄入宿衛也。

雜書子美詩

《悲陳陶》云：「四萬義軍同日死。」此房琯之敗也。《唐書》作「陳濤邪」，不知孰是？時琯臨敗，猶欲持重有所伺，而中人邢延恩促戰〔一〕，遂大敗。故次篇《悲青坂》云：「焉得附書與我軍，留待明年莫倉卒。」

《北征》詩云：「桓桓陳將軍，仗鉞奮忠烈。」此謂陳元禮也。元禮佐玄宗平内難，又從幸蜀，首建誅楊國忠之策〔二〕。

《洗兵馬行》：「張公一生江海客，身長九尺須眉蒼。」此張鎬也〔三〕。

明皇雖誅蕭至忠，然常懷之。侯君集云「蹭蹬至此」，至忠亦蹭蹬者耶？故子美亦哀之云：「赫赫蕭京兆，今爲時所憐〔四〕。」

《後出塞》云：「我本良家子，出師亦多門。將驕益愁思，身廢不足論。躍馬二十年，恐辜明主恩。坐見幽州騎，長驅河洛昏。中夜間道歸，故里但空村。惡名幸脱免，窮老無兒孫。」詳味此詩，蓋禄山反時，其將校有脱身歸國而禄山殺其妻子者〔五〕，不知其姓名，可恨也。

〔一〕《叢話·前集》卷十四、《總龜》卷七、《稗海》本《志林》「德」作「恩」。案，作「恩」是，今從。

〔二〕「楊」原缺，據《叢話·前集》卷十四補。

〔三〕此句之後，《總龜》卷七引《百斛明珠》，尚有「蕭嵩薦之，云：『用之爲帝王師，不用則窮谷一叟爾』」十六字。本段内容，亦見本集卷五十七《答賈耘老四首》之第三首。

〔四〕《叢話·前集》卷十四引此則。《後集》卷八復引，並辨云：「余以《唐書》考之，蕭至忠未嘗歷京兆尹，王原叔杜詩註以謂蕭望之嘗爲左馮翊，後被譖自殺，《復齋漫録》亦謂如此，疑坡誤也。」

〔五〕「身」原缺，據《叢話·前集》卷十二補。《叢話》「殺」作「虜執」。

書柳公權聯句

貴公子雪中飲，醉餘，倚檻向風〔一〕，曰：「爽哉，快哉。」左右有泣者。公子驚問之，曰：「吾父昔以爽亡。」楚襄王登臺，有風颯然而至，王曰：「快哉，此風寡人與庶人共之者耶？」宋玉譏之曰：「此獨大王之雄風耳，庶人安得而有之？」不知者以爲諂也，知之者以爲諷也。唐文宗詩曰：「人皆苦炎熱，我愛夏日長。」柳公權續之曰：「薰風自南來，殿閣生微涼。」惜乎，時無宋玉在其傍也。

〔一〕「向」原缺，據《稗海》本《志林》補。

書韓定辭馬郁詩

韓定辭，不知何許人，爲鎮州王鎔書記〔一〕，聘燕。帥劉仁恭舍於賓館，命幕客馬郁延接。馬有詩贈韓曰：「燧林芳草綿綿思，盡日相逢陟麗譙。別後巏嵍山上望，羨君時復見王喬。」郁詩雖清秀，然意在試其學問。韓卽席酬之：「崇霞臺上神仙客，學辨癡龍藝更多。盛德好將銀管述〔二〕，麗辭堪與雪兒歌。」坐中賓客靡不欽訝，稱爲妙句，然疑其銀管之僻也。他日郁從容問韓以雪兒、銀管之事。韓曰：「昔梁元帝爲湘東王時，好學著書，常記録忠臣義士及文章之美者。筆有三品〔三〕，或以金、銀飾，或用斑竹爲管〔四〕。忠孝全者，用金管書之；德行清粹者，用銀管書之；文章贍麗者，用斑竹管書之。故湘東王之譽振於江表〔五〕。雪兒，李密之愛姬，能歌舞。每見賓僚文章有奇麗中意者，卽付雪兒協音律歌之〔六〕。」又問癡龍出自何處？曰：「洛下有洞穴〔七〕，曾有人誤墜其中，因行數里，漸見明曠，見有宮殿、人物，凡九處。又有大羊，羊髯有珠〔八〕，人取食之。不知何所〔九〕。後出，以問張華。華曰：「此地仙九館也〔一〇〕，大羊名癡龍耳。」定辭復問郁巏嵍山今當在何處〔一一〕？郁曰：「此隋郡之故事〔一二〕，何謙遜而下問。」由是兩相悦服，結交而去。

〔一〕「州」原缺，據《叢話·前集》卷二十四、《總龜》卷二十八補。

〔二〕「管」原作「筆」，今從《總龜》。下同。

〔三〕「三」原缺，據《叢話》、《總龜》、《雲谷雜記》卷三《韓定辭》條補。

〔四〕「斑」原作「班」，據《總龜》、《雲谷雜記》改。下同。

〔五〕「江表」原作「九江」，今從以上三書。

〔六〕「音」原作「奇」，今從以上三書。

〔七〕「穴」原作「六」，今據以上三書改。

〔八〕「羊」原缺，據以上三書補。

〔九〕「何所」原缺，據以上三書補。

〔一〇〕「地仙九館」原作「九仙館」，今從以上三書。

〔一一〕「復」原作「後」，今從以上三書。

〔一二〕《雲谷雜記》「隋」作「趙」。下句「遜」原作「光」，今從以上三書。

書李主詩

「心事數莖白髮，生涯一片青山。空林有雪相待，古路無人自還。」李主好書神仙隱遁之詞，豈非遭離世故，欲脱世網而不得者耶？

書柳子厚詩

僕自東武適文登，並海行數日，道傍諸峯，真若劍鋩。誦柳子厚詩，知海山多爾耶？子柳子云：「海上尖峯若劍鋩，秋來處處割人腸。若爲化作身千億，遍上峯頭望故鄉。」

題柳子厚詩二首

柳子厚詩云：「鶴鳴楚山静。」又云：「隱憂倦永夜。」東坡曰：子厚此詩，遠出靈運上。

又

詩須要有爲而作，用事當以故爲新，以俗爲雅。好奇務新，乃詩之病。柳子厚晚年詩，極似陶淵明，知詩病者也。

書子厚夢得造語

子厚《記》云〔一〕：「每風自四山而下，震動大木，掩冉衆草，紛紅駭緑，蓊葧薌氣。」柳子厚、劉夢得皆善造語，若此句，殆入妙矣。夢得云：「水禽嬉戲，引吭伸翮，紛驚鳴而决起，拾綵翠于沙礫〔二〕。」亦妙語也。

〔一〕「子厚記云」四字原缺，據《叢話·前集》卷十九引文補。

〔二〕「綵」原作「採」，今從《叢話》。

評韓柳詩

柳子厚詩在陶淵明下，韋蘇州上。退之豪放奇險則過之，而温麗靖深不及也。所貴乎枯澹者，謂其外枯而中膏，似澹而實美，淵明、子厚之流是也。若中邊皆枯澹，亦何足道。佛云：「如人食蜜〔一〕，中邊皆甜。」人食五味，知其甘苦者皆是，能分別其中邊者，百無一二也。

〔一〕《叢話·前集》卷十九「如人」作「譬如」，柳宗元《河東先生集》附録引此文作「吾言如」。

書子厚詩

柳子厚詩云：「盛時一失貴反賤，桃笙葵扇安敢當。」不知桃笙爲何物。偶閲《方言》：「簟，宋、魏之間謂之笙。」乃悟桃笙以桃竹爲簟也〔一〕。梁簡文《答湘南王獻簟書》云〔二〕：「五離九折，出桃枝之翠筍。」乃謂桃枝竹簟也。桃竹出巴、渝間，杜子美有《桃竹杖歌》〔三〕。

〔一〕「桃」原缺，據《叢話·前集》卷十九引文補。

〔二〕「答湘南王獻簟書」原作「答南王餉書」，今據《叢話》改。

〔三〕「杖」原缺，據《叢話》補。

書樂天香山寺詩

白樂天爲王涯所讒，謫江州司馬。甘露之禍，樂天在洛，適遊香山寺，有詩云：「當君白首同歸日，是我青山獨往時。」不知者，以樂天爲幸之，樂天豈幸人之禍者哉，蓋悲之也！

書常建詩

常建詩云：「竹徑通幽處，禪房花木深。」歐陽公最愛賞〔一〕，以爲不可及。此語誠可人意，然於公何足道，豈非厭飫芻豢反思螺蛤耶？

〔一〕「賞」原作「重」，今從《叢話・前集》卷二十、《總龜》卷七、《玉屑》卷十五引文。

書韓李詩

元祐六年八月十五日，與柳展如飲酒，一杯便醉，作字數紙。書李太白詩云：「遺我鳥跡書，飄然落巖間。其字乃上古，讀之了不閑。」戲謂柳生，李白尚氣，乃自招不識字，可一大笑。不如韓愈倔强，云「我寧屈曲自世間，安能隨汝集神仙」也。

録陶淵明詩

「清晨聞扣門，倒裳自往開。問子爲誰與？田父有好懷。壺漿遠見候，疑我與時乖。襤縷茅簷下，未足爲高棲。一世皆尚同，願君汩其泥。深感父老言，禀氣寡所諧。紆轡誠可學，違己詎非迷。且共歡此飲，吾駕不可回。」此詩叔弼愛之，予亦愛之。予嘗有云：言發於心而衝於口，吐之則逆人，茹之則逆予，以謂寧逆人也，故卒吐之。與淵明詩意不謀而合，故并録之。

書淵明詩

「種豆南山下，草盛豆苗稀。侵晨理荒穢，帶月荷鋤歸。道狹草木長，夕露沾我衣。衣沾不足惜，但使願無違。」覽淵明此詩，相與太息。噫嘻，以夕露沾衣之故而犯所愧者多矣。元祐九年正月十六日〔一〕，李端叔、王幾仁、孫子發皆在。東坡記。

〔一〕《外集》卷四十三「十六」作「十五」。

書淵明乞食詩後

淵明得一食，至欲以冥謝主人，此大類丐者口頰也。哀哉！哀哉！非獨余哀之，舉世莫不哀之也。飢寒常在身前〔一〕，聲名常在身後，二者不相待，此士之所以窮也。

〔一〕「身」原作「生」，《永樂大典》卷九百五引《蘇東坡集》作「身」，今從。

書淵明飲酒詩後

《飲酒》詩云：「客養千金軀，臨化消其寶。」寶不過軀，軀化則寶已矣。人言靖節不知道，吾不信也。

書淵明詩二首

孔文舉云：「坐上客常滿，樽中酒不空。吾無事矣。」此語甚得酒中趣。及見淵明云：「偶有佳酒，無夕不傾，顧影獨盡，悠然復醉。」便覺文舉多事矣。

又

陶詩云：「但恐多謬誤，君當恕醉人。」此未醉時說也，若已醉，何暇憂誤哉！然世人言醉時是醒時語，此最名言。張安道飲酒初不言盞數，少時與劉潛、石曼卿飲，但言當飲幾日而已。歐公盛年時，能飲百盞，然常爲安道所困。聖俞亦能飲百許盞，然醉後高叉手而語彌温謹。此亦知其所不足而勉之，非善飲者。善飲者，澹然與平時無少異也。若僕者，又何其不能飲，飲一盞而醉，醉中味與數君無異，亦所羡爾。

書薛能茶詩

唐人煎茶用薑。故薛能詩云：「鹽損添常戒，薑宜着更誇。」據此，則又有用鹽者矣。近世有用此二物者，輒大笑之。然茶之中等者，用薑煎信佳也，鹽則不可。

書樂天詩

「一山門作兩山門，兩寺元從一寺分。東澗水流西澗水，南山雲起北山雲。前臺花發後臺見，上界鐘清下界聞。遥想高僧行道處，天香桂子落紛紛。」唐韜光禪師自錢塘天竺來住此山，樂天守蘇日，以此詩寄之。慶曆中，先君遊此山，猶見樂天真蹟。後四十七年，軾南遷過虔，復經此寺，徒見石刻而已。紹聖元年八月十七日。

論董秦〔一〕

玉川子《月蝕》詩云：「歲星主福德，官爵奉董秦。忍使黔婁生，覆尸無衣巾。」詳味此句，則董秦當是無功而享厚禄者。董秦，本忠臣也〔二〕。天寶末驍將，屢立戰功。雖麄暴，亦頗知忠義。代宗時，吐蕃犯闕，徵兵。秦卽日赴難〔三〕。或勸擇日，答曰〔四〕：「君父在難，乃擇日耶？」後卒污朱泚僞命，誅。考其終始，非無功而享厚禄者。不知玉川子何以有此句？紹聖元年十一月二十三日〔五〕。

〔一〕此文原題作「書玉川子詩論李忠臣」，今從涵芬樓本《仇池筆記》。

〔二〕「本」原作「李」，今從《仇池筆記》。

〔三〕「秦」原作「忠臣」，今從《仇池筆記》。

〔四〕「答」原作「忠臣怒」，今從《仇池筆記》。

〔五〕《稗海》本《志林》「十一月」作「十月」。

書日月蝕詩

玉川子作《月蝕》詩，以爲蝕月者，月中之蝦蟆也。梅聖俞作《日蝕》詩云：「食日者三足烏。」此固因俚説以寓其意也。《戰國策》曰：「日月暉於外〔一〕，其賊在内。」則俚説亦當矣。

〔一〕「暉」原作「暈」，今從《外集》卷四十三。《能改齋漫録》卷五節引此文亦作「暉」。《叢話·前集》卷十九引此文作「輝」。

書盧仝詩

盧仝詩云:「何時得去禁酒國。」吾今謫嶺南,萬户酒家有一婢,昔嘗爲酒肆,頗能伺候冷暖。自今當不乏酒,可以日飲無何,其去禁酒國矣。

書淵明東方有一士詩後

「東方有一士,被服常不完。三旬九遇食,十年著一冠。辛苦無此比,常有好容顔。我欲觀其人,晨去越河關。青松夾路生,白雲宿簷端。知我故來意,取琴爲我彈。上弦驚别鶴,下弦操孤鸞。願留就君住,從今至歲寒。」此東方一士,正淵明也。不知從之游者誰乎?若了得此一段〔一〕,我卽淵明,淵明卽我也。紹聖二年二月十一日,東坡居士飲醉食飽,默坐思無邪齋,兀然如睡,既覺,寫淵明詩一首,示兒子過。

〔一〕《永樂大典》卷九百零五引此文,「了」後有「翁」字。

書淵明酬劉柴桑詩

自夏歷秋,毒熱七八十日不解,炮灼理極,意謂不復有清涼時。今日忽淒風微雨,遂御裌衣,顧念兹歲,屈指可盡。陶彭澤云:「今我不爲樂,知有來歲不?」此言真可爲惕然也。

書柳子厚南澗詩〔一〕

「秋氣集南澗，獨游亭午時。回風一蕭索，林影久參差。始至若有得，稍深遂忘疲。羈禽響幽谷，寒藻舞淪漪。去國魂已游，懷人淚空垂。孤生易爲感，末路少所宜。索寞竟何事，徘回只自知。誰歟後來者，當與此心期。」柳子厚南遷後詩，清勁紆餘，大率類此。紹聖三年三月六日。

〔一〕《叢話·前集》卷十九、《總龜·後集》卷二十一有此文；《詩人玉屑》卷十五《南澗中詩絶妙古今》條，即此文。以上三書無「柳子厚南遷後詩」云云二十三字，而作「柳儀曹詩，憂中有樂，樂中有憂，蓋絶妙古今矣。然老杜云：『王侯與螻蟻，同盡隨丘墟。』儀曹何憂之深也」。又「柳儀曹詩」云云四十一字，亦見《河東先生集》卷四十三《南澗中題》註文。

對韓柳詩

韓退之詩云：「水作青羅帶，山爲碧玉簪。」柳子厚詩云：「海上羣山若劍鋩，秋來處處割愁腸。」陸道士云：「二公當時不相計會，好做成一屬對。」東坡爲之對云：「繫悶豈無羅帶水，割愁還有劍鋩山。」此可編入詩話也。

書李嶠詩

「昔時青樓對歌舞，今日黄埃聚荆棘。山川滿目淚沾衣，富貴榮華能幾時。不見秪今汾水上，惟有年年秋鴈飛。」李嶠詩也。蓋當時未有太白、子美，故嶠輩得稱雄耳。其遭離世故，不得不爾。雨中聞鈴且猶涕下，嶠詩可不如撼鈴耶？以此論工拙，殆未可也。

書賀遂亮詩

「意氣百年内，平生一寸心。欲交天下士，未面已虚襟。君子重名義，直道冠衣簪。風雲何可託，懷抱自然深。落霞淨霜景，墜葉下楓林。若上南登岸，希訪北山岑。」此賀遂亮《贈韓思彦》詩也。《成都學館記》，遂亮撰，頗有意書。書詞皆奇雅有法。嘗患不見遂亮他文，偶因讀《國史補》，得此詩，乃爲録之。

書董京詩

《晉史》：「董京字威輦，作詩答孫子荆，其略曰：『玄鳥紆幕，而不被害？鳴隼遠巢，咸以欲死。眄彼梁魚，逡巡倒尾。沉吟不決，忽焉失水。嗟乎，魚鳥相與，萬世而不悟。以我觀之，乃明其故。焉知不有達人，深穆其度，亦將窺我，顰蹙而去。』」京之意蓋曰：以魚鳥自觀，雖萬世而不悟其非也，我所以能知魚鳥之非者，以我不與魚鳥同所惡也。彼達人者不與我同欲惡，則其觀我之所爲，亦欲如我之觀魚鳥矣。京，得道人也，哀世俗不曉其語，故粗爲説之。戊寅九月八日。讀《隱逸傳》〔一〕。

〔一〕「讀隱逸傳」四字原缺，據《稗海》本《志林》補。

書杜子美詩

「崔郎憂病士，書信有柴胡。飲子頻通汗，懷君想報珠。親知天畔少，藥味峽中無。歸楫生衣臥，春鷗洗翅呼。酒聞上急水，旱作耻平途。萬里皇華使，爲僚記腐儒。」此杜子美詩也。沈佺期《回波》詩云：「姓名雖蒙齒録，袍笏未易牙緋。」子美用「飲子」對「懷君」，亦「齒録」、「牙緋」之比也。廣州舶信到，得柴胡等藥，偶録此詩遣悶。己卯正月十三日，久旱，微雨陰翳，未快。

書唐太宗詩

唐太宗作詩至多，亦有徐、庾風氣，而世不傳，獨於《初學記》時時見之〔一〕。

〔一〕《容齋隨筆·四筆》卷十《東坡題潭帖》引此文。「見」原作「載」，今從《容齋隨筆》。又，宋曾宏父《石刻補敘》卷一《長沙帖》引此文亦作「見」。

書韋蘇州詩

世傳王子敬帖，有「黃柑三百顆」之語。此帖乃在劉景文處。景文死，不知今在誰家矣〔一〕。韋蘇州有詩云：「書後欲題三百顆，洞庭須待滿林霜。」蓋蘇州亦見此帖也。余亦嘗有詩與景文云：「君家子敬十六字，氣壓鄴侯三萬籤。」

〔一〕「家」原缺，據《總龜》卷二十八補。

書杜子美詩後

「夔州處女髮半華，四十五十無夫家。更遭喪亂嫁不售，一生抱恨長咨嗟。土風坐男使女立，男當門户女出入。十有八九負薪歸，賣薪得錢當供給。至老雙鬟只垂頸，野花山葉銀釵並。筋力登危集市門，死生射利兼鹽井。面粧手飾雜啼痕，地褊衣寒困石根。若道巫山女麄醜，何得此有昭君村。」海南亦有此風，每誦此詩，以諭父老，然亦未易變其俗也。元符二年閏九月十七日。

書司空圖詩

司空圖表聖自論其詩，以爲得味於味外。「緑樹連村暗，黄花入麥稀。」此句最善。又云：「棋聲花院静，幡影石壇高。」吾嘗游五老峯，入白鶴院，松陰滿庭，不見一人，惟聞棋聲，然後知此句之工也，但恨其寒儉有僧態。若杜子美云：「暗飛螢自照，水宿鳥相呼。四更山吐月，殘夜水明樓。」則才力富健，去表聖之流遠矣。

書鄭谷詩

鄭谷詩云：「江上晚來堪畫處，漁人披得一蓑歸。」此村學中詩也。柳子厚云：「千山鳥飛絶，萬徑人踪滅。扁舟蓑笠翁，獨釣寒江雪。」人性有隔也哉，殆天所賦，不可及也已。

書王梵志詩

王梵志詩云：「城外土饅頭，餡草在城裏。每人喫一箇，莫嫌無滋味。」已且爲餡草，當使誰食之。」爲易其後兩句云：「預先着酒澆，圖教有滋味。」

書柳子厚詩

柳柳州《酬婁秀才寓居開元寺早秋病中見寄》：「客有故園思，瀟湘生夜愁。病依居士室，夢繞羽人丘。味道憐知止，遺名得自求。壁空殘月曙，門掩候蟲秋。謬委雙金重，難徵雜珮酬。碧霄無枉路，徒此助離憂。」元符己卯十一月十九日，忽得龍川信，寄此紙，試書此篇。

書柳子厚詩後〔一〕

元符己卯閏九月〔二〕，瓊士姜君來儋耳，日與予相從。至庚辰三月乃歸〔三〕，無以贈行〔四〕，書柳子厚《飲酒》、《讀書》二詩以見別意。子歸，吾無以遣，獨此二事〔五〕，日相與往還耳。二十一日書。

〔一〕《永樂大典》卷九百六引《蘇東坡集》、柳宗元《河東先生集》附録有此文，後者題作「記書柳子厚詩」。

〔二〕「元符」二字原缺，據柳集補。

〔三〕「歸」原缺，據柳集、《大典》、《外集》卷四十三補。

〔四〕「無」原缺，據以上三書補。

〔五〕「獨此」原作「惟」，今從《外集》。「二」原作「一」，今從上三書。

記永叔評孟郊詩〔一〕

歐陽永叔嘗云：「孟東野詩『鬢邊雖有絲，不堪織寒衣』，就使堪織，能得多少。」

〔一〕《總龜》卷七、趙刻《志林》此文，與本集卷六十六《書淵明歸去來序》爲一篇，此文在後。《叢話·前集》卷四此文亦與《書淵明歸去來序》爲一文，接該文「皆一理也」句後，在「聊爲好事者一笑」句前。

書太白廣武戰場詩〔一〕

昔先友史經臣彥輔謂余：「阮籍登廣武而歎曰：『時無英雄，使豎子成名。』豈謂沛公豎子乎？」余曰：「非也，傷時無劉、項也。豎子者，指魏、晉間人耳。」其後余遊京口甘露寺，有孔明、孫權、梁武、李德裕之遺迹。余感之，因題詩，其略曰：「四雄皆龍虎，遺迹了未刓。方其盛壯時，爭奪肯少安。廢興屬造物，遷逝誰控摶。況彼妄庸子，而欲事所難。聊與廣武歎，不待雍門彈。」則猶此意也。今日讀李白《廣武古戰場》詩云：「沉湎呼豎子，狂言非至公。」乃知李白亦誤認嗣宗語，與先友之意無異也。嗣宗雖放蕩，本有意於世，以魏、晉間多故，一放於酒耳，何至以沛公爲豎子乎？

〔一〕趙刻《志林》題作「廣武嘆」。

書退之詩〔一〕

退之詩云：「我生之辰，月宿南斗〔二〕。」乃知退之得磨蝎爲身宫。而僕乃以磨蝎爲命〔三〕，平生多得謗譽，殆是同病也。

〔一〕趙刻《志林》題作「退之平生多得謗譽」。

〔二〕「南」原作「直」。四部叢刊本《朱文公校昌黎先生詩》卷四《三星行》作「南」，今從。

〔三〕本集卷七十一《書謗》有「吾命宫在斗牛間，而退之身宫亦在焉」之句。據此，本文「以磨蝎爲命」之「命」字後，當有「宫」字。

書黄魯直詩後二首〔一〕

讀魯直詩，如見魯仲連、李太白，不敢復論鄙事，雖若不入用，亦不無補於世也。

〔一〕此文，本集卷六十八《書黄魯直詩後二首》之第二首重出。重出篇「入用」作「適用」，「亦不無補於世也」作「然不爲無補於世」。今删彼留此。

又

魯直詩文，如蝤蛑、江瑶柱，格韻高絶，盤飧盡廢，然不可多食，多食則發風動氣。

書陸道士詩〔一〕

陸道士惟忠，字子厚，眉山人。好丹藥，通術數，能詩，蕭然有出塵之姿。久客江南，無知之者。予昔在齊安，蓋相從游，因是謁子由高安，子由大賞其詩。會吳遠遊之過彼〔二〕，遂與俱來惠州，出此詩。

〔一〕趙刻《志林》題作「陸道士能詩」。

〔二〕「遊」原缺。王宗稷《東坡先生年譜》紹聖三年紀事有「時吳遠遊、陸道士客於先生」之語，據補。遠遊乃子野，本集多文及之。

書諸公送周梓州詩後

予自元祐之初，備位從官，日與正孺游。三年，予既有江海之意，而正孺亦慨然有歸歟之歎，遂請梓州，得之。予時以詩送行，有「掃棠陰」、「踵畫像」之語。旋出領杭州二年，還朝，老病日加，方上章請郡，曰：「正孺已及瓜矣，盍往代之，遂歸老眉山乎？」或曰：「不可，梓人之安正孺甚矣，其去正孺，如去父母，子其忍奪之！」乃止，不敢乞。梓人願復借留正孺數年，詔許之。而大丞相呂公典領實録，見熙寧中正孺爲御史時所言事，歎曰：「君子哉，斯人也。」因言於上，除正孺直秘閣。士大夫以才能論議，取合一時可也，使人於十年之後，徐觀其所爲，心服而無異議，我亦無愧，難矣。正孺有書來，欲刻諸公送行詩於石，求予爲跋尾，乃記所聞以遺之，且使梓人知予前詩卒章之意，未始一日忘也。

書游湯泉詩後

余之所聞湯泉七，其五則今三子之所遊，與秦君之賦所謂匡盧、汝水、尉氏、驪山〔一〕，其二則余之所見鳳翔之駱谷與渝州之陳氏山居也。皆棄於窮山之中，山僧野人之所浴，麋鹿猿猱之所飲，惟驪山當往來之衝，華堂玉甃，獨爲勝絶。然坐明皇之累，爲楊、李、禄山所污，使口舌之士，援筆唾駡，以爲亡國之餘，辱莫大焉。今惠濟之泉，獨爲三子者咏歎如此，豈非所寄僻遠，不爲當塗者所慁，而後得爲高人逸士，與世異趣者之所樂乎？或曰：明皇之累，楊、李、禄山之汙，泉豈知惡之？然則幽遠僻陋之歎，亦非泉之所病也。泉固無知於榮辱，特以人意推之，可以爲抱器適用而不擇所處者之戒。元豐元年十月五日〔二〕。

〔一〕「驪」原作「麗」，今從集甲卷二十三。四部叢刊《淮海集》卷一《湯泉賦》附蘇軾此文亦作「驪」，下同。

〔二〕「元豐元年」云云八字原缺，據《淮海集》附録補。

書黄子思詩集後

予嘗論書，以謂鍾、王之迹，蕭散簡遠，妙在筆畫之外。至唐顔、柳，始集古今筆法而盡發之，極書之變，天下翕然以爲宗師，而鍾、王之法益微。至於詩亦然。蘇、李之天成，曹、劉之自得，陶、謝之超然，蓋亦至矣。而李太白、杜子美以英瑋絶世之姿，凌跨百代，古今詩人盡廢，然魏、晉以來高風絶塵，亦少衰矣。李、杜之後，詩人繼作〔一〕，雖間有遠韻，而才不逮意，獨韋應物、柳宗元發纖穠於簡古，寄至味於澹泊，非餘子所及也。唐末司空圖，崎嶇兵亂之間，而詩文高雅，猶有承平之遺風。其論詩曰：「梅止於酸，鹽止於鹹。」飲食不可無鹽、梅，而其美常在鹹、酸之外〔二〕。蓋自列其詩之有得於文字之表者二十四韻，恨當時不識其妙。予三復其言而悲之。閩人黄子思，慶曆、皇祐間號能文者。予嘗聞前輩誦其詩，每得佳句妙語，反復數四，乃識其所謂，信乎表聖之言，美在鹹酸之外，可以一唱而三歎也。予既與其子幾道、其孫師是游，得窺其家集，而子思篤行高志，爲吏有異材，見於墓誌詳矣，予不復論，獨評其詩如此。

〔一〕「繼」原作「斷」，誤。據集乙卷九、郎本卷六十改。

〔二〕「鹹」原作「鹽」，今從集乙、郎本。案：以上有「鹽止於鹹」句。

蘇軾文集卷六十八

題跋 詩詞

跋文忠公送惠勤詩後

始予未識歐公，則已見其詩矣。其後屢見公，得勤之爲人，然猶未識勤也。熙寧辛亥，余出倅錢塘，過汝陰見公，屢屬余致謝勤。到官不及月，以臘日見勤於孤山下，則余詩所謂「孤山孤絶誰肯廬，道人有道山不孤」者也。其明年閏七月，公薨於汝陰，而勤亦退老於孤山下，不復出游矣。又明年六月六日，偶至勤舍，出此詩，蓋公之真迹，讀之流涕，而勤請余題其後云。

書贈法通師詩

「欲識當年杜伯升，飄然雲水一孤僧。若教俯首隨韁鎖，料得而今似我能。」僕偶云：「通師子不脱屣場屋，今何爲乎？」柳子玉云：「不過似我能。」因戲作此詩。熙寧七年二月日。

題鮮于子駿八詠後

始予過益昌，子駿始漕利路。其後八年，予守膠西，而子駿始移漕京東。自朝廷更法以來，奉法之吏，尤難其人。刻急則傷民〔一〕，寬厚則廢法。二者其理難通，而山峽地瘠，民貧役重，其推行爲尤難。子駿世家南隆，親族故人，散處所部，以親則害法，以法則傷恩，二者其勢難全。是三難者萃於子駿，而子駿爲之九年，其聲藹然，聞之四方。上不害法，下不傷民，中不廢親，自講議措置至於立法定制，皆成於其手。吏民舉欣欣然，而子駿亦自治園囿亭榭〔二〕，賦詩飲酒，雍容有餘，如異時爲監司者。君子以是知其賢。子駿以其所作八詠寄余。余甚愛其詩，欲作而不可及，乃書其末，以遺益昌之人，使刻於石，以無忘子駿之德。

〔一〕「急」原作「意」，今從《文鑑》卷一百三十一。

〔二〕「榭」原作「謝」，今據《文鑑》改。

記子由詩

八月四日與子由同來，留小詩三首：「葱蒨門前路，行穿翠密中。却來堂上看，嵓谷意無窮。」「夭矯庭中栢，枯枝鵲踏消。瘦皮纏鶴骨，高頂轉龍腰。」「窈窕山頭井，泉通伏澗清。欲知深幾許，聽放轆轤聲。」子由和云：「岧嶤山上寺，近在古城中。苦恨河流遠，長教眼力窮。」「盤曲山前路，流年向此消。與亡須一弔，范叟卧山腰。」「孤絶山南寺，僧居無限清。不知行道處，空聽暮鍾聲。」子由詩過吾遠甚。熙寧十年八月四日，子瞻。

書諸公送鳧繹先生詩後

鳧繹先生既歿三十餘年，軾始從其子復游，雖不識其人，而得其爲人。先生爲閬中主簿，以詩餞行者，凡二十餘人，皆一時豪傑名勝之流。自景祐至今，凡四十餘年，而凋喪殆盡，獨張君宗益在耳。懷先生之盛德，想諸賢之遺烈，悼歲月之不居，感人事之屢變。故書其末，使後生想見其風流云耳。

題文潞公詩

《送時郎中》詩云：「一從辭畫省，洊歲守坤維。久浹于藩任，常分乃睿思。六條遵漢寄，千里奉堯咨。按部壺漿擁，行春茜旆隨。握蘭班已峻，拔薤化方施。吏服蒲鞭耻，童懷竹馬期。不藏金似粟，傾降雨如絲。每見求民瘼，寧聞拾路遺。責躬還掩閤，察吏更褰帷。好續循良傳，宜刊德政碑。姦邪隨草靡，權黠望風移。渤海繩皆治，葵丘戍及朞。佩牛登富庶，負虎變淳熙。雲路徵賢日，星郎拱極時。將升嚴助室，暫輟阮咸麾。挽鄧舟停水，思何詠載岐。魚城初解印，鳳闕即移墀。曲榭青雲路，離筵白紵詞。璿簪縈別恨，金酒折芳枝。從此三巴俗，多吟蔽芾詩。」軾嘗得聞潞公之語矣，其雄才遠度，固非小子所能窺測，至於學問之富，自漢以來，出入馳騁，畧無遺者，下迨曲技小數，靡不究悉，雖篤學專門之師，莫能與之較，然世不以此稱公，豈勳德所掩覆故耶？今觀其幼時詩，精審研密，句句皆有所考，蓋其積之也久矣。元豐二年二月二十九日書。

自記吴興詩

僕游吴興〔一〕，有《游飛英寺》詩云：「微雨止還作，小窗幽更妍。盆山不見日，草木自蒼然。」非至吴越，不見此景也。

〔一〕「游」原作「爲」，今從《叢話·前集》卷四十。

記所作詩

吾有詩云：「日日出東門，步尋東城游。城門抱關卒，怪我此何求。吾亦無所求，駕言寫我憂。」章子厚謂參寥曰：「前步而後駕，何其上下紛紛也？」僕聞之曰：「吾以尻爲輪，以神爲馬，何曾上下乎？」參寥曰：「子瞻文過有理似孫子荆。子荆曰：『所以枕流，欲洗其耳；所以漱石，欲礪其齒。』」

書曹希藴詩

近世有婦人曹希藴者，頗能詩，雖格韻不高，然時有巧語。嘗作《墨竹》詩云：「記得小軒岑寂夜，月移疎影上東牆。」此語甚工。

記郭震詩

蜀人任介、郭震、李畋，皆博學能詩，曉音律，相與爲莫逆之交，游蕩不羈，禮法之士鄙之。然皆才識過人。李順之將亂，震游成都東郊，忽賦詩曰：「今日出東郊，東郊好春色。青青原上草，莫教征馬食。」遂走京師上書，言蜀將亂，不報。朞年，其言乃効。震竟不仕。介爲陝西一幕官而死。畋稍達，仕至尚書郎。震將死，其友往問之，側卧欹枕而言。其友曰：「子且正身。」震笑曰：「此行豈可復替名哉〔一〕！」雖平生詼諧之餘習〔二〕，然亦足以見其臨死而不亂也。

〔一〕《稗海》本《志林》「替」作「啖」。

〔二〕「詼」原作「談」，今從《叢話·前集》卷五十五引文。

評杜默詩

石介作《三豪》詩，略云：「曼卿豪於詩，永叔豪於文，杜默字師雄者豪於歌也。」永叔亦贈默云：「贈之三豪篇，而我濫一名。」默之歌，少見於世，初不知之。後聞其篇，云「學海波中老龍〔一〕，聖人門前大虫」〔二〕，皆此等語，甚矣介之無識也。永叔不欲嘲笑之者，此公惡争名，且爲介諱也。吾觀杜默豪氣，正是京東學究飲私酒食瘴死牛肉飽後所發者也〔三〕。作詩狂怪，至盧仝、馬異極矣，若更求奇，便作杜默。

〔一〕「波中」原作「門前」，今從《叢話·前集》卷二十五引文、涵芬樓《仇池筆記》、《稗海》本《志林》。

〔二〕「聖人」原作「天子」，今從《叢話》、《稗海》本《志林》。《叢話》此句後尚有「推倒楊朱、墨翟，扶起仲尼、周公」二句。

〔三〕「京東」原作「東京」，今從《叢話》、《總龜》。

書狄遵度詩〔一〕

「佳城鬱鬱頽寒煙，飢雛乳獸號荒阡。夜卧北斗寒掛枕，霜拱木落鴈橫天。浮雲西去不復返，落日東逝隨長川。乾坤未死吾尚在，肯與蟪蛄論大年。」狄遵度自兒童，已能屬文，落落有聲。年十六〔二〕，一夕，夢子美誦平生所爲詩，皆集中所無者，覺而記兩句，後遂續之云耳。

〔一〕「狄」原作「翟」，今從《總龜》卷三十四引文。文内同。

〔二〕「年十六」三字原缺，據《總龜》補。

題子明詩後并魯直跋

吾兄子明，舊能飲酒，至二十蕉葉，乃稍醉。與之同游者，眉之蟇頤山觀侯老道士〔一〕，歌謳而飲。方是時，其豪氣逸韻，豈知天地之大秋毫之小耶？不見十五年，乃以刑名政事著聞於蜀，非復昔日之子明也。姪安節自蜀來，云子明飲酒不過三蕉葉。吾少年望見酒盞而醉，今亦能三蕉葉矣。然舊學消亡，夙心掃地，枵然爲世之廢物矣。乃知二者有得必有喪〔二〕，未有兩獲者也。

老道士，蓋子瞻之從叔蘇慎言也。今年有孫汝楫，登進士第。東坡自云飲三蕉葉，亦是醉中語。余往與東坡飲一人家，不能一大觥，醉眠矣。魯直題。

〔一〕「侯」原作「佚」，今從《外集》卷四十四。

〔二〕「二」原作「六」，今從《外集》。

題和王鞏六詩後

僕文章雖不逮馮衍，而慨慷大節乃不愧此翁。衍逢世祖英睿好士，而獨不遇，流離擯逐，與僕相似。而衍妻悍妬甚，僕少此一事，故有「勝敬通」之句。

題陳吏部詩後〔一〕

故三司副使吏部陳公，軾不及見其人。然少時所識一時名卿勝士，多推尊之。邇來前輩凋喪畧盡，能稱誦公者，漸不復見，得其緒言遺事，皆當記録寶藏，況其文章乎？公之孫師仲，録公之詩二十五篇以示軾。三復太息，以想見公之大畧云。元豐四年十一月廿二日，眉陽蘇軾〔二〕。

〔一〕《永樂大典》卷九百五引《蘇東坡集》有此文，題作「書陳亞之詩後」。

〔二〕「元豐四年」云云十四字原缺，據《大觀録》卷三補。《大典》「十一月廿二日」作「十月廿三日」。

書贈陳季常詩

余謫黄州，與陳慥季常往來，每過之，輒作「汁」字韻詩一篇。季常不禁殺，故以此諷之。季常既不復殺，而里中皆化之，至有不食肉者。皆云「未死神已泣」，此語使人凄然也。

書遵師詩

游湯泉，覽留題百餘篇，獨愛遵師一偈云：「禪庭誰作石龍頭，龍口湯泉沸不休。直待衆生塵垢盡，我方清冷混常流。」戲作一絶答云：「石龍有口口無根，自在流泉誰吐吞。若信衆生本無垢，此泉何處覓寒温。」元豐七年五月十三日。

書葛道純詩後

「淙流絶壁散，靈煙翠洞深。嵒際松風清，飄飄洒塵襟。觀蘿玩猿鳥，解組傲園林。茶果邀真侶，觴酌洽同心。曠歲懷兹賞，行春始重尋。聊將横吹笛，一寫山水音。」與高安葛格道純同游廬山簡寂觀，道純誦此詩，請書之石。元豐七年五月十九日，汝州團練副使蘇軾和仲。

書子由金陵天慶觀詩

「興廢不可必，冶城今静祠。松聲聞道路，竹色淨軒墀。江近風雲改，庭深草木滋。孤墳弔遺直，銘暗閲元規。」元豐三年四月，家弟子由過此留詩，七年七月十六日〔一〕，爲書之壁。

〔一〕「七年」原作「十年」，今據《外集》卷四十四改。

書子由絶勝亭詩

「夜郎秋漲水連空，上有虚亭縹緲中。山滿長天宜落日，江吹曠野作驚風。爨煙慘淡浮前浦，漁艇縱横逐釣筒。未省岳陽何似此，應須子細問南公。」蜀州新建絶勝亭，舍弟十九歲作。

跋翰林錢公詩後

軾齠齓入鄉校，即誦公詩，今得觀其遺跡，幸矣。元豐八年正月二十日。

題别子由詩後

「先君昔愛洛城居，我今亦過嵩山麓。水南卜築吾豈敢，試向伊川買修竹。又聞緱山好泉眼，傍市穿林瀉水玉。想見茅簷照水開，兩翁相對清如鵠。」元豐七年，余自黄遷汝，往别子由於筠，作數詩留别，此其一也。其後雖不過洛，而此意未忘，因康君郎中歸洛，書以贈之。元祐元年三月十六日〔一〕，軾書。

〔一〕《蘇文忠詩合註》卷二十三《别子由三首兼别遲》題下施註引此文石刻「十六日」作「十日」。

跋歐陽寄王太尉詩後

「豐樂坡前一醉翁，餘齡有幾百憂攻。平生自恃心無愧，直道誠知世不容。换骨莫求丹九轉，榮名何待禄千鍾。明年今日如尋我，潁水東西問老農。」此歐陽文忠公寄太尉懿敏王公詩。軾與公之子定國、定國姪孫子發、張彦若同游寶梵。定國誦此詩，以遺詩人戴仲達。仲達，嘗從文忠公者也。元祐元年四月，門生蘇軾書。

書黄魯直詩後二首

每見魯直詩文，未嘗不絶倒。然此卷語妙，殆非悠悠者所識能絶倒者也，是可人。元祐元年八月二十二日，與定國、子由同觀。

文〔一〕

〔一〕此文，已見本集卷六十七《書黄魯直詩後二首》之第一首，今删文留題。

記董傳論詩〔一〕

故人董傳善論詩。予嘗云：杜子美不免有凡語，「已知仙客意相親，更覺良工心獨苦」，豈非凡語耶！傳笑曰：此句殆爲君發。凡人用意深處，人罕能識，此所以爲獨苦，豈獨畫哉。

〔一〕《外集》卷四十五「傳」後有「善」字。

書參寥論杜詩

參寥子言：「老杜詩云：『楚江巫峽半雲雨，清簟疎簾看弈棋。』此句可畫，但恐畫不就爾。」僕言：「公禪人，亦復愛此綺語耶？」寥云：「譬如不事口腹人，見江瑶柱，豈免一朵頤哉！」

記少游論詩文

秦少游言：「人才各有分限。杜子美詩冠古今，而無韻者殆不可讀。曾子固以文名天下，而有韻者輒不工。此未易以理推之也。」

題李伯祥詩

眉山矮道士李伯祥好爲詩，詩格亦不甚高，往往有奇語。如「夜過修竹寺，醉打老僧門」之句，皆可愛也。余幼時學於道士張易簡觀中，伯祥與易簡往來，嘗歎曰〔一〕：「此郎君貴人也。」不知其何以知之。

〔一〕「學於道士張易簡觀中伯祥與易簡往來嘗」原作「嘗見余」，今從《總龜》卷十四引文、《稗海》本《志林》。

書緑筠亭詩

「愛竹能延客，求詩剩掛牆。風梢千纛亂，日影萬夫長。谷鳥驚碁響，山蜂識酒香。只應陶靖節，解聽北窗涼。」清獻先生嘗求東坡居士作緑筠亭詩，曰：「此吾鄉人梁處士之居也。」後二十五年，乃見處士之子琯，請書此本。紹聖二年四月十三日。

題王晉卿詩後

晉卿爲僕所累。僕既謫齊安，晉卿亦貶武當。飢寒窮困，本書生常分，僕處不戚戚固宜，獨怪晉卿以貴公子罹此憂患，而不失其正，詩詞益工，超然有世外之樂，此孔子所謂「可與久處約長處樂」者。元祐元年九月八日。

書黃泥坂詞後

余在黃州，大醉中作此詞，小兒輩藏去稿，醒後不復見也。前夜與黃魯直、張文潛、晁無咎夜坐。三我絹也。」乃用澄心堂紙、李承晏墨書此遺之。元祐元年十一月二十一日。

客飜倒几案，搜索篋笥，偶得之，字半不可讀，以意尋究，乃得其全。文潛喜甚，手録一本遺余，持元本去。明日得王晉卿書，云：「吾日夕購子書不厭，近又以三縑博兩紙。子有近書，當稍以遺我，毋多費我絹也。」乃用澄心堂紙、李承晏墨書此遺之。元祐元年十一月二十一日。

題憇寂圖詩并魯直跋

元祐元年正月十二日，蘇子瞻、李伯時爲柳仲遠作《松石圖》。仲遠取杜子美詩「松根胡僧憇寂寞，龐眉皓首無住着，偏袒右肩露雙脚，葉裹松子僧前落」之句，復求伯時畫此數句，爲《憇寂圖》。子由題云：「東坡自作蒼蒼石，留取長松待伯時。只有兩人嫌未足，兼收前世杜陵詩。」因次其韻云：「東坡雖是湖州派，竹石風流各一時。前世畫師今姓李，不妨題作輞川詩。」文與可嘗云：「老夫墨竹一派，近在徐州。吾竹雖不及，石似過之。」此一卷公案，不可不令魯直下一句。

或言：子瞻不當目伯時爲前身畫師，流俗人不領，便是詩病。伯時一丘一壑，不減古人，誰當作此癡計。子瞻此語是真相知。魯直書。

題張安道詩後

「因嗟萍梗才名客，自歎匏瓜老病身。一榻從兹還倚壁，不知重掃待何人。」元豐三年，家弟子由，謫官筠州。張安道口占此詩爲别，已而涕下。安道平生未嘗出涕向人也。元祐六年十二月薨於南都。將屬纊，問後事，但言仲意子瞻兄弟。是月十一日，舉哀薦福禪院，録此詩留院中。

書張芸叟詩

張舜民芸叟，邠人也。通練西事。稍能詩，從高遵裕西征回，塗中作詩二絶。一云：「靈州城下千株柳，總被官軍斫作薪。他日玉關歸去路，將何攀折贈行人。」一云：「青銅峽裏韋州路〔一〕，十去從軍九不回。白骨似沙沙似雪〔二〕，將軍休上望鄉臺。」爲轉運判官李察所奏，貶郴州監税。舜民言：「官軍圍靈武不下，糧盡而退。西人從城上大呼官軍漢人兀𢬵否〔三〕？或仰而答曰：『兀𢬵。』城上皆大笑。西人謂慙爲兀𢬵也。」

〔一〕「銅」原作「岡」，「韋」原作「常」，今從《叢話·前集》卷五十二、《玉屑》卷十八《西征二絶》條。

〔二〕涵芬樓《仇池筆記》「沙沙」作「山山」。「雪」原作「骨」，今從《叢話》、《總龜》。

〔三〕「大」原缺，據《外集》卷四十五補。《仇池筆記》「兀𢬵」作「兀捺」；原校：庫本徐鈔注云，一作「𢬵」。案：「𢬵」疑爲「捺」之誤。

書試院中詩

元祐三年二月二十一日領貢舉事，辟李伯時爲考校官。三月初，考校既畢，待諸廳參會，故數往詣伯時。伯時苦水悸，愊愊不欲食，作欲驟馬以排悶〔一〕。黄魯直詩先成，遂得之。魯直詩云：「儀鸞供帳饕蝨行，翰林濕薪爆竹聲，風簾官燭淚從横。木穿石盤未渠透〔二〕，坐窗不邀令人瘦，貧馬百嚼逢一豆。眼明見此玉花驄，徑思着鞭隨詩翁，城西野桃尋小紅。」子瞻次韻云：「少年鞍馬勤遠行〔三〕，夜聞嚼草風雨聲，見此忽思短策横。千重故紙鑽未透，那更陪君作詩瘦，不如芋魁歸飯豆。門前欲嘶御史驄，詔恩三日休老翁，羡君懷中雙橘紅。」蔡天啓、晁無咎、舒堯文、廖明略皆繼，此不能盡録。予又戲作絶句：「竹頭搶地風不舉，文書堆案睡自語。看馬欲驟頓風塵，亦思歸家洗袍袴。」伯時笑曰：「有頓塵馬欲入筆。」疾取紙來寫之後。三月六日所作皆是也。眉山蘇軾書。

〔一〕「驟」原作「碾」，今從《外集》卷四十五。

〔二〕「石」原作「右」，今從《外集》。案：《山谷詩集註》卷九《觀伯時畫馬禮部試院中作》即作「石」。

〔三〕「勤」原作「勒」，今從《外集》。案：《詩集》卷三十此詩卽作「勤」。

書鬼仙詩〔一〕

「忽然湖上片雲飛，不覺中流雨濕衣。折得荷花渾忘却，空將荷葉蓋頭歸。」

「江上檣竿一百尺，山中樓臺十二重。山僧樓上望江上，遥指檣竿笑殺儂。」

「湘中老人讀黄老，手援紫藟坐碧草。春至不知湘水深，日暮忘却巴陵道。」

「爺孃送我青楓根，不記青楓幾回落。當時手刺衣上花，今日爲灰不堪着。」

「浦口潮來初渺漫，蓮舟溶漾採花難。芳心不愜空歸去，會待潮平更折看。」

「酒盡君莫沽，壺傾我當發。城市多囂塵，還山弄明月。」

「卜得上峽日，秋江風浪多。巴陵一夜雨，腸斷木蘭歌。」

「寒草白露裏，亂山明月中。是夕苦吟罷，寒燭與君同。」

元祐三年二月二十一日夜〔二〕，與魯直、壽朋、天啓會于伯時齋舍。此一卷，皆仙鬼作或夢中所作也。又記《太平廣記》中，有人爲鬼物所引入墟墓，皆華屋洞户，忽爲劫墓者所驚，出，遂失所見。但云「芫花半落，松風晚清」。吾每愛此兩句，故附之書末。

〔一〕《叢話·前集》卷五十八、《總龜·後集》卷四十二有此文。二書無「江上」、「湘中」、「酒盡」、「寒草」四詩，另有「春草萋萋春水緑，野棠開盡飄香玉，繡嶺宫前白髮人，猶唱開元太平曲」一首，在「忽然」首前；又有「惆悵金泥簇蝶裙，春來猶見伴行雲，不教布施剛留得，恰似知逢李少君」一首，次「爺娘」首後。《詩人玉屑》卷二十《鬼仙》條節引此文，亦有「春草萋萋春水緑」一首。

〔二〕汲古閣刊《東坡題跋》「二十一」作「二十五」。傅藻《東坡紀年録》本年紀事有「二月八日夜，會於伯時齋舍，書鬼仙詩」之記載。

記白鶴觀詩

昔游忠州白鶴觀，壁上高絶處，有小詩，不知何人題也。詩云：「仙人未必皆仙去，還在人間人不知。手把白髦從兩鹿，相逢聊問姓名誰。」

記闕右壁間詩〔一〕

「欲掛衣冠神武門，先尋水竹渭南村。却將舊斬樓蘭劍，買得黄牛教子孫。」余舊見此詩於闕右壁間，愛之，不知何人詩也。

〔一〕《叢話·前集》卷五十四引此文。文中「關右」後，《叢話》有「寺」字。《叢話》引《蔡寬夫詩話》謂蘇軾此處所引之詩「欲掛衣冠神武門」云云，乃王嗣宗之詩。

記西邸詩〔一〕

余官鳳翔，見村邸壁上，書此數句，愛而誦之。云：「人間有漏仙，兀兀三杯醉。世上無眼禪，昏昏一枕睡。雖然没交涉，其奈略相似。相似尚如此，何況真箇是。」

〔一〕《叢話·前集》卷五十四有此文。文中「余官鳳翔，見村邸壁上，書此數句，愛而誦之」原作「余奉使西邸，見書此數句，愛而録之」。今從《叢話》。《總龜》卷二有此文，「何況真箇是」句後作：「予奉使關西見邸壁書此，愛而誦之，故海上作《濁醪有妙理賦》曰：嘗因既醉之適，方識此心之正。此老氏言心之正與孟子言人之性善何異。」《總龜》無篇首「余官」云云十八字。二書「有漏仙」之「有」均作「無」。

書出局詩

「急景歸來早，濃陰晚不開。傾杯不能飲，待得卯君來。」今日局中早出，陰晦欲雪，而子由在户部晚出，作此數句。忽記十年前在彭城時，王定國來相過，留十餘日，還南都。時子由爲宋幕，定國臨去，求家書，僕醉不能作，獨以一絶與之。云：「王郎西去路漫漫，野店無人霜月寒。泪濕粉牋書不得，憑君送與卯君看。」卯君，子由小名也。今日情味雖差勝彭城，然不若同歸林下，夜雨對床，乃爲樂耳。元祐三年十月二十三日。

評詩人寫物〔一〕

詩人有寫物之功。「桑之未落，其葉沃若。」他木殆不可以當此。林逋《梅花》詩云：「疎影横斜水清淺，暗香浮動月黄昏。」決非桃、李詩。皮日休《白蓮》詩云〔二〕：「無情有恨何人見，月曉風清欲墮時。」決非紅蓮詩。此乃寫物之功。若石曼卿《紅梅》詩云：「認桃無緑葉，辨杏有青枝。」此至陋語，蓋村學中體也〔三〕。元祐三年十二月六日〔四〕，書付過。

〔一〕此文，重見本集卷六十，爲《付過二首》之第一首，今删彼留此。
〔二〕「蓮」後原有「花」字，據《叢話·前集》卷三十二、《總龜》卷七、《稗海》本《志林》、《付過二首》之第一首删。
〔三〕《志林》「中」作「究」。
〔四〕《志林》「六日」作「十六日」。

評七言麗句

七言之偉麗者。杜子美云：旌旗日暖龍蛇動，宫殿風微燕雀高；五更曉角聲悲壯，三峽星河影動摇。爾後寂寞無聞焉。直至歐陽永叔：滄波萬古流不盡，白鶴雙飛意自閑；萬馬不嘶聽號令，諸蕃無事樂耕耘。可以並驅争先矣。軾亦云：令嚴鍾鼓三更月，野宿貔貅萬竈煙。又云：露布朝馳玉關塞，捷書夜到甘泉宫。亦庶幾焉爾。

讀文宗詩句〔一〕

「人皆苦炎熱，我愛夏日長。薰風自南來，殿閣生微凉。」世未有續之者。予亦有詩云：「卧聞疎響梧桐雨，獨詠微凉殿閣風。」

〔一〕《外集》卷四十五「讀」作「續」。

書辯才次韻參寥詩

「嵓栖木食已皤然，交舊何人慰眼前。素與晝公心印合〔一〕，每思秦子意珠圓。當年步月來幽谷，拄杖穿雲冒夕煙。臺閣山林本無異，故應文字未離禪。」辯才作此詩時，年八十一矣。平生不學作詩，如風吹水，自成文理。而參寥與吾輩詩，乃如巧人織繡耳。

〔一〕「晝」原作「畫」，據《外集》卷四十五、汲古閣刊《東坡題跋》改。

書參寥詩〔一〕

僕在黄州，參寥自吴中來訪，館之東坡。一日，夢見參寥所作詩，覺而記其兩句云：「寒食清明都過了，石泉槐火一時新。」後七年，僕出守錢塘，而參寥始卜居西湖智果院。院有泉出石縫間，甘冷宜茶。寒食之明日，僕與客泛湖，自孤山來謁參寥，汲泉鑽火，烹黄蘗茶，忽悟所夢詩，兆於七年之前。衆客皆驚歎，知傳記所載，非虚語也。元祐五年二月二十七日，眉山蘇軾書并題〔二〕。

〔一〕《咸淳臨安志》卷三十八《參寥泉》條下有此文，題作「應夢記」。

〔二〕「眉山蘇軾」、「并題」六字原缺，據《咸淳臨安志》補。

記謝中舍詩

寇元弼言：「去歲徐州倅李陶〔一〕，有子年十七八，素不甚作詩〔二〕，忽詠《落花》詩云〔三〕：『流水難窮目，斜陽易斷腸。誰同研光帽，一曲舞山香。』父驚問之，若有物憑附者。自云是謝中舍。問研光帽事，云：『西王母宴羣仙〔四〕，有舞者戴研光帽，帽上簪花，舞山香一曲，未終，花皆落云。』」

〔一〕《總龜》卷二「陶」作「絢」。

〔二〕《叢話・前集》卷五十八「甚」作「善」。

〔三〕「花」原作「梅」，據《總龜》、《叢話》改。《玉屑》卷二十引此文亦作「花」。

〔四〕「仙」原作「臣」，據以上三書改。

書蘇子美金魚詩

舊讀蘇子美《六和寺》詩云：「松橋待金魚〔一〕，竟日獨遲留。」初不喻此語〔二〕。及倅錢塘，乃知寺後池中有此魚如金色也。昨日復游池上，投餅餌，久之，乃畧出，不食，復入，不可復見。自子美作詩，至今四十餘年。子美已有「遲留」之語，苟非難進易退而不妄食，安能如此壽耶！

〔一〕《叢話・前集》卷三十二、《總龜》卷十八「松」作「沿」；《稗海》本《志林》「魚」作「鯽」。

〔三〕「喻」原作「諭」，今從《叢話》、《總龜》。

題張子野詩集後

張子野詩筆老妙，歌詞乃其餘技耳。《湖州西溪》云〔一〕：「浮萍破處見山影，小艇歸時聞草聲。」與余和詩云：「愁似鰥魚知夜永，懶同胡蝶爲春忙。」若此之類，皆可以追配古人。而世俗但稱其歌詞。昔周昉畫人物，皆入神品，而世俗但知有周昉士女，皆所謂未見好德如好色者歟？元祐五年四月二十一日。

〔一〕「湖」原作「華」，今從《叢話·前集》卷三十七。

書所和回先生詩

回先生詩云：「西鄰已富憂不足，東老雖貧樂有餘。白酒釀來因好客，黄金散盡爲收書。」東坡居士和云：「世俗何知貧是病，神仙可學道之餘。但知白酒留佳客，不問黄公覓素書。」熙寧元年八月十九日，有道人過沈東老飲酒，用石榴皮寫句壁上，自稱回山人。東老送之出門，至石橋上。先渡橋數十步，不知其所往。或曰：「此呂先生洞賓也。」七年，僕過晉陵，見東老之子偕，道其事。時東老既没三年矣，爲和此詩。其後十六年，復與偕相遇錢塘，更爲書之。偕字君與，有文行，世其家云。元祐五年五月二十五日，東坡先生書。

記里舍聯句

幼時里人程建用、楊堯咨、舍弟子由會學舍中《天雨聯句》六言〔一〕。程云：「庭松偃仰如醉。」楊即云：「夏雨淒涼似秋。」余云：「有客高吟擁鼻。」子由云：「無人共喫饅頭。」坐皆絶倒，今四十餘年矣。

〔一〕「天」原作「大」，今從《總龜》卷三十九。案：聯句所寫「夏雨」、「淒涼似秋」，蓋非大雨。

題鳳山詩後

楊君詩，殊有可觀之言，長韻尤可喜，然求免於寒苦而不可得。悲夫，此道之不售於世也久矣！

題歐陽公送張著作詩後

詩中雖不著歲月，有「猒京已弄春」之語。是則自洛還館中未久，去夷陵之行無幾矣。元祐六年，東坡居士觀於汝南東閣。

書潁州禱雨詩

元祐六年十月，潁州久旱，聞潁上有張龍公神祠，極靈異，乃齋戒遣男迨與州學教授陳履常往禱之。迨亦頗信道教，沐浴齋居而往。明日，當以龍骨至，天色少變。二十六日，會景貺、履常、二歐陽〔一〕，作詩云：「後夜龍作雲，天明雪填渠。夢回聞剥啄，誰呼趙、陳、予？」景貺拊掌曰：「句法甚新，前此未有此法。」季默曰：「有之。長官請客吏請客，目曰『主簿、少府、我』。卽此語也。」相與笑語。至三更歸時，星斗燦然，就枕未幾，而雨已鳴簷矣。至朔旦日，作五人者復會於郡齋〔二〕。既感歎龍公之威德，復嘉詩語之不謬。季默欲書之，以爲異日一笑。是日，景貺出迨詩云：「吾儕歸卧髀骨裂，會友攜壺勞行役。」僕笑曰：「是男也，好勇過我。」

〔一〕「會」原缺，據四部叢刊影印《增刊校正王狀元集註分類東坡先生詩》卷三《與趙陳同過歐陽叔弼所治小齋戲作》堯卿註引東坡所撰《詩話》補。

〔二〕此句疑有誤文，「作」疑爲「此」字之誤。

書李簡夫詩集後

孔子不取微生高，孟子不取於陵仲子，惡其不情也。陶淵明欲仕則仕，不以求之爲嫌，欲隱則隱，不以去之爲高，飢則扣門而乞食，飽則雞黍以延客，古今賢之，貴其真也。李公簡夫以文學政事有聞於天聖以來，而謝事退居於嘉祐之末，熙寧之初。平生不眩於聲利，不戚於窮約，安於所遇而樂之終身者，庶幾乎淵明之真也。熙寧三年，軾始過陳，欲求見公，而公病矣。後二十年，得其手録詩七十篇於其孫公輔。讀之，太息曰：「君子哉若人，今亡矣夫！」元祐六年十二月初四日。

題梅聖俞詩後

「驛使前時走馬回，北人初識越人梅。清香莫把酴醾比，祇欠溪頭月下杯。」梅二丈長身秀眉，大耳紅頰，飲酒過百盞，輒正坐高拱，此其醉也〔一〕。吾雖後輩，猶及與之周旋，覽其親書詩，如見其抵掌談笑也。元祐七年七月二十二日。

〔一〕《叢話·前集》卷二十七、《總龜·後集》卷二十八「梅二丈」至「此其醉也」二十五字作「此梅二丈京師逢賣梅花絶句」。

跋再送蔣穎叔詩後

穎叔未有帥洮之命，作扈駕詩，軾和之，有「游魂」之句，遂成吟讖。正月十六日，偶謁錢穆父，作小詩寫之扇上，穎叔、穆父、仲至皆和，軾亦再賦。請穎叔收此扇與此軸，旋復迎勞，吾詩之必讖也。

記寶山題詩

予昔在錢唐，一日，晝寢於寶山僧舍，起，題其壁云：「七尺頑軀走世塵，十圍便腹貯天真。此中空洞全無物，何止容君數百人。」其後有數小子亦題名壁上，見者乃謂予誚之也。周伯仁所謂君者，乃王茂弘之流，豈此等輩哉！世子多諱，蓋僭者也。吾嘗作《李太白真贊》云：「生平不識高將軍，手污吾足乃敢嗔。」吾今復書此者，欲使後之小人少知自揆也。

書石芝詩後

中山教授馬君，文登人也。蓋嘗得石芝食之，故作此詩，同賦一篇。目昏不能多書，令小兒執筆，獨題此數字。

書蜀僧詩

王中令既平蜀，捕逐餘寇，與部隊相遠。飢甚，入一村寺中。主僧醉甚，箕踞，公怒，欲斬之。僧應對不懼，公奇而赦之。問求蔬食。僧對曰：「有肉無蔬。」公益奇之。餽以蒸猪頭，食之甚美。公喜，問僧「止能飲酒食肉耶，抑有他技也〔一〕？」僧自言：「能爲詩。」公命賦蒸豚，操筆立成云：「觜長毛短淺含臕，久向山中食藥苗。蒸處已將蕉葉裹，熟時兼用杏漿澆。紅鮮雅稱金盤飣，軟熟真堪玉筯挑。若把氈根來比並〔二〕，氈根自合喫藤條。」公大喜，與紫衣師號。元祐九年二月十三日，偶與公之玄孫訥道此，因記之〔三〕。

〔一〕「抑有他」原作「爲他有」，今從《稗海》本《志林》。

〔二〕《冷齋夜話》卷一《僧賦蒸豚詩》即此文，「氈」作「羶」，下同。

〔三〕自「元祐」至「因記之」二十一字，《冷齋夜話》作「東坡元祐初，見公之玄孫訥夜話及此，爲記之」。

書彭城觀月詩

「暮雲收盡溢清寒，銀漢無聲轉玉盤。此生此夜不長好，明月明年何處看。」余十八年前中秋夜，與子由觀月彭城，作此詩，以《陽關》歌之。今復此夜宿於贛上，方遷嶺表，獨歌此曲，聊復書之，以識一時之事，殊未覺有今夕之悲，懸知有他日之喜也。

記樂天西掖通東省詩〔一〕

元祐元年，予爲中書舍人。時執政患本省事多漏泄，欲以舍人廳後作露籬，禁同省往來。予白執政，應須簡要清通，何必樹籬插棘。諸公笑而止。明年竟作之。暇日，偶讀樂天集，有云：「西省北院，新構小亭，種竹開窗，東通騎省，與李常侍隔窗小飲，作詩。」乃知唐時得西掖作窗以通東省，而今日本省不得往來，可歎也！

〔一〕趙刻《志林》題作「禁同省往來」。「天」後原有「詩」字，衍，删。

書潤州道上詩

「行歌野哭兩堪悲，遠火低星漸向微。病眼不眠非守歲，鄉音無伴苦思歸。重衾脚冷知霜重，新沐頭輕感髮稀。只有殘燈不嫌客，孤舟一夜許相依。」僕時三十九歲，潤州道中，值除夜而作。後二十年，在惠州守歲〔一〕，録付過。

〔一〕《外集》卷四十六「守」作「分」。

書李主詞

「三十餘年家國，數千里地山河。幾曾慣干戈〔一〕！一旦歸爲臣虜，沈腰潘鬢消磨。最是蒼皇辭廟日，教坊猶奏別離歌。揮涙對宫娥。」後主既爲樊若水所賣，舉國與人，故當慟哭於九廟之外，謝其民而後行，顧乃揮淚宮娥，聽教坊離曲哉！

〔一〕此句前，通行本尚有「鳳閣龍樓連霄漢，玉樹瓊枝作煙蘿」二句。

題秧馬歌後四首

惠州博羅縣令林君抃，勤民恤農，僕出此歌以示之。林君喜甚，躬率田者製作閱試，以謂背雖當如覆瓦，然須起首尾如馬鞍狀，使前却有力。今惠州民皆已施用，甚便之。念浙中稻米幾半天下，獨未知爲此，而僕又有薄田在陽羨，意欲以教之。適會衢州進士梁君琯過我而西，乃得指示，口授其詳，歸見張秉道，可備言範式尺寸及乘馭之狀，仍製一枚，傳之吳人，因以教陽羨兒子，尤幸也。本欲作秉道書，又懶，此問諸事，可問梁君具詳也。試更以示西湖智果妙總禪師參寥子，以發萬里一笑，尤佳也。紹聖二年四月二十二日，軾書。

又

林博羅又云：「以榆棗爲腹患其重，當以梔木，則滑而輕矣。」又云：「俯傴秧田，非獨腰脊之苦，而農夫例於脛上打洗秧根，積久皆至瘡爛。今得秧馬，則又於兩小頰子上打洗，又完其脛矣。」

又

翟東玉將令龍川，從予求秧馬式而去。此老農之事，何足云者，然已知其志之在民也。願君以古人爲師，使民不畏吏，則東作西成，不勸而自力，是家賜之牛，而人予之種，豈特一秧馬之比哉！

又

吾嘗在湖北，見農夫用秧馬行泥中，極便。頃來江西作《秧馬歌》以教人，罕有從者。近讀《唐書·回鶻部族黠戛斯傳》，其人以木馬行水上，以板薦之，以曲木支腋下，一蹴輒百餘步，意殆與秧馬類歟？聊復記之，異日詳問其狀，以告江南人也。

書陸道士詩

江南人好作盤游飯，鮓脯膾炙無不有，然皆埋之飯中。故里諺云：「撅得窖子。」羅浮穎老取凡飲食雜烹之，名谷董羹，坐客皆稱善。詩人陸道士，遂出一聯句云：「投醪谷董羹鍋裏，撅窖盤游飯碗中。」東坡大喜，乃爲録之，以付江秀才收，爲異時一笑。吴子野云：「此羹可以澆佛。」翟夫子無言，但噱唾而已。丙子十二月八日。

記劉景文詩

劉季孫景文，平之子也。慷慨奇士，博學能詩。僕薦之，得隰州以歿，哀哉！嘗有詩寄僕曰：「四海共知霜鬢滿，重陽能插菊花無。」死之日，家無一錢，但有書三萬軸，畫數百幅耳。

書劉景文詩後〔一〕

景文有英偉氣，如三國時士陳元龍之流。讀此詩，可以想見。其人以中壽没於隰州，哀哉！哀哉！曇秀，學道離愛人也，然常出其詩，與余相對泣下。丁丑正月六日。謹題〔二〕。

〔一〕「劉」原缺，據《外集》卷四十六補。

〔二〕《永樂大典》卷九百五引《蘇東坡集》有此文。「謹題」二字原缺，據《大典》補。

書曇秀詩

予在廣陵，與晁無咎、曇秀道人同舟送客山光寺。客去，予醉卧舟中。曇秀作詩云：「扁舟乘興到山光，古寺臨流勝氣藏。慙愧南風知我意，吹將草木作天香。」予和云：「閑裏清游借隙光，醉時真境發天藏。夢回拾得吹來句，十里南風草木香。」予昔對歐陽文忠公誦文與可詩云：「美人却扇坐，羞落庭下花。」公云：「此非與可詩，世間元有此句，與可拾得耳。」後三年，秀來惠州，見予，偶記此事。

記虜使誦詩

昔余與北使劉霄會食。霄誦僕詩云：「痛飲從今有幾日，西軒月色夜來新。公豈不飲者耶？」虜亦喜吾詩，可怪也。

書邁詩

兒子邁，幼時嘗作《林檎》詩云〔一〕：「熟顆無風時自脱，半腮迎日鬭先紅。」於等輩中，亦號有思致者。今已老，無他技，但亦時出新句也。嘗作酸棗尉，有詩云：「葉隨流水歸何處，牛載寒鴉過别村〔二〕。」亦可喜也。

〔一〕「檎」原作「擒」，今從《叢話・前集》卷四十一、《總龜》卷十四、《玉屑》卷十七引文。

〔二〕「載」原作「帶」，今從上三書。

書韓魏公黄州詩後

黄州山水清遠，土風厚善，其民寡求而不爭，其士静而文，朴而不陋。雖閭巷小民，知尊愛賢者，曰：「吾州雖遠小，然王元之、韓魏公，嘗辱居焉。」以誇於四方之人。元之自黄遷蘄州，没於蘄，然世之稱元之者，必曰黄州，而黄人亦曰「吾元之也」。魏公去黄四十餘年，而思之不忘，至以爲詩。夫賢人君子，天之所以遺斯民，天下之所共有，而黄人獨私以爲寵，豈其尊德樂道，獨異於他邦也歟？抑二公與此州之人，有宿昔之契，不可知也？元之爲郡守，有德於民，民懷之不忘也固宜。魏公以家艱，從其兄居耳，民何自知之？《詩》云：「有匪君子，如金如錫，如圭如璧。」金錫圭璧之所在，瓦石草木被其光澤矣，何必施於用？奉議郎孫賁公素，黄人也，而客於公。公知之深，蓋所謂教授書記者也。而軾亦公之門人，謫居於黄五年，治東坡，築雪堂，蓋將老焉，則亦黄人也。於是相與摹公之詩而刻之石〔一〕，以爲黄人無窮之思。而吾二人者，亦庶幾託此以不忘乎？元豐七年十月二十六日，汝州團練副使蘇軾記。

〔一〕「摹」原作「募」，據集甲卷二十三改。

記參寥詩

昨夜夢參寥師手攜一軸詩見過。覺而記其《飲茶》詩兩句云：「寒食清明都過了，石泉槐火一時新。」夢中問：「火固新矣，泉何故新？」答云：「俗以清明淘井。」當續成一詩，以記其事。

書王太尉送行詩後

杜衍　賈黯　宋敏求　司馬光　王安石　蘇渙　王疇　邵亢

元絳　王純臣　吕夏卿　張瓌〔一〕　何涉　謝仲弓　陳洙　胡恢

王舉正　趙槩　張揆　曾公亮　王珪　王洙　曾公定　胡宿

范鎮　李復圭　張芻〔二〕　吴幾復　范百之　晁仲衍　石揚休　李絢　宋敏脩

右三十三人

丁度　郭勸　齊廓　馬仲甫　令狐挺　施昌言　吕居簡　孫沔

劉瑾　馮浩　黄灝　韓鐸　李師中　辛若渝　李壽朋　劉參

張師中　李先　楚泰　洪亶　周延雋　錢延年　解賓王　黄從政

孟詢　閻顒　謝徽　張孜　吴可幾　范寬之　張中庸　鮑光　閔從周

右三十三人

《送行詩》上下二卷，凡六十有六人。慶曆、皇祐間，朝廷號稱多士，故光禄卿贈太尉王公掛冠歸江陵，作詩紀行者，多一時之傑。嗚呼，唐虞之際，於斯爲盛，非獨以見王公取友之端，亦足以知朝廷得士之美也。昔柳宗元記其先友六十七人於墓碑之陰，考之於史，卓然知名者蓋二十人。宗元曰：「先君之所友，天下之善士舉集焉。」余於王公亦云。元符元年十月初七日。

〔一〕《外集》卷四十六「瓌」作「環」。柳宗元《河東先生集》附録作「璟」。

〔二〕柳集附録「張」作「陳」。

跋黔安居士漁父詞

魯直作此詞，清新婉麗。問其得意處，自言以水光山色，替却玉肌花貌。此乃真得漁父家風也。然才出新婦磯，又入女兒浦，此漁父無乃大瀾浪乎？

記臨江驛詩〔一〕

「淮西功業冠吾唐，吏部文章日月光。千載斷碑人膾炙，不知世有段文昌。」「李白當年流夜郎，中原無復漢文章。納官贖罪人何在？志士臨風淚數行。」紹聖間臨江軍驛壁上得此詩，不知誰氏子作也。

〔一〕此文篇首，《叢話・前集》卷三十九有「紹聖間，人得二詩於沿流館中，不知何人作也，今録之，以益篋笥之藏」二十七字，無篇末「紹聖間臨江軍」云云十九字。郎本卷五十五《上清儲祥宮碑》篇末引趙伯山《中外舊事》云：

「紹聖中，有人過臨江軍驛，題二詩，不書姓名。」可參。

記沿流館詩

「簾卷窗穿户不扃，隙塵風葉亂縱横。幽人睡足誰呼覺，欹枕床前有月明。」紹聖間，人得此詩於沿流館中，不知何人詩也。今録之，以益篋笥之藏。

書羅浮五色雀詩

羅浮有五色雀，以絳羽爲長，餘皆從之東西。俗云：「有貴人入山則出。」余安道有詩云：「多謝珍禽不隨俗，謫官猶作貴人看。」余過南華亦見之。海南人則謂之鳳皇。云：「久旱而見則雨，潦則反是。」及謫儋耳，亦嘗集於城南所居。余今日游進士黎威家，又集庭下，鏘然和鳴，回翔久之。余舉酒囑之，汝若爲余來者，當再集也。已而果然。

書秦少游挽詞後

庚辰歲六月二十五日，予與少游相别於海康，意色自若，與平日不少異。但自作挽詞一篇，人或怪之。予以謂少游齊死生，了物我，戲出此語，無足怪者。已而北歸，至藤州，以八月十二日，卒於光化亭上。嗚呼，豈亦自知當然者耶，乃録其詩云。

書聖俞贈歐陽閥詩後

「客心如萌芽，忽與春風動。又隨落花飛，去作江南夢。我家無梧桐，安可久留鳳。鳳栖在桂林，烏哺不得共。無忘桂枝榮，舉酒一以送。」右宛陵先生梅聖俞詩。先君與聖俞游時，余與子由年甚少，世未有知者，聖俞極稱之。家有老人泉，聖俞作詩曰：「泉上有老人，隱見不可常。蘇子居其間，飲水樂未央。泉中若有魚，與子同徜徉。泉中苟無魚，子特玩滄浪。歲月不知老，家有雛鳳凰。百鳥戢羽翼，不敢呈文章。去爲仲尼歎，出爲盛時翔。方今天子聖，無滯彼泉傍。」聖俞没，今四十年矣。南遷過合浦，見其門人歐陽晦夫，出所爲送行詩。晦夫年六十六，予尚少一歲，鬚鬢皆皓然，固窮亦畧相似。於是執手大笑，曰：「聖俞之所謂鳳者，例皆如是哉！」天下皆言聖俞以詩窮，吾二人者又窮於聖俞，可不大笑乎？元符三年月日書。

書王公峽中詩刻後

軾蜀人，往來古信州，山川草木，可以默數，老病流落，無復歸日，冥蒙奄靄，時發於夢想而已。庚辰歲，蒙恩移永州，過南海，見部刺史王公進叔，出先太尉峽中石刻諸詩，反復玩味，則赤甲、白鹽、灎澦、黄牛之狀，凜然在人目中矣。十月十六日軾書。

書石曼卿詩筆後

范文正公《祭曼卿文》，其畧曰：「曼卿之才，大而無媒。不登公卿，善人是哀。曼卿之詩，氣豪而奇。大愛杜甫，酷能似之。曼卿之筆，顔筋柳骨。散落人間，寶爲神物。曼卿之心，浩然無機。天地一醉，萬物同歸。不見曼卿，憶兮如生。希世之人，死爲神明。」方此時，世未有言曼卿爲神仙事。後十餘年，乃有芙蓉之説，不知文正公偶然之言乎，抑亦有以知之也？元符三年十月十六日書。

書馮祖仁父詩後

國家承平百餘年，嶺海間學者彬彬出焉。時余襄公既没，未有甚顯者，豈張九齡、姜公輔獨出於唐乎？真陽馮氏，多賢有文者。河源令齊參祖仁出其先君子詩七篇，燦然有唐人風，方知祖仁之賢，蓋有自云。元符三年十二月十九日。

書程全父詩後

讀其詩，知其爲君子，如天佯豈易得哉？予識之於罪謫之中，不獨無以發揚其人，適足以污累之。乃書以屬過子，善藏之，異時必有知此子者。元符三年十二月日。

書蘇養直詩

「屬玉雙飛水滿塘，菰蒲深處浴鴛鴦。白蘋滿棹歸來晚，秋着蘆花一岸霜。」「扁舟繫岸依林樾，蕭蕭兩鬢吹華髮。萬事不理醉復醒，長占煙波弄明月。」此篇若置在太白集中，誰復疑其非也。乃吾宗養直所作《清江曲》云。建中靖國元年三月二日。

書秦少游詞後

少游昔在處州，嘗夢中作詞云：「山路雨添花，花動一山春色。行到小溪深處，有黄鸝千百。飛雲當面化龍蛇，夭矯轉空碧。醉卧古藤陰下，了不知南北。」供奉官儂君沔居湖南〔一〕，喜從遷客游，尤爲吕元鈞所稱。又能誦少游事甚詳，爲余道此詞，至流涕，乃録本使藏之。建中靖國元年三月二十一日。

〔一〕四部叢刊初編影印明嘉靖刊本《淮海集》長短句卷下《好事近》詞附録此文「儂」作「莫」。

題楊朴妻詩〔一〕

真宗東封還，訪天下隱者，得杞人楊朴，能爲詩。召對，自言不能。上問臨行有人作詩送否？朴言：「無有。惟臣妻一絶云：『且休落魄貪杯酒，更莫猖狂愛詠詩。今日捉將官裏去，這回斷送老頭皮。』」上大笑，放還山，命其子一官就養。余在湖州，坐作詩追赴詔獄，妻子送余出門，皆哭。無以語之，顧老妻曰：「子獨不能如楊處士妻作一詩送我乎？」妻不覺失笑。予乃出。又：昔年過洛，見李公柬之〔二〕，言：楊朴妻贈行一絶。因覽魏處士詩，偶復記之〔三〕。

〔一〕趙刻《志林》題作「書楊朴事」。

〔二〕《叢話·前集》卷四十二「李公柬之」作「李公簡」，《志林》同。

〔三〕「昔年過洛」至「偶復記之」二十七字，《外集》卷四十五較詳，題作《題魏處士詩》，已收入《蘇軾佚文彙編》。

書章詧詩〔一〕

章詧，字隱之。本閩人，遷於成都數世矣。善屬文，不仕〔二〕。晚用太守王素薦，賜號冲退處士。一日，夢有人寄書召之，云東嶽道士書也。明日，與李士寧游青城，濯足水中，咍謂士寧曰：「脚踏西溪流去水。」士寧答曰：「手持東嶽送來書。」詧大驚，不知其所自來也〔三〕。未幾，詧果死。其子禩亦逸民，舉，仕一命乃死。士寧，蓬州人也。語默不常，或以爲得道者，百歲乃絶。嘗見余於成都，曰：「子甚貴，當策舉首。」已而果然〔四〕。

〔一〕趙刻《志林》題作「冲退處士」。

〔二〕「不仕」二字原缺，據《志林》補。

〔三〕「來」原缺，據《志林》補。

〔四〕「其子禩」云云五十字，原缺，據《總龜》卷三十四補。

書過送曇秀詩後

「三年避地少經過，十日論詩喜琢磨。自欲灰心老南岳，猶能繭足慰東坡。來時野寺無魚鼓，去後閉門有雀羅。從此期師真似月，斷雲時復掛星河。」僕在廣陵作詩《送曇秀》云：「老芝如雲月，炯炯時一出。」今曇秀復來惠州見余，余病，已絶不作詩。兒子過粗能搜句，時有可觀，此篇殆咄咄逼老人矣。特爲書之，以滿行橐。丁丑正月二十一日。

書歐陽公黄牛廟詩後

右歐陽文忠公爲峽州夷陵令日所作《黄牛廟》詩也。軾嘗聞之於公：「予昔以西京留守推官，爲館閣較勘，時同年丁寶臣元珍適來京師，夢與予同舟泝江，入一廟中，拜謁堂下。予班元珍下，元珍固辭，予不可。方拜時，神像爲起，鞠躬堂上〔一〕，且使人邀予上，耳語久之。元珍私念，神亦如世俗，待館閣乃爾異禮耶？既出門，見一馬隻耳，覺而語予，固莫識也。不數日，元珍除峽州判官。已而，余亦貶夷陵令。日與元珍處，不復記前夢云。一日，與元珍泝峽謁黄牛廟，入門惘然，皆夢中所見。予爲縣令，固班元珍下，而門外鐫石爲馬，缺一耳。相視大驚，乃留詩廟中，有『石馬繫祠門』之句，蓋私識其事也。」元豐五年，軾謫居黄州，宜都令朱君嗣先見過，因語峽中山水，偶及之。朱君請書其事與詩：「當刻石於廟，使人知進退出處，皆非人力。如石馬一耳，何與公事，而亦前定，況其大者。公既爲神所禮，而猶謂之淫祀，以見其直氣不阿如此。」感其言有味，故爲録之。正月二日，眉山蘇軾書。

〔一〕「上」原作「下」，今從集甲卷二十三、《叢話·後集》卷二十三。

記夢詩文

昨夜欲曉，夢客有攜詩文見過者。覺而記其一詩云：「道惡賊其身，忠先愛厥親。誰知畏九折，亦自是忠臣。」又有數句若銘贊者云：「道之所以成，不害其耕。德之所以不修，以賊其牛〔一〕。」元豐七年三月十一日。

〔一〕「德之所以不修，以賊其牛」，《總龜》卷三十四引《東坡詩話》作「德之所以修，不以賊其生」，趙刻《志林》卷一作「德之所以修，不賊其牛」。

記夢中句

昨日夢人告我云：「知真饗佛壽，識妄喫天厨。」余甚領其意。或曰：「真即饗佛壽，不妄喫天厨？」余曰：「真即是佛，不妄即是天，何但饗而喫之乎？」其人甚可余言。

書清泉寺詞〔一〕

黄州東南三十里，爲沙湖，亦曰螺師店。余將買田其間，因往相田。得疾，聞麻橋人龐安時善醫而聾，遂往求療〔二〕。安時雖聾，而穎悟過人，以指畫字，不盡數字，輒了人深意。余戲之云：「余以手爲口，君以眼爲耳。皆一時異人也。」疾愈，與之同游清泉寺。寺在蘄水郭門外二里許〔三〕。有王逸少洗筆泉，水極甘，下臨蘭溪，溪水西流〔四〕。余作歌云：「山下蘭芽短浸溪，松間沙路淨無泥，蕭蕭暮雨子規啼。誰道人生難再少？君看流水尚能西，休將白髮唱黄雞。」是日，極飲而歸。

〔一〕趙刻《志林》題作「游沙湖」。

〔二〕「遂往求療」四字原缺，據《叢話·前集》卷三十八、《總龜》卷四十六、《志林》補。

〔三〕「寺」原缺，據以上三書補。

〔四〕「溪」原缺，據以上三書補。

自記廬山詩〔一〕

僕初入廬山，山谷奇秀，平日所未見，殆應接不暇，遂發意不欲作詩。已而見山中僧俗，皆云蘇子瞻來矣，不覺作一絶云：「芒鞋青竹杖，自掛百錢游。可怪深山裏，人人識故侯。」既而哂前言之謬，復作兩絶句云：「青山若無素，偃蹇不相親。要識廬山面，他年是故人。」又云：「自昔懷清賞，神游杳靄間。如今不是夢，真箇在廬山。」是日有以陳令舉《廬山記》見寄者，且行且讀，見其中有云徐凝、李白之詩〔二〕，不覺失笑。開先寺主求詩〔三〕，爲作一絶云：「帝遣銀河一派垂，古來唯有謫仙詞。飛流濺沫知多少，不與徐凝洗惡詩。」往來山南北十餘日，以爲勝絶不可勝談，擇其尤者，莫如漱玉亭、三峽橋，故作二詩。最後與總老同遊西林，又作一絶云：「横看成嶺側成峰，到處看山了不同。不識廬山真面目，只緣身在此山中。」僕廬山之詩，盡於此矣。

〔一〕趙刻《志林》題作「記游廬山」。

〔二〕「有」原缺，據《叢話·前集》卷三十九補。

〔三〕「先」原作「元」，據《總龜》卷十八引文改。

書子由夢中詩〔一〕

元豐八年，正月旦日，子由夢李士寧相過，草草爲具。夢中贈一絶句云：「先生惠然肯見客，旋買雞豚旋烹炙。人間飲酒未須嫌，歸去蓬萊却無喫。」明年閏二月六日爲予道之〔二〕，書以遺遲云〔三〕。

〔一〕趙刻《志林》題作《記子由夢》。

〔二〕「予」原作「子」，今從《志林》。

〔三〕「云」原作「子」，今從《總龜》卷三十四。

記鬼詩

秦太虚言：寶應民有以嫁娶會客者。酒半，客一人徑起出門。主人追之，客若醉甚，將赴水者。主人急持之。客曰：「婦人以詩招我，其詞云：『長橋直下有蘭舟，破月衝煙任意游。金玉滿堂何所用，争如年少去來休。』蒼黄就之，不知其爲水也。」然客竟亦無他〔一〕。夜會説鬼，參寥舉此，聊爲記之。

〔一〕「竟」原缺，據《叢話·前集》卷五十八補。

題張白雲詩後〔一〕

張俞少愚〔二〕，西蜀隱君子也。與予先君游，居岷山下白雲溪，自號白雲居士。本有經世志，特以自重難合，故老死草野，非槁項黄馘盗名者也。偶游西湖静軒，見其遺句，懷仰其人，命寺僧刻之。元祐五年九月五日。

〔一〕趙刻《志林》題作「白雲居士」。

〔二〕《志林》作「張愈」。

記黄州對月詩〔一〕

僕在徐州〔二〕，王子立、子敏皆館於官舍。而蜀人張師厚來過。二王方年少，吹洞簫，飲酒杏花下〔三〕。明年，余謫居黃州，對月獨飲，嘗有詩云：「去年花落在徐州，對月酣歌美清夜。今年黃州見花發，小院閉門風露下。」蓋憶與二王飲時也。張師厚久已死，今年子立復爲古人，哀哉！

〔一〕趙刻《志林》題作「憶王子立」。

〔二〕「徐」原作「黃」，據《志林》改。

〔三〕《叢話·前集》卷四十此句下，尚有「作詩云『杏花飛簾散餘春』」云云八十七字。「杏花飛簾散餘春」詩，見《詩集》卷十八，題作「月夜與客飲杏花下」。

書黃州詩記劉原父語〔一〕

昔爲鳳翔幕官，過長安，見劉原父，留吾劇飲數日。酒酣，謂吾曰：「昔陳季弼告陳元龍曰：『聞遠近之論，謂明府驕而自矜。』元龍曰：『夫閨門雍穆，有德有行，吾敬陳元方兄弟。淵清玉潔，有禮有法，吾敬華子魚。清修疾惡，有識有義，吾敬趙元達。博聞强記，奇逸卓犖，吾敬孔文舉。雄姿傑出，有王霸之略〔二〕，吾敬劉玄德。所敬如此，何驕之有。餘子瑣瑣，亦安足録哉！』」因仰天太息。此亦原父之雅趣也。吾後在黃州，作詩云：「平生我亦輕餘子，晚歲人誰念此翁。」蓋記原父語也。原父既没久矣，尚有貢父在。每與語，强人意，今復死矣。何時復見此俊傑人乎？悲夫！

〔一〕趙刻《志林》題無「書黃州詩」四字。

〔二〕「王霸」原作「霸王」，今從《叢話·前集》卷三十八、《志林》。《蘇文忠詩合註》卷二十一《次韻和王鞏六首》其五施註引《東坡詩話》亦作「王霸」。

蘇軾文集卷六十九

題跋書帖

書摹本蘭亭後

「外寄所託」改作「因寄」，「於今所欣」改作「向之」，「豈不哀哉」改作「痛哉」，「良可悲」改作「悲夫」，「有感於斯」改作「斯文」。凡塗兩字，改六字，注四字。「曾不知老之將至」，誤作「僧」，「已爲陳迹」，誤作「以」，「亦猶今之視昔」，誤作「由」。舊説此文字有重者，皆構別體，而「之」字最多，今此「之」字頗有同者。又嘗見一本，比此微加楷，疑此起草也。然放曠自得，不及此本遠矣。子由自河朔持歸，寶月大師惟簡請其本，令左綿僧意祖摹刻於石。治平四年九月十五日。

題蘭亭記

真本已入昭陵，世徒見此而已。然此本最善，日月愈遠，此本當復缺壞，則後生所見，愈微愈疎矣。

題逸少帖

逸少爲王述所困，自誓去官，超然於事物之外。嘗自言：「吾當卒以樂死。」然欲一游岷嶺，勤勤如此，而至死不果。乃知山水遊放之樂，自是人生難必之事，況於市朝眷戀之徒，而出山林獨往之言，固已疎矣。

題遺教經

僕嘗見歐陽文忠公，云：「《遺教經》非逸少筆。」以其言觀之，信若不妄。然自逸少在時，小兒亂真，自不解辨，況數百年後傳刻之餘，而欲必其真僞，難矣。顧筆畫精穩，自可爲師法。

題筆陣圖王晉卿所藏

筆墨之迹，託於有形，有形則有弊。苟不至於無，而自樂於一時，聊寓其心，忘憂晚歲，則猶賢於博弈也。雖然，不假外物而有守於内者，聖賢之高致也。惟顏子得之。

題二王書

筆成冢，墨成池，不及羲之卽獻之。筆禿千管，墨磨萬鋌，不作張芝作索靖。

題晉人帖

唐太宗購晉人書，自二王以下，僅千軸。《蘭亭》以玉匣葬昭陵，世無復見。其餘皆在秘府。至武后時，爲張易之兄弟所竊，後遂流落人間〔一〕，多在王涯、張延賞家〔二〕。涯敗，爲軍人所劫，剥去金玉軸，而棄其書。余嘗於李都尉瑋處〔三〕，見晉人數帖，皆有小印「涯」字，意其爲王氏物也。有謝尚、謝鯤、王衍等帖，皆奇。而夷甫獨超然如羣鶴聳翅，欲飛而未起也〔四〕。

〔一〕宋桑世昌《蘭亭考》卷三《紀原》有此文。《蘭亭考》「後」作「换」。案：作「换」，應連上句讀。

〔二〕「多」原缺，據涵芬樓《仇池筆記》、《蘭亭考》補。「張」原作「趙」，誤，今從上二書。案：張延賞爲唐大曆間人。

〔三〕《蘭亭考》「瑋」作「璋」。

〔四〕自「有謝尚」起至篇末，《蘭亭考》作：「故孫莘老求墨妙亭詩，有云：蘭亭繭紙入昭陵，世無復見猶龍騰。」

題蕭子雲帖

蕭子雲嘗答敕云：「臣昔不能賞拔，隨時所貴，規模子敬，多歷年所。年二十六，著《晉史》，至《二王列傳》，欲作論學隸法，言不盡意〔一〕，遂不能成，略指論飛白一事而已〔二〕。十許年，乃見敕旨《論書》一卷，商略筆法，洞微字體，始變子敬，全範元常。逮邇以來，自覺功進。」文見《梁書》本傳〔三〕。今閣下法帖十卷中，有衛夫人與一僧書，班班取子雲此文，其僞妄無疑也〔四〕。

〔一〕「言」原缺，據《梁書》卷三十五《蕭子雲傳》、《稗海》本《志林》補。

〔二〕《梁書》「一事」作「一勢」。

〔三〕「梁書」原作「齊史」，據《梁書》改。案：本文所引蕭子雲答敕，見《梁書》卷三十五《蕭子雲傳》。

〔四〕《志林》「無疑」作「可知」。此句之下，原有「又有王逸」四字，據《志林》及汲古閣刊《東坡題跋》删。《外集》卷四十七此文自「又有王逸」以下，尚有「少帖者」云云四十三字，參本卷《辨官本法帖》校記。

跋褚薛臨帖

王會稽父子書存於世者，蓋一二數。唐人褚、薛之流，硬黄臨放〔一〕，亦足爲貴。

〔一〕涵芬樓《仇池筆記》「放」作「倣」。

辨法帖

辨書之難，正如聽響切脈，知其美惡則可，自謂必能正名之者，皆過也。今官本十卷法帖中，真僞相雜至多。逸少部中有「出宿餞行」一帖，乃張説文。又有「不具釋智永白」者，亦在逸少部中，此最疎謬。余嘗於秘閣觀墨跡，皆唐人硬黄上臨本，惟鵞羣一帖，似是獻之真筆。後又於李瑋都尉家，見謝尚、王衍等數人書，超然絶俗。考其印記，王涯家本。其他但得唐人臨本，皆可蓄〔一〕。

〔一〕「蓄」原作「畜」，今從《外集》卷四十七。

辨官本法帖並以下十篇皆官本法帖

此卷有云：「伯趙鳴而戒晨，爽鳩習而揚武。」此張説送賈至文也。乃知法帖中真僞相半〔一〕。

〔一〕《外集》卷四十七《題蕭子雲帖》之末，有「又有王逸少者，其辭曰：爽鳴習而揚武，伯趙鳴而戒晨，時可以出宿餞行，可以登高臨遠。此乃張説送賈至文，又可笑也」四十六字，可參。

疑二王書

梁武帝使殷鐵石臨右軍書，而此帖有與鐵石共書語，恐非二王書。字亦不甚工，覽者可細辨也。

題逸少書三首

此卷有永「足下還來」一帖。其後云「不具釋智永白」，而云逸少書。余觀其語云「謹此代申」。唐末以來，乃有此等語，而書至不工，乃流俗僞造永禪師書耳。

又

逸少謂此郡難治，云：「吾何故舍逸而就勞。」當是爲懷祖所檢察耳。

又

蘭亭、樂毅東方先生三帖，皆妙絶，雖摹寫屢傳，猶有昔人用筆意思，比之《遺教經》，則有間矣。元豐二年上巳日寫〔一〕。

〔一〕「元豐」云云八字原缺，據宋俞松《蘭亭續考》卷一引蘇軾《跋官本法帖》補。

題子敬書

子敬雖無過人事業，然謝安欲使書宮殿榜，竟不敢發口，其氣節高逸，有足嘉者。此書一卷，尤可愛。

題衛夫人書

衛夫人書既不甚工，語意鄙俗，而云「奉勑」。「勑」字從力，「館」字從舍，皆流俗所爲耳。

題山公啓事帖

此卷有山公《啓事》，使人愛玩，尤不與他書比。然吾嘗怪山公薦阮咸之清正寡欲，咸之所爲，可謂不然者矣。意以謂心迹不相關，此最晉人之病也。

題衛恒帖

恒，衛瓘子。本傳有《論書勢》四篇，其詞極美，其後與瓘同遇害云。

題唐太宗帖

太宗忼暴如此，至於妻子間，乃有「忌欲均死」之語〔一〕，固牽於愛者也。

〔一〕《外集》卷四十七「忌」作「心」。

題蕭子雲書

唐太宗評蕭子雲書云：「行行如紆春蚓，字字若綰秋蛇。」今觀其遺跡，信虛得名耳。

跋庾征西帖〔一〕

吴道子始見張僧繇畫，曰：「浪得名耳。」已而坐卧其下，三日不能去。庾征西初不服逸少，有家雞野鶩之論，後乃歎其爲伯英再生〔二〕。今觀其石〔三〕，乃不逮子敬遠甚〔四〕，正可比羊欣耳。

〔一〕宋曾宏父《石刻鋪敍》卷一《長沙帖》、洪邁《容齋隨筆》之《四筆》卷十《東坡題潭帖》均有此文。

〔二〕「歎其爲」原作「以謂」，今從《石刻鋪敍》。

〔三〕「觀其石」三字原缺，據《石刻鋪敍》補。

〔四〕「乃」原缺，「遠甚」原作「甚遠」，今分别據上二書補、改。

題法帖二

「宰相安和殷生無恙。」宰相當是簡文帝，殷生卽浩也耶〔一〕？

〔一〕《容齋隨筆·四筆》卷十《東坡題潭帖》引此文，「卽浩」作「則淵源」。

又〔一〕

杜庭之書，爲世所貴重，乃不編入，何也？

〔一〕「又」原缺，今補。此與上篇了不相涉。

題晉武書

昨日閣下見晉武帝書，甚有英偉氣。乃知唐太宗書，時有似之。魯君之宋，呼於垤澤之門，門者曰：「此非吾君也，何其聲之似吾君也！」居移氣，養移體，信非虛語矣。

題羊欣帖

此帖在王文惠公家，軾得其摹本於公之子錯，以遺吳興太守孫莘老，使刻石置墨妙亭中。

書逸少竹葉帖

王逸少《竹葉帖》，長安水丘氏傳寶之，今不知所在，三十年前，見其摹本於雷壽。

跋衛夫人書

此書近妄庸，人傳作衛夫人書耳。晉人風流，豈爾惡耶？

跋桓元子書

「蜀平，天下大慶，東兵安其理，當早一報此，桓子書。」「蜀平」，蓋討譙縱時也。僕喜臨之。人間當有數百本也。

跋葉致遠所藏永禪師千文

永禪師欲存王氏典刑，以爲百家法祖，故舉用舊法，非不能出新意求變態也，然其意已逸於繩墨之外矣。云下歐、虞，殆非至論，若復疑其臨放者，又在此論下矣。

跋王鞏所收藏眞書

僧藏眞書七紙，開封王君鞏所藏。君侍親平涼，始得其二，而兩紙在張鄧公家，其後馮公當世又獲其三，雖所從分異者不可考，然筆勢奕奕，七紙意相屬也。君，鄧公外孫，而與當世相善，乃得而合之。余嘗愛梁武帝評書，善取物象，而此公尤能自譽，觀者不以爲過，信乎其書之工也。然其爲人儻蕩，本不求工，所以能工此，如没人之操舟，無意於濟否，是以覆却萬變，而舉止自若，其近於有道者耶？

題顔公書畫讚

顔魯公平生寫碑，惟東方朔畫讚爲清雄，字間櫛比，而不失清遠。其後見逸少本，乃知魯公字字臨此書，雖小大相懸，而氣韻良是。非自得於書，未易爲言此也。

題魯公帖

觀其書，有以得其爲人，則君子小人必見於書。是殆不然。以貌取人，且猶不可，而況書乎？吾觀顔公書，未嘗不想見其風采，非徒得其爲人而已，凛乎若見其誚盧杞而叱希烈，何也？其理與韓非竊斧之説無異。然人之字畫工拙之外，蓋皆有趣，亦有以見其爲人邪正之粗云。

題魯公放生池碑

湖州有《顔魯公放生池碑》，載其所上肅宗表云：「一日三朝，大明天子之孝；問安侍膳，不改家人之禮。」魯公知肅宗有愧於是也，故以此諫。孰謂公區區於放生哉？

題魯公書草

昨日，長安安師文，出所藏顔魯公與定襄郡王書草數紙，比公他書尤爲奇特。信手自然〔一〕，動有姿態，乃知瓦注賢於黄金，雖公猶未免也。

〔一〕「手」原作「乎」，今從《外集》卷四十七。

書張少公判狀

張旭爲常熟尉，有父老訴事，爲判其狀，欣然持去。不數日，復有所訴，亦爲判之。他日復來。張甚怒，以爲好訟。叩頭曰：「非敢訟也，誠見少公筆勢殊妙，欲家藏之爾。」張驚問其詳，則其父蓋天下工書者也。張由此盡得筆法之妙。古人得筆法有所自，張以劍器，容有是理。雷太簡乃云聞江聲而筆法進，文與可亦言見蛇鬭而草書長，此殆謬矣。

書張長史草書

張長史草書，必俟醉，或以爲奇，醒即天真不全。此乃長史未妙，猶有醉醒之辨，若逸少何嘗寄於酒乎？僕亦未免此事。

跋懷素帖

懷素書極不佳，用筆意趣，乃似周越之險劣。此近世小人所作也，而堯夫不能辨，亦可怪矣。

跋王荆公書

荆公書得無法之法，然不可學，學之則無法〔一〕。故僕書盡意作之似蔡君謨，稍得意似楊風子，更放似言法華。

〔一〕「學之則」三字原缺，據涵芬樓《仇池筆記》補。

跋胡霈然書匣後

唐文皇好逸少書，故其子孫及當時士人，爭學二王筆法。至開元、天寶間尤盛，而胡霈然最爲工妙，以宗盟覆有家藏也。

跋咸通湖州刺史牒

唐人以身言書判取士，故人人能書。此牒近時待詔所不及，況州鎮書史乎？元符三年十月十六日。

書太宗皇帝急就章

軾近至終南太平宫，得觀三聖遺迹，有太宗書《急就章》一卷，爲妙絶。自古英主少有不工書。魯君之宋，呼於垤澤之門，守者曰：「非吾君也，何其聲之似我君也？」軾於書亦云。

書所作字後

獻之少時學書，逸少從後取其筆而不可，知其長大必能名世。僕以爲不然。知書不在於筆牢，浩然聽筆之所之而不失法度，乃爲得之。然逸少所以重其不可取者，獨以其小兒子用意精至，猝然掩之，而意未始不在筆，不然，則是天下有力者莫不能書也。治平甲辰十月二十七日，自岐下罷，過謁石才翁，君強使書此數幅。僕豈曉書，而君最關中之名書者，幸勿出之，令人笑也。軾書。

書王石草書

王正甫、石才翁對韓公草書。公言：「二子一似向馬行頭吹笛。」座客皆不曉。公爲解之：「若非妙手，不敢向馬行頭吹也。」熙寧元年十二月晦書。

題蔡君謨帖

慈雅游北方十七年而歸，退老於孤山下，蓋十八年矣。平生所與往還，略無在者。偶出蔡公書簡觀之，反覆悲歎。耆老凋喪，舉世所惜，慈雅之嘆，蓋有以也。

跋蔡君謨書海會寺記

君謨寫此時，年二十八。其後三十二年，當熙寧甲寅，軾自杭來臨安借觀，而君謨之没已六年矣。明師之齒七十有四，耳益聰，目益明，寺益完壯。竹林橋上，暮山依然，有足感嘆者。因師之行，又念竹林橋看暮山，乃人間絶勝之處，自馳想耳。

論君謨書

歐陽文忠公論書云：「蔡君謨獨步當世。」此爲至論。言君謨行書第一，小楷第二，草書第三。就其所長而求其所短，大字爲小疎也。天資既高，輔以篤學，其獨步當世，宜哉！近歲論君謨書者，頗有異論，故特明之。

跋君謨飛白

物一理也，通其意，則無適而不可。分科而醫，醫之衰也，占色而畫，畫之陋也。和、緩之醫，不别老少，曹、吴之畫，不擇人物。謂彼長於是則可也，曰能是不能是則不可。世之書篆不兼隸，行不及草，殆未能通其意者也。如君謨真、行、草、隸，無不如意，其遺力餘意，變爲飛白，可愛而不可學，非通其意，能如是乎？

跋君謨書賦

余評近歲書，以君謨爲第一，而論者或不然，殆未易與不知者言也。書法當自小楷出，豈有正未能而以行、草稱也〔一〕？君謨年二十九而楷法如此，知其本末矣。

〔一〕「有正未能」原作「未有能正」，今從《外集》卷四十八。

跋君謨書

僕論書以君謨爲當世第一，多以爲不然，然僕終守此說也。

題李十八淨因雜書

劉十五論李十八草書，謂之鸜哥嬌。意謂鸜鵒能言，不過數句，大率雜以鳥語。十八其後稍進，以書問僕，近日比舊如何？僕答云：「可作秦吉了也。」然僕此書自有「公在乾侯」之態也。子瞻書。

跋董儲書二首

董儲郎中，密州安丘人，能詩，有名寶元、慶曆間。其書尤工，而人莫知，僕以爲勝西臺也。

又

密州董儲亦能書，近歲未見其比。然人猶以爲不然。僕固非善書者，而世稱之。以是知是非之難齊也。

跋文與可草書

李公擇初學草書，所不能者，輒雜以真、行。劉貢父謂之鸜哥嬌。其後稍進，問僕，吾書比來何如〔一〕？僕對：「可謂秦吉了矣。」與可聞之大笑。是日，坐人争索，與可草書落筆如風，初不經意。劉意謂鸜鵒之於人言，止能道此數句耳。十月一日。

〔一〕《外集》卷四十八「比來」作「比舊來」。

評草書

書初無意於佳〔一〕，乃佳爾。草書雖是積學乃成，然要是出於欲速。古人云「匆匆不及，草書」，此語非是。若「匆匆不及」，乃是平時亦有意於學。此弊之極，遂至於周越仲翼，無足怪者。吾書雖不甚佳，然自出新意，不踐古人，是一快也。

〔一〕「佳」原作「嘉」，今從《外集》卷四十八。下同。

論書

書必有神、氣、骨、肉、血，五者闕一，不爲成書也。

題醉草

吾醉後能作大草，醒後自以爲不及。然醉中亦能作小楷，此乃爲奇耳。

題七月二十日帖

江左僧寶索靖七月二十日帖。僕亦以是日醉書五紙。細觀筆迹，與二妙爲三，每紙皆記年月。是歲熙寧十年也。

跋楊文公書後

楊文公相去未久，而筆迹已難得，其爲人貴重如此。豈以斯人之風流不可復見故耶？元豐戊午四月十六日題。

跋杜祁公書

正獻公晚乃學草書，遂爲一代之絶。公書政使不工，猶當傳世寶之，況其清閑妙麗，得昔人風氣如此耶？

跋陳隱居書

陳公密出其祖隱居先生之書相示。軾聞之，蔡君謨先生之書，如三公被衮冕立玉墀之上。軾亦以爲學先生之書，如馬文淵所謂學龍伯高之爲人也。書法備於正書，溢而爲行、草，未能正書而能行、草，猶未嘗莊語而輒放言，無是道也。

跋歐陽文忠公書

歐陽文忠公用尖筆乾墨，作方闊字，神采秀發，膏潤無窮。後人觀之，如見其清眸豐頰，進趨裕如也〔一〕。

〔一〕「裕」原作「睟」，今從《稗海》本《志林》。

跋歐陽家書

自南方多事以來，日夕憂汝，得昨日遞中書，知與新婦諸孫等各安，守官無事，頓解遠想。吾此哀苦如常。歐陽氏自江南歸明累世，蒙朝廷官禄，吾今又被榮顯，致汝等並列官品，當思報効，偶此多事，如有差使，盡心向前，不能避事。至於臨難死節，亦是汝榮事，但存心盡公，神明自祐汝〔一〕，慎不可思避事也。昨書中言欲買朱砂來，吾不闕此物。汝於官下宜守廉，何得買官下物。吾在官所除飲食外，不曾買一物，汝可觀此爲戒也。已寒，好將息，不具。吾書送通理十二郎。凡人勉强於外，何所不至，惟考之其私，乃見真僞。

此歐陽文忠公與其弟姪家書也。元豐二年四月十二日，蘇軾題。

〔一〕「祐」原作「祐」，今從《外集》卷四十八。

跋陳氏歐帖

承示近文，只如此作便得也。但古詩中時復要一聯對屬，尤見工夫，并門當因書言去。昔選人有陳奇者，舉主十六人，仁宗見其未嘗歷選調，特旨不改官，以戒馳騖者。初官亦少安之。

右陳敏善所藏歐公帖。軾聞公之幼子季默編公之牋牘爲一集。此數帖，尤有益於世者，當録以寄季默也。

跋錢君倚書遺教經

人貌有好醜，而君子小人之態不可掩也。言有辯訥，而君子小人之氣不可欺也。書有工拙，而君子小人之心不可亂也。錢公雖不學書，然觀其書，知其爲挺然忠信禮義人也。軾在杭州，與其子世雄爲僚，因得觀其所書佛《遺教經》刻石，峭峙有不回之勢。孔子曰：「仁者其言也訒。」今君倚之書，蓋訒云。

書章郇公寫遺教經

章文簡公楷法尤妙，足以見前人篤實謹厚之餘風也。

跋所書清虚堂記

世多藏予書者，而子由獨無有。以求之者衆，而子由亦以余書爲可以必取，故每以與人不惜。昔人求書法，至拊心嘔血而不獲，求安心法，裸雪没腰，僅乃得之。今子由既輕以余書予人可也，又以其微妙之法言不待憤悱而發，豈不過哉！然王君之爲人，蓋可與言此者。他人當以余言爲戒。

跋所書摩利支經後

姪安節於元豐庚申六月大水中，舟行下峽，常持此經，得脱險難。明年十二月至黄州，見軾，乞寫此本持歸蜀。眉陽蘇軾書。

評楊氏所藏歐蔡書

自顔、柳氏没，筆法衰絶，加以唐末喪亂，人物彫落磨滅，五代文采風流，掃地盡矣。獨楊公凝式筆迹雄傑，有二王、顔、柳之餘，此真可謂書之豪傑，不爲時世所汩没者。國初，李建中號爲能書，然格韻卑濁，猶有唐末以來衰陋之氣，其餘未見有卓然追配前人者。獨蔡君謨書〔一〕，天資既高，積學深至，心手相應，變態無窮，遂爲本朝第一。然行書最勝，小楷次之，草書又次之，大字又次之，分、隸小劣。又嘗出意作飛白，自言有翔龍舞鳳之勢，識者不以爲過。歐陽文忠公書，自是學者所共儀刑，庶幾如見其人者。正使不工，猶當傳寶，況其精勤敏妙，自成一家乎？楊君畜二公書，過黄州，出以相示，偶爲評之。

〔一〕「謨」原缺，據《仇池筆記》補。

雜評

楊凝式書，頗類顏行。李建中書，雖可愛，終可鄙，雖可鄙，終不可棄。李國士本無所得，舍險瘦，一字不成。宋宣獻書，清而復寒，正類李留臺重而復寒，俱不能濟所不足。蘇子美兄弟，俱太俊，非有餘，乃不足也。蔡君謨爲近世第一，但大字不如小字，草不如真，真不如行也。

王文甫達軒評書

唐末五代文章卑陋〔一〕，字畫隨之。楊公凝式筆爲雄，往往與顏、柳相上下，甚可怪也。今世多稱李建中、宋宣獻。此二人書，僕所不曉。宋寒而李俗，殆是浪得名。惟近日蔡君謨，天資既高，而學亦至，當爲本朝第一。

〔一〕《稗海》本《志林》「卑陋」作「藻麗」。

書贈王文甫

王文甫好典買古書畫諸物〔一〕。今日自言典兩端硯及陳歸聖篆字〔二〕。用錢五千〔三〕。余請攀歸聖例，每日持一兩紙，只典三百文〔四〕。文甫言甚善〔五〕。川僧清悟在旁知狀。

〔一〕《稗海》本《志林》「畫諸」作「奇」。

〔二〕「自言」、「兩」等字原缺，據《志林》補。

〔三〕「用錢五千」四字原缺，據《志林》補。

〔四〕「只」、「三百文」等字原缺，據《志林》補。

〔五〕《志林》「善」作「幸」。

書贈王十六二首

王十六秀才禹錫，好蓄余書，相從三年，得兩牛腰。既入太學，重不可致，乃留文甫許分遺〔一〕。然緘鎖牢甚。文甫云：「相與有瓜葛，那得爾耶？」

〔一〕「分遺」二字原缺，據《稗海》本《志林》補。

又〔一〕

十六及第，當以鳳咮風字大硯與之。請文甫收此爲據。十六及第，當以石緑天猊爲僕作利市也。

〔一〕「又」原缺。此文原接上文之後，與上文爲一篇。《稗海》本《志林》另爲一篇，今從。據本書體例，補一「又」字爲題。

記潘延之評予書

潘延之謂子由曰：「尋常於石刻見子瞻書，今見真迹，乃知爲顔魯公不二。」嘗評魯公書與杜子美詩相似，一出之後，前人皆廢。若予書者，乃似魯公而不廢前人者也。

書贈徐大正四首〔一〕

此蔡公家賜紙也。建安徐大正得之於公之子縠。來求東坡居士草書，居士既醉，爲作此數紙。

〔一〕「四首」二字原缺。案：底本「得之」、「江湖間」、「或問」，皆另行起，非作於一時。今加「四首」二字。

又〔一〕

得之，天下奇男子也。世未有用之者。然丈夫窮達固自有時耶？

〔一〕「又」原缺，據本書體例補。下二首同。

又

江湖間，有鳥鳴於四五月，其聲若云麥熟即快活。今年二麥如雲，此鳥不妄言也。

又

或問東坡草書。坡云：「不會。」進云：「學人不會？」坡云：「則我也不會。」

跋李康年篆心經後

江夏李君康年，好古博學，而小篆尤精。以私忌日篆《般若心經》，爲其親追福，而求余爲跋尾。余聞此經雖不離言語文字，而欲以文字見、欲以言語求則不可得。篆畫之工，盖亦無施於此，況所謂跋尾者乎？然人之欲薦其親，必歸於佛，而作佛事，當各以其所能。雖畫地聚沙，莫不具足，而況篆字之工若此者耶？獨恐觀者以字法之工，便作勝解。故書其末，普告觀者，莫作是念。元豐五年十二月十三日。

跋文與可論草書後

余學草書凡十年，終未得古人用筆相傳之法。後因見道上鬬蛇，遂得其妙，乃知顛、素之各有所悟，然後至於如此耳〔一〕。

留意於物，往往成趣。昔人有好草書，夜夢則見蛟蛇糾結。數年，或晝日見之，草書則工矣，而所見亦可患。與可之所見，豈真蛇耶，抑草書之精也？予平生好與與可劇談大噱，此語恨不令與可聞之，令其捧腹絶倒也。

〔一〕「如」字原缺，據《丹淵集》附録補。

跋草書後

僕醉後，乘興輒作草書十數行〔一〕，覺酒氣拂拂，從十指間出也。

〔一〕「乘興」二字原缺，據《稗海》本《志林》補。

跋先君與孫叔靜帖并書

承借示新文及累爲臨訪，甚荷勤眷。文字已細觀，甚善！甚善！必欲求所未至，如中正論引舜爲證，此是時文之病。凡論意立而理明，不必覓事應副。誠未之思，專此，不宣。

嘉祐、治平間，先君編修《太常因革禮》。在京師學者，多從講問。而孫叔靜兄弟，皆篤學能文，先君亟稱之。先君既殁十有八年，軾謫居於黄，叔靜自京師過蘄枉道過軾，出先君手書以相示。軾請受而藏之，叔靜不可，遂歸之。先君平生往還書疏，多口占以授子弟，而此獨其真跡，信於叔靜兄弟厚善也耶？元豐六年七月十五日，軾記。

跋先君書送吴職方引

先伯父及第吴公榜中，而軾與其子子上再世爲同年，契故深矣。始先君家居，人罕知之者。公攜其文至京師，歐陽文忠公始見而知之。公與文忠交蓋久，故文忠謫夷陵時，贈公詩有「落筆妙天下」之語。軾自黄遷於汝，舟過慈湖，子上昆仲出此文相示，乃泣而書之。元豐七年四月十四日，軾謹記。

跋蔡君謨書

僕嘗論君謨書爲本朝第一，議者多以爲不然。或謂君謨書爲弱，此殊非知書者。若江南李主〔一〕，外託勁險而中實無有〔二〕，此真可謂弱者。世以李主爲勁〔三〕，則宜以君謨爲弱也。元豐八年七月四日。

〔一〕「主」原作「王」，誤刊，今改。下同。

〔二〕原作「外託勤儉而實無有」，今從《仇池筆記》。

〔三〕「勁」原作「健」，今從上書。

記與君謨論書

作字要手熟，則神氣完實而有餘韻，於静中自是一樂事〔一〕。然常患少暇，豈於其所樂常不足耶〔二〕？自蘇子美死，遂覺筆法中絶。近年蔡君謨獨步當世，往往謙讓不肯主盟。往年，予嘗戲謂君謨言，學書如泝急流，用盡氣力，船不離舊處〔三〕。君謨頗諾，以謂能取譬。今思此語已四十餘年，竟如何哉？

〔一〕《稗海》本《志林》自篇首至此句二十二字，爲另一篇。

〔二〕《志林》無此句。

〔三〕「船」原缺，據《志林》補。

跋范文正公帖

軾自省事，便欲一見范文正公，而終不可得。覽其遺蹟，至於泫然。人之云亡，邦國殄瘁，可不哀哉！元豐八年九月一日。

題陳履常書

此書既以遺荆州李翹叟，繼而亡其本。後從翹叟借來謄本〔一〕，輒爲役夫盜去，賣與龍安寺千部院僧。盜事覺，追取得之，後歸翹叟。翹叟屢來索此卷〔二〕，云：「恐爲人盜去。」予謂不然，乃果見盜。夫不疑於物，物亦誠焉。翹叟一動其心，遂果致盜。孔子曰：「苟子之不欲，雖賞之不竊。」誠然哉！

〔一〕「本」原作「不」，誤刊，據《外集》卷四十九改。

〔二〕「翹」上，疑脱一「初」字。

題顔長道書

故人楊元素、顔長道、孫莘老，皆工文而拙書，或不可識，而孫莘老尤甚。不論他人，莘老徐觀之，亦自不識也。三人相見，輒以此爲歎。今皆爲陳迹，使人哽噎。

跋秦少游書

少游近日草書，便有東晉風味，作詩增奇麗。乃知此人不可使閑，遂兼百技矣。技進而道不進，則不可，少游乃技道兩進也。

跋黄魯直草書

草書祗要有筆，霍去病所謂不至學古兵法者爲過之。魯直書。

去病穿城蹋鞠，此正不學古兵法之過也。學即不是，不學亦不可。子瞻書〔一〕。

〔一〕自「去病」以下云云，據《外集》卷四十八另起。

跋魯直爲王晉卿小書爾雅

魯直以平等觀作欹側字，以真實相出游戲法〔一〕，以磊落人書細碎事，可謂三反。

〔一〕《侯鯖録》卷三引此文，「相」作「心」。

跋王晉卿所藏蓮華經 經七卷如筯麄

凡世之所貴，必貴其難。真書難於飄揚，草書難於嚴重，大字難於結密而無間，小字難於寬綽而有餘。今君所藏，抑又可珍，卷之盈握，沙界已周，讀未終篇，目力可廢〔一〕，乃知蝸牛之角可以戰蠻觸，棘刺之端可以刻沐猴。嗟嘆之餘，聊題其末。

〔一〕《外集》卷四十九「可」作「皆」。

書杜介求字

杜幾先以此紙求余書，云：「大小不得過此。」且先於卷首自寫數字〔一〕。其意不問工拙，但恐字大費紙不能多耳。嚴子陵若見，當復有賣菜之語。無以懲其失言，當乾没此紙也。

〔一〕「且先」云云九字原缺，據《稗海》本《志林》補。

書贈宗人鎔〔一〕

宗人鎔，貧甚，吾無以濟之〔二〕。昔年嘗見李駙馬瑋以五百千購王夷甫帖〔三〕，吾書不下夷甫，而其人則吾之所耻也。書此以遺生〔四〕，不得五百千〔五〕，勿以予人。然事在五百年外，價直如是〔六〕，不亦鈍乎？然吾佛一坐六十小刧〔七〕，五百年何足道哉！東坡居士〔八〕。

〔一〕《攻媿集》卷七十四《跋東坡與宗人帖》附此文，「鎔」作「容」。
〔二〕「吾」前原有「苦」字，據《攻媿集》删。
〔三〕《攻媿集》「瑋」作「瑋」。按：似以「瑋」爲是。
〔四〕「以」原缺，據《攻媿集》補。
〔五〕「不」前，《攻媿集》有「生」字。
〔六〕「價直」原作「賈」，今從《攻媿集》。
〔七〕「佛」原缺，據《攻媿集》補。
〔八〕「東坡居士」四字原缺，據《攻媿集》補。

戲書赫蹏紙

此紙可以鑱錢祭鬼。東坡試筆，偶書其上。後五百年，當成百金之直。物固有遇不遇也。

自評字

昨日見歐陽叔弼。云：「子書大似李北海。」予亦自覺其如此。世或以謂似徐書者，非也。

跋太宗皇帝御書曆子

京朝官中選三十人充知州，而賜以御書曆子，臣得此可以爲榮矣。而審官任其事，蓋猶有古者選部激濁揚清之風也。非太宗皇帝知錢若水之深，若水亦自信不疑，則三十人者獨獲此賜，其能使人心服而無疑乎？元祐四年四月十九日，龍圖閣直學士臣軾書。

跋焦千之帖後

歐陽文忠公言「焦子皎潔寒泉氷」者，吾友伯強也。泰民徐君，濟南之老先生也。錢昆仲蓋嘗師之，以伯強與泰民往還書疏相示。伯强之没，蓋十年矣，覽之悵然。元祐五年二月十五日書。

題劉景文所收歐陽公書

處處見歐陽文忠書，厭軒冕思歸而不可得者，十常八九。乃知士大夫進易而退難，可以爲後生汲汲者之戒。元祐五年三月八日，偶與楊次公同過劉景文。景文出此書，僕與次公，皆文忠客也。次公又効其抵掌談笑，使人感嘆不已。

題歐陽帖

歐陽公書，筆勢險勁，字體新麗，自成一家。然公墨跡自當爲世所寶，不待筆畫之工也。文忠公得謝，其喜如此。以是知士非進身之難，乞身之難也。

跋劉景文歐公帖

此數十紙，皆文忠公衝口而出，縱手而成，初不加意者也。其文采字畫，皆有自然絶人之姿，信天下之奇蹟也。元祐四年九月十九日，蘇軾書〔一〕。

〔一〕「元祐四年」云云十二字原缺，據《百川學海》本第二十六册《辛集》下引《歐陽文忠公試筆》蘇軾跋文補。文中所云之「此數十紙」，卽《試筆》。

題蘇才翁草書

才翁草書真迹，當爲歷世之寶。然《李白草書歌》，廼唐末五代効禪月而不及者，云「牋麻絹素排數箱」，村氣可掬也。

題所書東海若後

軾久欲書柳子厚所作《東海若》一篇刻之石，置之淨住院無量壽佛堂中。元祐六年二月九日，與海陵曹輔、開封劉季孫、永嘉侯臨會堂下，遂書以遺僧從本，使刻之。

題所書歸去來詞後

毛國鎮從余求書〔一〕，且曰：「當於林下展玩。」故書陶潛《歸去來》以遺之。然國鎮豈林下人也哉，

譬如今之紈扇，多畫寒林雪竹，當世所難得者，正使在廟堂之上，尤可觀也矣，

〔一〕「余」原作「子」，味文意，乃誤刊，逕改。

題張乖崖書後

以寬得愛，愛止於一時。以嚴得畏，畏止於力之所及。故寬而見畏，嚴而見愛，皆聖賢之難事而所及者遠矣。張忠定公治蜀，用法之嚴似諸葛孔明。諸葛孔明與公遺愛皆至今，蓋尸而祝之，社而稷之。元祐六年閏八月十三日〔一〕，過陳，見公之曾孫祖，以軾蜀人，德公宜深，故出公遺墨，求書其後。

〔一〕「八」原作「六」，據《宋史》改。

跋勾信道郎中集朝賢書夾頌金剛經

乙巳至今二十八年，書經三十二人，逝者幾三之二矣。夢幻之喻，非虛言也。惟一念歸向之善，歷劫不壞，在在處處常爲善友。元祐七年正月二十二日。

跋舊與辯才書

軾平生與辯才道眼相照之外，緣契冥符者多矣。始以五年九月三十日入山，相對終日，留此數紙。明年是日在潁州作書與之，有「少留山中勿便歸安養」之語，而師實以是日化去。又明年，其徒惟楚攜此軸來，爲一太息。五月十一日書。

跋陳瑩中題朱表臣歐公帖

敬其人，愛其字，文忠公之賢，天下皆知。使嘉祐以前見其書者，皆如今日，則朋黨之論何自興！元祐元年四月，延平陳瓘書。

美哉瑩中之言也。仲尼之存，或削其跡，夢奠之後，履藏千載。文忠公讀《石守道文集》，有云：「後世苟不公，至今無聖賢。」公殁之後二十餘年，憎愛一衰，議論乃公，亦何待後世乎？紹聖元年五月書。

書王奥所藏太宗御書後

日行于天，委照萬物之上，光氣所及，或流爲慶雲，結爲丹砂，初豈有意哉！太宗皇帝以武功定禍亂，以文德致太平，天縱之能，溢于筆墨，摛藻尺素之上，弄翰團扇之中，散流人間者幾何矣。而三槐王氏，得之爲多，子孫世守之，遂爲希代之寶。文正之孫、懿敏之子奥，出以示。臣軾敬拜手稽首書其後。

書張長史書法〔一〕

世人見古有見桃花悟道者〔二〕，爭頌桃花〔三〕，便將桃花作飯喫。喫此飯五十年，轉没交涉。正如張長史見擔夫與公主爭路，而得草書之法〔四〕。欲學長史書，日就擔夫求之，豈可得哉？

〔一〕趙刻《志林》題作「桃花悟道」。

〔二〕「古」後原有「德」字，據《稗海》本《志林》删；「道」原缺，據以上二種版本《志林》補。

〔三〕「争」前原有「便」字，據趙刻《志林》删。

〔四〕以上二種版本《志林》「法」均作「氣」。

書歸去來詞贈契順

余謫居惠州，子由在高安，各以一子自隨。余分寓許昌、宜興，嶺海隔絶。諸子不聞余耗，憂愁無聊。蘇州定慧院學佛者卓契順謂邁曰：「子何憂之甚，惠州不在天上，行即到耳，當爲子將書問之。」紹聖三年三月二日，契順涉江度嶺，徒行露宿，僵仆瘴霧，黧面繭足以至惠州。得書徑還。余問其所求。答曰：「契順惟無所求，而後來惠州。若有所求〔一〕，當走都下矣。」苦問不已。乃曰：「昔蔡明遠鄱陽一校耳，顔魯公絶粮江淮之間，明遠載米以周之。魯公憐其意，遺以尺書，天下至今知有明遠也。今契順雖無米與公，然區區萬里之勤，儻可以援明遠例，得數字乎？」余欣然許之，獨愧名節之重，字畫之好，不逮魯公。故爲書淵明《歸去來詞》以遺之，庶幾契順託此文以不朽也。

〔一〕「所」原缺。四部叢刊初編影元刊本《集註分類東坡詩》卷首《東坡紀年録》紹聖三年紀事節引此文有「所」字，今據補。

跋所贈曇秀書〔一〕

曇秀來惠州見東坡〔二〕。將去，坡曰：「山中人見公還，必求土物〔三〕，何以與之？」秀曰：「鵝城清風，鶴嶺明月，人人送與，只恐他無着處。」坡曰：「不如將幾紙字去，每人與一紙。但向道此是言法華書裏頭有災福〔四〕。」

〔一〕趙刻《志林》題作「曇秀相别」。

〔二〕本文中之「東坡」、「坡」字，《志林》皆作「予」。

〔三〕《志林》「土」作「一」。

〔四〕「言法華」原作「法言華」，今從《志林》。案：本卷《跋王荆公書》有「更放似言法華」，言法華乃書家。

題所書寶月塔銘并魯直跋

予撰《寶月塔銘》，使澄心堂紙，鼠鬚筆，李庭珪墨，皆一代之選也。舟師不遠萬里，來求予銘，予亦不孤其意。紹聖三年正月十二日，東坡老人書。

塔銘小字，如季海得意時書，書字雖工拙在人，要須年高手硬，心意閑澹，乃入微耳。庭堅書。

書天蓬呪

紹聖三年端午，惠州道士鄒葆光云：「今日今月皆甲午，而午時當庚甲合，人之遇此也難。請書《天蓬神呪》。」予嘉其意，乃爲齋戒書之。

跋山谷草書

曇秀來海上，見東坡，出黔安居士草書一軸，問此書如何？坡云：「張融有言，不恨臣無二王法，恨二王無臣法。」吾於黔安亦云。他日黔安當捧腹軒渠也。丁丑正月四日。

跋希白書〔一〕

希白作字，自有江左風味，故長沙法帖，比淳化待詔所摹爲勝〔二〕，世俗不察，爭訪閣本〔三〕，誤矣。此逸少一卷爲尤妙。庚辰七夕〔四〕，合浦官舍借觀。

〔一〕此文，見宋曾宏父《石刻鋪敘》卷一《長沙帖》；洪邁《容齋隨筆·四筆》卷十《東坡題潭帖》亦引；劉克莊《後村題跋》卷四《跋舊潭帖》亦節引。

〔二〕「摹」原作「纂」，今從《後村題跋》、《四筆》。

〔三〕《四筆》、《後村題跋》「閣本」作「閣下本」。

〔四〕「夕」原作「月」，今從《石刻鋪敘》、《四筆》。

題自作字

東坡平時作字，骨撑肉，肉没骨，未嘗作此瘦妙也。宋景文公自名其書鐵綫。若東坡此帖，信可謂云爾已矣。元符三年九月二十四日，游三州嵓回，舟中書。

書舟中作字

將至曲江，船上灘欹側，撑者百指，篙聲石聲犖然，四顧皆濤瀨，士無人色，而吾作字不少衰，何也？吾更變亦多矣，置筆而起，終不能一事，孰與且作字乎？

書沈遼智靜大師影堂銘

鄰舍有睿達〔一〕，寺僧不求其書，而獨求予，非惟不敬東家，亦有不敬西家耶？

〔一〕「睿達」原作「睿睿」，據《外集》卷四十九改。案：睿達乃沈遼。

論沈遼米芾書

自君謨死後，筆法衰絶。沈遼少時本學其家傳師者，晚乃諱之，自云學子敬。病其似傳師也，故出私意新之，遂不如尋常人。近日米芾行書，王鞏小草，亦頗有高韻，雖不逮古人，然亦必有傳於世也。

跋所書圓通偈

軾遷嶺海七年，每遇私忌，齋僧供佛，多不能如舊。今者北歸，舟行豫章、彭蠡之間，遇先妣成國太夫人程氏忌日，復以阻風滯留，齋薦尤不嚴，且敬寫《楞嚴經》中文殊師利法王所説《圓通偈》一篇，少伸追往之懷，行當過廬山，以施山中有道者。建中靖國元年四月八日書。

跋歐陽文忠公書〔一〕

賀下不賀上，此天下通語。士人歷官一任，得外無官謗，中無所愧於心，釋肩而去，如大熱遠行，雖未到家，得清涼館舍，一解衣漱濯，已足樂矣。況於致仕而歸，脱冠珮，訪林泉，顧平生一無可恨者，其樂豈可勝言哉！余出入文忠門最久，故見其欲釋位歸田，可謂切矣。他人或苟以藉口，公發於至情，如饑者之念食也。顧勢有未可者耳。觀與仲儀書〔二〕，論可去之節三，至欲以得罪、病告去。君子之欲退，其難如此，可以爲欲進者之戒〔三〕。

〔一〕趙刻《志林》題作「賀下不賀上」。

〔二〕「儀」原作「義」，今從《志林》、《外集》卷四十九。案，「仲儀」氏王，本集卷二十一有《王仲儀真贊》。

〔三〕「欲」原缺，據《外集》補。

書篆髓後

滎陽鄭惇方，字希道，作《篆髓》六卷，《字義》一篇。凡古今字説，班、揚、賈、許、二李、二徐之學，其精者皆在。間有未盡〔一〕，傅以新意，然皆有所考本，不用意斷曲説，其疑者蓋闕焉。凡學術之邪正，視其爲人。鄭君信厚君子也，其言宜可信。余嘗論學者之有《説文》，如醫之有《本草》，雖草木金石，各有本性，而醫者用之，所配不同，則寒温補瀉之效，隨用各別。而自漢以來，學者多以一字考經，字同義異，皆欲一之，彫刻采繪，必成其説。是以六經不勝異説，而學者疑焉。孔子曰：「夫聞也者，色取仁而行違，居之不疑。」則聞爲小人。而《詩》曰：「允矣君子，展也大成。之子于征，有聞無聲。」則聞爲君子。又曰：「君子周而不比。」則比爲惡。而《易》曰：「地上有水比。以建萬國親諸侯。」則比爲善〔二〕。有子曰：「知和而和，不以禮節之，亦不可行也。」則所謂和者，同而已矣。而孔子曰：「君子和而不同。」若此者多矣。喪欲速貧，死欲速朽，此以八字成文，然猶不可一，曰言各有當也，而況欲以一字一之耶？余愛鄭君之學簡而通，故私附其後。

〔一〕「問」原作「皆」，今從集甲卷二十三。

〔二〕自「惡」起至「則比爲」之「爲」，共十九字原缺，據集甲補。

書唐氏六家書後

永禪師書，骨氣深穩，體兼衆妙，精能之至，反造疎淡。如觀陶彭澤詩，初若散緩不收，反覆不已，乃識其奇趣。今法帖中有云「不具釋智永白」者，誤收在逸少部中，然亦非禪師書也〔一〕。云「謹此代申」，此乃唐末五代流俗之語耳，而書亦不工。歐陽率更書，妍緊拔羣，尤工於小楷，高麗遣使購其書，高祖歎曰：「彼觀其書，以爲魁梧奇偉人也。」此非知書者〔二〕。凡書象其爲人。率更貌寒寢，敏悟絶人，今觀其書，勁嶮刻厲，正稱其貌耳。褚河南書，清遠蕭散，微雜隸體。古之論書者，兼論其平生，苟非其人，雖工不貴也。河南固忠臣，但有譖殺劉洎一事，使人怏怏。然余嘗攷其實，恐劉洎末年褊忿〔三〕，實有伊、霍之語，非譖也。若不然，馬周明其無此語，太宗獨誅洎而不問周，何哉？此殆天后朝許、李所誣，而史官不能辨也。張長史草書，頹然天放，略有點畫處，而意態自足，號稱神逸。今世稱善草書者或不能真、行，此大妄也。真生行，行生草，真如立，行如行，草如走，未有未能行立而能走者也。今長安猶有長史真書《郎官石柱記》，作字簡遠，如晉、宋間人。顏魯公書雄秀獨出，一變古法，如杜子美詩，格力天縱，奄有漢、魏、晉、宋以來風流，後之作者，殆難復措手。柳少師書，本出於顏，而能自出新意，一字百金，非虛語也。其言心正則筆正者，非獨諷諫，理固然也。世之小人，書字雖工，而其神情終有睢盱側媚之態，不知人情隨想而見，如韓子所謂竊斧者乎，抑真爾也？然至使人見其書而猶憎之，則其人可知矣。余謫居黄州，唐林夫自湖口以書遺余，云：「吾家有此六人書，子爲我略評之而書其後〔四〕。」林夫之書過我遠矣，而反求於予，何哉？此又未可曉也。元豐四年五月十一日，眉山蘇軾書。

〔一〕「師」原作「宗」，今從集甲卷二十三。

〔二〕「此」原作「書」，今據集甲改。

〔三〕「徧」原作「偏」，今據集甲改。

〔四〕「書」原作「此」，今從集甲。

書若逵所書經後〔一〕

懷楚比丘，示我若逵所書二經。經爲幾品，品爲幾偈，偈爲幾句，句爲幾字，字爲幾畫，其數無量。而此字畫，平等若一，無有高下，輕重大小。云何能一？以忘我故〔二〕。若不忘我，一畫之中，已現二相〔三〕，而況多畫。如海上沙，是誰磋磨，自然匀平，無有粗細。如空中雨，是誰揮灑，自然蕭散，無有疎密。咨爾楚、逵，若能一念，了是法門，於刹那頃，轉八十藏，無有忘失，一句一偈。東坡居士，說是法已，復還其經。元祐七年四月二十五日〔四〕。

〔一〕《咸淳臨安志》（以下簡稱《志》）卷七十八《寺觀四·寺院·龍井延恩衍慶院》下引此文，題作「跋楚逵二上人書經」。

〔二〕「故」原脱，據《志》補；據《志》，删去下句「若故」之「故」字。《七集·後集》卷十九同《志》。
〔三〕《志》「已現」作「即見」。
〔四〕「元祐七年」云云十字原缺，據《志》補。

書孫元忠所書華嚴經後

余聞世間凡富貴人及諸天龍鬼神具大威力者，脩無上道難，造種種福業易。所發菩提心，旋發旋忘，如飽滿人，厭棄飲食。所作福業，舉意便成，如一滴水，流入世間，卽爲江河。是故佛説此等，真可畏怖，一念差失，萬刼墮壞，一切龍服，地行天飛，佛在依佛，佛成依僧，皆以是故。維鎮陽平山子龍，靈變莫測，常依覺實，二大比丘。有大檀越，孫温靖公，實能致龍，與相賓友。曰雨曰霽，惟公所欲。公之與此，二大比丘，及此二龍，必同事佛，皆受佛記。故能於未來世，各以願力，而作佛事。觀公奏疏，本欲爲龍作廟，又恐血食，與龍增業，故上乞度僧，以奉祠宇。公之愛龍，如愛其身，秖令作福，不令造業。若推此心，以及世間，待物如我，待我如物。予知此人，與佛無二，覺既圓寂，公亦棄世。其子元忠，爲公親書《華嚴經》八十卷，累萬字，無有一點一畫，見怠墮相。人能攝心，一念專静，便有無量感應。而元忠此心盡八十卷，終始若一。予知諸佛，悉已見聞，若以此經，置此山中，則公與二士若龍，在在處處，皆當相見。共度衆生，無有窮盡，而元忠與予，亦當與焉。

蘇軾文集卷七十

題跋畫

題鳳翔東院王畫壁

嘉祐癸卯上元夜，來觀王維摩詰筆。時夜已闌，殘燈耿然，畫僧踽踽欲動，恍然久之。

書摩詰藍田烟雨圖

味摩詰之詩，詩中有畫。觀摩詰之畫，畫中有詩。詩曰：「藍谿白石出，玉川紅葉稀。山路元無雨，空翠濕人衣。」此摩詰之詩，或曰非也。好事者以補摩詰之遺。

跋文與可墨竹

昔時，與可墨竹，見精縑良紙〔一〕，輒憤筆揮灑，不能自已，坐客争奪持去，與可亦不甚惜。後來見人設置筆硯，即逡巡避去。人就求索，至終歲不可得。或問其故。與可曰：「吾乃者學道未至，意有所不適，而無所遣之，故一發於墨竹，是病也。今吾病良已，可若何？」然以余觀之，與可之病，亦未得爲已也，獨不容有不發乎？余將伺其發而掩取之。彼方以爲病，而吾又利其病，是吾亦病也。熙寧庚戌七月二十一日，子瞻。

〔一〕「縑」原作「練」，今從《外集》卷五十。

書通叔篆〔一〕

李元直，長安人。其先出於唐讓帝。學篆書數十年，覃思甚苦，曉字法，得古意。用銛鋒筆，縱手疾書，初不省度，見余所藏與可墨竹，求題其後。因戲書此數百言。通叔其字云。

〔一〕此四字原接上文之末。今移至此。《外集》卷五十以此四字爲本文之題，今從。文中之「此」乃指上文。

書李將軍三騣馬圖

唐李將軍思訓作《明皇摘瓜圖》。嘉陵山川，帝乘赤驃，起三騣，與諸王及嬪御十數騎，出飛仙嶺下，初見平陸，馬皆若驚，而帝馬見小橋作徘徊不進狀，不知三騣謂何？後見岑嘉州詩，有《衞節度赤驃歌》云：「赤髯胡雛金剪刀，平明剪出三騣高。」乃知唐御馬多剪治，而三騣其飾也。

書吳道子畫後

智者創物〔一〕，能者述焉，非一人而成也。君子之於學，百工之於技，自三代歷漢至唐而備矣。故詩至於杜子美，文至於韓退之，書至於顔魯公，畫至於吳道子，而古今之變，天下之能事畢矣。道子畫人物，如以燈取影，逆來順往，旁見側出，橫斜平直，各相乘除，得自然之數，不差毫末，出新意於法度之中，寄妙理於豪放之外，所謂遊刃餘地，運斤成風，蓋古今一人而已。余於他畫，或不能必其主名，至於道子，望而知其真僞也。然世罕有真者，如史全叔所藏，平生蓋一二見而已。元豐八年十一月七日書。

〔一〕「智」原作「知」，今從集甲卷二十三。

書李伯時山莊圖後

或曰：「龍眠居士作《山莊圖》，使後來入山者信足而行，自得道路，如見所夢，如悟前世，見山中泉石草木，不問而知其名，遇山中漁樵隱逸，不名而識其人，此豈強記不忘者乎？」曰：「非也。畫日者常疑餅，非忘日也。醉中不以鼻飲，夢中不以趾捉，天機之所合，不強而自記也。居士之在山也，不留於一物，故其神與萬物交，其智與百工通。雖然，有道有藝，有道而不藝，則物雖形於心，不形於手。吾嘗見居士作華嚴相，皆以意造，而與佛合。佛菩薩言之，居士畫之，若出一人，況自畫其所見者乎？」

書朱象先畫後

松陵人朱君象先，能文而不求舉，善畫而不求售。曰：「文以達吾心，畫以適吾意而已。」昔閻立本始以文學進身，卒蒙畫師之耻。或者以是爲君病，余以謂不然。謝安石欲使王子敬書太極殿榜，以韋仲將事諷之。子敬曰：「仲將，魏之大臣，理必不爾。若然者，有以知魏德之不長也。」使立本如子敬之高，其誰敢以畫師使之。阮千里善彈琴，無貴賤長幼皆爲彈，神氣冲和，不知向人所在。內兄潘岳使彈〔一〕，終日達夜無忤色，識者知其不可榮辱也。使立本如千里之達，其誰能以畫師辱之。今朱君無求於世，雖王公貴人，其何道使之，遇其解衣盤礴，雖余亦得攖攘其旁也。元祐五年九月十八日，東坡居士書。

〔一〕「潘」原作「藩」，誤，據集甲卷二十三、郎本卷六十改。

題趙屼屏風與可竹

與可所至，詩在口，竹在手。來京師不及歲，請郡還鄉，而詩與竹皆西矣。一日不見，使人思之。其面目嚴冷，可使静險躁，厚鄙薄。今相去數千里，其詩可求，其竹可乞，其所以静、厚者不可致。此予所以見竹而歎也。

跋蒲傳正燕公山水

畫以人物爲神，花、竹、禽、魚爲妙，宫室、器用爲巧，山水爲勝，而山水以清雄奇富變態無窮爲難。燕公之筆，渾然天成，粲然日新，已離畫工之度數而得詩人之清麗也。熙寧六年六月六日〔一〕。

〔一〕「六日」之「六」原缺，據汲古閣《東坡題跋》補。

跋文勛扇畫

舊聞吴道子畫《西方變相》，觀者如堵。道子作佛圓光，風落電轉，一揮而成。嘗疑其不然。今觀安國作方界，略不抒思，乃知傳者之不謬。

跋吴道子地獄變相

道子，畫聖也。出新意於法度之内，寄妙理於豪放之外，蓋所謂游刃餘地，運斤成風者耶？觀《地獄變相》，不見其造業之因，而見其受罪之狀，悲哉！悲哉！能於此間一念清淨，豈無脱理，但恐如路傍草，野火燒不盡，春風吹又生耳。元豐六年七月十日，齊安臨皐亭借觀。

跋與可紆竹

紆竹生於陵陽守居之北崖，蓋岐竹也。其一未脱籜，爲蝎所傷，其一困於嵌嵓，是以爲此狀也。吾亡友文與可爲陵陽守，見而異之，以墨圖其形。余得其摹本以遺玉册官祁永〔一〕，使刻之石，以爲好事者動心駭目詭特之觀，且以想見亡友之風節，其屈而不撓者，蓋如此云。

〔一〕「官」原作「宫」，今從《丹淵集》附録此文。

書黄筌畫雀

黄筌畫飛鳥，頸足皆展。或曰：「飛鳥縮頸則展足，縮足則展頸，無兩展者。」驗之信然。乃知觀物不審者，雖畫師且不能，況其大者乎？君子是以務學而好問也。

書戴嵩畫牛

蜀中有杜處士，好書畫，所寶以百數。有戴嵩《牛》一軸〔一〕，尤所愛，錦囊玉軸，常以自隨。一日曝書畫，有一牧童見之，拊掌大笑，曰：「此畫鬬牛也。牛鬬，力在角〔二〕，尾搐入兩股間，今乃掉尾而鬬，謬矣。」處士笑而然之。古語有云：「耕當問奴，織當問婢。」不可改也。

〔一〕「戴」原作「載」，據《外集》卷五十改。

〔二〕《仇池筆記》「角」作「前」。

跋趙雲子畫

趙雲子畫筆略到而意已具，工者不能。然託於椎陋以戲侮來者，此柳下惠之不恭，東方朔之玩世，滑稽之雄乎？或曰：「雲子蓋度世者。」蜀人謂狂雲猶曰風雲耳。

跋艾宣畫

金陵艾宣畫翎毛花竹，爲近歲之冠。既老，筆迹尤奇，雖不復精匀，而氣格不凡。今尚在，然眼昏不能復運筆矣。嘗見此物，各爲賦一首云。

書畫壁易石

靈壁出石，然多一面。劉氏園中砌臺下，有一株獨巉然，及覆可觀，作麋鹿宛頸狀。東坡居士欲得之，乃畫臨華閣壁，作醜石風竹。主人喜，乃以遺予。居士載歸陽羨。元豐八年四月六日。

書陳懷立傳神

傳神之難在於目。顧虎頭云：「傳神寫照，都在阿堵中，其次在顴頰。」吾嘗於燈下顧見頰影，使人就壁畫之，不作眉目，見者皆失笑，知其爲吾也。目與顴頰似，餘無不似者，眉與鼻口，蓋可增減取似也。傳神與相一道，欲得其人之天，法當於衆中陰察其舉止。今乃使具衣冠坐注視一物，彼歛容自持，豈復見其天乎？凡人意思各有所在，或在眉目，或在鼻口。虎頭云：「頰上加三毛，覺精采殊勝。」則此人意思，蓋在須頰間也。優孟學孫叔敖，抵掌談笑，至使人謂死者復生。此豈能舉體皆似耶？亦得其意思所在而已。使畫者悟此理，則人人可謂顧、陸。吾嘗見僧惟真畫曾魯公，初不甚似。一日，往見公，歸而喜甚，曰：「吾得之矣。」乃於眉後加三紋，隱約可見，作仰首上視，眉揚而額蹙者，遂大似。南都人陳懷立傳吾神，衆以爲得其全者。懷立舉止如諸生，蕭然有意於筆墨之外者也。故以所聞者助發之。

跋畫苑

君厚《畫苑》，處不充篋笥，出不汗牛馬，明窗淨几，有坐臥之安，高堂素壁，無舒卷之勞，而人物禽魚之變態，山川草木之奇姿，粲然陳前，亦好事者之一適也。元祐二年二月八日，平叔借觀，子瞻書。

跋宋漢傑畫

僕曩與宋復古游，見其畫瀟湘晚景，爲作三詩，其畧云：「迴遥趣後崦，水會赴前溪。」復古云：「子亦善畫也耶？」今其猶子漢傑，亦復有此學，假之數年，當不減復古。元祐三年四月五日書。

又跋漢傑畫山二首

唐人王摩詰、李思訓之流，畫山川峯麓，自成變態，雖蕭然有出塵之姿，然頗以雲物間之。作浮雲杳靄，與孤鴻落照，滅没於江天之外，舉世宗之，而唐人之典刑盡矣。近歲惟范寬稍存古法，然微有俗氣。漢傑此山，不古不今，稍出新意，若爲之不已，當作着色山也。

又

觀士人畫，如閲天下馬，取其意氣所到。乃若畫工，往往只取鞭策皮毛槽櫪芻秣〔一〕，無一點俊發，看數尺許便卷〔二〕。漢傑真士人畫也。

〔一〕「秣」原作「抹」，據《外集》卷五十改。

〔二〕《外集》「卷」作「倦」。

跋李伯時卜居圖

定國求余爲寫杜子美《寄贊上人詩》，且令李伯時圖其事，蓋有歸田意也。余本田家，少有志丘壑，雖爲搢紳，奉養猶農夫。然欲歸者蓋十年，勤請不已，僅乃得郡。士大夫逢時遇合，至卿相如反掌，惟歸田古今難事也。定國識之。吾若歸田，不亂鳥獸，當如陶淵明。定國若歸，豪氣不除，當如謝靈運也。

跋李伯時孝經圖

觀此圖者，易直子諒之心，油然生矣。筆迹之妙，不減顧、陸。至第十八章，人子之所不忍者，獨寄其髣髴。非有道君子不能爲，殆非顧、陸之所及。

跋盧鴻學士草堂圖

此唐盧丞相、段文昌本，今在内侍都知劉君元方家。元祐三年七月，予館伴北使於都亭驛，劉以示予，爲賦此篇。迨、過遠來省，書令同作。

跋南唐挑耳圖〔一〕

王晉卿嘗暴得耳聾，意不能堪，求方於僕。僕答之云：「君是將種，斷頭穴胷，當無所惜，兩耳堪作底用，割捨不得？限三日疾去，不去，割取我耳。」晉卿洒然而悟。三日，病良已，以頌示僕云：「老坡心急頻相勸〔二〕，性難只得三日限。我耳已效君不割〔三〕，且喜兩家都平善〔四〕。」今見定國所藏《挑耳圖》，云得之晉卿，聊識此事〔五〕。元祐六年八月二日，軾書〔六〕。

〔一〕「挑」原作「剔」，今從《外集》卷五十。按：文中有「挑耳圖」云云。

〔二〕「坡」原作「婆」。《書畫鑑影》卷一有此文，今據改。按：「老坡」乃指東坡。

〔三〕「效」原作「校」，今從《外集》。《書畫鑑影》、汲古閣刊《東坡題跋》「效」作「較」。

〔四〕「都」原作「總」，今從《書畫鑑影》。按：「都」乃平聲，叶。
〔五〕「事」原缺，據《書畫鑑影》補。
〔六〕「元祐六年」云云十字原缺，據《書畫鑑影》補。

跋摘瓜圖

元稹《望雲騅歌》云：「明皇當時無此馬，不免騎驢來幸蜀。」信如稹言，豈有此權奇蹀躞與嬪御摘瓜山谷間如思訓之圖乎？然禄山之亂，崔圖在蜀〔一〕，儲設甚備，騎驢當時虚語耳。

〔一〕「圖」原作「圓」，今從《外集》卷五十。

書唐名臣像

李衛公言唐儉輩不足惜。觀其容貌，殆非所謂名下無虚士。

書許道寧畫

泰人有屈鼎筆者〔一〕，許道寧之師。善分布澗谷，間見屈曲之狀，然有筆而無思致，林木皆晻靄而已。道寧氣格似過之，學不及也。

〔一〕《外集》卷五十「泰」作「秦」。

書黄魯直畫跋後三首

遠近景圖

此圖燕貴之來昆仍雲也。窮山野水，亦是林下人窠窟，然烈風偃草木，客子當藏舟入浦漵中，强人力牽挽，欲何之耶？雙井永思堂書。

舟未行而風作，固不當行，若中塗遇風，不盡力牽挽以投浦岸，當何之耶？魯直怪舟師不善，預相風色可也，非畫師之罪。紹聖二年正月十一日〔一〕，惠州思無邪齋書。

北齊校書圖

往在都下，駙馬都尉王晉卿時時送書畫來作題品，輒貶剥令一錢不直。晉卿以爲言。庭堅曰：「書畫以韻爲主，足下囊中物，非不以千錢購取，所病者韻耳。」收書畫者，觀予此語，三十年後當少識書畫矣。元祐九年四月戊辰，永思堂書。

畫有六法，賦彩拂澹，其一也，工尤難之。此畫本出國手，止用墨筆，蓋唐人所謂粉本。而近歲畫師，乃爲賦彩，使此六君子者，皆涓然作何郎傅粉面，故不爲魯直所取，然其實善本也。紹聖二年正月十二日，思無邪齋書。

右軍斫膾圖

徐彦和送此本來，云是《王右軍斫膾圖》。予觀此榻上偃蹇者，定不解書《蘭亭序》也。右軍在會稽時，桓温求側理紙〔二〕。庫中有五十萬，盡付之。計此風神，必有嵓壑之姿耳。永思堂書。

謝安石人物爲江左第一，然其爲政，殊未可逸少意，作書譏誚，殆欲痛哭。此所謂君子愛人以德者。以紙五十萬與桓温，何足道。此乃史官之陋，而魯直亦云爾，何哉？書生見五十萬紙，足了一世，舉以與人，真異事耳。本傳又云：「蘭亭之會，或以比金谷，而以逸少比季倫，逸少聞之甚喜。」金谷之會，皆望塵之友也。季倫之於逸少，如鴟鳶之於鴻鵠，尚不堪作奴，而以自比，決是晉、宋間妄語。史官許敬宗，真人奴也，見季倫金多，以爲賢於逸少。今魯直又怪畫師不能得逸少高韻，豈不難哉！余在惠州，徐彦和寄此畫，求余跋尾，書此以發千里一笑。紹聖二年正月十二日，東坡居士書。

〔一〕傅藻《東坡紀年録》謂《遠近景圖》作於紹聖二年正月十二日。

〔二〕《外集》卷五十「理」作「厘」。

跋醉道士圖并章子厚跋

僕素不喜酒，觀正父《醉士圖》，以甚畏執盃持耳翁也。子瞻書。

僕觀《醉道士圖》，展卷末諸君題名，至子瞻所題，發噱絶倒。子厚書。

再跋

熙寧元年十二月二十九日，再過長安，會正父於母清臣家。再觀《醉士圖》，見子厚所題，知其爲予噱也。持耳翁余固畏之，若子厚乃求其持而不得者。他日再見，當復一噱。時與清臣、堯夫、子由同觀。子瞻書。

酒中固多味，恨知之者寡耳。若持耳翁，已太苛矣。子瞻性好山水，尚不肯渡仙遊潭，況於此而知味乎？宜其畏也。正父赴豐國時，子厚令武進，復題此，以繼子瞻之後。己酉端午後一日。

題跋 紙墨〔一〕

書墨

余蓄墨數百挺，暇日輒出品試之，終無黑者，其間不過一二可人意。以此知世間佳物，自是難得。茶欲其白，墨欲其黑。方求黑時嫌漆白，方求白時嫌雪黑，自是人不會事也。

〔一〕「題跋」二字原缺；「紙墨」原作「以下俱紙墨」，在題「書墨」之下。今根據本集體例，補、刪後改次於此。

試墨

世人言竹紙可試墨，誤矣。當於不宜墨紙上〔一〕。竹紙蓋宜墨，若池、歙精白玉板，乃真可試墨，若於此紙上黑，無所不黑矣。褪墨石硯上研，精白玉板上書，凡墨皆敗矣。

〔一〕「墨」原缺，據《外集》卷五十一補。

書徂徠煤墨

徂徠珠子煤，自然有龍麝氣，以水調勻，以刀圭服，能已鬲氣，除痰飲。專用此一味，阿膠和之，擣數萬杵，即爲妙墨，不俟餘法也。陳公弼在汶上作此墨，謂之黑龍髓，後人盜用其名，非也。

記李公擇惠墨

李公擇惠此墨半丸。其印文云「張力剛」，豈墨匠姓名耶？云得之高麗使者。其墨鮮光而淨，豈減李廷珪父子乎？試復觀之。勸君不好書，而自論墨拳拳如此，乃知此病吾輩同之，可以一笑。

記李方叔惠墨

李方叔遺墨二十八丸，皆麝，香氣襲人，云是元存道曾倅陰平，得麝數十臍，皆盡之於墨。雖近歲貴人造墨，亦未有用爾許麝也。

書清悟墨

川僧清悟，遇異人傳墨法，新有名。江淮間人，未甚貴之。予與王文甫各得十丸，用海東羅文麥光紙，作此大字數紙，堅韌異常，可傳五六百年，意使清悟託此以不朽也。

書張遇潘谷墨寄王禹錫

麝香張遇墨兩丸，或自内廷得之以見遺，藏之久矣。今以奉寄。制作精至，非常墨所能髣髴，請珍之！請珍之！又大小八丸，此潘谷與一貴人造者，谷既死，不可復得，宜寶祕也。

書龐安時見遺廷珪墨

吾蓄墨多矣，其間數丸，云是廷珪造。雖形色異衆，然歲久墨之亂真者多，皆疑而未決也。有人蓄此墨再世矣，不幸遇重病，醫者龐安時愈之，不敢取一錢，獨求此墨，已而傳遺余，求書數幅而已。安時，蘄水人，術學造妙而有賢行，大類蜀人單驤。善療奇疾。字安常。知古今，删録張仲景已後《傷寒論》，極精審，其療傷寒，蓋萬全者也。

書呂行甫墨顛

呂希彦行甫，相門子，行義有過人者，不幸短命死矣。平生藏墨，士大夫戲之爲墨顛。功甫亦與之善，出其所遺墨，作此數字。

書李公擇墨蔽

李公擇見墨輒奪，相知間抄取殆遍。近有人從梁、許來〔一〕，云：「懸墨滿室。」此亦通人之一蔽也。余嘗有詩云：「非人磨墨墨磨人。」此語殆可凄然云。

〔一〕「梁」原作「渠」，據《叢話·後集》卷二十九改。

書李憲臣藏墨

余爲梟繹顔先生作集引，其子復長道以李廷珪墨見遺，形製絶類此墨，以金塗龍及銘，云：「李憲臣所蓄賜墨也〔一〕。」此墨最久而黑如此，殆是真耶？

〔一〕「所」原作「新」，今從《外集》卷五十一。

書石昌言愛墨

石昌言蓄廷珪墨，不許人磨。或戲之云：「子不磨墨，墨當磨子。」今昌言墓木拱矣，而墨故無恙，可以爲好事者之戒。

書沈存中石墨

陸士衡與士龍書云：「登銅雀臺，得曹公所藏石墨數甕，今分寄一螺。」《大業拾遺記》：「宫人以蛾緑畫眉。」亦石墨之類也。近世無復此物。沈存中帥鄜延，以石燭烟，作墨堅重而黑，在松烟之上，曹公所藏，豈此物也耶？

書所造油烟墨

凡烟皆黑，何獨油烟爲墨則白，蓋松烟取遠，油烟取近，故爲焰所灼而白耳。予近取油烟，纔積便掃，以爲墨皆黑，殆過於松煤，但調不得法，不爲佳墨，然則非烟之罪也。

書别造高麗墨

余得高麗墨，碎之，雜以潘谷墨，以清悟和墨法劑之爲握子，殊可用。故知天下無棄物也，在處之如何爾。和墨惟膠當乃佳，膠當而不失清和，乃爲難耳。清悟墨膠水寒之，可切作水精膾也。

書馮當世墨

馮當世在西府，使潘谷作墨，銘云「樞庭東閤」，此墨是也。阮孚云：「一生當着幾緉屐。」僕云：「不知當用幾丸墨。」人常惜墨不磨，終當爲墨所磨。

書懷民所遺墨

世人論墨，多貴其黑，而不取其光。光而不黑，固爲棄物。若黑而不光，索然無神采，亦復無用。要使其光清而不浮，湛湛如小兒目睛〔一〕，乃爲佳也。懷民遺僕二枚，其陽云「清烟煤法墨」，其陰云「道卿既黑而光」，殆如前所云者，書以報之。

〔一〕「睛」原作「精」，據涵芬樓《仇池筆記》改。

書求墨

阮生云：「未知一生當着幾緉屐。」吾有佳墨七十丸，而猶求取不已，不近愚耶〔一〕？

〔一〕《叢話·後集》卷二十九「耶」後有「是可嗤也」四字。

書雪堂義墨

元祐二年十二月二十一日〔一〕，駙馬都尉王晉卿致墨二十六丸，凡十餘品。雜研之，作數十字，以觀其色之深淺。若果佳，當擣和爲一品〔二〕，亦當爲佳墨。予昔在黄州，鄰近四五郡皆送酒，予合置一器中，謂之雪堂義樽。今又當爲雪堂義墨也耶〔三〕？

〔一〕《稗海》本《志林》「二年」作「三年」。
〔二〕「和」原作「合」，今從《仇池筆記》。
〔三〕「也」原缺，據《外集》卷五十一補。

書北虜墨

雲庵有墨，銘云「陽嵓鎮造」，云是北虜墨，陸子履奉使得之者。

書廷珪墨

昨日有人出墨數寸，僕望見，知其爲廷珪也。凡物莫不然，不知者如烏之雌雄，其知之者如烏、鵠也。

記奪魯直墨

黄魯直學吾書，輒以書名於時，好事者争以精紙妙墨求之，常攜古錦囊，滿中皆是物也。一日見過，探之，得承晏墨半挺。魯直甚惜之，曰：「羣兒賤家雞，嗜野鶩。」遂奪之，此墨是也。元祐四年三月四日。

書茶墨相反

茶欲其白，常患其黑。墨則反是。然墨磨隔宿則色暗，茶碾過日則香減，頗相似也。茶以新爲貴，墨以古爲佳，又相反矣。茶可於口，墨可於目。蔡君謨老病不能飲，則烹而玩之。吕行甫好藏墨而不能書，則時磨而小啜之。此又可以發來者之一笑也。

記温公論茶墨

司馬温公嘗曰：「茶與墨政相反。茶欲白，墨欲黑；茶欲重，墨欲輕；茶欲新，墨欲陳。」予曰：「二物之質誠然，然亦有同者。」公曰：「謂何？」予曰：「奇茶妙墨皆香，是其德同也。皆堅，是其操同也。譬如賢人君子，妍醜黔皙之不同，其德操韞藏，實無以異。」公笑以爲是。

元祐五年十月二十六日，醇老、全翁、元之、敦夫、子瞻，同游南屏寺。寺僧謙出奇茗如玉雪。適會三衢蔡熙之子瑫出所造墨，黑如漆。墨欲其黑，茶欲其白，物轉顛倒，未知孰是？大衆一笑而去。

書柳氏試墨

昨日有人點第一綱龍團，香味十倍常茶。如使諸葛鼠須筆，金闌子入手，不似有鋒刃。惟有此物似之。元祐八年三月十八日，過柳仲遠試墨，書此。此墨云「文公檜䑛臈」，不知其所謂也。

書李承晏墨

近時士大夫多造墨，墨工亦盡其技，然皆不逮張李古劑，獨二谷亂真，蓋亦竊取其形製而已。吴子野出此墨，云是孫準所遺，李承晏真物也，當以色考之，仍以數品比較，乃定真僞耳。紹聖丙子十二月二十一日書〔一〕。

〔一〕傅藻《東坡紀年録》謂此文作於紹聖三年十二月十一日。

書潘谷墨

賣墨者潘谷，余不識其人，然聞其所爲，非市井人也。墨既精妙而價不二。士或不持錢求墨，不計多少與之。此豈徒然者哉！余嘗與詩云：「一朝入海尋李白，空看人間畫墨仙。」一日，忽取欠墨錢券焚之，飲酒三日，發狂浪走，遂赴井死。人下視之，蓋趺坐井中，手尚持數珠也。見張元明，言如此。

試東野暉墨

世言蜀中冷金牋最宜爲墨，非也。惟此紙難爲墨。嘗以此紙試墨，惟李廷珪乃黑。此墨，兖人東野暉所製，每枚必十千，信亦非凡墨之比也。

書裴言墨

潘谷、郭玉、裴言皆墨工，其精粗次第如此。此裴言墨也，比常墨差勝，云是與曹王製者，當由物料精好故耶？

書王君佐所蓄墨

君佐所蓄新羅墨，甚黑而不光，當以潘谷墨和之，乃爲佳絶。今時士大夫多貴蘇浩然墨，浩然本用高麗煤雜遠烟作之，高麗墨若獨使，如研土炭耳。

書潘衡墨

金華潘衡初來儋耳，起竈作墨，得烟甚豐，而墨不甚精。予教其作遠突寬竈，得烟幾減半，而墨乃爾。其印文曰「海南松煤東坡法墨」，皆精者也。常當防墨工盜用印，使得墨者疑耳。此墨出灰池中，未五日而色已如此，日久膠定，當不減李廷珪、張遇也。元符二年四月十七日。

書海南墨

此墨吾在海南親作，其墨與廷珪不相下。海南多松，松多故煤富，煤富故有擇也。

記海南作墨

己卯臘月二十三日〔一〕，墨竈火大發〔二〕，幾焚屋，救滅，遂罷作墨。得佳墨大小五百丸，入漆者幾百丸，足以了一世著書用〔三〕，仍以遺人，所不知者何人也。餘松明一車，仍以照夜〔四〕。二十八日二鼓，作此紙。

〔一〕《稗海》本《志林》「三」作「二」。
〔二〕「大」原缺，據《志林》補。
〔三〕「著書用」三字原缺，據《志林》補。
〔四〕《志林》「仍」作「留」。

書孫叔靜常和墨

孫叔靜用劍脊墨，極精妙。其文曰「太室常和」。常和，蓋少室間道人也。賣墨，收其贏以起三清殿。墨甚堅而黑，近歲善墨，唯朱覲及此耳。覲，九華人。

記王晉卿墨

王晉卿造墨〔一〕，用黃金丹砂，墨成，價與金等。三衢蔡瑫自煙煤膠外，一物不用，特以和劑有法，甚黑而光，殆不減晉卿。胡人謂犀黑暗〔二〕，象白暗，可以名墨，亦可以名茶。

〔一〕「造」原作「遺」，據涵芬樓《仇池筆記》改。
〔二〕「黑」原作「里」，據《仇池筆記》改。

書鄭君乘絹紙

僕謫居黃州，鄭元輿君乘亦官于黃。一日，以此紙一軸，求僕書云：「有故人孟陽〔一〕，酷好君書，屬予多爲求之。」仍出孟君書數紙。其人亦善用筆，落筆灑然，雖僕何以加之。鄭君言其意勤甚，殆不可不許。後數日，適會中秋，僕與客飲江亭，醉甚，乃作此數紙。時元豐四年也。明日視之，乃絹也。然古者本謂絹紙，近世失之云〔二〕。

〔一〕《稗海》本《志林》「陽」作「訪」。

〔二〕《志林》篇末「云」字後，尚有以下文字：「君乘簡中云，孟倅之子本謂河陽倅也，而僕以爲姓□鄭也。子瞻雖醉甚，亦是川若藞鮓故態，視絹爲紙，以鄭爲孟，適當子瞻看朱成碧時耳。此公胸中落落，決不至如劉儀同訪同舍，見其子猶不悟也。」

書六合麻紙

成都浣花溪，水清滑勝常，以漚麻楮作牋紙，緊白可愛〔一〕，數十里外便不堪造，信水之力也。揚州有蜀岡，岡上有大明寺井，知味者以謂與蜀水相似〔二〕。西至六合，岡盡而水發，合爲大溪，溪左右居人亦造紙，與蜀產不甚相遠。自十年以來，所產益多，工亦益精，更數十年，當與蜀紙相亂也。

〔一〕《外集》卷五十一「緊」作「堅」。

〔二〕《外集》「水」作「泉」。

書布頭牋

川牋取布機餘經不受緯者治作之〔一〕，故名布頭牋。此紙冠天下，六合人亦作，終不佳〔二〕。

〔一〕《稗海》本《志林》「布」後有「頭」字。

〔二〕《志林》「不佳」作「及爾」。

書海苔紙

昔人以海苔爲紙，今無復有，今人以竹爲紙，亦古所無有也。付子過〔一〕。予自謂此字不惡，然後世觀之，必疑其爲模本也。

〔一〕《外集》卷五十一無此三字。

題跋筆硯〔一〕

書石晉筆仙

石晉之末，汝州有一士，不知姓名，每夜作筆十管付其家。至曉，闔户而出，面街鑿壁，貫以竹筒〔二〕，如引水者。有人置三十錢，則一筆躍出。以勢力取之，莫得也。筆盡，則取錢攜一壺買酒吟嘯自若，率嘗如此。凡三十載，忽去，不知所在。又數十年，復有見之者，顔貌如故，人謂之筆仙。

〔一〕「題跋」二字原缺，「筆硯」原作「以下俱筆硯」，在題「書石晉筆仙」下。今根據本集體例，補、删後改次於此。

〔二〕「貫」原作「實」，據《外集》卷五十一改。

書諸葛筆

宣州諸葛氏筆，擅天下久矣。縱其間不甚佳者，終有家法。如北苑茶、内庫酒、教坊樂，雖弊精疲神，欲强學之，而草野氣終不可脱。

書錢塘程奕筆[一]

近年筆工，不經師匠，妄出新意，擇毫雖精，形製詭異，不與人手相謀[二]。獨錢塘程奕所製，有三十年先輩意味，使人作字，不知有筆，亦是一快。吾不久行當致數百枝而去，北方無此筆也。

〔一〕「奕」原作「弈」，今從《外集》卷五十二。文内同。

〔二〕「相」原缺，據《外集》補。

記南兔毫

余在北方食麞兔，極美，及來兩浙江淮，此物稀少，宜其益珍。每得食，率少味，及微腥，有魚蝦氣。聚其皮數十，以易筆於都下。皆云此南兔，不經霜雪，毫漫不可用。乃知此物本不産陂澤間也。

記都下熟毫

近日都下筆皆圓熟少鋒，雖軟美易使，然百字外力輒衰，蓋製毫太熟使然也。鬻筆者既利於易敗而多售，買筆者亦利其易使。惟諸葛氏獨守舊法，此又可喜也。

記古人繫筆

繫筆當用生毫，筆成，飯甑中蒸之，熟一斗飯乃取出，懸水甕上數月乃可用，此古法也。

記歐公論把筆

把筆無定法，要使虛而寬。歐陽文忠公謂余，當使指運而腕，不知此語最妙。方其運也，左右前後却不免欹側，及其定也，上下如引繩，此之謂筆正。柳誠懸之語良是。

書諸葛散卓筆

散卓筆，惟諸葛能之。他人學者，皆得其形似而無其法，反不如常筆。如人學杜甫詩，得其粗俗而已。

書杜君懿藏諸葛筆

杜叔元君懿善書，學李建中法。爲宣州通判。善待諸葛氏，如遇士人，以故爲盡力，常得其善筆。余應舉時，君懿以二筆遺余，終試筆不敗。其後二十五年，余來黄州，君懿死久矣，而見其子沂，猶蓄其父在宣州所得筆也，良健可用。君懿膠筆法，每一百枝，用水銀粉一錢，上皆以沸湯調研如稀糊。乃以研墨，膠筆永不蠹，且潤軟不燥也。非君懿善藏，亦不能如此持久也。

書唐林夫惠諸葛筆

唐林夫以諸葛筆兩束寄僕，每束十色，奇妙之極。非林夫善書，莫能得此筆。林夫又求僕行草，故爲作此數紙。元豐六年十月十五日，醉中題。

書黄魯直惠郎奇筆

僕應舉時，常用郎奇筆，近歲不復有，不知奇之存亡。今日忽於魯直處得之。魯直云：「奇中風十許年，近忽無恙。此筆不當供答義人，當與作賦人用也。」

書魯直所藏徐偃筆

魯直出衆工筆，使僕歷試之。筆鋒如着鹽曲蟮，詰曲紙上。魯直云：「此徐偃筆也。有筋無骨，真可謂名不虛得。」

書吴說筆

筆若適士大夫意，則工書人不能用〔一〕。若便於工書者，則雖士大夫亦罕售矣。屠龍不如履狶，豈獨筆哉！君謨所謂藝益工而人益困，非虛語也。吴政已亡，其子説頗得家法。

〔一〕「書」原缺，據《外集》卷五十二補。

試吴説筆

前史謂徐浩書鋒藏畫中，力出字外。杜子美云：「書貴瘦硬方通神。」若用今時筆工虛鋒漲墨，則人人皆作肥皮饅頭矣。用吴説筆，作此數字，頗適人意。

書嶺南筆

紹聖三年五月二十七日，過水西，見賣筆者，形製粗似筆，以二十錢易兩枝。墨水相浮，紛然欲散，信嶺南無筆也。

書孫叔静諸葛筆

久在海外，舊所賫筆皆腐敗，至用鷄毛筆。拒手獰劣，如魏元忠所謂騎窮相驢脚摇蹬者。今日忽於孫叔静處用諸葛筆，驚歎此筆乃爾蘊藉耶！

書贈孫叔静

今日於叔静家飲官法酒，烹團茶，燒衙香，用諸葛筆，皆北歸喜事。

書王定國贈吴説帖定國帖附

定國吴硯，李文靖奉使江南得之。鞏獲於其孫，蓋作風字樣，收水處微損，以漆固之。子瞻作《清虚居士真贊》，取以爲潤筆。子瞻今去國萬里，然與硯俱乎？紹聖乙亥春，至廣陵，吴説以筆工得子瞻書吴硯銘，覽之悵然。平生交游，十年升沉，惟子瞻爲耐久。何日復相從，以硯墨紙筆爲適也。王鞏定國書。此吴汪少微硯也。

去國八年，歸見中原士大夫，皆用散毫作無骨字。買筆於市，皆散軟一律。惟廣陵吴説獨守舊法。

王定國謂往還中無耐久者，吴説筆工而獨耐久〔一〕，吾甚嘉之。建中靖國元年五月二十日，東坡居士書。

〔一〕「吴」原作「矣」，今從《外集》卷五十二。

書鳳咮硯

建州北苑鳳凰山，山如飛鳳下舞之狀。山下有石，聲如銅鐵，作硯至美，如有膚筠然，此殆玉德也。疑其太滑，然至益墨。熙寧五年，國子博士王頤始知以爲硯，而求名於余。余名之曰鳳咮，且又戲銘其底云：「坐令龍尾羞牛後。」歙人甚病此言。余嘗使人求硯於歙，歙人云：「何不只使鳳咮石？」卒不得善硯。乃知名者物之累，争媢之所從出也。或曰：「石不知，惡争媢也？」余曰：「既不知惡争媢，則亦不知好美名矣。」

書硯

硯之發墨者必費筆，不費筆則退墨。二德難兼，非獨硯也。大字難結密，小字常局促；真書患不放，草書苦無法；茶苦患不美，酒美患不辣。萬事無不然，可一大笑也。

書硯贈段璵

硯之美，止於滑而發墨，其他皆餘事也。然此兩者常相害，滑者輒褪墨。余作孔毅夫硯銘云：「澀不留筆，滑不拒墨。」毅夫甚以爲名言。

書呂道人硯

澤州呂道人沉泥硯〔一〕，多作投壺樣。其首有呂字，非刻非畫，堅緻可以試金。道人已死，硯漸難得。元豐五年三月七日，偶至沙湖黄氏家，見一枚，黄氏初不知貴，乃取而有之。

〔一〕「泥」原作「泥」，今從《外集》卷五十二。

書名僧令休硯

黄岡主簿段君璵，嘗於京師傭書人處，得一風字硯。下有刻云：「祥符己酉，得之於信州鉛山觀音院，故名僧令休之手琢也〔一〕。明年夏於鵝湖山刻記。」錢易希白題其側，又刻「荒靈」二字。硯蓋歙石之美者。己酉至今七十四年，令休不知爲何僧也？禪月、貫休信州人，令休豈其兄弟歟？嘗以問鉛山人。而「荒靈」二字，莫曉其意。段君以硯遺余，故書此數紙以報之。元豐六年冬至日書。

富陽令馮君，嘗爲黄岡，故獲此書於段。元祐五年四月十八日復見之，時爲錢塘守。

〔一〕「令」原作「林」，今從《外集》卷五十二。按：本文多處及「令休」。

書許敬宗硯二首

都官郎中杜叔元君懿，有古風字硯，工與石皆出妙美。相傳是許敬宗硯，初不甚信。其後杭人有網得一銅匣於浙江中者，有「鑄成許敬宗」字，與硯適相宜，有容兩足處，無毫髮差，乃知真敬宗物也。君懿嘗語余：「吾家無一物，死，當以此硯作潤筆，求君誌吾墓也。」君懿死，其子沂歸硯請誌，而余不作墓誌久矣，辭之。沂乃以硯求之於余友人孫莘老，莘老笑曰：「敬宗在，正堪斫以飼狗耳，何以其硯爲。」余哀此硯之不幸，一爲敬宗所辱，四百餘年矣，而垢穢不磨。方敬宗爲姦時，硯豈知之也哉，以爲非其罪，故乞之於孫莘老，爲一洗之。匣今在唐氏，唐氏甚惜之，求之不可得。硯之美既不在匣，而上有敬宗姓名，蓋不必蓄也。

又〔一〕

杜叔元字君懿，爲人文雅，學李建中書，作詩亦有可觀。蓄一硯，云：「家世相傳，是許敬宗硯。」始亦不甚信之。其後官於杭州，漁人於浙江中網得一銅匣，其中有「鑄成許敬宗」字。硯有兩足，正方，而匣亦有容足處，不差毫毛，始知真敬宗物。君懿與吾先君善，先君欲求其硯而不可。君懿既死，其子沂以硯遺余，求作墓銘。余平生不作此文，乃歸其硯，不爲作。沂乃以遺孫覺莘老，而得志文。余過高郵，莘老出硯示余曰：「敬宗在，正好棒殺，何以其硯爲。」余以謂憎而知其善，雖其人且不可廢，況其硯。乃問莘老求而得。硯，端溪紫石也，而滑潤如玉，殺墨如風，其磨墨處微窪，真四百餘年物也。匣今在唐諲處，終當合之。

〔一〕題下原校：「兩本小異，並出之。」

書汪少微硯

予家有歙硯，底有欵識云：「吴順義元年，處士汪少微銘云：『松操凝烟，楮英鋪雪。毫穎如飛，人間五絶。』」所頌者三物爾，蓋所謂硯與少微爲五耶？

書唐林夫惠硯

行至泗州，見蔡景繁附唐林夫書信與余端硯一枚，張遇墨半螺〔一〕。硯極佳，但小而凸，磨墨不甚便。作硯者意待數百年後，硯平乃便墨耳。一硯猶須作數百年計，而作事乃不爲明日計，可不謂大惑耶？

〔一〕「遇」原作「過」，今據《外集》卷五十二改。

書鳳咮硯

僕好用鳳咮石硯，然論者多異同。蓋自少得真者，爲黯黮灘石所亂耳。

書瓦硯

以瓦爲硯，如以鐵爲鏡而已，必求其用，豈如銅與石哉，而世常貴之，豈所謂苟異者耶？

評淄端硯

淄石號韞玉硯，發墨而損筆。端石非下嵓者，宜筆而褪墨。二者當安所去取？用褪墨硯如騎鈍馬，數步一鞭，數字一磨，不如騎騾用瓦硯也。

書青州石末硯

柳公權論硯，甚貴青州石末，云「墨易冷」。世莫曉其語。此硯青州甚易得，凡物耳，無足珍者。蓋出陶竈中，無澤潤理。唐人以此作羯鼓腔，與定州花瓷作對，豈硯材乎？硯當用石，如鏡用銅，此真材本性也。以瓦爲硯，如以鐵爲鏡。人之待瓦、鐵也微，而責之也輕，粗能磨墨照影〔一〕，便稱奇物，其實豈可與真材本性者同日而論哉？

〔一〕「磨」原作「爲」，今從《稗海》本《志林》。《外集》卷五十二「磨」作「發」。

書天台玉板紙〔一〕

李獻父遺余天台玉板紙，殆過澄心堂，頃所未見。

〔一〕此文原失題，與下文「書月石硯屏」誤合爲一篇。今從《稗海》本《志林》，分爲二篇。此文據文意另加此題。

書月石硯屏

月石屏捫之，月微凸，乃僞也，真者必平，然多不圓。圓而平，桂滿而不出，此至難得，可寶。

書曇秀龍尾硯

曇秀畜龍尾石硯，僕所謂「澀不留筆、滑不拒墨」者也。製以拱璧〔一〕，而以缺月爲池，云是蔣希魯舊物。予頃在廣陵，嘗從曇秀識此硯，今復見之嶺海間，依然如故人也。

〔一〕「璧」原作「壁」，據《外集》卷五十二改。

書陸道士鏡硯〔一〕

陸道士蓄一鏡一硯，皆可寶。硯圓首斧形，色正青，背有却月金文，甚能克墨而宜筆，蓋唐以前物也。鏡則古矣，其背文不可識。家有鏡，正類是，其銘曰：「漢有善銅出白陽，取爲鏡，清如明，左龍右虎俌之。」以銘文考之，則此鏡乃漢物也耶？吾嘗以示蘇子容。子容以博學名世，曰：「此鏡以前皆作此，蓋禹鼎象物之遺法也。白陽，今無此地名。楚有白公，取南陽白水爲邑，白陽豈白水乎？漢人『而』、『如』通用。」皆子容云。鏡心微凸，鏡面小而直，學道者謂是聚神鏡也。丙子十二月，初一日書。

〔一〕「陸」原作「室」，據《外集》卷五十二改。

書雲庵紅絲硯〔一〕

唐彥猷以青州紅絲石爲甲，或云惟堪作骰盆。蓋亦不見佳者。今觀雲庵所藏〔二〕，乃知前人不妄許可。

〔一〕趙刻《志林》題作「紅絲石」。
〔二〕《志林》「雲」作「雪」。

蘇軾文集卷七十一

題跋琴棋雜器

雜書琴事十首贈陳季常

家藏雷琴

余家有琴，其面皆作蛇蚹紋〔一〕，其上池銘云：「開元十年造，雅州靈關村〔二〕。」其下池銘云：「雷家記八日合〔三〕。」不曉其「八日合」爲何等語也？其嶽不容指，而絃不𢿨〔四〕，此最琴之妙，而雷琴獨然。求其法不可得，乃破其所藏雷琴求之。琴聲出於兩池間，其背微隆，若薤葉然，聲欲出而隘，徘回不去，乃有餘韻，此最不傳之妙。

歐陽公論琴詩

「昵昵兒女語，恩怨相爾汝。劃然變軒昂，勇士赴敵場。」此退之《聽穎師琴》詩也。歐陽文忠公嘗問僕：「琴詩何者最佳？」余以此答之。公言此詩固奇麗，然自是聽琵琶詩，非琴詩〔五〕。余退而作《聽杭僧惟賢琴》詩云：「大絃春温和且平，小絃廉折亮以清。平生未識宫與角，但聞牛鳴盎中雉登木。門前剥啄誰扣門，山僧未閑君勿嗔。歸家且覓千斛水，淨洗從前筝笛耳。」詩成欲寄公，而公薨，至今以爲恨。

張子野戲琴妓

尚書郎張先子野，杭州人。善戲謔，有風味。見杭妓有彈琴者，忽撫掌曰：「異哉，此筝不見許時，乃爾黑瘦耶？」

琴非雅聲

世以琴爲雅聲，過矣。琴正古之鄭、衛耳。今世所謂鄭、衛者，乃皆胡部，非復中華之聲。自天寶中坐立部與胡部合，自爾莫能辨者。或云，今琵琶中有獨彈，往往有中華鄭、衛之聲，然亦莫能辨也。

琴貴桐孫

凡木，本實而末虛，惟桐反之。試取小枝削，皆堅實如蠟，而其本皆中虛空。故世所以貴孫枝者，貴其實也，實，故絲中有木聲。

戴安道不及阮千里

阮千里善彈琴，人聞其能，多往求聽。不問貴賤長幼，皆爲彈之，神氣冲和，不知何人所在。内兄潘岳每命鼓琴，終日達夜無忤色，識者歎其恬澹，不可榮辱。戴安道亦善鼓琴，武陵王晞使人召之。安道對使者破琴曰：「戴安道不爲王門伶人〔六〕。」余以謂安道之介，不如千里之達。

琴鶴之禍

衛懿公好鶴，以亡其國，房次律好琴，得罪至死。乃知燒煮之士，亦自有理。

天陰絃慢

或對一貴人彈琴者，天陰聲不發。貴人怪之，曰：「豈絃慢故？」或對曰：「絃也不慢。」

桑葉揩絃

琴絃舊則聲闇，以桑葉揩之，輒復如新，但無如其青何耳。

文與可琴銘

文與可家有古琴，予爲之銘曰：「攫之幽然，如水赴谷。醳之蕭然，如葉脱木。按之噫然，應指而長言者似君。置之枵然，遺形而不言者似僕。」與可好作楚詞，故有「長言似君」之句。「醳」、「釋」同。鄒忌論琴云：「攫之深，醳之愉。」此言爲指法之妙爾。

元豐四年六月二十三日，陳季常處士自岐亭來訪予，攜精筆佳紙妙墨求予書。會客有善琴者，求予所蓄寶琴彈之，故所書皆琴事。軾〔七〕。

〔一〕「蚹」原作「腹」。本卷《書王進叔所蓄琴》有「蛇蚹紋已漸出」之句。今改「腹」爲「蚹」。

〔二〕「闕村」原作「開村」，據《稗海》本《志林》改。

〔三〕「日」原作「日」。《志林》及《外集》卷五十三作「日」。《春渚紀聞》卷八《雷琴四田八日》條引蘇軾此文，謂「古雷字從四田，四田折之，是爲八日」。今改「日」爲「日」。下句同。

〔四〕「敓」原作「收」，今從《外集》。案：本集卷六十七《書文選後》有「俗云敓聲」、「遠則有敓」云云。

〔五〕「非琴詩」三字原缺，據《總龜》卷二十八引文補。

〔六〕「道」原缺，據《外集》補。

〔七〕清卞永譽《式古堂書畫彙考·書考》卷十一《蘇長公雜書琴事卷》有此跋文；「軾」原缺，今據補。

雜書琴曲十二首贈陳季常

子夜歌

《子夜歌》者，女子名子夜，造此聲。晉孝武帝太元中〔一〕，瑯琊王軻之家有鬼歌子夜，則子夜是此時人也。

鳳將雛

《鳳將雛》者，舊曲也。應璩《百一》詩，云是《鳳將雛》。則其來久矣。

前漢歌〔二〕

《前漢歌》者，車騎將軍沈充。

阿子歌

阿子及歡聞歌者，穆帝升平初，歌畢，輒呼「阿子汝聞否」？後人衍其聲爲此曲。

團扇歌

《團扇歌》者，中書令王珉，與嫂婢有情愛，箠撻過苦。婢素善歌，而珉好執白團扇，故作此聲。

懊憹歌

《懊憹歌》者，隆安初，俗間訛謡之曲。

長史變

《長史變》者，司徒左長史王廞臨敗所作。

凡此諸曲，皆徒歌，既而被之管絃者。有因金石絲竹造歌以被之，如魏世三調歌之類是也。

杯柈舞

《杯柈舞》，手接杯柈反覆之。漢世惟有柈舞，而晉加之以杯。

公莫舞

《公莫舞》，今之巾舞也。相傳項莊舞劍，項伯以袖隔之，使不及高祖，且語莊云：「公莫舞。」

公莫渡河

琴操有《公莫渡河》，其聲所從來已久。俗云項伯，非也。

白紵歌

白紵本吴地所出，宜是吴舞也。晉《俳歌》云：「皎皎白緒，節節爲叢。」吴音謂緒爲紵〔三〕，白紵即白緒也〔四〕。

瑤池燕

琴曲有《瑤池燕》，其詞既不甚佳，而聲亦怨咽。或改其詞作《閨怨》云：「飛花成陣春心困。寸寸別腸，多少愁悶。無人問。偷啼自揾殘粧粉。抱瑤琴、尋出新韻。玉纖趁。南風未解幽慍。低雲鬟。眉峯斂，暈嬌和恨。」

此曲奇妙，季常勿妄以與人。

〔一〕「太」原作「大」，誤。逕改。案：太元乃晉孝武年號。

〔二〕「漢」原作「溪」，據《外集》卷五十三改。

〔三〕「爲紵」原作「紵琴」，今從《外集》。

〔四〕《樂府詩集》卷五十五《晉白紵舞歌詩》「白紵」之「白」前有「疑」字。

書士琴二首

贈吴主簿〔一〕

武昌主簿吴亮君采攜其故人士琴之説，與高齋先生之銘，空同子之文，太平之頌以示余。余不識沈君，而讀其書，反覆其義趣，如見其人，如聞士琴之聲。余昔從高齋先生游，嘗見其寶一琴，無銘無識，不知其何代物也。請以告二子，使從先生求觀之，此士琴者待其琴而後和。元豐六年閏六月二十四日書。

書醉翁操後

二水同器，有不相入，二琴同手，有不相應。今沈君信手彈琴，而與泉合，居士縱筆作詩，而與琴會。此必有真同者矣。本覺法真禪師，沈君之子也，故書以寄之。願師宴坐静室，自以爲琴，而以學者爲琴工，有能不謀而同三令無際者〔二〕，願師取之。元祐七年四月二十四日。

〔一〕此文，爲《詩集》卷四十七《題沈君琴》之序，文字畧有異，今姑存。

〔二〕《外集》卷五十三、宛委山堂本《説郛》卷一百《雜書琴事》「令」作「合」。倪濤《六藝之一録》卷四百五引此文、《宋人八帖》此文「令」皆作「令」。案：似應作「合」，三合當指琴、泉、詩。今仍其舊。

書文忠贈李師琴詩

與次公聽賢師琴，賢求詩，倉卒無以應之。次公曰：「古人賦詩皆歌所學，何必已云。」次公因誦歐陽公贈李師詩，囑余書之以贈焉。元祐四年九月二十一日。

書林道人論琴棋

元祐五年十二月一日，游小靈隱，聽林道人論琴棋，極通妙理。余雖不通此二技，然以理度之，知其言之信也。杜子美論畫云：「更覺良工心獨苦。」用意之妙，有舉世莫之知者。此其所以爲獨苦歟？

書仲殊琴夢〔一〕

元祐六年三月十八日五鼓，船泊吴江，夢長老仲殊彈一琴，十三絃頗壞損而有異聲。余問云：「琴何爲十三絃？」殊不答，但誦詩曰：「度數形名豈偶然，破琴今有十三絃。此生若遇邢和璞，方信秦箏是響泉。」夢中了然諭其意，覺而識之。今晚到蘇州，殊或見過，卽以示之。寫至此，筆未絶，而殊老叩舷來見，驚嘆不已，遂以贈之。時去州五里。

〔一〕《詩集》卷三十三《破琴詩·敍》及此文所敍事，文字略有異，可互參。

書王進叔所蓄琴

知琴者以謂前一指後一紙爲妙，以蛇蚹紋爲古。進叔所蓄琴，前幾不容指，而後劣容紙，然終無雜聲，可謂妙矣。蛇蚹紋已漸出，後日當益增，但吾輩及見其斑斑焉〔一〕，則亦可謂難老者也。元符二年十月二十三日，與孫叔静皆云。

〔一〕《外集》卷五十三「斑斑」作「斑斑」。

書黄州古編鐘

黄州西北百餘里，有歐陽院。院僧畜一古編鐘，云得之耕者。發其地，獲四鐘，斸破其二，一爲鑄銅者取去，獨一在此耳。其聲空籠，然頗有古意，雖不見韶濩之音，猶可想見其髣髴也。

書古銅鼎

舊説明皇羯鼓，捲以油，注中不漏。或疑其誕。吾嘗蓄古銅鼎蓋之，煮湯而氣不出，乃知舊説不妄。

書金錞形製

《周禮》有金錞，《國語》有錞于丁寧，蕭齊始興王鑑嘗得之，高三尺六寸六分，圍二尺四寸〔一〕，圓如筩，銅色黑如漆。上有銅馬，以繩懸馬，令去地尺餘，灌之以水，又以器盛水於下，以芒莖當心跪注錞于，清響如雷，良久乃已。記者既能道其尺寸之詳如此，而拙於遣詞，使古器形製不可復得其彷彿，甚可恨也。

〔一〕「二尺」原作「三尺」，今從《稗海》本《志林》。案：蘇軾此處所敍事，出《南齊書》卷三十五《始興簡王鑑傳》，《傳》作「二尺」。

書李嵓老棋〔一〕

南嶽李嵓老好睡。衆人飽食下棋，嵓老輒就枕，數局一展轉。云：「我始一局，君幾局矣？」東坡曰：「李嵓老常用四脚棋盤，只着一色黑子。昔與邊韶敵手，今被陳摶争先。着時似有輸贏，着了並無一物。」歐陽公夢中作詩云：「夜涼吹笛千山月，路暗迷人百種花。棋罷不知人换世，酒闌無奈客思家。」殆是謂也〔二〕。

〔一〕趙刻《志林》題作「題李嵓老」。

〔二〕《叢話·前集》卷三十三「是謂」作「類是」，《志林》「謂」作「類」。

書賈祐論真玉〔一〕

步軍指揮使賈逵之子祐爲將官徐州，爲予言：今世真玉至少，雖金鐵不可近，須沙碾而後成者〔二〕，世以爲真玉矣，然猶未也，特珉之精者。真玉須定州磁芒所不能傷者，乃是云。問後苑老玉工，亦莫知其信否？

〔一〕趙刻《志林》題作「辨真玉」。

〔三〕「碾」原作「展」，今從《志林》、《外集》卷五十三。

論漆

漆畏蟹，予嘗使工作漆器，工以蒸餅潔手而食之，宛轉如中毒狀，亟以蟹食之乃甦。墨入漆最善，然以少蟹黄敗之乃可。不爾，卽堅頑不可用也。

題跋 游行〔一〕

題雲安下巖〔二〕

子瞻、子由與侃師至此，院僧以路惡見止，不知僕之所歷有百倍於此者矣。丁未正月二十日書。

〔一〕「題跋」二字原缺；「游行」原作「以下俱游行」，在「題雲安下巖」題下。今根據本集體例，補、删後改次於此。

〔二〕此「下巖」，在青神，見《佚文彙編》卷六，今仍其舊。文中「院僧」原作「僧院」，今從《外集》卷五十四。

書游靈化洞

予始與曾元恕入靈化洞，迫于日暮，而元恕又畏其險，故不果盡而還。及此，與吕穆仲游。穆仲勇發過我，遂相與至昔人之所未至，而驚世詭異之觀，有不可勝談者。余欲疏其一二，以告來者，又恐爲造物者所愠，後有勇往如吾二人至吾之所至，當自知之。

記公擇天柱分桃

李公擇與客游天柱寺還，過司命祠下，道傍見一桃，爛熟可愛，當往來之衝，而不爲人之所得。疑其爲真靈之瑞，分食之則不足，衆以與公擇，公擇不可。時蘇、徐二客皆有老母七十餘，公擇使二客分之，歸遺其母，人人滿意，過於食桃。此事不可不識也。

書遊垂虹亭〔一〕

吾昔自杭移高密〔二〕，與楊元素同舟，而陳令舉、張子野皆從吾過李公擇於湖，遂與劉孝叔俱至松江。夜半，月出，置酒垂虹亭上。子野年八十五，以歌詞聞於天下，作《定風波令》，其略云：「見説賢人聚吴分，試問，也應傍有老人星。」坐客歡甚，有醉倒者。此樂未嘗忘也。今七年爾。子野、孝叔、令舉皆爲異物，而松江橋亭，今歲七月九日，海風駕潮，平地丈餘，蕩盡無復孑遺矣〔三〕。追思曩時，真一夢也。元豐四年十月二十日，黄州臨皐亭夜坐書〔四〕。

〔一〕趙刻《志林》題作「記遊松江」。
〔二〕「昔」原作「音」，據《志林》改。
〔三〕「孑」原作「子」，據《志林》、汲古閣刊《東坡題跋》改。
〔四〕「亭夜坐」三字原缺，據《志林》補。

記樊山

自余所居臨皐亭下，亂流而西〔一〕，泊於樊山，爲樊口。或曰「燔山」。歲旱燔之，起龍致雨。或曰樊氏居之。不知孰是？其上爲盧洲，孫仲謀汎江，遇大風，柂師請所之。仲謀欲往盧洲，其僕谷利以刀擬柂師，使泊樊口。遂自樊口鑿山通路歸武昌，今猶謂之「吴王峴」。有洞穴，土紫色，可以磨鏡。循山而南，至寒谿寺。上有曲山，山頂卽位壇、九曲亭，皆孫氏遺跡。西山寺，泉水白而甘，名菩薩泉。泉所出石，如人垂手也。山下有陶母廟。陶公治武昌，既病登舟，而死於樊口。尋繹故迹，使人悽然。仲謀獵於樊口，得一豹，見老母，曰〔二〕：「何不逮其尾？」忽然不見。今山中有聖母廟。予十五年前過之，見彼板彷彿有「得一豹」三字，今亡矣。

〔一〕四部叢刊初編影元刊本《增刊校正王狀元集註分類東坡先生詩》卷五《遊武昌寒溪西山寺》註引《志林》「亂」作「順」。

〔二〕「曰」原缺，據趙刻《志林》補。

記赤壁

黄州守居之數百步爲赤壁，或言卽周瑜破曹公處〔一〕，不知果是否？斷崖壁立，江水深碧，二鶻巢其上。上有二蛇，或見之。遇風浪静，輒乘小舟至其下。捨舟登岸，入徐公洞。非有洞穴也，但山崦深邃耳。《圖經》云是徐邈。不知何時人，非魏之徐邈也。岸多細石，往往有温瑩如玉者，深淺紅黄之色，或細紋如人手指螺紋也。既數游，得二百七十枚，大者如棗栗，小者如芡實。又得一古銅盆，盛之，注水粲然。有一枚如虎豹首，有口鼻眼處，以爲群石之長。

〔一〕「瑜」原作「喻」，據趙刻《志林》改。

記漢講堂

漢時講堂今猶在，畫固儼然。丹青之古〔一〕，無復前此。

〔一〕「青」原作「一」，據趙刻《志林》改。

書劉夢得詩記羅浮半夜見日事〔一〕

山不甚高，而夜見日，此可異也。山有二樓，今延祥寺在南樓下，朱明洞在冲虚觀後，云是蓬萊第七洞天。唐永樂道士侯道華以食鄧天師棗，仙去。永樂有無核棗，人不可得，道華得之。余在岐下，亦得食一枚云。唐僧契虚，遇人導游稚川仙府。真人問曰：「汝絶三彭之仇乎？」虚不能答。冲虚觀後有米真人朝斗壇。近於壇上獲銅龍六，銅魚一。唐有《夢銘》，云紫陽真人山玄卿撰。又有蔡少霞者，夢遣書牌，題云五雲閣吏蔡少霞書〔二〕。

〔一〕趙刻《志林》題作「記劉夢得有詩記羅浮山」。

〔二〕「閣」原作「間」，今從《志林》。

記羅浮異境

有官吏自羅浮都虛觀游長壽，中路覩見道室數十間，有道士據檻坐，見吏不起。吏大怒，使人詰之，至，則人室皆亡矣。乃知羅浮凡聖雜處，似此等異境，平生脩行人有不得見者，吏何人，乃獨見之。正使一凡道士，見己不起，何足怒！吏無狀如此，得見此者，必前緣也。

記與安節飲〔一〕

元豐辛酉冬至，僕在黃州，姪安節不遠千里來省，飲酒樂甚。使作黃鍾《梁州》〔二〕，仍令小童快舞一曲，醉後書此，以識一時之事。

〔一〕此文原收入《大全集·雜説》中，見《七集》卷首附録宋王宗稷《東坡先生年譜》元豐四年紀事。

〔二〕「鍾」原作「鐘」，今從《外集》卷五十四。案：「黃鍾」之「鍾」前皆作「鍾」。

記游定惠院

黃州定惠院東小山上，有海棠一株，特繁茂。每歲盛開，必攜客置酒，已五醉其下矣。今年復與參寥師及二三子訪焉〔一〕，則園已易主，主雖市井人，然以予故，稍加培治。山上多老枳木，性瘦韌，筋脉呈露，如老人項頸。花白而圓，如大珠纍纍，香色皆不凡。此木不爲人所喜，稍稍伐去，以予故，亦得不伐。既飲，往憇於尚氏之第。尚氏亦市井人也，而居處修潔，如吳越間人，竹林花圃皆可喜。醉卧小板閣上，稍醒，聞坐客崔成老彈雷氏琴，作悲風曉月〔二〕，錚錚然，意非人間也。晚乃步出城東，鬻大木盆，意者謂可以注清泉，瀹瓜李，遂夤緣小溝，入何氏、韓氏竹園。時何氏方作堂竹間，既闢地矣，遂置酒竹陰下。有劉唐年主簿者，餽油煎餌，其名爲甚酥，味極美。客尚欲飲，而予忽興盡，乃徑歸。道過何氏小圃，乞其藂橘，移種雪堂之西。坐客徐君得之將適閩中，以後會未可期，請予記之，爲異日拊掌。時參寥獨不飲，以棗湯代之〔三〕。

〔一〕四部叢刊初編影元刊本《增刊校正王狀元集註分類東坡先生詩》卷二十三《上巳日與二三子攜酒出游……》註引《志林》有「及」字，今補。

〔二〕上引《志林》「月」作「角」。疑作「角」是。

〔三〕上引《志林》謂游定惠院乃元豐七年三月初三日事。

題連公壁

俗語云「强將下無弱兵」，真可信。吾觀安國連公之子孫，無一不好事者，此寺當日盛矣。

書贈何聖可

歲云暮矣，風雨凄然，紙窗竹室，燈火青熒，輒於此間得少佳趣。今分一半，寄與黄岡何聖可。若欲同享，須擇佳客，若非其人，當立遣人去追索也。

書雪

黄州今年大雪盈尺，吾方種麥東坡，得此，固我所喜。但舍外無薪米者，亦爲之耿耿不寐，悲夫。

書田〔一〕

吾無求於世矣。所須二頃稻田，以充饘粥耳。而所至訪問，終不可得。豈吾道方艱難時無適而可耶？抑人生自有定分，雖一飽，亦如功名富貴不可輕得也耶？

〔一〕趙刻《志林》題作「人生有定分」。

書蜀公約鄰〔一〕

范蜀公呼我卜鄰許下。許下多公卿，而我蓑衣蒻笠放浪於東坡之上，豈復能事公卿哉！若人久放浪，不覺有病，忽然持養，百病皆作。如州縣久不治，因循苟簡，亦曰無事，忽遇能吏，百弊紛然，非數月不能清净也。要且堅忍不退，所謂一勞永逸也。

〔一〕趙刻《志林》題作「范蜀公呼我卜鄰」。

書浮玉買田〔一〕

浮玉老師元公，欲爲吾買田京口，要與浮玉之田相近者〔二〕，此意殆不可忘。吾昔有詩云：「江山如此不歸山，江神見怪驚我頑〔三〕。我謝江神豈得已，有田不歸如江水。」今有田矣而不歸，無乃食言於神也耶？

〔一〕趙刻《志林》題作「買田求歸」。

〔二〕「者」原缺，據《志林》補。

〔三〕「江」原作「山」，今從《詩集》卷七《遊金山寺》。

記承天夜游

元豐六年十月十二日，夜，解衣欲睡，月色入户，欣然起行。念無與爲樂者，遂至承天寺，尋張懷民。懷民亦未寢，相與步于中庭。庭下如積水空明，水中藻荇交横〔一〕，蓋竹柏影也。何夜無月，何處無竹柏，但少閑人如吾兩人者耳。黄州團練副使蘇某書〔二〕。

〔一〕《永樂大典》卷八千八百四十四引《蘇東坡大全集》有此文，「水中」作「水上」。

〔二〕「黄州」云云九字原缺，據《永樂大典》補。

贈别王文甫

僕以元豐三年二月一日至黄州，時家在南都，獨與兒子邁來郡中，無一人舊識者。時時策杖至江上，望雲濤渺然，亦不知有文甫兄弟在江南也。居十餘日，有長而髯者，惠然見過，乃文甫之弟子辯。留語半日，云：「迫寒食，且歸車湖。」僕送之江上，微風細雨，葉舟横江而去。僕登夏隩尾高丘以望之，髣髴見舟及武昌，乃還。爾後遂相往來。及今四周歲，相過殆百數，遂欲買田而老焉，然竟不遂。近忽量移臨汝，念將復去此而後期不可必，感物悽然，有不勝懷者。浮屠不三宿桑下，有以也哉。七年三月九日。

再書贈王文甫

昨日大風欲去而不可，今日無風可去而我意欲留。文甫欲我去者，當使風水與我意會。如此，便當作留客過歲准備也。

跋太虚辯才廬山題名

某與大覺禪師别十九年矣，禪師脱屣當世，雲棲海上，謂不復見記，乃爾拳拳耶，撫卷太息。欲一見之，恐不可復得。會與參寥師自廬山之陽並出，而東所至，皆禪師舊迹，山中人多能言之者，乃復書太虚與辯才題名之後，以遺參寥。太虚今年三十六，參寥四十二，某四十九，辯才七十四，禪師七十六矣。此吾五人者，當復相從乎？生者可以一笑，死者可以一歎也。元豐七年五月十九日慧日院，大雨中書。

泗岸喜題〔一〕

謫居黄州五年，今日離泗州北行。岸上，聞騾馱鐸聲空籠，意亦欣然，蓋不聞此聲久矣。韓退之詩云：「照壁喜見蝎。」此語真不虚也。然吾方上書求居常州，豈魚鳥之性，終安於江湖耶？元豐八年正月四日書。

〔一〕此文原收入《大全集·雜説》中，見《七集》卷首附録宋王宗稷《東坡先生年譜》元豐八年紀事。

書遺蔡允元

僕閒居六年，復出從仕。自六月被命，今始至淮上，大風三日不得渡。故人蔡允元來船中相別。允元眷眷不忍歸，而僕遲回不發，意甚願來日復風。坐客皆云東坡赴官之意，殆似小兒遷延避學。愛其語切類，故書之，以遺允元，爲他日歸休一笑。

蓬萊閣記所見

登州蓬萊閣上，望海如鏡面，與天相際。忽有如黑豆數點者，郡人云：「海船至矣。」不一炊久，已至閣下。

元豐八年十月晦日，眉山蘇軾書〔一〕。

〔一〕「元豐八年」云云十三日原缺，據《晚香堂蘇帖》補。

書魯直浴室題名後并魯直題

浴室院有蜀僧令宗，畫達磨以來六祖師，人物皆絶妙。其山川花木毛羽衣盂諸物，畫工能知之，至於人有懷道之容，投機接物，目擊而百體從之者，未易爲俗人言也。此壁列於冠蓋之區，而湮伏不聞者數十年。晚得蜀人蘇子瞻，乃發之。物不繫於世道，興衰亦有數如此。此寺井泉甘寒〔一〕，汶師礪建溪茶〔二〕，常不落第二。故人陳季常〔三〕，林下士也，寓棋簟於此。蘇子瞻、范子功數來從，故予過門必税駕焉。元祐三年，魯直題。

後五百歲浴室丘墟，六祖變滅，蘇、范、黄、陳盡爲鬼録，而此書獨存，當有來者會予此心，拊掌一笑。是月十五日戊子，子瞻書。

〔一〕「此寺」原作「等」。四部叢刊影宋刊《豫章黄先生文集》卷二十七《跋浴室院畫六祖師》作「此寺」，今從。
〔二〕「碾建溪茶」四字原缺，據上書補。
〔三〕「故人」二字原缺，據上書補。

書請郡〔一〕

今年，吾當請廣陵，暫與子由相别〔二〕，至廣陵逾月，遂往南郡，自南郡詣梓州〔三〕，泝流歸鄉，盡載家書而行，迤邐致仕，築室種果於眉，以須子由之歸而老焉。不知此願遂否？言之悵然也。

〔一〕趙刻《志林》題作「請廣陵」。
〔二〕「暫」原缺，據《志林》補。
〔三〕「詣」原作「請」，今從《志林》。

書贈柳仲矩〔一〕

柳十九仲矩〔二〕，自共城來，持太官米作飯食我〔三〕。且言百泉之奇勝，勸我卜鄰。此心飄然，已在太行之麓矣。元祐三年九月十七日〔四〕。東坡居士書〔五〕。

〔一〕趙刻《志林》題作「太行卜居」。
〔二〕《志林》「矩」作「舉」。
〔三〕《志林》「持」作「搏」。
〔四〕《志林》無「十」字。
〔五〕此句原缺，據《志林》補。

杭州題名二首

元祐四年十月十七日，與曹晦之、晁子莊、徐得之、王元直、秦少章同來。時主僧皆出，庭户寂然，徙倚久之。東坡書。

又

余十五年前，杖藜芒屨，往來南北山，此間魚鳥皆相識，況諸道人乎？再至，惘然皆晚生相對，但有愴恨。子瞻書。

題損之故居

元祐四年十月七日，始來損之故居，周覽遺迹。陶元亮云：「嗟歲月之遂往，悼吾年之不留。」若人猶爾，況吾儕乎？軾書。

書贈王元直三首

王箴字元直，小名三老翁〔一〕，小字惇叔。元祐四年十月十八日夜，與王元直飲酒，掇薺菜食之，甚美。頗憶蜀中巢菜，悵然久之。

〔一〕汲古閣刊《東坡題跋》無「翁」字。

又〔一〕

王十六見惠拍板兩聯，意謂僕有歌人，不知初無有也。然亦有用，當陪傅大士唱《金剛經頌》耳。元祐四年十一月四日二鼓。

〔一〕《邵氏聞見後録》卷十九引此文，並引黄庭堅跋，云：「此拍板以遺朝雲，使歌公所作《滿庭芳》，亦不惡也，然朝雲今爲惠州土矣。」

又

元祐四年十一月二十八日，既雨，微雪。予以寒疾在告，危坐至夜。與王元直飲薑蜜酒一杯，醺然徑醉。親執鎗匕作薺青蝦羹，食之甚美。他日歸鄉，勿忘此味也。

題萬松嶺惠明院壁

予去此十七年，復與彭城張聖途、丹陽陳輔之同來。院僧梵英，葺治堂宇，比舊加嚴潔。茗飲芳烈，問：「此新茶耶？」英曰：「茶性新舊交，則香味復。」予嘗見知琴者，言琴不百年，則桐之生意不盡，緩急清濁，常與雨暘寒暑相應。此理與茶相近，故并記之。

書贈張臨溪

吾友張希元有異材，使其登時遇合，當以功名聞，不幸早世，其命矣夫！元祐七年九月二日，行臨溪道中，見其子堂來令茲邑，問以民事，家風凜然，希元爲不亡矣。勉之！勉之！豈常棲枳棘間乎？東坡居士書。

書贈楊子微

故人楊濟甫之子明字子微，不遠數千里，來見僕與子由。會子由有汝海之行，僕亦遷嶺表，子微追及僕於陳留，留連不忍去。欲作濟甫書，行役倦甚，不果。可持是示濟甫，此卽書也，何必更作。子微篤學有文，自言知數術，云僕必不死嶺表。若斯言有徵，當爲寫《道德經》相償〔一〕，此紙所以志也。紹聖元年閏四月十八日，新英州守蘇軾書。

〔一〕《外集》卷五十五「償」作「賞」。

題虔州祥符宫乞籤〔一〕

冲妙先生李君思聰所製觀妙法像〔二〕。軾以憂患之餘，稽首洗心，皈命真寂。自惟塵緣深重，恐此志不遂，敢以籤卜。得真君第二籤〔三〕，云：「平生常無患，見善其何樂。執心既堅固，自勵勤修學〔四〕。」敬再拜受教，書《莊子·養生主》一篇，致自勵之意，敢有廢墜，真聖殛之！紹聖元年八月二十三日〔五〕，東坡居士南遷至虔，與王嵓翁同謁祥符宮，拜九天採訪使者堂下，觀觀妙法像，實聞此言。

〔一〕趙刻《志林》題作「記真君籤」。

〔二〕《志林》「李」作「季」。

〔三〕《志林》「真」前有「吳」字。

〔四〕《志林》「自勵」作「見善」。

〔五〕《志林》「三」作「一」。

題廣州清遠峽山寺

軾與幼子過同游峽山寺，徘徊登覽，想見長老壽公之高致，但恨溪水太峻，當少留之。若於淙碧軒之北，作一小閘，瀦爲澄潭，使人過閘上，雷吼雪濺，爲往來之奇觀。若夏秋水暴，自可爲啓閉之節。用陰陽家說，寺當少富云。紹聖元年九月十三日。

題壽聖寺〔一〕

蜀人蘇軾子瞻，南遷惠州，艤舟巖下。與幼子過同游壽聖寺，遇隱者石君汝礪器之，話羅浮之勝，至暮乃去。紹聖元年九月十二日書。

〔一〕《粤東金石略》卷六《南山石壁諸刻》有此文。文中「惠州艤舟巖下與」七字及篇末「紹聖」云云十字原缺，據《粤東金石略》補。

書卓錫泉

予頃自汴入淮，泛江泝峽歸蜀。飲江淮水蓋彌年，既至，覺井水腥澀，百餘日然後安之。以此知江水之甘於井也審矣。今來嶺外，自揚子始飲江水，及至南康，江益清駛〔一〕，水益甘，則又知南江賢於北江也。近度嶺入清遠峽，水色如碧玉，味益勝。今游羅浮，酌泰禪師錫杖泉，則清遠峽水又在其下矣。嶺外唯惠人喜鬭茶，此水不虚出也。紹聖元年九月二十六日書。

〔一〕「駛」原作「駃」，今從《外集》卷五十五、汲古閣刊《東坡題跋》。

書天慶觀壁

東坡飲酒此室，進士許毅甫自五羊來，邂逅一杯而別。

題羅浮

紹聖元年九月二十六日〔一〕，東坡翁遷于惠州〔二〕，艤舟泊頭鎮。明晨肩輿十五里，至羅浮山，入延祥寶積寺，禮天竺瑞像，飲梁僧景泰禪師卓錫泉，品其味，出江水上遠甚。東三里至長壽觀。又東北三里，至冲虚觀。觀有葛稚川丹竈。次之，諸仙者朝斗壇〔三〕。觀壇上所獲銅龍六、魚一。壇北有洞，曰朱明，榛莽不可入。水出洞中，鏘鳴如琴筑。水中皆菖蒲，生石上。道士鄧守安字道玄〔四〕，有道者也。訪之，適出。坐遺屣軒，望麻姑峯。方飲酒，進士許毅來遊，呼與飲。既醉，還宿寶積中閣。夜大風，山燒壯甚，有聲。晨粥已，還舟，憩花光寺。從游者，幼子過，巡檢史珏，寶積長老齊德，延祥長老紹冲，冲虛道士陳熙明。山中可游而未暇者，明福宫、石樓、黄龍洞，期以明年三月復來。

〔一〕「六」原作「七」，今從《稗海》本《志林》。傅藻《東坡紀年録》亦作「六」。

〔二〕「翁」原作「公」。下文有「東坡翁」，乃蘇軾自稱。今改「公」爲「翁」。「公」有尊稱他人之意。

〔三〕本句「諸」字及上句「次之」二字原作「登朱」，今從《志林》。

〔四〕「字」原作「李」，誤。據《稗海》本《志林》、《外集》卷五十五改。案：本集卷五十六《與王敏仲》第十一則尺牘有「羅浮山道士鄧守安字道立」之語。本文「立」作「玄」，似應以本文爲是。

記游白水嵓〔一〕

紹聖元年十二月十二日〔二〕，與幼子過游白水山佛跡院。浴於湯池，熱甚，其源殆可以熟物。循山而東，少北，有懸水百仞，山八九折，折處輒爲潭。深者縋石五丈，不得其所止，雪濺雷怒，可喜可畏。水涯有巨人跡數十，所謂佛跡也。暮歸，倒行，觀山燒壯甚。俛仰度數谷。至江山月出〔三〕，擊汰中流〔四〕，掬弄珠璧。到家，二鼓矣。復與過飲酒，食餘甘，煮菜，顧影頹然，不復能寐。書以付過。東坡翁〔五〕。

〔一〕趙刻《志林》題作「游白水書付過」。

〔二〕「十二日」三字原缺，據《東坡紀年録》補。
〔三〕「山」原作「上」，今從《志林》。
〔四〕「擊汰」原作「繫柀」，今從《志林》。
〔五〕「東坡翁」三字原缺，據《志林》補。

記與舟師夜坐

紹聖二年正月初五日，與成都舟閣黎夜坐，飢甚。家人責雞腸菜羹甚美。緣是，與舟談不二法。舟請記之。其語則不可記，非不可記，蓋不暇記也。

題白水山

紹聖二年三月四日，詹使君邀予游白水山佛迹寺，浴于湯泉，風于懸瀑之下，登中嶺，望瀑所從出。出山，肩輿節行觀山，且與客語。晚休于荔浦之上，曳杖竹陰之下。時荔子纍纍如芡實矣。父老指以告予曰：「是可食，公能攜酒復來？」意欣然許之。同游者柯常、林抃、王原、賴仙芝。詹使君名範，予蓋蘇軾也。

題嘉祐寺壁〔一〕

紹聖元年十月二日〔二〕，軾始至惠州，寓居嘉祐寺松風亭。杖屨所及，鷄犬皆相識。明年三月，遷于合江之行館。得江樓廓徹之觀，而失幽深窈窕之趣，未見所欣戚也。嶠南嶺北，亦何以異此。虔州鶴田處士王原子直，不遠千里，訪予於此，留七十日而去。東坡居士書。

〔一〕趙刻《志林》題作「别王子直」。

〔二〕《志林》「二」作「三」。

記游松風亭

余嘗寓居惠州嘉祐寺，縱步松風亭下，足力疲乏，思欲就床止息〔一〕。仰望亭宇，尚在木末。意謂如何得到〔二〕。良久忽曰：「此間有甚麽歇不得處？」由是心若掛鈎之魚，忽得解脱。若人悟此，雖兩陣相接，鼓聲如雷霆，進則死敵，退則死法，當恁麽時，也不妨熟歇。

〔一〕趙刻《志林》「床」作「林」，《外集》卷五十五「床」後有「上」字。

〔二〕「到」原作「是」，今從《志林》。

記朝斗

紹聖二年五月望日，敬造真一法酒成。請羅浮道士鄧守安拜奠北斗真君。將奠，雨作。已而清風肅然，雲氣解駁，月星皆現，魁杓明爽。徹奠，陰雨如初。謹拜手稽首而記其事。東坡居士蘇軾書。

題棲禪院

紹聖三年八月六日夜，風雨，旦視院東南，有巨人跡五。是月九日，蘇軾與男過來觀。

題合江樓〔一〕

青天孤月〔二〕，故是人間一快。而或者乃云不如微雲點綴。乃是居心不浄者常欲滓穢太清。合江樓下，秋碧浮空，光接几席之上，而有葵苦敗屋七八間，橫斜砌下。今歲大水再至，居者奔避不暇，豈無寸土可遷，而乃眷眷不去，常爲人眼中沙乎？紹聖二年九月五日。

〔一〕趙刻《志林》無篇首「青天孤月」至「滓穢太清」一段文字；自「合江樓下」以下文字，《志林》題作「合江樓下戲」。《稗海》本《志林》自「合江樓下」另起，蓋分此文爲二篇。

〔二〕《稗海》本《志林》「孤」作「素」。

名容安亭

陶靖節云：「倚南窗以寄傲，審容膝之易安。」故常欲作小亭以容安名之〔一〕。丙子十二月二十一日。

〔一〕「容安」二字原缺，據趙刻《志林》補。

書北極靈籤〔一〕

東坡居士遷于海南，憂患不已，戊寅九月晦，游天慶觀，謁北極真聖，探靈籤，以決餘生之禍福吉凶。其詞曰：「道以信爲合，法以智爲先。二者不相離〔二〕，壽命已得延〔三〕。」覽之悚然，若有所得，敬書而藏之，以無忘信道、法智二者不相離之意。古之真人〔四〕，未有不以信入者。子思曰：「自誠而明謂之性。」此之謂也。孟子曰：「執中無權，猶執一也。」守法而不智，則天下之死法也。道不患不知，患不疑〔五〕；法不患不立，患不活。以信合道則道疑，以智先法則法活。道疑而法活，雖度世可也，況乃延壽命乎？

〔一〕趙刻《志林》題作「信道智法説」。
〔二〕「二」原作「三」，今據《志林》改。案：本文以下亦作「二者」。
〔三〕《志林》「已」作「不」；《稗海》本《志林》作「乃」。
〔四〕趙刻《志林》「古」前有「軾恭書」三字。
〔五〕以上二書「疑」作「凝」，下同。

書筮〔一〕

戊寅九月十五日〔二〕，以久不得子由書，憂不去心。以《周易》筮之，遇《涣》之内三爻〔三〕，《初六》變爲《中孚》。其繇曰：「用拯馬壯吉。」《中孚》之《九二》變爲《益》，其繇曰：「鳴鶴在陰，其子和之。我有好爵，吾與爾縻之。」《益》之《六三》變爲《家人》〔四〕，其繇曰：「益之，用凶事，有咎。有孚中行，告公用圭。」《家人》之繇曰：「《家人》利女貞。」又曰：「風自火出，《家人》。君子以言有物，而行有恒。」吾考此卦極精詳，口以授過，又書而藏之。

〔一〕趙刻《志林》題作「記筮卦」。

〔二〕《志林》「九月十五日」作「十月五日」。

〔三〕《志林》無「内」字。

〔四〕《志林》「六三」作「初六」。

書謗〔一〕

吾昔謫居黄州，曾子固居憂臨川，死焉。人有妄傳吾與子固同日化去，如李賀長吉死時事，以上帝召也。時先帝亦聞其語，以問蜀人蒲宗孟，且有嘆息語。今謫海南，又有傳吾得道，乘小舟入海，不復返者。京師皆云。兒子書來言之〔二〕。今日有從廣州來者〔三〕，云：「太守柯述言，吾在儋耳，一日忽失去，獨道服在耳，蓋上賓也。」吾平生遭口語無數，蓋生時與韓退之相似，吾命宫在斗、牛間，而退之身宫亦在焉〔四〕。故其詩曰：「我生之辰，月宿南斗。」且曰：「無善名以聞〔五〕，無惡聲以揚〔六〕。」今謗吾者，或云死，或云仙。退之之言，良非虚耳。

〔一〕趙刻《志林》題作「東坡昇仙」。

〔二〕「來」原缺，據趙刻《志林》補。

〔三〕趙刻《志林》「廣」作「黄」。

〔四〕「退之」二字原缺，據《稗海》本《志林》補。

〔五〕四部叢刊影元刊本《朱文公校昌黎先生集》卷四《三星行》「以」作「已」。

〔六〕《三星行》「以揚」作「已謹」。

書海南風土

嶺南天氣卑濕，地氣蒸溽，而海南爲甚。夏秋之交，物無不腐壞者。人非金石，其何能久。然儋耳頗有老人，年百餘歲者，往往而是，八九十者不論也。乃知壽夭無定，習而安之，則冰蠶火鼠，皆可以生。吾嘗湛然無思，寓此覺於物表，使折膠之寒，無所施其冽，流金之暑，無所措其毒，百餘歲豈足道哉！彼愚老人者，初不知此特如蠶鼠生於其中〔一〕，兀然受之而已。一呼之温，一吸之涼，相續無有間斷，雖長生可也。莊子曰：「天之穿之，日夜無隙，人則固塞其竇〔二〕。」豈不然哉。九月二十七日，秋霖雨不止，顧視幃帳，有白蟻升餘，皆已腐爛，感嘆不已。信手書。時戊寅歲也。

〔一〕「特」原缺，據《稗海》本《志林》補。

〔二〕「固」原作「顧」，今從《志林》。

書上元夜游〔一〕

己卯上元，予在儋州，有老書生數人來過，曰：「良月嘉夜，先生能一出乎？」予欣然從之。步城西〔二〕，入僧舍，歷小巷，民夷雜揉，屠沽紛然。歸舍已三鼓矣。舍中掩關熟睡，已再鼾矣。放杖而笑，孰爲得失？過問先生何笑，蓋自笑也。然亦笑韓退之釣魚無得，更欲遠去，不知走海者未必得大魚也。

〔一〕趙刻《志林》題作「儋耳夜書」。

〔二〕「城西」原作「西城」，今從《志林》。

書城北放魚

儋耳魚者漁于城南之陂，得鯽二十一尾，求售於東坡居士。坐客皆欣然，欲買放之。乃以木盎養魚，舁至城北淪江之陰，吴氏之居，浣沙石之下放之。時吴氏館客陳宗道，爲舉《金光明經》流水長者因緣説法念佛，以度是魚。曰無明緣，行行緣，識識緣，名色名色緣，六入六入緣，觸觸緣，受受緣，愛愛緣，取取緣，有有緣，生生緣，老死憂悲苦惱，南無寶勝如來。爾時宗道説法念佛已，其魚皆隨波赴谷，衆會歡喜，作禮而退。會者六人，吴氏之老劉某，南海符某，儋耳何旻，潮陽王介石，温陵王懿、許琦；舁者二人，吉童、奴九。元符二年三月丙寅書。

書贈游浙僧〔一〕

到杭，一游龍井，謁辯才遺像，仍持密雲團爲獻龍井。孤山下，有石室。室前有六一泉，白而甘，當往一酌。湖上壽星院竹，極偉。其傍智果院，有參寥泉及新泉，皆甘冷異常，當特往一酌，仍尋參寥子妙總師之遺迹，見穎沙彌，亦當致意。靈隱寺後高峯塔，一上五里，上有僧，不下三十餘年矣，不知今在否？亦可一往。元符二年五月十六日，東坡居士書。

〔二〕「游」原作「劉」，今從《外集》卷五十四；趙刻《志林》題作「逸人游浙東」。

書合浦舟行〔一〕

予自海康適合浦，遭連日大雨，橋梁盡壞，水無津涯。自興廉村淨行院下，乘小舟至官寨。聞自此以西皆漲水，無復橋船。或勸乘蜒舟並海即白石。是日，六月晦，無月。碇宿大海中，天水相接，疎星滿天。起坐四顧太息，吾何數乘此險也！已濟徐聞，復厄於此乎？過子在傍鼾睡，呼不應。所撰《易》、《書》、《論語》皆以自隨，世未有別本〔二〕。撫之而嘆曰：「天未喪斯文〔三〕，吾輩必濟！」已而果然。七月四日合浦記。時元符三年也〔四〕。

〔一〕傅藻《東坡紀年録》作「渡合浦」，趙刻《志林》作「記過合浦」。

〔二〕「別」原缺，據《志林》補。

〔三〕《東坡紀年録》此句作「天未欲喪是也」，《志林》作「大未欲使從是也」，疑《東坡紀年録》爲得其實，今仍其舊。

〔四〕自「七月四日」以下十三字原缺，據《志林》補。

題廉州清樂軒〔一〕

浮屠不三宿桑下，東坡蓋三宿此矣。去後，仲修使君當復念我耶〔二〕？庚辰八月二十四日題〔三〕。

〔一〕傅藻《東坡紀年録》「廉州」作「合浦」。按廉州治合浦。

〔二〕《稗海》本《志林》「仲修使君」作「重修便」。

〔三〕《志林》「題」後有「合浦樂清軒書」六字。

書臨臯亭

東坡居士酒醉飯飽，倚于几上，白雲左繞，清江右洄，重門洞開，林巒坌入。當是時，若有思而無所思，以受萬物之備，慙愧！慙愧！

夢南軒

元祐八年八月十一日，將朝，尚早，假寐，夢歸縠行宅〔一〕，遍歷蔬園中。已而坐於南軒，見莊客數人〔二〕，方運土塞小池。土中得兩蘆菔根，客喜食之。予取筆作一篇文，有數句云：「坐於南軒，對脩竹數百，野鳥數千。」既覺，惘然懷思久之〔三〕。南軒，先君名之曰「來風」者也。

〔一〕「縠」原誤作「穀」，據趙刻《志林》改。案：本集卷七十三《記先夫人不發宿藏》一文即作「縠」。

〔二〕「人」原脱，據《志林》補。

〔三〕「懷」、「久」字原缺，據《稗海》本《志林》補。

天華宫

天華宫在羅浮山之西。蘇軾曰：南漢主建有甘露、羽蓋等亭，雲華閣，命中書舍人鍾有章作記。初，南漢主夢神人指羅浮山之西，去延祥寺西北，有兩峰相疊，一洞對流，可以爲宫。訪之，得其地。又夢金龍起於宮所，遂改爲黃龍洞。此地卽葛仙西庵。至宋朝革命，四方僭叛以次誅服，劉氏懼焉。將欲潛遁羅浮，爲狡兔之穴，又命於增江水口，鑿濠通山，往來山峒，倉卒爲航舟之計。開寶四年，乃始歸命。則知劉氏爲寶宮於山間，無事則爲臨賞之樂，警急則爲逋逃之所，其計窘矣。

名西閣

元豐七年冬至〔一〕，過山陽，登西閣，時景繁出巡未歸。軾方乞歸常州，得請，春中方當復過此。故有閣欲名，思之未有佳者。蔡廓，謨之子也〔二〕。晉宋間第一流，輒以似公家，不知可否？

〔一〕「七」原作「三」。考蘇軾生平，此文所寫内容乃元豐七年事，今正。

〔二〕趙刻《志林》「蔡廓謨之子也」作「蔡謨廓名父子也」。查《宋書》卷五十七、《南史》卷二十九，廓乃謨之曾孫。此處敍述有誤。

書贈古氏

古氏南坡脩竹數千竿，大者皆七寸圍，盛夏不見日，蟬鳴鳥呼，有山谷氣象。竹林之西，又有隙地數畝，種桃李雜花。今年秋冬，當作三間一龜頭〔一〕，取雪堂規模，東蔭脩竹，西眺江山。若果成此，遂爲一郡之嘉觀也。

〔一〕《外集》卷五十四「龜」作「竈」。

中國古典文學基本叢書

蘇軾文集

第六册

孔凡禮點校

執中舉吴育。上即召赴闕。會乾元節侍宴，偶醉，坐睡，忽驚顧拊牀，呼其從者。上愕然，即除西京留臺。」以此觀之，執中雖俗吏，亦可賢也。育之不相，命矣夫。然晚節有心疾，亦難大用，仁宗非棄才之主也。

〔一〕趙刻《志林》題作「真宗仁宗之信任」。
〔二〕「嘗」原缺，據《志林》補。
〔三〕「能」原缺，據《志林》補。
〔四〕「以」原缺，據四部叢刊影宋刊朱熹《五朝名臣言行録》卷二引《志林》補。

英宗惜臣子

英宗皇帝郊祀習儀，尚書省賜百官酒食。郎官王易知醉飽嘔吐，御史前劾失儀，已賜赦。韓丞相琦以聞。帝曰：「已放罪〔一〕。」琦奏，故事失儀不以赦原。帝曰：「失儀，薄罰也，然使士大夫以酒食得過，難施面目矣。」卒赦之。帝愛惜臣子欲曲全其名節者如此，士當何以爲報。臣軾聞之於歐陽文忠公修云。

〔一〕《外集》卷五十六「放」作「赦」。

神宗惡告訐〔一〕

元豐初，白馬縣民有被劫者，畏賊不敢告，投匿名書於縣。弓手甲得之，而不識字，以示門子乙。乙爲讀之，甲以其言捕獲賊，而乙争其功。吏以爲法禁行匿名書，而賊以此發〔二〕，不敢處之死，而投匿名者當流，爲情輕法重，皆當奏。蘇子容爲開封尹〔三〕，上殿論賊可減死，而投匿名者可免罪。上曰：「此情雖極輕，而告訐之風不可長。」乃杖而撫之〔四〕。子容以爲賊許不干己者告捕，而彼失者匿名〔五〕，本不足深過。然先帝猶恐長告訐之風，此可爲忠厚之至。然熙寧、元豐之間，每立一法，如手實、禁鹽牛皮之類，皆立重賞以許告捕者。此當時小人所爲，非先帝本意。時范祖禹在坐，曰：「當書之《實録》。」

〔一〕趙刻《志林》題作「記告訐事」。

〔二〕「此」原缺，據《志林》補。

〔三〕「尹」後，《志林》有「方廢滑州白馬爲畿邑」九字。

〔四〕「撫」原作「免」，今從《志林》。

〔五〕《志林》「彼失者匿名」作「變主匿名」。

永洛事

張舜民言：「永洛之役，李舜舉、徐禧、李稷皆在圍中。上以手詔賜西人，若能保全吏士〔一〕，當盡復侵地。詔未至，而舜舉等已死。」聖主可謂重一士而輕千里矣。惜此等不被其賜也，哀哉！舜舉，中官也。將死，以敗紙半幅，書其上云：「臣舜舉死無所恨，但願陛下勿輕此賊。」付一健黠者間走以聞。時李稷亦將死，書紙後云：「臣稷千苦萬屈。」上爲一慟，然以見二人之賢不肖也。

〔一〕「保」原缺，據《仇池筆記》補。

彭孫諂李憲

方李憲用事時，士大夫或奴事之，穆衍、孫路至爲執袍帶。王中正盛時，俞充至令妻執板而歌〔一〕，以侑中正飲。若此類，不可勝數。而彭孫本以劫盜招出，氣陵公卿。韓持國至詣其第，出妓飲酒，酒酣，慢持國。持國不敢對。然嘗爲李憲濯足，曰：「太尉足何其香也！」憲以足踏其頭，曰：「奴諂我不太甚乎？」孫在許下造宅，私招逃軍三百人役之〔二〕。予時將乞許，覬至郡考其實，斬訖乃奏。會除潁州而止。

〔一〕「至」原作「玉」，今從《稗海》本《志林》。

〔二〕《志林》「招」作「捉」。

范文正諫止朝正

歐陽文忠公撰《范文正神道碑》，載章獻太后臨朝，仁宗欲率百官朝正太后，范公力争乃罷。其後軾先君奉詔修太常因革禮，求之故府，而朝正案牘具在。考其始末，無諫止之事，而有已行之明驗。先君質之於文忠公。曰：「文正公實諫而卒不從，《墓碑》誤也，當以案牘爲正耳。」今日偶與客論此事，夜歸乃記之。

谿洞蠻神事李師中

過太平州，見郭祥正，言：「嘗從章惇辟，入梅山谿洞中，説諭其首領，見洞主蘇甘家有神畫像，被服如士大夫，事之甚嚴。問之，云：『此知桂府李大夫也〔一〕。』問其名，曰：『此豈可哉！』叩頭稱死罪數四，卒不敢名。」徐考其年月本末，則李公師中誠之也。誠之嘗爲提刑，權桂府耳。吾識誠之，知其爲一時豪傑也。然小人多異議，不知夷獠乃爾畏信之，彼其利害不相及爾。

〔一〕「知」原缺，據《稗海》本《志林》補。

曹瑋知人料事〔一〕

天聖中，曹瑋以節鎮定州。王鬷爲三司副使，疎決河北囚徒。至定州，瑋謂鬷曰：「君相甚貴，當爲樞密使。然吾昔爲秦州，時聞德明歲使人以羊馬貿易於邊，課所獲多少爲賞罰。時將以此殺人。其子元昊年十三，諫曰：『吾本以羊馬爲國，今反以資中原，所得皆茶綵輕浮之物，適足以驕墮吾民。今又欲以此殺人〔二〕，茶綵日增，羊馬日減，吾國其削乎？』乃止不戮。吾聞而異之，使人圖其形，信奇偉。若德明死，此子必爲中國患，其當君爲樞府之時乎？盍自今學兵講邊事！」鬷雖受教，蓋亦未必信也。其後鬷與張觀、陳執中在樞密府，元昊反，楊義上書論土兵事，上問三人，皆不知，遂皆罷去。鬷之孫爲黄門壻，故知之。

〔一〕趙刻《志林》題作「曹瑋語王鬷元昊爲中國患」。

〔二〕「又欲」原作「父」，今從《志林》。

呂公弼招致高麗人〔一〕

元祐二年二月十七日〔二〕，見王伯虎炳之。言：「昔爲樞密院禮房檢詳文字，見高麗公案。始因張誠一使契丹，於虜帳中，見高麗人私語本國主向慕中國之意〔三〕。歸而奏之先帝，始有招來之意。樞密使呂公弼因而迎合，親書劄子，乞招致。遂命發運使崔拯遣商人招之〔四〕。」天下知罪拯，而不知罪公弼，如誠一，蓋不足道也。

〔一〕趙刻《志林》題作《高麗公案》。
〔二〕《志林》「二年」作「五年」。
〔三〕「人私」、「本」三字原缺，據《志林》補。
〔四〕《志林》「拯」作「極」。下同。

黃寔言高麗通北虜〔一〕

昨日見泗倅陳敦固道〔二〕。言：「胡孫作人服，折旋俯仰中度。細觀之，其侮慢也甚矣。人言『弄胡孫』，不知爲胡孫所弄。」其言頗有理，故爲記之。又見淮南提舉黃寔言：「奉使高麗人言，所致贈作有假金銀鋌，夷人皆拆壞，使露胎素，使者甚不樂。夷云：『非敢慢，恐北虜有覘者，以爲真爾。』」由是觀之，高麗所得吾賜物，北虜蓋分之矣。而或者不察，謂北虜不知高麗朝我，或以爲異時可使牽制北虜，豈不悞哉？今日又見三佛齊朝貢者過泗州〔三〕，官吏妓樂，紛然郊外，而椎髻獸面，睢盱船中。遂記胡孫弄人語，良有理，故并書之。

〔一〕趙刻《志林》題作「高麗」。

〔二〕「昨日」二字原缺，據《志林》補。

〔三〕「過泗州」原作「所過」，今從《志林》。

范景仁定樂上殿

前日見邸報，范景仁乞上殿，不知其何爲也。近得其姪伯禄書云，景仁上殿，爲定大樂也。景仁本以言新法不便致仕，乃以功成治定自薦於樂，則新法果便也？揚子雲言齊、魯有大臣，史失其名，叔孫通欲制君臣之儀，徵諸生於齊、魯，所不能致者二人。以景仁觀之，揚雄之言，可謂謬矣。

張士遜中孔道輔

孔道輔爲御史中丞，勘馮士元事，盡法不阿。仁宗稱之，有意大用。時大臣與士元通姦利，最甚者宰相程琳。道輔既得其情矣，而退傅張士遜不喜道輔，欲有以中之。上使道輔送劄子中書，士遜屏人與語久，時臺官納劄子，猶得於宰相公廳後也。因言公將大用。道輔喜。士遜云：「公所以至此〔一〕，誰之力也？非程公不致此。」道輔悵然，愧而德之。不數日上殿，遂力救琳。上大怒，既貶琳，亦黜道輔兗州。道輔知爲士遜所賣，感憤得疾，死中路。元祐三年五月三日，聞之蘇子容。

〔一〕原作「所以致此」，今從《稗海》本《志林》。

杜正獻焚聖語〔一〕

杜正獻公爲相，蔡君謨、孫之翰爲諫官，屢乞出。仁宗云：「卿等審欲郡，當具所乞奏來。」於是蔡除福州，之翰除安州。正獻云：「諫官無故出，終非美事，乞且仍舊。」上可之。退書聖語。時陳恭公爲執政，不肯書，曰：「吾初不聞。」正獻懼，遂焚之。由此遂罷相。議者謂正獻當俟明日審奏，不當遽焚其書也。正獻言：始在西府時，上每訪以中書事〔二〕，及爲相，中書事不以訪。公因言君臣之間，能全終始者，蓋難也。

〔一〕周必大《省齋文稿》卷十五《題東坡元祐手録》謂杜正獻罷相事，乃出蘇頌子容之說。是此文之末當有「蘇子容道此」字様，不知何時删去。

〔二〕「以」原作「其」，今從《叢話・後集》卷二十一引文。

蔡延慶追服母喪

蔡延慶所生母亡，不爲服久矣，聞李定不服所生母，爲臺所彈，迺乞追服。迺知蟹筐蟬緌，不獨成人之喪也。是時有朱壽昌，其所生母〔一〕，三歲捨去，長大刺血寫經，誓畢生尋訪。凡五十年，迺得之。奉養三年而母亡，壽昌至毁焉。善人惡人相去，迺爾遠耶？予謫居於黄，而壽昌爲鄂守，與予往還甚熟，予爲譔《梁武懺引》者也。

〔一〕「母」原缺，據《外集》卷五十六補。

王欽若沮李士衡

李士衡之父壹，豪恣不法，誅死〔一〕。士衡方進用，王欽若欲言之，而未有路，會真宗論時文之弊〔二〕，因言：「路振，文人也。然不識體。」上曰：「何也？」曰：「李士衡父誅死，而振爲贈告。」曰：「世有顯人。」上頷之。士衡以故不大用。

〔一〕周必大《省齋文稿》卷十五《題東坡元祐手録》謂「東坡書〔蘇〕子容數説，往往與史不合。如朝廷捕斬李壹，乃云『爲經略使所誅』」，當指此處文字。

〔二〕「之」原缺，據《稗海》本《志林》補。

王伯庸知人

余與狄子雅同館北客，有以近歲名人墨迹相示者。有王伯庸與范希文帖云：「今將佐除狄、張外，皆不足用。」伯庸所謂狄即先相武襄公，張則客省使退夫，皆一時名臣，亦足以見伯庸之知人也。

盛度責錢維演誥詞〔一〕

盛度，錢氏壻，而不喜維演，蓋邪正不相入也。維演建言二后並配，中丞范諷發其姦，落平章事，以節度使知隨州。時度年幾七十，爲知制誥，責詞云：「三星之媾，多戚里之家；百兩所迎〔二〕，皆權要之子。」蓋維演之姑嫁劉氏，而其子娶於丁謂。人怪度老而筆力不衰。或曰：「度作此詞久矣。」元祐三年十二月二十一日講筵，上未出，立延和殿廷中。時軾方論周穜擅議宗廟事〔三〕，蘇子容道此。

〔一〕趙刻《志林》題作「記盛度誥詞」。

〔二〕「迎」原作「追」，今從《志林》。

〔三〕「軾」原作「集」，今從《志林》。「論」後原有「白」字，據《志林》刪。

韓縝酷刑

韓縝爲秦州，酷刑少恩，以賊殺不辜，去官。秦人語「寧逢乳虎，莫逢韓玉汝」。玉汝，縝字也。孫臨最滑稽，尤善對。或問：「莫逢韓玉汝。當以何對？」應聲曰：「可怕李金吾。」天下以爲口實。

蜀公不與物同盡〔一〕

李方叔言：范蜀公將薨，數日，鬚眉皆發蒼黑〔二〕，郁然如畫也。公平生虛心養氣，數盡形往而氣血不衰〔三〕，故發於外耶？范氏多四乳，固與人異。公又立德如此，其化也〔四〕，必不與萬物同盡，有不可知者矣〔五〕。

〔一〕趙刻《志林》題作「記范蜀公遺事」。

〔二〕《志林》無「黑」字。

〔三〕《志林》「形」作「神」。

〔四〕「其化也」三字原缺，據《志林》補。

〔五〕「矣」字後，《志林》有「元符四年四月五日」八字。按：元符無四年，「符」或爲「祐」之誤。

韓狄盛事

韓魏公在中山，狄青爲副總管，陳薦爲幕客。今魏公之子師朴出鎮，而青之子詠、薦之子厚復踐此職，亦異事也。

温公過人〔一〕

晁無咎言：「司馬温公有言，吾無過人者，但平生所爲，未嘗有對人不可言者耳。」余亦記前輩有詩云：「怕人知事莫萌心。」此言皆可終身守之〔二〕。

〔一〕趙刻《志林》此文在本集卷七十三《記子由修身》一文後，與《記子由修身》爲一文。

〔二〕《志林》「此言皆可」作「皆至言可」。

文忠公相〔一〕

文忠公嘗語余曰：「少時有僧相我，耳白於面〔二〕，名動天下，脣不着齒，無事得謗。其言頗驗。」耳白於面，則衆所共見。脣不着齒，余不敢問公，不知其何如也。

〔一〕趙刻《志林》題作「僧相歐陽公」。

〔二〕「於」原作「如」，今從《志林》、《外集》卷五十六。下同。

張安道比孔北海

王鞏云：「張安道向渠説，子瞻比吾孔北海、諸葛孔明。孔明則吾豈敢，北海或似之，然不若融之惷也。」吾謂北海以忠義氣節冠天下，其勢足與曹操相軒輊，決非兩立者。北海以一死捍漢室，豈所謂輕於鴻毛者〔一〕？何名爲惷哉！

〔一〕「豈」原缺，據涵芬樓《仇池筆記》補。

宰相不學

王介甫先封舒公，後改封荆。《詩》云：「戎狄是膺，荆舒是懲。」識者謂宰相不學之過也。

夾注轎子

施道民爲孫威敏所黥〔一〕，既而復得爲民，借兩軍人肩輿而出〔二〕。曾子固見之曰：「一隻好夾注轎子。」聞者爲之絶倒。

〔一〕《稗海》本《志林》「黥」作「黜」。

〔二〕《志林》「兩」作「小字」。

劉貢父戲介甫

王介甫多思而喜鑿，時出一新説，已而悟其非也〔一〕，則又出一言而解釋之。是以其學多説。嘗與劉貢父食〔二〕，輟筯而問曰：「孔子不徹薑食，何也？」貢父曰：「《本草》，生薑多食損智，道非明民〔三〕，將以愚之。孔子以道教人者也，故不徹薑食，將以愚之也。」介甫欣然而笑，久之，乃悟其戲己也。貢父雖戲言，然王氏之學實大類此。庚辰二月十一日，食薑粥，甚美，嘆曰：「無怪吾愚，吾食薑多矣。」因并貢父言記之，以爲後世君子一笑。

〔一〕「悟」原作「悮」，據《外集》卷五十六改。

〔二〕《稗海》本《志林》「貢父」作「原父」。下同。

〔三〕《邵氏聞見後録》卷三十亦載此事，「民」作「之」。

以利害民

近者余安道孫獻策榷饒州埳器，自監權得提舉死焉。偶讀《太平廣記》，貞元五年，李白子伯禽爲嘉興徐浦下場糶鹽官〔一〕，侮慢廟神以死。以此知不肖子，代不乏人也。

〔一〕《稗海》本《志林》「徐」作「乍」。

以樂害民

揚州芍藥爲天下冠，蔡延慶爲守，始作萬花會，用花十餘萬枝〔一〕。既殘諸園，又吏因緣爲姦，民大病之。予始至，問民疾苦，遂首罷之。萬花會，本洛陽故事，而人效之，以一笑樂爲窮民之害。意洛陽之會，亦必爲民害也，會當有罷之者。錢惟演爲洛守，始置驛貢花，識者鄙之。此宮妾愛君之意也。蔡君謨始加法造小團茶貢之。富彦國曰：「君謨乃爲此耶？」

〔一〕「十」原作「千」，今從《稗海》本《志林》。

史經臣兄弟

先友史經臣，字彦輔，眉山人。與先君同舉制策，有名蜀中，世所共知〔一〕。沆子凝者〔二〕，其弟也。沆才氣絶人，而薄於德。彦輔才不減沆而篤於節義，博辯能屬文，其《思子臺賦》最善，大畧言漢武、晉惠天資相去絶遠，至其惑，則漢武與晉惠無異。竟不仕，年六十卒，無子。先君爲治喪，立其同宗子爲後，今爲農夫，無聞於人。沆亦無子。哀哉！

〔一〕「共」原缺，據《外集》卷五十七補。

〔二〕《稗海》本《志林》「凝」作「疑」。

徐仲車二反

徐積，字仲車。古之獨行也，於陵仲子不能過。然其詩文則怪而放，如玉川子，此一反也。耳聵甚，畫地爲字，乃始通語，終日面壁坐，不與人接，而四方事，無不周知其詳，雖新且密，無不先知，此二反也。

張永徽老健

蜀人張宗諤永徽，年六十七，鬚髮不甚白，而精爽緊健〔一〕，超逸澗谷，上下如飛，此必有所得。相逢數日，但飲酒嘯歌而已，恨不欵曲問其所行。方罷官歸陽翟，意思豁然，非世俗間人也。

〔一〕《外集》卷五十七「緊」作「堅」。

陳輔之不娶

九江陳輔之有於陵仲子之操，不娶，無子。曰：「我罪人也。」東坡曰：「子有猶子乎？」曰：「有。」坡曰：「魯山道州，乃前比也。」輔之一笑曰：「賴古多此賢。陶彭澤不解事，忍飢作此詩，意古賢能飽人。」輔之今爲丹陽南郭人。

張憨子

黄州故縣張憨子，行止如狂人，見人輒罵云「放火賊」。稍知書，見紙輒書鄭谷《雪》詩。人使力作，終日不辭。時從人乞，予之錢〔一〕，不受。冬夏一布褐，三十年不易。然近之不覺有垢穢氣。其實如此。至於土人所言，則有甚異者，蓋不可知也。

〔一〕「錢」原缺，據趙刻《志林》補。

誦經帖

東坡食肉誦經。或云：「不誦〔一〕。」坡取水漱口。或云：「一盌水如何漱得？」坡云：「慙愧，闍黎會得。」

〔一〕趙刻《志林》「不」後有「可」字。

記徐仲車語

東坡將别，乞言於徐仲車。曰：「自古皆有功，獨稱大禹之功，皆有才，獨稱周公之才。有德以將之故耳。」

子由幼達

子由之達，蓋自幼而然。方先君與吾篤好書畫，每有所獲，真以爲樂。唯子由觀之，漠然不甚經意。今日有先見，固宜也。

馬正卿守節

杞人馬正卿作太學正，清苦有氣節，學生既不喜，博士亦忌之。余少時偶至其齋中〔一〕，書杜子美《秋雨歎》一篇壁上，初無意也，而正卿即日辭歸〔二〕，不復出，至今，白首窮餓，守節如故。正卿，字夢得。

〔一〕《蘇文忠詩合註》卷二十一《東坡八首》題下施註引《儋耳手澤》有此文。「少時」二字原缺，據施註補。

〔二〕「即日」原作「遂」，今從《叢話·後集》卷六。

李與權節士

李秀才，字與權。居太學八年，未嘗謁。一日告，爲祭酒所知。趙公材求士於祭酒，祭酒薦之，遂爲公材客。可謂節士。可喜！可喜！

馬夢得窮

馬夢得與僕同歲月生，少僕八日。是歲生者無富貴人，而僕與夢得爲窮之冠。即吾二人而觀之，當推夢得爲首。

黎子明父子

黎子明之子，爲繼母所讒，出數月。其父年高，子幼，不給於耕，夫婦父子皆有悔意而不能自還。予爲買羊沽酒送歸其家，爲父子如初，庶幾潁谷封人之意。

唐允從論青苗〔一〕

儋耳進士黎子雲言：城北十五里許，有唐村。唐氏之老曰允從者，年七十餘，問子雲言：「宰相何苦以青苗錢困我，於官有益乎？」子雲答曰：「官患民貧富不均，富者逐什一，日益富，貧者取倍稱，至鬻田質口不能償，故爲是法以均之。」允從笑曰：「貧富之不齊，自古已然，雖天工不能齊也。子欲齊之乎？

民之有貧富，猶器用之有厚薄也。子欲磨其厚，等其薄，厚者未動，而薄者先穴矣。」元符三年二月二十日〔二〕，子雲過余言此。負薪能談王道，政謂允從輩耶？

〔一〕趙刻《志林》題作「唐村老人言」。

〔二〕「二十日」三字原缺，傅藻《東坡紀年録》本年紀事有「二月二十日書黎子雲道唐村老人言」云云，今據補。《稗海》本《志林》作「二十一日」。

黎檬子

吾故人黎錞，字希聲。治《春秋》。有家法。歐陽文忠公喜之。然爲人質木遲緩，劉貢父戲之爲黎檬子〔一〕。以謂指其德，不知果木中真有是也。一日，聯騎出，聞市人有唱是果鬻之者。大笑，幾落馬。今吾謫海南，所居有此木，霜實纍纍。然二君皆已入鬼録〔二〕。坐念故友之風味，豈可復見。劉固不泯於世者；黎亦能文守道不苟隨者也。

〔一〕趙刻《志林》、《稗海》本《志林》「檬」作「穠」。

〔二〕「入」原作「爲」，今從《志林》。

本秀二僧

稷下之盛，胎驪山之禍。太學三萬人，嘘枯吹生，亦兆黨錮之寃。今吾聞本、秀二僧，皆以口耳區區奔走王公，洶洶都邑，安有而不辭，殆非浮屠氏之福也。

朱照僧〔一〕

朱氏子名照僧〔二〕。少喪父，與其母尹皆願出家〔三〕，禮僧守素。守素，參寥弟子也。照僧九歲，舉止如成人，誦予《赤壁二賦》，鏘然鸞鶴聲也。不出十年，名冠東南。此參寥法孫，東坡門僧也。

〔一〕趙刻《志林》題作「朱氏子出家」。

〔二〕《志林》「子」後有「出家」二字，「名」前有「小」字。

〔三〕「尹」原缺，據《志林》補。

鍾守素

參寥行者鍾守素，事參寥有年，未嘗見過失。僕常默察其所爲，似有意於慕高遠者。參寥言秦太虛有意爲率交游間三十人，每人十千，買祠部牒，令得出家，此亦善緣。僕既隨喜，然參寥不善干人，故書此以付守素。

妙總〔一〕以下書贈惠誠

妙總師參寥子，與予友二十餘年矣。世所知獨其詩文，所不知者，蓋多於詩文也。獨好面折人過失，然人知其無心，如虛舟之觸物，蓋未嘗有怒者。

〔一〕趙刻《志林》自《妙總》至《惠誠》十二文，總題爲《付僧惠誠游吳中代書十二》，無細目。

維琳

徑山長老維琳，行峻而通，文麗而清。始，徑山祖師有約，後世止以甲乙住持。予謂以適事之宜，而廢祖師之約，當於山門選用有德，乃以琳嗣事。衆初有不悦其人，然終不能勝悦者之多且公也。今則大定矣。

圓照

杭州圓照律師，志行苦卓，教法通洽，晝夜行道，二十餘年矣。無一念頃有作相〔一〕。自辯才歸寂，道俗皆宗之。

〔一〕「頃」原作「須」，今從《外集》卷五十七。

秀州長老

秀州本覺寺一長老，少蓋有名進士，自文字言語悟入。至今以筆硯作佛事。所與游，皆一時文人。

楚明

淨慈楚明長老，自越州來。始，有旨召小本禪師住法雲寺。杭人憂之，曰：「本去，則淨慈衆散矣。」余乃以明嗣事，衆不散，加多，益千餘人。

仲殊

蘇州仲殊師利和尚，能文善詩及歌辭，皆操筆立成，不點竄一字。予曰：「此僧胸中，無一毫髮事。」故與之游。

守欽

蘇州定惠長老守欽，予初不識。比至惠州，欽使侍者卓契順來，問予安否，且寄十詩。予題其後曰：「此僧清逸超絶，語有璨、忍之通，而無島、可之寒。」予往來三吴久矣，而不識此僧，何也？

思義

下天竺淨慧禪師思義，學行甚高，綜練世事。高麗非時遣僧來，予方請其事於朝，使義館之。義日與講佛法，詞辯鋒起，夷僧莫能測。又具得其情以告。蓋其才有過人者。

聞復

孤山思聰聞復師，作詩清遠，如畫工，而雄逸變態〔一〕，放而不流，其爲人稱其詩。

〔一〕趙刻《志林》「雄逸變態」作「雅逸可愛」。

可久清順

祥符寺可久、垂雲清順二闍梨〔一〕，皆予監郡日所與往還詩友也。清介貧甚，食僅足，而衣幾於不足也〔二〕，然未嘗有憂色。老矣，不知尚健否？

〔一〕趙刻《志林》「二」作「三」。

〔二〕「衣」原作「久」，今從《志林》。

法穎

法穎沙彌，參寥子之法孫也。七八歲，事師如成人。上元夜，予作樂於寺〔一〕，穎坐一夫肩上。予謂曰：「出家兒亦看燈耶？」穎愀然變色，若無所容，啼呼求去。自爾不復出嬉游。今六七年矣，後當嗣參寥者。

〔一〕趙刻《志林》「於寺」作「滅慧」。

惠誠

予在惠州，有永嘉羅漢院僧惠誠來，謂曰：「明日當還浙東。」問所欲幹者，予無以答之。獨念吴、越多名僧，與予善者常十九，偶録此數人，以授惠誠，使歸見之，致余意，且爲道余居此起居飲食狀，以解其念也。信筆書紙，語無倫次，又當尚有漏落者，方醉，不能詳也。紹聖二年三月二十三日，東坡居士書。

書贈榮師

贈監大師顯榮，行解俱高，得數日相從，殊慰所懷。

記卓契順答問〔一〕

蘇臺定慧院淨人卓契順〔二〕，不遠數千里，涉嶺海，候無恙於東坡〔三〕。東坡問：「將什麼土物來？」順展兩手。坡云：「可惜許數千里空手來。」順作擔勢，緩步而去。

〔一〕趙刻《志林》題作「卓契順禪話」。
〔二〕「淨」原作「静」，今從《志林》。
〔三〕「候」原作「侯」，據《志林》改。

僧自欺〔一〕

僧謂酒「般若湯」，謂魚「木梭花」〔二〕，謂鷄「鑽籬菜」〔三〕，竟無所益，但自欺而已。世常笑之。然人有爲不義，而文之以美名者，與此何異哉。俗士自患食肉，欲結卜齋社。長老聞之，欣然曰：「老僧願與一名。」

〔一〕趙刻《志林》題作「僧文葷食名」。
〔二〕「梭」原作「樓」，今從《志林》。

〔三〕「鑽」原作「攅」，今從《志林》。

記焦山長老答問

東坡居士醉後單衫遊招隱，既醒，着衫而歸，問大衆云：「適來醉漢向甚處去？」衆無答。明日舉以問焦山。焦山叉手而立。

記參寥龍丘答問〔一〕

慈湖程氏草堂，瀑流出兩山間，落於堂後。如布懸〔二〕，如風中雪〔三〕，如羣鶴舞。參寥問主人，乞此地養老。主人許之。東坡居士投名作供養主，龍丘子欲作庫頭。參寥不納，曰：「待汝一口吸盡此水，卽令汝作。」龍丘子無對。

〔一〕趙刻《志林》題作「陳氏草堂」；文内「程」作「陳」。

〔二〕《志林》「布懸」作「懸布崩雪」。

〔三〕趙刻《志林》「雪」作「絮」，《稗海》本《志林》「雪」作「雲」。

記石塔長老答問〔一〕

石塔來别居士。居士云：「經過草草，恨不一見石塔〔二〕。」塔起立云：「遮箇是磚浮圖耶〔三〕？」居士云：「有縫〔四〕。」塔云：「無縫何以容世間螻蟻？」坡首肯之。元豐八年八月二十七日。

〔一〕趙刻《志林》題作「别石塔」。
〔二〕「恨」、「一」字原缺，據《志林》補。
〔三〕《志林》「箇」作「著」。
〔四〕《志林》「縫」後有「塔」字。

記南華長老答問

居士着衲衣，因見客着公服次，謂南華曰：「裏面着衲衣，外面着公服，大似厄良爲賤。」華曰：「外護也少不得。」居士曰：「言中有響。」華曰：「靈山囑付，不得忘却。」

書别姜君〔一〕

〔一〕此文重見本集卷六十七，題作「書柳子厚詩後」，今删文留題。

書别子開〔一〕

子開將往河北，相度河寧〔二〕。以冬至前一日被旨，過節遂行。僕以節日來賀，且别之，留飲數盞，頹然竟醉。案上有此佳紙，故爲作草露書數紙。遲其北還，則又春矣，當爲我置酒、蟹、山藥、桃、杏，是時當復從公飲也。

〔一〕趙刻《志林》題作「别子開」。
〔二〕「度」原作「渡」，今從《稗海》本《志林》。

夢韓魏公

夜夢登合江樓，月色如水，魏公跨鶴來，曰：「被命同領劇曹，故來相報，北歸中原，當不久也〔一〕。」

〔一〕《稗海》本《志林》「北歸中原當不久也」作「他日北歸中原當不及也」。「北」原作「比」，據《志林》改。

雜記異事〔一〕

記神清洞事

曹煥遊嵩山中，途遇道士，盤礴石上，揖曰：「汝非蘇轍之壻曹煥乎？」顧其侶曰：「何人？」曰：「老劉道士寓此，未嘗與人語。」道士曰：「蘇軾〔二〕，歐陽永叔門人也。汝以永叔爲何等人？」煥曰：「文章忠義，爲天下第一。」道士曰：「汝所知者，如是而已。我，永叔同年也。此袍得之永叔，蓋嘗敝而不補，未嘗垢而洗也。近得書甚安。汝豈不知神清洞乎？汝與我以某年某月某日同集某處，我當以某年月日化於石上。」復坐，不復語，煥亦行入山。果如期，化於石上。

〔一〕「雜記」二字原缺；「異事」原作「以下俱異事」，在題「記神清洞事」下。今根據本集體例，補、删後改次於此。

〔二〕涵芬樓《仇池筆記》「軾」作「轍」。

空冢小兒〔一〕

富彦國在青社，河北大飢，民爭歸之。有夫婦襁負一子，未幾，迫於饑困，不能皆全，棄之道左空冢中而去。歲定歸鄉，過此冢，欲收其骨，則兒尚活，肥健愈於未棄時。見父母，匍匐來就。視冢中空無有，唯有一竅滑易，如蛇鼠出入，有大蟾蜍，如車輪，氣咻咻然出穴中。意兒在冢中常呼吸此氣，故能不食而健。自爾遂不食，年六七歲，肌理如玉。其父抱兒來京師，以求小兒醫張荆筐。張曰：「物之有靈者能蟄〔二〕，燕蛇蝦蟆之類是也〔三〕。能蟄則能不食，不食則壽，此千歲蝦蟆也。法不當與藥，若聽其不食不娶，長必得道。」父喜，攜去，今不知所在。張與予言，蓋嘉祐六年。

〔一〕趙刻《志林》題作「冢中棄兒吸蟾氣」。

〔二〕《志林》「靈」作「氣」。

〔三〕「蟆」原缺，據《志林》補。

太白山神〔一〕

吾昔爲扶風從事。歲大旱，問父老境内可禱者〔二〕。云：「太白山至靈，自昔有禱無不應。近歲向傳師少卿爲守，奏封山神爲濟民侯，自此禱不驗，亦莫測其故。」吾方思之，偶取《唐會要》看〔三〕，云：「天寶十四年，方士上言太白山金星洞有寶符靈藥，遣使取之而獲，詔封山神爲靈應公。」吾然後知神之所以不悦者。卽告太守，遣使祝之，若應，當奏乞復公爵，且以瓶取湫水歸郡。水未至，風霧相纏，旗幡飛舞，髣髴若有所見。遂大雨二日，歲大熟。吾作奏檢具言其狀，詔封爲明應公。吾復爲文記之，且修其廟。祀之日，有白鼠長尺餘，歷酒饌上，嗅而不食。父老云：「龍也。」是歲嘉祐七年。

〔一〕趙刻《志林》題作「太白山舊封公爵」。

〔二〕「問」原作「論」，今從《志林》。

〔三〕「唐會要」原作「唐書要會」，據《志林》改。

華陰老嫗〔一〕

眉之彭山進士宋籌者，與故參知政事孫抃夢得同赴舉。至華陰，大雪。天未明，過華山。有牌堠云「毛女峰」者〔二〕，見一老嫗坐堠下，髩如雪而無寒色。時道上未有行者，不知其所從來，雪中亦無足迹。與宋相去數百步，宋先過之，未怪其異，而莫之顧。獨孫留連與語，有數百錢掛鞍，盡以予之。既追及宋，道其事。宋悔，復還求之，已無所見。是歲，孫第三人及第，而宋老死無成。此事，蜀人多知之者。

〔一〕趙刻《志林》題作「孫抃見異人」。

〔二〕《外集》卷五十八「牌」作「碑」。

猪母佛

眉州青神縣道側，有小佛屋，俗謂之猪母佛。云，百年前，有牝猪伏於此，化爲泉，有二鯉魚在泉中，云：「蓋猪龍也。」蜀人謂牝猪爲母，而立佛堂其上，故以名之。泉出石上，深不及二尺，大旱不竭，而二鯉魚莫有見者。余一日偶見之，以告妻兄王愿。愿深疑之，意余誕也。余亦不平其見疑，因與愿禱於泉上曰：「余若不誕，魚當復見。」已而魚復出，愿大驚，再拜謝罪而去。此地舊爲靈異。青神人朱文及者〔一〕，以父病求醫，夜過其側。有鬡而負琴者〔二〕，邀至室，文及辭以父病不可留，而其人苦留之，欲曉，乃遣去。行未數里，見道傍有劫殺賊，所殺人赫然未冷也。否者，文及亦不免矣。泉在石仏鎮南五里許〔三〕，青神二十五里〔四〕。

〔一〕趙刻《志林》無「朱」字。

〔二〕「者」原缺，據《志林》補。

〔三〕《外集》卷五十八「石仏」作「石佛」。案：「仏」，古文「佛」字。

〔四〕此句疑有脱字。

池魚自達〔一〕

眉州人任達爲余言：少時見人家，畜數百魚深池中。池以塼甃，四周皆有屋舍，環遶方丈間。凡三十餘年，日加長。一日，天晴無雷。池中忽發大聲，如風雨，魚涌起羊角而上，不知所往。達云：「舊説，不以神守，則爲蛟龍所取，此殆是耳！」余以謂蛟龍必因風雨，疑此魚圈局三十餘年，日有騰拔之意，精神不衰〔二〕，久而自達，理自然耳。

〔一〕趙刻《志林》題作「池魚踊起」。

〔三〕「神」原作「意」，今從趙刻《志林》。《稗海》本《志林》「意」作「誠」。

費孝先卦影

至和二年，成都人有費孝先者，始來眉山。云：近游青城山，訪老人村，壞其一竹床。孝先謝不敏，且欲償之。老人笑曰：「子視其上字。」字云：此床以某年某月造，某年某月爲孝先所壞。自其數耳，何以償爲。」孝先知其異，乃留師事之。老人授以軌甲卦影之術〔一〕，前此未有知此學者也。後五年〔二〕，孝先名聞天下，王公大人皆不遠千里，以金錢求其卦影，孝先以致富。今死矣，然四方治其學者，所在而有，皆自託於孝先，真僞特未可知也。聊復記之，使後世知卦影所自。

〔一〕《仇池筆記》「軌甲」作「易乾革」，趙刻《志林》作「易軌革」。

〔二〕《志林》「五」後有「六」字，此句以下無「孝先名聞天下」至「求其卦影」二十二字。

幸思順服盜〔一〕

幸思順，金陵老儒也。皇祐中，酤酒江州，人無賢愚，皆喜之。時劫江賊方熾，有一官人艤舟酒壚下，偶與思順往來相善〔二〕，思順以酒十壺餉之。已而被劫掠於蘄、黄間。羣盜飲此酒，驚曰：「此幸秀才酒耶？」官人識其意，卽紿曰：「僕與幸秀才親舊。」賊相顧，嘆曰：「吾儕何爲劫幸老所親哉？」斂所劫還之，且戒曰：「見幸慎勿言。」思順年七十二，日行二百里，盛夏曝日中，不渴，蓋嘗啖物而不飲水云。

〔一〕趙刻《志林》題作「盜不劫幸秀才酒」；題下原校：「『幸』一作『辜』」。

〔二〕「善」原作「喜」，今從《志林》。

王平甫夢靈芝宫〔一〕

王平甫熙寧癸丑歲，直宿崇文館，夢有人邀之至海上。見海水中宫殿甚盛，其中作樂，笙簫鼓吹之伎甚衆。題其宫曰靈芝宫。邀平甫，欲與之俱往。有人在宫側，隔水止之曰：「時未至，且令去，它日當迎之。」至此，恍然夢覺。時禁中已鐘鳴。平甫頗自負，爲詩記之曰：「萬頃波濤木葉飛，笙簫宫殿號靈芝。揮毫不似人間世，長樂鐘來夢覺時。」後四年，平甫病卒。其家哭訊之曰：「君嘗夢往靈芝宫，信然乎？當以兆我。」是夕，暮莫，若有聲音接於人者，其家復卜以錢。卜之曰：「往靈芝宫，其果然乎？」卜曰：「然。」昔有人至海上蓬萊，見樓臺中有待樂天之室，樂天自爲詩以識其事，與平甫之夢實相似。蓋二人者，皆天才逸發，則其精神所寓，必有異者，物理皆有之，而不可窮也。其家哭，請書其事，故爲之書以慰其思。

〔一〕《侯鯖録》卷四有此文，謂「曾子固曰」，則此文乃出自曾鞏。《總龜》卷三十三引《紀詩》有此文。《總龜》他卷引《紀詩》之文，卽見於本集，是此文爲蘇軾作。待考。

廣利王召

余嘗醉卧〔一〕，有魚頭鬼身者，自海中來，云：「廣利王請端明〔二〕。」予被褐草履黄冠而去，亦不知身步入水中。但聞風雷聲〔三〕，有頃，豁然明白，真所謂水晶宫殿也〔四〕。其下驪珠夜光〔五〕，文犀尺璧，南金火齊，不可仰視〔六〕，珊瑚琥珀，不知幾多也。廣利佩劍，冠服而出，從二青衣。余曰：「海上逐客，重煩邀命〔七〕。」有頃，東華真人、南溟夫人造焉〔八〕，出鮫綃丈餘，命余題詩。余賦曰：「天地雖虚廓，惟海爲最大。聖王皆祀事，位尊河伯拜。祝融爲異號，恍惚聚百怪。二氣變流光，萬里風雲快。靈旗摇虹纛，赤虬噴滂湃。家近玉皇樓，彤光照世界。若得明月珠，可償逐客債。」寫竟，進廣利。諸仙迎看，咸稱妙。獨旁一冠簮者，謂之鼈相公，進言：「客不避忌諱，祝融字犯王諱。」王大怒。余退而歎曰：「到處被相公厮壞。」

〔一〕《侯鯖録》卷八引此文，此句作「予飲少輒醉，卧則鼻鼾如雷，傍舍爲厭，而已不知也，一日因醉卧」。

〔二〕「端」原作「竭」，據《叢話·前集》卷二十九改。案：蘇軾嘗爲端明殿學士。

〔三〕《侯鯖録》「聲」後有「暴如觸石，意亦知在深水處」十一字。

〔四〕「晶」原作「精」，今從《侯鯖録》。《侯鯖録》「殿」後有「相照耀」三字。

〔五〕《侯鯖録》「珠」作「目」。

〔六〕「不可仰視」四字原缺，據《侯鯖録》補。

〔七〕《侯鯖録》「命」後有「廣利且歎且笑」六字。

〔八〕「焉」後，《侯鯖録》有「自知不在人世少間」八字。

記授真一酒法

予在白鶴新居，鄧道士忽叩門，時已三鼓，家人盡寢〔一〕，月色如霜。其後有偉人〔二〕，衣桄榔葉，手攜斗酒，丰神英發如吕洞賓者，曰：「子嘗真一酒乎？」三人就坐〔三〕，各飲數杯，擊節高歌合江樓下。風振水涌，大魚皆出。袖出一書授予，乃真一法及修養九事。末云九霞仙人李靖書。既别，恍然。

〔一〕「家人盡寢」四字原缺，據涵芬樓《仇池筆記》補。

〔二〕「其後」、「偉人」原缺，據《仇池筆記》補。

〔三〕「三人」二字原缺，據《仇池筆記》補。

夢彌勒殿〔一〕

僕在黄州，夢至西湖上。夢中亦知其爲夢也〔二〕。湖上有大殿三重，其東，一殿題其額云「彌勒下生」。夢中云：「是僕昔年所書。」衆僧往來行道，大半相識，辯才、海月皆在，相見驚喜。僕散衫策杖，謝諸人曰：「夢中來游，不及冠帶。」既覺，忘之。明日得芝上人信，乃復理前夢，因書以寄之。

〔一〕趙刻《志林》此文爲《記夢》之第二首。

〔二〕「夢中」云云八字原缺，據《志林》、《外集》卷五十八補。

應夢羅漢

僕往岐亭，宿於團風，夢一僧破面流血〔一〕，若有所訴。明日至岐亭，以語陳慥季常，皆莫曉其故。僕與慥入山中，道左有廟，中，神像之側，有古塑阿羅漢一軀，儀狀甚偉，而面目爲人所壞。僕尚未覺，而慥忽悟曰：「此豈夢中得乎？」乃載以歸，使僧繼蓮命工完新，遂寘之安國院。左龍右虎，蓋第五尊者也。

〔一〕「破」原作「敗」，今從《外集》卷五十八。

仙姑問答

僕嘗問三姑是神耶仙耶。三姑曰：「曼卿之徒也。」欲求其事爲作傳。三姑曰：「妾本壽陽人，姓何名媚，字麗卿。父爲廛民，教妾曰：『汝生而有異，它日必貴於人。』遂送妾於州人李志處修學。不月餘，博通《九經》。父卒，母遂嫁妾與一伶人，亦不旬日，洞曉五音。時刺史誣執良人，置之囹圄，遂强取妾爲侍妾。不歲餘，夫人側目，遂令左右擒妾投於厠中。幸遇天符使者過，見此事，奏之上帝。上帝勑送冥司，理直其事。遂令妾於人間主管人局。」余問云：「甚時人？」三姑云：「唐時人。」又問名甚？三姑云：「見有一所主，不敢言其名。」又問：「刺史後爲甚官？」三姑云：「後人相。」又問：「甚帝代時人？」姑云：「則天時。」又問：「上天既爲三姑理直其事，夫人後得甚罪？」三姑云：「罰爲下等。」三姑因以啓謝云：「學士刀筆冠天下，文章爛寰宇。身之品秩，命之本常。朝野共矜而不能留連，皇王懷念而未嘗引拔。暫居小郡，實屈大賢。如賤妾者，主之愛而共憎，事之臨而無避。罪於非辜之地，生無有影之門。賴上天之究情，使微軀之獲保。何期有辱朝從，下降寒門。罪宜千誅，事在不赦。維持陰福，以報大恩。」又問云：「某欲棄仕路，作一黄州百姓，可否？」三姑戲贈一絶云：「朝廷方欲强搜羅，肯使賢侯此地歌。只待修成雲路穩，皇書一紙下天河。」又問：「余欲置一莊，不知如何？」三姑云：「學士功名立身，何患置一莊不得。」又云：「道路無兩頭，學士甚處下脚？」再贈一絶云：「蜀國先生道路長，不曾插手細思量。枯魚尚有神仙去，自是凡心未滅亡。」又《謝臘茶》詩云：「陸羽茶經一品香，當初親受向明王。如今復有蘇夫子，分我花盆美味嘗。」又《謝張承議惠香》云：「南方寶木出名香，百和修來入供堂。賤妾固知難負荷〔一〕，爲君祝頌達天皇。」又《贈世人》云：「贈君一術眇生辰，不用操心向不平。隱賄隱財終是妄，謾天謾地更闕情。花藏芳蘂春風密，龍卧深潭霹靂驚。莫向人前誇巧佞，蒼天終是有神明。」又《贈王奉職》云〔二〕：「平生有幸得良妻，此日同舟共濟時。蜀國乃爲君分野，思余自此有前期。」又爲《琴歌》云：「七絃品弄仙人有，留待世人輕插手。一聲欲斷萬里雲，山林鬼魅東西走。況有離人不忍聽，纔到商音淚漸傾。鴈柱何須誇鄭聲，古風自是天地情。伯牙死後無人知，君侯手下分巧奇。月明來伴青松陰，露齒笑彈風生衣。山神不敢隱蹤跡，笑向山陰懼傷擊。一曲未終風入松，玉女驚飛來住側。勸君休盡指下功，引起相思千萬滴。」

〔一〕「固」原作「因」，今從《外集》卷五十八。

〔二〕「王」原作「主」，今從《外集》。

王翊救鹿〔一〕

黄州岐亭有王翊者，家富而好善。夢於水邊，見一人爲人所毆傷〔二〕，幾死，見翊而號，翊救之得免。明日，偶至水邊，見一鹿爲獵人所得，已中幾鎗〔三〕。翊發悟，以數千錢贖之。鹿隨翊起居，未嘗一步捨翊。又翊所居後有茂林果木，一日，有村婦林中見一桃，過熟而絶大，獨在木杪，迺取而食之。翊適見，大驚。婦人食已，棄其核，翊取而剖之，得雄黄一塊，如桃仁〔四〕，迺嚼而吞之，甚甘美。自是斷葷肉，齋居一食，不復殺生，亦可謂異事也。

〔一〕趙刻《志林》題作「王翊夢鹿剖桃核而得雄黄」；《志林》篇末原校：「翊」一作「詡」。

〔二〕「毆」原作「歐」，據《志林》改。

〔三〕「鎗」原作「瘡」，據《志林》改。

〔四〕「仁」原作「人」，今從《志林》。

黄鄂之風

近聞黄州小民貧者生子多不舉，初生便於水盆中浸殺之，江南尤甚，聞之不忍。會故人朱壽昌康叔守鄂州，迺以書遺之〔一〕，俾立賞罰以變此風。黄之士古耕道，雖椎魯無它長，然頗誠實，喜爲善。乃使率黄人之富者，歲出十千，如願過此者，亦聽。使耕道掌之，多買米布絹絮，使安國寺僧繼蓮書其出入。訪閭里田野有貧甚不舉子者，輒少遺之。若歲活得百箇小兒，亦閑居一樂事也。吾雖貧，亦當出十千。

〔一〕郎本卷四十六《與朱鄂州書》註文引《志林》有此文，「迺」作「軾」。《稗海》本《志林》亦有此文，「迺」作「某」。

陳昱再生〔一〕

今年三月，有中書吏陳昱者，暴死三日而蘇。云〔二〕：初見壁有孔，有人自孔擲一物至地，化爲人，乃其亡姊也。攜其手自孔中出，曰：「冥吏追汝，使我先。」見吏在旁，昏黑如夜，極望有明處，有橋〔三〕，榜曰「會明」。人皆用泥錢。橋極高，有行橋上者，姊曰：「此生天也。」昱行橋下，然猶有在下者，或爲烏鵲所啅。姊曰：「此網捕者也〔四〕。」又見一橋，曰「陽明」。人皆用紙錢。有吏坐曹十餘人，以狀及紙錢至者〔五〕，吏輒刻除之，如抽貫然。已而見冥官，則陳襄述古也。問昱何故殺乳母？曰：「無之。」呼乳母至，血被面，抱嬰兒，熟視昱曰：「非此人也，乃門下吏陳周〔六〕。」官遂放昱還，曰：「路遠，當給竹馬。」又使諸曹檢己籍。曹示之，年六十九，官左班殿直。曰：「以平生不燒香，故不甚壽。」又曰：「吾輩更此一報，身即不同矣。」意當謂超也。昱還，道見追陳周往。既蘇，周果死。

〔一〕《永樂大典》卷三千一百四十五引《宋蘇東坡大全集》有此文。文前有「陳昱被冥使誤追」七字，疑爲此文之題。趙刻《志林》即以此七字爲題。
〔二〕「云」原缺，據趙刻《志林》補。
〔三〕《永樂大典》、趙刻《志林》「有」前有「空」字。
〔四〕「網捕」原作「補網」，今從《永樂大典》、趙刻《志林》、《稗海》本《志林》。
〔五〕「有吏坐曹十餘人以狀及紙錢」十二字原缺，據《永樂大典》、趙刻《志林》補。
〔六〕「門」原作「聞」，今從《永樂大典》、趙刻《志林》、《稗海》本《志林》。「陳」前有「追」字，據趙刻《志林》删

徐問真從歐陽公游〔一〕

道人徐問真，自言濰州人〔二〕。嗜酒狂肆，能啖生葱、鮮魚，以指爲鍼，以土爲藥，治病良有神驗。歐陽文忠公爲青州，問真來，從公游久之，乃求去〔三〕。聞公致仕，復來汝南，公常館之，使伯和父兄弟爲之主。公嘗有足病，狀少異，莫能喻。問真教公汲引〔四〕，氣血自踵至頂。公用其言，病輒已。忽一日，求去甚力。公留之，不可，曰：「我有罪〔五〕。我與公卿游，我不敢復留。」公使人送之，果有冠鐵冠丈夫〔六〕，長八尺許，立道周俟之。問真出城，雇村童，使持藥笥。行數里，童告之，求去。問真於髮中出一瓢〔七〕，如棗大，再三覆之掌中，得酒滿掬者二，以飲童子，良酒也。自爾不知其存亡，童子竟發狂，亦莫知所終。軾過汝陰〔八〕，見公，具言如此。其後，予貶黄州，而黄岡縣令周孝孫暴得重腿病。某以問真口訣授之，七日而愈。元祐六年十一月二日〔九〕，與叔弼父、季默父夜坐，話其事，事復有甚異者〔一〇〕，不欲盡書〔一一〕，然問真要爲異人也〔一二〕。

〔一〕「陽」原缺，據本集目録補。趙刻《志林》題作「記道人問真」。
〔二〕「自」原缺，據《志林》補。
〔三〕「求去」原作「云」，今從《志林》。
〔四〕「汲引」原作「吸」，今從《志林》。
〔五〕「有」原作「友」，今從《志林》。
〔六〕「冠」原缺，據《志林》補。

〔七〕《志林》「髮」作「髩」。
〔八〕「軾」原缺，據《志林》補。
〔九〕「十一月二日」原作「二十日」，今從《志林》。
〔一〇〕「事復」二字原缺，據《志林》補。
〔一一〕「盡書」原作「書之」，今從《志林》。
〔一二〕此句原缺，據《志林》補。

道士鍛鐵〔一〕

有道士講經茅山，聽者數百人。中講，有自外入者，長大醜黑，大駡曰：「道士奴，天正熱，聚衆造妖何爲？」道士起謝曰：「居山養徒，費用匱乏，不得不爾。」駡者怒少解，曰：「須錢不難，何至作此！」乃取釜竈杵臼之類，得百餘斤，以少藥鍛，皆爲銀，乃去。後數十年，道士復見此人，從一老道士，鬢髮如雪，騎白騾。此人腰插一騾鞭〔二〕，從其後。道士遥望，叩頭，欲從之。此人指老道士，且摇手作驚畏狀，去如飛。少頃，不見。

〔一〕趙刻《志林》題作「記異」。
〔二〕「插」原作「揷」，今從《志林》。「騾」原缺，據《志林》補。

金剛經報〔一〕

蔣仲父聞之於孫景修，近歲有人，鑿山取銀鑛，至深處，聞有人誦經聲。發之，得一人，云：「吾亦取鑛者。以窟壞，不能出，居此不記年。平生誦《金剛經》，嘗以經自隨。每有饑渴之心，則若有人自腋下以餅遺之。」殆此經變現也。道家「守一」，若飢，則「一」與之糧；渴，「一」與之漿。此人於經中，豈得所謂「一」者乎？元符庚辰□月二日，偶與慧上人夜話及此，因出紙求僕繕寫是經，凡閱月而成。非謫居海外，安能種此福田也。蘇軾謹題〔二〕。

〔一〕趙刻《志林》題作「誦金剛經帖」。

〔二〕民國十七年石印《古今名人墨迹大觀·宋蘇文忠金剛經》後有此文。篇首「蔣仲父聞之於孫景修」九字，墨迹無。「元符庚辰」云云四十七字原缺，據墨迹補。

師續夢經〔一〕

宣德郎廣陵郡王院大小學教授眉山任伯雨德翁，喪其母呂夫人之十四日，號擗稍間，欲從事於佛。或勸誦《金光明經》，且言世所傳本多誤，惟咸平六年刊行者最爲善本，又備載張居道再生事。德翁欲訪此本而不可得，苦寢柩前。而外甥進士師續假寐其側，忽驚覺曰：「吾夢至相國寺東門，有鬻糟薑者，云：『有此經。』夢中問曰：『非咸平六年本乎？』曰：『然。』此殆非夢也〔二〕。」德翁大驚，即使續以夢求之，而獲覩鬻糟薑者之狀，則夢中所見也。德翁舟行扶柩歸葬於蜀，某方貶嶺外，偶弔德翁楚、泗間〔三〕，乃爲記之。紹聖元年同郡蘇某記。

〔一〕趙刻《志林》此文爲《記夢》之三。

〔二〕此句前，《志林》有「有《居道傳》乎曰然」七字。

〔三〕《志林》「偶」作「遇」。

廣州女仙〔一〕

予頃在都下，有傳李太白詩者，其畧曰「朝披夢澤雲，笠釣青茫茫〔二〕」，此非世人語也。蓋有見太白於酒肆中而得此詩者。神仙之有無，真不可以意度也。紹聖元年九月，過廣州，訪崇道大師何德順，有神降其室，自言女仙也，賦詩立成，有超逸絶塵語。或以其託於箕箒，如世所謂紫姑神者疑之，然味其語，非紫姑神所能。至人有入獄鬼羣鳥獸者託於箕箒，豈足怪哉？崇道好事喜客，多與賢士大夫遊，其必有以致之也歟？

〔一〕趙刻《志林》題作「記女仙」。

〔二〕《志林》「笠」前有「又云」二字，「青」作「清」。案：此句與上句，亦見本集卷六十七《記太白詩》第一首。

鬼附語〔一〕

世有附語者，多婢妾賤人，否則衰病，不久當死者也，其聲音舉止，皆類死者，又能知人密事。然理皆非也。意有奇鬼能爲是耶〔二〕？昔人有遠行者，欲觀其妻於己厚薄，取金釵藏之壁中，忘以語之。既行，而病且死，以告其僕。既而不死。忽聞空中有聲〔三〕，真其夫也。曰：「吾已死，以爲不信，金釵在某所。」妻取得之，遂發喪。其後夫歸，妻迺反以爲鬼也。

〔一〕趙刻《志林》題作「辨附語」。
〔二〕「奇」原作「其」，今從《志林》。
〔三〕「有」原缺，據《志林》補。

石普嗜殺〔一〕

石普好殺人，以殺爲娛，未嘗知慙悔也。醉中縛一奴，使其指使投之汴河，指使哀而縱之。既醒而悔，指使畏其暴，不敢以實告。久之，普病，見奴爲祟，自以爲必死。指使呼奴示之，祟不復作，普亦愈。

〔一〕趙刻《志林》題作「石普見奴爲祟」。

陳太初尸解〔一〕

吾八歲入小學，以道士張易簡爲師。童子幾百人，師獨稱吾與陳太初者。太初，眉山市井人子也。予稍長，學日益，遂第進士、制策。而太初乃爲郡小吏。其後予謫居黃州，有眉山道士陸惟忠，自蜀來，云：「有得道者曰陳太初。」問其詳，則吾與同學者也。前年，惟忠又見予於惠州，云：「太初已尸解矣。蜀人吳師道爲漢州太守，太初往客焉。正歲旦日，見師道求衣食錢物，且告別，持所得盡與市人貧者，反坐於戟門下，遂寂。師道使卒舁往野外焚之。卒罵曰：『何物道士，使我正旦舁死人。』太初微笑開目，曰：『不復煩汝。』步自戟門至金鴈橋下，趺坐而逝。焚之，舉城人見煙焰上眇眇焉有一陳道人也。」

〔一〕趙刻《志林》題作「道士張易簡」。

黄僕射得道〔一〕

虔州布衣賴仙芝言：連州有黄損僕射者，五代時人，僕射蓋仕南漢也〔二〕，未老退歸，一日忽遁去，莫知其存亡。子孫畫像事之，凡三十二年。復歸，坐阼階上，呼家人。其子適不在家，孫出見之，索筆書壁上云：「一别人間歲月多，歸來事事已消磨。惟有門前鑑池水，春風不改舊時波。」遂投筆徑去，不可留。子歸問其狀貌，孫云：「似影堂老人也。」連人相傳如此。其後頗有禄仕者。

〔一〕趙刻《志林》題作「黄僕射」。
〔二〕「也」前原有「官」字，據《叢話·前集》卷五十八、《總龜》卷四十七引文删。

僧伽同行〔一〕

《泗州大聖僧伽傳》云：「和尚，何國人也。」又云：「世莫知其所從來，云不知何國人也。」近讀《隋史·西域傳》，有何國。予在惠州，忽被命責儋耳。太守方子容自攜告身來，且弔予曰：「此固前定，可無恨。吾妻沈素事僧伽，謹甚。一夕夢和尚告别。沈問所往？答云：『當與蘇子瞻同行，後七十二日，當有命。』今適七十二日矣，豈非前定乎？」予以謂事孰非前定者，不待夢而知。然予何人也，而和尚辱與同行，得非夙世有少緣契乎？

〔一〕趙刻《志林》題作「僧伽何國人」。

壽禪師放生

錢塘壽禪師，本北郭税務專知官。每見魚蝦，輒買放生，以是破家。後遂盜官錢，爲放生之用。事發，坐死，領赴市矣。吴越錢王使人視之，若悲懼如常人，即殺之，否，則捨之。禪師淡然無異色，迺捨之。遂出家，得法眼淨。禪師應以市曹得度，故菩薩迺現市曹以度之〔一〕，學出生死法，得向死地上走一遭，抵三十年修行。吾竄逐海上，去此地稍近〔二〕，當於此證阿羅漢果〔三〕。

〔一〕「之」原脱，據趙刻《志林》補。

〔二〕《志林》「此」作「死」。

〔三〕「於」原缺，據《志林》補。

處子再生〔一〕

戊寅十月，予在儋耳，聞城西民處子病死〔二〕，兩日復生。予與進士何旻往，見其父，問死生狀。云：初昏，若有人引去至官府，簾下有言此誤追〔三〕。庭下一吏言：「可且寄禁。」又一吏云：「此無罪，當放還。」見獄在地窟中，隧而出入。繫者皆僧人，僧居十六七。有一嫗，身皆黄毛。如驢馬，械而坐，處子識之，蓋儋僧之室也。曰：「吾坐用檀越錢物，已三易毛矣。」又一僧，亦處子鄰里，死二年矣。其家方大祥，有人持盤飧及錢數千〔四〕，云：「付某僧。」僧得錢，分數百遺門者，乃持飯入門去〔五〕。繫者皆争取其飯，僧所食無幾。又一僧至，見者擎跽作禮。僧曰：「此女可差人送還。」送者以手擘牆壁，使過，復見一河，有舟，便登之。送者以手推舟，舟躍，處子驚而寤。是僧豈所謂地藏菩薩者耶？書之以爲世戒。

〔一〕趙刻《志林》題作「李氏子再生説冥間事」。

〔二〕《志林》「處」前有「李氏」二字。

〔三〕《志林》「簾」作「幕」。

〔四〕「錢」原缺，據《志林》補。

〔五〕「去」原作「者」，今從《志林》。

蘇軾文集卷七十三

雜記修煉

朱元經爐藥

光州有朱元經道人者，百許歲，世多言其有道術。予來黄州，本欲一過之，既而不果。到黄未久，遂聞其死。故人曹九章適爲光守，遂與棺斂葬之，亦無他異。但有藥金銀及藥甚多，郡中争欲分買其藥，曹不許，悉封付有司。余以書語曹，他日或爲貪者所盗换，不若以聞於朝廷入秘府爲嘉也。不知曹能用否？黄金可成，本非虚語，然須視金如土者乃能得之。

異人有無[一]

自省事以來，聞世所謂道人有延年之術者[二]，如趙抱一、徐登、張無夢，皆近百歲，然竟死，與常人無異。及來黄州，聞浮光有朱元經，尤異，公卿尊師之甚衆，然卒亦病死。死時，中風搐搦。但實能黄白，有餘藥，藥、金皆入官。不知世果無異人耶？抑有而人不見[三]，此等舉非耶？不知古所記異人虚實，無乃與此等不大相遠[四]，而好事者緣飾之耶？

〔一〕趙刻《志林》題作「延年術」。
〔二〕「者」原缺，據《志林》補。
〔三〕「而人」原作「人而」，今從《志林》。
〔四〕「遠」原作「過」，今從《志林》。

大還丹訣

凡物皆有英華，軼於形器之外。爲人所喜者，皆其華也，形自若也。而不見可喜，其華亡也。故凡作而爲聲，發而爲光，流而爲味，蓄而爲力，浮而爲膏者，皆其華也。吾有了然常知者存乎其内，而不物於物，則此六華者，苟與吾接，必爲吾所取。非取之也，此了然常知者與是六華者蓋嘗合而生我矣。我生之初，其所安在，此了然常知者苟存乎中，則必與是六華者皆處於此矣。其凡與吾接者，又安得不赴其類，而歸其根乎？吾方養之以至静，守之以至虚，則火自煉之，水自伏之，升降開闔，彼自有數，日月既至，自變自成，吾預知可也。《易》曰：「精氣爲物，遊魂爲變。」《傳》曰：「用物精多則魂魄强。」《禮》曰：「體魄則降，志氣在上。」人不爲是道，則了然常知者生爲志氣，死爲魂神，而升于天。此六華者，生爲體爲精，死爲魄爲鬼而降于地。其知是道者，魂魄合，形氣一。其至者，至騎箕尾而爲列星。敬之信之，密之行之，守之終之。元祐三年九月二十八日書。

陽丹陰煉〔一〕

冬至後，齋居常吸鼻液漱煉，令甘〔二〕，乃嚥入下丹田。以三十瓷器，皆有蓋，溺其中，已，隨手蓋之，書識其上。自一至三十。置淨室，選謹朴者掌之。滿三十日開視，其上當結細砂，如浮蟻狀，或黄或赤，密絹帕濾取。新汲水淨淘澄，無度，以穢氣盡爲度，淨瓷瓶合貯之。夏至後〔三〕，取細研棗肉，爲丸如桐子大，空心酒吞下，不限數，三五日内服盡〔四〕。夏至後，仍依前法采取，却候冬至後服。此名陽丹陰煉，須盡絶欲〔五〕，若不絶，砂不結〔六〕。

〔一〕趙刻《志林》題作「陽丹訣」。

〔二〕「令」原作「全」，今從《良方》、《志林》。

〔三〕自「絹帕濾取」至「夏至後」二十七字原缺，據《良方》、《志林》補。

〔四〕《良方》、《志林》「内」作「後」；「服」原作「取」，今從《志林》。

〔五〕上二書「盡」作「清淨」。

〔六〕《良方》「砂」前有「真」字；《志林》「真」作「其」。

陰丹陽煉〔一〕

取首生男子之乳〔二〕，父母皆無疾恙者，并養其子，善飲食之。日取其乳一升許，少只半升以來，可以朱砂銀作鼎與匙。如無朱砂銀，山澤銀亦得。慢火熬煉，不住手，攪如淡金色，可丸即丸，如桐子大，空心酒吞下，亦不限丸數。此名陰丹陽煉。世人亦知服秋石，皆非清净所結。又此陽物也，須復經火〔三〕，經火之餘，皆其糟粕，與燒鹽無異。世人亦知服乳。乳，陰物，不經火煉，則冷滑而漏精氣。此陽丹陰煉。陰丹陽煉，蓋道士靈智妙用，沉機捷法，非其人不可輕泄，愼之。

〔一〕趙刻《志林》題作「陰丹訣」。
〔二〕「取」原缺，據《良方》、《志林》補。
〔三〕「須」原作「又」，今從《良方》、《志林》。

符陵丹砂〔一〕

爾朱道士晚客於眉山，故蜀人多記其事。自言：「受記於師，云：『汝後遇白石浮，當飛仙去。』」爾朱雖以此語人，亦莫識所謂。後去眉山，乃客於涪州，愛其産丹砂，雖瑣碎，而皆矢鏃狀，瑩徹不雜土石。遂止。鍊丹數年，竟於涪之白石縣仙去。乃知師所言不謬。吾聞長老道其事甚多，然不記其名字，可恨也。《本草》言：「丹砂出符陵〔二〕。」而陶隱居云：「符陵是涪州。」今無復採者。吾聞熟於涪者云：「採藥者時復得之，但時方貴辰、錦砂，故此不甚採爾。」讀《本草》，偶記之。

〔一〕趙刻《志林》題作「爾朱道士煉朱砂丹」。
〔二〕趙刻《志林》及《稗海》本《志林》「陵」後有「谷」字。

松氣煉砂

祥符東封，有扈駕軍士，晝卧東岳真君觀古松下。見松根去地尺餘，有補塞處。偶以所執兵攻刺之，塞者動，有物如流火，自塞下出，逕走入地中。軍士以語觀中人。有老道士拊膺曰：「吾藏丹砂，於是三十年矣，方卜日取之。」因掘地數丈，不復見。道士悵慨成疾，竟死。其法用次砂精良者，鑿大松腹，以松氣煉之，自然成丹。吾老矣，不暇爲此，當以山澤銀爲鼎，有蓋，擇砂之良者二斤，以松明根節懸胎煑之，置砂瓶煎水以補耗，滿百日，取砂，玉槌研七日，投熱蜜中，通油瓷瓶盛，日以銀匕取少許，醇酒攪湯飲之，當有益也。

龍虎鉛汞說寄子由

人之所以生死，未有不自坎、離者。坎、離交則生，分則死，必然之道也。離爲心，坎爲腎，心之所然，未有不正，雖桀、跖亦然。其所以爲桀、跖者，以內輕而外重。故常行其所不然者爾。腎強而溢，則有欲念，雖堯、顏亦然。其所以爲堯、顏者，以內重而外輕。故常行其所然者耳。由此觀之，心之性法而正，腎之性淫而邪，水火之德，固如是也。子產曰：「火烈，人望而畏之。水弱，人狎而侮之〔一〕。」古之達者，未有不知此者也。龍者，汞也，精也，血也。出於腎，而肝藏之，坎之物也。虎者，鉛也，氣也，力也。出於心，而肺生之〔二〕，離之物也。心動，則氣力隨之而作。腎溢，則精血隨之而流。如火之有烟，未有復反於薪者也。世之不學道。其龍常出於水，故龍飛而汞輕。其虎常出於火，故虎走而鉛枯。此生人之常理也。順此者死，逆此者仙。故真人之言曰：「順行則爲人，逆行則爲道。」又曰：「五行顛倒術，龍從火裏出。五行不順行，虎向水中生。」

有隱者教予曰：「人能正坐，瞑目調息，握固定心，息微則徐閉之。達摩胎息法，亦須閉。若如佛經，待其自止，恐汞不能到也〔三〕。雖無所念，而卓然精明，毅然剛烈，如火之不可犯，息極則小通之，微則復閉之。方其通時，亦限一息，一息歸之，已下丹田中也。爲之。惟數以多爲賢，以久爲功，不過十日，則丹田温而水上行，愈久愈温，幾至如烹，上行如水，蓊然如雲，烝于泥丸。蓋離者，麗也，着物而見火之性也。吾目引於色，耳引於聲，口引於味，鼻引於香，火輙隨而麗之。今吾寂然無所引於外，火無所麗，則將焉往？水其所妃也，勢必從之。坎者，陷也，物至則受水之性也，而況其妃乎？水火合，則火不炎而水自上，則所謂『龍從火裏出』也。龍出於火，則龍不飛，而汞不乾。旬日之外，腦滿而腰足輕，方閉息時，常卷舌而上，以舐懸癰，雖不能到，而意到焉，久則能到也。如是不已，則汞下入口。方調息時，則漱而烹之，須滿口而後嚥。若未滿，且留口中，俟後次也。仍以空氣送至下丹田，常以意養之，久則化而爲鉛。此所謂『虎向水中生』也。」

此論奇而通，妙而簡，決爲可信者。然吾有大患，平生發此志願百十回矣，皆繆悠無成，意此道非捐軀以赴之，刳心以受之，盡命以守之，不能成也。吾今年已六十，名位破敗，兄弟隔絶，父子離散，身居蠻夷，北歸無日，區區世味，亦可知矣。若復繆悠於此，真不如人矣。故數日來，別發誓願〔四〕。譬如古人避難窮山，或使絶域，齧草啖雪，彼何人哉！已令造一禪榻、兩大案，明牕之下，專欲治此。并已作乾蒸餅百枚。自二月一日爲首，盡絶人事。飢則食此餅，不飲湯水，不啖食物，細嚼以致津液，或飲少酒而已。午後，畧睡。一更便卧，三更乃起，坐以待旦。有日採日，有月採月，餘時非數息煉陰，則行今所謂龍虎訣爾。如此百日，或有所成。不讀書著文，且一時閣起，以待異日。不遊山水，除見道人外，不接客，不會飲，無益也。深恐易流之性，不能終踐此言，故先書以報，庶幾他日有慙於弟而不敢變也。此事大難，不知其果然不慙否？此書既以自堅，又欲以發弟也。

卷舌以舐懸癰，近得此法，初甚秘惜之。此禪家所謂「向上一路子，千聖不傳人」，所見如此，雖可笑，然極有驗也。但行之數日間，舌下筋急痛〔五〕，當以漸馴致。若舌尖果能及懸癰，則致華池之水，莫捷於此也。又言：「此法名『洪爐上一點雪』。」宜自秘之。

〔一〕《良方》「侮」作「玩」。

〔二〕《良方》「生」作「主」。

〔三〕《良方》「汞」作「卒」，《外集》卷五十九作「求」。

〔四〕「願」後尚有一「願」字，據《良方》删。

〔五〕《良方》「急」前有「微」字。

李若之布氣〔一〕

《晉·方技傳》有幸靈者，父母使守稻。牛食之，靈見而不驅，牛去，乃理其殘亂者。父母怒之。靈曰：「物各欲得食，牛方食，柰何驅之？」父母愈怒，曰：「卽如此，何用理亂者爲？」靈曰：「此稻又欲得生。」此言有理，靈故有道者也。呂猗母皇得痿痺病十餘年，靈療之。去皇數步，坐瞑目，寂然有頃，曰：「扶夫人起。」猗曰：「老人得病十有餘年，豈可倉卒令起耶？」靈曰：「但試扶起。」令兩人扶起，兩人夾扶而立。少頃去扶者，遂能行。學道養氣者，至足之餘，能以氣與人。都下道士李若之能之，謂之「布氣」。

吾中子迨，少羸，多疾。若之相對坐爲布氣，迨聞腹中如初日所照，温温也〔二〕。若之蓋嘗遇得道異人於華嶽下云。

〔一〕趙刻《志林》題作「書李若之事」。

〔二〕「温温」原作「而温」，今從《志林》。

侍其公氣術

揚州有武官侍其者，偶忘其名。官于二廣惡地十餘年，終不染瘴。面紅盛〔一〕，腰足輕快〔二〕，年八十九乃死。初不服藥，唯用一法，每日五更起坐，兩掌相鄉〔三〕，熱摩湧泉穴無數〔四〕，以汗出爲度。歐陽文忠公不信仙佛，笑人行氣。晚年見之，云：「吾數年來患足氣〔五〕，一痛殆不可忍〔六〕。近日有人傳一法，用之三日，不覺失去。」其法：垂足坐〔七〕，閉目握固，縮穀道，摇颭兩足，如攝氣毬狀，無數。氣極卽少休，氣平復爲之，日七八度〔八〕，得暇卽爲之，無定時。蓋湧泉與腦通，閉縮摇颭，卽氣上潮，此乃般運捷法也。文忠疾已則廢，使其不廢，當有益。至言不煩，不可忽也。

〔一〕《永樂大典》卷一萬一千六百二十引《養親壽老新書》節引此文。《大典》「面紅盛」作「面色紅膩」，涵芬樓《仇池筆記》，作「面紅膩」。

〔二〕「快」原作「駛」，今從《仇池筆記》、《大典》。

〔三〕《仇池筆記》、《大典》、「掌」作「足」。

〔四〕「熱」原作「熟」，今從《大典》、《外集》卷五十九。「穴」原缺，據《仇池筆記》補。

〔五〕《仇池筆記》、《大典》「氣」作「瘡」。

〔六〕《仇池筆記》、《大典》「痛」作「點」。

〔七〕《大典》「垂」作「重」。

〔八〕涵芬樓《仇池筆記》「七八」作「八九」;「度」原缺,據補。

養生訣上張安道

近年頗留意養生。讀書,延問方士多矣,其法百數,擇其簡易可行者,間或爲之,輒有奇驗。今此閑放益究其妙〔一〕,乃知神仙長生非虚語爾。其効初不甚覺,但積累百餘日,功用不可量。比之服藥,其力百倍。久欲獻之左右,其妙處,非言語文字所能形容。然可道其大略。若信而行之,必有大益,其訣如左。

每夜以子後三更三四點至五更以來。披衣起,只床上擁被坐亦可。面東或南,盤足,叩齒三十六通,握固,以兩母指握第三指〔二〕,或第四指握母指〔三〕,兩手柱腰腹間也。閉息,閉息,最是道家要妙。先須閉目淨慮,掃滅妄想,使心源湛然,諸念不起,自覺出入息調匀〔四〕,即閉定口鼻〔五〕。內觀五臟,肺白、肝青、脾黄、心赤、腎黑。當更求五藏圖〔六〕,常掛壁上,使心中熟識五藏六腑之形狀。次想心爲炎火,光明洞徹,入下丹田中〔七〕。待腹滿氣極,即徐出氣。不得令耳聞。候出入息匀調,即以舌接唇齒〔八〕,內外漱煉津液,若有鼻涕,亦須漱煉,不嫌其鹹,漱煉良久,自然甘美,此是真氣,不可棄之。未得嚥下。復前法〔九〕。閉息內觀,納心丹田,調息漱津,皆依前法。如此者三,津液滿口，卽低頭嚥下，以氣送入丹田。須用意精猛，令津與氣谷谷然有聲，徑入丹田。又依前法爲之。凡九閉息，三嚥津而止。然後以左右手熱摩兩脚心，此涌泉穴上徹頂門，氣訣之妙。及臍下腰脊間，皆令熱徹，徐徐摩之，微汗出，不妨，不可喘促。次以兩手摩熨眼、面、耳、項，皆令極熱。仍按捏鼻樑左右五七下，梳頭百餘梳而卧，熟寢至明。

右其法至簡近，唯在常久不廢，卽有深功。且試行一二十日，精神自已不同，覺臍下實熱，腰脚輕快，面目有光，久之不已，去仙不遠。但當習閉息，使漸能遲久〔一〇〕。以脉候之，五至爲一息。近來閉得漸久，每一閉百二十至而開，蓋已閉得二十餘息也。又不可强閉多時，使氣錯亂，或奔突而出，反爲害。愼之！愼之！又須常節晚食，令腹中寬虛，氣得回轉。晝日無事，亦時時閉目內觀，漱煉津液嚥之，摩熨耳目，以助真氣。但清淨專一，卽易見功矣。神仙至術，有不可學者。一忿躁，二陰險，三貪慾。公雅量清德，無此三疾，切謂可學。故獻其區區，篤信力行，他日相見，復陳其妙者焉。文書口訣，多枝詞隱語，卒不見下手門路。今直指精要，可謂至言不煩，長生之根本也。幸深加寶祕，勿使淺妄者窺見，以泄至道也。

〔一〕此句與上句原作「今此法特究其妙」，今從《良方》。
〔二〕《良方》「握第三指」作「掐第三指指紋」。
〔三〕「四指」之「指」後，原尚有一「指」字，據《外集》卷五十九刪。
〔四〕《良方》「調匀」字後有「微細」二字。

〔五〕《良方》「鼻」後有「不令氣出也」五字。
〔六〕《良方》「藏」作「臟」;「圖」後有「煙羅子」三字。
〔七〕《良方》「中」後尚有「丹田在臍下」五字。
〔八〕《良方》「接」作「攪」。
〔九〕《良方》「復」後有「作」字。
〔一〇〕《良方》「遲」作「持」。案:似應以「持」爲是。

寄子由三法〔一〕

食芡法

吴子野云:「芡實蓋温平爾,本不能大益人。」然俗謂之水硫黄,何也?人之食芡也,必枚齧而細嚼之,未有多嘬而亟嚥者也。舌頰脣齒,終日嚅囁,而芡無五味,腴而不膩,足以致上池之水〔二〕。故食芡者,能使人華液通流,轉相挹注,積其力,雖過乳石可也。以此,知人能澹食而徐飽者,當有大益。吾在黄岡山中見牧羊者〔三〕,必驅之瘠土,云:「草短而有味,羊得細嚼,則肥而無疾。」羊猶爾,況人乎?

胎息法

養生之方,以胎息爲本。此固不刊之語,更無可議。但以氣若不閉,任其出入,則眇綿洸漭,無卓然近効。待其兀然自住,恐終無此期。若閉而留之,不過三五十息奔突而出,雖有微暖養下丹田,益不償於損〔四〕，决非度世之術。近日深思，似有所得。蓋因看孫真人《養生門》中《調氣》第五篇〔五〕，反覆尋究，恐是如此。其畧曰：「和神養氣之道，當得密室，閉户，安床暖席。枕高二寸半，正身偃仰，瞑目閉氣於胸鬲間，以鴻毛着鼻上而不動。經三百息，耳無所聞，目無所見，心無所思。如此，則寒暑不能侵，蜂蠆不能毒，壽三百六十歲。此鄰於真人也。」此一段要訣，弟且静心細意，字字研究看。既云閉氣於胸鬲中，令鼻端鴻毛不動，則初機之人，安能持三百息之久哉？恐是元不閉鼻氣，只以意堅守此氣於胸鬲中，令出入息似動不動，絪緼縹緲，如香爐蓋上烟，湯瓶嘴上氣，自在出入，無呼吸之者，則鴻毛可以不動。若心不起念，雖過三百息可也，仍須一切依此本訣，卧而爲之，仍須真以鴻毛粘着鼻端，以意守氣於胸中，遇欲吸時，不免微吸，及其呼時，全不得呼，但任其絪緼縹緲，微微自出盡，氣平，則又微吸。如此出入元不斷，而鴻毛自不動，動亦極微。覺其微動，則又加意制勒之，以不動爲度。雖云制勒，然終不閉。至數百息，出者少，不出者多，則内守充盛，血脉流通，上下相灌輪，而生理備矣。兄悟此玄意，甚以爲奇。恐是夜夜燒香，神啓其心，自悟自證。適值痔疾，及熱甚，未能力行，亦時時小試，覺其理不謬。更俟疾平天涼，稍稍致力，續見效，當報。弟不可謂出意杜撰而輕之也。

藏丹砂法

《抱朴子》云：古人藏丹砂井中，而飲者猶獲上壽。今但懸望大丹，丹既不可望，又欲學燒，而藥物火候，皆未必真，縱使燒成，又畏火毒而不敢服，何不趁取且服生丹砂〔六〕。意謂賁過百日者，力亦不慢。草藥是覆盆子，亦神仙所餌，百日熬煉，草石之氣，且相乳入。每日五更，以井華水服三丸。服竟，以意送至下丹田，心火温養，久之，意謂必有絲毫留者。積三百餘服，恐必有刀圭留丹田。致一之道，初若眇昧，久乃有不可量者。兄老大無見解，直欲以拙守而致神仙，此大可笑，亦可取也。吾雖了了見此理，而資躁褊，害之者衆，事不便成。子由端静淳淑，使少加意，當先我得道。得道之日，必却度我。故書此紙，爲異日符信，非虚語也。紹聖二年八月二十七日，居士記。

〔一〕傅藻《東坡紀年録》紹聖二年八月，有「二十七日書養生説」云云。據此，本文之題當作《養生説》。
〔二〕《良方》「上池」作「玉池」。
〔三〕「岡」原作「崗」，據《外集》卷五十九改。
〔四〕《良方》此句作「此溉於湯」。
〔五〕「調氣」二字原缺，據《良方》補。
〔六〕《良方》「取」作「此」。

學龜息法〔一〕

洛下有洞穴，深不可測。有人墮其中，不能出，飢甚。見龜蛇無數，每旦輒引吭東望，吸初日光，嚥之。其人亦隨其所向，效之不已，遂不復飢，身輕力强。後卒還家，不食，不知其所終。此晉武帝時事。辟穀之法，類皆百數，此爲上，妙法止於此。能復服玉泉〔二〕，使鉛汞，具體去仙不遠矣。此法甚易知，甚易行。然天下莫能知，知者莫能行。何則？虚一而静者，世無有也。元符二年，儋耳米貴，吾方有絶糧之憂，欲與過子共行此法，故書以授之。四月十九日記。

〔一〕《良方》題作「書辟穀説」，趙刻《志林》作「辟穀説」。

〔二〕《志林》無「復」字，《良方》無「服」字。

記養黄中

元符三年，歲庚辰；正月朔戊辰；是日辰時，則丙辰也。三辰一戊，四土會焉，而加丙與庚，丙，土母，而庚其子也。土之富，未有過於斯時者。吾當以斯時肇養黄中之氣〔一〕。過子又欲以此時取薤薑蜜作粥以啖。吾終日默坐，以守黄中，非謫於海外，安得此慶耶！東坡居士記〔二〕。

〔一〕傅藻《東坡紀年録》「氣」作「法」。

〔二〕此五字原缺，據趙刻《志林》補。

雜記醫藥〔一〕

單龐二醫〔二〕

蜀有單驤者，舉進士不第，頗以醫聞。其術雖本於《難經》、《素問》，而别出新意，往往巧發奇中，然未能十全。仁宗皇帝不豫〔三〕，詔孫兆與驤入侍，有間，賞賚不貲。已而大漸，二子皆坐誅，賴皇太后仁聖，察其非罪，坐廢數年。今驤爲朝官，而兆死矣。爾來黄州鄰邑人龐安常者，亦以醫聞，其術大類驤，而加以鍼術妙絶。然患聾，自不能愈，而愈人之疾甚神。此古人所以寄論於目睫也耶？驟、安常皆不以賄謝爲急，又頗博物通古今，此所以過人也。元豐五年三月，予偶患左手腫，安常一鍼而愈，聊爲記之。

〔一〕「雜記」兩字原缺，「醫藥」原作「以下俱醫藥」，在題「單龐二醫」下。今根據本集體例，補、删後改次於此。

〔二〕趙刻《志林》題作「單驤孫兆」。

〔三〕「仁宗」二字原缺，據《志林》補。

龐安常善醫〔一〕

蘄州龐安常，善醫而聵。與人語，在紙始能答。東坡笑曰：「吾與君皆異人也。吾以手爲口，君以眼爲耳。非異人而何。」

〔一〕此文內容已約略見于本集卷六十八《書清泉寺詞》一文中，文字略有不同，今仍存。趙刻《志林》題作「龐安常耳聵」。

求醫診脈〔一〕

脈之難明，古今所病也。至虛有實候〔二〕，而太實有羸狀〔三〕。差之毫釐疑似之間，便有死生禍福之異〔四〕。此古今所病也。病不可不謁醫，而醫之明脈者，天下蓋一二數。騏驥不時有，天下未嘗徒行。和、扁不世出，病者終不徒死。亦因其長而護其短耳。士大夫多秘所患而求診，以驗醫之能否〔五〕，使索病於冥漠之中，辨虛實冷熱於疑似之間。醫不幸而失，終不肯自謂失也，則巧飾遂非以全其名。至於不救，則曰：「是固難治也。」間有謹愿者，雖或因主人之言，亦復參以所見〔六〕，兩存而雜治〔七〕，以故藥不效。此世之通患而莫之悟也。吾平生求醫，蓋於平時默驗其工拙。至於有疾而求療，必先盡告以所患而後求診，使醫者了然知患之所在也。然後求之診〔八〕，虛實冷熱，先定于中，則脈之疑似不能惑也。故雖中醫治吾疾常愈。吾求疾愈而已，豈以困醫爲事哉？

〔一〕《良方》題作「脈說」。
〔二〕《文鑑》卷一百零七「實」作「盛」。
〔三〕涵芬樓鉛印《仇池筆記》、《文鑑》、《良方》「太」作「大」。
〔四〕「之異」二字原缺，據《仇池筆記》、《文鑑》、《良方》補。
〔五〕「而求診以驗醫之能否」，《文鑑》作「求脈驗之靈」。
〔六〕《文鑑》「復」作「須」。
〔七〕「存」原作「在」，今從《仇池筆記》、《良方》、《稗海》本《志林》。
〔八〕《文鑑》「診」作「脈」。

醫者以意用藥〔一〕

歐陽文忠公嘗言：有患疾者，醫問其得疾之由，曰：「乘船遇風，驚而得之。」醫取多年柂牙爲柂工手汗所漬處〔二〕，刮末〔三〕，雜丹砂、茯神之流，飲之而愈。今《本草》注引《藥性論》云：「止汗用麻黄根節及故竹扇，爲末服之。」文忠因言：「醫以意用藥，多此比。初似兒戲，然或有驗，殆未易致詰也。」予因謂公，以筆墨燒灰飲學者，當治昏惰耶？推此而廣之，則飲伯夷之盥水，可以療貪，食比干之餕餘，可以已佞，舐樊噲之盾，可以治怯，齅西子之珥，可以療惡疾矣〔四〕。公遂大笑。元祐六年閏八月十七日〔五〕，舟行入潁州界，坐念二十年前見文忠公於此，偶記一時談笑之語，聊復識之。

〔一〕趙刻《志林》題作「記與歐公語」。

〔二〕「柂」原作「拖」，今從《志林》。

〔三〕「刮」原作「割」，今從《志林》。

〔四〕「疾」原缺，據《志林》補。

〔五〕「六年」原作「三年」。中華書局點校本《東坡志林》謂「元祐三年不閏八月，是年蘇軾在翰林不得至潁，元祐六年出知潁州，是年閏八月」。今據此改「三年」爲「六年」。

目忌點濯說〔一〕

前日〔二〕，與歐陽叔弼、晁無咎、張文潛同在戒壇〔三〕。余病目昏，數以熱水洗之。文潛云：「目忌點濯，目有病〔四〕，當存之。齒有病，當勞之。不可同也。治目當如治民〔五〕，治齒當如治軍。治民當如曹參之治齊，治兵當如商鞅之治秦。」此頗有理，退而記之。

〔一〕趙刻《志林》題作「治眼齒」。

〔二〕《志林》「前日」作「歲日」。

〔三〕《永樂大典》卷一萬九千六百三十七引《東坡志林》有此文。《大典》無「歐陽叔弼」四字。

〔四〕「病」字後，原有「齒便漱琢」四字，據《大典》、《志林》、《稗海》本《志林》、《外集》卷六十删。

〔五〕此句「治目」字前，《大典》有「又山谷曰：目惡剔抉，齒便漱潔」十二字；趙刻《志林》原註：「又記魯直語云：眼惡剔決，齒便漱潔。」《稗海》本《志林》「不可同也」句後原註：「又記魯直語云：治目當如治民。」《稗海》正文無「治目當如治民」六字。

錢子飛施藥〔一〕

王斿元龍言：錢子飛有治大風方〔二〕，極驗，常以施人。一日，夢人云：「天使已以此病人，君違天怒，若施不已，君當得此病，藥不能救。」子飛懼，遂不施。僕以爲天之所病，不可療耶？則藥不應復有效。藥有效者，則是天不能病。當是病之祟畏是藥，假天以禁人耳。晉侯之病，爲二豎子。李子豫赤丸，亦先見於夢。蓋有或使之者。子飛不察，爲鬼所脅。若余則不然。苟病者得愈，願代受其苦。家有一方，以傅皮膚，能下腹中穢惡。在黄州試之，病良已，今當常以施人。

〔一〕《良方》題作「論風病」，趙刻《志林》題作「王元龍治大風方」。

〔二〕《仇池筆記》「錢」作「孫」。

憲宗薑茶湯

憲宗賜馬總治泄痢腹痛方，以生薑和皮切碎，如粟米，用一大琖〔一〕，并草茶相等，煎服。元祐二年，文潞公得此疾，百藥不效。而余傳此方，得愈。

〔一〕「琖」原作「錢」，據《良方》改。

裕陵偏頭疼方

裕陵傳王荆公偏頭疼方，云是禁中秘方，用生蘿蔔汁一蜆殼注鼻中，左痛注右，右痛注左，或兩鼻皆注亦可。雖數十年患，皆一注而愈。荆公與僕言之，已愈數人矣。

枳枸湯〔一〕

眉山有楊穎臣者〔二〕，長七尺，健飲啖，倜儻人也。忽得消渴疾，口飲水數㪷，食倍常而數溺。服消渴藥逾年〔三〕，疾日甚，自度必死，治棺衾，囑其子於人。蜀有良醫張玄隱之子〔四〕，不記其名，爲診脉，笑曰：「君幾誤死矣。」取麝香當門子，以酒濡之，作十許丸。取枳枸子爲湯，飲之，遂愈。問其故。張生言：「消渴消中，皆脾衰而腎敗土，不能勝水，腎液不上泝〔五〕，乃成此疾。今診穎臣，脾脉熱而腎且衰〔六〕，當由菓實、酒過度，虛熱在脾，故飲食兼人，而多飲水，水既多，不得不多溺也，非消渴也。麝香能敗酒，瓜菓近輒不實，而枳枸亦能勝酒。屋外有此木，屋中釀酒不熟，以其木爲屋，其下亦不可釀酒。故以此二物爲藥，以去酒、菓之毒也。宋玉云〔七〕：『枳枸來巢。』枳，音俱里切。枸，音矩。以其實如鳥乳，故能來巢。今俗訛謂之『雞枸子』〔八〕，亦謂之『癩漢指頭』，蓋取其似也。嚼之如乳，小兒喜食之。」

〔一〕《良方》題作「治消渴方」。《蘇軾佚文彙編》有「蜀名醫張玄隱」一文，可參。

〔二〕「楊」原缺，據《良方》補。

〔三〕「逾」前有「而」字，據《良方》删。

〔四〕「玄隱」原作「立德」，今從西樓帖。

〔五〕「液」原作「浹」，今從《良方》。

〔六〕「脾」原缺，據《良方》補。《良方》「且」作「不」。

〔七〕「宋」原作「來」，據《良方》改。

〔八〕《良方》「枸」作「距」。

服生薑法

予昔監郡錢塘，游淨慈寺，衆中有僧號聰藥王，年八十餘，顏如渥丹，目光炯然。問其所能，蓋診脉知吉凶如智緣者。自言服生薑四十年，故不老云。薑能健脾温腎，活血益氣。其法取生薑之無筋滓者，然不用子薑，錯之，并皮裂，取汁貯器中。久之，澄去其上黄而清者，取其下白而濃者，陰乾刮取，如麵，謂之薑乳。以蒸餅或飯搜和丸如桐子，以酒或鹽米湯吞數十粒，或取末置酒食茶飲中食之，皆可。聰云：山僧孤貧，無力治此，正爾和皮嚼爛，以温水嚥之耳。初固辣，稍久則否，今但覺甘美而已。

服葳靈仙法

服葳靈仙有二法〔一〕。其一，淨洗陰乾，搗羅爲末，酒浸牛膝末，或蜜丸，或爲散酒。調牛膝之多少，視臟腑之虚實而增減之。此眉山一親知，患脚氣至重，依此，服半年，遂永除。其一法，取此藥麄細得中者，寸截之七十，予作一貼。每歲作三百六十貼，置床頭。五更初，面東，細嚼一貼，候津液滿口，嚥下。此牢山一僧，年百餘歲，上下山如飛，云得此藥力〔二〕。二法皆以得真爲要。真者有五驗。一味極苦。二色深翠〔三〕。三折之脆而不韌〔四〕。四折之有微塵，如胡黄連狀。五斷處有白暈，謂之鴝鵒眼。無此五驗，則藁本根之細者耳。又須忌茶〔五〕。以槐角皂角牙之嫩者〔六〕，依造草茶法作。或只取《外臺秘要》代茶飲子方，常合服乃可。

〔一〕「二法」字下，《良方》原註：「別有一帖云：以威靈仙雜牛膝服之，視氣虚實，加減牛膝。牛膝以酒浸焙乾，二物皆爲末，丸散皆可，丸以酒煮麪糊。」

〔二〕「力」原作「方」，今從《良方》。

〔三〕《良方》「翠」作「黑」。

〔四〕「韌」原作「紉」，今從《良方》。本書卷六十《與袁彦方》，亦有葳靈仙「脆而不韌」之語。

〔五〕「忌茶」字下，《良方》原註：「別有一帖云：但忌茶，若常服此藥，當以皂角槐芽爲茶，取極嫩者，湯中略煮一沸，便取出，布裹壓乾入焙，以軟熟火焙乾，與飲茶無異。」

〔六〕《良方》「槐角」作「槐芽」，「之」作「至」。

服茯苓法

茯苓自是神仙上藥。但其中有赤筋脈〔一〕，若不能去，服久不利人眼，或使人眼小。當削去皮，斫爲方寸塊銀石器中〔二〕，清水煮以酥軟，解散爲度，入細布袋中，以冷水揉搜〔三〕，如作葛粉狀，澄取粉，而筋脈留袋中〔四〕，棄去不用。用其粉，以蜜和，如濕香狀，蒸過，食之尤佳。胡麻但取純黑。脂麻九蒸九暴，入水爛研，濾取白汁銀石器中熬。如作杏酪湯，更入，去皮核，爛研棗肉與茯苓粉一處搜和，食之尤有奇效〔五〕。

〔一〕「但」原作「祖」，據《良方》改。

〔二〕「銀」前疑脱一「入」字。

〔三〕《良方》「搜」作「擺」。

〔四〕《良方》「袋」上有「布」字。

〔五〕「尤有奇效」原作「尤奇」，今從《良方》。

服地黄法

肥嫩地黄一二寸，截去，薄紙裹兩頭，以生猪腦塗其膚周匝，置小槃中。掛通風處十餘日，自乾。抖擻之，出細黄粉，其膚獨一一如鵝管狀，其粉沸湯點，或謂之金粉湯。

艾人着灸法

端午日，日未出〔一〕，以意求艾似人者〔二〕，輒擷之以灸，殊有效。幼時見一書中云爾，忘其爲何書也。艾未有真似人者，於明暗間，苟以意命之而已。萬法皆妄，無一真者，此何疑焉〔三〕。

〔一〕「日」原缺，據涵芬樓《仇池筆記》、《稗海》本《志林》補。

〔二〕「以」上原有「艾中」二字，「求艾」之「艾」原缺，據上二書分别删、補。

〔三〕「此」原作「在」，據上二書改。

井華水〔一〕

時雨降，多置器廣庭中，所得甘滑不可名，以潑茶、煮藥，皆美而有益，正爾食之不輟，可以長生。其次井泉，甘冷者皆良藥也。《乾》以九二化，《坤》之六二爲坎〔二〕，故天一爲水〔三〕。吾聞之道士，人能服井華，其效與石硫黄、鍾乳等〔四〕。非其人而服之〔五〕，亦能發背腦爲疽。蓋嘗觀之。又分、至日，取井水，儲之有方。後七日，輒生物如雲母狀。道士謂「水中金」，可養鍊爲丹。此固嘗見之者。此至淺近，世獨不能爲〔六〕，況所謂玄者乎？

〔一〕趙刻《志林》題作「論雨井水」。

〔二〕《稗海》本《志林》此句及上句作「乾以九二化離，坤以六二化坎」。

〔三〕《仇池筆記》「故」作「取」。

〔四〕《仇池筆記》「其效」作「甘熱」，《志林》、《稗海》本《志林》「效」作「熱」。
〔五〕「而服之」三字原缺，據《志林》補。
〔六〕「世」原缺，據《志林》、《稗海》本《志林》補。

治内障眼

《本草》云：「熟地黄、麥門冬、車前子相雜，治内障眼有效。」屢試信然。其法，細搗羅，蜜爲丸，如桐子大。三藥皆難搗羅和合，異常甘香，真奇藥也。露蜂房、蛇蜕皮、亂髮，各燒灰存性，用錢匕〔一〕，酒服。治瘡口久不合，亦大效。

〔一〕「錢匕」二字原缺，據《仇池筆記》補。

治馬肺法

馬肺損，鼻中出膿，天廄醫所不療。云：「肺藥率用涼冷，須食上飲之，而肺痛畏草所刺〔一〕，不敢食草。若不食飲涼藥，是速其死也。故不醫。」有老卒教予以蘆菔根煮糯米爲稠粥，入少許阿膠其中，啖之，馬乃敢食。食已用常肺藥，入訶梨勒皮飲之。涼藥爲訶子所澀於肺上，必愈。用其言，信然。

〔一〕《良方》「刺」作「制」。

治馬背駿法

僕有一相識，能治馬背騣。有富家翁買一馬，直百餘千，以有此病，故以四十千得之。已而置酒飲人，求治之。酒未三行，而騣已正，舉坐大笑。其方用烹猪湯一味，煖令熱，一浴其騣，隨手即正不復囘。良久，乃以少冷水洗之。此物兼能令馬尾軟細，及治尾焦禿。頻以洗之，不月餘，效極神良。秘之！秘之！

天麻煎

世傳四味五兩天麻煎，蓋古方。本以四時加減，世但傳春利耳。春肝王多風，故倍天麻。夏伏陰，故倍烏頭。秋多利下，故倍地榆。冬伏陽，故倍玄參。當須去皮，生用治之。萬搗烏頭，無復毒。依此常服，不獨去病，乃保真延年，與仲景八味丸並驅矣。

代茶飲子

王燾集《外臺秘要》，有《代茶飲子》一首云。格韻高絕，惟山居逸人乃當作之。予嘗依法治服，其利鬲調中，信如所云，而其氣味，乃一服煑散耳〔一〕，與茶了無干涉。薛能詩云：「粗官與世真抛着〔二〕，賴有詩情合得嘗。」又作《鳥觜茶》詩云〔三〕：「鹽損添常戒，薑宜著更誇。」迺知唐人之於茶，蓋有河朔脂麻氣也。

〔一〕「服」原爲空格，據《總龜》卷七引文補。

〔二〕《總龜》此句作「粗官乞與真抛擲」。

〔三〕「又」原作「及」，今從《總龜》、《外集》卷六十。

治痢腹痛法〔一〕

治痢腹痛，用生薑，切如粟米大，雜茶相對烹，并滓食之，實有奇効。又用豆蔻刳作甕子〔二〕，入通明乳香少許，復以塞之〔三〕。不盡，卽用和麴少許〔四〕，裹豆蔻煨熟，焦黄爲度。三物皆研末〔五〕，仍以茶末對烹之。比前方益奇。

〔一〕《良方》題作「治瀉痢方」。
〔二〕《良方》「豆」前有「肉」字。
〔三〕《良方》「以」後有「末」字。
〔四〕《良方》「和麴」二字作「麪」。
〔五〕「研」原作「爲」，今從《良方》。

服絹法〔一〕

醫博張君傳服絹方，真神仙上藥也。然絹本以禦寒〔二〕，今乃以充服食，至寒時，當蓋稻子席耳〔三〕。世言着衣喫飯，今乃喫衣着飯耶？

〔一〕趙刻《志林》題作「記服絹」。
〔二〕「絹」原缺，據《志林》補。

〔三〕《志林》「子」作「草」。

服松脂法贈米元章

松脂以真定者爲良。細布袋盛清水爲沸湯煑〔一〕，浮水面者，以新罩籬掠取置新水中〔二〕。久煑不出者，皆棄不用。入生白茯苓末〔三〕，不製，但削去皮，擣羅拌匀，每日早取三錢匕着口中。用少熟水攪漱〔四〕，仍以脂如常法揩齒〔五〕。畢，更啜少熟水嚥之，仍漱吐如法。能堅牢齒、駐顔、烏髭也〔六〕。

〔一〕涵芬樓《仇池筆記》「清」作「漬」，「水」後有「中」字，「煮」後有「之」字。《良方》「爲」作「百」。

〔二〕《稗海》本《志林》「罩」作「笊」。

〔三〕上二書「末」前有「羅細」二字。

〔四〕《良方》「熟」作「熱」。

〔五〕《良方》「脂」作「指」，《稗海》本《志林》「法」後有「熟」字。

〔六〕《良方》「堅牢」作「牢身」。

書諸藥法贈曇秀

右並於孫真人《千金方》録出。今與孫相去百四十餘年，陵谷遷易，未必一一如其言，然猶庶幾可尋其彷彿。俗士擾擾，豈復能究此，而山僧逸民，或有得者自服之耳，豈復能見餉哉！今因曇秀歸南，爲録此數紙，恐山中有能哀東坡之流落又不忍獨不死者，或能爲致之。果爾，便以此贈之耳。

煉枲耳霜法

枲耳，并根、苗、葉、實，皆濯去塵土〔一〕，懸陰淨掃洒地上，燒爲灰，澄淋〔二〕，取濃汁泥，連二竈煉之。俟灰汁耗，即旋取旁釜中已衮灰汁益之〔三〕。經一日夜，不絶火，乃漸得霜。乾瓷瓶盛，每服，早、晚、臨睡，酒調一錢匕。補暖、去風、駐顔，不可備言。尤治皮膚風，令人膚革滑淨。每淨面及浴，取少許如澡豆用，尤佳，無所忌。蘇昌圖之父從諫，宜州文學，家居於邕。服此十餘年，年八十七，紅潤輕健，蓋專得此藥力也。

〔一〕《良方》「塵」作「沙」。

〔二〕《良方》「澄」作「湯」。

〔三〕《良方》「衮」作「滚」。

服黄連法

丙子寒食日，寶積長老曇穎言〔一〕：惠州澄海十五指揮使姚歡，守把阜民監。熙寧中，趙熙明知州〔二〕，巡檢姓申者，與知監俞懿有隙。吏士與監卒忿争，遂告監卒反，熙明爲閉衙門，出甲付巡檢往討之。歡執杖立監門，白巡檢以身任。監卒不反，乞不交鋒，巡檢無以奪，爲斂兵而止。是日微歡，惠州幾殆。歡今年八十餘，以南安軍功遷雄畧指揮使，老于廣州，須髮不白。自言：六十歲患癖疥，周匝頂踵，或教服黄連，遂愈，久服，故髮不白。其法，以黄連去頭，酒浸一宿，焙乾爲末，蜜丸如桐子大。空心、日午、臨卧，酒吞二十丸。

〔一〕《稗海》本《志林》「寶」前有「前」字。

〔二〕《外集》卷六十「熙」作「庶」。

辨漆葉青黏散方

按《嘉祐補注本草·女萎》條注引陳藏器云：「女萎、萎蕤，二物同傳。陶云：同是一物，但名異耳。下痢方多用女萎，而此都無止洩之説，疑必非也。按女萎，蘇又於中品之中出之，云主霍亂、洩痢、腸鳴，正與陶注上品女萎相會，如此，即二萎功用同矣，更非二物。蘇乃剩出一條。蘇又云：女萎與萎蕤不同。其萎蕤，一名玉竹〔一〕，爲其似竹〔二〕，一名地節，爲有節。《魏志·樊阿傳》：青黏一名黄芝，一名地節。此即萎蕤。極似偏精。本功外主聰明，調血氣，令人强壯。和漆葉爲散〔三〕，主五藏，益精，去三蟲，輕身不老，變白，潤肌膚，暖腰脚，惟有熱不可服。晉嵇紹有胸中寒疾，每酒後苦唾，服之得愈。草似竹，取根、花、葉陰乾。昔華佗入山，見仙人服之，以告樊阿，服之百歲。」

右予少時讀《後漢書》、《三國志》華佗傳，皆云：佗弟子樊阿「從佗求可服食益於人者，佗授以漆葉青黏散：漆葉屑一升，青黏屑十四兩，以是爲率。言久服，去三蟲，利五藏，輕體，使人頭不白。阿從其言，壽百餘歲。漆葉處所皆有，青黏生於豐、沛、彭城及朝歌」。《魏志注》引《佗别傳》云：「青黏，一名地節，一名黄芝，主理五藏，益精氣。本出於陝，入山者，見仙人服之，以告佗。佗以爲佳，輒語阿，阿大秘之。近者人見阿之壽而氣力强盛，怪之，遂責阿所服，因醉亂誤道之。法一施，人多服者，皆有大驗。」而《後漢注》亦引《佗别傳》，同此文，但「黏」字書「⿰麥占」字，「相傳音女廉反，然今人無識此者，甚可恨惜」。吾詳佗文「恨惜不識」之語，乃章懷太子賢所云也。吾性好服食，每以問好事君子，莫有知者。紹聖四年九月十三日，在昌化軍，借《嘉祐補注本草》，乃知是女萎，喜躍之甚，登即録之。但恨陶隱居與蘇恭二論未決。恭唐人，今《本草》云唐本者，皆恭注也。詳其所論，多立異，又殊喜與陶公相反幾至於罵者。然細考之，陶未必非，恭未必是。予以謂隱居精識博物，可信，當更以問能者。若青黏便是萎蕤，豈不一大慶乎？過當録此以寄子由，同講求之。

〔一〕「玉」原作「王」，今從四部叢刊初編影金刊本《重修政和證類本草》卷六。

〔二〕「其」原作「䓗」，今從《重修政和證類本草》。《外集》卷六十作「葱」。

〔三〕「葉」原缺，據《重修政和證類本草》補。案：本文標題即有「漆葉」字樣。

蒼朮録

黄州山中蒼朮至多，就野買一斤〔一〕，數錢爾。此長生藥也。人以爲易得，不復貴重，至以熏蚊子。此亦可爲太息。舒州白朮，莖葉亦甚相似，特華紫爾〔二〕。然至難得，三百一兩。其效止於和胃去游風，非神仙上藥也。

〔一〕《良方》「野」後有「人」字。

〔三〕《良方》「華」作「花」。

海漆録

吾謫居海南〔一〕，以五月出陸至藤州〔二〕，自藤至儋，野花夾道，如芍藥而小，紅鮮可愛，樸樕叢生。土人云：「倒粘子花也。」至儋則已。結子馬乳，爛紫可食，殊甘美。中有細核，嚼之瑟瑟有聲。亦頗苦澀，童兒食之〔三〕，或大便難通〔四〕。葉皆白〔五〕，如白蕈狀〔六〕。野人夏秋痢下，食葉輒已。海南無柹，人取其皮，剥浸揉擱之〔七〕，得膠〔八〕，以代柹，蓋愈於柹也。吾久苦小便白膠〔九〕，近又大腑滑，百藥不差。取倒黏子嫩葉酒蒸之，焙燥爲末，以酢糊丸〔一〇〕，日吞百餘，二腑皆平復，然後知其奇藥也。因名之曰海漆，而私記之，以貽好事君子。明年子熟，當取子研濾，酒煮爲膏以劑之〔一一〕，不復用糊矣。戊寅十一月一日記〔一二〕。

〔一〕「海南」原作「南海」，據《良方》改。

〔二〕「藤」原作「滕」，據《良方》改。下同。

〔三〕《良方》「童兒」作「兒童」。

〔四〕「或大便難通」原作「使大便難」，今從《良方》。《曲洧舊聞》卷五引文「使」亦作「或」。

〔五〕《曲洧舊聞》「皆」作「背」。

〔六〕上二書「白蕈」作「石葦」，《外集》卷六十作「白葦」。

〔七〕《曲洧舊聞》「揉擱」作「爛杵」。

〔八〕《良方》「得」作「取」。

〔九〕《曲洧舊聞》「膠」作「濁」。

〔一〇〕《良方》「酢」作「酒」。

〔一一〕《良方》「酒」作「釃」。

〔一二〕「戊寅」云云七字原缺，據《良方》補。

墓頭回草録

王屋山有異草，制百毒，能於鬼手奪命。故山中人謂此草墓頭回。蹇葆光託吴遠遊寄來。吾聞兵無刃，蟲無毒，皆不可任。若阿羅漢永斷三毒，此藥遂無所施邪？

益智録

海南産益智花，實皆作長穗，而分三節〔一〕。其實熟否，以候歲之豐歉。其下節以候蠶禾〔二〕，中、上亦如之。大吉則實，大凶之歲〔三〕，則皆不實，蓋罕有三節並熟者。其爲藥治氣止水，而無益於智。智豈求之於藥香乎〔四〕？其得此名者，豈以知歲邪？今日見儋耳黎子雲言，候之審矣。聊復記之，以俟後日好事補注《本草》者〔五〕。

〔一〕下文有「三節」字樣，「二」疑應作「三」。

〔二〕《良方》「蠶」作「早」。

〔三〕上「旬吉則實」及本句之「大」原缺，據《良方》補。

〔四〕「香平」二字原缺，據《良方》補。

〔五〕「補」原缺，據《良方》補。

蒼耳録

藥至賤而爲世要用，未有若蒼耳者。他藥雖賤，或地有不産，惟此藥不問南北、夷夏、山澤、斥鹵、泥土、沙石，但有地則産。其花葉根實皆可食，食之則如藥。治病無毒，生熟丸散，無適不可。愈食愈善〔一〕，乃使人骨髓滿〔二〕，肌如玉，長生藥也。主療風痺、癱緩、癃瘧、瘡痒〔三〕，不可勝言。尤治癭金瘡〔四〕。一名羊負來。《詩》謂之卷耳，《疏》謂之枲耳，俗謂之道人頭。海南無藥，惟此藥生舍下，遷客之幸也。己卯二月望日書。

〔一〕《良方》「愈」作「多」。

〔二〕「乃」前《良方》有「久」字。

〔三〕《良方》「主」作「雜」。

〔四〕《良方》「瘡」字後，有「一名鼠黏子」五字。

藙草録〔一〕

杜甫詩有除藙草一篇，今蜀中謂之毛毯，毛芒可畏，觸之如蜂蠆，然治風疹〔二〕，擇最先者，以此草點之，一身皆失去。葉背紫者入藥〔三〕。杜詩註云：「藙，音灊，山韭也〔四〕。」

〔一〕「蘞」原作「薟」，據涵芬樓《仇池筆記》改。文内同。
〔二〕「疹」原作「疼」，今從《仇池筆記》。
〔三〕「葉」原作「藥」，今從《外集》卷六十。
〔四〕「杜詩註云」云云十字原缺，據《仇池筆記》補。

四神丹説

熟地黄、玄參、當歸、羌活〔一〕。各等分。右擣爲末，蜜和丸，梧桐子大，空心酒服，丸數隨宜〔二〕。《列仙傳》：「有山圖者，入山採藥，折足，仙人教服此四物而愈。因久服，遂度世。」頃余以問名醫康師孟〔三〕，大異之，云：「醫家用此多矣，然未有專用此四物如此方者。」師孟遂名之曰四神丹。洛下公卿士庶争餌之，百疾皆愈，藥性中和，可常服。大畧補虚益血，治風氣，亦可名草還丹。己卯十一月八日，東坡居士儋耳書。

〔一〕《良方》「地」前有「乾」字。
〔二〕「右擣爲末」至「丸數隨宜」十九字原缺，據《良方》補。
〔三〕「頃」原缺，據《良方》補。

治暴下法

歐陽文忠公常得暴下，國醫不能愈。夫人云：「市人有此藥，三文一貼，甚効。」公曰：「吾輩臟腑，與市人不同，不可服。」夫人使以國醫藥雜進之，一服而愈。公召賣者厚遺之，求其方，久之，乃肯傳。但用車前子一味爲末，米飲下二錢匕〔一〕，云：「此藥利水道而不動氣，水道利則清濁分，穀藏自止矣〔二〕。」

〔一〕「匕」原作「上」，據《良方》改。

〔二〕《良方》「藏」作「臟」。

雜記草木飲食〔一〕

種松法

十月以後，冬至以前，松實結熟而未落，折取，并蕚收之竹器中，懸之風道。未熟則不生，過熟則隨風飛去。至春初，敲取其實，以大鐵鎚入荒茅地中數寸，置數粒其中，得春雨自生。自採實至種，皆以不犯手氣爲佳。松性至堅悍，然始生至脆弱，多畏日與牛羊，故須荒茅地，以茅陰障日。若白地，當雜大麥數十粒種之，賴麥陰乃活。須護以棘，日使人行視，三五年乃成。五年之後，乃可洗其下枝使高，七年之後，乃可去其細密者使大。大畧如此。

〔一〕「雜記」二字原缺；「草木飲食」原在題「種松法」下，作「以下俱草木飲食」。今根據本集體例，補、删後改次於此。

四花相似説

茶蘼花似通草花，桃花似蠟花，海棠花似絹花〔一〕，罌粟花似紙花。三月十一日會王文甫家，衆議評花如此。

〔一〕《稗海》本《志林》「海棠」作「杏」。

菱芡桃杏説

今日見提舉陳貽叔，云：「舒州有醫人李惟熙者，爲人清妙，善論物理。云：『菱芡皆水物，菱寒而芡暖者，菱開花背日，芡開花向日故也。』又云：『桃杏花雙仁輒殺人者〔一〕，其花本五出，六出必雙。』舊説草木花皆五出，惟梔子與雪花六出〔二〕，此殆陰陽之理。今桃杏之雙仁皆殺人者，失常故也。木實之蠹者必不沙爛，沙爛者必不蠹而能浮，不浮者亦殺人。』」余嘗考其理，既沙爛散，則不能蘊蓄而生蟲〔三〕，瓜至甘而不蠹者，以其沙也。此雖末事，亦理有不可欺者。

〔一〕「仁」原作「人」，今從《稗海》本《志林》。下同。

〔二〕《仇池筆記》「梔子」作「柳」。

〔三〕「蓄」原作「畜」，據《仇池筆記》改。

菊説

《夏小正》以物爲節，如王瓜、苦菜之類，驗之畧不差。而菊有黄花，尤不失毫釐。近時都下菊品至多，皆智者以他草接成〔一〕，不復與時節相應。始八月，盡十月，菊不絶於市，亦可怪也。

〔一〕西樓帖有此文。西樓帖「草」作「學」。

接果説

蜀中人接花果，皆用芋膠合其罅。予少時頗能之。嘗與子由戲用若楝木接李〔一〕，既實，不可嚮口，無復李味。《傳》云：「一薰一蕕，十年尚猶有臭。」非虚語也。芋自是一種，不甚堪食，名接果。

〔一〕「若」疑應作「苦」。《本草·木部·下品》謂楝木之實味苦寒。今皖西猶有「苦楝子樹」之稱。《外集》卷六十一「楝」作「練」。

荔枝似江瑶柱説

僕嘗問：「荔枝何所似？」或曰：「似龍眼。」坐客皆笑其陋。荔枝實無所似也。僕曰：「荔枝似江瑶柱。」應者皆憮然。僕亦不辨〔一〕。昨日見畢仲游。僕問：「杜甫似何人？」仲游云：「似司馬遷。」僕喜而不答，蓋與曩言會也。

〔一〕「僕亦不辨」四字原缺，據《稗海》本《志林》補。

荔枝龍眼説

閩越人高荔子而下龍眼，吾爲評之。荔子如食蝤蛑大蟹，斫雪流膏，一啖可飽。龍眼如食彭越石蟹，嚼嚙久之，了無所得。然酒闌口爽，饜飽之餘，則咂啄之味，石蟹有時勝蝤蛑也。戲書此紙，爲飲流一笑。

記汝南檜柏

予來汝南，地平無山，清潁之外，無以娱予者。而地近亳社，特宜檜柏，自拱把而上，輒有樛枝細紋〔一〕。治事堂前二柏，與薦福兩檜，尤爲殊絶。孰謂使予安此寂寞而忘歸者，非此君歟也〔二〕？

〔一〕《稗海》本《志林》「細」作「紐」。

〔二〕「也」原作「子」，今從《志林》。

記朱勃論菊〔一〕

〔一〕此文，乃《詩集》卷三十四《贈朱遜之》之引。今删文留題。

記張元方論麥蟲

元祐八年五月十日，雍丘令米芾有書，言縣有蟲食麥葉而不食實。適會金部郎中張元方見過，云：「麥、豆未嘗有蟲，有蟲蓋異事也，既食其葉，則實自病，安有不爲害之理？」元方因言：「方蟲爲害〔一〕，有小甲蟲，見，輒斷其腰而去，俗謂之旁不肯。」前此吾未嘗聞也，故録之。

〔一〕《稗海》本《志林》「害」後有「甚於蝗」三字。

記惠州土芋

岷山之下，凶年以蹲鴟爲糧，不復疫癘，知此物之宜人也。《本草》謂芋，土芝，云：「益氣充肌。」惠州富此物，然人食者不免瘴。吴遠遊曰：「此非芋之罪也。芋當去皮，濕紙包，煨之火，過熟，乃熱噉之，則鬆而膩，乃能益氣充肌。今惠人皆和皮水煮冷啖，堅頑少味，其發瘴固宜。」丙子除夜前兩日，夜飢甚，遠遊煨芋兩枚見啖，美甚，乃爲書此帖。

記嶺南竹

嶺南人，當有愧於竹。食者竹筍，庇者竹瓦，載者竹筏，爨者竹薪，衣者竹皮，書者竹紙，履者竹鞋，真可謂一日不可無此君也耶？

記竹雌雄

竹有雌雄，雌者多筍，故種竹當種雌。自根而上至梢一節二發者爲雌〔一〕。物無逃於陰陽，可不信哉！

〔一〕「梢」上原有「生」字，「梢」下原有「上」字，據涵芬樓鉛印本《仇池筆記》删。《稗海》本《志林》及《仇池筆記》無「二」字。

記海南菊

菊黄中之色香味和正〔一〕，花葉根實，皆長生藥也。北方隨秋之早晚，大畧至菊有黄花乃開。獨嶺南不然，至冬乃盛發。嶺南地暖，百卉造作無時〔二〕，而菊獨後開。考其理，菊性介烈，不與百卉並盛衰，須霜降乃發，而嶺南常以冬至微霜故也〔三〕。其天姿高潔如此，宜其通仙靈也〔四〕。吾在海南，藝菊九畹，以十一月望，與客汎菊作重九，書此爲記。

〔一〕《良方》「黄」作「花」。
〔二〕《類説》本《仇池筆記》「造」作「開」，涵芬樓《仇池筆記》「作」作「化」。
〔三〕《類説》本《仇池筆記》「南」作「海」。
〔四〕《類説》本《仇池筆記》「通仙靈」作「爲隱逸」。

金穀説

吾嘗求田蘄水。田在山谷間者，投種一斗，得稻十斛。問其故。云：「連山皆野草散木，不生五穀，地氣不耗，故發如此。」吾是以知五穀耗地氣爲最甚也。王莽末，天下旱蝗，黄金一斤，易粟一斛。至建武二年，野穀旅生，麻菽尤盛，野蠶成繭，被於山澤，人收其利，歲以爲常。至五年，野穀漸少〔一〕，而農事益修。蓋久不生穀，地氣無所耗，蘊蓄自發，而爲野蠶旅穀，其理明甚。庚辰歲正月六日，讀《世祖本紀》，書其事，以爲衛生之方。地不生草木者，多産金錫珠貝，亦此理也。

〔一〕「野」字原缺。《後漢書》卷一上《光武帝紀》建武五年紀事，有「是歲，野穀漸少，田畝益廣焉」之句，乃此處文字所本。今據補。

金鹽說

王莽敗時，省中黄金三十萬斤，爲匱者尚餘十許。陳平用四萬斤間楚，董卓郿塢，金亦至多。其餘賜三五十斤者，不可勝數。近世金以兩計，雖人主未嘗以百金與人者，何古多而今少也？鑿山披沙無虚日，糜壞至少，金爲何往哉？疑寶貨神變不可知，復歸山澤耶？吾聞鹽亦然。峽中大寧監日有定數〔一〕，若大商覆舟，則鹽泉頓增。乃知尋常隨便液出，不以遠近，皆歸本原也。

〔一〕《仇池筆記》「監」作「煎鹽」。

蜀鹽說

蜀去海遠，取鹽於井。陵州井最古，淯井、富順監亦久矣。惟邛州蒲江縣井，乃祥符中民王鸞所開，利入至厚。自慶曆、皇祐以來，蜀始創「筒井」，用圜刃鑿山如盌大，深者至數十丈，以巨竹去節，牝牡相銜爲井，以隔横入淡水，則鹹泉自上。又以竹之差小者出入井中爲桶，無底而竅其上，懸熟皮數寸，出入水中，氣自呼吸而啓閉之，一筒致水數㪷。凡筒水皆用機械，利之所在，人無不智。《後漢書》有「水鞴」。此法惟蜀中鐵冶用之，大畧似鹽井取水筒〔一〕。太子賢不識，妄以意解，非也。

〔一〕「大」原作「其」，今從《稗海》本《志林》。

記藷米[一]

南海以藷米爲糧[二]，幾米之十六。今歲米皆不熟[三]，民未至艱食者，以客舶方至而有米也。然儋人無蓄藏，明年去則飢矣。吾旅泊尤可懼，未知經營所從出。故書坐右，以時圖之[四]。

〔一〕王宗稷《東坡先生年譜》（以下簡稱《年譜》）作「記藷說」。
〔二〕《年譜》無「米」字。
〔三〕《年譜》「米皆」作「藷菜」。
〔四〕據《年譜》，「之」字後當有「戊寅十月二十一日書」字樣。

黍麥說

晉醉客云：「麥熟頭昂，黍熟頭低，黍麥皆熟，是以低昂。」此雖戲語，然古人造酒，理蓋如此。黍稻之出穗也必直而仰，其熟也必曲而俯，麥則反是。此陰陽之物也。北方之稻不足於陰，南方之麥不足於陽，故南方無嘉酒者，以麴麥雜陰氣也，又況如南海無麥而用米作麴耶？吾嘗在京師，載麥百斛至錢塘以踏麴。是歲官酒比京醖。而北方造酒皆用南米，故當有善酒。吾昔在高密，用土米作酒，皆無味。今在海南，取舶上麵作麴，則酒亦絕佳。以此知其驗也。

馬眼糯說

黎子雲言：「海南秫稻，率三五歲一變。」頃歲儋人最重鐵脚糯，今歲乃變爲馬眼糯。草木性理有不可知者。如歐陽公言，洛中牡丹時出新枝者，韓鎮《花譜》乃有三百餘品，若隨人意所欲爲者，可奇也夫。

五君子説

齊、魯、趙、魏桑者，衣被天下。蠶既登簇，繅者如救火避寇，日不暇給，而蛹已眉羽矣。故必以鹽殺之，蛹死而絲亦韌。繅既畢緒，蛹亦煮熟，如啖蚳蝝，甕中之液，味兼鹽蛹，投以刺瓜、蘆菔，以爲虀腊，久而助醢，醢亦幾半天下。吾久居南荒，每念此味，今日復見一洺州人，與論蒸餅之美，漿水、粟米飯之快，若復加以關中不拓，則此五君子者，真可與相處至老死也。元符三年四月十五日。

飲酒説

予雖飲酒不多，然而日欲把盞爲樂，殆不可一日無此君。州釀既少，官酤又惡而貴，遂不免閉户自醖。麴既不佳，手訣亦疎謬，不甜而敗，則苦硬不可向口。慨然而歎，知窮人之所爲無一成者。然甜酸甘苦，忽然過口，何足追計，取能醉人，則吾酒何以佳爲，但客不喜爾，然客之喜怒，亦何與吾事哉！元豐四年十月二十一日書。

漱茶説〔一〕

除煩去膩，世不可闕茶。然闇中損人，殆不少。昔人云：「自茗飲盛後，人多患氣，不復病黄，雖損益相半，而消陽助陰，益不償損也。」吾有一法，常自珍之。每食已，輒以濃茶漱口，煩膩既去，而脾胃不知。凡肉之在齒間者，得茶浸漱之，乃消縮不覺脱去，不煩挑刺也。而齒便漱濯，緣此漸堅密，蠹病自已。然率皆用中下茶，其上者自不常有，間數日一啜，亦不爲害也。此大是有理，而人罕知者。故詳述云。元祐六年八月十三日。

〔一〕《侯鯖録》卷四引此文，「故詳述云」句後，有以下文字：「《大唐新語》曰：右補闕毋煚博學有著述才，性不飲茶，著《茶飲序》云：釋滯消壅，一日之利暫佳；瘠氣侵精，終身之累則大。獲益則功歸茶力，貽禍則不謂茶災。豈非福近易知，禍遠難見者乎？」《侯鯖録》無篇末「元祐」云云一句。「祐」原作「豐」，「月」後有「二」字，今從《紀年録》。

香説

温成皇后閤中香，用松子膜、荔枝皮、苦練花之類，沉檀、龍麝皆不用。或以此香遺余，雖誠有思致，然終不如嬰香之酷烈。貴人口厭芻豢，則嗜笋蕨，鼻厭龍麝，故奇此香，皆非其正。嬰香云《真誥》其香見沈立《香譜》〔一〕。

〔一〕此句不易通。沈立《香譜》已不見，無從核對。疑「云」爲「出」之誤。如作「出」，「誥」後應斷。

節飲食說

東坡居士自今日以往，早晚飲食，不過一爵一肉〔一〕。有尊客盛饌，則三之，可損不可增。有召我者，預以此告之，主人不從而過是，乃止〔二〕。一曰安分以養福。二曰寬胃以養氣。三曰省費以養財。元豐六年八月二十七日書〔三〕。

〔一〕《寶真齋法書贊》卷二十六引此文，「一爵一肉」作「一飲一啄」。
〔二〕「乃」前原有「吾及是」三字，據上書及《侯鯖録》引文删。
〔三〕《寶真齋法書贊》作「元符三年正月七日」。蓋爲重書。

飲酒說

嗜飲酒人，一日無酒則病，一旦斷酒，酒病皆作。謂酒不可斷也，則死於酒而已。斷酒而病，病有時已，常飲而不病，一病則死矣。吾平生常服熱藥，飲酒雖不多，然未嘗一日不把盞。自去年來，不服熱藥，今年飲酒至少，日日病，雖不爲大害，然不似飲酒服熱藥時無病也。今日眼痛，静思其理，豈或然耶？

煮魚法

子瞻在黄州，好自煑魚。其法，以鮮鯽魚或鯉治斫冷水下入鹽如常法〔一〕，以菘菜心芼之，仍入渾葱白數莖，不得攪。半熟，入生薑蘿蔔汁及酒各少許，三物相等，調勻乃下。臨熟，入橘皮綫，乃食之。其珍食者自知，不盡談也。

〔一〕「如」原作「於」，今據《外集》卷六十一改。

真一酒法寄建安徐得之

嶺南不禁酒，近得一釀法，乃是神授。只用白麵、糯米、清水三物，謂之真一法酒。釀之成玉色，有自然香味，絶似王太駙馬家碧玉香也。奇絶！奇絶！白麵乃上等麵，如常法起酵，作蒸餅，蒸熟後，以竹篾穿掛風道中，兩月後可用。每料不過五蚪，只三蚪尤佳。每米一蚪，炊熟，急水淘過，控乾，候令人搗細白麴末三兩，拌勻入甕中，使有力者以手拍實。按中爲井子，上廣下鋭，如綽面尖底盌狀，於三兩麴末中，預留少許糝蓋醅面，以裌幕覆之，候漿水滿井中，以刀劃破，仍更炊新飯投之。每蚪投三升，令入井子中，以醅蓋合，每蚪入熟水兩盌，更三五日，熟，可得好酒六升。其餘更取醨者四五升，俗謂之二娘子，猶可飲，日數隨天氣冷暖，自以意候之。天大熱，減麴半兩。乾汞法傳人不妨，此法不可傳也。

食雞卵説

水族癡暗，人輕殺之。或云不能償冤。是乃欺善怕惡。殺之，其不仁甚於殺能償冤者。李公擇嘗謂余：「雞有無雄而卵者，抱之，雖能破殼而出，然不數日輒死。此卵可食，非殺也。」余曰：「不然。凡能動者，皆佛子也。竹蝨，初如塗粉竹葉上爾，然久乃能動。百千爲曹，無非佛子者。梁武水陸畫像，有六道外者，以淡墨作人畜禽獸等形，罔罔然於空中也。乃是佛子流浪，陋劣之極。至於濕生如竹蝨者，猶不可得〔一〕，但若存若亡於冥漠間爾，而謂水族鶏卵可殺乎？但吾起一殺念，則地獄已具，不在其能訴與不能訴也。」吾久戒殺，到惠州，忽破戒數食蛤蟹。自今日懺悔，復修前戒。今日從者買一鯉魚，長尺有咫，雖困，尚能微動，乃置水瓮中，須其死而食，生卽赦之。聊記其事，以爲一笑。

〔一〕《稗海》本《志林》「猶」作「尤」。

止水活魚説

孫思邈《千金方·人參湯》言：須用流水，用止水卽不驗。人多疑流水、止水無别。予嘗見丞相荊公喜放生。每日就市買活魚，縱之江中，莫不浮。然唯鰌䱉入江中輒死。乃知鰌䱉但可居止水，則流水與止水果不同，不可不信。又鯽魚生流水中，則背鱗白，生止水中，則背鱗黑而味惡，此亦一驗也。

雜記書事〔一〕

記先夫人不發宿藏

先夫人僦居於眉之紗縠行。一日，二婢子熨帛，足陷於地。視之，深數尺，有一甕，覆以烏木板。夫人命以土塞之，甕中有物，如人咳聲，凡一年而已。人以爲有宿藏物，欲出也。夫人之姪之問聞之，欲發焉。會吾遷居，之問遂僦此宅，掘丈餘，不見甕所在。其後吾官於岐下，所居古柳下，雪，方尺不積雪，晴，地墳起數寸。吾疑是古人藏丹藥處，欲發之。亡妻崇德君曰：「使先姑在，必不發也。」吾媿而止。

〔一〕「雜記」二字原缺；「書事」原作「以下俱書事」，在題「記先夫人不殘鳥雀」下。今根據本集體例補、删後，改次於此。

記先夫人不殘鳥雀

少時所居書堂前，有竹柏雜花叢生滿庭，衆鳥巢其上。武陽君惡殺生，兒童婢僕，皆不得捕取鳥雀。數年間，皆巢於低枝，其鷇可俯而窺。又有桐花鳳，四五日翔集其間。此鳥羽毛至爲珍異難見，而能馴擾〔一〕，殊不畏人。閭里間見之，以爲異事。此無他，不忮之誠信於異類也。有野老言，鳥雀巢去人太遠，則其子有蛇鼠狐狸鴟鳶之憂，人既不殺，則自近人者，欲免此患也。由是觀之，異時鳥雀巢不敢近人者，以人爲甚於蛇鼠之類也，苛政猛於虎，信哉！

〔一〕《外集》卷六十二「擾」作「攪」。

記錢塘殺鵝

鵝能警盜，錢塘人喜殺之，日屠百鵝而鬻之市。予自湖上夜歸，過屠者門，聞羣鵝皆號，聲振衢路，若有訴者。予悽然，欲贖其死，念終無所置之，故不果，然至今往來予心也。鵝不獨警盜，亦能却蛇，其糞蓋殺蛇。蜀人園池養鵝，蛇即遠去。有此二能而不能免死，且有祈雨之厄，悲夫，安得人人如逸少乎！

記徐州殺狗

今日廂界有殺狗公事。司法言，近勑書不禁殺狗。問其說，云：《禮·鄉飲酒》：「烹狗於東方，迺不禁。」然則《禮》云：「賓客之牛角尺。」亦不當禁殺牛乎？孔子曰：「弊帷不棄，爲埋馬也。弊蓋不棄，爲埋狗也。」死猶當埋，不忍食其肉，况可得而殺乎？

記張公規論去慾〔一〕

太守楊君素〔二〕、通判張公規邀余遊安國寺。坐中論調氣養生之事。余曰：「皆不足道，難在去慾。」張云：「蘇子卿齧雪啖氊，蹈背出血，無一語少屈，可謂了死生之際矣。然不免爲胡婦生子。窮居海上〔三〕，而況洞房綺疏之下乎！乃知此事不易消除。」衆客皆大笑。余愛其語有理，故爲録之。

〔一〕趙刻《志林》題作「養生難在去慾」；「慾」原作「欲」，今從《志林》。文内同。

〔二〕《叢話·前集》卷四十一引文、《志林》「素」作「采」。案：本集卷五十六有《答楊君素三首》，君素乃蘇軾前輩。此君素似爲另一人。

〔三〕「居」原作「死」，今從《志林》。

記故人病

元豐六年十月十二日夜，一鼓後，故人有得風疾者，急往視之，已不能言矣。死生陰陽之争，其苦有甚於刀鋸木索者。余知其不可救，嘿爲祈死而已。嗚呼哀哉，此復何罪乎！酒色之娱而已。古人云：「甘嗜毒，樂戲猛獸之爪牙。」豈虚言哉！明日見一少年，以此戒之。少年笑曰：「甚矣，子言之陋也。色固吾之所甚好，而死生疾痛非吾之所怖也。」余曰：「有行乞於道偃而號曰：『遺我一盂飯，吾今以千斛之粟報子。』則市人皆掩口笑之。有千斛之粟，而無一盂之飯，不可以欺小兒。怖生於愛，子能不怖死生而猶好色，其可以欺我哉！」今世之爲高者，皆少年之徒也。戒生定，定生惠，此不刊之語也。如有不從戒、定生者，皆妄也，如惠而實癡也，如覺而實夢也。悲夫！

記趙貧子語

趙貧子謂人曰：「子神不全。」其人不服，曰：「吾僚友萬乘，螻蟻三軍，粃糠富貴，而晝夜死生，何謂神不全乎？」貧子笑曰：「是血氣所扶，名義所激，非神之功也。」明日，問其人曰：「子父母在乎？」曰：「亡久矣。」「常夢之乎？」曰：「多矣。」「夢中知其亡乎，抑以爲存也？」曰：「皆有之。」貧子笑曰：「父母之存亡，不待計議而知者也。晝日問子，則不思而對，夜夢見之，則以亡爲存，死生之於夢覺有間矣。物之眩子而難知者，甚於父母之存亡。子自以爲神全而不學，可憂也哉！」予嘗預聞其語〔一〕，故録之。

〔一〕趙刻《志林》「預聞」作「與」。

樂苦説

樂事可慕，苦事可畏，此是未至時心耳。及苦樂既至，以身履之，求畏慕者初不可得。況既過之後，復有何物比之，尋聲捕影，繫風趁夢，此四者猶有彷彿也。如此推究，不免是病，且以此病對治彼病，彼此相磨，安得樂處，當以至理語君，今則不可。元祐三年八月五日書。

記子由言修身〔一〕

子由言：有一人死而復生，問冥官：「如何修身，可以免罪？」答曰：「子且置一卷曆，晝日之所爲〔二〕，暮夜必記之。但不可記者，是不可言不可作也。無事静坐，便覺一日似兩日，若能處置此生，常似今日，得至七十，便是百四十歲。人世間何藥可能有此奇效：既無反惡，又省藥錢。此方人人收得，但苦無好湯使，多嚥不下〔三〕。」元祐七年四月二十五日。

〔一〕趙刻《志林》題作「修身曆」。

〔二〕「晝」原作「書」，據趙刻《志林》改。

〔三〕此句下，《志林》尚有「晁無咎言司馬温公」云云五十三字。此五十三字，本集獨立成篇，題作「温公過人」。

記張君宜醫〔一〕

近世醫官仇鼎療癰腫，爲當時第一，鼎死未有繼者。今張君宜所能，殆不減鼎。然鼎性行不甚純淑，世或畏之。今張君用心平和，專以救人爲事，殆過於鼎遠矣。元豐七年四月七日。

〔一〕趙刻《志林》題作「醫生」。

畏威如疾

管仲有言：「畏威如疾，民之上也；從懷如流，民之下也。」又曰：「燕安酖毒，不可懷也。」《禮》曰：「君子莊敬日强，安肆日偷。」此語乃當書諸紳。故余以畏威如疾爲私記。

常德必吉

伊尹云：「德惟一動，罔不吉；德二三動，罔不凶。」貧賤人但有常德，非復富貴，卽當得道。雖當大富貴，苟無常德，其後必敗。予以此占之多矣。

禄有重輕

王狀元未第時，醉墮汴河，爲水神扶出，曰：「公有三百千料錢，若死於此，何處消破？」明年遂登第。士有久不第者，亦効之，陽醉落河，河神亦扶出。士大喜曰：「吾料錢幾何？」神曰：「吾不知也。但三百甕黄虀，無處消破耳。」

德有厚薄

杜黄裳，少年好行陰德，見枯骨輒葬之，鬼輒報德。或獲寶劍，或獲藏鏹。士有效之者，雪中見一枯骨，質衣而葬之。忍寒至三更，鬼嘯於簷曰：「秀才，秀才！會唱《涼州》、《伊州》否？僕是開元中舞旋色，待與秀才舞箇曲破，聊以報德。」

仙不可力求〔一〕

王烈入山得石髓〔二〕，懷之，以餉嵇叔夜。叔夜視之，則堅爲石矣。當時若杵碎，或磨錯食之，豈不賢於雲母、鍾乳輩哉！然神仙要有定分，不可力求。退之有言：「我寧詰曲自世間，安能從汝巢神山。」如退之性氣，雖出世間人亦不能容〔三〕，況叔夜悻直，又甚於退之者耶？

〔一〕趙刻《志林》題作「王烈石髓」。

〔二〕「入山」原作「山中」，今從《志林》。

〔三〕「出」原缺，據《志林》補。

事不能兩立〔一〕

樂天作廬山草堂，蓋亦燒丹也。欲成而爐鼎敗。明日，忠州刺史除書到。乃知世間、出世間事不兩立也。僕有此志久矣，而終無成者，亦以世間事未敗故也。今日真敗矣。《書》曰：「民之所欲，天必從之。」信而有徵。紹聖元年十月二十二日。

〔一〕趙刻《志林》題作「樂天燒丹」。

記鄭君老佛語

數隨定，觀還止，此道以老君、佛語兼修之。當念此身如槁木，堅定不動〔一〕，若復動摇一毫髮許，即墮大地獄，如孫武令、商君法，有死無犯。鄭君所得〔二〕，輒與老夫不謀而同，乃知前生俱是一會中人也。

〔一〕《稗海》本《志林》「堅」作「竪」（原校：一作「堅」）；「堅」後有「老」字。

〔二〕《志林》「君」作「大士」。

二紅飯〔一〕

今年東坡收大麥二十餘石〔二〕，賣之價甚賤，而粳米適盡，乃課奴婢舂以爲飯，嚼之嘖嘖有聲。小兒女相調，云是嚼虱子。日中饑，用漿水淘食之，自然甘酸浮滑，有西北村落氣味。今日復令庖人，雜小豆作飯，尤有味。老妻大笑曰：「此新樣二紅飯也。」

〔一〕原題作「記先夫人二紅飯語」，今從涵芬樓《仇池筆記》。案：「先夫人」乃指已去世之母親，如本卷《記先夫人不殘鳥雀》。味此文内容，「先夫人」蓋爲「老妻」之誤。

〔二〕「東坡」二字原缺，據《仇池筆記》補。

記合浦老人語〔一〕

元符三年八月〔二〕，予在合浦，有老人蘇佛兒來訪。年八十二，不飲酒食肉，兩目爛然，蓋下子也〔三〕。自言：「十二歲齋居修行〔四〕，無妻子，有兄弟三人，皆持戒念道。長者九十二，次者九十。」與論生死事，頗有所知。居州城東南六七里〔五〕。佛兒：「嘗賣藥於東城〔六〕。見老人，言：『即心是佛，不在斷肉。』予言：『勿作此念，衆生難感易流。』老人甚喜曰：『如是！如是！』」東坡居士記。

〔一〕趙刻《志林》題作「記蘇佛兒語」。
〔二〕此句原缺，據《志林》、《外集》卷六十二補。
〔三〕《志林》、《外集》「下」作「童」。
〔四〕「十二」原作「少」，今從《志林》、《外集》。
〔五〕此句原缺，據《志林》、《外集》補；《外集》無「南」字。
〔六〕《志林》「藥於」作「菜之」，《外集》「於」作「之」。

二措大言志〔一〕

有二措大相與言志。一云：「我平生不足，惟飯與睡耳。他日得志，當飽喫飯，飯了便睡，睡了又喫。」一云：「我則異於是。當喫了又喫，何暇復睡耶？」吾來廬山，聞馬道士善睡，於睡中得妙。然以吾觀之，終不如彼措大得喫飯三昧也。

〔一〕趙刻《志林》題作「措大喫飯」。

三老人論年

嘗有三老人相遇，或問之年。一人曰：「吾年不可記，但憶少年時，與盤古有舊。」一人曰：「海水變桑田時，吾輒下一籌，邇來吾籌已滿十間屋。」一人曰：「吾所食蟠桃，棄其核於崑崙山下，今已與崑崙肩矣。」以予觀之，三子者，與蜉蝣、朝菌，何以異哉！

桃符艾人語

桃符仰罵艾人曰〔一〕：「爾何草芥而輒據吾上？」艾人俯謂桃符曰：「爾已半截入土，安敢更與吾較高下乎〔二〕？」門神傍笑而解之曰：「爾輩方且傍人門户，更可争閑氣耶〔三〕！」

〔一〕《蘇長公外紀》「桃」前有「東坡示參寥云」六字。

〔二〕《稗海》本《志林》作「猶争高下乎，桃符怒往，復紛然不已」。

〔三〕《志林》此二句作「吾輩不肖，方傍人門户，何暇争閑氣耶，請妙總法師着此一轉語」。

螺蚌相語

中渚，有螺蚌相遇島間。蚌謂螺曰：「汝之形，如鸞之秀，如雲之孤，縱使卑朴，亦足仰德。」螺曰：「然。云何珠璣之寶，天不授我，反授汝耶？」蚌曰：「天授於內不授於外，啓予口，見予心，汝雖外美，其如內何，摩頂放踵，委曲而已。」螺乃大慙，掩面而入水。

記道人戲語

紹聖二年五月九日〔一〕，都下有道人坐相國寺賣諸禁方，緘題其一曰：賣賭錢不輸方。少年有博者，以千金得之。歸，發視其方，曰：「但止乞頭。」道人亦善鬻術矣，戲語得千金，然未嘗敢欺少年也〔二〕。

〔一〕「紹聖二年」云云八字原缺，據趙刻《志林》補。

〔二〕《志林》無「敢」字。

口目相語〔一〕

子瞻患赤目，或言不可食膾。子瞻欲聽之，而口不可。曰：「我與子爲口，彼與子爲眼，彼何厚，我何薄，以彼患而廢我食，不可。」子瞻不能決。口謂眼曰〔二〕：「他日我痞，汝視物，吾不禁也〔三〕。」

〔一〕趙刻《志林》題作「子瞻患赤眼」。

〔二〕「口」原缺，據《志林》補。

〔三〕《志林》此句後，尚有「管仲有言」云云六十字，見本卷《畏威如疾》一文，獨立成篇。案：獨立成篇是。

作僞心勞

貧家無闊藁薦，與其露足，寧且露首。君觀吾儕有頃刻離筆硯者乎？至於困睡，猶似筆也。小兒子不解人事，問：「每夜何所蓋？」輒答云：「蓋藁薦。」嫌其太陋，撻而戒之曰：「後有問者，但云被。」一日出見客，而薦草掛鬚上。兒從後呼曰：「且除面上被。」所謂作僞心勞日拙者耶？

着飯喫衣

無糊絹，以桑灰水煑爛，更以清水煑脱灰氣，細研如粉，酒煑麪糊，丸如桐子大，空心，酒下三五十丸，治風壯元。此所謂着飯喫衣者也。或問飯非可着衣非可喫？答云：「所以着飯，不過爲窮，所以喫衣，不過爲風。」正與孫子荆枕流漱石作對。或人未喻，曰：「夜寒藁薦，豈非着飯也耶！」

梁上君子

近日頗多賊，兩夜皆來入吾室。吾近護魏王葬，得數千緡〔一〕，畧已散去。此梁上君子，當是不知耳。

〔一〕「千」原作「十」，今從趙刻《志林》。

附錄

蘇軾文集序

趙　昚

成一代之文章，必能立天下之大節。立天下之大節，非其氣足以高天下者，未之能焉。孔子曰：「臨大節而不可奪，君子人歟？」孟子曰：「我善養吾浩然之氣，以直養而無害，則塞乎天地之間。」養存之於身，謂之氣，見之於事，謂之節。節也，氣也，合而言之，道也。以是成文，剛而無餒，故能參天地之化，關盛衰之運。不然，則雕蟲篆刻童子之事耳，烏足與論一代之文章哉！故贈太師謚文忠蘇軾，忠言讜論，立朝大節，一時廷臣無出其右，負其豪氣，志在行其所學，放浪嶺海，文不少衰，力斡造化，元氣淋漓，窮理盡性，貫通天人，山川風雲，草木華實，千彙萬狀，可喜可愕，有感於中，一寓之於文，雄視百代，自作一家，渾涵光芒，至是而大成矣。朕萬幾餘暇，紬繹詩書，他人之文，或得或失，多所取舍。至於軾所著，讀之終日，亹亹忘倦，常寘左右，以爲矜式，可謂一代文章之宗也歟！乃作贊曰：

維古文章，言必己出。綴詞緝句，文之蟊賊。手抉雲漢，斡造化機。氣高天下，乃克爲之。猗嗟若人，冠冕百代。忠言讜論，不顧身害。凜凜大節，見於立朝。放浪嶺海，侶於漁樵。歲晚歸來，其文益偉。波瀾老成，無所附麗。昭晰無疑，優游有餘。跨唐越漢，自我師模。賈馬豪奇，韓柳雅健。前哲典刑，未足多羨。敬想高風，恨不同時。掩卷三歎，播以聲詩。

乾道九年閏正月望，選德殿書賜蘇嶠。(見《經進東坡文集事略》卷首，四部叢刊本)

按：此文原題作「御製文集序」。今既署名趙眘，故改題。

重刊蘇文忠公全集序

李紹

古今文章，作者非一人，其以之名天下者，惟唐昌黎韓氏、河東柳氏、宋廬陵歐陽氏、眉山二蘇氏及南豐曾氏、臨川王氏七家而已。然韓、柳、曾、王之全集，自李漢、劉禹錫、趙汝礪、危素之所編次，皆已傳刻，至今盛行於世。歐陽文惟歐所自選《居士集》，大蘇文惟吕東萊所編文選，與前數家並行，然僅十中之一二，求其全集，則宋時刻本雖存，而藏於内閣，仁廟亦嘗命工翻刻，而歐集止以賜二三大臣，蘇集以工未畢，而上升遐矣。故二集之傳於世也獨少，學者雖欲求之，蓋已不可易而得者矣。

海虞程侯自刑部郎來守吉，謂歐吉人，吉學古文者，以歐爲之宗師也，嘗求歐公大全集刻之郡黌，以幸教吉之人矣。既以文忠蘇公學於歐者，又其全集世所未有，復徧求之，得宋時曹訓所刻舊本及仁廟所刻未完新本，重加校閲，仍依舊本卷帙，舊本無而新本有者，則爲續集并刻之，以與歐集並傳於世。既成，教授王君克脩請予序。

公爲人英傑奇偉，善議論，有氣節。其爲文章，才落筆，四海已皆傳誦。下至閭巷田里，外及夷狄，莫不知名。其盛蓋當時所未有，其文名蓋與韓、柳、歐、曾、王氏齊驅而並稱信，如天之星斗，地之山嶽，人所快覩而欽仰者，奚庸序爲！獨推程侯今日所以傳刻之意，則不可不序以見之也。

蓋公文全集初有杭、蜀、吉本及建安麻沙諸本行於世，以歲既久，木朽紙弊，至於今，已不復全矣。茲幸程侯慕仰昔賢，思其箸述，亟爲尋訪，俾散亂亡逸者，悉收拾之，彙爲一集，傳刻於世，使吾郡九邑之士，得而觀之，皆知學古之作，而無浮靡之習。四方郡邑之廣，以至遐裔之地，亦必因以流布，而皆有以沾其賸馥。後之君子，將轉相摹刻以傳，又可及於久遠，則侯之幸教學者之意，非獨止於一郡，而達之天下，垂之後世無窮焉，是其有功於蘇文，豈不亦大矣乎！予故樂而爲之序。

成化四年春二月朔，通議大夫禮部右侍郎國史副總裁前翰林學士兼經筵官郡人李紹序。（見《東坡七集》卷首，清宣統刊本）

刻蘇長公外集序

焦竑

蘇長公集行世者，有洪熙御府本、江西本而已。頃學者崇尚蘇學，梓行寖多。或亂以他人之作，如老蘇《水官》、《九日上魏公》、《送僧智能》三詩，叔黨《颶風》、《思子臺》二賦，人知其謬；至《和陶擬古》九首、《大悲圓通閣記》本子由作，見《欒城遺言》；《虛飄飄》三首，公與黃、秦倡和，見少游集；《睡鄉記》擬無功《醉鄉記》而作：今並屬子瞻。代滕甫辨謗，王銍謂是其父作，《四六話》備載其文，與公集小異耳。此或子瞻所潤色，非盡出其手也。大率紀次無倫，真贋相雜，如此類往往有之。蓋長公之存，嘗嘆息於此矣。

最後得《外集》讀之，多前所未載，既無舛誤，而卷帙有序，如題跋一部，遊行、詩、文、書、畫等，各以類相從，而盡去《志林》、《仇池筆記》之目，最爲精覈。其本傳自祕閣，世所罕覩。侍御康公以鹺使至，章紀肅法，敝革利興，以其暇銓敍藝文，嘉與士類，乃出是集，屬別駕毛君九苞校而傳之，而命余序於簡端。

孔子曰：「辭達而已矣。」世有心知之而不能傳之以言，口言之而不能應之以手，心能知之，口能傳之，而手又能應之，夫是之謂辭達。唐、宋以來，如韓、歐、曾之於法至矣，而中靡獨見，是非議論，或依傍前人，子厚、習之、子由乃有窺焉，於言有所鬱渤而未暢。獨長公洞覽流略於濠上、竺乾之趣，貫穿馳騁而得其精微，以故得心應手，落筆千言，坌然溢出，若有所相，至於忠國惠民，鑿鑿可見之實用，絶非詞人哆口無當者之所及，使竟其用，其功名當與韓、范諸公相競美，而卒中於讒以没，何歟？豈其才太高、鋒太儁而不能委蛇以至是歟？抑予角拔齒，天之賦材，亦有不能兩全者歟？然能錮其身而不能揜抑其言，能遏於一時而不能不彰顯於後世，至今姦邪謟諛，如蛆蟲糞壤，影響銷滅，而公文與日月争光，令讀之者快然，如醉而醒，瘖而鳴，痿而起行，可謂盛矣。侍御公於是又表章其遺軼於後人見聞所不及，而令覽其文，慕其跡者，低徊仰思先賢之風聲氣烈，如親見其人，則侍御公之傳於世，亦豈有既乎！故余樂爲之書。別駕君博雅而文，校讎審諦，於此編尤勤，因得附著之。（見《澹園續集》卷一，在《金陵叢書·乙集》之九，又見《重編東坡先生外集》卷首）

刻蘇長公集序

焦竑

古之立言者，皆卓然有所自見，不苟同於人，而惟道之合，故能成一家言，而有所託以不朽。夫道莫深於《易》，所謂洗心以退藏於密而吉凶與民同患者也。聖人没，其吉凶同民者故在，而退藏之義隱矣。學者不得其退藏者，而取已陳之芻狗當之，故識鑿之而賊，才蕩之而浮，學封之而塞，名錮之而死，其言語文章，非不工且博也，然械用中存神者不受，以眂夫妙解投機，精濳應感者，當異日談矣。

蘇子瞻氏少而能文，以賈誼、陸贄自命，已從武人王彭遊，得竺乾語而好之。久之，心凝神釋，悟無思、無爲之宗，慨然歎曰：「三藏十二部之文，皆《易》理也。」自是横口所發，皆爲文章，肆筆而書，無非道妙，神奇出之淺易，纖穠寓於澹泊，讀者人人以爲己之所欲言而人人之所不能言也。才美學識，方爲吾用之不暇，微獨不爲病而已。蓋其心遊乎六通四闢之塗，標的不立，而物無留鏃焉。迨感有衆至，文動形生，役使萬景而靡所窮盡，非形生有異，使形者異也。譬之嗜音者，必尊信古，始尋聲布爪，唯譜之歸，而又得碩師焉以指授之。乃成連於伯牙，猶必徙之岑寂之濱，及夫山林杳冥，海水洞涌，然後恍有得於絲桐之表，而《水仙》之操爲天下妙。若矇者偶觸於琴而有聲，輒曰「音在是矣」，遂以謂仰不必師於古，俯不必悟於心，而敖然可自信也，豈理也哉！

公著作凡幾所，所謂有所自見而惟道之合者也，而於《易》、《論語》二傳，自喜爲甚，此公所以爲文者，而世未盡知也。《經解》余向刻於滄州。茅君孝若復取諸集，合爲此編，而屬余爲序。爲書此簡端，令學者知循其本云。

萬曆丙午正月既望，瑯琊焦竑序。（見《蘇文忠公全集》卷首）

宋蘇文忠公全集敍

茅維

自古文士之見道者，必推眉山蘇長公其人，讀其文而可概已。在昔論文者，咸以梁昭明《文選》爲指南，而長公獨非之。蓋其書出而士習益趨於文而文日降，譬之曦薄虞淵，波洩尾閭，質喪旨淆，莫之能輓者。以隋煬之不君，特患文之無節，史氏嘉之，殆駸駸乎啟唐風之一變。五季承唐之靡，而宋復振之，以紹唐之元和。其間廬陵先鳴，而眉山、南豐爲輔。卒之士人所附，萃於長公，而廬陵不自功矣。然文之變也，變則創，創則離，離其章而壹其質，是謂唐、宋之復古。顧狥名之士，求其離而瑕之，嘵嘵然援古以自多，將謂越唐、宋而逼秦、漢，其合者直章焉爾，而質不唐、宋若也，奚其古？

先大夫患之，輯唐、宋八家行於世，而眉山氏居其三。則嘗授諸維曰：「吾以長公合八家，姑舉其要，要以長公成一家，必舉其贏，然吾已矣，小子維識之。」昔長公被逮於元豐間，文之祕者，朋游多棄去，家人恐怖而焚之者，殆無算。逮高宗嗜其文，彚集而陳諸左右，逸者不復收矣。迄今徧搜楚、越，並非善本，既嗟所缺，復憾其譌。丏諸秣陵焦太史所藏閣本《外集》。太史公該博而有專嗜，出示手板，甚嚴。參之《志林》、《仇池筆記》等書，增益者十之二三，私加刊次，再歷寒燠而付之梓。即未能復南宋禁中之舊，而今之散見於世者，庶無挂漏。爲集總七十五卷，各以類從，是稱《蘇文忠公全集》云。

蓋長公之文，猶夫雲霞在天，江河在地，日遇之而日新，家取之而家足，若無意而意合，若無法而法隨，其亢不迫，其隱無諱，澹而腴，淺而蓄，奇不詭於正，激不乖於和，虛者有實功，汎者有專詣，殆無位而攄隆中之抱，無史而畢龍門之長，至乃羈愁瀕死之際，而居然樂香山之適，享黔婁之康，偕柴桑之隱也者，豈文士能乎哉！噫，世能窮長公於用，而不能窮長公於文，能不用長公，而不能不爲長公用。當其紛然而友，粲然而布，彌宇宙而亘今古，肖化工而完真氣，無一不從文焉出之，而讀之澹乎若無文也，長公其有道者歟！又嘗語人以文之旨，第舉夫子所謂「辭達而已矣」。蓋文止乎達，而達外無文，原六藝而垂萬代，旨其蔽之哉！彼所指離不離者抑末耳。在昭明固云「老、莊、管、晏之書，以意爲宗，不以文爲本」者，無庸進退之也。若長公者，非其亞耶？藉令起昭明以進退其文，吾知難乎爲政矣。則不佞是役也，蓋不徒以先大夫之成命在。

萬曆丙午元日，吴興茅維譔。（見《蘇文忠公全集》卷首）

附志：卷首冠有焦竑、茅維二序之《蘇文忠公全集》，乃萬曆丙午（三十四年，公元一六〇六年）茅維原刊本。自茅本問世之後，明末至清代，多次修板，以《東坡先生全集》之名行世，流傳較廣。《東坡先生全集》删去焦、茅二序，或冠以吴門項煜序，而茅維原刊本傳世甚稀，轉晦而不彰，學者或有不知其源，不知茅氏搜輯、整理之功，每以爲憾。中華書局劉尚榮同志，近數年來，潛心搜求，終得見於中國社會科學院語言研究所，並商借示余。余爲之驚喜不已。爰敍其原委如此，並向語言研究所及劉尚榮同志致謝。

點校者

弁言

蘇軾之文，見於《蘇軾文集》者，凡三千八百餘篇，然猶未盡也。

蓋嘗考之。蘇軾著述著録於《昭德先生郡齋讀書志》、《直齋書録解題》、《宋史·藝文志》而已久佚者有《東坡先生別集》（三十二卷本）、《東坡別集》（四十六卷本）、《續別集》、《儋耳手澤》、《奏議補遺》、《南征集》、《黄州集》、《續集》、《北歸集》等多種，《直齋書録解題》提及之麻沙本《大全集》尚不在內；明萬曆所刊《重編東坡先生外集》卷首列舉之蘇軾著作如《南行集》（當即《南征集》）、《坡梁集》、《錢塘集》、《超然集》、《黄樓集》等二十二種，皆已早佚。其中有詩集、詩文合集及筆記。本編所收文字，當有出其中者。查宋周必大《平園續稿》卷八《題東坡上薛向樞密書》，謂蘇軾此書見麻沙本及《別集》（此麻沙本當即麻沙本《大全集》），其文今竟不見，知所遺者尚多。

以上乃就入集者而言。蘇軾一生，交游甚廣，所作尺牘、題跋甚多。然志不在傳世，隨作隨散。後人仰其人，高其文，贊其書，屢予以搜輯刊行，然未遍也。宋岳珂《寶真齋法書贊》卷十二録蘇軾書簡凡二十首，唯一首見今本，他可知已。以故時至今日，其不見於今傳各本之尺牘、題跋之墨迹，猶偶或見之。

於是，余於校點《蘇軾文集》同時，潛心搜輯蘇軾佚文。五六年來，自有關總集、別集、筆記、詩話、金石碑帖及題跋、史部、類書乃至蘇軾多種版本著作中，得文近四百篇(包括殘篇)。中國社會科學院文學研究所王學泰同志復示余所不及，復得若干篇，二者都爲四百餘篇。乃命之曰《蘇軾佚文彙編》，釐爲七卷，或可爲研討一代文宗蘇軾之助。余自知所輯或有未盡，當畢力於斯，期於全而後已。余將以此而自勉焉。

孔凡禮一九八四年十一月於北京一胡同之斗室

簡例

一、本編簡稱《蘇軾文集》爲《文集》、《蘇軾詩集》爲《詩集》。凡不見於《文集》之文章，即以佚文論。

二、本編參照《文集》分類，各類先後次第，亦依《文集》。循《文集》體例，本編尺牘標題，一律稱接受者之字，無字者或字不易考者則稱名。

三、《苕溪漁隱叢話》引述蘇軾作品，凡篇首云「東坡云」者，皆蘇軾之作品，散見《文集》各卷。《侯鯖録》、《曲洧舊聞》篇首云「東坡云」、「東坡言」、「東坡曰」者，或見於《文集》，或不見。其不見者即視以佚文，輯入本編。篇首雖有「東坡云」而其中夾有與引述者問答之語者不收，篇中夾有引述者敍事之語者不收。

四、寓言故事組篇《艾子雜説》，北宋末周紫芝已肯定爲蘇軾所作，今亦收入本編。《文集》卷七十三有《桃符艾人語》等篇，亦屬寓言故事，《文集》入雜記之記事類，殊屬不合。今入《艾子雜説》於附録。《漁樵閑話録》，涵芬樓鉛印本《説郛》、明趙開美刊《東坡雜著五種》皆收入。涵芬樓鉛印本《説郛》、宛委山堂本《説郛》及《東坡雜著五種》皆收有《續雜纂》。二者均謂蘇軾撰。然未敢遽定；以其傳世已久，又未敢遽棄，今亦入於附録。

五、本編大多數文章後，有「校勘、考訂、説明」一欄（不書「校勘、考訂、説明」字樣），其内容爲：

1 訛脱文字之訂補及重要異文之舉列。

2 作品寫作時間之必要揭示。

3 少數作品題目之確定。收入本編文字，無題者頗多，今據内容酌加，不在此例。

4 尺牘接受人之必要考訂。如《與朱伯原二首》其一原只稱「伯原」，經過考訂，加「朱」字。

5 疑似作品之必要考訂説明。

6 直接有關作品内容之必要説明。

7 極個別兩存篇目之説明。

8 原書校勘、説明文字之選録。

校勘、考訂、説明，按出現次第，順序編號。

六、原題蘇軾，經考定確非蘇軾作，不録。如明刻本《東坡題跋》（非汲古閣本，乃另一書）有《書王量墨》一文，今考此文見於《春渚紀聞》，乃何薳作。

七、本編所收文字，少數爲殘篇。此類文字，於題之下，加括弧註「殘」字。

八、散見於各書屬於同一接受者之尺牘，在輯入本編時，略按時間先後排列。源出於一書而又集中於一處屬於同一接受者之多篇尺牘，仍按原書次第，不作變動，如《聖宋名賢五百家播芳大全文粹》所引録者。

九、本編收入之文，除第四條所提及之《漁樵閑話録》及《續雜纂》真僞有待考訂外，個別篇或仍有疑爲非蘇軾作者，真僞仍待考訂。兹亦收入本編，以供參考。

蘇軾佚文彙編引用書目

一、蘇軾著作

注東坡先生詩宋施元之、顧禧　影印宋景定鄭羽補刊本

經進東坡文集事略宋郎曄　四部叢刊影宋刊本

增刊校正王狀元集註分類東坡先生詩題宋王十朋　四部叢刊影印元刊本

西樓帖清宣統影印本

西樓帖北京市文物商店收藏本

宋拓蘇長公雪堂帖上海有正書局影印劉鶚抱殘守闕齋藏本

晚香堂蘇帖明陳繼儒　搨本

東坡詩話録元陳秀明　學海類編本

蘇文忠公全集（即東坡七集）明成化程宗刊本

東坡雜著五種明萬曆趙開美刊本

重編東坡先生外集明萬曆刊本

東坡志林涵芬樓鉛印明萬曆趙開美刊本

蘇黄墨寶抄本
東坡先生志林明萬曆稗海本
補註東坡編年詩清查愼行　清乾隆刊本
歐蘇手簡日本天明元年(一七八一)皇都書肆林權兵衛刻本
蘇文忠詩合註清馮應榴　清光緒刊本
蘇文忠公詩編註集成清王文誥　清光緒刊本
蘇軾詩集一九八二年中華書局排印本
蘇軾選集王水照　一九八四年上海古籍出版社排印本

二、總集别集

聖宋名賢五百家播芳大全文粹宋魏齊賢、葉棻　宋紹熙原刊本
皇朝文鑑宋吕祖謙　四部叢刊影宋端平刊本
洞霄詩集元孟宗寶　知不足齋叢書本
河東先生集唐柳宗元　國學基本叢書本
王荆文公詩宋李壁箋註　清乾隆六年刊本
丹淵集宋文同　四部叢刊影明刊本

欒城集宋蘇轍　四部叢刊影印明活字本
范太史集宋范祖禹　四庫全書珍本初集本
豫章黄先生文集宋黄庭堅　四部叢刊影宋刊本
山谷外集詩註宋史容　武英殿聚珍版本
山谷别集詩註宋史季温　武英殿聚珍版本
樂圃餘稿宋朱長文　清刻本
淮海集宋秦觀　四部叢刊影明嘉靖刊本
東堂集宋毛滂　四庫全書珍本初集本
陸游集一九七六年中華書局排印本
省齋文稿宋周必大　清咸豐刊周益國文忠公集本
平園續稿宋周必大　清咸豐刊周益國文忠公集本
晦庵先生朱文公文集宋朱熹　四部叢刊影明刊本
止齋先生文集宋陳傅良　四部叢刊影明弘治刊本
南軒先生文集宋張栻　清康熙刊本
雪山集宋王質　湖北先正遺書本
攻媿集宋樓鑰　武英殿聚珍版本

鶴山先生大全文集宋魏了翁　四部叢刊影宋刊本
陵陽先生文集宋牟巘　吴興叢書本
番易仲公李先生文集元李存　清抄本

三、筆記詩話

侯鯖録宋趙令畤　知不足齋叢書本
濟南先生師友談記宋李廌　影宋刻百川學海本
欒城先生遺言宋蘇籀　影宋刻百川學海本
冷齋夜話宋僧惠洪　螢雪軒叢書本
邵氏聞見後録宋邵博　一九八三年中華書局點校本
能改齋漫録宋吴曾　一九七九年上海古籍出版社點校本
避暑録話宋葉夢得　涵芬樓鉛印本
澠水燕談録宋王闢之　知不足齋叢書本
道山清話宋王暐　影宋刻百川學海本
曲洧舊聞宋朱弁　知不足齋叢書本
春渚紀聞宋何薳　一九八三年中華書局點校本

容齋隨筆宋洪邁　四部叢刊續編本

夷堅志宋洪邁　一九八一年中華書局點校本

老學庵續筆記宋陸游　涵芬樓鉛印説郛本

游宦紀聞宋張世南　知不足齋叢書本

鼠璞宋戴埴　影宋刻百川學海本

梁谿漫志宋費衮　常州先哲遺書本

鶴林玉露宋羅大經　中華書局一九八三年點校本

甕牖閑評宋袁文　武英殿聚珍版本

癸辛雜識宋周密　學津討原本

堯山堂外紀明蔣一葵　明刊本

坡仙遺事清黄熚　清嘉慶刊杞菊軒藏書本

藏海詩話宋吴可　歷代詩話續編本

竹坡老人詩話宋周紫芝　影宋刻百川學海本

二老堂雜誌宋周必大　清咸豐刊周益國文忠公集本

吴禮部詩話元吴師道　歷代詩話續編本

四、金石碑帖題跋

寶真齋法書贊宋岳珂　武英殿聚珍版本

蘭亭考宋桑世昌　知不足齋叢書本

古刻叢鈔元陶宗儀　知不足齋叢書本

珊瑚網明汪砢玉　適園叢書本

清河書畫舫明張丑　清乾隆刊本

書畫題跋記明郁逢慶　抄本

續書畫題跋記明郁逢慶　抄本

求古録清顧炎武　槐廬叢書本

式古堂書畫彙考清卞永譽　清刊本

大觀録清吴升　民國鉛印本

庚子銷夏記清孫承澤　清乾隆間刊本

六藝之一録清倪濤　四庫全書珍本初集本

西清硯譜清高宗勅編　四庫全書珍本初集本

吴越所見書畫録清陸時化　清乾隆活字本

三希堂石刻北京北海閲古樓

御刻三希堂石渠寶笈法帖釋文清高宗勅修　民國影印乾隆御刻本

金石萃編清王昶　清嘉慶十年刊本

潛研堂金石文跋尾續清錢大昕　潛研堂全書本

古緣萃録清邵松年　清光緒三十年石印本

粤東金石略清翁方綱　清乾隆刊本

金石續編清陸耀遹　石印本

山左金石志清阮元　清嘉慶二年刊本

湖北金石志張仲炘　湖北通志局刊本

盛京故宫書畫録金梁　民國十三年刊本

内府書畫編纂稿稿本

五、史部

昭德先生郡齋讀書志宋晁公武　萬有文庫二集影宋刻本

續資治通鑑長編宋李燾　清刊本

宋會要輯稿影縮印本

輿地紀勝宋王象之　清咸豐刊本

嘉定鎮江志宋盧憲　清道光刊本

咸淳臨安志宋潛説友　清道光刊本

宋史元托克托　中華書局點校本

西湖遊覽志餘明田汝成　上海古籍出版社一九八〇年新一版排印本

蜀中名勝記明曹學佺　國學基本叢書本

西湖志清傅王露　清雍正九年刊本

廣東通志清阮元　商務印書館影印本

光緒重刊宜興縣志清阮升基　清光緒八年刊本

光緒嘉興縣志清趙惟崳　清光緒三十二年刊本

東坡書院志略清崔云鱅　清道光五年活字本

六、類書及其他

永樂大典中華書局影印本

蘇軾佚文彙編目録

卷一

卷二

卷三

尺牘

卷四

卷五

題跋詩詞

卷六

題跋書

題跋畫

蘇軾佚文彙編卷一

論

夏侯太初論[一]（殘）

人能碎千金之璧，不能無失聲於破釜；能搏猛虎，不能無變色於蜂蠆。（見《能改齋漫録》卷八；又見本集卷一《黠鼠賦》及《詩集》卷十五《顔樂亭詩》序，又見《東坡七集》卷首附録宋王宗稷《東坡先生年譜》）

[一]《能改齋漫録》謂此文乃蘇軾十歲時應其父之命而作；《東坡先生年譜》繫此文於宋仁宗慶曆五年。又，《優古堂詩話·東坡作夏侯太初論》引《王立方詩話》亦謂此文爲蘇軾十歲作。

序

醉翁琴趣外編序[一]（殘）

散落尊酒間，盛爲人所愛尚，猶小技，其上有取焉者。（見《吴禮部詩話》）

[一]仁和吴昌綬民國所刊《雙照樓景刊宋元本詞》有《景宋本醉翁琴趣外編六卷》，無蘇軾之序。《吴禮部詩話》謂

《醉翁琴趣外編》中「鄙褻之語，往往而是」，以爲僞作；並以此序「詞氣卑陋」，不類坡作，益可以證詞之僞。按：《詩話》所云「鄙褻」，乃指詞中涉及兒女私情，情調悱惻纏綿。殊不知此正歐陽修詞之特點，亦爲宋詞之特點。一代名世之臣如范仲淹，其《御街行》，卽有「殘燈明滅枕頭欹，諳盡孤眠滋味」之句，可證（參錢鍾書《宋詩選註序》）。收入《醉翁琴趣外編》之詞，除個別篇一見《花間》、《尊前》、《陽春》諸集外，治詞者公認乃歐陽修所作。據此，《詩話》「詞氣卑陋」云云，不能令人信服。此序或出自軾手。

别天竺觀音詩序〔一〕（殘）

余昔通守錢唐，移莅膠西，以九月二十日，來別南北山道友。（見王宗稷《東坡先生年譜》熙寧七年紀事）

〔一〕據《年譜》，此文作於元祐六年。《年譜》元祐六年紀事又云：「先生作《別天竺觀音三絶句》，序云：『以三月九日，被旨赴闕。』」「以三月」云云九字，當爲此文中語，未知孰先孰後？姑録於此。

記

訥齋記〔一〕

錢塘有大法師曰辯才，初住上天竺，以天台法化吴越，吴越人歸之如佛出世，事之如養父母，金帛之施，不求而至。居天竺十四年。有利其富者，迫而逐之，師欣然捨去，不以爲恨。吴越之人，從之者如歸市，天竺之衆，分散四去。事聞於朝，明年俾復其舊。師黽俛而還，如不得已。吴越之人，争出其力以成就廢闕，衆復大集。無幾何，師告其衆曰：「吾雖未嘗争也，不幸而立於争地，久居而不使去，人以己是非彼，非沙門也。天竺之南山，山深而木茂，泉甘而石峻，汝舍我，我將老於是。」言已，策杖以往，以茅竹自覆，聲動吴越。人復致其所有，巉嶺堙圮，築室而奉之。不期年，而荒榛巖石之間，臺觀飛湧，丹堊炳焕，如天帝釋宫。師自是謝事，不復出入。高郵秦觀少游，名其所居曰訥齋，道潛師參寥屬予爲記。余聞之，師始以法教人，叩之必鳴，如千石鐘，來不失時，如滄海潮。故人以辯名之。及其居此山，閉門燕坐，寂默終日，葉落根榮，如冬枯木，風止波定，如古澗水，故人以訥名之。雖然，此非師之大全也。彼其全者，不大不小，不長不短，不垢不淨，不辯不訥，而又何以名之。雖然，樂其出而高其退，喜其辯而貴其訥，此衆人意也，則其以名齋也亦宜。乃作頌曰：

以辯見我，既非見我。以訥見我，亦幾於妄。有叩而應，時止而止。非辯非訥，如如不動。諸佛既然，我亦如是。（見《咸淳臨安志》卷七十八《寺觀四·寺院·龍井延恩衍慶院》）

〔一〕此文，《欒城集》卷二十三亦收，題爲《杭州龍井院訥齋記》。《咸淳臨安志》「龍井延恩衍慶院」下「記文」一欄，首録「楊次公撰院記」，次録「東坡撰訥齋記」，再次録「潁濱撰辯才法師塔碑」（引號中語，乃《咸淳臨安志》原文）。《咸淳臨安志》當有石刻爲據。

醉鄉記〔一〕

醉鄉去中國，不知其幾千里也。其土曠然，無岸，無丘陵阪險；其氣和平一揆，無晦明寒暑；其俗大同，無邑居聚落；其人甚精，無愛憎喜怒。吸風飲露，不食五穀。其寢于于，其行徐徐。鳥獸魚鱉雜居，不知有舟車器械之用。

昔者黄帝氏嘗獲遊其都，歸而眘然喪其天下，以爲結繩之政已薄矣。降及堯、舜，作爲千鍾百榼之獻，因姑射神人以假道，蓋至其邊鄙，終身太平。禹、湯立法，禮繁樂雜，數十代與醉鄉隔。其臣羲和，棄甲子而逃，冀臻其鄉，失路而道夭，故天下遂不寧。至乎末孫桀、紂，怒而升其糟丘，階級迂伊，南向而望，不見醉鄉。武王氏得志於世，乃命周公旦立酒人氏之職，典司三齊，拓土五千里，僅與醉鄉達焉。三十年刑措不用。下逮幽、厲，迄於秦、漢，中國喪亂，遂與醉鄉絶，而臣下之受道者，往往初至焉。阮嗣宗、陶淵明等數十人並游醉鄉，没身不返，死葬其壤，中國以爲酒仙。

嗟乎，醉鄉氏之俗，豈古華胥氏之國乎？何其淳寂也。如是，余將遊焉，故爲之記。（見《東坡七集·續集》卷十二、《重編東坡先生外集》卷三十）

〔一〕《外集》焦竑序謂「《睡鄉記》擬無功《醉鄉記》而作」，是此文非蘇軾作。然《外集》復收入。今亦收於此，待考。

墓誌銘

惠州官葬暴骨銘

有宋紹聖二年，官葬暴骨于是。是豈無主？仁人君子斯其主矣。東坡居士銘其藏曰：

人耶、天耶？隨念而徂。有未能然，宅此枯顱。後有君子，無廢此心。陵谷變壞，復棺衾之。（見《東坡七集·後集》卷十八）

銘

端溪紫蟾蜍硯銘〔一〕

蟾蜍爬沙到月窟，隱避光明入巖骨。琢磨黝赬出尤物，雕龍渡懿傾澥渤。（見《春渚紀聞》卷九《端溪紫蟾蜍硯》條）

〔一〕何薳謂此硯「腹有古篆『玉溪生山房』五字」，「云是李義山遺硯」。

頌

養老篇〔一〕

軟蒸飯，爛煮肉。温美湯，厚氈褥。少飲酒，惺惺宿。緩緩行，雙拳曲。虛其心，實其腹。喪其耳，忘其目。久久行，金丹熟。（見《式古堂書畫彙考·書》卷十）

〔一〕《文集》卷二十有《豬肉頌》，與此文文體相似，故入此文於頌。

與明上人二頌〔一〕

一

字字覓奇險，節節累枝葉。咬嚼三十年，轉更無交涉。

〔一〕《竹坡老人詩話》謂「明上人作詩甚艱」，求捷法於蘇軾，軾乃作此。

二

衝口出常言，法度法前軌。人言非妙處，妙處在於是。（見《竹坡老人詩話》卷一）

贊

自畫背面圖並贊〔一〕

元祐罪人，寫影示邁。（見《式古堂書畫彙考．畫》卷十三）

〔一〕「贊」下編者小註：「作畢扇障面小像。」

子由真贊

心是道人，形是農夫。誤入廊廟，還卽里閭。秋稼登場，社酒盈壺。頹然一醉，終日如愚。（見《文學評論》一九八一年第五期欒貴明《蘇軾、蘇轍集拾遺》。欒文謂此文見《永樂大典》卷二千四百「蘇」字韻，葉五下引《蘇東坡集》。藏臺北研究院）

定光師贊〔一〕

定光石佛，不顯其光。古錐透穿，大千爲囊。卧像出家，西峯參道。亦俗亦真，一體三寶。南安石窟，開甘露門。異類中住，無天中尊。彼逆我順，彼順我逆。過卽追求，虛空鳥集。驅使草木，教誨蛇虎。愁霖出日，枯旱下雨。無男得男，無女得女。法法如是，誰奪誰與。令若威怒，免我伽梨。既而釋之，遂終白衣。壽帽素履，髮鬖皤皤。壽八十二，與世同波。窮崖草木，枯腊風雨。七閩香火，家以爲祖。薩埵御天，宋有萬姓。乃錫象服，名曰定應。（見《永樂大典》卷七千八百九十五引《臨汀志》）

〔一〕定光事，見同上書同卷所引周必大《新創定光庵記》。

表

乞常州居住表〔一〕

汝州團練副使、本州安置不得簽書公事、騎都尉臣蘇軾。右臣向以狂妄得罪，伏蒙聖恩，賜以餘生，處之善地。歲月未幾，又蒙收録，量移近郡。再生之賜，萬死難酬。臣以家貧累重，須至乘船赴安置所。自離黄州，風濤驚恐，舉家重病，幼子喪亡。今雖已至揚州，而費用竭罄，無以出陸。又汝州别無田業，可以爲生，犬馬之憂，饑寒爲急。竊謂朝廷至仁，既已全其性命，必亦憐其失所。臣先有薄田，在常州宜興縣，粗給饘粥，欲望聖慈特許於常州居住。若罪戾之餘，稍獲全濟，則捐軀論報，有死不回。臣今來不敢住滯，一面前去至南京以來聽候指揮。干犯天威，臣無任俯伏待罪戰恐之至。謹録奏聞，伏候勅旨。元豐七年十月十九日，汝州團練副使、本州安置不得簽書公事、騎都尉臣蘇軾狀奏。（見《清河書畫舫·尾字號》、《晚香堂蘇帖》、《式古堂書畫彙考·書》卷十、《重刊宜興舊志》卷十〔二〕）

〔一〕《文集》卷二十三亦有此文，較詳，非作於一時。

〔二〕本文文據《式古堂書畫彙考》，題據《重刊宜興舊志》。

奏議

爲王述請蔭子疏〔一〕（殘）

忠孝，臣子之大節；踰濫，武夫之小過。捨小録大，先王之政也。（見《文集》卷五十一《與滕達道》第六則尺牘）

〔一〕與滕達道》第六則尺牘謂此奏作於知密州時。

論宰相用人之術不正疏〔一〕

臣竊見前者臺官論朱服不孝，因此乞外官，宰相除服直龍圖閣知潤州。服因人言，反獲美命。蓋

宰相上欺朝廷，下困臺諫，習用此術，久已成例，不可不察。（見《嘉定鎮江志》卷十二）

〔一〕《嘉定鎮江志》謂此文作於元祐初。

論高强户應色役疏〔一〕

諸路多稱高强户同是第一等，而家業錢數與本等人户大段相遠。若止應第一等色役，顯屬僥倖，有虧其餘人户，乞下詳定役法所相度申尚書省，應高强户隨逐處第一等家業錢數如及一倍外，即計其家業，每及一倍，即展所應役一年，除元役年限外，展及五年爲止。投募衙前，即依展年法，將展年應本等合入諸般色役。假如本處以家業及二千貫爲第一等，其高强户及四千貫以上計其家業，又及四千貫，即展役一年。通計家業及二萬四千貫，即展五年以上，更不展。如投募衙前，亦自四千貫以上計其家業，不及四千貫，方應諸般色役一年，仍以五年爲止。其休役年限，依本等體例。（見《宋會要輯稿》第一百二十八册《食貨》一三之二八至二九，又見同上書第一百五十七册《食貨》六五之五五）

〔一〕文前，《宋會要輯稿》有「元祐元年八月九日中書舍人蘇軾言」字樣。

薦毛滂狀〔一〕

翰林學士朝奉郎知制誥兼侍讀臣蘇軾。右臣伏覩新授饒州司法參軍毛滂，文詞雅健，有超世之韻，氣節端麗，無徇人之意。及臣嘗見其所作文論騷詞，與聞其議論，皆於時可用。今保舉堪充文章典麗可備著述科。如蒙朝廷擢用後，不如所舉，甘伏朝典，不辭。謹録奏。（見《東堂集》卷六《再答蘇子瞻書》

附録）

〔一〕《文集》卷二十三有《謝除侍讀表二首》。知制誥兼侍讀爲元祐二年八月一日事。此文當作於此後不久。

薦陳師錫狀

一〔一〕（殘）

學術淵源，行己絜素。議論剛正，器識靖深。德行追踪於古人，文章冠絶於當世。（見《注東坡先生詩》卷三十二《送陳伯修察院赴闕》註文，又見《宋史》卷三百四十六《陳師錫傳》）

〔一〕《宋史·陳師錫傳》謂爲元祐初作。

二〔一〕（殘）

神宗擢師錫第三人及第，有意大用。後爲臺官，因論舉人試律則害道德之教，不合時議，遂出補外。尋罷試律。先帝首與牽復，大用之意愈堅。（見《續資治通鑑長編》卷三百四十一元豐六年十二月壬申紀事註文引）

〔一〕《長編》謂「蘇軾元祐初薦師錫清要侍從，奏云」。據此，此文與上文或爲一文中語，以無佐證，又不知孰先孰後，故仍分列。

舉陳師錫自代狀（殘）

有名賢之德行，追蹤古人；有西漢之文章，冠絶當世。（見《永樂大典》卷三千一百四十五引《建安志·陳師錫傳》）

舉畢仲游自代狀（殘）

學貫經史，才通世務，文章精麗，論議有餘〔一〕。自臺郎爲憲漕，綽有能聲。（見《昭德先生郡齋讀書志》卷四下）

〔一〕《永樂大典》卷二萬零二百零五引陳恬所撰《西臺畢仲游墓誌銘》亦節引此文，「論議」作「議論」。

聽政劄子〔一〕

臣等伏以天下不幸，大行太皇太后登遐，陛下號慕哀毁，孝性天至，在廷聞者，無不摧隕。今將總攬庶政，延見羣臣，四方之民，傾耳而聽，拭目而視。此乃宋室隆替之本，社稷安危之基，天下治亂之端，生民休戚之始，君子小人消長進退之際，天命人心去就離合之時也。嗚呼，可不慎哉！可不慎哉！

臣等久備講讀，職在論思，首當獻言以助萬一。陛下宜先誠意正心，推廣聖孝，發爲德音，行爲仁政，以慰答天下生民之望。此在陛下加意而已，非有所難也。願陛下循其本而行之，則其末可以無難。昔周公以成王幼弱，故位冢宰，治天下七年，制禮作樂，以致太平，其功德至隆。周公既没，成王追念周公之勳勞，賜魯以天子禮樂，使世世祀周公，以爲非此不足以稱周公之德也。成王所以報周公如此，故天下莫不歸心。漢大將軍霍光尊立宣帝，霍光既没，宣帝亦葬以天子之禮。帝始親政事，又思報大將軍功德。夫周公、霍光，皆人臣也，有非常之功。故成王、宣帝皆報以非常之禮，而況太皇太后，英宗之配，神宗之母，陛下之祖母，有大功於宗廟社稷，有大德於億兆人民，於陛下之恩，與天地無極，豈人臣之比哉！然則今陛下所宜先者，莫如報太皇太后之德也。

自仁宗以來，三后臨朝，皆有大功。章獻明肅之於仁宗，慈聖光獻之於英宗，鞠育扶持，勤勞艱難，亦未得如太皇太后之於陛下也。元豐之末，神宗寢疾，已不能出號令。陛下年始十歲，太皇太后內定大策，擁立陛下，儲位遂定。陛下之有天下，乃得之於太皇太后也。聽政之初，詔令所下，百姓無不歡呼鼓舞。自古母后，多私外家，惟太皇太后未嘗有毫髮假借族人。不唯族人而已，徐王、魏王，皆親子也，以朝廷之故，疎遠隔絕。魏王病既殁，然後一往。太皇太后疾已革，然後徐王得入。進退羣臣，必從天下人望，不以己意爲喜怒賞罰。故至公無私之德，雖匹夫匹婦之口，亦能道之。臨朝九年，未嘗少自娱樂，焦勞刻苦，以念生民，所以如此，豈有他求哉！凡皆爲趙氏社稷宗室宗廟，專心一意以保佑陛下也。故身當其勞苦而使陛下享其安逸。昔章獻明肅時，親黨多僥倖濫恩，仁宗既親萬幾，不免釐革，故小人不能無怨。今太皇太后自臨朝以來，左右請求，一切拒絕，內外肅然。蓋以朝廷不可無紀綱，故身當其怨而使陛下坐收肅清之功。

陛下如欲報太皇太后之德，莫若循其法度而謹守之。祖宗以來，惟以德澤結百姓之心，欲四海安靜無事。仁宗行之四十二年，天下至今思之。恭惟太皇太后之政事，乃仁宗之政事也。然而仁宗聖性寬裕，不忍拒人，內降濫恩，其後亦比比而有。惟太皇太后嚴正至靜，不可干犯，故能外斥逐姦邪，以清朝廷，內裁抑僥倖，以肅宮禁，九年之間，終始如一。故雖德澤深厚結於百姓，而小人怨者亦不爲少矣。

今必有小人進言曰：「太皇太后不當改先帝之政，逐先帝之臣。」此乃離間之言，陛下不可不察也。當陛下嗣位之初，太皇太后同聽政，中外臣民，上書者以萬數，皆言政令有不便者。太皇太后因天下人心欲改，故與陛下同改之，非以己之私意而改也。既改其法，則作法之人及主其法者有罪當逐，陛下與太皇太后亦以衆言而逐之。其所逐者，皆上負先帝，下負萬民，天下之所讎疾，衆庶所欲同去者也，太皇太后豈有憎愛於其間哉！顧不如此，則天下不安耳。惟陛下清心照理，辨察是非，斥遠佞人，深拒邪說，有敢以姦言惑聖聽者，宜明正其罪，付之典型，痛懲一人，以儆羣慝，則帖然無事矣。陛下若稍入其語，不正其罪，則恐姦言邪說，繼進不已，萬一追報之禮，小有不至，此於太皇太后聖德無損，而於陛下孝道有虧，必大失天下人心。陛下豈不見司馬光以公忠正直爲天下所信服，陛下與太皇太后用以爲相，海內之人無不欣悦，光没之日，無不悲哀，乃至茶坊酒肆之中，亦事其畫像。光所以得人心如此者，爲其能輔佐陛下與太皇太后，功及天下也。以光之功，比之太皇太后，止是萬分之一，而百姓思之如此，而况太皇太后有天地之恩於陛下，有父母之德於生民，四海愛戴，思慕無窮，陛下若聽小人讒説，或追報有所不至，或輕改其政事，豈不大失天下人心乎！人心離於下，則天變見於上，陛下雖欲爲善以救之，改過以補之，亦無及矣。孝者萬行之本，本既不立，則其餘何足觀焉。

夫小人之情，非爲朝廷之計，亦非爲先帝之事，皆爲其身之利也。日夜伺候，欲逞其憾者久矣。今太皇太后，新棄天下，陛下初攬政事，乃小人乘間伺隙之時也，故不可不預防之。此等既上誤先帝，今又欲復誤陛下，天下之事，豈堪小人再破壞耶！

臣等恭聞陛下自太皇太后寢疾，朝夕不離左右，躬親藥膳，衣不解帶，憂瘁泣涕，形於顔色。自遭變故以來，哀慕毁瘠，中外具聞，喪服之禮，務從至隆。又下詔發揚太皇太后盛德，推恩高氏，此大孝之極也。至親之際，無所間然，然而臣等猶言及此者，竊以小人衆多，恐置陛下於有過之地也。如臣等所言，雖萬萬無之，然不敢不慮於未然，或有纖芥流聞於外，則臣等上負陛下不先言之罪大矣。不勝憂國愛君之至，唯陛下深留聖思。取進止。

貼黄。臣等伏見英宗即位之初，小臣中有張唐英者，上《慎始書》，預言不宜追尊濮王。近臣中唯司馬光先言之。其後建議者上誤英宗，追尊濮廟，舉朝皆以爲不可。朝廷雖盡逐臺諫，而言者不息，英宗終不能奪衆論，聖意但悒怏而已。及神宗即位，深悔英宗不從衆言，遂擢張唐英爲御史，而司馬光大被信任。今小人進言，臣等固未知其有無，然不敢不預言者，亦慮朝廷既有其端，則忠正之士必争論不已。不唯上撓聖懷，亦使天下聞而不平，人心一離，不可復收，陛下他日追悔無及。臣等憂懼危慄，實在於此，唯陛下深察。（見《范太史集》卷二十五）

〔一〕此文題下原註：「九月十五日，同蘇軾上。」此文作於元祐八年，與范祖禹同撰。

乞致仕狀〔一〕

臣軾先自端明殿學士兼翰林侍讀學士、朝奉郎、定州路安撫使，蒙恩落職，降授承議郎、知英州，道貶寧遠軍節度副使、惠州安置。經涉四年，又蒙責授瓊州別駕、昌化軍安置。又三年半，該陛下登極大赦，量移廉州安置。又經皇子赦恩，移舒州團練使、永州居住〔二〕。臣以老病，久伏瘴毒，頓赴道途。未到永州，復蒙聖恩，復授臣朝奉郎、提舉成都府玉局觀，外州、軍任便居住。臣素有薄田，在常州宜興縣，粗了饘粥，所以崎嶇萬里，奔歸常州，以盡餘年。而臣人微罪重，骨寒命薄，難以授陛下再生之賜，於五月間至真州，瘴毒大作，乘船至潤州，昏不知人者累日。今已至常州，百病横生，四肢腫滿，渴消唾血，全不能食者，二十餘日矣。自料必死。臣今行年六十有六，死亦何恨，但草木昆蟲有生之意，尚復留戀聖世，以辭此寵禄〔三〕，或可苟延歲月，欲望朝廷哀憐，特許臣守本官致仕。（見《重編東坡先生外集》卷二十四）

〔一〕宋王宗稷《東坡先生年譜》建中靖國元年紀事：「六月，上表請老，以本官致仕。」傅藻《東坡紀年録》謂本年「六月以疾告老於朝，以本官致仕」。本文當作於建中靖國元年六月。王水照《蘇軾選集》附録施宿《東坡先生年譜》節引此文，亦繫建中靖國元年六月。

〔二〕「舒」原作「野」，以形似致誤。今逕改。「使」前疑脱「副」字。

〔三〕此句疑有脱文。

内制詔敕

太皇太后受册詔詞〔一〕

詔曰：祥禫既終，典册告具，而有司遵用章獻明肅皇后故事，予當受册於文德殿。雖皇帝孝愛之意，務極尊崇，而朝廷損益之文，各從宜稱。矧予涼薄，常慕謙沖。豈敢躬御治朝，自同先後。處之無過之地，乃是愛君之深。所有將來受册，可只就崇政殿。（見《續資治通鑑長編》卷三百九十六）

〔一〕此文作於元祐二年三月。

内制批答

賜門下侍郎孫固乞致仕不許批答

吾不出帷幄，臨御家邦。實賴股肱之良，以持綱紀之要。於其進退，顧可輕聽之哉。卿頃自近藩，擢貳東省。本以年德之故，非有筋力之求。若夫正顔色，出詞氣，使人望之而忠誠可信，鄙倍自遠，斯可矣。豈以一病未能造朝，遂欲舍而去哉。誠請雖勤，於義未也。（《皇朝文鑑》卷三十三）

賜劉昌祚免恩不許批答

卿國之虎臣，帥我爪士。總章大祀，宿衛有勞。宜爲六軍之先，以承大賚之慶。辭而不有，殊匪吾心。（同上）

賜正議大夫同知樞密院安燾乞退不允詔二首〔一〕（殘）

一

朕褒顯耆舊，取其宿望；養育俊乂，待其成材。庶前後相繼，朝不乏人；則堂陛自隆，國有所恃。方今在廷之士，孰非華髮之良？而卿以康强之年，爲遠引之計；於義未可，蓋難曲從。所請宜不允，故玆詔示，想宜知悉。（見《御刻三希堂石渠寶笈法帖》第十一册）

〔一〕《御刻三希堂石渠寶笈法帖》題後有「臣□」二字，「□」後二格，又有「上」字。

二

敕安燾。省所劄子奏乞解政事退守便州事具悉。卿之屢請，固非矯激；朕之留行，亦豈空文。内之樞機之謀，外之疆埸之議，責既身任，義難家詞。夫飾小行競小廉，務爲難進易退，此疎遠小臣□事，非朕所望於卿也。亟還厥官，毋煩朕命。所請宜不允，故玆詔示，想宜知悉。（見同上）

失題〔一〕

省表具之。卿向自西樞，出殿藩服；頃由近輔，入侍燕閒。昔有未識之思，今乃日聞其語。既見君

子，無踰老臣。當益勵於初心，尚何詞於新命。所請宜不允，仍斷來章。（見同上）

〔一〕此文與上二文內容不同，題已佚去，故以「失題」爲題。

內制表本

雅飾御容表本

於赫皇祖，敷祐下民。眷真宇之靚深，儼粹容之肅穆。雖道存不變，而體有從新。既祗薦於科儀，斯永安於像設。（見《聖宋名賢五百家播芳大全文粹》卷七十二）

內制疏文

設供禳災集福疏

躬儉節用，本嚴房闥之風；遺大投艱，猥當廟社之寄。常恐德之弗類，以召災於厥身。敢用仁祠，肆陳淨供。恭延梵釋，普施人天。俾壽而康，非獨輔安於寡昧；與民同利，固將燕及於華夷。仰冀能仁，曲垂昭鑒。（見《聖宋名賢五百家播芳大全文粹》，原書卷七十、七十一、七十二相連，未詳何卷）

內制祝文

上清宮成詔告諸廟祝文〔一〕

上清儲祥宮成，敷宥四海，均福於下。有詔守臣，凡在秩祀，罔不祗薦。維神導和却沴，保民無疆，以稱朝廷至仁之意。（見《聖宋名賢五百家播芳大全文粹》卷七十三）

〔一〕此文作於元祐六年。

啟

回葉運使啟〔一〕

近審下車，輒嘗進記。徒欲聞名於將命，未皇盡意以占詞。不圖謙光，遽錫褒寵。感銘既切，愧惕并深。恭惟某官以舊德之賢，當聖朝之選。恩足以濟衆，法足以理財。先聲所臨，公議同慶。凡繫屬部，實有賴於庇庥；惟是孤蹤，更曲蒙於優借。此爲過幸，豈復勝言。（見《重編東坡先生外集》卷二十五）

〔一〕此葉運使，當爲葉温叟。《文集》卷三十有《論葉温叟分擘度牒不公狀》，作於元祐五年二月二十八日，中有「准轉運使葉温叟」云云。本文當作於元祐四年守杭之初。

洛尹到任謝宰相啟〔一〕

濫司留鑰，茂著事功；易處藩方，敢論治效。省循甚懼，踧踖無容。伏念某起自孤生，期於平進。

猥奉前席之對，遂膺聖上之知〔二〕。首置郎曹，旋升内史。綴七臣之近列，亞八座之崇資。暨出綰於郡章，亦參榮於法從。載惟僥冒，一出奬成。恭惟某官光輔熙朝，寵膺睿眷。金聲擲地，共推華國之文；玉德照人，自是禮神之器。尚憐衰陋，特爲保全。某敢不祇奉彝章，恪循分守。誓仰酬於天造，庶旁答於已知。（見《聖宋名賢五百家播芳大全文粹》卷三十一）

〔一〕蘇軾未嘗尹洛，此當爲代他人作。「到任」二字原缺。《播芳文粹》目録有此二字，今據補。

〔二〕「聖上」原作「上聖」，誤，今正。

蘇軾佚文彙編卷二

尺牘

與張安道二首

一〔一〕

軾頓首再拜少師先生丈丈執事。秋冷，竊惟道體勝常。軾蒙免如昨，窮約愈久，念道漸熟，常佩至言，不敢失墜。今年春夏微疾，遂杜門謝客，而傳者過實，以爲左右憂。入秋來殊佳健，于道雖未有得，而異時浮念雜好，殆灰滅矣。先生丈丈愍其有意於此，當時發藥乎？王郎北歸，慰喜可量，恨不得助舉一觴耳。憂喜過人，何翅電露，欲尋王郎初別時意味，豈復有絲毫在者。則今日會合之喜，又與造物皆逝矣。近者孫磬宣德赴偃師，託寄帶拜二簟去，不審達未？已令兒子往荆南買一官莊，若得之，遂爲楚郢間人矣。每念違去几杖，瞻奉無期，未嘗不臨風嗟惋。萬一天恩放停逐，便當不遠千里見先生也。今有少懇干求，不罪！不罪！軾於門下至厚，先生有金丹奇藥，而不以數粒見分，實未免耿耿。若遂其請，謹藏之耳，未敢服也。舍弟在筠甚安，望其牽復解去，得相聚少時。近以公事爲一倅所怒，捃摭百端，雖未見可以害渠者，然已滯牽復矣。行止飲啄，非復人事，亦不能念之也。厚之奉議，且在左右否？先生邇來復有幾孫？歲行晚，江淮風物凄緊，坐念齋閣蕭然，黃花白酒，有與共者乎？乍冷，惟乞萬萬爲國自重。閑居乏人，止用手啟，信筆不覺滿紙，惶悚！惶悚！謹附承動静，不宣。從表姪蘇軾頓首再拜少師先生丈丈執事。八月二十二日。（見《寶真齋法書贊》卷十二《蘇文忠金丹帖》）

〔一〕岳珂跋謂：「先生於樂全，以道相從，投石以針，不約而合，誼兼師友，蓋所謂千百載間一二人而已。」是此帖乃與張方平（安道）者。岳跋又謂此帖爲謫黃時作。

二〔一〕

雪後苦寒，遠想燕居恬適，台候勝常。某以獨員冗迫，久缺上問，荷蒙矜恕。歲律行盡，展奉何時，尚冀順時保頤，益永眉壽。下情禱頌之至，不宣。（見《聖宋名賢五百家播芳大全文粹》卷五十四）

〔一〕此簡原題作「與張安道尚書」。

與趙夢得一首〔一〕（殘）

舊藏龍焙，請來共嘗。蓋飲非其人茶有語，閉門獨啜心有愧。（見《二老堂詩話》）

〔一〕此簡作於儋州。

與趙無愧一首〔一〕（殘）

專令親情王遹去相見，請亮察。（見《續資治通鑑長編》卷四百六十三元祐六年八月壬辰紀事）

〔一〕此簡作於元祐六年。

與蔣公裕一首

軾啟。近别，想體中佳勝。田事想煩經畫，今遣姪孫齋錢赴州納。有所買牛車等錢，本欲擘畫百緡足，今只有省陌，請收檢支用。如少，不過來年正二月，續得面納也。餘惟萬萬自愛，不宜。軾頓首公裕蔣君良親足下。十月十二日。（見《寶真齋法書贊》卷十二《蘇文忠公書簡帖》）

與杜道源五首〔一〕

一

尊丈不及作書。近以中婦喪亡，公私紛冗，殊無聊也。且爲達此懇。軾又白。（見三希堂石刻，又見《大觀録》卷五）

〔一〕簡中所云「中婦」，當指王弗。弗卒於治平二年五月丁亥。是此簡作於治平二年。

二

京酒一壺，送上。孟堅近晚必更佳。軾上道源兄。十四日。（見同上）

三〔一〕

大人令致懇，爲催了《禮書》，事冗未及上問。昨日得寶月書，書背承批問也。令子監簿必安勝，未

及脩染。軾頓首。（見同上）

〔一〕簡中大人乃指蘇洵。據催了《禮書》云云，此簡當作於治平二年。

四

道源無事，只今可能枉顧啜茶否？有少事，須至面白，孟堅必已好安也。軾上。怱草草。（見同上）

五〔一〕

令子所示，專在意來日，相見卽達之，但未必有益也。輒送十緡省爲一奠之用。難患流落中，深愧不能展毫末也。不罪！不罪！軾手啟。（見同上）

〔一〕據「難患」云云，此簡約作於黃州。

答劉道原一首〔一〕

道原要刻印七史，固善。方《新學經解》紛然，日夜摹刻不暇，何力及此！近見京師經義題：「國異政，家殊俗。」國何以言異？家何以言殊？又有「其善喪厥善」，「其」、「厥」不同，何也？又說《易·觀》卦本是老鸛，《詩·大小雅》本是老鴉。似此類甚衆，大可痛駭。（見《邵氏聞見後録》卷二十）

〔一〕邵博謂此則尺牘爲倅錢唐時作。

與文與可十一首

一〔一〕

官居在鳳凰山下。此山真如鳳，有兩翅，翅上各建一塔，而鳳觜正落所居池上。舊有一堂，在山欲落處。近葺之，謂之鳳咮堂。……山上草中多怪石，近取得百餘株，於東齋累一山，激水其間，謂之濺玉齋。……堂後有屋正方，謂之方庵。……累石爲山，上有一峯，穿竅如月，謂之月巖齋。（見《丹淵集》卷十《寄題杭州通判胡學士官居詩四首》）

〔一〕此簡作於熙寧間倅杭時。

二〔一〕

《鳳咮》等詩，屢有書道謝矣。豈皆不達耶？睽遠可歎，皆此類也。向有書，乞《超然臺》詩，仍乞草書，得爲摹石臺上，切望！切望！安南代北騷然，愚智共憂，而吾徒獨在閑處，雖知天幸，然憂愧深矣。此中亦漸有須調蜀中不覺否？軾近乞齊州，不行。今年冬官滿，子由亦得替，當與之偕入京，力求鄉郡，謀歸耳。洋川園池乃爾佳絶，密真陋邦也，然亦隨分葺之。城西北有送客亭，下臨濰水，軒豁曠蕩，欲重葺之，名快哉亭。或爲作一詩，尤爲幸厚也。「傖父」恐是南人謂北人〔二〕，亦不曉其義，《王獻之傳》有，可詳之。軾又上。（見西樓帖，文物商店收藏本）

〔一〕此尺牘，原無接受人名或字，據簡中「洋川園池」云云，當爲與文與可者，時與可知洋州，蘇軾知密州。簡中所云「《鳳咮》等詩」，見《丹淵集》卷十，題作《寄題杭州通判胡學士官居詩四首》。

〔二〕「南人」之「南」原爲「北」字，後又在「北」字旁寫「南」字。

三〔一〕

軾自密移河中，至京城外，改差徐州，復挈而東。仕宦本不擇地，然彭城於私計比河中爲便安耳。今日沿汴赴任，與舍弟同行。聞與可與之議姻，極爲喜幸。從來交契如此，又復結此無窮之歡，美事！美事！但寒門不稱，計與可必不見鄙也。臨行冗甚，奉書殊不謹，俟到任，別上問次。（見《丹淵集》附録，又見《永樂大典》卷一萬一千三百六十八）

〔一〕據《東坡紀年録》，蘇軾熙寧十年自京師赴知徐州任，簡中所云「赴任」，乃指此。此簡作於熙寧十年。

四〔一〕

軾再拜。姪女子獲執箕箒，非獨渠厚幸，而不肖獲交於左右者，緣此愈親篤矣。欣慰之懷，殆不可言，不敢復具啟狀，必不見罪也。聞舍弟談壻之賢，公之子固應爾。姪女子粗知書，曉義理，計亦稱公家婦也，更望訓誨其不逮也。（見同上）

〔一〕此簡，《丹淵集》附録次上簡之後，或亦作於熙寧十年。

五〔一〕

軾啟。近遞中辱書，承非久到闕，即日想已入覲矣。無緣一見，於邑可知。苦寒，尊候何似，貴眷令子各安勝。軾蒙庇粗遣，但秋來水災，幾已爲魚，必知之矣。寄惠六言小集，古人之作，今世未省見。老兄別後，道德文章日進，追配作者。而劣弟懶墮日退，卒爲庸人，他日何以見左右，慚悚而已。所要拙文，實未有以應命，又見兄之作，但欲焚筆硯耳，何敢自露。兄淹外既久，雖與時闊疎，而公議卓然，當遂踐清近也。歲行盡，萬萬以時自重，不宣。軾再拜與可學士老兄閣下。十二月十六日。（見西樓帖，文物商店收藏本；又見《永樂大典》卷一萬一千三百六十八；又見《丹淵集》附録〔二〕）

〔一〕據文中「秋來水災」云云，此簡作於熙寧十年。

〔二〕《丹淵集》附録有脱文；此簡文字，從西樓帖。

六〔一〕

軾啓。郡人還，疊辱書教。承尊候微違和，尋已平愈，然尚未甚美食。又得蒲大書云：尊貌頗清削。伏料道氣久充，微疾不能近，然未免憂懸，惟謹擇醫藥，痛加調練，莫須燃艾否？軾近來亦自多病，年老使然，無足怪者。蒙寄惠偃竹，真可爲古今之冠，謹當綴黄素其後，作十許句贊。蓋多年火下，不可無言也。呵呵。聞幼安父子共得卅餘軸。謹援此例，不可過望。所示，當作歌詩題之。軾作此乃莫大之幸，日夜所願而不得者。今後更不敢送浙物去矣。老兄恐嚇之術，一何疎哉。想當一大噱。別後亦有拙詩百餘首，方令人編録，以求斤斧，後信寄去。老兄盛作，尚恨見少，當更蒙借示，使劣弟稍稍長進。此其爲賜，又非頒墨惠竹之比也。冗中奉啓，不盡言。

軾再拜與可學士親家翁閣下。正月廿八日。（見西樓帖，又見《丹淵集》附録〔二〕）

〔一〕此簡作於元豐元年。

〔二〕《丹淵集》附録有脱文，此簡文字，從西樓帖。

七〔一〕

軾輒有少懇，托幼安干聞。爲近於守居之東作黄樓，甚宏壯，非復超然之比。曾告公作《黄樓賦》，當以拙翰刻石其上。其臨觀境物，可令幼安道其詳，告爲多紀江山之勝，仍不用過有褒譽。若過譽，僕即難親寫耳，切告。又有少事，甚是不識好惡，輒附絹四幅去，告爲作竹木、怪石少許，置樓上爲屏風，以爲彭門無窮之奇觀，使來者相傳其上有與可賦、畫，必相繼修葺，則黄樓永遠不壞，而不肖因得掛名，公其忍拒此意乎？見已作記上石。旦夕寄書去。正月中遣人至淮上咨請，幸少留意，不罪，幸甚。軾惶恐。（見西樓帖）

〔一〕此則尺牘，脱去接受人之名或字。據尺牘「與可賦畫」及與與可另一尺牘中「黄樓賦如已了」云云，當爲與與可者。據「近於守居之東作黄樓」、「正月中」云云，此簡作於元豐二年初。

八〔一〕

軾啟。疊辱來教，承起居佳勝。適聞中間復微恙，且喜尋已平復。軾比來亦多病，漸老不耐，小放意輒成疾，不可不加意慎護也。水後彌年勞役，今復聞決口未可塞，紛紛何時定乎？寄示和潞老詩甚精奇。稍問當亦繼作六言詩，殆難繼也。未緣會遇，萬萬以時自珍。謹奉手啓上問，不宣。軾再拜與可學士親家翁閣下。三月二十六日。（見西樓帖、《永樂大典》卷一萬一千三百六十八、《丹淵集》附録〔二〕）

〔一〕據文中「水後彌年勞役」云云，此文作於元豐元年。

〔二〕《永樂大典》、《丹淵集》附録有脱文，此文文字，從西樓帖。

九〔一〕

軾啟。近承書誨，喜聞尊候益康勝。見乞浙郡，不知得否？相次入文字，乞宣與明。若得與兄聯棹南行，一段異事也。中前桑榆之詞，極爲工妙，尋曾有書道此，却是此書不達耶？老兄詩筆，當今少儷，惟劣弟或可以髣髴。墨竹卽未敢云爾，呵呵。佳墨比望老兄分惠，反蒙來索，大好禪機，何處學得來？大軸揮灑必已了，專令人候請。切告。烏絲欄兩卷〔二〕，稍暇便寫去。近見子由作《墨竹賦》，意思蕭散，不復在文字畛域中，真可以配老筆也。亦欲寫在絹卷上，如何？如何？乍涼，萬萬珍重。（見《永樂大典》卷一萬一千三百六十八引文同《丹淵集》轉引《蘇軾小簡》，又見《丹淵集》附録）

〔一〕據文中「乞浙郡」云云，此簡當作於元豐元年。

〔二〕《丹淵集》附録「絲」作「綵」。

一〇〔一〕

軾啟。稍不馳問，不審入冬尊體何如？想舊疾盡去，眠食益佳矣。見秋榜，知八郎已捷，不勝欣慰。惟十一郎偶失，甚爲悵然。一跌豈廢千里，想不以介意。寄示碑刻，作語古妙，非世俗所能彷彿。長句偈尤奇，非獨文字甘降，便當北面參問也。近有一僧名道潛，字參寥，杭人也。特來相見。詩句清絶，可與林逋相上下，而通了道義，見之令人蕭然。有一詩與之，録呈，爲一笑也。未由展奉，萬萬以時自重，不一不一。軾再拜與可學士親家翁閤下。十月十六日。

《黄樓賦》如已了，望付去人，如未，幸留意！留意！（同上及西樓帖〔二〕）

〔一〕施、顧《注東坡先生詩》卷十五《次韻道潛見贈》節引此則尺牘。據文中「黄樓賦」云云，此簡作於元豐元年。

〔二〕《永樂大典》及《丹淵集》附録此文有脱文，此簡文字，從西樓帖。

一一〔一〕

軾啟。冗迫，稍疎上問。伏想尊履佳勝。承書，領吴興。衆議謂公當在近侍，故不甚快，然不肖深爲左右賀也。吴興山水清遠，公雅量弘度，在王、謝間，此授殆天意耳。軾欲乞宣城，若幸得之，當與公爲鄰國，真是一段奇事。然事之如人意者，亦自難遂，從古以然。公自南河赴任，舟行艱澀，何不自五丈河，由曹、鄆、濟過我於徐，自泗入淮乎？但恐五丈河無冰，不然者，公必出此也。且更熟籌之。餘惟萬萬以時自重。筆凍，奉啓殊不謹。

石幼安言，亦可呼水精宫使。此語可記。（見《丹淵集》附録）

〔一〕簡中云及「領吴興」。吴興即湖州。《丹淵集》卷首《文同年譜》引《實録》：元豐元年十月十七日，文同以判登聞鼓院司封員外郎集賢校理知湖州。此簡當作於元豐元年底。

與某宣德書一首〔一〕

蒙遣人致金五兩、銀一百五十兩爲賻。軾自黄遷汝，亦蒙公厚餉，當時鄰於寒殍，尚且辭避，今忝近臣，尚有餘瀝，未即枯竭，豈可冒受。又恐數逆盛意，非朋友之義，輒已移杭州，作公意捨之病坊。此蓋某在杭日所置，今已成倫理。歲收租米千斛，所活不貲，故用助買田，以養天民之窮者。此公家家法，故推而行之，以資公之福壽，某亦與有榮焉。想必不訝。至於感佩之意，與收之囊中，了無異也。（見《咸淳臨安志》卷八十八《恤民》之《養濟院》條下）

〔一〕據簡中「爲賻」、「某在杭時」云云，此簡當作於元祐六年離知杭州任後不久。

與張天覺四首

一〔一〕

軾啟。羈旅索寞久矣，見公得一散懷抱，爲樂難名。行日猶欲上謁，遽聞侵夜解去，既而累日風雨，知仙舟未免留連，甚爲耿耿也。兩沐□□〔二〕，慰□□□〔三〕。即日起居何如？公受眷遇深，必不久遠外，會散舟中之……〔四〕。（見西樓帖，文物商店收藏本）

〔一〕此第一簡作於黄州。據《宋史》卷三百五十一《張商英（天覺）傳》，時商英監赤岸鹽税。

〔二〕「□□」有塗改痕迹，不易辨認，似「書問」二字。

〔三〕「□□□」有塗改痕迹，不易辨認，其後之「□□」，似「落落」二字。

〔四〕「□」似「散」字。

二〔一〕

軾啟。一向多病，不時奉書，思仰甚矣。比日履茲畏暑，起居佳勝。向蒙示諭「鐵牛老鼠」之說，實不曉此謎。但廢放之中，病患相仍，默坐觀省，雖無所得，而向之浮念雜好，盡脫落矣。永日杜門，游從登覽，舉覺無味，此下根鈍器，所守如此，不足爲達者言也。久望公還，何故至今，何時復得把臂一笑。未問，惟萬萬以時自重。軾再拜天覺學士閣下。六月五日。（見同上）

〔一〕此簡作於黃州。

三〔一〕

軾比來多病少出，向時浮念雜好，掃地盡矣。天覺比來諸況何如？已有兒子未？因書畧相報。漫令小兒往荆渚求少田，不知遂否？甚欲與公晚歲爲鄰翁，然公豈此間人哉。軾白。（見同上）

〔一〕此則尺牘，西樓帖脱去受書人之名或字，脱去寫作月日。味其意，當爲與天覺者。此簡作於黃州。

四（殘）

……語想必留意也。餘更萬萬慎重自愛。謹奉手啟上問，不宜。軾再拜天覺學士執事。三月十四

日。（同上）

與廣西憲漕司勳二首〔一〕

一

某啟。從者往還見過，皆不迎奉，愧仰何勝。辱書，承起居清勝。聞還邑以來，老穉紛紛，衆口食貧，向之孤寂，未必不佳也。可以一笑。蒸鬱未解，萬萬以時自重。（見《永樂大典》卷一萬一千三百六十八引《東坡書簡》）

〔一〕據本集卷五十八《與曹子方五首》校記，此廣西憲漕司勳，當即曹子方。此則尺牘與下則尺牘，與本集卷五十五《與林天和》第九首、第十二首有相似處，可參。

二

某啟。辱書，伏承起居佳勝。聞還邑，老稚鼓舞。數日調治，想復清暇矣。歲盡，萬萬加愛，不宣。（見同上）

與朱康叔二首〔一〕

一

再辱手教，承起居清勝。今日風大，明日禁江，皆當走見。適會姪壻後日行，來日已約數客酌餞，咫尺不得一往，愧負深矣。所要重寫詩，已一依來命，別寫去，不知中用否？大字寫未及，乞恕察。（見《聖宋名賢五百家播芳大全文粹》卷五十五）

〔一〕此二首之第一首，原題作「與康叔朝議」。《播芳文粹》共收與康叔朝議二簡，其中之一已見《文集》，爲與朱康叔者。今以此簡與下簡合題爲《與朱康叔二首》。

二〔一〕（殘）

酒甚佳，必是故人特遺下廳也。（見《道山清話》）

〔一〕《道山清話》云：「朱康叔送酒與子瞻，子瞻以簡謝之，云（略）。」此簡當作於黃州。

與楊某一首〔一〕（殘）

〔子由〕已改差陳州教授。（見《鶴山先生大全文集》卷六十《跋蘇氏帖》）

〔一〕魏了翁謂此尺牘乃與家鄉眉山楊氏某人者，作於熙寧三年。

答程大時一首〔一〕

此間食無肉，病無藥，居無室，出無友，冬無炭，夏無寒泉，大率皆無耳。余擁山居，公之所無盡有之，不省何德而能享此。（見《坡仙遺事》）

〔一〕《輿地紀勝》卷一百二十五《廣南西路·昌化軍·碑記》：「《六無帖》：東坡謫儋耳，貽書江浙士友云『食無肉，出無友，居無屋，病無醫，冬無炭，夏無寒泉。』見《瓊管志》。」當即此帖。並參《文集》卷五十五《與程秀才》。

與李公擇一首〔一〕（殘）

公擇遂做到人不愛處。（見《藏海詩話》引蘇軾《謝李公擇惠詩帖》）

〔一〕此乃就作詩而言。

與蔡君謨一首〔一〕（殘）

往年韓中丞詳定放欠，以爲赦書所放，必察其家業蕩盡以至於干繫保人亦無孑遺可償者，又當計赦後月日以爲放數。如此，則所及甚少，不稱天子一切寬貸之意。自今苟無所隱欺者，一切除免，不問其他。（見《續資治通鑑長編》卷一百九十嘉祐四年十一月丙申《翰林學士王珪、御史中丞韓絳、同知諫院范師道同詳定除放欠負》條下引）

〔一〕原題作「上蔡襄書」。

與章質夫三首

一（殘）

某近者百事廢懶，惟作墨木頗精。奉寄一紙，思我當一展觀也。（見《春渚紀聞》卷六《墨木竹石》條）

二（殘）

本只作墨木，餘興未已。更作竹石一紙同往，前者未有此體也。（見同上）

三〔一〕（殘）

公會用香藥，皆珍物，爲番商坐賈之苦。蓋近造此例，若奏罷之，於陰德非小補。（見《鼠璞·香藥草》條）

〔一〕此簡作於紹聖間。

與徐得之二首

一〔一〕

軾春時病眼，不能開眉。黄夢軒舊事露，足下想已知之。葛明塘添情告府，昨求於僕，此事不知錢君錫肯爲一解不？若果，庶不難耳。日來，園中桃李顔色無塵，同輩應移坐雪堂前，可作一絶，强支歲月，何如？僕夜夢中，有一杭人多惠龍團幾斛，盡皆一時飲之，請解意何也？昨周澹閑見訪，送二水底，余遂書《落花》詩二首暫酬。軾上得之。三月十六日。（見《書畫題跋記》卷四，又見《珊瑚網·法書題跋》卷四，又見《式古堂書畫彙考·書》卷十）

〔一〕此簡約作於黄州。

二

小兒蒙下問，未暇上狀，不罪。宗人過望，皆公之賜也。叨恩！叨恩！公不能無愧，更爲多致謝懇

也。（見《七集・續集》卷五，又見《重編東坡先生外集》卷六十九）

與石幼安二首

一〔一〕

軾啟。前日急足還，領手教，具審起居佳勝，眷愛各佳安，至慰！至慰！軾此與賤累並安。知令子九月末方還，侍下未敢奉書。杭州接人猶未到，□到便行，不出此月末起發，十月上旬必到也。乍此遠別，豈勝依戀，新涼，惟若時加愛。舍弟未及奉啟，不宣。再拜幼安□兄〔二〕。

油兩餅封全，充□不訝輕瀆。八月十一日。

貴眷萬福。

洋州令子必安。見報，與可已有替人，莫是別有美命否？賤累並安。軾又上。（見西樓帖）

〔一〕據文中「杭州接人□未到」云云，本文作於熙寧四年，時將赴杭倅。

〔二〕「□」疑是「表」字。幼安乃軾之表兄，下簡即以表兄相稱。

二〔一〕

軾啟。向者人還，領手字，具審起居佳安，眷愛各寧謐。軾此與賤累並無恙。凶歲之餘，流殍盜賊無虛日，凡百勞心。近頗肅靜，吏民稍見信，漸向無事，幸不憂及。楊元素處書信不知收得未？□□及餘信物幸早爲覓便附去。先人今次封贈，此已納錢訖，更不煩幹致，惟告説與□院人吏令早附去也[二]。春向晚，拜見無由，每念契闊，未嘗□□□而□也。惟萬萬自重，不宜。軾再拜幼安表兄閤下。

三月□□日。（見同上）

[一]據文中「凶歲之餘」云云，本文作於熙寧八年，時知密州。

[二]「院」前「□」似「書」字，又似「本」字。

與王晉卿一首[一]（殘）

花栽乞兩荼蘼、兩林檎、兩杏。仍乞令栽花人來，種之玉堂前後，亦異時一段嘉事也。（見《蘇文忠詩合註》卷二十八《玉堂栽花周正孺有詩次韻》題下引施註）

[一]施註謂《玉堂栽花周正孺有詩次韻》詩，即爲此簡所示栽花事。詩作於元祐二年，此簡當作於同時。

與張忠甫二首

一[一]（殘）

誌文路中已作得太半，到此百冗，未絶筆，計得十日半月乃成。然書大事，略小節，已有六千餘字，若纖悉盡書，萬字不了，古無此例也。知之！知之！（見《容齋隨筆·四筆》卷二《誌文不可冗》條）

[一]文中所云「誌文」，乃指《文集》卷十四《張方平墓誌銘》。此簡作於元祐六七年間。

二〔一〕（殘）

誌文謁告數日，方寫得了。謹遣持納。衰病眼眩，辭翰皆不佳，不知可用否？（見同上）

〔一〕此簡作於元祐七年。

與欽之一首〔一〕

軾去歲作此賦，未嘗輕出以示人，見者蓋一二人而已。欽之有使至，求近文，遂親書以寄。多難畏事，欽之愛我，必深藏之不出也。又有《後赤壁賦》，筆倦未能寫，當俟後信。軾白。（見《庚子銷夏記》卷八《蘇東坡前赤壁賦》末，又見三希堂石刻）

〔一〕據簡中「去歲」云云，此簡作於元豐六年。蘇軾友人中，有傅堯俞字欽之，《詩集》卷一有《傅堯俞濟源草堂》詩，不知是否即此欽之。

答劉景文一首〔一〕（殘）

公每發言，如風檣陣馬，迅霆激電，不意於中復有祥光異彩，紆餘緻膩，盎盎如陽春淑豔，時花美女，誠不足比其容色態度，此所謂不測之謂神也。（見《王荆文公詩》卷三十六《答劉季孫》李壁註文）

〔一〕李壁謂季孫（景文）「除知隰州」，「東坡」「先生嘗答書云」（略）。此簡約作於元祐七年。

與李商老一首

軾啟。昨日辱訪，且惠書教，適病，未能讀，晨起乃得詳覽。閱味再三，悲喜兼懷，知德叟有子不亡也。未能往謝，但寫得墓蓋大小兩本，擇而用之可也。病倦，裁謝草草。（見《豫章黄先生文集》卷二十九）

與王定國七首

一〔一〕

領書，所以教諭之者備矣。感佩之意，非書可盡，謹當遵用。然所云「領發謝章，不待到任」，私意不欲爾也。謝章有過無功，而禮不可缺，到任一章足矣。空言不足上報萬一，徒爲紛紛耳。諸公啟事，自到後一發，亦備數而已。謫居六年，無一日不樂，今復促令作郡，坐生百憂。正如農夫小人，日耕百畝，負擔百斤，初無難色，一日坐之堂上，與相賓饗，便是一厄。公之意可復勸令周旋委曲以求售乎？子由赴闕之命，亦是虚傳耳。（見《聖宋名賢五百家播芳大全文粹》卷五十四）

〔一〕簡中「謫居六年」云云，當作於元豐八年起知登州時。

二〔一〕

辱書，驚聞樂全先生薨背，悲慟不已。元老凋喪，舉世所痛，豈獨門下義舊〔二〕。雖壽禄如此，而吾儕不復見此師範，奈何！奈何！方欲乞移南都，往見之，今復何及！尚賴定國在彼，差慰其臨没之意。

聞屬纊之際，猶及某與舍弟，痛哉！仰惟寬懷，且助厚之、迷中幹後事也。執筆，愴塞不次。（見同上）

〔一〕「驚聞」云云，本簡當作於元祐六年末或七年初。下簡作於此簡稍後。

〔二〕「義」疑有誤。《宋代蜀文輯存》卷二十録此文，此處作「□」。

三

專人來，辱書，且審起居佳勝。張公《行狀》，讀之感慨，内有數處，須至商量鐫帖，持去，乞細予批鑒〔一〕。附來高文，固佳妙，無可指摘，但其間不免有愚意未安者，必是老謬不足曉，煩公開諭，仍不深訝。蓋張公文，《志》又不可不盡心同慮也。惶悚！惶悚！仍須索便下筆也。未由瞻晤〔二〕，千萬加愛，不一。（見同上）

〔一〕「鑒」原作「鑿」。《宋代蜀文輯存》録此文作「鑒」，今從。

〔二〕「瞻晤」原作「詹」，脱去「晤」字。《宋代蜀文輯存》録此文作「瞻晤」，今從。

四〔一〕

不見定國一年，不與定國書半年，每得來書，輒愧滿面，取紙欲答，又懶而止。每想君熟知我此態，不復以爲怪也。即日，起居何如？知受任安肅，廟堂既未能置君於所宜，獨無一稍佳處乎？料亦都不計較。許時見過之語，似稍的，今歲必不失望矣。河水既不至，此間諸事稍可樂，幸早臨。僕秋中，當再乞南中一郡耳！屢蒙寄詩，老筆日可畏，殆難陪奉。字法亦然，異日當配古人矣。酷熱，萬萬自重。

（見同上）

〔一〕此簡約作於元豐元年。

五〔一〕

有一事拜託，杭人欲開葑田，蓋五六十年矣〔二〕。但有志於民者，無不經營，亦有數公下手開鑿，終於不成。惟不肖偶得其要。開之月餘，有必成之勢，吏民歡快，如目去翳。近奏乞度牒五十道，終成之，一奏狀，一申三省，皆詳盡利害。告公爲一見莘老，痛致此意。仍求此二狀一觀之。近奏事多蒙開允，想必莘老之力。更乞應副此一事，使西湖一旦盡復有唐之舊，際山爲界，公他日出守此邦，亦享其樂，切望痛與留意。近説與子由，令爲老兄力言，而此人懶慢謬悠，恐不盡力，故以託定國，彼此非爲身事，力言何嫌也。（見同上）

〔一〕此簡作於守杭時。

〔二〕「五六十年」原作「五十六年」。《宋代蜀文輯存》卷二十録此文作「五六十年」，今從。

六（殘）

新詩篇篇皆奇，老拙此回真不及矣。窮人之具，輒欲交割與公。（見《墨莊漫録》卷二）

七〔一〕（殘）

覩邸報，知定國除符離守。及見告詞，慰喜之極。此於公亦何足爲慶，但喜端人善士，自此少免點污破壞，人材稍出，社稷之喜也。（見《蘇文忠詩合註》卷三十四《韓退之孟郊墓銘云以昌其詩……》題下引施註）

〔一〕施註云此尺牘作於守杭時。

與陳季常四首

一〔一〕

一夜尋黄居寀龍，不獲。方悟半月前是曹光州借去摹搨，更須一兩月方取得，恐王君疑是翻悔，且告子細説與，纔取得即納去也。却寄團茶一餅與之，旌其好事也。

軾白季常。廿三日。（見西樓帖、三希堂石刻、《大觀録》卷五、《式古堂書畫彙考·書》卷十）

〔一〕此簡作於黄州。

二〔一〕

軾啟。新歲未獲展慶，祝頌無窮。稍晴，起居何如？數日起造必有涯，何日果可入城？昨日得公擇書，過上元乃行，計月末間到此。公亦於此時來，如何？如何？竊計上元起造尚未畢工。軾亦自不出，無緣奉陪夜遊也。沙枋畫籠，旦夕附陳隆船去次。今先附扶劣膏去。此中有一鑄銅匠，所借所收建州木茶臼子并椎，試令依樣造看，兼適有閩中人便，或令看過，因往彼買一副也。乞暫付去人專愛

護，便納上。餘寒，更乞保重。冗中，恕不謹。軾再拜季常先生丈閣下。正月二日。（見三希堂石刻）

〔一〕此簡作於黄州。

三〔一〕

軾啟。人來，得書。不意伯誠遽至於此，哀愕不已。宏才令德，百未一報，而止於是耶？季常篤於兄弟，而於伯誠尤相知照想，聞之無復生意。若不上念門户付囑之重，下思三子皆未成立，任情所至，不自知返，則朋友之憂，蓋未可量。伏惟深照死生聚散之常理，悟憂哀之無益，釋然自勉，以就遠業。軾蒙交照之厚，故吐不諱之言，必深察也。本欲便往面慰，又恐悲哀中反更撓亂。進退不皇，惟萬萬寬懷，毋忽鄙言也。不一一。軾再拜。（同上，又見《大觀録》）

〔一〕文中伯誠當爲季常長兄。此簡作於黄州。

四〔一〕

知廿九日舉挂，不能一哭其靈，愧負千萬千萬。酒一擔，告爲一酹之。苦痛！苦痛！（同上）

〔一〕此當爲伯誠之喪而作，此簡作於黄州。

與龐安常一首〔一〕

軾啟。適恰遣人奉啟，辱教，且審起居佳勝。召食固當依命，爲章憲在武昌見候，軾來日又齋素，

必難趨赴，且望恕察。晚當拜見，忽忽奉啟，不一。軾再拜安常處士足下。（見《寶書齋法書贊》卷十二《蘇文忠公書簡帖》）

〔一〕此尺牘作於黃州。文中安常，當即龐安常，故以「與龐安常」爲題。

與子功一首〔一〕

軾啟。早來不及欵語。辱教，承起居佳勝。二合承借，感感，不宣。軾再拜子功侍郎兄。廿五日。（見西樓帖）

〔一〕此子功，當即范子功。

與純父一首〔一〕

軾啟。辱教，伏承起居佳勝。示及文字及縉物，物領如數。忽忽，復白不一一。軾再拜純父侍講足下。廿五日。（見西樓帖）

〔一〕此純父，當即范純父。

與家退翁三首〔一〕

一

軾啟。數日斗寒，尊體佳否？來日謁告一日，與公略會話，幸訪臨早食也。不宣。軾再拜退翁朝

散年兄。廿三日。(見西樓帖)

〔一〕蘇軾之友字退翁者有二，一氏俞，一氏家。俞名汝尚，長於軾。見《詩集》卷十九《送俞節推》題下註文及詩中軾自註。家名定國，與軾爲同年，見《詩集》卷二十八《次韻子由送家退翁知懷安軍》詩及題下註文。此處所收與退翁三簡，當爲與家退翁者，今以「與家退翁」爲題。

二〔一〕

軾啟。昨日先納送行詩，必達。經宿起居何如，來日定成行否？卑體尚畏風，不果往別。千萬順候自愛。細簟一領，暑途恐須用。魚膠四片，鹿頂合子一枚，賜墨三丸，納上。不訝浼瀆，不宣。軾再拜退翁朝奉使君兄。十一日。(同上)

〔一〕《詩集》卷二十八《次韻子由送家退翁知懷安軍》詩，當即文中所言之「送行詩」。詩作於元祐二年，時軾在翰林學士知制誥任。

三〔一〕

軾啟。人來，辱手書，具審起居勝常，甚慰想望。軾連歲乞補外，請越得杭，恩出望外。不獨少便衰疾，亦遂安蠢拙矣。但去□日遠〔二〕，歸掃墳墓何日，不能無惘惘也。乍熱，千萬以時保愛，治行，冗中布謝，草略，不宣。軾再拜退翁朝散年兄。四月十三日。

手啟上退翁朝散家。軾謹封。(同上)

〔一〕據文中「請越得杭」語，本文當作於元祐四年。

〔二〕「□」似爲「亡」旁，右似「悳」。待考。

與錢穆父二十九首〔一〕

一〔二〕

兩日不奉接，思仰不可言。既無緣往見，空致手啟，以爲無益而煩還答，故不復講。日聞府中僚佐，知小疾漸復常，又得手教，有作詩興，甚慰喜也。詩納去，如蒙和，何幸如之！諸公詩無他本，却乞封示。旦夕朝會，必遂欵話。不一。（見《聖宋名賢五百家播芳大全文粹》卷五十四）

〔一〕此二十九首之一至十八，《播芳文粹》題作《與錢待制十九帖》，考其實，得十八帖，此待制乃穆父；其十九至二十六首，《播芳文粹》題作《與錢穆父待制七帖》，考其實，得八帖。今根據本書體例，統一稱《與錢穆父》。

〔二〕此簡作於元祐守杭前，時在朝。

二〔一〕

朝會疎闊，遂不獲際見，企渴可量。歲律既盡，殊無以爲樂，甚惘惘也。比日起居何如？中前云今日當見過。若果耳，人回略諭，當不出也。或未暇，亦不敢固屈。匆匆，不宣。（見同上）

〔一〕據「歲律」云云，此簡當作於元祐二年或元年之末，時錢勰（穆父）知開封。

三〔一〕

兩日不果詣見，傾仰不可言。乍涼，台候勝常。承已拜命，正得所欲，想愜雅懷。但朋友懷公之去，不能無惘惘然。似聞明主知照極深，其他想不復計較也。明日、後日皆休務，可以往謁。而魏邸將出，不可遠去，過此，雖非假日，亦可以因訪僧郊外，得邂逅也。想公行李亦不卽辦，當少留耶？冗中奉啓，不宣。（見同上）

〔一〕簡中「承已拜命」，謂指知會稽事，參下簡校記。

四〔一〕

會稽平日欲乞，豈易得哉。小生奉羨之意，殆不可言，然亦行當繼公也。舍弟差闕下試官，不及奉啟，計其出，公未行也。餘非面莫悉。倩仲、蒙仲昆仲，不克一別，意甚不足。侍奉外，千萬珍愛。蒙仲更礪賦筆，遂取魁甲，至望。旦夕入文字乞郡。江湖之東，行亦得之，但恨會稽爲君家所奪耳。呵！呵！（見同上）

〔一〕《宋會要輯稿》第九十八册《職官》六六之三八，錢勰（穆父）以元祐三年九月十七日知會稽。此簡「會稽」卽指此事，此簡作於元祐三年。

五

令子至，出答教，感慰良極。乍冷，且喜台候康勝。此行知適所願，但有一事，當在意者。梅月宜頗居高燥，郡中常所偃息處，皆宜易新甃也。餘具令子口白。某意在沿流揚、楚，不可得，潭、洪亦所樂也。（見同上）

六

川公服一段，茶兩團，酒二壺，蜀紙三百幅，聊相區區，恕其浼瀆。（見同上）

七〔一〕

子由試院來日出，或能一見子容諸公，欲二十日出餞，公已出城，莫須少留否？（見同上）

〔一〕此簡與第五簡、第六簡皆作於元祐三年錢勰（穆父）知會稽臨行前。

八〔一〕

別後書問簡廢，到官百冗，未皇上狀，先枉教墨，得聞比日起居佳勝，感慰兼集。聞坐嘯竟日，孟公綽豈可屈在滕、薛，而衰病坐苦煩劇，當易地而後安。又天官司徒皆闕人，當令公厭事矣。大熱不可出，初到略須鋤治紛紛，湖山咫尺，尚未見也。思企談笑，起望西興藹藹，若聞謦欬。尚冀珍衛，少慰區區。不宜。（見同上）

〔一〕此簡作於元祐守杭之初。

九

路中見三郎，甚安。渠道過瓜洲復來相見。江口恨不欵曲，然亦被捉住寫數紙。東來絶不作詩，公必富作，何不寄示。聞公今年造茶，奇甚，願分絶品少許。子由遂作北扉，甚不皇，方辭免也。兩小兒迨、過在此，邁此月當替，非久亦來此〔一〕。承問及，感！感！四郎及諸季各安，未及書也。（見同上）

〔一〕「來此」原作「此來」。《宋代蜀文輯存》卷二十録此文作「來此」，今從。

一〇

久不奉書，忽辱教字并次公具道盛意，併增感怍。比日起居佳勝，兩邦相望，衰拙自知，常有絶塵之歎。惟腰脚蹣跚，略不相讓，可以一笑也。近亦漸平復，惟用温補藥，頗覺宜人。聞公每用朴消、大黄，晝夜洞下乃愈，此豈衛生之計哉！願於不發時，常進一温平藥，令不發爲佳。然已發，想亦非下不愈也。無由面盡，臨紙惘惘。（見同上）

一一〔一〕

專人來，辱書，且審比日起居清勝。知暫在告，想無苦恙，聊欲閉閣宴坐耳。求紫雪，納五兩去。尚有數兩，不欲多馳去。中年豈宜數進此藥乎？相望雖咫尺，所欲言者，非筆舌可究。時登中和東廡望西興，屋瓦可數，相思何窮。子由本欲請外覲得公處，今又北扉，此殆謬悠矣〔二〕。公簡上心，豈能久外

耶？餘熱，千萬爲國自重，不宜。（見同上）

〔一〕自第九簡至此簡，皆作於守杭時。

〔二〕「殆」原作「册」。《宋代蜀文輯存》引此文作「殆」，今從。

一二〔一〕

日望來音，此懷可知。歲暮寒慄〔二〕，起居何似？遞筒既失，必降劄子，歲前可得迎見否？未間，伏惟爲國自重，冗中，不一。（見同上）

〔一〕此簡亦作於守杭時。「歲暮」云云，當爲元祐四年或五年。

〔二〕「慄」原作「慘」。《宋代蜀文輯存》引此文作「慄」，今從。

一三〔一〕

某在杭，雖少勞而意思自得。此來極安逸，然多憂愧，想識此心也。只在興國浴室獨居，大暑中殊清也。蒙仲在公翊所見之。公翊今得符離，不知當同往否？承辟召，小兒感戴不可言，得否猶未可知也？浙西水災殊甚，已差岑、楊二君，朝論甚留意救卹也。知之。邊上秋熟，可慶！可慶！（見同上）

〔一〕此簡據「此來」云云，當作於守杭罷任回朝之初，時當爲元祐六年。

一四〔一〕

數日不接奉，渴仰之至。苦寒，起居佳勝。欲見近歲天下户口數，告爲録示，早得爲佳。不知幾日

與穎叔、仲至見臨？匆匆，不宣。（見同上）

〔一〕此簡或作自揚還朝後。參第二十五、二十六兩簡。

一五

久別傾企。辱書，乃知舟御在此，起居佳勝。甚欲少留以須一見，而舟人以潮平風正，當速過，遂且渡。承諭，當復來會，豈當重煩從者。匆匆，不宣。（見同上）

一六

尊丈台候計安。聞甚樂會稽，不知有書見賜否？某又上。（見同上）

一七

輕大江，重相別，誰如君者。此意豈可忘耶？然迫夜涉險，悔不堅留君一宿也。二軸謾寫數字，付來□〔一〕，乍遠，千萬保愛。不一。（見同上）

〔一〕「□」疑爲「人」字。

一八〔一〕

前日作《米元章山硯銘》。此硯甚奇，得之於湖口石鐘山之側。有盜不禦，探奇發瑰。攘於彭蠡，斲鐘取追。有米楚狂，卽盜之隱。因山作硯，其理如雲〔二〕。過揚且伸意元章，求此硯一觀也。（見同上）

〔一〕此簡作於元祐間。

〔二〕《文集》卷十九有《山硯銘》，此句作「其詞如賓」。

一九〔一〕

遠接人未到，闕書吏，止用手狀，達誠而已，亦幸仁明不深責也。久留吴越，謳頌藹然，想不日召還密近，幸益爲民自愛。迫行，冗甚，不盡區區。到官別上問也。（見同上）

〔一〕元祐六年春，蘇軾自杭州守被召回朝，時錢勰（穆父）新知瀛州，見《長編》。據此簡內容，簡當作於行將離杭之時。參第二十四簡校記。

二〇

親情柳子立秀才，寓居屬部，或去相見，略望與進，幸甚。（見同上）

二一

辱簡，承起居佳勝。示諭容面白，正苦暑不能坐。近夜稍涼，訪及爲幸，不一。（見同上）

二二

奉書不數，然日聞動止，以慰飢渴。比來台候勝常，秋高諸況必佳。太閑逸否？某五鼓輒起，平明亦無事，粗得永日嘯詠之樂。今日重九，一尊遠相屬而已。新詩必多，幸寄示。乍冷，千萬爲國自重，

不宣。（見同上）

二三

兩日不接奉，思仰不可言。雨冷，起居佳安。昨日小詩與通叔爲戲，重煩屬和，感服可量。來日無會，可於何處相聚，退之所謂「此日足可惜」，顧未遽相別也。不一。（見同上）

二四〔一〕

漕任雖非衆望，然有一事有望於公。浙江流殍之憂，來年秋熟乃免。日月尚遠，恐來年春夏間可憂，賑之則無還，貸之則難索，皆官力所不逮，惟多擘畫，使數郡糴場不絶，則公私皆蒙利，事甚易知，但才不迨，且無是心，敢以累公，況枌榆所在，當留念也。（見同上）

〔一〕據《續資治通鑑長編》卷四百六十八，錢勰時爲江淮荆浙等路發運使。簡中「漕任」云云，乃指此。此簡作於元祐六年。

二五〔一〕

今日早不免謁告，今已頗安，來晨幸同穎、至二公臨訪，早屈爲佳，不能遍致簡，恐煩回答，只告穆父轉呈也。（見同上）

〔一〕簡中之「穎」乃蔣之奇，「至」乃王欽臣，《詩集》卷三十六多詩及之。此簡作於自揚州回朝之後。

二六〔一〕

經宿台候萬福，十日之約，却爲昨晚奉勑旬休致齋，翌日，定光行事，須至退日。慙悚不已。一會何微末，而艱故如此。乃知永叔「鼎彝」之句，真非虛語。公轉呈穎、至二公，此簡芭蕉之誚，不能逃也。呵！呵！（見同上）

〔一〕此簡乃承上簡所及之事而言，作於上簡稍後。

二七

此中近忽有一人，能畫山水，極可愛。本無人知，僕始擢之。居人過客，爭求其筆，遂漸艱難，異時必爲奇物也。今將一軸奉獻，如要六幅圖，但與一匹細畫絹，錢兩千省，便可也，於軾猶未敢劣也。軾又上穆父內翰兄執事。（見《寶真齋法書贊》卷十二《蘇文忠公書簡帖》）

二八〔一〕

軾啟。久不聞問，奉懷悵然。忽人來，辱手書，承比日起居佳勝，感慰無量。示諭欲令紀述新廟記，不敢以淺陋固違，但迫行，冗甚，不暇。俟到揚州，得少靜息，當下筆，成，即遞中寄去也。會合未緣，千萬自重，不宣，軾啟上穆父內翰執事。（見同上書同上卷《蘇文忠與錢穆父書簡重本二帖》）

〔一〕據簡中「俟到揚州」語，本文當作於元祐七年。

二九

適承見訪，偶出，豈勝悵然〔一〕。新茶少許納上，幸俟至事空，當往同啜也。軾啟上穆父內翰兄執事。（見同上）

〔一〕「勝悵」原作「悵勝」，當爲「勝悵」之誤，今正。

蘇軾佚文彙編卷三

尺牘

與滕達道五首〔一〕

一

罪廢之餘，杜門省愆，人事殆廢。久不修問，亦非怠慢。舍弟來，具道動止甚詳，如獲一見。移守安陸，日問首耗，忽蒙惠書，承已到郡，且審起居康勝。初不知軒旆過黃陂，既是州界一走，見亦不難，此事甚可惋歎也。某旅寓凡百粗遣，不煩憂念。咫尺時得別書，亦可喜也。苦寒，萬乞爲時自重。謹奉手啟上謝，不宣。（見《聖宋名賢五百家播芳大全文粹》卷五十五）

〔一〕據《永樂大典》卷二千三百九十九引《蘇潁濱年表》，蘇轍於元豐三年五月至黃。此簡作於元豐三年。

二〔一〕

輒有少懇，甚屬率易，惟寬恕。自得罪以來，不敢作詩文字。近有成都僧惟簡者，本一族兄，甚有道行，堅來要作《經藏碑》〔二〕，却之不可。遂與變格都作迦語，貴無可箋註。今録本拜呈，欲求公真迹作十大字，以耀碑首。況蜀中未有公筆迹，亦是一缺。若幸賜許，真是一段奇事。可否，俟命。見有一蜀僧在此，旦夕歸去，若獲，便可付也。（見同上）

〔一〕此簡作於元豐四年。

〔二〕「來」疑爲「求」之誤。

三〔一〕

缺人寫公狀，乞矜恕。示諭邸報下京東保明，此初不見，乞録示可否。所問未押字，亦不得其詳，但云爲吴與典田千餘緡，田主欲賣，不許爲人所言耳，亦不知的否？契璋亦自與之熟，羅漢堂壯麗之極，或與旁作四字記之，亦無害，但副團銜位，不稱其意，如何？如何？此書到後，乞遞中略示數字，貴知達耳。（見同上）

〔一〕簡中「副團」，乃指黄州團練副使。此簡作於黄州。

四〔一〕

杜甫詩云：「張公一生江海客，身長九尺鬚眉蒼。」謂張鎬也。蕭嵩薦之云〔二〕：「用之則爲帝王師，不用則窮谷一叟耳〔三〕。」（見同上書卷五十六）

〔一〕《播芳大全》原題作「與達道」。蘇軾友人字達道者惟滕元發，今定此簡爲與滕者。此簡文字，一見《文集》卷五十七《答賈耘老》第三簡之末。

〔二〕「薦」原缺，據答賈簡補。

〔三〕「窮」原作「家」，據答賈簡改。

五〔一〕

前日得觀所藏諸書，使後學稍窺家傳之祕，幸甚。恕先所訓，尤爲近古。某方治此書，得之頗有開益。拜賜之重，若獲珠貝。老朽不揆，輒立訓傳，尚未畢功，異日當爲公出之。古學崩壞，言之傷心也。

（見《邵氏聞見後録》卷二十七）

〔一〕《後録》原題作《謝滕達道書》。

與王文玉十二首〔一〕

一〔二〕

榜下一別，遂至今矣。辱書，感歎。且喜尊體佳勝。到岸，即上謁。可假數卒否？餘當面既，不宜。（見《聖宋名賢五百家播芳大全文粹》卷五十四）

〔一〕此十二首，原書總題作《與文玉十二帖》。今考文玉氏王，改題作《與王文玉十二首》。

〔二〕時文玉守池，此簡作於行將至池之時。

二〔一〕

昨辱教，不即答，悚息！悚息！經宿尊體佳勝，見召，敢不如命。然瘡癤大作，殆難久坐，告作一肉飯，竟日移舟池口矣。山婦更煩致名劑，某感戴不可言。謹奉啟布謝，不宣。（見同上）

〔一〕此簡與下簡作於池州。

三

久留治下，以道舊爲樂，而煩亂爲愧。數日，尊體如何？漕車即至，不少勞乎！永日如年，念公盛德不去心。所要作字，爲瘡腫大作，坐卧楚痛，容前路續寄也。不罪！不罪！鄭令清苦無援，非公誰復成就之。某造次！造次！瘡病無聊，不盡意，惟萬萬以時自重。（見同上）

四〔一〕

昨辱惠書，伏承别後起居佳勝。某到金陵，瘡毒不解，今日服下痢藥，羸乏殊甚，又不敢久留來人，極愧草略。餘熱，萬萬爲時自重。（見同上）

〔一〕此簡作於金陵，時爲元豐七年。

五〔一〕

書已領，跋尾剪去，極不妨，然何足取也。愧！愧！通判大夫甚欲寫一書，乏力不果，乞道區區。（見

同上）

〔一〕此簡作於元豐七年或八年。

六〔一〕

去歲人還，奉狀必達。爾後行役無定，遂缺馳問。比日，不審起處何如？某忝命過優，非許予之素，何以及此。無緣面謝，重增反側。酷暑，更祈順時爲國自重。謹奉手啟，不宣。（見同上）

〔一〕據「忝命」云云，此簡作於元豐八年五月起知登州略後。

七〔一〕

寓白沙，須接人而行，會合未可期。臨書惘惘。見張公翊，出《清溪圖》甚佳。謝生殊可賞，想亦由公指示也。曾與公翊作《清溪詞》，熱甚，文多，未暇録去，後信寄呈也。睿達化去，極可哀，雖末路蹭蹬，使人耿耿，然求此才韻，豈易得哉！雲巢遂成茂草，言之辛酸。後事想公必一一照管也。匆匆，揮汗，不復盡意耳。（見同上）

〔一〕簡中所云「雲巢」乃沈遼。沈卒於池州，時在元豐八年。此簡當亦作於元豐八年。

八〔一〕

冗迫，久不上問。辱教，承起居佳勝，感慰兼集。違去忽兩歲，思仰不忘。每惟高才令望，尚滯江湖，豈勝悵惘。不肖忝冒過分，重承牋教，禮當占詞布謝。數日，以病在告，使者告回甚速，故未暇也。不罪！不罪！酷暑方熾，千萬爲時自重。（見同上）

〔一〕據簡中「兩歲」云云，此簡作於元祐元年。

九〔一〕

伏蒙賜教，恩勤曲折，有骨肉之愛，蒙世不比數，何以奉承此歡，懷藏愧感，大不可言。累日聒聒溷煩，仰荷眷與，不見瑕疵，又飲食之，及其行，餉酒分醯，蒙被無已之惠，益多愧耳。謹奉狀稱謝。春寒，伏冀調護眠食，以須寵光。（見同上）

〔一〕考蘇軾一生，江行過池州者凡三。一爲元豐七年自黄州移汝州，一爲紹聖元年赴惠州途中自金陵路過此，一爲建中靖國元年北歸時過此。三者皆非春季。此簡云及「春寒」，疑非軾作。查《永樂大典》卷二千三百九十九所引《蘇潁濱年表》：「元豐七年九月，蘇轍除績溪（按：原文作「續淡」，筆誤）令，是年，「除夜宿彭蠡湖」，八年春，經廬山赴績溪就任。赴任途中卽經池州，《欒城集》卷十三有《至池州贈陳鼎秀才》詩。與簡所云之季節相合，竊疑此簡爲轍此時所作。又，蘇轍元豐三年五月，嘗過池州，爲州守滕元發賦《蕭丞相樓》詩，見本編《題子由蕭丞相樓詩贈王文玉》。亦非春季。

一〇〔一〕

道出貴郡，乃獲淹觀風度，實慰從來。伏蒙大雅開接甚厚，小人何以得此！薄晚奉被賜教承問，幸甚。拙於謀生，至煩地主餉米，感愧。匆匆稱謝，不宜。

〔一〕此簡乃承上簡而言，疑亦爲蘇轍所作而非軾作。

一一〔一〕

經宿，伏惟尊候萬福。比欲奉承，勤欵教諭，屬以風静江平，伯氏堅約來日解舟，不審能曲聽否？得指揮，今日得券給米，來且得護兵聽行，以慰伯氏之意，何幸如之。謹咨稟左右，惶恐！惶恐！（見同上）

〔一〕此簡承第十簡而言，疑亦爲轍所作。

一二〔一〕

昨夜風静，遂解舟泊清溪口，道遠不能入城，觀隨車歌舞之盛，徒對月舉酒，想見風度耳。經宿，不審尊候何如？伏惟萬福。未申間泊銅官，古縣蕭索，尤思仰緒論。謹奉狀承動静，率易，惶恐！（見同上）

〔一〕據「道遠」句云云，蘇轍過池州，並未入城。而蘇軾過此時入城，見本編《題子由蕭丞相樓詩贈王文玉》一文。疑亦爲轍所作。

與蘇子容四首

一〔一〕

久不奉狀，疏慢之罪，尚蒙寬恕否？即日起居佳勝。承已新拜命，雖未即大用，與議尚洋然〔二〕，沮勸有法，足以頼汗姦諛，鼓勇忠義，非小補也。某蒙芘如昨，但久不聞談誨，僻郡，親友莫至，日以頑鄙矣。漸冷，惟冀爲國自重，不宣。（見《聖宋名賢五百家播芳大全文粹》卷五十五）

〔一〕此簡「僻郡」云云，約作於密州。

〔二〕「洋」義不易通。《宋代蜀文輯存》卷二十引此文作「鬱」。

二〔一〕

適見人言，宗叔墜馬，尋遣人候問門下，又知有少損，不勝憂懸，又不敢便上謁。家傳接骨丹，極有神驗，若未欲飲食，且用外帖，立能止痛、生肌、正骨也。匆匆奉啟，不宣。（見同上）

〔一〕此簡作於黄州，參下簡「公所苦」云云。

三〔一〕

向來罪譴皆自取，今此量移之命，已出望外。重承示諭，感愧增劇。以久困累重，無由陸去，見作舟行，沂洛夏末可到也。公所苦，想亦不深，但庸醫不識，故用藥不應耳。蘄水入龐安時者，脈藥皆精，博學多識，已試之驗，不減古人。度其藝，未可邀致，然詳録得疾之因，進退之候，見今形狀，使之評論處方，亦十得五六。可遣人與書，庶幾有益。此人操行高雅，不志於利，某頗與之熟，已與書令候公書至，即爲詳處也。更乞裁之，仍恕造次。（見同上）

〔一〕據「量移」云云，此簡作於元豐七年，時在黄州。

四

穎師書數紙，得之驚喜，雖猊奮鬣，已降老彪矣。冗中未及作書，勿訝！勿訝！（見同上）

與滕興公三首

一〔一〕

向者假守，得依仁賢分光借潤，爲幸多矣。不謂純孝罹此哀疚，匆遽别去，爲恨可量。某罪大責輕，憂愧交集，狼狽南遷，豈敢復自比縉紳，尚蒙記録委曲存撫，感激深矣。旦夕出江，愈遠詹奉，惟萬萬順理自將，無致毁也。（見《聖宋名賢五百家播芳大全文粹》卷六十）

〔一〕此簡作於紹聖元年赴惠途中。

二〔一〕

某久當廢逐，今荷寬恩，尚有民社，又聞風土不甚惡，遠近南北亦無所較，幸不深念。示喻《壇記》，

新以文字獲罪，未敢秉筆也。匆遽，不盡區區。（見同上書卷五十五）

〔一〕此簡作於紹聖元年，似尚未離定州。

三〔一〕

近晚訪聞一事，請貸糧者幾滿城郭，多請不得，致有住數日所費反多於所請者。吾儕首慮此事，非不約束，而官吏惰忽如此〔二〕，蓋有司按劾之過也。切請與公速爲根究。爲邑官告諭期會不明耶？爲倉官不早入晚出、支遣乖方所致耶？切與根究取問施行。病中聞之，甚愧！甚愧！某手啟。（見同上）

〔一〕細味簡文，此簡當作於定州，應次於第　簡前，今姑仍其舊。

〔二〕「惰」原作「情」，誤刊；《宋代蜀文輯存》卷二十録此文作「惰」，今從。

與高夢得一首〔一〕

某遊門下久矣，然未嘗得如此行，朝夕繼見，聞所未聞，慰幸之極。已別，悵仰不可言。經宿，伏維台候康勝，不敢重上謁。伏冀順時爲國自重，不宣。（見《聖宋名賢五百家播芳大全文粹》卷五十六）

〔一〕此簡文字，一見《文集》卷五十，爲《與王荆公二首》之第一首。《文集》卷五十八有《與高夢得一首》，作於黄州；味該簡，夢得似乃蘇軾後輩。與本簡不合。姑互見於此以待考。

與徐安中一首〔一〕

寵禄過分，煩致人言，求去甚力，而聖主特發玉音，以信孤忠，故未敢遽去，然亦豈敢復作久計也。老兄淹留如此，終不能少爲發明，愧負何已。宛丘春物頗盛，牡丹不減洛陽，時復一醉否？辱書，伏承起居佳勝，知辭還，少緩思仰，日勞賢者，當進而久留，不肖當去而不可得，兩失其安，可勝嘆耶？人還，匆冗不宜。（見《聖宋名賢五百家播芳大全文粹》卷五十六）

〔一〕此簡作於元祐中。

與曾子開一首〔一〕

經宿起居佳勝。來日欲同錢穆父略到池上扈駕，還便往，公能來否？别無同行。穆父甚喜公來，可攜帽子涼傘行也。可否，示諭。不宜。（見《聖宋名賢五百家播芳大全文粹》卷五十六）

〔一〕此簡作於元祐間。

謝唐林夫一首

數日不接，思仰可量。陰寒，伏惟起居佳勝。生日之禮，豈左右所當屈致。又辱高篇借寵，衰病，感悚並集。日夕走謝，奉啟，不宜。（見《聖宋名賢五百家播芳大全文粹》卷五十六）

與趙閲道一首〔一〕（殘）

《表忠觀碑》額，可用張子野之孫有書之。（見《攻媿集》卷七十八《跋張謙中篆金剛經》）

〔一〕此簡當作於元豐初。

與陳退叔一首〔一〕（殘）

退叔今年四十五，而有四子，兩人已登第守官，其叔耕且學，其季游上庠，藝業甚精。有男女孫十四人。元孫之孫，古人所不知，若陳君者當見，所不知何人也。（見《京口耆舊傳》卷六《陳亢傳》）

〔一〕此簡作於元豐七年。

與楊元素一首〔一〕（殘）

〔蘇〕嘉篤學有文，而沈静若愚，剛毅不可犯。（見《京口耆舊傳》卷四《蘇嘉傳》）

〔一〕此簡作於倅杭時。

與林子中一首〔一〕（殘）

别後，淫雨不止，所過災傷殊甚。京口米斗百二十文，人心已是皇皇。又四月天氣，全似正月。今歲流殍疾病，必須措置。淮南蠶麥已無望，必拽動本路米價。欲到廣陵，更與正仲議之，更一削。顧老兄與微之、中玉商議，早聞朝廷，厚設儲備。熙寧中，本路截撥及别路搬來錢米，并因大荒放税及虧却課利，蓋累百鉅萬，然於救饑初無絲毫之益者，救之遲故也。願兄早留意。又，乞與漕司商量，今歲上供斛米，皆未宜起發。兄自二月間奏，乞且遲留數月起發，徐觀歲熟，至六月起未遲。免煩他路搬運賑濟。如此開述，朝廷必不訝。荷知眷之深，輒爾僭言，想加恕察，不一。某皇恐。（見《晦庵先生朱文公文集》卷八十二《跋東坡與林子中帖・再跋》附録）

〔一〕此簡作於元祐六年。

與馬忠玉二首〔一〕

一

軾啟。別來期月，企仰增劇。比日履茲清和，起居佳勝。向因還人上問，必達。軾來日渡江，愈遠左右。伏冀順時爲國自重，不宣。軾再拜忠玉提刑奉議執事。四月四日。（見《大觀録》卷五）

〔一〕《大觀録》附有明正德間文璧跋，跋謂東坡「同時往還有王瑜、馬瑊，並字忠玉，集中不載此帖，莫知爲誰」，以此帖及下帖繫之王忠玉，非是。按：《詩集》卷三十三《次前韻答馬忠玉》題下查註引《咸淳臨安志》，謂元祐五年八月，宣德郎馬瑊自提點淮南西路刑獄，改兩浙路提刑。今繫於馬忠玉，此二帖之第一帖作於元祐六年離杭守任赴朝途中。

二〔一〕

軾啟。屢獲教字，眷與隆厚，感服不已。比日履茲伏暑，起居清勝。軾數日卧病，今日稍痊，久稽來人，悚息！悚息！承旦夕東歸，益深懷仰。尚冀珍嗇，即膺嚴召，乏力，不謹。軾再拜忠玉提刑奉議閣下。六月十五日。（同上）

〔一〕此簡作於元祐六年，時在汴京。

與鄧聖求二首〔一〕

一

別來思仰益深，到郡即欲上問，因循至今。辱書教，感怍無量。比來履茲薄冷〔二〕，台候康勝。瞻望咫尺，莫由際集。尚冀順時爲人自重。（見《聖宋名賢五百家播芳大全文粹》卷五十五，又見《永樂大典》卷一萬零一百一十五引《蘇東坡集》）

〔一〕原作「與鄧承旨」。今考《續資治通鑑長編》，此承旨乃温伯字聖求者。今改「承旨」爲「聖求」。

〔二〕《播芳大全》無「比來」二字，今從《永樂大典》。

二〔一〕

衰病日加，得此便郡，蕭然乃無一事。平生守官，未有如今之適也。舊過潁州亦樂土，但恐民事不如潁之絶少爾。嘯咏之樂，誰陪公者？計不負風月。餘非面莫究，忽忽。（見同上）

〔一〕此簡作於元祐七年知揚州時。

與范中濟一首〔一〕

軾啟。數日不接奉，渴仰殊深。承旦夕進發，治裝勞矣，台候何似？拙詩納上，備數而已，愧悚之

至。留別之作，敢請一本，即詣違次，不宣。軾再拜中濟侍郎經略公閣下。（見《寶真齋法書贊》卷十七《元祐八詩帖》）

〔一〕此簡作於元祐八年，參《詩集》卷三十六第一百三十九條《校勘記》。

與文公大夫一首〔一〕

軾再啟。謫居已再經春，徒以知罪信命，故受之恬然。除舊苦痔外，亦無甚恙也。杜門少出，所云攜青衣童步松下，好事者粉飾也。羅浮初過時，一至其下耳，後亦不復到。叔弼亦久不得書。中間得書，報去年二月間，仲純之子，臨邑尉愻者有事，必已知之，所云病者，乃其閤中也。後聞已安矣。此中真井底，了不知北方事。風物却粗可，但無醫藥耳。軾再拜。

手啟上文公大夫閣下。軾謹封。（見《寶真齋法書贊》卷十二《蘇文忠公書簡帖》）

〔一〕據文中「謫居已經再春」、「羅浮初過時」語，此尺牘當作於紹聖三年。「文公」疑爲「文之」之訛，文之乃周彥質之字，時守循。

與友人一首〔一〕

疾疫方行，家人皆病，老軀亦自昏憊也。兒子方合藥救療。不果往見許君，且爲致意。疲倦，不別簡，不罪！不罪！

知幾日成行？已遷舟未？軾又白。（見《寶真齋法書贊》卷十二《蘇文忠公書簡帖》）

〔一〕此尺牘緊次《與文公大夫》一首之後，或是與文公大夫者。然未敢定，今姑以「與友人一首」爲題。

與李惟熙一首〔一〕（殘）

偶得生還，平生愛龍舒風土，欲卜居爲終老之計。（見《增刊校正王狀元集註分類東坡先生詩》卷十九《次韻韶倅李通直二首》其二註文）

〔一〕此簡作於北歸時。

與程正輔三首〔一〕

一

軾近得子由書報，近有旨，去歲貶逐十五人，永不敍復，恐赦書量移指麾，亦未該也。行止孰非命者？譬如元是惠州人，累舉不第，雖欲不老於此邦，豈可得哉！私心如此，兄必亮之也。

添「蛙」字一韻，亦已添訖。

寄惠松子牛膝梨棗，一一珍佩。巖起茶芎如尋得，亦告，因便示及與鄧師也。念五□未暇書，復信寄去次。軾再啟。

朝雲蒙頒賜牙梳，附百拜之懇。（見西樓帖）

〔一〕此簡與下二簡，俱作於惠州。

二

「縱」字韻詩，和得尤奇，誦咏不已，兄尚少《香積》一首，想續示及也。軾又上。軾詩於「霞」字韻下添入一聯云：「豈無軒車駕熟鹿，亦有鼓吹號寒蛙。」更不別寫去。子由一書，告發一□角遞〔一〕。（見同上）

〔一〕「□」似「皮」字。

三

十郎計別來安樂。博羅公人回，簡帖已領矣〔一〕。（見同上）

〔一〕西樓帖此簡之前一簡，《文集》卷五十四收有，爲《與程正輔》第六十三簡。不知此簡是否爲上簡之附書？待考。十郎乃程正輔之子。

與程六郎十郎一首〔一〕

六郎、十郎昆仲：節近，感慕愈深，奈何！奈何！惟千萬節衣强飯，以慰親意。大郎、三郎有消耗到未？復信附慰疏也。軾白。（見西樓帖）

〔一〕此簡作於惠州。

與方南圭三首

一〔一〕

軾啟。疊蒙寵示佳篇，仍許過顧新居，謹依韻上謝，伏望笑覽。（見《注東坡先生詩》卷三十七《又次韻惠守許過新居》題下註文）

〔一〕此簡及下二簡作於惠州。

二

軾謹次韻南圭、文之二太守同過白鶴新居之什，伏望采覽。……請一呈文之，便毀之。切告！切告！（見同上書上卷《又次韻二守同訪新居》題下註文）

三

蒙示二十一日別文之後佳句，戲用元韻，記別時事，爲一笑。軾上。……雖爲戲笑，亦告不示人也。（見同上書上卷《循守臨行出小鬟復用前韻》題下註文）

與歐陽晦夫一首〔一〕

軾數日病痢，不果往謁，想起居佳勝。餞行詩輒跋尾，匹紙亦作數百字。餘皆馳納。不一一。軾再拜晦夫推官閣下。七月十三日。

《乳泉賦》切勿示人，切懇！切懇！（見《式古堂書畫彙考·書》卷十，又見《大觀録》卷五〔二〕；《注東坡先生詩》卷三十八《梅聖俞之客歐陽晦夫……》題下註文亦引，有節略）

〔一〕此簡之前有「《乳泉賦》庚辰歲七月十二日」十一字。施注注文謂賦與簡皆題七月十三日。

〔二〕此簡文字，從《大觀録》。

與黎子雲一首〔一〕

承要墨戲，須醉乃作，今已斷酒矣。然數百幅間，只擇得一二得意者。續當轉求爲贈。軾啓。

苦霧收殘文豹別，怒濤驚起老蟠〔二〕。（見《式古堂書畫彙考·書》卷十《東坡贈黎侯千文卷》）

〔一〕明張丑《清河書畫舫》謂黎侯爲黎子雲。今據此以「與黎子雲」爲此簡之題。

〔二〕「蟠」下脱一字，《式古堂書畫彙考》輯撰者卞永譽疑爲「龍」字。

與處善宣德一首

軾啟。昨日辱延顧，愧感！愧感！改旦，伏惟福履勝常。田賬不知取得未？幸爲督之，得早見果決爲佳。船久留，恐不便耳。不罪！不罪！軾再拜處善宣德年兄。一日。（見《寶真齋法書贊》卷十二《蘇文忠公書簡帖》）

與范子豐二首

一〔一〕

軾啟。人還辱書，承起居佳勝爲慰。承鹽局乃爾繁重，君何故去逸而就勞，有可以脱去之道乎？外郡雖麤俗，然每日惟早衙一時辰許紛紛，餘蕭然皆我有也。四明既不得，欲且徐乞淮浙一郡，不能勝暑中登舟耳。其餘，書不能盡萬一，惟保愛！保愛！不一！不一！軾再拜子豐正字親家翁足下。（見《寶真齋法書贊》卷十二《蘇文忠公書簡帖》）

〔一〕查本集卷五十《與范子豐八首》之第二首有「小事拜聞，欲乞東南一郡，聞四明明年四月成資，尚未除人，託爲問看，回書一報」等語，與本篇尺牘「四明既不得」云云爲一事。《寶真齋法書贊》題「子豐」上，無「范」字，今據補。

二〔一〕

軾啟。別來新歲慶侍多暇，日集休福。軾百凡如昨，然方求郡，累削不允，終當堅請，以息煩言耳。蜀公丈以節下人事略無少暇，未果上問，乞道下懷。新春，萬萬以時保練，冗中不謹。軾再拜子豐承事親家翁執事。正月六日。（見西樓帖）

〔一〕此簡作於元祐二年。

答弓明夫一首〔一〕

軾啟。去歲途中暫聚遽別，可勝悵仰。遠辱手教，感慰殊深。比日起居佳勝。軾衰病增劇，不堪繁會，適值艱難之歲，未敢别乞閑處，勉强度日，坐俟汰逐耳。未由展奉，惟冀順時爲國自重，不宜。軾再拜明夫提刑朝散閣下。六月十六日。

令子先輩疊辱寵臨，終不克款奉，後會未期，臨紙黯然。惟侍奉外多愛，以就遠業。軾附白。所要文字，爲連日人客，不暇續寫得納去也。（見《寶真齋法書贊》卷十二《蘇文忠公書簡帖》）

〔一〕《文集》卷五十九有《與明父權府提刑一首》。明夫、明父當爲一人。本編《三瀾巖題名》一文，有「武陵弓允明夫」云云。據此，此簡以「答弓明夫」爲題。

與王仲志三首〔一〕

一

某頓首啟。數日接武，甚幸。辱簡，伏承節後起居增勝。慶成新句，諸儁殆難繼矣〔二〕。拙句又謾呈。甚愧不工。忽忽，不宜。（見《歐蘇手簡》卷三）

〔一〕《詩集》卷三十六《贈王覯》，《外集》題作《贈王志仲幼子覯》，不知仲志是否爲志仲？抑或爲他人。

〔二〕字書不見「儁」字，疑與「儒」字通。

二〔一〕

雨涼，台候萬福。景文奏狀草子拜呈。如可用，卽乞令人寫淨示下，同簽發去。若有不穩便〔二〕，一面改抹也。老妻病已革矣，憂懣，奈何！（見同上）

〔一〕此簡中之景文，乃劉季孫。《文集》有《乞擢用劉季孫狀》、《乞賻贈劉季孫狀》。簡中又云「老妻病」，參考《文集》有關之文，此簡作於元祐七年自揚回朝後。

〔二〕原校：一本「若」作「知」。

三〔一〕

多日不欵奉，渴仰可量。辱簡，承起居佳勝，爲慰。摻晝之會，固常接待〔二〕，但老婦疾勢，未分安危至今。若稍減，當趨赴也〔三〕。人還，忽忽。（見同上）

〔一〕據簡中「老婦疾勢」云云，此簡當作於上簡稍後。

〔二〕原校：「常」疑應作「當」。

〔三〕原校：一本無「趨」字。

與郭廷評二首

一〔一〕

軾啟。辱教，具審孝履支持，承來日遂行。適請數客，未得走別。來晨如不甚早發，當詣見次。梅君書，寫未及，非久差人去也。李六丈近遣人賫書去，且爲致懇。酒兩壺，以飲從者而已。不宣。軾再拜至孝廷評郭君。三日。（見《大觀録》卷五）

〔一〕簡中所云之李六丈，乃李師中，字誠之，《宋史》有傳。蘇軾兄弟熙寧中與師中有交往，此簡約作於其時。

二〔一〕

軾啟。日以無聊，又微恙在告，不及上謁。辱教，承孝履支持。船已令到淮揚，仍却乘載還本州。若欲至汶上，候回日別出文字。無緣詣別，惟節哀自重。謹奉啟，不宣。軾再拜至孝廷評郭君。十二日。（見同上）

〔一〕此簡約作於上簡稍後。

與郭澄江一首〔一〕

軾損啟〔二〕。杜門自放，養成頑懶。咫尺高誼，書問不通，愧怍可量也。辱書，承起居清勝。杜兄處聞諸況甚詳，深慰下懷，然忽有歸意，何也？優游卒歲，何所非樂地，幸少安之。得卿守書，亦欲君留也。乍暄。萬萬自重，病起，奉問草草，不宣。軾再拜長官郭君閤下，三月十九日。（見《吴越所見書畫録》卷一《宋蘇文忠樂地帖卷》）

〔一〕帖後，附有明余學夔跋，跋稱郭君名澄江，故以「與郭澄江」爲題。

〔二〕「損」字疑有誤。

與章子厚一首〔一〕（殘）

不仁而可與言，則何亡國敗家之有。（見《止齋先生文集》卷四十二《跋東坡與章子厚書》）

〔一〕陳傅良謂此書作於元豐元年，有「傷觸大臣」之語。

與子厚一首〔一〕

軾啟。前日少致區區，重煩誨答，且審台候康勝，感慰兼極。歸安丘園，早歲共有此意。公獨先獲其漸，豈勝企羡，但恐世緣已深，未知果脱否耳？無緣一見少道宿昔爲恨。人還布謝，不宣。軾頓首再拜子厚宫使正議兄執事。十二月廿七日。（見三希堂石刻）

〔一〕蘇軾之友，有章惇字子厚，有陸子厚乃道士。此子厚或爲前者。

與質翁一首

軾啟。近人回，奉狀必達。比日履兹春候，豈弟之化，想已信服，吏民坐歗之樂，豈有涯哉！無緣陪接，但深馳仰。尚冀若時保練，少慰區區，不宣。軾再拜質翁朝散使君老兄閤下。正月廿四日。（見《續書畫題跋記》卷六，又見《珊瑚網·法書題跋》卷四）

與若虚總管一首

軾奉寄若虛總管賢弟。比因蘇兵回，附書，必澈矣。秋氣漸涼，伏想動履之勝，貴聚均慶。軾干闕方下，三數日或聞，成在旦暮耳。續公時有美言，必稱吾弟，相禱外除了須有意思。光遠每見賓客盈坐，不曾得發一語也。相望三數舍，莫能瞻晤，臨風浩然。益冀眠食增愛，不宣。軾書奉若虛總管賢弟。（見三希堂石刻）

與張祕校一首〔一〕

報恩院主才公，近有書來茶來〔二〕，猶以記文爲言。僕爲憂患所擾，幾不能脱，正坐作文字耳。已燔筆硯，不復作一字矣，且爲道此意，石觀音記特煩寄示，豈敢作也，千萬，察之。（見《聖宋名賢五百家播芳大全文粹》卷五十六）

〔一〕《文集》卷六十有《答青州張秘校一首》，不知是否即此簡之張秘校。

〔二〕「書來」之「來」疑衍。

與董長官一首

軾啟。近者經由獲見，爲幸。過辱遣人賜書，得聞起居佳勝，感慰兼極。忝命出於餘芘，重承流喻，益深愧畏。再會未緣，萬萬以時自重。人還，冗中，不宣。軾再拜長官董侯閤下。六月廿八日。（見三希堂石刻）

與朱伯原二首〔一〕

一

軾啟。盛製《東都賦》，舊于范子功處得本，諸公傳玩，幾至成誦，非獨不肖區區仰服也。示喻欲令作跋尾，謹當如教，顧安能爲左右輕重耶！適苦冗迫，少暇當作致之。軾再拜伯原先生足下。（見《寶真齋法書贊》卷十二《蘇文忠公書簡帖》）

〔一〕「朱」字原缺。查《宋史》卷四百四十四《朱長文傳》及《樂圃餘稿》附編《樂圃先生墓誌銘》，知伯原乃長文之字。今補「朱」字。

二〔一〕（殘）

縉紳諸公喜公疾平歸國，以爲儒林光。但恨出處不同，止獲一見而已。（見《樂圃餘稿》附編《都講書寄叔父弟姪》引）

〔一〕此簡作於元祐八年。

與公儀大夫二首〔一〕

某啓。前日得邂逅正孺坐中，殊慰久闊思仰之意。辱教，具審履茲新春，起居勝常。借示《易解》，略讀數篇，已深歡服〔二〕。斯文如精金美玉，自有定價，非人能高下。過蒙示諭，但有慚悚。然近日亦粗留意。此書常患不能盡通，得此全編，爲賜甚重，且乞暫借，反復詳味，庶幾有所自入。無緣面謝，忽忽奉啓。（見《歐蘇手簡》卷三）

〔一〕《文集》卷五十七《與徐得之》第二簡，有「公儀必來會葬」之語，不知是否即此公儀大夫？

〔二〕原校：「歡」當作「歎」。

二

兼已治行，何日進發，尚冀復一見爾。公潛心如此，而世不甚知，以此知蔽善真流俗之公患耶？某向者玷累知識，則有之矣，安能爲公輕重，臨書大息〔一〕。（見同上）

〔一〕「大」疑爲「太」之誤。

蘇軾佚文彙編卷四

尺牘

與陳殿直一首

軾啓。遠蒙惠書，甚荷勤意，比日起居安否？盛年不出從官，竭力報恩，但眷戀鄉井，何也？新年宜早赴部，切祝！切祝！惟順時自愛不一。軾頓首殿直陳君足下。十二月二十九日。（見《寶真齋法書贊》卷十二《蘇文忠公書簡帖》）

與吴先輩一首

軾啓。適辱訪别，豈勝悵然。知只今就道，無暇往見，後會未期，千萬珍愛！珍愛！藥數品，可備途中服食，不一！不一！軾頓首先輩吴君足下。十一月十一日。（見《寶真齋法書贊》卷十二《蘇文忠公書簡帖》）

與樞密一首〔一〕

軾啓。孟冬薄寒，伏惟樞密正議台候萬福。軾即日蒙恩，罪戾之餘，寵命逾分，區區尺書，不足上謝。又不敢輒廢此禮，進退恐栗。未緣趨侍，伏冀上爲廟朝，精調寢味。下情祝頌之至。謹奉啓起居，不宣。軾頓首再拜樞密正議執事。十月十七日。（見《辛丑銷夏記》卷一）

〔一〕本簡文字，與《文集》卷五十《與司馬温公》第四簡略同。其不同處，如篇末「樞密正議」，《文集》作「門下侍郎」。此簡作於元豐八年。

與薛道祖二首〔一〕

一〔二〕

遠枉書教，存問甚篤。審比來起居佳勝，感慰兼集。寄示石刻，仰佩至意，何時會合，少發所懷，臨書但有慨然。秋冷，更望以時自重。（見《聖宋名賢五百家播芳大全文粹》卷五十五）

〔一〕《播芳文粹》原題作「與監宮」。今考監宮乃薛紹彭字道祖者，見本編《書上清詞後》。參本簡第二條及下簡之第一條校註。

〔二〕簡中所云石刻，乃蘇軾追書其兄弟二人所作之《上清詞》。據《金石萃編》卷一百三十九，紹彭於元祐二年六月立石，此簡亦當作於是年。

二〔一〕

早歲荷先公深知，至熙寧中相見都下，得聞其約論，所以上補君相者非一，但人不知耳。不然者，某豈敢驟以一書深言哉！近見朝廷推恩賜謚，則先公忠誠已自表見於後世，若此書不出可也。然因此

以知足下存心如此，則先公爲不亡矣。覽之悲喜。適會有少冗，作書不能盡區區。非久，當别上問也。（見同上）

〔一〕簡中所云先公，乃薛向。薛向元豐元年，同知樞密院，旋得罪斥知潁州、隨州。元祐中，謚曰恭敏。見《宋史》卷三百二十八《薛向傳》。此簡當作於上簡稍後。

與明州守一首〔一〕（殘）

視此民爲公民。（見《攻媿集》卷七十四《跋從子深所藏書畫》）

〔一〕樓鑰謂此簡作於元祐中知杭州時。

與銀臺舍人一首〔一〕（殘）

人臣事君，惟有竭盡，庶幾萬一，恐未嘗以前例爲戒。（見《南軒先生文集》卷三十五）

〔一〕張栻謂此簡「殆是行新法時，勸其（按：指銀臺舍人）□□對，盡所欲言」作。

與知縣一首

軾啓。江上邂逅，俯仰八年。懷仰世契，感悵不已。辱書，且審起居佳勝。令弟、愛子各康福。餘非面莫既。人回，匆匆，不宣。軾再拜知縣朝奉閤下。（見《大觀録》卷五）

與知郡一首

軾啓。自聞下車，日欲作書，紛冗衰病，因循至今。疊辱書誨，感愧交集。比日起居佳勝，未緣瞻奉，伏冀以時保練。不宣。軾再拜知郡朝奉閣下。十一月二十三日。（見《寶真齋法書贊》卷十二《蘇文忠公書簡帖》）

與蒲傳正一首〔一〕（殘）

聞所得甚高，固以爲慰。然復有二，尚欲奉勸，一曰儉，二曰慈。（見《濟南先生師友談記》）

〔一〕《師友談記》作者李廌謂蒲傳正有書與「東坡，自云晚年有所得，東坡答之云」云云。

與歐陽親家母一首〔一〕

迨既忝薦赴省試，遂可就親。雖叔弼尚在疚，想可別令人主婚，已令子由咨稟。彼此欲及時了當，想蒙開許也。軾再拜。老妻不敢拜書縣君親家母，不殊此懇也。（見《寶真齋法書贊》卷十二《蘇文忠歸潁帖》）

〔一〕叔弼乃歐陽修之子，故以「與歐陽親家母」爲題。此簡之後，尚有趙令時跋，據跋，知此簡約作於元祐五年。

與親家母一首

□□〔一〕。親家母尊候萬福。不敢別狀，乞侍次道區區，事已無可奈何，千萬寬中强解勉也。舍弟婦自聞逸民之喪，憂惱殊甚，恐久成疾。□□□遣兒子邁歸鄉〔二〕，且迎十一郎，新□□暇歸寧，俟少定疊，却送歸侍下不難，且望早白知太君，纔得來音，便速邁行也。遞中乞□一二字爲貺，切望！切望！

軾又上。

書乞差人送至中江知縣程推官。眉陽蘇軾謹外封。（見西樓帖）

〔一〕應爲「軾啓」二字。

〔二〕此句之第一個「□」，似「欲」字。

與友人一首〔一〕（殘）

都下全無佳思，坐念公家水軒蒲蓮，豈可復見。（見《雪山集》卷七《東坡先生祠堂記》）

〔一〕《東坡先生祠堂記》謂此簡作於元祐間。此友人或是李翔（仲覽）。

與友人一首〔一〕（殘）

得旨見役七千餘人。……二月十日。（見《攻媿集》卷七十八《跋東坡備水帖》）

〔一〕此簡作於元豐元年，言徐州水後修城之事。

與友人一首

汝陰之別，忽十餘年，不謂復此會合，增感歎也。書教累幅懃重，愧佩厚意，乏人裁寫，手簡草略，恕之！恕之！軾再拜。（見《寶真齋法書贊》卷十二《蘇文忠公書簡帖》）

又問。

與友人一首〔一〕

楊都巡本欲作書，適得書云：欲來循州。恐已起發，更不作書。若尚未，且爲申意廬處士。軾

令兄先輩不及書，不訝。（見《寶真齋法書贊》卷十二《蘇文忠公書簡帖》）

〔一〕此尺牘緊次《與處善宣德一首》之後，或是與處善者。然未敢定，今姑以「與友人一首」爲題。

與友人一首〔一〕（殘）

衣食之奉，視蘇子卿啖氈食鼠爲太靡麗。（見《鶴山先生大全文集》卷六十四《跋趙安慶所藏東坡帖》）

〔一〕味文意，當爲蘇軾與友人帖中語。帖當作於惠州或儋州。

與友人一首〔一〕

曹潛夫得三舟，許爲多載米來，不敢指定石數，但請問潛夫，看可帶多少，即依數發來。切望留意，少濟都下所闕也。丁卯年租米數，且便一報。爲冗迫，不及寫單家兄弟書，且致意致意。軾又上。

兼託曹潛夫買少漆器，仍于公裕處支錢，乞依數付與。諸事不免一一喧聒。向時姪孫帶不盡米，知寄在强景仁家，如未曾寄與人來，可便付潛夫也。（見《寶真齋法書贊》卷十二《蘇文忠公書簡帖》）

〔一〕丁卯爲元祐二年，此簡約作於元祐三年。

與友人一首〔一〕（殘）

子野出家之議。前年在都下，始聞其言，私心亦疑之，屢勸不須如此，在家出家足矣，而子野意堅決不回。僕猶恐其難遂，再三要審，而子野確然自誓，欲僕與發言，求一度牒。難違其意，故爲求之。子野□得度牒〔二〕，當攜來就僕，求作剃度齋，乃落髮也。今蒙示喻，深認一宅骨肉至意，專在下懷。俟他到此，即取其度牒收之，力勸令且更與宅中評議也。仍旦夕發一書，與舍弟，亦令似此勸之。但恐他未到筠，□□已落髮〔三〕，則無及也。軾又白。（見西樓帖）

〔一〕本文作於紹聖二年。

〔二〕「□」似「云」字。

〔三〕「□□」似「州□」字。作「州」，連上句讀。

與友人一首〔一〕

軾再拜。近承范子豐傾喪，親契之深，伏想同增悲悼。蜀公篤老，有此戚戚，賴公過從時相開曉也。軾再拜。（見《寶真齋法書贊》卷十二《蘇文忠公書簡帖》）

〔一〕簡中子豐名百嘉，范鎮（蜀公）之子。考《文集》卷一四范鎮墓誌銘，知百嘉卒於元祐二年。此簡約作於元祐二年或三年。

與友人一首〔一〕

知君貧甚，僕亦久客乍到，未有以相濟。只有五兩銀短二錢，且助旦夕薪水之費，不罪！不罪！舍弟想旦夕過彼也，忙甚，不悉。軾又上。（見《寶真齋法書贊》卷十二《蘇文忠公書簡帖》）

〔一〕此尺牘緊次《與友人一首》（「近承范子豐傾喪」云云）之後，或爲與該友人者；然未敢定，今姑亦以「與友人一首」爲題。

與友人一首〔一〕

寄示墨竹、草聖，皆極妙，所謂亹亹逼人。并示長生匱法，僕亦傳得此方久矣，但未暇養鍊，常有從理入口之憂，所謂面上桑葉氣，非所患也。松滋王令，邂逅一見，好學佳士也。輒託附書。適值數親□冗迫，未暇詳悉。續附遞次，不宣。軾頓首。

墨竹與石，近又變格，別覓便寄去次。（見西樓帖，文物商店收藏本）

〔一〕此書或是與文同（與可）者，然未敢定，今姑以「與友人」爲題。

與友人一首〔一〕（殘）

□紙示喻戎主病遜之事，此亦聞記者，初報十二月三日已殂，秘而未發，近乃知其未也。胡雖勇悍猜忍，得志恐不復静，識者頗憂之矣。而我將驕卒惰，緩急決不可用，此憂尤大，然慎不可先事有作，□

說作事〔二〕，只閱習大處，亦能致敵疑，疑則彼必先之，如何□□□□請□因疑而發〔三〕，不可不慎也。□□□惟積穀一事。此外則是擇帥莫用、韓縝之類。、擇使及館伴、接伴莫用、王子韶之類。。此在廟堂至公無私耳。軾體問得一事，胡雛若得志，必有憸薄貪利之臣出而爲之謀，雖未敢渝盟稱兵，必須時遣三二十人鈔劫邊民，若得利而歸，我不能制，其來必頻，人數漸多，其利愈博。若移文詰問，卽云不知，□此不已，必開邊隙，此必然之勢也。近霸州文安縣賊是矣。必已知其詳。捕盜官吏但防護他出境而已。軾謂此一事最近最切，當深留意。官軍近驕惰，帶甲行十里便喘汗，見賊一二十人解走者，卽是精兵，此等決不可恃也。惟有緣邊人户，自相團結，爲弓箭社。此人飲食長技與虜同，守護親戚墳墓，人人自爲戰，虜獨畏此耳。□爲精悍得力與陝西弓箭手無異。而陝西弓箭手，皆官給田，此間自是人户田地產業，不論貧富，每户團結一名，深可愧也。前輩名將，如韓魏公、龐丞相、王□相之流〔四〕，皆加意拊循。熙寧、元豐中，講求邊事至矣，然將帥皆貪功希賞之人，謂此事乃是實頭。（見西樓帖）

〔一〕本集卷三十六元祐八年十一月十一日所上《乞增修弓箭社條約狀》有「沿邊禁軍……被甲持兵，行數十里，卽便喘汗」之語。可與此篇尺牘互參。又卷四十九《與孫知損運使書》亦可互參。

〔二〕「□」似「未」字。

〔三〕「□請」之「□」似「之」字。

〔四〕「□」似「黑」字。

與友人一首（殘）

老媳婦附此起居。老嫂縣君親家母得事左右，癡幼或有不至，提誨也。（見西樓帖，文物商店收藏本）

與友人一首（殘）

景模得奇文，無所容喜。不惟感仰盛德引致，人亦受却無限感謝也。軾再拜。（見西樓帖，文物商店收藏本）

與友人一首〔一〕

軾再啟。久留叨恩，頻蒙餽餉，深爲不皇。又辱寵召，不克赴，併積慚汗。惟深察！深察！軾再拜。

宣猷丈丈，計已屏事齋居，未敢上狀。至常，乃附區區。軾惶恐。（見三希堂石刻，亦見《大觀録》卷五〔二〕）

〔一〕簡中所云「宣猷」，當指王慶源，蘇軾鄉中前輩，此簡當爲與鄉人者。

〔二〕《大觀録》無「宣猷丈丈」云云二十三字。

與友人一首〔一〕

子由亦曾言方子明者，他亦不甚怪也。得非柳中舍已到家言之乎？未及奉慰疏，且告伸意。意柳

丈昨得書，人還，卽奉謝次。知壁畫已壞了，不須怏悵。但頓著潤筆，新屋下，不愁無好畫也。（見三希堂石刻）

〔一〕此則尺牘，三希堂石刻次本編《與陳季常四首》之第二首後，或是與季常者。然未敢定，今姑以《與友人一首》爲題。

與友人一首〔一〕

子由在筠，甚安。此中只兒子過罄身相隨，餘皆在宜興，子由諸子在許州也。法眷各安，不及一一奉書。軾又上。（見西樓帖）

〔一〕此簡作於惠州。

與友人一首

承寄手教，疑昔者天涯流落之語，真可怪也。然此等亦不足深考，事亦有偶然如此者。公舊傳草匱子用栗蓬者，近輒失其本。告别録示下，或有已成藥末，告求一二斤，尤佳。聊復爲戲耳。此間多道人，博問精選，於養生之術，亦粗有得，非面莫能盡也。軾再拜。（見西樓帖，文物商店收藏本）

與友人一首〔一〕

令子今年何處取解？貴眷各想安勝。舍弟不住得信，無恙，恐閑知。軾再拜。

瀘南不聞耗，鄉中所繫不小，不能無慮也。黄人聞任師中死，相率作齋，然皆以軾爲主，亦一段佳事。恐要知。（見西樓帖，文物商店收藏本）

〔一〕此簡緊次上簡之後，其收簡之人與上簡或爲同一人。此簡作於黄州。

與友人一首（殘）

近得姪孫行唐主簿彭書，其母四娘者又逝去，彭已扶護入京葬訖。本令此子般小兒子房下來，此今又丁憂，亦災滯中一撓也。（見西樓帖）

與友人一首〔一〕

東武小邦，不煩牛刀，實無可以上助萬一者，非不盡也。雖隔數政，猶望掩惡耳。真州房緡，已令子由面白，悚息！悚息！軾又上。（見三希堂石刻、《式古堂書畫彙考·書》卷十、《六藝之一録》卷三百九十三）

〔一〕東武乃密州，此友人當爲密州守。《續資治通鑑長編》卷四百二十九元祐四年六月丁未（初八日）紀事：王鞏知密州。此簡或爲與王鞏者。

與友人一首〔一〕（殘）

……大人曾是。軾在益州時同角有書奉寄并文□一封〔二〕，參差却將歸。今仍附去，悉之！悉之！舍弟不及書。臨行草草。僧正亦不別幅，千萬致意。軾上。（見西樓帖）

〔一〕此簡寄與蜀中友人。簡中「大人」當是父洵。

〔二〕「□」似「惠」字。

與友人一首〔一〕（殘）

布幃鞭希寄。任長官來一人，臘月中離。任屯田欲借實録略看，已與説僧正及吾兄有可借處。任甚丁寧欲見，希與掛意。任亦名士，因此識之，亦善，伊看了必便納去，無憂沉墜。切祝！切祝！（見西樓帖）

〔一〕文中之任長官，或爲任孜，字遵聖。《詩集》卷一有《泊南井口期任遵聖長官，到晚不及見，復來》詩。此簡當作於在蜀中時。

與從叔一首〔一〕

近有詔書疏決。……因得恣遊南山。……近方還府。……屢得編禮書。……三月初五日。（見《陵陽先生集》卷十七《跋周卿所藏坡帖》）

〔一〕此書作於嘉祐七年。

與子由六首

一〔一〕（殘）

可以賦此。（見《欒城集》卷十七《登真興寺樓賦》之序）

〔一〕此簡作於嘉祐七年。

二（殘）

已次奉新，旦夕可相見。（見《冷齋夜話》卷七《夢迎五祖戒禪師》條，又見王宗稷《東坡先生年譜》）

三〔一〕（殘）

不如道歙溪，由錢塘，一觀老兄遺跡。（見《咸淳臨安志》卷七十八《龍井延恩衍慶院題詠》引蘇轍《與辯才唱和詩序》，又見《欒城集》卷十四《寄龍井辯才法師三絶》之序）

〔一〕此簡作於元豐八年。

四〔一〕（殘）

兄自覺談佛不如弟。（見《欒城先生遺言》）

〔一〕此簡作於元祐五年。

五〔一〕（殘）

古之詩人，有擬古之作矣，未有追和古人者也。追和古人，則始於東坡。吾於詩人，無所甚好，獨好淵明之詩。淵明作詩不多，然其詩質而實綺，癯而實腴，自曹、劉、鮑、謝、李、杜諸人，皆莫及也。吾前後和其詩，凡一百有九篇，至其得意，自謂不甚愧淵明。今將集而併録之，以遺後之君子，其爲我志之！然吾於淵明，豈獨好其詩也，如其爲人，實有感焉。淵明臨終《疏》告儼等：「吾少而窮苦，每以家弊，東西遊走，性剛才拙，與物多忤。自量爲己，必貽俗患，俛仰辭世，使汝等幼而飢寒。」淵明此語，蓋實録也。吾真有此病，而不早自知，平生出仕以犯世患，此所以深愧淵明，欲以晚節師範其萬一也。（《注東坡先生詩》卷四十一卷首蘇轍《東坡先生和陶淵明詩引》引）

〔一〕蘇轍之引作於紹聖四年十二月十九日；蘇軾此書，爲謫居儋耳初作，當亦爲本年事。

六〔一〕（殘）

卽死，葬我嵩山下，子爲我銘。（見《欒城集·後集》卷二十二《亡兄端明子瞻墓誌銘》）

〔一〕此簡作於建中靖國元年。

與子明九首

一[一]

軾啟。自離鄉奉狀，遂至今日，亦到京。百冗，然怠慢之譴，不敢辭也。亦不捧來誨。頗得眉州書，粗聞動止。即日遠想尊體佳勝。姪男女各安。軾二月中，授官告院，頗甚優閑，便於懶拙。却是子由在制置司，頗似重難。主上求治至切，患財利之法弊壞，故創此司。諸事措置，雖在王安石、陳升之二公，然檢詳官不可不協力講求也。常晨出暮歸，頗羨弊局之清簡。今歲以中舉人來者極多，已有四百餘人。十六郎舉業頗長，有望。因風時寄片字。餘惟千萬善保尊重。謹奉狀，起居不備。弟軾再拜子明都糾二哥、縣君二嫂左右。□月廿七日[二]。（見西樓帖）

[一]此簡作於熙寧二年。

[二]「□」似「三」字。

二[一]

軾啟。得遞中及走馬處書誨，喜知尊候康勝，郎娘各安。軾此與以下各無恙。陳州亦安，近沿牒來，住十餘日而去。所報獄事甚詳。初聞亦深爲憂撓。近聞石掾翻案，他莫亦不免作失入，近有人言，見審刑孫待制論此事云，法官據案下法不成出入下頭必是有失舉駮或失出下減等，皆公罪杖，必不深重，且請安心。蒲大已作檢正，仍是孔目房，甚有能名。雍大得蜀憲，且夕行矣。兄意已與具道矣。料錢請到二月□[二]，已託李由聖寄銀五十兩，在鮮于子駿處，託轉達蓬州大哥處分擘奉還也。具有數子在彼。近日不行青苗者，雖舊相不免。弟若出外，必不能降意委曲隨世，其爲虀粉必矣。以此且未能求出，聊此優遊卒歲耳。未緣聚首，惟望以時自重，不備。弟軾再拜子明都曹二哥、縣君二嫂左右。四月七日（見同上）

[一]此簡作於熙寧三年。

[二]「□」似「住」字。

三[一]

軾啟。因循久不奉狀，亦多時不捧來誨，傾系殊深。即日遠想尊體佳勝，姪兒女各無恙。鄉人到者，皆言兄臨政，精敏之譽，甚慰想望。軾此並安常。昨五月生者嬰兒名叔寄，甚長進。子由在陳州安，八月中生一女，名宛娘，必已知之。曾託石嗣慶祕校附書并公服□必達[二]。兄去替更只半年，必且爲東上之計，不知會於何處？軾自到闕二年，以論事方拙，大忤權貴，近令南床捃摭彈劾，尋下諸路體量，皆虛，必且已矣。然孤危可知。春間，必須求鄉里一差遣，若得，即拜見不遠矣。忠義古今所難，得虛名而受實禍，然人生得喪皆前定，斷置已久矣，終不以此屈。遠書，不敢覼縷，略報免憂耳。冬寒，千萬善保尊重，不備。弟軾再拜都曹子明兄、縣君二嫂左右。十月廿八日。（見同上）

〔一〕此簡作於熙寧三年。

〔二〕「□」似「段」字。

四〔一〕

軾啟。久不奉誨音，日增思念。嚴寒，不審尊履何如？軾與以下並安。府□已有正官陳忱〔二〕，更月餘到，且可脱去。近爲十六姪葬事，得朝假十日，昨晚方自八角歸，掩壙諸事已了。頗甚臻至，但削諸浮華，可送者十餘人，亦就八角略管領之，傷心！傷心！媳婦彭壽且安。柳郎亦送至，□小娘亦在此〔三〕，爲久患腹藏，調理無效，故柳郎挈來入京就醫也。服藥漸有體□〔四〕，見今亦無苦恙，勿憂！勿憂！巧孫甚長惠，只在家裏，安下數日，却暫去覲他伯父在此監倉。軾近遷居宜秋門外，宅子稍□廳前頗有野趣〔五〕，可葺作一小園。但自揣必不久在都下，無心作此也。近日事□頗新〔六〕，兄弟蠢拙，頗爲當柄者所忿。孤遠恐不自全，日虞罪戾耳。遠書不細述。未由拜會，千萬以時珍衛。謹奉狀不備。弟軾再拜子明都曹二哥、縣君二嫂左右。十一月廿二日。

尊己一婢，近歸京師。旬令府中分□〔七〕病亡因依云，見寄櫬潤州鶴林寺，已焚了，并十二郎亦然伯□〔八〕，已令行文字往本州鈐束寺僧常□照管〔九〕，力且只及此耳。（見同上）

〔一〕此簡作於熙寧三年。

〔二〕「□」似「幕」字。

〔三〕「□」似「彼」字。

〔四〕「□」似「面」字，

〔五〕「□」似「得」字。

〔六〕「□」似「體」字。

〔七〕「□」似「析」字。

〔八〕「佀□」似「傷苦」。

〔九〕「□」似「切」字。

五〔一〕

軾啟。忽又歲盡，相去數千里，企望之懷，牢落可知。卽辰尊履何如？軾此並安，已罷府幕，依舊官告院。大哥已授蓬州宜隴令，必已知。小娘在此服藥，已安，元亦無苦恙也。十六郎房下，權已迎歸在此。彭壽頗健。子由來年窮臘方赴任，方頭罷却差遣，請受坐食貧，兄既不知過，又被士大夫交口譽之，愈難向道也。奈何！奈何！無緣會聚，惟乞以時珍衛。謹奉啟上問，不備。弟軾再拜子明都曹兄、縣君二嫂左右。（見同上）

〔一〕此簡作於熙寧三年。

六〔一〕

軾啟。累捧來誨，伏承尊履休勝，姪男女各安康，深慰！深慰！軾此與以下並安。累蒙令問奏案次第。近問得一的當人，云兄已書杖六十公罪，又係去官，必無虞，非久，上矣。千萬無慮。問得甚的，不欲詳言也。但可惜石同年不免耳。近蒙惠書，冗中未及答。且告多致懇，宦途常事，不足介意。軾近乞外補，蒙恩除杭倅□闕，且夕且般挈往宛丘，相聚四五十日，俟涼而行，愈遠左右，益增傾企。伏暑方熾，萬乞保重。臨行百冗，奉狀草率，幸恕之，不備。弟軾再拜都曹二哥、縣君二嫂左右。六月十七日。

料錢請至三月已繳納訖。去年寄一笏，令孫潛帶與鮮于子駿，轉達大哥處。自後又寄蓬州知州十兩去，並有數子在大哥處也。（見同上）

〔一〕此簡作於熙寧四年。

七〔一〕

軾啟。九月遞中奉狀，計達。即日遠想尊候萬福。姪男女孫各計安勝，後來更添孫未？軾此與以下並安。拜別忽又歲盡，會集杳未有期，西望於邑。時事日蹙迫，所至皇皇。錢塘舊號樂都，比來事事減削寒儉，食口漸衆，而百物貴，平居僅可□足〔二〕，自顧方拙，日忤監司，若蒙體量沙汰，好一段狼當也。然得過且過，亦未暇計慮。兄仍權延貢□已赴本任〔三〕。因風時賜誨音。嚴寒，千萬乞善保尊重，有少公事，一到湖州。臨行草草中，奉狀不備。弟軾再拜察推子明兄、縣君二嫂左右。十一月十五日。

十二姨尊候計萬福。近領手誨，爲忙中未及拜狀，乞道卑懇。軾又上。（同上）

〔一〕此文作於熙寧五年。

〔二〕「□」似「褭」字，又似「裹」字。

〔三〕「□」似「莫」字。

八〔一〕

軾啟。久不上狀，懶惰之性，兄所照知，想未深罪。即辰尊履何如？兄所臨有聲，藹然想諸公文章，別有殊擢。弟已有替人，替成資。二年水旱，無種不有，且只得善去也。闊別十年，瞻奉無期，此懷可知。惟順時保練，卑請區區之至也。謹奉手狀起居，不備。弟軾再拜寺丞子明二哥、縣君二嫂左右。八月十八日。

建茶究墨各少許，表□而已〔二〕。不罪浼瀆。《中秋》三詩，寄呈以當一笑。軾再拜。（見同上）

〔一〕此簡作於元豐元年。

〔二〕「□」似「信」字。

九〔一〕

軾啟。久不奉狀，無便故也。遞中又恐浮沉，皆不審尊體何如。大哥奄逝，忽已一年，近念不忘。

承示大葬，不得臨壙一訣，此恨無窮。今因王家夫力還鄉，附奠文一首，託楊有甫具奠。仍告兄取次差兒姪一人，因正初拜墳時，與讀過。軾此凡百如常，但江淮不熟，艱食貧困耳。餘無可念。遞中曾用皮角，附李信甫書一角，必到。見説！見説！且在和州，四娘甚安也。乍冷，萬萬以時自重。謹奉狀，不備。弟軾再拜子明通直二哥、縣君二嫂左右。九月一日。(見《大觀録》卷五)

〔一〕簡中所云之大哥，乃不欺(子正)。《文集》卷六十三有祭文，作於元豐五年正月。此簡當亦作於元豐五年。

代姪媳彭壽與其二伯母一首〔一〕

媳婦上問縣君二伯母。春和，尊候萬福。諸姪郎娘各安勝。承批問，愧荷！愧荷！人行速，未及拜書。惟順時保重！保重！媳婦拜上。(見西樓帖)

〔一〕此簡附《與子明》第五首後，作於熙寧四年。參《與子明》第五首。

與子安一首〔一〕

軾啟。近兩捧來誨，伏承尊體佳勝，甚慰下情。軾蒙庇粗遣，屢乞解職補外，終未開允。何日瞻奉，臨書惘惘。乍熱，萬乞保重，不備。弟軾再拜子安三哥、三嫂左右。三月十日。

館伴北使，得蕃段子，分獻一疋，不罪微浼。軾又上。(見西樓帖)

〔一〕此簡作於元祐間。

與二郎姪一首

二郎姪：得書，知安，并議論可喜，書字亦進。文字亦若無難處，止有一事與汝説。凡文字，少小時須令氣象峥嶸，采色絢爛，漸老漸熟乃造平淡；其實不是平淡，絢爛之極也。汝只見爺伯而今平淡，一向只學此樣，何不取舊日應舉時文字看，高下抑揚，如龍蛇捉不住，當且學此。只書字亦然，善思吾言！（見《侯鯖録》卷八）

與堂兄一首〔一〕

又，三弟不及上狀。

十六姪不幸，忽然數月，想同增悲感。此郎君爲葬他□□時揮霍使錢過當，又放數百千利錢在人上，並索不得。有事日，只有數貫錢，葬事一□〔二〕，並是軾竭力與幹辦，雖骨肉常理不當説，然旅寓遭此頗困。今已葬訖，家中一空。媳婦頭面些小盡賣添使。此外每月有六貫房錢耳，却少家卌二等錢百餘貫。媳婦再三言，不可獨住殺猪巷，恐别有不虞。錢物又使不足，堅要□軾左右〔三〕。軾因思此子不幸，軾與諸兄皆當知管，不當更有推辭，但吾兄與孀婦是親舅生，於事體尤穩便耳。欲且權令歸家，他日侯子正或吾兄到闕，却令隨侍，如何？不久卽是百日，侯過此卽令歸也。十六郎在時，使却軾錢二百千，遺書令用房錢漸次還。然少别人錢多□急未到此也〔四〕。見賣所居屋子數間，用還家卌二，所有每月房錢，先用還任歸道，次卽用還子正與兄料錢。料□他家已請到閏月使了也〔五〕。近得子正書，令取□□頭□十二月已後，更不令清□〔六〕。子正有書，以十千助其葬。恐知。兄所説公服，爲到京後，忘却向時之語，已裁著了。來年夏服專奉留。軾再拜。（見西樓帖）

〔一〕此篇「又三弟不及上狀」前，尚有一段文字，已佚。堂兄，或爲子明。

〔二〕「□」似「行」字。

〔三〕「□」似「歸」字。

〔四〕「□」似「卒」字。

〔五〕「□」似「錢」字。

〔六〕「□」似「便」字，又似「使」字。

與堂兄三首

一〔一〕

去歲，嘗領書教求訪佳壻。春牓下頗曾經營，皆無成效，故不敢奉報。近因司馬君實之子喪偶，試託范景仁與説，他亦未有可否之語。今封景仁簡帖拜呈。君實之子名康，昨來明經及第，年二十一二，學術文詞行檢，少見其比。決可謂佳壻矣。人才亦佳。但恐其方貴，不肯下就寒族。然聞其意，却不願富貴家，又與軾頗善。恐萬一肯，亦不可知。見説潞公、邵興宗皆求之。請試劄姪女年命，及示諭兄意如何。或以爲可，卽俟軾得鄉中差遣過長安亟言之，若成，卽俟兄得替，挈來長安過親，亦甚穩便。事雖未十成，只中先報去，貴知兄意如何？試經營看。景仁已致仕，告詞極不差。蓋軾與孔文仲累言也。文仲對策極切直，都下人士談不容口，已押出門矣。景仁物論亦甚賢之。遠書不盡，軾再拜。

廿郎弟妹各安，不及作書。十六郎一房並如常，彭壽甚長成。司馬康是君實之親兄子，君實未有子，養爲嗣也。（見西樓帖）

〔一〕此簡與下二簡皆作於熙寧間在京師時。

二（殘）

……司馬親情。近爲此公移許州，未定居，見乞西京留臺，未允。候見定牒，即更託景仁將書問之。若此事成，卽兄須一人來否？才俟得回報，卽報去次。軾又上。

作此書了，聞君實爲青苗使蘇□所劾〔一〕。俟稍定疊，方與書也。（見同上）

〔一〕「□」似「涓」字。

三（殘）

……君實親事，託景仁問之，未有報，恐是不肯。俟更問其果決報去。軾久懷墳墓，親友深欲一歸，但奏狀中不敢指乞去處，一任陶鑄，故得此也。上批出，與知州差遣。中書不可。初除潁倅，擬入，上又批出，故改倅杭。杭倅亦知州資歷，但不欲弟作郡，恐不奉行新法耳。此來若非聖主保全，則虀粉久矣。知幸！知幸！餘杭風物之美冠天下，但倅勞冗耳。且喜兄無事，官職外得公罪，全不礙事。近有疎□，然却不該人多言，案在寺該得者非也。頃身在京，乃該。恐要知之，迫行，不詳悉。軾再拜。

十六媳婦彭壽並安，他欲相隨去杭州，故且帶去。然終未見兄與處置，如何爲便。大哥書中已言其詳，請早與熟慮示下。（同上）

與堂兄一首（殘）

十二姨仍安健否？曾令王四說，令寫元神一本，以其酷似先妣，故欲見之也。不知曾寫得否？切不可道弟此意，恐老人不樂也。王四不知安在？王三見説只在京漉月不肯歸罪人人，（見西樓帖）

與堂兄一首（殘）

欲以數張紙楦此奠文，令不皺摺。又記得兄嘗要弟寫字，故寄近日所書兩紙，其實以爲楦耳。軾拜□。（見西樓帖）

與堂兄一首〔一〕

十二姨尊候必康健，近託程潤之附書信，必達，因侍幸道懇。小大郎、十九郎、廿郎兄弟各安。子由常得書，甚安。軾房下四月四日添一男，頗易養，名似叔，並荷尊蔭。十六媳婦彭壽並安。屢以兄意及君素意語之，他近日漸有從人之意，誠爲穩便。然親情頗難得全，望諸兄與措意，求佳者，切切。歲月易得，不宜更緩，須是彼此共與求討。兄且在鄉里待闕，且與三哥相□〔二〕。羨之。成都守官極可樂，又得照管墳墓，又羨又羨，此中公事人事無暇，又物極貴，似京師，圭田甚薄，公庫窘迫，供給蕭然，但一味好個西湖也。役法、鹽法皆創新，盜賊縱横，上下督迫，吏民脅息，□□火□上耳〔三〕。鄉中新事□批報〔四〕。十四叔必安。向要腰帶，出京時寄去矣。因見，問達否？不備。軾再拜。

大哥近得書，甚安。十九郎知在彼。

四小哥生計必漸成就，如何？（見西樓帖）

〔一〕此篇家書云及「大哥」、「三哥」，或爲與子明二哥者。據「好個西湖」云云，當作於倅杭時。

〔二〕「□」似「聚」字。

〔三〕「□□火□」似「立之火燉」字。

〔四〕「□」似「略」字。

與親黨一首（殘）

勿使常醫弄疾。（見《陸游集》第五册《渭南文集》卷二十七《跋東坡問疾帖》）

與寶月大師三首

一〔一〕

軾頓首。昨者累日奉喧，既行，又沐遠出，至刻厚意。即日法履何如？所要繡觀音，尋便召人商量，皆言若今日便下手繡，亦須至五月十間方得了當。如成見賣者卽甚不佳，厥直六貫五六。見未令繡，且此咨報，如何？如何？借及折枝兩軸，專令歸納，並無污損，且請點檢糊佛，甚煩催督。今令兩僕去迎，且請便遣回，今趁追薦，仍希覷令子細安置結束，勿使磨損，爲祝。其餘者，亦幸與督之，至祝！至祝！所借浮漚畫一軸，近將比對壁上畫者，恐非真筆，然亦稍可愛。前人如相許輟得亦妙。冗事甚聒雅懷，非宗契不至此也。大人未及奉書，舍弟亦同此致懇。珍重！珍重！不次。軾頓首宗兄寶月大師。三日早。

前買纈一匹，花樣不入意。却封納換黄地月兒者一匹，厥直同否？聒噪！聒噪！

昨所説兩藥方，劄去呈大人。近召冊八哥，與説前來事意，他言待歸與一親情計會，此欲與再扣前人，恐要知。浮漚請與挂意圖之。厥費亦請勿令過，前來所説，但量貧宗所辦得，莫作何三輩眼目看也。呵呵。因送寶宰，千萬□及〔二〕。軾手啟。（見西樓帖）

〔一〕此篇尺牘所云「大人」，當指蘇洵，「舍弟」當指蘇轍。此篇作於嘉祐四年離蜀之前。

〔二〕「□」似「訪」字。

二〔一〕

軾頓首。違間旬日，法履何似？昨眉陽奉候數日，及至嘉樹亦五六日間，延望不至，不知何故爽前約也？怏怏。來早且解纜前去，漸遠，無由一見，惟强飯多愛，今嘉倅任屯田秀才行，聊附此爲問。草草，不宣。軾頓首宗兄寶月大師。十月十二日。僧正亦不別幅。（同上）

〔一〕此篇尺牘，當作於嘉祐四年十月。參《詩集》卷一《古今體詩四十首》下註文。

三〔一〕（殘）

……成都大尹明叟，雅故相知之深，禮當拜狀。以罪廢之餘，不敢上玷。或因問及，卽道此意，如不言及，卽不須道也。軾手啟。

手啟上寶月大師老兄。軾謹封。

書上成都府大慈寺中和院寶月大師。眉山蘇軾謹外封。（同上）

〔一〕文中明叟乃王覿。查《宋史·王覿傳》，覿知成都爲紹聖間事，此簡作於其時。

與史院主徐大師一首〔一〕

軾啟。久別思念不忘。遠想體中佳勝，法眷各無恙。佛閣必已成就，焚修不易，數年念經度得幾人。徒弟應師仍在思濛住院，如何，略望示及。石頭橋、堋頭兩處墳塋，必煩照管。程六小心否？惟頻與提舉，是要。非久求蜀中一郡歸去，相見未間，惟保愛之。不宜。軾手啟上治平史院主、徐大師二大士侍者。八月十八日。（見《盛京故宫書畫録》卷二《宋蘇軾治平帖卷》）

〔一〕此簡之後，有明文徵明跋語，跋謂此簡當作於熙寧二年。

與東林廣慧禪師一首〔一〕

經年不聞法音，經術荒澀，無與鋤治者。忽領手教累幅，稍覺洒然。仍審比來起居佳勝。行役二年，水陸萬里，近方弛擔，老病不復往日，而都下人事，十倍於外。吁！可畏也。復望如去年相對溪上，聞八萬四千偈，豈可得哉！南望山門，臨書悽斷。苦寒，爲衆自重，不宜。（見《聖宋名賢五百家播芳大全文粹》卷六十）

〔一〕「東」原作「惠」，誤刊。《文集》卷六十一有《與東林廣惠禪師二首》，今正。東林在廬山。此簡，一見《文集》卷六十一，爲與佛印第七簡。未敢定爲爲誰作，姑互見於此。

與久上人一首〔一〕

軾啟。辱書，承法體安隱，甚慰想念。北游五年，塵垢所蒙，已化爲俗吏矣。不知林下高人猶復不忘耶？未由會見，萬萬自重，不宜。軾頓首坐主久上人。五月廿二日。（見三希堂石刻）

〔一〕此簡作於元豐二年。

與佛印禪師三首

一〔一〕（殘）

不必出山，當學趙州上等接人。（見《苕溪漁隱叢話·前集》卷五十七《了元》引《僧寶傳》）

〔一〕此簡作於元豐八年。

二〔一〕（殘）

戒和尚不識人嫌，强顔復出，真可笑矣。既是法契，可痛加磨礪，使還舊觀，不勝幸甚。（見《冷齋夜話》卷七《夢迎五祖戒禪師》）

〔一〕此簡作於元豐末、元祐初。

三〔一〕

軾啟。人至，辱書，承法體佳勝。離揚州日忙迫，不復知公在郡也，但略見焦山耳。今承示喻，知世外尚劫劫如此，吾輩何足道耶！妙高詩，聊應命耳。僕不知大顛如何人，若果出世間，豈一退之能輕重哉！今日過召伯埭，自此入塵土俠猾之鄉矣。回望山水間，麈塵妙談，豈可復得。惟千萬爲衆自重，不一一。軾再拜佛印禪師足下。八月廿九日。（見西樓帖）

〔一〕此簡作於元豐八年。

與賢師上人一首

辱簡，喜聞法履增勝，知續修者琴頗有聲韻，不知何日可得也。法醞三壺，充下藥，不一。（見《聖宋名賢五百家播芳大全文粹》卷六十）

與大覺禪師一首

近不復如往日愛書畫閑物，蓋衰老事事寡悰，公猶以往日之意見期也。慎勿見示他畫雜物之類，切！切！（見《聖宋名賢五百家播芳大全文粹》卷六十）

與某禪師一首〔一〕

軾雖已買田陽羨，然亦未足伏臘。禪師前所言下備鄰莊，果如何？託得之面議，試爲經度之。及景純家田，亦爲議過已，面白得之〔二〕，此不詳云也。冗事時瀆高懷，想不深罪也。軾再拜。（見《東坡書院志略》）

〔一〕此文，乃據明徐溥所藏刻，溥乃成化間人。

〔二〕「白」原作「自」。《金石續編》卷十六引此文作「白」，今從。

與惟照一首〔一〕（殘）

然某緣在東南，終當會合，願君志之，未易盡言也。（見《梁谿漫志》卷四《東坡緣在東南》條）

〔一〕《梁谿漫志》謂此簡作於建中靖國元年。

與門人一首〔一〕(殘)

謝鯤事，更煩檢《晉書》，恐誤用。（見周必大《周益國文忠公集·省齋文稿》卷十八《跋汪季路所藏東坡作〈王中父哀詩〉》）

〔一〕《王中父哀詩》，見《詩集》卷二十四。「謝鯤事」，乃指此詩第三句「束薰端能廢謝鯤」。周必大跋文謂：「前輩言坡自帥杭後，爲文用事，先令門人檢閲，今觀其東稿帖，則已加詳矣。」據此，此數語當與某門人者。周必大又謂此數語「註」於詩後。

蘇軾佚文彙編卷五

疏文

施餓鬼文

鬼趣多餓，仁者當念濟之。以錫若鐵爲斛，受一二升，每晨炊熟，取飯滿斛，蓋覆着淨處，至夜，重餾，令熱透，並一盞淨水呪施。能不食酒肉固大善，不能，當以淨水漱口，誦淨口業真言七遍。燒香呪云：「佛弟子某甲夜夜具斛食淨水，供養一切鬼神。」仍誦《般若心經》三卷，《破地獄》三偈，共二十一遍。又呪云：「願此飯此水上承佛力，下承某甲，福力願力變少爲多，變粗爲細，變垢爲淨。願佛弟子等飲食此已，永除饑渴，諸障消滅，離苦卽樂，究竟成佛。」以手掬飯三之一，散置屋上，餘不妨以食貧者，水卽散洒之，要在發平等慈悲無求心耳。（見《重編東坡先生外集》卷二十六）

祝文

明堂祭諸廟文

天子宗祀明堂，澤及幽顯，敷天之下，遍於羣神，德庇方州，位昭祀典。是用肅將昭意，以格神休。

（見《重編東坡先生外集》卷二十八）

祈晴文

常平之政，覘歲美惡。操其贏虛，以馭農末。秋穀未登，已食其陳。嗣歲之虞，當斂其新。迨茲秋暘，載穫載春。陰雨害之，穡人罔功。我發庫泉，以實高廩。盍勑雨官，遄止其霑。既暵我場，萬杵皆作。待此坻京，援我溝壑。丕顯大神，雨霽在予。匪民焉依，其忍弗圖。（見同上）

日食祈禱祝文

嗚呼！日官底日，實詔天戒。正陽之朔，將有薄食。上心震懼，側身修德，誕布休命，赦宥多辟。凡在祀典，罔不咸秩。惟神聰明，照鑒誠忱，消復大眚，迎導和氣，俾我有邦，享天之衷，民物康阜，以永保神之休無斁。（見《聖宋名賢五百家播芳大全文粹》卷七十三）

祭文

祭司馬光文〔一〕

於皇上帝，子惠我民。孰堪顧天？惟聖與仁。聖子受命，如堯之礽。神母詔之，匪亟匪徐。聖神無心，孰左右之？民百擇相，我□授之〔二〕。其相維何？□師溫公〔三〕。□來自□，□□一童〔四〕。萬人環之，如渴赴泉。□不見公，莫如我先。二聖忘己，惟公是式。公亦無我，惟民是度。民曰樂哉，既相司馬。爾賈於途，我耕於野。士曰時哉，既用君實。我後子先，時不可失。公如麟鳳，不鷙不搏。羽毛畢朝，雄狡率服。爲政一年，疾病半之。功則多矣，百年之思。知公於異，識公於微。匪公之思，神考是懷。天子萬事，四夷來同。薦於清廟，神考之功。（見西樓帖）

〔一〕據文中「□師温公」、「既相司馬」、「既用君實」云云，此文當爲祭司馬光作，故以爲題。

〔二〕「□」似「輿」字。

〔三〕「□」似「太」字。

〔四〕「□□」似「□馬」字。

祭伍子胥廟文〔一〕（殘）

報楚爲孝，徇吴爲忠。（見《輿地紀勝》卷三十八《淮南東路·真州·古跡》「伍子胥廟」條下）

〔一〕此文二句見《文集》卷六十二《祭英烈王祝文》，作於杭，非作於真。不知在真是否另有一文，待考。

雜著

題真一酒詩後〔一〕

予作蜜酒〔二〕，格味與真一相亂〔三〕。每米一斗，用蒸餅麪二兩半〔四〕，如常法取醅液，再入蒸餅麪一兩釀之。三日嘗看，味當極辣且硬，且以二斗米炊飯投之〔五〕，若甜軟，則每投更入麪與餅各半兩。又二日〔六〕，再投而熟，全在釀者斟酌損益也。入少水爲妙。（見《增刊校正王狀元集註分類東坡先生詩》卷二十四《蜜酒歌》註文）

〔一〕《寶真齋法書贊》卷十五《黄魯直真一酒詩帖》引「東坡真一法酒題後」篇首二句，乃本文，故以「題《真一酒》詩後」爲題。本文作於惠州。《集註分類東坡先生詩》以「蜜酒法」爲題。

〔二〕《法書贊》「作」前有「能」字；「酒」原缺，據《稗海》本《志林》補。

〔三〕「味」原缺，據《法書贊》補；「相」原作「水」，今從《法書贊》。

〔四〕「餅」原缺，據《志林》補；《志林》「半」後有「餅子一兩半」五字。

〔五〕《志林》「二」作「一」。

〔六〕《志林》「二」作「三」。

定州學生硯蓋隱語〔一〕

碑石猶在〔二〕，峴山已摧。姜女既去，孟子不來。（見《重編東坡先生外集》卷二十二）

〔一〕明蔣一葵《堯山堂外紀》卷五十二謂「東坡作《硯蓋銘》，卽離合『硯蓋』二字云（以下引此文全文）」，可參。

〔二〕《堯山堂外紀》「碑」作「硯」。

擬謝對衣並馬表〔一〕（殘）

匪伊垂之帶有餘，非敢後也馬不進。（見《侯鯖録》卷一）

〔一〕《侯鯖録》謂此文乃蘇軾年十餘歲時作。

判營妓從良〔一〕

五日京兆，判狀不難；九尾野狐，從良任便。（見《澠水燕談録》卷十《西湖遊覽志餘》卷十六）

〔一〕此文作於倅杭時。

判周妓牒〔一〕

慕周南之化，此意雖可嘉；空冀北之羣，所請宜不允。（見同上）

〔一〕此文作於倅杭時。

贈李方叔賜馬券

元祐元年，予初入玉堂，蒙恩賜玉鼻騂。今年出守杭州，復沾此賜。東南例乘肩輿，得一馬足矣，而李方叔未有馬，故以贈之。又恐方叔別獲嘉馬，不免賣此，故爲出公據。四年四月十五日，軾書。（見《金石萃編》卷一百三十九，又見宣統《嘉興縣志》卷三十五）

釋天性

孟子曰：「形色天性也。」惟聖人然後可以踐形，中雖不然，猶知强之於外。此所以爲天性也。（見《稗

海》本《志林》卷十一）

賭書字〔一〕

張懷民與張昌言圍棋，賭僕書字一紙，勝者得此，負者出錢五百足作飯會以飯僕。社鬼聽之，若不賽者，俾墜其師，無克復國。（見《稗海》本《志林》卷九）

〔一〕此文或作於黃州。

戲題〔一〕

道得徵章鄭趙，姓稱孫姜閻齊。浴兒於玉潤之家，一夔足矣；侍坐於冰清之仄，三英粲兮。（見《春渚紀聞》卷六《賦詩聯詠四姬》條）

〔一〕參《詩集》卷四十八《張無盡過黃州，徐君猷爲守，有四侍人，姓爲孫、姜、閻、齊，適張夫人攜其一往壻家，既暮復還，乃閻姬也，最爲徐所寵，因書絕句云》詩。此文作於黃州。

失題（殘）

已作得《雪堂記》，而其本不傳〔一〕。（《增刊校正王狀元集註分類東坡先生詩》卷七《次韻孔毅父久旱已而甚雨三首》其二王子仁註文轉引）

〔一〕「本」原作「子」，今從《蘇文忠詩合註》卷二十一《次韻孔毅父久旱已而甚雨三首》註文。

牛酒帖〔一〕

今日與數客飲酒，而純臣適至，秋熟未已而酒白色，此何等酒也？入腹無贓，任見大王。既與純臣飲，無以侑酒。西鄰耕牛適病足，乃以爲肴。飲既醉，遂從東坡之東直出，至春草亭而歸，時已三鼓矣。（見《春渚紀聞》卷六《牛酒帖》條）

〔一〕此文作於黄州。

韶州月華寺題梁〔一〕

天子萬年，永作明主。斂時五福，敷錫庶民。地獄天宫，同爲淨土。有性無性，齊成佛道。（見《鶴林玉露·乙編》卷三《東坡書畫》）

〔一〕《鶴林玉露》謂爲北歸時作。

偶題〔一〕

惟陳季常不肯去，要至廬山而返，若爲山神留住，必怒我。（見《雪山集》卷七《東坡先生祠堂記》）

〔一〕《東坡先生祠堂記》謂此文作於元豐七年，文書於一士人家之壁。

偶題〔一〕

今日借得西寺《法華經》，其僧欲見遺，吾云：「汝須得，我不須得。」（見《雪山集》卷七《東坡先生祠堂記》）

〔一〕《東坡先生祠堂記》謂此文作於元豐七年，「書一民家户」。

偶題〔一〕

黄幡綽告明皇求作白打使，此官亦快人意哉！（見涵芬樓鉛印本《説郛》卷四引陸游《老學庵續筆記》）

〔一〕陸游云：「味東坡語，似以『白打』爲搏擊之意。然王建《宫詞》云：『寒食内人長白打，庫中先散與金錢。』則『白打』似是博戲耳，不知公意果何如耳！」

記黄魯直語

黄魯直云：「士大夫三日不讀書，則義理不交於胸中，對鏡覺面目可憎，向人亦語言無味。」軾。（見《晚香堂蘇帖》）

偶書贈陳處士〔一〕

或對一貴人彈琴者，天陰聲不發。貴人怪之，曰：「豈弦慢耶？」對曰：「弦也不慢。」（見《澠水燕談録》卷四《才識》）

〔一〕此文作於黄州。

評史

荆軻衛生

荆軻慕燕丹之義，白虹貫日，太子畏之。衛先生爲秦畫長平之事，太白食昴，昭王疑之。夫精誠變天地而信不諭兩主，豈不哀哉！（見《重編東坡先生外集》卷十九）

題跋 雜文

書柳文瓶賦後

漢黄門郎揚雄作《酒箴》，以諷諫成帝。其文爲酒客難法度士。譬之於物，曰子猶瓶矣。觀瓶之居，思井之眉。處高臨深，動常近危。酒醪不入口，臧水滿懷。不得左右，牵於纆徽。一旦叀礙，爲甆所轠。身提黄泉，骨肉爲泥。自用如此，不如鴟夷。鴟夷滑稽，腹如大壺。盡日盛酒，人腹借酤。常爲國器，託於屬車。出入兩宫，經營公家。由是言之，酒何過乎！

或曰：柳子厚《瓶賦》，拾《酒箴》而作。非也。子雲本以諷諫設問以見意耳。當復有答酒客語，而陳孟公不取，故史略之，子厚蓋補亡耳。然子雲論屈原、伍子胥、晁錯之流，皆以不智譏之；而子厚以瓶爲智，幾於信道知命者，子雲不及也。子雲臨憂患，顛倒失據，而子厚尤不足觀〔一〕，二人當有愧於斯文也耶〔二〕！元祐六年六月二十七日〔三〕。（見《河東先生集》附録）

〔一〕此句原缺，據《稗海》本《志林》補。

〔二〕「二人」二字原缺，據《志林》補。

〔三〕此十字原缺，據《志林》補。

引説先友記

昔柳子厚記其先友六十七人於其墓碑之陰。考之於《傳》，卓然知名者蓋二十人。子厚曰：「先君之所友，天下之善士舉集焉。」

袁　高：恕己子，《唐·傳》第四十五卷。

姜公輔：七十七。

齊　映：七十五。

嚴　郢：七十。

穆　贊：舉子，弟質，八十八。

裴　樞：六十五。

杜黄裳：九十四。

楊　憑：弟凝，八十五。

李　鄘：七十一。

梁　肅：一百二十七《文藝傳》中。
韓　愈：一百一。
許孟容：八十七。
袁　滋：七十六。
盧　羣：七十二。
鄭餘慶：九十。
奚　陟：八十九。
盧景亮：八十九。
楊於陵：八十八。
高　郢：九十。
柳　登：芳子，弟冕，五十七。（見《河東先生集》附録；又，《河東先生集》卷十二《先君石表陰先友記》題下註文亦節引）

自跋石恪三笑圖贊

近於士人家，見石恪畫此圖，三人皆大笑，至於冠服衣履手足，皆有笑態。其後三小童，罔測所謂，亦復大笑。

世間侏儒觀優。而或問其所見，則曰：「長者豈欺我哉！」此畫正類此。寫呈欽之兄，想亦當捧腹絶

倒，撫掌胡盧，冠纓索絶也。（見《重編東坡先生外集》卷二十三）

自跋南屏激水偈

熙寧中作此偈，以示用文闍黎。後十六年，再過南屏，復録以示雲玩上座。元祐四年九月望日。（見同上書卷二十二）

辯曾參説〔一〕

孔子曰：「參乎，吾道一以貫之。」曾子曰：「唯。」子出。門人曰：「何謂也？」曰：「夫子之道，忠恕而已矣。」師弟子答問，未嘗不「唯」，而曾子之「唯」，獨記於《論語》。一「唯」之外，口耳俱喪，而門人方欲問其所謂，此繫風捕影之流也，何足實告哉！（見《經進東坡文集事略》卷五十七）

〔一〕此文亦見明刊《文粹》，題作「曾參曰唯」。此文自「師弟子答問」以後一段文字，亦見本集卷六十六《跋荆溪外集》一文，可參。

自書莊子二則跋〔一〕

南窗無事，因偶書《南華》二則。軾〔二〕。（見《晚香堂蘇帖》）

〔一〕此二則爲《養生主》「公文軒見」至「神雖王不善也」、《秋水》「莊子與惠子遊」至「我知之濠上也」。

〔二〕以下有「子瞻」印章。

自跋勝相院經藏記

予夜夢寶月索此文，既覺已三鼓，引紙信筆，一揮而成。元豐三年九月十二日四鼓書。（見《經進東坡文集事略》卷五十四《勝相院經藏記》郎曄註引）

自跋石恪畫維摩贊魚枕冠頌

僕在黄岡時，戲作此等語十數篇，漸復忘之。元祐三年八月廿九日，同僚早出，獨坐玉堂，忽憶此二首，聊復録之。翰林學士眉山蘇軾記。（見三希堂石刻）

自跋洞庭春色賦中山松醪賦

始，安定郡王以黄柑釀酒，名之曰「洞庭春色」。其猶子德麟，得之以餉余，戲爲作賦。後余爲中山守，以松節釀酒，復爲賦之。以其事同而文類，故録爲一卷。紹聖元年閏四月廿一日，將適嶺表，遇大雨，留襄邑，書此。東坡居士記。（見三希堂石刻）

夢中作祭春牛文〔一〕

元豐六年十二月二十七日，天欲明，夢數吏人持紙一幅，其上題云：請《祭春牛文》。予取筆疾書其上，云：「三陽既至，庶草將興。爰出土牛，以戒農事。衣被丹青之好，本出泥塗；成毁須臾之間，誰爲喜愠？」吏微笑曰〔二〕：「此兩句復當有怒者。」旁一吏云：「不妨，此是唤醒他。」（見趙刻《志林》卷一）

〔一〕本集卷六十六《書夢祭句芒文》，與此文有相似處，可參。

〔二〕「微笑」二字原缺，據《外集》卷四十補。

題贈黎子雲千文後〔一〕

登臨覽觀之樂，山川風物之美，將歸老於故丘，布衣幅巾，從邦君於其上，酒酣樂作，援筆而賦之。以頌黎侯之遺愛，尚未晚也。軾。（見《大觀録》卷五、《式古堂書畫彙考·書》卷十《東坡贈黎侯千文卷》）

〔一〕《清河書畫舫》云：東坡「草堂《千文》」，共九紙。按跋，蓋爲儋州黎子雲作」。故以「題贈」云云爲題。

論古文

文章至東漢始陵夷，至晉、宋間，句爲一段，字作一處，其源出於崔、蔡。史載文姬兩詩，特爲俊偉，非獨爲婦人之奇，乃伯喈所不逮也。（見《春渚紀聞》卷六《論古文俚語二説》）

俚語説

俚俗語有可取者。「處貧賤易，耐富貴難；安勞苦易，安閑散難；忍痛易，忍癢難。」人能安閑散，耐富貴，忍癢，真有道之士也。（見同上）

書桂酒頌〔一〕（殘）

僕眼五十後，頗昏，今復瞭然。天意復令見子由與平生故人耶！（見《東坡紀年録》）

〔一〕《東坡紀年録》謂此文作於紹聖二年三月十三日。

試筆自書

吾始至南海，環視天水無際，悽然傷之，曰：「何時得出此島耶？」已而思之，天地在積水中，九州在大瀛海中，中國在少海中，有生孰不在島者？覆盆水於地，芥浮於水，蟻附於芥，茫然不知所濟。少焉水涸，蟻即徑去，見其類，出涕曰：「幾不復與子相見，豈知俯仰之間，有方軌八達之路乎？」念此可以一笑。戊寅九月十二日，與客飲薄酒小醉，信筆書此紙。（見《曲洧舊聞》卷五）

醉翁亭記書後跋

廬陵先生以慶曆八年三月己未刻石亭上。字畫褊淺，恐不能傳遠，滁人欲改刻大字久矣。元祐六年，軾爲潁州，而開封劉君季孫，自高郵來，過滁。滁守河南王君詔請以滁人之意〔一〕，求書於軾，軾於先生爲門下士，不可以辭。十一月乙未〔二〕。（見《金石續編》卷十五《歐陽永叔醉翁亭記》條）

〔一〕「自高郵來」至「王君詔」十三字原缺。《山左金石志》卷十七《蘇子瞻天堂山殘刻》有此文殘刻，據補。《金石續編》卷十五《醉翁亭記》條，亦有此文，「滁守」無「滁」字。

〔二〕《山左金石志》及《金石續編》《醉翁亭記》條「未」作「巳」。

跋楊文公與王魏公帖

夜得一士，旦而告人，察其情若喜不寐者。蔣氏不知何從得之，在其孫彝處也。世言文公爲魏公客，公經國大謀，人所不知者，獨文公得與。觀此帖，不特見文公好賢樂士之急，且得一士，必亟告之，其補於公者，固亦多矣。片紙折封，尤見前人至誠相與，簡易平實，不爲虚文，安得復有隱情不盡不得已而苟從者，皆可爲後法也。（見《避暑録話》卷下）

黄岡冬至帖〔一〕（殘）

鄉思浩然，想同此味。（見《省齋文稿》卷十七《跋江權卿所藏諸家帖》）

〔一〕周必大謂文中云及「俞仁丈，未詳其姓名」，「殆蜀之老成人也」，亦可參。

自述〔一〕

嗟呼，淵明不肯爲五斗米一束帶見鄉里小兒。而子瞻出仕三十餘年，爲獄吏所折困，終不能悛，以陷大難，乃欲以桑榆之末景，自託於淵明，其誰肯信之！雖然，子瞻之仕，其出處進退，猶可考也，後之君子，其必有以處之矣。孔子曰：「述而不作，信而好古，竊比於我老彭。」孟子曰：「曾子、子思同道。」區區之迹，蓋未足以論士也。（見《注東坡先生詩》卷四十一卷首《東坡先生和陶淵明詩引》）

〔一〕費衮《梁谿漫志》卷四《東坡改和陶集引》：「東坡既和淵明詩，以寄潁濱，使爲之引。潁濱屬稿寄坡。自『欲以晚節師範其萬一也』，其下云：『嗟夫，淵明隱居以求志，詠歌以忘老，誠古之達者，而才實拙。若夫子瞻仕至從官，出長八州，事業見於當世，其剛信矣，而豈淵明之拙者哉！孔子曰：述而不作，信而好古，竊比於我老彭。古之君子，其取於人則然。』東坡命筆改云：（略）。」本文所録文字，即蘇軾所改者。費衮乃據稿本真迹録出。

題跋 詩詞

題陶靖節歸去來辭後

予久有陶彭澤賦《歸去來辭》之願而未能。兹復有嶺南之命，料此生難遂素志。舟中無事，倚原韻用魯公書法，爲此長卷，不過暫舒胸中結滯，敢云與古人并駕寰區也耶！東坡居士軾并識。（見《古緣萃録》卷一）

題杜子美榿木詩後

蜀中多榿木，讀如敧仄之「敧」，散材也，獨中薪耳。然易長，三年乃拱。故子美詩云：「飽聞榿木三年大，爲致溪邊十畝陰。」凡木所茈，其地則瘠。惟榿不然，葉落泥水中，輒腐，能肥田，甚於糞壤，故田家喜種之。得風，葉聲發發，如白楊也。「吟風」之句，尤爲紀實云。籠竹，亦蜀中竹名也。（見三希堂石刻、《式古堂書畫彙考·書》卷十《書杜工部榿木詩卷》）

書柳子厚覺衰詩

戊寅十二月十四日，試新端硯，書柳子厚《覺衰》一首。（見《寶真齋法書贊》卷十二《蘇文忠柳子厚〈覺衰〉詩帖》）

書柳子厚漁翁詩

詩以奇趣爲宗，反常合道爲趣。熟味此詩有奇趣，然其尾兩句，雖不必亦可。（見《河東先生集》卷四十三《漁翁》詩註引，又見《冷齋夜話》卷五《柳詩有奇趣》條）

題子由蕭丞相樓詩贈王文玉

元豐三年五月，家弟子由過池，元發令作此詩，到黄爲軾誦之也。七年六月，軾從文玉兄登斯樓，因爲録出贈文玉。時子由在筠州，將復過此。汝州團練副使蘇軾書。（見《寶真齋法書贊》卷十二《蘇文忠蕭丞相樓二詩帖》）

書次韻王晉卿送梅花一首後〔一〕

僕去黄州五周歲矣，飲食夢寐，未嘗忘之。方請江湖一郡。書此一詩寄王文父、子辯兄弟，亦請一示李樂道也。（見三希堂石刻）

〔一〕《詩集》卷三十一《和王晉卿送梅花次韻》題下合註：「石刻詩帖，自題元祐四年三月十日。」

跋自書詩

與可寄此黄素一書，求余自書近日□作，乃爲書此七首以遺之。元豐□年□月十七日〔一〕，彭城守□逍遥堂記〔二〕。（見西樓帖）

〔一〕本文，西樓帖次於《遠遊庵銘》後。「元豐□」之「□」當爲「戊」字。

〔二〕「逍」字原缺。《詩集》卷十五有《子由將赴南都，與余會宿於逍遥堂……》詩。據補。

書上清詞後

嘉祐八年冬，軾佐鳳翔幕，以事□上清太平宫〔一〕，屢謁真君，敬撰此詞。仍邀家弟轍同賦。其後廿四年，承事郎薛君紹彭爲監宫，請書此二篇，將刻之石。元祐二年二月廿八日記。（見《金石萃編》卷一百三十九《東坡書上清詞》）

〔一〕「□」疑爲「至」字。

書太白詩卷

元祐八年七月十日，丹元復傳此二詩〔一〕。（見《大觀録》卷五）

〔一〕丹元乃姚安世。太白詩見《文集》卷六十七《記太白詩二首》。

花蘂夫人宫詞跋

熙寧五年，奉詔定秦楚蜀三家所獻書可入館者，令令史李希顔料理之，中有蜀花蘂夫人《宫詞》，獨斥去不取。予觀其詞甚奇，與王建無異。嗟乎，夫人當去古之時而能振大雅之餘韻，没其傳不可也。因録其尤者刻諸□〔一〕，識者覽之。東坡居士識。（見《晚香堂蘇帖》）

〔一〕「□」似爲「石」字。

書寄蔡子華詩後〔一〕

王十六秀才將歸蜀，云：「子華宣德蔡丈，見託求詩。」夢中爲作四句，覺而成之，以寄子華，仍請以示楊君素、王慶源二老人。元祐五年二月七日。（見《注東坡先生詩》卷二十八《寄蔡子華》引）

〔一〕施註謂此文見成都帖，當卽西樓帖。

書荆公暮年詩

荆公暮年詩，始有合處。五字最勝，二韻小詩次之，七言詩終有晚唐氣味。如平甫七字，復爲佳耳。（見《侯鯖録》卷七）

書和王晉卿題李伯時畫馬戲書李伯時畫駿馬好頭赤次韻黄魯直觀李伯時畫馬後

此詩，余以元祐三年戊辰，任翰林學士，在貢舉試院中作也。謫居惠州，無事，因書於卷末裝池。軾。五月二日。（見《蘇黄墨寶》）

題西湖詩卷〔一〕

昔余守杭州，時與客出遊西湖之上，探奇攬勝，寄興舒情，極登臨之樂，蓋十年於兹矣。追憶往事，宛然如昨，而客有慕想西湖之勝者，每從余問詢，不能悉爲酬應，乃録其心目中之最稔者，凡十有八首。漫綴數語，并附詩歌，問有問者，輒舉以示之，使觀者了然，亦可以當臥遊也。東坡居士識。

〔一〕此卷之後，有元白珽、倪瓚等人題跋。原卷先文後詩，文低一行寫。原無「其一」、「其二」、「其三」、「其四」字樣，爲眉目清楚，今加。又：此文「其三」引詩，見楊萬里《誠齋集》卷二十六，爲《晚出淨慈送林子方》之第二首，清查慎行據《錦繡萬花谷》收入《補註東坡編年詩》卷五十，馮應榴復據查本收入《蘇文忠詩合註》卷四十八。《詩集》卷四十八收此詩，並於該卷第二四〇條校勘記中説明以上情況。竊疑《錦繡萬花谷》有誤。則此文或非蘇軾作。又此文筆調，亦不甚似蘇軾，亦有令人致疑之處。然傳世已久，亦未敢遽棄，兹録於此，以爲進一步考察之依據。又，「其十七」所録詩，見《蘇軾詩集》第一七一四頁。

其一

西湖三面環山，中涵緑水，松排青嶂，草滿平堤。泛舟湖中，迴環瞻視，水光山色，競秀争奇，柳岸花汀，參差掩映。已而峯銜翠靄，月印波心，畫舫徐牽，菱歌晚度，遊人儼在畫圖中也。

水光瀲灧晴方好，山色空濛雨亦奇。欲把西湖比西子，濃粧淡抹也相宜。

其二

西湖春景，霽曉最宜，柳帶朝烟，桃含宿雨，芳草沿堤，與湖流映碧，更見漁舟來往，令人疑入武陵桃源。

孤山寺北賈亭西，水面初平雲脚低。幾處早鶯啼暖樹，誰家新燕啄春泥。亂花漸欲迷人眼，淺草纔能没馬蹄。最愛湖東行不足，緑楊影裏白沙堤。樂天。

其三

西湖夏月，觀荷最宜，風露舒涼，清香徐細，傍花淺酌，如對美人倩笑欵話也。畢竟西湖六月中，風光不與四時同。接天蓮葉無窮碧，映日荷花别樣紅。

其四

西湖觀月，秋爽最宜，烟波鏡静，上云色□〔一〕。漁燈依岸，山樹霏微，萬籟闃寂，景色清奇。一望晴烟破暝幽，湖天灧灧月初浮。旋擕斗酒呼鄰父，小有盤飧上釣舟。笛咽水龍中夜冷，杯摇河影萬山秋。人間回首悲何事，欲覽青山最上頭。

〔一〕此處脱一字，補「□」一。

其五

西湖賞雪，初霽最宜。或登天竺高頂及南北兩峯，俯瞰城闉，遠眺海島，則大地山河，銀溶汞結，而予以藐然稊米，凌厲剛風，恍欲羽化。次則放舟湖中，周覽四山，若秋濤聳湧，璀璨乘飈，而玉樹琪花，麗然奪目。

山逕晴光玉氣浮，我來乘興似王猷。橋迷螮蝀高高聳，船壓玻璃細細流。雪後未回花外棹，雨中曾喚柳陰舟。遥思寂寞春寒夜，一舸歸來起白鷗。　微之。

其六

孤山。島界湖中，碧波環繞，勝絶諸山，樓閣參差，布滿椒麓。

樓臺聳碧岑，一徑入湖心。不雨山常潤，無雲水自陰。斷橋荒蘚合，空院落花深。猶憶西窗月，鐘聲出北林。　張裕。

其七

斷橋。去孤山最近，橋堤烟柳，露草芊緜，望如裙布。

望海樓明照曙霞，護江堤白踏晴沙。濤聲夜入伍員廟，柳色春藏蘇小家。紅袖織綾誇柿帶，青旗沽酒趁梨花。誰開湖寺西南路，草綠裙腰一帶斜。

其八

南高峯。秋曉之際，氣爽景清，登高眺望，見遠樹平蕪，烟消日出，湖山之景，悉在目前。

城南鐘鼓鬬清新，端爲投荒洗瘴塵。總是鑑空堂上客，誰爲寂照鏡中人。紅芳歸去風驚曉，綠葉成陰雨洗春。記取明年作寒食，杏花曾與此翁鄰。

其九

北高峯。石磴數百級，曲折三十六灣，羣山屏列，湖水鏡淨，雲光倒垂，萬象在下，漁舟歌舫，若鷗鳧出没烟波間。捫蘿百折上嶙峋，世界凡仙到此分。山朵岳蓮來異域，孤撑天柱入層雲。江湖俯瞰杯中瀉，鐘磬回從地底聞。借問須彌□何處，老僧留客且論文。　太虛。

其十

飛來峯。高不踰數十丈，而怪石森立，青蒼玉削，若駭豹蹲獅，筆立劍植，縱横偃仰，愈玩愈奇。上多異木，不假土壤，根生石外，矯若龍蛇，丹葩翠蕤，蒙罩絲絡，烟雨雪月，四景尤佳。何年移竺國，秀色發稜層。清極不知夏，虚中欲悟僧。樹幽嵐氣重，泉落乳花凝。猶憶烹茶處，閑來託葛藤。

其十一

雷峯。居衆山環抱處。每至夕照，掩映紫緑，變幻不可端倪。中峯一徑分，盤折上幽雲。夕照前村見，秋濤隔岸聞。長松標古岸，疎竹動微曛。自愛蘇門嘯，懷貞事不羣。

其十二

南屏山。峯巒聳秀，怪石玲瓏，峻壁横坡，宛若屏障。南屏高瞰府城西，畫舸千艘共醉迷。四柱臺邊烟是幕，五花橋畔□連堤。龍檀咽路迎□隼，綺練登山汗粉題。暮色沉沉郛郭閉，寶燈輝映見天低。

其十三

三竺之勝，周回數十里，而巖壑尤美，空洞玲瓏，瑩拔清朗，如伏虬飛鳳，層花柔蕚，妍態怪狀，種種勝絶。

挂席凌蓬丘，觀濤憩□樓。三山動逸興，五岳同遨遊。天竺森在眼，松風颯驚秋。覽雲測變化，弄水窮清幽。疊嶂隔遥闇，當軒寫□流。轉成傲雲月，佳氣滿蘭洲。

右上天竺。

其十四

籬芳澗草合，繁緑巖樹新。山深景候晚，四月有餘春。竹寺過微雨，石徑無纖塵。白衣一居士，方袍四道人。地是佛國土，人非俗□親。城中山下别，相從亦殷勤。

其十五

右中天竺。

西南山最勝，一界是西天。上路依巖竹，分流入寺泉。躡雲丹井畔，望月石橋邊。洞壑江聲遠，樓臺海氣連。塔明春嶺雪，鐘散暮橋烟。何處去猶恨，更看峯頂蓮。

其十六

右下天竺。龍井林樹幽古，泉源瑩潔，峯巒圍繞，花木朦朧，鳥韻樵歌，闇簷虛谷，相傳有龍居焉。眼底閑雲亂不開，偶隨麋鹿入雲來。平生於物原無取，消受山中水一杯。辯才。

其十七

風篁嶺。多篬筤篠簜，風韻凄清，林壑深幽，逈出塵壤。

日月轉雙轂，古今同一丘。惟此鶴骨老，凛然不知秋。去住兩無礙，人天争挽留。去如龍出山，雷雨卷潭湫。來如珠還浦，魚鼈争駢頭。此生暫寄寓，常恐名實浮。我比陶令愧，師爲遠公優。送我還過溪，溪水當逆流。聊使此山人，永記二老游。大千在掌握，寧有别離憂。

其十八

聳翠樓。瑰麗峥嶸，掩映圖畫，俯瞰平湖，一碧萬頃。柳汀花塢，歷歷欄檻間，亭榭翬飛，遠近映帶，遊橈冶騎，菱歌漁唱，往往會於樓前。

峥嶸飛構壓名邦，西望平湖東望江。氣合重□蒙沆瀣，□標九域莫洪龐。朝來散霧□朱拱，衣□流星透碧窗。倚遍闌干愁目眩，飛鳶旋轉故雙雙。少游。（以上俱見《內府書畫編纂稿》卷類第一册《宋蘇軾墨迹一卷》）

自題别海南黎子雲詩

新釀佳甚，求一具理，臨行寫此〔一〕，以折菜錢。（見《墨莊漫録》卷四）

〔一〕《苕溪漁隱叢話·前集》卷四十引《冷齋夜話》，此句作「漫寫此詩」。

録所作贈卓契順並跋〔一〕

紹聖三年，歲在丙子，清和月，眉山蘇軾録於惠州白鶴峯所居思無邪齋，以遺卓契順〔二〕。（見《晚香堂蘇帖》）

〔一〕所録之作爲：《文集》卷六十七《録陶淵明詩》（自「予嘗有云言發於口」至篇末）、《書淵明乞食詩後》、《書淵明詩二首》及卷七十一《題白水山》；《詩集》卷三十五《和陶飲酒二十首》敘、卷四十《和陶桃花源》引。

〔二〕以下有「蘇軾之章」印章。

書贈徐信〔一〕

嘗見王平甫自負其《甘露寺》詩：「平地風烟飛白鳥，半山雲水卷蒼藤。」余應之曰：「神情全在『卷』

字上，但恨『飛』字不稱耳。」平甫沉吟久之，請余易。余遂易之以「横」字，平甫嘆服。大抵作詩當日煅月煉，非欲誇奇鬬異，要當淘汰出合用事。建中靖國元年正月三日甲子，玉局老書。（見《東坡詩話録》卷下引《遺珠》）

〔一〕《遺珠》謂此乃贈保昌縣進士徐信者，故以爲題。

書付過

秦少游、張文潛才識學問，爲當世第一，無能優劣二人者。少游下筆精悍，心所默識而口不能傳者，能以筆傳之。然而氣韻雄拔，疎通秀朗，當推文潛。二人皆辱與余遊，同升而並黜。有自雷州來者，遞至少游所惠書詩累幅，近居蠻夷得此，如在齊聞韶也。汝可記之，勿忘吾言。（見《曲洧舊聞》卷五）

跋追和違字韻詩示過〔一〕

戊寅上元在儋耳，過子夜出，余獨守舍，作「違」字韻。今庚辰上元，已再朞矣。家在惠州白鶴峯下，過子不眷婦子從余此來。其婦亦篤孝，悵然感之，故和前篇，有「石建」、「姜龐」之句。又復悼懷同安君，末章故復有「牛衣」之句，悲君亡而喜余存也。書以示過，看余面，勿復感懷。（見《新增校正王狀元集註分類東坡先生詩》卷六《追和戊寅歲上元》詩末引次公註）

〔一〕《追和戊寅歲上元》詩，見《詩集》卷四十三。本文，《七集·續集》亦見，文字略有異，參《詩集》卷四十三第十六條校勘記。

書周韶〔一〕

杭州營籍周韶，多蓄奇茗。嘗與君謨鬭，勝之。韶又知作詩。子容過杭，述古飲之，韶泣求落籍。子容曰：「可作一絶。」韶援筆立成，曰：隴上巢空歲月驚，忍看回首自梳翎。開籠若放雪衣女，長念《觀音般若經》。韶時有服，衣白，一座嗟嘆。遂落籍，同輩皆有詩送之。二人者最善。胡楚云：淡妝輕素鶴翎紅，移入朱欄便不同。應笑西園桃與李〔二〕，强勻顔色待秋風〔三〕。龍靚云：桃花流水本無塵，一落人間幾度春。解佩暫酬交甫意〔四〕，濯纓還作武陵人。固知杭人多慧也。（見《侯鯖録》卷七）

〔一〕此文之前，《侯鯖録》有「濠守侯德裕侍郎藏東坡一帖云」十三字。

〔二〕《珊瑚網·法書題跋》卷四、《式古堂書畫彙考·書》卷十「桃與李」作「舊桃李」。

〔三〕《式古堂書畫彙考》「秋」作「東」。

〔四〕《侯鯖録》原校：「芸窗本『意』作『願』。」

題魏處士詩〔一〕

昔年過洛，見李公柬之，言：「真宗東封還，處士楊朴上殿。問：『卿赴召時，嘗有朋友作詩送行否？』朴對曰：『無有，唯臣妻一絶。』上使誦之。朴不可。强之，乃曰：『且休落魄貪杯酒，更莫猖狂愛詠詩。今日捉將官裏去，這回斷送老頭皮。』上大笑，放還山。」因覽魏野處士詩，偶復記之。（見《重編東坡先生外集》卷四十五）

〔一〕本集卷六十八《題楊朴妻詩》，與此文文字有相似處，可參。

陶淵明詩

「丈夫志四海，我願不知老。親戚共一處，子孫遠相保。觴絃肆朝日，尊中酒不燥。緩帶盡歡娛，起晚眠常早。孰若當世士，冰炭滿懷抱。百年歸丘壠，用此空名道。」元豐七年十月二日，宜興舟中寫。東坡居士記。（見《省齋文稿》卷十九《書東坡宜興事》）

跋送表弟程懿叔赴夔州運判詩後〔一〕（殘）

時德孺在嶺外，適有使至杭，當録本示之。德孺書中自言學佛有所悟入，寄偈頌十數篇來，故有新得道之語。（見《注東坡先生詩》卷二十九《次京師韻送表弟程懿叔赴夔州運判》引）

〔一〕施註謂此跋作於元祐五年六月三日。又謂詩、跋皆刻石成都府治，當即西樓帖。

跋蔡君謨天際烏雲詩卷〔一〕

天際烏雲含雨重，樓前紅日照山明。嵩陽居士今何在？青眼看人萬里情。此蔡君謨《夢中》詩也。僕在錢唐，一日，謁陳述古。邀余飲堂前小閣中。壁上小詩一絶，君謨真跡也。綽約新嬌生眼底，侵尋舊事上眉尖。問君別後愁多少，得似春潮夜夜添。又有人和云：長垂玉筯殘妝臉，肯爲金釵露指尖。萬斛閑愁何日盡，一分真態更難添。二詩皆可觀，後詩不知誰作也。（見《珊瑚網·法書題跋》卷四《蘇文忠公天

際烏雲卷》，又見《續書畫題跋記》卷三，又見《大觀録》卷五，又見《式古堂書畫彙考·書》卷十）

〔一〕此文「後詩不知誰作也」後，尚有「杭州營籍周韶」云云，乃另一文，已據《佚鯖録》卷七録入。

題次韻惠循二守相會詩〔一〕（殘）

軾次韻南圭使君與循州唱酬一首。……因見二公唱和之盛，忽破戒作此詩與文之，一閲訖，即焚之，愼勿傳也。（見《注東坡先生詩》卷三十七《次韻惠循二守相會》題下注，亦見《詩集》卷四十）

〔一〕南圭乃惠守方子容，文之乃循守周彦質。此簡作於惠州。

題和張子野見寄詩後〔一〕

僕昔爲通守此州，初入壽星寺，悵然如舊游也。後爲密州，張子野以詩見寄〔二〕，答之云爾。元祐五年十月二十九日，蘇軾記。（見《洞霄詩集》卷二）

〔一〕《和張子野見寄》組詩，見《詩集》卷十三。此文題於此組詩之第一首《過舊遊》後。

〔二〕「野」原作「予」，誤刊，據《詩集》改。

題登望谼亭詩

僕在彭城大水後，登望谼亭，偶留此詩，已而忘之。其後，徐人有誦之者，徐思之，乃知其爲僕詩也。（見《蘇文忠詩合註》卷十五《登望谼亭》引施註）

題與崔誠老詩〔一〕

夜來一笑之歡，豈可多得，今日雪堂得無少寂寞耶？往安州玉泉一酌，果子少許，夜琴一弄，誰與者，莫是木上座否？小詩漫往。（見《重編東坡先生外集》卷六《送酒與崔誠老》詩附録）

〔一〕此文或是蘇軾與崔誠老尺牘節文。

奉和程正輔表兄一字韻詩跋〔一〕

此詩幸勿示人，人不知吾儕遊戲三昧，或以爲詬病也。（見《重編東坡先生外集》卷九）

〔一〕此跋作於惠州。

自題出潁口初見淮山詩

余年三十六，赴杭倅過壽，作此詩。今五十九，南遷至虔，烟雨凄然，頗有當年氣象也。（見《注東坡先生詩》卷三《出潁口初見淮山是日至壽州》注文）

題柳耆卿八聲甘州

世言柳耆卿曲俗，非也。如《八聲甘州》云：「霜風凄緊，關河冷落，殘照當樓。」此語於詩句，不減唐人高處。（見《侯鯖録》卷七）

書秦少游踏莎行詞後〔一〕

少游已矣，雖萬人莫贖。（見《淮海集·長短句卷中·踏莎行》附録）

〔一〕附録云：「坡翁絶愛此詞尾兩句，自書於扇云：（略）。」其尾兩句爲：「郴江幸自繞郴山，爲誰流下瀟湘去。」

蘇軾佚文彙編卷六

題跋書

題王羲之敬和帖二首

一

元素將還翰苑，子瞻欲赴高密，與寶臣同來遊法惠，至言師舍同觀。熙寧七年九月十七日題。（見《珊瑚網·法書題跋》卷一）

二

元祐四年七月廿五日，復至法惠，言公化去已七年矣。見其小師微，惘然如夢耳。子瞻書。（見同上）

題陸柬之臨摹帖

觀蘭亭五言，江左風流，蕭然在目，筆迹古雅，亦近二王，然少雜奇嶮，豈陸君所摹耶！博陵用吉得之盧家阿姑，非大姓故家莫能有此也。元豐八年二月十二日，眉陽蘇軾書。是年十一月十八日，轍過泗州嘗觀。（見《蘭亭考》卷五《臨摹》）

論沈傳師書

傳師雖學二王筆法，後欲破之自立，乃傷變主者也。近世人多學傳師，又不至，但有小人跳籬蹻圈脚手，令人可憎，世人皆學，何哉。（見《侯鯖録》卷七）

論書

遇天色明暖，筆硯和暢，便宜作草書數紙，非獨以適吾意，亦使百年之後，與我同病者，有以發之也。張長史、懷素得草書三昧，聖宋文物之盛，未有以嗣之，惟蔡君謨頗有法度，然而未放，止與東坡相上下耳。（見《曲洧舊聞》卷五）

書米元章藏帖

吾嘗疑米元章用筆妙一時，而所藏書真僞相半。元祐四年六月十二日與章致平同過元章。致平謂："吾公嘗見親發鎖，兩手捉書，去人丈餘，近輒掣去者乎？"元章笑，遂出二王、長史、懷素輩十許帖子，然後知平時所出，皆苟以適衆目而已。（見《稗海》本《志林》卷八）

題大江東去後

久不作草書，適□醉走筆，覺酒氣勃勃，紛然□出也。東坡醉筆。（見《宋拓蘇長公雪堂帖》）

題蔡君謨詩草

此蔡君謨《夢中》詩，真迹在濟明家，筆力遒勁。元祐五年十月四日〔一〕。（《蘇文忠公詩編註集成總案》引石刻）

〔一〕《總案》謂閩刻此本「十月」作「二月」。

書黄庭經跋

成都道士蹇拱辰翊之葆光法師，將歸廬山，東坡居士蘇軾子瞻爲書《黄庭内景經》一卷，龍眠居士李公麟伯時爲畫經相贈之。元祐三年九月二十二日。（見《山谷外集詩註》卷十七《次韻子瞻書黄庭經尾付蹇道士》註文）

跋歐陽文忠公小草

文忠小草《秋聲賦》、《歸鴈亭詩》，當爲希世珍藏，而思仲乃得之老人家箱篋間，以苴藉綫纊者。荆山之人，以玉抵鵲，非虚言也。（見《游宦紀聞》卷十）

自書歸去來兮辭及自作後〔一〕

久不作小楷，今日忽書此一紙於長興舟中。元祐四年八月六日，東坡居士。（見《晚香堂蘇帖》）

〔一〕自作爲《予喜淵明歸去來辭，因集字爲十詩》、《又取歸去來辭，稍歸檃括，以就聲律，釋耒之暇，扣筑而歌，不亦樂乎》。

題跋 畫

跋内教博士水墨天龍八部圖卷

此吴道子本深愛之，故爲後人所愛也。予欽吴道子畫鬼神人物，得面目之新意，窮手足之變態，尤妙於旁見側出曲折長短之勢，精意考之，不差毫毛，其粗可言者如此。至其神妙自然使人喜愕者，固不可言也。今長安雷氏所藏，乃其真蹟。世稱道子，至以爲畫聖，不如此，不稱其名。人多假其名氏者。觀此，乃知其非是。舊説，狗馬難於鬼神，此非至論。鬼神非人所見，然其步趨動作，要以人理考之，豈可欺哉！難易在工拙，不在所畫。工拙之中，又有格焉。畫雖工而格卑，不害爲庸品。熙寧三年正月廿二日，趙郡蘇軾子瞻書。（見《式古堂書畫彙考·畫》卷八）

書自作木石

東坡居士移守文登，五日而去官。眷戀山海之勝，與同僚飲酒日賓樓上。酒酣，作此木石一紙，投筆而歎，自謂此來之絶。河内史全叔取而藏之。（見《稗海》本《志林》卷六）

題洋川公家藏古今畫册

高堂素壁，無舒卷之勞；明窗淨几，有坐卧之安。（見《夷堅志·甲志》卷二，又見《山谷别集詩註》卷下《題燕邸洋川公養浩堂畫》註文）

臨篔簹圖並題

石室先生戲墨，蘇軾臨。是日試廷珪墨。元祐元年十月廿三日。（見《式古堂書畫彙考·畫》卷十三）

題崔白布袋真儀

熙寧間，畫公崔白示余布袋真儀，其筆清而尤古，妙乃過吴矣。元祐三年七月一日，眉山蘇軾記。（見《山左金石志》卷十七）

跋晁無咎藏畫馬〔一〕

晁無咎所藏野馬八，出没山谷間，意象慘淡，如柳子厚所云「風鬃霧鬣，千里相角」。然筆法相疎，當是有遠韻人而不甚工者。元祐三年，宋退叔、張文潛同觀。（見《河東先生集》附録）

〔一〕《河東先生集》附録原題無「藏」字，今據文意補。

題燕文貴山水卷

軾通守錢唐日，與方外師遊，借此畫逾年。將去郡，乃題其後歸之。今十六年矣。師云字爲人竊去，復爲書此。元祐四年十二月四日。（見《庚子銷夏記》卷八）

跋閻右相洪崖仙圖卷

洪崖先生，不知何許人也。姓張名藴，字藏真。風神秀逸，志趣閑雅。仙書祕典，九經諸史，無所不通。開元中已千歲矣，蓋古之高仙。明皇仰其神異，累詔不赴。多游終南、泰華，或往青城、王屋，與東羅二大師爲侶。每述金丹華池之事，易形鍊丹之術，人莫究其微妙焉。先生戴烏帽，衣紅蕉葛衫，烏犀帶，短靿靴。僕五人，名狀各怪，曰橘、朮、栗、葛、拙。有白驢曰雪精，日行千里。復有隨身之用白藤笠、六角扇、木如意、筇竹杖、長盈壺，常滿杯自然流酌。每跨驢，領僕游於市廛，酒酣笑傲自若。明皇詔圖其像，庶朝夕得瞻觀之。元祐四年，東坡蘇軾書。（見《式古堂書畫彙考·畫》卷八）

竹枝自題〔一〕

雲陽友舊最善墨竹，與僕別幾歲月矣。余在錢唐，邀於長青閣小飲，作此竹枝奉贈，不知雲陽以爲何如也。（見《珊瑚網·名畫題跋》卷二）

〔一〕此文或作於倅杭時。

題李伯時臨劉商觀弈圖〔一〕

余所藏劉商《觀弈圖》，由唐迄今二百年，絹素剥爛，粉墨蕭瑟，伯時爲余臨之，茅君篆勒之，皆絶筆也。噫，劉商之畫，非伯時則失其真；伯時之筆，非茅生則不能壽。茅生之名，豈以余言而遂傳歟！眉

陽蘇軾謹題。（見《珊瑚網・名畫題跋》卷二）

〔一〕此文約作於元祐中。

李伯時畫像跋〔一〕

初，李伯時畫予真，且自畫其像，故贊云「殿以二士」。已而黄魯直與家弟子由皆署語其後，故伯時復寫二人，而以葆光爲導，皆山中人也。軾書〔二〕。（見《晚香堂蘇帖》）

〔一〕此跋作於《書〈黄庭經〉跋》稍後，參《詩集》卷三十《書〈黄庭内景經〉尾》、本編《書〈黄庭經〉跋》。

〔二〕以下有「眉陽居士」、「東坡居士」二印章。

題畫贊〔一〕（殘）

畫贊世多本，惟德州者第一。君所藏又爲德州第一。（見《陸游集》第五册《渭南文集》卷二十九《跋東方朔畫贊》）

〔一〕陸游謂：「元豐間，有德州士人攜畫贊示東坡，自言二百年前本，家藏數世矣。東坡爲題之曰：（略）。或曉之曰：『此言君是德州人耳。』其人雖不伏，亦大笑止。」

題跋硯

書結繩硯

客將之端溪，請爲予購硯。軾曰：「余惟兩手，其一不能書，而有三硯，奚以多爲？」今又獲此龍尾小品，四美具矣，而慚前言於客。且江山風月之美，坌至我前，一手日不暇給，又慚於硯，其以貽後之君子。將橫四海兮焉窮，與日月兮齊光。庶不虚此玉德金聲也。東坡居士識。（見《西清硯譜》卷八）

記蘇秀才遺歙硯

蘇鈞秀才取歙民女爲妻，宜得歙石之佳者。寄遺此硯，殆亦非絶品，蓋寒士無力致之也。然亦發墨滑潤，此外當復何求。物既以拔羣爲貴，則論者不當較精粗於流品之外。不然，行陽公所謂吏人磨甕片，最快便也。此墨予所製，蓋用高麗煤、契丹膠也。元祐四年十二月二十四日，東坡居士書。（見《大觀録》卷五）

題跋紙墨

書茶與墨

近時，世人好蓄茶與墨，閑暇輒出二物校勝負，云：茶以白爲尚，墨以黑爲勝。予既不能校，則以茶校墨，以墨校茶，未嘗不勝也。（見《稗海》本《志林》卷十）

又書茶與墨

真松煤遠煙，馥然自有龍麝氣，初不假二物也。世之嗜者，如滕達道、蘇浩然、呂行甫。暇日晴煖，研墨水數合，弄筆之餘，少啜飲之。蔡君謨嗜茶，老病不能復飲，則把玩而已。看茶而啜墨，亦事之可笑者也。（見同上）

題麤紙〔一〕

此紙甚惡，止可鑱錢餉鬼而已。余作字其上，後世當有錦囊玉軸什襲之寵。（見《甕牖閑評》卷六）

〔一〕本集卷六十九有《戲書赫蹏紙》一文，可與此文互參。

題跋 游行

治易洞磨厓〔一〕

聖作《易》，晦其數。劉傳吴，識《易》祖。（見《蜀中名勝記》卷十二《上川南道·嘉定州》）

〔一〕《永樂大典》卷一萬三千七十四《治易洞》條引《元一統志》亦引此文，未言撰人。

書雲成老[一]

雲成老來雪堂，日日晝寢。會東坡作陂，喧喧不復成寐。吾能於桔槔之上，聽打百面腰鼓，一畔齁齁且吃茶罷，當傳此法也。（見《稗海》本《志林》卷十二）

〔一〕「雲」疑爲「崔」之誤。崔成老（一作誠老）名閑，號玉澗道人。居廬山。《詩集》卷四十八有《送酒與崔誠老》詩；同卷《醉翁操》詩亦及之。本集卷五十七《與陳朝請》第二首尺牘有閑自廬山來黃州之敍述；卷七十一《記游定惠院》一文中敍寫游黃州定惠院時，有「聞坐客崔成老彈雷氏琴」云云。皆可證。此文作於黃州。

白鷺亭題柱[一]

東坡居士自黃適汝，艤舟亭下半月矣。江山之樂[二]，傾想平生。時與□德□□□。元豐七年七月十四日，蘇子瞻題。（見《古刻叢鈔》）

〔一〕原文失去題目。文中「江山」云云八字，周必大《平園續稿》卷十八《賞心樓記》、《輿地紀勝》卷十七《江南東路・建康府・景物下・白鷺亭》轉引。今參考二書，以「白鷺亭題柱」爲題。

〔二〕《平園續稿》、《輿地紀勝》「樂」作「勝」。周必大《二老堂雜誌》卷五《記金陵登覽》亦引「江山」云云八字，「樂」作「樂」。

楚頌帖

吾來陽羨，船入荆溪，意思豁然，如愜平生之欲。逝將歸老，殆是前緣。王逸少云：「我卒當以樂死。」殆非虚言。吾性好種植，能手自接果木，尤好栽橘。陽羡在洞庭上，柑橘栽至易得。暇當買一小園，種柑橘三百本。屈原作《橘頌》，吾園若成，當作一亭，名之曰楚頌。元豐七年十月二日書。（見《省齋文稿》卷十九《書東坡宜興事》，又見《式古堂書畫彙考·書》卷十，又見《重刊宜興縣舊志》卷九）

艤舟迎恩亭題

早發宜興，飲酒一醺然竟醉〔一〕。置拳几上，垂頭而寢，不知舟之出。門外究觀風味，使人千載想像。（見《東坡書院志略》）

〔一〕「一」後疑有脱文。

壽昌院留題〔一〕（殘）

江山石㰦之雄觀。（見《輿地紀勝》卷一百六十三《潼川府路·敍州　景物下》）

〔一〕此留題作於川中。

題跋 題名

大慈極樂院題名

至和丙申季春二十八日，眉陽蘇軾與弟轍來觀盧楞伽筆迹。（見《輿地紀勝》卷一百三十七《成都府·碑記》）

轉引《成都志》，又見《蜀中名勝記》卷二《成都府二》引《成都記》）

下巖題名

子瞻、子由與侃師至此，院僧以路險見止，不知僕之經歷，有百倍於此者矣。丁未正月二十日書。（見《蜀中名勝記》卷十二《上川南道・青神縣》）

大池院題柱

自老翁井還，偶憩。治平丁未十二月七日，子瞻。（見《輿地紀勝》卷一百三十九《成都府路・眉州・碑記》，又見《蜀中名勝記》卷十二《眉州》引《碑目》）

石屋洞題名

陳襄、蘇頌、孫奕、黄灝、曾孝章、蘇軾同遊。熙寧六年二月二十一日。（見《梁谿漫志》卷四）

佛日淨慧寺題名

祖志入山之十三日，述古赴南都，率景山、達原、子中、子瞻會别於此。熙寧七年八月十三日。（見《咸淳臨安志》卷八十一《寺觀七・寺院・佛日淨慧寺》）

靈鷲題名

楊繪元素、魯有開元翰、陳舜俞令舉、蘇軾子瞻同遊。熙寧七年九月二十日。（見《咸淳臨安志》卷八十寺觀六·寺院·靈鷲興聖寺》）

密州題名

禹功、傳道、明叔、子瞻游。（見《潛研堂金石文跋尾續》卷四《蘇子瞻題名》）

登雲龍山題名

元豐元年九月十七日，張天驥、蘇軾、顔復、王鞏，始登此山。（見《補註東坡編年詩》卷十七引石刻）

武昌西山題名二首

一

江綖，蘇軾，杜沂，沂之子傳，俱游。元豐三年四月十三日。（見《湖北金石志》卷九）

二

蘇軾、李嬰、吴亮、趙安節、王齊愈、潘丙，元豐五年二月二十二日游。□十日，嬰□來。（同上）

師中菴題名〔一〕

元豐七年二月一日，東坡居士與徐得之、參寥子，步自雪堂，並柯池入乾明寺觀竹林，謁乳姥任氏墳，鋤治茶圃，遂造趙氏園，探梅堂，至尚氏第，觀老枳偃蹇，如龍蛇形。甜定惠僧舍，飲茶任公亭、師中菴，乃歸，且約後日攜酒尋春於此。（見《稗海》本《志林》卷十）

〔一〕王宗稷《東坡先生年譜》元豐七年紀事：「二月，與徐得之、參寥步自雪堂，至乾明寺，有《師中菴題名》。」本文原無題，據此加題。

題名〔一〕

元豐七年九月二十三日，眉山蘇某同參寥禪師登樓觀雨。（《日涉園集》卷二《宿慧日寺》）

〔一〕文中「九月」疑爲「五月」之誤。

相國寺題名

蘇子瞻、子由、孫子發、秦少游同來觀晉卿墨竹。申先生亦來。元祐三年八月五日。老申一百一歲。（見《癸辛雜識·别集》卷上《汴梁雜事》條引羅壽可再游汴梁記，又見《永樂大典》卷一萬三千八百二十三《相國寺》條引《周草窗先生記》）

龍井題名

元祐庚午，辯才老師，年始八十，道俗相慶，施千袈裟，飯千僧，七日而罷。眉山蘇軾子瞻、洛陽王瑜中玉、安陸張璹金翁、九江周燾次元，來餽薌茗。二月晦日書。（《咸淳臨安志》卷七十八《寺觀四·寺院·龍井

延恩衍慶院》）

龍華題名[一]

蘇軾、王瑜、楊傑、張璹同游龍華。元祐五年，歲次庚午，三月二日題。（見《六藝之一録・續録》卷五）

[一]《六藝之一録》原註謂刻在龍華寺。

韶光題名

蘇軾、張璹、楊傑、王瑜[一]。元祐五年三月二日[二]，同游韶光。（見《咸淳臨安志》卷七十九《寺觀五・寺院・法安院》）

[一]「瑜」原作「喻」，誤，今正。

[二]「三月」原作「二月」。《蘇文忠公詩編註集成總案》卷三十二謂游韶光乃三月事，今從。

麥嶺題名[一]

蘇軾、王瑜、楊傑、張璹同游天竺，過麥嶺。（見《西湖志》卷二十七）

[一]《蘇文忠公詩編註集成總案》卷三十二繫此文於元祐五年三月二日。

南昭慶寺題名

明夫、子方、明弼、康道、嘉甫、子瞻同游南昭慶。庚午八月日題。（見《二老堂雜誌》卷四《小昭慶鐘》條）

龍井題名

蘇軾、錢勰、江公著、柳雍同謁龍井辯才。元祐六年正月七日。（見《咸淳臨安志》卷七十八《寺觀四・寺院龍井延恩衍慶院》）

定州禱雨嶽廟題名

蘇軾禱雨嶽廟，同李之儀、李士龍、郜長卿、孫敏行、□□、賈温之。（見《求古録》）

三澗巖題名

東坡居士自海南還來游，武陵弓允明夫、東坡幼子過叔黨同至。元符三年九月廿四日。（見《廣東通志》卷二百九《金石略》卷十一）

遊廣陵寺題名

東坡居士渡海北還，吴子野、何崇道、穎堂通三長老、黄明逵、李公弼、林子中，自番禺追餞至清遠峽，同遊廣陵寺〔一〕。元符三年十一月十五日。（見《粤東金石略》卷三《清遠峽山寺諸刻》）

〔一〕翁方綱謂「廣陵寺」本集作「廣慶寺」。

題跋樂器

雜書琵琶二首

一〔一〕

唐僧段和尚善彈琵琶，製道調。梁州國工康崑崙求之不得，後於元載子伯和處得女樂八人，以其半遺段，乃得之。予家舊有婢，亦善作此曲，音節皆妙，但不知道調所謂。今日讀《唐史·樂志》云：高宗以爲李氏老子之後，故命樂工製道調。（見《曲洧舊聞》卷五）

〔一〕此文之後，尚有「皆在海外語過者」七字，意當日必有文字記載，朱弁乃據當日記載轉録。

二

今琵琶有獨彈，不合胡部諸調，曰某宫，多不可曉。《樂志》又云：涼州者，本西涼所獻也。其聲本宫調，有大遍小遍。貞元初，樂工康崑崙寓其聲於琵琶，奏於玉宸殿，因號玉宸宫調。予嘗聞琵琶中作《轢弦薄媚》者，乃云是玉宸宫調也。（見同上）

雜記人物

徐寅

徐寅，唐末號能賦。謁朱全忠，誤犯其諱。全忠色變，寅狼狽走出。未及門，全忠呼知客，將責以不先告語，斬于界石南。寅欲遁去，恐不得脱，乃作《過太原賦》以獻，其略曰：「千金漢將，感精魄以神交；一眼胡奴，望英風而膽落。」全忠大喜，遺絹五百疋。全忠自言，夢見淮陰，使受兵法，「一眼胡奴」，指李克用也。寅雖免一時之禍，殊不憂「一眼胡奴」見此賦也，可笑。（見《稗海》本《志林》卷七）

潞公

潞公坐客有言新義極迂怪者，公笑不答，久之，曰：「頗嘗記明皇坐勤政樓上，見釘校者。上呼曰：『朕有一破損平天冠，汝能釘校否？』此人既爲完之。上曰：『朕無用此冠，以與汝爲工直。』其人惶恐謝罪。上曰：『俟夜深閉門後，獨自戴，甚無害也。』」（見《稗海》本《志林》卷十）

孟仰之

余謫居黄州，州通判承議郎孟震字仰之，頗與余相善。光州太守曹九章以書遺予云：「朝中士大夫謂之孟君子。」予徐察之，真不忝此名也。震，鄆人，及進士第，無他才能。然方京東狂人孔直温以謀反下獄，事連石介守道之子，一旦捕去，且四出捕人不已。震與守道雖故素，不識韓魏公，以書抵公，具言直温狂人無能爲，而守道以直道死，其故家流風，決非與狂人通謀者。魏公感歎，即爲上疏如震言。以故直温獄不深究，人皆慶，其所全活甚衆。震廳宇中，有一泉甚清，大旱不竭。余因名之君子泉，而子由爲之記。元豐六年十一月七日記。（見《六藝之一録》卷四百五）

帖贈楊世昌二首

一

僕謫居黄岡，綿竹武都山道士楊世昌子京，自廬山來過余，□□年乃去。其人善畫山水，能鼓琴，曉星曆骨色及作軌革卦影，通知黄白藥術，可謂藝矣。明日當舍余去，爲之悵然。浮屠不三宿木下，真有以也。元豐六年五月八日，東坡居士書。

二〔一〕

十月十五日夜，與楊道士泛舟赤壁，飲醉，夜半，有一鶴自江南來，翅如車輪，嘎然長鳴，掠余舟而西，不知其爲何祥也，聊復記云。（以上俱見《蘇文忠詩合註》卷二十一《次韻孔毅父久旱已而甚雨三首》題下引施元之《注東坡先生詩》注文）

〔一〕施註謂《次韻孔毅父久旱已而甚雨三首》其三中所云之「西州楊道士」，即此楊世昌。

蘇州僧

近在蘇州，有一僧曠達好飲，以醉死。將暝，自作祭文云：「唯靈生在閻浮提，不貪不妬，愛喫酒子，倒街卧路。想汝直待生兜率天，爾時方斷得住。何以故？淨土之中，無酒得沽。」（見《侯鯖録》卷四）

雜記　異事

書桃黄事〔一〕

有棋人山居，夜夢谿邊有一人溺水，棋人援而出之。飯後，縱步至一溪邊，真夢中見者。獵人縛一鹿來，棋人數千得之。鹿逐棋人，跬步不可離。後於所居林間地上，得桃一枚，甚大，樵婦過而食之，棄其核而去。棋人取之，破其核，得雄黄一塊，棋人吞之，自此不復食。東坡名此鹿爲山客〔二〕。（見《侯鯖録》卷八）

〔一〕《文集》卷七十二有《王翊救鹿》一文，與此文有相似處，可互參。

〔二〕此句或爲趙令畤轉述之語。

雜記　醫藥

蜀名醫張玄隱〔一〕（殘）

人有楊穎臣者，□□多溺而□□，醫以爲消中消渴，久治不效□□□爲死矣。有張生者，失其名，其父玄隱，故蜀名醫也。診其脈，曰：「子幾□已〔二〕。」取麝香一臍，破取當門子，點少蜜，作數丸，以枳椇子椎破，煎湯下之。一服，渴止。再服，遂愈。或問其説，張云：「診其脈，非消渴也，乃酒與瓜菓浮爲虛熱，以漲其脾耳。酒與瓜菓皆畏麝，佩麝以種瓜菓，皆不□，而枳椇敗酒有驗，種其木屋隅，□其□□屋其下〔三〕，酒皆不熟，此……」（見西樓帖）

〔一〕本集卷七十三《枳椇湯》一文與此文有相似處，可互參。

〔二〕「□」似「誤」字。

〔三〕「□其」之「□」似「以」字，「□□」似「木造」字。

書藥方贈民某君

藥方有兵部手集者，唐宰相李公絳所編，方無不驗者。療折傷骨破碎，或五臟内損垂死者，用生地黄擣取自然汁，和熱酒服之；骨破碎者，自大便下，復生新骨補故處；有瘀血者，立取下卽平復。云天設此法，以救人命。地黄滓以酒和，傅傷破或腫處。予在儋耳，民有相毆内損者，不下粥飲，且不能言。予以家傳接骨丹療之，乃能言。又以南岳活血丹授之，下少黑血，乃能食，然尚呻號不能轉動也。小圃中有地黄，然地瘠，根細如髮，乃并葉擣治，飲、傅之，取血塊升餘，遂能起行。此人與進士黎先覺有親，乃

書以授之，使多植此藥，以救人命。戊寅十二月五日。（見《寶真齋法書贊》卷十二《蘇文忠藥方帖》）

脈説（殘）

俗降久矣，雖巫醫百工之事亦不競。甚神而聖者，吾不得而見之矣，得見工巧者斯可矣。去脈也者，氣血之幾也，合陰陽之和，順四時之宜，以其不病形彼之病，故曰全神守氣，聽於眇微，決死生期，德如蓍龜。

……中虚則天母膠於先，物物自然，是謂上玄。蓋醫家之所當事，而亦豈可以易易能也。（見《番易仲公李先生文集》卷二十六《題楊撫州所書東坡脈説後》）

雜記 草木飲食

記松〔一〕

松之有利於世者甚博。松花、脂、茯苓，服之皆長生。其節煮之以釀酒，愈風痺，强腰足。其根、皮食之膚革香，久則香聞下風數十步外。其實食之滋血髓，研爲膏，入漓酒中，則醇釅可飲。其明爲燭，其煙爲墨。其皮上蘚爲艾納，聚諸香煙。其材産西北者至良，名黄松，堅韌冠百木。略數其用於世，凡十有一。不是閑居，不能究物理之精如此也。（見《曲洧舊聞》卷五）

〔一〕此文之前，《曲洧舊聞》有「東坡在海外，於元符二年春且盡，因試潘道人墨，取紙一幅書曰」二十五字，不知是否屬此文正文或爲轉述之語？

芍藥與牡丹

吕穉卿言，芍藥不及牡丹者，以重耳戴芍藥一枝，比牡丹三四花間猶當着數品，蓋有其地而無其花，譬如荔子之與温柑也耶！（見《稗海》本《志林》卷八）

書食蜜〔一〕

余少嗜甘，日食蜜五合，嘗謂以蜜煎糖而食之可也。……吾好食薑蜜湯，甘芳滑辣，使人意快而神清。（見《甕牖閑評》卷六）

〔一〕袁文謂此乃「蘇東坡一帖云」。今姑以「書食蜜」爲題次於此。

論食〔一〕

爛蒸同州羊羔，灌以杏酪，食之以匕不以箸；南都麥心麪，作槐芽温淘，滲以襄邑抹猪、炊共城香粳〔二〕，薦以蒸子鵝；吴興庖人斫松江鱠。既飽，以廬山康王谷廉泉，烹曾坑鬭品茶。少焉，解衣仰卧，使人誦東坡先生《赤壁前、後賦》，亦足以一笑也。東坡在儋耳，獨有二賦而已。（見《曲洧舊聞》卷五，又見《稗海》本《志林》卷八）

[一]此文之前，《曲洧舊聞》引文有「東坡與客論食次，取紙一幅書以示客云」十六字，故以「論食」二字爲題。

[二]「以」原缺，據《苕溪漁隱叢話・後集》卷二十八補。

食蠔[一]

己卯冬至前二日，海蠻獻蠔，剖之，得數升，肉與漿入水，與酒並煮，食之甚美，未始有也。又取其大者，炙熟，正爾啖嚼，又益□煮者。海國食□蟹□螺八足魚，豈有獻□。每戒過子愼勿說，恐北方君子聞之，争欲爲東坡所爲，求謫海南，分我此美也。（見《大觀録》卷五）

[一]原題作「獻蠔帖」，今參酌本編體例，改爲「食蠔」。

書煮魚羹

予在東坡，嘗親執鎗匕，煮魚羹以設客，客未嘗不稱善，意窮約中易爲口腹耳！今出守錢塘，厭水陸之品，今日偶與仲天貺、王元直、秦少章會食，復作此味，客皆云：此羹超然有高韻，非世俗庖人所能彷彿。歲暮寡欲，聚散難常，當時作此，以發一笑也。元祐四年十一月二十九日。（見《稗海》本《志林》卷九）

蘇軾佚文彙編卷七

附録

艾子雜説〔一〕

引〔二〕

公孫龍、魏牟，生於列禦寇之後，其事乃見於列子之書。説者謂列子弟子以其義無乖統而有所發明，故類而附之，無嫌也。艾子事齊宣王，而書之所載，亦多後世之事，豈爲艾子之學者，務廣其道，凡論議不詭於統叙者，皆存而不去耶？覽之者以意逆志，則艾子之學可明，姑置其時之後先可也。東坡居士題。

〔一〕陳振孫《直齋書録解題》卷十一《小説家類》：「《艾子》一卷，相傳爲東坡作，未必然也。」《艾子》當卽《艾子雜説》。戴埴《鼠璞》之《艾子》條，有「世傳《艾子》爲坡仙所作」之語，亦不能肯定《艾子》爲蘇軾作。肯定《艾子》爲蘇軾所作者有周紫芝。周所撰《太倉稊米集》卷七有《夜讀〈艾子〉書其尾》詩，云：「萬里投荒海一隅，八年蜑子與同居。可憐金殿鑾坡日，渾在蠻烟瘴雨餘。奇怪誰書《方朔傳》，滑稽空著子長書。不知平日經綸意，晚作兒曹一笑娱。」是《艾子》爲蘇軾南遷後所作。周紫芝及李之儀（端叔）之門，而之儀與蘇軾關係爲師友之間，情誼甚密，其説自應充分尊重。就文而論，《艾子》乃寓言體，與《文集》卷七十三《桃符艾人語》、《螺蚌相語》、《記道人戲語》絶相類。《艾子》其中一則及吕梁、彭門，爲蘇軾爲官之地。凡此，亦可爲《艾子》出於蘇軾之佐證。今以此文入附録，收入本編。

《顧氏文房小説》（明嘉靖刊本、影嘉靖刊本）、宛委山堂本《説郛》卷三十四、《五朝小説》、《五朝小説大觀》以及今人王利器所輯録之《歷代笑話集》均收有蘇軾《艾子雜説》一卷。王本後出，又經過校訂，較其他各本爲善，然亦有錯訛。除以上各本外，尚有明萬曆壬寅（一六〇二）趙開美刻本，收入《東坡雜著五種》中。該本較以上各本爲精，王本及《顧氏文房小説》本之錯訛處，該本皆無誤。今據趙開美本轉録，並略加考訂。原文題作「東坡居士艾子雜説」，今去「東坡居士」四字。

〔二〕原註：「見《類説》。」此序，《顧氏文房小説》、王本及其他各本均未見。

小兒得效方

艾子事齊王，一日，朝而有憂色，宣王恠而問之。對曰：「臣不幸，稚子屬疾，欲謁告，念王無與圖事者，今朝，然實繫焉。」王曰：「嘻，盍早言乎？寡人有良藥，稚子頓服，其愈矣。」遂索以賜。艾子拜受而歸，飲其子，辰服而巳卒。他日，艾子憂甚戚，王問之故，慽然曰：「卿喪子可傷，賜卿黄金以助葬。」艾子曰：「殤子不足以受君賜，然臣將有所求。」王曰：「何求？」曰：「只求前日小兒得效方。」

一蟹不如一蟹〔一〕

艾子行於海上，見一物圓而褊，且多足，問居人曰：「此何物也？」曰：「蝤蛑也。」既又見一物，圓褊多足而差小，問居人曰：「此何物也？」曰：「螃蟹也。」又於後得一物，狀貌皆如前所見而劇小，問居人曰：「此何物也？」曰：「彭越也。」艾子喟然嘆曰：「何一蟹不如一蟹也。」

〔一〕《鼠璞》謂此則「一蟹不如一蟹」之說出《聖宋掇遺》，謂：「陶穀奉使吴越，因食蝤蛑，詢其族類，忠懿命自蝤蛑至蟹凡十餘種以進。穀曰：『真所謂一代不如一代也。』」忠懿，錢俶。

馮驩索債

艾子使於魏，見安釐王，王問曰：「齊，大國也，比年息兵，何以爲樂？」艾子喟然歎曰：「敝邑之君好樂，而羣臣亦多效伎。」安釐王曰：「何人有伎？」曰：「淳于髡之寵養，孫臏之踢毬，東郭先生之吹竽，皆足以奉王歡也。」安釐王曰：「好樂不無横賜，奈侵國用何？」艾子曰：「近日却告得孟嘗君處，借得馮驩來，索得幾文冷債，是以饒足也。」

苜蓿

齊地多寒，春深未芋甲〔一〕，方立春，有村老挈苜蓿一筐，以與於艾子，且曰：「此物初生，未敢嘗，乃先以薦。」艾子喜曰：「煩汝致新。然我享之後，次及何人？」曰：「獻公罷，即刈以餵驢也。」

〔一〕《顧氏文房小説》本「芋」作「莩」。

三臟

艾子好飲，少醒日。門人相與謀曰：「此不可以諫止，唯以險事怵之，庶可誡。」一日，大飲而噦，門人密抽彘腸致噦中，持以示曰：「凡人具五臟方能活，今公因飲而出一臟，止四臟矣，何以生耶？」艾子熟視而笑曰：「唐三藏猶可活，況有四耶？」

二媪讓路

艾子行，出邯鄲道上，見二媪相與讓路，一曰：「媪幾歲？」曰：「七十。」問者曰：「我今六十九，然則明年，當與爾同歲矣。」

鑽火〔一〕

艾子一夕疾呼一人鑽火，久不至。艾子呼促之，門人曰：「夜暗，索鑽具不得。」謂先生曰：「可持燭來，共索之矣。」艾子曰：「非我之門，無是客也。」

〔一〕王利器案：此則本邯鄲淳《笑林》。

百錢獨載

艾子見有人徒行，自呂梁託舟人以趨彭門者，持五十錢遺舟師，師曰：「凡無賫而獨載者人百錢。汝尚少半，汝當自此爲我挽牽至彭門，可折半直也。」

趕兔失獐

穰侯與綱壽接境，魏冉將以廣其封也，乃伐綱壽而取之。兵回，而范睢代其相矣。艾子聞而笑曰：「真所謂『外頭趕兔，屋裏失獐』也。」

齊王築城

齊王一日臨朝，顧謂侍臣曰：「吾國介於數强國間，歲苦支備，今欲調丁壯，築大城，自東海起，連即墨，經大行，接轘轅，下武闗，逶迤四千里，與諸國隔絶，使秦不得窺吾西，楚不得窺吾南，韓、魏不得持吾之左右，豈不大利耶？今百姓築城，雖有少勞，而異日不復有征戍侵虞之患，可以永逸矣。聞吾下令，孰不欣躍而來耶？」艾子對曰：「今旦大雪，臣趨朝，見路側有民，裸露僵踣，望天而歌，臣怪之，問其故，答曰：『大雪應候，且喜明年人食賤麥，我卽今年凍死矣。』正如今日築城百姓，不知享永逸者當在何人也。」

鎮宅獅子

艾子使於秦，還，語宣王：「秦昭王有呑噬之心，且其狀貌又正虎形也。」宣王曰：「何賀之？」曰：「眉上有肉角聳起，目光爛然，鼻直口哆，豐頤壯臆，每臨朝，以兩手按膝，望之宛然鎮宅獅子也。」

白起伐莒

艾子爲莒守，一日，聞秦將以白起爲將伐莒，莒之民悉欲逃避。艾子呼父老而慰安之，曰：「汝且弗逃，白起易與耳，且其性仁，前日伐趙兵不血刃也。」

禽大無事省出入

艾子曰：「田巴居於稷下，是三皇而非五帝，一日屈千人，其辨無能窮之者。弟子禽滑釐辰出，逢嬖媼。揖而問曰：『子非田巴之徒乎？宜得巴之辨也。媼有大疑，願質於子。』滑釐曰：『媼姑言之，可能折其理。』媼曰：『馬鬃生向上而短，馬尾生向下而長，其故何也？』滑釐笑曰：『此殆易曉事，馬鬃上搶，勢逆而强，故天使之短；馬尾下垂，勢順而遜，故天使之長。』媼曰：『然則人之髮上搶，逆也，何以長？鬚下垂，順也，何以短？』滑釐茫然自失，乃曰：『吾學未足以臻此，當歸咨師，媼幸專留此，以須我還，其有以奉酬。』即入見田巴曰：『適出，嬖媼問以鬃尾長短，弟子以逆順之理答之，如何？』曰：『甚善。』滑釐曰：『然則媼申之以鬚順爲短，髮逆而長，則弟子無以對，願先生折之。』媼方坐門以俟，期以餘教詔之。』巴俯首久之，乃以行呼滑釐曰〔一〕：『禽大禽大，幸自無事也，省可出入。』」

〔一〕原註：「行，音伉。」

堯禪位許由

艾子曰：「堯治天下久而耄勤，呼許由以禪焉。由入見之，所居土堦三尺，茅茨不剪，采椽不斲，雖逆旅之居無以過其陋；命許由食，則飯土鉶，啜土器〔一〕，食粗糲，羹藜藿，雖厮監之養，無以過其約。食畢，顧而言曰：『吾都天下之富，享天下之貴，久而厭矣，今將舉以授汝，汝其享吾之奉也。』許由顧而笑曰：『似此富貴，我未甚愛也。』」

〔一〕原校：「『器』，一作『溜』。」

城下竊盜未獲

秦破趙於長平，坑衆四十萬，遂以兵圍邯鄲。諸侯救兵，列壁而不敢前。邯鄲垂亡，平原君無以爲策，家居愁坐，顧府吏而問曰：「相府有何未了公事？」吏未對，新垣衍在坐，應聲曰：「唯城外一火竊盜未獲爾。」

公孫龍辯屈

公孫龍見趙文王，將以夸事眩之，因爲王陳大鵬九萬里、釣連鼇之說。文王曰：「南海之鼇，吾所未見也；獨以吾趙地所有之事報子。寡人之鎮陽，有二小兒，曰東里，曰左伯，共戲於渤海之上，須臾有所謂鵬者，羣翔於水上，東里遽入海以捕之，一攫而得，渤海之深，才及東里之脛。顧何以貯也，於是挽左伯之巾以囊焉。左伯怒，相與鬬，久之不已。東里之母乃拽東里回。左伯舉太行山擲之，誤中東里之母，一目眯焉。母以爪剔出，向西北彈之。故太行中斷，而所彈之石，今爲恒山也。子亦見之乎？」公孫龍逡巡喪氣，揖而退。弟子曰：「嘻，先生持大説以夸眩人，宜其困也。」

營丘諸難

營丘士，性不通慧，每多事，好折難而不中理。一日，造艾子，問曰：「凡大車之下，與橐駝之項，多綴鈴鐸，其故何也？」艾子曰：「車、駝之爲物甚大，且多夜行，忽狹路相逢，則難於迴避，憑藉鳴聲相聞，使預得迴避爾。」營丘士曰：「佛塔之上，亦設鈴鐸，豈謂塔亦夜行而行使相避耶？」艾子曰：「君不通事理，乃至如此！凡鳥鵲多托高以巢，糞穢狼藉，故塔之有鈴，所以警鳥鵲也，豈以車、駝比耶？」營丘士曰：「鷹鷂之尾，亦設小鈴，安有鳥鵲巢於鷹鷂之尾乎？」艾子大笑曰：「怪哉，君之不通也！夫鷹隼擊物，或入林中，而絆足縚線，偶爲木之所綰，則振羽之際，鈴聲可尋而索也，豈謂防鳥鵲之巢乎？」營丘士曰：「吾嘗見挽郎秉鐸而歌，雖不究其理，今乃知恐爲木枝所綰，而便於尋索也。抑不知綰郎之足者，用皮乎？用線乎？」艾子愠而答曰：「挽郎乃死者之導也，爲死人生前好詰難，故鼓鐸以樂其尸耳。」

鴨搦兔

趙以馬服君之威名，擢其子括爲將以拒秦，而適當武安君白起。一戰軍破，掠趙括，坑其衆四十萬，邯鄲幾敗。艾子聞之曰：「昔人將獵而不識鶻，買一鳧而去。原上兔起，颺之使擊〔一〕，鳧不能飛。投於地，又颺之，投於地，至三四。鳧忽蹣跚而人語曰：『我鴨也，殺而食之，乃其分，奈何加我以提擲之苦乎？』其人曰：『我謂爾爲鶻，可以獵兔耳，乃鴨耶？』鳧舉掌而示，笑以言曰：『看我這脚手，可以搦得他免否？』」

〔一〕《顧氏文房小説》本「颺」作「擲」，以下「又颺之」之「颺」亦作「擲」。

失題〔一〕

范睢一見秦昭王，而怵之以近禍。昭王遂幽太后，逐穰侯，廢高陵華陽君，於是秦之公族與羣臣側目而憚睢。然以其寵，而未敢害之。一旦，王稽及鄭安平叛，而睢當緣坐，秦王念未有以代之者，尚緩其罪，因下令：「敢有言鄭安平叛者死。」然睢固已畏懾而不敢寧矣。艾子因使人告之曰：「佛經有云：『或被惡人逐〔二〕，墮落金剛山，念彼觀音力，如日虛空住。』空中非可久住之地，此一撲終在，但遲速之間耳。」睢聞，薦蔡澤自代。

〔一〕原本脱去題目，今加「失題」二字爲題。别有趙刻本題作「一撲有遲速」。

〔二〕《顧氏文房小説》「或」作「若」。

改觀音經語〔一〕

艾子一日觀人誦佛經者，有曰：「咒咀諸毒藥，所欲害身者，念彼觀音力，還着於本人。」艾子喟然嘆曰：「佛，仁也，豈有免一人之難而害一人之命乎？是亦去彼及此，與夫不愛者何異也？」因謂其人曰：「今爲汝體佛之意而改正之，可者乎？曰：『咒咀諸毒藥，所欲害身者，念彼觀音力，兩家都没事。』」

〔一〕分題下原註：「見《志林》。」查趙刻本《志林》卷二，有《改觀音呪》一則，與此則文字有相似處。原書存題不録文，今據《顧氏文房小説》本、王氏本録入。又：《改觀音咒》見《文集》卷六十六。

木履

有人獻木履於齊宣王者，無刻斵之迹。王曰：「其美如此，豈非生成？」艾子曰：「鞵楦乃其核也。」

獬豸〔一〕

齊宣王問艾子曰：「吾聞古有獬豸，何物也？」艾子對曰：「堯之時，有神獸曰獬豸，處廷中，辨羣臣之邪僻者觸而食之。」艾子對已，復進曰：「使今有此獸，料不乞食矣。」

〔一〕《顧氏文房小説》本「豸」作「廌」，文内同。

誅有尾

艾子浮於海，夜泊島嶼中，夜聞水下有人哭聲，復若人言，遂聽之。其言曰：「昨日龍王有令：『應水族有尾者斬。』吾鼉也，故懼誅而哭。汝蝦蟆無尾，何哭？」復聞有言曰：「吾今幸無尾，但恐更理會科斗時事也。」

龍王問蛙

艾子使於燕，燕王曰：「吾小國也，日爲强秦所侵，征求無已，吾國貧無以供之，欲革兵一戰，又力弱不足以拒敵，如之何則可？先生其爲謀之。」艾子曰：「昔有龍王，逢一蛙於海濱，相問訊後，蛙問龍王曰：『王之居處何如？』王曰：『珠宮貝闕，翬飛璇題。』龍復問：『汝之居處何若？』蛙曰：『綠苔碧草，清泉白石。』復問曰：『王之喜怒如何？』龍曰：『吾喜則時降膏澤，使五穀豐稔；怒則先之以暴風，次之以震霆，繼之以飛電，使千里之內，寸草不留。』龍謂蛙曰：『汝之喜怒何如？』曰：『吾之喜則清風明月，一部鼓吹。怒則先之以努眼，次之以腹脹，然後至於脹過而休。』」於是燕王有慚色。

齊王擇壻

齊王於女，凡選壻必擇美少年，顏長而白皙，雖中無所有，而外狀稍優者必取之。齊國之法，民爲王壻，則禁與士人往還，唯奉朝請外，享美服珍珠，與優伶爲伍，但能奉其王女，則爲効矣。一日，諸壻退朝，相敍而行，傲然自得。艾子顧謂人曰：「齊國之安危重輕，豈不盡在此數公乎！」

愚子

齊有富人，家累千金。其二子甚愚，其父又不教之。一日，艾子謂其父曰：「君之子雖美，而不通世務，他日曷能克其家？」父怒曰：「君之子敏，而且恃多能，豈有不通世務耶？」艾子曰：「不須試之他，但問君之子所食者米從何來，若知之，吾當妄言之罪。」父遂呼其子問之，其子嘻然笑曰：「吾豈不知此也，每以布囊取來。」其父愀然而改容曰：「子之愚甚也，彼米不是田中來？」艾子曰：「非其父不生其子。」

毛手鬼

鄒忌子説齊王，齊王説之，遂命爲相。居數月，無善謦。艾子見淳于髡問曰：「鄒子爲相之久，無謦，何也？」髡曰：「吾聞齊國有一毛手鬼，凡爲相，必以手摑之，其人遂忘平生忠直，默默而已。豈其是歟？」艾子曰：「君之過矣，彼毛手只擇有血性者摑之。」

蝦三德

艾子一夕夢一丈夫，衣冠甚偉，謂艾子曰：「吾東海龍王也，凡龍之産兒女，各與江海爲婚姻，然龍性甚暴，又以其類同，少相下者。吾有少女，甚愛之，其性尤戾，若吾女更與龍爲匹，必無安諧，欲求耐事而易制者，不可得，子多智，故來請問，姑爲我謀之。」艾子曰：「王雖龍，亦水族也，求壻，亦須水族。」王曰：「然。」艾子曰：「若取魚，彼多貪餌，爲釣者獲之，又無手足；若取黿鼉，其狀醜惡；唯蝦可也。」王曰：「無乃太卑乎？」艾子曰：「蝦有三德，一無肚腸，二劊之無血，三頭上帶得不潔，是所以爲王婿也。」王曰：「善。」

鬼怕惡人

艾子行於塗，見一廟，矮小而裝飾甚嚴。前有一小溝，有人行至，水不可涉，顧廟中，而輒取大王像，横於溝上，履之而去。復有一人至，見之，再三嘆之，曰：「神像直有如此褻慢。」乃自扶起，以衣拂飾，捧至坐上，再拜而去。須臾，艾子聞廟中小鬼曰：「大王居此爲神，享里人祭祀，反爲愚民之辱，何不施禍患以譴之？」王曰：「然則禍當行於後來者。」小鬼又曰：「前人以履大王，辱莫甚焉，而不行禍，後來之人，敬大王者，反禍之，何也？」王曰：「前人已不信矣，又安禍之？」艾子曰：「真是鬼怕惡人也。」

狗道我是

艾子有從禽之僻，畜一獵犬，甚能搏兔。艾子每出，必牽犬以自隨。凡獲兔，必出其心肝以與之食，莫不飫足。故凡獲一兔，犬必摇尾以視艾子，自喜而待其飼也。一日出獵，偶兔少，而犬饑已甚〔一〕，望草中二兔躍出，鷹翔而擊之，兔狡，翻覆之際，而犬已至，乃誤中其鷹，斃焉，而兔已走矣。艾子匆遽將死鷹在手，嘆恨之次，犬亦如前摇尾而自喜，顧艾子以待食。艾子乃顧犬而駡曰：「這神狗猶自道我是裏。」

〔一〕「犬」原作「大」，據《顧氏文房小説》本改。

哭彭祖

艾子出游，見一嫗白髮而衣衰粗之服，哭甚哀。艾子謂曰：「嫗何哭而若此之哀也？」嫗曰：「哭吾夫也。」艾子曰：「嫗自高年，而始哭夫，不識夫誰也？」曰：「彭祖也。」艾子曰：「彭祖壽八百而死，固不爲短，可以無恨。」嫗曰：「吾夫壽八百誠無恨，然又有壽九百而不死者，豈不恨耶！」

食肉之智

艾子之鄰，皆齊之鄙人也。聞一人相謂曰：「吾與齊之公卿，皆人而稟三才之靈者，何彼有智，而我無智？」一曰：「彼日食肉，所以有智；我平日食粗糲，故少智也。」其問者曰：「吾適有糶粟錢數千，姑與汝日食肉試之。」數日，復又聞彼二人相謂曰：「吾自食肉後，心識明達，觸事有智，不徒有智，又能窮理。」其一曰：「吾觀人脚面，前出甚便，若後出豈不爲繼來者所踐？」其一曰：「吾亦見人鼻竅，向下甚利，若向上，豈不爲天雨注之乎？」二人相稱其智。艾子嘆曰：「肉食者其智若此。」

黠鬼賺牛頭

艾子病熱，稍昏，夢中神游陰府，見閻羅王升殿治事，有數鬼擡一人至。一吏前白之，曰：「此人在世，唯務持人陰事，恐取財物，雖無過者，一巧造端以誘陷之，然後摘使準法，合以五百億萬斤柴於鑊湯中煮訖放。」王可之，令付獄。有一牛頭捽執之而去。其人私謂牛頭曰：「君何人也？」曰：「吾鑊湯獄主也，獄之事皆可主之。」其人又曰：「既爲獄主，固首主也，而豹皮裩若此之弊！」其鬼曰：「冥中無此皮，若陽人焚化方得，而吾名不顯於人間，故無焚貺者。」其人又曰：「某之外氏獵徒也，家常有此皮，若蒙獄主見憫，少減柴數，得還，則焚化十皮，爲獄主作裩。」其鬼喜曰：「爲汝去億萬二字，以欺其徒，則汝得速還，兼免沸煮之苦三之二也。」於是叉入鑊煮之。其牛頭者，時來相問。小鬼見如此，必欲庇之，亦不敢令火熾，遂報柴足。既出鑊，束帶將行，牛頭曰：「勿忘皮也。」其人乃回顧曰：「有詩一首奉贈云：『牛頭獄主要知聞，權在閻王不在君。減刻官柴猶自可，更求枉法豹皮裩。』」牛頭大怒，叉入鑊湯，益薪煮之。艾子既寤，語於徒曰：「須信口是禍之門也。」

騷雅大儒

艾子好爲詩。一日，行齊、魏間，宿逆旅。夜聞鄰房人言曰：「一首也。」少間曰：「又一首也。」比曉六七首。艾子意其必詩人，清夜吟咏，兼愛其敏思。凌晨，冠帶候謁。少頃，一人出，乃商賈也，危羸若有疾者。艾子深感之，豈有是人而能詩乎？抑又不可臆度。遂問曰：「聞足下篇什甚多，敢乞一覽。」其人曰：「某負販也，安知詩爲何物？」再三拒之。艾子曰：「昨夜聞君房中自鳴曰『一首也』，須臾，又曰『一首也』，豈非詩乎？」其人笑言：「君誤矣。昨日，偶腹疾暴下，夜黑尋紙不及，因污其手，疾勢不止，殆六七污手，其言一首非詩也。」艾子有慚色。門人因戲之曰：「先生求騷雅，乃是大儒。」

印雨龍與指日蠻

艾子一日晨出，見齊之相府門前，有數十人皆貧窶之甚，人相聚而立。因問之，曰：「汝何者而集於此？」其人曰：「吾皆齊之貧民，以少業自營，亦終歲不乏。今有至冤，欲訴於丞相辨之。」艾子曰：「相府非辨訟之所，當詣士師也。」其人曰：「事由丞相，非士師可辨。」艾子曰：「然則何事也？」其人曰：「吾所業乃印雨龍與指日蠻也。今丞相爲政數年，率春及夏旱，僕印賣求雨龍，纔秋至冬多雨潦，即賣指日蠻，吾獲利以足衣食，皆前半年取逋債印造，及期無不售者；却去年冬係大雪，接春又陰晦，或雨泥濘牛馬皮，下令人家求晴。吾數家但習常年先印下求雨龍，唯一人有秋時剩下指日鑾，遂專其利，豈不爲至冤乎？」艾子曰：「汝所印龍，當秋却售也。此乃丞相恐人道燮理手段，年年一般，且要倒過耳。」

耀州知白

秦既并滅六國，專有天下，罷侯置守。艾子當是時，與秦之相有舊，喜以趣之，欲求一佳郡守。秦相見艾子，甚篤故情，日延飲食，皆玉醴珍饌。數日，以情白之。相欣然謂曰：「細事可必副所欲。」又數日，乃曰：「欲以一寸原。」艾子曰：「吾見丞相望之，然又日享甘旨，必謂甚有籌畫，元來只有生得耀州知白。」

虛粘奇帽

齊之士子，相尚裹烏紗帽，長其頂，短其簷，直其勢，以其紗相粘，爲之虛粘奇帽，設肆相接。其一家自榜其門曰當鋪，每頂只賣八百文。以其廉，人日擁門，以是多愆期。一日，艾子方坐其肆，見一士子與其肆主語：「吾先數日約要帽，反失期五七日，尚未得，必是爲他人皆賣九百文，爾獨卑於價以欺吾也。」吸吸久之。艾子因曰：「秀才但勿喧，只管將八百文錢與他，須要九百底帽子。」

扛鐘

齊有二老臣，皆累朝宿儒大老，社稷倚重。一日冢相，一日亞相，凡國之重事乃關預焉。一日，齊王下令遷都，有一寶鐘，重五千斤，計人力須五百人可扛。時齊無人，有司計無所出，乃白亞相。久亦無語，徐曰：「噫，此事亞相何不能了也？」於是令有司曰：「一鐘之重，五百人可扛。今總均鑿作五百段〔一〕，用一人五百日扛之。」有司欣然承命。艾子適見之，乃曰：「冢宰奇畫，人固不及。只是般到彼，莫却費鋦鏴也無。」

〔一〕《顧氏文房小說》本「總」作「思」。

季氏入獄

齊宣王時，人有死而生，能言陰府間言。乃云：「方在陰府之時，見閻羅王詰責一貴人，曰：『汝何得罪之多也？』因問曰：『何人也？』『魯正卿季氏也。』其貴人再三不服，曰：『無罪。』閻王曰：『某年齊人侵境，汝只遣萬人往應之，皆曰：多寡不敵，必無功，豈徒無功，必枉害人之命。汝愎而不從，是以齊兵衆，萬人皆死。又某年某日饑，汝蔽君之聰明而不言，遂不發廩，因此死數萬人。又汝爲人相，職在燮理陰陽，汝爲政乖戾，多致水旱，歲之民被其害，此皆汝之罪也。』其貴人叩頭乃服。王曰：『可付阿鼻獄。』乃有牛頭人數輩執之而去。」艾子聞之，太息不已。門人問曰：「先生與季氏有舊耶？何嘆也？」艾子曰：「我非嘆季氏也，蓋嘆閻羅王也。」門人曰：「何謂也？」曰：「自此安得獄空耶？」

秦士好古〔一〕

秦士有好古者，一日，有攜敗席造門者，曰：「魯哀公命席以問孔子，此孔子席也。」秦士大喜，易以負郭之田。又有攜枯竹杖者，曰：「太王避狄去邠所操之箠也，先孔子數百年矣。」秦士罄家之財，悉與之。又有持漆盤至者，曰：「席、杖皆周物，未爲古也，此盤乃紂作漆器時所爲。」秦士愈以爲古，遂虚所居宅而與之。三器得而田宅資用盡去矣。好古之篤，終不捨三物。於是披哀公之席，托紂之盤，持去邠之杖，丐於市，曰：「衣食父母，有太公九府錢，乞一文。」

〔一〕題下原註：「見《類説》。」其他各本未收。

漁樵閑話録〔一〕

上篇

有客謂漁樵曰：「二老之談，於治世之鄙事，民間之俗務可也。不然，則議論几席之間，有清風明月，可以嘯咏，有素琴尊酒，可以娱樂，高談而遣累忘懷，陶然以適物外之情可也，奈何其間往往輒語及朝政故事，非所謂漁樵之閑話者，吾所以不取焉。獨不聞莊叟曰：『庖人雖不治庖，尸祝不越尊俎之間而代之。』所以各存其分也，子得無失其分者乎？」

二老相顧而笑曰：「是客也，烏知吾閑話之端哉？伊尹耕於有莘之野，吕望釣於渭水之濱，世俗徒見其迹於耕釣之間而不知之人也，心存乎先王之道。大率古者有道之士，雖不見用於時，而退處深山窮谷，亦未嘗暫忘聖人之道，今之所談，果有毫銖可補於見聞，亦足以發也，又且何問於野人之論哉！」客深然之而退。

漁曰：「人之有禍福成敗，盛衰得失，窮達榮辱，興亡治亂，莫非命也。知之由命，則事雖毫銖之微，皆素定也。一遇之，而理不可以苟免，勢不可以力回，豈非命歟？豈非素定歟？景雲初，有僧萬回者，善言人吉凶禍福，寓迹塵間，而出處言語不循常而持異於人。自恐因此見疑於時，或佯狂以自晦也，然而人見之，莫非恭敬，亦不敢以狂而見忽。是時明皇爲臨淄郡王，因却左右而見之。萬回輒拊其背曰：『五十年太平天子，已後不可知之，願自重。』言訖佯狂而去。及明皇卽位，開元、天寶中，可謂太平矣，至祿山之亂，果五十年也，萬回之言，驗如符契。然至於翠華西幸，蒙塵萬里，登橋望遠，納麪充饑，而困亦甚矣。揮涕馬嵬，馳雨棧道，貽羞宗社，受恥宮闈，辱亦至矣。華清蕭索，南內荒涼，節物可悲，嬪嬙零落，氣亦憊矣。此皆人生至困、至苦、至危、至厄之事也，何爲萬回無一言以及之，抑知之而不言耶？如何？」

樵曰：「非萬回之不知也，命之所有，分之所定，不可逃也，使當時言之，亦不足爲戒也，雖戒亦不能免也。天命之出，其可易乎！嗚呼，擥天下之權，擁天下之勢，賞罰號令，速於雷霆，一喜則軒冕塞路，一怒則伏尸千里，天下豈有貴勢之可敵哉！不幸一旦時違事變，艱戚萬端。大都興廢成敗，雖出乎天，係乎命，然亦必先有其兆以成其事也。開元中，用姚崇、宋璟，則天下四方熙熙然豐富娛樂，無羨於華胥。天寶末，委國政於李林甫，此其所以召亂也；歸事權於楊國忠，此其所以召禍也。盛衰得失，豈不有由而然也？」

漁曰：「天寶末，明皇倦於萬機，思欲以天下之務決於大臣，而且將優游於宮掖之間以自適也，無何得李林甫，一以國政委之。自此姦謀詭譎，交結以熾，而忠言讜議，不復進矣，日以放恣行樂爲事。一夕，因乘月登勤政樓，命梨園弟子進《水調歌》，其間偶有歌曰：『富貴榮華能幾時，山川滿目淚沾衣。不見只今汾水上，惟有年年秋雁飛。』是時明皇春秋已高，遇事多感，聞此歌，悽然出涕，不終曲而起。因問：『誰人作此歌？』對曰：『李嶠詩。』明皇歎曰：『李嶠真才子也。』及范陽兵起，鑾輿幸蜀，過劍門關，登白衛嶺，周覽山川之勝，遲久而不懌，乃思水調所歌之詞而再舉之，又歎曰：『李嶠真才子也。』感慨不已，扶高力士而下，不勝嗚咽。」

樵曰：「天下之物，不能感人之心，而人心自感於物也。天下之事，不能移人之情，而人情自移於事也。李嶠之詩，本不爲明皇而作也，亦不知其詩他日可以感人之情如此也。蓋明皇爲情所溺而自感於詩也。莊叟所謂山林歟？皐壤歟？使我忻忻然而樂歟？夫山林之茂，皐壤之盛，彼自茂盛爾，又何嘗自知其茂盛而能邀人之樂乎？蓋人感於情，見其茂盛而樂之也。此謂之無故之樂也。有無故之樂，必有無故之憂，故曰樂未畢也而哀又繼之，信哉是言也。」

漁曰：「舊事有傳之於世，而人或喜得之可以爲談笑之資者，時多尚之，以助燕閒之樂。然而歲月浸遠，語及同異，有若明皇嘗燕諸王於木蘭殿，貴妃醉起舞《霓裳羽衣曲》，明皇大悅。《霓裳羽衣曲》說者數端。《逸史》云：羅公遠引明皇遊月宮，擲一竹枝於空中爲大橋，色如金，行十數里，至一大城闕。羅曰：『此乃月宮也。』仙女數百，素衣飄然，舞於廣庭中。明皇問：『此何曲？』曰：『《霓裳羽衣曲》也。』明皇素曉音律，乃密記其聲。及歸，使伶人繼其聲作《霓裳羽衣曲》。及鄭愚作《津陽門》詩云：『蓬萊池上望秋月，萬里無雲懸清輝。上皇半夜月中去，三十六宮愁不歸。月中祕樂天半聞，玎瑲玉石和塤篪。宸聰聽覽未終曲，却到人間迷是非。』釋云：『葉静能嘗引上入月宮，時秋已深，上苦悽寒不堪久。回至半天，尚聞天樂。及歸，但記其半，遂於笛中寫之。西涼都督楊敬述進婆羅門曲，與其音相符，遂以月中所聞爲散序，用敬述所敬腔名《霓裳羽衣曲》。』又，劉禹錫詩云：『開元天子萬事足，惟惜當時光景促。三鄉陌上望仙山，歸作《霓裳羽衣曲》。仙心從此在瑶池，三清八景相追隨。天上忽乘白雲去，此間空有秋雁辭〔二〕。』」

樵曰：「不然，非欲天下之人皆愚也。當戰國之時，諸子紛然，各持詭異之説，惑於當世，且欲游聞於諸侯，以張虚名而求其用矣。故誕妄邪怪之説充塞於道路，天下之人不識其是非可否，於是各安於習尚，以爲耳目之新，既非聖人道德之言，又非先王仁義之術，宜乎焚之。又恐其徒呼噪不已以亂天下，於是玩之，有何不可？」

〔一〕此文，涵芬樓鉛印本《説郛》卷二十一收有，爲節本。明趙開美收入《東坡雜著五種》中，陳繼儒收入《寶顔堂祕笈》中。趙有引，云：「堯夫《漁樵問答》，字字名理。老坡《漁樵閑話》，句句名喻。非理則不入，非喻則不啓。吾謂二書爲一經一緯。噫，理者其糟粕耶？喻者未嘗非筌蹄也？醉濃飽鮮，是在得其旨而已。是書前卷凡脱數則，俟博雅者續之。刻《漁樵閑話録》。時萬曆壬寅孟秋朔日，海虞清常道人趙開美識。」趙開美曾於萬曆乙未（二十三年）刻《東坡志林》，壬寅當萬曆三十年。此文，《龍威祕書》亦據《説郛》本收入。以此文傳世已久而又未敢遽定爲蘇軾作，故附録於此。本文據《東坡雜著五種》本轉録，以《説郛》及《龍威祕書》本校勘。

〔二〕原校：「此下當有脱誤。」

下篇

漁曰：「世常傳云：『欲人不知，莫若不爲。』此謂既爲之也，安得人之不知。夫至隱而密者，莫若中冓之事，豈欲人之知耶，然而不能使人不知，以此知凡事而不循理者，雖毛髮之細不可爲也。明皇舊置五王帳，長枕大被，與兄弟同處於其間。無何，妃子輒竊寧王玉笛吹之。始亦不彰。因張祐詩云：『梨花静院無人處，閑把寧王玉笛吹。』妃因此忤，明皇不懌，乃遣中使張韜光送歸楊銛宅。妃子涕泣謂韜光曰：『託以下情敷奏，妾罪固當萬死，衣服之外，皆聖恩所賜，惟髮與膚生從父母耳。今當即死，無以謝上。』乃引刀剪髮一結，付韜光以獻。自妃之一逐，皇情憮然，至是韜光取髮搭之肩上以奏。明皇見之大驚惋，遽令高力士就召以歸。嗟乎，道路之言，亦可畏也。使張祐不爲此詩，事亦何由彰顯之如此。然張亦何從得此，以此可驗其『欲人不知，莫若不爲』，亦名言也。」

樵曰：「床簀之事，至隱密也，尚且暴揚於外，而况明目張口，公然爲不道之事，宜何如哉！隱衷潛慮，傾人害物，而謂人不知，誠自欺也。人其可欺乎？世有爲是者，不可不戒。」

漁曰：「明皇以八月誕降，酺會於勤政樓下，命之曰千秋節，大合樂，設連榻，使馬舞於其上。馬皆衣紈綺，被鈴鑷，驤首奮鬣，舉趹翹尾，變態動容，皆中節奏，故養之頗甚優厚。末年，禄山寵數優異，遂將數匹以歸而習之。後爲田承嗣所得，而承嗣殊不知其爲馬舞也。一日，大享士伍作樂，其馬於櫪上輒奮首舉足以舞。國人惡之，舉足以擊，其馬尚謂不盡技之妙，愈更周旋宛轉，以極其態度。厮役以狀告承嗣，承嗣以爲妖而戮之。天下有舞馬，由此絶矣。」

樵曰：「禍之與福，命也。遇與不遇，時也。命之與時，禍福會違者，幸不幸在其間也。是馬也，當明皇之時，衣紈綺，被鈴鑷，論其身之所享，可不謂之福乎？謂其見貴於時，可不謂之遇乎？不幸一旦失之於厮役之手，而箠楚遽苦其體，可謂不遇也。既而欲求免於箠楚，愈竭其能，而反爲不知己者戮之，可謂禍矣。莊叟又嘗稱禍福相倚伏，誠哉至言也！嗚呼，馬之遇時則受其福，及夫不爲人之所知，則身被其禍。士之處世，豈不然哉？伸於知己，屈於不知己，遇與不遇，乃時命也。」

漁曰：「張君房好誌怪異，嘗記一人：『劍州男子李忠者，因病而化爲虎也。忠既病久，而其子市藥歸，乃省其父。忠視其子，朵頤而涎出。子訝而視父，乃虎也。急走而出，與母弟返閉其室。旋聞哮吼之聲，穴壁而窺之，乃真虎也。』悲哉！忠受氣爲人，俄然化之爲獸，事有所不可。審其來也，觀其涎流於舌，欲啖其子，豈人之所爲乎？得非忠也久畜慘毒狠暴之心而然耶？内積貪惏吞噬之志而然耶？素有傷生害物之蘊而然耶？居常恃凶悖，恣殘忍，發於所觸而然耶？周旋宛轉，思之不得。」

樵曰：「有旨哉！釋氏有陰騭報應之説，常戒人動念以招因果，若已向所述之事〔一〕，遂失人身而托質於虎，是釋氏之論勝矣。子知之乎？昂昂然擅威福，恣暴亂，毒流於人之骨髓，而禍延於人之宗族者，此形雖未化而心已虎矣。傾人於溝壑，以徇一己之私意〔二〕，非虎哉？剥人之膏血，以充無名之淫費，非虎哉？使人父子兄弟，夫妻男女，不能相保，而骸骨狼藉於郊野，非虎哉？吾故曰：『形雖未化而心已虎矣。』於戲，以仁恩育物，豈欲爲是哉；然而不能使爲之者自絶於世，又何足怪也！」

漁曰：「唐末，有宜春人王轂者，以歌詩擅名於時，嘗作《玉樹曲》，略云：『碧月夜，瓊樓春，連舌泠泠詞調新。當時狎客盡豐禄，直諫犯顔無一人。歌未闋，晉王劍上黏腥血。君臣猶在醉鄉中，一面已無陳日月。』此詞大播於人口。轂未第時，嘗於市廛中，忽見有同人被無賴輩毆擊，轂前救之，揚聲曰：『莫無禮，識吾否，吾便解道「君臣猶在醉鄉中，一面已無陳日月」者。』無賴輩聞之，斂恥慚謝而退。噫，無賴者乃小人也，能爲此等事，亦可重也。方其倚力恃勢，勃然以發凶暴之氣，將行毆擊，視其死且無悔矣。及一聞名人，則慚謝之色形於外，斯亦難矣。有改悔之恥，向善之心，安得不謂之君子哉！」

樵曰：「此亦一端也，古今富於詞筆者，不爲不多矣。然或終身憔悴而不遇，士大夫雖聞之，亦未嘗出一言以稱之，況有服膺樂善之心哉！以此知其無賴者，迹雖小人，而其心有愈於君子之所存也，又豈知迹雖君子，而其心不有愈於小人之所存哉！」

漁曰：「裴硎《傳奇》，嘗記一事甚怪者，云：『有唐魏博大將聶鋒，有女方十歲，名隱娘。忽一日，爲乞丐尼竊去。父母不知其所向，但日夜悲泣嘆思而已。後五年，尼輒送隱娘還，告鋒曰：「教已成矣，却領取。」尼亦遂亡矣。父母且驚且喜。乃詢其所學之事。隱娘云：『攜我至一岩洞中，與我藥一粒服之，便令持一寶劍，教之以習擊刺之法。一年後，刺猿猱如飛，刺虎豹如無物。三年，漸能飛騰以刺鷹隼。四年，挈我於都市中，每指其人，則必數其過惡，曰：爲我取其首來。某應聲而首已至矣。自此日往都市中刺人之首，置於大囊中而歸，卽時以藥消之爲水。後五年，忽曰：大僚某人者，罪已貫盈，欺君罔民，殘賊忠良，爲國之害，故已甚矣，今夜爲我取其首來。隱娘承命而往，伏於大僚居室之梁上，移時方持其首至。尼大怒曰：何太晚如是？隱娘再拜云：爲見前人戲弄一兒可愛，未欲下手。尼叱之曰：已後遇此事，先斷其所愛，然後決之。隱娘拜謝。尼曰：汝術已成，可歸。遂還家。父母聞其語甚怪，但畏懼而終不敢詰，亦不敢禁其所爲。後至陳許節帥之事，尤更怪異。噫，吾聞劍俠世有之矣，然以女子柔弱之質，而能持刃以決凶人之首，非以有神術所資，惡能是哉？」

樵曰：「隱娘之所學，非常人之能教也。學之既精，而又善用其術，世有險詖邪怪者，輒決去其首，亦一家之正也。嗟乎，據重位厚禄，造惡不悛，以結人怨者，不可不畏隱娘之事也。及尼之戒曰：須先斷其所愛，然後決之，是欲奸凶之人絶嗣於世，尚恐餘毒流及於後，深可懼也。」

漁曰：「長壽中〔三〕，有處士馬拯〔四〕，與山人馬紹，相會於衡山祝融峯之精舍。見一老僧，古貌龐眉，體甚魁梧，舉止言語，殊亦朴野。得拯來甚喜。及倩拯之僕持錢往山下市少鹽酪，俄已不知老僧之所向〔五〕。因馬紹繼至，乃云在路逢見一虎食一僕，食訖，即脱斑衣而衣禪衲，熟視乃一老僧也。拯詰其服色，乃知己之僕也。拯大懼。及老僧歸，紹謂拯曰：『食僕之虎，乃此僧也。』拯視僧之口吻，尚有餘血殷然。二人相顧而駭懼，乃默爲之計，因紿其僧云：『寺井有怪物，可同往觀之。』僧方窺井，二人併力推入井中，僧墜乃變虎形也〔六〕，於是投之以巨石〔七〕，而虎斃於井。二人者急趨以圖歸計。值日已薄暮，遇一獵者，張機於道旁，而居棚之上，謂二人曰：『山下尚遠，群虎方暴，何不且止於棚上。』二人悸慄，相與攀援而上，寄宿於棚。及昏暝，忽見數十人過，或僧或道，或丈夫，或婦女，有歌吟者〔八〕，有戲舞者。

俄至張機所。衆皆大怒曰：『早來已被二賊殺我禪師，今方追捕次，又敢有人張機殺我將軍〔九〕。』遂發機而去。二人聞其語，遂詰獵者：『彼衆何人也？』獵者曰：『此倀鬼也。乃疇昔嘗爲虎食之人，既已鬼矣，遂爲虎之役使，以屬前道〔一〇〕。』二人遽請獵者再張機，方畢，有一虎哮吼而至，足方觸機，箭發貫心而踣，逡巡。向之諸倀鬼奔走却回，俯伏虎之前，號哭甚哀，曰：『誰人又殺我將軍也。』二人者，乃厲聲叱之曰：『汝輩真所謂無知下鬼也，生既爲虎之食，死又爲虎之役使，今幸而虎已斃〔一一〕，又從而哀號之，何其不自疚之如此耶！』忽有一鬼答之曰：『某等性命，既爲虎之所食啗，固當拊心刻志以報寃，今又左右前後以助其殘暴，誠可愧恥而甘受責矣，然終不知所謂禪師、將軍者乃虎也。』悲哉，人之愚惑，已至於此乎，近死而心不知其非，宜乎沉没於下鬼也。」

樵曰：「舉世有不爲倀鬼者，幾希矣。苟干進取以速利祿〔一二〕，吮疽舐痔無所不爲者，非倀鬼歟？巧詐百端，求爲人之鷹犬以備指呼，馳奸走僞，惟恐後於他人。始未得之，俯首卑辭，態有同於妾婦〔一三〕。及既得之，尚未離於咫尺，張皇誕傲，陰縱毒螫，遽然起殘人害物之心〔一四〕。一旦失勢〔一五〕，既敗乃事，則倉皇竄逐，不知死所。然終不悟其所使，往往尚懷悲慼之意，失内疚之責。嗚呼哀哉，非倀鬼歟？」

漁曰：「李義山賦三怪物，述其情狀，真所謂得體物之精要也。其一物曰：『臣姓猾狐氏〔一六〕。帝名臣曰巧彰〔一七〕，字臣曰九尾〔一八〕，而官臣爲佞魍焉。』佞魍之狀，領佩丰〔一九〕，手貫風輪，其能以烏爲鵠，以鼠爲虎，以蚩尤爲誠臣，以共工爲賢王〔二〇〕，以夏姬爲廉，以祝鮀爲魯，誦節義於寒泥，贊韶曼於嫫姆。其一物曰：臣姓潛弩氏。帝名臣曰攜人，字臣曰銜骨，而官臣爲讒魆〔二一〕。讒魆之狀，能使親爲疎，同爲殊，使父膾其子，妻羹其夫。又持一物，狀若豐石，得人一惡，乃鑱乃刻。又持一物，大如長篲，得人一善，掃掠蓋蔽。諂啼僞泣，以就其事。其一物曰：臣姓狼貪氏〔二二〕。帝名臣曰欲得，字臣曰善覆，而官臣爲貪魆〔二三〕。貪魆之狀，頂有千眼〔二四〕，亦有千口，鼠牙蠶喙，通臂衆手，常居於倉，亦居於囊，頫鈎骨箕〔二五〕，環聯琅璫，或時敗累，囚於牢狴，拲梏履校，蒺棘死灰，僥倖得釋，他日復爲。嗚戲，義山狀物之怪，可謂中時病矣。」

樵曰：「然。夫怪物之爲害，充塞於道路矣，何所遇而非怪也。傳聲接響，更相出没，捃摭人之陰私，窺伺人之間隙，羅織描畫，惟恐刺骨之不深，非怪物之爲害乎！殊不知此亦豕蝨之義也〔二六〕，何足以怪而自恃哉！」

〔一〕《説郛》「已」作「見」，《龍威祕書》作「已」。

〔二〕「一」原缺，據《龍威祕書》補。

〔三〕《説郛》「壽」作「慶」。

〔四〕《説郛》、《龍威祕書》「拯」作「極」，下同。

〔五〕「已」原作「亦」，今從《説郛》。

〔六〕「墜」原作「遂」，今從《説郛》；《龍威祕書》作「墮」。

〔七〕「投」原作「壓」，今從《説郛》。

〔八〕「有」原作「或」，今從《説郛》。

〔九〕「機殺」二字原脱，今據《説郛》、《龍威祕書》補。

〔一〇〕上二書作「以爲前導」。

〔一一〕「已」原作「之」，今從上二書。

〔一二〕「干」原作「於」，今從《説郛》。

〔一三〕「同」原作「餘」，今從上二書。

〔一四〕「心」原作「勢」，今從上二書。

〔一五〕「勢」原作「職」，今從《説郛》。

〔一六〕上二書「搰」作「猾」。

〔一七〕《龍威祕書》「巧」作「考」。

〔一八〕上二書「尾」作「規」。

〔一九〕原校：「丰」一作「凝」。《説郛》「領佩丰」作「領環水凝」，《龍威祕書》作「領佩水凝」。

〔二〇〕上二書「王」作「主」。

〔二一〕《龍威祕書》「魖」作「魈」，下句同。

〔二二〕《説郛》「貪」作「浮」。

〔二三〕《龍威祕書》「魅」作「魃」，下句同。

〔二四〕《龍威祕書》「頂」作「見」。

〔二五〕上二書「頄鈎骨箕」作「鈎骨箕鏤」。

〔二六〕「豸」原作「家」，今從《龍威祕書》。

續雜纂〔一〕

叵耐

監司聞部下贓濫事發。　猾胥曲法取受。　奴婢不伏使唤。　見非理論訟平人。　知人去上官處損陷。

〔一〕此文見涵芬樓鉛印本《説郛》（以下簡稱涵本）卷五、宛委山堂本《説郛》（以下簡稱宛本）卷七十六、明趙開美《東坡雜著五種》。所謂續，蓋承李義山、王君玉《雜纂》而言。涵、宛二本互有短長，然涵本較勝。今據涵本録入，以宛本校勘。

自羞恥

和尚道士有家累。　師姑養孩兒。　應舉遭風水牓。　在官贓污事發。　説脱空漏綻。

强陪奉

莊客隨有錢子弟。　不飲酒見醉漢〔一〕。　做債對財主説閑話。　入國與蕃使接談。　對上官説葛藤話。　無錢人被人要賭賽。

〔一〕宛本「見」作「人伴」。

伴不會

對尊官饒棋。　假耳聾。　初到官問舊來事體。　問新到僕妾手藝〔一〕。　新僉民兵問力氣。

〔一〕此句及下句涵本無，據宛本補。

旁不忿

村裏漢有錢〔一〕。　木大漢好妻〔二〕。　知無事業及第〔三〕。　庸常輩作好官。　見善人被惡小凌辱。

〔一〕宛本無「裏」字。

〔二〕宛本「木大漢」作「俗夫有」。

〔三〕宛本「知無事業」作「見初學人」。

得人惜

初學行孩兒。　善歌舞小妓。　快馬穩善。　俊猫兒不偷食。　做活計子弟〔一〕。　良僕妾。好書畫。　有行止公人。　會讀書兒子〔二〕。

〔一〕宛本「子弟」作「女壻」。

〔二〕涵本無，據宛本補。

不快活

步行著窄鞋。赴尊官筵席。入試裹窄幞頭〔一〕。重囚被鎖縛。暑月對生客。妬妻頭白相守。村裏女壻裹幞頭。小兒初入學堂〔二〕。吏胥遇嚴重長官。

〔一〕宛本「裹窄幞頭」作「遇酷暑」。

〔二〕此句及下句涵本無，據宛本補。

未得便信〔一〕

賣鞭人索價〔二〕。驢牙兒作呪。和尚不吃酒肉。醉漢隔宿請客。媒人誇好女兒。吏胥小心畏慎〔三〕。妓別慟哭如不欲生。敵國講和。

〔一〕宛本作「未足信」。

〔二〕宛本作「賣物人索價説呪」。

〔三〕此句及以下二句涵本無，據宛本補。

陡頓歡喜

窮措大及第。未有嗣生男。遠地得家書。有罪遇赦〔一〕。富家兒乍入舍女壻〔二〕。

〔一〕「遇」原作「該」，今從宛本。

〔二〕宛本「舍」作「贅」。

這回得自在

僧尼還俗。　重孝服闋。　不肖子弟乍無尊長。　宮人放出〔一〕。　囚徒釋脱。　寵妾獨得隨任。

〔一〕此句及下句涵本無，據宛本補。

將不了就不了

逃軍酒醉叫反。　賭錢輸首灘。　虔婆索錢大家領了。

不藉賴〔一〕

癩子吃豬肉。　乞兒突好人。　已欠債吏轉。　合死囚妄引徒伴〔二〕。　户目賒物。　去任官放潑要錢〔三〕。

〔一〕宛本作「不圖好」。
〔二〕宛本作「合死囚罵法官」。
〔三〕涵本缺，據宛本補。

怕人知

配所人逃走歸〔一〕。　經販私商物〔二〕。　孝服内生孩兒。　同居私房畜財物。　賣馬有毛病。　去親戚家避罪。　藏匿姦細人〔三〕。

〔一〕宛本「配所」作「流配」。

〔二〕宛本此句作「買得賊贓物」。

〔三〕此句涵本缺，據宛本補。

學不得

神仙。　天性敏速。　能飲啖。　才識過人。　有膽氣。　臨官行事遲疾。　臨事果斷〔一〕。

〔一〕此句涵本無，據宛本補。

忘不得

父母教育。　好交友。　曾受厚恩。　得意文字。　少年記誦經史。

會不得

福州舉人商量故事〔一〕。　諸行市語。　番人説話。　争論訟無道理。　上山無路。　爲客少裹纏。

〔一〕宛本作「閩人讀書」。

説不得

有舉業程試偶疎脱。啞子做夢。教駿兵士落馬。作官處被家人帶累。被人冤枉。醫人自患。奸良人陪却錢物。私藏物遭盜。賊贓被人轉取去。招箭人中箭。善相撲偶輸。閤門舍人誤通謁。行姦被窘辱〔一〕。處子懷孕。

〔一〕此句及下句涵本無，據宛本補。

留不得

春雪。暑月盛饌。下水船趁順風。潮水。猴猻看菓子。窮人家春縣衣。城門發更後。大官得替後。愛逃席客〔一〕。

〔一〕此句涵本無，據宛本補。

謾不得

曹司對曉事官員。熟諳行市買賣。妬妻不會飲酒。靈利孩兒換物。

勸不得

服硫黄。病酒漢。愛賭錢人。醉後相駡。夫妻因婢争鬧。兩竟人須要厮打。

悔不得

賭錢輸。惡中酒。失口許人物。作過後事發。出語容易。少年不修學。遇好景不曾遊賞。遇好物不曾買。

愛不得

見他人好書畫奇玩物。路上見名山水。隔壁窺美婦人。

怕不得

陣上相殺。夏月餅師。有罪吃棒。相撲漢拳踢。射虎招箭。弄潮。竿上打失落。臺諫官言事。

諱不得

健兒面上逃走字。屎桶。捉賊見真贓。小官祖父名。有罪對知證人。

改不得

生來下劣相。性好偷竊。謬漢好作文章。村裏人體段。好説脱空。好笑話人。還俗僧道舉止。愛説是非。貪財人愛便宜。婢作正室有舊態。淫慾無度〔一〕。口吃人多説話。不肖子好賭博。偷食猫兒。

〔一〕此句及以下三句涵本無，據宛本補。

蘇軾佚文彙編拾遺

簡弁

自《蘇軾佚文彙編》附《蘇軾文集》行世後至今，復得蘇軾佚文一百餘篇（其中有殘篇），乃題以《蘇軾佚文彙編拾遺》，釐爲上下卷，附《蘇軾佚文彙編》之後。蘇軾之佚文，猶未敢言盡也，當續求之。

本編遵《佚文彙編·簡例》，大多數文章後，有「校勘、考訂、説明」一欄（不書「校勘、考訂、説明」字樣），内容與《簡例》同。而《篇目索引》暫不收此《拾遺》云。

孔凡禮一九九五年三月於北京

蘇軾佚文彙編拾遺引用書目

元豐類稿宋曾鞏　四部叢刊本

相山集宋王之道　影印四庫全書文淵閣本

昌谷集宋曹彥約　影印四庫全書文淵閣本

後村先生大全文集宋劉克莊　四部叢刊本

八代文鈔明李賓　明刻本

續墨客揮犀宋佚名　宛委別藏本

墨莊漫録宋張邦基　四部叢刊本

丞相魏公譚訓宋蘇象先　四部叢刊本

月河所聞集宋莫君陳　吴興叢書本

二老堂詩話宋周必大　歷代詩話本

苕溪漁隱叢話宋胡仔　萬有文庫本

演繁露續集宋程大昌　學津討原本

詩話總龜宋阮閲　四部叢刊本

皇朝仕學規範宋張鎡　宋刊本
六硯齋三筆明李日華　清刊本
味水軒日記明李日華　清刊本
濟南金石志清馮雲鵷　清道光刊本
八瓊室金石補正陸增祥　民國刻本
古今法書苑北京圖書館藏
硯箋宋高似孫　楝亭十二種本
壯陶閣書畫録裴景福　民國鉛印本
蕚輝堂法帖搨本
巴慰祖摹古帖搨本
十百齋書畫録抄本
景蘇園帖影印本
禱雨帖日本豐福健二蘇東坡詩話集引
名臣氏族言行類稿宋章定　影印四庫全書文淵閣本
名臣碑傳琬琰之集宋杜大珪　影印四庫全書文淵閣本
忠武誌清張鵬翮　清嘉慶刊本

烏臺詩案叢書集成本

東坡先生年譜宋王宗稷　萬有文庫本蘇東坡集卷首附録

東坡先生紀年録宋傅藻　四部叢刊本增刊校正王狀元集註分類東坡詩卷首附録

嘉慶寧國府志清洪亮吉　清嘉慶刊本

同治義寧州志清涂家傑　清同治刊本

光緒重刊衢州府志清楊廷望　清光緒刊本

同治玉山縣志清黄壽祺　清同治刊本

同治連州志清袁泳錫　清同治刊本

乾隆博羅縣志清陳裔虞　一九五八年廣東省圖書館油印本

光緒韶州府志清單興詩　清光緒刊本

蘇軾佚文彙編拾遺目録

卷上

卷下

雜著

題跋雜文

題跋詩詞

雜記草木

附録

蘇軾佚文彙編拾遺卷上

序

仙都山鹿引〔一〕

軾至豐都縣〔二〕，將游仙都觀，見知縣李長官，云：「固知君之將至也。此山有鹿，甚老，而猛獸、獵人，終莫能害，將有客來游，輒夜鳴，故常以此候之〔三〕。」（見《晚香堂蘇帖》）

〔一〕《文學遺産》一九八二年第三期劉尚榮《蘇洵佚詩輯考》引北宋麻沙本《類編增廣老蘇先生大全文集》卷二謂爲蘇洵作。

〔二〕上引《老蘇大全文集》無「軾」字。

〔三〕《老蘇大全文集》「之」字下有「而未嘗失予聞而異之乃爲此詩」十三字。

墓誌銘

司馬光墓誌銘銘詞〔一〕

於穆安平，有魏忠臣。更六百年，有其元孫。元孫温公，前人是似。率其誠心，以佐天子。天子聖明，四世一心。有從有違，咸卒用公。公之顯庸，自我神考。命於西樞，曰予耆老。公言如經，其或不然。帝獨賢公，欲使並存。公退如避，歸居洛師。帝徐思之，既克知之。知而不以，以遺聖子。惟我聖子，協德神母。人事盡矣，天命順矣。如川之迴，如冰之開。或蹈其機，豈人也哉。公亦不知，曰是爲天。二聖臨我，如山如淵。公惟相之，亦何所爲。惟天是因，惟民是師。事既粗定，公亦不留。龍衮蟬冠，歸於其丘。公之在朝，布衣脱粟。惟其爲善，惟日不足。生既不有，死亦何失。四方頌之，豈爲茲石。（見《名臣碑傳琬琰之集》卷十八《司馬光墓誌銘》）

〔一〕《司馬光墓誌銘》乃范鎮撰。《朱子語類》卷一百三十謂鎮所作銘詞，「多記當時姦黨事，東坡令改之」，鎮「因令東坡自作」。鎮原作銘詞，亦見《名臣碑傳琬琰之集》卷十八。

徐忠愍壙銘〔一〕

翳贛江之南下兮，於豫章而寢鴻。偉西山之卓異兮，列聖靈之仙蹤。世一亂而一治兮，隱則仙而出則賢。憶公之育靈於山川兮，奚其質之全也。方少壯之嗜學兮，嘗博覽而周游也。歷中途之頓悟兮，乃獨潛神而内修攝也。餌以顛危垂陷之地兮，所以粹公之節義也。火欲焰而先烟兮，物固有否而後泰也。夫何不幸而從干戈之死也。嗚呼哀哉！人壽百歲兮，其久須臾。惟公忠心所激兮，萬古不渝。西山秀兮水清，魴鱮肥兮香芳。靈仙所都兮，可與飛翔。魂乎來歸兮，結草爲期。澗水不息兮，視

我銘詩。（見同治《義寧州志》卷三十）

〔一〕忠愍乃德占。據同治《義寧州志》卷三十鮮于侁《徐忠愍墓誌銘》，德占卒於元豐五年。此文作於此略後。

銘

硯銘贈黄魯直〔一〕

魯直黄君足下〔二〕。或謂居士：「吾當往端溪，可爲公購硯。」居士曰：「吾兩手，其一解寫字，而有三硯，何以多爲？」曰：「以備積壞〔三〕。」居士曰：「吾手或先硯壞。」曰：「真手不壞。」居士曰：「真硯不損。」紹聖二年臘日。（見《晚香堂蘇帖》）

〔一〕《八代文鈔》有此文，題作《硯銘》。

〔二〕《八代文鈔》無此句。

〔三〕《八代文鈔》「積」作「損」。

鐵橋銘

維鐵在冶，五經之堅〔一〕。藏精於地，受質於天。日用攸需，能人則然。匪釜無食，匪耜無田。利用者兵，皇武用宣。未聞爲橋，橋涉於川。茫茫南海，浴日浮天。蛟鱷之窟，蛇龍之淵。洪濤巨浪，駭

波泊沿。易橋爲舍，以淑羣賢。（見乾隆《博羅縣志》卷十三）

〔一〕「經」疑爲「金」之誤。

贊

趙清獻公像贊

志在伯夷，其清維堅。頑懦聞風，百世增敬。若清獻公，實嗣其正。處乎鄉閭，力學篤行。立乎朝端，面折廷諍。玉擬其潔，冰似其瑩。飫乎聖經，本乎天性。自初登第，迄於還政。毅然一節，始終惟令。我辱公愛，日相親近。世有公像，如月在水。表而出之，後學仰止。（見光緒重刊《衢州府志》卷六）

佛贊

西方有大聖人，不言而自信，不治而不亂，巍巍乎獨出三界之外，名之爲佛。蘇軾書〔一〕。（見《晚香堂蘇帖》）

〔一〕「書」後有「眉陽蘇軾」印章。

諸葛武侯畫像贊

密如神鬼，疾若風雷。進不可當，退不可追。晝不可攻，夜不可襲。多不可敵，少不可欺。前後應

會，左右指揮。移五行之性，變四時之令。人也？神也？吾不知之，真卧龍也。（見《忠武誌》卷七）

表

辭内翰表〔一〕（殘）

傷弓之鳥，固已驚飛。漏網之魚，難於再餌。（見《月河所聞集》）

〔一〕表作於元祐元年。

奏議

薦歐陽經疏〔一〕（殘）

材猷夙壯，忠孝兼全。學古入官，敏於從政。（見同治《連州志》卷七《歐陽經傳》）

〔一〕疏作於蘇軾守杭時。

乞秘書省校書入伏功課減半疏〔一〕（殘）

秘書省每日校書背面二十一紙，準入内。黄門黄洙傳聖旨，秘書省入伏，午時住修文字，未伏依

舊。欲乞於所校功課減半，候過末伏日依舊。（見《宋會要輯稿》第七十册《職官》一八之一二元祐六年六月紀事）

〔一〕《宋會要輯稿》謂朝廷從之。

書

上吴内翰書〔一〕（殘）

今年春，天子將求直言之士，而某適來調官京師，舍人楊公不知其不肖，而采其鄙野之文五十篇奏之。於是天子使與明詔之末。（見《東坡先生紀年録》）

〔一〕書上於仁宗嘉祐五年。

上薛師正書〔一〕（殘）

使吾君子孫蕃多，長有天下，人臣歸美報上，極安静和平之福，至於壽考萬年，子孫千億。（見《昌谷集》卷十七《跋劉倅所藏東坡論兵書後》）

〔一〕據周必大《平園續稿》卷八《題東坡上薛向樞密書》，知「論兵書」即上薛之書，書作於元豐元年十二月十九日。向字師正。

尺牘

與侯德昭一首〔一〕（殘）

蒙示新論，利害炳然，文亦温麗，歎服不已，但恨罪廢之餘，不能少有發明爾。（見光緒《韶州府志》卷三十二《侯晉叔傳》）

〔一〕簡作於紹聖間。

與馬忠玉一首〔一〕

昨日快哉亭，與數客飲，至醉才歸，辱簡不逮即答，爲愧。春至雪盡，計尊候起居佳勝。新詩甚清冽〔二〕，病酒，不敢率意趁韻，幸少寬限否？因書見過，如何！如何！不一。軾再拜忠玉提刑執事。（見《六硯齋三筆》卷二）

〔一〕簡作於元祐六年。

〔二〕《名迹録》卷五收此簡，「冽」作「刻」。

與楊次公一首〔一〕

軾啓。京師附遞，急於通問，不暇作四六，亦忝雅□，不敢自外也。過蒙來示，感悚兼極。比來起居佳勝。軾已到毗陵，旦夕瞻□，實深欣慰。未間，更望順時自重，不宣。軾再拜次公提刑主客執事。六月廿一日。（見《尊輝堂法帖》）

〔一〕簡作於元祐四年。

留別郭功甫一首〔一〕（殘）

蘇軾謹奉別功甫奉議。（見《景蘇園帖》）

〔一〕簡作於元豐七年。

與錢濟明一首〔一〕

軾啓。專人來，領手教，眷待益厚，感怍不可言。且審侍奉外起居佳勝爲慰。汪君過此，幸一見之，誠佳士，如所喻也。恨其在疚，不得久接，去此久矣，想即日已到。軾凡百如昨，子由亦安，兒子見差遣未還。昨日本路漕到，今日新守到，旦夕舊守發去，閑廢之人，亦隨例忙迫，不致久留來人，非遠，別奉狀也。乍寒，萬萬自重，不宣。軾再拜濟明仁弟閣下。（《晚香堂蘇帖》）

〔一〕簡作於元豐六年。

與杜孟堅一首〔一〕

軾啓。昨日令子見訪，始知道源傾逝，懷想疇昔，潸焉出涕，奈何！奈何！想孝愛之深，何以堪處。軾自獲譴以來，所至未嘗出謁，雖地主亦不往謝，今來無緣往弔，慚負深矣。憂恚所纏，恐畏萬端，非有簡於左右也。千萬亮察。令弟各安否，且祝節哀强食，毋重堂上之憂，不次。軾頓首。（見《晚香堂蘇帖》）

〔一〕簡作於元豐間。

與郭至孝一首〔一〕

軾啓。前日疊辱手諭，感慨彌日。又數承令子見訪，不得即時裁謝，悚息之至。多事，熱甚。孝履何如，計哀苦，不易！不易！示喻哀挽，固當作，但新以言語得罪，且更少徐云耳。必亮此意。無緣詣別，千萬節哀强食。流汗，不謹。軾再拜至孝奉議閤下。六月十日。（見《晚香堂蘇帖》）

〔一〕簡作於元豐四年。

與章傳道一首〔一〕

軾謹次傳道先生游盧山高韻（詩略）。閱訖，幸即付去人送公弼郎中、禹功太博、明叔教授，各乞一首。軾上。（見《式古堂書畫彙考·書》卷十《蘇雪堂次傳道遊盧山詩帖》）

〔一〕簡作於熙寧八年。蘇軾詩見《蘇軾詩集》卷十三第六一九頁。

與蔡君謨一首(殘)

紅絲發墨，謂勝端則過。(見《硯箋》卷三《紅絲石硯》)

與曾子固二首〔一〕

軾之大父行甚高，而不爲世用，故不能自見於天下。然古之人亦不必皆能自見而卒有傳於後者，以世有發明之者耳。故軾之先人嘗疏其事，蓋其屬銘於子，而不幸不得就其志，軾何敢廢焉，子其爲我銘之。(見《元豐類稿》卷四《贈職方員外郎蘇君墓誌銘》)

〔一〕簡作於熙寧元年。

二〔一〕(殘)

賦役牛毛，鹽事峻急，民不聊生。(見《烏臺詩案·送曾鞏得燕字》)

〔一〕簡作於熙寧五年。

與顧發句一首〔一〕

訪別，以舟出許口，勢不可住。又以屈煩諸公冠蓋出餞，非放臣所宜，故不敢見，只恃公知照，不深訝也。悚息！悚息。人至，領手教，益增佩荷。益遠風度，惟萬萬以時自重，不宜。軾再拜顧道發句通直閣下。五月九日。（見《晚香堂蘇帖》）

〔一〕簡作於紹聖元年。

與王定國一首〔一〕（殘）

花會檢舊案，用花千萬朶，吏緣爲姦。乃揚州大害，已罷之矣。雖殺風景，免造業也。（見《墨莊漫録》卷九）

〔一〕簡作於元祐七年。

與趙德麟一首（殘）

某一夕不寐，念潁人之饑，欲出百餘千造炊餅救之〔一〕。老妻謂某曰：「子昨過陳，見傅欽之，言簽判在陳賑濟有功，何不問其賑濟之法〔二〕？」某遂相招。（見王宗稷《東坡先生年譜》元祐六年紀事）

〔一〕《侯鯖録》卷四引此簡無「炊」字。

〔二〕「何」原缺，據《侯鯖録》補。

與程德孺一首〔一〕

軾啓。春中□□□□□必達，久不聞□，渴仰坊積。比日履茲餘□，尊候何似，眷聚各無恙。軾蒙庇如昨。二哥上春□□□，時有書問往還，甚安也。子由不住得書，甚健。會合何時，惟祝倍萬保嗇，不宣。軾再拜德孺運使金部老弟左右。七月二十六日。（見《景蘇園帖》）

〔一〕簡作於紹聖二年。篇末有「眉陽蘇軾」印章。

與程正輔一首〔一〕

軾啓。適草草作得一書，託郡中附上次。專人至，伏讀手教，感悵不已。别來尊體佳勝，眷聚各康健。惠蜜，愧佩。物日天氣斗熱，惟若時倍萬保嗇，不宣。軾再拜正輔老兄閤下。六月廿八日。（見《晚香堂蘇帖》）

〔一〕簡作於紹聖二年。

與方南圭十四首〔一〕

軾啓。使至，伏辱賜教，眷待有加，感慰無量，仍起居清勝。治行有日，併增欣抃。軾蒙庇如昨，既獲所依，願受一廛而爲氓矣。餘非面莫究。漸暄，萬萬若時自重。謹奉手啓上謝，不宣。軾再拜南圭使君閤下。二月廿三日。（見《晚香堂蘇帖》）

〔一〕簡作於紹聖三年。

二〔一〕

軾啓。昨日附來使拜狀，必已塵覽。即日治行勞神，竊計起居佳勝。企望軒旆，何翅飢渴。乍暄，跋履之外，精調寢味。謹因候吏上問，不宣。廿六日，軾再拜南圭知郡朝奉閣下。（見《晚香堂蘇帖》）

〔一〕簡作於紹聖二年四月或三月。

三〔一〕

軾啓。奉別忽將再朞，思企之懷，與日俱增積。即辰，履茲畏暑，起居清勝。日與吏民引望前塵，尚未聞近耗，但當馳仰。伏冀若時保練，少慰區區。謹奉狀上問，不宣。軾再拜南圭知郡朝奉閣下。六月八日。（見《晚香堂蘇帖》）

〔一〕簡作於紹聖三年。

四〔一〕

軾啓。聞買白术不得，兒歸，令於篋中搜得半斤，納上。又有鰕、魚、紫菜數品，同爲獻。不罪！不罪！軾再拜南圭使君閣下。廿八日。（見《晚香堂蘇帖》）

〔一〕簡約作於紹聖四年正月。

五〔一〕

軾啓。昨日幸陪勝遊，信宿起居佳否？遠信寄墨二丸，試之，膠清烟細，似非凡品，故分獻其一。東海白术，亦納少許。又有棗柿一合，漫馳上，不罪，不罪。軾再拜南圭使君閣下。正月晦。（見《晚香堂蘇帖》）

〔一〕簡作於紹聖四年。

六〔一〕

軾啓。辱教字，伏審起居清勝，爲慰。厄困塗窮，衆所鄙棄，公獨收卹有加，不可一一致謝。既蒙公庫貺遺，又煩費宅帑，重叠愧荷。香粳淳釀，悉已拜賜。匆匆復謝，不宣。軾再拜南圭使君閣下。（見《晚香堂蘇帖》）

〔一〕簡約作於紹聖四年春。

七〔一〕

軾啓。前日辱臨顧，既缺往拜，又稽裁謝，慚負深矣。領教字，承齒疾未平，佳節塊坐，同此牢落耶！惠貺珍味，感怍不可言喻。人還，草率，不宣，不宣。軾再拜南圭使君閣下。上巳。（見《晚香堂蘇帖》）

〔一〕簡作於紹聖四年。

八〔一〕

軾啓。數日尊體佳勝，水落路未成，尚阻趨詣。謹且奉啓，不宣。軾再拜南圭朝奉使君閣下。（見《晚香堂蘇帖》）

〔一〕簡作於上巳簡前後。

九〔一〕（殘）

荔支、龍眼、柑、橘之珍相續。日望公來同樽俎之樂。（見《後村先生大全文集》卷一百七《跋聽蛙方氏帖·坡二帖》）

〔一〕簡作於惠州。

一〇〔一〕（殘）

幸遣白直數人見取。（見同上）

〔一〕簡作於惠州。

一一〔一〕

軾啓。廢逐之餘，始獲傾蓋贛上，歡逾平生，遂復託迹治下，薰濡之喜既深，煩慁之愧亦厚矣。狼狽遠斥，悼懼失圖，仁人愍惻，所以慰藉津遣之者，可謂備至，求之古人，亦未易得，况世俗乎！懷感之極，殆難云喻。違闊數日，起居何如？回望羅浮，蔚然天表，如見顔色，此心可知。有少幹，留此四五日乃去。江海闊絶，復見何日，然共此大塊耳，亦奚足云。惟萬萬爲民慎夏自重。人還，奉手啓上謝萬一，不宣。軾再拜南圭知郡朝奉執事。（見《晚香堂蘇帖》）

〔一〕簡作於紹聖四年赴儋途中。

一二（殘）

家累托治下，無内顧憂思之心。（見《後村先生大全文集》卷一百四《跋疊林方氏帖·與方南圭十四帖》）

一三（殘）

邁時去請見，兩新婦許拜老嫂。（見同上）

一四〔一〕（殘）

白首投荒，佩公閉門杜口，謝絶萬事之戒。（見同上）

〔一〕自第十二至第十四簡，作於赴儋途中及至儋以後。

與章質夫五首〔一〕

軾再啓。武昌不獲再會，至今耿耿。承惠書爲別，感服不可言。來歲出按江夏，必行屬縣，當復過江求見也。過桃源，想復一訪遺踪，鼎、澧間故多嘉處耶！《新唐書》言，劉夢得竹枝詞，至今武陵俚人歌之，亦復泛否？夢得言竹枝聲含思宛轉，有淇、濮之艷，若果爾，獨不可令蘇、秀二君傳其聲耶！呵！呵！傳舍之會，恍如夢中事矣。軾再拜。（見《晚香堂蘇帖》）

〔一〕簡作於元豐三年。

二〔一〕（殘）

徐令往還齊安，屢接其笑語，殊佳士。得在治所，甚幸，甚幸。許爲致峽州怪石，雖非急務，然亦爲幽居之尤物也。石出歸、峽間新灘之下，扇子峽之上，嵌空翠潤，有圭璋之質，未爲世人所知，公始遣僕使此石見重於世，未必不由吾二人也。（見同治《玉山縣志》卷十）

〔一〕簡作於元豐間。

三〔一〕

屢承下訪芻蕘，不肖豈復有所見出公之意表者。但竊聞一事，公嘗用香藥，皆珍異之物，極爲番商坐賈之苦。蓋近歲始造此例〔二〕，公若一奏罷之，雖不悦者衆，然於陰德非小補也。某與公皆高年，實無復絲毫有求於人者，所孜孜慕望，唯及物之功，以資前路，不厭多爾。非質夫豈出此言，千萬裁察。（見《名賢氏族言行類稿》卷二十六《章楶傳》）

〔一〕此簡作於紹聖二、三年間。此簡已見《蘇軾佚文彙編》卷二，乃《與章質夫》第三簡（《蘇軾文集》第二四五二頁）。後者爲節文，才三十字。此爲足文，故重出。

〔二〕「例」原作「列」，據《鼠璞》改。

四〔一〕

多日不奉書狀，蒙庇如昨，但侍者病亡，旅懷不免牢落，方營葬之，更何可了，目前紛紛，須已事乃釋然耳。有詩悼之，其略曰：「傷心一念還前債，彈指三生斷後緣。」恐公欲知鄙意，不深念也。數日前，颶風淫雨繼作，寓居牆穿屋漏，草市已在水底。蔬肉皆缺，方振履而歌商頌。書生強項類如此，想聞此捧腹掀髯一絶倒也。（見同上）

〔一〕簡作於紹聖三年。

五〔一〕

朝雲葬豐湖上棲禪寺松林中。前瞻大聖塔，日聞鐘梵。墓得如此，不負其宿性。頃嘗學佛法於泗

上比丘尼義空，亦粗知大意。且死，誦《金剛經》四句偈乃絕。因蒙公記憐之，故一報也。（見同上）

〔一〕簡作於紹聖三年。

與何智甫一首〔一〕（殘）

何時得却掃一空，復如猶在海外時。（見《後村先生大全文集》卷一百四《書與何智翁四帖》）

〔一〕簡作於元符三年。

與趙夢得二首〔一〕

軾將渡海，宿澄邁。承令子見訪，知從者未歸，又云恐已到桂府，若果爾，庶幾得於海康相遇，不爾，則未知後會之期也。區區無他禱，惟晚景宜倍萬自愛耳。匆匆留此紙令子處，更不重封。不罪！不罪！軾頓首夢得秘校閣下。六月十三日。（見《晚香堂蘇帖》）

〔一〕簡作於元符三年。

二〔一〕（殘）

幣帛不爲書章，而以書字，上帝所禁。（見《二老堂詩話・記趙夢得事》）

〔一〕簡作於儋州。

答蘇景謨一首[一]（殘）

便道之官，恨不得見詩人耳。（見《丞相魏公譚訓》卷四）

〔一〕簡作於熙寧十年。

與曹君親家一首[一]

軾啓。衰衰職事，目不暇給，竟不獲款奉，愧負不可言。特辱訪別，惋悵不已。信宿起居佳勝。明日成行否？不克詣違，千萬保重！保重！新酒兩壺，輒拜上，不罪浼瀆。不一！不一！軾再拜主簿曹君親家閤下。（見《景蘇園帖》）

〔一〕簡作於元豐間。

與友人一首（殘）

草堂前，梧風蕙露，頓忘秋暑，少閑暇卽來燕坐，莫孤明月也。軾頓首。（見《晚香堂蘇帖》）

與友人一首[一]（殘）

家書承寄示，感！感！但得達，七十日敢言遲乎。賤累極荷大庇，未易言謝。孫子瘡病遂愈，皆出餘陰。但中間失一孫，遷徙中增牢落耳。此間食無肉，病無藥，夏無絺葛，冬無炭，獨有一窮命耳。以此一有而傲四無，可乎？聊發千里一笑也。軾再啓。（見《晚香堂蘇帖》）

〔一〕簡作於儋州。可參《文集》卷五十五《與程秀才》第一簡、《佚文彙編》卷二《答程大時一首》。

與友人一首〔一〕（殘）

所欲《書東臯子傳後》，當時率然寫與梅守，不曾留本，今不復記其全矣。公不過欲得軾書字，有近録《左傳》多紙，寄去，不克如命，悚惟……。軾再拜。（見《晚香堂蘇帖》）

〔一〕簡作於惠州。

與友人一首〔一〕（殘）

數日前，孔毅甫見過。此人錢監，得替欲入京注擬，中路思家而還。（見《山谷外集詩註》卷十《次韻和答孔毅甫》註文）

〔一〕簡作於元豐間在黄州時。

與友人一首〔一〕

軾近買地江上，方購瓦木作小宅，雖頗勞費，亦且老病有所歸宿，知之，一笑。兒子近入府，凡百極

荷照顧，感佩不可言，無由面謝，書不能盡意也。軾再啓。（見《晚香堂蘇帖》）

〔一〕簡作於紹聖三年。

與友人一首〔一〕

軾頓首頓首。自拜違後，老婦卧病，竟不起。臨老遇此災，懷抱可知。摧剥衰羸，殆不能支。曲蒙仁念，特賜慰問，伏讀感愴。本乞會稽，今乃愈北，牢落可量。冗迫中，不盡區區，但恃知照而已。（見《粤輝堂法帖》）

〔一〕簡作於元祐八年。

與友人一首〔一〕

邁往宜興。迨、過隨行，此二子爲學頗長進，迨論古事廢興治亂，稍有可觀，過作詩楚詞，亦不凡。此亦竟何用，但喜其不廢家業耳。蒙問，亦及之。軾白。（見《晚香堂蘇帖》）

〔一〕簡作於紹聖元年。

與友人一首〔一〕

入夜，病目不成字，不罪！不罪！字已寫在少游處。文丈蒙傳誨，感！感！軾再拜。（見《晚香堂

蘇帖》）

〔一〕簡作於元祐間。

與友人一首〔一〕

軾啓。適辱奇篇，伏讀驚歎，愧何以當之。太守會上，不即裁謝，繼枉手教，益深感怍。昨晚來，起居佳勝。公窮約至老，居甚卑而節獨高。軾忝冒過分，實内自愧，相見不免踧踖，來示何謙損之過也。迫行，不再詣，惟厚自愛。入夜，草草，不宣。（見《晚香堂蘇帖》）

〔一〕簡作於元豐八年。

與友人一首〔一〕

柑子已絶多日，忽有好事者分此數十枚，蓋於百中揀得此一二耳。聊持獻，恐要與柑子送路，呵！呵！

監司有來耗否？略批示。（見《晚香堂蘇帖》）

〔一〕簡約作於紹聖二年。

與友人一首

軾啓。數日知監司在此，不敢上謁，亦自紛紛少暇也。辱簡，具審起居佳勝，存問之厚，感怍兼至。謹奉啓上謝，不宣。軾再拜。（見《晚香堂蘇帖》）

答監司一首〔一〕

昨蒙示諭，令録事目，輒具其略。

一、西湖雖已開十七八，然須常得千人，功役乃可趁秋末了當，當乞指麾勿令官員別作占破。

一、西湖剩錢三千貫，已送錢塘縣，委俞承務置田，乞更催督林通直及俞承務，俞甚可委仗。

一、開湖事，既有課利，今後可以漸次開撥取畫，恐有人請射未開葑地作田，不可許。

一、元奏乞令錢塘尉管句開湖事，此未允當。當已託蘇主簿專論其詳，欲到京別入一文字，專令知縣官。是今未苦有人請射新開菱蕩，正爲此也。乞指麾勿令尉管句，但專令知縣管，便有人請射。

一、部役非馬供備不可，同僚疾怯者衆及馭下嚴，必有謗，想深知照察也。昨來不依常制，奏得充□檢正，爲開湖已有成效，並新路，非此人不成。

一、去年運司於諸州撥到及本州於諸邑劃到贓罰船舡葑，今開湖未了，諸州已來索，乞且占留，及新造百舟出債，亦請催打足數及常功修完，兼以備過年撩湖。

一、鈐轄衙前閘，乞指麾常依元奏啓□〔二〕，兼止閘一亭子，不便，欲移而未果。請同蘇主簿移之爲佳。

一、新開湖水入運河溝道及所修諸井，乞專委一官，常切提舉覺察賣水人毀壞井筒及金文寺後小閘，亦乞指麾照管啓閉，免暴雨或浸民家。

一、湖水入運河處，經涉猫兒橋河口，可略開淘。

一、病坊田，乞早與粉壁畫圖及入石，免歲久欺弊，及與掛意監督收租一年，今成倫理，蒙知照之深，必不罪。造次。軾拜白。（見《晚香堂蘇帖》）

〔一〕此文作於元祐五年。

〔二〕「□」似「閉」字

與法泰一首〔一〕

今正寄銀六兩，助成舍利槨也。卑意並是爲先人先妣追薦。告煩大師惠錫於佛前燒香祝願，過悚，忽忽。特煩以生日惠貺經數香華爲壽，感刻。人回，無以爲意。青絲襌段一枚，鹿茶芽五斤，深送土微鮮，至愧！至愧！軾白。（見《濟南金石志》卷四《金石四·長清石·宋蘇東坡真相院施金帖刻》）

〔一〕簡作於元祐元年。

與徐州開元寺僧法明一首〔一〕

軾啓。奉别累年，舟過境上，懷想不忘。遠蒙遣人致書，且知法體安隱，感慰兼至。咫尺無由往

見，惟萬萬自愛，慰此馳繫。人還，不宣。軾頓首明公大師足下。正月十九日。（見《晚香堂蘇帖》）

〔一〕簡作於元豐八年。原爲《文集》卷六十一《答開元明座主九首》之第三首，脱去「慰此」以下二十二字。此爲足文，故重録於此。

答維琳一首〔一〕（殘）

昔鳩摩羅什病，亟出西域神咒，三番令弟子誦以免難，不及事而終。（見《東坡先生紀年録》建中靖國元年紀事）

〔一〕此乃絶筆。

蘇軾佚文彙編拾遺卷下

雜著

智果院題梁

元祐五年，歲次庚午，二月辛卯朔，二十五日乙卯上梁。蘇軾書。（見《咸淳臨安志》卷七十九）

題跋 雜文

跋歐陽公家書（殘）

仲尼之存，人削其迹。夢奠之後，履藏千載。（見《演繁露續集》卷四《劉禹錫蘇子瞻用孔子履事》）

退之與老杜教兒不同

退之《示兒》云：「主婦治北堂，膳服適戚疏。恩封高平君，子孫從朝裙。開門問誰來，無非卿大夫。不知官高卑，玉帶懸金柂。」又云：「凡此坐中人，十九持鈞樞。」所示皆利祿事也。至老杜則不然，《示宗武》云，「試吟青玉案，莫羨紫香囊。應須飽經術，已似愛文章。十五男兒志，三千弟子行。曾參與游、夏，達者得升堂。」所示皆聖賢事也。（見《苕溪漁隱叢話》前集卷十六）

跋先君與杜君懿郎中帖

洵頓首。前辱臨顧，未由詣謝，承惠教，祗增愧悚，晴暖，尊體佳勝。旦夕□前次〔一〕。人還，且此布謝，不宣。洵再拜君懿郎中仁兄閣下。

錢亦如數領訖，何用忙也。

此先子手書也，謹泣而藏之。軾。（見《晚香堂蘇帖》）

〔一〕「□」似「走」字。作「走」，於文義不順，疑此處有缺文。如有缺文，則「前次」屬下讀亦可。

偶書

丈夫功名在晚節者甚多，如國手棋，不須大段用意，終局便須勝也。東坡。（見《晚香堂蘇帖》）

偶書

京洛之下，豈有閑人，不覺劫劫過日，勞而無補，顏髮蒼然，見必笑也。軾記。（見《晚香堂蘇帖》）

偶書〔一〕

台榭如富貴，時至則有；草木如名節，久而後成。東坡書於雪堂。（見《晚香堂蘇帖》）

〔一〕作於元豐間在黄州時。

自書潛珍閣銘與李光道並跋

余渡海，北海進士李光道自番陽送至曲江〔一〕，求此文，余爲作之。元符三年八月，東坡蘇軾。（見《味水軒日記》卷七）

〔一〕「番陽」、「曲江」均有誤。疑「番」應作「惠」。

記黄腓道人語

卓然精明而念不起，兀然灰槁而照不滅，二法相反當融爲一：此黄腓道人語也。丙子十一月四日燈下書〔一〕。（見《晚香堂蘇帖》）

〔一〕「丙子」應是紹聖三年在惠州時。

自書觀自在菩薩如意陀羅尼並跋

元豐四年二月二十七日，責授黄州團練副使眉□蘇軾書〔一〕，以贈廣教模上人。（嘉慶《寧國府志》卷二十）

〔一〕「□」當爲「山」字。

題跋 詩詞

贈李邦直探梅

「尋花不惜命，愛雪常忍凍。三爲郡太守，清似於陵仲〔一〕。」元祐二年人日書。蘇軾。（見《晚香堂蘇帖》）

〔一〕「尋花」四句乃節録《蘇軾詩集》卷十九《次韻李公擇梅花》中四句，文字略有異。李常（公擇）、李清臣（邦直）同姓李，書此以贈，有戲之之意。

詩戲張天驥〔一〕

徐州雲水山人張天驥，不遠千里，見朱定國於錢塘，愛其中風物，遂欲徙家居焉。春盡思歸，以詩戲之云：「羨公飄蕩一孤舟，來作錢塘十日游。水洗禪心都眼淨，山供詩筆總眉愁。雪中乘興真聊爾，春盡思歸却罷休。何事却尋朱處士，種魚千尾橘千頭。」（見《詩話總龜》前集卷三十六引《紀詩》）

〔一〕文作於元祐五年。

論作詩二首

古詩押韻，惟入聲可通用，須本音。或引韻，則不拘四聲，普用鄰韻無妨。至於作律詩，七言首句，須要引韻，苟或不然，卽須得一聯對句也。大凡詩章若對偶多，卽爲實而成體。（見《皇朝仕學規範》卷三十八）

又

詩須要有爲而後作，用事當以故爲新，以俗爲雅，好奇務新，乃詩之病。柳子厚晚年詩，頗似陶淵明，知詩病者也。（見同上卷三十九）

記夢賦詩

軾初自蜀應舉京師，道過華清宮，夢明皇令賦太真妃裙帶詞，覺而記之，今書贈柯山潘大臨邠老，云：「百疊漪漪水皺，六銖縰縰雲輕。植立含風廣殿，微聞環珮摇聲。」元豐五年十月七日。（見《東坡志林》卷二）

自書泗州除夕等七詩並跋

過泗州，作此數詩。偶此佳紙精墨，寫之以遺旌德君。元豐八年正月十日，東坡居士書。（見《蘇軾

詩集》卷二十四《泗州除夜雪中黄師是送酥酒》施註）

録壽昌院寒碧軒詩贈通悟師〔一〕

僕在黄州，偶思壽星竹軒，作此詩。今録以遺通悟師。元祐五年五月十二日，東坡居士書。（見《晚香堂蘇帖》）

〔一〕文後有「醫俗」二字印章。《壽星院寒碧軒》見《詩集》卷三十二。

跋自作詩文二首

軾老矣，年來薄有詩文幾卷，收納罌中，幸不散逸，此外百無一營。入山採藥，追隨異人，以希扶老之助，風雨閉門，怡然清卧而已。寓居黄州書。（見《晚香堂蘇帖》）

又〔一〕

軾老矣，舊有詩文數十卷，幸未散失，此外百無一營。入山採藥，追隨異人，以筇扶老之助，風雨閉門，怡然清卧而已。雪霽清淺，發於夢想。此間但有荒山大江，修竹古木。偶飲邦酒醇□，曳杖數脚下，不知近遠，亦曠然天真，與武林□游等也。（見《巴慰祖摹古帖》）

〔一〕元豐間作於黄州。《蘇軾文集》卷七十《書許敬宗硯二首》題下小注：「兩本小異，並出之。」兹遵其例，並出本文與上文。

劍易張近龍尾子石硯詩跋〔一〕

僕少時好書畫筆硯之類，如好聲色，壯大漸知，自笑至老無復此病。昨日見張君卵石硯，輒復萌此意，卒以劍易之。既得之，亦復何益，乃知習氣難除盡也。（見《硯箋》卷二）

〔一〕跋作於元豐七年。

書周韶落籍詩跋〔一〕

元豐四年秋日，過季常寓齋，留飲。座中紅裙，蓋村姬也，向余問錢塘事，書此答之。軾。（見《壯陶閣書畫録》卷四）

〔一〕「錢塘事」即周韶落籍詩事。周韶落籍詩事，蘇軾有專文，題作《書周韶》，在《佚文彙編》卷五。

自書陶淵明結廬在人境詩並跋

「結廬在人境，而無車馬喧。問君何能爾，心遠地自偏。採菊東籬下，悠然見南山。山氣日夕嘉，飛鳥相與還。此中有真趣，欲辨已忘言。」陶公此詩，日誦一過，去道不遠矣。庚辰歲正月十三日〔一〕，飲天門冬酒，醉書。（見《晚香堂蘇帖》）

〔一〕「庚辰」應是元符三年，軾在儋州貶所。

跋陶詩

「種豆南山下，草盛豆苗稀。侵晨理荒穢，帶月荷鋤歸。道狹草木長，夕露沾我衣。衣沾不足惜，但使願無違。」「人生歸有道，衣食固其端。孰是都不營，而以自求安。開春理常業，歲功聊可觀。晨出肆微勤，日入負米還。山中饒霜露，風氣亦先寒。田家豈不苦，弗獲詞此難。四體誠乃瘦，交無異患干。盥息茅檐下，牛酒散襟顔。遥遥沮溺心，千載乃相關。但願長如此，躬耕非所歎。」陶彭澤晚節躬耕，每以詩自解，意其中未能平也。晚寓黄州二年，適值艱歲，往往乏食，無田可耕，蓋欲爲彭澤而不可得者。此二篇最善，偶親録之。元豐四年八月十六日，軾。（見《晚香堂蘇帖》）

跋太白詩〔一〕

「朝披雲夢澤，笠釣青茫茫。」非李太白不能道此驚人語也。老坡。（見《晚香堂蘇帖》）

〔一〕可參《文集》卷六十七《記太白詩》其一。

自跋後赤壁賦

黄州少西山麓，斗入江中，石色如丹，傳云曹公敗處所謂赤壁者。或曰非也。時曹公敗歸，由華容路，路多泥濘，使老弱先行，踐之而過，曰：「劉備智過人而見事遲。華容夾道皆葭葦，使縱火，則吾無遺類矣。」今赤壁少西對岸，即華容鎮，庶幾是也。然岳州復有華容鎮，不知孰是？元豐六年八月五日〔一〕。（見《經進東坡文集事略》卷一《後赤壁賦》郎曄注文、《古今法書苑》卷四十二）

〔一〕「元豐六年八月五日」，《經進東坡文集事略》注文缺，據《古今法書苑》補。其他文字，依據前者録入。前者注文並云：「元豐六年嘗自書此賦後云。」此文文字，《文集》卷五十《與范子豐》第七簡亦言及。

録所作海上道人傳以神守氣訣示吴子野並跋

「但向起時作，還於作處收。蛟龍莫放睡，雷雨却須休。爲有無窮火，長資不盡油。夜深人散後，惟此一燈留。」丁丑正月十九日，録示子野，向嘗論其詳矣。（見《晚香堂蘇帖》）

跋自書赤壁二賦及歸去來辭

元豐甲子，余居黄五稔矣，蓋將終老焉。近有移汝之命，作詩留别雪堂鄰里二三君子，獨潘邠老與弟大觀復求書《赤壁二賦》。余欲爲書《歸去來辭》，大觀碧石欲並得焉。余性不奈小楷，强應其意。然遲余行數日矣。東坡書。（見《八瓊室金石補正》卷一百八）

自書柳子厚南澗詩跋〔一〕

紙墨頗佳，殊可發興也。丙子十月廿九日。（見《晚香堂蘇帖》）

〔一〕文末有「東坡居士」印章。

自書金山寺與柳子玉飲大醉卧寶覺禪榻夜分方醒書其壁詩並跋〔一〕

（詩略）與柳子玉、寶覺師會金山，作此詩，今三十年矣。（見《晚香堂蘇帖》）

〔一〕詩見《詩集》卷十一。

跋王元甫景陽井詩〔一〕

余聞江南王元甫、郭功甫皆有詩名。余南歸過九江，因道士胡洞微求謁之。元甫云：「吾不見士大夫五十年矣。」竟不可見。後予過秣陵，有以元甫《景陽井》詩示予，乃知其得名不虛也。（見《能改齋漫録》卷十一《王元甫有詩名》）

〔一〕簡作於建中靖國元年。

戲贈媚兒

舞袖蹁躚，影摇七尺龍蛇動；歌喉宛轉，聲撼半天風雨寒。（見《續墨客揮犀》卷六《出侍姬十數人》）

題李仲覽詩〔一〕（殘）

氣節剛邁，讀之使人肅然自失。（見《相山集》卷二十七《跋李仲覽所藏東坡滿庭芳法帖》）

〔一〕幼作於黃州。

題跋 書帖

跋某帖

章子厚有唐人石刻本，與此無異，而字畫加豐腴，骨相稱，乃知石刻嘗患瘦耳。元祐四年十月二十五日。子瞻。（見《景蘇園帖》）

跋懷素書

「人人送酒不曾沽，終日松間掛一壺。學聖不成狂便發，真堪畫作醉僧圖。」此懷素書也。深好論之，人間當有數百本也。元豐六年十一月十九日。（見《晚香堂蘇帖》）

題跋 畫

自題所畫風竹〔一〕

子瞻歸自道場、何山，因憩耘老溪亭，命官奴秉燭捧硯，寫風竹一枝。（見《蘇軾詩集》卷十九《與客遊道場何山得烏字》施元之注文）

〔一〕此文作於湖州，時在元豐二年。

自跋所畫竹贈方竹逸

昔歲，余嘗偕方竹逸尋淨觀長老，至其東齋小閣中，壁有與可所畫竹石，其根莖脈縷，牙角節葉，無不臻理，非世之工人所能者。與可論畫竹木，於形既不可失，而理更當知，生死、新老、煙雲、風雨必曲盡真態，合於天造，厭於人意，而形理兩全，然後可言曉畫，非達才明理，不能辨論也。今竹逸求余畫竹，因妄襲與可法則爲之，並書舊事以贈。元豐五年八月四日，眉山蘇軾。（見《六硯齋三筆》卷一）

題跋 墨

跋自製墨

此墨予所製，蓋用高麗煤、契丹膠也。元祐四年十二月廿四日，東坡居士書。（見《晚香堂蘇帖》）

題跋　石

題靈壁張氏蘭皋園石〔一〕

東坡居士醉中觀此，灑然而醒。（見《墨莊漫録》卷一）

〔一〕作於元豐八年。

書快哉亭石

昨日與數客飲，至醉，今日病酒書以辭〔一〕。軾。時元祐六年三月四日也。（見《六硯齋三筆》卷三）

〔一〕此句疑有脫文。

題跋　游行

書游仙游潭

嘉祐九年正月十三日，軾與前商洛令章惇子厚同游仙游潭。始軾再至潭上，畏其險，不渡，而心甚恨之。最後□潭水而西，至其稍淺可涉處，亂流而濟，得唐人之遺塔，上有石刻天王鬼神飛仙十有六方，爲二級，雖摹刻之迹，而其顧瞻俯仰睢盱哆治之狀，非吳道子不能至也。軾既歎其神妙，而悲其不□□世人觀扣，于是以墨本歸而記其上。大理寺丞簽書鳳翔府節度判官廳公事蘇軾書。（見《晚香堂蘇帖》）

欲游半徑未果〔一〕

惠州城西南五里所，地名半徑，皆美田，宜秔秫，自豐湖泛舟可至焉。前輩有詩云：「半徑雨餘香稻熟，豐湖波煖鯽魚肥。」予至惠一年，欲游而未果也。（見《晚香堂蘇帖》）

〔一〕作於紹聖二年。

游廬山偶書

眉山蘇軾來游廬山，休櫟天醉石之上，清泉潺潺，出林壑中，俯仰久之，行歌而去。（《晚香堂蘇帖》）

題跋 題名

百步洪月中游題名〔一〕

郡守蘇軾、山人張天驥、詩僧道潛月中游。（見同治《徐州府志》卷二十《宋蘇軾題百步洪東崖石刻》）

〔一〕作於元豐元年。

觀唐摹蘭亭禊帖真迹題名

純老、彦祖、巨源、成伯、子雍、完夫、正仲、子中、敏甫、子瞻、子由同觀。熙寧十年三月廿三日書。（見《大觀録》卷一）

題名

蘇軾甲子四月二十三日過。（見《永樂大典》卷六千六百九十七引《江州志·碑刻·瑞昌縣·坡公亭·東坡紀行〔一〕》）

〔一〕「坡」原作「城」，誤，今正。

雜記人物

書米元章事〔一〕

元章一日從衆中問云：「人皆謂芾顛，請以質之子瞻。」老坡笑曰：「吾從衆。」（見《晚香堂蘇帖》）

〔一〕此文作於元祐七年，時在揚州。可參趙令時《侯鯖録》卷七。文末有「東坡」印章。

雜記修煉

記道人養生語〔一〕

有道人教予曰：「欲延年，清小便，欲輕舉，止小府。心如嬰，小便清，心如水，小便止。小便一清，萬法自成，未免溲膏，一生徒勞。」此言雖鄙淺，然近於實，若究「如嬰」、「如水」之言，亦自不鄙淺。丁丑閏二月十三日書。（見《晚香堂蘇帖》）

〔一〕文後有「趙郡蘇氏」印章。此文作於紹聖四年。

論養生〔一〕

要長生，小便清，要長活，小便潔，要延年，清小便。（見《六硯齋三筆》卷四）

〔一〕此文乃溶上文《記道人養生語》之語，而出以己意。

吴子野勸食白粥〔一〕

夜坐飢甚，吴子野勸食白粥，云能推陳致新，利膈養胃。僧家五更食粥，良有以也。粥既快美，粥後一覺，尤不可說，尤不可說。（見《梁溪漫志》卷九《張文潛粥記》引）

〔一〕此文應作於儋州。

雜記 醫藥

張文潛言治眼齒〔一〕

眼惡點濯，齒便漱琢。治眼當如治民，治齒當如治軍。治民如曹參之治齊，治軍如商鞅之治秦。此張文潛之言也，而予喜書之。戊寅二月廿二日題開元寺壁。（見《晚香堂蘇帖》）

〔一〕《文集》卷七十三《目忌點濯說》亦記張耒（文潛）論治眼、齒語，可參。此乃另一文。

治齒痛方

齒痛，風熱在骨耳。軾近苦此，服地黃丸，似有效地黃、地骨皮、枳殼、菊花，試服一帖；又將天麻煎必味五兩者一丸，罨定在痛齒上，亦頗能已甚痛：皆非十分捷效之藥。漫持去，或能有解耳。軾白。（見《晚香堂蘇帖》）

雜記 草木

書桃竹〔一〕

《桃竹杖引》：「江心蟠石生桃竹，斬根削皮如紫玉。」桃竹，葉如椶，身如竹，密節而實中，犀理瘦骨，天成拄杖也。嶺外人多種此，而不知其爲桃竹，流傳四方，視其端有眼者，蓋自東坡出也。（見《苕溪漁隱叢話》前集卷十一）

〔一〕此文作於嶺外。

附録

書潁州禱雨詩〔一〕

元祐六年十月，潁州久旱，聞潁上有張龍公神，極靈異，乃齋戒遣男迨與州學教授陳履常往禱之。迨亦頗信敬，沐浴齋居而往。明日當以龍骨至。天色少變，庶幾得雨雪乎！廿六日，軾書。

廿八日，與景貺、履常同訪二歐陽，作詩云：「後夜龍作雨，天明雪填渠。夢回聞剥啄，誰乎趙、陳、予。」景貺拊掌曰：「句法甚新，前人未有此法。」季默曰：「有之。長官請客吏請客，目曰『主簿，少府、我』。即此法也。」相與笑語。至三更歸時，星斗粲然。就枕未幾，雨已鳴簷矣。至朔旦日，雪作。五人者復會于郡齋。既感仰龍公之威德，復嘉詩語之不謬。季默欲書之，以爲異日一笑。是日，景貺出迨詩云：「吾儕歸卧髀肉裂，會有攜壺勞行役。」僕笑曰：「是兒也，好勇過我。」（見《禱雨帖》）

〔一〕此文已見《蘇軾文集》卷六十八，然有重要脱漏，兹據《禱雨帖》録出以備考。此題跋實爲二首，自開始至「軾書」爲一百，以下爲一首。今姑仍《文集》之舊。

跋吴道子畫贈史全叔〔一〕

道子，畫聖也。出新意於法度之中，寄妙理於豪放之外，所謂游刃餘地、運斤成風者耶！東坡居士告史全叔。（見《晚香堂蘇帖》）

〔一〕跋作於元豐八年。自「出新意」至「運斤成風」云云，見《蘇軾文集》卷七十《書吴道子畫後》，此特拈出之。或此文在前，而《書吴道子畫後》乃鋪衍此文而成。今録此。

論作文〔一〕

〔作文〕，東坡教人讀《戰國策》，學説利害；讀賈誼、晁錯、趙充國章疏，學論事；讀《莊子》，學論理性。又須熟讀《論語》、《孟子》、《檀弓》，要志趣正當；讀韓、柳，令記得數百篇，要知作文體面。（見《皇朝仕學規範》卷三十三引《方叔文集》）

〔一〕此則乃轉述蘇軾之語，當出自軾文字。《方叔文集》，李廌（方叔）撰，一名《濟南集》，今傳本乃《永樂大典》輯本。軾有關文字，未見。

跋孫仲謀千山競秀卷〔一〕

孫仲謀作此卷，終不去拔刀砍柴時手段敍列八法，以示己能，復云「多江南佳麗之氣」，則江南固佳麗地，仲謀腕不能出之，復有「作者」一語，其自謂也。無怪老瞞臨江作欣羡語，卽此一事，非老瞞所能也。余常見老瞞書，終遜於彼，故並及之。豈弗具能爲仲謀師耶？善別者能言之耳。眉山蘇軾。

（見《十百齋書畫録》卯集）

〔一〕《十百齋書畫録》此跋之前，著録孫權（仲謀）《千山競秀卷》，謂「真迹，一山、一水」，附權跋，「多佳麗」、「作者」云云卽跋中語。然考之《三國志》卷四十七《孫權傳》，未言擅繪事，徵之畫史，亦不詳。或爲僞托。如此説可採，則此跋是否爲蘇軾作，亦不能明。今姑録此。

題硯洗〔一〕

熙寧七年，余來守密。見此石於蓋公堂故址西偏，埋没塵埃，已作敝屣棄矣。余喜其質温潤，稍爲琢磨，改作硯洗，亦可爲不次之擢。東坡又題。（見山東省諸城市修志辦公室所藏搨本）

〔一〕余嘗於諸城市見此硯洗。題跋之後，有「邑人劉庭式隸並鐫」八字。按：蘇軾熙寧七年末至九年末知密州，庭式七年、八年倅密。《蘇軾文集》卷六十八《書劉庭式事》謂庭式爲齊人，而此稱「邑人」，而有關方志亦無庭式爲密人之記載。謂庭式鐫、蘇軾題均有疑處，今姑存此。

蘇軾佚文彙編拾遺補

簡 弁

自一九九五年三月《蘇軾佚文彙編拾遺》附《蘇軾文集》、《蘇軾佚文彙編》行世後至今近十年間，復得蘇軾佚文十二篇，乃題以「蘇軾佚文彙編拾遺補」，附以上三者之後，其體例一遵前三者。

兹所輯十二文，其九篇見《鬱孤臺法帖》。《法帖》乃稀世珍品，其所收之蘇軾文之文字已見《蘇軾文集》，較之《文集》有勝處者（其詳，可參閱拙撰《鬱孤臺法帖所收蘇軾作品考》，載《文史》二〇〇三年第三期），有裨蘇軾研究，今并述於後。

《文集》卷五十《與司馬温公》第四簡乃《法帖》之《孟冬薄寒帖》，《法帖》篇末多「軾頓首再拜門下侍郎執事十月十七日」十六字。按，謂元豐八年。

《文集》卷五十八《與米元章二十八首》第二十二簡，乃《法帖》之《昨日歸卧帖》。《法帖》篇末多「軾再拜元章閣下廿二日」十字。按，謂建中靖國元年五月。

《文集》卷二十一《僧伽贊》，乃《法帖》之《普照王像贊》。《法帖》篇末多「麻田吴道人供養普照王像贊元祐五年正月十九日王伯敭過此故爲書之東坡居士蘇軾子瞻」三十八字。

孔凡禮二〇〇四年八月十八日，時暫寓北京大興黄村海子角

蘇軾佚文彙編拾遺補引用書目

聖宋名賢五百家播芳大全文粹　宋刊本

鬱孤臺法帖　一九九九年十二月上海書店影印宋拓孤本

曹溪通志　清刊本

三蘇全書　二〇〇一年語文出版社排印本

蘇軾佚文彙編拾遺補目録

蘇軾佚文彙編拾遺補

尺牘

與友人一首〔一〕

軾啓。去國十五年，復歸見朋舊，以爲大慶。束於憲令，曾不幾見，而公之出使，遽爾輕别，此懷不佳，殆未易言。數日起居佳勝。聞今日當行，果爾，遂不獲面違，千萬善愛，早還禁近，慰中外之望。微疾乏力，不盡區區。軾頓首再拜。（見影印《鬱孤臺法帖》上册，原題作《去國十五年帖》）

〔一〕此簡作於元祐四年。

與知郡朝散一首〔一〕

軾啓。忽復歲晚，馳仰增深。專人示問，存撫備至。仍審比來起居佳安，感慰兼極。軾過秋與賤累皆健，蓋出餘庇。寒律清爽，日有佳思，無緣陪接，寤寐爲勞。尚冀若時爲國自重，不宣。軾再拜知郡朝散執事。十月十二日。（見影印《鬱孤臺法帖》上册，原題作《忽復歲晚帖》）

〔一〕此簡作於元祐間。

與仙尉葉君二首〔一〕

軾啓。叠辱書教，具審。比日起居佳勝，感慰兼集。示喻宿食處，甚荷留念。今已食賢女舖。餘如所教。即見，不一一。軾再拜仙尉葉君閣下。八月□日。（見影印《鬱孤臺法帖》上册，原題作《叠辱書教帖》）

〔一〕此簡作於紹聖元年。

二〔一〕

軾啓。數日遠勤徒馭，野次竄逐，餘但有愧汗。晚來起居佳勝。來晨遂行。不果詣□。益遠，惟萬萬自重。臨紙悵惘，不宣。軾再拜仙尉葉君閣下。八月廿八日。（見影印《鬱孤臺法帖》上册，原題作《數日遠勤徒馭帖》）

〔一〕此簡作於紹聖元年。

與劉器之二首〔一〕（殘）

府事想益清簡，歲宴想有以爲樂。無緣奉陪，但有企仰。餘冀爲國自重，不宣。軾再拜器之安撫待制閣下。十一月廿四日。（見影印《鬱孤臺法帖》上册，原題作《府事想益清簡帖》）

〔一〕此簡作於元祐八年。

二〔一〕

知灼艾，想已有驗。疎藥雖去病爲便，而損氣可虞，幸戒之也。軾又白。（見影印《鬱孤臺法帖》上册，原題作《知灼艾想已有驗帖》）

〔一〕此簡作於元祐八年。

與友人一首〔一〕

軾啓。適遣人奉狀，遽領來誨，伏承經節福履勝常。軾凡百粗遣，不煩貽念。（見影印《鬱孤臺法帖》上册，原題作《適遣人奉狀帖》）

〔一〕此簡或作於元祐時。

與顧子敦一首〔一〕（殘）

子敦龍圖兄閣下。八月廿日。（見影印《鬱孤臺法帖》上册，原題作《子敦龍圖帖》）

〔一〕此簡約作於紹聖初。

題跋 雜文

自書《大方廣圓覺修多羅了義經》後

亡室王氏，年二十七歲，七月三十日生，乙巳五月二十八日卒。至九月初九日，百日齋設，軾爲自書此經，以贈淨因大覺禪師，庶用追薦。趙郡蘇軾記。（見《三蘇全書》第十四册《蘇軾文集》卷九十六，原題作《書大方廣圓覺修多羅了義經》）

題跋 書

自書贈徐十三秀才字後〔一〕

徐十三秀才相見輒求字，度其所藏當有數千幅，然猶貪求不已。今日方病，對案不食，而求字不衰，吾不知此字竟堪充飢已病否？此蔽殆不可解也。（見影印《鬱孤臺法帖》上册，原題作《徐十三秀才相見輒求字帖》）

〔一〕此文作於元豐間黄州時。

疏

請超公住持南華寺疏[一]

經略、轉運、提刑、提舉常平茶鹽、市舶司：竊見韶州南華禪寺，乃六祖大鑒禪師道場，見缺住持安衆。今敦請廣州報恩光孝禪寺住持超公禪師住持南華禪寺，開堂演法，爲國焚修，祝延聖壽者。右伏以從前諦義，首判風旛；向後恩緣，爲留衣鉢。脚迹儼然似舊，路途自可通行。超公禪師，法性當權，南宗長价。望佛鄉而相接，振祖令以何難。正須飛錫横空，肯以宿桑起戀。林泉勝處，皆曹溪常住生涯；鐘鼓新時，看大鑒嗣孫手段。謹疏。（見《曹溪通志》卷五）

[一]此文約作於紹聖間惠州時。

追薦秦少游疏[一]

生前莫逆，蓋緣氣合而類同；死獨未忘，將見情鍾而禮具。伏惟殁故少游秦君學士，早雖穎茂，觸事邅迍；晚向仕途，方沾禄養。未厭北堂之歡樂，遽逢南海之播遷。頓足牽衣，哭妻孥於道左；含酸吐苦，顧鄉國於淮壖。首尾八年，憂驚百變。同時逐客，膺大霈而盡復中原；唯子暮年，厄終窮而殁於瘴域。林泉夜夢，猶疑杖屨之并游；風月扁舟，尚想江湖之共泛。追傷何補，焚誦乃功。庶仗真銓，掃除夙障。而況真源了了，素已悟於本心；淨目昭昭，無復加於妄翳。便可神游淨土，岸到菩提。永依諸上善人，常住無所邊地。（見《聖宋名賢五百家播芳大全文粹》卷八十二）

〔一〕此文作於元符三年聞秦觀（少游）凶耗以後。

重印後記

這次重印，我們訂補了初版校勘中的訛脱。如卷六十八《書馮祖仁父詩後》有「真、揚馮氏」之語。按：此「揚」字乃「陽」之誤，真陽乃英州，馮祖仁爲英州人，今改「揚」爲「陽」。再如卷十二《應夢羅漢記》有「責授黄州團練使眉山蘇軾記」之語。按：查蘇軾著作及有關資料，此處「使」前脱去「副」字，今補。類此情況，尚有若干處，均屬正文失校的訂補，此其一。

其二：本書尺牘部分題下，大都注有「杭倅」、「以下俱杭州」、「密州」、「以下俱密州」、「徐州」、「以下俱杭州」……，點明撰寫時間和地點。此類字樣當爲本書編者明茅維所加；然元刊本殘卷《東坡先生翰墨尺牘》已有此類題注，是茅氏亦有依據。然其中往往有誤，如卷五十一《與錢穆父》第八簡之下，云「以下俱杭州」，第十五簡云「潁州」。今查第十五簡，有「兩小兒本令閑看場屋，今日牓出皆捷」之語，謂中子迨、幼子過得解，是此簡仍作於杭州。今删去「潁州」二字。類此情況尚有。大體説來，「杭倅」這類字樣，只能作爲參考，由於初版時未做詳查，今略作訂正。

根據本書體例，變動正文和原編者文字，須出校勘記。但是，那樣一來，勢必牽動一卷中的數葉乃至全卷版面的變動，此番舊版重印，只能做有限的挖改，重新排版一時不可能實現，故對於以上兩方面的校改，不得已而略去校勘記，並説明於此。

與訂補校勘的訛脱同時，我們訂正了標點中的若干錯誤。除此以外，還有一些問題，需要説明。

一、本書付排以後，又陸續發現佚文若干篇，其篇目爲：見於《經進東坡文集事略》卷一《後赤壁賦》注文的《跋後赤壁賦》；見於《八瓊室金石補正》卷一百零八的《書赤壁二賦歸去來辭跋》；見於《濟南金石志》卷四的《與僧法泰》簡；見於《六硯齋三筆》卷一的《跋自畫竹石贈方竹逸》、卷二的《書快哉亭石》及《與馬忠玉》簡；見於《名賢氏族言行類稿》卷三十六《章楶傳》附録的《與章質夫》三簡（其一簡已見本書，然殘而不全）；見於《古緣萃録》卷一的《與趙夢得》簡。

二、本書卷二《易論》、《書論》、《詩論》、《禮論》、《春秋論》五文，一見《欒城應詔集》卷四；卷十九《卓錫泉銘》，一見《欒城後集》卷五；卷二十一《髑髏贊》，一見《豫章黄先生文集》卷十五；卷四十七《上留守宣徽啓》，一見《欒城集》卷五；《佚文彙編》卷一《子由真贊》，一見《欒城後集》卷五，題爲《自寫真贊》；卷五《釋天性》，一見《欒城後集》卷六，爲《孟子解》中的一則。如此等等，究屬誰作，有待於進一步研究考證。

三、經查本書《佚文彙編》卷二《與朱康叔》第二簡（殘），已見《文集》卷五十九《與朱康叔》第二簡；《與蔡君謨》（殘），已見《文集》卷四十八《上蔡省主論放欠書》；卷五《祭司馬光文》，乃《文集》卷十七《司馬温公神道碑》篇末之詩。以上均屬重出。

孔凡禮一九八九年七月二十六日

第四次重印本後記

本書自第三次印刷後，又發現了校、點中個別錯誤，今予以挖改訂正。原《重印後記》所云「陸續發現佚文若干篇」連同新輯佚文，今已一併收入《蘇軾佚文彙編拾遺》。

除此以外，還發現兩處重要異文，兹說明於下：

一、《文集》卷十九《端硯石銘》「蘇堅伯固之子庠，字養直，妙齡而有異才，贈以端硯」云云，《晚香堂蘇帖》作：「吾宗養直少而好直，東坡居士贈以璞硯。」後者可備考。

二、《文集》卷五十四《與程正輔》第二十三簡「院旁」，《晚香堂蘇帖》（以下簡稱《帖》）作「海會院東」；「囊中已竭輒欲緣化」，《帖》作「囊中蕭瑟欲化緣」；「齊出」，《帖》作「各出」；「共成一事」，《帖》作「成此一事」；「歲有數萬矣」，《帖》作「無數」；「如何」後《帖》有「軾再拜」三字。當從《帖》。

《佚文彙編》卷五《韶州月華寺題梁》一文，已見《文集》卷十二《方丈記》，重出。亦説明於此。

孔凡禮一九九五年四月二十三日

第六次重印本後記

《蘇軾文集》自一九八六年三月初版至今，累計印行一萬五千五百套，仍不能滿足讀者亟需。此乃始料不及者。值此利用原版第六次重印之際，有些問題交待如下。

首先是近年來孔凡禮先生又收集到蘇軾的十二篇佚文，這項成果得益於「蘇學」研究與考辨的不斷深入。暫將這十二篇文章補排於《蘇軾佚文彙編拾遺》卷下之後，不再分類編次。又，新發現的佚文與上述《拾遺》諸文未及編入《蘇軾文集篇目索引》，蓋因其單獨成編檢索方便，而插入索引則需重新排版。讀者幸諒之。

其次是陸續又發現《蘇軾文集》正文標點與校勘的個別失誤。其中大部分已在原紙型上作了挖改，然亦有若干不便挖改者，舉例説明之：

一九頁十四行：《刻長公文集序》。按：書名誤。應改爲：《刻蘇長公外集序》。參見本書附録(二三八七頁)。

二一頁十三行：陽醉逿地。按：應從《漢書·王式傳》改作「陽醉逿地」，并補校記：逿，跌倒。逿地則無解。

二四頁十一行：罔有道形之蔽。按：「道形」無解。應據《七集·續集》卷三、三蘇祠本《東坡集》卷一改作「遁形」，并補校記。

二九頁八行：苟合一歲之月兮。按：諸本作「句合」，是，當據改。「句合一歲之月兮」與上文「字應周天之日兮」對偶，義勝。

五一頁十一行：高明令終；五二頁校記〔二〕：「明」原作「朗」，據集乙卷十、郎本、《七集·後集》卷十改。按：《詩經·大雅·既醉》：「昭明有融，高朗令終。」則作「朗」不誤，毋須改作「明」。

八二頁十四行：昔者晉荀息知虢公必不能用宮之奇；八四頁校記〔三〕：「虢」原作「虞」，據郎本、《應詔集》改。按：原作「虞」不誤，蓋宮之奇乃虞大夫也。不必改作「虢」。

九三頁七行：德宗收潞博；九四頁校記〔三〕：郎本、《應詔集》卷八「潞」作「洛」。按：當改作「洛」，事詳《新唐書·田悅傳》。應出校記辨地名之是非。

一〇四頁六至七行：勾踐之困於會稽而歸，臣妾於吴者。按：逗號應移置「會稽」下，「而歸」屬下句。

一二八頁十行：君子安得不危哉；一三〇頁四行校記〔二〕：「子」原缺，據《文鑑》卷九十八補。按：《文鑑》之「子」誤衍也。此句呼應上文「君莫危於國之有黨」，明言「君」而非「君子」。

一四〇頁五行：類不能惡衣食以養於人；一四一頁八行校記〔四〕：「於」原缺，據《文鑑》卷九十八補。按：今據上下文義，知《文鑑》之「於」誤衍，不必據補。

一五五頁六行校記〔一〕：郎本卷十三作「論子胥」。按：經核郎本，原題爲「子胥論」。

此外，蘇軾暗引經史原文而校點時漏加引號，或所加引號有誤者，亦偶見之。例如：七二頁八至九行：「不郊猶三望閏月」、「不告朔猶朝於廟」是也。按：今核《左傳》成公七年經文：「不郊，猶三望。」無傳。又：文公六年經文：「閏月不告月，猶朝於廟」。傳云「閏月不告朔」。楊伯峻云：「『告月』即告朔。告朔者，每月以朔告神也。」據此，則蘇軾原文標點應改爲：「不郊，猶三望」，「閏月不告朔，猶朝於廟」是也。

鑒於諸如此類的修正，非一般挖改紙型所能完成，幾乎要換頁重排，甚至變更頁碼。所謂「遷一髮而動全身」，運作實難。對此，只能寄希望於全書的改版重排了。然則此非一日之功，願與讀者共期之。

劉尚榮　二〇〇四年九月

蘇軾文集篇目索引

劉尚榮編

蘇軾文集篇目索引

凡　例

一、本索引收録《蘇軾文集》的全部文章標題名。

二、凡總目録與正文標題不盡一致者，今以正文之標題爲準。

三、凡總題下又列分題者，分題同時編入索引。個别分題難以獨立稱引者不入索引，如《羅漢贊十六首》總題已入索引，其"第一尊者"至"第十六尊者"的分題未入索引。

四、文題之後用兩組數字，分别表示該文在《蘇軾文集》中的卷頁數，例如:

石鍾山記　　　　11/370

即表示《石鍾山記》一文在本書的第十一卷、第三七〇頁。

五、見於《佚文彙編》七卷的篇目，卷頁數前加注"佚"字以示區别。

六、文題全同的篇目，自第二條起以"又"字取代文題，以省篇幅。另在文題後括注地名年月等，以示區别。

七、某些題跋及帖子詞等，互見於《蘇軾詩集》，本書往往删文留題。爲便於檢尋，今在文題後括注出詩集卷頁數，如:

春帖子詞(見詩集 46/2745)　　　　45/1299

即表示本書第四十五卷、第一二九九頁的《春帖子詞》，其正文見於中華書局校點本《蘇軾詩集》第四十六卷、第二七四五頁。

八、本索引依文題首字筆畫數爲序。筆畫數的計算，以《中華大字典》爲準。但新舊字形不一致，個别字的筆畫數略有變通，如

“者”字編入八畫，不入九畫。筆畫數相同者，按起筆的丶一丨丿乛爲序。

九、文題首字相同者，自第二條起，以～號代表首字，并依文題第二字筆畫數排比。以下依此類推。

十、另附《蘇軾文集》篇目首字音序檢字表，以便檢索。

《蘇軾文集》篇目首字

筆畫檢字表

七　畫

八　畫

九　畫

十　畫

十一畫

十二畫

十三畫

十四畫

十五畫

十六畫

十七畫

十八畫

十九畫

二十畫

二十一畫

二十二畫

《蘇軾文集》篇目索引

一　畫

二　畫

三　畫

四　畫

五　畫

六　畫

七 畫

八 畫

九　畫

十一畫

十 二 畫

十 三 畫

十四畫

十五畫

十 六 畫

十 七 畫

十 八 畫

二十畫

二十一畫

二十二畫

二十三畫

二十四畫

二十五畫

二十七畫

《蘇軾文集》篇目首字

音序檢字表

說明：①按漢語拼音音序排列

②阿拉伯數字標明頁數